James Clavell:
Noble House Hongkong

Roman

Knaur

Mit diesem Buch möchte ich Ihrer Majestät, Königin Elisabeth II. von England, und dem Volk ihrer Kronkolonie Hongkong eine Huldigung darbringen – und ihren Feinden den Teufel auf den Hals schicken.

Natürlich ist dieses Buch ein Roman, und die Personen und Handelshäuser existieren nur in meiner Vorstellung. Sie haben keine realen Vorbilder.
Ich möchte mich auch gleich bei allen Hongkong-*yan* – allen in Hongkong ansässigen Personen – dafür entschuldigen, daß ich ihre wunderschöne Stadt umgruppiert, Episoden aus dem Zusammenhang gerissen und Leute, Orte, Straßen, Handelshäuser und Zwischenfälle erfunden habe, die, so steht zu hoffen, einen lebendigen Eindruck hinterlassen, in Wirklichkeit aber nie vorhanden waren, denn dies ist wahrhaftig nur eine Geschichte...

8. Juni 1960

23.45 Uhr:

Er hieß Ian Dunross und steuerte seinen alten MG-Sportwagen vorsichtig um die Ecke in die Dirk's Street, die an dem Struan's Building auf der Hafenseite von Hongkong entlangführte. Die Nacht war dunkel und windig. In der ganzen Kolonie – hier auf der Insel Hongkong, jenseits des Hafens in Kowloon und in den New Territories, die Teil des chinesischen Festlandes waren – lagen die Straßen fast völlig ausgestorben da; alles war verschalt und verschalkt und wartete auf den Taifun Mary. Bei Einbruch der Dämmerung war die Sturmwarnung aufgezogen worden, und schon brachen Böen mit achtzig bis hundert Knoten aus dem Sturm hervor, dessen Front sich tausend Meilen nach Süden erstreckte. Sie peitschten den Regen horizontal gegen die Dächer und Bergabhänge, wo sich Zehntausende schutzlos in ihren aus verfallenen Hütten bestehenden Elendsquartieren drängten.
Geblendet verlangsamte Dunross die Fahrt. Der Wind zerrte am Kabriodach, und die Scheibenwischer wurden mit der Regenflut nicht fertig. Dann wieder erlaubte die Windschutzscheibe sekundenlang freie Sicht. Am Ende der Dirk's Street, genau vor ihm, lagen die Connaught Road und die Praya, die Kaimauern und der breite Klotz des Stationsgebäudes der Golden Ferry.

Vor sich auf der Praya sah er eine verlassene Bude, die von einer Bö aus ihrer Verankerung gerissen, auf einen geparkten Wagen geschleudert wurde und ihn schwer beschädigte. Dann schossen Wagen und Bude davon und verschwanden aus seiner Sicht. Die Luftwirbel ließen seinen Wagen erzittern, aber er hatte sehr kräftige Handgelenke und hielt das Steuerrad fest. Der Wagen war alt, doch gut erhalten; der hochgezüchtete Motor wie auch die Bremsen befanden sich in bestem Zustand. Sein Herz klopfte in angenehmer Erregung, denn er liebte den Sturm. Vorsichtig fuhr er auf den Gehsteig hinauf und parkte auf der windgeschützten Seite des Gebäudes.
Dunross war Anfang Vierzig, blond und blauäugig, mager und gepflegt. Er trug einen alten Regenmantel und eine Mütze. Der Regen durchnäßte ihn, als er die Seitenstraße entlanglief, um die Ecke bog und auf den Haupteingang des zweiundzwanzig Stock hohen Gebäudes zueilte. Über dem breiten Tor hing das Wappen der Struans: der rote Löwe Schottlands mit dem grünen Drachen Chinas verschlungen. Er schritt die breite Treppe hinauf.
»Guten Abend, Mr. Dunross«, begrüßte ihn der chinesische Concierge.

»Der Tai-Pan hat mich rufen lassen.«
»Ja, Sir.« Der Mann drückte den Aufzugsknopf für ihn.
Als der Aufzug hielt, durchquerte Dunross den kleinen Vorraum, klopfte und betrat das Wohnzimmer des Penthouse. »Guten Abend, Tai-Pan«, sagte er mit kalter Förmlichkeit.
Alastair Struan lehnte am Kamin. Er war ein großgewachsener, rotbackiger, gepflegter Schotte Mitte Sechzig, mit einem Bäuchlein und weißen Haaren. Seit elf Jahren herrschte er über Struan's.
»Drink?« Er deutete auf den Dom Pérignon in einem silbernen Sektkübel.
»Danke.« Dunross war noch nie in der Privatwohnung des Tai-Pan gewesen. Das Zimmer war geräumig und gediegen eingerichtet: chinesische Lackarbeiten und wertvolle Teppiche, alte Ölbilder der ersten schnellen Segler und Dampfschiffe des Unternehmens an den Wänden. Die großen Panoramafenster, von denen aus man sonst ganz Hongkong, den Hafen und Kowloon jenseits des Hafens überblicken konnte, waren schwarz und regennaß.
Er schenkte ein. »Zum Wohle«, sagte er förmlich.
Alastair Struan nickte und hob sein Glas mit der gleichen Förmlichkeit. »Du bist früh dran.«
»Fünf Minuten zu früh nennt man pünktlich, Tai-Pan. Hat Vater mir das nicht eingehämmert? Ist es übrigens so wichtig, daß wir um Mitternacht zusammentreffen?«
»Ja. Es ist Teil unseres Brauches. Von Dirk festgelegt.«
Dunross nippte an seinem Glas und wartete stumm. Die antike Schiffsuhr tickte laut. Über dem Kamin hing das Hochzeitsbild einer jungen Dame. Das war die sechzehnjährige Tess Struan, die Culum, den zweiten Tai-Pan und Dirk Struans Sohn, geheiratet hatte.
»Scheußliches Wetter«, bemerkte Dunross.
Der Ältere sah ihn nur an. Haß malte sich auf seinen Zügen. Die Stille wurde dichter. Dann schlug die alte Uhr acht Glasen. Mitternacht.
Es klopfte an der Tür.
»Herein«, sagte Alastair Struan erleichtert; er war froh, daß sie jetzt anfangen konnten.
Lim Tschu, der Kammerdiener des Tai-Pan, öffnete die Tür. Er trat zur Seite, um Philip Tschen, Struans Comprador, einzulassen. Als Comprador war dieser der Vermittler in allen Geschäften zwischen dem Handelshaus und den Chinesen.
»Ach, Philip, du bist pünktlich wie immer.« Alastair Struan versuchte sich jovial zu geben. »Champagner?«
»Danke, Tai-Pan. Ja, bitte. Guten Abend, Ian Struan-Dunross«, wandte sich Philip Tschen mit ungewohnter Förmlichkeit an den jüngeren Mann. Sein Englisch war das Englisch der britischen Oberschicht. Er war Eurasier, Ende Sechzig, mager, ein sehr gut aussehender Mann mit grauen Haaren

und hohen Backenknochen, heller Haut und dunklen, sehr dunklen chinesischen Augen.
»Scheußliches Wetter, was?«
»Ja, das ist es wirklich, Onkel Tschen«, antwortete Dunross. Er gebrauchte die höfliche chinesische Form der Anrede für Philip, den er ebenso schätzte, wie er seinen Vetter Alastair verachtete.
Sie tranken. Der Regen trommelte gegen die Scheiben.
»Ich bin froh, daß ich heute nacht nicht auf See bin«, sagte Alastair Struan nachdenklich. »Da bist du nun also wieder, Philip.«
»Ja, Tai-Pan. Ich fühle mich geehrt. Ja, sehr geehrt.« Philip Tschen spürte die Feindseligkeit zwischen den beiden Männern, ging aber darüber hinweg. Antipathie gehört dazu, dachte er, wenn ein Tai-Pan von Noble House die Macht weitergibt.
Alastair Struan nahm wieder einen Schluck. »Ian«, sagte er schließlich, »es ist unser Brauch, daß bei jeder Übergabe vom alten Tai-Pan auf den neuen Tai-Pan ein Zeuge anwesend ist, und das ist immer nur unser gegenwärtiger Comprador. Wie oft hast du uns schon diesen Dienst erwiesen, Philip?«
»Ich war viermal Zeuge, Tai-Pan.«
»Philip hat uns fast alle gekannt. Und er ist in sehr viele Geheimnisse eingeweiht. Stimmt's, alter Freund?« Philip Tschen lächelte nur. »Vertrau ihm, Ian. Sein Rat ist weise. Du kannst ihm vertrauen.«
Soweit ein Tai-Pan überhaupt jemandem vertrauen sollte, dachte Dunross grimmig.
»Ja, Sir.«
Alastair Struan stellte sein Glas nieder: »Erstens: Ian Struan-Dunross, ich frage dich offiziell, ist es dein Wunsch, Tai-Pan von Struan's zu werden?«
»Ja, Sir.«
»Schwörst du bei Gott, dieses Procedere geheimzuhalten und nur deinem Nachfolger zu offenbaren?«
»Ja, Sir.«
»Schwöre!«
»Ich schwöre bei Gott, daß ich dieses Procedere geheimhalten und niemandem außer meinem Nachfolger offenbaren werde.«
»Hier.« Der Tai-Pan reichte ihm ein vergilbtes Dokument. »Lies es laut vor!«
Es war eine spitze, eng zusammengedrängte, aber noch gut lesbare Schrift. Dunross warf einen Blick auf das Datum – 30. August 1841 – und seine Erregung wuchs. »Ist das Dirk Struans Schrift?«
»Ja. Das meiste. Sein Sohn Culum Struan hat einen Teil angefügt. Wir haben natürlich Photokopien. Lies!«
»›Mein Vermächtnis soll jeden Tai-Pan verpflichten, der mir nachfolgt. Er soll es, bevor er meine Stelle einnimmt, laut lesen und auf die von mir, Dirk

Struan, Gründer von Struan und Company, vorgeschriebene Weise in Anwesenheit von Zeugen vor Gott schwören, sich mit den Bestimmungen dieses Vermächtnisses einverstanden zu erklären und sie für immer geheimzuhalten. Ich verlange das, um ein solides Fortbestehen zu gewährleisten, und in Vorwegnahme von Schwierigkeiten, die in den kommenden Jahren auf meinen Nachfolger zukommen werden – wegen des Blutes, das ich vergossen habe, aufgrund meiner Ehrenschulden und im Hinblick auf die Extravaganzen im Verhalten Chinas, mit dem wir eng verbunden sind. Dies also ist mein Vermächtnis:

Erstens: Es soll immer nur einen Tai-Pan geben. Er übt die totale und absolute Macht über die Gesellschaft aus, ist befugt, einzustellen oder zu entlassen, und hat Befehlsgewalt über alle unsere Kapitäne und Schiffe und Unternehmungen, wo immer sie sich befinden mögen. Der Tai-Pan ist immer allein; darin liegen seine Genugtuung und sein Schmerz. Seine Privatsphäre muß respektiert werden, und alle müssen ihm den Rücken decken. Was immer er befiehlt, es soll getan werden.

Zweitens: Steht der Tai-Pan auf dem Achterdeck eines unserer Schiffe, hat er Vorrang vor dem Kapitän dieses Schiffes, und seine Gefechtsbefehle und Fahrtaufträge sind Gesetz. Darauf muß jeder Kapitän, bevor wir ihm das Kommando über ein Schiff übertragen, ein feierliches Gelöbnis ablegen.

Drittens: Der Tai-Pan allein bestimmt seinen Nachfolger, der aus einem inneren Kreis von sechs Männern ausgewählt werden soll. Von diesen soll einer unser Comprador sein, der für alle Zeiten dem Hause Tschen angehören wird. Die restlichen fünf sollen es wert sein, Tai-Pan zu werden; sie sollen ehrbare, geistig gesunde Männer sein, die schon mindestens fünf ganze Jahre als China-Händler im Dienst der Gesellschaft tätig waren. Sie müssen Christen und mit den Struans durch Geburt oder Heirat versippt sein. Meine Linie oder die meines Bruders Robb haben keinen Vorrang, es wäre denn aufgrund ihrer moralischen Kräfte, ihrer geistigen oder seelischen Stärke. Dieser ›innere Kreis‹ mag den Tai-Pan beraten, wenn er es wünscht, aber ich sage es noch einmal ganz klar: Die Stimme des Tai-Pan wiegt sieben gegen eine, für jeden von ihnen.

Viertens: Bleibt der Tai-Pan auf See, findet er in der Schlacht den Tod oder verschwindet er länger als sechs Monate, bevor er einen Nachfolger bestimmt hat, wird der innere Kreis einen aus seiner Mitte zum Nachfolger wählen, wobei jedes Mitglied eine, der Comprador aber vier Stimmen haben soll. Dann soll der Tai-Pan auf gleiche Weise vor seinen Brüdern vereidigt werden; wer in offener Wahl gegen ihn gestimmt hat, ist ohne Entgelt unverzüglich und für immer aus der Gesellschaft zu entlassen.

Fünftens: Über die Aufnahme in den Inneren Kreis beziehungsweise die Entfernung aus diesem wird ausschließlich nach Gutdünken des Tai-Pan entschieden. Wenn er sich zur Ruhe setzt – einen Zeitpunkt dafür zu bestimmen, bleibt allein ihm überlassen –, stehen ihm von allen vorhandenen

Werten nicht mehr als zehn Teile von hundert zu. Unsere Schiffe allerdings werden immer von jeder Bewertung ausgeschlossen sein, denn unsere Schiffe, ihre Kapitäne und ihre Besatzungen sind unser Herzblut und unsere Lebensader für die Zukunft.
Letztlich: Der Tai-Pan soll seinen Nachfolger, den er allein bestimmt, in Gegenwart des Compradors in Eid und Pflicht nehmen und dabei die Worte gebrauchen, die ich am 13. August Anno Domini 1841 hier in Hongkong mit eigener Hand in unsere Familienbibel eingetragen habe.‹«
Dunross holte tief Atem. »Es ist von Dirk Struan unterzeichnet und bezeugt von – ich kann die Namen nicht entziffern.«
Alastair warf einen Blick auf Philip Tschen, der Dunross weiterhalf. »Der erste Zeuge ist der Pflegevater meines Großvaters, Tschen Sheng Arn, unser erster Comprador. Der zweite ist meine Großtante T'Tschung Jin May-may.«
»Dann beruht die Legende also auf Wahrheit!« rief Dunross.
»Zum Teil. Ja, zum Teil«, gab Philip Tschen zu. »Sprich mit meiner Tante Sarah. Jetzt, wo du Tai-Pan bist, wird sie dir eine Menge Geheimnisse verraten. Sie wird in diesem Jahr vierundachtzig. Sie erinnert sich noch sehr gut an meinen Großvater, Sir Gordon Tschen, und an Duncan und Kate T'Tschung, May-mays Kinder mit Dirk Struan. Ja. Sie erinnert sich noch an vieles...«
Alastair Struan ging zu seinem Lackschreibtisch und nahm sehr vorsichtig die abgegriffene, schwere Bibel heraus. Er setzte sich die Brille auf, und Dunross spürte, wie sich ihm die Haare im Nacken aufstellten. »Sprich mir nach: Ich, Ian Struan-Dunross, mit den Struans verwandt, Christ, schwöre vor Gott und in Gegenwart des elften Tai-Pan, Alastair McKenzie Duncan Struan, und des vierten Compradors, Philip T'Tschung Sheng Tschen, daß ich nach den Verpflichtungen des Vermächtnisses handeln werde, das ich in Gegenwart der genannten Zeugen hier in Hongkong laut vorgelesen habe; daß ich ferner die Gesellschaft eng an Hongkong und den China-Handel binden, daß ich, solange ich Tai-Pan bin, den Hauptsitz des Unternehmens hier in Hongkong beibehalten werde, und daß ich, so schwöre ich vor Gott, die Versprechen einhalten, die Verantwortung übernehmen und das Ehrenwort einlösen werde, das Dirk Struan seinem ewigen Freund, Tschen-tse Jin Arn, auch unter dem Namen Jin-qua bekannt, beziehungsweise seinen Nachkommen gegeben hat; daß ich ferner...«
»Welche Versprechen?«
»Du schwörst vor Gott, blind, so wie alle Tai-Pane es vor dir getan haben.«
»Und wenn ich mich weigere?«
»Du kennst die Antwort auf diese Frage!«
Der Regen trommelte gegen die Fenster, und es schien Dunross, als hämmere etwas mit der gleichen Heftigkeit in seiner Brust, während er sich der Tatsache bewußt wurde, daß es reiner Wahnsinn war, eine so nebulose Ver-

pflichtung einzugehen. Aber er wußte, daß er sonst nicht Tai-Pan werden konnte, und so fuhr er fort, die Worte nachzusprechen, die ihm vorgelesen wurden.

»...daß ich ferner alle meine Kräfte und Mittel einsetzen werde, um die Gesellschaft unverrückbar als erstes Haus, als das Noble House of Asia, fortbestehen zu lassen, und daß ich alles tun werde, was nötig ist, um das Handelshaus Brock and Sons und insbesondere meinen Feind, den Gründer Tyler Brock, seinen Sohn Morgan und ihre Erben zu schlagen, zu vernichten und aus den Grenzen Asiens zu verjagen, ausgenommen nur Tess Brock und ihre Nachkommen, Tess Brock, die Frau von Culum...« Dunross unterbrach sich abermals.

»Wenn du fertig bist, kannst du so viele Fragen stellen, wie du magst«, sagte Alastair Struan.

»Machen wir weiter!«

»Na gut. Letztlich: Ich schwöre vor Gott, daß auch mein Nachfolger als Tai-Pan auf die Bestimmungen dieses Vermächtnisses vereidigt wird, so wahr mir Gott helfe!«

Alastair Struan legte die Bibel zurück und nahm seine Brille ab. »Das wär's.« Steif streckte er die Hand aus. »Ich möchte der erste sein, der dir alles Gute wünscht, Tai-Pan. Wenn ich etwas tun kann, um dir zu helfen, verfüge über mich.«

»Und für mich ist es eine Ehre, der zweite zu sein, Tai-Pan«, sagte Philip Tschen mit einer leichten Verneigung ebenso förmlich.

»Ich danke euch.« Dunross befand sich in einem Zustand großer Spannung.

»Ich glaube, jetzt können wir alle einen Drink vertragen«, sagte Alastair Struan. »Mit deiner Erlaubnis werde ich einschenken, Tai-Pan. Philip?«

»Ja, Tai-Pan. Ich...«

»Nein. Ian ist jetzt Tai-Pan.« Alastair Struan schenkte den Champagner ein und gab Dunross das erste Glas.

»Danke«, murmelte Dunross, genoß die Höflichkeitsbezeugung und wußte doch, daß sich nichts geändert hatte. »Auf das Noble House«, sagte Dunross und hob sein Glas.

Die drei Männer tranken, dann nahm Alastair Struan einen Umschlag aus der Tasche. »Mit diesem Dokument lege ich die Dutzende von Vorstandsämtern nieder, die automatisch mit der Position des Tai-Pan verbunden sind. Deine Bestallungen erfolgen ebenso automatisch. Nach altem Brauch werde ich Verwaltungsratsvorsitzender unserer Londoner Niederlassung – aber du kannst auch dieses Vertragsverhältnis jederzeit beenden, wenn du es wünschst.«

»Es ist beendet«, sagte Dunross rasch.

»Wenn du es wünschst«, murmelte der alte Mann, aber sein Nacken lief rot an.

»Als stellvertretender Vorsitzender der First Central Bank of Edinburgh könntest du, glaube ich, Struan's nützlicher sein. Ich werde Hilfe brauchen. Nächstes Jahr wird Struan's eine Aktiengesellschaft.«
Verdattert starrten ihn die beiden Männer an. »Was?«
»Seit 132 Jahren sind wir ein privates Unternehmen«, brüllte der alte Mann los. »Himmel Herrgott noch mal! Ich habe es dir schon hundertmal erklärt! Genau das ist unsere Stärke, daß keine gottverdammten Aktionäre oder Außenseiter ihre Nase in unsere Privatangelegenheiten stecken können!« Die Röte stieg ihm ins Gesicht. »Hörst du nie zu?«
»Ich höre immer zu. Und sehr aufmerksam«, antwortete Dunross, ohne die Ruhe zu verlieren. »Um zu überleben, müssen wir eine Aktiengesellschaft werden... das ist die einzige Möglichkeit, um das Kapital zu bekommen, das wir brauchen.«
»Welche Folgen wird das für das Haus Tschen haben?« fragte der Comprador nervös.
»Formell ist unser Comprador-System ab sofort beendet.« Er sah Philip Tschen erblassen, sprach aber weiter. »Ich habe einen Plan für dich vorbereitet – schriftlich. Er ändert nichts und alles. Nach außen hin wirst du weiter Comprador sein, aber inoffiziell werden wir anders operieren. Eine wesentliche Veränderung wird darin bestehen, daß dein Anteil statt einer Million im Jahr in zehn Jahren zwanzig Millionen betragen wird.«
»Unmöglich!« platzte Alastair Struan heraus.
»Wir sind heute etwa 20 Millionen US-Dollar wert. In zehn Jahren werden es zweihundert Millionen und in fünfzehn Jahren, mit etwas Glück, 400 Millionen sein – und unser jährlicher Umsatz wird einer Milliarde nahekommen.«
»Du bist verrückt geworden«, sagte Struan.
»Nein. Noble House wird international – die Tage, die wir nur eine in Hongkong ansässige Handelsgesellschaft waren, sind für immer vorbei.«
»Denk an deinen Eid, verdammt noch mal! Wir haben unseren Sitz in Hongkong!«
»Das werde ich nicht vergessen. Und weiter: Was ist das für eine Verantwortung, die ich von Dirk Struan übernehme?«
»Das liegt alles im Safe. Schriftlich niedergelegt in einem versiegelten Umschlag mit der Aufschrift ›Das Vermächtnis‹. Dort findest du auch die Anweisung für zukünftige Tai-Pane von der ›Hexe‹.«
»Wo ist der Safe?«
»Hinter dem Bild im Großen Haus. Im Arbeitszimmer.« Verdrießlich deutete Alastair Struan auf einen Umschlag neben der Uhr auf dem Kamin. »Das ist der Safeschlüssel – und die gegenwärtige Kombination. Du wirst sie natürlich ändern. Schreib die Zahlen auf und leg den Zettel in eines der Privatschließfächer des Tai-Pan in der Bank – für den Fall, daß dir etwas zustoßen sollte. Gib Philipp einen der beiden Schlüssel.«

»Nach den geltenden Vorschriften ist die Bank verpflichtet, mir zu deinen Lebzeiten den Zugang zu diesem Schließfach zu verweigern«, bemerkte Philip Tschen.

»Nächster Punkt: Tyler Brock und seine Söhne – diese Bastarde wurden schon vor fast hundert Jahren ausradiert.«

»Tja, für die legitime männliche Linie trifft das zu. Aber Dirk Struan war rachsüchtig und fordert seine Rache auch noch aus dem Grab. Im Safe liegt auch eine auf den letzten Stand gebrachte Übersicht über Tyler Brocks Nachkommenschaft. Interessante Lektüre, was, Philip?«

»Das stimmt.«

»Die Rothwells und die Tomms, Yadegar und seine Brut, über sie bist du unterrichtet. Aber auch Tusker steht auf der Liste, obwohl er es nicht weiß, und Jason Plumm, Lord Depford-Smyth und, vor allem, Quillan Gornt.«

»Unmöglich!«

»Gornt ist nicht nur Tai-Pan von Rothwell-Gornt, unserer schärfsten Konkurrenz, er ist auch ein direkter, wenn auch illegitimer Nachkomme Morgan Brocks. Er ist der letzte Brock.«

»Aber er hat doch immer behauptet, sein Urgroßvater sei Edward Gornt, der amerikanische China-Händler, gewesen.«

»Es stimmt schon, daß er ein Nachkomme Edward Gornts ist, aber in Wirklichkeit war Sir Morgan Brock Edwards Vater und Kristina Gornt seine Mutter. Sie war eine Amerikanerin aus Virginia. Natürlich wurde alles geheimgehalten – die Gesellschaft hat solche Dinge damals genauso wenig verziehen, wie sie es heute tut. Als Sir Morgan 1859 Tai-Pan von Brocks wurde, ließ er diesen illegitimen Sohn aus Virginia kommen und kaufte ihm eine Beteiligung an der amerikanischen Handelsfirma Rothwell and Company in Schanghai. Zusammen warteten er und Edward dann den richtigen Augenblick ab, um uns zu vernichten. Fast wäre es ihnen gelungen – zweifellos tragen sie am Tod Culum Struans Schuld. Doch dann ruinierten Lochlin und ›die Hexe‹ Struan Sir Morgan und machten Brock and Sons bankrott. Edward Gornt hat uns nie verziehen, und seine Nachkommen werden es auch nicht tun – ich wette, auch sie haben ein Vermächtnis ihres Gründers zu erfüllen.«

»Weiß er, daß wir es wissen?«

»Keine Ahnung. Aber er ist unser Feind. Zusammen mit allen anderen liegt auch seine Genealogie im Safe. Die Liste ist interessant, Ian, sehr interessant. Es ist auch einer darunter, der dich ganz besonders interessieren wird, Ian. Es ist der Chef von...«

Eine heftige Bö erschütterte das Gebäude. Nervös stand Philip Tschen auf. Alle starrten auf die Fenster und beobachteten ihre Spiegelbilder, die sich auf erschreckende Weise verzerrten, als die Böen die riesigen Scheiben spannten.

»Tai-fun!« murmelte Philip. Schweißperlen traten auf seine Stirn.

»Ja.« Gespannt warteten sie, daß der »Teufelswind« sich lege. Diese plötzlichen heftigen Windstöße kamen aus allen Richtungen der Windrose und erreichten Geschwindigkeiten von bis zu hundertfünfzig Knoten. Und immer ließen sie Zerstörung zurück.
Der Sturm schien nachzulassen. Dunross ging zum Thermometer.
»Es fällt noch weiter«, sagte er und blinzelte zu den Fenstern hinüber. Die Streifen, die der Regen auf den Scheiben hinterließ, waren jetzt fast horizontal. »*Lasting Cloud* soll morgen abend am Kai festmachen.«
»Ja, aber jetzt wird sie wohl irgendwo vor den Philippinen kreuzen. Captain Moffatt ist zu gerissen, als daß er sich erwischen ließe«, sagte Struan.
»Ich teile diese Meinung nicht. Moffatt liebt es, seinen Fahrplan pünktlich einzuhalten. Und dieser Taifun war nicht vorhergesagt. Du... man hätte ihm Anweisungen erteilen müssen.« Nachdenklich nippte Dunross an seinem Glas. »Die *Lasting Cloud* sollte sich besser nicht erwischen lassen.«
Philip Tschen hörte den Unterton von Wut. »Warum nicht?«
»Wir haben unseren neuen Computer und Düsenmotoren im Wert von zwei Millionen Pfund an Bord. Und die Motoren sind nicht versichert.« Dunross streifte Alastair Struan mit einem Blick.
»Entweder so oder wir hätten den Auftrag verloren«, verteidigte sich der alte Mann. »Die Motoren sind für Kanton bestimmt. Du weißt, daß wir sie nicht versichern konnten, Philip; sie gehen nach Rot-China.« Gereizt fügte er hinzu: »Sie... sie kommen aus Südamerika, und von Südamerika gibt es keine Exportbeschränkungen nach China. Trotzdem war niemand bereit, sie zu versichern.«
»Ich dachte, der neue Computer soll erst im März kommen«, sagte Philip Tschen.
»Das sollte er auch, aber es ist mir gelungen, den Transport vorzuverlegen.«
»Auf wen sind die Schiffspapiere für die Motoren ausgestellt?« fragte Philip Tschen.
»Auf uns.«
»Da laufen wir ein großes Risiko.« Philip Tschen war sehr beunruhigt. »Meinst du nicht auch, Ian?«
Dunross schwieg.
»Wir hätten sonst den Auftrag nicht bekommen«, wiederholte Alastair Struan noch gereizter. »Wir haben die Chance, unser Geld zu verdoppeln, Philip. Wir brauchen das Geld. Aber noch dringender brauchen die Chinesen die Motoren. Das haben sie mir vorigen Monat in Kanton klar und deutlich gesagt.«
»Ja, aber zwölf Millionen, das ist... das ist ein großes Risiko für nur ein Schiff«, beharrte Philip Tschen auf seiner Meinung.
»Alles, was wir tun können, um den Russen das Geschäft wegzunehmen,

dient nur unserem Vorteil«, bemerkte Dunross. »Außerdem ist es ja schon geschehen. Ach, Alastair, du erwähntest einen Mann, der auf der Liste steht und über den ich Bescheid wissen sollte. Der Chef von...?«
»Marlborough Motors.«
»Ah!« machte Dunross mit grimmigem Entzücken. »Diese Saukerle verabscheue ich schon seit Jahren. Vater und Sohn.«
»Ich weiß.«
»Die Nikklins sind also Nachkommen von Tyler Brock? Na, es wird nicht mehr lange dauern, und wir können sie von der Liste streichen. Gut, sehr gut. Wissen sie, daß sie auf Dirk Struans Abschußliste stehen?«
»Ich glaube nicht.«
»Das ist noch besser.«
»Dieser Ansicht bin ich nicht! Du haßt den jungen Nikklin, weil er dich geschlagen hat.« Zornig streckte Alastair Struan einen Finger nach Dunross aus. »Es wäre an der Zeit, daß du das Rennfahren aufgibst. Überlaß alle diese Bergfahrten und den Macao Grand Prix den Halb-Professionellen. Die Nikklins verschwenden ihre Zeit an ihre Autos, das ist ihr Leben, aber du hast jetzt andere Rennen zu fahren, wichtigere.«
»Macao hat Amateurstatus, und diese Saukerle haben voriges Jahr geschummelt.«
»Das konnte nie bewiesen werden – dein Motor hat sich heißgelaufen. Eine Menge Motoren laufen sich heiß, Ian.«
»An meinem Wagen wurde herumgepfuscht.«
»Auch das konnte nie bewiesen werden!«
Philip Tschen mischte sich rasch ein; er wollte der feindseligen Atmosphäre im Raum ein Ende setzen. »Wenn das so wichtig ist, laßt mich doch versuchen, ob ich die Wahrheit herausfinden kann. Ich habe Quellen, die keinem von euch zugänglich sind. Meine chinesischen Freunde werden wissen und sollen wissen, ob Tom oder der junge Donald Nikklin etwas damit zu tun hatte. Allerdings«, fügte er verbindlich hinzu, »wenn der Tai-Pan noch weiterhin Rennen fahren will, muß das allein der Tai-Pan entscheiden. Habe ich nicht recht, Alastair?«
Der alte Herr zähmte seinen Zorn, obwohl sein Nacken immer noch gerötet war. »Ja, ja, du hast recht. Dennoch rate ich dir aufzuhören, Ian.«
»Gibt es auf dieser Liste noch andere, über die ich Bescheid wissen sollte?«
»Nein«, antwortete Alastair Struan nach einer Pause. »Jetzt nicht.« Er öffnete die zweite Flasche und schenkte ein, während er sprach. »Nun, jetzt gehört alles dir – der ganze Spaß und der ganze Schweiß. Ich bin froh, daß ich dir alles übergeben kann. Wenn du dich durch den Safe durchgearbeitet hast, wirst du das Beste und auch das Schlimmste wissen.« Er reichte jedem ein Glas und nippte an seinem. »Bei Gott, das ist der beste Wein, den Frankreich je produziert hat.«
Dunross hielt den Dom Pérignon für überbewertet und zu teuer und

wußte, daß das Jahr 1954 kein besonders gutes gewesen war. Aber er schwieg.

Struan ging zum Barometer. 979.2. »Wir können uns auf etwas gefaßt machen. Na, lassen wir das. Ian, Claudia Tschen hat ein paar wichtige Akten für dich und eine komplette Liste unserer Aktienbeteiligungen – mit den Namen der Strohmänner. Wenn du noch irgendwelche Fragen an mich hast, würde ich sie gern morgen hören; für übermorgen habe ich bereits nach London gebucht. Claudia behältst du ja wohl.«

»Selbstverständlich.« Claudia Tschen war nach Philip Tschen das zweite Bindeglied von Tai-Pan zu Tai-Pan. Sie war die geschäftsführende Sekretärin des Tai-Pan und eine entfernte Kusine Philip Tschens.

»Was ist mit unserer Bank – der Victoria Bank of Hongkong and China?« erkundigte sich Dunross, dem es Spaß machte, diese Frage zu stellen. »Ich kenne die genaue Höhe unserer Einlagen nicht.«

»Diese Information war immer nur dem Tai-Pan vorbehalten.«

Dunross wandte sich an Philip Tschen. »Wie hoch ist dein Aktienbesitz, einschließlich des treuhänderischen Anteils?«

Der geschockte Comprador zögerte.

»In Zukunft werde ich das Stimmrecht gemeinsam für unsere und deine Anteile ausüben.« Dunross hielt seine Augen auf den Comprador gerichtet. »Bis morgen mittag erwarte ich eine formelle unbefristete Übertragung deiner Stimmrechte an mich und an alle Tai-Pane nach mir, sowie, für den Fall, daß du dich jemals entscheiden solltest, sie zu verkaufen, das Vorkaufsrecht auf deine Anteile.«

Eine beklemmende Stille trat ein.

»Ian«, setzte Philip Tschen an, »diese Anteile...« Aber sein Vorsatz wankte unter Dunross' unbewegtem Blick. »6 Prozent... über 6 Prozent. Ich... ich werde deinem Wunsch entsprechen.«

»Du wirst es nicht bereuen.« Nun wandte Dunross seine Aufmerksamkeit Alastair Struan zu, und dem alten Mann stockte das Herz. »Wie groß ist unser Aktienkapital? Davon entfällt wieviel auf Treuhänder?«

Alastair zauderte. »Diese Zahl sollte nur dem Tai-Pan bekannt sein.«

»Selbstverständlich. Aber unser Comprador verdient unser volles Vertrauen«, konterte Dunross, womit er des Alten Gesicht rettete, denn er wußte, wie sehr es ihn verletzt haben mußte, vor Alastair Struan an Ansehen verloren zu haben.

»15 Prozent«, antwortete Struan.

Dunross schnappte nach Luft. Himmel Arsch, hätte er brüllen mögen, wir haben 15 Prozent, und Philip hat weitere sechs Prozent, und du hast nicht einmal das Minimum an Verstand, jetzt, wo wir fast bankrott sind, mit dieser Schachtel neues Kapital aufzutreiben?

Statt dessen beugte er sich vor und goß den Rest der Flasche in die drei Gläser; dies ließ ihm Zeit, sich ein wenig zu beruhigen. »Gut«, sagte er mit sei-

ner nüchternen, leidenschaftslosen Stimme. »Ich hoffe, daß wir gemeinsam bessere Resultate erzielen werden. Ich habe die Sondersitzung vorverlegt. Auf nächste Woche.«
Beide Männer sahen erstaunt auf. Trotz ihrer Rivalität trafen die Tai-Pane von Struan's, Rothwell-Gornt und der Victoria Bank seit 1880 alljährlich im geheimen zusammen, um über Angelegenheiten zu beraten, die Auswirkungen auf die Zukunft Hongkongs und Asiens haben mochten.
»Ich habe heute früh mit allen telefoniert. Wir treffen uns nächsten Montag um 9 Uhr früh hier.«
»Wer kommt von der Bank?«
»Der stellvertretende Hauptgeschäftsführer Havergill – der Alte macht in Japan und dann in England Urlaub.« Dunross' Züge verhärteten sich. »Ich werde mit Havergill zurechtkommen müssen.«
»Paul ist in Ordnung«, sagte Alastair. »Er wird der nächste Boss sein.«
»Nicht, wenn ich es verhindern kann«, sagte Dunross.
»Du hast Paul Havergill nie gemocht, nicht wahr, Ian?« fragte Philip Tschen.
»Nein, er ist mir zu insular, zu sehr Hongkonger, zu antiquiert und zu großspurig.«
»Und er hat deinen Vater gegen dich unterstützt.«
»Ja. Aber das ist nicht der Grund, warum er gehen sollte, Philip. Er sollte gehen, weil er Noble House im Weg steht. Er ist zu konservativ, viel zu großzügig gegenüber Asian Properties, und ich vermute, daß er sich im geheimen mit Rothwell-Gornt verbündet hat.«
»Ich teile diese Ansicht nicht«, sagte Alastair.
»Ich weiß. Aber wir brauchen Geld, um zu expandieren, und ich habe die Absicht, dieses Geld zu beschaffen. Und *meine* 21 Prozent sehr intensiv einzusetzen.«
»Ich rate dir, dich nicht mit der Victoria anzulegen«, sagte Philip Tschen mit ernster Miene.
»Das werde ich auch nicht. Sofern *meine* Bank mitspielt.« Einen Augenblick lang sah Dunross dem Regen zu. »Übrigens habe ich auch Jason Plumm zu der Sitzung eingeladen.«
»Wozu denn das, verdammt noch mal?« rief Struan, dessen Nacken sich abermals rötete.
»Zusammen mit seinen Asian Properties haben wir...«
»Plumm steht auf Dirk Struans Verschißliste, wie du das nennst. Er ist unser deklarierter Gegner.«
»Zusammen bilden wir vier in Hongkong eine Mehrheit und...« Dunross unterbrach sich, als das Telefon läutete. Alle drei schauten hin.
»Es ist jetzt dein Telefon«, sagte Alastair Struan säuerlich.
Dunross nahm den Hörer ab. »Dunross.« Er hörte einen Augenblick lang

zu, und dann sagte er: »Nein. Ich bin jetzt Tai-Pan von Struan's. Ja. Ian Dunross. Wie lautet das Telex?« Wieder hörte er zu. »Ja, danke.«

Er legte auf. Nach einer Weile brach er das Schweigen. »Das war unser Büro in Taipeh. Die *Lasting Cloud* ist vor der Nordküste Formosas gesunken. Man nimmt an, daß sie mit Mann und Maus untergegangen ist...«

Sonntag, 18. August 1963

1

20.45 Uhr:

Der Polizeibeamte lehnte an der Ecke des Informationsschalters und beobachtete den großgewachsenen Eurasier, ohne ihn direkt anzusehen. Er trug einen hellen Tropenanzug mit Polizeikrawatte und weißem Hemd. Es war heiß in der hell erleuchteten Ankunftshalle, die Luft feucht und voll von Gerüchen. Wie immer wogten lärmende Chinesen hin und her, Männer, Frauen, Kinder. Eine übergroße Anzahl von Kantonesen, einige Asiaten, ein paar Europäer.

»Herr Inspektor?«

Eines der Schaltermädchen hielt ihm ein Telefon hin. »Für Sie, Sir«, sagte sie und lächelte artig.

»Danke«, nickte er, registrierte ihre weißen Zähne, ihr dunkles Haar, ihre Rehaugen und ihre golden schimmernde Haut und stellte fest, daß sie Kantonesin und hier neu war. »Ja?« sagte er in das Telefon.

»Inspektor Armstrong? Hier spricht der Tower – *Yankee 2* ist eben gelandet. Pünktlich.«

»Danke.« Robert Armstrong, ein Mann von kräftigem Wuchs, lehnte sich über den Tresen und stellte das Telefon zurück. Er nahm Notiz von den langen Beinen des Mädchens und legte sich flüchtig die Frage vor, wie sie wohl im Bett sein würde.

»Wie heißen Sie?« fragte er.

»Mona Leung, Sir.«

»Danke, Mona Leung.« Er nickte ihr zu, ließ seine blaßblauen Augen auf ihr ruhen und sah einen Schatten von Besorgnis über ihre Züge huschen. Das gefiel ihm. Dich krieg' ich noch, dachte er und wandte seine Aufmerksamkeit wieder seiner Beute zu. Der Eurasier John Tschen stand neben einem der Ausgänge, er war allein, und das überraschte den Inspektor. Und daß er so nervös war. Für gewöhnlich war John Tschen völlig gelassen, doch jetzt warf er jeden Moment einen Blick auf die Uhr, dann auf die Tafel mit den Ankunftszeiten und wieder auf die Uhr.

Noch eine Minute, dann fangen wir an, dachte Armstrong.

Er langte in seine Tasche, um eine Zigarette herauszuholen, erinnerte sich, daß er als Geburtstagsgeschenk für seine Frau vor zwei Wochen das Rauchen aufgegeben hatte, stieß einen Fluch aus und steckte die Hände noch tiefer in die Taschen.

Um einen Kopf größer als die meisten in der Menge, ein breitschultriger Mann mit sportlichem, wiegendem Schritt, verließ er den Schalter. Seit siebzehn Jahren im Polizeidienst, war er jetzt Chef des CID – Criminal Investigation Department – von Kowloon.

»Guten Abend, John«, sagte er, »wie geht's denn?«

»O hallo, Robert«, erwiderte John Tschen den Gruß und war augenblicklich auf der Hut. Er sprach Englisch mit amerikanischem Akzent. »Alles bestens, danke. Und Ihnen?«

»Mir geht's gut. Ihr Verbindungsmann auf dem Flughafen meldete der Einwanderungsbehörde, daß Sie ein Sonderflugzeug erwarten, John. Eine Chartermaschine – *Yankee 2.*«

»Ja – aber es ist keine Chartermaschine. Eine Privatmaschine. Sie gehört Lincoln Bartlett – dem amerikanischen Millionär.«

»Ist er an Bord?« fragte Armstrong, obwohl er wußte, daß der Mann an Bord war.

»Ja.«

»Mit Begleitung?«

»Nur sein geschäftsführender Vizepräsident und Handlungsbevollmächtigter.«

»Ist Mr. Bartlett ein Freund von Ihnen?« fragte er, obwohl er wußte, daß er es nicht war.

»Ein Gast. Wir hoffen mit ihm ins Geschäft zu kommen.«

»Ach ja? Nun, seine Maschine ist eben gelandet. Warum kommen Sie nicht mit? Wir werden die ganzen bürokratischen Formalitäten für Sie umgehen. Das ist doch das mindeste, was wir für das Noble House tun können, nicht wahr?«

»Danke für Ihre Mühe.«

»Nicht der Rede wert.« Armstrong führte ihn durch eine Seitentür in der Zollschranke. »Lincoln Bartlett«, fuhr Armstrong mit gespielter Jovialität fort, »der Name sagt mir nichts. Sollte er das?«

»Nein, wenn Sie nicht im Geschäftsleben stehen«, antwortete John Tschen und haspelte nervös weiter. »Sein Spitzname ist ›Raider‹ – wegen seiner erfolgreichen Raids, der Übernahmen diverser Gesellschaften, die meist viel größer sind als seine eigene. Ein interessanter Mann. Ich habe ihn voriges Jahr in New York kennengelernt. Sein Firmenimperium erzielt einen Bruttogewinn von fast einer halben Milliarde im Jahr. Er behauptet, er hätte 1945 mit zweitausend geliehenen Dollars angefangen. Jetzt hat er seine Finger in Petrochemie, Schwerindustrie, Elektronik, Raketen – viele amerikanische Regierungsaufträge – er hat Polyurethan-Kunststoffprodukte, Düngemittel – ja sogar eine Gesellschaft, die Schi und Sportartikel herstellt und verkauft. Seine Firma heißt Par-Con Industries. Er hat einfach alles.«

»Ich dachte, auch Ihre Gesellschaft hätte schon alles.«

John Tschen lächelte höflich. »Nicht in Amerika«, antwortete er, »und es ist auch nicht meine Firma. Ich bin nur ein kleiner Aktionär von Struan's, sozusagen ein Angestellter.«
»Aber Sie sind ein Direktor und der älteste Sohn der Noble-House-Tschens und somit der nächste Comprador.« Nach altem Brauch war der Comprador ein chinesischer oder eurasischer Geschäftsmann, der als exklusiver Vermittler zwischen dem europäischen Handelshaus und den Chinesen agierte. Alle Geschäfte gingen durch seine Hände, an denen von allem ein wenig hängenblieb.
Soviel Reichtum und soviel Macht, dachte Armstrong – und doch: Mit nur ein wenig Glück können wir dich purzeln lassen wir Humpty-Dumpty und Struan's auch. »Sie werden Comprador sein wie schon Ihr Vater und Großvater und Urgroßvater vor Ihnen. Ihr Urgroßvater war der erste, nicht wahr? Sir Gordon Tschen, Comprador des großen Dirk Struan, der Noble House gründete – und beinahe auch ganz Hongkong.«
»Nein. Dirks Comprador war ein Mann namens Tschen Sheng. Sir Gordon Tschen war Comprador von Dirks Sohn, Culum Struan.«
»Sie waren Halbbrüder, nicht wahr?«
»So geht die Legende.«
»Ach ja, Legenden – davon leben wir ja. Culum Struan, wieder eine Legende in Hongkong. Aber auch Sir Gordon ist eine Legende – Sie sind ein Glückskind.«
Ein Glückskind? fragte sich John Tschen bitter. Ist es ein Glück, vom illegitimen Sohn eines schottischen Piraten abzustammen, eines Opiumschmugglers, eines hurerischen bösen Geistes und Mörders, wenn nur einige der Geschichten wahr sind – und eines kantonesischen Flittchens, das er sich in einem dreckigen Puff kaufte, das heute noch in einem schmutzigen Hintergäßchen in Macao in Betrieb ist? »Ich bin kein Glückskind«, sagte er und bemühte sich dabei, ruhig zu bleiben. Sein Haar war dunkel mit grauen Stellen, sein Gesicht das eines Angelsachsen, hübsch, wenn auch ein wenig schlaff, und die dunklen Augen hatten nur einen geringen asiatischen Einschlag. Er war zweiundvierzig und trug Tropenanzüge, stets tadellos geschnitten und Schuhe von Hermès.
»Da bin ich anderer Meinung«, widersprach Armstrong, und es war seine Meinung. »Comprador zu sein von Struan's, dem Noble House of Asia, das ist schon was... etwas Besonderes.«
»Ja, etwas Besonderes«, wiederholte John Tschen mit flacher Stimme. Seit er denken konnte, quälte ihn sein Erbe. Er konnte die Augen fühlen, die ihn beobachteten, ihn, den ältesten Sohn, mit den Rechten des Erstgeborenen – er fühlte die nicht zu stillende Habgier und den Neid. Wie ein Damoklesschwert hatte sein Erbe seit eh und je über ihm gehangen. Erst gestern hatte es wieder einen zermürbenden Krach mit seinem Vater gegeben, den ärgsten seit langem. »Ich will nichts mit Struan's zu tun haben!« hatte er ge-

schrien. »Ich sage es dir zum hundertsten Mal, ich will raus aus Hongkong, ich will zurück in die Staaten, ich will mein eigenes Leben leben!«
»Und ich sage dir: Du wirst auf mich hören. Ich habe dich nach Am...«
»Ich könnte doch unsere amerikanischen Interessen vertreten, Vater. Bitte. Es gibt dort mehr als genug zu tun!«
»*Ayeeyah!* Jetzt hör mir mal zu! Wir verdienen unser Geld hier, hier in Hongkong und in Asien! Ich habe dich in Amerika studieren lassen, um die Familie auf die Welt von heute vorzubereiten. Du bist jetzt vorbereitet, und darum ist es deine Pflicht gegenüber der Fam...«
»Du hast doch Richard, Vater, und Kevin – als Geschäftsmann ist Richard zehnmal so gut wie ich, und er kann es kaum mehr erwarten, aktiv zu werden. Und was ist mit Onkel James –?«
»Du wirst mir gehorchen! Du weißt doch genau, daß dieser Bartlett für uns lebenswichtig ist. Wir brauchen deine Kennt...«
»...Onkel James oder Onkel Thomas? Onkel James wäre der Beste für euch, der Beste für die Familie und der Best...«
»Du bist mein ältester Sohn. Du bist das nächste Familienoberhaupt und der nächste Comprador!«
»Bei Gott, das werde ich nicht!«
»Dann bekommst du keinen Penny mehr!«
»Da wird sich aber nicht viel ändern! Wir beziehen ja alle nur einen Hungerlohn! Was besitzt du an Vermögen? Wie viele Millionen? Fünfzig? Siebzig? Hun...«
»Wenn du dich nicht sofort entschuldigst und mit diesem Unsinn aufhörst, dann mach ich ein für allemal Schluß mit dir. Ich enterbe dich, und zwar sofort!«
Die Aufregung schlug sich John Tschen jedesmal auf den Magen. Er haßte die endlosen Streitereien – sein Vater hochrot vor Wut, seine Frau in Tränen, seine Kinder starr vor Schreck. Glotzend standen sie herum und wünschten ihn zum Teufel, seine Stiefmutter, seine Brüder und Vettern, die meisten seiner Onkel und alle ihre Frauen. Neid und Habgier. – Aber was Bartlett angeht, hat Vater recht, wenn auch nicht so, wie er denkt. Nein. Das ist mein Fall. Das ist etwas für mich. Dieses eine Geschäft, und ich bin für immer frei.
Sie hatten fast schon die lange, hell erleuchtete Zollhalle durchschritten.
»Gehen Sie am Sonnabend zum Rennen?« fragte John Tschen.
»Aber sicher!« Zur großen Freude aller hatte vergangene Woche der mächtige Jockey-Club, der sämtliche Pferderennen kontrollierte – die einzige legale Form organisierten Glücksspiels in der Kolonie – ein Sonderbulletin herausgegeben: »Obwohl die Saison in diesem Jahr erst am 5. Oktober beginnt, hat die Verwaltung mit der gütigen Erlaubnis unseres illustren Gouverneurs, Sir Geoffrey Allison, beschlossen, Sonnabend, den 24. August, zum Vergnügen aller und als Gruß an unsere hart arbeitende Bevölkerung,

die die schwere Last der zweitschlimmsten Dürreperiode in unserer Geschichte mit großer Seelenstärke trägt, zum Renntag zu erklären...«
»Wie ich höre, lassen Sie ›Golden Lady‹ im fünften Rennen laufen«, sagte Armstrong.
»Der Trainer meint, sie hätte gute Chancen. Kommen Sie doch bitte an Vaters Loge vorbei und trinken Sie ein Glas mit uns! Ich könnte ein paar Tips von Ihnen gebrauchen. Sie sind ein großer Wetter.«
»Ich habe manchmal Glück, das ist alles. Aber was sind meine zehn Dollar schon gegen Ihre zehntausend?«
»So hoch wetten wir nur, wenn eines unserer Pferde läuft. Die letzte Saison war eine einzige Katastrophe... Ich könnte einen Gewinn gebrauchen.«
»Ich auch.« O Jesus, und wie ich einen gebrauchen könnte, dachte Armstrong. Aber dich, John Tschen, dich schert es keinen Fliegenschiß, ob du zehntausend oder hunderttausend gewinnst oder verlierst. Ruhig Blut, sagte er sich. Daß es Gauner gibt, ist eine Tatsache, und es ist deine Aufgabe, sie zu fangen, wenn du kannst – und mit deinem miserablen Gehalt zufrieden zu sein. Warum sollte ich diesen Bastard beneiden? Dem geht es so oder so an den Kragen. »Ich habe übrigens einen Beamten zu Ihrem Wagen beordert, damit er Sie durch die Sperre schleust.«
»Oh, vielen Dank. Tut mir leid, daß ich Ihnen solche Mühe gemacht habe.«
»War doch keine Mühe. Ich dachte mir, es muß wichtig sein, wenn Sie persönlich kommen.« Armstrong konnte es sich nicht verkneifen, noch einen Pfeil abzuschießen. »Wie ich schon sagte: Keine Mühe ist zu groß für das Noble House.«
John Tschen blieb bei seinem höflichen Lächeln. Leck du mich, dachte er. Wir dulden dich, weil du ein einflußreicher Bulle bist, aber von Neid zerfressen, schwer verschuldet, sehr wahrscheinlich korrupt und, was Pferde betrifft, ganz sicher ahnungslos. Leck mich kreuzweise. *Dew neh loh moh* auf alle deine Nachkommen, dachte John Tschen, ließ sich aber seine Schmutzworte nicht anmerken. Er hob die Hand an die halbe Münze, die er an einer dünnen Lederschnur um den Hals trug. Seine Finger zitterten, als sie das Metall berührten. Unwillkürlich schauderte er.
»Ist was?« fragte Armstrong.
»Nichts. Gar nichts.« Nimm dich zusammen, dachte John Tschen.
Sie hatten die Zollhalle passiert und befanden sich im Bereich der Einwanderungsbehörde. Reihen von verschreckten, unsicheren, ermüdeten Menschen warteten vor den sauberen kleinen Pulten der kaltherzigen uniformierten Beamten. Sie grüßten Armstrong. John Tschen spürte ihre bohrenden Blicke.
Wie immer wurde ihm mulmig unter ihren forschenden Augen, obwohl er vor ihren neugierigen Fragen sicher war. Er war Inhaber eines richtigen englischen Passes, nicht nur eines zweitklassigen Hongkong-Passes, sowie einer amerikanischen Grünen Karte – der Ausländerkarte – jenes kostbaren

Besitztums, das ihm gestattete, in den USA zu leben, zu arbeiten und sich zu vergnügen.
»Herr Inspektor?« Ein Beamter hielt einen Telefonhörer hoch: »Für Sie, Sir!«
Er blickte Armstrong nach, der ein paar Schritte zurück machte, um den Anruf entgegenzunehmen. Er fragte sich, wie es wohl wäre, ein Polizist mit so viel Gelegenheiten für so viel Gaunereien zu sein, und, zum millionstenmal, wie es wohl wäre, ganz Brite oder ganz Chinese zu sein und nicht ein Eurasier, der von beiden verachtet wurde. Er sah, wie Armstrong aufmerksam lauschte, und hörte ihn antworten: »Nein, gebrauchen Sie Ausflüchte! Ich kümmere mich persönlich darum. Danke, Tom.«
Armstrong kam zurück. »Entschuldigen Sie«, sagte er und passierte die Sperrkette, um durch einen schmalen Gang in den VIP-Raum zu gelangen. Er war elegant und geräumig, hatte ein Buffet und gewährte einen guten Ausblick auf Flughafen, Stadt und Bucht. Die Halle war leer bis auf zwei Beamte des Zolls und der Einwanderungsbehörde und einen von Armstrongs Leuten, der neben Ausgang 16 wartete.
»Abend, Sergeant Lee«, sagte Armstrong. »Alles klar?«
»Ja, Sir. Die *Yankee 2* schaltet eben ihre Motoren ab.« Sergeant Lee grüßte abermals und öffnete die Tür für sie.
»Danke.« John Tschen trat auf die Rollbahn hinaus.
Groß und breit stand die *Yankee 2* da. Bodenpersonal brachte eine motorisierte Fluggasttreppe vorsichtig an ihren Platz. Durch die kleinen Cockpitfenster konnten sie im schwachen Licht die Piloten sehen. Auf einer Seite im Schatten wartete John Tschens dunkelblauer Silver Cloud Rolls; neben der Tür stand der uniformierte chinesische Chauffeur und in geringer Entfernung ein Polizeibeamter.
Die Hauptkabinentür öffnete sich, und ein Steward kam heraus, um die zwei Beamten des Flughafens zu begrüßen, die auf der Plattform warteten. Er überreichte einem der Beamten eine Tasche mit den Flugzeug-Dokumenten und die Ladeliste, worauf sie freundlich zu plaudern begannen. Plötzlich verstummten alle ehrerbietig. Und grüßten höflich.
Das Mädchen, eine Amerikanerin, war groß, gepflegt und elegant.
Armstrong stieß einen Pfiff aus. »*Ayeeyah!*«
»Bartlett hat Geschmack«, murmelte John Tschen. Sein Puls schlug schneller.
In männliche Träumereien versunken, beobachteten sie das Mädchen, das die Treppe herunterkam.
»Was glauben Sie, ist sie ein Modell?«
»Sie bewegt sich wie eines. Vielleicht ein Filmstar?«
John Tschen ging auf sie zu. »Guten Abend. Ich bin John Tschen von Struan's. Ich erwarte Mr. Bartlett und Mr. Tschuluck.«
»Ach ja, natürlich, Mr. Tschen. Das ist sehr liebenswürdig von Ihnen, Sir,

besonders an einem Sonntag. Ich freue mich, Sie kennenzulernen. Ich bin K. C. Tcholok. Mr. Bartlett meint, wenn Sie...«

»Casey Tschuluck?« John Tschen schnappte nach Luft.

»Ja«, antwortete sie und ging lächelnd über die falsche Aussprache ihres Namens hinweg. »Meine Initialen sind K. C., Mr. Tschen, und so wurde *Cacey* mein Spitzname.« Ihre Augen wanderten zu Armstrong hinüber. »Guten Abend. Sind Sie auch von Struan's?« Ihre Stimme klang melodisch.

»Oh, äh, entschuldigen Sie, das, das ist Inspektor Armstrong«, stotterte John Tschen, der sich immer noch bemühte, seine Fassung zurückzugewinnen.

»Abend«, sagte Armstrong und stellte fest, daß sie aus der Nähe gesehen noch attraktiver war. »Willkommen in Hongkong.«

»Danke. Inspektor? Sie sind von der Polizei, nicht wahr?« Doch dann machte es klick bei ihr. »Ah, Armstrong. Robert Armstrong? Chef des CID Kowloon?«

Er verbarg seine Überraschung. »Sie sind sehr gut informiert, Miss Tcholok.«

Sie lachte. »Das gehört zu meiner Routine. Es ist Teil meiner Aufgaben, gut informiert zu sein, wenn ich in eine Stadt komme, die ich noch nicht kenne. Die Regierung von Hongkong veröffentlicht ein amtliches Telefonbuch, das jeder für ein paar Pennies kaufen kann. Ich bekam mein Exemplar durch das Hongkong-Fremdenverkehrsbüro in New York.«

»Wer ist der Chef des Sonderdezernats?« fragte er, um sie auf die Probe zu stellen.

»Weiß ich nicht. Ich glaube nicht, daß diese Abteilung angegeben war. Ist sie es?«

»Manchmal.«

Eine kleine Falte erschien zwischen ihren Augen. »Empfangen Sie alle Privatflugzeuge persönlich, Herr Inspektor?«

»Nur solche, die hübsche, gutinformierte Damen an Bord haben.« Er lächelte.

»Ist etwas nicht in Ordnung? Irgendwelche Schwierigkeiten?«

»Ach nein, nur Routine. Kai Tak gehört zu meinem Amtsbereich. Darf ich Ihren Paß sehen?«

»Selbstverständlich.« Die Falte vertiefte sich, während sie ihre Handtasche öffnete und ihm den Paß reichte.

Jahrelange Erfahrung machte es ihm möglich, rasch und gründlich zu prüfen. »Geboren in Providence, Rhode Island, am 25. November 1936, Größe fünf Fuß, acht Zoll, Haar blond, Augen haselnußbraun.« Paß noch zwei Jahre gültig. Sechsundzwanzig, eh? Ich hätte sie für jünger gehalten. Scheinbar gleichgültig blätterte er das Dokument durch. Ein Dutzend Kontrollstempel – England, Frankreich, Italien, Südamerika. Und: UdSSR vom Juli dieses Jahres. Sieben Tage. Moskau. »Sergeant Lee!«

»Ja, Sir?«
»Besorgen Sie den Stempel«, sagte er lässig und lächelte auf sie hinab. »Alles in Ordnung. Mit Einschränkungen können sie bleiben, solange Sie wollen. Gegen Ende der Drei-Monats-Frist gehen Sie zum nächsten Polizeirevier und lassen sich das Visum verlängern.«
»Vielen Dank.«
»Werden Sie länger bei uns bleiben?«
»Das hängt von den Geschäften ab«, sagte sie nach einer Pause. Sie lächelte John Tschen zu. »Wir hoffen, auf lange Zeit ins Geschäft zu kommen.«
»Ja«, bestätigte John Tschen, »äh, das hoffen wir auch.« Er war immer noch verwirrt. Es ist doch einfach nicht möglich, daß Casey Tcholok eine Frau ist, dachte er.
Zwei Koffer in der Hand, kam Sven Svensen, der Steward, die Treppe heruntergehüpft. »Hier, Casey. Sind Sie sicher, daß das für heute reicht?«
»Ja. Sicher. Danke, Sven.«
»Mr. Bartlett sagt, Sie sollen schon vorfahren. Brauchen Sie Hilfe beim Zoll?«
»Nein, danke. Mr. Tschen ist uns freundlicherweise abholen gekommen. Wie auch Inspektor Armstrong, Chef des CID Kowloon. Alles in Ordnung?«
»Ich denke schon.« Sven Svensen lachte. »Der Zoll ist gerade dabei, unsere Vorräte an Fusel und Zigaretten zu überprüfen.« Nur für vier Dinge schrieb die Kolonie Einfuhrgenehmigungen vor, und nur sie waren zollpflichtig; Gold, alkoholische Getränke, Tabak und Benzin. Streng verboten war der Import von Drogen, von jeder Art von Feuerwaffen und Munition.
Casey lächelte Armstrong zu. »Wir haben keinen Reis an Bord, Herr Inspektor. Mr. Bartlett mag ihn nicht.«
»Dann wird er es hier schwer haben.«
Sie lachte und wandte sich wieder Svensen zu. »Auf morgen dann. Danke.«
»Neun Uhr pünktlich!« Svensen kehrte ins Flugzeug zurück, und Casey wandte sich an John Tschen.
»Mr. Bartlett hat gesagt, wir sollen nicht auf ihn warten. Können wir gehen? Wir haben Zimmer im Victoria and Albert Hotel in Kowloon reserviert.« Sie schickte sich an, ihre Koffer vom Boden aufzunehmen, aber aus dem Dunkel tauchte ein Träger auf und nahm sie ihr ab. »Mr. Bartlett kommt später... oder morgen.«
John Tschen machte ein dummes Gesicht. »Er kommt nicht?«
»Nein. Wenn man es ihm gestattet, bleibt er über Nacht in der Maschine. Wenn nicht, kommt er mit dem Taxi nach. Am Lunch morgen nimmt er jedenfalls teil. Der Lunch steht doch noch auf dem Programm, oder?«
»O ja, aber...« John Tschen bemühte sich, seinen Denkapparat wieder in Gang zu bringen. »Dann wollen Sie also die Konferenz um zehn streichen?«

»O nein. Daran werde ich wie geplant teilnehmen. Es war nicht vorgesehen, daß Mr. Bartlett zu dieser Besprechung kommt. Da geht es ja nur um die Finanzierung – nicht um Konzernpolitik. Dafür haben Sie sicher Verständnis. Mr. Bartlett ist sehr müde, Mr. Tschen. Er ist erst gestern aus Europa zurückgekommen.« Ihr Blick schweifte zu Armstrong zurück. »Der Kapitän hat im Tower angefragt, ob Mr. Bartlett in der Maschine übernachten kann. Der Tower hat die Anfrage an die Einwanderungsbehörde weitergeleitet, aber ich nehme an, unser Ersuchen wird bei Ihnen landen. Wir wären Ihnen sehr dankbar, wenn Sie Ihre Zustimmung geben würden. Er ist wirklich schon zu lange unterwegs.«
»Ich werde mit ihm darüber reden.«
»Danke. Vielen Dank«, sagte sie und dann zu John Tschen: »Entschuldigen Sie diese Komplikationen, Mr. Tschen. Wollen wir?« Gefolgt vom Träger, setzte sie sich in Richtung Ausgang 16 in Bewegung, aber John Tschen deutete auf seinen Rolls. »Hier geht's lang, Miss Tchu- eh, Casey.«
Sie machte große Augen. »Kein Zoll?«
»Nicht heute abend«, lautete Armstrongs Antwort. Sie gefiel ihm. »Eine Aufmerksamkeit der Regierung Ihrer Majestät.«
Sie stieg in den Wagen. Köstlicher Duft nach Leder. Und Luxus. Dann sah sie den Träger durch das Tor in das Abfertigungsgebäude eilen. »Was ist mit den Koffern?«
»Keine Sorge«, sagte John Tschen gereizt, »sie werden noch vor Ihnen in Ihrer Suite eintreffen.«
Armstrong hielt die Tür einen Augenblick lang fest. »Mr. Tschen ist mit zwei Wagen gekommen. Mit einem für Sie und Mr. Bartlett und dem anderen für das Gepäck.«
»Zwei Wagen?«
»Selbstverständlich. Vergessen Sie nicht, daß Sie jetzt in Hongkong sind.«
Er blickte dem Wagen nach. Linc Bartlett ist ein glücklicher Mann, dachte er und fragte sich zerstreut, warum sich Special Intelligence, der Nachrichtendienst, für die Dame interessierte.
»Überprüfen Sie persönlich ihren Paß«, hatte der Chef des SI ihn am Vormittag angewiesen. »Und auch den von Mr. Lincoln Bartlett.«
Armstrong seufzte, während er, von Sergeant Lee gefolgt, die Gangway hinaufschritt. *Dew neh loh moh* auf alle Vorgesetzten, insbesondere den Chef des SI.
Einer der Zollbeamten wartete mit Svensen auf der Plattform. »Abend, Sir«, grüßte er. »An Bord alles in Ordnung. Eine .38 mit einer verschlossenen Schachtel, die hundert Patronen enthält, ist als Teil der Schiffsausrüstung ausgewiesen. Ferner drei Jagdgewehre mit Munition im Besitz von Mr. Bartlett. Alles im Ladeverzeichnis angegeben und von mir überprüft.«

»Gut.«

»Brauchen Sie mich noch, Sir?«

»Nein, danke.« Armstrong nahm die Ladeliste und begann sie zu überprüfen. Mengen von Weinen, Zigaretten, Tabak, Bier und andere Alkoholika. Zehn Kisten Dom Pérignon '59, fünfzehn Puligny Montrachet '53, neun Château Haut Brion '53. »Kein Lafite Rothschild 1916, Mr. Svensen?« fragte er mit leisem Lächeln.

»Nein, Sir«, grinste Svensen. »'16 war ein sehr schlechtes Jahr. Aber wir haben eine halbe Kiste 1923 an Bord. Sie finden sie auf der nächsten Seite.«

Armstrong blätterte um. Zigarren und noch mehr Wein. »Gut«, sagte er schließlich, »das ist natürlich alles unter Zollverschluß, solange Sie hier sind.«

»Ja, Sir, ich hatte es schon versperrt – Ihr Beamter hat es plombiert. Er sagt, es wäre nichts dagegen einzuwenden, wenn ich eine Zwölferpackung Bier im Kühlschrank ließe.«

»Wenn der Eigentümer einige Weine zu importieren wünscht, lassen Sie es mich wissen. Kein Papierkrieg, nur eine bescheidene Zubuße für Ihrer Majestät unterste Lade.«

»Sir?« Svensen verstand kein Wort.

»Hm? Ach, nur ein englischer Wortwitz. Bezieht sich darauf, daß eine Dame nur Dinge in die unterste Lade ihrer Kommode gibt, die sie später einmal brauchen wird. Ihren Paß bitte.« Svensen hatte einen kanadischen Paß. »Danke.«

»Darf ich Sie jetzt zu Mr. Bartlett bringen? Er erwartet Sie.«

Svensen ging voran. Das Innere des Flugzeugs war von schlichter Eleganz. Eine aus einem halben Dutzend tiefer Ledersessel und einem Sofa bestehende Sitzgruppe schloß rechts unmittelbar an den kleinen Vorraum an. Eine Mitteltür führte in den übrigen Teil des Flugzeugs. In einem der Sessel saß halb schlafend eine Stewardeß, ihre Reisetaschen neben sich. Links befand sich die Tür zum Cockpit. Der Kapitän und sein Erster Offizier und Copilot saßen auf ihren Plätzen und erledigten noch Papierkram.

»Verzeihen Sie, Captain. Das ist Inspektor Armstrong«, sagte Svensen und trat zur Seite.

»Guten Abend, Inspektor«, grüßte der Kapitän. »Ich bin Captain Jannelli, und das ist mein Copilot Bill O'Rourke.«

»Abend. Darf ich Ihre Pässe sehen?«

Beide Piloten hatten massenhaft internationale Visa und Kontrollstempel. Keine von Volksdemokratien. Armstrong gab die Pässe an Sergeant Lee zum Stempeln weiter. »Danke, Captain. Ist das Ihr erter Besuch in Hongkong?«

»Nein, Sir. Während des Koreakriegs war ich einige Male hier auf Urlaub. Und 1956, während der Krawalle, flog ich als Erster Offizier auf der Fernost-Strecke der Far Eastern.«

»Was für Krawalle?« fragte O'Rourke.
»Ganz Kowloon ging in die Luft. Einige Hunderttausend Chinesen wurden plötzlich rabiat, rotteten sich zusammen und schlugen alles kurz und klein. Die Bullen – Verzeihung, die Polizisten – versuchten zuerst, mit Geduld die Ruhe wiederherzustellen, doch als der Mob anfing, Polizisten umzulegen, kamen sie mit ein paar Maschinengewehren und erschossen ein halbes Dutzend Rädelsführer, worauf sich alles sehr schnell wieder beruhigte. Hier hat nur die Polizei Schußwaffen, und das ist eine ausgezeichnete Idee.« Und zu Armstrong gewendet fügte er hinzu: »Ich finde, Ihre Leute haben damals gute Arbeit geleistet.«
»Danke, Captain Jannelli. Von wo ist dieser Flug ausgegangen?«
»L. A. – Los Angeles. Dort befindet sich Mr. Bartletts Hauptbüro.«
»Ihre Route war Honolulu–Tokio–Hongkong?«
»Ja, Sir.«
»Wie lange hatten Sie Aufenthalt in Tokio?«
Bill O'Rourke sah im Flugbuch nach. »Zwei Stunden und siebzehn Minuten. Wir haben nur aufgetankt, Sir. Ich habe als einziger die Maschine verlassen. Wenn wir irgendwo landen, überprüfe ich immer das Fahrgestell.«
»Das ist eine gute Gewohnheit«, lobte ihn der Polizeioffizier. »Wie lange bleiben Sie?«
»Das weiß ich nicht. Das ist Mr. Bartletts Sache. Über Nacht ganz sicher. Und vor vierzehn Uhr können wir nicht abheben. Unser Auftrag lautet, immer bereit zu sein, um jederzeit jedes Ziel anfliegen zu können.«
»Sie haben da eine schöne Maschine, Captain. Aufenthalt bis morgen vierzehn Uhr genehmigt. Wenn Sie eine Verlängerung haben wollen, setzen Sie sich vor dieser Zeit mit der Bodenkontrolle in Verbindung. Sobald Sie hier fertig sind, passieren Sie den Zoll durch diesen Ausgang. Und bitte mit der ganzen Crew gemeinsam.«
»Sicher. Sobald wir aufgetankt haben.«
»Sie und Ihre ganze Crew, Sie wissen doch, daß die Einfuhr von Waffen in die Kolonie streng verboten ist? Wir sind ein bißchen nervös, wenn es um Feuerwaffen in Hongkong geht.«
»Ich auch, Herr Inspektor – und zwar überall. Darum habe ich den einzigen Schlüssel zum Waffenschrank.«
»Gut. Wenn Sie irgendwelche Probleme haben, wenden Sie sich bitte an mein Büro.« Armstrong begab sich in den Aufenthaltsraum zurück. Svensen ging voran.
Jannelli beobachtete ihn, wie er den Paß der Stewardeß, der hübschen Jenny Pollard, überprüfte. »Dieser Hurensohn«, murmelte er und fügte leise hinzu: »Irgend etwas stinkt hier.« Er rekelte sich in seinem Pilotensitz. »Mann, könnte ich eine Massage und eine Woche Urlaub gut gebrauchen!«
Im Vorraum gab Armstrong den Paß an Sergeant Lee weiter, der ihn abstempelte.

»Danke, Miss Pollard.«
»Danke Ihnen.«
»Das ist die ganze Besatzung, Sir«, sagte Svensen. »Und jetzt Mr. Bartlett?«
»Ja, bitte.«
Svensen klopfte an die mittlere Tür und öffnete sie, ohne zu warten. »Mr. Bartlett, das ist Inspektor Armstrong«, stellte er den Besucher formlos vor.
»Hallo«, sagte Linc Bartlett und erhob sich von seinem Schreibtisch. Er streckte Armstrong die Hand entgegen. »Kann ich Ihnen etwas zu trinken anbieten? Ein Bier?«
»Danke, nein. Vielleicht eine Tasse Kaffee.«
Sofort steuerte Svensen auf die Bordküche zu. »Kommt sofort«, sagte er.
»Machen Sie es sich bequem. Hier ist mein Paß«, sagte Bartlett. »Ich stehe Ihnen gleich zur Verfügung.« Er ging an seinen Schreibtisch zurück und tippte mit zwei Fingern weiter.
Armstrong betrachtete ihn mit Muße. Rotblondes Haar, graugesprenkelte blaue Augen, ein kraftvolles, attraktives Gesicht. Gut in Schuß. Sporthemd und Jeans. Er sah den Paß durch. Geboren in Los Angeles am 1. Oktober 1922. Sieht jung aus für vierzig, dachte er. Der gleiche Moskauer Kontrollstempel wie Casey Tcholok.
Seine Augen glitten durch den Raum, der die gesamte Breite des Flugzeugs einnahm. Ein kurzer Mittelgang mit zwei Kabinen und zwei Toiletten führte zu einer Tür, hinter der er Bartletts Schlafraum vermutete.
Der Raum war wie ein Nachrichtenzentrum eingerichtet. Fernschreiber, internationale Fernsprechanlagen, eingebaute Schreibmaschinen, Aktenschränke, Vervielfältigungsgerät und ein Schreibtisch mit Lederplatte voll von Papieren. Regale mit Büchern. Geschäftsbüchern. Ein paar Taschenbücher. Der Rest bestand aus Kriegsbüchern und Berichten von und über Generäle. Dutzende. Wellington und Napoleon und Patton, Eisenhowers *Kreuzzug in Europa*. Sün-tses *Die Kunst des Krieges*...
»Hier, Sir.«
»Danke, Svensen.« Er nahm den Kaffee und goß ein wenig Sahne dazu, Svensen stellte eine frische Dose kühles Bier neben Bartlett, nahm die alte mit, kehrte in die Kombüse zurück und schloß die Tür hinter sich. Bartlett trank das Bier aus der Dose, las noch einmal durch, was er geschrieben hatte, und drückte auf einen Knopf. Svensen erschien sofort. »Sagen Sie Jannelli, er möge den Tower ersuchen, das abzusenden.« Svensen nickte und ging. Bartlett entspannte seine Schultern und schwenkte in seinem Drehstuhl herum. »Entschuldigen Sie – das mußte noch rasch weg.«
»Schon recht, Mr. Bartlett. Ihr Ersuchen, hier im Flugzeug zu übernachten, ist genehmigt. Wie lange wird Ihre Maschine hierbleiben?«
»Das hängt von unserer morgigen Besprechung ab, Inspektor. Wir hoffen, mit Struan's ins Geschäft zu kommen. Eine Woche, zehn Tage.«

»Dann werden Sie morgen eine andere Abstellfläche brauchen. Morgen um sechzehn Uhr erwarten wir einen anderen VIP-Flug. Ich habe Kapitän Jannelli angewiesen, sich vor vierzehn Uhr mit der Bodenkontrolle zu verständigen.«
»Danke. Gehört es etwa zu den Obliegenheiten des Chefs des CID Kowloon, sich den Kopf über Abstellflächen zu zerbrechen?«
Armstrong lächelte. »Ich weiß gern, was im Bereich meiner Abteilung vorgeht. Eine lästige Gewohnheit, aber eingewurzelt. Es passiert nicht oft, daß Privatflugzeuge uns besuchen – oder daß Mr. Tschen persönlich jemanden abholen kommt. Und wenn es geht, sind wir gern gefällig. Ein Großteil des Flughafens gehört Struan's, und John ist ein persönlicher Freund von mir. Ist er auch ein alter Freund von Ihnen?«
»Ich habe einige Zeit mit ihm in New York und Los Angeles verbracht und finde ihn sehr nett. Hören Sie, Inspektor, dieses Flugzeug ist meine Nachrichtenzentrale, und ohne Nachrichtenzentrale bin ich verloren. Wenn ich eine Woche hierbleibe, könnte ich dann wohl hin- und herpendeln?«
»Ich fürchte, das könnte sich als tüftelig erweisen, Mr. Bartlett.«
»Heißt das nun ja oder nein oder vielleicht?«
»Ach Gott, das ist hier so ein Ausdruck für schwierig. Es tut mir leid, aber hier auf Kai Tak haben wir sehr strenge Sicherheitsvorschriften.«
»Wenn Sie dazu eigens Leute einstellen müssen, bin ich gern bereit, dafür zu zahlen.«
»Es ist eine Frage der Sicherheit, Mr. Bartlett, keine Geldfrage. Sie werden feststellen, daß Hongkong über einen erstklassigen Fernsprechdienst verfügt, Mr. Bartlett.«
»Nun, wenn Sie können, wäre ich Ihnen dankbar.«
Armstrong nippte an seinem Kaffee. »Ist das Ihr erster Besuch in Hongkong?«
»Ja, Sir. Mein erster in Asien. Weiter als Guadalcanal bin ich nie gekommen. Das war 1943.«
»Waren Sie in der Army?«
»Sergeant bei den Pionieren. Wir bauten alles mögliche: Hangare, Brükken, Übungsplätze. Was es so gab. Ausgezeichnete Gelegenheit, Erfahrungen zu sammeln.« Bartlett nahm einen Schluck aus seiner Dose. »Wollen Sie wirklich keinen Drink?«
»Danke, nein.« Armstrong trank aus und schickte sich an aufzustehen. »Danke für den Kaffee.«
»Darf ich Ihnen jetzt eine Frage stellen?«
»Selbstverständlich.«
»Was für ein Mensch ist Dunross? Ian Dunross. Der Chef von Struan's.«
»Der Tai-Pan?« Armstrong mußte lachen. »Das hängt davon ab, wen Sie fragen, Mr. Bartlett. Haben Sie ihn nie kennengelernt?«
»Nein, noch nicht. Ich werde ihn morgen sehen. Beim Lunch. Warum nennen Sie ihn *Tai-Pan?*«

»*Tai-Pan* bedeutet ›Oberster Führer‹ auf Kantonesisch – die Person, die über die größte Machtfülle verfügt. Für die Chinesen sind die europäischen Chefs der alten Handelshäuser alle Tai-Pane. Aber selbst unter Tai-Panen gibt es immer einen größten. *Den* Tai-Pan. Struan's führt den Spitznamen ›Noble House‹ oder ›Noble *Hong*‹. *Hong* bedeutet Handelsfirma oder Gesellschaft. Es geht auf den Anfang des China-Handels und die frühen Tage Hongkongs zurück. Wenn man so will, wurde Hongkong am 26. Januar 1841 gegründet. Der Gründer von Struan und Company, Dirk Struan, war eine Legende und ist es in mancher Beziehung noch heute. Die einen sagen, er sei ein Seeräuber, die anderen, er sei ein feiner Kerl gewesen. Jedenfalls verdiente er ein Vermögen damit, daß er indisches Opium nach China schmuggelte, mit dem Geld chinesischen Tee kaufte, den er mit einer Flotte von chinesischen Klippern nach Europa verschiffte. Er wurde ein reicher Kaufherr und erwarb sich den Titel eines Tai-Pan. Seitdem sind die Leute von Struan's immer bemüht, in allem die ersten zu sein.«
»Und sind sie es?«
»Ach, ein paar Firmen sind ihnen auf den Fersen, Rothwell-Gornt zum Beispiel, aber, ja, ich möchte sagen, sie sind die ersten. Ganz gewiß gibt es nichts, was nach Hongkong hereinkommt oder Hongkong verläßt, was hier verzehrt oder hergestellt wird, ohne daß Struan's, Rothwell-Gornt, Asian Properties, Blacs – die Bank of London and China – oder die Victoria Bank ihre Finger im Spiel hat.«
»Und Dunross selbst? Was für ein Mensch ist er?«
Armstrong dachte einen Augenblick nach. »Auch die Antwort auf diese Frage hängt sehr davon ab, wem Sie sie stellen, Mr. Bartlett. Gesellschaftlich habe ich wenig Kontakt mit ihm – wir treffen uns hin und wieder beim Rennen. Er ist charmant, ein ausgezeichneter Geschäftsmann... Wollte man seine Eigenschaften zusammenfassen, könnte man ihn wohl *brillant* nennen. Manche Leute sagen, er sei rücksichtslos und schrecke vor nichts zurück. Ich weiß, daß ich ihn nicht zum Feind haben möchte.«
Bartlett nippte an seinem Bier. »Manchmal ist ein Feind wertvoller als ein Freund.«
»Manchmal. Ich wünsche Ihnen einen angenehmen Aufenthalt.«
Sofort erhob sich Bartlett. »Danke. Ich begleite Sie hinaus.« Er öffnete die Tür, ließ Armstrong und Sergeant Lee vorangehen und folgte ihnen dann auf die Plattform der Fluggasttreppe. Er holte tief Atem. Wieder stieg ihm die Fremdheit des Windes in die Nase – weder angenehm noch unangenehm, weder Duft noch Parfum, nur eben fremdartig und auf seltsame Weise erregend. »Was ist das für ein Geruch, Inspektor?«
Armstrong zögerte. Dann lächelte er. »Das ist die Seele Hongkongs, Mr. Bartlett. Es riecht nach Geld.«

2

23.48 Uhr:

»Die Götter sind meine Zeugen, ich habe heute wirklich scheußliches Pech«, sagte Vierfinger Wu und spuckte aus. Er saß auf dem erhöhten Achterdeck seiner ozeantüchtigen Dschunke. Diese war an einem der großen Schwärme von Booten vertäut, die sich über den Hafen von Aberdeen an der Südküste der Insel Hongkong ausbreiteten. Die Nacht war heiß und feucht, und er spielte mit drei Freunden Mah-jong. Die Männer waren alt und vom Wetter gegerbt wie er selbst und Kapitäne ihrer eigenen Dschunken. Dessenungeachtet segelten sie in seiner Flotte und folgten seinen Anweisungen. Sein richtiger Name war Wu Sang Fang. Er war ein kleiner, ungebildeter Fischer mit wenigen Zähnen; an seiner linken Hand fehlte ihm der Daumen. Seine Dschunke war alt, abgeschlagen und verdreckt. Er war der Kopf der Seefahrenden Wu, Kapitän ihrer Flotten, und seine Flagge, der silberne Lotus, flatterte über allen vier Meeren.

Als er wieder an der Reihe war, nahm er noch einen der elfenbeinernen Steine auf. Er streifte ihn mit einem Blick, warf ihn, weil er ihm nichts nützte, geräuschvoll ab und spuckte abermals aus. Wie seine Freunde trug auch er ein verschlissenes altes Unterhemd und eine schwarze Kulihose. Er hatte zehntausend Dollar auf dieses eine Spiel gesetzt.

»*Ayeeyah!*« rief Narbengesicht Tang, Ärger vortäuschend, obwohl ihm mit dem Stein, den er soeben aufgenommen hatte, nur mehr einer zu einer gewinnbringenden Kombination fehlte. »Zur Hölle mit allen Müttern, ausgenommen unsere, wenn ich nicht gewinne!«

»Zur Hölle mit deiner, wenn du gewinnst und ich nicht!« rief ein anderer.

»Und zur Hölle mit diesen fremden Teufeln vom Goldenen Berg, wenn sie heute nacht nicht kommen«, sagte Gutwetter Poon.

»Sie werden kommen«, beruhigte ihn Vierfinger Wu zuversichtlich. »Fremde Teufel kleben an ihren Zeitplänen. Trotzdem habe ich den Siebenten Sohn zum Flughafen geschickt, um ganz sicher zu sein.« Er schickte sich an, einen Stein aufzunehmen, hielt aber inne, warf einen Blick über die Schulter und beobachtete eine Fischerdschunke, die langsam vorbeiglitt und durch die enge, gewundene Fahrrinne zwischen den Bootsgruppen auf den Hafenausgang zusteuerte. Dem Anschein nach fuhr diese Dschunke auf Fischfang, aber es war eine von seinen, unterwegs zu einem Rendezvous mit einem thailändischen Trawler, der Opium geladen hatte. Als sie vorbei war, konzentrierte er sich wieder auf das Spiel.

Die meisten Sampane und Dschunken lagen im Dunkel. Nur da und dort brannten einige wenige Öllampen. Boote aller Größen, auf riskante Weise und scheinbar ungeordnet miteinander vertäut, ließen nur enge Straßen zwischen den einzelnen schwimmenden Dörfern frei. Sie waren die Heimat der Tanka und Haklo – der Bootsmenschen, die auf dem Wasser geboren wurden, auf dem Wasser lebten und auf dem Wasser starben. Viele dieser Boote verließen nie ihre Liegeplätze; sie blieben zusammen, bis sie sanken oder auseinanderfielen, Opfer eines Taifuns wurden oder der Flammen einer jener spektakulären Feuersbrünste, wie sie häufig die Bootsschwärme heimsuchten. Es genügte, wenn eine unvorsichtige Hand oder ein sorgloser Fuß eine Lampe umstieß oder etwas leicht Brennbares in das stets offene Feuer fallen ließ.

»Großvater!« rief der jugendliche Ausguck.

»Was ist?« fragte Wu.

»Auf der Mole! Schau doch! Der Siebente Sohn!« Der kaum zwölfjährige Junge deutete zur Küste hinüber.

Wu und die anderen erhoben sich und spähten uferwärts. Der junge Chinese bezahlte ein Taxi. Er trug Jeans, ein sauberes Sportjackett und leichte Segeltuchschuhe. Das Taxi hielt nahe der Gangway eines der großen schwimmenden Restaurants, die in hundert Meter Entfernung an den modernen Außenpieren festgemacht waren, geschmückt mit Pagoden-Dächern, Götterfiguren und Wasserspeiern.

»Du hast gute Augen, Dritter Enkel. Gut. Geh und lauf dem Siebenten Sohn entgegen!« Sogleich eilte das Kind davon und sprang sicheren Fußes über die unsicheren Planken zwischen den Dschunken. Wu beobachtete, wie der Siebente Sohn auf einen der Anlegeplätze zusteuerte, wo die Sampane warteten, die den Fährdienst im Hafen ausübten. Als er sah, daß der junge Skipper, den er geschickt hatte, ihn zu seinem Boot führte, kehrte er dem Ufer wieder den Rücken und setzte sich. »Kommt, laßt uns das Spiel beenden«, sagte er, »ich muß heute nacht noch an Land.«

Sie spielten eine Weile, nahmen Steine auf und warfen sie ab.

»*Ayeeyah!*« jubelte Narbengesicht, als er die Vorderseite des Steines sah, den er eben aufgenommen hatte. Mit großer Geste knallte er ihn auf den Tisch und legte die anderen dreizehn Steine dazu, womit er die vier Gruppen beisammen hatte. »Bei allen Göttern!«

Wu glotzte dumm. »Scheiße!« sagte er und hustete Schleim aus: »So ein Glück, Narbengesicht!«

»Noch ein Spiel? Zwanzigtausend, Vierfinger Wu?« schlug Tang munter vor.

Wu schüttelte den Kopf, aber in diesem Augenblick flog ein Seevogel über das Boot hinweg und stieß einen klagenden Schrei aus. Sofort änderte er seine Meinung, denn in dem Ruf des Vogels sah er ein Zeichen des Himmels, daß er das Glück jetzt auf seine Seite zwingen konnte. »Vierzig«, sagte er, »vierzigtausend oder nichts. Aber wir müssen würfeln, weil ich keine Zeit mehr habe.«

»Bei allen Göttern, ich habe keine vierzig in bar, aber zu den zwanzig, die du

mir schuldest, borge ich mir morgen, wenn die Bank aufmacht, Geld gegen meine Dschunke, und du bekommst meinen ganzen verschissenen Gewinn aus unserer nächsten Gold- oder Opiumladung, bis ich alles bezahlt habe, *heya?*«
»Das ist zu viel für ein Spiel«, versetzte Gutwetter Poon mürrisch. »Ihr zwei Hurenböcke habt den Verstand verloren.«
»Höchste Punktezahl, ein Wurf?« fragte Wu.
»*Ayeeyah,* ihr seid beide verrückt geworden«, sagte Poon, aber er war genauso aufgeregt wie die anderen. »Wo sind die Würfel?«
Wu holte sie. Es waren drei. »Na, dann wirf auf deine verschissene Zukunft, Narbengesicht Tang!«
Auf dem Deck stieg die Erregung. Narbengesicht Tang warf: »Vierzehn!«
Wu konzentrierte sich, von Spannung berauscht, und warf.
»*Ayeeyah!*« explodierte er, und alle explodierten. Eine Sechs, eine Vier und eine Zwei.
Wu zuckte die Achseln. »Verflucht sollen alle Seevögel sein, die zu einer Zeit wie dieser über meinen Kopf fliegen. Es war einfach Pech«, sagte er und lachte. »Damit müssen alle Spieler rechnen, junge und alte. Wie alt bist du, Narbengesicht Tang?«
»Sechzig – vielleicht siebzig. Fast so alt wie du.« Die Haklos hatten keine Geburtenbücher wie die Leute an Land. »Aber ich fühle mich wie ein Dreißigjähriger.«
»Hast du schon gehört? Der Lucky-Medicine-Laden auf dem Markt in Aberdeen hat eine neue Sendung koreanischen Ginseng bekommen, der zum Teil hundert Jahre alt ist. Damit kann auch dein Stengel noch Feuer fangen!«
»Sein Stengel ist noch ganz in Ordnung, Poon. Seine Dritte Frau ist schon wieder schwanger!« Wu grinste zahnlos, zog ein dickes Bündel mit 500-Dollar-Noten aus der Tasche und begann zu zählen. Seine Finger waren flink, obwohl ihm der linke Daumen fehlte. In einem Kampf mit Flußpiraten während einer Schmugglerexpedition war er ihm abgehackt worden.
Er unterbrach sich kurz, als sein Siebenter Sohn an Deck kam. Für einen Chinesen war der Sechsundzwanzigjährige groß gewachsen. Ein wenig unbeholfen überquerte er das Deck.
»Sind sie gekommen, Siebenter Sohn?«
»Ja, Vater.«
Vierfinger klatschte sich auf die Schenkel. »Sehr gut. Jetzt können wir anfangen!«
»He, Vierfinger«, sagte Narbengesicht Tang nachdenklich und deutete auf die Würfel. »Eine Sechs, eine Vier und eine Zwei – das sind zwölf, und das sind auch drei, die magische Drei.«
»Ja, ja, ich habe es gemerkt.«

Narbengesicht Tang strahlte und deutete nach Norden und ein wenig nach Osten, wo der Flughafen Kai Tak lag, hinter den Aberdeen-Bergen drüben im sechs Meilen entfernten Kowloon. »Vielleicht hat sich dein Glück gewendet, *heya?*«

Montag

1

5.16 Uhr:

Im Dämmergrauen kam ein Jeep mit zwei Mechanikern in Overalls um den Ausgang 16 am Ostende des Abfertigungsgebäudes gefahren und blieb unmittelbar neben dem Hauptfahrwerk der *Yankee 2* stehen. Die Fluggastbrücke stand noch da, und die Tür des Flugzeugs war einen Spalt offen. Die Mechaniker, beide Chinesen, stiegen aus, und während der eine anfing, das achträdrige Hauptfahrwerk zu untersuchen, inspizierte der andere ebenso sorgfältig das Bugfahrwerk. Fachgerecht überprüften sie Pneumatik und Räder; schließlich spähten sie auch noch in den Fahrwerkraum hinauf. Beide benützten Taschenlampen. Der Mechaniker am Hauptfahrwerk nahm einen Schraubenzieher heraus und stellte sich auf eines der Räder, um besser zu sehen. Bald waren Kopf und Schulter im Bauch des Flugzeugs verschwunden. Sekunden später rief er leise auf Kantonesisch: »*Ayeeyah!* He, Lim, schau dir das an!«

Der andere Mann – sein weißer Overall war vom Schweiß gefärbt – kam zurückgeschlendert und hob den Kopf. »Sind die Sachen da oder nicht? Ich kann von hier aus nichts sehen.«

»Bruder, steck deinen Stengel in den Mund und laß dich durch den Kanaldeckel passieren! Natürlich sind sie da. Wir sind reich. Wir haben Reis für immer! Sei still, sonst weckst du diese Dungfladen von fremden Teufeln da oben! Hier...« Der Mann reichte ein langes, in Segeltuch gewickeltes Paket herunter, das Lim still und schnell im Jeep verstaute. Dann noch eines und noch ein kleineres – beide Männer schwitzten vor Aufregung. Noch ein Paket. Und wieder eines...

Und dann sah Lim den Polizeijeep um die Ecke sausen, und gleichzeitig schossen mehrere Männer in Uniform aus dem Tor 16 hervor, unter ihnen auch Europäer. »Man hat uns verraten!« keuchte er und versuchte, in kopfloser Flucht davonzujagen. Der Polizeijeep verstellte ihm mühelos den Weg; zitternd vor Todesangst blieb er stehen. Dann spuckte er aus und verfluchte die Götter.

Der andere Mann war sofort heruntergesprungen und hatte sich auf den Fahrersitz geschwungen, aber noch bevor er den Zündschlüssel herumdrehen konnte, war er überwältigt und in Handschellen.

»Na, du kleines Ölmaul«, zischte Sergeant Lee, »wohin wolltest du denn so eilig?«

»Nirgendwohin, Herr Wachtmeister. Er war es, der dort, dieser Hurensohn, er hat mir gedroht, mir die Kehle durchzuschneiden, wenn ich ihm nicht helfen wollte. Ich weiß von nichts, das schwöre ich beim Grab meiner Mutter.«

Den widerlich süßen Geschmack erlegten Wildes auf der Zunge, schlenderte Armstrong über die Rollbahn. »Was haben wir denn da, Sergeant?« fragte er auf Englisch. Nach einer langen Nachtwache war er müde und unrasiert und durchaus nicht in Stimmung für den winselnden Mechaniker und seine Unschuldsbeteuerungen. »Noch ein einziges kleines Wörtchen aus deinem Mund, du Lieferant von Leprascheiße«, sagte er leise in perfektem Gossenkantonesisch, »und ich lasse meine Männer auf deinem Klingelbeutel herumtrampeln. Wie heißt du?«

»Tan Shu Ta, Herr.«

»Lügner! Wie heißt dein Freund?«

»Lim Ta-cheung, aber er ist nicht mein Freund, Herr; ich bin ihm bis heute früh nie begegnet.«

»Lügner! Wer hat dich dafür bezahlt?«

»Ich weiß nicht, wer *ihn* bezahlt hat. Er hat mir geschworen, mir die Kehle...«

»Lügner! Was ist in diesen Paketen?«

»Ich weiß es nicht. Ich schwöre es bei den Gräbern meiner Vorfahren...«

»Lügner!« Armstrong wußte, daß es ohne Lügen nicht ging.

»Der Chinese ist anders als wir«, hatte ihn sein erster Lehrer in der Polizeischule, ein intimer Kenner Chinas, belehrt. »Er lügt jedem Polizeibeamten frech ins Gesicht, und selbst wenn man so einen Kerl auf frischer Tat ertappt, er wird trotzdem lügen und sich winden wie ein Aal in einem Haufen Scheiße. Er ist anders. Sie brauchen nur ihre Namen anzusehen. Jeder Chinese hat vier verschiedene Namen: Einen bekommt er bei der Geburt, einen, wenn er pubertiert, einen, wenn er erwachsen ist und einen sucht er sich selbst aus. Sie brauchen ihn nur schief anzusehen, und schon hat er den einen oder anderen Namen vergessen. Dabei haben sie in ganz China nur etwa hundert Familiennamen, und davon gibt es zwanzig Yus, acht Yens, zehn Wus und Gott weiß wie viele Pings, Lis, Lees, Tschens, Tschins, Tschings, Wongs und Fus, und jeder einzelne läßt sich auf fünf verschiedene Arten aussprechen! Da soll sich einer auskennen!«

»Dann ist es also sehr schwer, einen Verdächtigen zu identifizieren, Sir?«

»Genau richtig, junger Mann! Sie können fünfzig Lis, fünfzig Tschangs und vierhundert Wongs vor sich stehen haben, und nicht einer ist mit dem anderen verwandt. Das ist das Problem, mit dem wir uns hier in Hongkong herumschlagen müssen.«

Armstrong seufzte. Nach achtzehn Jahren fand er chinesische Namen so verwirrend wie eh und je. Und dabei hatte jeder auch noch einen Spitznamen, unter dem er bekannt war.

»Wie heißt du?« fragte er noch einmal und wartete die Antwort gar nicht erst ab. »Lügner! – Sergeant! Machen Sie mal eines von den Paketen auf! Mal sehen, was wir da haben.«
Sergeant Lee entfernte die letzte Hülle. Im Paket befand sich ein M 14, ein Sturmgewehr aus den Beständen der US-Army. Neu und gut eingefettet.
»Dafür, du stinkender Sohn der linken Zitze einer Hure«, drohte ihm Armstrong mit heiserer Stimme, »dafür wirst du fünfzig Jahre sitzen!«
Völlig verdattert glotzte der Mann auf die Waffe. Ein Ächzen entrang sich seiner Brust. »Bei allen Hurengöttern, ich wußte nicht, daß es Gewehre sind.«
»Du hast es genau gewußt!« fuhr Armstrong ihn an. »Sergeant, verfrachten Sie ihn in den Polizeiwagen und lochen Sie ihn wegen Waffenschmuggels ein.«
Armstrong begab sich unter das Flugzeug und spähte in den Hauptfahrwerksraum hinauf. Er konnte nichts Besonderes wahrnehmen. Dann stellte er sich auf eines der Räder. »Mein Gott!« stieß er hervor. Auf beiden Seiten waren flache Gestelle mit Bolzen fein säuberlich an der Innenwand befestigt. Das eine war fast leer, die anderen noch voll. Nach Größe und Form der Pakete zu urteilen enthielten sie weitere M 14 und Schachteln mit Munition – oder Granaten.
»Ist was da oben, Sir?« fragte Inspektor Thomas, ein junger Engländer, seit drei Jahren im Polizeidienst.
»Schauen Sie selbst, aber fassen Sie nichts an!«
»Mann! Das reicht ja für einige Überfallkommandos!«
»Ja. Aber wer...?«
»Was, zum Teufel, ist da los?«
Armstrong erkannte Linc Bartletts Stimme. Er verriet seine Gedanken nicht und sprang herunter. Thomas folgte ihm. Er ging zur Fluggasttreppe vor. »Das möchte ich auch gern wissen, Mr. Bartlett«, rief er hinauf.
Bartlett stand in der Mitteltür des Flugzeugs, Svensen neben ihm. Beide Männer trugen Pyjamas und Schlafröcke; ihre Haare waren vom Schlaf zerzaust.
»Ich möchte, daß Sie sich das ansehen.« Armstrong deutete auf das Gewehr, das jetzt halb verdeckt im Jeep lag.
Von Svensen gefolgt, kam Bartlett sofort die Gangway herunter. »Was...?«
»Vielleicht wären Sie so freundlich, im Flugzeug zu warten, Mr. Svensen?«
Svensen wollte etwas erwidern, besann sich aber eines Besseren. Er warf einen Blick auf Bartlett, der nickte. »Machen Sie Kaffee, Svensen, hm?«
»Sofort.«
»Also, was ist hier los, Inspektor?«
»Das!« Armstrong zeigte auf die Waffe.

»Das ist ein M 14.« Bartlett kniff die Augen zusammen. »Und?«
»Und wie es scheint, hat Ihre Maschine Gewehre an Bord.«
»Das ist nicht möglich.«
»Wir haben eben diese beiden Männer beim Ausladen ertappt. Vielleicht wären Sie so freundlich, einen Blick in den Raum des Hauptfahrwerks zu werfen, Sir.«
»Selbstverständlich. Wo...?«
»Sie müssen auf ein Rad steigen.«
Bartlett tat, wie ihm geheißen. Um die Fingerabdrücke später lokalisieren zu können, paßten Armstrong und Inspektor Thomas auf, was er mit den Händen berührte. Bestürzt starrte Bartlett auf die Gestelle. »Da soll mich doch der Teufel holen! Das ist ja ein richtiges Waffenarsenal!«
»Ja. Bitte fassen Sie nichts an!«
Bartlett studierte die Gestelle und kletterte wieder herunter. Er war jetzt hellwach. »Das ist kein gewöhnlicher Schmuggel. Diese Gestelle sind nach Maß gemacht.«
»Ja. Sie haben doch nichts dagegen, wenn wir die Maschine durchsuchen?«
»Nein. Natürlich nicht.«
»Fangen Sie an, Herr Kollege«, sagte Armstrong zu Inspektor Thomas. »Und jetzt, Mr. Bartlett, sind Sie vielleicht so freundlich, mir zu erklären...«
»Ich schmuggle keine Waffen, Inspektor, und das würde auch mein Captain nicht tun, so wenig wie Bill O'Rourke – oder Svensen.«
»Wie steht es mit Miss Tcholok?«
»Ach du Heiliger!«
»Das ist eine sehr ernste Angelegenheit, Mr. Bartlett«, versetzte Armstrong in eisigem Ton. »Ich muß Ihr Flugzeug in gerichtliche Verwahrung nehmen, und bis auf weiteres dürfen weder Sie noch ein Mitglied der Besatzung ohne polizeiliche Erlaubnis die Kolonie verlassen. Und wie steht es jetzt wirklich mit Miss Tcholok?«
»Das ist unmöglich. Das ist vollkommen unmöglich, daß Casey auch nur das geringste mit Waffen, Waffenschmuggel oder sonst einem Schmuggel zu tun hat. Unmöglich.« Bartlett zeigte Bedauern, aber keine Furcht. »Sie haben einen Hinweis bekommen, nicht wahr?«
»Wie lange hatten Sie Aufenthalt in Honolulu?«
»Ein oder zwei Stunden, gerade so viel, um aufzutanken. Genau weiß ich es nicht mehr.« Bartlett dachte kurz nach. »Jannelli verließ die Maschine, aber das tut er immer. Diese Gestelle können nicht so rasch montiert werden.«
»Sind Sie sicher?«
»Nein, aber ich möchte trotzdem wetten, daß das Ganze noch in den Staaten gedeichselt wurde. Nur vom Wann und Wo und Wie habe ich keine Ahnung. Und Sie?«
»Noch nicht.« Armstrong sah ihn scharf an. »Vielleicht möchten Sie in Ihr

Büro zurück, Mr. Bartlett. Dort können wir ein Protokoll Ihrer Aussage aufnehmen.«
»Nichts dagegen einzuwenden.« Bartlett sah auf die Uhr. Es war 5 Uhr 43. »Erledigen wir das gleich! Ich muß dann ein paar Anrufe machen. Wir sind noch nicht an Ihr Netz angeschlossen. Gibt es da drüben ein Telefon?« Er deutete auf das Abfertigungsgebäude.
»Ja. Wir würden es natürlich vorziehen, Kapitän Jannelli und Mr. O'Rourke zu verhören, bevor Sie ihnen Fragen stellen – wenn Sie nichts dagegen haben. Wo logieren die zwei Herren?«
»Im Victoria and Albert.«
»Wir würden auch gerne in Ihrer Gegenwart mit Miss Tcholok sprechen, aber natürlich nur, wenn Sie nichts dagegen haben.«
Armstrong an seiner Seite, stieg Bartlett die Treppe hinauf. »Einverstanden«, antwortete er schließlich, »vorausgesetzt, daß Sie das persönlich machen und nicht vor 7 Uhr 45. Sie hat hart gearbeitet, und heute liegt ein schwerer Tag vor ihr.«
Sie betraten das Flugzeug. Svensen wartete neben der Kombüse; er war bereits angekleidet und schien sehr beunruhigt. Überall sah man Polizisten in Uniform und Kriminalbeamte in Zivil, die das Flugzeug fleißig durchsuchten.
»Was ist mit dem Kaffee, Svensen?« Bartlett ging voran in seinen Arbeitsraum. Die Mitteltür achtern am Ende des Ganges stand offen. Armstrong konnte einen Teil des Schlafraumes mit dem überdurchschnittlich breiten Bett sehen. Inspektor Thomas durchstöberte ein paar Schubladen.
»Scheiße!« murmelte Bartlett.
»Tut mir leid«, sagte Armstrong, »aber es muß sein.«
»Was nicht heißt, daß es mir auch gefallen muß, Inspektor. Ich habe es nun mal nicht gern, wenn Fremde ihre Nasen in mein Privatleben stecken.«
»Das kann ich verstehen.« Der Inspektor rief einen Kriminalbeamten heran. »Sung!«
»Ja, Sir.«
»Nehmen Sie das bitte auf!«
»Augenblick. Lassen Sie uns Zeit sparen«, schlug Bartlett vor. Er betätigte zwei Schalter auf einem Tastenfeld und stellte ein Mikrophon auf den Tisch. »Wir bekommen zwei Bänder, eines für Sie, eines für mich. Nachdem Ihr Mann es niedergeschrieben hat – wenn Sie meine Unterschrift brauchen, ich bin da.«
»Danke.«
»Okay, fangen wir an.«
Plötzlich verspürte Armstrong Unbehagen. »Würden Sie mir bitte sagen, was Sie über das Frachtgut wissen, dessen Einfuhr verboten ist und das im Hauptfahrwerksraum Ihres Flugzeugs gefunden wurde?«
»Ich glaube nicht, daß einer meiner Leute irgend etwas damit zu tun hat.

Soviel ich weiß, ist keiner von ihnen jemals mit dem Gesetz in Konflikt gekommen. Und ich müßte es wissen.«
»Wie lange steht Captain Jannelli schon in Ihren Diensten?«
»Vier Jahre. O'Rourke zwei. Svensen, seitdem ich das Flugzeug im Jahr 1958 gekauft habe.«
»Und Miss Tcholok?«
»Sechs – fast sieben Jahre«, antwortete Bartlett nach einer kleinen Pause.
»Sind Sie der Besitzer dieses Flugzeugs?«
»Besitzerin ist meine Gesellschaft. Par-Con Industries Incorporated.«
»Haben Sie irgendwelche Feinde – Feinde, denen daran gelegen sein könnte, Sie in ernste Schwierigkeiten zu bringen?«
Bartlett lachte. »Hat ein Hund Flöhe? Man wird nicht Präsident eines Unternehmens, das eine halbe Milliarde umsetzt, indem man Freundschaften schließt.«
»Keinen speziellen Feind?«
»Vielleicht haben Sie eine Idee? Waffenschmuggel ist ein hochspezialisiertes Geschäft – hier waren Fachleute am Werk.«
»Wer wußte über Ihren Flugplan nach Hongkong Bescheid?«
»Unser Besuch war seit zwei Monaten festgelegt. Mein Vorstand wußte Bescheid und mein Planungsstab.« Bartlett runzelte die Stirn. »Es war eigentlich kein Geheimnis. Zur Geheimhaltung lag kein Grund vor. Natürlich war auch Struan's informiert – ganz genau. Ich wollte schon früher kommmen, aber Dunross ließ uns wissen, daß ihm der 19. besser passen würde. Und das ist heute. Vielleicht sollten Sie ihn fragen.«
»Das werde ich tun, Mr. Bartlett. Ich danke Ihnen. Für den Augenblick genügt das.«
»Jetzt habe ich ein paar Fragen, Inspektor – wenn Sie nichts dagegen haben. Wie hoch ist das Strafmaß für Waffenschmuggel?«
»Zehn Jahre ohne Bewährung.«
»So viel ist die Ladung wert?«
»Für den richtigen Käufer ist sie unbezahlbar, weil nämlich keine Gewehre – absolut keine Gewehre – hier zu haben sind.«
»Und wer wäre der richtige Käufer?«
»Jeder, der einen Aufruhr oder eine Revolte anzetteln oder einen Massenmord, einen Bankraub oder sonst ein größeres Verbrechen verüben möchte.«
»Kommunisten?«
Armstrong lächelte und schüttelte den Kopf. »Die haben selbst genug Waffen.«
»Nationalisten? Tschiang Kai-scheks Leute?«
»Die sind von der Regierung der Vereinigten Staaten mehr als gut ausgerüstet, Mr. Bartlett. Stimmt das etwa nicht? Die brauchen also auch nicht auf diese Weise zu schmuggeln.«

»Ein Unterweltskrieg vielleicht?«

»Du lieber Gott, Mr. Bartlett, unsere Gangs schießen doch nicht aufeinander. Unsere Banden – wir nennen sie hier Triaden – also diese Triaden legen ihre Differenzen auf vernünftige, zivilisierte, chinesische Weise bei – mit Messern, Äxten und Eisenstangen und mit anonymen Telefonanrufen bei der Polizei.«

»Ich wette, es war jemand von Struan's. Dort werden Sie die Antwort auf dieses Rätsel finden.«

»Vielleicht.« Armstrong lachte sonderbar und wiederholte: »Vielleicht. Wenn Sie mich jetzt entschuldigen wollten...«

»Selbstverständlich.« Bartlett schaltete das Tonbandgerät ab, nahm die zwei Kassetten heraus und übergab Armstrong eine davon.

»Danke, Mr. Bartlett. Wir werden versuchen, Ihnen so wenig wie möglich zur Last zu fallen. Werden Sie das Flugzeug noch vor dem Lunch verlassen?«

»Ja.«

»Wenn Sie Zutritt haben wollen, setzen Sie sich bitte mit meinem Büro in Verbindung. Die Nummer ist 88-77-33. Bis auf weiteres wird die Polizei hier ständig Wache halten. Sie werden im Vic logieren?«

»Ja. Ist es mir gestattet, in die Stadt zu gehen und zu tun, was mir beliebt?«

»Ja, Sir, sofern Sie bis zum Abschluß unserer Ermittlungen nicht die Kolonie verlassen.«

2

9.40 Uhr:

Der Rolls kam von der Autofähre, die Kowloon mit der Insel Hongkong verband, und bog ostwärts in die von starkem Verkehr durchflutete Connaught Road ein. Es war ein sehr feuchter, warmer, wolkenloser Morgen. Casey lehnte sich tiefer in die Lederkissen zurück. Sie warf einen Blick auf die Uhr, und ihre Erregung wuchs.

»Genug Zeit, Missee«, beruhigte sie der scharfäugige Fahrer. »Noble House an Ende Straße, großes Gebäude, zehn, fünfzehn Minuten.«

So läßt sich's leben, dachte sie. Eines Tages werde ich meinen eigenen Rolls haben, einen netten, höflichen chinesischen Fahrer, und ich werde mir über den Benzinpreis nie wieder den Kopf zerbrechen müssen. Vielleicht ist das jetzt der Punkt, wo ich – endlich, endlich – zu meinem *Startgeld* komme. Sie lächelte in sich hinein. Linc hatte ihr als erster erklärt, was das war. Er hatte es *Leck-mich-Geld* genannt. Genügend Geld, um zu jedem »Leck mich« sagen zu können. »Leck-mich-Geld ist das wertvollste auf der Welt, aber auch das teuerste«, hatte er erklärt. »Wenn Sie für mich arbeiten – mit mir, aber für mich –, werde ich Ihnen helfen, zu Ihrem Leck-mich-Geld zu kommen. Aber ich weiß nicht, ob Sie bereit sein werden, dafür zu zahlen.«

»Wie hoch ist der Preis?«

»Das weiß ich nicht. Ich weiß nur, daß er je nach Person verschieden hoch ist – und immer höher, als man zu zahlen bereit ist.«

Nun, dachte sie, bis jetzt war der Preis nicht zu hoch. Ich verdiene 52 000 Dollar im Jahr, mein Aufwandkonto kann sich sehen lassen, und meine Arbeit lastet mich voll aus. Aber der Staat nimmt mir zuviel weg, und es bleibt nicht genug, um als Startgeld zu dienen. »Startgeld holt man sich bei einem hohen Spekulationsgewinn«, hatte Linc gesagt, »nicht bei der Dividendenausschüttung.«

Wieviel brauche ich? 500 000 Dollar? Zu sieben Prozent verzinst, bringt das 35 000 Dollar im Jahr, für immer und ewig, aber es ist steuerpflichtiges Geld. In steuerfreien vierprozentigen Pfandbriefen sind es immer noch zwanzigtausend, aber öffentliche Schuldverschreibungen sind gefährlich, und mit Startgeld geht man kein Risiko ein.

»Das ist die oberste Regel, Casey«, hatte Linc ihr eingeschärft. »Setzen Sie es nie aufs Spiel! Niemals. Riskieren Sie Ihr Startgeld nur das eine oder die zwei Male, wenn Sie sich dazu entschlossen haben.«

Eine Million? Zwei? Drei?

Konzentriere dich auf die Konferenz und träume nicht, ermahnte sie sich. Gut, gut, aber mein Preis sind zwei Millionen bar auf der Bank. Steuerfrei. Das will ich haben. Zwei Millionen zu 5¹/₄ Prozent steuerfrei bringen 105 000 Dollar im Jahr. Und das wird mir und meiner Familie für immer alles geben, was ich brauche, und es bleibt sogar noch etwas übrig.

Der Rolls blieb plötzlich stehen, als sich eine Masse von Fußgängern durch die dichten Reihen von Automobilen und Doppeldeckerautobussen, Taxis und Lastwagen, Karren, Fahrrädern, Handwagen und Rikschas drängte. Tausende Menschen eilten dahin und dorthin in dieser Zeit des stärksten morgendlichen Verkehrs, quollen aus engen Seitenstraßen hervor und ergossen sich unaufhaltsam auf Fahrbahnen und Gehsteige. Ströme menschlicher Ameisen.

Casey hatte sich ausreichend über Hongkong informiert, aber auf die enormen Menschenmassen war sie einfach nicht vorbereitet.

»Ich habe so etwas noch nicht erlebt, Linc«, sagte sie, als er, kurz bevor sie zur Konferenz aufbrechen wollte, ins Hotel kam. »Es war schon nach zehn, als wir vom Flughafen kamen, aber ich sah noch Tausende von Menschen – und auch Kinder – auf den Straßen. Restaurants, Märkte, Läden – alles war noch offen.«

»Viele Menschen bringen großen Gewinn – warum sonst wären wir hier?«

»Wir sind hier, um im geheimen Einverständnis mit einem Judas Ischariot, einem gewissen John Tschen, vom Noble House of Asia Besitz zu ergreifen.«

Linc hatte mit ihr gelacht. »Ich stelle richtig: Wir sind da, um ein Geschäft mit Struan's zu machen und uns umzusehen.«

»Dann ergeben sich also Änderungen an unserem Plan?«

»Charlie hat gestern abend noch angerufen. Wir haben weitere 200 000 Aktien von Rothwell-Gornt gekauft.«

»Dann ist also unser Gebot auf Struan's nur eine Finte, und unser Ziel ist in Wirklichkeit Rothwell-Gornt?«

»Wir haben immer noch drei Ziele: Struan's, Rothwell-Gornt und Asian Properties. Wir schauen uns um und warten. Wenn die Aussichten gut sind, schlagen wir zu. Wenn nicht, können wir aus dem regulären Geschäft mit Struan's immer noch fünf oder acht Millionen herausholen. Das ist zusätzlicher Gewinn.«

»Wegen fünf oder acht Millionen bist du nicht hierhergekommen. Wozu wirklich?«

»Zum Vergnügen.«

Der Rolls schob sich ein paar Meter weiter und blieb wieder stehen. Sie näherten sich dem Zentrum, und der Verkehr wurde dichter.

»Ihr erster Besuch in Hongkong, Missee?« brach der Fahrer in ihre Gedanken ein.

»Ja, ja. Ich bin heute nacht angekommen«, antwortete sie.

»Ah, sehr gut. Wetter sehr schlecht. Sehr stinken, sehr feucht. Immer feucht im Sommer. Erster Tag sehr schön, *heya*?«

Der erste Tag hatte mit einem Telefonanruf begonnen. »Armstrong. Tut mir leid, Sie so früh zu stören, Miss Tcholok, aber könnte ich Sie einen Augenblick sprechen?«

»Selbstverständlich, Inspektor. Lassen Sie mir fünf Minuten Zeit. Treffen wir uns im Restaurant?«

Sie hatten sich getroffen. Er hatte ihr Fragen gestellt und ihr nur mitgeteilt, daß an Bord der Maschine Bannware gefunden worden war.

»Wie lange arbeiten Sie schon für Mr. Bartlett?«

»Sechs Jahre.«

»Hat es je Probleme mit der Polizei gegeben? Irgendwelche Probleme?«

»Keine. Was haben Sie an Bord gefunden, Inspektor?«

»Meine Mitteilungen scheinen Sie nicht übermäßig zu überraschen.«

»Warum sollten sie? Ich habe nichts Ungesetzliches getan, und Mr. Bartlett ebensowenig. Und was die Crew angeht, sind das sorgfältig ausgesuchte Leute, und ich bezweifle, daß sie mit irgendwelchen Schmuggeleien zu tun haben könnten. Es sind Drogen, nicht wahr? Was für welche?«

»Warum sollten es Drogen sein?«

»Das ist es doch, was die Leute hier schmuggeln?«

»Es war eine große Ladung Gewehre.«
»Was?«
Er hatte ihr noch mehr Fragen gestellt, sie hatte die meisten beantwortet, dann war er gegangen. Sie hatte ihren Kaffee ausgetrunken und lehnte zum vierten Mal die hausgemachten, warmen, harten Weißbrötchen ab; sie erinnerten sie an die Franzbrötchen, die sie vor drei Jahren in Südfrankreich gegessen hatte.
Ach, Nizza und Cap d'Ail und der Wein der Provence. Und der liebe Linc, hatte sie gedacht und war in ihre Suite zurückgekehrt, um dort auf einen Anruf von ihm zu warten.
»Casey? Hör mal, die...«
»Ach, Linc, ich bin froh, daß du anrufst«, fuhr sie ihm sofort ins Wort. »Inspektor Armstrong war vor einigen Minuten da, und ich habe gestern abend vergessen, dich zu erinnern, daß du *Martin* wegen der Aktien anrufst.« Martin war ein Codewort und bedeutete, »Ich glaube, dieses Gespräch wird abgehört.«
»Ich habe auch an ihn gedacht. Das ist jetzt unwichtig. Erzähl mir genau, was passiert ist.«
Sie sagte es ihm. Er berichtete kurz, was auf dem Flughafen vor sich gegangen war. »Den Rest erzähle ich dir, wenn ich hinkomme. Ich fahre jetzt direkt ins Hotel. Wie ist die Suite?«
»Phantastisch! Deine heißt Duftiger Frühling, mein Zimmer liegt daneben. Ich glaube, es gehört normalerweise dazu. Man hat das Gefühl, jede Suite wird von zehn Hausboys betreut. Das Bad ist groß genug für eine Cocktailparty mit zwanzig Gästen.«
»Gut. Warte auf mich.«
Sie saß auf einem der tiefen Ledersofas in dem luxuriösen Aufenthaltsraum, wartete und genoß die vornehme Umgebung. Wunderschöne chinesische Lackmöbel, eine gut bestückte Bar in einem kleinen, mit Spiegeln ausgestatteten Nebenraum, dezente Blumenarrangements. Ihr Schlafzimmer befand sich auf der einen, seines, das Herrenschlafzimmer, auf der anderen Seite. Es waren die größten, die sie je gesehen hatte, und die Betten überdimensional.
Gedankenverloren sah sie aus dem Panoramafenster, das den Blick auf die Insel Hongkong und den beherrschenden Victoria Peak, den höchsten Berg der Insel, freigab. Die Stadt, nach Königin Victoria benannt, begann an der Uferlinie und zog sich, Terrasse über Terrasse, an den Hängen des steil aufragenden Berges hinauf, ging aber dann in eine Siedlung von Villen und Gärten über, doch befanden sich auch Wohnkomplexe nahe dem Kamm. Einen konnte sie just oberhalb der Endstation der Peak-Tram auf dem Victoria Peak sehen. Die Leute da oben müssen eine phantastische Aussicht haben, dachte sie zerstreut.
Das Meer glitzerte in der Sonne, und auf dem Wasser herrschte der gleiche

lebhafte Verkehr wie auf den Straßen Kowloons. Frachter und Passagierschiffe lagen vor Anker oder waren am Kai festgemacht, oder sie dampften mit gellenden Sirenen munter in Richtung Hafen oder Meer. Drüben auf der Marinewerft von Hongkong lag ein Zerstörer der Royal Navy und nicht weit davon entfernt eine dunkelgraue Fregatte der United States Navy. Hunderte von Dschunken jeder Größe und jeden Alters, zumeist Fischerboote, segelten schwerfällig hierhin und dorthin.
Wo leben alle diese Menschen? fragte sie sich entsetzt. Und wie verdienen sie ihren Lebensunterhalt?«
Ohne zu klopfen öffnete ein Hausdiener mit seinem Hauptschlüssel die Tür, und Linc Bartlett trat ein. »Du siehst prächtig aus, Casey«, sagte er und schloß die Tür hinter sich.
»Du auch. Scheußliche Geschichte mit den Gewehren, nicht wahr?«
»Ist jemand da? Irgendwelche Stubenmädchen in den Zimmern?«
»Wir sind allein, aber diese Hausboys kommen und gehen, wie es ihnen beliebt.«
»Der Kerl jetzt eben hatte den Schlüssel schon draußen, bevor er noch bei der Tür war.« Er senkte seine Stimme. »Was war mit John Tschen?«
»Nichts. Er war nervös und machte Konversation. Wollte nicht vom Geschäft reden. Ich glaube, er hatte sich noch nicht von der Tatsache erholt, daß ich eine Frau bin. Er setzte mich im Hotel ab und sagte, sie wollten um Viertel nach neun einen Wagen schicken.«
»Fein. Hast du es bekommen?«
»Nein. Ich sagte, du hättest mich ermächtigt, das Ding entgegenzunehmen, und bot ihm die erste Sichttratte an, aber er tat überrascht wegen des Wechsels und sagte, er werde privat mit dir reden, wenn er dich nach dem Lunch zurückfährt. Er schien mir sehr nervös zu sein.«
»Das spielt keine Rolle. Dein Wagen wird in ein paar Minuten da sein. Wir sehen uns beim Lunch.«
»Sollte ich die Gewehre bei Struan's erwähnen? Gegenüber Dunross?«
»Nein. Warten wir ab. Wollen mal sehen, wer es aufs Tapet bringt.«
»Du meinst, sie könnten etwas damit zu tun haben?«
»Durchaus möglich. Sie kannten unseren Fahrplan, und sie hätten ein Motiv.«
»Welches?«
»Uns zu diskreditieren.«
»Aber wäre es dann nicht viel klüger von ihnen gewesen, nichts zu tun und zu versuchen, uns für dumm zu verkaufen?«
»Mag sein. Aber so haben sie den Eröffnungszug gemacht. Es ist ein Angriff, der sich eindeutig gegen uns richtet.«
»Ja, aber von wem kommt er? Und spielen wir weiß oder schwarz?«
Seine Augen verhärteten sich. »Das ist mir gleich, Casey – vorausgesetzt, wir gewinnen.« Er verließ das Zimmer.

Etwas ist im Gang, dachte sie, etwas Gefährliches, von dem er mir nichts erzählt.
»Geheimhaltung ist lebenswichtig«, hatte er ihr schon in den ersten Tagen eingeschärft. »Napoleon, Caesar, Patton – sie alle haben ihre wirklichen Pläne oft vor ihrem Stab geheimgehalten. Einfach nur, um sie – und mit ihnen auch feindliche Spione – in Ungewißheit zu lassen. Wenn ich Ihnen Informationen vorenthalte, ist das kein Mißtrauen. Sie allerdings dürfen mir nie eine Information vorenthalten.«
»Das ist nicht fair.«
»Das ganze Leben ist unfair. Der Krieg ist unfair. Das große Geschäft ist ein einziger Krieg. Ich führe mein Geschäft bewußt wie einen Krieg, und darum werde ich gewinnen.«
»Was gewinnen?«
»Par-Con Industries muß größer werden als General Motors und Exxon zusammen.«
»Warum?«
»Weil es mir Spaß macht.«
»Jetzt sagen Sie mir mal den wirklichen Grund!«
»Darum liebe ich Sie, Casey: Sie hören mir zu und wissen alles.«
»Ach, Linc, ich liebe Sie auch.«
Sie hatten beide gelacht, weil sie wußten, daß sie einander nicht liebten – nicht im herkömmlichen Sinn. Gleich am Anfang waren sie übereingekommen, um des Außergewöhnlichen willen das Gewöhnliche zurückzustellen. Sieben Jahre lang.
Zermalmen, zerstören, gewinnen. Das große Geschäft, das aufregendste Monopoly-Spiel der Welt. Aber die Zeit wird knapp, Linc, dieses Jahr, das siebente Jahr, das letzte Jahr, geht an meinem Geburtstag, dem siebenundzwanzigsten Geburtstag, am 25. November zu Ende...
Sie hörte das zaghafte Klopfen und den Hauptschlüssel im Schloß und wollte »Herein« rufen, aber der Hausboy in seiner gestärkten Uniform stand schon im Zimmer. »Guten Morgen, Missee, ich bin Erster Hausboy Tageszeit Tschang.« Tschang war grauhaarig und benahm sich zuvorkommend. Er strahlte. »Zimmer saubermachen? Was zuerst, Zimmer von Herr oder Zimmer von Missee?«
»Meines. Mr. Bartlett war noch gar nicht in seinem Zimmer.«
Tschang grinste. *Ayeeyah*, hast du dich mit dem Herrn in deinem Bett gewälzt, Missee, bevor er ausgegangen ist? Aber er war nur vierzehn Minuten da, und sein Gesicht war nicht gerötet, als er ging.
Ayeeyah, zuerst sollen sich zwei männliche fremde Teufel meine Suite teilen, und dann stellt sich heraus, daß der eine eine Sie ist – festgestellt von Nachtzeit Ng, der natürlich ihr Gepäck durchsuchte und sichere Beweise fand, daß es eine wirkliche Sie war – Beweise, die heute früh mit großem Behagen vom Dritten Stubenmädchen Fung bestätigt wurden.

Goldene Schamhaare! Wie scheußlich!
Und nicht nur ist die Dame mit den goldenen Schamhaaren nicht die Hauptfrau des Herrn – sie ist nicht einmal eine Nebenfrau, und was das Schlimmste ist, sie hat auch nicht den Anstand, so zu tun! So hätte man die Hotelordnung beachten und allseits das Gesicht wahren können.
Tschang kicherte. Dieses Hotel hatte schon immer so erstaunliche Regeln, was den Aufenthalt von Damen in den Zimmern von Herren anging – du meine Güte, wozu sonst sind Betten da? Und jetzt lebt ein weibliches Wesen ganz offen in barbarischer Sünde! Oh, wie sich die Gemüter in der vergangenen Nacht erhitzt hatten! Barbaren! *Dew neh loh moh* auf alle Barbaren! Aber die da war ganz gewiß ein Drachen, denn wie sonst hätte sie dem eurasischen Stellvertretenden Direktor, dem eurasischen Nachtportier und sogar dem glattzüngigen Hauptgeschäftsführer, dem Großen Wind persönlich, ihren Willen aufzwingen können?
Der ehrenwerte Mong, Chefportier und der wahre Chef des Hotels, war es gewesen, der eine Lösung für das unlösbare Problem gefunden hatte. »Die Suite Duftiger Frühling hat drei Türen, *heya?*« hatte er den Kollegen auseinandergesetzt. »Je eine für die zwei Schlafzimmer und eine für den Wohnraum. Laßt sie durch die dazugehörige Tür in den B-Teil eintreten – es ist sowieso der schlechtere Raum. Doch die inneren Türen, die zum Wohnzimmer und von dort in das Schlafzimmer des Herrn führen, sind versperrt. Aber ein Schlüssel soll ganz in der Nähe liegen. Wenn die heuchlerische Hure die Türen selbst aufschließt – was kann man dagegen tun? Und wenn sich morgen oder übermorgen ein Durcheinander bei den Bestellungen ergibt und unser ehrenwerter Hauptgeschäftsführer den Millionär und sein Flittchen aus dem Land der Goldenen Berge bitten muß abzureisen – es tut uns ja so schrecklich leid –, macht nichts, wir haben Bestellungen mehr als genug und müssen darauf bedacht sein, unser Gesicht zu wahren.«
Und so geschah es.
Die Außentür von B wurde aufgesperrt und die Dame mit dem goldenen Schamhaar hereingebeten. Daß sie den Schlüssel nahm und sofort die Innentür aufschloß – wer hätte das zu sagen gewußt? Daß die Tür jetzt offen ist, nun, das würde ich einem Außenstehenden niemals verraten. Meine Lippen sind versiegelt. Wie immer.
Ayeeyah, Außentüren mögen prüde und verschlossen sein, die inneren jedoch sind wollüstig und weit offen. Wie ihr Jadetor, sinnierte er. *Dew neh loh moh,* wie es wohl wäre, ein Jadetor wie ihres zu stürmen? »Bettmachen, Missee?« fragte er süß lächelnd auf Englisch.
»Lassen Sie sich nicht aufhalten!«
O wie greulich klingt doch diese barbarische Sprache!
»*Heya,* Tageszeit Tschang«, begrüßte ihn fröhlich das Dritte Stubenmädchen Fung, als sie das Schlafzimmer betrat, nachdem sie die Tür zur Suite

geöffnet und erst lange danach halbherzig geklopft hatte. »Ja, Missee, tut mir leid«, sagte sie auf Englisch, und dann wieder zu Tschang auf Kantonesisch: »Bist du noch nicht fertig? Duftet ihr Kot so süß, daß du die Nase in ihrem Höschen vergraben mußt? Komm, ich helfe dir, rasch ihr Bett zu machen! In einer halben Stunde beginnt ein Mah-jong-Spiel. Der ehrenwerte Mong hat mich nach dir geschickt.«

»Oh, ich danke dir, Schwester. *Heya*, hast du wirklich ihr Schamhaar gesehen?«

»Das habe ich dir doch gesagt! Bin ich eine Lügnerin? Es schimmert wie reines Gold, heller als ihr Kopfhaar. Sie saß im Bad, und ich war ihr so nahe wie dir jetzt. Ja, richtig: Ihre Brustwarzen sind rosa, nicht braun. Wie die eines Schweines.«

»Wie schrecklich!«

»Ja. Hast du das heutige *Commercial Daily* gelesen?«

»Nein, Schwester, noch nicht. Warum?«

»Ja, ja, der Astrologe sagt, daß dies eine sehr gute Woche für mich ist, und heute schreibt der Wirtschaftsredakteur, es sieht so aus, als ob ein Konjunkturaufschwung unmittelbar bevorstünde.«

»*Dew neh loh moh*, was du nicht sagst!«

»Darum habe ich meinem Makler heute morgen aufgetragen, noch tausend Noble House für mich zu kaufen, ebenso viele Golden Ferry, 40 Second Great House und 50 Good Luck Properties.«

»Du spekulierst waghalsig, Schwester. Ich selbst bin restlos pleite. Vorige Woche habe ich mir von der Bank auf meine Aktien Geld geliehen, um noch 600 Noble House zu kaufen. Das war Dienstag. Der Kurs war 25,23!«

»*Ayeeyah*, Ehrenwerter Tschang, gestern standen sie auf 29,14.« Das Dritte Stubenmädchen Fung rechnete im Kopf nach. »Du hast bereits 2348 Dollar verdient! Und es heißt, Noble House wird ein Gebot für Good Luck Properties abgeben. Wenn sie das versuchen, wird die Wut ihrer Feinde den Siedepunkt erreichen. Ha! Der Tai-Pan von Second Great House wird Staub furzen!«

»Oh, oh, oh. Und mittlerweile werden die Kurse raketenartig ansteigen! Von allen drei Gesellschaften! Ha! *Dew neh loh moh*, wo nehme ich nur Bargeld her?«

»Geh zum Rennen, Tageszeit Tschang! Leih dir 500 auf deinen bisherigen Gewinn, und setze sie...«

Sie blickten beide auf, als Casey das Schlafzimmer betrat. »Ja, Missee?«

»Im Badezimmer ist Schmutzwäsche. Würden Sie sie bitte holen lassen?«

»O ja, mache ich. Heute sechs Uhr kommt zurück, okay.« Diese fremden Teufel sind so dumm, dachte Tschang verächtlich. Was bin ich? Ein hohlköpfiger Misthaufen? Natürlich kümmere ich mich um die Schmutzwäsche, wenn Schmutzwäsche da ist.

»Danke.«

»Von Hängetitten nicht die Spur, stimmt's, Schwester?« bemerkte Tschang. »Rosa Brustwarzen, *heya*? Höchst seltsam!«
»Wie die von einem Schwein, das sagte ich dir schon. Hast du deine Ohren nur zum Hineinpinkeln?«
»In deine Ohren, Drittes Stubenmädchen Fung!«
»Hat sie dir schon ein Trinkgeld gegeben?«
»Nein. Der Herr hat zuviel, und sie gar nichts gegeben. Widerlich, *heya*?«

3

9.50 Uhr:

Der Tai-Pan kam über die Höhe und schoß in seinem Jaguar Modell E die Peak Road zur Magazine Gap Road hinunter. Die in Windungen verlaufende und in den meisten Schleifen stark abfallende Straße hatte nur je eine Fahrspur und nur wenige Überholmöglichkeiten. Die Oberfläche war heute trocken, und da er den Weg gut kannte, nahm Dunross die Kurven schnell und glatt; sein scharlachrotes Kabriolett hielt sich dicht an der Bergwand und blieb stets in der Innenkurve. Er mußte scharf bremsen, als er um eine Biegung schoß und ein altes, langsam fahrendes Lastauto vor sich sah. Er wartete geduldig; dann scherte er im richtigen Moment aus und hatte bereits sicher überholt, als ein entgegenkommender Wagen um die nächste Biegung kam.
Jetzt konnte Dunross sehen, daß ein kurzes Stück der in Serpentinen verlaufenden Straße frei war. Er trat kräftig aufs Gas, schnitt einige Kurven, bemächtigte sich beider Fahrbahnen, gebrauchte Hand und Auge, Fuß, Bremsen und Schalthebel in sicherer Routine und spürte die gewaltige Kraft des Motors in allen Gliedern. Plötzlich tauchte ein ihm entgegenkommender LKW auf, und seine Freiheit war dahin. In Bruchteilen von Sekunden schaltete er herunter und bremste, beschleunigte und raste noch tückischeren Schleifen entgegen. Wieder ein Lastwagen, diesmal mit Menschen beladen. Er blieb ein paar Meter zurück, denn er wußte, daß es jetzt eine Weile keine Gelegenheit zum Überholen gab. Dann bemerkte eine Frau auf dem LKW sein Nummernschild, 1-1010, sie zeigte darauf, und alle schauten hin, plapperten aufgeregt, und einer hämmerte auf das Führerhaus des LKW. Entgegenkommenderweise wich der Fahrer auf das schmale Bankett aus und signalisierte ihm, seinen LKW zu überholen. Dunross vergewisserte sich, daß keine Gefahr bestand, und überholte. Lächelnd winkte er den Menschen zu.
Noch mehr Kurven, und das Tempo, das Warten aufs Überholen, das Über-

holen selbst und die Gefahr bereiteten ihm Vergnügen. Dann bog er links in die Magazine Gap Road ein. Er ließ ein Taxi hinter sich und dann, sehr schnell, drei Wagen und war schon wieder in der Reihe, als er die Verkehrspolizisten auf ihren Motorrädern weiter vorn warten sah. Er schaltete herunter und fuhr mit den erlaubten 50 Stundenkilometern an ihnen vorbei. Jovial winkte er ihnen zu. Sie winkten zurück.

»Du mußt wirklich langsamer werden, Ian«, hatte sein Freund Henry Foxwell, Leiter der Verkehrspolizei, kürzlich zu ihm gesagt. »Wirklich.«

»Ich hatte nie einen Unfall – bis jetzt. Ich habe auch noch nie einen Strafzettel bekommen.«

»Guter Gott, Ian, es gibt doch auf der ganzen Insel keinen Verkehrspolizisten, der es wagte, dir ein Strafmandat zu verpassen. Dir, dem Tai-Pan! Der Gedanke allein...! Ich sage es zu deinem Besten. Heb dir dein Rasen für Monaco auf oder für das Straßenrennen in Macao.«

»Macao ist für Berufsfahrer. Ich gehe keine Risiken ein, und überhaupt fahre ich nicht so schnell.«

»Hundertsieben Kilometer in der Stunde in Wongniechong ist nicht gerade langsam, alter Freund. Zugegeben, es war 4 Uhr 23 früh. Aber es war eine Strecke, auf der die Geschwindigkeit mit 50 Stundenkilometern begrenzt ist.«

»Es gibt eine Menge Jaguars der Klasse E in Hongkong.«

»Ja, das stimmt. Sieben. Scharlachrotes Kabriolett mit einem besonderen Nummernschild? Mit einem schwarzen Kabriodach, Rennrädern und Rennreifen, die einen Höllenlärm machen? Es war letzten Donnerstag, alter Knabe. Radar und so. Du warst... Freunde besuchen. In der Sinclair Road, wenn ich mich recht besinne.«

Dunross hatte nur mit Mühe seine Wut gezügelt. »Oh?« sagte er, und sein Gesicht lächelte, aber nur an der Oberfläche, »Donnerstag? Mir ist, als hätte ich mit John Tschen zu Abend gegessen. In seiner Wohnung in den Sinclair Towers. Aber ich denke, ich bin schon lange vor 4 Uhr 23 zu Hause gewesen.«

»Ach, ganz sicher warst du das. Ganz sicher hat sich der Beamte mit dem Nummernschild, mit der Farbe und überhaupt geirrt.« Foxwell klopfte ihm freundschaftlich auf die Schulter. »Ja, ich bin sicher, er hat sich geirrt.«

Aber es war kein Irrtum, hatte Dunross sich gesagt. Du weißt es, ich weiß es, John Tschen wird es wissen und natürlich auch Wei-wei.

Ihr Burschen wißt also von Wei-wei? Das ist interessant.

»Werde ich beobachtet?« fragte er ohne Umschweife.

»Guter Gott, nein!« Foxwell war schockiert gewesen. »Special Intelligence war auf der Spur eines Gauners, der in den Sinclair Towers seine Wohnung hat. Dich hat man zufällig gesehen. Du bist hier ein sehr bedeutender Mann. Du weißt ja, wie das geht.«

»Nein, das weiß ich nicht.«

»Man sagt, kluge Leute brauchen keine langen Erklärungen.«
»Ja, das sagt man. Drum wäre es vielleicht besser, du würdest deinen Leuten vom Nachrichtendienst nahelegen, in Zukunft intelligenter zu sein.«
»Glücklicherweise sind sie sehr diskret.«
»Trotzdem möchte ich nicht, daß meine Bewegungen aktenkundig werden.«
»Das sind sie sicher nicht. Nicht aktenkundig.«
»Gut. Und was ist das für ein Gauner in den Sinclair Towers?«
»Eines unserer bedeutenden Kapitalistenschweine, aber er steht im Verdacht, ein geheimer Parteigänger der Kommunisten zu sein. Sehr langweilig, aber irgendwie muß sich der SI ja seinen Lebensunterhalt verdienen, nicht wahr?«
»Kenne ich ihn?«
»Du kennst doch fast jeden. Er ist einfach ein Schurke, Ian. Tut mir leid, aber im Augenblick wird um alles ein Geheimnis gemacht.«
»Na komm schon, uns gehört doch der ganze Komplex! Wer ist es? Ich behalte es auch für mich.«
»Ich weiß. Tut mir leid, alter Knabe, aber ich kann nicht. Doch ich habe eine andere Hypothese für dich. Nehmen wir an, ein hypothetischer verheirateter VIP hätte eine Freundin, deren Onkel rein zufällig der im Untergrund arbeitende stellvertretende Chef der illegalen Geheimpolizei der Kuomintang in Hongkong wäre. Nehmen wir ferner an, rein hypothetisch, die Kuomintang wüßte diesen VIP gern auf ihrer Seite. Sicher könnte er von einer solchen Dame unter Druck gesetzt werden, nicht wahr?«
»Ja, das könnte er«, hatte Dunross lässig zugegeben. »Wenn er ein Dummkopf ist.« Er wußte schon von Wei-weis Onkel und war ihm zu wiederholten Malen auf privaten Gesellschaften in Taipeh begegnet. Der Mann war ihm sympathisch. Da gibt's keine Probleme, hatte er gedacht, denn sie ist nicht meine Geliebte, nicht einmal meine Freundin – so schön und begehrenswert sie auch sein mag.
Er lächelte in sich hinein, während er die Magazine Gap Road hinunterfuhr. Dann mußte er warten, bis er um den Platz herum war und in die Garden Road einbiegen konnte, die in den eine halbe Meile tiefer, am Meer gelegenen Central District einmündete.
Jetzt konnte er auch schon das hochaufragende Bürohaus von Struan's sehen. Es hatte zweiundzwanzig Stockwerke und lag nach der Connaught Road und dem Meer zu, fast gegenüber dem Anlegeplatz der Golden Ferries, die zwischen Hongkong und Kowloon verkehrten. Wie immer fand er an diesem Anblick Gefallen.
Sein Wagen schlängelte sich durch den dichten Verkehr, so gut es ging, kroch am Hilton-Hotel und dem Cricket-Platz vorbei und bog schließlich in die Connaught Road ein. Vor dem Haupteingang blieb er stehen.
Das ist der große Tag, dachte er. Die Amerikaner sind da. Und mit etwas

Glück ist Bartlett die Schlinge, die Quillan Gornt ein für allemal den Garaus machen wird.
»Guten Morgen, Sir!« Der uniformierte Pförtner grüßte stramm.
»Guten Morgen, Tom.« Dunross stieg aus dem Wagen und lief, zwei Stufen auf einmal nehmend, die Treppe hinauf, dem großen Glasportal entgegen. Ein anderer Portier fuhr den Wagen in die Tiefgarage, und wieder ein anderer öffnete ihm die Glastür, in der sich der vorfahrende Rolls spiegelte. Er warf einen Blick zurück. Casey verließ den Wagen, und unwillkürlich stieß er einen Pfiff aus. Sie trug eine Aktentasche. Ihr meergrünes Seidenkostüm war maßgeschneidert und sehr konservativ, verbarg aber doch weder die Eleganz ihrer Erscheinung noch ihren federnden Gang, und das Meergrün ließ das schimmernde Gold ihrer Haare noch attraktiver erscheinen.
Sie sah sich um und fühlte seine Augen auf sich gerichtet. Sie erkannten einander sofort und schätzten sich gegenseitig ab. Sie setzte sich als erste in Bewegung und schritt auf ihn zu. Er kam ihr auf halbem Weg entgegen.
»Guten Morgen, Mr. Dunross.«
»Guten Morgen. Wir sind uns nie begegnet, nicht wahr?«
»Nein. Aber nach Ihren Fotos sind Sie leicht zu erkennen. Ich erwartete nicht, schon jetzt das Vergnügen zu haben, mit Ihnen zusammenzutreffen. Ich bin Cas...«
»Ja«, fiel er ihr lächelnd ins Wort. »Ich bekam noch in der Nacht einen leicht verwirrten Anruf von John Tschen. Willkommen in Hongkong, Miss Tcholok! Miss ist doch richtig, nicht wahr?«
»Ja. Ich hoffe, die Tatsache, daß ich eine Frau bin, wird die Dinge nicht allzu sehr komplizieren.«
»O doch, das wird sie, und zwar nicht wenig. Aber wir werden versuchen, mit dem Problem fertigzuwerden. Würden Sie und Mr. Bartlett mir das Vergnügen machen, beim Rennen am Sonntag meine Gäste zu sein? Lunch und was noch dazugehört?«
»Das wäre reizend. Aber ich muß mich noch mit Mr. Bartlett abstimmen. Darf ich Ihnen heute nachmittag Bescheid geben?«
»Selbstverständlich.« Er blickte auf sie hinab. Sie erwiderte seinen Blick. Der Portier hielt ihnen immer noch die Tür auf.
»Na, kommen Sie mit, Miss Tcholok, eröffnen wir die Schlacht!«
»Wieso Schlacht? Wir sind doch hier, um ein Geschäft abzuschließen.«
»Aber ja, selbstverständlich. Entschuldigen Sie, das ist nur so eine Redensart.« Er ließ sie eintreten und steuerte auf die Aufzüge zu. Casey war peinlich berührt, als die vielen Menschen, die schon in Schlangen warteten, sofort zur Seite wichen, um sie in den ersten Fahrstuhl einsteigen zu lassen.
»Danke«, sagte Dunross, der nichts Außergewöhnliches dabei fand. Er drückte auf den obersten Knopf mit der Aufschrift 20 und stellte zerstreut fest, daß sie weder Parfüm benutzte noch Schmuck trug.

»Warum steht das Portal in einem Winkel?« fragte sie.
»Wie bitte?«
»Das Eingangstor scheint mir ein wenig schräg zu stehen. Ich hätte gern den Grund gewußt.«
»Sie sind eine gute Beobachterin. Die Antwort lautet *fung sui*. Als das Gebäude vor vier Jahren errichtet wurde, vergaßen wir den *fung-sui*-Mann des Hauses zu konsultieren. Er ist so etwas Ähnliches wie ein Astrologe, ein Mann, der auf Himmel, Erde, Wasserströmungen, Teufel und derlei Dinge spezialisiert ist und darauf achtet, daß man auf dem Rücken des Erddrachens und nicht auf seinem Kopf baut.«
»Wie bitte?«
»Ja, ja. Jede Baulichkeit in ganz China steht auf irgendeinem Teil des Erddrachens. Es ist alles in Ordnung, wenn der Bau auf dem Rücken, sehr schlecht, wenn er auf dem Kopf, und ganz entsetzlich, wenn er auf seinem Augapfel steht. Als wir endlich daran dachten, ihn zu fragen, versicherte uns unser *fung-sui*-Mann, wir stünden auf dem Rücken des Drachens – Gott sei Dank, sonst hätten wir übersiedeln müssen – doch kämen Teufel durch die Tür, und deswegen hätten wir so viele Schwierigkeiten. Er riet uns, das Portal umzuplanen; unter seiner Anleitung änderten wir den Winkel, und nun haben die Teufel das Nachsehen.«
Sie lachte. »Und jetzt verraten Sie mir den wahren Grund!«
»*Fung sui*. Wir hatten hier schlimmen Joss – Pech – lausiges Pech sogar, bis die Tür geändert wurde.« Seine Züge verhärteten sich sekundenlang, dann verflog der Schatten. »Gleich nachdem wir den Winkel geändert hatten, kam alles wieder ins Lot.«
»Sie wollen mir doch nicht erzählen, daß Sie daran glauben? Teufel und Drachen!«
»Natürlich glaube ich nicht daran. Aber wenn man in China lebt, macht man sehr bald die Erfahrung, daß es am besten ist, wenn man sich ein wenig chinesisch verhält.«
Der Aufzug hielt und gab den Weg in eine getäfelte Eingangshalle frei. An einem Schreibtisch saß eine adrette chinesische Empfangsdame. Sofort schätzten ihre Augen Caseys Kleidung und Schmuck ein.
Dumme Ziege, dachte Casey und lachte sie honigsüß an.
»Guten Morgen, Tai-Pan«, grüßte die Empfangsdame höflich.
»Mary, das ist Miss K. C. Tcholok. Bringen Sie sie bitte in Mr. Struans Büro.«
»Aber...« Mary Li bemühte sich, ihren Schock zu überwinden. »Die... die Herren erwarteten einen...« Sie nahm den Hörer auf, aber Dunross hielt sie zurück.
»Führen Sie sie hinein! Jetzt gleich. Es ist nicht nötig, sie anzumelden.« Er wandte sich Casey zu und lächelte. »Das wär's. Wir sehen uns bald.«
»Ja, danke. Auf bald.«

»Bitte folgen Sie mir, Miss Tcholok«, sagte Mary Li und schritt den Gang hinunter. Die langen Beine waren seidenbestrumpft, und ihr *chong-sam* saß eng und hoch geschlitzt auf ihren Hüften. Casey sah ihr einen Augenblick nach. Sie streifte Dunross mit einem Blick und zog eine Augenbraue hoch.
Er lachte. »Auf später, Miss Tcholok.«
»Bitte nennen Sie mich Casey.«
»Vielleicht wäre mir Kamalian Ciranoush lieber.«
Sie starrte ihn an. »Woher wissen Sie meinen Namen? Ich glaube, nicht einmal Mr. Bartlett erinnert sich noch daran.«
»Es zahlt sich eben aus, hochgestellte Persönlichkeiten zu Freunden zu haben«, erwiderte er lächelnd. »*A bientôt.*«
Er schritt zum gegenüberliegenden Aufzug und drückte auf den Knopf. Die Tür ging auf und schloß sich hinter ihm.
Nachdenklich folgte Casey Mary Li, die immer noch wartete.
Im Aufzug nahm Dunross einen Schlüssel heraus und steckte ihn in das Schloß. Der Aufzug verkehrte nur zu den obersten beiden Geschossen. Nur drei andere Personen besaßen den gleichen Aufzugsschlüssel: Claudia Tschen, seine Direktionssekretärin; Sandra Yi, seine Privatsekretärin; und sein Erster Hausboy Lim Tschu.
Im einundzwanzigsten Stockwerk befanden sich sein Privatbüro und der Sitzungssaal des Inneren Kreises, im zweiundzwanzigsten, dem Penthouse, die persönliche Suite des Tai-Pan, und nur er besaß den Schlüssel zum letzten privaten Aufzug, der die Garage im Kellergeschoß direkt mit dem Penthouse verband.
»Ian«, hatte sein Vorgänger als Tai-Pan, Alastair Struan, zu ihm gesagt, als er ihm die Schlüssel überreichte, »deine Privatsphäre ist dein kostbarster Besitz. So wie die Suite des Tai-Pan sind auch diese Privataufzüge kein zum Vergnügen betriebener oder protziger Luxus. Sie sind da, um dir ein Mindestmaß an Geheimhaltung zu gewähren, vielleicht sogar einen Ort, wo du dich verstecken kannst. Du wirst das besser verstehen, nachdem du das Vermächtnis gelesen und den Safe des Tai-Pan geöffnet hast. Behüte diesen Safe mit allem, was du hast! Du kannst gar nicht zu vorsichtig sein, denn er enthält viele Geheimnisse, und manche sind nicht sonderlich hübsch.«
»Ich hoffe, ich werde nicht versagen«, gab er höflich zurück, obwohl er seinen Vetter verabscheute.
»Das wirst du nicht. Du nicht«, hatte der alte Mann steif erwidert. »Du wurdest geprüft, und du wolltest diesen Job schon als kleiner Junge haben. Stimmt's?«
»Ja«, hatte Dunross zugegeben. »Ja. Ich bin nur überrascht, daß du ihn mir gegeben hast.«
»Du erhältst die höchste Position, die Struan's zu vergeben hat, nicht aufgrund deines Geburtsrechtes – das hätte nur für den Inneren Kreis ge-

reicht –, sondern weil du der Beste bist, den wir haben, um in meine Fußstapfen zu treten – und weil du seit Jahren intrigierst und rücksichtslos vorwärtsstrebst. So ist es doch?«
»Struan's bedarf des Wechsels. Bleiben wir bei der Wahrheit: Mit Noble House sieht es übel aus. Es ist nicht alles deine Schuld – erst kam der Krieg, dann Korea, dann Suez –, du hast jahrelang schlechten Joss gehabt. Und es wird Jahre dauern, bis wir uns wieder sicher fühlen können. Wenn Quillan Gornt wüßte, wie angespannt unsere Lage ist, wir müßten innerhalb einer Woche in unseren eigenen wertlosen Papieren ersticken. Sie sind nur zwanzig Prozent wert, unser Eigenkapital reicht nicht aus, wir haben nicht genug Cashflow, und wir befinden uns ohne jeden Zweifel in tödlicher Gefahr.«
»Unsinn.«
»Unsinn?« Zum erstenmal verlieh Dunross seiner Stimme einen scharfen Ton. »Rothwell-Gornt könnten uns in einem Monat schlucken, wenn sie den Wert unseren drängenden Verpflichtungen gegenüberstellen könnten.«
Stumm hatte der Alte ihn angestarrt. Dann sagte er: »Das ist ein vorübergehender Zustand. Saisonbedingt.«
»Dummes Zeug! Du weißt sehr genau, daß du mir den Job nur gibst, weil ich der einzige bin, der imstande ist, in diesem Saustall aufzuräumen, den ihr mir hinterlaßt: du, mein Vater und dein Bruder.«
»Ja, ich setze darauf, daß du dazu imstande bist, das muß ich zugeben.«
»Vielen Dank. Ich gebe zu, daß ich mich durch nichts aufhalten lassen werde. Und weil wir uns heute nacht schon so viele Wahrheiten ins Gesicht gesagt haben: Ich kann dir erklären, warum du mich immer haßtest, und warum mich auch mein eigener Vater gehaßt hat.«
»Kannst du das?«
»Ja. Weil ich den Krieg überlebt habe, und dein Sohn nicht. Und weil dein Neffe Linbar, der letzte deines Zweiges der Struans, ein netter, aber unnützer Junge ist. Ja, ich habe überlebt, meine armen Brüder nicht, und diese Tatsache macht meinen Vater immer noch rasend. Das ist die Ursache, nicht wahr?«
»Ja«, hatte Alastair Struan zugegeben, »ja, ich fürchte, das ist sie.«

»Ah, Tai-Pan«, begrüßte ihn Claudia Tschen, als sich die Aufzugstür öffnete. Die lustige, grauhaarige Eurasierin, Mitte Sechzig, saß hinter einem enormen Schreibtisch, der die Vorhalle des einundzwanzigsten Stockwerks beherrschte. Sie diente Noble House seit zweiundvierzig Jahren, davon die letzten fünfundzwanzig den jeweiligen Tai-Panen. »*Neh hoh mah?* Wie geht es Ihnen?«
»*Ho, ho*«, antwortete er zerstreut. »Gut.« Dann auf Englisch: »Hat Bartlett angerufen?«

»Nein.« Sie runzelte die Stirn. »Er wird erst zum Lunch erwartet. Soll ich versuchen, ihn zu erreichen?«
»Nein, lassen Sie nur! Was macht mein Gespräch mit Foster in Sydney?«
»Ist noch nicht gekommen. Auch nicht das Gespräch mit Mr. MacStruan in Edinburgh. Haben Sie Sorgen?«
»Was? Ach nein, nichts.« Es gelang ihm, seine Spannung zu überwinden. Er ging an ihrem Schreibtisch vorüber in sein Büro, das Aussicht auf den Hafen gewährte, und ließ sich in einen Lehnsessel neben dem Telefon fallen. Sie schloß die Tür, setzte sich in seine Nähe und schlug den Stenoblock auf.
»Ich dachte gerade an meinen D-Tag«, sagte er. »Der Tag, an dem ich hier einzog.«
»Schon lange her.«
Er lachte. »Schon lange her? Vierzig Lebensalter ist es her. Kaum drei Jahre sind vergangen, aber die Welt hat sich verändert, und es geht alles so schnell. Was werden die nächsten Jahre bringen?«
»Mehr vom gleichen, Tai-Pan. Wie ich höre, sind Sie Miss Casey Tcholok vor unserem Portal begegnet.«
»Wer hat Ihnen das erzählt?« fragte er in scharfem Ton.
»Großer Gott, Tai-Pan, ich kann doch meine Quellen nicht preisgeben. Aber ich habe auch gehört, daß Sie sie angestarrt haben und sie Sie. *Heya?*«
»Unsinn! Wer hat Ihnen von ihr erzählt?«
»Ich rief gestern noch das Hotel an, um mich zu vergewissern, daß alles klappt. Ich sprach mit dem Geschäftsführer. Wissen Sie, daß dieser dumme Kerl sie abweisen wollte? Ob die nun eine Suite oder ein Bett miteinander teilen, braucht Sie nicht zu kümmern, sagte ich ihm. Wir schreiben 1963. Und außerdem ist es eine feine Suite mit zwei Eingängen und getrennten Schlafzimmern und, was das Wichtigste ist, sie sind unsere Gäste.« Sie kicherte. »Ich habe ein bißchen meinen Rang geltend gemacht...«
»Haben Sie dem jungen Linbar oder den anderen etwa gesagt, daß K. C. eine Frau ist?«
»Nein. Niemandem. Daß Sie es wußten, war mir bekannt. Barbara Tschen erzählte mir, daß Meister John Sie schon wegen Casey Tcholok angerufen hatte. Wie ist sie denn?«
»*Leckeres Betthäschen* wäre eine Möglichkeit, sie zu beschreiben«, antwortete er und lachte.
»Gut – und was sonst?«
Dunross überlegte kurz. »Sie ist sehr attraktiv, sehr gut angezogen – wenn auch, vielleicht uns zu Gefallen, ein wenig dezent. Sehr selbstsicher. Eine gute Beobachterin – sie bemerkte, daß unsere Eingangstür schief steht, und wollte wissen, warum.« Er nahm ein elfenbeinernes Papiermesser und spielte damit. »Wie geschickt sie als Verhandlungspartnerin ist, werden wir bald erfahren.« Er lächelte. »Ich habe sie unangemeldet hineingeschickt.«

»Ich wette fünfzig Hongkong-Dollar: Zumindest einer wußte schon vorher, daß sie eine Frau ist.«
»Philip Tschen natürlich – aber dieser alte Fuchs behielt diese Information für sich. Ich wette hundert Dollar, daß weder Linbar noch Jacques noch Andrew Gavallan etwas wußten.«
»Die Wette gilt«, sagte Claudia munter. »Sie können gleich zahlen, Tai-Pan. Ich habe mich schon heute früh diskret erkundigt.«
Sie hielt ihm die offene Hand hin. »Wette ist Wette, Tai-Pan.«
Widerwillig reichte er ihr die rote Hundert-Dollar-Note.
»Vielen Dank. Und jetzt wette ich hundert, daß Casey Tcholok mit Meister Linbar, Meister Jacques und Andrew Gavallan Schlitten fahren wird.«
»Woher wollen Sie das wissen?« fragte er argwöhnisch.
»Hundert?«
»Gilt.«
»Ausgezeichnet«, sagte sie und wechselte das Thema. »Was ist mit dem Dinner für Mr. Bartlett? Das Golfmatch und der Ausflug nach Taipeh? Dazu kann man natürlich keine Frau mitnehmen. Soll ich diese Termine streichen?«
»Nein. Ich werde mit Bartlett reden – er wird das sicher verstehen. Aber ich habe sie zusammen mit ihm zum Rennen am Sonnabend eingeladen.«
»Oh, das sind dann zwei zuviel. Ich werde den Pangs absagen, es wird ihnen nichts ausmachen. Sollen sie beide an Ihrem Tisch sitzen?«
Dunross' Stirn legte sich in Falten. »Sie sollte als Ehrengast an meinem Tisch sitzen. Setzen Sie ihn als Ehrengast neben Penelope.«
»Sehr gut. Ich werde Mrs. Dunross anrufen und ihr Bescheid sagen. Ach ja – und Barbara möchte mit Ihnen reden.« Claudia seufzte und glättete eine Falte in ihrem adretten dunkelbauen *chong-sam*. »Meister John ist heute nacht nicht nach Hause gekommen. Wie ich höre, war er nicht beim Morgengebet.«
»Ja, das weiß ich. Ich habe ihm selbst gesagt, er könnte es heute schwänzen.« Morgengebet nannten die Insider von Struan's scherzhaft die tägliche obligatorische, für acht Uhr früh angesetzte Zusammenkunft aller Direktoren aller Niederlassungen mit dem Tai-Pan. »Wozu hätte er heute kommen sollen? Bis zum Lunch gibt es für ihn nichts zu tun. Wahrscheinlich ist er auf seinem Boot. Wir haben heute prächtiges Segelwetter.«
»Die Temperatur seiner Frau Gemahlin ist gewaltig erhöht, Tai-Pan – selbst für ihre Verhältnisse.«
»Sie hat immer erhöhte Temperatur, das arme Luder! John wird auf seinem Boot sein – oder bei Ming-li. Haben Sie schon bei ihr angerufen?«
Sie rümpfte die Nase. »›In einen geschlossenen Mund verirren sich keine Fliegen‹, pflegte Ihr Vater zu sagen. Aber ich glaube, ich kann Ihnen trotzdem verraten, daß Ming-li schon seit zwei Monaten nur mehr Zweite Freundin ist. Die neue Favoritin nennt sich Duftende Blume und bewohnt eine seiner ›Privatwohnungen‹ an der Aberdeen Main Road.«

»Ach, so nahe bei seinem Liegeplatz! Wie bequem!«
»O ja. Sie ist schon eine rechte Blume, eine gefallene Blume aus der Good-Luck-Dragon-Tanzhalle in Wanchai. Aber sie weiß auch nicht, wo Meister John sich aufhält. Er hat sie beide nicht besucht, obwohl er, wie sie sagt, für Mitternacht mit der Gefallenen Blume verabredet war.«
»Wie haben Sie das nur alles herausgefunden?« fragte er.
»Macht, Tai-Pan – und ein Netz von Beziehungen, das ich mir über fünf Generationen aufgebaut habe.« Sie lachte in sich hinein. »Aber wenn Sie einen hübschen kleinen Skandal hören wollen – John Tschen weiß nicht, daß sie nicht die Jungfrau war, die sie zu sein vorgab...« Eines der Telefone läutete. Sie hob ab. »Bleiben Sie bitte am Apparat«, sagte sie, betätigte die Wartetaste und fuhr munter in einem Atemzug fort: »Alle ihre Tränen und die äh... Beweise waren nur vorgetäuscht. Armer Kerl, aber geschieht ihm recht, meinen Sie nicht auch, Tai-Pan? Wozu braucht ein Mann in seinem Alter eine Jungfrau – er ist doch zweiundvierzig, *heya*?« Sie drückte auf den ›Ein‹-Knopf. »Sekretariat des Tai-Pan, guten Morgen«, meldete sie sich.
Er beobachtete sie, belustigt und verwirrt und staunte wie immer über ihre Informationsquellen, und über das Vergnügen, das es ihr bereitete, Geheimnisse zu kennen. Und sie weiterzugeben. Aber nur an Mitglieder des Clans und ausgewählte Insider. »Augenblick, bitte.« Sie drückte die Wartetaste. »Inspektor Armstrong möchte Sie gerne sehen. Er wartet unten mit Inspektor Kwok. Es tut ihm leid, daß er unangemeldet kommt, aber ob Sie ihm wohl ein paar Minuten schenken könnten?«
»Ah, die Gewehre! Unsere Polizei funktioniert jeden Tag besser«, kommentierte er mit grimmigem Lächeln.
Um sieben Uhr früh hatte er einen detaillierten Bericht von Philip Tschen erhalten. Einer der Polizeibeamten, ein Verwandter der Tschens, hatte an der Aktion auf dem Flughafen teilgenommen und ihn gleich darauf verständigt.
»Du tätest gut daran, alle unsere Informanten einzusetzen, um herauszubekommen, wer und was dahintersteckt«, hatte er besorgt zu Philip gesagt.
»Das habe ich schon. Es kann kein Zufall sein, daß man die Gewehre in Bartletts Maschine gefunden hat.«
»Sollte sich herausstellen, daß wir in irgendeiner Weise damit zu tun haben, könnte das sehr peinlich werden.«
Er sah, wie Claudia geduldig wartete. »Bitten Sie Armstrong, mir zehn Minuten Zeit zu lassen! Dann holen Sie sie herauf.«
Sie erledigte das und sagte: »Wenn Inspektor Kwok schon so bald zugezogen wurde, muß die Sache ernster sein, als wir dachten, *heya*, Tai-Pan?«
»Special Branch oder Special Intelligence müssen sofort eingeschaltet worden sein. Ich wette, daß man auch bereits mit dem FBI und der CIA Kontakt aufgenommen hat. Daß Brian Kwok mitmischt, ist logisch. Er ist ein alter Kumpel von Armstrong – und einer der besten Leute, die wir haben.«

»Jawohl«, stimmte Claudia ihm zu. »Was für einen prächtigen Ehemann er doch für eine Dame abgeben würde!«
»Vorausgesetzt, daß es sich um eine Tschen handelt, nicht wahr? Noch mehr Macht, *heya*?« Es war allgemein bekannt, daß Brian Kwok gute Aussichten hatte, zum ersten chinesischen District Commissioner ernannt zu werden.
Das Telefon läutete. Sie hob ab. »Ja, ich werde es ihm sagen.« Verärgert legte sie auf. »Der Adjutant des Gouverneurs – um mich an den Cocktail um sechs zu erinnern – als ob ich das vergessen würde!«
Dunross nahm eines der Telefone und wählte eine Nummer.
»*Weyyyy?*« kam die grobe Stimme der *amah*, der chinesischen Dienerin. »Hallo?«
»Tschen *tai-tai*«, meldete er sich auf Kantonesisch. »Mrs. Tschen bitte, hier spricht Mr. Dunross.« Er wartete. »Guten Morgen, Barbara.«
»O hallo, Ian. Hast du von John gehört? Tut mir leid, daß ich dich belästigt habe.«
»Ist doch keine Belästigung. – Nein, noch nicht. Aber sobald ich von ihm höre, werde ich sofort veranlassen, daß er dich anruft. Hast du es im Jockey-Club versucht?«
»Ja, aber dort erinnern sie sich nicht, ihn beim Frühstück gesehen zu haben, und die Morgenarbeit ist von fünf bis sechs. Der verdammte Kerl! Er ist so rücksichtslos!«
»Wahrscheinlich ist er auf seinem Boot. Hier hat er nichts zu tun, und heute ist herrliches Segelwetter. Du weißt ja, wie er ist – hast du es schon am Liegeplatz versucht?«
»Die haben dort leider kein Telefon. Und ich kann jetzt nicht nach Aberdeen fahren, ich muß zum Friseur – ganz Hongkong kommt heute abend zu deiner Party.«
»Schick doch einen deiner Fahrer!«
»Tang hat heute seinen freien Tag, und Wu-chat muß mich herumfahren. Ich kann ihn einfach nicht nach Aberdeen schicken – dazu würde er eine Stunde brauchen, und von zwei bis vier habe ich eine Mah-jong-Partie.«
»Ich werde John sagen, daß er dich anrufen soll. Aber ich sehe ihn erst um die Mittagszeit.«
»Ich bin frühestens um fünf wieder zurück. Na ja, vielen Dank, tut mir leid. Wiedersehen.«
»Wiedersehen.« Dunross legte auf und seufzte. »Ich komme mir vor wie ein Kindermädchen.«
»Sprechen Sie mit Johns Vater, Tai-Pan«, riet Claudia Tschen.
»Habe ich schon. Einmal. Und das genügt. Es ist nicht alles nur Johns Schuld. Dieses Weib kann jeden zur Raserei treiben.«
Wieder klingelte das Telefon, und Claudia hob ab. »Hallo, Sekretariat des Tai-Pan!« Ihre Heiterkeit verflüchtigte sich. »Augenblick, bitte.« Sie

drückte auf den Warteknopf. »Ein Gespräch mit Voranmeldung aus Yokohama. Hiro Toda.«
Dunross kannte die Abneigung, die sie gegen diesen Mann hegte; er wußte, daß sie die Japaner haßte und daß ihr die Geschäftsbeziehungen zwischen ihnen und Noble House ein Dorn im Auge waren. Auch er konnte den Japanern nicht verzeihen, was sie Asien im Krieg angetan hatten. Den Menschen in den von ihnen besetzten Gebieten. Den Wehrlosen. Männern, Frauen und Kindern. Als Soldaten hatte er ihnen nichts vorzuwerfen. Gar nichts. Krieg war Krieg.
Seinen eigenen Krieg hatte er gegen die Deutschen geführt. Claudia aber den ihren hier in Hongkong. Weil sie Eurasierin war, hatte man sie während der japanischen Besetzung nicht mit den europäischen Zivilisten ins Stanley-Gefängnis gesperrt. Sie, ihre Schwester und ihr Bruder hatten versucht, den Kriegsgefangenen zu helfen, hatten ihnen Lebensmittel, Arzneien und Geld ins Lager geschmuggelt. Die Kampeitai, die japanische Militärpolizei, hatte sie erwischt. Jetzt konnte sie keine Kinder mehr bekommen.
»Soll ich sagen, Sie seien nicht da?« fragte sie.
»Nein.« Vor zwei Jahren hatte Dunross bei den Toda Shipping Industries in Yokohama zwei riesige Frachtschiffe bestellt, um die Struan-Flotte, die im Krieg stark dezimiert worden war, wieder aufzubauen. Er hatte sich für die japanische Werft entschieden, weil ihre Schiffe die perfektesten und ihre Konditionen die besten waren.
»Hallo, Hiro«, sagte er, »nett, von Ihnen zu hören. Wie sieht es in Japan aus?«
»Bitte entschuldigen Sie die Störung, Tai-Pan! Hier sieht es gut aus, aber es ist heiß und feucht.«
»Wie geht es unseren Schiffen?«
»Alles läuft wie geplant, Tai-Pan. Ich wollte Ihnen nur mitteilen, daß ich im Rahmen einer Geschäftsreise Sonnabend morgen nach Hongkong komme. Ich bleibe über das Wochenende, fliege dann nach Singapur und Sydney weiter, komme aber rechtzeitig zum Abschluß nach Hongkong zurück.«
»Um welche Zeit treffen Sie am Sonnabend ein?«
»Um 11 Uhr 10, Japan Air Lines.«
»Ich lasse Sie mit einem Auto abholen. Wie wäre es, wenn Sie direkt nach Happy Valley zum Rennen kämen? Sie lunchen mit uns, und dann bringt Sie mein Wagen ins Hotel. Sie logieren im Victoria and Albert?«
»Diesmal im Hilton auf der Hongkong-Seite. Vielen Dank, Tai-Pan. Ich freue mich schon, Sie zu sehen. Tut mir leid, Ihnen zur Last zu fallen.«
Dunross legte den Hörer auf. Er konnte den Japaner gut leiden. Warum er wohl anrief? Hiro Toda, geschäftsführender Direktor des aggressivsten Schiffsbaukonzerns Japans, handelte nie spontan oder unüberlegt.
Dunross dachte an den Abschluß ihrer Verhandlungen und an die Zahlun-

gen von je zwei Millionen, die jetzt am 1., 11. und 15. September fällig werden sollten. Den Rest in neunzig Tagen. Insgesamt zwölf Millionen US-Dollar, über die er im Augenblick nicht verfügte. Ebensowenig wie über den von einem Charterer unterzeichneten Vertrag zur Deckung des Bankkredits, den er auch noch nicht hatte. »Macht nichts«, sagte er lässig, »es wird schon alles gutgehen.«
»Für diese Burschen, ja«, sagte Claudia. »Sie wissen, daß ich ihnen nicht über den Weg traue. Keinem von ihnen.«
»Sie sollten sie nicht tadeln, Claudia; sie versuchen wirtschaftlich zu erreichen, was ihnen militärisch nicht gelungen ist. Sie sind harte Arbeiter, sie erzielen Gewinne, und sie werden uns kaputtmachen, wenn wir es zulassen. Aber man braucht auch einen Engländer – oder Schotten – nur zu ritzen, und man findet einen Piraten. Wenn wir so vernagelt sind und nichts dagegen tun, verdienen wir es, unterzugehen.«
»Aber warum sollten wir dem Feind helfen?«
»Sie waren Feinde«, erwiderte er ruhig, »nur für einen Zeitraum von etwa zwanzig Jahren. Aber unsere Verbindungen reichen ein Jahrhundert zurück. Haben wir nicht als erste Handel mit Japan getrieben? Hat nicht ›die Hexe‹ Struan 1860 das erste Grundstück für uns erstanden, das in Yokohama zum Kauf angeboten wurde? Hat sie nicht das Dreieck China – Japan – Hongkong zu einem Eckpfeiler von Struans Politik gemacht?«
»Ja, Tai-Pan, aber meinen Sie nicht...«
»Nein, Claudia, wir haben hundert Jahre mit den Todas, den Kasigis und den Toranagas Handel getrieben, und gerade jetzt ist Toda Shipping sehr wichtig für uns.«
Wieder läutete das Telefon, und sie hob ab. »Gut! Stellen Sie durch!... Bill Foster aus Sydney.«
Dunross nahm ihr den Hörer aus der Hand. »Bill... Nein, Sie waren der erste auf der Liste. Ist die Sache mit Woolara Properties gelaufen?... Was ist denn dazwischengekommen?... Das interessiert mich nicht.« Er sah auf die Uhr. »Bei euch ist es jetzt Mittag vorbei. Rufen Sie gleich dort an! Bieten Sie ihnen fünfzig australische Cents mehr pro Aktie, und halten Sie Ihr Angebot bis Geschäftsschluß heute abend aufrecht. Dann setzen Sie sich mit der Bank in Sydney in Verbindung und geben Sie Auftrag, auf der Rückzahlung aller Darlehen bis heute abend zu bestehen... Das ist mir schnurz – sie sind sowieso schon dreißig Tage überfällig. Ich möchte die Company jetzt in die Hand bekommen. Ohne sie geht das Chartergeschäft mit unseren neuen Großfrachtern in die Brüche. Und buchen Sie für den Quantas-Flug 543 am Donnerstag! Ich brauche Sie hier bei einer Konferenz.« Er legte auf. »Lassen Sie mir Linbar heraufkommen, sobald die Besprechung mit der Tcholok zu Ende ist. Buchen Sie ihm einen Platz für Quantas 716 Freitag früh nach Sydney.«
»Ja, Tai-Pan.« Sie machte sich ein paar Notizen und reichte ihm eine Liste. »Das sind Ihre Termine für heute.«

Er warf einen Blick darauf. Vormittag vier Aufsichtsratssitzungen von Tochtergesellschaften: Golden Ferry um 10 Uhr 30, Struan's Motor Import um elf, Chong-Li Foods um 11 Uhr 15 und Kowloon Investments um 11 Uhr 30. Lunch mit Lincoln Bartlett und Miss Casey Tcholok von 12 Uhr 40 bis 14 Uhr. Weitere Aufsichtsratssitzungen am Nachmittag, Peter Marlowe um 16 Uhr, Philip Tschen um 16 Uhr 20, um sechs Cocktail beim Gouverneur und die eigene Party um 20 Uhr. Um elf sollte er Alastair Struan anrufen und im Lauf des Tages noch mindestens fünfzehn andere Leute in ganz Asien.

»Marlowe?« fragte er.

»Er ist Schriftsteller, im Vic abgestiegen – erinnern Sie sich noch? Hat vor einer Woche um einen Termin ersucht. Er schreibt ein Buch über Hongkong.«

»Ach ja – der Mann, der in der RAF gedient hat.«

»Stimmt. Soll ich ihn verschieben?«

»Nein. Lassen Sie alles, wie es ist, Claudia!« Er nahm ein Dutzend Kärtchen mit Anmerkungen in Kurzschrift aus der Tasche. »Das sind Fernschreiben und Telegramme, die gleich hinausgehen sollen, und Notizen für die Vorstandssitzungen. Verbinden Sie mich mit Jen in Taipeh, dann mit Havergill in der Bank, und dann gehen Sie die Liste durch!«

»Ja, Tai-Pan. Wie ich höre, tritt Havergill in den Ruhestand.«

»Wunderbar. Wer wird sein Nachfolger?«

»Das weiß noch niemand.«

»Wir wollen hoffen, daß es Johnjohn wird. Setzen Sie Ihre Spione in Marsch! Ich wette um hundert Dollar mit Ihnen, daß ich es noch vor Ihnen erfahre.«

»Gilt!«

»Fein.« Dunross hielt ihr die offene Hand hin. »Sie können gleich bezahlen«, sagte er honigsüß. »Es wird Johnjohn.«

»Was?«

»Wir haben es gestern abend beschlossen – alle Direktoren. Ich habe sie ersucht, es bis heute um elf geheimzuhalten.«

Verdrießlich nahm sie die Hundertdollarnote wieder heraus und reichte sie ihm. »*Ayeeyah*. Ich hatte diesen Geldschein schon in mein Herz geschlossen.«

Es klopfte an der Tür. »Herein«, sagte er.

Sandra Yi, seine Privatsekretärin, trat ein. »Verzeihen Sie, Tai-Pan, aber der Index ist um zwei Punkte gestiegen, und Holdbrook ist auf Leitung zwei.« Alan Holdbrook war der Chef der konzerneigenen Börsenmaklerfirma.

Dunross drückte auf den Knopf der Leitung zwei. »Sobald ich fertig bin, bringen Sie Armstrong herein.« Mit Sandra Yi verließ die Direktionssekretärin das Büro.

»Ja, Alan?«
»Guten Morgen, Tai-Pan. Erstens: Es hält sich hartnäckig ein Gerücht, wonach wir darauf aus wären, uns Asian Properties unter den Nagel zu reißen.«
»Das hat vermutlich Jason Plumm in Umlauf gesetzt, um seine Aktien noch vor der Jahresversammlung hinaufzutreiben.«
»Unser eigener Kurs ist um zehn Punkte gestiegen – möglicherweise deswegen.«
»Gut. Kaufen Sie sofort 20000.«
»Okay. Zweites Gerücht: Wir haben ein Multimillionengeschäft mit Par-Con Industries abgeschlossen – eine kräftige Expansion.«
»Hirngespinste«, versetzte Dunross leichthin und fragte sich wütend, wo die undichte Stelle sein mochte. Nur Philip Tschen – und Alastair Struan und der alte Sean MacStruan in Edinburgh – sollten über das listige Manöver Bescheid wissen, das zur Zerschlagung von Asian Properties führen würde. Und das Par-Con-Geschäft galt als streng geheim und war nur dem Inneren Kreis bekannt.
»Drittens: Jemand kauft größere Pakete unserer Aktien.«
»Wer?«
»Ich weiß es nicht. Aber etwas stinkt, Tai-Pan. So wie unsere Kurse im vergangenen Monat allmählich gestiegen sind... Ich könnte keinen Grund dafür nennen, es wäre denn ein Käufer oder mehrere... Und das gleiche ist bei Rothwell-Gornt zu verzeichnen. Wie ich hörte, wurde ein Paket von 200000 Stück im Ausland gekauft.«
»Stellen Sie fest, von wem.«
»Wenn ich nur wüßte, wie! Der Markt ist nervös. Eine Menge chinesisches Geld ist im Umlauf. Viele kleine Abschlüsse... Aber multiplizieren Sie das mal mit hunderttausend... die Kurse könnten zusammenbrechen oder... ins Aschgraue steigen.«
»Na fein. Dann werden wir alle dick verdienen. Rufen Sie mich an, bevor die Börse schließt! Danke, Alan.« Er legte auf und spürte den Schweiß auf seinem Rücken.
Im Vorraum ging Claudia Tschen mit Sandra Yi einige Papiere durch. Sandra Yi war ihre Nichte mütterlicherseits – von schneller Auffassungsgabe, sehr gut aussehend, siebenundzwanzig – mit einem Kopf wie ein Computer. Dann sah sie auf die Uhr und sagte auf Kantonesisch: »Inspektor Brian Kwok wartet unten, Kleine Schwester. Hol ihn doch herauf – in sechs Minuten!«
»*Ayeeyah*, ja, Ältere Schwester.« Hastig überprüfte Sandra Yi ihr Make-up und flitzte davon. Claudia sah ihr lächelnd nach. Bester Laune saß sie hinter der Maschine und ließ die Fernschreiben hinausgehen. Nun wäre alles getan, was der Tai-Pan ihr aufgetragen hatte. Aber da war noch etwas... Ach ja! Sie rief bei sich zu Hause an.

»*Weyyyy?*« meldete sich ihre *amah*, Ah Sam.

»Hör mal, Ah Sam«, fragte sie auf Kantonesisch, »ist das Dritte Stubenmädchen Fung im Vic nicht eine Kusine dritten Grades von dir?«

»Das stimmt, Mutter«, erwiderte Ah Sam, wobei sie die höfliche Anrede der Dienerin gegenüber einer Herrin gebrauchte.

»Ruf sie an und erkundige nach zwei fremden Teufeln vom Goldenen Berg. Sie soll herausfinden, was sie kann. Sie logieren in der Suite Duftiger Frühling.« Geduldig buchstabierte sie ihr die Namen vor.

»*Ayeeyah*, wenn jemand etwas herausfinden kann, dann das Dritte Stubenmädchen Fung.«

Die Aufzugstür ging auf, Sandra Yi führte die beiden Polizeibeamten herein und zog sich zögernd zurück. Brian Kwok blickte ihr nach. Er war neununddreißig, mit 1,80 recht groß für einen Chinesen, hatte blauschwarze Haare und sah sehr gut aus. Beide Männer waren in Zivil. Claudia plauderte höflich mit ihnen, doch in dem Augenblick, da das Lämpchen von Leitung zwei erlosch, führte sie sie hinein und schloß die Tür hinter sich.

»Tut mir leid, daß wir unangemeldet kommen«, sagte Armstrong.

»Das macht doch nichts, Inspektor. Sie sehen müde aus.«

»Es war eine lange Nacht. Alle diese Schurkenstreiche, mit denen wir in Hongkong zu tun haben«, antwortete Armstrong leichthin. »Es gibt zu viele schlechte Menschen.«

Dunross lächelte und ließ seinen Blick zu Kwok hinübergleiten. »Und wie geht es Ihnen, Brian?«

Brian Kwok erwiderte das Lächeln. »Sehr gut, danke, Tai-Pan. Die Kurse steigen, ich habe ein paar Dollar auf der Bank, mein Porsche ist noch nicht auseinandergefallen, und es gibt immer noch attraktive Mädchen.«

»Dafür muß man dem lieben Gott dankbar sein. Sind Sie Sonntag bei der Bergtour dabei?«

»Wenn ich Lulu bis dahin in Schuß habe. Es ist etwas mit der Kupplung nicht in Ordnung. Tun Sie mit?«

»Hängt davon ab. Ich muß Sonntag nachmittag nach Taipeh. Wenn es mit der Zeit hinkommt, bin ich dabei. Wie geht es im SI?«

Brian Kwok lachte. »Allemal besser, als wenn ich arbeiten müßte, um mir meinen Lebensunterhalt zu verdienen.« Special Intelligence war eine völlig unabhängige Abteilung innerhalb des halbgeheimen Special Branch, dessen Aufgabe es war, subversive Aktivitäten in der Kolonie aufzudecken und zu zerschlagen. Es hatte seine eigenen geheimen Methoden, verfügte über geheime Mittel und besaß besondere geheime Machtbefugnisse. Und es war nur dem Gouverneur allein verantwortlich.

Dunross legte sich in seinem Sessel zurück. »Was gibt es?«

»Sicher wissen Sie schon davon«, antwortete Armstrong. »Es ist wegen der Gewehre in Bartletts Flugzeug.«

»Ach ja, ich habe heute früh davon gehört. Wie kann ich Ihnen helfen? Ha-

ben Sie eine Vermutung, für wen sie bestimmt waren? Sie haben doch zwei Männer verhaftet?«
Armstrong seufzte. »Ja. Echte Mechaniker, keine Frage – von der nationalen Luftwaffe ausgebildet. Keine Vorstrafen. Übrigens: Kann das alles unter uns bleiben?«
»Und Ihre Vorgesetzten?«
»Ich würde sie gern in diese Abmachung einbeziehen – aber behandeln Sie diese Informationen vertraulich!«
»Warum?«
»Wir haben Grund zu der Annahme, daß die Gewehre für jemanden von Struan's bestimmt waren.«
»Für wen?« fragte Dunross in scharfem Ton.
»Was wissen Sie über Lincoln Bartlett und Casey Tcholok?«
»Wir besitzen ein detailliertes Dossier über ihn – aber nicht über sie. Wollen Sie es haben? Ich kann Ihnen eine Kopie überlassen, vorausgesetzt, daß auch dieses Material vertraulich behandelt wird.«
»Selbstverständlich. Das wäre uns sehr dienlich.«
Dunross drückte auf den Knopf der Gegensprechanlage. »Ja, Sir?« fragte Claudia.
»Machen Sie eine Kopie der Bartlett-Dossiers und geben Sie sie Inspektor Armstrong, wenn er geht.« Dunross schaltete ab.
»Wir werden Sie nicht mehr lange aufhalten«, sagte Armstrong. »Legen Sie über alle potentiellen Kunden Dossiers an?«
»Nein. Aber wir wissen gern, mit wem wir es zu tun haben. Wenn das Geschäft mit Bartlett klappt, könnte das für uns – und Bartlett – Millionenverdienste bedeuten, für Hongkong tausend neue Arbeitsplätze, Fabriken und Lagerhäuser, aber auch ebenso große Risiken für uns. Jeder Geschäftsmann würde sich in einem solchen Fall einen vertraulichen Bericht über die Vermögenslage des potentiellen Partners beschaffen – wir sind da vielleicht nur ein bißchen gründlicher.«
»Ist irgendwo die Rede von Verbindungen mit kriminellen Elementen?«
Dunross verbarg sein Erstaunen nicht. »Mafia? Meinen Sie so was? Du lieber Himmel, nein. Und außerdem: Hätte die Mafia die Absicht, sich hier niederzulassen, sie würde sich nicht damit begnügen, zehn M-14-Sturmgewehre, 2000 Patronen und eine Schachtel Granaten zu schicken.«
»Sie sind verdammt gut unterrichtet«, unterbrach ihn Brian Kwok. »Zu gut. Wir haben das Zeug erst vor einer Stunde ausgepackt. Wer hat Sie informiert?«
»Sie wissen doch, daß es in Hongkong keine Geheimnisse gibt.«
»Heutzutage kann man nicht einmal seinen eigenen Leuten trauen.«
»Die Mafia würde zwanzigmal soviel schicken, und zwar Handgewehre amerikanischer Bauart. Aber wie immer sie es anfinge, hier könnte die Mafia nichts ausrichten. Sie könnte unsere Triaden niemals verdrängen. Nein,

das kann nur jemand von hier sein. Wer hat Ihnen den Hinweis gegeben, Brian?«
»Die Polizei des Tokyoter Flughafens«, antwortete Kwok. »Einer ihrer Mechaniker nahm eine routinemäßige Inspektion vor – Sie wissen ja, wie gründlich die sind. Er meldete es seinen Vorgesetzten, die Polizei rief uns an, und wir ersuchten sie, das Schmuggelgut durchzulassen.«
»Wenn das so ist, nehmen Sie doch Kontakt mit dem FBI und der CIA auf; die sollen Nachforschungen in Honolulu anstellen – oder in Los Angeles. Und warum sollte jemand von Struan's damit zu tun haben?«
»Beide Gauner sagten aus...« Armstrong nahm seinen Notizblock heraus. »Unsere Frage lautete: ›Wo hättet ihr die Pakete hinbringen sollen?‹ Beide antworteten, wenn auch mit verschiedenen Worten: ›Ins Lagerhaus 15 und dort in die Abteilung 7...‹« Er sah Dunross an.
»Das beweist gar nichts. Wir sind die größten Lagerhalter auf Kai Tak. Die Tatsache, daß sie die Waffen in eines unserer Lagerhäuser bringen sollten, beweist nichts – nur ihre Gerissenheit. Bei uns gehen so viele Waren durch, ein fremder LKW fällt nicht auf.» Dunross überlegte kurz. »Nummer 15 ist gleich bei der Ausfahrt – ausgezeichnete Plazierung.« Er streckte die Hand nach dem Telefon aus. »Ich werde sofort meine Leute von der Sicherheits...«
»Tun Sie das bitte vorderhand nicht!«
Dunross hielt inne.
»Warum nicht?«
»Unsere nächste Frage«, fuhr Armstrong fort, »lautete: ›Wer waren eure Auftraggeber?‹ Natürlich gaben sie uns fiktive Namen und Personenbeschreibungen und leugneten alles, aber einer sagte, als einer meiner Leute ihn etwas härter anfaßte – bildlich gesprochen natürlich...« Er las von seinem Notizblock ab. »›Laßt mich in Frieden, ich habe einflußreiche Freunde!‹. ›Du hast auf der ganzen Welt keinen Freund‹, konterte der Sergeant. ›Mag sein, aber der ehrenwerte Tsu-yan und Noble House Tschen haben welche.‹«
Bedrückendes Schweigen trat ein. Sie warteten.
›Diese verdammten Gewehre!‹ dachte Dunross wütend. Aber er schärfte seinen Sinn und achtete darauf, keine Miene zu verziehen. »Hundert und mehr Tschens arbeiten für uns; Tschen ist ein sehr häufiger Name – wie Smith.«
»Und Tsu-yan?« fragte Brian Kwok.
Dunross zuckte die Achseln. »Er ist ein Direktor von Struan's – aber auch Direktor der Blacs, der Victoria Bank und vierzig anderer Gesellschaften. Er ist einer der reichsten Männer Hongkongs und trägt einen Namen, der in Hongkong jedermann geläufig ist. So wie Noble House Tschen.«
»Wissen Sie auch, daß man ihn verdächtigt, in der Hierarchie der Triaden einen hohen Rang einzunehmen – insbesondere in der Green-Pang-Gesellschaft?« fragte Brian Kwok.

»Jeder einflußreiche Schanghaier steht unter dem gleichen Verdacht. Mein Gott, Brian, Sie wissen doch genau, daß man von Tschiang Kai-schek behauptet, er hätte der Green Pang vor Jahren angeboten, ihr Schanghai als Lehen zu überlassen, wenn sie bereit wäre, seinen Feldzug gegen die Bandengeneräle im Norden zu unterstützen.«

»Wo hat Tsu-yan sein Geld gemacht, Tai-Pan?« fragte Brian Kwok.

»Das weiß ich nicht. Sagen Sie es mir, Brian!«

»Im Koreakrieg, mit dem Schmuggel von Penicillin, Arzneien und Benzin – vornehmlich Penicillin – über die Grenze zu den Kommunisten. Vor Korea bestand sein ganzer Besitz aus einem Lendenschurz und einer ramponierten Rikscha.«

»Das ist doch alles nur Gerede, Brian.«

»Auch Struan's hat ein Vermögen gemacht.«

»Ja. Aber es wäre wirklich sehr unklug, auch nur anzudeuten, wir hätten es mit Schmuggeln verdient. Wirklich sehr unklug.«

»Habt ihr etwa nicht?«

»Einem Gerücht zufolge hat Struan's vor mehr als hundertzwanzig Jahren ein wenig geschmuggelt, aber es war eine ehrenwerte Tätigkeit und hat nie gegen die britischen Gesetze verstoßen. Wir sind gesetzestreue Kapitalisten und China-Händler, und das schon seit langen Jahren.«

Brian Kwok lächelte nicht. »Daß ein großer Teil des Penicillins von schlechter, von sehr schlechter Qualität war, ist auch bloß Gerede.«

»Wenn das wirklich so war, dann verhaften Sie ihn doch bitte«, erwiderte Dunross kalt. »Ich persönlich halte es für ein Gerücht, wie so viele, ausgestreut von neidischen Konkurrenten. Wenn es wahr wäre, würde er in der Bucht treiben wie alle anderen, die es versucht haben, wie etwa Schlechtes Pulver Wong.« Er bezog sich auf einen in Hongkong ansässigen Schmuggler, der im Koreakrieg große Mengen verfälschtes Penicillin über die Grenze geschmuggelt und seine Gewinne in Aktien und Grundbesitz in Hongkong angelegt hatte. Und dann erhielten gewisse Triaden, mafiaähnliche chinesische Gangsterbanden, den Auftrag, die Rechnung zu begleichen. Jede Woche verschwand oder starb ein Mitglied seiner Familie. Durch Ertrinken, Autounfall, Erwürgen, durch Gift oder Messer. Keiner der Täter wurde je gefaßt. Nach siebzehn Monaten und drei Wochen hörten die Hinrichtungen auf. Nur er und ein halbdebiles Enkelkind waren noch am Leben. Tag und Nacht bewacht, lebten sie in Todesangst zusammen mit einem Koch und einem Diener, immer noch in demselben einst luxuriösen Penthouse. Nie gingen sie aus. Sie wußten, daß kein Wächter und kein Geldbetrag die Unerbittlichkeit des Urteils umstoßen konnten.

»Robert und ich«, sagte Brian Kwok, »wir haben diesen Saukerl einmal besucht. Es war schauerlich. Die Türen sind doppelt verschlossen, die Fenster vernagelt und mit Brettern verschlagen – nur Gucklöcher da und dort. Seit Beginn der Morde war er nicht mehr ausgegangen, das ganze Haus stinkt –

mein Gott, wie es stinkt! Den ganzen Tag spielt er mit seinem Enkel Dame, oder er sieht fern.«
»Und Sie werden es erleben«, fügte Armstrong hinzu. »Eines Tages wird man sie beide holen.«
»Ich finde, damit beweisen Sie mir, daß ich recht habe. Tsu-yan ist doch ein ganz anderer Mensch. Und welche Verwendung hätte er für ein paar M14? Wenn er wollte, könnte er wahrscheinlich die halbe nationalchinesische Armee aufmarschieren lassen.«
»In Taiwan, aber nicht in Hongkong.«
»Hat Tsu-yan je etwas mit Bartlett zu tun gehabt?« wollte Armstrong wissen. »War er an den Verhandlungen beteiligt?«
»Ja. Er war einmal für uns in New York und einmal in Los Angeles. Beide Male zusammen mit John Tschen. Sie haben das Abkommen zwischen Struan's und Par-Con paraphiert, das im Laufe dieses Monats hier endgültig abgeschlossen – oder aufgegeben – werden soll; und sie haben Bartlett in meinem Namen offiziell nach Hongkong eingeladen.«
»Und wann war das?«
»Vor vier Monaten. Es hat so lange gedauert, bis beide Seiten alle Einzelheiten festgelegt hatten.«
»John Tschen, eh?« wiederholte Armstrong. »Er könnte durchaus dieser ›Noble House Tschen‹ sein.«
»Sie wissen doch, daß John nicht zu dieser Sorte gehört«, meinte Dunross. »Es gibt keinen Grund dafür, daß er in eine solche Intrige verwickelt sein könnte. Es muß ein zufälliges Zusammentreffen von Umständen sein.«
»Es gibt da noch ein anderes zufälliges Zusammmentreffen«, hob Brian Kwok hervor. »Tsu-yan und John Tschen kannten beide einen Amerikaner namens Banastasio, zumindest wurden beide in seiner Gesellschaft gesehen. Sagt Ihnen der Name etwas?«
»Nein. Wer ist das?«
»Ein bekannter Spieler, der im Verdacht steht, verbrecherische Geschäfte zu machen. Angeblich soll er auch in enger Verbindung zu einer der Casa-Nostra-Familien stehen.«
Dunross kniff die Augen zusammen. »›Beide wurden in seiner Gesellschaft gesehen‹, sagten Sie. Wer hat sie gesehen?«
»Das FBI.«
Armstrong griff in die Tasche, um eine Zigarette herauszuholen. Dunross schob ihm eine silberne Zigarettendose hin.
»Oh, danke. Nein, ich werde keine... Ich hatte nur im Augenblick vergessen. Ich habe vor zwei Wochen aufgehört.« Während er versuchte, sein Verlangen zu zügeln, fügte er erklärend hinzu: »Das FBI benachrichtigte uns, weil Tsu-yan und John Tschen hier so prominent sind. Sie haben uns geraten, ein Auge auf sie zu haben.«
Plötzlich erinnerte sich Dunross an Foxwells Bemerkung über einen promi-

nenten Kapitalisten, der in Wirklichkeit Kommunist war, und den sie in den Sinclair Towers beobachteten. O Gott, dachte er, Tsu-yan hat dort eine Wohnung, und John Tschen auch. Aber es ist doch völlig unmöglich, daß einer von ihnen etwas mit den Kommunisten zu tun haben könnte!

»Heroin ist natürlich ein großes Geschäft«, sagte Armstrong.

»Was meinen Sie damit, Inspektor?«

»Um das Drogengeschäft zu finanzieren, sind große Geldmittel erforderlich, Summen, wie sie nur von Banken und Bankern aufgebracht werden können – im verborgenen natürlich. Tsu-yan sitzt im Vorstand einiger Banken – wie Mr. Tschen auch.«

»Sie sollten sich diese Art von Bemerkungen lieber vorher überlegen«, sagte Dunross mit heiserer Stimme. »Sie ziehen sehr gefährliche Schlüsse, ohne die Spur eines Beweises zu haben.«

»Sie haben recht. Entschuldigen Sie. Ich nehme diese Andeutung zurück. Dennoch: Der Handel mit Drogen erfordert große Summen, und in Hongkong gibt es Drogen in Hülle und Fülle, die vornehmlich zum Verbrauch in den Vereinigten Staaten bestimmt sind. Irgendwie werde ich schon herausfinden, wer die Schweinehunde bei uns sind.«

»Das ist löblich. Sie können mit jeder Unterstützung von Struan's und mir rechnen. Auch ich hasse den Drogenhandel.«

»Oh, ich hasse ihn nicht, Tai-Pan. Und auch nicht die Händler. Es ist ein Geschäft, zweifellos ungesetzlich, aber dennoch ein Geschäft. Ich habe den Auftrag, herauszufinden, wer die Tai-Pane sind. Für mich ist das eine Frage der persönlichen Genugtuung.«

»Wenn Sie Hilfe brauchen, sagen Sie es ruhig!«

»Vielen Dank.« Müde stand Armstrong auf. »Bevor wir gehen, haben wir noch zwei ›zufällige Zusammentreffen‹ für Sie. Als heute morgen Tsu-yan und Noble House Tschen genannt wurden, hätten wir gern gleich ein wenig mit ihnen geplaudert, aber kurz nachdem wir die Gewehre beschlagnahmt hatten, nahm Tsu-yan die Frühmaschine nach Taipeh. Eigenartig, nicht wahr?«

»Er fliegt immerzu hin und her«, sagte Dunross, von wachsender Unruhe erfüllt. Tsu-yan sollte abends zu seiner Party kommen. Es würde Aufsehen erregen, wenn er nicht erschiene.

Armstrong nickte. »Er scheint sich in letzter Minute entschlossen zu haben – keine Buchung, kein Ticket, kein Gepäck. Er hatte nur eine Aktentasche bei sich. Interessant, was?«

Dunross musterte ihn. »Sie sagten, es gäbe zwei ›zufällige Zusammentreffen‹. Was ist das zweite?«

»Wir können John Tschen nicht finden. Er ist weder daheim noch bei einer seiner Freundinnen, noch an einem der Orte, die er häufig besucht. Wir beobachten ihn und Tsu-yan schon seit Monaten – seitdem wir den Hinweis vom FBI bekamen.«

»Haben Sie bei seinem Boot nachsehen lassen?« fragte Dunross und wußte schon die Antwort.
»Es liegt schon seit gestern an seinem Platz. Sein Bootsführer hat Mr. Tschen nicht gesehen. Und er war auch nicht auf dem Rennplatz. Er war nicht bei der Morgenarbeit, obwohl ihn der Trainer erwartet hatte. Er ist weg, verschwunden, wie vom Erdboden verschlungen.«

4

11.15 Uhr:

Betretenes Schweigen herrschte im Sitzungssaal.
»Stimmt etwas nicht?« fragte Casey. »Die Zahlen sprechen doch für sich.«
Die vier Männer rund um den Tisch – Andrew Gavallan, Linbar Struan, Jacques de Ville und Philip Tschen, alle zum Inneren Kreis gehörig – sahen sie an.
Andrew Gavallan war groß gewachsen, mager, siebenundvierzig Jahre alt. Er warf einen Blick auf den Stoß von Papieren, der vor ihm lag. *Dew neh loh moh* auf alle Frauen im Geschäftsleben, dachte er ärgerlich. »Vielleicht sollten wir uns mit Mr. Bartlett abstimmen«, sagte er verlegen.
»Ich habe Ihnen doch gesagt, daß ich in bezug auf diese Punkte volle Vertretungsvollmacht besitze«, betonte sie und bemühte sich, geduldig zu sein. »Ich bin die Leiterin der Finanzen, geschäftsführende Vizepräsidentin von Par-Con Industries, und bevollmächtigt, mit Ihnen zu verhandeln. Das wurde Ihnen im vergangenen Monat schriftlich bestätigt.« Casey zügelte ihr Temperament. Die Konferenz war eine gehörige Schinderei.
Nach dem ersten Schock, ausgelöst durch die Tatsache, daß sie eine Frau war, die unvermeidliche und von übergroßer Höflichkeit geprägte Unbeholfenheit. Sie warteten, bis Casey Platz genommen hatte, und setzten sich erst, nachdem sie dazu aufgefordert worden waren. Sie tauschten Belanglosigkeiten aus, wollten nicht zur Sache kommen, lehnten es ab, mit ihr als beteiligter Person zu verhandeln. Ihre Frauen, meinten sie, würden entzückt sein, Einkäufe mit ihr zu machen. Als sie ihnen offenbarte, daß sie über alle Einzelheiten des geplanten Abschlusses informiert war, sperrten sie den Mund auf. Das alles war Teil einer Verhaltensweise, mit der sie normalerweise fertig zu werden verstand. Nur heute nicht.
»Es ist wirklich ganz leicht«, hatte sie gleich am Anfang versucht, die Bedenken der vier Männer auszuräumen. »Vergessen Sie, daß ich eine Frau bin – beurteilen Sie mich nach meinen Fähigkeiten! Wir haben drei Punkte auf unserer Agenda: die Polyurethanfabriken, die Vertretung unserer

Computer-Mietorganisation und schließlich die Generalvertretung unserer petrochemischen Produkte, Kunstdünger, Arzneimittel und Sportartikel für ganz Asien. Lassen Sie uns zunächst über die Polyurethanfabriken reden, über den Bedarf an chemischem Gemisch und über den Vorentwurf einer Zeitplanung für die Finanzierung.« Sie war sofort mit Diagrammen und Dokumentationen zur Hand und faßte rasch und anschaulich alle Fakten, Zahlen und Prozentsätze, Bankspesen und Zinsbelastungen zusammen, so daß auch der Begriffsstutzigste das Projekt begreifen konnte. Jetzt saßen sie da und starrten sie an. Andrew Gavallan brach das Schweigen. »Das... das ist sehr eindrucksvoll.«

»Möchten Sie etwas Kaffee?« erkundigte sich Linbar Struan.

»Nein, danke, Mr. Struan«, sagte Casey, immer darauf bedacht, sich ihrer Umgebung anzupassen und die Herren nicht zu früh mit ihrem Vornamen anzusprechen. »Wollen wir uns mit diesem Vorschlag beschäftigen? Es ist der, den wir Ihnen im vergangenen Monat geschickt haben... Ich habe mich bemüht, nicht nur unsere, sondern auch Ihre Probleme zu berücksichtigen.«

Wieder trat Schweigen ein. Linbar Struan, vierunddreißig, rotblondes Haar, ein Schimmer von Leichtsinn in seinen blauen Augen, beharrte auf seinem Angebot. »Wollen Sie wirklich keinen Kaffee?«

»Nein, danke. Dann akzeptieren Sie also unseren Vorschlag so, wie er steht?«

Philip Tschen räusperte sich. »Im Prinzip sind wir uns darüber einig, daß wir mit Par-Con in mehreren Bereichen in Geschäftsverbindung treten wollen. Das ergibt sich aus den vorläufigen Abmachungen. Was die Polyurethanfabriken angeht...« Sie lauschte seinen Verallgemeinerungen und versuchte dann noch einmal, die Sprache auf das Eigentliche zu bringen – um sich darüber zu einigen, war diese Konferenz einberufen worden. Aber man kam nicht voran, und Casey fühlte, wie sich die Herren von Noble House krümmten und wanden.

»Habe ich vielleicht versäumt, einen wesentlichen Punkt zu erläutern?« fragte sie. »Wenn Sie etwas nicht verstehen...«

»Wir verstehen sehr gut«, gab Gavallan zurück. »Aber die Zahlen, die Sie uns vorlegen, sind unrealistisch. Wir finanzieren den Bau der Fabriken. Sie stellen die Maschinen auf, aber Ihre Kosten amortisieren sich in drei Jahren, was jeden Cashfloh auffrißt und auf mindestens fünf Jahre keinen Gewinn zuläßt.«

»Wie man mich unterrichtet hat, ist es hier in Hongkong üblich, die Gesamtkosten eines Baus in drei Jahren zu amortisieren«, konterte sie mit gleicher Entschiedenheit, froh, herausgefordert worden zu sein. »Wir haben nur die bei Ihnen üblichen Modalitäten auch für die Maschinen vorgeschlagen. Wenn Ihnen fünf Jahre – oder zehn Jahre – lieber sind, Sie können sie haben, vorausgesetzt, das gleiche gilt für die Baulichkeiten.«

»Sie zahlen doch nichts für die Maschinen – sie werden gemietet, und der monatliche Aufwand für das gemeinschaftliche Unternehmen ist hoch.«
»Wie hoch ist heute bei Ihnen der Leitzins, Mr. Gavallan?«
Sie berieten sich und nannten ihr die Zahl. Ein paar Sekunden lang arbeitete sie mit ihrem Taschenrechner. »Beim heutigen Satz können Sie 17000 Hongkong-Dollar die Woche pro Maschinensatz einsparen, wenn Sie unseren Vorschlag annehmen. Auf die Zeitspanne bezogen, von der wir sprechen...«
Wieder eine rasche Rechenoperation.
»...würde Ihr anteiliger Gewinn um zweiunddreißig Prozent ansteigen – und wir sprechen von Millionen Dollar.«
Stumm starrten die Herren sie an.
Sie war ganz sicher, daß sie die Herren mit ihren Zahlen in Verlegenheit gebracht hatte. Was kann ich ihnen noch sagen, um sie zu überzeugen? fragte sie sich, während ihre Unruhe zunahm. Struan's wird ein Vermögen verdienen, wenn sich diese Burschen am Riemen reißen, wir verdienen ebenfalls ein Vermögen, und ich komme endlich zu meinem Startgeld. Allein das Schaumstoffgeschäft wird Struan's reich machen und Par-Con in den nächsten zehn Jahren 580000 Dollar netto im Monat einbringen. Und Linc hat gesagt, ich könnte ein Stück von dem Kuchen haben. Äußerlich ruhig wartete Casey. Als sie den Zeitpunkt für gekommen hielt, sagte sie unschuldig: »Sind wir uns also einig, daß unser Vorschlag so bleibt? Wir machen fünfzig zu fünfzig; gibt's denn etwas Besseres?«
»Ich behaupte nach wie vor, daß Sie keine fünfzig Prozent zur Finanzierung des gemeinschaftlichen Projekts beitragen«, versetzte Andrew Gavallan in scharfem Ton. »Sie können die von Ihnen gemieteten Maschinen ohne Verlust zurückgeben, und darum ist Ihr Risiko nicht annähernd so hoch wie das unsere.«
»Aber das tun wir aus rein steuerlichen Erwägungen, und um den Bareinsatz so gering wie möglich zu halten, meine Herren. Wir finanzieren aus dem Ertrag. Das Resultat ist das gleiche. Die Tatsache, daß wir eine Möglichkeit haben, steuerliche Verluste geltend zu machen, gehört nicht zur Sache. In den Staaten, wo wir uns auskennen, finanzieren wir«, legte sie mit noch unschuldiger Miene ihren Köder aus. »Sie finanzieren in Hongkong, wo Sie die Experten sind.«

Quillan Gornt trat von seinem Bürofenster zurück. »Ich wiederhole, Mr. Bartlett: Wir sind in der Lage, Ihnen zu jedem Abkommen bessere Konditionen zu bieten, als Struan's das kann. Zu jedem Abkommen.«
»Auf den Dollar genau?«
»Auf den Dollar genau.« Der Engländer kehrte zu seinem leeren Schreibtisch zurück und setzte sich wieder Bartlett gegenüber. Sie befanden sich im obersten Stockwerk des Rothwell-Gornt-Hauses, das ebenfalls nach der

Connaught Road und der Hafengegend zu lag. Gornt war ein athletischer, bärtiger Mann mit markanten Gesichtszügen. Er war knapp einen Meter achtzig groß und hatte meliertes schwarzes Haar, melierte buschige Augenbrauen und braune Augen. »Es ist ja kein Geheimnis, daß unsere Gesellschaften scharfe Konkurrenten sind, aber ich versichere Ihnen, daß wir in der Lage sind, höher zu bieten und sie aus dem Feld zu schlagen. Wir könnten eine gewinnbringende Teilhaberschaft eingehen. Ich möchte vorschlagen, daß wir eine Aktiengesellschaft nach Hongkonger Recht gründen – die Steuern sind hier wirklich recht annehmbar – 15 Prozent von dem, was in Hongkong verdient wird, die übrige Welt steuerfrei.« Gornt lächelte. »Besser als in den Vereinigten Staaten.«
»Viel besser«, gab Bartlett zu. Er saß in einem ledergepolsterten Stuhl mit hoher Lehne. »Um vieles besser.«
»Ist das der Grund, warum Sie an Hongkong interessiert sind?«
»Einer der Gründe.«
»Und die anderen?«
»Noch ist hier kein amerikanisches Unternehmen vertreten, das dem meinen an Bedeutung gleichkommt, und das sollte nicht so bleiben. Wir leben im Zeitalter der weltweiten Expansion. Sie alle könnten aus unserem Kommen Nutzen ziehen. Wir haben große Sachkenntnisse in Bereichen, die Ihnen fremd sind, und einigen Einfluß auf dem amerikanischen Markt. Andererseits haben Rothwell-Gornt – und Struan's – Sachkenntnis, die uns fehlt, und beträchtlichen Einfluß auf asiatischen Märkten.«
»Wie können wir unsere Beziehungen festigen?«
»Erst muß ich herausfinden, was Struan's im Sinn hat. Ich habe angefangen, mit ihnen zu verhandeln, und ich steige nicht gern auf hoher See von einem Schiff ins andere um.«
»Ich kann Ihnen sofort sagen, was Struan's im Sinn hat: Gewinne für sich, und zum Teufel mit jedem anderen.« Auf seinem Gesicht zeigte sich ein hartes Lächeln.
»Das Abkommen, über das wir gesprochen haben, scheint mir sehr fair zu sein.«
»Struan's sind wahre Meister, wenn es darum geht, fair zu erscheinen; sie beginnen mit einer fünfzigprozentigen Teilhaberschaft, verkaufen ihre Anteile, wann es ihnen beliebt, um den Gewinn abzusahnen, und behalten trotzdem die Kontrolle.«
»Das wäre bei uns nicht möglich.«
»Struan's ist seit fast hundertfünfzig Jahren im Geschäft. Sie haben inzwischen ein paar Tricks gelernt.«
»Sie aber auch.«
»Selbstverständlich. Aber Struan's ist anders als wir. Unsere Unternehmungen gehören uns – sie dagegen sind auf qualifizierte Minderheiten aus. An den meisten ihrer Tochtergesellschaften sind sie mit nicht mehr als

5 Prozent beteiligt, üben aber trotzdem eine absolute Kontrolle aus – mit besonderen Stimmrechtsaktien oder indem sie es als Mußvorschrift in den Gesellschaftsvertrag aufnehmen, daß ihr Tai-Pan auch Tai-Pan der Tochtergesellschaft sein muß – Tai-Pan mit dem Recht, endgültige Entscheidungen zu treffen.«

»Sehr geschickt.«

»Ist es auch. Aber wir sind aufrechter und reeller – und unsere Verbindungen und unser Einfluß in China und im ganzen pazifischen Raum, ausgenommen die Vereinigten Staaten und Kanada, sind wirksamer und werden mit jedem Tag noch stärker.«

»Wieso?«

»Weil unser Unternehmen seinen Ursprung in Schanghai hat – der größten Stadt Asiens – und dort eine beherrschende Stellung einnahm. Struan's hat sich immer auf Hongkong konzentriert, das bis vor kurzem nicht viel mehr als eine langweilige Provinz war.«

»Aber Schanghai ist tot, seitdem die Roten 1949 den Vorhang heruntergelassen haben. Heute geht kein Außenhandel mehr über Schanghai – es geht alles über Kanton.«

»Ja. Doch es sind die Schanghaier, die China verließen, und mit Geld, Hirn und Mut nach Süden zogen und Hongkong zu dem machten, was es heute ist und auch morgen sein wird: die jetzige und zukünftige Metropole des Pazifischen Ozeans.«

Gornts Augen funkelten, Fältchen durchzogen sein Gesicht. »Hongkong ist die bedeutendste Stadt Asiens, Mr. Bartlett. Wer sie beherrscht, wird früher oder später Asien beherrschen... Ich spreche natürlich nur von Handel und Finanzen, Schiffahrt und Big Business.«

»Und wie steht es mit Rotchina?«

»Wir meinen, daß Hongkong der VRC – so nennen wir die Volksrepublik China – von Nutzen ist. Wir sind die ›offene Tür‹ für sie, und unsere Beziehungen sind in die richtigen Bahnen gelenkt. Hongkong und Rothwell-Gornt verkörpern die Zukunft.«

»Wieso das?«

»Weil die Schanghaier, seitdem Schanghai das industrielle und geschäftliche Zentrum, der Schrittmacher Chinas war, die Draufgänger in China waren und immer sein werden. Und die Besten sind jetzt hier bei uns. Sie werden den Unterschied zwischen Kantonesen und Schanghaiern bald merken. Es gibt keinen Textil- oder Schiffahrtsmagnaten oder Industriellen, der nicht Schanghaier wäre. Von Kantonesen geführte Familienbetriebe sind Einzelfälle, aber die Schanghaier haben Verständnis für Teilhaberschaften, für Körperschaften und vor allem für Bank- und Finanzprobleme.« Gornt zündete sich eine dritte Zigarette an. »Darin liegt unsere Stärke, darum sind wir besser als Struan's – darum werden wir früher oder später die Nummer eins sein.«

Linc Bartlett studierte den Mann, der ihm gegenübersaß. Aus dem Dossier, das Casey angelegt hatte, wußte er, daß Gornt, in Schanghai als Sohn britischer Eltern geboren, achtundvierzig Jahre alt, Witwer mit zwei erwachsenen Kindern war, und von 1942 bis 1945 als Hauptmann in der australischen Infanterie gedient hatte. Er wußte auch, daß er seit acht Jahren, als er seinem Vater nachgefolgt war, sehr erfolgreich über Rothwell-Gornt herrschte.
Bartlett rutschte in dem tiefen Ledersessel herum. »Wenn diese Rivalität mit Struan's besteht und Sie so sicher sind, früher oder später Nummer eins zu werden, warum warten Sie dann? Warum kassieren Sie die Konkurrenz nicht gleich jetzt?«
Gornt musterte ihn, und sein Gesicht nahm einen entschlossenen Ausdruck an. »Es gibt nichts in der Welt, was ich lieber täte. Aber ich kann nicht. Noch nicht. Vor drei Jahren hätte ich es fast getan – sie hatten sich übernommen, der Joss des damaligen Tai-Pan war ausgelaufen.«
»Joss?«
»Das ist ein chinesisches Wort und bedeutet Glück, Schicksal, aber noch ein bißchen mehr. Wir sind hier sehr abergläubisch. Joss ist sehr wichtig, so wie richtige zeitliche Einteilung. Damals wären sie um ein Haar zugrunde gegangen. Ich wollte ihnen den Rest geben, aber es gelang Dunross, aus der Klemme zu kommen und die Situation zu retten.«
»Wie denn?«
»Sagen wir, er übte in gewissen Bankkreisen unzulässigen Einfluß aus.« Mit kalter Wut erinnerte sich Gornt, wie Havergill in der Bank plötzlich – gegen alle ihre geheimen Absprachen – Struan's Ansuchen um eine zeitlich begrenzte, ausgedehnte Kredithilfe – die Dunross Zeit gab, sich zu erholen – nicht abgelehnt hatte.
Gornt entsann sich seiner bleichen Rage, als er Havergill angerufen hatte. »Was, zum Teufel, haben Sie da getan?« hatte er ihn angefahren. »Hundert Millionen als außerordentlichen Kredit? Sie haben ihnen das Leben gerettet. Warum bloß?« Havergills Erklärung: Dunross hatte genügend Stimmen im Aufsichtsrat aufgeboten und ihn persönlich unter stärksten Druck gesetzt. »Ich konnte einfach nichts tun...«
»Damals ging Dunross bis zum Äußersten, Mr. Bartlett. Er machte sich einige Leute zu unversöhnlichen Feinden. Aber jetzt sind wir gleich stark. Eine Patt-Situation. Sie können uns nicht in die Knie zwingen, und wir sie nicht.«
»Außer sie machen einen Fehler.«
»Oder wir.« Gornt blies einen Rauchring zur Decke und sah ihm nach. Schließlich wanderte sein Blick zu Bartlett zurück. »Früher oder später werden wir gewinnen. In Asien messen wir die Zeit anders als Sie in den Vereinigten Staaten.«
»Das hat man mir schon gesagt.«

»Sie glauben es nicht?«
»Ich weiß, daß für das Überleben überall die gleichen Regeln gelten.«
»Wir können mehr bieten als Struan's und wir haben die Zeit auf unserer Seite. Hier und überall«, sagte Gornt.
Bartlett lachte.
Auch Gornt lächelte, aber es entging Bartlett nicht, daß die Augen nicht daran beteiligt waren. »Sehen Sie sich in Hongkong um, Mr. Bartlett! Erkundigen Sie sich über uns und über Struan's! Dann entscheiden Sie sich!«
»Ja, das werde ich tun.«
»Wie ich höre, wurde Ihr Flugzeug in gerichtliche Verwahrung genommen.«
»Ja. Ja, das stimmt. Die Bullen am Flughafen haben Gewehre an Bord gefunden.«
»Ich habe davon gehört. Sonderbar. Na ja, wenn Sie Hilfe brauchen, um es wieder freizubekommen, kann ich Ihnen vielleicht dienlich sein.«
»Sie könnten mir jetzt gleich helfen, indem Sie mir sagen, wer und was dahintersteckt.«
»Ich habe keine Ahnung. Es hatte nichts mit uns zu tun.«
»Wer wußte, daß wir dieses Gespräch führen würden, Mr. Gornt?«
»Sie und ich. Wie abgemacht. Hier hat es keine undichte Stelle gegeben, Mr. Bartlett. Aber wer weiß auf Ihrer Seite von unseren weitergehenden Interessen?«
»Außer mir keiner.«
»Nicht einmal Ihre geschäftsführende Vizepräsidentin?« fragte Gornt, ohne seine Überraschung zu verbergen.
»Nein, Sir. Wann haben Sie erfahren, daß Casey eine Sie ist?«
»In New York. Ich bitte Sie, Mr. Bartlett! Es ist doch kaum anzunehmen, daß wir eine Verbindung in Erwägung ziehen, ohne Sie und Ihre Vorstandsmitglieder unter die Lupe zu nehmen.«
»Gut. Damit sparen wir Zeit.«
»Es ist ungewöhnlich, eine Frau in einer solchen Schlüsselstellung zu sehen.«
»Sie ist die beste Führungskraft, die ich habe.«
»Warum wurde sie dann von unserem heutigen Zusammentreffen nicht in Kenntnis gesetzt?«
»Das ist kein Mangel an Vertrauen. Im Gegenteil, ich mache es ihr leichter. Wenn einer von Struan's etwas herausfindet und sie fragt, warum ich jetzt hier bei Ihnen sitze, wird ihre Überraschung nicht gespielt sein.«
»Man findet nur selten einen Menschen, dem man restlos vertrauen kann«, bemerkte Gornt nach einer kleinen Pause. »Sehr selten.«
»Wozu könnte jemand Sturmgewehre und Granaten in Hongkong brauchen, und warum würde sich dieser Jemand meines Flugzeugs bedienen?«

»Ich weiß es nicht.« Gornt drückte seine Zigarette aus. Der Ascher war aus Porzellan – Sung-Dynastie. »Kennen Sie Tsu-yan?«
»Ich bin ihm ein paarmal begegnet. Warum?«
»Er ist zwar ein Direktor von Struan's, aber ein sehr feiner Kerl.«
»Ist er Schanghaier?«
»Ja. Einer der besten.« Mit harten Augen blickte Gornt auf. »Es könnte peripher von Nutzen für Sie sein, mit uns zu arbeiten, Mr. Bartlett. Wie ich höre, ist Struan's finanziell gerade jetzt ziemlich angespannt – Dunross setzt stark auf seine Flotte, insbesondere auf die zwei riesigen Frachter für Massengüter, die er in Japan in Auftrag gegeben hat. Für den ersten ist in etwa einer Woche ein erheblicher Betrag zu zahlen. Außerdem hält sich hartnäckig das Gerücht, wonach er sich bemüht, Asian Properties in die Hand zu bekommen. Haben Sie von der Firma gehört?«
»Ländereien und Grundstücksgeschäfte, über ganz Hongkong verteilt.«
»Ja. Sie sind noch größer als seine eigenen KI.«
»Kowloon Investments gehört zu Struan's? Ich dachte, es ist eine eigene Gesellschaft.«
»Das ist sie auch, nach außen hin. Aber Dunross ist Tai-Pan von KI – sie haben immer ein und denselben Tai-Pan. Das ist im Gesellschaftsvertrag so festgelegt. Doch Dunross mutet sich zuviel zu. Dem edlen Noble House könnte bald etwas Unedles zustoßen. Dunross ist im Augenblick sehr knapp an Bargeld.«
Bartlett überlegte kurz und fragte dann: »Warum gehen Sie nicht mit einer anderen Gesellschaft zusammen, etwa mit Asian Properties, um Struan's zu kassieren? Das würde ich in den Staaten tun, wenn ich eine Gesellschaft in die Hand bekommen möchte, die ich allein nicht kassieren kann.«
»Ist es das, was Sie hier zu tun beabsichtigen, Mr. Bartlett?« fragte Gornt und tat schockiert. »Struan's kassieren?«
»Wäre das möglich?«
Gornt blickte aufmerksam zur Decke, bevor er antwortete. »Ja – aber Sie müßten einen Partner haben. Sie würden uns dazu brauchen. Nur wir haben den Scharfblick, die Energie, das Wissen – und das Gelüst. Trotzdem würden Sie eine sehr große Menge Geld aufs Spiel setzen müssen.«
»Wieviel?«
Gornt brach in Gelächter aus. »Ich werde es mir überlegen. Aber zuerst müssen Sie mir sagen, wie ernst es Ihnen damit ist.«
»Wenn wir Struan's kassieren könnten – wäre es der Mühe wert?«
»O ja, Mr. Bartlett. O ja – es wäre sehr wohl der Mühe wert«, antwortete Gornt aufgeräumt, bevor seine Stimme abermals gefror. »Aber ich muß immer noch wissen, wie ernst es Ihnen damit ist.«
»Ich werde es Ihnen sagen, nachdem ich Dunross gesprochen habe.«
»Wollen Sie ihm den gleichen Vorschlag machen – mit ihm zusammen Rothwell-Gornt zu kassieren?«

»Ich bin zu dem Zweck hergekommen, aus Par-Con eine internationale Gesellschaft zu machen, Mr. Gornt. Vielleicht bis zu 30 Millionen Dollar zu investieren. Bis vor kurzem hatte ich nie etwas von Struan's gehört – oder von Rothwell-Gornt. Oder von Ihrer Rivalität.«
»Sehr schön, Mr. Bartlett, dabei wollen wir es belassen. Was immer Sie unternehmen, es wird interessant sein, Sie zu beobachten. Ja, es wird interessant sein, festzustellen, ob Sie ein Messer halten können.«
Verständnislos starrte Bartlett ihn an.
»Das ist eine alte chinesische Redewendung, Mr. Bartlett. Können Sie kochen?«
»Nein.«
»Es ist eines meiner Hobbies. Die Chinesen sagen, es ist wichtig zu wissen, wie man ein Messer hält, und daß man es nicht verwenden kann, solange man es nicht richtig zu halten weiß.«
Bartlett schmunzelte. »Das Messer richtig halten? Ich werde daran denken. Nein, ich kann nicht kochen. Ich habe nie Zeit gefunden, es zu lernen.«
»Die Chinesen sagen, es gibt drei Künste, in denen keine andere Zivilisation sich mit der ihren messen kann – Literatur, Tuschmalerei und Kochen. Ich wäre geneigt, ihnen zuzustimmen. Essen Sie gern gut?«
»Die beste Mahlzeit meines Lebens wurde mir in einem Restaurant unweit von Rom auf der Via Flaminia, im Casale, vorgesetzt.«
»Dann haben wir zumindest das gemeinsam, Mr. Bartlett. Das Casale gehört auch zu meinen Lieblingslokalen.«
»Casey hat mich einmal hingebracht – *spaghetti alla matriciana al dente buscetti* und eine Flasche eiskaltes Bier, gefolgt von der *piccata* und noch mehr Bier. Ich werde es nie vergessen.«
Gornt lächelte. »Dann werden wir vielleicht, solange Sie hier sind, einmal bei mir zu Abend essen. Ich kann Ihnen ebenfalls *alla matriciana* anbieten – und sie braucht keinen Vergleich zu scheuen – es ist das gleiche Rezept.«
»Das wäre nett.«
»Und dazu eine Flasche Valpolicella oder einen anderen guten Wein aus der Toskana.«
»Ich persönlich trinke zu *pasta* gern Bier. Eisgekühltes amerikanisches Bier aus der Dose.«
Nach einer Pause fragte Gornt: »Wie lange gedenken Sie in Hongkong zu bleiben?«
»Solange ich brauche«, antwortete Bartlett ohne zu zögern.
»Gut. Dann also ein Abendessen irgendwann nächste Woche? Dienstag oder Mittwoch?«
»Dienstag wäre schön. Danke. Darf ich Miss Tcholok mitbringen?«
»Selbstverständlich.« Und in flacherem Ton fügte er hinzu: »Dann werden Sie vielleicht auch schon wissen, was Sie tun wollen.«
Bartlett lachte. »Und Sie werden sehen, daß ich ein Messer halten kann.«

»Vielleicht. Aber führen Sie sich eines vor Augen, Mr. Bartlett: Wenn wir uns je zusammenschließen, um Struan's anzugreifen, und wir den Kampf aufgenommen haben, gibt es keine Möglichkeit, uns noch zurückzuziehen, ohne elend zugerichtet zu werden. Ich müßte Ihrer sehr sicher sein. Schließlich könnten Sie sich, wenn auch arg mitgenommen, in die USA zurückziehen, aber wir bleiben hier – die Risiken wären also ungleich verteilt.«

»Aber auch die Siegesbeute wäre ungleich verteilt. Sie bekämen etwas Unbezahlbares in die Hand, was mir keine zehn Cents wert wäre: Sie würden Noble House kassieren.«

»Ja«, gab Gornt zu und beugte sich vor, um sich eine neue Zigarette zu nehmen. Sein linker Fuß schob sich hinter den Schreibtisch, um einen versteckten Knopf auf dem Fußboden zu drücken. »Lassen wir alles bis Dienstag und...«

Die Gegensprechanlage klickte. »Verzeihen Sie, Mr. Gornt, soll ich die Vorstandssitzung verschieben?« fragte seine Sekretärin.

»Nein«, antwortete Gornt. »Die können warten.«

»Jawohl, Sir. Miss Ramos ist hier. Ob Sie ein paar Minuten Zeit für sie hätten.«

Gornt tat überrascht. »Augenblick.« Er warf einen Blick auf Bartlett. »Sind wir fertig?«

»Ja.« Bartlett stand sofort auf. »Es bleibt bei Dienstag. Lassen wir bis dahin alles laufen.« Er schickte sich an zu gehen, aber Gornt hielt ihn auf. »Augenblick, Mr. Bartlett«, sagte er, und dann ins Mikrophon: »Bitten Sie sie, hereinzukommen.« Er schaltete ab und erhob sich.

Die Tür ging auf, und das Mädchen trat ein. Mit ihren fünfundzwanzig Jahren, kurzgeschnittenen schwarzen Haaren und dunklen Augen sah sie hinreißend aus. Sie war offensichtlich Eurasierin und trug enge, ausgewaschene amerikanische Jeans und eine Bluse. »Hallo, Quillan«, sagte sie mit einem Lächeln, das den Raum erwärmte. »Entschuldige, daß ich dich so überfalle, aber ich bin eben aus Bangkok zurückgekehrt und wollte nur mal guten Tag sagen.«

»Schön, daß du vorbeikommst, Orlanda.« Gornt lächelte Bartlett zu, der sie anstarrte. »Das ist Linc Bartlett aus Amerika. Orlanda Ramos.«

»Hallo«, sagte Bartlett.

»Guten Tag... Oh, Linc Bartlett? Der millionenschwere amerikanische Waffenschmuggler?« begrüßte sie ihn lächelnd.

»Wie bitte?«

»Schauen Sie doch nicht so verdattert, Mr. Bartlett! Ganz Hongkong weiß es – Hongkong ist nur ein Dorf.«

»Aber im Ernst, woher wissen Sie das?«

»Ich habe es in meiner Morgenzeitung gelesen. Keine Sorge, die englischen Blätter werden erst in den Nachmittagsausgaben davon berichten, aber so

um die Teestunde herum wird sich die ganze Presse vor Ihrer Tür versammeln.«
»Danke.« Das hat mir noch gefehlt, dachte Linc verdrießlich, daß die verdammten Zeitungen hinter mir herjagen.
»Keine Bange, Mr. Bartlett, ich werde Sie nicht um ein Interview bitten, obwohl ich freiberuflich als Reporterin für chinesische Zeitungen tätig bin. Ich bin wirklich sehr diskret. Nicht wahr, Quillan?«
»Hundertprozentig. Das kann ich bezeugen«, antwortete Gornt. »Orlanda ist durchaus vertrauenswürdig.«
»Wenn Sie mir natürlich ein Interview *anbieten* wollen – nehme ich an. Morgen.«
»Ich werde es mir überlegen. Ramos – ist das ein spanischer Name?«
»Portugiesisch. Aus Macao. Mein Vater arbeitete für Rothwell-Gornt in Schanghai – meine Mutter ist Schanghaierin. Ich wuchs in Schanghai auf, ging 1949 auf ein paar Jahre in die Staaten und besuchte in San Francisco die High School.«
»Aber nein! Ich bin in Los Angeles zu Hause.«
»Ich liebe Kalifornien«, sagte sie. »Wie gefällt Ihnen Hongkong?«
»Ich bin eben erst angekommen.« Bartlett lächelte. »Wie es scheint, habe ich bei meinem Entree für einen Knalleffekt gesorgt.«
Sie lachte. Wunderschöne weiße Zähne. »Hongkong ist in Ordnung, vorausgesetzt, Sie können alle paar Monate verreisen. Sie sollten ein Wochenende in Macao verbringen – ein Hauch der alten Welt, sehr hübsch, nur vierzig Minuten von hier, gute Fährschiffe. Es ist ganz anders als Hongkong.« Sie wandte sich an Gornt. »Noch einmal: Entschuldige die Störung, ich wollte nur guten Tag sagen...« Sie schickte sich an zu gehen.
»Nein, wir sind fertig – ich wollte mich eben verabschieden«, fiel Bartlett ihr ins Wort. »Nochmals vielen Dank, Mr. Gornt! Wir sehen uns Dienstag, wenn nicht schon früher... Ich hoffe, auch Sie wiederzusehen, Miss Ramos.«
»Ja, das wäre nett. Hier ist meine Karte – wenn Sie mir das Interview geben wollen, verspreche ich Ihnen eine freundliche Presse.«
Gornt begleitete ihn zur Tür, kam zu seinem Schreibtisch zurück und nahm eine Zigarette. Sie zündete das Streichholz für ihn an, blies die Flamme aus und nahm in dem Sessel Platz, in dem Bartlett gesessen hatte.
»Sieht nett aus«, sagte sie.
»Ja. Aber er ist Amerikaner, naiv und ein sehr kecker Bursche, dem man vielleicht einen Dämpfer aufsetzen müßte.«
»Und das soll ich für dich besorgen?«
»Vielleicht. Hast du sein Dossier gelesen?«
»O ja. Sehr interessant.«
Orlanda lächelte.
»Wozu sollte er Gewehre nach Hongkong schmuggeln?«

»Wozu wirklich, meine Liebe? Vielleicht hat ihn jemand benutzt.«
»Das muß die Antwort sein. Wenn ich sein Geld hätte, würde ich nie etwas so Dummes versuchen.«
»Nein«, stimmte Gornt ihr zu.
»Hat dir meine Vorstellung als freiberufliche Reporterin gefallen? Ich denke, ich war nicht schlecht.«
»Ja, aber unterschätze ihn nicht! Er ist kein Dummkopf. Er ist sehr gerissen. Sehr.« Er erzählte ihr vom Casale. »Das ist nicht zufällig. Er muß auch ein Dossier über mich haben, ein sehr detailliertes. Es gibt nicht viele Leute, die von meiner Vorliebe für dieses Lokal wissen.«
»Vielleicht steht auch etwas über mich drin?«
»Kann sein. Laß dich nicht von ihm erwischen! Von wegen deiner freiberuflichen Tätigkeit.«
»Ich bitte dich, Quillan! Wer von den Tai-Panen, du und Dunross ausgenommen, liest chinesische Zeitungen? Und nicht einmal du kannst alle lesen. Ich habe auch schon ein bißchen was geschrieben... Wenn er mir ein Interview gibt, kein Problem. Mach dir keine Sorgen.« Sie schob den Ascher näher an ihn heran. »Habe ich es richtig gemacht? Mit Bartlett, meine ich?«
»Perfekt. Du verschwendest deine Talente. Du solltest beim Film sein.«
»Dann sprich doch mit deinem Freund über mich, liebster Quillan! Charlie Wang ist der größte Produzent in Hongkong. Und schuldet dir eine Menge Gefälligkeiten.«
»Warum nicht?« erwiderte er trocken. »Aber ich glaube nicht, daß du sein Typ bist.«
»Ich kann mich anpassen. Habe ich mich Bartlett gegenüber nicht so benommen, wie du es haben wolltest? Bin ich nicht genau richtig angezogen. Ganz auf amerikanisch?«
»Ja, ja, das bist du.« Gornt musterte sie. »Du könntest die ideale Frau für ihn sein. Ich denke, du solltest vielleicht etwas Dauerhaftes daraus machen...«
Sie wurde hellhörig. »Nämlich?«
»Er und du, ihr könntet zusammenpassen wie ein Puzzlespiel. Du hast ein heiteres Naturell, bist im richtigen Alter, schön, klug, gut erzogen, eine wunderbare Bettgefährtin und hast genügend amerikanische Patina, um ihm jede Befangenheit zu nehmen.« Gornt stieß eine Rauchwolke aus und fügte hinzu: »Von allen Damen, die ich kenne, könnte keine so gut wie du sein Geld ausgeben. Und du könntest sein Leben heiterer gestalten. Meinst du nicht?«
»O ja«, antwortete sie sofort. »O ja, das würde ich.« Sie lächelte und legte dann die Stirn in Falten. »Aber was ist mit der Frau, die mit ihm gekommen ist? Sie teilen eine Suite im Vic. Wie steht es mit ihr, Quillan?«
Ein dünnes Lächeln spielte um seine Lippen. »Meine Spione berichten mir, daß sie mehr sind als nur gute Freunde, aber nicht miteinander schlafen.«

Sie machte ein langes Gesicht. »Er ist doch nicht schwul, oder?«
Gornt lachte. »So etwas würde ich dir doch nicht antun, Orlanda. Nein, ich bin sicher, er ist nicht schwul. Er hat nur eben ein eigentümliches Arrangement mit dieser Tcholok.«
Nach einer Weile fragte sie: »Was soll ich mit ihr machen?«
»Wenn Casey Tcholok dir im Weg ist, schaff sie weg! Du hast Krallen.«
»Du bist ... Manchmal mag ich dich gar nicht.«
»Wir sind beide Realisten, du und ich. Stimmt doch, nicht wahr?«
Sie hörte den Unterton von Gewalt heraus. Sofort stand sie auf, beugte sich über den Schreibtisch und küßte ihn zart.
»Du bist ein Teufel«, besänftigte sie ihn.
Seine Hand verirrte sich zu ihrer Brust, und er seufzte. Seine Gedanken zurückwendend, genoß er die Wärme, die durch den dünnen Stoff drang. »*Ayeeyah*, Orlanda, es war eine schöne Zeit, habe ich recht?«
Sie war siebzehn gewesen, als er sie zu seiner Geliebten gemacht hatte. Er war ihr erster Mann gewesen, hatte sie fast fünf Jahre behalten und hätte das Verhältnis fortgesetzt, aber sie war in seiner Abwesenheit mit einem jungen Mann nach Macao gefahren, und er erfuhr davon. Er hatte Schluß gemacht. Sofort, obwohl sie damals schon eine einjährige Tochter zusammen hatten.
Ihre Tränen konnten ihn nicht rühren; er blieb fest. »Wir bleiben Freunde«, hatte er ihr versichert, »und wenn du meine Hilfe brauchst, werde ich für dich da sein ...«
Aber am nächsten Tag kehrte er den heißen Strahl seines Zorns gegen den jungen Mann, einen Engländer und unbedeutenden Angestellten von Asian Properties, und es dauerte keinen Monat, bis er ihn fertiggemacht hatte.
»Man muß sein Gesicht wahren«, hatte er ihr ruhig erklärt.
»Oh, ich weiß, ich verstehe, aber ... was soll ich jetzt tun?« hatte sie gejammert. »Morgen fliegt er nach England zurück, und er will, daß ich mitkomme und ihn heirate. Aber ich kann ihn doch jetzt nicht heiraten, er hat kein Geld und keine Zukunft, keine Stellung ...«
»Trockne deine Tränen, und dann geh einkaufen!«
»Was?«
»Ja. Hier hast du ein Geschenk.« Er hatte ihr ein Erster-Klasse-Ticket gegeben, Hin- und Rückflug – im gleichen Flugzeug, in dem auch der junge Mann reiste – in der Touristenklasse. Und dazu tausend Pfund in neuen knisternden Zehn-Pfund-Scheinen. »Kauf dir viele hübsche Kleider und geh ins Theater! Für elf Tage ist ein Zimmer im Connaught für dich reserviert – du brauchst die Rechnung nur zu unterschreiben. Genieße die Tage in London und komm ohne Probleme wieder zurück!«
»O danke, Quillan, Liebling, o danke ... Es tut mir so leid. Verzeihst du mir?«

»Es gibt nichts zu verzeihen. Aber wenn du jemals wieder mit ihm sprichst oder privat zusammenkommst... bin ich nie wieder nett zu dir oder deiner Familie.«

Unter Tränen hatte sie ihm überschwenglich gedankt, sich wegen ihrer Dummheit verwünscht und den Zorn des Himmels herabgefleht auf den, der sie verraten hatte. Am nächsten Tag hatte der junge Mann am Flughafen, in der Maschine und in London versucht, mit ihr zu reden, aber sie war nur mit Schmähworten über ihn hergefallen. Sie wußte, wo ihre Reisschüssel stand. An dem Tag, da sie London wieder verließ, nahm er sich das Leben.

Als Gornt davon erfuhr, zündete er sich eine feine Zigarre an und lud sie zum Dinner mit Kerzen, Damasttischtuch und Silbergeschirr auf die Dachterrasse des Victoria and Albert ein. Nachdem er seinen Brandy Napoleon und sie ihre Crème de menthe genossen hatte, schickte er sie allein nach Hause in ihre Wohnung, die er immer noch bezahlte.

»*Ayeeyah*, es war eine schöne Zeit«, wiederholte Gornt, der sie immer noch begehrte, obwohl er seit der Zeit, da sie ihm untreu gewesen war, nicht mehr mit ihr geschlafen hatte.

»Quillan...« setzte sie an, denn seine Hand hatte auch sie erregt.

»Nein.«

Ihre Augen glitten zur Tür. »Bitte! Drei Jahre sind es jetzt her, und es hat keinen Mann gegeben...«

»Nein, danke.« Seine Hände jetzt sanft, aber fest auf ihre Arme legend, löste er sich von ihr. »Das Beste hatten wir schon«, sagte er nach der Art eines Connaisseurs, »ich mag nichts Zweitbestes.«

Verdrießlich sah sie ihn an. »Du gewinnst immer, nicht wahr?«

»An dem Tag, an dem Bartlett dich zu seiner Geliebten macht, bekommst du ein Geschenk von mir«, sagte er ruhig. »Wenn er mit dir nach Macao fährt und du dort in aller Öffentlichkeit drei Tage mit ihm verbringst, schenke ich dir einen neuen Jaguar. Wenn er dich bittet, ihn zu heiraten, bekommst du eine Wohnung mit allem, was drin ist, und ein Haus in Kalifornien als Hochzeitsgeschenk.«

Sie sperrte den Mund auf, dann breitete sich ein strahlendes Lächeln über ihre Züge. »Einen XKE, einen schwarzen, Quillan, oh, das wäre herrlich!« Doch bald verflog ihre Freude. »Warum ist er dir so wichtig?«

Er starrte sie an und blieb stumm.

»Entschuldige«, sagte sie, »ich hätte nicht fragen sollen.« Aufmerksam nahm sie eine Zigarette aus der Dose, zündete sie an, beugte sich über den Tisch und reichte sie ihm.

»Danke«, sagte er, sah die Wölbung ihrer Brust, genoß den Anblick und bedauerte gleichzeitig, daß solche Schönheit so vergänglich war. »Übrigens möchte ich nicht, daß Bartlett von unserer Abmachung etwas erfährt.«

»Ich auch nicht.« Sie seufzte und zwang sich zu einem Lächeln. Dann stand

sie auf und zuckte die Achseln. »*Ayeeyah*, es wäre mit uns nicht immer so weitergegangen. Du hättest dich geändert – ich wäre dir lästig geworden.« Sie überprüfte ihr Make-up, zupfte ihre Bluse zurecht, warf ihm eine Kußhand zu und ging. Er starrte auf die geschlossene Tür, lächelte und drückte die Zigarette aus, die sie ihm gegeben und die er noch nicht an die Lippen geführt hatte. Dann zündete er sich eine frische an.
Ausgezeichnet! dachte er. Jetzt werden wir sehen, wie du mit dem Messer umgehen kannst, mein selbstsicherer, eingebildeter frecher Yankee. Pasta mit Bier, ist das zu glauben? Er griff nach dem Telefon und wählte eine Geheimnummer. Er war froh, daß Orlanda mehr Chinesin als Europäerin war. Chinesen waren so praktisch denkende Leute.
Das Amtszeichen brach ab, und er hörte Havergills frische Stimme. »Ja?«
»Quillan. Wie steht's?«
»Hallo, Quillan – Sie wissen wohl schon, daß Johnjohn im November die Bank übernimmt?«
»Ja. Tut mir leid.«
»Verflucht. Ich hoffte, sie würden mich bestätigen, aber statt dessen entschied sich der Vorstand für Johnjohn. Gestern abend war es schon offiziell. Es ist wieder Dunross und seine Clique und ihre Aktienmehrheit. Wie ist Ihre Besprechung gelaufen?«
»Unser Amerikaner kann es schon gar nicht mehr erwarten – wie ich es Ihnen prophezeit habe.« Gornt zog an seiner Zigarette und versuchte, sich seine Erregung nicht anmerken zu lassen. »Hätten Sie etwas gegen eine kleine Sonderaktion, bevor Sie in den Ruhestand treten?«
»An was für eine Aktion dachten Sie?«
»Erinnern Sie sich an eines meiner Sandkastenspiele, dem ich den Namen ›Wettkampf‹ gab?«
Havergill dachte einen Augenblick nach. »Es ging dabei darum, eine Bank zu übernehmen oder auszuschalten, nicht wahr? Warum?«
»Nehmen wir einmal an, jemand hätte das Spiel neu überdacht, ein paar Änderungen vorgenommen und den ›Ein‹-Knopf gedrückt – vor zwei Tagen. Nehmen wir an, jemand hätte gewußt, daß Dunross und die anderen Sie hinauswählen würden, und er hätte sich dafür rächen wollen. ›Wettkampf‹ würde sich vorzüglich dafür eignen.«
»Das verstehe ich nicht. Welchen Zweck hätte es, die Blacs anzugreifen?« Die Bank of London, Canton und Schanghai war die große Konkurrenz der Victoria. »Das ergibt keinen Sinn.«
»Aber nehmen wir an, jemand hätte das Ziel ausgewechselt.«
»Und durch wen ersetzt?«
»Richard.« Richard Kwang kontrollierte die Ho-Pak Bank – eine der größten der vielen chinesischen Banken in Hongkong.
»Du lieber Himmel! Aber das ist...« Es entstand eine lange Pause. »Haben Sie ›Wettkampf‹ wirklich anlaufen... in Kraft treten lassen?«

»Jawohl, und außer Ihnen und mir weiß es niemand.«
»Aber wie soll sich das gegen Dunross auswirken?«
»Ich werde es Ihnen später erklären. Kann Dunross seine Verbindlichkeiten wegen seiner Schiffe erfüllen?«
Es entstand eine Pause. »Ja«, hörte er Havergill antworten.
»Was hat Dunross noch für Probleme?«
»Tut mir leid, aber das wäre unethisch...«
»Natürlich. Lassen Sie es mich anders formulieren: Nehmen wir an, man würde Dunross' Boot ein wenig schaukeln lassen – was dann?«
Es entstand eine lange Pause. »Im richtigen Augenblick kann auch eine kleine Welle ihn – wie auch jede andere Gesellschaft, wie auch Rothwell-Gornt – zum Kentern bringen.«
»Aber nicht die Victoria Bank.«
»O nein.«
»Gut. Wir sehen uns später.«
Gornt legte auf. Rot vor Erregung wischte er sich den Schweiß von der Stirn. Er stellte eine rasche Kalkulation an, zündete sich eine neue Zigarette an und griff abermals nach dem Telefon. »Charles, Quillan. Sind Sie beschäftigt?«
»Nein. Was kann ich für Sie tun?«
»Ich brauche eine Bilanzaufstellung.« ›Bilanzaufstellung‹ war das Codewort für einen privat abgesprochenen Auftrag für den Anwalt, acht Strohmänner anzurufen, die dann an der Börse für Gornt kaufen oder verkaufen würden, um zu vermeiden, daß der Handel mit den Wertpapieren zu ihm zurückverfolgt werden konnte.
»Eine Bilanzaufstellung. Welcher Art, Quillan?«
»Ich möchte fixen.« Fixen, auf Baisse spekulieren, einen Leer- oder Blankoverkauf tätigen, bedeutete, daß er Papiere verkaufte, die er nicht besaß, von denen er aber annahm, daß sie fallen würden. Wenn die Aktien dann, bevor er sie zurückkaufen mußte – in Hongkong wurde eine Frist von bis zu zwei Wochen gewährt –, tatsächlich gefallen waren, steckte er die Differenz ein. Hatte er jedoch auf das falsche Pferd gesetzt und waren die Papiere gestiegen, mußte er für die Differenz aufkommen.
»Welche Aktien und wie viele?«
»Hunderttausend Ho-Pak...«
»Gütiger Himmel...«
»...die gleiche Menge morgen bei Börsenbeginn, und weitere zweihunderttausend im Laufe des Tages. Dann gebe ich Ihnen neue Instruktionen.«
»Ich werde Zeit brauchen, um an diese Mengen heranzukommen. Guter Gott, Quillan, vierhunderttausend?«
»Wenn Sie mich schon so fragen, nehmen Sie noch hunderttausend dazu!«

»Aber… aber, Ho-Pak ist ein Spitzenwert, der seit Jahren nicht gefallen ist! Haben Sie etwas gehört?«

»Gerüchte«, antwortete Gornt in ernstem Ton und hätte um ein Haar losgelacht. »Hätten Sie Lust, mit mir zu Mittag zu essen? Im Club?«

»Ich komme.«

Gornt beendete das Gespräch und wählte eine andere Geheimnummer.

»Ja?«

»Ich bin es«, meldete sich Gornt vorsichtig. »Sind Sie allein?«

»Ja. Und?«

»Im Laufe unseres Gesprächs schlug der Yankee einen Raid vor.«

»*Ayeeyah!* Und?«

»Und Havergill ist dabei«, sagte er. Es fiel ihm nicht schwer zu übertreiben. »Ganz im geheimen natürlich. Ich habe eben mit ihm gesprochen.«

»Dann bin ich auch dabei. Vorausgesetzt, ich bekomme die Kontrolle über die Struan's-Schiffe, ihr Immobiliengeschäft in Hongkong und vierzig Prozent ihres Grundbesitzes in Thailand und Singapur.«

»Sie belieben zu scherzen.«

»Was man nicht alles tut, um die Burschen zur Strecke zu bringen?«

Gornt hörte das zurückhaltende spöttische Lachen und haßte Jason Plumm dafür. »Sie verachten ihn doch genauso wie ich«, sagte er.

»Schon wahr, aber Sie brauchen mich nun mal, mich und meine speziellen Freunde. Allein mit dem Yankee können Sie es nicht schaffen.«

»Würde ich sonst mit Ihnen sprechen?«

»Ich kenne Sie. O ja, ich kenne Sie, alter Knabe.«

»Wirklich?«

»Ja. Sie werden sich nicht damit zufriedengeben, unseren ›Freund‹ zu vernaschen, Sie wollen alles haben. Und Sie warten schon lange darauf, ein Bein auf dem amerikanischen Markt zu haben.«

»Wie Sie auch.«

»Nein. Wir sind zufrieden, in der Nachhut zu marschieren. Uns genügt Asien. So ›noble‹ wollen wir gar nicht sein. Also: abgemacht?«

»Nein«, sagte Gornt.

»Ich verzichte völlig auf den Schiffsbestand. Statt dessen nehme ich mir Struan's Kowloon Investments, das Kai-Tak-Geschäft, vierzig Prozent des Landbesitzes in Thailand und Singapur, und ich gebe mich mit fünfundzwanzig Prozent von Par-Con und drei Sitzen im Vorstand zufrieden.«

»Lassen Sie sich ausstopfen!«

»Mein Angebot gilt bis Montag.«

»*Dew neh loh moh* auf Ihren Montag!«

»Und auf Ihren. Ich mache Ihnen ein letztes Angebot. Kowloon Investments und das Kai-Tak-Geschäft komplett, fünfunddreißig Prozent ihres Landbesitzes in Thailand und Singapur und zehn Prozent des Yankee-Kuchens mit drei Sitzen im Vorstand.«

»Ist das alles?«
»Ja. Und wie gesagt, mein Angebot steht bis Montag. Aber bilden Sie sich nicht ein, daß Sie uns bei dieser Gelegenheit auch gleich mitverspeisen können!«
»Sind Sie verrückt geworden?«
»Ich sagte Ihnen schon – ich kenne Sie. Abgemacht?«
»Nein.«
Wieder das sanfte, boshafte Lachen. »Bis Montag – nächsten Montag. Bis dahin haben Sie Zeit genug, sich zu entscheiden.«
»Sehe ich Sie heute abend bei Dunross' Party?« fragte Gornt mit dünner Stimme.
»Sind Sie verrückt geworden? Da würde ich nicht hingehen, selbst wenn... Guter Gott, Quillan, Sie nehmen die Einladung wirklich an?«
»Ursprünglich wollte ich nicht, aber ich habe es mir überlegt. Es könnte die letzte große Party des letzten Tai-Pan von Struan's sein, und die möchte ich nicht versäumen...«

5

12.01 Uhr:

Im Konferenzzimmer hatte Casey immer noch einen schweren Stand. Die Herren bissen auf keinen Köder an. Ihre Unruhe hatte zugenommen, und während sie jetzt wartete, spürte sie ein Gefühl ungewohnten Kleinmuts.
Philip Tschen zeichnete Männchen, Linbar spielte mit seinen Papieren, Jacques de Ville beobachtete sie nachdenklich. Andrew Gavallan zog einen Strich unter die letzten Prozentsätze, die sie genannt hatte, seufzte und sah zu ihr auf. »Es steht wohl außer Frage, daß dies eine gemeinsame Finanzierung sein sollte«, erklärte er in scharfem Ton, und sie wäre beinahe in Jubel ausgebrochen, als er dann die Frage stellte: »Wieviel Kapital könnte Par-Con anteilig für das ganze Geschäft aufbringen?«
»Achtzehn Millionen US-Dollar noch in diesem Jahr sollten reichen«, antwortete sie wie aus der Pistole geschossen und stellte zufrieden fest, daß alle nach Luft schnappten. Das öffentlich bekanntgegebene Eigenkapital von Struan's hatte im vergangenen Jahr achtundzwanzig Millionen betragen, und sie und Bartlett hatten sich daran orientiert.
»Biete ihnen zunächst zwanzig Millionen«, hatte Linc ihr geraten. »Bei fünfundzwanzig solltest du sie soweit haben, und das wäre prima. Es ist wichtig, daß wir gemeinsam finanzieren, aber der Vorschlag muß von ihnen kommen.«

»Aber sieh dir doch einmal die Bilanz an, Linc! Man kann einfach nicht mit Sicherheit feststellen, wie hoch ihr Eigenkapital wirklich ist. Es können zehn Millionen rauf oder runter sein, vielleicht sogar mehr. Wir wissen nicht, wie stark sie tatsächlich sind – oder wie schwach. Schau dir diese Position an: ›14,7 Millionen Forderungen an Töchter.‹ Welche Töchter, wer sind sie und was tun sie? Oder hier: ›Einlage von 4,7 Millionen an …‹«
»Na und? Sind es eben dreißig Millionen statt fünfundzwanzig. Unsere Analyse haut immer noch hin.«
»Ja, aber ihre Verbuchungen … Mein Gott, Linc, wenn wir uns in den Vereinigten Staaten nur einen Bruchteil davon erlaubten, die Herren von der Wertpapierkommission würden uns auf fünfzig Jahre ins Gefängnis stecken.«
»Richtig, aber es verstößt nicht gegen *ihr* Gesetz, und das ist auch einer der Hauptgründe, warum wir nach Hongkong gehen.«
»Zwanzig sind zu viel für ein erstes Angebot.«
»Ich überlasse es dir, Casey. Aber denke daran: In Hongkong spielen wir nach Hongkongregeln – und ich möchte bei diesem Spiel dabei sein.«
Die Feuchtigkeit im Konferenzzimmer hatte zugenommen. Sie hätte gern ein Papiertaschentuch herausgeholt, aber sie beherrschte sich und täuschte innere Ruhe vor.
Gavallan brach das Schweigen. »Wann würde Mr. Bartlett das Angebot über achtzehn Millionen bestätigen – wenn wir uns entschließen sollten, es anzunehmen?«
Sie ging über die Beleidigung hinweg. »Es ist bestätigt«, gab sie honigsüß zurück. »Ich bin ermächtigt, bis zwanzig Millionen zu gehen, ohne bei Mr. Bartlett oder seinem Vorstand rückfragen zu müssen«, sagte sie und gab ihnen damit bewußt einen Spielraum. Dann fügte sie mit unschuldsvoller Miene hinzu: »Dann sind wir uns also einig? Gut.« Sie begann ihre Papiere zu ordnen. »Als nächstes …«
»Augenblick«, unterbrach Gavallan, aus dem Gleichgewicht geraten. »Ich … äh, achtzehn sind … wir müssen das Paket jedenfalls dem Tai-Pan vorlegen.«
»Ach«, tat sie überrascht, »ich dachte, wir verhandelten als Gleichgestellte, und daß Sie, meine Herren, die gleichen Befugnisse hätten wie ich.«
Röte stieg Andrew Gavallan ins Gesicht. »Der Tai-Pan hat das letzte Wort. In allem.«
»Gut, daß ich das weiß, Mr. Gavallan. Ich habe nur bis zu zwanzig Millionen das letzte Wort.« Sie strahlte sie an. »Na gut, legen Sie es Ihrem Tai-Pan vor! Wollen wir eine Frist festlegen, innerhalb derer Sie noch entsprechende Überlegungen anstellen können?«
»Was schlagen Sie vor?« fragte Gavallan, der das Gefühl hatte, in eine Falle geraten zu sein.
»Das Minimum, das Ihnen erforderlich scheint. Ich weiß nicht, wie schnell Sie derlei gern hinter sich bringen«, antwortete Casey.

Philip Tschen meldete sich zu Wort. »Warum lassen wir uns mit der Antwort nicht bis nach dem Lunch Zeit, Andrew?«
»Ja – gute Idee.«
»Das ist mir sehr recht«, sagte Casey. Ich habe meine Aufgabe erfüllt, dachte sie. Ich werde zwanzig Millionen zugestehen, wo ich doch bis dreißig hätte gehen können. Das sind nun Männer und Experten und volljährig und halten mich für einen Einfaltspinsel. Aber jetzt habe ich mein Startgeld. Lieber Gott im Himmel, mach, daß alles glattgeht!
Sie hörte sich nach Schablone weitersprechen: »Wollen wir jetzt im einzelnen festlegen, wie Sie die achtzehn Millionen gern...«
»Achtzehn Millionen werden kaum reichen«, fiel Philip Tschen ihr ins Wort. Die Lüge glitt ihm leicht über die Lippen. »Es sind noch eine Reihe zusätzlicher Kosten zu bedenken...«
Casey argumentierte in bestem Verhandlungsstil, ließ sich auf zwanzig Millionen hinauftreiben und sagte dann mit offensichtlichem Widerstreben: »Die Herren sind erstaunlich gute Geschäftsleute. Also gut, zwanzig Millionen.« Sie sah ihr verstecktes Lächeln und lachte in sich hinein.
»Gut.« Gavallan war sehr zufrieden mit sich.
»Nun«, sagte sie, bestrebt, ihre Gesprächspartner auch weiterhin unter Druck zu halten, »welche Vorstellungen haben Sie in bezug auf den Verwaltungsaufbau unseres gemeinsamen Unternehmens? Natürlich vorbehaltlich der Zustimmung Ihres Tai-Pan?«
Gavallan beobachtete sie ärgerlich. Wenn du nur ein Mann wärst, dachte er, fick dich bloß nicht ins Knie, könnte ich dann zu dir sagen, und wir würden beide lachen, denn ich weiß es und du weißt es, daß man immer irgendeines Tai-Pan Zustimmung einholen muß – ob es jetzt Dunross ist oder Bartlett oder ein Vorstand oder ein Ehegespons. Ja, und wenn du ein Mann wärst, dann hätten wir hier im Konferenzzimmer nicht die verdammte Sexualität am Tisch, die bei Gott nicht hierher gehört.
Was ist mit den Amerikanerinnen los? Warum, zum Teufel, bleiben sie nicht, wo sie sind, und begnügen sich mit dem, wozu sie geschaffen sind? So was Dummes.
Mehr als dumm, uns die Finanzierung so rasch zuzugestehen, und noch viel dümmer, noch zwei Millionen draufzulegen, wo zehn wahrscheinlich auch schon akzeptabel gewesen wären. Du lieber Himmel, du hättest mit mehr Geduld einen um vieles günstigeren Abschluß erzielt.
Er warf einen Blick auf Linbar Struan, der Casey verstohlen beobachtete und darauf wartete, daß er, Andrew, Philip oder Jacques das Gespräch fortsetzte. Wenn ich Tai-Pan bin, Linbar, Junge, dachte Gavallan grimmig, ich werde dir das Rückgrat brechen oder einen Mann aus dir machen! Du mußt auf eigene Füße gestellt werden und lernen, für dich selbst zu denken und dich auf dich selbst zu verlassen, nicht auf deinen Namen und auf dein Erbe.

Seine Augen glitten zu Jacques de Ville hinüber, der sein Lächeln erwiderte. Ach Jacques, dachte er ohne Groll, du bist mein größter Gegenspieler. Du tust, was du bei solchen Gelegenheiten immer tust: Du sprichst wenig, beobachtest alles, denkst gründlich nach und bist je nach Bedarf rauh, zäh oder gemein. Aber wie denkst du über diesen Handel? Was veranschlagt dein schlaues Pariser Köpfchen im voraus?
Ja, ich würde auch gern mit ihr ins Bett gehen, fuhr es ihm durch den Sinn, und er wußte, daß Linbars und Jacques' Gedanken in die gleiche Richtung gingen. Na klar, wer hätte da etwas dagegen?
Er wendete den Blick auf Casey zurück und spürte ihre Ungeduld. Wie eine Lesbe siehst du mir nicht aus, dachte er. Ist das die andere deiner Schwächen? O nein, das wäre eine schreckliche Verschwendung!
»Das gemeinsame Unternehmen sollte nach den Gesetzen von Hongkong errichtet werden«, sagte er.
»Ja, natürlich. Da...«
»Sims, Dawson und Dick können uns beraten. Ich werde für morgen oder übermorgen einen Termin vereinbaren.«
»Das ist nicht nötig, Mr. Gavallan. Ich habe schon ihre Vertragsentwürfe – hypothetisch und vertraulich natürlich – für den Fall, daß wir zu einem Abschluß kommen.«
»Was?« Sie starrten sie an, während sie fünf Kopien aus einer Mappe zog.
»Ich brachte in Erfahrung, daß es Ihre Anwälte sind«, erklärte sie heiter, »ließ von unseren Leuten nachfragen und erfuhr, daß sie die besten am Platz sind. Also konnten sie uns nur recht sein. Ich ersuchte sie, unsere eventuellen gemeinsamen Interessen in ihre Überlegungen einzubeziehen. Haben Sie etwas dagegen einzuwenden?«
»Nein«, sagte Gavallan. Heiße Wut packte ihn bei dem Gedanken, daß ihre eigenen Anwälte sie von Par-Cons Nachforschungen nicht informiert hatten. Er begann das Dokument zu überfliegen.
Dew neh loh moh auf diese verdammte Casey oder wie sie sonst heißen mag, dachte Philip Tschen empört darüber, womöglich sein Gesicht zu verlieren. Soll es doch verdorren, dein goldenes Stinkloch, und sich mit Staub füllen als Strafe für deine losen Manieren und deine freche, unweibliche Art!
Gott bewahre uns vor amerikanischen Frauen! *Ayeeyah,* es wird Lincoln Bartlett eine schöne Stange Geld kosten, daß er es gewagt hat, uns diese... dieses Geschöpf aufzudrängen! Gleichzeitig aber veranschlagte sein Verstand das atembeklemmende Ausmaß des Deals, das ihnen angeboten wurde. Ihn schwindelte: Über die nächsten paar Jahre verteilt waren das mindestens hundert Millionen Dollar Umsatz. Das wird Noble House endlich die Stabilität geben, derer es bedarf.
Was für ein Glückstag! Und gemeinsame Finanzierung, Dollar für Dollar! Unglaublich! Dumm, uns das so schnell zu geben, ohne uns auch nur die

kleinste Konzession abzunötigen. *Ayeeyah*, die Ufer des südchinesischen Meeres werden ersticken an all dem Polyurethanschaum, den wir erzeugen können – für die Verpackungs- und Bauindustrie, für Baustoffe und Isoliermaterial. Eine Fabrik hier, eine in Taiwan, eine in Singapur, eine in Kuala Lumpur und eine in Djakarta. Wir werden Millionen verdienen, -zig Millionen. Und was die Computer Leasing Agentur angeht, bei Mietpreisen, die diese Narren uns anbieten, zehn Prozent unter IBMs Listenpreisen, minus unserer Provision von siebeneinhalb Prozent – sie hätte nur ein wenig feilschen müssen, und wir hätten mit Handkuß fünf Prozent akzeptiert. Und was China angeht... O ihr Götter, ihr großen und kleinen und ganz kleinen, helft mit, dieses Geschäft unter Dach und Fach zu bringen, und ich will euch einen neuen Tempel, eine Kathedrale in Tai-ping Shan weihen, gelobte er inbrünstig. Wenn China einige Kontrollen lockert, können wir die Reisfelder in der Provinz Kwantung und dann in ganz China düngen; in den nächsten zwölf Jahren brächte uns das Hunderte Millionen Dollar ein, amerikanische Dollars, keine Hongkong-Dollars!

Der Gedanke an diese riesenhaften Gewinne milderte seine Wut. »Dieser Entwurf könnte eine brauchbare Grundlage für weitere Verhandlungen abgeben«, bemerkte er, nachdem er zu Ende gelesen hatte. »Meinst du nicht auch, Andrew?«

»Ja.« Gavallan legte den Entwurf hin. »Ich werde Sie nach dem Mittagessen anrufen. Wann würde es Mr. Bartlett – und natürlich Ihnen – passen, daß wir uns zusammensetzen?«

»Heute nachmittag – je früher, desto besser – oder morgen jederzeit, aber Mr. Bartlett wird nicht dabei sein. Die Details arbeite ich aus, das ist mein Job«, antwortete Casey kühl. »Er legt die Geschäftspolitik fest – und wird die Verträge formell unterzeichnen, nachdem ich ihnen zugestimmt habe. Das ist ja schließlich die Aufgabe eines Oberbefehlshabers, nicht wahr?«

»Ich werde einen Termin vereinbaren und Ihnen eine Nachricht im Hotel hinterlassen«, sagte Gavallan.

»Vielleicht können wir das gleich machen – dann ist dieser Punkt erledigt?«

Mürrisch warf Gavallan einen Blick auf seine Uhr. Gott sei Dank, bald Essenszeit. »Jacques – wie schaut's bei dir morgen aus?«

»Vormittag wäre besser als Nachmittag.«

»Und das gilt auch für John«, sagte Philip Tschen.

Gavallan griff zum Telefon. »Mary? Rufen Sie Dawson an, und vereinbaren Sie einen Termin für morgen um elf, an dem auch Mr. de Ville und Mr. John Tschen und Miss Tcholok teilnehmen werden. Bei ihm im Büro.« Er legte den Hörer auf. »Ich schicke Ihnen um halb elf den Wagen.«

»Danke, aber Sie brauchen sich nicht zu bemühen.«

»Wie Sie wünschen«, sagte er höflich. »Vielleicht wäre das jetzt der geeignete Augenblick, um Mittagspause zu machen.«

»Wir haben noch eine Viertelstunde Zeit«, hielt Casey ihm entgegen. »Wollen wir darüber reden, wie Ihnen Ihre Finanzierung recht wäre? Wenn Sie wollen, können wir uns aber auch Sandwiches kommen lassen und durcharbeiten.«
Fassungslos starrten die Herren sie an. »Durcharbeiten?«
»Warum nicht? Das ist ein alter amerikanischer Brauch.«
»Hier ist es Gott sei Dank nicht der Brauch«, erklärte Gavallan.
Ihre Mißbilligung erschien ihr wie eine trübe Wolke, aber es machte ihr nichts aus. Miese kleine Scheißer, dachte sie gereizt, zwang sich aber dann, ihre Einstellung zu ändern. Hör mal zu, du Idiotin, laß dich doch von diesen Hurensöhnen nicht provozieren! – Sie lächelte honigsüß: »Wenn Sie jetzt Mittagspause machen wollen, ich habe nichts dagegen.«
»Gut«, sagte Gavallan, und die anderen atmeten erleichtert auf. »Der Lunch beginnt um 12 Uhr 40. Sie werden sich wahrscheinlich ein wenig frisch machen wollen.«
»Ja, danke«, antwortete sie und wußte genau, daß man sie forthaben und reden wollte – reden über sie und dann über das Geschäft. Es sollte umgekehrt sein, dachte sie, aber... Nein. Es wird sein wie immer: Sie werden Wetten abschließen, wer mich als erster vernascht. Aber das wird keinem gelingen, weil mich im Augenblick keiner von ihnen interessiert, so attraktiv sie in ihrer Art auch sein mögen. Diese Männer sind wie alle, denen ich begegnet bin: Sie wollen keine Liebe, sie wollen nur Sex. Ausgenommen Linc. Aber denk daran, was du dir geschworen hast!
Ich werde nicht an Linc und nicht an Liebe denken, nicht bis zu meinem Geburtstag, bis zu dem noch achtundneunzig Tage fehlen. Damit sind dann die sieben Jahre um, und dank meinem Liebling werde ich dann schon mein Startgeld haben. So Gott will, wird auch Noble House schon uns gehören. Wird es mein Hochzeitsgeschenk für ihn sein? Oder seines für mich? Oder ein Abschiedsgeschenk.
»Wo ist die Damentoilette?« fragte sie und erhob sich.
Alle standen auf, und Gavallan wies ihr den Weg.
Linbar Struan lachte. »Ich wette tausend Dollar, daß du sie nie entblätterst, Jacques.«
»Und noch einmal tausend«, sagte Gavallan. »Und zehntausend, daß du es auch nicht schaffst, Linbar.«
»Die Wette gilt«, erwiderte Linbar, »vorausgesetzt, daß sie einen Monat hierbleibt.«
»Nur nichts überstürzen, was, alter Junge?« mokierte sich Gavallan und fragte dann Jacques: »Nun?«
Der Franzose lächelte. »Ich wette zwanzigtausend, daß eine Dame wie sie niemals deinem bezaubernden Charme erliegen wird, Andrew. Und was dich angeht, mein armer kleiner Linbar, setze ich fünfzigtausend gegen dein Rennpferd.«

»Bei Gott, mir gefällt mein Pferdchen. Noble Star hat gute Chancen, noch so manches Rennen zu gewinnen.«
»Fünfzigtausend.«
»Hunderttausend, und ich überlege es mir.«
»Kein Pferd ist mir so viel wert.« Jacques lächelte Philip Tschen an. »Was denkst du, Philip?«
Philip Tschen erhob sich. »Ich denke, ich werde jetzt zum Essen nach Hause gehen und euch Hengste euren Träumen überlassen. Aber sonderbar ist es schon: Ihr wettet alle, daß ein anderer es nicht schafft. Keiner traut es sich selbst zu.« Wieder lachten alle.
»Töricht, noch etwas draufzugeben, wie?« sagte Gavallan.
»Ein phantastisches Geschäft«, meinte Linbar Struan. »Nicht wahr, Onkel Philip, phantastisch!«
Philip Tschen nickte gutmütig und verließ den Saal, doch als er Casey in der Damentoilette verschwinden sah, dachte er: *Ayeeyah*, wer will dieses lange Elend schon haben?
Fassungslos sah Casey sich in der Toilette um. Der Raum war sauber, aber er roch nach verstopften Abflüssen, und auf dem Boden standen Stöße von leeren Eimern; einige Behälter waren mit Wasser gefüllt. Der mit Fliesen ausgelegte Fußboden zeigte schmutzige Wasserspuren. Daß die Engländer nicht sehr hygienisch sind, habe ich schon gehört, dachte sie, aber hier im Noble House? Erstaunlich!
Sie betrat eine der Kabinen. Der Boden war feucht und schlüpfrig. Sie betätigte den Spülhebel, doch es geschah nichts. Sie versuchte es noch einmal und ein drittes Mal – mit dem gleichen Erfolg. Schließlich hob sie den Deckel des Wasserkastens auf. Der Wasserkasten war leer und rostig. Verärgert riegelte sie die Tür auf, ging zum Waschbecken und drehte den Hahn auf, aber es kam kein Wasser.
Was ist denn hier los? Ich könnte wetten, diese Schweinehunde haben mich absichtlich hierher geschickt.
Es gab saubere Handtücher, darum leerte sie einen Eimer Wasser ungelenk in das Waschbecken und wusch sich die Hände. Einer plötzlichen Regung folgend, nahm sie einen zweiten Eimer, spülte das Klosettbecken und verwendete dann noch einen dritten Eimer, um sich abermals die Hände zu waschen.
Beruhige dich, ermahnte sie sich, sonst fängst du an, Fehler zu machen!
Der Gang war mit feinen chinesischen Seidenteppichen ausgelegt, und an den Wänden hingen Ölbilder von Klippern und chinesischen Landschaften. Als sie näher kam, hörte sie aus dem Konferenzzimmer gedämpfte Stimmen und ein Lachen, die Art von Lachen, die auf einen zotigen Witz oder eine schmutzige Bemerkung folgt. Sie wußte, daß sich die gute Laune und das Gefühl guter Kollegialität verflüchtigen und ein peinliches Schweigen zurückkehren würde, sobald sie die Tür öffnete.

Sie trat ein, und alle erhoben sich.
»Ist etwas mit der Wasserleitung nicht in Ordnung?« fragte sie, ihren Ärger unterdrückend. »Es gibt kein Wasser.«
»Natürlich gibt es keines... Oh!« Gavallan unterbrach sich. »Sie wohnen ja im V and A, wo... Hat Ihnen niemand etwas vom Wassermangel gesagt?«
Jetzt begannen sie alle gleichzeitig zu reden, aber Gavallans Stimme übertönte sie. »Das V and A hat seine eigene Wasserversorgung – wie auch eine Reihe anderer Hotels –, aber wir übrigen müssen uns mit vier Stunden Wasser an jedem vierten Tag begnügen, daher die Eimer. Es kam mir einfach nicht in den Sinn, daß Sie es nicht wissen konnten. Tut mir leid.«
»Wie halten Sie das aus? *Jeden vierten Tag?*«
»Ja. Vier Stunden, von sechs bis acht, und von fünf bis sieben Uhr abends. Es ist schrecklich lästig, weil wir uns ja mit Vorrat für vier Tage eindecken müssen. Eimer, Badewannen, was eben da ist. Heute sind wir knapp an Eimern – morgen ist Wassertag. O mein Gott, Sie hatten doch Wasser, oder etwa nicht?«
»Doch, ja... Heißt das, daß die Hauptleitungen gesperrt sind?«
»Ja«, antwortete Gavallan geduldig. »Bis auf diese vier Stunden an jedem vierten Tag. Aber im V and A sind Sie davon nicht betroffen. Da das Hotel unmittelbar am Wasser liegt, können sie ihre Reservoire täglich durch Leichterschiffe nachfüllen lassen; natürlich müssen sie dafür zahlen.«
»Sie können sich also weder baden noch duschen?«
Linbar Struan lachte. »Nach drei Tagen dieser Hitze sind wir ziemlich spekkig, aber wenigstens sitzen wir alle in der gleichen Kloake.«
»Ich hatte ja keine Ahnung«, sagte sie, entsetzt, daß sie *drei* Eimer verbraucht hatte. »Woher kommt denn Ihr Wasser?«
Sie starrten sie verblüfft an. »Aus China natürlich. Durch Rohre über die Grenze in die New Territories oder mit Tankschiffen aus dem Perl-Fluß. Die Regierung hat vor kurzem eine Flotte von zehn Tankern gechartert, die den Perl-Fluß hinauffahren – entsprechend einer Übereinkunft mit Peking natürlich. Sie bringen etwa 40 Millionen Liter am Tag. In diesem Jahr wird das die Regierung mehr als 25 Millionen kosten. In der Samstagzeitung hieß es, der Verbrauch für unsere dreieinhalb Millionen Einwohner sei auf 120 Millionen Liter am Tag gesunken – die Industrie eingeschlossen. In Ihrem Land liegt der Pro-Kopf-Verbrauch angeblich bei 600 Liter pro Tag.«
»Gilt das für alle? Vier Stunden an jedem vierten Tag?«
»Selbst im Großen Haus werden Eimer verwendet.« Gavallan zuckte die Achseln. »Aber der Tai-Pan hat in Shek-O einen Besitz mit eigenem Brunnen. Wenn wir eingeladen werden, fahren wir hin, um uns zu erfrischen.«
Sie dachte wieder an die drei Eimer, die sie verbraucht hatte.
»Ich habe wohl noch eine Menge zu lernen«, sagte sie.
Jawohl, dachten alle, bei Gott, das hast du.

»Tai-Pan?«
»Ja, Claudia?« sagte Dunross ins Mikrophon.
»Die Konferenz mit Miss Tcholok hat sich soeben bis nach dem Essen vertagt. Master Andrew ist auf Leitung vier, und Master Linbar auf dem Weg nach oben.«
»Ich habe erst nach dem Essen Zeit für ihn. Konnten Sie Tsu-yan erreichen?«
»Nein, Sir. Das Flugzeug ist pünktlich um 8 Uhr 40 gelandet, aber er ist nicht in seinem Büro in Taipeh. Auch nicht in seiner Wohnung. Ich versuche es natürlich weiter. Noch was: Ich erhielt eine interessante Nachricht. Wie es scheint, ging Mr. Bartlett heute vormittag zu Rothwell-Gornt und führte dort ein privates Gespräch mit Mr. Gornt.«
Bastard, dachte Dunross. Will Bartlett, daß ich es erfahre? »Danke«, sagte er, schob die Antwort auf diese Frage für den Augenblick zur Seite, war aber doch sehr froh, es zu wissen. »Sonntag können Sie tausend Dollar auf ein Pferd wetten.«
»O danke, Tai-Pan.«
»Aber jetzt wieder an die Arbeit, Claudia!« Er drückte auf den Knopf der Leitung vier. »Ja, Andrew? Wie schaut's aus?«
Gavallan informierte ihn über das Wichtigste. »Zwanzig Millionen in bar?« fragte er ungläubig.
»In herrlichem, wunderschönem amerikanischem Bargeld!« Dunross hörte förmlich, wie er strahlte. »Und als ich sie fragte, ob Bartlett das Abkommen bestätigen würde, hatte diese kesse Biene doch die Stirn zu sagen: ›Oh, es ist schon bestätigt – ich kann für dieses Geschäft Verbindlichkeiten bis zu 20 Millionen eingehen, ohne ihn oder sonst jemanden um Rat zu fragen.‹ Hältst du das für möglich?«
»Ich weiß es nicht. Ich werde Bartlett fragen.«
»He, Tai-Pan, wenn das klappt ...«
Gavallan plapperte begeistert weiter, aber Dunross hörte kaum zu. Es ist ein unglaubliches Angebot, ging es ihm durch den Sinn. Es ist zu gut. Wo ist der Haken? Um die Folgen ererbter Katastrophen abzuwenden, aber auch um der Natur und der Politik zu entgehen, die von allen Seiten die Welt bedrängten, hatte er seit dem Tag, da er Tai-Pan geworden war, immer wieder manipulieren, lügen, schmeicheln und sogar drohen müssen – Havergill in der Bank, um nur einen zu nennen. Selbst die Umwandlung in eine Aktiengesellschaft hatte ihm nicht das erwartete Kapital und die nötige Atempause gebracht – eine weltweite Rezession hatte die Märkte in schwere Krisen gestürzt. Im August vorigen Jahres hatte der Taifun Wanda zugeschlagen: Hunderte Tote, Hunderttausende obdachlos, ein halbes Dutzend Fischerboote und zwanzig Schiffe gesunken, einer ihrer Dreitausendtonner an der Küste zerschellt, ihr riesiger, zur Hälfte fertiggestellter Lagerhauskomplex zerstört und ihr ganzes Bauprogramm um sechs Monate zurückgeworfen.

Die Auseinandersetzung zwischen China und Rußland, und wieder Rezession...
Und jetzt habe ich 20 Millionen Dollar so gut wie in der Tasche, aber irgendwie sind wir, glaube ich, in einen Waffenschmuggel verwickelt. Tsu-yan ist scheinbar auf der Flucht, und wo John Tschen steckt, weiß nur der liebe Gott.
»Himmel Arsch noch mal!« explodierte er.
»Was?« Gavallan unterbrach sich erschrocken. »Was ist denn?«
»Ach, nichts, Andrew«, beruhigte er ihn. »Hat nichts mit dir zu tun. Erzähl mir von ihr! Wie ist sie?«
»Sie kann mit Zahlen umgehen, sie ist schnell und selbstsicher, aber ungeduldig. Sie ist die steilste Biene, die ich seit Jahren gesehen habe, und sie hat zweifellos den attraktivsten Milchladen in der ganzen Stadt.«
Gavallan erzähte Dunross von den Wetten. »Linbar ist uns gegenüber im Vorteil.«
»Ich werde Foster feuern und Linbar auf sechs Monate nach Sydney schikken, damit er dort Ordnung macht.«
»Gute Idee.« Gavallan lachte. »Schluß mit dem Bummelleben, obwohl die Damen da unten sehr entgegenkommend sein sollen.«
»Was meinst du? Wird die Sache klappen?«
»Ja. Philip war ganz begeistert. Aber mit einer Frau Geschäfte zu machen, ist beschissen, das kannst du mir glauben. Meinst du nicht, wir könnten sie umgehen und mit Bartlett direkt verhandeln?«
»Nein. Er hat in seinen Briefen sehr klar gesagt, daß K. C. Tcholok seine Chefunterhändlerin ist. Hast du ihre schwache Stelle gefunden?«
»Ungeduld. Sie möchte ›dazugehören‹ – einer von den Jungens sein. Sie möchte unbedingt in die Welt aufgenommen werden, die den Männern vorbehalten ist – das ist ihre Achillesferse, möchte ich sagen.«
»Daraus kann man ihr keinen Vorwurf machen. Die Besprechung mit Dawson ist für morgen um elf angesetzt?«
»Ja.«
»Veranlasse Dawson, den Termin abzusagen, aber erst morgen um neun. Er soll eine Ausrede erfinden und den Termin dann auf Mittwoch mittag verlegen.«
»Gute Idee. Wir lassen sie ein bißchen zappeln, was?«
»Sage Jacques, daß ich selbst die Konferenz leiten werde.«
»Ja, Tai-Pan. Was ist mit John Tschen? Soll er auch dabei sein?«
Nach einer kleinen Pause antwortete Dunross: »Hast du ihn schon gesehen?«
»Nein. Wir erwarten ihn zum Lunch – soll ich ihn suchen?«
»Nein. – Hör mal...« Die Gegensprechanlage summte. »Augenblick, Andrew.« Er drückte auf den Knopf. »Ja, Claudia?«
»Ich muß Sie leider unterbrechen, Tai-Pan, aber ich habe Ihr Gespräch mit

Mr. Jen in Taipeh auf Leitung zwei, und Mr. Bartlett ist eben gekommen.«
»Bringen Sie ihn herein, sobald ich mit Jen fertig bin.« Er schaltete zu Gavallan um. »Ich werde mich vielleicht um ein paar Minuten verspäten, Andrew. Mach für mich die Honneurs. Ich komme dann zusammen mit Bartlett.«
»Okay.«
»*Tsaw an*«, meldete er sich im Mandarin-Dialekt – »Wie geht es Ihnen?« Er sprach gern mit Wei-weis Onkel, General Jen Tang-wa, dem stellvertretenden Leiter der illegalen Geheimpolizei, der Kuomintang in Hongkong.
»*Shey-shey*«, und dann englisch: »Was gibt es, Tai-Pan?«
»Ich dachte, Sie sollten wissen...« Dunross unterrichtete ihn in kurzen Worten über die Gewehre und Bartlett, sagte aber nichts von Tsu-yan oder John Tschen.
»Das ist aber höchst sonderbar. Sind Sie überzeugt, daß es nicht Bartlett ist?«
»Ja. Welchen Grund sollte er haben? Es wäre doch dumm, mit dem eigenen Flugzeug... Bartlett ist nicht dumm. Wer könnte diese Art von Waffen hier brauchen?«
Es entstand eine Pause. »Kriminelle.«
»Triaden?«
»Ich werde sehen, was ich erfahren kann. Ich bin sicher, daß es nichts mit uns zu tun hat. Bleibt es bei Sonntag?«
»Ja.«
»Gut. Drinks um sechs?«
»Wie wäre es um acht? Haben Sie Tsu-yan schon gesehen?«
»Ich dachte, er sollte erst zum Wochenende kommen?«
»Ich habe gehört, daß er heute eine Frühmaschine genommen hat.« Dunross bemühte sich, seine Stimme ruhig klingen zu lassen.
»Er wird sich sicher melden. Soll er zurückrufen?«
»Ja. Jederzeit. Es ist nichts Wichtiges. Auf Wiedersehen.«
»Ja, und danke für Ihre Informationen. Wenn ich etwas erfahre, hören Sie sofort von mir. Wiedersehen!«
Dunross legte den Hörer auf. Er hatte aufmerksam auf den Tonfall geachtet, in dem der General sprach, aber nichts Auffallendes feststellen können. Wo, zum Teufel, steckte Tsu-yan? Es klopfte an der Tür.
»Herein.« Er stand auf und ging Bartlett entgegen. »Guten Tag.« Lächelnd streckte er ihm die Hand entgegen. »Ich bin Ian Dunross.«
»Linc Bartlett.« Sie schüttelten einander die Hände. »Komme ich zu früh?«
»Genau richtig. Sie müssen wissen, daß ich Pünktlichkeit über alles schätze.« Dunross lachte. »Wie ich höre, ist die Besprechung gut gelaufen.«

»Fein«, erwiderte Bartlett, der sich fragte, ob sich Dunross auf das Treffen mit Gornt bezog. »Casey hat ihre Fakten und Zahlen im Kopf.«
»Meine Herren waren sehr beeindruckt. Sie sagte, sie könne die Dinge selbst zu Ende führen. Kann sie das, Mr. Bartlett?«
»Sie ist befugt zu verhandeln und Abschlüsse bis zu zwanzig Millionen zu tätigen. Warum fragen Sie?«
»Nur so. Bitte, nehmen Sie Platz! Wir haben noch Zeit. Der Lunch beginnt nicht vor 12 Uhr 40. Sieht so aus, als hätten wir ein gewinnbringendes Unternehmen vor uns.«
»Das hoffe ich. Sobald ich mich mit Miss Tcholok abgestimmt habe, können wir beide uns vielleicht zusammensetzen?«
Dunross warf einen Blick auf seinen Terminkalender. »Morgen um zehn. Hier?«
»Einverstanden.«
Dunross lehnte sich zurück. »Bevor wir zum Lunch gehen, gäbe es da noch eine Kleinigkeit. Ich fliege Sonntag nach Taipeh, komme Dienstag noch rechtzeitig zum Abendessen zurück und möchte, daß Sie mit von der Partie sind. Es gibt da ein paar Leute, die Sie kennenlernen sollten, und eine Partie Golf würde Ihnen sicher Spaß machen. Wir könnten gemütlich plaudern; Sie würden sich die Örtlichkeiten ansehen können, wo die Fabriken stehen sollen. Ich habe alle Vorbereitungen getroffen, aber es ist leider nicht möglich, Miss Tcholok mitzunehmen.«
Bartlett runzelte die Stirn und fragte sich, ob es nur Zufall war, daß der Rückflug für Dienstag vorgesehen war. »Auf Anordnung von Inspektor Armstrong darf ich die Stadt nicht verlassen.«
»Das läßt sich sicher ändern.«
»Dann wissen Sie also auch schon von den Gewehren?« fragte Bartlett und hätte sich wegen seines Schnitzers auf die Zunge beißen mögen, aber es gelang ihm, einen ruhigen Eindruck zu bewahren.
»Aber ja! Hat Sie auch jemand anderer darauf angesprochen?« fragte Dunross und fixierte ihn.
»Die Polizei hat sogar Miss Tcholok verhört! Mein Flugzeug ist in gerichtliche Verwahrung genommen, wir stehen alle unter Verdacht, und ich weiß überhaupt nichts von den Gewehren!«
»Kein Grund, sich Sorgen zu machen, Mr. Bartlett.«
»Ich mache mir keine Sorgen, ich habe nur eine Stinkwut.«
»Das ist verständlich«, sagte Dunross und war froh, daß er mit Armstrong ein vertrauliches Gespräch geführt hatte.
Mensch, dachte er, und es war ihm gar nicht wohl dabei, wenn John Tschen und Tsu-yan etwas mit der Sache zu tun haben, dann wird Bartlett noch viel wütender sein, das Geschäft geht in die Binsen, er schließt mit Gornt ab, und dann...
»Wie haben Sie das mit den Gewehren erfahren?«

»Unser Büro auf dem Kai Tak hat uns heute morgen informiert.«
»Ist so etwas hier noch nie vorgekommen?«
»O doch«, antwortete Dunross leichthin. »Ein wenig Schmuggel, selbst Waffenschmuggel, ist ja weiter nicht schlimm – es ist in Wirklichkeit ein sehr ehrenwerter Beruf – wir praktizieren das natürlich anderswo.«
»Wo?«
»Wo immer die Regierung Ihrer Majestät es wünscht.« Dunross lachte. »Wir sind hier alle Freibeuter, Mr. Bartlett, zumindest Außenseitern gegenüber.« Und nach einer Pause: »Vorausgesetzt, ich bringe das mit der Polizei in Ordnung, kommen Sie mit nach Taipeh?«
»Casey ist sehr verschwiegen«, lautete Bartletts Antwort.
»Ich wollte nicht andeuten, daß man ihr nicht vertrauen kann. Einige unserer Bräuche sind ein wenig anders als bei Ihnen, Mr. Bartlett. Sie wird in den meisten Fällen willkommen sein, aber manchmal, nun ja... manchmal würde es eine Menge Peinlichkeiten ersparen, wenn sie nicht dabei wäre.«
»Es ist nicht leicht, Casey in Verlegenheit zu bringen.«
»Ich dachte eigentlich nicht daran, daß *sie* in Verlegenheit geraten könnte. Tut mir leid, daß ich so offen reden muß, aber auf lange Sicht gesehen erscheint es mir ratsam.«
»Ich werde darüber nachdenken.«
»Bedaure, aber ich muß jetzt wissen, ob Sie mitkommen oder nicht.«
»Gehen Sie zum Teufel!«
Dunross grinste. »Werde ich nicht. Ja oder nein?«
Bartlett brach in Lachen aus. »Wenn Sie mir so kommen – ich bin dabei.«
»Gut. Ich werde natürlich veranlassen, daß meine Frau sich in unserer Abwesenheit um Miss Tcholok kümmert. Sie wird ihr Gesicht nicht verlieren.«
»Vielen Dank. Aber Sie brauchen sich wegen Casey keine Sorgen zu machen. Wie wollen Sie Armstrong hinbiegen?«
»Ich werde ihn nicht ›hinbiegen‹. Ich werde den Stellvertretenden Commissioner nur ersuchen, mich für Sie bürgen zu lassen.«
»Woher wollen Sie wissen, daß ich mich nicht einfach aus dem Staub mache?«
»Vielleicht werden Sie es versuchen – aber ich kann Sie zurückbringen, tot oder lebendig, wie es im Film heißt. Hongkong und Taipeh sind meine Domäne.«
»Tot oder lebendig?«
»Theoretisch natürlich.«
»Wie viele Menschen haben Sie in Ihrem Leben schon getötet?«
Die Stimmung im Raum änderte sich schlagartig, und beide Männer erlebten diese Veränderung intensiv.
»Zwölf«, antwortete Dunross besonnen, obwohl ihn die Frage überrascht hatte. »Zwölf sicher. Im Krieg war ich Jagdflieger. Spitfires. Ich erwischte

zwei Einsitzer, einen Stuka und zwei Bomber – es waren Dornier 17, und die hatten vier Mann Besatzung. Alle diese Maschinen stürzten brennend ab. Diese zwölf weiß ich sicher, Mr. Bartlett. Warum fragen Sie?«
»Ich hörte, daß Sie Flieger waren. Ich glaube nicht, daß ich einen Menschen getötet habe. Ich habe Lager gebaut, Stützpunkte im Pazifik und ähnliches. Ich habe nie im Zorn eine Schußwaffe abgefeuert.«
»Aber Sie gehen auf die Jagd?«
»Ja. Ich war 1959 auf Safari in Kenia. Ich erlegte einen Elefanten, eine große Antilope und massenhaft Wild für den Kochtopf.«
»Ich glaube, ich vernichte lieber Flugzeuge, Züge und Schiffe«, sagte Dunross. »Eigentlich sind die Menschen im Krieg Nebensache...«
»Sobald die Machthaber die Generäle ins Feld geschickt haben, sicher. Das ist eine Tatsache der Kriegführung.«
»Haben Sie Sün-tses *Kunst des Krieges* gelesen?«
»Das beste Buch über den Krieg, das ich kenne«, antwortete Bartlett enthusiastisch. »Besser als Clausewitz oder Liddell Hart, obwohl es 300 vor Christus geschrieben wurde. Wußten Sie, daß es im Jahre 1782 in französischer Sprache erschien? Ich könnte mir gut vorstellen, daß Napoleon ein Exemplar besaß.«
»Jedenfalls gibt es eine russische Ausgabe – und Mao trug stets ein Exemplar bei sich – mit Eselsohren vom ständigen Gebrauch«, sagte Dunross. »Haben Sie es gelesen?«
»Mein Vater zwang mich unter Prügeln dazu, es zu lesen – und zwar im chinesischen Original; dann fragte er mich über das Gelesene aus.«
Mit enervierendem Summen stieß eine Fliege immer wieder gegen das Fenster.
»Wollte Ihr Vater, daß Sie Soldat werden?«
»Nein.« Dunross warf einen Blick auf das Fenster, erhob sich, ging hinüber und tötete die Fliege mit einer beherrschten Wut, wie Bartlett interessiert feststellte.
Dunross kehrte zu seinem Schreibtisch zurück. »Mein Vater dachte, ich sollte die Kunst des Überlebens beherrschen und imstande sein, Menschen zu führen. Ich sollte würdig sein, eines Tages Tai-Pan zu sein, obwohl er nie viel von mir hielt.« Er lächelte.
»War er auch Tai-Pan?«
»Ja. Ein sehr guter. Anfangs.«
»Was geschah?«
Dunross lachte sardonisch. »Schon jetzt peinliche Geheimnisse aus der Vergangenheit, Mr. Bartlett? Nun, kurz gesagt, zwischen uns bestand eine ermüdende, langwierige Meinungsverschiedenheit. Schließlich übergab er sein Amt meinem Vorgänger Alastair Struan.«
»Wollen Sie mir mit britischer Untertreibung mitteilen, daß Sie Auseinandersetzungen mit ihm hatten, wenn nicht gar Krieg gegen ihn führten?«

»In der Frage des ›Kriegführens‹ drückt sich Sün-tse sehr bestimmt aus, Mr. Bartlett. In den Krieg ziehen ist sehr schlecht, sagt er, außer man muß. Ich zitiere: ›Höchste Vortrefflichkeit der Feldherrnkunst ist Brechen feindlichen Widerstandes, ohne zu kämpfen.‹«
»Sie haben seinen Widerstand gebrochen?«
»Klug, wie er war, zog er sich vom Schlachtfeld zurück.«
Dunross' Züge verhärteten sich. Bartlett studierte ihn. Beide Männer wußten, daß sie, ohne es zu wollen, Kampfgebiet absteckten.
»Ich bin froh, nach Hongkong gekommen zu sein«, sagte der Amerikaner. »Ich freue mich, Sie kennengelernt zu haben.«
»Danke. Vielleicht werden Sie es eines Tages bereuen.«
Bartlett zuckte die Achseln. »Vielleicht. Mittlerweile haben wir ein Geschäft auf dem Feuer – gut für Sie, gut für uns.« Er dachte an Gornt und das Messer und mußte lachen. »Ja, ich bin froh, nach Hongkong gekommen zu sein.«
»Wollen Sie und Miss Tcholok heute abend meine Gäste sein? Ich gebe eine kleine Party, so gegen halb neun.«
»Abendkleidung?«
»Smoking – paßt Ihnen das?«
»Ausgezeichnet.« Bartletts Auge fiel auf das Ölbild an der Wand: Ein hübsches Chinesenmädchen trug einen kleinen Engländerjungen, sein Blondhaar zu einem Zopf geflochten. »Ist das ein Quance? Ein Aristoteles Quance?«
»Ja«, nickte Dunross, der sein Staunen kaum verbergen konnte. »Ja. Verstehen Sie viel von Kunst?«
»Nein, aber auf dem Flug hierher hat Miss Tcholok mir von Quance erzählt. Sie sagte, er sei fast ein Fotograf, jedenfalls ein Historiker früher Zeiten.«
»Ja, das ist er.«
»Wenn mich meine Erinnerung nicht täuscht, soll dieses Bild ein Porträt eines Mädchens namens May-may sein, und das Kind stammt von Dirk Struans und ihr?«
Dunross blieb stumm.
Bartlett sah etwas genauer hin. »Die Augen sind schwer auszumachen. Der Junge ist also Gordon Tschen, der spätere Sir Gordon Tschen, nicht wahr?« Er drehte sich um und richtete den Blick fragend auf Dunross.
»Ich kann es nicht sicher sagen, Mr. Bartlett. Das ist eine Geschichte von vielen.«
Bartlett musterte ihn einen Moment. »Macht es Ihnen Freude, Tai-Pan von Noble House zu sein?« fragte er.
»Ja.«
»Ich weiß nicht so recht, wie weit die Macht eines Tai-Pan geht, aber bei Par-Con kann ich jeden einstellen und jeden feuern und den Laden dichtmachen, wenn mir danach ist.«

»Dann sind Sie ein Tai-Pan.«
»Also macht es mir auch Freude, Tai-Pan zu sein. Ich möchte nach Asien hinein, und Sie brauchen ein Entree in die Staaten. Zusammen könnten wir den ganzen pazifischen Raum zu einer Wühlkiste für uns beide machen. Ich habe, was Ihnen fehlt, und Sie haben, was mir fehlt.«
»Stimmt«, gab Dunross zu. »Und was uns beiden jetzt fehlt, ist der Lunch.«
Sie gingen zur Tür. Bartlett erreichte sie als erster, aber er öffnete sie nicht gleich. »Ich weiß, es ist bei Ihnen nicht der Brauch, aber da ich mit Ihnen nach Taipeh fliege, könnten Sie mich nicht Linc nennen und ich Sie Ian, und könnten wir ausmachen, wie hoch wir beim Golf wetten wollen? Sicher wissen Sie, daß mein Handicap offiziell 13 ist, und ich kenne Ihres, 10, ebenfalls offiziell, und das bedeutet wahrscheinlich, daß wir, um sicher zu sein, jeder mindestens einen Schlag streichen müssen.«
»Warum nicht?« willigte Dunross sofort ein. »Aber üblicherweise wetten wir hier nicht um Geld, sondern um Bälle. Wir wetten für gewöhnlich um ein halbes Dutzend Golfbälle – in dieser Größenordnung etwa.«
»Sind es in britischen Augen schlechte Manieren, wenn man um Geld wettet?«
»Nein. Wie wäre es mit 500 je Seite, der ganze Pot an die Gewinner?«

Der Lunch wurde im privaten Speisesaal der Direktoren im neunzehnten Stock serviert. Es war ein L-förmiger Raum, mit einer hohen Decke und blauen Vorhängen, blaumarmorierten chinesischen Teppichen und großen Fenstern, durch die man Kowloon sehen konnte und die Flugzeuge, die auf Kai Tak landeten und von dort abhoben, im Westen sah man bis Stonecutters Island und Tsing Yi Island und dahinter einen Teil der New Territories. Auf dem großen massiven Eichentisch prangten Gedecke, feines Silber und bestes Waterfordkristall. Den Gastgebern und ihren beiden Gästen standen vier schweigsame und gut geschulte Kellner in schwarzen Hosen und weißen Blusen mit dem Struan-Emblem zur Verfügung.
Cocktails waren noch vor Bartletts und Dunross' Ankunft serviert worden. Casey trank einen trockenen Wodka Martini wie alle anderen. Bartlett bekam, ohne gefragt zu werden, eine eiskalte Dose Anheuser Bier auf einem georgianischen Silbertablett gereicht.
»Wer hat Ihnen das verraten?« fragte Bartlett beglückt.
»Mit den besten Empfehlungen von Struan and Company«, antwortete Dunross. »Wir haben gehört, daß das Ihr Leibgetränk ist.« Er machte ihn mit Gavallan, de Ville und Linbar Struan bekannt, ließ sich ein Glas eisgekühlten Chablis einschenken und lächelte Casey an.
»Ich bitte um Entschuldigung«, wandte sich Bartlett an die anderen, »aber ich muß Miss Tcholok noch etwas sagen, bevor ich es vergesse. Ruf bitte morgen Johnston in Washington an, und erkundige dich, wer unser bester Verbindungsmann am hiesigen Konsulat ist.«

»Gern. Wenn ich ihn nicht erreichen kann, werde ich Tim Diller fragen.« Alles, was mit Johnston zu tun hatte, war Code für: ›Wie kommst du mit dem Deal weiter?‹ Die Antwort ›Diller‹ bedeutete gut, die Antwort ›Tim Diller‹ sehr gut, ›Jones‹ schlecht, ›George Jones‹ sehr schlecht.
»Gute Idee«, sagte Bartlett und erwiderte ihr Lächeln. Dann zu Dunross: »Das ist ein wunderschöner Raum.«
»Er erfüllt seinen Zweck«, sagte Dunross.
Casey lachte. »Die Konferenz ist sehr gut gelaufen, Mr. Dunross«, sagte sie. »Wir haben einen Vorschlag ausgearbeitet, den Sie einer sorgfältigen Prüfung unterziehen sollten.«
»Ja, Andrew hat mir in groben Umrissen davon berichtet«, erwiderte Dunross. »Möchten Sie noch ein Glas?«
»Danke, nein. Ich glaube, der Vorschlag nimmt auf alles Rücksicht, Sir. Oder bestehen noch irgendwelche Zweifel, die ich aufklären sollte?«
»Sicher wird es noch Unklarheiten geben, auf die ich zum gegebenen Zeitpunkt zurückkommen werde«, antwortete Dunross, wie immer insgeheim belustigt von dem *Sir,* das so viele Amerikanerinnen ins Gespräch einfließen ließen und so ganz fehl am Platz gegenüber Kellnern gebrauchten. »Ein Bier für Mr. Bartlett«, fügte er hinzu und unternahm so einen neuen Versuch, das Geschäftliche auf später zu verschieben. Und dann zu Jacques: »*Ca va?*«
»*Qui, merci. Pas encore.*« Noch nicht.
»Sorge dich nicht«, sagte Dunross. Gestern hatten Jacques' geliebte Tochter und ihr Mann, während sie in Frankreich Ferien machten, einen schweren Autounfall – wie schwer, das wußte er noch nicht. »Sorge dich nicht.« Jacques war Dunross' Vetter und 1945 in die Firma eingetreten. Im Krieg hatte er eine harte Zeit durchgemacht, hatte 1940 seine Frau und seine zwei Kinder nach England geschickt und war selbst in Frankreich geblieben. Widerstand, Gefängnis, Flucht und abermals Widerstand. Jetzt war er vierundfünfzig, ein kräftiger, stiller Mann, aber bösartig, wenn man ihn herausforderte, mit breiter Brust, braunen Augen, rauhen Händen und vielen Narben.
»Sind Sie mit unserem *deal* im Prinzip einverstanden?« fragte Casey.
Dunross seufzte im stillen und schenkte ihr seine ungeteilte Aufmerksamkeit. »Es könnte sein, daß ich ein paar unbedeutende Einzelheiten ändern möchte. Mittlerweile«, fügte er entschieden hinzu, »können Sie von der Voraussetzung ausgehen, daß es im großen und ganzen eine annehmbare Abmachung ist.«
»Wie schön!« rief Casey erfreut.
»Fein«, sagte Bartlett, auch er zufrieden, und hob seine Bierdose. »Auf einen erfolgreichen Abschluß und große Gewinne – für Sie und für uns.«
»Werden Sie lange brauchen, um damit zu Ende zu kommen, *Ian?*« fragte Bartlett, und alle hörten das *Ian*. Linbar Struan zuckte sichtbar zusammen.

Zu ihrer Überraschung antwortete Dunross nur: »Nein«, als ob die Vertraulichkeit etwas völlig Normales wäre, und fügte hinzu: »Ich kann mir nicht vorstellen, daß die Anwälte uns unüberwindliche Schwierigkeiten bereiten werden.«

»Morgen um elf sind wir dort«, sagte Casey. »Mr. de Ville, John Tschen und ich. Ihren Vertragsentwurf haben wir schon – da scheint es keine Probleme zu geben.«

»Dawson ist ein guter Mann – amerikanisches Steuerrecht ist seine Spezialität.«

»Vielleicht sollten wir unseren Steueronkel aus New York kommen lassen, Casey«, tippte Bartlett an.

»Klar, Linc, wenn wir mal so weit sind. Und Forrester.« Und an Dunross gewandt: »Das ist der Chef der Schaumstoffproduktion.«

»Gut. Aber das ist jetzt genug Fachsimpelei vor dem Lunch«, verkündete Dunross. »Das gehört zu unseren Regeln, Miss Casey: Keine Geschäfte beim Essen, das ist sehr schlecht für die Verdauung.« Er winkte Lim heran. »Wir warten nicht auf Master John.«

»Wie lange gedenken Sie zu bleiben, Mr. Bartlett?« fragte Gavallan.

»So lange wie nötig. Aber da es doch so aussieht, daß wir lange Zeit in Geschäftsverbindung stehen werden, wie wäre es, Mr. Gavallan, wenn Sie das ›Mr.‹ Bartlett und das ›Miss‹ Casey vergäßen und uns einfach mit Linc und Casey anredeten?«

Gavallan ließ seinen Blick auf Bartlett ruhen. Gern hätte er gesagt: Sehen Sie mal, Mr. Bartlett, hierzulande arbeiten wir uns langsam dazu hoch. Es ist eine der wenigen Möglichkeiten, Freunde von Bekannten zu unterscheiden. Vornamen sind für uns etwas sehr Privates. Doch da der Tai-Pan gegen das erstaunliche ›Ian‹ keinen Einwand erhoben hat, kann ich nichts dagegen tun. »Warum nicht, Mr. Bartlett?« erwiderte er sanft. »Es besteht keine Notwendigkeit, an überlieferten Formen festzuhalten, nicht wahr?«

Im stillen kicherten Jacques de Ville, Struan und Dunross über den ›Mr. Bartlett‹ und die Art, wie Gavallan die unerwünschte Einwilligung geschickt in eine Ablehnung verwandelt und den Amerikanern einen Gesichtsverlust beigebracht hatte.

»Danke, Andrew«, sagte Bartlett und setzte hinzu: »Ian, darf ich gegen die Regeln verstoßen und Ihnen noch eine Frage vor dem Essen stellen: Können Sie noch vor nächsten Dienstag eine Entscheidung treffen, so oder so?«

Sofort kehrten sich die Strömungen im Saal um. Aus der Fassung gebracht, zauderten Lim und die anderen Kellner. Aller Augen richteten sich auf Dunross. Bartlett fürchtete, zu weit gegangen zu sein, und Casey war dessen sicher. Sie hatte Dunross beobachtet. Sein Gesichtsausdruck hatte sich nicht geändert, wohl aber sein Blick.

Sie warteten. Das Schweigen hing im Raum.

Bis Dunross es brach. »Ich werde es Sie morgen wissen lassen«, antwortete er in ruhigem Ton. Der kritische Augenblick ging vorbei, man atmete erleichtert auf, die Kellner machten weiter, und alle entspannten sich. Alle außer Linbar. Noch fühlte er den Schweiß auf seinen Händen, denn nur er allein wußte von dem, was alle Nachkommen Dirk Struans verband – einem seltsamen, fast urzeitlichen Hang zur Gewalt, und das Wissen darum und seine Allgegenwart versetzten ihn in Schrecken. Er stammte in direkter Linie von Robb Struan ab, Dirk Struans Halbbruder und Teilhaber, und darum floß nichts von Dirk Struans Blut in seinen Adern. Das bedauerte er bitter und haßte Dunross noch mehr, weil es ihn krank vor Neid machte.

»Was hast du, Linbar?« fragte Dunross.

»Ach nichts, Tai-Pan«, antwortete er – und hätte aus der Haut fahren können. »Nichts – mir schoß nur eben ein Gedanke durch den Kopf. Tut mir leid.«

»Was für ein Gedanke?«

»Ich dachte eben an ›die Hexe‹ Struan.«

Dunross' Löffel blieb in der Luft hängen, und alle starrten ihn an. »Das ist deiner Verdauung nicht sehr zuträglich.«

»Nein, Sir.«

Bartlett warf einen Blick auf Linbar und dann auf Dunross. »Wer ist ›die Hexe‹ Struan?«

»Ein peinliches Geheimnis aus der Vergangenheit«, antwortete Dunross mit einem trockenen Lachen. »Wir haben eine Menge peinlicher Geheimnisse in unserer Familie.«

»Aber jetzt schreckt uns ›die Hexe‹ doch nicht mehr, Tai-Pan«, meinte Gavallan. »Sie ist seit fast fünfzig Jahren tot.«

»Vielleicht wird sie mit uns sterben, mit Linbar, Kathy und mir, mit unserer Generation, aber ich bezweifle es.« Dunross sah Linbar prüfend an. »Wird ›die Hexe‹ heute nacht aus ihrem Grab steigen und uns alle verschlingen?«

»Ich schwöre vor Gott, ich mag es nicht, wenn du so über sie scherzt, Tai-Pan.«

»Ich wünsche ›der Hexe‹ die Pocken an den Leib«, entgegnete Dunross. »Wäre sie noch am Leben, ich würde es ihr ins Gesicht sagen.«

»Ja, ich glaube, das könntest du.« Gavallan lachte. »Ich wäre gern dabeigewesen.«

»Ich auch.« Dunross lachte mit; dann sah er Caseys Gesichtsausdruck. »Alles nur gespielte Tapferkeit, Casey. Wenn man auch nur die Hälfte der Geschichten glaubt, die von ihr erzählt werden, war sie ein Teufel in Menschengestalt. Sie war Culum Struans Frau – Culum war Dirk Struans Sohn – der Sohn unseres Gründers. Als Mädchen hieß sie Brock, Tess Brock, und sie war die Tochter von Dirks Todfeind Tyler Brock. Im Jahre 1841 brannten die beiden durch, heißt es. Sie war sechzehn und eine Schönheit, und er

der Kronprinz von Noble House. Es war so ähnlich wie Romeo und Julia – nur daß sie am Leben blieben und daß ihre Verbindung an der Blutfehde zwischen Dirk und Tyler, beziehungsweise den Struans und Brocks, überhaupt nichts änderte. Sie wurde 1825 als Tess Brock geboren, und starb 1917, zweiundneunzigjährig, als Hag Struan – zahnlos, kahl, versoffen, bösartig und gemein – wie eben eine Hexe – bis zu ihrem letzten Tag. Das Leben spielt manchmal sonderbar, *heya*?«
»Ja. Es ist geradezu unglaublich«, sagte Casey nachdenklich. »Warum ändern sich die Menschen, wenn sie alt werden – warum werden sie so unzufrieden und bitter, besonders die Frauen?«
Weil Männer und Frauen auf verschiedene Weise altern, hätte Dunross ihr antworten können. Es ist unfair – aber eine unabänderliche Tatsache. Eine Frau sieht die ersten Fältchen und das Erschlaffen und die nicht mehr so frische und feste Haut, aber ihr Mann ist immer noch fit und vielbegehrt, und dann sieht sie die jungen Püppchen und ist starr vor Furcht, daß sie ihn verlieren könnte, und früher oder später *wird* sie ihn verlieren, weil ihn ihr ständiges Kritteln und die Selbstquälerei einer Gefühlsverstümmelung auf die Nerven gehen – und nicht zuletzt auch wegen seines unbezähmbaren Verlangens nach Jugend...
»*Ayeeyah*, es gibt auf der ganzen Welt kein stärkeres Aphrodisiakum als die Jugend«, pflegte der alte Tschen-Tschen – Philip Tschens Vater und Ians Mentor – zu sagen. »Keines, mein kleiner Ian, keines, keines, keines. Hör mir gut zu! Das Yang bedarf der Säfte des Yin, junger Säfte, o ja, sie müssen jung sein, jung, damit sie sein Leben verlängern und das Yang nähren! Denk immer daran: Je älter dein Stiel wird, desto mehr Jugend und Abwechslung und jugendliche Begeisterung braucht er, um seine Pflicht zu tun und mehr als das! Denk aber auch daran, daß die Honigblüte zwischen ihren Schenkeln, so unvergleichlich sie auch sein mag, so ergötzlich, so köstlich, so überirdisch und oh, so süß und alle Wünsche erfüllend, daß sie auch eine Falle ist, ein Hinterhalt, eine Folterkammer und ein Sarg. Sei auf der Hut.« Und dann lachte der Greis, sein Bauch hüpfte auf und nieder, und Tränen liefen ihm über die Wangen. »Was für erstaunliche Wesen sind doch die Götter! Sie schenken uns den Himmel auf Erden, aber es ist die reine Hölle, wenn man seinen einäugigen Mönch nicht mehr dazu bringen kann, den Kopf zu heben!«
Es muß sehr schwer sein für die Frauen, besonders für die Amerikanerinnen, dachte Dunross, dieses Trauma des Altwerdens, das unvermeidlich so bald eintritt. Warum sollte ich dir eine Wahrheit erzählen, die du schon in deinen Knochen spürst, oder dich darauf hinweisen, daß es die amerikanische Mode von dir verlangt, dich an eine ewige Jugend zu klammern, die weder Gott noch Teufel noch ein Chirurg dir geben kann?
Ayeeyah, dachte er inbrünstig, ich danke Gott – wenn es einen gibt –, ich danke allen großen und kleinen Göttern, daß ich ein Mann bin und keine

Frau. Ich bedaure dich, amerikanische Dame mit den wunderschönen Namen.
Aber Dunross antwortete nur einfach: »Das kommt wahrscheinlich daher, daß das Leben ein Schmerzenslager ist und daß man uns als Kinder mit dummem Geschwafel füttert, uns falsche Wertvorstellungen einimpft – nicht so wie die vernünftigen Chinesen es tun. Bei der ›Hexe‹ war es vielleicht das verderbte Blut der Brocks. Ich glaube, es war eher Joss – ihr Glück oder Unglück oder Schicksal. Sie hatte sieben Kinder mit Culum, vier Söhne und drei Töchter. Alle Söhne starben eines gewaltsamen Todes: zwei hier in Hongkong an der Roten Ruhr, einer wurde ermordet, in Schanghai erdolcht und der letzte ertrank vor Ayr in Schottland, wo unsere Familie Ländereien besitzt. Das würde genügen, um jede Mutter in den Wahnsinn zu treiben, das und der Haß und der Neid, die Culum und sie ihr Leben lang begleiteten. Na ja, man kann sie verstehen.« Dunross überlegte kurz und fügte dann hinzu: »Es heißt, sie hätte Culum Struan zeit seines Lebens unter ihrer Fuchtel gehalten und bis zum Tag ihres Todes Noble House tyrannisiert – eben so wie alle Tai-Pane, alle Schwiegertöchter, alle Schwiegersöhne und deren Kinder. Selbst noch nach ihrem Tod. Ich erinnere mich an ein englisches Kindermädchen, das ich hatte – möge sie für alle Zeiten in der Hölle schmoren! –, die mir drohte: ›Seien Sie brav, Master Ian, sonst zaubere ich die ›Hexe‹ Struan hervor, und die wird Sie auffressen...‹«
»Wie schrecklich«, sagte Casey.
Dunross zuckte die Achseln. »Kindermädchen tun Kindern solche Dinge an. Ich hatte nie eines, das was taugte. Aber auch nie eine schlechte *gan sun*.«
»Was ist eine *gan sun?*« erkundigte sich Casey.
»Es bedeutet ›naher Körper‹ und ist die korrekte Bezeichnung für eine *amah*. Bis 1949 hatten die Kinder wohlhabender chinesischer, aber auch der meisten europäischen und eurasischen Familien immer ihren eigenen ›nahen Körper‹, von dem sie betreut wurden – und behielten sie in vielen Fällen ihr Leben lang. Die meisten *gan sun* legen ein Keuschheitsgelübde ab. Man erkennt sie leicht an dem langen Zopf, den sie am Rücken herunterhängen lassen. Meine *gan sun* heißt Ah Tat. Sie ist ein feiner Kerl. Sie lebt immer noch bei uns«, erzählte Dunross.
»Meine«, berichtete Gavallan, »war mütterlicher zu mir als meine richtige Mutter.»
»Die ›Hexe‹ Struan ist also Ihre Urgroßmutter?« fragte Casey Linbar.
»O Gott, nein! Nein, ich... ich stamme nicht von Dirk Struan ab«, erwiderte er. Sie sah Schweiß auf seiner Stirn und verstand es nicht. »Meine Linie stammt von seinem Halbbruder Robb, Robb Struan, ab. Er war Dirks Partner. Der Tai-Pan ist ein direkter Nachkomme von Dirk, aber... keiner von uns stammt von der ›Hexe‹ ab.«
»Sie sind alle miteinander verwandt?« fragte Casey, die eine befremdliche Spannung im Saal fühlte.

»Ja«, antwortete Dunross. »Andrew ist mit meiner Schwester Kathy verheiratet, Jacques ist ein Vetter und Linbar... Linbar trägt unseren Namen.« Dunross lachte. »Es gibt noch einen ganzen Haufen Leute in Hongkong, die sich an die ›Hexe‹ erinnern. Sie trug immer ein langes schwarzes Kleid mit einer großen Turnüre, diesem altmodischen Rückenpolster, und einen komischen Hut mit einer riesigen, mottenzerfressenen Feder, alles ganz aus der Mode, und dazu einen schwarzen Stock mit einem silbernen Griff. Meistens ließ sie sich von vier Dienern in einer Sänfte durch die Straßen tragen. Auch die Chinesen hatten schreckliche Angst vor ihr. Sie nannten sie ›Ehrenwerte alte fremde Teufelsmutter mit Drachenzähnen und dem bösen Blick‹.«
»Das stimmt.« Gavallan lachte. »Mein Vater und meine Großmutter kannten sie noch. Sie hatten ihre eigene Handelsgesellschaft hier und in Schanghai, wurden aber im großen Krieg mehr oder weniger ruiniert und kamen 1929 zu Struan's. Mein alter Herr erzählte mir, daß er als Junge mit Freunden hinter der ›Hexe‹ herlief. Wenn sie besonders zornig war, nahm sie ihre falschen Zähne heraus und drohte ihnen damit.« Alle lachten.
»He, Andrew, das hatte ich ganz vergessen«, mischte sich Linbar schmunzelnd ein. »Meine *gan sun*, die alte Ah Fu, kannte sie gut, und immer wenn jemand ihren Namen erwähnte, rollte sie entsetzt die Augen und flehte die Götter an, sie vor dem bösen Blick der ›Hexe‹ und ihren magischen Zähnen zu bewahren. Mein Bruder Kyle und ich, wir pflegten Ah Fu mit ihr zu hänseln.«
»Oben im Großen Haus hängt ein Bild von ihr«, sagte Dunross zu Casey, »eigentlich sogar zwei. Wenn es Sie interessiert, zeige ich sie Ihnen.«
»O ja – ich würde sie gern sehen. Haben Sie auch eines von Dirk Struan?«
»Mehrere. Und eines von Robb, seinem Halbbruder.«
»Ich würde sie alle gern sehen.«
»Ich auch«, sagte Bartlett. »Ich habe nie auch nur eine Fotografie meiner Großeltern gesehen, geschweige denn ein Porträt meines Ururgroßvaters. Ich wollte immer etwas über meine Ahnen erfahren, was das für Leute waren, woher sie kamen. Ich weiß nichts von ihnen, außer daß mein Großvater im Wilden Westen in einer Stadt, die Jerrico hieß, einen Güterspeicher betrieb. Muß schon eine feine Sache sein, wenn man weiß, wo man herkommt.« Er hatte nur zugehört, fasziniert den Untertönen gelauscht und Entscheidungshilfen für den Zeitpunkt gesucht, da er die Wahl zwischen Dunross und Gornt würde treffen müssen. Bleibt es bei Dunross, überlegte er im stillen, muß Gavallan gehen, denn er ist ein Feind. Der junge Struan haßt Dunross, der Franzose ist mir ein Rätsel, und Dunross selbst ist gefährlich wie Nitroglyzerin. »Klingt phantastisch, was Sie mir da über die ›Hexe‹ erzählen«, sagte er, »und Dirk Struan muß ein Original gewesen sein.«
»Das ist wirklich ein Meisterstück an Untertreibung«, konterte de Ville,

und seine Augen funkelten. »Er war der größte Pirat Asiens! Sehen Sie sich nur einmal Dirks Porträt an, und Sie werden sofort die Familienähnlichkeit entdecken! Unser Tai-Pan ist ihm wie aus dem Gesicht geschnitten, und *ma foi*, er hat auch seine schlechtesten Eigenschaften geerbt.«
»Rutsch mir den Buckel runter«, versetzte Dunross gutmütig und, an Casey gerichtet: »Es ist alles nicht wahr. Jacques nimmt mich immer auf den Arm. Ich bin ganz anders als Dirk Struan.«
»Aber Sie stammen von ihm ab?«
»Ja. Meine Urgroßmutter war Dirks einzige legitime Tochter Winifred. Sie heiratete Lechie Struan-Dunross, einen entfernten Verwandten. Sie hatten einen Sohn, das war mein Großvater; nach Culum wurde er Tai-Pan. Meine Familie – die Dunross' – sind Dirk Struans einzige direkte Nachkommen.«
»Diese Winifred war die einzige legitime Tochter?«
Dunross lächelte. »Dirk hatte noch andere Kinder. Eines war Gordon Tschen, der Sohn einer Dame, die eigentlich Shen hieß. Das ist heute die Tschen-Linie. Dann gibt es auch noch die T'Tschung-Linie, benannt nach Duncan T'Tschung und Kate T'Tschung, seinem Sohn und seiner Tochter mit der berühmten May-may T'Tschung. Das behauptet jedenfalls die Legende.« Dunross zögerte, und die Tiefe seines Lächelns zeichnete Fältchen um seine Augen. »Unsere Vorfahren in Hongkong und Schanghai waren, nun ja, entgegenkommende Leute und die chinesischen Damen sehr schön, wie sie es ja heute noch sind. Aber nur selten heirateten sie ihre Damen, und die Pille ist ja erst eine neue Erfindung – man weiß also nicht immer genau, mit wem man verwandt ist. Wir reden über diese Dinge nie in der Öffentlichkeit – nach wahrer Britenart tun wir, als gäbe es das Problem nicht – und so verliert niemand sein Gesicht.«
»Es geht alles sehr zivilisiert zu«, sagte Gavallan.
»Manchmal«, bemerkte Dunross.
»Dann ist also John Tschen mit Ihnen verwandt?« fragte Casey.
»Wenn Sie ins Paradies zurückgehen, ist wohl jeder mit jedem verwandt.« Dunross warf einen Blick auf den leeren Stuhl. Es sah John gar nicht ähnlich, einfach davonzulaufen, dachte er voll Unbehagen, und er ist auch nicht der Mann, der, aus welchen Gründen immer, etwas mit Waffenschmuggel zu tun hat. Oder so dumm zu sein, sich erwischen zu lassen. Und er ist zu bekannt, als daß man ihn nicht gesehen hätte, wenn er heute früh an Bord eines Flugzeugs gegangen wäre – so war es also auch nicht. Es muß per Boot gewesen sein – wenn er sich davongemacht hat. Ein Boot wohin? Macao? Nein, das wäre eine Sackgasse. Mit dem Schiff? Tag für Tag gibt es dreißig bis vierzig planmäßige Abfahrten nach allen Weltteilen, große Schiffe und kleine Schiffe, ganz zu schweigen von Tausenden Dschunken, und selbst wenn man es eilig hat, ein paar Dollar in die richtigen Hände, das reicht, um jemanden oder etwas hinauszuschmuggeln – hinaus oder herein. Männer,

Frauen, Kinder. Drogen. Irgendwas. Aber kein Grund, etwas hereinzuschmuggeln außer Menschen, Drogen, Waffen, Alkohol, Zigaretten oder Benzin – alles andere ist zollfrei und unterliegt keinen Beschränkungen. Außer Gold.

Ein Lächeln spielte um Dunross' Lippen. Man importiert Gold ganz legal mit Genehmigung für den Durchgangsverkehr nach Macao, und was dann damit geschieht, geht niemanden etwas an und ist außerordentlich profitabel. Jawohl, dachte er, und heute nachmittag tritt der Aufsichtsrat unserer Nelson Trading zu einer Sitzung zusammen. Gut. Das ist ein Geschäftszweig, bei dem nie etwas schiefgeht.

Während er von dem auf einer silbernen Platte gereichten Fisch nahm, merkte er, daß die Amerikanerin ihn anstarrte. »Ja, Casey?«

»Ich zerbreche mir gerade den Kopf, woher Sie meinen Namen wußten.« Sie wandte sich an Bartlett. »Der Tai Pan hat mich überrascht, Linc. Noch bevor wir einander vorgestellt wurden, begrüßte er mich mit Kamalian Ciranoush.«

»Ist das Persisch?« fragte Gavallan.

»Ursprünglich Armenisch.«

»Kamahli-an Sirrannuuuussch«, wiederholte Jacques, dem die Zischlaute gefielen. »*Très joli, mademoiselle. Ce n'est pas difficile sauf pour les cretins.*«

»*Ou les Anglais*«, warf Dunross ein, und alle lachten.

»Woher wußten Sie es, Tai-Pan?« fragte Casey. *Tai-Pan* sagte ihr mehr zu als *Ian*. Für *Ian* ist es noch zu früh, dachte sie, noch im Bann seiner Vorgeschichte.

»Ich habe Ihren Anwalt gefragt.«

»Meinen Anwalt?«

»John Tschen rief mich gestern gegen Mitternacht an. Sie hatten ihm nicht verraten, wofür K. C. steht, und ich wollte es wissen. Es war zu früh, um mit Ihrem Büro in Los Angeles zu sprechen – in Los Angeles war es acht Uhr morgens – und so rief ich eben Ihren Anwalt in New York an.«

»Sie haben Seymour Steigler III an einem Sonnabend ans Telefon bekommen?« fragte Bartlett fassungslos.

»Ja. In seinem Haus in White Plains.«

»Aber seine Nummer steht doch nicht im Telefonbuch.«

»Ich weiß. Ich rief einen chinesischen Freund in den Vereinten Nationen an, und er fand die Nummer für mich. Ich sagte Mr. Steigler, daß ich es wegen der Einladung wissen wolle – was ja der Wahrheit entspricht. Man sollte doch immer aufrichtig sein, nicht wahr?«

»Ja«, stimmte Casey ihm zu und bewunderte ihn, »ja, das sollte man.«

»Wußtest du schon gestern abend, daß Casey ... daß Casey eine Frau ist?« fragte Gavallan.

»Ja. Das wußte ich schon seit einigen Monaten, aber nicht, wofür K. C. stand. Warum fragst du?«

»Nur so, Tai-Pan. Ein armenischer Name, Casey? Ist Ihre Familie in die Vereinigten Staaten eingewandert?«
»Nach dem Ersten Weltkrieg im Jahre 1918«, begann Casey die schon so oft erzählte Geschichte. »Ursprünglich hießen wir Tcholokain. Als meine Großeltern nach New York kamen, ließen sie der Einfachheit halber und den Amerikanern zuliebe das *ian* weg. Aber meine Vornamen behielt ich. Wie Sie wissen, war Armenien ein freies, unabhängiges Land; heute gehört es zum Teil zur Türkei, zum Teil zu Sowjetrußland. Meine Großmutter war Georgierin – in früheren Zeiten gab es viele Mischehen. Unser Volk war über das ganze Ottomanische Reich verbreitet, aber die Massaker der Jahre 1915 und 1916...« Casey fröstelte. »Es war Völkermord. Knapp 500000 sind von uns noch übrig, und wir sind über die ganze Welt verstreut. Die Armenier waren Händler, Künstler, Maler, Goldschmiede, Dichter und auch Krieger. An die 50000 Armenier dienten in der türkischen Armee, bevor sie im Ersten Weltkrieg von den Türken entwaffnet, vertrieben oder erschossen wurden – Generäle, Offiziere und einfache Soldaten. Sie waren eine Eliteminderheit – seit Jahrhunderten.«
»War das der Grund, warum die Türken sie haßten?« fragte de Ville.
»Sie waren fleißige, stammverbundene Menschen und zweifellos gute Händler und Geschäftsleute. Aber der Hauptgrund war wohl, daß die Armenier Christen sind und die Türken Mohammedaner. Im 16. Jahrhundert eroberten die Türken den Hauptteil des Landes, und immer wieder gab es kriegerische Auseinandersetzungen zwischen dem christlichen zaristischen Rußland und den ›ungläubigen‹ Türken. Bis 1917 war das Rußland des Zaren unsere eigentliche Schutzmacht... die Türken waren immer ein sonderbares Volk, grausam und fremdartig.«
»Konnte sich Ihre Familie rechtzeitig retten?«
»Nur ein Teil. Meine Großeltern waren sehr reich, und wie so viele glaubten auch sie, es könne ihnen nichts passieren. Sie brachten sich im letzten Moment vor den Soldaten in Sicherheit; mit zwei Söhnen und einer Tochter und dem, was sie in der Eile an Wertsachen zusammenraffen konnten, flohen sie durch die Hintertür in die Freiheit. Der Rest der Familie schaffte es nicht mehr. Mein Großvater bestach einen Fischer, der ihn und Großmutter mit einem Boot nach Zypern brachte, wo sie dann irgendwie Visa für die Vereinigten Staaten bekamen. Sie hatten ein wenig Geld und ein paar Schmuckstücke – und viele Talente. Großmutter lebt noch – und kann es im Feilschen mit jedem aufnehmen.«
»Ihr Großvater war Kaufmann?« fragte Dunross. »War es das, was das Interesse für das Geschäft in Ihnen weckte?«
»Sobald wir daran denken konnten, unsere Bedürfnisse selbst zu befriedigen, ohne auf fremde Hilfe angewiesen zu sein, wurde es uns gnadenlos eingepaukt. In Providence startete Großvater eine Fabrik, in der er Linsen und Mikroskope herstellte, und eine Import-Export-Gesellschaft, die sich

auf Teppiche und Parfums spezialisierte. Noch so nebenbei betrieb er einen kleinen Handel mit Gold und Edelsteinen. Mein Vater stellte Schmuck her, den er selbst entwarf. Er ist tot. Damals hatte er einen eigenen kleinen Laden in Providence, mein Onkel Bghos arbeitete mit Großvater. Seit Großvaters Tod führt mein Onkel das Import-Export-Geschäft. Meine Schwester und ich, wir wuchsen in einer Welt auf, in der es darum ging, zu feilschen, zu verhandeln und Profit zu machen. Es war ein aufregendes Spiel, an dem wir als Gleichgestellte teilnahmen.«

»Wo haben Sie Ihre kaufmännischen Kenntnisse erworben?«

»Da und dort«, antwortete sie. »Nach meinem Abgang von der Highschool besuchte ich zwei Jahre eine Handelsschule in Providence: Stenographie, Maschineschreiben, einfache Buchführung, Ablage nach Sachgebieten und ähnliche Grundbegriffe des kaufmännischen Lebens. Aber von dem Tag an, da ich rechnen konnte, arbeitete ich abends, an Feiertagen und Wochenenden in Großvaters Geschäften. Er brachte mir bei, zu denken, zu planen und das Geplante in die Wirklichkeit umzusetzen. Nach der Schule besuchte ich natürlich Spezialkurse, die mich interessierten.«

»Wie haben Sie es geschafft, Handelsbevollmächtigte von Par-Con Industries zu werden?« erkundigte sich Dunross.

»Mit Scharfsinn«, antwortete sie, und alle lachten.

»Casey ist eine fanatische Arbeiterin«, sagte Bartlett. »Im Schnell-Lesen ist sie ein As und nimmt dadurch mehr Informationen auf als zwei normale Direktoren. Sie riecht es, wenn Gefahr im Verzug ist, sie hat keine Angst, Entscheidungen zu treffen, zieht es vor, einen Handel abzuschließen, statt ihn aufzukündigen, und sie errötet nicht so schnell.«

»Das ist meine beste Eigenschaft«, bemerkte Casey.

»Aber kommt Sie das nicht sehr hart an?« fragte Gavallan. »Müssen Sie nicht als Frau eine Menge Zugeständnisse machen, um vorne zu bleiben? Es kann für Sie nicht leicht sein, sich in einem Männerjob zu bewähren.«

»Ich sehe meinen Job nicht als Männerjob«, konterte sie. »Frauen haben genauso viel Verstand und können das gleiche Arbeitspensum bewältigen wie Männer.«

Casey erntete gutmütigen Spott von Linbar und Gavallan, aber Dunross gebot ihnen Schweigen. »Lassen wir das Thema für später«, sagte er. »Wie sind Sie nun wirklich zu dieser Position bei Par-Con gekommen, Casey?«

Soll ich dir die wahre Geschichte erzählen, du Nachkomme Dirk Struans, des größten Piraten Asiens, oder soll ich dir die erzählen, die mittlerweile zur Legende geworden ist? fragte sie sich.

Dann begann Bartlett zu erzählen, und sie wußte, daß sie sich ruhig treiben lassen konnte, denn sie hatte seine Version schon hunderte Male gehört. Zum Teil entsprach sie der Wahrheit, zum Teil war sie falsch, und zum Teil hätte er gewünscht, daß es so gekommen wäre. Wie viele von *deinen* Legenden sind wahr, Ian Dunross – die von der »Hexe« und Dirk Struan? Und wie ist nun deine wahre Geschichte? Sie nippte an ihrem Port, genoß die ölige Süße und ließ ihre Gedanken wandern.

»Ich sah Casey zum erstenmal vor etwa sieben Jahren in Los Angeles, Kalifornien«, hatte Bartlett begonnen. »Ich hatte einen Brief von einer gewissen Casey Tcholok, Präsidentin von Hed-Opticals in Providence bekommen, sie wollte mit mir über einen Firmenzusammenschluß sprechen. Ich war damals im Baugeschäft im Raum Los Angeles tätig – Wohnbauten, ein paar Bürohäuser, Einkaufszentren und was eben so kam. Unser Umsatz betrug 3,2 Millionen, und ich hatte mein Unternehmen vor kurzem in eine Aktiengesellschaft umgewandelt – aber ich war noch meilenweit vom großen Anschlagbrett entfernt, als...«

»Sie meinen die Börse in New York?«

»Ja. Da kommt also Casey mit blitzenden Augen bei der Tür herein, sagt, sie möchte, daß ich mit Hed-Opticals fusioniere, einer Firma, die, laut ihren Angaben, im vergangenen Jahr einen Umsatz von 277600 Dollar gemacht hatte. Dann würden wir beide zusammen Randolf Opticals auf den Leib rücken, einem Konzern, der in dieser Branche eine dominierende Stellung einnimmt – 53 Millionen Umsatz, zugelassen an der New Yorker Börse, eine dicke Scheibe vom Optikmarkt und Unmengen von Bargeld in der Bank – und ich sage, Sie sind verrückt, aber warum gerade Randolf? Erstens, sagt sie, weil sie Aktionärin von Bartlett Constructions sei – sie hatte zehn Ein-Dollar-Aktien gekauft – ich hatte damals 1 Million Aktien ausgegeben und 500000 davon bereits zum Nennwert verkauft. Sie fände es prima, wenn Bartlett Constructions Randolf schluckte, auch deshalb, weil dieser Hurensohn George Toffer, der Randolf Opticals leitet, ein Lügner, ein Betrüger, ein Dieb ist und versucht, mir mein Geschäft wegzunehmen.«

»Waren das Ihre Worte, Casey?« wollte Dunross wissen.

»O ja. George Toffer, sagte ich, sei ein Lügner, ein Betrüger, ein Dieb und ein Hurensohn. Das ist er immer noch.«

»Und warum sagten Sie das?«

»Ich hatte eben Hed-Opticals übernommen. Mein Großvater war im Jahr vorher gestorben, und mein Onkel Bghos und ich hatten eine Münze geworfen, um zu entscheiden, wer welches Geschäft übernehmen sollte. Ich bekam Hed-Opticals. Schon vor ein oder zwei Jahren wollte Randolf uns aufkaufen, aber wir hatten abgelehnt. Wir hatten ein sauberes kleines Geschäft, gute Leute, gute Techniker – einige von ihnen Armenier – und einen kleinen Marktanteil. Aber kein Kapital und nicht genug Raum, um zu manövrieren. Trotzdem kamen wir durch, denn unsere Produkte waren von ausgezeichneter Qualität. Knapp nachdem ich die Firma übernommen hatte, kam George Toffer ›zufällig‹ vorbei. Er hielt sich für schrecklich wichtig, Mann Gottes, kam er sich wichtig vor! Er behauptete, ein Kriegsheld zu sein, aber ich fand bald heraus, daß das nicht stimmte – so ein Typ

war das. Jedenfalls machte er mir wieder ein lächerliches Angebot, mir Hed-Opticals ›vom Hals zu schaffen‹... die alte Tour mit dem ›armen kleinen Mädchen, das in die Küche gehört‹, verbunden mit ›essen wir doch heute in meinem Hotel zu Abend, und warum sollten wir nicht ein wenig Spaß miteinander haben, wo ich doch ein paar Tage allein hier bin...‹ Ich bedankte mich höflich, und er war sehr verstimmt. Sehr. Aber er sagte, okay, kommen wir wieder auf das Geschäftliche zu sprechen. Er schlug vor, daß wir, wenn ich mich schon nicht aufkaufen lassen wollte, einige seiner Aufträge als Zulieferant übernehmen sollte. Er machte mir ein gutes Angebot, und nach einigem Feilschen einigten wir uns über die Bedingungen. Im folgenden Monat machten wir die Arbeit besser und billiger, als er es im eigenen Werk zustande gebracht hätte. Ich lieferte vertragsgemäß, und er erzielte einen phantastischen Gewinn. Doch dann hielt er eine mündlich getroffene Vereinbarung nicht ein und zog uns 20378 Dollar ab, das heißt, er stahl sie. Am nächsten Tag wechselten fünf meiner besten Kunden zu Randolf über, und in der Woche danach weitere sieben. Man hatte ihnen Ware unter dem Selbstkostenpreis angeboten. Er ließ mich ein paar Wochen zappeln und rief dann wieder an. ›He, Baby‹, sagte er, ›ich verbringe das Wochenende allein auf Marthas Vineyard.‹ Das ist eine kleine Insel vor der Ostküste. ›Warum kommen Sie nicht rüber? Wir haben unseren Spaß, reden über die Zukunft und über verdoppelte Aufträge.‹ Ich verlangte mein Geld, aber er lachte nur und riet mir, auf sein Angebot einzugehen, weil es sonst kein Hed-Opticals mehr geben werde.
Ich beschimpfte ihn unflätig – ich kann sehr grob sein, wenn ich in Fahrt komme – und ich sagte ihm in drei Sprachen, was er tun könne. Nach vier Wochen hatte ich keine Kunden mehr. Ein weiterer Monat verging, und meine Leute mußten sich nach einer anderen Arbeit umsehen. Das war die Zeit, zu der ich auf die Idee kam, es in Kalifornien zu versuchen. Es ging darum, das Gesicht zu wahren, wenn ich damals überhaupt gewußt hätte, was das ist. Ich wollte eigentlich nur ein paar Wochen Urlaub machen, um über meine Zukunft nachzudenken. Eines Tages schlenderte ich ziellos über das Messegelände in Sacramento und sah Linc. Er hatte dort einen Stand und verkaufte Aktien der Bartlett Constructions, und ich...«
»Was tat er?« fragte Dunross.
»Na ja«, sagte Bartlett. »Auf diese Weise habe ich mehr als 20000 Aktien an den Mann gebracht. Ich war auf Messen und Ausstellungen, in Supermärkten und Verkaufszentren, bei Börsenmaklern und Postversandfirmen – von Emissionsbanken ganz zu schweigen. Na klar. Erzähl weiter, Casey!«
»Ich las seine Subskriptionsanzeige, sah ihm eine Weile zu und stellte fest, daß ich einen Mann mit Initiative vor mir hatte. Seine Zahlen, sein Rechnungsabschluß, seine Expansionsrate beeindruckten mich. Ein Kerl, der seine eigenen Aktien verhökert, muß Zukunft haben, dachte ich. Also kaufte ich zehn Aktien, schrieb ihm und besuchte ihn.«

»Da fehlt aber noch einiges, Casey«, sagte Gavallan.
»Erzähl du weiter, Linc«, bat sie.
»Also...«
»Noch etwas Port, Mr. – Verzeihung, Linc?«
»Danke, Andrew, aber könnte ich noch ein Bier haben?« Sekunden später stand es vor ihm. »Casey kam also zu mir. Nachdem sie mir alles erzählt hatte wie eben jetzt, sagte ich: ›Moment, Miss Tcholok, voriges Jahr hat Hed-Opticals weniger als 300 000 Dollar umgesetzt. Was wird die Firma in diesem Jahr umsetzen?‹
›Null‹, antwortete sie und lächelte mich an. ›Ich bin das ganze Betriebsvermögen.‹
›Wozu soll ich dann mit Null fusionieren? Ich habe selbst genug Probleme.‹
›Ich weiß, wie man Randolf Opticals bis aufs letzte Hemd ausziehen könnte.‹
›Und zwar?‹
›22 Prozent von Randolf gehören drei Männern – die Toffer allesamt nicht ausstehen können. Mit 22 Prozent könnten Sie aber die Kontrolle ausüben. Ich weiß, wie Sie an diese Stimmen herankommen könnten, und vor allem kenne ich Toffers Schwäche: maßlose Einbildung und Größenwahnsinn, aber vor allem ist er dumm.‹
›Wenn er diese Gesellschaft leitet, kann er nicht so dumm sein.‹
›Vielleicht. Er wartet geradezu darauf, sich ausnehmen zu lassen.‹
›Und worauf haben Sie es dabei abgesehen, Miss Tcholok?‹
›Auf Toffers Kopf – ich will ihn persönlich feuern!‹
›Und sonst?‹
›Wenn es mir gelingt, Ihnen zu zeigen, wie... wenn es uns gelingt, Randolf Opticals innerhalb von, sagen wir, sechs Monaten zu übernehmen, dann möchte ich... einen Einjahresvertrag mit Ihnen, der bei Bewährung auf sieben Jahre zu verlängern wäre, als Ihr mit Neuerwerbungen betrauter, geschäftsführender Vizepräsident – mit einem Gehalt, das nach Ihrer Meinung meinen Fähigkeiten entspricht. Aber das möchte ich als Partner, nicht als Frau. Sie sind natürlich der Boss, aber ich müßte Ihnen im selben Maß gleichgestellt sein, wie ein Mann das wäre... wenn ich Ihre Erwartungen erfülle.‹«
Bartlett schmunzelte und nippte an seinem Bier. »›Okay‹, sagte ich. ›Ich bin einverstanden.‹ Was habe ich zu verlieren, dachte ich, mit meiner lausigen Dreiviertelmillion und sie mit Null Komma nichts? Wenn ich Randolf Opticals in sechs Monaten schaffe, ist es ein tolles Geschäft. Also schüttelten wir uns die Hände, ein Mann und eine Frau – und ich habe es nie bereut.«
»Danke, Linc«, murmelte sie, und alle im Saal waren neidisch auf ihn. Und was geschah, nachdem du Toffer gefeuert hattest? fragte sich Dunross.

Hat es damals mit euch beiden begonnen? »Und die Übernahme«, fragte er Bartlett, »ging die reibungslos über die Bühne?«
»Es ging wüst zu. Wir schwitzten Blut und Wasser, aber was ich, was wir dabei lernten, brachte uns tausend Prozent Zinsen. In fünf Monaten übten wir die Kontrolle aus. Casey und ich beherrschten ein Unternehmen, das dreiundfünfzigeinhalbmal so groß war wie wir. Sechzig Minuten vor der Stunde Null stand ich in der Bank mit sieben Millionen Dollar in der Kreide und mit einem Fuß im Gefängnis, doch nach sechzig Minuten hatte ich es geschafft. Das war vielleicht ein Gemetzel! Eineinhalb Monate später hatten wir die Gesellschaft reorganisiert, und heute hat Par-Con's Randolf Division einen Jahresumsatz von hundertfünfzig Millionen, und der Kurs steigt immer weiter.«
»Und dieser George Toffer, Casey? Wie haben Sie ihn gefeuert?«
Casey ließ ihre braunen Augen von Bartlett zu Dunross schweifen, und er dachte, mein Gott, dich würde ich gern besitzen.
»Noch in derselben Stunde, als wir...« Sie unterbrach sich, als das Telefon läutete. Plötzlich herrschte im ganzen Saal Spannung.
Alle, selbst die Kellner, wandten ihre Aufmerksamkeit dem Telefon zu – ausgenommen Bartlett.
»Was ist los?« fragte Casey.
Dunross brach das Schweigen: »Es ist eine unserer Regeln: Während des Essens dürfen keine Gespräche durchgestellt werden, außer in einer Notsituation, die einen von uns angeht.«
Sie beobachteten Lim, der das Kaffeetablett niederstellte. Er schien eine Ewigkeit dazu zu brauchen, den Saal zu durchqueren und abzuheben. Sie alle hatten Frau und Kinder und fragten sich, welche Katastrophe sich ereignet oder wer einen Unfall erlitten hatte, und, o Gott, laß es einen anderen treffen! Sie dachten an das letzte Mal vor zwei Tagen. Es war für Jacques gewesen. Und dann vor einem Monat für Gavallan. Seine Mutter lag im Sterben.
Andrew Gavallan war sicher, daß der Anruf ihm galt. Seine Frau Kathren, Dunross' Schwester, lag im Krankenhaus und wartete auf die Ergebnisse sorgfältiger Untersuchungen – sie fühlte sich seit Wochen nicht wohl, ohne daß ein Grund zu erkennen gewesen wäre.
»*Weyyyy?*« Lim lauschte kurz; dann wandte er sich um und hielt den Hörer hin. »Für Sie, Tai-Pan.«
Die anderen atmeten auf und beobachteten Dunross. »Hallo... O hal... Was?... Nein... Nein, ich komme sofort... Nein, tu nichts, ich bin gleich da.« Sie sahen den Schock auf seinem Gesicht, als er den Hörer auflegte. »Andrew«, sagte er dann, »Claudia soll meine Vorstandssitzungen verschieben. Du und Jacques, ihr macht weiter mit Casey. Das war Philip. Ich fürchte, John wurde gekidnappt.« Er verließ den Saal.

6

14.35 Uhr:

Dunross stieg aus seinem Wagen, eilte durch die offene Tür des großen, im chinesischen Stil erbauten Herrenhauses, das hoch oben auf dem ›Struans Ausguck‹ genannten Berghang stand, und betrat das Wohnzimmer. Der Raum war viktorianisch eingerichtet, protzig und kissenüberladen, mit Möbeln, die nicht zueinander paßten.

»Hallo, Philip«, sagte er, »es tut mir schrecklich leid. Der arme John! Wo ist der Brief?«

»Hier.« Während er sich erhob, nahm Philip das Papier vom Sofa. »Aber zuerst sieh dir das an!« Er deutete auf eine krumpelige Schuhschachtel auf dem Marmortischchen.

Während Dunross das Zimmer durchmaß, sah er Dianne, Philip Tschens Frau, in einem hochlehnigen Sessel in einer Ecke sitzen. »O hallo, Dianne, scheußliche Geschichte«, sagte er.

Sie zuckte teilnahmslos die Achseln. »Joss, Tai-Pan.« Sie war zweiundfünfzig, Eurasierin, Philip Tschens zweite Frau, eine attraktive, juwelenbehängte Matrone, die einen dunkelbraunen *chong-sam*, eine unschätzbar wertvolle Halskette aus Jadeperlen und – neben vielen anderen Ringen – einen vierkarätigen Brillantring trug. »Ja, Joss«, wiederholte sie.

Dunross nickte. Sie war ihm heute ein wenig mehr als sonst zuwider. Er betrachtete den Inhalt der Schachtel, ohne etwas zu berühren. Zwischen zerknittertem Zeitungspapier sah er eine Füllfeder, die er als Johns Eigentum wiedererkannte, einen Führerschein, ein paar Schlüssel an einem Schlüsselring, einen an John Tschen in Sinclair Towers Nr. 14a gerichteten Brief und ein Plastiksäckchen, in dem ein Stück Tuch steckte. Mit einem Federhalter, den er aus der Tasche nahm, klappte er den Umschlag des Führerscheins auf: John Tschen.

»Öffne das Plastiksäckchen«, sagte Philip.

»Nein. Ich könnte Fingerabdrücke verwischen...«

»Oh – das hatte ich vergessen. Verdammt! Klar, Fingerabdrücke! Meine sind... Ich habe es natürlich aufgemacht.«

»Was ist drin?«

»Es ist...« Philip Tschen kam herüber, und bevor Dunross ihn aufhalten konnte, zog er das Tuch aus dem Plastiksäckchen, ohne dieses noch einmal zu berühren. »Auf Stoff kann man ja keine Fingerabdrücke hinterlassen, nicht wahr? Sieh mal!« Das Tuch enthielt den größeren Teil eines menschlichen Ohrs. Der Schnitt war sauber und scharf, nicht fransig.

Dunross stieß eine leise Verwünschung aus. »Wie ist die Schachtel gekommen?« fragte er.

»Sie wurde abgegeben.« Mit zitternden Händen wickelte Philip Tschen das Ohr wieder ein und legte es in die Schachtel zurück. »Ich habe das Päckchen einfach nur aufgemacht. Vor einer halben Stunde wurde es abgegeben. Es war ein junger Mann, sagte das Mädchen. Ein junger Mann auf einem Motorroller. Sie hat ihn nicht gekannt und hat sich natürlich auch keine Nummer aufgeschrieben. Er sagte: ›Paket für Mr. Philip Tschen‹ und fuhr weg.«
»Hast du die Polizei verständigt?«
»Nein, Tai-Pan, du hast gesagt, ich solle nichts tun.«
Dunross ging zum Telefon. »Hast du Johns Frau angerufen?«
Sofort mischte Dianne sich ein. »Warum sollte Philip ihr schlechte Nachrichten überbringen? Sie kriegt einen Koller, daß die Wände wackeln. Barbara anrufen? Ach du liebe Zeit, nein, Tai-Pan... Erst benachrichtigen wir die Polizei, die soll es ihr sagen. Die wissen, wie man so was macht.«
Dunross' Abscheu nahm zu. »Du tätest gut daran, sie möglichst rasch herkommen zu lassen.« Er rief die Polizeidirektion an und fragte nach Armstrong. Er war nicht im Haus. Dunross bat um Rückruf und ließ sich dann mit Brian Kwok verbinden.
»Ja, Tai-Pan?«
»Brian, könnten Sie gleich herkommen? Ich bin in Philip Tschens Haus auf ›Struans Ausguck‹. John Tschen wurde gekidnappt.« Er berichtete ihm vom Inhalt der Schuhschachtel.
Schockiertes Schweigen am anderen Ende, und dann sagte Brian Kwok: »Ich bin gleich da. Rühren Sie nichts an und lassen Sie Philip mit niemandem reden!«
»In Ordnung.«
Dunross legte auf. »Jetzt gib mir den Brief, Philip!«
Er ging sorgfältig damit um und hielt das Papier an den Rändern. Die chinesischen Zeichen waren sauber, aber offensichtlich nicht von einer gebildeten Person geschrieben.

»Mr. Philip Tschen, ich erlaube mir, Ihnen mitzuteilen, daß ich dringend 500000 Dollar Hongkonger Währung benötige und mich daher an Sie wende. Sie sind so reich, daß es ist, als zupfe man einem Ochsen ein einziges Haar aus. Da ich fürchte, Sie könnten sich weigern, bleibt mir nichts anderes übrig, als Ihren Sohn als Geisel zu nehmen. Ich schicke Ihnen gleichzeitig einige Dinge des täglichen Gebrauchs Ihres Sohnes als Beweis für die Lage, in der er sich befindet. Ein kleines Stück vom Ohr Ihres Sohnes ist auch dabei. Sie sollten sich über die Bedenkenlosigkeit meiner Handlungen im klaren sein. Wenn Sie das Geld anstandslos bezahlen, ist die Sicherheit Ihres Sohnes gewährleistet. Geschrieben vom Werwolf.«
Dunross deutete auf die Schachtel. »Entschuldige, aber kannst du das... eh... wiedererkennen?«

Philip Tschen lachte nervös, und seine Frau tat es ihm gleich. »Kannst du es, Ian? Du kennst John so gut wie ich. Das... wie soll man so was wiedererkennen, *heya?*«
»Weiß sonst jemand davon?«
»Nein, ausgenommen die Dienerschaft natürlich und Shi-teh T'tschung und ein paar Freunde, die hier mit uns gegessen haben. Sie... sie waren hier, als das Paket kam. Sie... ja, sie waren hier. Sie sind eben erst gegangen.«
Dianne Tschen sprach aus, was Dunross dachte: »Also wird es schon am Abend ganz Hongkong wissen.«
Dunross bemühte sich, Ordnung zu bringen in die Vielfalt von Fragen und Antworten, die wie eine Flutwelle über ihn hereinbrachen. »Es wird ein richtiger Festtag für die Zeitungen sein.«
»Ja, das stimmt.« Philip Tschen erinnerte sich an Shi-teh T'tschungs Worte, nachdem alle den Brief gelesen hatten: »Zahl das Lösegeld frühestens in einer Woche, Philip, alter Freund, und du wirst weltberühmt sein! *Ayeeyah!* Stell dir das vor, ein Stück von seinem Ohr und der Werwolf!«
»Vielleicht ist es gar nicht sein Ohr und das Ganze nur ein Trick«, sagte Philip Tschen mit einer leisen Hoffnung.
»Ja.« Wenn es Johns Ohr ist, dachte Dunross außerordentlich beunruhigt, und wenn sie es schon am ersten Tag schicken, dann ist der arme Kerl wahrscheinlich schon tot. »Es war doch sinnlos, ihn so zu quälen«, versetzte Dunross. »Natürlich wirst du zahlen.«
»Selbstverständlich. Möchtest du Tee oder einen Drink?«
»Nein, danke. Ich warte nur auf Brian Kwok und fahre dann wieder zurück.« Dunross betrachtete die Schlüssel. Er hatte sie oft gesehen. »Der Safeschlüssel fehlt«, sagte er.
»Welcher Schlüssel?« fragte Dianne Tschen.
»John hatte immer einen Safeschlüssel an seinem Schlüsselring.«
Sie rührte sich nicht aus ihrem Sessel. »Und jetzt ist er nicht da?«
»Nein.«
»Vielleicht irrst du dich darin, daß er ihn immer am Schlüsselring hatte.«
Dunross sah sie an und dann Philip Tschen. Nun, dachte er, wenn die Verbrecher ihn nicht geschnappt haben, ist er jetzt bei Philip oder Dianne, und an eurer Stelle hätte ich das gleiche getan. Weiß Gott, was in so einem Safe liegen kann.
»Tee, Tai-Pan?« fragte sie, und in ihren Augen sah er den Schatten eines Lächelns.
»Ja, bitte«, antwortete er. Jetzt wußte er, daß sie den Schlüssel hatten.
Sie erhob sich, bestellte mit lauter Stimme den Tee und setzte sich wieder.
»Iiiiii, ich wünschte, sie würden sich beeilen... die Polizei.«
Philip blickte durch das Fenster auf den verdorrten Garten hinaus. »Wir brauchen dringend Regen.«

»Ich frage mich, was es uns kosten wird, John zurückzubekommen«, murmelte sie.
Nach einer Pause stellte Dunross die Frage: »Spielt das eine Rolle?«
»Natürlich spielt es eine Rolle«, gab Dianne zurück. »Also wirklich, Tai-Pan!«
»O ja«, betete Philip Tschen ihr nach. »500000 Dollar! *Ayeeyah*, 500000 Dollar – das ist ein Vermögen! Diese verdammten Triaden!« Seine Augenbrauen schnellten nach oben, und sein Gesicht wurde noch grauer. »*Dew neh loh moh* auf alle Kidnapper! Man sollte sie köpfen, alle miteinander!«
»Ja«, stimmte Dianne ihm zu. »Diese dreckigen Triaden. Die Polizei sollte schlauer sein! Tüchtiger und schlauer und uns besser schützen.«
»Also das ist nicht fair«, erwiderte Dunross scharf. »Seit Jahren hat es keinen Fall von Kidnapping mehr in Hongkong gegeben – in Schanghai wird jeden Monat ein Mensch entführt! Die Verbrechensrate ist bei uns phantastisch niedrig – unsere Polizei leistet gute Arbeit – sehr gute Arbeit!«
»Ha«, Dianne rümpfte die Nase, »Sie sind alle korrupt. Wozu ist man Polizeibeamter, wenn nicht, um reich zu werden? Ich traue keinem von ihnen... Und was das Kidnapping angeht, wir hatten den letzten Fall vor sechs Jahren. Es war Fu San Sung, mein Vetter dritten Grades – die Familie mußte 600000 Dollar zahlen, um ihn zurückzubekommen... es hätte sie beinahe ruiniert.«
»Pfff!« machte Philip Tschen. »Honigfresser Sung ruiniert? Unmöglich!«
Honigfresser Sung war ein sehr reicher Schanghaier Reeder Mitte Fünfzig mit einer spitzen, langen Nase. Er führte den Spitznamen Honigfresser, weil er in Singapur, Bangkok, Taipeh und Hongkong von einem Tanzlokal zum anderen, von Blume zu Blume flatterte und seine Männlichkeit in eine Unzahl von Honigtöpfchen tauchte.
»Wenn ich mich recht entsinne, hat die Polizei den Großteil des Geldes wiederbeschafft, und die Verbrecher wurden zu zwanzig Jahren Zuchthaus verurteilt.«
»Ja, Tai-Pan, das stimmt. Aber sie haben Monate dazu gebraucht! Und ich möchte wetten, daß der eine oder andere Polizeibeamte mehr wußte, als er sagte.«
»Das ist blühender Unsinn!« gab Dunross zurück. »Es gibt keinen Grund, so etwas zu glauben. Überhaupt keinen Grund!«
»Völlig richtig!« sekundierte ihm Philip Tschen gereizt. »Man hat sie erwischt, Dianne.« Sie fixierte ihn, und sofort änderte er seinen Ton. »Selbstverständlich, Liebste, es kann schon sein, daß einige Polizeibeamte korrupt sind, aber hier sind wir doch sehr gut bedient, sehr gut bedient. Mich stört nur... das.« Er deutete angewidert auf die Schachtel. »Schrecklich! Und roh!«
»Ja«, stimmte Dunross ihm zu und legte sich die Frage vor, wenn es nicht Johns Ohr war, wessen Ohr war es dann? Wo bekommt man so schnell ein

Ohr her? Beinahe hätte er gelacht. Dann fing er an zu überlegen, ob Johns Entführung irgendwie mit Tsu-yan, den Gewehren und Bartlett zusammenhängen könnte.
Er blickte durch das Fenster auf das weite Panorama von Stadt und Meer. Der Himmel war klar, und es sah nicht nach Regen aus, von Westen her blies ein sommerlicher Monsun, und er fragte sich zerstreut, wie die Klipper ausgesehen haben mochten, als sie zur Zeit seiner Vorfahren vor dem Wind gesegelt waren oder gegen den Wind angekämpft hatten. Auf dem Berg oben hatte Dirk Struan insgeheim immer einen Ausguck stationiert. Der Mann konnte nach Süden und Osten und Westen sehen und auch den großen Sheung-Sz-Mun-Kanal überwachen, durch den die Schiffe von daheim, aus England, kamen. Von hier aus konnte er das einlaufende Postschiff ausmachen und hinuntersignalisieren. Dann schickte der Tai-Pan einen schnellen Kutter los, um die Post als erster in die Hand zu bekommen und so ein paar Stunden Vorsprung vor seinen Konkurrenten zu haben, Stunden, die den Unterschied zwischen Gewinn und Bankrott bedeuten konnten. Wir sind glückliche Menschen – wir brauchen nicht fast zwei Jahre auf Antwort zu warten, wie Dirk es tat. Mein Gott, was muß das für ein Mensch gewesen sein!
Die Sache mit Bartlett darf nicht schiefgehen. Ich muß diese 20 Millionen haben.
»Das Deal sieht sehr gut aus, Tai-Pan«, sagte Philip Tschen, als ob er seine Gedanken gelesen hätte.
»Ja, ja, das tut es.«
»Wenn sie wirklich Bargeld auf den Tisch legen, verdienen wir alle ein Vermögen, und für Noble House wird es *h'eung yau* sein«, fügte er strahlend hinzu.
Wieder war es ein sardonisches Lächeln, das um Dunross' Lippen spielte. *H'eung yau* bedeutete »Wohlriechendes Schmierfett« und bezog sich üblicherweise auf das Geld, das von allen chinesischen Restaurants, den meisten Geschäften, allen Spielhöllen, allen Tanzlokalen und allen Damen des horizontalen Gewerbes weltweit an die Triaden, an irgendeine Form von Triaden bezahlt wurde.
»Ich finde es immer noch erschütternd, daß überall, wo ein Chinese ein Geschäft betreibt, *h'eung yau* gezahlt wird.«
»Also wirklich, Tai-Pan«, erwiderte Dianne, als ob sie zu einem Kind spräche. »Wie kann ein Geschäft ohne Schutz existieren? Jeder gibt *h'eung yau* – in irgendeiner Form. Aber das Bartlett-Geschäft, Tai-Pan, glaubst du, wird es klappen?«
Dunross fixierte sie. Dianne, ging es ihm durch den Kopf, du kennst jede wichtige Einzelheit, die Philip kennt – über sein Geschäft und mein Geschäft, und Philip würde vor Wut weinen, wenn er wüßte, was du noch alles weißt. So zum Beispiel weißt du, daß Struan's in sehr große Schwierigkei-

ten geraten könnte, wenn das Bartlett-Geschäft nicht zustande kommt; kommt es aber zustande, dann werden unsere Aktien hochschießen, und wir werden wieder reich sein – auch du, wenn du früh genug einsteigst, wenn du früh genug kaufst.

Ich kenne euch Hongkong-Chinesinnen und feinen Damen, wie der arme Philip sie nicht kennt, denn ich habe keinen Tropfen chinesischen Blutes in mir. Wo es um Geld geht, seid ihr die rücksichtslosesten Frauen auf Gottes Erdboden – oder vielleicht denkt ihr nur praktischer als alle andern. Und du, Dianne, du bist jetzt in Hochstimmung, auch wenn du mir das Gegenteil vorspielst: Denn John Tschen ist nicht dein Sohn. Verschwindet er von der Bildfläche, rücken deine eigenen beiden Söhne an die erste Stelle vor, und Kevin, dein Ältester, wird der gesetzmäßige Erbe. Darum wirst du jetzt beten, daß John nie wieder zurückkommt. John wurde entführt und sehr wahrscheinlich ermordet, und du denkst an das Bartlett-Deal.

»Damen denken so praktisch«, sagte er.

»Wie meinst du das?« forschte sie, und ihre Augen verengten sich zu Schlitzen.

»Sie sehen die Dinge in der richtigen Perspektive.«

»Manchmal verstehe ich dich nicht, Tai-Pan«, erwiderte sie mit einiger Schärfe.

»Was können wir denn sonst noch für John tun? Wir haben alles Menschenmögliche getan. Wir verhandeln mit den Entführern, wir zahlen, und alles ist wieder, wie es war. Aber das Bartlett-Deal ist wichtig, sehr wichtig, *heya? Moh ching, moh meng.*« Kein Geld, kein Leben.

»Richtig. Es ist sehr wichtig, Tai-Pan.« Philip warf einen Blick auf die Schachtel und fröstelte. »Unter den gegebenen Umständen wirst du uns wohl heute abend entschuldigen, Tai-Pan... Ich glaube nicht, daß...«

»Nein, Philip«, widersprach seine Frau entschieden, »nein. Wir müssen gehen, wie es geplant war.«

»Wenn du meinst.«

»Ja.« O ja, dachte sie, o ja, und änderte in Gedanken ihre Toilette, um die dramatische Wirkung ihres Auftritts noch zu steigern. Wir gehen heute abend, und wir werden das Stadtgespräch sein. Kevin nehmen wir natürlich mit. Vielleicht ist er jetzt unser Erbe. *Ayeeyah!* Wen soll mein Sohn heiraten? Ich muß jetzt an die Zukunft denken. Zweiundzwanzig ist genau das richtige Alter. Wenn er jetzt der Erbe ist, sollte ich mich gleich daranmachen, das richtige Mädchen für ihn auszusuchen, noch bevor mir irgendein Stutfohlen mit Feuer zwischen den Beinen und ihre habgierige Mutter zuvorkommen. »Ja«, wiederholte sie und führte ihr Taschentuch an die Augen, als ob sie eine Träne wegwischen müßte, »für den armen John können wir jetzt nichts tun als warten – und zum Wohl von Noble House weiter warten und planen.« Mit funkelnden Augen sah sie zu Dunross auf. »Das Bartlett-Deal würde alle Probleme lösen, nicht wahr?«

»Ja.« Und du hast recht, dachte Dunross. Mehr ist im Augenblick nicht zu tun. Die Chinesen sind sehr weise und sehr praktische Leute.
Also beschäftige dich mit wichtigen Dingen, ermahnte sich Dunross. Mit wichtigen Dingen wie zum Beispiel: Setzt du gern etwas aufs Spiel? Denke also einmal nach! Gibt es einen besseren Ort und einen günstigeren Zeitpunkt als hier und jetzt, um den Plan zu verwirklichen, der dir im Kopf herumgeht, seitdem du mit Bartlett zusammengetroffen bist?
Nein.
»Hört mal«, begann er, und jetzt war seine Entscheidung unwiderruflich. »Vor dem Lunch hatte ich ein privates Gespräch mit Bartlett. Es bedarf noch einiger kleiner Korrekturen, aber nächste Woche Dienstag werden wir den Vertrag offiziell unterschreiben. Die 20 Millionen sind garantiert, und nächstes Jahr kommen weitere 20 Millionen dazu.«
Philip Tschen strahlte über das ganze Gesicht. »Meinen Glückwunsch.«
»Nicht so laut, Philip«, zischte seine Frau. »Das Sklavenpack in der Küche hat Ohren, die bis nach Java reichen. Oh, das sind wunderbare Nachrichten, Tai-Pan!«
»Aber es muß in der Familie bleiben«, flüsterte Dunross. »Heute nachmittag werde ich unseren Maklern den Auftrag geben, heimlich Struan's Aktien zu kaufen – für jeden Penny, den wir erübrigen können. Ihr tut das gleiche, in kleinen Posten über verschiedene Strohmänner verteilt – wie gehabt. Heute morgen habe ich selbst vierzigtausend gekauft.«
»Wie hoch werden die Aktien steigen?« fragte Dianne Tschen.
»Auf das Doppelte!«
»Iiiii«, kicherte sie, »stell dir vor!«
Ja, dachte Dunross, stell dir vor! Ja. Und ihr beide werdet es nur euren nächsten Verwandten sagen, von denen es eine Menge gibt, und die werden es nur ihren nächsten Verwandten sagen, und ihr werdet alle kaufen und kaufen, weil es ein höchst vertraulicher Erfolgs-Tip ist, bei dem nichts passieren kann. Die Tatsache, daß nur die Familie an diesen Transaktionen beteiligt ist, wird sicher durchsickern; mehr und mehr Leute werden einsteigen, die offizielle Veröffentlichung des Par-Con-Geschäftes wird Öl ins Feuer gießen, nächste Woche geben wir das Übernahmeangebot auf Asian Properties bekannt, und dann kauft ganz Hongkong. Der Kurs unserer Aktien wird wie eine Rakete in die Höhe schießen. Im richtigen Moment ziehe ich dann mein Angebot auf Asian Properties zurück und visiere mein eigentliches Ziel an.
»Wie viele Anteile, Tai-Pan?« fragte Philip Tschen.
»Das Maximum. Aber nur innerhalb der Familie. Unsere Aktien werden die Hausse einleiten!«
Dianne machte große Augen. »Wird es zu einer Hausse kommen?«
»Ja. Wir werden sie herbeiführen. Die Zeit ist reif. Da und dort ein kleiner Schubs, und es gibt kein Halten mehr!«

Tiefes Schweigen trat ein.

Dunross sah die Habgier auf ihren Gesichtern.

Diannes Finger klickten mit den Jadeperlen. Philip starrte in die Ferne, und Philip wußte, daß der Comprador an die Wechsel dachte, die er, Philip, für Struan's gegengezeichnet hatte und die in einem Zeitraum zwischen dreizehn und dreißig Tagen fällig werden sollten: zwölf Millionen US-Dollar an die Toda Shipping Industries in Yokohama für die zwei Großfrachter, 6800000 US-Dollar an die Orlin International Merchant Bank und 750000 Dollar an Tsu-yan, der ein anderes Problem für ihn gelöst hatte. Vor allem aber würden Philips Gedanken um Bartletts 20 Millionen und die Hausse kreisen – die Verdoppelung des Aktienwertes, die er, Dunross, willkürlich vorausgesagt hatte.

Verdoppelung?

Keine Rede davon – nicht die leiseste Chance!

Außer es kommt eine Hausse. Außer es kommt eine Hausse!

Dunross fühlte, wie sein Herz schneller schlug. »Wenn eine Hausse kommt... Mensch, Philip, wir können es schaffen!«

»Ja... ja. Ich bin deiner Meinung. Hongkong ist reif dafür.«

»Wie viele Anteile, Tai-Pan?«

»Bis auf den letzten Penny! Daraus machen wir den ganz großen Coup! Aber bis Freitag muß es in der Familie bleiben! Dann, nach Börsenschluß, gebe ich das Bartlett-Deal auf Umwegen bekannt...«

»Ziiiiii«, zischte Dianne.

»Ja. Über das Wochenende gebe ich keine Erklärung ab. Und du sieh zu, daß du nirgends zu finden bist, Philip – Montag morgen wird die Spannung auf den Höhepunkt gestiegen sein. Ich werde immer noch keine Erklärungen abgeben, aber Montag kaufen wir schon offen. Und dann, unmittelbar nach Börsenschluß, werde ich bekanntgeben, daß das ganze Geschäft abgeschlossen ist. Und am Dienstag...«

»... beginnt die Hausse.«

»Das wird ein Glückstag werden«, krächzte Dianne begeistert. »Und jede *amah*, jeder Hausboy, jeder Kuli und jeder Geschäftsmann, alle werden zu dem Schluß kommen, daß ihr Joss nicht besser sein könnte. Sie werden mit ihren Ersparnissen herausrücken, und alle Kurse werden steigen. Wie schade, daß morgen kein Leitartikel erscheint... oder, noch besser, ein Astrologe in einer der Zeitungen... zum Beispiel Hundert-Jahr-Fong... oder... Wie wäre es mit *dem* Astrologen, Philip?«

Entgeistert starrte er sie an. »Der alte blinde Tung?«

»Warum nicht? Ein wenig *h'eung yau*... oder wir versprechen ihm ein paar Aktien. *Heya?*«

»Also ich...«

»Überlaß das mir. Der alte blinde Tung schuldet mir mehr als eine Gefälligkeit. Ich habe ihm genug Kunden geschickt. Ja. Und er wird ja nicht weit von der Wahrheit entfernt sein, wenn er auf wunderbare Zeichen hinweist, durch die sich die größte Hausse in der Geschichte Hongkongs ankündigt. Hab' ich recht?«

7

17.25 Uhr:

Der Gerichtsmediziner Dr. Meng betätigte die Scharfeinstellung des Mikroskops und studierte das Scheibchen, das er vom Ohr abgeschnitten hatte. Inspektor Brian Kwok sah ihm ungeduldig zu. Der Arzt war ein pedantischer kleiner Kantonese, der seine Brille auf die Stirn geschoben hatte. Schließlich sah er auf und ließ die Gläser auf die Nase zurückfallen. »Tja, Brian, es könnte von einem lebenden Menschen stammen und nicht von einer Leiche... möglicherweise. Die Quetschung... hier, sehen Sie...« Dr. Meng deutete auf die Verstärkung auf der Rückseite »... würde darauf hinweisen, daß das Opfer zu dieser Zeit am Leben war.«

»Wieso eine Quetschung, Dr. Meng? Wodurch kam sie zustande?«

»Sie könnte entstanden sein, als jemand das Ohr festhielt«, erklärte Dr. Meng vorsichtig, »während es entfernt wurde.«

»Womit wurde es entfernt – Messer, Rasiermesser, Küchenmesser, Hackbeil?«

»Durch ein scharfes Instrument.«

Brian Kwok seufzte. »Könnte das jemanden töten? Der Schock? Jemanden wie John Tschen?«

Dr. Meng legte die Fingerspitzen aneinander. »Möglicherweise. Möglicherweise auch nicht. Weiß man, ob er ein schwaches Herz hatte?«

»Sein Vater sagt nein. Seinen Hausarzt konnte ich nicht erreichen – der Kerl ist auf Urlaub. Aber es gibt keinen Hinweis, daß John nicht immer gesund gewesen wäre.«

»Diese Verstümmelung wird einen gesunden Menschen vermutlich nicht töten, aber er wird sich ein bis zwei Wochen recht unbehaglich fühlen. Sehr unbehaglich sogar.«

»Mein Gott!« stöhnte Kwok. »Können Sie mir denn gar nichts sagen, was mir weiterhelfen würde?«

»Ich bin Gerichtsmediziner, Brian, kein Hellseher.«

»Können Sie mir wenigstens sagen, ob es das Ohr eines Eurasiers oder eines reinen Chinesen ist?«

»Nein, das ist unmöglich. Aber es ist gewiß nicht das Ohr eines Europäers, eines Inders oder eines Negers.« Dr. Meng nahm seine Brille ab und blickte kurzsichtig zu dem hochgewachsenen Polizeioffizier auf. »Das könnte Wellen schlagen im Hause Tschen, *heya?*«

»Ja. Und im Noble House.« Brian Kwok überlegte kurz. »Was meinen Sie: Dieser Werwolf, dieser Wahnsinnige, würden Sie ihn für einen Chinesen halten?«

»Die Schrift könnte die eines kultivierten Menschen sein, ja – aber auch die eines *quai loh*, der ein kultivierter Mensch zu sein vorgibt.«

»Für wie wahrscheinlich halten Sie es, daß John Tschen tot ist?«

»Aufgrund der Verstümmelung?«

»Aufgrund der Tatsache, daß der Werwolf ohne vorherige Verhandlung das Ohr geschickt hat.«

Der kleine Mann lächelte und antwortete trocken: »Haben Sie des alten Sün-tse ›Töte einen, um zehntausend in Schrecken zu versetzen‹ im Sinn? Ich spekuliere nicht mit solchen Imponderabilien. Wahrscheinlichkeitsrechnungen stelle ich nur auf der Rennbahn und an der Börse an. Welche Chance räumen Sie Tschens Golden Lady am Sonnabend ein?«

»Sie hat große Chancen. Ganz sicher. Aber das gleiche gilt für Struan's Noble Star oder für Gornts Pilot Fish oder, in noch größerem Maß, für Richard Kwangs Butterscotch Lass. Nur darf die Rennstrecke nicht naß sein. Bei schwerem Boden taugt sie nichts.«

»Oh – sieht es nach Regen aus?«

»Es wäre möglich. Schon ein kleiner Nassauer könnte der Sache ein ganz anderes Gesicht geben.«

»Dann dürfte es also bis Sonntag nicht regnen, *heya?*«

»Es wird in diesem Monat nicht regnen – außer wir haben ganz besonderes Glück.«

»Nun, wenn es regnet, regnet es, wenn es nicht regnet, macht auch nichts! Der Winter kommt – und dann ist auch Schluß mit dieser verdammten Feuchtigkeit.« Dr. Meng warf einen Blick auf die Wanduhr. Es war fünf Uhr fünfunddreißig. »Wollen wir uns noch einen genehmigen, bevor wir heimgehen?«

»Tut mir leid. Ich habe noch einiges zu erledigen. Scheußliche Sache!«

Dr. Meng nickte, und seine Stimme wurde hart. »Alles, was mit Noble House und ihren Marionetten, dem Haus Tschen, zu tun hat, stinkt – nicht wahr?«

Brian Kwok wechselte auf *sei yap* über, einen der Dialekte, wie er in der Provinz Kwantung und von vielen Chinesen in Hongkong gesprochen wurde. »Na, Bruder, danmit willst du wohl sagen, daß alle eitrigen Kapitalistenhunde stinken, und die von Noble House und dem Haus Tschen ganz besonders?« fragte er spöttisch.

»Ach, Bruder, fühlst du es noch nicht tief in deinem Herzen, daß die Winde des Wechsels durch die Welt brausen? Und China unter der erleuchteten Führung des Großen Vorsitzenden Mao...«

»Bleiben Sie mir mit Ihren Bekehrungsversuchen vom Leib«, forderte Brian Kwok eisig und wechselte ins Englische zurück. »Maos Gedanken kommen zum größten Teil aus den Schriften Sün-tses, Konfuzius', Marx', Lao-tses und anderer. Ich weiß, er ist ein Dichter, aber er hat von China gewaltsam Besitz ergriffen, und jetzt gibt es dort keine Freiheit mehr.«

»Freiheit?« wiederholte der kleine Mann herausfordernd. »Was bedeutet Freiheit, wo China wieder China ist und den ihm gebührenden Platz in der Welt wieder eingenommen hat? Jetzt wird China von allen dreckigen Kapitalisten gefürchtet! Sogar von den revisionistischen Russen!«

»Ja. Ich gebe Ihnen recht. Dafür bin ich ihm dankbar. Aber wenn es Ihnen hier nicht gefällt, warum gehen Sie nicht nach Kanton zurück, in Ihr kommunistisches Paradies? *Dew neh loh moh* auf alle Kommunisten – und ihre Mitläufer!«

»Sie sollten selbst hinfahren und sich umsehen. Es ist nur Propaganda, daß der Kommunismus schlecht für China ist. Lesen Sie keine Zeitungen? Dort muß jetzt keiner mehr hungern.«

»Und wie steht es mit den 20 Millionen, die nach dem Sieg der Kommunisten ermordet wurden?«

»Alles nur Propaganda. Nur weil Sie, Inspektor, an englischen und kanadischen Privatschulen studiert haben, heißt das noch nicht, daß Sie zu ihnen gehören. Denken Sie an Ihr Volk! Es war ein Fehler Ihres Vaters, Sie ins Ausland zu schicken!« Es war allgemein bekannt, daß Brian Kwok, in Kanton geboren, im Alter von sechs Jahren nach Hongkong zur Schule geschickt wurde. Er war ein so guter Schüler, daß er 1937, mit zwölf Jahren, ein Stipendium für eine erstklassige Privatschule in England bekam, die 1939, nach Ausbruch des Zweiten Weltkriegs, nach Kanada evakuiert wurde. Im Jahre 1942 hatte er als Vertrauensschüler und Primus seiner Klasse mit 18 Jahren das Abitur gemacht und war in die Royal Canadian Mounted Police eingetreten, wo er, der Kantonesisch, Mandarin und *sei yag* sprach, als Kriminalbeamter in Zivil im Chinesenviertel von Vancouver Dienst tat. Drei Jahre später hatte er um Versetzung zur Royal Hongkong Police nachgesucht. Mit der zögernden Zustimmung der RCMP, die ihn liebend gern behalten hätte, war er zurückgekehrt.

»Sie verschwenden Ihre Zeit, wenn Sie sich für die abrackern, Brian«, fuhr Dr. Meng fort. »Sie sollten den Massen dienen und für die Partei arbeiten!«

»Die Partei hat 1943 meine Eltern und den größten Teil meiner Familie ermordet.«

»Dafür gab es keine Beweise! Niemals. Es war alles nur ein Gerücht. Vielleicht haben es die Teufel der Kuomintang getan – oder Triaden – wer kann das wissen? Wie können Sie so sicher sein?«

»Bei Gott, ich bin sicher.«

»Hat es einen Zeugen gegeben? Nein! Das haben Sie mir selbst gesagt!« schnarrte Dr. Meng. »Sie sind Chinese! Stellen Sie Ihre Bildung in den Dienst der chinesischen Massen, und nicht der kapitalistischen Paschas!«

»Sonst noch was?«
Dr. Meng lachte. »Warten Sie nur, Herr Inspektor Kar-shun Kwok! Eines Tages werden auch Ihnen die Augen aufgehen. Eines Tages werden auch Sie die Wahrheit erkennen.«
»Bis dahin möchte ich von Ihnen ein paar Angaben haben, mit denen ich was anfangen kann!« Brian Kwok verließ das Laboratorium und ging den Gang zum Aufzug hinunter. Das Hemd klebte ihm am Rücken. Wenn es nur regnen wollte, dachte er.
Er betrat den Aufzug. Andere Polizeibeamte begrüßten ihn, und er erwiderte ihren Gruß. Im dritten Stock stieg er aus und marschierte den Gang zu seinem Büro hinauf. Armstrong erwartete ihn schon. »Tag, Robert«, sagte er, erfreut, ihn zu sehen. »Was gibt es Neues?«
»Nichts. Und bei dir?«
Brian Kwok berichtete ihm von Dr. Mengs Untersuchungen.
»Dieser kleine Scheißer und sein ›möglicherweise‹! Mit Bestimmtheit spricht er nur von einer Leiche – und selbst dann muß er zweimal nachschauen.«
»Jawohl – oder über den Großen Vorsitzenden. Ich habe ihm geraten, nach China zurückzukehren.«
»Das tut er nie.«
»Ich weiß.« Brian starrte auf den Stoß Papiere in seinem Ablagekorb und seufzte. »Es paßt einfach nicht zu unseren Leuten, so bald ein Ohr abzuschneiden. Ich glaube, sie haben ihn um die Ecke gebracht.«
»Aber warum?«
»Vielleicht hat Tschen versucht zu fliehen oder sich zur Wehr zu setzen. Vielleicht sind die oder der Entführer in Panik geraten, und bevor sie noch wußten, was geschah, haben sie zugestochen und ihn mit einem stumpfen Instrument niedergeschlagen. Wie auch immer, alter Freund: Unser großer weißer Vater wünscht, daß wir die Sache raschestens aufklären. Er hat mich mit einem Anruf beehrt, um mir mitzuteilen, daß der Gouverneur ihn höchstpersönlich angerufen hat, um ihm seine Sorge auszudrücken.«
Brian Kwok fluchte leise. »Schlechte Nachrichten erfährt man bald. Ist schon was in den Zeitungen?«
»Nein, aber in Hongkong pfeifen es bereits die Spatzen von den Dächern, und morgen früh wird uns ein heißer Wind um den Hintern blasen. Der hocheborene Herr Werwolf – assistiert von der käuflichen und boshaften Presse, für die jede Zusammenarbeit ein Fremdwort ist – wird uns noch einigen Kummer machen, bevor wir den Schweinehund fassen.«
»Aber fassen werden wir ihn, o ja, fassen werden wir ihn.«
»Ja. Wie wäre es mit einem Bier – oder besser einem großen Gin Tonic? Ich könnte einen vertragen.«
»Gute Idee. Streikt dein Magen wieder einmal?«
»Ja. Mary sagt, es sind die vielen guten Ideen, die ich mir für passende Gele-

genheiten aufhebe.« Sie lachten beide und gingen zur Tür, als das Telefon läutete.

»Laß das verdammte Ding, heb nicht ab, es bringt ja doch nur Kummer«, sagte Armstrong und wußte, daß weder er noch Brian es ignorieren würden.

Brian Kwok hob ab und erstarrte. Es war Roger Crosse, der dienstälteste Polizeiinspektor und Chef des Special Intelligence.

»Ja, Sir?«

»Brian, würden Sie bitte gleich heraufkommen?«

»Ja, Sir.«

»Ist Armstrong in Ihrer Nähe?«

»Ja, Sir.«

»Bringen Sie ihn mit!« Die Leitung wurde unterbrochen.

»Ja, Sir.« Er legte den Hörer auf. »Der Herrgott wünscht uns zu sprechen, und zwar gleich.«

Armstrong stockte das Herz. »Mich auch?« Er holte Kwok ein, der schon zum Aufzug unterwegs war. »Was will er von mir? Ich bin doch nicht mehr im SI!«

»Es steht uns nicht zu, nach dem Warum zu fragen – wir haben zu scheißen, wenn er es befiehlt.« Brian Kwok drückte auf den Knopf, um den Lift zu rufen. »Was er wohl auf dem Herzen hat?«

»Muß was Wichtiges sein. In China vielleicht?«

»Tschu En-lai hat Mao seines Amtes enthoben, und jetzt sind die Gemäßigten an der Macht.«

»Träumer! Mao stirbt in den Sielen – Chinas göttliches Wesen.«

»Das ist das einzig Gute, was man von Mao sagen kann: Er ist zuerst Chinese und dann erst Kommunist. Diese verdammten Roten!«

»He, Brian, vielleicht konzentrieren sich die Sowjets wieder an der Grenze. Ein Zwischenfall?«

»Könnte sein. Ja. Es kommt zum Krieg – ja, es kommt zum Krieg zwischen Rußland und China. Auch damit hat Mao recht.«

»So dumm sind die Sowjets nicht.«

»Verlaß dich nicht darauf, alter Kumpel! Ich habe schon immer gesagt, und ich sage es wieder: Die Sowjets sind die Feinde der Welt. Es wird einen Krieg geben – du wirst mir bald tausend Dollar schuldig sein, Robert.«

»Man könnte wirklich meinen, du wärst ein geifernder Nationalistenhund«, sagte Armstrong mild. »Beruhige dich, Junge, wir leben nun mal in einer lausigen Welt, aber du Kapitalistenhund, du kannst Sonnabend zum Rennen gehen, am Sonntag in den Bergen herumsausen, es gibt eine Menge Vögelchen, die nur darauf warten, daß du sie einfängst...«

»Tut mir leid.« Der Aufzug nahm sie auf. »Dieser Hundesohn Meng hat mich in Rage versetzt«, sagte Kwok und drückte auf den Knopf für das oberste Geschoß.

Sie marschierten den düsteren Gang hinauf. Vor der letzten Tür blieben sie stehen, und Kwok klopfte leise.

»Herein.«

Roger Crosse war Mitte Fünfzig, ein Mann von schlankem, hohem Wuchs, mit blaßblauen Augen, schütterem blondem Haar und schmalen Händen. Sein Schreibtisch war peinlich sauber, seine Zivilkleidung adrett, das Büro spartanisch eingerichtet. Er wies auf zwei Stühle. Sie setzten sich. Er las in einer Akte. Schließlich klappte er sie behutsam zu und legte sie vor sich hin. Die Akte steckte in einem gewöhnlichen grauen Umschlag. »Ein amerikanischer Millionär kommt mit geschmuggelten Waffen an Bord seines Flugzeugs an, ein sehr verdächtiger Schanghaier Millionär, ein früherer Rauschgifthändler, flieht nach Taiwan, und jetzt haben wir ein Kidnapping mit, so wahr mir Gott helfe, Werwölfen und einem abgeschnittenen Ohr. All dies innerhalb von neunzehn Stunden. Wo ist der Zusammenhang?«

Armstrong brach das Schweigen. »Sollte es einen Zusammenhang geben, Sir?«

»Sollte es etwa keinen geben?«

»Entschuldigung, Sir, ich weiß es nicht. Noch nicht.«

»Das ist alles sehr ungut, Robert, wirklich sehr ungut. Ungut und lästig, da man höheren Ortes schon angefangen hat, mir die Hölle heiß zu machen. Und wenn das geschieht...« Er lächelte sie an, und beide unterdrückten ein Schaudern. »Sie, Robert, habe ich ja schon gestern darauf hingewiesen, daß namhafte Persönlichkeiten involviert sein könnten.

»Ja, Sir.«

»Und was Sie angeht, Brian, wir bereiten Sie auf ein hohes Amt vor. Halten Sie es für möglich, Ihre Aufmerksamkeit von Pferde- und Autorennen und fast allem, was in Röcken herumläuft, ab- und einige Ihrer zweifellos vorhandenen Talente der Lösung dieses simplen Scherzrätsels zuwenden zu können?«

»Ja, Sir.«

»Dann tun Sie es, bitte! Sehr bald. Für die nächsten paar Tage sind Sie zusammen mit Robert mit der Lösung des Falles beauftragt – es könnte sein, daß er Ihrer Sachkenntnis bedarf. Ich möchte diese Geschichte sehr, sehr rasch vom Tisch haben; es ist da nämlich ein kleines Problem aufgetaucht. Einer unserer amerikanischen Freunde im Konsulat hat mich gestern abend angerufen. Privat.« Er deutete auf die Akte. »Das ist das Resultat. Dank seines Hinweises war es uns möglich, das Original in den frühen Morgenstunden abzufangen – das ist selbstverständlich eine Kopie, das Original wurde retourniert –, und der...« er suchte nach dem richtigen Wort »... Kurier, übrigens ein Amateur, wurde nicht behelligt. Es ist ein Bericht, eine Art Informationsbrief, der aus mehreren Teilen besteht. Sie sind alle sehr interessant. O ja. Ein Kapitel trägt die Überschrift ›Das KGB in Asien‹. Darin wird behauptet, sie hätten einen ausgezeichnet getarnten Spionagering, von dem

ich noch nie etwas gehört habe. Deckname ›Sevrin‹, mit hochgestellten Agenten in Schlüsselpositionen in Regierung, Polizei, Geschäftswelt – auf Tai-Pan-Ebene – in ganz Südostasien, *insbesondere hier in Hongkong.*«
Zischend stieß Brian Kwok die Luft aus. »Unglaublich!«
»Sie sagen es«, nickte Crosse liebenswürdig. Er drehte die Akte herum und zeigte auf die Titelseite. Beide Männer rangen nach Atem. Die Überschrift lautete: *Vertraulich, nur für Mr. Ian Dunross. Durch Boten, Bericht 3/1963. Nur eine Kopie.*
»Jawohl«, fuhr er fort. »Zum erstenmal haben wir den Beweis in Händen, daß Struan's über einen eigenen Nachrichtendienst verfügt.« Er lächelte sie an. Eine Gänsehaut lief ihnen über den Rücken. »Ich würde wirklich gern wissen, wie gewisse Handwerker es anstellen, über alle möglichen vertraulichen Dinge informiert zu sein, die uns schon seit Jahren bekannt sein sollten. Der Bericht ist offensichtlich einer aus einer ganzen Reihe. Ach ja, und unterschrieben wurde er im Namen von Struan's Forschungsausschuß 16 von einem gewissen A. M. Grant – vor drei Tagen in London.«
Wieder schnappte Brian Kwok nach Luft. »Grant? Könnte das Alan Medford Grant sein, Mitarbeiter am Institut für strategische Planung in London?«
»Genau richtig, Brian, 10 von 10 Punkten! Jawohl. Mr. A. M. G. persönlich, Ratgeber der Regierung Ihrer Majestät in Fragen des Geheimdienstes, ein Mann, der Zwiebel von Lauch zu unterscheiden weiß. Sie kennen ihn, Brian?«
»Als ich voriges Jahr in England den Kurs für ranghöhere Offiziere an der Generalstabsakademie besuchte, bin ich ihm einige Male begegnet. Er las über aktuelle strategische Überlegungen für den Fernen Osten. Ausgezeichnet. Brillant.«
»Glücklicherweise ist er Engländer und steht auf unserer Seite. Dennoch...« Crosse seufzte. »Dennoch hoffe ich sehr, daß er sich dieses Mal irrt. Wenn nicht, sitzen wir tiefer im Dreck, als ich dachte. Unerfreulich. Höchst. Und was das betrifft«, er zeigte auf die Akte, »bin ich schockiert.«
»Ist das Original schon übergeben worden, *Sir?*« fragte Armstrong.
»Ja. An Dunross persönlich, heute nachmittag um 16 Uhr 18.« Seine Stimme wurde noch öliger. »Gott sei Dank unterhalte ich erstklassige Beziehungen zu unseren Vettern jenseits des großen Wassers. Nicht so wie Sie, Brian. Sie haben Amerika nie gemocht, stimmt's?«
»Nein, Sir.«
»Warum, wenn ich fragen darf?«
»Die Amerikaner reden zuviel, Sir. Man kann ihnen nichts anvertrauen – sie sind so laut, und ich finde sie dumm.«
Crosses Mund lächelte. »Das ist kein Grund, keine guten Beziehungen zu ihnen zu unterhalten. Vielleicht sind Sie sogar der Dumme.«
»Ja, Sir.«

»Sie sind nicht alle töricht, o nein.« Der Chef schloß die Akte, ließ sie aber vor sich liegen. Wie hypnotisiert starrten die zwei Männer sie an.
»Haben die Amerikaner gesagt, wie sie das mit den Berichten herausgefunden haben?« fragte Armstrong, ohne nachzudenken.
»Hätten sie es mir gesagt, wenn ich so taktlos gewesen wäre, sie danach zu fragen?«
»Nein, Sir.«
»Die ganze Geschichte ist sehr unangenehm und mit Gesichtsverlust verbunden. Meines Gesichts. Stimmen Sie mir zu, Robert?«
»Ja, Sir.«
»Das ist schon etwas.« Crosse lehnte sich in seinem Sessel zurück und fing an zu schaukeln. Seine Augen bohrten sich in die seiner Untergebenen, die sich fragten, wer die Informanten sein mochten und warum sie den Chef informiert hatten.
Die CIA kann es nicht sein, dachte Brian Kwok. Die hätten den Bericht selbst abgefangen. Die haben es nicht nötig, sich ihre Schmutzarbeit vom SI besorgen zu lassen. Aber wenn nicht sie, wer dann?
Es muß jemand im Nachrichtendienst sein, der das Abfangen nicht selbst besorgen kann oder konnte und auf besonders gutem Fuß mit Crosse steht. Ein Konsularbeamter? Möglich. Johnny Mishauer vom Marinenachrichtendienst? Die Sache fällt nicht in sein Ressort. Ah ja, der FBI-Mann, Crosses Schützling! Ed Langan. Aber woher sollte Langan von dieser Akte wissen? Ein Hinweis aus London? Wenn der Tip aus London kam, hätten MI-5 oder MI-6 als erste Wind davon bekommen. Sie hätten sich das Material an der Quelle beschafft, es uns über Telex durchgegeben und uns wegen Unfähigkeit in unserem eigenen Hinterhof einen Rüffel erteilt. Ist die Maschine des Kuriers im Libanon zwischengelandet? Ich glaube mich zu erinnern, daß dort ein FBI-Mann sitzt. Ist die Information weder aus London noch aus Beirut gekommen, muß sie aus dem Flugzeug selbst stammen. Aha – ein mitreisender, uns wohlgesinnter Informant, der die Akte unter dem Umschlag sah. Ein Mann von der Besatzung? *Ayeeyah!* War es eine Maschine der TWA oder der Pan Am? Das FBI hat dort alle erdenklichen Verbindungen, enge Verbindungen mit allen möglichen Leuten, und das ist gut so. O ja. Kommt auch Sonntag eine Maschine? Ja. Pan Am. Ankunftszeit 20 Uhr 30. Bis man es bis ins Hotel geschafft hat, ist es schon zu spät für die Übergabe. Perfekt.
»Eigenartig, daß der Kurier mit Pan Am und nicht mit BOAC geflogen ist – das ist doch ein viel besserer Flug«, sagte er, stolz auf seine logischen Fähigkeiten.
»Ja, das dachte ich auch«, erwiderte Crosse im gleichen ruhigen Ton. »Scheußlich unbritisch von ihm. Allerdings landet Pan Am fast immer pünktlich. Bei der alten BOAC weiß man das nie so genau...« Zufrieden nickte er Brian zu. »Prima, Sie dürfen sich in die erste Bank setzen. Was folgern Sie außerdem noch?«

Nach einer Pause antwortete Brian Kwok: »Als Gegenleistung für den Tip haben Sie sich bereit erklärt, Langan eine Kopie der Akte zu überlassen.«
»Und?«
»Und Sie bedauern, Ihr Versprechen gehalten zu haben.«
Crosse seufzte. »Warum?«
»Das werde ich erst wissen, nachdem ich die Akte gelesen habe.«
»Heute nachmittag übertreffen Sie sich wirklich selbst, Brian. Gut.« Zerstreut fingerte der Chef in der Akte, und beide Männer wußten, daß er sie ganz bewußt reizte, aber sie kannten den Grund nicht. »In anderen Teilen dieses Berichtes finden sich noch ein oder zwei merkwürdige Zufälle. Es tauchen Namen auf wie Vincenzo Banastasio... Treffpunkte wie die Sinclair Towers... Ist Ihnen die Nelson Trading ein Begriff?«
Beide schüttelten den Kopf.
»Alles sehr sonderbar. Rote zu unserer Rechten, Rote zu unserer Linken...« Seine Augen wurden frostiger. »Wie es scheint, haben wir einen Verbrecher in unseren eigenen Reihen; möglicherweise im Rang eines Inspektors.«
»Unmöglich!« entfuhr es Armstrong unwillkürlich.
»Der Spion Sorge war unmöglich... Kim Philby war unmöglich... du lieber Himmel, Philby!« Der plötzliche Abfall dieses Engländers, dieses früheren Spitzenagenten des MI-6 – des britischen militärischen Nachrichtendienstes – im Januar dieses Jahres und seine Flucht nach Sowjetrußland hatte in der ganzen Welt Bestürzung hervorgerufen – nicht zuletzt deshalb, weil Philby bis vor kurzem Erster Sekretär an der britischen Botschaft in Washington gewesen war und in Sicherheitsfragen verantwortlich für die Zusammenarbeit auf höchster Ebene mit der CIA, dem amerikanischen Verteidigungs- und dem Außenministerium. »Wie konnte er alle diese Jahre sowjetischer Agent sein und unentdeckt bleiben? Auch unmöglich, nicht wahr?«
»Ja, Sir.«
»Und doch war er es und kannte jahrelang unsere bestgehüteten Geheimnisse. Ohne jeden Zweifel von 1942 bis 1958. Und wo und wann hatte er seine Spionagetätigkeit aufgenommen? In Cambridge im Jahre 1931. Für die Partei angeworben von den anderen Erzverrätern Burgess und Maclean, mögen sie beide in aller Ewigkeit in der Hölle schmoren! Wen haben sie noch angeworben?«
»Ich weiß es nicht, Sir«, antwortete Armstrong vorsichtig. »Aber Sie können darauf wetten, daß sie jetzt alle bedeutende Persönlichkeiten sind – in der Regierung, im Außenamt, im Schulwesen und in der Presse, vor allem in der Presse und, so wie Philby, verdammt tief verwurzelt.«
»Bei Menschen muß man auf alles gefaßt sein. Auf alles. Menschen sind wirklich schreckliche Geschöpfe.« Crosse seufzte und rückte die Akte ein wenig zurecht. »Tja. Aber im SI zu sein, ist ein Privileg. Habe ich recht, Robert?«

»Ja, Sir.«
»Ich habe Sie nie gefragt, warum Sie nicht bei uns geblieben sind, nicht wahr?«
»Nein, Sir.«
»Nun?«
Armstrong stöhnte innerlich und holte tief Atem. »Weil ich gern Polizeibeamter bin, Sir, und kein Mantel-und-Degen-Mann. Ich bin gern im CID. Es macht mir Spaß, meine Intelligenz mit der des Verbrechers zu messen, ihn zu jagen und zu fangen und ihn dann vor Gericht zu überführen – unter Einhaltung von Vorschriften, gesetzlichen Bestimmungen, Sir.«
»Und im SI tun wir das nicht? Wir interessieren uns nicht für Gericht, Gesetze oder sonst etwas – für uns zählen nur Resultate?«
»SI und SB haben verschiedene Regeln, Sir«, konterte Armstrong. »Wäre das nicht so, es stünde schlimm um die Kolonie.«
»Ja, das ist wahr. Die Menschen sind schrecklich, und die Fanatiker vermehren sich wie Maden im Speck. Sie waren ein guter Agent. Jetzt scheint es mir an der Zeit, daß Sie die Stunden und Monate sorgfältiger Ausbildung, die Sie auf Kosten Ihrer Majestät genossen haben, zurückzahlen.«
Armstrongs Herz setzte zweimal aus, aber er antwortete nichts und dankte Gott, daß nicht einmal Crosse ihn gegen seinen Willen aus dem CID versetzen konnte. Er hatte seine Dienstzeit im SI gehaßt – anfangs war es aufregend gewesen, hatte aber bald jeden Reiz verloren – die überfallartigen nächtlichen Verhaftungen Verdächtiger, die geheimen Verhöre, die Sorglosigkeit, mit der Beweise erbracht und Urteile gefällt wurden – die in aller Eile vom Gouverneur unterzeichneten Deportationsbefehle – und ohne die Möglichkeit einer Berufung ab zur Grenze oder auf eine Dschunke nach Taiwan.
»Das ist nicht britische Art«, hatte er seinem Freund damals anvertraut. »Ich bin für einen fairen, öffentlichen Prozeß. Und ich will nur ein einfacher Polizist sein, kein James Bond.«
Ja, dachte Armstrong, ein einfacher Beamter im CID, bis ich in den Ruhestand treten und nach England zurückkehren kann. Mann Gottes, ich habe genug Sorgen mit den verdammten Werwölfen! Er richtete seine Augen wieder auf Crosse, bemühte sich, eine unverbindliche Miene zu zeigen, und wartete.
Crosse beobachtete ihn und klopfte dann auf die Akte. »Wenn man diesen Informationen glauben soll, sitzen wir um vieles tiefer im Dreck, als selbst ich mir vorstellen konnte. Sehr bedrückend. Ja.« Er hob den Kopf. »Dieser Bericht nimmt auf vorhergehende Bezug, die Dunross zugegangen sind. Ich würde sie sehr gern und so bald wie möglich zu Gesicht bekommen.«
Armstrong streifte Brian Kwok mit einem Blick. »Wie wäre es mit Claudia Tschen?«
»Nein. Ausgeschlossen. Völlig unmöglich.«

»Was schlagen Sie also vor, Brian?« fragte Crosse. »Es würde mich nicht wundern, wenn mein amerikanischer Freund ebenso dächte... und wenn er sich dazu verleiten ließe, den Bericht, eine Kopie des Berichts, an den Chef der hiesigen CIA weiterzugeben... Es würde mich wirklich sehr betrüben, wenn sie wieder die ersten wären.«
Brian Kwok überlegte kurz. »Wir könnten ein auf solche Dinge spezialisiertes Sonderkommando in die Direktionsräume des Tai-Pan und sein Penthouse schicken, aber das nähme Zeit in Anspruch – wir wissen einfach nicht, wo wir suchen sollen – und es müßte nachts sein. Eine riskante Operation, Sir. Die anderen Informationsbriefe könnten sich – wenn sie noch existieren – in einem Safe im Großen Haus oder in seiner Wohnung in Shek-O – oder gar in seiner... hm... seinem privaten Domizil in den Sinclair Towers befinden.«
»Nun, wenn Sie nicht wissen, wo Sie suchen sollen, müssen Sie eben fragen.«
»Sir?«
»Fragen. Dunross hat sich in der Vergangenheit immer als sehr gefällig erwiesen. Er ist ja schließlich ein Freund von Ihnen. Bitten Sie ihn, die Berichte herauszurücken.«
»Und wenn er nein sagt oder behauptet, daß er sie vernichtet hat?«
»Lösen Sie das Problem doch mit Ihrem talentierten Köpfchen! Schmeicheln Sie ihm ein wenig, gehen Sie ihm um den Bart, Brian! Und machen Sie Tauschgeschäfte!«
»Haben wir etwas, um ihm einen Tausch vorzuschlagen, Sir?«
»Nelson Trading.«
»Sir?«
»Einen Teil finden Sie im Bericht. Und es wird mir ein Vergnügen sein, Sie später über eine weitere Kleinigkeit zu informieren.«
»Ja, Sir, danke, Sir.«
»Und was haben Sie unternommen, Robert, um John Tschen und den Werwolf beziehungsweise die Werwölfe zu finden?«
»Das ganze CID wurde in Alarmbereitschaft versetzt, Sir. Unter anderem haben wir auch mit Mrs. Tschen gesprochen, Mrs. Barbara Tschen. Die meiste Zeit war sie hysterisch, aber unter der Tränenflut klar, durchaus klar bei Verstand.«
»So?«
»Sie sagt, es wäre nicht ungewöhnlich, daß ihr Mann lange ausbleibt – er hätte oft noch sehr spät geschäftliche Besprechungen und fahre häufig schon früh auf den Rennplatz oder mit dem Boot hinaus. Ich bin ziemlich sicher, sie weiß, daß er ein Lebemann ist. Seine Bewegungen bis 2 Uhr früh zu rekonstruieren war verhältnismäßig einfach. Gegen 22 Uhr 30 setzte er Miss Tcholok im Old Vic ab...«
»Hat er am Abend noch Bartlett gesehen?«

»Nein, Sir, Bartlett war die ganze Zeit in seinem Flugzeug auf Kai Tak.«

»Nachdem er Miss Tcholok abgesetzt hatte – es war übrigens der Rolls seines Vaters –, nahm er die Autofähre nach Victoria; dort begab er sich in einen chinesischen Privatclub in der Queen's Road und schickte den Fahrer mit dem Wagen nach Hause.« Armstrong nahm sein Notizbuch aus der Tasche und warf einen Blick hinein. »Es war der Tong Lau Club. Dort traf er sich mit einem Freund und Kollegen namens Wo Sang Tschi, und sie fingen an, Mah-jong zu spielen. Gegen Mitternacht war das Spiel zu Ende. Dann stieg er zusammen mit Wo Sang Tschi und den beiden anderen Spielern, beides Freunde, Ta Pan Fat, Journalist, und Po Tscha Sik, Börsenmakler, in ein Taxi.«

Robert Armstrong hörte sich reden und Fakten aufzählen, und das tat ihm wohl und lenkte ihn ab von der Akte und all dem geheimen Wissen, das er besaß, und vom Problem des Geldes, das er so dringend benötigte. Ich wollte, ich könnte nur ein einfacher Polizist sein, dachte er und verabscheute Special Intelligence und die Tatsache, daß es eine solche Einrichtung geben mußte. »Ta Pan Fat verließ das Taxi als erster vor seinem Haus in der Queen's Road, kurze Zeit später stieg Wo Sang Tschi auf der gleichen Straße aus. John Tschen und Po Tscha Sik fuhren zur Ting-Ma-Garage, Sunning Road in der Causeway Bay, um John Tschens Wagen, einen Jaguar Baujahr 1960, zu holen.« Wieder zog er sein Notizbuch zu Rate, denn er wollte genau sein, und chinesische Namen verwirrten ihn immer noch. »Tong Ta Wey, ein Garagenhelfer, bestätigt das. Dann fuhr John Tschen seinen Freund Po Tscha Sik zu dessen Wohnung in der Village Street 17 in Happy Valley, wo letzterer den Wagen verließ. Mittlerweile war Wo Sang Tschi, John Tschens Kollege, ins Sap-Wah-Restaurant in der Fleming Road gegangen. Er gibt an, daß er dort dreißig Minuten warten mußte, bis John Tschen erschien; zusammen fuhren sie anschließend mit der Absicht los, auf der Straße ein paar Tanzmädchen aufzugabeln und sie zum Abendessen einzuladen...«

»Er wollte nicht einmal in ein Tanzlokal gehen und die Mädchen herauskaufen?« fragte Crosse nachdenklich. »Was zahlt man denn jetzt so, Brian?«

»Zu so später Nachtzeit sechzig Dollar Hongkong, Sir.«

»Ich weiß, daß Philip Tschen im Ruf eines Geizhalses steht, aber ist John Tschen aus dem gleichen Holz geschnitzt? Lesen Sie Mädchen auf Straßen auf, Brian?«

»Nein, Sir. Das brauche ich nicht – nein, Sir.«

Crosse seufzte und wandte sich wieder Armstrong zu. »Berichten Sie weiter, Robert!«

»Nun, Sir, sie gabelten keine Mädchen auf und fuhren in den Copacabana Night Club, um dort zu Abend zu essen. Sie kamen gegen eins dort an und verließen das Lokal gegen ein Uhr fünfundvierzig. Wo Sang Tschi gab an, er hätte John Tschen in seinen Wagen steigen – aber nicht ihn abfahren sehen. Dann ging er zu Fuß heim, denn er wohnt in der Nähe. Er sagte weiter aus, John Tschen sei weder betrunken noch schlecht gelaunt gewesen, nichts dergleichen, obwohl er einige Stunden zuvor, im Tong Lau Club, das Mah-jong-Spiel abrupt abgebrochen hätte. Das ist alles. Seitdem ist John Tschen von keinem seiner Freunde oder Familienangehörigen gesehen worden.«

»Hat er Wo Sang Tschi gesagt, wo er hinwollte?«

»Nein, Wo Sang Tschi erklärte, er hätte angenommen, daß er heimfahren würde – fügte aber dann hinzu: ›Er könnte seiner Freundin einen Besuch gemacht haben.‹ Wir fragten ihn, wer das sei, aber er sagte, das wisse er nicht. Nach einigem Drängen schien er sich an einen Namen zu erinnern – Duftige Blume –, aber er wußte weder ihre Anschrift noch ihre Telefonnummer. Das ist alles.«

Sekundenlang schien Crosse in Gedanken versunken. »Welches Interesse könnte Dunross haben, John Tschen aus dem Weg räumen zu lassen?«

Die zwei Polizeioffiziere starrten ihren Vorgesetzten an.

»Geben Sie das Ihrem Computerhirn zu knabbern, Brian!«

»Ja, Sir, aber dafür gibt es keinen Grund. John Tschen stellt für Dunross keine Bedrohung dar. Er könnte ihm auch nie gefährlich werden – auch als Comprador nicht. Im Noble House liegt die ganze Macht beim Tai-Pan. Ich könnte mir also keinen Grund vorstellen, Sir. Vorderhand.«

»Dann denken Sie darüber nach!«

Crosse zündete sich eine Zigarette an, und Armstrong spürte den Hunger nach Rauch in seinen Eingeweiden nagen. Ich werde mein Versprechen nicht halten können, dachte er. Dieser verdammte Crosse! Was, zum Teufel, hat er im Sinn? Er sah, wie Crosse ihm von seinen ›Senior Service‹ anbot, der Sorte, die auch er zu rauchen gewohnt war – mach dir nichts vor, dachte er, es ist die Sorte, die du immer noch rauchst! »Nein, danke, Sir«, hörte er sich sagen.

»Sie rauchen nicht, Robert?«

»Nein, Sir. Ich habe aufgehört... ich versuche aufzuhören.«

»Bewundernswert! – Welches Interesse könnte Bartlett haben, John Tschen aus dem Weg räumen zu lassen?«

Wieder richteten die beiden Polizeibeamten den Blick starr auf ihn. Dann fragte Armstrong mit kehliger Stimme: »Wissen Sie es, Sir?«

»Würde ich Sie fragen, wenn ich es wüßte? Es ist Ihre Aufgabe, das herauszufinden. Irgendwo gibt es eine Verbindung. Zu viele Zufälle. Zu schlau, zu glatt – und es stinkt. Ja, es stinkt nach KGB, und wenn diese Leute in meinem Amtsbereich tätig werden, macht mich das nervös.«

»Ja, Sir.«

»So weit, so gut. Lassen Sie Mrs. Tschen überwachen – es könnte leicht sein, daß sie etwas damit zu tun hat. Sie hat einiges dabei zu gewinnen –

oder zu verlieren. Stellen Sie auch Philip Tschen für ein, zwei Tage unter Polizeiaufsicht.«

»Ist schon geschehen, Sir. In beiden Fällen. Bei Philip Tschen – nicht daß ich ihn verdächtige, aber ich fürchte, sie werden beide die übliche Haltung einnehmen – jede Zusammenarbeit ablehnen, heimlich verhandeln, heimlich zahlen und erleichtert aufatmen, wenn alles vorbei ist.«

»Ganz richtig. Wie kommt es nur, daß sich diese Leute – so intelligent sie auch sein mögen – so viel klüger dünken als wir, und uns nicht helfen wollen, die Arbeit zu tun, für die wir bezahlt werden?«

Brian Kwok fühlte, wie sich die stählernen Augen in die seinen bohrten, und der Schweiß lief ihm über den Rücken. Ganz ruhig, ermahnte er sich.

»Wie Ihnen sicher bekannt ist, Sir«, bemerkte er höflich, »ist es eine alte chinesische Gepflogenheit, jedem Polizisten und jedem Regierungsbeamten zu mißtrauen – dahinter stecken viertausend Jahre Erfahrung, Sir.«

»Ich stimme dieser Hypothese zu, aber mit einer Ausnahme: den Briten. Wir haben über jeden Zweifel hinaus bewiesen, daß man uns vertrauen kann, daß wir zu regieren verstehen und daß unsere Beamten im großen und ganzen unbestechlich sind.«

»Ja, Sir.«

Crosse beobachtete ihn, während er an seiner Zigarette zog. »Robert«, sagte er dann, »wissen Sie, worüber John Tschen und Miss Tcholok gesprochen haben?«

»Nein, Sir. Wir konnten sie noch nicht vernehmen – sie hält sich schon den ganzen Tag bei Struan's auf.«

»Gehen Sie heute abend zu Dunross' Party?«

»Nein.«

»Brian?«

»Ja, Sir.«

»Gut, Robert, ich bin ganz sicher, daß Dunross nichts dagegen hat, wenn ich Sie mitbringe. Holen Sie mich um acht Uhr ab. Es wird alles da sein, was in Hongkong Rang und Namen hat – Sie können Nase und Ohren spitzen.« Er lächelte über seinen Scherz und es machte ihm nichts aus, daß die anderen nicht mit ihm lächelten. »Lesen Sie jetzt den Bericht! Ich bin bald wieder da. Und Brian – bitte versagen Sie heute abend nicht! Es wäre wirklich sehr lästig.«

»Ja, Sir.«

Crosse verließ das Zimmer.

Als sie allein waren, wischte sich Brian Kwok den Schweiß von der Stirn. »Der Kerl macht mich fertig. Würde er wirklich ein Kommando zu Struan's schicken?« fragte er ungläubig. »In das Allerheiligste von Noble House?«

»Selbstverständlich. Er würde es sogar anführen. Das ist deine erste Dienstzeit beim SI, alter Junge, darum kennst du ihn noch nicht so gut wie ich. Ich könnte wetten, die Akte hat er selbst geschnappt. Ich weiß, daß er

schon zweimal über die Grenze ist, um mit einem unserer Agenten zu plaudern. Und stell dir vor: Er ging immer allein!«
Brian sperrte den Mund auf. »Weiß der Gouverneur davon?«
»Das glaube ich nicht. Den würde der Schlag treffen, und wenn MI-6 davon erführe, würde man ihn ans Kreuz schlagen und Crosse für den Rest seines Lebens in den Tower sperren. Er kennt zu viele Geheimnisse, um das Risiko einzugehen – aber er ist eben Crosse, man kann nichts dagegen tun.«
»Wer war der Agent?«
»Unser Mann in Kanton.«
»Wu Fong Fong?«
»Nein, ein neuer – zumindest zu meiner Zeit war er neu. In der Armee.«
»Hauptmann Ta Quo Sa?«
Armstrong zuckte die Achseln. »Das habe ich vergessen. Crosse ging trotzdem über die Grenze. Er ist sein eigenes Gesetz.«
»Mann, du kannst nicht einmal nach Macao fahren, nur weil du ein paar Jahre im SI warst, und er geht über die Grenze. Er muß ja verrückt sein, ein solches Risiko einzugehen!«
»Ja.« Armstrong fing an, Crosse zu kopieren. »Und wie kommt es, mein lieber Junge, daß Handwerker über Dinge Bescheid wissen, bevor wir sie erfahren? Ganz einfach«, antwortete er sich selbst, und sein Ton wurde ernst. »Sie geben Geld aus. Sie lassen es sich etwas kosten. Und wir? Er weiß es und ich weiß und die ganze Welt weiß es. Wie arbeiteten sie denn alle – die CIA, das FBI, das KGB oder die koreanische CIA? Sie lassen es sich etwas kosten! Es ist doch so einfach, sich der Mitarbeit eines Alan Medford Grant zu versichern – Dunross hat ihn angeheuert. Zehntausend Pfund Pauschalhonorar, dafür bekommt man schon eine ganze Menge Berichte. Das ist mehr als genug, aber vielleicht war es auch weniger. Und was zahlt man uns? Zweitausend Piepen im Jahr für dreihundertfünfundsechzig Fünfundzwanzig-Stunden-Tage – und ein Grüner auf der Streife bekommt vierhundert. Wo wäre denn das FBI, die CIA und das gottverdammte KGB, wenn sie nicht über unbegrenzte Mittel verfügten? Mein Gott«, setzte er zornig hinzu, »wir würden sechs Monate brauchen, um das Geld zu bekommen, aber Dunross und fünfzig andere nehmen es einfach aus der Portokasse.«
Locker und vornübergebeugt saß der großgewachsene Mann auf seinem Sessel, dunkle Schatten unter seinen geröteten Augen. Er streifte mit einem Blick die Akte auf dem Schreibtisch, rührte sie aber nicht an. »Die Dunross' dieser Welt haben es leicht«, sagte er.
Brian Kwok nickte. »Es heißt, Dunross verfüge über einen Geheimfonds – den Fonds des Tai-Pan – seinerzeit von Dirk Struan aus der Kriegsbeute angelegt, die er machte, als er Futschou niederbrannte und plünderte. Nur der jeweilige Tai-Pan kann über diesen Fonds verfügen und das Geld für solche Zwecke verwenden: für *h'eung yau* und Bestechungen, alles mögliche – vielleicht auch für einen kleinen Mord.«

»Das Gerücht habe ich auch gehört.« Armstrong streckte die Hand nach der Akte aus, zögerte, stand auf und ging ans Telefon. »Das Wichtigste zuerst«, sagte er mit einem verschmitzten Lächeln. »Zunächst wollen wir ein paar VIPs das Gruseln den Rücken hinunterjagen.« Er rief die Polizeidirektion in Kowloon an. »Armstrong – verbinden Sie mich bitte mit Divisional Staff Sergeant Tang-po.«

»Guten Abend, Sir. Ja, Sir?« Die Stimme von Divisional Staff Sergeant Tang-po war warm und freundlich.

»Guten Abend, Major«, sagte Armstrong, wobei er, wie es üblich war, die Verkürzung von »Sergeant Major« gebrauchte. »Ich benötige Informationen. Antwort auf die Frage, für wen die Gewehre bestimmt waren. Antwort auf die Frage, wer die Entführer John Tschens sind. Ich wünsche, John Tschen – oder seine Leiche – in drei Tagen zurückzuhaben. Und ich wünsche diesen Werwolf raschest auf der Anklagebank zu sehen.«

Es trat eine kleine Pause ein. »Ja, Sir.«

»Geben Sie das bitte weiter. Der große weiße Vater ist sehr erzürnt. Und wenn seine Erbitterung noch ein kleines bißchen weiterwächst, werden Oberinspektoren zu anderen Kommandos versetzt, und das gleiche gilt für Inspektoren – auch für Sergeants, ja sogar für Divisional Staff Sergeants Erster Klasse. Manche werden zu Police Constablers degradiert und an die Grenze geschickt. Und manche werden sogar entlassen, ausgewiesen oder ins Gefängnis eingewiesen. Klar?«

Es trat eine lange Pause ein. »Ich werde dafür sorgen, daß Ihren Weisungen entsprochen wird, Sir.«

»Danke, Major. Und, ach ja.« Seine Stimme wurde noch dünner. »Machen Sie doch den anderen Sergeants begreiflich, daß mein kleines Problem auch ihr Problem ist.« Und auf Kantonesisch setzte er hinzu: »*Wenn die Drachen rülpsen, entleert ganz Hongkong den Darm, heya?*«

Eine längere Pause. »Ich werde mich darum kümmern, Sir.«

»Danke.« Armstrong legte auf.

Brian Kwok grinste. »Da werden aber jetzt einige Schließmuskeln in Schwingungen geraten.«

Der Engländer nickte und setzte sich wieder, aber sein Gesicht verlor nichts von seiner Härte. »Ich tu so was nicht oft – Tatsache ist, das war jetzt eben das zweite Mal in meinem Leben, aber mir bleibt nichts anderes übrig. Der Alte hat das klar zum Ausdruck gebracht. Du solltest bei deinen Leuten das gleiche tun.«

»Versteht sich. ›Wenn die Drachen rülpsen‹, hast du mit diesem Wortspiel auf die legendären fünf Drachen Bezug genommen?«

»Ja.«

Jetzt verhärteten sich auch Brian Kwoks Züge. »Ist Tang-po einer von ihnen?«

»Ich weiß es nicht, aber es spielt ja auch keine Rolle. Einer von ihnen wird davon hören, und mehr interessiert mich gar nicht. Ich persönlich bin ziemlich sicher, daß es die fünf Drachen gibt, daß es fünf chinesische Divisional Sergeants sind, vielleicht sogar Stations Sergeants, die das illegale Glücksspiel in den Straßen Hongkongs kontrollieren – und möglicherweise auch das Erpressungsgeschäft, ein paar Tanzlokale und Mädchen – fünf Senior Sergeants von insgesamt elf. Hm?«

»Ich glaube, daß es die fünf Drachen wirklich gibt, Robert – vielleicht sind es weniger, vielleicht mehr, aber das ganze Glücksspiel auf den Straßen wird von Polizeibeamten kontrolliert.«

»*Wahrscheinlich* von chinesischen Angehörigen unserer Royal Police Force«, verbesserte ihn Armstrong. »Wir haben keinerlei Beweise – aber wir jagen diesem Irrlicht seit Jahren nach. Ich bezweifle, daß wir je imstande sein werden, Beweise zu finden.« Er lachte. »Vielleicht wird es dir gelingen, wenn du erst einmal Assistant Commissioner bist.«

»Ach, hör auf damit, Robert!«

»Mensch, du bist doch erst neununddreißig, du hast den Spezialkurs an diesem Staff College mitgemacht, und du bist schon Inspektor. Ich wette hundert gegen zehn, daß du diesen Posten erreichen wirst.«

»Die Wette gilt.«

»Ich hätte hunderttausend setzen sollen«, sagte Armstrong und tat, als bedauere er seine Voreiligkeit. »Dann hättest du die Wette nicht angenommen.«

»Versuch es doch!«

»Lieber nicht. So viel Kies zu verlieren kann ich mir nicht leisten – es könnte dir etwas zustoßen, in diesem Jahr oder im nächsten – aber wenn nicht, schaffst du es noch vor deiner Pensionierung – wenn du es überhaupt darauf anlegst.«

»Mit dir zusammen.«

»Ich doch nicht – ein verrückter Engländer wie ich.« Armstrong klopfte ihm fröhlich auf den Rücken. »Das wird ein Tag zum Feiern sein! Aber auch dann wirst du den Drachen nicht das Handwerk legen!«

»Du glaubst nicht?«

»Nein. Weißt du, ich messe dem Spiel keine Bedeutung bei. Alle Chinesen wollen spielen, und wenn chinesische Police Sergeants illegale Glücksspiele in den Straßen laufen lassen, werden diese Spiele wahrscheinlich ehrlich und sauber, wenn auch verdammt ungesetzlich sein. Wenn sie es nicht tun, werden ihnen die Triaden die Arbeit abnehmen, und dann werden sich die Splittergruppen aus miesen kleinen Ganoven, die wir mit soviel Mühe voneinander fernhalten, wieder zu einer großen *tong* zusammenschließen, und dann haben wir beide Hände voll zu tun. Du kennst mich, Junge. Ich bin nicht der Mensch, der Unruhe in sein und anderer Leute Leben bringt, und darum werde ich nie Assistant Commissioner sein. Ich bin immer für den Status quo. Die Drachen haben das Glücksspiel gepachtet, was uns die Mög-

lichkeit gibt, die Triaden aufgesplittert zu erhalten – und solange die Polizei immer zusammenhält und zweifellos die stärkste Triade in Hongkong darstellt, werden wir immer Frieden auf den Straßen haben.«
Brian Kwok musterte ihn. »Das glaubst du wirklich?«
»Ja. Es mag komisch klingen, aber gerade jetzt sind die Drachen eine unserer stärksten Stützen. Seien wir doch ehrlich: Nur Chinesen können Chinesen regieren. Der Status quo ist auch für sie eine gute, Gewaltverbrechen eine schlechte Sache. Also bekommen wir Hilfe, wenn wir Hilfe brauchen, Hilfe, die wir fremden Teufel auf andere Weise nie bekommen könnten. Darum bin ich der Meinung, daß die Drachen hier ein notwendiges Übel darstellen. Hongkong ist China, und China ist ein Sonderfall. Solange es nur um illegales Glücksspiel geht, regt mich die Sache nicht auf. Wenn ich etwas zu sagen hätte, ich würde das Spiel noch heute legalisieren, gegen Erpresser von Geschäftsleuten oder Straßenmädchen jedoch schärfstens vorgehen. Du weißt ja, daß ich Zuhälter hasse. Glücksspiel ist etwas anderes. Wie willst du einen Chinesen davon abhalten zu spielen? Du kannst es nicht. Also erlaube es, und alle werden zufrieden sein! Seit wie vielen Jahren wird das von der Polizei in Hongkong empfohlen, und jedes Jahr werden unsere Vorschläge abgelehnt. Aber nein, heißt es – und warum? Macao! So einfach ist das. Das gute alte Macao lebt vom gesetzlich zugelassenen Glücksspiel und vom Goldschmuggel, und wir, das Vereinigte Königreich, wir können doch nicht zulassen, daß unsere Ex-Verbündeten futschgehen.«
»Wählt Robert Armstrong zum Premierminister!«
»Hab mich gern! Aber es ist wahr. Die Einnahmen aus dem illegalen Glücksspiel gehen in unseren einzigen Schmiergelderfonds – aus dem wir nicht zuletzt unsere Spitzel bezahlen. Die paar extra Dollar von der dankbaren Bevölkerung, die wir beschützen, glaubst du, das reicht?«
»Vielleicht. Vielleicht auch nicht, Robert. Aber diese Schmiergelder, die da ›ganz zufällig‹ in der Schublade einer Polizeistation liegen – eines Tages geht das nach hinten los, meinst du nicht auch?«
»Kann schon sein, aber mir wird es nicht weh tun, denn ich habe nichts damit zu tun. Ich halte nicht die Hand auf, und die überwiegende Mehrheit tut es auch nicht. Weder die Briten *noch die Chinesen.* Aber wie sollen wir dreihundertsiebenundzwanzig arme fremde Teufel von Polizeioffizieren achttausend jüngere Polizeioffiziere und Polypen kontrollieren, ganz zu schweigen von dreieinhalb Millionen zivilisierter kleiner Bastarde, die uns nicht riechen können?«
Brian Kwok lachte. Es war ein ansteckendes Lachen. Armstrong lachte mit ihm und fügte hinzu: »Der Teufel soll dich holen, daß du mich so in Fahrt gebracht hast!«
»Dich auch. Willst du jetzt das Zeug zuerst lesen, oder soll ich?«
Armstrong blickte auf die Akte hinab, die er in der Hand hielt. Sie war

dünn, enthielt zwölf eng maschinegeschriebene Seiten und schien nach Art eines Informationsbriefes in verschiedene Themen aufgegliedert zu sein. Das Inhaltsverzeichnis lautete: Erster Teil: Politische und Wirtschaftsorgane des Vereinigten Königreichs. Zweiter Teil: Das KGB in Asien. Dritter Teil: Gold. Vierter Teil: Neueste Entwicklungen innerhalb der CIA.
Verdrießlich legte Armstrong die Beine auf den Schreibtisch und machte es sich in seinem Sessel bequem. Dann überlegte er es sich und schob die Akte hinüber: »Hier, du kannst sie lesen. Du liest schneller als ich.«
Brian Kwok konnte seine Ungeduld kaum bezähmen. Mit klopfendem Herzen öffnete er den Umschlag und begann zu lesen.
Armstrong beobachtete ihn. Das Gesicht seines Freundes verlor plötzlich alle Farbe. Das beunruhigte ihn. Brian Kwok war nicht so leicht aus der Ruhe zu bringen. Er las schweigend zu Ende und schloß dann langsam die Akte.
»Ist es so arg?« fragte Armstrong.
»Noch ärger. Einiges... also wenn nicht A. Medford Grant der Verfasser wäre, ich würde sagen, er hat den Verstand verloren. Er behauptet, die CIA stehe in enger Verbindung mit der Mafia. Sie agieren in großer Zahl in Vietnam, sind im Drogengeschäft und arbeiten in weiß Gott wie vielen anderen Dingen zusammen... da – lies selbst!«
»Was ist mit dem Maulwurf?«
»Ja, wir haben einen Maulwurf.« Brian schlug abermals die Akte auf und fand die Stelle: »Hör zu: ›Es steht außer Zweifel, daß ein hochgestellter kommunistischer Agent in der Hongkonger Polizei tätig ist. Als General Hans Richter, stellvertretender Leiter des ostdeutschen Ministeriums für Staatssicherheit, im März dieses Jahres zu uns überlief, brachte er auch streng geheime Dokumente mit, aus welchen unter anderem klar hervorgeht, daß der Deckname des Agenten ›Unser Freund‹ lautet und daß er seit mindestens zehn, wahrscheinlich sogar fünfzehn Jahren in Situ stationiert ist. Sein Kontaktmann ist vermutlich ein KGB-Offizier, der als harmloser Besucher aus dem Ostblock auftritt – oder vielleicht auch als Seemann auf einem sowjetischen Frachter, der in Hongkong anlegt, um eine Reparatur vornehmen zu lassen. Wir wissen jetzt, daß ›Unser Freund‹ dem Feind unter anderem die folgenden Informationen geliefert hat: alle geheimen Funkkanäle, alle geheimen Telefonnummern des Gouverneurs, des Polizeichefs und der höchsten Regierungsstellen, einschließlich sehr privater Dossiers über die Mehrzahl dieser Persönlichkeiten; die geheimen Einsatzpläne der Polizei gegen einen von den Kommunisten angezettelten Aufruhr oder eine Wiederholung der Krawalle von Kowloon; Kopien aller privaten Dossiers aller Polizeioffiziere im Rang eines Inspektors und darüber; die Namen der sechs wichtigsten unter der Führung von General Jen Tang-wa (Beilage A) in Hongkong operierenden Geheimagenten der Kuomintang; eine detaillierte Liste der in Kwantung unter der Leitung des Senior-Agen-

ten Wu Fong Fong (Beilage B) tätigen Agenten des Hongkonger Nachrichtendienstes.‹«
»Jesus!« stieß Armstrong hervor. »Dann müssen wir den alten Fong Fong und seine Burschen aber raschest herausholen! Ist auch Wu Tat-sing auf der Liste?«
Kwok suchte in der Beilage. »Ja. Und hör mal, wie es weitergeht: ›Der Ausschuß kommt zu dem Schluß, daß die innere Sicherheit Hongkongs so lange gefährdet sein wird, bis der Verräter entlarvt ist. Warum diese Informationen nicht an die Polizei weitergegeben wurden, entzieht sich unserer Kenntnis, aber wir nehmen an, daß der Grund hierfür in der gegenwärtigen politischen Infiltration der gesamten Verwaltung des Vereinigten Königreichs durch sowjetische Agenten beziehungsweise Sympathisanten zu finden ist. Wir empfehlen, diesen Bericht – oder Teile desselben – auf Umwegen dem Gouverneur oder dem Polizeipräsidenten, *wenn Sie sie für vertrauenswürdig halten,* unverzüglich zur Kenntnis zu bringen.‹« Erschüttert blickte Brian Kwok auf. »Wenn das wahr ist, stecken wir bis zum Hals im Dreck!«
Armstrong fluchte leise. »Wer? Wer könnte dieser Agent sein? Er muß ganz hoch oben sitzen. Aber wer?«
Nach längerem Schweigen antwortete Kwok: »Der einzige... der einzige, der das alles wissen könnte, ist Crosse selbst.«
»Was soll denn der Quatsch?«
»Denk doch einmal nach, Robert! Er kannte Philby. Hat er nicht auch in Cambridge studiert? Beide haben den gleichen Background, gehören der gleichen Altersklasse an, waren während des Krieges im Nachrichtendienst – wie Burgess und Maclean. Wenn Philby all die Jahre unentdeckt bleiben konnte, warum nicht auch Crosse?«
»Unmöglich!
»Wer denn sonst? War er nicht zeit seines Lebens in der MI-6? War er nicht schon zu Beginn der fünfziger Jahre auf Besuch hier, und wurde er nicht vor fünf Jahren zurückgerufen, um getrennt vom SB unseren SI aufzubauen, den er seitdem leitet?«
Es folgte ein langes Schweigen. Armstrong fixierte seinen Freund. Er kannte ihn zu gut, um nicht zu wissen, wann es ihm ernst war. »Was weißt du?« fragte er.
»Nehmen wir an, Crosse wäre homosexuell.«
»Du hast sie nicht alle«, explodierte Armstrong. »Er ist verheiratet... und... und er mag ein gemeiner Hurensohn sein, aber es gab nie auch nur den leisesten Verdacht in dieser Richtung. Niemals.«
»Ja, aber er hat keine Kinder, seine Frau hält sich fast ständig in England auf, und wenn sie hier ist, haben sie getrennte Schlafzimmer.«
»Das beweist nichts. Viele Menschen haben getrennte Schlafzimmer. Mit Crosse liegst du falsch.«

»Nehmen wir an, ich könnte es dir beweisen.«
»Wie?«
»Wo verbringt er denn immer einen Teil seines Urlaubs? In den Cameron Highlands in Malaysia. Nehmen wir an, er hätte dort einen Freund, einen jungen Malaysier, einen bekannten Homo.«
»Ich müßte Fotografien sehen, und wir wissen beide, wie leicht sich Fotografien türken lassen«, versetzte Armstrong schroff. »Ich müßte Bandaufnahmen hören, und wir wissen beide, wie leicht Bänder zurechtgeschnitten werden können. Und was den Jungen angeht – das beweist gar nichts. Falsche Zeugen und falsche Zeugenaussagen zu produzieren – das sind uralte Tricks. Und außerdem: Nicht alle Homos sind Verräter.«
»Gewiß nicht. Aber Homos bieten sich Erpressern als Opfer geradezu an. Und wenn er einer ist, wäre er doch verdächtig.«
Armstrong sah sich argwöhnisch um. »Hier möchte ich nicht darüber reden. Er könnte Mikros eingebaut haben.«
»Und wenn?«
»Wenn er welche eingebaut hat und es wahr ist, kann er uns so schnell zur Sau machen, daß dir schwindlig wird.«
»Mag sein – aber wenn er es ist, dann weiß er, daß wir ihm auf die Schliche gekommen sind; ist er es nicht, wird er uns auslachen, und ich bin aus dem SI draußen. Aber wie auch immer: Er kann nicht jeden Chinesen im Polizeiapparat zur Sau machen.«
Armstrong starrte ihn an. »Was soll das nun wieder heißen?«
»Vielleicht gibt es eine Akte über ihn. Vielleicht hat jeder Chinese vom Corporal aufwärts sie gelesen? Du weißt doch, daß die Chinesen allesamt Vereinsmeier sind. Mag sein, es gibt ein Dossier, mag sein...«
»Du meinst, ihr seid alle zu einer Bruderschaft zusammengeschlossen? Zu einer *tong*, einer Geheimgesellschaft? Eine Triade innerhalb des Polizeiapparats?«
»Ich sagte: vielleicht. Das sind alles nur Mutmaßungen, Robert. Ich sagte: vielleicht und möglicherweise.«
»Wer ist der Oberdrache? Du?«
»Ich habe nie gesagt, daß ein solcher Verein existiert.«
»Gibt es noch andere Dossiers? Über mich, zum Beispiel?«
»Vielleicht.«
»Und?«
»Und wenn es eines gäbe, Robert«, antwortete Brian Kwok sanft, »dann stünde darin zu lesen, daß du ein guter Polizist bist, unbestechlich, daß du an der Börse hoch spekulierst, daß du falsch spekuliert hast und etwa zwanzigtausend brauchtest, um gewisse dringende Verpflichtungen zu erfüllen... und noch ein paar andere Dinge.«
»Was für andere Dinge?«
»Wir sind hier in China, alter Freund. Wir wissen fast alles, was *quai loh*

hier betrifft. Das müssen wir doch, wenn wir überleben wollen, nicht wahr?«

Armstrong sah ihn fragend an. »Warum hast du mir das nicht früher gesagt?«

»Ich habe dir auch jetzt nichts gesagt. Nichts. Ich sagte: vielleicht, und ich wiederhole: vielleicht. Aber wenn das alles wahr ist...« Er schob ihm die Akte hin. »Wenn es wahr ist, sieht es verdammt mies aus, und wir werden rasch handeln müssen. Was ich gesagt habe, das waren alles nur Mutmaßungen. Aber nicht in bezug auf Crosse. Hör mal, Robert, ich wette tausend... tausend zu eins, daß er der Maulwurf ist.«

8

19.43 Uhr:

Dunross las den Informationsbrief ein drittes Mal zu Ende. Er hatte ihn wie immer sofort nach dem Eintreffen gelesen und dann ein zweites Mal auf dem Weg zum Gouverneurspalast. Sein Arbeitszimmer befand sich im zweiten Stock des Großen Hauses, das auf einer Kuppe im oberen Bereich des Peaks stand. Von den in Blei gefaßten Erkerfenstern aus überblickte man den von Scheinwerfern angestrahlten Park und tief unten die Stadt mit der unendlichen Weite des Hafens.

Die alte Großvateruhr schlug Viertel vor acht.

Noch fünfzehn Minuten, dachte er, dann kommen unsere Gäste, die Party beginnt, und wir alle nehmen an einer neuen Scharade teil. Oder vielleicht spielen wir nur die alte weiter?

Der Raum hatte eine hohe Decke, alte Eichentäfelung, dunkelgrüne Samtvorhänge und chinesische Seidenteppiche. Es war ein Herrenzimmer – bequem, altmodisch, ein wenig verbraucht und sehr gepflegt. Er hörte die gedämpften Stimmen der Dienerschaft unten. Ein Wagen kam den Hügel herauf und fuhr weiter.

Er saß in einem tiefen Lehnsessel mit seitlichen Kopfpolstern und trug einen Smoking, doch die Schleife war noch nicht gebunden. Zerstreut starrte er aus dem Fenster. Von düsteren Ahnungen erfüllt, beschäftigte er sich in Gedanken mit Sevrin und dem Verräter und all den anderen üblen Dingen, die der Bericht voraussagte. Was tun?

»Lachen«, gab er sich laut die Antwort. »Lachen und kämpfen.«

Er erhob sich und ging mit lockeren Schritten zu dem Ölbild Dirk Struans, das über dem Kamin an der Wand hing. Der Rahmen war schwer und alt, geschnitzt und vergoldet und hing auf einer Seite an Scharnieren. Er

klappte das Bild von der Wand weg und öffnete den Safe, der sich dahinter befand. In dem Safe lagen viele Dokumente, manche sauber mit roten Bändern verschnürt, die einen alt, die anderen neu, ein paar Schächtelchen, eine gut geölte, geladene Mauser, eine alte Bibel mit dem Struan-Wappen auf dem feinen Ledereinband, und sieben grau eingeschlagene Akten, ähnlich der, die er in der Hand hielt.
Nachdenklich stellte er sie neben die anderen. Einen Augenblick lang starrte er sie an und wollte dann den Safe schließen, hielt aber inne, als sein Blick auf die alte Bibel fiel. Seine Finger glitten zart über sie hin, dann hob er sie heraus und schlug sie auf. Zwei Hälften einer alten, grob auseinandergebrochenen chinesischen Bronzemünze waren mit Siegellack an das dicke Deckblatt geheftet. Offenbar waren es einst vier solche halben Münzen gewesen, denn noch waren die Druckstellen der fehlenden zwei und die Spuren des gleichen roten Siegelwachses auf dem alten Papier deutlich zu sehen. In gestochener Handschrift stand am Kopf der Seite zu lesen: »Ich schwöre bei Gott dem Allmächtigen, daß ich dem, der mir die andere Hälfte einer dieser Münzen vorlegt, geben werde, was er verlangt.« Das Gelöbnis war am 10. Juni 1841 von Dirk Struan unterzeichnet worden, und nach ihm hatten Culum Struan und alle anderen Tai-Pane unterschrieben; der letzte Name war der von Ian Dunross.
Neben der ersten Stelle, wo früher eine Münze geklebt hatte, stand geschrieben: »Wu Fang Tschoi, zum Teil ausgezahlt am 16. August im Jahre des Herrn 1841«, und darunter: »Voll ausbezahlt am 18. Juni 1845.« Auch dies von Dirk Struan unterschrieben und von Culum Struan gegengezeichnet. Und neben dem zweiten freien Platz: »Sun Tschen-yat, voll ausgezahlt 10. Oktober 1911«, kühn unterfertigt von der »Hexe« Struan.
Ach, sagte sich Dunross, welch allerliebste Impertinenz – seiner so sicher zu sein angesichts zukünftiger Generationen, so und nicht als Tess Struan zu unterzeichnen! Wie viele Generationen werden mir noch folgen? fragte er sich. Wie viele Tai-Pane werden noch blind unterschreiben und einen heiligen Eid leisten müssen, nach der Pfeife eines Mannes zu tanzen, der seit fast einhundertfünfzig Jahren tot ist? Nachdenklich strich er mit dem Finger über die ausgezackten Ränder der zwei halben Münzen. Dann schloß er die Bibel, legte sie zurück und versperrte den Safe. Er ließ das Gemälde wieder an seinen Platz gleiten und starrte zu ihm hinauf.
Dieses Gemälde von Dirk Struan war sein Lieblingsbild. Als er Tai-Pan geworden war, hatte er es aus der Galerie holen und auf diesen Ehrenplatz hängen lassen statt Tess Struans Porträt, das im Arbeitszimmer des Tai-Pan gehangen hatte, seitdem das Große Haus existierte. Beide Bilder waren Werke Aristoteles Quances. Auf diesem stand Dirk Struan vor dem Hintergrund eines karminroten Vorhangs: breitschultrig und arrogant, glatt rasiert, mit rötlichem Haar, Hammelkoteletten und sinnlich geschwungenen Lippen. Das leuchtende Grün seiner Augen zog jeden Betrachter in seinen Bann.

Die Augen starrten ihn an.
Was würdest du jetzt tun, Dirk?
»Du würdest wahrscheinlich sagen: ›Finde die Verräter und töte sie‹«, gab er sich selbst laut die Antwort, »und vermutlich hättest du recht.«
Das Problem des Verräters in der Polizei erschien ihm nicht so brisant wie die Information über den Agentenring Sevrin, dessen Verbindungen mit den Vereinigten Staaten, und die erstaunlichen geheimen Gewinne, die von den Kommunisten in Großbritannien erzielt worden waren. Wo, zum Teufel, nahm Grant alle seine Informationen her? fragte er sich jetzt schon zum hundertsten Mal.
Er dachte an ihre erste Begegnung. Alan Medford Grant war ein kleiner, schalkhafter Mann mit schütterem Haar, großen Augen und prächtigen Zähnen, in adrettem Nadelstreifenanzug und Melone. Er gefiel ihm vom ersten Augenblick an.
»Machen Sie sich keine Sorgen, Mr. Dunross«, hatte Grant ihn beruhigt, als Dunross ihn, kurz nachdem er Tai-Pan geworden war, unter Vertrag nahm. »Ich versichere Ihnen, daß es keinen Interessenkonflikt mit der Regierung Ihrer Majestät gibt, wenn ich den Vorsitz Ihrer Arbeitsgruppe auf der nicht exklusiven Basis übernehme, die wir festgelegt haben. Um die Wahrheit zu sagen, ich habe das mit den betreffenden Stellen bereits abgesprochen. Sie bekommen von mir nur Geheimmaterial, das meiner Meinung nach die nationalen Interessen in keiner Weise gefährdet. Schließlich haben wir ja die gleichen Interessen, nicht wahr?«
»Ich denke schon.«
»Darf ich fragen, wie Sie auf mich gekommen sind?«
»Unter unseren gemeinsamen Freunden befinden sich hochgestellte Persönlichkeiten, Mr. Grant. In gewissen Kreisen haben Sie einen ausgezeichneten Namen. Vielleicht würde sogar ein Außenminister Sie empfehlen«, fügte er listig hinzu. »Sagt Ihnen unsere Vereinbarung zu?«
»Ja – ein Probejahr und dann weitere fünf, wenn alles zu Ihrer Zufriedenheit läuft. Und nach den fünf Jahren?«
»Weitere fünf«, hatte Dunross geantwortet. »Wenn wir die Resultate erzielen, die ich erwarte, werden wir Ihr Pauschalhonorar verdoppeln.«
»Das ist sehr großzügig, aber darf ich fragen, warum Sie mir und der geplanten Arbeitsgruppe gegenüber so nobel sind.«
»Sün-tse sagt: ›Was einen weisen Herrscher oder einen guten General befähigt zuzuschlagen, zu siegen oder Leistungen zu vollbringen, die über die Kräfte normaler Menschen hinausgehen, ist das Wissen um die zukünftige Entwicklung der Dinge. Dieses Wissen erhält man nur durch Kundschafter. Für den Staat ist nichts wichtiger als die Qualität seiner Spione. Es ist zehntausendmal billiger, die besten Spione überreichlich zu bezahlen, als selbst eine kleine Armee knausrig.‹«
Alan Medford Grant strahlte. »Ganz richtig! Meine achttausendfünfhun-

dert Pfund im Jahr sind wahrhaftig eine überreichliche Bezahlung, Mr. Dunross.«

»Könnte ich das Geld besser anlegen, was meinen Sie?«

»Nein – wenn ich die in mich gesetzten Erwartungen erfülle und die Leute, die ich aussuche, die besten sind, die man haben kann. Dennoch: Etwa dreißigtausend Pfund jährlich in Gehältern, ein Fonds von bis zu 100 000 Pfund zu meiner Verfügung – für Informanten und Informationen... nun, ich hoffe, Sie werden mit Ihrer Anlage zufrieden sein. Welche Art von Informationen genau wünschen Sie?«

»Alles und jedes, was Struan's helfen könnte vorauszuplanen, wobei das Hauptgewicht auf dem pazifischen Raum, die Betonung auf den Meinungen und Ansichten der Russen, Amerikaner und Japaner liegen sollte. Über die Denkweise der Chinesen wissen wir vermutlich mehr als Sie. Praktisch könnte alles für uns von Wert sein, denn ich möchte Struan's aus dem China-Handel herauslösen – die Gesellschaft internationalisieren und sie auf neue Produktbereiche umstellen.«

»Sehr gut. Ich würde erstens unsere Berichte nur ungern der Post anvertrauen...«

»Ich werde für einen Kurier sorgen.«

»Danke. Zweitens: Ich muß freie Hand bei der Auswahl, der Bestellung und der Kündigung der einzelnen Mitarbeiter haben, und das Geld so ausgeben können, wie ich es für richtig halte – einverstanden?«

»Einverstanden.«

»Fünf Mitarbeiter werden genügen.«

»Wieviel wollen Sie ihnen zahlen?«

»Fünftausend Pfund pro Kopf im Jahr als nicht exklusive Honorarpauschale, das wäre eine ausgezeichnete Vergütung. Dafür bekomme ich erstklassige Leute. Ja, und noch etwas: Da sich die meisten unserer Kontaktpersonen im Ausland aufhalten, viele in der Schweiz, könnten Sie es wohl einrichten, die Gelder dort bereitzustellen?«

»Nehmen wir an, ich überweise den Betrag, auf den wir uns geeinigt haben, vierteljährlich auf ein Schweizer Nummernkonto. Sie können nach Bedarf abheben – es genügt Ihre oder meine Unterschrift. Wenn Sie einen Code benützen wollen, habe ich nichts dagegen.«

»Ausgezeichnet. Aber ich werde Ihnen keine Namen nennen können – es ist mir unmöglich, Ihnen darüber Rechnung zu legen, wem ich Geld gebe.«

Nach einer kleinen Pause hatte Dunross zugestimmt.

»Danke. Wir verstehen einander, denke ich. Können Sie mir an Hand eines Beispiels erklären, was Sie haben wollen?«

»Zum Beispiel möchte ich keine Überraschung erleben, wie sie meinem Vorgänger durch die Suez-Geschichte bereitet wurde.«

»Oh! Sie meinen das Fiasko von 1956, als Nasser den Kanal verstaatlichte und Eisenhower uns wieder in den Rücken fiel und den gemeinsamen Angriff der Engländer, Franzosen und Israeli gegen Ägypten zum Scheitern brachte?«

»Ja, das hat uns ein Vermögen gekostet. Hätte der damalige Tai-Pan von einer möglichen Schließung des Suezkanals gewußt, wir hätten Laderaum suchen, unsere Transportkapazität erhöhen und ein Vermögen verdienen können. Jedenfalls hätten wir Verluste vermieden, wenn wir darüber informiert gewesen wären, daß Eisenhower wieder mit Sowjetrußland gegen uns Stellung beziehen würde.«

Der kleine Mann hatte traurig genickt. »Wissen Sie, daß er, als der Sieg schon zum Greifen nahe war, uns damit drohte, augenblicklich alle Vermögenswerte der Engländer, Franzosen und Israeli zu blockieren, wenn wir uns nicht sofort aus Ägypten zurückzögen? Nach meiner Meinung sind alle unsere heutigen Probleme im Nahen Osten das Resultat dieser Entscheidung der Vereinigten Staaten. Unbeabsichtigt billigten die USA damals zum ersten Mal internationale Freibeuterei und schufen ein Modell für zukünftiges Piratentum. *Verstaatlichung!* So ein Mist. *Diebstahl* wäre ein passenderes Wort – oder Piraterie. Ja, Eisenhower war schlecht beraten.«

Der kleine Mann faltete die Hände. »Ich fürchte, daß Ihnen ein großer Nachteil daraus erwachsen wird, wenn Sie mich unter Vertrag nehmen, Mr. Dunross. Ich bin nämlich hundertprozentig probritisch, ein erklärter Gegner des Kommunismus und insbesondere des KGB – Hauptinstrument der sowjetischen Außenpolitik, die ganz offen und für immer darauf festgelegt ist, uns zu vernichten. Sie können also, wenn Sie wollen, meine aggressiven Vorhersagen nur zum Teil glauben. Ich bin gegen eine Labour Party, die vom linken Flügel beherrscht wird, und ich werde nicht müde werden, jeden, der es hören will, an den Titel der Hymne der Labour Party zu erinnern. Er lautet: ›Die rote Fahne.‹« Alan Medford Grant lächelte auf seine schalkhafte Art. »Sie sollten schon jetzt wissen, mit wem Sie es zu tun haben. Ich bin Royalist, Loyalist und ich glaube an die parlamentarische Demokratie britischer Prägung. Ich werde Sie nie bewußt falsch informieren, aber meine Auswertungen könnten einseitig sein. Darf ich auch Sie nach Ihrer politischen Einstellung fragen?«

»In Hongkong haben wir keine, Mr. Grant. Bei uns gibt es keine Wahlen, wir sind eine Kolonie, eine Freihafenkolonie, keine Demokratie. Die Krone regiert, beziehungsweise der Gouverneur im Namen der Krone. Er hat einen Legislativrat, aber das ist eine Körperschaft von Jasagern, und die traditionelle Politik ist das *laisser-faire*. Er ist so klug, den Dingen ihren Lauf zu lassen. Er hört auf die Geschäftswelt, geht nur vorsichtig an gesellschaftliche Veränderungen heran und überläßt es jedem einzelnen, Geld zu verdienen, oder nicht, aufzubauen, zu expandieren, Pleite zu machen, zu kommen oder zu gehen, zu träumen oder wach zu bleiben und, so gut es geht, zu leben oder zu sterben. Der höchste Steuersatz beträgt fünfzehn Prozent, aber nur auf die in Hongkong erzielten Gewinne. Wir haben hier keine Politik, wir wollen keine Politik haben – und auch China will nicht, daß wir hier Politik machen. Auch China ist für den Status quo. Meine persönliche Einstellung? Ich bin ebenfalls Royalist, ich bin für Freiheit und Freihandel. Ich bin Schotte, ich bin für Struan's für *laisser-faire* in Hongkong und Freiheit in der Welt.«

»Ich denke, wir verstehen einander. Das ist gut. Ich habe noch nie für eine Einzelperson gearbeitet, immer nur für die Regierung. Das wird eine neue Erfahrung für mich sein. Ich hoffe, ich werde Sie zufriedenstellen.« Grant überlegte kurz. »Wie Suez 1956?« Die Fältchen um die Augen des kleinen Mannes vertieften sich. »Gut. Stellen Sie sich darauf ein, daß Amerika den Panamakanal verlieren wird.«

»Das ist doch lächerlich!«

»Schauen Sie mich nicht so entsetzt an, Mr. Dunross! Das geht doch ganz einfach. Zehn oder fünfzehn Jahre feindliche Pionierarbeit und eine Fülle von liberalem Geschwätz in Amerika, tatkräftig unterstützt von Humanitätsaposteln, die an das Gute im Menschen glauben, eine bescheidene Menge Agitation in Panama selbst, Studenten und so weiter, diese wieder geschickt und im geheimen unterstützt von einigen wenigen bestens ausgebildeten und geduldigen Berufsrevolutionären, ausgestattet mit Sachkenntnis, den nötigen Mitteln und langfristigen Plänen – und zur gegebenen Zeit könnte der Kanal aus den Händen der Vereinigten Staaten von Amerika in die des Feindes gelangen.«

»Das würden die Amerikaner nie hinnehmen!«

»Sie werden es hinnehmen müssen, Mr. Dunross. Könnte es in Kriegs- oder auch nur in Krisenzeiten eine bessere Würgeschraube gegen den erklärten kapitalistischen Feind geben als die Möglichkeit, den Panamakanal lahmzulegen?«

Dunross erinnerte sich, wie er noch zwei Gläser vollgeschenkt und dann geantwortet hatte: »Sie empfehlen mir also ernstlich, wir sollten diese Möglichkeit in unsere Pläne einbeziehen?«

»Jawohl«, sagte der kleine Mann mit unschuldigem Gesicht. »Ich nehme meine Arbeit sehr ernst, Mr. Dunross. Die Arbeit, die ich mir selbst ausgesucht habe, besteht darin, Feindbewegungen aufzuspüren, zu enthüllen und auszuwerten. Meine Einstellung ist nicht antirussisch oder antichinesisch oder antiostdeutsch oder anti-Ostblock; ich bin ganz im Gegenteil verzweifelt bemüht, diesen Völkern zu helfen. Ich bin überzeugt, daß wir uns im Kriegszustand befinden und daß der Menschenfeind das kommunistische Parteimitglied ist, ganz gleich, ob Engländer, Russe, Chinese, Ungar, Amerikaner, Ire... daß alle auf diese oder jene Weise miteinander verbunden sind; und daß das KGB im Mittelpunkt dieses Netzes sitzt.« Er nippte an dem Drink, den Dunross ihm nachgeschenkt hatte. »Das ist ein wunderbarer Whisky, Mr. Dunross.«

»Es ist ein Loch Vey – er kommt aus einer kleinen Brennerei in der Nähe unseres Besitzes in Ayr. Sie gehört Struan's.«
»Wunderbar!« Noch ein genießerischer Schluck, und Dunross nahm sich fest vor, Alan Medford Grant zu Weihnachten eine Kiste zu schicken – wenn die ersten Berichte seine Erwartungen erfüllen sollten. »Ich bin kein Fanatiker, Mr. Dunross, ich bin nur eine Art Reporter und Hersteller von Prognosen. Manche Leute sammeln Briefmarken, ich sammle Geheimnisse...«
Die Scheinwerfer eines Autos, das die halb versteckte Straßenbiegung entlangfuhr, lenkten Dunross vorübergehend ab. Er setzte sich in einen Lehnsessel und überließ sich wieder seinen Gedanken. O ja, Mr. Grant, Sie sammeln tatsächlich Geheimnisse, dachte er, wie immer verblüfft durch das enorme Wissen des kleinen Mannes. Sevrin – allmächtiger Gott! Wenn das wahr ist...
Wie genau treffen deine Informationen diesmal zu? Wie weit darf ich dir vertrauen? Wieviel kann ich aufs Spiel setzen?
In früheren Informationsbriefen hatte Grant zwei Entwicklungen vorausgesehen, die tatsächlich eingetroffen waren. Ein Jahr zuvor hatte er angekündigt, daß de Gaulle Großbritanniens Bemühungen, der EWG beizutreten, eine Abfuhr erteilen, daß er eine zunehmend antibritische, antiamerikanische und prosowjetische Haltung einnehmen und daß er, von einem seiner engsten Mitarbeiter – einem exzeptionell gut getarnten KGB-Maulwurf – ermuntert, mit einer Goldspekulation einen langfristigen Angriff gegen die Wirtschaft der Vereinigten Staaten richten werde. Dunross hatte diese Prognose als zu weit hergeholt abgetan – und so ein potentielles Vermögen verloren.
Kürzlich erst, sechs Monate vorher, hatte Grant die Kubakrise vorhergesehen: daß Kennedy den Fehdehandschuh hinknallen, Kuba blockieren, den notwendigen Druck ausüben und vor einer Politik am Rand des Abgrunds nicht zurückschrecken und daß Chruschtschow nachgeben werde. Dunross hatte sich darauf verlassen, daß Grant recht behalten würde, obwohl eine Kubakrise wegen stationierter Raketen zu diesem Zeitpunkt höchst unwahrscheinlich schien. Er hatte Termingeschäfte auf Hawaii-Zucker abgeschlossen, damit eine halbe Million Pfund für Struan's verdient und die Grundlagen für einen langfristigen Plan geschaffen, in Zuckerplantagen auf Hawaii zu investieren, sobald er das nötige finanzielle Instrument gefunden hatte. Und jetzt hast du es, sagte er sich zufrieden. Par-Con.
»Du hast es beinahe«, murmelte er, sich korrigierend.
Wie weit kann ich diesem Informationsbrief vertrauen? Bis jetzt hat A. M. G.s Forschungsgruppe phantastische Arbeit geleistet, dachte er. Ein paar Prognosen haben sich als richtig erwiesen, aber das heißt nicht, daß alle immer richtig sein müssen. Hitler hatte seinen eigenen Sterndeuter. Julius Caesar auch. Sei klug, sei vorsichtig, ermahnte er sich.

Was tun? Jetzt oder nie, heißt die Parole.
Sevrin. Alan Medford Grant hatte geschrieben: »Dokumente, die uns vorgelegt und von der französischen Agentin Marie d'Orleans nach ihrer Verhaftung durch die Sûreté am 16. Juni in ihren wesentlichen Punkten bestätigt wurden, weisen darauf hin, daß die Abteilung V des KGB (Falschinformationen – Ferner Osten) unter dem Codenamen Sevrin ein bisher unbekanntes, streng geheimes Spionagenetz über den ganzen Fernen Osten geflochten hat. Die Sevrin gestellte Aufgabe geht deutlich aus dem gestohlenen Hauptdokument hervor:
Zweck: das revisionistische China lahmzulegen.
Unmittelbares Ziel: die Vernichtung Hongkongs als Bastion des Kapitalismus im Fernen Osten und Chinas wichtigste Quelle für Devisen und alle Auslandshilfe technischer und wirtschaftlicher Natur.
Methode: langfristige ideologische Unterwanderung von Medien, Regierung und Polizei, Geschäftswelt und Unterrichtswesen durch von der Zentrale gesteuerte Sympathisanten – aber nur im Einklang mit den besonderen Zielsetzungen in ganz Asien.
Beginn: sofort.
Dauer der Operation: provisorisch auf dreißig Jahre festgesetzt.
Vorgesehener Termin: 1980 bis 83.
Kapitalmäßige Fundierung: unbegrenzt.
Genehmigt: L. B., 14. März 1950.«
»Es ist aufschlußreich festzustellen«, hatte Grant hinzugefügt, »daß das Dokument 1950 von L. B. – vermutlich Lawrentij Berija – unterzeichnet wurde, zu einer Zeit also, da Sowjetrußland mit dem kommunistischen China offen verbündet war.
Historisch gesehen ist China heute, was es immer war und immer sein wird – der große Preis, den das imperialistische und hegemonische Rußland sich einzuverleiben trachtet. Der Besitz Chinas oder seine Zerstückelung in balkanisierte Satellitenstaaten ist der ewige Eckstein der russischen Außenpolitik. Noch wichtiger allerdings ist die Vernichtung Westeuropas, denn dann, so glauben die Russen, können sie China ohne große Schwierigkeiten schlucken.
Die Dokumente enthüllen, daß Sevrins Hongkonger Zelle aus einem dort ansässigen Führungsoffizier mit dem Decknamen Arthur und sechs Agenten besteht. Bis auf die Tatsache, daß er in den dreißiger Jahren als KGB-Agent in England angeworben wurde, wissen wir nichts von Arthur.
Mit 6. April 1959 sind zusätzliche, streng geheime Dokumente datiert, die aus dem tschechischen StB (Staatssicherheitsdienst) gestohlen wurden; ich zitiere daraus: ›. . . wurden nach Mitteilung des Führungsoffiziers Arthur zwischen 1946 und 1949 sechs Agenten in Schlüsselpositionen angeworben: je einer im Kolonialamt Hongkongbüro (Deckname Charles), in der Finanzkammer (Deckname Mason), auf dem Flottenstützpunkt (Deckname

John), in der Bank of London and China (Vincent), in der Hongkong Telephone Company (William) und in Struan and Company (Frederick). Nach der üblichen Praxis kennt nur der Führungsoffizier die wahre Identität der sechs Agenten. Sieben konspirative Wohnungen stehen zur Verfügung, darunter solche in den Sinclair Towers auf der Insel Hongkong und im Neun-Drachen-Hotel auf Kowloon. Sevrins New Yorker Kontaktmann führt den Decknamen Guillio. Wegen seiner Beziehungen zur Mafia und zur CIA ist er für uns sehr wichtig.‹ «
Guillio, hatte Grant weiter berichte, sollte ein gewisser Vincenzo Banastasio sein, ein maßgebender Gangster und das gegenwärtige Oberhaupt der Sallapione-Familie. »Wir lassen das durch amerikanische Freunde nachprüfen. Ob der feindliche Agent in der Polizei (darüber mehr an anderer Stelle) zu Sevrin gehört, wissen wir nicht, nehmen es aber an.
Wir sind der Meinung, daß China, um den imperialistischen Bestrebungen der Sowjetunion entgegenzuwirken, sich gezwungen sehen wird, seine Handelsbeziehungen mit dem Westen in zunehmendem Maße auszubauen. Auch muß es die Leere überbrücken, die 1960 durch die Rücknahme der von den Sowjets zur Verfügung gestellten Techniker und finanziellen Mittel entstanden ist. China muß Ordnung in das Chaos bringen. Chinas Streitkräfte bedürfen dringend der Modernisierung. Das Land hat schlechte Ernten hinter sich. Darum werden alle Arten von strategischen Gütern und Militärgerät, aber auch Grundnahrungsstoffe noch auf Jahre hinaus einen aufnahmefähigen Markt finden.
Mit den besten Empfehlungen verbleibe ich AMG, London, 15. August 1963.«
Wer könnte Arthur sein?
Wer bei Struan's? Zum Teufel! John Tschen und Tsu-yan, geschmuggelte Gewehre und jetzt ein KGB-Agent in unserer Mitte. Wer? Vielleicht...
Es klopfte sanft an die Tür.
»Herein!« rief er, denn er erkannte das Klopfen seiner Frau.
»Es ist gleich acht, Ian«, sagte Penelope. »Ich dachte, ich sollte dich holen. Ich weiß, wie du bist.«
»Ja.«
»Wie ist es denn heute gelaufen? Schreckliche Sache mit John Tschen, nicht wahr? Ich nehme an, du hast die Zeitungen gelesen... Kommst du herunter?«
»Ja. Champagner?«
»Ja, bitte.«
Er schenkte ihr ein und füllte auch sein Glas nach. »Ach, übrigens, Penelope, ich habe einen Mann eingeladen, den ich heute kennengelernt habe; im Krieg war er bei der RAF. Hat mir einen guten Eindruck gemacht. Er heißt Peter Marlowe.«
»Kampfflieger?«

»Ja. Aber Hurricans – keine Spits... Ist das ein neues Kleid?«
»Ja.«
»Du siehst hübsch aus.«
»Vielen Dank, aber das bin ich nicht mehr. Ich fühle mich alt. Trotzdem danke.« Sie setzte sich in den anderen Ohrensessel. »Peter Marlowe, sagst du?«
»Ja. Der arme Kerl geriet 1942 in Java in Kriegsgefangenschaft. Er war dreieinhalb Jahre POW.«
»Ach, der arme Mann! Wurde er abgeschossen?«
»Nein, die Japaner bepflasterten den Flughafen, bevor er sich in Sicherheit bringen konnte. Vielleicht hatte er Glück. Die Zeros erwischten zwei Maschinen auf dem Boden und die letzten zwei, knapp nachdem sie abgehoben hatten – die Piloten verbrannten.«
»Schrecklich!«
»Ja. Gott sei Dank, wir hatten unseren Krieg in Europa.« Dunross sah sie an. »Er erzählt, er sei ein Jahr in Java geblieben, dann hätten ihn die Japaner nach Singapur und in ein Arbeitslager gebracht.«
»Nach Changi?« fragte sie mit veränderter Stimme.
»Ja, und dort blieb er zweieinhalb Jahre.« Auf Malaiisch bedeutet Changi ›Weinranke‹, und Changi hieß das Gefängnis in Singapur, in dem die Japaner im Zweiten Weltkrieg eines ihrer berüchtigten Kriegsgefangenenlager einrichteten.
Sie dachte kurz nach und lächelte dann ein wenig nervös. »Kannte er Robin dort?« Robin Grey war ihr Bruder, ihr einziger noch lebender Blutsverwandter; ihre Eltern waren 1943 bei einem Luftangriff auf London ums Leben gekommen, knapp vor Penelopes Heirat mit Dunross.
»Marlowe sagte, ja, er glaube sich zu erinnern, aber offenbar wollte er nicht über diese für ihn so schmerzliche Zeit sprechen, und so ließ ich das Thema fallen.«
»Für wann erwartest du Robin zurück?«
»Genau weiß ich das nicht. In ein paar Tagen. Heute nachmittag erzählte mir der Gouverneur, die Delegation sei jetzt in Peking.« Eine britische, aus Parlamentsmitgliedern aller drei Parteien bestehende Wirtschaftsabordnung war von Peking eingeladen worden, um über Fragen des bilateralen Außenhandels zu reden. Die Delegation war vor zwei Wochen in Hongkong angekommen und sofort nach Kanton weitergereist, wo alle Verhandlungen geführt wurden. Es geschah nur selten, daß man eingeladen wurde, noch seltener, daß Parlamentsabgeordnete zu den Glücklichen zählten – und noch viel seltener, daß auch Peking auf der Reiseroute stand. Robin war einer der Abgeordneten – als Vertreter der Labour Party. »Penn, Liebling, meinst du nicht, wir sollten uns zu Robin bekennen und einen Empfang für ihn geben? Wir haben ihn doch schon seit Jahren nicht mehr gesehen und es ist das erste Mal, daß er nach Asien kommt.«

»In mein Haus kommt er nicht. In keines meiner Häuser.«
»Wäre es nicht an der Zeit, deine starre Haltung ein wenig zu lockern, einen Schlußstrich zu ziehen?«
»Nein, denn ich kenne ihn, du nicht. Robin hat sein Leben, und wir haben das unsere. Darauf haben wir, er und ich, uns vor Jahren geeinigt. Nein, ich habe nicht den Wunsch, ihn je wiederzusehen. Er ist ein schrecklicher Mensch, gefährlich, und ein Langweiler, der immerzu zotige Reden führt.«
Dunross lachte. »Ich gebe zu, er ist ein abscheulicher Kerl, und seine politische Einstellung ist mir zuwider – aber es ist eine wichtige Delegation. Ich sollte sie irgendwie bewirten.«
»Tu das, Ian! Aber wenn möglich, nicht hier – oder sag es mir rechtzeitig, damit die Kinder und ich verreisen können. Es ist für mich eine Prestigefrage; mehr möchte ich dazu nicht sagen.« Sie warf den Kopf zurück. »Mein Gott, lassen wir uns doch von ihm nicht den Abend verderben! Was macht dieser Marlowe in Hongkong?«
»Er ist Schriftsteller. Er will ein Buch über Hongkong schreiben. Jetzt lebt er in Amerika. Seine Frau kommt ebenfalls mit. Übrigens habe ich auch die Amerikaner eingeladen, Linc Bartlett und Casey Tcholok.«
Penelope Dunross lachte. »Vier mehr oder vierzig mehr, das spielt keine Rolle – die meisten Leute kenne ich sowieso nicht, und wie immer hat Claudia alles bestens organisiert.« Sie zog eine Augenbraue hoch. »Ein Waffenschmuggler unter den Piraten! Es wird weiter gar nicht auffallen.«
»Ist er denn einer?«
»Alle sagen es. Hast du den Artikel im *Mirror* gelesen? Ah Tat ist überzeugt, der Amerikaner ist schlechter Joss – davon hat sie das ganze Personal, die Kinder und mich informiert – jetzt ist es sozusagen offiziell. Hat sie dir damit noch nicht in den Ohren gelegen?«
»Noch nicht.«
»Ich wünschte mir, ich könnte kantonesisch daherplappern wie du und die Kinder. Ich würde dem alten Drachen nahelegen, den Aberglauben für sich zu behalten. Sie übt einen schlechten Einfluß aus.«
»Sie würde ihr Leben für die Kinder geben.«
»Ich weiß, sie ist deine *gan sun*, sie hat dich ganz allein aufgezogen und hält sich für ein Geschenk des Himmels für die Dunross'. Aber was mich angeht, ist sie eine streitsüchtige, widerliche alte Vettel, und ich hasse sie.«
Penelope lächelte süß. »Wie ich höre, ist die Amerikanerin sehr hübsch.«
»Hübsch, nein – attraktiv. Sie macht Andrew schwer zu schaffen.«
»Kann ich mir gut vorstellen. Eine Dame, die über Geschäfte spricht! Wie soll das enden? Kann sie was?«
»Es ist noch zu früh, diese Frage zu beantworten. Aber sie ist sehr intelligent.«
»Hast du Adryon heute abend schon gesehen?«

»Nein.« Diesen Tonfall kannte er. »Was ist denn los?«
»Sie war schon wieder in meinem Ankleideraum – die Hälfte meiner besten Strümpfe sind weg, der Rest überall verstreut, meine Schals sind durcheinander, meine neue Bluse ist weg, und mein neuer Gürtel ist verschwunden. Sie hat mir sogar mein bestes Hermès geklaut... ich komme mit diesem Kind einfach nicht zurecht!«
»Ich werde wieder mit ihr sprechen.«
»Das wird gar nichts nützen.«
»Ich weiß. Hier.« Er reichte ihr ein schlankes Etui. »Alles Liebe zum zwanzigsten!«
»Oh, danke dir, Ian! Deines ist unten. Du...« Sie unterbrach sich und öffnete das Etui. Es enthielt ein Armband aus geschnitztem Jade, ein sehr feines, sehr altes, kostbares Sammlerstück. »O wie schön, danke, Ian!« Sie schob es über das dünne Goldkettchen, das sie trug. Doch so scharf er sein Ohr auch auf ihre Stimme einstellte, er konnte weder wirkliche Freude noch wirkliche Enttäuschung hören. »Es ist wunderschön«, sagte sie, beugte sich vor und berührte mit ihren Lippen seine Wange. »Wo hast du es gefunden?«
»In der Cat Street. Bei Wong Tschun Kit. Er gab...«
Die Tür flog auf, und ein Mädchen kam hereingeschossen. Sie war groß, schlank und blond und stieß atemlos hervor: »Ich hoffe, ihr habt nichts dagegen, daß ich für heute abend einen Freund eingeladen habe, er hat eben angerufen, daß er kommt, doch erst später, aber ich dachte, das geht in Ordnung. Er ist eine Wolke. Ein Koffer.«
»Du lieber Himmel, Adryon«, tadelte Dunross sie sanft. »Wie oft muß ich dich noch bitten, anzuklopfen, bevor du hier hereinstürmst, und würdest du die Freundlichkeit haben, englisch mit uns zu reden? Was, zum Teufel, ist ein Koffer?«
»Dufte, steil, wolkig, ein Koffer. Tut mir leid, Vater, aber du bist wirklich nicht sehr rasch. Wolkig und Koffer sind jetzt in, sogar in Hongkong. Auf bald, ich habe noch zu tun. Nach der Party gehe ich aus – ich komme spät, also...«
»Wart' einen Augen...«
»Das ist meine neue Bluse!« explodierte Penelope. »Zieh sie sofort aus, Adryon! Ich habe dir schon fünfzigmal gesagt, du hast in meinem Ankleideraum nichts zu suchen!«
»Ach, Mutter«, gab Adryon ebenso laut zurück, »du brauchst sie doch nicht, kann ich sie mir nicht für heute abend ausborgen? Bitte!« bettelte sie.
»Bitte, bitte? Vater, sprich du mir ihr!« Sie sprach in perfektem *amah*-Kantonesisch weiter: »Ehrenwerter Vater... bitte hilf deiner Tochter Nummer eins, das Unerreichbare zu erreichen, oder ich werde weinen, bitterlich weinen, *oh ko*...« Und wieder ins Englische zurück, ohne abzusetzen: »Mutter... du brauchst sie nicht, und ich...«

»Nein.«

»Ach komm schon, bitte, bitte! Ich werde auch aufpassen – ich verspreche es.«

»Also wenn du versprichst...«

»O danke!« Das Mädchen strahlte, machte kehrt und lief hinaus; hinter ihr knallte die Tür zu.

»Verdammt noch mal«, brüllte Dunross. »Warum, zum Teufel, muß immer eine Tür knallen, wenn sie ein Zimmer verläßt?«

»Wenigstens tut sie es nicht mehr absichtlich.« Penelope seufzte. »Ich glaube nicht, daß ich eine solche Kraftprobe noch einmal durchhalten könnte.«

»Ich auch nicht. Gott sei Dank ist Glenna vernünftig.«

»Das geht vorüber, Ian. Sie gerät ihrem Vater nach, so wie Adryon.«

»Dieser Jähzorn, diese Gereiztheit entspricht nicht meinem Wesen«, konterte er scharf. »Und da wir schon beim Thema sind: Ich hoffe, Adryon hat diesmal einen netten Jungen gefunden und nicht wieder so Heinis wie bisher. Wen hat sie denn heute eingeladen?«

»Ich weiß es nicht, Ian.«

»Das sind immer schreckliche Kerle. Sie hat so gar keinen Geschmack, was Männer angeht... Erinnerst du dich an diesen Kaktusschädel mit den steinzeitlichen Armen, in den sie so verknallt war? Mein Gott, sie war kaum fünfzehn und...«

»Sie war fast sechzehn.«

»Wie hieß er doch gleich? Ach ja, Byron. Byron, das muß man gehört haben!«

»Es war doch nur eine jugendliche Schwärmerei.«

»Eine Gorilla-Schwärmerei, bei Gott«, versetzte Dunross noch brummiger. »Das war doch ein richtiger Gorilla... Erinnerst du dich an den andern, der vor diesem verdammten Byron... dieser geistig kastrierte Bastard... wie hieß er doch gleich?«

»Victor. Ja, Victor Hopper. Das war der... o ja, ich erinnere mich, das war der, der mich fragte, ob ich etwas dagegen hätte, wenn er mit Adryon schliefe.«

»Was hat er?«

»Ja, ja.« Sie lächelte ihn mit unschuldiger Miene an. »Ich habe es dir damals nicht erzählt... ich hielt es für besser. Reg dich nicht auf, Ian! Das ist mindestens vier Jahre her. Ich antwortete ihm, daß es noch zu früh sei. Adryon sei ja erst vierzehn, aber wenn sie erst mal einundzwanzig werde, dann ganz bestimmt...«

»Heiliger Strohsack! Er hat dich gefragt, ob er...«

»Er hat wenigstens gefragt, Ian. Das war doch schon was.« Sie stand auf und schenkte beide Gläser nach. »Dein Leidensweg dauert nur noch zehn Jahre – dann kommen die Enkelkinder. Alles Schöne und Gute zum Hochzeitstag!« Sie stieß mit ihm an, trank und lächelte.

»Du hast recht«, sagte er, erwiderte ihr Lächeln und fand sie besonders liebenswert. So viele gute Jahre! Ich hatte Glück, dachte er, an jenem ersten Tag seligen Angedenkens. Es geschah auf dem RAF-Stützpunkt Biggin Hill, an einem warmen, sonnigen Augustmorgen 1940 während der Luftschlacht um England, und sie war eine der seit kurzem dort stationierten WAAFs. Für ihn war es der erste Kriegstag, sein dritter Einsatz an diesem Tag und sein erster Abschuß. Seine Spitfire war von Kugeln durchsiebt, die Tragfläche zum Teil abgetrennt, das Höhenleitwerk verklemmt. Nach allen Regeln des Joss sollte er tot sein, war es aber nicht. Tot war der Pilot der Messerschmitt, er aber wohlbehalten und in Sicherheit, trunken vor Angst, Scham und Erleichterung, weil er zurückgekehrt war.

»Guten Tag, Sir«, hatte Penelope Grey ihn begrüßt, »willkommen daheim! Hier.« Sie hatte ihm eine Tasse heißen süßen Tee gereicht und nichts weiter gesagt, nur gelächelt und ihm Zeit gelassen, aus dem Himmel des Todes ins Leben zurückzukehren. Er hatte ihr nicht einmal gedankt, nur den Tee getrunken. Es war der beste Tee, den er je getrunken hatte.

»Ich habe eine Messerschmitt erledigt«, hatte er gesagt, als er wieder reden konnte; seine Stimme zitterte wie seine Knie. Er konnte sich nicht erinnern, sein Gurtzeug abgeschnallt zu haben, aus dem Cockpit geklettert und zusammen mit den anderen Überlebenden auf den LKW gestiegen zu sein.

»Es war eine 109.«

»Ja, Sir, Squadron Leader Miller hat den Abschuß bereits bestätigt, und er sagt, Sie mögen sich bereit halten, Sie werden jeden Augenblick wieder los müssen. Diesmal sollen Sie Poppa Mike Kolo mitnehmen. Oh, wie wünschte ich mir, ich könnte mit Ihnen fliegen und mithelfen, diese Monster zu töten...«

Aber es waren keine Monster, dachte er, zumindest der erste Pilot, den er abgeschossen hatte, war keines – ein junger Mann wie er selbst, vielleicht gleichaltrig, der brennend, einer flammenden Fackel gleich, in die Tiefe gestürzt war.

»Ist Tommy zurückgekommen, Tom Lane?«

»Nein, Sir, tut mir leid, Sir. Er... Der Squadron Leader hat gesagt, Lane sei über Dover abgeschossen worden.«

»Ich habe schreckliche Angst, in einer brennenden Maschine abzustürzen«, hatte er ihr gestanden.

»Das wird Ihnen nicht passieren, Sir, Ihnen nicht. Sie wird man nicht abschießen. Ich weiß es. Sie nicht, Sir, nein, Sie nicht.« Sie war noch nicht achtzehn, dieses Mädchen mit den blaßblauen Augen, dem blonden Haar und dem hellen Gesicht, aber stark, sehr stark und sehr sicher.

Er hatte ihr geglaubt, und ihre Zuversicht war ihm durch weitere vier an Einsätzen überreiche Monate und noch mehr Abschüsse eine Stütze gewesen. Und doch hatte sie sich geirrt: Er blieb zwar am Leben, wurde aber später doch vom Himmel gepustet und erlitt dabei leichtere Verbrennungen.

Als er dann, für immer mit Flugverbot belegt, aus dem Lazarett kam, hatten sie geheiratet.
»Mir ist, als wäre es gestern gewesen«, sagte er.
Die Tür ging auf. Penelope seufzte, als Ah Tat, kantonesisch schwatzend, als ob sie Brabbelwasser getrunken hätte, ins Zimmer marschiert kam. »*Ayeeyah*, mein Sohn, du bist ja noch nicht fertig angezogen; unsere verehrten Gäste werden jeden Augenblick eintreffen, und deine Schleife ist noch nicht gebunden, und dieser mutterlose Fremde aus Nord-Kwantung, der unnötigerweise in unser Haus gebracht wurde, um heute abend zu kochen... dieser übelriechende Abkömmling einer Ein-Dollar-Hure aus Nord-Kwantung bildet sich ein, ein Koch zu sein... Ha!... Dieser Mann und seine ebenso verachtenswerten Gehilfen beschmutzen unsere Küche und rauben uns den Frieden. *Oh ko*«, fuhr die runzelige kleine Greisin ohne Atem zu holen fort, während ihre krallenartigen Finger automatisch hinauflangten und ihm geschickt die Schleife banden. »Doch das ist noch nicht alles! Tochter Nummer Zwei will einfach das Kleid nicht anziehen, das Ehrenwerte Erste Frau für sie ausgesucht hat, und ihre Wut reicht bis nach Java. Hier, mein Sohn.« Sie nahm einen Umschlag aus der Tasche und überreichte ihn. »Hier hast du noch so eine barbarische Botschaft mit Glückwünschen zu deinem Ehrentag, und deine arme alte Mutter mußte sie auf ihren armen alten Beinen die Treppe herauftragen...« Sie unterbrach sich, um Atem zu holen.
»Danke, Mutter«, sagte er höflich.
»Als dein Ehrenwerter Vater noch lebte, arbeiteten die Diener und wußten, was sie zu tun hatten, und deine alte Mutter brauchte keine schmutzigen Fremden in unserem Großen Haus zu dulden!« Während sie die Eindringlinge weiter verwünschte, ging sie zur Tür. »Und komm nicht zu spät, mein Sohn, sonst...« Sie redete immer noch, nachdem sie das Zimmer verlassen hatte.
»Was ist ihr denn über die Leber gelaufen?« fragte Penelope.
»Sie regt sich über die Lohndiener auf, sie mag keine Fremden – du weißt doch, wie sie ist.« Er öffnete den Umschlag. Darin befand sich ein Telex.
»Was hat sie von Glenna erzählt?« fragte Penelope. Ihre Kantonesisch-Kenntnisse waren minimal, aber das Wort *yee-chat*, Zweite Tochter, hatte sie verstanden.
»Daß sie sich wegen des Kleides aufgeregt hat, das du für sie ausgesucht hast. Hör mal, Penn, es wäre vielleicht am besten, wenn Glenna jetzt zu Bett ginge...«
»Aber wo denkst du hin? Das ist völlig ausgeschlossen! Nicht einmal der ›Hexe‹ würde es gelingen, Glenna von ihren ›Erwachsenen‹, wie sie sie nennt, fernzuhalten! Du hast zugestimmt, *du*, nicht ich!«
»Ja, aber meinst du nicht, sie...«
»Nein. Sie ist alt genug. Schließlich ist sie schon dreizehn.« Ruhig trank

Penelope ihren Champagner aus. »Trotzdem werde ich mir die junge Dame jetzt einmal vorknöpfen. Keine Sorge!«
Sie erhob sich. Dann sah sie sein Gesicht. Er starrte auf das Telex.
»Was ist los?«
»Einer unserer Leute ist in London ums Leben gekommen. Grant. Alan Medford Grant. Ich glaube, du hast ihn einmal in Ayrshire kennengelernt. Er war ein kleiner, koboldhafter Mann. Er war Gast auf einer unserer Partys auf Schloß Avisyard.«
Sie runzelte die Stirn. »Ich erinnere mich nicht.« Sie nahm das Telex aus seiner Hand. Der Text lautete: »Bedaure, Sie informieren zu müssen, daß A. M. Grant heute morgen bei Motorradunglück ums Leben gekommen ist. Einzelheiten folgen, sobald ich sie erfahre. Bedaure. Grüße. Kiernan.«
»Wer ist Kiernan?«
»Sein Assistent.«
»Grant... War er ein Freund von dir?«
»Sozusagen.«
»Oh, das tut mir leid.«
Sie fühlte das Ausmaß seines Schocks und wollte Verständnis zeigen. Sie wußte, daß er sehr bestürzt war – und sie wollte sofort alles über diesen unbekannten Mann wissen. Aber sie wollte auch den ehelichen Frieden bewahren.
Das ist meine Aufgabe, rief sie sich in Erinnerung: keine Fragen stellen, immer ruhig bleiben und da sein – und die Scherben auflesen, wenn man mich läßt.
»Kommst du bald hinunter?«
»In ein paar Minuten.«
»Nochmals vielen Dank für das Armband«, sagte sie, denn es gefiel ihr sehr gut, und er erwiderte: »Ist doch nicht der Rede wert«, aber sie wußte, daß er sie gar nicht gehört hatte. Er stand schon am Telefon und rief das Fernamt.
Sie ging hinaus, schloß sanft die Tür hinter sich und blieb traurig und mit klopfendem Herzen in dem langen Gang stehen, der zu dem Ost- und Westflügel führte. Zum Teufel mit Telegrammen und Telefonen, Struan's und Hongkong, Partys und...
»Mutter!«
Sie hörte Glennas gellenden Ruf aus den Tiefen ihres Zimmers im Ostflügel, und sogleich konzentrierten sich ihre Sinne. Frustrierte Wut lag in Glennas Stimme, aber keine Bedrohung, darum beeilte sie sich nicht und rief nur zurück: »Ich komme... was ist denn, Glenna?«
»Wo bist du?«
»Ich komme, Schätzchen.« Glenna wird hübsch aussehen in diesem Kleid, dachte sie und beschleunigte ihre Schritte.

Jenseits des Hafens in Kowloon kletterte Divisional Staff Sergeant Tang-po,

CID, der Oberdrache, die baufällige Treppe hinauf und trat ins Zimmer. Der Kern seiner geheimen Triade erwartete ihn schon. »Jetzt strengt mal die Knochen an, die einige von euch zwischen den Ohren haben: Die Drachen wollen Noble House Tschen zurück und diese räudigen Kotfresser von Werwölfen hinter Gittern haben, und zwar so rasch, daß selbst eure Götter sich die Augen reiben!«

»Ja, Herr!« antworteten seine Untergebenen im Chor.

Sie befanden sich in Tang-pos konspirativer Wohnung, einem kleinen, düsteren Apartment hinter einer schäbigen Eingangstür im fünften Stock eines ebenso schäbigen Mietshauses in einer schmutzigen Seitenstraße, nur drei Ecken von ihrem Polizeikommissariat des Tsim-Sha-Tsui-Bezirks, der dem Hafen zu an der Spitze der Halbinsel Kowloon lag. Es waren ihrer neun: ein Sergeant, zwei Corporale, der Rest Constabler – sie alle Kriminalbeamte in Zivil des CID, Kantonesen, sorgsam ausgewählt und durch Eidesschwur zu Treue und Verschwiegenheit verpflichtet. Sie waren Tang-pos geheime *tong* oder Brüderschaft, die ihre schützende Hand über das Glücksspiel im Tsim-Sha-Tsui-Bezirk hielt.

»Schaut überall nach, sprecht mit jedem. Wir haben drei Tage«, sagte Tang-po. Er war ein kräftig gebauter fünfundfünfzigjähriger Mann mit leicht ergrautem Haar und buschigen Augenbrauen, und sein Rang war der höchste, den ein Nicht-Offizier anstreben konnte. »Das ist mein Befehl, der meiner Drachenbrüder und des Allerhöchsten persönlich. Davon abgesehen«, fügte er verdrießlich hinzu, »hat der Große Misthaufen gedroht, uns alle zu degradieren und an die Grenze und andere Orte zu versetzen, wenn wir versagen, und das ist das erstemal, daß er so die Faust geschüttelt hat. Mögen die Götter aus großer Höhe auf alle fremden Teufel herunterpissen, ganz besonders auf diese mutterlosen Hurenböcke, die sich weigern, ihre Spenden zu leisten und sich wie zivilisierte Menschen zu benehmen. Großer Misthaufen hat es heute nachmittag ganz klar ausgedrückt: Resultate oder ab zur Grenze, wo es im Umkreis von zwanzig Meilen nicht einmal einen Nachttopf gibt und keinen, den man melken könnte. *Ayeeyah!* Mögen uns alle Götter davor bewahren, daß wir versagen!«

»Jawohl«, antwortete Corporal Ho im Namen aller und machte eine Eintragung in sein Notizbuch. Er war ein Mann mit scharfgeschnittenen Gesichtszügen, der die Abendschule besuchte, um Buchhalter zu werden, und darum die Bücher der Bruderschaft und die Protokolle ihrer Zusammenkünfte führte.

»Älterer Bruder«, setzte Sergeant Lee höflich an, »ist eine Belohnung ausgesetzt, die wir unseren Informanten anbieten können? Ist ein Minimum oder ein Maximum vorgesehen?«

»Jawohl«, antwortete Tang-po, »der Oberdrache hat gesagt, hunderttausend Hongkong, wenn innerhalb von drei Tagen...«

Die enorme Höhe der Belohnung bewirkte, daß lautlose Stille eintrat.

»... Die Hälfte für das Auffinden von Noble House Tschen, die andere Hälfte für das Aufspüren der Kidnapper. Und ein Bonus von zehntausend für den Bruder, dessen Information das eine oder andere möglich macht – ein Bonus und Beförderung.«
»Einmal 10 000 für Tschen und einmal 10 000 für die Kidnapper?« fragte der Corporal. »Ist das richtig, Älterer Bruder?«
»*Dew neh loh moh!* Das habe ich doch gesagt«, gab Tang-po scharf zurück und zog an seiner Zigarette. »Hast du Eiter in den Ohren?«
»O nein, tut mir leid, Ehrenwerter Herr, bitte entschuldige!«
Tang-po warf einen Blick in sein Notizbuch. »Jetzt etwas anderes. Dank der Zusammenarbeit von Tageszeit Tschang und dem Ehrenwerten Song kann die Bruderschaft die Duschräume im V and A täglich zwischen acht und neun Uhr und nicht wie bisher von sieben bis acht Uhr benützen. Frauen und Konkubinen nach Namensliste. Corporal Ho, du stellst einen neuen Dienstplan zusammen.«
»Übrigens, Ehrenwerter Herr«, meldete sich einer der jüngeren Beamten zu Wort, »hast du schon vom Goldenen Schamhaar gehört?«
»Wie?«
Der junge Mann berichtete, was Tageszeit Tschang ihm heute morgen erzählt hatte, als er in die Hotelküche gekommen war, um zu frühstücken. Alle brüllten vor Lachen.
»Da war noch etwas, Ehrenwerter Herr«, sagte der junge Beamte, als sich das Gelächter gelegt hatte. »Tageszeit Tschang hat mir aufgetragen, dir mitzuteilen, daß Goldenes Schamhaar einen Miniatur-Sender-Empfänger besitzt – den besten, den er je gesehen hat, besser als alles, was wir haben, sogar im Special Branch. Sie trägt ihn immer bei sich.«
Tang-po starrte ihn an. »Das ist aber kurios. Wozu sollte ein fremder Teufel so etwas brauchen?«
»Ob es etwas mit den Gewehren zu tun hat?« tippte Lee an.
»Ich weiß es nicht, Jüngerer Bruder. Frauen mit Funkgeräten? Interessant. Sie hatte ihn nicht in ihrem Gepäck, als unsere Leute sie gestern abend kontrollierten. Sie muß ihn in ihrer Handtasche gehabt haben. Gut. Sehr gut. Ich möchte wirklich wissen, für wen diese Gewehre bestimmt waren«, fügte er nachdenklich hinzu. »Vergeßt nicht, euren Informanten zu sagen, daß ich auch daran sehr interessiert bin.«
»Ist Noble House Tschen in diesen Schmuggel verwickelt, und hat er etwas mit diesen beiden fremden Teufeln zu tun?« fragte Lee.
»Ich denke schon, Jüngerer Bruder, ich denke schon. Ja. Und das ist auch recht ungewöhnlich – ein Ohr zu schicken – so bald zu schicken, das ist unzivilisiert.«
»Dann denkst du wohl, die Werwölfe sind fremde Teufel? Oder Hurenböcke von Mischlingen? Oder Portugiesen?«
»Ich weiß es nicht«, antwortete Tang-po verdrießlich. »Aber es ist in unse-

rem Bezirk passiert, darum ist es für uns alle eine Prestigesache. Großer Misthaufen ist wütend.«
»Sssschiii«, zischte Lee, »dieser Hurenbock ist so jähzornig.«
»Das stimmt. Vielleicht wird ihn diese Information über das Funkgerät besänftigen. Ich glaube, ich werde meine Brüder bitten, Goldenes Schamhaar und ihren waffenschmuggelnden Freund auf alle Fälle zu überwachen. Aber da war noch etwas... Ach ja. Warum ist die Spende des Happy Hostess Night Club um dreißig Prozent gesunken?«
»Das Lokal steht jetzt unter neuer Leitung, Ehrenwerter Herr«, antwortete Sergeant Lee, in dessen Gebiet die Tanzhalle lag. »Einauge Pok hat an einen Schanghaier Hurenbock namens Wang verkauft – Happy Wang. Happy Wang sagt, die Duftige Schmiere ist zu hoch, das Geschäft geht schlecht, sehr schlecht.«
Dew neh loh moh auf alle Schanghaier. Stimmt das?«
»Es stimmt, Ehrenwerter Herr«, antwortete Ho. »Ich war um Mitternacht dort, um die Vorauszahlung für diese Woche zu kassieren – das Lokal war nur halb voll.«
»Du kannst dem ehrenwerten Happy Wang etwas von mir ausrichten: Er hat drei Wochen Zeit, um seinen Umsatz zu steigern. Dann werden wir weiter sehen. Ho, sprich mit ein paar Mädchen vom Great New Oriental; sie sollen einen Monat lang das Happy Hostess empfehlen. Die haben dort genügend fremde Teufel als Kunden... Und sag Wang, daß übermorgen der atombetriebene Flugzeugträger *Corregidor* einläuft. Ich werde meine Drachenbrüder in Wanchai und im Hafenviertel fragen, ob sie etwas dagegen haben, daß Happy Wang ein paar Visitenkarten hinüberschickt. An die tausend Barbaren aus dem Goldenen Land werden ihm doch sicher aus den Schwierigkeiten helfen!«
»Ehrenwerter Herr, ich erledige das noch heute abend«, versprach Corporal Ho.
»Mein Freund bei der Wasserpolizei hat mir erzählt, daß uns bald viele Kriegsschiffe besuchen werden – die amerikanische Siebente Flotte wird verstärkt.« Tang-po runzelte die Stirn. »Verdoppelt, hat er gesagt. Auf dem Festland heißt es, daß amerikanische Soldaten in großer Zahl nach Vietnam kommen. Eine Fluglinie haben sie dort schon eingerichtet – zumindest ihre CIA-Triade ist schon unterwegs.«
»Iiiii, das ist gut fürs Geschäft! Wir werden ihre Schiffe reparieren müssen und ihre Besatzungen bewirten. Gut! Sehr gut für uns!«
»Ja, sehr gut. Aber sehr dumm von ihnen. Seit Monaten sendet ihnen der Ehrenwerte Tschu En-lai höfliche Warnungen, daß China sie dort nicht haben will! Warum hören sie nicht auf ihn? Vietnam ist unser barbarisches Vorfeld! Ziemlich dumm, sich dieses verpestete Dschungelland und diese abscheulichen Barbaren als Gegner auszusuchen. Wenn es China in Jahrhunderten nicht gelungen ist, diese Barbaren zu bändigen, wie wollen sie es

schaffen?« Tang-po lachte und zündete sich eine neue Zigarette an. »Wo ist denn der alte Einaug Pok hin?«

»Der alte Fuchs hat sein Dauervisum bekommen, und schon saß er im nächsten Flugzeug nach San Francisco – er, seine Frau und acht Kinder.« Tang-po wandte sich seinem Buchhalter zu. »Ist er uns noch Geld schuldig?«

»O nein, Ehrenwerter Herr. Er hat bis auf den letzten Cent alles bezahlt. Sergeant Lee hat sich darum gekümmert.«

»Wieviel hat es den alten Hurbenbock gekostet, das Visum zu bekommen?«

»Auf unsere Empfehlung hin – unsere Prozente wurden gezahlt – und nachdem er Corporal Sek Pun So im Einwanderungsamt ein Geschenk in der Höhe von 3000 HK gemacht hatte, bekam er die Ausreiseerlaubnis sehr rasch. Wir waren ihm auch dabei behilflich, den richtigen Edelsteinhändler zu finden, der ihm seinen Reichtum in die besten Blauweißen tauschte, die zu haben waren.« Er sah in seinem Büchlein nach. »Unsere Provision belief sich auf 8960 HK.«

»Aber was hat das amerikanische Visum ihn gekostet?«

»Ach, das goldene Tor ins Paradies!« Ho seufzte. »Ich habe gehört, daß er 5000 Dollar gezahlt hat, um an die Spitze der Liste gesetzt zu werden.«

»*Ayeeyah*, das ist mehr als das Übliche. Warum?«

»Scheinbar wurde ihm auch ein amerikanischer Paß versprochen, sobald die fünf Jahre um sind, und es nicht allzu viele Schwierigkeiten mit seinem Englisch gibt. Du weißt ja, daß er kein Englisch kann...«

»Diese Hurenböcke aus dem Goldenen Land – sie melken, aber sie sind nicht organisiert. Diese Leute haben keinen Stil«, mokierte sich Tang-po. »Da und dort ein Visum oder zwei – wo man doch genau weiß, daß man es zum richtigen Zeitpunkt und mit der richtigen Spende kaufen kann. Also warum machen sie es dann nicht ordentlich wie zivilisierte Leute? Zwanzig Visa die Woche – sogar vierzig... sie sind alle blöd, diese fremden Teufel!«

»*Dew neh loh moh*, du hast recht!« stimmte Sergeant Lee ihm zu, während er sich im Geist ausmalte, wieviel er melken könnte, wenn er in der Visaabteilung des amerikanischen Konsulats in Hongkong Vizekonsul wäre. »Iiii!«

»Wir sollten einen zivilisierten Menschen in diesem Amt haben, dann würden wir bald wie Mandarine leben und in San Francisco für Ruhe und Ordnung sorgen«, erklärte Tang-po, und alle lachten mit ihm. Dann fügte er ärgerlich hinzu: »Wenigstens sollten wir einen ganzen Mann dort sitzen haben, nicht einen, der gern einen dampfenden Stiel in seiner schwarzen Kammer hat oder seinen in der eines anderen!«

Sie lachten noch ausgelassener. »He«, rief einer von ihnen, »ich habe gehört, sein Spielkamerad sei der junge fremde Teufel Stinknase Schweine-

bauch vom Amt für öffentliche Arbeiten – ihr wißt ja, der Kerl, der Baugenehmigungen verkauft, die es gar nicht geben dürfte!«
»Das sind alte Kamellen, Tschan, sehr alte Kamellen. Sie haben sich mittlerweile auf gefährlichere Weideplätze begeben. Nach letzten Berichten steht der Paradiesschlüssel unseres Vizekonsuls in enger Verbindung mit einem jungen Mann...« und Tang-po setzte mit spitzen Lippen hinzu: »... Sohn eines prominenten Wirtschaftsprüfers, der auch ein prominenter Kommunist ist.«
»Iiiii, das ist nicht gut«, sagte Lee, der sofort wußte, um wen es sich handelte.
»Nein«, pflichtete Tang-po ihm bei. »Schon allein darum nicht, weil ich gestern erfahren habe, daß der junge Mann gleich hier um die Ecke eine Absteige hat. In meinem Bezirk! Und mein Bezirk hat die niedrigste Verbrechensrate von allen!«
»Das ist richtig«, riefen alle stolz.
»Sollte man mit ihm reden, Älterer Bruder?« fragte Lee.
»Nein, nur streng überwachen. Ich möchte alles über die beiden wissen. Sogar wenn sie rülpsen.« Tang-po seufzte. Er gab Sergeant Lee die Adresse. »Da ihr alle da seid, habe ich beschlossen, den Zahltag von morgen auf heute vorzuverlegen.« Er öffnete die große Tasche, die eine Anzahl Banknoten enthielt. Jeder bekam seine Besoldung als Polizist zuzüglich der genehmigten Spesen.
Von 300 HK im Monat ohne Spesenersatz konnte kein Constabler auch nur eine kleine Familie ernähren, die Miete für eine winzige Zweizimmerwohnung mit einem einzigen Wasserhahn und ohne sanitäre Einrichtungen bezahlen und ein Kind zur Schule schicken. Er konnte unmöglich etwas an notleidende Eltern, Großeltern oder Onkel in seinem Heimatdorf in Kwantung schicken, von denen viele vor langen Jahren ihre gesamten Ersparnisse geopfert hatten, um ihm den gefährlichen Start auf der holprigen Straße nach Hongkong zu ermöglichen.
Tang-po war einer von ihnen gewesen. Er war sehr stolz darauf, daß er als Sechsjähriger ganz allein die Reise überlebt, seine Verwandten gefunden hatte und als Achtzehnjähriger – vor sechsunddreißig Jahren – zur Polizei gegangen war. Er hatte der Königin treu, der Polizei korrekt und dem japanischen Feind während der Besetzung überhaupt nicht gedient und stand jetzt an der Spitze eines wichtigen Reviers in der Kronkolonie Hongkong. Er war geachtet und reich und unterstützte seine Familie in Kwantung. Das Wichtigste aber war, daß sein Tsim-Sha-Tsui-Revier weniger ungelöste Raubüberfälle, weniger ungelöste Körperverletzungen, Verstümmelungen und blutige Auseindandersetzungen zwischen Triaden aufzuweisen hatte als jeder andere Bezirk. In vier Jahren hatte es nur drei Mordfälle gegeben, und alle drei waren aufgeklärt, die Schuldigen verhaftet und verurteilt worden. Es gab so gut wie keine Einbrüche, kein fremder Teufel, der sich als

Tourist in Hongkong aufhielt, wurde hier jemals von Bettlern belästigt oder von Taschendieben geschädigt, und das auf einem Gebiet, auf dem mehr als 300 000 zivilisierte Personen überwacht und vor Übeltätern geschützt werden mußten.
Ach ja, dachte Tang-po, wenn es uns nicht gäbe, diese mit Dummheit geschlagenen Scheißbauern würden einander an die Kehle fahren, sie würden wüten, plündern und töten, und dann ginge ein einziger wilder Schrei durch den Pöbel: Tötet die fremden Teufel! Sie würden es versuchen, und wir wären wieder mitten in den Unruhen. Der Satan hole diese Kriminellen und alle, die keinen Frieden halten wollten! »Also dann«, sagte er freundlich, »wir sehen uns wieder in drei Tagen. Ich habe bei Great Food Tschang ein Festessen mit zehn Gängen bestellt. Bis dahin sollen alle die Ohren an das Hintertürchen der Götter legen und mir die Antworten bringen. Sergeant Lee, du bleibst noch einen Augenblick! Corporal Ho, du schreibst das Protokoll und bringst mir morgen nachmittag nach fünf die Abrechnungen!«
»Ja, Geehrter Herr.«
Sie zogen ab. Tang-po zündete sich eine neue Zigarette an. Sergeant Lee tat es ihm gleich. Tang-po hustete.
»Du solltest das Rauchen aufgeben, Älterer Bruder.«
»Du auch!« Tang-po zuckte die Achseln. »Wenn meine Zeit kommt, kommt sie. Joss! Um des lieben Friedens willen habe ich meiner Hauptfrau gesagt, ich hätte aufgehört. Sie keift und keift und keift.«
»Zeig mir eine, die es nicht tut, und dann wird sich herausstellen, daß sie ein Er mit einer schwarzen Kammer ist.«
Sie lachten zusammen.
»Das kann schon sein. *Heya,* vorige Woche bestand sie noch darauf, ich müsse zu einem Arzt gehen, und weißt du, was dieser mutterlose Hurenbock sagte? ›Sie sollten das Rauchen aufgeben, alter Freund, sonst werden Sie, bevor Sie zwanzig Monate älter sind, nur mehr Asche in einem Aschenkrug sein, und ich garantiere Ihnen, Ihre Hauptfrau wird Ihr ganzes Geld für lockere Burschen ausgeben, und Ihre Konkubine wird eines anderen Mannes Früchte kosten.‹«
»Das Schwein! Oh, so ein Schwein!«
»Ja, er hat mir wirklich angst gemacht. Aber vielleicht sagt er auch die Wahrheit.« Er nahm ein Taschentuch heraus, schneuzte sich, räusperte sich gründlich und spuckte in den Spucknapf. »Hör mal, Jüngerer Bruder, unser Oberdrache sagt, es sei an der Zeit, das Geschäft vom Schmuggler Yuen, Weißes Pulver Lee und seinem Vetter Vierfinger Wu zu organisieren.«
Sergeant Lee starrte ihn erschrocken an. Diese drei Männer galten als die obersten Tiger des Opiumhandels in Hongkong. Import und Export. »Schlecht, sehr schlecht. Wir haben uns nie in dieses Geschäft eingemischt.«

»Ja«, murmelte Tang-po.
»Das wäre sehr gefährlich. Das Rauschgiftdezernat ist strikt dagegen. Großer Misthaufen ist persönlich sehr daran interessiert, diese drei zu überführen – verdammt ernstlich interessiert.«
Tang-po starrte zur Decke. »Der Oberdrache hat es mir so erklärt«, sagte er dann. »Im Goldenen Dreieck kostet eine Tonne Opium 67000 amerikanische Dollar. Zu Scheißmorphin, dann zu Scheißheroin verarbeitet, das reine Heroin zu einer fünfprozentigen Lösung verdünnt, wie es üblicherweise auf den Straßen des Goldenen Landes verkauft wird, ergibt das einen Wert von fast 680 Millionen amerikanischen Dollar. Eine Tonne Opium.« Er zündete sich eine frische Zigarette an.
Lee fing an zu schwitzen. »Wie viele Tonnen gehen durch die Hände dieser drei Hurenböcke?«
»Das wissen wir nicht. Aber man hat ihm berichtet, daß im ganzen Goldenen Dreieck – Yunnan, Birma, Laos und Thailand – ungefähr 380 Tonnen im Jahr gepflanzt werden. Ein großer Teil davon kommt hierher.«
»*Oh ko!*«
»Ja.« Auch Tang-po stand jetzt der Schweiß auf der Stirn. »Unser Oberdrache sagt, wir sollten jetzt in das Geschäft investieren. Es wird wachsen und wachsen und wachsen. Er hat einen Plan, mit der Marine zusammenzuarbeiten...«
»*Dew neh loh moh!* Diesen seefahrenden Scheißkerlen kann man nicht trauen.«
»Das habe ich auch gesagt, aber er meint, wir brauchen sie, und einigen kann man auch vertrauen. Wer sonst könnte, als Augenauswischerei, zwanzig Prozent schnappen, vielleicht sogar fünfzig? Wenn wir die Marine, das Rauschgiftdezernat und die Dreierbande dazubekommen könnten, unser gegenwärtiges *h'eung yau* wäre nicht mehr als das Pinkeln eines Kindes in den Hafen.«
Lee griff nach der Teekanne und schenkte sich ein wenig Jasmintee ein. Der Schweiß lief ihm über den Rücken, die rauchgeschwängerte Luft war heiß und drückend. Er wartete.
»Was meinst du, Jüngerer Bruder?«
Die beiden Männer waren nicht miteinander verwandt, gebrauchten jedoch, da sie einander seit mehr als fünfzehn Jahren vertrauten, die chinesischen Höflichkeitsformen. Bei den Krawallen im Jahre 1956 hatte Lee seinem Vorgesetzten das Leben gerettet. Er war jetzt fünfunddreißig, und seine Tapferkeit hatte ihm eine Medaille eingetragen. Er war verheiratet und hatte drei Kinder. Seit sechzehn Jahren war er bei der Polizei, und sein ganzer Lohn belief sich auf 843 HK im Monat. Er fuhr mit der Straßenbahn zum Dienst. Hätte die Bruderschaft seine Bezüge nicht aufgebessert, er hätte zu Fuß gehen oder mit dem Rad fahren müssen. Mit der Straßenbahn brauchte er zwei Stunden.

»Ich finde, die Idee ist sehr schlecht«, äußerte er nachdenklich. »Drogen, ganz gleich welche, das ist obermies, ja, das ist richtig beschissen. Opium ist vielleicht gut für alte Leute, aber das weiße Pulver, Kokain, das ist sauschlecht, wenn auch nicht so schlecht wie die Todesspritzen. Mit Todesspritzen Geschäfte zu machen, wäre schlechter Joss. Wirst du ihm gehorchen?«
»Was für einen Bruder gut ist, sollte für alle gut sein«, erwiderte Tang-po und vermied so eine klare Antwort.
Wieder wartete Lee. Er wußte nicht, wie ein Drache gewählt wurde, wie viele genau es gab und wer der oberste Drache war. Er wußte nur, daß Tang-po ein Drache war, ein weiser Mann, dem ihre Interessen am Herzen lagen.
»Er hat auch gesagt, der eine oder andere unserer fremden Teufel von Vorgesetzten sei mit seinem Spenden-Anteil der Spielhöllen nicht zufrieden.« Lee spuckte angewidert aus. »Was tun diese Hurenböcke für ihren Anteil? Nichts. Ihre Scheißaugen schließen sie, das ist alles. Ausgenommen die Schlange.« Das war der Spitzname von Chief Inspector C. C. Smyth, der seinen Bezirk Ost-Aberdeen ganz offen organisiert hatte und auf allen Ebenen, vor seinen chinesischen Untergebenen, Gefälligkeiten und Protektion verkaufte.
»Ach der! Den sollte man in ein Kanalloch stopfen, diesen Flegel! Seine Oberen, die er bezahlen muß, werden seinen fauligen Gestank bald nicht mehr vertuschen können.«
»In zwei Jahren müßte er in Pension gehen«, sagte Lee geheimnisvoll. »Vielleicht zeigt er ihnen bis dahin einfach den Hintern. Was können sie denn schon gegen ihn tun? Er soll sehr einflußreiche Freunde haben, heißt es.«
»Und?«
Lee seufzte. »Ich muß dir raten, vorsichtig zu sein, Älterer Bruder, und, wenn es sich vermeiden läßt, nicht einzusteigen. Wenn es sich *nicht* vermeiden läßt...« Er zuckte die Achseln. »Joss. Ist es schon entschieden?«
»Nein, noch nicht. Bei unserer wöchentlichen Zusammenkunft wurde davon gesprochen. Man sollte darüber nachdenken.«
»Ist man an die Dreierbande herangetreten?«
»Soviel ich weiß, hat Weißes Pulver Lee das getan, Jüngerer Bruder. Wie es scheint, wollen sich die drei gemeinsam anschließen und ich wette, der alte Vierfinger Wu wird oberster Tiger sein.«
»Der? Er soll eigenhändig fünfzig Menschen ermordet haben«, gab Lee zu bedenken. Die Gefahr ließ ihn frösteln. »Die müssen an die dreihundert Schläger in ihren Diensten haben. Es wäre für uns alle besser, wenn die drei nicht mehr lebten – oder hinter Gittern säßen.«
»Gewiß. Aber nun sagt Weißes Pulver Lee, daß sie expandieren wollen, daß sie uns als Gegenleistung für eine bescheidene Zusammenarbeit giganti-

sche Gewinne garantieren können.« Tang-po wischte sich den Schweiß von der Stirn, hustete und zündete sich eine frische Zigarette an. »Hör zu, Jüngerer Bruder«, sagte er leise, »er schwört, man hätte ihnen eine sehr große Summe geboten, amerikanisches Geld, und einen riesigen Einzelhandelsmarkt in dieser Stadt, die sie Manhattan nennen. Und dabei gäbe es für uns nur sehr wenig zu tun. Bloß die Augen zumachen und dafür sorgen, daß Marine und Rauschgiftdezernat nur bestimmte Ladungen konfiszieren und auch sie die Augen schließen, wenn man es ihnen sagt. Steht es nicht geschrieben in den alten Büchern: Wenn du nicht melkst, wird dich der Blitz treffen?« Wieder Schweigen. »Wann wird die Entscheidung... wann soll es beschlossen werden?«
»Nächste Woche. Wenn sie es beschließen... na ja, dann wird es Monate dauern, vielleicht sogar ein Jahr, bis der Warenfluß organisiert ist.« Tang-po warf einen Blick auf die Uhr und stand auf. »Zeit für unser Duschbad. Nachtzeit Song hat uns für nachher ein Abendessen vorbereitet.«
»Iiiii, sehr gut.« Von Unbehagen erfüllt, drehte Lee das Deckenlicht aus. »Und wenn dagegen entschieden wird?«
Tang-po drückte seine Zigarette aus und hustete. »Wenn dagegen entschieden wird...« Er zuckte die Achseln.

9

20.30 Uhr:

»Guten Abend, Brian«, sagte Dunross. »Ich freue mich.«
»Guten Abend, Tai-Pan, meine Glückwünsche – ein schöner Abend für eine Party«, sagte Brian Kwok, während ein livrierter Diener plötzlich auf der Bildfläche erschien und ihm Champagner in einem feinen Kristallglas reichte. »Danke für die Einladung!«
»Ich freue mich, daß Sie gekommen sind.« Heiterkeit ausstrahlend und großgewachsen, stand Dunross am Eingang zum Ballsaal im Großen Haus; Penelope, wenige Schritte von ihm entfernt, begrüßte andere Gäste. Die offenen Türen des halbvollen Ballsaals gingen auf die angestrahlte Terrasse und den Park hinaus, wo die elegant gekleideten Gäste Gruppen bildeten oder an runden Tischen saßen.
»Penelope, Liebling«, rief Dunross, »du erinnerst dich doch an Inspektor Brian Kwok.«
»Aber natürlich«, sagte sie und bahnte sich mit ihrem strahlenden Lächeln einen Weg zu ihnen, ohne sich im mindesten zu erinnern. »Wie geht es Ihnen?«

»Vielen Dank, ausgezeichnet. Meine Glückwünsche!«
»Danke sehr – fühlen Sie sich wie zu Hause! Gegessen wird ein Viertel nach neun. Claudia hat die Sitzordnung, wenn Sie Ihre Karte verloren haben sollten. Entschuldigen Sie mich einen Augenblick!« Sie wandte sich ab, um einige andere Gäste abzufangen. Gleichzeitig bemühte sie sich, mit den Augen überall zu sein, um die Sicherheit zu haben, daß alles in Ordnung ging und niemand allein gelassen wurde.
»Sie sind glücklich zu preisen, Ian«, sagte Brian Kwok. »Sie wird jeden Tag jünger, und darum: Auf weitere zwanzig Jahre! Ihr Wohl!« Sie stießen an. Sie waren Freunde seit den frühen fünfziger Jahren. Damals waren sie einander beim ersten Bergrennen begegnet, als stets hilfsbereite Gegner – und sie waren Gründer des Hongkong Sport Car und Rallye Club gewesen.
»Und Sie, Brian, keine feste Freundin? Sie sind allein gekommen?«
»Ich schaue mich noch um.« Kwok senkte seine Stimme. »Ehrlich gesagt, ich bin entschlossen, für immer ledig zu bleiben.«
»Tagträumer! Das ist ja Ihr Jahr – Sie sind die beste Partie von ganz Hongkong! Sogar Claudia hat Sie im Auge. Sie haben keine Chance, Ihrem Schicksal zu entrinnen, alter Freund.«
»Mein Gott!« Kwok unterbrach das Geplänkel. »Hören Sie, Tai-Pan: Könnte ich heute abend ein paar Minuten privat mit Ihnen sprechen?«
»Wie privat?«
»Privat.«
»In Ordnung«, sagte Dunross, »wir sprechen nach dem Essen. Was ist mit...«
Helles Gelächter veranlaßte sie, sich umzusehen. Casey stand im Mittelpunkt einer Gruppe von Bewunderern, unter ihnen Linbar Struan, Andrew Gavallan und Jacques de Ville, genau vor einer der hohen Flügeltüren, die auf die Terrasse hinausführten. Sie trug ein bodenlanges, nicht allzu eng anliegendes, nicht allzu durchsichtiges Abendkleid aus smaragdgrüner Seide.
»Also hat sie oder hat sie nicht?«
»Was?«
»Etwas drunter an?«
»Suchet und ihr werdet finden!«
»Das würde ich gern. Sie sieht zauberhaft aus.«
»Das finde ich auch«, pflichtete Dunross ihm liebenswürdig bei, »wenn auch die anderen Damen vermutlich zu hundert Prozent unsere Meinung nicht teilen.«
»Ihr Busen ist vollkommen, das kann man sehen.«
»Kann man nicht. Ich für meinen Teil schaue zuerst auf die Knöchel.«
»Wie bitte?«
»Der alte Tschen-tschen pflegte zu sagen: ›Betrachte die Knöchel, mein Sohn! Sie sagen dir alles über ihre Herkunft, wie sich benehmen wird, wie sie reiten wird, wie sie... nun ja, wie bei jedem Stutfohlen.‹«

Brian Kwok lachte mit ihm und winkte dann jemandem freundlich zu. Ihm gegenüber, auf der anderen Seite, grüßte ein Mann mit einem markanten Gesicht zurück. An seiner Seite stand eine außerordentlich schöne, großgewachsene blonde Frau mit grauen Augen; auch sie winkte fröhlich.
»Das ist wirklich eine englische Schönheit, wie sie im Buche steht.«
»Wer? Oh, Fleur Marlowe? Ja, das ist sie. Ich wußte nicht, daß Sie die Marlowes kennen, Tai-Pan.«
»Und ich nicht, daß Sie sie kennen, Brian. Ich bin ihm heute nachmittag zum erstenmal begegnet. Kennen Sie ihn schon lange?«
»Erst ein paar Monate. Bei uns ist er persona grata. Ja, wie zeigen ihm, wo es hier langgeht.«
»Wie denn das?«
»Vor einigen Monaten schrieb er dem Commissioner, daß er nach Hongkong kommen möchte, um den Hintergrund für einen Roman zu recherchieren. Stellt sich heraus, daß der Alte seinen ersten Roman gelesen und einige von seinen Filmen gesehen hat. Natürlich überprüften wir ihn, und er scheint in Ordnung zu sein.« Brian Kwok ließ seine Augen zu Casey zurückwandern. »Der alte Herr meinte, ein besseres Image könnte uns nicht schaden, und so hat er uns wissen lassen, Mr. Marlowe sei willkommen und man solle ihm alles zeigen.«
»Was war das für ein Buch?«
»Es heißt *Changi*, nach dem Lager, in dem er als Kriegsgefangener lebte. Der Bruder des alten Herrn ist dort gestorben; darum ist es ihm so an die Nieren gegangen.«
»Haben Sie es gelesen?«
»Ich doch nicht – es gibt zu viele Berge, auf die ich noch klettern muß! Ich habe es durchgeblättert. Marlowe sagt, es ist ein Roman, aber ich glaube ihm nicht.« Kwoks Augen weideten sich an Casey, und Dunross wunderte sich zum millionsten Mal, warum Asiaten eine Schwäche für Angelsachsen und Angelsachsen eine Schwäche für Asiaten hatten.
»Warum lächeln Sie, Tai-Pan?«
»Nur so. Miss Tcholok ist nicht übel, was?«
»Ich wette fünfzig Dollar, sie ist *bat jam gai, heya?*«
Dunross überlegte, wog sorgfältig pro und contra ab. *Bat jam gai* bedeutete wörtlich »weißes Hühnerfleisch«. So bezeichneten die Kantonesen Damen, die sich ihre Schamhaare abrasierten. »Die Wette gilt! Sie irren, Brian, sie ist *see yau gai*«, das hieß »in Sojasoße geschmortes Huhn«, oder in diesem Fall »rot, zart und angenehm würzig«. – »Ich habe es aus bester Quelle.«
Brian lachte. »Machen Sie mich mit ihr bekannt!«
»Stellen Sie sich selbst vor, Sie sind ja großjährig!«
»Ich lasse Sie das Bergrennen am Sonnabend gewinnen!«
»Soll das ein Scherz sein?«
»Es war ja nur ein Vorschlag.«

»Mann, das wäre etwas für meines Vaters Sohn. Wo ist denn der glückliche Mr. Bartlett?«
»Ich glaube, er ist im Garten – ich habe Adryon gebeten, sich um ihn zu kümmern. Entschuldigen Sie mich jetzt einen Augenblick...« Er wandte sich jemandem zu, den Brian Kwok nicht kannte.
Mehr als hundertfünfzig Gäste waren bereits eingetroffen und persönlich begrüßt worden. Zum Dinner waren zweihundertsiebzehn Personen eingeladen und sorgfältig nach Prestige und Brauch an runden Tischen placiert, die schon im Kerzenschein auf dem Rasen angerichtet waren.
Auf dem Podium spielte eine kleine Kapelle, und unter den Smokingjacken sah Brian Kwok auch ein paar Uniformen, amerikanische und britische, Army, Navy und Luftwaffe. Es überraschte ihn nicht, daß hier die Europäer den Ton angaben. Die Dunross' gaben diese Gesellschaft vornehmlich für den britischen Inneren Kreis, der die City beherrschte, den Machtblock der Kronkolonie, ihre indoeuropäischen Freunde und ein paar prominente Eurasier, Chinesen und Inder. Brian Kwok kannte die meisten Gäste: Paul Havergill von der Victoria Bank of Hongkong, Christian Toxe, Herausgeber des *China Guardian*, der sich mit Richard Kwang, dem Präsidenten der Ho-Pak Bank, unterhielt; den Multimillionär und Reeder V. K. Lam, der mit Philip und Dianne Tschen schwatzte – sie hatten ihren Sohn Kevin mitgebracht; den Amerikaner Zeb Cooper, Erbe der ältesten amerikanischen Handelsgesellschaft Cooper-Tillman, dem Sir Dunstan Barre, Tai-Pan der Hongkong and Lan Tao Farms, in den Ohren lag. Er bemerkte auch Ed Langan, den FBI-Mann, und das überraschte ihn. Er hatte nicht gewußt, daß Langan oder der Mann, mit dem er redete, Stanley Rosemont, der Deputy Director des hier stationierten CIA-Kontingents, Freunde der Dunross' waren. Er ließ seine Blicke weiter über die Gruppen plaudernder Männer und die abseits stehenden Gruppen ihrer Damen schweifen.
Sie sind alle da, dachte er, alle Tai-Pane außer Gornt und Plumm, allesamt Freibeuter in inzestuösem Haß hier vereint, um *dem* Tai-Pan zu huldigen. Welcher von ihnen ist der Agent, der Verräter, der Führungsoffizier von Sevrin, wer ist *Arthur?* Es muß ein Europäer sein.
Ich wette, er ist da, und ich werde ihn fangen. Jetzt, da ich von ihm weiß, werde ich ihn fangen. Bald. Wir werden ihn und alle fangen, dachte er grimmig.
»Champagner, Ehrenwerter Herr?« fragte der Diener auf Kantonesisch mit einfältigem Grinsen.
Brian nahm das volle Glas. »Danke.«
Der Kellner verneigte sich, um seine Lippen zu verbergen. »Als er heute abend heimkam, hatte der Tai-Pan eine Akte in einem grauen Umschlag unter seinen Papieren«, flüsterte er rasch.
»Gibt es hier einen Safe oder sonst ein geheimes Versteck?« fragte Kwok ebenso vorsichtig im gleichen Dialekt.

»Die Dienerschaft sagt, in seinem Büro, im oberen Stockwerk.« Der Mann war Weinkellner Feng, und er gehörte zum Geheimdienst des SI. Seine Tarnung als Kellner der Firma, die das Arrangement der besten und exklusivsten Partys Hongkongs besorgte, machte ihn besonders wertvoll. »Vielleicht hinter dem Bild. Ich habe gehört...« Feng unterbrach sich und schaltete auf Pidgin-Englisch um. »Champ-igynee, Missee?« fragte er mit albernem Gesichtsausdruck und bot der kleinen alten eurasischen Dame an, die auf sie zukam.

»Bleib mir mit deinem Missee vom Leib, impertinenter Schlingel«, fuhr sie ihn hochnäsig auf Kantonesisch an.

»Ja, Geehrte Großtante, tut mir leid, Geehrte Großtante.« Er grinste und zog ab.

»Na, Brian Kwok«, begrüßte ihn die alte Dame und luchste zu ihm auf. Es war Sarah Tschen, Philip Tschens Tante, achtundachtzig Jahre alt, eine kleine Person mit blasser weißer Haut und einem Vogelgesicht, in dem asiatische Augen hin und her eilten. Sie machte einen gebrechlichen Eindruck, aber ihr Rücken war gerade und ihr Geist wach und stark. »Ich freue mich, dich zu sehen. Wo ist John Tschen? Wo ist mein armer Großneffe?«

»Ich weiß es nicht, Große Dame«, antwortete er höflich.

»Wann bringst du mir meinen Großneffen Nummer Eins zurück?«

»Bald. Wir tun, was wir können.«

»Gut. Und leg Philip nichts in den Weg, wenn er das Lösegeld privat zahlen will! Kümmere dich darum!«

»Ich werde tun, was ich kann. Ist Johns Frau hier?«

»Nein. Sie kam früher, aber als *dieses* Weib eintraf, hatte sie plötzlich ›Kopfschmerzen‹ und ging. Ha! Ich kann sie verstehen!« Mit ihren alten wäßrigen Augen folgte sie Dianna Tschen durch den Saal. »Ha, dieses Weib! Hast du ihr Entree gesehen?«

»Nein, Große Dame.«

»Ha, wie Dame Nellie Melba persönlich! Taschentuch an den Augen, kam sie hereingerauscht, ihren ältesten Sohn Kevin im Schlepp – ich mag den Jungen nicht –, und mein armer Neffe Philip zottelte wie ein Küchenjunge hinterher. Ha! Das einzige Mal, daß Dianna Tschen je geweint hat, das war beim Krach 1956, als ihre Aktien fielen und sie ein Vermögen verlor und sich die Hose näßte. Ha! Schau nur, wie sie sich herausgeputzt hat! Widerlich!« Sie wandte den Blick zu Brian Kwok zurück. »Finde mir meinen Großneffen John – ich will weder dieses Weib noch ihren Balg als *loh-pan* unseres Hauses sehen!«

»Aber *Tai-Pan* darf er doch werden?«

Sie lachten beide. Nur wenige Europäer wußten, daß *Tai-Pan* zwar ›Großer Führer‹ bedeutete, in alten Zeiten jedoch in China ein Tai-Pan der in der Umgangssprache gebräuchliche Titel eines Mannes war, der ein Bordell leitete oder eine Bedürfnisanstalt betrieb. Darum würde ein Chinese nie daran

denken, sich *Tai-Pan* zu nennen, nur *loh-pan* – was ebenfalls ›Großer Führer‹ bedeutete. Es belustigte Chinesen und Eurasier über die Maßen, daß es den Europäern Freude machte, sich *Tai-Pan* zu titulieren.
»Wenn er der richtige *pan* ist, warum nicht?« antwortete die Greisin, und beide kicherten. »Du mußt mir meinen John Tschen finden, Brian Kwok!«
»Ja, wir werden ihn finden.«
»Gut. Komm nach dem Essen zu mir! Ich möchte mit dir reden.«
»Ja, Große Dame.« Er lächelte und sah ihr nach und wußte genau, daß sie nichts anderes im Sinn hatte, als für eine ihrer Großnichten die Ehevermittlerin zu spielen. Was das angeht, werde ich bald etwas unternehmen müssen, dachte er.
Seine Augen kehrten zu Casey zurück. Er freute sich hämisch über die mißbilligenden Blicke der anderen Frauen und die vorsichtige heimliche Bewunderung ihrer Begleiter. Dann hob Casey den Kopf, sah, daß er sie beobachtete, und erwiderte seinen Blick mit der gleichen Offenheit.
Dew neh loh moh, dachte er, mit einem unbehaglichen Gefühl, so als ob er irgendwie unbekleidet dastünde, die möchte ich wirklich gern haben. Dann bemerkte er Roger Crosse und Armstrong neben sich.
»Guten Abend, Sir.«
»Guten Abend, Brian. Sie sehen sehr distinguiert aus.«
»Danke, Sir.« Er wußte, daß eine ähnlich liebenswürdige Äußerung aus seinem Mund nicht erwünscht gewesen wäre. »Ich spreche mit dem Tai-Pan nach dem Essen.«
»Gut. Sie finden die Amerikanerin also bezaubernd?«
»Ja, Sir.« Innerlich seufzte Kwok. Er hatte wieder einmal vergessen, daß Crosse Englisch, Französisch und etwas Arabisch – er sprach keine chinesischen Dialekte – lippenlesen konnte und daß er besonders gute Augen hatte.
»Sie hat jedenfalls nichts Geheimnisvolles an sich«, fügte Crosse hinzu.
»Ja, Sir.« Er sah, wie Crosse den Blick auf ihre Lippen richtete und ihre Konversation mit »anhörte«, und ärgerte sich, daß er dieses Talent nicht auch entwickelt hatte.
»Sie scheint eine Leidenschaft für Computer zu haben.« Crosse wandte sich wieder seinen Untergebenen zu. »Eigenartig, was?«
»Ja, Sir.«
»Was hat Weinkellner Feng gesagt?«
Brian unterrichtete ihn.
»Sehr gut. Ich werde dafür sorgen, daß Feng einen Bonus erhält. Ich hätte nicht erwartet, Langan und Rosemont hier zu sehen.«
»Könnte ein Zufall sein, Sir«, gab Brian Kwok zu bedenken. »Sie sind beide engagierte Rugbyspieler.«
»Ich halte nichts von Zufällen«, entgegnete Crosse. »Na schön. Vielleicht sollten Sie jetzt Ihren Pflichten nachgehen.«

»Ja, Sir.« Erleichtert wandten sich die beiden Männer zum Gehen, aber eine plötzliche Stille veranlaßte sie, den Schritt anzuhalten. Aller Blicke richteten sich zur Tür; dort stand Quillan Gornt, schwarzbärtig, mit schwarzen Augenbrauen, und sich offensichtlich der Tatsache bewußt, daß sein Erscheinen nicht unbemerkt geblieben war. Die anderen Gäste nahmen hastig ihre Gespräche wieder auf, wandten ihre Augen ab, spitzten aber ihre Ohren.
Crosse stieß einen leisen Pfiff aus. »Wozu ist der wohl gekommen?«
»Fünfzig zu eins, daß er nichts Gutes im Schilde führt«, antwortete Brian Kwok, der ebenso überrascht war.
Sie sahen, wie Gornt den Saal betrat und Dunross und Penelope die Hand entgegenstreckte. Claudia Tschen, die in der Nähe stand, fragte sich verzweifelt, wie sie jetzt in letzter Minute umgruppieren sollte, denn natürlich mußte Gornt an Dunross' Tisch gesetzt werden.
»Ich hoffe, Sie nehmen es mir nicht übel, daß ich es mir im letzten Moment überlegt habe«, sagte Gornt lächelnd.
»Keineswegs«, gab Dunross mit lächelndem Mund zurück.
»Guten Abend, Penelope. Ich hatte das Gefühl, ich müsse Ihnen meine Glückwünsche persönlich ausdrücken.«
»Oh, vielen Dank!« Ihr Lächeln war strahlend, aber ihr Herz schlug jetzt sehr schnell. »Ich... es hat mir leid getan wegen Ihrer Frau.«
»Danke.« Emelda Gornt hatte an Arthritis gelitten und war jahrelang an den Rollstuhl gefesselt. Zu Anfang des Jahres hatte sie Lungenentzündung bekommen und war gestorben. »Sie hat es sehr schwer gehabt«, sagte Gornt. Er sah Dunross an. »Schlechter Joss auch mit John Tschen... Ich nehme an, Sie haben die Nachmittagsausgabe der *Gazette* gelesen?«
Dunross nickte. »Das reicht, um die Menschen in Todesangst zu versetzen«, sagte Penelope. Es entstand eine kleine Pause, und Penelope beeilte sich, sie auszufüllen. »Ihren Kindern geht es gut?«
»Ja, danke. Annagrey geht im September an die University of California – Michael verbringt hier seine Sommerferien. Sie sind alle bestens in Form. Und Ihre?«
»Es geht ihnen gut. Ich wünschte, Adryon ginge auf die Universität. Du liebe Zeit, Kinder sind heute so schwierig, nicht wahr?«
»Ich glaube, das waren sie schon immer.« Gornt lächelte dünn. »Mein Vater hat immer wieder geklagt, wie schwierig ich sei.«
»Wie geht es ihm denn?« erkundigte sich Dunross.
»Er ist gesund und munter. Das englische Klima schlägt bei ihm gut an, sagt er. Zu Weihnachten kommt er.«
Gornt nahm ein Glas Champagner, das ihm angeboten wurde. »Auf ein schönes Leben, und meine besten Glückwünsche!«
Immer noch überrascht, daß Gornt gekommen war, erwiderte Dunross den Toast. Wenn man Gornt und anderen Feinden des Hauses offizielle Einla-

dungen geschickt hatte, so nur, um das Gesicht zu wahren und es nicht an Höflichkeit fehlen zu lassen. Eine höfliche Absage war alles, was man erwartete – und Gornt hatte bereits abgesagt. Warum war er gekommen?
»Das ist ein schöner Raum, wunderbar proportioniert«, sagte Gornt. »Und ein prachtvolles Haus. Ich habe Sie immer um dieses Haus beneidet.«
Ja, du Saukerl, ich weiß, dachte Dunross wütend und erinnerte sich an das letzte Mal, daß ein Gornt Gast im Großen Haus gewesen war – 1953, vor zehn Jahren, als Colin Dunross, Ians Vater, noch als *der* Tai-Pan das Kommando führte. Es war bei Struan's Weihnachtsparty, wie immer der größten Festlichkeit der Saison, gewesen; Quillan Gornt war mit seinem Vater William, damals Tai-Pan von Rothwell-Gornt, erschienen – ebenfalls unerwartet. Nach dem Dinner war es im Billardzimmer, wo sich etwa ein Dutzend Herren zu einer Partie versammelt hatten, zu einem bitteren Zusammenstoß zwischen den zwei Tai-Panen gekommen. Damals war das Haus Struan's bei seinen Bemühungen, South Orient Airways zu übernehmen, soeben von den Gornts und ihren Schanghaier Freunden blockiert worden. Die nach dem Sieg der Kommunisten auf dem Festland verfügbare Zubringerfluglinie besaß faktisch ein Monopol auf den gesamten Luftverkehr zwischen Schanghai einerseits, Hongkong, Singapur, Taipeh, Tokio und Bangkok andererseits. Bei einer Fusionierung mit Air Struan, seiner flüggen Fluglinie, hätte Struan's im Fernen Osten praktisch ein Monopol auf den Zubringerverkehr erworben. Die beiden Männer hatten einer dem anderen hinterhältige Praktiken vorgeworfen – beide zu Recht.
Jawohl, sagte sich Ian Dunross, damals waren beide Männer bis zum Äußersten gegangen. Nach den enormen Verlusten, die Rothwell-Gornt in Schanghai erlitten hatte, war William Gornt jedes Mittel recht gewesen, in Hongkong festen Fuß zu fassen, und als es Colin Dunross klar wurde, daß er es nicht verhindern konnte, hatte er South Orient William Gornts Griff entrissen, indem er sein Gewicht bei einer sicheren kantonesischen Gruppe in die Waagschale warf.
»Ja, Mr. Dunross, das haben Sie getan. Sie sind in die Falle getappt, und jetzt werden Sie uns nie mehr aufhalten können«, hatte William Gornt geprahlt. »Wir gehen niemals von hier fort. Wir werden Sie aus Asien verjagen, Sie und Ihr gottverdammtes Noble House. South Orient war erst der Anfang. Wir haben gewonnen!«
»Das bilden Sie sich aber nur ein! Die Yan-Wong-Sun-Gruppe hat sich mit uns assoziiert, wir haben einen Vertrag.«
»Der hiermit annulliert ist.« William Gornt hatte Quillan, seinem ältesten Sohn und rechtmäßigen Erben, ein Zeichen gegeben, und Quillan hatte die Kopie eines Abkommens aus der Tasche gezogen. »Das ist der Vertrag zwischen der Yang-Wong-Sun-Gruppe, Strohmännern der Tso-Wa-Feng-Gruppe, die ihrerseits als Strohmänner der Ta-Weng-Sap-Gruppe die Kontrolle über South Orient an Rothwell-Gornt verkaufen – um genau einen

Dollar mehr, als die ursprünglichen Kosten betrugen! South Orient gehört uns!«
»Das glaube ich nicht!«
»Sie können es ruhig glauben. Fröhliche Weihnachten!« William Gornt hatte eine laute, hämische Lache angeschlagen und war gegangen. Quillan hatte seinen Billardstock hingelegt und mitgelacht. Ian Dunross hatte neben der Tür gestanden.
»Eines Tages wird dieses Haus mir gehören«, hatte Quillan gezischt, sich umgedreht und den anderen Gästen zugerufen: »Wenn einer von euch einen Job braucht, kann er zu uns kommen. Ihr seid bald alle arbeitslos. Euer Noble House wird nicht mehr lange nobel sein.« Andrew Gavallan war dabei gewesen, Jacques de Ville, Alastair Struan, Lechie und David MacStruan, Philip Tschen, ja sogar John Tschen.
Dunross erinnerte sich, wie wütend sein Vater an diesem Abend gewesen war, und wie er Verrätern und Strohmännern und schlechtem Joss die Schuld gegeben hatte. Ian Dunross aber wußte genau, daß er seinen Vater oft genug gewarnt hatte und daß seine Warnungen in den Wind geschlagen worden waren. Mein Gott, wie haben wir damals das Gesicht verloren! Ganz Hongkong lachte über uns – Noble House von den Gornts und den Schanghaier Winkelmaklern aus großer Höhe angepinkelt!
Gewiß doch. Aber jene Nacht hatte auch Colin Dunross' Sturz unwiderruflich gemacht. Das war die Nacht, in der ich zu dem Schluß kam, daß er gehen müsse, bevor Noble House für immer verloren war. Ich bediente mich Alastair Struans. Ich half ihm, meinen Vater zur Seite zu schieben. Alastair Struan mußte Tai-Pan werden. Bis ich verständig und stark genug war, um ihn beiseitezuschieben.
Bin ich verständig genug? Ich weiß es nicht, dachte Dunross und konzentrierte sich jetzt auf Quillan Gornt. Ich habe South Orient nicht vergessen, dachte er, und auch nicht, daß wir unsere Fluglinie mit der euren zu einem Spottpreis fusionieren mußten und uns die Kontrolle über die neue Linie, die nun All Asia Airways hieß, genommen wurde. Wir haben nichts vergessen. Damals haben wir verloren, aber diesmal werden wir gewinnen.

Fasziniert beobachtete Casey die beiden Männer. Nach den Fotografien im Dossier hatte sie Quillan Gornt sofort erkannt. Noch von der anderen Seite des Saales fühlte sie seine Kraft und Männlichkeit; sie geriet in einen Zustand von Unbehagen und Erregung. Fast konnte sie die Spannung zwischen den beiden Männern greifen.
Andrew Gavallan hatte ihr gleich gesagt, wer Gornt war. Sie hatte sich nicht dazu geäußert und nur Gavallan und Linbar Struan gefragt, warum Gornts Erscheinen sie so schockiert habe. Und weil sie jetzt allein waren, erzählten sie ihr von den »fröhlichen Weihnachten« und »eines Tages wird dieses Haus mir gehören«.

»Was hat der Tai-Pan... wie hat Mr. Dunross reagiert?«
»Er sah Gornt nur an«, antwortete Gavallan. »Wenn er eine Pistole oder ein Messer bei sich gehabt hätte, er hätte davon Gebrauch gemacht, aber da er keine Waffe bei sich trug, konnte es jeden Augenblick geschehen, daß er seine Hände oder Zähne gebrauchen würde... Er stand nur stocksteif da und sah Gornt an, und Gornt trat einen Schritt zurück, um außer Reichweite zu gelangen. Aber Gornt hat *cojones.* Ohne ein Wort zu sprechen, ging er langsam, ohne den Blick von Ian zu wenden, um ihn herum, und dann verließ er den Raum.«
»Was macht dieser Bastard heute hier?« murmelte Linbar.
»Es muß etwas Wichtiges sein«, sagte Gavallan.
»Sind sie einander seit damals nicht mehr begegnet?« fragte Casey.
»Aber ja, oftmals«, antwortete Gavallan. »Bei gesellschaftlichen Anlässen. Außerdem sitzen sie zusammen im Vorstand von Gesellschaften, Ausschüssen und Körperschaften.« Beklommen fügte er hinzu: »Aber... ich bin sicher, daß sie beide nur warten.«
Sie sah, wie die Augen der drei Männer zu den beiden Feinden zurückkehrten, und Caseys Augen folgten ihnen. Ihr Herz klopfte. Sie sah, wie Penelope ein paar Schritte zur Seite trat, um mit einer Dame zu sprechen. Sekunden später warf Dunross einen Blick zu ihnen herüber. Sie wußte, daß er Gavallan irgendwie ein Signal gab. Dann blieben seine Augen auf ihr haften. Gornt folgte seinem Blick. Jetzt schauten beide Männer auf sie. Sie fühlte ihren Magnetismus. Er berauschte sie. Ein Teufel schob sie auf die beiden Antagonisten zu. Sie war jetzt froh, daß sie sich so angezogen hatte, provozierender, als es ihre Absicht gewesen war.
Beim Gehen spürte sie die sanfte Berührung der Seide, und ihre Brustwarzen wurden hart. Sie fühlte, wie die Augen der Männer über sie hinglitten und sie entkleideten, aber seltsamerweise machte es ihr diesmal nichts aus. Ohne daß sie es merkte, wurde ihr Gang mit jedem Schritt katzenhafter.
»Hallo, Tai-Pan«, sagte sie mit einem Ausdruck von Unschuld auf ihrem Gesicht, »wollten Sie, daß ich mich Ihnen anschließe?«
»Ja«, antwortete er rasch. »Ich glaube, Sie kennen sich.«
Sie schüttelte den Kopf und lächelte beide an, ohne die Fangfrage zu bemerken. »Nein, wir sind uns nie begegnet. Aber natürlich weiß ich, wer Mr. Quillan Gornt ist.«
»Dann gestatten Sie, daß ich Sie miteinander bekannt mache! Mr. Quillan Gornt. Tai-Pan von Rothwell-Gornt. Miss Tcholok – Ciranoush Tcholok – aus Amerika.«
Der Gefahr bewußt, zwischen die zwei Männer zu geraten, streckte sie ihm die Hand entgegen. Jesus, was machst du da? rief ihr eine innere Stimme zu.
»Ich habe schon viel von Ihnen gehört, Mr. Gornt«, sagte sie, froh, daß sie ihre Stimme beherrschen konnte, erfreut über die Berührung seiner Hand –

anders als die Dunross', rauher und nicht so kräftig. »Ich glaube, die Rivalität zwischen Ihren Firmen dauert schon Generationen?«

»Nur drei. Es war mein Großvater, der als erster der nicht eben sanften Behandlung durch die Struans ausgeliefert war«, antwortete Gornt leichthin. »Es wird mir ein Vergnügen sein, Ihnen einmal zu erzählen, wie die Dinge aus unserer Sicht aussehen.«

»Vielleicht sollten Sie beide die Friedenspfeife rauchen«, sagte sie. »Asien ist doch wohl groß genug für Sie beide.«

»Die ganze Welt ist nicht groß genug«, erklärte Dunross liebenswürdig.

»So ist es«, pflichtete Gornt ihm bei, und wenn Casey es nicht besser gewußt hätte, aus dem Benehmen der zwei Männer hätte sie geschlossen, daß sie einander freundschaftlich verbundene Rivalen seien.

»In den Staaten haben wir viele große Konzerne – und sie leben friedlich zusammen –, obwohl sie im Wettstreit miteinander stehen.«

»Wir sind nicht in Amerika«, versetzte Gornt mit ruhiger Stimme. »Wie lange bleiben Sie hier, Miss Tcholok?«

»Das hängt von Mr. Bartlett ab. Ich arbeite für Par-Con Industries.«

»Ja, ja, ich weiß. Hat er Ihnen gesagt, daß wir Dienstag zum Dinner verabredet sind?«

Die Alarmglocken schrillten. »Dienstag?«

»Ja. Wir haben es heute vormittag vereinbart. Bei unserer Besprechung. Hat er es nicht erwähnt?«

»Nein«, antwortete sie in momentaner Verwirrung. Die zwei Männer beobachteten sie scharf, und sie wünschte, sie könnte sich auf fünf Minuten entschuldigen und wiederkommen, nachdem sie die Sache durchdacht hatte. Du lieber Himmel, schoß es ihr durch den Kopf, und sie mußte sich anstrengen, um ihr Gleichgewicht nicht zu verlieren. »Nein«, wiederholte sie, »Mr. Bartlett hat nichts von einer Besprechung gesagt. Was haben Sie vereinbart?«

Gornt warf einen Blick auf Dunross, der immer noch ausdruckslos zuhörte. »Nur das Dinner kommenden Dienstag, Mr. Bartlett und Sie, wenn Sie nichts anderes vorhaben.«

»Das wäre nett – vielen Dank.«

»Wo ist denn jetzt Ihr Mr. Bartlett?« fragte er.

»Im Garten, denke ich.«

»Als ich ihn das letztemal sah, war er auf der Terrasse«, sagte Dunross. »Adryon war bei ihm. Warum fragen Sie?«

Gornt zündete sich eine Zigarette an und fixierte Dunross. »Ich wollte ihn nur begrüßen, bevor ich wieder gehe«, antwortete er freundlich. »Ich hoffe, Sie nehmen es mir nicht übel, daß ich nur für ein paar Minuten gekommen bin – wenn Sie mich entschuldigen, ich bleibe nicht zum Essen. Ich habe einige dringende Geschäfte zu erledigen – Sie verstehen.«

»Selbstverständlich«, sagte Dunross. »Tut mir leid, daß Sie nicht bleiben können.«

»Diese Besprechung heute vormittag«, sagte Casey, die jetzt wieder klar denken konnte und es für angezeigt hielt, gleich alles vor Dunross zur Sprache zu bringen. »Wann wurde sie vereinbart?«
»Vor etwa drei Wochen«, gab Gornt zur Antwort. »Ich dachte, Sie sind sein geschäftsführender Direktor. Es überrascht mich zu hören, daß er Ihnen nichts davon gesagt hat.«
»Mr. Bartlett ist unser Tai-Pan, Mr. Gornt. Ich arbeite für ihn. Er ist nicht verpflichtet, mir alles zu sagen«, antwortete sie. »Hätte er es mir sagen sollen, Mr. Gornt? Ich meine, war es etwas Wichtiges?«
»Das könnte wohl sein. O ja. Ich habe ihm offiziell mitgeteilt, daß wir jedes Angebot von Struan's überbieten können. Jedes Angebot.« Gornt streifte Dunross mit einem Blick. Seine Stimme klang eine Spur härter. »Ich wollte Ihnen persönlich sagen, Ian, daß auch wir auf dem Markt sind.«
»Sind Sie deswegen gekommen?«
»Es war einer der Gründe.«
»Wie lange kennen Sie Mr. Bartlett schon?«
»Etwa sechs Monate. Warum?«
Dunross zuckte die Achseln. Dann sah er Casey an, und sie konnte weder in seiner Stimme noch in seinem Gesicht etwas anderes als Freundschaft und Wohlwollen lesen. »Sie wußten also nichts von Verhandlungen mit Rothwell-Gornt?«
Wahrheitsgemäß schüttelte sie den Kopf. Bartletts so geschickte langfristige Planung nötigte ihr Bewunderung ab. »Nein. Sind Verhandlungen im Gange, Mr. Gornt?«
»Das kann man wohl sagen.« Gornt lächelte.
»Dann werden wir ja sehen, wer das beste Geschäft macht«, sagte Dunross. »Vielen Dank, daß Sie mich persönlich informiert haben, obwohl es nicht nötig gewesen wäre. Ich wußte natürlich, daß Sie interessiert sein würden. Es lag kein Grund vor, darauf besonders hinzuweisen.«
»Es gab sogar einen sehr guten Grund«, widersprach Gornt energisch. »Es könnte sein, daß weder Mr. Bartlett noch diese Dame sich darüber im klaren sind, wie lebenswichtig Par-Con Industries für Sie sind. Ich fühlte mich verpflichtet, sie persönlich darauf hinzuweisen.«
»Wieso lebenswichtig, Mr. Gornt?« fragte Casey, nun schon engagiert.
»Ohne die Erträge aus dem Par-Con-Deal wird Struan's, könnte Struan's leicht in wenigen Monaten Pleite machen.«
Dunross lachte, doch die Leute, die das Gespräch mit anhörten, fröstelten und hoben ihre eigene Konversation um eine Nuance an. Der Gedanke, Struan's könnte bankrott machen, jagte ihnen einen gewaltigen Schrecken ein, aber gleichzeitig fragten sie sich: Was war das für ein Deal? Wer war Par-Con? Sollen wir Aktien verkaufen oder kaufen? Struan's oder Rothwell-Gornt?
»Keine Chance«, erklärte Dunross, »nie und nimmer!«

»Ich denke doch.« Gornts Ton änderte sich. »Aber wie Sie schon sagten: Wir werden ja sehen.«
»Ja, das werden wir, und bis dahin...« Dunross unterbrach sich, als er Claudia zögernd herankommen sah.
»Entschuldigen Sie, Tai-Pan«, sagte sie, »ich habe Ihr Gespräch mit London in der Leitung.«
»Vielen Dank.« Dunross drehte sich um und machte Penelope ein Zeichen. Sie kam sofort herüber. »Würdest du bitte Quillan und Miss Tcholok eine kleine Weile Gesellschaft leisten, Penelope? Ich habe ein Ferngespräch – Quillan bleibt nicht zum Dinner, er hat dringende Geschäfte.« Er winkte ihnen freundlich zu und ging.
»Sie bleiben nicht zum Essen?« wollte Penelope sich vergewissern.
»Nein. Tut mir leid, Ihnen Ungelegenheiten gemacht zu haben. Ich kann leider nicht bleiben.«
»Oh... Würden Sie mich einen Augenblick entschuldigen? Ich bin gleich wieder da!«
»Sie brauchen sich nicht um uns zu sorgen«, erwiderte Gornt sanft. »Wir passen schon auf uns auf. Nochmals: Es tut mir leid, Ihnen Ungelegenheiten gemacht zu haben... Sie sehen wunderbar aus, Penelope.« Sie dankte ihm und eilte erleichtert auf Claudia Tschen zu, die in der Nähe wartete.
»Sie sind ein komischer Mann«, sagte Casey. »Eben noch Krieg und im nächsten Augenblick unwiderstehlicher Charme. Warum haben Sie das getan? Dem Tai-Pan den Kampf angesagt? Das mit dem ›lebenswichtig‹. Sie haben ihm den Fehdehandschuh hingeworfen, nicht wahr? In aller Öffentlichkeit.«
»Das Leben ist ein Spiel«, versetzte er, »und wir Engländer spielen es nach anderen Regeln als ihr Amerikaner. Und das Leben ist dazu da, genossen zu werden... Ciranoush – was für ein reizender Name? Darf ich ihn gebrauchen?«
»Ja«, willigte sie nach einer kleinen Pause ein. »Aber warum gerade jetzt die Kriegserklärung?«
»Es mußte jetzt sein. Ich habe nicht übertrieben, als ich Par-Cons Bedeutung für Struan's herausstrich. Wollen wir jetzt Ihren Mr. Bartlett suchen gehen?«
Das war nun schon das zweite Mal, daß er von *ihrem* Mr. Bartlett sprach, ging es ihr durch den Kopf. Will er sticheln? Will er sondieren? »Gern. Warum nicht?« Sie war sich der Blicke der anderen Gäste bewußt und spürte die prickelnde Gefahr, während sie die Richtung zum Park einschlug. »Sind Ihre Auftritte immer so dramatisch?«
Gornt lachte. »Nein. Tut mir leid, wenn ich so abrupt auftauchte, Ciranoush – wenn ich Sie in Bedrängnis brachte.«
»Sie meinen: wegen Ihres privaten Termins mit Mr. Bartlett? Das haben Sie nicht. Es war sehr schlau von ihm, ohne mein Wissen die Gegenseite an-

zusprechen. Damit gab er mir ein Maß an Bewegungsfreiheit, das ich sonst nicht gehabt hätte.«
»Dann sind Sie also nicht verärgert, weil er Sie nicht ins Vertrauen gezogen hat?«
»Das hat nichts mit Vertrauen zu tun. Es geschieht häufig, daß ich ihm – um ihn zu schützen – Informationen vorenthalte. Heute hat er ganz offensichtlich das gleiche für mich getan. Mr. Bartlett und ich, wir verstehen einander. Zumindest glaube ich, daß ich ihn verstehe.«
»Dann sagen Sie mir, wie man mit ihm ins Geschäft kommt!«
»Zuerst müßte ich wissen, was Sie eigentlich wollen. Von Dunross' Kopf einmal abgesehen.«
»Ich will weder seinen Kopf noch seinen Tod, noch etwas Ähnliches – nur ein baldiges Hinscheiden seines Noble House.« Sein Gesicht wurde hart. »Dann können viele Geister endlich ruhen.«
»Erzählen Sie mir von diesen Geistern!«
»Nicht jetzt, Ciranoush, o nein! Zu viele Ohren, die mir feindlich gesinnt sind. Das wäre nur für Ihre Ohren bestimmt.« Sie waren jetzt im Garten. Linc Bartlett befand sich nicht auf dieser Terrasse, und so stiegen sie über die breite Steintreppe auf die untere hinab, gingen auf die Wege zu, die sich durch die Rasenflächen wanden. Dort wurden sie aufgehalten.
»Hallo, Quillan, was für eine nette Überraschung!«
»Hallo, Paul! Miss Tcholok, darf ich Sie mit Mr. Paul Havergill bekannt machen? Mr. Havergill leitet gegenwärtig die Victoria Bank.«
»Ich fürchte, ich übe dieses Amt nur vorübergehend aus, Miss Tcholok, und auch das nur, weil unser Generaldirektor auf Krankenurlaub ist. In ein paar Monaten trete ich in den Ruhestand.«
»Zu unser aller Bedauern«, sagte Gornt und machte Casey dann mit dem Rest der Gruppe bekannt: Lady Joanna Temple-Smith, eine großgewachsene Dame Mitte Fünfzig mit straffen Gesichtszügen, Richard Kwang und seine Frau Mai-ling. »Mr. Richard Kwang ist Präsident der Ho-Pak Bank, einer der bedeutendsten chinesischen Banken.«
»Unter unseren Banken herrscht ein fairer Wettbewerb, Miss... äh, Miss... ausgenommen die Blacs«, sagte Havergill.
»Ausgenommen wer?« fragte Casey.
»Blacs... So nennen wir hier die Bank of London, Canton and Shanghai. Sie sind vielleicht größer als wir, auch einen Monat älter, aber wir sind die beste Bank hier. Miss, äh...«
»Die Blacs ist meine Bank«, sagte Gornt zu Casey. »Ich bin dort gut aufgehoben. Es sind erstklassige Leute.«
»Zweitklassige, Quillan.«
Gornt wandte sich wieder Casey zu. »Es gibt hier ein Witzwort, wonach die Blacs aus Gentlemen bestehen, die sich bemühen, Bankiers zu sein, die Victoria hingegen aus Bankiers, die sich bemühen, Gentlemen zu sein.«

Casey lachte. »Sie sind also alle einander wohlgesinnte Konkurrenten, Mr. Kwang?« fragte sie.
»Ach ja. Wir würden es nicht wagen, Blacs oder Victoria entgegenzuarbeiten«, antwortete Richard Kwang liebenswürdig. Er war mittleren Alters, von kleiner Statur, mit graumeliertem schwarzem Haar. Er hatte ein unbeschwertes Lächeln – und sein Englisch war perfekt. »Wie ich höre, will Par-Con in Hongkong investieren, Miss Tcholok.«
»Wir sind hier, um uns umzusehen, Mr. Kwang. Es ist noch nichts entschieden.«
Gornt dämpfte seine Stimme. »Ganz unter uns: Ich habe sowohl Mr. Bartlett wie auch Miss Tcholok offiziell davon in Kenntnis gesetzt, daß ich jedes Angebot, das Struan's machen könnte, verbessern würde. Die Blacs steht hundertprozentig hinter mir, und ich habe überall Banken, die mir freundlich gesinnt sind. Ich hoffe, Par-Con Industries wird alle Möglichkeiten prüfen, bevor sie irgendwelche Zusagen machen.«
»Ich kann mir vorstellen, daß das sehr klug wäre«, meinte Havergill. »Struan's ist natürlich im Vorteil.«
»Die Blacs und die Hongkonger Geschäftswelt in ihrer großen Mehrheit würde Ihrer Meinung kaum zustimmen«, sagte Gornt.
Richard Kwang mischte sich ein. »Wie auch immer, Miss Tcholok, es wäre von Vorteil, einen so großen amerikanischen Konzern wie Par-Con hier zu haben. Wir wollen hoffen, daß eine Lösung gefunden wird, die Par-Cons Interessen entspricht. Wenn es Mr. Bartlett angenehm wäre, sich unserer Unterstützung zu versichern ...« Der Bankier überreichte Casey seine Geschäftskarte. Sie nahm sie, öffnete ihre seidene Handtasche und holte mit der gleichen Behendigkeit die ihre heraus. Der chinesische Bankier kniff die Augen zusammen.
»Tut mir leid, daß ich noch keine Karten mit chinesischen Schriftzeichen besitze«, sagte sie. »Unsere Banken in den Staaten sind die First Central New York und die California Merchant Bank and Trust Company.« Casey nannte sie mit Stolz, denn die Aktiva dieser Bankgiganten beliefen sich auf mehr als sechs Milliarden. »Ich würde mich freu –« überrascht von der Kälte, die ihr mit einemmal entgegenschlug, unterbrach sie sich. »Habe ich etwas Unpassendes gesagt?«
»Ja und nein«, antwortete Gornt. »Die First Central New York Bank ist hier nämlich alles andere als beliebt.«
»Wieso?«
»Sie erwiesen sich als Kujone – so sagt man hier für Mistkerle«, erläuterte Havergill und verzog geringschätzig den Mund. »Die First Central New York hat schon vor dem Krieg hier Geschäfte gemacht. Dann, in den vierziger Jahren, während wir bei Victoria, so wie auch andere englische Institute, uns mühsam wieder aufrappelten, hat sie sogar expandiert. Als der Große Vorsitzende Mao 1949 Tschiang Kai-schek vom Festland nach Tai-

wan verjagte, waren Maos Truppen nur wenige Meilen nördlich der New Territories an unserer Grenze konzentriert. Es hing an einem Haar, ob diese Horden die Kolonie überrennen würden. Und ohne jede Warnung rief die First Central New York ihre Gelder ab, zahlte ihre Einleger aus, sperrte ihre Türen zu und flüchtete – alles innerhalb einer Woche.«

»Das wußte ich nicht«, stammelte Casey entsetzt.

»Feige Hunde allesamt, wenn Sie den Ausdruck verzeihen, meine Liebe«, sagte Lady Joanna mit offener Verachtung. »Es war natürlich die einzige Bank, die einfach davonlief. Aber es waren eben, nun ja... was kann man da anderes erwarten, meine Liebe?«

»Vermutlich etwas Besseres, Lady Joanna«, antwortete Casey, wütend, daß der verantwortliche Vizepräsident der Bank sie nicht darüber informiert hatte. »Vielleicht konnten sie mildernde Umstände geltend machen. Handelte es sich bei den eingeforderten Krediten um beträchtliche Summen, Mr. Havergill?«

»Für damalige Begriffe leider sehr beträchtliche. Die Bank ruinierte eine große Menge von Unternehmen und Geschäftsleuten. Vor einigen Jahren hatten sie die Kühnheit, bei der Finanzkammer um eine neue Bankkonzession nachzusuchen!«

»Diese Konzession wird allerdings nie erneuert werden«, fügte Richard Kwang gutgelaunt hinzu. »Wissen Sie, Miss Tcholok, alle ausländischen Banken bedürfen einer alljährlich zu erneuernden Konzession. Keine Frage, daß wir auch ohne dieses Institut sehr gut auskommen. Sie werden feststellen, daß die Victoria, Blacs oder Ho-Pak, vielleicht alle drei, Par-Cons Ansprüchen in jeder Beziehung gerecht werden können. Wenn Sie und Mr. Bartlett mit uns reden wollten...«

»Ich würde mich freuen, Ihnen einen Besuch zu machen, Mr. Kwang. Wäre es Ihnen morgen recht? Es gehört zu meinen Pflichten, einleitende Gespräche mit Banken zu führen. Vielleicht irgendwann morgen vormittag?«

»Ja, ja, selbstverständlich. Sie werden sehen, daß wir auf Wettbewerb eingestellt sind«, antwortete Richard Kwang, ohne mit der Wimper zu zucken.

»Um zehn?«

»Ausgezeichnet. Es war mir ein Vergnügen, auch Sie persönlich kennenzulernen, Mr. Havergill. Ich nehme an, es bleibt bei unserer Verabredung für morgen?«

»Selbstverständlich. Um vier, nicht wahr? Ich freue mich schon, ausführlich mit Mr. Bartlett sprechen zu können... Und natürlich mit Ihnen, meine Liebe.« Er war ein schlanker Mann von hohem Wuchs, und sie überraschte ihn dabei, als er den Blick aus ihrem Ausschnitt hob. Sie verdrängte die Abneigung, die sie sofort gegen ihn empfand. Vielleicht brauche ich ihn noch, ging es ihr durch den Kopf, ihn und seine Bank.

»Vielen Dank«, sagte sie mit dem gebührenden Maß an Achtung und wandte ihren Charme Lady Joanna zu. »Was für ein hübsches Kleid, Lady

Joanna«, bemerkte sie lächelnd. Sie verabscheute das Kleid und die Kette aus kleinen Perlen, die die Frau um ihren knochigen Hals trug.
»Oh, vielen Dank, meine Liebe! Ist Ihres auch aus Paris?«
»Indirekt. Es ist ein Modell von Balmain, aber ich habe es in New York gekauft.« Sie lächelte auf Richard Kwangs Gattin hinab, eine behäbige, gut erhaltene Kantonesin mit kunstvoller Frisur, sehr heller Haut und schmalen Augen; sie trug ein riesiges Jadeohrgehänge und einen siebenkarätigen Brillantring. »Es war mir ein Vergnügen, Mrs. Kwang«, sagte sie, beeindruckt von dem Reichtum, den dieser Schmuck verriet. »Wir sind auf der Suche nach Mr. Bartlett. Haben sie ihn gesehen?«
»Schon eine ganze Weile nicht mehr«, antwortete Havergill. »Ich glaube, er ging in den Ostflügel. Soviel ich weiß, gibt es dort eine Bar. Er befand sich in Begleitung von Adryon, Dunross' Tochter.«
»Adryon hat sich zu einem sehr hübschen Mädchen entwickelt«, äußerte Lady Joanna. »Sie geben ein attraktives Paar ab. Ein charmanter Mann, Mr. Bartlett. Er ist nicht verheiratet, nicht wahr, meine Liebe?«
»Nein«, erwiderte Casey ebenso liebenswürdig und reihte Lady Joanna Temple-Smith in ihre private Liste hassenswerter Menschen ein. »Mr. Bartlett ist nicht verheiratet.«
»Er wird nicht mehr lange frei herumlaufen, glauben Sie mir. Ich hatte wahrhaftig den Eindruck, Adryon wäre richtig verknallt in ihn. Hätten Sie vielleicht Lust, Donnerstag zum Tee zu kommen, meine Liebe? Ich möchte Sie so gern mit ein paar von den Damen bekannt machen. Das ist der Tag unseres ›Über-Dreißig-Clubs‹.«
»Vielen Dank«, sagte Casey. »Das ist zwar nicht meine Altersgruppe, aber ich komme trotzdem gern.«
»Oh, das tut mir leid, meine Liebe. Ich nahm an... Ich schicke Ihnen einen Wagen. Quillan, bleiben Sie zum Essen?«
»Nein, ich kann nicht. Ich habe dringende Geschäfte.«
»Schade.« Lady Joanna lächelte und ließ ihre schlechten Zähne sehen.
»Wenn Sie uns entschuldigen würden – wir wollen nur Bartlett finden, und dann muß ich gehen. Wir sehen uns Sonnabend.« Gornt nahm Caseys Arm; sie gingen.

10

21.00 Uhr:

Der Billardstock traf auf den weißen Stoßball auf, der über den grünen Tisch schoß, einen roten Ball in ein entferntes Loch beförderte und unmittelbar hinter einem anderen roten stehenblieb. Adryon klatschte begeistert in die Hände. »Oh, Mr. Bartlett, das war phantastisch! Ich dachte, Sie hätten nur angegeben. Ach, machen Sie es doch noch einmal!«

Linc Bartlett lachte. »Ich setze einen Dollar, daß ich diesen roten rund um den Tisch und in dieses Loch schieße, und den weißen dahin.« Er markierte die Stelle mit der Kreide.

»Angenommen!«

Er beugte sich über den Tisch, zielte, und der weiße Ball bleib einen Millimeter vor der Marke stehen, während der rote unaufhaltsam im Ballfang landete.

»*Ayeeyah!* Ich habe keinen Dollar bei mir! Kann ich's Ihnen schuldig bleiben?«

»Eine Dame, wie schön sie auch sein mag, muß ihre Spielschulden sofort bezahlen.«

»Ich weiß. Vater sagt das auch. Kann ich Ihnen den Dollar morgen geben?«

Er musterte sie, genoß ihre Gesellschaft und freute sich, daß seine Geschicklichkeit ihr Freude machte. Sie trug einen knielangen schwarzen Rock und eine wunderschöne Seidenbluse. Sie hatte lange, sehr lange Beine. »Nein!« Er mimte den Verdrossenen, und dann mußten beide lachen. Die starken Lampen hingen niedrig über dem mit grünem Tuch bespannten Tisch; der Rest des weitläufigen Raumes lag bis auf den Lichtstrahl aus der offenen Tür in vertraulichem Dunkel.

»Sie spielen unglaublich gut«, lobte sie ihn.

»Sagen Sie es niemandem, aber in der Armee habe ich mir mit Billard meinen Lebensunterhalt verdient.«

»Vater war Jagdflieger. Er hat sechs feindliche Maschinen erwischt, bis auch er abgeschossen wurde und Startverbot erhielt. Haben Sie an diesen schrecklichen Landungen gegen die Japaner teilgenommen?«

»Nein. Ich war bei der Pioniertruppe. Wir kamen erst, wenn schon alles fest in unseren Händen war. Ich hatte einen leichten Krieg – nicht so wie Ihr Vater.« Während er das Queue zurückstellte, tat es ihm zum erstenmal leid, daß er nicht bei der Marineinfanterie gewesen war. Ihr Gesichtsausdruck, als er von der Pioniertruppe gesprochen hatte... Er fühlte sich in seiner Mannhaftigkeit berührt. »Wir sollten uns nach Ihrem Boyfriend umsehen. Vielleicht ist er mittlerweile gekommen.«

»Ach, der ist nicht so wichtig. Ich habe ihn vorige Woche bei Freunden kennengelernt. Er ist Journalist beim *China Guardian.* Ich habe nichts mit ihm.«

»Sind alle englischen jungen Damen so offenherzig in bezug auf ihre Liebschaften?«

»Das ist die Pille. Sie hat uns für immer aus der Knechtschaft der Männer befreit. Jetzt sind wir gleichgestellt. Wie alt sind Sie, Mr. Bartlett?«

»Alt.« Es war das erstemal in seinem Leben, daß es ihn störte, nach seinem Alter gefragt zu werden. Verdammt, dachte er, seltsam beunruhigt. Hast du Probleme? Keine. Es gibt keine Probleme. Oder?

»Ich bin neunzehn«, sagte sie, öffnete ihre Handtasche und holte ein zerknülltes Zigarettenpäckchen und ein eingebeultes goldenes Feuerzeug heraus. Er nahm ihr das Feuerzeug aus der Hand und betätigte es, aber es funktionierte nicht. Ein zweites und drittes Mal brachten das gleiche Ergebnis.

»Verdammtes Ding«, sagte sie, »es hat nie richtig funktioniert, aber ich habe es von Vater, und ich liebe es. Natürlich habe ich es ein paarmal fallen lassen.«

Er studierte es, blies auf den Docht und fingerte kurz daran herum. »Sie sollten überhaupt nicht rauchen.«

»Das sagt Vater auch immer.«

»Er hat recht.«

»Sicher. Aber mir macht das Rauchen Spaß. Wie alt sind Sie wirklich, Mr. Bartlett?«

»Vierzig.«

»Oh.« Er sah ihre Überraschung. »Dann sind Sie ja so alt wie Vater! Na ja, fast. Er ist einundvierzig.« Eine Falte grub sich in ihre Stirn. »Komisch, Sie scheinen überhaupt nicht gleich alt zu sein.« Und hastig fügte sie hinzu: »In zwei Jahren bin ich einundzwanzig – und auf dem absteigenden Ast. Ich kann mir einfach nicht vorstellen, einmal fünfundzwanzig zu sein, geschweige denn dreißig oder gar vierzig...«

»Mit einundzwanzig ist man alt, steinalt«, sagte er und dachte: Ist schon lange her, daß du mit so einem jungen Ding geplaudert hast. Vorsicht! Die Kleine ist Dynamit. Wieder versuchte er es mit dem Feuerzeug, und diesmal funktionierte es.

»Danke«, sagte sie und zog an ihrer Zigarette. »Sie rauchen nicht?« fragte sie.

»Nein, nicht mehr. Früher schon, aber dann schickte mir Miss Tcholok beinahe jede Stunde illustrierte Artikel über Rauchen und Krebs, bis sie mich bekehrt hatte. Hat mir auch nichts ausgemacht aufzuhören – nachdem ich mich einmal entschlossen hatte. Ganz sicher hat es meinem Golf und meinem Tennis und... anderen sportlichen Betätigungen wohlgetan.«

»Miss Tcholok sieht phantastisch aus. Ist sie wirklich Ihr geschäftsführender Vizepräsident?«

»Ja.«
»Sie wird... Es wird hier schwer für sie sein. Die Männer werden nur sehr ungern geschäftlich mit ihr zu tun haben wollen.«
»In den Staaten ist es das gleiche. Aber sie gewöhnen sich daran. Wir haben Par-Con zusammen aufgebaut. Sie nimmt es mit den Besten auf. Sie ist eine große Könnerin.«
»Ist sie Ihre Geliebte?«
Er nippte an seinem Bier. »Sind alle englischen jungen Damen so offen?«
»Nein.« Sie lachte. »Ich war nur neugierig. Die Leute sagen... Man nimmt allgemein an, sie sei es. Sie sind das Stadtgespräch von Hongkong, und der heutige Abend wird allem die Krone aufsetzen. Mit Ihrem Privatflugzeug und den geschmuggelten Waffen hatten Sie beide ein eindrucksvolles Entree. Dazu kommt noch, daß Miss Tcholok die letzte Europäerin war, die John Tschen gesehen hat – so stand es in den Zeitungen. Ihr Interview hat mir gut gefallen.«
»Diese Bas... diese Zeitungsschreiber warteten heute nachmittag schon vor meiner Hoteltür. Ich bemühte mich, es kurz zu machen.«
»Hat Par-Con wirklich eine halbe Milliarde Dollar Betriebsvermögen?«
»Nein. Etwa dreihundert Millionen. Aber es wird bald eine Milliarde sein. Bald.«
Sie musterte ihn mit ihren neugierigen, graugrünen Augen. Sie wirkte schon fast erwachsen und doch noch sehr jung. »Sie sind ein sehr interessanter Mann, Mr. Linc Bartlett. Ich unterhalte mich gern mit Ihnen. Ich mag Sie. Anfangs mochte ich Sie nicht. Ich schrie Zeter und Mordio, als Vater mich beauftragte, mich um Sie zu kümmern, Sie herumzuführen und so. Ich habe meine Sache nicht allzu gut gemacht, nicht wahr?«
»Sie waren super.«
»Ach, kommen Sie!« Sie lachte. »Ich habe Sie doch für mich allein in Anspruch genommen.«
»Stimmt gar nicht. Ich habe einige Leute kennengelernt: den Herausgeber Christian Toxe, Richard Kwang und diese beiden Amerikaner vom Konsulat. Lannan hieß der eine, nicht wahr?«
»Langan. Edward Langan. Er ist nett. Den Namen des anderen habe ich nicht verstanden. Ich kenne sie eigentlich gar nicht. Sie sind nur wie wir Pferdesportliebhaber. Christian ist nett, und seine Frau ist prima. Sie ist Chinesin, und darum werden Sie sie heute nicht zu Gesicht bekommen.«
Bartlett runzelte die Stirn. »Weil sie Chinesin ist?«
»Ach, sie wurde natürlich eingeladen, zieht es aber vor, daheimzubleiben. Das Gesicht! Weil sie das Gesicht ihres Mannes wahren will. Die feinen Pinkel haben etwas gegen Mischehen.« Sie zuckte die Achseln. »Aber jetzt muß ich Sie noch mit ein paar Leuten bekannt machen, sonst krieg ich's.«
»Was ist mit Havergill?«
»Vater hält ihn für einen unsicheren Kantonisten.«

»Linc?«
Sie drehten sich um und sahen zwei Gestalten, die sich als Silhouetten von dem Lichtstrahl abhoben, der durch die Tür fiel. Er erkannte Casey, aber nicht den Mann. Es war nicht möglich, ihn gegen das einfallende Licht auszumachen.
»Na, Casey? Wie läuft's?«
Er nahm Adryon lässig am Arm und schob sie auf die beiden Silhouetten zu. »Ich habe Miss Dunross einige Feinheiten beim Billardspiel beigebracht.«
Adryon lachte. »Das ist die Untertreibung des Jahres, Miss Tcholok. Er ist ganz große Klasse, nicht wahr?«
»O ja. Ach, Linc, Quillan Gornt wollte sich verabschieden.«
Ruckartig verhielt Adryon den Schritt, und alle Farbe wich aus ihrem Gesicht. Auch Bartlett blieb überrascht stehen. »Was haben Sie?« fragte er sie.
»Guten Abend, Mr. Bartlett«, sagte Gornt und tat ein paar Schritte auf sie zu. »Hallo, Adryon!«
»Was machen Sie hier?« fragte sie mit leiser Stimme.
»Ich kam nur auf ein paar Minuten«, antwortete Gornt.
»Haben Sie mit Vater gesprochen?«
»Ja.«
»Dann hauen Sie ab! Hauen Sie ab und betreten Sie dieses Haus nie wieder!«
Bartlett starrte sie an. »Was, zum Teufel...?«
»Das ist eine lange Geschichte«, antwortete Gornt ruhig. »Sie kann bis morgen warten oder auch bis nächste Woche. Ich wollte nur unsere Verabredung für Dienstag bestätigen – und wenn Sie beide über das Wochenende frei sind, möchten Sie den Tag vielleicht gern auf meiner Yacht verbringen – Sonntag, wenn das Wetter mitspielt?«
»Vielen Dank, ich denke schon, aber können wir morgen definitiv zusagen?« fragte Bartlett, immer noch von Adryon verblüfft.
Die Tür am anderen Ende des Billardzimmers wurde aufgestoßen, und Dunross stand auf der Schwelle.
Gornt lächelte und wandte seine Aufmerksamkeit wieder den anderen zu. »Gute Nacht, Mr. Bartlett – Ciranoush. Wir sehen uns Dienstag. Gut Nacht, Adryon.« Er verneigte sich leicht, durchmaß den Saal und blieb stehen. »Gute Nacht, Ian«, sagte er höflich. »Danke für Ihre Gastfreundschaft.«
»Gute Nacht«, erwiderte Dunross ebenso höflich und trat zur Seite. Ein leises Lächeln spielte um seine Lippen.
Er folgte Gornt mit den Blicken. »Zeit zum Dinner«, sagte er dann ganz ruhig. »Ihr müßt ja schon dem Verhungern nahe sein. Ich jedenfalls bin es.«
»Was... was wollte er?« fragte Adryon mit zitternder Stimme.

Lächelnd, besänftigend ging er auf sie zu. »Nichts. Nichts Wichtiges, mein Schätzchen. Auf seine alten Tage ist Quillan besonnener geworden.« Er legte seinen Arm um sie und drückte sie an sich. »Kein Grund, dich zu sorgen.«

Bartlett wollte eine Bemerkung machen, unterließ es aber, als er einen Blick von Dunross auffing.

»Alles ist in bester Ordnung«, beruhigte Dunross seine Tochter, und Bartlett sah, wie Adryon in der Wärme der Umarmung ihre Fassung zurückgewann. »Mach dir keine Sorgen!«

»Mr. Bartlett hat mir gezeigt, wie gut er Billard spielen kann, und dann... Es war so plötzlich. Er starrte mich an wie eine Erscheinung.«

»Sogar ich war sprachlos, als er mit einemmal wie ein böser Geist in der Tür stand.« Dunross lachte und fügte zu Bartletts und Caseys Verständnis hinzu: »Gornt hat eine Schwäche für dramatische Auftritte.« Und dann, nur für Bartlett bestimmt: »Sie und ich, wir reden nach dem Dinner darüber.«

»Gern«, sagte Bartlett, dem es nicht entging, daß Dunross' Augen nicht lächelten.

Der Gong ertönte zum Dinner. »Gott sei Dank!« rief Dunross. »Kommen Sie, meine Herrschaften, es gibt endlich was zu essen. Casey, Sie sitzen an meinem Tisch.« Den Arm immer noch um Adryon geschlungen, führte er sie ins Licht hinaus. Casey und Bartlett folgten ihnen.

Gornt setzte sich ans Steuer des schwarzen Silver Cloud Rolls, den er unmittelbar vor dem Großen Haus geparkt hatte. Er war sehr mit sich zufrieden. Und jetzt auf zum Dinner und zu Jason Plumm, dachte er. Hat sich der Kerl einmal festgelegt, ist Ian Dunross so gut wie erledigt, und dieses Haus und Struan's gehören mir!

Alles ist perfekt. Abgesehen von Adryon. Tut mir leid um sie, bedauerlich, daß Kinder die Streitigkeiten ihrer Väter erben müssen. Aber so ist das Leben. Joss. Schade, daß sie nicht wie Annagrey in die Welt hinausgehen und Hongkong verlassen will – wenigstens so lange, bis Ian Dunross und ich ein für allemal unsere Differenzen beigelegt haben. Ihn würde ich gern dabei sehen, wenn ich seine Loge auf dem Rennplatz für mich beanspruche, seinen ständigen Sitz in den Aufsichtsräten und Vorständen, alle seine Sinekuren – o ja. Bald werden sie alle mir gehören. Und ganz Asien wird mich beneiden.

Er schaltete die Zündung ein, startete den Motor und genoß den Luxus von echtem Leder und feinem Holz. Dann legte er den Gang ein und rollte die Auffahrt hinunter, vorbei am Parkplatz, wo die anderen Wagen standen, hinunter zu dem riesigen schmiedeeisernen Tor mit dem Wappen der Struans. Während er den vorüberfließenden Verkehr abwartete, fiel sein Blick auf das Große Haus im Rückspiegel. Hoch, groß, die Fenster hell erleuchtet, willkommenheißend stand es da.

Bald wirst du wirklich mir gehören, dachte er. Ich werde Gesellschaften geben, wie man sie in Asien noch nie gesehen hat und nie wieder sehen wird. Dazu müßte ich eigentlich eine Empfangsdame haben.
Wie wäre es mit der Amerikanerin?
Er lachte in sich hinein. »Ach, Ciranoush, was für ein reizender Name«, sagte er laut mit der gleichen, genau bemessenen, rauhen Liebenswürdigkeit, derer er sich zuvor bedient hatte. Die braucht man doch nur mit dem kleinen Finger anstoßen, und schon fällt sie um, sagte er sich siegessicher. Wenn ich es richtig erkannt habe, hat sie es dringend nötig, mit einem Experten zu schlafen. Also entweder Bartlett taugt nichts oder sie sind wirklich kein Liebespaar, so wie dem vertraulichen Bericht zu entnehmen war.
Aber willst du sie wirklich haben? Als Spielzeug, vielleicht. Als Werkzeug – selbstverständlich. Als Empfangsdame – nein, dafür ist sie viel zu großschnäuzig.
Jetzt war die Straße frei, und er fuhr talwärts in Richtung Magazine Gap, wo Plumm sein Penthouse hatte. Nach dem Essen wollte er noch zu einer Besprechung und dann nach Wanchai, in eine seiner Privatwohnungen und in die einladenden Arme von Mona Leung. Sein Puls jagte bei dem Gedanken an ihre wilden Liebesspiele, den kaum verhüllten Haß, den sie für ihn und alle *quai loh* empfand und der in dauerndem Konflikt mit ihrer Liebe zum Luxus stand, zu der Wohnung, die er ihr zur Verfügung gestellt hatte, und dem bescheidenen Betrag, den er ihr monatlich gab.
»Gib ihnen nie Geld«, hatte sein Vater William ihm schon früh geraten. »Kleider, Schmuck, Reisen – ausgezeichnet. Aber nicht so viel Geld. Und bilde dir nie ein, sie liebten dich um deiner selbst willen. Das tun sie nicht. Wenn du es dir so recht überlegst, ist das nur fair – wir sind keine Chinesen und werden es nie sein.«
»Gibt es keine Ausnahmen?«
»Ich glaube nicht. Nicht für einen *quai loh,* mein Sohn. Nein, ich glaube nicht. Mir ist keine untergekommen. Sie wird dir ihren Leib schenken, ihre Kinder, ja sogar ihr Leben, aber sie wird dich immer verachten. Das muß sie ja auch, denn sie ist Chinesin, und wir sind *quai loh!*«
Vorsichtig fuhr er auf der linken Seite der kurvenreichen Straße, die sich dicht an der Bergwand hielt. Normalerweise hätte er sich von seinem Chauffeur fahren lassen, aber bei seinem Zusammentreffen mit Plumm wollte er keinen Zeugen dabei haben.
Nein, dachte er, und ich brauche auch keine Zeugen, wenn ich mit Vierfinger Wu zusammentreffe. Was, zum Teufel, will dieser Freibeuter von mir? Nichts Gutes. Bestimmt eine gefährliche Geschichte. Jawohl. Aber im Koreakrieg war Wu dir sehr gefällig, und vielleicht möchte er sich jetzt diese Gefälligkeit bezahlen lassen.
Als die Armeen der chinesischen Kommunisten in Korea 1950 unter schweren Verlusten vom Yalu nach Süden vordrangen, hatten sie unter entsetzli-

chem Mangel an strategischem Nachschub zu leiden und waren mehr als bereit, alle jene großzügig zu belohnen, die es schafften, mit den benötigten Gütern die Blockade zu durchbrechen. Zur gleichen Zeit befand sich auch Rothwell-Gornt nach den großen Verlusten in Schanghai im vorausgegangenen Jahr in einer verzweifelten Lage. Darum nahmen er und sein Vater im Dezember 1950 einen großen Kredit auf und kauften auf den Philippinen heimlich eine riesige Ladung von Penicillin, Morphin, Sulfonamiden und anderen Arzneimitteln, ohne sich um eine Exportlizenz zu bemühen. Diese Ladung schmuggelten sie auf eine ozeantüchtige Dschunke und schickten sie mit einer verläßlichen Crew nach Wampoa, einer öden Insel im Perlfluß, nicht weit von Kanton. Die Zahlung sollte bei Empfang der Ware in Gold erfolgen. Aber unterwegs, im verschlungenen Mündungsgebiet des Perlflusses, wurde ihre Dschunke von Flußpiraten überfallen, die mit Tschiang Kai-scheks Nationalisten sympathisierten. Und Lösegeld forderten. Sie hatten kein Geld, um die Ladung auszulösen, und wenn die Nationalisten erfuhren, daß Rothwell-Gornt mit ihren verhaßten kommunistischen Feinden Geschäfte machten, war ihre Zukunft in Asien für immer beendet.

Durch seinen Comprador hatte Gornt eine Besprechung im Hafen von Aberdeen mit Vierfinger Wu in die Wege leiten lassen, angeblich einem der größten Schmuggler im Mündungsgebiet des Perlflusses.

»Wo Schiff jetzt?« hatte Vierfinger Wu in scheußlichem Pidgin-Englisch gefragt.

So gut er konnte, hatte Gornt ihm die Stelle bezeichnet. Da er Wus Dialekt, Haklo, nicht beherrschte, mußte auch er sich auf Pidgin-Englisch mit ihm verständigen.

»Vielleicht, vielleicht nicht!« Vierfinger Wu lächelte. »Ich telefonieren drei Tage. *Nee choh wah* Losungswort.«

Am dritten Tag rief er an. »Schlecht, gut, weiß nicht. Treffen zwei Tage Aberdeen. Anfang Affenstunde.« Das war zehn Uhr abends. Die Chinesen teilen ihre Tage in zwölf zweistündige Abschnitte, von denen jeder einen eigenen Namen hat. Die Reihenfolge ist immer die gleiche. Der Tag beginnt um vier Uhr früh mit dem Hahn; um sechs folgt der Hund, und so geht es weiter mit Eber, Ratte, Ochs, Tiger, Hase, Drachen, Schlange, Affe, Pferd und Schaf.

Zwei Tage später, in der Stunde des Affen, hatte er auf Wus Dschunke im Hafen von Aberdeen für seine Ladung den vollen Preis in Gold erhalten – plus vierzig Prozent extra. Ein atemberaubender Gewinn von 500 Prozent.

Vierfinger Wu hatte gelacht. »Ich machen besseres Geschäft als *quai loh*. Keine Sorge. 28000 Taels Gold.« Ein Tael war etwas mehr als eine Unze. »Nächstes Mal ich verschiffen. Ja?«

»Ja.«

»Du kaufen, ich transportieren, ich verkaufen, 40 Prozent mein Verkaufspreis.«

»Ja.« Ein dankbarer Gornt hatte versucht, ihm einen wesentlich höheren Prozentsatz aufzudrängen, aber Wu war nicht darauf eingegangen.

Zum offiziellen Kurs hatte das Gold, das Gornt in der Form von Schmuggelbarren zu je fünf Taels bekam, einen Wert von 35 Dollar die Unze. Aber am Schwarzen Markt, nach Indonesien oder Indien oder gar nach China zurückgeschmuggelt, war es zwei- oder dreimal soviel wert – manchmal auch mehr. Mit dieser einen Ladung hatte Rothwell-Gornt eineinhalb Millionen amerikanische Dollar verdient und befand sich auf dem Weg zur wirtschaftlichen Gesundung. Danach hatte sie noch drei für beide Seiten enorm gewinnbringende Transaktionen dieser Art abgewickelt. Dann war der Krieg zu Ende gegangen und damit auch ihre Geschäftsbeziehungen.

Kein Wort mehr seit damals, dachte Gornt, bis zu dem Anruf heute nachmittag.

»Ach, alter Freund, können besuchen? Heute abend?« hatte Vierfinger Wu gefragt. »Ist möglich? Jederzeit – ich warten. Gleicher Ort wie in alten Tagen. Ja?«

Jetzt hieß es also die Gefälligkeit erwidern. Gut.

Gornt drehte das Radio an. Chopin. Mit den Gedanken bei den Verhandlungen, die ihn erwarteten, der Motor fast unhörbar, fuhr er automatisch die kurvenreiche Straße hinunter. Er beschleunigte, um ein langsames Taxi zu überholen. In vollem Tempo bremste er scharf, um sich noch vor der Kurve wieder einzuordnen, doch dann schien etwas im Inneren des Motors einzuschnappen, sein Fuß fand keinen Widerstand, sein Kopf dröhnte, und er fuhr viel zu rasch in die Kurve ein.

In Panik trat er wieder und wieder auf die Bremse, aber ohne Erfolg; er brach auf die falsche Straßenseite aus; glücklicherweise kam ihm nichts entgegen, aber er korrigierte zu stark, schlitterte an den Berghang heran, er korrigierte abermals, und schon sprang ihm die nächste Kurve entgegen. Hier wurde die Spur abschüssiger, die Straße gewundener und schmaler. Er hatte den Bruchteil einer Sekunde Zeit, die Handbremse anzuziehen, aber das half ihm nicht viel, schon war die nächste Kurve da, und als er sie hinter sich hatte, befand er sich weit außerhalb seiner Spur, und entgegenkommende Scheinwerfer blendeten ihn.

Er kam um die Ecke herum und verfehlte den entgegenkommenden Wagen nur um Millimeter; er schoß wieder auf seine Spur zurück, aber die Straße blieb weiterhin abschüssig und gewunden. Immer noch in rasendem Tempo, legte er auch die nächste Kurve zu weit an; der schwerbeladene Lastwagen, der den Berg heraufgekeucht kam, konnte nicht ausweichen.

In panischem Schrecken verriß er den Wagen nach links, und es gelang ihm, nach einem heftigen Anprall um das Vehikel herumzukommen. Er versuchte den Rückwärtsgang einzulegen, aber es war nicht möglich, protestierend kreischten die Zahnräder auf. Dann sah er den langsamen Verkehr in seiner Spur vor sich, den entgegenkommenden auf der Gegenspur und die Straße, die um die nächste Kurve bog. Sich verloren gebend, steuerte er nach links auf die Bergwand zu; er hoffte, den Wagen auf diese Weise zum Stehen zu bringen.

Wild brüllte das Metall auf, die Heckscheibe zersplitterte, und der Rolls sprang zurück. Mit wütendem Hupen schlingerte der entgegenkommende Wagen auf das andere Bankett zu. Gornt schloß die Augen und machte sich auf einen Frontalzusammenstoß gefaßt, aber irgendwie konnte er ihn vermeiden, er war vorbei und hatte noch genügend Kraft, um den Wagen abermals scharf zu verreißen und gegen die Bergwand zu steuern. Er schlug mit großer Gewalt auf. Der linke vordere Kotflügel wurde weggerissen. Der Wagen bohrte sich in Gestrüpp und Erde, knallte gegen eine Felsnase, bäumte sich auf und schleuderte Gornt zur Seite. Doch als der Rolls zurückfiel, blieb er mit einem Rad im Straßengraben hängen – unmittelbar bevor er in einen Mini, dessen Fahrer vor Schreck erstarrte, hineinkrachen konnte.

Mühsam stemmte Gornt sich hoch. Der Wagen stand noch halb aufrecht. Schweiß brach ihm aus allen Poren, und sein Herz hämmerte. Es fiel ihm schwer, zu atmen oder zu denken. Der Verkehr in beiden Richtungen stockte. Er hörte, wie weiter oben und weiter unten gehupt wurde, und dann kamen eilige Schritte auf ihn zu.

»Ist alles in Ordnung?« fragte der Fremde.

»Ja, ich denke schon. Meine Bremsen haben versagt.« Gornt wischte sich den Schweiß von der Stirn, befühlte seine Brust und bewegte die Beine. Er fühlte keine Schmerzen.

»Die Bremsen, wie? Paßt gar nicht zu einem Rolls. Ich dachte schon, Sie wollten ein zweiter Stirling Moss werden. Sie hatten großes Glück. Ich fürchtete mehrmals, Sie wären dran. Hübscher Wagen«, bemerkte der Fremde, »aber jetzt sieht er wüst aus. Dieses Modell hat mir schon immer gut gefallen. Baujahr 62, nicht wahr?«

»Ja, das stimmt.«

»Soll ich die Polizei rufen?«

Gornt strengte sich an und dachte kurz nach; noch dröhnte ihm sein Puls in den Ohren. Müde schnallte er den Sicherheitsgurt auf. »Nein. Gleich da oben ist ein Polizeirevier. Wenn Sie mich da hinbringen könnten?«

»Aber gern.« Der Fremde war klein und rundlich. Er ließ seine Augen über die anderen Wagen, Taxis und LKWs gleiten, die in beiden Richtungen stehengeblieben waren; ihre chinesischen Fahrer und Fahrgäste glotzten aus den Fenstern. »Verdammtes Pack«, murmelte der Fremde verdrießlich. »Man könnte auf der Straße sterben und müßte noch von Glück sagen, wenn sie über einen weg steigen.« Er öffnete die Tür und half Gornt heraus.

»Danke.« Ihm zitterten die Knie. Einen Augenblick lang konnte er seine Schwäche nicht überwinden und lehnte sich gegen den Wagen.

»Sind Sie sicher, daß Ihnen nichts passiert ist?«
»O ja. Es hat... es hat mich nur zu Tode erschreckt.« Er besah sich den Schaden. Eine tiefe Kerbe die rechte Seite herunter, der Kühler in Erde und Strauchwerk vergraben, steckte der Wagen in der Innenkurve. »Verdammter Mist!«
»Ja, aber er hat sich keinen Zoll ineinandergeschoben. Sie hatten ein Schweineglück, daß Sie in einem guten Wagen saßen, mein Freund.« Der Fremde lachte und führte ihn zu seinem eigenen Wagen, der mit eingeschalteten Blinkleuchten in nur wenigen Metern Entfernung geparkt war. »Steigen Sie ein, das haben wir gleich.«
In diesem Augenblick entsann sich Gornt des spöttischen Lächelns auf Dunross' Gesicht, als er gegangen war. Er hatte es für vorgetäuschte Tapferkeit gehalten. Seine Gedanken wurden klarer. Hätte Dunross ausreichend Zeit gehabt, um da herumzubasteln...? Von Motoren verstand er etwas...
»Hurensohn«, murmelte er entgeistert.
»Machen Sie sich keine Sorgen, alter Freund«, sagte der Fremde, während er um das Wrack herumfuhr, um zu wenden. »Die Polizei wird sich um alles kümmern.«

11

22.25 Uhr:

»Ausgezeichnetes Dinner, Ian, besser als voriges Jahr«, erklärte Sir Dunstan Barre, der ihm gegenübersaß.
»Danke.« Dunross erhob höflich sein Glas und nahm einen Schluck von dem feinen Kognak aus dem Schwenker.
Barre stürzte seinen Portwein hinunter und füllte sein Glas nach. »Zu viel gegessen, wie immer, bei Gott! Stimmt's, Philip? Philip!«
»Ja... o ja... viel besser...« murmelte Philip Tschen.
Dunross, der ihnen kaum zuhörte, runzelte die Stirn und ließ seine Augen über die anderen Tische schweifen.
Sie waren jetzt nur noch zu dritt an diesem runden Tisch, an dem zwölf bequem Platz gefunden hatten. An den anderen über Terrassen und Rasenflächen verstreuten Tischen hatten sich's die Herren bei Portwein, Kognak und Zigarren bequem gemacht, oder sie standen in Gruppen beisammen, während sich die Damen ins Haus zurückgezogen hatten. Er sah Bartlett. Er stand in der Nähe der Buffettische, die sich noch vor einer Stunde unter der Last von Lammkeulen, Salaten, Rinderbraten, riesigen heißen Steak-and-

kidney-Pies, Bratkartoffeln, verschiedenen Gemüsen, Kuchen, Törtchen und Eiscremes gebogen hatten. Bartlett war in ein Gespräch mit Chief Superintendent Roger Crosse und dem Amerikaner Ed Langan vertieft. Den nehme ich mir heute noch vor, dachte Dunross grimmig – aber zuerst kommt Brian Kwok. Dunross lehnte sich geduldig zurück, nippte an seinem Kognak und hing seinen Gedanken nach.

Geheimakten, MI-6, Special Intelligence, Bartlett, Casey, Gornt, keine Spur von Tsu-yan und jetzt Alan Medford Grant tot. Das Telefongespräch mit Kiernan, Alan Medford Grants Sekretär in London, hatte ihn tief erschüttert. »Es geschah heute vormittag, Mr. Dunross«, hatte Kiernan berichtet. »Es regnete, die Fahrbahn war rutschig, und daß er ein begeisterter Motorradsportler war, wissen Sie ja. Soviel mir bekannt ist, gab es keine Zeugen. Der Mann, der ihn auf der Landstraße bei Esher fand, hat ausgesagt, er sei im Regen mit seinem Wagen unterwegs gewesen, als er plötzlich am Straßenrand die umgestürzte Maschine und den ausgestreckten Körper eines Mannes liegen sah. Soweit er das beurteilen könne, sagte er, sei Alan Medford Grant schon tot gewesen, als er ihn fand. Es ist für uns alle ein großer Verlust.«

»Hatte er Familie?«

»Nicht daß ich wüßte, Sir. Natürlich habe ich sofort MI-6 informiert.«

»Warum eigentlich?«

In der Leitung waren starke atmosphärische Störungen. »Er hatte mir Weisungen erteilt, Sir. Für den Fall, daß ihm etwas zustieße, sollte ich sofort zwei Telefonnummern anrufen und Ihnen kabeln - was ich tat. Die Nummern kannte ich nicht. Die erste war die Privatnummer eines hohen Tieres in der MI-6, und der war auch schon eine halbe Stunde später mit seinen Leuten da und durchsuchte Mr. Grants Schreibtisch und Privatpapiere. Das meiste nahmen sie mit. Als er den Durchschlag des letzten Berichtes sah - den, den wir Ihnen gerade geschickt hatten –, ging er an die Decke, und als er auch die Durchschriften aller anderen haben wollte und ich ihm mitteilen mußte, daß ich, Mr. Grants Instruktionen befolgend, die Kopien immer vernichtet hatte, sobald ich wußte, daß Sie Ihr Exemplar erhalten hatten, fehlte nicht viel, und ihn hätte der Schlag getroffen. Scheinbar hatte Mr. Grant doch nicht die Erlaubnis der Regierung Ihrer Majestät, für Sie zu arbeiten.«

»Aber Grant hat mir schriftlich versichert, die Regierung Ihrer Majestät habe es ihm gestattet.«

»Gewiß, Sir. Sie haben nichts Ungesetzliches getan, aber diesem Kerl von der MI-6 ist einfach die Sicherung durchgebrannt.«

»Sie sprachen von zwei Telefonnummern?«

»Ja, Sir. Die zweite war eine Schweizer Nummer. Eine Frauenstimme meldete sich, und nachdem ich sie informiert hatte, sagte sie ›Ach, das tut mir aber leid‹ und legte auf. Eine Ausländerin, Sir. Aber da war noch etwas Interessantes. Mr. Grant hatte mir auch aufgetragen, keiner der beiden Telefonnummern etwas von der anderen zu sagen. Aber weil dieser Herr von MI-6 so, milde ausgedrückt, zornig war, gab ich sie ihm. Er rief sofort an, aber es war besetzt und blieb auch lange besetzt, bis das Amt mitteilte, daß der Anschluß vorübergehend gesperrt worden war. Er hatte eine Stinkwut, Sir.«

»Können Sie AMGs Berichte weiterführen?«

»Nein, Sir. Ich habe ihm nur Material zugeführt und Informationen zusammengetragen. Ich habe die Berichte für ihn getippt, Anrufe für ihn entgegengenommen, wenn er verreist war, und die Rechnungen bezahlt. Er hat viel Zeit auf dem Kontinent verbracht, aber mir nie gesagt, wo er war. Er war... na ja, er hat sich nicht in die Karten gucken lassen. Ich kannte nicht einmal seine Büronummer in Whitehall. Wie gesagt, er hat immer sehr heimlich getan...«

Dunross seufzte und nippte an seinem Brandy. So eine Katastrophe! War es ein Unfall gewesen – oder Mord? Und wann werden mir die Herren vom MI-6 auf den Pelz rücken? Sein Nummernkonto in der Schweiz aufspüren? Aber das war ja nicht ungesetzlich und ging außer ihn und mich keinen etwas an.

»Bitte?« Dunross hatte eine Bemerkung Barres überhört.

»Ich sagte gerade, daß es ein Mordsspaß war, wie diese Miss Tcholok nicht gehen wollte und Sie sie praktisch hinausgeworfen haben.« Der große Mann lachte. »Sie traun sich was, alter Junge.«

Gegen Ende des Dinners, kurz bevor Portwein und Kognak und Zigarren gereicht wurden, hatte sich Penelope vom Tisch erhoben, an dem Linc Bartlett in ein Gespräch mit Havergill vertieft war, und zugleich mit ihr hatten auch die anderen Damen den Tisch verlassen. Adryon an ihrem Tisch war ihrem Beispiel gefolgt, und dann hatten alle Damen angefangen, sich in kleinen Gruppen zurückzuziehen. »Kommen Sie, meine Damen«, hatte Lady Joanna, die zu Dunross' Rechten saß, gesagt: »Zeit, uns frischzumachen.«

Gehorsam waren die anderen Frauen mit ihr aufgestanden. »Kommen Sie, meine Liebe«, hatte sie zu Casey gesagt, die sitzengeblieben war.

»Oh, ich fühle mich wohl, danke.«

»Daran zweifle ich nicht, aber kommen Sie trotzdem!«

Jetzt fiel Casey auf, daß alle sie anstarrten. »Was ist denn los?«

»Nichts, meine Liebe«, hatte Lady Joanna gesagt. »Der Brauch will es, daß die Damen die Herren mit Portwein und Zigarren allein lassen. Also kommen Sie!«

Verblüfft hatte Casey sie angeschaut. »Wollen Sie damit sagen, daß man uns wegschickt, während die Herren über Staatsgeschäfte und die Teepreise in China plaudern?«

»Es zählt einfach zu den guten Manieren, meine Liebe. Man muß sich sei-

ner Umgebung anpassen ...« Ein geringschätziges Lächeln auf den Lippen, hatte Lady Joanna sie beobachtet.
»Das kann doch nicht Ihr Ernst sein! Von diesem Brauch ist man schon vor dem Bürgerkrieg abgegangen«, mokierte sich Casey.
»In Amerika ganz gewiß.« Joanna lächelte ihr schiefes Lächeln. »Hier ist es anders. Die Kolonie ist ein Teil Englands. Es ist eine Frage der Umgangsformen. Also kommen Sie, meine Liebe!«
»Ich werde kommen – meine Liebe«, gab Casey ebenso honigsüß zurück. »Später.«
Seufzend hatte Joanna die Achseln gezuckt und die Augenbrauen hochgezogen und war mit den anderen Damen gegangen. Am Tisch herrschte lähmende Stille.
»Sie haben doch nichts dagegen, wenn ich bleibe, nicht wahr, Tai-Pan?« hatte Casey sich lächelnd an ihn gewandt.
»Tut mir leid, aber ich habe tatsächlich etwas dagegen«, antwortete er in sanftem Ton. »Es ist nur ein Brauch, nichts Wichtiges. Eigentlich hat es den Zweck, den Damen den Vortritt zum Örtchen und zu den Wassereimern zu lassen.«
Ihr Lächeln erlosch, ihr Kinn sprang vor. »Und wenn ich es vorziehe, nicht zu gehen?«
»Es ist nun einmal so üblich, Casey. In Amerika ist es zum Beispiel üblich, einen Menschen, den man eben kennengelernt hat, mit dem Vornamen anzureden. Bei uns nicht. Trotzdem... Es ist kein Gesichtsverlust damit verbunden.«
»Ich denke doch.«
»Das tut mir leid. Ich kann Ihnen nur versichern, daß dem nicht so ist.«
Die anderen hatten gewartet, die beiden beobachtet und die Konfrontation genossen. Außer Ed Langan, dem die ganze Sache furchtbar peinlich war.
»Teufel, Casey«, versuchte er einen Witz daraus zu machen, »gegen die Männer im Rathaus kommt man eben nicht an!«
»Genau das habe ich mein Leben lang getan«, konterte sie scharf – sie war offensichtlich wütend. Dann hatte sie mit einemmal ein strahlendes Lächeln aufgesetzt, sekundenlang mit den Fingern auf den Tisch getrommelt und war aufgestanden. »Wenn die Herren mich entschuldigen wollen...« hatte sie gesagt und war abgerauscht.
»Man kann doch schwerlich behaupten, ich hätte sie hinausgeworfen«, protestierte Dunross.
»Dennoch – es war verdammt spaßig«, kicherte Barre. »Ich frage mich, was sie bewogen hat, ihre Meinung zu ändern. Was denken Sie, Philip?«
»Was?« fragte Philip Tschen zerstreut.
»Einen Augenblick lang dachte ich, sie wolle Ian eine kleben. Aber dann ging ihr etwas durch den Sinn und sie überlegte es sich. Was das wohl gewesen sein mag?«

Dunross lächelte. »Bestimmt nichts Gutes. Die junge Dame ist so reizbar wie ein Dutzend Skorpione.«
»Hat aber was in der Bluse«, bemerkte Barre.
Sie lachten. Philip Tschen verzog keine Miene. Dunross' Sorge um ihn nahm zu. Er hatte schon den ganzen Abend versucht, ihn aufzuheitern, aber es war ihm nicht gelungen. Philip hatte während des Dinners teilnahmslos und einsilbig dagesessen. Barre stand auf und rülpste. »Werd' mal pinkeln, solange wir noch ungestört sind.« Schwankend verschwand er im Park.
»Pinkeln Sie nicht auf die Kamelien«, rief Dunross ihm zerstreut nach und richtete dann das Wort an Tschen. »Mach dir keine Sorgen, Philip«, sagte er. »Sie werden John bald gefunden haben.«
»Ja, ja, ohne Zweifel«, sagte Philip Tschen mit toter Stimme. Es war nicht so sehr das Kidnapping, das seinen Geist beschäftigte; er war entsetzt über das, was er an diesem Nachmittag im Schließfach seines Sohnes entdeckt hatte.
»Mach schon, Philip, nimm den Schlüssel, sei kein Narr«, hatte seine Frau Dianne gezischt. »Nimm ihn – wenn du es nicht tust, wird der Tai-Pan es tun!«
»Ja, ja, ich weiß.« Allen Göttern sei Dank, daß ich ihr gefolgt bin, dachte er, als er sich in Erinnerung rief, was ihm in die Hände gefallen war, als er den Inhalt des Faches durchstöbert hatte: Mehrere große Umschläge aus Manilapapier, ein Tagebuch und ein Verzeichnis von Telefonnummern. In dem Umschlag mit der Aufschrift »Schulden« befanden sich Wettscheine über 97000 Hongkong für laufende Verpflichtungen gegenüber illegalen Winkelbüros in Hongkong, ein Schuldschein zugunsten von Geizhals Sing, einem berüchtigten Geldverleiher, über 30000 Hongkong zu drei Prozent Zinsen im Monat; ein längst fälliger Sichtwechsel der Ho-Pak Bank über 20000 amerikanische Dollar und ein Brief von Richard Kwang von voriger Woche, in dem der Bankier ihm mitteilte, daß er mit seinem Vater werde sprechen müssen, wenn er sich nicht bald mit ihm arrangiert. Andere Briefe dokumentierten eine wachsende Freundschaft zwischen seinem Sohn und einem amerikanischen Spieler, Vincenzo Banastasio, der John Tschen versicherte, er brauche sich wegen seiner Schulden nicht den Kopf zu zerbrechen, und angeheftet die notariell beglaubigte Fotokopie einer rechtsgültigen Schuldverschreibung, die seinen Sohn, dessen Erben oder Rechtsnachfolger verpflichtete, Banastasio bei Vorlage 485000 Dollar zuzüglich Zinsen zu zahlen.
Dieser Idiot, hatte er getobt, weil er wußte, daß sein Sohn kaum ein Fünftel dieser Summe besaß, so daß früher oder später er für die Schulden würde aufkommen müssen.
Dann fiel sein Blick auf einen dicken Umschlag mit der Aufschrift »Par-Con«.

Er enthielt einen von K. C. Tcholok vor drei Monaten unterschriebenen Anstellungsvertrag, mit dem John Tschen als privater Konsulent für Par-Con engagiert wurde, und das für »... 100000 Dollar US in bar (wovon 50000 Dollar US als bereits gezahlt hiermit bestätigt werden), und nach Zustandekommen eines für alle Teile befriedigenden Abkommens zwischen Par-Con und Struan's, Rothwell-Gornt oder irgendeiner anderen Hongkonger Gesellschaft nach Par-Cons Wahl, zusätzlich eine Million Dollar, in fünf Jahren in fünf gleich hohen Teilbeträgen abzudecken.« Überdies verpflichteten sich Par-Con Industries, innerhalb von dreißig Tagen nach Unterzeichnung des obengenannten Abkommens für Mr. John Tschen eine bei Mr. Vincenzo Banastasio, 85, Orchard Road, Las Vegas, bestehende Schuld in der Höhe von 485000 Dollar US zu tilgen. »Zum selben Termin sind die erste Jahresrate sowie die restlichen 50000 Dollar US zu zahlen...«

»Als Gegenleistung wofür?« hatte Philip Tschen ratlos gestöhnt.

Doch dem umfangreichen Vertrag war weiter nichts zu entnehmen, als daß John Tschen »privater Konsulent in Asien« werden sollte. Aber dann fiel Philips Auge auf ein dünnes Luftpostkuvert mit der Aufschrift »Par-Con II«. Es enthielt Fotokopien handgeschriebener Briefe seines Sohnes an Linc Bartlett.

Der erste war vor einem halben Jahr datiert und bestätigte, daß er, John Tschen, Par-Con Industries seine intime Kenntnis der innerbetrieblichen Verhältnisse des ganzen Struan-Konzerns zur Verfügung stellen könne und werde. »... muß dies natürlich absolut geheim bleiben, aber wie Sie den beiliegenden Bilanzen von 1954 bis 1961 (als Struan's in eine Aktiengesellschaft umgewandelt wurde) entnehmen können, ist mein Vorschlag ohne weiteres durchzuführen. Wenn Sie sich das Schema der Beteiligungsverhältnisse und die Liste einiger der wichtigsten Aktionäre und deren stille Beteiligungen, einschließlich der meines Vaters, ansehen, sollte Par-Con keine Probleme für seine Übernahme-Manöver haben. Ziehen Sie zusätzlich zu diesen Fotokopien auch noch diese andere Sache, von der ich Ihnen erzählt habe, ins Kalkül – ich schwöre bei Gott, daß Sie mir glauben können – und ich garantiere Ihnen vollen Erfolg. Ich setze mein Leben aufs Spiel, das sollte Ihnen als Sicherheit genügen, aber wenn Sie mir von den ersten Hunderttausend fünfzigtausend vorschießen, bin ich bereit, Ihnen den Gegenstand zu überlassen – sofern Sie sich verpflichten, ihn mir nach Abschluß Ihres Geschäftes zu retournieren – oder um ihn gegen Struan's zu verwenden. Am Ende muß Struan's alles tun, was Sie wollen. Antworten Sie mir, wie ausgemacht, an das Postfach, und vernichten Sie dieses Schreiben.«

»Was für ein Gegenstand soll ihm da überlassen werden?« hatte Philip Tschen verstört gemurmelt. Seine Hand zitterte, als er den zweiten, vor drei Wochen datierten Brief las: »Sehr geehrter Mr. Bartlett! Es ist alles

vorbereitet, ich freue mich schon, Sie wiederzusehen und Mr. K. C. Tcholok kennenzulernen. Danke für die fünfzigtausend, die ich bereits erhalten habe – in Zukunft sollen alle Überweisungen auf ein Nummernkonto in Zürich erfolgen. Ich danke Ihnen auch für Ihre mündliche Zusage, mich mit drei Prozent an der neuen Par-Con (Asia) Trading Company zu beteiligen, wenn ich Ihnen jene Hilfe leisten kann, die zu leisten ich in der Lage bin. Zu Mr. Tcholoks Frage nach der Stellung meines Vaters im Fall einer Übernahme oder eines Kampfes um Stimmrechte: Man kann ihn außer Gefecht setzen. Beiliegende Fotokopien sind nur Muster von vielen, die ich besitze. Aus diesen Dokumenten geht eindeutig hervor, daß er seit den frühen fünfziger Jahren enge Beziehungen zu Weißes Pulver Lee und dessen Vetter Wu Sang Fang – Spitzname Vierfinger Wu – unterhält. Noch heute ist er ihr stiller Teilhaber in einer Immobilienfirma, zwei Reedereien und einem Handelshaus in Bangkok. Nach außen hin geben sich die beiden jetzt zwar das Ansehen ehrenwerter Kaufleute, aber es ist allgemein bekannt, daß sie jahrelang erfolgreiche Piraten und Schmuggler waren. Brächte man die Beziehungen meines Vaters zu diesen Leuten an die Öffentlichkeit, diese Enthüllung würde ihn für immer sein Gesicht kosten, sie würde seine festen Verbindungen zu Struan's, aber auch zu allen anderen *hongs* lösen, und sie würde, das ist das Wichtigste, ihm jede Chance nehmen, jemals die Ritterwürde, die er sich so sehnlichst wünscht, zu erringen. Es würde schon genügen, ihm damit zu drohen, um ihn außer Gefecht zu setzen – und vielleicht sogar zum Verbündeten zu machen. Es ist mir natürlich klar, daß diese Papiere einer weiteren Dokumentation bedürfen, aber ich besitze eine solche, und sie befindet sich an einem sicheren Ort...«
Philip Tschen rief sich ins Gedächtnis zurück, wie er, von Panik erfaßt, verzweifelt nach weiteren Unterlagen gesucht hatte. Unmöglich, daß sich sein Sohn so viel geheimes Wissen zu eigen gemacht, unmöglich, daß er Struan's Bilanzaufstellungen für die Jahre 1954 bis 1961 besaß, unmöglich, daß er von diesen geheimen Abmachungen wußte!
O ihr Götter, das ist wirklich alles, was auch ich weiß – Dianne weiß kaum die Hälfte! Was weiß John sonst noch – was hat er den Amerikanern sonst noch verraten? »Er muß noch einen zweiten Safe haben«, hatte er laut gemurmelt, kaum noch imstande, klar zu denken.
In der Hoffnung, eine sorgfältigere Überprüfung würde seine Fragen beantworten, hatte er alles in seine Aktentasche gestopft und das Schließfach wütend zugeschlagen und zugesperrt – und es, einer plötzlichen Eingebung folgend, sogleich wieder geöffnet. Er hatte die flache Kassette herausgezogen und umgedreht. An der Unterseite klebten zwei Schlüssel. Der eine war ein Safeschlüssel, dessen Nummer jemand sorgfältig abgefeilt hatte. Wie gelähmt starrte er den anderen Schlüssel an. Er erkannte ihn sofort wieder. Es war der Schlüssel zu seinem eigenen Tresor im Haus am Hügel. Bei allen Göttern hätte er schwören können, daß es nur einen einzigen

Schlüssel gab, nämlich den, den er immer um seinen Hals trug und nie aus der Hand gegeben hatte – seit sein Vater ihn ihm vor sechzehn Jahren auf dem Sterbebett anvertraut hatte.
»*Oh ko*«, stöhnte er, denn wieder war blinde Wut in ihm aufgestiegen.
»Fehlt dir was?« erkundigte sich Dunross. »Wie wäre es mit einem Brandy?«
»Nein, nein, danke«, antwortete Philip Tschen mit zitternder Stimme. In die Gegenwart zurückgeholt, versuchte er sich zu konzentrieren. Er wußte, daß er dem Tai-Pan alles sagen sollte. Aber er wagte es nicht. Erst mußte er das ganze Ausmaß der gestohlenen Geheimnisse kennen. Und selbst dann... Ganz abgesehen von vielen Transaktionen, bei deren Beurteilung die Behörden leicht falsche Schlüsse ziehen konnten, und anderen, deren Bekanntwerden sehr ungelegen kommen und zu allen möglichen Prozessen, zivilen, wenn schon nicht Strafprozessen, führen konnte – diese dummen englischen Gesetze, dachte er wütend, so engstirnig, ein und dasselbe Gesetz für alle zu haben, so unbedacht, nicht eines für die Reichen und eines für die Armen zu haben, wozu sonst arbeitet und schuftet und riskiert und intigriert man, um reich zu werden? – Ganz abgesehen von alledem müßte er Dunross eingestehen, daß er seit Jahren alle vertraulichen Dokumente von Struan's kopiert und daß auch schon sein Vater es getan hatte – Bilanzaufstellungen, Zahlung von Schmiergeldern, Listen von Schmuggelwaren, Börsengeschäfte und andere, sehr private Papiere – und er wußte, daß es nichts nützen würde, wenn er sagte, er hätte es nur getan, um das Haus zu schützen; denn der Tai-Pan würde zu Recht darauf hinweisen, daß es ihm um den Schutz des Hauses Tschen und nicht von Noble House gegangen sei, und er würde sich zu Recht gegen ihn wenden, ihn und die Familie seinen Zorn spüren lassen.
Gott sei Dank ist nicht alles im Tresor, dachte er beruhigt. Gott sei Dank sind die anderen Dinge tief vergraben.
Doch dann schossen ihm plötzlich einige Worte aus dem ersten Brief seines Sohnes durch den Kopf: »... ziehen Sie zusätzlich auch noch diese andere Sache, von der ich Ihnen erzählt habe, ins Kalkül...«
Er erblaßte und erhob sich schwankend. »Wenn du mich entschuldigen willst, Tai-Pan – ich... eh... ich werde gehen. Ich hole nur Dianne, und ich... ich danke dir, gute Nacht.« Er eilte davon, auf das Haus zu.
Bestürzt sah Dunross ihm nach.
»Ach, Miss Tcholok«, sagte Penelope, »darf ich Sie mit Kathren Gavallan – Ians Schwester – bekannt machen?«
»Freut mich!« Casey lächelte sie an. Kathren gefiel ihr gleich. Sie befanden sich in einem der Vorzimmer im Erdgeschoß, zusammen mit anderen Damen, die miteinander plauderten, frisches Make-up auflegten oder in einer Schlange darauf warteten, die angrenzende Toilette aufzusuchen. »Sie haben die gleichen Augen – die Ähnlichkeit ist nicht zu übersehen«, sagte Casey. »Ian ist ein gestandener Mann, nicht wahr?«

»Ja, das finden wir auch«, lächelte Kathren. Sie war achtunddreißig, attraktiv, ihr geblümtes Seidenkleid lang und kühl, und der schottische Akzent klang angenehm. »Die Wasserknappheit ist eine lästige Sache, nicht wahr?«

»Ja. Mit Kindern ist es wohl besonders schwierig.«

»Aber nein, *chérie*, die Kinder sind überglücklich darüber«, meldete sich Susanne de Ville zu Wort. Sie war Ende Vierzig, schick gekleidet und sprach mit einem leichten französischen Akzent. »Wie kannst du ihnen das nur antun, daß sie sich jeden Abend waschen müssen?«

»So geht es mir auch mit meinen beiden.« Kathren lächelte. »Es stört uns Eltern, aber die Kinder nicht. Es ist nur sehr schwer, dabei einen Haushalt zu führen.«

»Es ist scheußlich!« rief Penelope. »Dieser Sommer war entsetzlich. Heute haben wir Glück. Für gewöhnlich schwitzen wir uns zu Tode.« Sie stand vor einem Spiegel und trug frisches Make-up auf. »Ich kann den nächsten Monat kaum noch erwarten. Habe ich dir eigentlich schon gesagt, Kathren, daß wir für ein paar Wochen nach Hause fahren, um Ferien zu machen? – zumindest *ich* fahre. Ian hat mir versprochen nachzukommen, aber bei ihm weiß man ja nie.«

»Er braucht wirklich einen Urlaub«, sagte Kathren. Casey bemerkte dunkle Schatten unter ihren Augen und Sorgenfalten unter ihrem Make-up. »Fahrt ihr nach Ayr?«

»Ja, und nachher für eine Woche nach London.«

»Ihr Glücklichen! Wie lange bleiben Sie in Hongkong, Miss Tcholok?«

»Ich weiß es nicht. Es hängt alles von Par-Con ab.«

»Ach ja. Andrew erzählte mir, Sie hätten den ganzen Tag heute konferiert.«

»Ich glaube, es macht den Herren nicht viel Spaß, mit einer Frau verhandeln zu müssen.«

»Das ist aber sehr zurückhaltend ausgedrückt«, lachte Susanne de Ville und hob ihre Röcke, um die Bluse herunterzuziehen. »Allerdings... mein Jacques ist Halbfranzose, und darum hat er Verständnis dafür, daß auch Frauen im Geschäftsleben ihren Mann stehen. Aber die Engländer...« Ihre Augenbrauen hoben sich.

»Dem Tai-Pan schien es nichts auszumachen«, bemerkte Casey, »aber ich habe noch nicht definitiv mit ihm verhandelt.«

»Wohl aber mit Quillan Gornt«, konterte Kathren, und Casey, die auch in der Zurückgezogenheit eines Waschraumes auf der Hut war, hörte den Unterton heraus. »Nein«, gab sie zurück, »das war mein Boss. Ich habe ihn erst heute kennengelernt.« Erst knapp vor dem Dinner hatte sie Gelegenheit gehabt, Bartlett die Geschichte von Gornts Vater und Colin Dunross zu erzählen.

»Ach du Heiliger! Kein Wunder, daß Adryon aus der Tüte geriet. Noch dazu im Billardzimmer.« Er hatte einen Augenblick nachgedacht und dann die Achseln gezuckt. »Doch das bedeutet nichts weiter, als daß der Druck auf Dunross zunimmt.«

»Schon möglich. Aber ihre Feindscchaft geht tiefer, als mir das je untergekommen ist. Gornt könnte auch einen unbeabsichtigen Effekt erzielen.«

»Ich wüßte nicht, wie – zumindest vorderhand nicht. Gornt hat nur von der Flanke her angegriffen, wie das jeder gute General tut. Wären wir nicht schon von John Tschen im voraus informiert gewesen, Gornts Hinweise hätten lebenswichtig für uns sein können.«

»Hast du dich entschieden, mit wem wir zusammengehen wollen?«

»Nein. Was hast du für ein Gefühl?«

»Keines. Noch keines. Sie sind beide mächtige Burschen. Was glaubst du, Linc: Wurde John Tschen gekidnappt, weil er uns mit Informationen versorgt hat?«

»Ich weiß es nicht. Wie kommst du darauf?«

»Noch bevor Gornt aufkreuzte, nahm mich Inspektor Armstrong beiseite. Er wollte genau wissen, was John Tschen gestern abend zu mir gesagt hatte, worüber wir sprachen. Ich erzählte ihm alles, woran ich mich erinnern konnte – erwähnte allerdings nicht, daß ich ›es‹ hätte übernehmen sollen. Schließlich weiß ich ja immer noch nicht, was ›es‹ ist.«

»Es ist nichts Ungesetzliches, Casey.«

»Es gefällt mir nicht, daß ich es nicht weiß. Ich verliere den Boden unter den Füßen. Die Waffen, dieses brutale Kidnapping, die Beharrlichkeit der Polizei... Was hat John Tschen, was für uns wichtig ist, Linc?«

Sie erinnerte sich, wie er sie mit seinen lachenden blauen Augen gemustert hatte. »Eine Münze. Eigentlich ist es eine halbe Münze.«

»Aber Linc... was...?«

»Mehr sage ich dir jetzt nicht, Casey, aber von dir möchte ich wissen: Sieht Armstrong einen Zusammenhang zwischen Johns Kidnapping und den Gewehren?«

»Ich weiß es nicht.« Sie hatte die Achseln gezuckt. »Wirklich nicht. Der Mann ist sehr gewieft.« Wieder hatte sie gezögert. »Hast du mit Gornt ein Abkommen geschlossen, Linc?«

»Nein, nichts Definitives. Gornt will nur Struan's loswerden und sich mit uns verbünden, um die Leute kaputtzumachen. Ich habe ihm gesagt, daß wir Dienstag beim Abendessen darüber sprechen werden.«

Casey hatte begonnen, sich zu fragen, wer nun eigentlich der Feind war. Selbst hier unter den vielen Frauen fühlte sie sich fremd. Feindseligkeit schlug ihr entgegen, ausgenommen von diesen beiden, Penelope und Kathren Gavallan – und einer Dame, der sie schon früher in der Schlange zur Toilette begegnet war.

»Guten Abend«, hatte die Dame leise gesagt. »Wie ich höre, sind Sie hier ebenfalls fremd?«

»Ja, das bin ich«, hatte Casey geantwortet, beeindruckt von ihrer Schönheit.

»Ich bin Fleur Marlowe. Peter Marlowe ist mein Mann. Er ist Schriftsteller. Ich finde, Sie sehen phantastisch aus!«

»Vielen Dank. Sie aber auch! Sind Sie eben erst gekommen?«

»Nein, wir sind schon drei Monate und zwei Tage da. Aber das ist die erste richtige englische Party, zu der wir eingeladen wurden. Zumeist waren wir nur mit Chinesen zusammen oder allein. Wir haben ein Apartment in der Dépendance vom alten V and A.«

»Wir sind auch im V and A abgestiegen.«

»Ja, ich weiß. Sie sind ja jetzt schon berühmt«, Fleur Marlowe lachte.

»Berüchtigt, meinen Sie wohl. Ich wußte gar nicht, daß es dort Apartments gibt.«

»Es sind ja auch gar keine richtigen. Zwei winzige Schlafzimmer, Wohnzimmer und eine Kochecke. Aber es ist unser Daheim.« Fleur Marlowe hatte große blaue Augen und langes blondes Haar, und Casey glaubte, daß sie ungefähr gleich alt war wie sie.

»Ihr Mann ist Journalist?«

»Schriftsteller. Bis jetzt ein Buch – veröffentlicht. Vor allem schreibt er Drehbücher und macht Filme in Hollywood. Damit zahlen wir die Miete.«

»Warum sind Sie mit Chinesen zusammen?«

»Ach, Peter interessiert sich für sie.« Fleur Marlowe hatte gelächelt und mit einem Blick auf die anderen Frauen im Ton einer Verschwörerin hinzugefügt: »Ihre Art beeindruckt uns. Sie sind englischer als die Engländer. Die alte Schulkrawatte und was so dazugehört.«

Casey runzelte die Stirn. »Aber Sie sind doch auch Engländerin?«

»Ja und nein. Ich bin Engländerin, komme aber aus Vancouver in Kanada. Wir leben in den Staaten – im guten alten Hollywood. Ich weiß wirklich nicht, was ich bin – wohl von allem ein bißchen.«

»Mr. Bartlett und ich, wir leben auch in Los Angeles.«

»Ich finde, er sieht toll aus. Sie sind ein Glückskind.«

»Wie alt sind Ihre Kinder?«

»Vier und acht – Gott sei Dank ist das Wasser bei uns noch nicht rationiert.«

»Wie gefällt Ihnen Hongkong?«

»Faszinierend. Für Peter – meinen Mann – ist es wunderbar. Er recherchiert hier für ein Buch. Mein Gott, wenn nur die Hälfte von all diesen Geschichten wahr ist...Die Struans und die Dunross' und Ihr Quillan Gornt.«

»Er ist nicht *mein* Quillan Gornt. Ich habe ihn heute abend kennengelernt.«

»Sie haben ein kleines Erdbeben ausgelöst, als Sie mit ihm durch den Saal schritten.« Fleur lachte. »Wenn Sie hier bleiben, reden Sie mit Peter, er

kann Ihnen Vorträge über alle möglichen Skandale halten.« Sie deutete mit dem Kopf auf Dianne Tschen, die vor einem der Spiegel stand. »Das ist John Tschens Stiefmutter, Philip Tschens Frau. Sie ist seine zweite Frau, seine erste Frau lebt nicht mehr. Sie ist Eurasierin und wird von aller Welt gehaßt, aber sie ist eine der gütigsten Personen, die ich je gekannt habe.«
»Warum wird sie gehaßt?«
»Die meisten Leute sind neidisch auf sie. Sie ist ja schließlich die Frau des Compradors von Noble House. Wir haben sie schon bald nach unserer Ankunft hier kennengelernt, und sie war reizend zu uns.«
»Ist sie Eurasierin? Sie schaut chinesisch aus.«
»Das läßt sich manchmal nur schwer feststellen. Ihr Mädchenname ist Tschung, ihre Mutter war eine Sung. Die Tschungs stammen von einer von Dirk Struans Mätressen ab, und die Sungs sind ebenso illegitime Nachkommen des berühmten Malers Aristoteles Quance. Haben Sie von ihm gehört?«
»Aber sicher.«
»Viele der besten Hongkonger Familien sind – na ja, auf den alten Aristoteles gehen viele Linien zurück...«
In diesem Augenblick öffnete sich die Tür zum WC, eine Frau kam heraus, und Fleur flüsterte: »Gott sei Dank.«
Während Casey wartete, bis sie an die Reihe kam, lauschte sie den Gesprächen der anderen mit halbem Ohr. Es war immer das gleiche: die Kleider, die Hitze, die Wasserknappheit, die Kinder und ihre Schulen, Klagen über *amahs* und andere Bedienstete und darüber, wie teuer alles sei. Dann war die Reihe an ihr, und als sie wieder herauskam, war Fleur Marlowe verschwunden, und Penelope trat auf sie zu. »Ich habe gerade gehört, daß Sie nicht vom Tisch aufstehen wollten. Achten Sie nicht auf Joanna! Sie ist ein Giftzwerg und ist immer einer gewesen.«
»Es war meine Schuld – ich habe mich an eure Bräuche noch nicht gewöhnt. Wie lange läßt man die Herren üblicherweise allein?«
»Etwa eine halbe Stunde. Es gibt keine festen Regeln. Kennen Sie Quillan Gornt schon lange?«
»Ich bin ihm heute abend zum erstenmal begegnet«, antwortete Casey.
»Er... er ist in diesem Haus nicht willkommen«, sagte Penelope.
»Ja, ich weiß. Man hat mir von der Weihnachtsparty erzählt.«
Nach einer kleinen Pause meinte Penelope: »Es ist nicht gut, wenn Fremde in Familienstreitigkeiten hineingezogen werden, nicht wahr?«
»Sie haben recht«, pflichtete Casey ihr bei, »aber Streitigkeiten gibt es in jeder guten Familie, Mr. Bartlett und ich, wir sind hier, um mit einem Ihrer großen Konzerne ein Geschäft anzubahnen. Wir wissen, daß wir hier Außenseiter sind – darum suchen wir einen Partner.«
»Nun, meine Liebe, Sie werden sich sicher entscheiden. Seien Sie geduldig, und seien Sie vorsichtig! Meinst du nicht auch, Kathren?« fragte sie ihre Schwägerin.

»O ja, Penelope!« Kathren betrachtete Casey mit dem gleichen stetigen Blick wie Dunross. »Ich hoffe, Sie wählen das Richtige, Miss Tcholok. Die Leute hier sind alle sehr rachedurstig.«

»Warum?«

»Das liegt vornehmlich daran, daß wir eine so eng verbundene, in wechselseitigen Beziehungen stehende Gesellschaft sind, in der jeder jeden kennt – und fast alle seine Geheimnisse. Ein zweiter Grund ist, daß Haßgefühle hier über Generationen zurückreichen und über Generationen immer wieder frisch genährt werden. Und ein anderer Grund ist schließlich auch, daß die Einsätze so hoch sind: Wenn man hier ein Vermögen verdient, kann man es auch behalten. Hongkong ist eine Durchgangsstation – keiner, auch kein Chinese, kommt her, um zu bleiben; er kommt, um Geld zu machen und wieder fortzugehen. Hongkong ist die ungewöhnlichste Stadt der Erde.«

»Aber die Struans und Dunross' und Gornts sind seit Generationen hier«, hielt Casey ihr entgegen.

»Ja, aber als Einzelpersonen sind sie nur aus einem Grund gekommen: Geld. Geld ist hier unser Gott. Und sobald man es hat, drückt man sich. So halten es die Europäer, die Amerikaner – und ganz gewiß auch die Chinesen.«

»Kathy, meine Liebe, du übertreibst«, sagte Penelope.

»Mag sein, aber es ist trotzdem die Wahrheit. Ein weiterer Grund ist der, daß wir hier allezeit am Rand von Katastrophen leben: Feuersbrünste, Überschwemmungen, Seuchen, Erdrutsche, Revolten. Die halbe Bevölkerung ist kommunistisch, die andere Hälfte nationalistisch, und sie hassen einander. Und China – China kann uns jederzeit verschlingen. Darum: Lebe für das Heute, zum Teufel mit allem anderen, grapsche, was du kannst, denn wer weiß, was morgen passiert! Hier sind die Menschen rücksichtslos, weil nichts von Dauer ist.«

»Ausgenommen der Peak und die Chinesen«, warf Penelope ein.

»Selbst die Chinesen wollen nur so schnell wie möglich reich werden, um so schnell wie möglich abzuhauen – sie mehr als die anderen. Warten Sie es ab, Miss Tcholok, Sie werden schon sehen! Auch Sie werden Hongkongs Zauber erliegen – oder seiner Verderbtheit – das ist letztlich Ansichtssache. Für Geschäftsleute gibt es auf der ganzen Welt keinen interessanteren Platz. Für einen Mann ist das Leben hier wild und aufregend und wunderbar, aber für uns ist es furchtbar, und wir hassen Hongkong leidenschaftlich, auch wenn wir es nicht zugeben. Wir sind hier alle bedroht. Wir Frauen führen einen aussichtslosen Kampf...« Sie verstummte und zwang sich zu einem müden Lächeln. »Tut mir leid, die Nerven... Ich denke, ich werde jetzt einmal nach Andrew sehen, und wenn er noch bleiben will, verdrücke ich mich, wenn es dir nichts ausmacht.«

»Ist dir nicht gut, Kathren?«

»Doch, doch, ich bin nur ein wenig müde. Die Kleine ist ein richtiger Fratz, aber nächstes Jahr kommt sie ins Internat.«

»Wie war dein Check-up?«
»In Ordnung.« Kathren lächelte Casey zu. »Wenn Sie Lust haben, rufen Sie mich an! Wir stehen im Telefonbuch. Entscheiden Sie sich nicht für Gornt! Das wäre verhängnisvoll. Auf Wiedersehen, meine Liebe«, verabschiedete sie sich von Penelope und ging.
»Sie ist so ein lieber Kerl«, bemerkte Penelope, »aber sie regt sich unnötig über alles auf.«
»Fühlen auch Sie sich bedroht?«
»Ich bin sehr zufrieden mit meinen Kindern und meinem Mann.«
»Sie hat dich gefragt, ob du dich bedroht fühlst, Penelope.« Geschickt trug Susanne de Ville frisches Make-up auf und studierte ihr Spiegelbild. »Hm?«
»Nein. Es wird mir manchmal zuviel, aber... ich bin ebensowenig bedroht wie du.«
»Ah, *chérie,* aber ich bin Pariserin, wie kann ich bedroht sein? Waren Sie schon in Paris, Mselle?«
»Ja«, antwortete Casey, »es ist eine wunderbare Stadt.«
»Es ist eine Welt für sich«, verkündete Susanne mit gallischer Bescheidenheit. »Brrr, ich schaue aus wie sechsunddreißig.«
»Unsinn, Susanne.« Penelope warf einen Blick auf die Uhr. »Ich denke, wir können jetzt wieder zurück. Entschuldigt mich eine Sekunde...«
Susanne blickte ihr nach und wandte dann ihre Aufmerksamkeit wieder Casey zu. »Jacques und ich sind 1946 nach Hongkong gekommen.«
»Gehören Sie auch zur Familie?«
»Jacques' Vater heiratete im Ersten Weltkrieg eine Dunross – eine Tante des Tai-Pan.« Sie beugte sich vor und schnippte ein Puderstäubchen fort. »Bei Struan's ist es wichtig, zur Familie zu gehören.«
Casey lächelte. »Scheint mir auch so. Warum hat Kathren das Wort ›bedroht‹ gebraucht? Bedroht wodurch?«
»Durch die Jugend natürlich! Hier gibt es Zehntausende sensible, reizende, junge *chinoises* mit langen schwarzen Haaren, einem hübschen, knackigen *derrière* und golden schimmernder Haut, die wirklich die Männer verstehen, und die Sex als das erkannt haben, was es ist: Lebens-Mittel und oft auch ein Tauschgeschäft. Es sind die taktlosen englischen Puritaner, die ihre Frauen, diese armen Geschöpfe, zu seelischen Krüppeln machen. Gott sei Dank wurde ich als Französin geboren! Die arme Kathy!«
Casey begriff sofort. »Sie hat erfahren, daß Andrew ein Verhältnis hat?«
Lächelnd betrachtete Susanne ihr Spiegelbild. »Mein Jacques... natürlich hat er seine Affären, wie alle Männer ihre Affären haben – und wir auch, wenn wir gescheit sind. Aber wir Franzosen verstehen, daß solche Vergehen eine gute Ehe nicht stören sollten.«
»Aber für eine Frau ist doch hart, damit zu leben, oder?«
»Für eine Frau ist alles hart, *chérie,* weil die Männer allesamt *cretins* sind.«

Susanne de Ville glättete eine Falte und parfümierte sich hinter den Ohren und zwischen den Brüsten. »Sie werden hier scheitern, wenn Sie das Spiel nach Regeln zu spielen versuchen, die für Männer gelten. Wenn Sie Frau genug sind, Mademoiselle, haben Sie eine einmalige Chance. Und wenn Sie daran denken, daß die Gornts Giftkröten sind. Und passen Sie auf Ihren Mr. Bartlett auf, Ciranoush! Es gibt hier Damen, die ihn nur allzu gern einfangen und Sie demütigen möchten.«

12

22.42 Uhr:

Oben im zweiten Stock kam der Mann vorsichtig aus dem Schatten des langen Balkons und schlüpfte durch die offene Glastür ins Dunkel von Dunross' Arbeitszimmer. Er zögerte und lauschte. Seine schwarze Kleidung machte ihn fast unsichtbar. Er knipste eine Taschenlampe an.
Der Lichtstrahl fiel auf das Bild über dem Kamin. Der Mann ging näher heran. Dirk Struan schien ihn zu beobachten. Das Licht glitt auf den Rahmen hinüber. Vorsichtig streckte er die Hand aus und versuchte das Bild zuerst von der einen, dann von der anderen Seite zu bewegen. Lautlos schwang es von der Wand weg.
Er sah sich das Schloß genau an und nahm dann einen kleinen Bund von Nachschlüsseln aus der Tasche. Er suchte einen aus, aber er paßte nicht. Einen anderen. Das gleiche. Noch einen und noch einen, und dann knackte es, und der Schlüssel drehte sich, aber nicht ganz. Die anderen taugten auch nichts.
Wieder zögerte er, schwenkte das Bild aber dann vorsichtig zurück und ging zum Schreibtisch, auf dem zwei Telefone standen. Er nahm den Hörer des einen auf, von dem er wußte, daß es im Haus keine Nebenstelle gab, und wählte.
Der Summton des Freizeichens brach ab. »Ja?« meldete sich eine Männerstimme. »Mr. Lop-sing, bitte«, antwortete er leise und begann mit dem Austausch der Erkennungsparolen.
»Hier gibt es keine Lop-*ting*. Tut mir leid, Sie haben sich verwählt.«
Das war die Antwort, die er erwartet hatte. »Ich möchte eine Nachricht hinterlassen«, fuhr er fort.
»Tut mir leid, Sie haben die falsche Nummer gewählt. Schauen Sie in Ihrem Telefonbuch nach!«
Wieder die richtige Antwort. »Hier spricht Lim«, meldete er sich flüsternd mit seinem Tarnnamen. »Arthur, bitte. Dringend.«

»Augenblick.«
Er hörte, wie der Hörer weitergegeben wurde, und dann das trockene Husten, das er sofort wiedererkannte. »Ja, Lim? Haben sie den Safe gefunden?«
»Ja«, antwortete er. »Er befindet sich hinter dem Bild über dem Kamin. Aber keiner der Nachschlüssel paßt. Ich werde eine Spezialaus...« Er unterbrach sich, denn er hörte Schritte näher kommen. Behutsam legte er auf. Rasch prüfte er nach, ob alles an seinem Platz war, dann knipste er die Taschenlampe aus und schlüpfte wieder auf den Balkon hinaus. Einen Augenblick lang fiel das Mondlicht auf sein Gesicht. Es war der Weinkellner Feng. Dann verschmolz seine schwarze Kellnerkleidung mit dem Dunkel der Nacht, und er verschwand.
Die Tür ging auf. Gefolgt von Brian Kwok trat Dunross ein. Er machte die Lichter an, und sogleich wurde der Raum warm und freundlich. »Hier wird man uns nicht stören«, sagte Dunross. »Machen Sie es sich bequem!«
Beide Männer hatten Kognakschwenker in der Hand und suchten die Kühle der offenen Balkontüren, wo ein leises Lüftchen die Gazevorhänge leicht flattern ließ. Sie saßen einander in hochlehnigen Sesseln gegenüber, und Brian Kwok betrachtete das Gemälde, dessen Lichtführung perfekt war. »Ein prachtvolles Bild.«
»Ja.« Dunross folgte seinem Blick und erstarrte. Das Bild war fast unmerklich verrückt. Außer ihm hätte es niemand bemerkt.
»Haben sie etwas, Ian?«
»Nein, nichts«, antwortete Dunross und nahm seine Sinne wieder zusammen, die instinktiv darauf gerichtet gewesen waren, innerhalb dieses Raumes ein fremdes Wesen aufzuspüren. Jetzt wandte er dem chinesischen Polizeioffizier wieder seine volle Aufmerksamkeit zu. »Um was geht es, Brian?«
»Zwei Dinge. Zunächst Ihr Frachter *Eastern Cloud*.«
Dunross war überrascht. Die *Eastern Cloud* war eines von vielen Küstentrampschiffen der Gesellschaft. Sie war ein Zehntausendtonner und befuhr die äußerst lukrative Handelsstraße Hongkong–Bangkok–Singapur–Kalkutta–Madras–Bombay, mit gelegentlich auch einem Abstecher nach Rangun in Birma. Die Hinfracht bestand aus in Hongkong hergestellten Industriewaren aller Art, auf der Heimfahrt beförderte sie indische, malaysische und thailändische Rohmaterialien, Seiden, Edelsteine, Teakholz, Jute und Lebensmittel. Vor sechs Monaten war sie in Kalkutta von den indischen Behörden in gerichtliche Verwahrung genommen worden, nachdem eine überraschend angesetzte Zollkontrolle in einem der Bunker 36000 Taels Gold zutage gefördert hatte. Etwas über eine Tonne.
»Wir haben nichts mit dem Gold zu tun, Exzellenz«, hatte Dunross dem indischen Generalkonsul in Hongkong erklärt. »Darum erscheint es uns unbillig seitens der indischen Behörden, unser Schiff in gerichtliche Verwahrung zu nehmen.«

»Tut mir so leid, Mr. Dunross. Aber Gesetz ist Gesetz, und das Schmuggeln von Gold nach Indien ist eine sehr ernste Sache, und das Gesetz sagt, jedes Schiff mit Bannware an Bord kann beschlagnahmt und verkauft werden.«

»Ja, *kann*. Doch vielleicht könnten Exzellenz in diesem Fall die Behörden dazu bewegen...« Aber alle seine Appelle waren vergeblich, und auch Interventionen auf höchster Ebene in Indien und sogar in London hatten nichts gefruchtet.

»Was ist mit der *Eastern Cloud*?« fragte er.

»Wir haben Grund zur Annahme, daß wir die indischen Behörden dazu überreden könnten, sie freizugeben.«

»Und was verlangen sie als Gegenleistung?« fragte Dunross argwöhnisch.

Brian Kwok lachte. »Nichts. Wir wissen nicht, wer die Schmuggler waren, aber wir wissen, wer die Denunzianten waren.«

»Wer?«

»Vor etwa sieben Monaten haben Sie Ihre Personalpolitik geändert. Bis dahin hatten Struan's ausschließlich kantonesische Crews auf ihren Schiffen. Aus irgendeinem Grund entschlossen Sie sich dann, Schanghaier einzustellen. Richtig?«

»Stimmt.« Dunross erinnerte sich, daß Tsu-yan, auch er Schanghaier, ihm diesen Rat gegeben und gemeint hatte, es würde Struan's zum Vorteil gereichen, einigen Flüchtlingen aus dem Norden eine hilfreiche Hand entgegenzustrecken.

»Also stellte Struan's auf der *Eastern Cloud* eine Schanghaier Crew in Dienst – es war die erste, glaube ich – und die kantonesische Crew, die nicht angeheuert wurde, verlor ihr Gesicht und beklagte sich beim Führer ihrer Triade, den ›Red Rod‹, und der...«

»Was reden Sie denn da, Brian? Unsere Männer sind doch keine Triaden!«

»Ich habe es Ihnen schon oft gesagt, Ian: Chinesen sind große Vereinsmeier. Aber bitte, nennen wir ihren Obertriaden einen Vertreter der Gewerkschaft – ja, ich weiß, Sie haben auch keinen Gewerkschaftler auf Ihren Schiffen –, aber der Bursche sagte nun unmißverständlich, *oh ko*, durch diese Typen aus dem Norden haben wir das Gesicht verloren, und wie, und den Kerlen werden wir's zeigen. Worauf er einem hier operierenden indischen Informanten einen Wink gab, der für einen beträchtlichen Teil der Belohnung natürlich sofort bereit war, mitzumachen und die Informationen an das indische Generalkonsulat weiterzugeben.«

»Was?«

Brian Kwok grinste. »Aber ja. Die Belohnung wurde zwanzig zu achtzig zwischen dem Inder und der bisherigen kantonesischen Crew der *Eastern Cloud* aufgeteilt, und die Kantonesen hatten ihr Gesicht wiedererlangt; das verachtete Schanghaier Gesindel aus dem Norden aber verlor jetzt sein Gesicht, weil es in ein stinkendes indisches Loch gesteckt wurde.«

»O Gott! Haben Sie dafür Beweise?«

»Selbstverständlich! Aber nehmen wir an, als Gegenleistung für, na, sagen wir, geleistete Dienste hilft uns unser indischer Freund bei zukünftigen Nachforschungen – also ziehen wir es vor, seinen Namen für uns zu behalten. Und Ihr ›Betriebsobmann‹? Einer seiner Namen war Großmaul Tuk, und er war drei Jahre lang Heizer auf der *Eastern Cloud. War*, weil wir ihn leider nicht wiedersehen werden. Wir haben ihn nämlich vorige Woche mit allen Insignien einer 14K erwischt – eines ranghohen Red Rod; es war eine kleine Aufmerksamkeit eines freundlichen Schanghaier Informanten – des Bruders eines Mannes Ihrer Besatzung, die in dem bewußten indischen Loch schmachtete.«

»Haben Sie ihn ausgewiesen?«

»Gewiß. Postwendend. Wir haben wirklich keine gute Meinung von den Triaden. Heutzutage sind es Verbrecherbanden, die in alle möglichen schmutzigen Geschäfte verwickelt sind. Er war unterwegs nach Taiwan, wo man ihn wohl auch nicht mit offenen Armen empfangen wird. Großmaul Tuk war immerhin ein 426er...«

»Was ist ein 426er?«

»Ach, ich dache, Sie wüßten das. Alle Chargen der Triaden haben außer ihren symbolischen Titeln auch noch Kenn-Nummern – die immer durch die mystische Zahl drei teilbar sind. Ein Führer ist ein 489er. Die Zahlensumme ist 21, und das ist drei, und außerdem ist 21 ein Vielfaches von drei, das die Schöpfung verkörpert, mal sieben, Tod, und das bedeutet Wiedergeburt. Ein Charge im zweiten Rang ist ein Weißer Fächer, ein 438er, ein Red Rod ein 426er.« Brian Kwok zuckte die Achseln. »Sie wissen doch: Wir Chinesen haben es nun mal mit Zahlen und okkulter Zahlenkunde. Er war ein 426er, ein Red Rod, Ian. Wir haben ihn erwischt. Also gibt es oder gab es Triaden zumindest auf einem Ihrer Schiffe, oder etwa nicht?«

»Scheint so.« Dunross ärgerte sich. Er hätte daran denken sollen, daß es, wo es um Fragen des Gesichtes ging, Unannehmlichkeiten mit Schanghaiern *und* Kantonesen geben würde. Und er wußte, daß er wieder in einer Falle saß. Jetzt hatte er sieben Schiffe mit Schanghaier Mannschaften gegen etwa fünfzig mit Kantonesen.

»Mein Gott, ich kann doch die Schanghaier Crews, die ich angeheuert habe, jetzt nicht feuern, und wenn ich es nicht tue, muß ich mit noch mehr Gesichtsverlust auf beiden Seiten rechnen. Wie soll ich dieses Problem lösen?«

»Übertragen Sie gewisse Routen ausschließlich den Schanghaiern, aber erst nach einer Übereinkunft mit ihrem 426er Red Rod... ich meine natürlich ihrem Betriebsobmann, und selbstverständlich ihren kantonesischen Gegenstücken – aber nicht bevor Sie einen bekannten Wahrsager zu Rate gezogen haben, der Ihnen versichert, daß es für beide Seiten einen phantastischen Joss bedeuten würde, so vorzugehen.«

Dunross lachte. »Ausgezeichnet! Brian, Sie sind ein Genie! Eine Hand wäscht die andere. Können Sie schweigen?«

»Natürlich!«
»Kaufen Sie gleich morgen früh Struan's.«
»Wie lange soll ich sie halten?«
»Wie steht es mit Ihrer *cojones*, Ihrer Courage?«
Brian stieß einen leisen Pfiff aus. »Danke.« Er überlegte kurz und zwang dann seine Gedanken auf die vorliegenden Angelegenheiten zurück. »Kommen wir noch einmal auf die *Eastern Cloud* zu sprechen, beziehungsweise auf einen der interessantesten Aspekte. 35000 Taels Gold haben einen legalen Wert von 1514520 US-Dollar. Eingeschmolzen in Schmugglerbarren zu je fünf Taels und in Kalkutta heimlich an Land gebracht, wäre diese Ladung privaten Käufern zwei-, vielleicht sogar dreimal soviel wert – sagen wir 4,5 Millionen Dollar US. Richtig?«
»Ich weiß es nicht. Nicht genau.«
»Aber ich weiß es. Der entgangene Gewinn beträgt über drei Millionen – die verlorene Investition etwa eineinhalb Millionen.«
»Und?«
»Und wir wissen, daß die Schanghaier ebensolche Cliquen bildende Heimlichtuer sind wie die Kantonesen und die Tschu Tschau oder Fukinesen oder jede andere kleine Gruppe von Chinesen. Daraus ergibt sich schlüssig, daß die Schanghaier Schiffsmannschaft die Schmuggler waren, auch wenn wir es ihnen nicht nachweisen können. Es kann gar nicht anders sein. Darum können Sie auch Ihren letzten Dollar wetten, daß das Gold mit Schanghaier Geld in Macao gekauft wurde und daß daher zumindest ein Teil dieses Goldes mit Sicherheit vom Green Pang beschafft wurde.«
»Das läßt sich nicht unbedingt daraus folgern.«
»haben Sie schon von Tsu-yan gehört?«
Dunross beobachtete ihn. »Nein. Und Sie?«
»Noch nicht, aber wir ziehen Erkundigungen ein.« Kwok erwiderte seinen Blick. »Ich komme zunächst zu dem Schluß, daß dem Green Pang übel mitgespielt wurde und daß Verbrecher nur sehr ungern ihr schwerverdientes Geld verlieren. Daher kann Struan's eine Menge Ärger erwarten, wenn Sie diese Gefahr nicht, wie ich vorgeschlagen habe, im Keime ersticken.«
»Nicht alle Mitglieder des Green Pang sind Verbrecher.«
»Darüber gehen die Meinungen auseinander. Mein zweiter Punkt, nur für Ihre Ohren bestimmt: Wir sind sicher, daß Tsu-yan im Goldschmuggelgeschäft mitmischt. Und das ist mein dritter Hinweis: Wenn eine gewisse Handelsgesellschaft vermeiden möchte, daß ihre Schiffe wegen Goldschmuggels beschlagnahmt werden, könnte sie dieses Risiko weitgehend ausschließen, indem sie ihre Goldtransporte nach Macao reduziert.«
»Wie war das?« Dunross war angenehm überrascht zu hören, daß es ihm gelungen war, seine Stimme ruhig klingen zu lassen; gleichzeitig fragte er sich, wieviel Special Intelligence tatsächlich wußte und wieviel es sich bloß zusammenreimte.

Brian Kwok seufzte und fuhr fort, die Informationen weiterzugeben, die er von Richard Crosse erhalten hatte. »Nelson Trading.«
Dunross verzog keine Miene. »Nelson Trading?«
»Nelson Trading Company Limited of London. Wie Sie wissen, besitzt die Nelson Trading die exklusive Genehmigung der Regierung von Hongkong, Goldbarren auf dem internationalen Markt für Hongkongs Juweliere zu kaufen. Zusammen mit einer kleineren Gesellschaft, der Saul Feinheimer Bullion Company, auch in London registriert, hat sie das noch weitaus bedeutendere Monopol für den Umschlag von Goldbarren unter Zollverschluß über Hongkong und Macao. Nelson Trading und Feinheimers haben einiges gemeinsam. Mehrere Direktoren zum Beispiel und auch die Anwälte. Ich glaube, Sie sitzen dort auch im Vorstand.«
»Ich sitze im Vorstand von fast siebzig Gesellschaften.«
»Das ist richtig. Und nicht alle stehen ganz oder auch nur teilweise im Eigentum von Struan's – wenn wir von Strohmännern absehen. Ein Glück, daß es in Hongkong keine Verpflichtung gibt, Direktoren zu registrieren – oder Aktienbesitz anzugeben, nicht wahr?«
»Worauf wollen Sie hinaus, Brian?«
»Noch so ein zufälliges Zusammentreffen: Nelson Tradings Zentrale in London befindet sich im selben Gebäude wie Ihre englische Tochtergesellschaft, Struan's London Limited.«
»Das ist ein großes Bürohaus, Brian, eine der besten Adressen der Stadt. Hunderte Firmen haben dort ihren Sitz.«
»Viele tausend sogar, wenn man all die Briefkastenfirmen einschließt – und alle Dachgesellschaften, die andere Gesellschaften mit Treuhändern kontrollieren und sie alle möglichen peinlichen Geheimnisse hüten lassen.«
Dunross dachte jetzt ganz klar und sann darüber nach, woher Brian das alles wußte. Er fragte sich, wo, zum Teufel, es hinführte. Seit die Nelson Trading 1953 ausschließlich zu dem Zweck gegründet worden war, den Goldhandel mit Macao zu pflegen – Macao war das einzige Land in Asien, das die Einfuhr von Gold gestattete –, war sie eine über Strohmänner ausschließlich Struan's gehörende Tochtergesellschaft.
»Übrigens, Ian: Kennen Sie diesen genialen Portugiesen aus Macao, Senhor Lando Mata?«
»Ja, gewiß. Ein reizender Mensch.«
»Ja, das ist er – und er hat so einflußreiche Beziehungen. Wie es heißt, hat er die Behörden in Macao vor etwa fünfzehn Jahren dazu überredet, ein Monopol für die Einfuhr von Gold zu errichten und das Monopol dann ihm und ein paar Freunden für eine bescheidene jährliche Abgabe – etwa einen Dollar die Unze – zu verpachten. Es ist der gleiche Mann, der die Behörden von Macao dazu brachte, das Glücksspiel zu legalisieren und – wie sonderbar! – das gleiche Monopol auch wieder ihm und ein paar Freunden zu übertragen. Alles sehr bequem, nicht wahr?«

Dunross blieb eine Antwort schuldig. Sein Blick versuchte, das Lächeln seines Gegenübers zu ergründen.
»Ein paar Jahre funktionierte das auch prächtig«, fuhr Kwok fort, »aber 1954 traten einige begeisterte Gold-Fans aus Hongkong an ihn heran – unser Hongkonger Goldgesetz wurde ja 1954 geändert – und boten ihm eine jetzt legale Verfeinerung des Systems an: Im Namen dieses in Macao beheimateten Syndikats kauft Ihre Gesellschaft das Barrengold offiziell zu 35 Dollar die Unze und bringt es auf dem Luft- oder Seeweg offen nach Hongkong. Die Burschen vom Zoll in Hongkong bewachen das Gold und überwachen den Umschlag zum Fährschiff oder Flugboot nach Macao. In Macao nehmen Beamte des portugiesischen Zolls die Vierhundert-Unzen-Barren in Empfang, und das Gold wird unter Bewachung in Taxis verladen und zur Bank gebracht. Es handelt sich dabei um ein häßliches, höhlenartiges kleines Gebäude, in dem sonst keinerlei Bankgeschäfte betrieben werden. Und jetzt raten Sie mal, wem diese Bank gehört? Senhor Mata und seinem Syndikat! Ist das Gold einmal innerhalb der Bank, verschwindet es einfach!«
Brian Kwok grinste wie ein Zauberer, der eben sein verblüffendstes Kunststück vorgeführt hat. »In diesem Jahr bis dato dreiundfünfzig Tonnen.«
»Das ist ein Haufen Gold«, bemerkte Dunross zuvorkommend.
»Das ist es. Sonderbarerweise scheinen sich weder die Hongkonger noch die portugiesischen Behörden darüber zu wundern, daß immer nur Gold hereinkommt und nie welches die Bank verläßt. Können Sie mir folgen?«
»Ja.«
»In Wirklichkeit werden die regulären Vierhundert-Unzen-Barren in der Bank zu kleinen Stücken eingeschmolzen – vornehmlich zu Fünf-Taels-Barren, die viel leichter zu tragen – und zu schmuggeln sind. Und damit komme ich zu dem einzigen gesetzwidrigen Teil dieser wunderbaren Kette: wie das Gold aus Macao herausgebracht und nach Hongkong hineingeschmuggelt wird. Das Schönste an der Sache ist natürlich, daß das Gold, wenn es sich erst einmal in Hongkong befindet, und wie immer es dahin gelangt ist, von jedem Bürger ganz legal erworben werden kann, ohne daß ihm lästige Fragen gestellt werden – anders als zum Beispiel in den Vereinigten Staaten und in Großbritannien, wo keinem Bürger der private Besitz von Barrengold gestattet ist.«
»Was soll das alles, Brian?«
Brian Kwok schwenkte das aromatische Getränk in dem großen Glas. Stille breitete sich aus. Schließlich antwortete er: »Wir hätten gern Ihre Hilfe in Anspruch genommen.«
»Wir? Sie meinen Special Intelligence?«
Brian Kwok zögerte. »Mr. Crosse persönlich.«
»Welche Art von Hilfe?«
»Er würde gern alle Berichte lesen, die Ihnen von Alan Medford Grant zugegangen sind.«

»Wie?« konterte Dunross, der nichts dergleichen erwartet hatte, um Zeit zum Nachdenken zu gewinnen.
Brian Kwok holte je eine Fotokopie der ersten und der letzten Seite des abgefangenen Informationsbriefes aus der Tasche und hielt sie ihm hin. »Das haben wir vor kurzem in die Hände bekommen.« Dunross warf einen Blick darauf. Zweifellos echt. »Wir würden gern kurz auch die anderen sehen.«
»Ich kann Ihnen nicht folgen.«
»Nur aus Bequemlichkeit habe ich nicht die ganze Akte mitgebracht, aber wenn Sie wollen, haben Sie sie morgen auf Ihrem Schreibtisch«, sagte Kwok, und seine Augen ließen Dunross nicht los. »Wir würden... Mr. Crosse sagte, er würde Ihre Hilfe zu schätzen wissen.«
Von der Ungeheuerlichkeit dieses Ansinnens war Dunross einen Augenblick lang wie gelähmt. »Dieser Informationsbrief – so wie die anderen, falls es sie noch gibt – sind privater Natur«, antwortete er vorsichtig. »Zumindest sind alle darin enthaltenen Informationen für mich privat beziehungsweise für die Regierung bestimmt. Sie können sich doch sicher alles, was Sie brauchen, durch Ihren eigenen Nachrichtendienst beschaffen.«
»Sicher. Dennoch wäre Oberinspektor Crosse Ihnen sehr verbunden, wenn Sie uns ›mal schnell reinschauen ließen‹.« Dunross nahm einen Schluck von seinem Brandy. Ihm schwirrte der Kopf. Er wußte, daß er das Vorhandensein der anderen leicht leugnen konnte, aber er wollte Special Intelligence seine Hilfe nicht versagen. Special Intelligence war ein wesentlicher Teil von Special Branch und lebenswichtig für die Sicherheit der Kolonie. Ohne sie, davon war er überzeugt, wäre Hongkongs Position in Asien nicht zu verteidigen. Und wenn nur ein Zehntel von AMGs Berichten wahr war, wären ihrer aller Tage ohne einen tadellos funktionierenden Spionage-Abwehrdienst gezählt.
Großer Gott, diese Information in den falschen Händen...
Seine Brust krampfte sich zusammen, als er versuchte, einen Ausweg aus dem Dilemma zu finden. Vor seinem geistigen Auge stieg ein Teil dieses letzten Berichtes auf: Der Verräter innerhalb des Polizeiapparates. Dann fiel ihm ein, was Kiernan ihm gesagt hatte. Die alten Nummern der Berichte in seinem Safe waren die einzigen, die es noch gab.
Es gelang ihm, seine Fassung wiederzugewinnen und sich zu konzentrieren. »Ich werde über das, was Sie mir gesagt haben, nachdenken. Morgen reden wir weiter.«
»Tut mir leid, Ian. Man hat mir aufgetragen, Sie auf die Dringlichkeit der Sache hinzuweisen. Mit anderen Worten: Ich muß Sie offiziell zur Mithilfe auffordern.«
»Und *Eastern Cloud* und Nelson Trading sind also Tauschmittel?«
»*Eastern Cloud* ist ein Geschenk. Ebenso die dazugehörigen Informationen. Nelson Trading ist für uns nur von flüchtigem Interesse und geht uns nichts an. Was ich Ihnen sagte, war vertraulich.«

Dunross betrachtete seinen Freund, die hohen Backenknochen, die weit auseinanderliegenden, schwerlidrigen, furchtlos blickenden Augen und das gut proportionierte, markante Gesicht mit den dichten schwarzen Brauen.
»Haben Sie diesen Bericht gelesen, Brian?«
»Ja.«
»Dann werden Sie mein Dilemma verstehen.«
»Sie haben recht, wenn Sie vorsichtig sind. Ja, das ist ganz korrekt. Sie beziehen sich auf den Teil des Berichtes, in dem von einer suspekten Person die Rede ist, die möglicherweise im Rang eines Inspektors steht?«
»Ja. Wissen Sie, wer es ist? Oder verdächtigen Sie jemanden?«
»Ja. Er steht bereits unter Aufsicht. Kein Grund, sich darüber Sorgen zu machen, Ian. Nur Mr. Crosse und ich werden die Berichte lesen.«
»Augenblick, Brian – ich habe nicht gesagt, daß sie existieren.« Dunross gab sich den Anschein, als ob er verärgert wäre, und zugleich sah er es aufblitzen in den Augen des Polizeibeamten. Das Gesicht hatte sich nicht verändert. »Versetzen Sie sich doch in meine Lage«, sagte Dunross, der sich scharf konzentrierte. »Es wäre doch ziemlich dumm von mir, Informationen dieser Art herumliegen zu lassen, nicht wahr? Es wäre viel klüger, sie zu vernichten – nachdem man die erforderlichen Konsequenzen gezogen hat – oder etwa nicht?«
»Doch.«
»Belassen wir es für heute abend dabei! Sagen wir, bis morgen zehn Uhr.«
Brian Kwok zögerte, und seine Züge verhärteten sich. »Jetzt ist nicht die Zeit für Gesellschaftsspiele, es geht hier nicht um ein paar Tonnen Gold, einen faulen Zauber an der Börse oder Spekulationen auf dem Grauen Markt. Dies ist ein tödliches Spiel, bei dem es um Millionen Menschen geht, um ungeborene Generationen und um die kommunistische Pest. Sevrin ist eine böse Überraschung. Das KGB besteht aus sehr ungemütlichen Zeitgenossen, und wenn es ihnen nötig erscheint, können auch unsere Freunde von der CIA ihre Glacéhandschuhe daheimlassen. Sie täten gut daran, Ihre Akten heute nacht unter scharfe Bewachung zu stellen. Es wäre vielleicht klug, wenn wir einen Mann von uns hierher abstellen würden – für den Fall eines Falles, meinen Sie nicht?«
»Tun Sie, was Sie nicht lassen können, Brian!«
»Sie sind nicht sehr hilfsbereit.«
»Sie irren, alter Freund. Ich nehme Ihre Worte sehr ernst«, gab Dunross entschieden zurück. »Wann und wie haben Sie diese Kopie in die Hand bekommen?«
Brian Kwok zauderte. »Ich weiß es nicht, und wenn ich es wüßte, ich glaube nicht, daß ich es Ihnen sagen sollte.«
Dunross erhob sich. »Kommen Sie! Wir wollen uns mit Crosse unterhalten.«

»Aber warum hassen die Gornts und die Rothwells die Struans und die Dunross' so sehr, Mr. Marlowe?« fragte Casey. Zusammen mit Peter Marlowe und seiner Frau Fleur streiften sie und Bartlett in der Kühle der Nacht durch den schönen Park.

»Ich kenne selbst noch nicht alle Gründe«, antwortete der Engländer. Er war ein neununddreißigjähriger, blondhaariger Mann von hohem Wuchs mit aristokratischer Redeweise und einer seltsamen Intensität hinter seinen blaugrauen Augen. »Wie es heißt, geht alles auf die Brocks zurück – angeblich standen die Familien Gornt und Brock in enger Beziehung zueinander. Vielleicht auch zum alten Tyler Brock. Von ihm haben Sie wohl schon gehört?«

»Ja sicher«, sagte Bartlett. »Wie hat die Fehde eigentlich begonnen?«

»Dirk Struan war Schiffsjunge auf einem von Tyler Brocks Handelskreuzern. Das Leben auf See war damals recht brutal, wie eigentlich überall... Jedenfalls peitschte Tyler Brock den jungen Struan wegen einer eingebildeten Mißachtung unbarmherzig aus und ließ ihn irgendwo an der chinesischen Küste liegen, da er ihn für tot hielt. Dirk Struan war damals vierzehn, und er schwor bei Gott und Teufel, daß er, sobald er erwachsen wäre, das Haus Brock und Söhne zerschmettern und Tyler mit einer neunschwänzigen Katze züchtigen würde. Soviel ich weiß, hat er diese Drohung zwar nie wahrgemacht, aber es gibt ein Gerücht, wonach er Tylers ältesten Sohn mit einem chinesischen Kampfeisen erschlug.«

»Was ist das?« wollte Casey wissen.

»Eine Art Morgenstern; eine aus drei oder vier kurzen Eisengliedern bestehende Kette mit einer Stachelkugel am Ende.«

»Er hat ihn getötet, um sich an dem Vater zu rächen?« fragte Casey geschockt.

»Da bin ich auch noch nicht sicher, aber ich wette, er hatte gute Gründe.« Peter Marlowe lächelte hintergründig. »Dirk Struan, der alte Tyler und all die anderen, die das britische Empire aufgebaut, Indien erobert und China erschlossen haben – mein Gott, das waren Giganten! Habe ich erwähnt, daß Tyler nur ein Auge hatte? Als er einmal während eines Sturmes – das war in den dreißiger Jahren des 19. Jahrhunderts – mit seinem Dreimaster *White Witch* hinter Struan herjagte, der mit einer vollen Ladung Opium unterwegs war, riß ihm ein zurückschnellendes Fall ein Auge aus. Angeblich goß sich Tyler Brandy in die Augenhöhle und forderte seine Matrosen unter Flüchen auf, mehr Segel aufzuziehen.« Peter Marlowe unterbrach sich und fuhr fort. »Dirk Struan kam 1841 bei einem Taifun in Happy Valley um, und 1863 starb Tyler Brock mittellos und bankrott.«

»Wieso mittellos?« erkundigte sich Casey.

»Nach der Legende hatte seine älteste Tochter Tess, die spätere ›Hexe‹ Struan – Sie wissen ja, daß sie Culum, Dirks einzigen Sohn, heiratete? – seit Jahren auf den Untergang ihres Vaters hingearbeitet. Sie verbündete sich insgeheim mit der Victoria Bank und mit Cooper-Tillman, Brocks Partner in den Vereinigten Staaten. Sie überlisteten ihn und führten den Zusammenbruch des Hauses Brock und Söhne herbei. Er verlor alles – seine Schiffahrtslinien, sein Opium, seine Lagerhäuser, sein privates Eigentum. Er war ruiniert.«

»Was wurde aus ihm?«

»Ich weiß es nicht, mit Sicherheit weiß es niemand, aber man erzählt sich, daß der alte Tyler Brock, zusammen mit seinem Enkel Tom, der damals fünfundzwanzig war, und sechs Matrosen nach Aberdeen fuhr – das ist ein Hafen auf der anderen Seite von Hongkong. Dort bemächtigten sie sich einer ozeantüchtigen Lorcha – das ist ein Schiff mit einem europäischen Rumpf und chinesischer Takelung – und stachen in See. Er schäumte vor Wut. In seinem Gürtel hatte er Pistolen stecken, und in seiner Hand hielt er ein blutiges Entermesser – sie hatten vier Menschen getötet, als sie die Besatzung überwältigten. Noch im Hafen verfolgte ihn ein Kutter, und Brock schoß ihn zusammen. Wegen der Piraten waren damals fast alle Schiffe mit Kanonen bestückt. Vor der Ausfahrt aus dem Hafen von Aberdeen – ein starker Sturm kam auf – fing er an, Verwünschungen auszustoßen. Er verfluchte die ›Hexe‹ und er verfluchte die Insel. Er verfluchte die Victoria Bank, die ihn hereingelegt hatte, und er verfluchte die Coopers von Cooper-Tillman, aber mehr als alle anderen verfluchte er den Tai-Pan, der seit zwanzig Jahren tot war. Und er schwor blutige Rache. Er steuere nach Norden, um zu plündern, brüllte er, und er werde neu beginnen. Er werde sein Haus wieder aufbauen, und dann... ›und dann komme ich zurück, bei Gott, ich komme zurück und werde mich rächen, bei Gott...‹«

Bei diesen Worten lief es Casey und Bartlett kalt über den Rücken. »Tyler Brock steuerte nach Norden«, fuhr Marlowe fort, »aber man hörte nie wieder etwas von ihm, von seiner Mannschaft oder seiner Lorcha. Dennoch scheint er immer noch unter uns zu weilen – so wie Dirk Struan. Bei Ihren Verhandlungen mit dem Noble House sollten Sie immer bedenken, daß Sie auch mit diesen beiden zu Rande kommen müssen – oder mit ihren Geistern.«

Casey fröstelte unwillkürlich.

»Marlowe«, sagte Bartlett, »die Leute sprechen hier von Menschen, die seit hundert Jahren tot sind, als ob sie im Nebenzimmer säßen.«

»Das ist eine alte chinesische Gewohnheit«, antwortete Marlowe. »Die Chinesen glauben, daß die Vergangenheit die Zukunft bestimmt und die Gegenwart erklärt. Hongkong ist ja erst hundertzwanzig Jahre alt, und ein Achtzigjähriger könnte heute... Nehmen wir Philip Tschen, den jetzigen Comprador, als Beispiel. Er ist jetzt fünfundsechzig – sein Großvater war der berühmte Sir Gordon Tschen, Dirk Struans illegitimer Sohn, der 1907 im Alter von 86 Jahren starb. Philip Tschen war damals neun. Mit neun Jahren behält ein aufgeweckter Junge die Geschichten, die sein Großvater ihm über *seinen* Vater, den Tai-Pan, und May-may, seine berühmte Geliebte, erzählt. Der alte Sir Gordon soll ein toller Bursche gewesen sein, ein Ahne, wie er im Buch steht. Er hatte zwei offizielle Frauen und acht Konkubinen unterschiedlichen Alters und ließ die sich ausbreitende Sippe der Tschen reich und mächtig zurück. Bitten Sie Dunross, Ihnen seine Porträts zu zeigen; ich habe nur Kopien zu Gesicht bekommen, aber der Mann sah verdammt gut aus. Und es sind erst sechsundvierzig Jahre her, daß die ›Hexe‹ starb. Schauen Sie mal, da drüben ...« Er deutete mit dem Kopf auf einen runzeligen kleinen Mann, hager wie ein Bambus und nicht weniger kräftig, der sich angeregt mit einer jungen Frau unterhielt. »Das ist Vincent McMore, Tai-Pan der fünftgrößten *hong*, International Asien Trading. Es heißt, er sei der Liebhaber der ›Hexe‹ gewesen, knapp nachdem er hier mit achtzehn Jahren von Bord eines Viehfrachters gegangen war.«

»Also ist das jetzt die Wahrheit?« fragte Casey.

»Wer weiß schon, was Wahrheit ist und was nicht, Miss Tcholok?« gab Marlowe zurück. »So hat man es mir erzählt.«

»Ich glaube es nicht«, erklärte Fleur. »Peter denkt sich solche Geschichten aus.«

»Wo haben Sie das alles erfahren, Marlowe?« erkundigte sich Bartlett.

»Einiges habe ich gelesen. In der Bibliothek des Gerichtshofes haben sie Zeitungsbände, die bis 1870 zurückreichen. Dann haben sie dort eine *History of the Law Courts of Hongkong* – ein ebenso inhaltsreiches wie unerfreuliches Buch. Mein Gott, was die Herren alles aufgeführt haben – sogenannte Richter, Kolonialsekretäre, Gouverneure und Polizeibeamte und die Tai-Pane, die hochgeborenen Herrschaften und die Leute aus niedrigem Stand. Gaunereien, Mord, Korruption, Ehebruch, Seeräuberei, Bestechung, es ist alles da!

Und ich habe den Leuten Fragen gestellt. Es gibt Dutzende von alten Herren, die nur zu gern in Erinnerungen schwelgen und eine Menge über Asien und Schanghai wissen. Und es gibt haufenweise Leute, die, von Neid oder Haß erfüllt, es gar nicht erwarten können, ein wenig Gift auf einen schlechten oder einen guten Ruf zu träufeln.«

Eine kleine Weile hing Casey ihren Gedanken nach. »Mr. Marlowe«, fragte sie dann, »wie war es wirklich in Changi?«

Sein Gesichtsaudruck blieb gleich, aber seine Augen veränderten sich. »Changi war eine Genesis, Ort eines neuen Beginns.« Der Ton seiner Stimme machte sie alle frösteln, und Casey sah, wie Fleur ihre Hand in die seine schob. »Alles in Ordnung, Liebes«, sagte er und schweigend, ein wenig verlegen, schlenderten sie zur unteren Terrasse zurück. Casey spürte, daß sie die Frage nicht hätte stellen dürfen. »Wie wäre es mit einem Drink, Miss Tcholok?« sagte Peter Marlowe liebenswürdig, und alles war wieder gut.

»Gern. Gute Idee.«

»Wissen Sie, Bartlett«, sagte Marlowe, »es ist eine ganz wundersame Bereitschaft zur Gewalt, die sich bei diesen Bubaniern von Generation zu Generation vererbt – und sie sind Seeräuber. Dies ist ein ganz besonderer Ort, er bringt ganz besondere Menschen hervor.« Und nach einer kleinen Pause fügte er nachdenklich hinzu: »Wie ich höre, wollen Sie hier Geschäftsverbindungen anknüpfen. An Ihrer Stelle wäre ich da sehr, sehr vorsichtig.«

13

23.05 Uhr:

Mit Brian Kwok im Schlepp steuerte Dunross auf Roger Crosse zu. Der Leiter des Special Intelligence saß auf der Terrasse und unterhielt sich angeregt mit Armstrong und den drei Amerikanern, Ed Langan, Commander John Mishauer, Marineoffizier in Uniform, und Stanley Rosemont, einem großgewachsenen Mann Mitte Fünfzig. Dunross wußte nicht, daß Langan vom FBI war und Mishauer vom Nachrichtendienst der Marine, nur daß sie am Generalkonsulat ihren Dienst versahen. Wohl aber wußte er, daß Rosemont ein CIA-Mann war; seinen Rang kannte er nicht. Sein Blick fiel auf Casey und Bartlett, die in ein angeregtes Gespräch mit Peter und Fleur Marlowe vertieft waren. Nur zu gern hätte er gewußt, was die vier einander zu sagen hatten.

Dieser Schreiberling Marlowe, ging es ihm durch den Kopf, konnte leicht zu einer lästigen Wanze werden. Er kennt schon zu viele Geheimnisse, und wenn er gar unser Buch zu Gesicht bekäme... Aber das wird er nicht! dachte er. Dieses Buch wird er nie lesen! Wie hatte Alastair damals nur so dumm sein können!

Um die hundertfünfundzwanzig Jahre geschäftlicher Tätigkeit von Struan's zu feiern, hatte Alastair Struan vor einigen Jahren einen bekannten Schriftsteller beauftragt, die Geschichte des Konzerns zu schreiben, und ihm alte Geschäftsbücher und Dokumente zur Verfügung gestellt. Nach zwölf Monaten hatte der Schriftsteller eine explosive Dokumentation fertiggestellt, mit vielen Geschehnissen und Transaktionen, die man für immer begraben geglaubt hatte. Leicht schockiert hatten sie dem Autor gedankt und ihm zusätzlich zu dem vereinbarten Honorar eine ansehnliche Prämie gezahlt; die einzigen zwei Exemplare des Buches jedoch verschwanden im Tresor des Tai-Pan.

Dunross hatte erwogen, sie zu vernichten. Aber so ist nun mal das Leben, hatte er gedacht, solange nur wir es lesen, erwächst niemandem ein Schaden daraus.

»Guten Abend, Oberinspektor«, sagte er, gleichermaßen erbost und belustigt, »dürfen wir uns zu Ihnen setzen?«
»Aber selbstverständlich, Tai-Pan«, antwortete Crosse, und die anderen nickten.
»Tun Sie, als ob Sie zu Hause wären!«
Die Amerikaner lächelten höflich über den Scherz. Eine kleine Weile plauderten sie über Belanglosigkeiten und das Rennen am Samstag, doch dann merkten Langan, Rosemont und Commander Mishauer, daß die anderen ein privates Gespräch zu führen wünschten, und verabschiedeten sich.
»Wir wissen Ihre Hilfe zu schätzen, Mr. Dunross«, sagte Crosse, und seine hellen Augen fixierten den Partner. »Brian hat recht, daß die Situation möglicherweise Gefahren birgt – natürlich nur, wenn noch weitere Berichte von AMG existieren. Aber auch wenn Sie keine mehr haben, es läßt sich nicht ausschließen, daß irgendwelche schlechten Menschen auf die Idee kommen, danach zu suchen.«
»Wie genau... wann haben Sie die Kopie meines letzten Berichtes erhalten?«
»Warum?«
Der Tai-Pan starrte ihn an, und die drei Männer fühlten die Kraft seiner Persönlichkeit. Aber auch Crosse war ein Dickschädel. »Ich kann Ihre Frage zum Teil beantworten, Mr. Dunross«, sagte er kühl. »Wenn ich es tue, wollen Sie dann auch meine beantworten?«
»Ja.«
»Wir haben die Kopie Ihres Berichtes heute morgen erhalten. Ein Agent des Geheimdienstes – des englischen, nehme ich an – machte einen Sportsfreund hier darauf aufmerksam, daß ein Kurier mit etwas zu Ihnen unterwegs war, was wir vielleicht gerne sehen würden.« Es klang so überzeugend, daß die anderen zwei Polizeibeamten, die den wahren Hergang kannten, doppelt beeindruckt waren. »Heute morgen wurde mir die Fotokopie von einem Chinesen überbracht, den ich nie zuvor gesehen hatte. Ich bezahlte ihn – Sie verstehen doch, daß man bei solchen Transaktionen nicht nach dem Namen fragt. Und jetzt: Warum?«
»Um welche Uhrzeit war das?«
»Um 6 Uhr 04, wenn Sie es so genau wissen wollen. Warum ist Ihnen das so wichtig?«
»Weil Alan Medford Gr...«
»Ach, Vater, entschuldige die Unterbrechung!« Adryon kam atemlos angelaufen, im Schlepp einen großgewachsenen, gut aussehenden jungen Mann, der mit seinem schrumpeligen, sackförmigen Dinnerjackett, der verschobenen Krawatte und den abgetretenen schwarzbraunen Schuhen so gar nicht in diese Umgebung paßte. »Entschuldige, aber kann ich etwas wegen der Musik tun?«
Dunross musterte den jungen Mann. Er kannte Martin Haply und seinen

Ruf. Der in England ausgebildete kanadische Journalist war fünfundzwanzig Jahre alt, lebte seit zwei Jahren in der Kolonie und galt als eine Geißel der Geschäftswelt. Sein ätzender Sarkasmus und seine scharfsinnigen Darstellungen von Persönlichkeiten und Geschäftspraktiken, wie sie außer in Hongkong in der ganzen westlichen Welt als bedenklich empfunden wurden, sorgten für ein ständiges Reizklima.

»Die Musik, Vater«, wiederholte Adryon. »Die Musik ist scheußlich. Mutter hat gemeint, ich muß dich fragen. Kann ich ihnen sagen, daß sie etwas anderes spielen sollen?«

»Von mir aus, aber mach kein Happening aus meiner Party!«

Sie lachte, und Dunross wandte seine Aufmerksamkeit wieder Martin Haply zu. »Guten Abend.«

»Guten Abend. Tai-Pan«, sagte der junge Mann mit einem selbstsicheren, herausfordernden Lächeln. »Adryon hat mich eingeladen. Ich hoffe, es hat Sie nicht gestört, daß ich erst nach dem Dinner gekommen bin?«

»Natürlich nicht. Unterhalten Sie sich gut«, antwortete Dunross, und fügte trocken hinzu: »Es sind eine Menge Freunde von Ihnen da.«

Haply lachte. »Ich habe auf das Dinner verzichtet, weil ich hinter einem Knüller her war.«

»So, so?«

»Ja, wirklich. Wie es scheint, haben gewisse Interessengruppen in Verbindung mit einer gewissen Bank häßliche Gerüchte über die Zahlungsfähigkeit einer gewissen chinesischen Bank in Umlauf gesetzt.«

»Sie meinen die Ho-Pak?«

»Aber es ist alles Unsinn. Gerüchte. Fauler Zauber.«

»Ach ja?« Schon den ganzen Tag hatte Dunross Gerüchte gehört, wonach sich Richard Kwangs Ho-Pak Bank in einer angespannten Lage befinden sollte. »Sind Sie sicher?«

»Lesen Sie meine Kolumne im morgigen *Guardian*! Und weil wir gerade von der Ho-Pak sprechen – haben Sie gehört, daß in der Filiale in Aberdeen heute nachmittag mehr als hunderte Kunden ihr Geld abgehoben haben? Könnte doch der Anfang eines Runs sein und...«

»Tut mir leid, Vater... Komm schon, Martin, siehst du nicht, daß Vater beschäftigt ist?« Adryon beugte sich vor und drückte ihm einen zarten Kuß auf.

»Viel Spaß, Schätzchen!« Von Haply gefolgt, eilte sie davon. Frecher Kerl, dachte Dunross zerstreut, und hätte die Kolumne gern schon jetzt gelesen, denn er wußte, daß Haply ein sehr gewissenhafter, unbestechlicher und guter Journalist war. Konnte es sein, daß Richard sich übernommen hatte?

»Was wollten Sie eben sagen, Mr. Dunross, wegen Alan Medford Grant?«

»Ach ja.« Dunross lehnte sich zurück. »AMG ist tot.«

Die drei Polizeioffiziere starrten ihn an.

»Was?«

»Heute abend, eine Minute vor acht, bekam ich ein Telegramm, und um 9 Uhr 11 sprach ich mit seinem Sekretär in London.« Dunross beobachtete sie. »Ich wollte das ›Wann‹ von Ihnen hören, weil Ihr KGB-Agent – falls es ihn gibt – offensichtlich genug Zeit gehabt hätte, London anzurufen und den armen alten AMG killen zu lassen. Stimmt das?«
»Ja«, erwiderte Crosse in ernstem Ton. »Um wieviel Uhr ist er gestorben?«
Dunross wiederholte ihnen sein Gespräch mit Kiernan, behielt aber die Sache mit der Schweizer Telefonnummer für sich. »Und jetzt stellt sich die Frage: War es ein Unfall, ein Zufall oder war es Mord?«
»Ich weiß es nicht«, antwortete Crosse, »aber ich glaube nicht an Zufälle.«
»Ich auch nicht.«
»Mann, o Mann!« stieß Armstrong hervor. »Wenn AMG keine Erlaubnis hatte... dann wissen nur Gott und Sie, Mr. Dunross, was diese Berichte enthalten. Wenn Sie die Originale besitzen und es sonst keine Kopien gibt, sind sie noch explosiver, als sie es sonst wären.«
»Wenn sie noch da sind«, erwiderte Dunross.
»Sind sie noch da?«
»Das erzähle ich Ihnen morgen. Morgen um zehn.« Dunross erhob sich. »Wenn Sie mich jetzt entschuldigen wollen, meine Herren«, verabschiedete er sich höflich mit seinem lässigen Charme. »Ich muß mich jetzt um meine anderen Gäste kümmern. Ach ja, eine letzte Frage: Was ist jetzt mit der *Eastern Cloud*?«
»Sie wird morgen freigegeben«, antwortete Roger Crosse.
»So oder so?«
Crosse tat schockiert. »Guter Gott, Tai-Pan, wir treiben doch hier keinen Tauschhandel! Haben Sie ihm nicht erklärt, daß wir nur helfen wollen, Brian?«
»Doch, Sir.«
»Freunde sollten einander helfen, nicht wahr, Tai-Pan?«
»Selbstverständlich. Sicher. Danke.«
Sie sahen ihm nach, bis er sich aus ihren Blicken verlor.
»Also hat er sie, oder hat er sie nicht?« murmelte Brian Kwok.
»Natürlich hat er sie«, gab Crosse gereizt zurück. »Aber wo?« Er überlegte kurz und fügte dann noch gereizter hinzu: »Während Sie mit ihm gesprochen haben, Brian, hat Weinkellner Feng mich informiert, daß keiner seiner Nachschlüssel paßt. Es wird nicht leicht sein, den Safe hier zu knacken.«
»Vielleicht sollten wir uns auch in Shek-O umsehen, Sir, für alle Fälle«, meinte Armstrong.
»Würden Sie solche Dokumente dort aufbewahren – wenn sie noch vorhanden sind?«
»Ich weiß nicht, Sir. Dunross ist unberechenbar. Ich nehme an, sie liegen in seinem Penthouse. Das wäre der sicherste Ort.«

»Wir könnten unsere Leute nur nachts hinschicken«, sagte Brian Kwok nachdenklich. »Es gibt einen privaten Aufzug hinauf, aber dazu braucht man einen Spezialschlüssel.«
»Die in London haben sich einen kapitalen Schnitzer geleistet«, knurrte Crosse. »Ich begreife nicht, daß diese Pfeifen nicht auf dem Posten waren. Und daß AMG nicht um Freigabe ersuchte.«
Crosse seufzte und zündete sich zerstreut eine Zigarette an. Armstrong fühlte den Hunger nach Nikotin in seinen Eingeweiden. Er nahm einen Schluck Brandy, aber das half auch nichts.
»Hat Langan seine Kopie weitergegeben, Sir?«
»Ja, an Rosemont, und eine weitere mit Diplomatenpost an die FBI-Zentrale in Washington.«
»Du liebe Zeit«, knurrte Kwok, »dann weiß es morgen ganz Hongkong.«
»Rosemont hat mir das Gegenteil versichert.« Crosse lächelte humorlos. »Trotzdem sollten wir uns darauf einstellen.«
»Wenn Dunross das wüßte, wäre er vielleicht hilfsbereiter, Sir.«
»Nein, es ist viel besser, wenn wir das für uns behalten. Aber er hat etwas vor. Brian, Sie kümmern sich um Shek-O.«
»Den Safe finden und knacken, Sir?«
»Nein. Nehmen Sie nur ein paar Leute mit, und sehen Sie zu, daß niemand einzudringen versucht! Robert, Sie fahren in die Zentrale und lassen sich mit London verbinden. Sprechen Sie mit Pensley von MI-5 und Sinders von MI-6! Überprüfen Sie Dunross' Geschichte, überprüfen Sie überhaupt alles, vielleicht gibt es doch noch Kopien! Dann schicken Sie eine Abteilung mit drei Mann hierher, um das Haus zu bewachen, vor allem Dunross selbst – ohne sein Wissen natürlich! Ich erwarte den Leiter der Abteilung in einer Stunde an der Kreuzung Peak Road und Culum's Way, das kommt gut hin. Leihen Sie mir Ihren Wagen, Robert! Wir sehen uns in eineinhalb Stunden in meinem Büro. Ab mit euch beiden!«
Die beiden Polizeibeamten verabschiedeten sich von ihrem Gastgeber und begaben sich zu Brian Kwoks Wagen. Während sie in dem alten Porsche die Peak Road hinunterfuhren, sprachen sie aus, was sie beide dachten, seitdem Dunross an ihrem Tisch Platz genommen hatte. »Wenn Crosse der Agent ist, hatte er reichlich Zeit, mit London zu telefonieren oder Sevrin, das KGB oder wen immer zu informieren.«
»Allerdings.«
»Wir haben sein Büro um 6 Uhr 10 verlassen – das ist 11 Uhr vormittags in London – also können wir es nicht gewesen sein. Dazu hätten wir nicht genügend Zeit gehabt... Was gäbe ich für eine Zigarette!«
»Im Handschuhfach ist ein Päckchen.«
»Morgen – morgen werde ich rauchen.« Armstrong lachte, aber es klang nicht belustigt. Er streifte Kwok mit einem Blick. »Versuch doch herauszukriegen, wer außer Crosse die AGM-Akte heute gelesen hat!«

»Daran habe ich auch gedacht.«
»Wenn er der einzige ist, der sie gelesen hat... ist es eben ein Beweis mehr. Kein zwingender, aber wir kommen der Sache näher.« Er unterdrückte ein nervöses Gähnen. »Wenn er es ist, sitzen wir ganz schön in der Scheiße.« Während sie eine Kurve nahmen, blickte Armstrong auf den Hafen hinunter; hellerleuchtet lag der amerikanische Kreuzer auf der Hongkong-Seite am Pier. »In der guten alten Zeit hatten wir ein halbes Dutzend eigene Kriegsschiffe hier«, sagte er traurig. »Die gute alte Royal Navy!« Im Krieg war er Kapitänleutnant gewesen; zwei Versenkungen: einmal vor Dünkirchen, das zweitemal drei Tage nach der alliierten Landung in der Normandie, vor Cherbourg.
»Ja, schade um die Navy. Die Zeit bleibt eben nicht stehen.«
»Aber es wird nicht besser, Brian. Das ganze Empire geht zu Bruch! Früher lebte es sich besser. Dieser verdammte Krieg! Diese verdammten Deutschen, diese verdammten Japaner!«
»Ja. Und weil wir gerade von der Navy reden, was war mit Mishauer?«
»Der vom amerikanischen Marinenachrichtendienst? Der ist okay«, antwortete Armstrong müde. »Er kam aus dem Fachsimpeln gar nicht heraus. Er hat dem alten Herrn gesteckt, daß die Vereinigten Staaten ihre Siebente Flotte verdoppeln werden. Das ist so streng geheim, daß er es ihm nicht einmal telefonisch mitteilen wollte. Eine Landung in Vietnam steht bevor.«
»Diese Idioten – sie werden draufgehen, wie schon die Franzosen draufgegangen sind. Lesen sie denn keine Zeitungen, von Geheimdienstberichten ganz zu schweigen?«
»Mishauer hat uns auch geflüstert, daß ihr Atomflugzeugträger übermorgen auf acht Tage zu Besuch kommt. Erholung und Unterhaltung. Auch wieder streng geheim. Er hat uns gebeten, unsere Sicherheitsmaßnahmen zu verstärken – und alle Yankees auf Landurlaub unter unsere Fittiche zu nehmen.«
»Als ob wir nicht schon genug am Hals hätten!«
»So ist es.« Mit dünner Stimme fügte Armstrong hinzu: »Ganz beiläufig hat der alte Herr dann fallenlassen, daß ein sowjetischer Frachter mit der Abendflut ›hereingehinkt‹ gekommen ist.«
»O Jesus!«
»Habe ich mir auch gedacht. Mishauer traf beinahe der Schlag, und Rosemont fluchte zwei volle Minuten lang. Der alte Herr versicherte ihnen natürlich, daß man, wie üblich, keinem der russischen Matrosen gestatten werde, ohne Sondergenehmigung an Land zu gehen, aber ein paar werden ja doch plötzlich einen Arzt oder sonstwas brauchen und vielleicht aus dem Nest schlüpfen.«
»Bestimmt.« Nach einer kleinen Pause sagte Brian Kwok: »Ich hoffe, wir bekommen diese AMG-Briefe, Robert. Sevrin ist ein Messer in den Eingeweiden Chinas.«

14

23.25 Uhr:

Der sowjetische Frachter *Sowjetsky Iwanow* lag auf der riesigen Wampoa-Werft auf der Ostseite von Kowloon. Die Werft befand sich auf einem Gelände, das dem Meer abgewonnen war. Der Frachter war ein Zwanzigtausend-Tonnen-Schiff, das von Wladiwostok im Norden aus die asiatischen Handelsstraßen befuhr. Auf der Brücke sah man viele Antennen und eine moderne Radaranlage. Russische Matrosen hockten rund um den Fockmast und standen an den hinteren Fallreeps. Junge chinesische Polizisten in sauberen Khakidrillich-Uniformen – kurze Hosen, Wadenstrümpfe, schwarze Gürtel – hielten sich in der Nähe der Fallreeps auf. Ein Seemann, der an Land gehen wollte, ließ seine Papiere von Schiffskameraden und dann vom Polizisten überprüfen; als er dann auf das Werfttor zuschritt, traten zwei Chinesen in Zivil aus dem Schatten und folgten ihm – ganz offen.
Ein zweiter Matrose kam das Fallreep herunter und wurde kontrolliert. Bald folgten auch ihm zwei chinesische Polizisten in Zivil.
Unbemerkt kam ein Ruderboot lautlos von der dem Meer zugewandten Seite des Schiffes heran, tauchte in den Schatten des Piers und glitt an der hohen Wand der Mole entlang, bis es eine etwa hundert Meter entfernte feuchtdunkle, in Stein eingelassene Treppe erreichte. In dem Boot saßen zwei Männer, und die Dollen waren mit Lappen umwickelt. Die Männer lauschten aufmerksam.
Beim vorderen Fallreep kam ein dritter Seemann schwankend die rutschige Treppe herunter. Während man unten seinen Paß kontrollierte, entspann sich ein Wortwechsel. Die russischen Kontrollorgane ließen ihn nicht passieren, denn er war offensichtlich betrunken. Er fing laut an zu fluchen und ging mit den Fäusten auf einen von ihnen los, aber der Mann wich mit einem Schritt zur Seite aus und antwortete mit einem heftigen Schwinger, der seinerseits erwidert wurde. Die Aufmerksamkeit der beiden Polizisten konzentrierte sich naturgemäß auf die Balgerei im Bereich der russischen Kontrollen. Der stämmige, zerzauste Mann, der hinten im Ruderboot saß, lief die Treppe zur Mole hinauf, quer über den von Scheinwerfern beleuchteten Kai und die Eisenbahngeleise und verschwand, ohne gesehen zu werden, in den engen Gassen der Werft. Langsam begann das Ruderboot dorthin zurückzukehren, von wo es gekommen war, und wenige Augenblicke später herrschte wieder Ruhe. Der Betrunkene wurde unsanft wieder an Bord getragen.
Der Mann mit dem struppigen Haar schlenderte die Gasse hinunter. Von Zeit zu Zeit warf er geschickt einen Blick über die Schultern, um sich zu vergewissern, daß niemand ihm folgte. Er trug einen dunklen Tropical und

neue Schuhe mit Gummisohlen. Sein Ausweis lautete auf Igor Woranski, Vollmatrose der sowjetischen Handelsflotte.
Dem Werfttor und dem Polizisten, der es bewachte, wich er aus und folgte der Mauer bis zu einer Seitentür, die auf ein Gäßchen in dem für die Neuansiedlung bestimmten Taiwan-Shan-Bezirk hinausging – ein Labyrinth von elenden Hütten aus Wellblech, Sperrholz und Pappe. Er beschleunigte seine Schritte. Bald hatte er hellerleuchtete Straßen mit Läden, Kiosken und Menschenmassen erreicht, die ihn schließlich zur Chatham Road brachten. Dort hielt er ein Taxi an.
»Mong Kok, so schnell du kannst«, sagte er auf Englisch. »Zur Yaumati-Fähre.« Der Fahrer starrte ihn frech an. »Eh?«
»*Ayeeyah!*« konterte Woranski und fügte in hartem, perfektem Kantonesisch hinzu: »Mong Kok! Bist du taub? Hast du weißes Pulver geschnupft? *Ayeeyah!* Zur Yaumati-Fähre auf der anderen Seite von Kowloon. Soll ich den Wegweiser für dich spielen? Kommst du aus der äußeren Mongolei? Bist du ein Fremder hier?«
Verdrießlich schaltete der Fahrer den Taxameter ein, und der Wagen setzte sich in Bewegung. Der Mann auf dem Rücksitz warf einen Blick durch die Heckscheibe. Die Burschen hier sind sehr clever, dachte er. Sei vorsichtig!
Bei der Yaumati-Fähre bezahlte er das Taxi und gab dem Fahrer Trinkgeld. Er verschwand in der Menge und hielt gleich darauf ein anderes Taxi an.
»Zur Golden Ferry!«
Der Fahrer nickte schläfrig, gähnte und steuerte nach Süden.
Bei der Fähre angekommen, bezahlte Woranski das Taxi, noch bevor der Wagen richtig zum Stehen gekommen war, und mischte sich unter die Menge, die auf die Drehkreuze der Fähre zudrängte. Doch nachdem er das Drehkreuz passiert hatte, ging er nicht zur Fähre weiter, sondern auf die Herrentoilette und von dort in eine Telefonzelle. Er war jetzt ganz sicher, daß man ihm nicht gefolgt war, und seine Spannung ließ nach.
Er warf eine Münze ein und wählte eine Nummer.
»Ja?« fragte eine Männerstimme.
»Mr. Lop-sing, bitte.«
»Hier gibt es keinen Lop-*ting*. Tut mir leid, Sie haben sich verwählt.«
»Ich möchte eine Nachricht hinterlassen.«
»Tut mir leid, Sie haben die falsche Nummer gewählt. Schauen Sie in Ihrem Telefonbuch nach!«
»Ich möchte mit Arthur sprechen«, sagte er mit englischem Akzent.
»Tut mir leid, er ist noch nicht da.«
»Er wurde angewiesen, da zu sein und auf meinen Anruf zu warten«, versetzte er schroff. »Was ist der Grund für diese Umstellung?«
»Wer spricht?«
»Brown«, meldete er sich mit seinem Tarnnamen.
Es besänftigte ihn, als er hörte, wie der Mann am anderen Ende angemes-

sene Hochachtung in seine Stimme einfließen ließ. »Ach, Mr. Brown, wie schön, daß Sie wieder in Hongkong sind! Arthur hat mich gebeten, Sie willkommen zu heißen und Ihnen auszurichten, daß alles für die morgige Konferenz vorbereitet ist.«

»Wann soll er kommen?«

»Jeden Moment, Sir.«

»Na schön«, brummte er, »sagen Sie ihm, er soll mich auf Nummer 32 anrufen.« Das war die Tarnbezeichnung für die konspirative Wohnung in den Sinclair Towers. »Ist der Amerikaner angekommen?«

»Jawohl.«

»Gut. Kam er in Begleitung?«

»Ja.«

»Wurde schon Kontakt mit ihnen aufgenommen?«

»Tut mir leid, ich weiß es nicht. Arthur hat es mir nicht gesagt.«

»Und der Tai-Pan, was ist mit ihm?«

»Alles vorbereitet.«

»Gut. Wenn es nötig werden sollte, wie lange würden Sie brauchen, um nach 32 zu kommen?«

»Zehn bis fünfzehn Minuten. Wollen Sie, daß wir uns dort treffen?«

»Das werde ich später entscheiden.«

»Ach, Mr. Brown, Arthur dachte, Sie würden nach einer so langen Reise ein wenig Gesellschaft haben wollen. Sie heißt Koh, Maureen Koh.«

»Das war aufmerksam von ihm, sehr aufmerksam.«

»Sie finden ihre Nummer neben dem Telefonapparat auf 32. Sie brauchen nur anzurufen, und in einer halben Stunde ist sie da. Arthur wollte wissen, ob Ihr Vorgesetzter heute abend mitgekommen ist – und ob er auch an einer Gefährtin interessiert ist.«

»Nein. Er kommt erst morgen – wie es ausgemacht war. Morgen abend allerdings wird er Gastfreundschaft erwarten. Gute Nacht.« Arrogant, weil er sich seines hohen Dienstgrades im KGB wohl bewußt war, hängte er ein.

In diesem Augenblick schwang die Tür der Telefonzelle nach innen, ein Chinese drängte sich herein und ein anderer blockierte sie von draußen.

»Was zum...«

Er starb, ohne den Satz beenden zu können. Das Stilett war lang und dünn. Man konnte es leicht wieder herausziehen. Der Chinese ließ die Leiche zu Boden sinken. Er betrachtete den regungslosen Körper, beugte sich nieder, um das Messer an dem Toten zu säubern und schob es dann in die Scheide zurück, die er im Ärmel stecken hatte. Er grinste seinen stämmigen Freund an, der immer noch die Glasscheibe im oberen Teil der Zelle blockierte, als ob er der nächste Kunde wäre, warf eine Münze ein und wählte. »Polizeirevier Tsim Sha Tsui, guten Abend«, meldete sich eine höfliche Stimme.

Der Mann lächelte spöttisch und antwortete grob in Schanghaier Dialekt: »Sprichst du Schanghaiisch?«

Ein Zögern, ein Klicken, und eine andere Stimme auf Schanghaiisch: »Hier spricht Divisional Sergeant Tang-po. Was wünschst du, Anrufer?«
»Ein Sowjetschwein ist heute nacht durch euer verhurtes Sicherheitsnetz geschlüpft – so leicht, wie ein Ochse scheißt –, aber jetzt ist er zu seinen Vorfahren eingegangen. Müssen wir vom 14K alle Dreckarbeiten für euch erledigen?«
»Welches Sow...«
»Halt's Maul und hör zu! Sein Scheißkadaver liegt in einer Telefonzelle bei der Golden Ferry, auf der Kowloon-Seite. Sag deinen Hurenböcken von Vorgesetzten, sie sollen ihre Augen auf die Feinde Chinas richten und nicht auf ihre eigenen Arschlöcher!«
Sofort hängte er ein, zwängte sich hinaus, drehte sich noch einmal rasch um und bespuckte den Toten. Dann mischte er sich mit seinem Gefährten unter die Menge, die zur Fähre drängte.
Ihren Verfolger bemerkten sie nicht. Es war ein kleiner rundlicher Amerikaner, gekleidet wie alle Touristen, die unvermeidliche Kamera um den Hals. Während die Fähre der Insel Hongkong entgegentuckerte, lehnte er an der Steuerbordreling und zielte mit seiner Kamera dahin und dorthin.
»Hallo, Freundchen«, begrüßte ihn grinsend ein anderer Tourist, der auf ihn zugeschlendert kam, »das ist ein Spaß, was?«
»Aber sicher«, lautete die Antwort. »Hongkong ist eine tolle Stadt!«
»Das kann man wohl sagen.« Der zweite drehte sich um und bewunderte die Aussicht. »Dagegen kann Minneapolis nicht anstinken.«
Auch sein Landsmann drehte sich zur Seite, behielt aber die beiden Chinesen im Auge. Mit gedämpfter Stimme sagte er: »Wir haben Probleme.«
Der andere Tourist erblaßte. »Haben wir ihn verloren? Zurückgekommen ist er ganz sicher nicht, Tom. Ich habe beide Ausgänge im Auge behalten. Ich dachte, du hättest ihn in der Telefonzelle festgenagelt?«
»Festgenagelt ist genau richtig! Guck mal da drüben, der Chinesenhirsch mit dem weißen Hemd und der neben ihm. Die zwei Hurensöhne haben ihn soeben kaltgemacht.«
»Jesus!« Marty Povitz, einer der CIA-Agenten, die zur Überwachung der *Sowjetsky Iwanow* eingesetzt waren, studierte unauffällig die beiden Chinesen. »Kuomintang? Nationalisten? Oder Kommunisten?«
»Keine Ahnung. Aber der Dahingeschiedene steckt noch in der Telefonzelle. Wo ist Rosemont?«
»Er ist...« Povitz unterbrach sich und sprach mit normaler Stimme weiter, als die Fahrgäste anfingen, sich zum Ausgang zu drängen. »Sehen Sie mal da drüben«, sagte er und deutete auf den Peak. Die über die Hänge verstreuten Etagenhäuser und Luxusvillen waren hell erleuchtet, aber nur eine, die am höchsten gelegene, wurde von Scheinwerfern angestrahlt und funkelte und glitzerte wie ein Juwel. »Wer da oben wohnt, hat es geschafft; meinen Sie nicht auch?«

Tom Connochie, der ältere von den beiden, seufzte: »Wird wohl das Haus eines Tai-Pan sein.« Nachdenklich zündete er sich eine Zigarette an und ließ das Streichholz in das schwarze Wasser fallen. Während er nach Touristenart weiterplapperte, knipste er die Villa und schoß, um den Film zu Ende zu bringen, noch ein paar Aufnahmen der zwei Chinesen. Dann legte er einen neuen Film ein und steckte den belichteten unbemerkt seinem Partner zu. Kaum die Lippen bewegend, sagte er: »Sobald wir angelegt haben, ruf Rosemont da oben an, dann laß das Ding noch heute entwickeln! Ich rufe dich an, sobald ich weiß, wo die zwei hingehören.«
»Bist du verrückt?« sagte Povitz. »Du wirst sie doch nicht allein beschatten!«
»Muß ich, Marty, der Film könnte wichtig sein. Das dürfen wir nicht riskieren.«
»Unser Befehl lautet, wir...«
»Zum Teufel mit dem Befehl!« zischte Connochie. »Ruf Rosemont an und sieh zu, daß dem Film nichts passiert! Dann hob er die Stimme und sagte unbeschwert: »Eine herrliche Nacht für eine Segelpartie, nicht wahr?«

In der Langen Galerie, am oberen Treppenabsatz, standen Dunross und Bartlett einander gegenüber. Allein.
»Haben Sie mit Gornt abgeschlossen?« fragte Dunross.
»Nein«, antwortete Bartlett, »noch nicht.«
Er war in seinem Benehmen so hart und kurz angebunden wie Dunross – und sein Dinnerjackett saß ebensogut.
»Aber Sie haben die Möglichkeit ins Auge gefaßt?«
»Wir sind im Geschäft, um Geld zu verdienen – so wie Sie.«
»Darf ich fragen, wie lange Sie schon mit Gornt in Verbindung stehen?«
»Etwa sechs Monate. Werden Sie unserem Vorschlag noch heute zustimmen?«
Dunross bemühte sich, seine Müdigkeit zu überwinden. Es war nicht sein Wunsch gewesen, noch heute das Gespräch mit Bartlett zu suchen, aber es hatte sein müssen. »Sie sagten Dienstag. Dienstag werde ich Ihnen antworten.«
»Dann ist es bis dahin mein gutes Recht, mit Gornt oder wem auch immer zu verhandeln. Wenn Sie unser Angebot jetzt annehmen, ist der Handel perfekt. Man sagte mir, Sie seien der Beste, Noble House sei das Beste, also würde ich lieber mit Ihnen als mit ihm abschließen – vorausgesetzt, ich habe alle Sicherheiten und das Sagen, was die Finanzierung betrifft.«
Jawohl, dachte Bartlett, ohne seinen Ahnungen Gehör zu schenken, entzückt, daß seine vormittägige Unterhaltung mit Gornt so rasch eine Konfrontation herbeigeführt und seinen Gegner gestellt hatte, denn im Augenblick, Freund Dunross, und bis wir zu Ende kommen – wenn wir zu Ende kommen – bist du genau das: ein Gegner.

Den ganzen Abend hatte er Dunross beobachtet, fasziniert von ihm und den Untertönen und allem, was Hongkong ausmachte und so völlig anders war als alles, was er bisher erlebt hatte. Ein neuer Dschungel, neue Regeln, neue Gefahren. Dunross und Gornt, so gefährlich wie ein Sumpf voll Klapperschlangen! Ich muß vorsichtig sein wie nie zuvor!

Wie weit darf ich dich treiben, Ian Dunross? Wieviel setze ich aufs Spiel? Die Gewinnmöglichkeiten sind enorm, aber ein falscher Schritt, und du verschlingst uns, Casey und mich. Du bist ein Mann nach meinem Herzen, aber trotzdem ein Gegner und von den Geistern der Vergangenheit beherrscht. O ja, in diesem Punkt hat Peter Marlowe recht.

Er richtete den Blick wieder auf die kalten blauen Augen, die ihn beobachteten. Was würde ich jetzt an deiner Stelle tun, Ian Dunross? Ich weiß es nicht. Aber ich kenne mich, und ich weiß, was Sün-tse über Schlachtfelder gesagt hat: Zwinge deinem Gegner die Schlacht an einem Ort zu einem Zeitpunkt deiner Wahl auf! Nun, der Ort ist hier und der Zeitpunkt jetzt.

»Bevor wir uns entscheiden, Ian: Wie wollen Sie die drei Wechsel an Toda einlösen, die im September fällig werden?«

Dunross war geschockt. »Wie bitte?«

»Sie haben noch keinen Befrachter, und wenn Sie keinen präsentieren können, wird Ihre Bank nicht zahlen. Es liegt also an Ihnen, nicht wahr?«

»Die Bank... da gibt es keine Probleme.«

»Aber soviel mir bekannt ist, haben Sie Ihr Kreditlimit schon um zwanzig Prozent überzogen. Heißt das nicht, daß Sie eine neue Kreditlinie finden müssen? Die zwölf Millionen für Toda sind eine Menge Geld, wenn man Ihre anderen Verbindlichkeiten dazurechnet.«

»Was für andere Verbindlichkeiten?«

»Die am 8. September fällige Rate in der Höhe von US-Dollar 6800000 des Ihnen von der Orlin International Banking gewährten ungesicherten Darlehens von 30 Millionen; im laufenden Jahr haben Sie bis jetzt 4,2 Millionen konsolidierte Gesellschaftsverluste gegenüber einem rein rechnerischen Papiergewinn von siebeneinhalb im vergangenen Jahr; außerdem 12 Millionen aus dem Verlust der *Eastern Cloud* und all dieser geschmuggelten Motoren.«

Alle Farbe war aus Dunross' Gesicht gewichen. »Sie scheinen ja sehr gut informiert zu sein.«

»Das bin ich auch. Sün-tse hat gesagt, man muß über seine Verbündeten gut Bescheid wissen.«

»Ganz recht. Sün-tse hat aber auch vor Spionen gewarnt. Ihr Spion kann nur einer von sieben Menschen sein.«

»Wozu sollte ich einen Spion brauchen?« gab Bartlett ebenso schroff zurück. »Diese Information bekommt man von Banken – man muß nur ein wenig danach kratzen. Todas Bank ist die Yokohama National of Japan – und die unterhält gute Kontakte mit Orlin – und mit uns in den Staaten.«

»Wer immer Ihr Spion ist, er irrt sich. Orlin wird prolongieren. Wie schon immer.«
»Diesmal würde ich mich nicht darauf verlassen. Ich kenne diese Schweinehunde, und wenn die einen Abschluß wittern, haben sie dich so schnell an der Gurgel, daß sich dir der Kopf dreht!«
»Struan's abschießen?« Dunross lächelte geringschätzig. »Weder Orlin noch sonst eine Bank könnte uns ruinieren – oder würde uns ruinieren wollen.«
»Vielleicht hat Gornt etwas mit ihnen am Kochen.«
»Allmächtiger...« Nur mit Mühe bändigte Dunross seine Gedanken. »Hat er oder hat er nicht?«
»Fragen Sie ihn doch!«
»Das werde ich. Aber wenn Sie etwas wissen, sagen Sie es mir jetzt!«
»Sie haben Feinde an allen Ecken und Enden.«
»Sie auch.«
»Stimmt. Sind wir darum gute oder schlechte Partner?« Bartlett sah Dunross fragend an. Dann fiel sein Auge auf ein Porträt am Ende der Galerie. Einen Dreimaster im Hintergrund, starrte Ian Dunross von der Wand auf ihn herunter.
»Ist das... mein Gott, das muß Dirk sein, Dirk Struan!«
Dunross drehte sich um. »Ja.«
Bartlett ging näher heran und betrachtete das Bild. Jetzt sah er, daß der Kapitän nicht Ian Dunross war, aber eine sonderbare Ähnlichkeit war nicht zu verkennen. »Jacques hatte recht«, sagte er.
»Nein.«
»O doch!« Er studierte Dunross, als wäre dieser ein Bild, und meinte schließlich: »Es sind die Augen und die Kinnpartie. Und der höhnische Blick der Augen, als wollten sie sagen ›Ich kann dir jederzeit die Knochen kaputtschlagen, das kannst du mir ruhig glauben‹.«
»Wir haben keine Probleme mit einer Kreditlinie – nicht mit der alten und nicht mit einer neuen.«
»Wenn nötig, können wir immer auf andere Finanzquellen ausweichen. Aber wir bekommen alles, was wir brauchen, von der Vic. Auch sie ist ausreichend liquid.«
»Ihr Richard Kwang scheint nicht so zu denken.«
Dunross schwenkte jäh herum. »Wieso?«
»Das hat er nicht gesagt. Er hat überhaupt nichts gesagt, aber Casey kennt Bankiers, und sie weiß, was in ihren Köpfen vorgeht, und sie denkt, daß er so denkt.«
»Und was denkt sie noch?«
»Daß wir uns vielleicht mit Gornt zusammentun sollten.«
»Meinen Segen haben Sie.«
»Vielleicht brauche ich ihn. Was ist mit Taipeh?« fragte Bartlett, dem daran

lag, Dunross in einem Zustand der Ungewißheit zu halten. »Bin ich immer noch eingeladen?«
»Ja, ja, selbstverständlich. Dabei fällt mir ein: Der stellvertretende Commissioner hat Sie freundlicherweise in meine Obhut entlassen. Armstrong wird morgen dahingehend informiert werden.«
»Danke, daß Sie das für mich erledigt haben! Was ist mit meiner Maschine?«
Dunross runzelte die Stirn, aus dem Gleichgewicht geraten. »Ich nehme an, sie steht immer noch unter gerichtlicher Verwahrung. Wollten Sie damit nach Taipeh fliegen?«
»Das wäre doch angenehm, nicht wahr? Wir könnten fliegen, wann es uns beliebt.«
»Ich werde sehen, was sich tun läßt.« Er fixierte Bartlett. »Und Sie bleiben mir mit Ihrem Angebot bis Dienstag im Wort?«
»Bis Dienstag Mitternacht. Eine Minute später sind alle Verpflichtungen erloschen und alle Freundschaften gekündigt.« Bartlett mußte Druck auf Dunross ausüben; er brauchte die Gegenofferte jetzt und nicht erst Dienstag, um sie für oder gegen Gornt ausspielen zu können. »Dieser Bursche von der Blacs, der Generaldirektor, wie war sein Name?«
»Compton Southerby.«
»Ja, Southerby. Ich sprach mit ihm nach dem Essen. Er sagte, seine Bank stünde zu hundert Prozent hinter Gornt. Er ließ auch anklingen, Gornt könne jederzeit große Summen Eurodollars abrufen, wenn er sie je brauchen sollte.« Bartlett sah, daß auch diese Information Wirkung zeigte. »Und so weiß ich immer noch nicht, wie Sie Toda Shipping befriedigen wollen«, fügte er hinzu.
Dunross antwortete nicht gleich. Er bemühte sich immer noch, einen Weg aus dem Labyrinth zu finden. In seinen Überlegungen kam er stets zum gleichen Punkt zurück. Der Spion mußte einer von diesen sieben sein: Gavallan, de Ville, Linbar Struan, Philip Tschen, Alastair Struan, David MacStruan oder sein Vater Colin Dunross. Bartlett mochte vieles von Banken erfahren haben – aber nicht die Gesellschaftsverluste. Diese Zahl hatte ihm einen Schock versetzt, diese und der ›rein rechnerische Papiergewinn‹. Was tun?
Er warf einen Blick auf Dirk Struans Bild, sah das verschmitzte Lächeln und den Blick, der ihm zu sagen schien: Riskier's Junge! Hast du kein Mark in den Knochen?«
Na ja.
»Machen Sie sich um Struan's keine Sorgen! Wenn Sie sich entschließen, mit uns zusammenzugehen, verlange ich einen Abschluß auf zwei Jahre – weitere 20 Millionen nächstes Jahr«, sagte er und setzte alles auf eine Karte. »Sieben hätte ich gern bei Vertragsabschluß.«
Bartlett ließ sich sein Ergötzen nicht anmerken. »Mit den zwei Jahren bin

ich einverstanden. Was den Kassenzufluß angeht, hat Casey eine Anzahlung von 2 Millionen angeboten – und dann eineinhalb pro Monat jeweils zum Monatsersten. Gavallan hielt diese Regelung für annehmbar.«
»Sie ist es nicht. Ich möchte sieben als Anzahlung, den Rest dann monatlich.«
»Wenn ich mich damit einverstanden erklären soll, muß ich als Garantie für dieses Jahr ein Pfandrecht auf Ihre neuen Toda-Schiffe verlangen.«
»Teufel noch mal, wozu brauchen Sie Garantien?« fuhr Dunross ihn an. »Der Witz an unserem Deal ist doch, daß wir Partner wären, Partner in einer gigantischen Geschäftsausweitung.«
»Sicher. Aber mit unseren sieben Millionen leisten Sie Ihre Septemberzahlungen an Toda Shipping und hüpfen Orlin von der Angel – und was haben wir davon?«
»Warum sollte ich Ihnen noch mehr Konzessionen machen? Ich kann Ihren Vertrag sofort zum Diskont vorlegen und bekomme anstandslos achtzehn von den zwanzig Millionen, die Sie einschießen.«
Ja, das kannst du, dachte Bartlett – sobald der Vertrag unterschrieben ist. Aber vorher bekommst du nichts. »Mit einer Erhöhung der Anzahlung bin ich einverstanden. Aber worin besteht Ihr Gegenleistung?« Er konzentrierte alle seine Sinne auf Dunross, denn er wußte, daß es jetzt um die entscheidenden Schachzüge ging. Was immer Dunross vorhatte, ein Pfandrecht auf die Massengutfrachter von Toda würde jedes Risiko für Par-Con ausschließen. »Vergessen Sie nicht«, fügte er hinzu, »Ihre einundzwanzig Prozent Beteiligung an der Victoria Bank ist bereits verpfändet! Wenn Sie nicht imstande sind, Ihre Zahlungen an Toda oder Orlin zu leisten, zieht Ihnen Ihr alter Kumpel Havergill den Teppich unter den Füßen weg. Ich an seiner Stelle würde es tun.«
Dunross wußte, daß er geschlagen war. Bartlett kannte die genaue Höhe ihres offiziellen, ihres und der Tschens geheimen Aktienbesitzes. Es war nicht abzusehen, welche anderen Machtmittel der Amerikaner noch gegen ihn einsetzen konnte. »Also gut«, sagte er, »ich gebe Ihnen für drei Monate einen Rechtstitel auf meine Schiffe, vorausgesetzt erstens, daß die Abmachung unter uns bleibt; zweitens, daß unsere Verträge innerhalb von sieben Tagen unterzeichnet werden; drittens, daß Sie sich mit dem Cashflow, wie ich ihn vorgeschlagen habe, einverstanden erklären; und letztlich, daß Sie von all dem nichts verlauten lassen, bis ich es bekanntgebe.«
»Wann wollen Sie das tun?«
»Zu irgendeinem Zeitpunkt zwischen Freitag und Montag.«
»Ich verlange den Rechtstitel auf sechs Monate, die Verträge innerhalb von zehn Tagen.«
»Nein.«
»Dann kommen wir nicht ins Geschäft«, drohte Bartlett.
»Sehr schön«, erwiderte Dunross, ohne zu zögern. »Dann wollen wir zur

Gesellschaft zurückkehren.« Er drehte sich um und ging auf die Treppe zu.
Bartlett war von dem abrupten Ende der Verhandlungen überrascht. »Warten Sie«, rief er, und ihm stockte das Herz.
Dunross blieb an der Brüstung stehen; die Hand lässig auf dem Geländer, fixierte er ihn.
Ärgerlich versuchte Bartlett, Dunross zu taxieren. Er las Entschlossenheit in den Augen des Tai-Pan. »Also gut, Rechtstitel bis zum 1. Januar, das sind etwas mehr als vier Monate, Sie, ich und Casey zur Geheimhaltung verpflichtet, Verträge nächsten Dienstag – das läßt mir Zeit, um meine Steuerberater kommen zu lassen –, der Cashflow nach Ihren Wünschen, vorbehaltlich... Wann ist morgen die Sitzung?«
»Sie war für zehn Uhr angesetzt. Können wir sie auf elf verschieben?«
»Sicher. Dann sind wir uns also einig – sofern sich bis morgen um elf nichts Neues ergibt.«
»Nein. Sie brauchen keine Bedenkzeit mehr. Ich könnte welche brauchen. Aber Sie nicht.« Ein feines Lächeln. »Ja oder nein?«
Bartlett zauderte. Schließ' jetzt ab, sagte ihm ein Instinkt, streck' ihm die Hand entgegen und schließ' ab, du hast alles, was du haben wolltest! Ja, schon – aber was war mit Casey? »Das ist Caseys Deal. Sie kann bis zu 20 Millionen finanzielle Verpflichtungen eingehen. Haben Sie etwas dagegen, ihr die Hand darauf zu geben?«
»Beim einem Geschäftsabschluß treffen Tai-Pan und Tai-Pan aufeinander, das ist ein alter chinesischer Brauch. Ist sie Tai-Pan von Par-Con?«
»Nein. Das bin ich.«
»Gut.« Dunross kam zurück und streckte ihm die Hand entgegen: »Dann sind wir uns also einig?«
Bartlett betrachtete die Hand und dann die kalten blauen Augen. Sein Herz klopfte heftig. »Wir sind uns einig, aber ich möchte, daß sie mit Ihnen abschließt.«
Dunross ließ seine Hand sinken. »Ich wiederhole meine Frage: Wer ist Tai-Pan von Par-Con?«
Bartlett erwiderte ruhig seinen Blick. »Versprochen ist versprochen, Ian. Es ist wichtig für sie, und ich habe ihr versprochen, daß sie bis zu 20 Millionen am Drücker sitzt.«
Als es schien, als wollte Dunross sich abwenden, fuhr Bartlett mit fester Stimme fort: »Wenn ich zu wählen hätte zwischen unserem Geschäft und Casey, das heißt, dem Versprechen, das ich Casey gegeben habe, es würde darüber keinen Disput geben. Aber Sie würden mir einen großen Gef...« Er unterbrach sich, und beider Köpfe fuhren herum, als sie das leise Geräusch hörten, das ein Horcher verursacht haben mochte, der sich im Dunkel am anderen Ende der Galerie befand. Noch im gleichen Augenblick drehte sich Dunross um seine Achse und schoß wie ein Panther auf den ver-

meintlichen Eindringling zu. Bartlett reagierte fast ebenso schnell und stürzte ihm nach.
Vor der mit grünem Samt bezogenen Polsterbank blieb Dunross stehen. Es war kein Horcher, sondern seine dreizehnjährige Tochter Glenna. Engelgleich in ihrem zerknitterten Partykleid, die dünne Perlenkette ihrer Mutter um den Hals, lag sie, eingerollt wie eine Hauskatze, in tiefem Schlaf.
»Mein Gott«, flüsterte Bartlett, »ich dachte schon... Hey, die ist ja vielleicht niedlich!«
»Haben Sie Kinder?«
»Einen Jungen und zwei Mädchen. Brett ist sechzehn, Jenny vierzehn und Mary dreizehn. Leider sehe ich sie nicht sehr oft«, antwortete Bartlett, der jetzt wieder zu Atem kam. »Sie leben an der Ostküste. Ich fürchte, ich bin nicht sehr beliebt bei ihnen. Ihre Mutter... wir wurden vor sieben Jahren geschieden. Sie hat wieder geheiratet, aber...«
Dunross beugte sich über das schlafende Kind und hob es sanft auf. Das Mädchen bewegte sich kaum und kuschelte sich nur zufrieden an seinen Vater. Nachdenklich musterte er den Amerikaner. »Kommen Sie in zehn Minuten mit Casey zurück! Ich werde tun, worum Sie mich gebeten haben – so sehr es mir auch widerstrebt –, weil Sie Ihr Versprechen halten wollen.« Sicheren Fußes entfernte er sich und verschwand im Ostflügel, wo Glennas Schlafzimmer lag.
Bartlett schritt zur Treppe zurück. Sein Auge fiel auf ein unbeleuchtetes Porträt in einer halbversteckten Nische. Er blieb stehen. Es war das Bild eines alten, graubärtigen, einäugigen und hakennasigen Schiffskapitäns. Sein arrogantes Gesicht war von Narben entstellt, und neben ihm auf dem Tisch lag ein Entermesser.
Bartlett riß die Augen auf, als er sah, daß das Bild an mehreren Stellen aufgeschlitzt worden war; mit einem kurzen Messer, das im Herzen des Mannes steckte, war es an der Wand festgenagelt.

Casey starrte das Messer an. Sie versuchte, sich ihren Schock nicht anmerken zu lassen. Von Unbehagen erfüllt, wartete sie allein in der Galerie.
»Das ist Tyler Brock.«
Casey wirbelte herum. Dunross beobachtete sie. »Ich habe Sie nicht kommen gehört«, sagte sie.
»Tut mir leid. Ich wollte Sie nicht erschrecken.«
»Das ist schon in Ordnung.«
Sie richtete den Blick wieder auf das Bild. »Peter Marlowe hat mir von ihm erzählt.« »Er weiß eine Menge von Hongkong; aber nicht alles, was er erzählt, entspricht der Wahrheit.« Nach einer kleinen Pause meinte sie: »Ist es nicht ein wenig melodramatisch, das Messer so stecken zu lassen?«
»Das hat die ›Hexe‹ getan – und befohlen, es so zu lassen. Sie haßte ihren Vater und wollte uns allen ihr Erbe in Erinnerung rufen.«

Casey runzelte die Stirn und deutete dann auf ein Bild, das an der gegenüberliegenden Wand hing. »Ist sie das?«
»Ja. Das Bild entstand kurz nach ihrer Heirat.« Das Mädchen auf dem Bild war schlank, etwa siebzehn Jahre alt; sie hatte blaue Augen und blondes Haar. Sie trug ein tiefausgeschnittenes Ballkleid und eine kunstvoll gearbeitete grüne Kette um den Hals.
Einen Augenblick lang betrachteten sie das Bild. Es stand kein Name auf der kleinen Messingplatte unten auf der Leiste des vergoldeten Rahmens, nur die Jahreszahlen 1825–1917. »Es ist ein gewöhnliches Gesicht«, äußerte Casey, »hübsch, aber gewöhnlich, die Lippen ausgenommen. Sie sind dünn und verkniffen; sie drücken Mißfallen aus und Härte. Der Künstler hat viel von ihrer Kraft eingefangen. Ist es ein Quance?«
»Nein. Wir wissen nicht, wer es gemalt hat. Angeblich war es ihr Lieblingsbild. Im Penthouse hängt ein Quance von ihr, etwa zur gleichen Zeit entstanden. Es ist ganz anders und doch diesem sehr ähnlich.«
»Hat sie sich in späteren Jahren nie wieder malen lassen?«
»Doch. Dreimal. Aber sie hatte alle drei Bilder, kaum daß sie fertig waren, vernichtet.«
»Gibt es Fotografien von ihr?«
»Nicht daß ich wüßte. Sie haßte Kameras – es durfte keine im Haus sein.« Dunross lachte, und sie sah die Müdigkeit in seinen Augen. »Kurz vor dem Ersten Weltkrieg machte ein Reporter des *China Guardian* eine Aufnahme von ihr. Binnen einer Stunde schickte sie eine bewaffnete Crew von einem ihrer Handelsschiffe mit dem Auftrag in die Redaktion, das Haus niederzubrennen, wenn man ihnen nicht das Negativ und alle Kopien aushändigte und wenn der Herausgeber nicht versprechen wollte, sie nie wieder zu belästigen. Er versprach es.«
Casey sah sich die Halskette genauer an. »Ist das Jade?« fragte sie.
»Smaragde.«
Sie machte große Augen. »Die muß ein Vermögen wert gewesen sein.«
»Dirk Struan vermachte ihr die Kette. Sie sollte der jeweiligen Frau des Tai-Pan von Noble House gehören, ein Erbstück, von Dame an Dame weiterzureichen.« Er verzog den Mund zu einem schiefen Lächeln. »Die ›Hexe‹ behielt die Kette ihr Leben lang und befahl, als sie starb, daß sie mit ihr verbrannt werde.«
»So eine Verschwendung.«
»Nein«, entgegnete Dunross mit veränderter Stimme. »Fast fünfundsiebzig Jahre stand sie an der Spitze von Struan's Noble House. Sie war *der* Tai-Pan, der wirkliche Tai-Pan, auch wenn andere den Titel führten. Sie behauptete sich gegen Feinde und Katastrophen, bewahrte Dirks Vermächtnis, vernichtete die Brocks und tat, was erforderlich war. Vor diesem Hintergrund gesehen, was wiegt so eine lächerliche Kette, die vermutlich sowieso nichts gekostet hatte? Sehr wahrscheinlich kam sie aus der Schatz-

kammer eines Mandarins, dessen Leibeigene mit ihrem Schweiß dafür bezahlten.«
Casey sah, wie er in Tess Struans Gesicht starrte. »Ich kann nur hoffen, daß ich auch so tüchtig bin«, murmelte er zerstreut, und es klang, als sagte er es zu *ihr*, zu dem Mädchen auf dem Bild.
Ihre Augen streiften an Dunross vorbei zum Bild Dirk Struans, und auch ihr fiel die unheimliche Ähnlichkeit auf, eine Ähnlichkeit, die alle zehn Bilder – neun Männer und das Mädchen – miteinander verband, die hier zwischen verschieden großen Landschaften von Hongkong, Schanghai, Tientsin und vielen Seestücken schmucker, schnittiger Klipper aus Struan's Handelsflotte an den Wänden hingen. Auf dem Porträt jedes Tai-Pan war eine kleine Messingplatte mit seinem Namen und den Jahren seiner Lebenszeit angebracht: »Dirk Dunross, 4. Tai-Pan, 1852–1894, mit der ganzen Besatzung der *Sunset Cloud* im Indischen Ozean auf See geblieben ...«
»Sir Lochlin Struan, 3. Tai-Pan, 1841–1915«... »Alastair Struan, 9. Tai-Pan, 1900–«... »Ross Lechie Struan, 7. Tai-Pan, 1887–1915 Hauptmann im Royal-Scots-Regiment, in der Schlacht bei Ypern gefallen«...
»Soviel Geschichte«, sagte sie sinnend; es schien ihr an der Zeit, seinem Denkprozeß eine andere Richtung zu geben.
»Viel – das ist wahr«, stimmte er ihr zu und sah sie an.
»Haben Sie sich auch schon malen lassen?«
»Nein. Es hat ja keine Eile.«
»Wie wird man Tai-Pan?«
»Man wird von seinem Vorgänger ausgewählt. Die Entscheidung liegt bei ihm.«
Sie ließ ihre Blicke weiterwandern. Ein kleines Bild fesselte ihre Aufmerksamkeit. »Wer ist das?« fragte sie beunruhigt. Der Mann war ein mißgestalteter, buckliger Zwerg mit eigenwilligen Augen und einem höhnischen Lächeln. »War das auch ein Tai-Pan?«
»Nein. Das war Stride Orlov, Dirks erster Kapitän. Als der Tai-Pan im großen Taifun umkam und Culum das Steuer übernahm, wurde Stride Orlov Admiral der Klipperflotte. Er soll ein großer Seemann gewesen sein.«
»Tut mir leid«, sagte Casey, »aber er hat etwas an sich, das jagt mir eine Gänsehaut über den Rücken.« In Orlovs Gürtel steckten Pistolen, und im Hintergrund war ein Klipperschiff zu sehen. »Es ist ein Gesicht, das mir Angst macht.«
»So wirkte er auf alle – ausgenommen den Tai-Pan und die ›Hexe‹! Angeblich hat sogar Culum ihn gehaßt.«
»Was hat *ihr* denn so gut an ihm gefallen?«
»Man erzählt sich, daß Devil Tyler unmittelbar nach dem großen Taifun, als die Menschen in Hongkong, Culum eingeschlossen, noch damit beschäftigt waren, die Scherben wegzuräumen, daranging, Noble House an sich zu reißen. Er gab Befehle, übernahm die Leitung, behandelte Culum

und Tess wie Kinder... Er schickte Tess auf sein Schiff, die *White Witch*, und wies Culum an, bei Sonnenuntergang an Bord zu sein, sonst würde es ihm schlecht ergehen. Für Tyler war Noble House jetzt Brock-Struan und er der Tai-Pan. Culum aber – man weiß bis heute nicht, wo er den Mut dazu hernahm – er war damals erst zwanzig und Tess kanpp sechzehn – Culum also befahl Orlov, an Bord der *White Witch* zu gehen und seine Frau heil an Land zu bringen. Orlov ging sofort los – allein. Tyler war zu der Zeit noch an Land. Orlov brachte sie zurück; auf dem Schiff blieben ein Toter und ein halbes Dutzend Männer mit Schädel- und anderen Brüchen zurück. Seit damals, heißt es, hielt Tess ihn hoch in Ehren. Orlov hat unserer Flotte treu gedient, bis er verschwand. Er war ein feiner Kerl und ein ausgezeichneter Schiffer, trotz seiner Häßlichkeit.«

»Er verschwand? Ist er auf See geblieben?«

»Nein. Die ›Hexe‹ gab bekannt, daß er eines Tages in Schanghai an Land ging und nicht mehr wiederkam. Er hatte schon oft angekündigt, den Dienst zu quittieren und in seine Heimat Norwegen zurückzufahren. Vielleicht tat er das? Vielleicht wurde er erstochen? Wer kann das wissen? An den Küsten Asiens herrscht die Gewalt, auch wenn Tess entschieden die Meinung vertrat, daß kein Mann Stride Orlov getötet haben könnte, sondern daß es eine Frau gewesen sein müßte.«

Immer wieder kehrten ihre Blicke zu Tyler Brock zurück. Das Gesicht und die Symbolkraft des Entermessers faszinierten sie. »Warum hat sie das mit dem Bild ihres Vaters gemacht?«

»Das werde ich Ihnen einmal erzählen, aber heute nacht nur soviel: Sie hämmerte das Messer mit dem Cricketschläger meines Großvaters in die Wand und verfluchte jeden, der es je wagen sollte, *ihr* Messer aus *ihrer* Wand herauszuziehen.« Er lächelte, und wieder bemerkte sie bei ihm eine außergewöhnliche Müdigkeit. Sie war froh, weil auch sie von Müdigkeit übermannt wurde und sie jetzt keinen Fehler machen wollte. Er streckte ihr seine Hand entgegen. »Es gilt unser Deal mit Handschlag zu besiegeln.«

»Nein«, erwiderte Casey ruhig, froh, damit anfangen zu können, »tut mir leid, ich muß passen.«

Sein Lächeln verschwand. »Bitte?«

»Sie haben richtig verstanden. Linc hat mich über die von Ihnen gewünschten Änderungen unterrichtet. Das Abkommen umfaßt jetzt zwei Jahre – damit erhöht sich unser Einsatz; gleichzeitig nimmt das Geschhäft einen Umfang an, der meine Kompetenzen überschreitet. Sie wissen ja, 20 Millionen sind mein Limit. Sie müssen also mit Linc abschließen. Er erwartet Sie in der Bar.«

Sekundenlang zeigte sich Verständnis auf seinen Zügen – und Erleichterung, wie ihr schien. »So, so, er wartet«, wiederholte er leise und fixierte sie.

»Ja.« Eine Welle von Wärme durchflutete sie, ihre Wangen begannen zu glühen, und sie hätte gern gewußt, ob man es sehen konnte.

»Also kein Handschlag? Es muß Linc Bartlett sein?«
»Ein Tai-Pan sollte nur mit einem Tai-Pan verhandeln.«
»Ist das auch in Amerika eine Grundregel?« fragte er mit sanfter Stimme.
»Ja.«
»Ist das Ihre Idee oder seine?«
»Wenn ich sage, es war seine Idee, verliert er an Gesicht; sage ich, es war meine Idee, verliert er auch sein Gesicht, nur auf andere Art.«
Dunross schüttelte ein wenig den Kopf und lächelte. So sehr sie sich auch in der Gewalt hatte, sie fühlte, wie seine unverfälschte Männlichkeit sie ansprach.
»Auf diese oder jene Weise sind wir alle darauf bedacht, unser Gesicht zu wahren«, äußerte er.
Sie antwortete ihm nicht und blickte nur zur Seite, um Zeit zu gewinnen. Ihre Augen hafteten auf dem Bild des Mädchens. Wie konnte ein so hübsches Ding unter dem Namen *Hexe* bekanntwerden? Wird man mich eines Tages die »Hexe« Tcholok nennen? Oder wird man von mir als »dieser alten Jungfer Tcholok« reden, wenn ich immer noch allein und unverheiratet in der Chefetage sitze und in einer Männerwelt lebe? Solange wir gewinnen, Linc und ich, ist es mir gleich. Also spiele die Rolle, für die du dich entschieden hast, und danke der französischen Dame für ihren Rat! Hätte Mrs. de Ville mir nicht expliziert, wie eine Dame in dieser von Männern beherrschten Welt agieren sollte, vielleicht wäre ich nicht auf diese Formel gekommen, bei der jeder Prestigeverlust vermieden wird. Aber täusche dich nicht, Ian Struan-Dunross! Das ist mein Deal, und dafür bin ich Tai-Pan von Par-Con.
Eine neue, nie gekannte Wärme durchflutete sie. Noch nie zuvor hatte sie sich selbst ihre Stellung in Par-Con so deutlich artikuliert. Jawohl, dachte sie sehr zufrieden, das bin ich. Kritisch musterte sie das Porträt und sah jetzt, daß sie sich getäuscht hatte und daß dieses Mädchen etwas Besonderes war. Man hätte meinen können, sie wäre schon damals, in ihrer embryonalen Phase sozusagen, *der* Tai-Pan gewesen.
»Sie sind sehr großzügig«, unterbrach Dunross den Fluß ihrer Gedanken.
Auf diese Bemerkung war sie vorbereitet. »Nein«, protestierte sie sofort und dachte: Wenn du die Wahrheit wissen willst, Tai-Pan, ich bin überhaupt nicht großzügig. Aber das sprach sie nicht aus, senkte nur die Augen und murmelte bescheiden: »Sie sind der Großzügige.«
Er nahm ihre Hand, beugte sich darüber und küßte sie mit altväterlicher Galanterie. Sie bemühte sich, ihre Überraschung zu verbergen. Noch nie hatte ein Mann ihr die Hand geküßt.
»Ciranoush«, sagte er mit gespielter Feierlichkeit, »wann immer Sie einen Fürsprecher brauchen, wenden Sie sich an mich!« Plötzlich grinste er. »Ich mache vermutlich einen Kuddelmuddel daraus, aber das wird Sie ja nicht stören.«

Sie lachte, und alle Spannung war gelöst. Sie konnte ihn jetzt sehr gut leiden. »Ich komme darauf zurück.«
Leger legte er seinen Arm um ihre Mitte und schob sie sanft auf die Treppe zu. Sie empfand seine Berührung angenehm – zu angenehm, dachte sie. Das ist schon ein großer Junge, sei vorsichtig, ermahnte sie sich.

15

23.58 Uhr:

Mit quietschenden Bremsen kam Philip Tschens Rolls in der Auffahrt vor seinem Haus zum Stehen. Rot vor Wut, eine nervöse Dianne im Schlepp, kletterte er aus dem Fond. »Verriegle das Tor und komm dann herein!« fuhr er seinen ebenso nervösen Chauffeur an und eilte zur Eingangstür.
»Beeil dich, Dianne«, sagte er und steckte hastig den Schlüssel ins Schloß.
»Was ist denn los, Philip? Warum redest du nichts? Warum...«
»Halt den Mund!« ging sein Temperament mit ihm durch, und sie blieb geschockt stehen. »Halt den Mund und tu nur, was man dir sagt!« Er stieß die Tür auf. »Hol' die Dienstboten!«
»Aber Phi...«
»Ah Sun! Ah Tak!«
Die beiden zerzausten, verschlafenen *amahs* kamen aus der Küche gelaufen. Von seiner unverständlichen Wut geängstigt, starrten sie ihn an: »Ja, Vater? Ja, Mutter?« riefen sie im Chor. »Was im Namen aller Götter...«
»Seid still!« brüllte Philip Tschen, sein Nacken rot und sein Gesicht jetzt noch röter. »Geht in das Zimmer da hinein und bleibt drin, bis ich euch sage, daß ihr wieder herauskommen könnt!« Er stieß die Tür zum Eßzimmer auf, dessen Fenster auf die Auffahrt hinausgingen und auf die Straße, die nach Norden führte. »Wenn nur eines von euch sich bewegt oder aus dem Fenster schaut, bevor ich zurückkomme... dann lasse ich euch von einem Freund Gewichte an die Füße hängen und euch in den Hafen werfen!«
Die beiden *amahs* begannen zu heulen, aber sie gehorchten, und er knallte die Tür hinter ihnen zu.
»Hört auf, ihr beiden!« fuhr Dianne Tschen die *amahs* an, langte hin und kniff die eine in die Wange. Die Alte hörte auf zu jammern und stieß mit rollenden Augen keuchend hervor: »Was ist denn in ihn gefahren? Oh, oh, oh, seine Wut reicht bis nach Java... oh, oh, oh...«
»Halt den Mund, Ah Tak!« Außer sich vor Wut, fächelte sich Dianne Kühlung zu. Was, im Namen aller Götter, war denn nun wirklich in ihn gefah-

ren? Vertraut er mir nicht, mir, der einzigen wahren Liebe seines Lebens? Noch nie hat er... und rennt von der Party des Tai-Pan weg, wo doch alles so gut lief? Wo wir doch das Stadtgespräch von Hongkong sind, und alle meinen Kevin bewundert und ihm schöngetan haben! »*Ayeeyah*«, murmelte sie, »ist er verrückt geworden?«
»Jawohl, Mutter«, erklärte der Chauffeur überzeugt. »Ich glaube schon. Es ist wegen des Kidnapping. In meinem ganzen Leben hat Vater noch nie...«
»Wer hat dich gefragt?« schrie Dianne. »Es ist sowieso alles nur deine Schuld! Hättest du meinen armen John heimgebracht, statt ihn seinen glattzüngigen Huren zu überlassen, wäre das alles nicht passiert!«
Wieder fingen die beiden *amahs* an zu winseln, und nun ließ Dianne ihre Wut an den beiden alten Frauen aus: »Und was euch beiden angeht, so wie ihr euren Dienst verseht, könnte einem übel werden. Habt ihr mich schon gefragt, ob ich ein Abführmittel brauche oder ein Aspirin? Oder Tee!«
»Mutter«, erwiderte die eine beschwichtigend und deutete hoffnungsvoll auf das lackierte Buffet, »ich kann dir Tee machen, aber möchtest du nicht lieber einen Brandy?«
»Was? Ja, sehr gut. Ja, ja. Ah Tak.«
Sogleich eilte die Alte geschäftig zum Buffet, holte einen Kognak heraus, von dem sie wußte, daß ihre Herrin ihn gerne trank, und schenkte ihr ein Glas ein. »Arme Mutter! Schrecklich, daß Vater so böse ist! Was hat er bloß, und warum will er nicht, daß wir aus dem Fenster schauen?«
Weil er nicht will, daß ihr mistigen Diebe ihm dabei zuseht, wie er seinen geheimen Safe im Garten ausgräbt, dachte Dianne. Nicht einmal ich soll es sehen. Sie lachte grimmig in sich hinein. Sie wußte, wo die eiserne Kassette vergraben war, und das gab ihr die Ruhe wieder. Sie hatte recht getan, ihn zu schützen, indem sie ihn beim Vergraben beobachtete – für den Fall, daß, was Gott verhüten möge, die Götter ihn von dieser Erde abberufen sollten, bevor er ihr das Versteck nennen konnte.
Sie wußte nicht, was jetzt in der Kassette war, und es interessierte sie auch nicht; sie war von ihm schon so oft – und wie er glaubte – heimlich aus- und wieder eingegraben worden. Ihr war es gleich, wenn sie nur wußte, wo ihr Mann sich aufhielt, wo sich seine verschiedenen Safes und die dazugehörigen Schlüssel befanden – für den Fall eines Falles.
Schließlich bricht das Haus Tschen ohne mich zusammen, wenn er stirbt, sagte sie sich zuversichtlich. »Hör auf zu plärren, Ah Sun!« Sie stand auf und zog die Vorhänge zu. Die Nacht war finster, und man konnte nichts vom Garten sehen, nur die Auffahrt, das hohe eiserne Tor und dahinter die Straße.
»Noch ein Glas, Mutter?« fragte die alte *amah*.
»Danke, kleines Fettmäulchen«, antwortete sie liebevoll. Das Feuer des Alkohols hatte ihren Zorn weggeschwemmt. »Und dann kannst du mir das

Genick massieren; ich habe Kopfschmerzen. Und ihr beide setzt euch nieder, haltet den Mund und macht kein Geräusch, bis Vater zurückkommt!«

Eine Taschenlampe in der einen, eine Schaufel in der anderen Hand, eilte Philip Tschen den Gartenpfad hinunter. Er warf einen Blick zurück, obwohl er genau wußte, daß man ihn hier vom Haus aus unmöglich sehen konnte, und knipste die Taschenlampe an. Der Lichtstrahl wanderte über das Unterholz, bis er den Fuß eines Baumes erreichte. Sorgfältig beseitigte Philip die natürliche Laubdecke. Als er sah, daß die Erde darunter aufgewühlt worden war, stieß er derbe Flüche aus. »Das Schwein... mein eigener Sohn!« Nachdem er sich mit Mühe gefaßt hatte, begann er zu graben.

Seit er die Party verlassen hat, versuchte er sich zu erinnern, wann genau er die Kassette das letzte Mal ausgegraben hatte. Jetzt war er sicher. Es war im Frühling gewesen, als er die Besitzurkunde einer Reihe von Elendsquartieren in Wanchai benötigt hatte, die er dann mit fünfzigfachem Gewinn an Donald McBride für eine seiner großen Wohnanlagen verkaufte.

»Wo war John an diesem Tag?« murmelte er. »War er im Haus?«

Während er weitergrub, versuchte er sich zu erinnern, aber es gelang ihm nicht. Er wußte, daß er die Kassette nie ausgegraben hätte, wenn es gefährlich war oder sich Fremde im Haus befanden. Aber John? Nie hätte ich gedacht... John muß mir irgendwie gefolgt sein.

Die Schaufel schlug auf Metall auf. Sorgfältig wischte er die Erde weg und zog die Kassette aus der schützenden Hülle. Die Deckelscharniere waren gut geschmiert. Mit zitternden Fingern hielt er die Taschenlampe über die offene Kassette. Alle seine Papiere und Urkunden und privaten Bilanzen schienen geordnet und unberührt geblieben zu sein, aber er wußte, daß sie alle herausgenommen und gelesen – und kopiert oder auswendig gelernt worden waren. Ein Teil der Informationen im Safe seines Sohnes konnten nur von hier gekommen sein.

Alle Schmuckkästchen waren da. Nervös langte er nach dem einen, das er suchte, und öffnete es. Verschwunden waren die Halbmünze und das Dokument, das dazugehörte.

Tränen der Wut rollten ihm über die Wangen. Er fühlte sein Herz klopfen, er roch die feuchte Erde und wußte: Wenn sein Sohn dagewesen wäre, er hätte ihn freudig mit seinen eigenen Händen erwürgt.

»O mein Sohn... mögen alle Götter dich verfluchen!«

Er bekam weiche Knie. Zitternd ließ er sich auf einen Felsbrocken nieder und versuchte, seine Gedanken zusammenzunehmen. Er hörte die Warnung seines Vaters auf dem Totenbett: »Verliere nie die Münze – sie ist die Garantie für unser Überleben und der Schlüssel zur Macht über Noble House.«

Im Jahre 1937 wurde er in die tiefsten Geheimnisse des Hauses Tschen eingeweiht: daß der jeweilige Comprador auch oberster Führer der Hung Mun in Hongkong war – der großen geheimen Triadengesellschaft Chinas. Ursprünglich ins Leben gerufen, um an der Spitze der chinesischen Revolte gegen die verhaßten Mandschu, ihre Herren, zu stehen, war sie unter Sun Yat-sen zur 14K geworden. Er erfuhr, daß der Comprador die wichtigste offizielle Verbindung zwischen der chinesischen Hierarchie auf der Insel und den Nachkommen der 14K auf dem Festland war; und daß Tschen-tse Jin Arn, kurz Jin-qua genannt, der legendäre Handelsherr der *co-hong* war, der der Kaiser das Monopol über den gesamten Außenhandel verliehen hatte. Durch die Eigentumsverhältnisse und durch Bande des Blutes war das Haus Tschen für alle Zeiten mit dem Noble House verkettet.

»Hör mir aufmerksam zu, mein Sohn«, hatte der Sterbende geflüstert, »der Tai-Pan, Urgroßvater Dirk Struan, war Jin-quas Schöpfung, so wie auch das Noble House. Jin-qua nährte und formte es, so wie er Dirk Struan nährte und formte. Der Tai-Pan hatte zwei Konkubinen. Die erste war Kai-sung, eine von Jin-quas Töchtern mit seiner fünften Frau. Ihr Sohn war Gordon Tschen, mein Vater, dein Großvater. Des Tai-Pan zweite Konkubine war T'tschung Jin May-may, sechs Jahre seine Geliebte; er heiratete sie heimlich kurz vor dem großen Taifun, in dem sie beide umkamen. Sie war damals dreiundzwanzig, eine wohlgestaltete, erleuchtete Enkelin Jin-quas; mit siebzehn wurde sie an den Tai-Pan verkauft, um ihn, ohne daß er es merkte, in feiner Lebensart zu unterweisen. Von ihnen stammten Duncan und Kate, die den Familiennamen T'tschung annahmen und im Haus meines Vaters erzogen wurden. Vater verheiratete Kate mit einem in Schanghai ansässigen, im China-Handel tätigen Kaufmann namens Pet Gavallan. Andrew Gavallan ist ebenfalls ein Vetter, obwohl er es nicht weiß... Es gibt so viel zu erzählen, und es bleibt so wenig Zeit. Macht nichts, alle Stammbäume sind im Safe. Hier ist der Schlüssel.

Und noch ein Geheimnis, Philip, mein Sohn. Unsere Linie stammt von der zweiten Frau meines Vaters ab. Vater heiratete sie, als er dreiundfünfzig war und sie sechzehn. Sie war die Tochter von John Yuan, dem unehelichen Sohn des großen amerikanischen Traders Jeff Cooper und einer eurasischen Dame mit Namen Isobel Yau. Isobel Yau war die heimliche eurasische Tochter von Robb Struan, des Tai-Pan Halbbruder und Mitbegründer von Noble House, und somit fließt Blut von beiden Seiten der Struans in unseren Adern. Alastair Struan ist ein Vetter, und Colin Dunross ist ein Vetter – nicht aber die MacStruans; ihre Geschichte findest du in Großvaters Tagebüchern.

Ja, Philip, wir sind Eurasier und gehören weder der einen noch der anderen Seite an. Ich habe mich nie damit abfinden können. Es ist unser Fluch und unser Kreuz, und so obliegt es uns allen, einen Segen daraus zu machen. Ich reiche unser Haus an dich weiter – vermögend und stark, wie Jin-qua es wünschte –, reiche du es an deinen Sohn weiter! Jin-qua war gewissermaßen unser aller Vater; er hat uns Reichtum, geheimes Wissen, Stetigkeit

und Macht geschenkt – und er hat uns eine der Münzen gegeben. Hier, Philip, lies, was es mit der Münze auf sich hat!«
Die Kalligraphie auf dem Dokument war gestochen fein: »An diesem achten Tag des sechsten Monats des Jahres 1841 nach der Zeitrechnung der Barbaren habe ich, Tschen-tse Jin Arn aus Kanton, oberster Kaufherr der *co-hong*, dem Grünäugigen Teufel, dem Tai-Pan von Noble House, dem obersten Piraten aller fremden Teufel, die das Reich des Himmels mit Krieg überzogen und uns die Insel Hongkong gestohlen haben, vierzig Lak Silber – eine Million Pfund Sterling in ihrer Währung – geliehen. Damit habe ich ihn davor bewahrt, von Einauge, seinem Erzfeind und Rivalen, verschlungen zu werden. Als Gegenleistung gewährt uns der Tai-Pan besondere Handelsprivilegien für die nächsten zwanzig Jahre, verspricht, daß einer aus dem Hause Tschen für alle Zeiten Comprador von Noble House sein wird, und schwört, daß von ihm oder seinen Nachkommen alle Schulden eingelöst werden, vor allem aber die Schuld der Münzen. Es sind deren vier, und sie sind in Hälften auseinandergebrochen. Dem Tai-Pan habe ich vier Hälften gegeben. Wann immer eine der anderen Hälften ihm oder einem späteren Tai-Pan vorgelegt wird, ist dieser durch seinen Schwur verpflichtet, jedwede Gunst zu gewähren – ganz gleich, ob er sich damit auf dem Boden ihrer oder seiner Gesetze befindet oder nicht.
Eine Münze behalte ich; eine gebe ich meinem Vetter, dem Kriegsherrn Wu Fang Tschoi; eine wird mein Enkel Gordon Tschen erhalten; und den letzten Empfänger behalte ich für mich. Wer immer diese Zeilen einmal liest, er möge nicht leichtfertig von der Münze Gebrauch machen, denn der Tai-Pan von Noble House muß jede Gunst gewähren – *aber nur einmal.* Und er möge dies bedenken: Zwar wird der Grünäugige Teufel sein Versprechen halten, und das werden auch seine Nachkommen tun, aber er ist immer noch ein Hundesohn und ein Barbar, dank *unserer* Lehren tückisch wie ein dreckiger Mandschu und so gefährlich wie ein Nest von Nattern.«
Dieser verdammte John! Was war nur in ihn gefahren? Welche Teufelei führt er mit Linc Bartlett im Schilde? Hat Bartlett jetzt die Münze? Oder hatte John sie noch bei sich, als er gekidnappt wurde?
Während sein müder Geist die Möglichkeiten durchleuchtete, untersuchten seine Finger eines nach dem anderen die Schmuckkästchen. Das größte ließ er bis zum Schluß. Doch dann atmete er erleichtert auf. Die Halskette war noch da. Die Schönheit der im Licht der Taschenlampe glitzernden Smaragde milderte seinen Kummer. Was war das doch für ein dummer Befehl von Tess Struan gewesen, die Kette mit ihrer Leiche zu verbrennen! Wie klug von Vater, den Sarg noch einmal zu öffnen, bevor dieser dem Feuer übergeben wurde!
Widerstrebend legte er die Kette zurück und begann die Kassette wieder zu schließen. Was tun, um die Münze wiederzuerlangen? Ich hätte sie beinahe einmal vorgelegt, als der Tai-Pan uns unsere Bankaktien wegnahm – und

einen Großteil unserer Macht. Aber dann beschloß ich, ihm Zeit zu geben, sich zu beweisen, und das ist jetzt schon das dritte Jahr, und noch ist nichts bewiesen. Das Geschäft mit dem Amerikaner sieht prächtig aus, aber es ist noch nicht unterschrieben. Und jetzt ist die Münze weg.

Wenn sie in die falschen Hände gerät, kann sie uns alle vernichten.

Dienstag

1

0.36 Uhr:

»Natürlich könnte Dunross an meinen Bremsen herumgedoktert haben, Jason!« sagte Gornt.
»Hören Sie doch mit dem Unsinn auf! Während einer Party mit zweihundert Gästen soll er unter Ihren Wagen gekrochen sein? So dumm ist Dunross nicht.«
Sie saßen in Jason Plumms Penthouse über dem Happy Valley. Die Nachtluft war angenehm, obwohl die Feuchtigkeit weiter zugenommen hatte. Plumm zündete sich eine frische Zigarre an. Der Tai-Pan von Asian Properties, der drittgrößten *hong*, überragte Gornt an Statur; er war Ende Fünfzig, sein Gesicht schmal und distinguiert, und seine Rauchjacke war aus rotem Samt.
»Sie irren. Mit all seiner schottischen Verschlagenheit ist er doch ein Mann unerwarteten, nicht vorbedachten Handelns. Das ist seine Schwäche. Ich glaube, er war es.«
Nachdenklich legte Plumm die Finger aneinander. »Was hat die Polizei gesagt?«
»Ich habe ihnen nur erzält, daß meine Bremsen versagten. Ich sah keine Veranlassung, diese kiebigen Bullen zu informieren – zumindest jetzt noch nicht. Aber die Bremsen eines Rolls gehen nicht so einfach kaputt. Na, lassen wir das! Morgen wird mir Tom Nikklin eine Antwort geben müssen, eine eindeutige Antwort, wenn es eine gibt. Dann ist immer noch Zeit für die Polizei.«
»Das meine ich auch.« Plumm lächelte dünn. »Wir brauchen doch wahrhaftig keine Polizei, um unsere schmutzige Wäsche zu waschen – nicht wahr?«
»Nein.« Sie lachten.
»Sie hatten großes Glück. Das ist keine Straße, auf der man seine Bremsen vergessen kann. Muß ein peinliches Gefühl gewesen sein.«
»Einen Augenblick lang war es das, Jason, aber dann, sobald ich über den ersten Schreck hinaus war, gab es keine Probleme.« Sie waren allein – Plumms Frau machte Urlaub in England, und ihre Kinder waren erwachsen; sie lebten nicht mehr in Hongkong. Jetzt saßen sie bei Zigarren in bequemen Lehnsesseln in Plumms Bibliothek, einem mit gediegener Eleganz ausgestatteten Raum, geschmackvoll eingerichtet wie auch der Rest des

zehn Zimmer umfassenden Penthouse. »Wenn jemand feststellen kann, ob an meinem Wagen herumgepfuscht wurde, dann Tom Nikklin«, sagte Gornt abschließend.

»Das ist richtig.« Plumm nippte an einem Glas mit eisgekühltem Mineralwasser. »War es nicht Dunross' Motor, der beim Rennen in Macao vor drei Jahren explodierte, und wäre er bei dieser Gelegenheit nicht um ein Haar draufgegangen?«

»Bei Rennwagen geht immer etwas schief.«

»Ja, das geschieht häufig, obwohl nicht allzu selten auch die Konkurrenz mithilft.«

Plumm lächelte. »Was wollen Sie damit sagen?«

»Nichts, lieber Freund. Es sind alles nur Gerüchte.« Plumm beugte sich vor und schenkte Gornt Whisky nach. »Für ein bescheidenes Honorar soll ein Mechaniker Dunross, na, sagen wir, einen Knüppel zwischen die Zahnräder geworfen haben.«

»Das glaube ich nicht.«

»Und ich glaube nicht, daß es sich beweisen ließe. Wie auch immer, es ist widerlich, aber es gibt Leute, die für einen lächerlichen Betrag zu allem bereit sind.«

»Ja, ja. Glücklicherweise geht es bei uns immer nur ums große Geld.«

»Ganz meine Meinung, lieber Freund. Also.« Plumm klopfte die Asche von seiner Zigarre. »Um was handelt sich's?«

»Sehr einfach: vorausgesetzt, Bartlett unterschreibt in den kommenden zehn Tagen kein Abkommen mit Struan's, können wir Noble House ausnehmen wie eine Gans.«

»Das haben schon viele Leute gedacht – und immer noch ist Struan's das Noble House.«

»Sicher. Aber jetzt sind sie verwundbar.«

»Wie das?«

»Die Toda-Shipping-Wechsel und die Orlin-Rate.«

»Stimmt nicht. Struan's hat immer noch einen ausgezeichneten Kredit. Man wird ihnen das Limit erhöhen – oder Dunross wird zu Kwang gehen oder zur Blacs.«

»Nehmen wir nur einmal an, die Blacs würde ihm nicht helfen – und das wird sie tatsächlich nicht tun –, und nehmen wir weiter an, Richard Kwang wäre neutralisiert; bleibt nur mehr die Victoria.«

»Dann wird Dunross die Bank um mehr Kredit ersuchen, und wir werden seinem Ersuchen stattgeben müssen. Paul Havergill wird im Vorstand darüber abstimmen lassen. Und weil wir wissen, daß wir den Struan's-Block nicht überstimmen können, werden wir Einverständnis mimen, das Gesicht wahren und wie immer so tun, als ob es uns ein Vergnügen wäre, Struan's gefällig zu sein.«

»Gewiß. Aber ich freue mich, Ihnen mitteilen zu können, daß Richard

Kwang diesmal gegen Struan's stimmen wird. Damit ist der Vorstand lahmgelegt, der Kreditantrag bleibt bis auf weiteres unerledigt – Dunross kann seinen Verpflichtungen nicht nachkommen und macht bankrott.«
»Du lieber Gott, Richard Kwang hat doch nicht einmal einen Sitz im Vorstand! Sind Sie noch zu retten?«
Gornt paffte seine Zigarre. »Sie haben meinen Spielplan vergessen. Das Spiel, das ich Wettbewerb nenne. Es ist vor ein paar Tagen angelaufen.«
»Gegen Kwang?«
»Ja.«
»Armer alter Kwang!«
»Seine Stimme wird die Entscheidung bringen. Dunross wird aus dieser Ecke nie einen Angriff erwarten.«
Plumm starrte ihn an. »Kwang und Dunross sind gute Freunde.«
»Aber Kwang befindet sich in Schwierigkeiten. Der Run auf die Ho-Pak hat schon begonnen. Er wird alles tun, um sich selbst zu retten.«
»Ich verstehe. Wieviel Ho-Pak-Aktien haben Sie à découvert verkauft?«
»Noch und noch.«
»Sind Sie sicher, daß Kwang nicht die Ressourcen hat, um den Run abzuwehren – daß er nicht zusätzliche Mittel einsetzen kann?«
»Wenn... wenn er es kann, haben wir beide immer noch die Möglichkeit auszusteigen.«
»Ja, die haben wir.« Jason Plumm sah dem Rauch seiner Zigarre nach, der spiralförmig an die Decke stieg. »Aber nur weil Dunross diese Zahlungen nicht leisten kann, heißt das nicht, daß er am Ende ist.«
»Ich stimme Ihnen zu. Aber nach der Ho-Pak-›Katastrophe‹ werden die Kurse auf der Nachricht, daß Struan's seine Verbindlichkeiten nicht einhält, in den Keller fallen. Die Börse wird sehr nervös sein, und wir werden die Situation durch Leerverkäufe noch weiter anheizen. Für die nächsten paar Wochen ist keine Vorstandssitzung geplant, außer Paul Havergill beruft eine Sondersitzung ein, und das wird er nicht. Mehr als alles in der Welt möchte er sein Aktienpaket zurückhaben. Er wird die Maßnahmen festlegen, die nötig sind, um Richard Kwang aus der Klemme zu helfen. Eine dieser Maßnahmen wird sein, daß so abgestimmt wird, wie Havergill es haben will. Also läßt der Vorstand Dunross ein paar Tage schmoren und bietet ihm dann an, den Kredit zu verlängern und das Vertrauensverhältnis wieder herzustellen – als Entgelt für das Struan's-Paket von Bankaktien – und das ist ja sowieso schon gegen den Kredit verpfändet.«
»Dem wird Dunross nie zustimmen – weder er noch Philip Tschen noch Tsu-yan.«
»Sie werden zustimmen, oder Struan's geht futsch – vorausgesetzt, Sie bleiben fest und bringen die anderen auf Ihre Seite. Hat die Bank erst einmal sein Paket wieder in ihrem Besitz... Wenn Sie den Vorstand und damit die Victoria Bank kontrollieren, ist er erledigt.«

»Mag sein. Aber nehmen wir an, er verschafft sich eine neue Kreditlinie.«

»Dann ist er eben nur arg angeschlagen, vielleicht für immer geschwächt, Jason, aber wir kassieren auf jeden Fall ganz groß ab. Es ist alles eine Frage der zeitlichen Abstimmung, wie Sie wissen.«

»Und Bartlett?«

»Bartlett und Par-Con sind auf meiner Seite. Er wird sich nie an Bord von Struan's sinkendem Schiff begeben. Dafür werde ich sorgen. Sind Sie dabei?«

»Wenn Sie Struan's erledigt haben, wie wollen Sie dann auch noch Par-Con inhalieren?«

»Das will ich gar nicht. Aber *wir* könnten es gemeinsam schaffen – möglicherweise.« Gornt drückte seine Zigarre aus. »Zuerst Struan's. Also?«

»Wenn ich Struan's Immobiliengeschäft in Hongkong und 35 Prozent des Landbesitzes in Thailand und Singapur bekomme und wir den Kai-Tak-Flughafenbetrieb fünfzig zu fünfzig übernehmen.«

»Ich sage ja zu allem, bis auf Kai Tak – das brauche ich, um All Asia Airways abzurunden. Aber Sie haben Sitz und Stimme im Vorstand der neuen Gesellschaft, 10 Prozent der Aktien zum Nennwert und selbstverständlich Sitze bei Struan's und allen Tochtergesellschaften.«

»15 Prozent und jährlich mit Ihnen abwechselnd den Vorsitz bei Struan's.«

»Einverstanden, aber ich bin der erste.« Warum nicht? dachte Gornt in einer Anwandlung von Großmut. Nächstes Jahr um diese Zeit ist Struan's längst zerstückelt und dein Vorsitz ein rein theoretisches Amt, Jason, alter Knabe. »Sind wir uns also in allem einig? Wenn Sie wollen, können wir ein Memo abfassen, eine Kopie für jeden...«

Lächelnd schüttelte Plumm den Kopf. »Ich brauche doch keinen Schrieb! Hier!« Er streckte ihm seine Hand entgegen. »Ich bin einverstanden.«

Die beiden Männer schüttelten sich die Hände. »Nieder mit Noble House!«

Sie lachten. Sie waren mit dem Handel, den sie abgeschlossen hatten, sehr zufrieden. Der Wert von Struan's Landbesitz würde Asian Properties zur größten Grundstücksgesellschaft in Hongkong machen, und Gornt könnte ein nahezu totales Monopol auf Hongkongs See- und Luftfrachtgeschäft erlangen.

Gut, dachte Gornt. Und jetzt zu Vierfinger Wu. »Wenn Sie mir ein Taxi kommen lassen, sind Sie mich los.«

Plumm telefonierte zum Portier des zwanzigstöckigen Mietshauses hinunter, das seinen Asian Properties gehörte und von diesem Unternehmen verwaltet wurde. Während sie warteten, prosteten sie einander zu: auf die Vernichtung von Struan's und auf die Gewinne, die sie erzielen würden. Im Nebenzimmer klingelte ein Telefon.

»Entschuldigen Sie mich einen Augenblick, alter Freund!« Plumm durchschritt den Raum und schloß die Tür nur halb hinter sich. Dies war sein privates Schlafzimmer, das er manchmal benützte, wenn er noch spät zu arbeiten hatte: ein kleiner, sehr sauberer, schallisolierter Raum, einer Kajüte gleich ausgerüstet mit einer eingebauten Koje, Hi-Fi-Lautsprechern, einer kleinen Kochplatte und einem Kühlschrank. Auf der anderen Seite befand sich eine dem neuesten Stand der Technik entsprechende Amateur-Funkanlage; seit seiner Kindheit waren Geräte dieser Art Jason Plumms Hobby.

Er nahm den Hörer ab. »Ja?«

»Mr. Lop-sing, bitte?« meldete sich eine Frauenstimme.

»Hier gibt es keinen Mr. Lop-*ting*«, antwortete er. »Tut mir leid, Sie haben sich verwählt.«

»Ich möchte eine Nachricht hinterlassen.«

»Tut mir leid, Sie haben die falsche Nummer gewählt. Schauen Sie in Ihrem Telefonbuch nach!«

»Eine dringende Botschaft für Arthur. Zentrale hat über Funk mitgeteilt, daß die Besprechung auf übermorgen verschoben ist. Erwarten Sie dringende Mitteilung um 6 Uhr.« Die Verbindung wurde unterbrochen.

Plumm runzelte die Stirn, während er den Hörer auflegte.

Zusammen mit Gutwetter Poon stand Vierfinger Wu auf dem Oberdeck seiner Dschunke und sah Gornt in den Sampan steigen, den er nach ihm geschickt hatte. »Er hat sich in der langen Zeit kaum verändert, meinst du nicht auch?« äußerte Wu zerstreut. Seine zusammengekniffenen Augen glitzerten.

»Für mich sehen alle fremden Teufel gleich aus. Wieviel Jahre sind es her? Zehn?« entgegnete Poon und kratzte sich zwischen den Beinen.

»Nein, fast schon zwölf. Das waren damals gute Zeiten, *heya*«, sagte Wu. »Viel Gewinn. Eine feine Sache war das, den fremden Teufeln und ihren Lakaien auszuweichen und nach Kanton hinaufzurutschen, wo uns Maos Soldaten willkommen hießen. Damals konnte man seine Familie und Freunde besuchen, ohne jede Schwierigkeit, *heya?* Nicht wie jetzt, *heya?*«

»Die Roten werden schlauer und sehr, sehr schwierig – ärger als die Mandarine.«

Wu drehte sich um, als sein Siebenter Sohn an Deck kam. Der junge Mann trug jetzt ein weißes Sporthemd, eine graue Hose und modische Schuhe. »Sei vorsichtig«, rief er ihm barsch zu. »Weißt du auch, was du zu tun hast?«

»Ja, Vater.«

»Gut«, sagte Vierfinger, seinen Stolz verbergend. »Du darfst keinen Fehler machen.« Er sah seinem Sohn nach, der über die Laufplanken zwischen den Dschunken eilte, bis er, acht Boote weiter, einen behelfsmäßigen Anlegeplatz erreichte.

»Weiß er schon etwas?« fragte Poon leise.

»Nein, noch nicht«, antwortete Wu verdrießlich. »Lassen sich doch diese Klammeraffen mit meinen Gewehren erwischen! Ohne Gewehre war unsere ganze Arbeit umsonst.«

»Guten Abend, Mr. Gornt. Ich bin Paul Tschoy – mein Onkel Wu hat mich gebeten, Ihnen den Weg zu zeigen«, sagte der junge Mann in perfektem Englisch und wiederholte damit die Lüge, die für ihn schon fast Wahrheit war.
Überrascht blieb Gornt stehen, stieg aber dann die unsicheren Stufen hinauf. »Guten Abend«, erwiderte er den Gruß. »Sind Sie Amerikaner? Oder dort nur zur Schule gegangen, Mr. Tschoy?«
»Beides.« Paul Tschoy lächelte. »Sie wissen ja, wie das ist. Vorsicht, diese Bootsdecks sind verdammt glitschig!« Sein richtiger Name war Wu Fang Tschoi, und er war seines Vaters Siebenter Sohn aus dessen Ehe mit seiner Dritten Frau, doch als er geboren wurde, hatte sein Vater Vierfinger Wu einen für einen Bootsbewohner ungewöhnlichen Schritt getan: ihm in Hongkong ein Geburtszeugnis ausstellen lassen, dabei aber den Mädchennamen seiner Frau eingesetzt, ›Paul‹ hinzugefügt und einen seiner Vettern dazu überredet, als Vater aufzutreten.
»Höre, mein Sohn«, hatte Wu gesagt, als Paul alt genug war, um ihn zu verstehen. »Wenn du an Bord meines Schiffes Haklo sprichst, kannst du mich Vater nennen – aber nie in Anwesenheit eines fremden Teufels. Zu allen anderen Zeiten bin ich dein ›Onkel‹, einer von vielen Onkeln. Verstanden?«
»Ja, Vater. Aber warum? Habe ich etwas falsch gemacht? Es täte mir leid, wenn ich dir Kummer gemacht hätte.«
»Das hast du nicht. Du bist ein guter Junge, und du arbeitest fleißig. Es ist nur eben besser für die Familie, wenn du einen anderen Namen trägst.«
»Aber warum, Vater?«
»Wenn es an der Zeit ist, wirst du es erfahren.« Als er zwölf war und gezeigt hatte, daß er etwas taugte, hatte sein Vater ihn in die Staaten geschickt. »Du sollst jetzt die Lebensweise der fremden Teufel erlernen. Du mußt reden, wie sie reden, schlafen, wie sie schlafen, nach außen hin einer von ihnen sein, aber du darfst nie vergessen, daß alle fremden Teufel minderwertig und kaum als menschliche Wesen anzusprechen sind.«
Paul Tschoy lachte in sich hinein. Wenn es die Amerikaner nur wüßten – vom Tai-Pan bis zum letzten Würstchen –, aber auch die Engländer, Deutschen, Perser, Russen – wenn sie wirklich wüßten, was auch der dreckigste Kuli von ihnen hielt, der Schlag würde sie treffen, sagte er sich zum tausendstenmal. Natürlich haben wir unrecht, sagte er sich. Auch Fremde sind Menschen, und manche sogar kultiviert – auf ihre Art – und uns technisch weit voraus. Aber wir *sind* nun einmal besser...
»Worüber lächeln Sie?« fragte Gornt, tauchte unter Seilen durch und wich dem Unrat aus, der über alle Decks verstreut war.

»Ach, ich dachte nur gerade, wie verrückt das Leben ist. Heute vor einem Monat habe ich in Malibu Colony, Kalifornien, Wellen geritten. Mensch, Aberdeen ist doch was anderes, stimmt's?«
»Sie meinen den Geruch?«
»Na klar. Und bei Hochwasser ist es auch nicht viel besser. Außer mir merkt überhaupt keiner was von dem Gestank.«
»Wann waren Sie das letzte Mal hier?«
»Vor zwei Jahren, nach meinem Abschluß als Diplomkaufmann, aber ich scheine mich nicht daran gewöhnen zu können.«
»Wo haben Sie studiert?«
»Zuerst in Seattle. Dann dort Vorbereitungskurse an der Washington-Uni. Dann machte ich den Magister an der Harvard Business School.«
»Das ist sehr schön. Wann haben Sie graduiert?«
»Voriges Jahr im Juni. Mann, ich kam mir vor wie aus dem Gefängnis entlassen! Wenn man in seinen Leistungen nachläßt, ziehen sie einem bei lebendigem Leib die Haut ab! Zwei Jahre die reine Hölle! Dann ging ich mit einem Freund nach Kalifornien, wo wir mit Gelegenheitsarbeiten gerade das Nötige verdienten, um Wellenreiten zu gehen...« Tschoy grinste. »... und dann, vor ein paar Wochen, schrieb mir Onkel Wu und meinte, es sei an der Zeit, etwas zu arbeiten.«
»Waren Sie Klassenerster in Harvard?«
»Dritter.«
»Das ist sehr gut.«
»Danke. Wir sind gleich da. Unsere Dschunke ist die letzte.«
Von den schweigsamen Bootsbewohnern argwöhnisch beobachtet, kreuzten sie auf schwankenden Planken von einem schwimmenden Heim zum anderen. Die Menschen dösten vor sich hin, kochten oder aßen oder spielten Mah-jong.
Tschoy sprang auf das ungehobelte Deck. »Wir haben es geschafft! Trautes Heim, Glück allein!« Er zauste den verschlafenen kleinen Jungen, der den Ausguck machte, und sagte auf Haklo zu ihm: »Schlaf nicht ein, Kleiner Bruder, sonst holt uns der Teufel!« Er wußte, daß Gornt diesen Dialekt nicht verstand.
»Nein, nein«, piepste der Kleine, die mißtrauischen Augen auf Gornt gerichtet.
Paul Tschoy führte ihn hinunter. Die alte Dschunke roch nach Teer und Tang, nach faulendem Fisch und Meersalz und tausend Stürmen. Unter Deck öffnete sich der Mittelgang zu der vorderen Kajüte, die über die ganze Breite des Bootes ging und bis zum Bug reichte. Ein rußiger Kessel summte über einem offenen Holzkohlenfeuer. Der Rauch stieg in Ringeln hoch und entwich durch einen grob ins Deck eingeschnittenen Abzug. Ein paar alte Rohrstühle, Tische und Schlafkojen säumten die Wand.
Wu war allein. Er deutete auf einen Stuhl und grinste. »*Heya*, gut Sie se-

hen«, begrüßte er seinen Gast in stockendem, kaum verständlichem Englisch. »Whisky?«
»Danke«, antwortete Gornt, »auch ich freue mich, Sie zu sehen.«
Paul Tschoy schenkte den guten Scotch in zwei nicht ganz saubere Gläser ein.
Gornt nippte an seinem Whisky. »Gut«, sagte er, »sehr guter Whisky.«
Wu strahlte und deutete auf Paul. »Er Schwestersohn.«
»So, so.«
»Gute Schule – Goldenes Land.«
»Das hat er mir erzählt. Sie können stolz sein.«
»Was?«
Paul Tschoy ubersetzte für den alten Mann. »Ah, danke, danke. Er sprechen gut, *heya?*«
»Ja, sehr gut.« Gornt lächelte.
»Fein, fein. Rauchen?«
»Danke.« Gornt nahm eine Zigarette. Wu folgte seinem Beispiel, und Paul Tschoy gab beiden Feuer. Schweigen trat ein.
»Geht gut mit alter Freund?«
»Ja. Und Ihnen?«
»Gut.« Neues Schweigen. »Er Schwestersohn«, wiederholte der alte Seemann. Gornt nickte und wartete. Es gefiel Wu, daß Gornt einfach dasaß und wartete, bis der Alte zur Sache kam. Das war das Benehmen eines kultivierten Menschen.
Endlich lernen einige dieser weißen Teufel, sich zu benehmen. Aber manche haben sogar zu gut gelernt – *der* Tai-Pan zum Beispiel, der Kerl mit diesen häßlichen, kalten blauen Fischaugen, wie sie die meisten fremden Teufel haben, die einen anstarren wie ein toter Hai. Ja, der Tai-Pan ist zu schlau und zu kultiviert, aber der alte Teufel Grünauge, der erste seines Stammes, schloß einen Pakt mit meinem Vorfahren, dem großen Seekriegsherrn Wu Fang Tschoi und seinem Sohn Wu Kwok, und hielt sich daran und tat das Erforderliche, daß sich auch seine Söhne – und deren Söhne – daran hielten. Darum muß der gegenwärtige Tai-Pan als guter Freund angesehen werden, obwohl er der mörderischste der ganzen Linie ist.
Der alte Mann unterdrückte ein Schaudern, räusperte sich und spuckte aus, um die bösen Geister zu vertreiben, die in jedes Menschen Kehle lauern. Er betrachtete Gornt. Iiiiiii, sagte er sich, muß das scheußlich sein, dieses rosige Gesicht in jedem Spiegel zu sehen – das viele Gesichtshaar, wie ein Affe, und überall sonst Haut, so häßlich weiß wie ein Krötenbauch! Pfui!
»Vielleicht Gefälligkeit bitten?« begann er zögernd.
Die Dschunke rollte an ihrem Liegeplatz, und die Decksbalken knarrten anheimelnd.
»Welche Gefälligkeit, alter Freund?«
»Schwestersohn – Zeit zu arbeiten – Job geben?« Er sah Überraschung auf

Gornts Gesicht und das irritierte ihn, aber er verbarg es. »Wird erklären«, sagte er auf Englisch und fügte für Paul Tschoy in kehligem Haklo hinzu: »Erklär' diesem Fresser von Taubenscheiße, was ich will! Wie ich es dir aufgetragen habe.«

»Mein Onkel bittet Sie zu entschuldigen, daß er nicht direkt mit Ihnen sprechen kann«, sagte Paul Tschoy höflich. »Er möchte Sie fragen, ob Sie mir in Ihrer Abteilung Flugbetrieb und Schiffahrt einen Job geben würden – als eine Art Praktikant.« Gornt nippte an seinem Whisky. »Warum gerade in dieser Abteilung, Mr. Tschoy?«

»Wie Sie wissen, hat mein Onkel beträchtliche Interessen im Seehandel, und er möchte, daß ich seinen Betrieb modernisiere. Mein zweites Jahr in Harvard war auf diese Bereiche ausgerichtet – mein Interesse galt hauptsächlich dem Transport. Die Bank of Ohio hatte mich schon in ihre Auslandsabteilung aufgenommen, als mein Onkel mich zurückholte.« Paul Tschoy zögerte. »Das ist die Gefälligkeit, um die er Sie bittet.«

»Können Sie stenographieren?«

»Nur schnell schreiben, Sir. Ich tippe etwa achtzig Wörter in der Minute, aber nicht sehr sauber.«

»Was?« fragte Wu.

Gornt beobachtete Paul Tschoy, während der junge Mann seinem Onkel übersetzte, was gesprochen worden war. Dann fragte er ihn: »Was für eine Art Praktikant möchten Sie sein?«

»Er möchte, ich soll alles lernen, was es über den Betrieb eines Schiffahrtunternehmens oder einer Fluglinie zu lernen gibt, und natürlich soll ich für Sie ein profitables Rädchen in Ihrer Organisation sein. Vielleicht kann Ihnen meine in den Staaten erworbene – theoretische – Sachkenntnis irgendwie von Nutzen sein. Ich bin sechsundzwanzig und habe den Magister. Ich kenne auch die letzte EDV-Entwicklung. Selbstverständlich kann ich programmieren. Gesellschaftsrecht habe ich in Harvard gemacht.«

»Und wenn Sie Ihre Aufgaben nicht erfüllen können, oder wenn es – wie soll ich es ausdrücken? – zu persönlichen Differenzen kommt?«

»Das wird nicht der Fall sein, Mr. Gornt«, antwortete der junge Mann mit fester Stimme. »Zumindest werde ich schuften, daß mir der Kopf raucht, um das zu verhindern.«

»Was? Was hat er gesagt?« fragte Vierfinger auf Haklo.

Sein Sohn übersetzte – genau. »Gut«, krächzte Wu. »Sag ihm genau, wenn du nicht alle Arbeiten zu seiner Zufriedenheit erledigst, wirst du aus der Familie ausgestoßen, und mein Zorn wird dich dahinsiechen lassen.«

Paul Tschoy zögerte. Seine amerikanische Erziehung drängte ihn, seinem Vater zuzurufen, er könne ihn gern haben, und ihn zu erinnern, daß er in Harvard promoviert hatte und daß er, von welchem gottverdammten Sampan und aus welcher gottverdammten Familie er auch gekommen sein mochte, Amerikaner war und einen amerikanischen Paß besaß, den *er* sich

verdient hatte. Aber er wandte die Augen ab und ließ sich seinen Zorn nicht anmerken.
Sei nicht undankbar! forderte er von sich, Du bist kein Amerikaner, kein echter Amerikaner, du bist Chinese, und das Oberhaupt der Familie hat das Recht zu bestimmen.
Paul Tschoy seufzte. Er wußte, daß er weit mehr vom Glück begünstigt war als seine elf Brüder. Vier waren Dschunkenkapitäne hier in Aberdeen, einer lebte in Bangkok und befuhr den Mekong, einer besaß ein Fährschiff in Singapur, wieder ein anderer betrieb eine Werft in Indonesien, zwei waren auf See geblieben, und der letzte, der älteste, herrschte über ein Dutzend schwimmende Küchen im Hafen von Aberdeen – und über drei Vergnügungsboote und acht Damen des horizontalen Gewerbes.
»Was hat er gesagt?« fragte Gornt nach einer Pause. »Genau?«
Paul Tschoy entschloß sich, Wus Worte zu übersetzen. Genau.
»Ich danke Ihnen, daß Sie aufrichtig zu mir sind, Mr. Tschoy. Das war klug von Ihnen. Sie sind ein beachtlicher junger Mann. Ich verstehe das sehr gut.« Zum ersten Mal, seitdem Wu ihm die erste Frage gestellt hatte, richtete er jetzt seinen Blick auf den alten Seebären und lächelte. »Selbstverständlich. Freue mich, Ihrem Neffen einen Job zu geben.«
Wu strahlte, und Paul Tschoy versuchte, sich seine Erleichterung nicht anmerken zu lassen.
»Ich werde Sie nicht enttäuschen, Mr. Gornt.«
»Das weiß ich. Wann möchten Sie anfangen?«
»Morgen? Wann immer es Ihnen paßt, Sir.«
»Morgen. Mittwoch. Zwischen acht und neun. Sechs-Tage-Woche natürlich. Sie werden hart arbeiten müssen, und ich werde Sie auf Trab halten. Es wird von Ihnen abhängen, wieviel Sie lernen und wie bald ich Ihre Kompetenzen erweitern kann.«
»Danke, Mr. Gornt.« Freudig übersetzte Paul Tschoy für seinen Vater. Ohne sich zu beeilen, nippte Wu an seinem Whisky. »Was Geld?« fragte er.
Gornt zögerte. Er wußte, daß es, um Paul Tschoys Gesicht zu wahren, genau der richtige Betrag sein mußte – nicht zu viel und nicht zu wenig. »1000 HK im Monat für die ersten drei Monate, dann wird man weitersehen.«
Das waren knapp zweihundert amerikanische Dollar. Der junge Mann ließ sich seine Enttäuschung nicht anmerken. Er übersetzte das Angebot auf Haklo.
»Vielleicht 2000?« sagte Wu, seine Genugtuung verbergend. Tausend waren genau richtig, und er feilschte nur, um es dem fremden Teufel und seinem Sohn möglich zu machen, ihr Gesicht zu wahren.
»Wenn er angelernt werden soll, müssen viele tüchtige Direktoren andere Pflichten vernachlässigen«, erklärte Gornt höflich. »Jemanden auszubilden, kommt teuer.«

Wu runzelte die Stirne. »Dritter Monat 1500?«
»Also gut. Dritter und vierter Monat 1500. Und nach vier Monaten sehen wir weiter. Und Paul Tschoy verpflichtet sich, mindestens zwei Jahre für Rothwell-Gornt zu arbeiten.«
»Was?«
Paul Tschoy übersetzte. Scheiße, dachte er dabei, wie soll ich mit fünfzig oder auch sechzig Dollar in der Woche in den Staaten Urlaub machen? Scheiße! Und wo, zum Teufel, soll ich wohnen? Auf einem gottverdammten Sampan? Dann hörte er Gornt etwas sagen, und in seinem Kopf klickte es.
»Sir?«
»Ich sagte, weil Sie so aufrichtig zu mir waren, werden wir Ihnen freie Unterkunft in einem unserer Gästehäuser geben – in The Gables. Dort bringen wir alle unsere Nachwuchskräfte unter, die aus England kommen und zu leitenden Angestellten ausgebildet werden. Wenn Sie Teil einer *hong* fremder Teufel werden wollen, täten Sie gut daran, gesellschaftlichen Verkehr mit dessen zukünftigen Direktoren zu pflegen.«
»Ja, Sir!« Paul Tschoy lachte vor Freude. »Ja, Sir, danke Ihnen, Sir!«
Vierfinger fragte etwas auf Haklo.
»Er möchte wissen, wo das Haus steht, Sir.«
»Auf dem Peak. Es ist wirklich sehr nett, Mr. Tschoy. Ich bin sicher, Sie werden mehr als zufrieden sein.«
»Darauf können Sie einen... jawohl, Sir.«
Nachdem Wu verstanden hatte, was Gornt sagte, nickte er zustimmend.
»Abgemacht. Zwei Jahre, dann sehen. Danke altem Freund.« Und dann auf Haklo: »Und jetzt frag ihn, was du wissen wolltest... wegen der Bank.«
Gornt wollte schon aufstehen, aber Paul Tschoy sagte: »Wenn Sie noch etwas Zeit erübrigen könnten, Sir, mein Onkel wollte Sie noch etwas anderes fragen.«
»Selbstverständlich.« Gornt setzte sich wieder zurecht, aber es fiel Paul Tschoy auf, daß der Mann jetzt schärfer beobachtete und mehr auf der Hut war.
»Mein Onkel möchte gern Ihre Meinung hören, was es mit dem Run auf die Niederlassung der Ho-Pak Bank in Aberdeen heute nachmittag auf sich hat. Mein Onkel hat dort eine Menge Geld liegen, und auch viele seiner Freunde. Ein Run auf diese Bank wäre wirklich eine schlimme Sache.«
»Ich denke, es wäre eine gute Idee, sein Geld abzuziehen«, antwortete Gornt, entzückt von der unerwarteten Gelegenheit, Öl in das Feuer zu gießen.
»Du lieber Himmel«, stammelte Paul Tschoy fassungslos. Er hatte Gornt sehr genau beobachtet – seine plötzliche Spannung und seine ebenso plötzliche Freude, was ihn überraschte. Er überlegte kurz und beschloß zu sondieren. »Er wollte wissen, ob Sie à découvert verkaufen.«

Paul Tschoy lächelte.
»Will *er* es wissen oder Sie, Mr. Tschoy?« fragte Gornt zweifelnd.
»Er und ich. Er besitzt eine Aktienportefeuille, das ich später einmal verwalten soll«, antwortete der junge Mann – was eine maßlose Übertreibung war. »Ich habe ihm die Technik des modernen Bankwesens und der Börse erklärt – wie alles funktioniert. Er hat es sehr schnell kapiert.« Wieder eine Übertreibung. Es war Paul Tschoy nicht möglich gewesen, die Vorurteile seines Vaters abzubauen. »Er will wissen, ob er leer verkaufen soll.«
»Ja, ich glaube, das sollte er. Gerüchten zufolge hat sich die Ho-Pak übernommen – kurzfristige Geldaufnahmen zu hohen Zinsen, langfristige Darlehensgewährung mit niedriger Verzinsung, zumeist auf Grundbesitz, der klassische Weg, der jede Bank in ernste Schwierigkeiten bringen würde. Um sicherzugehen, sollte er sein ganzes Geld abheben und à découvert verkaufen.«
»Nächste Frage, Sir: Wird die Blacs oder die Victoria Bank eine Rettungsaktion starten?«
Es kostete Gornt einige Mühe, unbewegt dreinzublicken. »Warum sollten andere Banken das tun?«
Ich sitze in der Falle, dachte Gornt erschrocken. Ich kann ihnen nicht die Wahrheit sagen – weiß der liebe Himmel, wer dann noch Kenntnis davon erhält! Andererseits kann ich sie dem alten Bastard und seinem gottverdammten Welpen auch nicht verschweigen. Er verlangt von mir die Gegenleistung für die damalige Gefälligkeit, und ich muß bezahlen.
Mit sichtlicher Erregung beugte sich Paul Tschoy vor: »Ich habe meine eigene Theorie: Wenn es zu einem richtigen Run auf die Ho-Pak kommt, werden die anderen Banken sie nicht im Stich lassen – anders als bei der East India and Canton Bank im Vorjahr. Ein Krach würde Schockwellen auslösen, und das dürfte der Börse, den großen Spekulanten an der Börse, ganz und gar nicht behagen.«
»Worauf wollen Sie hinaus, Mr. Tschoy?«
»Wenn jemand im voraus wüßte, wann der Ho-Pak-Kurs in den Keller fällt und eine der Banken oder beide eine Rettungsaktion unternehmen, könnte dieser Jemand ein Vermögen verdienen.«
Gornt versuchte zu entscheiden, was er tun sollte, aber er war jetzt schon müde und nicht mehr so klar im Kopf, wie er hätte sein müssen. Der Unfall, so ging es ihm durch den Kopf, hat mich doch mehr Kraft gekostet, als ich dachte. War es Dunross? Hat dieser Hundesohn versucht, die Rechnung auszugleichen, mir jenen Weihnachtsabend heimzuzahlen – vielleicht sogar die alte Geschichte drüben in Macao? Heiß strömte es durch Gornts Adern, als er sich der zitternden Erregung entsann, mit der er das Straßenrennen verfolgt hatte, wissend, daß sich die Kolben von Dunross' Motor jeden Augenblick festfressen mußten. Runde um Runde waren die Wagen aufbrüllend vorbeigesaust, bis der Tai-Pan, dessen Wagen an der Spitze lag,

nicht mehr auftauchte... Dann kam die Nachricht, daß er in der Melco-Haarnadelkurve aus der Bahn geraten war, als sein Motor versagte. Neuerliches Warten. Und dann die Nachricht, daß der ganze Rennwagen nach einer Explosion sofort in Flammen gestanden hatte, Dunross aber unversehrt aus dem Wrack herausgekrochen war. Gornt war gleichermaßen wütend und sehr froh gewesen. Er konnte keinen toten Dunross brauchen. Er wollte ihn lebendig haben und als Lebenden ruiniert sehen.
Er lachte in sich hinein. Ich war es ja nicht, der auf den Knopf drückte, auch wenn ich dem jungen Donald Nikklin einen Wink gab und auf verschiedene Möglichkeiten hinwies, wie *h'eung yau* in den richtigen Händen...
Seine Augen sahen, daß der alte Seebär und Paul Tschoy warteten und ihn beobachteten, und seine gute Laune verflog.
»Damit haben Sie natürlich recht, Mr. Tschoy, aber Sie gehen von falschen Prämissen aus. Das ist natürlich alles Theorie; die Ho-Pak ist noch nicht zusammengebrochen. Vielleicht wird sie auch nicht. Aber es gibt keinen Grund, warum eine Bank tun sollte, was Sie als wahrscheinlich hinstellen. Jede Bank steht oder fällt ihrem inneren Wert entsprechend – das ist das Schöne an unserer freien Marktwirtschaft. Eine Aktion, wie Sie sie sich vorstellen, würde einen gefährlichen Präzedenzfall schaffen. Es wäre doch ganz unmöglich, jede Bank zu stützen, die schlecht geführt wurde. Keine der beiden Großbanken hat jemals andere Bankanteile erworben, und ich bezweifle, daß sie es jemals nötig haben könnten.«
Platter Bockmist, dachte Paul Tschoy. Eine Bank ist genauso dem Wachstum verpflichtet wie jeder andere Geschäftszweig, und die Blacs und die Victoria sind die gefräßigsten von allen – ausgenommen Struan's und Rothwell-Gornt.
»Sie haben sicher recht, Sir. Aber mein Onkel Wu wäre Ihnen zu Dank verpflichtet, wenn Sie etwas hören sollten – so oder so.« Und auf Haklo sagte er zu seinem Vater: »Auch dieser Barbar ist der Meinung, die Bank könnte in Schwierigkeiten geraten sein.«
Alle Farbe wich aus Wus Gesicht. »Wie schlimm ist es?«
»Ich werde morgen in der ersten Reihe stehen. Du solltest rasch dein ganzes Geld abheben.«
»*Ayeeyah!* Bei allen Göttern!« rief Wu mit rauher Stimme. »Ich schneide Kwang persönlich die Kehle durch, wenn ich auch nur einen Cent verliere – obwohl er mein Neffe ist.«
Paul Tschoy starrte ihn an. »Er ist dein Neffe?«
»Banken sind nichts weiter als Erfindungen der fremden Teufel, um anständiger Leute Vermögen zu stehlen«, knurrte Wu. »Wenn ich nicht jede einzelne Kupfermünze zurückbekomme, wird sein Blut fließen. Wie hat er sich über die Bank geäußert?«
»Bitte habe Geduld, verehrter Onkel! Nach den Bräuchen der Barbaren wäre es unhöflich, diesen Barbaren warten zu lassen.«

Wu schluckte seine Wut hinunter und sagte in seinem schauderhaften Pidgin-Englisch zu Gornt: »Bank schlecht, *heya?* Danke Wahrheit sagen. Bank schlechter Kunde, heya?«
»Manchmal«, antwortete Gornt vorsichtig.
Vierfinger öffnete seine knochigen Fäuste und zwang sich, ruhig zu bleiben. »Danke für Gefälligkeit... ja... wollen auch, wie Schwestersohn sagen, *heya?*«
»Tut mir leid, das verstehe ich nicht. Was will Ihr Onkel mir sagen, Mr. Tschoy?«
Nachdem er, um den Schein zu wahren, mit seinem Vater ein paar Worte gewechselt hatte, antwortete der junge Mann: »Mein Onkel würde es als große Gefälligkeit betrachten, wenn er privat im voraus von jedem Raid, Übernahme von Kontrollen oder Bürgschaften erfahren könnte. Natürlich würde er jede Information dieser Art streng vertraulich behandeln.«
Wu nickte, und nur sein Mund lächelte. »Ja. Gefälligkeit.« Er schüttelte Gornt freundschaftlich die Hand, denn er wußte, daß die Barbaren diesen Brauch schätzten. Er allerdings fand ihn unzivilisiert und abscheulich und unvereinbar mit guten Manieren, aber sein Sohn sollte möglichst rasch ausgebildet werden, und das mußte innerhalb der Zweiten Großen Gesellschaft sein; außerdem brauchte er Gornts Informationen. Und er war sich der Bedeutung und Wichtigkeit einer Vorausbenachrichtigung durchaus bewußt.
»Geh mit ihm an Land, Neffe! Steck ihn in ein Taxi, hol Zweibeil Tok und warte beim Taxistand auf mich.«
Er dankte Gornt noch einmal, folgte ihnen auf das Deck hinauf und sah ihnen nach. Der Sampan wartete, sie stiegen ein, und das Boot hielt auf die Küste zu.
Es war eine schöne Nacht. Wu schnupperte in den Wind. Er roch Feuchtigkeit. Regen? Sofort studierte er die Sterne und den nächtlichen Himmel. Nur ein Sturm würde Regen bringen. Sturm aber konnte Taifun bedeuten.
Regen könnten wir brauchen, dachte er, aber keinen Taifun.
Er fröstelte. Wir sind schon fast im neunten Monat.
Der neunte Monat barg böse Erinnerungen für ihn. Schon neunzehnmal in seinem Leben hatte ihn ein Taifun in diesem Monat heimgesucht, dann siebenmal seit dem Tod seines Vaters im Jahr 1937, als er das Haupt des Hauses der Seefahrenden Wu und Befehlshaber der Flotte geworden war. Noch im gleich Jahr kamen Winde mit Geschwindigkeiten von 115 Knoten aus Nordnordwesten gebraust und versenkten eine ganze Flotte von hundert Dschunken in der Mündung des Perlflusses. Über tausend Menschen ertranken – auch sein ältester Sohn mit seiner ganzen Familie. Als er 1949 seine im Perlfluß stationierte Armada angewiesen hatte, aus dem kommunistischen China zu flüchten und sich für immer in Hongkonger Gewässern

ansässig zu machen, hatte es ihn auf hoher See erwischt; 90 Dschunken und 300 Sampane sanken. Er und seine Familie wurden gerettet, aber er verlor 817 seiner Leute. Diese Winde kamen aus dem Osten. Vor zehn Jahren hatte der Taifun Susan mit seinen Achtzig-Knoten-Stürmen aus Nordosten, die sich nach Ostsüdost drehten, seine auf Taiwan stationierte Flotte dezimiert. 500 Menschenleben hatte er dort, weitere 200 bis nach Singapur hinunter und noch einen Sohn mit der ganzen Familie gefordert. Im vergangenen Jahr kam der Taifun Wanda und verwüstete Aberdeen und die meisten Haklodörfer an der Küste der New Territories.
Wu war mit den Winden, aber auch mit den Tageszahlen vertraut. Die Winde waren am zweiten, achten, noch einmal am zweiten, achtzehnten, zweiundzwanzigsten, zehnten und der Taifun Wanda am ersten September gekommen. Ja, dachte er, wenn man diese Zahlen zusammenzählt, erhält man dreiundsechzig, und das ist durch die magische Zahl Drei teilbar, das gibt einundzwanzig und abermals drei. Wird also am dritten Tag des neunten Monats dieses Jahres wieder ein Taifun kommen? Das ist bisher noch nie geschehen, soweit ich mich zurückerinnern kann. Aber wird er in diesem Jahr kommen? Dreiundsechzig ergibt auch neun. Wird er am neunten Tag kommen?
Der alte Mann räusperte sich und spuckte aus. Joss! Ob der dritte oder neunte oder zweite Tage, es ist immer Joss! Das einzig Sichere daran ist, daß der Taifun aus dieser oder jener Richtung und daß er im neunten Monat kommen wird – oder auch in diesem, und das ist genauso schlimm.
Er beobachtete den Sampan, sah jetzt seinen Sohn mittschiffs neben dem Barbaren sitzen, und fragte sich, wie weit er ihm trauen konnte. Der Junge besitzt einen praktischen Verstand und weiß sehr gut, was in den Köpfen der fremden Teufel vorgeht, dachte er, von Stolz erfüllt. Schon wahr, aber wie sehr ist er bereits mit ihren Schwächen behaftet? Keine Bange, ich werde es bald wissen. In der Vergangenheit war das Haus Wu immer mit oder für Noble House, und manchmal auch für sich allein, im Opiumgeschäft tätig gewesen. Opium war früher ein ehrbares Geschäft.
Für manche ist es das immer noch. Für mich, Schmuggler Mo, Weißes Pulver Lee, ja – und was ist jetzt mit ihnen? Sollen wir uns zu einer Bruderschaft zusammentun oder nicht?
Und das weiße Pulver? Was ist der Unterschied zwischen dem weißen Pulver und Salz? Es besteht kein Unterschied. Nur dieses dumme Gesetz der fremden Teufel bestimmt jetzt, daß das eine verboten ist und das andere nicht. *Ayeeyah*, war Opium nicht die Grundlage des Handels zwischen Hongkong und China gewesen? Aber jetzt, da sie ihre eigenen Pflanzen zerstört haben, tun die Barbaren, als ob es diesen Handel nie gegeben hätte! Es ist unmoralisch, sagen sie, ein schreckliches Verbrechen, das mit zwanzig Jahren Gefängnis gesühnt werden muß!
Ayeeyah, wie kann ein kultivierter Mensch einen Barbaren verstehen?

Das war ein schwerer Tag, dachte er. Zuerst verschwindet John Tschen. Dann werden diese beiden kantonesischen Hurenböcke auf dem Flughafen erwischt, und die Scheißpolizei reißt sich meine Gewehre unter den Nagel. Und heute nachmittag diese handgeschriebene Botschaft des Tai-Pan: »Grüße, verehrter alter Freund. Nach einiger Überlegung schlage ich vor, du postierst Siebenten Sohn beim Feind – besser für ihn, besser für uns. Fordere Schwarzbart auf, er möge dich heute abend besuchen! Ruf mich nachher an!« Unterzeichnet war der Brief mit dem Siegel des Tai-Pan und »Alter Freund«.

Für einen Chinesen war »Alter Freund« eine Person oder eine Gesellschaft, die ihm in der Vergangenheit besonders gefällig gewesen war, oder auch eine geschäftliche Verbindung, die sich als vertrauenswürdig und gewinnbringend erwiesen hatte – eine Verbindung, die unter Umständen seit Generationen bestand.

Ja, dachte Wu, dieser Tai-Pan ist ein alter Freund. Er war es, der ihm zu dem Geburtszeugnis und dem neuen Namen für den Siebenten Sohn geraten und der ihm empfohlen hatte, den Knaben ins Goldene Land zu schicken, und mehr noch: Er hatte dem Jungen den Weg an die große Universität geebnet und ohne sein Wissen ein Auge auf ihn gehabt. Auf diese Weise hatte Wu das Problem gelöst, einen seiner Söhne in Amerika ausbilden zu lassen, ohne daß der Ruch einer Verbindung mit dem Opiumgeschäft an ihm haften blieb.

Wie dumm diese Barbaren doch sind! Allerdings: dieser Tai-Pan ist es nicht. Er ist wahrhaftig ein alter Freund – er und Noble House.

Wu erinnerte sich all der hohen Gewinne, die er und seine Familie in Krieg und Frieden mit oder ohne Hilfe von Noble House gemacht hatten, indem sie Handel trieben, wo Handel zu treiben den Schiffen der Barbaren verwehrt war. Sie handelten sogar mit Menschen, denen sie halfen, vom Festland weg oder aufs Festland zu flüchten, und ließen sich gut dafür bezahlen. Mit und ohne, aber zumeist mit der Unterstützung von Noble House, hatte der Clan floriert: mit diesem Tai-Pan und vor ihm der Alten Hakennase, seinem alten Vetter, und vor ihm dem Tollen Hund, seinem Vater, und vor ihm des Vetters Vater.

Jetzt besaß Wu sechs Prozent von Noble House, die er in all den Jahren erworben und mit ihrer Hilfe hinter einer Hecke von Strohmännern verborgen hatte, den größten Anteil ihres Goldversandgeschäftes, und dazu beträchtliche Investitionen in Macao, Singapur und Indonesien.

Er war jetzt unter Deck und ging in die ungeordnete, mit Stroh bedeckte Hauptkabine, wo er und seine Frau schliefen. Sie lag in der großen Koje und drehte sich verschlafen nach ihm um. »Bist du fertig? Kommst du zu Bett?«

»Nein, schlaf weiter«, antwortete er freundlich. »Ich habe noch zu tun.«

Gehorsam tat sie, wie ihr geheißen. Sie war seine *tai-tai,* seine Hauptfrau, die er vor siebenundvierzig Jahren geheiratet hatte.

Er kleidete sich um. Er zog ein sauberes weißes Hemd an, saubere Socken und Schuhe und eine graue Hose mit scharfen Bügelfalten. Lautlos schloß er die Kabinentür hinter sich und eilte gelenkig auf das Deck hinauf. Er fühlte sich sehr unbequem in seinen Kleidern. »Ich bin noch vor morgen früh wieder zurück, Vierter Enkel«, sagte er. »Daß du mir nicht einschläfst!«

»Nein, Großvater.«

Er gab dem Jungen einen freundschaftlichen Knuff, spazierte über die Laufplanke und blieb auf der dritten Dschunke stehen.

»Gutwetter Poon!« rief er.

»Ja... ja?« antwortete die verschlafene Stimme. Der alte Mann lag eingerollt auf einer verschlissenen Sackleinwand und döste vor sich hin.

»Ruf alle Kapitäne zusammen! In zwei Stunden bin ich zurück.«

Poon war sofort hellwach. »Fahren wir aus?« fragte er.

»Nein. In zwei Stunden bin ich wieder da. Ruf die Kapitäne zusammen!«

Wu setzte seinen Weg fort und bestieg schließlich seinen privaten Sampan. Er blickte zum Ufer hinüber. Sein Sohn stand neben dem großen schwarzen Rolls mit der Glückszahl auf dem Nummernschild – der Zahl 8 –, die er bei der amtlichen Versteigerung für 150000 HK erworben hatte. Sein uniformierter Fahrer und sein Leibwächter Zweibeil Tok warteten respektvoll neben ihm.

Er spürte, wie sich die Windrichtung um einen Strich verschob, und seine Besorgnis nahm zu. Iiiii, das war heute ein schlimmer Tag, aber der morgige wird noch schlimmer sein.

Hat sich dieses Stück Hundefleisch John Tschen ins Goldene Land abgesetzt, oder wurde er tatsächlich entführt? Ohne dieses Stück Scheiße bin ich immer noch der Bracke des Tai-Pan. Ich bin es leid, ein Bracke zu sein. Die 100000 Belohnung für John Tschen sind gut angelegtes Geld. Ich würde zwölfmal hunderttausend zahlen für John Tschen und seine beschissene Münze. Den Göttern sei Dank, daß ich Spione in Noble House Tschens Haus eingeschleust habe!

Er deutete auf das Ufer. »Beeil dich, Alter«, befahl er dem Bootsführer mit grimmigem Gesicht. »Ich habe heute nacht noch viel zu erledigen!«

2

14.23 Uhr:

Der Tag war heiß, die Luftfeuchtigkeit ungewöhnlich hoch, es war schwül, Wolken begannen sich aufzutürmen. Seit dem Augenblick, als die kleine Aberdeen-Filiale der Ho-Pak Bank am Morgen den Betrieb aufgenommen hatte, war eine lärmende, schwitzende Menge vor dem Gebäude zusammengeströmt.

»Ich habe kein Geld mehr zum Auszahlen, Ehrenwerter Sung«, flüsterte die verängstigte Kassiererin.

»Wieviel brauchen Sie?«

»7457 Dollar für den Kunden Tok-sing, aber es warten mindestens weitere fünfzig.«

»Gehen Sie an Ihren Schalter zurück«, antwortete der ebenso nervöse Leiter der Zweigstelle. »Zögern Sie die Auszahlung hinaus! Tun Sie, als müßten Sie das Konto noch einmal überprüfen! Das Hauptbüro hat geschworen, daß es vor einer Stunde einen Geldtransport abgefertigt hat... vielleicht der Verkehr... Gehen Sie an Ihren Schalter zurück, Miss Pang!« Er schloß die Tür zu seinem Büro rasch hinter ihr und rief noch einmal an. »Den Ehrenwerten Richard Kwang, bitte! Beeilen Sie sich...«

Seit die Bank pünktlich um zehn Uhr ihre Tore geöffnet hatte, hatten sich drei- bis vierhundert Menschen zu einem der drei Schalter durchgekämpft und ihr gesamtes Guthaben und ihre letzten Ersparnisse abgehoben. Ihren Joss segnend, hatten sie sich wieder hinausgedrängt.

Die Schlange hatte sich lange vor Morgengrauen gebildet. Vierfinger Wus Leute besetzten die ersten dreißig Plätze. Diese Nachricht hatte sich mit Windeseile im Hafen verbreitet. Sofort hatten sich weitere Menschen angeschlossen, dann noch mehr und schließlich alle, die auch nur das bescheidenste Konto besaßen. Um zehn war die Menge so nervös und besorgt, daß mit einem Krawall zu rechnen war. Jetzt schlenderten einige uniformierte Polizisten schweigend und aufmerksam zwischen den Leuten herum; ihre Anwesenheit wirkte beruhigend. Im Laufe des Tages wurde die Schlange immer größer... Zu Mittag waren in einem der nahen Gassen mehrere Einsatzwagen der Polizei aufgefahren, denen man eine besonders geschulte Einheit zur Unterstützung zugeteilt hatte. Ihre Offiziere waren Briten.

Die meisten Leute waren einfache Fischer und Eingeborene, Haklos und Kantonesen. Nur jeder zehnte etwa in Hongkong geboren. Der Rest war Neueinwanderer aus der chinesischen Volksrepublik, dem Reich der Mitte, wie sie ihr Land nannten. So wie ihre Vorfahren seit über hundert Jahren waren auch sie vor den Kommunisten, den Nationalisten oder vor einer Hungersnot geflüchtet.

Jeder, der die Bank verließ, erzählte jedem, der ihn fragte, daß er sein ganzes Geld bekommen habe. Dennoch waren die Wartenden halb verrückt vor Angst. Sie erinnerten sich alle an den großen Krach des vergangenen Jahres, an das Leben in ihren Heimatdörfern, in denen es Zusammenbrüche, Unterschlagungen, Wucher, Betrügereien und Korruption gegeben hatte. Die Ersparnisse eines ganzen Lebens konnten sich in Nichts auflösen, ganz gleich, ob das Land von Kommunisten, Nationalisten oder Mandarinen beherrscht wurde. Seit viertausend Jahren war es immer dasselbe.

Alle haßten es, von Banken abhängig zu sein, aber sie mußten ihr Geld irgendwo aufbewahren, denn das Leben war hart, und es gab Räuber wie Sand am Meer. *Dew neh loh moh* auf allen Banken, dachten die meisten, sie sind eine Erfindung der fremden Teufel! Ja. Bevor die fremden Teufel in das Reich der Mitte kamen, gab es kein Papiergeld, nur echtes Geld, Silber, Gold oder Kupfer – hauptsächlich Silber und Kupfer –, das man anfassen und verstecken konnte und das sich nie in Nichts auflöste.

Der besorgte Filialleiter hatte Richard Kwang um acht Uhr morgens angerufen. »Aber Geehrter Herr, es müssen schon mindestens fünfhundert Menschen sein; die Schlange zieht sich den ganzen Hafen entlang.«

»Das macht nichts, Ehrenwerter Sung! Zahlen Sie alle aus, die Bargeld wollen! Machen Sie sich keine Sorgen! Sprechen Sie mit ihnen, es sind doch meist nur abergläubische Fischer! Überreden Sie sie dazu, nicht abzuheben! Aber wenn einer darauf besteht – zahlen Sie! Die Ho-Pak ist genauso gut wie die Bank of London oder die Victoria. Es ist ein böswillige Lüge, daß wir uns übernommen hätten. Zahlen Sie!«

Also hatten der Filialleiter und die Kassiererin versucht, ihre Kunden davon zu überzeugen, daß es wirklich keinen Grund zur Besorgnis gab, daß böswillige Leute falsche Gerüchte verbreiteten.

»Natürlich können Sie Ihr Geld bekommen, aber glauben Sie nicht...«

»*Ayeeyah,* geben Sie ihr das Geld«, sagte der nächste ungeduldig. »Sie will ihr Geld, und ich will meines, und die Frau meines Bruders steht hinter mir und will das ihre. *Ayeeyah,* ich habe nicht die Zeit, den ganzen Tag hier zu stehen. Ich muß mit dem Boot hinausfahren. In ein paar Tagen gibt es Sturm, und ich muß den Fang einbringen...«

Und die Bank hatte begonnen auszuzahlen. Den vollen Betrag.

Wie alle Banken verwendete die Ho-Pak die Einlagen, um Darlehen an andere zu gewähren. In Hongkong gab es wenig Vorschriften und wenig Gesetze. Manche Banken verliehen bis zu achtzig Prozent der Einlagen, weil sie sicher waren, daß ihre Kunden nie alle gleichzeitig ihr ganzes Geld verlangen würden.

Außer heute bei der Aberdeen-Zweigstelle.

Dreimal hatte der Filialleiter im Lauf des Tages zusätzliches Geld vom Hauptbüro im Central District anfordern müssen.

Eine Minute nach zehn saß ein zu allem entschlossener Vierfinger Wu mit

Paul Tschoy vor dem Tisch des Managers, und Zweibeil Tok stand hinter ihm.

»Sie wollen alle Ihre Konten bei der Ho-Pak auflösen?« fragte Mr. Sung erschüttert.

»Ja. Jetzt«, antwortete Wu, und Paul Tschoy nickte.

Der Filialleiter sagte mit schwacher Stimme: »Aber wir haben nicht –«

Wu zischte: »Ich will mein ganzes Geld jetzt. Bar oder Barren. Jetzt! Verstehen Sie mich?«

Mr. Sung zuckte zusammen. Er rief Richard Kwang an und berichtete schnell. »Ja, ja, Herr.« Er reichte Wu das Telefon. »Der Ehrenwerte Kwang möchte mit Ihnen sprechen, Ehrenwerter Wu.«

Aber der alte Seemann war keinem guten Zureden zugänglich. »Nein. *Jetzt.* Mein Geld und das Geld meiner Leute – *jetzt!*«

»Aber in der Filiale liegt nicht soviel Bargeld, Ehrenwerter Onkel«, sagte Richard Kwang beruhigend. »Ich werde Ihnen statt dessen einen Bankscheck geben.«

Wu explodierte. »Ich will keinen Scheck. Ich will Geld! Verstehst du mich? Geld!« Er wußte nicht, was ein Bankscheck war, daher begann der erschreckte Mr. Sung, es ihm zu erklären. Paul Tschoys Miene hellte sich auf. »Das ist in Ordnung, Geehrter Onkel«, sagte er. »Ein Bankscheck...«

Der alte Mann brüllte: »Wie kann ein Stück Papier dasselbe sein wie Bargeld? Ich will Geld, mein Geld, und zwar jetzt!«

»Bitte lassen Sie mich mit dem Ehrenwerten Kwang sprechen, Großer Onkel«, sagte Paul Tschoy. »Vielleicht kann ich behilflich sein.«

Wu nickte mißmutig. »Gut, sprich, aber verlange Bargeld!«

Paul Tschoy stellte sich am Telefon vor und meinte: »Vielleicht geht es auf Englisch besser, Sir.« Er gab einige Erklärungen, darauf nickte er befriedigt. »Einen Augenblick, Sir.« Dann auf Haklo: »Großer Onkel, der Ehrenwerte Kwang wird dir den gesamten Betrag in Regierungsanleihen, Gold oder Silber, im Hauptbüro übergeben und ein Stück Papier für den restlichen Betrag, das du zur Bank of London oder zur Victoria bringen kannst. Aber wenn ich mir die Bemerkung erlauben darf: Du besitzt keinen Safe, in den du die Barren sperren kannst, und du solltest vielleicht doch den Bankscheck des Ehrenwerten Kwang akzeptieren, mit dem ich bei jeder der beiden Banken für dich Konten eröffnen kann.«

Paul Tschoy hatte eine halbe Stunde gebraucht, um ihn zu überzeugen. Dann waren sie in das Hauptbüro der Ho-Pak gefahren, aber Wu hatte Zweibeil Tok beim zitternden Mr. Sung gelassen. »Du bleibst hier, Tok! Wenn ich mein Geld nicht bekomme, nimmst du es aus dieser Zweigstelle!«

Sie waren also in den Central District gefahren, und zu Mittag verfügte Vierfinger Wu über neue Konten, die Hälfte bei der Bank of London, die andere bei der Victoria. Paul Tschoy war überwältigt von der Zahl der Konten, die er schließen und wieder eröffnen mußte. Und vom Betrag.

Über zwanzig Millionen HK.
Trotz all seiner Bitten und Erklärungen hatte der alte Seemann sich geweigert, einen Teil seines Geldes dazu zu benützen, um einen Leerverkauf mit Ho-Pak Aktien zu tätigen. Er behauptete, daß das eine Sache für *quai-loh*-Diebe sei. Paul war davongeschlüpft und zu allen bekannten Maklern gegangen, um das Geschäft auf eigene Rechnung zu machen. »Aber, lieber Freund, Sie haben ja keinen Kredit. Natürlich, wenn Sie mir das Siegel Ihres Onkels oder seine schriftliche Garantie bringen...«
Er entdeckte, daß die Maklerfirmen beinahe ausschließlich Europäern gehörten, vor allem Engländern. Keine einzige befand sich im Besitz von Chinesen. Alle Sitze in der Börse wurden von Europäern eingenommen, wieder vorwiegend von Engländern. »Das ist einfach nicht richtig, Mr. Smith«, sagte Paul Tschoy.
»Ach, ich fürchte, unsere Bürger, Mr.... Mr., Tschee, nicht wahr?«
»Tschoy. Paul Tschoy.«
»Ach ja. Ich fürchte, unsere Bürger interessieren sich nicht für komplizierte moderne Einrichtungen wie Maklerbüros und Effektenbörsen – Sie wissen natürlich, daß alle Einheimischen Einwanderer sind? Als wir herkamen, war Hongkong nur ein kahler Felsen.«
»Ja. Aber das interessiert mich, Mr. Smith. In den Staaten ist in Mak –«
»Ach ja, Amerika! Ich bin davon überzeugt, daß in Amerika die Dinge anders gehandhabt werden. Wenn Sie mich jetzt entschuldigen wollen... guten Tag!«
Kochend vor Wut war Paul Tschoy von einem Makler zum nächsten gegangen, hatte aber nirgends Erfolg gehabt.
Jetzt saß er auf dem Memorial Square auf einer Bank in der Nähe des Gerichts, des Struan- und des Rothwell-Hochhauses und dachte nach. Dann ging er in die Gerichtsbibliothek und sprach mit dem Bibliothekar. »Ich komme von Sims, Dawson and Dick«, erklärte er hochtrabend. »Ich bin ihr neuer Anwalt aus den Staaten. Sie brauchen sofort einige Informationen über Börsenmakler und den Effektenmarkt.«
»Regierungsvorschriften, Sir?« fragte der ältliche Eurasier hilfsbereit.
»Ja.«
»Es gibt so gut wie keine.« Der Bibliothekar ging zu den Regalen. Der in Frage kommende Abschnitt bestand aus einigen Paragraphen in einem riesigen Band.
Paul Tschoy verschlug es den Atem. »Das ist alles?«
»Ja, Sir.«
Es schwindelte Paul Tschoy. »Aber dann steht die Börse ja allen offen.«
Der Bibliothekar lächelte amüsiert. »Ja, im Vergleich zu London oder New York. Und was die Makler betrifft – nun, jeder kann sich als Makler niederlassen, vorausgesetzt, daß es Leute gibt, die ihn beauftragen, Aktien zu verkaufen, und andere, die ihn beauftragen, Aktien zu kaufen, und daß sie ihm

eine Kommission zahlen. Das Problem besteht darin, daß, hm, daß die bestehenden Firmen den Markt völlig beherrschen.«
»Wie sprengt man dieses Monopol?«
»Ich bezweifle, daß Sie das könnten, Sir. Die Engländer kontrollieren alles sehr genau.«
»Das halte ich nicht für gut.«
Der ältliche Mann schüttelte freundlich lächelnd den Kopf. »Ich nehme an, Sie wollen auf eigene Rechnung an der Börse spekulieren?« fragte er sanft.
»Ja...« Paul Tschoy versuchte, seinen Fehler zu verbessern: »Jedenfalls hat Dawson gesagt –«
»Aber, aber, Mr. Tschoy, Sie kommen doch nicht von Sims, Dawson and Dick«, meinte der andere höflich tadelnd. »Wenn die einen Amerikaner angestellt hätten – eine unerhörte Neuerung –, hätten ich und hundert andere es lange, bevor Sie hier an Land gingen, erfahren. Sie müssen Mr. Paul Tschoy sein, der Neffe des großen Wu Sang Fang, und Sie sind gerade erst aus Amerika, von Harvard, zurückgekommen.«
Paul Tschoy starrte ihn an. »Woher wollen Sie das wissen?«
»Wir befinden uns hier in Hongkong, Mr. Tschoy. Es ist ein Dorf. Wir müssen wissen, was vor sich geht. Nur so überleben wir. Wollen Sie an der Börse spekulieren?«
»Ja, Mr....?«
»Manuel Perriera. Ich bin Portugiese aus Macao.« Der Bibliothekar griff nach seinem Füllfederhalter und schrieb eine Empfehlung auf die Rückseite einer Visitenkarte. »Hier. Ishwar Soorjani ist ein alter Freund von mir. Sein Büro befindet sich gleich neben der Nathan Road in Kowloon. Er ist ein Parse aus Indien, verleiht Geld, auch in ausländischen Währungen; kauft und verkauft gelegentlich Aktien. Er kann Ihnen vielleicht helfen.«
»Vielen Dank, Mr. Perriera!« Paul Tschoy streckte die Hand aus. Perriera ergriff sie überrascht. Paul Tschoy schüttelte sie herzlich, wollte schon gehen, blieb aber noch einmal stehen. »Sagen Sie, Mr. Perriera... die Börse. Kann man dort auf lange Sicht spekulieren? Kann man irgendwie mitmischen?«
Manuel Perriera hatte silbergraue Haare, lange, schöne Hände und deutlich chinesische Gesichtszüge. Er musterte den jungen Mann, der vor ihm stand. Dann sagte er leise: »Nichts kann Sie daran hindern, eine Gesellschaft zu gründen und eine eigene Börse aufzumachen, eine chinesische Börse. Das wäre durch die Gesetze gedeckt – oder durch ihr Nichtvorhandensein.« Die alten Augen glitzerten. »Sie brauchen nichts als Geld, Kontakte, Kenntnisse und Telefone...«

»Mein Geld, bitte«, flüsterte die alte *amah* heiser. »Hier ist mein Sparbuch.« Ihr Gesicht war durch die Hitze in der Aberdeen-Filiale der Ho-Pak gerötet. Es war jetzt zehn Minuten vor drei, und sie hatte seit dem Morgengrauen gewartet. Ihre alte weiße Bluse und die schwarze Hose wiesen Schweißflecken auf. Ein langer, graumelierter »Rattenschwanz« hing ihr auf den Rücken hinunter.

Müde nahm die junge Kassiererin das Buch und warf wieder einen Blick auf die Uhr. *Ayeeyah!* Gott sei Dank, es ist gleich drei, dachte sie und fragte sich bei quälenden Kopfschmerzen besorgt, wie sie die Türen schließen sollten, wenn so viele gereizte Menschen von den Nachdrängenden an die Schaltergitter gedrückt wurden. Der Betrag im Sparbuch lautete auf 323,42 HK. Sie befolgte Mr. Sungs Anweisung, sich Zeit zu lassen und genau zu sein, ging zur Kartei und überzeugte sich davon, daß der Betrag stimmte. Während sie auf ihren hohen Stuhl zurückkehrte, sah sie wieder auf die Uhr, dann sperrte sie die Geldschublade auf. Sie hatte nicht genügend Geld in der Kasse, also sperrte sie die Lade wieder zu und lenkte ihre Schritte zum Büro des Geschäftsführers. Durch die wartende Menge lief eine Welle des Zorns. Aller Blicke folgten ihr.

Sie klopfte an die Tür und schloß sie dann hinter sich. »Ich kann die Alte Ah Tam nicht auszahlen«, sagte sie hilflos. »Ich habe nur noch 100 HK...«

Der Geschäftsführer Sung wischte sich den Schweiß von der Oberlippe. »Es ist beinahe drei, lassen Sie sie Ihre letzte Kundin sein, Miss Tscho.« Er führte sie durch eine Seitentür in den Tresorraum. Die Tür des Safes war gewichtig. Sie rang nach Luft, als sie die leeren Regale sah. Um diese Tageszeit waren die Regale für gewöhnlich mit säuberlich gebündelten Geldscheinen und Silbermünzen in Rollen gefüllt.

»Das ist ja schrecklich, Ehrenwerter Sung«, sagte sie, den Tränen nahe. Ihre dicken Brillengläser waren beschlagen und ihre Haare in Unordnung.

»Es ist nur vorübergehend, nur vorübergehend, Miss Tscho. Denken Sie daran, was der Ehrenwerte Haply im heutigen *Guardian* geschrieben hat!« Er räumte das Regal aus, übergab ihr die letzte Reserve und verfluchte die Geldsendung, die immer noch nicht eingetroffen war. »Hier.« Er gab ihr 15000, mit denen sie die Kunden beeindrucken konnte, und nahm 15000 für jeden der anderen beiden Kassierer. Jetzt war der Tresor leer.

Als er in den Schalterraum kam, trat beim Anblick des großen Geldbetrags atemlose Stille ein.

Er gab den anderen beiden Kassierern ihr Geld und verschwand dann in seinem Büro.

Miss Tscho ordnete das Geld peinlich genau in die Lade, während alle Augen sie und die beiden anderen Kassierer beobachteten. Ein Paket mit 1000 HK ließ sie auf dem Pult liegen. Sie erbrach das Siegel, zählte umständlich 320 HK, drei Ein-Dollar-Noten und das Kleingeld ab, zählte das Geld noch einmal und schob es über den Tisch. Die alte Frau stopfte es in einen Papiersack. Der hinter ihr Stehende drängte sich gereizt vor und hielt Miss Tscho sein Sparbuch unter die Nase. »Hier, bei allen Göttern. Ich will siebentaus –«

In diesem Augenblick erklang die Drei-Uhr-Glocke; sofort erschien Mr. Sung und erklärte laut: »Wir müssen jetzt leider schließen. Alle Kassen schließen jetzt –« Der Rest seiner Worte ging in zornigem Gebrüll unter.
»Himmeldonnerwetter, ich warte seit dem Morgengrauen...«
»*Dew neh loh moh,* seit acht Stunden stehe ich da...«
»Ach bitte, bitte, bitte...«
Normalerweise hätte die Bank nur das Tor geschlossen und die im Kassenraum anwesenden Kunden abgefertigt, aber diesmal versperrten die drei Kassierer gehorsam ihre Geldladen, hängten die Schilder GESCHLOSSEN an die Schalter und wichen vor den ausgestreckten Händen zurück.
Die Menge innerhalb der Bank wurde zum Mob.
Die vorne Stehenden wurden gegen die Schalter gepreßt, als die draußen Wartenden versuchten, in die Bank zu gelangen. Ein Mädchen schrie auf. Hände griffen nach den Gittern, die mehr Zierde als Schutz waren. Jetzt waren alle wütend. Ein alter Matrose, der nächste in der Schlange, griff über den Tisch und rüttelte an der Geldlade. Die alte *amah* steckte in der brodelnden Menge, versuchte, hinauszukommen und hielt ihr Geld krampfhaft fest. Ihre Panik teilte sich den Umstehenden mit, und dann schrie jemand: »Erschlagt den Hurensohn...«, und die anderen griffen den Schrei auf: »Erschlagt ihn!«
Einen Sekundenbruchteil lang zögerten sie, dann drängten sie wie ein Mann vorwärts.
»Halt!«
Das Wort – auf Englisch, dann auf Haklo, auf Kantonesisch und dann wieder auf Englisch – schlug wie ein Blitz ein und säuberte die Atmosphäre.
Plötzlich trat völlige Stille ein.
Der uniformierte Chief Inspector stand unbewaffnet und ruhig vor ihnen, ein elektrisches Megaphon in der Hand. Er war aus einer der Bürotüren getreten.
»Es ist drei Uhr«, sagte er ruhig auf Haklo. »Das Gesetz besagt, daß die Banken um drei Uhr schließen. Diese Bank ist jetzt geschlossen. Bitte gehen Sie nach Hause! In Ruhe!«
Die Stille war jetzt gespannt, dann brummte ein Mann mürrisch: »Was ist mit meinem Scheißgeld...«, und andere griffen die Parole auf, aber der Polizeioffizier bewegte sich schnell, sehr schnell, ging furchtlos auf den Mann zu, quer durch den Mob. Der Mob wich zurück.
»Morgen«, sagte der Polizeioffizier, der den Mann weit überragte, sanft, »du bekommst morgen dein ganzes Geld.« Der Mann sah zu Boden; er haßte die kalten blauen Fischaugen und die Nähe des fremden Teufels. Widerwillig trat er einen Schritt zurück.
Der Polizist sah den anderen in die Augen. »Du da hinten«, rief er im Befehlston, immer mit der gleichen Selbstsicherheit, »dreh dich um und mach den anderen Platz!«

Gehorsam befolgte der Mann den Befehl. Der Mob wurde wieder zu einer Menge. Noch ein kurzes Zögern, dann drehte sich der nächste um und drängte zur Tür. »Ich habe nicht den ganzen Tag Zeit, beeilt euch«, sagte er ärgerlich.
Sie begannen, die Bank zu verlassen; sie murmelten zornig vor sich hin, aber sie waren wieder Einzelpersonen, kein Mob. Sung und die Kassierer wischten sich den Schweiß von der Stirn und blieben zitternd hinter dem Sicherheitsglas der Schalter sitzen.
Der Chief Inspector half der alten *amah* aufzustehen. »Ist alles in Ordnung, Alte Dame?« fragte er auf Haklo.
Sie starrte ihn verständnislos an. Er wiederholte es auf Kantonesisch.
»Ach ja, ja«, antwortete sie heiser; sie hielt ihren Papiersack immer noch an die Brust gedrückt. »Danke, Geehrter Herr!« Sie schlurfte mit der Menge davon und verschwand. Der Raum leerte sich. Der Engländer trat hinter dem letzten Mann auf den Gehsteig hinaus und pfiff lautlos vor sich hin.
»Sergeant!«
»Ja, Sir.«
»Sie können die Männer jetzt wegschicken. Seien Sie morgen um neun Uhr mit einer Abteilung hier! Stellen Sie Schranken auf und lassen Sie immer nur drei von diesen Mistkerlen gleichzeitig in die Bank! Sie und vier Männer genügen vollauf.«
»Ja, Sir.« Der Sergeant grüßte. Der Chief Inspector kehrte in die Bank zurück. Er sperrte die Vordertür zu und lächelte Geschäftsführer Sung zu. »Ziemlich schwül heute, nicht wahr?« fragte er auf Englisch, um Sung ›Gesicht zu verleihen‹ – alle gebildeten Chinesen in Hongkong waren stolz darauf, daß sie die internationale Sprache beherrschten.
»Ja, Sir«, antwortete Sung nervös. Normalerweise mochte und bewunderte er diesen Chief Inspector sehr. Aber es war das erstemal, daß er erlebt hatte, wie ein *quai loh* mit harten Augen einen Mob herausforderte, vor ihm stand wie ein bösartiger Gott und darauf wartete, daß er in Aktion trat, um Pech und Schwefel zu spucken.
»Ich danke Ihnen, Chief Inspector.«
»Gehen wir jetzt in Ihr Büro, damit ich ein Protokoll aufsetzen kann!«
»Ja, bitte.« Sung riß sich vor seinen Mitarbeitern zusammen. »Sie schließen jetzt Ihre Bücher ab und machen Ordnung.«
Er ging in sein Büro voraus, setzte sich und lächelte freundlich. »Tee, Chief Inspector?«
»Nein, danke.« Chief Inspector Smyth war etwa einen Meter achtzig groß, kräftig, hatte blonde Haare, blaue Augen und ein energisches, sonnenverbranntes Gesicht. Er zog ein Bündel Papiere aus der Tasche und legte sie auf den Schreibtisch. »Das sind die Konten meiner Männer. Morgen früh um neun werden Sie ihre Konten schließen und sie auszahlen. Sie werden zur Hintertür kommen.«

»Ja, natürlich. Es wird mir eine Ehre sein. Aber ich verliere mein Gesicht, wenn so viele wertvolle Konten aufgelöst werden. Die Bank ist genauso sicher, wie sie es gestern war, Chief Inspector.«
»Natürlich. Trotzdem: Morgen um neun. Bargeld, bitte.« Er übergab ihm noch einige Dokumente. Und vier Sparbücher. »Dafür möchte ich einen Bankscheck. Jetzt.«
»Aber Chief Inspector, der heutige Tag war eine Ausnahme. Die Ho-Pak hat keine Probleme. Sicher könnten Sie...«
»Jetzt.« Smyth lächelte honigsüß. »Die Abhebungsscheine sind alle unterschrieben.«
Sung warf einen Blick darauf. Es handelte sich um chinesische Namen, von denen er wußte, daß sie Strohmänner von Strohmännern dieses Mannes waren, der den Spitznamen »Schlange« trug. Die Konten beliefen sich insgesamt auf beinahe 850000 HK. Und das allein in dieser Zweigstelle, dachte er, sehr beeindruckt von der Klugheit der Schlange.
»Gut«, meinte er müde. »Aber es tut mir sehr leid, daß die Bank so viele Konten verliert.«
Smyth lächelte wieder. »Die Ho-Pak ist ja noch nicht bankrott, nicht wahr?«
»O nein, Chief Inspector«, protestierte Sung. »Wir verfügen über Aktiva im Wert von einer Milliarde HK und über viele Millionen an Bargeldreserven. Haben Sie Mr. Haplys Artikel in *Guardian* gelesen?«
»Ja.«
»Aha.« Sungs Gesicht wurde ernst. »Bösartige Gerüchte, die von neidischen Tai-Panen und anderen Banken verbreitet werden! Wenn Haply so etwas behauptet, stimmt es sicher.«
»Gewiß. Ansonsten habe ich heute nachmittag noch einiges zu tun.«
»Ja. Natürlich. Ich erledige es sofort. Ich, hm, ich habe in der Zeitung gelesen, daß Sie einen dieser bösen Werwölfe erwischt haben.«
»Wir haben einen Verdächtigen, Mr. Sung, nur einen Verdächtigen.«
Sung schauderte. »Teufel! Aber Sie werden alle kriegen... Teufel, die ein Ohr schicken! Es müssen Ausländer sein. Hier, Sir, sind die Schecks...«
Es klopfte. Ein Corporal trat ein und grüßte. »Entschuldigen Sie, Sir, draußen steht ein Lieferwagen der Bank. Sie sagen, sie kommen vom Hauptbüro der Ho-Pak.«
»*Ayeeyah!*« rief der sehr erleichterte Sung. »Endlich. Es ist eine Geldsendung.«
»Gut«, erklärte Smyth. »Nun, Mr. Sung, damit stehen Sie jetzt nicht mehr unter Druck, nicht wahr?«
»Nein, nein, natürlich nicht.« Sung bemerkte, daß ihn die beiden Männer ansahen, und fuhr sofort überschwenglich fort. »Wären Sie und Ihre Männer nicht gewesen... Wenn Sie gestatten, möchte ich jetzt Mr. Richard Kwang anrufen. Ich bin überzeugt, daß es ihm, ebenso wie mir, eine Ehre

sein wird, als Ausdruck unserer Dankbarkeit einen bescheidenen Beitrag zum Wohlfahrtsfonds der Polizei zu leisten.«
»Das ist sehr aufmerksam, Mr. Sung, aber nicht notwendig.«
»Aber ich würde schrecklich an Gesicht verlieren, wenn Sie es nicht annehmen, Chief Inspector.«
»Sie sind sehr freundlich«, meinte Smyth, der genau wußte, daß Sung, seine Kassierer und viele andere tot wären, wenn nicht er in der Bank und seine Männer draußen auf der Straße eingegriffen hätten. »Danke, aber es ist nicht notwendig.« Er nahm den Bankscheck und ging.
Mr. Sung redete auf den Corporal ein, der schließlich seinen Vorgesetzten holte. Divisional Sergeant Mok lehnte ebenfalls ab. »Zwanzigtausendmal«, sagte er.
Aber Mr. Sung ließ nicht locker. Und Richard Kwang war genauso entzückt und fühlte sich genauso geehrt, weil er das unerbetene Geschenk bewilligen konnte. 20000 HK. Sofort bar auf die Hand. »Mit der tiefempfundenen Anerkennung der Bank, Divisional Sergeant Mok.«

Die alte *amah* Ah Tam saß immer noch auf der Bank am Hafen. Ihre Rippen schmerzten, aber die schmerzen immer, dachte sie müde. Sie wollte gerade aufstehen, als ein junger Mann zu ihr herübergeschlendert kam. »Setz dich, Alte Frau«, sagte er, »ich will mit dir reden.« Er war klein, kräftig, einundzwanzig und hatte ein Gesicht voller Pockennarben. »Was ist in dem Sack?«
»Was? Was für ein Sack?«
»Der Papiersack, den du an deine stinkenden Klamotten drückst.«
»Das? Nichts, Geehrter Herr. Nur meine armseligen Einkäufe, die –«
Er setzte sich neben sie auf die Bank, beugte sich zu ihr und zischte: »Halt den Mund, alte Schlampe! Ich habe gesehen, wie du aus der Scheißbank herausgekommen bist. Wieviel hast du da drinnen?«
Die alte Frau hielt die Tüte verzweifelt fest, schloß entsetzt die Augen und keuchte: »Es sind meine ganzen Ersparnisse, Geehrt –«
Er entriß ihr die Tüte und öffnete sie. »*Ayeeyah!*« Er zählte die Banknoten. »323 Dollar«, sagte er verächtlich. »Bei wem bist du *amah* – bei einem Bettler? Du bist in diesem Leben nicht sehr klug gewesen.«
»O ja, da haben Sie recht, Herr!« antwortete sie; ihre kleinen, schwarzen Augen beobachteten ihn jetzt.
»Mein *h'eung yau* beträgt zwanzig Prozent«, sagte er und begann, das Geld abzuzählen.
»Aber Geehrter Herr, zwanzig ist zu viel«, jammerte sie, »doch ich wäre geehrt, wenn Sie fünf und den Dank einer armen alten Frau annehmen würden.«
»Fünfzehn.«
»Sechs. Sie sind jung und stark, Herr. Die Starken müssen die Alten und die Schwachen beschützen.«

»Das ist wahr.« Er überlegte einen Augenblick. »Schön, sieben Prozent.«
»O, wie großzügig Sie sind, Herr! Danke, danke.« Glücklich sah sie zu, wie er zweiundzwanzig Dollar abzählte, in die Tasche seiner Jeans griff und einundsechzig Cent herausholte. »Hier.« Er gab ihr das Kleingeld und ihr übriges Geld zurück.
Sie dankte ihm überschwenglich. Bei allen Göttern, dachte sie begeistert, sieben Prozent statt mindestens fünfzehn! »Haben Sie auch Geld in der Ho-Pak, Geehrter Herr?« fragte sie höflich.
»Natürlich«, erwiderte der Junge wichtigtuerisch. »Meine Bruderschaft hat ihr Konto seit Jahren hier. Wir haben...« Er verdoppelte den Betrag, der ihm zuerst eingefallen war. »Wir haben allein in dieser Zweigstelle über 25000.«
»Iiiii«, krächzte die Alte. »So reich zu sein! In dem Augenblick, in dem ich Sie gesehen habe, wußte ich, daß Sie ein 14K sind.«
»Ich bin mehr als das«, stellte der Junge stolz fest. »Ich bin...« Aber er unterbrach sich, weil er sich an die Mahnung ihres Führers erinnerte, vorsichtig zu sein, und deshalb sagte er nicht: »Ich bin Kin Sop-ming, Pocken Kin, ich bin einer der berühmten Werwölfe, und wir sind vier.« »Lauf weiter, alte Frau«, meinte er statt dessen, »ich habe Wichtigeres zu tun, als mit dir zu sprechen.«
Sie stand auf und verbeugte sich, und dann entdeckten ihre alten Augen den Mann, der vor ihr in der Schlange gestanden hatte. Er war aus Kanton wie sie. Ein rundlicher Geschäftsbesitzer, den sie kannte. »Ja«, sagte sie leise, »aber wenn Sie noch einen Kunden haben wollen, sehe ich einen. Er hat vor mir in der Schlange gestanden. Er hat über achttausend Dollar abgehoben.«
»Oh, wo? Wo ist er?« fragte der Junge sofort.
»Für einen Anteil von fünfzehn Prozent?«
»Sieben – und das ist endgültig. Sieben!«
»Gut, sieben. Sehen Sie dort drüben«, flüsterte sie. »Der fette Mann, dick wie ein Mandarin, in dem weißen Hemd.«
»Ich sehe ihn.« Der Junge stand auf und holte den Mann an der Ecke ein. Der Mann erstarrte und handelte eine Zeitlang, zahlte sechzehn Prozent und eilte weiter, zufrieden mit seiner Gerissenheit. Der Junge schlenderte zur *amah* zurück.
»Hier, Alte Frau«, sagte er. »Der Hurensohn hatte 8162 Dollar. Sechzehn Prozent sind...«
»1305,92 Dollar, und meine sieben Prozent sind 91,41 Dollar«, unterbrach sie ihn.
Er gab ihr den Betrag, und sie erklärte sich bereit, am nächsten Tag zu kommen und für ihn auf der Lauer zu liegen.
»Wie heißt du?« fragte er.
»Ah Su, Herr«, log sie. »Und Sie?«

»Mo Wu-fang.« Es war der Name eines Freundes.
»Bis morgen«, wiederholte sie glücklich. Sie dankte ihm nochmals und watschelte davon, berauscht von dem Gewinn, den sie an diesem Tag gemacht hatte.
Auch sein Gewinn war zufriedenstellend. Jetzt hatte er mehr als dreitausend Dollar in der Tasche, in der er am Morgen nur das Fahrgeld für den Bus gehabt hatte. Und es war ein Glücksfall, denn er war von Glessing's Point nach Aberdeen gekommen, um eine weitere Lösegeldforderung an Noble House Tschen aufzugeben.
»Zur Sicherheit«, hatte sein Vater, ihr Anführer, gesagt. »Um die Scheißpolizei auf eine falsche Fährte zu locken.«
»Aber es wird uns kein Geld eintragen«, hatte er ihm verdrießlich entgegengehalten. »Wie können wir den Hurensohn herbeischaffen, wenn er tot und begraben ist? Es war ein Fehler, ihn mit dem Spaten zu erschlagen.«
»Aber der Kerl wollte fliehen«, widersprach sein Bruder.
»Das stimmt, Jüngerer Bruder. Aber der erste Schlag hat ihn nicht getötet, nur seinen Kopf ein wenig eingedrückt. Du hättest aufhören sollen.«
»Das hätte ich auch getan, aber die bösen Geister sind in mich gefahren, und deshalb habe ich ihn noch einmal geschlagen. Diese Kerle haben so weiche Schädel!«
»Ja, das ist wahr!« hatte sein Vater bestätigt. Er war klein, kahlköpfig, hatte viele goldene Zähne und hieß Kin Min-ta, Kahlkopf Kin. »*Dew neh loh moh*, aber nun ist es einmal geschehen, und darum hat es keinen Sinn, noch lange darüber nachzudenken. Habt ihr die Morgenausgabe der *Times* gelesen?«
»Nein, noch nicht, Vater.«
»Dann werde ich sie euch vorlesen: ›Der Polizeichef erklärte heute, man hätte einen Triaden verhaftet, der im Verdacht steht, einer der Werwölfe zu sein, jener gefährlichen Verbrecherbande, die John Tschen entführt hat. Die Behörde rechnet damit, den Fall binnen kurzem aufzuklären.‹«
Sie lachten alle, er, sein jüngerer Bruder, sein Vater und das vierte Mitglied, sein sehr guter Freund Hundeohr Tschen – Pun Po Tschen –, denn sie wußten, daß es erlogen war. Keiner von ihnen war ein Triade oder hatte Verbindung zu Triaden, und keiner war je wegen eines Verbrechens erwischt worden. Sein Vater hatte die Entführung vorgeschlagen. Und als John Tschen bedauerlicherweise selbst seinen Tod herbeigeführt hatte, war es auch sein Vater gewesen, der die Idee hatte, ihm ein Ohr abzuschneiden und es dem Vater zukommen zu lassen. »Wir werden diesen schlechten Joss in das Gegenteil verwandeln. ›Töte einen und erschrecke tausend!‹ Wenn wir das Ohr schicken, erschrecken wir ganz Hongkong, werden berühmt und reich!«
Ja, dachte er, während er in Aberdeen in der Sonne saß. Aber wir sind noch nicht reich geworden. Ich habe meinem Vater ja heute morgen gesagt: »Es

macht mir nichts aus, so weit zu gehen, um den Brief aufzugeben. Aber ich glaube noch immer nicht, daß wir das Lösegeld bekommen werden.«
»Hör zu, ich habe einen neuen Plan! Wir warten ein paar Tage. Dann rufen wir Noble House Tschen an. Wenn wir nicht sofort Bargeld bekommen, holen wir uns den Comprador persönlich. Den großen Mister Tschen persönlich!«
Sie hatten ihn ehrfürchtig angestarrt.
»Ja, und wenn ihr nicht glaubt, daß er sofort zahlen wird, nachdem wir ihm das Ohr seines Sohnes geschickt haben... vielleicht graben wir sogar die Leiche aus und zeigen sie ihm, *heya?*«
Pocken Kin grinste, als er daran dachte, wie sie alle gelacht hatten. Oh, welch ein Gelächter! Sie hatten sich den Bauch gehalten und sich beinahe auf dem Boden ihrer Mietwohnung gewälzt.
»Und jetzt zum Geschäft! Hundeohr Tschen, wir brauchen wieder deinen Rat.«
Hundeohr Tschen war ein entfernter Vetter von John Tschen und arbeitete als Geschäftsführer einer der vielen Tschen-Gesellschaften für ihn. »Deine Information über den Sohn war richtig. Könntest du uns vielleicht auch über die Aktivitäten des Vaters unterrichten?«
»Natürlich, Geehrter Führer, das ist leicht«, hatte Hundeohr Tschen gesagt. »Er ist ein Gewohnheitsmensch, der leicht Angst bekommt. Genau wie seine *tai-tai, ayeeyah,* diese glattzüngige Hure, die weiß, auf welcher Seite des Bettes sie schläft. Sie wird sehr rasch dafür zahlen, daß sie ihn wiederbekommt.«
»Ausgezeichnet. Nun, bei allen Göttern, wie und wann sollen wir den Noble House Tschen selbst entführen?«

3

16.01 Uhr:

Sir Dunstan Barre wurde mit der Ehrerbietung, die ihm seiner Meinung nach zustand, in Richard Kwangs Büro geleitet. Das Ho-Pak-Gebäude war klein und unansehnlich, lag in der Nähe der Ice House Street im Central District, und das Büro sah aus wie die meisten chinesischen Geschäftsräume, klein, vollgestopft, düster, ein Arbeitsplatz und kein Repräsentationsraum. Meist teilten sich zwei oder drei Leute ein Zimmer, betrieben zwei oder drei verschiedene Firmen, benützten das gleiche Telefon und hatten die gleiche Sekretärin.
Aber Richard Kwang teilte sein Büro mit niemandem. Er wußte, daß seine

quai-loh-Kunden das nicht mochten – und die wenigen, die er hatte, waren für seine Bank und für ihn des Gesichts und der zusätzlichen Vorteile wegen wichtig, die sie ihm bringen konnten. Zum Beispiel die mögliche, ach so wünschenswerte Wahl zum Mitglied des super-exklusiven Jockey-Clubs, des Hongkong Golf Clubs, des Cricket Clubs oder eines der kleineren, aber genauso exklusiven Klubs, die von den britischen Tai-Panen der großen *hongs* kontrolliert wurden. In ihnen wurden die wirklich großen Geschäfte abgewickelt.
»Hallo, Dunstan«, sagte er freundlich. »Wie geht's?«
»Gut. Und Ihnen?«
»Ausgezeichnet. Mein Pferd war heute im Training großartig.«
»Ja. Ich war selbst auf der Rennbahn.«
»Ich habe Sie nicht gesehen.«
»Ich habe nur kurz hineingeschaut. Mein Wallach hat Temperatur – wir werden ihn vielleicht am Samstag nicht laufen lassen können. Aber Butterscotch Lass ist heute morgen geradezu geflogen.«
Sie plauderten über Belanglosigkeiten, dann kam Barre zur Sache.
Richard Kwang versuchte, seine Bestürzung zu verbergen. »Sie wollen alle Konten Ihrer Gesellschaft schließen?«
»Ja, alter Knabe. Heute. Es tut mir leid und so weiter, aber mein Aufsichtsrat hält es im Augenblick für richtig.«
»Sie glauben doch nicht wirklich, daß wir uns in Schwierigkeiten befinden?« Richard Kwang lachte. »Haben Sie Haplys Artikel im *Guardian* nicht gelesen?... Bösartige Lügen, die von gewissen Tai-Panen und einer gewissen großen Bank verbreitet werden...«
»O ja, ich habe ihn gelesen. Lächerlich! Gerüchte verbreiten? Warum sollte irgend jemand das tun? Ich habe heute morgen mit Paul Havergill und Southerby gesprochen, und sie meinen, Haply sollte sich in acht nehmen; falls er andeutet, daß er sie meint, klagen sie ihn wegen Verleumdung an. Dennoch möchte ich jetzt einen Bankscheck haben – es tut mir leid, aber Sie wissen ja, wie Aufsichtsräte sind.«
»Ja, natürlich.« Richard Kwang lächelte weiterhin, aber er haßte den großen, rotgesichtigen Mann noch mehr als sonst. »Wir haben keine Probleme. Wir sind eine große Bank. Und was die Aberdeen-Filiale betrifft – das sind einfach abergläubische Menschen.«
»Ja, ich weiß.« Barre beobachtete ihn. »Ich habe gehört, daß Sie in Ihrer Mong-Kok-Niederlassung heute nachmittag auch einige Probleme gehabt haben, und auch in Tsim Sha Tsui... in Sha Tin in den New Territories und sogar auf Lan Tao.«
»Ein paar Kunden haben ihre Ersparnisse abgehoben«, meinte Richard Kwang spöttisch. »Es gibt keine Schwierigkeiten.«
Aber es gab Schwierigkeiten. Er wußte es, und er fürchtete, daß alle es wußten. Es hatte in Aberdeen angefangen. Dann hatten im Lauf des Tages seine

übrigen Geschäftsführer immer beunruhigter angerufen. Er besaß in der Kolonie achtzehn Filialen. In vier davon waren die Abhebungen ungewöhnlich zahlreich und hoch. In Mong Kok, einem summenden Bienenstock in Kowloon, hatte sich am frühen Nachmittag eine Schlange gebildet. Es war nicht so erschreckend wie in Aberdeen, aber es genügte als Hinweis darauf, daß das Vertrauen schwand. Richard Kwang sah ein, daß die Dörfer am Meer rasch von den Abhebungen Vierfinger Wus erfuhren und sich eilig seinem Beispiel anschlossen, aber was war mit Mong Kok? Warum dort? Warum in Tsim Sha Tsui, seiner umsatzstärksten Filiale neben der belebten Endstation der Golden Ferry, die täglich von 150000 Menschen benutzt wurde? Es mußte sich um eine Verschwörung handeln.
Steckt mein Feind und Erzrivale Lächler Tsching dahinter? Sind es diese Hurenböcke, diese neidischen Hurenböcke in der Bank of London oder der Victoria? Aber warum sollten sie mich angreifen? Natürlich bin ich ein viel besserer Bankier als sie, und sie sind neidisch, aber ich schließe Geschäfte mit zivilisierten Leuten ab, was sie kaum berührt. Warum also?
Richard Kwang hätte am liebsten geflucht und geschrien und sich die Haare gerauft. Seine geheimen Partner waren Lando Mata und Harte Faust Tung, die bedeutendsten Aktionäre des Spiel- und Goldsyndikats von Macao, sowie Schmuggler Mo, der ihm vor zehn Jahren geholfen hatte, die Ho-Pak zu gründen und zu finanzieren. »Haben Sie heute die Vorhersagen des alten blinden Tung gelesen?« fragte er.
»Nein. Was sagt er?«
Richard Kwang suchte nach der Zeitung und reichte sie ihm. »Alle Vorzeichen weisen darauf hin, daß ein Boom bevorsteht. Die glückliche Acht steht überall am Himmel, und wir befinden uns im achten Monat, mein Geburtstag fällt auf den Achten des achten Monats ...«
Barre las den Artikel. Obwohl er nicht an Wahrsager glaubte, lebte er zu lange in Asien, um sie gänzlich abzulehnen. Sein Herz schlug schneller. Der alte blinde Tung hatte in Hongkong einen ausgezeichneten Ruf. »Wenn er recht hat, erwartet uns der größte Boom der Weltgeschichte«, meinte er.
»Für gewöhnlich ist er viel vorsichtiger. *Ayeeyah,* das wäre gut, *heya?*«
»Besser als gut. Aber inzwischen, Richard, alter Junge, wollen wir unser Geschäft zu Ende bringen, nicht wahr?«
»Natürlich. Es ist ein Sturm im Wasserglas, Dunstan. Wir sind stärker denn je – unsere Aktien sind kaum um einen Punkt gefallen.« Als die Börse ihre Tore öffnete, waren eine Menge kleiner Aktienpakete zum Kauf angeboten worden, und wenn er nicht darauf reagiert hätte, wären ihre Aktien ins Bodenlose gestürzt. Richard Kwang hatte seinen Maklern sofort befohlen, zu kaufen und weiterhin zu kaufen. Dadurch hatte sich der Kurs stabilisiert. Um die Lage zu halten, hatte er im Lauf des Tages beinahe fünf Millionen Aktien kaufen müssen, eine unerhörte Menge für einen Tag. Keiner

seiner Gewährsleute konnte herausbekommen, wer die Aktien in großen Mengen auf den Markt warf. Es gab keinen Grund, warum das Vertrauen nachlassen sollte, abgesehen von den Abhebungen Vierfinger Wus.
Das Telefon klingelte. »Entschuldigen Sie«, dann scharf in den Hörer: »Ich habe gesagt, keine Anrufe.«
»Es ist Mr. Haply vom *Guardian*, er sagt, es ist wichtig«, berichtete seine Sekretärin, seine Nichte Mary Yok. »Und der Sekretär des Tai-Pan hat angerufen. Die Aufsichtsratssitzung der Nelson Trading ist auf heute nachmittag fünf Uhr vorverlegt. Mr. Mata hat angerufen und gesagt, daß er ebenfalls anwesend sein wird.«
Richard Kwangs Herz setzte beinahe aus. Warum? fragte er sich verzweifelt. *Dew neh loh moh,* sie sollte auf nächste Woche vertagt werden. Dann schob er diese Frage beiseite und dachte über Haply nach. Er hielt es für zu gefährlich, in Anwesenheit von Barre zu antworten. »Ich werde in ein paar Minuten zurückrufen.« Er lächelte den rotgesichtigen Mann ihm gegenüber an. »Schieben Sie das alles noch ein oder zwei Tage auf, Dunstan, wir haben keine Probleme!«
»Das kann ich nicht, alter Knabe. Es tut mir leid. Wir hatten eine Sondersitzung, ich muß es heute in Ordnung bringen. Der Vorstand besteht darauf.«
»Wir waren euch gegenüber immer großzügig – ihr habt jetzt vierzig Millionen von unserem Geld ohne Sicherstellung – wir sind mit weiteren siebzig Miliionen in euer Immobiliengeschäft eingestiegen.«
»Ja, das stimmt, Richard, und ihr werdet dabei einen ansehnlichen Gewinn erzielen. Aber das ist eine andere Angelegenheit; diese Einlagen wurden vor Monaten in gutem Glauben ausgehandelt und werden zurückgezahlt, sobald sie fällig sind. Wir sind noch nie mit einer Zahlung an die Ho-Pak oder sonst jemanden in Verzug geraten.« Barre reichte ihm die Zeitung zurück und dazu einige ordnungsgemäße Zahlungsbestätigungen. »Die Beträge sind konsolidiert, also genügt ein Scheck.«
Der Gesamtbetrag belief sich auf etwas mehr als neuneinhalb Millionen.
Richard Kwang unterschrieb den Bankscheck und geleitete Sir Dunstan Barre lächelnd hinaus; dann verfluchte er jeden, der ihm vor die Augen käme, und kehrte in sein Büro zurück. Er griff nach dem Telefon, schrie seine Nichte an, sie solle ihn mit Haply verbinden, und warf den Hörer so heftig wieder auf die Gabel, daß er beinahe zerbrach. »*Dew neh loh moh* auf alle dreckigen *quai loh*«, kreischte er. Dieses Stück Hundefleisch!
Er versank in düstere Gedanken. Es war ein scheußlicher Tag gewesen. Schon auf der Rennbahn hatte es begonnen. Er war davon überzeugt, daß sein Trainer – oder der Jockey – Butterscotch Lass Aufputschmittel gab, so daß sie schneller lief und niedrigere Quoten bekam – sie mußte jetzt schon Favorit sein; am Samstag würde er ihr dann keine Pillen mehr geben, auf einen Außenseiter setzen und kassieren, ohne daß er, Richard, an dem Profit beteiligt war. Dreckige Hundeknochen allesamt!

Madenmaul Barre und Hundeknochen Onkel Wu! Diese Abhebungen entsprechen beinahe meinem gesamten Bargeld. Das macht nichts, bei Lando Mata, Schmuggler Mo, Knauser Tung und dem Tai-Pan bin ich in Sicherheit. Oh, ich werde schreien, brüllen, fluchen und weinen müssen, aber nichts kann mir oder der Ho-Pak wirklich etwas anhaben. Ja, es war ein scheußlicher Tag gewesen. Der einzige Lichtblick darin war sein Gespräch mit dieser Casey. Sie hatten eifrig um die Finanzierung gekämpft, und er war davon überzeugt, daß er alle ihre Geschäfte, oder jedenfalls einen Großteil von ihnen, übernehmen konnte. Sie ist so naiv, dachte er. Sie weiß viel über Bank- und Finanzwesen, aber überhaupt nichts über die asiatische Welt. Es ist so naiv von ihr, ihre Pläne so offen darzulegen. Dank allen Göttern für die Amerikaner!

Sein Privattelefon läutete. Er griff nach dem Hörer und ärgerte sich wie immer darüber, daß er es hatte herüberstellen lassen müssen. Aber er hatte keine Wahl gehabt. Als seine vorhergehende langjährige Sekretärin kündigte, weil sie heiratete, hatte seine Frau ihre Lieblingsnichte an ihre Stelle gesetzt – natürlich damit sie mir nachspionieren kann, dachte er mißmutig. Aber was kann ein Mann dagegen tun?

»Ja?« fragte er.

»Du hast mich den ganzen Tag nicht angerufen... ich warte seit Stunden.«

Sein Herz klopfte beim unerwarteten Klang ihrer Stimme. »Hör zu, Kleiner Schatz«, versuchte er sie zu beruhigen. Dein armer Vater hat heute sehr viel zu tun. Ich –«

»Du liebst deine arme Tochter einfach nicht mehr. Ich muß mich in den Hafen stürzen oder jemand anderen finden, der mich schätzt, oh, oh, oh...«

Sein Blutdruck stieg, als er sie weinen hörte. »Hör zu, Kleines Ölmäulchen! Wir treffen uns heute abend um zehn. Wir werden in Wanchai eine Mahlzeit mit acht Gängen –«

»Zehn ist zu spät, und ich will keine Acht-Gänge-Mahlzeit, ich will ein Steak, und ich will ins Penthouse vom V and A und Champagner trinken.«

Er stöhnte innerlich bei dem Gedanken daran, daß ihn jemand sehen und seiner *tai-tai* darüber berichten könnte. Aber er würde allen seinen Freunden und Feinden und ganz Hongkong gegenüber ungeheuer an Gesicht gewinnen, wenn er seine neue Geliebte dorthin führte, den jungen, exotischen, aufgehenden Stern am TV-Himmel. Venus Poon.

»Um zehn Uhr werde ich –«

»Zehn ist zu spät. Neun. Ich werde sterben, weil ich dir gleichgültig bin.«

»Hör zu! Dein Vater hat drei Verabredungen und –«

»Oh, mein Kopf schmerzt, wenn ich daran denke, daß du mich nicht mehr magst, oh, oh, oh! Diese erniedrigte Person wird sich die Pulsadern aufschneiden müssen oder...« Er hörte die Veränderungen in ihrer Stimme, und sein Herz krampfte sich bei der Drohung zusammen. »Oder die Tele-

fonanrufe von anderen beantworten, die natürlich geringer sind als ihr verehrter Vater, jedoch genauso reich und –«
»Gut, Kleiner Schatz. Um neun!«
»Oh, du *liebst* mich, nicht wahr?« Obwohl sie Kantonesisch sprach, verwendete Venus Poon das englische Wort, und sein Herz klopfte. Englisch war für moderne Chinesen die Sprache der Liebe, denn in ihrer eigenen Sprache gab es keine romantischen Wörter. »Sag es mir!« befahl sie. »Sag mir, daß du mich *liebst!*«
Er sagte es ihr widerstrebend, dann legte er auf. Diese glattzüngige kleine Hure, dachte er verärgert. Aber mit neunzehn hat sie das Recht, anspruchsvoll und launisch und schwierig zu sein, wenn der Partner beinahe sechzig ist und sich bei ihr wie zwanzig fühlt. Venus Poon ist das Beste, das ich je gehabt habe. Sie ist teuer, aber sie hat Muskeln in ihrer Goldenen Truhe, von denen nur der legendäre Kaiser Kung bis jetzt berichtet hat.
Er fühlte, wie sich sein Glied regte und kratzte sich behaglich. Ich werde dem kleinen Luder etwas für heute nacht besorgen. Ich werde ein extra großes Instrument kaufen, ach ja, einen Ring mit Glöckchen drauf. Die wird sich winden!
Ja, aber inzwischen denk an morgen!
Ruf deinen Oberdrachen-Freund an, Divisional Sergeant Tang-po in Tsim Sha Tsui. Er soll das Nötige tun, damit die Filialen in Kowloon von der Polizei gut überwacht werden. Ruf die Bank of London, Vetter Tung von der großen Tung Po Bank, Vetter Lächler Tsching und Havergill an und verlange zusätzliches Bargeld gegen die Sicherheiten und Aktien der Ho-Pak! Rufe sie alle an!
Richard Kwang erwachte jäh aus seinen Träumen, als er sich an die Einladung des Tai-Pan erinnerte. Es schnitt ihm in die Seele. Die Einlagen der Nelson Trading in Barren und Bargeld waren enorm. *Oh ko,* wenn Nels –
Das Telefon schrillte aufreizend. »Onkel, Mr. Haply ist am Apparat.«
»Hallo, Mr. Haply! Es tut mir leid, aber ich war vorher beschäftigt.«
»Das macht nichts, Mr. Kwang. Ich wollte nur einige Tatsachen überprüfen, wenn Sie gestatten. Zunächst der Krawall in Aberdeen. Die Polizei w –«
»Kaum ein Krawall, Mr. Haply. Ein paar lärmende, ungeduldige Leute, das war alles«, sagte er.
»Ich sehe mir soeben ein paar Fotos in der Nachmittagsausgabe der *Times* an, Mr. Kwang – es sieht nach einem echten Krawall aus.«
Der Bankier wand sich in seinem Stuhl und bemühte sich, ruhig zu bleiben. »Oh – na ja, ich war nicht dort, deshalb ... Ich werde mit Mister Sung sprechen müssen.«
»Ich habe mit ihm gesprochen, Mister Kwang, eine halbe Stunde lang. Er sagt, wenn die Polizei nicht gewesen wäre, die Menge hätte Kleinholz aus der Bank gemacht. Es ist in Ordnung, wenn Sie es herunterspielen, aber ich

möchte Ihnen helfen, also seien Sie lieber offen zu mir... Wie viele Leute haben auf Lan Tao ihr Geld abgehoben?«
Richard Kwang halbierte die Zahl: »Achtzehn.«
»Unser Mann hat sechsunddreißig gesagt. Zweiundachtzig in Sah Tin. Und was war in Mong Kok?«
»Eine Handvoll.«
»Mein Mann sagt achtundvierzig, und über hundert standen noch draußen, als die Schalter schlossen. Was war in Tsim Sha Tsui los?«
»Ich habe die Zahlen noch nicht, Mr. Haply«, log Richard Kwang glatt, von Angst gepeinigt.
»Alle Abendausgaben bringen den Run auf die Ho-Pak ganz groß. Einige verwenden sogar dieses böse Wort. Ich rate Ihnen, bereiten Sie sich auf einen heißen Tag vor, Mister Kwang! Ich finde, daß Ihre Gegner gut organisiert sind. Das alles kann kein Zufall sein.«
»Ich bin Ihnen für Ihr Interesse dankbar. Wenn ich irgend etwas tun kann...«
Wieder das aufreizende Lachen. »Haben sich heute auch einige Ihrer großen Einleger davongemacht?«
Richard Kwang zögerte einen Augenblick, und Haply sprang in die Bresche. »Natürlich weiß ich von Wu. Ich meine die großen britischen *hongs*.«
»Nein, Mr. Haply, noch nicht.«
»Es heißt, daß Hongkong und Lan Tao Farms zu anderen Banken wechseln wollen.«
Richard Kwang hatte das Gefühl, einen Tritt in die Hoden zu bekommen. »Hoffen wir, daß es nicht stimmt, Mr. Haply! Wer sind die Tai-Pane, und welche große Bank oder Banken? Ist es die Victoria oder die Bank of London?«
»Tut mir leid, ich kann Ihnen nicht die Quelle meiner Nachrichten verraten. Aber Sie sollten lieber etwas unternehmen – es sieht verdammt so aus, als wären die großen Haie hinter Ihnen her.«

4

16.25 Uhr:

»Sie schlafen nicht miteinander, Tai-Pan«, sagte Claudia Tschen.
»Wer?«
»Bartlett und Ihre Ciranoush.«
Dunross unterbrach seine Arbeit. »So?«
»Ja. Getrennte Zimmer, getrennte Betten, gemeinsames Frühstück im Sa-

lon – beide vollständig angezogen, was interessant ist, weil beide nackt schlafen.«
»Sie haben nicht...?«
»Nein, jedenfalls nicht vergangene Nacht.«
Dunross grinste, und sie war froh, daß ihn die Nachricht freute. Es war das erstemal, daß er an diesem Tag lächelte. Sie war um 8.00 Uhr gekommen, und er hatte bereits wie ein Besessener gearbeitet, war zu Besprechungen gestürzt und wieder zurückgekommen: Polizei, Philip Tschen, der Gouverneur, zweimal in die Bank, einmal ins Penthouse.
Sie hatte an diesem Tag die Last gesehen, die ihn bedrückte, die Last, die früher oder später alle Tai-Pane beugte und sie manchmal brach. Sie hatte gesehen, wie Ians Vater verfallen war: Die ungeheuren Schiffsverluste der Kriegsjahre, der katastrophale Verlust von Hongkong, der Tod seiner Söhne und Neffen. Der Verlust des chinesischen Festlandes war schließlich zu viel für ihn gewesen. Sie hatte erlebt, wie Suez Alastair Struan zerbrochen, wie sich dieser Tai-Pan nie mehr von dem Debakel erholt hatte, wie sein schlechter Joss nicht abgerissen war, bis ihn der von Gornt inszenierte Sturm auf sein Aktienkapital zerschmettert hatte.
»Wieso sind Sie so sicher, Claudia?«
»Keine Schlafsachen für die beiden...« Sie lächelte.
»Woher wissen Sie das?«
»Ach«, sagte sie und wechselte rasch das Thema, »die Aufsichtsratssitzung der Nelson Trading beginnt in einer halben Stunde. Ich sollte Sie daran erinnern. Kann ich vorher noch ein paar Minuten mit Ihnen sprechen?«
»Ja. In einer Viertelstunde. Und jetzt: Was wissen Sie sonst noch?«
Sie seufzte und sah dann wichtigtuerisch auf ihren Notizblock. »Sie hat nie geheiratet. Oh, viele Bewerber, aber keiner von Dauer, Tai-Pan! Den Gerüchten zufolge hat keiner...«
Dunross' Augenbrauen gingen in die Höhe. »Sie wollen sagen, daß sie noch Jungfrau ist?«
»Das wissen wir nicht mit Sicherheit – wir wissen nur, daß sie nie mit einem Mann bis spät nachts oder bis zum anderen Morgen ausbleibt. Der einzige Mann, mit dem sie in Gesellschaft geht, ist Mr. Bartlett, und auch mit dem nur gelegentlich. Ausgenommen auf Geschäftsreisen. Er ist übrigens ein ziemlicher Herumtreiber, hat nicht nur eine Dame, sondern –«
»Wer ist seine Geliebte?«
»Ah! Der gutaussehende Mr. Bartlett hat keine bestimmte Freundin, Tai-Pan. Keine ständige Begleiterin, wie man sagt. Er wurde 1956 geschieden, in dem Jahr, in dem Ihre Ciranoush in seine Firma eintrat.«
»Sie ist nicht meine Ciranoush«, widersprach er. Claudias Lächeln wurde noch strahlender. »Sie ist sechsundzwanzig. Sie ist ein Schütze.«
»Haben Sie jemanden dazu angestiftet, ihren Paß zu stibitzen – oder einen Blick hineinzuwerfen?«

»Großer Gott, nein, Tai-Pan!« Claudia tat empört. »Ich spioniere nicht. Ich stelle nur Fragen. Aber ich wette einen Hunderter, daß sie und Mr. Bartlett irgendwann ein Verhältnis miteinander hatten.«
»Es würde mich wundern, wenn sie keines gehabt hätten. Er ist bestimmt in sie verliebt – und sie in ihn. Sie haben doch gesehen, wie sie miteinander getanzt haben.«
Die Fältchen um ihre Augen vertieften sich. »Wieviel wetten Sie darauf, daß sie nie ein Verhältnis gehabt haben?«
Er musterte sie. Dann sagte er: »Tausend zu... Zehn zu eins.«
»Abgemacht! Hundert Dollar. Danke, Tai-Pan. Jetzt zur Nels –«
»Woher haben Sie diese Informationen?«
Sie zog ein Telex aus den Papieren, die sie in der Hand hielt. Den Rest legte sie in das *Eingangs*-Körbchen. »Sie haben vorgestern nacht per Fernschreiben von unseren Leuten in New York Informationen über sie verlangt und um Überprüfung von Bartletts Akte gebeten. Das ist soeben eingetroffen.«
Er überflog das Telex. Er las sehr schnell und hatte ein beinahe fotografisches Gedächtnis. Das Telex enthielt in nüchternen Worten die Informationen, die ihm Claudia gegeben hatte, und die Mitteilung, daß K. C. Tcholok keine Vorstrafen hatte, über ein Sparguthaben von 46000 Dollar bei der San Fernando Savings und über ein Girokonto von 8700 Dollar bei der Los Angeles and California Bank verfügte.
»Und woher haben Sie das mit dem nackt schlafen? Das haben Sie erfunden!«
»O nein, das stammt aus meiner eigenen Quelle. Das Dritte Stubenmäd...«
Claudia unterbrach sich, aber sie war bereits in die Falle gegangen.
»Ach! Ein Spion im V and A! Das Dritte Stubenmädchen! Wer? Welche, Claudia?«
»*Ayeeyah!* Ein Spion darf nichts verraten, *heya?*« Sie lächelte freundlich. »Hier ist eine Liste der Anrufe, die ich für Sie entgegengenommen habe. Ich habe davon soviel wie möglich auf morgen verschoben. Ich werde Sie rechtzeitig an die Sitzung erinnern.«
Er nickte, aber sie bemerkte, daß er nicht mehr lächelte und wieder in Gedanken versunken war. Er dachte an Spione und an AMG und an die Zusammenkunft, die er um zehn Uhr vormittag mit Brian Kwok und Roger Crosse gehabt hatte, und an die Sitzung um sechs Uhr.
Die Zusammenkunft am Vormittag war kurz, scharf und heftig gewesen.
»Erstens, gibt es etwas Neues über AMG?« hatte er gefragt.
Roger Crosse hatte geantwortet: »Es war anscheinend ein Unfall. Keine verdächtigen Spuren am Körper. Niemand wurde in der Nähe beobachtet, keine Autospuren, Aufprallspuren, Bremsspuren, nur die des Motorrads. Und jetzt zu den Berichten – wir wissen übrigens, daß Sie über die einzigen existierenden Kopien verfügen.«

»Es tut mir leid, aber ich kann Ihre Bitte nicht erfüllen.«
»Warum?« Die Stimme des Polizeibeamten hatte mürrisch geklungen.
»Ich gebe noch immer nicht zu, daß sie existieren, aber –«
»Um Himmels willen, Tai-Pan, machen Sie sich nicht lächerlich! Natürlich existieren die Kopien. Halten Sie uns für Vollidioten! Wenn es sie nicht gäbe, hätten Sie es gestern nacht gesagt, und damit hätte es sich gehabt. Ich rate Ihnen dringend, sie uns zum Kopieren zu überlassen.«
»Und ich rate Ihnen dringend, sich besser zu beherrschen.«
»Wenn Sie glauben, daß ich die Beherrschung verloren habe, dann kennen Sie mich schlecht. Ich fordere Sie offiziell auf, diese Dokumente vorzulegen. Wenn Sie sich weigern, werde ich mich heute abend um sechs Uhr auf meine Befugnisse gemäß dem Official Secrets Act berufen, und – Tai-Pan oder nicht, Noble House oder nicht, Freund oder nicht – eine Minute nach sechs Uhr sind Sie verhaftet. Wir werden Sie vom Verkehr mit der Außenwelt abschneiden und alle in Ihrem Besitz befindlichen Papiere, Safes, Schließfächer durchsuchen, bis wir sie gefunden haben. Und jetzt legen Sie bitte die Kopien vor!«
Dunross erinnerte sich an das entschlossene Gesicht und die eiskalten Augen, die ihn anstarrten. »Nein.«
Crosse hatte geseufzt. »Zum letztenmal, warum?«
»Weil sie meiner Meinung nach, wenn sie in die falschen Hände geraten, Ihrer Majestät –«
»Grundgütiger Gott. Ich bin der Chef des S. I.«
»Das weiß ich.«
»Dann tun Sie bitte, was ich sage!«
»Bedaure. Ich habe die halbe Nacht damit verbracht, einen sicheren Weg zu suchen, um –«
Roger Crosse war aufgestanden. »Ich komme um sechs Uhr, um die Papiere in Empfang zu nehmen. Verbrennen Sie sie nicht, Mr. Dunross! Ich werde es erfahren, falls Sie es versuchen, und werde es zu verhindern wissen. Sechs Uhr.«
Vergangene Nacht war Dunross, während die anderen schliefen, in sein Arbeitszimmer gegangen und hatte die Papiere noch einmal gelesen. Er wußte jetzt von AMGs Tod, seiner möglichen Ermordung, von der Beteiligung der MI-5 und -6, wahrscheinlich auch des KGB, und von Crosses überraschendem Interesse. Dann war ihm eingefallen, daß der Geheimdienst vielleicht noch nicht über das gesamte Material verfügte, und auch, daß einige Vermutungen, die er als zu abwegig abgetan hatte, anscheinend doch in Betracht gezogen werden mußten. Jetzt sah er die Berichte in einem ganz anderen Licht.
Es war zu gefährlich, sie zu übergeben. Und unmöglich, sie zu behalten.
In der Dunkelheit war Erregung in ihm aufgestiegen, die schöne, berauschende Hitze der Gefahr, die ihn umgab, der körperlichen Gefahr. Der na-

hen Feinde. Weil er auf der schmalen Schneide zwischen Leben und Tod stand. Nur eines schmälerte das Vergnügen: Das Bewußtsein, daß Struan's von innen her verraten wurde. Immer wieder die gleiche Frage: Ist der Sevrin-Spion der Mann, der auch unsere Geheimnisse an Bartlett verraten hat? Einer der sieben? Alastair, Philip, Andrew, Jacques, Linbar, David MacStruan in Toronto, oder sein Vater? Alle undenkbar.

Sein Verstand hatte jeden einzelnen geprüft. Klinisch, leidenschaftslos. Alle hatten Gelegenheit gehabt, alle das gleiche Motiv: Neid und Haß. Aber keiner würde Noble House an einen Außenstehenden verraten. Und dennoch hatte es einer von ihnen getan.

Wer war es? Wer war Sevrin? Was sollte er mit den Informationsbriefen machen? War AMG ermordet worden? Wieviel ist wahr von dem, was in den Berichten steht? Die Nacht war kühl, und die Terrasse hatte ihn angelockt. Er stand unter der Sternenkuppel. Er hatte die Nacht immer geliebt. Wenn er bei Nacht über den Wolken flog, die Sterne so nah, immer nach feindlichen Bombern oder Nachtjägern Ausschau haltend, den Daumen auf dem Abzug... ach, damals war das Leben einfach gewesen: Töten oder getötet werden.

Er blieb eine Weile draußen, dann kehrte er erfrischt in das Zimmer zurück, schloß die Berichte weg, blieb in seinem Sessel vor der Terrassentür sitzen, überlegte sich, welche Möglichkeiten es noch gab, und entschied sich für eine. Dann hatte er befriedigt etwa eine Stunde gedöst und war, wie gewöhnlich, knapp vor Morgengrauen aufgewacht.

In seinem Penthouse badete er, rasierte sich und zog einen leichten Anzug an; dann ging er in sein Büro im darunterliegenden Stockwerk. Es war sehr schwül, und ein seltsames Licht strahlte vom Himmel herab. Ein Tropengewitter kommt, hatte er gedacht. Vielleicht haben wir Glück, und es zieht nicht vorbei wie die anderen. Er wendete sich vom Fenster ab und konzentrierte sich auf die Geschicke von Noble House. Ein Berg von während der Nacht eingetroffenen Fernschreiben mußte bearbeitet werden; sie betrafen alle möglichen Verhandlungen, Unternehmungen, Probleme und Geschäftsmöglichkeiten in der Kolonie und außerhalb. Sie kamen aus allen vier Himmelsrichtungen. Aus dem Yukongebiet im fernen Norden, wo Struan's gemeinsam mit dem kanadischen Holz- und Bergwerksgiganten McLean-Woodley nach Öl bohrte. Aus Singapur und Malakka und aus dem weit südlich gelegenen Tasmanien, das Früchte und Mineralien nach Japan verschiffte. Die Fangarme des neuen internationalen Noble House griffen im Westen nach England, im Osten nach New York; sie waren noch schwach. Für diese Versuche gab es noch nicht die Unterstützung, die für ihr Gedeihen lebenswichtig war.

Keine Sorge! Sie werden bald stark sein. Dank des Par-Con-Deals wird unser Netz fest wie Stahl werden; Hongkong wird das Zentrum der Welt, und wir der Kern dieses Zentrums. Gott sein Dank gibt es Telex und Telefone.

»Mister Bartlett, bitte.«
»Hallo?«
»Ian Dunross, guten Morgen, entschuldigen Sie, daß ich Sie so zeitig störe! Könnten wir unsere Zusammenkunft auf sechs Uhr dreißig verschieben?«
»Ja. Gibt es Komplikationen?«
»Nein. Nur Geschäfte. Ich muß eine Menge aufarbeiten. Grüßen Sie Casey von mir!«
»Ja, danke. Die Party gestern abend war ein voller Erfolg. Ihre Tochter ist bezaubernd!«
»Danke. Ich werde um sechs Uhr dreißig im Hotel sein. Natürlich gilt die Einladung auch für Casey. Bis dann!«
Ach, Casey, dachte er.
Casey und Bartlett. Casey und Gornt. Gornt und Vierfinger Wu.
Zeitig am Morgen hatte ihm Vierfinger Wu über das Zusammentreffen mit Gornt berichtet. Ein angenehmer Schauder hatte ihn überlaufen, als er hörte, daß sein Feind beinahe gestorben war.
Ein Jammer, daß der Bastard nicht abgekratzt ist! Das hätte mir eine Menge Ärger erspart. Dann vergaß er Gornt und beschäftigte sich wieder mit Vierfinger.
Der alte Seemann sprach Pidgin und Dunross Haklo, und so verständigten sie sich recht gut. Wu hatte ihm alles erzählt, was er wußte. Daß Gornt Wu geraten hatte, sein Geld bei der Ho-Pak abzuheben, kam überraschend. Und beunruhigte ihn. Genauso wie Haplys Artikel.
Weiß dieser Dreckskerl Gornt etwas, das ich nicht weiß?
Er war zur Bank gefahren. »Was ist los, Paul?«
»Was meinen Sie?« fragte Havergill.
»Die Ho-Pak.«
»Oh. Der Run? Sehr schlecht für das Image der Banken. Der arme Kwang! Wir sind ziemlich sicher, daß er genügend Reserven hat, um diesen Sturm zu überstehen, aber wir wissen nicht, wie groß seine Verpflichtungen sind. Aber die Tsching Prosperity und die Lo Fat Bank werden ihn sicherlich unterstützen. Mein Gott, er hat aus der Ho-Pak ein großes Bankinstitut gemacht! Wenn er bankrott geht, kann das ungeheure Folgen haben. Sogar bei uns hat es in Aberdeen ein paar Abhebungen gegeben. Übrigens, glauben Sie, daß es regnen wird? Das Wetter ist heute so komisch, finden Sie nicht?«
»Ich weiß es nicht. Wir wollen es hoffen. Aber nicht am Samstag!«
»O Gott, ja! Es wäre schrecklich, wenn der Regen die Rennen verhinderte. Gar nicht auszudenken! Übrigens, Ian, die Party gestern nacht war bezaubernd. Es hat mich gefreut, Bartlett und seine Freundin kennenzulernen. Wie laufen Ihre Verhandlungen mit ihm?«
»Ausgezeichnet. Hören Sie, Paul...«
Dunross lächelte vor sich hin, als er daran dachte, wie er die Stimme gesenkt

hatte, obwohl... In Havergills Büro, von dem aus man den ganzen Central District überblickte, säumten Bücherregale die Wände, und es war völlig schallisoliert. »Ich habe das Geschäft abgeschlossen. Zunächst auf zwei Jahre. Nächste Woche unterzeichnen wir die Verträge. Sie schießen jedes Jahr zwanzig Millionen in bar ein; über die folgenden Jahre muß noch verhandelt werden.«

»Glückwunsch, mein Lieber, meinen herzlichsten Glückwunsch! Und die Anzahlung?«

»Sieben.«

»Das ist wunderbar! Damit ist alles gedeckt. Es wird großartig sein, wenn das Toda-Gespenst nicht mehr in der Bilanz aufscheint – und bei einer Million für Orlin werden sie Ihnen vielleicht mehr Zeit lassen, so daß Sie endlich die schlechten Jahre vergessen und sich auf eine gewinnreiche Zukunft freuen können. Haben Sie schon Charterer für Ihre Schiffe gefunden?«

»Nein. Aber ich werde sie schon noch rechtzeitig unter Vertrag haben, um unseren Kredit abzusichern.«

»Struan's notiert heute um zwei Punkte höher.«

»Das ist nur der Anfang. Der Kurs wird binnen dreißig Tagen auf das Doppelte steigen. Alle Zeichen weisen darauf hin. Das Vertrauen wächst. Unser Par-Con-Deal wird die Hausse einleiten. Sie ist schon längst fällig.«

»Das wäre herrlich! Wann geben Sie den Abschluß mit Par-Con bekannt?«

»Freitag, nach Börsenschluß.«

»Ausgezeichnet, der Zeitpunkt ist gut gewählt. Am Montag werden alle mitmachen wollen.«

»Aber bis dahin sollte es unter uns bleiben.«

»Natürlich. Haben Sie gehört, daß Gornt sich vergangene Nacht beinahe umgebracht hat? Kurz nach Ihrer Party.«

»Ja, davon habe ich gehört. Er hätte abkratzen sollen. Die Aktien der Second Great Company wären vor Freude in die Höhe geschnellt.«

»Na, na, Ian! Eine Hausse, also? Glauben Sie wirklich?«

»So sehr, daß ich groß einsteigen möchte. Wie wäre es mit einem Kredit von einer Million – um Struan's-Aktien zu kaufen?«

»Die Aktien würden bei uns bleiben?«

»Natürlich.«

»Und wenn sie fallen?«

»Das werden sie nicht.«

»Und wenn doch, Ian?«

»Was würden Sie vorschlagen?«

»Na ja, es bleibt ja unter uns, also sagen wir, wenn sie heute bei Börsenschluß zwei Punkte unter dem Tageskurs liegen, verkaufen wir sie und belasten Ihr Konto...«

»Drei Punkte. Struan's wird steigen.«

»Sicher. Aber vorderhand bleiben wir lieber bei zwei, bis Sie den Par-Con-Vertrag unterschrieben haben. Noble House hat seinen Revolving-Kredit schon ziemlich überschritten. Also zwei. o. k.?«

»In Ordnung.«

Bei zwei kann mir nichts passieren, dachte Dunross. Bevor er die Bank verließ, hatte er in Johnjohns Büro vorbeigeschaut. Bruce Johnjohn, zweiter stellvertretender Hauptgeschäftsführer und voraussichtlicher Nachfolger Havergills, war ein untersetzter, freundlicher Mann mit der Vitalität eines Kolibri. Dunross hatte auch ihm die Neuigkeit erzählt, und Johnjohn hatte sich ebenfalls gefreut. Aber er hatte ihm geraten, mit Hausse-Spekulationen vorsichtig zu sein, und machte sich im Gegensatz zu Havergill schwere Sorgen wegen des Ho-Pak-Runs.

»Es gefällt mir überhaupt nicht, Ian. Es stinkt.«

»Sie meinen? Was sagen Sie zu Haplys Artikel?«

»Ach, reiner Unsinn! Wir befassen uns nicht mit solchem Mumpitz. Bank of London? Genauso unsinnig. Warum sollten wir eine große chinesische Bank ausschalten wollen, selbst wenn wir es könnten? Vielleicht steckt die Tsching Bank dahinter. Es wäre auch möglich, daß Kwangs Kunden wirklich Angst haben. Seit drei Monaten höre ich alle möglichen Gerüchte. Er steckt tief in Dutzenden von zweifelhaften Geschäften. Wenn er untergeht, wird es uns alle in Mitleidenschaft ziehen. Seien Sie verdammt vorsichtig, Ian!«

»Ich werde froh sein, wenn Sie oben sitzen, Bruce.«

»Machen Sie Paul nicht schlecht – er ist sehr schlau, und er war für Hongkong und die Bank sehr gut. Aber uns stehen in Asien schwere Zeiten bevor, Ian. Ich halte es für sehr klug von Ihnen, nach Südamerika zu diversifizieren – es ist ein großer Markt, den wir noch nicht angezapft haben. Haben Sie auch Südafrika in Betracht gezogen?«

»Was ist damit?«

»Gehen wir nächste Woche zusammen essen! Am Mittwoch? Gut. Ich habe eine Idee für Sie. Haben Sie von Gornt gehört?«

»Mhm.«

»Er ist davon überzeugt, daß er Ihnen Par-Con wegnehmen kann.«

»Das wird er nicht.«

»Haben Sie heute schon mit Philip gesprochen?«

»Philip Tschen? Nein, warum?«

»Ich traf ihn auf der Rennbahn. Er sah wirklich elend aus... Er nimmt sich Johns... er nimmt sich die Entführung sehr zu Herzen.«

»Würde es Ihnen nicht auch so gehen?«

»Ja, sicherlich. Aber ich habe nicht geglaubt, daß er und sein Sohn Nummer Eins einander so nahestehen.«

Dunross dachte an Adryon und Glenna und an seinen Sohn Duncan, der fünfzehn war und die Ferien in Australien auf der Schaffarm eines Freundes verbrachte. Was würde ich tun, wenn man einen von ihnen entführte? Was würde ich tun, wenn ich mit der Post ein abgeschnittenes Ohr erhielte?

Es klopfte. »Ja? Oh, hallo, Kathy«, sagte er, glücklich wie immer, wenn er seine jüngere Schwester sah.

»Entschuldige, daß ich dich störe, Ian«, sagte Kathy Gavallan, »aber Claudia meint, daß du ein paar Minuten Zeit bis zu deiner nächsten Verabredung hast. Stimmt's?«

»Natürlich stimmt's«, antwortete er lachend.

»Fein, danke.« Sie setzte sich in den Lehnstuhl am Fenster.

Er streckte sich, um seinen schmerzenden Rücken zu entlasten, und lachte sie an. »Dein Hut gefällt mir.« Er war aus Naturstroh und mit einem gelben Band verziert, das zu ihrem Seidenkleid paßte. »Was ist los?«

»Ich habe Multiple Sklerose.«

Er starrte sie verständnislos an.

»Was?«

»Das besagen jedenfalls die Tests. Der Arzt hat es mir gestern gesagt, aber gestern konnte ich es dir nicht erzählen, sonst... Heute hat er die Tests von einem weiteren Spezialisten überprüfen lassen, und es gibt keinen Zweifel.« Ihre Stimme und ihr Gesicht waren ruhig, sie saß aufrecht in dem Stuhl und sah hübscher aus als je zuvor. »Ich mußte es jemandem sagen. Es tut mir leid, daß ich so damit herausgeplatzt bin. Ich habe mir vorgestellt, daß du mir helfen könntest, Pläne zu schmieden, nicht heute, sondern wenn du Zeit hast, vielleicht über das Wochenende.« Sie sah seinen Gesichtsausdruck und lachte nervös. »Es ist nicht so arg. Glaube ich jedenfalls.«

Dunross lehnte sich zurück und bemühte sich, seinen entsetzten Verstand wieder in Bewegung zu setzen. »Multiple... das ist eine scheußliche Sache, nicht wahr?«

»Ja, es ist ein Leiden, von dem das Nervensystem angegriffen wird und das man noch nicht heilen kann. Man weiß nicht, was es ist oder wie man es bekommt.«

»Wir werden weitere Spezialisten zuziehen. Nein, es ist noch besser, wenn du mit Penn nach England fährst. Dort oder in Europa muß es Spezialisten geben. Eine Heilung ist sicherlich möglich, Kathy.«

»Leider nicht, mein Lieber. Aber England ist eine gute Idee. Dr. Tooley hält es für vorteilhaft, wenn ich wegen einer Behandlung mit einem Spezialisten in der Harley Street spreche. Ich würde sehr gern mit Penn fahren. Die Krankheit ist noch nicht allzusehr fortgeschritten, und wenn ich vorsichtig bin, müssen wir uns nicht zu große Sorgen machen.«

»Und was heißt das?«

»Das heißt, daß ich auf mich achtgeben, die Medikamente nehmen und ein Nachmittagsschläfchen halten muß, um nicht zu müde zu werden. Dann kann ich mich immer noch um Andrew und das Haus und die Kinder kümmern und gelegentlich auch Golf oder Tennis spielen, aber nur eine Runde am Vormittag. Weißt du, sie können die Krankheit zum Stillstand bringen, aber nicht die bis jetzt eingetretenen Schäden heilen. Er sagt, wenn ich nicht auf mich achtgebe und mich ausruhe – es geht vor allem um die Ruhe, meint er – wenn ich mich nicht ausruhe, kommt ein neuer Schub.«

Er starrte sie an und unterdrückte den Schmerz, den er für sie empfand. »Nun, Gott sei Dank kannst du soviel Ruhe haben, wie du willst«, antwortete er. »Hast du etwas dagegen, wenn ich mit Tooley spreche?«

»Aber nein. Du mußt dir keine Sorgen machen, Ian. Er hat gesagt, daß alles in Ordnung ist, wenn ich auf mich achtgebe, und ich habe ihm versprochen, so brav zu sein, daß er sich deshalb überhaupt keine Gedanken machen muß.« Kathy war überrascht, weil ihre Stimme so ruhig klang. Sie konnte beinahe spüren, wie die Bazillen oder Viren der Krankheit in ihr Nervensystem eindrangen, ihre Nervenfasern langsam auffraßen, Sekunde um Sekunde, Stunde um Stunde, bis ihre Finger und Zehen noch gefühlloser wurden, und dann ihr Gelenke und Knöchel und Beine und und und – o Jesus, allmächtiger Gott... »Es ist schrecklich schwül heute, nicht wahr?«

»Ja. Wie ist das nur so plötzlich gekommen?«

»Es kam gar nicht so plötzlich. Sie konnten es nur nicht diagnostizieren. Deshalb haben sie die vielen Tests gemacht.« Es hatte vor etwa sechs Monaten mit leichtem Schwindel und Kopfschmerzen begonnen. Weder Aspirin noch stärkere Mittel halfen. Dann hatte der liebe alte Tooley, ihr Hausarzt, sie in das Matilda-Spital auf dem Peak zu Tests und weiteren Tests und Gehirnuntersuchungen geschickt, für den Fall, daß sie einen Tumor hätte, aber man hatte nichts entdecken können. Erst die scheußliche Rückenmarkspunktion erbrachte den Hinweis, den weitere Tests dann bestätigten. Gestern. O Gott, war es erst gestern, daß sie mich zum Rollstuhl verurteilt haben, in dem ich schließlich ein hilfloses, sabberndes Ding sein werde?

»Hast du es Andrew gesagt?«

»Nein, noch nicht. Ich konnte es noch nicht. Der arme Andrew verliert so leicht den Kopf. Ich werde es ihm heute abend erzählen. Ich mußte es zuerst dir sagen. Das haben wir ja immer so gehalten, nicht wahr? Lecchie, Scotty und ich. Du warst immer der erste, der etwas erfuhr...« Sie erinnerte sich an ihre Jugendzeit, an die glücklichen Tage hier in Hongkong und in Ayr auf Schloß Avisyard, an ihr entzückendes, altes, weitläufiges Haus im Heidekraut auf dem Gipfel des Hügels, oberhalb des Meeres – Weihnachten und Ostern und die langen Sommerferien, sie und Ian – und Lecchie, der älteste, und Scott, ihr Zwillingsbruder – sie waren so glücklich, wenn Vater nicht da war, alle hatten Angst vor Vater, außer Ian, der immer ihr Sprecher, immer ihr Beschützer war, der immer die Strafe auf sich nahm – kein Abendessen, und schreib hundertmal: Ich werde nicht mehr widersprechen, ein Kind soll man sehen, aber nicht hören...

»Ach Ian«, sagte sie, und plötzlich stiegen ihr Tränen in die Augen. »Es tut mir so leid.« Dann spürte sie, wie seine Arme sie umschlangen, und endlich fühlte sie sich geborgen, und der Alptraum verblaßte. Aber sie wußte, daß er nie aufhören würde. Niemals. Ihre Brüder würden nicht zurückkommen, außer in ihren Träumen, und auch nicht ihr geliebter Johnny. »Es ist schon in Ordnung, Ian«, meinte sie unter Tränen. »Es ist nicht meinetwegen, wirklich nicht. Ich habe nur an Lecchie und Scotty gedacht und an unser Haus in Ayr.«

Lecchie war der erste, der gestorben war. Leutnant in der Highland Light Infantry. Er wurde 1940 in Frankreich als vermißt gemeldet. Man fand nie eine Spur von ihm. Eben hatte er noch am Straßenrand gestanden, und dann war er verschwunden, und in der Luft hing der beizende Rauch des Sperrfeuers, das die Nazipanzer auf die kleine Steinbrücke des Weges nach Dünkirchen gelegt hatten. Und nach dem Krieg die Monate des Suchens, aber nie ein Hinweis, nie ein Zeuge, und dann hatte die Familie schließlich akzeptiert, daß Lecchie tot war.

Scott war 1939 sechzehn gewesen, und sie hatten ihn nach Kanada geschickt, damit er dort die Schule beendete. Er ließ sich zum Piloten ausbilden, und an seinem achtzehnten Geburtstag war er trotz des wütenden Protests seines Vaters in die Canadian Air Force eingetreten, weil er Blutrache für Lecchie nehmen wollte. Er hatte den Pilotenschein bekommen, war einem Bombergeschwader zugeteilt worden und gerade rechtzeitig zur Landung in der Normandie herübergekommen. Unbekümmert hatte er kleine und große Städte in Trümmer gelegt, bis zum 14. Februar 1945. Er war jetzt Geschwaderkommandant, und als er vom Holocaust von Dresden heimflog, war seine Lancaster von einer Messerschmitt angegriffen worden. Sein Copilot hatte das kampfunfähige Flugzeug zwar nach England zurückgebracht, Scotty aber war tot.

Kathy war beim Begräbnis gewesen, ebenso Ian – in Uniform, auf Urlaub aus Tschungking, wo er den Luftstreitkräften General Tschiang Kai-scheks zugeteilt war. Sie hatte um Lecchie und Scotty und um ihren Johnny geweint. Sie war Witwe. Leutnant John Selkirk war vom Himmel heruntergeholt worden, sein Flugzeug während des Absturzes verbrannt.

»Was für eine schreckliche Vergeudung jungen Lebens, Ian, alle drei. Und wofür?«

»Ich weiß es nicht, kleine Kathy«, sagte er, ohne sie loszulassen. »Ich weiß es nicht. Und ich weiß nicht, warum ich überlebt habe und sie nicht.«

»Oh, ich bin so froh, daß du überlebt hast.« Sie küßte ihn. Irgendwie gelang es ihr, die Trauer wegzuwischen. Dann trocknete sie die Tränen, zog einen kleinen Spiegel aus der Tasche. »Gott, sehe ich schrecklich aus! Tut mir leid.«

Sein privates Badezimmer war hinter einem Bücherschrank verborgen, und sie verschwand dorthin, um ihr Make-up in Ordnung zu bringen.

Als sie zurückkam, starrte er immer noch aus dem Fenster. »Andrew ist im Augenblick nicht in seinem Büro, aber sobald er zurückkommt, sage ich es ihm.«

»O nein, mein Lieber, das ist meine Aufgabe. Das muß ich erledigen. Es gehört sich einfach.« Sie lächelte zu ihm empor und berührte ihn. »Ich liebe dich, Ian.«
»Und ich liebe dich, Kathy.«

5

16.55 Uhr:

Die Pappschachtel, die Philip Tschen von den Werwölfen zugeschickt wurde, stand auf Roger Crosses Schreibtisch. Neben der Schachtel lagen die Lösegeldforderungen, der Schlüsselring, der Führerschein, die Füllfeder, sogar das zerknüllte Zeitungspapier, das als Verpackung gedient hatte. Auch das kleine Plastiksäckchen und der bunte Fetzen waren da. Nur der Inhalt fehlte.
Auch Alan Medford Grants Informationsbrief lag neben der Gegensprechanlage auf dem Schreibtisch. Im Zimmer war es sehr still. Durch die kleinen Fenster überblickte man Wanchai und den Teil des Hafens um Glessing's Point.
Sein Telefon läutete. »Ja?«
»Mr. Rosemont, CIA, und Mr. Langan, FBI, Sir.«
»Gut.« Roger Crosse legte auf. Er schloß die oberste Lade seines Schreibtisches auf, legte sorgfältig die AMG-Akte auf das dechiffrierte Fernschreiben und verschloß die Lade wieder. Die mittlere Lade enthielt ein sehr leistungsfähiges Tonbandgerät. Er kontrollierte es und legte einen versteckten Schalter um. Die Spulen begannen lautlos zu laufen. Die Sprechanlage auf seinem Schreibtisch enthielt ein starkes Mikrophon. Zufrieden schloß er auch diese Lade wieder ab. Ein weiterer verborgener Schalter ließ geräuschlos einen Riegel an der Tür zurückgleiten. Er stand auf und öffnete die Tür.
»Hallo, kommen Sie bitte herein«, sagte er freundlich, schloß die Tür hinter den beiden Amerikanern und schüttelte ihnen die Hände. Dabei schob er den Riegel unauffällig wieder vor. »Nehmen Sie bitte Platz! Tee?«
»Nein, danke«, antwortete der CIA-Mann.
»Was kann ich für Sie tun?«
Beide Männer hatten Umschläge aus Manilapapier in der Hand. Rosemont öffnete den seinen und nahm zwei Bündel ausgezeichneter Fotos vom Format acht mal zehn heraus. »Hier«, sagte er und reichte Crosse ein Bündel.
Es handelte sich um mehrere Schnappschüsse von Woranski – er lief über die Werft, ging durch die Straßen von Kowloon, bestieg und verließ Taxis,

telefonierte – und Fotos von seinen chinesischen Mördern. Auf einer Aufnahme verließen die Chinesen die Telefonzelle, und man erkannte deutlich den zusammengesunkenen Körper im Hintergrund.
Nur Crosses große Disziplin bewahrte ihn davor, sein Erstaunen und seinen Zorn zu zeigen. »Gut, sehr gut«, meinte er und legte die Fotos auf den Schreibtisch. »Und?« Rosemont und Ed Langan zeigten sich erstaunt. »Sie haben ihn ebenfalls beschattet?«
»Natürlich«, log Crosse mit entwaffnender Offenheit. »Mein lieber Freund, wir befinden uns in Hongkong. Aber ich wünschte wirklich, sie ließen uns unsere Arbeit selbst machen, ohne sich einzumischen.«
»Natürlich.« Rosemont zündete sich eine Zigarette an. Er war groß, schlank, hatte kurzgeschnittenes graues Haar und ein offenes Gesicht. »Wir wissen, wo sich die beiden Killer verkrochen haben. Wir glauben jedenfalls, es zu wissen. Einer unserer Männer hat sie aufgestöbert.«
»Wie viele von Ihren Leuten beobachten das Schiff?«
»Zehn. Unsere Männer haben festgestellt, daß keiner Ihrer Leute den Kerl verfolgt hat. Das Ablenkungsmanöver hat uns beinahe auch getäuscht.«
»Sehr geschickt«, meinte Crosse zustimmend, wobei er sich fragte, um was für ein Ablenkungsmanöver es sich handelte.
»Unsere Männer sind nicht dazugekommen, seine Taschen zu durchsuchen – wir wissen, daß er vom Telefonhäuschen aus zwei Anrufe getätigt hat...«
Rosemont bemerkte, daß sich Crosses Pupillen verengten. Das ist merkwürdig, dachte er. Das hat Crosse nicht gewußt. Wenn er das nicht weiß, haben seine Leute den Burschen vielleicht auch nicht beschattet. Vielleicht lügt er, und der Kerl konnte in Hongkong ungehindert herumspazieren, bis er erstochen wurde. »Wer war er?«
»Laut seinen Papieren hieß er Igor Woranski und war Matrose der sowjetischen Handelsflotte. Wie kommt es eigentlich, daß Sie beide gleichzeitig hier vorsprechen? In den Filmen will man uns jedenfalls immer einreden, daß das FBI und die CIA uneins sind.«
Ed Langan lächelte. »Sind wir auch – wie Sie und MI-5, wie das KGB, der GRU und fünfzig andere sowjetische Vereine. Aber manchmal kreuzen sich unsere Wege – wir sind für die inneren Angelegenheiten der USA zuständig, Stans Amt für die äußeren, aber wir haben das gleiche Ziel: Sicherheit. Wir dachten... wir wollten fragen, ob wir nicht alle zusammenarbeiten können. Das hier könnte eine große Sache sein, und wir... Stan und ich, wir kommen nicht weiter.«
»Schön«, meinte Crosse, der ihre Informationen brauchte. »Aber Sie zuerst.«
Rosemont seufzte. »Okay, Rog. Es geht seit einiger Zeit ein Gerücht um, daß sich in Hongkong etwas zusammenbraut – wir wissen nicht, was – aber es gibt ganz sicher Verbindungen zu den Staaten. Ich nehme an, daß AGMs Informationsbrief das Bindeglied ist. Sehen Sie mal: Banastasio ist von der

Mafia. Ein großes Tier. Rauschgift, und so weiter. Dann kommen Bartlett und die Waffen. Waffen –«

»Besteht eine Verbindung zwischen Bartlett und Banastasio?«

»Wir sind nicht sicher. Wir versuchen, es herauszubekommen. Wir wissen nur, daß die Waffen in Los Angeles an Bord des Flugzeugs gebracht wurden. Darum geht es: Waffen, Rauschgift und unser zunehmendes Interesse an Vietnam. Woher kommt das Rauschgift? Aus dem Goldenen Dreieck. Vietnam, Laos und die Yünan-Provinz in China. Jetzt sind wir in Vietnam und –«

»Ja, und es ist unklug von Ihnen, alter Freund, dort zu sein, das habe ich Ihnen schon hundertmal gesagt.«

»Wir machen keine Politik, Rog, ebensowenig wie Sie. Weiter: Unser Atom-Flugzeugträger ist hier, und gestern abend trifft der verdammte Kerl hier ein. Das kann kein Zufall sein, vielleicht ist von dort etwas durchgesikkert. Dann gibt Ihnen Ed einen Tip, wir bekommen AMGs verwirrende Berichte aus London, und jetzt taucht Sevrin auf! Es stellt sich heraus, daß das KGB in ganz Asien V-Männer hat und daß Sie irgendwo an höchster Stelle einen Feind sitzen haben.«

»Das ist noch nicht bewiesen.«

»Richtig. Aber AMG war nicht auf den Kopf gefallen. Wenn er behauptet, daß Sevrin als Resident agiert und daß Sie einen Maulwurf haben, dann haben Sie einen Maulwurf. Natürlich haben wir auch in der CIA feindliche Agenten, genau wie das KGB. Ich bin sicher, daß Ed im FBI –«

»Das glaube ich nicht«, unterbrach ihn Ed Langan scharf. »Wir wählen unsere Leute sorgsam aus und schulen sie. Ihr nehmt eure Feuerwehrleute, wo ihr sie bekommt.«

»Sicher«, meinte Rosemont und wendete sich wieder an Crosse. »Zurück zum Rauschgift. Rotchina ist unser großer Feind und –«

»Auch das stimmt nicht, Stanley. Die Volksrepublik China ist ganz sicher nicht der große Feind. Der ist Rußland.«

»China ist kommunistisch. Die Kommunisten sind unsere Feinde. Es wäre verdammt schlau, die Staaten mit billigem Rauschgift zu überschwemmen, und Rotchina ist in der Lage, die Schleusen zu öffnen.«

»Das haben sie aber nicht getan. Unsere Rauschgiftbehörde ist die beste in ganz Asien – sie hat nie einen Beweis für eure offizielle Theorie entdeckt, daß China hinter dem Handel steckt.«

»Wie Sie meinen«, entgegnete Rosemont. »Rog, haben Sie eine Akte über diesen Agenten? Er ist vom KGB, nicht wahr?«

Crosse zündete sich eine Zigarette an. »Woranski war vergangenes Jahr hier. Damals segelte er unter dem Decknamen Sergej Kudrijow, auch wieder als Matrose auf dem gleichen Schiff – sie haben nicht viel Phantasie, was? Sein wirklicher Name war Major Yuri Bakyan; er war Direktor im KGB, Abteilung 6.«

»Was für Kontakte hatte er vergangenes Jahr, Rog?«
»Er hat sich wie ein Tourist benommen, hat im Neun-Drachen-Hotel in Kowloon gewohnt und wurde rund um die Uhr überwacht. Er blieb ein paar Wochen und schlich sich knapp vor Abfahrt des Schiffes wieder an Bord.«
»Freundin?«
»Keine ständige. Er trieb sich in der Good-Luck-Tanzhalle in Wanchai herum. Ein ziemlicher Draufgänger, aber er stellte keine Fragen und traf sich mit niemand Besonderem.«
»Hat er je die Sinclair Towers aufgesucht?«
»Nein.«
»Ein Jammer«, meinte Langan, »das wäre großartig gewesen. Tsu-yan hat dort eine Wohnung. Tsu-yan kennt Banastasio, John Tschen kennt Banastasio und wir sind wieder bei Waffen, Rauschgift, AMG und Sevrin angelangt.«
»Ja«, pflichtete Rosemont ihm bei, und er fügte hinzu: »Haben Sie Tsu-yan schon aufgespürt?«
»Nein. Er ist heil nach Taipeh gelangt und dort untergetaucht.«
»Nehmen Sie an, daß er sich verkrochen hat?«
»Könnte ich mir vorstellen«, sagte Crosse. Aber in Wirklichkeit hielt er ihn für tot, von den Nationalisten, Kommunisten, der Mafia oder einer Triade beseitigt. Ob er vielleicht ein Doppelagent war?
»Hat Woranski Ihnen irgendwelche Hinweise geliefert?« wollte Langan wissen.
»Nein, obwohl wir seit Jahren über ihn auf dem laufenden waren. Er war der sowjetischen Handelsdelegation in Bangkok zugeteilt, lebte in Hanoi und Seoul, aber wir konnten ihm keine geheimen Aktivitäten nachweisen. Als Major war er ziemlich ranghoch, was ihn sehr verdächtig macht. Vielleicht war er einer ihrer Spezialisten und hatte den Auftrag, sich in Asien herumzutreiben und zwanzig oder dreißig Jahre lang das Leben eines Schweigeagenten zu führen.«
»Diese Dreckskerle machen ihre Pläne auf so lange Sicht, daß es zum Himmel stinkt«, seufzte Rosemont. »Was werden Sie mit seiner Leiche anfangen?«
Crosse lächelte. »Einer meiner Leute, der Russisch spricht, hat den Kapitän des Schiffs, Gregor Suslew, angerufen. Er ist natürlich Parteimitglied, aber ziemlich harmlos. Er hat eine Freundin, die in Mong Kok wohnt – eine Bardame, die sich seiner annimmt, wenn er hier vor Anker liegt. Er geht zu den Rennen, ins Theater, spielt gelegentlich in Macao, spricht gut Englisch. Er wird von uns überwacht. Ich möchte nicht, daß einer Ihrer Heißsporne seine Zeit mit ihm verliert.«
»Suslew ist also hier schon bekannt?«
»Ja, er befährt diese Gewässer seit Jahren – er ist übrigens ein ehemaliger U-Boot-Kommandant. Er hat sehr oft einen sitzen.«

»Was meinen Sie damit?«
»Betrunken, aber nicht sehr. Er treibt sich mit ein paar von unseren englischen Salonkommunisten wie Sam und Molly Finn herum.«
»Den beiden, die immer Briefe an die Zeitungen schreiben?«
»Ganz recht. Sie sind mehr ein Ärgernis als eine Gefahr für die Sicherheit der Nation. Nun, mein russisch sprechender Kollege hat jedenfalls Kapitän Suslew auftragsgemäß erzählt, daß es uns schrecklich leid täte, daß aber einer seiner Leute in einer Telefonzelle im Terminal der Golden Ferry einen Herzanfall erlitten hat. Suslew war geziemend schockiert und verhielt sich sehr vernünftig. Auf dem Schiff befinden sich ausschließlich Profis, und sie wissen genau, daß wir ihre Agenten nur dann beseitigen, wenn sie uns Grund dazu geben, uns provozieren. Sie wissen, daß wir die, die wir kennen, beobachten und sie höchstens ausweisen, wenn sie uns wirklich ärgern.« Crosse sah zu Rosemont hinüber; seine Augen blickten hart, obwohl seine Stimme sich nicht verändert hatte. »Wir halten unsere Methoden für wirksamer als Messer, Garrotte, Gift oder Kugel.«
Der CIA-Mann nickte. »Aber wer hatte ein Interesse an seinem Tod?«
Wieder warf Crosse einen Blick auf die Fotos. Er kannte die beiden Chinesen nicht, aber ihre Gesichter waren deutlich sichtbar und die Leiche im Hintergrund ein sprechender Beweis. »Wir werden sie finden, ganz gleich, wer sie sind. Der eine, der das Revier anrief, behauptete, sie seien 14K. Aber er sprach Schanghai-Chinesisch mit Ningpo-Akzent, also ist das unwahrscheinlich. Er könnte ein Green Pang sein. Jedenfalls ist er ein ausgebildeter Profi – das Messer wurde sehr präzise gehandhabt. Es könnte einer Ihrer CIA-Schüler aus Tschiang Kai-scheks Geheimdienst sein. Oder vielleicht die koreanische CIA. Möglicherweise auch Agenten der chinesischen Volksrepublik, aber das ist unwahrscheinlich. Ihre Agenten begehen für gewöhnlich keinen *quai-loh*-Mord, und schon gar nicht in Hongkong.«
Rosemont nickte, ohne auf den Tadel zu reagieren. Er reichte Crosse die übrigen Fotos. »Das sind Aufnahmen des Hauses, in das sie gegangen sind. Unser Mann konnte die Zeichen nicht lesen, aber sie bedeuten ›Straße der ersten Jahreszeit, Nummer 14‹. Es ist eine dreckige kleine Gasse hinter dem Autobusbahnhof in North Point.« Crosse begann, auch diese Fotos sorgfältig zu untersuchen. Rosemont blickte auf die Uhr, stand auf und trat an das Fenster, von dem aus man einen Teil des Hafens überblicken konnte. »Sehen Sie!« sagte er stolz.
Die beiden anderen traten zu ihm. Der große Atom-Flugzeugträger umfuhr gerade North Point. Er hatte über die Toppen geflaggt. Auf dem geräumigen Deck standen Scharen von Matrosen in weißen Uniformen, die Düsenjäger an Deck waren ordentlich ausgerichtet. Beinahe 84000 Tonnen. Kein Schornstein, nur ein großer, drohender Brückenaufbau und eine 350 Meter lange, geteilte Startbahn, auf der die Düsenjäger gleichzeitig starten und landen konnten.

»Das ist vielleicht ein Schiff«, meinte Crosse neidvoll. Der Koloß war 1960 in Dienst gestellt worden und lief zum erstenmal Hongkong an. »Welche Höchstgeschwindigkeit erreicht er?«

»Das weiß ich nicht – es ist ebenso streng geheim wie die meisten übrigen Daten.« Rosemont drehte sich zu ihm um. »Können Sie nicht das verdammte sowjetische Spionageschiff aus dem Hafen jagen?«

»Ja, und wir könnten es auch in die Luft jagen, aber das wäre genauso unvernünftig. Die Reparaturen an ihren Schiffen – und manche davon sind wirklich notwendig – sind eine gute Einkommens- und Informationsquelle, und sie bezahlen prompt ihre Rechnungen. Unsere Methoden sind jahrelang erprobt und bewährt.«

Ja, dachte Rosemont ohne Groll, aber sie funktionieren nicht mehr. Es gibt kein britisches Empire mehr, und wir stehen einem anderen Gegner gegenüber, der klüger, schonungsloser, engagierter, totalitärer und fanatischer ist, sich an keine Regeln hält und einen weltweiten Plan verfolgt, für den alle erforderlichen Geldmittel großzügig zur Verfügung gestellt werden. Ihr Briten verfügt jetzt weder über Geld noch über Schlagkraft, Flotte, Armee oder Luftwaffe, und eure gottverdammte Regierung besteht aus Sozialisten und feindlichen Eiterherden. Wenn es nicht *unsere* strategische Luftherrschaft, unsere Raketen, unsere atomare Schlagkraft, unsere Flotte, unsere Armee, unsere Steuerzahler, unser Geld gäbe, wäret ihr alle tot oder in Sibirien. Trotzdem muß ich mit euch zusammenarbeiten. Wir brauchen Hongkong als Fenster nach China und eben jetzt eure Polizisten, um den Flugzeugträger zu bewachen.

»Danke für die zusätzlichen Männer, Rog«, sagte er.

»Auch wir wollen keine Schwierigkeiten, solange er im Hafen liegt. Ein schönes Schiff. Ich beneide Sie darum. Ich werde dafür sorgen, daß Sie eine Liste der Bars bekommen, die Ihre Matrosen meiden sollten – die einen sind bekannte Kommunistentreffs, die anderen Stammlokale unserer Jungs von H. M. S. *Dart.*« Crosse lächelte. »Es wird trotzdem zu Raufereien kommen.«

»Sicherlich. Rog, die Ermordung Woranskis kann kein Zufall gewesen sein. Kann einer von unseren Leuten, der den Schanghaier Dialekt beherrscht, den Vernehmungen beiwohnen?«

»Wir werden es Sie wissen lassen, wenn wir Hilfe brauchen.«

»Können wir jetzt die Kopien der anderen AMG-Berichte an den Tai-Pan bekommen? Dann wären Sie uns los.«

Crosse krümmte sich, obwohl er die Frage erwartet hatte. »Ich müßte die Erlaubnis von Whitehall einholen.«

Rosemont war überrascht. »Unser oberster Mann in England hat mit Ihrem großen weißen Vater gesprochen, und der hat seinen Segen dazu gegeben. Sie hätten ihn schon vor einer Stunde haben sollen.«

»So?«

»Na klar. Verdammt, wir hatten ja keine Ahnung, daß AMG auf der Lohnliste des Tai-Pan stand. Seit Ed die Kopie von AMGs Testament hat, laufen die Leitungen heiß. Wir versuchen, mehr über das Telefongespräch mit der Schweiz zu erfahren, aber –«

»Wie war das?«

»Kiernans Anruf. Das zweite Gespräch, das er geführt hat.«

»Ich verstehe nicht.«

Rosemont erklärte es ihm.

Crosse runzelte die Stirn. »Meine Leute haben mir nichts davon erzählt, auch Dunross nicht. Warum sollte er mir das verschweigen? Er hatte keinen Grund, es für sich zu behalten, oder?«

»Nein. Also, Rog: Ist der Tai-Pan koscher?«

Crosse lachte. »Wenn Sie wissen wollen, ob er ein hundertprozentiger britischer royalistischer Freibeuter ist, der seinem Haus, sich selbst und der Königin treu dient, ist die Antwort ein kategorisches Ja.«

»Wenn ich jetzt Ihre Kopien haben könnte, Rog.«

»Sobald ich die Zustimmung von Whitehall habe.«

»Fragen Sie im Dechiffrier-Raum nach – es ist ein Dringlichkeitsauftrag der Klasse 1–4a. Er besagt, daß Sie uns die Kopien sofort nach Erhalt zu übergeben haben.«

Dringlichkeitsaufträge wurden sehr selten erteilt. Der Empfänger war angehalten, für sofortige Erledigung zu sorgen.

Crosse zögerte. Er wagte nicht, ihnen zu sagen, daß er sich noch nicht im Besitz der Informationsbriefe befand. Er griff nach dem Hörer und wählte. »Hier Crosse. Gibt es etwas Neues von Quelle für mich? Ein 1–4a?«

»Nein, Sir. Nur das, was wir Ihnen vor einer Stunde hinaufgeschickt haben«, antwortete eine Frauenstimme.

»Danke.« Crosse legte den Hörer auf. »Noch nichts da.«

»Scheiße«, murmelte Rosemont und fügte dann hinzu: »Sie haben geschworen, daß Sie das Ding schon ausgestrahlt haben und daß es noch vor uns bei Ihnen eintreffen werde. Es muß jeden Augenblick hier sein. Wenn es Ihnen nichts ausmacht, warten wir.«

»Ich habe in Kürze eine Verabredung im Central District. Vielleicht am späteren Abend?«

Beide Männer schüttelten den Kopf. Langan sagte: »Wir warten. Wir haben Auftrag, die Berichte sofort durch Boten unter strenger Bewachung zurückzuschicken. Auf Kai Tak wartet schon ein Transportflugzeug der Armee auf den Kurier.«

Crosse spielte mit seinem Feuerzeug. »Stimmt das, was AMG über die CIA und die Mafia behauptet?«

Rosemont sah ihm in die Augen. »Das weiß ich nicht. Eure Leute haben während des Zweiten Weltkriegs alle möglichen Gauner eingesetzt. Wir haben von euch gelernt, das zu benützen, was wir haben – das war euer

oberster Grundsatz. Außerdem ist das unser Krieg, und wir werden ihn um jeden Preis gewinnen.«
»Ja, das müssen wir«, erklärte Langan ebenso überzeugt. »Denn wenn wir ihn verlieren, geht die ganze Welt drauf, und wir haben nie wieder eine Chance.«

Auf der Brücke der *Sowjetsky Iwanow* hatten drei Männer Feldstecher auf den Atom-Flugzeugträger gerichtet. Einer der Männer war Zivilist; er trug ein Kehlkopfmikrophon und sprach auf Tonband einen sachverständigen technischen Kommentar über alles, was er sah. Von Zeit zu Zeit fügten die anderen beiden etwas hinzu. Beide trugen Marineuniform. Der eine war Kapitän Gregor Suslew, der andere sein Erster Offizier.
Von Schleppern umgeben, aber ohne Schleppseile, fuhr der Flugzeugträger soeben in die Reede ein. Fähren und Frachtdampfer begrüßten ihn mit ihren Sirenen. Auf dem Hinterdeck des Flugzeugträgers spielte eine Marinekapelle.
»Der Kapitän versteht sein Geschäft«, sagte der Erste Offizier.
»Ja. Aber mit so einer Radaranlage könnte sogar ein Kind ihn steuern«, antwortete Kapitän Suslew. Er war ein breitschultriger, bärtiger Mann, dessen tiefliegende braune Augen freundlich blickten. »Die Suchgeräte in der Takelung sehen aus wie die neuen GEs für Weitstrecken-Radar. Stimmt's, Wassilij?«
»Richtig«, bestätigte der Zivilist.
»Berichten Sie das gesondert, sobald wir anlegen. Diese Nachricht allein war unsere Reise wert.«
»Ja.«
Suslew stellte seinen Feldstecher noch genauer ein, als das Schiff sich leicht drehte. Er konnte die Bombenaufhängevorrichtung der Flugzeuge sehen.
»Wie viele F5 befinden sich in seinem Bauch, und wie viele Atomsprengköpfe gibt es für sie?«
»Vielleicht haben wir diesmal Glück, Genosse Kapitän«, sagte der Erste Offizier.
»Wir wollen es hoffen. Dann käme uns Woranskis Tod nicht so teuer zu stehen.«
»Die Amerikaner sind Idioten, daß sie das Schiff hierherschicken – wissen sie denn nicht, daß das jeden Agenten in Asien reizen muß?«
»Für uns ist es ein Glück. Sie erleichtern uns unsere Arbeit beträchtlich«, erklärte Suslew.
Rings um ihn war die Brücke mit den modernsten Überwachungsgeräten vollgepfropft. Ein Radar suchte den Hafen ab. Ein grauhaariger Matrose beobachtete regungslos den Radarschirm – der Flugzeugträger war als deutliches, großes Echosignal unter den unzähligen kleineren Echos zu erkennen.

Hinter ihm ging die Tür zum Funkraum auf, ein Funker trat zu ihm, grüßte und reichte ihm ein Telegramm. »Dringend von Zentrale, Genosse Kapitän.«

Suslew nahm das Telegramm und bestätigte den Empfang. Es bestand aus einer sinnlosen Aneinanderreihung von Wörtern. Ein letzter Blick auf den Flugzeugträger, dann ließ er den Feldstecher sinken und verließ die Brücke. Seine Kajüte lag dicht dahinter auf dem gleichen Deck.

Er versperrte die Tür hinter sich, öffnete den kleinen, verborgenen Safe und entnahm ihm das Codebuch. Dann setzte er sich an den Schreibtisch, dechiffrierte rasch die Botschaft, las sie sorgfältig und starrte einen Augenblick ins Leere.

Nachdenklich legte er das Codebuch zurück, schloß es und verbrannte das Original des Telegramms im Aschenbecher. Er griff nach dem Telefon. »Brücke? Schicken Sie Genosse Metkin in meine Kajüte!« Er trat gedankenverloren ans Bullauge. Seine Kajüte war unordentlich. Fotos einer plumpen, unsicher lächelnden Frau standen auf dem Schreibtisch, dazu Aufnahmen eines gutaussehenden Jungen in Marineuniform und eines Teenagers. Bücher, ein Tennisschläger und eine Zeitung auf dem nicht gemachten Bett.

Es klopfte. Er öffnete die Tür. Der Matrose, der den Radarschirm beobachtet hatte, stand vor ihm.

»Komm herein, Dimitri!« Suslew zeigte auf das dechiffrierte Telegramm und verschloß die Tür hinter dem Mann.

Der Matrose war klein und vierschrötig. In seiner Funktion als politischer Kommissar war er ranghöchster Offizier auf dem Schiff. Er griff nach der dechiffrierten Botschaft. Sie lautete: »Dringlichkeitsstufe eins. Gregor Suslew, Sie übernehmen sofort Woranskis Pflichten und Aufgaben. London berichtet von größtem CIA- und MI-6-Interesse an Papieren in grauem Aktendeckel. Sollen über den Koordinator des britischen Geheimdienstes, AMG, zu Ian Dunross von Struan's gelangt sein. Befehl an Arthur, sofort Kopien zu beschaffen. Falls Dunross Kopien vernichtet hat, telegrafiert brauchbaren Plan, ihn zu entführen und mittels Psychodrogen zu befragen.«

Das Gesicht des Matrosen wurde ernst. Er sah Kapitän Suslew an. »AMG? Alan Medford Grant?«

»Ja.«

»Möge er tausend Jahre in der Hölle schmoren!«

»Das wird er, falls es auf dieser oder der nächsten Welt Gerechtigkeit gibt.« Suslew lächelte grimmig. »Hör zu, Dimitri! Wenn ich versage oder nicht zurückkomme, übernimmst du das Kommando.« Er hielt den Schlüssel in die Höhe. »Schließ den Safe auf! Er enthält Anweisungen für das Dechiffrieren und alles übrige.«

»Laß mich heute abend an deiner Stelle gehen! Du bist wichti –«

»Nein. Danke, alter Freund!« Suslew schlug ihm herzlich auf die Schulter. »Mach dir keine Sorgen! Alles wird glattgehen«, sagte er, froh darüber, daß er tun konnte, was er wollte. Er war überhaupt mit seiner Arbeit und seiner Stellung sehr zufrieden. Im geheimen war er stellvertretender Kontrollor in Asien für das Erste Direktorat des KGB, Abteilung 6, für alle Geheimdienstaktivitäten in China, Nordkorea und Vietnam zuständig; Oberst im KGB; und vor allem ein ranghohes Parteimitglied im Fernen Osten. »Die Zentrale hat den Befehl erteilt. Du mußt uns hier den Rücken decken. Klar?«

»Natürlich. Deshalb mußt du dir keine Sorgen machen, Gregor. Aber ich mache mir deinetwegen Sorgen.« Metkin und Suslew fuhren seit einigen Jahren auf dem gleichen Schiff, und Metkin hatte Respekt vor Suslew, obwohl er nicht wußte, worauf seine beherrschende Autorität beruhte. Manchmal war er in Versuchung, dieser Frage auf den Grund zu gehen. Du wirst älter, sagte er sich. Deinen wohlverdienten Ruhestand wirst du auf der Krim verbringen. Metkins Herz schlug schneller, wenn er an die liebliche Gegend und das wunderbare Klima am Schwarzen Meer dachte, wo er den Rest seines Lebens mit seiner Frau verträumen würde.

»Woranski war ein Spitzenmann, nicht wahr?« fragte er. »Worüber ist er gestolpert?«

»Er wurde verraten, das war sein Problem. Wir werden die Mörder finden und sie zur Rechenschaft ziehen. Falls mein Name auf dem nächsten Messer steht...« Suslew zuckte die Achseln. »Was soll's! Es geschieht für die Partei und Mütterchen Rußland.«

»Wann gehst du an Land?«

»Sobald es vertäut ist. Das ist ein schönes Schiff, was?«

»Wir haben nichts, was diesem Wunderwerk gleichkommt, Kapitän, stimmt's?«

Suslew lächelte, während er wieder einschenkte. »Nein, Genosse. Aber wenn der Feind keinen echten Widerstandswillen hat, kann er Hunderte solcher Flugzeugträger besitzen, und es spielt keine Rolle.«

»Ja, aber die Amerikaner sind unberechenbar, ein General kann durchdrehen, und dann fegen sie uns von der Erdoberfläche.«

»Ja, das können sie allerdings, aber sie werden es nicht tun. Sie sind feig. Und es dauert nicht mehr lange, dann drehen wir ihnen den Kragen um!« Er seufzte. »Es wird guttun, wenn wir erst einmal soweit sind.«

»Es wird schrecklich sein.«

»Nein, ein kurzer, beinahe unblutiger Krieg gegen Amerika, dann bricht die übrige Welt zusammen, weil sie nur noch ein Leichnam ist.«

»Unblutig? Was ist mit ihren Atombomben? Wasserstoffbomben?«

»Sie werden nie Atomwaffen oder Raketen gegen uns einsetzen, weil sie zuviel Angst vor den unseren haben. Sie sind nämlich überzeugt, daß wir sie einsetzen werden.«

»Werden wir es tun?«
»Ich weiß es nicht. Einige Befehlshaber sprechen davon. Wir werden sie sicherlich für den Vergeltungsschlag verwenden – aber damit beginnen? Ich weiß es nicht. Die Drohung allein wird genügen.« Er zündete die dechiffrierte Botschaft an und legte sie in den Aschenbecher. »Noch zwanzig Jahre Entspannung, und unsere Flotte und Luftwaffe sind größer und besser als die ihren. Wir haben jetzt schon mehr Panzer und mehr Soldaten, aber ohne genügend Schiffe und Flugzeuge müssen wir Geduld haben. Mütterchen Rußland kann ohne weiteres zwanzig Jahre auf die Weltherrschaft warten.«
»Und was ist mit China?«
»China ist vielleicht das Land, bei dem wir unsere Atomwaffen einsetzen können«, sagte er sachlich. »Dort gibt es nichts, was wir brauchen. Damit würden wir das chinesische Problem ein für allemal lösen. Wieviel Mann im militärpflichtigen Alter hatten sie laut der letzten Schätzung?«
»116 Millionen zwischen achtzehn und fünfundzwanzig.«
»Stell dir das vor! 116 Millionen gelber Teufel, die an unserer neuntausend Kilometer langen gemeinsamen Grenze stehen... und dann behauptet der Westen, wir hätten in bezug auf China Verfolgungswahn! Atomwaffen würden das chinesische Problem rasch, einfach und für immer lösen.«
Der andere nickte. »Und dieser Dunross? Die Informationsbriefe?«
»Wir werden sie ihm abnehmen. Schließlich gehört einer unserer Leute zu seiner Familie, ein anderer ist einer seiner Partner, ein weiterer sitzt im Special Intelligence – überall, wohin er sich wendet, stößt er auf Arthur und Sevrin, und dann sitzt in seinem Parlament auch noch ein Dutzend dekadenter Typen und sogar einige in seiner Regierung.« Beide lachten.
»Und wenn er die Papiere vernichtet hat? Würdest du ihn hier verhören?«
»Es wäre gefährlich, eine Befragung mit Psychodrogen zu übereilen. Ich habe so etwas noch nie gemacht.«
Der Kapitän runzelte die Stirn. »Wenn du heute abend berichtest, veranlasse die Zentrale, einen Sachverständigen bereitzustellen, für den Fall, daß wir einen brauchen. Koronski aus Wladiwostok, falls er verfügbar ist.«
Dimitri nickte gedankenverloren. Dann fiel sein Blick auf die Morgenausgabe des *Guardian*, die auf dem Bett des Kapitäns lag. Es holte sie, und seine Augen leuchteten. »Gregor – wenn wir Dunross schnappen müssen, warum nicht sie dafür verantwortlich machen?« Die reißerische Schlagzeile lautete: VERDÄCHTIGE IN WERWOLF-ENTFÜHRUNG. »Wenn Dunross nicht wiederkommt... vielleicht wird dann unser Mann Tai-Pan? Hm?«
Suslew kicherte. »Dimitri, du bist ein Genie.«

Rosemont sah auf die Uhr. Er hatte lange genug gewartet. »Kann ich Ihr Telefon benützen, Rog?«

»Natürlich.«
Der CIA-Mann drückte seine Zigarette aus und wählte die CIA-Zentrale im Konsulat.
»Rosemont am Apparat – gibt es etwas Neues, Phil?«
»Nein, außer das Marty Povitz von fieberhafter Aktivität auf der Brücke der *Iwanow* berichtet. Drei Männer mit besonders starken Feldstechern, Stan. Ein Zivilist, der Kapitän und der Erste Offizier. Eines ihrer Radars macht Überstunden. Sollen wir den Kapitän des Flugzeugträgers verständigen?«
»Nein. Hör mal, Phil, haben wir eine Bestätigung für unser 40–41 bekommen?«
»Natürlich, Stan. Sie ist um 16.03 eingetroffen.«
»Danke, Phil.«
Rosemont zündete sich eine Zigarette an. Langan, der Nichtraucher war, beobachtete ihn mißmutig.
»Was für eine Schau ziehen Sie ab, Rog?« fragte Rosemont zu Langans Verblüffung in scharfem Ton. »Sie haben den Dringlichkeitsauftrag 1–4a um 16.03 zugleich mit uns bekommen. Warum schinden Sie Zeit?«
»Ich halte es im Augenblick für zweckdienlich«, meinte Crosse freundlich. Rosemont und Langan wurden rot. »Nun, wir sind anderer Meinung, und wir haben die Anweisung, und zwar die offizielle Anweisung, unsere Kopien sofort mitzunehmen.«
»Ich bedaure wirklich, Stanley.«
Rosemonts Hals war jetzt hochrot, aber er beherrschte sich. »Sie werden den 1–4a nicht befolgen?«
»Im Augenblick nicht.«
Rosemont stand auf und ging zur Tür. »Okay, Rog, aber Sie haben sich die Folgen selbst zuzuschreiben.« Er schob den Riegel zurück, riß die Tür auf und ging. Langan stand auf.
»Warum tun Sie das, Roger?« fragte er.
Crosse sah ihn ruhig an. »Tu ich was?«
Ed Langan wurde wütend, doch dann fiel ihm etwas ein. »Mein Gott, Roger, Sie haben die Berichte noch gar nicht? Stimmt's?«
»Aber, aber, Ed«, meinte Crosse leichthin, »gerade Sie sollten wissen, daß wir unser Handwerk verstehen.«
»Das ist keine Antwort, Roger. Haben Sie die Papiere oder nicht?« Damit verließ der FBI-Mann den Raum und schloß die Tür hinter sich. Crosse schaltete das Tonbandgerät ab, griff nach dem Telefonhörer und wählte. »Brian? Hat Dunross sich gemeldet?«
»Nein, Sir.«
»Erwarten Sie mich unten! Sie und Armstrong.«
Er legte auf, holte den amtlichen Haftbefehl aus der Lade, setzte rasch »Ian Struan-Dunross« ein und unterschrieb beide Ausfertigungen. Das Original behielt er, die Kopie versperrte er in der Schublade.

6

17.45 Uhr:

Dunross befand sich gemeinsam mit den übrigen Direktoren der Nelson Trading im Sitzungszimmer des Struan-Hauses; alle Blicke waren auf Richard Kwang gerichtet. »Nein, Richard. Es tut mir leid, aber ich kann nicht bis morgen nach Börsenschluß warten.«

»Für Sie macht es keinen Unterschied, Tai-Pan, wohl aber für mich.« Richard Kwang schwitzte. Die anderen – Philip Tschen, Lando Mata und Zeppelin Tung – beobachteten ihn.

»Ich bin nicht Ihrer Meinung, Richard«, sagte Lando Mata scharf. »Madonna, Sie scheinen nicht zu begreifen, wie ernst der Run ist.«

»Richtig«, stimmte Zeppelin Tung mit unterdrückter Wut zu.

Dunross wußte, daß nur seine Anwesenheit sie daran hinderte, einander zu beschimpfen, anzubrüllen und Schmutzworte an den Kopf zu werfen, wie es bei allen Verhandlungen unter Chinesen der Fall ist. »Die Angelegenheit muß jetzt geregelt werden, Richard.«

»Ich stimme zu.« Lando Mata war ein fünfzigjähriger, gutaussehender Portugiese mit scharfen Gesichtszügen. Das chinesische Blut seiner Mutter trat in seinen dunklen Augen und seinem goldbraunen Teint deutlich in Erscheinung. Er wußte, daß Richard Kwang nie wagen würde zu enthüllen, daß er, Knauser Tung und Schmuggler Mo die Bank kontrollierten. Die Bank ist eine Sache, dachte er zornig, unsere Barren etwas anderes. »Wir können nicht zulassen, daß unsere Barren und unser Bargeld gefährdet sind.«

»Niemals«, erklärte Zeppelin Tung nervös. »Auch mein Vater wollte, daß ich das ganz deutlich feststelle. Er will sein Gold!«

»*Santa Maria,* wir haben beinahe fünfzig Tonnen Gold in Ihrem Tresor.«

»Sogar über fünfzig Tonnen.« Zeppelin Tungs Stirn war mit Schweiß bedeckt. »Mein alter Herr hat mir die Zahlen gegeben – 1792668 Unzen in 298778 Fünf-Tael-Barren.« Zeppelin Tung war ein gutgekleideter, korpulenter Mann von vierzig Jahren, der älteste Sohn von Knauser Tung, und er sprach mit dem Akzent der englischen Oberklasse. Sein Spitzname kam von einem Film, den Knauser an dem Tag gesehen hatte, an dem Zeppelin geboren wurde. »Stimmt das vielleicht nicht, Richard?«

Richard Kwang rutschte unruhig hin und her. Wenn er noch heute die Barren und das Bargeld aushändigen mußte, würde das die Liquidität der Bank stark beeinträchtigen. Sobald diese Nachricht durchsickerte – was zu erwarten war –, müßte das gesamte Unternehmen in eine kritische Lage geraten.

Er fühlte, wie ihm der Schweiß über den Rücken lief, aber er bewahrte Haltung und versuchte, einen Ausweg zu finden. »Das Gold ist völlig sicher, genau wie das Bargeld. Wir waren von Anfang an die Bank der Nelson Trading, und wir haben nie Schwierigkeiten gehabt. Wir haben zu Beginn gemeinsam mit Ihnen spekuliert...«

»Also bitte, Richard«, sagte Mata, der seine Verachtung unterdrückte. »Man spekuliert nicht mit Gold. Ganz bestimmt nicht mit *unserem* Gold.« Das Gold gehörte der Great Good Luck Company in Macao, die auch seit beinahe dreißig Jahren das Glücksspielmonopol besaß. Die Gesellschaft hatte ein Vermögen von über zwei Milliarden US-Dollar. Davon gehörten Knauser Tung dreißig Prozent, Lando Mata vierzig und den Nachkommen von Schmuggler Mo, der im vorhergehenden Jahr gestorben war, die restlichen dreißig Prozent.

Und alle miteinander, dachte Mata, besitzen wir fünfzig Prozent der Ho-Pak, die du, du dummes Stück Hundekot, irgendwie in Gefahr gebracht hast. »Es tut mir leid, Richard, aber ich bin dafür, daß Nelson Trading die Bank wechselt – zumindest auf einige Zeit.«

»Aber Lando«, begann Richard Kwang, »es besteht überhaupt kein Grund zur Besorgnis.« Er zeigte auf den *China Guardian*, der auf dem Tisch lag. »Haplys neuer Artikel bestätigt, daß wir gesund sind – daß das Ganze ein Sturm im Wasserglas ist, der von einem böswilligen –«

»Das ist möglich. Aber Chinesen glauben Gerüchten, und der Run ist eine Tatsache«, konstatierte Mata scharf.

»Mein alter Herr glaubt den Gerüchten«, stimmte Zeppelin Tung zu. »Er glaubt auch Vierfinger. Wu hat ihn heute nachmittag angerufen, ihm erzählt, daß er sein ganzes Geld abgehoben hat, und ihm geraten, das gleiche zu tun. Sie wissen sehr gut, Richard: Wenn der alte Herr will, daß etwas *jetzt* geschieht, dann geschieht es *jetzt*.« Ja, dachte Richard Kwang angewidert, der dreckige alte Geizkragen würde wegen fünfzig Cent aus dem Grab klettern. »Ich schlage vor, daß wir ein, zwei Tage warten...«

Dunross ließ sie reden; sie sollten das Gesicht wahren können. Er hatte bereits entschieden, was geschehen mußte. Die Nelson Trading war eine völlig in Besitz von Struan's stehende Tochtergesellschaft, so daß die anderen Direktoren nur wenig zu reden hatten. Aber obwohl die Nelson Trading von der Hongkong-Regierung die exklusive Lizenz für die Einfuhr von Gold erhalten hatte, wäre ihr Gewinn ohne das Goldgeschäft der Great Good Luck Company – wenn Knauser Tung und Lando Mata ihr das Vertrauen entzogen – praktisch gleich Null.

Die Nelson Trading bekam für jede Unze, die sie für die Gesellschaft einführte und an die Mole von Macao lieferte, eine Provision von einem Dollar, sowie einen Dollar pro Unze bei Exporten aus Hongkong. Als weitere Gegenleistung dafür, daß die Nelson Trading der Gesellschaft den Gesamtplan für Hongkong zur Verfügung gestellt hatte, erhielt sie zehn Prozent des Nettogewinns. In diesem Jahr hatte die japanische Regierung den offiziellen Goldkurs willkürlich mit fünfundfünfzig Dollar je Unze festgesetzt – ein Profit von fünfzehn Dollar pro Unze. Auf dem Schwarzmarkt mußte der Gewinn noch höher sein, in Indien beinahe achtundneunzig Dollar betragen.

Dunross sah auf die Uhr. Crosse sollte in wenigen Minuten eintreffen.

»Wir verfügen über Aktiva im Wert von mehr als einer Milliarde, Lando«, wiederholte Richard Kwang.

»Gut«, unterbrach Dunross scharf, um die Besprechung abzuschließen. »Dann spielt es ja wirklich keine Rolle, Richard. Es hat keinen Sinn zu warten. Ich habe Vorkehrungen getroffen. Unser Transportwagen wird um Punkt acht Uhr vor Ihrem Nebeneingang stehen.«

»Aber –«

»Warum so spät, Tai-Pan?« fragte Mata. »Es ist noch nicht einmal sechs.«

»Weil es dann finster ist, Lando. Ich möchte nicht fünfzig Tonnen Gold bei Tageslicht transportieren. Ein paar Verbrecher könnten sich in der Nähe aufhalten. Man kann nie wissen.«

»Mein Gott, Sie glauben... Triaden?« Zeppelin Tung war entsetzt. »Ich rufe meinen Vater an. Er soll uns zusätzliche Wächter schicken.«

»Das ist nicht nötig«, erklärte Dunross. »Die Polizei meinte, daß wir nicht zuviel Aufhebens machen sollen. Sie hält sich im Hintergrund bereit.« Dunross griff nach dem Telefon und rief Johnjohn unter seiner privaten Nummer in der Bank an.

»Bruce? Ian. Wir brauchen den Tresor – Punkt acht Uhr dreißig.«

»Gut. Unsere Sicherheitsmannschaft wird euch unterstützen. Benützt den Nebeneingang auf der Dirk Street!«

»Ja.«

»Ist die Polizei informiert?«

»Ja.«

»Gut. Übrigens, Ian... Rufen Sie mich an, sobald Sie können – ich bin heute abend zu Hause. Ich habe die Sache überprüft, und es sieht gar nicht gut für Kwang aus. Meine chinesischen Bankierfreunde sind alle sehr nervös – sogar auf die Mok-tung hat es in Aberdeen einen Minirun gegeben, und auch auf unsere Filiale. Natürlich werden wir Richard so viel Geld vorschießen, wie er braucht – gegen seine diskontierbaren Effektenbestände –, aber wenn ich Sie wäre, ich würde das ganze Bargeld, das Sie verwalten, herausholen. Veranlassen Sie die Bank of London, beim Clearing heute nacht Ihren Scheck zuerst zu behandeln!« Das gesamte Clearing von Schecks und Bankdarlehen erfolgte fünfmal wöchentlich um Mitternacht im Keller der Bank of London and China.

»Danke, Bruce. Ich melde mich.« Dann zu den anderen: »Damit ist alles erledigt. Natürlich sollte über den Transfer Stillschweigen bewahrt werden. Richard, ich brauche einen Bankscheck für den Saldo der Nelson Trading.«

»Und ich für den Saldo meines Vaters«, schloß sich Zeppelin an.

»Ich schicke Ihnen die Schecks morgen früh«, meinte Richard Kwang.
»Heute abend«, erklärte Mata. »Dann kann die Verrechnung heute nacht erfolgen. Ich will natürlich für meinen persönlichen Saldo ebenfalls einen Scheck.«
»Ich verfüge nicht über genügend Bargeld, um diese drei Schecks zu decken – keine Bank verfügt über einen solchen Betrag«, explodierte Richard Kwang.
»Versteht sich. Bitte rufen Sie an, wen Sie wünschen, damit sie Ihre Effekten beleihen! Havergill oder Southerby.« Matas Finger trommelten nicht mehr. »Sie erwarten Ihren Anruf. Ich habe heute nachmittag mit beiden gesprochen.«
Richard Kwang antwortete nicht. Er mußte eine Möglichkeit finden, das Geld nicht heute abend zu übergeben. Wenn es ihm gelang, gewann er die Zinsen für einen Tag, und morgen würde es vielleicht nicht mehr erforderlich sein zu zahlen. Er lächelte genauso süß wie Mata. »Na schön, wie Sie meinen. Wenn Sie in einer Stunde in der Bank sein wollen...«
»Nein«, widersprach Dunross. »Philip begleitet Sie; Sie können ihm alle Schecks übergeben. Bist du damit einverstanden, Philip?«
»Ja, natürlich, Tai-Pan.«
»Gut, danke. Du kannst die Schecks dann direkt zur Bank of London bringen, so daß sie zum Clearing zurechtkommen. Damit haben Sie genügend Zeit, Richard, nicht wahr?«
»O ja, Tai-Pan.« Richard Kwang wurde plötzlich heiter. Er hatte eine Idee. Ein vorgetäuschter Herzanfall. Ich werde ihn im Auto während der Fahrt zur Bank bekommen, und dann...
Dann sah er die Kälte in Dunross' Blick, sein Magen krampfte sich zusammen, und er überlegte es sich wieder. Warum sollen sie so viel von meinem Geld bekommen? dachte er, während er aufstand. »Sie brauchen mich ja im Augenblick nicht mehr? Gut, kommen Sie, Philip!« Sie verließen den Raum.
»Der arme Philip sieht schrecklich aus«, meinte Mata.
»Ja, es ist kein Wunder.«
»Diese dreckigen Triaden«, sagte Zeppelin Tung schaudernd. »Ich hoffe, die Werwölfe kommen nicht nach Macao. Es geht das Gerücht um, daß Philip schon mit ihnen verhandelt.«
»Das ist nicht wahr«, widersprach Dunross.
»Er würde es Ihnen nie sagen, Tai-Pan. Auch ich würde es geheimhalten.« Zeppelin Tung betrachtete düster das Telefon.
»Ist die Ho-Pak erledigt?« fragte Mata.
»Wenn Richard Kwang es nicht schafft, liquid zu bleiben – ja. Heute nachmittag hat Dunstan alle Konten geschlossen.« Dunross taten Richard Kwang und die Ho-Pak leid, aber morgen wollte er Ho-Pak abstoßen. »Seine Aktien werden ins Bodenlose stürzen.«

»Wie wird das den Boom beeinflussen, den Sie vorhersagen?«
»Habe ich das getan?«
»Wie ich höre, kaufen Sie in großem Umfang Struan's.« Mata lächelte schwach. »Philip, seine *tai-tai* und ihre Familie tun das gleiche.«
»Jeder, der unsere Aktien kauft, ist klug, Lando. Sie werden unter ihrem Wert gehandelt.«
Zeppelin Tung hörte genau zu. Auch er hatte davon gehört, daß die Noble House Tschens heute gekauft hatten. »Haben Sie den Artikel des alten blinden Tung gelesen? Über den bevorstehenden Boom? Es klang überzeugend.«
»Ja«, antwortete Dunross. »Ist der alte blinde Tung mit Ihnen verwandt, Zep?«
»Nein, Tai-Pan, nicht daß ich wüßte. *Dew neh loh moh,* ist es heute heiß! Ich werde froh sein, wenn ich wieder in Macao bin – dort ist das Wetter viel besser. Nehmen Sie dieses Jahr am Autorennen teil, Tai-Pan?«
»Ja, hoffentlich.«
»Gut. Die verdammte Ho-Pak! Richard wird uns doch die Schecks geben, oder? Mein alter Herr bekommt einen Schlaganfall, wenn auch nur ein Penny fehlt.«
»Ja«, sagte Dunross; dann bemerkte er Matas Gesichtsausdruck. »Was ist los?«
»Nichts.« Mata warf Zeppelin einen Blick zu. »Zep, es ist wirklich wichtig, daß wir die Zustimmung Ihres Vaters so rasch wie möglich bekommen. Warum versuchen Sie und Claudia nicht, ihn aufzustöbern?«
»Eine gute Idee.« Der Chinese stand gehorsam auf und verließ das Zimmer. Dunross wendete seine Aufmerksamkeit Mata zu. »Und?«
Mata zögerte. Dann sagte er ruhig: »Ich ziehe in Erwägung, meine gesamten Geldmittel aus Macao und Hongkong abzuziehen und nach New York zu transferieren.«
Dunross starrte ihn beunruhigt an. »Wenn Sie das tun, erschüttern Sie unser ganzes System. Wenn Sie Ihr Geld abheben, werden es Knauser Tung, die Tschins, Vierfinger... und alle anderen ebenfalls tun.«
»Was ist wichtiger, Tai-Pan, das System oder der persönliche Besitz?«
»Ich möchte nicht, daß das System so erschüttert wird.«
»Haben Sie mit Par-Con abgeschlossen?«
Dunross fixierte ihn. »Mündlich. Der Vertrag folgt in sieben Tagen. Wenn Sie Ihre Gelder abziehen, treffen Sie uns alle, Lando, und zwar schwer. Was für uns schlecht ist, ist für Sie sehr schlecht und für Macao sehr, sehr schlecht.«
»Ich will mir Ihre Argumente durch den Kopf gehen lassen. Also kommt Par-Con nach Hongkong. Sehr gut – und wenn American Superfoods die H. K. General Stores übernimmt, bedeutet das einen weiteren Aufschwung für den Markt. Vielleicht hat der alte blinde Tung diesmal nicht übertrie-

ben. Vielleicht haben wir Glück. Eine Hausse wäre sehr gut, wirklich sehr gut. Genau der richtige Zeitpunkt. Ja, wir könnten eigentlich etwas Brennstoff zur größten Hausse in unserer Geschichte beitragen. Oder?«
»Würden Sie mitmachen?«
»Zehn Millionen US-Dollar, von mir und den Tschins – Knauser Tung würde sich nicht daran beteiligen, das weiß ich. Schlagen Sie vor, wo und wann!«
»Eine halbe Million am Donnerstag auf Struan's, der Rest verteilt auf Rothwell-Gornt, Asian Properties, Hongkong Wharf, Hongkong Power, Golden Ferries, Kowloon Investments und H. K. General Stores.«
»Warum Donnerstag? Warum nicht morgen?«
»Die Ho-Pak wird den Markt schwächen. Wenn wir Donnerstag knapp vor Schluß groß kaufen, machen wir ein Vermögen.«
»Wann geben Sie das Par-Con-Deal bekannt?«
Dunross zögerte. Dann sagte er: »Freitag nach Börsenschluß.«
»Gut. Ich mache mit, Ian. Fünfzehn Millionen. Fünfzehn statt zehn. Sie werden morgen Ho-Pak abstoßen?«
»Natürlich. Wissen Sie eigentlich, wer hinter dem Run auf die Ho-Pak steckt?«
»Nein. Aber Richard hat sich übernommen, er hat sich nicht sehr klug verhalten. Die Leute reden, die Chinesen mißtrauen ohnehin immer allen Banken, und sie reagieren auf Gerüchte. Ich glaube, die Bank wird bankrott gehen.«
»Mein Gott!«
»Joss. Ich möchte unsere Goldimporte verdreifachen.«
Dunross starrte ihn an. »Warum? Eure Kapazität ist jetzt voll ausgelastet. Wenn ihr sie zu sehr hochtreibt, werden eure Leute Fehler machen und die Beschlagnahmen sich häufen. Im Augenblick läuft alles reibungslos.«
»Hören Sie mir einen Augenblick zu, Ian! Es gibt Schwierigkeiten in Indonesien, China, Indien, Tibet, Malakka, Singapur, Unruhe auf den Philippinen. Und jetzt kommen die Amerikaner nach Südostasien, was für uns großartig und für sie entsetzlich sein wird. Die Inflationsrate wird steigen, und dann wird, wie gewöhnlich, jeder vernünftige Geschäftsmann in Asien, vor allem die chinesischen Geschäftsleute versuchen, das Papiergeld loszuwerden und Gold zu kaufen. Wir sollten bereit sein, diese Nachfrage zu befriedigen.«
»Was haben Sie gehört, Lando?«
»Viel Merkwürdiges, Tai-Pan. Zum Beispiel, daß gewisse führende US-Generäle eine volle Konfrontation mit den Kommunisten suchen. Dazu haben sie sich Vietnam ausgesucht.«
»Aber die Amerikaner werden dort niemals siegen. China kann das nicht zulassen, ebensowenig wie sie es in Korea zuließen. Sie können jedem Geschichtsbuch entnehmen, daß China *immer* seine Grenzen überschreitet, um seine Pufferzonen zu schützen, wenn sich ein Eindringling nähert.«

»Trotzdem wird es zu einer Konfrontation kommen.«
»Was haben Sie noch gehört, Lando?«
»Das Budget der CIA wurde verdoppelt.«
»Das muß streng geheim sein. Niemand kann das wissen.«
»Ja. Aber ich weiß es. Die CIA mischt überall in Südostasien mit, Ian. Ich glaube, daß einige ihrer irregeleiteten Eiferer sogar versuchen, sich zugunsten der ihnen freundlich gesinnten Mekong-Bergstämme in den Opiumhandel im Goldenen Dreieck einzuschalten. Unsere Brüder in Taiwan sind natürlich wütend. Und immer mehr US-Regierungsgelder fließen in Flugplätze, Häfen, Straßen auf Okinawa und Taiwan, und vor allem in Süd-Vietnam. Gewisse Familien mit sehr guten politischen Beziehungen liefern Zement und Stahl zu sehr günstigen Bedingungen.«
»Wer?«
»Wer erzeugt Zement? Sagen wir... in Neu-England?«
»Heiliger Strohsack, sind Sie sicher?«
Mata lächelte bitter. »Ich habe sogar gehört, daß ein Teil eines sehr großen Regierungskredits an Süd-Vietnam für einen nicht existierenden Flugplatz verbraucht wurde, der immer noch undurchdringlicher Dschungel ist. O ja, Ian, die Gewinne sind schon jetzt enorm. Also bestellen Sie bitte ab morgen die dreifache Menge! Wir eröffnen nächsten Monat unsere neue Tragflügelboot-Linie – damit werden wir die Fahrtdauer von Macao hierher von drei Stunden auf fünfundsiebzig Minuten verkürzen.«
»Wäre die Catalina nicht immer noch sicherer?«
»Das glaube ich nicht. Die Tragflügelboote können viel mehr Gold befördern und sind schneller als alle anderen Fahrzeuge in diesen Gewässern.«
Nach einer Pause meinte Dunross: »Soviel Geld könnte alle möglichen Arten von Gaunern hierherlocken. Vielleicht sogar internationale Gangster.«
Mata lächelte sein kaltes Lächeln. »Sollen sie nur kommen! Sie werden Hongkong nie mehr verlassen. Wir in Asien haben lange Arme. Ian, wir sind alte Freunde, ich möchte Sie um einen Rat bitten.«
»Gern, jederzeit.«
»Glauben Sie an Veränderungen im Geschäftsleben?«
»Je nachdem, Lando. Noble House hat sich in eineinhalb Jahrhunderten kaum verändert.« Er beobachtete Lando und wartete.
Schließlich sagte Mata: »In einigen Wochen muß die Regierung von Macao die Glücksspielkonzession wieder öffentlich ausschreiben...« Dunross' Aufmerksamkeit ließ rasch nach. Alle großen Geschäfte in Macao waren Monopole, wobei das Monopol an die Person oder die Gesellschaft ging, die die höchsten jährlichen Steuern für dieses Privileg bot... »Es ist das fünfte Jahr. Alle fünf Jahre ersuchen wir um geheime Angebote. Jeder kann sich an der Ausschreibung beteiligen, aber in der Praxis sehen wir uns die Bieter sehr genau an. Mein alter Kompagnon Schmuggler Mo ist tot. Seine Nach-

kommen sind entweder verschwenderisch oder mehr an einem Leben im Westen interessiert als an Bestand und Zukunft des Syndikats. Und Knauser Tung... Knauser Tung wird bald sterben.«
Dunross war überrascht. »Aber ich habe ihn erst vor einer Woche gesprochen, und er hat gut ausgesehen, gebrechlich wie immer, aber auch lustig und munter wie ein Fisch im Wasser.«
»Er wird bald sterben, Ian. Ich weiß es, weil ich zwischen ihm und den portugiesischen Spezialisten gedolmetscht habe. Er wollte keinem seiner Söhne trauen. Ich brauchte Monate, bis ich ihn dazu brachte, sie aufzusuchen, aber die Ärzte waren ihrer Sache sicher: Mastdarmkrebs. Überall Metastasen. Sie gaben ihm ein bis zwei Monate – das war vor einer Woche.« Mata lächelte. »Der alte Knauser Tung beschimpfte sie, erklärte ihnen, daß sie Idioten seien und daß er nie für eine falsche Diagnose bezahlen werde. Er ist über 600 Millionen US-Dollar schwer, aber er wird diese Arztrechnung nie bezahlen und nie etwas anderes tun, als übelriechende, scheußlich schmeckende chinesische Kräutertees trinken und gelegentlich eine Pfeife Opium rauchen. Er wird die Diagnose eines westlichen Arztes, eine *quai-loh*-Diagnose, nie akzeptieren – Sie kennen ihn ja.«
»Ja.« Wenn Dunross seine Schulferien in Hongkong verbrachte, ließ ihn sein Vater bei einigen alten Freunden arbeiten. Knauser Tung war einer von ihnen, und Dunross erinnerte sich an den entsetzlichen Sommer, den er schwitzend in dem schmutzigen Keller der Syndikatbank in Macao verbracht hatte. Er hatte versucht, seinen Mentor zufriedenzustellen und nicht vor Wut zu weinen, wenn er daran dachte, was er ertragen mußte, während seine Freunde draußen spielten. Aber jetzt war er über diesen Sommer froh. Knauser Tung hatte ihn viel über Geld gelehrt – seinen Wert, wie man es erwarb, wie man es bewahrte, über Wucher, Gier und den normalen chinesischen Zinssatz, der in guten Zeiten zwei Prozent monatlich betrug.
Dunross erinnerte sich genau an den alten Mann mit den harten Augen – ein Analphabet, der nur drei Zeichen lesen und nur drei Zeichen schreiben konnte, die seines Namens – der ein Gedächtnis wie ein Computer hatte und bis zur kleinsten Kupfermünze hinunter wußte, wer ihm was schuldete und wann es fällig war. Niemand hatte jemals gewagt, einen seiner Kredite nicht zurückzuzahlen. Es war die ständige Hetzjagd nicht wert.
In jenem Sommer war er dreizehn gewesen, und Lando Mata hatte mit ihm Freundschaft geschlossen. Damals wie heute war Mata ein geheimnisvoller Mann, der sich nach Belieben in den Regierungskreisen von Macao bewegte, sich immer im Hintergrund hielt, kaum bemerkt wurde, kaum bekannt war, ein merkwürdiger »Asiate«, der sich holte, was er wollte, und wann und wo es ihm beliebte, unglaubliche Reichtümer erwarb. Sogar heute gab es nur eine Handvoll Leute, die zwar seinen Namen, nicht aber ihn selbst kannten. Nicht einmal Dunross hatte je seine Villa an der Straße des Zerstörten Brunnens gesehen, und er wußte eigentlich nichts über ihn –

woher er kam, wer seine Eltern waren oder wie er diese beiden Monopole des unbeschränkten Reichtums erworben hatte.

»Es tut mir leid um den alten Knauser Tung«, meinte Dunross. »Er war immer ein rauher alter Gauner, aber er war mir gegenüber nicht härter als seinen Söhnen gegenüber.«

»Ja. Er liegt im Sterben. Schlechter Joss. Und ich habe für keinen seiner Erben etwas übrig. Sie werden alle sehr reich sein. Sogar Zeppelin wird 50 bis 75 Millionen US-Dollar bekommen.«

»Wenn man bedenkt, wieviel Geld die Glücksspiele eintragen...«

Mata kniff die Augen zusammen. »Soll ich Neuerungen einführen?«

»Wenn Sie sich ein Denkmal errichten wollen, ja. Im Augenblick läßt das Syndikat nur chinesische Glücksspiele zu: Fantan, Domino und Würfel. Wenn das neue Management modern und vorausblickend wäre, und wenn es modernisierte... wenn es ein großartiges neues Kasino baute, mit Roulette-, Vingt-et-un- und Chemin-de-fer-Tischen, ganz Asien würde sich in Macao drängen.«

Lando Mata zog ein Blatt Papier heraus, warf einen Blick darauf und reichte es Dunross. »Hier stehen die Namen von Leuten, die die Erlaubnis bekommen könnten, Gebote abzugeben. Es sind vier Gruppen von je drei Namen. Sagen Sie mir, was Sie davon halten!«

Dunross sah die Liste nicht an. »Sie möchten, daß ich die Dreiergruppe wähle, für die Sie sich schon entschieden haben?«

Mata lachte. »Ach, Ian, Sie kennen mich zu gut. Ja, ich habe die Gruppe gewählt, die zum Zug kommen sollte, wenn ihr Gebot großzügig genug ist.«

»Weiß eine der Gruppen, daß Sie sie zum Partner nehmen würden?«

»Nein.«

Dunross betrachtete die Liste und zog die Augenbrauen hoch. Alle Namen waren bekannte Chinesen aus Hongkong und Macao, alle wohlhabende Leute, manche mit undurchsichtiger Vergangenheit. »Nun, sie sind bestimmt alle prominent, Lando.«

»Ja. Man braucht weitblickende Männer, um große Vermögen anzuhäufen und ein Glücksspiel-Imperium zu leiten.«

Dunross lächelte. »Ganz meine Meinung. Warum stehe ich dann nicht auf der Liste?«

»Treten Sie von Ihrem Amt bei Noble House noch in diesem Monat zurück, und Sie können Ihr eigenes Syndikat bilden! Ich garantiere Ihnen, daß Ihr Angebot angenommen wird. Ich übernehme vierzig Prozent.«

»Tut mir leid, aber das ist nicht möglich, Lando.«

»Sie könnten innerhalb von zehn Jahren ein Privatvermögen zwischen fünfhundert Millionen und einer Milliarde Dollar erwerben.«

»Es gibt auf der Welt nicht genügend Geld, um mich zum Rücktritt zu veranlassen. Dennoch möchte ich Ihnen ein Geschäft vorschlagen. Struan's könnte durch Mittelsmänner die Glücksspiele für euch leiten.«

»Tut mir leid, nein. Entweder alles oder nichts.«

»Wir könnten es besser und billiger als jeder andere machen, mit mehr Flair.«

»Wenn Sie zurücktreten. Alles oder nichts, Tai-Pan.«

Dunross schwirrte der Kopf, wenn er an soviel Geld dachte, aber er hörte die Festigkeit aus Lando Matas Stimme heraus. »Durchaus fair. Tut mir leid, ich stehe nicht zur Verfügung.«

»Ich bin sicher, daß Sie persönlich als ... als Berater willkommen wären.«

»Wenn ich die richtige Gruppe wähle?«

»Vielleicht.« Der Portugiese lächelte. »Also?«

Dunross fragte sich, ob er eine solche Verbindung riskieren sollte oder nicht. Zum Glücksspielsyndikat von Macao zu gehören, war nicht dasselbe, wie einer der Stewards des Jockey-Clubs zu sein. »Ich werde es mir überlegen und Ihnen Bescheid geben.«

»Gut, Ian. Lassen Sie mich Ihre Entscheidung innerhalb von zwei Tagen wissen, ja?«

»In Ordnung. Werden Sie mir sagen, wie hoch das Gebot war, das den Zuschlag erhielt – falls Sie sich für eine neue Gruppe entscheiden?«

»Ein Mitarbeiter oder Berater sollte über diese Informationen verfügen. Jetzt noch etwas, dann muß ich gehen. Ich glaube nicht, daß Sie Ihren Freund Tsu-yan jemals wiedersehen werden.«

Dunross starrte ihn an. »Wieso?«

»Er hat mich gestern früh von Taipeh aus angerufen; er war ganz durcheinander. Er hat mich gebeten, die Catalina hinüberzuschicken, damit sie ihn heimlich herüberbringt. Es sei dringend, sagte er, und er wolle mir alles erklären, sobald er bei mir sei. Nach seiner Ankunft wollte er direkt in mein Haus kommen. Tsu-yan ist ein alter Freund, also habe ich den Flug bewilligt. Er ist nie bei mir eingetroffen, Ian. Er ist zwar mit dem Tragflügelboot gekommen – mein Chauffeur hat ihn an der Mole erwartet. Er murmelte, daß er später am Abend zu mir kommen werde, sprang in das nächste Taxi und raste davon, als wäre ihm der Teufel auf den Fersen.«

»Kann es sich nicht um einen Irrtum handeln? Sind Sie sicher, daß er es war?«

»O ja, Tsu-yan ist sehr bekannt – zum Glück ist mein Fahrer Portugiese und kann selbst Entscheidungen treffen. Er verfolgte das Taxi, das nach Norden fuhr. Der Wagen hielt in der Nähe des Barrier-Tors, Tsu-yan stieg aus und rannte so schnell er konnte durch das Barrier-Tor nach China. Mein Mann sah ihm zu, wie er auf die Soldaten der Volksrepublik zulief und dann im Wachhaus verschwand.«

Dunross starrte Mata ungläubig an. Tsu-yan war einer der bekanntesten Kapitalisten und Antikommunisten in Hongkong und Taiwan. Bevor das Festland unter kommunistische Herrschaft fiel, war er im Gebiet von Schanghai beinahe ein kleiner Mandarin gewesen. »Tsu-yan hat in der

Volksrepublik nichts verloren«, stellte er fest. »Er muß ganz oben auf ihrer Abschußliste stehen.«
»Falls er nicht für sie gearbeitet hat.«

Zwanzig Stockwerke tiefer verließen Roger Crosse und Brian Kwok, gefolgt von Robert Armstrong, den Polizeiwagen. Ein Mann vom Sicherheitsdienst in Zivil empfing sie. »Dunross ist noch in seinem Büro, Sir.«
»Gut.« Robert Armstrong blieb beim Eingang stehen, und die anderen beiden gingen zum Fahrstuhl. Im zwanzigsten Stock stiegen sie aus.
»Guten Abend, Sir.« Claudia lächelte Brian Kwok an. Zeppelin Tung wartete neben dem Telefon. Er starrte die Polizeibeamten entsetzt an.
»Mister Dunross erwartet mich«, sagte Roger Crosse.
»Ja, Sir.« Sie drückte auf den Knopf für den Konferenzraum und meldete: »Mr. Crosse ist hier, Tai-Pan.«
»Lassen Sie mir noch eine Minute Zeit, Claudia, dann führen Sie ihn herein.« Er wendete sich an Mata. »Crosse ist hier. Wenn ich Sie heute abend nicht in der Bank sehe, treffe ich Sie morgen früh.«
»Ja. Heute abend oder morgen.«
Mata ging durch das Zimmer und öffnete eine Tür, die als Teil des Bücherregals getarnt war. Sie führte auf einen geheimen Korridor, durch den man in das darunterliegende Stockwerk gelangte. Er schloß die Tür hinter sich.
Dunross sah ihm gedankenvoll nach. Dann ließ er den Tagesplan in einer Lade verschwinden, lehnte sich zurück und versuchte, sich zu konzentrieren. Das Telefon klingelte, und er zuckte zusammen.
»Ja?«
»Vater«, sagte Adryon hastig wie immer, »entschuldige die Störung, aber Mutter möchte wissen, wann du zum Abendessen zu Hause bist.«
»Es wird spät werden. Wartet nicht auf mich! Ich esse unterwegs etwas. Um wieviel Uhr bist du gestern nach Hause gekommen?« Er erinnerte sich, daß er ihren Wagen im Morgengrauen gehört hatte.
»Zeitig.« Er wollte ihr schon die Leviten lesen, als er spürte, daß sie unglücklich war.
»Was ist los, Kleines?«
»Nichts.«
»Was ist los?«
»Wirklich nichts. Es war ein großartiger Tag, ich lunchte mit deinem Linc Bartlett – wir machten Einkäufe, aber dieses Ekel Martin hat mich versetzt.«
»Was?«
»Ja. Ich habe eine geschlagene Stunde auf ihn gewartet. Wir wollten uns im V and A zum Tee treffen, aber er ist nicht erschienen. Dieses verdammte Ekel!«
Dunross lächelte. »Man kann sich auf gewisse Leute einfach nicht verlassen, Adryon. So was! Dich zu versetzen!«

Die Tür ging auf. Crosse und Brian Kwok traten ein. Er nickte ihnen zu. »Ich muß Schluß machen, Kleines. Wiedersehen, Liebling!« er legte auf. »Guten Abend«, sagte er jetzt ganz ruhig.
»Die Informationsbriefe, bitte, Ian.«
»Selbstverständlich, aber zuerst besuchen wir den Gouverneur.«
»Zuerst will ich die Papiere.« Crosse zog den Haftbefehl aus der Tasche, während Dunross den Telefonhörer aufnahm und wählte. Er wartete nur einen Augenblick. »Guten Abend, Sir. Oberinspektor Crosse ist hier... ja, Sir.« Er hielt Crosse den Hörer hin. »Für Sie.«
Crosse zögerte verdrossen, dann griff er nach dem Hörer. »Hier Crosse.« Er hörte einen Augenblick lang zu. »Ja, Sir. Sehr wohl, Sir.« Er legte den Hörer auf. »Was für einen faulen Zauber haben Sie jetzt wieder vor?«
»Gar keinen. Ich bin nur vorsichtig.«
Crosse hielt den Haftbefehl in die Höhe. »Wenn ich die Berichte nicht bekomme, bin ich von London ermächtigt, Ihnen das da um sechs Uhr zuzustellen, Gouverneur hin, Gouverneur her.«
»Tun Sie, was Sie nicht lassen können!«
»Bedaure, Ian Struan-Dunross, aber Sie sind verhaftet.«
Dunross' Kiefer verkrampften sich. »Gut. Aber, bei Gott, zuerst sprechen wir mit dem Gouverneur.«

7

18.20 Uhr:

Der Tai-Pan und Roger Crosse gingen über den weißen Kies zum Palast des Gouverneurs. Brian Kwok wartete neben dem Polizeiauto. Die Tür ging auf, der junge Adjutant in der Uniform der Royal Navy begrüßte sie höflich und führte sie in ein elegant eingerichtetes Zimmer.
Seine Exzellenz, Sir Geoffrey Allison, D. S. O., O. B. E., war ein Endfünfziger mit sandfarbenem Haar, der leise sprach, korrekt gekleidet und sehr zäh war. Er saß an einem antiken Schreibtisch und sah ihnen entgegen. »Abend«, sagte er lässig und winkte ihnen zu, sich zu setzen. »Wir stehen anscheinend vor einem Problem, Oberinspektor. Mr. Dunross ist der gesetzliche Eigentümer eines reichlich geheimen Gegenstandes und weigert sich, Ihnen zu geben, was Sie wollen.«
»Was ich aufgrund des Gesetzes will, Sir. Ich habe von London die Ermächtigung gemäß dem Official Secrets Act.«
»Ja, das weiß ich, Oberinspektor. Ich habe vor einer Stunde mit dem Minister gesprochen. Er ist meiner Meinung: Wir können Mr. Dunross nicht

verhaften und uns auf Noble House stürzen. Das wäre ungehörig und unvernünftig, ganz gleich, wie dringend wir die AMG-Papiere brauchen. Und es wäre auch nicht richtig, wenn wir sie mit Mantel-und-Degen-Methoden an uns brächten, nicht wahr?«

»Wäre Mr. Dunross zur Mitarbeit bereit, dann wäre das alles nicht notwendig, Sir. Ich habe ihm erklärt, daß die Regierung Ihrer Majestät davon betroffen ist.«

»Ich bin ganz Ihrer Meinung. Der Minister sagte das gleiche. Als Mr. Dunross heute morgen zu mir kam, erklärte er mir natürlich, warum er so... so vorsichtig ist... völlig plausible Gründe, muß ich sagen. Auch der Minister findet das.« Die grauen Augen wurden durchdringend. »Wer ist eigentlich der gut getarnte kommunistische Agent in meiner Polizei? Wer sind die Sevrin-Spitzel?«

Lange Stille. »Ich weiß es nicht, Sir.«

»Dann wäre ich Ihnen dankbar, wenn Sie es möglichst rasch herausfänden. Mr. Dunross war so freundlich, mich den AMG-Bericht lesen zu lassen, den sie zu Recht abgefangen haben.« Der Gouverneur zitierte daraus: »›... diese Information sollte vertraulich an den Commissioner oder den Gouverneur weitergegeben werden, *vorausgesetzt, daß man sie für loyal hält...*‹ Mein Gott! Was ist mit dieser Welt los?«

»Ich weiß es nicht, Sir.«

»Oberinspektor, was ist mit dem Maulwurf? Was für ein Mann könnte das sein?«

»Sie, ich, Dunross, Havergill, Armstrong – jeder«, antwortete Crosse prompt. »Aber er muß ein Merkmal haben; ich glaube, dieser Mann hat sich so assimiliert, daß er wahrscheinlich beinahe vergessen hat, wer er wirklich ist, wo sein politisches Interesse liegt und wem gegenüber er loyal sein muß.«

»Wie wollen Sie ihn kriegen?« fragte Dunross.

»Wie wollen Sie Ihren Spitzel bei Struan's finden?«

»Keine Ahnung.« Ist der Sevrin-Spion der gleiche Mann, der unsere Geheimnisse an Bartlett verraten hat? fragte sich Dunross besorgt. »Wenn er zur Führungsspitze gehört, ist er einer von sieben – und bei allen ist es undenkbar.«

»Da haben Sie's. Bei allen undenkbar, aber einer von Ihnen ist ein Spion. Wenn wir einen kriegen, können wir wahrscheinlich die anderen Namen aus ihm herausholen, falls er sie kennt.« Die beiden Männer schauderte es bei der kalten Bosheit in seiner Stimme. »Aber um den einen zu kriegen, müßte jemand einen Fehler begehen, oder wir müßten ein bißchen Glück haben.«

Der Gouverneur überlegte einen Augenblick. »Mr. Dunross versichert mir, daß in den früheren Berichten kein Name und auch keine Hinweise enthalten sind. Deshalb würden uns diese Berichte nicht unmittelbar nützen.«

»Doch, Sir, auf anderen Gebieten.«
»Ich weiß. Unser Problem scheint also einfach darin zu bestehen, daß wir Mr. Dunross um seine Mitarbeit ersuchen müssen. Ich wiederhole, daß ich seine Vorsicht für berechtigt halte. Philby, Burgess und Maclean waren für uns alle eine Lehre. Ich muß gestehen, daß ich mich bei jedem Telefongespräch mit London frage, ob ich wieder mit einem verdammten Verräter rede.« Er schneuzte sich. »Na schön, Schluß damit. Mr. Dunross, bitte sagen Sie Mr. Crosse, unter welchen Voraussetzungen Sie bereit sind, die AMG-Berichte zu übergeben.«
»Ich werde sie persönlich dem Leiter oder stellvertretenden Leiter von MI-6 oder MI-5 übergeben, vorausgesetzt, Seine Exzellenz garantiert mir schriftlich, daß der Mann, dem ich sie aushändige, der ist, für den er sich ausgibt.«
»Ist der Minister damit einverstanden, Sir?«
»Wenn Sie damit einverstanden sind, Oberinspektor.« Es war eine höfliche Feststellung, aber der Unterton bedeutete: Sie täten gut daran, einverstanden zu sein.
»Sehr wohl, Sir. Ist Mr. Sinders mit dem Plan einverstanden?«
»Er trifft Freitag hier ein.«
»Ja, Sir.« Crosse warf Dunross einen Blick zu. »Es wäre besser, wenn ich die Papiere bis dahin verwahre. Sie können mir ein versiegeltes Paket...«
Dunross hob abwehrend die Hand. »Sie sind in Sicherheit, bis ich sie übergebe.«
Crosse schüttelte den Kopf. »Nein. Wenn wir davon wissen, wissen es auch andere. Uns muß bekannt sein, wo sie sich befinden, und wir müssen sie rund um die Uhr bewachen lassen.«
Sir Geoffrey nickte. »Würden Sie dem zustimmen, Mr. Dunross?«
Dunross überlegte einen Augenblick. »Also gut. Ich habe sie in den Tresor in der Victoria Bank gebracht.« Crosses Hals wurde rot, als Dunross einen Schlüssel herauszog und auf den Schreibtisch legte. Die Zahlen waren sorgfältig herausgefeilt. »Es gibt dort ungefähr tausend Schließfächer. Nur ich kenne die Zahl. Das hier ist der einzige Schlüssel. Wenn Sie ihn aufbewahren wollen, Sir Geoffrey.«
»Oberinspektor?«
»Ja, Sir, falls Sie dazu bereit sind.«
»Die Papiere sind dort bestimmt in Sicherheit. Es ist zweifellos nicht gut möglich, alle Schließfächer aufzubrechen. Gut, dann ist das in Ordnung. Der Haftbefehl ist aufgehoben, Mr. Dunross. Versprechen Sie, die Papiere Sinders zu übergeben, sobald er hier eintrifft?«
»Ja, Sir.«
»Gut. Das wäre also erledigt. Noch nichts über den armen John Tschen, Oberinspektor?«
»Nein, Sir, wir versuchen alles.«

»Schreckliche Geschichte. Was ist eigentlich mit der Ho-Pak los, Mr. Dunross? Befindet sie sich wirklich in Schwierigkeiten?«
»Ja, Sir.«
»Werden sie zusperren?«
»Ich weiß es nicht. Man redet davon, daß es so kommen könnte.«
»Verdammt! Das gefällt mir überhaupt nicht. Sehr schlecht für unser Image. Und das Par-Con-Geschäft?«
»Es sieht gut aus. Ich hoffe, Ihnen nächste Woche einen günstigen Bericht geben zu können, Sir.«
»Ausgezeichnet. Wir könnten hier ein paar große amerikanische Firmen gebrauchen. Übrigens – morgen trifft die parlamentarische Handelsdelegation aus Peking ein. Ich gebe Donnerstag einen Empfang – Sie kommen natürlich.«
»Ja, Sir. Wird es ein Herrenabend sein?«
»Ja, eine gute Idee.«
»Ich will sie am Samstag zum Rennen einladen –«
»Gut. Danke, Mr. Dunross. Oberinspektor, wenn Sie einen Augenblick Zeit für mich hätten...«
Dunross stand auf, verabschiedete sich und ging. Obwohl er mit Crosse im Polizeiwagen gekommen war, erwartete ihn sein Rolls. Brian Kwok hielt ihn auf. »Wie ist es ausgegangen, Ian?«
»Alles in Ordnung. Brian, Sie müssen sich keine Sorgen machen. Ich glaube, ich habe das Dilemma richtig gelöst.«
»Hoffentlich. Es tut mir leid – eine dumme Geschichte!«
»Ja.« Dunross stieg in den Silver Cloud. »Golden Ferry«, sagte er.

Sir Geoffrey schenkte den feinen Sherry in zwei hauchdünne Tassen aus »Eierschalen-Porzellan« ein. »Diese AMG-Geschichte erschreckt mich, Oberinspektor. Ich fürchte, ich habe mich noch immer nicht an Verrat, Betrug und die Gemeinheiten gewöhnt, zu denen der Feind greift – nicht einmal nach all dieser Zeit.« Sir Geoffrey war während seiner gesamten Laufbahn Mitglied des diplomatischen Korps gewesen. Er sprach Russisch, Mandarin, Französisch und Italienisch. »Entsetzlich.«
»Ja, Sir. Sind Sie sicher, daß wir Mr. Dunross trauen können?«
»Am Freitag brauchen Sie keine Erlaubnis aus London, um eingreifen zu können. Am Freitag haben Sie einen Kabinettsbefehl, und wir nehmen die Papiere in Besitz.«
»Ja, Sir.« Crosse nahm die Porzellantasse entgegen. »Danke, Sir.«
»Ich schlage vor, daß Sie zwei Männer rund um die Uhr in den Tresorraum der Bank abkommandieren, einen vom SI, einen vom CID, und einen Beschatter in Zivil für den Tai-Pan – natürlich ohne jedes Aufsehen.«
»Ich werde das mit der Bank veranlassen, bevor ich gehe. Mr. Dunross habe ich bereits unter Beobachtung gestellt. Ich nahm an, daß er die Situation

seinen Zwecken entsprechend manipulieren würde. Er ist ein sehr erfindungsreicher Mann. Schließlich ist der Tai-Pan von Noble House kein Dummkopf. Hat er erwähnt, ob er alle Berichte kürzlich noch einmal gelesen hat, Sir? Vielleicht vergangene Nacht?«

Sir Geoffrey runzelte die Stirn, während er versuchte, sich an das Gespräch vom Vormittag zu erinnern. »Ich glaube nicht. Warten Sie mal, er sagte... er hat gesagt: ›Als ich die Berichte zum erstenmal las, hielt ich einige von AMGs Gedanken für an den Haaren herbeigezogen. Aber jetzt bin ich anderer Ansicht...‹ Das könnte darauf hinweisen, daß er sie erst kürzlich gelesen hat. Warum fragen Sie?«

»Ich habe oft gehört, daß er über ein beachtliches Gedächtnis verfügt. Wenn die Papiere im Tresor unerreichbar sind... nun, ich möchte nicht, daß der KGB in Versuchung kommt, sich ihn zu schnappen.«

»Großer Gott, Sie glauben doch nicht, daß sie so idiotisch sind? Den Tai-Pan?«

»Es hängt davon ab, wie wichtig ihnen die Papiere sind, Sir. Vielleicht sollte unsere Überwachung sichtbar sein – das könnte sie abschrecken, falls sie so etwas vorhaben.«

»Eine gute Idee. Könnten die Werwölfe... könnte es eine Verbindung zwischen den geschmuggelten Waffen und der Entführung von John Tschen geben?«

»Das weiß ich noch nicht, Sir. Ich habe Armstrong und Brian Kwok auf den Fall angesetzt. Falls es eine Verbindung gibt, werden sie es herausfinden.« Er beobachtete die Reflexe der untergehenden Sonne auf dem blaßblauen, durchscheinenden Porzellan. »Das Farbenspiel ist interessant.«

»Ja. Die Tassen sind Tang Ying – nach dem Leiter der Kaiserlichen Manufaktur im Jahre 1736.« Sir Geoffrey sah Crosse an. »Ein Maulwurf in meiner Polizei, in meinem Kolonialamt, in meinem Schatzamt, auf der Flottenbasis, in der Victoria, in der Telefongesellschaft und sogar im Noble House. Sie könnten uns lahmlegen und unseren Beziehungen zur Volksrepublik China unglaublichen Schaden zufügen.«

»Ja, Sir.« Crosse sah wieder die Tasse an. »Es scheint beinahe unmöglich zu sein, daß sie so dünn ist. Ich habe noch nie eine solche Tasse gesehen.«

»Sind Sie Sammler?«

»Nein, Sir. Ich fürchte, ich verstehe überhaupt nichts davon.«

»Diese habe ich am liebsten, sie sind sehr selten. Sie heißen *t'o t'ai*, ohne Körper. Sie sind so dünn, daß die Innen- und die Außenglasur einander zu berühren scheinen. Aber sie sind sehr widerstandsfähig. Natürlich zart, aber widerstandsfähig. – Wer könnte Arthur sein?«

Crosse seufzte. »Es gibt keinen Hinweis in diesem Bericht. Keinen einzigen. Ich habe ihn fünfzigmal gelesen.« Die zarte Tasse schien Crosse zu faszinieren. »Porzellan ist eine Tonsorte, nicht wahr?«

»Ja. Aber diese Art ist das Ergebnis der Vermischung zweier Tonsorten –

Kaolin, nach dem hügeligen Bezirk in Kingtehtschen, wo es gefunden wird, und *pan tun tse*, die sogenannten kleinen weißen Blöcke. Die Chinesen bezeichnen sie als das Fleisch und die Knochen des Porzellans.« Sir Geoffrey trat zu dem verzierten Tisch, der als Bar diente, und brachte die Karaffe. Sie war etwa zwanzig Zentimeter hoch und völlig durchscheinend, beinahe durchsichtig. »Auch das Blau ist bemerkenswert. Wenn das Gefäß trocken ist, wird mit einer Bambuspfeife pulverisiertes Kobalt auf das Porzellan geblasen. In Wirklichkeit besteht die Farbe aus Tausenden winzigen blauen Flecken. Dann wird sie glasiert und gebrannt – bei ungefähr 1300 Grad.« Er stellte die Karaffe wieder auf die Bar.

»Bemerkenswert.«

»Die Ausfuhr war stets durch kaiserliches Edikt untersagt. Wir *quai loh* hatten nur Anspruch auf Gegenstände aus *hua shih*, glattem Stein, oder *tun ni*, Ziegellehm. Das Genie, das diese Tasse gemacht hat, verdiente wahrscheinlich ganze hundert Dollar jährlich.«

»Ich werde Arthur und die anderen finden, Sir. Sie können sich darauf verlassen.«

»Das muß ich leider, Oberinspektor. Der Minister und ich sind uns einig. Er muß den Premierminister und die Chefs des Generalstabs informieren.«

»Dann wird die Information durch alle möglichen Hände gehen und in alle möglichen Ohren gelangen, und der Feind wird zwangsläufig erfahren, was wir vorhaben.«

»Ja. Deshalb müssen wir schnell sein. Ich habe Ihnen vier Tage Galgenfrist verschafft, Roger. Während dieser Zeit wird der Minister nichts weiterleiten.«

»Ja, Sir, danke.«

»Noch nichts über Bartlett und Miss Casey?«

»Nein, Sir. Rosemont und Langan haben um Einsicht in die auf den neuesten Stand gebrachte Akte gebeten. Es scheint eine Verbindung zwischen Bartlett und Banastasio zu geben – wir wissen noch nicht genau, wie sie aussieht. Er und Miss Tcholok sind vergangenen Monat in Moskau gewesen.«

»Aha!« Sir Geoffrey füllte die Tassen nach und überlegte kurz. »Ich werde dem Minister ein Memorandum darüber schicken, warum Sie dem 1–4a nicht nachgekommen sind. Die amerikanischen Verbindungsleute in London sind sicherlich außer sich – aber was hätten Sie unter diesen Umständen sonst tun sollen?«

»Es ist vielleicht besser, Sir, wenn Sie ihn bitten, nicht zu erwähnen, daß wir die übrigen Berichte bis jetzt noch nicht haben. Auch diese Information könnte in die falschen Hände gelangen. Lassen wir es auf sich beruhen, solange es geht.«

Sir Geoffrey sah auf die Uhr. »Ich werde ihn in ein paar Minuten anrufen, damit ich ihn vor dem Lunch erreiche. Aber es gibt ein Problem, mit dem ich mich befassen muß: die *Iwanow*. Heute morgen hörte ich von unserem inoffiziellen Mittelsmann, daß die Anwesenheit dieses Schiffes Peking mit größter Besorgnis erfüllt.« Der inoffizielle Sprecher der Volksrepublik in Hongkong war, wie es hieß, einer der stellvertretenden Vorsitzenden der Bank of China. Das ist Chinas Zentralbank, durch die alle Fremdwährungen und all die Milliarden US-Dollar gingen, die China verdiente, indem es Gebrauchsgegenstände, beinahe alle Lebensmittel und das Wasser für Hongkong lieferte. England hatte immer behauptet, daß Hongkong britisches Hoheitsgebiet sei, und nie zugelassen, daß ein *offizieller* chinesischer Vertreter in der Kolonie residierte.

»Er hat sich sehr bemüht, mich wegen der *Iwanow* aus der Ruhe zu bringen«, fuhr Sir Geoffrey fort, »und wollte dem äußersten Mißfallen Pekings über die Anwesenheit eines sowjetischen Spionageschiffs Ausdruck verleihen. Er deutete sogar an, daß ich es vielleicht für angebracht halten könnte, es auszuweisen... Schließlich und endlich, sagte er, hätten sie erfahren, daß einer der sowjetischen KGB-Spione, der sich als Matrose ausgab, auf unserem Boden ermordet wurde.« Sir Geoffrey trank einen Schluck Sherry. »Merkwürdigerweise schien ihn die Anwesenheit des Flugzeugträgers nicht zu stören.«

»Das ist wirklich merkwürdig.« Auch Crosse war überrascht.

»Weist das auf eine Änderung ihrer Politik hin – eine deutliche Veränderung in ihrer Außenpolitik, eine Hinwendung zum Westen, der Wunsch nach Frieden mit den USA? Das kann ich nicht glauben. Der pathologische Haß gegen die USA ist unübersehbar.«

Der Gouverneur seufzte und füllte wieder die Tassen. »Wenn es herauskommt, daß es diesen Sevrin gibt, daß wir hier unterminiert sind... allmächtiger Gott, sie würden Krämpfe bekommen, und das mit Recht.«

»Wir werden die Verräter finden, Sir, machen Sie sich deshalb keine Sorgen!«

»Glauben Sie wirklich?« Sir Geoffrey setzte sich ans Fenster und schaute nachdenklich auf den gepflegten Rasen, den englischen Garten, auf die Büsche und Blumenbeete hinaus. Der Park, von einer hohen weißen Mauer umgeben, wurde von der untergehenden Sonne beschienen. Seine Frau schnitt Blumen; sie ging zwischen den Beeten am anderen Ende des Gartens herum, gefolgt von einem mißmutigen chinesischen Gärtner. Sir Geoffrey beobachtete sie einen Augenblick lang. Sie waren seit dreißig Jahren verheiratet, hatten drei Kinder, die ebenfalls alle verheiratet waren, und lebten ruhig und zufrieden miteinander. »Immer Verräter«, sagte er traurig. »Die Sowjets sind Altmeister in dieser Kunst. Was wollen Sie wegen General Jen und seiner nationalistischen Geheimagenten unternehmen?«

»Ich werde sie in Ruhe lassen – wir haben sie seit Monaten unter Kontrolle. Es ist viel besser, bekannte feindliche Agenten an Ort und Stelle zu belassen, als ihre Ersatzleute ausfindig machen zu müssen.«

»Das stimmt – sie würden sicherlich ausnahmslos ersetzt werden. Wir tun es, und sie tun es auch. Es ist so traurig und so dumm – diese Welt könnte ein Paradies sein.« Eine Biene summte im Erker und flog wieder in den Garten, als Sir Geoffrey den Vorhang zur Seite schob. »Der Minister bat mich, dafür zu sorgen, daß die Sicherheitsmaßnahmen für die Parlamentsmitglieder, die uns besuchen – unsere Handelsdelegation in China, die morgen zurückkehrt – lückenlos durchdacht, aber völlig diskret sind.«
»Ja, Sir. Ich verstehe.«
»Anscheinend könnten einige von ihnen Minister werden, falls die Labour Party an die Regierung kommt. Es ist für die Kolonie von Vorteil, wenn wir einen guten Eindruck auf sie machen.«
»Glauben Sie, daß Labour bei den nächsten Wahlen eine Chance hat?«
»Ich gebe keine Kommentare zu solchen Fragen ab, Oberinspektor. Ich befasse mich nicht mit Parteipolitik – ich vertrete Ihre Majestät die Königin –, aber ich persönlich wünsche mir wirklich, daß einige ihrer Extremisten von der Bildfläche verschwinden, denn die sozialistische Philosophie des linken Flügels widerspricht größtenteils unserer englischen Lebensweise.« Sir Geoffrey wurde ernst. »Es ist ganz offensichtlich, daß einige von ihnen den Feind unterstützen, entweder bewußt oder unbewußt, weil sie leichtgläubig sind. Und da wir schon bei diesem Thema sind: Befinden sich unter unseren Gästen verdächtige Elemente?«
»Es hängt davon ab, was Sie darunter verstehen, Sir. Zwei sind linksstehende, unbedeutende Gewerkschaftler und Eisenfresser – Robin Grey und Lochin MacDonald Maclean. Maclean macht kein Hehl aus seiner Sympathie für die Britische Kommunistische Partei. Er befindet sich auf unserer Verdächtigenliste. Alle übrigen Sozialisten gehören zum gemäßigten Flügel. Die konservativen Mitglieder sind Zentrumspolitiker, Mittelklasse, alles ehemalige Frontkämpfer. Einer ist Imperialist, und zwar der Vertreter der Liberalen Partei, Hugh Guthrie.«
»Und die Eisenfresser? Sind sie auch ehemalige Frontsoldaten?«
»Maclean war Bergmann, zumindest war es sein Vater. Den größten Teil seines Lebens hat er als kommunistischer Betriebsrat und Gewerkschaftler in den schottischen Kohlengruben verbracht. Robin Grey war Hauptmann bei der Infanterie.«
»Für gewöhnlich kommt man nicht auf die Idee, daß ein ehemaliger Hauptmann zu einem eisenfressenden Gewerkschaftler wird, oder?«
»Nein, Sir. Auch nicht, daß er mit einem Tai-Pan verwandt ist.«
»Wie bitte?«
»Penelope Dunross ist Robin Greys Schwester.«
»Großer Gott!« Sir Geoffrey starrte ihn entgeistert an. »Aber warum hat Dunross es nie erwähnt?«
»Das weiß ich nicht, Sir. Vielleicht schämte er sich seiner. Mr. Grey ist zweifellos das genaue Gegenteil von Mr. Dunross.«

»Aber... Mein Gott, sind Sie sicher?«
»Ja, Sir. Eigentlich war es Brian Kwok, der die Verbindung entdeckt hat. Ganz zufällig. Die Parlamentsmitglieder mußten der Volksrepublik die üblichen persönlichen Informationen vorlegen, um ihre Visa zu bekommen – Geburtsdatum, Beruf, Verwandte usw. Brian überprüfte die Visa routinemäßig, um Schwierigkeiten an der Grenze zu vermeiden. Zufällig bemerkte er, daß Mister Grey als Verwandte ›Schwester, Penelope Grey‹ und die Adresse ›Schloß Avisyard in Ayr‹ angegeben hatte. Brian fiel ein, daß dies die Heimatadresse der Familie Dunross war. Das war ungefähr vor einem Monat. Wir stellten in relativ kurzer Zeit fest, daß Mrs. Dunross wirklich seine Schwester ist. Soweit wir wissen, hatte Mrs. Dunross kurz nach dem Krieg einen Streit mit ihrem Bruder. Hauptmann Grey war Kriegsgefangener in Changi; er wurde 1942 in Singapur gefangengenommen. Ende 1945 kam er nach Hause – ihre Eltern wurden übrigens 1943 während des Angriffs auf London getötet. Damals war sie bereits mit Dunross verheiratet – sie heirateten 1943, kurz nachdem er abgeschossen wurde. Wir wissen, daß Bruder und Schwester einander trafen, als Grey freigelassen wurde. Unseres Wissens haben sie einander seither nie mehr gesehen. Natürlich geht es uns nichts an, aber der Streit muß sehr ernst gewesen sein, denn er endete anscheinend mit einem endgültigen Bruch. Ein guter Freund von Grey erzählte einem unserer Leute, daß Robin Grey seines Wissens keine lebenden Verwandten hat. Sie müssen einander wirklich hassen.«
Sir Geoffrey starrte in seine Tasse, ohne sie zu sehen. »Die Menschen verhalten sich scheußlich zueinander«, murmelte er traurig. »Ich weiß. Familienstreitigkeiten brechen so leicht aus. Und dann, wenn es zu spät ist, bedauert man es. Die Menschen benehmen sich schrecklich zueinander.«
Crosse beobachtete ihn und wartete, ließ ihn reden, war bedacht, nicht die geringste Bewegung zu machen, um ihn nicht abzulenken, wollte die Geheimnisse des Mannes kennenlernen. Wie Alan Medford Grant sammelte Crosse Geheimnisse. Gott verdamme diesen Bastard und seine verfluchten Informationsbriefe! Gott verdamme Dunross und seine Tricks! Wie, um Himmels willen, kann ich die Papiere vor Sinders in die Hand bekommen?
Sir Geoffrey starrte vor sich hin. Plötzlich gurgelte das Wasser in den Rohren in der Wand, und er kam zu sich. Er sah, daß Crosse ihn beobachtete. »Hmmm, ich habe laut gedacht! Eine schlechte Gewohnheit für einen Gouverneur, nicht wahr?«
Crosse lächelte und ging nicht in die Falle. »Sir?«
»Gut. Wie Sie sagen, es geht uns wirklich nichts an.« Der Gouverneur trank seinen Sherry aus, und Crosse wußte, daß er entlassen war. Er stand auf. »Danke, Sir.«
Als der Gouverneur allein war, überlegte er einen Augenblick, griff dann nach dem Telefonhörer und nannte der Zentrale die Geheimnummer des Ministers in London.

»Hier Geoffrey Allison. Ist der Minister anwesend?«
»Hallo, Geoffrey.«
»Hallo, Sir. Ich habe soeben mit Crosse gesprochen. Er hat mir versichert, daß das Versteck und Dunross bewacht werden. Ist Mr. Sinders unterwegs?«
»Er wird Freitag eintreffen. Ich nehme an, daß der unglückliche Unfall des Matrosen keine Folgen gehabt hat.«
»Nein, Sir. Wir haben alles unter Kontrolle.«
»Der Premierminister war sehr besorgt.«
»Ja, Sir. – Wegen des 1–4a... vielleicht sollten wir unseren Freunden gegenüber vorläufig noch nichts erwähnen.«
»Sie haben sich schon an mich gewendet. Waren sehr gereizt. Genau wie unsere Leute. Gut, Geoffrey. Zum Glück haben wir diesmal ein langes Wochenende, so daß mir bis Montag Zeit bleibt, Sie zu informieren und dann einen Verweis abzufassen.«
»Danke, Sir.«
»Geoffrey, der amerikanische Senator, der im Augenblick bei Ihnen ist, sollte einen Berater bekommen.«
Der Gouverneur runzelte die Stirn. *Berater* war ein Codewort und bedeutete, »sehr genau beobachtet werden«. Senator Wilf Tillman, ein Anwärter auf das Amt des Präsidenten, besuchte Hongkong en route nach Saigon.
»Ich werde sofort nach unserem Gespräch dafür sorgen. Gibt es noch etwas, Sir?«
»Nein, informieren Sie mich aber privat darüber, wie das Programm des Senators ausgesehen hat.« *Programm* war ein weiteres Codewort, das bedeutete, daß das Kolonialamt detaillierte Informationen erhalten mußte.
»Es wird am Freitag auf Ihrem Schreibtisch liegen.«
»Danke, Geoffrey. Wir werden morgen zur gewohnten Zeit wieder miteinander plaudern.« Die Verbindung wurde unterbrochen.
Der Gouverneur legte den Hörer nachdenklich auf. Ihr Gespräch war elektronisch verzerrt und an beiden Enden wieder entzerrt worden. Dennoch waren sie vorsichtig. Bei einem wirklich geheimen Gespräch suchte Sir Geoffrey den ständig bewachten zellenartigen Raum im Keller auf, der allwöchentlich von Sicherheitsbeamten genau nach Wanzen abgesucht wurde.
Verdammt lästig, dachte er. Verdammt lästig, diese Mantel-und-Degen-Geschichten! Crosse? Undenkbar – und doch hatte es einen Philby gegeben.

8

18.20 Uhr:

Kapitän Gregor Suslew, der einen gutgeschnittenen Zivilanzug trug, grüßte sorglos die Polizei am Werfttor in Kowloon. Die beiden Detektive in Zivil folgten ihm in fünfzig Meter Abstand. Er blieb einen Augenblick am Gehsteig stehen und winkte dann einem Taxi. Das Taxi fuhr an, und ein kleiner grauer Jaguar, in dem Sergeant Lee und ein Beamter des CID in Zivil saßen, folgte ihm.

Das Taxi fuhr in dem dichten Verkehr die Chatham Road nach Süden, bog am südlichsten Zipfel von Kowloon auf der Salisbury Road nach Westen und kam zum Hauptbahnhof der Eisenbahn in der Nähe des Terminals der Golden Ferry. Es hielt an. Suslew zahlte und lief die Treppe zum Victoria and Albert Hotel hinauf. Sergeant Lee folgte ihm, während der zweite Detektiv den Polizeijaguar parkte.

Suslew ging mit großen Schritten in die riesige, überfüllte Halle und sah sich nach einem freien Tisch um. Er drängte sich durch die Menge, fand einen Tisch, bestellte laut einen doppelten Wodka, setzte sich und begann, die Zeitung zu lesen. Plötzlich stand das Mädchen vor ihm.

»Hallo«, sagte sie.

»Ginny, *doragaja*«, rief er strahlend, umarmte sie und hob sie dabei hoch. Alle anwesenden Frauen waren empört, alle anwesenden Männer beneideten ihn. »Wir haben uns lange nicht gesehen, *golubtschik.*«

»*Ayeeyah*«, sagte sie, warf den Kopf zurück, daß ihre kurzen Haare flogen, und setzte sich. »Du bist zu spät. Warum du mich warten lassen? Eine Dame nicht gern allein im Victoria warten, *heya*?«

»Du hast recht, *golubtschik.*« Suslew zog ein dünnes Päckchen aus der Tasche und überreichte es ihr. »Hier, aus Wladiwostok.«

»Oh! Wie ich danken?« Ginny Fu war achtundzwanzig und arbeitete in den meisten Nächten in der Happy Drinker Bar in einer Seitenstraße der Mong Kok. In manchen Nächten ging sie in die Good-Luck-Tanzhalle. Meist sprang sie für ihre Freundinnen hinter der Theke winziger Lokale ein, wenn sie sich einem Kunden widmeten. Weiße Zähne, pechschwarze Augen, pechschwarze Haare, goldene Haut, ihr bunter *chong-sam* bis weit ihre langen Schenkel hinauf geschlitzt. Sie betrachtete aufgeregt das Geschenk. »O danke, Gregor, vielen danke.« Sie steckte es in ihre große Handtasche und lächelte ihn an. Dann wanderte ihr Blick zu dem Kellner, der Suslews Wodka brachte. Er trug die offenkundige Verachtung zur Schau, die alle Chinesen für junge Chinesinnen empfanden, die bei einem *quai loh* saßen. Er stellte den Drink mit meisterhafter Unverschämtheit ab und starrte sie an.

»*Dew neh loh moh* auf alle deine Schweinestall-Vorfahren«, zischte sie ihm zu. »Mein Mann ist ein 489er bei der Polizei, und wenn ich nur ein Wort sage, wird er die lächerlichen Erdnüsse, die du als Eier bezeichnest, eine Stunde, nachdem du von hier heimgehst, zerquetschen lassen.«

Der Kellner wurde blaß. »Eh?«

»Heißen Tee! Bring mir heißen Tee, und wenn du hineinspuckst, wird mein Mann einen Knoten in deinen Hals machen!«

Der Kellner floh.

»Was hast du ihm gesagt?« Suslew verstand nur einige Worte Kantonesisch, während sein Englisch sehr gut war.

Ginny Fu lächelte süß. »Nur gesagt, er soll Tee bringen.« Sie wußte, daß der Kellner jetzt automatisch in ihren Tee spucken würde, oder wahrscheinlich sicherheitshalber einen Freund veranlassen würde zu spucken, deshalb würde sie den Tee nicht trinken, so daß er noch mehr an Gesicht verlor.

»Dieses Geschenk, Gregy. Danke so viel.«

»Nichts Besonderes«, sagte Suslew. Er wußte, daß sie das Geschenk nicht vor ihm auspacken würde – was zur guten, vernünftigen chinesischen Sitte gehörte. Denn wenn ihr das Geschenk dann nicht gefiel, wenn sie enttäuscht war, wenn sie laut fluchte, weil der Gegenstand die falsche Größe oder die falsche Farbe hatte, wenn sie über den Geiz oder den schlechten Geschmack des Spenders schimpfte, konnte er nicht sein Gesicht verlieren und sie auch nicht. »Sehr vernünftig.«

»Was?«

»Nichts.«

»Du gut aussiehst.«

»Du auch.« Er hatte sie vor drei Monaten zum letztenmal gesehen, und obwohl er in Wladiwostok eine Eurasierin zur Geliebten hatte, gefiel ihm Ginny Fu.

»Gregy, du trink aus! Wir beginnen Ferien! Ich habe Wodka... ich habe andere Dinge. Wie viele Tage du bleibst?«

»Mindestens drei, aber...«

»Oh.« Sie versuchte, ihre Enttäuschung nicht zu zeigen.

»Ich muß immer wieder zu meinem Schiff zurück. Wir haben den heutigen Abend und den morgigen Tag und die ganze morgige Nacht.«

»Drei Monate lange Zeit, Gregy.«

»Ich komme bald wieder.«

»Ja.« Ginny Fu vergaß die Enttäuschung und wurde wieder energisch. »Trink aus und wir anfangen!« Sie sah den Kellner, der mit ihrem Tee kam. Ihre Blicke durchbohrten ihn. »Ha! Er ist kalt und nicht frisch gebrüht. Wer bin ich? Ein dreckiges Stück Hundefleisch? Nein, ich bin eine zivilisierte Person aus den Vier Provinzen, deren Vater sein ganzes Geld verspielt und sie deshalb als Frau Nummer Zwei an diesen Polizeichef von den fremden Teufeln verkauft hat! Also piß in deinen Hut!« Sie stand auf.

Der Kellner trat einen Schritt zurück.
»Was ist los?« fragte Suslew.
»Zahl nicht für Tee, Gregy! Nicht heiß. Und gib nicht Trinkgeld!«
Dennoch zahlte Suslew, sie nahm seinen Arm und sie verließen gemeinsam das Lokal, wobei ihnen zahlreiche Blicke folgten. Sie trug den Kopf hoch, aber insgeheim haßte sie die Blicke der Chinesen, selbst die des jungen Pagen, der die Tür aufhielt – das Ebenbild ihres Bruders, dessen Lebensunterhalt sie bestritt und dessen Schulbildung sie finanzierte.
Dunross kam die Treppe herauf. Er wartete, bis sie draußen waren – seine Augen glitzerten amüsiert –, dann verbeugte sich der lächelnde Page höflich vor ihm. Er drängte sich durch die Menge zum Telefon. Zahlreiche Anwesende bemerkten und beobachteten ihn. Er wich einer Gruppe kamerabehängter Touristen aus und entdeckte an einem Ecktisch Jacques de Ville und seine Frau Susanne. Beide starrten niedergeschlagen in ihre Gläser. Dunross schüttelte den Kopf. Sie hat den armen alten Jacques wieder einmal erwischt und macht ihm die Hölle heiß. O Gott!
»Hallo, Jacques – Susanne! Wie geht's?«
»Oh, hallo, Tai-Pan!« Jacques de Ville erhob sich höflich. »Möchtest du dich nicht zu uns setzen?«
»Danke, es geht leider nicht.« Dann bemerkte er, wie verzweifelt sein Freund aussah, und erinnerte sich an den Autounfall in Frankreich. Jacques' Tochter Avril und ihr Mann! »Was ist geschehen?«
Jacques zögerte, dann sagte er: »Ich habe mit Avril gesprochen. Sie rief mich von Cannes aus an, als ich das Büro verließ. Sie sagte: ›Daddy, Daddy, Borge ist tot... kannst du mich hören? Ich versuche seit zwei Tagen, dich zu erreichen... es war frontal, und der andere Mann war... Mein Borge ist tot... kannst du mich hören?...‹« Jacques' Stimme war tonlos. »Dann riß die Verbindung ab. Wir wissen, daß sie in Cannes in der Klinik ist. Ich hielt es für das Beste, wenn Susanne gleich fliegt, aber ihr Flug wurde verschoben, und deshalb warten wir einfach hier. Die Rezeption versucht, eine Verbindung mit Cannes herzustellen, aber ich habe nicht viel Hoffnung.«
»Mein Gott, es tut mir so leid«, sagte Dunross und versuchte, den Schmerz zu verdrängen, den er empfand, als er sich Adryon an Avrils Stelle vorstellte. Avril war zwanzig, und Borge Escary ein vielversprechender junger Mann. Sie waren seit anderthalb Jahren verheiratet, und es war ihr erster Urlaub nach der Geburt eines Sohnes. »Um wieviel Uhr startet die Maschine?«
»Um acht.«
»Möchtest du, daß wir uns um das Baby kümmern, Susanne? Warum fliegst du nicht mit, Jacques? Ich sehe hier schon nach dem Rechten.«
»Nein. Danke, aber das geht nicht. Es ist besser, wenn Susanne fliegt. Sie wird Avril nach Hause bringen.«
»Ja«, bestätigte Susanne, und Dunross bemerkte, daß sie in sich zusam-

mengesunken war. »Wir haben die *amahs*... es ist besser, wenn nur ich fliege, Tai-Pan. *Merci,* aber so ist es am besten.« Tränen liefen ihr über die Wangen. »Es ist einfach nicht gerecht. Borge war ein so netter Junge.«
»Ja. Susanne, ich werde Penn täglich hinüberschicken, also mach dir keine Gedanken, wir werden dafür sorgen, daß es dem Baby und Jacques gutgeht.« Dunross musterte sie abwägend. Er war davon überzeugt, daß Jacques sich in der Hand hatte. Gut, dachte er. Dann sagte er befehlend: »Jacques, sobald Susanne sicher im Flugzeug sitzt, fährst du ins Büro! Schick unserem Mann in Marseille ein Telex! Er soll eine Suite im Capitol reservieren lassen und Susanne mit einem Auto und Francs im Gegenwert von zehntausend Dollar abholen. Bestell ihm von mir, daß er ihr während ihres Aufenthaltes jederzeit zur Verfügung stehen muß! Er soll mich morgen anrufen und mir einen vollständigen Bericht über Avril geben, über den Unfall, wer von den beiden am Steuer gesessen hat und wer der andere Fahrer war.«
Jacques zwang sich ein Lächeln ab. *»Oui. Merci, mon ami.«*
»*Rien.* Es tut mir so leid, Susanne – melde ein R-Gespräch an, falls wir irgend etwas tun können!« Er verabschiedete sich. Unser Mann in Marseille ist gut, dachte er. Er wird sich um alles kümmern. Habe ich jedes Detail bedacht?
Gott schütze Adryon, Glenna, Duncan und Penn, dachte er. Und Kathy und alle übrigen. Und mich – bis das Noble House unangreifbar ist. Er sah auf die Uhr. Es war genau 6.30 Uhr. Er ging zu einem Telefon. »Mister Bartlett, bitte.« Einen Augenblick später hörte er Caseys Stimme.
»Hallo?«
»Hallo, Ciranoush. Würden Sie ihm sagen, daß ich in der Halle bin?«
»Ja, natürlich. Möchten Sie heraufkommen? Wir sind –«
»Warum kommen Sie nicht herunter? Wenn Sie nicht zu beschäftigt sind, möchte ich Sie zu meiner nächsten Verabredung mitnehmen – es könnte für Sie interessant sein. Wir können nachher gemeinsam essen, wenn Sie nichts Besonderes vorhaben.«
»Das wäre herrlich. Ich will mal sehen.«
Er hörte, wie sie seinen Vorschlag wiederholte, und fragte sich, wie seine Wette mit Claudia ausgehen werde. Es ist unmöglich, daß die beiden kein Verhältnis haben oder gehabt haben, dachte er. Es wäre geradezu unnatürlich.
»Wir kommen sofort, Tai-Pan.« Er hörte das Lächeln in ihrer Stimme.
Der Erste Oberkellner wartete jetzt auf die seltene Ehre, den Tai-Pan zu einem Tisch führen zu dürfen. Er war vom Zweiten Oberkellner in dem Augenblick geholt worden, als bekannt wurde, daß Dunross sich der Eingangstür näherte. Er hieß Nachmittag Pok, war grauhaarig und majestätisch und regierte seine Schicht mit eiserner Faust.
»Oh, Ehrenwerter Herr«, sagte der alte Mann auf Kantonesisch mit einer

Verbeugung. »Es ist eine Ehre für uns. Haben Sie heute Reis gegessen?« Es war die höfliche Form einer chinesischen Begrüßung.
»Ja, danke, Älterer Bruder«, antwortete Dunross. Er kannte Nachmittag Pok beinahe, seit er auf der Welt war. Nachmittag Pok hatte als Oberkellner von zwölf bis sechs in der Halle Dienst gemacht, und wenn der Knabe Ian Dunross, die Kehrseite noch gerötet von einer Züchtigung, mit einem Auftrag ins Hotel geschickt worden war, hatte ihn der freundliche Mann an einen Ecktisch gesetzt, ihm eine Süßspeise gebracht, ihm über den Kopf gestrichen und nie eine Rechnung vorgelegt. »Sie sehen blühend aus.«
»Danke, Tai-Pan! Sie sehen ebenfalls sehr gesund aus! Aber Sie haben noch immer nur einen Sohn! Glauben Sie nicht, es wäre an der Zeit, daß Ihre Verehrte Hauptfrau eine zweite Frau für Sie sucht?«
Beide lächelten. »Bitte folgen Sie mir«, sagte der alte Mann gravitätisch und führte ihn zu einem Tisch, der wie durch ein Wunder an einer großen freien Stelle aufgetaucht war. Vier energische Kellner hatten die anderen Gäste und deren Tische einfach zur Seite geschoben. Jetzt hatten sie alle beinahe militärische Haltung angenommen und grinsten über das ganze Gesicht.
»Wie gewöhnlich, Sir?« fragte der Weinkellner. »Ich habe eine Flasche von dem Zweiundfünfziger.«
»Ausgezeichnet.« Dunross wußte, daß es sich um den La Doucette handelte, den er so gern trank. »Ich erwarte Mister Bartlett und Miss Tcholok.« Ein Kellner ging sofort zum Aufzug, um sie in Empfang zu nehmen.
»Wenn Sie etwas brauchen, rufen Sie mich bitte!« Nachmittag Pok verbeugte sich und ging davon. Dunross setzte sich und entdeckte Peter und Fleur Marlowe, die versuchten, zwei hübsche Mädchen von vier und acht Jahren im Zaum zu halten. Er holte tief Atem und dankte Gott, daß seine Töchter über dieses Alter hinaus waren. Während er den Wein anerkennend kostete, bemerkte er, daß der alte Willie Tusk zu ihm herüberwinkte. Er winkte zurück.
Als er ein Junge war, brachte er zwei- oder dreimal wöchentlich Geschäftsorder für Tusk von Hongkong herüber. Sie kamen vom alten Sir Ross Struan, Alastairs Vater, oder von Dunross' Vater, der seit Jahren die Auslandsabteilung von Noble House leitete. Gelegentlich verrichtete Tusk Kundendienste für Noble House auf Gebieten, auf die er spezialisiert war – wenn es darum ging, etwas aus Thailand, Burma oder Malaya herauszubringen und irgendwohin zu verschiffen. Er erhielt dafür ein geringes *h'eung yau* und seine übliche Vergütung von siebeneinhalb Prozent.
»Wofür ist das halbe Prozent, Onkel Tusk?« hatte Ian einmal gefragt und zu dem Mann aufgeblickt, den er jetzt überragte.
»Ich nenne es mein Püppchengeld, Junge.«
»Was ist Püppchengeld?«
»Ein bißchen zusätzliches Geld, das man Püppchen schenkt – Damen, die einem gefallen.«

»Aber warum gibt man Damen Geld?«
»Nun, das ist eine lange Geschichte, mein Junge.«
Dunross lächelte vor sich hin. Ja, eine sehr lange Geschichte. Bei diesem Teil seiner Erziehung hatte er verschiedene Lehrerinnen gehabt, manche gute, manche sehr gute und manche schlechte. Onkel Tschen-tschen hatte ihm seine erste Geliebte zugeführt, als er vierzehn war.
»Meinst du es wirklich ernst, Onkel Tschen-tschen?«
»Ja, aber du darfst es niemandem erzählen, sonst reißt mir dein Vater den Kopf ab. Eigentlich hätte dein Vater das arrangieren oder mich darum bitten sollen, es zu arrangieren.«
»Aber wenn ich es tue... bist du ganz sicher? Ich meine, wieviel zahle ich und wann, Onkel Tschen-tschen? Wann? Ich meine – vorher, oder nachher oder wann? Das weiß ich nicht.«
»Du weißt eine ganze Menge nicht. Du weißt noch immer nicht, wann du sprechen und wann du schweigen sollst. Wie kann ich dich unterweisen, wenn du sprichst? Habe ich denn den ganzen Tag Zeit?«
»Nein, Sir.«
»Iiii, was bist du doch für ein Glückspilz! Das erste Mal in der Herrlichen Schlucht. Es ist doch das erste Mal, oder? Sag die Wahrheit!«
»Hmm... nun, also, hm... ja.«
»Gut.«
Erst Jahre später erfuhr Dunross, daß einige der berühmtesten Häuser in Hongkong und Macao geheime Angebote für das Privileg gemacht hatten, einem künftigen Tai-Pan, einem Ururenkel des Grünäugigen Teufels, sein erstes Liebeserlebnis anzudienen. Abgesehen von dem Gesicht, das das Haus auf Generationen hinaus gewinnen würde, wenn es vom Comprador des Noble House auserwählt wurde, war es auch ein unglaubliches Glück für die betreffende Dame. Der Saft des Ersten Mals war auch bei der geringsten Persönlichkeit ein Elixier von unglaublichem Wert.
»Du lieber Gott, Onkel Tschen-tschen«, war er in die Luft gegangen, »ist das wahr? Du hast mich tatsächlich an ein Hühnerhaus verkauft?«
»Natürlich.« Der alte Mann hatte zu ihm hinaufgeblinzelt und gekichert. Er lag in dem großen Haus der Tschens auf der Anhöhe vom Struan's-Ausguck im Bett, war beinahe blind und dem Tode nah, aber sanft und zufrieden. »Wer hat es dir verraten, hm?«
Tusk, ein Witwer, ein Habitué der Tanzhallen, Bars und Freudenhäuser von Kowloon, hatte es als Legende von einer der *mama-sans* gehört. Irgendwo hatte sie aufgeschnappt, es sei im Noble House Brauch, daß der Comprador für das erste Liebeserlebnis der Nachkommen des Grünäugigen Teufels Struan sorgte. »Ja, alter Junge«, hatte ihm Tusk erzählt. »Dirk Struan hat Sir Gordon Tschen, dem Vater des alten Tschen-tschen, erklärt, er würde den Bösen Blick auf das Haus Tschen legen, wenn sie nicht die richtige Wahl träfen.«

»Ich finde das scheußlich, Onkel Tschen-tschen!«
»Warum denn? Es war eine sehr einträgliche Auktion. Es hat dich nichts gekostet, dir aber ungeheures Vergnügen verschafft. Es hat mich nichts gekostet und mir im Gegenteil 20000 HK eingetragen. Das Etablissement des Mädchens hat enorm an Gesicht gewonnen, genau wie das Mädchen. Es hat sie nichts gekostet, ihr aber jahrelang eine zahlreiche Kundschaft verschafft, die ebenfalls die Vorzüge deiner Wahl Nummer Eins genießen wollte.«
Elegante Jade war ihr Name. Sie war zweiundzwanzig und sehr erfahren. Elegante Jade war süß und freundlich – wenn sie wollte –, und ein Drache, wenn sie böse war. Er war verrückt nach ihr, und ihre Affäre dauerte zwei Sommerferien – die Zeit, die Tschen-tschen vertraglich festgelegt hatte. Als er am ersten Tag der dritten Sommerferien zu ihr geeilt war, war sie verschwunden. Heute noch konnte Dunross sich daran erinnern, wie verzweifelt er gewesen war, wie er sich bemüht hatte, sie zu finden. Aber das Mädchen hatte keine Spur hinterlassen.
»Was ist aus ihr geworden, Onkel Tschen-tschen?«
Der alte Mann seufzte und legte sich müde im großen Bett zurück. »Es war für sie Zeit zu verschwinden. Für einen jungen Mann ist es immer zu leicht, einem Mädchen zu viel Zeit und Zuneigung zu schenken. Nach ihr konntest du selbst wählen, und du mußtest dich mit dem House beschäftigen, nicht mit ihr... Versuch nicht, dein Verlangen zu verbergen, ich verstehe dich, oh, wie gut ich dich verstehe! Mach dir keine Sorgen, sie ist gut bezahlt worden, mein Sohn, sie hat dir kein Kind geschenkt...«
»Wo ist sie jetzt?«
»Sie ist nach Taiwan gegangen. Ich habe mich vergewissert, daß sie genug Geld hat, um ein eigenes Haus aufzumachen. Das hatte sie vor und ein Teil unserer Abmachung bestand darin, daß ich sie von ihrem Vertrag freikaufen mußte. Das hat mich... fünf- oder zehntausend gekostet, ich kann mich nicht mehr erinnern, mein Sohn.«
Dunross trank gedankenverloren den Wein. Das war das einzige Mal, daß der alte Tschen-tschen mich Sohn genannt hat, dachte er. Was für ein großartiger alter Mann er doch war! Wenn ich nur so freundlich und weise und seiner würdig sein könnte!
Eine Woche danach war Tschen-tschen gestorben. Sein Begräbnis war das größte, das Hongkong je erlebt hatte; tausend Klageweiber und Trommeln begleiteten den Sarg. Die weißgekleideten Frauen wurden dafür bezahlt, daß sie dem Sarg folgten, laut wehklagten und die Götter anflehten, den Weg für den Geist dieses großen Mannes zu ebnen – ins Nichts, zur Wiedergeburt oder was sonst den Geistern der Toten zustößt...
»Hallo, Tai-Pan!«
Casey und Linc Bartlett standen vor ihm. Beide lächelten, obwohl sie etwas müde aussahen.

Er begrüßte sie; Casey bestellte einen Scotch mit Soda und Linc ein Bier.
»Wie ist es denn heute gelaufen?« fragte Casey.
»Auf und ab«, antwortete er nach einer Pause. »Und bei Ihnen?«
»Es gab viel Arbeit, aber wir kommen voran. Ihr Anwalt Dawson hat den Termin für heute morgen abgesagt und auf morgen mittag verschoben. Den Rest des Tages habe ich am Telefon und Fernschreiber verbracht, um die Dinge in den Staaten zu organisieren. Der Hotel-Service hier ist gut. Wir sind bereit, unseren Teil der Abmachung zu erfüllen.«
»Gut. Ich werde wahrscheinlich an dem Treffen mit Dawson teilnehmen«, sagte Dunross. »Das beschleunigt die Sache. Ich werde ihn bitten, in unser Büro zu kommen, und Ihnen um 11 Uhr 10 einen Wagen schicken.«
»Nicht notwendig, Tai-Pan. Ich kenne mich auf der Fähre schon gut aus«, sagte sie. »Ich bin heute nachmittag hinüber und wieder zurück gefahren für nur fünf Cents. Wie können Sie den Preis so niedrig halten?«
»Wir haben vergangenes Jahr siebenundvierzig Millionen Passagiere befördert.« Dunross wandte sich Bartlett zu. »Nehmen Sie an der morgigen Zusammenkunft teil?«
»Nein, es sei denn, ich werde aus irgendeinem Grund gebraucht. Zunächst befaßt sich Casey mit den rechtlichen Aspekten. Sie weiß, was wir wollen, und Donnerstag lassen wir Seymour Steigler III kommen – er ist unser Anwalt und Steuerberater. Er wird alle Fragen mit Ihren Anwälten reibungslos klären, so daß wir in sieben Tagen abschließen können.«
»Ausgezeichnet.« Ein lächelnder, dienstbeflissener Kellner brachte die Getränke und füllte Dunross' Glas nach. Als sie wieder allein waren, sagte Casey ruhig: »Die Schiffe, Tai-Pan. Wollen Sie darüber eine getrennte Vereinbarung? Wenn die Anwälte sie aufsetzen, ist sie nicht mehr geheim. Wie können wir sie geheimhalten?«
»Ich werde das Dokument aufsetzen und mit unserem Chop versehen. Dadurch wird es rechtskräftig und verbindlich. Dann bleibt die Vereinbarung unter uns dreien.«
»Was ist denn ein Chop, Ian?« fragte Bartlett.
»Es ist eine Art Stempel.« Dunross zog einen schmalen, länglichen Bambusbehälter aus der Tasche, der etwa fünf Zentimeter lang und einen halben Zentimeter breit war, und schob den genau passenden Deckel zurück. Er nahm den Stempel heraus und zeigte ihn den Amerikanern. Er war aus Elfenbein. An der Unterseite waren einige chinesische Schriftzüge reliefartig herausgeschnitzt. »Das ist mein persönlicher Chop – er ist handgeschnitzt und deshalb so gut wie unmöglich zu fälschen. Man taucht dieses Ende in die Tinte...« Die Tinte war rot und beinahe fest und befand sich in einem Fach an einem Ende der Schachtel, »...und drückt es auf das Papier. In Hongkong unterschreibt man Dokumente oft gar nicht, man stempelt sie nur. Die meisten sind ohne Chop nicht rechtsgültig. Der Chop der Kompanie sieht genauso aus; er ist nur etwas größer.«

»Was bedeutet das Zeichen?« fragte Casey.
»Es bildet ein Wortspiel über meinen Namen und meine Vorfahren.« Dunross lächelte und steckte den Chop wieder ein. »Es hat noch eine vordergründige Bedeutung: ›Der Tai-Pan des Noble House‹. Auf Chinesisch...« Er drehte sich um, weil eine Fahrradklingel ertönte. Der Page trug auf einer Stange eine kleine Tafel durch die Menge, auf der der Name der gesuchten Person stand. Es galt nicht ihnen, also fuhr er fort: »In der chinesischen Schrift gibt es immer zwei Bedeutungsebenen. Dadurch wird sie kompliziert und interessant.«
Casey fächelte sich mit der Speisekarte Luft zu. In der Lounge war es warm, obwohl die Deckenventilatoren einen leichten Luftzug erzeugten. Sie griff nach einem Papiertaschentuch und tupfte sich das Gesicht ab. »Ist es hier immer so feucht?«
Dunross lächelte. »Heute ist es relativ trocken. Manchmal haben wir wochenlang bis zu fünfunddreißig Grad und fünfundneunzig Prozent Luftfeuchtigkeit. Derzeit verspricht der Wetterbericht Regen. Wir könnten sogar einen Taifun bekommen. Ich habe im Radio gehört, daß sich südlich von uns ein tropisches Tief bildet. Wenn wir Glück haben, regnet es. Im V and A ist das Wasser noch nicht rationiert, nicht wahr?«
»Nein«, antwortete Bartlett, »aber seit ich gestern abend die Eimer in Ihrem Haus gesehen habe, werde ich Wasser nie wieder als etwas Selbstverständliches betrachten.«
»Ich auch nicht«, stimmte Casey zu. »Es muß schrecklich sein.«
»Ach, man gewöhnt sich daran. Übrigens, sind Sie mit meinem Vorschlag wegen des Dokuments einverstanden?« fragte Dunross Bartlett. Er wollte die Angelegenheit abschließen und ärgerte sich, daß er fragen mußte. Es amüsierte ihn, daß Bartlett einen Sekundenbruchteil zögerte und unmerklich zu Casey hinübersah, bevor er sagte: »Natürlich.«
»Forrester, der Leiter unserer Schaumstoffabteilung«, fuhr Bartlett fort, »kommt mit der gleichen Maschine. Ich finde, wir könnten die Sache schon jetzt publik machen. Es gibt doch keinen Grund, warum wir auf die Papiere warten sollten, nicht wahr?«
»Nein.« Dunross überlegte einen Augenblick und beschloß, seine Theorie zu testen. »Wie kompetent ist er?«
»Charlie Forrester weiß alles, was man über Polyurethan-Schaum wissen kann – Erzeugung, Versand, Verkauf«, antwortete Casey.
»Gut.« Dunross wendete sich an Bartlett und fragte unschuldig: »Möchten Sie ihn nach Taipeh mitnehmen?« Er sah, wie die Augen des Amerikaners aufblitzten, und wußte, daß er sich nicht geirrt hatte. Winde dich, du Bastard, dachte er, du hast es ihr noch nicht gesagt! Ich habe nicht vergessen, wie du mir gestern mit deinen Geheiminformationen die Hölle heiß gemacht hast. Winde dich da nur heraus, ohne dein Gesicht zu verlieren! »Während wir Golf spielen oder etwas anderes unternehmen, bringe ich

Forrester mit meinen Sachverständigen zusammen – er kann mögliche Standorte aussuchen und diesen Teil des Geschäfts in Gang bringen.«
»Gute Idee«, antwortete Bartlett, der sich überhaupt nicht wand und damit in Dunross' Achtung stieg.
»Taipeh? Taipeh in Taiwan?« fragte Casey aufgeregt. »Wir fahren nach Taipeh? Wann?«
»Sonntag nachmittag«, antwortete Bartlett ruhig. »Wir fliegen auf zwei Tage, Ian und –«
»Großartig, Linc.« Sie lächelte. »Während du Golf spielst, kann ich mit Charlie alles überprüfen. Laß mich das nächste Mal mitspielen! Wie hoch ist Ihre Vorgabe, Tai-Pan?«
»Zehn, und da Linc Bartlett das weiß, bin ich überzeugt, daß Sie es ebenfalls wissen.« Sie lachte. »Ich habe diese lebenswichtige Information vergessen. Meine Vorgabe beträgt an einem sehr guten Tag vierzehn.«
»Wobei es auf einen Schlag mehr oder weniger nicht ankommt?«
»Richtig. Die Frauen schwindeln beim Golf genauso wie die Männer.«
»So?«
»Natürlich. Aber im Gegensatz zu den Männern schwindeln sie, um eine niedrigere Vorgabe zu bekommen. Die Vorgabe ist ein Statussymbol, nicht wahr? Je niedriger die Vorgabe, desto höher der Status. Wie hoch ist der Einsatz bei Ihnen?«
»Fünfhundert HK.«
Sie pfiff. »Pro Loch?«
»Aber nein«, sagte Bartlett. »Pro Spiel.«
»Trotzdem glaube ich, daß ich lieber kiebitzen werde. Wenn ich nicht vorsichtig bin, nimmt mir Linc meinen Anteil an Par-Con ab.« Ihr Lächeln galt beiden, und dann beschloß Dunross, Bartlett aus der Falle zu helfen, in die er ihn hineinmanövriert hatte.
»Das ist eine großartige Idee, Casey«, sagte er, »aber bei näherer Überlegung halte ich es für besser, wenn Sie und Forrester Hongkong vor Taipeh durchchecken – es wird unser größter Absatzmarkt sein. Und wenn Ihr Anwalt Donnerstag kommt, werden Sie vielleicht hier mit ihm beisammen sein wollen.« Er schaute Bartlett an, die verkörperte Unschuld. »Wenn Sie unseren Ausflug absagen wollen, ist es mir auch recht, Sie werden noch reichlich Gelegenheit haben, Taipeh zu besuchen. Aber ich kann meinen Flug nicht aufschieben.«
»Nein«, erklärte Bartlett. »Casey, du mußt hier die Stellung halten. Seymour wird deine volle Unterstützung brauchen. Ich will diesmal nur einen Überblick gewinnen, und wir werden später einmal zusammen hinfahren.«
Sie nippte an ihrem Drink und beherrschte ihren Gesichtsausdruck. Ich bin also nicht eingeladen? dachte sie verärgert. »Sie fliegen Sonntag?«
»Ja«, bestätigte Dunross, überzeugt, daß seine List gewirkt hatte, weil er

keine Veränderung an ihr wahrnahm. »Sonntag nachmittag – am Vormittag unternehme ich eine Bergtour, also geht es nicht früher.«
»Eine Bergtour? Klettern Sie, Tai-Pan?«
»O nein. Es ist ein Autorennen in den Bergen der New Territories. Sie sind beide willkommen, wenn es Sie interessiert.« Er fügte, zu Bartlett gewandt, hinzu: »Wir könnten dann direkt zum Flughafen fahren. Wenn ich Ihre Maschine klarmachen kann, tue ich es. Ich werde mich morgen danach erkundigen.«
»Linc«, warf Casey ein, »was ist mit Armstrong und der Polizei? Du sitzt hier fest.«
»Das habe ich heute geregelt«, sagte Dunross. »Er wurde in meine Obhut entlassen.«
Sie lachte. »Phantastisch. Geh nur nicht durch! Wann kommen Sie zurück, Tai-Pan?«
»Dienstag, rechtzeitig zum Dinner.«
»Am Dienstag unterschreiben wir doch? Ist das nicht ein bißchen knapp, Linc?«
»Nein. Wir bleiben ständig in Verbindung. Das Geschäft ist abgeschlossen. Wir brauchen nur noch die Verträge zu unterzeichnen.«
»Wie du meinst, Linc. Wenn ihr zurückkommt, wird alles zur Unterschrift bereit sein. Soll ich mit Andrew verhandeln, Tai-Pan, falls sich ein Problem ergibt?«
»Ja. Oder mit Jacques.« Dunross schaute in die entfernte Ecke hinüber. An ihrem Tisch saßen jetzt andere Gäste. »Die Telefonverbindung mit Taipeh ist gut, also müssen wir uns keine Sorgen machen. Wollen wir jetzt essen gehen?«
»Gern.«
»Welche Küche wäre Ihnen am liebsten?«
»Wie wäre es mit chinesisch?«
»Tut mir leid, aber Sie müssen sich klarer ausdrücken«, erklärte Dunross. »Das ist so, als wünschten Sie sich europäische Küche – was die ganze Skala von italienischen Gerichten bis zu englischem Roastbeef umfaßt.«
»Warum überlassen wir es nicht dem Tai-Pan, Linc?« fragte Casey. »Ich muß gestehen, Tai-Pan, daß ich süß-sauer, Eierrollen, Chop Suey und gebratenen Reis mag. Ich bin nicht sehr für Ausgefallenes.«
»Genau wie ich«, stimmte Bartlett zu. »Keine Schlange, keinen Hund, nichts Exotisches.«
»In der richtigen Jahreszeit schmecken Schlangen ausgezeichnet«, meinte Dunross. »Vor allem die Galle – mit Tee vermischt. Und ein kleiner, junger Hund in Austernsoße ist vorzüglich.«
»Sie haben das gegessen? Sie haben Hundefleisch gegessen?« Sie war entsetzt.
»Man hat mir gesagt, es sei Huhn. Es schmeckte auch sehr ähnlich. Aber

Sie dürfen nie Hundefleisch essen und gleichzeitig Whisky trinken, Casey. Es heißt, daß der Whisky das Fleisch in eiserne Brocken verwandelt.«
Er hörte sich Witze machen und belanglos plaudern, während er sah, wie Jacques und Susanne in ein Taxi stiegen. Er hätte selbst an Bord des Flugzeugs gehen, hinüberfliegen und Avril sicher zurückbringen wollen.
Wie, um Himmels willen, kann man als Mensch leben, das Noble House leiten und dabei normal bleiben? Wie hilft man der Familie, schließt Geschäfte ab und bringt alles unter einen Hut? Du nimmst die Dinge viel zu ernst, sagte er sich. Die einzigen ernsten Probleme sind Par-Con, die Hausse, Kathy, AMGs Informationsbriefe, Crosse, John Tschen, Toda Shipping und die Tatsache, daß du Lando Matas Angebot abgelehnt hast. Soviel Geld.
Was erwarte ich vom Leben? Geld? Macht? Oder ganz China?
Er bemerkte, daß Casey und Bartlett ihn beobachteten. Seit die beiden hier sind, dachte er, habe ich nur Schwierigkeiten. Er sah sie an. In der knappsitzenden Hose und der anliegenden Bluse war sie bestimmt ein erfreulicher Anblick. »Überlassen Sie es mir«, sagte er und fand, daß er Appetit auf kantonesische Küche hatte.
Sie hörten den Pagen mit der Fahrradklingel, sahen die Tafel, und darauf stand: »Miss K. C. Shuluk.« Dunross winkte den Jungen herbei. »Er führt Sie zum Telefon, Casey.«
»Danke.« Sie stand auf. Die Blicke folgten den langen, eleganten Beinen und ihrem sinnlichen Gang – die Frauen waren neidisch und haßten sie.
»Sie sind ein Hundesohn«, stellte Bartlett ruhig fest.
»Wieso?«
»Ja.« Er grinste und nahm dem Gesagten damit den Stachel. »Zwanzig zu eins, daß Sie nur sondieren wollten – aber ich nehme es Ihnen nicht übel, Ian. Ich bin gestern abend hart mit Ihnen umgesprungen – ich mußte es; vielleicht habe ich Strafe verdient. Aber versuchen Sie das nicht noch einmal mit Casey, sonst reiße ich Ihnen den Kopf ab!«
»So?«
»Ja.« Bartlett sah Casey nach. Er sah, wie sie am Tisch der Marlowes vorbeikam, stehenblieb, sie und die Kinder begrüßte und dann weiterging. »Sie weiß, daß sie nicht eingeladen wurde.«
Dunross war beunruhigt. »Sind Sie sicher? Ich habe gedacht... habe ich es nicht genügend überspielt? In dem Augenblick, in dem ich begriff, daß Sie es ihr noch nicht gesagt hatten... tut mir leid, ich dachte, sie hätte nichts gemerkt.«
»Sie haben es ausgezeichnet gemacht. Aber ich wette immer noch zwei zu eins, sie weiß, daß sie nicht eingeladen wurde.« Bartlett lächelte wieder, und Dunross fragte sich nochmals, was sich hinter dem Lächeln verbarg. Er hatte die Halle absichtlich gewählt, weil er mit dem berühmten – oder jetzt berüchtigten – Bartlett und seiner Dame gesehen werden wollte. Er

wußte, daß es den Gerüchten über das bevorstehende Geschäft Nahrung geben würde, so daß die Börse in Bewegung geriet. Auch wenn die Ho-Pak zusammenkrachte – vorausgesetzt, sie riß nicht andere Banken mit –, konnte die Hausse immer noch eintreten. Wenn Bartlett und Casey sich ein bißchen manipulieren ließen, dachte er, und wenn ich ihnen wirklich trauen könnte, würde ich das Geschäft meines Lebens machen. Wieweit werden sie mit mir zusammenarbeiten?

Dann fiel ihm etwas ein, was Inspektor Armstrong und Brian Kwok gesagt hatten, und seine Unruhe wuchs.

»Was halten Sie von Banastasio?« fragte er mit möglichst gleichgültiger Stimme.

»Vincenzo?« fragte Bartlett. »Interessanter Mensch. Warum?«

»Ich wollte es nur wissen«, antwortete Dunross. »Kennen Sie ihn schon lange?«

»Drei oder vier Jahre. Casey und ich sind ein paarmal mit ihm zu Pferderennen gefahren – nach Del Mar. Er wettet bis zu 50000 Dollar bei einem Rennen – hat er uns jedenfalls erzählt. Gehört er zu Ihren Freunden?«

»Nein. Ich habe ihn nie kennengelernt, aber John Tschen hat ihn ein- oder zweimal erwähnt. Auch Tsu-yan.«

»Wie geht es Tsu-yan? Er ist auch ein Spieler. Als ich ihn in Los Angeles sprach, konnte er es gar nicht erwarten, nach Vegas zu kommen. Als ich das letztemal mit John Tschen beim Rennen war, trafen wir ihn. Noch nichts Neues von John oder den Kidnappern?«

»Nein.«

»Teuflisch.«

Dunross hörte kaum zu. Das Dossier, das er über Bartlett angelegt hatte, enthielt keinen Hinweis auf Mafiaverbindungen – aber Banastasio war das Verbindungsglied. Die Waffen, John Tschen, Tsu-yan und Bartlett.

Heißt das, daß ein Teil des Par-Con-Geldes Mafia-Geld ist – wird Par-Con von der Mafia beherrscht oder kontrolliert?

»John hat Banastasio mir gegenüber als einen Ihrer Hauptaktionäre erwähnt.« Es war wieder ein Schuß ins Dunkel.

»Vincenzo besitzt ein großes Aktienpaket. Aber er sitzt weder im Vorstand noch im Aufsichtsrat.«

Dunross bemerkte, daß Bartletts blaue Augen jetzt aufmerksam wurden, und konnte beinahe spüren, wie sich der Amerikaner auf ihn konzentrierte. Deshalb machte er Schluß. »Wie klein doch die Welt ist, nicht wahr?«

Innerlich kochend nahm Casey den Hörer auf. »Hier Miss Tcholok. Sie haben ein Gespräch für mich?«

»Augenblick bitte.«

Sie laden mich also nicht nach Taipeh ein, dachte sie wütend. Warum hat es der Tai-Pan nicht offen gesagt, und warum hat Linc es mir gegenüber nicht erwähnt? Mein Gott, hat ihn der Tai-Pan bezaubert, wie er es gestern abend mit mir getan hat? Warum diese Geheimnistuerei? Was haben sie wirklich vor?

Caseys Zorn wuchs, doch dann fiel ihr ein, was die Französin über die so entgegenkommenden schönen *chinoises* gesagt hatte, und ihr Zorn wandelte sich in Besorgnis um Linc.

Diese verdammten Männer! Diese verdammten Männer, und die Welt, die sie sich nach ihren Wünschen geschaffen haben! Hier ist es ärger als in allen anderen Ländern, die ich kenne.

Diese verdammten Engländer! Sie sind so aalglatt und freundlich und benehmen sich großartig; sie sagen bitte und danke und stehen auf, wenn eine Dame hereinkommt, und schieben ihr den Stuhl zurecht, aber hinter dieser Fassade sind sie genauso mies wie die anderen. Sie sind sogar noch ärger. Sie sind scheinheilig. Aber ich werde es ihnen heimzahlen. Einmal werden wir Golf spielen, Mister Tai-Pan Dunross, und dann sollten Sie sich anstrengen, denn ich habe in dieser Männerwelt früh Golf spielen gelernt – ich werde es Ihnen schon zeigen. Oder vielleicht eine Partie Poolbillard.

Casey dachte an ihren Vater, der ihr die Grundregeln des Spiels beigebracht hatte. Aber erst Linc hatte sie gelehrt, wie man die Kugel mit dem Queue links anspielt, damit sie einen Rechtsdrall bekommt und um die schwarze Kugel herumläuft – er zeigte es ihr, als sie ihn unbedacht zu einem Spiel herausgefordert hatte. Er hatte sie in Grund und Boden gespielt, bevor er ihr Unterricht erteilte.

»Casey, du mußt zuerst sicher sein, daß du alle schwachen Punkte eines Mannes kennst, bevor du dich in einen Kampf mit ihm einläßt. Ich bin mit dir Schlitten gefahren, um dir etwas zu beweisen. Ich spiele nicht zum Vergnügen – sondern ausschließlich, um zu gewinnen. Ich spiele keine Spielchen mit dir. Ich will dich, alles andere ist unwichtig. Vergessen wir unser Abkommen und heiraten wir...«

Das war wenige Monate, nachdem sie begonnen hatte, für Linc Bartlett zu arbeiten. Sie war zwanzig und in ihn verliebt. Aber noch waren ihr die Rache an dem anderen Mann, Unabhängigkeit und Reichtum wichtiger, deshalb hatte sie gesagt: »Nein, Linc, wir haben uns auf sieben Jahre geeinigt. Ich helfe dir, reich zu werden, auf dem Weg zu deinen Millionen bringe ich mein Schäfchen ins Trockene, und keiner von uns ist dem anderen etwas schuldig. Ich leugne nicht, daß ich dich aus tiefstem Herzen liebe, trotzdem will ich unsere Abmachung nicht ändern. Aber wenn du mich nach meinem siebenundzwanzigsten Geburtstag immer noch heiraten willst, werde ich ja sagen. Ich werde dich heiraten, mit dir zusammenleben, dich verlassen – was immer du willst. Aber jetzt noch nicht.«

Casey seufzte. Was für eine verdrehte, verrückte Abmachung! Waren die Macht, die Geschäfte und die Machenschaften – die Jahre, die Tränen und die Einsamkeit das Ganze wert?

»Ciranoush?« sagte jemand im Hörer.
»Oh, hallo, Mister Gornt! Das ist eine angenehme Überraschung.« Sie riß sich zusammen.
»Hoffentlich störe ich Sie nicht.«
»Keineswegs. Was kann ich für Sie tun?«
»Ich wollte fragen, ob Sie und Mister Bartlett Sonntag für mich Zeit hätten? Ich möchte eine Fahrt mit meiner Jacht unternehmen, und es wäre schön, wenn Sie beide meine Ehrengäste sein könnten.«
»Es tut mir leid, Mister Gornt, aber Linc kann nicht kommen. Er hat zu viele Verabredungen.«
Sie hörte das Zögern und dann die vorsichtige Freude in seiner Stimme.
»Würde es Ihnen etwas ausmachen, ohne ihn zu kommen? Ich wollte ein paar Geschäftsfreunde einladen. Es wird sicherlich interessant für Sie werden.«
Es könnte für Par-Con sehr gut sein, wenn ich hingehe, dachte sie. Außerdem – wenn Linc und der Tai-Pan ohne mich nach Taipeh fliegen –? »Ich komme sehr gern«, sagte sie mit warmer Stimme, »wenn Sie sicher sind, daß ich nicht störe.«
»Natürlich nicht. Wir holen Sie an der Werft gegenüber dem Hotel ab. Zehn Uhr – Freizeitkleidung. Schwimmen Sie?«
»Natürlich.«
»Gut – das Wasser ist erfrischend. Wasserski?«
»Leidenschaftlich.«
»Sehr gut!«
»Soll ich etwas mitbringen? Essen, Wein, sonst etwas?«
»Nein. Ich habe alles an Bord. Wir werden zu einer Insel fahren, ein Picknick veranstalten, Wasserski fahren – und kurz nach Sonnenuntergang zurückkommen.«
»Mister Gornt, ich möchte, daß dieser Ausflug unter uns bleibt. Wie Konfuzius sagte: ›In einen geschlossenen Mund verirren sich keine Fliegen.‹«
»Konfuzius hat vieles gesagt. Einmal verglich er eine Dame mit einem Mondstrahl.«
Sie zögerte, weil sie Gefahr witterte. Aber dann sagte sie leichthin: »Soll ich eine Anstandsdame mitbringen?«
»Vielleicht.« In seiner Stimme schwang ein Lächeln mit.
»Wie wäre es mit Dunross?«
»Er wäre kaum eine Anstandsdame – er würde nur einen vielleicht vollkommenen Tag zerstören.«
»Ich freue mich auf Sonntag, Mister Gornt.«
»Danke.« Das Telefon klickte.
Du arroganter Bastard! sagte sie beinahe laut. Was nimmst du eigentlich alles als selbstverständlich an? Einfach danke, klick, kein Auf Wiedersehen! Ich gehöre Linc und lasse mich nicht an Land ziehen.

9

20.35 Uhr:

Der Kuli stand in dem ramponierten Goldtresor der Ho-Pak Bank. Er war ein kleiner, alter Mann, der ein zerrissenes Unterhemd und zerlumpte Shorts anhatte. Als die beiden Belader den Leinensack auf seinen Rücken hoben, schob er das Stirnband zurecht, stemmte sich dagegen, trug das Gewicht mit den Halsmuskeln und packte mit den Händen die beiden abgenützten Träger. In dem Augenblick, in dem das volle Gewicht auf seinen Schultern lag, spürte er, wie sein überbeanspruchtes Herz pochte.
Der Sack wog etwas mehr als vierzig Kilo. Die Kontrollbeamten hatten ihn soeben versiegelt. Er enthielt genau zweihundertfünfzig der kleinen Goldschmuggler-Barren, jeder fünf Tael schwer – und einer von ihnen würde genügen, um ihm und seiner Familie auf Monate hinaus Sicherheit zu verschaffen. Aber der alte Mann dachte gar nicht daran, auch nur einen zu stehlen. Sein ganzes Wesen konzentrierte sich darauf, die Qual zu ertragen, die Füße in Gang zu halten, seinen Anteil an der Arbeit zu leisten, damit er am Ende der Schicht Geld bekam und sich dann ausruhen konnte.
»Beeil dich«, sagte der Vorarbeiter mißmutig, »wir müssen noch über zwanzig Tonnen verladen. Der nächste!«
Ein anderer Kuli trat an seine Stelle, während er langsam aus dem muffigen Betonraum schlurfte, dessen Regale mit einer anscheinend unendlichen Menge sauber gestapelter kleiner Goldbarren gefüllt waren, die unter den wachsamen Augen der beiden Beamten darauf warteten, in den nächsten Leinensack gelegt, gezählt und dann versiegelt zu werden.
Auf der schmalen Treppe stolperte der alte Mann. Er fand mit Mühe sein Gleichgewicht wieder, dann hob er den Fuß, um eine Stufe höherzusteigen – nur noch achtundzwanzig – und dann die nächste, und er hatte gerade den Treppenabsatz erreicht, als seine Beine nachgaben. Er stolperte zur Wand und lehnte sich dagegen, um das Gewicht von den Schultern zu nehmen. Er wußte, daß er die Last nie wieder aufnehmen konnte, wenn er aus dem Geschirr schlüpfte, und zitterte davor, daß der Vorarbeiter oder der zweite Vorarbeiter vorüberkommen könnte. Durch seine Schmerzen hörte er Schritte, die näherkamen. Er schob den Sack höher hinauf und setzte sich wieder in Bewegung. Er stürzte beinahe nach vorn.
»He, Neun-Karat Tschu, ist alles in Ordnung?« fragte der andere Kuli im Shantung-Dialekt und hielt ihn fest.
»Ja... ja...« Er keuchte vor Erleichterung, froh darüber, daß es sein Freund aus dem Dorf im Norden und der Leiter seiner Zehnergruppe war. »Bei den Scheißgöttern... ich bin nur ausgeglitten.«
Der andere Mann sah die gequälten, tränenden alten Augen und die hervor-

tretenden Muskeln. »Ich nehme den da, und du ruhst dich aus«, sagte er. Geschickt schwang er den Sack auf den Fußboden. »Ich werde dem mutterlosen Fremden, der glaubt, daß er genügend Hirn hat, um ein Vorarbeiter zu sein, erklären, daß du ausgetreten bist.« Er griff in seine zerrissene Hosentasche und gab dem Alten eines der kleinen, zusammengedrehten Stücke Folie. »Da nimm! Ich ziehe es dir heute abend vom Lohn ab.«
Der Alte bedankte sich. Er bestand nur noch aus Schmerzen und konnte kaum noch denken. Der andere Mann schwang sich den Sack auf den Rükken und stemmte sich gegen das Stirnband. Zufrieden mit dem Geschäft, das er gemacht hatte, stieg er mit verkrampften Wadenmuskeln die Treppe hinauf.
Der alte Mann schlurfte von dem Absatz in eine staubige Nische und hockte sich hin. Seine Finger zitterten, als er die Folie mit der Prise weißen Pulvers aufrollte. Er zündete ein Streichholz an und hielt es vorsichtig unter die Folie, um sie zu erhitzen. Das Pulver wurde schwarz und begann zu rauchen. Sorgfältig hielt er sich das rauchende Pulver unter die Nase und inhalierte immer wieder tief, bis jedes Körnchen in Rauch aufgegangen war, den er, ach so dankbar, in seine Lungen sog.
Er lehnte sich an die Wand. Bald verschwand der Schmerz, und an seine Stelle trat Euphorie. Er fühlte sich wieder jung und stark und wußte jetzt, daß er seine Schicht mühelos durchstehen und am Samstag, wenn er zum Rennen ging, gewinnen würde. Ja, es war seine glückliche Woche, und er würde den größten Teil seines Gewinns in ein Stück Land investieren, ja, zunächst ein kleines Stück Land, aber mit der Hausse wird es im Wert steigen, immer höher, und dann werde ich es verkaufen und ein Vermögen verdienen und immer mehr kaufen.
Hoch aufgerichtet ging er die Treppe hinunter, stellte sich an und wartete ungeduldig, bis er an die Reihe kam. »*Dew neh loh moh,* beeilt euch, ich habe nicht die ganze Nacht Zeit! Um Mitternacht habe ich eine andere Arbeit.«
Die andere Arbeit war ein Job an einer Baustelle im Geschäftsviertel, und er wußte, daß es ein Segen war, daß er in einer Nacht zwei Gelegenheitsarbeiten zusätzlich zu seiner normalen Tagesbeschäftigung als Bauarbeiter gefunden hatte. Er wußte auch, daß es das teure weiße Pulver war, das ihn verändert und Müdigkeit und Schmerzen von ihm genommen hatte. Natürlich wußte er, daß das weiße Pulver gefährlich war. Aber er war vorsichtig und nahm es nur, wenn er am Ende seiner Kraft war. Daß er es jetzt beinahe jeden Tag, beinahe jeden Tag zweimal nahm, störte ihn nicht.
Einmal war er ein Bauer gewesen und der älteste Sohn von landbesitzenden Bauern in der nördlichen Provinz Shantung, im fruchtbaren, sich ständig verändernden Delta des Gelben Flusses, in dem sie seit Jahrhunderten Obst, Getreide, Sojabohnen, Erdnüsse, Tabak und Gemüse anbauten.
Ach, unsere herrlichen Felder, dachte er glücklich, während er die Treppe

hinaufstieg und sein pochendes Herz vergaß, unsere herrlichen Felder mit den blühenden Saaten! Aber vor dreißig Jahren hatten schlechte Zeiten begonnen. Die Teufel vom Östlichen Meer kamen mit Kanonen und Panzern und zertrampelten unseren Boden, und dann, nachdem der Kriegsherr Mao Tse-tung und der Kriegsherr Tschiang Kai-schek sie vertrieben hatten, kämpften sie gegeneinander und verwüsteten wieder das Land. Also flohen wir vor der Hungersnot, ich und meine junge Frau und meine beiden Söhne, und kamen hierher, in den Duftenden Hafen, wo wir zwischen Fremden, Barbaren aus dem Süden und fremden Teufeln, lebten. Wir legten den ganzen Weg zu Fuß zurück. Wir überlebten. Ich trug meine Söhne den größten Teil der Strecke, und jetzt sind meine Söhne sechzehn und vierzehn, wir haben zwei Töchter, und sie alle essen einmal im Tag Reis, und das wird mein Glücksjahr sein. Ich werde bei den Rennen gewinnen und einmal werden wir in mein Dorf zurückkehren.
Er hatte jetzt das Gebäude verlassen und stand neben dem Lastwagen. Andere Hände griffen nach dem Sack und stapelten ihn zu den übrigen Goldsäcken. Weitere Beamte prüften die Nummern zweimal. In der Seitenstraße standen zwei Lastwagen. Einer war bereits beladen und wartete unter Bewachung. Ein einzelner unbewaffneter Polizist beobachtete müßig den Verkehr auf der Hauptstraße. Die Nacht war warm.
Der alte Mann wandte sich zum Gehen. Dann bemerkte er die drei Europäer, zwei Männer und eine Frau, die näherkamen. Sie blieben neben dem Lastwagen stehen und beobachteten ihn. Er starrte sie an.
»*Dew neh loh moh!* Sieh dir die Hure an – das Monstrum mit dem Strohhaar«, sagte er, ohne sich an jemand Bestimmten zu wenden.
»Unglaublich«, antwortete jemand.
»Es ist ekelhaft, wie sich ihre Huren in der Öffentlichkeit kleiden«, stellte ein verschrumpelter alter Mann angewidert fest. »Sie stellen ihre Hüften in diesen engen Hosen zur Schau. Man kann jede Hurenfalte in ihren unteren Lippen sehen.«
»Wer sollte das sehen wollen?« fragte Neun-Karat Tschu, räusperte sich laut, spuckte aus und ging wieder hinunter.
»Mir wäre es lieber, wenn sie nicht spuckten. Es ist abstoßend«, sagte Casey.
»Es ist ein alter chinesischer Brauch«, erklärte Dunross. »Sie glauben, daß ein böser Geist im Hals sitzt, den man ununterbrochen ausspucken muß, damit er einen nicht erstickt. Natürlich verstößt das Spucken gegen das Gesetz, aber das ist ihnen gleichgültig.«
»Was hat der alte Mann gesagt?« Casey hatte ihren Zorn vergessen und freute sich, mit den beiden Männern zum Dinner zu gehen.
»Ich weiß es nicht – ich habe seinen Dialekt nicht verstanden.«
»Ich könnte wetten, daß es sich um kein Kompliment gehandelt hat.«
Dunross lachte. »Diese Wette würden Sie gewinnen, Casey.«

»Der alte Mann muß mindestens achtzig sein, und er hat seine Last getragen, als wäre sie eine Feder. Wie schaffen sie es, so fit zu bleiben?«
Dunross zuckte mit den Schultern und antwortete nicht. Er wußte es.
»Was ist hier los, Ian? Warum stehen wir hier herum?« fragte Bartlett.
»Ich dachte, Sie würden gern mal fünfzig Tonnen Gold sehen.«
Casey blieb die Luft weg. »Diese Säcke sind mit Gold gefüllt?«
»Ja. Kommen Sie mit!« Dunross führte sie über die schäbige Treppe hinunter in den Tresorraum. Die Bankbeamten grüßten ihn höflich, und die unbewaffneten Wächter und Kulis starrten die drei an. Die beiden Amerikaner fühlten sich durch die Blicke beunruhigt. Aber der Anblick des Goldes – sauber aufgestapelte Goldbarren auf den Stahlregalen ringsum – dämpfte ihre Unruhe.
»Darf ich einen in die Hand nehmen?« fragte Casey.
»Gern.« Dunross beobachtete sie und versuchte herauszufinden, wie groß ihre Gier war.
Casey hatte noch nie im Leben soviel Gold beisammen gesehen, und Bartlett auch nicht. Ihre Finger zitterten. Sie streichelte einen der kleinen Barren, bevor sie ihn hochhob. »Er ist für seine Größe sehr schwer«, murmelte sie.
»Man nennt sie Schmuggler-Barren, weil sie so leicht zu verstecken und zu transportieren sind«, erklärte Dunross. »Schmuggler tragen eine Art Leinenweste mit kleinen Taschen, in denen die Barren sicher untergebracht sind. Angeblich kann ein guter Kurier bei einer Tour bis zu sechsunddreißig Kilo befördern – das sind beinahe 1300 Unzen. Natürlich muß er kräftig gebaut und gut geschult sein.«
Bartlett wog zwei Barren in jeder Hand. »Wie viele ergeben sechsunddreißig Kilo?«
»Ungefähr zweihundert.«
Casey sah ihn an, und ihre braunen Augen waren noch größer als gewöhnlich. »Gehören sie Ihnen, Tai-Pan?«
»Großer Gott, nein. Sie gehören einer Gesellschaft in Macao. Sie verlegen das Gold von hier zur Victoria Bank. Amerikaner und Engländer dürfen laut Gesetz keine solchen Barren besitzen. Aber ich dachte, es könnte Sie interessieren, weil man nicht oft fünfzig Tonnen Gold auf einmal sieht.«
»Mir war nie bewußt, wie *wirkliches* Gold aussieht«, sagte Casey. »Jetzt kann ich verstehen, warum die Augen meines Vaters strahlten, wenn er von Gold sprach.«
Dunross merkte keine Gier an ihr, nur Staunen.
»Führen Banken öfter solche Transfers durch?« fragte Bartlett mit heiserer Stimme.
»Ja, ständig.« Dunross fragte sich, ob Bartlett den Köder geschluckt hatte und einen Überfall im Mafioso-Stil gemeinsam mit seinem Freund Banastasio in Erwägung zog. »In etwa drei Wochen erwarten wir eine große Sendung«, fügte er hinzu, um den Anreiz noch zu verstärken.

»Wieviel sind fünfzig Tonnen wert?« fragte Bartlett.
Dunross lächelte unmerklich. Als ob das eine Rolle spielte. »Ungefähr dreiundsechzig Millionen – nach dem offiziellen Kurs.«
»Und Sie setzen einen Haufen alter Männer, zwei Lieferwagen, die nicht einmal gepanzert sind, und keine Wächter ein?«
»Natürlich. Das ist in Hongkong kein Problem, und deshalb reagiert die Polizei hier auf Waffen so empfindlich. Da sie über die einzigen Schießeisen in der Kolonie verfügt – was sollen die Gauner und Bösewichte tun, außer fluchen?«
»Aber wo sind die Polizisten? Ich habe nur einen gesehen, und der ist unbewaffnet.«
»Ich nehme an, daß sie irgendwo in der Gegend verstreut sind«, meinte Dunross, der bewußt untertrieb.
Casey musterte den Goldbarren und fuhr sanft darüber. »Er fühlt sich so kühl und fest an. Tai-Pan, wenn das Gold zum offiziellen Kurs dreiundsechzig Millionen wert ist, was bringt es dann auf dem Schwarzen Markt?«
Dunross bemerkte jetzt auf ihrer Oberlippe kleine Schweißperlen. »Soviel, wie jemand bereit ist zu zahlen. Im Augenblick ist Indien der beste Absatzmarkt. Dort bezahlt man achtzig bis neunzig US-Dollar pro Unze.«
Bartlett setzte ein schiefes Grinsen auf und legte zögernd seine vier Barren auf den Stapel zurück. »Das ist ein schöner Profit.«
Sie sahen schweigend zu, wie ein weiterer Leinensack versiegelt wurde. »Was ist das dort drüben?« Casey zeigte auf einige viel größere Barren, die sich in einem anderen Teil des Tresors befanden.
»Das sind die regulären Vierhundert-Unzen-Barren«, erklärte Dunross. »Sie wiegen ungefähr je elf Kilo.« Der Barren war mit Hammer und Sichel und der Zahl 99,99 gestempelt. »Das ist ein russischer. Er ist zu 99,99 Prozent rein. Südafrikanisches Gold ist für gewöhnlich zu 99,98 Prozent rein, also ist das russische gefragter.« Er ließ sie noch eine Weile zusehen, dann fragte er: »Wollen wir gehen?«
Auf der Straße befanden sich immer noch ein Polizist und die lässigen, unbewaffneten Bankwächter. Die beiden Fahrer rauchten im Führerhaus.
»Es tut gut, wieder an der Luft zu sein«, meinte Casey. Sie benützte ein Papiertaschentuch. Unwiderstehlich wurden ihre Augen von den Säcken im beinahe vollen Lieferwagen angezogen. »Das ist wirkliches Gold«, flüsterte sie. Ein Schauer überlief sie, und Dunross wußte sofort, daß er ihre Achillesferse gefunden hatte.
»Ich könnte eine Flasche Bier vertragen«, sagte Bartlett. »Soviel Gold macht mich durstig.«
»Ich könnte einen Scotch mit Soda vertragen«, meinte sie und damit war der Zauber gebrochen.
»Wir spazieren zur Victoria hinüber und sehen zu, wie die Lieferungen ein-

treffen; dann gehen wir essen –« Dunross unterbrach sich. Er sah die beiden Männer, die im Schatten in der Nähe der Lastwagen standen und plauderten, und sie sahen ihn: Martin Haply vom *China Guardian* und Peter Marlowe.
»Oh, hallo, Tai-Pan«, sagte der junge Martin Haply. »Ich habe nicht erwartet, Sie hier zu treffen. Guten Abend, Miss Casey, Mister Bartlett! Tai-Pan, würden Sie einen Kommentar zum Run auf die Ho-Pak abgeben?«
»Ich habe nicht gewußt, daß es einen gegeben hat.«
»Haben Sie vielleicht meinen Artikel über die verschiedenen Filialen und die Gerüchte –«
»Mein lieber Haply, Sie wissen, daß ich nicht leichtfertig Interviews gebe ... und schon gar nicht an Straßenecken.«
»Ja, Sir.« Haply deutete auf die Säcke. »Daß all dieses Gold weggeschafft wird, ist ziemlich hart für die Ho-Pak, nicht wahr? Sobald das durchsickert, bedeutet es das Ende der Bank.«
Dunross seufzte. »Vergessen Sie die Ho-Pak, Mister Haply! Kann ich unter vier Augen mit Ihnen sprechen?« Er faßte den jungen Mann am Ellbogen und führte ihn sanft, aber entschlossen weg. Als sie allein waren, ließ er den Arm los. Seine Stimme wurde leiser. »Da Sie mit meiner Tochter ausgehen, möchte ich Ihnen nur sagen, daß ich sie sehr gern habe und daß es unter Gentlemen gewisse Spielregeln gibt. Ich nehme an, daß Sie ein Gentleman sind. Wenn nicht, gnade Ihnen Gott! Dann ziehe ich Sie persönlich sofort und erbarmungslos zur Rechenschaft.« Dunross drehte sich um und ging, plötzlich leutselig gestimmt, zu den anderen zurück. »Guten Abend, Marlowe, wie geht's?«
»Gut, danke, Tai-Pan.« Der große Mann zeigte auf die Lieferwagen. »Allerhand, dieser Reichtum.«
»Wo haben Sie vom Transfer erfahren?«
»Ein befreundeter Journalist erwähnte ihn vor einer Stunde. Er sagte, daß etwa fünfzig Tonnen Gold von hier zur Victoria geschafft würden. Ich hielt es für interessant, einmal zuzusehen.«
Dunross wendete sich an Casey und Bartlett. »Da sehen Sie's. Ich habe Ihnen gesagt, daß Hongkong ein Dorf ist – man kann hier kein Geheimnis lange bewahren. Aber das alles ist Blei. Talmi. Der wirkliche Transfer ist vor einer Stunde erfolgt. Es waren nicht fünfzig Tonnen, sondern nur ein paar tausend Unzen. Der Großteil des Goldschatzes der Ho-Pak ist noch vorhanden.« Er lächelte Haply zu, der nicht lächelte, sondern mit ernstem Gesicht zuhörte.
»Das ist alles nur Talmi?« fragte Casey ungläubig.
Peter Marlowe lachte. »Ich muß zugeben, daß ich die ganze Operation für etwas leichtfertig hielt!«
»Nun, gute Nacht, Ihnen beiden«, sagte Dunross zu Marlowe und Martin Haply. Er nahm Caseys Arm. »Kommen Sie, es ist Zeit fürs Dinner.« Sie gingen die Straße hinunter, Bartlett hielt sich neben ihnen.

»Aber Tai-Pan, die, die wir gesehen haben«, sagte Casey, »der Barren, den ich hochgehoben habe, der war auch gefälscht? Ich wäre jede Wette eingegangen, du doch auch, Linc?«
»Ja«, stimmte Bartlett zu. Sie bogen um die Ecke und gingen auf das riesige Gebäude der Victoria zu.
Casey lachte nervös. »Das goldene Metall hatte es mir angetan – und dabei war es nicht echt.«
»Doch, es war echt.« Dunross blieb stehen. »Es tut mir leid, wenn ich Sie verwirre, Casey. Ich habe das nur wegen Haply und Marlowe gesagt, damit sie ihrer Quelle mißtrauen. Sie können keine der beiden Versionen beweisen. Man hatte mich vor knapp einer Stunde gebeten, den Transfer zu veranlassen – was ich natürlich mit aller Vorsicht tat.«
Bartlett beobachtete ihn. »Ich habe es Ihnen abgekauft, also werden es die beiden auch getan haben.« Warum, dachte er, hast du uns das Gold gezeigt? Das möchte ich gerne wissen.
»Es ist merkwürdig, Tai-Pan«, sagte Casey mit einem nervösen Lachen. »Ich wußte von Beginn an, daß das Gold echt war. Dann glaubte ich Ihnen, als Sie sagten, daß es eine Fälschung sei, und jetzt glaube ich Ihnen wieder. Ist es so leicht nachzuahmen?«
»Ja und nein. Man weiß es erst, wenn man es mit Säure behandelt hat. Der Säuretest ist der einzige, den es für Gold gibt. Nicht wahr?« Die letzten Worte waren an Bartlett gerichtet. Dunross fragte sich, ob ihn der Amerikaner verstand.
»Das dürfte wohl stimmen. Bei Gold und bei Menschen.«
Gut, dachte Dunross, wir verstehen einander vollkommen.
Es war sehr spät geworden. Die Golden Ferry hatte den Betrieb eingestellt, und Casey und Linc Bartlett saßen in einem kleinen Motorboot, das über den Hafen tuckerte. Die Nacht war herrlich, der Wind brachte den Geruch nach See mit, das Meer war ruhig. Sie saßen Arm in Arm auf einer der Bänke und blickten nach Hongkong hinüber. Nie zuvor hatten sie besser gegessen, und während des Gesprächs waren sie immer wieder in Lachen ausgebrochen. Dunross war bezaubernd gewesen. Zum Schluß hatten sie auf dem Dach des Hilton Kognak getrunken. Beide fühlten sich wunderbar in Einklang mit der Welt und miteinander.
Casey spürte den leichten Druck seines Arms und lehnte sich an ihn. »Es ist romantisch, Linc, nicht wahr? Sieh dir den Peak an, die vielen Lichter! Unglaublich. Es ist der schönste, aufregendste Ort, den ich kenne.«
»Besser als Südfrankreich?«
»Das war ganz anders.« Sie hatten vor zwei Jahren an der Côte d'Azur Urlaub gemacht. Es war ihr erster gemeinsamer Urlaub. Und auch der letzte. Es war beiden zu schwer gefallen, sich zu beherrschen. »Ian ist phantastisch, nicht wahr?«
»Ja. Du auch.«

»Danke, geehrter Herr! Sie sind es auch.« Sie lachten glücklich.
In Kowloon zahlte Linc das Boot, und sie schlenderten Arm in Arm zum Hotel.
»Guten Abend, Sir, guten Abend, Missi«, sagte der alte Mann beim Lift. In ihrer Etage schlurfte Nachtzeit Tschang vor ihnen her und öffnete ihnen die Tür zu ihrer Suite. Automatisch gab ihm Linc einen Dollar, Nachtzeit Tschang verbeugte sich und schloß die Tür.
Sie sperrte sie ab.
»Einen Drink?« fragte er.
»Nein, danke.«
Sie bemerkte, daß er sie ansah. Sie standen mitten im Wohnzimmer, sein Schlafzimmer befand sich rechts, ihres links. Sie fühlte, wie die Ader in ihrem Hals pochte, ihre Lenden glühten, und er sah so gut aus.
»Nun, es ist... danke für den herrlichen Abend, Linc!« Aber sie bewegte sich nicht.
»Bis zu deinem Geburtstag sind es nur noch drei Monate, Casey.«
»Dreizehn Wochen und sechs Tage.«
»Warum vergessen wir sie nicht und heiraten morgen?«
»Du bist so wunderbar zu mir gewesen, Linc, so gut, du hast soviel Geduld mit meiner fixen Idee.« Sie lächelte ihn an. »Es dauert nicht mehr lange. Halten wir uns an unsere Abmachung, bitte!«
Er sah sie an, voll Verlangen. Dann sagte er: »Natürlich.« An seiner Tür blieb er stehen. »Casey, du hast recht mit dieser Stadt. Sie ist romantisch und erregend, sie verzaubert mich. Vielleicht ist es besser, du nimmst dir ein anderes Zimmer.«
Er schloß die Tür hinter sich.

Mittwoch

1

5.45 Uhr:

Die beiden Rennpferde kamen sehr schnell aus der Kehre in die Zielgerade. Im Westen war der Himmel noch dunkel, und auf der Rennbahn in Happy Valley war die Morgenarbeit in vollem Gang.

Dunross ritt Buccaneer, den braunen Wallach, Kopf an Kopf mit Noble Star, die von seinem ersten Jockey Tom Leung geritten wurde. Dann sah Dunross das Zielband vor sich und verspürte plötzlich den dringenden Wunsch, seinem Pferd die Fersen in die Weichen zu drücken und das andere zu bezwingen. Der Jockey fühlte die Herausforderung und streifte ihn mit einem Blick, aber beide Reiter wußten, daß sie nur da waren, um die Tiere zu bewegen, nicht aber um sie ein Rennen laufen zu lassen, und darum zügelte Dunross sein brennendes Verlangen.

Beide Pferde hatten die Ohren angelegt, und ihre Flanken waren naß von Schweiß. Beide spürten das Mundstück zwischen den Zähnen. In wilder Jagd galoppierten sie auf das Ziel zu, und weil das dem Training vorbehaltene Sandgeläuf der Innenbahn nicht so schnell war wie der sie umschließende Grasboden, mußten sie sich noch mehr anstrengen.

Noble Star hatte weniger Gewicht zu tragen. Sie fing an, sich nach vorn zu schieben. Automatisch gebrauchte Dunross seine Fersen und stieß derbe Flüche gegen Buccaneer aus. Das Tempo wurde schneller. Die Lücke begann sich zu schließen. Dieser Galopp ging nur knapp über eine halbe Runde, und so hielt er sich für ungefährdet. Kein gegnerischer Trainer konnte eine genaue zeitliche Berechnung anstellen, und darum trieb er sein Pferd hitziger an, und das Rennen war im Gang. Beide Pferde spürten es. Noble Star lag vorne; als sie fühlte, daß Buccaneer daran war, sie einzuholen, biß sie auf die Kandare, stürmte von sich aus vorwärts, zog davon und schlug Dunross um eine halbe Länge.

Nun verringerten beide Männer das Tempo und setzten ihren Ritt über die Rennbahn fort – ein Stück sattes Grünland inmitten von in Reihen übereinander angeordneten Hochhäusern. Sobald Dunross wieder die Endgerade erreicht hatte, beendete er das Training, hielt beim Führring an und stieg ab. Er klopfte dem Wallach liebevoll auf den Hals und warf einem Stallknecht die Zügel zu.

Dunross hatte sein Leben lang geritten. Als junger Mann hatte er selbst zweimal an Rennen der Saison teilgenommen – in Hongkong wurde der

Pferdesport offiziell nur von Amateuren betrieben –, wurde aber dann von seinem Vater, dem damaligen Tai-Pan und obersten Rennleiter, und später dann nochmals von Alastair Struan unter der Androhung sofortiger Entlassung angewiesen, keine Rennen mehr mitzumachen. Er hatte sich gefügt und ritt jetzt nur mehr im Morgengrauen, wenn er in Stimmung war. Das Aufstehen zu einer Zeit, wo die ganze Welt noch schlief, um in der ersten Dämmerung dahinzugaloppieren, die Körperbewegung, die Erregung, die Schnelligkeit und die Gefahr, all das brauchte er, um einen klaren Kopf zu bekommen.

Andere Pferde wurden auf dem Sandboden in Bewegung gehalten, kamen auf die Strecke und verließen die Bahn. Gruppen von Eigentümern, Trainern und Jockeys besprachen sich miteinander, *ma-foos*, Stallburschen, ließen Perde mit ihren Decken im Schritt gehen. Er sah Butterscotch Lass, Richard Kwangs große Stute, einen Stern auf der Stirn, vorbeikantern. Auf der gegenüberliegenden Seite fiel Pilot Fish, Gornts preisgekrönter Hengst, hinter einem anderen Pferd aus dem Struan-Stall in beherrschten Galopp; das war Impatience, eine neue, junge, noch unerprobte Stute, vor kurzem bei der ersten Auktion der Saison ersteigert. Dunross beobachtete sie kritisch und fand, daß es ihr an Ausdauer mangelte. Warten wir eine Saison oder zwei ab, dann werden wir weitersehen, dachte er. Jetzt sauste Pilot Fish an ihr vorbei, und sie scheute in flüchtigem Erschrecken; aber sogleich setzte sie ihm nach, bis ihr Jockey sie zügelte und lehrte, daß sie zu galoppieren hatte, wenn er es wünschte, und nicht, wenn es ihr in den Sinn kam.

»Also, Tai-Pan«, sagte der Trainer, ein kantiger russischer Emigrant Ende Sechzig mit ledernem Gesicht und meliertem Haar; dies war seine dritte Saison bei Struan's.

»Also, Alexei?«

»Also hat Sie der Teufel geritten, und Sie haben ihm die Fersen gegeben – und haben Sie gesehen, wie Noble Star vorwärtsgestürmt ist?«

»Sie gibt niemals auf. Noble Star gibt nie auf, das wissen wir doch alle«, antwortete Dunross ruhig.

»Ja, aber mir wäre lieber gewesen, wenn sie heute nur Sie und mich daran erinnert hätte und nicht...« – der kleine Mann deutete lachend mit einem schwieligen Daumen auf die Zuschauer – »und nicht jeden *viblyadok* in Asien.«

Dunross lächelte. »Sie bemerken zuviel.«

»Dafür werde ich bezahlt.«

Alexei Travkin konnte besser und schneller reiten, mehr trinken, arbeiten und durchstehen als einer, der nur halb so alt war wie er. Er war ein Einzelgänger unter der Trainern. Jahrelang hatte er verschiedene Geschichten über seine Vergangenheit erzählt – wie das die meisten Menschen taten, die einst die Stürme der russischen und chinesischen Revolution überlebt hat-

ten und jetzt über die Straßen Asiens zogen und einen Frieden suchten, den sie nie finden konnten.
Im Jahre 1919 war Travkin aus Rußland nach Charbin in der Mandschurei gekommen und hatte sich nach Süden zur internationalen Niederlassung in Schanghai durchgearbeitet. Weil er sehr tüchtig war und mehr von Pferden verstand als die meisten Menschen von sich selbst, wurde er bald Trainer. Beim Exodus von 1949 trieb es ihn wieder nach Süden, diesmal nach Hongkong. Dunross hatte damals keinen Trainer und bot ihm an, für den Stall von Noble House zu arbeiten.
»Ich nehme an, Tai-Pan«, hatte er damals sofort geantwortet.
»Wir haben noch nicht über Geld gesprochen«, hielt Dunross ihm entgegen.
»Sie sind ein Gentleman, und ich bin es. Sie werden mir das beste Gehalt zahlen, um Ihr Gesicht zu wahren – und weil ich der Beste bin.«
»Sind Sie das?«
»Hätten Sie mir sonst die Stelle angetragen? Auch Sie verlieren nicht gern.«
Die letzte Saison war für beide gut gewesen. Die erste nur mäßig. Beide wußten, daß die kommende die Entscheidung bringen werde.
»Und Sonnabend?« fragte Dunross.
»Noble Star wird ihr Bestes geben.«
»Und Butterscotch Lass?«
»Wird ihr Bestes geben. Und Pilot Fish auch. Und das gleiche gilt für die anderen – in allen acht Rennen. Das ist ein ganz besonderes Meeting. Wir müssen bei unseren Nennungen sehr vorsichtig sein.«
Dunross nickte. Sein Auge fiel auf Gornt, der neben den Totokassen stand und sich mit Sir Dunstan Barre unterhielt. »Ich würde mich sehr ärgern, wenn ich gegen Pilot Fish verlöre.«
Alexei lachte. »Dann reiten Sie Noble Star vielleicht am besten selbst, Tai-Pan. Wenn es bedrohlich wird, können Sie dann Pilot Fish im Oval an die Rails drängen oder seinem Jockey mit der Peitsche eins überziehen.«
Ein *ma-foo* kam auf sie zu, begrüßte Travkin und reichte ihm einen Brief. »Eine Nachricht, Sir. Und Mr. Tschoi läßt Sie bitten, Sie möchten sich doch Chardistans Bindungen ansehen, wenn Sie einen Moment Zeit haben.«
»Ich komme gleich. Sagen Sie ihm, er möge Buccaneer heute und morgen eine Extraportion Kleie ins Futter mischen!« Er warf einen Blick auf Dunross, der Noble Star beobachtete. Er runzelte die Stirn. »Sie denken doch nicht daran, am Sonntag selbst zu reiten?«
»Im Augenblick nicht.«
»Ich möchte Ihnen nicht dazu raten.«
Dunross lachte. »Ich weiß. Auf morgen, Alexei. Morgen werde ich mit Impatience arbeiten.« Er klopfte ihm freundschaftlich auf die Schulter und ging.

Alexei Travkin folgte ihm mit den Blicken; dann schweiften seine Augen zu den Pferden hinüber, die seiner Obhut anvertraut waren. Er wußte: Dieser Samstag wird ein scheußlicher Tag, und Noble Star muß bewacht werden. Er lachte in sich hinein, denn es machte ihm Freude, an einem Spiel teilzunehmen, bei dem die Einsätze so hoch waren.
Er öffnete den Umschlag. Es war ein kurzer Brief in russischer Sprache: »Grüße aus Kurgan, Hoheit. Ich habe Nachrichten von Nestorowa...«
Alexei verfärbte sich. Beim Blute Christi! hätte er schreien mögen. Kein Mensch in Asien weiß, daß meine Wiege in Kurgan an den Ufern des Tobol stand, daß mein Vater Fürst von Kurgan und Tobol gewesen war und daß meine junge Frau, meine geliebte Nestorowa, von der Revolution verschlungen wurde, während ich kämpfte...
Erschüttert las er das Schreiben noch einmal. Ist das noch ein Schurkenstreich der Sowjets, dieser Feinde aller Russen? Oder ist es ein Freund? O Gott, laß es ein Freund sein!
Nach dem Wort »Nestorowa« endete das Schreiben: »Bitte erwarten Sie mich heute um drei im Restaurant ›Zum Grünen Drachen‹ in der Nathan Road 189, im Hinterzimmer!« Eine Unterschrift fehlte.

Jenseits des Sattelplatzes ging Richard Kwang auf seinen Trainer zu, als er seinen Sechsten Vetter, Lächler Tsching, Präsident der großen Tsching Prosperity Bank, auf der Tribüne stehen sah; er hatte seinen Feldstecher auf Pilot Fish gerichtet.
»Guten Morgen, Sechster Vetter«, begrüßte er ihn freundlich auf Kantonesisch. »Hast du heute schon Reis gegessen?«
Der schlaue Alte war sofort auf der Hut. »Aus mir bekommst du kein Geld heraus«, versetzte er grob, und seine Lippen glitten von den vorstehenden Zähnen zurück, die den Eindruck erweckten, als lächle er immerzu.
»Und warum nicht?« gab Richard Kwang ebenso grob zurück. »Ich habe dir einen Siebzehn-Millionen-Kredit gewährt und...«
»Ja, aber auf neunzig Tage kündbar, und das Geld ist gut angelegt. Wir haben immer vierzig Prozent Zinsen gezahlt«, schnarrte der Alte.
»Du elender Hundeknochen, ich habe dir geholfen, als du Geld brauchtest! Jetzt ist es an der Zeit, dich erkenntlich zu zeigen!«
»Ich soll mich erkenntlich zeigen? Wofür?« fauchte Lächler Tsching. »In all den Jahren habe ich dir ein Vermögen zurückgezahlt. Ich habe das Risiko auf mich genommen, und du hast den Gewinn eingesteckt. Ich habe jeden Penny investiert – ich arbeite nicht wie andere Bankiers. Mein Geld ist immer gut angelegt.«
Die gute Anlage war Rauschgift, wie man sich erzählte. Richard Kwang hatte natürlich nie gefragt, und niemand wußte es genau, aber alle Welt mutmaßte, daß Lächler Tschings Bank insgeheim eine der wichtigsten Clearingstellen für diesen Handel war, der zum größten Teil von Bangkok

ausging. »Hör mal, Vetter, denk an die Familie«, begann Richard Kwang. »Das Problem ist ja nur vorübergehend. Diese Hurenböcke von fremden Teufeln greifen uns an. Wenn das geschieht, müssen kultivierte Leute zusammenhalten.«

»Ich bin ganz deiner Meinung. Aber du bist der Anlaß für den Run auf die Ho-Pak Bank. Du allein! Der Run geht auf dich, nicht auf die Kassen meiner Bank. Du bist den Hurenböcken irgendwie auf den Schlips getreten! Ja, und wie ich höre, hast du dein gesamtes Bargeld in einige faule Geschäfte gesteckt. Du hast dir selbst die Schlinge um den Hals gelegt. Laß dir doch von deinem Halbblutpartner, diesem elenden Sohn einer malaysischen Hure, aus der Patsche helfen! Er hat Milliarden!...«

»Wenn sie mich den Ausguß hinunterspülen, wird mir die Tsching Prosperity Bank bald nachkommen.«

»Droh mir nicht!« brauste der alte Mann auf. »Wenn du untergehst, ist es nicht meine Schuld – warum also wünschst du meiner Familie schlechten Joss? Ich habe nichts getan, um dich zu schädigen – warum versuchst du, mir deinen schlechten Joss anzuhängen? Wenn heute... *ayeeyah,* wenn heute dein schlechter Joss überschwappt und diese Hunde von Anlegern einen Run auf mich starten, überlebe ich den Tag nicht!«

Die Tatsache, daß auch Tschings Imperium bedroht war, stimmte Richard Kwang vorübergehend heiterer. Gut. Sehr gut! Dann fiel sein Blick auf die große Uhr über der Totalisatoranzeigetafel, und er stöhnte. Es war sechs vorbei, und um zehn würden Banken und Börse öffnen. Obwohl er mit der Blacs, der Victoria und der Bombay and Eastern Bank of Kowloon Absprachen getroffen hatte, sicherheitshalber Effekten zu lombardieren, war er nervös. Und wütend. »Komm schon, Vetter, nur fünfzig Millionen auf zehn Tage! Ich prolongiere die 17 Millionen auf zwei Jahre und lege in dreißig Tagen weitere 20 dazu.«

»Fünfzig Millionen auf drei Tage zu zehn Prozent Zinsen im Tag und das laufende Darlehen als Absicherung. Außerdem verpfändest du mir deine Liegenschaft im Central District als zusätzliche Absicherung!«

»Fick deine Mutter ins Ohr! Dieses Grundstück ist viermal soviel wert.«

Lächler Tsching zuckte die Achseln und richtete seinen Feldstecher abermals auf Pilot Fish. »Wird der große Schwarze auch Butterscotch Lass bezwingen?«

Mit säuerlicher Miene betrachtete Richard Kwang Gornts Pferd. »Nein, außer mein glattzüngiger Trainer und dieser Leisetreter von Jockey verabreden sich, sie zu verhalten oder zu dopen.«

»Dieses Drecksgesindel! Man kann sich auf keinen verlassen! Mein Pferd hat noch nie etwas gewonnen. Noch nie. Nicht einmal einen dritten Platz. Widerlich!«

»Fünfzig Millionen auf eine Woche – zwei Prozent im Tag?«

»Fünf. Und die Liegenschaft im Cen...«

»Niemals!«
»Ich begnüge mich mit einem fünfzigprozentigen Anteil an der Liegenschaft.«
»Sechs Prozent.«
Lächler Tsching wog das Risiko ab. Und den potentiellen Gewinn. Der Gewinn war enorm, wenn – wenn die Ho-Pak nicht futschging. Aber auch wenn sie krachte, das Darlehen wäre mit der Liegenschaft mehr als gesichert. Ja, es wäre ein enormer Profit, vorausgesetzt, es kam nicht auch zu einem Run auf ihn selbst. – Vielleicht sollte ich es wagen, ein paar zukünftige Ladungen zu verpfänden und so die 50 Millionen zu beschaffen.
»Fünfzehn Prozent, das ist mein letztes Wort«, sagte er und wußte, daß er mittags sein Angebot zurückziehen oder abändern würde, je nachdem, wie die Börse reagierte und der Run verlief – und daß er auf jeden Fall Ho-Pak mit großem Gewinn weiter leer verkaufen würde. »Und Butterscotch Lass kannst du auch noch dazugeben.«
Richard Kwang stieß ein paar obszöne Flüche aus. Dann feilschten sie noch hin und her und einigten sich schließlich, daß die 50 Millionen um zwei Uhr nachmittags zur Verfügung stehen sollten. In bar. Als zusätzliche Absicherung wollte Kwang Lächler Tsching auch 39 Prozent der Liegenschaft im Central District und einen Viertelanteil an der Stute verpfänden. Butterscotch Lass hatte den Ausschlag gegeben.
»Und was ist mit Samstag?«
»Eh?« machte Richard Kwang, dem das Grinsen und die vorstehenden Zähne körperliches Unbehagen verursachten.
»Unser Pferd läuft im fünften Rennen, *heya?* Hör mal, Sechster Vetter, vielleicht sollten wir uns lieber mit dem Jockey von Pilot Fish arrangieren. Wir pullen unser Pferd und setzen sicherheitshalber auf Pilot Fish und Noble Star! Noch besser wäre es, auch Golden Lady auszuschalten, wie?«
»John Tschens Trainer hat das schon vorgeschlagen.«
»Iiiii, dieser Dummkopf! Sich kidnappen zu lassen! Ich erwarte von dir, daß du mich wissen läßt, welches Pferd wirklich gewinnen wird!« Der Lächler räusperte sich und spuckte.
»Als ob wir das nicht alle gern wüßten! Diese dreckigen Trainer und Jokkeys! Einfach widerlich, wie die mit uns Rennstallbesitzern umgehen! Wer zahlt ihnen denn ihre Gehälter, *heya?*«
»Der Jockey-Club, die Besitzer, aber vor allem die kleinen Wetter, die nicht Bescheid wissen. Ich habe gehört, du hast gestern nacht im Old Vic Spezialitäten der fremden Teufel gespeist.«
Richard Kwang strahlte. Sein Dinner mit Venus Poon war ein großer Erfolg gewesen. Sie war in dem neuen knielangen Modellkleid von Christian Dior gekommen, das er ihr gekauft hatte – enganliegende schwarze Seide und darunter feine Gaze. Wie sie da aus seinem Rolls gestiegen und die Stufen des Old Vic heraufgekommen war – das Herz hatte ihm im Leibe gelacht.

Zwischen eleganten, adrett gekleideten Gästen – Europäern und Chinesen, Damen und Herren, Touristen und Einheimischen, Liebenden und angehenden Liebenden aller Altersgruppen und Nationalitäten – hatten sie den Saal durchschritten. Er trug einen neuen dunklen Anzug aus teuerstem Kaschmir. Während sie sich auf den sorgfältig ausgewählten Tisch zubewegten, hatte er vielen Bekannten zugewinkt. Doch viermal hatte er innerlich aufgestöhnt, als sein Blick auf vier seiner chinesischen Freunde fiel, die neben ihren mit Schmuck behangenen Frauen saßen. Die Frauen hatten ihn glasig angestarrt.

Richard Kwang schauderte. Alle Ehefrauen sind Drachen, dachte er. Sie durchschauen deine Lügen, noch bevor du sie ausgesprochen hast. Noch war er nicht zu Hause gewesen, noch war er Mai-ling nicht unter die Augen getreten, die zweifellos schon von mindestens drei guten Freundinnen über Venus Poon unterrichtet worden war. Er würde sie eine Weile schimpfen, schreien, weinen und toben lassen und ihr dann sagen, daß böse Frauen ihr den Kopf mit Galle gefüllt hätten – wie konnte sie nur auf so schlechte Weiber hören? – und sie dann sanftmütig auf den Nerzmantel verweisen, den er vor drei Wochen bestellt hatte und heute abholen sollte – gerade noch rechtzeitig für das Rennen am Sonnabend. Damit wäre der häusliche Frieden wiederhergestellt – bis zum nächsten Mal.

Er ließ ein gurgelndes Kichern hören. Daß er den Mantel eigentlich für Venus Pool bestellt und ihr heute morgen vor einer Stunde, noch in der Wärme ihrer Umarmung, für heute abend versprochen hatte – sie sollte ihn am Sonnabend zum Rennen tragen –, machte ihm keine Sorgen. Für das Flittchen ist er sowieso viel zu gut, dachte er. Der Mantel kostet 40000 HK. Ich kaufe ihr einen anderen. Vielleicht bekomme ich einen aus zweiter Hand...

Er sah, daß Lächler Tsching ihn lüstern anschielte. »Was ist denn?«

»Venus Poon, *heya?*«

»Ich trage mich mit der Absicht, ins Filmgeschäft einzusteigen und einen Star aus ihr zu machen«, spielte er sich auf, stolz auf die Schwindelgeschichte, die er als Teil seiner Rechtfertigung vor seiner Frau erfunden hatte.

Lächler Tsching war beeindruckt. »Aber ist das nicht ein riskantes Geschäft, *heya?*«

»Schon, aber es gibt Mittel und Wege, sein Risiko... auf ein Minimum zu reduzieren.« Er zwinkerte verschmitzt.

»*Ayeeyah*, du meinst, einen Pornofilm? Oh! Laß mich wissen, wann gedreht wird! Venus Poon nackt! Ganz Asien wird dafür bezahlen, sie so zu sehen! Wie ist sie denn im Bett?«

»Phantastisch! Jetzt, wo ich ihr alles beigebracht habe. Sie war ja noch Jungfrau, als ich...«

»Was für ein Joss!« sagte Lächler Tsching und fügte hinzu: »Wie oft hast du die Festung gestürmt?«

»Heute nacht? Dreimal – und jedesmal kraftvoller!« Richard Kwang beugte sich vor. »Ihre Mooskuppe ist die schönste, die ich je gesehen habe, jawohl. Und ihr Dreispitz! Herrliches Seidenhaar, und Ihre Innenlippen sind zart und rosig. Iiii, und ihr Jadetor... ihr Jadetor ist tatsächlich herzförmig und duftig und ihr Perlenknöpfchen ebenfalls rosig.« Richard Kwang begann zu schwitzen, als er sich erinnerte, wie sie sich auf dem Sofa zurückgelehnt und ihm ein Vergrößerungsglas in die Hand gedrückt hatte. »Hier«, hatte sie stolz gesagt, »schau dir die Göttin nur genau an, die dein kahlköpfiger Mönch gleich anbeten wird!« Und das hatte er auch getan. Gründlich.
»Die beste Bettgefährtin, die ich je hatte«, fuhr Richard Kwang überschwenglich fort. »Ich habe daran gedacht, ihr einen großen Brillantring zu kaufen. Das arme kleine Fettmäulchen weinte, als ich heute früh die Wohnung verließ, die ich ihr geschenkt habe. Sie hatte mit Selbstmord gedroht, weil sie so *in love* mit mir ist.« Er gebrauchte das englische Wort.
»Iiiii, du bist ein Glückskind!« Außer den Worten der Liebe sprach Lächler Tsching kein Englisch. Er fühlte Augen auf seinem Rücken und sah sich um. Im angrenzenden Teil der Tribüne, knapp fünfzig Meter entfernt, ein wenig über ihm, stand dieser fremde Teufel von Polizist, der Große Misthaufen, der verhaßte Chef des CID Kowloon. Die kalten Fischaugen waren auf ihn gerichtet; um den Hals trug er ein Fernglas. »*Ayeeyah*«, murmelte Tsching mißmutig, während er in Gedanken die vielen Kontrollen, Fußangeln und Gegengewichte durchging, die seine wichtigste Einkommensquelle sicherten.
»He! Was ist denn los mit dir, Lächler Tsching?«
»Nichts. Ich muß pinkeln, das ist alles. Schick um zwei die Dokumente rüber, wenn du mein Geld haben willst!« Verdrießlich wandte er sich ab, um die Toilette aufzusuchen, wobei er sich fragte, ob die Polizei über die bevorstehende Ankunft des fremden Teufels vom Goldenen Land unterrichtet war, eines hohen Tigers des weißen Pulvers, der den barbarischen Namen Vincenzo Banastasio führte.
Robert Armstrong hatte gesehen, wie Lächler Tsching mit Bankier Kwang gesprochen hatte, und hätte schwören können, daß die beiden nichts Gutes im Schilde führten. Die Polizei wußte von dem Getuschel über Tsching, seine Prosperity Bank und das Rauschgiftgeschäft, hatte aber bisher keine richtigen Beweise, die ihn oder seine Bank belastet hätten, ja nicht einmal Indizien, die seine Verhaftung, Vernehmung und eine im Schnellverfahren verfügte Ausweisung ermöglicht hätten.
Armstrong streckte sich und gähnte. Es war eine lange Nacht gewesen, und er hatte noch nicht geschlafen. Just als er gestern abend die Polizeidirektion in Kowloon verlassen wollte, hatte es einige Aufregung über einen anonymen Anrufer gegeben, der John Tschen in Sha Tau Kwok, einem kleinen Fischerdorf in den New Territories, gesehen haben wollte.
Er war sofort mit einer Abteilung losgefahren und hatte das Dorf Hütte für

Hütte durchsucht. Dabei hatte er sehr umsichtig vorgehen müssen, denn das ganze Grenzgebiet war äußerst heikel, insbesondere dieses Dorf, in dem sich einer der drei Kontrollpunkte befand. Die Dorfbewohner waren nicht sehr entgegenkommende, kampflustige harte Burschen, die in Frieden gelassen werden wollten. Notabene von Polizisten der fremden Teufel. Die Razzia war ein blinder Alarm gewesen, obwohl sie eine kleine Heroinfabrik entdeckt hatten, in der Opium zu Morphin und dieses zu Heroin verarbeitet wurde.

Kaum war Armstrong in die Polizeidirektion in Kowloon zurückgekehrt, kam ein anderer Anruf wegen John Tschen, diesmal aus Wanchai auf der Hongkongseite, in der Nähe von Glessing's Point im Hafenviertel. Angeblich war John Tschen dort gesehen worden, wie er, einen schmutzigen Verband über dem rechten Ohr, in eine Mietskaserne gezerrt worden war. Diesmal hatte der Anrufer seinen Namen und die Nummer seines Führerscheins angegeben, um seinen Anspruch auf die von Struan's und den Noble House Tschens ausgesetzten 50000 HK Belohnung geltend machen zu können. Armstrong hatte das Haus umstellen lassen, eine gründliche Suche durchgeführt – und die Aktion um fünf Uhr früh ergebnislos abbrechen müssen.

»Ich gehe schlafen, Brian«, sagte er. »Wieder eine Nacht für nichts um die Ohren geschlagen.«

Auch Brian gähnte. »Du hast recht. Aber wenn wir schon auf der Insel sind, was hältst du von einem Frühstück im Para? Anschließend könnten wir den Pferden bei der Morgenarbeit zusehen.«

Sofort vergaß Robert Armstrong seine Müdigkeit. »Ausgezeichnete Idee!«

Das Para-Restaurant in der Wanchai Road unweit der Happy-Valley-Rennbahn war durchgehend geöffnet. Das Essen war ausgezeichnet und billig, und das Lokal ein bekannter Treffpunkt für Triaden und ihre Mädchen. Als die beiden Polizeioffiziere den großen, lärmenden, geschäftigen Saal betraten, senkte sich plötzlich Stille herab. Einfuß Ko, der Besitzer, kam zu ihnen herübergehumpelt und geleitete sie zum besten Tisch des Hauses.

»*Dew neh loh moh* auch auf dich, alter Freund«, sagte Armstrong grimmig und fügte einige ausgesuchte Kraftausdrücke auf Kantonesisch hinzu, während er eine Gruppe junger Gauner fixierte, die ihn mit offenem Mund angestarrt hatten und sich jetzt nervös abwandten.

Einfuß Ko lachte und ließ seine schlechten Zähne sehen. »Die Herren beehren mein unwürdiges Lokal. *Dim sum?*«

»Warum nicht?« *Dim sum* waren häppchengroße, mit kleingehackten Garnelen, Gemüsen oder verschiedenen Fleischsorten gefüllte gebratene Teigtaschen, die mit Sojabohnen, Huhn oder verschiedenen Soßen gegessen wurden.

»Euer Gnaden besuchen die Rennbahn?«
Brian Kwok nickte. »Wer wird das fünfte gewinnen?« fragte er.
Der Wirt zögerte, aber er wußte, daß es ratsam wäre, die Wahrheit zu sagen. »Es heißt«, antwortete er vorsichtig kantonesisch, »daß bisher weder Golden Lady noch Noble Star noch Pilot Fish noch Butterscotch Lass... als Favoriten genannt wurden.« Er sah, daß die kalten, schwarzbraunen Augen auf ihm haften blieben, und bemühte sich, nicht zu schaudern. »Bei allen Göttern, so reden die Leute.«
»Na gut. Samstag früh komme ich wieder vorbei. Oder schicke meinen Sergeant. Dann kannst du ihm ins Ohr flüstern, ob jemand eine Gaunerei vorhat. Und wenn sich herausstellt, daß eines von den Tieren gedopt oder verletzt wird, und ich es Samstag vormittag nicht erfahre... dann werden deine Suppen vielleicht fünfzig Jahre lang stinken.«
Einfuß lächelte nervös. »Ja, Herr. Ich werde mich jetzt um euer Essen küm...«
»Bevor du gehst: Wie lauten die letzten Nachrichten über John Tschen?«
»Es gibt keine, Ehrenwerter Herr, überhaupt keine«, antwortete der Mann; Schweißtropfen standen auf seiner Oberlippe. »Dabei ist doch eine extragroße Belohnung ausgesetzt.«
»Was? Wieviel?«
»100000, wenn er innerhalb von drei Tagen gefunden wird.«
Die Polizeioffiziere stießen einen leisen Pfiff aus. »Wer hat die Belohnung ausgesetzt?«
Einfuß zuckte die Achseln. »Das weiß niemand, Herr. Einer der Drachen, sagen die Leute. Oder alle Drachen zusammen. 100000 und Beförderung, wenn er innerhalb von drei Tagen... lebend gefunden wird. Bitte lassen Sie mich jetzt Ihr Essen bringen.«
Sie sahen ihm nach. »Warum bist du Einfuß so auf die Pelle gerückt?« fragte Armstrong.
»Ich habe die Nase voll von seiner glattzüngigen Scheinheiligkeit – und von allen diesen miesen kleinen Ganoven. Die neunschwänzige Katze würde unser Triadenproblem lösen. 100000! Das kann kein gewöhnliches Kidnapping sein. Jesus, das ist ja eine Belohnung! Mit Johns Entführung muß es eine besondere Bewandtnis haben.«
»Sicher. Wenn das mit der Belohnung wahr ist.«
Aber sie waren sich nicht schlüssig geworden, und als sie auf den Rennplatz kamen, war Brian Kwok zum Telefon gegangen, um sich in seinem Büro zu melden, und Armstrong hatte sein Glas jetzt auf Butterscotch Lass gerichtet, die den Hügel hinauf in den Stall zurückgeführt wurde.
»Inspektor?«
»Guten Morgen, Mr. Marlowe.«
»Sind Sie schon so früh auf oder gehen Sie erst so spät schlafen?«
»Letzteres.«

»Ist Ihnen aufgefallen, wie Noble Star vorgeprescht ist, ohne daß der Jockey etwas dazugetan hätte? Donald McBride hat mich darauf aufmerksam gemacht.«
»Ah ja!« McBride war ein äußerst beliebter Rennleiter, ein auf die Erschließung von Bauland spezialisierter Eurasier, der 1949 aus Schanghai nach Hongkong gekommen war. »Hat er Ihnen auch gesagt, wer gewinnen wird? Wenn es einen Menschen gibt, der es weiß, dann er.«
»Nein, aber er hat mich für Sonnabend in seine Loge eingeladen. Schon was Neues über John Tschen?«
»Nichts.« Armstrong bekam Dunross in sein Feldglas. Der Tai-Pan unterhielt sich mit einigen Stewards. Nicht weit von ihm stand der Beamte des SI, den Crosse ihm zugewiesen hatte. Wenn es doch nur schon Freitag wäre, dachte der Polizeioffizier. Je eher wir diese AMG-Akte sehen, desto besser. Er fühlte sich ein wenig unwohl und konnte nicht entscheiden, ob es Sorge um diese Papiere oder Sevrin oder einfach Müdigkeit war. Er wollte nach einer Zigarette langen und hielt inne. Du brauchst keine, sagte er sich. »Sie sollten das Rauchen aufgeben, Mr. Marlowe. Es ist sehr schlecht für Sie.«
»Ja, das sollte ich. Und wie halten Sie es durch?«
»Kein Problem. Dabei fällt mir ein: Der Alte hat Ihre Fahrt über die Grenzstraße genehmigt. Übermorgen, Freitag, pünktlich 6 Uhr früh vor dem Polizeipräsidium in Kowloon. Paßt Ihnen das?«
Peter Marlowe war außer sich vor Freude. Endlich konnte er einen Blick auf das chinesische Festland werfen! Im ganzen Grenzland der New Territories gab es nur einen einzigen Beobachtungsstand, von dem aus Touristen nach China hinüberschauen konnten, aber der Berg war so weit weg, daß es auch mit einem Fernglas nicht allzu viel zu sehen gab. »Wunderbar!« rief er begeistert. Armstrongs Rat folgend, hatte er dem Commissioner geschrieben und um Erlaubnis gebeten. Die Grenzstraße wand sich in Mäandern von Küste zu Küste. Ausgenommen Einheimischen in gewissen Gebieten, war sie für jedermann und für jeden Verkehr gesperrt.
»Unter einer Bedingung, Mr. Marlowe: Etwa ein Jahr lang dürfen Sie darüber weder sprechen noch schreiben.«
Armstrong unterdrückte ein Gähnen. »Sie sind dann der einzige Amerikaner, der die Straße je gefahren ist.«
»Phantastisch! Danke!«
»Warum haben Sie sich eigentlich einbürgern lassen?«
»Ich bin Schriftsteller«, antwortete Peter Marlowe nach einer kleinen Pause. »Ich beziehe mein Einkommen hauptsächlich aus meiner schriftstellerischen Tätigkeit. Vielleicht möchte ich das Recht erwerben, auch Kritik üben zu dürfen.«
»Waren Sie schon einmal im Ostblock?«
»O ja. Im Juli war ich zu den Filmfestspielen in Moskau. Einer der Filme, zu dem ich das Drehbuch schrieb, war der amerikanische Beitrag. Warum?«

»Nur so«, antwortete Armstrong und dachte an die Moskauer Stempel in Bartletts und Caseys Reisepässen.
»Eine Hand wäscht die andere. Bartletts Gewehre... Ich habe da etwas gehört.«
»Ach ja?« Sofort spitzte Armstrong die Ohren. Für Hongkong war Peter Marlowe ein bemerkenswerter Mann: Es machte ihm keine Schwierigkeiten, die Grenzen zwischen den gesellschaftlichen Schichten zu überschreiten, und er wurde von vielen Gruppen als Freund angesehen, die sich üblicherweise feindlich gegenüberstanden.
»Es ist wahrscheinlich nur leeres Gerede, aber einige Freunde haben da eine Theorie... Sie meinen, die Gewehre seien eine Probesendung gewesen, die für einen unserer chinesischen, in Schmuggelgeschäften tätigen Mitbürger bestimmt waren. Der sollte sie an eine dieser Guerillas weiterleiten, die in Südvietnam operieren; sie nennen sich Vietkong.«
»Das ist weit hergeholt, Mr. Marlowe«, brummte Armstrong.
»Mag sein. Aber diese Sendung war etwas Besonderes. Sie sollte in aller Eile geliefert werden. Haben Sie schon etwas von der Kampfgruppe Delta gehört?«
»Nein«, antwortete Armstrong verblüfft. Er konnte nicht verstehen, daß Marlowe von etwas wußte, was laut Rosemont von der CIA eine unter strengster Geheimhaltung stehende militärische Operation war.
»Soviel mir bekannt ist, handelt es sich dabei um eine Abteilung von amerikanischen Soldaten, die eine besondere Ausbildung erhalten haben und in Vietnam als Einheiten der American Technical Group – ein Deckname für die CIA – operieren. Wie es scheint, sind sie dabei so erfolgreich, daß der Vietkong dringend moderne Waffen braucht und bereit ist, gut dafür zu zahlen. Darum wurden sie in Bartletts Flugzeug eilig herangeschafft.«
»Hat er etwas damit zu tun?«
»Meine Freunde bezweifeln es«, antwortete Marlowe nach einer Pause. »Jedenfalls kommen die Gewehre aus Beständen der US Army, nicht wahr? Nun, sobald diese Probesendung Anklang gefunden hätte, wäre die Lieferung in großem Umfang ein leichtes gewesen.«
»Wie denn das?«
»Die Vereinigten Staaten würden die Waffen liefern.«
»Was?«
»Na sicher.« Peter Marlowe schmunzelte. »Es ist doch ganz einfach. Nehmen Sie einmal an, der Vietkong würde *im voraus* über Versandtermine, Bestimmungsort, Mengen und Art der Rüstungsgüter – von Handfeuerwaffen bis zu Raketen – informiert?«
»Jesus!«
»Und Sie wissen doch, wie es in Asien zugeht. Ein bißchen *h'eung yau* da und dort, und es wäre ein Kinderspiel, die Ladungen zu kapern – eine nach der anderen.«

»Damit könnten sich die Burschen ein richtiges Vorratslager einrichten«, sagte Armstrong entsetzt. »Aber wie sollen die Waffen bezahlt werden? Durch eine hiesige Bank?«
Peter Marlowe sah ihn an. »Opium en gros. Lieferung hierher. Eine unserer Banken übernimmt die Finanzierung.«
Der Polizeioffizier blies die Backen auf. Die Einzelteile des Puzzlespiels fügten sich nahtlos zusammen. »Wirklich schön ausgedacht«, sagte er.
»So ist es. Irgend so ein mieser Verräter in den Staaten gibt diese Daten einfach weiter. Damit bekommt der Feind alle Waffen und Munition, die er braucht, um unsere eigenen Soldaten abzuknallen. Und er zahlt dafür mit einem Gift, das ihn nichts kostet – ich könnte mir vorstellen, daß es überhaupt die einzige verkäufliche Ware ist, die sie in Mengen besitzen und nachliefern können. Das Opium wird von chinesischen Schmugglern hierhergeliefert und hier zu Heroin verarbeitet.«
»Wie ich schon sagte: wirklich sehr fein ausgedacht. Was manche Schweinehunde doch für Geld alles machen!« Armstrong ließ die Schultern sinken und überlegte kurz. »Haben Sie den Namen Banastasio schon einmal gehört?«
»Klingt italienisch.« Peter Marlowe verzog keine Miene. Seine Informanten waren zwei Eurasier, portugiesische Journalisten. Sie verabscheuten die Polizei. Er hatte sie gefragt, ob er der Polizei ihre Theorie weitergeben dürfe. »Selbstverständlich«, hatte Vega geantwortet, »aber die Bullen werden sie Ihnen nicht abnehmen. Zitieren Sie uns nicht und nennen Sie keine Namen – weder Vierfinger Wu noch Schmuggler Mo, die Tsching Prosperity Bank, Banastasio oder sonst jemanden!«
»Was haben Sie noch gehört?« fragte Armstrong nach einer kleinen Pause.
»Eine ganze Menge, aber ich muß heim. Heute ist die Reihe an mir, die Kinder aus den Betten zu holen, Frühstück zu machen und sie in die Schule zu bringen.« Er zündete sich eine Zigarette an. »Nur eines noch, Inspektor. Ein mir freundlich gesinnter Zeitungsmann bat mich, Ihnen zu sagen, daß in Macao bald ein paar große Tiere der Rauschgiftszene zusammenkommen werden.«
»Namen?«
»Hat er keine genannt. Er hat nur erwähnt, daß auch ein VIP aus den Vereinigten Staaten an der Konferenz teilnehmen wird.«
»Bartlett?«
»Mann, das weiß ich doch nicht, und er hat es auch nicht gesagt. Für mich ist Bartlett ein netter Kerl und ein gerader Michel. Ich meine, es ist alles nur Geschwätz und Neid, wenn man versucht, ihn da hineinzuziehen.«
Armstrong lächelte sein saures Lächeln. »Ich bin nun mal ein mißtrauischer Bulle. Schurken gibt es unter hochgestellten Persönlichkeiten genauso wie in Jauchegruben. Seien Sie doch so freundlich, Marlowe, und ge-

ben Sie Ihrem Freund, dem Zeitungsmann, eine Botschaft: Wenn er mir Informationen zukommen lassen will, soll er mich anrufen.«
»Er hat Angst vor Ihnen. So wie ich.«
»Ich werde euch schon fressen!« Armstrong lächelte. Er konnte Marlowe gut leiden und war dankbar für die Information. »Fragen Sie ihn, wo in Macao, wann und wer und...« Ein Gedanke schoß ihm durch den Kopf. »Wenn Sie den besten Platz aussuchen sollten, um hier etwas zu schmuggeln, wo würden Sie hingehen?«
»Nach Aberdeen oder in die Mirs-Bucht. Das weiß doch jeder Dummkopf. Seitdem es Hongkong gibt, waren das immer die bevorzugten Plätze.«
Armstrong nickte.
»Das ist richtig.« Aberdeen, dachte er. Aber wer ist der Schmuggler? Einer von zweihundert. Zunächst würde ich auf Vierfinger Wu tippen. Vierfinger Wu mit seinem großen schwarzen Rolls und der Glücksziffer auf seinem Nummernschild. Dieser Killer Zweibeil Tok und der junge Neffe, der mit dem amerikanischen Paß, der aus Yale. War es Yale? Ja, Vierfinger Wu kommt als erster in Frage.
»Na schön«, sagte er und war sehr, sehr froh über die Information. »Auch bei mir gilt der Spruch: Eine Hand wäscht die andere. Sagen Sie Ihrem Freund, daß unsere Parlamentsabgeordneten, die Handelsdelegation, heute aus Peking zurückkommen... Was haben Sie denn?«
»Nichts«, gab Peter Marlowe zurück und bemühte sich, ein heiteres Gesicht zu machen. »Was sagten Sie eben?«
Armstrong beobachtete ihn scharf und fügte erläuternd hinzu: »Die Delegation kommt mit dem Nachmittagszug aus Kanton. Um 4 Uhr 32 werden sie an der Grenze den Zug wechseln – wir haben es erst gestern abend erfahren, und so könnte Ihr Freund vielleicht ein exklusives Interview ergattern.«
Brian Kwok kam eilig auf sie zu. »Guten Morgen, Mr. Marlowe! keuchte er. »Tut mir leid, Robert, aber Crosse erwartet uns in seinem Büro.«
»Verdammt!« knurrte Armstrong verdrießlich. »Ich habe dir ja gesagt, du hättest dich nicht gleich in aller Frühe bei ihm melden sollen. Der Typ schläft ja überhaupt nie.« Die Augen rot umrandet, rieb er sich das Gesicht, um seine Müdigkeit zu vertreiben. »Hol den Wagen! Ich erwarte dich beim Haupteingang.«
»Gut.« Kwok eilte davon; beunruhigt sah Armstrong ihm nach.
Peter Marlowe versuchte einen Scherz. »Feuer auf dem Dach?«
»In unserem Geschäft ist immer irgendwo Feuer auf dem Dach.« Der Polizeioffizier studierte den Amerikaner. »Bevor ich gehe, Mr. Marlowe, würde ich doch gern wissen, warum diese Handelsdelegation so wichtig für Sie ist.«
»Während des Krieges«, antwortete der Mann mit den merkwürdigen Augen, »kannte ich einen von ihnen. Leutnant Robin Grey. Die letzten zwei

Jahre war er Kommandant der Militärpolizei in Changi.« Seine Stimme klang flacher und eisiger, als Armstrong es für möglich gehalten hatte. »Ich haßte ihn, und er haßte mich. Ich hoffe nur, daß ich ihm nicht begegne. Das ist alles.«

Gornt, der an dem Führring stand, hatte sein Fernglas auf Armstrong gerichtet, der hinter Brian Kwok herging. Dann schwenkte er das Glas nachdenklich zu Peter Marlowe hinüber, der auf eine Gruppe von Trainern und Jockeys zusteuerte.

»Neugieriger Kerl!« bemerkte Gornt.

»Wer? Marlowe« Sir Dunstan Barre kicherte. »Er ist ja gar nicht neugierig, er will nur alles über Hongkong wissen. Ihre düstere Vergangenheit fasziniert ihn.«

»Gibt es denn in Ihrer Vergangenheit keine dunklen Punkte, Dunstan?« konterte Gornt liebenswürdig. »Keine streng gehüteten Geheimnisse?«

»Aber ja doch«, erwiderte Barre übereilt liebenswürdig, bemüht, das von Gornt plötzlich verspritzte Gift in Honig zu verwandeln. »Ja doch! Im Grunde seines Herzens ist doch jeder Engländer ein Pirat. Wir sind alle mit Vorsicht zu genießen! So ist nun mal das Leben! Habe ich recht?«

Gornt blieb stumm. Er verachtete Barre, aber er brauchte ihn. »Am Sonntag gebe ich auf meiner Jacht eine kleine Party, Dunstan. Möchten Sie kommen? – Es verspricht interessant zu werden. Ich dachte an eine Herrengesellschaft – ich meine, keine Ehefrauen.«

»Da bin ich dabei«, antwortete Barre, und sein Gesicht leuchtete auf. »Könnte ich eine Freundin mitbringen?«

»Bringen Sie zwei, wenn Sie wollen! Je mehr, desto besser. Es wird eine kleine ausgesuchte, vertrauenswürdige Gruppe sein.« Gornt sah, daß Marlowe seine Richtung änderte, als er von Donald McBride und einigen Stewards angerufen wurde. Einer plötzlichen Eingebung folgend, fügte er hinzu: »Ich denke, ich werde auch Marlowe einladen.«

»Obwohl Sie ihn für so neugierig halten?«

»Er könnte sich für die wahre Geschichte der Struans interessieren – der Gründer eines Piratenreiches, das noch heute besteht.« Gornt lachte hintergründig, und Barre fragte sich, welche Schurkerei Gornt im Schilde führte.

»Weil wir gerade davon reden: Wollten Sie Dunross gestern abend durch Ihr Erscheinen auf seiner Party einen Alpdruck verpassen?«

»Glauben Sie, daß er sich dafür revanchiert hat, indem er an meinem Wagen herummanipulierte?«

»Was?« Barre war entsetzt. »Du lieber Himmel! Sie denken, jemand hätte an Ihrem Wagen herumgepfuscht?«

»Der Steuerzylinder wurde durch einen Schlag aufgerissen. Der Mechaniker sagt, es könnte ein Felsbrocken gewesen sein.«

Barre starrte ihn an und schüttelte den Kopf. »Dunross ist kein Narr. Er ist unbeherrscht, gewiß, aber kein Narr. Das wäre ja ein Mordanschlag.«
»Es wäre nicht das erstemal.«
»An Ihrer Stelle würde ich so etwas nicht in aller Öffentlichkeit behaupten, alter Knabe.«
»Sie sind ja nicht die Öffentlichkeit, alter Knabe, oder? Es kommt eine Zeit, da sollten Freunde zusammenhalten.«
Barre war sofort auf der Hut.
»Ja, ich meine es ernst. Die Börse ist sehr nervös. Dieser Schlamassel mit der Ho-Pak Bank könnte unser aller Pläne umstoßen.«
»Meine Hongkong and Lan Tao Farm's sind so stabil wie der Peak.«
»Das ist richtig – vorausgesetzt, Ihre Schweizer Bank verlängert Ihren Kredit.«
Barres rosiges Gesicht erbleichte. »Wie?«
»Ohne das Darlehen können Sie weder Hongkong Docks and Wharves noch die Royal Insurance of Hongkong and Malaya übernehmen noch Ihre Aktivitäten nach Singapur ausdehnen, noch all die anderen raffinierten kleinen Geschäftchen machen, die Sie auf Ihrem Programm stehen haben. Stimmt's?«
Schweiß lief Barre über den Rücken. »Wo haben Sie diese Informationen her?«
Gornt lachte. »Man hat seine Freunde unter Leuten von hohem Stand. Keine Sorge, alter Knabe, Ihre Achillesferse ist bei mir gut aufgehoben!«
»Wir... wir befinden uns nicht in Gefahr.«
»Natürlich nicht.« Wieder richtete Gornt das Glas auf sein Pferd. »Übrigens, Dunstan, es könnte sein, daß ich bei der nächsten Vorstandssitzung der Bank Ihre Stimme brauche.«
»Wofür?«
»Weiß ich noch nicht.« Gornt blickte auf ihn hinab. »Ich möchte nur wissen, ob ich mit Ihnen rechnen kann.«
»Ja, ja natürlich.« Barre rätselte nervös, was Gornt vorhatte und wo die undichte Stelle war. »Ich bin Ihnen gern behilflich, alter Knabe.«
»Danke. Fixen Sie Ho-Pak?«
»Selbstverständlich. Seit gestern habe ich mein ganzes Geld draußen. Gott sei Dank. Warum fragen Sie?«
»Wie ich höre, wird Dunross' Geschäft mit Par-Con nicht zustande kommen.«
»So? Der Abschluß kommt nicht zustande? Warum nicht?«
Gornt lächelte sardonisch. »Weil, mein lieber Dunstan...«
»Hallo, Quillan, Dunstan, tut mir leid, daß ich Sie unterbrechen muß«, machte sich Donald McBride geschäftig, mit zwei Herren im Schlepp, an sie heran. »Darf ich Sie bekanntmachen: Mr. Charles Biltzmann, Vizepräsident von American Superfoods. Er ist der neue Spitzenmann der Fusion

General Stores – Superfoods und wird von jetzt an seinen Sitz in der Kolonie haben. Mr. Gornt und Sir Dunstan Barre.«

Der großgewachsene, aschblonde Amerikaner trug einen grauen Anzug, eine graue Krawatte und eine randlose Brille. Leutselig streckte er seine Hand aus. »Freue mich, Sie kennenzulernen. Nette kleine Rennbahn haben Sie da.«

Nicht eben begeistert schüttelte Gornt ihm die Hand. Neben Biltzmann stand Richard Hamilton Pugmire, der gegenwärtige Tai-Pan von H. K. General Stores, Steward des Jockey-Clubs, ein arroganter kleiner Mann Ende Vierzig, der das Stigma seiner kleinen Statur als ständige Herausforderung empfand. »Hallo, ihr beiden! Na, wie heißt der Gewinner des fünften Rennens?«

Gornt überragte ihn wie ein Turm. »Ich werde es Ihnen nach dem Rennen sagen.«

»Ach, kommen Sie schon, Gornt! Sie wissen doch, daß schon alles ausgeknobelt wird, bevor die Pferde noch in die Startboxen geritten werden.«

»Wenn Sie das beweisen können, wären wir gewiß alle sehr interessiert.«

»Mr. Pugmire hat sicher nur gescherzt«, warf Donald McBride ein. Er war Mitte Sechzig, mit sympathischen Zügen, und die Wärme seines Lächelns verriet echte Herzlichkeit. »Es gibt immer wieder Gerüchte, daß geschoben wird, aber wir tun, was wir können, und wenn wir einen erwischen, wird er umgehend geköpft – oder zumindest vom Platz verwiesen.«

»Was soll's? Auch in den Staaten wird geschoben, aber hier, wo es nur Amateure gibt und die Bestimmungen laxer gehandhabt werden, muß es noch viel leichter sein«, sagte Biltzmann forsch. »Übrigens, Quillan, Ihr Hengst, ist er nicht zum Teil australischer Herkunft?«

»Ja«, antwortete Gornt schroff; die Vertraulichkeit war ihm zuwider.

»Don hat mir einige Bestimmungen Ihrer Rennordnung erläutert. Ich würde wirklich gern Ihrer Pferdesportbruderschaft angehören – und ich hoffe, ich kann stimmberechtigtes Mitglied werden.«

Der Jockey-Club war sehr exklusiv. Er hatte zweihundert stimmberechtigte Mitglieder und viertausend nicht stimmberechtigte. Nur stimmberechtigte Mitglieder hatten Zutritt zur Mitgliedertribüne. Nur stimmberechtigte Mitglieder durften Pferde besitzen. Nur stimmberechtigte Mitglieder konnten einmal im Jahr die Aufnahme von zwei Personen als nicht stimmberechtigte Mitglieder beantragen. Die Stewards stimmten geheim ab, und ihre Entscheidung war unwiderruflich. Und nur stimmberechtigte Mitglieder konnten Stewards werden.

»Haben Sie die Absicht, in Hongkong zu bleiben, Mr. Biltzmann?« fragte Gornt.

»Nennen Sie mich Chuck! Ich bin für lange Zeit hier«, antwortete der Amerikaner.

»Ich bin wohl der neue Tai-Pan von Superfoods of Asia. Klingt toll, was?«

»Wunderbar!« lautete Barres vernichtendes Urteil.
Biltzmann plapperte fröhlich weiter; noch war er nicht auf die Wellenlänge englischen Sarkasmus' eingestellt. »Ich bleibe mindestens zwei Jahre, und ich freue mich schon jetzt auf jede Minute. Wir sind fest entschlossen, es uns hier gemütlich zu machen. Morgen kommt meine Braut und...«
»Sie wollen hier heiraten, Mr. Biltzmann?«
»O nein, das ist nur so ein amerikanischer Ausdruck. Wir sind seit zwanzig Jahren verheiratet. Sobald wir eingerichtet sind, werden wir uns freuen, Sie zum Dinner zu begrüßen. Vielleicht machen wir ein Grillfest. Das Fleisch für die Steaks haben wir schon organisiert; wir lassen es einmal im Monat einfliegen. Dazu Kartoffeln aus Idaho«, erklärte er stolz.
»Ich bin froh über die Kartoffeln«, antwortete Gornt, und die anderen warteten gespannt, weil sie wußten, daß ihm die amerikanische Küche zuwider war – ganz besonders die auf Holzkohle gegrillten Steaks und Hamburgers und die »aufgepufften Griller«, wie er Kartoffeln nannte. »Wann wird die Fusion abgeschlossen?«
»Ende des Monats. Sie haben unser Angebot angenommen. Ich hoffe sehr, daß man unser Know-how auf dieser niedlichen Insel zu schätzen weiß.«
»Ich nehme an, Sie bauen sich ein Herrenhaus?«
»Nein, Sir. Dickerchen hier«, erwiderte Biltzmann, und alle krümmten sich, »Dickerchen hat uns das Penthouse auf dem Etagenblock der Gesellschaft in der Blore Street verschafft, damit sind wir fein raus. Wunderbare Aussicht, nur die Sanitärinstallationen taugen nichts. Aber meine Braut wird das schon in Ordnung bringen.«
»Ist sie denn auch Klempnerin?« fragte Gornt.
Der Amerikaner lachte. »Teufel, nein, aber sie ist sehr geschickt.«
»Wenn Sie mich jetzt entschuldigen, ich muß mit meinem Trainer sprechen.« Gornt nickte den anderen zu und wandte sich ab. »Haben Sie einen Augenblick Zeit, Donald, wegen Sonnabend?«
»Selbstverständlich. Ich bin gleich wieder da, Mr. Biltzmann.«
»In Ordnung. Aber nennen Sie mich Chuck!«
McBride faßte neben Gornt Tritt. »Sie schlagen doch nicht im Ernst vor, dieser Mann sollte stimmberechtigtes Mitglied werden?« fragte Gornt, als sie außer Hörweite waren.
»Eigentlich doch.« Man sah McBride sein Unbehagen an. »Es ist das erstemal, daß eine große amerikanische Firma nach Hongkong kommt. Er wäre ziemlich wichtig für uns.«
»Das ist doch kein Grund, ihn hier aufzunehmen. Wählen Sie ihn meinetwegen zu einem nicht stimmberechtigten Mitglied! Dann kann er auf die Tribüne. Und wenn Sie ihn in Ihre Loge einladen wollen, ist das Ihre Sache. Aber ein stimmberechtigtes Mitglied? Du lieber Himmel!«
»Er ist neu hier, und er ist unsicher. Er wird es schon noch lernen. Er ist ein anständiger Kerl. Er ist ziemlich wohlhabend und...«

»Seit wann ist Geld ein Sesam-öffne-dich für den Jockey-Club? Wenn das so wäre, wir könnten uns vor chinesischen Immobilien- und Börsenspekulanten kaum retten. Wir hätten kaum Platz zum Furzen.«
»Da bin ich nicht Ihrer Meinung. Vielleicht sollten wir die Zahl der stimmberechtigten Mitglieder erhöhen.«
»Auf keinen Fall! Die Rennleitung kann natürlich tun, was sie will. Aber ich rate Ihnen, daß Sie sich das noch einmal überlegen.« Gornt war stimmberechtigtes Mitglied, aber kein Steward. Die zweihundert stimmberechtigten Mitglieder wählten die zwölf Stewards alljährlich in geheimer Abstimmung. Jedes Jahr stand Gornts Name auf der Liste der Kandidaten, und nie bekam er genügend Stimmen.
»Na gut«, sagte McBride, »sollte jemand ihn vorschlagen, werde ich bekanntgeben, daß Sie gegen seine Aufnahme sind.«
Gornt lächelte dünn. »Dann werden sie todsicher für ihn stimmen.«
McBride lächelte. »Diesmal nicht, Quillan. Pug hat mich gebeten, ihn mit einigen Leuten bekanntzumachen. Ich gebe zu, er tritt prompt ins Fettnäpfchen, sobald ich ihn jemandem vorstelle. Kaum hatte er ein paar Worte mit Paul Havergill gewechselt, fing er an, den Bankbetrieb in Hongkong mit dem in den USA zu vergleichen – und nicht gerade zu unserem Vorteil. Und beim Tai-Pan...« McBrides melierte Augenbrauen hoben sich. »Er freue sich, ihn kennenzulernen, sagte er, denn er wolle alles über ›die Hexe‹ Struan und Dirk Struan und all die anderen Piraten und Opiumschmuggler in seiner Vergangenheit erfahren!« Er seufzte. »Dunross und Havergill werden Ihnen ganz gewiß die Mühe abnehmen, gegen ihn zu stimmen. Sie brauchen sich also keine großen Sorgen zu machen. Ich verstehe gar nicht, warum Pug an diese Leute verkauft hat.«
»Weil er nicht sein Vater ist. Seit Sir Thomas' Tod geht es abwärts mit General Stores. Dessenungeachtet verdient Pug seine 6 Millionen Dollar US und hat einen unkündbaren Vertrag auf weitere fünf Jahre – ihm kann also nichts passieren. Außerdem möchte er sich nach England zurückziehen. Ascot und was sonst noch dazugehört.«
»Dann ist der alte Pug ja fein raus!« McBride wurde ernst. »Das fünfte Rennen, Quillan – das Interesse ist enorm. Ich fürchte fast, es könnte zu unerlaubten Manipulationen kommen. Die Gerüchte wollen nicht verstummen, daß...«
»Doping?«
»Ja!«
»Es wird immer Gerüchte geben, und einer wird es immer versuchen. Ich finde, die Stewards leisten gute Arbeit.«
»Wir Stewards sind gestern übereingekommen, eine neue Bestimmung in die Rennordnung aufzunehmen: Ab sofort obligatorische chemische Analysen vor und nach jedem Rennen.«
»Bleibt Ihnen dazu bis Sonnabend noch Zeit? Wie wollen Sie das schaffen?«

»Dr. Meng, der Gerichtsmediziner, hat sich zur Verfügung gestellt – bis wir einen Fachmann gefunden haben.«

»Eine gute Idee«, sagte Gornt.

McBride seufzte. »Ja, aber selbst der mächtige Drache kann gegen die Schlange nichts ausrichten.« Er wandte sich ab und ging.

Gornt zögerte und begab sich dann zu seinem Trainer, der neben Pilot Fish stand und mit dem Jockey Bluey White, auch er Australier, plauderte. Nach außen hin und um seinen Amateurstatus zu wahren, war Bluey White ein leitender Beamter einer von Gornts Schiffahrtsgesellschaften.

»Guten Morgen, Mr. Gornt«, grüßten sie. Der Jockey hob einen Finger an seine Stirnlocke.

»Guten Morgen.« Gornt musterte sie und sagte dann ruhig. »Wenn Sie gewinnen, Bluey, zahle ich Ihnen einen Bonus von 5000 Dollar. Wenn Sie nach Noble Star finishen, sind Sie entlassen. Jetzt sollten Sie sich umziehen gehen.«

»Ich werde gewinnen«, versprach Bluey White und ging.

»Pilot Fish«, sagte der Trainer mit einigem Unbehagen, »hat eine ausgezeichnete Kondition. Er wird...«

»Wenn Noble Star das Rennen gewinnt, sind Sie entlassen. Ich lege Ihnen nicht nahe, irgend etwas zu tun. Ich sage Ihnen nur, was Ihnen blüht.« Gornt nickte freundlich und entfernte sich. Er ging ins Club-Restaurant hinauf und bestellte sich sein Lieblingsfrühstück.

Er war bei seiner dritten Tasse Kaffee angelangt, als der Kellner kam. »Telefon für Sie, Sir.«

Er ging ans Telefon. »Gornt.«

»Hallo, Mr. Gornt. Hier spricht Paul Tschoy... Mr. Wus Neffe... Ich hoffe, ich störe Sie nicht.«

»Sie rufen ziemlich früh an, Mr. Tschoy.«

»Gewiß, Sir. Aber ich wollte gerade am ersten Tag früh kommen«, stieß der junge Mann hervor, »und darum war ich allein hier, als das Telefon klingelte. Es war Mr. Bartlett, Sie wissen ja, Linc Bartlett, der Millionär.«

»Bartlett?«

»Ja, Sir. Er sagte, er müsse Sie unbedingt erreichen, und ließ durchblicken, daß es ziemlich dringend sei. Und daß er es schon bei Ihnen zu Hause versucht habe. Da fiel mir ein, daß ich Sie vielleicht auf dem Rennplatz finde. Ich hoffe, ich störe Sie nicht.«

»Nein. Was hat er gesagt?« fragte Gornt.

»Nur, daß er mit Ihnen reden will und ob Sie in der Stadt sind. Ich antwortete ihm, daß ich das nicht wisse, daß ich Sie aber suchen und ihn dann zurückrufen werde.«

»Von wo rief er an?«

»Vom Vic and Albert. Kowloon-Seite 662233, Klappe 773 – das ist der Büroanschluß, nicht die Suite.«

Gornt war beeindruckt. »Sie sind wirklich auf Draht, Mr. Tschoy.«
»Darauf können Sie sich bei mir verlassen, Mr. Gornt«, erwiderte Paul Tschoy. »Onkel Wu hat uns das schon als Kinder eingebläut.«
»Gut. Danke, Mr. Tschoy. Wir sehen uns bald.« Gornt legte auf, überlegte kurz und wählte dann die Nummer des Hotels. »Siebendreiundsiebzig bitte.«
»Linc Bartlett.«
»Guten Morgen, Mr. Bartlett, hier spricht Gornt. Was kann ich für Sie tun?«
»Danke für Ihren Rückruf! Ich habe eine beunruhigende Nachricht erhalten. Haben Sie schon mal was von Toda Shipping gehört?«
»Toda Shipping«, antwortete Gornt mit zunehmendem Interesse, »ist ein großer japanischer Konzern – Schiffswerften, Stahlwerke, Maschinenbau. Soviel ich weiß, hat Struan's zwei Schiffe bei Toda gekauft, Großfrachter. Warum fragen Sie?«
»Die Toda-Leute haben einige Wechsel von Struan's in Händen, 6 Millionen in drei Raten, die am Ersten, Elften und Fünfzehnten des kommenden Monats fällig werden. Weitere 6 Millionen sind in 90 Tagen zu zahlen. Und 6,8 Millionen Dollar werden am Achten bei der Orlin International Bank fällig – kennen Sie die?«
Mit großer Mühe wahrte Gornt den Ton sachlicher Feststellung. »Ich... ich habe von ihr gehört«, antwortete er, überrascht, daß der Amerikaner so detaillierte Kenntnis von diesen Verpflichtungen hatte. »Und weiter?« fragte er.
»Und weiter habe ich erfahren, daß Struan's nur über 1,3 Millionen in bar und über keine weiteren Reserven verfügt, um diese Zahlungen zu leisten. Sie haben kurzfristig keine größeren Einkünfte zu erwarten; erst im November bekommen sie 17 Millionen, das ist ihr Anteil an einem Immobiliengeschäft der Kowloon Investments, und bei der Victoria Bank haben sie ihren Kredit um 20 Prozent überzogen.«
»Warum erzählen Sie mir das, Mr. Bartlett?«
»Wie flüssig sind Sie?«
»Das sagte ich Ihnen schon; ich bin zwanzigmal stärker als Struan's.« Die Lüge floß ihm glatt von den Lippen, und in seinem Kopf wirbelten die wunderbaren Möglichkeiten durcheinander, die all diese Informationen eröffneten.
»Wenn ich mit Struan's abschließe, wird Dunross meine Anzahlung dazu verwenden, seine Verpflichtungen gegenüber Toda und Orlin zu erfüllen – falls ihm seine Bank keine Kreditverlängerung einräumt.«
»Struan's ist ein bedeutender Aktionär. Die Bank ist verpflichtet, sie zu stützen.«
»Aber Dunross hat überzogen, und Havergill haßt ihn. Zusammen haben Struan's, Tschen und ihre Strohmänner 21 Prozent...«

Um ein Haar wäre Gornt der Hörer aus der Hand gefallen. »Wo, zum Teufel, haben Sie diese Informationen her? Ein Außenseiter kann diese Dinge unmöglich wissen.«
»Sie haben recht«, antwortete der Amerikaner, »aber ich spreche von Tatsachen. Könnten Sie die fehlenden 79 Prozent zusammenbekommen?«
»Was?«
»Wenn ich einen Partner hätte, der die Bank dazu bewegen könnte, ihn hängenzulassen – nur dieses eine Mal – und er sich auch anderswo keinen Kredit beschaffen könnte... kurz und gut, es ist alles eine Frage der richtigen Zeiteinteilung. Dunross befindet sich in einer tödlich angespannten Lage, er ist verwundbar. Wenn seine Bank ihm keinen Kredit einräumt, muß er etwas verkaufen – oder sehen, wie er zu Geld kommt. So oder so ist er ohne Deckung und reif für eine Übernahme zu Ausverkaufspreisen.«
»Wie... wie sicher sind Sie, daß Ihre Informationen stimmen?«
»Ganz sicher. Wir haben seine Rechnungsabschlüsse der letzten sieben Jahre.«
»Das ist doch nicht möglich!«
»Wollen wir wetten?«
Gornt rang nach Fassung und bemühte sich, klar zu denken. Sei vorsichtig, ermahnte er sich. Um Himmels willen, beherrsche dich! »Wenn... wenn Sie das alles haben, wenn Sie das wissen und noch ein letztes in Erfahrung bringen könnten... die Verschachtelung des Verwaltungsaufbaus, wenn Sie das wüßten, könnten wir mit Struan's machen, was wir wollen.«
»Auch das habe ich. Wollen Sie mit von der Partie sein?«
»Selbstverständlich«, hörte Gornt sich ruhig sagen. »Wann können wir uns sehen? Zum Lunch?«
»Wie wäre es mit jetzt gleich? Aber nicht hier, und auch nicht in Ihrem Büro. Wir müssen sehr vorsichtig sein.«
Gornt fühlte ein Stechen in seinem Herzen, und er fragte sich, wie weit er Bartlett trauen durfte. »Ich... ich schicke Ihnen meinen Wagen. Wir können uns im Wagen unterhalten.«
»Gute Idee, aber vielleicht komme ich besser zu Ihnen auf die Hongkong-Seite hinüber. In einer Stunde beim Golden Ferry Terminal.«
»Ausgezeichnet. Mein Wagen ist ein Jaguar – Kennzeichen 8888. Ich warte neben dem Taxistand.«
Er legte auf, starrte einen Augenblick lang den Apparat an und ging dann zu seinem Tisch zurück. Er fühlte sich sonderbar. Er hatte Dunross fast in seiner Gewalt – wenn die Fakten des Amerikaners stimmten und wenn er ihm vertrauen durfte.
Gornt sah den hochgewachsenen Amerikaner durch die Menge kommen. Sekundenlang beneidete er ihn um seine schlanke Figur, seine saloppe Kleidung – Jeans, offenes Hemd, Sportjacke – und sein augenfälliges Selbstvertrauen. Als er merkte, daß Bartlett allein auf ihn zukam, war er enttäuscht.

Aber die Enttäuschung minderte in keiner Weise die köstliche Vorfreude, die ihn seit dem Augenblick bewegte, da er den Hörer aufgelegt hatte. Er beugte sich hinüber und öffnete die Tür. »Willkommen auf der Hongkong-Seite, Mr. Bartlett«, begrüßte er ihn mit gezwungener Herzlichkeit. Er fuhr die Gloucester Road hinunter auf den Jacht-Club zu. »Sie sind wirklich erstaunlich gut informiert.«

»Ohne Spione kann man nicht operieren, nicht wahr?«

»Man kann, aber nur dilettantisch. Wie geht es Miss Casey? Ich dachte, Sie bringen sie mit.«

»Sie ist nicht eingeweiht. Bei der Initialzündung ist sie nicht dabei. Sie ist wertvoller, wenn sie nichts weiß.«

»Sie weiß nichts? Auch nicht von Ihrem Anruf?«

»Nein. Überhaupt nichts.«

»Ich dachte, sie sei Ihr geschäftsführender Vizepräsident«, sagte Gornt nach einer Pause. »Sie nannten sie Ihre rechte Hand.«

»Das ist sie auch, aber ich bin der Boss von Par-Con, Mr. Gornt.«

Gornt sah die biederen Augen und hatte zum ersten Mal das Gefühl, daß der Amerikaner es ehrlich meinte und daß er ihn ursprünglich falsch eingeschätzt hatte. »Das habe ich nie bezweifelt«, erwiderte er.

»Können wir irgendwo parken?« fragte Bartlett. »Ich habe da etwas, was ich Ihnen zeigen möchte.«

»Gewiß.« Gornt fuhr die Küstenstraße entlang. Wenige Augenblicke später fand er eine Parklücke neben dem taifunsicheren Bunker an der Causeway Bay.

»Hier.« Bartlett reichte ihm ein maschinegeschriebenes Faltblatt. Es war die Fotokopie vom Struan's-Rechnungsabschluß für das letzte Jahr, bevor der Konzern in eine Aktiengesellschaft umgewandelt worden war. Gornts Augen rasten über die Zahlen. »Mein Gott«, murmelte er, »zwölf Millionen hat die *Lasting Cloud* also gekostet?«

»Die Sache hätte sie fast ruiniert. Das Schiff hatte aber auch eine tolle Ladung. Düsenmotoren für China – unversichert.«

»Natürlich waren sie unversichert – wie, zum Teufel, versichert man Bannware?« Gornt bemühte sich, die verwirrenden Zahlenreihen zu übersehen. »Wenn ich nur die Hälfte davon gewußt hätte, ich hätte sie mir schon beim letzten Mal geangelt. Kann ich es behalten?«

»Sobald wir uns einig sind, gebe ich Ihnen eine Kopie.« Bartlett nahm das Faltblatt zurück und reichte ihm ein Papier. »Nehmen Sie sich mal daran ein Beispiel!« Es war eine graphische Darstellung der Struan's-Aktienbeteiligungen an Kowloon Investments und zeigte, wie der Tai-Pan von Struan's über Strohmänner vollständige Kontrolle über die riesige Versicherungs-Immobilien-Werft-Firma ausübte. Offiziell war sie eine völlig separate Gesellschaft und notierte als solche an der Börse. »Wunderbar«, sagte Gornt und seufzte. Die Schönheit der Konstruktion erfüllte ihn mit

Ehrfurcht. »Struan's besitzt nur einen winzigen Teil der Aktien, übt aber zu 100 Prozent die Kontrolle aus.«

Bartlett steckte das Papier wieder ein. »Ich habe ähnliche Aufstellungen auch von ihren anderen Beteiligungen.«

»Was genau haben Sie eigentlich vor, Mr. Bartlett?«

»Einen gemeinsamen Angriff auf Struan's, der noch heute beginnt. Einen Blitzkrieg. Wir teilen uns die Beute halbe-halbe. Sie bekommen das Große Haus auf dem Peak, das Prestige, seine Jacht – und zu 100 Prozent die Loge im Jockey-Club, mit dem Amt eines Stewards.« Er lächelte. »Wir wissen, daß das einen ganz besonderen Wert für Sie hat. Alles andere teilen wir.«

»Ausgenommen den Flughafen. Den brauche ich für meine Fluglinie.«

»Na schön. Aber dann bekomme ich Kowloon Investments.«

»Nein«, protestierte Gornt. »Wir sollten es 50:50 teilen. Wie alles andere auch.«

»Nein. Sie brauchen Kai Tak, ich brauche Kowloon Investments. Es wird einen exzellenten Grundstock für Par-Cons Sprung nach Asien abgeben. K. I. wird eine solide Basis für uns sein.«

»Für weitere Raids?«

»Na sicher«, gab Bartlett unbekümmert zurück. »Ihr Freund Jason Plumm steht als nächster auf der Liste. Seine Asian Properties könnten wir leicht schlucken. 50:50. Stimmt's?«

Gornt schwieg eine lange Weile. »Und nachher?«

»Hongkong and Lan Tao Farm's.«

Wieder schoß heiße Freude in Gornt hoch. Er hatte Dunstan Barre schon immer gehaßt, und dieser Haß hatte sich verdreifacht, als Barre im Vorjahr in den Ritterstand erhoben wurde. »Und wie würden Sie das anfangen?«

»Jede Armee, jedes Land, jede Gesellschaft ist irgendeinmal verwundbar. Jeder General, jeder Generaldirektor muß irgendeinmal ein Risiko eingehen, um an der Spitze zu bleiben.«

»Sind Sie jetzt verwundbar?«

»Nein. Ich war es vor zwei Jahren, aber jetzt bin ich es nicht mehr. Jetzt habe ich die Kraft, die ich brauche – die wir brauchen; wenn Sie mitmachen.«

Kreischend kreisten Möwen über ihnen. »Was habe ich zu tun?«

»Sie sind die Lanzenspitze, der Stoßkeil. Ich decke die Nachhut. Sobald Sie seine Verteidigungslinien durchlöchert haben, schlage ich ihn k. o. Wir treiben Struan's mit Leerverkäufen in die Enge – ich nehme an, Sie sind auch bei der Ho-Pak Baisse-Engagements eingegangen.«

»Ja, ich habe Blankoverkäufe getätigt. In bescheidenem Umfang«, log Gornt unbekümmert.

»Gut. In den Staaten könnte man die Buchhalter eines Unternehmens dazu überreden, die Ertragsfaktoren auf Umwegen bekanntwerden zu lassen. Zeigt solch ein Trick auch hier seine Wirkung?«

»Vermutlich. Aber man könnte die Buchhalter nicht dazu bewegen.«
»Auch nicht gegen entsprechende Bezahlung?«
»Nein. Aber man könnte Gerüchte ausstreuen.« Gornt lächelte grimmig.
»Und dann?«
»Sie fixen Struan's unmittelbar nach Börsenbeginn. Ganz groß.«
Gornt zündete sich eine Zigarette an. »Ich verkaufe à découvert. Und was tun Sie?«
»Nichts nach außen hin. Das ist unser geheimer Trumpf.«
»Vielleicht ist es das, und ich werde zum Abschuß freigegeben.«
»Und wenn ich für etwaige Verluste geradestehe? Wäre das Beweis genug, daß wir Partner sind?«
»Wie denn?«
»Ich zahle alle Verluste und kassiere den halben Gewinn für heute, morgen und Freitag. Wenn wir ihm nicht bis Freitag nachmittag Beine gemacht haben, decken Sie sich knapp vor Börsenschluß wieder ein; dann haben wir verloren. Wenn es so aussieht, als hätten wir ihn geschafft, verkaufen wir massiv bis zum Geht-nicht-mehr, knapp vor Schluß. Montag ziehe ich ihm dann den Teppich unter den Füßen weg, und der Blitzkrieg hat begonnen. Es kann nichts schiefgehen.«
»Ja – wenn ich Ihnen vertrauen könnte.«
»Bis heute vormittag 10 Uhr überweise ich 2 Millionen Dollar auf jedes gewünschte Konto bei einer Schweizer Bank. Das sind 10 Millionen Hongkong, und das reicht bei Gott, um alle Verluste aus Ihren Blankoverkäufen zu decken. 2 Millionen Dollar ohne Schuldschein, ohne Wechsel; mir genügt Ihr Wort, daß Sie das Geld nur dazu verwenden, um allfällige Verluste abzudecken, und daß, wenn wir gewinnen, wir den Profit teilen wie besprochen: 50 : 50, ausgenommen Kowloon Investments für mich, den Struan's-Anteil am Flughafen für Sie, und für Casey und mich stimmberechtigte Mitgliedschaften im Jockey-Club.«
»Sie zahlen 2 Millionen Dollar auf mein Konto ein, und es bleibt mir überlassen, es zur Abdeckung von Verlusten zu verwenden?« Gornt konnte es nicht glauben.
»Jawohl. Ich riskiere 2 Millionen. Kann Ihnen da noch etwas passieren? Nein. Und weil er weiß, welche Gefühle Sie für ihn hegen, wird er, sobald Sie den Angriff eröffnen, nicht einen Flankenblitzkrieg von mir erwarten.«
»Woher Ihr plötzlicher Sinneswandel, Mr. Bartlett? Sie wollten bis Dienstag – und auch noch länger – warten?«
»Wir haben Nachforschungen angestellt, und die Zahlen, die da herausgekommen sind, gefallen mir nicht. Wir sind Dunross gegenüber zu nichts verpflichtet. Wir wären ja verrückt, wenn wir uns jetzt, wo er so schwach ist, mit ihm zusammentun wollten. Wie die Dinge liegen, biete ich Ihnen ein Hasardspiel mit hohem Einsatz: Noble House gegen zwei lausige Mil-

lionen. Wenn wir gewinnen, können wir Hunderte von Millionen daraus machen.«

»Und wenn wir scheitern?«

Bartlett zuckte die Achseln. »Vielleicht fliege ich dann heim. Vielleicht können Rothwell-Gornt und Par-Con zusammenkommen. Manchmal gewinnt man, aber häufiger verliert man. Ohne Sie würde die Sache nie klappen. Ich habe genug von Hongkong gesehen, um zu wissen, daß es seine eigenen Gesetze hat. Ich habe keine Zeit, sie zu studieren, und warum sollte ich auch, wenn ich Sie habe?«

»Oder Dunross?«

Bartlett lachte, und Gornt konnte keine Arglist in seinen Augen entdecken. »Er ist verwundbar, Sie sind es nicht. Sein Pech. Also wie entscheiden Sie sich? Sind Sie dabei?«

»Ich gebe zu: Was Sie da sagen, klingt sehr überzeugend. Woher haben Sie die Informationen – und die Dokumente?«

»Das werde ich Ihnen Dienstag erzählen. Nachdem Struan's ruiniert ist.«

»Aha. Ein Lump, der bezahlt werden muß!«

»Es muß immer einer bezahlt werden.«

»Freitag um zwei, Mr. Bartlett? Um zwei entscheide ich mich, ob ich zurückkaufe und vielleicht Ihre 2 Millionen verliere – oder wir setzen die Kampagne fort?«

»Freitag um zwei.«

»Wenn wir über das Wochenende weitermachen, decken Sie dann jedes weitere Risiko mit weiteren Einlagen ab?«

»Nein. 2 Millionen ist die obere Grenze. Entweder sind bis Freitag nachmittag seine Aktien im Keller, und er hat die Hosen gestrichen voll – oder nicht.« Bartlett grinste. »Ich riskiere zwei lausige Millionen in einem Spiel, das in die Geschichte eingehen wird. In weniger als einer Woche haben wir Noble House of Asia ausradiert.«

Gornt nickte unsicher. Wie weit kann ich dir trauen, Linc Bartlett? Er sah durch das Fenster und beobachtete ein Kind, das sich in einem Ruderboot zwischen den Dschunken durchschlängelte. »Ich werde darüber nachdenken.«

»Wie lange wollen Sie denn nachdenken?«

»Bis elf.«

»Tut mir leid, aber das ist ein Raid, kein Geschäftsfall wie andere. Ich muß jetzt wissen, wie wir stehen.«

Krächzend flog eine Möwe landeinwärts. Er sah ihr nach. Dann fiel sein Blick auf das Große Haus, das sich in schimmerndem Weiß vom Grün der Hänge abhob.

»Einverstanden«, sagte er und streckte Bartlett die Hand entgegen.

»Fein. Und es bleibt alles unter uns?«

»Selbstverständlich.«

»Wohin wollen Sie die 2 Millionen haben?«
»Zürich – Schweizer Bank in Zürich, Konto 181819.« Gornt griff in seine Tasche und merkte, daß seine Finger zitterten. »Ich schreibe es Ihnen auf.«
»Nicht nötig. Lautet das Konto auf Ihren Namen?«
»Guter Gott, nein! Canberra Limited.«
»Canberra Limited ist um 2 Millionen reicher geworden! Und mit ein bißchen Glück sind Sie in drei Tagen Tai-Pan von Noble House. Wie klingt das?« Bartlett öffnete die Tür und stieg aus. »Auf bald.«
»Warten Sie«, rief Gornt ihm überrascht nach, »ich bringe Sie...«
»Danke, nein. Ich muß zu einem Telefon. Um viertel zehn gebe ich Miss Ramos ein Interview – kann nicht schaden, habe ich mir gedacht.« Er winkte ihm heiter zu und ging davon.
Gornt wischte sich den Schweiß von den Händen. Noch vom Klub aus hatte er mit Orlanda telefoniert und ihr aufgetragen, Bartlett anzurufen und sich mit ihm zu verabreden. Gute Idee, dachte er. Sie wird ein Auge auf ihn haben, sobald er ihr Geliebter geworden ist. Und Casey hin, Casey her, das wird er werden. Für Orlanda steht zuviel auf dem Spiel.
Abermals richtete er seine Blicke auf das Große Haus. Er war wie besessen von einem Haß, so überwältigend, daß er seinen Geist zurücktrieb zu seinen Vorfahren, zu Sir Morgan Brock, den die Struans ruinierten, zu Gorth Brock, den Dirk Struan ermordet, und zu Tyler Brock, den seine Tochter verraten hatte. Unwillkürlich erneuerte er den Racheschwur, den er seinem Vater geleistet, den sein Vater seinem Vater geleistet hatte – bis zu Sir Morgan zurück, der, von seiner Schwester, der »Hexe« Struan, zugrunde gerichtet, gelähmt, mittellos, die hohle Schale eines Mannes, um Rache gefleht hatte, Rache im Namen aller Geister der Brocks. Rache an Noble House und allen Nachkommen des elendesten Mannes, der je gelebt hatte. Gebt mir Kraft, ihr Götter, betete Quillan Gornt. Laßt geschehen, daß der Amerikaner die Wahrheit spricht!

2

10.50 Uhr:

Durch eine aufgelockerte Wolkendecke brannte die Sonne auf Aberdeen herab. Die Luft war schwül, die Temperatur betrug dreiunddreißig Grad Celsius, Luftfeuchtigkeit neunzig Prozent. Es war Ebbe. Der Geruch von faulendem Tang, toten Fischen und moderndem Schlamm trug zur drükkenden Last des Tages noch bei.

Fünfhundert und mehr verdrießliche Menschen schoben und stießen einander ungeduldig, um den Flaschenhals aus Sperren zu überwinden, den die Polizei vor dieser Zweigstelle der Ho-Pak Bank errichtet hatte. Die Schranken ließen nur jeweils eine Person durch. Männer und Frauen jeden Alters, viele mit Kindern, rempelten und pufften einander; keiner wollte in der Reihe bleiben, jeder versuchte sich vorzudrängen.
»Schauen Sie sich diese Dummköpfe an«, brummte Chefinspektor C. C. Smyth mißfällig. »Wenn sie sich entschließen könnten, eine ordentliche Schlange zu bilden und nicht so zu drängen, kämen sie alle schneller dran, und wir könnten essen gehen, statt das Überfallkommando zu rufen. Na, machen Sie schon!«
»Jawohl, Sir«, sagte Divisional Sergeant Mok höflich. *Ayeeyah*, dachte er, während er zum Streifenwagen hinüberging, der arme Narr weiß immer noch nicht, daß wir Chinesen keine dummen fremden Teufel sind, die sich stundenlang anstellen. Jeder ist sich selbst der Nächste! Er schaltete das Funksprechgerät ein. »Divisional Sergeant Mok! Der Chief Inspector braucht sofort ein Überfallkommando. Hinter dem Fischmarkt parken, aber Kontakt halten!«
Er seufzte und zündete sich eine Zigarette an. Weitere Schranken waren vor den Niederlassungen der Blacs, der Victoria und, um die Ecke, der Tsching Prosperity Bank errichtet worden. Mok machte sich Sorgen. Der Mob war sehr gefährlich, und der Polizeioffizier wollte nicht noch einmal erleben, was sich gestern hier abgespielt hatte. Er war sehr froh, daß die Autorität der Schlange genügt hatte, ihrer aller Einlagen heute früh bis auf den letzten Penny herauszuholen.
»Der Teufel soll alle Banken holen!« murmelte er. »Seht zu, daß die Ho-Pak heute alle Anleger befriedigt, laßt sie morgen futschgehen! Morgen ist mein freier Tag.«
»Sergeant Major, schauen Sie mal!« Der eifrige junge Kriminalbeamte in Zivil kam gelaufen. Er trug eine Brille. »Neben der Victoria Bank, die alte *amah*.«
»Wo? Ach ja, ich sehe sie.« Mok beobachtete sie eine Weile, bemerkte aber nichts Ungewöhnliches. Dann sah er, wie sie sich durch die Menge drängte und einem jungen Ganoven in Jeans, der an einem Geländer lehnte, etwas zuflüsterte. Dabei deutete sie auf einen alten Mann, der eben aus der Bank gekommen war. Sofort schlenderte der Ganove hinter ihm her, und die alte *amah* drängte sich unter Verwünschungen an die Sperre zurück, wo sie sehen konnte, wer die Bank betrat und wer herauskam.
»Das ist jetzt das dritte Mal, Sir«, sagte der junge Beamte. »Die Alte macht den Ganoven auf jemanden aufmerksam, der eben aus der Bank gekommen ist, und der Kerl läuft ihm nach. Ein paar Minuten später ist er wieder da und steckt der Alten Geld zu.«
»Gut! Sehr gut, Augenglas Wu. Das ist zweifellos ein Eintreiber für die

Triaden. Folgen Sie dem Ganoven, und ich schneide ihm von der anderen Seite den Weg ab!« Divisional Sergeant Mok stahl sich um die Ecke und schlenderte ein von Buden, Straßenhändlern und offenen Läden gesäumtes, geschäftiges Gäßchen hinunter. Er bog gerade noch rechtzeitig um die Ecke, um zu sehen, wie der alte Mann Geld aus der Tasche holte und zahlte. Mok wartete, bis Wu am anderen Ende des Gäßchens auftauchte, und setzte gewichtigen Schrittes seinen Weg fort. Dann blieb er stehen.

»Was geht hier vor?«

»Was? Nichts, überhaupt nichts«, antwortete der alte Mann nervös. Schweiß lief ihm über das Gesicht. »Was ist denn los? Ich habe nichts getan.«

»Warum haben Sie diesem jungen Mann Geld gegeben, *heya?* Ich habe gesehen, wie Sie ihm Geld gegeben haben.« Frech und furchtlos starrte der Ganove Mok an, denn er wußte, daß er Pocken Kin war, einer der Werwölfe, vor denen ganz Hongkong zitterte. »Belästigt er Sie? Erpreßt er Sie? Er sieht aus wie ein Triade!«

»Oh! Ich... ich... ich war ihm 500 Dollar schuldig. Ich habe sie eben aus der Bank geholt und ihm gezahlt.« Der Greis war offensichtlich verängstigt. »Er ist mein Vetter.« Eine Menge begann sich zu sammeln.

»Warum schwitzen Sie so?«

»Weil es heiß ist! Alle schwitzen. Alle!«

Mok wandte seine Aufmerksamkeit dem Jungen zu. »Wie heißen Sie?«

»Sechster Sohn Wong.«

»Lügner! Leeren Sie Ihre Taschen!«

»Ich habe nichts getan! Ich kenne das Gesetz. Sie können einen Menschen nicht durchsuchen ohne Durch...«

Moks eiserne Faust schoß vor und drehte dem Jungen den Arm auf den Rücken. Der Ganove quiekte. Die Umstehenden lachten. Sie verstummten, als Augenglas Wu plötzlich erschien und ihn durchsuchte. Mok hielt Pokken Kin eisern fest. Eine Welle des Unbehagens ging durch die Menge, als sie die Banknotenbündel sah. »Wo haben Sie das alles her?« fuhr Mok ihn an.

»Es gehört mir. Ich bin ein Geldverleiher und...«

»Wo haben Sie Ihr Geschäft?

»Es ist... es ist in der Third Alley an der Aberdeen Road.«

»Kommen Sie, wir wollen uns das mal ansehen!« Mok ließ den Ganoven los, der ihn zornig anstarrte. »Zuerst geben Sie mir mein Geld zurück!« Er wandte sich beschwörend an die Umstehenden. »Ihr habt gesehen, daß er es mir weggenommen hat! Ich bin ein ehrlicher Geldverleiher! Das sind Diener der fremden Teufel, ihr kennt sie alle! Das Gesetz der fremden Teufel verbietet, daß anständige Bürger durchsucht werden!«

Die Leute fingen an, hin und her zu reden, und dann sah Pocken Kin eine schmale Öffnung zwischen den Umstehenden; er schoß darauf zu, die

Menge ließ ihn durch, und er verschwand im Verkehr. Doch als Augenglas Wu ihm nachjagen wollte, wurde ihm der Weg verstellt. Mok rief ihn zurück. Der Alte war mittlerweile verschwunden. »Lassen Sie den mutterlosen Scheißer laufen«, sagte Mok verdrießlich. »Es war nur so ein Dreckskerl, der anständige Leute ausbeutet.«
»Was werden Sie mit seinem verfickten Geld machen?« fragte einer, der in der hintersten Reihe stand.
»Ich werde es einem Altersheim schenken«, antwortete Mok. »Scheiß deiner Großmutter ins Ohr!«
Einige lachten, und die Menge begann sich zu zerstreuen. Auf die Hauptstraße zurückgekehrt, wischte sich Mok den Schweiß von der Stirn. »*Dew neh loh moh!*«
»Warum sind die Leute nur so, Sergeant Major?« fragte der junge Kriminalbeamte. »Wir versuchen doch nur, ihnen zu helfen. Warum hat der Alte nicht zugegeben, daß dieser Triadenbastard ihn gemolken hat?«
»Über das Verhalten einer emotional handelnden Volksmenge lernt man nichts aus Büchern«, antwortete Mok freundlich, denn er wußte, wie sehr dem jungen Mann daran lag, in seinem Beruf Erfolg zu haben. Augenglas Wu war neu, ein Akademiker, und vor kurzem in den Polizeidienst getreten. Er gehörte nicht zu Moks eigener Einheit. »Haben Sie Geduld! Keiner von denen wollte etwas mit uns zu tun haben, denn wir sind von der Polizei. So ist es schon immer in China gewesen – seit dem ersten Polizisten.«
»Aber wir sind in Hongkong«, entgegnete der junge Kriminalbeamte stolz. »Mit uns ist das etwas anderes. Wir sind britische Polizeibeamte.«
»Gewiß.« Plötzlich fröstelte es Mok. Er wollte dem Jungen nicht seine Illusionen rauben. Auch ich war der britischen Königin einmal blind ergeben – und was hat es mir genützt? Wann immer ich Hilfe, Schutz und Sicherheit brauchte, wurde ich im Stich gelassen. Die Briten waren einmal reich und mächtig, aber sie verloren den Krieg an diese Seeteufel aus dem Osten. Der Krieg hat ihnen das Gesicht genommen und sie erniedrigt, hat die großen Tai-Pane wie gewöhnliche Diebe ins Stanley-Gefängnis gesteckt – selbst die Tai-Pane von Noble House und den großen Banken, ja sogar den Gouverneur! Wie die letzte Scheiße wurden sie behandelt, ins Gefängnis geworfen mit Frauen und Kindern!
Und obwohl sie die Teufel aus dem Osten letztlich demütigten, ihre Macht, ihr Gesicht haben sie nie zurückgewonnen. Es ist nicht mehr wie früher und wird nie wieder so sein. Von Jahr zu Jahr werden die Engländer jetzt ärmer und machtloser; aber wenn sie nicht mehr reich und mächtig sind, wie können sie dann mich und meine Familie vor Übeltätern schützen? Sie zahlen mir nichts und behandeln mich wie Hundefleisch. Mein einziger Schutz ist jetzt Geld – in Form von Gold, damit wir fliehen können, wenn es notwendig sein sollte, oder in Form von Land, wenn wir bleiben. Wie soll ich meine Söhne in England oder Amerika ausbilden lassen ohne Geld?

Mok schauderte. Wie immer liegt die Sicherheit für meine Familie ausschließlich in meinen Händen. Wie weise waren doch die Lehren unserer Vorfahren! Hat der Commissioner Verständnis gezeigt, als ich Geld brauchte, um meinem Sohn die Überfahrt nach Amerika zu bezahlen, wo er studieren wollte? Nein. Aber die Schlange hat mir 10000 Dollar zu nur 10 Prozent Zinsen geliehen, und mein Sohn konnte wie ein Mandarin mit Pan American fliegen, er hatte das Schulgeld für drei Jahre, und jetzt ist er ein qualifizierter Architekt mit einer Grünen Karte. Nächsten Monat bekommt er einen amerikanischen Paß, dann kann er zurückkommen, und niemand wird ihm etwas anhaben können.

Ja, die Schlange gab mir das Geld, das ich längst mit Zinsen zurückgezahlt habe – mit Geld, das zu verdienen sie mir behilflich war. Mittlerweile bin ich Oberdrache, und weder Götter noch Teufel können meiner Familie schaden.

»Gehen wir wieder zurück, Augenglas Wu«, sagte er freundlich, und als sie wieder an den Sperren standen, erzählte er Chefinspektor Smyth, was vorgefallen war.

»Tun Sie das Geld in unsere Vereinskasse, Mok«, sagte Smyth. »Organisieren Sie für heute abend ein großes Bankett für unsere braven Burschen!«

»Jawohl, Sir.«

»Das war Detective Constabler Wu? Der ins SI eintreten möchte?«

»Ja, Sir. Augenglas Wu ist sehr rührig.«

Smyth ließ Wu kommen und beglückwünschte ihn. »Also wo ist jetzt diese alte *amah?*«

Wu zeigte sie ihm. Sie stand an der Ecke und wartete ungeduldig auf den Ganoven. Nach einer kleinen Weile humpelte sie fluchend davon.

»Folgen Sie ihr, Wu«, befahl Smyth, »aber lassen Sie sich nicht sehen! Sie wird Sie zu dem miesen Kerl führen, der uns entwischt ist. Seien Sie vorsichtig, und wenn Sie festgestellt haben, wo sie wohnt, rufen Sie den Major an!«

»Ja, Sir.«

»Ab mit Ihnen!« Sie sahen ihm nach. »Aus dem Jungen wird noch was. Aber nicht für uns, Major, stimmt's?«

»Nein. Sir.«

»Ich denke, ich werde ihn dem SI empfehlen. Vielleicht...«

Plötzlich trat eine ominöse Stille ein, auf die Schreie und zornige Rufe folgten. Die beiden Polizeibeamten liefen um die Ecke. In ihrer Abwesenheit hatte die Menge Teile der Barrikade zur Seite geschoben, die vier Polizisten überwältigt und stürmte jetzt die Bank. Filialleiter Sung und sein Assistent versuchten vergeblich, vor der brüllenden, fluchenden Menge die Türen zu schließen.

»Rufen Sie das Überfallkommando!«

Mok sauste zum Streifenwagen. Mit seinem Megaphon rannte Smyth mutig vor, aber der Tumult übertönte seine Aufforderung, Ruhe zu bewahren. Weitere Verstärkungen kamen über die Straße gelaufen. Schnell und energisch griffen sie ein, um Smyth in seinen Bemühungen zu unterstützen, aber der Druck des Mobs nahm zu. Dann kam ein Ziegelstein aus der Menge und zerschmetterte eine der Spiegelglasscheiben. Die Menge brüllte ihre Zustimmung. Noch mehr Ziegelsteine wurden gegen die Bank geschleudert, und dann Holzbohlen von einer nahegelegenen Baustelle. Brüllend stürmte die Menge vor. Ein Mädchen fiel zu Boden, und die Menge trampelte über sie hinweg.

»Helft alle mit!« schrie Smyth. Er packte eine der Sperren; zusammen mit vier anderen Polizeibeamten benützte er sie als Schild und drängte den Mob zurück. Andere Polizisten folgten seinem Beispiel. Wieder wurden Ziegelsteine gegen die Bank geschleudert, und dann erhob sich der Schrei: »Tötet die dreckigen Bankdiebe, tötet sie, sie haben unser Geld gestohlen...«

»Tötet die Hurenböcke...«

»Tötet die fremden Teufel...«

Smyth sah, wie die Stimmung der Leute in seiner Nähe umschlug, und ihm stockte das Herz, als sie in den Ruf einstimmten und die Bank vergaßen und ihre Hände nach ihm ausstreckten. Er hatte die Blicke schon einmal gesehen und wußte, daß er ein toter Mann war. Er hatte es bei den blutigen Krawallen des Jahres 1956 miterlebt, als 200000 Chinesen plötzlich tobend durch die Straßen zogen. Er wäre damals erschlagen worden, wenn er seine Maschinenpistole nicht bei sich gehabt hätte. Er hatte vier Menschen getötet und sich einen Fluchtweg freigeschossen. Jetzt hatte er keine Waffe und kämpfte um sein Leben. Man hatte ihm die Mütze vom Kopf gerissen, einer packte ihn an seinem Offizierskoppel, eine Faust schlug ihm zwischen die Beine, eine andere ins Gesicht, und scharfe Krallen wollten ihm die Augen auskratzen. Furchtlos stürzten sich Mok und einige seiner Kameraden in das Gewühl, um ihn herauszuholen. Ein Mann schlug mit einem Ziegelstein auf Mok ein, ein anderer mit einem Holzknüppel, der eine klaffende Wunde in seine Wange riß. Verzweifelt versuchte Smyth, mit Händen und Armen seinen Kopf zu schützen. Endlich kam der Gefangenenwagen des Überfallkommandos mit heulender Sirene um die Ecke gebraust. Die aus zehn Mann bestehende Abteilung ging rigoros gegen die Menge vor und holte Smyth heraus. Blut tropfte ihm aus dem Mund, und sein linker Arm baumelte lasch herunter.

»Alles in Ordnung, Sir?«

»Ja, zum Teufel, stellen Sie diese verdammten Schranken auf! Räumt den Platz vor der Bank! Feuerschläuche!«

Aber die Feuerschläuche wurden nicht mehr gebraucht. Nach dem ersten energischen Eingreifen des Überfallkommandos war die Front der Angreifer zusammengebrochen, und der Rest hatte sich in sichere Entfernung zurückgezogen, von wo aus sie finster herüberstarrten. Einige stießen wüste

Beschimpfungen aus. Smyth griff nach der Flüstertüte. »Wer näher kommt als zwanzig Meter, wird verhaftet und abgeführt!« rief er auf Kantonesisch. »Wer in die Ho-Pak Bank will, stellt sich in hundert Meter Entfernung in einer Reihe auf.«
Die finster blickende Menge zögerte, doch als Mok und die Männer des Überfallkommandos rasch vorrückten, zogen sie sich hastig zurück und fingen an, sich zu zerstreuen. »Ich fürchte, meine Schulter ist verrenkt«, knurrte Smyth und stieß einige derbe Flüche aus.
»Was machen wir mit diesem Pack, Sir?« fragte Mok, der starke Schmerzen hatte. Seine Wange blutete, seine Uniform war zerrissen.
Smyth blickte über die Straße und musterte die mürrische, glotzende Menge. »Das Überfallkommando bleibt hier. Lassen Sie ein zweites aus Aberdeen kommen und informieren Sie die Zentrale! Wo ist meine Mütze? Wenn ich den Kerl er...«
»Sir!« rief einer seiner Leute. Er kniete neben dem Mädchen, das niedergetrampelt worden war. Es war ein Mädchen aus einer Bar oder aus einem Tanzlokal. Blut tropfte ihr aus dem Mund, ihr Atem ging stoßweise. »Lassen Sie einen Rettungswagen kommen!«
Während Smyth, ohne ihr helfen zu können, danebenstand, erstickte das Mädchen in seinem eigenen Blut und starb.

Den Telefonhörer ans Ohr gedrückt, machte sich Christian Toxe, der Herausgeber des *Guardian*, Notizen. »Wie war ihr Name, Dan?« fragte er, ohne sich von dem im Nachrichtenraum herrschenden Stimmengewirr stören zu lassen.
»Ich bin nicht ganz sicher. Ein Sparbuch lautet auf den Namen Su Tzee-lan«, berichtete Dan Yap, der Reporter am anderen Ende der Leitung in Aberdeen. »4360 Dollar sind drauf. Das andere lautet auf den Namen Tak H'eung fah. Genau 3000 Dollar.« Tak H'eung fah schien eine Erinnerung wachzurufen. »Sagt dir einer dieser Namen etwas?« fragte Toxe. Er war ein großgewachsener, runzliger Mann, der in einem unordentlichen Kabuff von Büro saß.
»Nein. Nur daß der eine Wisteria Su und der andere Duftige Blume Tak bedeutet. Sie war hübsch, Chris. Könnte Eurasierin gewesen sein...«
Es durchzuckte Toxe eisig, als er an seine eigenen drei Töchter dachte, die sechs, sieben und acht Jahre alt waren, und an seine entzückende chinesische Frau. Er versuchte, dieses ewige Kreuz in den hintersten Winkel seines Bewußtseins zu verbannen, jene heimliche Sorge, ob er recht getan hatte, Ost und West miteinander zu vermischen. O meine Lieben, was wird euch die Zukunft in dieser lausigen, korrupten, bigotten Welt bringen?
Mit einiger Mühe konzentrierte er sich wieder. »Das ist doch eine Menge Geld für ein Tanzmädchen, oder?
»Ich möchte meinen, daß sie einen Freund hatte. Übrigens: in ihrer Tasche

befand sich ein zerknitterter Umschlag, etwa zwei Wochen alt, mit einem sentimentalen Liebesbrief. Adressiert an... warte mal... an Tak H'eung fah, Apartment 14, Fifth Alley, Tsung-pan Street in Aberdeen. Ein rührseliges Geschreibsel, mit dem ihr jemand ewige Liebe schwor.«

»Ein englischer Brief?« fragte Toxe überrascht.

»Nein, Schriftzeichen. Aber sie sind etwas sonderbar – es könnte ein *quai loh* sein.«

»Beschaff dir eine Fotokopie! Leih sie dir, stiehl sie, aber bring sie mir noch rechtzeitig für die Nachmittagsausgabe! Ein Wochengehalt, wenn du's schaffst.«

»Du kannst damit rechnen.«

»Ist der Brief unterschrieben?«

»›Deine einzige Liebe.‹ Das Wort ›Liebe‹ in Englisch.«

»Mr. Toxe! Die Frau Verlegerin auf Leitung zwo!« rief seine englische Sekretärin durch die offene Tür. Ihr Schreibtisch befand sich unmittelbar außerhalb der verglasten Trennwand.

»O verdammt, ich... ich ruf' sie zurück. Sagen Sie ihr, mir wird da gerade eine tolle Geschichte serviert.« Und wieder ins Telefon: »Bleib dran, Dan! Fahr mit der Polizei in ihre Wohnung – wenn es ihre Wohnung ist! Stell fest, wem sie gehört – wer ihre Leute sind, wo sie wohnen... Ruf zurück!« Toxe legte auf und rief seinen Chefredakteur: »He, Mac!«

Der hagere, mürrische, grauhaarige Mann verließ seinen Schreibtisch und kam hereinmarschiert. »Ja?«

»Ich denke, wir sollten eine Extraausgabe machen. Schlagzeile...« Er kritzelte auf ein Stück Papier: »Mob tötet Duftige Blume!«

»Wie wäre es mit ›Mob ermordet Duftige Blume‹?«

»Oder ›Erstes Todesopfer in Aberdeen‹ –?«

»›Mob ermordet‹ gefällt mir besser.«

»Einverstanden. Martin!« Martin Haply schlenderte herein. Toxe fuhr sich mit den Fingern durchs Haar, während er den beiden erzählte, was Dan Yap ihm berichtet hatte. »Martin, schreib eine Glosse: ›Das bildschöne junge Mädchen starb unter den Füßen des Mobs. Aber wer waren die wahren Killer? Waren die es, die Gerüchte ausstreuten? Läßt der Run auf die Ho-Pak Bank eine so einfache Erklärung zu?‹... etcetera.«

»Alles klar.« Lachend kehrte Haply an seinen Schreibtisch zurück. Er nahm einen Schluck kalten Kaffee aus einem Plastikbecher und fing an zu tippen. Im Hintergrund klapperten Fernschreiber.

»He, Martin! Wie schaut's denn jetzt auf der Börse aus?«

Martin Haply wählte eine Nummer, ohne den Apparat anzusehen, und rief dann zum Herausgeber hinein: »Ho-Pak ist auf 24,60 gefallen. Struan's hat einen Punkt abgegeben, obwohl stark gekauft wurde. Hongkong Lan Tao ist um drei Punkte gestiegen – die Geschichte wurde soeben bestätigt: Dunstan Barre hat sein Geld gestern abgezogen.«

»Hattest du also wieder einmal recht! Scheiße!«
»Victoria hat einen halben Punkt nachgegeben – alle Banken haben schwankende Kurse, und es gibt keine Käufer. Angeblich bilden sich Schlangen vor den Hauptbüros der Blacs und der Victoria im Central District.« O du Heiliger! dachte Toxe, wenn es auch zu einem Sturm auf die Victoria kommt, bricht die ganze Insel zusammen! »Soll ich sie zurückrufen?« fragte die Sekretärin. Sie war rundlich und nur schwer aus der Ruhe zu bringen.
»Wen? Ach Scheiße, Peg, ich hatte vergessen! Ja – rufen Sie den Drachen an!«
Der Drache war die Frau des Verlegers Mong Pa-tik, des jetzigen Oberhaupts der kinderreichen Familie Mong; ihr gehörten dieses Blatt, drei chinesische Zeitungen und fünf Zeitschriften. Von den Mongs wurde behauptet, sie stammten von Morley Skinner, dem ersten Herausgeber des *Guardian*, ab. Es hieß, Dirk Struan hätte ihm die Zeitung überlassen – angeblich dafür, daß er ihn gegen Tyler Brock und dessen Sohn Gorth unterstützt hatte, indem er Gorths Ermordung in Macao totschwieg. Dirk Struan, so wurde gemunkelt, habe das Duell provoziert. Toxe hatte die alte Sarah Tschen erzählen hören, daß die Brocks, als sie kamen, um Gorths Leiche zu holen, ihn nicht wiedererkannten. Ihr Vater, Sir Gordon Tschen, hatte die alte Dame auch noch zu berichten gewußt, mußte halb Chinatown mobilisieren, um zu verhindern, daß die Brocks die Struan'schen Lagerhäuser anzündeten. Statt dessen steckte Tyler Brock Tai-ping Shan an. Nur der große Taifun, der in jener Nacht kam, verhinderte, daß die ganze Stadt in Flammen aufging – der gleiche Wirbelsturm, der Struans Großes Haus mit ihm und seiner heimlichen chinesischen Frau May-may zerstörte.
»Ich habe sie auf Leitung zwo.«
»Äh? Ach so! In Ordnung, Peg.« Toxe seufzte.
»Ah, Mr. Toxe! Ich habe erwartet Ihren Anruf, *heya?*«
»Was kann ich für Sie oder Mr. Mong tun?«
»Ihre Berichte über die Ho-Pak Bank, daß die nachteiligen Gerüchte über die Ho-Pak Bank unwahr sind und von Tai-Panen und anderen Großbanken ausgestreut wurden. Heute habe ich wieder gesehen.«
»Ja. Haply ist seiner Sache sicher.«
»Mein Mann und ich hören, daß nicht wahr sein. Keine Tai-Pane oder Banken ausstreuen Gerüchte oder haben Gerüchte ausgestreut. Vielleicht klug, Angriff stoppen.«
»Es ist kein Angriff, Mrs. Mong, nur eine Stellungnahme. Sie wissen ja, wie empfindlich Chinesen auf Gerüchte reagieren. Die Ho-Pak Bank ist genauso solide und gesund wie jede andere Bank in der Kolonie. Wir sind ganz sicher...«
»Nicht von Tai-Panen und nicht von Großbanken. Mein Mann und ich nicht gefällt diese Stellungnahme. Bitte zu ändern«, unterbrach sie ihn,

und er hörte den Granit in ihrer Stimme. »Die Verleger sind *wir*. Es ist *unsere* Zeitung. *Wir* weisen Sie an, und darum werden Sie stoppen.«
»Sie befehlen mir zu stoppen?«
»Natürlich ist es Befehl.«
»Bitte sehr, wenn Sie es befehlen, wird gestoppt.«
»Gut!« Die Leitung war unterbrochen. Christian Toxe zerbrach seinen Bleistift, schleuderte ihn an die Wand und fluchte. Dann rief er: »Wie wär's mit Kaffee, Peg? Mac! Martin!« Er setzte sich wieder an seinen Schreibtisch. Sein Stuhl knarrte. Er wischte sich den Schweiß von der Stirn und zündete sich eine Zigarette an.
»Ja, Chris?« fragte Haply.
»Der Artikel, den du da in der Maschine hast, läuft nicht, Martin. Schreib was über das Bankwesen in Hongkong, und daß es an der Zeit wäre, eine Art Bankenversicherung einzuführen...«
Die zwei Männer starrten ihn an.
»Unserem Verleger paßt es nicht, daß wir die Hintergründe der Gerüchte ausleuchten.«
Martin Haply stieg die Röte ins Gesicht. »Der Teufel soll ihn holen! Du hast doch selbst gehört, wie die Leute auf der Party des Tai-Pan geredet haben!«
»Das beweist gar nichts. Du hast keine Beweise. Wir verfolgen diese Linie nicht weiter.«
Haply wollte etwas sagen, überlegte sich's aber. Vor Wut kochend, machte er auf dem Absatz kehrt und ging. Er marschierte durch den großen Saal, riß die Eingangstür auf und knallte sie hinter sich zu.
»Kann sich nicht beherrschen, der Junge!« meinte Christian Toxe. Fragend sah er den anderen an. »Jemand muß ihr das eingeredet haben. Was würdest du als Gegenleistung erwarten, wenn du diese Drachendame Mong wärst?«
»Doch nicht eine stimmberechtigte Mitgliedschaft im Jockey-Club?«
»Brav, setzen!«
Singh, der indische Reporter, kam mit einem Telex-Stoß herein. »Vielleicht können Sie etwas davon gebrauchen.«
Es waren Reuter-Meldungen aus dem Nahen Osten. »Teheran 08.32 Uhr: Diplomatischen Quellen zufolge sind an der nördlichen Grenze des Iran ausgedehnte sowjetische Truppenbewegungen nahe der ölreichen Grenzprovinz Aserbeidschan angelaufen, wo es zu großen Unruhen gekommen ist. Wie verlautet, hat Washington um Erlaubnis ersucht, Beobachter in dieses Gebiet zu entsenden.«
Ein zweiter Text lautete: »Tel Aviv 06.00 Uhr: Gestern spät abends hat die Knesset offiziell bekanntgegeben, daß die Finanzierung eines weiteren bedeutenden Bewässerungsprojektes gesichert ist, das die Ableitung der Wasser des Jordan in den südlichen Negev vorsieht. Jordanien, Ägypten und Syrien haben sofort und in aller Schärfe protestiert.«

»Negev? Liegt da nicht Israels neues Atomkraftwerk?« fragte Toxe. »Ob sie das Wasser wohl dafür brauchen?«
»Ich weiß nicht recht, Mac, aber die Jordanier und Palästinenser werden da wohl einen tüchtigen Brand bekommen – so wie wir. Wasser, Wasser auf allen Seiten, aber kein Tropfen, um unter die Dusche zu gehen. Wenn es doch nur ordentlich regnen wollte! Stutzen Sie diese Berichte zurecht, Singh! Wir bringen sie auf der letzten Seite. Schreiben Sie einen Aufmacher über die Werwölfe für die Titelseite: ›Die Polizei hat die Kolonie mit einem engmaschigen Netz überzogen, doch ist es ihr nicht gelungen, die verbrecherischen Entführer von Mr. John Tschen zu fassen. Wie aus der Familie seines Vaters, des Compradors von Struan's, verlautet...‹ Na und so weiter.«

Augenglas Wu sah die alte Frau mit einer Einkaufstasche in der Hand aus einem Mietshaus kommen und folgte ihr unauffällig. Er war sehr zufrieden mit sich. Während er auf sie gewartet hatte, war er mit einem Straßenhändler ins Gespräch gekommen, der sein Geschäft auf dem gegenüberliegenden Gehsteig betrieb. Er verkaufte Tee und Reispudding. Wu hatte eine Schale erstanden, und während er den Pudding verzehrte, hatte ihm der Händler von der alten Frau erzählt. Sie hieß Ah Tam und wohnte seit einem Jahr in diesem Haus. Mit den Wellen von Auswanderern, die im vergangenen Sommer China verlassen hatten, war sie aus einem Dorf in der Nähe von Kanton gekommen. Sie hatte keine Familie, und die Leute, für die sie arbeitete, hatten keine Söhne um die Zwanzig. Heute früh allerdings hatte er sie mit einem jungen Mann gesehen. »Sie sagt, ihr Dorf heißt Ning-tok...«
Ein wahrer Glücksfall, dachte Wu. Seine eigenen Eltern waren aus Ningtok gekommen, und er sprach diesen Dialekt.
Jetzt war er zwanzig Schritte hinter ihr und beobachtete, wie sie um Gemüse feilschte und nur das Beste aussuchte. Sie kaufte nur sehr wenig, und so wußte Wu, daß die Familie, für die sie arbeitete, arm war. Nun stand sie vor dem Budentisch eines rundlichen Geflügelhändlers. Sie schacherten miteinander, hatten ihre Freude an derben Witzen und holten mal dieses, mal jenes Huhn aus den engen Käfigen, bis endlich der Handel abgeschlossen war. Weil sie so gut zu feilschen verstand, gab sich der Händler mit einem bescheideneren Gewinn zufrieden. Gedankenlos drehte er dem Tier den Hals um und warf es seiner fünfjährigen Tochter zu, die auf einem Haufen Federn und Abfall saß und nun begann, das Huhn zu rupfen und zu säubern.
»He, Herr Geflügelhändler«, rief Wu, »ich möchte einen Vogel zum gleichen Preis. Den da drüben!« Er zeigte auf ein Huhn, ohne das ärgerliche Brummen des Mannes zu beachten. »Ältere Schwester«, sagte er höflich zu der Alten, »Sie haben mir geholfen, Geld zu sparen. Möchten Sie eine Schale Tee mit mir trinken, während wir auf unsere Hühner warten?«

»Ach ja, danke. Meine alten Knochen wollen nicht mehr so recht. Wir gehen da hinüber.« Ihre hutzeligen Finger deuteten auf eine gegenüberliegende Bude. »Von dort können wir aufpassen, daß wir bekommen, was wir bezahlt haben.«
Von Wu gefolgt, drängte sie sich auf die andere Straßenseite hinüber, bestellte Tee und ein Stück Kuchen und setzte sich damit auf eine Bank. Sie erzählte Wu, daß sie bei fremden Leuten lebte und Hongkong haßte. Es fiel ihm leicht, ihr Honig um den Mund zu schmieren, indem er ein Wort der in Ning-tok gesprochenen Mundart einfließen ließ und dann sehr überrascht tat, als sie sogleich auf diese Bauernsprache überging und ihm berichtete, daß sie aus dem gleichen Dorf kam. Sie erzählte ihm, daß sie seit ihrem siebenten Lebensjahr für dieselbe Familie in Ning-tok gearbeitet hatte. Doch dann, o Schmerz, war ihre Herrin – das Kind, das sie aufgezogen hatte, mittlerweile auch schon eine alte Dame wie sie selbst – vor drei Jahren gestorben. »Ich blieb im Haus, aber die Familie machte eine schlimme Zeit durch. Und dann kam auch noch die Hungersnot. Viele im Dorf beschlossen, hierher zu ziehen. Unterwegs wurde ich irgendwie von den anderen getrennt, aber es gelang mir, hierher zu kommen – bettelarm, hungrig, ohne Familie, ohne Freunde; ich wußte nicht, wohin. Schließlich bekam ich diese Stellung, und jetzt arbeite ich als Köchin-*amah* für die Familie Tschung. Er ist Straßenkehrer. Von diesen Hundeknochen bekomme ich weiter nichts als eine Schlafstelle und das Essen. Tschungs Hauptfrau ist eine madenmäulige Hexe, aber bald werde ich sie alle los sein! – Du sagst, dein Vater kam vor zehn Jahren mit seiner Familie hierher?«
»Ja. Uns gehörte ein Feld unweit des Bambuswäldchens am Fluß. Mein Vater hieß Wu Tscho-tam und...«
»Ja, ich erinnere mich an die Familie. Wir waren die Wu Ting-tops, und uns gehörte die Apotheke an der Straßenkreuzung.«
»Ach, der ehrenwerte Apotheker Wu? Natürlich!« Augenglas Wu konnte sich sehr gut an die Familie erinnern. Apotheker Wu hatte immer mit den Maoisten sympathisiert. In diesem Tausend-Seelen-Städtchen war er sehr beliebt gewesen und hatte seine Mitbürger, so gut er konnte, vor den Einflüssen der Außenwelt bewahrt.
»Also bist du einer von Wu Tscho-tams Söhnen, Jüngerer Bruder!« rief Ah Tam erfreut. »Das Leben war einmal herrlich in Ning-tok, aber in den letzten Jahren...«
»Ja, wir hatten Glück. Unser Feld warf einen guten Ertrag ab, und wir bestellten das Land wie eh und je, aber dann kamen Fremde und brachten Klagen gegen alle Landbesitzer vor – als ob wir jemanden ausgebeutet hätten! Darum entschloß sich mein Vater eines Tages vor zehn Jahren, mit uns allen zu fliehen. Jetzt ist er tot, und ich lebe mit meiner Mutter nicht weit von hier.«
»Ja, damals sind viele geflohen. Angeblich ist es jetzt besser. Die Fremden

lassen uns zufrieden. Sie ließen auch meine Herrin und uns alle zufrieden, denn Vater war ein wichtiger Mann und von Anfang an ein Anhänger des Vorsitzenden Mao. Meine Herrin hieß Fang-ling, jetzt ist sie tot. – Hongkong ist eine schmutzige Stadt, und mein Zuhause ist mein Dorf. Aber jetzt...« Die Alte senkte ihre Stimme und ließ ein gurgelndes Kichern hören: »Aber jetzt sind mir die Götter gewogen. In ein oder zwei Monaten kehre ich in die Heimat zurück – für immer. Ich habe genug Geld, um mich zur Ruhe zu setzen. Ich werde mir das Häuschen am Ende meiner Straße kaufen und vielleicht ein kleines Stück Land und...«

»Zur Ruhe setzen?« hakte Wu nach. »Wer hat denn soviel Geld, Ältere Schwester? Sagten Sie nicht eben, Sie bekämen nichts bez...«

»Tja«, blies sich Ah Tam auf. »Ich habe einen einflußreichen Freund, einen sehr bedeutenden Geschäftsfreund, der meine Hilfe braucht. Er hat mir versprochen, mir eine große Geldsumme zu schenken...«

»Das haben Sie sich doch alles nur ausgedacht, Ältere Schwester«, frotzelte er sie. »Seh ich denn so dumm aus, daß...«

»Und ich sage dir: Mein Freund ist so einflußreich, daß er die ganze Insel erzittern lassen kann!«

»Solche Leute gibt es doch gar nicht!«

»O doch! Schon was von den Werwölfen gehört?« wisperte sie heiser.

Augenglas Wu starrte sie mit offenem Mund an. »Was?«

Wieder kicherte sie, entzückt von der Wirkung ihrer vertraulichen Mitteilung. »Jawohl.«

Der junge Mann faßte sich rasch; wenn es wahr war, hatte er auf die Belohnung und auf eine Beförderung Anspruch; möglicherweise würde man ihn sogar in den Special Intelligence versetzen.

»Iiiii, was haben Sie doch für Glück, Ältere Schwester! Wenn Sie ihn wiedersehen, fragen Sie ihn doch, ob er nicht auch jemanden wie mich brauchen könnte! Ich bin von Beruf Straßenkämpfer, aber meine Triade ist arm und der Anführer dumm und ein Fremder obendrein. Kommt Ihr Freund auch aus Ning-tok?«

»Nein. Er ist... er ist mein Neffe«, antwortete sie, und der junge Mann wußte, daß sie log. »Ich treffe ihn später. Er ist mir noch etwas Geld schuldig.«

»Aber geben Sie es nicht auf die Bank, und schon gar nicht auf die Ho-Pak, sonst...«

»Ho-Pak?« unterbrach sie ihn argwöhnisch. »Wie kommst du auf die Ho-Pak? Was hat die Ho-Pak mit mir zu tun?«

»Nichts, Ältere Schwester«, antwortete Wu und verwünschte sich wegen seines Schnitzers. Er wußte, daß die Alte jetzt auf der Hut sein würde. »Ich habe die Menschenmenge gesehen, das ist alles...«

Sie nickte, keineswegs überzeugt, und sah dann, daß ihr Huhn eingepackt war. Sie dankte ihm für Tee und Kuchen und watschelte davon. Vorsichtig folgte er ihr. Hin und wieder warf sie einen Blick zurück, bemerkte ihn aber nicht. Beruhigt ging sie heim.

Der CIA-Mann stieg aus seinem Wagen und betrat eilig das Gebäude des Polizeipräsidiums. Der uniformierte Sergeant am Auskunftsschalter begrüßte ihn. »Guten Tag, Mr. Rosemont.«
»Ich habe einen Termin bei Mr. Crosse.«
»Ja, Sir. Er erwartet Sie.«
Verdrießlich ging Rosemont zum Aufzug. Zum Kotzen, diese Scheißinsel, zum Kotzen die ganze englische Brut!
»Hallo, Stanley«, sagte Armstrong. »Was machst du hier?«
»O hallo, Robert! Hab' einen Termin bei deinem Chef.«
»Dieses Mißvergnügen hatte ich heute bereits einmal. Um genau 7 Uhr 01.« Die Aufzugstür öffnete sich. Sie betraten den Lift.
»Ich hoffe, du hast gute Nachrichten für Crosse«, sagte Armstrong und gähnte. »Er ist in einer scheußlichen Stimmung.«
»Bist du denn auch bei dieser Besprechung dabei?«
»Ich fürchte, ja.«
Rosemonts Wangen röteten sich. »Scheiße, ich habe um ein vertrauliches Gespräch ersucht.«
»Bin ich etwa nicht vertrauenswürdig?«
»Sicher, Robert. Und Brian und alle anderen auch. Aber ein Hurensohn ist es nicht.«
Armstrong verlor seine gute Laune. »Ach ja?«
»Ja.« Mehr sagte Rosemont nicht. Er wußte, daß er den Engländer verletzt hatte, aber es war ihm gleich. Ist ja wahr, dachte er verbittert, je früher man diesen verdammten Tommies die Augen öffnet, desto besser.
Der Aufzug hielt. Sie marschierten den Gang hinunter und wurden von Brian Kwok empfangen, der sie in Crosses Zimmer führte. Rosemont hörte, wie hinter ihm die Riegel vorgeschoben wurden. Verdammt töricht, zwecklos und unnötig, dachte er; der Mann ist ein Dummkopf.
»Ich wollte Sie vertraulich sprechen, Rog.«
»Es ist ein vertrauliches Gespräch. Robert ist durchaus vertrauenswürdig, und Brian ebenfalls. Was kann ich für Sie tun, Stanley?« Crosse war höflich-kühl.
»Also schön, Rog. Heute habe ich eine lange Liste für Sie: Sie sitzen höchst persönlich mit mir in der Scheiße – mit mir, meiner ganzen Abteilung, bis hinauf zu meinem Chef in Washington. Ich bin beauftragt, Ihnen mitzuteilen, daß Ihr Maulwurf sich diesmal selbst übertroffen hat.«
»Ach ja?«
Mit schneidender Stimme fuhr Rosemont fort: »Von einem unserer Agenten in Kanton haben wir erfahren, daß Fong-fong und alle Ihre Leute gestern hochgegangen sind.« Crosse starrte ihn an, aber in seinem Gesicht

war nichts zu lesen. »Das muß Ihr Maulwurf gewesen sein, Rog. Und er muß es aus der AMG-Akte des Tai-Pan haben.«

Crosse sah Brian Kwok an. »Überprüfen Sie das! Verwenden Sie den Notkode!«

»Die hat's erwischt, die armen Kerle«, sagte Rosemont, während Brian Kwok hinauseilte.

»Wir überprüfen es trotzdem. Was haben Sie noch?«

Rosemont lächelte trübe. »So gut wie alles, was in der AMG-Akte zu lesen ist, wird bereits an der Nachrichtenbörse in London gehandelt – auf der falschen Seite.«

»Verdammtes Verräterpack«, murmelte Armstrong.

»Ja, das dachte ich auch, Robert. Und noch eine kleine Sensation: Das mit AMG war kein Unfall.«

»Was?«

»Niemand weiß, wer es war, aber alle kennen den Hergang. Das Motorrad wurde von einem Pkw gerammt. Fabrikat unbekannt, keine Zeugen, aber es wurde gerammt. Und der Auftrag kam selbstverständlich von hier.«

»Und weiter?«

»Die Fotos von den Burschen, die Woranski erledigt haben... haben sie Ihnen weitergeholfen?«

»Wir hatten ihr Haus umstellt, aber die Kerle kamen nicht wieder. In den frühen Morgenstunden machten wir eine Razzia. Wir durchsuchten die Mietskaserne von oben bis unten, Zimmer für Zimmer. Aber wir fanden niemanden, der den Bildern ähnlich sah. Vielleicht hat sich Ihr Mann geirrt...?«

»Diesmal nicht. Marty Povitz war seiner Sache ganz sicher. Sobald wir die Adresse entziffert hatten, wurde das Haus sofort unter Beobachtung gestellt, aber bis dahin verging natürlich eine gewisse Zeit. Ich glaube, sie wurden gewarnt – natürlich auch wieder von Ihrem Maulwurf.« Rosemont nahm ein Telex aus der Tasche. Crosse las es, lief rot an und gab es Armstrong weiter.

Entschlüsselt von Direktor, Washington, an Rosemont, stellvertretenden Leiter, Außenposten Hongkong: Sinders von MI-6 bringt Anweisungen von Zentrale London, daß Sie Freitag mit ihm gehen, um der Übergabe der Dokumente beizuwohnen und unverzüglich eine Fotokopie anfertigen zu lassen.

»Sie bekommen Ihre Abschrift mit der heutigen Post, Rog«, sagte der Amerikaner.

»Übrigens beschatten wir jetzt auch Dunross. Er...«

»Würden Sie sich freundlichst nicht in unseren Zuständigkeitsbereich einmischen!«

»Ich sagte Ihnen doch schon, daß Sie bis zum Hals im Dreck sitzen, Rog!« Rosemont legte ein zweites Telex auf den Schreibtisch.

Rosemont, Hongkong. Sie werden dieses Telex dem Chef des SI persönlich übergeben. Bis auf weiteres ist Rosemont befugt, selbständig vorzugehen und alle ihm zielführend erscheinenden Maßnahmen zu ergreifen, die zu der Entlarvung des feindlichen Agenten führen könnten. Er ist jedoch angewiesen, die Gesetze zu beachten und Sie persönlich über alles, was er unternimmt, auf dem laufenden zu halten. Zentrale 8-98/3.

Rosemont sah, daß Crosse sich nur mit Mühe beherrschte. »Wozu sind Sie sonst noch befugt?« fragte er.
»Zu nichts. Vorderhand. Wir werden Freitag in der Bank...«
»Wissen Sie, wo Dunross die Berichte hat?«
»Das weiß doch die ganze Stadt. Ich habe Ihnen ja gesagt, Ihr Maulwurf macht Überstunden.« Rosemont brauste auf. »Himmel Arsch, Rog, wir haben alle unsere Sicherheitsprobleme, aber Ihres ist das ärgste! Und dieser Blödsinn mit Dunross: Sie hätten ruhig mit offenen Karten spielen können – damit hätten Sie uns allen viel Kummer erspart.«
Crosse zündete sich eine Zigarette an. »Vielleicht. Vielleicht auch nicht.«
»Haben Sie es vergessen: Ich kämpfe auf Ihrer Seite!«
»Tun Sie das?«
»Darauf können Sie einen lassen!« stieß Rosemont zornig hervor. »Verdammt nochmal, wir führen einen Krieg, und Gott allein weiß, was wir in diesen Dokumenten finden werden. Vielleicht ist Ihr verdammter Maulwurf genannt, dann können wir ihn fassen und enttarnen.«
»Und wenn wir überhaupt nichts finden?« gab Crosse zu bedenken.
»Was meinen Sie?«
»Dunross hat sich einverstanden erklärt, Sinders die Informationsbriefe am Freitag zu übergeben. Was geschieht, wenn nichts drinsteht? Oder wenn er die Blätter verbrannt hat und uns nur die Umschläge übergibt?«
Rosemont ließ die Kinnlade fallen. »Halten Sie das für möglich?«
»Natürlich ist es möglich. Dunnross ist gerissen. Vielleicht sind die Papiere gar nicht da. Oder gefälscht. Wir wissen ja nicht, ob er sie in den Safe gelegt hat. Mein Gott, es gibt fünfzig Möglichkeiten. Ihr seid ja alle so klug, ihr Jungs von der CIA. Sie brauchen mir nur zu sagen, welcher Safe es ist, und ich mache ihn selbst auf.«
»Verlangen Sie den Schlüssel vom Gouverneur! Erwirken Sie für mich und ein paar von meinen Leuten für fünf Stunden freien Zutritt und...«
»Kommt nicht in Frage!« fauchte Crosse, plötzlich krebsrot im Gesicht, und Armstrong spürte die nackte Gewalt in der Stimme seines Vorgesetzten. Armer Stanley, heute bist du dran. Mit Schrecken entsann er sich, wie es gewesen war, als Crosse *ihn* ins Gebet genommen hatte. Er hatte bald be-

griffen, daß es besser war, dem Mann die Wahrheit zu sagen, ihm gleich alles zu sagen. Wenn Crosse ihn jemals wirklich in die Zange nehmen sollte, er würde garantiert seinen Widerstand brechen. Ich frage mich, wer Rosemonts Informanten sind und woher er so sicher weiß, daß Fong-fong und seine Leute hopsgegangen sind.
»Kommt nicht in Frage!« wiederholte Crosse.
»Was tun wir dann, verdammt noch mal? Bis Freitag Däumchen drehen?«
»Jawohl! Wir warten. Wir haben Befehl zu warten. Selbst wenn Dunross Seiten herausgerissen hat oder ganze Teile oder gar komplette Briefe vernichtet, wir können ihn deswegen nicht ins Gefängnis werfen.«
»Wenn Direktor oder Quelle entscheiden sollten, ihn unter Druck zu setzen... es gibt Mittel und Wege. Unsere Feinde würden auch so vorgehen.«
Crosse und Armstrong starrten Rosemont wortlos an. »Und was jetzt kommt«, fuhr der Amerikaner fort, »ist nur für Ihre Ohren bestimmt, Rog.«
Armstrong stand sofort auf, aber Crosse bedeutete ihm zu bleiben. »Robert ist mein Ohr.« Die Bemerkung erschien Armstrong so abstrus, daß er sich das Lachen verbeißen mußte.
»Nein. Tut mir leid, Rog, ich habe meine Befehle – in diesem Punkt sind sich Ihre und meine Vorgesetzten einig.«
Armstrong sah, wie Crosse geschickt zögerte. »Robert, warten Sie draußen! Wenn ich den Summer betätige, kommen Sie wieder rein. Sehen Sie doch mal nach Brian!«
»Ja, Sir.« Armstrong ging hinaus und schloß die Tür hinter sich. Er bedauerte, nicht dabeisein zu können, wenn das Wild zur Strecke gebracht wurde.
»Nun?«
Der Amerikaner zündete sich eine neue Zigarette an. »Streng geheim. Unterstützt von mehreren Einheiten der Kampfgruppe Delta, sprang heute um 04.00 Uhr die Zweiundneunzigste Luftlandedivision in Aserbeidschan ab, wo sie entlang der iranisch-sowjetischen Grenze ausschwärmte.« Crosses Augen weiteten sich. »Dies geschah auf ausdrücklichen Wunsch des Schahs als Antwort auf massive sowjetische Truppenbewegungen in Grenznähe und die üblichen von den Sowjets angezettelten Tumulte in ganz Persien. Um 06.00 Uhr sind zusätzliche Einheiten auf dem Flughafen von Teheran gelandet. Die Siebente Flotte ist unterwegs zum Golf, die Sechste – die normalerweise im Mittelmeer kreuzt – ist vor der Küste Israels in Schlachtordnung aufgestellt, die Zweite, die Atlantische, ist in die Ostsee unterwegs, NORAD und NATO wurden in Alarmbereitschaft versetzt.«
»Um Gottes willen, was zum Teufel geht da vor?«
»Chruschtschow hat es wieder einmal auf den Iran abgesehen. Er glaubt sich im Vorteil. Seine Verbindungswege sind kurz, unsere entsetzlich lang.

Gestern hat der Sicherheitsdienst des Schah entdeckt, daß für die nächsten Tage ein Aufstand ›demokratischer Sozialisten‹ in Aserbeidschan geplant war. Natürlich hat das Pentagon reagiert wie eine Katze, der man den Schwanz eingezwickt hat. Geht der Iran verloren, geht auch der ganze Persische Golf verloren und dann Saudi-Arabien; das Öl für Europa ist futsch, und Europa ist futsch.«
»Der Schah ist nicht zum ersten Mal in Schwierigkeiten. Reagiert ihr nicht übermäßig heftig?«
»Als es um Kuba ging, hat Chruschtschow den Schwanz eingezogen – das erstemal, daß die Sowjets zurückgesteckt haben – weil Kennedy nicht bluffte. Das einzige, was die Roten verstehen, ist Stärke. Chruschtschow täte gut daran, auch dieses Mal zurückzustecken, sonst wird er bitter draufzahlen.«
»Wegen ein paar primitiver, fanatischer Wirrköpfe, deren Forderungen vermutlich nicht ganz unberechtigt sind, riskiert ihr einen Weltbrand?«
»Ich bin kein Politiker, Rog. Ich will nur gewinnen. Das persische, das saudiarabische Öl, das Öl des Persischen Golfes ist die Halsader des Westens. Wir werden nicht zulassen, daß der Feind uns das Messer an die Kehle setzt.«
»Wenn sie das Öl haben wollen, werden sie es sich nehmen.«
»Diesmal nicht. Wir nennen die Operation ›Übungsschießen‹. Wir haben die Absicht, massiv Flagge zu zeigen, sie einzuschüchtern und zum Rückzug zu bewegen, und schnell und unauffällig wieder abzuziehen; außer dem Feind wird niemand etwas davon erfahren – insbesondere keiner von diesen verdammten liberalen gefühlsduseligen Abgeordneten und Journalisten. Nach Meinung des Pentagons glauben die Sowjets nicht, daß wir aus so großer Entfernung so schnell und so massiv reagieren könnten. Es wird ihnen einen Schock versetzen, sie werden Leine ziehen und alles absagen – bis zum nächsten Mal.«
Crosse trommelte auf den Tisch. »Und was soll ich dabei tun? Wozu erzählen Sie mir das?«
»Weil man es mir befohlen hat. Sie wollen, daß alle mit uns verbündeten SI-Chefs informiert sind. Und Sie hier in Hongkong sind besonders wichtig für uns. Hongkong ist die Hintertür zu China, zu Wladiwostok und ganz Ostrußland – und unser direktester Weg zu ihren pazifischen Flottenstützpunkten – wo auch ihre Atom-U-Boote stationiert sind.« Mit zitternden Fingern zündete sich Rosemont eine neue Zigarette an. »Hören Sie, Rog! Vergessen Sie doch unsere internen Streitereien! Vielleicht können wir einander helfen.«
»Was für Atom-U-Boote?« gab Crosse sich überrascht. »Sie haben doch noch gar keine Atom-U-Boote...«
»Mein Gott im Himmel!« brauste Rosemont auf. »Ihr Burschen habt die Köpfe im Sand stecken und wollt nicht zuhören! Ihr quasselt was von Ent-

spannung, versucht uns den Mund zu verbieten, und die Russen lachen sich kaputt. Im Ochotskischen Meer wimmelt es von Atom-U-Booten, Raketenrampen und Flottenstützpunkten.« Rosemont ging zu der großen Wandkarte von Asien hinüber und deutete auf die Halbinsel Kamtschatka im Norden Japans. »... Petropawlowsk, Wladiwostok... die ganze sibirische Küste hier bei Komsomolsk an der Mündung des Amur und Sachalin. In zehn Jahren wird Petropawlowsk der größte Kriegshafen Asiens sein. Von dort werden sie ganz Asien bedrohen – Japan, Korea, China, die Philippinen – Hawaii und unsere Westküste nicht zu vergessen.«

»Die Streitkräfte der Vereinigten Staaten sind dominierend und werden es immer sein. Sie sehen wieder zu schwarz.«

»Die Leute nennen mich einen Falken«, sagte Rosemont mit verschlossenem Gesicht. »Ich bin es nicht. Ich bin nur Realist. Die sowjetische Industrieproduktion ist auf Krieg ausgerichtet. Unsere Midas III haben alle möglichen Aktivitäten ausgemacht. Wir wissen ziemlich genau, was sie treiben, und bei Gott, sie stellen nicht nur Pflugscharen her.«

»Ich glaube, Sie irren. Die Russen wollen genausowenig Krieg wie wir.«

»Wollen Sie Beweise? Sie bekommen sie morgen, sobald ich die Erlaubnis habe«, konterte der Amerikaner. »Wenn ich es Ihnen beweise, können wir dann besser zusammenarbeiten?«

»Ich dachte, unsere Zusammenarbeit hat auch bisher geklappt.«

»Können wir?«

»Sie können alles von mir haben. Wünscht Quelle, daß ich irgendwelche Maßnahmen ergreife?«

»Nein. Sie sollen nur vorbereitet sein. Hören Sie, Rog, dieser Maulwurf ist wirklich eine Scheiße.« Abermals ging er zur Karte hinüber. »Sagt Ihnen Iman etwas?«

Rosemonts dicker Finger wies auf eine Stelle auf der Karte. Die Stadt, ein Eisenbahnknotenpunkt, lag 180 Meilen nördlich von Wladiwostok. »Es ist ein Industriezentrum. Eisenbahnen, eine Menge Fabriken.«

»Und?«

»Haben Sie schon einmal etwas von dem Flughafen gehört, den sie dort haben?«

»Was für ein Flughafen?«

»Der ganze Flughafen ist unterirdisch und wurde in ein gigantisches Labyrinth natürlicher Höhlen eingebaut. Es muß ein wahres Weltwunder sein. Der ganze Stützpunkt wurde in den Jahren 1945–47 von japanischen und deutschen Kriegsgefangenen errichtet. Von insgesamt hunderttausend Menschen, heißt es. Zweitausendfünfhundert Maschinen haben darin Platz, aber auch Mannschaften und Bodenpersonal. Bomben – auch Atombomben – können diesem Riesenflughafen nichts anhaben. Achtzig Rollbahnen münden in eine gigantische Piste, die um achtzehn niedere Hügel herumführt. Das war 1946 – und wie mag es jetzt ausschauen?«

»Sicher hat man die Anlage verbessert – wenn sie noch existiert.«
»Sie ist jetzt jederzeit einsatzbereit. Ein paar Leute vom Geheimdienst, Ihrem und unserem, und sogar einige Journalisten wußten schon 1946 davon. Warum also jetzt das große Schweigen? Der Stützpunkt allein stellt eine massive Bedrohung für uns alle dar, und keiner macht das Maul auf.«
»Darauf weiß ich keine Antwort.«
»Ich schon. Nach meinem Dafürhalten wird die Sache ganz bewußt totgeschwiegen.« Der Amerikaner stand auf und streckte sich. »Mein Gott, die ganze Welt fällt in Stücke, und ich habe Rückenschmerzen. Kennen Sie einen guten Chiropraktiker?«
»Haben Sie es bei Dr. Thomas in der Pedder Street versucht? Ich bin sehr zufrieden mit ihm.«
Das Telefon klingelte, und Crosse nahm den Hörer auf.
»Ja, Brian?« Rosemont beobachtete Crosse. »Augenblick, Brian. Stanley, haben wir jetzt alles?«
»Aber ja. Nur noch ein paar Kleinigkeiten, Routineangelegenheiten.«
»Gut. Kommen Sie mit Robert herauf, Brian.« Crosse legte den Hörer auf. »Sie konnten keinen Kontakt mit Fong-fong herstellen. Wahrscheinlich stimmen Ihre Angaben.«
»Tut mir leid, daß ich der Überbringer schlechter Nachrichten sein mußte. Aber im Hinblick auf AMG und ›Übungsschießen‹, was halten Sie davon, Dunross in Schutzhaft zu nehmen?«
»Kommt nicht in Frage.«
»Ich würde es empfehlen. Übrigens: Ed Langans FBI-Männer haben eine Verbindung zwischen Banastasio und Bartlett festgestellt. Banastasio ist Großaktionär von Par-Con. Angeblich hat er den Kies für die letzte Fusion lockergemacht, durch die Par-Con in die erste Liga aufgerückt ist.«
»Gibt es etwas Neues in bezug auf den Moskau-Aufenthalt von Bartlett und Tcholok?«
»Wir konnten nur in Erfahrung bringen, daß sie als Touristen da waren. Kann sein, sie waren es wirklich, kann sein, es war nur eine Tarnung.«
»Und die Gewehre?«
An diesem Morgen hatte Armstrong Crosse von Peter Marlowes Theorie erzählt. Crosse hatte die sofortige Überwachung Vierfinger Wus angeordnet und eine ansehnliche Belohnung für zweckdienliche Hinweise ausgesetzt.
»Das FBI ist sicher, daß die Waffen in Los Angeles geladen wurden – Par-Cons Hangar verfügt über keine Sicherheitseinrichtungen. Sie haben auch die Seriennummern überprüft. Die Gewehre kommen alle aus einer Partie, die unterwegs von der Fabrik nach Camp Pandleton – das ist ein Gerätepark der Marine in Südkalifornien – ›verlegt‹ wurde. Könnte sein, daß wir einer großen Waffenschmugglerorganisation auf die Spur gekommen sind. Und weil wir gerade davon reden...« Es klopfte diskret, und Rosemont ver-

stummte. Er sah, wie Crosse auf einen Knopf drückte. Die Tür ging auf; Brian Kwok und Armstrong traten ein. Crosse forderte sie zum Sitzen auf. »Weil wir gerade davon reden, erinnern Sie sich an den CARE-Fall?«
»Die Sache mit der Korruption hier in Hongkong?«
»Jawohl. Vielleicht habe ich einen heißen Tip für euch.«
»Sehr schön. *Sie* haben sich doch damals damit befaßt, nicht wahr, Robert?«
»Ja, Sir.« Robert Armstrong seufzte. Vor drei Monaten hatte ein amerikanischer Vizekonsul das CID gebeten, die Verteilungsmodalitäten dieser Hilfssendungen zu überprüfen, um festzustellen, ob nicht einige langfingrige Verwalter einen Teil der ihnen anvertrauten Gelder in die eigene Tasche abzweigten. Die Untersuchung war noch im Gang. »Was haben Sie für uns, Stanley?«
Rosemont suchte in seinen Taschen und holte schließlich einen maschinegeschriebenen Zettel heraus. Er enthielt drei Namen und eine Adresse: Thomas K. K. Lim (Ausländer Lim), Mr. Tak Tschou-Ian (Großmaul Tak), Mr. Lo Tup-lin (Raffzahn Lo), Raum 720, Princess Building, Central District. »Thomas K. K. Lim ist Amerikaner, kein armer Mann, und hat gute Verbindungen in Washington, Vietnam und Südamerika. Zusammen mit den beiden anderen Typen führt er seine Geschäfte von diesem Büro aus. Wir sind dafür nicht zuständig. Viel Spaß auch.« Rosemont zuckte die Achseln. »Vielleicht haben sie was mit der Korruption zu tun. Die ganze Welt steht in Flammen, und wir müssen uns mit Gaunern herumschlagen. Verrückt! Wir bleiben in Kontakt.«
Er verabschiedete sich und ging.
In kurzen Worten teilte Crosse Armstrong und Brian Kwok mit, was er über die Operation ›Übungsschießen‹ erfahren hatte.
»Irgendwann einmal werden diese verrückten Amerikaner einen Fehler machen«, brummte Brian Kwok verdrießlich.
Crosse musterte sie. »Ich will diesen Maulwurf haben«, sagte er. »Ich will ihn haben, bevor die CIA ihn enttarnt. Wenn die ihn zuerst kriegen...« Zorn rötete das magere Gesicht. »Brian, Sie gehen zu Dunross! Sagen Sie ihm, das mit AMG war kein Unfall und daß er nur ausgehen soll, wenn unsere Leute in der Nähe sind. Sagen Sie ihm, es wäre mir lieber, wenn er uns die Dokumente schon früher geben würde. Dann hätte er nichts zu fürchten.«
»Ja, Sir.« Brian Kwok wußte, daß Dunross genau das tun würde, was ihm beliebte, aber er hielt den Mund.
»Für den Fall, daß die Lage im Iran und das ›Übungsschießen‹ hier Nebenerscheinungen zeitigen sollten, dürften unsere Einsatzpläne für Unruhen und Krawalle wohl genügen. Trotzdem halte ich es für ratsam, das CID zu informieren und...« Er unterbrach sich. »Was haben Sie, Robert?«
»Hatte nicht auch Tsu-yan ein Büro im Princess Building?«

»Brian?«
»Wir sind ihm einige Male dorthin gefolgt, Sir. Er besuchte einen Geschäftsfreund...« Brian forschte in seiner Erinnerung. »... Schiffahrt. Der Mann heißt Ng, Vee Cee Ng, und trägt den Spitznamen Fotograf Ng. Raum 721. Wir haben ihn überprüft, aber alles hatte seine Ordnung. Vee Cee Ng ist der Chef von Asian and China Shipping.«
»Diese Burschen sind in Raum 720. Es könnte eine Verbindung bestehen zwischen Tsu-yan und John Tschen, Banastasio, Bartlett – ja sogar mit den Werwölfen«, kombinierte Armstrong.
Crosse nahm ihm den Zettel aus der Hand. »Robert« sagte er, »durchsuchen Sie sofort die Büros 720 und 721!«
»Das ist nicht mein Dienstbezirk, Sir.«
»Wie recht Sie doch haben!« gab Crosse sarkastisch zurück. »Ja, ich weiß. Sie gehören zum CID Kowloon, Robert, nicht zum Central District. Dennoch: *Ich* übernehme die Verantwortung für diese Durchsuchung. Ab mit Ihnen! Sofort.«
»Ja, Sir.« Armstrong erhob sich und ging.
Brian Kwok starrte stoisch auf die Schreibtischplatte. Crosse suchte sich sorgfältig eine Zigarette aus, zündete sie an und lehnte sich in seinem Sessel zurück. »Brian«, sagte er, »ich halte Robert für den Maulwurf.«

3

13.38 Uhr:

Robert Armstrong und ein uniformierter Polizeisergeant stiegen aus dem Streifenwagen und drängten sich durch die Menge in den riesigen Irrgarten der Princess-Passage mit ihren Juwelen- und Souvenirläden, Foto- und Radiogeschäften im Erdgeschoß des altmodischen Bürohochhauses im Central District. Sie bahnten sich einen Weg zu den Fahrstühlen, wo schon viele Menschen warteten. Schließlich gelang es den beiden Polizeibeamten, sich in einen Aufzug hineinzuquetschen. Die Chinesen im Lift beobachteten sie mit Mißtrauen und Unbehagen.
Im siebenten Stock stiegen sie aus. Der Gang war schmutzig und eng und auf beiden Seiten von Bürotüren gesäumt. Armstrong studierte die Orientierungstafel. In Raum 720 logierte die »Ping-sing Wah Developments«, in 721 die »Asian and China Shipping«. Mit Sergeant Yat an seiner Seite marschierte er den Gang hinunter.
Sie bogen gerade um die Ecke, als ein Chinese mittleren Alters, der ein weißes Hemd und eine dunkle Hose trug, aus Zimmer 720 kam. Er sah sie,

wurde blaß und tauchte sofort wieder hinein. Als Armstrong die Tür erreichte, riß er sie gerade noch rechtzeitig auf, um den Mann mit dem weißen Hemd, zusammen mit einem anderen, der es offenbar ebenso eilig hatte, durch die Hintertür verschwinden zu sehen. Armstrong seufzte. Zwei schlampig wirkende Sekretärinnen saßen in der aus drei schmierigen Räumen bestehenden unordentlichen Bürosuite und starrten ihn an. Die eine hielt ihre Eßstäbchen über einer Schüssel mit Huhn und Nudeln erhoben.

»Guten Tag«, grüßte Armstrong. »Wo sind die Herren Lim, Tak und Lo, bitte?«

Eines der Mädchen zuckte mit den Achseln, und die andere fing unbekümmert an weiterzuessen. Geräuschvoll. Zwei Telefonapparate standen da, und über den Boden verstreut lagen Papiere, Plastikbecher, schmutzige Teller, Schüsseln und gebrauchte Eßstäbchen, eine Teekanne und Tassen.

Armstrong holte den Haussuchungsbefehl heraus und zeigte ihnen das Dokument. Die Mädchen glotzten.

»Sprechen Sie Englisch?« fragte Armstrong in scharfem Ton.

Die Mädchen fuhren zusammen. »Ja, Sir«, antworteten sie unisono.

»Gut. Geben Sie dem Sergeanten Ihre Personalien an und beantworten Sie seine Fragen! Dann...« In diesem Augenblick ging die Hintertür auf und zwei uniformierte Polizisten, die auf der Lauer gelegen hatten, schoben die beiden Männer herein. »Ach ja. Gut gemacht. Danke, Corporal! Na, wo wollten Sie beide denn so eilig hin?« Sofort fingen die beiden Männer an, in geläufigem Kantonesisch ihre Unschuld zu beteuern.

»Schnauze!« fuhr Armstrong sie an, und sie verstummten. »Wie heißen Sie? Geben Sie mir Ihre Namen, und lügen Sie mich nicht an, sonst werde ich verdammt ungemütlich.«

»Er heißt Tak Tschou-lan«, sagte der mit den vorstehenden Zähnen und deutete auf den anderen.

»Und wie heißen Sie?«

»Eh, Lo Tup-sop, Herr. Aber ich habe nichts...«

»Lo Tup-sop? Nicht vielleicht Lo Tup-lin?«

»O nein, Herr Inspektor, das ist mein Bruder.«

»Wo ist er?«

Der Mann mit den vorstehenden Zähnen zuckte die Achseln. »Ich weiß es nicht. Bitte, was...«

»Wohin wollten Sie denn so eilig, Raffzahn Lo?«

»Ich hatte eine Verabredung vergessen, Herr. Oh, sie ist sehr wichtig. Darf ich jetzt gehen, werter Herr...?«

»Nein. Hier ist mein Haussuchungsbefehl. Wir werden das Büro durchsuchen und alle Papiere mitnehmen, die...«

Sofort erhoben die beiden Männer energisch Protest. Wieder schnitt Armstrong ihnen das Wort ab. »Soll ich Sie jetzt gleich zur Grenze bringen las-

sen?« Beide Männer erblaßten und schüttelten die Köpfe. »Gut. Also dann: Wo ist Thomas K. K. Lim?« Keine Antwort. Armstrong bohrte dem jüngeren der beiden den Finger in die Magengrube. »Sie, Mr. Raffzahn Lo, wo ist Mr. Thomas K. K. Lim?«
»In Südamerika, Herr«, antwortete Lo nervös.
»Wo in Südamerika?«
»Ich weiß es nicht, Sir, er teilt nur das Büro mit uns. Da steht sein verschissener Schreibtisch.« Raffzahn Lo deutete nervös in die hintere Ecke. Dort stand ein schmuddeliger Schreibtisch mit einem Telefon und daneben ein Aktenschrank. »Ich habe nichts Verbotenes getan, Herr. Ausländer Lim ist ein Fremder vom Goldenen Berg. Vierter Vetter Tak hier vermietet ihm nur ein Stück Bürofläche, Herr. Ist er ein Verbrecher? Wenn er etwas angestellt hat, ich weiß von nichts!«
»Was wissen Sie dann von den Diebereien im Zusammenhang mit dem CARE-Programm?«
»Wie?« Die zwei glotzten ihn an.
»Informanten haben uns Beweise geliefert, daß Sie alle sich Gelder angeeignet haben, die für hungernde Frauen und Kinder bestimmt waren.« Wieder beteuerten die Männer ihre Unschuld.
»Schon gut! Der Richter wird entscheiden! Sergeant, bringen Sie sie ins Präsidium! Dort sollen sie ihre Aussagen machen. Corporal, fangen wir...«
»Verehrter Herr«, begann Raffzahn Lo nervös, in stockendem Englisch, »wenn ich dürfen reden da im Büro, bitte?« Er deutete auf das innere, ebenso unordentliche Zimmer.
»Na schön.«
Ihn wie ein Turm überragend, folgte Armstrong Lo. Der Mann schloß die Tür und fing an, rasch und sehr beherrscht kantonesisch auf ihn einzureden. »Ich weiß nichts von Diebereien, Herr. Ich bin nur ein anständiger Geschäftsmann, der Geld verdienen und seine Kinder an die Universität in Amerika schicken will und...«
»Natürlich. Was wollten Sie mir privat sagen, bevor Sie ins Polizeipräsidium gebracht werden?«
Der Mann lächelte nervös, ging zu seinem Schreibtisch und sperrte eine Lade auf. »Wenn jemand schuldig ist, ich nicht, Herr.« Er öffnete die Lade. Sie war mit gebrauchten 100-Dollar-Noten gefüllt, je zehn HK zusammengesteckt. »Wenn Sie mich gehen lassen, Herr...« Er grinste zu ihm auf, während er die Geldscheine befingerte.
Armstrongs Fuß schoß vor, die Lade knallte zu und klemmte Los Finger ein. Er brüllte vor Schmerzen. Mit der anderen Hand riß er die Lade auf. »Oh, oh, oh, meine Finger...«
Armstrong trat ganz nahe an den Chinesen heran, der vor Schreck wie versteinert dastand. »Hör mal, du Hundefleischkot, einen Polizisten bestechen

zu wollen, verstößt gegen das Gesetz. Und wenn du dich beklagst, daß die Polizei dich roh behandelt hat, mache ich persönlich aus deinem Eiersack Hackfleisch!«
Grob griff er nach der Hand des Mannes, der abermals aufschrie. Eine Fingerspitze war zerquetscht, und Lo würde wahrscheinlich ein paar Fingernägel einbüßen und heftige Schmerzen ertragen müssen, aber das war auch schon alles. Armstrong ärgerte sich, daß er die Beherrschung verloren hatte, aber er war müde und wußte doch genau, daß nicht nur die Müdigkeit auf ihm lastete. »Was wissen Sie von Tsu-yan?«
»Was? Ich? Nichts. Tsu-yan wer?«
Armstrong packte ihn hart am Kragen und schüttelte ihn. »Tsu-yan! Der Waffenschmuggler Tsu-yan!«
»Tsu-yan? Ach der? Wieso Waffenschmuggler? Ich wußte nicht, daß er ein Waffenschmuggler ist! Ich dachte immer, er ist ein Geschäftsmann. Er kommt auch aus dem Norden wie Fotograf Ng...«
»Wer?«
»Fotograf Ng, Herr. Vee Cee Ng, von nebenan. Nie kommen er und dieser Tsu-yan hier herein und reden mit uns... Oh, ich brauche einen Arzt... oh, meine Hän...«
»Wo ist Tsu-yan jetzt?«
»Ich weiß es nicht, Herr... Oh, meine verdammte Hand! Oh, oh, oh... Ich schwöre bei allen Göttern, ich kenne ihn nicht!«
Ärgerlich stieß Armstrong ihn in einen Stuhl und riß die Tür auf. Stumm starrten ihn die drei Polizeibeamten und die beiden Sekretärinnen an. »Sergeant, bringen Sie diesen Kerl ins Präsidium und buchten Sie ihn ein! Die Anklage lautet auf versuchte Bestechung eines Polizeibeamten. Schauen Sie sich das an...« Er winkte ihn heran und zeigte auf die Lade. Yats Augen weiteten sich. *»Dew neh loh moh!«*
»Zählen Sie das Geld und lassen Sie sich von den beiden Männern den Betrag bestätigen! Dann fahren Sie damit ins Präsidium und liefern es ab.«
»Ja, Sir.«
»Corporal, Sie gehen die Aktenordner durch! Ich bin nebenan. Ich komme gleich wieder.«
»Ja, Sir.«
Er wußte, daß dieses – und alles Geld im Büro – bald gezählt sein und dann von den Hauptakteuren, Sergeant Yat und Lo und Tak, entschieden werden würde, welcher Betrag abgeliefert werden sollte. Den Rest würden sie sich teilen. Lo und Tak würden annehmen, daß er mit einer größeren Summe dabei war und seine eigenen Leute würden ihn für verrückt halten, wenn er es nicht war. Es war gestohlenes Geld, und Sergeant Yat und seine Kollegen waren gute Polizeibeamte, die für ihre verantwortungsvolle Tätigkeit miserabel bezahlt wurden. Ein wenig *h'eung yau* würde ihnen nicht schaden; sie würden es als Geschenk des Himmels ansehen.

In China muß man Praktiker sein, sagte er sich, klopfte an die Tür von 721 und trat ein. Eine gutaussehende Sekretärin sah von ihrem Mittagessen auf.

»Guten Tag.« Armstrong zückte seinen Ausweis. »Ich möchte Mr. Vee Cee Ng sprechen, bitte.«

»Tut mir leid, Sir«, antwortete das Mädchen mit ausdruckslosem Gesicht. »Er ist ausgegangen. Zum Essen.« Ihr Englisch klang gepflegt.

»Wohin?«

»In seinen Klub, glaube ich. Er wird vor fünf nicht zurück sein.«

»Was für ein Klub ist das?«

Sie sagte es ihm.

»Wie heißen Sie?«

»Virginia Tong, Sir.«

»Haben Sie etwas dagegen, wenn ich mich umsehe?« Ihre Augen blitzten nervös. »Hier ist mein Haussuchungsbefehl.«

Sie zuckte die Achseln, erhob sich und schloß die Tür zum Privatbüro auf. Es war klein, eng und leer – bis auf ungeordnete Schreibtische, Telefone, Aktenschränke und Aushangfahrpläne diverser Reedereien. Eine Tür am anderen Ende des Raumes war verschlossen.

»Würden Sie mir diese Tür bitte aufsperren?«

»Mr. Vee Cee hat den einzigen Schlüssel«, erklärte Virginia Tong.

Armstrong seufzte. »Wie Sie wissen, habe ich einen Haussuchungsbefehl, Miss Tong, und das Recht, die Tür einzutreten, wenn es nötig ist.«

Sie starrte ihn wortlos an. Er trat einen Schritt zurück und machte sich bereit, die Tür einzutreten.

»Einen Augenblick, Sir«, stammelte sie. »Ich will doch noch einmal nachsehen, ob er seinen Schlüssel vielleicht dagelassen hat.«

»Gut. Danke.« Armstrong sah, wie sie eine Schreibtischlade öffnete und so tat, als suchte sie, und dann eine andere und noch eine, bis sie, seine Ungeduld erahnend, den Schlüssel endlich unter einer Sparbüchse fand. »Ach, hier ist er ja!« rief sie, als wäre ein Wunder geschehen. Sie schloß die Tür auf und trat zurück. Die Tür führte unmittelbar zu einer anderen, und als Armstrong sie öffnete, stieß er unwillkürlich einen Pfiff aus. Der Raum dahinter war groß und luxuriös eingerichtet: dicke Teppiche, elegante, mit Wildleder bespannte Sofas und Sessel, Rosenholzmöbel und wertvolle Bilder. Er schlenderte hinein. Virginia Tong beobachtete ihn von der Türschwelle aus. Auf dem schönen antiken Rosenholzschreibtisch standen eine Vase mit Blumen und einige eingerahmte Fotos eines fröhlich lächelnden Chinesen, der ein mit Girlanden umwundenes Rennpferd am Zügel hielt; ein Bild zeigte den gleichen Mann im Dinnerjackett, wie er dem Gouverneur die Hand schüttelte. Dunross stand in der Nähe.

»Ist das Mr. Ng?«

»Ja, Sir.«

Auf einer Seite standen ein erstklassiges Hi-Fi-Plattenspielgerät und eine Cocktailbar. Eine weitere Tür stand halb offen; er stieß sie auf und befand sich in einem eleganten, sehr weiblichen Schlafzimmer mit einem riesigen ungemachten Bett unter einer mit Spiegeln ausgelegten Decke; das angrenzende Badezimmer mit blitzenden Armaturen und vielen Eimern mit Wasser war der Traum eines Architekten. »Interessant«, sagte er und sah sie an.
Sie blieb stumm und wartete.
Es entging Armstrong nicht, daß sie nylonbestrumpfte Beine, gepflegtes Haar und sorgfältig manikürte Nägel hatte. Ich wette, die ist nicht billig. Er ließ den Blick in die Runde schweifen. Tja, dachte er ein wenig neidisch, wenn man reich ist, ein privates Appartement für Poussagen am Nachmittag haben möchte – kein Gesetz verbietet das. Und es ist auch nicht verboten, eine attraktive Sekretärin zu haben. So eine Sündenwiese hätte ich auch gern.
Er schlenderte in den Salon zurück. Sie beobachtete ihn, und obwohl sie es zu verbergen trachtete, spürte er ihre Nervosität.
Verständlich, dachte er. An ihrer Stelle wäre ich auch nervös, wenn mein Chef ausgegangen wäre, und so ein verdammter *quai loh* schnüffelte in seinen Privaträumen herum. Die Rosenholzkredenz erregte seine Aufmerksamkeit. Der Schlüssel im Schloß lockte. Die ungewöhnliche Breite der Türen fiel ihm auf. Er öffnete sie und ließ die Kinnlade fallen.
Dutzende Fotografien von Jadetoren bedeckten die Innenwände des Möbels. Jede einzelne Fotografie war sauber eingerahmt und mit einem Schildchen versehen, auf dem ein Name und ein Datum stand. Unwillkürlich brach er in dröhnendes Gelächter aus und sah sich verlegen um. Virginia Tong war verschwunden. Schnell überflog er die Namen. Virginia Tong war die vorvorletzte.
Nachdem er sich von seinem ersten Schock erholt hatte, betrachtete der die Bilder eingehender. Sie waren alle mit der gleichen Optik aus der gleichen Entfernung aufgenommen.
Gütiger Himmel, es gab doch tatsächlich große Unterschiede, mußte er sich eingestehen. Ich meine, wenn man vergessen kann, was man da vor sich hat, und nur einfach hinguckt... *Ayeeyah*, da ist ja auch eine richtige *bat jam gai!* Er sah nach dem Namen. Mona Leung – wo habe ich den Namen schon mal gehört? Merkwürdig – wo der Mangel an Schamhaaren nach Ansicht der Chinesen doch Unglück bringt! Warum also... O mein Gott! Sein Blick fiel auf den nächsten Namen. Da ist kein Irrtum möglich – Venus Poon. *Ayeeyah*, dachte er amüsiert. So sieht sie also aus, die junge Schöne, die auf dem Fernsehschirm täglich ihren süßen jungfräulichen Charme versprüht!
Armstrong bemühte sich, kühl zu bleiben, aber er mußte einfach Vergleiche anstellen zwischen Indoeuropäerinnen und Chinesinnen – und fand

keinen Unterschied. Dem Himmel sei Dank, dachte er, kicherte in sich hinein und war froh, daß es Schwarzweiß- und keine Farbfotos waren.
»Na ja«, sagte er laut und immer noch sehr verlegen, »es ist ja nicht verboten, zu fotografieren und sich die Bilder in seinen eigenen Schrank zu kleben. Die jungen Damen haben ja wohl mitgearbeitet...« Er war gleichermaßen belustigt und angewidert. »Ich werde die Chinesen nie verstehen.«
Armstrong verschloß das Schränkchen und ging ins Büro zurück. Virginia Tong lackierte sich die Nägel. Sie war wütend.
»Könnten Sie mich bitte mit Mr. Ng verbinden?«
»Nicht vor vier Uhr«, antwortete sie verdrießlich, ohne ihn anzusehen.
»Dann rufen Sie bitte Mr. Tsu-yan an!«
Ohne nachzusehen wählte sie automatisch die Nummer, wartete ungeduldig, plapperte kurz auf kantonesisch und knallte den Hörer wieder auf die Gabel. »Er ist verreist, und in seinem Büro weiß man nicht, wo er sich aufhält.«
»Wann haben Sie ihn zum letztenmal gesehen?«
»Vor drei oder vier Tagen.« Gereizt schlug sie ihren Terminkalender auf. »Freitag.«
»Kann ich das mal sehen, bitte?«
Sie zögerte, zuckte die Achseln, hielt ihm das Buch hin und fuhr fort, ihre Nägel zu polieren.
Schnell überflog er die Wochen und Monate. Er kannte viele der Namen: Richard Kwang, Jason Plumm, Dunross – Dunross mehrere Male – Thomas K. K. Lim – der geheimnisvolle amerikanische Chinese von nebenan – Johnjohn von der Victoria Bank, Donald McBride. Schon wollte er den Terminkalender zurückstellen, als er noch rasch ein paar Seiten vorausblätterte. »Samstag 10 Uhr – V. Banastasio.« Das Herz stockte ihm. Nächsten Samstag.
Er sagte nichts, stellte den Kalender auf ihren Schreibtisch zurück und lehnte sich, in Gedanken verloren, gegen einen der Aktenschränke. Sie achtete nicht auf ihn. Die Tür öffnete sich.
»Verzeihung, Sir, ein Anruf für Sie«, meldete Sergeant Yat. Er sah um vieles fröhlicher aus, und Armstrong wußte, daß die Sache auf zufriedenstellende Weise ausgehandelt worden war.
»Danke, Sergeant, bleiben Sie da, bis ich zurückkomme!« Er wollte vermeiden, daß Virginia Tong jemanden telefonisch warnte. Sie sah nicht auf, als er den Raum verließ.
Immer noch jammerte Raffzahn Lo und hätschelte seine Finger. Der andere Mann, Großmaul Tak, gab sich nonchalant; er sah Papiere durch und hielt seiner Sekretärin laut ihre Unfähigkeit vor. Als Armstrong eintrat, begannen beide Männer vernehmlich ihre immerwährende Unschuld zu beteuern, und Lo stöhnte noch erbärmlicher.
»Ruhe! Warum haben Sie Ihre Finger in die Lade gequetscht?« fragte Arm-

strong und fügte, ohne auf Antwort zu warten, hinzu: »Leute, die korrekte Polizisten zu bestechen versuchen, sollten am besten gleich abgeführt werden.«
Dem Chinesen verschlug es die Rede, und Armstrong nahm den Hörer auf.
»Armstrong.«
»Hallo, hier spricht Don. Don Smyth aus Aberdeen...«
»Oh, hallo!« Armstrong war überrascht, denn er hatte nicht erwartet, von der Schlange zu hören, aber er blieb höflich, obwohl er den Mann haßte und wegen der Dinge verabscheute, die er in seinem Amtsbereich zu tun schien. Daß die niederen Ränge der chinesischen Polizei ihren Sold mit Einkünften aus dem illegalen Glücksspiel aufbesserten, war gut und schön. Eine andere Sache aber war es, wenn ein englischer Polizeioffizier sich zu solchen Machenschaften hergab und die Menschen in seinem Bezirk molk wie ein mittelalterlicher Mandarin. Gerüchten zufolge genoß er den Schutz gewisser hochgestellter Persönlichkeiten, die nicht nur an seinen Aktivitäten partizipierten, sondern auch noch ihre eigenen schmutzigen Geschäfte betrieben.
»Was gibt's?« fragte er.
»Ich denke, ich hatte ein bißchen Glück. Sie leiten doch die Nachforschungen im Fall John Tschen, nicht wahr?«
»Das ist richtig.« Armstrongs Interesse war geweckt. Smyths Korruption hatte nichts mit der Qualität seiner Leistungen zu tun – Aberdeens Verbrechensrate war die niedrigste der Kolonie. »Was haben Sie für mich?«
Smyth erzählte ihm von der alten *amah*, und was Sergeant Mok und Augenglas Wu erlebt hatten. »Das ist ein heller Kopf, dieser Junge«, fügte er hinzu. »Ich würde ihn für den SI empfehlen. Wu folgte der alten Vettel zu ihrem dreckigen Loch und rief uns dann an. Auf Verdacht wies ich ihn an, zu warten und ihr zu folgen, wenn sie wieder aus dem Haus kam. Na, was sagen Sie?«
»Eine vierundzwanzigkarätige Fährte!«
»Sie können es sich aussuchen: Sollen wir warten oder sie hopsnehmen und durch die Mangel drehen?«
»Warten. Zwar würde ich wetten, daß der Werwolf nicht mehr aufkreuzt, aber es steht dafür, noch bis morgen zu warten. Lassen Sie das Haus überwachen!«
»Gut, gut. Wird gemacht!«
Armstrong hörte Smyths gurgelndes Lachen und konnte sich nicht erklären, was ihn so heiter stimmte. Bis ihm die große Belohnung einfiel, die die Oberdrachen ausgesetzt hatten. »Was macht Ihr Arm?«
»Es ist meine Schulter. Sie haben mir das verdammte Ding ausgerenkt, und meine Lieblingsmütze habe ich auch verloren. Sergeant Mok sieht unsere Polizeifotos durch. Ich glaube, ich habe den Burschen schon selbst einmal gesehen. Sein Gesicht ist voll Pockennarben. Wenn wir ihn in der Kartei haben, schnappen wir ihn noch vor Sonnenuntergang.«

»Ausgezeichnet! Wie sieht es bei Ihnen unten aus?«
»Wir haben alles unter Kontrolle, aber es sieht schlimm aus. Die Ho-Pak zahlt noch aus, aber sie schindet Zeit. Wie ich höre, ist es in allen Niederlassungen das gleiche. Hier hat auch ein Run auf die Victoria eingesetzt...«
»Die Vic ist doch wohl okay?«
»Nicht hier in Aberdeen, alter Knabe. Ich jedenfalls, ich habe alles abgehoben. An Ihrer Stelle würde ich das gleiche tun.«
Armstrong wurde mulmig zumute. Er hatte alle seine Ersparnisse in der Victoria. »Die Victoria muß doch in Ordnung sein. Alle Regierungsgelder liegen dort.«
»Bestimmt. Aber es steht nirgendwo geschrieben, daß auch Ihr Geld sicher ist.«
»Ja. Danke für die Information! Tut mir leid wegen Ihrer Schulter.«
»Ich dachte schon, sie würden mir den Schädel einschlagen. Ich hätte keinen Penny für mein Leben gegeben, als es mit dem alten ›Tötet die *quai loh*‹ losging.«
»Entsetzlich!«
»Tja, das gehört eben zu unserem Geschäft. Ich halte Sie auf dem laufenden. Wenn dieser verdammte Werwolf noch einmal in Aberdeen aufkreuzt, sitzt er in der Falle, das kann ich Ihnen flüstern.«

4

14.20 Uhr:

Philip Tschen sah seine Post durch. Mit einemmal wurde er aschgrau im Gesicht und hielt inne. Auf dem Umschlag stand: »Mr. Philip Tschen, von ihm selbst zu öffnen.«
»Was ist denn?« fragte seine Frau.
»Es ist von ihnen.« Mit zitternden Händen zeigte er ihr den Brief. »Von den Werwölfen.«
»Oh!« Sie saßen an ihrem Eßtisch im Wohnzimmer des Hauses hoch auf der Kuppe von Struans Ausguck. Nervös setzte sie die Kaffeetasse nieder. »Mach es auf, Philip! Aber nimm dein Taschentuch... wegen der Fingerabdrücke!«
»Ja, ja natürlich, Dianne, wie dumm von mir!« Philip Tschen sah alt aus. Seine Jacke hing über dem Stuhl, und sein Hemd war feucht. Durch das offene Fenster hinter ihm kam eine leichte Brise, aber draußen war es heiß und dumpf. Mit einem elfenbeinernen Papiermesser schnitt er den Umschlag sorgfältig auf.

»Lies vor!«
»Ja, gut: ›An Philip Tschen, Comprador von Noble House, Grüße. Ich erlaube mir jetzt, Ihnen mitzuteilen, wie das Lösegeld zu zahlen ist. Für Sie sind 500 000 so unwichtig wie das Quieken eines Schweins im Schlachthaus, aber wir armen Bauern sähen ein kostbares Erbgut für unsere verhungernden Enkelkinder. Daß Sie sich schon mit der Polizei beraten haben, bedeutet uns so viel wie Pisse im Ozean. Aber jetzt werden Sie den Mund halten, sonst gefährden Sie die Sicherheit Ihres Sohnes. Er wird nicht zurückkommen, und alles Schlimme wird Ihre Schuld sein. Denken Sie daran: Unsere Augen sind überall. Wenn Sie versuchen, uns hinters Licht zu führen, wird das Schlimmste geschehen. Heute um sechs rufe ich Sie an. Sagen Sie niemandem etwas! Nicht einmal Ihrer Frau. In der Zwischenzeit...‹«
»Dreckiges Triadengesindel! Dreckige Hurensöhne, die versuchen, Unfrieden zwischen Mann und Frau zu stiften«, unterbrach ihn Dianne zornig.
»›... Zwischenzeit bereiten Sie das Lösegeld in gebrauchten 100-Dollar-Noten vor...‹« Er warf einen Blick auf die Uhr. »Ich habe nicht mehr viel Zeit, um in die Bank zu gehen. Ich muß...«
»Lies den Brief zu Ende!«
»Schon gut, meine Liebe«, versuchte er sie zu beschwichtigen. »Wo war ich? Ach ja. ›... 100-Dollar-Noten. Wenn Sie meine Anweisungen gewissenhaft befolgen, können Sie Ihren Sohn noch heute abend wiederhaben. Benachrichtigen Sie nicht die Polizei, und versuchen Sie auch nicht, uns eine Falle zu stellen! Wir beobachten Sie sogar in diesem Moment. Geschrieben vom Werwolf.‹« Er nahm seine Gläser ab. Seine Augen waren müde und rotumrändert. Er wischte sich den Schweiß von der Stirn. Er wollte John zurückhaben, ihn in Sicherheit wissen – ihn erwürgen. »Ich... ich werde jetzt die Polizei anrufen.«
»Laß das! Laß das, bis wir wissen, was du zu tun hast! Geh jetzt zur Bank! Hol nur 200 000 – damit wolltest du durchkommen. Wenn du mehr holst, könntest du in die Versuchung kommen, ihnen heute abend alles zu geben... Wenn es ihnen wirklich ernst ist.«
»Ja. Sehr klug. Damit könnten wir durchkommen...« Er zögerte. »Was machen wir mit dem Tai-Pan? Meinst du, ich sollte es ihm sagen, Dianne? Er... er könnte uns vielleicht helfen.«
»Ha!« rief sie verächtlich. »Was kann er uns schon groß helfen? Wir haben es mit hundemistigen Triaden zu tun, nicht mit betrügerischen fremden Teufeln.« Ihre Augen bohrten sich in die seinen. »Und jetzt solltest du mir endlich sagen, was wirklich los ist, warum du vorgestern abend so zornig warst und seitdem herumläufst wie ein Kater mit einem Dorn im Hintern und dich überhaupt nicht ums Geschäft kümmerst.«
»Ich habe mich doch ums Geschäft gekümmert«, verteidigte er sich.
»Wieviel hast du gekauft? Struan's? Hast du daran gedacht, was der Tai-

Pan uns von der kommenden Hausse gesagt hat? Und was der alte blinde Tung prophezeit hat?«
»Natürlich habe ich daran gedacht!« stammelte er. »Ich... ich habe unser Portefeuille heimlich verdoppelt und verschiedene Makler beauftragt, noch dazuzukaufen.« Es schwindelte Dianne Tschen bei dem Gedanken an diese riesigen Gewinne und an den, den sie mit den auf eigene Rechnung gekauften Aktien machen würde. Aber sie verzog keine Miene, und ihre Stimme blieb kalt. »Und wieviel hast du gezahlt?«
»Im Durchschnitt 28,90.«
»Ha! Der Eröffnungskurs von Struan's war 28.80«, sagte sie und zog mißbilligend die Nase hoch. »Du hättest heute früh auf der Börse sein sollen, statt hier herumzusitzen und Trübsal zu blasen.«
»Mir war nicht sehr gut, Liebste.«
»Das hängt alles mit vorgestern abend zusammen. Was hat dich so unglaublich wütend gemacht? *Heya?*«
»Es war nichts.« Er erhob sich, um die Flucht zu ergreifen.
»Setz dich! *Nichts,* daß du mich, deine treue Frau, vor der Dienerschaft angeschrien hast? *Nichts,* daß du mich in mein eigenes Eßzimmer geschickt hast, als ob ich eine geheime Hure wäre? *Heya?*« Instinktiv wußte sie, daß jetzt der richtige Augenblick war, wo er sich nicht verteidigen konnte. Sie waren allein zu Haus. »Du findest nichts dabei, mit mir Schindluder zu treiben, mit mir, die ich dir die besten Jahre meines Lebens geschenkt habe, die ich dreiundzwanzig Jahre für dich geschuftet und gesorgt habe? Mit mir, Dianne Mei-wei T'tschung, in deren Adern das Blut des großen Dirk Struan fließt, die als Jungfrau zu dir kam – mit Grundbesitz in Wanchai und Lan Tao, Aktien und Beteiligungen und der besten Ausbildung, die man in England bekommen kann? Mit mir, die kein Wort verliert über dein Herumhuren und über das Gör, das du diesem Barmädchen gemacht und jetzt zum Studium nach Amerika geschickt hast?«
»Wie bitte?«
»Ach, ich weiß alles von dir und ihr, und daß du mich nie geliebt hast und nur mein Geld haben wolltest!«
Philip Tschen bemühte sich, seine Ohren zu verschließen, doch es gelang ihm nicht. In seinen Schläfen hämmerte es. Er haßte häusliche Szenen, und er haßte ihre keifende Stimme. Er versuchte, sie zu unterbrechen, aber sie ließ es nicht zu und warf ihm die verschiedensten Liebschaften und Fehltritte vor.
»... und was ist mit deinem Klub?«
»Was für ein Klub?«
»Ich rede von einem privaten chinesischen Speiseklub in einer Seitengasse der Pedder Street, in dem es einen Chefkoch aus Schanghai gibt, Teenager-Hostessen, Schlafzimmer und Sauna und Geräte, die schmutzige alte Männer brauchen, um ihre kraftlosen Stengel hochzubekommen. 87000 gute

amerikanische Dollar hast du Shi-teh T'tschung und diesen beiden feinen Freunden als Eintrittsgeld hingelegt und zahlst immer noch 4000 HK Monatsbeitrag. Du solltest lieber... Wohin gehst du?«

»Ich... ich wollte... auf die Toilette.«

»Ha! Weil du dich schämst, wie du mich behandelst, und...« Doch dann merkte sie, daß er nahe daran war, in die Luft zu gehen und über sie herzuziehen, und mit einemmal wurde ihre Stimme zu einem sanften Gurren. »Armer Philip! Armer Junge! Warum warst du denn so zornig? Wer hat dir etwas getan?«

Und so erzählte er es ihr, und sogleich fühlte er sich wohler; Angst und Wut begannen dahinzuschmelzen. Er berichtete ihr von Johns Schließfach in der Bank, von den Briefen an Linc Bartlett und daß er einen zweiten Schlüssel zu seinem eigenen Safe in ihrem Schlafzimmer gefunden hatte. »Ich habe alle Briefe mitgebracht«, sagte er, und er war den Tränen nahe. »Sie sind oben, du kannst sie selbst lesen. Mein eigener Sohn! Er hat uns betrogen!«

»Mein Gott, Philip«, stöhnte sie, »wenn der Tai-Pan erfährt, daß du und Vater Tschen-tschen... wenn er das erfährt, vernichtet er uns!«

»Ja, ja, ich weiß! Darum bin ich ja so verzweifelt! Nach den Bestimmungen von Dirks Vermächtnis hat er dazu das Recht und die Mittel. Aber das ist noch nicht alles. John wußte auch von unserem Safe im Garten und hat ihn ausgegraben.« Er erzählte ihr von der Münze.

»*Ayeeyah!*« Noch unter dem Schock stehend, starrte sie ihn an. Doch in ihr Entsetzen mischte sich stürmische Freude; denn ob John nun wiederkam oder nicht, er hatte sich selbst vernichtet. Nie würde er erben! Mein Kevin ist jetzt Sohn Nummer Eins und zukünftiger Comprador von Noble House. Doch dann erstickten die Ängste ihre Begeisterung, und verzagt murmelte sie: »Wenn es dann noch ein Haus Tschen gibt.«

»Was? Was hast du gesagt?«

»Nichts. Es ist unwichtig. Einen Augenblick, Philip, laß mich nachdenken! Du... du solltest jetzt zur Bank gehen. Hole 300000 – für den Fall, daß du ihnen mehr geben mußt! Wir müssen John unbedingt zurückbekommen. Ob er die Münze wohl bei sich trägt – oder sie in seinem anderen Schließfach verwahrt hat?«

»Im Schließfach, nehme ich an, oder in einem Versteck in seiner Wohnung, in den Sinclair Towers.«

»Wie können wir die Wohnung in *ihrer* Anwesenheit durchsuchen? Seine Frau meine ich, dieses Flittchen Barbara. Wenn sie ahnt, daß wir etwas suchen... Habe ich dich richtig verstanden, Philip? Wer immer die Münze vorlegt, bekommt, was er verlangt?«

»Ja.«

Sie dachte wieder ganz klar. »Philip«, sagte sie, und alles andere war vergessen, »wir brauchen jetzt jede Hilfe, die wir bekommen können. Ruf deinen Vetter Vierfinger Wu an...« Verdutzt sah er sie an und lächelte. »... mach mit ihm aus, daß ein paar von seinen Straßenkämpfern dir heimlich folgen, wenn du das Lösegeld zahlst, und dann dem Werwolf zu seinem Versteck. Sie sollen John herausholen, ganz gleich, was es kostet. Aber sag Wu nichts von der Münze – nur daß du seine Hilfe brauchst, um den armen John zu retten!«

»Jawohl«, erwiderte er, und seine Stimmung hatte sich merklich gebessert. »Vierfinger – eine ausgezeichnete Idee! Er schuldet uns ein paar Gefälligkeiten. Ich weiß, wo ich ihn heute nachmittag erreichen kann.«

»Gut. Geh jetzt zur Bank, aber gib mir den Safeschlüssel, ich möchte gleich Johns Briefe lesen!«

»Wunderbar.« Er erhob sich. »Der Schlüssel ist oben«, log er und eilte hinauf. Es paßte ihm nicht, sie in dem Safe herumschnüffeln zu lassen. Denn es gab da ein paar Dinge, von denen sie nichts zu wissen brauchte. Wieder überkam ihn die Sorge, und sein Glücksgefühl schmolz dahin. Mein armer Sohn, sagte er sich, den Tränen nahe. Was ist nur in dich gefahren? O ihr Götter, bringt mir meinen armen Sohn zurück, was immer er getan hat!

Der Safe befand sich hinter dem Messingbett. Er schob es von der Wand weg, öffnete den Safe und nahm Johns Papiere heraus, aber auch seine ganz privaten Dokumente, Briefe und Promessen, steckte diese in seine Jackentasche und ging wieder hinunter.

»Hier sind seine Briefe«, sagte er. »Ich wollte dir die Arbeit ersparen, das Bett wegzurücken.«

Sie bemerkte die Ausbuchtung in seiner Jackentasche, sagte aber nichts.

»Pünktlich um halb sechs bin ich wieder da.«

»Gut. Fahr vorsichtig«, sagte sie zerstreut; ihr Sinn war auf ein einziges Problem gerichtet: wie sie die Münze für sich und Kevin in die Hand bekommen könnte. Heimlich.

Das Telefon klingelte. Philip Tschen blieb an der Eingangstür stehen, während sie den Hörer abnahm. »*Weyyy?*« Ihre Augen wurden glasig. »O hallo, Tai-Pan, wie geht es dir?«

»Danke, gut«, antwortete Dunross. »Ist Philip da?«

»Ja, ja, Augenblick!« Sie vermeinte einen Unterton zurückhaltender Dringlichkeit aus Dunross' Stimme herauszuhören, und ihre Furcht wuchs. »Philip, es ist für dich«, rief sie und bemühte sich, ihre Nervosität zu verbergen. »Der Tai-Pan!« Sie hielt ihm den Hörer hin, aber in einiger Entfernung von seinem Ohr, um mithören zu können.

»Hallo, Philip! Was hast du für heute nachmittag vor?«

»Nichts Besonderes. Ich wollte gerade zur Bank gehen. Was gibt es denn?«

»Schau doch vorher einmal bei der Börse vorbei! Die Leute sind verrückt geworden. Der Run auf die Ho-Pak Bank hat jetzt in der ganzen Kolonie eingesetzt, und der Kurs wackelt, obwohl Kwang ihn mit allen Mitteln stützt. Der Sturm schwappt auch auf andere Banken über – die Ching Pro-

sperity soll betroffen sein, ja sogar die Vic...« Philip Tschen und seine Frau tauschten beunruhigte Blicke. »Angeblich hat die Vic Probleme in Aberdeen und im Central District. Selbst die Spitzenwerte geben nach!«
»Wieviel Punkte haben wir verloren?«
»Seit heute früh? Drei Punkte.«
Beinahe hätte Philip Tschen den Hörer fallen lassen. »Was?«
»Ja, ja«, sagte Dunross in liebenswürdigem Ton. »Jemand hat Gerüchte über uns ausgestreut; die ganze Börse weiß, daß wir Schwierigkeiten haben – daß wir Toda Shipping nächste Woche nicht bezahlen können, so wenig wie die Orlin-Rate. Ich fürchte, man will uns mit Leerverkäufen an den Kragen.«

5

14.45 Uhr:

Gornt saß neben Joseph Stern, seinem Makler, in der Börse und beobachtete vergnügt die Notierungen auf der großen Kursanzeigetafel. Es war warm und sehr feucht in dem großen, von Lärm erfüllten Saal mit seinen schwitzenden Maklern, chinesischen Gehilfen und Boten. Die Leute waren nervös, ihre Züge gespannt.
Der Kurs von Gornts eigenen Aktien lag um einen Punkt tiefer, aber das störte ihn nicht im mindesten. Struan's hatte um 3,50 nachgegeben, und Ho-Pak schwankte. Für Struan's läuft die Zeit ab, dachte er, das Pulver ist aufgeschüttet, der Anfang ist gemacht. Eine Stunde nach ihrem Gespräch war Bartletts Geld auf sein Schweizer Konto transferiert worden. Sieben Anrufe hatten genügt, um die Gerüchte auszustreuen, ein Anruf nach Japan hatte die Exaktheit der Struanschen Zahlungstermine bestätigt. Jawohl, dachte er, der Angriff hat begonnen.
Seitdem er Montag knapp vor Börsenschluß begonnen hatte, Ho-Pak leer zu verkaufen – lange bevor der Run richtig angelaufen war –, lag er schon mit Millionen vorn. Montag wurde das Papier mit 28,60 notiert; ungeachtet von Richard Kwangs Stützungsaktionen, war es jetzt auf 24,30 gesunken, – ein Verlust von 4,30 Punkten.
4,30 mal 500000 macht 2150000, dachte Gornt vergnügt, alles in prima Hongkongwährung, wenn ich jetzt gleich zurückkaufen würde – nicht schlecht für achtundvierzig Stunden Arbeit. Aber ich kaufe noch nicht zurück, nein, noch nicht! Ich bin sicher, daß der Kurs zusammenbrechen wird, wenn nicht heute, dann morgen, Donnerstag. Wenn nicht Donnerstag – Freitag. Spätestens Montag, denn keine Bank der Welt kann einen solchen

Run aushalten. Dann, nach dem Krach, kaufe ich mit ein paar Cents auf den Dollar zurück und verdiene zwanzigmal eine halbe Million.
»Verkaufen Sie 200000«, sagte er und fing an, ganz offen leer zu verkaufen.
»Du lieber Himmel, Mr. Gornt!« Der Makler rang nach Fassung. »Die Ho-Pak wird an die fünf Millionen aufbringen müssen, um Deckung anzuschaffen. Das wird die ganze Börse ins Wanken bringen.«
»Ja«, grinste er.
»Wir werden es verdammt schwer haben, uns die Papiere zu leihen.«
»Dann fangen Sie gleich an!«
Widerwillig schickte sich der Makler an zu gehen, als eines der Telefone läutete. »Ja? O hallo, Tageszeit Tschang«, antwortete er in leidlichem Kantonesisch. »Was kann ich für Sie tun?«
»Ich hoffe, Sie können mein ganzes Geld retten, ehrenwerter Mittelsmann. Wie ist der Kurs für Noble House?«
»25,30.«
Entsetztes Kreischen. »O weh, o weh, die Börse schließt schon in einer halben Stunde. O weh, o weh! Bitte verkaufen Sie! Bitte verkaufen Sie sofort Noble House, Good Luck Properties und Golden Ferry, und... wie ist der Kurs der zweiten großen Gesellschaft?«
»23,30.«
»*Ayeeyah.* Ein Punkt tiefer als heute früh? Die Götter werden meinen elenden Joss bezeugen! Bitte verkaufen Sie sofort!«
»Aber Tageszeit Tschang, die Börse ist eigentlich ganz stabil, und...«
»Sofort! Haben Sie die Gerüchte nicht gehört? Noble House wird zusammenbrechen. Iiiii, verkaufen Sie! Augenblick, meine Kollegin Fung-tat möchte auch mit Ihnen reden.«
»Ja, Drittes Stubenmädchen Fung?«
»So wie Tageszeit Tschang, ehrenwerter Mittelsmann! Verkaufen Sie! Bevor ich verloren bin! Verkaufen Sie und rufen Sie uns zurück, welche Kurse Sie erzielt haben! O weh, o weh, o weh! Bitte beeilen Sie sich!«
Er legte den Hörer auf. Das war der fünfte von Panik bestimmte Anruf alter Kunden gewesen, und es gefiel ihm gar nicht. So ein Unsinn, in Panik zu geraten, dachte er, und sah in seinem Makler-Kurstagebuch nach. Über 40000 HK hatten die beiden, Tageszeit Tschang und Drittes Stubenmädchen Fung, in verschiedenen Papieren investiert. Wenn er jetzt verkaufte, würden sie immer noch vorn liegen, auch wenn die Kurse von Struan's nachgelassen hatten.
Joseph Stern war Chef der Hongkonger Firma Stern and Jones, die seit fünfzig Jahren bestand. Erst nach dem Krieg hatten sie sich als Makler etabliert. Bis dahin waren sie Devisenhändler und Schiffslieferanten gewesen. Er war ein kleiner, dunkelhaariger, nahezu kahler Mann Mitte Sechzig, und manche Leute meinten, er habe chinesisches Blut in seinen Adern.

Er ging zur Kursanzeigetafel vor und blieb neben der Kolonne stehen, in der Golden Ferry registriert war. Er trug die Anteile von Tschang und Fung in die Verkaufskolonne ein. Es war nur ein kleiner Posten.
»Ich kaufe zu 30 Cents unter dem Kurs«, bot ein Makler.
»Auf Golden Ferry ist doch kein Run«, protestierte Stern.
»Nein, aber die Gesellschaft gehört zum Struan-Konzern. Ja oder nein?«
»Sie wissen doch selbst, daß Golden Ferry in diesem Quartal höhere Gewinne erzielt hat?«
»Na, wenn schon! Mein Gott, ist das heiß heute! Also ja oder nein?«
Joseph Stern überlegte kurz. Er wollte die Nervosität nicht noch weiter anheizen. Erst gestern war Golden Ferry um einen Dollar gestiegen. Aber er kannte das erste Gesetz aller Börsen: Gestern hat nichts mit heute zu tun. Der Kunde hatte gesagt: verkaufen.
»20 Cents unter Kurs?« fragte er.
»30. Letztes Angebot. Kann Ihnen doch gleich sein. Ihre Provision bekommen Sie sowieso. 30 unter Kurs?«
»Einverstanden.« Stern ging die Anzeigentafel entlang und verkaufte den größten Teil ihrer Aktien ohne Schwierigkeiten, obwohl er jedesmal im Preis entgegenkommen mußte. Es kostet ihn Mühe, das Paket Ho-Pak hereinzunehmen. Vor der Kolonne, in der die Bank verzeichnet war, blieb er stehen. Er sah viele Verkaufsorders, die meisten über kleine Mengen. Er schrieb die Zahl 200000 in die Verkaufskolonne. Der Schock war im ganzen Saal zu spüren. Er achtete nicht darauf und sah nur Forsythe an, Richard Kwangs Makler. Heute war er der einzige, der Ho-Pak kaufte.
»Versucht Gornt Ho-Pak zu ruinieren?« wollte ein Makler wissen.
»Liegt doch schon jetzt unter Beschuß. Wollen Sie das Paket haben?«
»Ich bin doch nicht bescheuert. Verkaufen Sie auch Struan's à découvert?«
»Nein.«
»Mensch, mir gefällt das nicht.«
»Bleib doch ruhig, Harry«, äußerte ein anderer. »Einmal kommt Leben in die Bude – nur darauf kommt es an.«
»Empörend, was da mit Struan's gemacht wird, finden Sie nicht?«
»Glauben Sie an alle Gerüchte?«
»Natürlich nicht, aber vielleicht ist doch was dran?«
»Ich glaube es nicht.«
»Wenn Struan's an einem Tag dreieinhalb Punkte verliert, wird es eine Menge Leute geben, die es glauben«, meinte ein anderer Makler. »Wird Kwang den Run überstehen?«
»Das liegt in...« Gottes Hand hatte Joseph Stern sagen wollen, aber er wußte, daß Richard Kwangs Zukunft in den Händen seiner Einzahler lag und daß ihre Entscheidung getroffen war. »Joss«, murmelte er traurig.
»Gott sei Dank bekommen wir unsere Kommission auf jeden Fall, ob Schnee, ob Regen, spaßig, was?«

»Spaßig«, wiederholte Stern, angewidert von dem überheblichen Akzent dieser Absolventen exklusiver britischer Public Schools, die er als Jude nie hatte besuchen können. Er sah, wie Forsythe den Hörer auflegte und ihn heranwinkte.
»Kaufst du?« fragte er.
»Zur gegebenen Zeit, Joseph, alter Freund«, antwortete Forsythe und fügte leise hinzu: »Unter uns, kannst du uns Gornt nicht vom Hals schaffen? Ich habe Grund zu der Annahme, daß er mit diesem Gauner Southerby gemeinsame Sache macht.«
»Ist das eine offizielle Beschuldigung?«
»Ach, komm schon, es ist meine private Meinung, verdammt noch mal! Du weißt doch, daß Kwang gesund ist – gesund wie Rothschild! Du weißt, daß Kwang über eine Milliarde in Res...«
»Ich habe den Krach von 1929 miterlebt, alter Freund. Billionen hatten die Leute damals in Reserve, und trotzdem gingen sie kaputt. Es ist alles eine Frage von Bargeld, Kredit und Liquidität. Und Vertrauen. Kaufst du nun das Paket, das wir anbieten?«
»Wahrscheinlich.«
»Wie lange kannst du so weitermachen?«
»Für immer und ewig. Ich bin nur ein Makler. Ich führe Aufträge aus. Kauf oder Verkauf, meine Kommission beträgt ein Viertel Prozent.«
»Wenn der Kunde zahlt.«
»Das muß er wohl. Wir haben doch seine Aktien, nicht wahr. Wir haben eine Maklerordnung. Und weil wir gerade davon reden – geh zum Teufel!«
Stern lachte. »Ich bin Brite, ich komme in den Himmel, wußtest du das nicht?« Er kehrte an seinen Tisch zurück. »Ich denke, er wird noch vor Börsenschluß kaufen.« Es war Viertel vor drei. »Gut«, sagte Gornt, »und jetzt möchte...« Er unterbrach sich. Beide wandten den Blick zurück. Dunross geleitete Casey und Linc zum Tisch Alan Holdbrooks – er war der Makler von Struan's auf der anderen Seite des Saales.
Stern beobachtete sie nachdenklich. »Sie scheinen doch auf sehr freundschaftlichem Fuß zu stehen. Vielleicht stimmen die Gerüchte nicht, Dunross schließt mit Par-Con ab und kommt seinen Zahlungsverpflichtungen nach.«
»Das kann er nicht. Dieses Deal kommt nicht zustande. Bartlett ist doch nicht dumm. Er wäre doch verrückt, sich mit diesem wackeligen Laden zu verbinden.«
»Bis vor wenigen Stunden wußte ich gar nicht, daß Struan's bei der Orlin Bank Schulden hat. Und daß die Zahlungen an Toda nächste Woche fällig werden. Oder daß die Victoria Noble House nicht stützen wird. Lauter Unsinn. Ich habe Havergill angerufen, und er hat es mir bestätigt.«
»Was sollte er sonst sagen?«

Nach einer Pause bemerkte Stern: »Schon eigenartig, daß alle diese Neuigkeiten gerade heute bekannt wurden.«
»Sehr eigenartig. Verkaufen Sie 200000 Struan's!«
Sterns Augen weiteten sich, und er zupfte an seinen buschigen Brauen. »Mr. Gornt, glauben Sie nicht, der...«
»Nein. Bitte tun Sie, was ich sage!«
»Ich glaube, diesmal liegen Sie falsch. Der Tai-Pan ist schlau. Er wird jede Unterstützung bekommen, die er braucht. Sie werden sich die Finger verbrennen.«
»Die Zeiten ändern sich. Die Menschen ändern sich. Wenn Struan's sich übernommen hat und nicht zahlen kann... Lieber Freund, wir sind hier in Hongkong! Sagen wir lieber 300000.«
»Zu welchem Marktpreis soll ich verkaufen, Mr. Gornt?«
»Zum Kurswert.«
»Ich werde Zeit brauchen, um die Aktien hereinzunehmen. Ich werde sie in wesentlich kleineren Partien verkaufen müssen.«
»Wollen Sie damit andeuten, mein Kredit sei nicht gut genug, oder Sie seien nicht imstande, Ihre normale Tätigkeit als Makler zu verrichten?«
»Nein, natürlich nicht«, erwiderte Stern, der seinem wichtigsten Kunde nicht nahetreten wollte.
»Also dann verkaufen Sie Struan's à découvert! Jetzt.«
Stern ging zu Sir Luis Basilio von der alten Maklerfirma Basilio and Son, der selbst ein großes Paket Struan's besaß, aber auch viele vermögende Kunden mit noch bedeutenderen Portefeuilles hatte. Er nahm die Anteile herein, ging zur Anzeigetafel vor und schrieb das große Angebot in die Verkaufskolonne. Langsam wurde es still im Saal. Aller Augen richteten sich auf Dunross und Alan Holdbrook und die Amerikaner, glitten zu Gornt hinüber und wieder zurück zu Dunross. Gornt sah, daß Linc Bartlett und Casey ihn beobachteten, und er freute sich, daß sie da war. Er lächelte ihr zu und neigte ein wenig den Kopf. Sie dankte mit einem halben Lächeln, und er meinte einen Schatten auf ihren Zügen zu sehen. Er grüßte höflich zu Bartlett hinüber, und sein Gruß wurde ebenso höflich erwidert.
Das Schweigen verdichtete sich. Man war sich der Enormität des Angebotes und seiner Bedeutung bewußt.
Holdbrook beugte sich vor und zog Dunross zu Rate. Der Tai-Pan zuckte die Achseln, schüttelte den Kopf und begann sich mit Bartlett und Casey zu unterhalten.
Joseph Stern wartete. Dann erklärte er sich bereit, eine Partie zu kaufen, und sie feilschten. Bald hatten 50000 den Besitzer gewechselt, und der neue Kurs war 24,90. Stern setzte die Notierung von 300000 auf 250000 herab und wartete wieder. Er verkaufte noch ein paar Lose, aber der Hauptteil blieb. Und als es keine Käufer mehr gab, ging er an seinen Tisch zurück. Immer noch beobachtete Gornt Casey, die Dunross aufmerksam zuhörte.

Gornt lehnte sich zurück und überlegte kurz. »Verkaufen sie weitere 100000 Ho-Pak und 200000 Struan's!«
»Du lieber Gott, Mr. Gornt, wenn Sie Struan's heruntersausen lassen, kommt die ganze Börse ins Wanken – selbst ihre eigene Gesellschaft wird Verluste erleiden.«
»Es werden Wertberichtigungen vorzunehmen sein, sicherlich.«
»Es wird ein Blutbad geben. Wenn Struan's kracht, werden auch andere Gesellschaften krachen, Tausende von Anlegern werden alles verlieren, und...«
»Ich brauche wirklich keine Vorlesung über die wirtschaftliche Lage Hongkongs, Mr. Stern«, fiel Gornt ihm ins Wort. »Wenn Sie meine Aufträge nicht ausführen wollen, suche ich mir einen anderen Makler.«
Stern errötete. »Ich... ich muß die Aktien erst zusammenbekommen. Eine so große Menge...«
»Dann würde ich vorschlagen, daß Sie sich beeilen. Ich möchte die Angebote noch heute auf der Anzeigetafel sehen!« Gornt sah ihm nach. Eingebildeter Bastard, dachte er. Makler sind alle Parasiten, einer wie der andere.
Wieder blieb Joseph Stern vor Basilios Tisch stehen. Sir Luis blickte von der Anzeigetafel weg und lächelte ihn an. »Na, Joseph? Willst du noch mehr Noble-House-Aktien hereinnehmen?«
»Bitte ja!«
»Für Gornt?« Sir Luis war ein feiner alter Herr, klein, elegant, sehr schlank und Mitte Siebzig – und der diesjährige Vorsitzende des Ausschusses, der die Börse leitete.
»Ja.«
»Komm, setz dich alter Freund, plaudern wir ein wenig! Wieviel brauchst du jetzt?«
»200000.«
Sir Luis legte die Stirn in Falten. »300000 auf der Tafel – und noch 200000? Ist das ein Generalangriff?«
»Er... hat nichts gesagt, aber darauf läuft es wohl hinaus.«
»Ein Jammer, daß die beiden keinen Frieden schließen können. Ich überlege mir, ob ich die Kursnotierungen von Ho-Pak – und seit Mittag auch von Noble House – einstellen soll. Ich mache mir große Sorgen. Ein Zusammenbruch von Ho-Pak und Noble House könnte katastrophale Folgen für uns alle haben. Es ist undenkbar!«
»Vielleicht täte es Noble House gut, einmal richtig überholt zu werden. Kann ich 200000 hereinnehmen?«
»Zuerst beantworte mir eine Frage mit ja oder nein, und wenn ja, wann: Sollen wir die Notierungen für Ho-Pak aussetzen? Und für Struan's? Ich habe schon alle Ausschußmitglieder gefragt außer dir. Die Hälfte ist dafür, die Hälfte dagegen.«

»Es wäre falsch, Notierungen einzustellen. Wir leben in einer freien Gesellschaft. Laß die Dinge laufen! Sie sollen selbst sehen, wie sie zurechtkommen, die Struans, die Gornts und wie sie alle heißen. Die besten kommen an die Spitze, die schlechtesten...« Stern schüttelte müde den Kopf. »Ich kann leicht reden, Luis. Ich bin kein Großaktionär.«
»Wie hast du dein Geld angelegt?«
»Diamanten. Juden brauchen kleine Dinge, Dinge, die man tragen und verstecken und leicht zu Geld machen kann.«
»Hier brauchst du doch keine Angst zu haben, Joseph. Wie lange lebst du schon hier mit deiner Familie, und ist es euch immer gutgegangen?«
»Angst ist für die Juden ein Teil ihres Lebens. Angst und das Gefühl, gehaßt zu werden.«
Der alte Herr seufzte. »Oh, diese Welt, diese schöne Welt, wie herrlich könnte sie sein! Kurz nach dem Mittagessen hat mich der Sekretär der Finanzverwaltung angerufen. Er war sehr beunruhigt. Eine Parlamentsdelegation ist in Hongkong, und ein Bankkrach würde für uns alle sehr schlecht aussehen«, sagte er. »Also, Joseph, was meinst du, sollen wir die Dinge laufen lassen oder die Notierungen einstellen? Und wenn ja, wann?«
Stern warf einen Blick auf die Uhr. Wenn er jetzt zur Tafel ging, würde ihm noch genug Zeit bleiben, beide Verkaufsangebote einzutragen und Forsythe herauszufordern. Es war ein gutes Gefühl zu wissen, daß er das Schicksal beider Häuser, wenn auch nur vorübergehend, in Händen hielt.
»Vielleicht wäre es sehr gut, vielleicht sehr schlecht. Wie haben die Kollegen bisher abgestimmt?«
»Wie ich schon sagte: die Hälfte so, die Hälfte so.« Abermals wallte Erregung auf. Wieder wechselten Struan's-Aktien den Besitzer. Der Kurs fiel auf 24,70. Philip Tschen beugte sich über Holdbrooks Tisch.
»Sieht schlecht aus, der arme Philip«, sagte Sir Luis mitfühlend.
»Ja. Schreckliche Geschichte mit John. Ich konnte ihn gut leiden. Was ist mit den Werwölfen? Glaubst du, daß sich die Polizei zuviel Zeit läßt?«
»Nicht mehr und nicht weniger als du jetzt, Joseph.« Die alten Augen zwinkerten.
»Du hast beschlossen zu passen. Du möchtest den heutigen Börsentag vorübergehen lassen, habe ich recht? Das möchtest du doch?«
»Gibt es eine bessere Lösung?«
»Wenn ich nicht schon so alt wäre, müßte ich dir zustimmen. Doch da ich schon so alt bin und nicht weiß, was der morgige Tag bringt, ziehe ich es vor, mein Drama heute zu erleben. Also schön. Ich werde deine Stimme heute nicht mitrechnen. Damit sind wir an einem toten Punkt angelangt, und ich werde eine Entscheidung treffen – wie es mir nach den Statuten zusteht. Du kannst 200000 Noble House hereinnehmen – bis Freitag, Freitag um zwei. Dann könnte es sein, daß ich sie zurückverlange – ich muß auch an mein eigenes Haus denken, stimmt's?« Die scharfen und gütigen Augen

in dem runzligen Gesicht nötigten Stern, sich zu erheben. »Was wirst du jetzt tun, mein Freund?«
Joseph Stern lächelte trübe. »Ich bin Börsenmakler.«
Er ging an die Tafel und machte mit fester Hand seine Eintragung in die Ho-Pak-Verkaufskolonne. Der Tatsache bewußt, daß er im Zentrum des Interesses stand, begab er sich dann in der ihn umgebenden Stille zur Struan's-Kolonne und schrieb die Zahl deutlich hin. Über 500000 Noble-House-Aktien waren jetzt angeboten, mehr als jemals zuvor in der Geschichte der Börse. Eine leichte Unruhe entstand, als Soorjani, der Parse, einige Partien kaufte, aber man wußte, daß er als Treuhänder für viele Angehörige der Struans agierte. Es war eine Minute vor drei.
»Wir kaufen!« Die Stimme des Tai-Pan zerriß die Stille.
»Alle meine Aktien?« fragte Stern heiser, mit klopfendem Herzen.
»Ja. Ihre und den Rest. Zum Kurswert!«
Gornt war aufgesprungen. »Womit?« fragte er sarkastisch. »Das sind fast neun Millionen in bar.«
Auch Dunross hatte sich erhoben, ein höhnisches Lächeln um seine Lippen. »Noble House ist gut dafür – und auch für mehr. Hat das jemand bezweifelt?«
»Ich bezweifle das – und morgen verkaufe ich leer!«
In diesem Augenblick schrillte die Schlußglocke, und die Spannung löste sich.
»Mensch, das war vielleicht ein Tag...«
»Der gute alte Tai-Pan...«
»Lange hätte ich das nicht mehr ausgehalten...«
»Wird Gornt ihn diesmal schlagen?...«
»Dunross hat die Hosen gestrichen voll...«
»Vergiß nicht: Er hat fünf Tage Zeit, die Aktien zu bezahlen...«
»Morgen kann er nicht mehr so groß einsteigen...«
Casey fühlte ihr Herz hämmern. Nur mit Mühe wandte sie den Blick von Gornt und Dunross ab und richtete ihn auf Bartlett, der, tonlos vor sich hinpfeifend, auf die Kursanzeigetafel starrte. Sie war beeindruckt – und sie bekam es ein wenig mit der Angst zu tun.
Auf dem Weg hierher, um sich mit Dunross zu treffen, hatte Linc Bartlett ihr seinen Plan erläutert und von seinen Gesprächen mit Gornt berichtet. »Jetzt weißt du alles, Casey«, hatte er gesagt und sie angelacht. »Jetzt sind sie beide angetreten, und wir kontrollieren den Kampfplatz – und alles für lumpige 2 Millionen. Jetzt warten wir. Montag fällt die Entscheidung. Wenn Gornt gewinnt, gewinnen wir mit ihm. Wenn Dunross gewinnt, gewinnen wir mit ihm. So oder so wird Noble House uns gehören.«

6

15.03 Uhr:

Alexei Travkin, der die Rennpferde von Noble House zuritt, betrat das Restaurant »Zum Grünen Drachen« in der Nathan Road in Kowloon. Es war ein schäbiges kleines Lokal mit etwa einem Dutzend Tischen. An einem saßen vier Chinesen und schlürften Nudelsuppe. Ein gelangweilter Kellner, der an der Kasse saß, blickte von seiner Rennzeitung auf und machte Anstalten, sich zu erheben und die Speisekarte zu bringen. Travkin schüttelte den Kopf und steuerte auf den überwölbten Gang zu, der offensichtlich ins Hinterzimmer führte.

Der kleine Raum enthielt vier Tische. Bis auf einen Mann war das Hinterzimmer leer.

»*Zdrastvuyte*«, grüßte Suslew lässig, der einen gutgeschnittenen leichten Anzug trug.

»*Zdrastvuyte*«, erwiderte Travkin den Gruß. Seine slawischen Augen verengten sich. »Wer sind Sie?«

»Ein Freund, Hoheit.«

»Bitte nennen Sie mich nicht so. Wer sind Sie?«

»Trotzdem ein Freund. Sie waren einmal ein Fürst. Wollen Sie Platz nehmen?« Höflich deutete Suslew auf einen Stuhl. Auf dem Tisch stand eine Flasche Wodka mit zwei Gläsern. »Auch Ihr Vater Nikolai Petrowitsch war ein Fürst, so wie sein Vater und seines Vaters Vater – Fürst von Kurgan und Tobol.«

»Sie sprechen in Rätseln, Freund«, sagte Travkin, nach außen ruhig, und setzte sich ihm gegenüber. »Ihrem Akzent nach sind Sie Moskauer – und Georgier.«

Suslew lachte. »Sie haben ein gutes Gehör, Fürst Kurgan. Ja, ich bin Moskauer und in Georgien geboren. Mein Name tut nichts zur Sache, aber ich bin ein Freund, der...«

»*Mein* Freund, ein Freund Rußlands oder ein Freund der Sowjets?«

»Aller drei. Wodka?« fragte Suslew und griff zur Flasche.

»Warum nicht?« Der Mann schenkte zwei Gläser voll, Travkin nahm eines und hob es. »Zum Wohl! Sind Sie der Mann, der mir geschrieben hat?«

»Ich habe Nachrichten von Ihrer Frau.«

»Ich habe keine Frau. Was wollen Sie von mir, *Freund*?«

»Ihre Frau heißt Nestorowa Mikail, und ihr Vater war Fürst Anatoli Sergejew, dessen Ländereien rund um Karaganda liegen, nicht allzu weit von Ihrem eigenen Besitz östlich des Urals. Er war Kosak, ein großer Kosakenfürst, nicht wahr?«

Travkin verzog keine Miene, konnte es aber nicht vermeiden, daß ihm das

Blut aus dem Gesicht wich. Er nippte an seinem Glas. »Das ist guter Wodka, nicht so wie die Brühe hier in Hongkong. Wo haben Sie ihn her?«
»Aus Wladiwostok.«
»Ach ja. Da war ich auch mal. Eine scheußliche Stadt, aber der Wodka ist gut. Und jetzt: Wie heißen Sie wirklich, und was wollen Sie von mir?«
»Kennen Sie Mr. Dunross gut?«
Travkin war überrascht. »Ich reite seine Pferde zu...«
»Möchten Sie die Prinzessin Nestorowa wieder...«
»Beim einzigen Gott, wer immer Sie sind, ich habe Ihnen schon gesagt, ich habe keine Frau! Zum letzten Mal: Was wollen Sie von mir?«
Suslew füllte sein Glas, und seine Stimme wurde freundlicher. »Alexei Travkin, Ihre Frau, die Fürstin, ist jetzt dreiundsechzig Jahre alt. Sie lebt in Jakutsk an der...«
»An der Lena? In Sibirien?« Fast wolle ihm das Herz zerspringen. »Was für ein *gulag* ist das, Sie Dreckskerl?«
»Es ist kein *gulag*. Warum sollte es ein *gulag* sein?« entgegnete Suslew, und seine Stimme wurde härter. »Die Fürstin hat sich dort freiwillig niedergelassen. Sie lebt dort, seit sie Kurgan verlassen hat. Ihre...« Suslew zog seine Brieftasche heraus. »Das ist ihre Datscha in Jakutsk«, sagte er und legte eine Fotografie auf den Tisch. »Ich glaube, sie gehörte ihrer Familie.« Umgeben von einem lichten Wäldchen, lag das hübsche kleine Landhaus in tiefem Schnee; aus dem Schornstein quoll Rauch. Eine eingemummte Gestalt winkte der Kamera fröhlich zu – zu weit entfernt, um das Gesicht erkennen zu können.
»Und das soll meine Frau sein?« fragte Travkin mit rauher Stimme. »Ich glaube Ihnen nicht.«
Suslew legte ein zweites Bild auf den Tisch. Es war eine weißhaarige Dame um die Sechzig. Wenn auch der Kummer der ganzen Welt seine Spuren auf ihren Zügen hinterlassen hatte, zeugte ihr Gesicht immer noch von patrizischer Herkunft. Die Wärme ihres Lächelns brach seinen Widerstand. Er war sicher, sie wiedererkannt zu haben.
»Du Dreckskerl!« stieß er heiser hervor. »Du gemeiner KGB-Spitzel!«
»Werfen Sie mir vor, daß ich sie gefunden habe?« versetzte Suslew zornig. »Daß ich das Nötige getan habe, damit man sie in Frieden läßt, ihr keine Schwierigkeiten macht und sie nicht in... eine Anstalt geschickt hat, die Sie und Ihre ganze Klasse verdient hätten?« Ärgerlich schenkte er sich ein frisches Glas ein. »Ich bin Russe und bin stolz darauf! Mein Vater ist 1916 auf den Barrikaden gefallen, und meine Mutter... bevor sie starben, waren sie fast verhungert. Sie...« und mit veränderter Stimme fuhr er fort: »Ich gebe zu, es ist auf beiden Seiten viel zu verzeihen und viel zu vergessen, doch nun ist alles vorbei, und ich sage Ihnen, wir Sowjets sind nicht alle Tiere.« Er fischte ein Zigarettenpäckchen aus der Tasche. »Rauchen Sie?«
»Nein. Sind Sie vom KGB oder von der GRU?« KGB war das Komitee für

Staatssicherheit, GRU die Hauptverwaltung für Erkundung im Volkskommissariat für Verteidigung der UdSSR. Es war dies nicht das erstemal, daß sich Angehörige dieser Organisationen an ihn herangemacht hatten. Wer bist du, du Bastard? Und was willst du wirklich von mir? dachte er, während Suslew sich eine Zigarette anzündete.

»Ihre Frau weiß, daß Sie leben.«

»Unmöglich. Sie ist tot. Sie wurde vom Pöbel erschlagen, als unser Pal... unser Haus in Kurgan geplündert und in Brand gesteckt wurde... das hübscheste, wehrloseste Haus in einem Umkreis von hundert Meilen.«

»Die Massen hatten das Recht, sich...«

»Das waren keine Leute aus der Gegend. Der Pöbel wurde von importierten Trotzkisten angeführt, die später meine Bauern zu Tausenden ermordeten – bis sie alle von ihrem eigenen Gezücht umgebracht wurden.«

»Vielleicht war es so, vielleicht auch nicht«, gab Suslew kühl zurück. »Dennoch gelang es ihr, mit einer alten Dienerin zu entkommen und nach Osten zu fliehen. Sie dachte, sie könnte Sie finden, Ihnen durch Sibirien in die Mandschurei folgen. Die Dienerin war Österreicherin und hieß Pavchen.«

Travkin stockte der Atem. »Noch mehr Lügen«, hörte er sich sagen. »Meine Frau wäre nie so weit nach Norden geflüchtet.«

»Und doch hat sie es getan. Ihr Zug wurde nach Norden umgeleitet. Es war Herbst, und schon war der erste Schnee gefallen. Darum beschloß sie, im Winter in Jakutsk zu bleiben. Sie konnte gar nichts anderes tun...« Suslew legte ein weiteres Foto auf den Tisch. »... sie war schwanger. Das ist Ihr Sohn mit seiner Familie. Die Aufnahme wurde voriges Jahr gemacht.« Der Mann sah gut aus, er war Mitte Vierzig und trug die Uniform eines Majors der sowjetischen Luftwaffe. Unsicher lächelte er in die Kamera. Neben ihm stand eine hübsche Frau in den Dreißigern mit drei fröhlichen Kindern: einem Baby, einem lachenden Mädchen von sechs oder sieben, dem ein paar Vorderzähne fehlten, und einem Jungen von zehn, der sich bemühte, ein ernstes Gesicht zu machen. »Ihre Frau taufte ihn Pjotr Iwanowitsch nach Ihrem Großvater.«

»Das Baby heißt Viktoria, das Mädchen Nikola nach Ihrer Großmutter und der Junge Alexei.«

Travkin blieb stumm. Seine Augen kehrten zum Porträt der schönen alten Dame zurück. Er war den Tränen nahe, aber seine Stimme klang immer noch beherrscht. »Sie weiß also, daß ich lebe, hm?«

»Seit Monaten. Einer von unseren Leuten hat es ihr gesagt.«

»Was für Leute sind das? Und warum erst vor drei Monaten? Warum nicht vor einem Jahr? Vor drei Jahren?«

»Wir haben erst vor sechs Monaten entdeckt, wer Sie sind.«

»Wenn sie weiß, daß ich lebe, und wenn einer Ihrer Leute es ihr gesagt hat, dann hätte sie geschrieben... Jawohl, man hätte sie sogar ersucht zu schreiben, wenn...«

»Sie hat Ihnen geschrieben. Ich gebe Ihnen den Brief in den nächsten Tagen. Wollen Sie sie wiedersehen?«
Travkin deutete auf das Familienbild. »Und... weiß auch er, daß ich lebe?«
»Nein. Es weiß keiner. Ihre Frau wünschte es so. Zur Sicherheit – um ihn zu schützen, dachte sie. Als ob wir uns an den Söhnen für die Sünden der Väter rächen würden. Zwei Jahre wartete sie in Jakutsk. Mittlerweile war wieder Frieden, und so sehr sie auch hoffte, daß Sie lebten, nahm sie an, daß Sie tot seien. Der Junge wurde in diesem Glauben aufgezogen. Wie Sie sehen, hat er Ihnen beiden Ehre eingebracht. In der Schule war er Klassenbester. Dann ging er auf die Universität, wie das heute alle begabten Kinder tun. Können Sie sich das vorstellen, Alexei Iwanowitsch? Ich war seinerzeit der erste Bauernsohn im ganzen Distrikt, der auf die Universität ging. Im heutigen Rußland sind wir gerecht.«
»Über wie viele Leichen mußten Sie steigen, um das zu werden, was Sie jetzt sind?«
»Über einige«, antwortete Suslew. »Es waren Verbrecher oder Feinde Rußlands.«
»Haben Sie im letzten Krieg gekämpft – oder waren Sie Kommissar?«
»Sechzehntes Panzercorps, fünfundvierzigste Armee. Ich war in Sewastopol dabei... und in Berlin. Wollen Sie Ihre Frau wiedersehen?«
»Mehr als alles in der Welt, wenn sie wirklich meine Frau ist und wenn sie lebt.«
»Sie ist Ihre Frau, und sie lebt. Ich kann es arrangieren.«
»Wo?«
»In Wladiwostok.«
»Natürlich.« Travkin lachte bitter. »Natürlich, *Freund*! Noch einen?« Er füllte den letzten Rest Wodka in die Gläser. »Zum Wohl!«
Suslew sah ihn groß an. Dann senkte er den Blick auf das Porträt und das Bild des Luftwaffenmajors und seiner Familie. In Gedanken verloren nahm er sie vom Tisch. Er kratzte sich am Bart. »Also gut«, sagte er, »hier in Hongkong.«
»Was muß ich dafür tun?«
Suslew drückte seine Zigarette aus. »Information. Und Zusammenarbeit. Ich möchte alles erfahren, was Sie über den Tai-Pan von Noble House wissen, alles, was Sie in China gemacht haben, wen Sie kennen.«
»Und die Zusammenarbeit?«
»Davon später.«
»Als Gegenleistung bringen Sie meine Frau nach Hongkong?«
»Ja.«
»Wann?«
»Zu Weihnachten.«
»Wie kann ich Ihnen vertrauen?«

»Das können Sie nicht. Aber wenn Sie mit mir zusammenarbeiten, wird sie zu Weihnachten da sein.« Travkin beobachtete Suslew, der mit den beiden Fotografien spielte. Dann blickte er dem Mann in die Augen, und sein Magen krampfte sich zusammen. »So oder so, Sie müssen aufrichtig mit mir sein, Fürst Kurgan. Mit oder ohne Ihre Frau. Wir haben immerhin Ihren Sohn und Ihre Enkelkinder als Geiseln.«

Travkin nippte an seinem Glas. »Jetzt glaube ich, daß Sie sind, für was Sie sich ausgeben. Wo wollen Sie anfangen?«

»Mit dem Tai-Pan. Aber zuerst möchte ich mal austreten.« Suslew stand auf, fragte den Kellner nach der Toilette und verschwand durch die Küche.

Alleingelassen, geriet Travkin in Verzweiflung. Tränen verschleierten seine Augen. Er wischte sie weg. Mit seiner ganzen inneren Kraft beschloß er, klug zu sein und nichts zu glauben, aber in seinem Herzen wußte er, daß es wirklich ihr Bild war, das er gesehen hatte und daß er alles riskieren werde, um sie wiederzusehen.

Bei Christi Blut, mein Liebstes, ich weiß, daß du tot bist. Ich weiß es. Das hat jemand erzählt, der zusah, wie der Mob unseren Palast plünderte und wie sie über dich herfielen.

Und du lebst wirklich?

Haßerfüllt richtete Travkin den Blick auf die Küchentür. Er wußte, daß er nicht ruhen würde, bis er nicht eine sichere Nachricht von ihr hatte. Wer ist dieser Scheißkerl? fragte er sich. Wie hat er mich gefunden?

Ärgerlich wartete und wartete er, bis er schließlich, in Panik geraten, ihn holen ging. Die Toilette war leer. Er lief auf die Straße hinaus, aber der Mann war verschwunden.

7

17.50 Uhr:

»Hallo, Ian«, sagte Penelope. »Du kommst früh. Hattest du einen guten Tag?«

»Ganz gut«, erwiderte Dunross zerstreut. Von allen anderen Katastrophen abgesehen, hatte Brian Kwok angerufen, um ihm mitzuteilen, daß AMG wahrscheinlich ermordet worden war. Der Polizeioffizier hatte ihm nahegelegt, Vorsichtsmaßnahmen zu ergreifen.

»Also doch nicht so gut«, bemerkte Penelope. »Wie wäre es mit einem Drink? Champagner vielleicht?«

»Eine gute Idee.« Dann bemerkte er ihr Lächeln und erwiderte es. Er fühlte sich gleich viel wohler. »Penn, du bist Gedankenleserin!« Er warf seine Ak-

tentasche auf einen Serviertisch und folgte ihr in eines der Wohnzimmer des Großen Hauses. Der Champagner stand bereits im Kübel.
»Kathy ist oben. Sie liest Glenna vor dem Einschlafen eine Geschichte vor.« Sie schenkte ihm ein. »Sie hat mir gerade ... von ihrer ... von ihrer Krankheit erzählt.«
»Ach ja.« Er nahm das Glas aus ihrer Hand. »Danke. Wie hat es Andrew aufgenommen? Er hat mir gegenüber das Thema nicht berührt.«
»Sie wird es ihm heute abend sagen. Der Champagner sollte ihr ein wenig Mut machen.« Sorgenvoll sah Penelope ihn an. »Sie kommt doch wieder in Ordnung, Ian, nicht wahr?«
»Ich denke doch. Ich habe mich lange mit Doktor Tooley unterhalten. Was er sagte, klang ermutigend. Er hat mir die Adressen von drei Spezialisten in England gegeben und von weiteren drei in Amerika. Die drei englischen habe ich telegraphisch um Termine gebeten. Dr. Ferguson schickt ihnen Kathys Krankengeschichte per Luftpost.«
Sie nippte an ihrem Glas. Die Türen zum Park standen offen. Es war kurz vor sechs. »Meinst du, wir sollten gleich fliegen? Kommt es auf ein paar Tage an?«
»Wenn du es gewesen wärst, wir hätten die erste Maschine genommen.«
»Na sicher. Wenn ich es dir gesagt hätte.«
»Du hättest es mir gesagt.«
»Wahrscheinlich hast du recht. Ich habe für morgen gebucht. Kathy war auch dafür. Wir fliegen mit BOAC – Glenna, Kathy und ich.«
»Claudia hat mir nichts davon gesagt«, wunderte er sich.
Sie lächelte. »Ich habe es selbst besorgt. Ich bin gar nicht so untüchtig. Wir können die Krankengeschichte gleich mitnehmen. Ich fand, Kathy sollte ihre Kinder dalassen. Bei den *amahs* sind sie gut aufgehoben.«
»Ja, so ist es am besten. Dr. Tooley betonte immer wieder, wie wichtig es ist, daß sie sich Ruhe gönnt. Allerdings ... es gibt keine Heilung. Die medizinische Behandlung, sagte er, kann die Krankheit nur hemmen.« Er trank aus und schenkte ihre Gläser wieder voll. »Irgendwelche Anrufe?«
»Dort auf dem Tischchen. Ach ja! Eben hat Monsieur Deland aus Marseille angerufen.«
»Das ist unser dortiger Vertreter.« Dunross sah die Liste durch. Johnjohn von der Bank, Philip Tschen und das unvermeidliche »Bitte Claudia zurückrufen«. Er lächelte. Kaum eine halbe Stunde war es her, daß er das Büro verlassen hatte. Den Bösen ist keine Rast gewährt, dachte er.
Es hatte ihm Spaß gemacht, Gornt in der Börse dumm aus der Wäsche gukken zu lassen. Daß er im Augenblick nicht das Geld hatte, um zu zahlen, störte ihn nicht. Ich habe fünf Tage Frist, dachte er. Es wird alles gutgehen – mit Joss!
Von dem Augenblick an, da sein Makler, von Panik ergriffen, ihn kurz nach zehn angerufen hatte, um ihn von den Gerüchten in Kenntnis zu setzen, die

auf der Börse kursierten, und daß der Kurs von Struan's schwankte, war er darauf bedacht gewesen, sich gegen den plötzlichen, unerwarteten Angriff zur Wehr zu setzen. Er, Philip Tschen, Holdbrook, Gavallan und de Ville hatten alle Großaktionäre, die sie erreichen konnten, vergattert und ihnen versichert, daß die Gerüchte, wonach Struan's nicht in der Lage sei, seinen Verpflichtungen nachzukommen, jeglicher Grundlage entbehrten. Sie sollten sich weigern, Gornt größere Mengen Struan's-Aktien zu leihen, und ihm nur da und dort ein paar Stücke überlassen. Das Par-Con-Deal, so vertraute Dunross ihnen unter dem Siegel der Verschwiegenheit an, sei schon so gut wie unterzeichnet.

»Wenn Gornt leer verkauft, laßt ihn ruhig! Wir stützen den Kurs, tun aber so, als ob wir verwundbar wären. Freitag geben wir den Abschluß bekannt, unsere Aktien werden steigen wie verrückt, und er wird die Hosen verlieren«, hatte er ihnen prophezeit. »Zusammen mit seiner bekommen wir unsere Fluglinie zurück, und zusammen mit seinen und unseren Schiffen werden wir den gesamten Luft- und Seeverkehr von und nach Asien beherrschen.«

Den ganzen Tag über hatte er Selbstvertrauen ausgestrahlt, ohne es zu haben. Viele seiner Großaktionäre hatten aufgeregt angerufen und mußten beruhigt werden. Über nicht eindeutig identifizierbare Treuhänder besaßen sowohl Knauser Tung wie auch Vierfinger Wu größere Aktienpakete. Er hatte sie beide nachmittags angerufen, um ihre Zusicherung zu erlangen, ihren Aktienbesitz in den nächsten Tagen weder zu verleihen noch zu verkaufen. Sie hatten es schließlich beide versprochen, aber es war nicht leicht gewesen.

Alles in allem, dachte Dunross, habe ich den ersten Angriff abgewehrt. Morgen oder Freitag wird es sich zeigen: Ist Bartlett ein Freund, ein Feind oder ein Judas?

Er fühlte Zorn in sich aufsteigen, drängte ihn aber wieder zurück. Bleib ruhig, sagte er sich, überlege in Ruhe! Das werde ich tun. Aber es ist schon verdammt merkwürdig, daß alles, was Bartlett mir am Abend unseres Hochzeitstages eröffnete, heute wie von einem Taifun durch die Börse gewirbelt wird.

Er ging zum Telefon, meldete ein Gespräch mit Mr. Deland an und bat um Rückruf.

»Ob Susanne schon bei ihm ist?« grübelte Penelope.

»Ich denke schon. Wenn ihre Maschine keine Verspätung hatte. Wirklich schade um Borge! Ich konnte ihn gut leiden.«

»Was wird Avril tun?«

»Da mache ich mir keine Sorgen. Sie wird heimkommen, um das Kind aufzuziehen, und wird bald wieder einen Märchenprinzen kennenlernen, einen neuen. Ihr Sohn wird einmal Direktor bei uns sein, und bis dahin wird sie ein behütetes und glückliches Leben führen.«

»Meinst du das wirklich, Ian... das mit dem Märchenprinzen?«

»Ja«, antwortete er mit fester Stimme, »ich glaube, daß alles in Ordnung kommen wird – für sie, für Kathy, für... alle.«

»Du kannst nicht die ganze Menschheit auf deinen Schultern tragen, Ian.«

»Das weiß ich, aber in dieser Familie wird es niemandem an etwas fehlen, solange ich lebe – und ich werde ewig leben.« Er lachte sie an. »Keine Sorge, Penn, ich bin unsterblich. Nach meinem Tod werde ich auch weiterhin meine schützende Hand über dich und Glenna und Duncan und Adryon und alle anderen halten.«

»Etwa so wie Dirk Struan?«

»Nein«, antwortete er mit Nachdruck. »Mit seiner Größe kann ich nicht mithalten. Er ist ein immerwährender Geist, während ich nur zeitweilig auf Erden wandle.« Er musterte sie. »Du machst ja ein so ernstes Gesicht?«

»Mir ging nur gerade durch den Kopf, wie vergänglich das Leben ist«, sagte sie, »wie zerstörerisch, wie grausam, wie unvorhersehbar. Zuerst John Tschen und jetzt Borge, Kathy...« Wie stets in beklemmender Sorge, daß sie ihn verlieren könnte, rieselte ihr ein Schauer über den Rücken. »Wer kommt als nächster dran?«

»Irgendeiner, und darum sei Chinesin! Denke daran, daß alle Raben schwarz sind. Das Leben ist schön. Auch Götter machen Fehler und legen sich zur Ruhe, also tun wir unser Bestes und vertrauen wir keinem *quai loh*!«

»Ich kann dich manchmal recht gut leiden, Ian-Struan-Dunross. Hast du...« Das Telefon läutete; sie brach ab und dachte: Dieses verfluchte Telefon! Wenn ich allmächtig wäre, ich würde alle Telefongespräche nach sechs Uhr abends verbieten, aber dann würde der arme Ian verrückt, und das verdammte Noble House würde zusammenbrechen!

»Guten Abend, Lando«, meldete sich Dunross, »was gibt es Neues?«

»Ich hoffe, ich störe nicht, Tai-Pan.«

»Überhaupt nicht«, erwiderte er und nahm seine fünf Sinne zusammen. »Ich bin gerade erst nach Hause gekommen. Was kann ich für Sie tun?«

»Es tut mir leid, aber ich ziehe die 15 Millionen Unterstützung, die ich für morgen versprochen habe, zurück. Vorübergehend. Die Börse macht mich nervös.«

»Kein Grund zur Sorge«, sagte Dunross. Ihm wurde flau im Magen. »Gornt will uns doch nur wieder einen Streich spielen.«

»Ich mache mir wirklich große Sorgen. Es ist nicht nur Gornt. Es ist die Ho-Pak und die Art, wie die Börse reagiert. Wo jetzt der Run auf die Ching Prosperity und sogar auf die Vic übergreift... das sind alles sehr schlechte Zeiten; darum möchte ich abwarten.«

»Morgen ist der entscheidende Tag, Lando. Morgen. Ich hatte mit Ihnen gerechnet.«

»Haben Sie unsere nächste Goldsendung verdreifacht, wie ich gebeten habe?«

»Ja, das habe ich selbst erledigt. Zürich hat schon per Telex bestätigt.«
»Ausgezeichnet, ausgezeichnet!«
»Morgen brauche ich Ihren Kreditbrief.«
»Selbstverständlich. Wenn Sie morgen einen Boten zu mir nach Hause schicken, gebe ich einen Scheck für den vollen Betrag.«
»Einen persönlichen Scheck? Auf welche Bank?«
»Auf die Victoria.«
»Mensch, gerade jetzt wollen Sie soviel Geld abziehen?«
»Ich ziehe es nicht ab. Ich bezahle Gold damit. Ich möchte in den nächsten Tagen einen Teil meines Vermögens in Gold und außerhalb Hongkongs haben – und jetzt ist genau der richtige Zeitpunkt dafür. Sehen Sie zu, daß Sie es gleich morgen früh per Telex überweisen. Gleich morgen früh. An Ihrer Stelle würde ich auch versuchen, ausreichende Liquidität zu unterhalten.«
»Haben Sie etwas gehört?« fragte Dunross. Seine Stimme klang beherrscht.
»Sie kennen mich, ich bin nur etwas vorsichtiger, Tai-Pan. Mein Geld ist teurer.«
»Nicht teurer als das meine.«
»Na ja, wir beraten uns morgen, dann werden wir weitersehen. Aber rechnet nicht mit unseren 15 Millionen! Tut mir leid.«
Es folgte eine lange Pause, dann sagte Mata etwas leiser: »Im Vertrauen, Ian, der alte Knauser Tung verkauft in Massen. Er ist drauf und dran, seinen ganzen Aktienbesitz abzustoßen.«
»Den ganzen?« fragte Dunross scharf. »Wann haben Sie mit ihm gesprochen?«
»Wir halten seit heute morgen ständig Kontakt miteinander.«
»Ich habe heute nach dem Mittagessen mit ihm gesprochen, und er hat mir zugesagt, Struan's-Aktien weder zu verkaufen noch zu verleihen. Hat er sich's anders überlegt?«
»Gewiß nicht. Er kann es sich gar nicht anders überlegt haben. Er hat keine Struan's-Aktien.«
»Er hat 400 000 Stück!«
»Er *hatte* sie, Tai-Pan – in Wirklichkeit waren es eher 600 000. Sir Luis hatte ein paar eigene, aber er ist einer von Knauser Tungs Treuhändern. Er ist alle 600 000 Stück losgeworden. Heute.«
Dunross verschluckte einen Fluch. »So?«
»Hören Sie mal, mein junger Freund, das ist alles streng vertraulich, aber ihr sollt vorbereitet sein. Kaum kamen heute früh die ersten Gerüchte auf, beauftragte Knauser Tung Sir Luis, alle seine Noble-House-Aktien zu verkaufen oder zu verleihen. 100 000 wurden von einzelnen Maklern rasch aufgenommen; der Rest... die 500 000 Aktien, die Sie heute gekauft haben, das waren die von Knauser Tung. In dem Augenblick, da ihm klar wurde, daß ein Angriff von großen Ausmaßen auf Noble House im Gange

war und Gornt leer verkaufte, wies Knauser Tung Sir Luis an, alles herzuleihen – bis auf 1000 Aktien, die er für sich behielt, um das Gesicht zu wahren. Euer Gesicht. Bei Börsenschluß hatte Knauser Tung allen Grund, zufrieden zu sein. An dem einen Tag hat er fast 2 Millionen verdient.«
Dunross stand wie versteinert. »Der alte Schweinehund!« sagte er und konnte ihm doch nicht böse sein. Es war seine eigene Schuld, er hatte Knauser Tung nicht rechtzeitig erreicht. »Was ist mit Ihren 300000 Aktien, Lando?«
Der Portugiese zögerte, und wieder krampfte sich Dunross' Magen zusammen. »Ich habe sie noch. Ich habe sie zu 16 gekauft, als Struan's eine Aktiengesellschaft wurde. Ich mache mir also noch keine Sorgen. Vielleicht hatte Alastair Struan recht, als er sich gegen diese Umwandlung aussprach. Nur darum ist Noble House jetzt verwundbar.«
»Unsere Zuwachsrate ist fünfmal so hoch wie die von Gornt, und ohne die Umwandlung hätte ich niemals die Katastrophen abschmettern können, die ich geerbt habe. Hinter uns steht die Victoria. Wir haben immer noch unsere Bankanteile und die Mehrheit im Vorstand, und darum müssen sie uns unterstützen. Die Wahrheit ist, daß wir sehr stark sind, und sobald diese vorübergehenden Schwierigkeiten aus dem Weg geräumt sind, werden wir der größte Konzern Asiens sein.«
»Vielleicht. Aber vielleicht wäre es klüger gewesen, unseren Vorschlag anzunehmen.«
»Ich konnte ihn damals nicht annehmen, und ich kann es auch heute nicht. Es hat sich nichts geändert.« Dunross lächelte grimmig. Gemeinsam hatten Lando Mata, Knauser Tung und Spieler Tschin ihm zwanzig Prozent der Einkünfte aus ihrem Gold- und Glücksspielsyndikat gegen eine fünfzigprozentige Beteiligung an Struan's angeboten, wenn er das Unternehmen auch weiterhin als einen im Privatbesitz stehenden Konzern weiterführte.
»Seien Sie doch vernünftig, Tai-Pan! Knauser Tung und ich bieten 100 Millionen in bar für eine fünfzigprozentige Beteiligung. Amerikanische Dollars! Ihre Position als Tai-Pan bleibt davon unberührt. Sie stehen an der Spitze des neuen Syndikats, managen unsere Gold- und Glücksspielmonopole – in aller Öffentlichkeit oder auch nicht – und bekommen zehn Prozent vom Gewinn als persönliche Vergütung.«
»Wer ernennt den nächsten Tai-Pan?«
»Sie – nach Rücksprache mit uns.«
»Na bitte! Es ist unmöglich. Eine fünfzigprozentige Beteiligung gibt euch Macht über Struan's, und euch diese Macht zu überlassen, ist mir nicht erlaubt. Das würde Dirks Vermächtnis widersprechen und meinen Eid verletzen. Tut mir leid, aber es geht nicht.«
»Wegen eines Eides, abgelegt vor einem unbekannten, unerkennbaren Gott, an den Sie selbst nicht glauben – für einen mordlustigen Piraten, der seit mehr als hundert Jahren tot ist?«

»Aus welchen Gründen immer, lautet meine Antwort: Danke, nein.«
»Sie könnten leicht den ganzen Konzern verlieren.«
»Kaum. Zusammen verfügen die Struans und die Dunross' über eine sechzigprozentige Majorität, und ich allein übe das Stimmrecht aus. Was ich zu verlieren habe, ist praktisch unser gesamter materieller Besitz. Wir würden aufhören, Noble House zu sein, und bei Gott, das wird nicht geschehen!«
Es entstand ein langes Schweigen. Dann sagte Mata, und seine Stimme klang freundlich wie immer: »Wir halten unser Angebot für zwei Wochen aufrecht. Wenn der Joss gegen Sie ist und Sie scheitern – das Angebot, das neue Syndikat zu managen, bleibt bestehen. Ich werde meine Aktien bei 21 verkaufen oder verleihen.«
»Unter 20 – nicht bei 21.«
»Na schön. Dann wollen wir sehen, was der morgige Tag bringt. Ich wünsche euch einen guten Joss. Gute Nacht, Tai-Pan!«
Dunross legte den Hörer auf und trank seinen Champagner aus. Er saß ganz schön in der Klemme. Dieser alte Schweinehund Knauser Tung, dachte er wieder und bewunderte seine Gerissenheit. Erklärt sich widerstrebend einverstanden, keine Struan's-Aktien zu verkaufen oder zu verleihen, und weiß genau, daß er nur mehr 1000 Stück hat! Der alte Bastard ist ein gewaltiger Verhandlungspartner vor dem Herrn! Geschickt von Lando und Knauser Tung, mir jetzt das neue Angebot zu machen! 100 Millionen! Du lieber Himmel, damit könnte ich Gornt das Furzen in der Kirche abgewöhnen! Damit könnte ich Kleinholz aus ihm machen und in kurzer Frist Asian Properties übernehmen und Dunstan in Frühpension schicken. Dann könnte ich Noble House in bester Verfassung an Jacques oder Andrew weitergeben und...
»Bitte? Entschuldige, Penn, was sagtest du?«
»Das waren wohl schlechte Nachrichten.«
»Ja, das stimmt.« Dann lachte er und seine Sorgen fielen von ihm ab. »Joss! Ich bin der Tai-Pan. Mit so etwas muß man rechnen.« Die Flasche war leer. »Ich denke, wir haben uns eine zweite verdient... Laß nur Schatz, ich hole sie schon!« Er ging zu dem verdeckten Kühlschrank, der in eine große alte, chinesische, rotlackierte Kredenz eingebaut war.
»Wie schaffst du es, Ian?« fragte sie. »Seitdem du die Zügel übernommen hast, immer gibt es schlechte Nachrichten... Nie machst du Urlaub, du arbeitest immerfort, seit wir nach Hongkong zurückkamen. Zuerst dein Vater und dann Alastair und dann... wird das nie aufhören?«
»Natürlich nicht – das ist mein Job.«
»Ist er dir das wert?«
Er beschäftigte sich mit dem Korken und wußte, daß diese Frage zu nichts führen würde. »Natürlich.«
»Dann kann ich also beruhigt fliegen?«
»Aber selbstverständlich. Ich werde auf Adryon aufpassen, und du brauchst

dir auch wegen Duncan keine Sorgen zu machen. Ich wünsche dir einen schönen Urlaub, und komm bald wieder!«

»Machst du Sonntag bei der Bergtour mit?«

»Ja. Dann fliege ich nach Taipeh, bin aber Dienstag wieder zurück. Ich nehme Bartlett mit.«

Sie dachte an Taipeh und fragte sich, ob es dort ein Mädchen gab, ein besonderes Mädchen, ein Chinesenmädchen, halb so alt wie sie, mit warmer weicher Haut, nicht wärmer, weicher und gepflegter als die ihre, aber eben nur halb so alt und ungebeugt von den schrecklichen Kriegsjahren, den Jahren des Kindergebärens und Kinderaufziehens und der erschöpfenden Wirklichkeit einer Ehe – selbst mit einem guten Mann.

»Bitte?« fragte er.

»Ach, nichts«, sagte sie und stieß mit ihm an. »Sei vorsichtig bei der Bergfahrt!«

»Versteht sich.«

»Wie bringst du es nur fertig, Tai-Pan zu sein?«

»Wie bringst du es nur fertig, das Haus zu führen, die Kinder großzuziehen, zu nachtschlafender Zeit aufzustehen, Frieden zu halten und weiß Gott was noch alles zu tun, jahraus, jahrein? Ich könnte das nicht. Jeder tut eben, wozu er geboren ist.«

»Und eine Frau gehört ins Haus?«

»Von anderen Frauen weiß ich nichts, Penn; aber solange du in meinem Haus bist, ist meine Welt heil.«

»Danke, Liebster«, sagte sie lächelnd. Dann runzelte sie die Stirn. »Ich fürchte, ich hatte nie eine andere Wahl. Heute ist es natürlich anders, und die nächste Generation wird es gut haben. Die Frauen werden den Männern endlich einen wohlverdienten Denkzettel verpassen.«

»So, so?« entgegnete er und war mit seinen Gedanken längst wieder bei Lando Mata und morgen. Und bei der Frage, wie er die 100 Millionen zusammenbringen sollte, ohne die Kontrolle abzutreten!

»Jawohl. Die Frauen der nächsten Generation werden sich nicht mehr mit den drei Ks abspeisen lassen – Kinder, Kirche, Küche. Mein Gott, wie ich die Hausarbeit hasse, wie alle Frauen sie hassen! Unsere Töchter werden das alles ändern!«

»Jede Generation glaubt, daß sie die Welt verändern wird«, sagte Dunross und schenkte die Gläser voll. »Wir waren ja auch nicht anders. Erinnerst du dich noch, wie wir über unsere Eltern hergezogen sind?«

»Das stimmt schon. Aber unsere Töchter haben die Pille, und damit sieht die Sache ganz anders aus. Außerdem...«

»Was hast du da gesagt?« Geschockt starrte Dunross sie an. »Du meinst, Adryon nimmt die Pille? Du lieber Himmel, seit wann... Soll das heißen, sie...?«

»Beruhige dich Ian, und höre mir zu! Die Pille hat den Frauen – und bis zu einem gewissen Punkt auch den Männern – für immer die Angst genommen. Ich glaube, daß sich nur wenige Menschen darüber klar sind, welche gewaltige soziale Umwälzung sie bewirken wird. Keine Frau braucht jetzt noch zu fürchten, ein Kind zu bekommen.« Sie sah ihn scharf an. »Und was Adryon betrifft, hat sie die Pille mit siebzehn entdeckt.«

»Was?«

»Aber sicher. Wäre es dir lieber gewesen, wenn sie ein Kind nach Hause gebracht hätte? Ich habe sie damals zu Dr. Tooley geschickt. Ich hielt es für das beste.«

»Was hast du?«

»Aber natürlich. Als sie siebzehn war, fragte sie mich um Rat und erzählte mir, daß die meisten ihrer Freundinnen die Pille nehmen. Da es verschiedene Arten gibt, wollte ich sie von einem Fachmann beraten lassen. Aber du wirst ja ganz rot, Ian? Adryon ist neunzehn, nächsten Monat wird sie zwanzig, es ist etwas ganz Normales.«

»Bei Gott, das ist es nicht!«

»O doch, Jungchen, es ist so...« – seine heißgeliebte Oma Dunross hatte ihn Jungchen genannt – »und darauf will ich ja gerade hinaus: Die Mädchen von heute wissen, was sie wollen! Und daß du dir nicht einfallen läßt, Adryon gegenüber etwas zu erwähnen, sonst bekommst du es mit mir zu tun! Zum Wohl!« Mit sich zufrieden, hob sie ihr Glas. »Hast du die Extraausgabe des *Guardian* von heute nachmittag gelesen?«

»Wechsle bitte nicht das Thema, Penn! Meinst du nicht, ich sollte mit ihr reden?«

»Auf keinen Fall! Nein, nein. Das ist eine sehr private Sache. Es ist ihr Körper und ihr Leben, und du kannst sagen, was du willst, sie hat das Recht, mit ihrem Leben zu machen, was sie will. Daran wird nichts, was du ihr sagen könntest, etwas ändern.«

»Ich dachte nur an... nur so.«

»Wer ihr Liebhaber war, ist oder sein könnte?«

»Ja.«

Penelope Dunross seufzte. »Mach dich doch nicht verrückt, Ian! Sie ist sehr sensibel und bald zwanzig... und weil wir gerade von ihr reden, ich habe sie heute den ganzen Tag noch nicht gesehen. Der Fratz ist mit meinem neuen Schal ausgerückt! Erinnerst du dich an die Bluse, die ich ihr geliehen habe? Ich fand sie heute zerknüllt auf dem Boden ihres Badezimmers. Es wird mir ein Vergnügen sein, sie an die Luft zu setzen und sie in ihrer eigenen Wohnung unterzubringen.«

»Um Himmels willen! Sie ist doch noch zu jung!«

»Da bin ich aber nicht deiner Meinung. Wie schon gesagt, gegen den Fortschritt kannst du nichts tun, und die Pille ist ein phantastischer, wunderbarer Fortschritt. Du mußt wirklich vernünftig sein. Bitte.«

»Es ist... verdammt, ein bißchen plötzlich kommt es schon.«

Sie lachte. »Wenn es um Glenna ginge, könnte ich noch verstehen... um Gottes willen, Ian, ich habe nur gescherzt. Es wäre mir nie in den Sinn gekommen, du könntest in Adryon nicht eine völlig gesunde und ausgeglichene, wenn auch oft übellaunige, aufreizende, sehr frustrierte junge Dame erblicken. Ihr Frust entspringt vornehmlich ihren Bemühungen, uns mit unseren altmodischen Ideen Freude zu machen.«
»Du hast recht.« Es sollte überzeugend klingen, aber das tat es nicht. »Du hast zwar recht... du hast recht.«
»Meinst du nicht, es wäre an der Zeit, dem Fluchbaum einen Besuch zu machen, Jungchen?« fragte sie lächelnd. Es war ein alter Brauch drüben in der schottischen Heimat, daß irgendwo nahe dem Haus, in dem die älteste Frau der Gutsherrenfamilie lebte, der Fluchbaum stand. In Ians Jugend war Oma Dunross die älteste, und ihr Haus befand sich in einem Wäldchen in Ayrshire auf Struanschem Besitz. Der Baum war eine Rieseneiche. Zu diesem Baum ging man, wenn einen, wie Oma Dunross es nannte, der Teufel ritt, stellte sich vor ihn hin und fluchte nach Herzenslust. »Und dann, Mädelchen«, hatte ihr die entzückende alte Dame anvertraut, »...und dann herrscht Friede im Haus, und kein Mensch hat es mehr nötig, einen anderen zu beschimpfen!«
Penelope erinnerte sich, wie Oma Dunross sie vom ersten Augenblick an in ihr Herz geschlossen hatte. Das war kurz, nachdem sie Ian geheiratet hatte, der noch auf Krücken ging und sich auf Krankenurlaub befand, die Beine arg verbrannt, aber im Heilen begriffen, im übrigen unverletzt, aber von verzehrender Wut erfüllt, weil man ihn für alle Zeiten mit Startverbot belegt hatte.
»Aber du sollst wissen, Mädelchen«, hatte Oma Dunross kichernd hinzugefügt, in jener Nacht, während die Winterstürme über das Moor pfiffen und sie alle warm und behaglich vor dem großen Feuer saßen, wohlgenährt und in Sicherheit vor den Bomben, »es gab eine Zeit, da war dieser Dunross sechs und schon damals fürchterlich jähzornig, und sein Vater Colin trieb sich wie immer bei den Heiden herum, und so verbrachte dieser Dunross die Ferien vom Internat in Ayr. Ja, und manchmal kam er zu mir, und ich erzählte ihm von seiner Familie, von seinem Großvater und Urgroßvater, aber diesmal ritt ihn wahrhaftig der Teufel. Es war eine Nacht wie heute, und ich schickte ihn weg, den armen kleinen Wicht, hinaus zum Fluchbaum...« Die alte Dame hatte einen kräftigen Schluck Whisky genommen und kichernd weitererzählt: »Der kleine Teufel ging los, pflanzte sich vor dem Baum auf und stieß die schrecklichsten Flüche aus. Die Tiere im Wald flohen vor seinem Zorn, und dann kam er zurück. ›Na, hast du schön geschimpft?‹ fragte ich ihn, und mit seinem dünnen Stimmchen antwortete er mir: ›Ja, Oma, ich habe ihn schön beschimpft, schöner als je zuvor.‹ ›Na fein‹, sagte ich, ›und hast du jetzt wieder deinen Frieden gefunden?‹ ›Eigentlich nicht, Oma, aber ich bin müde.‹ Und in diesem Augenblick, Mä-

delchen, gab es einen gewaltigen Krach, das ganze Haus erbebte, und ich dachte schon, das Ende der Welt sei gekommen, aber der kleine Racker lief hinaus, um zu sehen, was geschehen war. Ein Blitz hatte in den Fluchbaum eingeschlagen und ihn in tausend Stücke gerissen. ›Also wirklich, Oma‹, piepste er, als er zurückkam, ›diesmal habe ich mich selbst übertroffen. Kann ich es noch einmal machen?‹ «

An dem Tag, als sie abfuhren, hatte Oma Dunross sie zur Seite genommen. »Denk daran, Mädelchen, wenn du eine gute Ehe führen willst, achte darauf, daß Dunross immer einen Fluchbaum in der Nähe hat! Dieser Dunross braucht einen Fluchbaum, auch wenn er es nicht zugibt und er ihn nur hin und wieder besucht.«

So hatten sie also immer einen Fluchbaum, wo immer sie hingingen. Als Dunross nach seiner Wiederherstellung als alliierter Verbindungsoffizier in Tschungking Dienst machte, hatte sie einen Bambus zum Fluchbaum erklärt. Hier in Hongkong war es ein riesiger Jakarandabaum, der den ganzen Garten beherrschte.

»Meinst du nicht, du solltest ihr einen Besuch abstatten?« Für ihn war der Baum immer weiblich, für sie männlich. Jeder sollte einen Fluchbaum haben, dachte Penelope.

»Danke«, antwortete er, »ich bin schon wieder okay.«

»Wie konnte Oma Dunross nach so vielen tragischen Schicksalsschlägen so abgeklärt und weise sein?«

»Ich weiß es nicht. Sie gehörte eben zu einer anderen Generation.«

»Sie fehlt mir.« Oma Dunross war mit fünfundachtzig gestorben. Als Agnes Struan hatte sie ihren Vetter Dirk Dunross geheiratet – Dirk McCloud Dunross, den seine Mutter Winifred, Dirk Struans einzige Tochter, nach ihrem Vater getauft hatte. Dirk Dunross war der vierte Tai-Pan gewesen und mit der *Sunset Cloud* auf See geblieben. Er war damals dreiundvierzig, und sie einunddreißig. Sie hatte nie wieder geheiratet. Gott hatte ihnen drei Söhne und eine Tochter geschenkt. Zwei Söhne fanden im Ersten Weltkrieg den Tod; der älteste fiel mit einundzwanzig vor Gallipoli an den Dardanellen, der andere wurde mit neunzehn im flandrischen Ypern gasvergiftet. Ihre Tochter Anne hatte Gaston de Ville, Jacques' Vater geheiratet. Sie kam bei einem Bombenangriff auf London ums Leben, wohin alle de Villes im Zweiten Weltkrieg geflohen waren, mit Ausnahme von Jacques, der in Frankreich im Maquis gegen die Nazis kämpfte. Colin, der letzte ihrer Söhne und Ians Vater, hatte ebenfalls drei Söhne und eine Tochter, Kathren. Zwei Söhne fielen im Zweiten Weltkrieg. Kathrens erster Mann, Ians Staffelkommandant, starb in der Schlacht um England. »So viele Tote, Opfer der Gewalt«, sagte Penelope traurig.

»Vielleicht war es Joss. Sie haben nur getan, was sie tun mußten, Penn. In dieser Beziehung hat unsere Familiengeschichte nichts Ungewöhnliches. Wir sind Briten. Seit Jahrhunderten ist der Krieg für uns eine Lebensweise.

Denk doch bloß an deine Familie – einer deiner Onkel blieb als Seeoffizier im Ersten Weltkrieg auf See, einer fiel im letzten Krieg bei El Alamein, deine Eltern starben beim Luftangriff... alles ganz normal. Es ist nicht leicht, es einem Außenstehenden zu erklären.«
»Gewiß nicht. Wir mußten alle so rasch erwachsen werden, nicht wahr, Ian?« Er nickte, und nach einer kleinen Pause sagte sie: »Du solltest dich zum Dinner umziehen, du kommst sonst zu spät.«
»Aber Penn, du brauchst doch eine Stunde mehr als ich! Wir machen uns nur etwas frisch und gehen gleich nach dem Essen. Du...« Das Telefon läutete, und er nahm den Hörer ab. »Ja? Oh, hallo, Monsieur Deland.«
»Guten Abend, Tai-Pan. Ich möchte Ihnen über Madame de Villes Tochter und ihren Schwiegersohn, M. Escary, berichten.«
»Ja, bitte, ich höre.«
»Es macht mich traurig, der Überbringer schlechter Nachrichten zu sein. Der Unfall ereignete sich auf der oberen Corniche, knapp außerhalb von Eze. Der Fahrer des anderen Wagens war betrunken. Es geschah gegen zwei Uhr früh, und als die Polizei kam, war M. Escary schon tot und seine Frau bewußtlos. Der Arzt sagt, sie wird bald wieder auf dem Damm sein, na ja, aber er fürchtet, daß ihre... ihre inneren Geschlechtsorgane dauernden Schaden genommen haben. Möglicherweise muß sie operiert werden. Er...«
»Weiß sie das?«
»Nein, Monsieur, noch nicht, aber Madame de Ville wurde informiert, der Arzt hat es ihr gesagt. Ich habe veranlaßt, daß ein Spezialist aus Paris zu Konsultationen ins Krankenhaus nach Nizza kommt; er wird heute nachmittag hier erwartet.«
»Sonstige Verletzungen?«
»Äußerliche, *non.* Ein gebrochenes Handgelenk, ein paar Schnittwunden, nichts. Aber... die arme Dame... ist heftig erregt. Ich war froh, daß ihre Mutter gekommen ist, das hat geholfen, sehr geholfen. Ich bleibe natürlich ständig mit ihr in Verbindung.«
»Wer saß am Steuer?«
»Madame Escary.«
»Und der andere Fahrer?«
Deland zögerte. »Sein Name ist Charles Sessone. Er ist Bäcker in Eze. Nach einem Kartenspiel mit Freunden war er nach Hause unterwegs. Die Polizei hat... Mme. Escary schwört, sein Wagen sei auf der falschen Seite auf sie zugerast. Er kann sich an nichts erinnern. Natürlich tut es ihm sehr leid, und die Polizei hat ihn wegen Trunkenheit am Steuer angezeigt, und...«
»War es das erstemal?«
»*Non. Non*, er wurde schon einmal angehalten und bestraft.«
Dunross überlegte kurz. »Wo wohnt dieser Mann?«
»Rue de Verte 14, Eze.«

»Vielen Dank, Monsieur Deland! Ich habe Ihnen per Telex 10000 Dollar überwiesen, für Madame de Villes Spesen und was sonst noch anfällt. Tun Sie bitte alles, was nötig ist! Rufen Sie mich sofort an, wenn... Ja, und bitten Sie den Spezialisten aus Paris, mich anzurufen, nachdem der Mme. Escary untersucht hat... Haben Sie mit Mr. Jacques de Ville gesprochen?«
»Nein, Tai-Pan. Sie haben mir keine Anweisungen gegeben. Sollte ich ihn anrufen?«
»Nein, das besorge ich. Nochmals vielen Dank!« Dunross legte auf und erzählte Penelope alles bis auf die inneren Verletzungen.
»Wie schrecklich! Wie... sinnlos!«
Dunross blickte hinaus auf die sinkende Sonne. Auf seinen Vorschlag hin war das junge Paar nach Nizza und Monte Carlo gefahren, wo er und Penelope soviel Spaß gehabt, so wunderbar gegessen, so herrlichen Wein getrunken und ein wenig gespielt hatten. Joss!
Er wählte Jacques de Villes Nummer, der aber meldete sich nicht. »Wir sehen ihn ja beim Dinner«, sagte er. »Also ziehen wir uns jetzt um!«
»Ich komme nicht mit. Für morgen habe ich noch eine Menge vorzubereiten. Du wirst schon eine Entschuldigung für mich finden – du mußt natürlich gehen. Ich weiß nicht, wo mir der Kopf steht. Glennas Schulsachen, und Montag kommt Duncan zurück, und ich muß seine Schulsachen aussortieren. Du mußt ihn zum Flughafen bringen, sieh zu, daß er seinen Paß nicht vergißt...«
Er lächelte. »Wird alles erledigt, Penn, aber was ist der wahre Grund?«
»Es ist sicher eine große Sause. Bestimmt ist Robin dabei.«
»Die kommen doch erst morgen zurück!«
»Eben nicht, wie der *Guardian* in seiner Extraausgabe berichtet hat. Sie sind heute nachmittag angekommen. Die ganze Delegation. Man hat sie sicher eingeladen.« Das Bankett wurde von Sir Shi-teh T'tschung gegeben, der es mit der Erschließung von Bauland zum Multimillionär gebracht hatte. »Ich habe wirklich nicht den Wunsch, dabei zu sein, und ich möchte auch früh schlafen gehen. Bitte.«
»Na gut. Ich erledige noch diese Anrufe und fahre los.« Dunross ging nach oben in sein Arbeitszimmer. Lim wartete schon auf ihn. Er trug eine weiße Bluse und schwarze Hosen. »Guten Abend, Lim«, begrüßte ihn Dunross auf Kantonesisch.
»Guten Abend, Tai-Pan!« Wortlos winkte ihn der alte Mann ans Fenster. Dunross konnte zwei Chinesen sehen, die auf der anderen Straßenseite herumstanden. »Sie sind schon eine ganze Zeit da, Tai-Pan.«
Dunross beobachtete sie beunruhigt. Sein eigener Wächter war eben nach Hause geschickt worden, und in Kürze würde Brian Kwok, auch er von Sir Shi-teh geladen, ihn abholen kommen. »Wenn sie bei Einbruch der Dunkelheit nicht verschwunden sind, ruf Oberinspektor Crosse an!« Er schrieb ihm die Nummer auf und fügte hinzu: »Dabei fällt mir ein: Wenn ich

möchte, daß am Wagen eines fremden Teufels herummanipuliert wird, gebe *ich* den Befehl dazu.« Die alten Augen ruhten unbewegt auf ihm. Lim Tschu war seit seinem siebenten Lebensjahr im Haus, so wie sein Vater und vor ihm dessen Vater.
»Ich verstehe nicht, Tai-Pan.«
»Feuer kann man nicht in Papier einwickeln. Die Polizei ist schlau, und der alte Schwarzbart tut viel für die Polizei. Fachleute können Bremsen untersuchen und alles mögliche herauslesen.«
»Ich weiß nichts von der Polizei.« Der alte Mann zuckte die Achseln und lachte. »Ich klettere nicht auf Bäume, um einen Fisch zu fangen, Tai-Pan. Darf ich erwähnen, daß ich in der fraglichen Nacht nicht schlafen konnte und hierher kam? Ich sah einen Schatten auf dem Balkon. In dem Augenblick, da ich die Tür zum Arbeitszimmer öffnete, glitt der Schatten an der Dachrinne hinunter und verschwand im Gebüsch.« Der alte Mann nahm ein Stück Stoff aus der Tasche. »Das blieb an der Dachrinne hängen.«
Dunross betrachtete den Stoffetzen. Dann warf er einen Blick auf Dirk Struans Porträt über dem Kamin. Er schwenkte es von der Wand weg und stellte fest, daß das Haar, das er kaum merklich auf ein Scharnier gelegt hatte, unberührt geblieben war. Zufrieden ließ er das Bild zurückschwingen. Die beiden Männer standen immer noch unten. Zum erstenmal war Dunross froh, daß er einen Bewacher vom SI hatte.

8

19.58 Uhr:

Es war heiß und schwül in Philip Tschens Arbeitszimmer. Er saß neben dem Telefon und starrte es nervös an. Die Tür ging auf, und Dianne kam herein.
»Es hat keinen Sinn, noch länger zu warten, Philip«, sagte sie gereizt. »Dieser Teufel von Werwolf kommt heute abend nicht mehr. Es muß ihm etwas dazwischengekommen sein.« Sie trug ein Abend-*chongsam* nach der letzten teuersten Mode und war behängt wie ein Weihnachtsbaum. »Ja, etwas muß dazwischengekommen sein. Vielleicht hat die Polizei... Zieh dich um, oder wir kommen zu spät. Wenn du dich be...«
»Ich will nicht gehen«, fuhr er sie an. »Shi-teh T'tschung ist ein Langweiler, und seitdem man ihn zum Sir gemacht hat, ist er überhaupt nicht mehr zu ertragen. Außerdem ist es noch nicht einmal acht, das Dinner beginnt offiziell um halb zehn, und seine Dinners fangen immer erst mit einer Stunde Verspätung an. Um Himmels willen, geh schon!«

»*Ayeeyah*, du mußt mitkommen. Wir müssen das Gesicht wahren«, entgegnete sie ebenso verdrießlich. »Mein Gott, nach dem heutigen Tag an der Börse... Wenn wir nicht gehen, werden wir schrecklich an Gesicht verlieren, und das wird den Kurs noch weiter drücken! Ganz Hongkong wird uns auslachen!«
Ihr Mann nickte verbittert. Er wußte, wie viele Klatschbasen und Lästermäuler zu dem Bankett kommen würden. Den ganzen Tag über hatte man ihm mit Fragen, Wehklagen und Gezeter zugesetzt. »Wahrscheinlich hast du recht.« Fast eine Million Dollar hatte er heute verloren, und er wußte: Wenn Gornt den Sieg davontrug, war er erledigt. Oh, oh, oh, wie konnte ich Dunross vertrauen und mich so stark engagieren? warf er sich vor. Er betrachtete seine Frau und verzagte, als er die Zeichen ihrer schlechten Laune erkannte. »Na gut«, gab er sich geschlagen, »ich bin gleich soweit.«
Er war schon an der Tür, als das Telefon läutete. Wieder stockte ihm das Herz. Seit sechs hatte er schon vier Anrufe entgegengenommen, alles Geschäftsfreunde, die den Kurssturz bejammerten und wissen wollten, ob die Gerüchte stimmten. *Oh ko*, vielleicht sollte ich doch noch verkaufen – einer schlimmer als der andere. »*Weyyyy?*« meldete er sich zornig.
Eine kurze Pause folgte, und dann antwortete eine ebenso grobe Stimme auf Kantonesisch: »Du hast ja eine saumäßige Laune, wer immer du bist! Wo sind deine Scheißmanieren?«
»Wer spricht?« fragte er auf Kantonesisch. »Wer ist da?«
»Hier spricht der Werwolf. Der oberste Werwolf, bei allen Göttern! Wer bist du?«
»Oh!« Das Blut wich aus Philip Tschens Gesicht. Von Panik befallen, winkte er seine Frau heran. Sie beugte sich vor, um mitzuhören. »Hier... hier ist der Ehrenwerte Tschen«, antwortete er vorsichtig. »Bitte, wie... wir ist Ihr Name?«
»Hast du Wachs in den Ohren? Ich habe gesagt, daß ich der Werwolf bin. Bin ich so dumm, dir meinen Namen zu nennen?«
»Ich bin... es tut mir leid, aber woher soll ich wissen, ... daß Sie... daß Sie mir die Wahrheit sagen?«
»Woher soll ich wissen, wer du bist? Vielleicht bist du ein Kotfresser von einem Bullen? Wer bist du?«
»Ich bin Noble House Tschen. Ich schwöre es!«
»Gut. Dann habe ich also dir einen Brief geschrieben, in dem ich sagte, ich würde heute um sechs anrufen. Hast du den Brief nicht bekommen?«
»Ja, ich habe den Brief bekommen«, antwortete Philip Tschen und versuchte, seine Erleichterung zu verhehlen, in die sich Wut, Frustration und Entsetzen mischten. »Lassen Sie mich bitte mit meinem Ersten Sohn sprechen!«
»Das ist nicht möglich, nein, ganz unmöglich! Kann ein Frosch daran denken, einen Schwan zu verschlingen? Dein Sohn befindet sich auf einem an-

deren Teil der Insel... er ist in Sicherheit, o ja, durchaus, Noble House Tschen. Es fehlt ihm an nichts. Hast du das Lösegeld beisammen?«
»Ja. Vorderhand könnte ich nur 100000 aufbringen. Die...«
»Verdammt noch mal«, gab der Mann zornig zurück. »Du weißt genau, daß wir 500000 verlangt haben. Und für dich es es immer noch wie ein Haar von zehn Ochsen!«
»Lügen, alles Lügen!« brüllte Philip Tschen los. »Lügen und Gerüchte, von meinen Feinden ausgestreut. Haben Sie nicht gehört, was heute auf der Börse los war?«
»*Ayeeyah!* Auf der Börse! Was haben die armen Bauern mit der Börse zu tun? Soll ich dir das andere Ohr schicken?«
»Nein. Aber wir müssen verhandeln. Fünf sind zuviel. Eineinhalb kann ich gerade noch schaffen.«
»Ganz China würde mich auslachen, wenn ich mich mit eineinhalb begnügte. Wirfst du mir vor, ich wollte einen Schafskopf anbieten, und in Wirklichkeit Hundefleisch verkaufen? Eineinhalb für den Ersten Sohn von Noble House Tschen? Unmöglich! Es geht um das Gesicht, das mußt du doch auch einsehen!«
Philip Tschen zögerte. »Na ja«, gab er zurück, »da ist was dran. Aber zuerst möchte ich wissen, wann ich meinen Sohn zurückbekomme.«
»Sobald das Lösegeld gezahlt ist. Das verspreche ich bei den Gebeinen meiner Vorfahren! Ein paar Stunden, nachdem wir das Geld haben, geben wir ihn auf der Sha-Tin-Straße frei.«
»Aha, er ist jetzt in Sha Tin.«
»*Ayeeyah,* mich fängst du nicht, Noble House Tschen! Ich rieche Kuhmist in unserem Gespräch. Hören die Hurenböcke von der Polizei vielleicht mit?«
»Nein, ich schwöre es, ich habe nicht mit der Polizei gesprochen, und ich versuche auch nicht, Ihnen eine Falle zu stellen, aber ich brauche doch Zusicherungen, vernünftige Zusicherungen.« Der Schweiß stand Philip Tschen auf der Stirn. »Ihnen kann nichts passieren, Sie haben ja meinen Schwur. Ich habe die Polizei nicht angerufen. Wenn ich sie anrufe, wie sollen wir da verhandeln?«
Wieder gab es ein langes Zögern, und dann sagte der Mann, offenbar ein wenig besänftigt: »Du hast recht. Also schön, ich werde vernünftig sein. Ich gebe mich mit 400 zufrieden, aber es muß heute sein.«
»Das ist ausgeschlossen! Sie verlangen von mir, ich soll im Meer nach einem Tiger fischen! Als Ihr Brief kam, waren die Banken schon geschlossen, aber ich habe 100 in bar, in kleinen Noten...« Dianne stieß ihn an und hielt zwei Finger hoch. »Hören Sie, verehrter Werwolf, vielleicht kann ich mir heute abend noch etwas ausleihen. Vielleicht... hören Sie, heute abend gebe ich Ihnen zwei. Ich bin sicher, daß ich so viel in einer Stunde aufbringen kann. 200000!«

»Tot soll ich hier umfallen, wenn ich mich mit so einem Bettel begnüge! 350000!«
»200000 in einer Stunde!«
»Das andere Ohr in zwei Tagen oder 300000 heute abend!«
Philip Tschen jammerte, bettelte, schmeichelte und fluchte. Beide Männer verstanden sich aufs Feilschen. Bald lieferten sie sich ein mit allem Scharfsinn geführtes geistiges Duell, wobei der Kidnapper mit Drohungen, Philip Tschen mit List, Katzenfreundlichkeit und Versprechungen kämpfte. »Also wirklich«, sagte Philip Tschen schließlich, »Sie verstehen sich aufs Schachern. Heute abend zahle ich 200, und weitere 100000 in vier Monaten.«
»In zwei Monaten.«
Wieder stieß Dianne ihn an und nickte zum Zeichen ihres Einverständnisses. »Also schön«, sagte er, »ich bin einverstanden. Weitere 100000 in zwei Monaten.«
»Gut.« Der Mann schien befriedigt, setzte dann aber hinzu: »Ich werde über deinen Vorschlag nachdenken und zurückrufen. In einer Stunde.«
»Aber...« Die Leitung wurde unterbrochen. Philip Tschen fluchte und wischte sich den Schweiß von der Stirn. »Gott soll diesen mutterlosen Scheißkerl strafen!«
Dianne war freudig erregt. »Das hast du sehr gut gemacht! Nur zwei jetzt und weitere 100 in zwei Monaten! Perfekt! In zwei Monaten kann viel geschehen. Bis dahin wird die Dreckspolizei sie vielleicht erwischt haben, und wir brauchen die 100 nicht zu zahlen!« Heiter nahm sie ein Papiertaschentuch heraus und trocknete sich die Oberlippe. Doch dann verflog ihr Lächeln. »Was machen wir bloß mit Shi-teh? Wir müssen gehen, aber du mußt doch warten!«
»Das ist ganz einfach! Du nimmst Kevin mit, ich komme später nach. Ich warte hier auf seinen Rückruf.«
»Ausgezeichnet! Wie klug du bist! Wir müssen die Münze zurückbekommen. Ja, sehr gut. Vielleicht hat sich unser Joss gewendet, und es kommt eine Hausse, wie der alte blinde Tung sie prophezeit hat.« Den Göttern dankend, eilte sie hinaus, denn sie wußte, daß sie längst daheim sein würde, bevor John Tschen wieder heil zurück sein konnte. Kevin kann sein neues seidenes Dinnerjackett anziehen. Es ist an der Zeit, daß er ein Leben führt, das seiner neuen Stellung entspricht. Sie schloß die Tür hinter sich. Philip Tschen ging zur Kredenz und schenkte sich einen Brandy ein und einen zweiten, nachdem Dianne und Kevin das Haus verlassen hatten. Um Viertel vor neun schrillte das Telefon.
»Noble House Tschen?«
»Ja... ja, Ehrenwerter Werwolf.«
»Wir sind einverstanden. Aber es muß heute abend sein!«
»Sehr gut. Und wo...«
»Haben Sie das ganze Geld?«

»Ja. Ich habe hunderttausend und kann weitere hunderttausend von einem Freund...«
»Du hast reiche Freunde«, bemerkte der Mann mißtrauisch. »Mandarine.«
»Er ist Buchmacher«, antwortete Philip Tschen rasch und verwünschte sich wegen seines Schnitzers. »Als Sie das Gespräch unterbrachen... habe ich ihn angerufen. Glücklicherweise hat er heute viel Bargeld eingenommen!«
»Na schön. Hör mal, du nimmst ein Taxi...«
»Aber ich habe doch meinen eigenen Wagen...«
»Ich weiß von deinem Scheißwagen«, fiel ihm der Mann ins Wort. »Wir wissen überhaupt alles von dir, und wenn du versuchst, uns reinzulegen, siehst du deinen Sohn nie wieder, und du stehst als nächster auf der Liste! Verstanden?«
»Ja... ja... natürlich, Ehrenwerter Werwolf«, versuchte Philip Tschen ihn zu besänftigen. »Ich nehme also ein Taxi – wohin?«
»Zum Dreiecksgarten in Kowloon Tong. Dort gibt es eine Straße, die heißt Essex Road. Auf der einen Seite steht eine Mauer, und diese Mauer hat ein Loch. Auf den Gehsteig ist ein Pfeil gezeichnet, der auf das Loch hinweist. Du steckst deine Hand in das Loch und bekommst einen Brief. Wenn du ihn liest, werden unsere Straßenkämpfer auf dich zukommen und sagen: ›*Tin konn chi fook*‹, und ihnen gibst du die Tasche. Wie lange brauchst du, um hinzukommen?«
»Ich komme sofort. Ich... ich kann das andere Geld unterwegs abholen. Ich komme sofort.«
»Also komm gleich! Komm allein! Du darfst nicht in Begleitung sein. Du wirst beobachtet von dem Moment an, wo du dein Haus verläßt.«
Wieder wurde die Verbindung unterbrochen. Philip Tschens Finger zitterten, als er das Glas leerte. Als er sich gefaßt hatte, wählte er eine sehr geheime Nummer. »Ich möchte mit Vierfinger Wu sprechen«, sagte er in Wus Dialekt.
»Augenblick bitte.« Gedämpfte Haklostimmen und dann: »Spreche ich mit Mr. Tschen, Mr. Philip Tschen?« fragte ein Mann in amerikanisch gefärbtem Englisch.
»Oh!« machte Philip Tschen überrascht. »Mit wem habe ich das Vergnügen?«
»Ich heiße Paul Tschoy, Mr. Tschen. Ich bin Mr. Wus Neffe. Mein Onkel mußte ausgehen, hat mich aber angewiesen, auf Ihren Anruf zu warten. Er hat gewisse Vorkehrungen für Sie getroffen. Haben Sie von den Kidnappern gehört?«
»Ja, das habe ich.« Es war Philip Tschen unangenehm, mit einem Fremden zu reden, aber er hatte keine andere Wahl. Er wiederholte die Anweisungen, die man ihm gegeben hatte.

»Augenblick, Sir.«
Er hörte, wie eine Hand über die Sprechmuschel gelegt wurde, und wieder gedämpftes, undeutliches Sprechen im Haklodialekt und dann: »Alles in Ordnung, Sir. Wir schicken Ihnen einen Wagen – Sie rufen von Struans Ausguck an?«
»Ja... ja, ich bin daheim.«
»Der Fahrer ist einer von unseren Burschen. Weitere Leute von meinem Onkel werden über Kowloon Tong verteilt sein, also machen Sie sich bitte keine Sorgen, Sie werden ständig beobachtet! Übergeben Sie das Geld, den Rest besorgen wir. Das Taxi steht in zwanzig Minuten vor Ihrer Tür.«

Paul Tschoy legte den Hörer auf. »Noble House Tschen sagt dankeschön, verehrter Vater«, versuchte er Vierfinger zu besänftigen. Er zitterte unter den kalten Augen, Schweißtropfen perlten ihm auf der Stirn. Vergeblich versuchte er, vor den anderen seine Angst zu verbergen. Es war heiß und stickig in der mit Menschen vollgestopften Hauptkabine einer alten Dschunke, die an einem Liegeplatz in einem der unzähligen Meeresarme Aberdeens festgemacht war. »Kann ich mit deinen Straßenkämpfern mitgehen?«
»Schickt man einen Hasen gegen einen Drachen aus?« zischte Wu. »Bist du als Straßenkämpfer ausgebildet? Bin ich ein Dummkopf wie du? Hinterhältig wie du?« Mit einem schwieligen Daumen deutete er auf Gutwetter Poon. »Du führst sie an!« Der Mann eilte hinaus, die anderen folgten ihm. Vierfinger und sein Sohn waren allein in der Kabine.
Der alte Mann saß auf einem umgekehrten Faß. Er zündete sich eine Zigarette an, zog den Rauch ein, hustete und spuckte geräuschvoll auf den Boden. Um sie herum standen ein paar alte Schreibtische, Aktenschränke, wacklige Stühle und zwei Telefone; das war Vierfinger Wus Büro und Nachrichtenzentrale. Von hier gingen die Botschaften an seine Flotten hinaus. Sein Hauptgeschäft war die Beförderung von Gütern, aber wo immer die Lotusflagge wehte, lautete der Befehl an seine Kapitäne: Wir befördern alles, an jeden Ort, zu jeder Zeit – vorausgesetzt, das Frachtgeld stimmt.
Wieder hustete der Alte und funkelte seinen Sohn unter buschigen Augenbrauen an. »Sie haben dir merkwürdige Dinge beigebracht in den Goldenen Bergen, *heya*?«
Paul Tschoy hütete seine Zunge und wartete mit klopfendem Herzen. Er wünschte, er wäre nie nach Hongkong zurückgekommen.
»Hat man dich dort gelehrt, nach der Hand zu schnappen, aus der du frißt, *heya*?«
»Nein, verehrter Vater, es...«
»Hat man dich dort gelehrt, daß mein Geld dein Geld ist, mein Vermögen dein Vermögen und mein Chop der deine, mit dem du nach Belieben verfahren kannst, *heya*?«

»Nein, verehrter Vater. Es tut mir leid, daß ich dein Mißfallen erregt habe«, murmelte Paul Tschoy.

Früh morgens, als Gornt nach seinem Gespräch mit Bartlett in sein Büro spaziert kam, waren die Sekretärinnen noch nicht da, und Gornt hatte ihm aufgetragen, ihn mit einigen Leuten zu verbinden. Paul Tschoy hatte sich nichts dabei gedacht, bis er zufällig etwas mit anhörte, was offenbar eine vertrauliche Information über Struan's war. Er erinnerte sich an Bartletts ersten Anruf und folgerte, daß Gornt und Bartlett sich zu einem Gespräch getroffen hatten, das offenbar erfolgreich verlaufen war. Als er bemerkte, daß Gornt die gleichen vertraulichen Mitteilungen immer wieder weitergab, erreichte seine Neugier ihren Höhepunkt. Dann hörte er auch noch, wie Gornt zu seinen Agenten sagte: »... leer verkaufen... Keine Sorge, wir machen nichts... Ich schicke Ihnen den Auftrag, firmenmäßig gezeichnet, sobald...«

Als nächstes mußte er eine Verbindung mit dem Direktor der Schweizer Bank in Zürich herstellen. Vorsichtig schaltete er sich ein und hörte: »...ich erwarte für heute vormittag, vor elf, einen größeren Eingang in US-Dollars. Sobald er gutgeschrieben ist, rufen Sie mich sofort an.«

Nachdenklich hatte er die verschiedenen Glieder der Gleichung zusammengefügt und sich eine Theorie gebildet: Wenn Bartlett plötzlich eine heimliche Partnerschaft mit Gornt, Struan's deklariertem Feind, eingegangen war, um ihm bei einem seiner Raids den Rücken zu decken, wenn Bartlett eine große Summe auf eines von Gornts Schweizer Nummernkonten deponierte, um mögliche Verluste aus Leerverkäufen abzudecken, und wenn er Gornt dazu ermuntert hatte, den Kampf an der Front zu führen, während er in Ruhe abwartete – dann müßte die Börse heftig reagieren und der Struan's-Kurs zusammenbrechen. Dieser Gedankengang führte zu einem schnellen Entschluß: die Situation rasch auszunützen, Struan's leer verkaufen – und wir verdienen ein Vermögen!

Er erinnerte sich, wie niedergeschlagen er gewesen war, denn er hatte weder Geld noch Kredit noch Aktien noch die Möglichkeit, sich welche zu leihen. Doch dann fiel ihm ein, was ihm einer seiner Professoren in der Harvard Business School immer eingepaukt hatte: Wer nicht wagt, der nicht gewinnt. Also war er in ein unbesetztes Büro gegangen und hatte seinen neuen Freund Ishwar Soorjani, den Geldverleiher und Devisenhändler, angerufen, den er durch den Eurasier in der Bibliothek kennengelernt hatte.

»Sagen Sie einmal, Ishwar, die Maklerfirma Soorjani gehört doch Ihrem Bruder, nicht wahr?«

»Nein, junger Herr. Arjan ist mein Erster Vetter. Warum fragen Sie?«

»Wenn ich leer verkaufen wollte, würden Sie die Bürgschaft übernehmen?«

»Gewiß, wenn Sie über das nötige Bargeld verfügen, um allfällige Verluste abzudecken... Bargeld oder das Äquivalent.«

»Mann«, sagte Paul Tschoy traurig, »bis drei könnten wir ein paar hunderttausend verdient haben.«
»Ach ja? Ob Sie mir wohl verraten könnten, um welchen Titel es sich handelt?«
»Würden Sie für... für 20000 US-Dollar die Bürgschaft übernehmen?«
»Tut mir so leid, junger Herr, ich bin Geldverleiher, kein Geldgeber. Meine Ahnen verbieten es mir.«
»Sie sind aber keine große Hilfe, Ishwar.«
»Warum reden Sie nicht mit Ihrem illustren Onkel? Sein Chop... und ich würde sofort bis zu einer halben Million gehen. HK.«
Paul Tschoy wußte, daß sich unter den Vermögenswerten seines Vaters, die von der Ho-Pak in die Victoria transferiert worden waren, viele Aktienzertifikate und eine Liste von Effekten befanden, die von verschiedenen Maklern verwaltet wurden. Eines lautete auf 150000 Stück Struan's. Jesus, dachte er, wenn ich recht habe, könnte der alte Herr eine unangenehme Überraschung erleben.
»Gute Idee, Ishwar. Ich melde mich wieder!«
Er hatte sofort seinen Vater angerufen, ihn aber nicht erreicht. Wo er konnte, hinterließ er Nachrichten und wartete. Kurz vor zehn hörte er, wie Gornts Sekretärin einen Anruf entgegennahm. »Ja?... Augenblick, bitte... Mr. Gornt? Ein Gespräch aus Zürich... Ich verbinde.«
Ein letztes Mal hatte er versucht, seinen Vater zu erreichen. Dann hatte Gornt ihn kommen lassen. »Würden Sie das bitte meinem Agenten bringen?« Er hielt ihm einen versiegelten Umschlag hin. »Übergeben Sie ihn persönlich!«
»Jawohl, Sir.«
So hatte er sich auf den Weg gemacht. Bei jeder Telefonzelle war er stehengeblieben und hatte versucht, seinen Vater zu erreichen. Dann hatte er den Brief persönlich abgegeben und das Gesicht des Agenten aufmerksam beobachtet. Der Mann schien seine helle Freude zu haben. »Soll ich etwas bestellen, Sir?« fragte er höflich.
»Sagen Sie nur, daß alles auftragsgemäß erledigt wird.«
Es war kurz nach zehn.
Während er im Aufzug nach unten fuhr, hatte Paul Tschoy das Pro und Kontra bedacht. Er betrat die nächste Telefonzelle. »Ishwar? Hören Sie, ich habe einen dringenden Auftrag von meinem Onkel. Er will seine Struan's-Aktien verkaufen.«
»Klug, sehr klug, die wildesten Gerüchte breiten sich aus.«
»Ich habe ihm geraten, Sie und Soorjani's damit zu betrauen. 150000 Stück. Er will wissen, ob Sie das gleich erledigen können?«
»Flink wie ein Vogel. Wo sind die Aktien?«
»Im Tresor.«
»Ich muß sofort seinen Chop haben.«

»Ich gehe ihn jetzt holen, aber er hat gesagt, Sie sollen sofort verkaufen. Und zwar in kleinen Partien, um die Börse nicht in Unruhe zu versetzen. Zum besten Kurs. Sie erledigen das gleich?«
Selbstverständlich, sofort. Und zum besten Preis!«
Paul Tschoy fröstelte. Sein Herz klopfte in der Stille, und er starrte auf seines Vaters Zigarette, nicht in sein zorniges Gesicht, denn er wußte: Diese kalten schwarzen Augen entscheiden über mein Schicksal! Er erinnerte sich, wie er vor freudiger Erregung beinahe an die Decke gesprungen war, als der Kurs immer weiter fiel und er Soorjani dann knapp vor Börsenschluß beauftragt hatte, die Aktien zurückzukaufen. Gleich darauf hatte er seine Freundin angerufen und fast 30 seiner kostbaren US-Dollars dazu verwendet, ihr mitzuteilen, was für einen phantastischen Tag er gehabt hatte und wie sehr sie ihm fehlte. Sie hieß Mika Kasunari und war eine *sansei,* eine Amerikanerin japanischer Abkunft der dritten Generation. Ihre Eltern haßten ihn, weil er Chinese war, und er wußte, daß sein Vater sie hassen mußte, weil sie Japanerin war – aber sie waren beide Amerikaner und hatten sich in der Schule kennen- und liebengelernt.
Mit der Arbeit, die Gornt ihm an diesem Tag noch gab, war er im Nu fertig. Am späten Nachmittag hatte Gutwetter Poon angerufen, um ihm auszurichten, daß sein Vater ihn um halb acht in Aberdeen erwartete. Bevor er hinging, hatte er bei Soorjani den auf seinen Vater ausgestellten Scheck in Höhe von 615000 HK minus Maklergebühren abgeholt.
Stolz hatte er ihm den Scheck überreicht, doch als er ihm über seinen Erfolg berichtete, war er von der Wut seines Vaters völlig entgeistert.
»Es tut mir entsetzlich leid, daß ich dir Ärger gemacht habe, ver...«
»Mein Vermögen gehört dir, *heya?*« schrie Vierfinger ihn plötzlich an.
»Nein, verehrter Vater«, stammelte er, »aber die Information war so zuverlässig, und ich wollte dich vor Schaden bewahren und Geld für dich verdienen.«
»Aber nicht für dich, *heya?*«
»Nein, verehrter Vater. Für dich. Damit wollte ich dir einen Teil des Geldes zurückzahlen, das du in mich investiert hast... Es waren deine Aktien, und es ist dein Geld.«
»Das ist keine Entschuldigung! Komm mit!«
Schlotternd folgte Paul Tschoy dem alten Mann auf Deck. Mit einer Verwünschung jagte Vierfinger seinen Leibwächter davon und zeigte dann auf das schlammige Wasser des Hafens. »Wenn du nicht mein Sohn wärst«, zischte er, »würdest du schon da unten liegen, den Fischen zum Fraß.«
»Ja, Vater.«
»Wenn du noch einmal meinen Namen, meinen Chop oder sonst etwas von mir ohne meine Erlaubnis verwendest, bist du ein toter Mann.«
»Jawohl, Vater. Verzeih, Vater! Ich schwöre dir, daß ich es nie wieder tun werde.«

»Gut. Wenn ich nur einen einzigen Penny verloren hätte, lägst du jetzt schon da unten. Nur weil du Glück hattest, lebst du noch.«
»Ja, Vater.«
Vierfinger funkelte seinen Sohn böse an und verbarg auch weiterhin sein Entzücken über den phantastischen und unerwarteten Gewinn. Und alles nur mit ein paar Telefonanrufen und an der Quelle geschöpften Informationen! Der Junge ist erst seit drei Wochen da und hat das Geld, das ich für seine Erziehung ausgegeben habe, zwanzigfach wieder hereingebracht. Wie schlau... aber auch wie gefährlich!
Der Gedanke, auch andere Helfer könnten eigene Entscheidungen treffen, erschreckte ihn. Damit hätten sie mich in ihrer Gewalt, ich müßte für ihre Fehler geradestehen und ins Gefängnis gehen. Aber das ist nun mal die Art, wie die Barbaren ihre Geschäfte machen. Sohn Nummer Sieben ist ein geschulter Barbar. Die Götter sind meine Zeugen, es war nicht mein Wunsch, eine Natter großzuziehen!
Und doch... über 600000 an einem Tag! Hätte ich vorher mit ihm gesprochen, ich wäre niemals dazu bereit gewesen und hätte diesen Profit verpaßt! *Ayeeyah!* Er tastete nach einer Kiste und ließ sich darauf nieder. Sein Herz klopfte zum Zerspringen.
Er beobachtete seinen Sohn. Was soll ich mit ihm machen? fragte er sich. Wie ein Gewicht lag der Scheck in seiner Tasche. Unverständlich, wie der Bursche in wenigen Stunden so viel Geld verdienen konnte, ohne die Aktien auch nur in die Hand zu nehmen!
»Erkläre mir, wie dieser schwarzgesichtige fremde Teufel mit dem scheußlichen Namen mir so viel Geld schuldet!«
Verzweifelt bemüht, ihn zu versöhnen, erklärte Paul Tschoy ihm geduldig die Prozedur.
Der Alte dachte darüber nach. »Soll ich also morgen das gleiche tun und das gleiche verdienen?«
»Nein, verehrter Vater. Du nimmst deinen Gewinn und behältst ihn. Heute – das war fast eine todsichere Sache. Wir wissen nicht, wie Noble House morgen reagieren wird oder ob Gornt seinen Angriff fortsetzen will. Er kann zurückkaufen und immer noch gut dastehen. Es wäre gefährlich, Gornts Beispiel morgen zu folgen, sehr gefährlich.«
Vierfinger warf seine Zigarette fort. »Was also sollte ich morgen tun?«
»Warten. Die Börse der fremden Teufel ist nervös und in ihren Händen. Ich rate dir abzuwarten, bis wir wissen, was mit der Ho-Pak und der Victoria passiert.«
»Ja, ja, ich verstehe«, versetzte der Alte hochnäsig, obwohl er keineswegs folgen konnte. »Dann werden wir... werde ich also nur warten?«
»Ja, verehrter Vater.«
Vierfinger zog angewidert den Scheck aus der Tasche. »Und dieses Scheißpapier? Was ist damit?«

»Tausche es in Gold um, verehrter Vater! Der Kurs ändert sich kaum. Ich könnte mit Ishwar Soorjani reden. Er handelt mit Devisen.«

»Und wo soll ich das Gold aufbewahren?« Anderer Leute Gold zu schmuggeln, das war eines; sich aber über sein eigenes Gold Sorgen zu machen, etwas ganz anderes.

Paul Tschoy erklärte ihm, daß man Gold nicht unbedingt tatsächlich besitzen mußte, um sein Eigentümer zu sein.

»Aber ich vertraue Banken nicht«, entgegnete der alte Mann zornig. »Wenn es mein Gold ist, ist es mein Gold und nicht das einer Bank!«

»Ja, Vater. Aber das wäre eine Schweizer Bank, keine von hier und völlig sicher.«

»Gut.« Der alte Mann nahm eine Feder und indossierte den Scheck, wobei er Soorjani gleichzeitig beauftragte, den Betrag unverzüglich in Gold zu konvertieren. »Hier, mein Sohn, auf deine Verantwortung! Und morgen verdienen wir kein Geld?«

»Es könnte sich eine Möglichkeit ergeben, einen Gewinn zu erzielen, aber ich könnte es nicht garantieren. Zu Mittag weiß ich vielleicht mehr.«

»Ruf mich morgen mittag hier an!«

»Ja, Vater. Natürlich, wenn wir unsere eigene Börse hätten, könnten wir hundert Kurse manipulieren...«

»Unsere eigene Börse?«

Vorsichtig begann der junge Mann zu erklären, wie leicht es für sie wäre, ihre eigene Börse zu gründen, eine von Chinesen beherrschte Börse, und welche unbegrenzten Gewinnmöglichkeiten ihre eigene Börse ihnen bieten könnte.

»Wenn das so leicht ist, mein Sohn, warum hat Knauser Tung es noch nicht getan – oder Großmaul Sung – oder Geldsack Ng – oder dieser halbbarbarische Goldschmuggler aus Macao – oder Bankier Kwang oder ein Dutzend andere, *heya*?«

»Vielleicht sind sie nie auf die Idee gekommen, oder sie hatten nicht den Mut dazu. Vielleicht arbeiten sie lieber innerhalb des Systems der fremden Teufel. Vielleicht verfügen sie nicht über das nötige Wissen. Wir haben das Wissen, und wir kennen uns aus. Und ich habe einen Freund in den Goldenen Bergen, der mit mir studiert hat...«

»Was für ein Freund?«

»Er ist Schanghaier und ein Drache, wo es um Aktien geht. Jetzt arbeitet er als Makler in New York. Zusammen und mit der nötigen finanziellen Unterstützung könnten wir es schaffen. Ich bin ganz sicher.«

»*Ayeeyah!* Mit einem Barbaren aus dem Norden?« Vierfinger zog eine geringschätzige Grimasse. »Wie kann man ihm trauen?«

»Ich glaube, du könntest ihm vertrauen, ehrenwerter Vater. Natürlich müßtest du dich vor Unkraut schützen wie jeder gute Gärtner.«

»Aber die ganze finanzielle Macht in Hongkong liegt in den Händen der fremden Teufel. Die kultivierten Menschen in der Kolonie wären nicht imstande, die Grundlage zu schaffen, auf die sich eine Gegenbörse stützen könnte.«

»Du magst recht haben, verehrter Vater«, stimmte Paul Tschoy ihm vorsichtig zu, »aber wir Chinesen sind von Natur aus Spieler. Dennoch ist zur Zeit kein einziger kultivierter Mensch Börsenmakler! Warum sperren uns die fremden Teufel aus? Weil wir sie übertreffen würden. Die Börse ist für uns der schönste Beruf der Welt. Wenn unsere Leute in Hongkong erst einmal sehen, daß unsere Börse allen kultivierten Personen und *ihren* Firmen offensteht, werden sie in Scharen zu uns kommen. Vergessen wir doch nicht...« Er deutete auf die Küste, die vielen Hochhäuser, auf die Schiffe, Dschunken und schwimmenden Restaurants, »– das könnte alles dir gehören. Für den modernen Menschen liegt die Macht in Aktien und Kapitalanteilen – und die Börse gehört dazu.«

Wu rauchte mit Muße seine Zigarette. »Wieviel würde deine Börse kosten, Sohn?«

»Ein Jahr Zeit. Ein Anfangskapital von... das weiß ich nicht genau.« Das Herz schlug dem jungen Mann bis zum Hals. So tiefgreifend und folgenschwer erschien ihm die Gründung einer chinesischen Börse in dieser ungeregelten kapitalistischen Gesellschaft, daß ihn eine Schwäche befiel. »In einer Woche könnte ich dir einen Voranschlag geben.«

Vierfingers pfiffige alte Augen ruhten auf seinem Sohn, und der spürte seine Erregung und seine Gier. Gier nach Geld oder Gier nach Macht? fragte er sich.

Nach beidem, entschied er. Der Dummkopf weiß noch nicht, daß es ein und dasselbe ist. Er dachte an die Macht von Philip Tschen und die Macht von Noble House und die Macht der halben Münze, die John Tschen gestohlen hatte. Auch Philip Tschen und seine Frau sind Dummköpfe. Sie sollten daran denken, daß es immer Lauscher gibt. Sobald eine eifersüchtige Mutter ein Geheimnis kennt, ist es keines mehr.

Nur ein Narr vertraut seinem Sohn hundertprozentig. *Heya?*

»Also gut, mein Sohn«, sagte Vierfinger leichthin. »Gib mir einen Plan! Schriftlich. Und nenne mir den Betrag. Dann werde ich entscheiden.«

Den Aktenkoffer an die Brust gepreßt, stieg Philip Tschen am Rasendreieck in Kowloon Tong aus dem Taxi. Kowloon Tong war eine von vielen Vorstädten von Kowloon, ein dichtbevölkerter Bienenstock von Häusern, elenden Hütten, dunklen Gäßchen, Menschen und Verkehrsmitteln. Er fand die Essex Road, die sich am Garten entlangzog, und ging die Straße hinunter. Das Aktenköfferchen schien ihm mit jedem Schritt schwerer zu werden, und er war völlig sicher: Alle Leute wußten, daß er 200000 HK bei sich hatte! Er wurde immer nervöser. In einem Viertel wie diesem konnte man mit ein paar hundert den Tod eines Mannes kaufen – wenn man wußte, an wen sich wenden – und mit 200 000 eine ganze Armee anheuern. Nachdem er das Rasendreieck schon fast umrundet hatte, sah er den Pfeil auf dem Gehsteig, der auf die Mauer wies. Sein Herz ging in schweren Schlägen. Es war ganz dunkel hier, nur wenige Straßenlaternen brannten. Das Loch war dadurch entstanden, daß sich einige Ziegel aus der Mauer gelöst hatten. Er sah ein zusammengeknülltes Zeitungspapier. Hastig nahm er es heraus, ging zu einer Bank unter einer Lampe und setzte sich. Nachdem er wieder zu Atem gekommen war, schlug er die Zeitung auseinander, in der sich der Brief befand. Der Umschlag war flach, und seine Besorgnis ließ nach. Er hatte befürchtet, das zweite Ohr darin zu finden.

»Geh zur Waterloo Road vor«, stand auf dem Zettel zu lesen, »und dann weiter in Richtung Kaserne! Bleib auf der Westseite! Sei auf der Hut, du wirst ständig beobachtet!«

Ein Schauder durchrieselte ihn, und er sah sich um. Es schien ihn niemand zu beobachten. Weder Freund noch Feind. Sein Aktenkoffer wurde immer schwerer. Mögen alle Götter mich beschützen, flehte er inbrünstig, und nahm seinen ganzen Mut zusammen, um seinen Weg fortzusetzen. Wo, zum Teufel, sind Vierfingers Leute?

Es war nicht weit zur Waterloo Road, einer belebten Hauptverkehrsstraße. Er achtete nicht auf die Menschen, sah keinen an und stapfte nur teilnahmslos nach Norden. Alle Läden waren offen, in den Restaurants herrschte hektische Geschäftigkeit. Die Nacht war rauh und die Luft sehr feucht. Verdrießlich legte er eine halbe Meile zurück. Eingekeilt in einer Gruppe von Menschen, blieb er stehen, um einen Lkw vorbeizulassen, überquerte abermals eine enge Seitengasse und wich dahin und dorthin aus, um nicht von Entgegenkommenden angerempelt zu werden. Plötzlich standen zwei junge Männer vor ihm, verstellten ihm den Weg, und einer zischte: »*Tin koon chi fook!*«

»Was?«

Beide hatten ihre Mützen tief ins Gesicht gezogen, trugen dunkle Brillen und schienen einander ähnlich zu sein. »*Tin koon chi fook!*« wiederholte Pocken Kin grollend. »*Dew neh loh moh,* gib den Koffer her!«

»Oh!« Verwirrt reichte Philip Tschen ihm den Koffer. Pocken Kin riß ihn ihm aus der Hand. »Schau dich nicht um, und geh weiter nach Norden!«

»Gut, gut, aber bitte halten Sie Ihr Versprechen ...« Philip Tschen hielt inne. Die beiden Burschen waren verschwunden. Immer noch unter Schock handelnd, ging er weiter, wobei er versuchte, sich ihr Gesicht in Erinnerung zu rufen. Plötzlich packte ihn jemand derb am Arm.

»Wo ist der Scheißkoffer?«

»Was?« stieß er hervor und blickte in das schreckenerregende Schlägergesicht Gutwetter Poons.

»Ihr Koffer – wo ist er hin?«

»Zwei Burschen ...« Der Mann fluchte und hastete weiter, die Straße hinunter. Während der sich durch den Verkehr schlängelte, legte er die Finger an die Lippen und ließ einen schrillen Pfiff ertönen. Nur wenige Menschen achteten auf ihn. Andere Ganoven schlossen sich ihm an, und dann sah Gutwetter die zwei Kerle mit dem Aktenkoffer, die gerade von der hellerleuchteten Hauptstraße in eine Seitengasse einbogen. Er begann zu laufen, und seine Kumpane folgten ihm.

Pocken Kin und sein Bruder schlenderten dahin, ohne sich zu beeilen. Bis auf die nackten Glühbirnen der bescheidenen Läden und schäbigen Buden war das Gäßchen nicht beleuchtet. Ihrer Sache jetzt schon völlig sicher, nahmen sie ihre Brillen und Mützen ab und stopften sie in die Taschen.
»*Dew neh loh moh,* der alte Bastard war in Todesangst!« kicherte Pocken Kin. »Mit einem kühnen Schritt haben wir den Himmel erreicht!«
»So ist es, und wenn wir nächste Woche ihn selber schnappen, wird ihn das Zahlen so leicht ankommen wie einen alten Hund das Furzen!«
Sie lachten und blieben kurz stehen, um beim Licht eines Ladens in den Koffer zu linsen. Beide seufzten, als sie die Banknotenbündel sahen. »*Ayeeyah,* wahrhaftig, mit einem kühnen Schritt haben wir den Himmel erreicht, Älterer Bruder. Schade, daß der Sohn tot und begraben ist.«
Pocken Kin zuckte die Achseln. Sicheren Fußes durchquerten sie den sich verfinsternden Irrgarten von Gäßchen und Hinterhöfen. »Der ehrenwerte Vater hat recht. Seine Schuld war es nicht, daß der Bastard einen so weichen Schädel hatte. Wenn wir ihn ausgraben und auf die Sha-Tin-Straße legen, eine Botschaft auf seiner Scheißbrust...« Kin unterbrach sich, und sie traten zur Seite, um einen vollbeladenen, klapprigen Lastwagen vorbeizulassen. Während sie warteten, warf er einen Blick zurück. Am anderen Ende des Gäßchens sah er drei Männer, die, als sie seiner gewahr wurden, die Richtung änderten und eilig auf ihn zukamen. »*Dew neh loh moh,* wir sind verraten«, keuchte er und nahm, gefolgt von seinem Bruder, die Beine in die Hand.
Die Burschen waren sehr schnell. Sie stürmten durch die fluchende Menge und wichen, von der zunehmenden Dunkelheit begünstigt, Schlaglöchern und kleinen Hindernissen geschickt aus. Pocken Kin lief voran. Den Aktenkoffer krampfhaft festhaltend, jagte er einen engen, unbeleuchteten Durchgang hinunter. »Nimm einen anderen Weg, Jüngerer Bruder«, stieß er hervor. »Wir treffen uns zu Hause.«
Bei der nächsten Ecke bog er nach links ab, während sein Bruder geradeaus weiterlief. Aber auch ihre Verfolger teilten sich, und zwei blieben ihm auf den Fersen. Es war fast unmöglich, in der Dunkelheit noch etwas zu sehen. Er rang nach Atem, aber er war seinen Verfolgern schon weit voraus. Vorsichtig lugte er um die Ecke. Ein paar Leute beobachteten ihn, gingen aber ihrer Wege, ohne stehenzubleiben.
Nun fühlte er sich wieder sicher; er schlüpfte in die Menge und setzte, ohne

sich zu beeilen, mit gesenktem Kopf seinen Weg fort. Immer noch atmete er schwer; er fluchte lautlos vor sich hin und schwor Philip Tschen Rache, weil er sie verraten hatte. Wie kann er es wagen, uns an die Bullen zu verzinken? – Aber nun mal langsam: Waren das auch wirklich Bullen?

Er dachte darüber nach, während er sich von der Menge treiben ließ und nur hin und wieder, für alle Fälle, einen Haken schlug. Aber eigentlich war er jetzt schon ganz sicher, daß niemand ihm folgt. Er begann sich im Geiste mit dem Geld zu beschäftigen. Mal sehen, was ich mit meinen 50000 anfange. Ich kaufe mir eine Rolex, einen Revolver und ein neues Messer zum Werfen. Meiner Frau schenke ich ein oder zwei Armbänder, und zwei bekommt auch Weiße Rose vom »Hurenhaus zu den Tausend Freuden«. Heute nacht feiern wir...

Guter Dinge setzte er seinen Weg fort. In einer Bude kaufte er einen billigen kleinen Koffer. In einem dunklen Gäßchen packte er das Geld in diesen um. Ein Stück weiter verkaufte er nach langem Feilschen Philip Tschens guten Lederaktenkoffer für eine beträchtliche Summe an einen Straßenhändler. Überaus zufrieden mit sich, nahm er einen Bus nach Kowloon City, wo sein Vater unter falschem Namen als Ausweichquartier eine kleine Wohnung gemietet hatte. Er bemerkte nicht, daß Gutwetter Poon und zwei andere Männer den Bus bestiegen, und er achtete auch nicht auf das Taxi, das dem Bus folgte.

Kowloon City war ein schwärendes Gewirr von Slums, offenen Kanälen und elenden Wohnstätten. Pocken Kin wußte, daß er hier sicher war. Die Bullen ließen sich hier kaum je blicken. Als China 1898 die New Territories an Hongkong verpachtete, hatte es sich die Oberhoheit über Kowloon City für alle Zeiten vorbehalten. Theoretisch waren diese eineinhalb Hektar chinesisches Territorium. Die britischen Behörden ließen das Gebiet weitgehend in Frieden. Es war eine brodelnde Masse von Opiumhöhlen, illegalen Glücksspielschulen, Triadenkommandos und eine Zufluchtstätte für lichtscheues Gesindel.

Die Treppe zur Wohnung im 5. Stock der Mietskaserne war wackelig und schmutzig, der Verputz modrig und rissig. Kin war müde. Er klopfte in ihrem Code an die Tür.

»Hallo, Vater, hallo, Hundeohr Tschen«, begrüßte er sie fröhlich. »Hier ist das Geld.« Dann sah er seinen jüngeren Bruder. »Wie schön, du bist ihnen also auch entwischt!«

»Selbstverständlich! Kotfressende Bullen in Zivil! Wegen ihrer Frechheit sollten wir den einen oder anderen umbringen!« Kin Pak fuchtelte mit seiner 0,38 herum. »Wir sollten uns rächen!«

»Ich finde, wir sollten keine Bullen umbringen«, sagte Hundeohr Tschen. »Sie könnten verdammt unangenehm werden.«

»*Dew neh loh moh* auf alle Bullen«, rief der junge Kin Pak und steckte die Pistole wieder weg.

Pocken Kin zuckte die Achseln. »Wir haben das Geld und...«
In diesem Augenblick sprang die Tür auf. Mit gezogenen Messern standen Gutwetter Poon und drei seiner Männer im Zimmer. Keiner rührte sich. Heimlich ließ Vater Kin einen Dolch aus seinem Ärmel gleiten, aber noch bevor er ihn werfen konnte, schwirrte Gutwetter Poons Messer durch die Luft und traf ihn in die Kehle. Während er rückwärts taumelte, versuchte er, es herauszuziehen. Weder Hundeohr Tschen noch die Brüder hatten sich bewegt. Sie sahen zu, wie er starb. Der Körper zuckte, die Muskeln verkrampften sich sekundenlang, dann war alles vorüber.
»Wo ist Tschens Sohn Nummer Eins?« fragte Gutwetter, ein zweites Messer in der Hand.
»Wir kennen keinen...«
Zwei der Männer ergriffen Pocken Kin, knallten seine Hände flach auf den Tisch und hielten sie fest. Gutwetter beugte sich vor und schnitt ihm den Zeigefinger ab. Pocken Kin wurde grau im Gesicht. Die anderen beiden waren vor Entsetzen gelähmt.
»Wo ist Tschens Sohn Nummer Eins?«
Pocken Kin starrte mit leeren Augen auf seinen abgetrennten Finger und das Blut, das auf den Tisch spritzte. »Nicht, nicht«, bettelte er, als Gutwetter ein zweites Mal zuschlagen wollte. »Er ist tot... tot, und wir haben ihn begraben, ich schwöre es!«
»Wo?«
»In der Nähe der Sha... der Sha-Tin-Straße. Hören Sie«, kreischte er verzweifelt, »wir teilen das Geld mit euch. Wir...« Er verstummte, als Gutwetter Poon ihm die Spitze seines Messers in den Mund steckte.
»Beantworte nur meine Fragen, du Scheißkerl, oder ich schneide dir die Zunge heraus! Wo sind die Sachen von Sohn Nummer Eins? Was er bei sich hatte?«
»Wir... wir haben alles an Noble House geschickt, alles, bis auf das Geld, das er bei sich hatte. Ich schwöre es.« Er wimmerte vor Schmerz. Plötzlich übten die zwei Männer Druck auf einen seiner Ellbogen aus. »Alle Götter sind Zeugen, daß ich die Wahrheit sage!« rief er und brüllte, als das Gelenk knackte, und fiel in Ohnmacht.
Hundeohr Tschen in der anderen Ecke stöhnte vor Angst. Er wollt etwas rufen, aber einer der Männer schlug ihm ins Gesicht, er krachte gegen die Wand und brach bewußtlos zusammen.
Jetzt richteten sich aller Augen auf Kin Pak. »Es ist wahr«, stammelte er, »alles...«
Gutwetter stieß einen Fluch aus und fragte dann: »Habt ihr Noble House Tschens Sohn durchsucht, bevor ihr darangegangen seid, ihn zu begraben?«
»Ja, Herr, ich zwar nicht, er...« zitternd deutete er auf die Leiche seines Vaters. »Er hat ihn durchsucht.«

»Warst du dabei?«
Der Junge zögerte. Sofort sprang Poon auf ihn los. Sein Messer ritzte Kin Paks Wange, knapp unter seinen Augen, und blieb dort. »Lügner!«
»Ja, ich war dabei!« stieß der Junge hervor. »Ich wollte es Ihnen sagen, Herr, ja, ich schwöre es!«
»Die nächste Lüge kostet dich dein linkes Auge. Du warst also dabei, *heya*? Und der?« fragte er und deutete auf Pocken Kin.
»Nein, Herr.«
»Er?«
»Ja. Hundeohr war dabei!«
»Habt ihr die Leiche durchsucht? Alle seine Taschen, alles?«
»Ja, ja, alles.«
»Irgendwelche Papiere? Notizbücher? Schmuck?«
Der Junge überlegte verzweifelt. Das Messer blieb an seiner Wange haften. »Ich erinnere mich an nichts, Herr. Wir schickten alles an Noble House Tschen, bis... bis auf das Geld.«
Wieder stieß Gutwetter Poon einen Fluch aus. Vierfinger hatte ihm aufgetragen, John Tschen zurückzuholen, alles an sich zu nehmen, was die Kidnapper noch von seinen Habseligkeiten besaßen, insbesondere Münzen und Münzenteile, und dann ohne Aufsehen die Kidnapper zu beseitigen. Ich werde ihn gleich anrufen, dachte er, und ihn fragen, was ich jetzt tun soll. Ich will keinen Fehler machen.
»Was habt ihr mit dem Geld gemacht?«
»Wir haben es ausgegeben, Herr. Es waren nur ein paar hundert Dollar und etwas Wechselgeld. Es ist weg.« Fast wäre Kin Pak in Tränen ausgebrochen. »Ich lüge nicht. Bit...«
»Halt's Maul! Soll ich dem die Gurgel durchschneiden?« fragte der Mann aufgeräumt und deutete auf Pocken Kin, der immer noch bewußtlos über den Tisch lag.
»Nein, nein, noch nicht. Halt ihn fest!« Gutwetter Poon kratzte sich zwischen den Beinen, während er überlegte. »Wir werden jetzt Tschens Sohn Nummer Eins ausgraben. Ja, das werden wir tun. Na, du kleiner Scheißer, wer hat ihn umgebracht?« Sofort deutete Kin Pak auf seinen toten Vater. »Er war es. Es war schrecklich. Er ist unser Vater, und er hat ihn mit einer Schaufel erschlagen. Als er fliehen wollte.« Der Junge schauderte, sein Gesicht war kalkweiß. Die Angst vor dem Messer unter seinem Auge lähmte ihn.
»Wie heißt du?«
»Soo Tak-gai, Herr«, antwortete er rasch. Es war der Name, den sie sich für Notfälle zurechtgelegt hatten.
»Und der?« Der Finger deutete auf seinen Bruder.
»Soo-Tak-tong.«
»Der?«

»Wu-tip Sup.«
»Und der?«
Der Junge senkte den Blick auf die Leiche seines Vaters. »Er war Goldzahn Soo, Herr. Er war ein schlechter Mensch, aber wir... wir... wir mußten ihm gehorchen. Wir mußten ihm gehorchen, er war unser... unser Vater.«
»Wo habt ihr Tschens Sohn Nummer Eins hingebracht, bevor ihr ihn erschlagen habt?«
»Nach Sha Tin, Herr. Aber ich habe ihn nicht getötet. Wir haben ihn auf der Hongkong-Seite geschnappt, in den Kofferraum eines Wagens gelegt, den wir gestohlen hatten, und sind nach Sha Tin gefahren. Dort, außerhalb der Stadt, steht eine alte Hütte, die Vater gemietet hatte... wir mußten ihm gehorchen.«
Poon grunzte. »Zuerst schauen wir uns hier um.« Sofort gaben die Männer Pocken Kin frei, der bewußtlos, eine blutige Spur hinterlassend, zu Boden sank. »Du, verbinde ihm den Finger!« Hastig griff Kin Pak nach einem alten Fetzen und begann, dem Erbrechen nahe, einen groben Kreuzverband um den Stumpf zu wickeln.
Poon öffnete den Koffer. Die Augen der Männer richteten sich auf die Geldscheine. Gier stieg in ihnen hoch. Poon nahm das Messer in die andere Hand und schloß den Koffer. Er ließ ihn auf dem Tisch stehen und begann, die schäbige Wohnung zu durchsuchen. Er ging in die dreckige, fast leere Küche hinaus und drehte das Licht an. Pocken Kin, der wieder zu sich kam, wimmerte.
In einer Lade fand Gutwetter Poon Papier, Tinte und Schreibpinsel. »Was soll das?« fragte er und hielt ein Blatt hoch, auf dem geschrieben stand: »Tschens Sohn Nummer Eins war so dumm zu versuchen, uns zu entwischen. Keiner entkommt den Werwölfen! Hongkong zittert vor uns! Wir haben unsere Augen überall!« Er wiederholte: »Was soll das?«
Kin Pak sah vom Boden auf. »Weil wir ihn doch nicht mehr freilassen konnten, hat unser Vater befohlen... daß wir Sohn Nummer Eins heute nacht ausgraben, ihm das Blatt auf die Brust heften und ihn neben die Sha-Tin-Straße legen.«
Gutwetter Poon sah ihn an. »Wenn du anfängst, ihn auszugraben, solltest du ihn gleich das erstemal finden«, knurrte er grimmig. »Sonst hast du keine Augen mehr, du kleiner Dreck.«

9

21.30 Uhr:

Auf der Suche nach Linc Bartlett – und Casey – kam Orlanda Ramos die breite Treppe des riesigen Restaurants »Zum schwimmenden Drachen« in Aberdeen herauf und bahnte sich einen Weg durch die lärmenden, schwatzenden Gäste von Sir Shi-teh T'tschungs Bankett.
Die zwei Stunden, die sie heute morgen mit Bartlett verbracht hatte, um ihn zu interviewen, waren sehr aufschlußreich gewesen, ganz besonders im Hinblick auf Casey. Ihr Instinkt sagte ihr, daß sie gut daran tun würde, den Gegner sobald wie möglich zum Kampf zu stellen.
Das Bankett fand auf dem Oberdeck statt. Durch die offenen Fenster kam der frische Geruch des Meeres in den Saal. Die Nacht war schön, wenn auch feucht, und ringsum glitzerten die Lichter der Hochhäuser und des Stadtgebietes von Aberdeen. Draußen im Hafen lagen die nur teilweise beleuchteten Inseln aus Dschunken, auf denen mehr als 150000 Bootsmenschen ihr Leben zubrachten.
Der Saal, in Scharlachrot, Gold und Grün gehalten, dehnte sich über die halbe Länge und die ganze Breite des Schiffes aus. Reichverzierte Wasserspeier, Einhörner und Drachen aus Holz und Gips schmückten die drei hell erleuchteten und mit Gästen vollgestopften Decks des Restaurants. Die Küchen unter Deck boten Raum für achtundzwanzig Köche, eine Armee von Küchengehilfen und ein Dutzend riesiger Kessel. Zweiundachtzig Kellner bedienten die Gäste des »Schwimmenden Drachen«. Die ersten beiden Decks hatten je vierhundert Plätze, das dritte, das Oberdeck, dreihundert. Sir Shi-teh hatte das ganze Oberdeck für seine Gäste reserviert, die jetzt in erwartungsvollen Gruppen um die Tische für je zwölf Personen herumstanden.
Orlanda fühlte sich an diesem Abend sehr zuversichtlich. Sie hatte sich für Bartlett wieder sehr sorgfältig angekleidet. Zum Interview am Vormittag war sie sportlich-salopp erschienen, mit wenig Make-up, für den Abend hatte sie zarte weiße Seide gewählt. Sie wußte, daß ihre Figur perfekt war. Havergill und seine Frau standen vor ihr, und sie sah ihre Augen auf ihrem Ausschnitt. Sie lachte in sich hinein, denn sie wußte genau, daß sie die einzige Frau im Saal war, die es wagte, die aufregende Mode mitzumachen, die im Londoner Jet-Set in diesem Jahr kreiert wurde.
»Guten Abend, Mr. Havergill, Mrs. Havergill«, grüßte sie höflich und schritt an ihnen vorbei. Sie kannte ihn gut. Er war oft auf Gornts Jacht eingeladen gewesen. Nur mit ihr, Quillan Gornt und seinen Freunden an Bord waren sie vom Jachtklub auf der Hongkongseite nach Kowloon hinübergedampft, wo auf den von Meer umspülten Stufen neben der Golden Ferry schon die Mädchen in Strand- oder Segelkleidung warteten.

In der Zeit, als Quillans Frau bettlägerig und Orlanda offiziell, wenn auch noch sehr diskret, Quillans Geliebte gewesen war, nahm er sie nach Japan, Singapur und Taiwan, aber nie nach Bangkok mit. Damals war Paul Havergill einfach Paul, in der Öffentlichkeit aber, wie heute noch, stets Mr. Havergill. Er ist kein schlechter Kerl, dachte sie. Bis auf wenige Ausnahmen mochten ihn zwar seine Mädchen nicht, aber sie scharwenzelten um ihn herum, denn er war einigermaßen großzügig und stets bereit, ihnen durch eine seiner Bankverbindungen ein günstiges Darlehen zu beschaffen – nie aber in der Vic.

Sehr klug, dachte sie belustigt, und eine Frage des Gesichts. Was könnte ich für ein Buch über sie alle schreiben, wenn ich wollte! Ich werde es nie tun – wozu auch? Warum sollte ich? Selbst nach Macao habe ich Geheimnisse immer für mich behalten. Auch das hat Quillan mich gelehrt – Diskretion.

Macao. Welche Torheit! Ich kann mich heute kaum noch daran erinnern, wie der junge Mann aussah, nur daß er miserabel im Bett war. Der Dummkopf war nur eine vorübergehende Laune, meine allererste. Sein von Jugend durchpulster Körper erwies sich als völlig untauglich. Wie dumm ich doch war!

Ihr Herz begann zu klopfen, als sie an all diese Alpträume zurückdachte: wie Quillan sie zur Rede gestellt und nach England geschickt hatte, wie sie zurückkam und Quillan so frostig war und sie nie wieder mit ihm geschlafen hatte.

Eine entsetzliche Zeit. Dieses schreckliche, durch nichts zu stillende Verlangen. Das Allein- und von allem Ausgeschlossensein. Die vielen Tränen und das Leid und die immerwährende Hoffnung, er werde sich erweichen lassen. O Quillan, was warst du doch für ein Liebhaber!

Vor nicht allzu langer Zeit war seine Frau gestorben. Orlanda war zu ihm gegangen, um ihn zurückzugewinnen. In jener Nacht hatte sie schon geglaubt, es sei ihr gelungen, aber er hatte nur mit ihr gespielt. »Zieh dich wieder an, Orlanda! Ich war nur neugierig auf deinen Körper. Ich wollte sehen, ob er noch so verführerisch ist wie zu meiner Zeit. Ich freue mich, dir sagen zu können, daß er es noch ist. Aber es tut mir leid: Ich begehre dich nicht. Bitte komm nie wieder uneingeladen hierher«, hatte er gesagt. »Du hast dich für Macao entschieden.«

Und er hatte recht. Durch mich hatte er sein Gesicht verloren. Warum hält er mich immer noch aus? fragte sie sich, während ihre Augen auf der Suche nach Bartlett über die Gäste schweiften. Muß man erst etwas verlieren, bevor man seinen Wert erkennt? Ist auch das ein Teil des Lebens?

»Orlanda!«

Sie blieb verdutzt stehen, als plötzlich jemand vor sie hintrat. Es war Richard Hamilton Pugmire. »Darf ich Ihnen Mr. Charles Biltzmann aus Amerika vorstellen«, sagte er mit einem lüsternen Seitenblick. Die bloße Nähe des Mannes, der etwas kleiner war als sie, verursachte ihr körperli-

ches Unbehagen. »Mr. Biltzmann... er ist der neue Tai-Pan von General Stores. Chuck, das ist Orlanda Ramos!«
»Freue mich, Ihre Bekanntschaft zu machen, Ma'am!«
»Ganz meinerseits«, erwiderte sie höflich. Der Mann war ihr gleich zuwider. »Es tut mir leid, aber...«
»Nennen Sie mich Chuck! Sie heißen Orlanda? Ein hübscher Name und ein wirklich bezauberndes Kleid!« Er überreichte ihr seine Visitenkarte. »Ist ja hier so üblich, nicht wahr?«
Sie nahm die Karte, ohne die Geste zu erwidern. »Vielen Dank! Tut mir leid, Mr. Biltzmann, wenn Sie mich jetzt entschuldigen möchten... Ich muß zu meinen Freunden und...« Bevor sie es noch verhindern konnte, hatte Pugmire ihren Arm geschnappt und sie zur Seite gezogen. »Wie wäre es mit einem Dinner? Sie sehen phan...«
Bemüht, nicht aufzufallen, riß sie sich los. »Ziehen Sie Leine, Pug!«
»Hören Sie mal, Orlan...«
»Ich habe Sie fünfzigmal höflich ersucht, mich in Frieden zu lassen! Jetzt *dew neh loh moh* auf Sie und Ihre Sippschaft«, fuhr sie ihn an. Röte stieg in sein Gesicht. Sie hatte ihn immer verabscheut. »Wenn Sie mich noch einmal anrufen oder das Wort an mich richten, werde ich ganz Hongkong von Ihren perversen Praktiken erzählen.« Sie nickte Biltzmann höflich zu, ließ seine Karte unbemerkt zu Boden fallen und ging davon. Pugmire kehrte zu dem Amerikaner zurück.
»Was für eine Figur!« sagte Biltzmann bewundernd.
»Sie... sie ist eine der bekanntesten Huren«, erklärte Pugmire und verzog den Mund. »Man könnte uns schon etwas zu essen bringen. Ich sterbe vor Hunger.«
»Sie ist eine Nutte?« staunte Biltzmann. Er konnte den Blick nicht von ihr wenden. »O du Heiliger«, murmelte er, »mit der würde ich wirklich gern eine Nummer machen.«
»Das ist nur eine Geldfrage. Aber ich versichere Ihnen, sie ist es nicht wert. Sie taugt nichts im Bett, ich weiß, wovon ich rede, heutzutage kann man ja nur raten, wer sie vorher auf Kreuz geschmissen hat, nicht wahr?« Er lachte. »Nach dem erstenmal hatte ich keine Lust mehr auf sie. Wenn Sie Ihre Pfeife bei ihr ausklopfen wollen, sollten Sie Schutzmaßnahmen treffen.«

Dunross war eben gekommen und hörte nur mit einem Ohr Richard Kwang zu, der in überheblichem Ton all die Aktionen und Schachzüge aufzählte, mit denen er den Run aufgehalten hatte, und der sich anschließend beklagte, wie gemein es von gewissen Leuten war, solche Gerüchte zu verbreiten.
»Ich bin ganz Ihrer Meinung, Richard«, sagte Dunross, der mit dem Mitgliedern der Handelsdelegation sprechen wollte; sie standen am anderen

Ende des Saales in einer Gruppe zusammen. »Es gibt wirklich jede Menge Schweine. Wenn Sie mich jetzt entschuldigen wollen...«
»Selbstverständlich, Tai-Pan!« Richard Kwang senkte seine Stimme, konnte aber nicht verhindern, daß sich seine Besorgnis offenbarte. »Könnte sein, daß ich Hilfe brauche.«
»Alles, was Sie wollen, außer Geld.«
»Sie könnten bei Johnjohn von der Vic ein gutes Wort für mich einlegen. Er würde...«
»... nichts bewirken, das wissen Sie doch, Richard! Ihre einzige Chance ist einer Ihrer chinesischen Freunde. Was ist mit Lächler Tsching?«
»Ach, dieser alte Gauner – sein schmutziges Geld würde ich doch nicht einmal mit der Feuerzange anfassen!« antwortete Richard Kwang. Lächler Tsching hatte seine Zusage nicht eingehalten und sich geweigert, Kredit zu geben. »Dieser Verbrecher gehört ins Gefängnis. Auch auf ihn hat ein Run eingesetzt, und recht geschieht ihm! Haben Sie schon von den Schlangen vor der Vic im Central District gehört? Bei der Blacs sind es noch mehr. Großmaul Tok von der Bank of East Asia and Japan hat schon das Handtuch geworfen. Morgen machen sie nicht mehr auf.«
»Sind Sie sicher?«
»Er hat mich heute abend angerufen und wollte 20 Millionen haben. *Dew neh loh moh,* Tai-Pan, wenn man uns nicht allen hilft, ist Hongkong am Ende. Wir haben...« Dann sah er Venus Poon am Arm von Vierfinger Wu durch die Tür kommen, und sein Herzschlag setzte aus. Heute abend war sie wütend gewesen, weil er ihr den versprochenen Nerz nicht mitgebracht hatte. Sie hatte geweint und geschrien, ihre *amah* hatte gejammert, und beide hatten so lange gezetert, bis er gelobte, das Geschenk zu bringen, das er ihr zugesagt hatte.
»Nimmst du mich zu Shi-tehs Bankett mit?«
»Meine Frau hat es sich überlegt, sie kommt mit. Aber nachher werden wir...«
»Nachher bin ich müde! Zuerst kein Geschenk, und jetzt kann ich nicht zur Party mitkommen! Wo ist der Aquamarinanhänger, den du mir vorigen Monat versprochen hast? Wo ist mein Nerz gelandet! Auf dem Rücken deiner Frau, ich könnte wetten! O weh, o weh, o weh, du liebst deine Tochter nicht mehr! Ich werde mich umbringen müssen – oder Vierfingers Einladung annehmen.«
»Was?«
Richard Kwang erinnerte sich, wie er beinahe einen Blutsturz erlitten hatte, wie er getobt und gewütet und geschrien hatte, daß ihre Wohnung ihn ein Vermögen koste und ihre Kleider tausend die Woche, und wie sie getobt und gewütet und geschrien hatte. »Und was ist mit dem Run auf die Bank? Was ist mit meinen Ersparnissen? Sind sie sicher, *heya*?«
»*Ayeeyah*, du elende Hure, was für Ersparnisse? Die Ersparnisse auf dem

Konto, das ich dir eingerichtet habe? Natürlich sind sie sicher, so sicher wie die Bank von England!«

»O weh, o weh, o weh, jetzt bin ich mittellos! Deine arme notleidende Tochter! Ich werde mich verkaufen müssen oder mir das Leben nehmen. Jawohl, das werde ich! Gift... das ist es! Ich denke, ich werde eine Überdosis Aspirin nehmen. Ah Poo! Bring mir eine Überdosis Aspirin!«

Da hatte er gebeten und gebettelt und sie schließlich nachgegeben und ihm erlaubt, das Aspirin wieder wegzulegen. Dann hatte er versprochen, sofort nach dem Bankett in die Wohnung zurückzukommen – und jetzt quollen ihm fast die Augen aus dem Kopf, als er Venus Poon an Vierfinger Wus Arm durch die Tür kommen sah, er stolzgebläht, sie jungfräulich und unschuldig in einer Toilette, die er bezahlt hatte. »Was haben Sie, Richard?« fragte Dunross besorgt.

Richard Kwang versuchte zu sprechen, brachte aber kein Wort über die Lippen und schwankte auf seine Frau zu, die ihre leidgeprüften Augen von Venus Poon abwandte und wieder auf ihn richtete.

»Hallo, Liebste«, sagte er mit weichen Knien.

»Hallo, Liebster«, antwortete sie honigsüß. »Wer ist denn diese Hure?«

»Ist das nicht... wie heißt sie doch gleich... dieses Fernsehstarlet?«

»Ist das nicht... wie heißt sie doch gleich, Mich-juckt-die-Muschi-Poon?«

Er gab sich Mühe, mit ihr mitzulachen, hätte sich aber am liebsten alle Haare ausgerissen. Die Tatsache, daß seine Mätresse mit einem anderen Mann gekommen war, konnte in Hongkong nicht unbeobachtet bleiben. Man mußte es als untrügliches Zeichen dafür werten, daß er finanziell in ernste Schwierigkeiten geraten war und daß sie klugerweise die sinkende Dschunke verlassen hatte, um einen sicheren Hafen aufzusuchen. Daß sie auch noch mit seinem Onkel Vierfinger gekommen war, machte die Sache noch schlimmer. Man konnte darin die Bestätigung sehen, daß Wu sein Vermögen von der Ho-Pak abgezogen und daß Lando Mata mit seinem Goldsyndikat höchstwahrscheinlich das gleiche getan hatte. O verflucht! Ein Unglück kommt selten allein.

»Hm?« fragte er matt. »Was hast du gesagt?«

»Ich sagte: Wird der Tai-Pan bei der Vic ein Wort für uns einlegen?«

Da Europäer in der Nähe waren, setzte er das Gespräch auf Kantonesisch fort. »Bedauerlicherweise ist dieser Hurensohn selbst in der Klemme. Nein, er wird uns nicht helfen. Wir befinden uns in großen Schwierigkeiten, und es ist nicht unsere Schuld. Heute war ein furchtbarer Tag, bis auf eines: Wir haben einen guten Gewinn erzielt. Ich habe alle Noble-House-Aktien verkauft.«

»Ausgezeichnet. Zu welchem Kurs?«

»Wir haben 2,70 pro Aktie verdient. Jetzt liegt alles in Gold in Zürich. Ich habe es unserem gemeinsamen Konto gutschreiben lassen«, fügte er, die

Wahrheit verfälschend, sorgsam hinzu. Gleichzeitig bemühte er sich verzweifelt, einen Weg zu finden, seine Frau aus dem Saal zu schicken, um zu Vierfinger Wu und Venus Poon hinüberzugehen und so den Anschein zu erwecken, es habe alles seine Richtigkeit.
»Gut. Sehr gut. Das ist schon was.« Mai-ling spielte mit ihrem Aquamarinanhänger. Plötzlich lief ihm ein kalter Schauer den Rücken hinunter. Das war der Anhänger, den er Venus Poon versprochen hatte! O weh, o weh, o weh...
»Fühlst du dich nicht wohl?« fragte Mai-ling besorgt.
»Ich... ich muß etwas Schlechtes gegessen haben. Der Fisch zu Mittag... ich glaube, ich muß auf die Toilette.«
»Dann geh lieber gleich.« Sie bemerkte seinen nervösen Seitenblick auf Venus Poon und Onkel Wu, und ihre Augen verdunkelten sich wieder. »Diese Hure ist wirklich eine faszinierende Erscheinung. Ich werde sie beobachten, bis du zurückkommst.«
»Warum gehen wir nicht zusammen?« Er nahm ihren Arm und geleitete sie die Treppe hinunter zu den Türen, die zu den Toiletten führten. In dem Moment, da sie hinter ihrer Tür verschwand, lief er wieder hinauf und ging zu Zeppelin Tung hinüber. Er plauderte kurz mit ihm und tat dann, als erblicke er erst jetzt Vierfinger Wu. »Guten Abend, verehrter Onkel«, begrüßte er ihn überschwenglich. »Ich danke dir, daß du sie mitgebracht hast. Hallo, kleines Fettmäulchen!«
»Wie war das?« fragte der alte Mann argwöhnisch. »Ich habe sie für mich mitgebracht, nicht für dich.«
»Jawohl, und dein ›Fettmäulchen‹ kannst du dir sparen«, zischte Venus Poon und nahm den alten Mann demonstrativ am Arm. »Heute abend habe ich mit meinem Friseur gesprochen. Mein Nerz auf ihrem Rücken! Und ist das nicht auch mein Aquamarinanhänger, den sie da trägt? Wenn ich daran denke, daß ich mir heute abend das Leben nehmen wollte, weil ich dachte, ich hätte das Mißfallen meines verehrten Vaters erregt... Und es waren die ganze Zeit immer nur Lügen, Lügen, Lügen. Fast möchte ich mir noch einmal das Leben nehmen.«
»Tu das doch nicht, kleines Fettmäulchen«, flüsterte Vierfinger besorgt. Er hatte bereits einen Handel abgeschlossen, der weit über Lächler Tschings Angebot hinausging. »Zieh Leine, Neffe, du verdirbst ihr den Appetit! Sie wird nicht imstande sein, ihre Aufgabe zu erfüllen.«
Richard Kwang rang sich ein gequältes Lächeln ab, murmelte ein paar Bemerkungen, die witzig sein sollten, und schwankte davon. Er ging zur Treppe, um dort auf seine Frau zu warten, und jemand sagte: »Wie ich sehe, ist ein gewisses Stutfohlen aus der Koppel ausgebrochen, um eine besser gedüngte Weide aufzusuchen!«
»So ein Unsinn!« protestierte er energisch. »Da meine Frau mitgekommen ist, habe ich den alten Trottel gebeten, sie mitzunehmen. Warum sonst

säße sie wohl bei ihm? Ist der alte Knacker behängt wie ein junger Stier? oder auch nur wie ein Zwerghahn? Nein! *Ayeeyah,* nicht einmal Venus Poon mit all den Kunstgriffen, die ich sie gelehrt habe, kann etwas auffädeln, wo es keinen Faden mehr gibt. Na klar, und sie wollte ihren alten Vater sehen und natürlich auch gesehen werden!«

»Iiiii, das ist aber gerissen, Bankier Kwang«, sagte der Mann, wandte sich ab und gab die Information an einen anderen weiter, der spöttisch bemerkte: »Du würdest auch einen Eimer Scheiße saufen, wenn dir jemand versicherte, er enthielte nur gekochtes Rindfleisch mit Soße von schwarzen Bohnen! Weißt du denn nicht, daß der Stengel des alten Vierfinger Wu mit den teuersten Salben und Säften verwöhnt wird, die für Geld zu haben sind?«

»Bleiben Sie zum Essen, Tai-Pan?« fragte Brian Kwok und trat ihm in den Weg. »Für den Fall, daß es uns noch vorgesetzt werden sollte.«

»Ja. Warum fragen Sie?«

»Ich muß leider wieder an die Arbeit. Ein anderer Beamter wird Sie nach Hause begleiten.«

»Du lieber Himmel, Brian, machen Sie nicht ein bißchen zuviel von der ganzen Sache her?«

»Ich glaube nicht«, antwortete Brian Kwok mit gesenkter Stimme. »Ich habe eben mit Crosse gesprochen. Er hat mich angewiesen, Sie davon in Kenntnis zu setzen, daß ein sowjetisches Spionageschiff im Hafen liegt. Einen Toten hat es schon gegeben. Einer ihrer Leute wurde erstochen.«

»Und was hat das mit mir zu tun?«

»Das wissen Sie besser als ich. Sie wissen, was in diesen Berichten steht. Es muß schon recht ernst sein, sonst wären Sie nicht so schwierig – oder vorsichtig. Wir sind alte Freunde, Ian, ich mache mir wirklich Sorgen. Auch den weisen Mann können Dornen stechen – vergiftete Dornen.«

»In zwei Tagen kommt der Polizeimandarin. Zwei Tage sind bald herum.«

Brian Kwok schlug einen härteren Ton an. »Unsere amerikanischen Freunde haben uns ersucht, Sie in Schutzhaft zu nehmen.«

»So ein Unsinn!«

»So unsinnig nun auch wieder nicht, Ian. Es ist ja bekannt, daß Sie ein phantastisches Gedächtnis haben. Je früher Sie diese Informationsbriefe übergeben, desto besser. Sie sollten auch nachher noch vorsichtig sein. Warum sagen Sie mir nicht, wo sich die Berichte befinden und wir kümmern uns um den Rest?«

Dunross' Gesicht nahm einen entschlossenen Ausdruck an. »Es ist alles in bester Ordnung, Brian, und alles bleibt, wie es ist.«

Der großgewachsene Chinese zuckte die Achseln. »Na gut. Aber sagen Sie dann nicht, wir hätten Sie nicht gewarnt! Bitte gehen Sie eine Zeitlang nirgends allein hin! Und wenn Sie, hm, private Verabredungen haben, bitte verständigen Sie mich.«

»Ich private Verabredungen? Hier in Hongkong? Also wirklich!«
»Sagt Ihnen der Name Jen etwas?«
Dunross' Augen blickten starr. »Ihr Kerle könnt schon recht lästig sein.«
»Und Sie scheinen sich nicht darüber im klaren zu sein, daß Sie an einem Spiel teilnehmen, für das der Marquess von Queensberry keine Regeln verfaßt hat.«
»Dessen bin ich mir jetzt mehr als je zuvor bewußt. Bei Gott.«
»Gute Nacht, Tai-Pan!«
»Gute Nacht, Brian!« Dunross ging zu den Abgeordneten hinüber, die in einer Ecke beisammenstanden und mit Jacques de Ville plauderten. Es waren nur vier; die anderen hatten sich nach der langen Reise zur Ruhe begeben. Jacques de Ville machte die Herren miteinander bekannt. Sir Charles Pennyworth, Tory; Hugh Guthrie, Liberaler; Julian Broadhurst und Robin Grey, beide Labour. »Guten Abend, Robin«, sagte Dunross.
»Guten Abend, Ian! Ist 'ne ganze Weile her, als wir uns das letztemal sahen.«
»Ja.«
»Wenn Sie mich jetzt entschuldigen wollen...«, sagte de Ville, das Gesicht abgehärmt. »Meine Frau ist verreist, und wir müssen uns um mein kleines Enkelkind kümmern.«
»Hast du mit Susanne in Frankreich gesprochen?« fragte Dunross.
»Ja, Tai-Pan. Sie... sie kommt schon wieder in Ordnung. Danke, daß du Deland angerufen hast! Wir sehen uns morgen. Gute Nacht, meine Herren!« Er schritt auf die Treppe zu.
Dunross musterte Robin Grey. »Du hast dich überhaupt nicht verändert.«
»Du auch nicht«, erwiderte Grey, und dann zu Pennyworth: »Mr. Dunross und ich haben uns vor Jahren in London kennengelernt, Sir Charles. Es war kurz nach dem Krieg. Ich war gerade Betriebsrat geworden.« Er war ein hagerer Mann mit dünnen Lippen, feinem, graumeliertem Haar und scharfen Gesichtszügen.
»Ja, es sind ein paar Jahre her«, bestätigte Dunross höflich, die Abmachung einhaltend, die Penelope und ihr Bruder vor geraumer Zeit getroffen hatten – daß keine Blutsverwandtschaft zwischen ihnen bestand. »Bleibst du lange, Robin?«
»Nur ein paar Tage«, antwortete Grey. Sein Lächeln war so dünn wie seine Lippen. »Ich war noch nie in diesem Arbeiterparadies. Darum möchte ich ein paar Gewerkschaften besuchen, um zu erfahren, wie die anderen neunundneunzig leben.«
Sie Charles Pennyworth, der Leiter der Delegation, lachte. Er war ein gutunterrichteter Mann von blühender Gesichtsfarbe, ein früherer Oberst im London Scottish Regiment, Träger des Distinguished Service Order und Kronanwalt. »Fürchte, man gibt hier nicht allzu viel auf Gewerkschaften, Robin. Oder irre ich, Tai-Pan?«

»Unsere Arbeiterschaft kommt sehr gut ohne aus«, antwortete Dunross.
»Und verdient Hungerlöhne«, konterte Grey. »Nach euren eigenen Statistiken. Regierungsstatistiken.«
»Nicht nach unseren Statistiken, Robin, nur nach euren Statistikern«, hielt Dunross ihm entgegen. »Nach den Japanern sind unsere Leute die bestbezahlten Asiens, und sie leben in einer freien Gesellschaft.«
»Frei? Komm mir doch nicht damit!« höhnte Grey. »Du meinst die Freiheit, die Arbeiter auszunützen. Na, keine Bange, wenn bei den nächsten Wahlen Labour ans Ruder kommt, werden wir das alles ändern.«
»Aber Robin«, mischte Sir Charles sich ein, »bei den nächsten Wahlen hat Labour doch überhaupt keine Chancen.«
Grey lächelte. »Verlassen Sie sich nicht darauf, Sir Charles! Das englische Volk will den Wechsel. Labour tritt für den Wechsel ein und kämpft dafür, daß die Arbeiter einen gerechten Anteil der Profite erhalten.«
»Ich fand es immer schon unfair von den Sozialisten, daß sie von den ›Arbeitern‹ reden, als ob sie allein die Arbeit täten und wir nicht den Finger rührten«, ärgerte sich Dunross. »Auch wir sind Arbeiter. Wir arbeiten ebenso schwer, wenn nicht schwerer.«
»Aber du bist ja auch ein Tai-Pan und lebst in einem schönen großen Haus, das dir zusammen mit deiner Macht als Erbe zugefallen ist. Dieses ganze Kapital gründet sich auf den Schweiß armer Menschen, und von dem Opiumgeschäft, mit dem alles angefangen hat, will ich gar nicht reden. Es ist nur fair, eine Streuung des Kapitals zu fordern, und es sollte eine Kapitalertragssteuer geben. Je früher die großen Vermögen umverteilt werden, desto besser für alle, stimmt's Julian?«
Julian Broadhurst war ein großgewachsener, distinguierter Mann Mitte Vierzig, ein engagierter Parteigänger der Gesellschaft der Fabier, des Braintrusts der sozialistischen Bewegung. »Nun ja, Robin«, antwortete er in seiner langsamen, fast schüchternen Art, »ganz gewiß trete ich nicht wie Sie dafür ein, auf die Barrikaden zu steigen, aber ich denke schon, Mr. Dunross, daß Hongkong eine Arbeiterkammer, garantierte Mindestlöhne, eine gewählte Legislative, freie Gewerkschaften, einen staatlich gelenkten Gesundheitsdienst, ein ›Betriebsunfallentschädigungsgesetz‹ und, was dergleichen Neuerungen mehr sind, gut brauchen könnte.«
»Da sind Sie auf dem Holzweg, Mr. Broadhurst. China würde einer Änderung unseres Kolonialstatus beziehungsweise der Gründung eines Stadtstaates an seinen Grenzen niemals zustimmen. Und was den Rest angeht: Wer sollte das bezahlen?«
»Ihr solltet es aus euren Gewinnen bezahlen, Tai-Pan«, sagte Robin Grey und lachte. »Indem ihr gerechte Steuern zahlt, nicht 15 Prozent. Die gleichen Steuern wie wir.«
»Da sei Gott vor!« fiel Dunross ihm ins Wort. »Mir euren hohen Steuern ruiniert ihr die Wirtschaft, macht jeden Profit unmöglich und...«

»Profit?« meldete sich der letzte Abgeordnete, der Liberale Hugh Guthrie, zu Wort. »Schon vor Jahren hat die Labourregierung die Gewinne auf Null reduziert – mit ihrer saudummen, verschwenderischen Ausgabenpolitik, mit lächerlichen Verstaatlichungen, indem sie mit hemmungsloser Einfältigkeit das Empire Stück für Stück verschenkt und das Commonwealth auseinandergerissen hat.«

Robin Grey versuchte, ihn zu besänftigen. »Reden Sie doch nicht so, Hugh! Die Labourregierung hat nur getan, was das Volk, was die Massen haben wollten.«

»Unsinn! Der Feind wollte es so haben. Die Kommunisten! In knapp achtzehn Jahren habt ihr das größte Reich verschenkt, das die Welt je gesehen hat, habt uns zu einer zweitklassigen Nation gemacht und zugelassen, daß sich die dreckigen Sowjets halb Europa unter den Nagel rissen. Zum Lachen!«

»Ich gebe zu, daß der Kommunismus entsetzlich ist. Aber hier wurde kein Reich ›verschenkt‹, Hugh. Es war der Wind des Wechsels«, beruhigte ihn Broadhurst. »Der Kolonialismus hat ausgedient. Sie müssen die Dinge auf lange Sicht sehen.«

»Das tue ich. Und sehe, daß uns der Dreck bis zum Hals steht. Churchill hat recht und hatte schon immer recht.«

»Das Volk war anderer Meinung«, hielt Grey dem entgegen. »Darum wurde er abgewählt.« Robin Grey konnte in den Gesichtern dieser Männer lesen. Er war den Haß gewohnt, der ihn umgab. Er haßte diese Leute nur noch erbitterter. Nach dem Krieg wollte er in der Armee bleiben, war aber abgewiesen worden – damals gab es Captains mit Auszeichnungen und bester Dienstbeschreibung zum Schweinefüttern, während er den Krieg im Gefangenenlager in Changi verbracht hatte. Groll und Haß im Herzen, war er als Mechaniker zu Crawley's gegangen, einem großen Autofabrikanten. Sehr schnell war er Betriebsrat geworden und hatte seinen Aufstieg als Gewerkschaftler begonnen. Vor fünf Jahren war er Labourabgeordneter geworden und saß jetzt, ein Protegé des verstorbenen Linkssozialisten Aneurin Bevan, als zorniger, feindseliger, oft verletzender Hinterbänkler im Unterhaus. »Jawohl, wir haben uns Churchills entledigt, und wenn wir nächstes Jahr zum Zuge kommen, werden wir noch kräftiger ausmisten. Wir werden alle Industrien verstaatlichen...«

»Also wirklich, Robin«, sagte Sir Charles. »Sie sind hier bei einem Bankett. Sie stehen nicht auf einer Seifenkiste im Hyde Park. Wir sind doch übereingekommen, die Politik aus dem Spiel zu lassen, solange wir auf der Reise sind.«

»Sie haben recht, Sir Charles. Nur weil mich der Tai-Pan von Noble House gefragt hat.« Grey wandte sich an Dunross. »Wie geht es denn dem Noble House?«

»Gut. Sehr gut.«

»Wenn man der Nachmittagszeitung glauben will, herrscht ein Run auf deine Aktien.«
»Einer unserer Konkurrenten kann seine Spielchen nicht lassen, das ist alles.«
»Und der Sturm auf die Banken? Ist der auch nicht ernst zu nehmen?«
»Der ist ernst zu nehmen.« Dunross wählte seine Worte mit Bedacht. Er wußte, daß es im Parlament eine starke Anti-Hongkong-Lobby gab und daß viele Abgeordnete aller drei Parteien Einwände gegen Hongkongs Status als Kolonie erhoben, in der nicht gewählt und eine überaus liberale Wirtschaftspolitik betrieben wurde. Na, wenn schon, dachte er. Seit 1841 haben wir feindselige Parlamente, Feuersbrünste, Taifune, Pestilenz und Plagen, Embargos, Wirtschaftskrisen und Chinas periodisch wiederkehrende Konvulsionen überlebt, und das werden wir auch in Zukunft.
»Es ist ein Run auf die Ho-Pak, eine unserer chinesischen Banken«, sagte Dunross.
»Wenn sie pleite macht, was ist dann mit dem Geld ihrer Einleger?«
»Bedauerlicherweise verlieren sie es«, antwortete Dunross und sah sich in die Enge getrieben.
»Ihr braucht hier englische Bankgesetze.«
»Nein, denn wir haben festgestellt, daß unser System sehr gut funktioniert. Wie hat Ihnen China gefallen, Sir Charles?« fragte Dunross.
Noch bevor Pennyworth antworten konnte, ergriff Grey das Wort. »Die Mehrzahl von uns ist der Ansicht, daß die Chinesen gefährlich und aggressiv sind, daß man sie unter Quarantäne stellen und daß Hongkong die Grenze mit China sperren sollte. Sie bekennen sich offen zur ihrer Rolle als Reizmittel für die ganze Welt, und was sie Kommunismus nennen, ist bloß ein Deckmantel für Diktatur und Ausbeutung der Massen.«
Dunross und die anderen Hongkong-*yan* wurden blaß, als Sir Charles in scharfen Ton replizierte: »Hören Sie doch auf, Robin, das ist bloß Ihre Ansicht und die... und die, äh, McLeans! Ich habe gerade das Gegenteil festgestellt. Ich denke, daß China ernstlich bemüht ist, mit seinen gewaltigen und meiner Meinung nach unlösbaren Problemen fertigzuwerden.«
»Gott sei Dank wird es dort bald einen großen Krach geben«, warf Grey ein und verzog höhnisch den Mund. »Das wissen sogar die Russen. Warum sonst verdrücken sie sich?«
»Weil sie Feinde sind und eine fünftausend Meilen lange gemeinsame Grenze haben«, sagte Dunross, dem es nur mit Mühe gelang, seinen Zorn niederzukämpfen. »Sie haben einander schon immer mißtraut. Weil Chinas Invasoren immer aus dem Westen und Rußlands Eindringlinge häufig aus dem Osten gekommen sind. Seit jeher ist China für die Russen eine erdrückende Sorge, wenn nicht gar eine Zwangsvorstellung. Ein schwaches, geteiltes China ist für Rußland ein Vorteil – so wie ein gespaltenes Hongkong. Ein schwaches China ist der unabdingbare Eckpfeiler der russischen Außenpolitik.«

»Rußland ist wenigstens zivilisiert«, meinte Grey. »Rotchina ist ein gefährliches, von fanatischen Heiden bevölkertes Land!«
»Lächerlich!« entgegnete Dunross. »China hat die älteste Kultur der Welt und wünscht sich nichts sehnlicher, als dem Westen in Freundschaft verbunden zu sein. China ist vor allem chinesisch und erst in zweiter Linie kommunistisch.«
»Hongkong und eure ›Chinahändler‹ erhalten die Kommunisten an der Macht!«
»Quatsch! Mao Tse-tung und Tschu En-lai brauchen weder uns noch die Sowjets, um an der Macht zu bleiben.«
»Wenn man mich fragt«, sagte Hugh Guthrie, »sind Rotchina und die Sowjetunion gleich gefährlich.«
»Das läßt sich gar nicht vergleichen«, entrüstete sich Grey. »In Moskau essen die Leute mit Messer und Gabel und verstehen etwas von einer guten Küche. In China bekamen wir nur schlechtes Essen, wohnten in halbverfallenen Hotels und hörten dafür eine Menge leeres Gerede.«
»Ich verstehe Sie wirklich nicht, alter Freund«, erklärte Sir Charles gereizt. »Sie setzen alle Hebel in Bewegung, um dieser Delegation anzugehören, weil Sie angeblich an asiatischen Problemen interessiert sind, und tun die ganze Zeit nichts anderes, als alles zu bemängeln.«
»Ich bemängle nicht, Sir Charles, ich beurteile kritisch. Offen gesagt, ich bin dagegen, Rotchina irgendwelche Hilfe zu gewähren. Wenn ich zurück bin, werde ich den Antrag stellen, den Kolonialstatus Hongkongs grundlegend zu ändern: Handelssperre mit dem kommunistischen China, sofortige Ausschreibung von freien, demokratischen Wahlen, Gewerkschaften und soziale Gerechtigkeit britischer Prägung!«
»Damit würdet ihr unsere Position in Asien zerstören!«
»Die Position der Tai-Pane, ja. Aber nicht die des Volkes. Was China angeht, hatten die Russen völlig recht.«
»Ich spreche von der freien Welt! Du lieber Himmel, das sollte mittlerweile schon allen klar sein: Die Sowjetunion strebt die Beherrschung der Welt und unsere Vernichtung an. Das tut China nicht«, ereiferte sich Dunross. »Hör mal! Wenn Rußland ...«
Broadhurst fiel ihm elegant ins Wort. »Rußland möchte nur mit seinen eigenen Problemen fertigwerden, Mr. Dunross. Es möchte einfach nur in Frieden leben und nicht von emotionalisierten Amerikanern eingeschlossen sein, die ihre fetten Finger am Atombombenabzug haben.«
»Dummes Zeug!« mischte sich Hugh Guthrie zornig ein. »Die Yankees sind die einzigen Freunde, die wir haben. Und was die Sowjets angeht: Schon mal was vom Kalten Krieg gehört? Von Berlin? Von Ungarn? Tschechoslowakei, Kuba, Ägypten? Sie verschlingen uns Stück für Stück.«
Sir Charles Pennyworth seufzte. »Der Mensch hat ein so kurzes Gedächtnis. Ich erinnere mich noch, wie wir am 2. Mai 1945 bei Wismar mit den

Russen zusammentrafen. Im meinem ganzen Leben war ich nie so stolz und glücklich gewesen. Ja, stolz. Und dann wurden die alliierten Heere in Europa wochenlang zurückgehalten, um die Russen auf dem Balkan, in Deutschland, in der Tschechoslowakei und in Polen und weiß Gott wo sonst noch einmarschieren zu lassen. Ich weiß bis heute nicht, wie es passiert ist, aber wir haben den Krieg verloren; wir, die Sieger, haben ihn verloren.«

»Sie beurteilen die Dinge ganze falsch, Charles«, erwiderte Broadhurst. »Die Völker der Welt haben gewonnen, als wir Nazideutschland zer...« Er unterbrach sich verdutzt, als er den Ausdruck auf Greys Gesicht sah. »Was haben Sie, Robin?«

Grey starrte auf die andere Seite des Saales hinüber »Ian! Der Mann da drüben, der mit dem Chinesen spricht, kennst du ihn? Der Große mit dem Blazer?«

»Der Blonde? Das ist Marlowe, Peter Marlowe...«

»Peter Marlowe!« murmelte Grey. »Was... was macht er in Hongkong?«

»Er ist nur auf Besuch da. Aus den Staaten. Er ist Schriftsteller. Ich glaube, er schreibt ein Buch über Hongkong. Ich habe ihn erst vor wenigen Tagen kennengelernt.«

»Und die Frau neben ihm – ist das seine Frau?«

»Ja, das ist Fleur Marlowe. Warum fragst du?«

Grey blieb ihm die Antwort schuldig. Ein Tropfen Speichel erschien in seinem Mundwinkel. »Besteht eine Verbindung zwischen diesen Leuten und Ihnen, Robin?« fragte Broadhurst, seltsam beunruhigt.

Es kostete Grey Mühe, seinen Blick von Marlowe loszureißen. »Wir waren zusammen in Changi, dem japanischen Kriegsgefangenenlager. In den letzten beiden Jahren war ich Kommandeur der Lagerpolizei und hatte auf Disziplin zu achten.« Er wischte sich den Schweiß von der Oberlippe. »Marlowe war einer der Schwarzhändler dort.«

»Marlowe?« Dunross war überrascht.

»Ja, ja, Hauptmann der R.A.F. Marlowe, der feine englische Gentleman«, antwortete Grey, seine Stimme rauh vor Bitterkeit. »Ja, er und sein Kumpel, ein Amerikaner namens King, Corporal King, das waren die Köpfe. Der Capo war Amerikaner, ein Texaner. Er hatte Obersten als Mittelsmänner – Obersten, Majore, Hauptleute, alles feine englische Gentlemen. Marlowe war sein Dolmetscher bei Verhandlungen mit den japanischen und koreanischen Wachen... Wir hatten hauptsächlich koreanische Wachen. Das waren die schlimmsten... Marlowe und King ließen es sich gutgehen, diese beiden Burschen fraßen mindestens ein Ei am Tag, während die anderen vor Hunger fast krepierten. Sie können sich gar nicht vorstellen, wie...«

»Wie lange waren Sie Kriegsgefangener?« fragte Sir Charles mitfühlend.

»Dreieinhalb Jahre.«

»Entsetzlich«, sagte Hugh Guthrie. »Meinen Vetter hat es in Birma erwischt. Schrecklich!«

»Ja, schrecklich«, wiederholte Grey, »aber nicht so schrecklich für die, die sich verkauften.« Er fixierte Sir Charles, und seine Augen waren blutunterlaufen. »Es sind die Marlowes dieser Welt, die uns verraten haben, uns, die gewöhnlichen Leute ohne Geburtsprivilegien. Mann, ich brauche jetzt einen Drink. Entschuldigen Sie mich!« Er stolzierte auf die Bar zu, die an der anderen Seite des Saales eingerichtet worden war.
»Höchst seltsam«, bemerkte Sir Charles.
Guthrie lächelte nervös. »Ich fürchtete schon, er würde sich auf Marlowe stürzen.« Broadhurst bemerkte, daß Dunross Grey stirnrunzelnd nachblickte und sagte: »Achten Sie nicht auf ihn, Mr. Dunross! Grey ist manchmal recht lästig... ein ungehobelter Klotz. Er ist... alles andere als ein typischer Vertreter des Labourflügels. Der neue Vorsitzende unserer Partei, Harold Wilson, wird Ihnen gefallen. Wenn Sie das nächste Mal in London sind, würde ich Sie gern mit ihm bekannt machen.«
»Vielen Dank! Eigentlich dachte ich jetzt an Marlowe. Ich kann mir kaum vorstellen, daß er sich ›verkaufte‹ oder jemanden ›verraten‹ haben könnte.«
»Ja, man weiß nie, was in einem Menschen steckt.«
Grey nahm seinen Whisky-Soda, machte kehrt und durchquerte den Saal.
»Ist's die Möglichkeit – Hauptmann Marlowe!«
Überrascht drehte Peter Marlowe sich um. Sein Lächeln verschwand, und die beiden Männer starrten einander an. Fleur Marlowe stand bewegungslos da.
»Hallo, Grey«, sagte Marlowe, seine Stimme klang flach. »Ich hörte, daß Sie in Hongkong sind. Ich habe sogar Ihr Interview in der Nachmittagszeitung gelesen.« Er wandte sich an seine Frau. »Fleur, das ist der Abgeordnete Robin Grey.« Er stellte ihn auch den Chinesen vor, unter ihnen Sir Shi-teh T'tschung.
»Eine Ehre, Sie bei uns begrüßen zu dürfen, Mr. Grey«, sagte Shi-teh mit seinem Oxford-Akzent. Er war ein großgewachsener, dunkelhäutiger, gutaussehender Eurasier. »Ich hoffe, Sie werden sich in Hongkong wohl fühlen.«
»Hm«, machte Grey lässig. Seine Ungezogenheit fiel allen auf. »Sieh einer an, Marlowe! Sie haben sich nicht sehr verändert.«
»Sie auch nicht. Sie haben Karriere gemacht.« Und an die anderen gewandt, fügte Marlowe hinzu: «Wir waren zusammen im Krieg. Ich habe Mr. Grey seit 1945 nicht mehr gesehen.«
»Wir waren Kriegsgefangene, Marlowe und ich«, sagte Grey. »Auf dem politischen Parkett stehen wir in entgegengesetzten Ecken. Marlowe, alter Knabe, sind Sie immer noch im Geschäft?« Es war eine nur für Engländer verständliche Beleidigung. Für einen Mann wie Marlowe, der einer alten englischen Offiziersfamilie entstammte, bedeutete »Geschäft« alles Vulgäre und Letztklassige.

»Ich bin Schriftsteller«, antwortete Marlowe.
»Ich dachte, Sie seien immer noch in der R.A.F., aktiver Offizier wie Ihre illustren Vorfahren.«
»Ich wurde wegen Dienstunfähigkeit entlassen. Malaria und alle möglichen Folgeerscheinungen. Verteufelt scheußliche Geschichte! Und Sie sitzen also jetzt im Unterhaus? Wie klug von Ihnen! Sie vertreten den Bezirk Streatham East? Wurden Sie da nicht auch geboren?«
Blut schoß Grey ins Gesicht. »Ja, das ist richtig...«
Shi-teh entzog sich der durch die gegenseitigen Unterströmungen hervorgerufenen Peinlichkeit. »Ich muß mich um das Dinner kümmern«, murmelte er und eilte davon. Die anderen chinesischen Herren entschuldigten sich und gingen auf die Suche nach ihren Damen.
Fleur Marlowe fächelte sich Kühlung zu. »Vielleicht sollten auch wir uns an unseren Tisch begeben, Peter.«
»Eine gute Idee, Mrs. Marlowe«, nickte Grey. Er hatte sich ebenso fest in der Hand wie Peter Marlowe. »Was macht King?«
»Das weiß ich nicht. Seit Changi habe ich ihn nicht mehr gesehen.«
»Eigenartig, wo Sie doch so gute Freunde waren!« Grey richtete seinen Blick auf Fleur Marlowe. Sie war die schönste Frau, die er je gesehen hatte. So hübsch und zart und englisch, so wie seine Exfrau Trina, die sich kaum einen Monat, nachdem er als vermißt gemeldet worden war, einen Amerikaner geangelt hatte. »Wußten Sie, daß wir in Changi Feinde waren, Mrs. Marlowe?« fragte er mit einer Liebenswürdigkeit, die sie erschreckte.
»Peter hat mit mir nie über Changi gesprochen, Mr. Grey. Soviel ich weiß, auch sonst mit niemandem.«
»Seltsam. Es war ein Erlebnis, das uns stark und nachhaltig beeindruckte. Ich habe nichts vergessen... ich... tut mir leid, daß ich Sie unterbrochen habe.« Er streifte Marlowe mit einem Blick und ging davon.
»Peter, was für ein schrecklicher Mensch!« brach es aus ihr heraus. »Es überlief mich eiskalt. Warum wart ihr verfeindet?«
»Nicht jetzt, mein Herz, später!« Marlowe lächelte ihr liebevoll zu. »Grey hat nichts mit uns zu schaffen.«

10

21.45 Uhr:

Linc Bartlett erblickte Orlanda, bevor sie ihn sah, und es verschlug ihm den Atem. Orlanda trug ein bodenlanges weißes Seidenkleid mit tiefem Rückenausschnitt und Halsträgern, das ihren golden schimmernden Körper irgendwie, wenn auch diskret, zur Schau stellte. Casey, ihr lohfarbenes Haar kaskadenartig herabfallend, trug ihr Grünes, das er schon oft gesehen hatte.

»Wollen Sie beide nicht heute abend zu Shi-tehs Empfang kommen?« hatte Orlanda ihn am Vormittag gefragt. »Für Sie und Ihre Casey könnte es nützlich sein, dort gesehen zu werden, denn in Hongkong kommen so ziemlich alle großen Geschäfte bei solchen Fêten zustande. Es könnte für Sie sehr wichtig sein, Leute wie Shi-teh kennenzulernen und von ihnen in den Jockey-Club, Cricket-Club, ja sogar in *den* Club eingeführt zu werden, obwohl das im Moment unmöglich ist.«

»Weil ich Amerikaner bin?«

»Weil erst jemand sterben muß, um Platz für ein neues Mitglied zu machen – ein Engländer oder ein Schotte. Die Warteliste ist so lang wie die Queen's Road. Der Club ist nur für Männer, sehr verstaubt, alte Lederfauteuils, *The Times*, und was so dazugehört.«

»Teufel, das klingt aufregend!«

Sie hatte gelacht. Ihre Zähne waren weiß, und er konnte keinen Makel an ihr entdecken. Sie hatten gemeinsam gefrühstückt, und es hatte ihm Freude gemacht, mit ihr zu plaudern. Und mit ihr zusammenzusein. Ihr Parfum war verführerisch. Casey verwendete Parfum nur selten – sie meinte, es lenke die Geschäftsmänner ab, mit denen sie zu tun hatte. Das Frühstück mit Orlanda hatte aus Kaffee und Toast, Eiern und Speck bestanden. Das Interview war gut gelaufen und die Zeit zu schnell vergangen. Er war noch nie in Gesellschaft einer Frau mit so freimütiger und selbstsicherer Weiblichkeit gewesen. Casey war immer so stark, tüchtig, kalt und absolut unweiblich. Weil sie es so wollte und er damit einverstanden war.

»Ist das Orlanda?« Eine Augenbraue hochgezogen, sah Casey ihn an.

»Ja«, antwortete er und bemühte sich vergeblich, etwas aus ihrem Gesichtsausdruck herauszulesen. »Was hast du für einen Eindruck?«

»Reines Dynamit.« Sie wandte sich an Gavallan, der sich bemühte, konzentriert und höflich zu bleiben, obwohl er mit seinen Gedanken bei Kathy war. Nachdem sie ihm heute abend alles erzählt hatte, wollte er sie nicht allein lassen, gab aber dann ihrem Drängen nach. »Kennen Sie sie, Andrew?«

»Wen?«

»Die Dame in Weiß.«
»Wo? Ach ja, aber nur vom Hörensagen.«
»Sagt man ihr Gutes oder Schlechtes nach?«
»Das kommt auf den Standpunkt des Beschauers an. Sie ist Portugiesin, Eurasierin natürlich. Sie war einige Jahre lang Gornts Freundin.«
»Sie meinen, seine Geliebte?«
»So nennt man das wohl«, antwortete er höflich. »Aber sie waren sehr diskret.«
»Gornt hat Geschmack, das muß man ihm lassen. Wußtest du, daß sie sein Stammzahn war, Linc?«
»Sie hat es mir heute vormittag gesagt. Ich habe sie vor ein paar Tagen bei Gornt kennengelernt. Er sagte, sie seien immer noch befreundet.«
»Gornt kann man nicht vertrauen«, bemerkte Gavallan.
»Wie ich hörte, hat er kapitalstarke Hintermänner«, sagte Casey. »Soviel ich weiß, ist er im Augenblick auch nicht so angespannt, wie ihr es seid. Sie werden ja davon wissen: Er möchte, daß wir mit ihm abschließen und nicht mit euch.«
»Wir sind nicht angespannt«, entgegnete Gavallan. Er sah Bartlett an. »Unser Deal steht doch?«
»Wir unterschreiben Dienstag«, antwortete Bartlett. »Wenn ihr soweit seid.«
»Wir sind schon jetzt soweit.«
»Mr. Dunross wollte, daß wir es bis Sonntag geheimhalten. Wir haben nichts dagegen«, sagte Casey. »Stimmt das, Linc?«
»Na klar!« Bartlett warf einen schnellen Blick auf Orlanda. Casey folgte seinen Augen. Das Mädchen war ihr schon aufgefallen, als es noch zögernd in der Tür gestanden hatte. »Mit wem spricht sie, Andrew?« Der Mann sah interessant aus; er war Mitte Fünfzig und wirkte durchtrainiert und elegant.
»Das ist Lando Mata. Er ist ebenfalls Portugiese. Aus Macao.« Gavallan legt sich die quälende Frage vor, ob es Dunross gelingen würde, Mata zu überreden, ihnen mit allen seinen Millionen zu Hilfe zu kommen. Was täte ich, wenn ich Tai-Pan wäre? fragte er sich abgespannt. Würde ich morgen kaufen oder noch heute abend auf einen Handel mit Mata und Knauser Tung eingehen? Mit ihrem Geld würde Noble House auf Generationen hinaus ungefährdet sein – aber unserer Kontrolle entzogen. Er sah, wie Mata Orlanda zulächelte und dann beide auf sie zukamen. Seine Augen hafteten auf ihren festen Brüsten, frei unter der Seide. Als sie ankamen, stellte er sie vor und trat einen Schritt zurück; er wollte sie ungestört beobachten.
»Ich freue mich«, sagte Orlanda herzlich zu Casey. »Mr. Bartlett hat mir viel von Ihnen erzählt und wie wichtig Sie für seine Arbeit sind.«
»Und ich habe von Ihnen gehört«, gab Casey ebenso herzlich zurück. Aber nicht genug. Du bist viel verführerischer, als Linc dich beschrieben hat. Du

bist also Orlanda Ramos. Schön und honigsüß und eine Schlange, die es auf meinen Linc abgesehen hat. Sie hörte sich Belanglosigkeiten austauschen, aber ihre Gedanken kreisten um Orlanda Ramos. Einerseits, dachte sie, würde Linc ein Verhältnis guttun. Er könnte sich abreagieren. Gestern abend war es für ihn genauso schwer wie für mich. Aber wenn er einmal diesem Zauber erlegen ist, ob ich ihn ihr dann wieder abringen kann? Würde sie nur eine Episode sein wie all die anderen, die mir nichts bedeuteten?

Sie lächelte. »Miss Ramos, Ihr Kleid ist phantastisch.«

»Danke. Darf ich Sie Casey nennen?«

Beide Frauen wußten, daß der Kampf begonnen hatte.

Bartlett war hocherfreut, daß Casey offensichtlich an Orlanda Gefallen fand. Fasziniert beobachtete Gavallan die vier Menschen. Eine seltsame Wärme hüllte sie ein.

Er wandte seine Aufmerksamkeit Mata und Casey zu. Mata war zuvorkommend und liebenswürdig, ganz der Kavalier der alten Schule, und ließ Casey auszappeln wie einen Fisch. Ob er wohl weit kommt bei ihr? Komisch, daß Casey scheinbar nichts gegen Orlanda einzuwenden hat. Sie muß doch bemerkt haben, daß ihr Boyfriend sich in sie verknallt hat, oder nicht? Aber vielleicht ist es ihr piepegal. Vielleicht ist sie doch lesbisch. Oder einfach frigid wie so viele. Schade!

»Wie gefällt Ihnen Hongkong, Miss Casey?« fragte Mata und malte sich im Geiste aus, wie sie wohl im Bett sein würde.

»Ich habe leider noch nicht viel gesehen. Nur mit dem Hotelbus war ich in den New Territories; ich wollte mal nach China hinübergucken.«

»Wären Sie an einer Fahrt interessiert, ich meine, richtig nach China? Nach Kanton zum Beispiel? Ich könnte es einrichten, daß Sie eingeladen werden.«

Sie war schockiert. »Wir dürfen nicht nach China ... unsere Pässe gelten nicht für ...«

»Ach, Ihre Pässe können Sie vergessen. Die Volksrepublik China kümmert sich nicht um Pässe. Sie geben ihnen ein schriftliches Visum, und das stempeln sie dann ab.«

»Aber unser Außenministerium ... nein, das möchte ich jetzt nicht riskieren.«

Bartlett nickte. »Wir sollen nicht einmal das kommunistische Kaufhaus hier betreten.«

»Ihre Regierung ist wirklich sehr streng«, bemerkte Mata. »Als ob es subversiv wäre, einkaufen zu gehen. Haben Sie gehört, was man sich vom Hilton erzählt?«

»Nein, was denn?«

»Also, angeblich haben sie hier eine Sammlung wunderschöner chinesischer Antiquitäten für das Hotel gekauft.« Mata lächelte. »Und nun hätten

die Vereinigten Staaten entschieden, daß die Dinge nicht ausgestellt werden dürfen.«
»Kann ich mir gut vorstellen«, brummte Bartlett verdrießlich.
»Sie sollten sich das einmal ansehen, Miss Tcholok«, sagte Mata. »Gehen Sie in den Laden! Er heißt China Arts and Crafts und ist auf der Queen's Road. Die Preise sind vernünftig, und Sie werden feststellen, daß die Kommunisten weder Hörner noch Pferdefüße haben.«
»Ich hatte so etwas nicht erwartet«, schwärmte Bartlett. »Die haben dort Sachen, Casey, da wirst du glatt verrückt.«
»Du warst dort?« fragte sie überrascht.
»Mhm.«
»Ich habe Mr. Bartlett heute vormittag den Laden gezeigt«, erklärte Orlanda. »Wir kamen zufällig vorbei. Es wäre mir ein Vergnügen, mit Ihnen einkaufen zu gehen.«
»Danke, das würde ich gern machen«, antwortete Casey, »aber ins Los Angeles hat man uns gewarnt. Angeblich überwacht der CIA alle Amerikaner, die das Lokal betreten; es soll ein Kommunistentreff sein.«
»Außer ein paar Mao-Bildern habe ich nichts gesehen, Casey«, versetzte Bartlett. »Allerdings: Handeln kann man nicht, alle Preise sind angeschrieben. Schade, daß man nichts mitnehmen kann.« Von seiten der USA bestand ein Embargo auf alle Güter chinesischer Herkunft, selbst auf Antiquitäten, die sich seit hundert Jahren in Hongkong befanden.
»Das ist kein Problem«, beteuerte Mata, während er sich schon ausrechnete, wieviel er bei dem Geschäft verdienen könnte. »Wenn Sie etwas haben wollen, werde ich es gern für Sie besorgen. Dann sende ich Ihre Einkäufe an eine meiner Filialen in Singapur oder Malakka. Für eine kleine Gebühr schicken sie die Sachen an Ihre Adresse in Amerika – mit einem Ursprungszeugnis Malakkas oder der Philippinen, was Ihnen lieber ist.«
»Aber das wäre doch Betrug, Schmuggel.«
Mata, Gavallan und Orlanda lachten schallend. »Der Handel«, sagte Gavallan, »ist das Schmiermittel der Welt. Mit Embargo belegte amerikanische oder taiwanesische Waren finden ihren Weg in die Volksrepublik. Waren der Volksrepublik gehen nach Taiwan und in die Vereinigten Staaten – wenn sie dort gebraucht werden. Ist doch klar.«
»Ich weiß«, entgegnete Casey, »aber ich finde es nicht richtig.«
»Sowjetrußland ist darauf aus, euch zu vernichten; trotzdem treibt ihr mit der UdSSR Handel«, erinnerte Gavallan Bartlett.
»Par-Con tut es nicht«, wehrte Casey ab. »Man ist schon an uns herangetreten, wir sollten ihnen Computer verkaufen. Wir verdienen gern Geld, aber das ist nicht drin. Unsere Regierung verkauft nur genau kontrollierte Waren – Weizen und solche Dinge.«
»Wo es einen Käufer gibt, wird es über kurz oder lang auch einen Verkäufer geben«, sagte Gavallan. Sie reizte ihn. »Denken Sie an Vietnam!«

»Bitte?« Casey sah ihn fragend an.
Gavallan erwiderte ihren Blick. »Ich meine, daß sich Ihre Wirtschaft an Vietnam verbluten wird, wie das schon Frankreich passiert ist.«
»Wir werden nie nach Vietnam gehen«, erklärte Bartlett zuversichtlich. »Wir haben doch nichts mit Vietnam zu schaffen.«
»Sie haben recht«, pflichtete Mata ihm bei. »Aber ich fürchte, die Vereinigten Staaten verstricken sich immer mehr im Dschungel der vietnamesischen Politik. Mehr noch: Ich denke, sie werden in einen Abgrund gerissen. Ich glaube, daß die Sowjets Sie bewußt nach Vietnam gelockt haben. Sie werden Truppen hinschicken, aber die Russen nicht. Sie werden gegen die Vietnamesen kämpfen und gegen den Dschungel, und gewinnen werden die Sowjets. Ihre CIA ist bereits in voller Kriegsstärke aufmarschiert. Man nennt sie Spezialeinheiten, manchmal auch Kampfgruppe Delta. Vietnam kann ein schwieriges Problem für Ihre Regierung werden, wenn sie nicht sehr klug ist.«
»Gott sei Dank, das ist sie«, sagte Bartlett zuversichtlich. »JFK wurde mit Kuba fertig, und er wird auch mit Vietnam fertig werden. Vor ihm hat selbst der große Chruschtschow den Schwanz eingezogen. Die Sowjets sind mit ihren Raketen schön brav wieder nach Hause gefahren.«
Gavallan zeigte sich grimmig belustigt. »Sie sollten einmal mit Ian über Kuba reden, alter Freund, da kommt er richtig in Fahrt. Er behauptet, und ich bin ganz seiner Meinung, daß ihr bei diesem Geschäft den kürzeren gezogen habt. Die Sowjets haben euch nur wieder in eine Falle tappen lassen. Er glaubt, daß sie ihre Raketenabschußrampen so gut wie ungetarnt gebaut haben – sie wollten, daß ihr sie entdeckt, und ihr habt sie entdeckt. Dann kam ein großes Säbelrasseln, die ganze Welt litt Todesängste, und dafür, daß die Sowjetunion ihre Raketen aus Kuba abzog, warf euer Präsident die Monroe-Doktrin, den Eckpfeiler eures ganzen Sicherheitssystems, über Bord.«
»Die Monroe-Doktrin?«
»Gewiß doch. Hat JFK Chruschtschow nicht ein schriftliches Versprechen gegeben, Kuba nicht anzugreifen und auch keine Invasion von amerikanischem Territorium aus zuzulassen? *Schriftlich*, jawohl! Auf diese Weise sitzt jetzt, im Widerspruch zur Monroe-Doktrin, eine feindliche europäische Macht, nämlich Sowjetrußland, keine neunzig Meilen von euren Küsten entfernt. Der große Chruschtschow hat einen genialen Coup gelandet, wie er in der Geschichte einzig dasteht. Und es hat ihn nicht einen Rubel gekostet!« Seine Stimme wurde rauh. »Kuba kann wachsen, blühen und gedeihen und früher oder später ganz Südamerika infizieren.«
Entsetzt starrte Casey Bartlett an. »Das kann doch nicht wahr sein, Linc!«
Bartlett war nicht weniger geschockt. »Ich meine... wenn du mal darüber nachdenkst, Casey, es hat sie wirklich nichts gekostet.«
»Ian ist seiner Sache ganz sicher«, sagte Gavallan. »Reden Sie mal mit ihm!

Und was Vietnam angeht, hier glaubt kein Mensch, daß Kennedy, so sehr wir ihn persönlich bewundern, damit fertig werden kann.«
Schweigen trat ein. Bartletts Frage zerriß es: »Sie glauben, es gibt Krieg?«
Gavallan musterte ihn. »Sie brauchen sich keine Sorgen zu machen. Par-Con sollte sich günstig entwickeln. Sie haben Schwerindustrie, Computer, Polyurethanschaum, Luft- und Raumfahrtindustrien, Erdölderivate, Regierungsaufträge... mit dieser breiten Palette von Verbrauchsgütern und unserer Marktkenntnis... wenn es Krieg gibt, verdienen wir uns dick und dumm.«
»Ich glaube nicht, daß es mir zusagen würde, auf diese Weise Gewinne zu erzielen«, sagte Casey verärgert. »Das wäre eine lausige Art, Geld zu verdienen.«
»Auf dieser Welt gibt es viele lausige Dinge«, fuhr Gavallan sie an. Empört über ihre Art, seinen Dialog mit Bartlett immer wieder zu unterbrechen, wollte er ihr die Meinung sagen, entschied aber dann, daß dies nicht die Zeit und nicht der Ort sei, und fügte deshalb liebenswürdig hinzu: »Aber Sie haben natürlich recht. Niemand will vom Tod profitieren. Wenn Sie mich jetzt entschuldigen wollen...« Er entfernte sich.
»Ich glaube, der mag mich ganz und gar nicht«, äußerte Casey. Alle lachten.
»Aber es stimmt, Casey«, sagte Orlanda. »Der Krieg ist etwas Furchtbares.«
»Haben Sie ihn hier miterlebt?« fragte Casey unschuldig.
»Nein, aber in Macao. Ich bin Portugiesin. Meine Mutter hat mir erzählt, es sei nicht so arg gewesen. Portugal war neutral, und deshalb haben die Japaner uns in Frieden gelassen. Ich selbst erinnere mich kaum. Ich war ja erst sieben, als der Krieg zu Ende ging. Macao ist sehr nett, ganz anders als Hongkong. Es ist sehenswert. Ich möchte es Ihnen gern zeigen.«
Das glaube ich dir, dachte Casey und fühlte sich mit ihren sechsundzwanzig alt gegen Orlanda, die die Haut einer Siebzehnjährigen hatte. »Das wäre phantastisch. Aber sagen Sie, Mr. Mata, was hatte Gavallan? Warum war er so verschnupft? Nur weil ich eine Frau bin und Vizepräsidentin eines Konzerns?«
»Das glaube ich nicht«, antwortete Mata. »Er ist nun einmal nicht sehr proamerikanisch, und es macht ihn rasend, daß es kein Empire mehr gibt und daß sich die Vereinigten Staaten zum Schiedsrichter über die Geschicke der Welt aufgeschwungen haben und nicht wegzuleugnende Fehler machen. Ich fürchte, die meisten Briten teilen seine Meinung. Schließlich ist es ja eine Tatsache, daß Ihre Regierung 1945 Hongkong Tschiang Kai-schek überlassen wollte – nur die britische Navy hat das verhindert. Im Suez-Konflikt hat sich Amerika zusammen mit Sowjetrußland gegen Großbritannien gestellt, es hat die Juden in Palästina gegen die Engländer unterstützt – es gibt Dutzende von Beispielen. Es ist auch richtig, daß viele von

uns die feindselige Einstellung Amerikas gegen China für höchst unklug halten.«
»Aber die sind doch genau solche Kommunisten wie die Russen. Sie griffen uns an, als wir versuchten, Südkorea die Freiheit zu erhalten.«
»Die Geschichte zeigt, daß die Chinesen immer den Grenzfluß Yalü-kiang überquert haben, wenn sich fremde Invasoren dieser Grenze näherten. *Immer.* Ihr McArthur, der ein Historiker sein wollte, hätte das wissen müssen«, erklärte Mata geduldig und fragte sich, ob sie im Bett auch so naiv sei. »Er oder Ihr Präsident hat China gezwungen, einen Weg einzuschlagen, den es gar nicht gehen wollte.«
»Aber wir sind doch keine Invasoren. Nordkorea ist in den Süden eingefallen. Wir hatten von Südkorea nichts zu gewinnen. Wir haben Milliarden ausgegeben, um Völkern zu helfen, frei zu bleiben. Sehen Sie doch, was China mit Tibet gemacht hat – und voriges Jahr mit Indien. Es sieht so aus, als ob wir immer der Sündenbock wären, und dabei wollen wir nichts anderes, als für die Freiheit kämfen.« Sie unterbrach sich, als ein Raunen der Erleichterung durch den Saal ging und die Leute begannen, sich zu ihren Tischen zu begeben. Kellner mit großen silbernen Schüsseln kamen hereinmarschiert. »Gott sei Dank! Ich war nahe am Verhungern!«
»Ich auch«, sagte Bartlett.
Mata lachte. »Orlanda, Sie hätten unsere amerikanischen Freunde darauf hinweisen sollen, daß es ein alter Brauch ist, vor einem Bankett Shi-tehs einen Imbiß zu sich zu nehmen.«
Orlanda lächelte ihr bezauberndes Lächeln, und Casey antwortete an ihrer Stelle: »Orlanda hat Mr. Bartlett gewarnt, und er mich, aber ich dachte, ich werde durchhalten.« Sie musterte ihre Gegnerin, die mit ihren 1,60 fast einen halben Kopf kleiner war als sie. Zum ersten Mal in ihrem Leben kam sie sich plump und ungeschlacht vor.
Dennoch, Orlanda Ramos, so hübsch du bist und so clever du zu sein glaubst, du bist nicht die Frau für Linc Bartlett. Den kannst du dir aus dem Kopf schlagen. »Das nächstemal, Orlanda«, sagte sie katzenfreundlich, »werde ich mir zu Herzen nehmen, was Sie uns empfehlen.«
»Ich empfehle jetzt, daß wir essen, Casey.«
»Ich glaube, wir sitzen alle an einem Tisch«, sagte Mata. »Ich muß gestehen, ich habe es selbst so eingerichtet.« Vergnügt ging er voran, während er sich in Gedanken mit der aufregenden Möglichkeit beschäftigte, Casey in sein Bett zu bekommen. Das zu erreichen hatte er sich in dem Moment vorgenommen, da er sie erblickt hatte. Einesteils waren ihre Schönheit, ihre Körpergröße und ihre wunderbaren Brüste ein so willkommener Kontrast zu den kleinen, immer gleichen Busen asiatischer Mädchen. Zum anderen waren es auch die Hinweise, die Orlanda ihm gegeben hatte. Vor allem aber waren es seine Überlegungen, daß er Par-Cons Vordringen nach Asien möglicherweise zum Scheitern bringen könnte, wenn es ihm gelang, einen

Keil zwischen Bartlett und Casey zu treiben. Solange es geht, sollten wir die Amerikaner und ihre heuchlerische und unpraktische Moral von uns fernhalten.

11

23.01 Uhr:

Das Dinner bestand aus zwölf Gängen. Gedämpfte Abalone, mit Rosenkohl, Hühnerleber mit Rebhuhnsoße, Haifischflossensuppe, geräuchertes Huhn, Chinakohl, Erbsenhülsen, Broccoli und fünfzig andere Gemüse mit fritierten Hummerkrabben, Haut von gebratener Pekingente mit Pflaumensoße, und papierdünne Eierkuchen, geräucherter Butterfisch mit Salaten und Reis, gekochte Nudeln – und dann Mandelspeise, gebratene Lotuswurzeln und dazu immer chinesischer Tee.

Mata und Orlanda halfen Casey und Bartlett bei der Auswahl. Außer ihnen waren Peter und Fleur Marlowe die einzigen Europäer an ihrem Tisch. Die Chinesen tauschten Visitenkarten mit ihnen. »Ach, Sie können mit Stäbchen essen!« Die Chinesen waren sichtlich überrascht, setzten ihr Gespräch aber dann auf Kantonesisch fort, wobei sich die mit Schmuck behängten Damen offenbar vornehmlich über Casey, Bartlett und die Marlowes unterhielten.

»Was erzählen sie sich, Orlanda?« erkundigte sich Bartlett leise.

»Sie wissen nicht recht, was sie von Ihnen und Miss Tcholok halten sollen«, antwortete sie vorsichtig und übersetzte weder die geschmacklosen Bemerkungen über Caseys Brustumfang noch die Spekulationen, wo sie ihre Kleider kaufte, und was sie kosteten. Über Bartlett sprachen sie wenig und warfen nur die Frage auf, ob er wirklich ein Mafioso war, wie eine der chinesischen Zeitungen behauptet hatte.

Orlanda glaubte es nicht. Aber sie war sicher, daß sie vor Casey sehr vorsichtig sein mußte – nicht zu dreist und nicht zu lau. Und sie mußte sehr nett zu ihr sein, mußte versuchen, sie einzulullen.

Mit jedem neuen Gang wurden frische Teller gebracht. Die Kellner eilten zu den Speiseaufzügen im Mittelteil neben der Treppe, stellten das schmutzige Geschirr ab und kamen mit vollen Schüsseln wieder. Die drei Decks tiefer gelegene Küche war ein Inferno von riesigen, gasbeheizten Herden, Kesseln, Glühplatten und Kipp-Bratpfannen. Eine Armee von Helfern für die achtundzwanzig Köche bereitete Fleisch und Gemüse vor, rupfte die Hühner, entschuppte frische Fische, Hummer und Krabben, weidete sie aus und verrichtete die tausend Handgriffe, die die chinesische Küche erfordert.

Das Personal wußte, daß die Trinkgelder von Shi-tehs Bankett-Gästen reichlich bemessen sein würden. Shi-teh war ein großzügiger Gastgeber, doch wurde gemunkelt, daß ein Großteil der zu wohltätigen Zwecken gesammelten Gelder in seinen Magen und den seiner Gäste und in die Garderobenschränke seiner Freundinnen fließen würde. Auch genoß er den Ruf, seinen Verleumdern gegenüber skrupellos, seiner Familie gegenüber ein Geizhals und seinen Feinden gegenüber rachsüchtig zu sein. Na wenn schon, dachte der Chefkoch, in dieser Welt braucht man weiche Lippen und harte Zähne, und jeder weiß, was länger standhält. »Beeilt euch!« brüllte er. »Soll ich die ganze Scheißnacht warten? Die Garnelen, her mit den Garnelen!« Ein schwitzender Küchenjunge kam mit einem Bambustablett voll frisch gefangener und geschuppter Garnelen gelaufen. Der Koch warf sie in den Kessel, fügte eine Handvoll Natriumglutamat hinzu, schwenkte sie zweimal herum, schöpfte sie heraus, legte eine Handvoll dampfender Erbsenhülsen auf zwei Servierplatten und darauf, gleichmäßig verteilt, die rosig schimmernden, köstlichen Garnelen.

»Mögen alle Götter die Garnelen bepinkeln!« fluchte er. Sein Magengeschwür quälte ihn, und Füße und Waden waren bleischwer nach zehn Stunden Arbeit. »Rauf damit, bevor sie verderben! *Dew neh loh moh*, beeilt euch... ich mache Schluß. Zeit, heimzugehen!«

Die anderen Köche führten die letzten Bestellungen aus. Alle wollten nach Hause. »Schneller! Schneller!« Und dann stolperte ein Küchenjunge, der einen Topf mit abgeschöpftem Fett trug, das Fett spritzte auf eine der Gasflammen und fing sofort Feuer. Im nächsten Augenblick brach die Hölle los. Gellend schrie ein Koch auf, als das Feuer ihn einschloß und er, Gesicht und Haare angesengt, es mit einem Lappen zu ersticken versuchte. Jemand goß einen Eimer Wasser auf das Feuer, das jetzt noch rascher um sich griff. Flammen schossen zu den Sparren hoch. Wolken beißenden, schwarzen, öligen Rauchs türmten sich auf und füllten die Luft.

Der Mann, der der einzigen schmalen Stiege zum ersten Deck am nächsten stand, riß einen der zwei Feuerlöscher von der Wand, betätigte den Druckhebel und richtete die Spritzdüse auf das Feuer. Nichts geschah. Auch der zweite Apparat versagte. Man hatte sie nie die Mühe gemacht, die Feuerlöscher zu überprüfen.

Ein verängstigter Kuli am anderen Ende der Küche, der am Rauch zu erstikken drohte, wich vor einem Feuerstrahl zurück, stieß gegen einige Krüge und warf sie um. Die einen enthielten einige Jahre alte Eier, die anderen Sesamöl. Das Öl ergoß sich auf den Boden und fing Feuer. Der Kuli verschwand in den Flammen. Jetzt hatte das Feuer schon die halbe Küche ergriffen.

Es war nach elf, und die meisten Besucher waren gegangen. Auf dem obersten Deck des »Schwimmenden Drachen« befand sich noch eine größere Zahl von Gästen; die meisten Chinesen, unter ihnen Vierfinger und Venus

Poon, waren im Gehen oder schon gegangen. Für die Chinesen war es ein Gebot der Höflichkeit, unmittelbar nach dem letzten Gang vom Tisch aufzustehen. Nur die Europäer saßen noch bei Kognak und Portwein und Zigarren.

Auf dem ganzen Schiff stellten die Chinesen jetzt Mah-jong-Tische auf, und bald begann das Klicken der elfenbeinernen Steine die Gespräche zu übertönen.

»Spielen Sie Mah-jong, Mr. Bartlett?« fragte Mata.

»Nein. Nennen Sie mich doch Linc!«

»Sie sollten es lernen – es ist besser als Bridge. Spielen Sie Bridge, Miss Casey?«

Linc Bartlett lachte. »Sie ist eine Kanone, Lando. Spielen Sie nie mit ihr um Geld!«

»Vielleicht können wir einmal eine Partie zusammenbringen. Sie spielen doch auf, nicht wahr, Orlanda?« fragte Mata. »Oh, hallo, Tai-Pan!«

Dunross begrüßte alle mit einem Lächeln. »Wie hat es Ihnen geschmeckt?«

»Phantastisch«, antwortete Casey, die sich freute, ihn zu sehen, und bewundernd feststellte, wie gut er in seinem Smoking aussah. »Wollen Sie sich nicht zu uns setzen?«

»Ich muß leider gehen«, sagte Dunross.

»Wie war Ihr Tisch?«

»Einigermaßen anstrengend«, antwortete Dunross mit seinem ansteckenden Lachen. Er hatte mit den Abgeordneten gegessen – mit Gornt, Shi-teh und seiner Frau am ersten Tisch – und hin und wieder hatte es laute Stimmen gegeben. »Robin Grey kritisiert ziemlich unverblümt, ist aber schlecht informiert, und ein paar von uns rückten ihm den Kopf zurecht. Ausnahmsweise zogen Gornt und ich am selben Strang. Aber unser Tisch wurde als erster bedient, und so konnten sich der arme alte Shi-teh und seine Frau bald empfehlen. Sie eilten zur Treppe, und weg waren sie.«

Alle lachten. Dunross musterte Marlowe. Ob Marlowe wohl wußte, daß Grey sein Schwager war? »Grey scheint Sie recht gut zu kennen, Mr. Marlowe.«

»Seine Manieren mögen nicht die besten sein, aber er hat ein gutes Gedächtnis.«

»Dazu kann ich mich nicht äußern, aber Gott helfe Hongkong, wenn er sich im Parlament durchsetzt! Na ja, ich wollte nur Ihnen allen gute Nacht sagen.« Dunross lächelte Bartlett und Casey zu. »Wollen wir morgen zusammen zu Mittag essen?«

»Gern«, antwortete Casey. »Wollen Sie ins V and A kommen? Übrigens hat Andrew uns vor dem Essen...«

Dann hörte sie, wie auch alle anderen, schwache Schreie. Alle schwiegen und lauschten.

»Feuer!«
»O Gott! Schauen Sie!« Alle starrten auf die Speiseaufzüge. Rauch quoll hervor. Und dann züngelte eine Flamme auf.
Ein Sekundenbruchteil ungläubigen Staunens, dann sprangen alle auf. Die der Treppe am nächsten waren, liefen schreiend auf die Tür zu. Bartlett zerrte Casey hintennach.
»Halt!« brüllte Dunross, den Lärm übertönend. Alle blieben stehen. »Wir haben reichlich Zeit. Bleiben Sie ruhig!« befahl er. »Sie brauchen nicht zu laufen. Lassen Sie sich Zeit! Es besteht noch keine Gefahr!« Bei den übermäßig geängstigten Gästen zeigte seine Ermahnung Wirkung. Sie fingen an, den Saal in Ruhe durch die enge Türöffnung zu verlassen, aber unten auf der Treppe hatten sich die Schreie und die allgemeine Hysterie verstärkt.
Nicht alle waren gleich beim ersten Schreckensruf zum Ausgang gestürzt. Gornt hatte sich nicht gerührt. Havergill und seine Frau waren ans Fenster getreten, um hinauszuschauen. Andere Gäste schlossen sich ihnen an. Sie konnten die Menge sehen, die zwei Decks tiefer wartend rund um den Haupteingang herumstand. »Ich glaube nicht, daß wir uns Sorgen zu machen brauchen, mein Herz«, beruhigte Havergill seine Frau. »Sobald die Masse draußen ist, können wir in Ruhe das Schiff verlassen.«
»Habt ihr gesehen, wie eilig Blitzmann es hatte?« fragte Lady Joanna, die neben ihnen stand. »So ein Hasenfuß!« Sie blickte sich um und sah Bartlett und Casey wartend neben Dunross stehen. »Ich dachte, die sind auch schon getürmt.«
»Aber ich bitte dich, Joanna«, sagte Havergill, »nicht alle Yankees sind Feiglinge.«
»Ian«, wandte sich Bartlett, der auf der anderen Seite und näher dem Feuer stand, besorgt an Dunross, »gibt es noch einen zweiten Ausgang?«
»Ich weiß es nicht«, antwortete Dunross. »Schauen Sie doch einmal nach! Ich halte inzwischen hier die Stellung.« Bartlett eilte zu der Tür, die zum Halbdeck hinunterführte, und Dunross richtete das Wort an die anderen. »Kein Grund zur Besorgnis«, beruhigte er sie und schätzte sie rasch ab. Fleur Marlowe war blaß, aber beherrscht, Casey starrte fasziniert auf die Menschen, die sich in der Türöffnung drängten, und Orlanda schien einem Nervenzusammenbruch nahe.
Gornt stand vom Tisch auf und ging näher an die Tür heran. Er sah das Gedränge und mutmaßte, daß die Treppen unten verstopft seien. Geschrei und Gekreische trugen zur allgemeinen Angst bei, aber Sir Charles Pennyworth stand neben der Tür und bemühte sich um einen geordneten Rückzug die Treppe hinunter. Allmächtiger Gott, dachte Gornt, das Schiff brennt, hundert Menschen und nur ein Ausgang! Dann fiel sein Blick auf die Bar. Er ging hin und schenkte sich einen Whisky-Soda ein. Äußerlich war er völlig ruhig, aber der Schweiß lief ihm über den Rücken.
Unten auf dem überfüllten zweiten Deck stolperte Lando Mata und riß im

Fallen eine ganze Gruppe mit, unter ihnen Dianna Tschen und Kevin, womit er diesen den einzigen Fluchtweg blockierte. Menschen kreischten hilflos, als sie zu Boden gedrückt wurden, während andere in heilloser Verwirrung über sie stürzten oder hinwegstolperten, um sich in Sicherheit zu bringen. Pugmire hielt sich oben auf der Treppe am Geländer fest, um auf den Beinen zu bleiben, und gebrauchte seine Bärenkräfte, um sich mit dem Rücken gegen die Nachdrängenden zu stemmen und so zu verhindern, daß noch mehr Menschen niedergetrampelt wurden. Angstschweiß auf der Stirn, aber gleichermaßen beherrscht, stand Julian Broadhurst neben ihm und gebrauchte seine Körpergröße und sein Gewicht, um Pugmire zu unterstützen. Eine Zeitlang hielten sie dem Druck stand, aber allmählich wurde ihnen der Ansturm zuviel. Pugmire spürte, wie sich sein Griff löste. Zehn Stufen weiter unten kämpfte Mata sich hoch, trampelte in seiner Hast auf ein paar Leute und drängte sich die Treppe hinunter. Kevin hinter sich herzerrend, rappelte sich Dianne Tschen auf die Beine. Der vom ersten Deck aufsteigende Rauch trug zur allgemeinen Kopflosigkeit bei. Pugmire verlor den Halt. Zusammen mit Broadhurst wurde er von der Menschenflut an die Wand gepreßt. Wieder setzte sich eine kleine Lawine in Bewegung, und jetzt war die Treppe auf beiden Ebenen verstopft.

Vierfinger Wu und Venus Poon befanden sich auf dem ersten Deck, als das Feuer ausbrach. Venus Poon nur wenige Schritte hinter ihm, war er die letzte Treppe hinuntergeschossen und hatte sich einen Weg über den Laufsteg gebahnt, der zum Pier hinüberführte. Schwer atmend, mit klopfendem Herzen, wandte er den Blick zurück. Männer und Frauen kamen aus dem breiten, reichverzierten Eingang gewankt. Aus den Bullaugen nahe der Wasserlinie züngelten Flammen. Vierfinger Wu sah Richard Kwang und seine Frau Hals über Kopf herausstürzen, fing an zu lachen und fühlte sich gleich wohler. Auch Venus Poon kamen die Leute sehr komisch vor. Zuschauer sammelten sich und glotzten; keiner rührte die Hand, um zu helfen – völlig richtig, ging es Vierfinger durch den Kopf. Man muß die Entscheidungen der Götter respektieren. Die Götter haben ihre eigenen Gesetze, und nur sie bestimmen den Joss der Menschen. Mein Joss ist es, mich gerettet zu haben und mich heute nacht mit dieser Nutte zu vergnügen. Mögen die Götter mir helfen, meinen kaiserlichen Stab hochzuhalten, bis sie um Gnade fleht! »Komm, kleines Fettmäulchen«, sagte Vierfinger Wu und lachte gackernd. »Wir können die Leute jetzt ruhig ihrem Joss überlassen. Wir verschwenden nur Zeit.«

»Nein, Vater«, widersprach sie. »Jeden Augenblick kommen jetzt die Fernsehkameras und Reporter – wir müssen an unser Image denken, *heya*?«

»Image? Jetzt geht's in die Betten und...«

»Später«, erklärte sie gebieterisch, und er schluckte eine Verwünschung hinunter. »Willst du denn nicht als Held gefeiert werden? Und wie wäre es mit dem Ritterstand wie Shi-teh?« Eilig begab sie sich in die Nähe des Lauf-

stegs, wo sie sehen und gesehen werden konnte. Wu blickte ihr verständnislos nach. Eine *quai-loh*-Ehrung wie Shi-teh? Iiiii, warum nicht? Sorgsam darauf bedacht, sich keiner Gefahr auszusetzen, folgte er ihr.
Flammen schlugen aus dem Schornstein auf dem obersten Deck, und schreckensstarre Menschen blickten aus den Fenstern aller drei Decks. Auf dem Pier liefen die Leute zusammen. Andere kamen herausgewankt, viele husteten von dem Rauch, der sich allmählich über das ganze Schiff ausbreitete.
Bartlett lehnte sich über die Reling des obersten Decks und sah auf den Schiffsrumpf und die Anlegestelle hinunter. Er sah die Menge auf dem Pier und die hysterischen Menschen, die sich einen Weg aus dem Eingang erkämpften. Es gab keine andere Treppe oder Leiter oder sonst eine Möglichkeit zu entkommen. Sein Herz hämmerte, aber er empfand keine Furcht. Noch sind wir nicht wirklich in Gefahr, dachte er. Wir können ins Wasser springen. Ganz leicht. Wie hoch sind wir denn schon? Dreißig Fuß, vierzig Fuß – kein Problem, wenn wir keinen Bauchklatscher machen. Er lief wieder zurück. Aus den Schornsteinen quoll schwarzer Rauch, die Flammen züngelten, und Funken sprühten.
Bartlett öffnete die Tür zum Speisesaal und schloß sie schnell wieder, um keinen Zug entstehen zu lassen. Der Rauch war viel dichter geworden, und die Flammen loderten jetzt ständig aus den Speiseaufzügen. Der Rauch war ätzend, und es roch nach verbranntem Fleisch. Fast alle drängten sich um die Tür am anderen Ende. Vorsichtig ging er um die Speiseaufzüge herum und hätte um ein Haar Christian Toxe umgestoßen, der über einem Telefon hockte und hineinbrüllte. »... ist mir scheißegal, schick einen Fotografen her, und *dann* ruf die Feuerwehr!« Zornig knallte er den Hörer auf die Gabel. »Die Idioten«, murmelte er und ging zu seiner Frau zurück, einer sehr mütterlichen Chinesin, die ihn verständnislos anstarrte. Bartlett eilte auf Dunross zu. Tonlos pfeifend stand der Tai-Pan neben Peter und Fleur Marlowe, Orlanda und Casey.
»Nichts, Ian«, sagte er ruhig und merkte, wie sonderbar seine Stimme klang. »Keine Treppe, keine Leiter, nichts. Aber wenn es nötig ist, können wir springen. Geht ganz leicht.«
»Allmächtiger!« murmelte Casey. Sie bemühte sich, ihr hämmerndes Herz zu beruhigen und ein aufwallendes Gefühl von Klaustrophobie niederzukämpfen. Ihre Haut wurde feucht, und ihre Augen flogen zwischen der Tür und den Fenstern hin und her. Bartlett legte seinen Arm um sie.
»Können Sie schwimmen, Casey?« fragte Dunross.
»Ja. Ich ... ich war schon einmal in einem Feuer. Seitdem habe ich eine Todesangst davor.« Vor ein paar Jahren hatte ihr Häuschen in den Hollywood Hills von Los Angeles durch einen sommerlichen Waldbrand Feuer gefangen. Sie hatte nicht fliehen können, denn die Cañon-Straße im Tal hatte bereits in Flammen gestanden. Sie hatte alle Sprenger aufgedreht und das

Dach mit dem Gartenschlauch bespritzt. Das Feuer hatte nach ihr gegriffen. Dann hatte es den Gipfel des Hügels erreicht und war von einem Hügelkamm zum anderen gesprungen, um auf beiden Hängen zum Talboden hinunterzurasen. Die tosenden Flammen verzehrten Bäume und Häuser und kamen immer näher; es gab keinen Ausweg. Verzweifelt hatte sie das Dach besprüht. Sie war eingeschlossen von Hitze, Rauch und Angst, und das Feuer kam näher und näher – doch es blieb fünfzig Fuß vor ihrer Grundgrenze stehen. Einfach so. Die höher gelegenen Häuser ihrer Straße waren bis auf die Grundmauern niedergebrannt. Im Cañon so gut wie alle. Drei Tage brannte ein Streifen, eine halbe Meile breit und zwei Meilen lang, in den Hügeln, die Los Angeles in zwei Teile schnitten.

»Mir geht es gut, Linc«, sagte sie ein wenig wackelig. »Ich... ich möchte lieber draußen sein. Komm, gehen wir! Ein Schwimmfest ist eine feine Sache.«

»Ich kann nicht schwimmen!« Orlanda zitterte am ganzen Körper. Sie verlor ihre Beherrschung und sprang auf, um zur Tür zu laufen.

Bartlett packte sie. »Es wird alles gutgehen. Mein Gott, so schaffen Sie es doch nie! Hören Sie die armen Menschen da unten? Bleiben Sie da? Über die Treppen kommen Sie nicht weit.« Wie erstarrt klammerte sie sich an ihn.

»Es wird Ihnen nichts passieren«, sagte Casey mitfühlend.

»Natürlich nicht«, pflichtete Dunross ihr bei, die Augen auf das Feuer und den aufwallenden Rauch gerichtet.

»Vergleichsweise geht es uns doch hier sehr gut, meinen Sie nicht, Tai-Pan?« sagte Marlowe. »Das Feuer muß in der Küche ausgebrochen sein. Sicher haben sie es schon gelöscht. Fleur, mein Liebes, wir brauchen nicht über Bord zu springen.«

»Es wäre nichts dabei«, versicherte ihm Bartlett. »Es sind genug Sampane da, um uns herauszufischen.«

»Schon, aber sie kann auch nicht schwimmen.«

Fleur legte ihre Hand auf den Arm ihres Gatten. »Du hast mich immer gedrängt, ich sollte es lernen.«

Dunross hörte nicht zu. Angst würgte ihn, und er versuchte sie niederzukämpfen. Seine Nase füllte sich mit dem Gestank von brennendem Fleisch, den er, ach, so gut kannte, und er war dem Erbrechen nahe. Er saß wieder in seiner lodernden Spitfire, über dem Kanal abgeschossen von einer Messerschmitt 109. Er wußte, daß ihn das Feuer verzehren mußte, bevor er das beschädigte und verklemmte Kabinendach des Cockpits aufreißen und abspringen konnte. Der entsetzliche Gestank versengten Fleisches, seines eigenen Fleisches, hüllte ihn ein. Verzweifelt hämmerte er mit einer Faust gegen das Fenster, während er mit der anderen Hand die Flammen um seine Füße und Knie zu löschen versuchte. Er würgte an dem ätzenden Rauch in seinen Lungen, und er war halb blind. Dann kam der scharfe Knall, als die

Kanzelhaube aufbrach, ein Flammeninferno hochschoß und ihn einschloß und er mit einem Mal irgendwie draußen war und durch das Feuer durchstürzte. Dann der Übelkeit erregende Ruck, als der Fallschirm sich öffnete und die dunkle Silhouette der feindlichen Maschine, die aus der Sonne auf ihn zustieß, und er sah das Mündungsfeuer der Maschinengewehre, und ein Leuchtspurgeschoß riß ihm die halbe Wade weg. An den Rest erinnerte er sich nicht mehr – bis auf den Gestank brennenden Fleisches, wie er ihn jetzt in der Nase hatte.

»Woran denken Sie, Tai-Pan? Bleiben wir hier oder...«

»Bleiben wir, oder gehen wir?« wiederholte Marlowe.

»Bis auf weiteres bleiben wir«, verlangte Dunross, und alle fragten sich, wie er es anstellte, sich so ruhig zu äußern. »Sobald die Treppe geräumt ist, können wir hinunterspazieren. Ich sehe keinen Grund, naß zu werden, wenn es nicht sein muß.«

Es waren nur wenige Minuten vergangen, seitdem die erste zerstörende Feuersäule in der Küche Panik ausgelöst hatte, aber schon hatte das Feuer sich über den Raum ausgebreitet und durch die Speiseaufzüge auch über die Mittelteile der drei Decks darüber. Es blockierte die halbe Küche von der einzigen Treppe, und zwanzig schreckensstarre Menschen waren auf der falschen Seite von den Flammen eingeschlossen. Der Rest des Personals war längst nach oben geflüchtet. Es gab ein halbes Dutzend Bullaugen, aber sie waren klein und die Scharniere eingerostet.

Auch der Chefkoch saß in der Falle. Er war ein gedrungener, wohlbeleibter Mann, hatte schon viele Küchenfeuer miterlebt und geriet daher nicht so schnell in Panik. Verzweifelt nach einer Lösung suchend, ging er im Geiste alle diese Feuer durch. Dann fiel es ihm ein.

»Schnell!« schrie er. »Holt die Säcke mit dem Reismehl... Reismehl... schnell!«

Von Angst wie gelähmt, starrten die Männer ihn an und rührten sich nicht. Wütend stieß er ein paar von ihnen in den Vorratsraum, packte selbst einen Fünfzig-Pfund-Sack und riß ihn oben auf. »Zum Teufel mit dem Scheißfeuer!« keuchte er, von dem Rauch halb erstickt und vom Feuer geblendet. »Beeilt euch, aber wartet, bis ich es euch sage.« Eines der Bullaugen zersplitterte, und der plötzliche Zug blies die Flammen auf sie zu. Hustend und spuckend zerrten sie jeder einen Sack in die Küche. »Jetzt!« brüllte der Chefkoch und schleuderte seinen Sack in den brennenden Gang zwischen den Herden. Der Sack platzte auf, und die Mehlwolken erstickten einen Teil der Flammen. Die anderen Männer folgten seinem Beispiel, und das Mehl löschte noch mehr Flammen. Für den Augenblick war der Gang frei. Sofort stürmte der Chefkoch durch das schwelende Feuer, die anderen Hals über Kopf ihm nach. Sie sprangen über zwei verkohlte Leichen und erreichten die Stiege auf der anderen Seite, bevor die Flammen wieder aufloderten und den Weg abermals versperrten. Die Männer kämpften sich zum Treppen-

absatz hinauf und verloren sich in der hin und her wogenden Menge, die sich schiebend und stoßend, schreiend und hustend einen Weg nach draußen bahnte.
Im unteren Teil war der Rauch bereits sehr dick. Die Wand hinter dem ersten Treppenaufgang, wo sich der Schacht für die Speisenaufzüge befand, fing an, sich zu verziehen. Mit einemmal brach sie auf, und Flammen schossen heraus. Die Menschen auf der Treppe, von Panik ergriffen, drängten vor, die auf dem Absatz taumelten zurück. Als sie dann aber sahen, wie nahe sie der Rettung waren, stürmten die ersten Reihen vor. Zwei Stufen auf einmal nehmend, ließen sie das Feuer hinter sich. Hugh Guthrie, einer der Abgeordneten, sah eine Frau fallen. Sich am Geländer festhaltend, blieb er stehen, um ihr aufzuhelfen, aber die Nachdrängenden warfen ihn um und, zusammen mit anderen, stürzte auch er. Fluchend rappelte er sich auf und verschaffte sich gerade genug Platz, um die Frau hochzuzerren, bevor er abermals mitgerissen und die letzten paar Stufen hinuntergestoßen wurde.
Der halbe Absatz zwischen dem ersten und zweiten Deck war noch nicht von den Flammen erfaßt, obwohl sich das Feuer immer weiter ausbreitete. Zwar verstopften immer noch mehr als hundert die oberen Treppen und Türen, aber die Zahl der Flüchtenden nahm allmählich ab. Die Leute oben drängten und fluchten; sie konnten nicht sehen, was weiter unten vorging.
Auch Grey war auf der Treppe zum zweiten Deck eingeschlossen. Aus der Wand vor ihm sah er Flammen schlagen und wußte, daß sie jeden Augenblick zersplittern mußte. Er konnte sich nicht entscheiden, ob er vor oder zurück sollte. Dann sah er einen Jungen, der unter dem Geländer kauerte. Er nahm den Kleinen in seine Arme und drängte weiter.
Gornt und die anderen auf dem Oberdeck hörten das Inferno, das unten wütete. Er zählte nur mehr dreißig oder vierzig, die hier zurückgeblieben waren. Er trank aus, stellte sein Glas ab und ging zu der Gruppe um Dunross hinüber. Orlanda saß immer noch auf ihrem Stuhl und spielte nervös mit ihrem Taschentuch. Fleur und Peter Marlowe waren nach außen hin ruhig, und Dunross, wie üblich, Herr der Lage. Gut, dachte er und dankte Gott für sein gesundes Erbgut und seine Erziehung zur Disziplin. Es war britische Tradition, daß man in gefährlichen Situationen, wie angstgepeinigt man auch sein mochte, es nie zeigte, und schließlich, dachte er, sind die meisten von uns schon einmal in ihrem Leben mit Bomben beworfen, beschossen, versenkt oder in Kriegsgefangenenlager gesteckt worden. Fast alle waren einmal im Wehrdienst. Gornts Schwester hatte Dienst im Women's Royal Navy Service gemacht, seine Mutter als Luftschutzwart, sein Vater in der Armee. Sein Onkel war vor Cassino gefallen, und er selbst hatte mit den Australiern auf Neuguinea gedient und sich dann anschließend nach Birma und zuletzt nach Singapur durchgekämpft.

»Ian«, sagte Gornt in nonchalantem Ton, »es hört sich an, als ob das Feuer das erste Deck erreicht hätte. Ich schlage vor, wir gehen schwimmen.«
Dunross warf einen Blick auf die Tür. »Einige der Damen können nicht schwimmen. Warten wir noch ein paar Minuten!«
»Na schön. Vielleicht sollten die, denen das Springen nichts ausmacht, auf das Vordeck hinausgehen. Dieses Feuer ist wirklich sehr witzlos.«
»Ich finde es nicht gerade witzlos«, meinte Casey.
Alle lachten. »Das ist nur so eine Redewendung«, klärte Peter Marlowe sie auf.
Eine Explosion unter Deck erschütterte das Schiff ein wenig. Gespenstische Stille trat ein.
In der Küche hatte sich das Feuer auf die Vorratsräume ausgebreitet und schloß nun die restlichen Fünfhundert-Liter-Fässer Öl ein. Das eine, das explodiert war, hatte ein gähnendes Loch in den Fußboden gerissen und die Schiffswand eingebuchtet. Glutasche, brennendes Öl und etwas Meerwasser ergossen sich in das Speigatt. Die Explosion hatte auch einige der großen Spanten des flachen Schiffsbodens zersprengt, und durch die Spalten sikkerte Wasser. Horden von Ratten jagten davon, suchten einen Fluchtweg.
Wieder explodierte eines der großen Metallfässer und riß knapp unter der Wasserlinie ein breites Loch in die Schiffswand. Feuer spritzte nach allen Seiten. Die Menschen auf dem Pier wichen zurück, obwohl keine Gefahr für sie bestand. Andere lachten nervös. Abermals explodierte ein Faß, und Feuergarben spritzten in alle Richtungen. Die jetzt mit Öl getränkten, stark geschwächten Deckenträger und Unterzüge begannen zu brennen. Immer noch hatte Grey das Kind in den Armen. Sich mit einer Hand am Geländer festhaltend, versuchte er es, so gut er konnte, vor den drängenden, schiebenden und stoßenden Menschen zu schützen. Er tauchte um die Flammen herum und sprang die restlichen Stufen hinunter. »Beeilt euch!« rief er den Nachkommenden zu. In dem Augenblick, da er den Laufsteg erreichte, explodierten die letzten beiden Fässer. Der ganze Boden hinter ihm verschwand und zusammen mit einigen anderen wurde er mit dem Kind nach vorn geschleudert.
Hugh Guthrie löste sich aus der Schar der Zuschauer und brachte Grey und das Kind in Sicherheit. »Alles in Ordnung, alter Knabe?« fragte er besorgt.
Halb betäubt rang Grey nach Atem. Seine Kleider schwelten, und Guthrie half ihm, sie auszuklopfen. »Ja... ja, ich denke schon...«, stammelte er.
Vorsichtig nahm Guthrie ihm das bewußtlose Kind ab. »Armer kleiner Racker. Hier...« Er reichte den kleinen Chinesenjungen an einen Zuschauer weiter, und beide Männer liefen zum Laufsteg zurück, um anderen Menschen zu helfen, die von der Explosion noch wie betäubt waren. »Allmächtiger Himmel!« stöhnte er, als er sah, daß der ganze Eingang unpassierbar geworden war. Sie hörten das Heulen näherkommender Sirenen.

Das Feuer auf dem obersten Deck nahe der Tür griff weiter um sich. Von den Flammen, die bereits das ganze untere Deck erfaßt hatten, die Treppe heraufgetrieben, strömten verängstigte Menschen hustend in den Saal zurück.

»Ian, wir sollten schauen, daß wir hier wegkommen«, sagte Bartlett.

»Ja. Würden Sie bitte vorangehen, Quillan, und das Vordeck übernehmen?« sagte Dunross. »Ich kümmere mich um die Nachhut.«

Gornt nickte. »Alle hierher!« brüllte er. »Auf dem Vordeck sind Sie sicher... einer nach dem anderen...« Er stieß die Tür auf, stellte sich daneben und versuchte Ordnung in den hastigen Rückzug zu bringen. Draußen im Freien hatten die Leute weniger Angst und waren froh, weg vom beißenden Rauch zu sein.

Bartlett, der noch wartete, empfand immer noch keine Angst, denn er wußte, daß er nur irgendein Fenster einzuschlagen brauchte, um Casey und sich selbst hinaus und ins Wasser zu befördern. Menschen wankten an ihm vorbei. Die Flammen aus den Speiseaufzügen wurden stärker, und von unten kam der dumpfe Knall einer Explosion.

»Wie geht's denn, Casey?«

»Alles okay.«

»Raus mit dir!«

»Wenn du den Anfang machst.«

»Na klar.« Bartlett lachte sie an. Es wurde leerer im Saal. Er half Lady Joanna durch die Tür, dann Havergill, der ein wenig hinkte, und seiner Frau. Casey sah, daß Orlanda immer noch steif auf ihrem Stuhl saß. Armes Ding, dachte sie und erinnerte sich an die Angst, die sie bei dem Waldbrand ausgestanden hatte. Sie ging zu ihr hinüber. »Kommen Sie«, sagte sie sanft und half ihr auf. Dem Mädchen schlotterten die Knie.

»Ich... ich habe... meine Tasche verloren«, stammelte sie.

»Nein, da ist sie.« Casey nahm sie von einem Stuhl und schob das Mädchen an den Flammen vorbei ins Freie. »Ist doch alles wunderbar«, ermutigte Casey die Zitternde. Sie führte sie zur Reling. Orlanda hielt sich fest. Casey drehte sich um und sah Bartlett und Gornt, die sie von drinnen beobachteten. Bartlett winkte ihr, und sie winkte zurück und wünschte, er wäre hier draußen bei ihr.

Die Marlowes kamen heraus und stellten sich neben sie. »Alles klar, Miss Tcholok?«

»Mir geht's prima. Und Ihnen, Fleur?«

»Gut. Gut... hier draußen ist es recht angenehm, nicht wahr?« sagte Fleur Marlowe. Sie fühlte sich schwach und elend, und der Gedanke, aus dieser großen Höhe springen zu müssen, erschreckte sie. »Glauben Sie... wird es regnen?«

»Je früher, desto besser.« In den trüben Gewässern, dreißig Fuß unter ihnen, sammelten sich immer mehr Sampans. Die Bootsleute wußten, daß die Menschen auf dem Vordeck bald gezwungen sein würden, zu springen. Sie sahen, daß das Feuer den Großteil der unteren beiden Decks erfaßt hatte. Ein paar Leute waren da eingeschlossen. Plötzlich schleuderte ein Mann einen Stuhl durch ein Fenster, brach die Glasreste aus dem Rahmen, kletterte durch und ließ sich ins Meer fallen. Ein Sampan schoß heran und warf ihm ein Tau zu. Andere Eingeschlossene folgten dem Springer. Eine Frau tauchte nicht mehr auf...

Die Menge auf dem Pier wich zurück, als die Feuerwehr anrückte. Sofort rollten die chinesischen Feuerwehrleute und ihr britischer Vorgesetzter die Schläuche aus. Eine andere Abteilung schloß sie an den nächsten Hydranten an, und der erste Wasserstrahl nahm den Kampf gegen das Feuer auf. Schon in wenigen Sekunden arbeiteten sechs Schläuche, und zwei Feuerwehrleute in Asbestanzügen, Atemschutzgeräte auf den Rücken geschnallt, liefen zum Eingang und begannen, Menschen, die bewußtlos auf dem Boden lagen, aus der Gefahrenzone zu tragen.

Bis auf Bartlett, Dunross und Gornt war das Oberdeck jetzt leer. Sie fühlten den Boden unter ihren Füßen schwanken und hätten beinahe den Halt verloren. »Allmächtiger!« stieß Bartlett hervor. »Wir sinken!«

»Diese Explosionen könnten den Schiffsboden aufgerissen haben«, sagte Quillan. »Kommen Sie!« Er ging rasch durch die Tür, und Bartlett folgte ihm.

Dunross blieb allein. Der Rauch war sehr arg, die Hitze und der Gestank kaum zu ertragen. Seine Angst überwindend, zwang er sich, nicht die Flucht zu ergreifen. Einer plötzlichen Eingebung folgend, lief er durch den Saal auf die Tür zur Treppe zu, um sich zu überzeugen, daß niemand mehr da war. Dann sah er die leblose Gestalt eines Mannes auf der Treppe liegen. Die Flammen waren überall. Er fühlte, wie abermals Angst in ihm aufstieg, und wieder kämpfte er sie nieder, sprang vor und zerrte den Mann die Treppe hinauf. Der Chinese war schwer, und er wußte nicht, ob der Mann noch lebte oder nicht. Dann stand Bartlett neben ihm, und zusammen schleppten sie ihn auf das Vordeck hinaus.

»Danke«, keuchte Dunross.

Quillan Gornt kam dazu, beugte sich nieder und drehte den Chinesen um. Das Gesicht war teilweise angesengt. »Die Heldentat hätten Sie sich sparen können. Er ist tot.«

»Wer ist es?« fragte Bartlett.

Gornt zuckte die Achseln. »Ich weiß nicht. Kennen Sie ihn, Ian?«

Dunross starrte auf die Leiche hinunter. »Ja. Das ist Zep... Zeppelin Tung.«

»Knausers Sohn?« Gornt war überrascht. »Mein Gott, hat der aber Fett angesetzt! Ich hätte ihn nicht wiedererkannt.« Er richtete sich auf. »Wir sollten jetzt alle darauf vorbereiten, daß sie springen müssen. Das Schiff wird zum Friedhof.« Er sah Casey an der Reling stehen und ging auf sie zu. »Alles in Ordnung?«

»Ja, danke. Und bei Ihnen?«
»Alles bestens.«
Orlanda stand immer noch neben ihr und starrte schreckensbleich ins Wasser. Die Menschen auf dem Vordeck liefen unentschlossen hin und her.
»Ich muß das organisieren«, sagte Gornt. »Bin gleich wieder da.« Er entfernte sich.
Eine neue Explosion erschütterte das Schiff, das immer stärkere Schlagseite zeigte. Mehrere Leute kletterten über die Reling und sprangen. Sampane fischten sie aus dem Wasser.
Christian Toxe hatte seinen Arm um seine chinesische Frau gelegt und blickte mißmutig über Bord.
»Sie werden springen müssen, Christian«, sagte Dunross.
»Hier in den Hafen von Aberdeen? Soll wohl ein Witz sein? In diesen Drecktümpel?«
»Entweder das, oder Sie brennen wie Zunder!« rief ihm ein Mann lachend zu.
Sich an der Reling festhaltend, kam Sir Charles Pennyworth, den Leuten Mut zusprechend, das Vordeck herunter. »Kommen Sie«, sagte er zu Orlanda. »Es ist nicht schwer.«
Entsetzt schüttelte sie den Kopf. »Nein... noch nicht... ich kann nicht schwimmen!«
Fleur Marlowe legte den Arm um sie. »Keine Bange, ich kann auch nicht schwimmen. Ich bleibe auch da.«
»Sie brauchen nichts zu tun, als den Atem anzuhalten, Mrs. Marlowe«, redete Dunross ihr zu.
»Sie wird nicht springen«, erklärte Peter Marlowe dezidiert. »Und wenn, erst in letzter Minute.«
»Es kann ihr doch nichts passieren!«
»Sie erwartet ein Kind. Sie ist im dritten Monat.«
Aus einem der Schornsteine schossen Flammen auf. Drinnen im Saal brannten die Tische. Mit einem Funkenregen brach die Treppe zusammen.
»Mein Gott, gibt es denn hier überhaupt keinen Notausgang? Was ist mit den Leuten da unten?« fragte Casey.
»Die sind schon längst draußen«, versicherte ihr Dunross, ohne es selbst zu glauben. Hier unter freiem Himmel fühlte er sich ausgezeichnet. Seine Genugtuung darüber, daß es ihm gelungen war, seine Furcht zu besiegen, artete in Übermut aus. »Herrliche Aussicht hier oben, meinen Sie nicht?«
»Wir haben Glück!« rief Pennyworth fröhlich. »Das Schiff krängt nach dieser Seite. Wenn es untergeht, kann uns nichts passieren. Außer es kentert. Wie in guten alten Zeiten!« fügte er hinzu. »Dreimal wurde ich im Mittelmeer versenkt.«
»Wie tief ist das Wasser hier?« erkundigte sich Bartlett.
»Mindestens zwanzig Fuß, wenn nicht mehr«, antwortete Dunross.

»Das würde gen...« Mit heulenden Sirenen kam das Polizeiboot durch die schmale Zufahrt zwischen den Dschunkeninseln. Als es längsseits des »Schwimmenden Drachen« lag, ertönte laut das Megaphon, zuerst auf Chinesisch: »Alle Sampane Umgebung der Brandstelle räumen, Umgebung der Brandstelle räumen!« Dann in englischer Sprache: »Die Herrschaften auf dem Vordeck, Schiff verlassen! Unterschiff schwer beschädigt, Schiff verlassen!«

»Der Teufel soll mich holen, wenn ich mir mein einziges Dinnerjackett kaputtmache!« murmelte Christian Toxe verdrießlich vor sich hin.

Das Deck neigte sich bedrohlich. Langsam fing das Schiff an abzusinken. Durch das große Loch in der Bordwand strömte das Wasser ins Innere. Unerschrocken gebrauchten die Feuerwehrleute die Schläuche, brachten es aber nicht fertig, den Brand einzudämmen. Ein Murmeln ging durch die Menge, als das ganze Schiff erbebte. Zwei Haltetrossen rissen.

Pennyworth lehnte am Schandeckel und half einigen Furchtsamen, vom Schiff wegzuspringen. Lady Joanna stellte sich sehr unbeholfen an. Paul Havergill half seiner Frau über die Reling. Als er sah, daß sie wieder aufgetaucht war, sprang er ihr nach. Immer noch forderte das Polizeiboot plärrend auf, die Unglücksstelle zu räumen. Matrosen warfen Schwimmwesten aus, andere ließen eine Jolle zu Wasser. Unter der Führung eines jungen Marineinspektors sprang ein halbes Dutzend Matrosen über Bord, um einigen Nichtschwimmern – Männern, Frauen und Kindern – zu helfen. Ein Sampan kam herangeschossen, um Lady Joanna, Havergill und seiner Frau beizustehen. Dankbar kletterten sie an Bord des klapprigen Fahrzeugs. Immer noch stürzten sich Menschen vom Oberdeck herunter.

Der »Schwimmende Drache« lag nun schon kräftig über. Auf dem Vordeck rutschte jemand aus und prallte gegen Pennyworth, der das Gleichgewicht verlor. Noch bevor er sich fangen konnte, kippte er über die Reling und stürzte ab. Sein Kopf schlug auf das Heck eines Sampans auf, und er brach sich das Genick. Er glitt ins Wasser und ging unter. In der allgemeinen Verwirrung bemerkte es niemand.

Zusammen mit Bartlett, Dunross, Gornt, Orlanda und den Marlowes lehnte Casey an der Reling. Toxe stand in der Nähe, paffte vor sich hin und versuchte Mut zu fassen. Sorgfältig drückte seine Frau ihre Zigarette aus. Flammen schlugen aus den Belüftungsrohren, aus den Oberlichten und der Eingangstür. Wieder riß eine Haltetrosse; das Schiff schwankte und setzte mit einem Ruck auf. Gornts Griff löste sich, er krachte mit dem Kopf voran gegen einen Pfosten und blieb betäubt liegen. Toxe und seine Frau verloren das Gleichgewicht und gingen über Bord. Peter Marlowe hielt seine Frau fest, und es gelang ihm auch noch zu verhindern, daß sie gegen ein Schott geschleudert wurde.

Unten im Wasser halfen die Matrosen den Schwimmern ins Rettungsboot. Einer sah Toxe und seine Frau in einer Entfernung von 15 Metern prustend und spuckend an die Oberfläche kommen. Sekunden später, wild um sich schlagend, verschwand sie wieder. Sofort tauchte er nach ihr, und nach einer Zeit, die ihm wie eine Ewigkeit vorkam, erwischte er ihr Kleid und holte sie an die Oberfläche zurück. Der junge Leutnant schwamm zu der Stelle hinüber, wo er Toxe gesehen hatte, tauchte nach ihm, fand ihn aber nicht. Er stieß sich hoch, um Luft zu holen, und versuchte es noch einmal. Seine Lunge drohte schon zu bersten, als seine ausgestreckten Finger etwas Stoffartiges berührten; er faßte zu und schoß an die Oberfläche hinauf. Spuckend und würgend von dem vielen Meerwasser, das er geschluckt hatte, klammerte sich Toxe an seinen Retter an. Der junge Mann lockerte seinen Griff, drehte Toxe herum und hievte ihn in die Jolle.

Das Schiff krängte bedrohlich, und Dunross rappelte sich hoch. Er sah Gornt regungslos daliegen und stolperte zu ihm hinüber. Er versuchte ihn aufzuheben, aber vergeblich.

»Ich... ich bin schon wieder auf dem Damm«, stieß Gornt hervor und schüttelte dann wie ein Hund den Kopf. »Mann, danke...« Er hob den Kopf und sah, daß es Dunross war. »Danke«, wiederholte er und lächelte grimmig, während er sich hochstemmte. »Trotzdem verkaufe ich morgen, und nächste Woche sind Sie fertig, kaputt!«

Dunross lachte. »Viel Spaß! Die Vorstellung, hier zu verbrennen oder mit Ihnen zusammen zu ersaufen, versetzt mich genauso in Schrecken.«

Zehn Meter weiter half Bartlett Casey beim Aufstehen. Das Vordeck war nun schon sehr steil, und das Feuer noch furchterregender. »Der Kahn kann jederzeit kentern.«

»Was machen wir mit ihnen?« fragte sie leise und deutete mit dem Kopf auf Fleur und Orlanda.

Er überlegte kurz und antwortete dann entschlossen: »Spring los und warte unten dann auf mich!«

»Kapiert.« Sie reichte ihm ihre kleine Handtasche. Er steckte sie ein und eilte davon, während sie ihre Schuhe wegschleuderte, den Reißverschluß ihres Abendkleides öffnete und herausstieg. Dann raffte sie den dünnen Seidenstoff zu einem Strang, den sie sich um den Leib band, schwang sich geschickt über die Reling, wählte sorgfältig den Punkt aus, auf den sie auftreffen wollte, und führte einen makellosen Schwalbensprung aus. Die unmittelbare Gefahr vergessend, schauten Gornt und Dunross ihr bewundernd zu.

Bartlett stand jetzt neben Orlanda. Er sah Casey sauber eintauchen, und bevor Orlanda sich noch wehren konnte, hob er sie über die Reling. »Halten Sie den Atem an, Schätzchen!« sagte er und ließ sie vorsichtig fallen. Füße voran stürzte sie dem Wasser entgegen und traf nur wenige Meter von Casey entfernt auf die Oberfläche auf. Casey, die sie an dieser Stelle erwartet hatte, war unterdessen unter Wasser hingeschwommen. Sie fing Orlanda mühelos auf und trat nach oben; fast noch bevor sich die Verschreckte darüber klar war, daß sie das Schiff verlassen hatte, atmete sie wieder. Casey hielt sie mit sicherem Griff und schwamm mit kräftigen Stößen auf die Jolle zu.

Gornt und Dunross spendeten begeistert Beifall. Abermals schwankte das Schiff, und beinahe hätten sie den Halt verloren, als Bartlett zu den Marlowes hinübertorkelte.

»Wie steht's mit Ihrer Schwimmkunst, Mr. Marlowe?« fragte Bartlett.

»Leidlich.«

»Wollen Sie mir Ihre Frau anvertrauen? Ich war viele Jahre Strandwächter.«

Noch bevor Marlowe etwas einwenden konnte, hob Bartlett Fleur auf seine Arme, stieg über die Reling und blieb sekundenlang stehen. »Sie brauchen nichts weiter zu tun, als den Atem anzuhalten.« Sie legte einen Arm um seinen Hals und hielt sich die Nase zu. Fleur sicher in seinen Armen haltend, tauchte er sauber ins Meer ein, wobei er sie mit seinem eigenen Körper vor dem Aufprall schützte. Sekunden später war ihr Kopf aus dem Wasser; ihr Herz klopfte, aber sie prustete nicht einmal.

Ein Glücksgefühl durchströmte Peter Marlowe, als er sah, daß sie in Sicherheit war. »Wunderbar, wunderbar«, murmelte er.

»Haben Sie Casey springen sehen?« fragte Dunross. »Phantastisch!«

»Wie bitte? Ach, leider nein, Tai-Pan.«

»Nur mit BH, Höschen und Strumpfhose – ein traumhafter Sprung. Die Figur von dem Mädchen!«

»Ja, ja«, sagte Gornt, »und Mut hat sie auch noch!«

Die letzte Haltetrosse riß, und das Schiff ächzte. Das Deck bot keinen Halt mehr. Die letzten drei Männer gingen über Bord. Dunross und Gornt machten Kopfsprünge, Peter Marlowe sprang mit den Beinen voran. Die Schwalbensprünge waren gut, aber nicht so gut wie der von Casey – und die zwei Männer wußten es.

12

23.30 Uhr:

Auf der anderen Seite der Insel quälte sich das alte Taxi die enge Straße nach Westpoint hinauf. Suslew räkelte sich wie betrunken auf dem Rücksitz. Die Krawatte schief, ohne Jacke, das Hemd verschwitzt, sang er dem Fahrer ein schwermütiges russisches Lied vor. Die Nacht war dunkel, die Bewölkung dichter geworden. Die Luftfeuchtigkeit hatte zugenommen, und das Atmen fiel schwer.

Das alte Taxi keuchte und schnaufte und erinnerte ihn an Arthurs Hüsteln und ihr kommendes Zusammentreffen. Seine Erregung nahm zu.
Er hatte das Taxi beim Golden-Ferry-Terminal genommen. Der Wagen war die Peak Road hinaufgefahren, vorbei am Botanischen Garten und dem Government House, in dem der Gouverneur wohnte. Während sie am Palast vorbeifuhren, hatte er sich die müßige Frage vorgelegt, wann die Hammer-und-Sichel-Flagge auf dem jetzt leeren Fahnenmast wehen werde. Bald, hatte er zufrieden gedacht, mit Arthurs und Sevrins Hilfe – sehr bald.
Er warf einen Blick auf die Uhr. Er würde sich ein wenig verspäten, aber das machte ihm nichts aus. Arthur kam immer zu spät, nie weniger als zehn, nie mehr als zwanzig Minuten. In unserem Beruf ist es gefährlich, ein Gewohnheitstier zu sein, dachte er, aber ob gefährlich oder nicht, Arthur ist ein Vermögen wert, und Sevrin, seine Schöpfung, ein brillantes, lebenswichtiges Teilstück in unserer KGB-Kampfmaschine. Er wartet so geduldig, wie all die anderen Sevrins dieser Welt. Nur etwa neunzigtausend sind wir KGB-Offiziere, und fast sind wir schon die Herren der Erde. Schon haben wir sie verändert, von Grund auf verändert, die Hälfte gehört schon uns. Und alles in so kurzer Zeit – seit 1917!
Wir sind so wenige, sie sind so viele. Aber unsere Tentakel reichen in jeden Winkel, unsere Armeen von Helfern – Informanten, Dummköpfe, Parasiten, Verräter, die in Selbsttäuschung befangenen, mißgestalteten Rechtgläubigen, die wir so zielstrebig in allen Ländern der Erde rekrutieren. Und überall sitzt einer von uns, einer von der Elite, ein KGB-Offizier in der Mitte des Netzes – kontrolliert, zeigt den Weg, merzt aus. Netze innerhalb von Netzen, bis hinauf zum Obersten Sowjet, und alle so nahtlos in das Gefüge von Mütterchen Rußland hineingewoben, daß es unzerstörbar geworden ist. Wir sind das moderne Rußland, wir sind Lenins Speerspitze. Ohne uns, unsere Methoden und den gezielten Einsatz von Terror gäbe es kein Sowjetrußland, kein sowjetisches Reich, keine treibende Kraft, um die Führer der Partei an der Macht zu halten. Ja, wir sind die Elite.
Er lächelte breit.
Trotz der offenen Fenster war es heiß und schwül im Taxi, das sich jetzt durch dieses Wohnviertel hochschlängelte, in dem die Bänder großer, gartenloser Appartementhäuser auf kleinen Rasenplatten ruhten, die man aus den Hängen geschnitten hatte. Eine Dusche wäre jetzt schön, dachte er und ließ seine Gedanken wandern. Eine Dusche mit süßem, kaltem, georgischem Wasser, nicht mit dieser salzhaltigen Pisse, die sie hier durch die Rohre laufen lassen. Wie gern wäre ich jetzt in der *datscha* bei Tiflis, oh, das wäre herrlich! Ich würde in dem Fluß baden, der durch unser Land fließt, und mich von der Sonne trocknen lassen, während ein guter georgischer Wein vom Fluß, der von den nahen Bergen herabfließt, gekühlt wird. Das ist das Paradies, wenn es je eines gab. Berge und Weiden, Trauben und Ernte und reine Luft.

Er lachte in sich hinein, als er an die Märchen über seine Herkunft zurückdachte, die er Travkin erzählt hatte. Dieser Parasit! Auch so ein Narr, auch so ein Werkzeug, das man benützte und, wenn es stumpf geworden war, ausrangierte.
Schon seit den ersten Tagen war sein Vater Kommunist gewesen – zuerst in der Tscheka, heimlich, und dann im KGB. Jetzt schon Ende Siebzig, immer noch großgewachsen und aufrecht, im wohlverdienten Ruhestand, lebte er wie ein patriarchalischer Fürst mit Dienern, Pferden und Leibwächtern. Suslew zweifelte nicht daran, daß er zu gegebener Zeit die *datscha* und das Land erben und daß man ihn auf die gleiche Weise ehren würde – verdientermaßen, denn er hatte eindrucksvolle Leistungen erbracht, und er war erst zweiundfünfzig.
Jawohl, dachte er zuversichtlich, in dreizehn Jahren kann ich in Pension gehen. Ich habe noch große Jahre vor mir, um mitzuhelfen, den Angriff voranzutragen. Der Feind mag sich winden, aber wir werden ihm keine Ruhe gönnen.
Und wer ist der Feind, der wirkliche Feind?
Alle, die uns den Gehorsam verweigern und uns unseren hohen Rang neiden – vornehmlich die Russen.
Er brach in schallendes Gelächter aus.
Der verdrießliche, müde junge Fahrer warf einen kurzen Blick in den Rückspiegel. Hoffentlich, dachte er, war sein Fahrgast betrunken genug, daß er den Taxameter falsch lesen und ihm ein anständiges Trinkgeld geben würde. Er hielt vor dem Haus, das man ihm als Adresse genannt hatte.
Rose Court auf der Kotewall Road war eine moderne, vierzehnstöckige Wohnanlage mit einer dreigeschossigen Tiefgarage. Ein Stück talwärts lagen die Sinclair Road und Sinclair Towers und noch weitere Wohnkomplexe, die sich an die Berghänge schmiegten. Dies war eine bevorzugte Wohngegend. Die Aussicht war phantastisch, und die Wohnungen lagen unterhalb der Wolken, die oft den oberen Teil des Peaks einhüllten, wo die Mauern schwitzten und die Tisch- und Bettwäsche schimmlig wurde.
Der Taxameter zeigte 8,70 HK. Suslew stierte auf ein Bündel Banknoten, gab dem Fahrer einen Hundert-Dollar-Schein statt eines Zehners, stieg schwerfällig aus und schwankte auf die Gegensprechanlage zu. Er drückte auf den Knopf mit der Aufschrift: Ernest Clinker, Esqu., Manager.
»Ich bin es, Ernie, Gregor«, lallte er und rülpste. »Bist du da?«
Der Mann mit dem Cockney-Akzent lachte. »Was denkst du denn? Natürlich bin ich da, Kumpel! Du klingst ja, als ob du von einer Sauftour kämst! Bier ist da, Wodka ist da, und Mabel und ich erwarten dich.«
Im Aufzug drückte Suslew auf den Abwärts-Knopf. Im untersten Geschoß betrat er die offene Garage und ging auf die andere Seite hinüber. Die Wohnungstür stand bereits offen, und ein rotwangiger, häßlicher kleiner Mann Mitte Sechzig streckte ihm die Hand entgegen. »Hast wohl ein paar Gläser

über den Durst getrunken, was?« sagte Clinker und ließ seine billigen falschen Zähne sehen. Die beiden Männer umarmten einander und gingen hinein.

Die Wohnung bestand aus zwei winzigen Schlafzimmern, einem Wohnzimmer, Küche und Badezimmer. Die Räume waren bescheiden, aber freundlich eingerichtet, und der einzige Luxus war ein kleines Tonbandgerät, aus dem Opernmusik ertönte.

»Bier oder Wodka?«

Suslew grinste und rülpste. »Zuerst pinkeln, dann Wodka, dann... noch einen und dann... dann ins Bett!« Schwankend machte er sich auf den Weg zur Toilette.

»Wird gemacht, Captain, alter Knabe! He, Mabel, sag dem Captain guten Abend!« Die verschlafene alte Bulldogge auf ihrer zerkauten Matte öffnete kurz ein Auge, bellte einmal und war im nächsten Moment wieder eingeschlafen. Clinker grinste und goß einen Schuß Wodka und ein Glas Wasser ein. Kein Eis. Er nahm einen Schluck Bier und fragte: »Wie lange bleibst du, Gregor?«

»Nur diese Nacht, *towarisch.* Vielleicht morgen nacht. Morgen... morgen muß ich wieder an Bord sein. Aber morgen abend... vielleicht...«

»Was ist mit Ginny? Hat sie dich wieder rausgeschmissen?«

In dem unauffälligen Lieferwagen, der ein Stück weiter die Straße hinunter geparkt war, belauschten Roger Crosse, Brian Kwok und der Radiomechaniker der Polizei dieses Gespräch über einen Lautsprecher. Sie hörten Clinker kichern und wiederholen: »Sie hat dich rausgeschmissen, was?«

»Wir haben den ganzen Abend getanzt, und sie... dann sagt sie, ich soll zu Ernie gehen und sie... schlafen lassen.«

Sie hörten Suslew aus einem Eimer Wasser in die Toilette gießen und zurückkommen.

»Hier, alter Freund!«

»Danke.« Das Geräusch durstigen Trinkens. »Ich... ich denke... ich möchte mich niederlegen... nur ein paar Minuten...«

»Werden wohl ein paar Stunden draus werden! Keine Sorge. Ich mache Frühstück. Da... Noch ein Glas?«

Die Polizeibeamten im Wagen hörten aufmerksam zu. Crosse hatte Clinkers Wohnung vor zwei Jahren mit Abhörvorrichtungen versehen lassen. Immer, wenn Suslew in der Kolonie war, wurde mitgehört. Suslew, der fast immer unter Beobachtung stand, hatte Clinker in einer Bar kennengelernt. Beide Männer waren U-Boot-Fahrer gewesen und hatten Freundschaft geschlossen. Clinker hatte ihn eingeladen, bei ihm Quartier zu nehmen, und hin und wieder tat Suslew das auch. Crosse hatte Clinker überprüfen lassen, doch hatte man nichts Nachteiliges feststellen können. Clinker hatte zwanzig Jahre bei der Royal Navy gedient. Nach dem Krieg hatte er verschiedentlich in der Handelsmarine angeheuert und war auf seinen Reisen

auch nach Hongkong gekommen, wo er sich nach seiner Pensionierung niederließ. Clinker lebte allein und war seit fünf Jahren Hausmeister und Verwalter von Rose Court.
»Er hat seine Ladung«, meinte Crosse.
»Jawohl, Sir.« Brian Kwok langweilte sich und versuchte, es sich nicht anmerken zu lassen.
In dem kleinen Wohnzimmer bot Clinker Suslew seine Schulter an. »Komm schon! Zeit, in die Falle zu gehen.« Er half Suslew ins Schlafzimmer. Suslew legte sich nieder und seufzte.
Clinker zog die Vorhänge zu, ging dann zu einem anderen Tonbandgerät und schaltete es ein. Gleich darauf drang schweres Atmen und Schnarchen aus dem Lautsprecher. Suslew erhob sich lautlos; die Trunkenheit, die er vorgetäuscht hatte, war von ihm abgefallen. Clinker hatte sich bereits auf die Knie niedergelassen. Er schob einen Vorleger beiseite und öffnete die Falltür. Geräuschlos stieg Suslew hinunter. Clinker grinste, klopfte ihm auf den Rücken und schloß die gutgeölte Tür hinter ihm. Die Stufen führten zu einem grob in Stein gehauenen Tunnel, der bald in einen großen, jetzt trockenen, unterirdischen, überwölbten Abzugskanal mündete. Einem Halter am unteren Treppenabsatz entnahm Suslew eine Taschenlampe und setzte nun bedachtsam einen Fuß vor den andern. Nach ein paar Schritten befand er sich bereits unterhalb von Sinclair Towers. Durch eine andere Falltür gelangte er in die Kammer eines Hausmeisters und von dort auf eine Hintertreppe, die nicht mehr benutzt wurde.
Roger Crosse lauschte immer noch den mit Opernmusik vermischten Schnarchtönen. Im geschlossenen Lieferwagen war es heiß und schwül, und die Hemden wurden naß. »Er hat sich offenbar schlafen gelegt«, sagte Crosse. Sie hörten Clinker vor sich hin summen und seine Bewegungen, als er Flaschen und Gläser wegräumte. Auf dem Bedienungstisch leuchtete ein rotes Lämpchen auf. Der Funkmechaniker schaltete auf Empfang. »Hier Streifenwagen 1423, was gibt's?«
»Zentrale für Oberinspektor Crosse. Dringend.«
»Hier spricht Crosse.«
»Hier Bereitschaftsdienst, Sir. Wir haben soeben eine Meldung bekommen, daß das Restaurant ›Schwimmender Drache‹ in Flammen steht...« Brian Kwok stockte der Atem. »Löschzüge sind schon dort, und der Constabler meint, es könnte bis zu 20 Tote geben. Augenblick, Sir, wir bekommen soeben einen neuen Bericht vom Marineamt!«
Sie warteten. Brian Kwok brach das Schweigen. »Dunross?«
»Fand der Empfang auf dem Oberdeck statt?« fragte Crosse.
»Ja, Sir.«
»Dunross ist viel zu gerissen, um sich verbrennen zu lassen – oder zu ertrinken«, meinte Crosse. »War es Unfall oder Sabotage?«
Brian Kwok blieb die Antwort schuldig.

Der Lautsprecher meldete sich wieder. »Das Marineamt teilt mit, daß das Schiff gekentert ist. Es sieht so aus, als ob einige Leute durch den Sog unter Wasser gezogen worden wären.«

»War unser VIP in Begleitung unseres Beamten?«

»Nein, Sir, unser Mann wartete am Pier neben seinem Wagen.«

»Wie ist es den Leuten auf dem Oberdeck ergangen?«

»Zwanzig oder dreißig sind angeblich abgesprungen, Sir, die meisten leider ziemlich spät, kurz bevor das Schiff kenterte. Das Marineamt weiß nicht, wie viele sich retten konnten.«

»Augenblick.« Crosse überlegte kurz. »Ich schicke Inspektor Kwok jetzt mit diesem Streifenwagen los. Sie setzen eine Abteilung Froschmänner in Marsch; sie sollen ihn dort erwarten. Ich bin zu Hause, wenn Sie mich brauchen.« Er schaltete das Mikrophon ab. »Ich gehe zu Fuß«, sagte er zu Brian Kwok. »Rufen Sie mich sofort an, wenn Sie wissen, was mit Dunross ist! Wenn er tot ist, öffnen wir sofort den Tresor – ganz gleich, was passiert. Beeilen Sie sich!«

Er stieg aus. Der Lieferwagen fuhr den Hügel hinauf. Aberdeen lag genau südlich, jenseits des Bergrückens. Crosse warf einen kurzen Blick auf Rose Court; dann ließ er seine Augen auf die andere Straßenseite gleiten, wo sich ein Stück weiter unten der Wohnkomplex Sinclair Towers erhob. Zwei seiner Leute observierten immer noch das Haus und warteten geduldig auf Tsu-yans Rückkehr. Wo steckt der Bastard? fragte er sich gereizt.

Sehr beunruhigt ging er die Straße hinunter. Es fing an zu regnen. Er beschleunigte seine Schritte.

Suslew nahm ein eiskaltes Bier aus dem modernen Kühlschrank und öffnete es. Er trank mit Genuß. Das Appartement 32 im elften Stock von Sinclair Towers war geräumig, sauber und gut eingerichtet; es bestand aus drei Schlafzimmern und einem großen Wohnzimmer. Rund um zwei Aufzüge und eine Nottreppe gruppierten sich drei Wohnungen in jedem Stockwerk. Mr. und Mrs. John Tschen waren die Eigentümer von Nr. 31, 33 gehörte einem Mr. K. V. Lee. Arthur hatte Suslew informiert, daß K. V. Lee ein Deckname von Ian Dunross war, der nach dem Beispiel seiner Vorgänger als einziger Zutritt zu drei oder vier privaten Appartements in der Kolonie hatte. Ist doch eigentlich recht bequem für den Fall, daß wir uns den Tai-Pan vorknöpfen müssen, dachte er. Und wahlweise mit Travkin als Köder.

Ein plötzlicher Regenguß peitschte die Vorhänge, die über die offenen Fenster gezogen waren, und er hörte den einsetzenden Regen. Vorsichtig schloß er die Fenster und sah hinaus. Straßen und Dächer waren schon naß. Blitze zuckten über den Himmel, gefolgt von heftigem Donner. Die Temperatur war bereits um einige Grade gefallen. Das wird ein schönes Gewitter, sagte er sich dankbar, denn er war froh, daß er sich nicht mehr in Ginny Fus schäbigem Quartier in Mong Kok und auch nicht bei Clinker aufzuhalten brauchte.

Für alles hatte Arthur gesorgt: für Clinker und Ginny Fu, für diese konspirative Wohnung, für den Tunnel; er selbst hätte es nicht besser machen können. Es war nicht schwer gewesen, Clinker für die Sache zu gewinnen, hatte Arthur ihm berichtet; er hatte das angeborene Mißtrauen des Mannes, seinen Haß auf alle Höherstehenden und seinen Hang zur Heimlichtuerei geschickt für seine Zwecke ausgenützt. »Der häßliche Ernie weiß nur sehr wenig von dir, Gregor – nur daß du Russe bist und Kapitän der *Iwanow*. Um ihm den Tunnel zu erklären, habe ich ihm gesagt, du hättest ein Verhältnis mit einer verheirateten Frau, der Gattin des Tai-Pan, die in Sinclair Towers wohnt. Und das Tonband mit dem Schnarchkonzert und die ganze Heimlichtuerei wären nötig, weil dir die verdammten *Peelers* auf der Spur sind, sich in seine Wohnung geschlichen und sie mit Abhörvorrichtungen versehen haben.«

»*Peelers?*«

»So nennen die Londoner Cockneys die Polizei in Erinnerung an Sir Robert Peel, Premierminister von England, der die erste Polizeitruppe gründete. Die Cockneys haben die Peelers schon immer gehaßt, und ich wußte, daß Ernie ein Vergnügen daran findet, sie zu überlisten.«

An seinem Glas nippend, schlenderte Suslew ins Wohnzimmer zurück. Auf dem Tisch lag die Nachmittagszeitung. Es war die Extraausgabe des *Guardian* mit der Schlagzeile »Mob ermordet Duftige Blume« und einem deutlichen Bild des Tumults. Er setzte sich in einen Lehnstuhl und begann zu lesen.

Seine scharfen Ohren hörten, wie der Aufzug stehenblieb. Er ging zu dem Tischchen neben der Tür und zog eine geladene und mit Schalldämpfer versehene Pistole aus einer Lade. Er steckte die Waffe ein und lugte durch das Guckloch.

Der Ton der Glocke war gedämpft. Er öffnete die Tür und lächelte. »Komm herein, alter Freund!« Herzlich umarmte er Jacques de Ville. »Wir haben uns lange nicht gesehen.«

»Das ist wahr«, erwiderte de Ville ebenso herzlich. Zum letzten Mal hatte er Suslew in Singapur bei einem durch Arthur einberufenen Geheimtreffen gesehen, kurz nachdem er veranlaßt worden war, Sevrin beizutreten. Ebenso geheimnisvoll war ihre erste Begegnung gewesen: im Juni 1941 in Brest, wenige Tage bevor Nazideutschland die Sowjetunion überfiel. De Ville kämpfte damals im Widerstand, und Suslew war Erster Offizier und gleichzeitig geheimer Politkommissar eines sowjetischen U-Boots, das nach einer Patrouillenfahrt im Atlantik offiziell den Hafen angelaufen hatte, um dringende Reparaturen ausführen zu lassen. Damals war de Ville gefragt worden, ob er bereit sei, nach der Zerschlagung des Faschismus als Geheimagent den wahren Krieg weiterzuführen – den Krieg gegen den kapitalistischen Feind.

Er hatte begeistert zugestimmt.

Es war Suslew leichtgefallen, ihn zu gewinnen. Mit dem Blick auf de Villes Möglichkeiten nach dem Krieg hatte das KGB ihn heimlich an die Gestapo verraten und ihn dann durch kommunistische Guerillas aus einem Gefangenenlager der Gestapo befreien lassen. Die Genossen hatten ihm gefälschte Beweise vorgelegt, aus denen hervorging, daß er von einem seiner eigenen Leute für viel Geld verraten worden sei. De Ville war damals zweiunddreißig und so wie viele seiner Altersgenossen betört vom Sozialismus und den Lehren von Marx und Lenin.
»Du siehst müde aus, Frédéric«, sprach Suslew ihn mit seinem Codenamen an. »Sag mir, was dich bedrückt!«
»Es ist nur ein Familienproblem.«
»Erzähl!«
Suslew hörte aufmerksam zu. Seit ihrer Begegnung im Juni 1941 war er de Villes Führungsoffizier. Erst 1947 hatte er ihm befohlen, nach Hongkong zu gehen und bei Struan's einzutreten. Vor dem Krieg hatten de Ville und sein Vater ein florierendes Import-Export-Geschäft betrieben, das enge Beziehungen – auch familiärer Natur – zu Struan's unterhielt, und so war seine Ortsveränderung allgemein begrüßt worden.
»Wo ist jetzt deine Tochter?« fragte er mitfühlend.
De Ville sagte es ihm.
»Und der Fahrer des anderen Wagens?«
Suslew prägte sich den Namen und die Adresse ein. »Ich werde mich darum kümmern, daß man ihm die Rechnung präsentiert.«
»Nein«, wehrte de Ville sofort ab. »Es... es war ein Unfall. Wegen eines Unfalls kann man einen Menschen nicht bestrafen.«
»Er war betrunken. Für Trunkenheit am Steuer gibt es keine Entschuldigung. Fest steht, daß du für uns sehr wertvoll bist. Wir kümmern uns um unsere Leute. Man wird ihm die Rechnung präsentieren.«
De Ville wußte, daß es keinen Zweck hatte, mit ihm zu diskutieren. Er starrte auf die Regentropfen, die über die Scheiben liefen, und fragte sich, zu welchem Zweck man ihn gerufen hatte. »Und wie geht es dir?«
»Sehr gut. Möchtest du einen Drink?« Suslew ging zur Bar hinüber. »Der Wodka ist gut.«
»Wodka ist mir recht. Aber bitte nur einen kleinen.«
»Wenn Dunross sich zurückzieht, bist du der nächste Tai-Pan?«
»Es wird einer von uns vieren sein: Gavallan, David MacStruan, ich oder Linbar Struan.«
»In dieser Reihenfolge?«
»Das weiß ich nicht. Danke.« De Ville nahm sein Glas. »Ich tippe auf Gavallan.«
»Wer ist dieser MacStruan?«
»Ein entfernter Vetter. Er war fünf Jahre im China-Handel. Gegenwärtig betreibt er die Ausweitung unserer Geschäfte nach Kanada – wir bemühen

uns zu diversifizieren, Holzfasern, Kupfer und verschiedene Minerale kanadischer Provinzen in unser Programm aufzunehmen.«
»Ist er tüchtig?«
»Sehr tüchtig. Stahlhart und skrupellos. Einundvierzig, Exleutnant, Fallschirmspringer. Eine Verschlingung der Tragleine seines Fallschirms hätte ihm über Birma beinahe die linke Hand abgerissen. Er legte sich selbst einen Kreuzverband an und kämpfte weiter. Das trug ihm das Militärverdienstkreuz ein. Wenn ich Tai-Pan wäre, ich würde mich für ihn entscheiden.«
»Hat Dunross ein Testament gemacht?«
»Ian überläßt nichts dem Zufall. Kommt Arthur?«
»Ja. Wie könnten wir die Gewichte zu deinen Gunsten verschieben?«
De Ville zuckte die Achseln.
Suslew schenkte sich ein frisches Glas ein. »Es wäre nicht schwer, diesen MacStruan und die anderen zu diskreditieren. Sie zu eliminieren.« Suslew fixierte ihn. »Selbst Dunross.«
»Nein. Das ist keine Lösung.«
»Gibt es eine andere?«
»Geduld haben.« De Ville lächelte, aber unter seinen müden Augen lagen dunkle Schatten. »Ich möchte nicht der Anstoß für seine... Beseitigung sein – oder die der anderen.«
Suslew lachte. »Man muß einen Menschen nicht gleich töten, um ihn zu eliminieren. Sind wir Barbaren? Natürlich nicht.« Er musterte seinen Schützling. De Ville muß zu einer realistischeren Einschätzung der Lage erzogen werden, dachte er. »Erzähl mir von diesem Amerikaner, Bartlett, und dem Struan's-Par-Con-Deal!«
De Ville berichtete ihm alles, was er wußte. »Mit Bartletts Geld haben wir alles, was wir brauchen.«
»Ist dieser Gornt imstande, eine Übernahme zu erzwingen?«
»Ja und nein. Möglicherweise. Er ist hart, und er haßt uns aus tiefster Seele. Es ist eine lange zurückliegende Riv...«
»Ja, ich weiß.« Es überraschte Suslew, daß de Ville ihm Informationen lieferte, die ihm längst bekannt waren. Ein schlechtes Zeichen, dachte er und warf einen Blick auf die Uhr. »Unser Freund hätte schon vor fünfundzwanzig Minuten da sein sollen. Sonderbar.«
»Weißt du schon von dem Feuer in Aberdeen?« fragte de Ville.
»Was für ein Feuer?«
»Es kam gerade in den Nachrichten, bevor ich herauffuhr.« De Ville und seine Frau bewohnten das Appartement 20 im ersten Stock. »Das Restaurant ›Zum schwimmenden Drachen‹ in Aberdeen ist abgebrannt. Vielleicht war Arthur auch da.«
»Hast du ihn gesehen?« Suslew war plötzlich beunruhigt.
»Nein. Aber ich könnte ihn verfehlt haben. Ich ging schon vor dem Dinner.«

Nachdenklich nippte Suslew an seinem Wodka. »Hat er dir schon gesagt, wer sonst noch zu Sevrin gehört?«

»Nein. Ich habe ihn gefragt – wohlüberlegt, wie du es mir befohlen hast, aber er hat niem...«

»Befohlen? Ich befehle dir nichts, *towarisch,* ich schlage nur vor.«

»Natürlich. Er sagte nur: ›Wenn es soweit ist, werden wir alle zusammentreffen.‹«

»Wir werden es bald erfahren. Er hat völlig recht, wenn er so vorsichtig ist.« Suslew hatte sowohl de Ville als auch Arthur auf die Probe stellen wollen. Es war eine der grundlegenden Vorschriften des KGB, daß man in bezug auf seine Agenten nie zu vorsichtig sein kann, wie wichtig sie auch sein mögen.

Er musterte de Ville, taxierte ihn und war froh, daß er die Probe bestanden hatte – er und Arthur. Ja, wir suchen uns die Besten aus. Wir sind die Elite. Wir brauchen Spione aller Kategorien. Wir brauchen diese Leute, Jacques und Arthur und die anderen. Ja, wir brauchen sie dringend.

»Arthur hat mir nie einen Hinweis gegeben, wer die anderen sein könnten«, fügte de Ville hinzu. »Nur daß wir sieben sind.«

»Wir müssen Geduld haben«, sagte Suslew, froh, daß auch Arthur vorsichtig war, denn es war ein Teil des Planes, daß die sieben einander nie kennenlernen und nie erfahren sollten, daß Suslew Sevrins Kontrolleur und Arthurs Vorgesetzter war. Suslew war über die Identität aller Sevrin-Maulwürfe unterrichtet. Zusammen mit Arthur hatte er sie in all den Jahren immer wieder getestet, hatte einige eliminiert, andere dazugenommen. Wenn ein Agent in seiner Loyalität schwankend wird, muß er sofort neutralisiert oder eliminiert werden – bevor er dich neutralisiert oder eliminiert. Das gilt sogar für Ginny Fu, obwohl sie keine Agentin ist und nichts weiß. Zeit, daß ich eine Reise mit ihr mache, wie ich es ihr versprochen habe. Eine kurze Reise – nächste Woche. Nach Wladiwostok. Dort können wir sie von ihrem bisherigen Leben reinwaschen und zu einem nützlichen Mitglied der Gesellschaft machen.

Er schlürfte seinen Wodka. »Wir wollen Arthur eine halbe Stunde geben. Bitte«, sagte er und wies auf einen Stuhl.

De Ville schob die Zeitung weg und setzte sich in einen Lehnsessel. »Hast du von dem Run gelesen?«

Suslew grinste. »Ja, *towarisch.* Wunderbar!«

»Ist das eine Operation des KGB?«

»Nicht, daß ich wüßte«, antwortete Suslew freundlich. »Wenn aber doch, hat sich jemand eine Beförderung verdient.« Es war ein Eckpfeiler leninistischer Politik, die Entwicklung westlicher Banken mit besonderer Aufmerksamkeit zu verfolgen, sie, die den Kern westlicher Macht darstellten, bis in ihre Spitzen zu infiltrieren, sie und andere dazu zu bewegen, westliche Währungen zu schwächen, gleichzeitig aber ein Maximum an Krediten in

Anspruch zu nehmen, je länger die Laufzeit, desto besser, zugleich jedoch darauf zu achten, daß kein Ostblockland jemals mit seinen Zahlungen in Verzug geriet. »Der Krach der Ho-Pak wird zweifellos auch andere Institute in Mitleidenschaft ziehen. Die Zeitung schreibt, es könnte sogar einen Run auf die Victoria geben. Was meinst du?«

Es entging Suslew nicht, daß de Ville schauderte. »*Merde*, das würde Hongkong zugrunde richten«, antwortete de Ville. »Ja, ich weiß, je früher, desto besser, aber... Wenn man so weit integriert ist, vergißt man ganz, wer man wirklich ist. Wann können wir endlich etwas tun? Ich bin des Wartens müde, schrecklich müde.«

»Bald. Hör mal.« Suslew wollte ihm Mut zusprechen. »Im Januar war ich in Moskau bei einer Konferenz mit höchsten Parteistellen, Banken standen ganz oben auf der Tagesordnung. Nach letzten Berechnungen schulden wir den Kapitalisten fast 30 Milliarden.«

De Ville machte große Augen. »Madonna, ich hatte ja keine Ahnung, daß ihr so erfolgreich wart.«

Suslew lachte. »Und das ist nur die Sowjetunion! Auf unsere Verbündeten entfallen weitere 6,3 Milliarden. Die DDR hat gerade wieder einen Kredit über 1,3 Milliarden erhalten, um kapitalistische Walzwerke, Computer-Techniken und eine Menge anderer Dinge einzukaufen, die wir brauchen.« Er grinste, leerte sein Glas und goß sich ein frisches ein. »Diese Kapitalisten! Sie lügen sich selbst in die Tasche. Wir erklären ganz offen, daß es unser Ziel ist, sie zu vernichten, und sie geben uns noch die Waffen dazu! Unglaubliche Leute! Wenn sie uns Zeit lassen, 20 Jahre, sagen wir, werden wir ihnen 60 oder 70 Milliarden schulden und für sie immer noch eine erste Adresse sein, weil wir es nie verabsäumt haben, unseren Verpflichtungen nachzukommen – weder im Frieden noch im Krieg noch sonst wann.« Er brach in schallendes Gelächter aus. »70 Milliarden, Jacques, alter Freund, und sie gehören uns! 70 Milliarden, und wir sind in der Lage, ihre Politik zu steuern, wie es uns paßt! Und dann kommt der größte Spaß: ›Tut uns ja so leid, ihr kapitalistischen, zionistischen Bankiers, wir bedauern unendlich, aber wir sind pleite! Tut uns schrecklich leid, aber wir können die Darlehen nicht zurückzahlen, nicht einmal die Zinsen! Wir bedauern zutiefst, aber ab sofort ist unsere jetzige Währung nichts mehr wert. Unsere neue Währung ist der rote Rubel, und ein roter Rubel ist 100 von euren kapitalistischen Dollars wert...«

Suslew lachte vor Vergnügen. »... und wie reich die Banken alle zusammen auch sein mögen, 70 Milliarden können sie nie verkraften. Niemals. 70 und dazu noch die ganzen Ostblock-Milliarden! Und wenn diese plötzliche Bekanntmachung mitten in eine ihrer unvermeidlichen kapitalistischen Wirtschaftskrisen hineinplatzt – und das wird sie –, dann werden sie bis zu ihren Hebräernasen in ihrer eigenen Panikscheiße sitzen und uns auf den Knien anflehen, ihnen ihre stinkende Haut zu retten.« Verächtlich fügte er hinzu: »Diese dummen Bastarde verdienen nichts Besseres!«

De Ville nickte beklommen. Suslew machte ihm Angst. Ich werde alt, dachte er. Es ist mir früher so leichtgefallen, an die Sache der Massen zu glauben. Aber jetzt sind die Dinge nicht mehr so einfach. Dennoch: Ich bin immer noch engagiert. Ich bedaure nichts. Ein kommunistisches Frankreich wird ein besseres Frankreich sein.
Wird es das sein?
Ich bin nicht mehr so sicher. Schade, daß es den einen oder anderen »ismus« geben muß, versuchte er seine Unruhe niederzukämpfen.
»Ich sage dir, Stalin und Berija waren Genies«, sagte Suslew. »Sie sind die größten Russen, die es je gegeben hat.«
Es gelang de Ville, sich seinen Schock nicht anmerken zu lassen. Er entsann sich des Grauens der deutschen Besetzung, der Demütigung Frankreichs, seiner Städte, Dörfer und Weinberge, und daß Hitler es nie gewagt haben würde, Polen zu überfallen, wenn der Nichtangriffspakt mit Stalin ihm nicht den Rücken gedeckt hätte. Ohne Stalin hätte es keinen Krieg gegeben, keinen Holocaust... »Zwanzig Millionen Russen? Zahllose Millionen anderer?« fragte er.
»Der Preis war nicht zu hoch.« Suslew goß sich nach. »Stalin und Berija ist es zu danken, daß heute ganz Osteuropa vom Baltikum bis zum Balkan in unserer Hand ist – Estland, Litauen, Lettland, die Tschechoslowakei, Ungarn, Rumänien, Bulgarien, Polen, halb Deutschland, die äußere Mongolei.« Er rülpste fröhlich. »Nord-Korea, und überall Stützpunkte. Und dann noch Israel.« Er fing wieder an zu lachen. »Mein Vater hat dieses Programm mitgestaltet.«
Es lief de Ville kalt über den Rücken. »Bitte?«
»Israel war ein von Stalin und Berija lancierter Coup von gigantischen Ausmaßen. Wer hat den offen und im geheimen auf die Gründung des Staates Israel hingearbeitet? Wer hat ihn sofort anerkannt? *Wir* haben es getan. Und warum? Um in Arabiens Eingeweiden ein Krebsgeschwür einzupflanzen, das eitern und metastasieren und beide Seiten zerstören und in der Folge die Industriemacht des Westens entkräften wird. Jude gegen Mohammedaner, Mohammedaner gegen Christ. Diese Fanatiker werden nie in Frieden miteinander leben, obwohl es ihnen ein leichtes wäre.« Er starrte in sein Glas und schwenkte die Flüssigkeit herum. De Ville beobachtete ihn, haßte ihn. Er hätte ihn gern Lügen gestraft, wagte es aber nicht, weil er wußte, daß er völlig unter Suslews Gewalt stand.
»Meinst du nicht auch, *towarisch*?« fuhr der KGB-Mann fort. »Wahrhaftig, ich werde die Kapitalisten nie verstehen. Sie machen sich vierhundert Millionen Araber zu Feinden, die Besitzer aller Ölreserven, derer sie eines Tages so dringend bedürfen werden. Und bald haben wir auch den Iran, den Golf und die Straße von Hormus. Dann haben wir die Hand auf dem Ölhahn des Westens, dann gehören sie uns. Krieg gegen sie zu führen erübrigt sich; wir brauchen sie nur noch zu exekutieren.« De Ville verabscheute

ihn jetzt und fragte sich verzweifelt nach seiner eigenen Rolle. Dafür war ich sechzehn Jahre lang ein perfekter Maulwurf, auf den nie auch nur der Schatten eines Verdachtes gefallen ist? Nicht einmal Susanne argwöhnt etwas, alle halten mich für einen Antikommunisten, mich, einen Direktor von Struan's, dieser erzkapitalistischen Schöpfung ganz Asiens. Wir sind von Dirk Struans Prinzipien durchdrungen. Auch wenn ich nicht Tai-Pan werde, kann ich, wie Suslew und Arthur es haben wollen, Sevrin zum Zerstörer Chinas machen. Aber will ich das noch? Jetzt, wo ich es zum erstenmal mit offenen Augen gesehen habe, dieses Monster und sein heuchlerisches Gehabe?

»Stalin«, sagte er und wand sich förmlich unter Suslews Blicken, »bist du ihm jemals persönlich begegnet?«

»Ich war einmal in seiner Nähe. Keine zehn Fuß von ihm entfernt. Er war nicht groß, aber man spürte seine Macht. Das war 1953 bei einer Gesellschaft, die Berija für einige KGB-Offiziere gab. Mein Vater war eingeladen, und ich durfte mitkommen.« Mitgerissen von der Erinnerung an die Vergangenheit und die Beziehungen seiner Familie zu der Bewegung, fuhr Suslew fort: »Stalin war da, Berija, Malenkow... Wußtest du, daß Stalins richtiger Name Jossif Wissarionowitsch Dschugaschwili lautete? Er war der Sohn eines Schuhmachers in Tiflis, meiner Heimatstadt. Er sollte Priester werden, wurde aber vom dortigen Seminar verwiesen. Sonderbar!«

Sie stießen an.

»Mach nicht so ein ernstes Gesicht, Genosse«, sagte Suslew, de Villes Stimmung mißdeutend. »Wie schwer dein persönlicher Verlust auch sein mag – du bist ein Teil unserer Zukunft, Teil unseres Marsches zum Sieg! Stalin muß als glücklicher Mensch gestorben sein. Hoffen wir, daß auch uns ein solcher Tod beschieden ist.«

»Und Solschenizyn und die *gulags*?« fragte de Ville nach einer kleinen Pause.

»Wir führen einen Krieg, mein Freund, und es gibt Verräter in unserer Mitte. Wie können die wenigen ohne Terror über die vielen herrschen? Stalin wußte das. Er war ein wahrhaft großer Mann. Selbst sein Tod hat uns noch genützt. Es war ein brillanter Einfall Chruschtschows, die UdSSR mit seiner Hilfe zu ›vermenschlichen‹.«

»Das war auch nur ein Manöver?« fragte de Ville erschüttert.

»Das ist ein Staatsgeheimnis.« Suslew rülpste. »Es ist auch ganz unwichtig. Man wird Stalin bald wieder die ihm gebührenden Ehren erweisen. Aber jetzt etwas anderes: Wie steht es mit Ottawa?«

»Ach ja. Ich halte Kontakte mit Jean-Charles und...« Das Telefon läutete. Ein einziges Rufzeichen. Sie wagten kaum zu atmen. Nach etwa zwanzig Sekunden folgte ein weiteres einmaliges Rufzeichen. Die zwei Männer beruhigten sich ein wenig. Wieder zwanzig Sekunden, und das dritte Rufzeichen wurde zu einem Dauersignal. Ein Rufzeichen bedeutete »Gefahr – so-

fort Wohnung verlassen«, das zweite, daß das Treffen abgesagt war; drei, daß der Anrufer bald kommen würde; ein Dauersignal danach, daß man sprechen konnte. Suslew nahm den Hörer ab. »Mr. Lop-sing bitte«, fragte Arthur in seinem merkwürdigen Akzent.
»Hier gibt es keinen Lop-*ting*, Sie haben sich verwählt«, antwortete Suslew mit verstellter Stimme.
Sie absolvierten das Tarngespräch, und Arthurs trockenes Hüsteln beruhigte Suslew noch zusätzlich. »Ich kann heute nicht«, sagte Arthur. »Würde es um drei passen?«
Die Zahl drei verwies auf den Treffpunkt: der Rennplatz in Happy Valley zur Zeit der täglichen Morgenarbeit.
»Ja.«
Dann war nur noch das Amtszeichen zu hören.

Donnerstag

1

4.50 Uhr:

Eine Stunde vor Morgengrauen, in strömendem Regen, blickte Gutwetter Poon auf den halbnackten Körper John Tschens hinab und stieß eine Verwünschung aus. Sorgfältig hatte er seine Kleider durchsucht und pfundweise Erde aus dem Grab gesiebt, das die beiden Burschen, Kin Pak und Hundeohr Tschen, ausgehoben hatten. Aber er hatte nichts gefunden, weder Münzen noch Teile von Münzen, noch Schmuck. Nichts. Und Vierfinger hatte ihm aufgetragen: »Du mußt die halbe Münze finden, Gutwetter Poon!« Dann hatte ihm der Alte noch weitere Anweisungen gegeben, und Gutwetter Poon war sehr froh, weil ihn das jeglicher Verantwortung enthob und er keinen Fehler machen konnte.
Er hatte Hundeohr Tschen und Kin Pak befohlen, die Leiche ihres Vaters hinunterzutragen, und Pocken Kin, der sich mit seinem verstümmelten Finger beschäftigte, angedroht, er würde ihm die Zunge herausschneiden, wenn er noch einmal stöhnte. Die Leiche hatten sie in einem Hintergäßchen liegenlassen. Dann hatte Gutwetter Poon den Bettlerkönig von Kowloon City, einen entfernten Vetter von Vierfinger Wu, aufgesucht. Alle Bettler waren Mitglieder der Bettlerzunft, und es gab je einen König in Hongkong, einen in Kowloon und einen in Kowloon City. Das Betteln war in früheren Zeiten ein einträglicher Beruf, aber das hatte sich geändert. Die Behörden verhängten schwere Geld- und Gefängnisstrafen, und außerdem gab es genügend andere gutbezahlte Arbeit.
»Versteht, verehrter Herr Bettlerkönig, ein Bekannter von uns ist soeben gestorben«, erklärte Gutwetter Poon geduldig dem würdigen alten Herrn. »Er hat keine Verwandten, und darum haben wir ihn in das Gäßchen der Blumenverkäufer gelegt. Vielleicht könnt Ihr eine Bestattung in aller Stille veranlassen?« Höflich handelte er einen Preis aus und begab sich dann zu ihrem Taxi und dem Wagen, die außerhalb der Stadtgrenze warteten. Er war froh, daß die Leiche jetzt, ohne Spuren zu hinterlassen, verschwinden würde. Kin Pak saß bereits auf dem Vordersitz des Taxis. Gutwetter Poon setzte sich neben ihn. »Führ uns jetzt zu John Tschen!« befahl er.
»Benützen Sie die Sha Tin Road«, wies Kin Pak den Fahrer wichtigtuerisch an. Hundeohr hockte auf dem Rücksitz, neben sich zwei von Gutwetters Männern. Pocken Kin und die anderen folgten im anderen Wagen. Kurz vor dem Fischerdorf Sha Tin bogen sie in eine Seitenstraße ab. In einem

Wäldchen blieben sie stehen und stiegen aus. Es war warm im Regen, und die Erde duftete herb. Kin Pak nahm die Schaufel und ging ins Unterholz voran. Gutwetter hielt die Taschenlampe, während Kin Pak, Hundeohr und Pocken Kin zu suchen begannen. In der Dunkelheit war es schwer, die Stelle zu finden. Zweimal fingen sie an zu graben, bevor Kin Pak sich erinnerte, daß ihr Vater die Örtlichkeit mit einem sichelförmigen Stein markiert hatte. Fluchend und klatschnaß fanden sie schließlich den Stein. Bald hatten sie die in ein Leintuch gehüllte Leiche ausgeschaufelt. Obwohl Gutwetter ihnen befohlen hatte, die Leiche zu entkleiden, und selbst fleißig gesucht hatte, war nichts zu finden.
»Ihr habt also alles den Noble House Tschens geschickt?« wiederholte er seine Frage. Seine Kleider waren völlig naß, der Regen lief ihm über das Gesicht.
»Ja doch«, antwortete Kin Pak grob. »Wie oft soll ich es Ihnen noch sagen?« Er war sehr müde, und er wußte, daß er sterben mußte.
»Zieht alle eure verschissenen Kleider aus! Ich will eure Taschen durchsuchen.«
Gutwetter Poon fand nichts in Kin Paks Taschen. Er schmiß ihm seine Kleider wieder hin. Er war jetzt schon bis auf die Haut naß und sehr ärgerlich. »Du kannst dich wieder anziehen, und zieh auch die Leiche an. Und beeil dich!«
Hundeohr Tschen hatte fast 400 HK und ein Jadearmband bei sich. Einer der Männer nahm das Armband an sich, Poon steckte das Geld ein und wandte sich Pocken Kins Habseligkeiten zu. Den Männern quollen die Augen aus dem Kopf, als sie das große Bündel Banknoten sahen, das er in der Hosentasche des Burschen fand.
Achtsam schützte Gutwetter Poon die Geldscheine vor dem Regen. »Wo, im Namen der himmlischen Hure, hast du das alles her?«
Er erzählte ihnen, wie er die Glückspilze vor der Ho-Pak ausgenommen hatte, und alle beglückwünschten ihn zu seiner Gerissenheit. »Sehr gut, sehr gut«, sagte Poon. »Du bist ein guter Geschäftsmann. Zieh dich an! Wie hieß die Alte?«
»Ihr Name ist Ah Tam.« Pocken Kin wischte sich den Regen aus den Augen. Seine Hand brannte wie Feuer. »Ich bringe euch zu ihr, wenn ihr wollt.«
»He, ich brauche das Scheißlicht hier!« rief Kin Pak. Er lag auf den Knien und mühte sich, John Tschen seine Kleider überzuziehen. »Kann mir nicht einer helfen?«
»Helft ihm!«
Hundeohr Tschen und Pocken Kin beeilten sich, Gutwetter zu gehorchen, der den Lichtkegel der Lampe wieder auf die Leiche richtete. Der Körper war aufgedunsen, der Regen wusch die Erde weg. John Tschens Hinterkopf war blutverkrustet, aber das Gesicht noch erkennbar.

»Hose und Hemd, das genügt«, brummte Gutwetter. Er wartete, bis der Körper teilweise bekleidet war. Dann richtete er den Blick auf die drei Burschen. »Und wer von euch mutterlosen Hurenböcken hat dem Alten geholfen, diesen armen Scheißer zu erschlagen?«
»Ich habe Ihnen doch schon...« setzte Kin Pak an und verstummte, als er sah, wie die anderen auf ihn zeigten und wie aus einem Mund antworteten: »Er war es«, und ein paar Schritte von ihm wegtraten.
»Habe ich mir doch die ganze Zeit gedacht!« Gutwetter war sichtlich erfreut, daß er dem Geheimnis auf den Grund gekommen war. Er richtete seinen dicken Zeigefinger auf Kin Pak. »Leg dich in die Grube!«
»Wir haben einen guten Plan, Noble House Tschen selbst zu entführen, und das bringt uns allen zwei- oder dreimal soviel, wie der Scheißer gebracht hat. Ich verrate euch den Plan, *heya?*« schlug Kin Pak vor.
Der Gedanke ließ Gutwetter einen Augenblick zögern, doch dann erinnerte er sich Vierfingers Instruktionen. »Leg dich hinein mit dem Gesicht nach unten!«
Kin Pak starrte in die gnadenlosen Augen und wußte, daß er ein toter Mann war. Er zuckte die Achseln. Joss. »Ich scheiße auf eure Generation«, sagte er, stieg in die Grube und streckte sich aus.
Er legte den Kopf auf die Arme in den Schlamm und machte sich bereit, das Licht seines Lebens erlöschen zu lassen.
Gutwetter nahm eine der Schaufeln, und weil der Junge solchen Mut zeigte, erledigte er ihn unverzüglich, indem er die scharfe Schnittkante an seine Wirbelsäule legte und zustieß. Kin Pak war sofort tot.
»Füllt die Grube!«
Hundeohr Tschen hatte entsetzliche Angst, aber er beeilte sich, zu gehorchen. Gutwetter Poon lachte, stellte ihm ein Bein und gab ihm einen Tritt, um ihn für seine Feigheit zu bestrafen. Der Mann stolperte in die Grube. Sogleich wirbelte die Schaufel in Poons Hand und schlug krachend auf Hundeohr Tschens Hinterkopf auf. Mit einem Seufzer brach er zusammen und kam über Kin Pak zu liegen. Die anderen lachten, und einer sagte: »Iiiii, du gehst ja damit um wie ein fremder Teufel mit einem Cricketschläger. Tadellos! Ist er tot?«
Gutwetter gab keine Antwort. Er musterte Pocken Kin. Ohne sich zu bewegen stand der Junge im Regen. Erst jetzt bemerkte Gutwetter die Schnur um seinen Hals. Mit der Taschenlampe ging er hinüber und sah, daß ihm das andere Ende über den Rücken herunterhing. Die Schnur wurde von einer in die Hälfte gebrochenen Münze beschwert. Es war ein Kupferkäsch und schien sehr alt zu sein.
»Da sollen doch alle Götter in Tsao Tsaos Gesicht furzen! Wo hast du das her?« fragte er und strahlte vor Freude.
»Mein Vater hat es mir gegeben.«
»Könnte er es vom Tschen-Sohn Nummer Eins haben?«

Pocken Kin zuckte die Achseln. »Ich weiß es nicht. Ich war nicht da, als er getötet wurde.«
Mit einer plötzlichen Bewegung riß Gutwetter Poon ihm die Münze vom Hals. »Bringt ihn in den Wagen!« befahl er zweien seiner Männer. »Und paßt gut auf ihn auf! Wir nehmen ihn mit. Ihr anderen schüttet gut zu und tarnt die Grube sorgfältig!« Dann befahl er den letzten beiden seiner Leute, das Leintuch mit John Tschens Leiche aufzuheben und ihm zu folgen. Den Pfützen ausweichend, stapfte er zur Sha Tin Road hinüber. In der Nähe stand ein halbverfallenes Autobuswartehäuschen. Als die Straße frei war, gab er seinen Männern ein Zeichen. Schnell wickelten sie die Leiche aus dem Leintuch und lehnten sie in eine Ecke. Dann holte er den Zettel aus der Tasche, den die Werwölfe vorbereitet hatten, und befestigte ihn sorgfältig auf der Brust des Toten.
»Warum machst du das, Gutwetter Poon, *heya*?«
»Weil Vierfinger es mir aufgetragen hat. Und halt jetzt deine schmutzige Klappe!«

Das Telefon klingelte, und Armstrong fuhr aus tiefem Schlaf hoch. Er tastete nach dem Apparat. Seine Frau bewegte sich unruhig und erwachte.
»Divisional Sergeant Major Tang-po, Sir, tut mir leid, daß ich Sie wecken muß, Sir, aber wir haben John Tschen gefunden. Die Wer...«
Armstrong war sofort hellwach. »Lebt er?«
»*Dew neh loh moh*, nein, Sir, seine Leiche wurde in der Nähe von Sha Tin in einem Autobuswartehäuschen gefunden, und diese verschissenen Werwölfe ließen einen Zettel auf seiner Brust zurück: ›Dieser Tschen-Sohn Nummer Eins war so dumm zu versuchen, uns zu entwischen. Keiner entkommt den Werwölfen! Hongkong zittert vor uns! Wir haben unsere Augen überall!‹ Man hat...«
Armstrong hörte entsetzt zu, als der Mann aufgeregt berichtete, wie die Polizeistation von Sha Tin von einem Fahrgast verständigt worden war. Sie hatten das Gebiet sofort abgeriegelt und das CID Kowloon angerufen. »Was sollen wir jetzt tun, Sir?«
»Schicken Sie mir gleich einen Wagen!«
Armstrong legte auf und rieb sich den Schlaf aus den Augen.
»Was Unangenehmes?« Mary unterdrückte ein Gähnen und streckte sich. Sie war gerade vierzig, zwei Jahre jünger als er. Sie hatte braune Haare und ein freundliches, wenn auch mit Furchen durchzogenes Gesicht.
Er beobachtete sie, während er ihr berichtete.
»O Gott!« Sie wurde blaß. »Wie schrecklich! Oh, wie schrecklich! Der arme John!«
»Ich mache Tee«, sagte Armstrong.
»Nein, nein, ich mach' das schon!« Sie stieg aus dem Bett. »Bleibt dir noch soviel Zeit?«

»Ein paar Minuten. Hör dir den Regen an... er war auch längst fällig!« Nachdenklich ging er ins Badezimmer, rasierte sich und kleidete sich so rasch an, wie das nur Polizeibeamte können. Noch vor dem Tee läutete es an der Haustür. »Ich ruf' dich später an. Wie wäre es mit einem Reisragout heute abend? Wir könnten zu Singh's gehen.«

»Ja«, antwortete sie, »ja, wenn du möchtest.«

Er schloß die Tür hinter sich.

Mary Armstrong starrte vor sich hin. Morgen haben wir unseren fünfzehnten Hochzeitstag, dachte sie. Ob er sich wohl erinnern wird?

Sie ging ans Fenster und zog die Gardinen zurück. Der Regen prasselte gegen die Scheiben, aber es war jetzt angenehm kühl. Das Appartement hatte zwei Schlafzimmer, und die Möbel gehörten ihnen, obwohl es eine Dienstwohnung war.

Was war das doch für ein Dienst!

Scheußlich für die Frau eines Polizeibeamten. Man verbringt sein Leben damit, auf ihn zu warten... Darauf zu warten, daß irgendein Verbrecher ihn erschießt oder ersticht oder erschlägt. Meistens schläft man allein oder wird mitten in der Nacht geweckt – wieder ein gefährlicher Einsatz, und schon ist er fort. Oder man geht in den Polizeiclub, sitzt mit den anderen Frauen herum, tischt sich gegenseitig Lügengeschichten auf und trinkt zu viele Pink Gins. Aber die haben wenigstens Kinder. Kinder! O Gott... Ich wünschte, wir hätten Kinder!

Dabei klagen die meisten Frauen, wie müde sie sind, wieviel Arbeit Kinder machen, sie klagen über *amahs,* die Schulen, die Kosten und alles. Aber welchen Sinn hat so ein Leben?

Sie seufzte, schenkte sich noch eine Tasse Tee ein, gab Milch und Zucker dazu und dachte an John Tschen. Vor langer, langer Zeit war sie einmal sehr verliebt in ihn gewesen. Er war ihr erster Mann und mehr als zwei Jahre ihr Geliebter – im japanischen Internierungslager im Stanley-Gefängnis im Süden der Insel.

Im Jahre 1941 hatte sie in England das Staatsexamen mit Auszeichnung bestanden und war, auf dem Umweg über das Kap, nach Hongkong abkommandiert worden. Neunzehnjährig war sie hier 1941 noch gerade rechtzeitig angekommen, um zusammen mit der europäischen Zivilbevölkerung interniert zu werden. Sie blieb bis 1945 im Lager.

Ja, die letzten zwei Jahre waren wir zusammen, John und ich. Der arme John! Ständig nörgelten sie an ihm herum, sein korrupter Vater und seine kranke Mutter, und er hatte keine Möglichkeit, ihnen auszuweichen. Man war kaum jemals ungestört in diesem Lager, ständig umgeben von Familie, Kindern, Babys, Ehemännern, Ehefrauen, Haß, Hunger, Neid, und es gab nur wenig zu lachen... Aber unsere Liebe machte uns das Leben erträglich.

Ich will nicht mehr an diese schrecklichen Zeiten denken.

Und auch nicht an die schrecklichen Zeiten danach, als er das Mädchen heiratete, das sein Vater für ihn ausgesucht hatte – eine Rotzgöre, aber mit Geld, Einfluß und guten Verbindungen in der Gesellschaft von Hongkong. Ich hatte keine. Ich hätte heimfahren sollen, aber ich hatte kein Daheim. Also blieb ich und arbeitete im Kolonialamt. Es ging mir nicht schlecht. Und dann lernte ich Robert kennen.

Ach, Robert! Du warst ein guter Mann, wir hatten Spaß, und ich war dir eine gute Frau und bemühe mich, es auch weiterhin zu sein. Aber ich kann keine Kinder bekommen, und du... wir beide wünschten uns Kinder. Vor ein paar Jahren hast du von John Tschen erfahren. Du hast mich nie nach ihm gefragt, aber ich weiß, daß du es weißt und daß du ihn seitdem immer gehaßt hast. Aber es liegt doch alles schon so weit zurück, und du wußtest vom Lager, wenn auch nicht von meinem Geliebten. Erinnere dich: Bevor wir heirateten, fragte ich dich, ob ich dir von meiner Vergangenheit erzählen sollte, und du antwortetest: Nein, meine Alte!

Immer hast du mich Alte genannt. Jetzt nennst du mich gar nichts mehr. Nur manchmal Mary.

Sie fing an zu weinen.

2

7.15 Uhr:

»Der Regen wird nicht so schnell aufhören, Alexei«, sagte Dunross. Die Rennbahn war schon von der Nässe aufgeweicht, der Himmel trübe und stark bewölkt.

»Ganz meine Meinung, Tai-Pan. Und wenn der Regen weiter andauert, werden wir Samstag eine schwere Bahn haben.«

»Jacques? Was meinst du?«

»Das glaube ich auch«, antwortete de Ville. »Ich danke Gott für den Regen, aber es wäre wirklich schade, wenn das Rennen abgesagt werden müßte.«

In Regenmänteln und Hüten standen die drei Männer auf dem Rasen unweit des Führrings. Dunross hatte eine böse Schramme im Gesicht, aber seine Augen waren ruhig und klar. Unbesorgt und selbstsicher stand er da und beobachtete das Ziehen der Wolken. Einige wenige Pferde wurden in Bewegung gehalten, unter ihnen Noble Star, Buccaneer Lass mit einem Stalljockey im Sattel und Gornts Pilot Fish. Die Pferde wurden mit straff angezogenen Zügeln zugeritten, denn sowohl die Bahn als auch die Zugänge zur Bahn waren außerordentlich schlüpfrig. Nur Pilot Fish, dem der Regen behagte, tänzelte.

»Dem heutigen Wetterbericht zufolge kommt ein großer Sturm auf uns zu.« Travkins dunkle Augen waren rot vor Müdigkeit; er beobachtete Dunross. »Auch wenn der Regen morgen aufhört, Sonnabend wird die Bahn immer noch weich sein.«
»Ist das gut oder schlecht für Noble Star, Alexei?« fragte Jacques.
»Das kann man schwer sagen, Mr. de Ville. Er ist noch nie auf schwerem Boden gelaufen.« Es fiel Travkin schwer, sich zu konzentrieren. Gestern abend hatte das Telefon geläutet, und es war der fremde KGB-Mann gewesen. Als Travkin ihn fragte, warum er so plötzlich verschwunden war, hatte er ihn unwirsch abgefertigt. »Es steht Ihnen nicht zu, Fragen zu stellen, Fürst Kurgan. Jetzt erzählen Sie mir alles, was Sie über Dunross wissen! Jetzt! Alles! Seine Gewohnheiten, was man sich über ihn erzählt, alles!«
Travkin hatte gehorcht. Er wußte, daß der Fremde alles auf Tonband festhalten würde, um es zu überprüfen, und daß die kleinste Unwahrheit den Tod bedeuten konnte für seine Frau oder seinen Sohn oder seines Sohnes Frau oder Kinder – wenn es sie wirklich gab.
»Was haben Sie, Alexei?«
»Nichts, Tai-Pan«, erwiderte Travkin und fühlte sich unrein. »Es ging mir nur durch den Kopf, was Sie heute nacht durchgestanden haben.« Das Feuer in Aberdeen, insbesondere Venus Poons herzzerreißender Augenzeugenbericht, hatte in den Medien lebhaften Widerhall gefunden. »Eine furchtbare Sache, nicht wahr?«
»Ja.« Bisher wußte man von fünfzehn Opfern, einschließlich zwei Kindern, die ertrunken oder verbrannt waren. »Es wird noch Tage dauern, bis man die genaue Zahl der Opfer kennt.«
»Schrecklich«, murmelte Jacques. »Als ich davon erfuhr... Wenn Susanne dagewesen wäre, uns hätte es auch erwischt.«
»Eine richtige Todesfalle«, meinte Dunross. »Es ist mir nie zu Bewußtsein gekommen... Wir haben doch Dutzende Male dort gegessen! Ich werde noch heute vormittag mit dem Gouverneur über diese schwimmenden Restaurants sprechen.«
»Aber Ihnen selbst ist nichts passiert, nicht wahr?« erkundigte sich Travkin.
»Nein, nein, alles bestens.« Dunross lächelte grimmig. »Sofern wir uns in dieser Jauchegrube keine Diphtherie geholt haben.«
Als der »Schwimmende Drache« plötzlich gekentert war, hatten sich Dunross, Gornt und Peter Marlowe unten im Wasser befunden. Das Megaphon des Polizeiboots hatte eine dringende Warnung ausgestoßen. Dunross war ein geübter Schwimmer, und er und Gornt konnten sich gegen den Sog gerade noch freischwimmen. Noch als die Wellen über seinem Kopf zusammenschlugen, sah er, wie das halbvolle Beiboot in den Strudel gezogen wurde und kenterte und daß Marlowe in Schwierigkeiten war. Während sich das Schiff auf die Seite legte, ließ er sich von der wirbelnden Strömung

mitreißen und versuchte, mit ausgreifenden Bewegungen nach Marlowe zu langen. Seine Finger bekamen sein Hemd zu fassen, und er hielt es krampfhaft fest. Einige Augenblicke wirbelten sie herum, sackten einige Handbreit ab und krachten gegen das Deck. Fast hätte ihn der Aufprall betäubt, aber er hielt Marlowe fest und erreichte, als der Strömungswiderstand nachließ, mit kräftigen Stößen die Oberfläche. Nach Luft ringend, dankte ihm Marlowe und schwamm zu seiner Frau hinüber, die sich zusammen mit anderen an das gekenterte Beiboot klammerte.

Dunross sah Casey nach jemandem tauchen. Gornt war verschwunden. Bartlett tauchte mit Toxe auf und kämpfte sich an einen Rettungsring heran. Erst als er sicher war, daß Toxe sich mit dem Rettungsring über Wasser halten konnte, rief er zu Dunross hinüber: »Ich glaube, Gornt ist noch unten, und da war auch eine Frau...«

Dunross sah sich um. Er spürte eine leichte Unterwasserexplosion, und einen Augenblick lang kochte das Wasser um ihn herum. Casey tauchte auf um Luft zu holen, füllte ihre Lungen und glitt abermals unter die Oberfläche. Toxe hing immer noch prustend und würgend an dem Rettungsring. Dunross wußte, daß Toxe nicht schwimmen konnte, und paddelte mit ihm auf einen Matrosen zu.

»Halten Sie sich fest... es ist alles überstanden!«

Verzweifelt mühte sich Toxe, trotz seines Würgens zu reden: »Meine Frau... meine Frau, sie ist unten...«

Der Matrose kam ihnen entgegengeschwommen. »Ich habe ihn, Sir. Brauchen Sie Hilfe?«

»Nein... nein... er sagt, seine Frau ist unten.«

»Mein Gott! Ich habe niemanden gesehen...« Der Mann drehte sich um und rief zum Polizeiboot hinüber. Sofort sprangen mehrere seiner Kameraden über Bord und begannen die Suche. Dunross sah sich nach Gornt um, konnte ihn aber nicht finden. Casey tauchte auf und hielt sich am gekenterten Boot fest, um zu Atem zu kommen.

»Alles in Ordnung?«

»Ja... ja... Gott sei Dank«, keuchte sie. »Unten liegt eine Frau, eine Chinesin, glaube ich. Ich habe gesehen, wie sie untergegangen ist.«

»Haben Sie Gornt gesehen?«

»Nein... vielleicht ist er...« Sie deutete auf das Polizeiboot. Menschen kletterten das Fallreep hinauf, andere kauerten auf dem Deck. Bartlett kam kurz an die Oberfläche und tauchte wieder. Casey holte tief Luft und ließ sich abermals in die Tiefe gleiten. Dunross folgte ihr.

Zu dritt setzten sie die Suche fort, bis alle auf dem Polizeiboot oder auf den Sampans in Sicherheit waren. Die Frau fanden sie nicht mehr...

Penelope hatte schon geschlafen, als Dunross heimkam. Sie wachte kurz auf. »Ian?«

»Ja. Schlaf weiter, Liebling!«

»War es nett?« fragte sie verschlafen.
»Ja, schlaf weiter!«
Als er vor einer Stunde zum Rennplatz gefahren war, hatte er sie nicht geweckt. »Haben Sie schon gehört, daß Gornt sich retten konnte, Alexei?« fragte er.
»Ja, Tai-Pan. Gott hat es so gewollt.«
»Erstaunlich, daß es nicht mehr Opfer gegeben hat«, bemerkte de Ville nach einer Pause.
»Ist es wahr, daß Bartlett Mr. Marlowes Frau gerettet hat?« fragte Travkin.
»Er ist mit ihr gesprungen, ja, es stimmt. Bartlett und Miss Tcholok waren großartig.«
»Entschuldigst du mich, Tai-Pan?« De Ville deutete mit dem Kopf zur Tribüne hinüber. »Ich sehe da oben Jason Plumm – ich soll heute abend mit ihm Bridge spielen.«
»Wir sehen uns beim Morgengebet, Jacques.« Dunross lächelte ihm zu, und de Ville ging. Sein Freund tat ihm leid. »Ich muß ins Büro, Alexei. Rufen Sie mich um sechs an!«
»Tai-Pan...« Travkin zögerte. Dann sagte er schlicht: »Sie sollen wissen, daß ich... daß ich Sie sehr bewundere.«
Dunross war überrascht von diesem unerwarteten Ausdruck der Verbundenheit und der seltsamen Melancholie, die von dem Russen ausging. »Danke, Alexei«, sagte er und klopfte ihm auf die Schulter. »Sie machen Ihre Sache auch nicht schlecht.«
Travkin sah ihm nach. Seine Brust schmerzte ihn, und Tränen der Scham vermischten sich mit dem Regen. An der Grenze seines Blickfeldes sah er einen Mann und drehte sich überrascht um. In einer Ecke der Tribüne stand der KGB-Mann, und jetzt kam ein anderer auf ihn zu. Es war ein verhutzelter Alter – ein bekannter berufsmäßiger Wetter. Wie hieß er doch gleich? Ja richtig! Clinker!
Bestürzt beobachtete er sie einen Augenblick. Unmittelbar hinter dem KGB-Mann stand Jason Plumm, der jetzt aufstand und die Stufen hinunter Jacques de Ville entgegenging. In diesem Moment warf der KGB-Mann einen Blick auf Travkin, und der Trainer drehte sich um. Der KGB-Mann hatte einen Feldstecher an die Augen gehoben, und Travkin wußte nicht, ob er bemerkt worden war. Bei dem Gedanken, daß das Fernglas auf ihn gerichtet sein könnte, lief es ihm eiskalt über den Rücken.
Sein Herz hämmerte; er fühlte sich elend. Ein Blitz zuckte über den östlichen Himmel. Der Regen bedeckte den Beton und den unteren offenen Teil der Tribüne mit Pfützen. Er versuchte sich zu beruhigen, sah sich hilflos um, wußte nicht, was er tun sollte und hätte gern erfahren, wer der KGB-Mann war. Hinter ihm stand Richard Kwang und unterhielt sich angelegentlich mit einer Gruppe anderer Chinesen, die Travkin nicht kannte. In

der Nähe der Garderobe, unter Dach, plauderte Donald McBride mit einigen Stewards, unter ihnen Sir Shi-teh T'tschung, Pugmire und Roger Crosse. Er sah McBride zu Dunross hinüberschauen und ihn herbeiwinken. Brian Kwok wartete in einiger Entfernung auf Roger Crosse. Travkin kannte beide, wußte aber nicht, daß sie zum SI gehörten.
Ohne es zu wollen, lenkte er seine Schritte in ihre Richtung. Den bitteren Geschmack von Galle im Mund, unterdrückte er seinen Drang, auf sie zuzustürzen und ihnen alles zu gestehen. Statt dessen rief er seinem *ma-foo* zu: »Bring unsere Pferde in den Stall! Achte darauf, daß sie trocken sind, bevor sie gefüttert werden!«
Bedrückt machte er sich auf den Weg in die Umkleideräume. Aus den Augenwinkeln sah er, daß der KGB-Mann sein Glas auf ihn gerichtet hatte. Der Regen tropfte ihm den Rücken hinunter. Oder war es der Angstschweiß?

»Tja, Tai-Pan«, sagte McBride, »wenn es morgen regnet, sollten wir das Rennen vielleicht absagen. Morgen nachmittag um sechs müßten wir uns entscheiden. Sind Sie nicht auch der Meinung?«
»Eigentlich nein. Ich schlage vor, daß wir bis Samstag, 10 Uhr vormittags, warten.«
»Ist das nicht ein bißchen spät, alter Knabe?« gab Pugmire zu bedenken.
»Nein, wenn die Leute von Funk und Fernsehen mitspielen. So wird die Sache noch spannender. Ganz besonders, wenn es die Rennleiter noch heute bekanntgeben.«
»Gute Idee«, meinte Crosse.
»Das wäre also erledigt«, sagte Dunross. »Gibt's sonst noch was?«
»Glauben Sie nicht... es ist wegen dem Turf«, wandte McBride ein. »Wir wollen doch nicht, daß er Schaden nimmt.«
»Ganz recht, McBride. Sonnabend um 10 treffen wir eine Entscheidung. Alle einverstanden?« Es gab keine Gegenstimme. »Na fein. Bedaure, aber in einer halben Stunde habe ich einen Termin.«
»Ach, Tai-Pan«, sagte Shi-teh betroffen, »es tut mir schrecklich leid wegen heute nacht... furchtbar.«
»Gewiß. Was meinen Sie, Shi-teh, wenn wir heute mittag mit dem Gouverneur zusammentreffen, sollten wir da nicht vorschlagen, daß er für Aberdeen neue, und zwar strenge Verordnungen zur Brandverhütung erläßt?«
»Bin sehr dafür«, pflichtete Crosse ihm bei. »Ein Wunder, daß es nicht mehr Tote gegeben hat.«
»Meinen Sie, daß diese Restaurants geschlossen werden sollten?« Pugmire war geschockt. Seine Firma war an zwei solchen Etablissements beteiligt. »Das wäre sehr schlecht für das Touristengeschäft. Man kann keine zusätzlichen Ausgänge einbauen. Man müßte ganz von vorne anfangen!«

Dunross warf einen Blick auf Shi-teh. »Warum schlagen Sie dem Gouverneur nicht vor, daß man die Küchen auf Schleppkähnen einrichtet, die neben ihrem Mutterschiff vertäut werden können? Bis dahin könnte er anordnen, daß Feuerwehrautos in der Nähe dieser Restaurants stationiert werden. Die Kosten wären gering, und die Brandgefahr wäre ein für alle Male gebannt.«
Sie starrten ihn an. »Sie sind ein Genie, Tai-Pan!« rief Shi-teh begeistert.
»Aber nein. Es tut mir nur leid, daß wir nicht schon früher daran gedacht haben. Schade um Zep... und Toxes Frau. Hat man sie schon gefunden?«
»Ich glaube nicht.«
»Weiß Gott, wie viele andere es erwischt hat. Konnten sich die Delegierten retten, Pug?«
»Alle bis auf Sir Charles Pennyworth. Der arme Kerl brach sich das Genick, als er auf einen Sampan aufschlug. Irgendwann waren auch noch zwei andere Delegierte in meiner Nähe. Dieser verdammte Radikalinski, wie hieß er doch gleich? Grey, ja, ja, Grey. Und auch dieser Broadhurst. Betrugen sich beide recht anständig, muß ich sagen.«
»Wie ich höre, konnte sich auch Ihr Superfood-Mann retten, Pug. War unser ›Nennen-Sie-mich-Chuck‹ nicht als erster vom Schiff runter?«
Verlegen zog Pugmire die Schultern hoch. »Ich weiß es wirklich nicht. Aber wie ich höre, haben sich Bartlett und die Tcholok bravourös hervorgetan. Vielleicht sollte man sie mit einer Medaille auszeichnen?«
»Warum schlagen Sie es nicht vor?« sagte Dunross, der schon gehen wollte. »Wenn sonst nichts vorliegt...«
»An Ihrer Stelle würde ich mir eine Spritze geben lassen«, sagte Crosse. »In dem Wasser muß es Bazillen geben, die man noch gar nicht gefunden hat.«
Alle lachten.
»Ich habe mehr als das getan«, schmunzelte Dunross. »Als wir aus dem Wasser waren, schnappte ich mir Bartlett und Casey und fuhr mit ihnen zu Dr. Tooley.« Dunross lächelte. »Es hätte ihn bald der Schlag getroffen, als wir ihm erzählten, daß wir im Hafen von Aberdeen geschwommen waren. ›Trinken Sie das‹, sagte er, und wie brave Lämmchen taten wir, wie uns geheißen. Bevor wir noch wußten, wie uns geschah, kotzten wir wie die Reiher. Wenn ich nicht so schwach gewesen wäre, ich hätte ihm eine verpaßt, aber wir dachten nur daran, möglichst schnell das Klo zu erreichen. Und dann stopfte uns der alte Pflasterkasten pfundweise Pillen in den Rachen, und Bartlett sagte: ›He, Doktor, warum geben Sie uns nicht auch noch Zäpfchen, damit die Viren auch 'ne kleine Freude haben?‹«
Wieder lachten alle.
»Doc Tooley sagte, das mindeste, was uns blüht, ist ein Magen-Darm-Katarrh, die Ruhr oder die Pest. Na ja, heute rot, morgen tot. Sonst noch was?«

»Tai-Pan«, sagte Shi-teh, »ich hoffe, Sie haben nichts dagegen, aber ich... ich möchte eine Sammlung für die Familien der Opfer...«
»Eine ausgezeichnete Idee! Der Jockey-Club sollte sich daran beteiligen. McBride, wären Sie wohl so freundlich, sich bei den anderen Stewards umzuhören, ob sie einverstanden sind? Wie wäre es mit 100000?«
»Ist das nicht ein bißchen sehr großzügig?« wandte Pugmire ein.
Dunross reckte das Kinn hoch. »Sagen wir lieber 150000.«
Pugmire errötete. Keiner sagte etwas. »Sitzung geschlossen? Fein. Guten Morgen!« Höflich lüftete Dunross den Hut und entfernte sich.
»Entschuldigen Sie mich bitte!« Crosse bedeutete Brian Kwok, ihm zu folgen. »Mr. Dunross!«
»Ja, Oberinspektor?«
»Mr. Dunross«, sagte Crosse leise, nachdem er ihn eingeholt hatte, »Sinders kommt morgen mit der BOAC. Wenn es Ihnen recht ist, fahren wir vom Flughafen gleich zur Bank.«
»Kommt auch der Gouverneur?«
»Ich werde ihn darum ersuchen. Wir sollten gegen sechs Uhr da sein.«
»Wenn die Maschine pünktlich ist.« Dunross lächelte.
»Haben Sie schon die offizielle Mitteilung über die Freigabe der *Eastern Cloud* erhalten?«
»Ja, danke. Wir bekamen gestern ein Telex aus Delhi. Ich habe sie sofort zurückbeordert, und sie ist mit der Flut ausgelaufen. He, Brian, erinnern Sie sich, daß Sie wetten wollten in bezug auf Caseys Paradiesäpfel? Fünfzig Dollar zu einem Kupferkäsch, daß sie die tollsten in ganz Hongkong hat?«
Brian Kwok errötete. »Äh, ja. Wieso?«
»Ich weiß nicht, ob sie die tollsten hat, aber wie weiland Paris würden Sie es verdammt schwer haben, wenn Sie ein Urteil abgeben müßten.« Er nickte beiden freundlich zu. »Bis morgen dann«, sagte er und ging. Sie sahen ihm nach. Beim Ausgang wartete ein Beamter des SI, um ihn zu begleiten.
»Er hält mit was hinterm Busch«, knurrte Crosse.
»Das scheint mir auch so, Sir.«
Crosse fixierte seinen Untergebenen. »Zählt es zu Ihren Gewohnheiten, Wetten über die Milchdrüsen von Damen abzuschließen?«
»Nein, Sir, tut mir leid, Sir.«
»Gut. Frauen sind ja glücklicherweise nicht die einzige Quelle der Schönheit, nicht wahr? Bitte warten Sie hier!« Crosse begab sich zu den anderen Stewards zurück.
Brian Kwok war hundemüde. Die Froschmänner hatten ihn in Aberdeen erwartet. Dunross war schon nach Hause gegangen, aber Kwok hatte noch stundenlang mithelfen müssen, die Suche nach den Opfern zu organisieren. Als er dann endlich auch heimgehen wollte, hatte Crosse ihn über Funk angewiesen, früh am Morgen in Happy Valley zu sein.
Er beobachtete Dunross. Was geht in seinem Kopf vor? fragte er sich, und

ein Gefühl wie Neid stieg in ihm auf. Was könnte ich mit seiner Macht und seinem Geld nicht alles erreichen!
Er sah, wie Dunross seine Richtung änderte; erst dann fiel sein Auge auf Adryon, die neben Martin Haply auf der nahen Tribüne saß. Ohne Dunross zu bemerken, beobachteten sie die Pferde. *Dew neh loh moh*, dachte er überrascht, ist das Mädel hüsch! Nur gut, daß ich nicht ihr Vater bin! Ich hätte alle Hände voll zu tun.
Auch Crosse und die anderen hatten die beiden gesehen. »Was hat dieser Bastard mit der Tochter des Tai-Pan vor?« fragte Pugmire in säuerlichem Ton.
»Bestimmt nichts Gutes«, äußerte einer.
»Dieser verdammte Kerl richtet nichts als Unfug an!« murmelte Pugmire, und die anderen nickten zustimmend. »Ich weiß wirklich nicht, warum Toxe ihn nicht rausschmeißt.«
»Weil er Sozialist ist, darum! Man sollte auch ihm den Stuhl vor die Tür stellen!«
»Ach, seien Sie friedlich, Pug«, mischte Shi-teh sich ein. »Toxe ist in Ordnung, aber er sollte Haply feuern, und wir hätten alle ein leichteres Leben.«
Sie waren durch die Bank Zielscheiben von Haplys Angriffen gewesen. Vor ein paar Wochen hatte er mit einer sensationellen Artikelserie Furore gemacht, in der er einige von Shi-tehs dunklen Geschäften aufdeckte und durchblicken ließ, daß verschiedene hochgestellte Persönlichkeiten in der Hongkonger Regierung als Entgelt für gewisse Gefälligkeiten dubiose Zuwendungen erhielten.
»Ich bin ganz Ihrer Meinung«, pflichtete Pugmire ihm bei; auch er haßte ihn. Mit der Sorgfalt eines guten Journalisten hatte Haply die Einzelheiten von Pugmires bevorstehender Fusion mit Superfood offengelegt und keinen Zweifel daran gelassen, daß Pugmire in weit höherem Maß daran verdiente als seine Aktionäre, die über die Einzelheiten dieser Transaktion nur sehr mangelhaft informiert worden waren.
»Schon recht sonderbar, daß er bei ihr sitzt«, bemerkte Crosse. »Struan's ist das einzige Großunternehmen, das er noch nicht angegriffen hat.«
Gespannt beobachteten sie Dunross, der auf die beiden zuging – sie hatten ihn immer noch nicht bemerkt.
»Vielleicht haut er ihn zusammen, wie er das mit dem anderen Heini gemacht hat«, sagte Pugmire schadenfroh.
»Wer war das? Was war mit ihm?« erkundigte sich Shi-teh.
»Ach, ich dache, Sie wüßten davon. Vor etwa zwei Jahren begann einer dieser jungen Direktoren der Vic, frisch aus England importiert, Adryon nachzustellen. Sie war sechzehn, vielleicht siebzehn, er zweiundzwanzig, ein Riesenkerl, größer als Dunross, und er hieß Bryon. Er machte ihr auf Teufel komm raus den Hof. Das arme Ding war hin- und hergerissen. Dunross warnte ihn ein letztes Mal. Der Bursche ließ sich nicht abschrecken, und ei-

nes Tages lud Dunross ihn nach Shek-O ein, führte ihn in seinen Gym-Raum, zog sich seine Boxhandschuhe an – er wußte, daß sich der Kerl für einen großen Boxer hielt – und schlug ihn zu Brei.« Die anderen lachten. »Eine Woche später schickte ihn die Bank nach England zurück.«

Shi-teh warf einen Blick zu Dunross hinüber. »Vielleicht macht er es mit diesem kleinen Scheißer genauso«, sagte er heiter.

Dunross lief die Stufen der Tribüne hinauf und blieb neben den beiden stehen. »Guten Morgen, mein Liebling«, begrüßte er seine Tochter. »Du bist ja schon früh auf.«

»Guten Morgen, Dad«, sagte Adryon überrascht. »Ich habe dich nicht... Was ist denn mit deinem Gesicht passiert?«

»Ich bin einem Bus hinten hineingefahren. Morgen, Haply.«

»Guten Morgen, Sir.«

»Einem Bus?« wiederholte sie. Und dann: »Hast du mit dem Jaguar Bruch gemacht? Hast du einen Strafzettel bekommen?« fragte sie erwartungsvoll. Sie selbst hatte dieses Jahr schon drei kassiert.

»Nein. Wieso bist du schon so früh unterwegs?« fragte er und setzte sich neben sie.

»Eigentlich ist es für uns schon spät. Wir waren die ganze Nacht auf.«

»Ach ja? Habt ihr etwas gefeiert?«

»Nein. Es geht um den armen Martin.« Sanft legte sie eine Hand auf die Schulter des jungen Mannes. Nur mit Mühe gelang es Dunross, ein ebenso sanftes Lächeln aufzusetzen. Er wandte seine Aufmerksamkeit dem jungen Kanadier zu. »Haben Sie Probleme?«

Haply zauderte und erzählte ihm dann, was geschehen war, als die Verlegerin angerufen und Christian Toxe, der Herausgeber, seine, Haplys Serie gestoppt hatte. »Der gemeine Kerl hat uns im Stich gelassen. Er hat sich nicht dagegen gewehrt, daß der Verleger uns zensiert. Und ich weiß, daß meine Informationen stimmen.«

»Und woher wissen Sie das?« fragte Dunross.

»Tut mir leid, aber ich kann meine Quellen nicht nennen.«

»Das kann er wirklich nicht, Dad. Das wäre ein Eingriff in die Pressefreiheit«, verteidigte ihn Adryon.

Haply ballte die Fäuste. »Die Ho-Pak wird für nichts und wieder nichts zugrunde gerichtet.«

»Aber warum?«

»Das weiß ich nicht. Aber Gor... aber Tai-Pane stecken hinter dem Run...«

»Gornt steckt dahinter?« Nachdenklich runzelte Dunross die Stirn.

»Ich habe nichts von Gornt gesagt, Sir. Nein, das habe ich nicht gesagt.«

»Er hat es nicht gesagt, Vater«, bestätigte Adryon. »Was sollte Martin tun? Sollte er kündigen oder seinen Stolz hinunterschlucken und...«

»Ich kann es einfach nicht, Adryon«, sagte Martin Haply.

»Laß Vater reden, er weiß, was du zu tun hast!«
Sie richtete ihre schönen Augen auf ihn, und ihre unschuldsvolle Zuversicht weckte Empfindungen in ihm, wie sie ihn nie zuvor gerührt hatten.
»Zwei Dinge: Erstens fahren Sie sofort in die Redaktion. Toxe wird alle Hilfe brauchen, die er bekommen kann. Zweitens...«
»Hilfe?«
»Wissen Sie denn nicht... von seiner Frau?«
»Was ist mit ihr?«
»Wissen Sie nicht, daß sie tot ist?«
Mit offenem Mund starrten sie ihn an. Mit dürren Worten erzählte er ihnen von Aberdeen. Sie waren entsetzt. »Mein Gott«, stammelte Haply, »wir haben kein Radio gehört, wir... wir haben nur getanzt und gequatscht...« Er sprang auf. »Ich... ich muß gleich los...«
Adryon war schon auf den Beinen. »Ich setz dich ab.«
»Haply«, sagte Dunross, »würden Sie Toxe ersuchen, fettgedruckt zu verlautbaren, daß alle, die gestern mit dem Wasser in Berührung gekommen sind, möglichst rasch ihren Arzt aufsuchen sollten – das ist sehr wichtig.«
»Vater«, ließ Adryon sich vernehmen, »warst du bei Doc Too...«
»Selbstverständlich. Er hat mich innen und außen gesäubert. Ab mit euch!«
»Was war das zweite, Tai-Pan?« forschte Haply.
»Das zweite war, daß Sie eines nicht vergessen sollten: Es ist das Geld des Verlegers und daher seine Zeitung, mit er er tun und lassen kann, was ihm beliebt. Allerdings: Auch Verlegern kann zugesetzt werden, und man könnte sich zum Beispiel fragen, wer an ihn oder sie herangetreten ist, und warum er oder sie sich bereit erklärt haben, Toxe an die Kandare zu nehmen...«
Ein Leuchten ging über Haplys Gesicht. »Komm, Schätzchen«, sagte er und dankte Dunross. Hand in Hand liefen sie auf den Ausgang zu.
Dunross blieb eine kleine Weile auf der Tribüne sitzen. Dann stieß er einen tiefen Seufzer aus, stand auf und entfernte sich.
Zusammen mit Brian Kwok stand Roger Crosse nahe den Umkleideräumen der Jockeys; er hatte das Gespräch von den Lippen der Beteiligten abgelesen. »Wir brauchen hier keine Zeit zu verlieren«, sagte er zu Brian Kwok. »Kommen Sie! Ob Robert wohl etwas in Sha Tin herausgefunden hat?«
»Diese verdammten Werwölfe werden sich ins Fäustchen lachen. Ganz Hongkong lebt in Todesangst vor ihnen. Ich könnte wetten, daß wir...« Brian Kwok verstummte. »Sir! Schauen Sie!« Er deutete auf die Tribüne hinüber, wo neben anderen Gruppen auch Suslew und Clinker der Morgenarbeit zusahen. »Ich hätte nicht gedacht, daß er schon so früh frisch und munter ist.«
Crosses Augen verengten sich zu Schlitzen. »Ja, das ist tatsächlich sonderbar.« Er zögerte, änderte dann seine Richtung, sah aber dabei den beiden Männern aufmerksam auf die Lippen. »Wo er uns doch die Ehre seiner An-

wesenheit schenkt, könnten wir ebensogut einen Plausch mit ihm halten. Ach... sie haben uns gesehen. Clinker hat wirklich nicht viel für uns übrig.« Gemächlich ging er auf die Tribüne zu.

Der großgewachsene Russe setzte ein Lächeln auf, holte eine flache Flasche hervor und nahm einen Schluck. Dann bot er sie Clinker an.

»Nein, danke, Kumpel! Ich trinke nur Bier.« Clinkers Augen ruhten auf den Polizeibeamten, die sich jetzt näherten. »Fängt an zu stinken hier, findest du nicht?« sagte er laut.

»Morgen, Clinker«, begrüßte Crosse ihn frostig. Dann lächelte er Suslew zu. »Morgen, Kapitän! Scheußlicher Tag, was?«

»Wir leben, *towarisch,* wie kann da auch nur ein einziger Tag scheußlich sein.« Die nach außen gezeigte Gemütlichkeit entsprach seiner Tarnung als guter alter Freund.

»Wie lange bleiben Sie noch im Hafen?«

»Nicht sehr lange, Oberinspektor. Die Reparaturarbeiten am Steuerruder gehen leider nur schleppend weiter.«

»Nicht zu schleppend, hoffe ich. Wir werden hier alle sehr nervös, wenn unsere verehrten Gäste im Hafen nicht raschest bedient werden«, sagte Crosse in scharfem Ton. »Ich werde mit dem Hafenmeister sprechen.«

»Danke, das ist... das wäre sehr aufmerksam von Ihnen. Und es war auch sehr aufmerksam von Ihrer Behörde...« Suslew zögerte und wandte sich an Clinker. »Würde es dir etwas ausmachen, alter Freund, wenn du einen Augenblick...«

»Nein, nein«, sagte Clinker. »Bullen machen mich sowieso nervös.« Brian Kwok fixierte ihn. Furchtlos erwiderte Clinker seinen Blick. »Ich erwarte dich im Wagen.«

Suslew räusperte sich. »Es war sehr aufmerksam von Ihrer Behörde, uns die Leiche des armen Genossen Woranski zurückzuschicken. Haben Sie die Mörder gefunden?«

»Leider nein. Es könnten Berufskiller gewesen sein. Wäre er nicht so heimlich an Land gekommen, er könnte immer noch ein nützliches Mitglied des... der Abteilung sein, in der er beschäftigt war.«

»Er war nur ein einfacher Seemann und ein braver Kerl. Ich dachte, in Hongkong wäre man seines Lebens sicher.«

»Haben Sie die Fotografien der Mörder und den Bericht über ihren Anruf an Ihre Vorgesetzten im KGB weitergeleitet?«

»Ich gehöre nicht zum KGB, verdammt noch mal! Ja, die Informationen wurden weitergeleitet – von meinem Vorgesetzten«, antwortete Suslew gereizt. »Woranski war ein anständiger Kerl, und seine Mörder müssen bestraft werden.«

»Wir werden sie bald haben«, gab Crosse lächelnd zurück. »Wußten Sie, daß Woranski in Wirklichkeit Major Yuri Bakyan vom Ersten Direktorat, Departement 6 des KGB war?«

Suslews Gesicht war vom Schock gezeichnet. »Er war... für mich war er nur ein Freund, der uns von Zeit zu Zeit begleitete.« Er sah Brian Kwok an, der seinen Blick mit Abscheu erwiderte. »Warum schauen Sie mich so zornig an? Was habe ich Ihnen getan?«

»Warum ist die Sowjetunion so habgierig, besonders wo es um chinesisches Territorium geht?«

»Politik!« gab Suslew verdrießlich zurück und fügte, an Crosse gewendet, hinzu: »Ich kümmere mich nicht um Politik.«

»Ihr kümmert euch unentwegt um Politik. Welchen Rang bekleiden Sie im KGB?«

»Gar keinen.«

»Ein wenig Entgegenkommen könnte nicht schaden, Kapitän Suslew«, sagte Crosse. »Wer stellt Ihre Crew zusammen?«

Suslew warf ihm einen Blick zu. »Könnte ich Sie wohl unter vier Augen sprechen?« fragte er.

»Aber gewiß. Warten Sie hier, Brian!«

Suslew kehrte Brian Kwok den Rücken zu und stieg dann die Stufen zum Rasen hinunter. Crosse folgte ihm. »Wie sehen Sie Noble Stars Chancen?« fragte Suslew freundlich.

»Nicht schlecht. Aber er ist noch nie auf schwerem Boden gelaufen. Haben Sie die Absicht, bis Sonnabend zu bleiben?«

Suslew lehnte sich ans Geländer und lächelte. »Warum nicht?«

Crosse lachte leise. »Ja, warum nicht?« Er war sicher, daß niemand sie jetzt hören konnte. »Du bist wirklich ein guter Schauspieler, Gregor.«

»Du auch, Genosse.«

»Du gehst ein verdammt großes Risiko ein«, sagte Crosse.

»Ach, das ganze Leben ist ein Risiko. Zentrale hat mich angewiesen, die Stellung zu halten, bis Woranskis Ersatzmann eingetroffen ist. Auf dieser Fahrt sind zu viele wichtige Entscheidungen zu treffen, nicht zuletzt in bezug auf Sevrin. Und Arthur wollte es ja so haben.«

»Wer ist der Scheißkerl, der AMG über Sevrin informiert hat?«

»Ich weiß es nicht. Ein Überläufer. Sobald wir es wissen, ist er ein toter Mann.«

»Jemand hat eine Gruppe meiner Leute an die Volksrepublik China verraten. Der AMG-Bericht muß den Anstoß dazu gegeben haben. Du hast meine Durchschrift gelesen. Wer auf deinem Schiff hat sie sonst noch gelesen? Jemand hat deinen Apparat hier infiltriert!«

Suslew wurde blaß. »Ich werde sofort eine Sicherheitsinspektion in die Wege leiten. Aber wer könnte es sein? Ich halte jede Wette, daß ich keinen Spion an Bord habe.«

»Es findet sich immer einer, den man kaufen kann.«

»Hast du dir einen Fluchtplan zurechtgelegt?«

»Mehrere.«

»Ich habe Auftrag, dir in jeder Beziehung zur Seite zu stehen. Soll ich dich auf der *Iwanow* unterbringen?«
Crosse zögerte. »Ich möchte noch warten, bis ich alle AMG-Berichte gelesen habe. Es wäre schade nach so langer Zeit...«
»Ich verstehe.«
»Das sagst du so leicht. Wenn man dich erwischt, wirst du einfach ausgewiesen und höflich ersucht, nicht mehr wiederzukommen. Aber ich? Ich möchte nicht, daß sie mich lebend erwischen.«
»Natürlich.« Suslew zündete sich eine Zigarette an. »Aber man wird dich nicht entlarven, Roger, du bist viel zu schlau. Hast du etwas für mich?«
»Schau da runter, am Geländer entlang, der große Mann!«
Lässig hob Suslew sein Fernglas an die Augen, betrachtete den Mann und blickte dann zur Seite.
»Das ist Stanley Rosemont von der CIA«, stellte Crosse fest. »Weißt du, daß sie dich beschatten?«
»O ja. Wenn ich will, kann ich sie jederzeit abhängen.«
»Der Mann neben ihm ist Ed Langan vom FBI. Der mit dem Bart, das ist Mishauer vom Marinenachrichtendienst.«
»Mishauer? Der Name kommt mir bekannt vor. Hast du Dossiers über sie?«
»Nein, aber es gibt da einen Homo am Konsulat, und der hat ein Verhältnis mit dem Sohn eines unserer prominentesten chinesischen Anwälte. Wenn du auf deiner nächsten Fahrt vorbeikommst, wird es ihm ein Vergnügen sein, dir deinen leisesten Wunsch zu erfüllen.«
Suslew lächelte grimmig. »Gut. Was ist Rosemonts Job?«
»Er ist stellvertretender Stationschef. Fünfzehn Jahre CIA. Militärischer Geheimdienst und so weiter. Sie unterhalten hier über ein Dutzend Tarnfirmen und verfügen überall über konspirative Wohnungen. Ich habe eine Liste auf Mikrofiches nach Nr. 32 geschickt.«
»Gut. Zentrale wünscht verstärkte Überwachung aller CIA-Aktivitäten.«
»Kein Problem. Sie sind nachlässig, aber finanziell gesichert.«
»Vietnam?«
»Na, selbstverständlich Vietnam.«
Suslew kicherte. »Diese armen Narren wissen gar nicht, worauf sie sich eingelassen haben. Sie glauben immer noch, sie können einen Dschungelkrieg mit Methoden wie seinerzeit in Korea oder im Zweiten Weltkrieg führen.«
»Nicht alle sind Narren«, entgegnete Crosse. »Rosemont ist ein sehr guter Mann. Übrigens wissen die Burschen über den Luftstützpunkt Iman Bescheid.«
Suslew fluchte leise.
»Und sie wissen auch fast alles über Petropawlowsk, den neuen U-Boot-Stützpunkt bei Korsakow auf Sachalin...«

Wieder stieß Suslew eine Verwünschung aus. »Wie machen sie das bloß?«
»Verräter!« Crosse lächelte dünn.
»Warum bist du eigentlich Doppelagent, Roger?«
»Warum fragst du mich das jedesmal, wenn wir uns treffen?«
Suslew seufzte. Er hatte den ausdrücklichen Befehl, Crosse nicht zu überprüfen und ihm, wo er konnte, zu helfen. Und obwohl er die Oberaufsicht über sämtliche Spionageaktivitäten des KGB im Fernen Osten führte, war er erst im vergangenen Jahr in das Geheimnis von Crosses Identität eingeweiht worden. In den Registern des KGB hatte Crosse den höchsten Rang, an Bedeutung dem eines Philby gleich. Doch nicht einmal Philby wußte, daß Crosse seit sieben Jahren für das KGB arbeitete.
»Ich frage, weil ich neugierig bin«, antwortete er.
»Lauten deine Anweisungen nicht dahin, nicht neugierig zu sein, Genosse?«
Suslew lachte. »Wer gehorcht denn schon immer allen Befehlen? Zentrale war mit deinem letzten Bericht außerordentlich zufrieden. Mir wurde aufgetragen, dir mitzuteilen, daß am nächsten Fünfzehnten eine Extragratifikation in der Höhe von 50000 Dollar auf dein Schweizer Konto eingezahlt wird.«
»Gut. Danke.«
»Was weiß der SI über die Handelsdelegierten?«
Crosse erzählte ihm, was er auch dem Gouverneur berichtet hatte. »Warum stellst du diese Frage?«
»Eine routinemäßige Überprüfung. Die drei – Guthrie, Broadhurst und Grey – könnten sich als sehr einflußreich erweisen.« Suslew bot ihm eine Zigarette an. »Wir manövrieren Grey und Broadhurst in den Weltsicherheitsrat. Mit ihrer antichinesischen Einstellung erweisen sie uns einen Dienst. Kannst du die Verbrecher finden, die den armen Woranski ermordet haben?«
»Möglicherweise. Sie müssen Woranski schon einige Zeit im Visier gehabt haben, und das verheißt uns allen nichts Gutes.«
»Waren es Kuomintang-Leute oder Mao-Banditen?«
»Ich weiß es nicht.« Crosse verzog den Mund. »Rußland ist bei allen Chinesen gleich unbeliebt.«
»Ihre Führer haben den Kommunismus verraten. Wir sollten sie zermalmen, bevor sie zu stark werden.«
»Ist das der offizielle Kurs?«
»Seit Dschingis Khan.« Suslew lachte. »Doch jetzt... jetzt müssen wir ein wenig Geduld haben.« Er deutete mit dem Daumen auf Brian Kwok. »Warum diesen *matyeryebyets* nicht diskreditieren? Ich kann ihn nicht ausstehen.«
»Der junge Brian ist ein sehr guter Mann. Ich brauche gute Leute. Informiere die Zentrale, daß Sinders von der MI-6 morgen, aus London kom-

mend, hier eintrifft, um die AMG-Berichte entgegenzunehmen. Sowohl die MI-6 wie auch die CIA argwöhnen, daß AMG ermordet wurde. Wurde er ermordet?«

»Keine Ahnung. Man hätte ihn schon vor Jahren ausradieren sollen. Wie willst du zu einer Kopie kommen?«

»Weiß ich noch nicht. Ich bin ziemlich sicher, daß Sinders mich die Berichte lesen lassen wird.«

»Und wenn er es nicht tut?«

Crosse zuckte die Achseln. »So oder so, wir werden das Zeug lesen. Was war mit Travkin?«

»Deine Information war unbezahlbar. Es hat alles gestimmt. Jetzt ist er für alle Zeiten unser Sklave. Er wird alles tun, was wir von ihm verlangen. Ich glaube, er würde Dunross töten, wenn es nötig wäre.«

»Gut. War etwas Wahres an der Geschichte, die du ihm erzählt hast?«

Suslew lächelte. »Nicht viel. Ich habe ihm erzählt, was man mir aufgetragen hat.«

Crosse zündete sich eine Zigarette an. »Was weißt du über den Iran?«

Suslew fixierte ihn. »Eine ganze Menge. Es ist eines der großen Ziele, die wir noch erreichen müssen, und eben jetzt geht dort eine große Aktion über die Bühne.«

»Die 92. Luftlandedivision der Vereinigten Staaten steht an der sowjetisch-iranischen Grenze.«

Suslew starrte ihn an. »Was?«

Crosse berichtete ihm alles, was Rosemont ihm über die Operation »Übungsschießen« erzählt hatte, und als er erwähnte, daß die Amerikaner mit Nuklearwaffen ausgerüstet seien, wurde Suslew leichenblaß. »Heilige Mutter Gottes! Einmal werden diese verdammten Amerikaner einen Fehler machen, und wir sitzen in der Scheiße! Es ist doch ein Wahnsinn, mit solchen Waffen eine Gefechtsformation anzunehmen!«

»Könnt ihr ihnen etwas entgegensetzen?«

»Selbstverständlich nicht, noch nicht«, erwiderte Suslew gereizt. »Der Kern unserer Strategie besteht darin, daß wir es nie zu einem bewaffneten Konflikt kommen lassen, solange Amerika nicht völlig isoliert dasteht. Eine Konfrontation zu diesem Zeitpunkt wäre reiner Selbstmord für uns. Ich werde sofort Zentrale verständigen!«

»Mach ihnen klar, daß es für die Amerikaner nur ein Übungsschießen ist! Veranlasse die Zentrale, eure Truppen zurückzuziehen und alles zu tun, um die Lage zu beruhigen! Das muß sofort geschehen. In wenigen Tagen marschieren sie wieder ab.«

»Ist die 92. wirklich da? Das ist doch unmöglich!«

»Ihr tätet gut daran, eure Luftlandetruppen zu verstärken, sie beweglicher zu machen und ihnen mehr Feuerkraft zu geben.«

»Die geballten Energien und die Ressourcen von 300 Millionen Russen sind

zur Lösung dieses Problems eingesetzt, *towarisch*. Wenn wir noch zwanzig Jahre Zeit haben... In den achtziger Jahren beherrschen wir die Welt.«
»Da bin ich schon lange tot.«
»Du nicht. Du kannst es dir aussuchen, über welche Provinz oder welches Land du herrschen willst. England?«
»Tut mir leid, das Wetter dort ist scheußlich. Ausgenommen zwei oder drei Tage im Jahr – dann ist es das schönste Land der Welt.«
»Ach, du solltest mein Haus in Georgien und das Land rund um Tiflis sehen«, sagte Suslew, und seine Augen leuchteten. »Ein Paradies auf Erden.«
Während sie sprachen, hatte Crosse seine Augen überall. Er wußte, daß man sie nicht hören konnte. Brian Kwok saß auf der Tribüne und döste vor sich hin. Unten beim Führring spazierte Jacques de Ville mit Jason Plumm auf und ab. »Hast du schon mit Jason gesprochen?«
»Natürlich. Oben auf der Tribüne.«
»Wie hat er sich über de Ville geäußert?«
»Auch er bezweifelt, daß Jacques je Tai-Pan werden könnte. Nach meinem gestrigen Gespräch mit ihm denke auch ich so. Er ist offensichtlich zu schwach, oder es fällt ihm schwer, an seinem Vorsatz festzuhalten. Bei Maulwürfen, die nichts anderes zu tun haben als warten, kommt das oft vor.«
»Welche Pläne hast du für ihn?«
»Ich weiß es noch nicht.« Mit dem Ziel, etwaige Beobachter zu täuschen, setzte Suslew die Flasche an seine Lippen und bot sie dann Crosse an, der den Kopf schüttelte. Beide wußten, daß die Flasche nur Wasser enthielt. »Ich habe eine Idee. Wir sind dabei, unsere Aktivitäten in Kanada zu aktivieren. Die französische separatistische Bewegung ist zweifellos eine einmalige Gelegenheit für uns. Sollte es dazu kommen, daß Quebec sich von Kanada trennt, würden sich die Machtverhältnisse auf dem nordamerikanischen Kontinent grundlegend verschieben. Wäre es dann nicht perfekt, wenn de Ville die Leitung von Struan's in Kanada übernähme?«
Crosse lächelte. »Sehr gut! Sehr, sehr gut! Auch ich mag Jacques gut leiden. Es wäre jammerschade, seine Talente verkümmern zu lassen.«
»Aus seiner Pariser Zeit nach dem Krieg hat er einige sehr einflußreiche Freunde, Frankokanadier, alles deklarierte Separatisten und linksorientiert. Unter ihnen gibt es Männer, die auf dem besten Weg sind, zu einer politischen Kraft in Kanada zu werden.«
»Und de Ville sollte sich offen zu ihnen bekennen?«
»Nein. Er könnte die Sache der Separatisten fördern, ohne sich beziehungsweise seine Tarnung zu gefährden. Der Leiter einer großen Niederlassung von Struan's... Und wenn dann einer dieser Freunde Außenminister oder gar Premierminister würde...?«
Crosse stieß einen leisen Pfiff aus. »Wenn Kanada zu den Vereinigten Staa-

ten auf Distanz ginge, das wäre eine große Sache.« Nach einer Pause fuhr er fort: »Ein weiser Chinese wurde einmal von einem Freund ersucht, dessen neugeborenen Sohn zu segnen. Sein Segensspruch lautete: ›Laßt uns darum beten, das Kind möge in interessanten Zeiten leben.‹ Zweifellos leben wir in interessanten Zeiten, Gregor Petrowitsch Suslew, oder, wie du mit deinem richtigen Namen heißt, Petr Oleg Mzytryk.«

Suslew starrte ihn entgeistert an. »Wer hat dir meinen Namen verraten?«

»Deine Vorgesetzten. Du kennst mich, ich kenne dich. Das ist doch fair, nicht wahr?«

»Nat... natürlich. Ich...« Das Lachen des Russen klang gezwungen. »Es ist schon so lange her, daß ich diesen Namen gebraucht habe...« Er bemühte sich, seine Fassung zurückzugewinnen. »Was hast du denn nur? Du wirkst so nervös!«

»AMG. Ich finde, wir sollten unser Gespräch jetzt beenden. Ich werde erzählen, daß ich versucht habe, dich umzudrehen, du dich aber geweigert hast. Treffen wir uns morgen auf sieben.« Sieben war das Codewort für die Wohnung neben der von Ginny Fu in Mong Kok. »Aber später. Um elf.«

»Zehn wäre besser.«

Crosse deutete unauffällig auf Rosemont und die anderen. »Bevor du gehst, brauche ich noch etwas für diese Burschen.«

»In Ordnung. Morgen werde ich...«

»Es muß jetzt sein. Etwas Besonderes – für den Fall, daß ich Sinders' Kopie nicht zu Gesicht bekomme, muß ich ihnen ein Tauschgeschäft vorschlagen.«

»Niemand darf erfahren, von wem du es weißt. Niemand.«

»Selbstverständlich.«

Suslew überlegte kurz, wägte Pro und Kontra ab. »Heute nacht übernimmt einer unserer Agenten streng geheimes Material vom Flugzeugträger. Ist das was?«

Die Augen des Engländers leuchteten auf. »Perfekt. Bist du deswegen gekommen?«

»Es war einer der Gründe.«

»Wann und wo findet die Übernahme statt?«

Suslew sagte es ihm und fügte hinzu: »Trotzdem möchte ich Kopien von allem haben.«

»Versteht sich. Das ist genau das, was ich brauche. Damit wird Rosemont tief in meiner Schuld stehen. Wie lange macht deine Auskunftsperson schon Dienst auf dem Träger?«

»Wir haben ihn vor zwei Jahren angeworben.«

»Was bekommt er?«

»Dafür? Zweitausend Dollar. Er ist nicht teuer. Die Auskunftspersonen sind alle nicht teuer. Du bist die Ausnahme.«

Crosse lächelte trübe. »Ich bin ja auch der Beste, den ihr in Asien habt, und

meinen Wert habe ich schon hundertfach unter Beweis gestellt. Bis jetzt habe ich es fast umsonst gemacht, alter Freund.«
»Deine Honorare, alter Freund, sind die höchsten, die wir zahlen! Wir bekommen den kompletten Einsatzplan der NATO, die Codes, alles für weniger als 8000 Dollar jährlich.«
»Diese Amateurschweine machen das Geschäft kaputt. Es ist doch ein Geschäft?«
»Für uns nicht.«
Suslew lachte. »Es ist angenehm, mit einem Profi zu tun zu haben. Prosit!«
»Bitte geh jetzt und spiel den Aufgebrachten«, sagte Crosse grob. »Ich spüre Feldstecher!«
Sogleich begann Suslew, ihn auf Russisch zu beschimpfen, leise, aber heftig; er drohte dem Polizeioffizier mit der Faust und ging davon.
Crosse folgte ihm mit den Blicken.

Robert Armstrong stand auf der Sha Tin Road und blickte auf John Tschens Leiche hinab, die von Polizisten in Regenmänteln in das Leintuch gewickelt und dann durch eine gaffende Menge zur wartenden Ambulanz getragen wurde. Andere Beamte versuchten, Spuren zu sichern. Der Regen war stärker geworden.
»Es ist alles zertrampelt, Sir«, meldete Sergeant Lee verdrießlich. »Die Fußspuren helfen uns nicht weiter.«
Armstrong nickte. Hinter den Schranken, die in aller Schnelle um das Wartehäuschen errichtet worden waren, drängten sich die Neugierigen. Der Verkehr auf der schmalen Straße war fast zum Stillstand gekommen. »Lassen Sie das Gebiet in einem Umkreis von hundert Yard untersuchen, und schicken Sie einen Mann ins nächste Dorf! Vielleicht hat jemand etwas gesehen.« Er ging zum Polizeiwagen hinüber, stieg ein, schloß die Tür und griff zum Telefon. »Hier spricht Armstrong. Verbinden Sie mich bitte mit Chief Inspector Smyth in East Aberdeen!« Er wartete und fühlte sich elend.
Der Fahrer war jung und intelligent. »Der Regen ist herrlich, nicht wahr, Sir?«
Armstrong betrachtete ihn unfreundlich. Der junge Mann wurde blaß. »Rauchen Sie?«
»Ja, Sir.« Der junge Polizist nahm ein Päckchen heraus und hielt es seinem Vorgesetzten hin. Armstrong nahm ihm das Päckchen aus der Hand. »Warum helfen Sie Ihren Kollegen nicht? Sie als gescheiter Bursche finden vielleicht ein paar Spuren, hm?«
»Ja, Sir.« Der junge Mann flüchtete in den Regen hinaus.
Behutsam nahm Armstrong eine Zigarette heraus und betrachtete sie. Dann steckte er sie zurück. »Zum Teufel mit den Zigaretten«, murmelte er.

Es knisterte in der Leitung. »Chief Inspector Donald Smyth.«
»Guten Morgen. Ich bin in Sha Tin«, begann Armstrong und berichtete ihm, was geschehen und wie die Leiche gefunden worden war. »Wir tun, was wir können, aber bei diesem Regen haben wir wenig Hoffnung, etwas zu finden. Sobald die Zeitungen von der Leiche und der Botschaft Wind bekommen, werden wir unseres Lebens nicht mehr froh sein. Ich glaube, wir sollten jetzt die alte *amah* festnehmen. Sie ist unser einziger Anhaltspunkt. Steht sie noch unter Polizeiaufsicht?«
»Aber ja!«
»Gut. Warten Sie auf mich, dann schlagen wir los! Ich möchte ihr Zimmer durchsuchen.«
»Wie lange werden Sie brauchen?«
»Zwei Stunden, schätze ich. Bis zur Fähre hinunter sind alle Straßen verstopft.«
»Hier auch. In ganz Aberdeen. Aber es ist nicht nur der Regen, alter Freund. Tausende beglotzen das ausgebrannte Schiff, Massen stauen sich vor der Ho-Pak und der Vic...«
»O Gott! Ich habe alle meine Ersparnisse dort.«
»Ich habe Ihnen schon gestern geraten, sich flüssig zu halten.« Die Schlange lachte. »Übrigens: Wenn Sie Bargeld übrig haben, verkaufen Sie Struan's leer! Man munkelt, Noble House wird in die Binsen gehen.«

3

8.29 Uhr:

Aus Dunross' Korb für die ausgehende Post nahm Claudia eine Menge Briefe und Notizen und fing an, sie durchzusehen. Regen und tiefhängende Wolken trübten den Ausblick, aber die Temperatur war gesunken und nach der großen Feuchtigkeit der letzten Wochen sehr angenehm. Die antike Uhr auf dem Kaminsims schlug halb neun.
Eines der Telefone schrillte. Sie ließ es läuten, bis es nach einer Weile verstummte. Sandra Yi, Dunross' Sekretärin, kam mit einem neuen Stoß Papieren und Briefen und legte alles in den Korb für die eingehende Post. »Das Konzept für die Verträge mit Par-Con liegt zuoberst, Ältere Schwester. Das sind seine Termine für heute, zumindest die, von denen ich Kenntnis habe. Inspektor Kwok hat vor zehn Minuten angerufen.« Sie errötete unter Claudias Blikken. Ihr enganliegender *chong-sam* war bis hoch oben geschlitzt, ihr runder Halskragen modisch hoch. »Er wollte den Tai-Pan sprechen, nicht mich, Ältere Schwester. Der Tai-Pan möge so freundlich sein, ihn zurückzurufen.«

»Aber ich hoffe, du hast dich mit dem ehrenwerten jungen Hengst etwas länger unterhalten, Jüngere Schwester?« antwortete Claudia, während sie die Papiere ordnete und in zwei Stöße aufschichtete. »Schließlich sollte er jetzt schon wirklich bald in die Familie aufgenommen werden, bevor ihn so eine Mistbiene von einem anderen Clan einfängt.«
»Ach ja. Ich habe auch schon fünf Kerzen in fünf verschiedenen Tempeln angezündet.«
»In deiner Freizeit, hoffe ich!«
»Na sicher.« Beide lachten. »Aber wir haben uns schon verabredet – morgen zum Dinner.«
»Ausgezeichnet! Sei zurückhaltend, kleide dich konservativ, aber geh ohne BH – so wie Orlanda!«
»Dann stimmt das also! Oh – meinst du, ich sollte wirklich?« Sandra Yi war geschockt.
»Für Brian schon.« Claudia kicherte. »Der Junge hat eine feine Nase.«
»Mein Wahrsager hat mir prophezeit, es würde ein wunderbares Jahr für mich.«
»Mhm.« Claudia sah den Terminkalender durch. »Wenn Sir Luis kommt...«
»Er wartet schon in meinem Büro. Er weiß, daß er zu früh dran ist. Ich habe ihm Kaffee serviert und die Morgenzeitungen gegeben.« Besorgnis malte sich auf ihren Zügen. »Was passiert um zehn Uhr?«
»Die Börse öffnet«, antwortete Claudia kurz und reichte ihr den größeren Stoß. »Das erledigst du, Sandra! Ach ja, und hier, er hat den Lunch und einige Vorstandssitzungen gestrichen. Und diese Sachen erledige ich.« Beide sahen auf, als Dunross eintrat.
»Guten Morgen«, begrüßte er sie. Sein Gesicht war ernster als sonst.
»Wir sind alle so froh, daß Ihnen nichts passiert ist, Tai-Pan«, sagte Sandra artig.
»Danke.«
Sie trippelte hinaus, er sah ihr nach und fing einen Blick von Claudia auf. Seine Miene erhellte sich ein wenig. »Was für ein reizendes Vögelchen!«
Claudia lachte. »Ihr Privattelefon hat zweimal geläutet.«
»Danke. Sagen Sie alles zwischen jetzt und Mittag ab, ausgenommen Linbar, Sir Luis Basilio und die Bank! Aber zuerst verbinden Sie mich mit Knauser Tung! Dann rufen sie Lando Mata an und fragen ihn, ob ich ihn heute sehen kann! Am liebsten wäre mir um 10 Uhr 20 im Kaffeehaus.«
»Ich werde mich um alles kümmern. Der Sekretär des Gouverneurs hat angerufen: Ob Sie mittags zur Sitzung kommen?«
»Ja.« Dunross griff zu einem Telefon, während Claudia den Raum verließ und die Tür hinter sich schloß.
»Penn? Du wolltest mich sprechen?«
»O ja, Ian, aber ich habe nicht angerufen, wenn du das meinst. In den Nach-

richten habe ich von dem Feuer gehört, und ich... ich war nicht sicher, ob ich geträumt hatte oder ob du in der Nacht nach Hause gekommen bist. Ich... ich habe mir große Sorgen gemacht. War es sehr schlimm?«
»Na ja, wie man's nimmt.« Er gab ihr einen kurzen Bericht. »Wenn ich dich zum Flughafen bringe, erzähle ich dir alles genau. Die Maschine fliegt pünktlich ab...«
Die Gegensprechanlage summte. »Augenblick, Penn. Ja, Claudia?«
»Inspektor Kwok auf Leitung zwo. Er sagt, es sei wichtig.«
»Gut. Tut mir leid, Penn, ich muß aufhören. Ich hole dich rechtzeitig ab. Sonst noch etwas, Claudia?«
»Bill Fosters Maschine aus Sydney hat eine weitere Stunde Verspätung. Mr. Havergill und Johnjohn erwarten Sie um halb zehn. Wie ich höre, sind sie schon seit sechs Uhr früh in der Bank.«
Dunross empfand zunehmendes Unbehagen. Er hatte seit gestern drei Uhr nachmittags versucht, mit Havergill zu sprechen, aber der stellvertretende Generaldirektor war nicht zu sprechen gewesen. »Das hört sich nicht gut an. Als ich um halb acht vorbeikam, standen schon Menschenschlangen vor der Bank.«
»Die Vic wird doch nicht ihre Zahlungen einstellen?« Ihre Stimme klang besorgt.
»Wenn das geschieht, sind wir alle erledigt.« Er schaltete auf Leitung zwei. »Tag, Brian, was gibt's?«
Brian Kwok unterrichtete ihn über John Tschen.
»Der arme John! Nach der Übergabe des Lösegeldes dachte ich... Er ist schon seit einigen Tagen tot?«
»Ja. Seit mindestens drei Tagen.«
»Diese Verbrecher! Haben Sie Philip oder Dianne schon informiert?«
»Nein, noch nicht. Ich wollte es zuerst Ihnen sagen.«
»Soll ich sie verständigen? Philip ist zu Hause, ich rufe ihn gleich an.«
»Nein, Tai-Pan, das gehört zu meinen Pflichten! Tut mir leid, daß ich der Überbringer schlechter Nachrichten bin, aber ich dachte, Sie sollten es gleich erfahren.«
»Ja... ja, alter Freund, danke! Hören Sie: Gegen sieben bin ich bei einem Empfang des Gouverneurs. Länger als bis halb elf wird es nicht dauern. Haben Sie Lust auf einen späten Drink, oder wollen wir eine Kleinigkeit essen?«
»Ja. Gute Idee. Wie wäre es mit der Quance Bar im Mandarin?«
»Um dreiviertel elf?«
»Gut. Übrigens habe ich Anweisungen gegeben, daß Ihre *tai-tai* durch die Grenzkontrolle durchgeschleust wird. Wiedersehen.«
Dunross legte auf, erhob sich und trat ans Fenster. Es klopfte diskret, dann öffnete sich die Tür einen Spalt. »Entschuldigen Sie, Tai-Pan«, sagte Claudia, »Lando Mata auf Leitung zwei.«

Dunross setzte sich auf die Kante seines Schreibtisches. »Hallo, Lando, können wir uns um 10 Uhr 20 treffen?«
»Ja, ja, natürlich. Ich habe von Zeppelin gehört. Schrecklich! Ich bin auch gerade noch mit dem Leben davongekommen. Das verdammte Feuer!«
»Sind Sie heute schon mit Knauser Tung in Verbindung gewesen?«
»Ja. Er kommt mit der nächsten Fähre.«
»Gut. Lando, es könnte sein, daß Sie mich heute unterstützen müssen.«
»Aber Ian, das haben wir doch schon gestern abend durchgekaut! Ich... ich werde mit Knauser sprechen.«
»Auch ich werde mit ihm sprechen. Aber ich möchte jetzt schon wissen, ob ich mit Ihrer Unterstützung rechnen kann.«
»Sie haben sich unser Angebot überlegt?«
»Habe ich Ihre Unterstützung, Lando, oder nicht?«
Wieder eine Pause. Matas Stimme klang nervös: »Ich... ich werde Ihnen antworten, wenn wir uns um 10 Uhr 20 im Kaffeehaus sehen. Tut mir leid, Ian, aber ich muß zuerst mit Knauser sprechen. Wir sehen uns im Kaffeehaus. Wiedersehen!«
Die Leitung wurde unterbrochen. Dunross legte ruhig den Hörer auf und murmelte: *»Dew neh loh moh,* Lando, alter Freund!«
Er überlegte kurz und wählte eine Nummer. »Mr. Bartlett, bitte.«
»Meldet sich nicht. Wollen Sie eine Nachricht hinterlassen?« fragte die Telefonistin.
»Verbinden Sie mich mit Miss K. C. Tcholok!« Das Freizeichen ertönte, und Casey meldete sich verschlafen. »Hallo?«
»Tut mir leid, ich rufe Sie später noch einmal...«
»Oh, Ian? Nein... nein... das ist schon in Ordnung. Ich... ich sollte schon vor Stunden aufgestanden sein... Mein Gott, bin ich müde! Ich habe das Feuer doch nicht geträumt, oder?«
»Nein, Ciranoush, ich wollte mich nur vergewissern, daß Sie beide keinen Schaden genommen haben. Wie fühlen Sie sich?«
»Nicht besonders. Ich fürchte, ich habe mir ein paar Muskeln gezerrt... Ich weiß nicht, ob beim Tauchen oder beim Erbrechen. Und Sie?«
»Soweit alles in Ordnung. Sie haben doch kein Fieber? Darauf müßten wir achten, hat Doc Tooley gesagt.«
»Ich glaube nicht. Ich habe Linc noch nicht zu Gesicht bekommen. Haben Sie mit ihm gesprochen?«
»Nein. Er meldet sich nicht. Ich wollte Sie beide auf einen Cocktail einladen. Um sechs.«
»Ich komme gern.«
Wieder die Sprechanlage. »Der Gouverneur wartet auf Leitung zwo, Tai-Pan. Ich habe ihm schon gesagt, daß Sie mittags kommen.«
»Sehr gut. Hören Sie, Ciranoush, Cocktails um sechs! Und wenn nicht Cocktails, so vielleicht ein spätes Souper.«

»In Ordnung, Ian. Und danke für Ihren Anruf!«
»Nichts zu danken. Wiedersehen.« Dunross drückte auf den Knopf der Leitung zwei. »Guten Morgen, Sir.«
»Entschuldigen Sie die Störung, Dunross, aber ich muß mit Ihnen über dieses schreckliche Feuer sprechen«, begann der Gouverneur. »Es ist ein Wunder, daß es nicht mehr Opfer gegeben hat. Der Minister ist wütend über den Tod von Sir Charles Pennyworth. Meint, daß unsere Sicherheitsvorkehrungen versagt haben. Er hat das Kabinett informiert, und wir können uns auf einiges gefaßt machen.«
Dunross erzählte ihm von seiner Idee bezüglich der Küchen in Aberdeen, überließ jedoch Shi-teh T'tschung die Ehre, daran gedacht zu haben.
»Ausgezeichnet! Shi-teh ist ein kluger Kopf. Das ist zumindest ein Anfang. Inzwischen haben Robin Grey und Julian Broadhurst und die anderen Abgeordneten um eine Audienz ersucht, um gegen unsere mangelhaften Maßnahmen zur Brandverhütung zu protestieren. Wie mir mein Sekretär berichtet hat, war Grey sehr ausfallend.« Sir Geoffrey seufzte. »Vielleicht sogar zu Recht. Wie ich höre, haben er und Broadhurst für morgen eine Pressekonferenz einberufen. Nach dem Tod des armen Sir Charles ist Broadhurst jetzt der Delegationsleiter. Weiß Gott, was noch passiert, wenn sich diese beiden über China das Maul zerreißen! Ich befinde mich wirklich in einer sehr mißlichen Lage. Ich dachte, Sie brächten es vielleicht fertig, Mr. Grey zu einem besonneneren Verhalten zu bewegen. Ich werde ihn heute abend neben Sie setzen.«
»Ich fürchte, das ist keine gute Idee. Der Mann hat sie ja nicht alle.«
»Ich bin ganz Ihrer Meinung, Dunross, aber ich wäre Ihnen außerordentlich dankbar, wenn Sie es versuchten. Sie sind der einzige, dem ich vertrauen kann. Gornt würde ihn zusammenschlagen. Er hat auch schon angerufen und mitteilen lassen, daß er nicht kommt – wegen Grey. Vielleicht können Sie den Burschen für Sonnabend zum Rennen einladen?«
Dunross dachte an Peter Marlowe. »Warum laden Sie Grey und seine Kollegen nicht in Ihre Loge ein, und ich nehme ihn Ihnen dann für eine Zeit ab?«
»Also gut. Nächster Punkt: Crosse hat mich gebeten, Sie morgen um sechs in der Bank zu erwarten. Zu diesem Zeitpunkt sollte Sinders schon da sein.«
»Kennen Sie ihn, Sir? Persönlich?«
»Ja. Warum fragen Sie?«
»Ich wollte nur sichergehen.« Dunross bemerkte das Schweigen des Gouverneurs.
»Also gut. Um sechs. Nächster Punkt: Haben Sie von John Tschen gehört?«
»Ja, Sir, vor ein paar Minuten. Schreckliche Sache.«
»Finde ich auch. Der arme Kerl! Diese Werwölfe werden zweifellos zu einer

cause célèbre für alle Feinde Hongkongs werden. Hätte gar nicht ungelegener kommen können. Wir leben wirklich in interessanten Zeiten.«
»Ja, Sir. Ist die Victoria in Schwierigkeiten?« fragte Dunross beiläufig, paßte aber genau auf und hörte das kaum merkliche Zaudern, bevor Sir Geoffrey leichthin antwortete: »Du lieber Himmel, nein! Wie kommen Sie denn darauf?«
»Danke, Sir!« Dunross legte auf und trocknete sich die Stirn. Das Zögern war verdammt bedenklich, sagte er sich. Wenn es einen Menschen gibt, der weiß, wie schlecht es um die Bank steht, dann ist es Sir Geoffrey.
Eine Regenbö peitschte gegen die Scheiben. Es gab so viel zu tun. Linbar müßte schon da sein. Dann Sir Luis. Er wußte schon, was er vom Börsenvorstand haben wollte, haben mußte. Bei der heutigen Morgensitzung des Inneren Kreises hatte er es nicht erwähnt. Die anderen hatten ihn geärgert. Sie alle – Jacques, Gavallan, Linbar – waren überzeugt, daß die Victoria Struan's bis zum äußersten unterstützen werde. »Und wenn sie es nicht tut?« hatte er gefragt.
»Nach den Ereignissen der heutigen Nacht wird Gornt vielleicht nicht weiterverkaufen.«
»Er wird verkaufen. Was tun wir?«
»Wenn wir ihn nicht stoppen oder die Zahlungen an Toda und Orlin hinausschieben können, sind wir sehr übel dran.«
Wir können die Zahlungen nicht hinauszögern, dachte er. Ohne die Bank oder Mata oder Knauser Tung – nicht einmal das Par-Con-Deal wird Gornt stoppen. Er weiß, daß er weiterverkaufen kann, heute und Freitag, verkaufen, verkaufen, verkaufen, und ich kann ja nicht alles...
»Master Linbar, Tai-Pan.«
»Lassen Sie ihn bitte eintreten!« Er warf einen Blick auf die Uhr. Linbar trat ein. »Du kommst fast zwei Minuten zu spät.«
»So? Tut mir leid.«
»Für dich wird Pünktlichkeit wohl immer ein Fremdwort sein. Es ist einfach unmöglich, dreiundsechzig Gesellschaften zu leiten, wenn die Direktoren unpünktlich sind. Wenn es noch einmal vorkommt, streiche ich dir deine jährliche Prämie.«
Linbar errötete. »Tut mir leid.«
»Ich möchte, daß du als Nachfolger von Bill Foster nach Sydney gehst.«
Linbars Gesicht leuchtete auf. »Gewiß. Gern. Schon seit einiger Zeit habe ich mir gewünscht, meinen eigenen Wirkungskreis zu haben.«
»Gut. Ich möchte, daß du morgen mit dem Quantas-Flug...«
»Morgen? Unmöglich!« platzte Linbar heraus, und das Lächeln schwand aus seiner Miene. »Ich brauche ein paar Wochen, um...«
Dunross' Stimme wurde leise, aber auch so schneidend, daß Linbar Struan erblaßte. »Ich weiß das, Linbar. Aber ich möchte, daß du morgen fliegst. Bleib zwei Wochen unten, komm zurück und berichte mir! Verstanden?«

»Ja, ich verstehe, aber… Was ist mit dem Rennen? Ich möchte dabei sein, wenn Noble Star läuft.«
Dunross sah ihn nur an. »Ich möchte, daß du in Australien bist. Morgen! Foster ist es nicht gelungen, Woolara Properties in die Hand zu bekommen. Ohne Woolara haben wir keine Charterer für unsere Schiffe. Ohne die Charterer sind unsere Vereinbarungen mit den Banken null und nichtig. Du hast zwei Wochen, um dieses Fiasko zu korrigieren und mit einer Erfolgsmeldung zurückzukommen.«
»Und wenn ich mich weigere?« konterte Linbar zornig.
»Du kennst die Antwort. Wenn du es nicht schaffst, verlierst du deinen Sitz im Inneren Kreis. Und wenn du morgen nicht fliegst, hast du bei Struan's nichts mehr zu suchen – solange ich Tai-Pan bin. Aber wenn du Woolara an Land ziehst, verdopple ich dein Gehalt.«
Linbar Struan starrte ihn an. »Sonst noch was, Sir?«
»Nein. Guten Morgen, Linbar!«
Linbar nickte und verließ den Raum. Als Dunross wieder allein war, gestattete er sich den Schatten eines Lächelns. »Frecher kleiner Lausejunge«, murmelte er, stand auf und ging wieder ans Fenster.
Sein Privattelefon läutete.
»Ja, Penn?« meldete er sich.
Eine unbekannte Stimme antwortete: »Mr. Dunross?«
»Ja, wer spricht?« fragte er überrascht. Er wußte nicht, wo er die Stimme oder den Akzent unterbringen sollte.
»Mein Name ist Kirk, Jamie Kirk, Mr. Dunross. Ich bin, äh, ein Freund von Mr. Grant, Mr. Alan Medford Grant…« Um ein Haar hätte Dunross den Hörer fallen lassen. »… Hallo? Mr. Dunross?«
»Ja, bitte sprechen Sie weiter!« Dunross hatte seinen Schock überwunden. AMG war einer der wenigen, dem er diese Nummer unter der Voraussetzung anvertraut hatte, daß er sie nur in Notfällen gebrauchen und ohne triftigen Grund an niemanden weitergeben sollte. »Was kann ich für Sie tun?«
»Ich, äh, komme aus London, eigentlich aus Schottland. Alan hat mir aufgetragen, Sie gleich nach meiner Ankunft in Hongkong anzurufen. Er, äh, gab mir Ihre Nummer. Ich hoffe, ich störe Sie nicht?«
»Keineswegs, Mr. Kirk.«
»Alan gab mir ein Päckchen für Sie, und er wollte auch, daß ich mit Ihnen spreche. Meine Frau und ich sind für drei Tage in Hongkong, und so dachte ich, äh, wir könnten uns vielleicht treffen.«
»Selbstverständlich. Wo sind Sie abgestiegen?«
»Im ›Neun-Drachen-Hotel‹ in Kowloon, Zimmer 455.«
»Wann haben Sie Alan zum letzten Mal gesehen, Mr. Kirk?«
»Vor unserer Abreise aus London, vor etwa zwei Wochen. Wir, äh, wir waren in Singapur und Indonesien.«

»Würde es Ihnen nach dem Mittagessen passen? Bis 3 Uhr 20 bin ich leider besetzt. Anschließend könnte ich Ihnen zur Verfügung stehen.«
»3 Uhr 20 ist mir sehr recht.«
»Ich schicke Ihnen einen Wagen und...«
»Ach, das, äh, das ist nicht nötig. Wir finden schon den Weg zu Ihnen.«
In Gedanken versunken legte Dunross den Hörer auf.
Die Uhr schlug 8 Uhr 45. Es klopfte. Claudia öffnete die Tür. »Sir Luis Basilio, Tai-Pan.«

In seinem Büro in der Victoria-Bank brüllte Johnjohn ins Telefon: »... Ist mir doch schnurzegal, was ihr Brüder in London euch denkt! Hier läuft ein Run an, und es sieht gar nicht gut aus. Ich... was? Sprechen Sie lauter, Mann! Wir haben eine miserable Verbindung... Was?... Kümmert mich doch nicht, daß es bei euch halb zwei Uhr nachts ist... Ich versuche seit vier Stunden, Sie zu erreichen!... Was? Du lieber Himmel...« Seine Augenbrauen zuckten, aber er beherrschte sich. »Hören Sie, fahren Sie so schnell Sie können in die Stadt und ins Münzamt und sagen Sie denen... Ja, sagen Sie denen, daß auf der ganzen Insel das Geld ausgehen könnte und... Hallo?... Hallo?...« Er knallte den Hörer auf die Gabel, fluchte und drückte auf den Knopf der Gegensprechanlage. »Miss Mills, wir wurden getrennt, bitte stellen Sie die Verbindung wieder her, so schnell Sie können!«
»Gewiß«, sagte die kalte, sehr englische Stimme. »Mr. Dunross ist hier.«
Johnjohn warf einen Blick auf die Uhr. Es war 9 Uhr 33. »Warten Sie... warten Sie mit dem Anruf, ich...« Er eilte zur Tür und öffnete sie mit gespielter Nonchalance. »Mein lieber Ian! Tut mir so leid, daß Sie warten mußten. Wie geht's denn?«
»Gut. Und Ihnen?«
»Wunderbar!«
»Wunderbar? Interessant. Draußen stehen schon sechs- oder siebenhundert ungeduldige Kunden Schlange, und die Schalter öffnen erst in einer halben Stunde. Ein paar Leute stehen sogar schon vor der Blacs.«
»Mehr als nur ein paar...« Gerade noch rechtzeitig besann sich Johnjohn eines Besseren. »Möchten Sie einen Kaffee, oder wollen wir gleich zu Havergill hinaufgehen?«
»Gehen wir zu Havergill hinauf!«
»Bitte.« Johnjohn ging voran. »Nein, wir haben keine Probleme. Ein paar abergläubische Chinesen, Sie wissen ja, wie sie sind. Furchtbar, dieses Feuer! Waren Sie heute früh auf dem Rennplatz? Der Regen kommt wie gerufen, was?«
Dunross empfand zunehmendes Unbehagen. »Gewiß. Wie ich höre, stehen schon Schlangen vor so gut wie allen Banken in der Kolonie. Ausgenommen die Bank of China.«

Johnjohns Lachen klang hohl. »Unsere kommunistischen Freunde fänden nur wenig Gefallen an einem Sturm auf ihr Institut. Sie würden Truppen aufmarschieren lassen.«
»Es gibt also einen Run?«
»Auf die Ho-Pak, ja. Nach meinen Informationen hat Kwang tatsächlich einige recht riskante Kredite gewährt. Ich fürchte, die Tsching Property ist auch nicht ganz in Ordnung. Aber nach all seinen dubiosen Transaktionen in den letzten Jahren würde Lächler Tsching eine Tracht Prügel verdienen.«
»Drogen?«
»Dazu kann ich wirklich nichts sagen, Ian. Aber die Gerüchte scheinen das zu bestätigen.«
»Und Sie meinen, der Run wird euch nicht in Mitleidenschaft ziehen?«
»Nicht ernstlich. Und wenn... Aber ich bin sicher, es kommt alles wieder in Ordnung.« Johnjohn ging den breiten, getäfelten Gang hinunter. Er nickte der ältlichen englischen Sekretärin zu und öffnete die Tür mit der Aufschrift »Paul Havergill, stellvertretender Generaldirektor«. Das geräumige Büro war getäfelt, der Schreibtisch groß und frei von Papieren.
»Ian, lieber Freund.« Havergill erhob sich und streckte ihm die Hand entgegen. »Tut mir schrecklich leid, daß wir gestern nicht reden konnten, und der Empfang im Restaurant war ja auch kaum der richtige Ort, um über Geschäfte zu sprechen, nicht wahr? Wie geht es Ihnen?«
»Recht gut, denke ich. Und Ihnen?«
»Ich hab noch ein bißchen Aftersausen, aber Constance geht es Gott sei Dank gut. Daheim nahmen wir beide einen kräftigen Schluck von Dr. Colicos Arznei.« Das war ein im Krimkrieg von einem Dr. Colico erfundenes Elixier gegen Magenbeschwerden, als Zehntausende englische Soldaten an Typhus, Cholera und Ruhr starben.
»Ein ausgezeichnetes Mittel! Dr. Tooley hat uns das auch verabreicht.«
»Diese armen Menschen, die sich nicht retten konnten! Toxes Frau!«
»Heute früh hat man ihre Leiche unter den Pfeilern gefunden«, berichtete Johnjohn traurig. »Wenn Mary mir keine rosa Karte ausgestellt hätte, wäre ich auch dabei gewesen.« Eine rosa Karte bedeutete, daß ein Mann die Erlaubnis seiner Frau hatte, den Abend ohne sie zu verbringen – um im Klub Bridge zu spielen, mit Besuchern auf Sauftour zu gehen oder sich anderweitig zu vergnügen.
»Ach ja?« Havergill lächelte. »Wer war denn die Glückliche?«
»Ich habe mit McBride im Klub Bridge gespielt.«
Havergill lachte. »Na ja, ein Gentleman genießt und schweigt, und schließlich müssen wir ja auf den guten Ruf der Bank bedacht sein.«
Dunross spürte die Spannung zwischen den beiden Männern. Er lächelte höflich und wartete.
»Was kann ich für Sie tun, Ian?« fragte Havergill.

»Ich brauche einen zusätzlichen Kredit von 100 Millionen auf dreißig Tage.«
Totenstille trat ein. Die beiden Männer starrten ihn an. Dunross glaubte den Schatten eines Lächelns hinter Havergills Augen zu sehen. Johnjohn wartete und beobachtete. Havergill zündete sich eine Zigarette an. »Wie steht es mit dem Par-Con-Deal, Ian?«
»Dienstag unterschreiben wir.«
»Können Sie dem Amerikaner vertrauen?«
»Wir haben abgeschlossen.
Und wieder Stille. »Es ist ein sehr gutes Geschäft, Ian«, äußerte Johnjohn verlegen.
»Ja. Und mit Ihrer offen deklarierten Unterstützung werden Gornt und die Blacs ihren Angriff abblasen.«
»Aber 100 Millionen«, wandte Havergill ein, »das ist völlig unmöglich.«
»Ich sagte schon, daß ich nicht den ganzen Betrag benötigen werde.«
»Das vermuten Sie, lieber Freund. Wir könnten gegen unseren Willen in einen gigantischen Machtkampf verwickelt werden. Mir sind Gerüchte zu Ohren gekommen, wonach Gornt mit Fremdfinanzierung rechnen kann. Deutsches Kapital. Wir wollen uns nicht auf einen Kampf mit einem Konsortium deutscher Banken einlassen. Ihren Kredit haben Sie überschritten. Nicht zu vergessen die fünfhunderttausend Aktien, die Sie gestern gekauft haben, und die Sie bis spätestens Montag bezahlen müssen. Tut mir leid – nein.«
»Lassen Sie doch den Aufsichtsrat entscheiden!« Dunross wußte, daß er genügend Stimmen hatte, um den Kredit auch gegen Havergills Willen durchzusetzen.
»Bitte sehr, das will ich gern tun – bei der nächsten Aufsichtsratssitzung.«
»Die ist doch erst in drei Wochen. Bitte berufen Sie eine außerordentliche Sitzung ein!«
»Tut mir leid – nein.«
»Und warum nicht?«
»Ich bin nicht verpflichtet, Ihnen Rechenschaft über meine Beweggründe zu geben«, erwiderte Havergill scharf. »Weder besitzt noch kontrolliert Struan's dieses Institut. Das Recht, außerordentliche Sitzungen einzuberufen, steht ausschließlich mir zu. Ich werde Ihr Ansuchen bei der nächsten Aufsichtsratssitzung zur Sprache bringen. Liegt sonst noch etwas vor?«
Dunross mußte an sich halten, um nicht in das selbstgefällige Gesicht seines Feindes zu schlagen. »Ich brauche den Kredit, um den Kurs zu stützen. Und ich brauche ihn jetzt.«
»Natürlich. Bruce und ich verstehen auch sehr gut, daß die Anzahlung von Par-Con Ihnen die notwendige Finanzierung gibt, um Ihre Schiffstransaktionen abzuschließen und an Orlin eine Teilzahlung zu leisten.« Havergill lächelte. »Übrigens: Wie ich erfahren habe, wird Orlin nicht prolongieren.

Sie werden die Wechsel innerhalb von dreißig Tagen voll honorieren müssen.«

Röte stieg Dunross ins Gesicht. »Von wem haben Sie das erfahren?«

»Vom Generaldirektor natürlich. Ich habe ihn gestern abend angerufen, weil ich wissen wollte, ob...«

»Was haben Sie?«

»Natürlich. Mein lieber Mann«, sagte Havergill, der nun kein Hehl daraus machte, wie sehr er Dunross' und Johnjohns Sprachlosigkeit genoß, »wir haben jedes Recht, Nachforschungen anzustellen. Schließlich sind wir die Bank von Struan's und müssen Bescheid wissen. Auch unsere Ansprüche sind gefährdet, wenn Sie in Konkurs gehen.«

»Und Sie werden das Ihre dazu tun, um das geschehen zu lassen?«

Mit großem Ergötzen drückte Havergill seine Zigarette aus. »Es liegt nicht in unserem Interesse, daß ein Großkonzern in der Kolonie Pleite macht. Geschweige denn Noble House. Nein doch! Da brauchen Sie sich keine Sorgen zu machen. Zum richtigen Zeitpunkt greifen wir ein und kaufen Ihre Aktien auf.«

»Und wann ist der richtige Zeitpunkt?«

»Wenn der Kurs einen Wert erreicht hat, der uns angemessen erscheint.«

Dunross wußte, daß er geschlagen war, aber er ließ es sich nicht anmerken. »Sie werden also den Kurs sinken lassen, bis Sie die Aktien – und damit die Mehrheit – praktisch geschenkt bekommen.«

»Struan's ist eine Aktiengesellschaft«, erinnerte ihn Havergill. »Vielleicht wäre es klüger gewesen, Alastairs und meinem Rat zu folgen – wir haben auf die Risiken hingewiesen, die Sie als Aktiengesellschaft eingehen. Und vielleicht hätten Sie uns um Rat fragen sollen, bevor Sie dieses riesige Aktienpaket kauften. Gornt ist offenbar überzeugt, daß er Sie in der Zange hat, und Sie haben sich wirklich ein bißchen übernommen, alter Knabe.«

Dunross lachte. Er stand auf. »Die Kolonie wird ein lebenswerterer Ort sein, wenn Sie erst mal draußen sind.«

»Ach ja?« fuhr Havergill ihn an. »Meine Amtszeit läuft am 23. November ab. Vielleicht haben Sie die Kolonie dann schon vor mir verlassen!«

»Meinen Sie nicht...« setzte Johnjohn an, kam aber nicht weit. »Ihre Amtszeit«, geiferte Havergill, »beginnt am 24. November. Sofern die Generalversammlung Ihre Ernennung bestätigt. Bis dahin bestimme ich in der Victoria.«

Wieder lachte Dunross. »Seien Sie dessen nicht so sicher«, sagte er und verließ den Raum.

Ärgerlich brach Johnjohn das Schweigen. »Sie hätten ohne weiteres eine außerordentliche Sitzung einberufen können!«

»Die Debatte ist beendet! Haben Sie verstanden? Beendet!« Wütend zündete sich Havergill eine neue Zigarette an. »Ich wäre sehr überrascht, wenn es diesem Bastard gelänge, sich auch diesmal aus der Bredouille herauszu-

winden. Wir wissen nichts von diesem verdammten Amerikaner und seiner Freundin. Um so besser weiß ich, daß Dunross ein widerspenstiger, arroganter Kerl ist, der den Boden unter den Füßen verloren hat. Er ist der falsche Mann für diesen Posten.«
»Das ist nicht...«
»Wir sind ein auf Gewinn ausgerichtetes Institut, kein Wohltätigkeitsverein. Und die Dunross' und Struans maßen sich schon zu lange ein Mitspracherecht bei unseren Angelegenheiten an. Wenn es uns gelingt, die Kontrolle zu übernehmen, werden *wir* das Noble House of Asia. Jawohl! Dann feuern wir alle Direktoren und setzen eine neue Geschäftsleitung ein; wir verdoppeln unser Geld, und ich hinterlasse der Bank ein bleibendes Vermächtnis. Ich habe in Ihrem Freund Dunross immer schon einen Risikopatienten gesehen, und jetzt bleibt ihm nur noch der Konkurs. Wenn es soweit ist, daß ihm die Schlinge um den Hals gelegt wird, helfe ich gerne mit!«

Mit Hilfe seiner altmodischen goldenen Taschenuhr maß der Arzt Fleur Marlowe den Puls. Hundertfünfundzwanzig. Zu schnell, dachte er traurig. Er legte ihr zartes Handgelenk auf die Bettdecke zurück. Peter Marlowe kam aus dem kleinen Waschraum ihres Appartements.
»Nicht sehr erfolgreich, was?« fragte Tooley mit rauher Stimme.
Ein trübes Lächeln spielte um Peter Marlowes Lippen. »Ziemlich mühsam. Nur Krämpfe, und außer ein wenig Flüssigkeit kommt nicht viel raus.« Seine Augen ruhten auf seiner Frau, die bleich und matt in dem schmalen Doppelbett lag. »Wie geht es dir, Schatz?«
»Gut, Peter, danke.«
Der Arzt steckte sein Stethoskop ein und griff nach seiner altmodischen Tasche. »War der... war der Stuhl blutig, Mr. Marlowe?«
Peter Marlowe schüttelte müde den Kopf. Weder er noch seine Frau hatten viel geschlafen. Gegen vier Uhr früh hatten die Krämpfe begonnen und seitdem an Stärke zugenommen. »Nein, oder besser gesagt, noch nicht. Nach dem, was ich spüre, könnte es eine ganz gewöhnliche Ruhr sein.«
»Ganz gewöhnliche? Hatten Sie schon einmal Dysenterie? Wann? Und welche Art?«
»Eine enterische, glaube ich. Ich saß 1945 als Kriegsgefangener in Changi – eigentlich von 1942 bis 1945, zum Teil in Java, aber hauptsächlich in Changi.«
»Ich verstehe. Tut mir leid.« Dr. Tooley dachte an die Schreckensgeschichten, die nach dem Krieg aus Asien kamen, Berichte über die grausame Behandlung, die die Japaner den englischen und amerikanischen Truppen »angedeihen« ließen. »Ich fühlte mich auf eine ganz besondere Art verraten«, gab sich der Arzt seinen Erinnerungen hin. »Die Japaner waren immer unsere Verbündeten gewesen. Sie sind ein Inselvolk wie wir. Ich war

als Arzt bei den Chindits. Habe zwei Expeditionen mit Wingate mitgemacht.« Wingate war ein exzentrischer britischer General, der sich eine völlig unorthodoxe Art der Kriegführung ausgedacht hatte. Er brachte besonders mobile Kolonnen marodierender englischer Soldaten, die unter der Tarnbezeichnung Chindits operierten, von Indien in den birmesischen Dschungel, weit hinter den japanischen Linien, und versorgte sie aus der Luft. Der Arzt beobachtete Fleur, wog Möglichkeiten ab, forschte in seiner Erfahrung und versuchte, unter Tausenden von Möglichkeiten einen Weg zu finden, um den feindlichen Virus zu isolieren, bevor er den Fötus angriff. »Die verdammten Flugzeuge verfehlten die Abwurfplätze.«
»Mir sind ein paar von Ihren Leuten in Changi begegnet.« Marlowe versuchte sich zu erinnern. »1943 oder 44, ich erinnere mich nicht mehr genau. Nach ihrer Gefangennahme wurden sie nach Changi gebracht.«
»Das muß 1943 gewesen sein«, sagte der Arzt düster. »Gleich am Anfang geriet eine ganze Kolonne in einen Hinterhalt und wurde gefangengenommen.« Dr. Tooley war ein distinguierter alter Herr mit einer großen Nase, schütterem Haar und warmen Augen. »Nun, junge Frau«, fuhr er mit seiner freundlichen rauhen Stimme fort, »Sie haben ein bißchen Fieber...«
»Oh... entschuldigen Sie bitte, Herr Doktor«, unterbrach sie ihn. »Ich... ich glaube...« Sie stieg aus dem Bett, eilte unbeholfen auf die Toilette zu und schloß die Tür.
»Grund zur Sorge?« fragte Marlowe, sein Gesicht verkrampft.
»Sie hat 39,8; der Herzschlag ist beschleunigt. Es könnte ein Magen-Darm-Katarrh sein.« Der Arzt sah ihn an.
»Oder Leberentzündung?«
»Nein. Nicht so rasch. Die Inkubationszeit beträgt sechs Wochen bis zu zwei Monaten. Dieses Damoklesschwert schwebt über unser aller Köpfen. Leider. Zwei Monate, um ganz sicher zu sein. Geimpft sind Sie beide, also brauchen Sie sich auch wegen Typhus keine Sorgen zu machen.«
»Und das Baby?«
»Wenn die Krämpfe heftiger werden, könnte es sein, daß sie eine Fehlgeburt hat«, sagte der Arzt sanft. »Tut mir leid, aber Sie sollten es wissen. Gott allein weiß, welche Viren und Bakterien in Aberdeen herumschwirren. Der Hafen ist eine öffentliche Kloake, und das schon seit hundert Jahren. Es ist ein Skandal, aber wir können nichts dagegen tun.« Er suchte nach seinem Rezeptblock. »Chinesische jahrhundertealte Bräuche lassen sich nicht ändern. Leider.«
»Joss«, sagte Marlowe. Er fühlte sich elend. »Es waren ja vierzig oder fünfzig Menschen, die da im Wasser herumgestrampelt sind.«
Der Arzt überlegte. »Von den fünfzig sind vielleicht fünf sehr krank, fünf werden überhaupt nichts merken, und der Rest wird wohl dazwischen liegen. Hongkong-*yan* – das sind die in der Kolonie Geborenen – werden weniger, Fremde mehr betroffen sein.« Endlich fand er seinen Rezeptblock.

»Ich gebe Ihnen da ein neumodisches intestinales Antibiotikum, aber nehmen Sie auch Dr. Colicos Arznei weiter! Beobachten Sie Ihre Frau aufmerksam! Haben Sie ein Thermometer?«
»Selbstverständlich. Wenn...« Ein Krampf packte ihn, schüttelte ihn und löste sich wieder. »Wenn man mit Kleinkindern unterwegs ist...« Beide Männer vermieden es, zur Badezimmertür hinüberzusehen, hinter der sie Fleur stöhnen hörten.
»Wie alt sind Ihre Kinder?« fragte Dr. Tooley, der sich seine Sorge nicht anmerken ließ, während er das Rezept schrieb. »Meine sind jetzt schon erwachsen.«
»So was! Unsere sind vier und acht. Es sind zwei Mädchen.«
»Haben Sie eine *amah*?«
»Ja, ja. Bei dem Regen heute früh hat sie die Kinder in die Schule gebracht. Sicher hat sie ein *bo-pi* genommen.« Ein *bo-pi* war ein nicht konzessioniertes Taxi, dessen man sich aber trotzdem hin und wieder bediente.
»Machen Sie sich also keine Sorgen! Ich lasse die Medizin heraufschicken. Abends gegen sechs schaue ich wieder vorbei. Wenn Sie mich brauchen...« Er hielt ihm ein leeres Rezeptblatt hin: »Da haben Sie mein Telefon. Scheuen Sie sich nicht, mich anzurufen!«
»Danke. Und wegen Ihres Honorars...«
»Darüber machen Sie sich bloß keine Gedanken, Mr. Marlowe! Vor allem müssen Sie beide wieder gesund werden.« Der Arzt blickte zur Tür. Er zögerte, die Wohnung zu verlassen. »Waren Sie bei der Infanterie?«
»Nein. Luftwaffe.«
»Ah ja? Auch mein Bruder war einer der Auserlesenen. Damals...« Er unterbrach sich. Fleur Marlowe rief mit schwacher Stimme durch die Tür. »Herr Doktor... könnten... könnten Sie... bitte...«
Tooley ging zur Tür, öffnete sie und schloß sie hinter sich.
Ein süßlich scharfer Geruch füllte das winzige Badezimmer.
»Ist ja schon gut«, beruhigte er sie und half ihr, ihre gepeinigten Bauchmuskeln zu stärken, indem er eine Hand auf ihren Rücken, die andere auf ihren Magen legte und sie sanft und gekonnt massierte. »Sehen Sie! Entspannen Sie sich! Ich halte Sie.« Er fühlte die Knoten unter seinen Fingern und bemühte sich, ihr von seiner Wärme und seiner Kraft zu geben. »Sie sind etwa so alt wie meine jüngste Tochter. Ich habe drei, und die älteste hat zwei Kinder. Nur schön entspannen, denken Sie nicht an die Schmerzen...« Nach einer kleinen Weile lösten sich die Krämpfe.
»Ich bin jetzt wieder in Ordnung«, sagte sie. »Danke.«
Aber er wußte, daß das nicht stimmte. Der Schweiß strömte ihr über den Körper. Mit einem Schwamm wusch er ihr das Gesicht und trocknete sie ab. Unter freundlichem Zureden half er ihr aufstehen, stützte sie und säuberte sie. Weder auf dem Papier noch im Klosettbecken konnte er Blutspuren entdecken, und er atmete erleichtert auf. »Sie sind bald wieder auf dem

Damm«, sagte er. »Sie sind eine tapfere junge Frau. Bald werden Sie sich wieder pudelwohl fühlen. Können wir?« Er öffnete die Tür. Peter Marlowe kam zu Hilfe geeilt. Zusammen brachten sie Fleur zum Bett, und erschöpft lag sie da, ein paar feuchte Härchen auf der Stirn. Dr. Tooley wischte sie fort und betrachtete nachdenklich seine Patientin. »Ich denke, wir werden Sie für ein, zwei Tage in ein Privatsanatorium legen.«

»Ja, aber... aber...«

»Es besteht kein Grund zur Sorge, aber wir sollten auch an das kommende Baby denken, meinen Sie nicht? Noch dazu mit zwei Kleinkindern im Haus. Wenn Sie sich zwei Tage richtig ausruhen können, wird das genügen.« Seine rauhe Stimme beruhigte sie. »Ich werde alles Nötige in die Wege leiten.« Er lächelte. »Die Klinik ist in Kowloon; so ersparen wir uns die lange Fahrt auf die Insel hinüber.« Er schrieb Marlowe Adresse und Telefonnummer auf. »So ist es am besten, junge Frau, und Sie brauchen sich nicht um die Kinder zu kümmern. Ich weiß, was für eine Plage sie sein können, wenn man krank ist.« Er nickte zufrieden. »Und machen Sie sich keine Sorgen, Mr. Marlowe! Ich werde mit Ihrem Hausboy reden und ihn bitten, daß er die Wohnung in Ordnung hält. Und wegen des Geldes...« Die Fältchen rund um seine Augen vertieften sich. »Das geht schon in Ordnung.« Er verließ die Wohnung, Peter Marlowe setzte sich aufs Bett.

»Ich hoffe, die Kinder sind gut in die Schule gekommen«, bangte sie.

»Aber sicher. Auf Ah Sop ist Verlaß.«

Sie stützte sich auf eine Hand und blickte in den Regen hinaus und auf das flache graue Dach des Hotels auf der anderen Seite der schmalen Straße. »Ich... ich hoffe, es wird... es wird nicht zuviel kosten«, sagte sie mit schwacher Stimme.

»Zerbrich dir darüber nicht den Kopf, Fleur! Der Autorenverband wird zahlen.«

»Du meinst? Ich wette, sie zahlen nicht, oder zumindest nicht rechtzeitig. Zu dumm! Wo es doch mit unseren Finanzen schon jetzt nicht gerade rosig aussieht.«

»Ich kann mir immer etwas auf die nächste Annuität leihen.«

»Nein, nein, das machen wir nicht! Das haben wir abgemacht! Sonst... sitzt du wieder in der Falle.«

»Es wird sich schon wieder etwas finden«, antwortete er zuversichtlich. »Nächsten Monat gibt es wieder einen Freitag, der auf den Dreizehnten fällt, und so ein Tag hat uns schon immer Glück gebracht.« Als sie vor drei Jahren einen finanziellen Engpaß durchmachten, hatte ihm der Verkauf eines Drehbuchs – an einem Dreizehnten – genügend eingebracht, um wieder hochzukommen. Seinen ersten Auftrag, Regie zu führen, hatte er an einem Dreizehnten erhalten. Und Freitag, den 13. April des Vorjahres, hatte ihm ein Studio in Hollywood für 157000 Dollar die Filmrechte für seinen Roman abgekauft. Das Geld hatte Peter Marlowe auf die folgenden fünf Jahre verteilt. Fünf Annuitäten, auszahlbar jeweils im Januar, das genügte bei einigem Maßhalten für Schule und Arzt, Hypothek, Auto und andere Zahlungen – fünf herrliche sorgenfreie Jahre. Und die Möglichkeit, ein Jahr in Hongkong zu leben und ein zweites Buch zu schreiben. »Wenn ich nicht darauf bestanden hätte, zu diesem Empfang zu gehen, wäre uns das nie passiert.«

»Joss.« Sie lächelte leise. »Joss, Peter.«

4

10.01 Uhr:

Orlanda Ramos öffnete die Tür zu ihrem Appartement und stellte den nassen Schirm in den Ständer. »Kommen Sie herein, Linc«, sagte sie strahlend. »*Minha casa é vossa casa.* Mein Haus ist Ihr Haus.«

Linc lächelte. »Sind Sie sicher?«

»Wir werden ja sehen«, antwortete sie und lachte. »Es ist ein alter portugiesischer Brauch... sein Haus anzubieten.« Sie entledigte sich ihres leuchtenden, sehr modernen Regenmantels. Er tat in der Diele das gleiche mit einem durch und durch nassen, abgetragenen Mantel.

»Geben Sie her, ich hänge ihn auf«, sagte sie. »Es macht nichts, wenn es tropft; die *amah* wird es aufwischen.«

Das Wohnzimmer war von schlichter Eleganz und sehr weiblich. Er ging zu der Glastür, die auf einen kleinen Balkon hinausging. Ihre Wohnung war im achten Stock des Rose Court in der Kotewall Road.

»Ist der Regen hier immer so stark?« fragte er.

»Bei einem Taifun ist er noch viel stärker. Vielleicht zwölf bis achtzehn Zoll an einem Tag. Dann gibt es Erdrutsche, und es geht viel Umsiedlungsland verloren.«

Die Aussicht war zum großen Teil durch Hochhäuser versperrt, Reihenbauten längs der sich emporwindenden Straße, die man in den Berghang geschlagen hatte. Da und dort konnte Bartlett einen kurzen Blick auf die Küste und den Central District erhaschen. »Ich komme mir vor wie in einem Flugzeug, Orlanda. In einer lauen Nacht muß es herrlich sein hier oben.«

»Ja, das ist es. Man kann ganz Kowloon sehen. Bevor Sinclair Towers gebaut wurde – das ist der Block unmittelbar vor uns – hatten wir hier die schönste Aussicht von ganz Hongkong. Sinclair Towers gehört Struan's, wußten Sie das? Ich glaube, Ian Dunross förderte den Bau, um Quillan eins auszuwischen. Quillan hatte das Penthouse oben.«

»Es hat ihm den Ausblick versperrt?«
»Und wie! Aber beide Komplexe sind enorm rentabel. Quillan hat mir erzählt, daß sich hier in Hongkong alles in drei Jahren amortisiert. Alles. Immobilien muß man haben. Sie könnten verdienen...« Sie lachte. »Wenn Sie wollten, könnten Sie Ihr Vermögen beträchtlich vermehren.«
»Wenn ich in Hongkong bliebe, wo sollte ich wohnen?«
»Hier in den Mid Levels. Weiter oben am Peak ist es immer sehr feucht, die Mauern schwitzen, und alles schimmelt.«
»Wie lange wohnen Sie schon hier?« fragte er.
»Bald sechs Jahre. Ich war einer der ersten Mieter.«
Er drehte sich um und lehnte sich gegen das Fenster. »Phantastisch«, sagte er. »So wie Sie.«
»Vielen Dank auch. Wie wär's mit einem Kaffee?«
»Bitte.« Linc Bartlett fuhr sich mit den Fingern durch das Haar, während er ein Ölbild betrachtete. »Ist das ein Quance?«
»Ja. Ein Geschenk von Quillan. Espresso?«
»Ja, bitte. Ich wollte, ich verstünde mehr von Bildern...« Casey versteht etwas davon, war er nahe daran hinzuzufügen, aber er verstummte und sah zu, wie sie eine der Türen öffnete. Die Küche war groß, modern und komplett ausgestattet. »Das ist ja eine Küche wie aus *House and Garden.*«
»Das war alles Quillans Idee. Er liebt gutes Essen, und er kocht gern. Das hat er alles geplant. Den Rest... für den Rest zeichne ich verantwortlich.«
»Tut es Ihnen leid, daß Sie mit ihm gebrochen haben?«
»Ja und nein. Es war Joss. Die Zeit war abgelaufen.« Ihr Gleichmut rührte ihn. »Es hätte nicht dauern können. Niemals. Nicht hier in Hongkong.« Ein Schatten von Betrübnis glitt über ihre Züge, aber sie wischte ihn fort und beschäftigte sich mit der blitzenden Espressomaschine. »Quillan hält ungemein viel von Sauberkeit und Ordnung. Gott sei Dank hat es auf mich abgefärbt. Ah Fat, meine *amah*, macht mich wahnsinnig.«
»Wohnt sie hier?«
»Ja, natürlich, aber jetzt ist sie einkaufen gegangen. Ihr Zimmer ist am Ende des Ganges. Schauen Sie sich ein bißchen um, wenn Sie wollen! Ich bin gleich soweit.« Voller Neugierde schlenderte er durch die Wohnung. Ein schönes Eßzimmer mit einem großen runden Tisch. Ihr Schlafzimmer war in Weiß und Rosa gehalten, hell und luftig, und die rosafarbenen Vorhänge, die von der Decke rund um das breite Bett hingen, machten ein riesiges Himmelbett daraus. Ein modernes Badezimmer, mit Fliesen ausgelegt, mit dazu passenden Handtüchern. Ein zweites Schlafzimmer mit Büchern, Telefon, Hi-Fi und einem kleinen Bett, auch hier alles gepflegt und geschmackvoll.
Da kommt Casey nicht mit, mußte er sich eingestehen, als er sich der sorglosen, liebenswürdigen Unordentlichkeit ihres roten Ziegelhäuschens im Los Angeles Cañon entsann.

Er hatte Orlanda schon sehr früh angerufen, um sie zu erinnern, daß sie auf jeden Fall einen Arzt aufsuchen sollte. Als er in dem Durcheinander zusammen mit Casey und Dunross wieder festen Boden unter den Füßen gespürt hatte, war sie bereits nach Hause gefahren.
»Oh, danke, Linc, wie aufmerksam von Ihnen, mich anzurufen! Ja, mir geht's gut. Und Ihnen? Und Casey? Ich kann Ihnen ja gar nicht genug danken. Ich war vor Schreck wie gelähmt. Sie und Casey, Sie haben mir das Leben gerettet...«
Beglückt hatten sie am Telefon miteinander geplaudert. Sie hatte versprochen, unverzüglich einen Arzt aufzusuchen, und er hatte sie gefragt, ob sie mit ihm frühstücken wollte. Sie hatte gleich ja gesagt, und er war, das kühle Wetter genießend, auf die Hongkongseite hinübergefahren. Frühstück auf dem Dach des Mandarin, geräucherte Eier, Toast und Kaffee, bei blendender Laune. Orlanda geistsprühend und dankbar.
»Ich dachte schon, ich wäre erledigt. Ich wußte, daß ich ertrinken würde, aber ich hatte zuviel Angst, um zu schreien. Wenn Sie das nicht alles so schnell gemacht hätten, ich wäre nie... Kaum war ich untergetaucht, kam schon Casey, und bevor ich noch wußte, wie mir geschah, weilte ich wieder unter den Lebenden.«
Es war das schmackhafteste Frühstück, das er je genossen hatte. Sie hatte ihn unterhalten und war von ihm unterhalten worden. Mit ihrer selbstbewußten Weiblichkeit hatte sie es erreicht, daß er sich männlich und kraftvoll fühlte. Einmal legte sie ihre Hand auf seinen Arm, lange Finger und gepflegte Nägel, und das Gefühl dieser Berührung wirkte immer noch nach. Dann hatte er sie nach Hause begleitet und sie dazu gebracht, ihn in ihre Wohnung einzuladen. Jetzt stand er da und sah ihr bei der Arbeit zu.
»Oh, ich habe Sie gar nicht bemerkt, Linc! Für einen so großen Mann sind Sie sehr leise unterwegs.«
»Das tut mir leid.«
»Es braucht Ihnen doch nicht leid zu tun, Linc!« Das Zischen des Dampfes erreichte ein Crescendo, tröpfchenweise füllten sich die Tassen. Sie wärmte die Milch und trug dann das Tablett zum Frühstückstisch. Beide waren sich der Strömungen im Raum bewußt, taten aber, als ob es keine gäbe. Bartlett nippte an seinem Kaffee. »Ausgezeichnet, Orlanda! Der beste, den ich je getrunken habe. Aber er schmeckt anders.«
»Das ist ein Schuß Schokolade.«
»Kochen Sie gern?«
»O ja! Sehr gern. Quillan sagte, ich wäre eine gute Schülerin. Ich spiele gern Hausfrau und organisiere gern Parties. Quillan pflegte zu...« Eine kleine Furche grub sich in ihre Stirn, und sie sah ihm offen ins Gesicht. »Immer wieder erwähne ich seinen Namen. Tut mir leid, aber ich mache es irgendwie automatisch.«
»Sie brauchen mir doch nichts zu erklären, Orlanda, ich...«

»Ich weiß, aber ich möchte es. Ich habe keine wirklichen Freunde. Ich habe nie mit jemandem über ihn gesprochen, hatte auch nie den Wunsch, aber irgendwie... irgendwie bin ich gern mit Ihnen zusammen...« Plötzlich breitete sich ein fröhliches Lächeln über ihre Züge. »Natürlich! Das hatte ich ganz vergessen! Sie tragen ja jetzt für mich die Verantwortung.«
»Was meinen Sie?«
»In chinesischen Augen haben Sie in meinen Joss, in mein Schicksal, eingegriffen. Ja, ja, Sie haben sich über die Götter erhoben. Sie haben mir das Leben gerettet, denn ohne Sie wäre ich gewiß gestorben, aber diese Entscheidung hätten die Götter getroffen. Und weil Sie eingegriffen haben, sind Sie jetzt für mich verantwortlich. Für immer und ewig!«
»Mir soll's recht sein«, rief er und lachte mit ihr.
»Wie schön!« jubelte sie, wurde wieder ernst und legte ihre Hand auf seinen Arm. »Aber ich habe nur Spaß gemacht, Linc. Sie sind so ritterlich – ich bin solche Ritterlichkeit nicht gewöhnt. Ich entbinde Sie Ihrer Verpflichtung.«
»Vielleicht will ich das gar nicht.« Ihre Augen weiteten sich. Seine Brust krampfte sich zusammen, sein Puls jagte. Ihr Parfum lockte ihn. Er streckte die Hand aus und berührte ihr Haar, so seidig und fein und sinnlich erregend. Eine Liebkosung. Ein sanftes Erbeben, und sie küßten sich. Ihre Lippen waren weich, und Sekunden später, willkommen heißend, ein klein wenig feucht, ohne Lippenstift, rein und süß der Geschmack.
Leidenschaft riß sie fort. Seine Hand erreichte ihre Brust, und die Hitze drang durch die Seide. Sie erschauerte und versuchte zurückzuweichen, aber er hielt sie fest und liebkoste sie. Sein Herz hämmerte, während sie ihre Hände an seine Brust legte und sie dort eine Weile beließ. Sie drückte sich an ihn, trennte aber dann ihre Lippen von den seinen, um Atem zu holen. Heiß schoß ihr das Blut durch die Adern.
»Linc... du...«
»Du bist so süß«, flüsterte er und beugte sich vor, um sie wieder zu küssen, aber sie wich ihm aus.
»Warte, Linc! Zuerst...«
Er küßte sie auf den Hals, und weil er ihr Verlangen spürte, versuchte er es noch einmal. »Zuerst ein Kuß, dann warte ich.«
Sie lachte. Die Spannung löste sich. Seine Begierde, von ihrem Verlangen angefacht, war stark. Jetzt war der Augenblick vorbei, und das Fechten und Parieren begann von neuem. Zorn stieg in ihm auf, aber nun langte sie nach oben und küßte ihn. Sogleich erlosch sein Zorn.
»Du bist zu stark für mich, Linc«, flüsterte sie mit kehliger Stimme, die Arme um seinen Hals geschlungen. »Zu stark, zu nett, zu attraktiv und... ich schulde dir ja wahrhaftig mein Leben.« Ihre Hand liebkoste seinen Hals, und er fühlte es in seinen Lenden, als sie zu ihm aufblickte.
»Zuerst reden wir«, sagte sie und löste sich von ihm, »und dann küssen wir uns vielleicht noch einmal.«

»Gut.« Wieder wollte er sich ihr nähern, aber nun waren sie beide in guter Stimmung, und sie legte einen Finger an ihre Lippen. »Mr. Bartlett! Sind alle Amerikaner wie du?«
»Nein«, gab er rasch zurück.
»Ja, ich weiß.« Ihre Stimme klang ernst. »Darüber wollte ich mit dir reden. Kaffee?«
»Gern.«
Mit Bedacht schenkte sie den Kaffee ein. Er schmeckte so gut wie der erste. Bartlett hatte sich in der Hand, obwohl der leise Schmerz andauerte.
»Gehen wir ins Wohnzimmer«, schlug sie vor. »Ich bringe dir deine Tasse.«
Er stand auf und hielt sie mit einem Arm umschlungen. Sie sträubte sich nicht, und er hatte das Gefühl, daß ihr seine Berührung angenehm war. Er setzte sich in einen der tiefen Lehnsessel. »Setz dich da her«, bat er und klopfte auf die Lehne. »Bitte!«
»Später. Zuerst möchte ich mit dir reden.« Sie lächelte ein wenig scheu und setzte sich auf das Sofa gegenüber. Es war mit blauem Samt überzogen und paßte zu dem chinesischen Teppich auf dem blanken Parkettboden. »Ich kenne dich erst ein paar Tage und ich... ich bin keine Knutsche.« Sie errötete. »Tut mir leid, aber das bin ich nun mal nicht. Ich suche kein Verhältnis. Ich brauche keinen Nahkampf, ob leidenschaftlicher oder freundschaftlicher Natur, und keinen verlegenen oder schmerzlichen Abschied. Ich habe es gelernt, ohne Liebe zu leben, und ich will das alles nicht noch einmal mitmachen. Ich habe Quillan geliebt. Ich war siebzehn, als es anfing, und jetzt bin ich fünfundzwanzig. Es sind fast drei Jahre her, daß wir Schluß gemacht haben. Ich liebe keinen, und – ich bin kein Betthäschen.«
»So habe ich dich auch nie eingeschätzt«, sagte er und wußte, daß es gelogen war. Er verwünschte sein Mißgeschick. »Zum Teufel, wofür hältst du mich?«
»Für einen feinen Kerl«, antwortete sie aufrichtig, »aber in Asien kommt ein Mädchen... jedes Mädchen... sehr bald drauf, daß Männer mit ihr schlafen wollen und weiter nichts. Tut mir leid, Linc, aber nur so zum Vergnügen mit einem Mann schlafen, das ist nichts für mich. Sicher, ich bin Eurasierin, aber keine... du verstehst, was ich sagen will?«
»Aber natürlich«, antwortete er. »Du willst mir sagen, daß du kein Freiwild bist.«
»Ja«, bestätigte sie, »das wollte ich wohl sagen.« Sie war den Tränen nahe.
»Um Himmels willen, Orlanda!« Er ging zu ihr und hielt sie fest. »Ich will dich doch zu nichts überreden, oder...«
»Ich bin ja so froh! Einen Augenblick lang dachte ich...« Sie blickte auf, und vor ihrer unschuldsvollen Miene schmolz er dahin. »Du bist mir doch nicht böse, Linc? Ich meine... du warst es, der unbedingt mitkommen wollte.«

»Ich weiß«, sagte er, hielt sie in seinen Armen und dachte, das ist die Wahrheit, aber Wahrheit ist auch, daß ich dich jetzt haben will und daß ich nicht weiß, was du bist, wer du bist, aber daß ich dich haben will. Aber was will ich wirklich? Will ich mich verzaubern lassen? Oder schlicht Männchen bauen? Bist du die Zauberin, die ich schon immer gesucht habe, oder einfach eine Nutte mehr? Wie mißt du dich an Casey? Ich erinnere mich, was Casey einmal sagte: »Die Liebe besteht aus vielen Dingen, Linc, und nur ein Teil der Liebe ist Sex. Du mußt eine Frau nach ihrer Liebe beurteilen, aber du mußt auch verstehen, was eine Frau ist.« Doch ihre Wärme durchdrang ihn, ihr Gesicht ruhte an seiner Brust. Und weil er seine Leidenschaft nicht verhehlen wollte, küßte er sie auf den Hals.

»Was bist du, Orlanda?«

»Ich... ich kann dir nur sagen, was ich nicht bin«, murmelte sie. »Ich bin keine Frau, die einen Mann auf den Leim lockt. Ich mag dich gut leiden, aber ich bin keine... keine Blitzbraut.«

»Das weiß ich doch! Mein Gott, was geht bloß in deinem Kopf vor?« Er sah, daß ihre Augen glitzerten. »Es besteht kein Anlaß, Tränen zu vergießen, nicht wahr?«

»Nein.« Sie rückte ein Stück zur Seite, öffnete ihre Handtasche und nahm ein Papiertaschentuch heraus. »*Ayeeyah,* ich benehme mich wie ein Teenager oder eine vestalische Jungfrau. Tut mir leid, aber es kam ein bißchen plötzlich, und ich war auf deinen Besuch nicht vorbereitet... Ich bitte untertänigst um Entschuldigung.«

Er lachte. »Entschuldigung nicht angenommen!«

»Gott sei Dank!« Sie musterte ihn. »Für gewöhnlich werde ich mit Männern recht gut fertig, ob es nun Kraftprotze oder Lämmchen sind. Ich glaube, es gibt keinen Annäherungsversuch, dem ich mich nicht schon hätte widersetzen müssen, und ich habe mir immer eingebildet, ich hätte eine todsichere Methode, einen Mann abzuwimmeln, noch bevor er angefangen hat. Doch bei dir... Sei mir nicht böse, aber so geht es mir fast mit jedem Mann, den ich kennenlerne.«

»Ist das sehr schlimm?«

»Nein, aber doch lästig, einen Raum oder ein Restaurant zu betreten und diese lüsternen Blicke zu fühlen. Wie würde wohl ein Mann damit fertig? Du bist jung und siehst gut aus. Wie würdest du reagieren, wenn Frauen sich so verhielten? Nimm an, du wärst heute morgen durch die Halle des V and A gegangen, und Frauen jeden Alters, schwitzend und stinkend, dicke, dünne, häßliche, alte Omas mit falschen Zähnen und perücken-bewehrte Drachen hätten lüstern nach dir geschielt, versucht, dich zu berühren oder dir über das Hinterteil zu streichen!«

»Das gefiele mir gar nicht. Ich weiß, was du meinst, Orlanda. Zumindest kann ich es mir vorstellen. Aber so geht es nun einmal in unserer Welt zu.«

»Ja, und manchmal ist es ganz scheußlich. Oh, ich möchte kein Mann sein, Linc, ich bin sehr froh, daß ich eine Frau bin, aber manchmal ist es schon recht arg. Das ist das Bittere: Man sieht in uns nur ein Ding, das man kaufen kann.«

Er runzelte die Stirn. »Wie sind wir denn auf dieses Thema gekommen?«

»Du hast mich geküßt.«

Er lachte. »Du hast recht. Also habe ich die Standpauke vielleicht verdient. Ich bekenne mich schuldig. Was nun den Kuß angeht, den du mir versprochen hast...« Aber er rührte sich nicht. Jetzt ist alles anders, dachte er. Sicher wollte ich mit ihr... na ja, schlafen. Sicher will ich es immer noch. Aber wir haben uns verändert. Ein neues Spiel hat begonnen, aber ich weiß nicht, ob ich mit von der Partie sein will. »Du bist sehr hübsch. Darf ich das sagen?« fragte er und wich so dem Thema aus, das sie gern angeschnitten hätte.

»Ich wollte über diesen Kuß sprechen. Weißt du, Linc, du hast mich auf eine Art überwältigt – ja, ›überwältigt‹ ist das richtige Wort... offen gestanden, ich war darauf nicht vorbereitet.« Ein Lächeln spielte um ihre Lippen. »Du hast mich mit meinem eigenen Verlangen überwältigt, und das ist sehr schlecht oder auch sehr gut. Ich... ich habe deinen Kuß genossen. Noch nie habe ich mich so liebebedürftig und überwältigt gefühlt – und eben dadurch auch bedroht.«

»Du brauchst keine Angst zu haben«, entgegnete er und überlegte, was er tun sollte. Sein Instinkt sagte ihm: Geh! Sein Instinkt sagte ihm aber auch: Bleib! Klugheit gebot ihm, nichts zu sagen und abzuwarten. Er hörte sein Herz klopfen und den Regen an die Scheiben schlagen. »Ich glaube, ich muß jetzt...«

»Hast du noch ein bißchen Zeit?« fragte sie, denn sie spürte seine Unentschlossenheit.

»Aber natürlich. Selbstverständlich.«

Sie strich sich die Haare aus dem Gesicht. »Ich wollte dir von mir erzählen. Quillan war der Chef meines Vaters in Schanghai, und mir scheint, als hätte ich ihn mein Leben lang gekannt. Er hat sich an den Kosten meiner Erziehung beteiligt, vor allem in den Vereinigten Staaten, und war immer sehr gütig zu mir und meiner Familie – ich habe vier Schwestern und einen Bruder, und ich bin die älteste, und jetzt leben alle in Portugal. Als ich nach meinem Abitur aus San Francisco nach Schanghai zurückkam, war ich siebzehn, fast schon achtzehn, und... Er ist ein attraktiver Mann, wenn auch manchmal sehr grausam. Sehr.«

»Inwiefern?«

»Rache, meint er, ist jedes Mannes Recht. Quillan ist ein ganzer Mann. Er war immer sehr gut zu mir und ist es immer noch. Er gibt mir immer noch Geld, zahlt immer noch diese Wohnung.«

»Du brauchst mir das alles nicht zu erzählen.«

»Ich weiß. Aber ich tue es gern – wenn du mir zuhören willst. Dann kannst du entscheiden.«
Er musterte sie. »Ich höre gern zu.«
»Es liegt zum Teil daran, daß ich Eurasierin bin. Die meisten Europäer verachten uns, offen oder hinter vorgehaltener Hand, insbesondere die Engländer hier. Und die Chinesen sind da nicht viel anders. Darum befinden wir uns immer in der Defensive. Man hält uns fast immer für unehelich geboren und, ergo, für leicht zu haben. Vor allem für die Amerikaner besteht dieser Kausalzusammenhang. Seltsam, daß ich gerade in den Staaten meine Selbstachtung gefunden und meinen eurasischen Schuldkomplex verdrängen konnte. Quillan hat mich viel gelehrt und in vieler Hinsicht geformt. Ich bin ihm zu Dank verpflichtet. Aber ich liebe ihn nicht. Möchtest du noch Kaffee?«
»Ja, bitte.«
»Ich mache frischen.« Sie stand auf, ihr Gang war unbewußt sinnlich.
»Warum habt ihr euch getrennt?«
Mit ernster Miene erzählte sie ihm von Macao. »Ich ließ mich von diesem Burschen überreden, in sein Bett zu steigen, und schlief auch dort, obwohl gar nichts passierte – der arme Kerl war betrunken und zu nichts zu gebrauchen. Am nächsten Tag tat ich, als ob es wunderbar gewesen wäre. Es war nichts geschehen, aber jemand erzählte es Quillan. Er war zu Recht wütend. Ich hatte... Quillan war verreist gewesen. Ich weiß, das ist keine Entschuldigung...« Sie zuckte die Achseln. »Joss.« Mit der gleichen Kleinmädchenstimme erzählte sie ihm auch von Quillans Rache. »So ist er eben. Aber er hatte recht, daß er wütend auf mich war.« Der Dampf zischte, und der Kaffee begann zu tröpfeln, und sie brachte sauberes Geschirr und frische, hausgemachte Plätzchen.
»Wir sehen uns hin und wieder. Nur um zu plaudern. Wir sind jetzt nur noch gute Freunde, und ich tue, was ich will, und spreche, mit wem ich will.« Sie sah zu ihm auf. »Wir... vor vier Jahren bekam ich ein Kind von ihm. Ich wollte es haben, er nicht. Er sagte, ich könnte das Kind bekommen, aber es sollte in Europa geschehen. Das kleine Mädchen lebt jetzt bei meinen Eltern in Portugal.«
»War das seine Idee, das Kind dort aufwachsen zu lassen?«
»Ja. Einmal im Jahr besuche ich sie. Meine Eltern... Quillan ist auch ihnen gegenüber sehr großzügig.« Tränen stürzten ihr aus den Augen. »Jetzt weißt du alles, Linc. Ich habe es nie jemandem erzählt, und jetzt weißt du, daß ich eine treulose Geliebte bin – war – und eine schlechte Mutter und...«
Er ging zu ihr, nahm sie in die Arme und hielt sie ganz fest. Sie bemühte sich sehr, ihr Schluchzen zu unterdrücken, und als sie sich wieder gefaßt hatte, stellte sie sich auf die Zehenspitzen und küßte ihn leicht, aber mit großer Zärtlichkeit auf den Mund.
Sie sahen einander forschend an und küßten sich wieder. Ihre Leidenschaft

drohte sie zu überwältigen, und es schien, als nähme ihre Umarmung kein Ende, aber dann hörten beide den Schlüssel im Schloß. Sie rissen sich voneinander los, bemühten sich, zu Atem zu kommen, lauschten ihrem klopfenden Herzen und hörten die rauhe Stimme der *amah* aus der Diele.
»*Weyyy?*«
»Ich bin in der Küche«, rief Orlanda im Schanghaier Dialekt. »Geh bitte auf dein Zimmer und bleib dort, bis ich dich rufe!«
»Ah ja? Ist der fremde Teufel noch da? Was mache ich mit meinen Einkäufen? Ich habe einiges eingekauft.«
»Laß es bei der Tür!«
»Gut, gut, junge Herrin«, rief die *amah* zurück und trollte sich brummelnd. Hinter ihr knallte die Tür zu.
»Macht sie immer so einen Krach?« fragte Bartlett.
»Ich fürchte, ja.« Ihre Hand kehrte auf seine Schulter zurück und ihre Nägel liebkosten seinen Hals. »Entschuldige!«
»Was gibt es da zu entschuldigen? Wie wäre es mit Dinner heute abend?«
»Wir sollten das besser lassen, Linc. Jetzt besteht keine Gefahr für uns. Sagen wir einander jetzt einfach Lebewohl.«
»Dinner. Um acht. Ich hol' dich ab. Such dir ein Restaurant aus! Schanghaier Küche.« Bartlett küßte sie zart und ging zur Tür. Sie nahm seinen Regenmantel vom Haken und half ihm beim Anziehen. »Danke«, sagte er sanft. »Es gibt keine Gefahr, Orlanda. Wir sehen uns um acht. Okay?«
»Es wäre besser, du kämst nicht.«
»Vielleicht.« Er lächelte sie an. »Das wäre Joss. Wir sollten die Götter nicht vergessen, nicht wahr?« Sie blieb stumm. »Um acht bin ich wieder da.«
Sie schloß die Tür hinter ihm, ging langsam zum Lehnsessel und setzte sich; tief in Gedanken, ob sie ihn verjagt hatte, wagte sie es nicht, diese Möglichkeit ins Auge zu fassen. Sie fragte sich, ob er wohl um acht vor ihrer Tür stehen werde, und wenn ja, wie sie es anstellen sollte, ihn nicht an sich heranzulassen, bis er verrückt war vor Verlangen, verrückt genug, um sie zu heiraten.
Eine Schwäche befiel sie. Alles ist perfekt gelaufen, dachte sie. Doch dann fiel ihr ein, was Gornt gesagt hatte. »Es ist ein urzeitliches Gesetz, daß ein Mann mit List in die Falle der Ehe gelockt werden muß. Sinnliche Begierde mag ihn dazu treiben. Geiz oder Besitzgier, Geld, Furcht oder Faulheit, aber was auch immer – in die Falle muß er gehen! Kein Mann heiratet seine Geliebte, wenn er es vermeiden kann.«
Ja, Quillan hat wieder einmal recht. Aber in mir hat er sich getäuscht. Ich werde mich nicht mit dem halben Preis begnügen. Ich bekomme nicht nur den Jaguar und diese Wohnung, sondern auch ein Haus in Kalifornien und vor allem amerikanischen Wohlstand, weit weg von Asien, wo ich keine Eurasierin mehr sein werde, sondern eine Frau wie jede andere, schön, sorglos und eine liebende Gattin.

»Ist er fort?« Lautlos kam Ah Fat ins Zimmer. »Gut, sehr gut. Soll ich dir Tee machen? Du mußt müde sein. Tee, *heya?*«
»Nein. Ja, mach Tee, Ah Fat!«
»Ja, mach Tee! Arbeiten, arbeiten, arbeiten!« Die alte Frau schlurfte in die Küche. Sie trug eine ausgebeulte schwarze Hose und eine weiße Kittelschürze, und ihr Haar hing ihr in einem langen Zopf über den Rücken hinunter. Sie umsorgte Orlanda seit ihrer Geburt. »Ich habe ihn mir gut angeschaut, als ihr ankamt. Für einen unzivilisierten Menschen sieht er recht gut aus«, sagte sie nachdenklich.
»So? Ich habe dich nicht gesehen. Wo warst du?«
»Unten an der Treppe«, kicherte Ah Fat. »Iiiii, ich habe mich gut versteckt, aber ich wollte ihn mir ansehen. Ha! Du schickst deine alte Sklavin mit ihren armen alten Knochen in den Regen hinaus! Ist dir wohl gleich, ob ich wiederkomme oder nicht? Wer wird dir denn die Naschereien oder den Tee oder die Drinks ans Bett bringen, wenn du von Liebesmüh ermattet bist, *heya?*«
»Ach, halt den Mund! Sei still!«
»Sprich nicht so mit deiner armen alten Mutter! Ja, ja, kleine Kaiserin, man konnte euch deutlich ansehen, daß das Yang und das Yin einer Vereinigung zustrebten. Ihr habt beide gestrahlt, als ob ihr mit dem Gesicht in die Butter gefallen wäret. Du hättest mich nicht fortschicken müssen!«
»Fremde Teufel sind anders, Ah Fat. Ich wollte allein mit ihm sein. Fremde Teufel sind schüchtern, und jetzt mach den Tee und sei still, oder ich schicke dich wieder fort!«
»Wird er der neue Herr sein?« erkundigte sich Ah Fat erwartungsvoll. »Es wäre an der Zeit, daß du dir einen neuen Herrn zulegst. Es ist nicht gut für eine Frau, wenn sie keinen dampfenden Stengel vor ihrem Jadetor hat. Du benützt es so wenig, daß es zusammenschrumpfen und vertrocknen wird. Du wirst nicht jünger, kleine Mutter. Wir sollten darüber reden. Wird er der neue Herr sein?«
»Ich hoffe es«, antwortete Orlanda langsam.
O ja, dachte sie heißblütig, voll ungeduldiger Spannung, denn sie wußte, daß Linc Bartlett die bei weitem größte Chance ihres Lebens war. Und wieder befiel sie lähmendes Entsetzen bei dem Gedanken, daß sie ihre Rolle überspielt haben könnte und er nicht wiederkäme.

Acht Geschosse darunter durchschritt Bartlett das Foyer und trat auf die Straße, wo schon ein halbes Dutzend Menschen ungeduldig auf ein Taxi warteten. Es goß in Strömen, und das Wasser schoß über den Betonüberhang und vereinigte sich mit der Flut, die, Steine und Schlamm und Vegetation mit sich fortreißend, die Kotewall Road herunterwirbelte. Die Regenrinnen waren längst verstopft. Autos und Lastkraftwagen quälten sich vorsichtig die enge Straße hinauf und hinunter und bahnten sich spritzend und patschend einen Weg durch Wirbel und Strudel.

Auf der anderen Straßenseite stieg das Land steil empor, und Bartlett sah die große Zahl von Rinnsalen, die kaskadenförmig über die Dämme herabstürzten, die das Erdreich festhielten. Aus Sprüngen wuchs Unkraut. Eine gemauerte Garage schloß den Damm ab und ein Stück den Berghang hinauf stand halb versteckt eine reichgeschmückte Villa in chinesischem Stil mit einem grünen Ziegeldach und Drachen auf den Giebeln. Anschließend daran ragte eine Wohnanlage bis in die Wolken.
Was hier so alles gebaut wird, stellte Bartlett kritisch fest. Vielleicht sollten wir da auch ein wenig mitmischen. Wenn zu viele Leute zuwenig Land nachjagen, bedeutet das Profit! Und Amortisation in drei Jahren – einfach toll!
Der Pfützen nicht achtend, kam ein Taxi angeschwommen. Fahrgäste stiegen aus, und andere kletterten brummend hinein. Ein chinesisches Ehepaar kam aus dem Haus, marschierte an ihm und den anderen vorbei und stellte sich an den Anfang der Schlange – eine laut schnatternde, füllige Matrone mit einem riesigen Schirm, einem teuren Regenmantel über ihrem *chongsam,* der Mann demütig und bescheiden neben ihr hertrottend. Es war 10 Uhr 15.
Und was jetzt, fragte sich Bartlett. Laß dich von Orlanda nicht ablenken! Struan's oder Gornt?
Wem wünsche ich den Sieg? Dunross oder Gornt?
Dieser Gornt ist ein Glückspilz. War ein Glückspilz. Orlanda ist ein Kapitel für sich. Hätte ich sie an seiner Stelle aufgegeben? Aber sicher – oder vielleicht auch nicht. Es ist ja schließlich nichts passiert. Aber sobald ich gekonnt hätte, hätte ich sie geheiratet und *unser* Kind nicht nach Portugal geschickt. Dieser Gornt ist ein mieser Hurensohn. Oder verdammt clever. Was denn nun?
Will ich sie heiraten? Nein.
Will ich mit ihr schlafen? Na klar.
Also lege dir einen Plan zurecht, manövriere sie ins Bett, aber geh keine Verpflichtungen ein! In der Liebe und im Krieg sind alle Mittel erlaubt. Was ist denn das, Liebe? Wie Casey schon sagte: Sex ist nur ein Teil davon.
Casey. Was ist mit ihr? Ich brauche nicht mehr lange auf sie zu warten. Und was kommt dann? Der Teufel soll mich holen, wenn ich noch einmal heirate! Das eine Mal hat mir genügt. Seltsam. An *sie* habe ich schon lange nicht mehr gedacht.
Als Bartlett 1945 aus dem Krieg gekommen war, hatte er sie in San Diego kennengelernt, sie, von Liebe und Ehrgeiz besessen, eine Woche später geheiratet und gleich darauf in Südkalifornien ein Baugeschäft angefangen. Die Zeit war reif dafür in Kalifornien, wo an allen Ecken und Enden gebaut wurde. Nach zehn Monaten kam das erste Kind, das zweite ein Jahr später und ein drittes zehn Monate danach. Die ganze Zeit über hatte er Sonn-

abende und Sonntage gearbeitet und Freude an seiner Arbeit gehabt. Er war jung, kräftig und erfolgreich, lebte sich aber mit seiner Frau auseinander. Dann begann das Gezänk, das Gejammer und das »Du kommst überhaupt nicht mehr zu uns nach Hause« und: »Zum Teufel mit deinem Laden, das Geschäft ist mir schnurz!« und: »Ich will nach Frankreich und nach Rom!« und: »Warum kommst du nicht früher heim?« und: »Hast du eine Freundin?« und: »Ich weiß, daß du eine Freundin hast...« Aber es gab keine Freundin, es gab nur die Arbeit. Und dann eines Tages der Brief des Anwalts. Mit der Post.

Scheiße, dachte Bartlett zornig; es tat immer noch weh. Ja, deine Briefe und Anrufe schmerzen mich und kosten mich viel Geld. Einen schönen Batzen bekommen die Anwälte, und sie schüren kräftig das Feuer zu ihrem Vorteil. Anwälte sind das große Unglück der Vereinigten Staaten. In meinem ganzen Leben habe ich nur vier anständige gefunden, aber der Rest? Parasiten. Keiner ist vor ihnen sicher!

Es kostete Bartlett Mühe, diese trüben Gedanken aus seinem Kopf zu verbannen. Er sah in den Regen hinaus. Es ist ja nur Geld, dachte er, und ich bin frei, frei wie der Vogel in der Luft, und das ist ein herrliches Gefühl. Ich bin frei, aber was ist mit Casey und Orlanda?

Mein Gott, dachte er, und noch fühlte er den Schmerz in seinen Lenden, ich war da eben ganz schön in Fahrt, und Orlanda auch. Verdammt, mit Casey ist es schon schlimm genug, und jetzt habe ich zwei von der gleichen Sorte!

Er war schon seit ein paar Monaten mit keiner Frau mehr beisammen gewesen. Sein letztes Abenteuer war eine Bekanntschaft in London, ein zufälliges Zusammentreffen, ein zwangloses Dinner, und ab ins Bett. Sie wohnte im selben Hotel, war geschieden und keine Tochter von Traurigkeit. Wie hatte Orlanda sich ausgedrückt? Ein freundschaftlicher Nahkampf und ein schüchterner Abschied. Ja, genau! Aber schüchtern war Orlanda nicht.

Der Regen wird noch viel Ärger machen, dachte er, und das könnte auch Orlanda, alter Knabe. Keine Frage. Trotzdem muß es einen Weg geben, sie herumzukriegen. Was ist eigentlich an ihr dran, daß sie dir so unter die Haut geht? Ist es ihr Gesicht? Die Figur? Die Art, wie sie dich anschaut? Eine richtige Frau ist sie, das ist alles. Du solltest sie vergessen. Sei gescheit, Freundchen!

5

10.50 Uhr:

Es hatte nun schon fast zwölf Stunden geregnet, und der Boden der Kolonie war von Wasser durchtränkt, obwohl sich die leeren Reservoirs noch kaum gefüllt hatten. Die ausgetrocknete Erde nahm das Naß durstig auf. Der meiste Regen lief von der gehärteten Oberfläche ab, überflutete die tiefergelegenen Stadtteile, verwandelte ungepflasterte Straßen in Moraste und machte aus Baugruben Seen. Für das Umsiedlungsland war der langanhaltende heftige Regen eine einzige Katastrophe.

Klapprige Hütten standen da, errichtet aus Bruch und Abfall, Karton, Brettern, Wellblech, Segelleinen, Zaunmaterial – Wände aus dreischichtigem Holz und Dächer für die Wohlhabenderen – eine an die andere gelehnt, eine auf der anderen, Schicht auf Schicht den Berg hinauf und herunter – alle mit Lehmböden und dunklen Hinterhöfen, die jetzt von Wasser bespült waren, in Matsch verwandelt, mit Schlamm und Pfützen bedeckt und gefährlich. Der Regen drang durch die Dächer, durchnäßte Bettzeug und Kleider, Menschen an Menschen gedrängt und von Menschen umgeben, die stoisch die Achseln zuckten und auf ein Ende des Regens warteten. Zerlumpte Gestalten streiften planlos herum, verzweifelt bemüht, noch irgendwo ein Plätzchen für Flüchtlingsfamilien und illegale Einwanderer zu finden, die keine Fremden waren, denn jeder Chinese, der die Grenze überschritt, wurde zu einem legalen Siedler, der, so sah es eine alte Verordnung der Hongkonger Verwaltung vor, bleiben konnte, solange es ihm beliebte.

Aber die Flüchtlinge wurden nicht immer willkommen geheißen. Voriges Jahr war die Kolonie von einer Menschenflut fast überschwemmt worden. Ohne vorherige Warnung lockerten die Grenzwachen der Volksrepublik China die strengen Kontrollen, und schon eine Woche später ergoß sich täglich eine Flut von Tausenden über die Grenze. Meistens kamen sie nachts über und durch den eher nur Symbolwert besitzenden Zaun, der die New Territories von der Grenzprovinz Kwantung trennte. Die Polizei war außerstande, die Flut einzudämmen. Die Armee mußte aufgeboten werden. In einer einzigen Nacht wurden fast 6000 dieser illegalen Horde verhaftet, gespeist und am nächsten Tag wieder zurückgeschickt – aber weitere Tausende waren durch das Netz geschlüpft und damit zu legalen Siedlern geworden. Haufen von zornigen und mit den Unglücklichen sympathisierenden Chinesen sammelten sich an der Grenze, um die Ausweisungen zu stoppen. Die Ausweisungen waren notwendig, denn die Kolonie drohte zu ersticken. Es war einfach unmöglich, einen so plötzlichen, enormen Bevölkerungszuwachs zu ernähren, unterzubringen und zu verkraften.

Und dann, so plötzlich, wie es begonnen hatte, versiegte der menschliche Springquell, und die Grenze schloß sich. Wieder ohne ersichtlichen Grund.

In diesen sechs Wochen waren fast siebzigtausend Menschen festgenommen und zurückgeschickt worden. Zwischen hunderttausend und zweihunderttausend – die genaue Zahl konnte nie eruiert werden – schlüpften durch das Netz und blieben. Unter ihnen befanden sich Augenglas Wus Großeltern und vier Onkel mit deren Familien, insgesamt siebzehn Seelen, und seit ihrer Ankunft hatten sie hoch über Aberdeen auf einem Umsiedlungsgebiet gelebt. Augenglas Wu hatte für alles Nötige gesorgt. Es war dies Land, das die Familie von Noble House Tschen seit eh und je besaß, und bis vor kurzem war es wertlos gewesen; das hatte sich geändert. Dankbaren Herzens hatte Augenglas Wu eine Parzelle von zwanzig mal zwölf Fuß zu einem HK per Fuß monatlich gepachtet. Seitdem hatte er der Familie geholfen, das Material für zwei Wohnstätten zusammenzusuchen. Es gab einen Wasserhahn für hundert Familien, keine Kanalisation, keinen elektrischen Strom, und doch blühte die Stadt dieser Siedler, und es herrschte Ordnung. Schon hatte ein Onkel ein Stück tiefer am Hang eine Hütte zu 1,50 HK den Quadratfuß im Monat gemietet und eine bescheidene Fabrikation von Plastikblumen begonnen, ein anderer eine Bude am Markt gemietet, wo er scharf gewürzte Reiskuchen und Reismehlsuppe verkaufte. Alle siebzehn arbeiteten, um achtzehn Mäuler zu stopfen – ein Baby war vorige Woche geboren worden.

Helft mir, ihr Götter, flehte Augenglas Wu, daß ich noch zeitgerecht etwas von der Belohnung für die Ergreifung der Werwölfe bekomme, damit ich Sonnabend auf Pilot Fish setzen kann; denn nach allen Zeichen wird dieser schwarze Hengst zweifelsohne das Rennen gewinnen!

Er unterdrückte ein Gähnen, während er barfuß mit seiner sechsjährigen Nichte eines der schmalen gewundenen Gäßchen des Umsiedlungslandes hinabstapfte. Immer wieder beschlug der Regen seine dicken Augengläser. Auch die Kleine war barfuß. Sie gingen sehr vorsichtig, um nicht auf Glasscherben oder rostiges Eisen zu treten. Der Schlamm war stellenweise knöcheltief. Beide hatten ihre Hosen hoch aufgekrempelt. Sie trug einen breiten Kulihut, der sie noch kleiner erscheinen ließ. Sein Hut war ein ganz gewöhnlicher und aus zweiter Hand wie auch seine Kleider. Ausgenommen die Uniform, waren das die einzigen Kleider, die er besaß. Die Schuhe trug er in einem Plastiksack unter dem Regenmantel, um sie vor Schaden zu bewahren.

»Scheißregen!« fluchte er und war froh, daß er nicht hier wohnte, sondern in dem Mietzimmer, das er mit seiner Mutter teilte. Es lag nahe dem Polizeirevier, war trocken und von den Launen der Wettergötter unabhängig. Den Göttern sei Dank, daß ich diesen Weg nicht alle Tage machen muß! Meine Kleider wären schon längst kaputt, und meine Zukunft wäre gefährdet, denn beim Special Intelligence gibt man viel auf eine adrette Erscheinung und Pünktlichkeit. O ihr Götter, laßt dies meinen großen Tag sein!

Müdigkeit kam über ihn. Er zog den Kopf ein und spürte, wie ihm der Regen beim Kragen hineintröpfelte. Er hatte die ganze Nacht Dienst gemacht. Heute früh hatte er erfahren, daß man das Quartier der alten Ah Tam durchsuchen wollte, der *amah*, die mit den Werwölfen in Verbindung und deren Wohnort er ausgekundschaftet hatte. Aber er wollte seinen Großvater besuchen, der im Sterben lag; er versprach, sich zu beeilen, um rechtzeitig wieder da zu sein.
Er warf einen Blick auf seine Uhr. Er hatte noch genügend Zeit, die eine Meile zum Revier zu Fuß zu gehen. Zufrieden setzte er seinen Weg fort und bog in eine breitere Gasse ein, die an einem Entwässerungsgraben entlangführte. Der Graben war vier Fuß tief und diente üblicherweise als Kanal oder Senkgrube, gelegentlich auch zum Wäschewaschen, je nachdem, wieviel Wasser er enthielt. Jetzt quoll er über, und die wirbelnde Brühe trug zum Elend der tiefergelegenen Wohnstätten bei.
»Paß auf, Fünfte Nichte«, sagte er.
»Ja, o ja, Sechster Onkel. Kann ich bis zum Revier mitkommen?« fragte das kleine Mädchen munter.
»Nur bis zu der Frau mit den Süßigkeiten. Paß auf, dort liegt eine Glasscherbe!«
»Wird der ehrenwerte Großvater sterben?«
»Wann ein Mensch stirbt, entscheiden die Götter, nicht wir. Darum sollten wir uns auch keine Sorgen machen, *heya*?«
»Ja, ja«, pflichtete sie ihm wichtigtuerisch bei. »Ja, Götter sind Götter.«
Mögen alle Götter den ehrenwerten Großvater umsorgen und ihm seine letzte Lebensspanne versüßen, betete er, fügte aber dann, um sicherzugehen, hinzu: »Heilige Mutter Gottes, Maria und Josef, steht dem alten Großvater bei!« Wer weiß denn, ob es den christlichen Gott gibt und ob die richtigen Götter wirklich existieren? Vielleicht werden sie helfen. Vielleicht schlafen sie gerade, oder sie sind zum Essen gegangen, aber keine Sorge, Gesetzen muß man gehorchen, und ich muß heute ganz besonders auf Draht sein.
Gestern abend war er mit Divisonal Sergeant Mok und der Schlange unterwegs gewesen. Es war das erste Mal, daß sie ihn bei einer ihrer Razzien mitgenommen hatten. Sie hatten drei Spielhöllen überprüft, fünf weitere jedoch seltsamerweise ungeschoren gelassen, obwohl sie sich im selben Stockwerk desselben Mietshauses befanden.
Dew neh loh moh, ich wünschte, ich könnte auch Beiträge kassieren, und dann: Weiche, Satan! Ich möchte viel lieber zum Special Intelligence versetzt werden, denn dann hätte ich eine sichere und bedeutende Lebensaufgabe. Ich würde alle möglichen Geheimnisse erfahren, die Geheimnisse wären mein Schutz und würden mich, wenn ich einmal in Pension gehe, reich machen.
Sie bogen um eine Ecke und standen vor der Süßwarenbude. Ein oder zwei

Minuten feilschte er mit dem zahnlosen alten Weib, dann zahlte er ihr zwei Kupferkäsch, und sie gab dem kleinen Mädchen einen süßen Reiskuchen und eine gute Handvoll ach so schmackhafter, bittersüßer, an der Sonne getrockneter Orangenschalen.

»Danke dir, Sechster Onkel«, sagte das kleine Mädchen und lächelte glückselig unter ihrem großen Strohhut zu ihm hinauf.

»Hoffentlich schmeckt es dir, Fünfte Nichte«, erwiderte er liebevoll. Wenn die Götter uns gnädig gesinnt sind, wird sie zu einem lieblichen Mädchen heranwachsen, dachte er zufrieden, dann können wir ihre Jungfernschaft für eine schöne Summe Geld verkaufen, und auch ihre späteren Dienstleistungen werden dem Wohl der Familie zugute kommen.

Augenglas Wu war sehr stolz darauf, daß er in der Stunde ihrer Not soviel für diesen Teil seiner Familie hatte tun können. Alle in Sicherheit und wohlgenährt, und mit etwas Joss wird mein so geduldig ausgehandelter Prozentsatz an der Plastikblumenerzeugung des Neunten Onkels in ein oder zwei Jahren ausreichen, um meine Miete zu zahlen. Drei Tage in der Woche esse ich gratis gute Ning-tok-Reismehlsuppe, und so komme ich leichter mit meinem Gehalt aus und brauche keinen zu melken – was zwar sehr leicht wäre, aber mir meine Zukunft verbauen könnte.

»Lauf jetzt schön nach Hause, und morgen bin ich wieder da«, sagte er. »Paß auf dich auf!«

Er beugte sich nieder, um sich von ihr umarmen zu lassen, erwiderte die Umarmung und ging seiner Wege. Ein Stück Reiskuchen im Mund, kletterte die Kleine den Berg hinauf.

Eintönig und dicht fiel der Regen. Die Flut aus dem Entwässerungsgraben riß allen möglichen Schutt mit sich fort und schleuderte ihn gegen die Hütten, aber das Kind setzte seinen Weg vorsichtig fort. Das Wasser war teilweise tief, und hier, wo es steiler bergauf ging, fast so reißend wie ein Strom. Eine ausgezackte Zwanzig-Liter-Kanne kam heruntergeschossen, auf sie zu, verfehlte sie knapp und krachte durch eine Wand aus Pappkarton.

Erschreckt blieb sie stehen.

»Mach, daß du weiterkommst! Hier gibt's nichts zu stehlen!« rief ihr eine wütende Frau zu. »Geh nach Hause! Zieh Leine!«

»Ja... ja«, sagte sie und begann sich zu beeilen. In diesem Augenblick gab die Erde unter ihr nach, und der Erdrutsch begann. Hunderte Tonnen Schlamm, Erde und Gestein stürzten herab und begruben alles unter sich. In Sekundenschnelle rissen sie in einem Umkreis von fünfzig Metern und mehr die elenden Hütten auseinander, streuten Männer, Frauen und Kinder umher, verschütteten die einen, schlugen andere zu Krüppeln, und hinterließen eine wirbelnde Schneise, wo eben noch eine Siedlung gewesen war.

Dann hörte es auf. So plötzlich, wie es begonnen hatte.

Eine große Stille breitete sich aus, nur vom Rauschen des Regens unterbrochen. Plötzlich ertönten Schreie und Hilferufe. Aus den von dem Erdrutsch verschont gebliebenen Hütten kamen Männer, Frauen und Kinder gestürzt, um den Göttern zu danken, und trugen mit ihren Dankesbezeigungen noch zur allgemeinen Verwirrung bei.
Das kleine Mädchen stand immer noch unsicher am Rand des Abgrundes, wo die Erde abgefallen war. Ungläubig starrte sie hinab. Zehn Fuß unter ihr, wo noch vor Sekunden fester Boden gewesen war, waren Felsbrocken und Schlamm und Tod. Der Rand bröckelte ab, und kleine Schlamm- und Steinlawinen stürzten in den Abgrund. Sie spürte, wie ihre Füße zu rutschen begannen; sie tat einen zögernden Schritt rückwärts, aber die Erde gab immer noch nach, und sie blieb erschrocken stehen. Den restlichen Reiskuchen hielt sie fest. Ihre Zehen krallten sich in die weiche Erde, um nicht aus dem Gleichgewicht zu kommen.
»Geh zurück von der Kante!« schrie ein anderer, und die Leute guckten, warteten und hielten den Atem an, um zu erfahren, wie die Götter entscheiden würden. Doch dann brach ein zehn Fuß breiter Streifen des Kraterrandes ein und stürzte, das Kind mit sich reißend, in den Schlund hinab. Sie wurde nur bis zu den Knien verschüttet. Sie vergewisserte sich, daß der Reiskuchenrest noch in ihrer Hand war, und brach erst dann in Tränen aus.

6

11.30 Uhr:

Vorsichtig bahnte sich Inspektor Armstrongs Polizeiwagen einen Weg durch die aufgebrachte Menge, die sich auf die Straße vor der Ho-Pak ergossen hatte. Doch in East Aberdeen waren alle Straßen, wo es Bankfilialen gab, von Menschentrauben verstopft, selbst vor der Victoria, gleich gegenüber der Ho-Pak, warteten die Leute ungeduldig.
»Für den Regen können wir Gott danken«, murmelte Armstrong.
»Sir?« fragte der Fahrer. Das enervierende Kratzen der schlecht eingestellten Scheibenwischer machte seine Stimme fast unhörbar.
Armstrong wiederholte seine Worte und fügte hinzu: »Wenn es heiß und feucht wäre, gäbe es hier Mord und Totschlag. Der Regen ist ein Segen des Himmels.«
»Da haben Sie wohl recht, Sir.«
Schließlich blieb der Wagen vor dem Polizeirevier stehen. Armstrong eilte hinein. Chief Inspector Smyth erwartete ihn schon. Er trug den linken Arm in einer Schlinge.

»Tut mir leid, daß ich mich verspätet habe«, entschuldigte sich Armstrong. »Der Verkehr ist völlig zusammengebrochen.«
»Macht nichts. Bedauere, aber ich habe zu wenig Leute. West Aberdeen hilft uns aus, Central District ebenfalls, aber die haben auch ihre eigenen Probleme. Diese verdammten Banken! Wir müssen mit einem Beamten am Hintereingang auskommen – für den Fall, daß wir einen der Verbrecher aufscheuchen – wir kommen von vorn mit Augenglas Wu«, erläuterte Smyth Armstrong seine Taktik.
»Gut. Können wir gleich gehen? Ich möchte nicht zu lange fortbleiben.«
»Selbstverständlich. Ziemlich ungemütlich draußen. Ich hoffe, der verdammte Regen hält so lange an, bis die verfluchten Banken ihren letzten Penny auszahlen. Haben Sie Ihr Vermögen gerettet?«
»Soll das ein Witz sein? Die paar Mäuse machen das Kraut auch nicht fett.« Armstrong streckte sich. »Ist Ah Tam in der Wohnung?«
»Soweit uns bekannt ist, ja. Die Familie, für die sie arbeitet, heißt Tsch'ung. Er ist Müllabfuhrmann. Könnte sein, daß sich auch einer der Verbrecher dort aufhält. Darum müssen wir schnell in die Wohnung eindringen. Ich habe die Erlaubnis des Commissioners, einen Revolver zu tragen. Wollen Sie auch einen?«
»Nein, danke. Wollen wir gehen?«
Smyth war kleiner als Armstrong, aber gut gebaut, und die Uniform saß ihm wie angegossen. Unbeholfen wegen seines Arms, nahm er den Regenmantel vom Haken und ging voran. »O verdammt, beinahe hätte ich es vergessen«, rief er und blieb stehen. »Brian Kwok und SI bittet um Ihren Rückruf. Wollen Sie von meinem Büro aus telefonieren?«
»Wenn ich darf. Ob ich wohl einen Kaffee haben könnte?«
»Kommt sofort.«
Das Büro war sauber, farblos und zweckmäßig eingerichtet, aber Armstrong bemerkte die teuren Stühle, den prächtigen Schreibtisch und die luxuriöse Ausstattung. »Geschenke dankbarer Kunden«, bemerkte Smyth leichthin. »Ich lasse Sie jetzt ein paar Minuten allein.«
Armstrong nickte und wählte eine Nummer. »Ja, Brian?«
»Hallo, Robert! Wie geht's? Der Alte sagt, du sollst sie ins Präsidium mitnehmen und nicht in Aberdeen verhören. Er ist sehr guter Laune. Könnte sein, wir haben heute abend einen 16/2.«
Armstrong spitzte die Ohren. 16/2 in der SI-Terminologie bedeutete, daß sie einem oder mehreren feindlichen Agenten auf der Spur waren. »Hat es etwas mit unserem Problem zu tun?« fragte er vorsichtig und dachte dabei an Sevrin.
»Vielleicht.« Es entstand eine Pause. »Erinnerst du dich, was ich dir über unseren Maulwurf gesagt habe? Ich bin jetzt noch mehr überzeugt, daß ich recht habe.« Für den Fall, daß jemand mithörte, sprach Brian Kwok auf Kantonesisch weiter. Armstrong hörte mit wachsender Unruhe zu, als sein

bester Freund ihm berichtete, was er auf dem Rennplatz beobachtet hatte – das lange Privatgespräch zwischen Crosse und Suslew. »Wenn Crosse unser Maulwurf ist, würde es doch zu seinem Charakter passen, in aller Öffentlichkeit mit einem Kumpan Kontakt aufzunehmen, *heya?*«
»Jetzt ist nicht der geeignete Moment«, antwortete Armstrong. »Wenn ich zurückkomme, können wir uns unterhalten. Vielleicht beim Essen.«
»Du sollst dich beim Alten melden, sobald du mit der *amah* ankommst.«
»Wird gemacht. Auf bald.«
Armstrong legte auf. Smyth kam herein und stellte den Kaffee vor ihn hin. »Schlechte Nachrichten?«
»Nichts als Scherereien«, erwiderte Armstrong verdrießlich. »Immer gibt es Ärger.« Die Tasse war bestes Porzellan, und der Kaffee war frisch, teuer und köstlich. »Das ist guter Kaffee! Sehr gut. Crosse will, daß ich sie ihm direkt ins Präsidium bringe und nicht hier verhöre.«
Smyth zog die Augenbrauen hoch. »Was kann denn an einer alten Hexe so wichtig sein?« fragte er in scharfem Ton. »Das hier ist mein Bez...«
»Herrgott, ich weiß es nicht! Und es ist mir auch gleich...« Armstrong beruhigte sich. »Entschuldigen Sie, ich bin in den letzten Tagen wenig zum Schlafen gekommen. Der SI kann sich über alles hinwegsetzen. Sie wissen ja, wie das geht...«
»Arroganter Bastard!« Smyth trank seinen Kaffee aus. »Gott sei Dank, daß ich nicht im SI bin! Gar nicht auszudenken, wenn ich ständig mit diesem Scheißer zu tun hätte.«
»Ich bin nicht im SI, und er macht mir trotzdem das Leben schwer.«
»Ging es um unseren Maulwurf?«
Armstrong streifte ihn mit einem Blick. »Was für ein Maulwurf?«
Smyth lachte. »Mir brauchen Sie doch nichts zu erzählen. Unter den Drachen geht ein Gerücht um, daß unseren unerschrockenen Führern dringend nahegelegt wurde, den Kerl möglichst rasch aufzuspüren. Angeblich hat der Minister sogar dem Gouverneur Feuer unterm Hintern gemacht! In London ist man so aus dem Häuschen, daß sie den Leiter der MI-6 in Marsch gesetzt haben – ich nehme an, Sie wissen, daß Sinders morgen mit der BOAC eintrifft.«
»Wo, zum Teufel, bekommen Sie Ihre Informationen her?«
»Telefonfräulein, *amahs*, Straßenkehrer – ist das wichtig? Aber auf eines können Sie sich verlassen, alter Knabe. Zumindest einer weiß alles. Kennen Sie Sinders?«
»Ich habe ihn nie kennengelernt.« Armstrong nippte an seinem Kaffee. »Wenn Sie alles wissen, wer ist der Maulwurf?«
»Diese Information könnte einiges kosten«, antwortete Smyth. »Soll ich nach dem Preis fragen?«
»Ja, bitte!« Armstrong stellte die Tasse nieder. »Der Maulwurf macht Ihnen wohl keine Sorgen, oder?«

»Überhaupt keine. Ich tue meine Arbeit, und es ist nicht meine Sache, mir über Maulwürfe den Kopf zu zerbrechen. In dem Augenblick, wo wir den Schurken enttarnen und schnappen, werden die Burschen einen anderen Kerl umdrehen und ihn an seine Stelle setzen, und wir werden das gleiche mit ihnen machen, wer immer sie sein mögen. Wäre diese verdammte Ho-Pak-Sache nicht passiert, wäre dieses Revier immer noch das am besten geführte und East Aberdeen der ruhigste Bezirk in der Kolonie. Alles andere interessiert mich nicht.« Aus einer schweren goldenen Zigarettendose bot Smyth ihm eine Zigarette an. »Nein, nein, solange man mich in Frieden läßt, bis ich in vier Jahren in Pension gehe, habe ich an dieser Welt nichts auszusetzen.« Er zündete sich seine Zigarette mit einem goldenen Feuerzeug an, und Armstrong haßte ihn noch ein bißchen mehr. »Übrigens erscheint es mir ein wenig töricht von Ihnen, daß Sie den Umschlag nicht nehmen, der jeden Monat in Ihrem Schreibtisch deponiert wird.«
»Meinen Sie?« Armstrongs Züge verhärteten sich.
»Ja. Sie brauchen nichts dafür zu tun. Überhaupt nichts. Garantiert.«
»Aber wenn man erst einmal einen angenommen hat, ist man geliefert.«
Smyth zuckte die Achseln. »Mir ist noch ein anderes Gerücht zu Ohren gekommen. Ihr Anteil an der von den Drachen ausgesetzten Belohnung für das Auffinden von John Tschen beläuft sich auf 40000 HK und...«
»Aber ich habe ihn nicht gefunden!« rief Armstrong mit heiserer Stimme.
»Mag sein, aber dieser Betrag wird heute abend in einem Umschlag in Ihrem Schreibtisch liegen. So hat man mir erzählt, alter Knabe. Sicher nur ein Gerücht.«
Armstrong ließ sich diese Mitteilung durch den Kopf gehen. 40000 HK – genauso hoch beliefen sich seine drückenden, längst überfälligen Schulden – an der Börse erlittene Verluste –, die er bis Montag zahlen mußte. Smyth hat recht, dachte er ohne Verbitterung, diese Gauner wissen alles, und es ist so leicht für sie herauszufinden, was für Schulden ich habe. Also soll ich das Geld nehmen oder nicht?
»Nur 40000?« fragte er mit einem schiefen Lächeln.
»Ich könnte mir vorstellen, daß die Summe reicht, um Ihre größten Probleme zu lösen«, antwortete Smyth.
Es störte Armstrong nicht, daß die Schlange so viel über seine Privatangelegenheiten wußte. Ich weiß genauso viel über seine, wenn auch nicht, wieviel er hat und wo er es hat. Aber es wäre ganz leicht, ihn zur Schnecke zu machen, wenn ich wollte. »Danke für den Kaffee! Schon lange keinen so guten mehr getrunken. Wollen wir?«
Unbeholfen zog Smyth sich seinen Dienstregenmantel über die maßgeschneiderte Uniform, bettete seinen Arm wieder in die Schlinge, setzte seine Mütze auf und ging voran. Unterwegs ließ sich Armstrong von Wu wiederholen, was der Junge gesagt hatte, der behauptete, einer der Werwölfe zu sein, und was die alte *amah*. »Sehr gut, Wu«, lobte Armstrong den

jungen Polizeibeamten. »Sie haben ausgezeichnete Arbeit geleistet. Chief Inspector Smyth hat mir berichtet, Sie möchten gerne zum SI versetzt werden?«

»Ja, Sir.«

»Warum?«

»Es ist eine sehr wichtige Abteilung des SB, Sir. Ich habe mich schon immer für Sicherheitsfragen interessiert und was wir tun müssen, um uns vor unseren Feinden zu hüten und die Kolonie zu schützen, und ich glaube, daß es eine interessante und wichtige Tätigkeit wäre.«

»Wenn sich diese Sache so entwickelt, wie nach Ihrem Bericht zu hoffen steht, werde ich beim SB oder SI ein gutes Wort für Sie einlegen«, versprach Armstrong.

Augenglas Wu grinste über das ganze Gesicht. »Ja, Sir, danke, Sir! Ah Tam kommt wirklich aus meinem Dorf.«

Sie bogen in das Gäßchen ein. Einkäufer, Buden- und Ladenbesitzer unter Schirmen oder Segeltuchüberhängen beobachteten sie verdrießlich und argwöhnisch. Smyth war der bekannteste und gefürchtetste *quai loh* in Aberdeen.

»Das ist das Haus, Sir«, raunte Wu. Wie vorher abgesprochen, blieb Smyth diesseits der Eingangstür vor einer Marktbude stehen, so als wollte er einen Blick auf das feilgebotene Gemüse werfen; der Besitzer erlitt einen leichten Schock. Armstrong und Wu gingen am Eingang vorbei, machten aber sofort kehrt, und die drei Männer taten sich zusammen. Rasch gingen sie die Treppe hinauf, während zwei Beamte in Uniform vor dem Eingang auftauchten, um diesen zu sichern. Einer von ihnen eilte ein noch engeres Gäßchen hinauf und bog um die Ecke, um sich zu vergewissern, daß ein Kollege in Zivil noch am Hintereingang postiert war.

Das Innere des Hauses war ebenso schäbig und schmutzig wie das Äußere, mit Bruch und Abfall auf jedem Treppenabsatz. Smyth ging voran; er blieb im dritten Geschoß stehen, knöpfte seine Revolvertasche auf und trat zur Seite. Ohne zu zögern, lehnte sich Armstrong gegen die schwache Tür, sprengte das Schloß und drang ein. Während Smyth ihm auf dem Fuß folgte, blieb Wu nervös stehen, um den Eingang zu sichern. Die Einrichtung des schmutzfarbenen Raumes bestand aus alten Sofas, alten Stühlen und rußigen Vorhängen. Eine robuste Frau in mittleren Jahren starrte sie an und ließ vor Schreck die Zeitung fallen. Die beiden Männer marschierten auf die Zimmertüren zu. Smyth öffnete eine und fand ein schmuddeliges Schlafzimmer; eine andere führte in ein dreckiges Bad und eine dritte in ein weiteres Schlafzimmer mit vier ungemachten Wandbetten. Armstrong stieß die letzte Tür auf und befand sich in einer vollgeräumten, schmierigen kleinen Küche, wo Ah Tam über einen Haufen Wäsche in einem schmutzigen Ausguß gebeugt stand. Sie starrte ihn verständnislos an. Hinter ihr befand sich noch eine Tür. Er öffnete sie. Es war mehr ein Schrank als ein

Raum, fensterlos, mit einem Entlüftungsrohr und einer in die Wand eingelassenen Nische, gerade groß genug, um eine schmale Pritsche und eine ramponierte Kommode aufzunehmen.
Er kehrte ins Wohnzimmer zurück. Ah Tam kam hinter ihm hergeschlurft. Smyth nahm die Papiere heraus. »Tut mir leid, daß ich Sie stören muß, Madam, aber wir haben einen Haussuchungsbefehl.«
»Was?«
»Übersetzen Sie, Wu«, befahl Smyth, und sofort wiederholte der junge Constabler, was gesprochen worden war, und begann, wie vorher abgemacht, so zu agieren, als wäre er der Dolmetsch für zwei Dummköpfe von *quai loh*, die kein Kantonesisch verstanden.
Die Frau ließ die Kinnlade fallen. »Haussuchung?« kreischte sie. »Was wollen Sie suchen? Wir halten die Gesetze ein. Mein Mann arbeitet für die Regierung und hat einflußreiche Freunde. Und wenn Sie den Spielklub suchen, der ist im vierten Stock, und wir haben nichts damit zu tun, und wir wissen auch nichts von den stinkenden Huren auf Nummer 16...«
»Das reicht«, unterbrach sie Wu in scharfem Ton. »Wir sind von der Polizei. Diese Herren sind bedeutende Persönlichkeiten. Sind Sie die Frau von Tsch'ung, dem Müllabfuhrmann?«
»Ja«, antwortete sie mürrisch, »was wollen Sie von uns? Wir haben nichts...«
»Genug jetzt!« fuhr Armstrong sie auf Englisch an. »Du! Bist du Ah Tam?«
»Was, ich? Wieso?« Nervös zupfte die alte *amah*, die Wu nicht wiedererkannte, an ihrer Schürze.
»Du bist also Ah Tam! Du bist verhaftet.«
Ah Tam wurde bleich. »Ah«, machte ihre Herrin. »Hinter ihr sind sie also her! Ha, wir wissen nichts von ihr, wir haben sie auf der Straße aufgelesen und ihr ein Zuhause...«
»Wu, sagen Sie ihr, sie soll den Mund halten!«
Grob befahl er ihr zu schweigen. Mürrisch gehorchte sie. »Diese Herren wollen wissen, ob noch jemand da ist.«
»Natürlich ist sonst niemand da. Sind Sie blind? Sind Sie nicht wie Straßenräuber in meine Wohnung eingedrungen und haben es selbst gesehen?« erwiderte sie böse.
»Ah Tam! Diese Herren wollen wissen, wo dein Zimmer ist.«
Die *amah* fand ihre Stimme wieder. »Was wollen Sie von mir, Ehrenwerter Polizeioffizier? Ich habe nichts getan. Ich bin eine friedliche, zivilisierte Person, die ihr Leben lang immer nur...«
»Wo ist dein Zimmer?«
Die jüngere Frau wies mit dem Finger. »Da!« antwortete sie mit ihrer kreischenden Stimme. »Wo sollte es denn sonst sein? Natürlich neben der Küche. Haben diese fremden Teufel Stroh im Kopf? Wo wohnen Dienstboten?

Und du, du alte Vettel, bringst anständige Leute in Verruf! Was hat sie angestellt? Wenn sie Gemüse gestohlen hat, ich weiß nichts davon.«
»Seien Sie ruhig, oder wir nehmen Sie mit aufs Revier!«
»Also was...«, setzte Armstrong an. Dann bemerkte er, daß mehrere neugierige Chinesen vom Stiegenhaus aus ins Zimmer guckten. Er starrte sie an und machte einen Schritt auf sie zu. Sie stoben auseinander. Seine Belustigung verbergend, schloß er die Tür. »Fragen Sie die beiden, was sie über die Werwölfe wissen!«
Die Frau sah Wu an. Ah Tam wurde noch ein wenig blasser. »Was, ich? Werwölfe? Nichts! Wie sollte ich etwas von diesen elenden Kidnappern wissen? Was haben die mit mir zu tun? Überhaupt nichts!«
»Und du, Ah Tam?«
»Ich? Überhaupt nichts«, antwortete sie verdrießlich. »Ich bin eine anständige *amah*, die ihre Arbeit tut und weiter nichts.«
Wu übersetzte ihre Antworten. Den Engländern fiel auf, daß er rasch, flüssig und genau übersetzte. Beide waren geduldig und spielten das Spiel weiter, das sie schon so oft gespielt hatten. »Sagen Sie ihr, sie täte gut daran, uns die Wahrheit zu sagen!« Armstrong blickte sie finster an, aber weder er noch Smyth waren der Frau feindlich gesinnt. Sie wollten nur die Wahrheit erforschen. Diese Wahrheit konnte sie unter Umständen zu den Werwölfen führen. Armstrong tat Frau Tsch'ung leid. Zehn zu eins, dachte er, diese Gewitterziege weiß von nichts, aber Ah Tam weiß mehr, als sie uns je erzählen wird.
»Ich will die Wahrheit wissen. Sagen Sie ihr das!«
»Wahrheit? Was für eine Wahrheit, Ehrenwerter Herr? Wie könnte ich armes altes Weib...?«
Armstrong hob dramatisch die Hand. »Genug!« Auch das war ein verabredetes Zeichen. Wu sprach im Ning-tok-Dialekt weiter, den, wie er wußte, keiner sonst hier verstand. »Ältere Schwester, ich rate dir, rede schnell und aufrichtig! Wir wissen schon alles!«
Ah Tam starrte ihn an. Sie hatte nur mehr zwei schiefe Zähne im Unterkiefer. »Was willst du von mir, Jüngerer Bruder?« antwortete sie im selben Dialekt.
»Die Wahrheit! Ich weiß alles von dir.«
Sie erkannte ihn immer noch nicht wieder. »Was für eine Wahrheit? Ich habe dich in meinem Leben noch nie gesehen!«
»Erinnerst du dich nicht an mich? Auf dem Hühnermarkt? Du hast mir geholfen, ein Huhn zu kaufen, und dann tranken wir Tee zusammen. Gestern. Erinnerst du dich nicht? Du hast mir von den Werwölfen erzählt, und daß sie dir eine große Belohnung zahlen würden...«
Alle drei sahen, wie es in ihren Augen aufblitzte. »Werwölfe?« begann sie grämlich. »Unmöglich! Das war jemand anderer. Du verwechselst mich. Sag den Ehrenwerten Herren, ich habe nie...«

»Halt's Maul, du alte Vettel!« fuhr Wu sie zornig an. »Du hast für Wu Ting-top gearbeitet, und deine Herrin hieß Fan-ling und ist vor drei Jahren gestorben, und ihnen gehörte die Apotheke an der Wegkreuzung! Ich kenne das Haus!«

»Lügen... Lügen...«

»Sie sagt, es sind alles Lügen, Sir.«

»Na gut. Sagen Sie ihr, sie kommt mit aufs Revier! Dort werden wir sie schon zum Reden bringen.«

Ah Tam begann zu zittern. »Folter? Sie wollen eine alte Frau foltern? Oh, oh, oh...«

»Wann kommt dieser Werwolf zurück? Heute nachmittag?«

»Oh, oh, oh, ich weiß es nicht... Er hat gesagt, er würde wiederkommen, aber der Schuft ist nicht mehr erschienen. Ich habe ihm noch fünf Dollar geliehen, damit er nach Hause fahren kann und...«

»Wo ist er denn zu Hause?«

»Was? Wer? Ach ja, er... Er hat gesagt, er ist ein Verwandter von einem Verwandten und... Ich erinnere mich nicht mehr. Ich glaube, er sagte North Point...«

Armstrong und Smyth warteten geduldig, gewannen aber bald den Eindruck, daß die Alte nicht viel wußte, obwohl sie sich wand und krümmte wie ein Aal und ihre Lügen immer blumenreicher wurden.

»Wir nehmen sie auf jeden Fall mit«, sagte Armstrong.

Smyth nickte. »Können Sie so lange warten, bis ich Ihnen ein paar Leute schicke? Ich glaube, ich muß jetzt wirklich zurück.«

»Selbstverständlich. Danke.«

Er ging. Armstrong wies Wu an, den beiden Frauen zu befehlen, sich zu setzen und sich still zu verhalten, während er die Wohnung durchsuchte. Ängstlich gehorchten sie. Er ging in die Küche und schloß die Tür hinter sich. Ah Tam zupfte an ihrem Zopf. »Jüngerer Bruder«, wisperte sie in ihrem Dialekt, »ich habe nichts verbrochen. Ich habe diesen jungen Teufel kennengelernt, wie ich dich kennengelernt habe. Landsleute sollten doch zusammenhalten, *heya*? Ein gutaussehender Mann wie du braucht Geld – für Mädchen oder für seine Frau. Bist du verheiratet, ehrenwerter Jüngerer Bruder?«

»Nein, Ältere Schwester«, antwortete Wu höflich, wie man es ihm aufgetragen hatte, um sie in Sicherheit zu wiegen.

Armstrong stand auf der Schwelle von Ah Tams winzigem Zimmer und fragte sich zum tausendsten Mal, warum Chinesen ihre Dienstboten so schlecht behandelten und warum Dienstboten unter so elenden Bedingungen arbeiteten. Er hatte einmal seinen Lehrer gefragt. »Ich weiß es nicht, Junge«, hatte der alte Polizist geantwortet, »aber ich glaube, sie tun es, weil sie das Gefühl haben, zu Familienmitgliedern zu werden. Der Dienstbote *gehört* zur Familie, und der *how chew*, der ›Vorteile‹, gibt es viele. Es versteht sich von selbst, daß alle Dienstboten vom Haushaltsgeld absahnen, selbstverständlich mit Wissen und Billigung der Arbeitgeber, sofern das zulässige Maß nicht überschritten wird – wie sonst kann man ihnen so wenig zahlen, wenn sie nicht die Möglichkeit haben, sich auf diese Weise ein wenig dazuzuverdienen?«

Das Zimmer stank. Regenspritzer kamen durch das Entlüftungsrohr, die ganze Wand war schimmlig und von Wasserflecken aus tausend Wassergüssen übersät. Armstrong suchte sorgfältig und methodisch. Bett und Bettzeug waren relativ sauber, obwohl es in den Ecken der Pritsche von Wanzen wimmelte. Nichts unter dem Bett außer einem Nachtgeschirr und einem leeren Koffer. Die Kommode enthielt einige wenige Wäschestücke, etwas billigen Schmuck, ein Jadearmband von geringem Wert, doch unter der Wäsche versteckt war eine bestickte Handtasche wesentlich besserer Qualität. Sie enthielt ein paar alte Briefe, einen Zeitungsausschnitt – und zwei Fotografien.

Armstrong stockte das Herz. Er ging in die Küche zurück, wo das Licht besser war, und studierte noch einmal die Bilder, aber er hatte sich nicht geirrt. Er las den Zeitungsausschnitt, und ihn schwindelte. Der Ausschnitt und eine der Fotografien trugen das gleiche Datum.

In dem von Gängen durchzogenen Keller des Polizeipräsidiums saß Ah Tam auf einem harten Stuhl ohne Lehne in der Mitte eines großen schalldichten Raumes, der hell erleuchtet und weiß gestrichen war – weiße Wände, weiße Decke, weißer Fußboden und eine einzige weiße Tür. Sogar der Stuhl war weiß. Sie war allein, starr vor Schrecken, und sprach jetzt frei, ohne Hemmungen.

»Also was weißt du über den Barbaren im Hintergrund des Bildes?« kam Wus flache, metallische Ning-tok-Stimme aus einem versteckten Lautsprecher.

»Ich habe es dir doch schon gesagt... ich weiß nichts, Herr«, winselte sie. »Ich habe den fremden Teufel kaum zu Gesicht bekommen... Er hat uns nur dieses eine Mal besucht. Es war vor Jahren. Kann ich jetzt gehen?«

Mit Wu an seiner Seite beobachtete Armstrong sie durch den falschen Spiegel im verdunkelten Beobachtungszimmer. Schweiß perlte auf Wus Stirn, obwohl der Raum dank einer Klimaanlage angenehm kühl war. Lautlos drehten sich die Spulen eines Tonbandgeräts.

»Ich glaube, sie hat uns alles gesagt, was sie weiß«, sagte Armstrong, dem sie leid tat.

»Ja, Sir.« Wu ließ sich seine Nervosität nicht anmerken. Es war das erstemal, daß er an einem SI-Verhör teilnahm. Er war abgespannt und nervös, sein Kopf tat ihm weh.

»Fragen Sie sie noch einmal, wie sie zu der Handtasche gekommen ist!«

»Aber ich habe es dir doch schon gesagt«, wimmerte die Alte. »Bitte, kann ich jetzt gehen?«

»Sag es uns noch einmal, und dann kannst du gehen!«
»Also gut... Sie gehörte meiner Herrin, die sie mir auf dem Totenbett gab. Sie gab sie mir, ich schwöre es. Es war... es war, als sie starb... ich erinnere mich nicht.« Die Lippen der alten Frau bewegten sich, aber es kam kein Ton heraus, doch dann sprudelte sie plötzlich hervor: »Ich nahm sie an mich und versteckte sie, nachdem sie gestorben war. Und da waren diese alten Fotografien... Ich hatte kein Bild von meiner Herrin, und darum nahm ich die auch und einen Silbertael, mit dem ich einen Teil meiner Reise nach Hongkong bezahlte während der Hungersnot. Ich nahm sie, weil keines ihrer Kinder, die sie und mich haßten, mir etwas geben wollte... Sie gab sie mir, bevor sie starb, und ich habe sie versteckt, aber sie gehört mir, sie gab sie mir...«
Sie hörten zu, während die Alte redete und redete. Die Wanduhr zeigte auf ein Viertel vor vierzehn Uhr. Sie verhörten sie seit einer halben Stunde.
»Das reicht vorderhand, Wu. In drei Stunden nehmen wir sie uns noch einmal vor, nur um sicherzugehen. Aber ich glaube, sie hat uns alles gesagt.«
Schwerfällig griff Armstrong zu einem Telefon und wählte. »Armstrong. Sie können sie jetzt holen und in ihre Zelle bringen. Kümmern Sie sich darum, daß sie alles hat, was sie braucht, und lassen Sie sie noch einmal vom Arzt untersuchen!« Es gehörte beim SI zur Routine, daß Häftlinge vor und nach einem Verhör untersucht wurden.
Wenige Augenblicke später sahen sie, wie sich die weiße Tür öffnete. Eine uniformierte Polizistin winkte Ah Tam freundlich mitzukommen. Die alte Frau schlurfte hinaus. Armstrong löschte die Lichter und drückte auf die Bandrückspultaste. Wu trocknete sich die Stirn.
»Gut gemacht, Wu! Sie haben eine schnelle Auffassungsgabe.«
»Danke, Sir!«
Das Tonbandgerät schnurrte. Armstrong beobachtete es still. Er nahm das Band heraus. »Wir registrieren das Datum, die genaue Zeit und die Dauer des Verhörs und verwenden eine Codebezeichnung für den Verdächtigen, um Sicherheit und Geheimhaltung zu gewährleisten.« Er schlug in einem Buch nach, fand eine Nummer, vermerkte sie auf dem Band und begann, ein Formular auszufüllen. »Dieses Formular unterschreiben wir als Vernehmungsoffiziere und setzen Ah Tams Codenamen hier ein – V-11-3. Das ist streng geheim und wird in diesem Safe abgelegt.« Seine Augen blickten streng. »Ich wiederhole: Denken Sie immer daran, daß im SI alles streng geheim ist – so auch alles, was Sie heute erlebt haben!«
»Ja, Sir. Ja, Sie können sich auf mich verlassen.«
»Und denken Sie auch daran, daß der SI nur sich selbst, dem Gouverneur und dem Minister in London verantwortlich ist! Ausschließlich. Für SB oder SI existieren weder englische Gesetze noch Fairplay noch die üblichen Rechtsansprüche: Habeas corpus, öffentliche Verhandlung, Berufungen. Es gibt keine Verhandlung, keine Berufung, nur einen Deportationsbefehl nach der Volksrepublik China oder nach Taiwan. Verstanden?«

»Ja, Sir. Ich möchte zum SI, Sir, darum können Sie mir glauben. Ich gehöre nicht zu denen, die Gift trinken, um ihren Durst zu löschen«, versicherte Wu voller Hoffnung.
»Gut. Die nächsten paar Tage haben Sie Ausgangssperre. Sie dürfen das Präsidium nicht verlassen.«
Wu blieb der Mund offenstehen. »Aber Sir, mein... Ja, Sir.«
Armstrong führte ihn hinaus und sperrte die Tür hinter ihm ab. Den Schlüssel und das Formular übergab er einem Kontrollbeamten. »Das Band behalte ich vorläufig. Den Empfang habe ich schon bestätigt. Sie kümmern sich um Constabler Wu? Er ist für ein paar Tage unser Gast. Er hat uns sehr, sehr geholfen.«
»Ja, Sir.«
Er ging zum Aufzug. Den süßlich-widerwärtigen Geschmack nahenden Unheils im Mund, stieg er in seinem Stockwerk aus. SI-Verhöre waren ihm verhaßt. Er verabscheute sie, obwohl sie gut funktionierten und fast immer erfolgreich waren. »Verdammt gefährliches Spiel, wenn man mich fragt«, murmelte er, den schalen, modrigen Geruch der Polizeizentrale in der Nase, während er den Gang hinunterschritt. Er haßte Crosse und den SI, doch noch immer wallte sein Blut, wenn er an das dachte, was er entdeckt hatte. Seine Tür stand offen. »Tag, Brian«, begrüßte er ihn und schloß sie hinter sich. Brian Kwok hatte seine Beine auf dem Schreibtisch und las eine der kommunistischen Morgenzeitungen. »Was gibt's Neues?«
»Da ist ein langer Artikel über den Iran«, antwortete Brian. »Es heißt hier: ›Einvernehmlich mit dem persischen Tyrannen haben kapitalistische SIA-Faschisten eine revolutionäre Bewegung in Aserbeidschan niedergeschlagen. Tausende Tote!‹ Und so weiter. Ich glaube das nicht alles, aber es sieht ganz so aus, als ob die CIA und die 92. Luftlandedivision die Lage dort entschärft hätten.«
»Was uns das schon groß helfen wird!«
Brian Kwok sah auf. Sein Lächeln erlosch. »Was ist denn los?«
»Ich fühle mich elend.« Armstrong zögerte. »Ich habe uns Bier bestellt, dann können wir essen gehen. Wie wäre es mit einem Reisragout? Einverstanden?«
»Einverstanden, aber wenn du dich elend fühlst, können wir das Essen auch lassen.«
»Das hat nichts damit zu tun. Ich... ich hasse diese ›Verhöre in Weiß‹... ich kann sie nicht ausstehen. Aber Crosse wollte es so haben. Dieser Saukerl!«
Brian Kwok legte die Zeitung nieder. »Ja, das ist er wirklich, und ich bin ganz sicher, daß ich mit meiner Vermutung recht habe.«
»Nicht jetzt, Brian. Beim Essen vielleicht, aber nicht jetzt. Mein Gott, hab' ich einen Durst! Dieser verdammte Crosse, dieser verdammte SI! Ich gehöre nicht dazu, aber er tut, als ob ich einer von seinen Leuten wäre!«

»Ach ja? Aber du kommst doch zum 16/2 heute abend? Soviel ich weiß, wurdest du dazu abkommandiert?«
»Verdammt will ich sein, wenn ich mich abkommandieren lasse«, sagte Armstrong grimmig – obwohl er genau wußte, daß er, wenn Crosse es so haben wollte, nichts dagegen tun konnte. »Hat die aufgefangene Meldung etwas mit Sevrin zu tun?«
»Ich weiß es nicht. Ich hoffe es.« Brian Kwok musterte ihn und lächelte. »Kopf hoch, Robert, ich habe eine interessante Neuigkeit für dich!« Er schmunzelte. Wieder einmal stellte Armstrong fest, was für ein gutaussehender Mann sein Freund war.
»Was für eine gute Neuigkeit ist das wohl? Hast du Freund Einfuß im Para-Restaurant die Hölle heiß gemacht, und hat er dir die ersten vier Gewinner für Sonnabend verraten?«
»Was denn noch alles? Nein, es handelt sich um diese Akten, die du gestern bei Raffzahn Lo kassiert und an die Wirtschaftspolizei weitergegeben hast. Vom Fotografen Ng.«
»Ach ja.«
»Wie es aussieht, ist unser liebenswerter Gast chinesisch-amerikanischer Herkunft, Mr. Thomas K. K. Lim, der sich ›irgendwo in Brasilien‹ aufhält, ein wahres Original. Seine Akten sind eine Fundgrube. Und alles in Englisch, was der Wirtschaftspolizei die Arbeit besonders leicht gemacht hat.«
»Besteht eine Verbindung zu Tsu-yan?« fragte Armstrong, dessen Gedanken sofort eine andere Richtung nahmen.
»Jawohl. Und zu einer Menge sehr prominenter Persönlichkeiten...«
»Banastasio?«
Brian Kwok lächelte. »Vinzenco Banastasio in Person. Damit ist ein Zusammenhang zwischen John Tschen, den Waffen, Tsu-yan, Banastasio und Peter Marlowes Theorie hergestellt.«
»Bartlett?«
»Noch nicht. Aber Marlowe kennt jemanden, der zuviel weiß, was wir nicht wissen. Ich finde, wir sollten ihm auf den Zahn fühlen. Machst du mit?«
»Aber ja! Was habt ihr sonst noch herausgefunden?«
»Thomas K. K. Lim ist Katholik, Chinesisch-Amerikaner der dritten Generation und ein Plappermaul. Außerdem sammelt er alle möglichen herzerfrischenden Schriftstücke, Briefe, Aufzeichnungen, Notizen etc.« Wieder verzog er das Gesicht zu einem humorlosen Lächeln. »Unsere Yankee-Freunde sind nachlässiger, als wir dachten.«
»Beispiele?«
»Ein Beispiel: Gemeinsam mit gewissen Generälen, amerikanischen und vietnamesischen, widmete sich eine gewisse weithin bekannte, über ausgezeichnete Verbindungen verfügende, in Neuengland beheimatete Familie dem für sie sehr gewinnbringenden Bau mehrerer sehr großer und völlig unnötiger Stützpunkte der US-Luftwaffe in Vietnam.«

»Halleluja! Namen?«
»Namen, Dienstgrade, Lieferverträge. Wenn die Betroffenen wüßten, daß Freund Thomas imstande ist, alles mit Dokumenten zu belegen, lähmendes Entsetzen würde die Kameraden in der Ruhmeshalle, im Pentagon und in den Rauchsalons verschiedener exklusiver Klubs befallen.«
»Ist er der Mittelsmann?«
»Entrepreneur nennt er sich. Oh, er unterhält ausgezeichnete Beziehungen zu einem Haufen Prominenter. Zu Amerikanern, Italienern, Vietnamesen, Chinesen von beiden Seiten der Grenze. Bei einem zweiten ›Projekt‹ geht es darum, weitere Millionen für ein ebenso dubioses ›Hilfsprogramm‹ für Vietnam abzuzweigen. Acht Millionen, um genau zu sein – die erste wurde schon eingezahlt.«
»Ob wir eine Anklage durchdrücken könnten?«
»Aber sicher, wenn wir Thomas K. K. Lim in die Hand bekommen. Ich habe Crosse gefragt, aber er hat nur die Achseln gezuckt und gemeint, das wäre nicht unser Bier, und wenn die Yankees ihre Regierung bescheißen wollten, ginge das nur sie etwas an.« Brian Kwok lächelte, aber seine Augen blieben ernst. »Diese Information hat's in sich, Robert. Wenn nur ein Teil an die Öffentlichkeit gelangte, gäbe es einen Skandal, der sich gewaschen hat.«
»Besteht irgendeine Verbindung zwischen Lim und den anderen Gaunern? Ich meine, Raffzahn Lo und seinen Kumpeln? Haben sie CARE-Gelder auf die Seite gebracht?«
»Vermutlich ja, aber ihre Aufzeichnungen sind alle auf Chinesisch, und da braucht es länger, sie festzunageln.« Brian Kwok fügte hinzu: »Sonderbar, daß Crosse gerade diese eine Geschichte ausgeschnüffelt hat. So als wüßte er, daß da ein Zusammenhang besteht.«
»Was für eine Geschichte?«
»Du kennst doch diesen amerikanischen Vizekonsul – der Homo, der Visa verkauft?«
»Was ist mit ihm?«
»Vergangenen Monat aß Crosse mit ihm zu Abend. In *seiner* Wohnung.«
Nervös rieb sich Armstrong das Gesicht. »Das beweist gar nichts. Hör mal, morgen, morgen bekommen wir die AMG-Berichte. Morgen kommen Sin...«
Ein Klopfen unterbrach ihn. Die Tür ging auf. Mit zwei Seideln kaltem Bier auf einem Tablett trat ein chinesischer Kellner ein und grinste freundlich. »Guten Tag, Sir«, grüßte er und reichte ein Glas Brian Kwok, das andere Armstrong und ging wieder.
»Sehr zum Wohle«, sagte Armstrong – und verabscheute sich. Er nahm einen kräftigen Schluck und ging dann zu seinem Safe, um das Band wegzuschließen.
Brian Kwok musterte ihn. »Fehlt dir auch nichts, altes Haus?«
»Nein, nein.«

»Was hat die Alte erzählt?«
»Anfangs nichts als Lügen. Und dann die Wahrheit. Die ganze Wahrheit. Ich erzähle es dir beim Essen. Du weißt ja, wie das geht – früher oder später kommt man auf alle Lügen, man muß nur ein bißchen Geduld haben. Ich habe von Lügen die Nase voll.« Er trank sein Bier aus. »Das hat geschmeckt!«
»Willst du auch meines haben? Hier!«
»Nein, danke. Ich brauche jetzt einen Whisky-Soda vor dem Ragout. Trink aus, und seilen wir uns ab!«
Brian Kwok stellte sein noch halb volles Bierglas ab. »Das ist genug für mich.« Er zündete sich eine Zigarette an. »Wie geht es dem Anti-Raucher?«
»Es ist hart. Was Neues im Falle Woranski? Hat man die Mörder?«
»Die haben sich in Luft aufgelöst. Aber wir haben ja ihre Bilder. Wir werden sie erwischen, sofern sie nicht schon über die Grenze sind.«
»Oder in Taiwan.«
Brian Kwok nickte. »Oder in Macao oder Nordkorea, Vietnam oder sonstwo. Der Minister, die MI-6, die CIA, alle sind sie wütend auf Crosse – wegen Woranski. Die oberste Befehlsebene der CIA in London ist dem Minister aufs Dach gestiegen, und er hat die Schelte weitergegeben. Wir müssen diese Burschen fangen, sonst kommt Rosemont uns zuvor; er ist überzeugt, daß der Mord mit Sevrin und dem Flugzeugträger zusammenhängt. Höchst unklug, mit dem Schiff hier zu ankern und der Volksrepublik auf die Füße zu treten. Dieses Monstrum stellt eine offene Einladung für jeden in Asien agierenden Agenten dar.«
»Crosse hätte liebend gern einen Spitzel an Bord. Kann ich verstehen.« Armstrong sah dem Rauch nach. »Wenn ich Nationalchinese wäre, würde ich vielleicht ein paar Bomben legen und mit dem Finger auf die Volksrepublik zeigen – oder umgekehrt und Tschiang Kai-schek beschuldigen.«
»Das würde die CIA tun, um gegen die Volksrepublik Stimmung zu machen.«
»Hör doch auf, Brian!«
Brian Kwok nahm einen letzten Schluck. »Das ist genug für mich. Komm!«
»Augenblick noch!« Armstrong wählte eine Nummer. »Hier spricht Armstrong. Bereiten Sie ein zweites Verhör für V-11-3 vor. Siebzehn Uhr. Ich möchte...« Er brach ab, als er merkte, daß die Augen seines Freundes flakkerten und glasig wurden. Er fing den Fallenden auf, ließ ihn in seinen Sessel zurücksinken und legte den Hörer auf. Jetzt hieß es für ihn nur noch warten.
Ich habe meine Pflicht getan, dachte er.
Die Tür ging auf. Crosse trat ein; hinter ihm kamen drei ernst blickende SI-Männer in Zivil, sie alle ranghohe Beamte, alle Engländer. Rasch stülpte ei-

ner der Männer Brian Kwok eine dicke schwarze Kapuze über den Kopf, hob ihn mühelos auf und ging hinaus. Die anderen folgten ihm.

Da es nun getan war, empfand Robert Armstrong weder Schock noch Gewissensbisse, noch Zorn. Nichts. Sein Verstand sagte ihm, daß er keinen Fehler gemacht hatte; aber er sagte ihm gleichzeitig, daß dieser Mann, der seit zwanzig Jahren sein Freund war, unmöglich ein Maulwurf der Volksrepublik China sein konnte. Aber er war es. Das gefundene Material bewies über jeden Zweifel hinaus, daß Brian Kwok der Sohn von Fang-ling Wu, Ah Tams Herrin, war; wollte man aber seinem Geburtsschein und anderen Personaldokumenten Glauben schenken, führten seine Eltern den Familiennamen Kwok und wurden 1943 in Kanton von Kommunisten ermordet. Auf einer der Fotografien stand Brian Kwok neben einer zierlichen chinesischen Dame vor einer Apotheke an der Wegkreuzung in einem Dorf. Die Qualität des Bildes ließ zu wünschen übrig, war aber mehr als genug, um die Schriftzeichen auf dem Ladenschild lesen und ein Gesicht erkennen zu können, sein Gesicht. Im Hintergrund war ein altertümliches Auto zu sehen. Dahinter wartete ein Europäer, das Gesicht halb abgewendet. Augenglas Wu hatte die Apotheke an der Wegkreuzung von Ning-tok, Eigentum der Familie Tok-ling Wu, wiedererkannt. Ah Tam hatte die Dame als ihre Herrin identifiziert.

»Und der Mann? Wer ist der Mann neben ihr?«

»Ach, das ist ihr Sohn, Herr, das habe ich dir ja schon gesagt. Ihr zweiter Sohn Tschu-toy, jetzt lebt er mit den fremden Teufeln im Norden des Landes der Goldenen Berge«, hatte die alte Frau gewimmert. »Er ist ihr zweiter Sohn und wurde in Ning-tok geboren, und mit meinen eigenen beiden Händen habe ich bei der Entbindung geholfen. Er war Mutters zweiter Sohn und ging schon als Kind fort...«

»Er ging fort? Wohin?«

»Ins... ins Regenland, und dann ins Land der Goldenen Berge. Jetzt hat er ein Restaurant und zwei Söhne... Er ist dort Geschäftsmann und kam, um Vater zu besuchen... Vater lag im Sterben, und er kam, wie es einem guten Sohn geziemt, doch dann ging er wieder fort, und Mutter weinte und weinte...«

»Wie oft hat er seine Eltern besucht?«

»Ach, nur dieses eine Mal, Herr. Jetzt wohnt er so weit weg, daß er nur als gehorsamer Sohn zurückkam, und dann fuhr er gleich wieder fort. Ich bekam ihn nur ganz zufällig zu Gesicht. Mutter hatte mich ins nächste Dorf geschickt, Verwandte zu besuchen, aber ich fühlte mich einsam und kam schon früher zurück und sah ihn... Das war kurz bevor er wieder abfuhr. Er setzte sich in einen Wagen, wie ihn die fremden Teufel fahren...«

»Wo hatte er das Auto her? Gehörte es ihm?«

»Ich weiß es nicht, Herr. In Ning-tok gab es kein Auto. Nicht einmal der Dorfausschuß hatte eines, nicht einmal Vater, wo er doch Apotheker war.

Sie haben uns in Frieden gelassen, Maos Leute... weil Vater ein gebildeter Mann war, ein Apotheker, und insgeheim, aber das wußte ich nicht, ein Anhänger Maos. Nein, das wußte ich nicht, das schwöre ich.«
»Und wie hieß er also wirklich, der Sohn deiner Herrin? Der Mann auf dem Bild?« versuchte er sie unsicher zu machen.
»Tschu-toy Wu, Herr, er war ihr zweiter Sohn... Ich erinnere mich noch, wie er nach... nach diesem scheußlichen Ort, diesem Duftigen Hafen, geschickt wurde. Er war fünf oder sechs Jahre alt und hatte hier einen Onkel, und dann...«
»Wie hieß der Onkel?«
»Das weiß ich nicht, Herr, man hat es mir nie gesagt. Ich weiß nur noch, daß Mutter weinte und weinte, als Vater ihn fortschickte. Er sollte eine Schule besuchen... Kann ich jetzt heimgehen, bitte, ich bin müde...«
»Er wurde nach Hongkong an eine Schule geschickt? An welche?«
»Das weiß ich nicht, Herr, meine Herrin hat es mir nie gesagt. Und dann verbannte sie ihn aus ihren Gedanken, und ich auch, und das war gut so, denn er ging für immer fort. Du weißt ja, daß Zweitgeborene fortgehen müssen...«
»Wann ist Tschu-toy Wu nach Ning-tok zurückgekehrt?«
»Das war vor einigen Jahren, als Vater im Sterben lag. Und von damals ist das Bild. Mutter wollte es unbedingt haben, sie weinte und flehte ihn an, sich mit ihr fotografieren zu lassen... Vater war heimgegangen, und sie war ganz allein... Oh, sie weinte so sehr, und Tschu-toy erfüllte ihr schließlich ihre Bitte...«
»Und wer ist der Barbar auf dem Bild?« Den Kopf halb zur Seite gedreht, stand der Mann neben dem Auto. Es war ein Europäer, von kräftiger Statur, seine Kleidung farblos und zerknittert.
»Ich weiß es nicht, Herr. Er war der Chauffeur und fuhr Tschu-toy, aber der Dorfausschuß und auch Tschu-toy selbst verneigten sich mehrmals vor ihm, und es hieß, er ist eine bedeutende Persönlichkeit.«
»Und die Leute auf dem anderen Bild? Wer sind sie?«
Es war eine alte Fotografie, fast schon sepiabraun, und zeigte ein Paar, das sich in seiner Hochzeitskleidung sichtlich unbehaglich fühlte und krampfhaft lächelnd in die Kamera blickte.
»Das sind Vater und Mutter, Herr, habe ich das nicht schon gesagt? Er hieß Ting-top Wu und seine *tai-tai*, meine Herrin, Fang-ling...«
»Und der Zeitungsausschnitt?«
»Er klebte an dem einen Bild, und darum ließ ich ihn dran. Was sollte ich denn mit dem Unsinn sonst anfangen?«
Robert Armstrong holte tief Atem. Der vergilbte Ausschnitt war aus einer in Hongkong erscheinenden chinesischen Zeitung vom 16. Juli 1937 und berichtete über drei junge Chinesen, die ihre Abschlußprüfung so erfolgreich bestanden hatten, daß die Regierung von Hongkong sie mit einem Sti-

pendium an eine Public School in England schickte. Einer von ihnen hieß Kar-shun Kwok. Kar-shun war Brian Kwoks offizieller chinesischer Name.

»Sie haben sich bestens bewährt, Robert«, sagte Crosse.

»Habe ich das?« antwortete Armstrong niedergeschlagen.

»Ja, bestens. Sie sind mit dem Beweismaterial gleich zu mir gekommen, und Sie haben meine Anweisungen strikt befolgt.« Crosse setzte sich an den Schreibtisch. »Ich bin nur froh, daß Sie das richtige Bier getrunken haben. Hat er etwas gemerkt?«

»Nein, ich glaube nicht.« Armstrong bemühte sich, seine Fassung zu bewahren. »Wenn Sie mich jetzt entschuldigen würden, Sir. Ich... ich fühle mich unrein. Ich... ich muß unter die Dusche. Entschuldigen Sie mich!«

»Bitte setzen Sie sich einen Augenblick! Ja, Sie müssen müde sein. Solche Sachen nehmen einen ganz schön mit.«

Herrgott, hätte Armstrong herausschreien wollen, das ist doch nicht möglich! Unmöglich, daß Brian ein Geheimagent ist, aber es paßte alles zusammen. Warum sonst sollte er sich einen anderen Namen, eine andere Geburtsurkunde zugelegt haben? Wozu sonst ein so sorgfältig ausgeklügeltes Märchen – daß seine Eltern während des Krieges in Kanton von Kommunisten ermordet wurden? Und wenn sein Vater nicht wirklich im Sterben gelegen hatte, warum sonst hätte er sich heimlich nach Ning-tok zurückgeschlichen und damit riskiert, alles zu verlieren, was er in dreißig Jahren so zielstrebig aufgebaut hatte? Wenn diese Fakten stimmen, ergeben sich logische Folgerungen: Um von der schweren Krankheit seines Vaters zu erfahren, mußte er ständigen Kontakt zum Festland gehabt haben; als Inspektor der Hongkonger Polizei mußte er in der Volksrepublik persona grata gewesen sein – andernfalls hätte man ihn nicht heimlich einreisen und ebenso heimlich wieder ausreisen lassen. Und wenn er persona grata war, mußte er einer von ihnen und schon vor Jahren angeworben worden sein. »Mein Gott«, murmelte er, »er hätte Assistant Commissioner werden können, vielleicht sogar Commissioner...!«

»Was schlagen Sie vor, Robert?« fragte Crosse mit sanfter Stimme.

Armstrong kehrte in die Gegenwart zurück; seine Selbstbeherrschung bezwang seine Seelenqual. »Die Entwicklung zurückverfolgen. Wir finden das fehlende Glied. Sein Vater war ein winziges kommunistisches Rädchen, und die Vermutung liegt nahe, daß auch der Verwandte in Hongkong dazugehörte. Anzunehmen, daß sie Brian scharf an der Kandare gehalten haben.«

»Sie haben völlig recht, Robert. Aber zuerst verhören Sie ihn!«

Eisiges Entsetzen durchzuckte Armstrong. »Nein«, sagte er.

»Doch, Sie werden das Verhör leiten. Es werden keine Chinesen daran teilnehmen, nur ranghohe britische Agenten. Ausgenommen Wu, Augenglas Wu. Ja, der wird Ihnen eine Hilfe sein.«

»Ich kann nicht... ich will nicht.«
Crosse öffnete den großen Umschlag aus Manila-Papier, den er mitgebracht hatte. »Was halten Sie davon?«
Armstrong betrachtete das Bild. Es war die Vergrößerung eines kleinen Teils der zweiten Fotografie, der Kopf des Europäers neben dem Auto. Das Gesicht des Mannes war halb zur Seite gedreht. »Ich würde sagen, daß er sich umdrehte, um nicht fotografiert zu werden.«
»Das war auch mein Eindruck. Erkennen Sie ihn wieder?«
Armstrong sah sich die Vergrößerung genau an. »Nein.«
»Vielleicht Dunross? Ian Dunross?«
Kopfschüttelnd ging Armstrong damit ans Fenster. »Möglich, aber... unwahrscheinlich. Wenn... wenn es Dunross ist, dann... Sie meinen, er könnte Sevrins Instrukteur sein? Unmöglich.«
»Unwahrscheinlich, aber nicht unmöglich. Er ist mit Brian dick befreundet.« Crosse nahm ihm die Vergrößerung wieder aus der Hand. »Na ja. Brian wird sich zweifellos erinnern.« Seine Stimme wurde weich. »Ich gebe Ihnen Brian zum Abschuß frei, und Sie werden ihm den Gnadenstoß verabreichen. Ich möchte unbedingt wissen, wer dieser Bursche auf dem Bild ist, besser gesagt, ich möchte alles wissen, was Brian weiß, und zwar raschestens.«
»Nein. Suchen Sie sich einen anderen...«
»Robert, Sie gehen mir auf die Nerven. Tschu-toy Wu alias Brian Kar-shun Kwok ist ein feindlicher Maulwurf. Nicht mehr und nicht weniger: Sie sind heute abend um halb sieben beim 16/2 dabei. Außerdem sind Sie zum SI abkommandiert, ich habe bereits mit dem Commissioner gesprochen.«
»Nein, und ich kann auch das Verhör nicht...«
»Aber mein lieber Mann, Sie können und Sie werden. Sie sind sogar der einzige, der dafür in Frage kommt. Brian ist viel zu gerissen, um wie ein Amateur in die Falle zu gehen. Daß er der Maulwurf ist, hat mich genauso überrascht wie Sie und den Gouverneur. *Er* hat Fonf-fong verraten, der doch auch Ihr Freund war, nicht wahr? Er muß den Inhalt der AMG-Papiere an den Feind weitergegeben haben. Weiß Gott, zu welchen Informationen er bei seinem Generalstabslehrgang Zugang hatte.« Crosse paffte seine Zigarette. »Ich gebe zu, daß er für ein hohes Amt vorbereitet wurde – ich dachte sogar daran, ihn zu meinem Nachfolger zu machen. Darum sollten wir so schnell wie möglich alles aus ihm herausholen.« Er drückte seine Zigarette aus. »Ich habe angeordnet, daß er unverzüglich einem geheimen Verhör der Klasse Eins unterzogen wird.«
Alle Farbe wich aus Armstrongs Gesicht. Seinen Haß nicht verhehlend, starrte er Crosse an. »Sie sind ein Bastard, ein gottverdammter Saukerl.«
Crosse lächelte sanft. »Richtig.«
»Sind Sie auch schwul?«
»Vielleicht.« Crosse sah ihn ruhig an. »Ich bitte Sie, Robert, glauben Sie

wirklich, man könnte mich erpressen? Mich? Erpressen? Wie ich höre, ist Homosexualität eine ganz normale Sache, selbst in höchsten Kreisen.«
»Meinen Sie?«
»Ja, ja, eine ganz normale Sache, und wird hin und wieder von einer höchst katholischen Clique von VIPs in aller Welt praktiziert. Sogar in Moskau.« Crosse zündete sich eine neue Zigarette an. »Natürlich sollte man diskret, wählerisch und nach Möglichkeit ungebunden sein, aber in unserem Beruf könnte sich ein Hang zum Nichtalltäglichen sehr vorteilhaft auswirken, finden Sie nicht?«
»Sie rechtfertigen also jedes Übel, jedes Verbrechen, Mord, Betrug, Lüge... alles, damit, daß es zu Nutzen und Frommen des verdammten SI geschieht, nicht wahr?«
»Ich rechtfertige gar nichts, Robert. Ich weiß, Sie sind sehr erregt, aber ich finde, wir sollten dieses Gespräch beenden.«
»Sie können mich nicht zwingen, im SI zu arbeiten. Ich nehme meinen Abschied.«
Crosse lächelte geringschätzig. »Aber mein lieber Freund, was ist mit Ihren Schulden? Haben Sie die 40000 vergessen, die Montag fällig sind?« Er stand auf, seine Augen glitzerten. »Wir sind beide großjährig, Robert. Machen Sie ihn fertig, und machen Sie schnell.«

7

15 Uhr:

Die Schlußglocke läutete, aber der Klang ging in einem Pandämonium brüllender Makler unter, die verzweifelt versuchten, ihre letzten Aufträge zu erledigen.
Für Struan's war der Tag eine einzige Katastrophe gewesen. Große Aktienpakete waren auf den Markt und wieder zurückgeworfen worden. Der Kurs sackte von 24,70 auf 17,50 ab, und in der Verkaufskolumne waren immer noch 300000 Aktien angeboten. Alle Kurse waren gefallen, die Börse wankte. Für morgen wurde allgemein der Zusammenbruch der Ho-Pak erwartet – daß es heute noch nicht geschehen war, verdankte die Bank Sir Luis Basilio, der zu Mittag den Handel in Bankaktien eingestellt hatte.
»Seht euch den Tai-Pan an!« rief ein Makler. »Du lieber Himmel, man möchte meinen, heute wäre ein Tag wie jeder andere und nicht ein Trauertag für Noble House.«
»Unser Ian ist eben ein toller Hecht, keine Frage«, meinte ein anderer. »Seht euch nur sein Lächeln an! Das muß man sich erst mal vorstellen:

Seine Aktien fallen an einem Tag von 24,70 auf 17,50, wo sie doch seit der Gründung der AG noch nie unter 25 waren! Morgen reißt Gornt die Kontrolle an sich!«

»Heiliger Bimbam, glauben Sie wirklich, Gornt schafft es? Gornt als Tai-Pan eines neuen Noble House?«

»Ich gebe zu, wenn man Dunross ansieht, sollte man nicht glauben, daß seine Welt im Zusammenbrechen ist...«

»Es ist hoch an der Zeit!«

»Ach, komm doch, der Tai-Pan ist ein netter Kerl! Gornt ist ein arroganter Bastard.«

»Sie sind beide Bastarde!«

»Ach, ich weiß nicht. Andererseits... Dunross ist kalt wie eine Hundeschnauze. Aber um das Thema zu wechseln: »Wie ist es denn heute gelaufen?«

»Phantastisch. Meine eigenen Aktien habe ich alle abgestoßen. Jetzt bin ich Gott sei Dank liquid. Einige meiner Kunden werden übel dran sein...«

»Ich halte immer noch 58000 Stück Struan's und finde keinen Abnehmer...«

»Allmächtiger!«

»Was ist los?«

»Die Ho-Pak ist am Ende! Sie haben ihre Schalter geschlossen!«

»Mein Gott, sind Sie sicher?«

»Natürlich bin ich sicher, und es heißt auch, die Vic macht morgen nicht auf, und der Gouverneur wird morgen einen Bankfeiertag vorschreiben. Ich weiß das aus bester Quelle.«

»Du lieber Himmel, *die Vic schließt ihre Schalter!*«

»Wir sind alle ruiniert!«

»Hören Sie, ich habe eben mit Johnjohn gesprochen. Sie wissen von diesem Gerücht, aber er sagt, es kommt alles in Ordnung – wir brauchen uns keine Sorgen zu machen...«

»Gott sei Dank!«

»In Aberdeen sei es vor einer halben Stunde zu schweren Ausschreitungen gekommen, als die dortige Ho-Pak-Filiale schloß, aber Richard Kwang hat soeben vor Journalisten erklärt, bis auf das Hauptbüro würden alle Niederlassungen ›vorübergehend gesperrt‹. Man brauchte sich jedoch nicht zu beunruhigen, er hätte genügend Geld und...«

»Verlogenes Schwein!«

»... und jeder kann mit seinem Kontobuch kommen und bekommt sein Geld.«

»Und was ist mit den Aktien? Wenn er erst mal liquidiert, was glauben Sie, was er zahlen wird?«

»Wer kann das sagen? Aber daß Tausende bei diesem Krach die Hosen verlieren werden, das steht fest!«

»He, Tai-Pan! Werden Sie Ihren Kurs weiter absacken lassen, oder werden Sie kaufen?«
»Noble House ist so solide wie eh und je«, antwortete Dunross. »Ich rate Ihnen zu kaufen.«
»Wie lange können Sie abwarten, Tai-Pan?«
»Keine Sorge, wir werden auch mit diesem kleinen Problem fertig werden!« Gefolgt von Linc Bartlett und Casey, bahnte sich Dunross einen Weg durch die Menge. Von allen Seiten wurden ihm Fragen gestellt. Über die meisten ging er mit einem Scherz hinweg, einige beantwortete er, und dann stand Gornt vor ihm, und die beiden Männer wurden zum Zentrum einer großen Stille.
»Na, Quillan, wie ist es denn heute für Sie gelaufen?« erkundigte Dunross sich höflich.
»Sehr gut, danke, Ian, sehr gut! Meine Partner und ich liegen mit drei oder vier Millionen vorne.«
»Sie haben Partner?«
»Selbstverständlich. Einen Angriff auf Struan's unternimmt man nicht leichtfertig – da muß man schon massive finanzielle Unterstützung haben.« Er lächelte. »Glücklicherweise ist Struan's einer Menge anständiger Menschen zutiefst verhaßt – seit hundert Jahren und mehr. Es bereitet mir ein besonderes Vergnügen, Ihnen mitteilen zu können, daß ich soeben weitere dreihunderttausend Aktien erworben habe, um sie schnellstens weiterzuverkaufen. Das sollte reichen, um den Zusammenbruch Ihres Hauses herbeizuführen!«
»Wir sind doch kein Saftladen. Wir sind das Noble House.«
»Bis morgen. Ja. Spätestens bis Montag.« Gornt richtete seine Blicke auf Bartlett. »Bleibt es bei unserer Verabredung zum Dinner am Dienstag?«
»Ja.«
Dunross lächelte. »Wissen Sie, Quillan, auf einem so unbeständigen Markt kann man sich mit Leerverkäufen leicht die Finger verbrennen.« An Bartlett und Casey gewendet, fügte er liebenswürdig hinzu: »Stimmen Sie mir nicht zu?«
»In New York geht's bei Gott nicht so zu wie hier bei Ihnen«, antwortete Bartlett und erntete Gelächter. »Was sich heute hier abgespielt hat, könnte unsere ganze Wirtschaft demolieren. Stimmt's, Casey?«
»Ja«, nickte sie. Unter Gornts forschendem Blick empfand sie ein ungutes Gefühl.
»Mit Ihrer Anwesenheit in Hongkong ehren Sie uns«, sagte Gornt und bot seinen ganzen Charme auf. »Und ich darf Sie auch zu dem Mut beglückwünschen, den Sie gestern abend bewiesen haben – Sie beide.«
»Ich habe doch nichts Besonderes getan«, erwiderte Bartlett.
»Und ich auch nicht«, sagte Casey mit einigem Unbehagen, sich der Tatsache wohl bewußt, daß sie die einzige Frau im Raum war und der Mittel-

punkt des allgemeinen Interesses. »Wenn Linc und Ian... der Tai-Pan, Sie und die anderen nicht dabeigewesen wären, ich glaube, ich hätte durchgedreht.«
»Aber Sie haben nicht durchgedreht. Ihr Hechtsprung war perfekt«, sagte Gornt unter dem Beifall der Umstehenden.
Der Gedanke erwärmte ihr Herz, und das nicht zum erstenmal. Seitdem sie, ohne lange nachzudenken, ihr Kleid ausgezogen hatte, war ihr Leben nicht mehr das gleiche. In der Börse war sie mit Komplimenten überschüttet worden. Sie bildete sich ein, daß Dunross, Gornt und Bartlett es ihr hoch anrechneten, daß sie sie nicht enttäuscht hatte.
»Verkaufen Sie à découvert, Mr. Bartlett?« fragte Gornt.
»Ich persönlich, nein«, antwortete Bartlett mit einem kleinen Lächeln. »Noch nicht.«
»Das sollten Sie aber«, meinte Gornt. »Mit einem Baisse-Engagement läßt sich viel Geld verdienen, wie Sie sicher wissen. Mit der Kontrolle über Struan's wird viel Geld den Besitzer wechseln. Und Sie, Ciranoush, spielen Sie an der Börse?«
Casey hörte ihren Namen, und ein erregender Schauer durchrieselte sie. Nimm dich in acht, warnte sie sich, dieser Mann ist gefährlich! So wie Dunross und so wie Linc. Ich glaube, ich möchte sie alle drei haben, dachte sie, und ihr Kopf wurde heiß. Von dem Moment an, als Dunross sie so besorgt angerufen hatte, war es ein herrlicher und aufregender Tag gewesen. Sie verspürte keine Nachwirkungen – weder vom Feuer noch von Doc Tooleys Emetika. Sie hatte den ganzen Vormittag damit verbracht, Telegramme und Telexe aus den Staaten zu beantworten, Telefongespräche zu führen und finanzielle Probleme eines weltweiten Mischkonzerns, wie Par-Con einer war, zu lösen. Dann hatte Linc sie ganz unerwartet zum Lunch eingeladen... der liebe, attraktive, stets zuversichtliche Linc! Beim Lunch im großen grünen Speisesaal im Dachgeschoß des Victoria and Albert war Linc so aufmerksam gewesen... Eine halbe Grapefruit, eine kleine Portion Salat, Perrier, alles perfekt serviert, so wie sie es gern hatte. Dann Kaffee.
»Wie wäre es mit einem Besuch der Börse, Casey? Sagen wir um halb drei?« hatte er gefragt. »Ian hat uns eingeladen.«
»Ich habe noch eine Menge zu tun, Linc, und...«
»Aber diese Börse ist etwas Besonderes, Insider Trading ist hier eine eigene Lebensweise und völlig legal! Es ist wirklich phantastisch – ein perfektes System! Was die hier im Rahmen der Gesetze aufführen, brächte einem in den Staaten zwanzig Jahre Zuchthaus ein.«
»Darum ist es noch lange nicht recht, Linc.«
»Nein, aber das ist Hongkong, es ist ihr Land, sie sind mit ihren Gesetzen zufrieden, und die Regierung sahnt nur 15 Prozent Steuern ab. Eins sage ich dir, Casey: Wenn dir der Sinn nach Startgeld steht... Hier brauchst du nur zuzugreifen.«

»Hoffentlich. Geh du, Linc, ich habe noch einen Haufen Arbeit!«
»Die kann warten. Heute könnte die Stunde der Entscheidung schlagen. Wir sollten beim Abschuß dabeisein.«
»Wird Gornt gewinnen?«
»Keine Frage, wenn sich Dunross keine massive Finanzierung beschaffen kann. Wie ich höre, wird die Victoria ihn nicht unterstützen. Und Orlin wird ihren Wechsel nicht prolongieren – wie ich prophezeit habe.«
»Hat Gornt dir das gesagt?«
»Jetzt vor dem Lunch – aber in dieser Stadt weiß man alles. Ich habe so was noch nicht erlebt.«
»Dann weiß Dunross vielleicht auch, daß du Gornt die zwei Millionen zur Verfügung gestellt hast.«
»Kann sein. Aber das spielt keine Rolle, solange sie nicht wissen, daß Par-Con auf dem besten Wege ist, das neue Noble House zu werden. Tai-Pan Bartlett – wie hört sich das an?«
Casey erinnerte sich an die Wärme der Ausstrahlung, die von ihm ausging, und sie empfand sie auch jetzt, hier im großen Börsensaal, umringt von Männern, von denen nur drei bedeutende Männer waren – Quillan, Ian und Linc – die vitalsten und aufregendsten Männer, die je ihren Weg gekreuzt hatten. Sie verteilte ihr Lächeln auf sie und sagte dann zu Gornt: »Nein, ich spiele nicht.«
Gornt fixierte sie. »Klug, sehr klug. Aber natürlich gibt es manchmal eine todsichere Sache, bei der man hohe Gewinne erzielen kann.« Er sah Dunross an. »Nicht wahr, Ian?«
»Versteht sich. Also dann, Quillan. Bis morgen!«
»He, Mr. Bartlett!« rief ein Makler. »Haben Sie jetzt mit Struan's abgeschlossen oder nicht?«
»Und was«, wollte ein anderer wissen, »was hält Raider Bartlett von einem Raid nach Hongkonger Art?«
Bartlett zuckte die Achseln. »Ein Raid ist ein Raid, wo immer er über die Bühne geht. Aber solange man nicht gewonnen hat, kann man seiner Sache nicht sicher sein. Ich stimme da mit Mr. Dunross überein: Man kann sich die Finger verbrennen.« Er zwinkerte mit den Augen. »Ich stimme auch Mr. Gornt zu: Man kann dabei hohe Gewinne erzielen.«
Schallendes Gelächter erhob sich. Dunross machte es sich zunutze, um sich einen Weg zum Ausgang zu bahnen. Bartlett und Casey folgten ihm. Der Chauffeur wartete neben dem Rolls. »Kommen Sie, steigen Sie ein! Tut mir leid, ich bin ein bißchen in Eile, aber ich bringe Sie nach Hause.«
»Nein, nein, lassen Sie nur, wir nehmen ein Taxi...«
»Aber ich bitte Sie! In diesem Regen müssen Sie eine halbe Stunde auf ein Taxi warten.«
»Wenn Sie uns zur Fähre bringen, sind wir schon sehr zufrieden«, sagte Casey. Sie stiegen ein und fuhren los.

»Was werden Sie gegen Gornt unternehmen?« fragte Bartlett.
Dunross lachte, und Bartlett und Casey versuchten, sich einen Reim darauf zu machen. »Ich werde warten«, antwortete er. »Geduld ist eine alte chinesische Gewohnheit. Dem Wartenden fällt alles zu. Ich danke Ihnen, daß Sie über unser Deal nichts verlauten ließen. Das haben Sie wirklich sehr geschickt gemacht. Könnten Sie es mir überlassen, die Zeit der Bekanntmachung festzusetzen? Ich benachrichtige Sie rechtzeitig, aber es wäre möglich, daß ich eine gewisse zeitliche Koordinierung brauche, um... besser manövrieren zu können.«
»Selbstverständlich.«
»Vielen Dank! Sollten wir bis dahin im Eimer sein, gibt es kein Deal. Das ist mir völlig klar.«
»Kann Gornt die Kontrolle übernehmen?« fragte Casey. Beide sahen die Veränderung in den Augen des Schotten. Das Lächeln war noch da, aber nur an der Oberfläche.
»Eigentlich nicht, aber mit genügend Anteilen kann er sich sofort den Weg in den Aufsichtsrat erzwingen und andere Vorstandsmitglieder berufen. Sitzt er einmal im Aufsichtsrat, wird ihm der größte Teil unserer Geschäftsgeheimnisse zugänglich sein, und er wird alles auseinanderreißen und zerstören.« Dunross streifte Casey mit einem Blick. »Zerstörung ist sein Ziel.«
»Wegen der Vergangenheit?«
»Zum Teil.« Wieder verzog Dunross den Mund zu einem Lächeln. »Der Einsatz ist hoch, es steht viel auf dem Spiel, und wir sind in Hongkong. Die Regierung bestiehlt dich nicht, aber sie schützt dich auch nicht. Wer nicht frei sein will, wem unsere Spielregeln – oder das Fehlen solcher – nicht gefallen, sollte nicht kommen. Sie sind gekommen, um Profit zu machen.« Er fixierte Bartlett. »Und Sie werden Profit erzielen, so oder so.«
Casey fragte sich abermals, wieviel Dunross von Bartletts Arrangement mit Gornt wußte. Der Gedanke beunruhigte sie.
»Wir sind auf Profit aus«, sagte sie, »aber nicht auf Zerstörung.«
»Das ist sehr weise«, gab er zurück. »Es ist besser, Bedeutendes zu schaffen als zu zerstören. Ach ja, Jacques läßt Sie fragen, ob Sie beide heute mit ihm zu Abend essen wollen. Ich kann leider nicht, ich bin offiziell beim Gouverneur eingeladen, aber wir könnten uns anschließend auf einen Drink treffen.«
»Vielen Dank, aber ich kann auch nicht«, antwortete Bartlett leichthin, obwohl ihn beim Gedanken an Orlanda leise Zweifel plagten. »Und du, Casey?«
»Nein, danke. Ich habe noch allerhand zu erledigen, Tai-Pan. Vielleicht könnten Sie uns die Einladung ›gutschreiben‹ lassen?« schlug sie fröhlich vor und dachte, wie klug es von ihm war, sich in seinen Äußerungen auf ein Minimum zu beschränken, und wie klug von Linc, das Verhältnis zu Struan's für eine kleine Weile abkühlen zu lassen. Jawohl, dachte sie, und

es wird schön sein, mit Linc zu Abend zu essen, nur wir beide, wie beim Lunch.

Dunross betrat sein Büro.
»Hallo, Tai-Pan«, begrüßte ihn Claudia. »Mr. und Mrs. Kirk warten im Empfangsraum im Erdgeschoß. Bill Fosters Abschiedsgesuch liegt auf Ihrem Schreibtisch.«
»Gut. Bitte kümmern Sie sich darum, daß ich mit Linbar spreche, bevor er abfliegt!« Er fühlte ihre Besorgnis, so geschickt sie ihre Gefühle auch verbarg. Er spürte es im ganzen Haus. Keiner ließ sich etwas anmerken, aber das Vertrauen war erschüttert. Voll Unbehagen überdachte Dunross noch einmal seinen Plan und seine Position. Er wußte, daß ihm nur wenige Möglichkeiten offenstanden und daß Angriff die einzige Verteidigung darstellte, aber ohne massiven finanziellen Rückhalt konnte er nicht angreifen. Bei seinem vormittäglichen Gespräch mit Lando Mata hatte er sich mit einem zögernden ›Vielleicht‹ zufriedengeben müssen. »... Ich sagte Ihnen schon, daß ich mich erst mit Knauser Tung beraten muß, aber ich kann ihn einfach nicht erreichen.«
»Ist er in Macao?«
»Ja, ich glaube schon. Er sagte, er wolle heute kommen, aber ich weiß nicht, mit welcher Fähre, Tai-Pan. Ich rufe Sie noch heute abend an, sobald ich mit ihm gesprochen habe. Übrigens... Haben Sie sich eines von unseren Angeboten durch den Kopf gehen lassen?«
»Ja. Aber ich kann euch nicht die Führung von Struan's überlassen. Und ich kann auch Struan's nicht aufgeben und das Glücksspiel in Macao leiten.«
»Vielleicht könnten wir die beiden Angebote kombinieren. Dafür, daß Sie uns die Kontrolle über Struan's überlassen, unterstützen wir Sie gegen Gornt. Gleichzeitig übernehmen Sie die Leitung unseres Glücksspielsyndikats, im geheimen, wenn Sie wollen.«
Dunross zweifelte nicht daran, daß Lando Mata und Knauser Tung die Falle, in der er saß, benutzen wollten, um ihre eigenen Interessen zu fördern. So wie Bartlett und Casey, dachte er ohne Zorn. Eine interessante Frau, diese Casey, schön, mutig und loyal – gegenüber Bartlett. Ob sie wohl weiß, daß er heute mit Orlanda gefrühstückt und sie anschließend in ihre Wohnung begleitet hat? Und ob sie es wohl für möglich halten, daß ich von den zwei Millionen für Gornt weiß? Bartlett ist clever, sehr clever, setzt sich aber großen Gefahren aus, denn man kann ihn leicht durchschauen, und eine Asiatin ist das Messer an seiner Kehle. Vielleicht ist es Orlanda, vielleicht auch nicht, aber sicher so ein verführerisches junges Ding. Es war sehr schlau von Quillan, sie als Köder auf den Angelhaken zu spießen.
»Was haben Sie an Anrufen notiert, Claudia?« fragte er, und eisige Sorge durchzuckte ihn. Mata und Knauser Tung waren seine Asse gewesen, die einzigen, die ihm geblieben waren.

Sie zögerte und warf einen Blick auf die Liste. »Hiro Toda aus Tokio, V-Gespräch. Bittet um Rückruf, wenn Sie einen Augenblick Zeit haben. Alastair Struan aus Edinburgh das gleiche... David MacStruan aus Toronto... Ihr Vater aus Ayr... der alte Sir Ross Struan aus Nizza...«
»Onkel Trussler aus London«, unterbrach er sie, »Onkel Kelly aus Dublin... Vetter Cooper aus Atlanta, Vet...«
»Aus New York«, sagte Claudia.
»Aus New York. Schlechte Nachrichten erfährt man bald«, bemerkte er.
»Ja. Und dann...« Ihre Augen füllten sich mit Tränen. »Was sollen wir bloß tun?«
»Vor allem nicht weinen«, antwortete er, wohl wissend, daß sie einen großen Teil ihrer Ersparnisse in Struan's-Aktien angelegt hatte.
»Natürlich nicht.« Sie holte ein Taschentuch heraus. Sie war traurig um seinetwillen, denn, den Göttern sei Dank, sie hatte in weiser Voraussicht zum Höchstkurs abgestoßen und nicht auf den Ratschlag Philip Tschens gehört, massiv zu kaufen. »*Ayeeyah*, Tai-Pan, tut mir schrecklich leid. Aber es ist sehr schlimm, nicht wahr?«
»Nichts ist schlimm, solange man nicht tot ist«, tröstete er sie. »Das hat der alte Tai-Pan doch immer gesagt, nicht wahr?« Der alte Tai-Pan war Sir Ross Struan, Alastairs Vater, der erste Tai-Pan, an den er sich erinnern konnte. »Wer hat noch angerufen?«
»Vetter Kern aus Houston und Vetter Deeks aus Sydney. Soweit die Mitglieder der Familie.«
»Das sind sowieso schon alle.« Dunross holte tief Atem. Die Kontrolle über das Noble House lag bei diesen Familien. Sie alle besaßen Aktienpakete, die ihnen vererbt worden waren, wenngleich nur er allein das Stimmrecht ausübte – solange er Tai-Pan war. Der Hauptteil der Aktien, fünfzig Prozent, der Hexe persönliches Eigentum und Erbe, war in einem ewigen Fonds angelegt, und auch über diesen übte der Tai-Pan das Stimmrecht aus, »wer immer er oder sie sein mag. Der anfallende Gewinn soll jährlich aufgeteilt werden: fünfzig Prozent für den Tai-Pan, der Rest im Verhältnis zu den Familienanteilen – aber nur, wenn der Tai-Pan so verfügt«, hatte sie mit ihrer festen, energischen Hand niedergeschrieben. »Beschließt er, den Gewinn aus meinem Anteil, aus welchen Gründen immer, der Familie vorzuenthalten, soll dieser Betrag dem Privatfonds des Tai-Pan zugezählt werden. Doch jeder nachkommende Tai-Pan möge sich in acht nehmen: Noble House soll aus einer sicheren Hand in die andere gelangen, wie *der Tai-Pan* selbst es bestimmt hat, denn sonst werde ich meinen Fluch dem seinen hinzufügen – gegen jeden, der seine Pflicht vernachlässigt...«
Es durchrieselte Dunross kalt, als er daran zurückdachte, wie er dieses Testament zum erstenmal gelesen hatte. Warum sind wir so besessen von ihr und Dirk, fragte er sich. Warum können wir unter die Vergangenheit keinen Schlußstrich ziehen? Warum sollten wir uns auch weiterhin den Lau-

nen von Gespenstern unterwerfen? Das tue ich ja auch nicht, dachte er. Ich bemühe mich, ihren Maßstäben gerecht zu werden.
Er wendete seinen Blick auf Claudia zurück; würdevoll, sehr verläßlich, aber jetzt zum erstenmal verängstigt saß sie da. Er kannte sie seit seiner Kindheit. Mit fanatischer Loyalität hatte sie dem alten Sir Ross, dann seinem Vater, dann Alastair und jetzt ihm gedient. So wie Philip Tschen.
»Hat Philip angerufen?« fragte er.
»Ja, Tai-Pan. Und Dianne. Viermal.«
»Wer noch?«
»Ein Dutzend Leute oder mehr. Die wichtigeren sind Johnjohn von der Bank, General Jen von Taiwan, Gavallan *pére* aus Paris, Vierfinger Wu, Pug...«
»Vierfinger?« Jäh schoß Hoffnung in Dunross auf. »Wann hat er angerufen?«
Sie sah auf ihre Liste. »Um 2 Uhr 56.«
Ob der alte Seeräuber seine Meinung geändert hat? fragte sich Dunross. Gestern spät nachmittags war er nach Aberdeen gefahren, um Wus Hilfe zu erbitten, hatte sich aber, wie bei Lando Mata, mit vagen Versprechungen begnügen müssen.
»Hör mal, alter Freund«, hatte er ihn in stockendem Haklo angesprochen, »ich habe dich noch nie um Hilfe gebeten.«
»Eine lange Reihe deiner Tai-Pan-Vorfahren hat eine Menge Gefälligkeiten von meinen Vorfahren erbeten und große Gewinne damit erzielt«, hatte der alte Mann erwidert. »Hilfe? Zwanzig Millionen? Wo soll ein alter armer Fischer soviel Bargeld hernehmen?«
»Aus der Ho-Pak ist gestern mehr als das herausgekommen, alter Freund.«
»*Ayeeyah*, der Teufel soll die Hurenböcke holen, die falsche Informationen verbreiten! Vielleicht habe ich mein Geld abgezogen, aber es ist alles fort. Ich mußte Waren bezahlen.«
»Ich hoffe, es hat sich dabei nicht um weißes Pulver gehandelt«, gab Dunross grimmig zurück. »Das weiße Pulver ist ein schrecklicher Joss. Gerüchte wollen wissen, daß du dich damit beschäftigst. Als Freund rate ich dir ab. Meine Vorfahren, der alte Grünäugige Teufel und die ›Hexe‹ Struan mit dem bösen Blick und den Drachenzähnen, beide haben alle verflucht, die mit dem weißen Pulver handeln«, sagte er, es mit der Wahrheit nicht allzu genau nehmend, denn er wußte, wie abergläubisch der alte Mann war.
»Ich weiß nichts vom weißen Pulver.« Der alte Mann rang sich ein Lächeln ab, wobei er ein paar schiefe Zähne sehen ließ. »Und ich fürchte auch keine Flüche, nicht einmal von ihnen!«
Dunross wußte, daß er log. »Dann ist es ja gut«, sagte er, »und jetzt hilf mir, einen Kredit zu bekommen! Fünfzig Millionen auf drei Tage, mehr brauche ich nicht!«

»Ich werde meine Freunde fragen, Tai-Pan. Vielleicht können sie helfen, vielleicht können wir alle zusammen helfen. Aber erwarte kein Wasser aus einem leeren Brunnen! Zu welchem Zinssatz?«
»Zu einem hohen, wenn ich es morgen haben kann.«
»Unmöglich, Tai-Pan!«
»Sprich mit Knauser, du bist doch mit ihm befreundet!«
»Knauser Tung ist der einzige Freund, den Hurenbock Knauser Tung hat«, war die verdrießliche Antwort des alten Mannes.
Er griff nach dem Telefon. »Wer hat noch angerufen, Claudia?« fragte er, während er eine Nummer wählte.
»Johnjohn von der Bank, Philip und Dianne... ach, das wissen Sie ja schon. Oberinspektor Crosse, und dann so ziemlich jeder unserer größeren Aktionäre und jeder Geschäftsführer unserer Tochtergesellschaften, der halbe Jockey-Club,... Travkin, Ihr Trainer... die Liste ist endlos...«
»Augenblick, Claudia!« Und dann auf Haklo in die Sprechmuschel: »Hier ist der Tai-Pan. Ist mein alter Freund da?«
»Selbstverständlich, Mr. Dunross«, antwortete höflich die amerikanische Stimme. »Danke für Ihren Rückruf! Er kommt gleich, Sir.«
»Mr. Tschoy, Mr. Paul Tschoy?«
»Ja, Sir.«
»Ihr Onkel hat mir von Ihnen erzählt. Willkommen in Hongkong!«
»Ich... hier ist er schon.«
»Danke.« Dunross dachte scharf nach. Warum, fragte er sich, war Paul Tschoy jetzt bei Vierfinger und nicht damit beschäftigt, Gornts Geschäften nachzuspüren? Was wollte Crosse von ihm, und warum hatte Johnjohn angerufen?
»Tai-Pan?«
»Ja, alter Freund. Du wolltest mit mir sprechen?«
»Ja. Können wir heute abend zusammenkommen?«
Dunross hätte vor Freude aufschreien mögen: Hast du es dir überlegt? Doch das ließen die guten Manieren nicht zu, und außerdem benützten die Chinesen nur ungern das Telefon und zogen eine Begegnung von Angesicht zu Angesicht vor. »Selbstverständlich. Etwa um acht Glasen, zu Beginn der Mittelwache. Ich werde mich bemühen, pünktlich zu sein«, fügte er hinzu, als ihm einfiel, daß er um dreiviertel elf mit Brian Kwok verabredet war.
»Gut. Auf meinem Landeplatz. Ein Sampan wird warten.«
Mit klopfendem Herzen legte Dunross den Hörer auf. »Zuerst Crosse, Claudia, dann lassen Sie die Kirks rein! Dann gehen wir die Liste durch. Melden Sie ein Sammelgespräch an – mit meinem Vater, Alastair und Sir Ross, für fünf Uhr, das ist neun bei ihnen und zehn in Nizza. David und die anderen in den Staaten rufe ich heute abend an. Unnötig, sie mitten in der Nacht zu wecken.«

»Ja, Tai-Pan.« Claudia stellte die Verbindung mit Crosse her, reichte Dunross den Hörer und verließ das Büro.
»Ja, Oberinspektor?«
»Wie oft waren Sie in China?«
Die unerwartete Frage brachte Dunross einen Augenblick lang aus der Fassung. »Das ist alles aktenkundig«, antwortete er. »Es muß doch für Sie ein leichtes sein, das festzustellen.«
»Gewiß, aber könnten Sie versuchen, sich jetzt zu erinnern? Bitte.«
»Viermal in Kanton zur Messe, die letzten vier Jahre jedes Jahr. Und einmal in Peking mit einer Handelsdelegation voriges Jahr.«
»Ist es Ihnen jemals gelungen, von Kanton – oder Peking – ins Innere zu reisen?«
Dunross zögerte mit der Antwort. Noble House unterhielt viele lange bestehende Verbindungen und hatte viele alte und verläßliche Freunde in Kanton. Als Chinesen wußten sie alle, daß die Geschichte sich wiederholt, daß ganze Epochen sich über Nacht verändern konnten, daß einer, der heute morgen noch Kaiser war, möglicherweise schon nachmittags als räudiger Hund durch die Straßen schlich, daß nach dem Willen launenhafter Götter eine Dynastie auf die andere folgte, daß der erste jeder Dynastie den Drachenthron unweigerlich mit blutigen Händen bestieg, daß man danach strebte, sich immer einen Fluchtweg offenzuhalten – und daß gewisse Barbaren alte Freunde waren, denen man vertrauen konnte.
Weil man Noble House besonderes Vertrauen entgegenbrachte, war man schon viele Male, offiziell und inoffiziell, aber immer im geheimen, an Dunross herangetreten. Er hatte mehrere private Geschäfte am Kochen: alle Arten von Maschinen und nur beschränkt lieferbare Waren, einschließlich einer Flotte von Düsenflugzeugen. Einmal hatte er an einer Konferenz in Hangtschou, dem schönsten Teil Chinas, teilgenommen, wo er und andere Mitglieder des Klubs 49 als geehrte Gäste Chinas fürstlich bewirtet wurden. Der Klub 49 bestand zumeist aus britischen Firmen, die nach 1949 auch weiterhin Handel mit der Volksrepublik China trieben. Kurz nachdem Tschiang Kai-schek nach Taiwan geflohen war, hatte Großbritannien Maos Regierung offiziell anerkannt. Trotzdem waren die Beziehungen zwischen den beiden Regierungen stets gespannt gewesen, nicht aber die zwischen *alten Freunden* – außer ein alter Freund mogelte und mißbrauchte das ihm entgegengebrachte Vertrauen.
»Ein paar Abstecher habe ich wohl gemacht«, erklärte Dunross locker; er wollte den Chef des SI nicht belügen. »Keine großen Abenteuer.«
»Könnten Sie mir wohl sagen, wohin?«
»Gern – wenn Sie sich etwas prägnanter ausdrücken würden«, entgegnete er in schrofferem Ton. »Wir sind Kaufleute, keine Politiker und keine Spione, und Noble House nimmt in Asien eine besondere Position ein. Wir sind schon seit gut ein paar Jährchen hier, und uns Kaufleuten ist es zu ver-

danken, daß der Union Jack über der halben Erde flattert... flatterte. Also, um was geht's?«
Es entstand eine längere Pause. »Nichts... nichts Besonderes. Also gut, Ian, ich werde warten, bis wir das Vergnügen haben, die Dokumente zu Gesicht zu bekommen. Wiedersehen.«
Was will Crosse wissen? fragte sich Dunross beunruhigt. Von den Geschäften, die er gemacht hatte, entsprachen viele zweifellos nicht der offiziellen Regierungspolitik in London oder gar in Washington. Die Herren würden von Bannware sprechen; er sah die Dinge anders.
Mag da kommen, was will, gelobte er sich; solange ich Tai-Pan bin, wird sich an unseren Beziehungen zu China nichts ändern. Die Politiker in London und Washington wollen einfach nicht einsehen, daß die Chinesen zuerst einmal Chinesen und dann erst Kommunisten sind. Und für den Frieden in Asien ist Hongkong lebenswichtig.
»Mr. und Mr. Jamie Kirk, Sir.«
Jamie Kirk war ein pedantischer kleiner Mann mit einem rosigen Gesicht und rosigen Händen, der mit einem wohltuenden schottischen Akzent sprach. Seine Frau, Amerikanerin, war groß und breitschultrig.
»Ich freue mich sehr, Ihre Bek...« setzte Kirk an.
»Ja, wir freuen uns sehr, Mr. Dunross«, fiel seine Frau ihm dröhnend ins Wort. »Komm zur Sache, Jamie, Schatz! Mr. Dunross ist ein vielbeschäftigter Mann, und wir müssen Einkäufe machen. Mein Mann hat ein Päckchen für Sie, Sir.«
»Ja, es ist von Alan Medford Gr...«
»Er weiß es, Schatz«, übertönte sie ihn abermals. »Gib ihm das Päckchen!«
»Ja, und da ist auch noch...«
»Ein Brief von ihm«, sagte sie. »Mr. Dunross hat sehr viel zu tun, gib ihm den Brief, und wir können einkaufen gehen!«
»O ja. Also...« Kirk überreichte Dunross das Päckchen. Es maß etwa vierzehn mal neun Zoll und war einen Zoll dick. Der Brief war mit einem roten Siegel verschlossen. »Alan hat gesagt, ich soll...«
»... Päckchen und Brief persönlich übergeben«, sagte sie und lachte. Sie erhob sich. »Du bist so langsam, Süßer. Also vielen Dank, Mr. Dunross, komm, Schatz...«
Verdattert blieb sie stehen, als Dunross gebieterisch die Hand erhob und höflich, aber sehr bestimmt fragte: »Was möchten Sie denn gern einkaufen, Mrs. Kirk?«
»Wie? Ach, ich möchte mir ein paar Kleider machen lassen, und Schätzchen braucht Hemden...«
Wieder hob Dunross die Hand, drückte mit der anderen auf einen Knopf, und Claudia trat ein. »Führen Sie Mrs. Kirk zu Sandra Lee. Sie soll sofort mit ihr zu Lee Foo Tap hinuntergehen und ihm sagen, daß er Mrs. Kirk die

besten Preise machen muß, sonst lasse ich ihn ausweisen. Mr. Kirk kommt in einer kleinen Weile nach.« Er nahm Mrs. Kirk am Arm, und bevor sie noch wußte, wie ihr geschah, war sie aus dem Zimmer.
Kirk seufzte. Es war ein tiefer, befreiender Seufzer. »Ich wollte, ich könnte das auch«, sagte er trübe, doch dann hellten sich seine Züge auf. »Tai-Pan, Sie sind wirklich so, wie Alan Sie mir beschrieben hat.«
»Aber ich habe doch nichts getan. Ihre Frau wollte einkaufen gehen, nicht wahr?«
»Ja, aber...« Und nach einer kleinen Pause fuhr Kirk fort: »Alan, äh, er hat gesagt, Sie sollten den Brief in meiner Anwesenheit lesen. Ich... ich habe ihr das nicht gesagt. Meinen Sie, ich hätte es ihr sagen sollen?«
»Nein«, antwortete Dunross freundlich. »Hören Sie, Mr. Kirk, es tut mir leid, aber ich habe eine schlechte Nachricht für Sie. Vorigen Montag kam AMG bei einem Motorradunfall ums Leben.«
Kirk blieb der Mund offenstehen. »Was?«
»Tut mir leid, daß ich es Ihnen sagen muß, aber ich dachte, Sie sollten es wissen.«
In Gedanken verloren, blickte Kirk in den Regen hinaus. »Wie schrecklich«, sagte er schließlich. »Diese verdammten Motorräder! Richtige Todesfallen sind das. Wurde er überfahren?«
»Nein. Er lag neben seinem Rad tot auf der Straße. Tut mir aufrichtig leid.«
»Entsetzlich! Der arme alte Alan! Ich bin nur froh, daß Sie es nicht vor Frances erwähnt haben, sie, äh, sie konnte ihn gut leiden... Vielleicht möchten Sie jetzt seinen Brief lesen... der arme alte Alan!« Er betrachtete seine Hände. Seine Fingernägel waren abgekaut.
Um Kirk Zeit zu lassen, seine Fassung wiederzugewinnen, öffnete Dunross den Brief. »Mein lieber Mr. Dunross! Ich darf Ihnen einen alten Schulfreund, Jamie Kirk, und seine Frau Frances vorstellen. Das Päckchen, das er Ihnen mitbringt, öffnen Sie bitte erst, wenn Sie allein sind! Ich wollte, daß es sicher in Ihre Hände gelangt, und Jamie hat sich bereit erklärt, in Hongkong Station zu machen. Er ist vertrauenswürdig, soweit man heute überhaupt noch jemand vertrauen kann. Und stoßen Sie sich bitte nicht an Frances, sie ist kein schlechter Kerl, sie ist gut zu meinem alten Freund, und aus früheren Ehen recht wohlhabend; das gibt Jamie die Muße, in Ruhe zu denken – heutzutage ein seltenes Privileg. Jamie ist Geologe, Hydrogeologe, einer der besten der Welt. Fragen Sie ihn nach seiner Arbeit, womöglich, wenn Frances nicht dabei ist – nicht daß sie nicht über alles Bescheid wüßte, aber sie gibt ein bißchen an. Er hat einige interessante Theorien, die möglicherweise dem Noble House und Ihren wirtschaftlich-politischen Notstandsplanungen von Nutzen sein könnten. Herzliche Grüße, AMG.«
Dunross blickte auf. »AMG schreibt mir, Sie waren Schulfreunde?«
»Ja, ja. Wir sind, äh, all die Jahre in Kontakt geblieben. Ja. Sind Sie, äh, haben Sie ihn schon lange gekannt?«

»Etwa drei Jahre. Ich konnte ihn auch gut leiden. Vielleicht wollen Sie jetzt nicht über ihn sprechen?«

»Oh. Ach nein, ist schon in Ordnung. Ich bin... es ist natürlich ein Schock, aber das Leben geht weiter. Der alte Alan... ist doch ein komisches Kerlchen mit seinen Papieren und Büchern, mit seiner Pfeife und seinen Filzpantoffeln.« Traurig legte Kirk die Handflächen aneinander. »*War es*, sollte ich wohl sagen. Scheint mir irgendwie nicht recht, in der Vergangenheit von ihm zu sprechen... Ja, ich glaube nicht, daß ich ihn in seinem Arbeitszimmer je ohne seine Filzpantoffeln angetroffen habe.«

»Sie meinen seine Wohnung? Ich war niemals dort. Wir haben uns immer in meinem Londoner Büro getroffen. Einmal ist er auch nach Ayr gekommen.«

»Ach ja, er hat mir von Ayr erzählt, Mr. Dunross. Es war, äh, ein Höhepunkt in seinem Leben. Sie, äh, Sie können sich glücklich schätzen, einen solchen Besitz zu haben.«

»Schloß Avisyard gehört mir nicht, Mr. Kirk, obwohl es sich seit mehr als hundert Jahren im Besitz der Familie befindet. Dirk Struan hat es für seine Familie gekauft – als Landsitz sozusagen.« Wie immer wurde ihm warm ums Herz bei dem Gedanken an all den Liebreiz – sanfte Hügel, Seen, Moore, Wälder, mehr als sechstausend Morgen Land, ein herrliches Jagdrevier im schönsten Teil Schottlands. »Traditionsgemäß ist der jeweilige Tai-Pan Grundherr von Avisyard. Aber natürlich ist es den Familien, insbesondere den Kindern, wohlvertraut. Die Sommerferien... Weihnachten auf Avisyard ist eine wunderbare Sache. Und es ist ein landwirtschaftlicher Betrieb, der sich sehen lassen kann: Viehzucht, Milch, Butter – nicht zu vergessen die Brennerei in Loch Vey. Ich wollte, ich könnte mehr Zeit dort verbringen. Meine Frau ist heute abgeflogen, um alles für die Weihnachtsferien vorzubereiten. Kennen Sie die Gegend?«

»Ein wenig. Das Hochland kenne ich besser. Meine Familie kommt aus Inverness.«

»Dann müssen Sie uns in Ayr besuchen, Mr. Kirk. AMG schreibt, daß sie Geologe sind, einer der besten?«

»Oh. Das ist... das war sehr freundlich von ihm. Meine, äh, Spezialität ist Hydrogeologie. Ja. Hauptsächlich...« er unterbrach sich.

»Ist was?«

»Oh, äh, nichts, wirklich nichts, aber glauben Sie, ist Frances gut aufgehoben?«

»Aber natürlich. Möchten Sie, daß ich ihr von AMG...«

»Nein. Nein, das kann ich später auch tun. Nein, ich... ich... wenn ich es mir recht überlege, ich glaube, ich werde ihr nicht sagen, daß er tot ist. Dann brauche ich ihr nicht den Urlaub zu verderben. Dann erfahren wir es erst, wenn wir nach Hause kommen.«

»Wie Sie wünschen. Was wollten Sie eben sagen? Hauptsächlich...«

»Ach ja: Petrologie. Das ist jenes Teilgebiet der Mineralogie, das die Geschichte der Gesteine, ihre Bildungs- und Umbildungsbedingungen erforscht, wobei ich mich in letzter Zeit vornehmlich mit Sedimentgestein beschäftige. Ich habe mich an einem Forschungsprojekt beteiligt – als Konsulent für paläozoische Sedimentation. In dieser Studie geht es vornehmlich um den östlichen Küstensockel Schottlands. AMG dachte, Sie könnten sich vielleicht dafür interessieren.«
»Natürlich.« Dunross zähmte seine Ungeduld. Seine Augen wanderten zu dem Päckchen auf seinem Schreibtisch. Er wollte es öffnen, Johnjohn anrufen und ein Dutzend andere wichtige Dinge erledigen. Doch noch verstand er nicht die von AMG angedeutete Verbindung zwischen Noble House und Kirk. »Es klingt sehr interessant. Womit beschäftigt sich die Studie?«
»Was?« Kirk starrte ihn an. »Kohlenwasserstoffe! Kohlenwasserstoffe findet man ausschließlich in porösem Sedimentgestein des Paläozoikums. Roherdöl, Mr. Dunross, Roherdöl.«
»Ach so! Sie haben nach Öl gesucht?«
»Aber nein! Es war ein Forschungsprojekt, um die Möglichkeit zu untersuchen, daß es vor der schottischen Küste natürliche Vorkommen von Kohlenwasserstoffen geben könnte, und ich freue mich sagen zu können, daß es sie in reichem Maße gibt. Draußen in der Nordsee.« Das rosige Gesicht des kleinen Mannes wurde immer rosiger, und er wischte sich den Schweiß von der Stirn. »Ja, ich denke, da draußen wird man reiche Lagerstätten finden.«
Dunross war verblüfft. »Ich verstehe ein bißchen was von Offshore-Bohrungen – im Nahen Osten und im Golf von Mexico, aber in der Nordsee? Du lieber Gott, Mr. Kirk, dieses Meer ist das wildeste, das launischste und stürmischste der Welt, mit haushohen Wellen! Wie wollen Sie dort bohren? Wie wollen Sie die Bohrtürme verankern, wie wollen Sie sie versorgen, wie wollen Sie das Öl an Land bringen –? Und eines ist doch sicher: Die Kosten wären prohibitiv!«
»Sie haben völlig recht, Mr. Dunross«, stimmte Kirk ihm zu. »Aber kaufmännische Überlegungen anzustellen ist nicht meine Sache; meine Aufgabe ist es, unsere kostbaren Kohlenwasserstoffe aufzuspüren.« Stolz fügte er hinzu: »Das ist das erstemal, daß wir überhaupt die Möglichkeit in Betracht gezogen haben, daß es dort natürliche Vorkommen geben könnte. Klar, es ist nur eine Theorie – meine Theorie. Solange man nicht bohrt, kann man nicht sicher sein. Aber ich bin auch Fachmann auf dem Gebiet der seismischen Aufschlußmethoden, das ist das Studium seismischer Wellen, die durch Sprengungen und Gasexpansion erzeugt werden. Meine Betrachtungsweise...«
Dunross hörte nur mit halbem Ohr zu und rätselte immer noch an der Frage herum, warum AMG das für so wichtig gehalten hatte. Er ließ Kirk noch ein Weilchen weiterreden und brachte ihn dann höflich in die Gegenwart

zurück. »Sie haben mich überzeugt, Mr. Kirk. Wie lange bleiben Sie noch in Hongkong?«

»Ach, äh, nur bis Montag. Dann geht's weiter nach Neuguinea.«

Dunross fragte besorgt: »Wohin nach Neuguinea?«

»Der Ort heißt Sukanapura. Er liegt an der Nordküste, also in dem Teil, der jetzt zu Indonesien gehört. Ich war...« Kirk lächelte. »Verzeihen Sie, Sie wissen ja, daß Präsident Sukarno im Mai Holländisch-Neuguinea in die Republik Indonesien eingegliedert hat.«

»Man könnte auch sagen ›gestohlen‹. Hätte eine schlecht beratene amerikanische Regierung nicht zusätzlich Druck ausgeübt, wäre Holländisch-Neuguinea immer noch holländisch und weit besser gefahren. Ich halte es nicht für eine gute Idee, jetzt mit Mrs. Kirk dahin zu fahren. Die Lage ist alles andere als stabil und Präsident Sukarno feindselig eingestellt. Und von allen anderen Mißlichkeiten abgesehen, ist Sukanapura ein heißer, stinkender, verseuchter Hafen.«

»Oh, da brauchen Sie sich keine Sorgen zu machen. Ich habe eine schottische Konstitution, und wir sind Gäste der Regierung.«

»Das ist es ja gerade. Im Augenblick hat die Regierung dort recht wenig Einfluß.«

»Aber es gibt äußerst interessantes Sedimentgestein, und das soll ich mir anschauen. Machen Sie sich keine Sorgen, Mr. Dunross! Wir sind Geologen, keine Politiker. Es ist schon alles arrangiert, und wegen Sukanapura haben wir ja die ganze Reise unternommen. Tja, und jetzt werde ich wohl gehen.«

»Sonnabend halb acht gebe ich eine kleine Cocktailparty«, sagte Dunross. »Würden Sie und Ihre Frau mir das Vergnügen machen?«

»Oh, das ist wirklich sehr freundlich von Ihnen. Ich, äh, wir kommen gern. Wo...«

»Ich schicke Ihnen einen Wagen. Und wenn Sie jetzt zu Mrs. Kirk wollen – ich werde nichts von AMG sagen.«

»Ach ja! Der arme Alan! Da rede ich über Sedimentgestein...«

Dunross schickte ihn mit einer anderen Angestellten los. Behutsam erbrach er die Siegel des Päckchens. Es enthielt einen Brief und ein inneres Päckchen. »Lieber Mr. Dunross. Dies in aller Eile. Ich habe soeben einige sehr beunruhigende Nachrichten erhalten. Irgendwo in unserem Sicherheitsnetz gibt es wieder eine gefährlich undichte Stelle, und es ist völlig klar, daß unsere Feinde ihre heimlichen Angriffe verstärken. Davon könnten sogar Sie in Mitleidenschaft gezogen werden, weil das Vorhandensein meiner streng vertraulichen Berichte an Sie möglicherweise bekannt geworden ist. Sollte mir etwas zustoßen, rufen Sie bitte die Nummer 871-65-65 in Genf an! Sprechen Sie mit Mrs. Riko Gresserhoff! Sie kennt mich unter dem Namen Hans Gresserhoff. Ihr wirklicher Name ist Riko Anjin. Sie spricht Deutsch, Japanisch und Englisch – ein bißchen Französisch – und wenn mir noch irgendwelche Gelder zustehen, lassen Sie sie bitte ihr zukommen! Sie wird Ihnen gewisse Dokumente übermitteln, von welchen einige weiterzugeben sind. Wie ich schon sagte, es ist schwer, Menschen zu finden, denen man vertrauen kann. Ihnen vertraue ich. Sie sind der einzige Mensch auf dieser Erde, der ihren richtigen Namen kennt. Denken Sie immer daran: Es ist von entscheidender Wichtigkeit, daß Sie weder diesen Brief noch meine bisherigen Berichte aus der Hand und einer anderen Person geben – *wer immer diese Person auch sein mag.*

Was zunächst Kirk angeht: In etwa zehn Jahren werden die arabischen Staaten, denke ich, ihre Streitigkeiten untereinander begraben und die Macht, die sie besitzen, nicht unmittelbar gegen Israel, sondern gegen den Westen einsetzen – und uns in ein unerträgliches Dilemma stürzen: Lassen wir Israel im Stich... oder geben wir uns selbst auf? Sie werden ihr Öl als Kriegswaffe benutzen.

Wenn es je dazu kommt, daß sie sich zusammentun, werden eine Handvoll Scheichs und feudale Könige in der Lage sein, nach Belieben die Zufuhr des einen Rohstoffes zu sperren, der für Japan und den Westen unentbehrlich ist. Sie verfügen sogar über eine noch differenziertere Möglichkeit: Sie besteht darin, die Preise in einem noch nie dagewesenen Maß zu erhöhen und uns durch unsere Wirtschaft zu erpressen. Das Erdöl ist Arabiens entscheidende, unschlagbare Waffe. Unschlagbar, solange wir von ihrem Öl abhängig sind. Daher mein Interesse an Kirks Theorie.

Ein Barrel Öl an die Oberfläche der arabischen Wüste zu fördern kostet etwa acht Cents. Es würde sieben Dollar kosten, ein Barrel an Land, nach Schottland zu bringen. Sollte das arabische Öl auf dem Weltmarkt von den gegenwärtigen drei Dollar das Barrel auf, sagen wir, neun Dollar steigen... In diesem Augenblick wird das Nordseeöl sofort zu einem nationalen Schatz Großbritanniens.

Jamie behauptet, die Lagerstätten befänden sich im Norden und Osten Schottlands. Der Hafen von Aberdeen würde sich als möglicher Umschlagplatz für Öl anbieten. Ein voraussehender Mann würde sich daher beizeiten für Liegenschaften, Kaianlagen, Flugplätze etc. interessieren. Machen Sie sich keine Sorgen wegen des Schlechtwetters, Hubschrauber werden die Bindeglieder zwischen Bohrinseln und dem Festland sein. Ein kostspieliger Weg, gewiß, aber ein durchaus gangbarer. Und wenn Sie meine Vorhersage gelten lassen, daß Labour wegen des Profumo-Skandals die nächsten Wahlen gewinnen wird...«

Die Zeitungen waren voll davon gewesen. Vor fünf Monaten, im März, hatte der Kriegsminister John Dennis Profumo im Parlament offiziell geleugnet, jemals eine Affäre mit einem bekannten Callgirl gehabt zu haben – Christine Keeler, eines von mehreren Mädchen, die mit einemmal im internationalen Scheinwerferlicht standen – zusammen mit ihrem Kuppler, Stephen Ward, einem bis zu diesem Zeitpunkt prominenten Londoner Kunsthändler. Unbewiesene Gerüchte breiteten sich aus, wonach das Mädchen auch eine Affäre mit Jewgeni Iwanow, einem sowjetischen Attaché und KGB-Agenten, gehabt hätte, der schon im Dezember des Vorjahres abberufen worden war.

»Es ist doch merkwürdig, daß die Presse zu einem für die Sowjets besonders opportunen Zeitpunkt von der Affäre Wind bekam. Ich habe noch keine Beweise, aber meiner Meinung nach war das kein zufälliges Zusammentreffen. Halten Sie sich vor Augen, daß die Sowjets das Ziel verfolgen, Länder zu spalten – Nord- und Süd-Korea, Ost- und West-Deutschland und so weiter – und ihren indoktrinierten Gefolgsleuten dann die Schmutzarbeit überlassen. Darum glaube ich, daß die sowjet-freundlichen Sozialisten mithelfen werden, Großbritannien in England, Schottland, Wales und Süd- und Nordirland aufzuspalten.

Und nun zu meinem wirtschaftspolitischen Notstandsplan für Noble House! Leitsatz: England mit Vorsicht genießen und sich auf Schottland als Operationsbasis einstellen. Das Nordseeöl könnte Schottland weitgehend autark machen. Als staatliches Gebilde wäre Schottland dann zweckmäßig und durchaus vertretbar. Und vielleicht könnte ein starkes Schottland sein Gewicht in die Waagschale werfen, um einem wankenden England – unserem armen England – zu helfen.

Vielleicht ist das alles auch nur eine von meinen an den Haaren herbeigezogenen Theorien. Trotzdem: Betrachten Sie Schottland, Aberdeen, im Lichte einer neuen, noch unbekannten Nordsee!«

»Lächerlich!« platzte Dunross heraus und unterbrach kurz seine Lektüre. Er überlegte. Sei nicht voreilig! ermahnte er sich. AMGs Ideen sind manchmal weit hergeholt, er neigt zu Übertreibungen, er ist ein fanatischer Imperialist und sieht fünfzehn Rote unter jedem Bett. Aber was er da postuliert, könnte möglich sein. Wenn es zu einer weltweiten Ölknappheit käme und wir darauf vorbereitet wären, könnten wir ein Vermögen verdienen. Es wäre so leicht, sich jetzt in Aberdeen anzukaufen – Edinburgh verfügt über alle modernen Einrichtungen – Banken, Verkehrsverbindungen, Häfen, Flugplätze –, die wir brauchten, um eine leistungsfähige Organisation aufzubauen. Schottland für die Schotten mit reichlich Öl für den Export? Wenn aber die Stadt London, das Parlament und die Bank von England in den Würgegriff der Linksextremen gerieten...

Bei dem Gedanken, das schwarze Bahrtuch eines linksextremen Sozialismus könnte sich auf England legen, stellten sich ihm die Nackenhaare auf. Was würden Leute wie Robin Grey oder Julian Broadhurst tun? fragte er sich, und ihn fröstelte. Zweifellos würden sie alles verstaatlichen, auch das Nordseeöl, wenn es welches gäbe, und Hongkong an den Meistbietenden versteigern, das hatten sie selbst gesagt.

Er blätterte um. »Nächster Punkt: Ich glaube, ich habe drei Ihrer Sevrin-Maulwürfe identifiziert. Diese Information war nicht billig – es könnte sein, daß ich noch vor Weihnachten zusätzliche Mittel benötige –, und ich bin mir ihrer Richtigkeit auch nicht sicher. Die Maulwürfe sollen sein: Jason Plumm von einer Gesellschaft mit dem Namen Asian Properties; Lionel Tuke in der Telefongesellschaft; und Jacques de Ville von Struan's...«

»Unmöglich!« stieß Dunross hervor. »AMG ist verrückt geworden! Plumm! Jacques! Wie sollten sie...«

Sein privates Telefon läutete. Automatisch nahm er den Hörer auf. »Ja?«

»Fernamt! Gespräch für Mr. Dunross.«

»Wer will ihn sprechen?« wollte er wissen.

»Nimmt Mr. Dunross ein R-Gespräch aus Sydney, Australien, an? Der Anrufer ist ein Mr. Duncan Dunross.«

Dem Tai-Pan stockte das Herz. »Selbstverständlich! Hallo, Duncan... Duncan?«

»Vater?«

»Hallo, mein Sohn, geht's dir gut?«

»O ja, prima«, hörte er seinen Sohn antworten. »Entschuldige, daß ich dich an einem Wochentag anrufe, aber der Montagflug ist ausgebucht und...«

»Verdammt, deine Buchung wurde bestätigt, Junge. Ich werde sofort...«

»Nein, Vater, danke, das geht schon in Ordnung! Ich fliege mit einer früheren Maschine der Singapur Airlines, Flug 6, die mittags in Hongkong landet.«

»Ich schicke dir den Wagen, Duncan. Lee Tschoy wird dich erwarten. Aber komm zuerst ins Büro, hörst du?«

»In Ordnung. Ich habe meine Tickets schon umschreiben lassen.«

»Fein. Übrigens kommt Vetter Linbar morgen um acht nach deiner Zeit mit der Quantas. Er wird auch im Haus Quartier beziehen.« Seit den achtziger Jahren des vergangenen Jahrhunderts unterhielt Struan's ein ständiges Büro in Sydney, seit 1900 besaß der Konzern ein eigenes Haus. Die ›Hexe‹ hatte sich mit einem schwerreichen Weizenfarmer namens Bill Scragger assoziiert, und bis zum Krach von 1929 hatte das Unternehmen großen Gewinn abgeworfen. »Hast du die Ferien schön verbracht?«

»Phantastisch! Nächstes Jahr komme ich wieder. Ich habe ein tolles Mädchen kennengelernt, Vater!«

»Ach ja?« Dunross hätte lächeln sollen, aber ihn beschäftigte noch immer die beklemmende Möglichkeit, daß Jacques ein Verräter wäre; und wenn er es war und damit ein Teil von Sevrin, lag dann nicht die Vermutung nahe, daß er einige der am sorgsamsten gehüteten Geheimnisse des Konzerns an Bartlett weitergegeben hatte?

»Vater?«

»Ja, Duncan?«

Er hörte das Zaudern, und dann sprudelte sein Sohn hervor: »Ist etwas dagegen einzuwenden, wenn ein Junge eine Freundin hat, die ein bißchen älter ist als er?«

Dunross lächelte. »Na ja«, antwortete er bedächtig, »das hängt davon ab, wer das Mädchen ist, wie alt das Mädchen und wie alt der Mann ist.«
Es entstand eine längere Pause. »Sie ist achtzehn.«
Dunross war sehr erleichtert. Das heißt, sie ist alt genug, um keine Dummheiten zu machen, dachte er. »Eine perfekte Kombination, möchte ich sagen«, fuhr er im gleichen Ton fort, »vor allem dann, wenn der Bursche an die sechzehn ist, groß gewachsen, kräftig, und wenn er die Tatsachen über die Entstehung des Lebens kennt.«
»Oh, ich... Oh! Ich würde natürlich nicht...«
»Mir liegt es fern, Kritik zu üben, mein Junge. Wo hast du sie kennengelernt?«
»Sie war auch auf der Station. Sie heißt Sheila.«
Dunross unterdrückte ein Lächeln. In Australien nannte man eine gewisse Sorte Mädchen Sheilas, so wie man sie in England als *birds*, Vögelchen, bezeichnete. »Das ist ein hübscher Name«, sagte er. »Sheila – und was weiter?«
»Sheila Scragger. Sie ist eine Nichte vom alten Mr. Tom und auf Besuch aus England. Sie läßt sich im Guy's Hospital zur Krankenpflegerin ausbilden. Sie war reizend zu mir, und auf Paldoon war es super. Ich kann dir gar nicht genug für diese herrlichen Ferien danken.« Paldoon war die Scraggersche Viehfarm oder Station, wie man solche landwirtschaftlichen Betriebe in Australien nannte. Paldoon – sechzigtausend Morgen Land, dreißigtausend Schafe, zweitausend Morgen Weizen und tausend Rinder – lag fünfhundert Meilen südwestlich von Sydney und war ein idealer Ferienaufenthalt.
»Laß Tom Scragger schön grüßen, und vergiß nicht, ihm eine Flasche Whisky zu schicken, bevor du fliegst! Ruf mich an, wenn sich bei deinem Flug etwas ändern sollte! Mutter und Glenna sind übrigens heute mit Tante Kathy nach London geflogen. Du wirst also allein in die Schule zurück müssen. Ich...«
»Das ist ja prima, Vater«, fiel sein Sohn ihm fröhlich ins Wort. »Schließlich bin ich ja jetzt ein Mann und fast ein Student.«
»Ja, ja, das bist du.« Eine süße kleine Traurigkeit berührte Dunross, wie er da an seinem Schreibtisch saß, in der Hand, aber vergessen, AMGs Brief. »Bist du mit deinem Geld ausgekommen?«
»Aber ja! Bis auf ein Bier oder zwei habe ich auf der Station kaum etwas ausgegeben. Sage bitte Mutter nichts von meiner Sheila!«
»Natürlich nicht«, versprach er. »Du sollst es ihr selbst erzählen.«
»Ja, prima. Wie geht es ihr denn?«
»Sie befindet sich in bester Verfassung«, antwortete Dunross und ermahnte sich, erwachsen und weise zu sein und sich keine Sorgen zu machen, denn es war ganz normal für Jungen und Mädchen, daß sie wie Jungen und Mädchen handelten. »Also dann bis Montag, Duncan! Danke für deinen Anruf!«

»Ja, und Vater, Sheila hat mich mit dem Wagen nach Sydney gebracht. Sie... sie verbringt das Wochenende bei Freunden und begleitet mich zum Flughafen. Heute abend gehen wir ins Kino, *Lawrence of Arabia*, hast du den Film gesehen?«
»Ja, er ist hier auch gerade angelaufen.«
»Also dann, Vater, ich muß los... Ich mag dich!«
»Ich dich auch«, erwiderte Dunross, aber die Verbindung war bereits unterbrochen.
Ich bin ein glücklicher Mensch mit einer Familie, meiner Frau und meinen Kindern, dachte er und fügte sofort hinzu: Wollte Gott, daß ihnen nichts zustößt!
Es kostete ihn Überwindung, sich wieder dem Brief zuzuwenden. Unmöglich, daß Jason Plumm oder Jacques kommunistische Agenten sind! Nichts, was sie je gesagt oder getan haben, wies darauf hin. Lionel Tuke? Nein, der auch nicht. Ein häßlicher Bursche und unbeliebt. Na, er vielleicht, aber die anderen beiden? Unmöglich!
Tut mir leid, daß AMG tot ist, ich hätte ihn sonst gleich angerufen und gefragt, wie er Jacques...
Er las weiter: »Wie ich schon sagte, ich bin nicht ganz sicher, aber meine Quelle ist normalerweise äußerst verläßlich.
Ich bedaure feststellen zu müssen, daß der Agentenkrieg heißer geworden ist, seitdem wir die Spione Blake und Vassal entlarvt haben. Philby, Burgess und Maclean sind bekanntlich übergelaufen und wurden alle in Moskau gesehen. Sie sollten sich darauf einstellen, daß die Spionagetätigkeit in Asien zunehmen wird. Die freie Welt ist schon im Übermaß ideologisch unterwandert. MI-5 und MI-6, ja sogar die CIA sind angesteckt. Wir waren naiv und vertrauensvoll, aber unsere Gegner erkannten schon bald, daß das zukünftige Gleichgewicht von der Verteilung nicht nur der militärischen, sondern auch der wirtschaftlichen Macht abhängig sein wird. Darum legten sie alles darauf an, sich in Besitz der Betriebsgeheimnisse unserer Großindustrien zu bringen – sie zu stehlen.
Es erscheint mir unheilvoll, daß die Medien unserer freien Welt jeden Hinweis darauf unterlassen, daß alle Fortschritte der Sowjets ursprünglich auf eine uns gestohlene Erfindung oder ein uns abgeluchstes Verfahren zurückgehen; daß sie ohne unseren Weizen verhungern würden; und daß sie ohne unsere immense, immer noch zunehmende finanzielle Hilfe, ohne unsere Kredite, mit denen sie unseren Weizen und unsere Technologie kaufen, ihre ganze militärisch-industrielle Infrastruktur nicht laufend ausbauen könnten.
Ich empfehle Ihnen, Ihre Kontakte mit China zu festigen und zu verstärken. In steigendem Maße sehen die Sowjets in China ihren Hauptfeind. Das wirtschaftlich und militärisch schwache China stellt keine Bedrohung für sie dar. Trotzdem sind sie China gegenüber vor Furcht wie gelähmt.

Ein Grund dafür sind die fünftausend Meilen gemeinsamer Grenze. Ein zweiter ist das nationale Schuldgefühl angesichts der riesigen Gebiete ursprünglich chinesischer Territorien, die Rußland sich in all den Jahrhunderten mit Gewalt einverleibt hat; und ein dritter ist das Wissen um die Tatsache, daß die Chinesen ein geduldiges Volk mit einem langen Gedächtnis sind. Sie haben sich ihr Land schon immer wiedergeholt, wenn sie militärisch dazu imstande waren. Ich habe schon zu wiederholten Malen darauf hingewiesen, daß es der Eckpfeiler der sowjetischen (imperialistischen) Politik ist, China zu isolieren und zu spalten, um es schwach zu erhalten. Ihr großes Schreckgespenst ist eine Tripleallianz zwischen China, Japan und den USA. Auch Ihr Noble House sollte auf dieses Ziel hinarbeiten.
Und nun noch einmal zu Sevrin: Ich bin ein größeres Risiko eingegangen und habe unseren wertvollsten Helfer in der ultrageheimen Abteilung 5 des KGB angesprochen. Ich habe soeben erfahren, daß die Identität von Arthur, Sevrins Führungsoffizier, in Klasse 1 eingestuft und somit nicht einmal ihm zugänglich ist. Die einzigen Hinweise, die er mir geben konnte, sind: Der Mann ist Engländer und R eine seiner Initialen. Damit werden Sie wohl nicht viel anfangen können.
Ich freue mich schon darauf, Sie wiederzusehen. Und vergessen Sie nicht: Meine Berichte dürfen nie in eines anderen Menschen Hände gelangen!
Herzlich, AMG.«
Dunross prägte sich die Genfer Telefonnummer ein, schrieb sie verschlüsselt in sein Adressenbüchlein und zündete ein Streichholz an. Dann sah er zu, wie das Flugpostpapier zu Asche verbrannte.
R. Robert, Ralph, Richard, Robin, Rod, Roy, Rex, Rupert, Red, Rodney, und immer wieder Roger. Und Robert. Robert Armstrong oder Roger Crosse oder – oder wer? Er nahm den Hörer seines Privatapparats ab. »Fernamt? Bitte Genf 871-65-65.« Müdigkeit drohte ihn zu überwältigen. Er hatte schlecht geschlafen und vom Krieg geträumt. Fröstelnd war er erwacht, Penn an seiner Seite in tiefem Schlaf. Dann zum Rennplatz, den ganzen Tag unterwegs, während seine Feinde ihn einkreisten, und nichts als schlechte Nachrichten. Der arme John Tschen, dachte er. Vielleicht kann ich mich zwischen fünf und sechs für eine Stunde aufs Ohr legen. Heute abend muß ich meine fünf Sinne beisammen haben.
»Ja«, meldete sich eine sanfte Stimme.
»Hier spricht Dunross in Hongkong. Ich möchte mit Frau Gresserhoff sprechen«, sagte er auf Deutsch.
»Oh!« Es folgte eine längere Pause. »Ich bin Frau Gresserhoff. Tai-Pan?«
»Ah so desu! Ohayo gozaimasu. Anata wa Anjin Riko-san?« fragte er mit ausgezeichnetem japanischen Akzent. Guten Morgen. Heißen Sie auch Riko Anjin?
»Hai, dozo. Ah, nihongo wa jotzu desu.« Ja. Sie sprechen sehr gut Japanisch.

»*Iye, sukoshi, gomen nasai.*« Nein, tut mir leid, nur ein wenig. – Als Teil seiner Ausbildung hatte er zwei Jahre im Tokioter Büro des Konzerns verbracht. »Tut mir so leid«, fuhr er auf Japanisch fort, »aber ich rufe wegen Mr. Gresserhoff an. Haben Sie es schon erfahren?«
»Ja.« Er hörte die Trauer in ihrer Stimme.
»Ich habe eben einen Brief von ihm erhalten. Er schrieb, Sie hätten einige Dinge für mich?« fragte er vorsichtig.
»Ja, Tai-Pan, die habe ich.«
»Wäre es Ihnen möglich, sie mir zu bringen? Tut mir so leid, aber ich kann nicht zu Ihnen kommen.«
»Ja. Ja, natürlich«, antwortete sie zögernd. »Wann soll ich reisen?«
»Sobald wie möglich. Wenn Sie in ein paar Stunden, sagen wir zu Mittag, in unser Büro in der Avenue Bern gehen, werden dort Ihre Tickets und Geld für Sie bereit liegen. Ich glaube, die Swissair hat einen Flug für heute nachmittag – wenn Ihnen das möglich wäre?«
Wieder zögerte sie. Er wartete geduldig. »Ja«, antwortete sie schließlich. »Das wäre möglich.«
»Ich leite alles in die Wege. Möchten Sie, daß jemand Sie begleitet?«
»Nein, danke«, antwortete sie mit so leiser Stimme, daß er eine Hand an das andere Ohr legen mußte, um besser zu hören. »Verzeihen Sie, daß ich Ihnen so viele Ungelegenheiten mache.«
»Das sind doch keine Ungelegenheiten«, protestierte er. »Gehen Sie bitte mittags in mein Büro... Ach ja, und verzeihen Sie meine Frage: Haben Sie einen Schweizer oder einen japanischen Paß, und unter welchem Namen wollen Sie reisen?«
Eine noch längere Pause. »Ich würde... ich denke, ich sollte... mit meinem Schweizer Paß und unter dem Namen Riko Gresserhoff reisen.«
»Vielen Dank, Mrs. Gresserhoff. Ich freue mich schon sehr, Sie zu sehen. *Kiyoskette!*« Gute Reise!
Nachdenklich legte er den Hörer in die Gabel zurück. AMGs Brief wurde zu Asche. Sorgfältig zerrieb er den Rest.

8

17.45 Uhr:

Jacques de Ville stapfte über die Marmortreppe des Mandarin-Hotels ins Mezzanin hinauf; es war zum Bersten mit Menschen gefüllt, die hier einen späten Tee tranken. Er nahm seinen Regenmantel ab und ging zwischen den Tischen durch. Er kam sich sehr alt vor. Eben hatte er mit seiner Frau Susanne in Nizza gesprochen. Nun hatte auch ein Spezialist aus Paris Avril untersucht und gemeint, ihre inneren Verletzungen könnten weniger schwer sein, als man bisher geglaubt hatte.

»Er meint, wir müssen Geduld haben«, hatte Susanne ihm in ihrem übersprudelnden Pariser Französisch mitgeteilt. »Aber wie können wir das? Das arme Kind ist nahe daran, den Verstand zu verlieren. ›*Ich* habe am Steuer gesessen‹, jammert sie immer wieder, ›ich, Mutti, und ich bin schuld an Borges Tod...‹ Ich habe Angst um sie, *chéri!*« Dann hatte Susanne zu weinen begonnen.

In seiner Seelennot hatte er sie, so gut er konnte, beruhigt und dann versprochen, sie in einer Stunde noch einmal anzurufen. Eine Weile hatte er überlegt, dann einige Anordnungen gegeben und das Büro verlassen; anschließend war er hierher gekommen.

Die Telefonzelle neben dem Buchladen war besetzt. Er kaufte sich eine Nachmittagszeitung und ließ den Blick über die Schlagzeilen gleiten. Erdrutsch oberhalb von Aberdeen: zwanzig Tote... Es regnet weiter... Wird das große Rennen von Sonnabend abgesagt?... JFK fordert Sowjets auf, sich in Vietnam nicht einzumischen... Malaysische Kommunisten gehen zur Offensive über... Kennedys zweiter Sohn: Frühgeburt, tot... Profumo-Skandal schadet Konservativen...

»Verzeihen Sie, Sir, warten Sie auf das Telefon?« fragte ihn eine Amerikanerin, die hinter ihm stand.

»Ach ja, danke, entschuldigen Sie, ich habe nicht gesehen, daß die Zelle leer ist.« Er ging hinein, schloß die Tür, warf eine Münze ein und wählte. Er hörte das Signal.

»Ja?«

»Mr. Lop-sing, bitte«, antwortete er. Er war sich der Stimme noch nicht sicher.

»Hier gibt es keinen Mr. Lop-*ting*. Tut mir leid, Sie haben sich verwählt.«

»Ich möchte eine Nachricht hinterlassen«, sagte er erleichtert, als er Suslews Stimme erkannte.

»Sie haben eine falsche Nummer. Schauen Sie im Telefonbuch nach!«

Sobald das Tarngespräch korrekt zu Ende geführt war, begann er: »Tut mir leid, dich...«

»Von wo sprichst du?« wurde er barsch unterbrochen.
Jacques gab ihm die Nummer.
»Ist es eine Telefonzelle?«
»Ja.« Gleich darauf wurde die Verbindung unterbrochen. Als er den Hörer einhängte, spürte er plötzlich Schweiß an seinen Händen. Suslews Nummer sollte nur in Notsituationen gebraucht werden, aber das war eine Notsituation. Er starrte den Apparat an.
»Verzeihen Sie, Sir«, rief die Amerikanerin durch die Glastür. »Könnte ich jetzt telefonieren?«
»Oh! Ich... ich bin gleich fertig«, antwortete Jacques nervös. Er sah, daß jetzt drei Chinesen ungeduldig hinter ihr warteten. Schweiß auf dem Rükken, schloß er wieder die Tür. Er wartete und wartete, und endlich läutete das Telefon.
»Hallo?«
»Wo brennt's?«
»Ich... ich habe eben mit Nizza gesprochen.« Vorsichtig und ohne Namen zu nennen, erzählte Jacques Suslew von dem Gespräch mit seiner Frau. »Ich fliege noch heute abend.«
»Nein, heute abend ist zu früh. Buche für morgen abend!«
»Aber ich habe vor einigen Minuten mit dem Tai-Pan gesprochen, und er hat nichts dagegen. Ich habe schon gebucht. In drei Tagen bin ich wieder da. Sie war wirklich ganz verzweifelt am Telefon. Meinst du nicht, ich...«
»Nein!« entgegnete Suslew scharf. »Ich rufe dich heute abend an wie ausgemacht. Das hätte alles noch warten können. Ruf mich nicht wieder unter dieser Nummer an, wenn es nicht wirklich dringend ist!«
Schon hatte Jacques den Mund geöffnet, um hitzig zu antworten, aber die Leitung war bereits tot. Er hatte den Zorn gehört. Aber das ist eine echte Notsituation, sagte er sich wütend. Und der Tai-Pan war auch dafür. *Merde*, was soll ich tun? Suslew ist nicht mein Gefangenenwärter! Oder doch?
Den Rücken naß von Schweiß, nahm de Ville den Finger von der Wahlscheibe und hängte auf.
»Sind Sie fertig, Sir?« fragte die Amerikanerin mit ihrem angeklebten Lächeln. Sie war Mitte Fünfzig, und ihr Haar war blau, wie es die Mode verlangte.
»O ja... entschuldigen Sie!« Er stieß die Tür auf.

Suslew stand in dem schäbigen Appartement in Kowloon – einer von Arthurs konspirativen Wohnungen; noch klopfte ihm das Herz von der Plötzlichkeit des Anrufs. Ein feuchter, öliger, an Moschus erinnernder Geruch nach abgestandenem Essen hing in der Luft. Wütend auf Jacques de Ville, starrte er das Telefon an. Dieser vertrottelte mutterlose Scheißer! Jacques wird zur Belastung. Heute abend werde ich Arthur sagen, was mit ihm ge-

schehen sollte. Je eher, desto besser! Ja, und je eher du dich wieder beruhigst, desto besser, ermahnte er sich und ging auf den halbdunklen Treppenabsatz hinaus. Dort öffnete er Ginny Fus Tür neben der seinen.
»Ein Glas Wodka?« fragte sie mit ihrem lausbübischen Lächeln.
»Ja.« Er erwiderte ihr Lächeln. Es bereitete ihm Vergnügen, sie anzusehen. Sie saß mit gekreuzten Beinen auf dem alten Sofa und trug nur ihr Lächeln am Leib. Sie hatten sich gerade geküßt, als das Telefon das erstemal geläutet hatte. Arthur hatte ihm garantiert, daß es völlig sicher sei und nicht abgehört werden könnte. Trotzdem benutzte Suslew in Notsituationen nur die andere Wohnung und das dortige Telefon.
»Trink, *towarisch*«, sagte Ginny und hielt ihm das Glas hin. »Und dann trinkst du mich, *heya?*«
Er nahm den Wodka und strich mit einer Hand genießerisch über ihr schnuckeliges kleines Hinterteil. »Ginny, *golubuschka,* du bist ein gutes Kind.«
»Bin ich auch! Ich bestes Kind für dich!« Sie langte nach oben und zupfte ihn zärtlich am Ohrläppchen.
»Nächste Woche fahre ich«, sagte er und legte die Arme um sie. »Willst du nicht mitkommen? Ferien machen, wie ich es dir immer versprochen habe?«
»Wirklich?« Sie strahlte über das ganze Gesicht. »Wann? Wann? Du mich nicht necken?«
»Du kannst mitkommen. Wir nehmen Kurs auf Manila, dann geht's weiter nach Norden, und in einem Monat sind wir wieder zurück.«
»Einen ganzen Monat... O Gregy!« Sie umarmte ihn mit aller Kraft. »Ich werde sein bestes Schiffskapitänmädchen von ganz China. Wann wir fahren... wann wir fahren?«
»Nächste Woche. Ich sage es dir noch rechtzeitig.«
»Gut. Morgen ich gehe wegen Paß...«
»Nein, kein Paß, Ginny! Den geben sie dir nie. Diese *viblyadok* lassen dich nicht mit mir fort... O nein, *golubuschka,* diese gemeine Polizei läßt dich nicht weg.«
»Was mache ich denn da, *heya?*«
»Ich schmuggle dich in einer Kiste an Bord«, versprach er fröhlich. »Oder mit einem fliegenden Teppich. Was hältst du davon?«
Mit großen, feuchten, begehrlichen Augen spähte sie zu ihm auf. »Ist wahr, du mich mitnehmen? Wahr? Einen Monat auf deinem Schiff, *heya?*«
»Mindestens einen Monat. Aber sag es niemandem! Ich werde ständig von der Polizei beschattet, und wenn die etwas davon erfahren, wirst du nicht mitkommen können. Kapiert?«
»Alle Götter sind Zeugen, ich stumm wie ein Fisch, nicht einmal meiner Mutter erzähle ich«, gelobte Ginny. »Ich gewinne viel an Gesicht als Dame von Kapitän!«

Noch eine ungestümte Umarmung, dann ließ sie ihre Hände streunen, und er zuckte zusammen. »Ich machen dich glücklich, sehr glücklich.« Geschickt gebrauchte sie Finger und Lippen, stieß zu erregenden Berührungen vor und zog sich wieder zurück und glitt an ihm auf und nieder, bis er aufschrie und eins wurde mit den Göttern in den Wolken und im Regen. Dann erst ließ sie von ihm ab, kuschelte sich an ihn und lauschte der Tiefe seiner Atemzüge; es befriedigte sie zu wissen, daß sie ihre Sache gut gemacht hatte. Sie selbst hatte die Wolken und den Regen nicht empfunden, obwohl sie, um seinen Genuß zu erhöhen, mehrmals so getan hatte. Seitdem sie miteinander schliefen, hatte sie nur zweimal den Höhepunkt erreicht, war aber beide Male sehr betrunken gewesen und nicht ganz sicher, ob sie es nun wirklich geschafft hatte oder nicht.
Müdigkeit kam über sie, denn es war harte Arbeit gewesen, und darum schmiegte sie sich noch mehr an ihn, schloß die Augen und dankte den Göttern, daß sie ihr geholfen hatten, ihren Widerwillen gegen seine Größe, seine weiße, krötenartige Haut und seinen ranzigen Körpergeruch zu überwinden. Den Göttern sei Dank, dachte sie selig, während sie in Schlaf sank.
Suslew schlief nicht. Leib und Seele in friedlicher Gelöstheit, döste er vor sich hin. Es war ein guter Tag gewesen und nur ein klein wenig haarig. Entsetzt über die Möglichkeit, daß es auf der *Iwanow* eine undichte Stelle geben könnte, war er nach dem Zusammentreffen mit Crosse auf dem Rennplatz auf sein Schiff zurückgekehrt. In der Abgeschiedenheit seiner Kajüte hatte er dann Crosses Informationen über die Operation »Übungsschießen« verschlüsselt und per Funk weitergegeben. Einlaufende Meldungen setzten ihn davon in Kenntnis, daß Woranski nicht vor dem nächsten Besuch der *Sowjetsky Iwanow* ersetzt werden würde, daß Koronski, der Experte in Psychochemie, jederzeit aus Bangkok einfliegen könne und daß er, Suslew, die Leitung von Sevrin übernehmen solle. »Versäumen Sie nicht, Kopien der AMG-Berichte zu beschaffen!«
Er dachte an den Schauer zurück, den dieses »Versäumen Sie nicht« ihm den Rücken hinuntergejagt hatte. Wo war die undichte Stelle an Bord? Wer außer mir hat das AMG-Papier gelesen? Nur Dimitri Metkin, mein Erster Offizier. Er konnte es nicht sein. Die undichte Stelle mußte anderswo zu finden sein.
Wie weit kann man Crosse trauen? Nicht weit, aber dieser Mann ist unzweifelhaft unsere wertvollste Stütze im kapitalistischen Lager Asiens und muß unter allen Umständen geschützt werden.
Sein Blick fiel durch den Türrahmen auf die altmodische Uhr, die in einer Ecke der schmutzigen Küche stand. Er fühlte sich wohl in dem großen Bett, das fast das ganze Schlafzimmer einnahm. Zwei, fast drei Jahre war es her, daß er Ginny kennengelernt und das Bett gekauft hatte, eine willkommene Abwechslung von seiner Koje an Bord.

Und auch Ginny war eine willkommene Abwechslung. Fügsam, unbeschwert, keine Komplikationen – so ganz anders als Vertinskaja, seine Geliebte in Wladiwostok, mit ihren haselnußbraunen Augen und dem Temperament einer Wildkatze. Ihre Mutter war eine echte Fürstin Sergejew und ihr Vater ein unbedeutender halbblütiger Chinese, der sie, die damals dreizehn Jahre zählte, bei einer Versteigerung erstanden hatte. Sie war eines der Kinder gewesen, die nach dem Holocaust von 1917 aus Rußland geflohen waren.
Befreiung, nicht Holocaust, korrigierte er sich lächelnd.
Er dachte an Alexis Travkin. Er lächelte in sich hinein. So ein Narr, dieser arme Travkin! Ob sie seine Frau, die Fürstin Nestorowa, zu Weihnachten wirklich nach Hongkong schicken werden? Ich bezweifle es, aber wenn, dann trifft den armen Travkin der Schlag beim Anblick dieser zahnlosen, runzeligen, gichtkranken alten Vettel. Es wäre besser, ihm diese Pein zu ersparen, dachte er mitfühlend.
Er sah wieder auf die Uhr. Es war ein Viertel nach sechs. Er brauchte jetzt ein paar Stunden nichts zu tun als schlafen, essen, denken und planen. Dann das Zusammentreffen mit dem englischen Abgeordneten und anschließend noch einmal Arthur. Es belustigte ihn sehr, daß er Geheimnisse wußte, von denen Arthur nichts ahnte. Aber auch der clevere Arthur weiß Dinge, die ich nicht weiß.
Das ist ein ehernes Gesetz: Vertraue keinem, weder Mann noch Frau, wenn du am Leben bleiben, in Sicherheit sein und dem Feind nicht in die Hände fallen willst!
Suslew fielen die Augen zu. Sein Arm lag auf ihren Lenden. Jetzt hatte der Regen ganz aufgehört. Suslew wußte, daß die Arbeit des Sturmes noch nicht getan war, aber er gähnte und schlief rasch ein.

9

18.25 Uhr:

Robert Armstrong trank sein Bier aus. »Noch eines«, lallte er, Trunkenheit vortäuschend. Er saß im »Good Luck Girlfriend«, einer mit amerikanischen Matrosen vom Flugzeugträger vollgestopften Hafenkneipe in Wanchai. Chinesische Hostessen versorgten die Kunden mit Getränken.
Im Obergeschoß gab es Zimmer, aber es war für die Matrosen nicht ratsam, sie aufzusuchen. Nicht alle Mädchen waren sauber oder vorsichtig, und spät nachts konnte man leicht ausgenommen werden.
»Du wollen ficki-ficki?« fragte ihn das angemalte Kind.

Du solltest mit ein paar Schulbüchern daheim im Bett sein, dachte er. Aber er sprach es nicht aus. »Willst du etwas trinken?« fragte er sie statt dessen.
»Scottish, Scottish«, rief das Kind gebieterisch.
»Nimm doch lieber Tee, und ich gebe dir auch so das Geld«, sagte er verdrießlich.
»Zum Teufel mit allen Göttern, ich mogle nicht!« Hochmütig hielt ihm das Kind das schmutzige Glas hin. Es enthielt billigen, aber echten Whisky. Sie leerte das Glas, ohne mit der Wimper zu zucken. »Kellner! Noch einen Scottish und ein Bier! Du trinken, ich trinken, dann wir machen ficki-ficki.«
»Wie alt bist du?«
»Alt. Wie alt du?«
»Neunzehn.«
»Ha, Bullen immer lügen!«
»Woher weißt du, daß ich ein Bulle bin?«
»Boss mir sagen. Nur zwanzig Dollar, *heya?*«
»Wer ist der Boss? Welcher ist es?«
»Sie. Hinter Theke. Sie Mama-*san.*«
Armstrong spähte durch den Rauch. Die hagere Frau war Mitte Fünfzig.
»Woher weiß sie, daß ich ein Bulle bin?«
»Hör mal, sie mir sagen, ich dich glücklich machen, oder mich rauswerfen. Ich geh jetzt rauf, *heya?*« Das Kind stand auf. Er sah jetzt die Angst in ihrem Gesicht.
»Setz dich!« befahl er ihr.
Sie gehorchte. »Wenn ich dir nicht gefallen, sie mich raus...«
»Du gefällst mir.« Armstrong verzog den Mund. Der alte Trick. Er schob ihr fünfzig Dollar hin. »Hier. Geh und gib das der Mama-*san!* Sag, ich kann jetzt nicht ficki-ficki machen, weil ich heute die Tante zu Besuch habe!«
Lili glotzte ihn dumm an und kicherte dann wie ein altes Weib. »Iiiiii, das ist ein guter Witz!« Schwankend auf ihren hohen Absätzen, ging sie zur Theke hinüber. Der bis hoch oben geschlitzte *chong-sam* ließ ihr kleines Hinterteil und ihre dünnen, sehr dünnen Beine sehen.
Armstrong zahlte seine Rechnung und bahnte sich durch die schwitzenden, lärmenden Matrosen einen Weg zum Ausgang.
»Du bist hier immer gern gesehen!« rief ihm Mama-*san* zu.
»Glaub ich gern«, rief er zurück, ohne ihr zu grollen.
Der Regen war zu einem Nieseln geworden, und es wurde langsam dunkel. Noch mehr laute Matrosen bevölkerten die Straßen, alles Amerikaner. Er ließ den Hafen und die Gloucester Road hinter sich, schlenderte die O'Brian Road hinauf, und fand schließlich das Gäßchen, das er suchte. Wie immer herrschte hier reges Leben und Treiben – Läden und Buden und knochendürre Köter, gebratene Enten und Fleischstücke an Haken, Gemüse und Obst. Gleich vor dem ersten Haus befand sich ein kleiner Stand mit Stühlen

unter einem Schutzdach aus Segeltuch, um die Kunden vor dem Nieselregen zu schützen. Er suchte sich eine ruhige Ecke aus, bestellte eine Schale Singapur-Nudeln – und wartete.
Immer wieder kehrten seine Gedanken zu Brian Kwok zurück. Und zu den 40000 in gebrauchten Scheinen, die er in seiner Schreibtischlade gefunden hatte – einer Lade, die er stets versperrt hielt. Er war müde und hatte das Gefühl, über und über mit Schmutz bedeckt zu sein – einem Schmutz, der auch mit Seife und heißem Wasser nicht weggehen würde. Es kostete ihn Mühe, seine Augen zu zwingen, nach dem Wild Ausschau zu halten, seine Ohren, den Straßenlärm zu hören, und seine Nase, das Essen zu genießen.
Dann sah er den amerikanischen Matrosen. Er war mager, trug eine Brille und überragte die chinesischen Passanten, obwohl er ein wenig gebeugt ging. Er hatte den Arm um ein Straßenmädchen gelegt.
»Nicht hier lang, Baby«, quengelte sie. »Mein Zimmer andere Richtung. Du verstehen?«
»Klar, Schätzchen, aber jetzt gehen wir mal da runter, und dann zu dir. Komm, Süße!«
Armstrong sah sie näherkommen und fragte sich, ob das der Mann war. Er schien Ende Zwanzig zu sein und sprach mit dem Akzent eines Südstaatlers. Offenbar versuchte er sich zurechtzufinden. Dann fiel sein Auge auf ein kleines Restaurant mit einer Aufschrift in chinesischen Schriftzeichen: »Restaurant zur tausendjährigen Gesundheit Mao Tse-tungs.«
»Komm, Süße«, sagte der Matrose, und sein Gesicht leuchtete auf, »laß uns hier ein Bier trinken!«
»Nicht gut hier, Baby, besser in meine Kneipe, *heya?* Bess...«
»Verdammt nochmal, wir trinken das Bier hier!« Er betrat das offene Lokal und setzte sich an einen der Plastiktische. Mürrisch folgte sie ihm. »Bier. Zwei Bier! San Miguel, äh?«
An einem der Nebentische saßen vier Kulis, die sich geräuschvoll Nudeln und Suppe in den Mund stopften. Sie streiften den Matrosen und sein Mädchen mit einem kurzen Blick. Einer machte eine schmutzige Bemerkung, und alle lachten. Das Mädchen errötete und drehte ihnen den Rücken zu. Der Matrose sah sich sorgfältig um, nippte an seinem Bier und stand auf. »Ich muß mal.« Er marschierte auf den Hintereingang zu und verschwand durch den schmutzigen Vorhang; der Mann an der Theke beobachtete ihn verdrießlich. Armstrong atmete erleichtert auf. Die Falle war gestellt.
Sekunden später kam der Matrose wieder heraus. »Los, Süße«, sagte er, »wir gehen!« Er leerte sein Glas und zahlte. Arm in Arm gingen sie den Weg zurück, den sie gekommen waren.
Armstrong lehnte sich behaglich zurück, ließ seine Blicke von einer Seite zur anderen schweifen und wartete geduldig. Schon wenige Minuten später sah er den kleinen, untersetzten Europäer das Gäßchen heraufkommen, stehen bleiben und die Auslage eines Schuhladens studieren.

Aha, ein Profi! dachte Armstrong befriedigt. Er wußte, daß der Mann die Scheibe benützte, um das Speiselokal zu beobachten. Er trug einen Regenmantel aus Plastikstoff und einen ebensolchen Hut. Ein Kuli mit schweren Bündeln an beiden Enden der Bambusstange auf seinen Schultern verdeckte ihn sekundenlang. Armstrong richtete seine Blicke auf die Füße des Mannes, der im Schatten des Kulis die Straße hinaufspazierte.
Er ist gut, dachte der Polizeioffizier bewundernd. Der Kerl macht das nicht zum erstenmal. Nur ein KGB-Mann kann so gerissen sein. Na, mein Bürschchen, jetzt dauert es nicht mehr lange, und du hängst an der Angel, dachte Armstrong ohne Groll.
Der Mann stand schon wieder vor einer Auslage. Komm nur, Fischchen, trau dich! Der Mann verhielt sich tatsächlich wie eine Forelle. Er kam und ging und kam wieder, und immer sehr vorsichtig. Schließlich betrat er das Restaurant und bestellte ein Bier. Es schien eine Ewigkeit zu dauern, bis auch er aufstand, sich nach der Toilette erkundigte und hinter dem Vorhang verschwand. Nach einer kleinen Weile kehrte er an seinen Tisch zurück. Sofort stürzten sich die vier Kulis, die am Nebentisch gesessen hatten, von rückwärts auf ihn und fesselten ihn an den Armen, während ihm ein anderer einen hohen steifen Kragen um den Hals band. Die anderen Gäste machten große Augen und ließen vor Schreck ihre Eßstäbchen fallen.
Armstrong kam herüberspaziert. Er sah, wie der vierschrötige Chinese hinter der Theke seine Schürze abnahm. »Halt's Maul, du Bastard!« fuhr er in Russisch den Mann an, der sich verzweifelt wehrte und Verwünschungen ausstieß. »Guten Abend, Inspektor«, begrüßte er Armstrong mit einem listigen Grinsen. Er hieß Malcolm Sun und war ein ranghoher SI-Mann. Er hatte die Aktion organisiert und den Koch ausbezahlt, der um diese Zeit hier normalerweise seinen Dienst versah.
»Guten Abend, Malcolm! Das haben Sie gut gemacht«, sagte Armstrong und wandte sich dem feindlichen Agenten zu. »Wie heißen Sie?« fragte er freundlich.
»Wer sind Sie? Lassen Sie mich gehen!« forderte der Mann mit unverkennbar ausländischem Akzent.
»Er gehört Ihnen, Malcolm«, sagte Armstrong.
»Hör mal, du Mutterficker«, belferte Sun auf Russisch, »wir wissen, daß du von der *Iwanow* bist, wir wissen, daß du ein Kurier bist und daß du soeben eine Kassette von einem Amerikaner vom Flugzeugträger abgeholt hast. Wir haben den Scheißkerl schon verhaftet und du kannst...«
»Lügen! Sie machen einen Fehler!« protestierte der Mann ebenfalls auf Russisch. »Lassen Sie mich gehen!«
Malcolm Sun wandte sich an Armstrong. »Er versteht nicht gut Russisch, Sir. Ich fürchte, wir werden ihn mitnehmen müssen. Sergeant, lassen Sie den Gefangenenwagen kommen!«
»Ja, Sir.« Ein anderer Beamter entfernte sich rasch. Der Russe war graume-

liert, ein untersetzter Mann mit kleinen zornigen Augen. Er wurde so fest gehalten, daß er keine Möglichkeit hatte, zu entkommen, eine Hand in die Tasche oder in den Mund zu stecken, um Beweismaterial zu vernichten – oder sich zu töten.

Armstrong durchsuchte ihn fachmännisch. Kein Schriftstück, keine Filmrolle. »Wo haben Sie es versteckt?« fragte er.

»Ich nicht verstehen!«

Der Haß des Mannes störte Armstrong nicht, und er trug ihm auch nichts nach. Wer wohl den armen Scheißer verpfiffen hat? Kein Wunder, daß ihm der Arsch auf Grundeis ging. Beim KGB ist er jetzt natürlich unten durch. Wie hat Crosse davon erfahren? Crosse hatte ihm nur gesagt, wo und wie die Sache über die Bühne gehen, daß ein Matrose vom Flugzeugträger irgendeinen Behälter zurücklassen und daß ein Mann von der *Iwanow* ihn abholen werde.

»Sie haben das Kommando, und tun Sie mir den Gefallen: Versauen Sie die Sache nicht!«

»Natürlich nicht. Aber bitte nehmen Sie einen anderen für Brian...«

»Zum letzten Mal, Robert, Sie übernehmen Kwoks Befragung, und Sie sind zum SI abkommandiert, bis ich Sie wieder freistelle! Ist das jetzt ein für allemal klar? Morgen um sechs Uhr früh wird Brian für Sie bereit sein.«

Armstrong fröstelte. Was wir doch für ein unglaubliches Glück hatten, ihn zu erwischen! Wenn Augenglas Wu nicht aus Ning-tok gekommen wäre – wenn die alte *amah* nicht mit dem Werwolf gesprochen hätte – wenn es keinen Run auf die Bank gegeben hätte – mein Gott, so viele Wenn! Aber so fängt man einen Fisch, einen großen Fisch. Mein Gott, Brian, du armes Würstchen!

»Wo haben Sie den Film hingegeben?« fragte er den Russen. Trotzig starrte ihn der Mann an. »Versteh nicht.«

Armstrong seufzte. »Sie verstehen nur zu gut.« Der große schwarze Gefangenenwagen schob sich durch die gaffende Menge. »Hinein mit ihm, und lassen Sie ihn nicht aus«, wies Armstrong die Männer an, die ihn festhielten. Die Menge sah zu, schnatterte und verspottete den Russen. Armstrong und Sun stiegen nach ihm ein und schlossen die Tür.

»Wir können«, sagte Armstrong.

»Jawohl, Sir.« Der Fahrer legte den Gang ein.

»Also dann, Malcolm. Sie können anfangen.«

Der chinesische Beamte nahm ein scharfgeschnittenes Messer heraus. Der Russe erbleichte.

»Wie heißen Sie?« fragte Armstrong, der ihm gegenübersaß.

Malcolm Sun wiederholte die Frage auf Russisch.

»D... Dimitri Metkin«, murmelte der Mann, immer noch wie in einem Schraubstock festgehalten von den vier ›Kulis‹, so daß er weder einen Finger noch eine Zehe bewegen konnte. »Seemann erster Klasse.«

»Sie lügen«, rief Armstrong. »Machen Sie weiter, Malcolm!«
Malcolm Sun hielt dem Mann das Messer unter das linke Auge. Es fehlte nicht viel, und der Russe wäre in Ohnmacht gefallen. »Das kommt später, du Spion«, sagte Sun auf Russisch und lächelte kalt. Mit bewußt feindseliger Bösartigkeit, geschickt und fachmännisch schlitzte Sun ihm den Regenmantel vom Leib. Armstrong untersuchte ihn sorgfältig, während Sun das Messer benützte, um ihm auch den Rest seiner Kleidung zu zerschneiden – bis er nackt war. Auch die genaueste Untersuchung – einschließlich Schuhe und Schuhsohlen – förderte nichts zutage.
»Er muß es in sich transportieren«, sagte Armstrong.
Die Männer, die ihn festhielten, drehten ihn auf den Bauch, und Sun holte die Gummihandschuhe und die Vaseline hervor und drang tief ein. Der Mann ächzte und zuckte zusammen, und in seinen Augen standen Tränen des Schmerzes.
»*Dew neh loh moh!*« rief Sun erfreut. In den Fingern hielt er ein Röhrchen in einer Zellophanhülle.
»Laßt ihn ja nicht los!« rief Armstrong. »Sieht nach einer Minolta aus«, sagte er zerstreut.
Er wickelte das Röhrchen behutsam in ein Papiertaschentuch und setzte sich wieder dem Mann gegenüber. »Mr. Metkin, ich verhafte Sie unter dem Verdacht, einen Spionageakt gegen die Regierung Ihrer Majestät begangen zu haben. Wir sind hier alle vom Special Intelligence und unterliegen nicht den üblichen Gesetzen – ebensowenig wie Ihr KGB. Wir können Sie so lange festhalten, wie es uns beliebt, auch in Einzelhaft, wenn wir wollen. Wenn Sie nicht antworten, werden wir uns die Informationen auf für Sie unangenehmere Weise beschaffen. Also: Wie heißen Sie wirklich? Wie lautet ihr offizieller KGB-Name?«
Der Mann starrte ihn an.
»Welchen Rang bekleiden Sie im KGB?«
Der Mann blieb stumm.
Armstrong zuckte die Acheln. »Ich kann meine chinesischen Kollegen auf sie loslassen. Aber die können Sie rein gar nicht leiden. Ihre Sowjetarmeen haben Malcolmes Dorf in der Mandschurei verwüstet und seine Familie ausgerottet. Tut mir leid, aber ich muß Ihren offiziellen KGB-Namen haben, Ihren Rang auf der *Sowjetsky Iwanow* und Ihre offizielle Position.«
Immer noch feindseliges Schweigen.
Armstrong seufzte. »Machen Sie weiter, Malcolm!«
Sun langte nach oben und riß das Brecheisen aus der Halterung. Die ›Kulis‹ hielten Metkin fest, und Sun führte die Spitze ein. Der Mann brüllte auf.
»Warten Sie... warten Sie...« keuchte er, »ich bin... ich bin Dimitri... Nicolai Leonow, Major, politischer Kommissar...«
»Das genügt, Malcolm«, sagte Armstrong, überrascht von der Bedeutung ihres Fangs.

»Aber, Sir...«
»Das genügt«, wiederholte Armstrong in scharfem Ton. »Setzt ihn auf«, befahl er. Der Mann tat ihm leid; er empfand die Prozedur als entwürdigend, aber wenn sofort vorgenommen, hatte bisher noch jedes Opfer bereitwillig seinen Namen und Rang genannt. Das Ganze war ein Trick, denn es wurde nie tief gebohrt, und der erste Schrei wurde durch Panik ausgelöst. Beim KGB geht's noch rauher zu, dachte er, und die Chinesen haben eine andere Einstellung zu Leben und Tod, zu Siegern und Besiegten, zu Schmerz und Freude.
»Nehmen Sie's nicht zu schwer, Major Leonow«, sagte er gütig. »Wir wollen Ihnen kein Leid antun – oder zulassen, daß Sie es tun.«
Metkin spuckte ihn an und fluchte. Tränen der Angst und Wut liefen ihm über das Gesicht. Armstrong gab Malcolm Sun ein Zeichen; der Chinese nahm einen vorbereiteten Wattebausch heraus und drückte ihn kräftig auf Metkins Nase und Mund. Der schwere, süßliche Geruch von Chloroform füllte die stickige Luft. Metkin wehrte sich heftig, sackte aber bald zusammen. Armstrong überprüfte seine Augen und seinen Puls. »Sie können ihn jetzt loslassen«, wies er die Männer an. »Sie haben ausgezeichnete Arbeit geleistet. Ich werde für eine diesbezügliche Eintragung in Ihre Personalakten sorgen. Passen Sie gut auf ihn auf! Könnte sein, daß er Hand an sich legt.«
»Ja, Sir.« Nach einer kleinen Weile sprach Malcolm aus, was ihnen allen im Kopf herumging. »Dimitri Metkin alias Nicolai Leonow, Major, KGB und politischer Kommissar auf der *Iwanow!* Was macht ein so großes Tier auf einem so kleinen Kahn?«

10

19.05 Uhr:

Sorgfältig wählte Linc Bartlett seine Krawatte. Er trug ein blaßblaues Hemd und einen beigefarbenen Anzug. Er überlegte schon den ganzen Tag hin und her, ob er Orlanda abholen sollte oder nicht und ob er es Casey sagen sollte oder nicht.
Es war ein guter Tag für ihn gewesen. Frühstück mit Orlanda und dann nach Kai Tak, um sicherzugehen, daß seine Maschine startbereit war, um mit Dunross nach Taipeh zu fliegen. Lunch mit Casey und dann die aufregenden Stunden in der Börse. Nach Börsenschluß waren er und Casey mit der Fähre nach Kowloon gefahren.
»Ian ist erledigt, meinst du nicht auch, Linc?«

»So sieht es aus, aber die Schlacht ist noch nicht entschieden.«
»Wie soll er sich erholen? Seine Aktien sind im Keller.«
»Verglichen mit voriger Woche, ja, aber wir wissen nicht, in welchem Verhältnis die flüssigen Aktiva zu den gesamten Verbindlichkeiten stehen. Diese Börse ist sehr gefährlich. Damit hatte Ian recht.«
»Ich wette, er weiß von den zwei Millionen, die du auf Gornts Konto überwiesen hast.«
»Kann sein. Er würde das gleiche tun, wenn er die Chance hätte. Holst du Seymour und Charlie Forrester ab?«
»Ja, ich habe einen Wagen bestellt.«
»Nach dem langen Flug werden sie kaum noch laufen können«, hatte er gelacht. Seymour Steigler III, ihr Anwalt, und Charlie Forrester, Chef ihrer Schaumstoffproduktion, waren beide keine sehr geselligen Typen. »Wann kommen sie an?«
»4 Uhr 50. Gegen sechs sind wir zurück.«
Um sechs hatten sie eine Besprechung mit Seymour Steigler – Forrester hatte sich nicht wohl gefühlt.
Ihr Anwalt war ein New Yorker, ein interessant aussehender Mann mit meliertem Haar, dunklen Augen und dunklen Ringen unter den Augen. »Casey hat mich über alles informiert, Linc«, sagte er. »Scheint ja alles bestens zu laufen.« Von dem Geheimabkommen mit Dunross über die Schiffe wußte er nichts. »Aber es gibt da noch ein paar Punkte, die ich einbauen möchte.«
»In Ordnung. Aber wir wollen nicht das ganze Deal noch einmal aushandeln. Bis Dienstag muß alles unter Dach und Fach sein.«
»Soll ich Rothwell-Gornt auf den Zahn fühlen?«
»Nein«, sagte Casey. »Lassen Sie Gornt und Dunross zufrieden, Seymour!« Sie hatten den Anwalt auch nicht von Bartletts privater Abmachung mit Gornt informiert. »Hongkong ist komplizierter, als wir dachten. Lassen Sie alles, wie es ist!«
»Ganz recht!« pflichtete Bartlett ihr bei. »Überlassen Sie uns Gornt und Dunross! Sie verhandeln mit den Anwälten.«
»Was sind das für Leute?«
»Engländer. Sehr korrekt«, antwortete Casey. »Ich war heute mittag mit John Dawson zusammen – er ist der Seniorchef... Jacques de Ville war auch dabei, einer der Direktoren von Struan's. Ein guter Mann, aber Dunross schmeißt den ganzen Laden.«
»Wie wäre es, wenn ich diesen, äh, Dawson gleich anriefe? Ich könnte mit ihm frühstücken, sagen wir hier um acht.«
Bartlett und Casey hatten gelacht. »Nicht zu machen, Seymour«, klärte sie ihn auf. »Vor zehn Uhr läuft hier nichts, und das Mittagessen dauert zwei Stunden.«
»Dann setze ich mich morgen nach dem Lunch mit ihm zusammen.« Sey-

mour Steigler hatte ein Gähnen unterdrückt. »Ich muß noch New York anrufen, bevor ich mich aufs Ohr lege. Die Papiere betreffs der GXR-Fusion habe ich mitgebracht...«
»Schaue ich gleich an«, war Casey ihm ins Wort gefallen.
»Ich habe die 200000 Rothwell-Gornt zu 23,50 gekauft. Wie stehen sie heute?«
»21.«
»Mein Gott, Linc, das kostet dich 300 Riesen«, sagte Casey. »Warum nicht verkaufen und später zurückkaufen?«
»Nein. Wir halten die Aktien.« Der Verlust machte ihm keinen Kummer, denn mit seinen Anteilen an Gornts Leerverkäufen hatte er schon einen weit höheren Gewinn erzielt. »Machen Sie doch für heute Schluß, Seymour! Wenn Sie schon auf sind, können wir morgen zu dritt frühstücken – sagen wir um acht?«
»Gern! Arrangieren Sie einen Termin mit Dawson, Casey?«
»Mache ich. Irgendwann morgen vormittag. Der Tai-Pan... Mr. Dunross, hat sie wissen lassen, daß unser Deal absoluten Vorrang hat.«
»Das sollte es auch«, meinte Steigler. »Mit unserer Anzahlung helfen wir ihm aus der Klemme.«
»Wenn er überlebt«, sagte Casey.
»Heute rot, morgen tot. Genießen wir das Leben!«
Das war eine von Steiglers ständigen Redewendungen, und immer noch tönte die Phrase in Bartletts Kopf. Heute rot, morgen tot... Wie gestern das Feuer. Man weiß nie, wann man an der Reihe ist. Wenn ich an Vater denke! Ein Leben lang kerngesund, dann sagt der Arzt, er hat Krebs; drei Monate später sein qualvoller Tod.
Schweiß stand Bartlett auf der Stirn. Das war eine böse Zeit damals! Seine Mutter wie von Sinnen, und er hatte noch während seiner Scheidung den Vater begraben müssen. Und dann der Ausgang des Ehescheidungsverfahrens. Er hatte fürchterliche Opfer auf sich genommen, aber es war ihm gerade noch gelungen, die Kontrolle über die Gesellschaft zu behalten und die finanziellen Forderungen seiner Frau zu erfüllen. Er zahlte immer noch, obgleich sie ein zweites Mal geheiratet hatte. Dazu ein sich ständig erhöhender Unterhaltszuschuß für seine Kinder. Immer noch tat ihm jeder Cent weh – es war nicht das Geld, sondern die Unbilligkeit der kalifornischen Rechtsprechung, die Tatsache, daß ihr Anwalt ein volles Drittel kassierte, daß er von ihrem wie auch von seinem Anwalt aufs Kreuz gelegt worden war.
Heute rot, morgen tot, wiederholte er im Geiste, während er seine Krawatte band und sich im Spiegel betrachtete. Er hatte seinen Frieden mit sich selbst gemacht, er wußte, was er war und was er vorhatte. Der Krieg hatte ihm dabei geholfen. Und daß er die Scheidung überlebte, daß er alles über sie erfahren hatte und damit leben konnte. Daß er Casey gefunden hatte, war das einzig Schöne in jenem Jahr gewesen.

Casey. Wie steht's mit Casey?
Unsere Vereinbarungen sind völlig klar, sind es immer gewesen. Sie selbst hat sie festgelegt. Wenn ich eine Verabredung habe oder sie eine hat, dann haben wir Verabredungen, und wir stellen einander keine Fragen.
Warum bereitet es mir dann solches Unbehagen, daß ich mich entschlossen habe, Orlanda abzuholen, ohne Casey etwas davon zu sagen?
Er sah auf die Uhr. Es war fast Zeit zu gehen.
Nach einem zögernden Klopfen öffnete sich die Tür, und Nachtzeit Song grinste ihn an. »Missie«, verkündete der Alte. Einen Stoß Papiere in der Hand, kam Casey den Gang herunter.
»Guten Abend, Casey«, begrüßte er sie. »Ich wollte dich gerade anrufen.«
»Abend, Linc«, sagte sie. »Ich habe da ein paar Sachen für dich.« Sie reichte ihm einen Stoß Telexe und Briefe und ging an die Bar, um sich einen trockenen Martini zu mixen. »Die ersten beiden betreffen die GXR-Fusion. Alles ordnungsgemäß unterfertigt. Am 2. September übernehmen wir. Um drei Uhr tritt in Los Angeles der Aufsichtsrat zusammen – bis dahin sind wir längst zurück. Ich...«
»Bett aufdecken, Mister?« unterbrach Nachtzeit Song wichtigtuerisch.
Bartlett wollte ablehnen, aber Casey schüttelte schon den Kopf. »*Um ho*«, sagte sie freundlich auf Kantonesisch, wobei sie die Worte richtig aussprach. »*Cha z'er, doh jeh!*« Nein, danke, bitte machen Sie's später!
Nachtzeit Song starrte sie verständnislos an. »Was?«
Casey wiederholte es. Der Alte grunzte. Es ärgerte ihn, daß Goldenes Schamhaar so schlechte Manieren hatte, ihn in seiner eigenen Sprache anzureden. »Bett aufdecken, *heya*? Jetzt?« fragte er in holprigem Englisch.
Casey wiederholte ihre Anordnungen auf Kantonesisch, wieder ohne Erfolg, und sagte schließlich auf Englisch: »Na schön. Nicht jetzt! Sie können es später machen.«
Nachtzeit Song grinste, weil er sie dazu gebracht hatte, an Gesicht zu verlieren. »Ja, Missie.« Er schloß die Tür.
»Arschloch«, murmelte sie. »Er muß mich verstanden haben. Ich weiß, daß ich es richtig gesagt habe. Warum sind sie so erpicht darauf, uns nicht zu verstehen? Ich habe es mit meinem Zimmermädchen versucht, und sie antwortete auch immer: ›*Was? Was Sie sagen, heya?*‹«
Bartlett lachte. »Sie sind eben bockig. Aber wo hast du Chinesisch gelernt?«
»Es ist Kantonesisch. Ich habe mir einen Lehrer besorgt – und heute morgen die erste Stunde genommen. Ich wollte so einfache Dinge sagen können wie Guten Tag, Wie geht es Ihnen? Die Rechnung, bitte, und so. Mein Gott, ist das kompliziert! Das wichtigste ist die Betonung. Es gibt sieben Betonungen im Kantonesischen – sieben Möglichkeiten, ein und dasselbe Wort auszusprechen.« Sie nippte an ihrem Martini. »Den brauche ich. Willst du ein Bier?«

Bartlett schüttelte den Kopf. »Nein, danke.«
Casey setzte sich auf das Sofa und schlug ihr Notizbuch auf. »Die Sekretärin von Vincenzo Banastasio hat angerufen und gebeten, seine Reservierung für Sonnabend zu bestätigen. Außerdem...«
»Ich wußte gar nicht, daß er hierher kommt. Du?«
»Ich glaube mich zu erinnern, daß er davon sprach, Asien besuchen zu wollen... Am Rennplatz, in Del Mar... vorigen Monat... John Tschen war auch dabei. Der arme Kerl!«
»Ich hoffe, sie erwischen diese Werwölfe.«
»Ich habe seinem Vater und Frau Dianne Kondolenzbriefe geschickt.«
»Gut, gut.« Bartlett runzelte die Stirn. »Trotzdem kann ich mich nicht erinnern, daß Vincenzo etwas gesagt hat. Wird er auch hier wohnen?«
»Nein. Er will auf der Hongkong-Seite absteigen. Ich habe die Reservierung telefonisch im Hilton bestätigt. Er kommt Sonnabend morgen mit der JAL aus Tokio. Willst du ihn treffen?«
»Wie lange bleibt er?«
»Über das Wochenende, ein paar Tage. Du weißt ja, wie vage er sich ausdrückt. Wie wäre es mit Sonnabend nach dem Rennen?«
Schon wollte Bartlett den Sonntag vorschlagen, doch dann fiel ihm Taipeh ein. »In Ordnung, Sonnabend nach dem Rennen.« Er fing ihren Blick auf. »Du wolltest etwas sagen?«
»Ich frage mich, was Banastasio im Schilde führt.«
»Als er sich mit vier Prozent bei Par-Con einkaufte, haben wir das durch die Börsenaufsichtsbehörde überprüfen lassen und erfahren, daß sein Geld sauber war. Es wird zwar viel geredet, aber er ist nie unter Anklage gestellt worden. Er hat uns nie Schwierigkeiten gemacht, ist nie zu einer Aktionärsversammlung erschienen, erteilt mir immer das Stimmrecht und ist mit Geld herausgerückt, als wir es gut gebrauchen konnten. Also?«
»Also nichts. Du weißt, was ich von ihm halte. Ich werde die Verabredung mit ihm treffen und höflich sein wie immer. Nächster Punkt: Ich habe in der Victoria Bank ein Geschäftskonto für uns eröffnet und 25000 eingezahlt. Wir haben einen Revolving Fonds laufen, und First Central steht Gewehr bei Fuß, um die ersten sieben Millionen zu überweisen, sobald wir den Auftrag geben. Bei derselben Bank habe ich auch ein Privatkonto für dich eröffnet und ebenfalls fünfundzwanzig Riesen eingezahlt.«
Bartlett wollte auf die Uhr sehen, unterließ es aber. »Weiter!«
»Weiter: Clive Bersky hat angerufen und um eine Gefälligkeit ersucht!«
»Hast du ihm gesagt, er soll sich zum Teufel scheren?«
Sie lachte. Bersky war der Leiter ihrer Niederlassung der First Central of New York, ein sehr pedantischer Mann, der Bartlett in seinem Hang zur Perfektion wahnsinnig machte. »Wenn es zum Abschluß mit Struan's kommt, möchte er, daß wir unsere Zahlungen über die...« Sie sah in ihrem Notizblock nach. »...die Royal Belgium and Far East Bank gehen lassen.«

»Warum gerade die?«
»Ich bin dabei, sie unter die Lupe zu nehmen. Wir sind für acht zu einem Drink mit dem hiesigen Generalvertreter verabredet. Die First Central hat seine Bank eben erst gekauft – sie haben Filialen hier, in Singapur und in Tokio.«
»Mach du das, Casey!«
»Gern. Einen Drink, und ich bin schon wieder weg. Wollen wir nachher miteinander essen? Irgendwo in der Nähe.«
»Danke, aber heute nicht. Ich fahre nach Hongkong hinüber.«
»Ach... wo...« Sie brach ab. »Wann gehst du?«
»Jetzt bald. Keine Eile.« Bartlett sah das leichte Lächeln um ihre Lippen; sicher hatte sie sofort begriffen, wohin er ging. »Hast du sonst noch was?«
»Nichts, was nicht bis morgen warten könnte. Ich treffe mich zeitig mit Kapitän Jannelli wegen deines Flugs nach Taipeh. Die gerichtliche Verwahrung wird vorübergehend aufgehoben. Du mußt nur eine Erklärung unterschreiben, mit der du dich verpflichtest, vor Dienstag nach Hongkong zurückzukommen.«
»Geht in Ordnung, Dienstag ist D-Tag.«
Sie stand auf. »Das wäre alles für heute. Ich kümmere mich um den Bankmann und das übrige.« Sie stellte ihr Glas zurück. »He, Linc, die Krawatte! Die blaue würde besser passen! Wir sehen uns zum Frühstück.« Sie warf ihm eine Kußhand zu und verabschiedete sich wie immer mit einem: »Träum schön, Linc!«
»Warum, zum Teufel, bin ich so verdammt wütend?« murmelte er. »Casey kann doch nichts dafür. Ich bin ein Narr! Und was tue ich jetzt? Vergesse ich das Ganze oder gehe ich?«
Innerlich kochend, marschierte Casey den Gang zu ihrem Zimmer hinunter. Ich wette, er geht mit diesem verdammten Flittchen aus. Ich hätte sie ersäufen sollen, als ich die Gelegenheit hatte.

11

19.40 Uhr:

»Verzeihen Sie, Exzellenz, Sie werden am Telefon verlangt.«
»Danke, John!« Sir Geoffrey Allison wandte sich Dunross und den anderen zu. »Wenn die Herren mich einen Augenblick entschuldigen wollen?«
Sie befanden sich im Government House, dem Wohnsitz des Gouverneurs. Die Glastüren standen offen, um die Kühle des Abends einzulassen, die Luft war frisch und rein, es tropfte von Bäumen und Sträuchern. Der Gouver-

neur ging durch den Vorraum, wo Cocktails und Häppchen serviert wurden. Er war zufrieden; seine Gäste schienen sich gut zu unterhalten, und noch hatte es keine Reibereien zwischen den Tai-Panen und den Abgeordneten gegeben. Seinem Wunsch entsprechend, hatte Dunross sich besonders angestrengt, Grey und Broadhurst friedlich zu stimmen.
Der Adjutant schloß die Tür seines Arbeitszimmers hinter ihm und ließ ihn allein mit dem Telefon zurück. »Hallo?«
»Entschuldigen Sie die Störung, Sir«, sagte Crosse.
»Hallo, Oberinspektor!« Der Gouverneur fühlte, wie sich seine Brust zusammenkrampfte. »Sie stören nicht.«
»Ich habe zwei gute Nachrichten, Sir. Ob ich wohl vorbeikommen könnte?«
Sir Geoffrey warf einen Blick auf die Porzellanuhr über dem Kamin. »In einer Viertelstunde wird das Dinner serviert. Wo sind Sie jetzt?«
»Keine drei Minuten von Ihnen entfernt. Aber wenn es Ihnen lieber ist, komme ich nachher.«
»Kommen Sie jetzt, ich kann ein paar gute Nachrichten gebrauchen! Kommen Sie durch den Garten, John wird Sie erwarten.«
»Danke, Sir.«
In genau drei Minuten überquerte Crosse die Terrasse. Er putzte sich sorgfältig die Schuhe ab, bevor er durch die Glastür trat. »Wir haben einen großen Fisch gefangen, Sir, einen feindlichen Agenten, in flagranti sozusagen«, begann er seinen Bericht. »Er ist ein Major, KGB, und war politischer Kommissar auf der *Iwanow*. Wir haben ihn dabei erwischt, wie er einen Spionageakt mit einem amerikanischen Computerexperten vom Flugzeugträger beging.«
Die Wangen des Gouverneurs hatten sich gerötet. »Diese verflixte *Iwanow!* Du lieber Himmel, Crosse, ein Major! Haben Sie denn eine Ahnung, was das für einen Sturm zwischen der UdSSR, den Vereinigten Staaten und London entfesseln wird?«
»Doch, Sir. Darum wollte ich Sie sofort benachrichtigen.«
»Was, zum Teufel, hat der Kerl denn gemacht?«
Crosse erzählte es ihm in groben Umrissen.
»Was war auf dem Film?«
»Der Film war leer, Sir. Er hatte einen Schleier.«
»Was?«
»Ja. Natürlich haben beide Männer ihre Spionagetätigkeit geleugnet. Der Matrose erklärte, er hätte die zweitausend Dollar, die wir bei ihm fanden, beim Pokern gewonnen. Es ist natürlich töricht zu lügen, wenn man erwischt wird. Bei dem Russen ordnete ich die sofortige Verabreichung eines starken Abführmittels und genaue Untersuchung des Stuhls an. Und vor einer Stunde hat Major... hat der MGB-Agent den richtigen Film ausgeschieden.« Crosse reichte dem Gouverneur einen dicken Umschlag. »Das sind Vergrößerungen, acht mal zehn, Sir, Bild für Bild.«

Der Gouverneur öffnete den Umschlag nicht. »Was zeigen die Bilder? Im allgemeinen?«
»Eine Serie zeigt den Teil eines Handbuches für das Radarlenkungs- und -navigationssystem des Schiffs. Die andere ist eine Fotokopie des kompletten Ladeverzeichnisses des Schiffsarsenals: Munition, Raketen, Spreng- und Gefechtsköpfe. Mengen, Sorten und wo im Schiff sie gelagert sind.«
»Heiliger Strohsack! Auch Atomsprengköpfe? Nein, antworten Sie mir nicht!« Sir Geoffrey starrte Crosse an. »Wunderbar, daß die Information nicht in feindliche Hände gelangt ist. Unsere amerikanischen Freunde werden sich erleichtert fühlen und sind Ihnen zweifellos große Gefälligkeiten schuldig. Aber was machen wir mit diesem Major?«
»Ich würde den Major unverzüglich unter strenger Bewachung mit einer RAF-Maschine nach London schicken. Obwohl wir hier besser ausgerüstet und erfahrener sind und bessere Ergebnisse erzielen. Meine Befürchtungen gehen dahin, daß seine Vorgesetzten schon in einer Stunde von seiner Verhaftung wissen werden und versuchen könnten, ihn herauszuholen oder unschädlich zu machen. Sie könnten sogar starken diplomatischen Druck ausüben, um uns zu zwingen, ihn freizulassen. Und noch eines: Wenn es der Volksrepublik China und den Nationalisten zu Ohren kommt, daß wir ein so hohes Tier geschnappt haben, könnten auch sie versuchen, ihn in ihre Gewalt zu bekommen.«
»Und der amerikanische Matrose?«
»Es wäre eine diplomatische Geste, ihn sofort der CIA zu übergeben, zusammen mit dem Film und diesen Vergrößerungen. Rosemont wäre der geeignetste Mann.«
»Ach ja, Rosemont. Er ist jetzt hier.«
»Ja, Sir.«
»Haben Sie eigentlich Kopien aller meiner Gästelisten, Oberinspektor?«
»Nein, Sir. Ich habe das Konsulat angerufen, um zu erfahren, wo er sich aufhält.«
Sir Geoffrey musterte ihn ungläubig. Er war sicher, daß der Chef des SI genau wußte, wen er einlud und wann. Und ich wette, das sind nicht die einzigen Abzüge, die er gemacht hat, denn er weiß, daß auch die Admiralität sie gern sehen möchte. »Könnte es da eine Verbindung zu den AMG-Berichten geben?«
»Nein. Überhaupt nicht. Ich sehe da keinen Zusammenhang.«
Sir Geoffrey erhob sich aus seinem Sessel und schritt gedankenvoll einige Male auf und ab. Crosse hat recht. Die chinesischen Nachrichtendienste werden die Sache sehr bald spitz kriegen, weil jeder Chinese in unserer Polizei entweder mit der Volksrepublik oder mit den Nationalisten sympathisiert. Darum wäre es tatsächlich besser, den Spion schnellstens zu expedieren. »Ich glaube, ich sollte umgehend mit dem Minister plaudern.«
»Unter den gegebenen Umständen wäre es vielleicht ratsam, den Minister

zu *informieren,* wie ich mit dem Major verfahren bin – ihn unter Bewachung nach London...«
»Ist er schon fort?«
»Nein, Sir. Aber kraft meiner Befugnisse könnte ich das vorantreiben, wenn Sie einverstanden sind.«
Nachdenklich warf Sir Geoffrey einen Blick auf die Uhr. »In London essen sie jetzt zu Mittag. Ich werde ihn etwa in einer Stunde *informieren.* Kommt das zeitlich aus?«
»O ja, danke, Sir. Es ist alles vorbereitet.«
»Und was machen wir mit dem Matrosen?«
»Vielleicht könnten Sie den Minister ersuchen, unserem Vorschlag zuzustimmen, ihn Rosemont zu übergeben, Sir.«
»Na schön. Und was ist nun die zweite ›gute‹ Nachricht? Ich hoffe, sie ist besser als die erste.«
»Wir haben den Maulwurf erwischt, Sir.«
»Ah, gut! Ausgezeichnet. Wer ist es?«
»Senior-Inspektor Kwok.«
»Unmöglich!«
»Ich stimme Ihnen zu, Sir, dennoch: Inspektor Kwok ist ein kommunistischer Maulwurf und hat für die Volksrepublik spioniert.« Crosse erzählte ihm, wie Brian Kwoks Tarnung durchbrochen worden war. »Ich schlage vor, Inspektor Armstrong eine Belobigung auszusprechen – ebenso Augenglas Wu. Ich nehme ihn in den SI, Sir.«
Sir Geoffrey starrte fassungslos aus dem Fenster. »Der junge Brian! In ein oder zwei Jahren wäre er... Ein Irrtum ist ausgeschlossen?«
»Ausgeschlossen, Sir. Die Beweise sind unwiderlegbar.«
Sir Geoffrey sah das schmale, harte Gesicht und die kalten Augen, und es tat ihm sehr leid um Brian Kwok, den er immer gern gemocht hatte. »Halten Sie mich über die Sache auf dem laufenden! Mein Gott, so ein charmanter Bursche – und ein erstklassiger Cricketspieler!«
Crosse stand auf. »Interessant. Ich habe nie verstanden, warum er immer so anti-amerikanisch war – es war seine einzige Schwäche. Jetzt ist es mir klar. Tut mir leid, Sir, daß ich Sie stören mußte.«
»Sie können sich beglückwünschen, Oberinspektor! Wenn wir den Sowjetspion nach London schicken, sollte Brian Kwok nicht vielleicht auch...? Aus den gleichen Gründen?«
»Nein, Sir. Nein, ich glaube nicht. Mit Kwok können wir hier besser umgehen und schneller ans Ziel kommen. Wir sind es, die erfahren müssen, was er weiß – London würde das nicht verstehen. Kwok ist eine Gefahr für Hongkong, nicht für England. Er hat für die Volksrepublik gearbeitet, der andere Mann für die Russen. Das ist ein Unterschied.«
Sir Geoffrey seufzte schwer. Er wußte, daß Crosse recht hatte. »Ich stimme Ihnen zu. Das war heute wirklich ein scheußlicher Tag. Zuerst der Sturm

auf die Banken, dann die Börse... die Toten in Aberdeen... es sieht ganz so aus, als ob sich diese Sturmfront zu einem Taifun auswächst. Und jetzt Ihre Nachrichten... Ein amerikanischer Matrose, der für lächerliche 2000 Dollar sein Land, sein Schiff verrät, und seine Ehre verliert!«
Wir leben in schrecklichen Zeiten, wollte Sir Geoffrey sagen, aber er wußte, daß dies nicht der geeignete Zeitpunkt war. Menschen sind eben nur Menschen, dachte er, Habgier, Stolz, Lust, Eifersucht und Unersättlichkeit beherrschen sie und werden sie immer beherrschen.
»Danke, daß Sie gekommen sind, Crosse! Noch einmal: Sie sind zu beglückwünschen. Ich werde dem Minister dahingehend berichten. Guten Abend.«
Selbstsicher, voll tödlicher Entschlußkraft, überquerte Crosse die Terrasse. Erst jetzt ließ Sir Geoffrey Allison die eigentliche, nicht gestellte Frage wieder an die Oberfläche seines Bewußtseins dringen.
Wer ist der Maulwurf in meiner Polizei?
AMGs Bericht war völlig klar. Der Verräter ist ein sowjetischer Agent, kein chinesischer. Brian Kwok ist nur durch einen Zufall ins Netz gegangen. Wie kommt es, daß Crosse nicht auf das Naheliegende eingegangen ist?

12

20.17 Uhr:

Er hatte noch kaum den Finger von der Klingel genommen, als schon die Tür aufging. »O Linc!« stieß Orlanda atemlos hervor, und ihre Freude schäumte über. »Komm doch rein!«
»Tut mir leid, daß ich mich verspätet habe«, sagte Bartlett, hingerissen von ihrer Schönheit und ihrer Herzenswärme. »Die Straßen sind verstopft und die Fähren überfüllt.«
»Du bist hier, und nur das ist wichtig. Ich fürchtete schon... ich fürchtete schon, du würdest nicht kommen, und das hätte mich in Verzweiflung gestürzt. So, jetzt weißt du es, aber ich bin so glücklich, daß es mir nichts ausmacht.« Sie stellte sich auf die Zehenspitzen, küßte ihn schnell, nahm ihn am Arm und schloß die Tür hinter sich.
Ihr Parfum war zart und kaum spürbar, und sie trug ein an Handgelenken und Hals geschlossenes knielanges Kleid aus weißem Chiffon. »Ich bin so froh, daß du da bist«, wiederholte sie.
»Ich auch.«
Der vornehmlich mit Kerzen erhellte Raum wirkte abends hübscher. Die hohen Glastüren zur Veranda standen offen. Sie befanden sich knapp un-

terhalb der Wolkendecke, und die Stadt erstreckte sich über den Berg bis zum Meer hinab. Kowloon und der Hafen waren undeutlich sichtbar, aber er wußte, daß dort die Schiffe ankerten und der riesige Flugzeugträger am Pier lag. Von Scheinwerfern angestrahlt, schimmerten das enorme, eckig verlaufende Deck und die nadelförmigen Nasen der Düsenjäger; die stahlgraue Brücke ragte zum Himmel empor.
Er stand auf der Veranda und stützte sich auf das Geländer. »Was für ein herrlicher Abend, Orlanda!«
»O ja, herrlich! Komm herein und setz dich!«
»Wenn ich darf, möchte ich mir die Aussicht anschauen.«
»Aber natürlich, alles, was du willst. Dein Anzug sitzt wunderbar, und die Krawatte gefällt mir besonders gut.« Sie wollte ihm ein Kompliment machen, obwohl sie nicht der Meinung war, daß die Krawatte ihm besonders stand. Macht nichts, dachte sie, er ist eben nicht so farbbewußt wie Quillan und braucht eine helfende Hand. Ich werde tun, was Quillan mich gelehrt hat – nicht kritisieren, sondern in die Stadt gehen, eine kaufen, die mir gefällt, und sie ihm schenken. Blau. Blau würde gut zu seinen Augen passen und besser zu diesem Hemd. »Du kleidest dich sehr gut.«
»Danke, du auch.« Ihm fiel ein, was Casey über seine Krawatte gesagt hatte und wie wütend er auf der ganzen Fahrt mit der Fähre über sie gewesen war.
Erst jetzt hatte seine Wut sich gelegt. Es war Orlandas Freude, als sie ihn sah, die das bewirkt hat. Es ist schon Jahre her, daß Caseys Augen aufgeleuchtet haben oder daß sie etwas Nettes gesagt hat, wenn ich... Zum Teufel damit, heute abend werde ich mich nicht um Casey sorgen! »Die Aussicht ist phantastisch, und du bist eine wunderschöne Frau.«
Sie lachte. »Du siehst auch nicht schlecht aus und... ach, dein Drink! Entschuldige...« Sie wirbelte davon, in die Küche, und kam gleich wieder. Auf dem Tablett hatte sie Pastete, Toast und eine Flasche eiskaltes Bier. »Ich hoffe, daß es frisch ist.«
Es war Anheuser. »Woher kennst du meine Lieblingsmarke?«
»Du hast es mir heute vormittag gesagt, erinnerst du dich nicht?«
Er lachte sie an. »Wird das auch in deinem Artikel stehen?«
»Nein. Nein, ich habe mich entschlossen, nicht über dich zu schreiben.«
»Und warum nicht?«
Sie schenkte sich ein Glas Weißwein ein. »Ich bin zu dem Schluß gekommen, daß ich dir in einem Artikel nicht gerecht werden könnte.« Ihre Hand flog an ihr Herz. »So wahr mir Gott helfe: kein Artikel, alles privat! Ich schwöre es bei der Madonna«, rief sie.
»He, du brauchst doch nicht so dramatisch zu werden!«
Sie lehnte sich mit dem Rücken gegen das Geländer; die Straße lag in achtzig Fuß Tiefe. Er glaubte ihr vorbehaltlos und war erleichtert. Der Artikel war der einzige Gefahrenpunkt für ihn gewesen – und ihre Tätigkeit als

Journalistin. Er beugte sich vor und küßte sie leicht – absichtlich ganz leicht.
Einen Augenblick lang genossen beide die Aussicht.
»Was denkst du, hat es sich ausgeregnet?«
»Ich hoffe nicht. Wir brauchen noch viele Regengüsse, um die Reservoirs zu füllen. Es ist so schwer, sich zu pflegen; immer noch nur jeden vierten Tag Wasser.« Sie lächelte spitzbübisch. »Während des Sturms gestern nacht habe ich mich nackt ausgezogen und hier geduscht. Es war phantastisch!«
Das Bild dieser schönen Frau, hier nackt auf der Veranda, entfachte seine Phantasie. »Du mußt aufpassen«, sagte er. »So hoch ist das Geländer nicht.«
»Seltsam. Vor dem Meer habe ich eine Heidenangst, aber vor der Tiefe fürchte ich mich nicht. Du hast mir ja ohne Zweifel das Leben gerettet.«
»Komm schon! Du hättest es auch ohne mich geschafft.«
»Vielleicht, aber ganz sicher hast du mich davor bewahrt, das Gesicht zu verlieren. Ohne dich hätte ich mich unmöglich gemacht. Darum danke für mein Gesicht!«
»Das ist ja bei euch wichtiger als das Leben, nicht wahr?«
»Manchmal, ja. Warum sagst du das?«
»Ich dachte gerade an Dunross und Quillan Gornt. Sie hören nicht auf, einander zu bekämpfen, und dabei geht es hauptsächlich um das Gesicht.«
»Da hast du natürlich recht.« Und nachdenklich fügte sie hinzu: »Auf der einen Seite sind sie beide ehrenwerte Männer, aber auf der anderen – wahre Teufel! Sie sind beide erbarmungslos, sehr, sehr kraftvoll, sehr hart, geschickt und... sie kennen das Leben. Sie wurzeln tief im Boden Asiens. Sehr tief, zu tief. Es wäre schwierig, diese Wurzeln auszurotten.« Sie nippte an ihrem Wein und lächelte. »Und vermutlich nicht sehr gut für Hongkong. Noch etwas Pastete?«
»Bitte. Sie schmeckt wunderbar. Hast du sie selbst gemacht?«
»Ja. Ein altes englisches Rezept.«
»Warum wäre das nicht gut für Hongkong?«
»Ach, vielleicht weil sie sich ausgleichen. Wenn einer den anderen vernichtet – ich meine nicht gerade Quillan oder Dunross, ich meine die *hongs*, die Gesellschaften, Struan's und Rothwell-Gornt, wenn eine die andere verschlingt, wäre der siegreiche Konzern vielleicht zu stark, der Tai-Pan vielleicht zu gierig... Entschuldige, ich rede zu viel! Es ist nur so eine Idee. Noch ein Bier?«
»Ja, gleich, danke, das ist ein interessanter Blickwinkel.« So habe ich die Dinge noch nie gesehen. Und Casey auch nicht. Brauchen die beiden Tai-Pane einander?
Er sah, daß sie ihn beobachtete, und erwiderte ihr Lächeln. »Es ist ja kein Geheimnis, daß ich dabei bin, mit einem von ihnen abzuschließen. An meiner Stelle, für wen würdest du dich entscheiden?«

»Für keinen«, antwortete sie rasch und lachte.
»Warum?«
»Du bist kein Brite, keiner von den ›alten Knaben‹ und kein eingesessenes Mitglied eines der Klubs. Du kannst soviel Geld bringen, wie du nur magst, es werden immer die alten Knaben sein, die bestimmen, was geschehen soll.«
»Sind sie so schlau?«
»Nein, aber sie sind Asiaten. Hier sind sie zu Hause. Es gibt ein chinesisches Sprichwort: ›*Tien hsia wu ya i pan hei*‹ – Am Himmel sind alle Raben schwarz, und das heißt, daß alle Tai-Pane gleich sind und immer zusammenhalten werden, um den Außenseiter zu vernichten.«
»Also würden weder Dunross noch Gornt einen Geschäftspartner willkommen heißen?«
»Mit dieser Frage überforderst du mich, denn von Geschäften verstehe ich überhaupt nichts. Aber ich habe noch nie gehört, daß ein Amerikaner, der nach Hongkong gekommen ist, hier groß Tritt gefaßt hätte. Nicht einmal Cooper and Tillman haben es geschafft. Sie waren Yankee Trader der ersten Stunde – Opiumhändler – und sie standen unter Dirk Struans Schutz. Sie sind sogar verwandt, die Struans und die Coopers. Die ›Hexe‹ verheiratete ihre älteste Tochter Emma mit Jeff Cooper – Alte Hakennase nannte man ihn im Alter. Die Ehe war die Belohnung dafür, daß er ihr geholfen hatte, Tyler Brock zu vernichten. Hast du schon von ihnen gehört, Linc? Von den Brocks, Sir Gordon, seinem Vater Tyler und von der ›Hexe‹?«
»Peter Marlowe hat uns einige Geschichten erzählt.«
»Wenn du etwas über das wirkliche Hongkong wissen willst, solltest du mit Tantchen Helles Auge sprechen – das ist Sarah Tschen, Philip Tschens blitzgescheite Tante. Sie sagt, sie sei achtundachtzig, aber ich halte sie für älter. Ihr Vater war Sir Gordon Tschen, Dirk Struans illegitimer Sohn, und ihre Mutter die berühmte Schönheit Karen Yuan.«
»Wer ist die nun wieder?«
»Karen Yuan war Robb Struans Enkelin. Robb war Dirks Halbbruder. Seine Geliebte hieß Yau Ming Soo, und mit ihr hatte er eine Tochter, Isobel. Diese Isobel heiratete John Yuan, einen illegitimen Sohn Jeff Coopers. John Yuan wurde ein bekannter Seeräuber und Opiumschmuggler und Isobel eine notorische Spielerin. Ihre Tochter Karen heiratete Sir Gordon Tschen – eigentlich war sie seine zweite Frau, eher eine Art Konkubine, obwohl sie legal geheiratet hatten. Noch heute kann man hier als Chinese so viele Frauen haben, wie man mag.«
»Das ist aber praktisch.«
»Für einen Mann!« Orlanda lächelte. »Hier in Hongkong ist es auch üblich, daß Kinder den Namen ihrer Mutter annehmen, zumeist eines unbedeutenden Mädchens, das von ihren Eltern ins Bett eines reichen Mannes verkauft wurde.«

»Von den Eltern?«
»Fast immer. ›*Tung t'ien yu ming*‹ – Lausche dem Himmel und nimm dein Schicksal hin! Vor allem, wenn du am Verhungern bist.«
»Wieso weißt du soviel über die Struans und Coopers und ihre Mätressen?«
»Irgendwie ist Hongkong wie eine Kleinstadt, und wir alle lieben Geheimnisse, aber wirkliche Geheimnisse gibt es hier nicht. Die Insider, die echten Insider, wissen fast alles von den anderen. Und vergiß nicht, daß Familien wie die Tschens oder die Yuans Eurasier sind! Wie ich dir schon sagte: Eurasier heiraten Eurasier, und darum sollten wir wissen, wo wir herkommen. Weder die Briten noch die Chinesen wollen uns als Ehepartner haben, nur als Mätressen oder Liebhaber.« Sie nippte an ihrem Wein, und wieder bezauberte ihn ihre Anmut und die Eleganz ihrer Bewegungen. »Bei den Chinesen ist es Brauch, ihre Genealogien im Gemeindebuch aufzeichnen zu lassen. Das ist ihre einzige gesetzliche Basis; Geburtszeugnisse haben sie nie gekannt.« Sie lächelte zu ihm auf. »Um auf deine Frage zurückzukommen: Sowohl Dunross wie Gornt würden deine Kapitalbeteiligung begrüßen, und du würdest in jedem Fall Gewinne erzielen – wenn du damit zufrieden wärst, als stiller Teilhaber zu fungieren.«
Nachdenklich ließ Bartlett seine Augen über das Lichtermeer schweifen. Sie wartete geduldig. Ich bin sehr froh, dachte sie, daß Quillan wieder einmal recht gehabt hat! In Tränen aufgelöst, hatte sie ihn am Vormittag angerufen, um ihm über ihr Zusammentreffen mit Bartlett zu berichten, und: »Oh, Quillan, ich glaube, ich habe alles verpatzt...«
»Ich denke, du brauchst dir keine Sorgen zu machen, Orlanda. Wenn nicht heute abend, so morgen.«
»Bist du sicher?«
»Ja. Und jetzt trockne deine Tränen und hör mir zu!« Dann hatte er ihr gesagt, wie sie sich verhalten und was sie anziehen sollte. »Und vor allem: Sei eine Frau!«
Ach, wie froh bin ich doch, eine Frau zu sein, dachte sie und erinnerte sich wehmütig der alten Zeiten, als sie mit Gornt glücklich gewesen war und wie er ihr einmal auf einer mitternächtlichen Spazierfahrt auf seiner Jacht gepredigt hatte: »Du bist eine Frau und eine Hongkong-*yan*. Wenn du ein schönes Leben haben und dich sicher fühlen willst, sei weiblich!«
»Wie meinst du das, Liebster?«
»Denk nur an meine Befriedigung und mein Vergnügen! Gib mir Leidenschaft, wenn ich sie brauche, Ruhe, wenn ich sie brauche, und immer Fröhlichkeit – und wahre stets Diskretion! Koche als Gourmet, bilde dich zu einer Kennerin guter Weine, bewahre stets mein Gesicht und nörgle nie!«
»Aber das klingt sehr einseitig, Quillan.«
»Natürlich. Dafür erfülle ich deine Erwartungen mit der gleichen Passion. Aber das ist es, was ich von dir haben will, das und kein Jota weniger. Du

wolltest meine Geliebte sein. Du warst von Anfang an mit allem einverstanden.«

»Ich weiß, und ich genieße es, deine Geliebte zu sein, aber manchmal habe ich Angst vor der Zukunft.«

»Ach, mein Schatz, das brauchst du nicht. Du weißt, was wir ausgemacht haben. Vorausgesetzt, *du* willst es so haben, erneuern wir unser Arrangement jedes Jahr, bis du vierundzwanzig bist. Wenn du mich dann verlassen willst, bekommst du die Wohnung, genug Geld für ein gutes Auskommen und eine großzügige Mitgift für einen passenden Ehemann. Das haben wir abgemacht, und deine Eltern waren einverstanden...«

Ja, das waren sie. Sie hatten die Liaison begeistert gebilligt, sie ihr sogar vorgeschlagen, als sie nach der Schule aus Amerika zurückgekommen war. »Er ist ein braver Mensch«, hatte ihr Vater ihn gepriesen, »und er hat uns versprochen, gut für dich zu sorgen, wenn du einverstanden bist. Wir würden dir raten, sein Angebot anzunehmen.«

»Aber Vater, ich werde erst nächsten Monat achtzehn. Und er ist so alt. Er ist...«

»Ein Mann zeigt sein Alter nicht, wie eine Frau das tut«, hatten sie ihr geantwortet. »Er ist stark und angesehen und war immer gut zu uns. Er hat versprochen, großzügig für dich zu sorgen, ganz gleich, wie lange du bei ihm bleibst.«

»Aber ich liebe ihn nicht.«

»Du redest Unsinn! Hat ein Mund keine Lippen, werden die Zähne kalt«, hatte ihre Mutter zornig erwidert. »Die Chance, die dir geboten wird, ist wie das Haar des Phönix und das Herz des Drachen! Was mußt du dafür tun? Eine Frau sein und einen guten Mann ein paar Jahre ehren und ihm gehorchen. Und nachher – wer weiß? Seine Frau ist eine Invalide und siecht dahin. Wenn du ihn zufriedenstellst und ihm zugetan bist, warum sollte er dich nicht heiraten?«

»Eine Eurasierin heiraten? Quillan Gornt?« war sie herausgeplatzt.

»Warum nicht? Du bist nicht eine Eurasierin wie die anderen. Du bist Portugiesin. Englische Söhne und Töchter hat er schon, *heya*? Die Zeiten ändern sich, auch in Hongkong. Wenn du das Beste daraus machst, wer weiß? Schenk ihm einen Sohn in ein oder zwei Jahren mit seiner Erlaubnis, und wer weiß? Götter sind Götter, und wenn sie wollen, können sie es vom heiteren Himmel herab donnern lassen. Sei nicht dumm! Liebe? Was bedeutet dir denn dieses Wort?«

Orlanda blickte auf die Stadt hinunter, ohne sie zu sehen. Wie dumm und naiv war ich damals, dachte sie. Aber heute weiß ich es besser. Quillan war mir ein guter Lehrmeister. Ja, ich habe eine ausgezeichnete Schule hinter mir. Ich bin darauf vorbereitet, die beste Frau zu sein, die Bartlett sich wünschen kann. Quillan wird mich führen, er wird mir helfen, Casey aus dem Feld zu schlagen. Ich werde Mrs. Linc Bartlett sein...

Bartlett hatte über ihre Erzählungen nachgedacht. Sie beobachtete ihn, und um ihre Lippen spielte ein Lächeln. »Woran denkst du?«
»Ich dachte nur, was für ein Glück es für mich ist, daß ich dich kennengelernt habe.«
»Machst du einem Mann immer solche Komplimente?«
»Nein, nur solchen, die mir gefallen – und die sind so rar wie das Herz eines Drachen. Noch Pastete?«
»Danke.« Er bediente sich. »Du ißt nichts?«
»Ich hebe mir meinen Appetit für das Dinner auf. Ich muß auf meine Linie achten. Mir geht es nicht so gut wie dir.«
»Ich tue eben was. Tennis, wenn ich kann, Golf... Und du?«
»Ich spiele ein wenig Tennis, aber ich nehme immer noch Golfstunden.« Ja, dachte sie, ich bemühe mich, in allem, was ich tue, die Beste zu sein. Und für dich, Linc Bartlett, bin ich die Beste auf Gottes Erdboden. »Bist du hungrig?«
»Ich komme um vor Hunger.«
»Du hast etwas von chinesischer Küche gesagt.«
Er zuckte die Achseln. »Es ist mir nicht wichtig.«
»Bist du sicher?«
»Ganz sicher. Warum? Was möchtest du gern?«
»Komm mit!«
Er folgte ihr. Sie öffnete die Tür zum Speisezimmer. Der Tisch war liebevoll für zwei Personen gedeckt. Blumen und eine Flasche Verdicchio auf Eis. »Ich habe schon so lange für niemanden mehr gekocht«, sprudelte sie atemlos hervor. »Aber für dich wollte ich kochen. Wenn du es gern möchtest, könnte ich dir ein italienisches Dinner vorsetzen. Frische Pasta *aglio e olio* – Knoblauch und Öl – *Vitella piccata,* grünen Salat, *zabaglione,* Espresso und Brandy. Wie klingt das? Ich brauche nur zwanzig Minuten, und du kannst inzwischen die Zeitung lesen. Nachher könnten wir tanzen gehen oder spazierenfahren. Was hältst du davon?«
»Italienisch esse ich am liebsten!« sagte er begeistert. Dann stieg eine vage Erinnerung in ihm auf, und einen Augenblick lang bedrängte ihn die Frage, zu wem er davon gesprochen hatte, daß die italienische seine Lieblingsküche war. Hatte er es Casey gegenüber erwähnt – oder Orlanda heute morgen?

13

20.32 Uhr:

Brian Kwok fuhr aus dem Schlaf. Eben noch hatte ihn ein Alptraum geplagt, und jetzt war er wach, aber irgendwie immer noch im Abgrund des Schlafes. Panik überkam ihn. Dann wurde ihm bewußt, daß er nackt und immer noch im warmen Dunkel der Zelle, und er erinnerte sich, wer und wo er war. Sie müssen mich mit Drogen betäubt haben, dachte er. Seine Kehle war trocken, sein Kopf schmerzte; er ließ sich auf die Matratze zurückfallen und versuchte seine Gedanken zusammenzunehmen. Er erinnerte sich vage, bei Armstrong im Büro gewesen zu sein und vorher mit Crosse über den 16/2-Einsatz gesprochen zu haben. Eine Weile später war er in diesem Dunkel aufgewacht, hatte die Wände abgetastet und begriffen, daß er sich im Inneren des Polizeipräsidiums befand, in einem Loch, das irgendwo eine Tür und kein Licht hatte. Dann war er in einen tiefen Erschöpfungsschlaf gefallen und wieder aufgewacht – und hatte wieder geschlafen... Nein, zuerst habe ich gegessen... Spülwasser, das sie Dinner nannten, und kalten Tee... Und dann später Frühstück, Eier... Jedesmal, wenn ich aß, ging für kurze Zeit das Licht an, gerade nur so lange, bis ich fertiggegessen hatte... nein, das Licht ging jedesmal an und aus, und ich aß im Dunkeln zu Ende. Es war mir zuwider, im Dunkeln zu essen, und dann, auch noch im Dunkeln, pinkelte ich in den Kübel und legte mich wieder hin.

Wie lange bin ich schon hier? Ich muß die Tage zählen. Müde schwang er seine Beine von der Pritsche und taumelte auf eine Wand zu. Seine Glieder schmerzten ihn – wie sein Kopf. Ich muß mich bewegen, dachte er, den Kopf klar bekommen für das Verhör. Meine Sinne beisammen haben – wenn sie glauben, daß ich mürbe bin. Dann werden sie mich wachhalten, bis sie meinen Widerstand gebrochen haben.

Aber sie werden ihn nicht brechen, ich bin stark und gut vorbereitet...

Wer hat mich verraten?

Die Anstrengung, diese Frage zu beantworten, war zuviel für ihn. Er machte ein paar unbeholfene Kniebeugen. Dann hörte er Schritte. Hastig tastete er sich zu seiner Pritsche zurück, legte sich nieder und stellte sich schlafend.

Die Schritte hielten inne. Eine Klappe öffnete sich, ein Lichtstrahl fiel in die Zelle, und eine Hand stellte einen Blechteller und einen Blechbecher nieder.

»Iß dein Frühstück und beeil dich«, sagte eine Stimme auf Kantonesisch. »Du mußt bald zum Verhör.«

»Hören Sie, ich möchte...« rief Brian Kwok, aber die Klappe war schon wieder zu, und er lag allein im Dunkel.

Plötzlich erhellte grelles Licht die Zelle. Es tat ihm in den Augen weh. Als er sich daran gewöhnt hatte, sah er, daß es aus den in die Decke eingelassenen Leuchtkörpern kam. Die Wände waren dunkel, fast schwarz, und schienen ihn erdrücken zu wollen. Sorg dich nicht, dachte er, du hast diese dunklen Zellen schon gesehen, und wenn du auch noch nie einer tiefenpsychologischen Vernehmung unterzogen wurdest, du kennst das Prinzip und einige der Tricks.
Er spürte Augen auf sich gerichtet, konnte aber keine Gucklöcher sehen. Auf dem Teller lagen zwei Spiegeleier und eine dicke Scheibe Brot. Die Eier waren kalt und unappetitlich. Der Becher enthielt kalten Tee. Besteck war keines dabei.
Hastig trank er. Der Becher war schnell geleert und hatte seinen Durst nicht gelöscht. *Dew neh loh moh,* was gäbe ich nicht für eine Zahnbürste und eine Flasche Bier und...
Das Licht erlosch plötzlich. Er brauchte lange Zeit, um sich wieder an die Dunkelheit zu gewöhnen. Bleib ruhig: Es ist nur hell und dunkel, dunkel und hell, um dich zu verwirren.
Schrecken lähmte ihn. Er wußte, daß er nicht wirklich vorbereitet, nicht erfahren genug war, obwohl er für den Fall der Gefangennahme durch den Feind, den kommunistischen Feind in der Volksrepublik China, in England ein Überlebenstraining absolviert hatte. Aber die VRC war nicht der Feind. Die wirklichen Feinde sind die Engländer und Kanadier, die sich als Freunde und Lehrer ausgeben.
Denk jetzt nicht darüber nach, versuche nicht, dich selbst zu überzeugen! Du mußt versuchen, sie zu überzeugen!
Ich muß mich zusammennehmen. Solange es geht, muß ich so tun, als ob alles ein schrecklicher Irrtum wäre; dann erzähle ich die Geschichte, die ich mir in all den Jahren zurechtgelegt habe, und verwirre sie. Das ist meine Pflicht.
Behalte einen kühlen Kopf! Gebrauche dein Training! Setze Theorie in Praxis um! Erinnere dich, was du in diesem Überlebenskurs in England gelernt hast! Was ist jetzt zu tun?
Du mußt, so lautete eines der Gebote, essen, trinken und schlafen, so oft du kannst, denn du weißt nie, wann sie dir Essen, Trinken und Schlafen vorenthalten werden. Gebrauche Augen, Ohren, Nase und deine Intelligenz, um dir auch in der Dunkelheit Gewißheit über den Zeitablauf zu verschaffen, und denke daran, daß die, die dich gefangenhalten, irgendwann einen Fehler machen werden! Biete deinen Scharfsinn gegen sie auf! Bleib aktiv, beobachte!
Haben diese Barbarenteufel schon irgendwelche Fehler gemacht? Ja, einen, schoß es ihm durch den Kopf. Die Eier! Diese dummen Engländer und ihre Eier zum Frühstück!
Er fühlte sich wohler. Hellwach rutschte er von der Pritsche herunter, ta-

stete sich zu dem Metallteller vor und stellte den Becher daneben. Die Eier waren kalt und das Fett erstarrt, aber er verzehrte sie und den Brotrest. In der Dunkelheit mit den Fingern zu essen war ungewohnt und unbequem, schon allein darum, weil er nichts als seine eigene Blöße hatte, um seine Finger abzuwischen.

Ihn fröstelte. Er kam sich verlassen und unrein vor. Seine Blase drückte ihn, und er tastete sich zum Eimer vor, der an der Wand hing. Der Eimer stank.

Mit dem Zeigefinger maß er die Höhe der Flüssigkeit im Eimer. Er entleerte sich und maß die neue Höhe. Sein Hirn berechnete den Unterschied. Wenn sie nichts dazugetan haben, um mich zu verwirren, habe ich drei- oder viermal gepinkelt.

Er rieb den Finger an seiner Brust und fühlte sich noch schmutziger, aber es erschien ihm wichtig, alles zu tun, um Verbindung zum Zeitablauf herzustellen. Er legte sich wieder hin. Eine Welle von Übelkeit überkam ihn, aber er zwang sich, an den Brian Kwok zu denken, von dem seine Feinde dachten, er sei Brian Kar-shun Kwok und nicht der andere, jener fast vergessene, der seiner Abstammung nach ein Wu war, dessen Familienname Pah lautete und der als Erwachsener Tschu-toy geheißen hatte.

Er dachte an Ning-tok zurück, an seine Eltern, die ihn an seinem sechsten Geburtstag nach Hongkong zur Schule geschickt hatten, um dort zu lernen und ein Patriot zu werden wie seine Eltern und der Onkel, den man auf dem Dorfplatz vor seinen Augen zu Tode gepeitscht hatte, weil er ein Patriot gewesen war. Von seinen Verwandten in Hongkong hatte er gelernt, daß es ein und dasselbe sei, Patriot und Kommunist zu sein, daß die Führer der Kuomintang genauso böse seien wie die fremden Teufel, die China die ungerechten Verträge aufgezwungen hatten, und daß nur der ein wahrer Patriot sei, der den Lehren Maos anhing. Er erinnerte sich, wie er in die erste von vielen geheimen Bruderschaften eingeschworen worden war, wie er für die Sache Chinas und Maos gearbeitet und von heimlichen Lehrern gelernt hatte.

Und dann das Stipendium! Mit zwölf Jahren!

Wie stolz waren seine heimlichen Lehrer gewesen! Gefeit gegen ihre bösen Gedanken und schlechten Sitten, war er ins Land der Barbaren gereist, nach London, der Hauptstadt des größten Reiches, das die Welt je gesehen hatte; damals, 1937, erlebte es seine letzte Blütezeit.

Zwei Jahre England. Haß auf die englische Schule, Haß auf die englischen Jungen... Chinamann, Chinamann, faß doch deinen Zopf mal an... Aber er verbarg diesen Haß, und seine Lehrer halfen ihm, führten ihn in die Wunderwelt der Dialektik ein, lehrten ihn, Teil der einzig wahren, durch nichts in Frage zu stellenden Revolution zu sein.

Dann der Krieg gegen Deutschland und die Evakuierung zusammen mit allen anderen Schulkindern ins sichere Kanada, die herrliche Zeit in Vancouver an der pazifischen Küste, die endlose Weite, Berge und Meer, und ein blühendes Chinesenviertel mit guter Ning-tok-Küche – und ein neuer Zweig der weltweiten Brüderschaft, neue Lehrer und Ratgeber. Von seinen Kameraden abgelehnt, ihnen aber stets überlegen – in Schulwettbewerben, mit Boxhandschuhen, auf dem Tennis- und Cricketplatz – alles Teil seiner Ausbildung. »Tu dich hervor, mein Sohn Tschu-toy, zeichne dich aus und fasse dich in Geduld – zum Ruhm der Partei, zum Ruhme Maos, zum Ruhme Chinas!« Er war sechs Jahre alt gewesen, als sein Vater diese Worte zum erstenmal zu ihm gesprochen hatte – auf dem Totenbett hatte er sie wiederholt.

Auch daß er zur Royal Canadian Mounted Police ging, war Teil des Planes. Das Chinesenviertel, die Kais und Lagerhäuser waren sein Revier, und mit seinen Sprachkenntnissen – Englisch, Mandarin und Kantonesisch – war es leicht, ein guter Polizist zu werden in dieser breit hingelagerten, wunderschönen Hafenstadt. Er wurde Vancouvers China-Experte, der unerbittlich und mit aller Strenge die Verbrechen bekämpfte, von denen die Gangstertriaden des Chinesenviertels lebten – Opium, Morphin, Heroin, Prostitution und das nicht auszurottende illegale Glücksspiel.

Seine Arbeit wurde von seinen Vorgesetzten und den Führern der Bruderschaft gleichermaßen gelobt; auch diese kämpften gegen den Drogenhandel. Der dankbare Polizeichef von Vancouver lieh ihn für sechs Monate seinen Kollegen in Ottawa. Er hatte Gelegenheit, neue kanadische und Bruderschafts-Kontakte herzustellen – lernte eine Menge dazu, zerschlug einen chinesischen Drogenring und wurde befördert. Es ist leicht, das Verbrechen zu bekämpfen, wenn man mit heimlichen Freunden zu Hunderten rechnen kann, die überall ihre Augen haben.

Dann war der Krieg zu Ende, und er suchte um Versetzung zur Polizei in Hongkong nach – der letzte Teil seines Planes.

Aber er liebte Kanada und liebte *sie*. Jeanette deBois. Sie war neunzehn, Franko-Kanadierin aus Montreal, und sprach Französisch und Englisch. Ihre Eltern hatten nichts gegen eine Verbindung, waren nicht gegen ihn und nannten ihn scherzhaft den *Chinois*. Er war einundzwanzig, hatte eine große Karriere vor sich...

In hilflosem Jammer änderte Brian Kwok seine Lage auf der Matratze. Er schloß seine bleischweren Augenlider und ließ seine Gedanken zurückwandern zu ihr. Er erinnerte sich, wie er mit der Bruderschaft debattiert und darauf hingewiesen hatte, daß er ihrer Sache in Kanada besser dienen könne als in Hongkong. Hier in Vancouver konnte er in wenigen Jahren ein hochrangiger Polizeioffizier sein.

Aber seine Argumente hatten nichts gefruchtet. Traurig mußte er zugeben, daß sie recht hatten. Er wußte, daß er, wenn er geblieben wäre, früher oder später auf die andere Seite übergewechselt wäre, mit der Partei gebrochen hätte. Zu viele Kanadier und Nationalchinesen zählten zu seinen Freunden,

und er hatte zu viele offizielle Berichte gelesen, die sich kritisch mit den Sowjets, dem KGB und den *gulags* auseinandersetzten. Hongkong und China lagen in weiter Ferne – so wie seine Vergangenheit. Hier waren Jeanette, seine Liebe zu ihr, sein hochgezüchteter Wagen und das Ansehen, das er unter Kollegen genoß, die er jetzt als Gleichgestellte, nicht mehr als Barbaren sah.
Der Führer hatte ihn daran erinnert, daß Barbaren immer Barbaren sind, daß er gebraucht werde in Hongkong, wo Mao noch immer nicht der siegreiche Vorsitzende war.
Mit bitteren Gefühlen hatte er gehorcht, denn er wußte, daß sie ihn in ihrer Gewalt hatten. Dann die berauschenden vier Jahre bis 1949 und Maos unglaublicher totaler Sieg. Und wieder hatte er sich tief eingegraben und seine brillanten Fähigkeiten darauf verwandt, das Verbrechen zu bekämpfen, das er als Schandfleck für Hongkong und ganz China empfand.
Und jetzt schreibt man 1963, und ich bin neununddreißig, und morgen... Nein, nicht morgen, Sonntag. Sonntag ist das Bergrennen und Sonnabend das Pferderennen, und Noble Star – wird es Noble Star sein oder Gornts Pilot Fish oder Richard Kwoks, nein Richard *Kwangs* Butterscotch Lass oder John Tschens Augenseiter Golden Lady? Ich glaube, ich werde auf Golden Lady setzen, alles, was ich habe, jawohl, meine ganzen Ersparnisse und den Porsche; das ist zwar idiotisch, aber ich muß es tun, ich muß es tun, weil Grosse es mir aufgetragen hat, und Robert meint auch, und beide sagen, ich müsse sogar mein Leben einsetzen, aber du lieber Gott, Golden Lady hinkt ja, doch es ist zu spät, und sie laufen schon, komm schon, Golden Lady, du trägst meine ganzen Ersparnisse und mein Leben auf deinem gottverdammten Rücken!
Es waren schwere, beängstigende, von Drogen ausgelöste Träume, und seine Augen merkten weder die aufgehende Tür noch daß es allmählich hell wurde in der Zelle. Armstrong sah auf seinen Freund herab und bemitleidete ihn. Seine Begleiter waren Senior-Agent Malcolm Sun, eine Wache des SI und der Arzt des SI. Dr. Dorn war ein adretter, ein wenig kahler, kleiner Mann, der seine ärztlichen Pflichten sehr genau nahm. Er fühlte Brian Kwok den Puls, maß den Blutdruck und legte das Ohr an seine Brust.
»Körperlich ist Ihr ›Kunde‹ bestens in Form, Inspektor«, sagte er mit einem feinen Lächeln. »Blutdruck und Herzschlag sind ein wenig erhöht, aber das war ja zu erwarten.« Er trug die Daten in eine Tabelle ein und reichte sie Armstrong, der die Zeit notierte und unterschrieb.
»Sie können weitermachen«, sagte er.
Behutsam gab der Arzt Brian Kwok die Injektion ins Gesäß. »Essenszeit, wann immer Sie wünschen«, sagte er lächelnd.
Armstrong nickte stumm. Die SI-Wache hatte eine gewisse Menge Urin in den Eimer geschüttet, und auch das wurde auf der Tabelle vermerkt. »Sehr schlau von ihm, die Höhe zu messen«, meinte Malcolm Sun. »Hätte ich

ihm gar nicht zugetraut.« Infrarote Strahlen machten es möglich, selbst die kleinsten Bewegungen eines Klienten aus Gucklöchern in den Deckenleuchten zu beobachten. »*Dew neh loh moh,* wer hätte gedacht, daß er der Maulwurf ist? Ja, er war immer verdammt schlau.«
»Bleiben wir beim Zwei-Stunden-Zyklus, Inspektor?« erkundigte sich Doktor Dorn. Armstrong warf einen Blick auf seinen Freund. Die erste Droge im Bier war gegen halb zwei Uhr heute nachmittag verabreicht worden. Seitdem war Brian Kwok einer Klasse-2-Behandlung unterzogen worden – nach einem chemischen Schlafen-Wachen-Schlafen-Wachen-Zeitplan. Alle zwei Stunden. Sechs Injektionen knapp vor halb fünf, halb sieben, halb neun und so weiter, bis morgen früh um halb sieben vor der ersten Vernehmung. Drogen verstärkten Hunger- und Durstgefühle. Das Essen und der kalte Tee wurden gierig verschlungen, und die darin enthaltenen Drogen zeigten rasche Wirkung. Abwechselnd Dunkelheit und grelles Licht, abwechselnd metallische Stimmen und Stille. Dann wieder Wecken, Frühstück. Zwei Stunden später Abendessen, wieder zwei Stunden später abermals Frühstück. Für einen zunehmend desorientierten Geist wurden so zwölf Stunden zu sechs Tagen – mehr, wenn der »Kunde« es aushielt, zwölf Tage, Stunde um Stunde, rund um die Uhr. Folter erübrigte sich. Dunkelheit und Desorientierung reichten aus, um zu erfahren, was man von dem feindlichen »Kunden« zu erfahren wünschte, ihn zu nötigen, zu unterschreiben, was man unterschrieben zu haben wünschte.
Barmherziger Gott, dachte Armstrong, du armes Schwein, du wirst versuchen, Widerstand zu leisten, und es wird dir nichts nützen. Aber schon gar nichts.
Na und? schoß es Armstrong durch den Kopf. Er war ja nicht dein Freund, sondern ein feindlicher Agent, ein »Kunde« und ein Feind, der dich und alle jahrelang verraten hat. Mit großer Wahrscheinlichkeit hat er Fong-fong und seine Leute hochgehen lassen, die jetzt in einer stinkenden Zelle sitzen und die gleiche Behandlung verpaßt bekommen, ohne Ärzte und sorgfältige Dosierungen. Aber bist du etwa stolz auf diese »wissenschaftliche« Behandlung? Ist es nötig, einen wehrlosen Körper mit Chemikalien vollzustopfen?
Nein... Ja, ja, es ist nötig, manchmal, und manchmal ist es nötig zu töten. Man muß diese modernen psychischen Methoden anwenden, wie sie von Pawlow und anderen sowjetischen Wissenschaftlern, wie sie von Kommunisten unter einem KGB-Regime entwickelt wurden. Muß man?
»Bleiben wir beim Zwei-Stunden-Zyklus, Inspektor?« wiederholte der Arzt beunruhigt.
»Ja, und um halb sieben beginnen wir mit der ersten Vernehmung.«
»Werden Sie selbst...?«
»Es steht im Befehl, verdammt noch mal«, fuhr Armstrong ihn an. »Können Sie nicht lesen?«

»Entschuldigen Sie«, erwiderte der Arzt rasch. Sie wußten alle, daß Armstrong mit dem »Kunden« befreundet gewesen war und daß Crosse ihm befohlen hatte, das Verhör durchzuführen. »Möchten Sie ein Sedativ?« fragte Dr. Dorn besorgt.
Armstrong stieß einen derben Fluch aus und ging. Es ärgerte ihn, daß er sich von dem Arzt hatte reizen lassen. Er fuhr in die Offiziersmesse im Dachgeschoß hinauf.
Sein gewohntes Seidel wurde ihm schnell serviert, aber an diesem Abend löschte das dunkle, stark malzhaltige Bier seinen Durst nicht. Tausendmal hatte er sich vorgestellt, was er tun würde, wenn sie ihn, der doch die meisten Methoden und Praktiken kannte, erwischten und nackt in so eine Zelle steckten. Sicher könnte er die Vernehmungen besser überstehen als dieser arme Hund, der so wenig darüber wußte. Ja, aber hilft denn dieses Mehrwissen, wenn man selbst der »Kunde« ist?
»Abend, Robert. Kann ich Ihnen Gesellschaft leisten?« fragte Chief Inspector Donald C. C. Smyth.
»Oh, guten Abend. Ja«, antwortete Armstrong, nicht sonderlich erfreut. Smyth schwang sich auf einen Hocker. »Wie geht's denn so?«
»Alles Routine.« Armstrong sah Smyth nicken und dachte: Wie passend doch sein Spitzname ist! Schlange Smyth sah gut aus, war glatt und geschmeidig wie eine Schlange, mit der gleichen tödlichen Ausstrahlung, und hatte die gleiche Gewohnheit, sich mit der Zungenspitze über die Lippen zu fahren.
»Mann! Ich kann's immer noch nicht fassen! Brian Kwok!« Smyth war einer der wenigen, die über Brian Bescheid wußten.
»Ja, ja.«
»Hören Sie mal, Robert, der DCI« – Director of Criminal Investigation, Armstrongs oberster Chef – »hat mich angewiesen, den Werwolf-Fall von Ihnen zu übernehmen, während Sie anderweitig beschäftigt sind.«
»Es steht alles in den Protokollen. Sergeant Major Tang-po ist meine Nummer zwei ... ein ausgezeichneter Mann.« Armstrong nahm einen kräftigen Schluck Bier und fügte zynisch hinzu: »Er hat gute Verbindungen.«
»Fein. Das wird uns helfen. Wie steht es denn mit den Werwölfen? Soll Philip Tschen weiterhin überwacht werden?«
»Ja. Und seine Frau auch.«
»Interessant, daß Dianne Mai-wei T'tschung hieß, bevor sie diesen alten Geizkragen heiratete. Und interessant ist auch, daß Kolibri Sung ein Vetter von ihr war.«
Armstrong sah ihn erstaunt an. »Sie haben sich gut auf Ihren Job vorbereitet.«
»Das gehört zum Geschäft. Ich möchte diesen Burschen rasch das Handwerk legen. Wir hatten schon drei Anrufe von Leuten, von denen die Werwölfe unter Androhung eines Kidnapping *h'eung yau* forderten. Wie ich

höre, ist es in der ganzen Kolonie das gleiche, und wenn drei verängstigte Bürger uns anrufen, können Sie wetten, daß dreihundert nicht den Mut dazu hatten.« Smyth nippte an seinem Whisky-Soda. »Das ist nicht gut fürs Geschäft. Wenn wir die Werwölfe nicht bald schnappen, werden die Burschen noch zu Großkapitalisten – ein paar Telefonanrufe und das Geld kommt mit der Post. Und jeder Ganove mit einem Sinn fürs leichte Gelderdienen kann sich erfolgreich betätigen.«

»Sie haben völlig recht.« Armstrong trank sein Bier aus. »Noch einen?«

»Darf *ich* jetzt? Barmann!«

Armstrong sah zu, wie sein Bier abgezogen wurde. »Sehen Sie eine Verbindung zwischen John Tschen und Kolibri Sung?« Er erinnerte sich an Sung, den reichen Schiffahrtsmagnaten, der vor sechs Jahren entführt worden war, und verzog den Mund zu einem Lächeln. »An den habe ich schon nicht mehr gedacht.«

»Ich auch nicht. Die Fälle haben nichts Gemeinsames, und wir haben die Kidnapper auf zwanzig Jahre in den Knast gesteckt, wo sie immer noch sitzen, aber man kann nicht wissen. Vielleicht gibt es eine Verbindung.« Smyth zuckte die Achseln. »Dianne Tschen muß John gehaßt haben, und er sie, das weiß man ja, und mit dem alten Kolibri war es nicht viel anders.«

»Hm.« Armstrong rieb sich die müden Augen. »Könnte sich lohnen, Johns Frau Barbara einen Besuch zu machen. Ich hatte es für morgen vor, aber...«

»Ich habe mich schon angemeldet. Morgen früh fahre ich nach Sha Tin hinaus. Vielleicht haben die Kollegen dort etwas übersehen.« Smyth sah ihn an. »Bei diesem Kidnapping gibt es einiges, was ich nicht verstehe. Zum Beispiel: Was hat die Drachen bewogen, eine so hohe Belohnung für John auszusetzen, noch dazu eigenartigerweise ›tot oder lebendig‹?«

Fragen Sie *sie*!«

»Das habe ich. Das heißt, ich habe jemanden gefragt, der einen von ihnen kennt.«

Die Schlange zuckte die Achseln. »Nichts. Überhaupt nichts.« Er zögerte. »Wir müssen Johns Vergangenheit untersuchen.«

Es durchrieselte Armstrong kalt, aber er ließ sich nichts anmerken. »Gute Idee.«

»Wußten Sie, daß Mary ihn kannte? Im Kriegsgefangenenlager Stanley?«

»Ja.« Armstrong nahm automatisch einen Schluck.

»Sie könnte uns einen Hinweis geben. Vielleicht hatte er etwas mit dem Schwarzmarkt im Lager zu tun?«

»Ich werde es mir durch den Kopf gehen lassen.« Armstrong nahm es der Schlange nicht übel. Wäre ich an seiner Stelle gewesen, ich hätte auch gefragt. »Es ist schon lange her.«

»Das stimmt.«

»Lassen Sie sich von Ihren ›Freunden‹ helfen?«

»Sagen wir so: Unsere Glücksspielgemeinde hat beträchtliche Belohnungen ausgesetzt und Zahlungen geleistet – gern geleistet, wie ich betonen möchte.« Das sardonische Lächeln verschwand aus seinen Zügen. »Wir müssen diese Schweinehunde und Werwölfe baldigst in die Finger bekommen, sonst machen sie uns tatsächlich das Geschäft kaputt.«

14

21.15 Uhr:

Vierfinger Wu stand auf dem hohen Heck der motorisierten Dschunke, die mit gelöschten Lichtern weit von der Küste entfernt im unregelmäßigen Wellenschlag schlingerte. »Hör zu, du Haufen Scheiße«, zischte er Pocken Kin zornig an, der, besinnungslos vor Schmerz, mit Stricken und Ketten festgeschnürt, zitternd zu seinen Füßen auf dem Deck lag. »Ich will wissen, wer noch zu deiner Scheißbande gehört, und von wem du die Münze hast, die Halbmünze.« Er bekam keine Antwort. »Weck den Hurenbock!«
Sogleich goß Gutwetter Poon noch einen Kübel Meerwasser über den Jungen. Als das nichts fruchtete, beugte er sich mit dem Messer über ihn. Sofort stieß Pocken Kin einen Schrei aus und fuhr aus seiner Betäubung auf. »Was, was ist, Herr?« kreischte er. »Was wollt ihr?«
Vierfinger Wu wiederholte seine Frage; Gutwetter Poon setzte dem Jungen das Messer an die Brust. »Ich habe euch alles gesagt, alles...« Verzweifelt zählte er noch einmal auf, wer die Mitglieder der Bande waren, gab ihre richtigen Namen und Adressen an und vergaß auch nicht die alte *amah* in Aberdeen. »Mein Vater gab mir die Münze... ich weiß nicht, von wo... er gab sie mir, ohne zu sagen... von wo er sie hat... ich schwöre es...« Seine Stimme erlosch, und er fiel abermals in Ohnmacht.
Die Nacht war finster, und unter der sich senkenden Wolkendecke brach immer wieder ein übellauniger Wind hervor. Der starke und gut einregulierte Motor summte leise. Sie befanden sich einige wenige Meilen südwestlich von Hongkong, außerhalb der Schiffahrtsrouten, außerhalb der Gewässer der VRC und der weiten Mündung des Perlflusses.
»Soll ich ihn wieder wecken?« fragte Gutwetter Poon.
»Nein. Der Hurenbock hat uns alles gesagt, was er weiß.« Wus schwielige Finger langten nach oben und berührten die Halbmünze, die er jetzt unter seinem verschwitzten Hemd trug. Bei dem Gedanken, die Münze könnte echt, könnte Philip Tschens verlorener Schatz sein, stieg beklemmende Unsicherheit in ihm auf. »Das hast du gut gemacht, Gutwetter Poon. Heute abend bekommst du eine Gratifikation.« Er richtete seine Augen nach Süd-

osten, auf der Suche nach dem Signal. Es war überfällig, aber noch machte er sich keine Sorgen. Automatisch zog seine Nase den Wind ein, und seine Zunge schmeckte ihn, würzig und schwer von Salz.
Poon zündete sich eine neue Zigarette an und drückte den Stummel der alten mit seinem schwieligen bloßen Fuß aus. »Wird der Regen das Rennen am Sonnabend unmöglich machen?«
Der alte Mann zuckte die Achseln. »Wenn die Götter es wollen. Nach meinem Gefühl wird es morgen wieder platschen. Außer der Wind dreht sich. Wenn der Wind sich nicht dreht, könnten die Teufelswinde uns in alle vier Weltmeere zerstreuen.«
»Ich pisse auf die Winde, wenn die Rennen abgesagt werden. Meine Nase sagt mir, daß Kwangs Pferd siegen wird.«
»Ha! Dieser Leisetreter von Neffe könnte einen besseren Joss gebrauchen. Dieser Narr hat seine Bank verloren!«
Poon räusperte sich und spuckte. »Den Göttern sei Dank für Profitmacher Tschoy!«
Nachdem Vierfinger, seine Kapitäne und seine Leute dank Paul Tschoys Informationen mit Erfolg ihr Geld aus der Ho-Pak Bank herausgeholt hatten und er selbst immer noch große Gewinne aus seines Sohnes unzulässiger Manipulation der Struan's-Aktien erzielte, hatte Wu ihm den Spitznamen »Profitmacher« gegeben.
»Bring ihn herauf!«
»Was machen wir mit diesem Hurenbock von Werwolf?« Mit seiner Zehe stieß er Kin in die Rippen. »Profitmacher Tschoy wollte doch von der ganzen Geschichte nichts wissen, *heya*?«
»Zeit, das er erwachsen wird, daß er lernt, wie man mit Feinden umgeht, Zeit, daß er die wahren Werte erkennt, nicht diese unehrlichen, stinkenden, sinnlosen Werte, wie sie in den Goldenen Bergen gelten.«
»Du hast selbst gesagt, man läßt einen Hasen nicht gegen einen Drachen kämpfen oder eine Elritze gegen einen Hai. Vergiß nicht, daß Tschoy dir schon zwanzigmal soviel eingebracht hat, wie er dich in fünfzehn Jahren gekostet haben mag. Mit seinen sechsundzwanzig Jahren ist er auf dem Geldmarkt ein Oberdrache. Laß ihn dort, wo er sich am besten bewährt, am besten für dich und am besten für ihn, *heya*?«
»Heute nacht wird er sich hier bewähren.«
Der alte Seemann kratzte sich hinter dem Ohr. »Ich bin da nicht so sicher, Vierfinger. Ich hätte ihn nicht mitgenommen.« Poon warf einen Blick auf den Körper, der, verschnürt wie eine Weihnachtsgans, auf dem Deck lag. Er grinste. »Als Profitmacher Tschoy beim ersten Schrei dieses Hurenbocks weiß wurde wie eine Seenessel, mußte ich vor Lachen einen fahren lassen!«
»Die jungen Menschen von heute halten nichts aus«, wiederholte Wu. »Aber du hast recht. Ab morgen wird Profitmacher bleiben, wo er hinge-

hört. Damit er noch mehr Profit machen kann.« Sein Blick fiel auf Pocken Kin. »Ist er tot?«
»Noch nicht. So ein dreckiger mutterloser Hurenbock! Sohn Nummer Eins von Noble House Tschen mit einer Schaufel zu erschlagen, und uns dann noch etwas vorzulügen! Tschens Ohr abzuschneiden und seinem Vater und Bruder die Schuld zuzuschieben! Und dann noch das Lösegeld an sich zu nehmen, ohne die Gegenleistung erbringen zu können! Schrecklich!«
»Widerlich!« Der Alte lachte schallend. »Noch schrecklicher ist es, sich erwischen zu lassen, aber du hast dem Scheißkerl seine Fehler handgreiflich vor Augen geführt.«
Wieder kratzte sich Poon am Kopf. »Eines verstehe ich nicht: Warum du mir aufgetragen hast, den Zettel mit der Nachricht bei Sohn Nummer Eins zurückzulassen, wie sie es ursprünglich auch tun wollten. Wenn dieser Hurenbock erst tot ist, sind alle Werwölfe hin, *heya*? Wozu also das Ganze?«
Vierfinger kicherte. »Dem, der wartet, wird alles verständlich. Geduld«, antwortete er vergnügt. Die aufgefundene Nachricht ließ den Schluß zu, daß die Werwölfe noch sehr lebendig seien. Solange nur er und Poon wußten, daß sie alle tot waren, konnte er sie jederzeit wieder aufleben lassen. Jawohl, dachte er heiter, ich brauche nur einen zu töten, um Zehntausende in Angst und Schrecken zu versetzen! Die ›Werwölfe‹ können auf diese Weise leicht zu einer ständigen Einnahmequelle werden. Ein paar Telefonate, eine wohlüberlegte Entführung oder zwei, vielleicht auch noch ein Ohr. »Geduld, Gutwetter. Du wirst das sehr bald er...« Er brach ab. Beide Männer konzentrierten ihre Aufmerksamkeit auf den gleichen Punkt in der Finsternis. Ein kleiner, schlecht beleuchteter Frachter kam langsam in Sicht. Sekunden später flammten zwei Lichter am Masttopp auf, und sofort ließ Wu ein Antwortsignal aufblitzen. Einer eilte hinunter, um seine Kameraden heraufzuholen, die anderen gingen auf Gefechtsstation. Wus Blick fiel auf Pocken Kin. »Zuerst kommt der dran«, sagte er grimmig. »Hol meinen Sohn her!«
Auf schwachen Knien kam Paul Tschoy auf Deck gewankt. Dankerfüllt sog er die frische Luft ein. Als er die rote Lache und die reduzierte Portion Mensch auf dem Heck sah, revoltierte sein Magen, und er erbrach sich über die Reling.
»Hilf Gutwetter!« wies sein Vater ihn an.
»Was?«
»Hast du Kotze in den Ohren?« schrie der Alte. »Du sollst ihm helfen!«
Während der Rudergänger zusah, wankte Paul Tschoy zu dem alten Seemann hinüber. »Was... Was soll ich tun?«
»Nimm seine Beine!«
Paul Tschoy bemühte sich, seine Übelkeit niederzukämpfen. Er schloß die Augen, langte nach unten, packte die Beine und einen Teil der schweren Kette und wankte zur Reling. Gutwetter hatte sich das meiste Gewicht auf-

gebürdet, und wenn es nötig gewesen wäre, hätte er auch die ganze Last und Paul Tschoy noch dazu tragen können. Mühelos balancierte er Pocken Kin auf dem Schanzkleid. »Halt ihn da fest!« Wie mit Vierfinger abgesprochen, wich Poon zurück und überließ es Paul Tschoy, mit dem Bewußtlosen und dem zu Brei geschlagenen Gesicht fertig zu werden.
»Wirf ihn über Bord!« befahl Wu.
»Aber Vater, bitte... er ist... er ist doch noch nicht tot. Bit...«
»Wirf ihn über Bord!«
Außer sich vor Angst und Abscheu, versuchte Paul Tschoy, den Körper wieder an Bord zu ziehen, aber ein plötzlicher Windstoß brachte die Dschunke zum Krängen, und der letzte der Werwölfe purzelte ins Meer und versank, ohne eine Spur zu hinterlassen. Entsetzt starrte Paul Tschoy auf das Meer hinunter, das schäumend gegen den Schiffsrumpf klatschte. Wieder überkam ihn eine Welle von Übelkeit.
»Da!« Mürrisch reichte Wu seinem Sohn eine Flasche mit Whisky, drehte sich um und wies den Rudergast mit einer Handbewegung an, mit voller Kraft auf den Frachter zuzuhalten. Unvorbereitet auf die plötzliche ruckartige Beschleunigung wäre Paul Tschoy beinahe gestürzt und konnte sich gerade noch am Schanzkleid festhalten. Er sah zu seinem Vater hinüber. Zusammen mit Gutwetter Poon stand er neben dem Steuer. Immer noch war ihm übel, und wieder stieg Abscheu vor seinem Vater in ihm auf. Er haßte es, hier an Bord in etwas hineingezogen worden zu sein, was offensichtlich eine Schmuggelfahrt war – vom Entsetzen über den Tod des Werwolfes nicht zu reden.
Wu verzog keine Miene. »Komm her«, befahl er, und seine daumenlose Hand wies auf das Schanzkleid vor ihm. »Stell dich da hin!« Paul Tschoy gehorchte mechanisch. Er war viel größer als sein Vater und Gutwetter Poon, aber, verglichen mit ihnen, doch nur ein schwankendes Rohr.
Mit hoher Geschwindigkeit lief die Dschunke auf Abfangkurs, während die finstere Nacht nur durch das spärliche Mondlicht erhellt wurde, das durch die Wolkendecke drang. Auf Steuerbord zuhaltend, näherte sie sich rasch dem Frachter. Es war ein kleines, langsames, schon recht altes Schiff. »Ein Küstenfrachter«, belehrte Poon unaufgefordert Paul Tschoy. »Wir nennen sie Thai-Trawler. Von diesen Scheißkähnen gibt es Hunderte in allen asiatischen Gewässern. Es sind die Läuse des Meeres, Profitmacher Tschoy, Kapitäne und Mannschaften sind der letzte Dreck. Außerdem lecken sie wie Hummerkörbe. Die meisten verkehren auf der Bangkok-Singapur-Manila-Hongkong-Route. Ich möchte nicht für alles Geld der Welt mit so einem Seelenverkäufer fahren...«
Er unterbrach sich. Wieder ein kurzes Lichtzeichen, das Wu beantwortete. Dann sahen alle an Steuerbord das Aufspritzen, als etwas Schweres über Bord ging. Sofort signalisierte Wu »Alle Maschinen stop!« Die plötzliche Stille war betäubend. Die Auslugposten am Bug starrten ins Dunkel.

Ein Ausguck signalisierte mit einer Flagge. Wu fuhr langsam an. Noch ein stummes Signal, eine Richtungsänderung, und dann eine lebhaftere, schnellere Bewegung der Flagge.
Sofort drehte Wu bei, und die Dschunke näherte sich der auf- und abhüpfenden Bojenleine. Der knorrige alte Mann schien ein Teil des Schiffes zu sein, als er jetzt die schwere Dschunke geschickt in Stellung brachte. Wenige Augenblicke später beugte sich ein Matrose mit einem langen Bootshaken vom Hauptdeck aus über die Reling und zog die Bojenleine heran, die mit Hilfe anderer Matrosen rasch festgemacht wurde. Mit geübter Fertigkeit schnitt der Bootsmann die Bojen ab und warf sie über Bord, während einige seiner Kameraden sich vergewisserten, daß die Ballen am anderen Ende der Leine unter der Wasseroberfläche sicher befestigt waren. Paul Tschoy konnte die Ballen jetzt deutlich sehen, es waren zwei, jeder sechs mal drei mal drei Fuß, unter Wasser mit Stricken festgezurrt; ihr Gewicht hielt die Leine straff gespannt. Sobald die Fracht längsseits der Dschunke fünf oder sechs Fuß Tiefe gesichert war, signalisierte Vierfinger: Alle Kraft voraus!
Die ganze Operation war völlig lautlos und in Sekunden durchgeführt worden. Wenige Augenblicke später verschwanden die schwachen Ankerlichter des Thai-Trawlers in der Dunkelheit, und sie waren wieder allein auf dem Meer.
Wu und Gutwetter Poon zündeten sich Zigaretten an. »Gut gegangen«, sagte Poon. Wu blieb stumm. Seine Ohren lauschten dem gleichmäßigen Surren der Motoren. Alles in Ordnung, dachte er. Seine Nase sog den Wind ein. Nichts zu befürchten. Seine Augen durchdrangen die Dunkelheit. Auch da nichts, sagte er sich. Warum bist du dann so unruhig?
Paul Tschoy beobachtete die Ballen, die eine kleine Blasenspur hinterließen. »Warum holst du sie nicht an Bord, Vater? Wir könnten sie verlieren.«
Wu bedeutete Poon zu antworten. »Wenn es nicht völlig sicher ist, die Ladung an Land zu bringen, empfiehlt es sich, das im Meer Geerntete im Meer zu belassen, Profitmacher Tschoy.«
»Ich heiße Paul, nicht Profitmacher.« Der junge Mann streifte seinen Vater mit einem Blick und fröstelte. »Es war nicht nötig, diesen Hurenbock zu ermorden!«
»Das hat der Kapitän ja auch nicht getan«, grinste Poon. »Das hast du gemacht, Profitmacher Tschoy. Du hast ihn über Bord geworfen. Ich habe es deutlich gesehen. Ich stand kaum einen Schritt von dir entfernt.«
»Du lügst! Ich habe versucht, ihn aufs Deck zurückzuziehen. Und außerdem hat er es mir befohlen. Er hat mir gedroht.«
Der alte Seemann zuckte die Achseln. »Erzähl das nur so einem fremden Teufel von Richter, Profitmacher Tschoy!«
»Ich heiße nicht Prof...«

»Der Kapitän der Flotte hat dich Profitmacher getauft, und, bei allen Göttern, jetzt heißt du für immer Profitmacher, *heya?*« fügte er hinzu und grinste Vierfinger an. Der Alte blieb stumm. Er lächelte nur und ließ seine wenigen abgebrochenen Zähne sehen, und dadurch wurde die Grimasse seines verwitterten Gesichtes noch furchterregender. Sein kahler Kopf nickte. Dann richtete er den Blick auf seinen Sohn.

»Ich werde dein Geheimnis hüten, mein Sohn. Keine Angst! Auf diesem Schiff hat keiner etwas gesehen. Habe ich recht, Gutwetter?«

»Bei allen Göttern! Keiner hat etwas gesehen.«

Trotzig begegnete Paul Tschoy seinem Blick. »Man kann Papier nicht in Feuer wickeln.«

Gutwetter lachte. »Auf diesem Schiff kann man das.«

»Jawohl«, schnarrte Vierfinger, »auf diesem Schiff kann man ein Geheimnis für immer bewahren.« Er räusperte sich. »Möchtest du wissen, was in diesen Ballen ist?«

»Nein.«

»Opium. Sobald wir es an der Küste ausgeladen haben, wird es mir allein einen Profit von 200000 Dollar bringen, und dazu reichliche Sondervergütungen für die Mannschaft.«

»Der Profit ist das Risiko nicht wert, *mir nicht!* Ich habe dir ...« Er unterbrach sich.

Vierfinger sah ihn an. Er überließ Poon das Steuer und ging nach achtern zu den gepolsterten Sitzen, die das Heck säumten. »Komm her, Profitmacher Tschoy«, befahl er.

Ängstlich setzte sich Paul Tschoy neben ihn.

»Profit ist Profit«, sagte Wu sehr zornig, »und auf dich kommen 10000. Das reicht für ein Flugticket nach Honolulu und zurück nach Hongkong und zehn Tage Urlaub zu zweit.« Er sah die Augen seines Sohnes freudig aufleuchten und lächelte.

»Ich werde nicht mehr zurückkommen«, sagte Paul Tschoy tapfer. »Niemals.«

»O doch. Jetzt wirst du. Du hast in verdammt gefährlichen Wassern gefischt.«

»Ich komme nicht mehr zurück. Ich habe einen amerikanischen Paß und ...«

»Und eine japanische Hure, *heya?*«

Entgeistert starrte Paul Tschoy seinen Vater an. Woher wußte er ...? Dann sprang er auf und ballte die Fäuste. »Bei allen Göttern, sie ist eine Dame, und ihre Fam ...«

»Sei still!« Wu verbiß sich eine Verwünschung. »Also schön, sie ist keine Hure, obwohl für mich alle Frauen Huren sind. Sie ist keine Hure, sondern eine Kaiserin. Aber sie ist immer noch eine Teufelin von der Östlichen See, eine von denen, die China ausgeraubt haben.«

»Sie ist Amerikanerin, so wie ich Amerikaner bin«, brauste Paul Tschoy auf. Ohne es sich anmerken zu lassen, machten sich Gutwetter Poon und der Rudergänger bereit einzugreifen. Ein Messer glitt in Poons Faust. »Ich bin Amerikaner, sie ist Amerikanerin, und ihr Vater war im Krieg in Italien.«
»Du bist einer der Seefahrenden Wu, und du wirst mir gehorchen. O ja, Profitmacher Tschoy, das wirst du! *Heya?* Du wagst es, mit geballten Fäusten vor mir zu stehen, vor mir, der ich dir das Leben gegeben habe, jede Chance, sogar diese Chance, diese... diese Kaiserin aus dem Osten kennenzulernen? *Heya?*«
Wie von einem Sturmwind fühlte Paul Tschoy sich herumgewirbelt. Poon sah zu ihm auf. »Das ist der Kapitän der Flotten! Du wirst ihn achten!« Die eiserne Hand des Seemanns schob ihn auf seinen Platz zurück. »Der Kapitän hat gesagt, du sollst dich setzen. Setz dich!«
Nach einer kleinen Weile fragte Paul Tschoy mürrisch: »Wie hast du von ihr erfahren?«
»Ich rufe alle Götter zu Zeugen an«, sprudelte der alte Mann zornig heraus. »Was habe ich da für einen Menschen gezeugt, einen Affen mit dem Hirn eines Bauernlümmels? Glaubst du vielleicht, ich habe dich nicht überwachen lassen? Schicke ich einen Maulwurf unbeschirmt unter Schlangen? Glaubst du, wir haben nicht genug Feinde, die dir bedenkenlos deinen Pfeifensack aufschlitzen und mir den Inhalt schicken würden – nur um mir eins auszuwischen? *Heya?*«
»Das weiß ich nicht.«
»Jetzt weißt du es, und merke es dir, mein Sohn!« Vierfinger Wu wußte, daß er jetzt weise handeln mußte, so weise, wie ein Vater sein mußte, wenn sein Sohn ihn auffordert, sich zu deklarieren. Ich kann dem Tai-Pan dankbar sein, daß er mich über das Mädchen und ihre Familie informiert hat. Das ist der Schlüssel zu diesem unverschämten Kind meiner Dritten Frau. Vielleicht erlaube ich ihm, diese Hure herzubringen. Nächsten Monat! Wenn ihre Eltern sie allein fahren lassen, beweist das nur, daß sie eine Hure ist. Erlauben sie das nicht, ist sowieso Schluß mit ihr. Inzwischen werde ich hier eine Frau für ihn suchen. Jawohl. Wer käme da in Frage? Eine von Knausers Enkelinnen? Oder Lando Matas... Ach ja! Wurde dieses Halbblut nicht auch in den Goldenen Bergen erzogen, in einer Mädchenschule, einer berühmten Mädchenschule?
Ich habe viele Söhne, dachte er, und empfand nichts für ihn. Ich habe sie gezeugt, und sie haben mir gegenüber Pflichten zu erfüllen – und der Familie gegenüber, wenn ich tot bin. Vielleicht wäre ein braves, breithüftiges Haklomädchen mit harten Sohlen das Richtige für ihn. »In einem Monat wird Schwarzbart dir Urlaub geben«, sagte er abschließend. »Ich werde mich drum kümmern. Mit deinen 10000 kannst du dir ein Flugticket kaufen... Nein! Besser noch, du bringst sie her«, fügte er hinzu, als ob es ihm eben

eingefallen wäre. »Ja, du bringst sie her. Du sollst Manila und Singapur und Bangkok besuchen und dort unsere Kapitäne kennenlernen. Ja, nächsten Monat bringst du sie her. Deine 10000 reichen für all...«
»Nein, das werde ich nicht tun. Und ich will auch kein Geld, das mit Drogen verdient wurde. Ich kann dir nur raten, aus dem Drogengeschäft auszu...«
Plötzlich war die ganze Dschunke in helles Scheinwerferlicht getaucht. Einen Augenblick lang waren alle geblendet. Das Licht kam von der Steuerbordseite.
»Drehen Sie bei!« kam der Befehl über das Hochleistungsmegaphon, zuerst in Englisch, dann in Haklo und schließlich in Kantonesisch.
Wu und Gutwetter Poon reagierten als erste. Wu riß die Ruderpinne hart nach Backbord herum, weg vom Polizeiboot, und befahl: »Volle Kraft voraus!« Poon war auf das Hauptdeck gesprungen und zerschnitt jetzt die Frachtleine. Die Blasenspur verschwand, und die Ballen versanken in der Tiefe.
Wie gelähmt vor Schreck sah Paul Tschoy seinen Vater in eine Seemannskiste in seiner Nähe greifen und ein paar zerknüllte VRC-Soldatenmützen herausholen und sich selbst eine aufstülpen. »Schnell!« rief er und warf ihm eine zu. Er gehorchte automatisch und setzte sie sich auf. Wie durch ein Wunder hatte jetzt schon die ganze Mannschaft solche Mützen auf, und einige zogen sich ebenso sandfarbene und zerknüllte Uniformblusen über.
Ihm stockte das Herz. Einige Männer griffen in Seemannskisten und holten Gewehre und Maschinenpistolen aus VRC-Heeresbeständen heraus, während andere sich auf der Seite postierten, die dem Polizeiboot am nächsten war, und nun anfingen, Beschimpfungen hinüberzurufen. Das Boot, grau gestrichen und schlank, hatte eine Bordkanone. Es hielt leicht mit ihnen Schritt. Sie konnten die Matrosen in ihren weißen Uniformen, und, auf der Brücke, die spitz zulaufenden englischen Offiziersmützen sehen.
Auch Vierfinger hatte jetzt ein Megaphon in der Hand. Die Mütze tief ins Gesicht gezogen, trat er an die Reling. »Laßt uns in Ruhe, Barbaren!« brüllte er. »Seht ihr unsere Flagge nicht?« Er deutete auf die Flagge der Volksrepublik China am Masttropp. »Ihr belästigt ein friedliches Küstenwachboot. Ihr befindet euch in unseren Gewässern!«
Ein feindseliges Grinsen breitete sich über Poons Gesicht. Eine Maschinenpistole in der Hand, stand er, sich im Scheinwerferlicht als Silhouette abzeichnend, am Schanzkleid, die Mütze tief ins Gesicht gezogen, um es den Polzisten unmöglich zu machen, ihn mit ihren Feldstechern zu identifizieren. Sein Puls raste, und im Mund hatte er einen gallig-bitteren Geschmack. Sie befanden sich in internationalen Gewässern. Er spannte die Pistole. Die Befehle waren klar gewesen. Heute nacht würde niemand das Schiff entern.
»Drehen Sie bei! Wir kommen an Bord!«

Das Polizeiboot verlangsamte seine Fahrt, ein Beiboot platschte ins Wasser, und viele an Bord verloren ihre ursprüngliche Zuversicht. Vierfinger verwünschte sich, weil er das Polizeiboot nicht gesehen hatte, aber er wußte, daß sie elektrische Geräte besaßen, die in der Dunkelheit sehen konnten, während er sich auf Augen und Nase und jenen sechsten Sinn verlassen mußte, der bisher ihn und den Großteil seiner Leute am Leben erhalten hatte.

»Leck uns doch am Arsch! Kein fremder Teufel betritt ein Patrouillenboot der Volksrepublik China!« Die Mannschaft brüllte begeistert mit.

»Drehen Sie bei!«

Der Alte achtete nicht darauf. Mit Höchstgeschwindigkeit hielt er auf das Delta des Perlflusses zu, und er und alle an Bord beteten zu ihren Göttern, daß keine Patrouillenboote der VRC in der Nähe kreuzten. Im Scheinwerferlicht sahen sie das Beiboot mit zehn bewaffneten Matrosen auf Abfangkurs, aber es war nicht schnell genug, um sie einzuholen.

»Zum letzten Mal, drehen Sie bei!«

»Zum letzten Mal: Hört auf, ein friedliches Küstenwachboot der Volksrepublik China zu belästigen!«

Plötzlich heulten die Sirenen des Polizeibootes auf, und die gewaltige Schubkraft seiner Maschinen ließ es vorwärtsspringen. Die Scheinwerfer blieben auf sie gerichtet, während es voranschoß und sich vor den Bug der Dschunke setzte.

Immer noch starrte Paul Tschoy auf das große Fahrzeug mit seiner Bordkanone und seinen Maschinengewehren. Deutlich sah er die Offiziere auf der Brücke.

»Zieh den Kopf ein«, rief Wu seinem Sohn zu, der ihm sofort gehorchte. Dann lief Wu zum Bug vor, Poon mit ihm. Beide waren mit Maschinengewehren bewaffnet.

»Jetzt!«

Sorgfältig bestrichen sie das Meer in Richtung auf das Polizeiboot, das ihnen schon gefährlich nahe war, wobei sie genau darauf achteten, daß keine Kugel das Deck traf. Sofort erloschen die Scheinwerfer, und im gleichen Augenblick riß der Rudergänger das Steuer herum und betete zu seinen Göttern, daß Wu richtig entschieden hatte. Die Dschunke glitt mit nur ein paar Metern Abdrift um das Boot herum, während dieses sich beeilte, aus der Schußlinie zu kommen. Der Rudergänger hievte die Dschunke auf ihren Kurs zurück.

»Gut gemacht«, murmelte Wu. Er hatte die Seekarte im Kopf. Sie befanden sich in der Grauzone zwischen den Gewässern Hongkongs und jenen der VRC, und es fehlten nur mehr wenige hundert Meter, um den Gefahrenbereich hinter sich zu lassen. Als die Scheinwerfer wieder aufflammten, lag der Angreifer vor ihnen; außer Schußweite der Maschinengewehre, aber immer noch vor ihnen und immer noch im Weg. Wu lächelte grimmig.

»Große Nase Lee!« Sein Bootsmann kam eilig gelaufen, und er gab ihm sein Maschinengewehr. »Schieß nicht, bevor ich es dir befehle, und achte darauf, keinen von diesen Hurenböcken zu treffen!«
Plötzlich zerriß die Finsternis, und die Detonation der Bordkanone betäubte sie. Den Bruchteil einer Sekunde später schoß eine Wassersäule nahe ihrem Bug aus dem Meer. Wu drohte den Angreifern mit der Faust. »Zum Teufel mit euch und euren Müttern! Wenn ihr uns nicht zufrieden laßt, wird der Vorsitzende Mao ganz Hongkong versenken!«
Er eilte nach achtern. »Ich übernehme das Steuer!«
Der Rudergänger hatte Angst, und Angst hatte auch Paul Tschoy, aber gleichzeitig war er seltsam erregt und beeindruckt von der Art, wie sein Vater Befehle erteilte und mit welcher Disziplin die Männer diese Befehle ausführten.
»Drehen Sie bei!«
Wieder verringerte sich der Abstand, aber Polizeiboot und Beiboot hielten sich außer Schußweite der Maschinengewehre. Stoisch hielt Wu den Kurs. Wieder blitzte es auf, zwei Granaten deckten die Dschunke ein, brachten sie zum Schwanken.
Wu wußte, daß es nur Warnschüsse waren. Sein Freund, die Schlange, hatte ihm versichert, daß alle Küstenwachboote den strikten Befehl hatten, eine fliehende Dschunke mit der Flagge der Volksrepublik China nie unter Beschuß zu nehmen oder zu versenken, außer einer ihrer eigenen Seeleute wurde getötet oder verletzt. »Gebt ihnen eine Kostprobe!« rief er.
Mit großer Vorsicht bestrichen die beiden Männer am Bug die Wasseroberfläche. Die Scheinwerfer gingen plötzlich aus.
Wu behielt den Kurs bei. Was jetzt? fragte er sich verzweifelt. Seine Augen bohrten sich in die Finsternis, um das nahe Vorgebirge zu entdecken. Dann sah er an Backbord achteraus die Umrisse. Die Fluten wild aufwirbelnd, brauste das Polizeiboot heran, um längsseits mit Enterhaken aufzukommen. Noch hundert Meter, und sie wären in Sicherheit. Er wagte nicht, es auf einen bewaffneten Kampf ankommen zu lassen, denn die englische Gerichtsbarkeit hatte einen langen Arm und bestrafte die Tötung eines Seemannes mit Hängen – weder Geld noch hochgestellte Freunde konnten daran etwas ändern. Wenn er den Kurs beibehielt, konnten sie ihn entern, und er wußte nur zu gut, wie tüchtig und gut ausgerüstet diese kantonesischen Seeleute waren und wie sie die Haklos haßten.
Wu schnitt eine Grimasse. Er wartete, bis das Polizeiboot mit heulenden Sirenen näher kam; dann drehte er das Steuer in ihre Richtung und schickte ein Stoßgebet zum Himmel, der Kapitän möge auf Draht sein. Das Polizeiboot schwenkte ab, um einen Zusammenstoß zu vermeiden, und Wu drehte auf Steuerbord. Wieder hatte er ein paar Meter gewonnen.
Er sah, daß das Polizeiboot einen neuen Anlauf nahm. Es beschrieb einen Kreis und kam jetzt auf der anderen Seite auf sie zu. Sie hatten soeben chi-

nesische Gewässer erreicht. Ohne sich noch große Hoffnungen zu machen, ließ Vierfinger die Ruderpinne fahren, nahm eine andere Maschinenpistole zur Hand und steuerte ins Dunkel. Abrupt tauchte ihn der Scheinwerfer in sein grelles Licht. Geblendet drehte er den Kopf zur Seite. Als er wieder sehen konnte, zielte er mit der Maschinenpistole direkt auf das Licht, fluchend und voller Angst, sie könnten ihn entern und aufs offene Meer zurückschleppen. Sein Finger lag am Abzug. Ihm drohte der Tod, wenn er feuerte, und Gefängnis, wenn er es nicht tat. Furcht ergriff ihn.
Doch das Licht stieß nicht auf ihn hinab, wie er befürchtet hatte. Es blieb achteraus zurück, und er sah, daß die Bugwelle und die Blasenspur abebbten, und sein Herz fing wieder an zu schlagen. Das Polizeiboot ließ ihn gehen. Die Schlange hatte ihn richtig informiert.
Mit zitternden Händen hob er das Megaphon an den Mund.
»Hoch lebe der Vorsitzende Mao!« brüllte er, so laut er konnte. »Haltet euch raus aus unseren Gewässern, ihr verschissenen fremden Teufel!« Seine Worte hallten über das Meer. Die Mannschaft jubelte, die Männer schüttelten drohend die Fäuste.
Das Scheinwerferlicht erlosch. Als sich ihre Augen wieder an die Dunkelheit gewöhnt hatten, sahen sie, daß das Wachboot breitseitig dalag. Nur die Ankerlichter leuchteten.
»Sie sehen uns auf dem Radarschirm«, murmelte Paul auf Englisch.
»Was?«
Er wiederholte es auf Haklo, gebrauchte das englische Wort *radar* und erklärte es, aber als magisches Auge. Sowohl Poon wie Vierfinger wußten im Prinzip, was Radar war. »Na wenn schon«, ächzte Wu. »Jetzt helfen ihnen ihre magischen Schirme nichts mehr. In den Kanälen bei Lan Tao können wir sie leicht abschütteln. Sie haben keine Beweise gegen uns, wir führen kein Schmuggelgut an Bord, nichts.«
»Und die Waffen?«
»Wir können sie über Bord werfen, oder wir lassen diese tollwütigen Hunde hinter uns und behalten sie! Iiiii, Gutwetter, als diese Granaten uns eindeckten, glaubte ich schon, mein Arsch wäre auf ewig eingefroren!« Wu lachte, bis ihm die Tränen über die Wangen liefen. »Ja, ja, alter Freund!« Dann erklärte er Paul Tschoy die Taktik, die die Schlange für sie ausgearbeitet hatte. »Gut, *heya*?«
»Wer ist die Schlange?« wollte Paul Tschoy wissen.
Wu zögerte; seine kleinen Augen glitzerten. »Ein Beamter, ein Polizeibeamter, könnte man sagen.«
»Nachdem wir die Ladung verloren haben, war die Nacht ganz und gar nicht profitabel«, bemerkte Poon trübe.
»Das ist wahr«, pflichtete Wu ihm ebenso verdrießlich bei. Er hatte Venus Poon schon einen Brillantring versprochen. Jetzt mußte er seine Ersparnisse angreifen, was allen seinen Prinzipien widersprach. Huren bezahlte

man aus laufendem Einkommen, nie aus Ersparnissen! Und ohne den Brillantring... Iiiiii, aber ihr Pfefferhäuschen – Richard Kwang hat nicht übertrieben. Und heute nacht... nach der Fernsehsendung wird sie ihre Blume wieder für mich öffnen!
»Scheußlicher Joss, daß uns diese Banditen aufgespürt haben«, sagte er, und seine Männlichkeit regte sich bei dem Gedanken an Venus Poon. »Das viele Geld verloren und dazu die hohen Kosten!«
»Die Ladung ist verloren?« fragte Paul Tschoy erstaunt.
»Natürlich. Sie liegt auf dem Meeresgrund.«
»Hast du denn keine Markierung drauf oder einen *beeper?*« Paul Tschoy gebrauchte das englische Wort und erklärte es ihnen. »Ich dachte, ihr hättet so etwas – oder einen Schwimmer, der sich nach ein oder zwei Tagen freisetzt – so daß ihr das Zeug dann, wenn die Luft rein ist, raufholen könnt.«
»Ist es leicht, diese ›beeper‹ wiederzufinden oder einen Schwimmer, der ein oder zwei Tage unten bleibt?« fragte Wu.
»Es können auch ein oder zwei Wochen sein, Vater.«
»Würdest du mir das alles aufschreiben, wie man das macht? Oder könnest du das beschaffen?«
»Natürlich. Aber warum läßt du dir nicht auch so ein magisches Auge installieren, wie sie es haben?«
»Wozu brauchen wir das?« tat der Alte den Vorschlag geringschätzig ab. »Wir haben Nasen und Ohren und Augen.«
»Aber heute nacht haben sie dich trotzdem erwischt.«
»Hüte deine Zunge!« gab Wu zornig zurück. »Das war Joss. Die Götter haben sich einen Spaß mit uns erlaubt.«
»Da bin ich anderer Meinung, Vater«, konterte Paul Tschoy. »Es wäre leicht, dieses Schiff mit einem magischen Auge auszurüsten – dann kannst du sie sehen, bevor sie dich sehen. Du brauchst sie nicht mehr zu fürchten und kannst ihnen eine lange Nase drehen – und verlierst nie wieder eine Ladung, *heya?*« Innerlich lächelte er, denn er sah, daß sie angebissen hatten. »Und alle Ladungen mit *beepers.* Du brauchst nicht einmal in der Nähe zu sein, wenn eine Ladung abgeworfen wird. Du kommst erst eine Woche später, um sie abzuholen, *heya?*«
»Das wäre prima«, sagte Poon. »Aber wenn du die Götter gegen dich hast, Profitmacher Tschoy, helfen dir auch die magischen Dinger nicht. Heute nacht hätte es ins Auge gehen können.«
Sie blickten zu dem Polizeiboot hinüber, das keine hundert Meter vor ihnen lag. Wu schaltete auf ›langsam voraus‹. »Wir wollen nicht zu tief in chinesische Gewässer eindringen«, meinte er. »Diese zivilisierten Hurenböcke sind nicht so höflich und achten auch nicht allzu sehr auf die Gesetze. Wir könnten so ein magisches Auge gut gebrauchen, Gutwetter.«
»Warum kaufst du dir nicht auch so ein Patrouillenboot?« warf Paul Tschoy einen neuen Köder aus. »Oder eines, das noch ein bißchen schneller ist?«

»Wer würde uns denn eines verkaufen?« fragte Wu.
»Die Japaner.«
»Diese verdammten Teufel aus der Östlichen See!« rief Poon.
»Mag sein, aber sie bauten euch so ein Ding, Radar...«
Er verstummte, als das Polizeiboot seine Maschinen einschaltete, mit heulenden Sirenen davonbrauste und in der Nacht verschwand.
»Seht sie euch an«, rief Paul Tschoy bewundernd aus. »Ich wette, sie haben den Thai-Trawler immer noch auf dem Schirm. Sie können alles sehen, jede Dschunke, jedes Boot, jede Bucht, jeden Berg, sogar einen Sturm.«
Nachdenklich wies Wu den Rudergast an, Kurs auf die nördlich gelegenen Inseln und Riffe um Lan Tao zu nehmen, von wo sie ohne Schwierigkeiten nach Aberdeen zurückkehren konnten. Aberdeen! Nervös berührte er wieder die Halbmünze. Er hatte sie in der Aufregung ganz vergessen. Jetzt zitterten seine Finger, und der Gedanke an das bevorstehende Zusammentreffen mit dem Tai-Pan fachte seine beklemmende Unruhe von neuem an. Er brauchte nicht zu fürchten, sich zu verspäten. Trotzdem erhöhte er die Geschwindigkeit.
»Kommt mit«, forderte er Poon und Paul Tschoy auf, ihm auf die gepolsterten Sitze am Heck zu folgen.
»Vielleicht wäre es gut, bei unseren Dschunken zu bleiben und uns nicht eines von diesen Trümmern bauen zu lassen, mein Sohn.« Er deutete in die Richtung, wo das Polizeiboot gewartet hatte. »Die fremden Teufel würden noch bösartiger reagieren, wenn ich eines davon in meiner Flotte hätte. Aber dieses magische Auge... könntest du es installieren und uns zeigen, wie man es gebraucht?«
»Fachleute könnten das tun, die Leute aus der Östlichen See – sie wären mir lieber als Engländer oder Deutsche.«
Wu stieß seinen alten Freund an. *»Heya?«*
»Ich will keinen von diesen Dreckskerlen oder ihre magischen Augen auf dem Boot haben. Wir würden schließlich nicht nur unser Geld, sondern auch noch unsere Köpfe verlieren.«
»Gibt es noch andere, die es uns verkaufen würden?«
»Sie wären die besten, Vater, und billigsten.«
»Die billigsten, *heya*? Wieviel kann das denn kosten?«
»Ich weiß es nicht. 20000 Dollar, vielleicht 40...«
Der Alte ging in die Luft. »40000 Dollar? Bin ich aus Gold gemacht? Bin ich der Kaiser Wu?«
Paul Tschoy ließ ihn wettern. Er empfand nichts mehr für ihn nach all dem Entsetzen, das er in dieser Nacht erlebt hatte, nach dem Mord, der Grausamkeit und der Erpressung, und vor allem nicht nach den häßlichen Worten seines Vaters über sein Mädchen. Er respektierte ihn wegen seiner Seemannskunst und seinem Mut und als Oberhaupt der Familie. Und von jetzt an würde er ihn behandeln wie jeden anderen.

Als er meinte, der Alte hätte genug getobt, sagte er: »Wenn du willst, lasse ich das magische Auge installieren und zwei Leute ausbilden, ohne daß es dich etwas kostet.«
Wu starrte ihn an. »Ohne daß es mich etwas kostet?«
»Ich werde es für dich bezahlen.«
Poon wollte schon laut herauslachen, aber Wu zischte ihn an: »Halt den Mund, Dummkopf, und hör lieber zu! Profitmacher Tschoy weiß Dinge, von denen du nichts ahnst.« Seine Augen glitzerten noch stärker. Wenn ein magisches Auge, warum keinen Billantring, keinen Nerzmantel und all den Plunder, den die habgierige Hure verlangen wird, um ihren begeisternden Spalt, ihre Hände und ihren Mund in Gang zu halten?
»Wie willst du dafür zahlen, mein Sohn?«
»Aus meinem Gewinn.«
»Gewinn voraus?«
»Ich möchte einen Monat lang über das Geld, das du in der Victoria hast, verfügen können.«
»Um was damit zu tun?«
»An die Börse gehen.«
»Ah, spekulieren? Mit meinem Geld spekulieren? Niemals!«
»Einen Monat. Wir teilen uns den Profit, Vater.«
»Ach, wir teilen uns den Profit? Es ist mein Geld, aber du willst die Hälfte. Die Hälfte wovon?«
»Vielleicht von weiteren 20 Millionen.« Paul Tschoy ließ die Summe im Raum stehen. Er sah die Habgier im Gesicht seines Vaters und wußte, daß die Verhandlung schwierig sein, aber daß sie am Ende ein Abkommen schließen würden.
»*Ayeeyah*, das ist unmöglich, kommt gar nicht in Frage!«
Den Alten juckte es zwischen den Beinen, und er kratzte sich. Er dachte an Venus Poon, die ihn heute nacht erwartete. »Vielleicht werde ich nur für das magische Auge zahlen.«
Paul Tschoy nahm all seinen Mut zusammen. »Ja, das kannst du tun, aber dann verlasse ich Hongkong.«
»Du gehst, wenn ich sage, daß du gehen sollst«, versetzte Wu boshaft.
»Aber wenn ich keinen Profit mache und meine gründliche Ausbildung nicht verwerte, wozu sollte ich bleiben? Hast du soviel Geld für mich ausgegeben, um einem Hurenwirt auf einem deiner Vergnügungsschiffe aus mir zu machen? Nein, da gehe ich lieber. Besser, ich bringe einem anderen Gewinn, so daß ich anfangen kann, dir deine Auslagen für mich zurückzuzahlen. Ich werde Schwarzbart zum nächsten Ersten kündigen, und dann gehe ich.«
»Du wirst gehen, wenn ich dir sage, daß du gehen sollst«, entgegnete Wu böse. »Du hast in gefährlichen Wassern gefischt.«
So wie du auch, hätte Paul Tschoy erwidern mögen. Wenn du glaubst, daß du mich erpressen kannst, daß du mich an der Angel hast – es ist gerade um-

gekehrt, und du hast mehr zu verlieren als ich. Hast du schon einmal davon gehört, daß man Straffreiheit zugesichert bekommt, wenn man als Kronzeuge gegen einen Mitschuldigen aussagt? Aber er behielt diese mögliche Taktik für sich und blieb liebenswürdig und höflich. »Alle Wasser sind gefährlich, wenn die Götter es so wollen«, erklärte er.
Wu tat einen tiefen Zug aus seiner Zigarette. Er registrierte die Veränderung, die in dem jungen Mann vorgegangen war. Ich glaube, Gutwetter Poon hatte recht. Es war ein Fehler, Profitmacher Tschoy heute nacht an Bord zu nehmen. Jetzt weiß er zuviel von uns.
Ja. Richtig. Aber das ist leicht zu korrigieren, wenn es nötig werden sollte. Jederzeit.

15

22.03 Uhr:

»Was, zum Teufel, wollen Sie tun, Havergill?« fragte der Gouverneur den Bankdirektor. Zusammen mit Johnjohn standen sie nach dem Dinner auf der Terrasse des Government House. »Du lieber Himmel! Wenn jetzt auch noch der Victoria das Geld ausgeht, ist die ganze Insel im Eimer!«
Havergill blickte in die Runde, um sich zu vergewissern, daß kein Lauscher in der Nähe war, und senkte seine Stimme. »Wir halten Kontakt mit der Bank von England, Sir. Morgen um Mitternacht Londoner Zeit wird eine RAF-Maschine auf dem Flughafen Heathrow stehen, vollgestopft mit Fünf- und Zehnpfundnoten.« Sein gewohntes Selbstvertrauen kehrte zurück. »Wie ich schon sagte: Die Victoria ist völlig gesund, unsere Vermögenswerte sind mehr als ausreichend, um für alle, praktisch alle Eventualitäten gerüstet zu sein.«
»Aber es könnte sein, daß Sie nicht genügend Hongkong-Dollar haben, um dem Sturm zu trotzen?«
»Nur im Fall, daß ... daß das Problem andauert, Sir.«
Sir Geoffrey fixierte ihn. »Wie, zum Teufel, sind wir in diesen Schlamassel geraten?«
»Joss«, antwortete Johnjohn müde. »Leider kann uns die Münzstätte nicht zeitgerecht genügend Hongkong-Dollar drucken. Es würde Wochen dauern, die Menge, die wir brauchten, zu drucken und uns zu schicken, und es würde unserer Wirtschaft auch gar nicht guttun, eine so große Menge Noten zusätzlich in Umlauf zu bringen.«
»Wieviel brauchen wir denn nun wirklich?« Der Gouverneur sah, wie Havergill und Johnjohn Blicke tauschten.

»Das wissen wir nicht«, antwortete Johnjohn. »So wie wir werden auch alle anderen Banken in der Kolonie der Bank von England vorübergehend ihre Sicherheiten verpfänden müssen, um das benötigte Bargeld zu bekommen. Wenn alle Bankkunden ihre Anlagen bis auf den letzten Dollar zurückhaben wollen...« Schweiß perlte auf Johnjohns Stirn.

»Wird *ein* Transportflugzeug der RAF reichen?« Sir Geoffrey bemühte sich, nicht sarkastisch zu klingen.

»Das wissen wir nicht, Sir«, antwortete Havergill, »aber sie haben uns fest zugesagt, daß eine erste Ladung spätestens Montag abend hier eintreffen wird.«

»Nicht früher?«

»Nein, Sir. Früher ist es unmöglich.«

»Und sonst können wir nichts tun?«

Johnjohn schluckte. »Wir haben daran gedacht, Sie zu ersuchen, einen Bankfeiertag vorzuschreiben, doch wir kamen zu dem Schluß – und die Bank von England pflichtete uns bei –, daß Sie, Sir, mehr Schaden als Nutzen anrichten könnten.«

»Sie brauchen sich nicht zu beunruhigen, Sir«, hakte Havergill nach. »Ende nächster Woche ist alles vergessen.«

»Aber *ich* werde es nicht vergessen, und ich frage mich, ob China es vergessen wird – oder unsere Freunde, die Labour-Abgeordneten. Sie mögen so unrecht nicht haben, wenn sie für eine Art Bankenkontrolle eintreten.«

»Diese beiden Armleuchter wissen doch nicht, wo Gott wohnt«, erwiderte Havergill geringschätzig. »Wir haben alles unter Kontrolle.«

Sir Geoffrey schwieg, weil Rosemont und Langan auf der Terrasse erschienen. »Halten Sie mich auf dem laufenden! Für morgen mittag erwarte ich einen vollständigen Bericht. Würden Sie mich jetzt einen Moment entschuldigen?«

Er ging auf Rosemont und Langan zu. »Wie geht es Ihnen, meine Herren?«

»Gut, vielen Dank, Sir! Herrlicher Abend!« Die beiden Amerikaner sahen Havergill und Johnjohn nach. »Wie geht's denn unseren Freunden von der Victoria?« erkundigte sich Rosemont.

»Gut, sehr gut.«

»Dieser Grey, der Labour-Abgeordnete, ist Havergill ganz schön auf die Nerven gegangen.«

»Und dem Tai-Pan auch«, fügte Ed Langan hinzu und lachte.

»Wie schaut es mit der Vic aus, Sir? Kommt es zu einem Sturm auf die Bank?«

»Kein unlösbares Problem«, antwortete Sir Geoffrey mit professionellem Charme. »Kein Anlaß zu Besorgnis. Würden Sie uns einen Augenblick entschuldigen, Mr. Langan?«

»Selbstverständlich, Sir!« Der Amerikaner lächelte. »Ich wollte Sie sowieso schon verlassen.«

»Aber doch nicht meine Party, hoffe ich? Sie wollten sich gewiß nur einen frischen Drink holen?«
»Ja, Sir.«
Mit Rosemont an seiner Seite ging Sir Geoffrey in den Garten hinaus. Noch fielen Tropfen von den Bäumen, und die Nacht war finster. »Wir haben da ein kleines Problem, Rosemont. Der SI hat heute einen Matrosen Ihres Flugzeugträgers dabei ertappt, als er einem KGB-Mann geheime Informationen zukommen ließ. Bei...«
»War es Suslew? Kapitän Suslew?«
»Nein, nein, es war ein anderer Name. Darf ich vorschlagen, daß Sie sich sofort mit Crosse ins Einvernehmen setzen? Beide Männer sind in Haft. Sie werden beschuldigt, gegen den Official Secrets Act verstoßen zu haben, aber ich habe die Sache mit dem Minister in London geregelt, und er ist wie ich der Meinung, daß wir Ihnen Ihren Mann ohne Verzug übergeben sollten... ein bißchen weniger peinlich, nicht wahr? Soviel ich weiß, ist er ein Computer-Techniker.«
»Saukerl!« murmelte Rosemont und wischte sich mit der Hand den Schweiß aus dem Gesicht. »Was hat er verraten?«
»Das weiß ich nicht. Crosse wird Sie unterrichten.«
»Wird man uns Gelegenheit geben, auch den KGB-Mann zu vernehmen... mit ihm zu reden?«
»Warum besprechen Sie das nicht mit Crosse? Der Minister steht auch mit ihm in direkter Verbindung. Ich... Sie werden sicher Verständnis dafür haben, wenn ich...«
»Selbstverständlich, Sir, entschuldigen Sie... Ich werde jetzt besser gehen.« Rosemont war kreidebleich. Zusammen mit Ed Langan verließ er rasch die Residenz des Gouverneurs.

Johnjohn schlenderte in den Vorraum. Dunross stand nicht weit von der Bar. »Ian?«
»Oh, hallo! Einen Drink auf den Weg?« fragte Dunross.
»Nein, danke. Haben Sie einen Augenblick für mich Zeit?«
»Selbstverständlich, aber Sie müssen sich beeilen, ich wollte eben gehen. Ich habe versprochen, unsere Freunde, die Abgeordneten, an der Fähre abzusetzen.«
»Haben Sie heute auch Ausgang?«
Dunross lächelte leise. »Um die Wahrheit zu sagen, alter Knabe, ich habe Ausgang, wann immer ich einen brauche, ganz gleich, ob Penn da ist oder nicht.«
»Sie sind eben ein Glückspilz. Sie haben es schon immer verstanden, Ihr Leben gut zu organisieren«, kommentierte Johnjohn düster.
»Joss. Übrigens: Wo ist Havergill?«
»Er ist schon vor ein paar Minuten gegangen.«

Dunross schmunzelte. »Etwa um Lily Su in Kowloon zu besuchen?«
Johnjohn starrte ihn an.
»Wie ich höre, ist er schwer verknallt.«
»Wie schaffen Sie es nur, daß Sie soviel wissen?«
Dunross zuckte die Achseln.
»Übrigens, Ian, ich habe versucht, ihn zu überreden, den Aufsichtsrat einzuberufen, aber ich habe diesbezüglich nichts zu bestellen.«
»Ist mir klar.« Dunross bemerkte, daß in den Ecken des Raumes die Farbe abblätterte. Das ist das Haus des britischen Gouverneurs, und hier sollte keine Farbe abblättern, dachte er.
Stille umgab sie. Dunross tat, als betrachte er die kostbaren Schnupffläschchen auf einem Regal.
»Ian...« Johnjohn verstummte und begann von neuem. »Was ich Ihnen sagen will, ist nicht zur Veröffentlichung bestimmt. Sie kennen doch Tiptop Toe recht gut, nicht wahr?«
Dunross sah ihn groß an. Tiptop Toe war der Spitzname Tip Tok-tohs, eines Mannes in mittleren Jahren aus Hunan, Mao Tse-tungs Heimat. Er war während des Exodus von 1950 nach Hongkong gekommen. Niemand schien etwas über ihn zu wissen. Er machte niemandem Ärger, hatte ein kleines Büro im Princess Building und führte ein angenehmes Leben. Im Lauf der Jahre wurde es augenfällig, daß er ganz besondere Kontakte mit der Bank of China unterhielt, und die Annahme gewann an Wahrscheinlichkeit, daß er ein offizieller-inoffizieller Verbindungsmann der Bank war. Die Bank of China war der einzige kommerzielle Arm der Volksrepublik China außerhalb Chinas, und darum wurden alle Kontakte von der Parteispitze in Peking streng kontrolliert.
»Was ist mit Tiptop?« fragte Dunross. Er konnte Tiptop gut leiden. Er war ein charmanter Mann, der etwas für guten Kognak übrig hatte und ausgezeichnet Englisch sprach, aber fast immer einen Dolmetscher in Anspruch nahm. Seine Anzüge waren gut geschnitten, obwohl er meistens eine Mao-Jacke trug. Er sah Tschu En-lai ähnlich und war genauso schlau. Als Dunross das letztemal mit ihm zu tun gehabt hatte, handelte es sich um einige Maschinen für die zivile Luftfahrt, die die Volksrepublik haben wollte. In weniger als vierundzwanzig Stunden hatte Tip Tok-toh die Kreditbriefe und die Finanzierung durch verschiedene Schweizer und andere ausländische Banken besorgt. »Tiptop ist ein As«, hatte Alastair Struan oft gesagt. »Bei ihm mußt du auf der Hut sein, aber er ist der Mann, mit dem man reden muß. Ich möchte glauben, daß er in der Partei in Peking ganz oben steht. Ganz oben.«
Dunross bezwang seine Ungeduld. Der Bankier hielt eines der Schnupffläschchen in der Hand. Die reichverzierten kleinen Fläschchen waren aus Keramik, Jade oder Glas – viele davon auf der Innenseite, im Glas selbst, wunderschön bemalt: Landschaften, tanzende Mädchen, Blumen, Vögel,

Seestücke, ja sogar Gedichte in unglaublich zarten Schriftzeichen. »Wie machen sie das bloß, Ian?«
»Sie benützen einen feinen Pinsel, dessen Stiel in einem Winkel von neunzig Grad gebogen ist. Auf Mandarin heißt es *li myan huai*, ›Malerei auf der Innenseite‹.« Dunross hob ein Fläschchen auf. Auf den Bildern standen winzige Schriftzeichen.
»Erstaunlich! Was steht darauf geschrieben?«
»Ach, das ist einer von Maos Sprüchen: ›Erkenne dich, erkenne deinen Feind; hundert Schlachten, hundert Siege.‹ In Wirklichkeit hat der Vorsitzende das Sün-tse entlehnt.«
Nachdenklich betrachtete Johnjohn das Fläschchen. »Würden Sie für uns mit Tiptop sprechen?«
»Worüber?«
»Wir wollen uns von der Bank of China Bargeld leihen.«
Dunross sah ihn mit offenem Mund an. »Wie bitte?«
»Ja, auf eine Woche etwa. Sie haben so viel Hongkong-Dollar, daß sie nicht wissen, wohin damit, und sie brauchen keinen Run zu befürchten. Kein Chinese würde es wagen, sich vor der Bank of China in eine Schlange zu stellen. Wir könnten gute Zinsen für das Darlehen zahlen und jede gewünschte Sicherheit leisten, die sie haben wollten.«
»Ist das ein formales Ansuchen der Victoria?«
»Nein. Das ist unmöglich. Es ist eine Idee von mir. Ich habe noch nicht einmal mit Havergill darüber gesprochen.«
»Kann ich morgen vormittag mein Hundert-Millionen-Darlehen haben?«
»Tut mir leid, das kann ich nicht autorisieren.«
»Aber Havergill kann es.«
»Wenn die Bank nicht dasteht wie ein Fels in der Brandung, wird die Börse krachen – und mit ihr Noble House.«
»Wenn ich nicht selbst sehr bald eine Finanzspritze bekomme, sitze ich sowieso in der Scheiße.«
»Ich werde tun, was ich kann, aber werden Sie unverzüglich mit Tiptop reden? Fragen Sie ihn! Ich kann nicht zu ihm gehen – offiziell kann das keiner. Sie würden der Kolonie einen großen Dienst erweisen.«
»Garantieren Sie mir meinen Kredit, und ich rede heute abend mit ihm! Auge um Auge und Darlehen um Darlehen!«
»Wenn Sie mir seine Kreditzusage in der Höhe einer halben Milliarde in bar bis morgen um 14 Uhr bringen, bekommen Sie die Unterstützung, die Sie brauchen.«
»Wie?«
»Ich weiß es nicht.«
»Geben Sie mir das schriftlich bis morgen um zehn, unterzeichnet von Ihnen, von Havergill und der Mehrheit des Aufsichtsrates, und ich gehe zu ihm!«

»Das ist unmöglich!«
»Schade.« Dunross stand auf. »Welches Interesse hätte die Bank of China, der Victoria aus der Klemme zu helfen?«
»Weil wir Hongkong sind«, antwortete Johnjohn mit großer Zuversicht. »Wir sind die Victoria Bank of Hongkong and China! Wir sind alte Freunde Chinas. Ohne uns würde die Kolonie auseinanderfallen und damit Struan's und der Großteil Asiens. Wir sind seit Jahren Chinas Handelspartner.«
»Dann gehen Sie doch selbst zu Tiptop!«
»Das kann ich nicht.« Johnjohn reckte das Kinn hoch. »Wußten Sie, daß die Moskauer Handelsbank abermals um eine Konzession angesucht hat, in Hongkong eine Filiale zu eröffnen?«
»Der Aufsichtsrat wird sich dagegen aussprechen.«
»Das ist ja gerade der Witz: Wenn Sie nicht mehr dabei sind, kann der Aufsichtsrat tun und lassen, was ihm beliebt«, hielt Johnjohn ihm entgegen. »Dann könnten auch der Gouverneur und der Kolonialrat leicht überredet werden. Warum sollte man diesen niedrigen Preis nicht zahlen, um unseren Dollar zu retten? Und sobald sich einmal eine sowjetische Bank hier etabliert hat, fallen den Brüdern bestimmt noch einige andere Teufeleien ein, meinen Sie nicht auch?«
»Sie sind schlimmer als dieser verdammte Havergill!«
»Nein, alter Freund, besser!« Johnjohn machte ein ernstes Gesicht. »Jede einschneidende Veränderung würde genügen, und wir werden zum Noble House, ob es Ihnen gefällt oder nicht. Viele unserer Direktoren würden Sie recht gern im Abseits sehen. Vergessen Sie nicht, Ian: Die Victoria wird nicht vor die Hunde gehen.« Er wischte sich ein paar Schweißtropfen von der Stirn. »Ich stoße keine Drohung aus, Ian, aber ich bitte Sie um eine Gefälligkeit. Vielleicht bin ich eines Tages Vorsitzender, und ich werde es nicht vergessen.«
»So oder so?«
»Jawohl, alter Freund«, sagte Johnjohn und ging zur Anrichte hinüber. »Noch ein Glas auf den Weg? Brandy?«

Zusammen mit Hugh Guthrie und Julian Broadhurst saß Robin Grey im Fond von Dunross' Rolls-Royce, Dunross selbst neben seinem uniformierten Fahrer auf dem Vordersitz. Die Fenster waren von Nebel beschlagen. Lässig wischte Grey den Dunst weg und genoß den Luxus des Leders. Bald werde ich auch so einen haben, dachte er. Dann werden alle diese Bastarde vor mir kriechen, Ian Dunross eingeschlossen. Und Penn! O ja, meine hochnäsige Schwester, du wirst mitansehen, wie die Hoffärtigen gedemütigt werden!
»Wird es wieder regnen?« fragte Broadhurst.
»O ja«, antwortete Dunross. »Man fürchtet, es könnte noch ein ausgewachsener Taifun aus diesem Sturm werden.«

»Wird uns dieser Taifun hier heimsuchen?« wollte der liberale Abgeordnete Guthrie wissen.
»Das kann man nie mit Sicherheit sagen. Ein Taifun kann direkt auf einen zukommen und im letzten Moment abdrehen.«
»Ich erinnere mich, daß ich über Wanda gelesen habe. Taifun Wanda. Voriges Jahr. Der hatte sich gewaschen!«
»Es war der schlimmste, den ich je erlebt habe. Mehr als zweihundert Tote, Tausende Verletzte, Zehntausende Obdachlose! Bei Sha Tin auf den New Territories trieb der Sturm eine riesige Flutwelle den Kanal hinauf, durchbrach die Dämme, schleuderte Fischerboote eine halbe Meile landeinwärts und überschwemmte das ganze Dorf. Tausende Fischerboote verschwanden, acht Frachter liefen auf Grund – der Schaden betrug Millionen Dollar.« Dunross zuckte die Achseln. »Joss! Aber gemessen an der Gewalt des Sturmes war der Seehandel überraschend wenig betroffen. Wie auch immer: Ein Taifun zeigt uns, wie unbedeutend wir in Wirklichkeit sind.«
»Wenn das so ist«, äußerte sich Grey, bevor er sich zurückhalten konnte, »bedauere ich, daß wir nicht jeden Tag einen Taifun erleben. Wäre nicht schlecht, die Hoffärtigen in Whitehall zweimal täglich zu demütigen.«
»Sie gehen mir wirklich auf die Nerven, Grey«, sagte Guthrie. »Müssen Sie bei jeder unpassenden Gelegenheit eine witzlose Bemerkung machen?«
Grey fing wieder an, vor sich hinzubrüten, und verschloß seine Ohren vor dem Gespräch der anderen. Soll sie doch alle der Teufel holen! dachte er.
Bald hielt der Rolls vor dem »Mandarin«, und Dunross stieg aus. »Der Wagen bringt Sie ins V and A zurück. Wir sehen uns alle Sonnabend, wenn nicht früher. Gute Nacht!«
Der Wagen setzte sich in Bewegung. Er umkreiste das riesige Hotel und rollte auf die Autofähre zu. Eine lange Reihe von Autos und Lkws wartete. Grey stieg aus. »Ich werde mir ein wenig die Beine vertreten«, erklärte er mit gezwungener Liebenswürdigkeit. »Ich gehe zu Fuß zur Golden Ferry zurück. Gute Nacht!«
Eilig schritt er die Connaught Road hinauf. Verdammte Dummköpfe, dachte er, und seine Erregung nahm zu. Na ja, es wird nicht mehr lange dauern, und sie werden alle ihre wohlverdiente Strafe erhalten, insbesondere Broadhurst.
Als er sicher war, daß sie ihn nicht mehr sehen konnten, blieb er unter einer Straßenlaterne stehen und winkte ein Taxi heran. »Hier«, sagte er und gab dem Fahrer eine maschinegeschriebene Adresse auf einem Stück Papier.
Der Fahrer nahm den Zettel, betrachtete ihn und kratzte sich grämlich den Kopf.
»Auf der Rückseite chinesisch«, sagte Grey zuvorkommend.
Der Fahrer achtete nicht auf ihn und beglotzte nur die englische Adresse. Dann rülpste er, legte den Gang ein und stürzte sich in den hupenden Verkehr.

Sie hielten vor einem schäbigen alten Mietshaus in einer schäbigen Straße. Der Gehsteig war schmal und ausgebrochen und mit Pfützen bedeckt, und die vorbeikommenden Fahrzeuge hupten zornig das haltende Taxi an. Eine Hausnummer war nicht zu sehen. Grey stieg aus, ersuchte den Fahrer zu warten uund ging auf etwas zu, was wie ein Nebeneingang aussah. Unter einer nackten Glühbirne saß ein alter Mann auf einem wackeligen Stuhl, rauchte und las eine Rennzeitung.

»Ist das hier die Kwan Yik Street 68 in Kennedy Town?« fragte Grey höflich.

Der Alte starrte ihn an wie ein Wesen von einem anderen Stern und sprudelte dann eine Flut von quengeligem Kantonesisch hervor.

»Kwan Yik Street 68«, wiederholte Grey langsamer und lauter. »Ken-ne-dy Town?« Wieder eine Flut von kehligem Kantonesisch, und dann deutete der Greis mißvergnügt auf eine kleine Eingangstür. Er räusperte sich und spuckte und wandte sich gähnend wieder seiner Zeitung zu. »Unverschämter Kerl«, murmelte Grey und stieß die Tür auf. Er befand sich in einer kleinen schmutzigen Halle mit abblätternder Farbe und einer Reihe armseliger, mit Namenstäfelchen versehenen Briefkästen an einer Wand. Er war sehr erleichtert, als er den Namen, den er suchte, auf einem Briefkasten sah.

Er ging zum Taxi zurück, nahm seine Brieftasche heraus und sah sich den Betrag auf dem Taxameter genau an, bevor er den Fahrer bezahlte.

Der Aufzug war winzig klein, und er quietschte. Im vierten Stock stieg Grey aus und drückte auf die Klingel von Nummer 44.

»Mr. Grey, Sir, welche Ehre! Molly, der hohe Herr ist eingetroffen!« Sam Finn lachte über das ganze Gesicht. Er war ein großgewachsener, muskulöser Mann, aus Yorkshire gebürtig, mit rosigen Wangen und blaßblauen Augen, ein früherer Bergmann und Betriebsrat mit einflußreichen Freunden in der Labour Party und im Vollzugsausschuß der Gewerkschaft.

»Vielen Dank, Mr. Finn! Es ist auch mir ein Vergnügen, Sie kennenzulernen.« Grey legte seinen Regenmantel ab und nahm dankbar das Bier an, das der Hausherr ihm reichte.

»Setzen Sie sich!«

Die Wohnung war klein, makellos sauber, die Einrichtung anspruchslos. Es roch nach Bratwürsten und Bratkartoffeln. Molly Finn kam aus der Küche, Hände und Arme rot vom Scheuern und Wäschewaschen. Sie war klein und rundlich, gleich alt wie ihr Mann, fünfundsechzig, gleich kräftig und kam aus der gleichen Bergwerkstadt. »Wir waren richtig sprachlos«, sagte sie, »als wir hörten, daß Sie uns besuchen kommen wollten.«

»Unsere gemeinsamen Freunde wollten aus erster Hand erfahren, wie es Ihnen geht.«

»Prima geht's uns«, sagte Finn. »Es ist natürlich nicht wie daheim in Yorkshire, und wir vermissen unsere Freunde und das Gewerkschaftshaus, aber

wir haben unser Auskommen.« In der Toilette betätigte jemand die Wasserspülung. »Wir haben einen Freund zu Besuch, von dem wir dachten, Sie würden ihn vielleicht gern kennenlernen«, erklärte Finn.
Die Tür zur Toilette ging auf. Der großgewachsene Bartträger streckte ihm freundlich die Hand entgegen. »Sam hat mir von Ihnen erzählt, Mr. Grey. Ich bin Kapitän Suslew von der sowjetischen Handelsflotte. Mein Schiff ist die *Iwanow,* wir müssen hier ein paar Reparaturen durchführen lassen.«
Grey schüttelte ihm steif die Hand. »Freut mich, Sie kennenzulernen.«
»Wir haben gemeinsame Freunde, Mr. Grey. Zdenek Hanzolow in Prag.«
»Ja, ja, ich erinnere mich.« Grey lächelte. »Ich habe ihn kennengelernt, als ich voriges Jahr mit einer Handelsdelegation in der Tschechoslowakei war.«
»Wie hat Ihnen Prag gefallen?«
»Eine interessante Stadt. Nicht gefiel mir, wie die Menschen dort unterdrückt werden... und die Präsenz der Sowjets.«
Suslew lachte. »Die haben wir uns selbst eingeladen. Aber ich billige auch nicht alles, was dort geschieht. In Europa.«
»Setzen Sie sich doch, bitte«, sage Sam Finn.
Sie setzten sich um den Eßzimmertisch, auf dem jetzt ein sauberes weißes Tischtuch mit einer Topfblume lag.
»Sie wissen natürlich, daß ich kein Kommunist bin und es auch nie war«, begann Grey. »Ein Polizeistaat ist nicht nach meinem Geschmack. Ich bin überzeugt, daß die Zukunft unserem demokratischen Sozialismus britischer Prägung gehört – Parlament und gewählte Politiker – obwohl einige marxistisch-leninistische Ideen durchaus überlegenswert sind.«
»Ach, die Politik!« sagte Gregor Suslew mit gespielter Mißbilligung. »Wir sollten die Politik den Politikern überlassen.«
»Mr. Grey ist einer unserer besten Sprecher im Parlament, Gregor.« Molly Finn wandte sich an Grey. »Gregor ist auch ein guter Junge, Mr. Grey. Er ist keiner von diesen Gangstern.«
»Nicht zu brav, will ich hoffen«, versetzte Grey, und alle lachten. »Was hat Sie eigentlich bewogen, sich hier niederzulassen, Mr. Finn?«
»Als wir in Pension gingen, wollten wir etwas von der Welt sehen. Wir hatten ein bißchen was gespart, schifften uns auf einem Frachter ein...«
»Eine schöne Zeit war das«, fiel Molly Finn ihm ins Wort. »Als wir hierherkamen, fühlte Sam sich nicht recht wohl, und darum blieben wir hier, um zu warten, bis der Frachter auf der Heimreise wieder zurückkommen und uns mitnehmen würde.«
»Ja, und dann«, erzählte Sam Finn weiter, »dann lernte ich hier einen richtig netten Mann kennen, der mir einen Job anbot: Konsulent in einem Bergwerk in Formosa, wo er Direktor war. Wir fuhren einmal hin, brauchten aber nicht zu bleiben und kamen wieder zurück. Das ist alles, Mr. Grey. Ich verdiene ein paar Kröten, das Bier ist in Ordnung, und so sind wir eben hiergeblieben.«

Sie unterhielten sich nett. Die Geschichte, die ihm von den Finns aufgetischt wurde, hätte ihn überzeugt, wenn er vor seiner Abreise nicht ein sehr privates Dossier gelesen hätte. Nur wenige Leute wußten, daß Finn jahrlang ein eingeschriebenes Mitglied der BCP, der British Communist Party, gewesen war. Nach seiner Pensionierung war er von einem ihrer geheimen inneren Ausschüsse nach Hongkong geschickt worden, um dort Informationen über alles zu sammeln, was mit dem Hongkonger Regierungssystem und der Legislatur zu tun hatte.

Nach einigen Minuten unterdrückte Molly Finn ein Gähnen. »Wenn Sie mich entschuldigen, möchte ich jetzt zu Bett gehen.«

»Geh nur, Mädel«, sagte Sam Finn.

Sie redeten noch ein wenig weiter über Belanglosigkeiten, dann fing auch er an zu gähnen. »Wenn Sie mich entschuldigen wollen, ich glaube, ich gehe jetzt auch schlafen. Aber bleiben Sie ruhig sitzen«, fügte er eilig hinzu. »Plaudern Sie nach Herzenslust weiter! Wir sehen uns ja noch, bevor Sie Hongkong verlassen, Mr. Grey... Gregor.«

Er schloß die Schlafzimmertür hinter sich. Suslew ging zum Fernseher hinüber und schaltete ihn ein. »Haben Sie schon mal in Hongkong ferngesehen? Die Werbespots sind sehr spaßig.« Er stellte die Lautstärke hoch genug ein, um nicht belauscht werden zu können.

»Ich überbringe Ihnen brüderliche Grüße aus London«, sagte Grey. Seit 1947 gehörte er zum Kern der Bewegung, was kaum mehr als einem halben Dutzend Leuten bekannt war.

»Die ich hiermit erwidere.« Suslew deutete mit dem Daumen auf die Schlafzimmertür. »Wieviel wissen die Finns?«

»Nur daß ich dem linken Flügel angehöre.«

»Ausgezeichnet!« Suslew fühlte sich erleichtert. Die Zentrale hatte diese private Zusammenkunft sehr geschickt arrangiert. Roger Crosse, der von seiner Verbindung mit Grey nichts wußte, hatte ihm versichert, daß die Abgeordneten vom SI nicht beschattet wurden. »Wir sind hier ganz sicher. Sam arbeitet sehr gut. Wir bekommen auch noch Kopien seiner Berichte. Und er stellt keine Fragen. Ihr Engländer seid sehr verschwiegen, Mr. Grey. Ich gratuliere Ihnen.«

»Vielen Dank.«

»Was haben Sie in Peking erlebt?«

Grey zog ein Bündel Papiere aus der Tasche. »Das sind Kopien unserer privaten und offiziellen Berichte an das Parlament. Kurz gesagt, die Chinesen sind hundertprozentige Revisionisten. Dieser verrückte Mao und sein Gefolgsmann Tschu En-lai sind unversöhnliche Feinde des internationalen Kommunismus. China ist schwach in allem außer dem Willen zu kämpfen, und um ihr Land zu verteidigen, werden sie bis zum letzten Atemzug kämpfen. Je länger ihr wartet, desto schwerer wird es sein, sie im Zaum zu halten.«

»Und wie steht es mit dem Handel? Was brauchen sie?«
»Schwerindustrie, Crackanlagen zur Gewinnung von Treibstoffen, Bohrtürme, chemische Fabriken, Stahlwalzwerke.«
»Und womit wollen sie das bezahlen?«
»Sie sagen, sie hätten reichlich Devisen. Davon kommt eine ganze Menge aus Hongkong.«
»Haben sie sich für Waffen interessiert?«
»Nein. Nicht direkt. Sie sind clever, und wir sind nicht immer als Gruppe mit ihnen zusammengetroffen. Sie waren über mich und Broadhurst gut informiert und brachten uns nicht übermäßig viel Sympathien entgegen. Vielleicht haben sie privat mit Pennyworth oder einem der anderen Tories gesprochen – aber das wird ihnen auch nichts helfen.«
»Was für ein Mensch ist Julian Broadhurst?«
»Ein Intellektueller, der sich für einen Sozialisten hält. Der letzte Dreck, aber im Moment noch Mitglied.« Grey schnitt eine Grimasse. »Darum wird er in einer kommenden Labour-Regierung eine wichtige Rolle spielen.«
»Räumen Sie Labour bei den nächsten Wahlen Chancen ein, Mr. Grey?«
»Eher nein, obwohl wir sehr hart daran arbeiten, Labour und den Liberalen zu helfen.«
Suslew runzelte die Stirn. »Warum den Liberalen? Das sind doch Kapitalisten!«
Grey lachte sarkastisch. »Sie verstehen unser britisches System nicht, Kapitän Suslew. Wir können von Glück reden, daß wir ein Zwei-Parteien-System haben, in dem drei Parteien zur Wahl stehen. Die Liberalen spalten die Stimmen auf, was uns zum Vorteil gereicht. Ohne die Liberalen wäre Labour nie an die Regierung gekommen.«
»Das verstehe ich nicht.«
»Im besten Fall stimmen nur etwa 45 Prozent für Labour, eher weniger. Auf die Tories, die Konservativen, kommen ungefähr ebenso viel, eher mehr. Die restlichen zehn Prozent wählen überwiegend liberal. Gäbe es keine Liberalen, würden sie mehrheitlich konservativ wählen. Es sind alles Dummköpfe«, erklärte er überheblich. »Nur einige wenige glauben an einen demokratischen Sozialismus, und doch«, fügte er mit großer Selbstzufriedenheit hinzu, »haben wir ihr faulendes Empire zerschlagen und die Operation Löwe zum Erfolg geführt.« Die Operation Löwe war unmittelbar nach der Machtübernahme durch die Bolschewiken geplant worden. Ihr Ziel: die Vernichtung des britischen Empire. »In knapp achtzehn Jahren nach 1945 hat das größte Reich der Erde zu bestehen aufgehört.«
»Ausgenommen Hongkong.«
»Das kommt auch bald dran.«
»Ich kann Ihnen gar nicht sagen, für wie wichtig meine Vorgesetzten Ihre Arbeit ansehen«, erklärte Suslew mit vorgetäuschter Bewunderung. »Ihre

und die aller unserer britischen Brüder.« Er hatte den Auftrag, diesem Mann respektvoll zu begegnen, ihn über seine Mission in China auszufragen und Instruktionen in der Form von Ersuchen an ihn weiterzugeben. Er hatte Greys Dossier gelesen und das der Finns. Roger Grey hatte eine Berija-KGB-Klassifikation 4/22/a: »Ein einflußreicher britischer Verräter, der gegenüber den Idealen des Marxismus-Leninismus Lippenbekenntnisse ablegt. Man kann ihn benützen, darf ihm aber nie vertrauen. Sollte die BCP jemals an die Macht kommen, ist er sofort zu liquidieren.«

»Haben Sie Informationen für mich?« fragte Grey.

»Ja, *towarisch*, und auch, wenn Sie gestatten, ein paar Fragen. Man hat mich ersucht, Sie zu fragen, wie Sie mit der Durchführung der Weisung 72/Prag weitergekommen sind.« Diese streng geheime Weisung gab allen Bemühungen besonderen Vorzug, politisch zuverlässige Fachleute als Betriebsräte in alle Automobilfabriken der USA und des Westens einzuschleusen; wegen der zahllosen verwandten Industrien war der Automobilbau das Herz jeder kapitalistischen Wirtschaft.

»Wir kommen ausgezeichnet voran«, lautete Greys begeisterte Antwort. »Wilde Streiks weisen den Weg in die Zukunft. Mit wilden Streiks umgehen wir die Gewerkschaftshierarchie. Unsere Gewerkschaften sind zersplittert. Fünfzig Leute können eine Gewerkschaft gründen, und diese kann Tausenden ihren Willen aufzwingen. Solange es keine geheimen Wahlen gibt, werden die wenigen immer die Mehrheit beherrschen!« Er lachte. »In ein paar Jahren werden wir in jeder einzelnen Gewerkschaft der Maschinenindustrie in der englischsprechenden Welt Agitatoren sitzen haben.«

»Und Sie sind einer der Köpfe, *towarisch*! Wie wunderbar!« Suslew ließ ihn weiterreden und hakte immer wieder nach; daß es so leicht war, diesem Mann zu schmeicheln, erfüllte ihn mit Abscheu. Was sind Verräter doch für widerliches Pack, sagte er sich. »Bald wird das demokratische Paradies, das Sie ersehnen, Wirklichkeit sein, und es wird Frieden auf Erden herrschen.«

»Es wird nicht mehr lange dauern«, sagte Grey mit Gefühl. »Wir haben das Verteidigungsbudget gekürzt und werden es nächstes Jahr noch weiter kürzen. Mit dem Krieg ist es ein für alle Male vorbei. Das hat die Bombe bewirkt. Dem stehen nur noch diese niederträchtigen Amerikaner mit ihrem Rüstungswettlauf im Wege, aber bald werden wir auch sie zwingen, ihre Waffen niederzulegen. Und dann werden wir alle gleich sein.«

»Wußten Sie, daß Amerika die Japaner heimlich aufrüstet?«

Suslew war darüber informiert, daß Grey dreieinhalb Jahre in japanischen Lagern zugebracht hatte. »Wußten Sie, daß sich gerade jetzt eine Militärmission dort aufhält und höflich anfragt, ob sie Atomwaffen annehmen würden?«

»Das würden sie nicht wagen!«

»Aber sie haben es gewagt, Mr. Grey«, sagte Suslew. Die Lüge fiel ihm leicht.

»Kann ich Einzelheiten von Ihnen haben, die ich im Parlament verwenden könnte?«
»Ich werde meine Vorgesetzten ersuchen, Ihnen Details zukommen zu lassen, wenn Sie sich etwas davon versprechen.«
»Bitte, so bald wie möglich! Atombomben... Mein Gott!«
»Sind Ihre Leute, Ihre ausgebildeten Experten, auch in englischen Atomkraftwerken tätig?«
»Nein; wir haben ja nur zwei. Also rüsten die Yankees tatsächlich die Japaner auf?«
»Ist denn Japan kein kapitalistisches Land? Ist denn Japan kein Schützling der Vereinigten Staaten? Bauen sie nicht auch Atomkraftwerke? Wenn sie die Amerikaner nicht hätten...«
»Diese amerikanischen Schweine! Gott sei Dank, daß ihr auch die Bombe habt, sonst wären wir alle von ihnen abhängig!«
»Vielleicht sollten Sie Ihre Bemühungen auch auf Atomkraftwerke ausdehnen, hm?« Suslew staunte, daß Grey so einfältig war. »Einer Ihrer Landsleute hat eine neue Analyse veröffentlicht. Philby.«
»Philby?« Grey erinnerte sich, wie erschrocken und geschockt er gewesen war über Philbys Entdeckung und Flucht, und wie erleichtert, daß Philby und die anderen keine Listen mit den Namen jener zurückgelassen hatten, die zum inneren Kern der BCP gehörten. »Wie geht es ihm?«
»Soviel ich weiß, ausgezeichnet. Er arbeitet in Moskau. Kannten Sie ihn?«
»Nein. Er war ja im Außenamt. Keiner von uns wußte, daß er zu uns gehörte.«
»In seiner Analyse weist er darauf hin, daß ein Atomkraftwerk im Gegensatz zu Kohle- oder Öl-Kraftwerken zu seinem Betrieb nur einige wenige hochqualifizierte Techniker benötigt. Im Augenblick ist die Industrie des Westens völlig von Kohle und Öl abhängig. Er meint, es sollte unser Bestreben sein, den Einsatz von Kernkraft rundweg abzulehnen. Klar?«
»Ich verstehe genau, wo er hinaus will!« Greys Züge verhärteten sich. »Ich werde mich selbst in den parlamentarischen Ausschuß zum Studium der Atomenergie wählen lassen.«
»Wird das leicht gehen?«
»Zu leicht, Genosse! Die Engländer sind ein faules Volk. Sie wollen sich nicht mit Problemen herumschlagen, wollen so wenig wie möglich arbeiten und soviel wie möglich verdienen, um am Sonnabend in die Kneipe und zum Fußballspiel zu gehen – wollen nichts wissen von unbezahlter Arbeit, von langwierigen Ausschußsitzungen außerhalb der Arbeitszeit.«
Suslew seufzte zufrieden. Seine Arbeit war fast getan. »Noch ein Bier? Nein, lassen Sie es mich holen, es ist mir eine Ehre, Mr. Grey. Kennen Sie zufällig einen Schriftsteller, einen Amerikaner, der sich auch hier aufhält, Peter Marlowe?«
Grey horchte auf. »Marlowe? Ich kenne ihn sehr gut, wußte nur nicht, daß

er amerikanischer Staatsbürger ist. Er ist ein verkommenes Subjekt, ein Angehöriger der Oberschicht mit den Moralbegriffen eines Schwarzhändlers. Ich hatte ihn seit Jahren nicht mehr gesehen – seit 1945. Er war auch in Changi. Bis gestern wußte ich nicht, daß er Schriftsteller ist. Ist er wichtig für uns?«

»Er ist Schriftsteller«, antwortete Suslew. »Er macht Filme. Mit dem Fernsehen können Schriftsteller auf Millionen einwirken. Die Zentrale verfolgt die Tätigkeit der Schriftsteller sehr aufmerksam. Wir kennen ihre Bedeutung, auch in Rußland. Unsere Schriftsteller haben uns immer den Weg gewiesen, haben unser Denken und Fühlen mitgestaltet. Tolstoi, Dostojewski, Tschechow... Wir betrachten Schriftsteller als Pfadfinder. Darum sehen wir uns veranlaßt, sie zu lenken und ihre Arbeit zu kontrollieren – oder einzugraben.« Er sah Grey an. »Sie sollten es auch so halten.«

»Wir unterstützen Schriftsteller, die unsere Freunde sind, und verurteilen die anderen. Wenn ich wieder in London bin, werde ich veranlassen, daß Marlowe auf den Index der BCP gesetzt wird. Es wird leicht sein, ihm eins auszuwischen – wir haben viele Freunde in den Medien.«

Suslew zündete sich eine Zigarette an. »Kennen Sie sein Buch?«

»Das über Changi? Nein. Bevor ich hierher kam, hatte ich überhaupt noch nicht davon gehört. Wahrscheinlich ist es in England nicht erschienen. Außerdem habe ich kaum Zeit, Romane zu lesen. Und wenn er ihn geschrieben hat, kann es nur Scheiße sein, ein billiger Reißer... Changi war eben Changi, und wir sollten es vergessen.« Aber ich kann es nicht vergessen, hätte er hinausschreien mögen. Ich kann ihn nicht vergessen, diesen nicht endenwollenden Alptraum, kann sie nicht vergessen, diese entsetzlichen Tage im Lager und die Zehntausende von Toten. Ich habe versucht, dem Gesetz Geltung zu verschaffen, die Schwachen vor den Schwarzmarktschweinen zu schützen. Die Menschen starben wie die Fliegen, und es gab keine Hoffnung, jemals lebend wieder herauszukommen. Ich verfaulte bei lebendigem Leib. Erst einundzwanzig war ich, als ich 1942 in Singapur in Gefangenschaft geriet, und vierundzwanzig, fast schon fünfundzwanzig, als das Wunder geschah und ich befreit und nach England zurückgebracht wurde. Unser Haus von Bomben zerstört, meine Eltern tot, meine Welt untergegangen... Und meine einzige Schwester hatte sich an den Klassenfeind verkauft. Sie redete wie einer, lebte wie einer, aß wie einer und heiratete einen. Sie schämte sich unserer Vergangenheit, wollte nichts von ihr wissen, und dann – die Veränderung! Die Rückkehr aus dem Nicht-Leben in Changi ins Leben nach England, die Alpträume, die Schlaflosigkeit, die Angst vor dem Leben, die Unfähigkeit, darüber zu reden; die Weinkrämpfe, ohne zu wissen, warum ich weinte, der Versuch, mich an das zu gewöhnen, was diese Hohlköpfe Normalität nannten. Bis es mir schließlich gelang, aber, mein Gott, zu welchem Preis...!

»Bitte?« fragte er, in die Gegenwart zurückgeholt.

»Ich sagte, Ihre jetzige Regierung ist sehr verwundbar.«
»Ach ja? Wieso?«
»Erinnern Sie sich an den Profumo-Skandal? An den Heeresminister?«
»Natürlich. Und?«
»Vor einigen Monaten begann die MI-5 eine sehr geheime, sehr gründliche Untersuchung der angeblichen Verbindung zwischen dem inzwischen berühmt gewordenen Callgirl Christine Keeler und Fregattenkapitän Jewgenij Iwanow, unserem Marineattaché, und anderen Persönlichkeiten der Londoner Gesellschaft.«
»Ist die Untersuchung abgeschlossen?«
»Ja. Sie dokumentiert Gespräche, die von der Frau mit Fregattenkapitän Iwanow geführt wurden. Iwanow hatte von ihr verlangt, Profumo auszuhorchen, um zu erfahren, wann Atomwaffen nach Deutschland geliefert werden sollten. Es wird darin behauptet«, Suslew log jetzt bewußt, um Grey zu reizen, »Profumo sei schon einige Monate, *bevor* der Skandal platzte, von der MI-5 in bezug auf Iwanow gewarnt worden – Fregattenkapitän Iwanow sei vom KGB und ebenfalls ein Liebhaber der Keeler.«
Grey brüllte vor Lachen. »Zuerst hat er nur über sein Verhältnis zu der Keeler gelogen, und jetzt sagen Sie, er hat die ganze Zeit von Iwanow gewußt! Damit ist der Sturz der Regierung nicht mehr aufzuhalten. Sind Sie auch sicher?« fragte er, plötzlich beunruhigt. »Ist es wirklich wahr?«
»Könnte ich Sie anlügen?« Suslew lachte in sich hinein.
»Das werde ich verwenden! Und wie ich es verwenden werde!« Grey war außer sich vor Freude. »Sind Sie ganz sicher? Und Iwanow? Was ist aus ihm geworden?«
»Er wurde natürlich befördert – für ein brillant ausgeführtes Manöver mit dem Ziel, eine feindliche Regierung zu diskreditieren. Wenn seine Arbeit dazu beiträgt, sie zu stürzen, wird man ihn auszeichnen. Wollen Sie übrigens bei Ihrer morgigen Pressekonferenz Ihren Schwager erwähnen?«
Sofort war Grey auf der Hut. »Wie haben Sie von ihm erfahren?«
Suslew sah ihm ruhig in die Augen. »Meine Vorgesetzten wissen alles. Man hat mir aufgetragen, Ihnen nahezulegen, bei der Pressekonferenz das bestehende Verwandtschaftsverhältnis zu erwähnen.«
»Wozu denn?«
»Um Ihre Position zu stärken, Mr. Grey. Als Schwager des Tai-Pan von Noble House wird man Ihren Worten hier wesentlich mehr Bedeutung schenken, meinen Sie nicht auch?«
»Aber wenn Sie von ihm wissen«, gab Grey zurück, »ist Ihnen sicherlich auch bekannt, daß meine Schwester und ich vereinbart haben, unsere Verwandtschaft nicht an die große Glocke zu hängen. Es ist eine reine Familienangelegenheit.«
»Wenn es um den Staat geht, müssen Familienangelegenheiten zurückstehen, Mr. Grey.«

»Wer sind Sie?« fragte Grey, mit einemmal argwöhnisch geworden. »Wer sind Sie wirklich?«
»Nur ein Bote, Mr. Grey, nichts weiter. Und ich bin sicher, meine Vorgesetzten haben nur an Ihre Zukunft gedacht. Könnte die Verwandtschaft mit einer so kapitalistischen Familie Ihnen im Parlament nicht nützen? Wenn Ihre Labour Party nächstes Jahr die Wahl gewinnt, werden sie Leute mit guten Verbindungen brauchen. Sie werden der Experte für Hongkong sein. Sie können uns sehr helfen, China in Schach zu halten, das Land wieder auf den richtigen Weg zurückzuführen und Hongkong dorthin zu befördern, wo sein Platz ist – auf den Müllhaufen. Hm?«
Grey ließ sich das durch den Kopf gehen, sein Puls jagte. »Wir könnten Hongkong ausradieren?«
»Aber ja.« Suslew lächelte. »Machen Sie sich keine Sorgen! Von sich aus brauchen Sie nichts über den Tai-Pan zu sagen. Ich werde es so einrichten, daß Ihnen eine diesbezügliche Frage gestellt wird. Einverstanden?«

16

23.05 Uhr:

In der Quance-Bar des Mandarin-Hotels saß Dunross vor einem großen Glas Brandy mit Perrier und wartete auf Brian Kwok. Die Bar war fast leer. Brian Kwok war noch nie zu spät gekommen, aber jetzt war er spät dran. In dieser Nacht machte es Dunross nichts aus zu warten. Er hatte Zeit, sich in Aberdeen mit Vierfinger Wu zu treffen, und da Penn sicher unterwegs nach England war, brauchte er sich auch mit der Heimfahrt nicht zu beeilen. Die Reise wird ihr guttun, dachte er. London, das Theater, und dann Schloß Avisyard. Bald kommt der Herbst mit seinen frischen morgendlichen Brisen, bald kommt die Zeit für die Rebhuhnjagd. Und dann Weihnachten. Es wird herrlich sein, Weihnachten im Schnee daheim zu verbringen. Wie wird es sein, wenn ich dann auf die schlechte Zeit zurückblicke, die ich jetzt durchmache? Ich habe zu viele Probleme. Ich habe die Dinge nicht im Griff. Bartlett, Casey, Gornt, Vierfinger, Mata, Knauser, Havergill, Johnjohn, Kirk, Crosse, Sinders, AMG und seine Riko – sie alle tanzen wie Motten um das Licht. Jetzt muß ich auch noch Tiptop in meine Überlegungen einbeziehen – und Hiro Toda kommt statt am Sonnabend schon morgen.
Am Nachmittag hatte er lange mit seinem japanischen Freund gesprochen. »Alles wird glatt über die Bühne gehen, Hiro«, hatte Dunross ihn beruhigt. »Der Angriff auf uns wird sich totlaufen. Wir übernehmen die Schiffe wie geplant.«

Wirklich?
Ja. So oder so. Linbar fliegt morgen nach Sydney und wird versuchen, das Woolara-Geschäft wiederzubeleben und den Chartervertrag doch noch unter Dach und Fach zu bringen. Eine gewagte Spekulation.
Immer wieder kehrten seine Gedanken zu Jacques zurück. Ist Jacques nun wirklich ein kommunistischer Verräter? Und Jason Plumm und Tuke? Und diser Mr. R. Ist es Roger Crosse oder Robert Armstrong? Gewiß keiner von ihnen, und auch Jacques nicht! Zugegeben, Jacques könnte Bartlett einige innerbetriebliche Informationen gegeben haben, aber nicht alles. Nichts, was den Konzern betrifft, das weiß nur der Tai-Pan – Alastair, Vater, ich oder der alte Sir Ross. Undenkbar.
Dunross sah sich um. Die Bar war immer noch fast leer. Es war ein gemütlicher kleiner Raum mit dunkelgrünen Lederfauteuils und alten Eichentischen, an der Wand Bilder von Quance. Es waren alles Drucke. Von den Originalen hingen viele in der Galerie des Großen Hauses, die übrigen zumeist in den Korridoren der Victoria und der Blacs. Er lehnte sich zurück, froh, sich von seiner eigenen Vergangenheit umgeben und beschützt zu wissen.
»Noch einen Brandy, Tai-Pan?«
»Nein, danke, Feng«, sagte er zu dem chinesischen Barmixer. »Nur eine Flasche Perrier.«
Ein Telefon stand in der Nähe. Er wählte eine Nummer.
»Inspektor Kwok, bitte.«
»Augenblick, Sir.«
Während er wartete, versuchte er wegen Jacques eine Entscheidung zu treffen. Unmöglich, es allein zu entscheiden, dachte er, und der Gedanke schmerzte ihn. Wenn ich ihn nach Frankreich schicke, isoliere ich ihn für eine Woche oder so. Vielleicht rede ich mit Sinders. Vielleicht wissen sie es schon. Allmächtiger Gott, wenn AMG mich mit diesem R nicht aufgeschreckt hätte, ich wäre geradewegs damit zu Crosse gegangen. Könnte er Arthur sein?
Denk an diesen Philby im Außenmimisterium, ermahnte er sich, empört, daß ein Engländer mit diesem Background und in einer so hohen Vertrauensstellung ein Verräter sein konnte. So wie Burgess und Maclean. Und Blake. Wie weit kann ich AMG glauben? Der arme Kerl! Und wie weit kann ich Jamie Kirk trauen?
»Wer möchte mit Inspektor Kwok sprechen?« erkundigte sich eine Männerstimme.
»Dunross von Struan's.«
»Augenblick, bitte!« Eine kurze Wartezeit, und dann eine Männerstimme, die er sofort erkannte. »Guten Abend, Tai-Pan. Armstrong... Tut mir leid, aber Brian ist nicht erreichbar. Ist es etwas Wichtiges?«
»Nein. Wir waren auf einen Drink verabredet, und er hätte schon längst da sein müssen. Er hat nichts gesagt – gewöhnlich hält er seine Termine ein.«

»Wann haben Sie sich verabredet?«
»Heute morgen. Er hat mich angerufen, um mir über John Tschen zu berichten. Gibt es da etwas Neues?«
»Nein. Leider. Brian mußte kurz verreisen. Sie wissen ja, wie das ist.«
»Natürlich. Wenn Sie mit ihm sprechen, sagen Sie ihm bitte, wir sehen uns Sonntag beim Bergrennen, wenn nicht schon vorher.«
»Haben Sie immer noch die Absicht, nach Taiwan zu fliegen?«
»Ja. Mit Bartlett. Sonntag. Dienstag sind wir zurück. Man hat mir gesagt, wir könnten mit seiner Maschine fliegen.«
»Das ist richtig. Bitte sehen Sie zu, daß er Dienstag wieder da ist!«
»Wenn nicht schon früher.«
»Hören Sie, Tai-Pan, wir hatten wieder eine recht beunruhigende Begegnung hier in Hongkong. Ich möchte Ihnen keine unnötigen Sorgen bereiten, aber passen Sie gut auf sich auf bis zu unserer Verabredung mit Sinders!«
»Selbstverständlich. Auch Brian hat sich in diesem Sinn geäußert. Und Crosse. Danke, Robert! Gute Nacht!« Dunross legte auf. Er hatte vergessen, daß ein Beamter des SI ihn beschattete. Der Bursche scheint seine Sache besser zu machen als die anderen. Ich habe ihn überhaupt nicht bemerkt. Was mache ich jetzt mit ihm? Bei meinem Gespräch mit Vierfinger kann ich ihn nicht gebrauchen.
»Ich bin gleich wieder da«, sagte er zum Barmann.
Dunross verließ die Bar und schlenderte zur Herrentoilette hinüber. Niemand folgte ihm. Dann wanderte er über die Haupttreppe in die Halle hinunter, um eine Zeitung zu kaufen. Überall drängten sich Menschen. Auf dem Rückweg fiel ihm ein kleiner Chinese mit Brille auf, der ihn aus einem Lehnsessel in der Halle über den oberen Rand einer Zeitschrift beachtete. Dunross zögerte, kehrte in die Halle zurück und sah, daß die Augen des Mannes ihm folgten. Befriedigt stieg er wieder die Treppe hinauf. »Oh, hallo, Marlowe«, rief er und wäre um ein Haar in ihn hineingelaufen.
»Oh, hallo, Tai-Pan!«
Sofort merkte Dunross die Erschöpfung in Marlowes Gesicht. »Was ist los?« fragte er.
»Ach nichts... gar nichts.«
»Sie haben doch was?« Dunross lächelte verständnisvoll.
Peter Marlowe zögerte. »Es ist nur wegen Fleur.« Er erzählte ihm von ihr.
Dunross zeigte sich sehr besorgt. »Der alte Tooley ist ein guter Arzt, das steht fest. Sind Sie wenigstens in Ordnung?«
»Von ein bißchen Durchfall abgesehen ja. Das macht mir keinen Kummer. Fleur und das Baby, das sind meine Sorgen.«
»Haben Sie Zeit für einen Drink?«
»Nein, danke, ich muß jetzt zurück.«
»Na, dann ein andermal. Bitte empfehlen Sie mich Ihrer Frau! Wie weit sind Sie mit Ihren Nachforschungen?«

»Ich komme gut voran, danke.«
»Haben Sie noch mehr Gespenster der Vergangenheit aus der Versenkung geholt?«
»Eine Menge. Aber sie können sich alle sehen lassen.« Ein leises Lächeln spielte um Peter Marlowes Lippen. »Dirk Struan war wirklich ein toller Mann. Die Leute sagen, Sie seien das auch, und alle hoffen, daß es Ihnen gelingen wird, Gornt eine Niederlage zu bereiten.«
Dunross musterte ihn. Der Mann gefiel ihm. »Ist es Ihnen unangenehm, wenn ich Ihnen einige Fragen über Ihre Zeit in Changi stelle?« Er sah einen Schatten über das alt-junge Gesicht des Schriftstellers huschen.
»Das hängt davon ab.«
»Robin Grey behauptet, Sie hätten im Lager Schwarzmarktgeschäfte gemacht. Mit einem Amerikaner. Einem Corporal.«
Es entstand eine lange Pause, und Peter Marlowe verzog keine Miene. »Ich war ein Händler, Mr. Dunross, besser gesagt, Dolmetscher für meinen Freund, der ein Händler war. Er war ein amerikanischer Corporal. Er hat mir und meinen Freunden das Leben gerettet. Wir waren vier. Ein Major, ein Oberst der RAF, ein Gummipflanzer und ich. Er hat auch Dutzende andere gerettet. Er hieß King – König –, und er war ein König. Der König von Changi, wenn Sie so wollen. Wer Handel betrieb, verstieß gegen die Gesetze der Japaner.«
»Sie sagen ›Japaner‹ und nicht ›Japse‹. Das ist interessant«, bemerkte Dunross. »Nach all dem Entsetzen, das Sie in Changi erlebt haben, hassen Sie sie nicht?«
Peter Marlowe schüttelte den Kopf. »Ich hasse niemanden. Auch Grey nicht. Mein ganzes Sinnen und Trachten ist darauf gerichtet, mich des Geschenks würdig zu erweisen, daß ich noch lebe. Gute Nacht!« Er wandte sich zum Gehen.
»Noch eines, Marlowe«, sagte Dunross rasch und traf eine Entscheidung. »Möchten Sie am Sonnabend zum Rennen kommen? In meine Loge? Es werden ein paar interessante Leute da sein...«
»Vielen Dank, doch Donald McBride hat mich bereits eingeladen. Ich komme aber gern auf einen Drink vorbei. Konnten Sie mir das Buch besorgen?«
»Buch?«
»Das Buch über die Geschichte von Struan's. Sie wollten es mich lesen lassen.«
»Ach ja, natürlich. Ich lasse es kopieren. Wenn ich Sie noch um ein wenig Geduld bitten darf.«
»Selbstverständlich. Danke!«
»Meine Empfehlung an Ihre Gemahlin!« Dunross sah ihm nach. Er war froh, daß Marlowe den Unterschied zwischen Handel und Schwarzmarkt verstand. Sein Blick fiel auf den chinesischen SI-Mann, der ihn immer noch

beobachtete. In Gedanken versunken kehrte er langsam in die Bar zurück.
»Feng«, sagte er rasch zu dem Barmann, »unten sitzt so ein verdammter Zeitungsmann, den ich nicht sehen möchte.«
Sofort öffnete Feng den Zugang zur Theke. »Mit Vergnügen, Tai-Pan«, sagte er lächelnd und glaubte ihm kein Wort. Seine Gäste benützten häufig den Ausgang hinter der Bar.
Auf der Straße angekommen, bog Dunross rasch um die Ecke und winkte ein Taxi heran. »Aberdeen«, sagte er auf Kantonesisch die Adresse an.
»*Ayeeyah*, schnell wie ein Pfeil, Tai-Pan«, antwortete der Fahrer, der ihn erkannt hatte. »Was meinen Sie, wird es am Sonnabend regnen oder nicht?«
»Ich hoffe nicht.«
»Iiiiii, und wer wird das fünfte Rennen gewinnen?«
»Die Götter haben es mir nicht anvertraut und auch die verbrecherischen Obertiger nicht, die Jockeys bestechen und Pferde dopen, um ehrliche Leute zu betrügen. Aber Noble Star wird sein Bestes tun.«
»Auch alle diese Hurenböcke werden ihr Bestes tun«, bemerkte der Fahrer verdrießlich, »aber welches Pferd ist es, das die Götter und die Obertiger ausgewählt haben? Was halten Sie von Pilot Fish?«
»Der Hengst ist nicht schlecht.«
»Werden die Kurse weiter fallen, Tai-Pan?«
»Ja, aber kaufen Sie Freitag um ein Viertel vor drei Noble House!«
»Zu welchem Kurs?«
»Strengen Sie Ihr Köpfchen an, verehrungswürdiger Bruder! Bin ich der alte blinde Tung?«

Orlanda Ramos und Linc Bartlett tanzten eng aneinandergeschmiegt im Halbdunkel des Nachtlokals. Die Musik eines Filipino-Orchesters war sanft und einschmeichelnd, und in dem großen, mit Spiegeln ausgestatteten Raum flatterten, Leuchtkäfern gleich, befrackte Kellner mit kleinen Taschenlampen zwischen listig versteckten Nischen und weichen niedrigen Sofas rund um niedrige Tische. Viele Mädchen in Abendkleidern saßen zusammen, plauderten oder sahen den wenigen Tanzpaaren zu. Einzeln oder paarweise setzten sie sich hin und wieder zu einem oder mehreren Herren an den Tisch, um sie mit heiterer Konversation zu unterhalten und mit Drinks zu versorgen. Nach einer Viertelstunde zogen sie weiter, ihre Bewegungen von der immer wachsamen Mama-*san* und ihren Helfern unauffällig instrumentiert. Die Mama-*san* war eine gut angezogene, sehr diskrete, attraktive Schanghaierin Mitte Fünfzig. Die Mädchen – aber auch die Kellner und Rausschmeißer – gehorchten ihr blind.
Es geschah nicht oft, daß ein Gast eine Begleiterin mitbrachte, aber man hatte nichts dagegen, vorausgesetzt, es wurde ständig getrunken und der Mann geizte nicht mit dem Trinkgeld. Es gab Dutzende solcher Lokale in

der Kolonie, einige wenige privat, aber die meisten öffentlich, und ihre Gäste waren Touristen, Besucher oder Hongkong-*yan*. Die Etablissements verfügten über ein reiches Angebot an Tanzpartnerinnen aller Rassen.
Linc Bartlett und Orlanda Ramos schmiegten sich jetzt noch enger aneinander. Ihr Kopf ruhte an seiner Brust, und sie wiegten sich mehr, als sie tanzten. Eine Hand lag leicht auf seiner Schulter, die andere in der seinen. Sie fühlte seine Wärme tief in ihren Lenden, und zerstreut liebkosten ihre Finger seinen Nacken.
Ihr war, als hätte ihr Körper einen eigenen Willen. Den Rücken leicht gewölbt, die Lenden voran, preßte sie sich noch heftiger an ihn. Eine Welle von Wärme flutete über sie hinweg.
Bartlett spürte, daß sie sich von ihm löste. Seine Hand blieb auf ihrer Taille liegen. Er fühlte nur ihren Körper unter dem hauchdünnen Chiffon, keine Unterwäsche, nur ihr Fleisch... Und mehr Wärme als Fleisch.
»Setzen wir uns einen Augenblick«, sagte sie kehlig.
»Wenn der Tanz zu Ende ist«, murmelte er.
»Nein, nein, Linc, ich kann mich kaum noch auf den Beinen halten!« Sie legte beide Hände um seinen Hals und lehnte sich ein wenig zurück. Ein verführerisches Lächeln ging über ihr Gesicht. »Du willst doch nicht, daß ich falle, nicht wahr?«
Sie lachte, und ihr Lachen benahm ihm den Atem. Mensch, dachte er, immer mal langsam, die bringt dich in Fahrt!
Sie tanzten noch eine kleine Weile, aber einzeln, und das kühlte ihn ein wenig ab. Dann gingen sie zum Tisch zurück und setzten sich auf ihr Sofa. Ihre Beine berührten einander.
»Das gleiche noch einmal, Sir?« fragte der Kellner.
»Für mich nichts, Linc«, sagte sie und verwünschte den Kellner wegen seiner Aufdringlichkeit. Ihre Gläser waren noch halbvoll.
»Noch ein Créme de menthe?« schlug Bartlett vor.
»Für mich nicht mehr, danke, aber wenn du...«
Der Kellner zog ab. Bartlett wäre ein Bier lieber gewesen, aber er wollte den Geruch nicht in seinem Atem haben und noch weniger das perfekteste Essen, das ihm je vorgesetzt worden war, entwerten. Die Pasta war wunderbar gewesen, das Kalbfleisch zart und saftig, die Zitronenweinsauce würzig, der Salat frisch. Dann *zabaglione,* vor ihm gemischt und geschlagen, Eier und Marsala. Und die ganze Zeit über ihre unglaubliche Ausstrahlung, der Hauch ihres Parfums.
»Das ist der schönste Abend, den ich seit Jahren verlebt habe.«
Sie erhob ihr Glas mit gespielter Feierlichkeit. »Auf daß ihm noch viele folgen mögen!« sagte sie. Ja, daß ihm noch viele folgen mögen, aber erst, nachdem wir verheiratet oder zumindest verlobt sind! »Ich freue mich, daß du den Abend genossen hast. O ja, ich habe ihn auch genossen!« Sie sah, wie seine Augen sie verließen, als eine Hosteß in tief ausgeschnittenem

Kleid vorüberkam. Das reizende Mädchen, kaum zwanzig, steuerte auf einen Ecktisch zu, an dem eine Gruppe lärmender japanischer Geschäftsleute mit vielen anderen Mädchen saßen. Sofort stand ein anderes Mädchen auf, entschuldigte sich und entfernte sich. Orlanda beobachtete ihn, wie er die Mädchen beobachtete.

»Kann man die alle mieten?« fragte er unwillkürlich.

»Um mit ihnen zu schlafen?«

»Ja, das habe ich wohl gemeint«, antwortete er vorsichtig.

»Die Antwort lautet: ja und nein.« Ihr Lächeln blieb sanft, ihre Stimme weich. »Das ist so wie mit vielen Dingen in Asien, nichts ist wirklich ja oder nein. Es ist immer vielleicht. In diesem Fall hängt es von der Verfügbarkeit der Hosteß ab. Es hängt vom Mann, vom Geld und ihren Schulden ab.« Sie lächelte spitzbübisch. »Vielleicht sollte ich dir den richtigen Weg weisen, aber wer weiß, was du dann anstellst – so ein großer starker Mann wie du macht alle hübschen Mädchen verrückt, *heya*?«

»Ach komm schon, Orlanda!« protestierte er lachend.

»Ich habe dich beobachtet, und ich tadle dich nicht; sie ist reizend«, sagte sie und neidete dem Mädchen ihre Jugend, aber nicht das Leben, das es führte.

»Was meinst du mit Schulden?«

»Wenn ein Mädchen zum ersten Mal herkommt, um hier zu arbeiten, muß sie hübsch aussehen. Kleider sind teuer, der Friseur ist teuer, Strümpfe, Make-up, alles ist teuer, und so wird die Mama-*san* oder auch der Eigentümer des Etablissements der jungen Dame das nötige Geld vorschießen, damit sie sich alles kaufen kann, was sie benötigt. Am Anfang sind sie natürlich alle jung und leichtsinnig, und so kaufen sie und kaufen sie, ohne daran zu denken, daß sie alles zurückzahlen müssen. Die meisten besitzen nichts, wenn sie anfangen, nur sich selbst – außer sie haben schon in einem anderen Lokal gearbeitet und haben ihre ständigen Kunden. Die Mädchen wechseln natürlich die Nachtlokale, sobald sie ihre Schulden beglichen haben. Manchmal wird auch ein Eigentümer die Schulden des Mädchens bezahlen, um sie und ihren Anhang für sein Lokal zu gewinnen – manche Hostessen sind sehr beliebt und gefragt.«

»Dann sind also ihre Schulden drückend?«

»Die wenigsten kommen aus ihren Schulden wieder heraus. Je länger sie bleiben, desto schwerer wird es für sie, hübsch auszusehen, und desto höher sind die Kosten. Sie muß mindestens zwanzig Prozent Zinsen zahlen. In den ersten Monaten kann sie viel verdienen, um ihre Schulden zu bezahlen, aber nie genug. Die Zinsen wachsen, und die Schulden werden immer größer. Und nicht alle Eigentümer zeigen sich geduldig, und dann muß sich das Mädchen andere Geldquellen erschließen. Es kommt der Tag, da die Mama-*san* sie auf einen Mann aufmerksam macht. ›Der will dich auskaufen‹, wird sie sagen, und dann...«

»Was heißt das, ein Mädchen auskaufen?«

»Ach, das ist so eine Redewendung. Alle Hostessen müssen pünktlich da sein, sagen wir um acht, wenn aufgemacht wird. Sie müssen bis ein Uhr nachts bleiben, sonst werden sie mit einer Geldstrafe belegt. Zahlen müssen sie auch, wenn sie nicht erscheinen oder zu spät kommen, nicht sauber und gepflegt aussehen oder nicht nett zu den Gästen sind. Wenn ein Mann mit einem Mädchen ausgehen will, zum Dinner oder was immer – und viele Herren wollen mit den Mädchen nur essen gehen – sie nehmen sogar zwei mit, um bei ihren Freunden Eindruck zu schinden –, kauft er das Mädchen aus, das heißt, er zahlt dem Lokal eine Vergütung. Der Betrag richtet sich nach der Zeit, die bis zur Sperrstunde bleibt. Ich weiß nicht, wieviel sie davon bekommt, ich glaube dreißig Prozent, aber was sie außerhalb des Etablissements verdient, gehört ihr, es sei denn, die Mama-*san* macht eine Pauschale für sie aus. Dann bekommt das Haus eine Vergütung.«
»Immer eine Vergütung?«
»Es ist eine Frage des Gesichts, Linc. In diesem Etablissement – es ist eines der besten – würde es dich etwa 80 HK, das sind 16 US-Dollar, pro Stunde kosten, ein Mädchen auszukaufen.«
Bartlett war froh, daß er sie nicht auskaufen mußte. Schrecklich wäre das. Wäre es das wirklich? Ein paar Kröten, rein ins Bett, und die Reise geht weiter. Ist es das, was ich suche?
»Hast du etwas gesagt?« fragte sie.
»Ich dachte nur, was diese Mädchen für ein scheußliches Leben führen.«
»Aber doch nicht scheußlich«, widersprach sie mit jener Herzenseinfalt, die er so unwiderstehlich fand. »Das ist wahrscheinlich die beste Zeit in ihrem Leben, sicher aber das erstemal, daß sie etwas Hübsches anzuziehen haben, daß man ihnen schmeichelt und ihre Gesellschaft sucht. Was kann denn ein Mädchen ohne viel Erziehung anfangen? Wenn sie Glück hat, findet sie eine Stellung in einem Büro, oder sie geht in eine Fabrik, zwölf bis vierzehn Stunden am Tag für 10 HK pro Tag. Du solltest dir vielleicht eine solche Fabrik einmal ansehen, die Bedingungen, unter denen sie arbeiten müssen, dann wirst du uns besser verstehen. Nein, diese Hostessen schätzen sich glücklich. Wenigstens für eine kurze Zeit in ihrem Dasein leben sie gut, essen sie gut – und haben viel zu lachen.«
»Keine Tränen?«
»Immer Tränen. Aber für eine Frau sind Tränen eine Lebensweise.«
»Doch nicht für dich.«
Sie seufzte und legte eine Hand auf seinen Arm. »Auch ich hatte meinen Teil zu tragen. Aber du läßt mich alle Tränen vergessen.« Schallendes Gelächter unterbrach sie. Die vier japanischen Geschäftsleute hockten mit sechs Mädchen zusammen, der Tisch war voll von Getränken. »Ich bin so froh, daß ich keine Japaner bedienen muß«, sagte sie schlicht. »Dafür segne ich meinen Joss. Aber sie sind die besten Gäste, sie konsumieren mehr als andere Touristen, und darum werden sie am aufmerksamsten bedient, ob-

wohl man sie haßt, und sie wissen, daß sie gehaßt werden. Aber es scheint ihnen nichts auszumachen. Und ganz sicher haben sie eine andere Einstellung zu Sex und Nachtschwestern.« Wieder brüllendes Gelächter. »Die Chinesen nennen sie *lang syin gou fei,* wörtlich ›Wolfsherz, Hundelungen‹, das heißt Männer ohne Gewissen.«
Er runzelte die Stirn. »Das ergibt keinen Sinn.«
»O doch! Sieh mal: Die Chinesen kochen und essen alles vom Fisch, Geflügel oder anderen Tieren, ausgenommen Wolfsherzen und Hundelungen. Die kann man nicht würzen – was immer man damit macht, sie stinken. Für die Chinesen sind die japanischen Männer *lang syin gou fei.* Das gleiche gilt für Geld. Geld hat auch kein Gewissen.« Sie lächelte ein rätselhaftes Lächeln und nippte an ihrem Likör. »Mama-*sans* und Eigentümer haben angefangen, ihren Hostessen Geld vorzuschießen, damit sie Japanisch lernen. Um die Gäste zu unterhalten, muß man sich ja mit ihnen verständigen können, nicht wahr?«
Wieder kam eine Gruppe von Mädchen vorüber, und sie sah, wie sie Bartlett und dann auch sie abschätzig musterten und dann wegschauten. Orlanda wußte, daß die Hostessen sie verachteten, weil sie Eurasierin und in Begleitung eines *quai-loh*-Gastes war.
»Welche willst du haben?« fragte sie.
»Was?«
Sie mußte lachen, als sie sah, wie ihre Frage ihn schockierte. »Ach komm schon, Linc Bartlett, ich habe gesehen, wie dir die Augen beinah aus dem Kopf gefallen sind. Ich...«
»Hör auf damit, Orlanda«, rügte er sie mit einiger Schärfe. »In einem Lokal wie diesem kann man nicht einfach die Augen verschließen.«
»Natürlich nicht. Darum habe ich es ja vorgeschlagen«, gab sie rasch zurück und zwang sich zu einem Lächeln. Ihre Reaktionen waren schnell, ihre Hand lag auf seinem Knie. »Ich habe es ausgesucht, um dir Gelegenheit zu geben, deine Augen zu weiden.« Sie schnippte mit den Fingern, und Sekunden später kniete der Oberkellner höflich neben ihrem niedrigen Tisch. »Geben Sie mir die Karte«, herrschte sie ihn in Schanghaier Dialekt an. Der Mann zog etwas aus der Tasche, was wie ein Theaterprogramm aussah. »Lassen Sie mir Ihre Taschenlampe da! Ich rufe Sie, wenn ich Sie brauche.«
Der Mann entfernte sich. Einer Verschwörerin gleich rückte sie noch mehr an Bartlett heran, der seinen Arm um sie legte. Sie richtete den Strahl der Taschenlampe auf das Programm. Es enthielt die Fotografien von zwanzig oder dreißig Mädchen, darunter Reihen chinesischer Schriftzeichen. »Es werden nicht alle heute abend hier sein, aber wenn du eine siehst, die dir gefällt, wird man sie herbringen.«
»Ich will keine von denen, ich will dich.«
»Ja, ich weiß, Liebster, aber... Laß mich ein kleines Spiel spielen! Laß mich

die Nacht planen! Du bist der wunderbarste Mann, der mir je begegnet ist, und ich möchte, daß du eine einmalige Nacht verlebst. So sehr ich es mir wünsche, ich kann mich dir jetzt nicht schenken, und darum werden wir einen Ersatz suchen. Was hältst du davon?«
Bartlett starrte sie immer noch an. Er leerte sein Glas, und wie durch Zauberhand stand ein frisches vor ihm. Er trank es zur Hälfte aus.
Orlanda wußte, welches Risiko sie einging, aber sie war überzeugt, daß sie ihn in jedem Fall noch stärker an sich binden würde. Nahm er ihren Vorschlag an, müßte er ihr für eine aufregende Nacht dankbar sein, eine Nacht, wie weder Casey noch sonst eine *quai loh*-Frau sie ihm in tausend Jahren bieten konnte. Lehnte er ab, würde er ihr für ihren Großmut Dank schulden. »Wir sind in Asien, Linc. Sex ist hier kein mit Schuldgefühlen belasteter Hexensabbat. Es ist etwas Schönes, erstrebenswert wie gutes Essen oder edler Wein. Was ist einem Mann, einem richtigen Mann, eine Nacht mit einer dieser Animierschönen wert? Eine nette Erinnerung, nichts weiter. Was hat das mit Liebe zu tun? Nichts. Ich bitte dich, fühle dich nicht durch deine unsinnigen anglo-amerikanischen Moralbegriffe gebunden! Das ist Asien, und ich – ich möchte alles sein, was eine Frau für dich sein kann.«
»Ist das wirklich dein Ernst?«
»Selbstverständlich. Bei der Heiligen Jungfrau, ich möchte alles sein, was du dir von einer Frau erträumen kannst«, sagte sie. »Alles. Und ich schwöre dir, wenn ich alt bin und du mich nicht mehr begehrst, werde ich mithelfen, diesen Teil deines Lebens freundlich, genußfroh und erquickend zu gestalten. Ich würde nichts anderes verlangen, als deine *tai-tai*, ein Teil deines Lebens sein zu dürfen.« Sie küßte ihn zart. Und sah die plötzliche Veränderung in ihm. Sie sah seine ehrfurchtsvolle Scheu und seine Wehrlosigkeit und wußte, daß sie gewonnen hatte. Ihre Freude überwältigte sie beinahe. Doch in ihrem Gesicht war nichts davon zu lesen. Sie wartete geduldig und regungslos.
»Was bedeutet *tai-tai*?« fragte er mit belegter Stimme.
Tai-tai bedeutete »Höchste der Höchsten«, Ehefrau, und nach altem chinesischen Brauch war die Frau daheim allmächtig und nahm den höchsten Rang ein. »Teil deines Lebens zu sein«, flüsterte sie, und ihr Gefühl mahnte sie nachdrücklich zur Vorsicht.
Immer noch wartete sie. Bartlett beugte sich vor, und sie fühlte seine Lippen über die ihren gleiten, aber dieser Kuß war anders, und sie begriff, daß ihre Beziehung von jetzt an auf einer anderen Ebene weitergehen würde. Sie brach den Zauber des Augenblicks. »Und nun, Mr. Bartlett«, redete sie jetzt zu ihm wie zu einem unartigen Kind, »welche soll es sein?«
»Du.«
»Und ich wähle dich, aber vorläufig müssen wir entscheiden, welches Mädchen du in die engere Wahl nimmst. Wenn dir keine von diesen gefällt, ge-

hen wir in ein anderes Nachtlokal.« Ganz bewußt blieb sie sachlich. »Wie wäre es mit dieser?« Es war das reizende Mädchen, dem er nachgesehen hatte. Orlanda hatte sich bereits gegen sie entschieden und eine ausgesucht, die sie vorziehen würde, aber, dachte sie, ihrer Sache sehr sicher, der arme Junge hat doch zumindest das Recht, eine eigene Meinung zu haben. Oh, was werde ich für eine perfekte Ehefrau für ihn sein! »Aus ihrer ›Dienstbeschreibung‹ ersehe ich, daß sie Lily Tee heißt – alle Mädchen haben Arbeitsnamen, die sie sich selbst aussuchen. Sie ist zwanzig, kommt aus Schanghai, spricht Schanghaiisch und Kantonesisch, und ihre Hobbies sind Tanzen, Bootfahren und Wandern. Wie wär's mit ihr?«
Er betrachtete das Bild. »Hör mal, Orlanda, ich bin seit Jahren, seit meiner Dienstzeit in der Armee mit keiner Hure mehr zusammengewesen. Ich habe mir nie sehr viel aus ihnen gemacht.«
»Ich verstehe völlig«, erklärte sie geduldig, »aber das sind keine Huren. Nicht im amerikanischen Sinn. Es ist nichts Vulgäres oder Heimliches an ihnen oder an meinem Vorschlag. Es sind Liebesdienerinnen, die dir *möglicherweise* ihre Jugend – die einen großen Wert hat – im Tausch gegen ein wenig von deinem Geld anbieten, das so gut wie keinen hat. Es ist ein fairer Tausch, bei dem beide Seiten ihr Gesicht wahren.«
»Ich bitte dich, Orlanda...«
»Aber ich meine es ganz ernst. Dieses Aussuchen, dieses Geschenk, das ich dir mache, hat nichts mit dir und mir zu tun. Was mit uns geschieht, ist eben Joss. Es ist wichtig für mich, daß du dein Leben genießt, daß du lernst, wie Asien wirklich ist – nicht, was es nach Ansicht der Amerikaner ist. Bitte?«
Er war trunken von ihrer Wärme, von ihrer Zärtlichkeit, und alles in ihm glaubte ihr. Aber plötzlich erinnerte er sich, und die Alarmglocken schrillten. Sein rauschhaft gesteigertes Hochgefühl ebbte schlagartig ab. Eben war ihm eingefallen, zu wem er davon gesprochen hatte, wie sehr er die italienische Küche liebte. Zu Gornt, vor einigen Tagen. Italienische Speisen mit Bier. Menschenskind, steckten die beiden unter einer Decke? Das kann doch nicht sein! Vielleicht habe ich es ihr gegenüber erwähnt. Wäre das möglich?
Er kramte in seiner Erinnerung, konnte sich aber in seinem Taumel nicht genau entsinnen; er sah nur, daß sie wartete, lächelte und ihn liebte. Gornt und Orlanda? Sie sollten gemeinsame Sache machen? Undenkbar! Trotzdem: Sei vorsichtig! Du weißt so gut wie nichts von ihr. Um Gottes willen, paß auf, du verstrickst dich in einem Netz, ihrem Netz! Und auch Gornts Netz?
Stell sie doch auf die Probe, schrie der Teufel in ihm. Wenn sie meint, was sie sagt, dann ist das etwas anderes, und sie ist ein überirdisches Wesen, und du mußt dich entscheiden – du kannst sie nur zu ihren Bedingungen haben.

Sie spürte eine Veränderung in ihm. »Was ist?« fragte sie ihn.
»Ich habe über deine Worte nachgedacht, Orlanda. Soll ich jetzt meine Wahl treffen?«

17

23.35 Uhr:

Suslew saß im Halbdunkel der konspirativen Wohnung auf Nummer 32 Sinclair Towers. Wegen seiner Verabredung mit Grey hatte er die Zusammenkunft mit Arthur hierher verlegt.
Er schlürfte seinen Drink. Neben ihm auf dem Tischchen standen eine Flasche Wodka, zwei Gläser und das Telefon. Sein Herz hämmerte, wie es das immer tat, wenn er auf eine heimliche Zusammenkunft wartete. Werde ich mich nie daran gewöhnen? fragte er sich. Nein, jetzt bin ich müde, aber alles hat vorzüglich geklappt. Grey ist auch schon programmiert. Dieser arme, von Haß und Neid zerfressene Narr! Und Travkin, einst ein Fürst und jetzt ein Nichts, und Jacques de Ville, dieser ungestüme, aber unfähige Tor, und all die anderen!
Wie auch immer. Alles läuft bestens. Alles ist vorbereitet für morgen und die Ankunft dieses Sinders. Ein Schauder durchrieselte Suslew. Denen möchte ich nicht in die Hände fallen. Die Leute von der MI-6 sind gefährliche, fanatische Feinde – wie die CIA, aber noch viel schlimmer. Wenn der Plan der CIA und der MI-6 – Deckname Anubis –, Japan, China, England, Kanada und Amerika zusammenzuschließen, jemals Wirklichkeit werden sollte, ist es aus mit Mütterchen Rußland. O mein Vaterland, mein Vaterland! Wie sehne ich mich nach Georgien zurück!
Die Lieder seiner Kindheit, die Volkslieder Georgiens, stiegen in ihm auf. Er wischte eine Träne fort bei dem Gedanken an so viel Schönheit, aber so weit von hier. Na ja, bald kann ich Ferien machen. Daheim. Auch mein Sohn wird da sein, auf Urlaub aus Washington mit seiner jungen Frau und ihrem kleinen Sohn – in weiser Voraussicht in Amerika geboren. Es wird kein Problem sein, einen amerikanischen Paß für ihn zu bekommen. Als Vertreter der vierten Generation wird er uns dienen.
Die Dunkelheit bedrückte ihn. Auf Arthurs Wunsch hatte er die Vorhänge zugezogen, obwohl man sie sowieso nicht sehen konnte. Die Wohnung hatte eine Klimaanlage, aber Arthur hatte ihn ersucht, sie nicht einzuschalten, und auch kein Licht zu machen. Es war klug gewesen, das Apartment der Finns vor Grey zu verlassen; es hätte ja sein können, daß der SI doch einen Beschatter auf ihn angesetzt hatte – trotz Crosses Versicherung, daß er heute nacht keinen zu fürchten brauchte.

Er hatte ein Taxi genommen und es bei der Golden Ferry halten lassen, um die Abendzeitungen zu kaufen. Auf dem Umweg über Rose Court und den Tunnel war er hierhergekommen. Vor dem Rose Court hatte ein SI-Mann gestanden. Da war er wohl geblieben. Suslew war es gleich.
Das Telefon schrillte. Suslew zuckte zusammen. Drei Rufzeichen, dann Stille. Sein Herz fing wieder an zu schlagen. Arthur wird bald hier sein.
Er berührte die Pistole, die hinter einem Sofakissen steckte. Befehl von der Zentrale, einer der vielen, die er nicht guthieß. Suslew mochte keine Handfeuerwaffen. Bei Schußwaffen gab es eine Fehlerquote, bei Gift nicht. Seine Finger glitten über die winzige Phiole, die in seinen Rockaufschlag eingenäht war – nah genug, um sie mit dem Mund erreichen zu können.
Von seinem Platz aus konnte er die Vorder- und, durch die Küche, auch die Hintertür im Auge behalten. Seine Ohren horchten angestrengt; er hielt den Mund halb geöffnet, um ihre Empfindlichkeit noch zu steigern. Das Summen des Aufzugs. Seine Augen wanderten zur Eingangstür, aber das Summen verstummte schon einige Stockwerke tiefer. Er wartete. Die Hintertür öffnete sich, bevor er etwas hörte. Seine Eingeweide krampften sich zusammen, als er die dunkle Gestalt nicht gleich erkannte. Einen Augenblick lang war er wie gelähmt. Dann richtete sich die Gestalt aus ihrer gebeugten Körperhaltung auf.
»*Kristos!*« murmelte Suslew. »Du hast mich erschreckt.«
»Wir tun eben alles für unsere Kunden, alter Knabe.« Der vorgetäuschte trockene Husten vermischte sich mit den halb verschluckten Wörtern. »Bist du allein?«
»Selbstverständlich!«
Die Gestalt schob sich lautlos ins Wohnzimmer. Suslew sah, wie die Pistole weggesteckt wurde, und er lockerte den Griff auf der seinen, ließ sie aber hinter dem Kissen. Er stand auf und streckte die Hand aus. »Zur Abwechslung bist du heute einmal pünktlich.«
Sie schüttelten sich die Hände. Jason Plumm zog die Handschuhe nicht aus.
»Beinahe wäre ich nicht gekommen«, sagte er mit seiner normalen Stimme.
»Was ist denn passiert?« fragte der Russe. »Und warum sollte ich die Vorhänge zuziehen und kein Licht machen?«
»Ich denke, die Wohnung könnte überwacht werden.«
»Was?« Suslew geriet in Unruhe. »Wieso erzählst du mir das erst jetzt?«
»Ich habe gesagt, ich *denke*, es könnte so sein. Ich bin nicht sicher. Wir haben keine Mühe gescheut, um hier eine konspirative Wohnung einzurichten, und ich möchte nicht, daß sie auffliegt.« Die Stimme des hochgewachsenen Engländers klang rauh. »Hör mal, Genosse: Die Hölle ist los. Der SI hat da einen Kerl geschnappt, er kommt von deinem Schiff und heißt Metkind. Er...«
»Was?« Einen Schock vortäuschend, starrte Suslew ihn an.

»Metkin. Er soll politischer Kommissar...«
»Aber das ist doch unmöglich«, fiel Suslew ihm mit schwankender Stimme ins Wort – und verbarg geschickt sein Entzücken, daß Metkin in die von ihm gestellte Falle getappt war. »Metkin würde nie selbst zu einer Übergabe gehen.«
»Trotzdem, der SI hat ihn geschnappt. Armstrong hat ihn und einen Amerikaner vom Flugzeugträger verhaftet. Sie wurden in flagranti erwischt. Weiß Metkin etwas von Sevrin?«
»Nichts. Bis vor wenigen Tagen, als die Zentrale mich anwies, Woranskis Agenten zu übernehmen, wußte nicht einmal ich etwas«, sagte Suslew; es fiel ihm nicht schwer, die Wahrheit zu verschleiern.
»Du bist ganz sicher? Roger ist an die Decke gegangen! Metkin soll ein politischer Kommissar gewesen sein und ein Major im KGB. Stimmt das?«
»Ja, aber es ist doch läch...«
»Warum, zum Teufel, hat uns niemand gesagt, daß etwas läuft? Du nicht, er nicht und niemand? Wir hätten für den Fall, daß etwas schiefgeht, vorsorgen können. Ich bin Chef von Sevrin, und du operierst jetzt hier, ohne die Verbindung aufrechtzuerhalten oder mich zu informieren.«
»Aber Genosse«, erwiderte Suslew beschwichtigend, »ich wußte überhaupt nichts davon. Metkin tut, was er will. Er ist der Chef, der ranghöchste Mann auf dem Schiff. Ich kann mir nicht vorstellen, was ihm da eingefallen ist. So was Dummes! Er muß verrückt gewesen sein. Gott sei Dank ist er ein opferbereiter Mann, sein Rockaufschlag enthielt Gift und...«
»Er ist ihnen lebend in die Hände gefallen.«
Jetzt war Suslew wirklich geschockt. Er hatte erwartet, Metkin wäre längst tot. »Bist du sicher?«
»Er lebt. Sie haben seinen richtigen Namen und Rang, und während wir hier plaudern, ist er schon mit einer RAF-Maschine auf dem Weg nach London.«
Sekundenlang saß Suslew da wie betäubt. Er hatte es listig so eingerichtet, daß Metkin das Material aus dem Toten Briefkasten holen sollte statt des Agenten, dessen Aufgabe es gewesen wäre. Schon seit Monaten hatte Metkin immer wieder etwas an ihm auszusetzen gehabt; er war ein neugieriger Mensch und daher gefährlich. Dreimal im vergangenen Jahr hatte Suslew Briefe von Metkin an die Zentrale abgefangen, in denen seine Nummer Zwei die leichtfertige Art kritisierte, wie er sein Schiff führte und seine Pflichten erfüllte. Auch über sein Verhältnis mit Ginny Fu hatte er berichtet. Suslew war sicher, daß Metkin ihn absägen wollte – zum Beispiel, indem er der Zentrale seinen Verdacht mitteilte, daß es an Bord der *Iwanow* eine undichte Stelle gebe – die nur Suslew sein konnte.
»Steht es fest, daß Metkin lebt?« fragte er.
»Ja. Bist du ganz sicher, daß er nichts von Sevrin weiß?«
»Das habe ich dir ja schon gesagt.« Suslews Stimme wurde schärfer. »Du

bist doch der einzige, der alle Mitglieder von Sevrin kennt, oder? Nicht einmal Crosse kennt sie alle, stimmt's?«
»Nein.« Plumm ging zum Kühlschrank und nahm eine Flasche Mineralwasser heraus. Suslew schenkte sich einen Wodka ein; er war froh, daß Sevrin so viele Sicherheitsventile eingebaut hatte: Plumm, der nicht ahnte, daß auch Roger Crosse ein Informant des KGB war... Crosse, der als einziger Suslews wahre Stellung in Asien kannte... die Tatsache, daß weder Plumm noch Crosse von seiner langjährigen Verbindung zu Jacques de Ville wußten – daß keines der anderen Mitglieder einander kannte... und keiner von Banastasio, von den Waffen und vom wahren Ausmaß des sowjetischen Vorstoßes in den Fernen Osten wußte. »Ich bin überrascht, daß sie ihn lebend gefaßt haben«, sagte er, und er war es wirklich.
»Roger hat mir erzählt, sie hätten den armen Kerl so schnell gefesselt und ihm einen Halskragen verpaßt, daß er keine Zeit mehr hatte, in den Rockaufschlag zu beißen.«
»Haben sie irgendwelche Beweise an seiner Person gefunden?«
»Das konnte Roger mir nicht sagen. Er mußte verdammt schnell schalten. Wir hielten es für das beste, Metkin so schnell wie möglich aus Hongkong verschwinden zu lassen. Wir hatten höllische Angst, er könnte etwas über uns wissen – er ist doch schon so lange im Geschäft.«
»Crosse wird eine Entscheidung treffen. Wie hat denn der SI überhaupt von der Sache Wind bekommen?« fragte Suslew, der herausfinden wollte, wieviel Plumm wußte. »An Bord meines Schiffes muß es einen Verräter geben.«
»Nein. Roger sagt, der Tip sei von einem Informanten gekommen, den die MI-6 an Bord des Trägers hat. Nicht einmal die CIA wußte davon.«
»*Kristos!* Warum, zum Teufel, mußte Roger sich als tüchtig erweisen?«
»Es war Armstrong. Aber wenn Metkin nichts weiß, kann ja nichts passieren.«
Suslew fühlte die forschenden Blicke des Engländers auf sich. Es gelang ihm, seine arglose Miene beizubehalten. »Ich bin sicher, daß Metkin nichts weiß, was uns in Verlegenheit bringen könnte. Trotzdem sollte die Zentrale unverzüglich benachrichtigt werden. Die wissen, wie man mit solchen Situationen fertig wird.«
»Das habe ich schon getan.«
»Gut. Das habt ihr sehr gut gemacht, du und Crosse. Daß du Crosse für die Sache gewonnen hast, war ein brillanter Coup. Ich muß dich noch einmal beglückwünschen.« Suslew meinte das Kompliment ehrlich. Roger Crosse war ein Profi und kein Amateur wie dieser Mann und alle, die zu Sevrin gehörten.
»Vielleicht habe ich ihn angeworben, vielleicht er mich. Ich bin mir manchmal nicht sicher«, sagte Plumm nachdenklich. »Auch was dich betrifft, Genosse. Woranski kannte ich. Wir haben in all den Jahren gut zusammengearbeitet, aber du, du bist für mich eine neue, unbekannte Größe.«

»Ja, das muß schwer für dich sein.«
»Der Verlust deines Vorgesetzten scheint dir nicht allzu nahe zu gehen.«
»Tut er auch nicht. Es war ein Wahnsinn von Metkin, sich in solche Gefahr zu begeben. Er hat klaren Befehlen zuwidergehandelt. Offen gesagt... ich bin immer noch sicher, daß es eine undichte Stelle auf der *Iwanow* gegeben hat. Von Woranski abgesehen, war Metkin von der ganzen Mannschaft als einziger berechtigt, an Land zu gehen. Vielleicht hat er auch noch andere Fehler gemacht – könnte sein, er redete zuviel, wenn er in einer Kneipe saß, nicht wahr?«
»Der Himmel bewahre uns vor Dummköpfen und Verrätern! Wo hatte AMG seine Informationen her?«
»Das wissen wir nicht. Sobald wir es erfahren, werden wir die undichte Stelle stopfen.«
»Wirst du nun auf Dauer Woranskis Agenten übernehmen?«
»Ich weiß es nicht. Man hat mir nichts gesagt.«
»Veränderungen wären gefährlich. Wer waren seine Mörder?«
»Frag Crosse! Ich möchte es auch gern wissen.« Suslew beobachtete Plumm. Er sah ihn nicken; er schien befriedigt. »Was ist mit Sinders und den AMG-Berichten?« fragte er.
»Roger hat für alle Eventualitäten vorgesorgt. Kein Grund zur Sorge. Er wird es einrichten, daß wir sie zu Gesicht bekommen. Morgen hast du deine Kopie. Aber was tun wir, wenn wir in den Berichten namentlich genannt sind?«
»Unmöglich. Dunross wäre damit sofort zu Roger gegangen – oder zu einem seiner Freunde bei der Polizei, vermutlich Brian Kwok«, sagte Suslew und verzog geringschätzig den Mund. »Wenn nicht zu ihm, dann zum Gouverneur. Aber früher oder später hätte Roger automatisch davon erfahren. Du bist von allen Seiten gesichert.«
»Vielleicht, vielleicht auch nicht.« Plumm ging ans Fenster und blickte in die brütende Nacht hinaus. »Nichts ist je ganz sicher. Nimm Jacques! Er ist zu einem Risiko geworden.«
»Warum dirigieren wir ihn nicht aus Hongkong hinaus?« stieß Suslew nach, wobei er tat, als wäre ihm der Gedanke eben erst gekommen. »Lege Jacques nahe, er soll ersuchen, versetzt zu werden... zum Beispiel zu Struan's in Kanada! Er könnte seinen Wunsch mit dem tragischen Ereignis erklären, das seine Familie getroffen hat. Dort kann man ihn dann am ausgestreckten Arm verhungern lassen. Was meinst du?«
»Ausgezeichnete Idee. Ja, das sollte nicht schwer sein. Er hat dort eine Menge guter Kontakte, die sich als nützlich erweisen könnten.« Plumm nickte. »Ich werde mich um vieles wohler fühlen, wenn ich herausbekommen habe, wie dieser AMG uns auf die Spur gekommen ist.«
»Er ist Sevrin auf die Spur gekommen, nicht dir. Hör mal, Genosse, ich versichere dir, daß du deine für uns so wichtige Arbeit ungefährdet fortsetzen

kannst. Tu auch weiterhin dein möglichstes, um den Sturm auf die Banken und den Kurseinbruch an der Börse in unserem Sinn auszuschlachten!«
Das Telefon klingelte. Die beiden Männer erschraken und starrten es an. Es läutete nur einmal. Ein einziges Rufzeichen. *Gefahr!* schoß ihnen die Bedeutung des Signals durch den Kopf. In Panik griff Suslew nach der versteckten Pistole und rannte, von Plumm gefolgt, durch die Küche zur Hintertür, riß sie auf. Plumm sprang auf den Treppenabsatz hinaus. In diesem Augenblick wurde das Trampeln sich nähernder Schritte hörbar und ein Krachen gegen die Eingangstür, die sich ein wenig einbuchtete, aber dem Druck standhielt. Lautlos schloß Suslew die Hintertür. Wieder ein Krachen. Er spähte durch einen Spalt. Noch ein Krachen, und die Vordertür gab nach. Eine Sekunde lang sah er im Licht des Stiegenhauses die Umrisse von vier Männern, dann flüchtete er. Plumm war schon die Treppe hinuntergelaufen und deckte ihn mit gezogener Pistole vom nächsten Treppenabsatz aus. Drei Stufen auf einmal nehmend, sprang Suslew an ihm vorbei zum übernächsten Absatz, wo er dann den Engländer deckte. Die Hintertür oben wölbte sich bedrohlich. Geräuschlos lief Plumm an ihm vorbei und deckte ihn abermals, während sie in wilder Hast abwärts flüchteten. Dann schob Plumm einige dort zur Tarnung aufgebaute Kisten von einem blinden Ausgang weg, der vom Hauptausgang abzweigte. Von unten kamen Schritte lärmend zu ihnen herauf. Oben krachte es abermals gegen die Hintertür. Suslew und Plumm zwängten sich durch die schmale Öffnung ins Dunkel. Schon hatte Plumm die Taschenlampe gefunden, die in einer Halterung steckte. Die Schritte kamen schnell näher. Vorsichtig setzten sie ihren Weg abwärts fort. Die Schritte vermischten sich mit dumpfen Stimmen. Die beiden Männer blieben kurz stehen und versuchten zu hören, was gesprochen wurde, aber die Laute waren zu undeutlich, und sie konnten nicht einmal erkennen, ob es Englisch oder Chinesisch war. Sie eilten weiter, aber mit größter Vorsicht, denn sie wollten keinen unnötigen Lärm machen. Bald hatten sie den geheimen Ausgang erreicht. Ohne zu zögern hoben sie die blinde Bodenplatte auf und ließen sich in die feuchte Kühle des überwölbten Abzugskanals hinunter. Sie blieben stehen, um Atem zu holen. Nach der Plötzlichkeit des Geschehens gingen ihre Herzen in schweren Schlägen.
»Kuomintang?« wisperte Suslew, als er wieder Luft hatte.
Plumm zuckte nur die Achseln und wischte sich den Schweiß ab. Über ihren Köpfen rumpelte ein Wagen vorbei. Plumm richtete den Strahl der Taschenlampe auf die tropfende Decke. Es gab viele Spalten und Risse; eine kleine Lawine von Schlamm und Steinen kam herunter. Der Boden stand einen halben Fuß unter Wasser, das ihre Schuhe bedeckte.
»Wir sollten uns jetzt trennen, alter Freund«, sagte Plumm leise, und es fiel Suslew auf, daß, obwohl der Mann schwitzte, seine Stimme völlig ruhig war und das Licht der Taschenlampe keinen Augenblick lang schwankte.

»Ich werde Roger veranlassen, diesem Vorfall unverzüglich nachzugehen.«
Suslew fiel das Sprechen immer noch schwer. »Wo treffen wir uns morgen?«
»Ich werde es dich wissen lassen.« Der Engländer blickte starr vor sich hin. Er deutete mit dem Daumen nach oben. »Das war verdammt knapp. Vielleicht wußte dein Metkin mehr, als er wissen durfte.«
»Bestimmt nicht. Er wußte nichts von Sevrin, nichts von Clinker und nichts von dieser Wohnung. Woranski und ich, wir waren die einzigen, die etwas wußten.«
»Ich hoffe, du hast recht«, brummte Plumm grimmig. »Wir werden es herausbekommen. Eines Tages wird Roger es herausbekommen, und dann gnade Gott dem Verräter!« Nach einer kleinen Pause fuhr er fort: »Ruf mich morgen ab halb acht Uhr abends jede halbe Stunde von einer anderen Telefonzelle an.«
»In Ordnung. Sollte es irgendwelche Probleme geben, erreichst du mich von elf Uhr an bei Ginny. Noch eine letzte Frage: Wenn wir die AMG-Papiere nicht zu Gesicht bekommen, welche Meinung hast du von Dunross?«
»Er hat ein unglaubliches Gedächtnis.«
»Dann isolieren wir ihn also für eine psychochemische Vernehmung?«
»Warum nicht?«
»Gut, *towarisch.* Ich werde alle Vorbereitungen treffen.«
»Nein. *Wir* schnappen ihn und liefern ihn ab. Auf der *Iwanow*?«
Suslew nickte und erzählte ihm von Metkins Vorschlag, die Schuld auf die Werwölfe zu schieben, unterließ es aber zu sagen, daß es Metkins Idee war. »Was meinst du?«
Plumm lächelte. »Clever! Auf morgen.« Er gab Suslew die Taschenlampe, holte eine kleinere heraus und setzte seinen Weg fort. Suslew sah ihm nach, bis der großgewachsene Mann um die Ecke war.

18

23.59 Uhr:

Dunross stand vor dem desolaten Hulk des ausgebrannten Restaurants »Zum schwimmenden Drachen«, der in zwanzig Fuß Tiefe auf der Seite im Wasser lag. Die anderen vielgeschossigen Speisepaläste, die in der Nähe schwammen, waren immer noch festlich erleuchtet, lärmend und protzigprunkvoll, und konnten die Gäste kaum fassen. Ihre neuen, in aller Eile errichteten provisorischen Küchen waren auf Schleppkähnen untergebracht, die längsseits ihrer Mutterschiffe lagen. Mit Schüsseln und Tabletts beladen, turnten Kellner eilig über schwankende Laufstege.

Ein Teil des Deckaufbaus ragte aus dem Wasser. Von Scheinwerfern angestrahlt, arbeiteten Bergungsmannschaften, um, was vom »Schwimmenden Drachen« noch übrig war, wieder flott zu bekommen. Auf dem Kai und dem Parkplatz waren provisorische Küchen unter provisorischen Bedachungen errichtet worden. Straßenverkäufer boten emsig Fotografien des Brandes, Souvenirs und Leckereien verschiedener Art an, und ein großes, ebenfalls angestrahltes Schild verkündete stolz auf chinesisch und englisch, daß das einzige völlig moderne und *feuersichere* schwimmende Restaurant »Zum schwimmenden Drachen« bald wieder den Betrieb aufnehmen werde, größer als je zuvor, besser als je zuvor... und man sich bis dahin an den Köstlichkeiten »unserer berühmten Küchenchefs« ergötzen möge. Das Geschäft ging weiter, nur eben an Land statt auf See.

Dunross schritt den Pier entlang auf eine der Landungstreppen zu. Trauben von Sampanen, großen und kleinen, warteten in der Nähe. Die meisten konnte man mieten. Jedes Boot hatte einen Ruderer – Männer, Frauen, Kinder jeglichen Alters – und ein zu einem Schirm geformtes Segeltuchdach, das die Hälfte des Fahrzeugs vor Sonne, Regen oder neugierigen Augen schützte. Einige dieser Sampane waren besser ausgestattet. Das waren die für die Nachtzeit bestimmten Vergnügungsboote mit Ruhebetten und niedrigen Tischen, die zwei Personen reichlich Platz boten, um essen, trinken und anschließend die Ruhe pflegen zu können. Der Ruderer befand sich diskreterweise außerhalb der Kabine. Man konnte das Boot für eine Stunde oder die ganze Nacht mieten und sich gemächlich von einer Bucht zur anderen treiben lassen. Unterwegs näherten sich andere Sampane mit allen erdenklichen Getränken und frischen Speisen, die kochend heiß serviert wurden, und so konnte man mit der Dame seines Herzens die Nacht verträumen.

Wenn man wollte, konnte man auch allein fahren. Dann traf man sich in der Nähe einer der großen Ansammlungen von Booten mit anderen Sampanen, die Nachtschwestern an Bord hatten: Man konnte auswählen, feilschen und die Fahrt in trauter Zweisamkeit fortsetzen.

Manchmal war das Essen schlecht, und das Mädchen taugte nichts – das war eben Joss, ein bedauerlicher Mißgriff. Manchmal kam man auch ohne Brieftasche zurück, aber nur ein Dummkopf würde es sich einfallen lassen, vor so stolzer Armut mit seinem Reichtum anzugeben.

Was, fragte sich Dunross, fange ich mit Tiptop an und mit Johnjohns Anliegen? Was mit Lando Mata und Knauser und Par-Con? Und Gornt? Und AMG und Riko Anjin und Sinders und...

Denk jetzt nicht darüber nach! Nimm deine fünf Sinne zusammen! Vierfinger Wu hat dich nicht gerufen, um mit dir über das Wetter zu reden.

Er ging an den Landungstreppen vorbei, den Pier hinauf zur Haupttreppe. Sogleich gerieten alle Sampane in Bewegung, die Ruderer riefen und winkten. Doch als er die Treppe erreichte, trat Ruhe ein.

»Tai-Pan!«

Ein reich ausgestattetes Vergnügungsboot mit der silbernen Lotosflagge am Heck näherte sich rasch. Der Bootsführer war klein und stämmig und hatte viele goldene Zähne. Er trug eine zerfranste Khakihose und eine Weste.

Dunross stieß einen Pfiff aus, als er Vierfinger Wus ältesten Sohn, den *lohpan*, den »Flotten Chef« von Wus Vergnügungsbooten, erkannte. Kein Wunder, daß die anderen Boote ihm Platz gemacht hatten, dachte er. Gewandt sprang er an Bord und begrüßte Goldzahn Wu, der rasch ablegte.

»Machen Sie es sich bequem«, sagte Goldzahn in perfektem Englisch. Er war Bakkalaureus der Londoner Universität und hätte in England bleiben wollen, aber Vierfinger hatte ihn nach Hongkong zurückbeordert. Ein sanfter, liebenswürdiger Mann, den Dunross gut leiden konnte.

»Danke sehr.«

Auf dem lackierten Tischchen standen eine Kanne mit frischem Tee, eine Flasche Whisky und Gläser, Brandy und Soda. Die Kabine war sauber, gediegen und kostbar ausgestattet und durch kleine Lämpchen erhellt. Das muß Goldzahns Flaggschiff sein, dachte er belustigt und doch sehr skeptisch.

Es war nicht nötig, Goldzahn zu fragen, wo er ihn hinbrachte. Er goß sich ein wenig Brandy ein und gab etwas Soda dazu. Es war kühl und angenehm in der halb offenen Kajüte, der Himmel dunkel. Eine große Dschunke tukkerte vorüber; er lehnte sich zurück und genoß die Spannung, die er empfand, kostete die Erwartung des Kommenden aus. Sein Herz schlug regelmäßig. Er nippte geduldig an seinem Brandy.

Der Sampan scheuerte an einem anderen. Dunross spitzte die Ohren. Bloße Füße kamen an Bord getappt. Zwei Paar Füße, das eine behende, das andere zögernd. »Hallo, Tai-Pan«, sagte Vierfinger und grinste zahnlos. Er tauchte unter dem Dach durch und setzte sich. »Wie du okay?« fragte er in seinem schauderhaften Englisch.

»Ausgezeichnet, und du?« Dunross starrte ihn an und bemühte sich, seine Überraschung zu verbergen. Vierfinger trug einen guten Anzug, ein sauberes weißes Hemd mit einer Krawatte und hatte Schuhe und Socken an. In dieser Aufmachung hatte Dunross ihn zum letzten Mal in der Nacht des Feuers gesehen, und vorher ein einziges Mal, bei Shi-teh T'tschungs prunkvoller Hochzeit.

Andere Füße kamen dazu. Paul Tschoy setzte sich; seine Bewegungen waren unbeholfen. »Guten Abend, Sir, ich bin Paul Tschoy.«

»Wie geht es Ihnen?« fragte Dunross. Er spürte großes Unbehagen.

»Gut, Sir. Danke, Sir!«

Dunross zog die Stirn in Falten. »Ich freue mich. Sie arbeiten jetzt für Ihren Onkel?« Er wußte Bescheid über Paul Tschoy, hielt aber an der mit Vierfinger getroffenen Abmachung fest. Er war beeindruckt von dem jungen Mann, über dessen Coup in der Börse ihm sein alter Freund Soorjani berichtet hatte.
»Nein, Sir. Ich bin bei Rothwell-Gornt. Ich habe vor ein paar Tagen angefangen. Ich bin hier, um zu dolmetschen... wenn Sie mich brauchen.« Er übersetzte seinem Vater, was gesprochen worden war.
Vierfinger nickte. *»Blandee?«*
»Ausgezeichnet, danke!« Dunross hob sein Glas. »Schön, dich zu sehen«, begann er auf Englisch und wartete, bis der Ältere anfangen würde, Haklo zu sprechen. Es war eine Sache des Gesichts.
Whisky trinkend, plauderte der alte Seemann eine Weile Belanglosigkeiten. Paul Tschoy wurde kein Glas angeboten. Er saß im Schatten, hörte ängstlich zu und wußte nicht, wie er sich verhalten sollte. Sein Vater hatte ihn mit feierlichen Schwüren zu immerwährender Verschwiegenheit verpflichtet.
Endlich beschloß Wu, zur Sache zu kommen. »Seit vielen Jahren«, begann er auf Haklo, »sind unsere Familien gute Freunde. Seit vielen Jahren«, wiederholte er bedächtig, denn er wußte, daß Dunross' Haklo-Kenntnisse nicht perfekt waren.
»Ja, Seefahrende Wu und Struans wie Brüder«, pflichtete der Tai-Pan ihm vorsichtig bei.
Vierfinger grunzte. »Die Gegenwart ist wie die Vergangenheit und die Vergangenheit wie die Gegenwart. *Heya?*«
»Der alte blinde Tung sagt, Vergangenheit und Gegenwart ein und dasselbe. *Heya?*«
»Was bedeutet der Name Wu Kwok dem Tai-Pan von Noble House?«
Dunross krampfte sich der Magen zusammen. »Er dein Urgroßvater, *heya?* Dein erhabener Vorfahr. Sohn und Großadmiral von noch erhabenerem Seekriegsherrn Wu Fang Tschoi, dessen Flagge, der silberne Lotos, auf allen vier Weltmeeren wehte.«
»Eben dieser!« Vierfinger beugte sich vor. »Welche Verbindung bestand zwischen dem Grünäugigen Teufel... zwischen dem ersten Tai-Pan von Noble House und dem ruhmreichen Wu Kwok?«
»Sie begegneten einander auf See. Sie begegneten sich in Mündung von Perlfluß vor...«
»Es war hier in der Nähe zwischen Pok Lui Tschau und Aplitschau.«
»Dann sie sich treffen vor Hongkong. Der Tai-Pan ging an Bord von Wu Kwoks Flaggschiff. Er ging allein und... und er schloß einen Vertrag mit ihm.«
»Wurde der Vertrag aufgezeichnet auf Papier und gestempelt?«
»Nein.«

»Wurde der Vertrag eingehalten?«
»Es ist verdammt ungezogen, solche Fragen an alten Freund zu stellen, wenn alter Freund gegenüber Antwort kennt!«
Paul Tschoy zuckte unwillkürlich zusammen. Keiner der Männer beachtete ihn.
»Es ist wahr, Tai-Pan«, gab der alte Seemann zu. »Ja, der Vertrag wurde eingehalten, wenn auch zum Teil nicht ganz ehrlich. Kennst du die Abmachungen?«
»Nein«, antwortete Dunross wahrheitsgemäß.
»Der Vertrag sah vor, daß wir auf jedem eurer zwanzig Klipper einen Mann abstellen konnten, der zum Kapitän ausgebildet werden sollte – mein Großvater war einer von ihnen. Ferner: Der Grünäugige Teufel erklärte sich einverstanden, drei von Wu Kwoks Söhnen in sein Land zu schicken und in den besten Schulen als fremde Teufel ausbilden zu lassen. Als nächstes ...«
Dunross' Augen weiteten sich. »Was? Wer? Wer sind diese Söhne? Was ist aus ihnen geworden?«
Vierfinger Wu lächelte hinterhältig. »Als nächstes verpflichtete sich der Grünäugige Teufel, dem ruhmreichen Wu Fang Tschoi einen Klipper zu besorgen, wie die fremden Teufel sie hatten, bewaffnet und aufgetakelt und wunderschön. Wu Fang Tschoi bezahlte das Schiff, doch als Culum der Schwache fast zwei Jahre später die *Lotus Cloud* lieferte, kam euer Großadmiral Stride Orlov, der Bucklige, wie ein Dieb in der Nacht aus dem Osten, zerstörte unser Schiff und ermordete Wu Kwok.«
Nach außen hin gelassen, in seinem Inneren geschockt, nippte Dunross an seinem Brandy. »Ich weiß von der *Lotus Cloud*. Ich glaube, es waren neunzehn Klipper und nicht zwanzig. Aber ich weiß nichts von drei Jungen. Und was die *Lotus Cloud* angeht, hat mein Vorfahr versprochen, nicht zu kämpfen gegen Schiff, nachdem er Schiff geliefert?«
»Nein. O nein, Tai-Pan, das hat er nicht versprochen. Der Grünäugige Teufel war schlau, sehr schlau. Wu Kwok tot? Joss. Wir müssen alle sterben. Joss. Nein, der Grünäugige Teufel hat sich an die Abmachungen gehalten. Auch Culum der Schwache hat sich daran gehalten. Willst du dich daran halten?« Vierfinger öffnete seine Faust.
Es war die Halbmünze.
Behutsam nahm Dunross sie zwischen die Finger. Wie Schlangen beobachteten ihn die beiden Chinesen, Vater und Sohn, und er fühlte ihren Blick auf sich gerichtet. Seine Hände zitterten unmerklich. Sie war wie die anderen Halbmünzen, die sich noch in Dirks Bibel im Safe im Großen Haus befanden. Zwei waren bereits eingelöst worden, darunter die von Wu Kwok.
Er gab die Münze zurück. »Vielleicht echt«, sagte er, und seine Stimme klang fremd. »Muß prüfen. Woher du haben?«
»Sie ist echt, natürlich ist sie echt. Gibst du zu, daß sie echt ist?«
»Nein. Wo du herhaben?«

Vierfinger zündete sich eine Zigarette an und hustete. Er räusperte sich und spuckte. »Wie viele Münzen waren es am Anfang? Wie viele hat der illustre Mandarin Jinqua dem Grünäugigen Teufel gegeben?«
»Ich weiß es nicht genau.«
»Vier. Es waren vier.«
»Eine davon an deinen ruhmreichen Vorfahr Wu Kwok ausgegeben und eingelöst. Warum sollte ihm der große Jin-qua zwei gegeben haben? Nicht möglich – darum diese gestohlen. Von wem?«
Eine brennende Röte schoß dem Alten ins Gesicht, und Dunross fürchtete schon, zu weit gegangen zu sein.
»Gestohlen oder nicht«, zischte Vierfinger, »du erweist die Gunst. *Heya?*«
Dunross starrte ihn an. »*Heya?*«
»Wo du herhaben?«
Wu trat seine Zigarette auf dem Teppich aus. »Warum hätte sich der Grünäugige Teufel mit vier Münzen einverstanden erklärt? Warum? Und warum hätte er bei seinen Göttern geschworen, daß er und alle seine Nachkommen sein Wort halten würden?«
»Für einen anderen Gefallen. Der ehrenwerte Jin-qua lieh dem Tai-Pan, meinem Ururgroßvater, vierzig Lak Silber.«
»Vierzig Lak – vier Millionen Dollar. Vor hundertzwanzig Jahren.« Der alte Mann holte tief Atem. »Wurde ein Papier verlangt, ein Schuldschein mit dem Chop deines illustren Vorfahren oder dem Chop von Noble House?«
»Nein.«
»Vierzig Lak Silber. Kein Papier, kein Chop, nur Vertrauen! Die Abmachung war eine Abmachung zwischen alten Freunden, kein Chop, nur Vertrauen, *heya*?«
»Ja.«
Die daumenlose Hand des Alten schoß vor, die Handfläche nach oben, und hielt Dunross die Halbmünze unter die Nase. »Eine Münze, Gunst erweisen. Wer immer sie verlangt.«
Dunross seufzte. Schließlich brach er das Schweigen. »Zuerst ich nachsehen, ob Münze zu Münze paßt. Dann ich mich vergewissern, daß selbes Metall da, selbes Metall dort. Dann du nennst Wunsch.« Er wollte die Halbmünze an sich nehmen, aber die Faust schnappte zu und zog sich zurück, und Vierfinger deutete mit seinem heilen Daumen auf Paul Tschoy. »Erklär es ihm!« sagte er.
»Verzeihen Sie, Tai-Pan«, sagte Paul Tschoy voller Unbehagen auf Englisch. Die Enge der Kajüte war ihm zuwider und die vergiftete Atmosphäre, und alles nur wegen eines Versprechens, das vor hundertzwanzig Jahren ein Pirat dem anderen gegeben hatte, beide blutgierige Mordbrenner, wenn nur die Hälfte der Geschichten wahr war, die man sich erzählte. »Mein Onkel hat mich gebeten, Ihnen zu erklären, wie er das machen möchte.« Er be-

mühte sich, ruhig zu sprechen. »Er versteht natürlich, daß Sie Bedenken haben und absolut sichergehen wollen. Aber er möchte die Münze auch nicht gerade jetzt aus der Hand geben. Bis er sicher ist, ganz sicher...«
»Wollen Sie damit sagen, daß er mir nicht vertraut?«
Vor dem jähen Zorn, mit dem diese Worte gesprochen wurden, fuhr Paul Tschoy zusammen. »Aber nein, Sir«, entgegnete er rasch und übersetzte Dunross' Frage.
»Natürlich vertraue ich dir«, sagte Wu und lächelte schief. »Aber vertraust du mir?«
»O ja, alter Freund. Ich sehr dir vertrauen. Gib mir Münze! Wenn echt, ich, Tai-Pan von Noble House, werde deinen Wunsch erfüllen – wenn möglich.«
»Was immer Wunsch, was immer, du erfüllen!« brauste der Alte auf.
»*Wenn möglich*, ja. Wenn Münze echt, ich erweisen Gefallen. Wenn nicht echt, ich zurückgeben Münze. Ende.«
»Nicht Ende.« Wu deutete auf Paul Tschoy. »Sag ihm den Rest, rasch!«
»Mein... mein Onkel schlägt einen Kompromiß vor. Sie nehmen das hier mit.« Der junge Mann holte eine flache Scheibe Bienenwachs aus der Tasche, in die drei separate Abdrücke der Halbmünze gepreßt worden waren. »Sie werden die andere Hälfte leicht einfügen können. Das ist der erste Schritt. Wenn Sie halbwegs überzeugt sind, kommt Schritt zwei: Wir gehen zusammen zu einem vereidigten Prüfer und ersuchen ihn, die beiden Hälften vor uns zu untersuchen. Dann erfahren wir es beide zur gleichen Zeit.« Paul Tschoy war naß von Schweiß. »Das schlägt mein Onkel vor.«
»Einer von uns könnte den Prüfer leicht bestechen.«
»Gewiß. Aber bevor wir zu ihm gehen, mischen wir die zwei Hälften. Wir kennen unsere, Sie kennen Ihre – aber er kennt sie nicht.«
Dunross überlegte kurz. Dann richtete er seine kalten Augen auf Vierfinger. »Gestern ich dich bitten um einen Gefallen, du nein sagen.«
»Das war ein anderer Gefallen, Tai-Pan«, gab der Alte sofort zurück. »Das war nicht das gleiche wie das Eintreiben einer alten Schuld.«
»Du hast gefragt deine Freunde wegen meines Ersuchens, *heya*?«
Wu zündete sich eine Zigarette an. Sein Ton wurde schärfer. »Ja. Meine Freunde machen sich Sorgen um Noble House.«
»Wenn kein Noble House, kein nobler Gefallen, *heya*?«
Alle schwiegen. Dunross sah die listigen alten Augen zu Paul Tschoy hinüber- und wieder zu ihm zurückschießen. Er wußte, daß er der Verpflichtung, die die Münze bedeutete, nicht entrinnen konnte. Wenn sie echt war, würde er zahlen müssen, ob gestohlen oder nicht. Aber wem war sie gestohlen worden?
Wenn schon weder *der Tai-Pan* noch die »Hexe« diese Frage hatten beantworten können, dann ich gewiß nicht.
Dunross beobachtete und wartete. Schweißperlen tropften von Paul

Tschoys Kinn, als er seinen Vater ansah und dann den Blick auf den Tisch zurückwendete. Dunross spürte den Haß, und das interessierte ihn. Dann sah er, wie Wu Paul Tschoy argwöhnisch abschätzte. Im gleichen Augenblick machten seine Gedanken einen Sprung vorwärts. »Ich bin Hongkongs Schiedsrichter«, sagte er auf Englisch. »Unterstützen Sie mich, und innerhalb einer Woche lassen sich immense Gewinne erzielen.«
»*Heya?*«
Dunross hatte Paul Tschoy beobachtet und die Überraschung auf seinem Gesicht gesehen. »Bitte übersetzen Sie, Mr. Tschoy«, sagte er.
Paul Tschoy gehorchte, und Dunross atmete erleichtert auf. Er hatte »Ich bin Hongkongs Schiedsrichter« nicht übersetzt. Wieder trat Stille ein.
»Bist du mit meinem Vorschlag wegen der Münze einverstanden, Tai-Pan?« fragte Wu.
»Und mein Ersuchen um finanzielle Unterstützung, bist du einverstanden?«
»Die zwei Dinge sind nicht miteinander verflochten wie Regen in einen Sturm«, stieß Wu zornig hervor. »Wie steht es mit der Münze, ja oder nein?«
»Ich bin mit deinem Vorschlag einverstanden. Aber nicht morgen. Nächste Woche. Fünfter Tag.«
»Morgen.«
»Verehrter Onkel«, warf Paul Tschoy behutsam ein, »vielleicht könntest du deine Freunde morgen noch einmal fragen. Morgen vormittag. Vielleicht könnten sie dem Tai-Pan helfen.« Er richtete seine pfiffigen Augen auf Dunross. »Morgen ist Freitag«, sagte er auf Englisch. »Wie wäre es mit Montag um ... um vier Uhr nachmittags?« Er wiederholte auf Haklo.
»Warum diese Uhrzeit?« fragte Wu gereizt.
»Der Geldmarkt der fremden Teufel schließt um drei, verehrter Onkel. Zu dieser Zeit wird das Noble House nobel sein – oder nicht.«
»Wir werden immer das Noble House sein, Mr. Tschoy«, versetzte Dunross auf Englisch, beeindruckt vom Scharfsinn des jungen Mannes und der Gewandtheit, mit der er den versteckten Hinweis registriert hatte. »Ich bin einverstanden.«
Paul Tschoy übersetzte, und der Alte grunzte. »Zuerst werde ich die Himmel-Erde-Strömungen prüfen, um herauszufinden, ob der Tag Gutes verheißt. Wenn es so ist, bin ich auch einverstanden.« Er deutete mit dem Daumen auf Paul Tschoy. »Geh auf das andere Boot!«
Paul Tschoy stand auf. »Danke, Tai-Pan. Gute Nacht!«
»Auf bald, Mr. Tschoy«, antwortete Dunross, der seinen Besuch schon morgen erwartete.
»Ich danke dir, alter Freund«, sagte der alte Mann leise, als sie allein waren. »Wir werden bald in engeren Geschäftsbeziehungen miteinander stehen.«
»Vergiß nicht, alter Freund, was meine Vorfahren gepredigt haben«, sagte

Dunross ernst. »Sowohl der Grünäugige Teufel als auch die mit dem bösen Blick und den Drachenzähnen – sie haben einen fürchterlichen Fluch ausgestoßen auf weiße Pulver und alle, die von weißen Pulvern profitieren.«
Der alte Seebär zuckte nervös die Achseln. »Was geht das mich an? Ich weiß nichts von weißen Pulvern. Zum Teufel mit allen weißen Pulvern! Ich weiß nichts davon.«
Er erhob sich und verließ die Kajüte.
Betroffen schenkte sich Dunross ein frisches Glas ein. Er spürte, wie der Sampan wieder in Bewegung kam. Tausend zu eins, die Münze ist echt. Was wird der Teufel von mir verlangen? Drogen, ich wette, es hat etwas mit Drogen zu tun. Aber wie auch immer – auf Drogen lasse ich mich nicht ein.
Dunross fühlte die Nähe eines fremden Menschen, noch bevor ein Geräusch zu hören war. Sanft rieb sich ein anderes Boot an dem ihren. Das Tappen von Füßen. Er bereitete sich darauf vor, der unbekannten Gefahr zu begegnen.
Das Mädchen war jung, schön und fröhlich. »Ich heiße Schnee-Jade, Tai-Pan, ich bin achtzehn Jahre alt und des ehrenwerten Wu Sangs persönliches Geschenk für die Nacht!« Melodisches Kantonesisch, ein flotter *chongsam*, hoher Kragen, lange, seidenbestrumpfte Beine und hohe Absätze. Sie lächelte und zeigte ihre blendend weißen Zähne. »Er dachte, es müßte für Ihr leibliches Wohl gesorgt werden.«
»Ach ja«, murmelte er und bemühte sich, seine Gedanken zusammenzunehmen.
Sie lachte und setzte sich. »Ja, das hat er gesagt, und es geht auch um mein leibliches Wohl – ich sterbe vor Hunger, Sie auch? Der ehrenwerte Goldzahn hat ein paar Leckerbissen bestellt, um Ihren Appetit anzuregen: gebratene Garnelen mit Erbsenhülsen, geschnetzeltes Rindfleisch in Sauce aus schwarzen Bohnen, fritierte Klöße nach Schanghaier Art, pikanten Kohl und geräuchertes Tsch'iang-Pao-Huhn.« Sie strahlte. »Und ich bin das Dessert!«

Freitag

1

0.35 Uhr:

Ärgerlich drückte der Bankier Kwang immer wieder auf die Klingel. Die Tür wurde aufgerissen, und Venus Poon schrie auf Kantonesisch: »Wie kannst du es wagen, so spät nachts uneingeladen hierherzukommen!« Das Kinn hochgereckt, eine Hand an der Tür, die andere in die Seite gestemmt, stand sie vor ihm in einem tief ausgeschnittenen Abendkleid.
»Still, du glattzüngige Hure!« brüllte Kwang und drängte sich an ihr vorbei in die Wohnung. »Wer zahlt hier die Miete? Wer hat dir all diese Möbel gekauft? Wer hat für das Kleid gezahlt? Wieso bist du noch nicht im Bett?«
»Sei ruhig!« Ihre durchdringende Stimme übertönte die seine. »Du *hast* die Miete gezahlt, aber heute war die Miete fällig, und wo ist das Geld, *heya, heya, heya*?«
»Hier!« Kwang zog den Scheck aus der Tasche und hielt ihn ihr unter die Nase. »Habe ich ein Versprechen vergessen? Nein! Hast du dein Versprechen vergessen? Jawohl!«
Venus Poon zwinkerte mit den Augen. Ihre Wut erlosch, ihre Miene hellte sich blitzartig auf, und sie fuhr honigsüß fort: »Hat Vater daran gedacht? Man hat mir gesagt, du hättest deine arme, einsame Tochter aufgegeben und wärst zu den Huren in der Blore Street zurückgekehrt.«
»Lügen!« stieß Kwang hervor, obwohl es die Wahrheit war. »Wie kommt es, daß du ein Abend...«
»Drei verschiedene Leute haben mich angerufen und mir gesagt, du seist heute nachmittag um ein Viertel nach vier dort gewesen. O wie schlecht doch die Menschen sind«, gurrte sie, obwohl sie ganz genau wußte, daß er dort gewesen war, wenn auch nur, um den Bankier Tsching einzuführen, von dem er sich finanzielle Unterstützung erhoffte. »O, du armer Vater, wie schlecht doch die Menschen sind!« Während sie besänftigend auf ihn einredete, schnellte ihre Hand auf ihn zu und griff nach dem Scheck, bevor er ihn noch zurückziehen konnte. »Danke, Vater, vom Grunde meines Herzens danke ich dir... *oh ko*!« Ihre Augen sprühten Funken, und ihre Stimme überschlug sich: »Der Scheck ist nicht unterschrieben, du dreckiger alter Hundesohn! Das ist wieder einer von deinen schmutzigen Tricks. Oh, oh, oh, ich glaube, ich werde mich vor deiner Tür umbringen. Nein, besser noch, ich tue es vor laufender Fernsehkamera. Ich werde ganz Hongkong erzählen, was du... oh, oh, oh...«

Jetzt war auch die *amah* im Wohnzimmer, stimmte in das Keifen und Zetern ein, und beide Frauen überschütteten ihn mit Schmähungen, Flüchen und Beschuldigungen. Eine kleine Weile behauptete er sich, dann zog er seine Füllfeder heraus, riß ihr den Scheck aus der Hand und unterschrieb ihn. Der Lärm verebbte. Venus Poon nahm den Scheck und prüfte ihn gründlich. Sehr gründlich. Dann verschwand er in ihrer Handtasche.

»Ich danke dir, ehrenwerter Vater«, sagte sie unterwürfig und wirbelte zu ihrer *amah* herum. »Wie kannst du es wagen, dich in ein Gespräch zwischen der Liebe meines Lebens und deiner Herrin einzumischen, du Stück faulender Hundedreck? Raus! Bring Tee und was zum Knabbern! Raus! Vater braucht einen Brandy...«

Tränen vortäuschend, trippelte die alte Frau hinaus. Venus Poon gurrte und schmeichelte, und ihre Hand strich zärtlich über Richard Kwangs Nakken.

Nun schon beschwichtigt, ließ sich Richard Kwang zu einem Drink überreden, wobei er die ganze Zeit lautstark über seinen schlechten Joss klagte und über seine Untergebenen, Freunde, Verwandten und Schuldner herzog, die ihn vorsätzlich und arglistig im Stich gelassen hätten.

»O du armer Mann«, tröstete sie ihn, während sie krampfhaft hin und her überlegte. Ihr blieb kaum eine halbe Stunde Zeit, um zu ihrer Verabredung mit Vierfinger Wu zurechtzukommen. Zwar war ihr klar, daß es klug wäre, ihn warten zu lassen, aber sie wollte ihn auch nicht zu lange allein lassen. Ihr letztes Zusammensein hatte ihn so entflammt, daß er ihr für den Fall, daß sie ihre Darbietung wiederholen würde, einen Brillanten versprochen hatte.

»Ich garantiere es, Herr«, hatte sie gejapst, schweißnaß nach zwei Stunden intensiver Mühen, überwältigt von der Heftigkeit seines letzten Höhepunkts.

Sie schloß die Augen bei dem Gedanken an Vierfinger Wus eindrucksvolle Leistung, seine Größe und seine Anpassungsfähigkeit und seine nicht in Frage zu stellende Technik. *Ayeeyah,* dachte sie, ich werde jedes Tael Kraft und jeden Tropfen Yin brauchen, um das ungebärdige Yang dieses alten Sünders zu bändigen. »Wie geht es deinem Hals, teuerster Schatz?« gurrte sie.

»Besser, besser«, antwortete Richard Kwang, zog sie auf seinen Schoß, ließ seine Hand dreist in den Ausschnitt des schwarzseidenen Abendkleides gleiten, das er ihr in der vorigen Woche gekauft hatte, und liebkoste ihre Brüste. Als sie sich nicht wehrte, streifte er einen Träger ab und fing an, ihr Komplimente über die Größe, Festigkeit und Form ihres Busens zu machen. Ihre Wärme erregte ihn, und er richtete sich auf. Sofort suchte er mit der anderen Hand das Yin, aber ehe er es sich versah, hatte sie sich ihm entwunden. »O nein, Vater! Der ehrenwerte rote König ist zu Besuch, und so sehr ich es...«

»Was?« unterbrach er sie argwöhnisch. »Der ehrenwerte rote König ist erst übermorgen fällig! Ich weiß es. Ich habe auf meinem Kalender nachgesehen, um mich zu vergewissern, bevor ich gekommen bin. Bin ich ein Dummkopf? Fische ich im Fluß nach Tigern? Wir sind schon seit langem für heute verabredet, für die ganze Nacht. Wozu sonst bin ich offiziell nach Taiwan geflogen? Du bist immer pünktlich, und noch nie...«
»Ja, aber heute morgen – der Schock durch das Feuer, und der noch größere Schock, weil ich fürchtete, du hättest mich aufgegeben...«
»Komm her, du kleines Luder!«
»Ach nein, Vater, ehrenwerter V...«
Bevor sie ihm ausweichen konnte, fing er schon an, ihr Kleid aufzuheben, aber Venus Poon war trotz ihrer neunzehn Jahre ein alter Praktikus in dieser Art Kriegführung. Sie wehrte sich nicht, schmiegte sich nur enger an ihn, drehte sich herum und bekam ihn mit einer Hand zärtlich zu fassen.
»O Vater«, flüsterte sie beschwörend, »es ist sehr schlechter Joss, dem ehrenwerten roten König in die Quere zu kommen, und so sehr es mich danach verlangt, dich in mir zu fühlen, wir wissen doch beide, daß es andere Möglichkeiten für das Yin gibt, den Feuerwirbel zu entfachen.« Befriedigt fühlte sie ihn anschwellen. »Oh, wie stark du bist! Jetzt begreife ich, warum alle diese glattzüngigen Flittchen hinter meinem alten Vater her sind, *ayeeyah*, so ein starker, gewaltiger, wunderbarer Mann!«
Geschickt entblößte sie das Yang, manipulierte es und ließ ihn keuchend zurücksinken. »Ins Bett, liebstes Herz«, krächzte er. »Zuerst ein Brandy und dann ein bißchen schlafen und dann...«
»Ganz recht, aber nicht hier, nein, nein!« erklärte sie in festem Ton und half ihm auf.
»Äh? Aber ich bin doch offiziell in Tai...«
»Dann fährst du am besten in deinen Klub!«
»Aber ich...«
»Oh, wie hast du doch die Kräfte deiner armen Tochter erschöpft!« Während sie ihn zurechtzupfte, täuschte sie Schwäche vor und hatte ihn an der Tür, bevor er noch wußte, wie ihm geschah. Dort angelangt, küßte sie ihn leidenschaftlich, schwor ihm ewige Liebe, versprach ihn morgen zu sehen und schloß die Tür hinter ihm.
Benommen, mit weichen Knien, starrte er auf die Tür. Er hätte dagegenhämmern und einen Ruheplatz in ihrem Bett fordern wollen, das er bezahlt hatte, aber er tat es nicht. Er hatte keine Kraft mehr und wankte zum Aufzug.
Auf dem Weg nach unten begann er plötzlich zu grinsen. Der Scheck, den er ihr gegeben hatte, war nur für die Miete eines Monats. Sie hatte vergessen, daß er sich vor ein paar Wochen bereit erklärt hatte, ihr jeden Monat 500 Dollar mehr zu geben. Iiiii, kleines Leckermäulchen, kicherte er, hat das Yang das Yin schließlich doch überlistet!

»Wann wiedersehen, Paul?« fragte Lily Su.
»Bald. Nächste Woche.« Havergill kleidete sich fertig an und nahm nur widerstrebend seinen Regenmantel vom Haken. Das Apartment, in dem sie sich befanden, war klein, aber sauber und freundlich und hatte ein Badezimmer mit fließendem heißen und kalten Wasser, was das Hotel mit der heimlichen Hilfe einiger Fachleute beim Wasserwerk für teures Geld hatte installieren lassen. »Ich rufe dich an.«
»Warum traurig, Paul?«
Er drehte sich um, sah sie an. Er hatte ihr nicht gesagt, daß er Hongkong bald verlassen werde. Vom Bett aus, ihre Haut jugendfrisch und goldschimmernd, beobachtete sie ihn. Sie war jetzt schon fast vier Monate seine Freundin, nicht nur seine, denn er zahlte ihr weder die Miete noch sonstige Spesen. Sie war Hosteß in der Happy Hostess Dance Hall auf der Kowloon-Seite. Der Besitzer, Einauge Pok, war ein langjähriger und geschätzter Kunde der Bank und die Mama-*san* eine kluge Frau, die seine Kundschaft zu schätzen wußte. In all den Jahren hatte er schon viele Freundinnen aus der Happy Hostess Dance Hall geholt, die meisten für ein paar Stunden, einige für einen Monat, sehr wenige für länger, und nur ein einziges Mal eine schlechte Erfahrung gemacht – ein Mädchen hatte ihn erpressen wollen. Ohne Zeit zu verlieren war er zur Mama-*san* gegangen. Noch am gleichen Abend waren das Mädchen und ihr Zuhälter von der Bildfläche verschwunden
»Warum traurig, *heya*?«
Weil ich Hongkong bald verlassen werde, hätte er ihr sagen mögen. Weil ich dich für mich allein haben möchte, aber nicht haben kann, nicht haben darf. Du lieber Gott, wie ich dich begehre!
»Nicht traurig, Lily, nur müde«, beruhigte er sie. Seine Schwierigkeiten in der Bank waren eine zusätzliche Last.
»Alles wird gut sein«, sagte sie. »Ruf bald an, *heya*?«
»Ja, ja, das werde ich.« Sie hatten ein einfaches Arrangement gehabt: einen Telefonanruf. Wenn er sie nicht direkt erreichen konnte, rief er die Mama-*san* an, und am gleichen Abend kam er ins Lokal, allein oder mit Freunden, tanzte ein paar Tänze mit ihr, um das Gesicht zu wahren, und dann ging sie. Eine halbe Stunde später zahlte er seine Rechnung und kam hierher. Sie suchten das Hotel nicht gemeinsam auf, denn sie wollte auf der Straße nicht in Gesellschaft eines fremden Teufels gesehen werden. Für den Ruf eines Mädchens wäre es höchst abträglich, außerhalb ihres Arbeitsplatzes allein mit einem Barbaren gesehen zu werden.
Havergill wußte das, aber es störte ihn nicht. Es gehörte zu Hongkong.
»Doh jeh«, sagte er, ich danke dir. Er wäre so gern geblieben, hätte sie so gern mitgenommen. *»Doh jeh«*, sagte er und ging.
Sie gähnte herzhaft, nachdem sie es in dieser Nacht schon so oft unterdrückt hatte, ließ sich auf die Kissen zurückfallen und dehnte sich wohlig.

Das Bett war zerwühlt, aber noch tausendmal besser als die Pritsche in dem Zimmer, das sie in Tai-ping Shan bewohnte.
Ein leises Klopfen. »Verehrte Dame?«
»Ah Tschun?«
»Ja.« Die Tür ging auf, und die alte Frau kam herein. Sie brachte saubere Handtücher. »Wie lange wollen Sie bleiben?«
Lily Su überlegte. Üblicherweise zahlte der Kunde in diesem Hotel für die ganze Nacht. Üblich aber war auch, daß die Geschäftsleitung dem Mädchen, wenn es das Zimmer schon früher räumte, einen Teil des Zimmerpreises zurückerstattete. »Die ganze Nacht«, antwortete sie. Sie wollte den Luxus genießen, denn sie wußte nicht, wann sie wieder Gelegenheit dazu haben würde. Vielleicht wird der Freier schon nächste Woche seine Bank und alles verloren haben.
»Joss«, sagte sie, und dann: »Bitte lassen Sie mir ein Bad ein.«
Brummend tat die alte Frau, wie ihr geheißen; dann verließ sie das Zimmer. Wieder gähnte Lily Su. Es war ein aufreibender Tag gewesen. Und heute war der Freier redseliger als sonst, während sie versucht hatte zu schlafen. Sie hatte kaum zugehört und auch nur hin und wieder ein Wort verstanden. Sie wußte aus langer Erfahrung, daß das eine Art von Entspannung war, insbesondere für einen alten Barbaren. Wie seltsam, dachte sie, soviel Arbeit und Geschrei, Geld und Tränen, und was kommt dabei heraus? Noch mehr Kummer, mehr Gerede und mehr Tränen. »Stoß dich nicht dran, wenn der Stengel schwach ist oder wenn sie mit ihrer mißtönenden Stimme reden oder murmeln, wenn sie in deinen Armen weinen. Barbaren tun das«, hatte die Mama-*san* ihr erklärt. »Mach deine Ohren zu und schließe deine Nase vor dem Geruch nach dem fremden Teufel und altem Mann und hilf diesem, einen Augenblick der Glückseligkeit zu erreichen. Er ist ein Hongkong-*yan*, ein alter Freund, und er zahlt prompt. Also spiel ihm was vor, bewundere seine Männlichkeit und denk daran, daß er für sein gutes Geld auch was verlangen kann.«
Lily Su wußte, daß er für sein Geld gute Ware bekam. Ja, ich habe einen guten Joss, oh, einen soviel besseren als meine arme Schwester und ihr Freund, die arme Duftige Blume und Noble House Tschens Erster Sohn. Was für eine Tragödie! Diese schrecklichen Werwölfe! Ihm ein Ohr abzuschneiden, ihn zu ermorden und dann ganz Hongkong zu bedrohen! Und wie schrecklich für meine arme ältere Schwester! Von diesen stinkenden Fischern in Aberdeen zu Tode getrampelt zu werden!
Erst heute morgen hatte sie eine Zeitung in die Hand bekommen, in der John Tschens Liebesbrief abgedruckt gewesen war. Sie hatte ihn sofort wiedererkannt. Seit Wochen hatten sie darüber gelacht, sie und Duftige Blume, über diesen und die anderen zwei Briefe, die Duftige Blume ihr zum Aufheben gegeben hatte. »So ein komischer Mann! Hat praktisch keinen Stengel und kann kaum je die Fahne aufziehen«, hatte ihre ältere Schwester

ihr anvertraut. »Er bezahlt mich dafür, daß ich daliege und mich küssen lasse und manchmal nackt für ihn tanze. Und ich muß ihm immer versprechen, daß ich allen erzähle, wie kraftvoll er ist! Iiiii, er gibt mir Geld wie Wasser! Seit elf Wochen bin ich jetzt seine ›wahre Liebe‹. Wenn das noch elf Wochen so weitergeht... schaut vielleicht eine Wohnung dabei heraus!«
Am Nachmittag war sie mit ihrem Vater aufs Polizeirevier von East Aberdeen gegangen, um die Leiche zu identifizieren. Sie schienen dort nicht zu wissen, wer ihr Freund gewesen war. Ihr kluger Vater hatte ihr geraten, es für sich zu behalten. »Noble House Tschen wird es sicher lieber sein, daß nichts darüber verlautet. In ein oder zwei Tagen werde ich ihn anrufen und ihm auf den Zahn fühlen. Wir müssen ein wenig warten. Nach den heutigen Nachrichten, was die Werwölfe mit seinem Sohn Nummer Eins gemacht haben, wird kein Vater verhandeln wollen.«
Ja, Vater ist klug, dachte sie. Es hat schon seinen Grund, daß seine Freunde ihn Neun Karat Tschu nennen. Allen Göttern sei Dank, daß ich die anderen zwei Briefe habe.
Nachdem sie die Leiche identifiziert hatten, mußten sie Formulare mit ihrem richtigen Namen Tschu ausfüllen, um ihren Anspruch auf das Geld geltend zu machen – 4360 HK auf den Namen Wisteria Su, und 3000 HK auf den Namen Duftige Blume Tak, alles Geld, das sie außerhalb der Good Luck Dance Hall verdient hatte. Aber der Polizeisergeant war hart geblieben. »Bedaure, aber jetzt, wo wir ihren richtigen Namen wissen, müssen wir ihn bekanntgeben, um allen Gläubigern Gelegenheit zu geben, Ansprüche auf ihren Nachlaß zu erheben.«
Dieser stinkende Hund von einem fremden Teufel, dachte sie zornig. Nichts wird übrigbleiben, wenn die Tanzhalle ihre Schulden einfordert. Nichts. *Ayeeyah!*
Aber das macht nichts, sagte sie sich, während sie ins Bad stieg. Macht nichts. Das Geheimnis der Briefe wird dem Noble House Tschen ein Vermögen wert sein.
Und Noble House Tschen hat mehr rote Scheinchen als eine Katze Haare.

Casey saß eingerollt am Fenster ihres Schlafzimmers, und bis auf eine kleine Leselampe über ihrem Bett waren alle Lichter gelöscht. Verdrießlich blickte sie auf die Straße fünf Stockwerke unter ihr hinunter. Selbst noch so spät, es war fast halb zwei, flutete der Verkehr durch die Straßen. Der dunstige Himmel hing schwer über der Stadt, es gab keinen Mond. Die Neonreklamen spiegelten sich in den Pfützen und verwandelten Häßlichkeit in ein Märchenland. Das Fenster war offen, die Luft kühl, und unten schossen die Menschen zwischen Taxis, Lkws und Bussen von einer Seite zur anderen. Viele Pärchen strebten dem neuen Royal Netherlands Hotel und einem späten Imbiß im Europäischen Kaffeehaus zu, wo sie selbst mit Kapitän Jan-

nelli, ihrem Piloten, einen Kaffee als Schlummertrunk zu sich genommen hatte.
Was die Leute hier so alles zusammenessen, ging es ihr durch den Kopf. Und es gibt so viele Menschen, so wenig Arbeitsplätze, so wenige an der Spitze, einer an der Spitze von jedem Haufen, immer ein Mann, alle kämpfen, um die Spitze zu erreichen und dort zu bleiben. Und wofür? Der neue Wagen, das neue Haus, die neue Einrichtung, der neue Kühlschrank, das neue Fernsehgerät oder was immer.
Das Leben ist eine einzige lange Rechnung. Nie ist genügend Geld da für die täglichen Ausgaben, ganz zu schweigen von einer Jacht oder einer Eigentumswohnung an der Küste von Acapulco oder der Côte d'Azur und den Mitteln, um hinzukommen.
Sie hatte Seymour Steigler zum Dinner in ihr Hotel gebeten und alle geschäftlichen Probleme mit ihm durchgesprochen. Hauptsächlich waren es juristische Fragen gewesen.
»Da muß die Eisenbahn drüberfahren können. Bei Ausländern kann man gar nicht vorsichtig genug sein«, meinte er. »Die spielen hier nach anderen Regeln.«
Unter dem Vorwand, noch einen Haufen Arbeit erledigen zu müssen, hatte sie sich verabschiedet. Als ihre Arbeit getan war, machte sie es sich im Lehnsessel gemütlich und fing an zu lesen: *Fortune, Business Week, The Wall Street Journal* und einige Fachzeitschriften. Dann hatte sie eine neue Lektion Kantonesisch gelernt und das Buch – Peter Marlowes Roman *Changi* – bis zuletzt gelesen. Sie hatte das abgegriffene Taschenbuch gestern vormittag in einem der vielen Bücherstände in einer Seitenstraße in der Nähe des Hotels gefunden. Das Feilschen hatte ihr Spaß gemacht. Die Händlerin hatte ursprünglich 22 HK verlangt. Casey hatte sie auf 7,55 heruntergehandelt – und in unmittelbarer Nähe in einem modernen Buchladen das gleiche Taschenbuch neu in der Auslage entdeckt. Hier kostete es 5,75 HK.
Casey hatte die alte Händlerin verwünscht. Aber sie hat dich nicht betrogen, hielt sie sich vor. Sie hat nur besser zu feilschen gewußt. Schließlich ist es nur ein paar Minuten her, daß du frohlockt hast, weil es dir gelungen ist, ihren Gewinn auf null herunterzudrücken – und, weiß Gott, diese Menschen brauchen ihren Gewinn!
Heute morgen war sie die Nathan Road zur Boundary Road hinaufspaziert. Es war eine Straße wie jede andere, laut, mit starkem Verkehr, voll von aufdringlichen Reklameschildern, nur daß das Gebiet zwischen der Boundary Road und der Grenze 1997 an China zurückfallen würde. Alles. Im Jahre 1898 hatten die Briten einen Pachtvertrag über das Gebiet abgeschlossen, das sich von der Boundary Road bis zum Sham-Tschun-Fluß erstreckte, der die neue Grenze bilden sollte. »War das nicht dumm?« hatte sie Marlowe gefragt, dem sie nachmittags zufällig in der Hotelhalle begegnet war.

»Jetzt hat es den Anschein«, antwortete er nachdenklich. »Aber damals? Wer weiß? Damals muß es ihnen vernünftig erschienen sein, sonst hätten sie es wohl nicht getan.«
»Ja, aber, du lieber Himmel, neunundneunzig Jahre ist so kurz! Was ist den Briten da nur eingefallen? Sie müssen... nicht recht bei Trost gewesen sein!«
»Ja, so denken Sie heute. Aber in jenen Tagen brauchte ein englischer Premierminister nur zu rülpsen, um eine Welt in Aufregung zu versetzen. In jenen Tagen war der britische Löwe noch ein Löwe. Was bedeutete ein kleiner Streifen Land einer Weltmacht, die über ein Viertel der Erde herrschte?« Er hatte gelächelt. »Überdies leistete die Bevölkerung der New Territories bewaffneten Widerstand – der aber bald erlosch, als der damalige Gouverneur, Sir Henry Blake, die Sache in die Hand nahm. Er führte keinen Krieg gegen sie, er redete mit ihnen. Schließlich erklärten sich die Dorfältesten bereit, vorausgesetzt, ihre Gesetze und Bräuche blieben in Kraft, vorausgesetzt ferner, sie könnten, wenn sie es wünschten, vor ein chinesisches Gericht gehen, und Kowloon City bliebe unter chinesischer Verwaltung.«
»Demnach unterstehen die Bewohner der New Territories immer noch der chinesischen Gerichtsbarkeit?«
»Nach den damaligen Gesetzen – nicht denen der Volksrepublik – und darum werden britische Richter gebraucht, die in der konfuzianischen Rechtsprechung bewandert sind. So nimmt zum Beispiel ein chinesisches Gericht von vornherein an, daß alle Zeugen lügen, daß es ihre Pflicht ist zu lügen und Aufgabe des Richters, die Wahrheit herauszufinden. Zivilisierte Leute geben nichts auf Schwüre, die Wahrheit zu sagen, und ähnliche Barbareien. Sie halten uns für wahnsinnig, daß wir das tun – und vielleicht haben sie gar nicht so unrecht. Sie pflegen alle möglichen verrückten und vernünftigen Bräuche – man kann es so oder so sehen. Wußten Sie zum Beispiel, daß es in der ganzen Kolonie völlig legal ist, mehr als eine Frau zu haben – vorausgesetzt, man ist Chinese?«
»Kluge Kerlchen! Aber Sie, Peter, brauchen keine andere. Sie haben Fleur. Wie geht es euch beiden? Kommen Sie gut in Ihrer Arbeit voran? Möchte Fleur morgen mit mir zu Mittag essen, wenn Sie beschäftigt sind?«
»Das wird leider nicht gehen. Sie ist im Krankenhaus.«
»O Gott, was ist denn passiert?«
Er erzählte ihr von Dr. Tooleys Besuch am Vormittag. »Ich war gerade bei ihr. Ihr geht es... nicht sehr gut.«
»Das tut mir aber leid. Kann ich etwas tun?«
»Nein, ich glaube nicht.«
»Linc hat das Richtige getan, als er mit ihr ins Wasser sprang, Peter. Ehrlich.«
»Selbstverständlich, Casey. Glauben Sie ja nicht... Linc hat getan, was

ich... Er hat es besser gemacht, als ich es hätte tun können. Sie auch. Und ich glaube, Sie beide haben auch diese andere Frau gerettet. Orlanda. Orlanda Ramos.«

»Ja.«

»Sie sollte Ihnen ewig dankbar sein. Ihnen beiden. Sie war von panischem Entsetzen befallen. Ich habe so etwas schon oft gesehen. Eine flotte Biene, nicht wahr?«

»Ja. Wie kommen Sie mit Ihrer Arbeit voran?«

»Gut, danke.«

»Wir müssen einmal Erfahrungen austauschen. Übrigens, ich habe mir Ihr Buch gekauft – aber noch nicht gelesen. Es kommt als nächstes dran.«

»Ich hoffe, es wird Ihnen gefallen. Aber jetzt muß ich laufen. Die Kinder warten.«

»Denken Sie daran, Peter, wenn Sie etwas brauchen, rufen Sie mich einfach an! Danke für den Tee und grüßen Sie Fleur von mir!«

Casey streckte sich, stieg vom Fenster herunter und ging wieder ins Bett. Das Zimmer war klein und nicht so elegant wie ihre Suite – jetzt *seine* Suite. Er hatte beschlossen, auch das zweite Schlafzimmer zu behalten. »Wir können es immer als Büro benützen oder als Gästezimmer. Keine Sorge, Casey, wir können alles von der Steuer absetzen!«

Orlanda? In diesem Bett würde die Dame nie schlafen!

Casey, ermahnte sie sich, sei nicht gehässig, sei nicht dumm! Oder eifersüchtig. Du warst noch nie eifersüchtig, noch nie *so* eifersüchtig. Du hast die Regeln aufgestellt. Ja, ich bin froh, daß ich ausgezogen bin. Orlanda wird ihm gut tun. Der Teufel soll sie holen!

Sie hatte einen trockenen Mund. Sie ging zum Kühlschrank, holte sich ein Fläschchen Perrier und legte sich wieder nieder. Sie hatte schon früher versucht einzuschlafen, aber zu viel war ihr durch den Kopf gegangen, zu viele neue Eindrücke beschäftigten ihre Gedanken: neue Speisen, neue Gerüche, Bräuche, Gefahren, neue Menschen und Kulturen. Dunross und Gornt und Linc. Ein neuer Linc. Eine neue Casey, die Angst vor einer hübschen Fotze hat... Ja, Fotze, wenn du ordinär sein willst, und auch das ist neu für dich! Und diese Schlampe, diese Lady Joanna, mit ihrem stinkfeinen englischen Akzent: »Haben Sie vergessen, meine Liebe, heute ist der Lunch unseres ›Über-Dreißig-Klubs‹? Ich habe es bei der Dinnerparty des Tai-Pan erwähnt.«

Verdammte alte Vettel! Über dreißig! Ich bin noch nicht einmal siebenundzwanzig!

Stimmt, Casey. Aber du bist gereizt wie eine läufige Katze, und das nicht nur wegen ihr oder Orlanda; es ist auch wegen Linc und den Hunderten williger Mädchen, die du schon in Nachtlokalen und Bars gesehen hast. Und jetzt hat auch Jannelli noch Öl ins Feuer gegossen, nicht wahr? »Mensch, Casey«, hatte er gegrinst, »seit meinen Urlaubstagen im Koreakrieg hat sich hier nichts geändert. Es kostet immer noch zwanzig Mäuse, und man kommt sich wie ein Pascha vor.«

Gegen zehn Uhr abends hatte Jannelli angerufen, um zu fragen, ob sie Lust hätte, mit ihm und dem Rest der Besatzung einen späten Imbiß im Royal Netherlands einzunehmen. Ihr Herz hatte bis zum Hals geschlagen, als das Telefon klingelte. Sie hatte gedacht, es sei Linc. Als sie hörte, daß er es nicht war, hatte sie vorgegeben, noch viel Arbeit zu haben, sich aber dann gern überreden lassen. Sie bestellte sich eine doppelte Portion Rührei mit Speck, Toast und Kaffee, obwohl sie wußte, daß sie das Zeug gar nicht wollte.

Als Protest. Als Protest gegen Asien, Hongkong, Joanna und Orlanda und, o Jesus, ich wünschte, ich hätte mich nie für Asien interessiert, hätte Linc nie vorgeschlagen, unsere Operationen zu internationalisieren.

Und warum hast du es dann getan?

Weil es der einzige Weg ist, den die amerikanische Wirtschaft gehen kann – der einzige Weg auch für Par-Con. Multinational, aber Export. Und Asien ist der größte und bisher noch kaum angezapfte Markt der Welt. Wir leben in einem Jahrhundert, das Asien gehört. Und die Dunross' und die Gornts haben es geschafft – wenn sie mit uns gehen, denn hinter uns steht der größte Markt der Welt – mit Geld, Technologie und Fachwissen.

Aber warum hattest du es so eilig, nach Hongkong zu fliegen?

Weil ich zu meinem Startgeld kommen und die Zeit zwischen jetzt und meinem Geburtstag ausfüllen wollte.

Wenn du so weitermachst, wirst du bald keinen Job, keine Zukunft und keinen Linc mehr haben, dem du mit ja oder nein antworten kannst. Es ist diese Orlanda, die dich ganz verrückt macht, sagte sie sich.

Na ja, morgen ist auch noch ein Tag. Du kannst sie leicht loswerden, sprach sie sich grimmig Trost zu.

Ihr Blick fiel auf Peter Marlowes Taschenbuch. Sie nahm es zur Hand, schüttelte die Kissen auf und fing an zu lesen. Sie hatte sich in die Lektüre vertieft, als das Telefon läutete. Ein unbeschreibliches Glücksgefühl überflutete sie. »He, Linc, hast du dich gut unterhalten?«

»Ich bin es, Casey, Peter Marlowe. Entschuldigen Sie vielmals, daß ich Sie so spät anrufe, aber ich habe mich erkundigt, und man sagte mir, bei Ihnen brenne noch Licht... Ich hoffe, ich habe Sie nicht geweckt.«

»Nein, nein.« Sie konnte ihre Enttäuschung kaum verbergen. »Was gibt's?«

»Tut mir leid, daß ich Sie so spät noch belästige. Ich muß ins Krankenhaus und... Sie sagten, ich könne Sie anrufen.«

»Was ist passiert?«

»Ich weiß es nicht. Sie wollten nur wissen, ob ich gleich hinkommen könnte. Ich habe Sie nur wegen der Kinder angerufen. Hin und wieder schaut der Hausboy bei ihnen vorbei, aber ich wollte ihnen einen Zettel mit Ihrer Nummer dalassen, für den Fall, daß sie aufwachen, daß sie anrufen können, um eine freundliche Stimme zu hören. Sie waren so begeistert von Ihnen, als sie Sie im Foyer sahen. Sie werden vermutlich nicht aufwachen, aber... dürfen sie Sie anrufen? Ich bed...«

»Selbstverständlich! Aber ich weiß noch was Besseres: Ich komme gleich rüber. Ich bin nicht schläfrig, und Sie wohnen ja praktisch nebenan. Ich bin gleich da. Sie können schon losfahren.«

In einer Minute war sie angezogen: Hose, Bluse und ein Kaschmirpullover. Sie durchquerte die Hotelhalle, ging die Seitengasse hinauf und betrat die Dependance. Peter Marlowe hatte auf sie gewartet. »Das ist Miss Tcholok«, informierte er hastig den Nachtportier. »Sie wird auf die Kinder aufpassen, bis ich zurückkomme.«

»Ja, Sir«, sagte der Eurasier und machte große Augen. »Der Page bringt Sie hinauf, Miss.«

»Ich hoffe, es ist nichts Schlimmes, Peter...« Aber er war schon aus der Drehtür auf der Suche nach einem Taxi.

Die Suite war klein, im sechsten Stock, und die Tür stand offen. Der Hausboy, Nachtzeit Po, zuckte die Achseln und entfernte sich brummelnd. Als ob er nicht auch auf zwei schlafende Kinder aufpassen könnte, die Abend für Abend Versteck mit ihm spielten.

Casey schloß die Tür und lugte in das winzige zweite Schlafzimmer. Beide Kinder schliefen friedlich in ihren Doppelstockbetten, Jane, die Kleine, in der oberen Koje, Alexandra in der unteren. Ihr Herz schlug ihnen entgegen. Blond, zerzaust, engelgleich, Teddybären in den Armen. O wie gern möchte ich Kinder, dachte sie. Lincs Kinder.

Ach ja? Trotz Windeln, schlaflosen Nächten und immer eingesperrt sein? Ich weiß es nicht. Ich glaube schon. O ja, zwei wie diese schon. O ja!

Im Kühlschrank fand sie Sodawasser, und das erfrischte und beruhigte sie. Sie setzte sich in den Lehnsessel, nahm Marlowes Buch aus ihrer Handtasche und begann abermals zu lesen.

Nach zwei Stunden kam er zurück. Die Zeit war ihr wie im Flug vergangen.

»Oh«, sagte sie und forschte in seinem Gesicht. »Sie hat das Baby verloren?«

Er nickte stumm. »Tut mir leid, daß Sie so lange warten mußten. Mögen Sie eine Tasse Tee?«

»Gern. Lassen Sie mich...«

»Nein. Nein, danke! Ich weiß, wo alles ist. Tut mir leid, daß ich Ihnen soviel Ungelegenheiten gemacht habe.«

»Das ist doch lächerlich. Und wie geht es ihr?«

»Sie sagen, es geht ihr gut. Die Magenkrämpfe waren daran schuld. Sie ist außer Gefahr, sagen sie. Eine Fehlgeburt ist immer hart für eine Frau.«

»Es tut mir schrecklich leid.«

»Schon recht, Casey. Fleur kommt schon wieder in Ordnung.« Seine

Stimme klang ruhig. »Die... die Japaner glauben, daß bis dreißig Tage nach der Zeugung nichts, äh, nichts feststeht. Dreißig Tage bei einem Jungen, einunddreißig bei einem Mädchen, es ist noch keine Seele da, keine Persönlichkeit... es ist noch kein Mensch.« Er stand in der winzigen Küche und setzte das Teewasser auf. »Nicht schlecht, wenn man das glauben kann, nicht wahr? Wie sollte es denn auch etwas anderes sein als ein Es? Für die Mutter ist es furchtbar, aber... Tut mir leid, ich rede Unsinn.«

»Aber nein. Ich hoffe nur, daß sie bald wieder in Ordnung kommt«, sagte Casey, hätte ihn berühren wollen und wußte nicht, ob sie es tun sollte. Er sah so würdevoll aus in seinem Kummer und war für sie doch nur ein kleiner Junge.

»Chinesen und Japaner sind eigentlich recht vernünftige Leute. Mit ihrem Aberglauben machen sie sich das Leben einfach. Vielleicht war früher die Kindersterblichkeit so hoch, daß irgendein kluger Vater diese Weisheit erdachte, um den Schmerz einer Mutter zu lindern. Oder, was noch wahrscheinlicher ist, es war vielleicht eine kluge Mutter, die auf diese Weise ihren verzweifelten Gatten trösten wollte?«

»Wahrscheinlich«, sagte sie, weil sie dazu keine Meinung hatte. Sie sah ihm beim Teekochen zu. »Tut mir leid, daß wir keine Teebeutel haben«, entschuldigte er sich. »Ich kann mich nicht daran gewöhnen, obwohl Fleur meint, der Tee sei genauso gut und macht weniger Arbeit.« Er brachte das Tablett ins Wohnzimmer. »Milch und Zucker?« fragte er.

»Bitte«, antwortete sie, obwohl sie den Tee ohne lieber hatte. Sie tranken schweigend. »Ausgezeichnet!«

Sie sah, daß sein Blick auf das offene Buch fiel. »Oh!«

»Was ich bis jetzt gelesen habe, gefällt mir. Ist das alles wahr?«

Zerstreut goß er sich eine zweite Tasse ein. »So wahr, wie etwas sein kann, wenn man es fünfzehn Jahre, nachdem es passiert ist, erzählt. Soweit ich mich erinnern kann, entsprechen die Ereignisse, die ich schildere, der Wahrheit. Die Personen in dem Buch hat es nicht gegeben, wohl aber Leute, die wie sie gesprochen und gehandelt haben.«

»Es ist unglaublich. Unglaublich, daß Menschen, junge Menschen das überleben konnten. Wie alt waren Sie damals?«

»Ich kam mit achtzehn nach Changi und war einundzwanzig, als ich befreit wurde.«

»Wer sind Sie in dem Buch?«

»Vielleicht bin ich gar nicht drin.«

Casey beschloß, nicht weiterzuforschen. Jetzt nicht. »Ich werde jetzt gehen. Sie müssen ja fertig sein.«

»Nein, bin ich nicht. Ich muß mir noch ein paar Notizen machen. Ich schlafe, wenn die Kinder in der Schule sind. Aber Sie, Sie sind sicher todmüde. Ich kann Ihnen gar nicht genug danken, Casey. Ich schulde Ihnen einen Gefallen.«

Sie schüttelte lächelnd den Kopf, doch dann sagte sie: »Sie kennen doch Hongkong schon so gut, Peter. Für wen würden Sie sich entscheiden, für Dunross oder für Gornt?«

»Wenn es um ein Geschäft geht, für Gornt. Wenn es um die Zukunft geht, für Dunross – sofern es ihm gelingt, den Sturm abzuschlagen. Was ich so höre, ist das allerdings nicht sehr wahrscheinlich.«

»Warum Dunross, wenn es um die Zukunft geht?«

»Gesicht. Gornt hat nicht die Statur für *den* Tai-Pan – und auch nicht den Background.«

»Ist denn das so wichtig?«

»Hier unbedingt. Wenn Par-Con hundert Jahre Wachstum anstrebt, Dunross. Wenn Sie nur auf einen Spekulationserfolg aus sind, Gornt.«

Nachdenklich leerte sie ihre Tasse. »Was wissen Sie über Orlanda?«

»Eine ganze Menge«, antwortete er rasch. »Aber Skandalgeschichten oder Klatsch über einen lebenden Menschen, das ist nicht dasselbe wie die Fama aus alten Zeiten. Habe ich recht?«

Sie musterte ihn. »Und wenn ich Sie um einen Gefallen bäte?«

»Das wäre etwas anderes. Bitten Sie mich um einen Gefallen?«

Sie stellte ihre Tasse nieder und schüttelte den Kopf. »Nein, Peter, jetzt nicht. Vielleicht später, aber jetzt nicht.« Sie sah, daß sich eine Furche in seine Stirn grub. »Was haben Sie?« fragte sie.

»Ich habe mich gefragt, wieso Orlanda eine Bedrohung für Sie darstellt. Und wieso gerade heute nacht? Die Antwort auf diese Frage führt geradewegs zu Mr. Bartlett. Und daß sie mit ihm ausgegangen ist. Und das erklärt, warum Sie so schroff am Telefon waren, als ich anrief.«

»War ich das?«

»Ja. Es ist mir natürlich aufgefallen, wie er sie in Aberdeen angesehen hat und sie ihn.« Er nippte an seinem Tee und bekam einen harten Zug. »Es war allerhand los auf dieser Party. Viele Anfänge, große Spannungen, bühnenwirksames Drama. Faszinierend, wenn man sich selbst raushalten kann. Aber das können wir nicht...«

»Tun Sie das immer: beobachten und zuhören?«

»Ich versuche, mich als Beobachter zu schulen. Ich bemühe mich, meine Ohren und Augen zu gebrauchen. Sie tun das auch. Es gibt nicht viel, was Ihnen entgeht.«

»Sie könnten recht haben.«

»Orlanda hat ihre Lehrzeit in Hongkong und bei Gornt gemacht, und wenn Sie auf einen Zusammenstoß mit ihr zusteuern, bei dem es um Mr. Bartlett geht, sollten Sie sich auf einen Kampf bis aufs Messer vorbereiten – wenn sie entschlossen ist, ihn zu erobern, worüber ich mir noch nicht klar bin.«

»Könnte es sein, daß Gornt sie für seine Zwecke ausnützt?«

Nach einer Pause antwortete er: »Ich möchte sagen, daß Orlanda Orlandas Hüterin ist. Trifft das nicht auf die meisten Frauen zu?«

»Die meisten Frauen stellen ihr Leben auf einen Mann ein.«
»Nach dem Wenigen, was ich von Ihnen weiß, werden Sie mit allem fertig, was sich Ihnen entgegenstellt.«
»Was wissen Sie wirklich von mir?«
»Eine Menge. Unter anderem auch, daß Sie eine smarte, tapfere Frau sind und es verstehen, Ihr Gesicht zu wahren.«
»Von Gesicht habe ich die Nase voll. In Zukunft wird ein Mensch bei mir an Arsch gewinnen oder verlieren.«
Er lachte mit ihr. »So wie Sie das sagen, klingt das damenhaft.«
»Ich bin keine Dame.«
»O doch!« Und sanfter fügte er hinzu: »Ich habe auch beobachtet, wie Bartlett Sie auf Dunross' Party angesehen hat. Er liebt Sie. Und er wäre ein Narr, Orlanda für Sie einzutauschen.«
»Ich danke Ihnen, Peter.« Sie erhob sich, küßte ihn zart und ging. Als sie in ihrem Stockwerk den Aufzug verließ, war Nachtzeit Song zur Stelle. Er trippelte vor ihr her und öffnete ihr die Tür. Er sah, wie ihre Augen zur Tür am Ende des Ganges wanderten.
»Herr noch nicht zu Hause«, berichtete er mit Emphase.
»Du hast eben noch mehr Arsch verloren, alter Freund.«
»Äh?«
Zufrieden mit sich schloß sie die Tür. Im Bett fing sie wieder an zu lesen. Im Morgengrauen beendete sie das Buch. Dann schlief sie ein.

2

9.25 Uhr:

»Bitte folgen Sie mir, Tai-Pan«, sagte der Diener.
Dunross verbarg seine Neugier, als er in einen Vorraum geleitet wurde. Dies war das erstemal, daß Tiptop ihn oder sonst jemanden, den er kannte, in sein Haus gebeten hatte. Das Innere war sauber und mit jener seltsamen, sorglosen, aber typisch chinesischen Mischung aus guten alten lackierten Kunstgegenständen und häßlichen modernen Nippsachen eingerichtet. Kitschige Drucke hingen an den reichverzierten, getäfelten Wänden. Dunross nahm Platz. Ein anderer Diener brachte Tee und schenkte ein.
Dunross spürte, daß er beobachtet wurde, aber das war nichts Ungewöhnliches. Die meisten dieser alten Häuser hatten Gucklöcher in Wänden und Türen – selbst im Großen Haus gab es einige.
Als er heute gegen vier Uhr früh nach Hause gekommen war, hatte er sich unverzüglich in sein Arbeitszimmer begeben und den Safe geöffnet. Kein

Zweifel: Eine der noch vorhandenen Halbmünzen paßte zu den Abdrücken in Vierfinger Wus Wachsscheibe.
»Mein Gott!« hatte er gemurmelt. »Was jetzt?« Er legte die Scheibe und die Münze in den Safe zurück. Seine Augen hatten die geladene Pistole und den leeren Platz gesehen, wo die AMG-Berichte gewesen waren. Von Unbehagen erfüllt, war er zu Bett gegangen. Auf dem Kissen hatte er eine Nachricht vorgefunden: »Lieber Vater, würdest du mich wecken, wenn du das Haus verläßt? Wir möchten bei den Proberennen zusehen. Alles Liebe, Adryon. P.S.: Kann ich Martin zu den Rennen am Sonnabend einladen? P.P.S.: Ich finde ihn super. P.P.P.S.: Dich auch.«
Als er heute früh gegangen war, hatte er zweimal an ihre Tür klopfen müssen, um sie zu wecken. »Adryon! Es ist halb sieben.«
»Ach! Regnet es?« fragte sie verschlafen.
»Nein. Wird aber bald. Soll ich die Vorhänge aufziehen?«
»Nein, Vater, danke... Laß nur! Martin... Martin wird es nichts ausmachen.« Sie hatte ein Gähnen unterdrückt. Ihre Augen schlossen sich, und fast noch im selben Augenblick war sie wieder tief eingeschlafen.
Belustigt hatte er sie leicht geschüttelt, aber sie schlief weiter.
Als er jetzt zurückdachte, wie reizend sie aussah und was seine Frau ihm von der Pille erzählt hatte, beschloß er, sich gründlich über Martin Haply zu informieren. Für den Fall des Falles...
»Tut mir leid, daß ich Sie warten ließ, Tai-Pan.«
Dunross erhob sich und schüttelte die Hand, die ihm geboten wurde. »Es ist sehr freundlich von Ihnen, mich zu empfangen, Mr. Tip. Ich habe mit Bedauern von Ihrer Erkältung gehört.«
Tip Tok-toh war ein Mann Mitte Sechzig mit einem runden, freundlichen Gesicht. Er trug einen Schlafrock. Seine Augen waren rot, seine Nase verstopft, seine Stimme heiser. »Es ist dieses verdammte Klima. Vorige Woche war ich mit Shi-teh T'tschung segeln, und dabei muß ich mich verkühlt haben.« Sein englischer Akzent war ein wenig amerikanisch, vielleicht kanadisch. Weder Dunross noch Alastair Struan war es je gelungen, ihm etwas über seine Vergangenheit zu entlocken, und auch Johnjohn wußte nichts von seiner Tätigkeit als Bankier im nationalistischen China vor 1949. Nicht einmal Shi-teh T'tschung oder Philip Tschen, die ihn großzügig bewirteten, brachten etwas aus ihm heraus. Die Chinesen hatten ihn mit dem Spitznamen ›Die Auster‹ bedacht.
»Das Wetter war scheußlich«, bemerkte Dunross liebenswürdig.
Tiptop deutete auf den Mann neben ihm. »Das ist Mr. L'eung, ein Mitarbeiter.«
Es war ein farbloser Mann. Er trug eine Mao-Jacke und eine graubraune Hose. Er nickte, und Dunross nickte zurück. ›Mitarbeiter‹ konnte alles bedeuten: vom Chef bis zum Dolmetscher, vom Kommissar bis zum Wächter.

»Darf ich Ihnen Kaffee anbieten?«

»Vielen Dank. Haben Sie schon Vitamin C gegen Ihre Erkältung versucht?« Geduldig begann Dunross das formale Geplauder, das dem wahren Grund seines Besuches vorausgehen mußte. In der Quance-Bar sitzend, wo er auf Brian Kwok gewartet hatte, war ihm eingefallen, daß es der Mühe wert sein konnte, Johnjohns Vorschlag näherzutreten. Er hatte Philip Tschen angerufen und ihn ersucht, Tiptop für ihn um eine Unterredung heute vormittag zu bitten. Es wäre genauso leicht gewesen, Tiptop direkt anzurufen, aber das hätte nicht dem korrekten chinesischen Protokoll entsprochen. Solche Dinge erledigte man über einen mit beiden Teilen befreundeten Mittelsmann.

Er machte höfliche Konversation und hörte nur mit halbem Ohr zu. Es wunderte ihn, daß sie sich immer noch auf Englisch unterhielten. Das konnte nur heißen, daß L'eung ebenfalls perfekt Englisch sprach, oder aber weder Kantonesisch noch Schanghaiisch verstand, beides Dialekte, die sowohl Dunross wie Tiptop beherrschten. Dann kam Tiptops Eröffnungszug.

»Ihr Kursverlust an der Börse macht Ihnen sicher große Sorgen, Tai-Pan.«

»Da haben Sie wohl recht, Mr. Tip, aber es ist kein ›Krach‹, eher eine Neuorientierung.«

»Und Mr. Gornt?«

»Quillan Gornt ist Quillan Gornt, der es sich zur Gewohnheit gemacht hat, nach uns zu schnappen. Unter dem Himmelszelt sind alle Raben schwarz.«

Dunross blieb sachlich und fragte sich, wieviel der Mann wußte.

»Und die Ho-Pak-Pleite? Ist das auch eine Neuorientierung?«

»Nein. Das ist eine schlimme Sache. Der Ho-Pak war das Glück nicht hold.«

»Mag sein, Mr. Dunross. Aber das Glück hat nicht viel damit zu tun. Es ist das kapitalistische System und die Unfähigkeit von Mr. Kwang.«

Dunross' Augen streiften L'eung, der steif, unbeweglich und sehr aufmerksam dasaß. »Ich habe mit Mr. Kwangs Geschäften nichts zu tun, Mr. Tip. Bedauerlicherweise hat der Run auf die Ho-Pak auch andere Banken in Mitleidenschaft gezogen; das ist sehr schlecht für Hongkong und, so will mir scheinen, schlecht für die Volksrepublik China.«

»Doch nicht für die Volksrepublik China! Wie sollte das schlecht für uns sein?«

»China ist China, das Reich der Mitte. Wir von Noble House haben in China immer die Mutter und den Vater unseres Hauses gesehen. Unsere Basis in Hongkong muß einer an sich bedeutungslosen Belagerung standhalten – einem vorübergehenden Mangel an Vertrauen und Bargeld. Unsere Banken haben die Stärke, das Vermögen und die Reserven, die sie brauchen, um allen Freunden und allen Kunden zu Diensten zu sein.«

»Wenn die Währung so hart ist, warum drucken Sie nicht einfach mehr Banknoten?«

»Das ist eine Zeitfrage, Mr. Tip. Das Münzamt ist nicht imstande, genügend Hongkong-Dollar zu drucken.« Geduldig beantwortete Dunross diese und andere Fragen, wohl wissend, daß sie aus Rücksichtnahme auf L'eung gestellt wurden – was darauf schließen ließ, daß L'eung eine höhere Stellung in der Partei einnahm und kein Bankmann war. »Unsere Lösung bestünde darin, unverzüglich ein paar Flugzeugladungen mit Pfund Sterling kommen zu lassen, um auszahlen zu können.«

»Das könnte den Hongkong-Dollar auch nicht stabiler machen.«

»Unsere Bankleute wissen das. Aber wir haben einfach nicht genug Hongkong-Dollar, um alle Einleger zu befriedigen.«

Das Schweigen verdichtete sich. Dunross wartete. Johnjohn hatte ihm gesagt, daß die Bank of China seines Wissens aufgrund der britischen Devisenbeschränkungen über keine großen Pfundreserven verfügte, wohl aber über beträchtliche Mengen an Hongkong-Dollars.

»Eine Schwächung des Hongkong-Dollars wäre gar nicht gut«, sagte Tip Tok-toh und schneuzte sich geräuschvoll. »Nicht gut für Hongkong.«

»Mhm.«

Tip Tok-tohs Augen wurden hart, und er beugte sich vor. »Trifft es zu, Tai-Pan, daß die Orlin Merchant Bank ihren Revolving Fonds nicht erneuern wird?«

Dunross' Herz schlug schneller. »Ja, das trifft zu.«

»Und trifft es zu, daß Ihre ehrenwerte Bank nicht bereit ist, Ihnen genügend Mittel zur Verfügung zu stellen, um es Ihnen möglich zu machen, den Angriff von Rothwell-Gornt abzuwehren?«

»Das trifft zu.« Dunross war sehr erfreut zu hören, wie ruhig seine Stimme klang.

»Und ist es richtig, daß viele alte Freunde Ihnen Hilfe verweigert haben?«

»Das ist richtig.«

»Und stimmt es, daß dieser... dieser Hiro Toda heute nachmittag hier eintrifft, um die Zahlung für Schiffe einzufordern, die vor kurzem in seiner japanischen Werft in Auftrag gegeben wurden?«

»Das stimmt.«

»Und entspricht es der Wahrheit, daß Mata, Tung und ihre in Macao registrierte Great Good Luck Company ihre normale Bestellung von Goldbarren verdreifacht haben, Sie aber nicht unterstützen wollen?«

»Ja.« Dunross lauschte mit konzentrierter Aufmerksamkeit.

»Und ist es richtig, daß diese Hunde von Sowjetimperialisten wieder einmal auf das schamloseste um eine Bankkonzession für Hongkong nachgesucht haben?«

»Soviel ich weiß, ja. Johnjohn hat mich davon in Kenntnis gesetzt. Ich bin nicht sicher, aber ich glaube nicht, daß er mir eine Unwahrheit auftischt.«

»Was hat er Ihnen gesagt?«

Dunross wiederholte Johnjohns Hinweis wörtlich und fügte hinzu: »Das

Nachsuchen würde zweifellos von mir und den Vorständen aller britischen Banken, von allen Tai-Panen und vom Gouverneur abgelehnt werden. Wie Johnjohn sagt, hatten die Sowjetimperialisten die Kühnheit, ihm beträchtliche und jederzeit abrufbare Beträge von Hongkong-Dollars anzubieten, um ihm aus der gegenwärtigen Klemme zu helfen.«

Tip Tok-toh trank seinen Kaffee aus. »Noch ein Täßchen?«

»Gern.« Dunross registrierte, daß L'eung einschenkte, und hatte das Gefühl, ein gutes Stück weitergekommen zu sein. Als er Philip Tschen gegenüber gestern abend die Moskauer Bank erwähnt hatte, zweifelte er nicht daran, daß Philip wußte, wie er diese Information weitergeben mußte, die einem so cleveren Mann wie Tiptop den wahren Grund für das dringende Ersuchen um eine Unterredung zeigen würde. Er hätte dann Zeit, den Entscheidungsbefugten zu kontaktieren, dem es letztendlich oblag, die Bedeutung dieser Mitteilung zu bewerten und einzuwilligen oder nicht.

»Schrecklich, schrecklich«, sagte Tiptop nachdenklich. »Schreckliche Zeiten! Alte Freunde, die alte Freunde im Stich lassen und Feinde willkommen heißen... Übrigens, Tai-Pan: Einer unserer alten Freunde möchte wissen, ob Sie ihm eine Schiffsladung beschaffen könnten. Soviel ich weiß, handelt es sich um Thoriumoxid.«

Es kostete Dunross große Mühe, keine Miene zu verziehen. Thoriumoxid war eine seltene Erde, die immer noch in erheblichen Mengen zur Erzeugung von Glühstrümpfen verwendet wurde. Voriges Jahr hatte er zufällig erfahren, daß Hongkong nach den Vereinigten Staaten der größte Abnehmer geworden war. Seine Neugier wurde dadurch gereizt, daß Struan's an diesem offenbar gewinnträchtigen Handel nicht beteiligt war. Er hatte sehr bald herausgefunden, daß es relativ leicht war, an das Material heranzukommen, und daß es viele kleine Importeure gab, die sich über ihre Geschäfte beharrlich ausschwiegen. Aus Thorium, das in der Natur in verschiedenen radioaktiven Isotopen vorkam, konnte in einem Brüterreaktor das spaltbare Uraniumisotop 233 gewonnen werden, das als Brennstoff für Atomkernreaktoren geeignet ist. Natürlich unterlag der Handel mit diesen und vielen anderen Thoriumverbindungen als strategischem Material gewissen Beschränkungen, aber er hatte überrascht festgestellt, daß es für Oxide und Nitrate, obwohl leicht umzuwandeln, keinerlei Restriktionen gab.

Dunross sah, wie die beiden Männer ihn beobachteten. L'eungs Gesicht blieb unbewegt, nur eine kleine Ader pulsierte auf seiner Stirn. »Das wäre vielleicht möglich, Mr. Tip. Wieviel würde gebraucht und wann?«

»Ich glaube sofort und so viel wie möglich. Wie Sie wissen, ist die Volksrepublik bemüht, ihre Einrichtungen zu modernisieren, aber unsere Beleuchtung erfolgt noch zum Großteil mit Gas.«

»Natürlich.«

»Wo würden Sie die Oxide oder Nitrate hernehmen?«

»Australien wäre vermutlich die am raschesten zu erschließende Quelle, obwohl ich im Augenblick nichts über die Qualität sagen könnte. Außerhalb der Vereinigten Staaten kommt es nur in Tasmanien, Brasilien, Indien, Südafrika, Rhodesien und im Ural vor... dort gibt es reiche Lagerstätten.« Keiner der beiden Zuhörer lächelte. »Rhodesien und Tasmanien wären wohl am besten geeignet. Gibt es da jemanden, mit dem Philip oder ich verhandeln sollten?«
»Ein Mr. Vee Cee Ng im Princess House.«
Das Rätsel fing an, sich zu klären. Mr. Vee Cee Ng, Fotograf NG, war ein guter Freund Tsu-yans, des abgängigen Tsu-yan, seines alten Freundes und Geschäftspartners, der unter mysteriösen Umständen von Macao aus nach China geflohen war. Tsu-yan war einer der Thorium-Importeure gewesen.
»Ich kenne Mr. Ng. Wie geht es übrigens meinem alten Freund Tsu-yan?«
L'eung war sichtlich überrascht. Volltreffer, dachte Dunross, aber auch er war erschüttert, denn er hatte Tsu-yan nie für einen Kommunisten gehalten oder ihn verdächtigt, kommunistische Sympathien zu hegen.
»Tsu-yan?« Tiptop runzelte die Stirn. »Ich habe ihn schon seit einer Woche oder noch länger nicht mehr gesehen. Wieso fragen Sie *mich*?«
»Wie ich hörte, ist er über Macao nach Peking gereist.«
»Seltsam! Das ist sehr seltsam. Was ihn wohl dazu bewogen haben mag – einen Erzkapitalisten? Nun ja, es geschehen noch Zeichen und Wunder. Wenn Sie so freundlich wären, sich mit Mr. Ng direkt ins Benehmen zu setzen. Von ihm werden Sie alle Einzelheiten erfahren.«
»Das werde ich noch heute vormittag erledigen. Sobald ich wieder im Büro bin.«
Dunross wartete. Wir werden noch mehr Konzessionen machen müssen, bevor sie meinem Ersuchen stattgeben – wenn sie stattgeben. – Inzwischen überlegte er fieberhaft, wie er die Thoriumoxide beschaffen und ob er sie beschaffen sollte. Gern hätte er gewußt, wie weit die Volksrepublik mit ihrem Atomprogramm war, rechnete aber nicht damit, daß sie es ihm sagen würden. L'eung nahm ein Päckchen Zigaretten heraus und bot ihm an.
»Nein, danke.«
Die beiden Chinesen zündeten sich Zigaretten an. Tiptop hustete und schneuzte sich. »Es ist doch seltsam, Tai-Pan, höchst seltsam, daß Sie sich besonders anstrengen, um der Victoria, der Blacs und allen Ihren kapitalistischen Banken zu helfen, obwohl diese, hartnäckigen Gerüchten zufolge, nicht bereit sind, Ihnen in Ihrer Bedrängnis beizustehen.«
»Vielleicht werden sie ihre Fehler noch einsehen«, erwiderte Dunross. »Manchmal erweist es sich als nötig, die eigenen Interessen zugunsten des Gemeinwohls zurückzustellen. Es wäre für das Reich der Mitte nicht gut, wenn Hongkong in Schwierigkeiten geriete.« Er sah die Verachtung auf L'eungs Gesicht, aber das störte ihn nicht. »Es ist ein bewährter chinesi-

scher Handlungsgrundsatz, alte Freunde, vertraute Freunde, nicht zu vergessen, und solange ich Tai-Pan des Noble House bin, werden ich und andere, die ebenso denken wie ich, wie zum Beispiel Mr. Johnjohn oder unser Gouverneur, dem Reich der Mitte für alle Zeiten in Freundschaft verbunden sein und niemals zulassen, daß eine Hegemonialmacht an unseren felsigen Ufern Fuß faßt.«

»Es sind *unsere* felsigen Ufer, die gegenwärtig unter britischer Verwaltung stehen, nicht wahr, Mr. Dunross?« warf Tiptop ein.

»Hongkong steht und stand immer auf dem Boden des Reichs der Mitte.«

»Ich will Ihre Definition für den Augenblick gelten lassen, aber in fünfunddreißig Jahren fällt alles in Kowloon und auf den New Territories nördlich der Boundary Road an uns zurück, nicht wahr, selbst wenn Sie, was wir nicht tun, die ungerechten Verträge anerkennen, die unseren Vätern aufgezwungen wurden.«

»Meine Vorfahren haben ihre alten Freunde stets für weise, sehr weise gehalten, für Männer, die nicht daran dachten, ihre Stengel abzuschneiden, um einem Jadetor eins auszuwischen.«

Tiptop lachte. L'eung behielt seinen abweisenden Ausdruck bei. »Wenn weder Ihre Bank noch alte Freunde dem Noble House helfen«, fuhr Tiptop nach einer kleinen Pause fort, »wie wollen Sie dann das Noble House bleiben?«

»Als mein Vorfahr, der Grünäugige Teufel, von seinen Feinden, Tyler Brock und seinem Gesindel, hart bedrängt wurde, stellte ihm der große und ehrenwerte Jin-qua die gleiche Frage. Dirk Struan lachte nur und antwortete: *›Neng che to lao‹* – ein tüchtiger Mann hat viele Bürden. Da ich tüchtiger bin als die meisten anderen, muß ich mehr schwitzen als die meisten anderen.«

Tip Tok-toh erwiderte sein Lächeln. »Und schwitzen Sie, Mr. Dunross?«

»Lassen Sie es mich so formulieren«, gab Dunross heiter zurück. »Ich versuche der Vierundachtzigsten auszuweichen. Wie Sie wissen, hat Buddha gesagt, alle Menschen hätten vierundachtzig Bürden. Wenn es uns gelingt, eine abzuwerfen, belasten wir uns automatisch mit einer anderen. Das Geheimnis des Lebens besteht darin, sich auf dreiundachtzig einzustellen und die vierundachtzigste zu vermeiden.«

»Haben Sie daran gedacht, einen Teil Ihres Konzerns abzugeben, vielleicht sogar 51 Prozent?«

»Nein, Mr. Tip. Der alte Grünäugige Teufel hat uns das verboten. Er wollte, daß wir schwitzen.«

»Wollen wir hoffen, daß Sie nicht allzu sehr schwitzen müssen.« Tiptop drückte seine Zigarette aus. »In schweren Zeiten wäre es vorteilhaft für die Bank of China, eine enge Verbindung mit Ihrem Bankensystem aufrechtzuerhalten. Dann würden diese Krisen nicht so kontinuierlich auftreten.«

Dunross ging sofort darauf ein. »Ich frage mich, ob die Bank of China wil-

lens wäre, einen ständigen Kontaktmann in die Victoria abzustellen und vice versa.« Er sah den Schatten eines Lächelns und begriff, daß er richtig getippt hatte. »Damit wäre eine peinlich genaue Überwachung jedweder Krise, aber auch Beistand für den Fall gewährleistet, daß Sie einer Unterstützung auf internationaler Ebene bedürfen sollten.«
»Der Vorsitzende Mao rät zur Selbsthilfe, und genau das tun wir auch. Aber Ihr Vorschlag könnte überlegenswert sein. Ich werde ihn gern weiterleiten.«
»Die Bank wäre Ihnen sicher verbunden, wenn Sie jemanden vorschlagen würden, der als Kontaktmann zu der großen Bank of China fungieren könnte.«
»Ich werde auch das gern weitergeben. Was meinen Sie: Könnte die Blacs oder die Victoria die nötigen Devisen für Mr. Ngs Importe vorschießen?«
»Ich zweifle nicht daran, daß sie entzückt sein würden, zu Diensten zu sein, die Victoria ganz sicher. Schließlich kann die Victoria auf mehr als hundert Jahre fruchtbarer Zusammenarbeit mit China zurückblicken. War sie Ihnen nicht bei der Beschaffung eines Großteils Ihrer Auslandskredite behilflich?«
»Woran sie nicht schlecht verdient hat«, bemerkte Tiptop trocken.
»Ganz recht«, bestätigte Dunross. »Sie müssen uns Kapitalisten entschuldigen, Mr. Tip. Unsere einzige Rechtfertigung ist vielleicht der Umstand, daß viele von uns alte Freunde des Reichs der Mitte sind.«
In einem Dialekt, den Dunross nicht verstand, sprach L'eung kurz mit Tiptop, der zustimmend nickte. »Ich bitte Sie, mich jetzt zu entschuldigen, Mr. Dunross, aber ich muß mich jetzt einer medizinischen Behandlung unterziehen. Vielleicht rufen Sie mich nach dem Mittagessen an, sagen wir gegen halb drei?«
Dunross stand auf und streckte ihm die Hand entgegen. Er wußte nicht, ob seine Mission von Erfolg begleitet war; sicher war er nur, daß er sehr rasch in puncto Thoriumoxid tätig werden mußte, wenn möglich noch vor halb drei. »Ich danke Ihnen, daß Sie mich empfangen haben.«
»Wie steht es mit dem fünften Rennen?« fragte Tiptop, während er ihn zur Tür begleitete.
»Noble Star ist eine Wette wert.«
»Und Pilot Fish?«
Dunross lachte. »Der Hengst ist gut, aber nicht in derselben Klasse.«
Wieder sprach L'eung in dem Dialekt, den Dunross nicht verstand, und wieder nickte Tiptop zustimmend. Sogleich ging L'eung davon, ein Stück den Hang hinunter, wo auf einem Tennisplatz vier Personen, zwei Herren und zwei Damen, ein gemischtes Doppel austrugen.
»Ich möchte Sie gern mit einem Freund, einem neuen Freund, bekannt machen, Mr. Dunross«, sagte Tiptop. »Er könnte in Zukunft vielleicht große Geschäfte mit Ihnen machen, wenn Sie wollen.«

Dunross sah die harten Augen, und seine gute Laune verflog. Der Chinese, der mit L'eung zurückkam, war gut gebaut, in ausgezeichneter körperlicher Verfassung und Mitte Vierzig. Sein Haar war blauschwarz und vom Spiel zerzaust, und seine Tenniskleidung modern, amerikanisch.
»Darf ich Ihnen Dr. Joseph Yu aus Kalifornien vorstellen? Mr. Ian Dunross.«
»Tag, Mr. Dunross«, begrüßte ihn Dr. Yu mit typisch amerikanischer Ungezwungenheit. »Mr. Tip hat mir von Ihnen und Struan's erzählt. Ich freue mich, Sie kennenzulernen. Mr. Tip meint, wir sollten uns kurz unterhalten, bevor ich abreise. Wir fahren morgen nach China, Betty, meine Frau und ich.« Er deutete vage auf eine der Frauen auf dem Tennisplatz. »Wir nehmen nicht an, daß wir bald zurückkommen, und darum möchte ich gern ein Treffen in Kanton mit Ihnen vereinbaren – in etwa einem Monat.« Fragend sah er Tiptop an. »Es gibt doch keine Schwierigkeiten, was Mr. Dunross' Visum betrifft, oder?«
»Nein, Dr. Yu, o nein. Keinerlei.«
»Na fein. Wenn Mr. Tip oder ich Sie anrufen, können wir dann innerhalb von ein paar Tagen zu einem Abschluß kommen?«
»Selbstverständlich, sobald die nötigen Vorarbeiten getan sind.« Dunross lächelte. »An welche Art Abschluß dachten Sie?«
»Wenn die Herren uns entschuldigen wollen...«, sagte Tiptop, nickte höflich und ging mit L'eung ins Haus zurück.
»Ich komme aus den Staaten«, wich Yu der Frage aus. »Ich bin Amerikaner, in Sacramento geboren, Kalifornier der dritten Generation, obwohl ich zum Teil auch in Kanton erzogen wurde. Meinen Doktor habe ich an der Stanford University gemacht, Luft- und Raumfahrt. Ich bin auf Raketentechnik und Raketentreibstoffe spezialisiert. Meine besten Jahre habe ich bei der NASA verbracht. Bei meinen Bestellungen wird es sich um alle Arten hochmoderner metallurgischer Produkte und um Hardware aus dem Bereich der Luft- und Raumfahrtindustrie handeln. Mr. Tip sagte, einen besseren Importeur als Sie könnten wir uns nicht wünschen. Als Hersteller kommen die Engländer, dann die Franzosen, die Deutschen und möglicherweise auch die Japaner in Frage. Sind Sie interessiert?«
Dunross versuchte nicht, seine zunehmende Besorgnis zu verbergen. »Sofern es sich nicht um strategische Produkte und Embargogüter handelt«, lautete seine Antwort.
»Es werden zum größten Teil strategische Produkte und Embargogüter sein. Sind Sie interessiert?«
»Warum erzählen Sie mir das alles, Dr. Yu?«
Yus Mund lächelte. »Ich werde Chinas Raumprogramm reorganisieren. Überrascht Sie das?«
»Ja.«
»Mich auch.« Yu warf einen Blick auf seine Frau und wandte sich dann

abermals Dunross zu. »Mr. Tip sagt, daß man Ihnen vertrauen kann. Er spricht Ihnen Fairneß zu, und da Sie ihm einige Gefälligkeiten schulden, werden Sie eine Botschaft für mich weitergeben.« Seine Stimme wurde schärfer. »Wenn Sie in der Zeitung von meinem Hinscheiden lesen oder von meiner Entführung oder von einer ›in einem Zustand von Sinnesverwirrung getroffenen Entscheidung‹, dann werden Sie wissen, daß alles gelogen ist. Sie sollen mir den Gefallen tun, diese Botschaft an die CIA weiterzuleiten und später einer breiten Öffentlichkeit zugänglich zu machen. Und das ist nun die Wahrheit:« Er holte tief Atem. »Ich gehe aus freien Stücken. Seit drei Generationen ist meine Familie – die besten Einwanderer, die es je gab, und ihre Nachkommen – in den Staaten von Amerikanern immer wieder herumgestoßen worden. Mein alter Herr hat im Ersten Weltkrieg mitgekämpft, ich habe mitgeholfen, die erste Atombombe zu bauen, aber was uns vor zwei Monaten, am 16. Juni, passiert ist, hat das Maß vollgemacht. Ich wollte ein Haus in Beverly Hills kaufen. Kennen Sie Beverly Hills in Los Angeles?«
»Ja.«
»Wir wurden abgewiesen, weil wir Chinesen sind. ›An Chinesen verkaufe ich nicht‹, sagte dieser Hurensohn. Und das war nicht das erstemal, Teufel, nein! Aber der Hurensohn sagte es vor Betty. Und das war's dann.« Zornig schürzte er die Lippen. »Können Sie sich die Dummheit dieses Bastards vorstellen? Ich bin der beste Mann in meinem Fach, und dieser primitive Scheißkerl sagt mir: ›An Chinesen verkaufe ich nicht‹!« Er drehte den Schläger in den Händen. »Wollen Sie den Leuten das sagen?«
»Selbstverständlich. Können Sie mir den Namen des Verkäufers und das Datum geben?«
Yu nahm einen maschinengeschriebenen Zettel aus der Tasche.
Dunross warf einen Blick darauf. »Danke!« Es waren zwei Namen, Adressen und Telefonnummern in Beverly Hills. »In beiden Fällen die gleiche Weigerung?«
»Ja.«
»Ich werde mich drum kümmern, Dr. Yu.«
»Sie halten mich für kleinlich, was?«
»Durchaus nicht. Es tut mir nur so schrecklich leid, daß es passiert ist und überall passiert – allen möglichen Leuten. Es ist sehr betrüblich.« Dunross zögerte. »Es passiert in China, in Japan, hier und auf der ganzen Welt. Chinesen und Japaner, Vietnamesen, Menschen aller Rassen sind gleichermaßen unduldsam und bigott. Nennt man uns hier nicht alle *quai loh*?«
»Aber in den Staaten dürfte es das nicht geben – nicht unter Amerikanern. Das macht mich wütend.«
»Glauben Sie, daß man Ihnen gestatten wird, das Land auch wieder zu verlassen, wenn Sie einmal in China sind?«
»Nein. Aber es ist mir auch piepegal. Ich gehe aus freien Stücken. Weder

werde ich erpreßt, noch sind finanzielle Gründe für meine Entscheidung maßgeblich. Ich gehe einfach, und basta.«
»Und die NASA? Ich wundere mich, daß sie einen solchen Unsinn geschehen ließ.«
»Ach, man hat uns ein schönes Haus angeboten, aber es war nicht der Ort, wo wir leben mochten. Betty wollte dieses andere Haus haben, und wir hatten das Geld und die Position, um dafür zu zahlen, aber wir konnten es nicht kriegen. Es war nicht nur dieser Hurensohn, es war die ganze Nachbarschaft. Sie wollten uns nicht haben, also gehen wir dorthin, wo man uns haben will. Ist etwas dagegen einzuwenden, daß auch China seine *force de frappe* hat wie die Franzosen? Was denken Sie?«
»Der Gedanke, daß ein Land Raketen mit Atomsprengköpfen besitzt, erfüllt mich mit Entsetzen.«
»Es sind die Waffen unserer Zeit, Mr. Dunross.«

»Allmächtiger Gott!« stieß Johnjohn entgeistert hervor. Havergill war ebenso geschockt. »Gehört Dr. Yu tatsächlich zur ersten Garnitur, Ian?«
»Absolut. Ich habe mit einem Freund in Washington telefoniert.« Es war nach dem Mittagessen, und Dunross hatte den beiden Bankleuten eben über seine Gespräche im Hause Tiptops berichtet. »Und es stimmt auch, daß niemand weiß, was er vorhat. Nicht einmal, daß er aus Hawaii abgereist ist, wo er seinen Urlaub verbringen sollte.«
»Allmächtiger Gott!« wiederholte Johnjohn. »Wenn China Fachleute wie ihn bekommt... Hören Sie mal, Ian, haben Sie eigentlich daran gedacht, Crosse oder Rosemont zu informieren, um das zu verhindern?«
»Selbstverständlich, aber das kann ich nicht machen. Völlig unmöglich.«
»Natürlich kann er das nicht machen! Haben Sie vergessen, was für uns auf dem Spiel steht?« Zornig deutete Havergill auf das Fenster. Vierzehn Stockwerke tiefer versuchte ein aufgebrachter, wütender Mob in die Bank einzudringen; die Postenkette der Polizei war dünn geworden.
»Machen wir uns doch nichts vor, es ist ein Run, und wir werden bald mit unserer Weisheit am Ende sein! Wir haben kaum noch genug Bargeld, um den Tag durchzustehen, kaum genug, um den Regierungsbeamten ihre Gehälter zu zahlen. Gott sei Dank ist morgen Sonnabend! Wenn Ian eine Chance sieht, daß wir das Bargeld von der Bank of China bekommen, kann er es doch nicht riskieren, das ihm entgegengebrachte Vertrauen zu mißbrauchen! Haben Sie schon gehört, daß die Ho-Pak die Rolläden heruntergelassen hat, Ian?«
»Nein. Seit ich Tiptops Haus verlassen habe, hetze ich herum...«
»Auch die Ching Prosperity hat geschlossen. Die Blacs greift auf ihre letzten Reserven zurück und hofft wie wir, daß sie noch die nächste halbe Stunde bis Feierabend durchhalten kann.« Havergill schob Dunross das Telefon hinüber. »Ian, bitte rufen Sie jetzt Tiptop an, es ist genau halb drei!«

»Vorerst sind da noch einige Punkte zu klären«, sagte Dunross mit steinernem Gesicht. »Was ist mit den Thorium-Importen?« Er hatte bereits mit Fotograf Ng gesprochen, der sofort bereit gewesen war, ihm einen festen Auftrag auf jede Menge dieser seltenen Erde zu geben. »Werden Sie die dafür nötigen Devisen zur Verfügung stellen?«
»Ja, vorausgesetzt, daß es keine Embargoware ist.«
»Das brauche ich schriftlich.«
»Sie werden es noch heute abend in Händen haben. Bitte rufen Sie jetzt an!«
»In zehn Minuten. Das ist eine Frage des Gesichts. Sind Sie einverstanden, einen ständigen Kontaktmann der Bank of China im Haus zu haben?«
»Aber ja, obwohl die Burschen einem von unseren Leuten nie Zutritt gewähren werden, aber bitte! Ihr Mann müßte ständig überwacht werden, und es könnte sich als nötig erweisen, gewisse Maßnahmen zu treffen, aus Sicherheitsgründen.«
Johnjohn nickte. »Ja, aber das sollte kein Problem sein. Am besten wäre, sie würden Tiptop selbst delegieren. Was meinen Sie, Ian, wäre das denkbar?«
»Ich weiß es nicht. Und was machen wir mit Yu?«
»Wir können keine Schmuggelgeschäfte finanzieren«, sagte Havergill.
»Hören Sie, Paul, Sie wissen verdammt gut, daß das ein Teil des Abkommens ist – wenn ein Abkommen getroffen wird. Wozu sonst hätten sie es so eingerichtet, daß ich ihn kennenlerne?«
Johnjohn schaltete sich ein. »Lassen wir das doch für später, Ian! Wenn es so weit ist, werden wir alles dazu tun, um Sie zu unterstützen. Sie sind doch auch Yu gegenüber keine festen Verpflichtungen eingegangen, nicht wahr?«
»Aber ihr erklärt euch bereit, mir in jeder Hinsicht Beistand zu leisten?«
»Soweit es diese Transaktionen und das Thorium betrifft.«
»Und was ist mit meinem Kredit?«
»Es ist mir nicht gestattet, Ihnen einen Kredit einzuräumen, Ian«, antwortete Havergill. »Das haben wir doch schon durchgesprochen.«
»Dann berufen Sie doch eine Vorstandssitzung ein!«
»Ich werde es in Erwägung ziehen. Mal sehen, wie die Dinge laufen, hm?« Paul Havergill drückte auf einen Knopf. »Die Börse bitte!« Sekunden später kam über den Lautsprecher eine Stimme, die sich vor dem Hintergrund eines höllischen Lärms kaum verständlich machen konnte. »Ja, Mr. Havergill?«
»Wie sieht es aus, Charles?«
»Der Index ist um 28 Punkte gefallen...« Die beiden Bankiers wurden blaß. »...eine Panik hat eingesetzt. Die Bank hat um sieben Punkte nachgegeben, Struan's notiert mit 11,50...«
»Mein Gott!« murmelte Johnjohn.
»...Rothwell-Gornt hat um sieben Punkte nachgegeben, Hongkong Power

um fünf, Asian Land um elf... es ist alles ins Rutschen gekommen. Alle Bankenkurse purzeln. Ho-Pak wurde bei zwölf gestrichen. Die Far East and India zahlt jedem Kunden maximal nur 1000 HK aus.«

Havergill wurde immer nervöser. Die Far East war eine der größten in der Kolonie.

»Ich möchte nicht in Pessimismus machen, aber es sieht aus wie in New York anno 1929! Ich...« Die Stimme wurde von tobendem Geschrei übertönt. »Entschuldigung. Da ist wieder ein tolles Verkaufsangebot, 200000 Stück Struan's...«

»Mein Gott, wo kommen die nur alle her?« wunderte sich Johnjohn.

»Von jedem Hinz und Kunz in Hongkong«, sagte Dunross. »Einschließlich der Vic.«

»Wir mußten unsere Einleger schützen«, rechtfertigte sich Havergill und sagte dann ins Mikrofon: »Danke, Charles! Rufen Sie bitte um ein Viertel vor drei zurück!« Er schaltete ab. »Da haben Sie Ihre Antwort, Ian. Ich kann dem Vorstand nicht mit gutem Gewissen empfehlen, Sie mit einem weiteren ungesicherten Hundertmillionenkredit zu sanieren.«

»Wollen Sie unverzüglich eine Vorstandssitzung einberufen oder nicht?«

»Ihr Kurs ist in den Keller gefallen. Montag oder Dienstag wird Gornt zurückkaufen und die Kontrolle über Struan's haben.«

»Sie werden zulassen, daß Gornt uns übernimmt? Das nehme ich Ihnen nicht ab. Sie werden sich einkaufen, noch bevor er es tut. Oder haben Sie schon untereinander abgesprochen, sich Struan's aufzuteilen?«

»Das habe ich nicht. Noch nicht. Aber wenn Sie jetzt sofort zurücktreten, sich schriftlich verpflichten, uns zu dem Montag bei Börsenschluß notierten Kurs so viel Aktien aus Ihrem eigenen Bestand zu verkaufen, wie wir wünschen, und sich einverstanden erklären, einen neuen, vom Vorstand vorgeschlagenen Tai-Pan zu bestimmen, dann werden wir bekanntgeben, daß wir Struan's hundertprozentig unterstützen.«

»Wann würden Sie das bekanntgeben?«

»Montag um 3 Uhr 10.«

»Mit anderen Worten, Sie werden mir nichts geben.«

»Sie haben immer gesagt, das Beste an Hongkong sei, daß es ein freier Markt ist, wo die Starken überleben und die Schwachen zugrunde gehen. Warum haben Sie Sir Luis nicht dazu überredet, die Kursnotierung von Struan's auszusetzen?«

»Er hat es mir vorgeschlagen. Ich habe es abgelehnt.«

»Warum?«

»Weil Struan's so stark ist wie eh und je.«

»War der wahre Grund nicht vielleicht Ihr törichter Stolz? Tut mir leid, ich kann nichts tun, um das Unvermeidliche zu verhindern.«

»Quatsch!« brauste Dunross auf, und Havergill stieg das Blut ins Gesicht. »Sie können eine Sitzung einberufen. Sie...«

»Nein!«
Johnjohn versuchte, die Feindseligkeit zwischen den beiden Männern zu entschärfen. »Paul, ein Vorschlag zur Güte. Wenn wir durch Ians Vermittlung das Geld von den Chinesen bekommen, berufen Sie noch heute eine außerordentliche Sitzung ein. Das könnten Sie doch machen – es sind genügend Direktoren in der Stadt, und es wäre nur fair, nicht wahr?«
Havergill zögerte. »Ich werde es in Erwägung ziehen.«
»Das genügt mir nicht!« beharrte Dunross.
»Ich werde es in Erwägung ziehen. Bitte rufen Sie jetzt Tip...«
»Für wann würden Sie die Sitzung einberufen? Wenn?«
»Für nächste Woche.«
»Nein! Heute! So wie Johnjohn vorschlägt.«
»Ich habe gesagt, ich werde es in Erwägung ziehen«, brauste Havergill auf. »Jetzt rufen Sie bitte Tiptop an!«
»Wenn Sie sich verpflichten, den Vorstand bis spätestens morgen 10 Uhr vormittags einzuberufen!«
»Ich lasse mich nicht erpressen«, gab Havergill mit rauher Stimme zurück. »Wenn Sie Tiptop nicht anrufen wollen, werde ich es tun. Wenn die Chinesen uns Geld leihen wollen, werden sie es tun, ganz gleich, wer anruft. Ich bin nicht ermächtigt, Ihnen weitere Kredite zu gewähren. Ich werde erwägen, eine Vorstandssitzung für Montag vor Börsenbeginn einzuberufen. Mehr verspreche ich nicht.«
Dunross zuckte die Achseln. Er nahm den Hörer auf und betätigte die Wahlscheibe.
»*Weyyyy?*« meldete sich eine anmaßende Frauenstimme.
»Den ehrenwerten Tip Tok-toh«, sagte er auf Kantonesisch. »Hier spricht der Tai-Pan.«
»Ach, der Tai-Pan. Bitte warten Sie einen Augenblick!«
Dunross wartete. Schweiß sammelte sich auf der Spitze von Johnjohns Kinn.
»*Weyy?* Tai-Pan, der Arzt ist bei ihm, er ist sehr krank. Bitte rufen Sie später wieder an!« Die Verbindung wurde unterbrochen, bevor Dunross noch etwas sagen konnte.
Nach zehn Minuten rief er wieder an. Die Leitung war besetzt. Er versuchte es noch einige Male, ohne Erfolg.
Es klopfte an der Tür, und der Hauptkassierer kam ins Zimmer gestürzt. »Entschuldigen Sie, Sir, aber die Schlangen reißen nicht ab! Ich schlage vor, daß wir die Abhebungen limitieren, sagen wir auf 1000...«
»Nein!« schnitt Havergill ihm das Wort ab. »Wir müssen weitermachen. Zahlen Sie bis auf den letzten Penny aus!«
Der Mann ging. Havergill wischte sich die Stirn. Dunross wählte. Immer noch besetzt. Kurz vor drei versuchte er es ein letztes Mal. »Wetten, sie haben den Hörer ausgehängt.« Seine Uhr zeigte drei Uhr eins. »Würden Sie sich erkundigen, wie es an der Börse gelaufen ist?«

Havergill trocknete sich die Handflächen ab und wählte. »Charles? Was gibt es Neues?«
»Der Index hat 37 Punkte verloren. Wir haben acht abgeben müssen.«
»Du lieber Himmel«, sagte Johnjohn. Noch nie war der Kurs der Bank so tief gefallen, nicht einmal während der Unruhen des Jahres 1956.
»Struan's?«
»9,50.«
Die beiden Bankiers sahen Dunross an. Der Tai-Pan verzog keine Miene. Während der Makler weitere Notierungen durchgab, wählte er noch einmal Tiptop an. Wieder das Besetztzeichen. »Ich rufe ihn vom Büro aus an«, sagte er. »Sobald ich mit ihm gesprochen habe, verständige ich Sie. Was wollen Sie tun, wenn die Chinesen uns eine Abfuhr erteilen?«
»Es gibt nur zwei Möglichkeiten. Wir warten auf die Pfunde, und der Gouverneur erklärt den Montag zum Bankfeiertag. Oder wir akzeptieren das Angebot aus Moskau.«
»Das müßte schwerwiegende Folgen haben. Tiptop hat sich da sehr klar ausgedrückt. Es müßte unsere Beziehungen zur Volksrepublik gefährlich belasten.«
»Das sind die einzigen Möglichkeiten.«
Dunross stand auf. »Es gibt nur eine. Übrigens: Hat der Gouverneur Sie angerufen?«
»Ja«, antwortete Havergill. »Er wünscht, daß wir um sechs Uhr nachmittags die Tresore öffnen. Für ihn, für Sie, Roger Crosse und einen gewissen Sinders. Um was geht es eigentlich?«
»Hat er Ihnen das nicht gesagt?«
»Nein. Nur daß es mit dem Official Secrets Act zu tun hat.«
»Wir sehen uns um sechs.« Dunross verließ den Raum.
Havergill wischte sich den Schweiß von der Stirn. »Das einzig Gute an der ganzen Misere ist, daß dieser arrogante Kerl noch mehr in der Klemme sitzt«, murmelte er zornig. Er versuchte noch einmal, Tiptop zu erreichen. Die Nummer war noch immer besetzt. »Setzen Sie sich mit dem sowjetischen Kontaktmann in Verbindung!« forderte er Johnjohn auf.
»Aber das können wir doch nicht...« Johnjohn lief rot an.
»Tun Sie es! Jetzt gleich!« Havergill, jetzt ebenfalls wütend, wählte noch einmal Tiptop an. Vergeblich.

Dunross betrat sein Büro.
»Mr. Toda ist da mit seiner üblichen Bagage.« Claudia verbarg weder ihren Widerwillen noch ihre Nervosität.
»Lassen Sie sie bitte eintreten!«
»Mr. Alastair hat zweimal angerufen – sie sollten sofort zurückrufen. Und Ihr Vater.«
»Ich werde später zurückrufen.«

»Ja, Sir. Das ist das Telex von der Nelson Trading aus der Schweiz, in dem sie bestätigen, daß sie die dreifache Menge Gold für die Great Good Luck Company in Macao gekauft haben.«

»Gut. Schicken Sie Lando eine Xerokopie und bitten Sie ihn, er möge den entsprechenden Betrag überweisen!«

»Dieses Telex ist von der Orlin Merchant Bank. Sie bedauern noch einmal, daß sie den Kredit nicht verlängern können und ersuchen um Zahlung.«

»Schicken Sie ihnen ein Telex: ›Danke.‹«

»Ich habe mit Mrs. Dunross gesprochen. Sie ist gut angekommen.«

»Gut. Beschaffen Sie mir die Privatnummer von Kathys Arzt, damit ich ihn während des Wochenendes anrufen kann!«

»Mr. Duncan hat aus Sydney angerufen. Er hat einen wunderbaren Abend verbracht und kommt am Montag mit der Quantas. Das ist die Liste der Anrufe.«

Während er die lange Liste durchsah, fragte er sich, ob sein Sohn noch »Jüngling« war oder es schon vor der liebreizenden Sheila nicht mehr gewesen war. Der Gedanke an dieses Mädchen erinnerte ihn wieder an die entzückende Schnee-Jade. Sie hatte soviel Ähnlichkeit mit Elegante Jade, die irgendwo in Taipeh ein Freudenhaus betrieb. Vielleicht sollte ich sie einmal aufsuchen und ihr danken. Wieder einmal mußte er an Tschen-tschens mahnende Worte denken, als er im Sterben lag: »Hör zu, mein Sohn«, hatte der Greis geflüstert, »versuche nie, sie zu finden! Jetzt wird sie alt sein und ihr Jadetor verdorrt, und sie wird nur noch Freude an gutem Essen und gutem Brandy haben. Die Kinder aus der Welt der Liebe verstehen es nicht zu altern. Überlasse sie ihrem Joss und ihren Erinnerungen! Sei gütig! Sei immer gütig zu jenen, die dir ihre Jugend und ihr Yin schenken, um deinem Yang schönzutun! Iiiii, wie wünschte ich mir, noch einmal jung zu sein...«

Dunross seufzte. Der Abend mit Schnee-Jade hätte nicht vollkommener sein können. Und nicht fröhlicher.

»Ich esse kein Dessert«, hatte er ihr erwidert. »Ich muß Diät halten.«

»*Oh ko,* Sie doch nicht, Tai-Pan! Ich werde Ihnen helfen, abzunehmen, keine Sorge!«

»Vielen Dank, aber ich esse kein Dessert, und schon gar nicht in Hongkong.«

»Ach! Vierfinger hat gewußt, daß Sie das sagen würden, Tai-Pan.« Sie schenkte ihm einen Whisky ein. »Ich soll Ihnen darauf antworten: ›Habe Paß, kann reisen.‹«

Sie hatten zusammen gelacht. »Und was hat Vierfinger noch gesagt?«

Sie fuhr sich mit der Zungenspitze über die Lippen. »Nur daß sich fremde Teufel in gewissen Dingen höchst sonderbar betragen.« Sie musterte ihn. »Ich war noch nie mit einem Barbaren zusammen.«

»So? Es gibt auch einige recht zivilisierte Leute unter uns.«

Die Unterhaltung war unbeschwert, das Essen ausgezeichnet und die Versuchung groß gewesen, erinnerte sich Dunross und lächelte im stillen. Aber deshalb darf ich weder den alten Schweinehund Vierfinger vergessen, noch die Halbmünze, noch den Diebstahl der Halbmünze, noch die Falle, in die ich ihm, wie er glaubt, gelaufen bin. Aber nur keine Eile! Alles schön der Reihe nach! Konzentriere dich! Es bleibt noch viel zu tun, bevor du heute zu Bett gehst.
Es war eine lange Liste, die Claudia ihm gegeben hatte, aber weder Tiptop noch Lando Mata, weder Knauser Tung noch Vierfinger oder Paul Tschoy waren unter den Anrufern gewesen. Casey und Bartlett waren dabei. Travkin, Robert Armstrong, Jacques de Ville, Gavallan, Philip Tschen, Dianne Tschen, Sir Luis und, über die ganze Welt verstreut, Dutzende andere.
»Wir arbeiten das durch, nachdem Toda gegangen ist, Claudia.«
»Ja, Sir.«
»Nach Toda möchte ich Jacques sprechen, dann Philip Tschen. Wissen Sie schon was von Mrs. Riko Gresserhoff?«
»Ihre Maschine soll um sieben ankommen. Sie wird vom Flughafen abgeholt und ins V und A gebracht. Ich habe ihr Blumen ins Zimmer stellen lassen.«
»Sehr schön, vielen Dank!« Dunross trat ans Fenster. Für den Augenblick hatte er für Noble House und für Hongkong getan, was er konnte. Jetzt kam das nächste Problem. Die Schiffe. Seine Spannung wuchs.
»Hallo, Tai-Pan!«
»Hallo, Hiro!« Herzlich schüttelte Dunross die ihm dargebotene Hand. Hiro Toda, geschäftsführendes Vorstandsmitglied der Toda Shipping Industries, war gleich alt wie Dunross, adrett, robust und von wesentlich kleinerer Statur. Er hatte weise Augen und ein gewinnendes Lächeln und sprach mit leichtem amerikanischen Akzent; nach Beendigung seiner Studienzeit hatte er an der University of California in Los Angeles zwei Jahre wissenschaftlich weitergearbeitet. »Darf ich Ihnen meine Mitarbeiter vorstellen: Mr. Kazumari, Mr. Ebe, Mr. Kasigi.«
Die drei jüngeren Herren verneigten sich, und Dunross erwiderte die Begrüßung. Die Japaner trugen dunkle, gutgeschnittene Anzüge mit weißen Hemden und Krawatten in gedämpften Farben.
»Bitte nehmen Sie Platz!« Mit einer lockeren Handbewegung deutete Dunross auf die Stühle rund um den kleinen Konferenztisch. Die Tür ging auf, und Akiko, seine japanische Dolmetscherin, trat ein. Sie brachte ein Tablett mit grünem Tee, stellte sich vor, servierte anmutig den Tee und setzte sich dann neben Dunross. Zwar hätten seine Japanischkenntnisse für ein geschäftliches Gespräch gereicht, aber um das Gesicht zu wahren, war ihre Anwesenheit erforderlich.
Teils japanisch, teils englisch begann er die höfliche Konversation über Belanglosigkeiten, die auch nach japanischem Brauch jedem ernsten Gespräch

vorausgehen mußten. Japanischer Brauch war es auch, viele hohe Beamte an einer Konferenz teilnehmen zu lassen. Nominell war Hiro Toda Chef des großen Schiffsbaukonzerns, den sein Urgroßvater vor knapp hundert Jahren gegründet hatte. Seine Vorfahren waren *daimyos* gewesen, Mitglieder des Feudaladels, bis 1870 der Feudaladel und die Klasse der Samurai abgeschafft worden war. Nach außen hin war seine Autorität in Toda Shipping unbestritten, aber wie in Japan häufig, lag die wirkliche Macht in den Händen seines sechsundsiebzigjährigen Vaters, der sich offiziell im Ruhestand befand.

Schließlich kam Toda zur Sache. »Der Kurseinbruch an der Börse macht Ihnen wohl große Sorgen, Tai-Pan?«

»Es ist nur ein vorübergehender Vertrauensverlust. Ich bin sicher, daß über das Wochenende alles wieder ins Lot kommt.«

»Ach ja, das hoffe ich auch.«

»Wie lange bleiben Sie, Hiro?«

»Bis Sonntag. Dann geht's weiter nach Singapur und Sydney. Nächste Woche bin ich wieder zurück, um unser Geschäft mit Ihnen abschließen zu können. Ich freue mich, Ihnen mitteilen zu dürfen, daß wir in der Lage sein werden, Ihre Schiffe noch vor dem Liefertermin zu übergeben.«

»Ausgezeichnet!« Den Göttern, AMG und Kirk dankend, ging Dunross zum Angriff über. Heute nacht war ihm plötzlich die Enormität des Schlüssels bewußt geworden, den AMG und Kirk ihm geliefert hatten. Es war der Schlüssel zu einem Plan, an dem er schon fast ein Jahr arbeitete. »Wäre es Ihnen angenehm, wenn wir unsere Zahlungen schon früher leisten würden?«

»Ah!« Toda konnte seine Überraschung kaum verbergen. »Vielleicht könnte ich das später mit meinen Kollegen besprechen, aber ich freue mich zu hören, daß Sie alles unter Kontrolle haben und daß das Übernahmeangebot abgelehnt werden konnte.«

»War es nicht Sün-tse, der gesagt hat: ›Wer nicht vorausdenkt, wer die Reden seiner Gegner als belanglos abtut, kann sicher sein, daß sie ihn gefangennehmen werden.‹ Natürlich ist Gornt uns auf den Fersen, natürlich ist der Run auf unsere Banken nicht leichtzunehmen, aber das Schlimmste haben wir hinter uns. Es läuft alles bestens. Meinen Sie nicht, wir sollten das Volumen unserer Geschäfte erweitern?«

Toda lächelte. »Mehr als die zwei Schiffe, Tai-Pan? Zwei Riesen, nach heutigen Maßstäben? In einem Jahr? Das ist nicht gerade eine unbedeutende Geschäftsverbindung.«

»Es könnten unter Umständen zweiundzwanzig sein«, entgegnete Dunross, nonchalant nach außen hin, alle Sinne auf seine Geschäftspartner konzentriert. »Ich möchte Ihnen einen Vorschlag machen, besser gesagt, allen japanischen Schiffsbauunternehmen. Wie die Dinge liegen, bauen Sie einfach Schiffe und verkaufen sie. Entweder an *gai-jin* – Fremde –, wie uns

zum Beispiel, oder an japanische Reeder. Aufgrund der hohen Heuern japanischer Seeleute – die nach japanischem Recht die Reeder zu tragen haben – sind diese mit ihren Betriebskosten bald nicht mehr konkurrenzfähig – so wenig wie amerikanische Schiffe mit amerikanischen Crews. In absehbarer Zeit werden Sie nicht mehr Schritt halten können mit den Griechen oder mit uns, denn unsere Kosten werden um vieles niedriger sein.«
Während er beobachtete, wie alle an Akikos Lippen hingen, mußte er an einen anderen Ausspruch Sün-tses denken: »Um den Kampf aufzunehmen, mag es angezeigt erscheinen, den geraden Weg zu gehen, aber es bedarf indirekter Wege, um den Sieg zu erlangen.« Er fuhr fort: »Zweiter Punkt: Japan muß alles importieren, was es braucht, um für seine expandierende Wirtschaft und Industrie zu sorgen und seinen Lebensstandard aufrechtzuerhalten – vor allem Öl. Öl ist der Schlüssel zu Japans Zukunft. Es kommt auf dem Seeweg zu Ihnen, so wie alle Rohmaterialien, die in großen Mengen verschifft werden – auf Großraumfrachtern. Sie bauen diese Riesenkähne sehr rationell, aber als Schiffseigner werden Ihre Betriebskosten und Ihr inländisches Steuergefüge Sie aus dem Markt werfen. Mein Vorschlag an Sie ist einfach: Sie geben die Eigentümerschaft an Ihren eigenen unwirtschaftlichen Handelsflotten auf, Sie verkaufen Ihre Schiffe zum Rückleasing ins Ausland.«
»Was?«
Dunross sah, wie sie ihn verdutzt anstarrten. Er wartete einen Moment und fuhr fort: »Ein Schiff hat eine Lebensdauer von, sagen wir, fünfzehn Jahren. Sie verkaufen Ihren Massengutfrachter, sagen wir, an uns und pachten ihn gleichzeitig auf fünfzehn Jahre. Wir stellen den Kapitän und die Mannschaft und übernehmen die kaufmännische Führung. Vor der Lieferung verpachten Sie das Schiff auf fünfzehn Jahre an Mitsubishi oder sonst einen Charterer, der auf den Transport von Massengütern spezialisiert ist – Kohle, Eisenerz, Weizen, Öl, was auch immer. Dieses System sichert Japan die ständige Belieferung mit Rohstoffen – von Japanern gelenkt und kontrolliert. Ihre Industrien können vorausplanen. Die Japan AG kann es sich leisten, ausgesuchten Käufern ihrer Schiffe finanziell entgegenzukommen; schließlich ist der Kaufpreis durch den auf fünfzehn Jahre abgeschlossenen Chartervertrag mehr als gedeckt. Und bei vorliegenden langfristigen Charterverträgen wird es unseren Banken wie etwa der Victoria oder der Blacs ein Vergnügen sein, den Rest zu finanzieren. So hat jeder seinen Gewinn. Und dabei habe ich die steuerlichen Vorteile noch gar nicht erwähnt!«
Es herrschte Totenstille, als Dunross sich erhob, zu seinem Schreibtisch ging und mit einigen gehefteten Broschüren wieder zurückkam. »Das ist eine von unseren Leuten in Japan erarbeitete Untersuchung der steuerlichen Gegebenheiten, einschließlich Methoden, die Herstellungskosten der Schiffe unterzubewerten, um größere Gewinne zu erzielen. Diese Studie zeigt verschiedene Möglichkeiten, wie Struan's, sollten wir einer von Ihren

ausgewählten Reedern sein, Ihnen beim Abschluß von Charterverträgen behilflich sein könnte. So wären Woolara Mines of Australia zum Beispiel bereit, unter unserer Ägide ein Abkommen mit Toda Industries über Lieferung von 95 Prozent ihrer Kohleförderung auf hundert Jahre abzuschließen.«

Die Japaner saßen mit offenen Mündern da. Woolara Mines war eine riesige, sehr rationell arbeitende und äußerst produktive Mine.

»Wir könnten Ihnen in Australien, der Schatzkammer Asiens, behilflich sein – Sie mit Kupfer, Weizen, Nahrungsmitteln oder Eisen beliefern. Man hat mir vertraulich mitgeteilt, daß vor kurzem in Westaustralien, unweit von Perth, neue und sehr reiche Lagerstätten von hochgradigem Eisenerz entdeckt wurden. Dort gibt es auch Öl, Uran, Thorium und andere edle Metalle, die Sie benötigen. Wolle. Reis. Mit dem System, das ich Ihnen vorschlage, können Sie Ihren eigenen Warenfluß steuern. Die ausländischen Reeder bekommen Schiffe und einen kontinuierlichen Cashflow, um noch mehr Schiffe zu ordern und zu finanzieren, um mehr und mehr Rohstoffe zu befördern – aber auch mehr Autos, Fernsehapparate und elektronische Geräte in die Vereinigten Staaten sowie Industrieanlagen und Maschinen in die ganze Welt. Hier ist schließlich noch eine Studie, betreffend eine neue Flotte von Supertankern, jeder mit einem Leergewicht von einer halben bis zu einer Million Tonnen.«

Die Japaner hielten den Atem an, als sie diese Zahlen hörten. Dunross lehnte sich zurück und genoß ihre Verwirrung. Die jungen Herren warfen einander Blicke zu und warteten auf Todas Reaktion.

»Ich... ich denke, wir sollten uns Ihre Vorschläge durch den Kopf gehen lassen«, sagte Toda, bemüht, seine Stimme ruhig klingen zu lassen. »Es sind sehr weitgehende Vorschläge. Dürfen wir später darauf zurückkommen?«

»Selbstverständlich. Ich sehe Sie doch morgen beim Rennen? Um ein Viertel vor eins wird gegessen.«

»Danke Ihnen, ja, wenn es nicht zuviel Mühe macht«, gab Toda, plötzlich nervös, zurück. »Aber bis dahin können wir unmöglich schon zu Ihren Vorschlägen Stellung nehmen.«

»Natürlich nicht! Haben Sie Ihre Eintrittskarten und Ihre Abzeichen?«

»Ja, danke! Ich... äh, ich hoffe, daß alles gut ausgeht für Sie. Ihre Vorschläge klingen wirklich sehr verlockend.«

Sie gingen. Eine kleine Weile gönnte sich Dunross den Luxus, seine Erregung zu genießen. Ich habe sie, dachte er. Du lieber Gott, in einem Jahr könnten wir die mächtigste Flotte Asiens haben, alles voll finanziert, ohne Risiken für den Finanzier, Schiffsbauer, Reeder oder Ausrüster – wenn wir diesen Sturm überstehen!

Alles, was ich brauche, ist ein bißchen Glück. Irgendwie muß ich bis Dienstag durchhalten, wenn wir das Abkommen mit Par-Con unterschreiben.

Par-Con zahlt für die Schiffe, aber was mache ich mit Orlin, was mache ich mit Gornt?

»Mr. Jacques ist schon unterwegs nach oben. Mr. Philip ist in seinem Büro und kommt, sobald Sie frei sind. Mr. Crosse hat angerufen: Ihre Verabredung ist um sieben statt um sechs. Mr. Sinders' Maschine hat Verspätung. Der Gouverneur und alle Beteiligten sind bereits verständigt.«

»Danke, Claudia!« Er wählte das V and A an und verlangte Bartlett. Er war ausgegangen. »Miss Tcholok bitte!«

»Hallo?«

»Hallo! Dunross. Sie und Mr. Bartlett haben mich angerufen. Wie geht's denn so?«

Es folgte eine kleine Pause. »Es geht. Kann ich Sie sehen, Tai-Pan?«

»Selbstverständlich. Wie wäre es mit Cocktails um Viertel nach sechs im Mandarin? Ich hätte eine halbe Stunde bis zu meinem nächsten Termin.«

Bei dem Gedanken an Crosse und Sinders und AMGs Warnung, seine Berichte nie aus der Hand zu geben, stieg ein schwelendes Gefühl der Angst in ihm auf.

»Ich möchte lieber bei Ihnen vorbeikommen, um etwas mit Ihnen zu bereden. Ich verspreche, mich kurzzufassen.«

»In Ordnung. Sie werden vielleicht eine oder zwei Minuten warten müssen, aber kommen Sie ruhig rüber!« Stirnrunzelnd legte er den Hörer auf. Was ist da los?

Jacques de Ville betrat das Zimmer. Er sah sorgenvoll und müde aus. »Du wolltest mich sprechen, Tai-Pan?«

»Ja, setz dich, Jacques! Ich dachte, du wolltest gestern abend fliegen?«

»Ich habe mit Susanne telefoniert, und sie meint, es wäre besser für Avril, wenn ich noch ein oder zwei Tage abwarte...«

Dunross hörte ihm aufmerksam zu. Konnte Jacques tatsächlich ein kommunistischer Spitzel sein? Dunross hatte darüber nachgedacht. Leicht möglich, daß kommunistische Ideen bei Jacques, einem jungen Idealisten, der im Untergrund in Frankreich gegen die verhaßten Nazis kämpfte, auf fruchtbaren Boden gefallen waren – war Rußland damals nicht mit uns verbündet? War der Kommunismus damals nicht überall in Mode, sogar in Amerika? Damals. Bevor wir die Wahrheit über Stalin wußten, die Wahrheit über Gulags, KGB, Polizeistaat und Massenmord.

Aber wie konnte ein Mann wie Jacques auf die Dauer diesen ganzen kommunistischen Unsinn glauben? Wie konnte ein Mann wie Jacques solche Überzeugungen so lange verhehlen – wenn er wirklich der Sevrin-Spitzel ist, wie AMG behauptete?

»Was hältst du von Grey?« fragte Dunross.

»Ein *cretin*, Tai-Pan. Viel zu linkslastig für meinen Geschmack. Und da ich... da ich ja jetzt hierbleibe, soll ich mich wieder um Bartlett und Casey kümmern?«

»Nein, bis auf weiteres mache ich das. Du kümmerst dich um den Vertrag.«
»Er wird gerade redigiert. Ich war schon bei unseren Anwälten. Wir haben da ein kleines Problem. Dawson ist heute vormittag mit Bartletts Anwalt Mr. Steigler zusammengetroffen. Mr. Steigler möchte noch einmal über den Zahlungsplan verhandeln und die Unterschriftsleistung auf Ende nächster Woche verschieben.«
Heftiger Zorn wallte in Dunross auf. Er versuchte, sich nichts anmerken zu lassen. Das muß der Grund sein, warum Casey mich sprechen will, dachte er. »Ich kümmere mich darum«, sagte er und stellte das Problem vorläufig zurück; ein dringlicheres harrte einer Lösung: Jacques de Ville, der, solange ein Schuldbeweis nicht erbracht war, auch weiterhin als unschuldig gelten mußte.
»Ich möchte einige organisatorische Änderungen vornehmen«, begann er. »Wie du weißt, ist Linbar heute nach Sydney geflogen. Er soll einen Monat bleiben und versuchen, die Fusion mit Woolara unter Dach und Fach zu bringen. Ich mache mir keine großen Hoffnungen. Ich möchte, daß du Australien übernimmst.« Er sah, wie Jacques Augen sich weiteten, konnte aber nicht erkennen, ob es Sorge war oder Freude. »Ich habe Toda heute unseren Plan vorgelegt, und ich...«
»Wie hat er reagiert?«
»Durchaus positiv.«
»Das ist ja phantastisch!« Jacques strahlte, und Dunross konnte keine Tücke in seinen Augen lesen. Jacques war einer der Hauptplaner des Schiffprojekts gewesen und hatte sich vornehmlich mit den Feinheiten der Finanzierung beschäftigt. »Wie schrecklich, daß der arme John es nicht mehr erlebt hat!«
»Da hast du wohl recht.« John Tschen hatte eng mit Jacques de Ville zusammengearbeitet. »Hast du Philip gesehen?«
»Ich habe gestern mit ihm zu Abend gegessen. Er ist um zwanzig Jahre gealtert.«
»Du auch.«
Ein typisch französisches Achselzucken. »So ist das Leben, *mon ami*! Aber natürlich ist mir weh ums Herz, wenn ich an die arme Avril und Borge denke. Entschuldige bitte, ich habe dich unterbrochen!«
»Ich möchte, daß du Australasia übernimmst – ab sofort – und alle unsere Pläne für Australien und Neuseeland in die Praxis umsetzt. Behalte es noch diesen einen Monat für dich – ich werde nur Andrew informieren –, aber bereite dich mittlerweile auf deine Übersiedlung vor!«
»Sehr gut.« Jacques zögerte.
»Ist was?« Susanne hat es doch nie in Hongkong gefallen, da gibt es doch keine Probleme, oder?«
»Nein, nein. Seit dem Unfall... Ich wollte dich sowieso schon fragen...

Ein Tapetenwechsel... Susanne ist hier nicht sehr glücklich... Aber ich wollte dich fragen, ob ich für ein Jahr oder so Kanada übernehmen könnte?«
Dunross war überrascht. »Kanada?«
»Ja. Ich dachte, daß ich dort vielleicht nützlich sein könnte. Unter den Franko-Kanadiern habe ich sehr gute Kontakte. Wenn das Geschäft mit den Japanern anläuft, brauchen wir Holz und Zellulose, Kupfer, Eisen, Kohle und noch ein Dutzend anderer kanadischer Rohstoffe.« Er lächelte trübe und fuhr fort: »Wir wissen ja beide, daß Vetter David es kaum noch erwarten kann, hierher zurückzukehren, und ich dachte, das könnte er, wenn ich nach Kanada gehe. Aber es ist natürlich deine Entscheidung, Tai-Pan. Wenn du es wünschst, übernehme ich Australasia.«
Dunross ließ seine Gedanken wandern. Er hatte beschlossen, Jacques nach Hongkong zu isolieren, während er versuchte, die Wahrheit zu finden. Es wäre zu einfach, Crosse oder Sinders unter vier Augen zu informieren und sie zu ersuchen, mit Hilfe ihrer Verbindungen zu beobachten und zu sondieren. Aber Jacques war Mitglied des Inneren Kreises und hatte als solcher Kenntnis von dunklen Geschäftsgeheimnissen und privaten Affären, die in diesem Fall einem Preisgabe-Risiko ausgesetzt würden. Nein, dachte Dunross, wir machen das besser unter uns ab. Es wird vielleicht länger dauern, aber ich werde die Wahrheit erfahren. So oder so, ich werde über Jacques de Ville Bescheid wissen.
Und Kanada?
Keine Frage, daß Jacques dort besser am Platze wäre; er könnte mehr für Struan's tun. Ich hätte selbst daran denken müssen – er hat nie den geringsten Anlaß gegeben, an seiner Tüchtigkeit und seiner Loyalität in geschäftlichen Dingen zu zweifeln. Der gute alte David jammert mir schon seit zwei Jahren die Ohren voll, daß er heimkommen möchte. Jacques hat recht. David ist für Australasia besser geeignet, und Australien und Neuseeland sind für uns viel wichtiger als Kanada. Weit wichtiger – Australien ist die Schatzkammer ganz Asiens. Ist Jacques unschuldig, kann er uns in Kanada helfen. Ist er schuldig, kann er uns dort weniger schaden. »Ich werde darüber nachdenken«, sagte er, obwohl er schon entschlossen war.
Jacques stand auf und streckte ihm die Hand entgegen. »Danke, *mon ami*!«
Dunross schüttelte ihm die Hand. Aber er fragte sich, ob es die Hand eines Freundes war – oder die eines Judas.
Wieder einmal drohte ihn die Last seiner Bürden zu erdrücken. Das Telefon läutete, und er setzte sich mit einem Problem auseinander, dann mit einem anderen und mit einem dritten – Tiptop war immer noch besetzt. Und er bat Philip, heraufzukommen, und die ganze Zeit war ihm, als versinke er in einen Abgrund. Dann fiel sein Blick auf Dirk Struans Bild an der Wand. Er erhob sich und stellte sich vor *den* Tai-Pan. »Ich weiß wirklich nicht, was ich ohne dich täte«, sagte er laut und mußte daran denken, daß Dirk Struan

mit weit mehr Schwierigkeiten überhäuft gewesen war und sie alle gemeistert hatte. Um mit dreiundvierzig Jahren, im Zenit seines Lebens, als unbestrittener Kriegsherr Hongkongs und Asiens, dem Wüten eines Sturmes zum Opfer zu fallen.

›Wen die Götter lieben, der stirbt jung‹, heißt es. Ist das richtig? fragte er sich. Dirk war so alt, wie ich heute bin, als die Teufelswinde des Großen Taifuns unser neues Haus in Happy Valley in Stücke rissen und ihn unter den Trümmern begruben. War er alt oder jung? Ich fühle mich nicht alt. Oder hat Plautus mit seinem Vers gemeint, daß der, den die Götter lieben, jungen Herzens stirbt?

»Ganz gleich«, richtete er das Wort an seinen Mentor, »ich wünschte, ich hätte dich gekannt. Ich sag dir ehrlich, Tai-Pan, ich hoffe zu Gott, es gibt ein Leben nach dem Tod, damit ich dir einmal in Äonen persönlich danken kann.«

Wieder voller Zuversicht, kehrte er an seinen Schreibtisch zurück. In der obersten Lade lag Vierfinger Wus Wachsmatrize. Seine Finger strichen leicht darüber hin. Wie soll ich mich da herauswinden? fragte er sich grimmig.

Es klopfte, und Philip Tschen trat ein. Er war in den letzten Tagen gealtert. »Mein Gott, Tai-Pan, was sollen wir bloß tun? 9,50!« stieß er hervor, seine Stimme ein nervöses Krächzen. »Ich könnte mir die Haare ausreißen. *Dew neh loh moh*, zu 28,90 habe ich gekauft, und Dianne zu 28,80 und hat um 16,80 verkauft und verlangt jetzt von mir, ich soll ihr den Verlust ersetzen! *Oh ko*, was sollen wir tun?«

»Beten – und tun, was wir können. Konntest du Tiptop erreichen?«

»Nein, Tai-Pan, ich habe es alle paar Minuten versucht, aber immer nur das Besetztzeichen bekommen. Mein Vetter in der Telefongesellschaft sagt, man hat den Hörer ausgehängt.«

»Und was rätst du?«

»Ich weiß nicht. Ich denke, wir sollten einen Boten schicken, aber ich wollte erst mit dir reden... nach dem Kurszusammenbruch und dem Run und dann der arme John – die Reporter rennen mir das Haus ein... alle meine Aktien sind gefallen, alle! Was machen wir, wenn die Victoria zusperrt?«

»Die Victoria wird nicht zusperren. Wenn Tiptop uns im Stich läßt, wird der Gouverneur am Montag sicherlich einen Bankfeiertag vorschreiben.« Dunross hatte den Comprador bereits von seinen Gesprächen mit Tiptop, Yu, Johnjohn und Havergill in Kenntnis gesetzt. »Komm schon, Philip, denk nach!« fuhr er mit gespieltem Zorn und in bewußt schneidendem Ton fort, um dem alten Mann zu helfen. »Ich kann doch wohl nicht einfach einen Boten hinschicken und ihm sagen lassen: ›Sie haben Ihr verdammtes Telefon ausgehängt!‹«

Philip Tschen ließ sich auf einen Stuhl fallen. »Entschuldige... aber John...«

»Wann ist die Beerdigung?«
»Die christliche morgen, morgen um zehn, und Montag die chinesische. Ich... ich wollte fragen, ob du morgen vielleicht ein paar Worte...«
»Selbstverständlich. Und was machen wir mit Tiptop?«
Philip Tschen konzentrierte sich, und es kam ihn schwer an. »Lade ihn zum Rennen ein«, riet er schließlich. »In deine Loge. Es wäre das erstemal, und er würde stark an Gesicht gewinnen. Du könntest sagen... nein, entschuldige, ich kann gar nicht klar denken. Viel besser, wenn ich schreibe. Ja, ich schreibe ihm und lade ihn in deinem Namen ein. Ich werde sagen, du wolltest ihn persönlich einladen, aber bedauerlicherweise ist sein Telefon gestört. Wenn er dann kommen will oder wenn seine Vorgesetzten es ihm verbieten, ist sein Gesicht gewahrt und deines auch. Ich könnte eventuell hinzufügen, daß Noble House in Sydney bereits feste Bestellungen auf das Thorium aufgegeben hat...« Sein Gesicht erhellte sich ein wenig. »Das wird ein sehr gutes Geschäft für uns, Tai-Pan. Ich habe die Preise verglichen, und wir können ihren Bedarf leicht decken. Was hältst du davon, den jungen George Trussler von Singapur nach Johannesburg und Salisbury zu schicken? Er könnte sich dort nach diesen Thoriumverbindungen umsehen und auch...« Philip Tschen zögerte etwas. »... nach gewissen anderen, für die Luft- und Raumfahrtindustrie lebenswichtigen Metallen und Materialien. Ich habe mir da einen ersten Überblick verschafft, Tai-Pan. Zu meinem großen Erstaunen stellte ich fest, daß die freie Welt fast 90 Prozent ihres Bedarfs an Vanadium, Chrom, Platin, Mangan und Titan – für die Luft- und Raumfahrt und die Raketentechnik lebenswichtige Metalle – im südlichen Rhodesien und in Südafrika deckt. Stell dir das vor! Mir ist nie so recht bewußt gewesen, wie ungeheuer wichtig dieses Gebiet mit seinem Gold, seinen Diamanten, seinem Uran, Thorium und weiß Gott wie vielen anderen bedeutenden Rohstoffen für die freie Welt ist. Trussler könnte vielleicht auch untersuchen, ob es zweckmäßig wäre, dort ein Büro einzurichten. Der Junge hat einen messerscharfen Verstand und wäre reif für eine Beförderung. Ja, dieser Geschäftsverkehr und auch der mit Dr. Yu könnte sich als überaus profitabel für uns erweisen, Tai-Pan.« Er sah Dunross an. »Ich würde Tiptop auch darüber informieren, daß wir einen leitenden Angestellten, ein Mitglied der Familie, hinunterschicken, um alles vorzubereiten.«
»Ausgezeichnet. Mach das gleich!« Dunross schaltete die Gegensprechanlage ein. »Claudia? Verbinden Sie mich mit George Trussler!« Und zu Philip: »Welchen Grund könnte Tiptop haben, sich zu verleugnen?«
»Um mit uns feilschen zu können, den Druck auf uns zu verstärken, uns zu größeren Zugeständnissen zu nötigen.«
»Sollten wir auch weiter versuchen, ihn zu erreichen?«
»Nein. Nachdem er meinen Brief erhalten hat, wird er uns anrufen. Er weiß, wir sind keine Dummköpfe.«

»Aber wann wird er anrufen?«
»Sobald er die Erlaubnis dazu hat, nicht vorher. Irgendwann vor Montag zehn Uhr vormittags, wenn die Börse aufmacht. Ich rate dir, diesem Stück Hundekot Havergill zu sagen, er soll nicht anrufen. Er würde schon an sich trübes Wasser noch weiter trüben. Mit Kaulquappen fängt man keinen Hai!«
»Gut. Mach dir keine Sorgen, Philip«, beruhigte er ihn. »Wir werden aus diesem Schlamassel schon wieder herauskommen.«
»Ich weiß nicht, Tai-Pan. Ich hoffe es.« Müde rieb sich Philip Tschen seine rotumränderten Augen. »Ich sehe noch keinen Ausw...«
Claudia unterbrach ihn. »Mr. Trussler auf Leitung zwei.«
»Danke, Claudia!« Dunross drückte den Knopf zwei. »Hallo, George, wie läuft's in Singapur?«
»Guten Tag, Sir! Gut, Sir. Es ist heiß und wird bald regnen«, antwortete die frische, überschäumende Stimme. »Das ist eine angenehme Überraschung, was kann ich für Sie tun?«
»Ich möchte, daß Sie sich ins nächste Flugzeug nach Johannesburg setzen. Schicken Sie mir ein Telex mit der Flugnummer und dem Namen Ihres Hotels und rufen Sie mich an, sobald Sie in Johannesburg angekommen sind. Alles klar?«
»Ich bin schon unterwegs. Sonst noch was?«
»Nein.«
»Okay, Tai-Pan! Wiedersehen!«
Dunross legte den Hörer auf. Macht ist ein wunderbares Instrument, dachte er mit großer Befriedigung, aber Tai-Pan sein ist noch besser.
Philip stand auf. »Ich schreibe jetzt gleich den Brief.«
»Augenblick, Philip! Ich habe da noch ein Problem, zu dem ich deinen Rat brauche.« Er zog die Schreibtischlade auf und nahm die Wachsscheibe heraus. Außer ihm und früheren noch lebenden Tai-Panen kannte nur Philip Tschen das Geheimnis der vier Münzen. »Hier. Das hat mir...«
Völlig unvorbereitet auf die Wirkung der Matrize auf seinen Comprador, brach Dunross ab. Philip Tschen starrte darauf, und fast quollen ihm die Augen aus den Höhlen. Wie im Traum, im Zeitlupentempo, lautlos die Lippen bewegend, griff er nach der Wachsscheibe, um sie sich genau anzusehen. Dann zündete etwas in Dunross' Kopf, und er begriff, daß die Halbmünze Philip Tschen gehört haben mußte, daß sie *ihm* gestohlen worden war. Natürlich! hätte Dunross hinausschreien mögen. Sir Gordon Tschen mußte eine der Münzen von Jin-qua erhalten haben. Aber warum? Was hatte Jin-qua bewogen, dem eurasischen Sohn Dirk Struans ein so wertvolles Geschenk zu machen?
Immer noch im Zeitlupentempo hob der alte Mann den Kopf; mit zusammengekniffenen Augen sah er zu ihm auf. »Hat Bar... Bartlett sie dir schon gegeben?«

»Bartlett?« wiederholte Dunross verständnislos. »Was, zum Teufel, hat Bartlett damit...« Er unterbrach sich, als abermals etwas in seinem Kopf explodierte und weitere Teile des Puzzlespiels das Bild vervollständigten. Bartletts unerklärliches Wissen! Wissen, das nur von einem dieser Männer stammen konnte, dieser untadeligen Männer, von denen Philip Tschen der untadeligste war!
Philip Tschen ist der Verräter! Maßlose Wut stieg in ihm auf. Es bedurfte seiner ganzen Selbstbeherrschung, um seinen Grimm niederzukämpfen. Er erhob sich, trat ans Fenster und blickte hinaus. Er wußte nicht, wie lange er da gestanden hatte, doch als er sich umdrehte, war er sich über einen großen Trugschluß in seinem logischen Denken im klaren.
»Also?« fragte er mit schneidender Stimme.
»Tai-Pan... Tai-Pan...« setzte der alte Mann an und rang die Hände.
»Sag die Wahrheit, Comprador! Jetzt!« Das Wort erschreckte Philip.
»Es... es war John«, stammelte er und Tränen schossen ihm aus den Augen. »Ich war es nicht, das schwö...«
»Das weiß ich! Beeil dich, verdammt noch mal!«
Philip Tschen gestand – fast – alles: wie er den Schlüssel seines Sohnes an sich genommen, seines Sohnes Schließfach geöffnet und sowohl den zweiten Schlüssel wie auch die Briefe von und an Bartlett gefunden hatte; wie am Abend der Feier im Hause des Tai-Pan plötzlich eine Ahnung in ihm aufgestiegen, wie er nach Hause geeilt war, wie er den im Garten verborgenen Safe ausgegraben und das Fehlen der Münze festgestellt hatte. Er erzählte dem Tai-Pan sogar, wie Dianne, als der Werwolf anrief, ihm geraten hatte, von seinem Vetter Vierfinger Wu Hilfe zu erbitten.
Dunross stockte der Atem, aber Philip Tschen merkte es nicht. In Tränen aufgelöst, babbelte er weiter, offenbarte, wie er die Polizei belogen und den jungen Werwölfen das Lösegeld ausgehändigt hatte und daß er sie nie wiedererkennen würde; wie Vierfingers Straßenkämpfer, die ihn hätten bewachen sollen, weder die Werwölfe gefangen, noch John gefunden noch das Geld zurückgebracht hatten. »Das ist die ganze Wahrheit, Tai-Pan«, wimmerte er. »Das ist alles. Alles bis auf heute früh und die Leiche...«
Dunross bemühte sich, seine Gedanken zusammenzunehmen. Er hatte nicht gewußt, daß Vierfinger Philips Vetter war, und fand auch keine Erklärung dafür, wie sich der alte Seemann in den Besitz der Münze gebracht hatte – außer er war der Anführer der Werwölfe oder im Bund mit ihnen oder im Bund mit John, der die Entführung nur vorgetäuscht hatte... Und dann waren Vierfinger und John aneinandergeraten oder... oder was? »Woher wußte John unsere Geheimnisse, die er an Bartlett weitergab – woher kannte er die Kapital- und Konzernstruktur? Hm?«
»Ich weiß es nicht«, log der alte Mann.
»Du mußt John informiert haben. Nur du, Alastair, mein Vater, Sir Ross und ich kennen die Struktur!«

»Ich habe ihm nichts gesagt – ich schwöre, daß ich ihm nichts gesagt habe.«
Wieder wallte Wut in Dunross auf, und abermals beherrschte er sich. Denke logisch, ermahnte er sich. Philip ist mehr Chinese als Eurasier. Behandle ihn als Chinesen! Wo ist das Bindeglied? Wo ist der fehlende Teil des Puzzles?
Während er versuchte, das Problem zu lösen, bohrten sich seine Augen in die des Compradors. Er wartete, denn er wußte, daß Schweigen eine scharfe Waffe ist. Wo war die Lösung? Nie würde Philip John etwas so Geheimes anvertrauen...
»Herr Jesus!« stieß er hervor. »Du hast über alles Buch geführt! Private Unterlagen gesammelt! So hat John es erfahren! Aus deinem Safe! Stimmt's?«
Wie gelähmt von der jäh aufbrausenden Wut des Tai-Pan, platzte Philip mit der Wahrheit heraus. »Ja... ja... ich mußte mich verpflichten...«
»Mußte? Wieso? Warum?«
»Weil mein Vater... bevor er... mir das Haus und die Münze vermachte, mich schwören ließ, die Unterlagen... über die privaten Geschäfte von Noble House... aufzubewahren... um das Haus Tschen zu schützen. Das allein war der Grund, Tai-Pan. Nur zum Schutz...«
Dunross starrte ihn an, haßte John Tschen, weil er Struan's für Geld verraten hatte, und haßte zum erstenmal in seinem Leben seinen Mentor Tschen-tschen. Doch dann entsann er sich einer Belehrung Tschen-tschens, als er vor Zorn geweint hatte über die unfaire Behandlung, die sein Vater und Alastair ihm zuteil werden ließen: »Ärgere dich nie über einen Menschen, Ian, mein Junge! Rechne mit ihm ab! Das habe ich auch seinerzeit Culum und Hag gesagt. Culum hat mir nicht zugehört – aber die ›Hexe‹ schon.« An diesen Leitsatz halten sich zivilisierte Menschen.
»Also kennt Bartlett unsere Struktur, unsere Bilanzen. Was weiß er noch?«
Philip Tschen zitterte und starrte ihn mit leeren Augen an.
»Denk nach, Philip, verdammt noch mal! Wir alle sind von Gespenstern der Vergangenheit umgeben! Du, die ›Hexe‹, Tschen-tschen, Shi-teh T'tschung, Dianne... worüber gibt es noch Unterlagen, die John weitergegeben haben könnte?« Ihm wurde übel bei dem Gedanken an eine mögliche Verbindung zwischen Banastasio, Bartlett, Par-Con, der Mafia und den Gewehren. Du lieber Himmel, wenn unsere Geheimnisse in die falschen Hände kommen! »Nun?«
»Ich weiß nicht, ich weiß nicht... was hat Bartlett verlangt? Für die Münze? Sie gehört mir, mir allein!«
Dunross sah, wie Philips Hände zitterten, und die plötzliche Blässe in seinem Gesicht. Er holte Brandy und gab ihm ein Glas. Dankbar schlürfte der alte Mann.

»Dan... danke!«
»Fahr nach Hause, pack alles zusammen und...« Dunross unterbrach sich und drückte auf einen Knopf der Sprechanlage. »Andrew?«
»Ja, Tai-Pan?« meldete sich Gavallan.
»Kannst du bitte mal rasch heraufkommen? Ich möchte, daß du mit Philip nach Hause fährst. Er fühlt sich nicht wohl, und er hat einige Papiere daheim, die ich brauche.«
»Ich bin gleich oben.«
Immer noch ruhten Dunross' Augen auf Philip Tschen.
»Tai-Pan, was... was hat Bartlett...«
»Bleib ihnen fern, wenn dir dein Leben lieb ist! Und gib Andrew alles, Johns Briefe, Bartletts Briefe, alles!«
»Tai-Pan...«
»Alles!« Sein Kopf schmerzte, so groß war die Wut, die in ihm kochte. Er wollte hinzufügen: Über das Wochenende werde ich eine Entscheidung über dich und das Haus Tschen treffen. – Aber er sprach es nicht aus. Noch klang ihm Tschen-tschens Belehrung in den Ohren.

Casey trat ein. Dunross kam ihr auf halbem Weg entgegen. Sie trug einen Schirm und wieder das hellgrüne Kleid, das ihr Haar und ihre Augen so gut zur Geltung brachte. Er sah die Schatten unter ihren Augen, die sie irgendwie noch begehrenswerter erscheinen ließen. »Verzeihen Sie bitte, daß ich Sie warten ließ!« Ihr Lächeln war warm, aber er genoß diese Wärme nicht. Noch war er über Philip Tschen entsetzt.
Caseys Hand war kühl und angenehm. »Danke, daß Sie Zeit für mich haben«, sagte sie. »Ich weiß, wie beschäftigt Sie sind, und komme darum schnell zur Sache.«
»Zuerst trinken wir Tee. Oder möchten Sie lieber einen Drink?«
»Keinen Alkohol, danke, aber ich möchte Ihnen keine Ungelegenheiten machen.«
»Das tun Sie nicht. Ich bekomme jetzt ohnehin meinen Tee. 4 Uhr 40 ist Teezeit.«
Wie durch Zauberei ging die Tür auf, und ein livrierter Hausboy brachte ein silbernes Tablett mit Tee, dünnen Toastscheiben und heißen Brötchen in einem silbernen Wärmer. Der Tee war dunkelbraun und stark. »Das ist ein Darjeeling«, sagte er. »Wir verkaufen diese Sorte seit 1830.« Wie immer dankte er dem unbekannten genialen Engländer, der den Nachmittagstee erfunden hatte. »Ich hoffe, er schmeckt Ihnen.«
»Er schmeckt vorzüglich, ist mir aber um eine Idee zu stark. Ich habe schon um zwei Uhr früh eine Tasse getrunken und konnte nicht mehr einschlafen.«
»Haben Sie den Zeitunterschied noch nicht verkraftet?«
Sie schüttelte den Kopf und erzählte ihm von Peter Marlowe.

»Oh! Was für ein schlimmer Joss!« Er drückte auf die Sprechtaste. »Claudia, rufen Sie bitte in der Privatklinik Nathan an und erkundigen Sie sich nach dem Befinden von Mrs. Marlowe! Und schicken Sie Blumen! Danke.«
»Woher wissen Sie, daß sie in der Klinik Nathan liegt?« wollte Casey wissen.
»Weil Dr. Tooley seine Patienten in Kowloon immer dorthin schickt.« Dunross wunderte sich, daß Casey so freundlich war, wo Par-Con doch offensichtlich darauf aus war, ihr Abkommen in die Brüche gehen zu lassen. Wenn sie die halbe Nacht auf war, das erklärte die Schatten, dachte er, aber Schatten hin, Schatten her, aufgepaßt, mein Fräulein, wir haben uns die Hand auf unser Deal gegeben! »Noch eine Tasse?« erkundigte er sich zuvorkommend.
»Nein, danke, ich habe genug!«
»Ich darf Ihnen diese Brötchen empfehlen. Wir essen sie so: ein Klümpchen dicken Rahm drauf, dazu einen Teelöffel hausgemachte Erdbeermarmelade und – voilà!«
Widerstrebend nahm sie das Häppchen. Ein Biß, und es war verschwunden. »Phantastisch!« stieß sie hervor und wischte sich einen Rest von Sahne von den Lippen. »Aber diese vielen Kalorien! Nein, danke, das genügt. Seit ich hier bin, esse ich in einem fort.«
»Man merkt aber nichts.«
»Noch nicht.« Sie lächelte ihn an. In einen der tiefen Ledersessel zurückgelehnt, schlug sie die Beine übereinander. »Darf ich jetzt anfangen?« fragte sie.
»Wollen Sie nicht doch noch eine Tasse?« fragte er in der Absicht, sie aus dem Konzept zu bringen.
»Nein, danke!«
»Dann ist die Teestunde zu Ende. Um was geht's?«
Casey holte tief Atem. »Mir scheint, daß Struan's sich in einer sehr prekären Situation befindet und kurz vor dem Zusammenbruch steht.«
»Bitte machen Sie sich darüber keine Sorgen! In Wahrheit ist Struan's in bester Verfassung.«
»Mag sein, Tai-Pan, aber es sieht nicht so aus. Es herrscht allgemein der Eindruck, daß Gornt oder die Victoria den Raid erfolgreich abschließen werden. Was nun unser Deal angeht...«
»Unser Deal läuft bis Dienstag. Darauf haben wir uns geeinigt«, fiel er ihr ins Wort, und seine Stimme wurde schärfer. »Soll ich Sie so verstehen, daß Sie aussteigen oder etwas ändern wollen?«
»Nein. Aber in der Lage, in der Sie sich befinden, wäre es ein Wahnsinn und geschäftlich unverantwortlich, weiterzumachen. Also haben wir zwei Alternativen: Wir entscheiden uns für Rothwell-Gornt, oder wir helfen Ihnen mit irgendeiner Rettungsoperation.«

»Ach ja?«
»Ja. Ich habe einen Plan, wie Sie sich vielleicht herauswinden und für uns alle ein Vermögen verdienen könnten. Okay? Sie sind der Beste für uns – auf lange Sicht.«
»Vielen Dank«, sagte er und glaubte ihr nicht.
»Mal sehen, was Sie davon halten. Unsere Bank ist die First Central New York – hier äußerst unbeliebt. Sie möchte liebend gern nach Hongkong zurück, wird aber nie wieder eine Konzession bekommen. Richtig?«
Sie hatte sein Interesse geweckt. »Richtig.«
»Vor kurzem hat sie eine kleine Auslandsbank gekauft, die Royal Belgium and Far East Bank mit Niederlassungen in Tokio, Singapur, Bangkok und Hongkong. Es ist eine ganz unbedeutende Bank, für die sie drei Millionen hingeblättert haben. Die First Central hat uns ersucht, unsere Gelder durch die Royal Belgium laufen zu lassen, wenn es zu einem Abschluß kommt. Gestern abend sprach ich mit Dave Murtagh, dem hiesigen Leiter der Royal Belgium. Er beklagte sich bitter, wie schlecht das Geschäft geht und wie das Establishment alles tut, um sie aus dem Markt zu drängen. Obwohl sie die enormen Dollarreserven der First Central hinter sich haben, eröffnet kaum jemand ein Konto bei ihnen, zahlt kaum jemand Hongkong-Dollar ein, die sie brauchen, um Kredite geben zu können. Kennen Sie die Bank?«
»Ich kenne sie, wußte aber nicht, daß die First Central dahintersteckt. Wann wurde sie angekauft?«
»Vor ein paar Monaten. Also was wäre, wenn Ihnen die Royal Belgium am Montag hundertzwanzig Prozent des Kaufpreises der zwei Toda-Schiffe vorschießen würde?«
Völlig unvorbereitet getroffen, konnte Dunross sie nur mit offenem Mund anstarren. »Mit welchen Sicherheiten?«
»Die Schiffe.«
»Unmöglich. Keine Bank würde so etwas machen!«
»Die hundert Prozent sind für Toda, die zwanzig Prozent für alle Transportspesen, Versicherungen und Betriebskosten für die ersten Monate.«
»Ohne Cashflow, ohne Befrachter?« fragte er zweifelnd.
»Können Sie sie innerhalb von sechzig Tagen befrachten, um einen Kassenzufluß zu erzielen, der es Ihnen möglich macht, einen vernünftigen Zeitplan für die Rückzahlung zu erstellen?«
»Leicht.« O du Heiliger, wenn ich die Möglichkeit habe, Toda gleich zu bezahlen, brauche ich nicht zu warten und kann mein Projekt mit den ersten beiden Schiffen sofort starten. Er klammerte sich an diese neue Hoffnung und fragte sich gleichzeitig, was es ihn kosten, was es ihn wirklich kosten werde. »Ist das nur eine Theorie, oder sind die Leute wirklich dazu bereit?«
»Die Transaktion liegt durchaus im Bereich des Möglichen.«
»Und was verlangen sie als Gegenleistung?«

»Für die Dauer von fünf Jahren legt Struan's 50 Prozent aller Devisen bei ihnen ein; Sie verpflichten sich, Bareinlagen in der Höhe von fünf bis sieben Millionen Hongkong-Dollar bei ihnen zu unterhalten und – ebenfalls auf die Dauer von fünf Jahren – die Royal Bank zu Ihrer zweiten Bank in Hongkong und die First Central zu Ihrem bevorzugten Geldinstitut außerhalb von Hongkong zu machen. Was sagen Sie dazu?«

Er mußte sich beherrschen, um nicht vor Freude an die Decke zu springen. »Ist das ein fixes Angebot?«

»Ich denke ja, Tai-Pan.«

»Der Leiter der hiesigen Filiale kann doch unmöglich autorisiert sein, solch ein Angebot zu machen?«

»Darauf hat Murtagh auch hingewiesen, aber er hat auch gesagt, wir haben ein Wochenende vor uns, und wenn Sie interessiert sind, schickt er Telegramme los.«

Völlig aus der Fassung, lehnte Dunross sich zurück. Er sparte sich drei lebenswichtige Fragen für später auf und sagte: »Bevor wir das Thema weiter verfolgen, welche Rolle spielen Sie dabei?«

»Gleich. Murtagh hat noch ein As im Ärmel. Ich glaube, er hat sie nicht alle, aber er sagt, er würde versuchen, die hohen Tiere dazu zu bringen, Ihnen einen Revolving-Kredit über 50 Millionen US-Dollar gegen den Wert der noch nicht ausgegebenen Aktien in Ihrem Portefeuille einzuräumen. Damit wären Sie aus dem Schneider. Wenn es klappt.«

Dunross spürte, wie ihm auf Rücken und Stirn der Schweiß ausbrach. Ihm war klar, was das für ein gewagtes Spiel sein würde, wie groß die Bank auch sein mochte. Nur mit Mühe gelang es ihm, seine Gedanken zu ordnen. Waren die Schiffe einmal bezahlt und stand ihm der Revolvingkredit zur Verfügung, konnte er Gornt Paroli bieten und seinen Angriff zurückschlagen. Und wäre Gornt einmal unschädlich gemacht, käme auch Orlin brav wieder angekrochen; er war schließlich immer ein guter Kunde gewesen – und gehörte die First Central nicht zum Konsortium der Orlin Merchant Bank? »Und unser Deal?«

»Bleibt, wie es ist. Sie geben den Abschluß bekannt, wie abgesprochen. Wenn – und das ist ein großes Wenn – First Central bei dem Hasardspiel mitmacht, könnten wir absahnen, Sie und wir, indem wir Montag früh Struan's um 9,50 kaufen – der Kurs muß auf 28, vielleicht sogar auf 30 steigen. Das einzige, wogegen ich kein Rezept habe, ist der Sturm auf die Bank.«

Dunross nahm sein Taschentuch heraus und trocknete sich die Stirn. Dann stand er auf und schenkte zwei Whisky-Soda ein. Himmelherrgott noch mal! dachte er und versuchte sich zu beruhigen. Der Whisky schmeckte gut. Er bemerkte, daß sie an ihrem Glas nur nippte und ihn beobachtete. Als er wieder klar denken konnte und bereit war, das Gespräch fortzusetzen, sah er sie an. »Und das alles als Gegenleistung wofür?«

»Die Parameter werden Sie mit der Royal Belgium aushandeln müssen. Ich kenne Ihren Netto-Cashflow zu wenig. Die Bank wird unverschämt hohe Zinsen ansetzen, aber das muß Ihnen die Sache wert sein. Und Sie werden persönlich für jeden Cent haften müssen.«
»Allmächtiger!«
»Ja. Und es wird Sie Gesicht kosten, mit den ›Feigen Hunden‹ Geschäftsbeziehungen aufzunehmen. So hat Lady Joanna die Leute von der First Central doch genannt, nicht wahr? Dieses höhnische Grinsen und ihr ›Was kann man denn schon von ihnen erwarten? Es sind ja...‹ Amerikaner wollte sie wahrscheinlich sagen. Das ist wirklich eine scheußliche Vettel, dieses Weibsstück!«
»Das ist sie in Wirklichkeit gar nicht«, widersprach er. »Sie hat eine sarkastische Art und eine rauhe Schale, ist aber sonst ganz in Ordnung. Allerdings ist sie, das muß ich wohl zugeben, geradezu krampfhaft anti-amerikanisch eingestellt. Dazu müssen Sie wissen, daß ihr Mann, Sir Richard, bei einem Bombenangriff vor Monte Cassino in Italien ums Leben kam – es waren amerikanische Bomber, die britische Truppen für Nazis hielten.«
»Oh«, sagte Casey, »oh, ich verstehe.«
»Was will Par-Con haben? Und was wollen Sie und Linc Bartlett haben?«
»Par-Con«, antwortete sie nach einigem Zögern, »wünscht einen langfristigen Abschluß mit Struan's auf der Basis ›Alter Freunde‹.« Sie lächelte. »Ich habe herausgefunden, was Chinesen unter *Alten Freunden* verstehen, und diesen Status möchte ich für Par-Con haben – von dem Augenblick an, da die Royal Belgium die Quellen sprudeln läßt.«
»Und weiter?«
»Heißt das, daß Sie einverstanden sind?«
»Ich kenne gern alle Bedingungen, bevor ich zu einer ja sage.«
Sie nippte an ihrem Whisky. »Linc will nichts haben. Er weiß von der ganzen Sache nichts.«
»Wie bitte?« Wieder hatte sie ihn unvorbereitet getroffen.
»Linc weiß noch nichts von der Royal Belgium«, wiederholte sie mit ruhiger Stimme. »Ich weiß auch gar nicht, ob ich Ihnen damit einen so großen Gefallen tue. Schließlich müssen Sie persönlich die Verantwortung übernehmen. Aber Struan's könnte den Kopf aus der Schlinge ziehen.«
»Meinen Sie nicht, daß Sie Ihren unerschrockenen Führer konsultieren sollten?«
»Ich bin geschäftsführender Direktor, und Struan's ist mein Bier. Es kostet uns nichts als unseren Einfluß, Sie aus Ihrer Notlage zu befreien, und wozu hat man Einfluß? Ich möchte, daß unser Deal in Ordnung geht, und ich möchte Gornt nicht als Gewinner sehen.«
»Und warum nicht?«
»Das sagte ich Ihnen schon. Auf lange Sicht gesehen sind Sie der Beste für uns.«

»Und Sie, Ciranoush? Was wollen Sie? Dafür, daß Sie Ihren Einfluß einsetzen?«
Ihre Augen leuchteten in hellem Gelb wie die einer Löwin. »Gleichheit. Ich möchte gleichgestellt sein und nicht gönnerhaft mit Herablassung behandelt werden als Frau, die sich an eines Mannes Rockschöße gehängt hat, um bei Geschäften mitreden zu können. Ich möchte Gleichheit mit dem Tai-Pan von Noble House. Und ich möchte, daß Sie mir helfen, zu meinem Startgeld zu kommen – ohne jeden Zusammenhang mit Par-Con.«
»Ihren zweiten Wunsch zu erfüllen ist leicht, wenn Sie zu hasardieren bereit sind. Was Ihren ersten angeht, ich habe Sie nie mit Herablassung behandelt oder...«
»Aber Gavallan hat es getan und die anderen auch.«
»Wenn andere Herren Sie auf eine Weise behandeln, die Ihnen nicht behagt, stehen Sie vom Konferenztisch auf und verlassen Sie den Raum! Drängen Sie sich ihnen nicht auf! Ich kann Sie nicht gleichstellen. Sie sind eine Frau, und ob es Ihnen gefällt oder nicht, es ist eine Welt, in der die Männer das Sagen haben. Besonders hier in Hongkong. Und solange ich lebe, werde ich sie so nehmen, wie sie ist, und eine Frau als Frau behandeln, wer immer sie sein mag.«
»Zum Teufel mit Ihnen!« Und nach einer kleinen Pause fügte sie hinzu: »Ich kann mich also auf den Kopf stellen, ich werde diese Gleichheit nie erreichen?«
»Nicht im Geschäft, nicht wenn Sie ein Teil dieser Welt sein wollen. Wie ich schon sagte: So ist es nun mal. Und ich meine, Sie machen einen Fehler, wenn Sie versuchen, etwas zu ändern. Die ›Hexe‹ war unzweifelhaft mächtiger als sonst jemand in Asien. Und das hatte sie als Frau geschafft, nicht als geschlechtsloses Wesen.«
Sie streckte die Hand nach ihrem Glas aus, und er sah die Schwellung ihrer Brust unter der dünnen Seidenbluse. »Wie, zum Teufel, können wir eine so attraktive und smarte Frau wie Sie als geschlechtsloses Wesen behandeln? Seien Sie fair!«
»Ich verlange keine Fairneß, ich verlange bloß Gleichheit.«
»Seien Sie froh, daß Sie eine Frau sind!«
»Oh, das bin ich.« Es klang bitter. »Ich möchte nur nicht zu denen gehören, die nur wirklich etwas gelten, wenn sie auf dem Rücken liegen.« Sie leerte ihr Glas und stand auf. »Also, Sie wissen Bescheid. David Murtagh erwartet Ihren Anruf. Es ist vielleicht eine gewagte Spekulation, aber einen Versuch wert, meinen Sie nicht? Vielleicht können Sie zu ihm gehen, statt ihn kommen zu lassen – Gesicht, hm? Er wird alles brauchen, was Sie ihm als Unterstützung geben können.«
Dunross war sitzen geblieben. »Bitte nehmen Sie noch einen Augenblick Platz! Es sind da noch einige andere Punkte offen.«
»Gern. Ich wollte Ihnen nicht noch mehr Zeit stehlen.«

»Zunächst: Was gibt es da für ein Problem mit Ihrem Mr. Steigler?«
»Was meinen Sie?«
Er wiederholte, was Dawson ihm mitgeteilt hatte.
»So ein Hurensohn!« sagte sie, offensichtlich verärgert. »Ich habe ihm aufgetragen, die Papiere vorzubereiten, das ist alles. Ich werde ihn mir vornehmen. Anwälte glauben immer, sie seien befugt, Verhandlungen zu führen. Sie können sich gar nicht vorstellen, wie viele Geschäfte mir schon durch die Lappen gegangen sind, weil ein Anwalt sich eingemischt hat. Anwälte sind eine Plage in den Vereinigten Staaten. Linc ist diesbezüglich ganz meiner Meinung.«
»Was ist mit Linc?« fragte er, denn er erinnerte sich an die zwei Millionen, die Bartlett Gornt vorgeschossen hatte. »Wird er zu hundert Prozent hinter dieser neuen Entwicklung stehen?«
»Ja«, antwortete sie nach einer kleinen Pause. »Ja.«
»Sie werden sich also um Steigler kümmern und alles bleibt, wie gehabt?«
»Sie werden eine Lösung in der Frage des Rechtsanspruchs auf die Schiffe finden müssen, aber das wird wohl kein Problem sein.«
»Nein, das wird kein Problem sein.«
»Sie werden für die ganze Transaktion die persönliche Haftung übernehmen?«
»Aber ja doch«, gab Dunross lässig zurück. »Dirk Struan hat das immer so gehalten. Das ist das Privileg des Tai-Pan. Hören Sie, Ciranoush, ich...«
»Würden Sie mich bitte Casey nennen, Ciranoush paßt in eine andere Zeit.«
»Na gut. Also, Casey: Ob das jetzt funktioniert oder nicht, Sie sind jetzt ein *alter Freund,* und ich schulde Ihnen noch Dank für Ihren Mut bei dem Schiffsbrand.«
»Ich bin gar nicht mutig. Das müssen meine Drüsen gewesen sein.« Sie lachte. »Vergessen Sie nicht, wir haben immer noch Hepatitis über unseren Häuptern schweben.«
Sie musterte ihn, aber er konnte ihre Gedanken nicht lesen. »Ich werde Ihnen helfen, zu Ihrem Startgeld zu kommen«, sagte er. »Wieviel brauchen Sie?«
»Zwei Millionen steuerfrei.«
»Ihre Steuergesetze sind streng und unelastisch. Neigen Sie dazu, es mit dem Steuerzahlen nicht allzu genau zu nehmen?«
Sie zögerte. »Jeder echte Amerikaner hat das Recht, sich seiner Pflichten als Steuerzahler zu entziehen, aber nicht, sie zu hinterziehen.«
»Kapiert. Bei Ihrem Steuersatz würden Sie also vier brauchen.«
»Ich bin in einer Steuerklasse mit einer niedrigen Bemessungsgrundlage, obwohl mein Kapital hoch ist.«
»46 000 Dollar in der San Fernando Savings ans Loan sind nicht sehr viel«, sagte er und sah belustigt, wie sie blaß wurde. »Und 8700 Dollar auf Ihrem Girokonto bei der Los Angeles and California sind auch nicht aufregend.«

»Sie sind ein gemeiner Mensch.«
Er lächelte. »Ich habe eben einflußreiche Freunde. So wie Sie.« Ganz nebenbei stellte er die Falle: »Darf ich Sie und Mr. Bartlett zum Dinner einladen?«
»Linc ist anderweitig beschäftigt.«
»Wollen Sie mit mir zu Abend essen? Um acht? Wir treffen uns in der Halle des Mandarin.« Der Unterton war ihm nicht entgangen. Linc ist also anderweitig beschäftigt! dachte er. Womit und mit wem wohl? Orlanda Ramos? Muß wohl so sein, sagte er sich, hoch zufrieden, daß er den wahren Grund entdeckt hatte, warum Casey gekommen war, um ihm zu helfen. Orlanda! Orlanda ist ein Alptraum für Casey. Hat sie Angst, daß Gornt hinter Orlandas Offensive gegen Bartlett steckt – oder ist sie nur verrückt vor Eifersucht und zu allem bereit, um Bartlett Mores zu lehren?

3

17.35 Uhr:

Casey fand einen Sitz auf der Fähre. Sie starrte düsteren Blicks auf den Hafen hinaus und fragte sich, ob sie die Sache richtig angepackt hatte.
»Du lieber Himmel, Miss Tcholok«, hatte Murtagh ihr zu bedenken gegeben, »nie im Leben gibt die Geschäftsleitung dazu ihr Einverständnis!«
»Wenn die Herren von der Geschäftsleitung ihr Einverständnis nicht geben, verpassen sie die größte Chance ihres Lebens. Und Sie auch, Murtagh! Das ist Ihre große Chance – halten Sie sie fest! Denken Sie daran, wieviel Gesicht das für alle bedeutet, wenn Sie Struan's jetzt beistehen! Wenn Dunross zu Ihnen kommt, wird...«
»Wenn er kommt!«
»Er wird kommen. Dafür werde ich sorgen. Und wenn er kommt, sagen Sie ihm, daß alles Ihre Idee ist, nicht meine, und daß Sie...«
»Aber Miss Tcholok, meinen...«
»Die Idee muß von Ihnen kommen. Und wenn Sie mit Dunross sprechen, sagen Sie ihm, daß Sie auch auf den Status eines *alten Freundes* reflektieren.«
»Mein Gott, ich hab's schon schwer genug! Wie soll ich diesen Holzköpfen in New York begreiflich machen, wie wichtig hier Gesicht und ›alte Freunde‹ sind?«
»Dann lassen Sie eben diesen Teil aus. Aber wenn Ihnen das gelingt, werden Sie der prominenteste amerikanische Bankmann in ganz Asien sein.«
Ja, sagte sich Casey, krank vor Hoffnung, und ich werde Linc aus Gornts Falle geholt haben. Ich weiß, daß ich Gornt richtig einschätze.

»Den Teufel tust du!« hatte Bartlett sie am Morgen zornig angefahren, das erste Mal in ihrem gemeinsamen Leben.
»Das sieht doch ein Blinder, Linc!« hatte sie gekontert. »Ich will mich ja nicht einmischen, aber...«
»Was denn sonst?«
»*Du* hast die Rede auf Orlanda gebracht, nicht ich. Du überschlägst dich ja förmlich vor Begeisterung, wie gut sie kocht, wie gut sie tanzt, wie gut sie sich anzieht, was sie für eine blendende Gesellschafterin ist! Ich habe dich nur gefragt, ob du dich nett unterhalten hast.«
»Ja, aber gemeint hast du doch: Ich hoffe, du hast dich miserabel unterhalten!«
Linc hatte recht, gestand Casey sich ein, und wenn er die ganze Nacht wegbleibt, ist das seine Sache. Ich hätte die Schnauze halten sollen wie sonst auch. Aber dieses Mal ist es nicht wie sonst. Er ist in Gefahr und sieht es nicht!
»Menschenskind, Linc, diese Frau ist hinter deinem Geld her, und das ist alles! Wie lange kennst du sie schon? Ein paar Tage. Wo hast du sie kennengelernt? Bei Gornt! Sie ist Gornts Marionette! Der Kerl ist mit allen Salben geschmiert! Er zahlt ihr die Wohnung, er zahlt ihr die Rechnungen. Sie ist...«
»Sie hat mir alles über sich und Gornt erzählt, und das ist längst vorbei. Du kannst Orlanda vergessen! Verstanden?«
»Für Par-Con hängt viel davon ab, ob wir uns für Struan's oder Gornt entscheiden, und sie werden beide nichts unversucht lassen, um moralischen Druck auf dich auszuüben und...«
»Komm schon, Casey, um Himmels willen! Du warst doch noch nie eifersüchtig. Gib's zu, du kochst vor Wut! Sie ist alles, was ein Mann sich nur wünschen kann, während du...«
Er hatte nicht weitergesprochen. Jetzt stürzten ihr Tränen in die Augen. Verdammt noch mal, er hat recht! Eine Büromaschine bin ich, die nichts Weibliches an sich hat, die kein Interesse an einem Hausfrauenleben hat, zumindest jetzt noch nicht. Orlanda ist weich und anschmiegsam, eine phantastische Köchin, sagt er, eine richtige Frau, tolle Gestalt, lange Beine, ausgezeichneter Geschmack, zur Bettgefährtin wie geschaffen. Und mit keinem Gedanken in ihrem gottverdammten Schädel als dem, sich einen reichen Mann zu kapern. Die Französin hatte recht: Auf so einen Gimpel wie Linc warten sie schon, diese nichtsnutzigen asiatischen Flittchen, und Orlanda ist ein Prachtexemplar dieser Gattung.
Scheiße!
Aber da kann sich Linc den Mund fusselig reden, ich schätze sie und Gornt richtig ein.
Oder doch nicht?
Sei doch ehrlich: Außer Gerüchten und meiner eigenen Intuition habe ich

nichts, worauf ich meine Meinung stützen kann. Es war ein großer Fehler, daß ich mich vor Linc so habe gehenlassen. Ich muß immer an seine Worte denken, als er aus dem Zimmer stürmte: »Von jetzt an halte dich gefälligst aus meinem Privatleben heraus!«
O Gott!

Ein kühler Wind wehte, während die Fähre mit stampfendem Motor über das Wasser glitt. Sampane und andere Boote wichen geschickt aus. Ein bedeckter, brütender Himmel wölbte sich über dem Hafen. Automatisch tupfte sie sich die Tränen weg, nahm ihren Spiegel heraus und vergewisserte sich, daß ihre Wimperntusche nicht zerlaufen war. »Nimm dich zusammen«, murmelte sie ihrem Spiegelbild zu, »du siehst ja aus wie vierzig.« Die angekrampten Holzbänke waren voll besetzt mit Passagieren, zumeist Chinesen, vereinzelt aber auch mit kamerabewehrten Touristen und anderen Europäern. Die Gänge waren verstopft, und schon drängten sich Haufen von Passagieren vor den Heckpforten beider Decks. Die Chinesen neben ihr lasen ihre Zeitung, wie das Leute in jedem Verkehrsmittel tun, nur daß sie sich hier von Zeit zu Zeit geräuschvoll räusperten, um den Schleim auszuhusten. Einer spuckte. Auf dem Schott unmittelbar vor ihm befand sich ein großes Schild mit der Aufschrift in Chinesisch und Englisch: Spucken verboten – 20 Dollar Strafe. Wieder räusperte er sich, und Casey hätte ihm am liebsten mit seiner Zeitung eins über den Schädel gegeben. Sie mußte an eine Bemerkung des Tai-Pan denken: »Seit mehr als hundertzwanzig Jahren bemühen wir uns, sie zu ändern, doch Chinesen ändern sich nicht so leicht.«
Aber es sind ja nicht nur sie, dachte Casey, es sind alle in dieser Männerwelt. Der Tai-Pan hat recht. Was soll ich also tun? Wie soll ich mich Linc gegenüber verhalten? Soll ich die Regeln brechen?
Ach, ich habe sie ja schon gebrochen. Mit dieser Rettungsaktion habe ich über seinen Kopf hinweg entschieden. Soll ich es ihm sagen oder nicht? Dunross wird mich nicht verraten, und wenn die First Central mitspielt, wird man es Murtagh als Verdienst anrechnen. Aber irgend einmal werde ich es Linc sagen müssen.
Doch ob mein Plan jetzt funktioniert oder nicht, wie steht es mit Linc und mir?
Die Fähre näherte sich der Station von Kowloon. Zwei andere Fähren tukkerten aus dem Weg, um der ankommenden Platz zu machen. Die Passagiere drängten rempelnd und stoßend auf die Heckpforten zu. Aus dem Gleichgewicht gebracht, fing das Schiff an, leicht zu krängen. O Jesus, dachte sie, jäh aus ihren Taggräumereien gerissen, das sind ja gut fünfhundert Menschen auf jedem Deck! Sie zuckte zusammen, als eine ungeduldige ältere Chinesin sich an ihr vorüberzwängte und ihr dabei unbekümmert auf den Fuß trat. Casey hatte nicht übel Lust, ihr mit dem Schirm auf den Kopf zu hauen.

»Sie sind eben anders als wir«, sagte der Amerikaner hinter ihr gutgelaunt.
»Bitte? Ach ja, ja... anders als wir, zumindest einige.« Menschen umringten sie, preßten sich zu eng an sie. Fast wäre ihr übel geworden. Der Mann merkte es und gebrauchte seine Körperfülle, um sie ein wenig abzuschirmen. »Danke«, sagte sie erleichtert.
»Ich bin Rosemont, Stanley Rosemont. Ich wurde Ihnen beim Tai-Pan vorgestellt.«
Verdutzt drehte sie sich um. »Ach, entschuldigen Sie, ich... ich war mit meinen Gedanken ganz woanders... Tut mir leid. Wie geht es Ihnen?« fragte sie, ohne sich an ihn erinnern zu können.
»Immer gleich.« Rosemont blickte auf sie herab. »Aber Sie sehen ein wenig angegriffen aus«, bemerkte er freundlich.
»Oh, mir geht's gut.« Verlegen wandte sie sich ab. Matrosen begannen, Taue über Bord zu werfen, die aufgefangen und um die Poller gelegt wurden. Die dicken Seile knarrten unter der Spannung. Während die Fähre langsam ihren Landeplatz anlief, senkten sich die Landeklappen, aber noch bevor sie ganz unten waren, stürmte die Menge, Casey mitreißend, von Bord. Einige Meter weiter begann der Druck nachzulassen, und sie schritt, ohne sich zu beeilen, die Rampe hinauf. Rosemont holte sie ein. »Logieren Sie im V and A?«
»Ja«, antwortete sie. »Und Sie?«
»O nein! Wir haben eine Wohnung auf der Hongkong-Seite – sie gehört dem Konsulat.«
»Sind Sie schon lange hier?«
»Zwei Jahre. Und das ist interessant, Miss Tcholok: Nachdem man einen Monat hier gelebt hat, kommt man sich eingesperrt vor, man weiß nicht, wohin man gehen soll, die Menschenmassen deprimieren einen, und man sieht Tag für Tag dieselben Freunde. Doch dann ändert sich das, und man findet es herrlich. Man bekommt das Gefühl, sich im Mittelpunkt des Geschehens zu befinden. Keine Frage, Hongkong ist das Zentrum Asiens – und man ist so schnell in Taipeh, Bangkok oder sonst wo. Hongkong ist okay – wenn auch mit Japan nicht zu vergleichen, Japan ist wieder etwas anderes.«
»So toll?«
»So toll – für einen Mann. Hart für Frauen, sehr hart, und auch für Kinder. Man bekommt seine Hilflosigkeit, seine Fremdheit ständig unter die Nase gerieben – man kann nicht einmal die Straßenschilder lesen, ich war zwei Jahre da. Mir hat's gut gefallen. Athena, meine Frau, hat die Stadt hassen gelernt.« Rosemont lachte. »Aber sie haßt auch Hongkong und möchte zurück nach Indochina, Vietnam oder Kambodscha. Vor einigen Jahren war sie Krankenschwester bei der französischen Armee.«
»Ist sie Französin?«
»Amerikanerin.«

»Haben Sie Kinder?« fragte sie.
»Zwei. Zwei Söhne. Ich bin Athenas zweiter Mann.«
»Und die Söhne sind aus ihrer ersten Ehe?«
»Einer. Sie war mit einem Vietnamesen verheiratet. Er fiel kurz vor Dien Bien Phu – das war, als die Franzosen dort regierten. Vien war noch nicht geboren, als der arme Kerl ins Gras beißen mußte. Der Junge ist mir genauso lieb wie mein eigener Sohn. Bleiben Sie lange?«
»Hängt von meinem Boss ab und von unserem Deal. Sie wissen ja wohl, daß wir die Absicht haben, eine Geschäftsverbindung mit Struan's aufzunehmen.«
»Es ist das Stadtgespräch – wenn man vom Feuer in Aberdeen, der Überschwemmung und den Erdrutschen, dem Sturm auf die Banken und dem Börsenkrach absieht. Was glauben Sie – wird er es schaffen?«
»Der Tai-Pan? Ich komme gerade von ihm. Er ist zuversichtlich, ja, sehr zuversichtlich. Ich kann ihn gut leiden.«
»Ja. Ich kann auch Mr. Bartlett gut leiden. Sind Sie schon lange mit ihm zusammen?«
»Fast sieben Jahre.«
Sie hatten die Station hinter sich gelassen, aber das Gedränge war immer noch lebensgefährlich. Sie gingen auf eine unterirdische Fußgängerpassage zu, die direkt zum V and A führte. Rosemont deutete auf ein kleines Geschäft, das sich Reisschüssel nannte. »Von Zeit zu Zeit arbeitet Athena hier. Es ist ein amerikanischer Wohltätigkeitsladen. Der Gewinn fließt Flüchtlingen zu. Viele Frauen arbeiten gelegentlich mit; so haben sie wenigstens eine Beschäftigung. Sie sind vermutlich immer beschäftigt?«
»Nur sieben Tage in der Woche.«
»Ich hörte Mr. Bartlett sagen, Sie fliegen über das Wochenende nach Taipeh. Wird das Ihr erster Besuch sein?«
»Ja – aber ich fliege nicht. Nur Mr. Bartlett und der Tai-Pan.« Casey versuchte den Gedanken, der sie überfiel, loszuwerden, aber das gelang ihr nicht. Wird er Orlanda mitnehmen? Er hat recht, es geht mich nichts an. Aber Par-Con schon. Und da Linc sich dem Feind restlos ausgeliefert hat... Je weniger er von dem Manöver mit der First Central weiß, desto besser.
Zufrieden, daß sie leidenschaftslos zu diesem Schluß kam, plauderte sie weiter mit Rosemont, froh, daß sie mit einem ihr gutgesinnten Menschen schwatzen konnte, der sich als mitteilsam und interessiert erwies. »... in Taipeh«, erzählte er. »In Taiwan sind wir jetzt beliebt – mal was anderes. Sie wollen sich also nach Asien ausdehnen. Bei einem so großen Abschluß stehen wohl ein Dutzend Direktoren auf Abruf bereit?«
»Nein. Für den Augenblick sind wir nur zwei. Bloß Mr. Forrester ist noch da – er ist der Leiter unserer Schaumstoffproduktion – und unser Anwalt. Mr. Bartlett hat Par-Con gut organisiert. Ich kümmere mich um das laufende Geschäft, und er bestimmt den Kurs.«

»Ist Par-Con eine AG?«
»Ja, aber das tut nicht weh. Mr. Bartlett hat die Aktienmehrheit, und unsere Direktoren und Aktionäre machen uns keine Schwierigkeiten. Die Dividenden sind im Steigen, und wenn das Struan's-Deal klappt, werden sie wie eine Rakete in die Höhe schießen.«
»Wir könnten mehr amerikanische Firmen in Asien gebrauchen. Na jedenfalls, ich wünsche Ihnen Glück, Miss Tcholok. Dabei fällt mir ein«, fügte er beiläufig hinzu, »Sie erinnern sich doch an Ed Langan, meinen Kollegen? Er war auch bei der Party. Er kennt einen von Ihren Aktionären, einen gewissen Bastacio oder so ähnlich.«
Casey war verblüfft. »Banastasio, Vincenzo Banastasio?«
»Ja, ich glaube, so heißt er«, schwindelte er geschickt, während er sie beobachtete. »Habe ich was Falsches gesagt?« fügte er hinzu, als sie ihn ansah.
»Aber nein, es ist nur ein Zufall. Banastasio kommt morgen nach Hongkong. Morgen früh.«
»Bitte?« Er starrte sie an, und Casey mußte lachen. »Sie können Ihrem Freund sagen, daß er im Hilton absteigt.«
Rosemont schwirrte der Kopf. »Morgen? Ich werd' verrückt.«
»Ist er ein guter Freund von Mr. Langan?« erkundigte sich Casey vorsichtig.
»Nein, aber er kennt ihn. Banastasio ist ein toller Bursche, sagt er. Ein Spieler, nicht wahr?«
»Ja.«
»Sie mögen ihn nicht?«
»Ich habe ihn nur zweimal in meinem Leben gesehen. Beim Rennen. In Del Mar ist er ein großer Mann. Ich halte nicht viel von Glücksspielern und Glücksspielen.«
Sie schlängelten sich durch die Menge. Casey war froh, als sie aus der Unterführung herauskamen, und freute sich schon auf eine Dusche, ein Aspirin und ein Stündchen Ruhe bis zu ihrer Verabredung um acht. Rosemonts Augen fielen auf die hohen Ladebäume der *Iwanow*, die am Kai festgemacht war. Unwillkürlich richtete er dann seine Blicke nach Hongkong hinüber und sah, wie leicht es wäre, mit einem starken Feldstecher den amerikanischen Flugzeugträger nach allen Richtungen hin zu betrachten.
»Da ist man richtig stolz, Amerikaner zu sein«, sagte Casey fröhlich, seinen Blicken folgend. »Wenn Sie vom Konsulat sind, werden Sie doch sicher an Bord gehen?«
»Ich war schon gestern. Der Kapitän gab eine Party für die Honoratioren der Kolonie. Ich habe mich eingedrängt.« Wieder log Rosemont unbekümmert. Er war gestern spät abends und heute früh ein zweites Mal an Bord gegangen. Das erste Gespräch mit dem Admiral, dem Kapitän und dem für Sicherheitsfragen zuständigen Offizier war stürmisch verlaufen. Er hatte ihnen erst Fotokopien vom kompletten Ladeverzeichnis des Schiffsarsenals

und vom Handbuch für das Radar-Lenkungs- und Navigationssystem vorlegen müssen, bevor sie ihm glaubten. Jetzt saß der Verräter unter strenger Bewachung im Schiffsgefängnis. Bald mußte sein Widerstand gebrochen sein. Jawohl, dachte Rosemont, und dann zwanzig Jahre Zuchthaus. Wenn ich etwas zu sagen hätte, ich würde diesen Saukerl im Hafen ersäufen. Gegen die Metkins und das KGB habe ich nichts. Diese Bastarde tun nur ihre Pflicht für ihre Seite. Aber unsere eigenen Burschen?«

»Also, Junge, wir haben dich geschnappt. Jetzt sag uns mal, warum du das gemacht hast?«

»Geld.«

Grundgütiger! Laut Personalakte kam der Matrose aus einer Kleinstadt des Mittleren Westens und hatte immer mustergültig gearbeitet. Es gab nichts in seiner Vergangenheit, was darauf hatte schließen lassen, daß er ein Sicherheitsrisiko darstellte. Er war einer von den Stillen, ein guter Programmierer, bei seinen Kameraden beliebt und von seinen Vorgesetzten geschätzt. Kein Hinweis auf Linksdrall, auf Homosexualität, auf mögliche Erpressung, nichts. »Warum also?« hatte er ihn gefragt.

»In San Diego hat mich der Typ angesprochen und gesagt, er möchte gern alles über die *Corregidor* wissen und werde gut dafür zahlen.«

»Aber haben Sie noch nie etwas von Verrat gehört? Von Hochverrat?«

»Ach was, er wollte doch nur ein paar Fakten und Zahlen. Na wenn schon! Wir können diese verdammten Kommunisten jederzeit zusammenschlagen. Die *Corregidor* ist der größte Flugzeugträger der Welt! Das Ganze war nur ein Spaß! Ich wollte sehen, ob ich's zusammenbringe, und sie haben pünktlich gezahlt...«

Mein Gott, wie sollen wir für Sicherheit sorgen, wenn es Typen gibt wie den, die ihr Hirn in der Hose tragen? fragte sich Rosemont.

Er ging weiter, hörte sich mit Casey plaudern, fühlte ihr auf den Zahn und versuchte zu erkunden, wie weit sie und Bartlett aufgrund der Verbindung mit Banastasio Sicherheitsrisiken waren. Ein Hotelpage riß lächelnd die Pendeltür auf. In der Halle herrschte reges Treiben. »Ich habe noch etwas Zeit bis zu meinem nächsten Termin, Miss Tcholok. Darf ich Sie auf einen Drink einladen?«

»Gern, danke«, willigte sie lächelnd ein. »Ich hole mir nur meine Post, okay?« Sie ging zur Rezeption. Ein Stoß Telex-Nachrichten erwartete sie, und Jannelli, Steigler und Forrester baten um Rückruf. Eine handgeschriebene Botschaft von Bartlett mit Routineinstruktionen bezüglich Par-Con und dem Ersuchen, sich zu vergewissern, daß das Flugzeug Sonntag ohne Schwierigkeiten starten konnte. Die Botschaft endete: »Wir schließen mit Rothwell-Gornt ab, Casey. Treffen wir uns morgen um neun zum Frühstück in meiner Suite! Bis dann.«

Sie ging zu Rosemont zurück. »Würden Sie mir Ihre Einladung für ein andermal gutschreiben?«

»Schlechte Nachrichten?«
»Ach nein, nur ein Haufen Arbeit.«
»Selbstverständlich. Aber vielleicht können wir nächste Woche einmal zu Abend essen, Mr. Bartlett und Sie. Ich möchte, daß Sie Athena kennenlernen. Sie wird Sie anrufen, um etwas auszumachen, okay?«
»Danke, das wäre nett.« Ihr ganzes Sinnen auf den Kurs gerichtet, für den sie sich entschieden hatte, ging sie zum Aufzug.
Rosemont bestellte sich einen Cutty Sark mit Soda und hing seinen Gedanken nach. Wieviel Geld hat Banastasio in Par-Con, und was bekommt er dafür? Par-Con ist stark in Rüstung und Raumfahrt engagiert. Was sucht dieser Ganove hier?«
Robert Armstrong trat auf ihn zu.
»Mensch, Robert, du siehst ja schrecklich aus«, begrüßte ihn der Amerikaner. »Du solltest mal Urlaub machen oder dich zumindest einmal gründlich ausschlafen – ohne Damenbegleitung.«
»Laß dich ausstopfen! Bist du soweit? Können wir gehen?«
»Du hast noch Zeit für ein Gläschen. Der Termin in der Bank wurde ja um eine Stunde verschoben.«
»Ja, aber ich möchte mich nicht verspäten. Der Gouverneur erwartet uns in seinem Büro.«
»Okay.« Rosemont leerte sein Glas, zahlte, und gemeinsam wanderten sie zur Fährenstation zurück. »Was macht die Operation Übungsschießen?« erkundigte sich Armstrong.
»Sie zeigen immer noch Flagge. Wie es aussieht, ist die Revolution in Aserbeidschan im Sande verlaufen.« Armstrongs Niedergeschlagenheit war dem Amerikaner nicht entgangen. »Was ist dir über die Leber gelaufen, Robert?«
»Manchmal hasse ich meinen Beruf, das ist alles.« Armstrong nahm eine Zigarette heraus und zündete sie an.
»Ich dachte, du hast das Rauchen aufgegeben?«
»Habe ich auch. Stanley, alter Freund, ich glaube, ich muß dich warnen. Du sitzt ganz schön in der Scheiße. Crosse ist wütend.«
»Na und? Schließlich war es Ed Langan, der euch erst die Nase auf die AMG-Berichte stoßen mußte. Verdammt noch mal, wir sind doch Verbündete?«
»Richtig«, versetzte Armstrong säuerlich. »Aber das gibt dir noch lange nicht das Recht, eine von niemandem autorisierte Razzia auf eine völlig saubere Wohnung durchzuführen, die der völlig sauberen Telefongesellschaft gehört.«
»Wer, ich?« konterte Rosemont mit gequältem Gesichtsausdruck. »Welche Wohnung?«
»Apartment 32, Sinclair Towers. Du und deine Gorillas traten mitten in der Nacht die Tür ein. Zu welchem Behufe, wenn ich fragen darf?«

»Woher soll ich das wissen?« Rosemont wußte, daß er sich durchbluffen mußte, aber er war immer noch wütend, daß, wer immer sich in der Wohnung aufgehalten hatte, unerkannt verschwinden konnte. Sein Ärger über den Spion auf dem Flugzeugträger, das ganze Sevrin-Schlamassel und Crosses Perfidie hatten ihn veranlaßt, die Razzia anzuordnen. Einer seiner chinesischen Informanten hatte ein Gerücht aufgeschnappt, wonach die Wohnung zwar meistens leerstand, gelegentlich aber von kommunistischen Agenten besucht wurde und daß für heute ein Treffen angesagt war. Connochie, einer seiner besten Leute, hatte die beiden Männer, die durch die Hintertür entkommen waren, nur flüchtig zu sehen bekommen. Trotz eifrigen Suchens waren sie verschwunden, und außer zwei halbvollen Gläsern – eines mit, das andere ohne Fingerabdrücke – hatte er nichts in der Wohnung gefunden. »Ich war noch nie im Apartment 32 in den Sinclair Towers, verdammt noch mal!«
»Das kann schon sein, aber deine Witzfiguren von Bullen waren da. Mehrere Hausbewohner berichten von vier großgewachsenen, fettärschigen Europäern, die die Treppe hinauf und herunter gerast sind. Das müssen deine Nußknacker gewesen sein.«
»Meine nicht, ausgeschlossen!«
»O doch! Und dieser Fehlschlag wird Folgen haben. Crosse hat schon zwei übellaunige Telegramme nach London geschickt. Bedauerlicherweise hast du niemanden erwischt, und jetzt kriegen wir die Schelte.«
Rosemont seufzte. »Steig mir den Buckel rauf! Ich habe was für dich.« Er erzählte Armstrong von seinem Gespräch mit Casey über Banastasio. »Ich wußte nicht, daß er morgen nach Hongkong kommt. Was hältst du davon?«
Armstrong hatte schon durch die Eintragung im Terminkalender von Fotograf Ng davon erfahren. »Interessant«, bemerkte er, ohne einen Kommentar abzugeben. »Ich werde es dem Alten mitteilen. Inzwischen leg dir eine gute Antwort zurecht, wenn er dich wegen Sinclair Towers anpfeift. Und sag nicht, daß du etwas von mir gehört hast!« Seine Müdigkeit drohte ihn zu überwältigen. Heute früh um halb sieben hatte die erste richtige Befragung Brian Kwoks begonnen.
Man hatte Brian Kwok, der noch unter Drogeneinfluß stand, aus seiner sauberen weißen Zelle geholt und nackt in ein finsteres Loch mit naßkalten Wänden und einer stinkenden dünnen Matratze auf dem modrigen Boden geworfen. Zehn Minuten, nachdem die Weckspritze ihn in ein quälendes Bewußtsein zurückgerufen hatte, war plötzlich helles Licht aufgeflammt und Armstrong hereingestürmt. »Verdammt noch mal«, hatte er den Gefangenenwärter angefahren. »Was machen Sie denn da mit Inspektor Kwok? Sind Sie verrückt geworden?«
»Oberinspektor Crosse hat es so angeordnet, Sir. Der Gefangene...«
»Das muß ein Irrtum sein! Ist mir scheißegal, was Crosse angeordnet hat!«

Er hatte den Mann hinausgeworfen und seinem Freund seine volle, liebevolle Aufmerksamkeit geschenkt. »Hier, alter Kumpel, möchtest du eine Zigarette?«
»O Gott. Danke... danke! Robert, was zum Teufel geht hier vor?«
»Ich weiß es nicht. Ich habe es eben erst erfahren, darum bin ich hier. Man hatte mir gesagt, du hättest ein paar Tage Urlaub gemacht. Crosse muß verrückt geworden sein. Er behauptet, du seiest ein kommunistischer Spion.«
»Ich? Um Gottes willen... der wievielte ist heute?«
»Freitag, der 30.«, hatte er rasch geantwortet und sieben Tage dazugeschlagen. Er hatte die Frage erwartet.
»Wer hat das fünfte Rennen gewonnen?«
»Butterscotch Lass«, hatte er geantwortet; er war überrascht, daß Brian Kwoks Denkapparat noch so gut funktionierte. »Warum willst du das wissen?«
»Ach, nur so... Hör mal, Robert, das ist ein schrecklicher Irrtum. Du mußt mir helfen. Verstehst du denn...«
Wie auf ein Stichwort war Crosse, einem Racheengel gleich, hereingestürmt. »Hör zu, du Spion, ich will Namen und Adressen deiner Kontaktmänner, und zwar jetzt gleich! Wer ist dein Führungsoffizier?«
Mühsam hatte Brian Kwok sich aufgerichtet. »Das ist alles ein Irrtum, Sir. Es gibt keinen Führungsoffizier, und ich bin kein Spion...«
Crosse hatte ihm die Vergrößerungen der Fotografien vor die Nase gehalten. »Dann erkläre mir bitte, wie es kommt, daß du zusammen mit deiner Mutter Fang-ling Wu vor der Apotheke deiner Familie in Ning-tok fotografiert wurdest? Erklär mir, wie es kommt, daß du richtig Tschu-toy Wu heißt und der zweite Sohn deiner Eltern Tok-ting Wu und Fang-ling Wu bist!«
Den Augenblick des Schocks in Brian Kwoks Gesicht hatten beide gesehen.
»Lügen«, hatte er gemurmelt, »Lügen, ich bin Brian Karshun Kwok, und ich bin...«
»*Du* bist ein Lügner!« hatte Crosse gebrüllt. »Wir haben Zeugen! Wir haben Beweise. Du wurdest von deiner *gan sun*, Ah Tam, identifiziert!«
»Ich... ich habe keine *gan sun* dieses Namens. Ich hab...«
»Wenn du uns nicht alles sagst, wirst du den Rest deines Lebens in dieser Zelle verbringen. In einer Woche komme ich wieder. Und wenn du dann meine Fragen nicht wahrheitsgemäß beantwortest, lasse ich dich in Eisen legen! Und Sie, Robert!« Crosse hatte ihn fixiert. »Ich verbiete Ihnen, ohne meine Erlaubnis diesen Raum zu betreten!« Mit diesen Worten war er gegangen.
»Mensch, Brian«, hatte Armstrong, angewidert von seiner eigenen Scheinheiligkeit, das Spiel fortgesetzt, »was ist dir da nur eingefallen?«
»Eingefallen?« hatte Brian Kwok ihm trotzig entgegnet. »Du kannst mir

nichts vormachen – oder mich reinlegen, Robert... Und es können keine sieben Tage vergangen sein. Ich bin unschuldig.«

»Und die Fotografien?«

»Gefälscht, von Crosse gefälscht.« Verzweiflung im Blick, hatte Brian Kwok seinen Arm umklammert und heiser geflüstert: »Ich habe es dir gesagt, in Wirklichkeit ist Crosse der Maulwurf. Er ist der Maulwurf, Robert... er ist schwul... er hat...«

Der Aufseher kam hereingestürzt. »Tut mir leid, Sir, aber Sie müssen gehen.«

»Na schön, aber erst geben Sie ihm ein bißchen Wasser!«

»Er bekommt kein Wasser!«

»Verdammt noch mal, holen Sie sofort Wasser!«

Der Mann gehorchte widerstrebend. Alleingelassen, schob Armstrong die Zigaretten unter die Matratze. »Ich werde tun, was ich kann, Brian...« Einen verbeulten Becher in der Hand, kehrte der Wärter in die Zelle zurück.

»Mehr kriegst du nicht«, sagte er zornig. »Und den Becher nehm' ich wieder mit.«

Dankbar stürzte Brian Kwok die Flüssigkeit hinunter, und damit auch die Droge. Armstrong ging. Die Tür knallte zu, das Licht ging aus. Zehn Minuten später kam Armstrong mit Dr. Dorn zurück – und mit Crosse. Brian Kwok lag in tiefem Schlaf, von schweren Träumen geplagt. »Das haben Sie sehr gut gemacht, Robert«, flüsterte Crosse. »Haben Sie gesehen, wie er erschrocken ist? An seiner Schuld ist nicht mehr zu zweifeln. Dr. Dorn, heben Sie den Wach-Schlaf-Rhythmus auf einmal in der Stunde an – für die nächsten vierundzwanzig Stunden, vorausgesetzt, der Mann trägt keine Dauerschäden davon! Ich will ihn fügsam haben und leicht zu beeinflussen. Dann nehmen Sie sich ihn wieder vor, Robert! Wenn es dann immer noch nicht funkt, kommt er ins rote Zimmer.«

Dr. Dorn war zusammengefahren, und Armstrong erinnerte sich, wie auch sein Herzschlag sekundenlang gestockt hatte. »Nein«, hatte er protestiert.

»Verdammt noch mal, der Gefangene ist schuldig«, knurrte Crosse wütend, und jetzt war es kein Schauspielern mehr. »Schuldig! Er hat Fong-fong und unsere Burschen hochgehen lassen und uns weiß Gott welchen Schaden zugefügt. Die Befehle kommen aus London! Erinnern Sie sich noch an unseren großen Fang? An Metkin von der *Iwanow*? Ich habe soeben erfahren, daß die Transportmaschine der RAF vermißt wird. Sie hat in Bombay aufgetankt und ist dann irgendwo über dem Indischen Ozean verschwunden.«

4

18.58 Uhr:

Der Gouverneur bebte vor verhaltener Wut. Er stieg aus dem Wagen und stapfte zur Seitentür der Bank hinüber, wo Johnjohn auf ihn wartete.
»Haben Sie das gelesen?« Der Gouverneur schwenkte die Abendausgabe des *Guardian* mit der fetten Schlagzeile: ABGEORDNETE BESCHULDIGEN VOLKSREPUBLIK. »Diese verdammten Schafsköpfe!«
»Ja, Sir.« Johnjohn war nicht weniger erbost. Er ging in den großen Vorraum voran. »Können Sie die beiden nicht aufhängen?«
Bei ihrer nachmittägigen Pressekonferenz hatten Grey und Broadhurst ihre private Meinung publik gemacht, wonach Rotchina die Weltrevolution auf seine Fahnen geschrieben hatte und als der große Feind des Weltfriedens anzusehen sei. »Den ersten inoffiziellen geharnischten Protest habe ich schon einstecken müssen.«
Johnjohn zuckte zusammen. »O Gott, doch nicht von Tiptop?«
»Natürlich von Tiptop. ›Exzellenz‹, sagte er mit seiner ruhigen, seidenweichen Stimme, ›wenn unsere Brüder in Peking erfahren, wie prominente Mitglieder des englischen Parlaments das Reich der Mitte einschätzen, werden sie wirklich sehr zornig sein.‹ Ich fürchte, daß sich unsere Chancen, vorübergehend Geldmittel von ihnen zu erhalten, stark verringert haben.«
Wieder wallte heller Zorn in Johnjohn auf. »Dieser verdammte Kerl gab zu verstehen, daß seine Meinung die der gesamten Delegation sei, was natürlich nicht stimmt. Es ist ein Wahnsinn, China auf diese Weise zu reizen. Ohne Chinas Wohlwollen ist unsere Position hier völlig unhaltbar!« Der Gouverneur nahm ein Taschentuch heraus und schneuzte sich. »Wo sind die anderen?«
»Oberinspektor Crosse und Mr. Sinders warten in meinem Büro. Der Tai-Pan muß gleich da sein. Was halten Sie davon, Sir, daß Grey Dunross' Schwager sein soll?«
»Eine seltsame Geschichte.« Seit Grey es heute nachmittag in Beantwortung einer Frage erwähnt hatte, war der Gouverneur bereits von verschiedenen Leuten um eine Erklärung gebeten worden. »Seltsam, daß Dunross nie darüber gesprochen hat.«
»Oder Mrs. Dunross. Höchst eigenartig. Was mein...« Johnjohn verstummte, Dunross kam auf sie zu.
»Guten Abend, Sir!«
»Guten Abend, Ian!« Der Gouverneur hielt ihm die Zeitung hin. »Haben Sie das gelesen?«
»Ja, Sir. Die chinesischen Abendzeitungen sind so empört, es wundert mich, daß es noch keine Krawalle gegeben hat.«

»Ich würde diese Kerle wegen Hochverrats unter Anklage stellen«, stürmte Johnjohn. »Was, zum Teufel, können wir tun, Ian?«
»Beten. Ich habe schon mit Guthrie, dem liberalen Abgeordneten, gesprochen und mit einigen Tories. Einer der Starreporter des *Guardian* interviewt sie jetzt gerade. Sie vertreten völlig entgegengesetzte Meinungen und weisen diesen ganzen Unsinn zurück; die morgigen Zeitungen werden ausführlich darüber berichten.« Dunross wischte sich die Hände ab. Die Probleme um Grey, Tiptop, Jacques, Philip Tschen, die Halbmünze und die AMG-Berichte wurden ihm langsam zuviel. Mein Gott, dachte er, was denn noch alles? – Seine Besprechung mit Murtagh von der Royal Belgium hatte sich gut angelassen. Nach der Sitzung hatte ihm jemand die Nachmittagszeitungen gegeben, und der Gedanke an die Aufregung, die so deplazierte Bemerkungen zur Folge haben mußten, hatte ihn die letzten Nerven gekostet. »Wir müssen die ganze Geschichte offiziell verurteilen und privat alles in unserer Macht Stehende unternehmen, um sicherzugehen, daß Greys Vorlage, Hongkong auf die Ebene Großbritanniens herunterzudrükken, gar nicht zur Abstimmung kommt oder abgelehnt wird und daß Labour nie an die Regierung kommt. Broadhurst war übrigens genauso schlimm, wenn nicht noch schlimmer.«
»Haben Sie schon mit Tiptop gesprochen, Ian?«
»Nein, Bruce. Seine Nummer ist immer noch besetzt, aber ich habe ihm eine Nachricht zukommen lassen.« Er berichtete ihnen, was er mit Philip Tschen ausgemacht hatte. Dann erzählte der Gouverneur von Tiptops Protest. Dunross war entsetzt.
»Wann hat er angerufen, Sir?«
»Kurz vor sechs.«
»Da muß er unsere Nachricht schon gehabt haben.« Das Blut pochte Dunross in den Schläfen. »Aber nach diesem... diesem Debakel könnte ich darauf wetten, daß wir keine Chance haben, ihr Geld zu bekommen.«
»Ich teile Ihre Meinung.«
Dunross war sich der Tatsache bewußt, daß die Herren Greys verwandtschaftliche Beziehung zu ihm nicht erwähnt hatten. »Robin Grey ist schlimmer als ein Narr«, sagte er, denn es war offenbar nicht mehr sinnvoll, es totzuschweigen. »Mein gottverdammter Schwager hätte den Sowjets keinen größeren Dienst erweisen können.«
Nach einer Pause bemerkte der Gouverneur: »Wie die Chinesen sagen: ›Der Teufel gibt dir deine Verwandten, danke allen Göttern, daß du dir deine Freunde selbst aussuchen kannst!‹«
»Das stimmt genau. Zu unserem Glück ist der Abflug der Delegation für Sonntag vorgesehen. Morgen beschäftigen wir uns mit den Rennen und all... Vielleicht gerät das Ganze mit der Zeit in Vergessenheit.«
Der Gouverneur nickte und wandte sich dann verdrießlich an Johnjohn: »Ist alles bereit?«

»Ja, Sir, die Tre...« Die Aufzugstür öffnete sich, und Roger Crosse und Edward Sinders, Chef der MI-6, kamen heraus.
»Ach, Sinders«, sagte der Gouverneur, »ich möchte Sie gern mit Mr. Dunross bekannt machen.«
»Ich freue mich sehr, Sir.« Sinders streckte Dunross die Hand entgegen. Er war ein Mann mittleren Alters, von mittelgroßer Statur, mit einem mageren, farblosen Gesicht und grauen Bartstoppeln, und er trug einen zerknitterten Anzug. »Verzeihen Sie mein etwas ramponiertes Aussehen, aber ich war noch nicht im Hotel!«
»Tut mir leid, das zu hören«, sagte Dunross. »Die ganze Prozedur hätte auch bis morgen warten können. Guten Abend, Oberinspektor!«
»Guten Abend, Sir, guten Abend, Tai-Pan«, sagte Crosse resolut. »Da wir jetzt alle hier sind, könnten wir vielleicht anfangen?«
Johnjohn wollte gehorsam vorangehen, aber Dunross schaltete sich ein. »Augenblick noch! Verzeihen Sie, Bruce, würden Sie uns einen Augenblick entschuldigen?«
»Selbstverständlich.« Johnjohn verbarg seine Überraschung, war aber zu klug, um Fragen zu stellen. Er schloß die Tür hinter sich. Dunross sah den Gouverneur an. »Bezeugen Sie mir offiziell, Sir, daß dieser Mann Edward Sinders, Chef der MI-6, ist?«
»Das bezeuge ich.« Er reichte ihm einen Umschlag. »Ich glaube, Sie wollten das schriftlich haben.«
»Vielen Dank, Sir!« Und an Sinders gerichtet sagt er: »Tut mir leid, aber Sie werden für meine Vorsicht Verständnis haben.«
»Natürlich. Können wir jetzt, Mr. Dunross?«
»Wer ist Mary McFee?«
Sinders verschlug es die Rede. Crosse und der Gouverneur starrten ganz perplex erst ihn und dann Dunross an. Schließlich antwortete Sinders: »Sie haben einflußreiche Freunde, Mr. Dunross. Darf ich fragen, woher Sie das wissen?«
»Tut mir leid.« Dunross ließ seinen Blick auf ihm ruhen. Alastair Struan hatte die Information von einer hochgestellten Persönlichkeit in der Regierung erhalten. »Wir wollen nur die Sicherheit haben, daß Sinders auch wirklich Sinders ist.«
»Mary McFee ist eine uns freundlich gesinnte Dame«, antwortete Sinders zögernd.
»Tut mir leid, das genügt mir nicht. Wie heißt sie mit ihrem richtigen Namen?«
Kreideweiß nahm Sinders Dunross am Arm und ging mit ihm ans Ende des Raumes. Er kehrte Crosse und dem Gouverneur den Rücken zu und hob seine Lippen an Dunross' Ohr. »Anastasia Kekilova, Erste Sekretärin der tschechischen Botschaft in London«, flüsterte er.
Dunross nickte zufrieden, aber Sinders hielt seinen Arm fest und flüsterte

noch leiser: »Vergessen Sie den Namen wieder! Sollte das KGB je Verdacht schöpfen, wird man Sie zum Reden bringen. Dann ist sie tot, Sie sind tot und ich bin tot.«
Dunross nickte. »Geht in Ordnung.«
Sinders holte tief Atem, drehte sich um und nickte Crosse zu. »Wollen wir die Sache jetzt hinter uns bringen, Oberinspektor? Exzellenz?«
Gespannt folgten sie ihm. Johnjohn wartete beim Aufzug. Drei Stockwerke tiefer befanden sich die Tresore. Zwei Polizeibeamte in Zivil standen in dem kleinen Gang vor den schweren Stahltoren. Johnjohn schloß sie auf, ließ alle bis auf die Wachen durch und schloß wieder ab. »Das ist hier in der Bank so üblich.«
»Hatten Sie hier schon einen Einbruch?« fragte Sinders.
»Nein. Aber die Japaner sprengten die Tore, als die Schlüssel, äh, verlorengingen.«
»Waren Sie auch da, Sir?«
»Nein, ich hatte Glück.« Nach der Kapitulation Hongkongs zu Weihnachten 1941 ordneten die Japaner die Liquidation der zwei großen britischen Banken, der Blacs und der Victoria, an. Die leitenden Beamten wurden gezwungen, sich an den Verfahren zu beteiligen. Die ganzen Jahre hindurch standen sie ständig unter stärkstem Druck. Man nötigte sie, ungesetzliche Zahlungsmittel auszugeben. Und dann hatte sich die Kampeitei, die gefürchtete und gehaßte Geheimpolizei, eingeschaltet. »Die Kampeitei exekutierte einige unserer Kollegen und machte den anderen das Leben zur Hölle«, erzählte Johnjohn. »Das übliche: nichts zu essen, Prügel, Entbehrungen, Einsperren in Käfige. Einige starben an Unterernährung – mit andern Worten, sie verhungerten.« Johnjohn schloß ein weiteres Gitter auf, hinter dem sich Reihen von Schließfächern in mehreren miteinander verbundenen Kellern befanden.
»Ian?«
Dunross holte seinen eigenen Schlüssel heraus. »Es sind die Nummern 15, 85 und 94.«
Johnjohn ging voran. Beunruhigt steckte er seinen Bankschlüssel in eines der Schlösser. Dunross tat das gleiche mit seinem. Beide Schlüssel drehten sich. Das Schloß sprang auf. Johnjohn nahm seinen Schlüssel wieder an sich. »Ich... ich warte vorn«, sagte er, froh, daß es vorbei war, und ging.
Dunross zögerte. »Es sind auch noch andere Dinge da drin, private Papiere. Wenn Sie so freundlich wären?«
Crosse rührte sich nicht. »Tut mir leid, aber entweder Mr. Sinders oder ich sollten sicherstellen, daß uns *alle* Berichte übergeben werden.«
Dunross sah den Schweiß auf den Gesichtern der beiden Männer, und auch sein eigener Rücken war feucht. »Würden Eure Exzellenz so freundlich sein, mir zuzusehen?«
»Selbstverständlich.«

Widerstrebend zogen sich die beiden Männer zurück. Dunross wartete, bis sie sich weit genug entfernt hatten; dann öffnete er das Schließfach. Es war groß, und Sir Geoffreys Augen weiteten sich, denn außer den blau eingeschlagenen Akten war das Fach leer. Es waren acht Stück, die er stumm entgegennahm. Dunross klappte das Fach zu.
Die Hand ausgestreckt, kam Crosse auf sie zu. »Darf ich sie an mich nehmen, Sir?«
»Nein.«
Überrascht verhielt Crosse den Schritt. »Aber, Exz...«
»Der Minister hat eine Vorgehensweise festgelegt; unsere amerikanischen Freunde haben sie gebilligt, und ich habe ihr zugestimmt«, erklärte Sir Geoffrey. »Wir fahren jetzt alle in mein Büro. Dort werden zwei Fotokopien hergestellt. Eine für Mr. Sinders, eine für Mr. Rosemont.«
Dunross zuckte die Achseln. »Wenn es der Minister so haben will, soll es mir recht sein. Und bitte verbrennen Sie die Originale, Sir, sobald Sie die Fotokopien haben!« Er beobachtete Crosse und glaubte den Ausdruck der Befriedigung auf seinen Zügen zu entdecken. »Wenn die Berichte etwas so Besonderes sind, ist es wohl besser, sie verschwinden – sofern sie nicht in die bewährten Hände der MI-6 und der CIA gelangen. Sind sie aber nichts Besonderes... wozu dann die Aufregung? Von dem, was der alte AMG produziert hat, war doch das meiste an den Haaren herbeigezogen, und jetzt, wo er tot ist, muß ich zugeben, daß ich die Berichte, solange Sie sie in Händen haben, nicht besonders hoch einschätze. Bitte verbrennen Sie sie oder lassen Sie sie durch den Reißwolf gehen, Exzellenz!«
»Sehr gut.« Der Gouverneur richtete seine hellblauen Augen auf Roger Crosse. »Ja, Roger?«
»Nichts, Sir. Wollen wir gehen?«
Dunross sagte: »Wenn ich schon da bin, möchte ich noch einige Geschäftspapiere durchsehen. Die Herren brauchen nicht auf mich zu warten.«
»Bitte sehr. Vielen Dank, Ian«, sagte Sir Geoffrey und verließ mit den anderen den Raum.
Sobald er allein war, begab sich Dunross zu einer anderen Reihe von Schließfächern in einer anderen Abteilung des Tresors. Er nahm seinen Schlüsselring heraus und wählte zwei Schlüssel, wobei ihm durchaus bewußt war, daß Johnjohn der Schlag treffen würde, wenn er wüßte, daß Dunross einen zweiten Hauptschlüssel hatte. Dieses Schließfach war eines von Dutzenden, die Noble House unter verschiedenen Namen besaß. In dem Fach befanden sich Bündel von Hundertdollarnoten, alte Dokumente und Urkunden. Oben lag eine geladene Pistole. In ihren ›Verhaltensmaßregeln für die Tai-Pane‹, kurz vor ihrem Tod 1917 geschrieben und Teil ihres Testaments, hatte die »Hexe« zusätzliche Regeln aufgestellt, darunter die, daß immer beträchtliche Mengen Bargeld zur Verfügung des Tai-Pan stehen sollten, und eine andere, wonach immer mindestens vier geladene

Handfeuerwaffen an geheimen Orten verfügbar sein mußten. »Ich hasse Feuerwaffen«, hatte sie geschrieben, »aber ich weiß, daß sie notwendig sind. Am Abend vor dem Michaelstag 1916, als ich krank und schwach darniederlag, zwang mich mein Enkelsohn Kelly O'Gorman im Glauben, ich läge im Sterben, das Bett zu verlassen, um aus dem Safe im Großen Haus das Chop-Siegel des Noble House zu holen – und ihm damit die absolute Macht des Tai-Pan zu verleihen. Statt dessen nahm ich die Pistole, die sich im Safe befand, und erschoß ihn. Er kämpfte zwei Tage mit dem Tod, dann starb er. Ich bin eine gottesfürchtige Frau und hasse Feuerwaffen, aber Kelly war zu einem tollen Hund geworden, und es ist Pflicht eines jeden Tai-Pan, die Nachfolge zu sichern. Der du dies liest, zögere nicht, dich jeden Mittels zu bedienen, um Dirk Struans Vermächtnis zu schützen...«

Ein Schweißtropfen rollte ihm über die Wange. Er entsann sich seines Entsetzens, als er ihre »Verhaltensmaßregeln« zum erstenmal gelesen hatte. Er hatte immer geglaubt, Vetter Kelly – der älteste Sohn von der jüngsten Tochter Rose der »Hexe« – sei an der Cholera gestorben.

Sie hatte auch noch über andere Ungeheuerlichkeiten berichtet: »In diesem schrecklichsten aller Jahre, 1894, brachte man mir die zweite von Jin-quas Münzen. Das war das Jahr, als die Beulenpest in Hongkong wütete. Unter unseren heidnischen Chinesen starben Zehntausende, und unserer eigenen Bevölkerung erging es nicht weniger übel – auch Base Hannah und drei ihrer Kinder, zwei Kinder Tschen-tschens und fünf Enkelkinder fielen der Plage zum Opfer. Im Volksglauben wurde die Pest vom Wind getragen, man hielt sie aber auch für eine Strafe Gottes oder eine Seuche wie Malaria, dessen Brutstätte der tödliche ›übelriechende Dunst‹ von Happy Valley war. Und dann kam das Wunder! Die japanischen Forscher Kitasato und Yersin, die wir nach Hongkong brachten, entdeckten das Pestbakterium und wiesen nach, daß die Pest durch Flöhe und Nager übertragen wurde und daß planmäßige Gesundheitspflege und die Vernichtung der Nager dem Fluch für alle Zeiten ein Ende bereiten würden. Der ekelerregende Berghang Tai-ping Shan, der Gordon gehörte – Gordon Tschen, dem Sohn meines geliebten Tai-Pan – und wo der Großteil unserer Heiden schon immer gelebt hatte, war ein stinkender, schwärender, mit Menschen und Ratten überfüllter Hexenkessel und somit ein idealer Nährboden für alle Seuchen, und so sehr die Behörden den Bewohnern auch gut zuredeten und Verordnungen erließen, diese abergläubischen Menschen ließen sich nichts sagen und taten nichts, um ihr Los zu verbessern, obwohl das Sterben kein Ende nahm. Nicht einmal Gordon – jetzt schon ein zahnloser Greis – konnte etwas tun, außer sich angesichts der schwindenden Mieteinnahmen das Haar zu raufen.

Als im Spätsommer die Todesfälle täglich zunahmen und es den Anschein hatte, als wäre das Schicksal der Kolonie besiegelt, ließ ich Tai-ping Shan, den ganzen stinkenden Berghang, nachts anzünden. Daß einige Bewohner

dabei in den Flammen umkamen, belastet mein Gewissen, aber ohne das reinigende Feuer hätten noch Hunderttausende sterben müssen.
Am 20. April überbrachte ein Mann namens Tschiang Wu-tah die Halbmünze meinem geliebten jungen Vetter Dirk Dunross, der damit zu mir kam, da er das Geheimnis der Münze nicht kannte. Ich ließ diesen Tschiang rufen; er sprach Englisch. Und dies war die Gunst, die er erbat: Noble House sollte einem jungen, im Westen erzogenen chinesischen Revolutionär namens Sun Yat-sen unverzüglich Zuflucht gewähren; wir sollten diesem Sun Yat-sen Geld zur Verfügung stellen und ihn, solange er lebte, bis an die Grenze des Möglichen in seinem Kampf unterstützen, der den Sturz der fremden Mandschu-Dynastie Chinas zum Ziel hatte. Einem Revolutionär gegen Chinas herrschende Dynastie zu helfen, mit der wir ausgezeichnete Beziehungen unterhielten, war gegen mein Prinzip, und ich erklärte Tschiang Wu-tah, daß ich nichts tun würde, um den Sturz des Kaisers herbeizuführen. Aber der Überbringer der Münze sagte nur: ›Das ist die Gunst, die wir von Noble House fordern.‹
Und so geschah es.
Unter großen Gefahren beschaffte ich Geldmittel und sorgte für Schutz. Mein Liebling Dirk Dunross brachte Dr. Sun aus Kanton nach Hongkong und von hier nach Amerika. Es wäre mir lieb gewesen, wenn Dr. Sun Dirk nach England begleitet hätte – er war Kapitän unseres Dampfschiffs *Sunset Cloud,* das mit der Flut auslaufen sollte. Das war die Woche, in der ich ihn zum wahren Tai-Pan machen wollte, aber er sagte nein. ›Erst nach meiner Rückkehr.‹ Aber er kam nicht zurück. Irgendwo im Indischen Ozean blieben er und seine ganze Mannschaft auf See. Was war das für ein Verlust!
Aber auch der Tod ist ein Teil des Lebens, und wir, die wir leben, haben unsere Pflicht zu erfüllen. Ich weiß noch nicht, wem ich mein Amt übergeben soll. Dirk Dunross' Söhne sind zu jung, und von den Coopers und den de Villes ist keiner vollwertig, Daglish wäre möglich, von den MacStruans ist noch keiner soweit. Vielleicht Alastair Struan, aber ich sehe da eine Schwäche, die er von Robb Struan geerbt hat.
Ich stehe nicht an, vor dir, zukünftiger Tai-Pan, zu gestehen, daß ich der Mühen überdrüssig – aber darum noch nicht zu sterben bereit bin. Möge Gott mir die Kraft schenken, noch ein paar Jahre zu leben! Es gibt keinen, der in gerader Linie von mir oder meinem geliebten Dirk Struan abstammt und seiner hohen Stellung würdig wäre. Und jetzt heißt es den großen Krieg durchstehen, unsere Handelsflotte neu aufbauen – deutsche U-Boote haben bereits dreißig unserer Schiffe, fast unsere ganze Flotte, versenkt. Und dann müssen wir auch noch das Versprechen der zweiten Halbmünze einlösen. Dieser Dr. Sun Yat-sen muß bis zu seinem Tod unterstützt werden...«
Das haben wir auch getan, dachte Dunross, selbst noch bei seinem Versuch, sich mit der Sowjetunion zu verbinden, bis er 1925 starb und Tschiang Kai-

schek, sein in der Sowjetunion ausgebildeter Stellvertreter, ihm nachfolgte und China den Weg in die Zukunft wies.
Dunross nahm ein Taschentuch heraus und trocknete sich die Stirn.
Die Luft im Tresor war staubig und trocken, und er hustete. Behutsam stöberte er in der tiefen Stahlkassette und fand schließlich den Konzern-Chop, den er über das Wochenende brauchen würde, wenn es zu dem Abschluß zwischen Struan's und Royal Belgium – First Central kommen sollte. In diesem Fall bin ich Casey mehr als nur eine Gefälligkeit schuldig, sagte er sich.
Wieder klopfte ihm das Herz bis zum Hals, und er konnte nicht anders, er mußte sich überzeugen. Sehr vorsichtig hob er den doppelten Boden der Kassette um eine Spur. In dem zwei Zoll tiefen Raum lagen acht blaueingeschlagene Akten. Die echten AMG-Berichte. Die vor wenigen Augenblicken Sinders ausgehändigten waren in dem versiegelten Päckchen gewesen, das Kirk und seine Frau ihm gestern gebracht hatten – diese acht falschen Berichte und ein Brief: »Tai-Pan! Ich mache mir schreckliche Sorgen, daß Sie und ich verraten wurden und daß Informationen in den bisherigen Berichten in falsche Hände geraten könnten. Die beigeschlossenen Ersatzberichte sind sicher und sehr ähnlich. Wichtige Namen und Informationen wurden weggelassen. Wenn man Sie dazu zwingt – aber nur dann –, können Sie sie weitergeben. Die Originale sollten Sie vernichten, nachdem Sie mit Riko gesprochen haben. Gewisse Stellen sind mit sympathetischer Tinte geschrieben. Riko wird Ihnen erklären, wie Sie damit umgehen müssen. Verzeihen Sie bitte diese zur Ablenkung gebrauchten Kinkerlitzchen, aber die Spionage ist kein Kinderspiel; es geht dabei um Leben und Tod. Unser schönes England wird von Verrätern bedrängt. Die Freiheit ist bedroht wie noch nie zuvor. Ich bitte Sie, Ihrem illustren Vorfahren nachzueifern. Er kämpfte für die Freiheit, Handel zu treiben, zu leben und seinen Gott zu verehren. Entschuldigen Sie, aber ich glaube nicht, daß es ein Sturm war, der ihm den Tod brachte. Die Wahrheit werden wir nie erfahren, aber ich denke, er wurde ermordet, so wie man mich ermorden wird. Keine Bange, mein junger Freund! Ich bin mit meinem Leben zufrieden. Ich war der Nagel zu so manchem feindlichen Sarg – und ich bitte Sie, es mir nachzutun. Mit vorzüglicher Hochachtung.«
Armer Kerl, dachte Dunross traurig.
Noch gestern hatte er die gefälschten Berichte in den Tresor geschmuggelt und an die Stelle der echten in der anderen Kassette gelegt. Er hätte die echten gern vernichtet, aber es gab keine Gelegenheit, dies unauffällig zu tun, und außerdem mußte er auf seine Begegnung mit der Japanerin warten. Bis auf weiteres lasse ich sie besser, wo sie sind, dachte er. Reichlich Zeit...
Plötzlich spürte er Augen auf sich gerichtet. Seine Hand schloß sich um die Pistole. Er drehte sich um. Crosse beobachtete ihn. Crosse und Johnjohn. Sie standen beim Eingang des Tresorraumes.

»Ich wollte Ihnen nur für Ihr Verständnis danken, Ian. Mr. Sinders und ich sind Ihnen sehr verbunden.«
Ein Stein fiel Dunross vom Herzen. »Schon recht. War mir ein Vergnügen.« Bemüht, sich nichts anmerken zu lassen, löste er den Griff von der Waffe. Er sah Crosses mißtrauischen Blick, maß ihm jedoch keine Bedeutung bei. Von dort, wo er stand, konnte der Oberinspektor unmöglich die echten Akten gesehen haben. Gleichmütig schloß Dunross die Kassette und atmete wieder frei. »Recht stickig hier drin, nicht wahr?«
»Ja. Noch einmal vielen Dank«, sagte Crosse und ging.
»Wie haben Sie das Schließfach geöffnet?« fragte Johnjohn kühl.
»Mit einem Schlussel.«
»Mit zwei Schlüsseln, Ian. Das ist gegen die Vorschrift.« Johnjohn hielt seine Hand auf. »Darf ich unser Eigentum zurückhaben?«
»Tut mir leid, alter Freund«, erwiderte Dunross ruhig, »es ist nicht euer Eigentum.«
Johnjohn zögerte. »Wir hatten schon immer vermutet, daß Sie einen zweiten Hauptschlüssel besitzen. In einem hat Havergill recht: Sie haben zuviel Macht. Sie betrachten alles als Ihr persönliches Eigentum: die Bank, unser Geld und die ganze Kolonie.«
»Wir hatten eine lange und freundschaftliche Beziehung. Erst in den letzten paar Jahren, in denen Paul Havergill ein gewisses Maß an Macht ausübte, hatten ich persönlich und Noble House zu kämpfen. Noch schlimmer: Er ist rückständig, und nur aus diesem Grunde habe ich ihn hinausgewählt. Sie nicht: Sie sind modern, weitblickender, weniger gefühlsbestimmt und gradliniger.«
Johnjohn schüttelte den Kopf. »Das bezweifle ich. Wenn man mich je zum Tai-Pan der Bank wählt, werde ich darauf hinarbeiten, daß sie ganz im Besitz ihrer Aktionäre steht und von Direktoren geführt wird, die von den Aktionären bestellt wurden.«
»Das ist jetzt der Fall. Wir besitzen 21 Prozent der Bank.«
»Ihr habt sie besessen. Die Aktien sind gegen euren Revolving-Kredit lombardiert, den ihr nicht zurückzahlen könnt und vermutlich nie zurückzahlen werdet. Übrigens sind 21 Prozent zu wenig, um Kontrolle auszuüben.«
»Aber es fehlt nicht viel.«
»Stimmt! Und das ist gefährlich für die Bank, sehr gefährlich.«
»Das finde ich nicht.«
»Ich schon. Ich will elf Prozent zurückhaben.«
»Der Handel läuft nicht, alter Knabe.«
»Wenn ich Tai-Pan bin, alter Knabe, hole ich sie mir, so oder so.«
»Wir werden sehen.« Dunross lächelte.

Drüben in Kowloon sprang Bartlett vom Pier auf das leicht schaukelnde

Boot und half Orlanda an Bord. Automatisch schleuderte sie ihre Schuhe weg, um das gepflegte Teakdeck zu schonen.
»Willkommen an Bord der *Sea Witch*, Mr. Bartlett! Guten Abend, Orlanda«, begrüßte Gornt sie mit einem Lächeln. Er stand an der Ruderpinne und wies den Matrosen an abzulegen. »Ich bin entzückt, daß Sie meine Einladung zum Dinner angenommen haben, Mr. Bartlett.«
»Ich wußte gar nichts davon, bis Orlanda es mir vor einer halben Stunde sagte. He, das ist ja ein herrliches Boot!«
Vorsichtig steuerte Gornt achteraus. »Bis vor einer Stunde wußte ich selbst nicht, daß Sie beide zusammen zu Abend essen wollten. Ich nahm an, daß Sie den Hafen von Hongkong noch nie bei Nacht gesehen haben, und da dachte ich mir, ich könnte Ihnen etwas Neues bieten. Es gibt da ein paar Dinge, die ich privat mit Ihnen besprechen wollte, und darum fragte ich Orlanda, ob sie etwas dagegen hätte, wenn ich Sie an Bord bitten würde.«
»Ich hoffe, es hat Ihnen nichts ausgemacht, nach Kowloon herüberzukommen.«
»Überhaupt nicht, Mr. Bartlett. Es ist üblich, Gäste von hier abzuholen.«
Gornt lächelte in sich hinein, als er an Orlanda und all die anderen Gäste dachte, die er im Lauf der Jahre hier abgeholt hatte. Geschickt ließ Gornt den Motorkreuzer rückwärts laufen, weg von dem Pier, wo die Wellen gefährlich gegen die Mole schlugen. Er legte den Schalthebel auf halbe Kraft voraus und schwang die Ruderpinne nach Steuerbord, um auf die Wasserstraße zu gelangen; dann schlug er einen westlichen Kurs ein.
Der Motorkreuzer war siebzig Fuß lang, schnittig und elegant. Sie standen auf dem mit Glaswänden versehenen, nach achtern offenen Brückendeck unter straff gespannten Sonnensegeln. Gornt trug eine leichte Seemannsjacke und eine flotte Seglermütze mit dem Emblem des Jachtklubs. Seine Garderobe und sein gestutzter, graumelierter Bart kleideten ihn gut.
Bartlett, sportlich salopp in Pullover und leichten Segeltuchschuhen, beobachtete ihn. Orlanda stand neben ihm, und obwohl sie einander nicht berührten, fühlte er ihre Nähe. Sie trug einen dunklen Hosenanzug und einen Schal gegen die Kühle der Nacht.
Er blickte nach achtern über den Hafen auf die Fähren, Dschunken, Frachter und auf die riesige Masse des atombetriebenen Flugzeugträgers mit seinen angestrahlten Decks und der flatternden Flagge. Donnernd stieg eine Düsenmaschine von Kai Tak in den Nachthimmel auf.
Orlanda berührte ihn leicht, und er sah sie an. Sie erwiderte sein Lächeln, und er fühlte ihre Wärme.
»Herrlich, nicht wahr?«
»Ja, herrlich«, sagte Gornt. Er dachte, Bartlett hätte zu ihm gesprochen. Er ließ seine Blicke in die Ferne schweifen. »Es ist wunderbar, nachts auf dem Wasser Herr seines eigenen Schiffes zu sein. Wir fahren ein Stück nach Westen und dann nach Süden, rund um Hongkong herum – es wird etwa

eine Dreiviertelstunde dauern.« Er winkte seinen Kapitän heran, einen schweigsamen, geschmeidigen Schanghaier in sauberer weißer Leinenkleidung.

»*Shey-shey*«, danke, sagte der Mann und übernahm das Steuer.

Gornt deutete nach achtern, wo Stühle um einen Tisch standen. »Wollen wir?« Er warf einen Blick auf Orlanda. »Du siehst sehr hübsch aus, Orlanda.«

»Danke.«

»Ist dir auch nicht zu kalt?«

»O nein, Quillan, danke!«

Ein livrierter Steward kam von unten. Auf einem Tablett brachte er heiße und kalte Appetitbrötchen. In einem großen Eisbehälter neben dem Tisch befanden sich eine offene Flasche Weißwein, vier Gläser, zwei Dosen amerikanisches Bier und alkoholfreie Getränke. »Was kann ich Ihnen anbieten, Mr. Bartlett?« fragte Gornt. »Der Wein ist ein Frascati, aber wie ich höre, ziehen Sie eiskaltes Bier aus der Dose vor.«

»Heute abend Frascati – das Bier später, wenn ich darf.«

»Orlanda?«

»Wein, bitte, Quillan«, antwortete sie, denn sie wußte, daß er Frascati jedem anderen Wein vorzog. Heute abend muß ich sehr klug sein, dachte sie, sehr stark und sehr klug. Sie hatte Gornts Vorschlag sofort angenommen, denn auch sie liebte die Nacht auf dem Wasser, und sie fuhren zu ihrem Lieblingslokal, obwohl sie lieber mit Bartlett allein gewesen wäre. Aber es war unzweifelhaft ein... nein, verbesserte sie sich, es war kein Befehl, es war ein Ersuchen. Quillan ist auf meiner Seite. Er und ich, wir haben beide das gleiche Ziel: Linc. Wie gerne bin ich doch mit Linc zusammen!

Als sie ihn ansah, bemerkte sie, daß er Gornt beobachtete. Ihr Puls wurde schneller. Es war wie damals, als Gornt sie nach Spanien mitgenommen und sie ein *mano a mano* miterlebt hatte. Ja, diese beiden Männer sind heute abend wie Matadore. Ich weiß, daß Gornt mich immer noch begehrt, da kann er sagen, was er will.

Die Beleuchtung an Deck war warm und heimelig. Der Steward schenkte die Gläser voll, und der Wein war wie immer sehr gut, trocken und verlokkend. Bartlett öffnete eine Plastiktasche, die er mitgebracht hatte. »Es ist ein alter amerikanischer Brauch, ein Geschenk mitzubringen, wenn man zum erstenmal zu Besuch kommt.« Er stellte die Flasche auf den Tisch.

»Das ist aber sehr freundlich von...« Gornt brach ab. Vorsichtig hob er die Flasche auf und betrachtete sie im Licht des Kompaßhauses. »Das ist kein Geschenk, Mr. Bartlett, das ist auf Flaschen gezogener Zauber. Ich traue meinen Augen nicht.« Es war ein Château Margaux, einer der großen *premiers crus classés* aus dem Médoc. »Einen 49er hatte ich nie. Das war ein Traumjahr für Bordeauxweine. Danke! Ich danke Ihnen sehr herzlich.«

»Orlanda hat gesagt, Sie haben Rotwein lieber als weißen, aber ich dachte, es könnte vielleicht Fisch geben.« Nonchalant stellte er die zweite Flasche neben die erste.

Gornt starrte sie an. Es war ein Château Laville-Haut-Brion. In guten Jahren ließ sich der *rote* Château Haut-Brion mit allen großen Bordeauxweinen aus dem Médoc vergleichen, aber der *weiße* Château Laville-Haut-Brion – trocken, zart und wenig bekannt, weil so selten – wurde als einer der edelsten von den Bordeaux-Weißweinen angesehen. Es war ein Jahrgang 1955.

Gornt seufzte. »Wenn Sie soviel von Weinen verstehen, Mr. Bartlett, wie kommt es dann, daß Sie Bier trinken?«

»Zu *pasta* trinke ich gern Bier, Mr. Gornt – und so zwischendurch. Aber zum Essen Wein.« Bartlett lachte. »Nächsten Dienstag gibt es Bier mit *pasta,* dann Frascati oder Verdicchio oder den umbrischen Casale mit ... womit?«

»*Piccata?*«

»Wunderbar«, stimmte Bartlett zu und wollte doch keine *piccata,* die nicht von Orlanda zubereitet gewesen wäre. »Das ist sozusagen meine Lieblingsspeise.« Er sah sie nicht an, aber er wußte, daß sie wußte, was er meinte. Ich bin froh, daß ich sie getestet habe.

»War es nett?« hatte sie ihn gefragt, als sie heute morgen in das kleine Hotel in der Sunning Road gekommen war, um ihn abzuholen. »Ich hoffe es so sehr, Linc, Liebster.«

Das Mädchen war schön gewesen, aber er hatte nur seine fleischliche Lust gestillt und keine Befriedigung in ihrer Vereinigung gefunden. Er hatte es Orlanda gestanden.

»Das ist dann meine Schuld. Wir haben die Falsche ausgesucht«, hatte sie traurig gesagt. »Heute abend werden wir es woanders versuchen.«

Unwillkürlich lächelte er und sah sie an. Die Seebrise machte sie noch schöner. Dann bemerkte er, daß Gornt sie beobachtete. »Gibt es heute abend Fisch?«

»Aber ja! Hast du Mr. Bartlett nichts von Pok Liu Tschau erzählt, Orlanda?«

»Nein, Quillan, nur daß wir zu einer Spazierfahrt eingeladen sind.«

»Gut. Es wird kein Bankett sein, aber die Fisch- und Muschelgerichte sind dort exzellent, Mr. Bartlett. Sie ...«

»Warum nennen Sie mich nicht Linc, und ich nenne Sie Quillan? Von dem vielen ›Mister‹ bekomme ich Magenschmerzen.« Alle lachten.

»Wenn Sie gestatten, Linc, werden wir Ihre Geschenke heute nicht öffnen. Wenn ich darf, möchte ich sie für unser Dinner kommenden Dienstag aufheben?«

»Selbstverständlich.«

In dem gedämpften Donner der Dieselmotoren trat eine kleine Stille ein. Sofort spürte Orlanda, daß Gornt mit Bartlett unter vier Augen sprechen

wollte. Mit einem Lächeln erhob sie sich. »Wenn mich die Herren entschuldigen wollen?«
Die beiden Männer folgten ihr mit den Blicken. Bartlett nippte an seinem Wein. »Wie viele Personen können Sie hier zum Schlafen unterbringen?« fragte er Gornt.
»Zehn bequem. Dazu die Crew: Kapitän, Maschinist, Koch, Steward und einen Matrosen. Später zeige ich Ihnen alles, wenn Sie wollen.« Gornt zündete sich eine Zigarette an. »Sie rauchen nicht?«
»Nein, danke!«
»Wir können eine ganze Woche kreuzen, ohne aufzutanken, wenn es nötig ist. Es bleibt dabei, daß wir Dienstag abschließen?«
»Dienstag ist immer noch D-Tag.«
»Haben Sie Ihre Meinung geändert in bezug auf Struan's?«
»Montag fällt die Entscheidung. Montag um drei Uhr nachmittags. Nach Börsenschluß haben Sie Dunross erledigt – oder nicht. Und dann haben wir wieder eine Pattsituation.«
»Diesmal gibt es kein Patt. Er ist ruiniert.«
»Sieht ganz so aus.«
»Wollen Sie immer noch mit ihm nach Taipeh fliegen?«
»So ist es geplant.«
Gornt erhob sich und blieb kurz neben dem Kapitän stehen, aber auch der hatte die kleine unbeleuchtete Dschunke gesehen und wich ihr gefahrlos aus. »Volle Kraft voraus«, sagte Gornt und kam zum Tisch zurück. Er schenkte nach, nahm eines der kalten *dim sum* und fixierte den Amerikaner.
»Darf ich offen sprechen, Linc?«
»Na klar.«
»Orlanda.«
Bartlett kniff die Augen zusammen. »Was ist mit ihr?«
»Wie Sie wahrscheinlich wissen, waren sie und ich einmal sehr gute Freunde. In Hongkong wird sehr viel geklatscht, und es werden Ihnen alle möglichen Gerüchte zu Ohren kommen, aber wir sind, obwohl seit drei Jahren nicht mehr zusammen, immer noch gute Freunde.« Gornt musterte ihn unter seinen schwarzgrauen Augenbrauen hervor. »Ich möchte nicht, daß ihr weh getan wird. Sie ist ein feiner Kerl.«
»Ich stimme Ihnen zu.«
»Ich will nicht viel herumreden. Ich wollte nur auf drei Dinge hinweisen. Das war das erste. Das zweite ist, daß sie die verschwiegenste Frau ist, die ich kenne. Und das dritte ist, daß sie nichts mit dem Geschäft zu tun hat – ich benütze sie nicht, sie ist weder ein Preis noch ein Köder, nichts dergleichen.«
Bartlett schwieg eine Weile. Dann nickte er. »Gewiß.«
»Sie glauben mir nicht?«

Bartlett lachte. »Mensch, Quillan, wir sind in Hongkong! Ein für mich völlig fremdes Ambiente! Ich weiß nicht einmal, ob Pok Liu Tschau ein Restaurant, ein Bezirk von Hongkong oder ein Teil Rotchinas ist.« Er nahm einen Schluck von seinem Wein. »Was Orlanda angeht: Sie ist phantastisch, und Sie brauchen sich keine Sorgen zu machen. Ich habe Sie verstanden.«

»Ich hoffe, Sie nehmen es mir nicht übel, daß ich davon gesprochen habe.«

Bartlett schüttelte den Kopf. »Ich bin froh.« Er zögerte, entschloß sich aber dann, angesichts von Gornts Aufgeschlossenheit, auch ihm gegenüber offen zu sein. »Sie hat mir von dem Kind erzählt.«

»Gut.«

»Sie runzeln die Stirn?«

»Ich bin nur überrascht. Orlanda muß Sie sehr gern haben.«

»Das hoffe ich. Sie hat gesagt, Sie seien auch nach Ihrer Trennung sehr anständig zu ihr gewesen. Zu ihr und ihrer Familie.«

»Es sind nette Leute. Es ist in Asien nicht leicht, fünf Kinder großzuziehen. Sie gut zu erziehen. Es ist unsere Unternehmenspolitik, Familien zu helfen, wo wir können.« Gornt nippte an seinem Wein. »Orlanda war zehn, als ich sie das erstemal sah. Es war an einem Sonnabend beim Rennen in Schanghai. Es war damals üblich, Sonntagsstaat anzulegen und auf dem Sattelplatz zu promenieren. Es war sozusagen ihr Debut in der Gesellschaft. Ihr Vater war Leiter unserer Versandabteilung – ein guter Mann, Eduardo Ramos, Maccanese der dritten Generation, seine Frau Schanghaierin. Aber Orlanda...« Gornt seufzte. »Orlanda war das hübscheste Ding, das ich je gesehen habe. Sie trug ein weißes Kleid. Ich sah sie erst wieder, als sie mit achtzehn aus der Schule zurückkam, und ich... ich verliebte mich über beide Ohren in sie.« Gornt sah von seinem Glas auf. »Ich kann Ihnen gar nicht sagen, wie glücklich ich in all diesen Jahren mit ihr war.« Seine Augen wurden hart. »Hat sie Ihnen auch erzählt, wie ich den Mann fertigmachte, der sie verführt hatte?«

»Ja.«

»Gut. Dann wissen Sie alles. Ich wollte nur die drei Punkte erwähnen.«

Plötzlich empfand Bartlett eine warme Zuneigung für Gornt. »Ich werde sie zu würdigen wissen.« Er beugte sich vor. »Warum belassen wir es jetzt nicht dabei? Kommenden Dienstag sind alle Schulden und Verpflichtungen gestrichen, und wir fangen neu an. Wir alle.«

»Auf welcher Seite stehen Sie bis dahin?« fragte Gornt, und nur seine Lippen lächelten.

»Ich stehe zu hundert Prozent hinter Ihrem Raid«, antwortete Bartlett, ohne zu zögern. »Aber was Par-Cons Vorstoß nach Asien betrifft, stehe ich in der Mitte. Ich warte auf den Gewinner. Ich hoffe, Sie werden es sein, aber ich warte.«

»Sind denn die beiden Dinge nicht identisch?«

»Nein. Ich habe die Grundregeln für Ihren Raid schon vor geraumer Zeit festgelegt. Ich sagte, der Raid sei eine einmalige Sache, ein Metzgergang, wenn Sie so wollen.«

Bartlett lächelte. »Sicher stehe ich zu hundert Prozent dahinter – habe ich nicht zwei Millionen eingesetzt, ohne Chop, ohne Vertrag, nur mit einem Händeschütteln?«

»In Hongkong ist das manchmal mehr wert«, gab Gornt nach einer kleinen Pause zur Antwort. »Ich habe keine genauen Zahlen, aber auf dem Papier haben wir mit 24 bis 30 Millionen HK die Nase vorn.«

Bartlett hob sein Glas. »Na fein. Aber wie sieht es mit dem Run aus? Wie wird sich das auf uns auswirken?«

»Vermutlich überhaupt nicht. Unser Markt ist sehr sprunghaft, aber Blacs und die Victoria sind solide und durch nichts zu gefährden. Es geht das Gerücht, daß der Gouverneur Montag einen Bankfeiertag vorschreiben und die Banken für so lange schließen wird, wie nötig. Es ist ja nur eine Frage der Zeit, bis wieder genügend Bargeld da ist. Inzwischen werden viele Geldinstitute pleite machen, aber das sollte unsere Pläne nicht stören.«

»Wann wollen Sie Ihre Deckungskäufe vornehmen?«

»Das hängt davon ab, wann die anderen Struan's fallenlassen.«

»Wie wäre es mit Montag mittag? Damit hätten Sie und Ihre Strohmänner reichlich Zeit zurückzukaufen, nachdem meine Entscheidung auf Umwegen bekanntgeworden ist und die Aktien noch ein bißchen mehr gefallen sind.«

»Ausgezeichnet. Chinesen verlassen sich sehr auf Gerüchte. Mittag ist gut. Sie machen das von Taipeh aus?«

»Ja. Sie bekommen die Bestätigung von Casey.«

»Sie weiß? Sie kennt unsere Pläne?«

»Ja. Ich habe sie informiert. Wie viele Aktien brauchen Sie für die Übernahme?«

»Wenn wir zurückkaufen, werden wir genug für drei zusätzliche Sitze im Vorstand haben. Damit ist Dunross erledigt. Sobald wir im Vorstand sind, haben wir die Kontrolle über Struan's, und dann fusioniere ich Struan's mit Rothwell-Gornt.«

»Und sind Tai-Pan von Noble House.«

»Jawohl.« Gornts Augen glitzerten. Er füllte die Gläser nach. »Zum Wohl!«

»Zum Wohl!«

Zufrieden mit ihrer Abmachung tranken sie. Aber in ihrem tiefsten Inneren traute keiner dem anderen, nicht einmal ein klein wenig. Es gab beiden ein Gefühl der Beruhigung, zu wissen, daß sie für alle Eventualitäten gerüstet waren.

Mit grimmigen Gesichtern kamen die drei Männer aus dem Government House und stiegen in Crosses Wagen. Crosse chauffierte. Sinders saß neben ihm, Rosemont im Fond, und beide hielten ihre noch ungelesenen Kopien der AMG-Berichte krampfhaft fest. Die Nacht war dunkel und dunstig und der Verkehr dichter als sonst.

»Was meinen die Herren?« fragte Rosemont. »Wird der Gouverneur die Berichte lesen, bevor er sie durch den Reißwolf laufen läßt?«

»An seiner Stelle würde ich sie lesen«, antwortete Sinders, ohne sich nach ihm umzudrehen.

»Sir Geoffrey ist viel zu clever, um das zu tun«, meinte Crosse. »Er wird die Originale nicht vernichten, bevor Ihre Kopie sicher in den Händen des Ministers ist – für den Fall, daß Ihnen etwas zustößt. Aber er ist auch zu gewitzt, um etwas zu lesen, was sich als peinlich für den Generalbevollmächtigten und damit für die Regierung Ihrer Majestät erweisen könnte.«

Wieder trat Schweigen ein. Dann aber konnte Rosemont sich nicht mehr zurückhalten und fragte: »Was war mit Metkin? Wo ist die Sache schiefgelaufen?«

»In Bombay. Dort muß an dem Flugzeug manipuliert worden sein – wenn es Sabotage war.«

»Was denn sonst, verdammt noch mal! Natürlich bekam jemand einen Wink. Aber wo saß der Verräter? War es wieder Ihr gottverdammter Maulwurf?« Rosemont wartete, aber er bekam keine Antwort. »Was ist mit der *Iwanow*? Werden Sie sie in gerichtliche Verwahrung nehmen und eine Durchsuchung anordnen?«

»Der Gouverneur hat in London angefragt, und man hat dort gemeint, es sei unklug, einen diplomatischen Zwischenfall zu provozieren.«

»Was wissen denn diese Hammel?« erboste sich Rosemont. »Sie ist ein Spionageschiff, verdammt noch mal! Wetten, wir würden dort die letzten Kodebücher, das Luftraumüberwachungssystem der UdSSR und fünf oder sechs KGB-Experten finden?«

»Sie haben natürlich recht, Mr. Rosemont«, pflichtete Sinders ihm bei. »Aber ohne Genehmigung können wir nichts unternehmen.«

»Lassen Sie mich und meine Jungs mal...«

»Auf keinen Fall!« Ärgerlich nahm Sinders seine Zigaretten heraus.

»Sie wollen es ihm also durchgehen lassen?«

»Ich werde Kapitän Suslew morgen ins Polizeipräsidium zitieren und eine Erklärung von ihm verlangen«, antwortete Sinders.

»Da möchte ich gern dabei sein.«

»Ich werde es in Erwägung ziehen.«

»Wir sind doch Verbündete, zum Teufel!«

In scharfem Ton fuhr Crosse dazwischen. »Warum haben Sie dann gestern, ohne dazu befugt zu sein, die Wohnung 32 in den Sinclair Towers gestürmt?«

Rosemont seufzte und beichtete.

Nachdenklich sah Sinders ihn an. »Woher wußten Sie, daß es eine konspirative Wohnung ist, Mr. Rosemont?«
»Wir haben hier ein gut ausgebautes Netz von Informanten. Ich kann Ihnen nicht sagen, von wem ich es weiß, aber wenn Sie wollen, gebe ich Ihnen die Fingerabdrücke von dem einen Glas.«
»Das wäre sehr nützlich«, sagte Sinders. »Danke.«
»Das rechtfertigt immer noch nicht Ihr sinnloses, ungesetzliches Eindringen in die Wohnung«, bemerkte Crosse kalt.
»Ich habe mich doch schon entschuldigt, oder?« brauste Rosemont auf. »Wir machen alle Fehler. Siehe Philby, Burgess und Maclean! In London ist man ja so gescheit. Wir haben einen heißen Tip bekommen, daß es da auch noch einen vierten Mann gibt – er ist noch höher oben und lacht sich über euch den Buckel voll.«
Crosse und Sinders sahen sich bestürzt an. »Wer?«
»Wenn ich das wüßte, hätten wir ihn schon. Philby hat so viel von unserem Zeug mitgenommen, daß es uns Millionen gekostet hat, umzugruppieren und neu zu chiffrieren. Wir machen alle Fehler, und die einzige Sünde ist der Mißerfolg, stimmt's? Wenn wir gestern nacht die beiden feindlichen Agenten erwischt hätten, könnten Sie sich vor Freude gar nicht fassen. Leider sind sie uns entkommen. Ich sagte schon, daß es mir leid tut. Nächstes Mal werde ich fragen. Okay?«
»Was haben Sie über diesen vierten Mann sonst noch gehört?« fragte Sinders. Er war blaß, und seine Bartstoppeln ließen ihn noch ungepflegter erscheinen, als er war.
»Vorigen Monat haben wir in den Staaten wieder einen kommunistischen Spionagering ausgehoben. Diese Scheißkerle vermehren sich wie die Küchenschaben. Die Zelle bestand aus vier Leuten, zwei in New York, zwei in Washington. Der Kerl in New York hieß Iwan Egorow und war Beamter im UN-Sekretariat.« Rosemonts Stimme wurde bitter. »Mein Gott, wann wird man bei uns endlich erkennen, daß die ganze UN von Agenten durchsetzt ist – die beste Waffe der Sowjets, seitdem sie uns die Bombe gestohlen haben. Egorow und seine Frau Alexandra betrieben Industriespionage – Computer. Die Typen in Washington hatten sich beide amerikanische Namen von Toten zugelegt: von einem katholischen Priester und einer Frau in Connecticut. Die vier Verbrecher arbeiteten mit einem Kerl von der Sowjetbotschaft zusammen, einem Attaché, der als ihr Instrukteur fungierte. Wir schnappten ihn, als er versuchte, einen von unseren CIA-Männern anzuwerben. Na ja. Aber bevor wir ihn aufforderten, das Land zu verlassen, machten wir ihm die Hölle so heiß, daß er die vier verpfiff. Und einer von denen gab uns den Hinweis, daß Philby nicht die Hauptperson war, daß es einen vierten Mann gab.«
Sinders hustete und zündete sich eine Zigarette an. »Was genau hat er gesagt?«

»Nur, daß Philbys Zelle aus vier Personen bestand. Der vierte sei der gewesen, der die anderen angeworben hat. Er war der Chef und Verbindungsmann zu den Russen.«

Sinders starrte ihn an und verfiel wieder in Schweigen. Crosse bog in die Sinclair Road ein, ließ Sinders aussteigen und fuhr zum Konsulat weiter, das sich unweit des Government House befand. Rosemont holte eine Kopie der Fingerabdrücke und führte Crosse dann in sein Büro. Das Büro war geräumig und reichlich mit Alkoholika ausgestattet. »Scotch?«

»Wodka mit einem Spritzer Zitronensaft«, sagte Crosse und beäugte die AMG-Akte, die Rosemont achtlos auf seinen Schreibtisch gelegt hatte.

»Zum Wohl!« Sie stießen an. Rosemont nahm einen kräftigen Schluck. »Was bedrückt Sie, Rog? Sie kommen mir schon den ganzen Tag vor wie eine Katze auf dem heißen Blechdach.«

Crosse deutete auf die Akten. »Die gehen mir im Kopf herum. Ich will diesen Maulwurf fangen. Ich will Sevrin zerschlagen.«

Rosemont runzelte die Stirn. »Okay«, sagte er nach einer Pause. »Mal sehen, was wir da haben.«

Er griff nach der ersten Akte, legte die Füße auf den Schreibtisch und begann zu lesen. Er brauchte nur wenige Minuten und gab sie dann an Crosse weiter, der ebenso schnell las. Rasch gingen sie den ganzen Stoß durch.

»Zu viel, um jetzt alles zu bereden«, murmelte Rosemont.

Crosse glaubte einen Unterton aus Rosemonts Worten herauszuhören, und fragte sich, ob der Amerikaner ihn auf die Probe stellen wollte. »Eines sticht ins Auge«, bemerkte er und beobachtete ihn dabei. »Diese Berichte lassen sich in der Qualität nicht mit dem vergleichen, den wir abgefangen haben.«

Rosemont nickte. »Das ist auch mein Eindruck.«

»Sie sind mir zu dünn. Viele Fragen bleiben unbeantwortet. Es ist weder von Sevrin noch vom Maulwurf die Rede.« Crosse trank seinen Wodka aus. »Ich bin enttäuscht.«

Rosemont brach das Schweigen. »Also war der eine Bericht eine einmalige Sache und anders... redigiert, oder die hier wurden gefälscht. Womit wir wieder bei Dunross wären. Wenn diese hier falsch sind, hat er noch die echten.«

»Entweder das, oder er hat den Inhalt im Kopf.«

»Wie meinen Sie das?«

»Angeblich besitzt er ein fotografisches Gedächtnis. Er könnte die echten vernichtet, sich den Inhalt aber gemerkt haben.«

»Man könnte ihn also in die Mangel nehmen... wenn er uns hereingelegt hat.«

Crosse zündete sich eine dritte Zigarette an. »Ja. Wenn man höheren Orts zu dem Schluß kommt, daß es notwendig ist.« Er musterte Rosemont. »Eine solche Prozedur wäre natürlich sehr gefährlich und könnte nur unter

Berufung auf den Official Secrets Act angeordnet werden. Aber zuerst müßten wir uns vergewissern. Das sollte uns nicht allzu schwer fallen.«
Crosse warf einen Blick auf den Getränkeschrank. »Darf ich?«
»Selbstverständlich. Ich möchte auch noch einen Whisky.«
Crosse reichte ihm die Flasche. »Ich schlage Ihnen einen Handel vor: Sie arbeiten ohne Rückhalt mit mir zusammen, Sie tun nichts, ohne es mir vorher zu sagen, halten mit nichts zurück...«
»Und Ihre Gegenleistung?«
Crosse nahm einige Fotokopien aus der Tasche. »Wie gefiele es Ihnen, auf die Chancen gewisser Präsidentschaftskandidaten Einfluß auszuüben – vielleicht sogar auf eine Wahl?«
»Ich kann Ihnen nicht folgen.«
Crosse reichte ihm die Briefe Thomas K. K. Lims hinüber, die Armstrong und sein Team vor zwei Tagen im Büro von Raffzahn Lo beschlagnahmt hatten. »Es sieht so aus, als ob sich gewisse sehr wohlhabende, einflußreiche Familien mit gewissen Generälen zusammengetan hätten, um mehrere große, aber völlig unnötige Flugplätze in Vietnam zu bauen – und sich persönlich zu bereichern.« Crosse erzählte ihm, wo und wie die Papiere gefunden worden waren. »Ist nicht auch Senator Wilf Tillman, der gerade hier ist, ein Kandidat? Ich kann mir gut vorstellen, daß er Sie zum Dank für dieses leckere Material an die Spitze der CIA berufen könnte – wenn Sie es ihm geben wollen. Diese beiden sind noch delikater.« Crosse legte sie vor ihn hin. »Aus ihnen geht hervor, wie gewisse einflußreiche Politiker und dieselben einflußreichen Familien den Kongreß dazu gebracht haben, Millionen für ein betrügerisches Hilfsprogramm für Vietnam zu genehmigen. Acht Millionen sind bereits in ihre Taschen geflossen.«
Rosemont las die Briefe und wurde kreideweiß. »Dieser Kerl, Rog, dieser Thomas K. K. Lim, können wir uns den ausborgen?«
»Wenn Sie ihn finden, gehört er Ihnen. Er treibt sich irgendwo in Südamerika herum.« Er legte ein weiteres Dokument auf den Schreibtisch. »Das ist ein vertraulicher Bericht der Wirtschaftspolizei. Es sollte Ihnen nicht schwerfallen, ihn aufzuspüren.«
Rosemont las. »Jesus!« Nach einer Pause fragte er: »Kann das alles unter uns bleiben? Es könnte einigen unserer nationalen Denkmäler schwer an die Nieren gehen.«
»Selbstverständlich. Unser Handel gilt also? Offene Karten auf beiden Seiten?«
»Okay.« Rosemont schloß seinen Safe auf. »Eine Hand wäscht die andere.« Er fand die Akte, die er suchte, nahm einige Papiere heraus, stellte die Akte zurück und verschloß den Safe. »Hier. Das sind Fotokopien. Die können Sie haben.«
Die Fotokopien trugen die Aufschrift »Freiheitskämpfer« und waren von diesem und vom vorigen Monat datiert. Crosse sah sie schnell durch und

stieß hin und wieder einen Pfiff aus. Es waren Agentenberichte bester Qualität. Sie betrafen allesamt Kanton, Geschehnisse in und um diese lebenssprühende Hauptstadt der Provinz Kwantung; Truppenbewegungen, Beförderungen, Berufungen in die höchsten Gremien der Stadt oder Partei, Überschwemmungen, Lebensmittelknappheiten, Militärisches, Mengen und Qualität der in den Läden zum Verkauf stehenden ostdeutschen und tschechischen Waren. »Woher bekommen Sie das?« fragte er.
»Wir haben eine Zelle in Kanton. Wir erhalten diese Berichte einmal im Monat. Wollen Sie sie mitnehmen?«
»Ja. Ja, danke! Ich werde sie von unseren Leuten auf ihren Wahrheitsgehalt überprüfen lassen.«
»Die Berichte stimmen. Es ist natürlich alles streng geheim, klar? Ich möchte nicht, daß es meinen Burschen ergeht wie Fong-fong.«
Der Amerikaner stand auf und streckte Crosse die Hand hin. »Es tut mir leid wegen der Razzia.«
»Schon recht.«
»Fein. Und diesen Spaßvogel, diesen Lim, den finden wir schon.« Rosemont reckte sich träge und goß sich dann einen frischen Drink ein. »Rog?«
»Nein, danke, ich muß laufen.«
Mit seinem dicken Finger deutete Rosemont auf die Briefe. »Und danke für diese Papierchen! Ja, danke, aber...« Er unterbrach sich, Tränen der Wut nahe. »Mir wird manchmal übel, wenn ich denke, was unsere eigenen Leute für Geld alles tun! Wissen Sie, was ich meine?«
»O ja!« Crosse sagte es sanft und mitfühlend, aber bei sich dachte er: Wie naiv du doch bist, Stanley!
Nach einigen Minuten verabschiedete er sich und kehrte ins Polizeipräsidium zurück, wo er die Fingerabdrücke seiner privaten Kartei einverleibte. Dann stieg er abermals in seinen Wagen und fuhr ohne ein bestimmtes Ziel in Richtung Westpoint. Sobald er sicher war, daß ihm niemand folgte, hielt er bei der nächsten Telefonzelle. Er wählte eine Nummer, und wenige Augenblicke später wurde der Hörer am anderen Ende abgehoben, aber der Angerufene meldete sich nicht. Sofort ahmte Crosse Arthurs trockenes Hüsteln nach. »Mr. Lop-sing, bitte!«
»Hier gibt es keinen Mr. Lop-*ting*. Tut mir leid, aber Sie haben sich verwählt.«
Befriedigt erkannte Crosse Suslews Stimme. »Ich möchte eine Nachricht hinterlassen«, setzte er das Erkennungsgespräch mit der gleichen Stimme fort, die sowohl er wie auch Jason Plumm am Telefon gebrauchten.
»Und?« fragte Suslew.
Crosse lächelte. Es machte ihm Freude, Suslew düpieren zu können. »Ich habe das Material gelesen. Unser Freund auch.« ›Unser Freund‹ war Arthurs Codename für ihn, Roger Crosse.
»Ah! Und?«

»Wir finden es beide exzellent.« ›Exzellent‹ war ein Codewort und bedeutete Fälschung oder Desinformation.
Eine lange Pause. »Und was...?«
»Kann unser Freund Sonnabend um vier Kontakt mit Ihnen aufnehmen?« Kann Roger Crosse heute abend über ein sicheres Telefon Kontakt mit Ihnen aufnehmen?
»Ja. Danke für Ihren Anruf!« Ja. Ich habe Ihre Nachricht verstanden.
Crosse hängte den Hörer auf, warf eine zweite Münze ein und wählte.
»Hallo, Jason, hier spricht Roger Crosse«, meldete er sich freundlich.
»O hallo, Oberinspektor, was für eine angenehme Überraschung!« antwortete Plumm. »Bleibt es bei unserer Bridgepartie morgen?« Konnten Sie sich über den Inhalt der AMG-Berichte informieren?
»Ja«, antwortete Crosse und setzte beiläufig hinzu: »Aber könnten wir statt um sechs um acht anfangen?« Ja, wir sind in Sicherheit, es sind keine Namen genannt.
Ein Seufzer der Erleichterung. »Soll ich es den anderen sagen?« Sehen wir uns heute abend wie verabredet?
»Nein, es ist nicht nötig, sie heute abend zu stören, das hat ja morgen auch noch Zeit.« Nein, wir treffen uns morgen.
»Fein. Danke für Ihren Anruf!«
Überaus zufrieden mit sich, stieg Crosse wieder in seinen Wagen. Was würden Suslew oder seine Chefs wohl sagen, wenn sie wüßten, daß ich der wirkliche Arthur bin, nicht Jason Plumm? Und daß Jason der einzige ist, der das Geheimnis kennt? Er lächelte in sich hinein.
Wütend wäre das KGB. Sie haben was gegen Geheimnisse, die sie nicht kennen. Und noch wütender wären sie, wenn sie wüßten, daß ich es war, der Plumm angeworben und Sevrin ins Leben gerufen hat, und nicht umgekehrt.
Es war gar nicht schwer gewesen. Als Crosse in den letzten Wochen des Krieges Nachrichtenoffizier in Deutschland war, erfuhr er von privater Seite, daß Plumm, ein geübter Fernmeldetechniker, für die Sowjets einen Geheimsender betrieb. Knapp einen Monat später hatte er Plumm kennengelernt, aber da war der Krieg auch schon zu Ende. Er speicherte die Information, um sie später einmal zu verwenden – um sie einzutauschen oder für den Fall, daß es opportun sein könnte, sich auf die andere Seite zu schlagen. In der Spionage braucht man immer Geheimnisse, um Tauschhandel damit zu treiben, und je inhaltsschwerer die Geheimnisse, desto sicherer ist man, denn man weiß schließlich nie, wann man selbst, ein Untergeordneter oder ein Übergeordneter einen Fehler macht und man nackt und hilflos dasteht wie ein gerupftes Huhn. Wie Woranski. Wie Metkin. Wie Dunross mit seinen gefälschten Berichten. Wie Rosemont mit seinem naiven Idealismus. Wie Gregor Suslew, dessen Fingerabdrücke die CIA jetzt in ihrer Kartei hat und der damit in eine Falle getappt ist, die ich ihm gestellt habe.

Crosse lachte kollernd auf. Sich von einer Seite auf die andere schlagen und die eine gegen die andere ausspielen, das macht das Leben spannend, dachte er. Ja, Geheimnisse garantieren ein aufregendes Leben.

5

21.45 Uhr:

Pok Liu Tschau war eine kleine Insel südwestlich von Aberdeen, und das Dinner das beste Essen, das man Bartlett je vorgesetzt hatte. Sie waren beim achten Gang, kleine Schalen mit Reis, traditionsgemäß der Abschluß eines Banketts.

»Davon brauchst du nichts zu essen, Linc!« Orlanda lachte. »Zu zeigst deinem Gastgeber damit nur auf dramatische Weise an, daß du schon platzt.«

»Das tue ich wirklich. Quillan, das Essen war phantastisch!«

Das Restaurant befand sich neben einem kleinen Pier in der Nähe eines Fischerdorfes – farblos, mit nackten Glühbirnen beleuchtet, mit Wachstuch auf den Tischen, wackligen Stühlen und zerbrochenen Bodenfliesen. Dahinter standen große Fischbehälter, in denen der tägliche Fang der Insel zum Verkauf angeboten wurde: Garneelen, Tintenfische, Hummer, Fische aller Art und Größe.

Gornt hatte mit dem Besitzer ein freundliches Streitgespräch über die Speisenfolge geführt. Sie waren beide Experten und Gornt ein geschätzter Gast. Dann hatten sich Gornt und seine Gäste auf der Terrasse an einen Tisch gesetzt. Es war kühl, und alle drei tranken Bier, fühlten sich wohl und waren glücklich. Sie wußten, daß zumindest während des Essens Waffenruhe herrschte und daß sie voreinander nicht auf der Hut zu sein brauchten.

Wenige Minuten später wurde der erste Gang aufgetragen – Berge von frischen, saftigen, gegrillten Krabben, wie es sie köstlicher auf der ganzen Welt nicht gab. Dann kleine Stücke Tintenfisch mit Knoblauch, Ingwer und allen Gewürzen des Ostens. Darauf gegrillte Hühnerflügel, die sie mit Meersalz aßen, und in einer riesigen Schüssel der große Fisch, in Sojasauce geschmort, mit frischen grünen Zwiebeln und Ingwer. Die Backen, den Leckerbissen des Fisches, bekam Bartlett als Ehrengast. »Als ich dieses Lokal sah, glaubte ich, Sie wollten mich auf den Arm nehmen.«

»Mein lieber Freund«, sagte Gornt, »Sie müssen die Chinesen verstehen lernen. Es liegt ihnen nichts an der Ausstattung, nur am Essen. Sie wollen sehen, was sie essen – darum das grelle Licht. Beim Essen sind die Chinesen am liebenswertesten. Das haben sie den Italienern gemeinsam. Sie lieben es, zu lachen, zu essen, zu trinken und zu rülpsen...«

Sie tranken alle Bier. »Das paßt am besten zur chinesischen Küche. Noch besser ist chinesischer Tee – er fördert die Verdauung, denn er spaltet das Fett auf.«
»Ihr versteht hier wirklich was vom Essen«, meinte Bartlett. »Was ist denn das?« Er deutete auf ein Reisgericht mit verschiedenen Fischarten.
»Kalmar.«
»Was?«
Die anderen lachten, und Gornt erklärte: »Wenn der Rücken dem Himmel zugekehrt ist, sagen die Chinesen, kann man es essen. Wollen wir gehen?«
Als sie wieder an Bord waren, weg vom Pier und auf See, wurden Kaffee und Brandy serviert. »Würden Sie mich für eine Weile entschuldigen?« sagte Gornt. »Ich habe noch Korrespondenz zu erledigen. Wenn Ihnen kalt ist, steht Ihnen die vordere Passagierkabine zur Verfügung.« Er ging nach unten.
Orlanda und Bartlett blieben auf dem Achterdeck zurück. Nachdenklich nippte er an seinem Whisky. Er wünschte, dies wäre sein Boot, und er wäre mit Orlanda allein. Ohne gebeten zu sein, rückte sie mit ihrem Liegestuhl näher an den seinen heran; sie legte ihre Hand auf seinen Nacken und begann seine Muskeln sanft zu kneten.
»Das machst du herrlich«, sagte er und begehrte sie.
»Oh«, antwortete sie erfreut, »ich bin eine ausgezeichnete Masseuse. Ich habe es von einer Japanerin gelernt. Läßt du dich regelmäßig massieren?«
»Nein.«
»Das solltest du aber. Es ist wichtig für deinen Körper. Morgen werde ich das für dich organisieren.« Spielerisch bohrte sie ihre Finger in seinen Nakken. »Es ist eine Frau, aber sie zu berühren ist verboten, *heya*?«
»Aber Orlanda!«
»Ich habe doch nur Spaß gemacht, Dummerchen«, schnurrte sie und löste damit die plötzliche Spannung. »Die Frau ist blind. In alten Zeiten hatten Blinde in China – und auf Taiwan ist das heute noch so – ein Monopol auf das Gewerbe des Masseurs. Ihre Finger sind ihre Augen. Natürlich gibt es eine Menge Quacksalber und Scharlatane, die nur so tun, als verstünden sie etwas davon. In Hongkong weiß man sehr bald, wer etwas taugt. Die ganze Kolonie ist ja nur ein Dorf.« Sie beugte sich vor und streifte mit ihren Lippen über seinen Hals. »Das ist dafür, daß du so schön bist.«
Er lachte. »Das sollte eigentlich ich sagen.« Er legte einen Arm um sie und drückte sie an sich.
»Möchtest du nach vorn gehen und dir den Rest des Schiffes ansehen?« fragte sie.
Er starrte sie an. »Kannst du auch Gedanken lesen?«
Sie lachte. »Gehört es nicht zu den Obliegenheiten einer Dame, darauf zu achten, ob ihr... ihr Begleiter vergnügt ist oder traurig, ob er allein sein will oder was immer? Man hat mich gelehrt, meine Augen und meine Sinne

zu gebrauchen. Selbstverständlich versuche ich in deinen Gedanken zu lesen, und wenn ich richtig rate... Ist das nicht noch schöner für dich?« Und um so vieles leichter, dich zu umgarnen, dich an einer Angelleine zu halten, die du mühelos zerreißen kannst, wenn du willst. Meine Kunst ist es, aus einer dünnen Leine ein stählernes Netz zu weben.

Das zu lernen war nicht leicht gewesen! Quillan war ein grausamer Lehrer. Meine Erziehung vollzog sich größtenteils im Zorn. »Verdammt noch mal!« fluchte Quillan. »Wo hast du deine Augen? Es hätte dir klar sein müssen, als ich herkam, daß ich einen scheußlichen Tag hatte und mich saumäßig fühle! Warum, zum Teufel, hast du mir nicht sofort einen Drink serviert, mich sanft berührt und dann zehn Minuten lang die Klappe gehalten und mir Zeit gegeben, mich zu erholen?«

»Aber Quillan«, hatte sie gejammert, »du warst so zornig, daß du mich ganz durcheinandergebracht hast, und...«

»Ich habe dir schon fünfzigmal gesagt, du sollst nicht durchdrehen, wenn ich verstimmt bin. Es ist deine Aufgabe, mich zu entspannen. Zehn Minuten, mehr brauche ich nicht. Und ich bin wieder lenksam und wie Wachs in deinen Händen. Verdammt noch mal, habe ich nicht immer ein Auge auf dich? Jeden Monat um dieselbe Zeit bist du gereizt und zappelig, nicht wahr? Bemühe ich mich nicht, so friedlich wie möglich zu sein und dein Gemüt zu beruhigen, wie?«

»Ja, aber...«

»Zum Teufel mit deinem ewigen Aber! Jetzt habe ich noch mehr Wut im Balg als zuvor, und es ist alles nur deine Schuld, denn du bist dumm und unweiblich!«

Orlanda erinnerte sich, wie er die Wohnungstür zugeschlagen hatte und sie in Tränen ausgebrochen war. Nach einer Weile war er zurückgekommen und hatte sie in die Arme genommen. Sie hatte geweint, weil es ihr wegen des Streites leidtat, der unnötig und ihre Schuld gewesen war, wie sie ihm beipflichtete. »Hör mal, Orlanda«, hatte er zart gemurmelt, »ich bin nicht der einzige Mann, den du in deinem Leben wirst lenken müssen, und nicht der einzige, von dem du abhängen wirst – es ist schon mal so, daß Frauen von einem Mann abhängen, wie gemein, böse und schwierig er auch sein mag. Und es ist doch so leicht, ihn zu lenken. Sie braucht nur die Augen offenzuhalten und zu begreifen, daß Männer Kinder sind und die meiste Zeit dumm, launenhaft und unausstehlich. Aber sie geben das Geld her, und Tag für Tag Geld zu geben kommt jeden Mann hart an. *Moh ching moh meng*... kein Geld, kein Leben! Als Gegenleistung muß die Frau für Harmonie sorgen – der Mann kann das nicht, zumindest nicht immer. Doch die Frau kann, wenn sie will, ihren Mann *immer* aufheitern. *Immer.* Einfach dadurch, daß sie eine kleine Weile ruhig, liebevoll, zart und verständig ist. Ich werde dich das Spiel des Lebens lehren. Du wirst – als Frau – ein Doktorat in Überlebenskunde machen, aber du mußt daran arbeiten...«

Und wie ich daran gearbeitet habe, dachte Orlanda und entsann sich aller ihrer Tränen. Aber jetzt weiß ich, was es zu wissen gibt. Jetzt mache ich instinktiv, was ich mich zu lernen zwingen mußte. »Komm, ich zeige dir den vorderen Teil der Jacht!« Sie stand auf und ging voraus.
Die Passagierkabine war geräumig und mit bequemen Liegen, Sofas, Lehnsesseln und einem reichhaltigen Getränkeschrank ausgestattet. »Die Kombüse ist vorn in der Back neben den Mannschaftsunterkünften«, erklärte sie ihm. »Sie sind eng, aber für Hongkonger Verhältnisse anständig.« Ein schmaler Gang führte nach vorne. Vier Kajüten, zwei mit Doppelkojen, zwei mit je einer Koje über der anderen. Hübsch, sauber und einladend. »Achtern liegt Quillans Suite – luxuriös eingerichtet. Das Beste ist für ihn gerade gut genug.«
»Ich verstehe«, sagte Bartlett. Er küßte sie, und sie erwiderte seine Liebkosung. Seine Begierde riß sie mit, sie ließ sich treiben von seinem Verlangen, und ihre Leidenschaft paßte sich der seinen an. Das Spiel war so geplant. Sie spürte seine Kraft. Leicht kreisend preßte sie ihre Lenden sofort dichter an ihn. Seine Hände irrten über ihren Rücken, und sie tat das gleiche. Es war herrlich in seinen Armen, schöner, als sie es je bei Gornt empfunden hatte, der immer nur Lehrer gewesen war und nie bereit, Gefühle zu zeigen. Sie lagen auf einer Chaiselongue, als Bartlett sich zurückzog. Ihr Körper verlangte nach ihm, aber sie frohlockte.
»Gehen wir wieder auf Deck«, hörte sie ihn sagen. Seine Stimme klang belegt.

Gornt durchschritt den Vorraum, betrat seine Suite und verschloß die Tür hinter sich. Unter einer leichten Decke lag ein Mädchen in dem riesigen Bett und schlief. Er blieb am Fuß des Bettes stehen und genoß ihren Anblick, bevor er sie leicht berührte. Langsam erwachte sie. »*Ayeeyah,* ich habe so gut geschlafen, ehrenwerter Herr. Dein Bett ist so einladend«, sagte sie lächelnd auf Schanghaiisch, gähnte und streckte sich wie ein Kätzchen. »Hast du gut gegessen?«
»Ausgezeichnet«, antwortete er in derselben Sprache. »Und du?«
»Es war wunderbar«, antwortete sie höflich. »Steward Tscho brachte mir die gleichen Speisen, die du bestellt hast.« Sie setzte sich auf und lehnte sich gegen die seidenen Kissen. Sie war nackt. »Soll ich mich jetzt anziehen und an Deck kommen?«
»Nein, Kätzchen, noch nicht.« Gornt setzte sich aufs Bett, streckte die Hand aus und berührte ihre Brüste. Er spürte, wie ein leichter Schauer sie durchrieselte. Ihr Name als Hosteß war Schneeprinzessin, und er hatte sie für diesen Abend aus dem Happy Hostess Night Club ausgeliehen. Ursprünglich hatte er Mona Leung, seine jetzige Freundin, mitnehmen wollen, aber sie war viel zu unabhängig, um friedlich unten zu bleiben und erst an Deck zu kommen, wenn es ihm beliebte.

Er hatte Schneeprinzessin sehr sorgfältig ausgesucht. Gesicht und Körper waren von außergewöhnlicher Schönheit. Sie war achtzehn und erst seit knapp einem Monat in Hongkong. Ein Freund in Taiwan hatte ihm von ihr erzählt und ihm mitgeteilt, daß sie in Kürze ein Schwesterunternehmen in Taiwan verlassen und in den Hostess Night Club in Hongkong eintreten werde. Vor zwei Wochen war er dort gewesen und hatte eine Vereinbarung getroffen, die sich für beide Teile als vorteilhaft erwiesen hatte. Von Orlanda über das geplante Dinner mit Bartlett unterrichtet, hatte er sie eingeladen, aber auch unverzüglich den Happy Hostess Night Club angerufen. Er hatte Schneeprinzessin für eine Nacht ausgekauft und sie eilig an Bord gebracht.
»Ich möchte einem Freund heute nacht einen Streich spielen«, hatte er ihr erklärt. »Ich möchte, daß du so lange hier in der Kabine bleibst, bis ich dich auf Deck rufe. Es kann ein, zwei Stunden dauern, aber du wartest, bis ich dich hole.«
»*Ayeeyah,* in diesem schwimmenden Palast bleibe ich auch eine ganze Woche, ohne dir etwas dafür zu berechnen. Nur mein Essen und mehr von diesem Champagner – und das Bumsen wäre natürlich extra. Darf ich in dem Bett schlafen, wenn ich möchte?«
»Gewiß, aber bitte dusche vorher!«
»Duschen? Die Götter seien gepriesen! Heißes und kaltes Wasser? Das ist ja wie im Paradies – die Wasserknappheit ist wirklich sehr unhygienisch.«
Gornt hatte sie mitgenommen, um Orlanda wehzutun, wenn es ihm einfallen sollte. Schneeprinzessin war viel jünger, sie war noch hübscher, und er wußte, daß Orlanda einen Anfall bekommen würde, wenn sie sie in einer der eleganten Roben sah, die sie selbst einmal getragen hatte. Während des ganzen Essens hatte er sich überlegt, wann er sie vorführen sollte, um die größtmögliche Wirkung zu erzielen: um Bartletts Begierde zu entfachen und Orlanda daran zu erinnern, daß sie Bartlett ohne seine tatkräftige Hilfe nicht erobern würde, zumindest nicht so, wie sie wollte.
Möchte ich eigentlich, daß Bartlett sie heiratet? fragte er sich versonnen. Nein. Wenngleich... wäre Orlanda Bartletts Frau, wäre er immer in meiner Gewalt, weil ich Gewalt über sie habe und immer haben werde. Das hat sie noch nicht vergessen. Bis jetzt war sie immer gehorsam. Und sie fürchtet sich.
Er lachte. Eines Tages werde ich mich rächen, meine Liebe, und die Rache wird süß sein. Ich habe es nicht vergessen, das Grinsen und Kichern dieser selbstgefälligen Bastarde – Pug, Plumm, Havergill und Dunross –, als sie hörten, daß du es gar nicht erwarten konntest, ins Bett zu hüpfen mit einem Beschäler, der halb so alt war wie ich.
Ist der Zeitpunkt gekommen, dir zu eröffnen, daß du meine *mui jai* bist?
Orlanda war dreizehn, als ihre Schanghaier Mutter ihn aufgesucht hatte. »Die Zeiten sind schwer, Herr, wir schulden der Firma viel Geld, und Ihre Geduld und Güte überwältigen uns.«

»Die Zeiten sind für alle schwer.«
»Die Abteilung meines Mannes existiert leider seit voriger Woche nicht mehr. Zum Monatsende soll er gehen – nach siebzehn Dienstjahren – und wir können unsere Schulden an Sie nicht bezahlen.«
»Joss«, hatte er gesagt und gehofft, daß die Falle gut gestellt war und daß die Samen, die er gesät hatte, endlich aufgehen würden.
»Joss«, hatte sie ihm zugestimmt. »Aber da ist auch noch Orlanda.«
»Was ist mit Orlanda?«
»Sie könnte vielleicht eine *mui jai* sein.«
Eine *mui jai* war eine Tochter, die ein Schuldner, um Schulden zu begleichen, die er auf andere Weise nicht tilgen konnte, für immer dem Gläubiger überließ. Es war ein alter chinesischer Brauch und völlig legal.
Gornt erinnerte sich noch, wie warm ihm ums Herz geworden war. Die Verhandlungen hatten mehrere Wochen in Anspruch genommen. Gornt erklärte sich bereit, Ramos seine Schulden zu erlassen – die Schulden, die zu machen er Ramos so bewußt ermutigt hatte –, er gab Ramos eine bescheidene Pension, half ihm, sich in Portugal niederzulassen, und erbot sich, für Orlandas Ausbildung in Amerika zu sorgen. Als Gegenleistung verpflichteten sich die Ramos, ihm Orlanda vor oder an ihrem achtzehnten Geburtstag in jungfräulichem Zustand zu übergeben. »Bei allen Göttern, das wird ein ewiges Geheimnis zwischen uns bleiben. Und ich denke, es wäre besser, das Geheimnis auch vor ihr zu wahren, für alle Zeiten zu wahren, Herr. Aber wir wissen, und sie wird wissen, wo ihr Reisnapf steht.«
Er konzentrierte sich wieder auf Schneeprinzessin.
»Ich bin glücklich, daß du glücklich bist, Ehrenwerter Herr. Deine Dusche war ein Geschenk der Götter. Ich habe mir das Haar gewaschen, alles.« Sie lächelte. »Wenn du noch nicht willst, daß ich deinen Freunden einen Streich spiele, hättest du Lust zu bumsen?«
»Ja«, sagte er, wie immer entzückt von der Freimütigkeit einer chinesischen Bettgefährtin. Sein Vater hatte es ihm einmal erklärt: »Du gibst ihnen Geld, sie geben dir ihre Jugend, schenken dir Wolken und Regen und unterhalten dich. In Asien ist das ein fairer und ehrenwerter Tauschhandel. Ein Handel, also erwarte weder romantisches Getue noch Tränen, denn dazu sind sie nicht verpflichtet.«
Gutgelaunt legte Gornt seine Kleider ab und legte sich neben sie. Ihr dunkles Haar, ihre glatte Haut... Sie strich mit ihren Händen über seine Brust. Bald machte sie die kleinen Geräusche der Lust, um ihn aufzumuntern. Und obwohl die Mama-*san* sie darauf hingewiesen hatte, daß dieser *quai loh* anders war als die anderen und daß sie ihm nichts vorzumachen brauchte, erinnerte sie sich instinktiv an die wichtigsten Regeln, die man als Bettgefährtin eines Fremden zu beachten hatte: Laß deinen Körper nie Anteil nehmen, wenn du mit einem Fremden zusammen bist; du mußt nur immer so tun, als fändest du großen Gefallen an ihm, mußt so tun, als er-

reichtest du die Wolken und den Regen, weil er sonst in deinem Verhalten eine Beleidigung seiner Männlichkeit erblickt. *Quai loh* sind unzivilisierte Leute und werden nie verstehen, daß das Yin sich nicht kaufen läßt und daß dein Geschenk der Kopulation ausschließlich für den Genuß des Kunden bestimmt ist.«

Als Gornt erschöpft zurücksank und sein Herzschlag wieder ruhiger geworden war, stieg Schneeprinzessin aus dem Bett und ging ins Bad, um sich noch einmal zu duschen. Angenehm ermattet blieb er liegen und verschränkte die Hände hinter dem Kopf. Bald kam sie mit einem Handtuch zurück. »Ich danke dir«, sagte er und trocknete sich ab. Sie legte sich wieder zu ihm.

»Oh, ich fühle mich so herrlich, so sauber. Wollen wir noch einmal...«

»Jetzt nicht, Schneeprinzessin. Jetzt kannst du dich ausruhen, und ich werde meine Gedanken wandern lassen. Du hast mir großes Vergnügen bereitet. Ich werde die Mama-*san* davon in Kenntnis setzen.«

»Ich danke dir«, antwortete sie höflich.

Er nickte. Er war von ihr, von ihrer Wärme und ihrer Sinnlichkeit angetan. Wann soll ich sie auf Deck kommen lassen? fragte er sich wieder, denn er war sicher, daß Bartlett und Orlanda sich dort aufhielten und nicht, wie zivilisierte Menschen, im Bett.

Neben dem Bett befand sich ein Bullauge, und er konnte in der Ferne die Lichter von Kowloon und der Marinewerft sehen. Die Motoren brummten wohltuend. Gornt stieg aus dem Bett und ging zum Schrank. Darin befanden sich einige sehr kostbare Nachthemden und Unterwäsche, bunte Roben und prächtige Morgenröcke, die er für Orlanda gekauft hatte. »Mach dich hübsch und zieh das an!« Er gab ihr einen bodenlangen, gelben Seiden-*chong-sam*, den Orlanda besonders bevorzugt hatte.

»O wie schön!«

Er kleidete sich an. »Wenn mir mein Streich gelingt, darfst du ihn behalten.«

»Oh! Ich werde alles so machen, wie du es haben willst«, versprach sie, und ihre unverhüllte Habgier reizte ihn zum Lachen. Er deutete durch das Bullauge. »Siehst du dort drüben den großen Frachter, den mit dem Hammer und der Sichel auf der Flagge?«

»Ja, Herr. Das Unglücksschiff? Ja, jetzt sehe ich es.«

»Komm bitte an Deck, wenn wir längsseits sind!«

»Gut. Und was soll ich sagen?«

»Nichts. Du brauchst nur den Mann, die Dame und mich süß anzulächeln, wieder hinunterzugehen und auf mich zu warten.«

Schneeprinzessin lachte. »Das ist alles?«

»Ja. Die Frau lächelst du besonders süß an.«

»Ah! Und soll ich sie nett finden, oder soll ich sie hassen?«

»Weder noch«, antwortete er, beeindruckt von ihrem Scharfsinn und völlig sicher, daß sich die beiden auf den ersten Blick verabscheuen würden.

In der Ungestörtheit seiner Kabine auf der *Sowjetsky Iwanow* hatte Kapitän Gregor Suslew die dringende Botschaft zu Ende chiffriert: »*Iwanow* an Zentrale. Arthur berichtet, die Akten könnten gefälscht sein. Sein Freund wird mir heute Kopien liefern. Freue mich berichten zu können, daß Arthurs Freund auch das Material vom Flugzeugträger abgefangen hat. Empfehle, ihm unverzüglich eine Gratifikation anzuweisen. Ich habe Extrakopien sicherheitshalber mit der Post nach Bangkok, London und Berlin geschickt.«

Zufrieden stellte er die Codebücher in den Safe zurück und verschloß ihn. Dann griff er zum Telefon: »Schicken Sie mir den diensthabenden Signalgast! Und den Ersten Offizier.« Er riegelte die Kabinentür auf, kam zurück, trat ans Bullauge und starrte auf den Flugzeugträger hinaus, der auf der anderen Seite des Hafens vor Anker lag. Dann fiel sein Auge auf den vorbeifahrenden Motorkreuzer. Er erkannte die *Sea Witch.* Lässig griff er nach dem Fernglas. Er sah Gornt auf dem Achterdeck und ein Mädchen und einen anderen Mann mit dem Rücken zu ihm an einem Tisch sitzen. Dieser Hurensohn versteht es zu leben, dachte er. Was für ein herrliches Schiff! Wenn ich so eine Jacht im Schwarzen Meer haben könnte, mit Baku als Liegeplatz!

Viele Kommissare – natürlich dienstältere – haben welche.

Wieder richtete er sein Glas auf die drei Menschen. Jetzt kam noch ein Mädchen von unten, eine asiatische Schönheit; gleich darauf klopfte es höflich an seiner Tür.

»Guten Abend, Genosse Kapitän«, sagte der Signalgast. Er nahm die Botschaft in Empfang und bestätigte schriftlich, sie erhalten zu haben.

»Das muß gleich hinausgehen.«

»Jawohl, Genosse.«

Der Erste Offizier trat ein. Wassilij Boradinow war ein robuster, gutaussehender Mann Mitte Dreißig, Hauptmann im KGB, Absolvent des Spionagelehrkurses an der Universität Wladiwostok und Inhaber eines Kapitänspatentes für Frachtschiffe. »Sie wollten mich sprechen, Genosse Kapitän?«

Suslew nahm ein dechiffriertes Telegramm von dem Stoß auf seinem Schreibtisch. »Der Erste Offizier Wassilij Boradinow übernimmt Metkins Pflichten als Kommissar der *Iwanow,* aber bis auf weiteres behält Kapitän Suslew das Kommando auf allen Ebenen.«

»Herzliche Glückwünsche.«

Boradinow strahlte. »Danke, Genosse! Haben Sie irgendwelche Aufträge für mich?«

Suslew hielt den Safeschlüssel hoch. »Wenn Sie bis morgen um Mitternacht nichts von mir gehört haben, öffnen Sie den Safe! Weitere Instruktionen finden Sie in dem Päckchen mit der Aufschrift ›Notstand Eins.‹ Hier...« Er übergab ihm einen versiegelten Umschlag. »Da drin sind zwei

Telefonnummern, über die Sie mich erreichen können. Nur zu öffnen, wenn unbedingt nötig.«
»Zu Befehl.« Schweiß perlte dem jüngeren Mann von der Stirn.
»Kein Grund, sich Sorgen zu machen. Sie sind durchaus befähigt, das Kommando zu übernehmen.«
»Ich hoffe, das wird nicht nötig sein.«
Gregor Suslew lachte. »Das hoffe ich auch, junger Freund. Nehmen Sie doch Platz!«
Er schenkte zwei Wodka ein. »Sie verdienen die Beförderung.«
»Danke.« Boradinow zögerte. »Was ist denn nun mit Metkin passiert?«
»Vor allem hat er einen dummen und unnötigen Fehler gemacht. Außerdem wurde er verraten. Oder hat sich selbst verraten. Aber was immer geschehen ist, der arme Kerl hätte seine Befugnisse nie überschreiten und sich nicht einer solchen Gefahr aussetzen dürfen.«
Der Erste Offizier rückte nervös auf seinem Stuhl herum. »Und wie sollen wir uns jetzt verhalten?«
»Wir leugnen alles ab. Und tun im Augenblick gar nichts. Es war vorgesehen, daß wir Dienstag um Mitternacht auslaufen, und dabei bleibt es.«
»Schade«, meinte Boradinow, »dieses Material hätte uns ein gutes Stück weitergebracht.«
»Was für ein Material?« fragte Suslew und kniff die Augen zusammen.
»Wußten Sie das denn nicht, Genosse? Bevor Dimitri von Bord ging, hat er mir zugeflüstert, daß wir diesmal geradezu unglaubliche Informationen bekommen sollten – eine Fotokopie ihres Radarlenkungs- und Navigationssystems und eine des Ladeverzeichnisses vom Schiffsarsenal einschließlich atomarer Gefechtsköpfe – darum ginge er selbst, es sei zu wichtig, um es einem gewöhnlichen Kurier anzuvertrauen.«
»Woher wußte er denn das alles?«
Boradinow zuckte die Achseln. »Das hat er mir nicht gesagt. Ich nehme an, der Amerikaner hat ihm den Mund wäßrig gemacht, als er Dimitri in der Telefonzelle anrief, um die Übergabe zu vereinbaren.« Er wischte sich den Schweiß von der Stirn. »Die werden ihn fertigmachen, was?«
»O ja«, antwortete Suslew düster; sein Untergebener sollte darüber unterrichtet sein. »Die können jeden fertigmachen. Darum müssen wir immer vorbereitet sein.« Er befingerte die winzige Ausbuchtung an seinem Rockaufschlag. Boradinow schauderte zurück. »Ein schnelles Ende ist besser.«
»Diese Schweine! Sie müssen einen Tip bekommen haben, ihn so schnell zu fassen, daß er es nicht mehr tun konnte.«
»Hat... hat Dimitri sonst noch etwas gesagt, bevor er von Bord ging?«
»Nein, nur daß er hoffte, wir würden ein paar Wochen Urlaub bekommen – er sehnte sich so nach seiner Familie auf der geliebten Krim.«
Beruhigt, daß er ausreichend abgesichert war, zuckte Suslew die Achseln. »Sehr bedauerlich. Ich hatte ihn sehr gern.«

»Ich auch. Was werden sie mit ihm machen?«

Suslew erwog, Boradinow eines der anderen dechiffrierten Telegramme zu zeigen, die auf seinem Schreibtisch lagen. »Berichten Sie Arthur«, hieß es da, »daß wir seinem Ersuchen nach Sofortmaßnahme Eins gegen den Verräter Metkin Folge leistend Bombay sofort die nötigen Anweisungen gegeben haben.« Unnötig, diese Information weiterzugeben. Je weniger Boradinow weiß, desto besser. »Er wird einfach verschwinden – und verschwunden bleiben, bis wir einen von ihnen fangen, den wir gegen Metkin austauschen können. Das KGB vergißt seine Söhne nicht«, setzte er heuchlerisch hinzu, glaubte es selbst nicht und wußte, daß auch sein Gegenüber es nicht glaubte.

Mich würden sie austauschen *müssen,* dachte er, und sehr rasch auch noch, denn ich kenne zu viele Geheimnisse. Sie sind mein einziger Schutz. Wenn ich nicht soviel wüßte, sie würden bei mir ebenso schnell Sofortmaßnahme Eins anordnen, wie sie es bei Metkin getan haben. Hätte ich in meinen Rokkaufschlag gebissen, wie dieser dumme Scheißer es hätte tun sollen?

Er nippte an seinem Wodka. Ich will nicht sterben. Das Leben ist zu schön.

»Gehen Sie noch einmal an Land, Genosse Kapitän?«

»Ja.« Er reichte dem Ersten Offizier ein Blatt, das er mit der Maschine geschrieben und unterzeichnet hatte. »Sie haben jetzt das Kommando. Das ist Ihre Dienstanweisung. Schlagen Sie sie an der Brücke an!«

»Danke. Mor...« Boradinow brach ab, als sich der Bordfunk einschaltete und eine aufgeregte Stimme ertönte. »Hier ist die Brücke! Zwei vollbesetzte Polizeiautos nähern sich dem Fallreep... Was sollen wir tun? Sie aufhalten? Sie zurückschlagen? Wie verhalten wir uns?«

Suslew drückte auf den Sendeknopf. »Ihr tut nichts! Notstand rot eins!«

Dieser Befehl bedeutete: »Feindliche Besucher kommen an Bord. Radar- und Funkraum: Brandsätze an allen Geheimobjekten scharf machen!« Er schaltete die Sprechanlage aus und zischte Boradinow zu: »Gehen Sie auf Deck, das Fallreep hinunter, begrüßen Sie sie, halten Sie sie fünf Minuten auf, dann laden Sie die Polizeioffiziere ein, an Bord zu kommen, aber nur die Offiziere. Los!«

Boradinow stürzte hinaus. Alleingeblieben, machte Suslew den Brandsatz an seinem Safe scharf. Wenn außer ihm jemand versuchte, ihn zu öffnen, würde das Napalm sich entzünden und alles vernichten.

Gott strafe Roger Crosse und Arthur! Warum, zum Teufel, hat uns keiner gewarnt? Haben sie Arthur erwischt? Oder Roger? *Kristos,* doch nicht Roger! Und was... Sein Blick fiel auf die chiffrierten und dechiffrierten Telegramme. Fieberhaft häufte er sie auf einen Aschenbecher, verwünschte sich, weil er nicht früher daran gedacht hatte, und wußte nicht, ob ihm genügend Zeit blieb. Endlich fand er sein Feuerzeug. Seine Finger zitterten. Das Feuerzeug flammte auf, als sich mit leisem Krachen der Lautsprecher meldete. »Zwei Mann kommen mit Boradinow an Bord, nur zwei. Die anderen bleiben unten.«

»Gut, gut, trödelt ein wenig mit ihnen herum, ich komme gleich hinauf!« Fluchend ließ Suslew das Feuerzeug zuschnappen und steckte die Telegramme in die Tasche. Er holte tief Atem, setzte ein dümmliches Grinsen auf und ging hinauf. »Ah, willkommen an Bord!« begrüßte er die Polizeibeamten. »Ist was nicht in Ordnung? Einer von unseren Männern in Schwierigkeiten, Inspektor Armstrong?«
»Das ist Mr. Sun. Können wir Sie kurz sprechen?« fragte Armstrong.
»Selbstverständlich, selbstverständlich«, erwiderte Suslew mit gezwungener Jovialität. Er war dem Chinesen noch nie begegnet – diesem bläßlichen, abweisenden, haßerfüllten Gesicht. »Bitte, folgen Sie mir«, sagte er, und zu Boradinow, obwohl dieser perfekt Englisch sprach, auf Russisch: »Sie auch.« Gutmütige Heiterkeit vortäuschend, fragte er Armstrong: »Wer wird denn nun das fünfte Rennen gewinnen, Inspektor?«
»Ich wollte, ich wüßte es, Sir.«
Suslew ging in die kleine Offiziersmesse neben seiner Kabine voran. »Nehmen Sie bitte Platz! Kann ich Ihnen Tee oder Wodka anbieten? Ordonnanz, bringen Sie Tee und Wodka!«
Sie brauchten nicht lange zu warten. Mit gönnerhafter Miene schenkte Suslew Wodka ein, obwohl die beiden Polizeioffiziere höflich ablehnten. »Prosit«, sagte er und lachte fröhlich. »Also, um was geht's?«
»Wie es scheint, hat einer Ihrer Leute Spionage zum Schaden der Regierung Ihrer Majestät betrieben«, antwortete Armstrong höflich.
»Unmöglich, *towarisch*! Sie belieben zu scherzen, nicht wahr?«
»Wir haben einen erwischt. Die Regierung Ihrer Majestät ist wirklich sehr ungehalten.«
»Wir sind ein friedliches Frachtschiff. Sie kennen uns seit Jahren. Ihr Oberinspektor Crosse beobachtet uns seit Jahren. Spionage gehört nicht zu unseren Geschäften.«
»Wieviel Mann Ihrer Crew sind an Land, Sir?«
»Sechs. Hören Sie mal, ich will keine Scherereien haben. Ich hatte schon genug Ärger. Einer meiner unschuldigen Matrosen ermordet von Unbe...«
»Ach ja, der verstorbene Major Yuri Bakyan vom KGB. Sehr bedauerlich.«
Suslew täuschte zornige Entrüstung vor. »Er hieß Woranski. Ich weiß nichts von dem Major, von dem Sie da reden.«
»Versteht sich. Wann erwarten Sie Ihre Männer vom Landurlaub zurück?«
»Morgen abend.«
»Wo halten sie sich auf?«
Suslew lachte. »Sie sind auf Landurlaub. Bestimmt sind sie fröhlich und munter – bei einem Mädchen oder in einer Bar.«
»Nicht alle«, versetzte Armstrong kalt. »Zumindest einem geht es im Augenblick recht übel.«

Suslew beobachtete ihn. Gut zu wissen, daß Metkin für immer verschwunden war, und daß die Bullen ihn nicht bluffen konnten. »Inspektor, ich weiß nichts von Spionage.«
Armstrong legte die Bilder auf den Tisch. Sie zeigten Metkin beim Betreten des Restaurants, bei der Festnahme und beim Einsteigen in den Gefangenenwagen.
»*Kristos!*« stieß Suslew hervor und erwies sich als vollendeter Schauspieler. »Dimitri! Das ist unmöglich! Wieder eine falsche Verhaftung. Ich werde meine Regie...«
»Ihre Regierung wurde bereits informiert. Major Nicolai Leonow hat seine Spionagetätigkeit zugegeben.«
Jetzt war Suslews Schock echt. Er hätte nie erwartet, daß Metkin so schnell seinen Widerstand aufgeben würde. »Wer? Wer, haben Sie gesagt?«
Armstrong seufzte. »Major Nicolai Leonow vom KGB«, wiederholte Armstrong geduldig. »Übrigens war er politischer Kommissar auf diesem Schiff.«
»Ja... ja, das ist wahr... aber sein Name ist Metkin, Dimitri Metkin.«
»Ach ja? Sie haben doch nichts dagegen, wenn wir das Schiff durchsuchen?« Armstrong machte Anstalten, sich zu erheben. Suslew erschrak, Boradinow nicht weniger.
»O ja, ich habe etwas dagegen«, stotterte Suslew. »Ja, Inspektor, tut mir leid, aber ich erhebe offiziellen Einspruch, und ich muß...«
»Warum sollten Sie Einspruch erheben, wenn Ihr Schiff nur ein friedlicher Frachter ist und keine Spionage treibt?«
»Wir genießen internationalen Schutz. Wenn Sie nicht im Besitz eines Durchsuchungsbefehl sind, können...«
Armstrongs Hand verschwand in seiner Tasche, und Suslews Magen krampfte sich zusammen. Einem formalen Durchsuchungsbefehl müßte er Folge leisten und wäre damit erledigt, denn sie würden mehr Beweismaterial finden, als sie erhoffen konnten. Die Telegramme in seiner Tasche wurden zu einer tödlichen Last. Er war leichenblaß, und Boradinow stand da wie gelähmt. Armstrongs Hand kam mit einem Päckchen Zigaretten aus der Tasche. Suslews Herz begann wieder zu schlagen, aber noch schien sich ihm alles zu drehen. »*Matyeryebyets!*« murmelte er.
»Sir?« fragte Armstrong mit Unschuldsmiene. »Ist Ihnen nicht wohl?«
»Doch, doch.«
»Darf ich Ihnen eine englische Zigarette anbieten?«
Suslew rang nach Fassung. Schweiß stand ihm in großen Tropfen auf der Stirn. Mit zitternden Fingern nahm er eine Zigarette. »Diese Dinge sind... sind schrecklich, nicht wahr? Spionage und Durchsuchungen und...«
»Wahrhaftig. Vielleicht wären Sie so freundlich, schon morgen auszulaufen statt Dienstag?«
»Unmöglich. Jagt man uns schon wie die Ratten?« plusterte Suslew sich

auf. »Ich werde meine Regierung informieren müssen!« Er wischte sich die Stirn ab. Seine einzige Beruhigung war das Wissen, daß Metkin wahrscheinlich nicht mehr unter den Lebenden weilte. Aber was hat er ihnen noch erzählt? dröhnte es in seinem Schädel. Seine Augen schweiften zu Boradinow hinüber, der leichenblaß neben ihm stand.
Armstrong folgte seinem Blick. »Wer sind Sie?«
»Erster Offizier Boradinow«, antwortete der Angesprochene mit erstickter Stimme.
»Wer ist der neue Kommissar, Kapitän Suslew? Wer hat Mr. Leonows Geschäfte übernommen? Wer ist das ranghöchste Parteimitglied an Bord?«
Boradinow brachte kein Wort heraus, und Suslew war froh, daß der Druck wenigstens zum Teil von ihm genommen wurde. »Er ist es«, antwortete Suslew. »Erster Offizier Wassilij Boradinow.«
»Also schön, Mr. Boradinow, Sie sind dafür verantwortlich, daß Ihr Schiff spätestens Sonntag um Mitternacht ausläuft. Ich gebe Ihnen offiziell bekannt, daß wir Grund zu der Annahme haben, Sie könnten von Triaden – chinesischen Banditen – angegriffen werden. Gerüchten zufolge ist der Angriff für die frühen Morgenstunden des Montag geplant. Es sind sehr hartnäckige Gerüchte. In Hongkong gibt es zahlreiche chinesische Banditen, und die Russen haben den Chinesen viel Land gestohlen. Wir sind auf Ihre Sicherheit und Gesundheit bedacht. Ich schlage also vor...«
Boradinow war aschfahl. »Ja, ja, ich verstehe.«
»Aber die Reparaturen«, setzte Suslew an. »Wenn die Reparaturen...«
»Bitte sehen Sie darauf, daß sie zu Ende gebracht werden, Herr Kapitän! Ach ja, und würden Sie so freundlich sein, Sonntag um zehn Uhr vormittag im Polizeipräsidium zu erscheinen – tut mir leid wegen des Wochenendes. Hier ist Ihre Vorladung.« Armstrong übergab ihm den offiziellen Bescheid.
Während Suslew las, nahm Armstrong ein zweites Formular heraus und fügte Boradinows Namen ein. »Das ist Ihre Ladung, Kommissar Boradinow. Ich würde vorschlagen, daß Sie über den Rest Ihrer Mannschaft Ausgangssperre verhängen, ausgenommen Sie beide natürlich – und die Landurlauber schleunigst zurückholen. Damit haben Sie sicher alle Hände voll zu tun. Gute Nacht!« Er erhob sich, verließ die Messe und schloß die Tür hinter sich.
Betretenes Schweigen trat ein. Malcolm Sun erhob sich und ging gemächlich auf die Tür zu. Suslew wollte ihm folgen, aber der Chinese wirbelte herum und pflanzte sich vor ihnen auf. »Wir kriegen euch noch«, sagte Sun gehässig.
»Wieso denn? Was haben wir getan?« stieß Suslew hervor.
»Habt ihr nicht spioniert? Ihr KGB-Leute haltet euch ja für so klug, *matyeryebyets*!«
»Scheren Sie sich von meinem Schiff runter!« fauchte Suslew.

»Wir kriegen euch – ich rede nicht von uns Polizeibeamten ...« Unvermittelt stieg Sun auf fließendes Russisch um. »Raus aus dem Land, ihr Imperialisten! China ist auf dem Marsch! Wir können fünfzig Millionen Soldaten verlieren, hundert, wenn es sein muß, und haben immer noch doppelt soviel!«
»Wir werden euch zerschmettern!« belferte Suslew. »Wir werden ganz China atomisieren! Wir werden ...« Er brach ab. Malcolm Sun lachte ihn aus.
»Deiner Mutter Titten auf eure Atomscheiße! Wir haben jetzt unsere eigenen Bomben! Verlaßt China, solange ihr noch die Chance habt! Wir kommen aus dem Osten wie Dschingis Khan, wir alle, Mao Tse-tung, Tschiang Kai-schek, ich, meine Enkelkinder, wir kommen und räumen mit euch auf und holen uns unser Land zurück!«
»Verlassen Sie mein Schiff!« Ein stechender Schmerz durchzuckte Suslews Brust. Fast blind vor Wut schickten er und Boradinow sich an, auf ihren Quälgeist loszuspringen.
Furchtlos kam Sun ihnen einen Schritt entgegen. »*Yeb twoyu mat*, ihr Dreckhaufen!« Dann auf Englisch: »Faßt mich an, und ich verhafte euch wegen tätlicher Beleidigung eines Polizeibeamten. Euer Schiff nehme ich in behördliche Verwahrung!«
Mit großer Mühe beherrschten sich die beiden Russen und blieben stehen. Suslew steckte die Fäuste in seine Taschen. »Bitte gehen Sie jetzt, bitte!«
»*Dew neh loh moh* auf euch, auf eure Mütter, eure Väter und auf eure beschissenen Sowjetimperialisten! Wie die Heuschrecken werden wir aus dem Osten kommen ...« Draußen auf dem Deck kam es zu einer lärmenden Auseinandersetzung, gefolgt von einem dumpfen Knall. Sofort machte Sun kehrt und ging zur Tür; die Russen liefen hinterher.
Fassungslos sah Suslew, daß Armstrong in der Türöffnung des Funkraums stand, der sich neben seiner Kabine befand. Die Tür war aufgesprungen, und die beiden Funker starrten erschrocken den Engländer an. Einige Matrosen kamen gelaufen, wagten aber nicht einzugreifen. Schon quoll Rauch aus dem Inneren des Funknavigationsgeräts. Rot eins wies den dienstältesten Funker an, den Brandsatz an der geheimen Verschlüsselungsvorrichtung in dem Augenblick zu zünden, da ein Unbefugter die Tür öffnete oder auch nur zu öffnen versuchte.
Armstrong wandte sich an Suslew. »Tut mir schrecklich leid, Herr Kapitän, ich bin gestolpert. Tut mir so leid«, sagte er mit Unschuldsmiene. »Ich bin gestolpert und gegen die Tür geprallt.« Der Polizist warf einen Blick in den Funkraum. »Du meine Güte! Es brennt ja! Ich werde sofort die Feuerwehr ...«
»Nein, nein«, protestierte Suslew und fauchte Boradinow und die Matrosen an: »Löscht das Feuer!« Er riß eine Faust aus der Tasche und gab Boradinow einen Schubs, um ihn anzutreiben. Von ihm unbemerkt, blieb ein Tele-

gramm an seinem Ärmelaufschlag hängen und fiel auf das Deck. Schon kam ein Matrose mit einem Feuerlöscher gelaufen.
»Ach du meine Güte! Was ist da nur passiert? Brauchen Sie wirklich keine Hilfe?« erkundigte sich Armstrong.
»Nein, danke«, antwortete Suslew zornrot, »danke, Inspektor! Wir... wir sehen uns Sonntag.«
»Gute Nacht, Sir! Kommen Sie, Malcolm!« In der zunehmenden Verwirrung bückte sich Armstrong, hob, bevor Suslew noch merkte, was geschah, das Papier auf und lief schon, von Sun gefolgt, das Fallreep hinunter.
Entsetzt griff Suslew in die Tasche. Er vergaß das Feuer und eilte in seine Kabine, um festzustellen, welches Telegramm fehlte.

Unten am Pier hatte die Polizei mittlerweile an beiden Fallreeps Posten bezogen. Armstrong setzte sich zu Sinders in den Fond des Wagens. Der Leiter von MI-6 hatte dunkle Ringe unter den Augen, sein Anzug war ein wenig zerknittert, aber er selbst war hellwach und übermunter. »Das habt ihr gut gemacht, ihr beiden!«
»Danke, Sir!« Mit klopfendem Herzen fing Armstrong an, in seiner Tasche nach dem Feuerzeug zu wühlen. Sinders beobachtete Malcolm Sun, der sich ans Steuer setzte.
»Was ist los?« fragte er.
»Nichts, Sir, nichts.« Malcolm Sun drehte sich um. Sein Rücken war naß von Schweiß, und noch hatte er den widerlich süßen Geschmack von Erregung, Wut und Angst im Mund. »Als... als ich auf Wunsch des Inspektors die beiden Bastarde hinhielt, da... sie haben mich richtig in Fahrt gebracht.«
»So? Wie denn?«
»Sie fingen an, mich zu beschimpfen, und da... da hab' ich zurückgebrüllt.«
»Schade, daß sie nicht tätlich geworden sind!«
»Ja. Aber ich war darauf vorbereitet.«
Sinders warf einen kurzen Blick auf Armstrong, der sich eine Zigarette anzündete und im Licht der Flamme das Papier studierte. Sinders sah zum Schiff hinauf. Suslew stand an der Reling und starrte auf sie herunter. »Er scheint wütend zu sein. Gut.« Der Schatten eines Lächelns glitt über seine Züge. »Sehr gut.« Mit Sir Geoffreys Billigung hatte er diesen unerwarteten Überfall in der Absicht angeordnet, die Nachrichtenverbindungen der *Iwanow* zu unterbrechen, Druck auf Arthur und Sevrin auszuüben und sie aufzuscheuchen. »Sie und den Maulwurf in meiner Polizei«, hatte Sir Geoffrey grimmig hinzugefügt. »Ich halte es für unmöglich, daß Brian Kwok der Spion ist, von dem in dem AMG-Bericht die Rede ist. Was meinen Sie?«
»Ich teile Ihre Meinung.«

Armstrong steckte das Feuerzeug weg. Im Halbdunkel des Wagens wandte er sich an Sun: »Sie können das Kommando abrücken lassen, Malcolm. Wir brauchen keine Zeit mehr hier zu verlieren. Einverstanden, Mr. Sinders?«
»Ja. Wir können dann gleich fahren.«
Gehorsam stieg Malcolm Sun aus. Armstrong beobachtete Suslew auf dem Deck. »Sie sprechen Russisch, Sir, nicht wahr?«
»Ja. Warum fragen Sie?«
Armstrong reichte ihm das Papier hinüber. »Das fiel Suslew aus der Tasche.«
Behutsam nahm Sinders das Papier an sich. »Trauen Sie Sun nicht?« fragte er.
»Doch. O doch. Aber Chinesen sind Chinesen, und das ist Russisch. Er kann nicht Russisch.«
Sinders legte die Stirn in Falten. Dann nickte er. Armstrong klickte das Feuerzeug an. Sinders überflog das Papier und seufzte. »Ein Wetterbericht, Inspektor – wenn es nicht chiffriert ist.« Sorgfältig faltete er das Telegramm zusammen. »Die Fingerabdrücke könnten etwas bringen. Sicherheitshalber werde ich es an unsere Chiffrierabteilung weitergeben.«
Sinders lehnte sich zurück. Das Telegramm hatte folgenden Wortlaut: »Berichten Sie Arthur, daß wir, seinem Ersuchen nach Sofortmaßnahme Eins gegen den Verräter Metkin Folge leistend, Bombay sofort die nötigen Anweisungen gegeben haben. Zweitens: Die Begegnung mit dem Amerikaner wird auf Sonntag vorverlegt. Drittens: Die AMG-Berichte haben auch weiterhin Vorrang. Sevrin muß größte Anstrengungen unternehmen, um Erfolg zu erzielen. Zentrale.«
Wer ist der Amerikaner? fragte sich Sinders. Und soll Arthur ihm begegnen, oder wer sonst? Kapitän Suslew? Ist er so unschuldig, wie er den Anschein zu erwecken sucht? Wer ist der Amerikaner? Bartlett, die Tcholok, Banastasio oder wer? Peter Marlowe?
Haben Bartlett oder die Tcholok im Juni in Moskau mit der Zentrale Kontakt aufgenommen – mit oder ohne Peter Marlowe, der sich um die gleiche Zeit dort aufhielt, als ein streng geheimes Treffen ausländischer Agenten stattfand?
Oder ist der Amerikaner überhaupt kein Besucher, sondern einer, der hier in Hongkong lebt? Rosemont? Oder Langan?
So vieles, worüber man sich Gedanken machen müßte.
Wie etwa: Wer ist der vierte Mann? Der über Philby steht? Oder: Wer ist diese geheimnisvolle Mrs. Gresserhoff, die Kiernans zweiten Anruf entgegennahm und dann spurlos verschwand?
Und was ist mit diesen verdammten AMG-Berichten? Mit diesem verdammten AMG und diesem verdammten Dunross, der sich so verdammt gerissen vorkommt...?
Es ging auf Mitternacht zu, und Dunross und Casey saßen nebeneinander

in bester Stimmung in dem verglasten Vorderteil einer Fähre, die ihrem Liegeplatz in Kowloon zustrebte. Trotz der tieftreibenden Wolkenfetzen war es eine prachtvolle Nacht. Von ihren Plätzen genossen sie eine schöne Aussicht, und durch eines der offenen Fenster kam eine salzige Brise.
»Wird es wieder regnen?« brach sie das behagliche Schweigen.
»Aber ja. Ich hoffe nur, daß es bis morgen spät nachmittags nicht schüttet.«
»Sie und Ihre Pferderennen! Sind sie so wichtig?«
»Für alle Hongkong-*yan* sicherlich. Für mich, ja und nein.«
»Ich werde mein ganzes Vermögen auf Noble Star setzen.«
»Das würde ich nicht tun«, meinte er. »Man sollte sich immer absichern.« Zwanglos hob er seinen Arm, hakte sie unter und legte seine Hand wieder in seinen Schoß. Beide empfanden den Kontakt als angenehm. Es war ihre erste echte Berührung. Während des ganzen Spaziergangs vom Mandarin-Hotel zur Fähre hatte sie seinen Arm nehmen wollen, den Impuls aber niedergekämpft. Jetzt tat sie, als merke sie nichts.
»Sie haben die Geschichte von George Toffer nie fertig erzählt, Casey. Haben Sie ihn gefeuert?«
»Nein, das tat ich nicht, jedenfalls nicht so, wie ich es mir vorgestellt hatte. Nachdem wir die Aktienmehrheit hatten, ging ich in sein Büro. Natürlich war er wütend, aber mittlerweile hatte ich herausgefunden, daß er nicht der strahlende Held war, der zu sein er vorgab. Er schwenkte mir einen meiner Briefe wegen des Geldes, das er mir schuldete, vor der Nase herum und brüllte, daß ich es nie wiederbekommen würde, niemals!« Sie zuckte die Achseln. »Ich habe es auch nie wiederbekommen. Dafür bekam ich seine Firma.«
»Was wurde aus ihm?«
»Er ist immer noch damit beschäftigt, Leute hereinzulegen. Hören Sie, können wir das Thema wechseln? Mir wird übel, wenn ich an ihn denke.«
Er lachte. »Das wollen wir nun wirklich nicht. Herrliche Nacht, nicht wahr?«
»Ja, wirklich.«
Sie hatten im Dragon Room im obersten Stockwerk des Hotels diniert. Chateaubriand, Pommes frites, Salat und Crème brûlée. Dazu hatten sie einen Château Lafite getrunken.
»Feiern wir etwas?« hatte sie gefragt.
»Es ist nur ein Dankeschön für die First Central New York.«
»Oh, Ian! Hat es geklappt?«
»Murtagh wollte es versuchen.«
Sie hatten nur ein paar Minuten gebraucht, um die Konditionen für die Finanzierung festzulegen, wie Casey sie für möglich hielt: 120 Prozent der Kosten beider Schiffe, ein Revolving-Fonds in der Höhe von fünfzig Millionen. »Und Sie geben Ihre persönliche Garantie?« hatte Murtagh gefragt.

»Ja«, hatte er geantwortet und damit seine und die Zukunft seiner Familie verpfändet.
»Angesichts der großzügigen Geschäftsführung Ihres Konzerns werden Sie vermutlich Gewinne erzielen, und ich schätze, unser Geld wäre sicher angelegt, aber... Mr. Dunross, Sir, das muß hundert Prozent unter uns bleiben. Ich werde versuchen, das Unmögliche möglich zu machen.«
»Bitte tun Sie das, Mr. Murtagh! Hätten Sie Lust, das Rennen morgen aus meiner Loge zu verfolgen? Hier, hier haben Sie einen Passierschein, wenn Sie sich frei machen können.«
»O Jesus, Tai-Pan, ist das Ihr Ernst?«
Dunross lächelte im stillen. In Hongkong in die Loge der Rennleitung eingeladen zu werden war gleichbedeutend mit einer Einführung bei Hofe und ebenso nützlich.
»Warum lächeln Sie, Tai-Pan?« fragte Casey. Sie fühlte seine Wärme und verlagerte ein wenig ihr Gewicht.
»Weil im Augenblick alles vollkommen ist auf der Welt. Zumindest sind alle Probleme in ihren Fächern.« Während sie die Fähre verließen, erklärte er ihr seine Theorie, wonach es nur einen einzigen Weg gab, um mit Problemen fertig zu werden, nämlich den asisatischen: Jedes Problem in sein Fach legen und erst dann wieder hervorholen, wenn man sich in Ruhe damit beschäftigen kann.
»Wunderbar, wenn man das kann«, meinte sie.
»Wer es nicht kann, geht zugrunde. Magengeschwüre, Schlaganfälle, man wird alt vor seiner Zeit.«
»Eine Frau kann weinen, das ist ihr Überdruckventil. Sie weint und fühlt sich gleich wohler.« Casey hatte geweint, bevor sie das V and A verlassen hatte, um Linc Bartlett zu treffen – aus Wut und Verbitterung, und aus Verlangen – körperlichem Verlangen. Sechs Monate war es her, daß sie eine ihrer seltenen, sehr seichten und kurzen Affären gehabt hatte. Immer, wenn das Verlangen zu stark wurde, nahm sie ein paar Tage Urlaub, ging Schifahren oder lag in der Sonne und suchte sich einen Mann für ihr Bett aus. Ebenso rasch vergaß sie ihn wieder.
»Aber ist das nicht sehr schlimm, so gefühllos zu sein, Ciran-chek?« hatte ihre Mutter sie einmal besorgt gefragt.
»Aber nein, Mamachen«, hatte sie ihr geantwortet. »Es ist ein fairer Tausch. Ich mag Sex, wenn ich in der richtigen Stimmung bin, obwohl ich mich bemühe, diese Stimmung so selten wie möglich aufkommen zu lassen. Ich liebe Linc und keinen anderen. Aber ich den...«
»Wie kannst du ihn lieben und mit einem anderen ins Bett gehen?«
»Um die Wahrheit zu sagen, es ist nicht leicht, es ist sogar scheußlich. Aber sieh mal, ich arbeite schwer für Linc, den ganzen Tag, Wochenenden und Sonntage, ich arbeite schwer für uns alle, für dich, Onkel Tashjian, für Marian und die Kinder. Ich bin jetzt der Familienerhalter, und ich bin es gern.

Aber manchmal wird es mir zuviel, dann mache ich Urlaub und suche mir einen Partner. Ehrlich, Mama, es ist rein biologisch; darin gibt es keinen Unterschied zwischen Mann und Frau...«

Casey trat zur Seite, um einer Phalanx von entgegenkommenden Fußgängern auszuweichen, und stieß Dunross leicht an. Automatisch nahm sie seinen Arm.

Nachdem sie ihn heute nachmittag um Gleichheit gebeten hatte und abgewiesen worden war... Nein, Casey, korrigierte sie sich, das ist nicht fair. Er hat mich nicht abgewiesen, er hat mir nur die Wahrheit gesagt aus seiner Sicht. Und aus meiner? Ich weiß es nicht. Ich bin nicht sicher. Aber blöde bin ich nicht, darum habe ich mich heute sorgfältig angekleidet, ein wenig anders, habe mich mit Parfum besprüht, mehr Zeit auf mein Make-up verwendet und mich dreißigmal auf die Zunge gebissen und den gesellschaftlichen Konventionen entsprechend geantwortet: »Wie interessant!«

Und meistens war es das wirklich. Er war aufmerksam, amüsant, ein guter Zuhörer, und ich habe mich wunderbar wohl gefühlt. Ian ist ohne Zweifel ein toller Mann. Gefährlich und – oh, so verlockend!

Die breite Marmortreppe des V and A lag vor ihnen. Diskret ließ sie seinen Arm los. »Sie sind ein kluger Mann, Tai-Pan. Halten Sie es für fair, mit einem Menschen zu schlafen, wenn man ihn nicht liebt?«

»Wie?« Er schreckte aus seiner heiteren Lässigkeit auf und antwortete dann leichthin. »*Liebe* ist ein westliches Wort, meine Dame. Ich, ich sein Chinamann!«

»Im Ernst.«

Er lachte. »Ich finde, jetzt ist nicht die Zeit für ein ernstes Gespräch.«

»Aber Sie haben eine Meinung?«

»Immer.«

Sie gingen die Treppe hinauf ins Foyer, das auch um diese späte Stunde noch voller Menschen war. Sofort fühlte er viele Augen auf sich, und das war auch der Grund, warum er sich nicht schon auf der Treppe von ihr verabschiedet hatte. Auch das hilft, dachte er, ich muß ruhig und zuversichtlich auftreten. Noble House bleibt unangreifbar. Den Luxus, Angst zu zeigen, kann ich mir nicht erlauben.

»Wie wäre es mit einem Schlummertrunk?« fragte sie. »Ich bin überhaupt nicht schläfrig. Vielleicht schließt Linc sich an, wenn er da ist.«

»Eine gute Idee. Tee mit Zitrone wäre genau das Richtige.« Wie durch Zauberkraft herbeigerufen kam der Oberkellner lächelnd auf sie zu. Auch ein Tisch war frei.

»Guten Abend, Tai-Pan!«

»Guten Abend, Nachtzeit Gup!«

»Ich hätte auch gern einen Tee mit Zitrone«, sagte sie. Der Kellner entfernte sich.

»Ich möchte nur schnell nach meiner Post sehen.«

»Selbstverständlich.« Interessante Frau, dachte Dunross. Eine Sexualität, die nur darauf wartet, zu explodieren. Wie, zum Teufel, kann ich ihr helfen, rasch zu ihrem Startgeld zu kommen?
Nachtzeit Gup machte sich in der Nähe zu schaffen und sagte leise auf Kantonesisch: »Wir hoffen sehr, Tai-Pan, daß Sie mit der Börse zurechtkommen.«
»Ich danke dir.« Dunross plauderte ein Weilchen und strahlte Zuversicht aus. Dann kehrte sein Blick auf Casey an der Rezeption zurück.
Nachtzeit Gups listige alte Augen zwinkerten. »Der Waffenschmuggler ist nicht im Hotel, Tai-Pan.«
»Ach ja?«
»Er ist schon früh gegangen. Mit einem Mädchen. Gegen sieben. Ich hatte gerade meinen Dienst angetreten. Der Waffenschmuggler war sehr sportlich angezogen. Für eine Bootsfahrt, würde ich sagen.«
Dunross konzentrierte sich. »Es gibt viele Mädchen in Hongkong, Nachtzeit Gup.«
»Nicht wie die, Dunross.« Der Alte lachte schallend. »Sie war früher die Geliebte von Schwarzbart.«
»Iiii, mein Alter, du hast scharfe Augen und ein langes Gedächtnis. Bist du sicher?«
»Ganz sicher!« Nachtzeit Gup war entzückt von dem Interesse, mit dem seine Neuigkeiten aufgenommen wurden. »Jawohl«, fügte er stolz hinzu, »nachdem man so hört, die Amerikaner werden sich an Noble House beteiligen, wenn es Ihnen gelingt, sich dieser anderen Hurenböcke zu erwehren, sollten Sie das vielleicht wissen. Und auch, daß Goldenes Schamhaar in ein anderes Zimmer gezogen...«
»Wer?«
Nachtzeit Gup erklärte, was es mit diesem Spitznamen auf sich hatte. Dunross wunderte sich wie immer, wie schnell Klatsch sich verbreitete. »Sie ist umgezogen?«
»Ja, Tai-Pan, ein Stück den Gang hinunter, auf 276. Iiiii, Tai-Pan, ich habe gehört, daß sie in der Nacht geweint hat, vor zwei Nächten, und heute abend auch, bevor sie ausging. Drittes Zimmermädchen Fung hat sie heute abend weinen gesehen.«
»Hatten sie Streit? Sie und der Waffenschmuggler?«
»Nein, nein, keinen Streit, aber es genügt schon, daß Goldenes Schamhaar von Orlanda weiß, um den Drachen zum Rülpsen zu bringen.« Nachtzeit Gup lächelte sie honigsüß an, als sie mit einem Stoß von Telex-Nachrichten zurückkam. Es fiel Dunross auf, daß ihre Augen jetzt umschattet waren. Keine Nachricht von Linc Bartlett, nahm er an und erhob sich. »Was Unangenehmes?« fragte er mit einem Blick auf die Papiere.
»Nein, nein, immer das gleiche.« Sie sah ihn an. »Hat alles Zeit bis morgen. Der Abend gehört mir. Linc ist noch nicht zurück.« Sie nippte mit Genuß an ihrem Tee.

»Also kann ich Sie für mich allein in Anspruch nehmen.«
»Ich dachte, ich wäre es, der Ihre Zeit...« Er unterbrach sich, als er Robert Armstrong und Sinders durch die Pendeltür kommen sah. Die beiden Männer blieben am Eingang stehen und sahen sich nach einem Tisch um.
»Die Polizei macht Überstunden«, bemerkte Casey. Die beiden Männer zögerten und begaben sich dann an einen freien Tisch am anderen Ende der Halle. »Armstrong gefällt mir. Ist sein Begleiter auch von der Polizei?«
»Ich nehme es an. Wo haben Sie Armstrong kennengelernt?«
Sie sagte es ihm. »Über die geschmuggelten Waffen gibt es noch nichts Neues.«
»Scheußliche Geschichte.«
»Möchten Sie einen Brandy?«
»Warum nicht? Einen auf den Weg, dann muß ich laufen. Kellner!« Er bestellte die Getränke. »Morgen Punkt zwölf holt Sie der Wagen ab.«
»Danke. Übrigens auf der Einladung steht ›Damen Hüte und Handschuhe‹. Ist das ernst gemeint?«
»Natürlich. Beim Rennen haben die Damen immer schon Hüte und Handschuhe getragen. Ist das so ungewöhnlich?«
»Dann werde ich mir einen Hut kaufen müssen. Ich habe seit Jahren keinen mehr getragen.«
»Ich persönlich mag Damen mit Hüten.« Dunross sah sich um. Er bemerkte, daß Armstrong und Sinders ihn heimlich beobachteten. Ist es nur Zufall, daß sie hier sind? fragte er sich.
Der Brandy kam. »Zum Wohl!« Sie stießen an.
»Wollen Sie jetzt meine Frage beantworten?«
»Die Antwort lautet ja.« Er schwenkte den Brandy in seinem Glas.
»Ja was?«
Er lachte. »Ja, es ist nicht schwer, es passiert jeden Tag, und ich werde mich jetzt nicht auf das schöne Spiel ›Schlagen Sie Ihre Frau immer noch?‹ einlassen, obwohl dem Vernehmen nach die meisten Damen es schätzen, gelegentlich mit Liebe gezüchtigt zu werden – ob sie nun Hüte tragen oder nicht.«
Sie lachte, und ihre Schatten verflüchtigten sich. »Kommt eben ganz darauf an, nicht wahr?«
»Es kommt ganz darauf an.« Das ruhige, unbeschwerte Lächeln auf seinem Gesicht, musterte er sie. Ja, dachte er und dachte auch sie, es kommt darauf an, auf das Wer und Wann und Wo, auf das Verlangen, und jetzt, jetzt wäre es phantastisch.
Er berührte ihr Glas mit dem seinen. »Zum Wohl«, sagte er. »Und auf Dienstag!«
Sie erwiderte sein Lächeln, und ihr Puls ging schneller. »Ja.«
»Bis dahin kann alles warten, nicht wahr?«
»Ich hoffe es, Ian. Es war ein wunderschöner Abend. Danke für die Einladung. Morgen...« Sie brach ab, als Nachtzeit Gup vor ihnen auftauchte.

»Verzeihen Sie, Tai-Pan, Telefon.«

»Danke, ich komme gleich.« Dunross verzog den Mund. »Den Bösen wird keine Ruhe gegönnt. Wollen wir, Casey?«

»Natürlich.« Sie stand auch auf; ihr Herz klopfte, ein süßes, schmerzliches Sehnen ergriff von ihr Besitz. »Ich kümmere mich schon um die Rechnung.«

»Danke, ist nicht nötig. Sie wird automatisch ins Büro geschickt.« Dunross ließ ein Trinkgeld zurück und begleitete sie zum Aufzug. Eine Sekunde lang war er versucht, mit ihr hinaufzufahren, um den Lästerzungen etwas zu tun zu geben. Aber das hieße nun wirklich, sich den Teufel auf den Hals laden, dachte er, und ich habe schon genug Teufel, die mich plagen. »Gute Nacht, Casey, bis morgen! Grüßen Sie Linc!« Er hob grüßend den Arm und ging zur Rezeption.

Die Tür des Aufzugs schloß sich hinter ihr. Wenn wir nicht in Hongkong wären, du könntest mir nicht entwischen, Ian Dunross, nicht heute nacht! Heute nacht würden wir uns lieben, o ja, das würden wir!

Dunross nahm den Hörer auf. »Hallo, hier spricht Dunross.«

»Tai-Pan?«

»Hallo, Lim«, sagte er, nachdem er die Stimme seines Majordomus erkannt hatte. »Was gibt's?«

»Mr. Tip Tok-toh hat eben angerufen, Sir. Er hat mich gebeten, zu versuchen, Sie zu erreichen. Sie sollen zurückrufen – jederzeit vor zwei Uhr früh oder morgen nach sieben.«

»Danke. Sonst noch was?«

»Um acht hat Miss Claudia telefoniert und gesagt, sie hätte Ihren Gast...« Das Rascheln von Papier – »Mrs. Gresserhoff im Hotel untergebracht und daß der Termin morgen um elf in Ihrem Büro in Ordnung geht.«

»Gut. Weiter?«

»Missie hat von London aus angerufen – alles okay – und ein Dr. Samson aus London.«

»Ah!« Kathys Spezialist. »Hat er eine Nummer hinterlassen?« Lim gab sie ihm. »Ist Tochter Nummer Eins schon zu Hause?«

»Nein, Tai-Pan. Tochter Nummer Eins kam gegen sieben, zusammen mit Mr. Haply. Sie blieben nur kurz und gingen dann wieder.«

»Danke, Lim! Ich rufe Tiptop an und komme dann nach Hause.«

Er legte auf, hob ab und wählte.

»*Weyyyy?*« Er erkannte Tiptops Stimme. »Guten Abend, hier spricht Dunross.«

»Ach, Tai-Pan! Augenblick, bitte!« Er hörte, wie eine Hand über die Sprechmuschel gelegt wurde. Er wartete. »Tut mir leid, daß Sie warten mußten. Ich habe sehr unerfreuliche Neuigkeiten.«

»Oh!«

»Ja. Ihre Polizei agiert wieder einmal wie Hundelungen und Wolfsherzen.

Sie hat einen sehr guten Freund von Ihnen, Inspektor Brian Kwok, zu Unrecht verhaftet.«

»Brian Kwok?« Dunross stockte der Atem. »Aber warum?«

»Er wird zu Unrecht beschuldigt, für die Volksrepublik China spioniert zu haben und...«

»Unmöglich!«

»Das sage ich auch. Lächerlich! Der Vorsitzende Mao braucht keine kapitalistischen Spione. Er sollte sofort freigelassen werden, sofort – und wenn er Hongkong zu verlassen wünscht, sollte ihm das gestattet werden... sofort!«

Dunross versuchte seine Gedanken zu ordnen. Wenn Tiptop sagte, daß Brian Kwok sofort zu entlassen war und man ihm erlauben solle, Hongkong sofort zu verlassen, dann *war* Brian Kwok ein Spion, aber das hielt Dunross für unmöglich, völlig unmöglich. »Ich... ich weiß nicht, was ich sagen soll...«, stotterte er.

»Ich muß darauf hinweisen, daß man von alten Freunden kaum erwarten kann, daß sie alten Freunden beistehen, wenn ihre Polizei auf solche Abwege gerät. *Heya?*«

»Ich stimme Ihnen zu«, sagte er mit der richtigen Mischung aus Sorge und Mitgefühl. Und plötzlich schoß es ihm durch den Kopf: Allmächtiger, die wollen tauschen – Brian gegen das Geld! »Ich... ich werde mich gleich morgen mit den Behörden...«

»Vielleicht könnten Sie noch heute nacht etwas unternehmen.«

»Es ist jetzt schon zu spät, um den Gouverneur anzurufen, aber...« Dunross erinnerte sich an Armstrong und Sinders draußen in der Halle. »Ich werde etwas versuchen. Jetzt gleich. Das muß ein Irrtum sein, Mr. Tip. Jedenfalls bin ich sicher, daß der Gouverneur helfen wird. Und die Polizei auch. So ein... ein Mißgriff wird zweifellos verständnisvoll behandelt werden – so wie das Ersuchen der Victoria an die illustre Bank of China, ihr vorübergehend Bargeld zur Verfügung zu stellen?«

Es folgte ein langes Schweigen. »Das wäre möglich. Alte Freunde sollten alten Freunden Beistand leisten und mithelfen, Fehler wieder gutzumachen. Ja, das wäre möglich.«

Dunross hörte das unausgesprochene *Wenn* im Raum stehen und setzte die Verhandlung automatisch fort. »Haben Sie meine Nachricht erhalten, Mr. Tip? Ich habe mich um all die anderen Dinge gekümmert. Übrigens wird die Victoria bei der Finanzierung des Thoriums Hilfe leisten. Auch bei allen anderen Transaktionen – zu vorteilhaften Konditionen.«

»Ach ja, danke. Ja, ich habe Ihre Nachricht erhalten und auch Ihre sehr freundliche Einladung. Tut mir leid, daß ich unpäßlich war. Auf wie lange würde Ihre Regierung das Darlehen benötigen, wenn es möglich wäre?«

»Ich denke, dreißig Tage wären mehr als ausreichend, vielleicht genügen zwei Wochen. Aber es handelt sich um die Victoria, die Blacs und andere

Banken und nicht um die Verwaltung von Hongkong. Ich könnte es Ihnen morgen sagen. Werden Sie uns das Vergnügen machen, zum Rennen zu kommen und am Lunch teilzunehmen?«

»Zum Lunch wird es leider nicht gehen, aber vielleicht nachher.«

Dunross lächelte in sich hinein. Der perfekte Kompromiß. »Selbstverständlich.«

»Die Bemerkungen Ihres Schwagers in bezug auf das Reich der Mitte haben mich überrascht.«

»Mich nicht weniger. Meine Frau und ihr Bruder sind sich seit Jahren entfremdet. Seine Ansichten sind unverständlich, feindselig und völlig irrig.« Nach einer kleinen Pause fügte er hinzu: »Ich hoffe, die Wirkung seiner Worte neutralisieren zu können.«

»Ja, ich stimme Ihnen zu. Danke. Gute Nacht!«

Dunross legte auf. Mann, o Mann! Brian! Und um ein Haar hätte ich ihm die AMG-Berichte anvertraut. Du lieber Himmel!

Mit einiger Mühe nahm er seine Gedanken zusammen und ging in die Halle zurück. Armstrong und Sinders saßen noch da. »Guten Abend. Darf ich mich auf ein paar Minuten zu Ihnen setzen?«

»Selbstverständlich, Mr. Dunross. Es ist uns ein Vergnügen. Darf ich Ihnen einen Drink anbieten?«

»Tee. Chinesischen Tee. Danke!«

Dunross beugte sich vor. »Wie ich höre, habt ihr Brian Kwok verhaftet«, begann er und hoffte, es wäre nicht wahr.

Die beiden Männer starrten ihn an.

»Wer hat es Ihnen erzählt?« fragte Armstrong.

Dunross berichtete ihnen eingehend über das Gespräch. Die beiden Männer hörten zu, ohne einen Kommentar abzugeben. Nur hin und wieder tauschten sie Blicke. »Er bietet ganz offensichtlich einen Tausch an«, sagte Dunross. »Brian Kwok gegen das Geld.«

Sinders nahm einen Schluck von seiner heißen Schokolade. »Wie wichtig ist das Geld?«

»Sehr dringend, sehr wichtig, und je früher, desto besser. Wir müssen...« Erschrocken hielt er inne.

»Was ist denn?« erkundigte sich Sinders.

»Mir ist gerade eingefallen, was AMG in dem abgefangenen Bericht sagt: Daß der... der Maulwurf in der Polizei zu Sevrin gehören könnte. Ist er es?«

»Wer?«

»Lassen Sie gefälligst Ihre Spielchen«, gab Dunross zornig zurück. »Das ist kein Spaß. Halten Sie mich für einen Dummkopf? Bei Struan's sitzt ein Sevrin-Spitzel, und wenn Brian zu Sevrin gehört, habe ich ein Recht darauf, es zu erfahren.«

»Ich bin durchaus Ihrer Meinung«, antwortete Sinders in ruhigem Ton,

aber seine Augen waren hart geworden. »Sie können sich darauf verlassen, daß man Sie informiert, sobald der Verräter alles gestanden hat. Haben Sie schon eine Idee, wer der Spitzel im Noble House sein könnte?«
Dunross schüttelte den Kopf und unterdrückte seinen Ärger.
»Was wollten Sie sagen?« fragte Sinders. »›Wir müssen...‹ Was müssen Sie, Mr. Dunross?«
»Wir müssen sofort das Geld beschaffen. Was wird Brian vorgeworfen?«
Sinders zündete sich und Armstrong Zigaretten an. »Wenn dieser Brian Kwok tatsächlich verhaftet wurde, finde ich Ihre Frage nicht sehr taktvoll, Mr. Dunross.«
»Ich wette«, konterte Dunross, »Tiptop hätte nie einen Handel vorgeschlagen, wenn es nicht wahr wäre. Niemals. Brian muß verdammt wichtig sein, aber wie soll das nun weitergehen? Wollen Sie diesen Austausch in die Wege leiten, oder macht das Mr. Crosse? Ich nehme an, Sie müssen die Zustimmung des Gouverneurs einholen.«
Nachdenklich betrachtete Sinders die Glut seiner Zigarette. »Ich bezweifle, daß es einen Handel geben wird, Mr. Dunross.«
»Wieso nicht? Das Geld ist doch wichtiger als...«
»Das ist Ansichtssache, Mr. Dunross. Vorausgesetzt, daß dieser Brian Kwok tatsächlich in Haft ist. Aber wie auch immer: Es ist doch wohl nicht möglich, die Regierung Ihrer Majestät unter Druck zu setzen, nicht wahr? Das könnte einen üblen Geschmack hinterlassen.«
»Zugegeben. Aber Sir Geoffrey würde sofort seine Einwilligung geben.«
»Das bezweifle ich. Nach dem Eindruck, den ich von ihm gewonnen habe, ist er zu klug, seine Zustimmung zu geben. Und weil wir gerade von Handel sprechen: Ich dachte, Sie wollten uns die AMG-Berichte überlassen?«
Es durchzuckte Dunross eisig. »Das habe ich doch heute abend getan.«
»Lassen Sie gefälligst Ihre Spielchen, das ist kein Spaß!« sagte Sinders in genau dem gleichen Tonfall, in dem Dunross ihn angefahren hatte. Er schlug eine trockene Lache an und setzte mit der gleichen eisigen Ruhe hinzu: »Zweifellos haben Sie uns eine Fassung der Berichte übergeben, aber bedauerlicherweise lassen sie sich qualitätsmäßig nicht mit den abgefangenen vergleichen.« Das Gesicht des Mannes in dem zerknitterten Anzug veränderte sich nicht, obwohl seine Augen härter und auf seltsame Weise bedrohlich wirkten. »Ihr Versteckspiel, Mr. Dunross, war geschickt – löblich, aber völlig unnötig. Wir wollen die Originalberichte haben. Ihr Besitz könnte tödliche Folgen für Sie haben. Stimmen Sie mir zu, Inspektor?«
»Ja, Sir.«
Sinders paffte an seiner Zigarette. »Ihr Mr. Tiptop möchte also mit uns zu einem Handel kommen, was? Aber um einen Handel zu tätigen, muß man entsprechende Gegenleistungen erbringen.«
Dunross verzog keine Miene. »So sagt man. Ich werde morgen zeitig mit

dem Gouverneur sprechen. Ich schlage vor, das alles vertraulich zu behandeln, bis ich mit ihm gesprochen habe. Gute Nacht!«
Er durchschritt die Halle und verschwand durch die Drehtür. »Was meinen Sie, Inspektor? Hat Dunross die Berichte ausgetauscht?«
Armstrong zuckte die Achseln. »Ich weiß es nicht. In seinem Gesicht war nichts zu lesen. Ich habe genau aufgepaßt. Rein gar nichts. Er hat einen messerscharfen Verstand.«
»Mhm.« Sinders überlegte kurz. »Also möchte der Feind mit uns zu einem Handel kommen, ja? Ich nehme an, daß uns dieser Kunde höchstens noch vierundzwanzig Stunden zur Verfügung steht. Wann führen Sie die nächste Vernehmung durch?«
»Morgen um halb sieben Uhr früh.«
»Ach ja? Wenn Sie schon so früh anfangen müssen, sollten wir besser gehen.« Sinders verlangte die Rechnung. »Ich werde Mr. Crosse zu Rate ziehen, aber ich weiß schon, was er sagen wird – genau das, was London schon angeordnet hat.«
»Und zwar?«
»Sie machen sich dort große Sorgen, weil der Kunde zuviel Einblick in Geheimsachen hatte – das Überlebenstraining, sein Dienst bei der Royal Canadian Mounted Police...« Sinders legte den Kopf zur Seite. »Wenn ich es mir so recht überlege, bleibt uns gar nichts anderes übrig, als das Verfahren zu beschleunigen. Wir werden die Vernehmung um halb sieben streichen und, vorausgesetzt, daß keine bleibenden gesundheitlichen Schäden zu befürchten sind, die stündliche Behandlung fortsetzen – und zwar im roten Zimmer.«
»Aber...«
»Es tut mir leid«, sagte Sinders mit sanfter Stimme. »Ich weiß, daß er Ihr Freund ist, Ihr Freund war, aber jetzt haben uns Ihr Mr. Tiptop und Ihr Mr. Dunross eine Menge Zeit gestohlen.«

Sonnabend

1

9.32 Uhr:

Die JAL-Maschine aus Tokio setzte perfekt auf der Landebahn auf, nahm sofort eine Schubumkehr vor und rollte, ihre Geschwindigkeit verringernd, über das Vorfeld auf das Abfertigungsgebäude zu.

Fluggäste, Besatzungen und Besucher füllten das geschäftige Terminal, Zoll, Polizei und Wartehallen. Die Ausreise war leicht, die Einreise meistens unkompliziert – ausgenommen für japanische Staatsangehörige. Chinesen haben ein langes Gedächtnis. Die Jahre der japanischen Besetzung Chinas und Hongkongs waren noch zu frisch in ihrer Erinnerung. Sie waren zu entsetzlich gewesen, um sie zu vergessen – oder zu verzeihen. Darum wurden japanische Staatsbürger genauer überprüft. Sogar das fliegende Personal der JAL, das jetzt die Sperren passierte, sogar die adretten, hübschen, höflichen Stewardessen, die bei Kriegsende kaum schon am Leben gewesen waren.

Der nächste in der Reihe war ein Amerikaner. »Morgen«, sagte er und reichte dem Beamten seinen Paß.

»Morgen!« Der junge Chinese schlug den Paß auf, warf einen Blick auf die Fotografie und suchte nach dem Visum. Gleichzeitig berührte sein Fuß einen versteckten Schalter. Das war ein Signal für Crosse und Sinders, die in einem nahen Beobachterraum warteten. Sie traten an den Einwegspiegel und beobachteten den Mann an der Spitze einer der Reihen von Fluggästen, die sich vor den Polizeikontrollen drängten. Der vor einem Jahr ausgestellte Paß lautete auf »Vincenzo Banastasio, männlich, geboren in New York am 16. August 1910. Haare grau, Augen braun.« Beiläufig überflog der Beamte auch die anderen Visa und Stempel: England, Spanien, Italien, Holland, Mexiko, Venezuela, Japan. Er versah das mattgraue Büchlein mit seinem Stempel und reichte es wortlos zurück.

Eine teure Krokoaktentasche unter dem Arm, in der Hand einen bunten Plastikbeutel mit Alkoholika aus dem Duty-Free-Shop, eine mit einem Riemen über der Schulter getragene Kamera, lenkte Banastasio seine Schritte zum Zoll.

»Sieht gut aus, der Mann«, bemerkte Sinders. Crosse schaltete das tragbare Sprechgerät ein. »Verfolgen Sie ihn?« fragte er.

»Ja, Sir«, kam sofort die Antwort.

»Ich bleibe auf dieser Frequenz. Halten Sie mich auf dem laufenden.« Und zu Sinders sagte er: »Wir werden keine Schwierigkeiten haben, ihn zu beschatten.«

»Gut. Ich bin froh, daß ich ihn gesehen habe. Ich habe es gern, wenn ich einen Feind zu Gesicht bekommen kann.«

»Ist er das? Ein Feind?«

»Mr. Rosemont hält ihn dafür. Sie nicht?«

»Ich bin nur sicher, daß er ein Gauner ist – ich kann nicht sagen, wie weit er für den Geheimdienst von Interesse ist.«

Sinders zog die Schultern hoch. »Sind die Wanzen überprüft?«

»Gewiß.« Gestern abend hatten SI-Experten heimlich Wanzen in Banastasios Zimmer im Hilton installiert. Ebenso auch im Büro und der privaten Suite von Fotograf Ng, Vee Cee Ng.

»Wie steht es mit unserem anderen Kunden?« fragte Sinders nach einer Weile zerstreut. »Was glauben Sie, wie lange Sie brauchen werden?«

»Nicht lange.« Crosse lächelte still.

»Wann legen Sie ihn ins rote Zimmer?«

»Ich dachte, mittags wäre der richtige Zeitpunkt. Bevor er aufwacht.«

»Wird Armstrong die Vernehmung durchführen?«

»Ja.«

»Armstrong ist ein guter Mann. Auf der *Iwanow* ist er sehr gut zurechtgekommen.«

»Hätten Sie etwas dagegen, mich nächstes Mal zu informieren? Schließlich ist das mein Dienstbezirk.«

»Selbstverständlich, Oberinspektor. London hatte es plötzlich furchtbar eilig.«

»Um was geht's denn? Ich meine, wozu haben Sie ihn für Sonntag vorgeladen?«

»Der Minister schickt mir noch entsprechende Weisungen.« Sinders legte die Stirn in Falten. »Nach seiner Personalakte ist Brian Kwok ein Mann von starkem Charakter. Und wir haben nicht allzu viel Zeit.«

»Ich bin zuversichtlich. Ich habe den Raum selbst dreimal ausprobiert. Ich habe es nie länger als fünf Minuten ausgehalten, und nachher war mir jedesmal speiübel. Ich bin sicher, daß alles glattgehen wird.«

»Bedauerlich, daß wir uns solcher Methoden bedienen müssen«, meinte Sinders nach einer Weile. »Es war mir lieber damals, als... Na ja, einen sehr sauberen Beruf hatten wir ja nie.«

»Sie meinen während des Kriegs?«

»Ja. Damals gab es keine Heuchelei von seiten gewisser Politiker – und der Medien. Es war Krieg, und alle verstanden das. Und heute, wo unser aller Leben bedroht ist... Sagen Sie mal, ist das nicht Rosemont?« Der Amerikaner stand mit einem anderen Herrn beim Ausgang.

»Ja, das ist er. Der andere ist Langan vom FBI«, antwortete Crosse. »Gestern abend habe ich mit ihnen vereinbart, im Fall Banastasio gemeinsam

vorzugehen – obwohl ich wünschte, daß diese verdammte CIA uns in Ruhe arbeiten ließe.« Von Sinders gefolgt, ging er auf die beiden Amerikaner zu.
»Er wird überwacht, Stanley. Wir haben uns doch gestern abend darauf geeinigt, daß *wir* den Flughafen sichern und Sie das Hotel, stimmt's?«
»Sicher, sicher, Rog. Guten Morgen, Mr. Sinders!« Mit düsterem Gesicht stellte Rosemont ihm Langan vor, der nicht weniger ernst dreinsah. »Wir mischen uns hier nicht ein, Rog. Deswegen sind wir nicht da. Ed fliegt in die Staaten zurück, und ich bin nur gekommen, ihn zu verabschieden.«
»So?«
»Ja«, antwortete Langan. »Es handelt sich um diese Fotokopien, Rog. Thomas K. K. Lims Briefe. Ich muß sie persönlich nach Washington bringen. Ich habe meinem Chef ein Stück vorgelesen, und er fuhr gleich aus der Haut.«
»Kann ich mir vorstellen.«
»Auf Ihrem Schreibtisch liegt ein Ersuchen, uns die Originale zu überlassen.«
»Kommt nicht in Frage«, äußerte Sinders für Crosse. Langan zuckte die Achsel. »Das Ersuchen liegt auf Ihrem Schreibtisch. Ich muß jetzt an Bord. Hören Sie, Rog, wir können Ihnen gar nicht genug danken. Wir... Ich schulde Ihnen einen Gegendienst. Diese Schweine... Na ja.«
Sie schüttelten sich die Hände, und er lief auf die Rollbahn hinaus.
»Was war es denn, was den Mann aus der Haut fahren ließ, Mr. Rosemont?« wollte Sinders wissen.
»Ach, das ganze Material ist reines Dynamit, Mr. Sinders. Für uns hier und das FBI, vor allem für das FBI, ist es ein richtiger Coup. Langan sagt, seine Leute seien geradezu hysterisch. Die politischen Konsequenzen für Demokraten und Republikaner lassen sich gar nicht übersehen. Sie hatten recht: Wenn Senator Tillman – der Präsidentschaftskandidat, der sich jetzt in Hongkong aufhält –, wenn der diese Dokumente in die Hände bekäme, gar nicht auszudenken, was der anstellen würde.« Rosemont war nicht mehr der gutgelaunte Spaßmacher, der er zu sein pflegte. »Washington hat alle unsere Agenten in Südamerika angewiesen, nach Thomas K. K. Lim zu fahnden, um seiner habhaft zu werden. Wir werden ihn verdammt bald interviewen – Sie bekommen einen Durchschlag, keine Sorge. Gab es da auch noch andere Sachen, Rog?«
»Ich verstehe Sie nicht ganz.«
»Außer diesen Leckerbissen, gab es da noch andere, die wir brauchen könnten?«
Crosse lächelte. »Selbstverständlich. Wie wäre es mit einem Plan zur Finanzierung einer privaten Revolution in Indonesien?«
Rosemont wurde kreideweiß. »Was noch?«
»Reicht das nicht?«
»Gibt's noch mehr?«

»Du lieber Himmel, Stanley, natürlich gibt's mehr, Sie wissen es, wir wissen es.«
»Können wir auch diese Unterlagen haben?«
»Was können Sie für uns tun?« fragte Sinders.
Rosemont starrte sie an. »Beim Mittagessen werden wir...«
Das Sprechgerät meldete sich. »Der Beobachtete hat seine Koffer, verläßt die Zollhalle, will zum Taxistand... Nein, er wird erwartet... ein Chinese kommt auf ihn zu, sieht gut aus, teure Kleidung, ich kenne ihn nicht... sie gehen zu einem Rolls... Es ist die Hotellimousine. Beide steigen ein.«
»Bleiben Sie auf dieser Frequenz«, sagte Crosse in das Gerät und drehte an der Frequenzskala. Störgeräusche, Verkehrslärm.
Rosemonts Züge hellten sich auf. »Sie haben eine Wanze in der Limousine installiert?« Crosse nickte. »Phantastisch, Rog! Daran hatte ich nicht gedacht.«
Sie lauschten, und dann kam es ganz klar aus dem Gerät: »... nett von Ihnen, mich abzuholen, Vee Cee«, sagte Banastasio. »Sie hätten sich wirklich nicht die Mühe zu machen brau...«
»Aber es ist mir ein Vergnügen«, unterbrach ihn die kultivierte Stimme. »Wir können ja im Wagen plaudern, Sie ersparen sich einen Besuch im Büro, und dann Ma...«
»Ja, ja«, schnitt ihm der Amerikaner das Wort ab. »Hören Sie, ich habe da etwas für Sie, Vee Cee...« Gedämpfte Geräusche, dann plötzlich ein schrilles Jaulen, das die Stimmen völlig unkenntlich machte. Crosse wechselte die Frequenz, aber alle anderen funktionierten tadellos.
»Scheiße, er benützt einen Elektrorasierer, um uns abzublocken«, sagte Rosemont ärgerlich. »Dieser Bastard ist ein Profi. Ich wette fünfzig zu eins, er wird alle unsere Wanzen neutralisieren. Ich habe es Ihnen ja gesagt, dieser Banastasio ist Spitze.«

2

10.52 Uhr:

»Tai-Pan, Dr. Samson aus London auf Leitung drei.«
»Danke, Claudia!« Dunross drückte auf den Knopf. »Hallo, Dr. Samson, Sie sind noch spät auf.«
»Ich komme aus dem Krankenhaus, tut mir leid, daß ich mich nicht früher melden konnte. Sie rufen wegen Ihrer Schwester an, wegen Mrs. Gavallan?«
»Ja, wie geht es ihr?«

»Nun, Sir, wir haben eine neue Testreihe begonnen. Geistig ist sie in bester Verfassung. Ich fürchte, physisch geht es ihr nicht so gut ...«
Mit sinkender Hoffnung lauschte Dunross, als der Arzt ihm, auf Einzelheiten eingehend, einen kleinen Vortrag über Multiple Sklerose hielt – wie wenig man eigentlich darüber wisse, daß die Ursache der Krankheit ungeklärt sei und daß sie in Schüben verlaufe. »Ich habe mir erlaubt, Professor Klienberg von der Klinik an der UCLA zu konsultieren – er ist, was diese Krankheit betrifft, *die* Autorität. Seien Sie bitte versichert, daß für Mrs. Gavallan alles getan wird, was möglich ist!«
»Es klingt nicht so, als ob Sie überhaupt etwas tun könnten.«
»Ganz so schlimm ist es auch wieder nicht, Sir. Wenn Mrs. Gavallan vernünftig ist und sich Ruhe gönnt, kann sie noch viele Jahre ein normales Leben führen.«
»Wie viele Jahre sind viele Jahre?« Dunross hörte das lange Zögern. Kathy, arme Kathy!
»Ich weiß es nicht. Diese Art von Problemen liegt oft in Gottes Hand, Mr. Dunross. Die zeitliche Abfolge ist bei allen Patienten verschieden. Im Fall Ihrer Schwester kann ich Ihnen vielleicht in sechs Monaten, zu Weihnachten, eine präzisere Antwort geben. Hier im staatlichen Gesundheitsdienst ...«
»Nein. Ich möchte, daß Sie sie als Privatpatientin aufnehmen. Bitte schikken Sie alle Rechnungen an mein Büro!«
Dunross hörte den Seufzer und ärgerte sich. »Also gut«, sagte der Arzt, »ich habe alle Ihre Telefonnummern und werde Sie verständigen, sobald Professor Klienberg seine Untersuchungen vorgenommen hat und die Tests abgeschlossen sind.«
Dunross dankte ihm und legte den Hörer auf. Kathy, arme, liebe Kathy! Schon zeitig hatte er mit ihr und Penelope gesprochen. Kathy hatte gesagt, daß sie sich viel wohler fühle und daß Dr. Samson sehr hoffnungsvoll gewesen sei. Später hatte Penelope ihm berichtet, daß Kathy einen müden Eindruck mache. »Es sieht nicht sehr gut aus, Ian. Siehst du eine Chance, noch vor dem 10. Oktober auf ein oder zwei Wochen herzukommen?«
»Im Augenblick nicht, Penn, aber man weiß ja nie.«
»Sobald Kathy aus dem Krankenhaus entlassen wird, fahre ich mit ihr nach Avisyard. Spätestens nächste Woche. Dort wird sie sich wohler fühlen. Die Landluft wird ihr guttun. Mach dir keine Sorgen, Ian!«
»Wenn du in Avisyard bist, würdest du wohl für mich den Fluchbaum besuchen?«
»Ist was passiert?«
Er hörte die Sorge in ihrer Stimme. »Nichts, Liebling«, antwortete er und dachte an Jacques und Philip Tschen – wie soll ich ihr das erklären? »Nichts Besonderes, immer das gleiche. Ich wollte nur, daß du unserem echten Fluchbaum guten Tag sagst.«

»Bist du mit unserem Jacaranda nicht mehr zufrieden?«
»Doch, doch, aber es ist nicht dasselbe. Vielleicht solltest du mir einen Ableger mitbringen.«
»Lieber nicht. Dann mußt du wenigstens wieder mal heimkommen, nicht wahr, Ian?«
»Soll ich heute nachmittag etwas für dich setzen?«
»Zehn Dollar auf ein Pferd deiner Wahl. Deine Wahl ist auch meine Wahl. Ruf mich bitte morgen an! Ich liebe dich... auf bald!«
Er erinnerte sich an das erste Mal, da sie ihm gesagt hatte: »Ich liebe dich.« Und dann, später, als er sie gebeten hatte, ihn zu heiraten, immer wieder ihre abschlagigen Antworten und schließlich, unter Tränen, der wahre Grund: »O Gott, Ian, ich bin nicht gut genug für dich. Du gehörst zur Oberschicht, ich nicht. Wie ich jetzt rede, das habe ich erst lernen müssen. Das war, als ich bei Kriegsausbruch aufs Land geschickt wurde – bis dahin war ich in meinem ganzen Leben nur zweimal aus London herausgekommen – an die See. Ich wurde auf einen wunderschönen, alten Herrensitz in Hampshire evakuiert, er hieß Byculla, und die anderen Mädchen kamen alle aus Eliteschulen. Das Ganze war eine Verwechslung, Ian, meine Schule kam woanders hin, nur ich kam nach Byculla, und erst dort wurde mir klar, daß ich anders redete. Du hast ja keine Ahnung, wie furchtbar das für mich junges Mädchen war, als ich herausfand, daß ich ›aus dem Volke‹ kam und daß es so gewaltige Unterschiede in England gibt.
Wie hart arbeitete ich daran, es den anderen gleichzutun! Sie halfen mir dabei, und es gab auch eine Lehrerin, die besonders nett zu mir war. Ich stürzte mich in das neue Leben, ihr Leben, und ich schwor mir, nie wieder zurückzugehen, nie, nie, nie, und ich werde es auch nicht. Aber ich kann dich nicht heiraten, Liebling, ich werde nie gut genug für dich sein. Wir können auch so zusammenleben.«
Aber dann hatten sie doch geheiratet. Oma Dunross hatte sie überredet. Ich bin ein Glückspilz, dachte Dunross. Sie ist die beste Frau, die ein Mann sich wünschen kann. Seit er am frühen Morgen vom Rennplatz gekommen war, hatte er durchgearbeitet. Ein halbes Hundert Telegramme, Dutzende von Telefongesprächen. Um halb zehn hatte er den Gouverneur angerufen und ihm von Tiptops Vorschlag berichtet. »Ich muß mit dem Minister sprechen«, hatte Sir Geoffrey gesagt. »Aber ich kann ihn frühestens heute nachmittag um vier anrufen. Das muß streng vertraulich bleiben, Ian. Ach, du liebe Zeit, es muß ihnen ja sehr viel an Brian Kwok liegen!«
»Vielleicht ist es auch nur eine Bedingung mehr, die sie uns stellen, bevor sie uns das Geld geben.«
»Ich fürchte, Ian, der Minister wird einem Handel nicht zustimmen.«
»Und warum nicht?«
»Die Regierung Ihrer Majestät könnte darin einen Präzedenzfall erblikken.«

»Das Geld ist für uns von entscheidender Bedeutung.«
»Das Geld ist nur ein temporäres Problem. Bedauerlicherweise haben Präzedenzien oft eine sehr lange Lebensdauer. Waren Sie auf dem Rennplatz? Sind die Pferde in Form?«
»In bester Kondition. Alexei Travkin sagt, Pilot Fish ist unser großer Gegner. Noble Star ist großartig, aber er ist noch nie auf schwerem Boden gelaufen.«
»Was meinen Sie, wird es regnen?«
»Ja, aber vielleicht haben wir Glück, Sir.«
»Wir wollen es hoffen. Es sind schwere Zeiten, Ian. Ob sie uns geschickt sind, um uns zu prüfen? Gehen Sie zu John Tschens Beerdigung?«
»Ja, Sir.«
»Ich auch. Der arme Kerl...«
Bei der Beerdigung hatte Dunross freundliche Worte für John Tschen gefunden – um das Gesicht des Hauses Tschen zu wahren und das aller Vorfahren Tschens, die dem Noble House so lange und so aufopfernd gedient hatten.
»Danke, Tai-Pan«, hatte Philip Tschen gemurmelt. »Und: Ich bedaure es zutiefst.«
Später sagte Dunross zu Philip Tschen: »Dein Bedauern hilft uns nicht, den Kopf aus der Schlinge zu ziehen, die dein Sohn und du uns geknüpft haben. Oder mit dem verdammten Vierfinger und der Halbmünze fertigzuwerden.«
»Ich weiß, ich weiß«, hatte Philip Tschen gestöhnt und die Hände gerungen. »Ich weiß, und wenn wir die Aktien nicht zurückbekommen, sind wir alle erledigt. Ich habe gekauft und gekauft, und jetzt sind wir ruiniert.«
»Wir haben das Wochenende«, hatte Dunross scharf erwidert. »Jetzt hör mir mal zu, verdammt noch mal! Du wirst jeden Gefallen einfordern, den man dir schuldet. Bis Sonntag um Mitternacht will ich Lando Matas und Knauser Tungs Unterstützung haben. Mindestens 20 Millionen.«
»Aber, Tai-Pan...«
»Wenn ich das Sonntag bis Mitternacht nicht habe, erwarte ich bis Montag neun Uhr früh dein Abschiedsgesuch auf meinem Schreibtisch. Du bist nicht mehr Comprador, dein Sohn Kevin ist draußen, ebenso deine ganze Familie, und ich werde einen neuen Comprador aus einer anderen Familie bestellen.«
Jetzt holte er tief Atem. Er empfand es als unerträglich, daß Philip Tschen und John Tschen – und wahrscheinlich Jacques de Ville – sein Vertrauen mißbraucht hatten. Er schenkte sich eine Tasse Kaffee ein. Heute schmeckte er ihm nicht. Ein Anruf nach dem anderen war gekommen, Fragen in bezug auf den drohenden Krach an der Börse, zur Situation der Banken. Havergill, Johnjohn, Richard Kwang. Nichts von Knauser Tung oder Lando Mata oder Murtagh. Das einzig Erfreuliche war ein Gespräch mit

David MacStruan in Toronto. »Ich brauche dich hier Montag zu einer Konferenz, kannst du...«
»Ich bin schon zum Flughafen unterwegs. Auf Wieder...«
»Bleib dran, David!« Er hatte ihm von seiner Absicht erzählt, Jacques nach Kanada zu versetzen.
»Mann, wenn du das machst, bin ich für immer dein Sklave!«
»Ich werde mehr brauchen als Sklaven.«
Es folgte eine lange Pause, und die Stimme am anderen Ende sagte energisch: »Was du brauchst, bekommst du, Tai-Pan. Was immer es sein mag.«
Dunross lächelte. Der Gedanke an seinen Vetter erwärmte ihm das Herz. Er warf einen Blick aus dem Fenster. Feiner, feuchter Nebel lag über dem Hafen, der Himmel war verhangen, aber noch regnete es nicht. Gut, dachte er, hoffentlich bleibt es so bis nach dem fünften Rennen! Nach vier kann es regnen. Ich will Gornt und Pilot Fish kaputtmachen und, o Gott, laß First Central mit dem Geld ankommen oder Lando Mata oder Knauser Tung oder Par-Con!
Claudia meldete sich über die Sprechanlage. »Die Dame, die Sie erwarten, ist hier, Tai-Pan.«
»Kommen Sie einen Augenblick herein, Claudia!« Aus seiner Lade nahm er einen Umschlag mit 1000 Dollar und überreichte ihn ihr. »Das versprochene Wettgeld.«
»O danke, Tai-Pan!« Er sah Sorgenfalten auf ihrem Gesicht und Schatten unter ihrem Lächeln.
»Sind Sie in Philips Loge?«
»O ja, Onkel Philip hat mich eingeladen. Er... er scheint sehr bedrückt zu sein.«
»Wegen John.« Er war nicht sicher, ob sie etwas wußte. Wahrscheinlich ja, dachte er, in Hongkong gibt es keine Geheimnisse. »Haben Sie sich schon entschlossen?«
»Winner's Delight im ersten, Buccaneer im zweiten Rennen.«
»Zwei Außenseiter?« Er sah sie erstaunt an. »Und im fünften?«
»Im fünften wette ich nicht, aber ich setze alle meine Hoffnungen auf Noble Star.« Und sorgenvoll fügte sie hinzu: »Kann ich etwas tun, um zu helfen, Tai-Pan? Die Börse... irgendwie müssen wir Gornt ins Messer laufen lassen.«
»Ich habe was für Gornt übrig – er ist so ein *fang-pi.*« Sie lachte über das pittoreske kantonesische Schimpfwort. »Und jetzt bitten Sie Mrs. Gresserhoff herein!«
»Sofort, und danke für das *h'eung yau!*«
Dunross erhob sich, um seine Besucherin zu begrüßen. Sie war die schönste Frau, die er je gesehen hatte. *»Ikaga desu ka?«* – wie geht es Ihnen – wählte er die japanische Begrüßungsform, verdutzt und überrascht, daß sie mit

AMG verheiratet gewesen sein konnte, der, so schien es, auch Hans Gresserhoff geheißen hatte.
»*Genki*, Tai-Pan. *Domo. Genki desu! Anatawa?*« Gut, Tai-Pan, danke! Und Ihnen?
»*Genki.*« Er verbeugte sich leicht, ohne ihr die Hand zu schütteln. Nachdem sie eine kleine Weile geplaudert hatten, setzte sie das Gespräch lächelnd auf Englisch fort. »Sie sprechen ausgezeichnet Japanisch, Tai-Pan. Mein Mann hat mir nicht gesagt, daß Sie so groß sind.«
»Darf ich Ihnen Kaffee anbieten?«
»Danke... Aber bitte, lassen Sie mich das machen!« Bevor er sie noch daran hindern konnte, war sie zum Kaffeetischchen gegangen. Sie bot ihm die erste Tasse mit einer kleinen Verbeugung an. »Bitte.« Riko Gresserhoff – Riko Anjin – war knapp fünf Fuß groß, hatte perfekte Proportionen, kurzgeschnittenes Haar und ein reizendes Lächeln und wog etwa neunzig Pfund. Bluse und Rock waren aus kastanienbrauner Seide, gut geschnitten und französische Modelle. »Danke für das Spesengeld, das Miss Claudia mir gegeben hat!«
»Ich bitte Sie! Wir schulden Ihnen, dem Nachlaß Ihres Gatten, etwa 8000 Pfund. Morgen wird ein Bankscheck für Sie bereitliegen.«
»Ich danke sehr.«
»Ich befinde mich Ihnen gegenüber im Nachteil, Mrs. Gresserhoff. Sie kennen...«
»Bitte nennen Sie mich Riko, Tai-Pan!«
»Also gut, Riko-*san*. Sie kennen mich, aber ich weiß nichts von Ihnen.«
»Ja. Mein Mann hat mich angewiesen, Ihnen alles zu sagen, was Sie wissen wollen. Und daß ich Ihnen einen Umschlag zu übergeben habe, sobald ich mich vergewissert habe, daß Sie der Tai-Pan sind. Darf ich später damit zu Ihnen kommen?« Wieder das kleine, fragende Lächeln. »Bitte?«
»Ich begleite Sie jetzt ins Hotel und nehme ihn dort in Empfang.«
»Nein, das wären zu viele Umstände. Vielleicht haben Sie nach dem Essen einen Augenblick Zeit. Bitte!«
»Wie groß ist der Umschlag?«
Sie zeigte es ihm mit ihren kleinen Händen. »Es ist ein gewöhnlicher Umschlag, aber nicht sehr dick. Sie können ihn leicht in die Tasche stecken.« Wieder das Lächeln.
»Vielleicht... Ich mache Ihnen einen Vorschlag«, sagte er, bezaubert von ihrer Anmut. »In ein paar Minuten lasse ich Sie mit dem Wagen ins Hotel fahren. Sie können den Umschlag holen und gleich zurückkommen. Würden Sie uns das Vergnügen machen, zum Lunch auf den Rennplatz zu kommen?«
»Aber... ich müßte mich umziehen und... Danke, aber lieber nicht, das wären zuviel Ungelegenheiten für Sie. Vielleicht kann ich Ihnen den Brief später bringen, oder morgen? Mein Mann hat gesagt, ich dürfte ihn nur persönlich dem Tai-Pan übergeben.«

»Sie brauchen sich nicht umzuziehen, Riko-*san*. Sie sehen reizend aus. Oh, haben Sie einen Hut?«
Verdutzt starrte sie ihn an. »Bitte?«
»Tja, es ist hier so Brauch, daß die Damen mit Hüten und Handschuhen zum Rennen kommen. Ein dummer Brauch, aber... haben Sie einen Hut?«
»Ja. Jede Dame hat einen Hut. Selbstverständlich.«
»Gut. Das wäre dann erledigt.«
»Oh. Also wenn Sie meinen...« Sie erhob sich. »Soll ich gleich ins Hotel zurückfahren?«
»Nein. Wenn Sie noch Zeit haben, bitte behalten Sie Platz! Wie lange waren Sie verheiratet?«
»Vier Jahre. Hans...« Sie zögerte. Dann fuhr sie mit fester Stimme fort: »Hans hat mir aufgetragen, Ihnen, aber nur Ihnen allein, wenn er sterben sollte, zu sagen, daß unsere Ehe eine Vernunftehe war.«
»Was?«
Sie errötete ein wenig und fuhr fort. »Bitte entschuldigen Sie, aber er wollte, daß ich es Ihnen sage! Es war für uns beide eine Zweckehe. Ich bekam die schweizerische Staatsbürgerschaft und einen Schweizer Paß, und er bekam einen Menschen, der sich um ihn kümmerte, wenn er in die Schweiz kam. Ich wollte nicht heiraten, aber er hat mich oftmals gebeten, und er... er betonte, daß es mich im Falle seines Todes schützen würde.«
»Wußte er denn, daß er sterben würde?« Dunross sah sie erstaunt an.
»Ich glaube, ja. Er sagte, wir sollten den Ehevertrag auf fünf Jahre schließen und keine Kinder haben.« Sie öffnete ihre Handtasche. Ihre Finger zitterten, aber ihre Stimme nicht. »Hans hat mich gebeten, Ihnen diese Dokumente zu geben. Es sind Kopien des Ehevertrages, meiner Geburtsurkunde, des Trauscheins, seiner Geburtsurkunde und seines Testaments.« Sie drückte ein Papiertaschentuch an ihre Nase. »Entschuldigen Sie!« Behutsam entfernte sie die Schnur, die den Umschlag zusammenhielt, entnahm ihm einen Brief und reichte ihn Dunross.
Dunross erkannte AMGs Handschrift. »Damit bestätige ich, daß die Überbringerin dieses Briefes meine Frau, Riko Gresserhoff – Riko Anjin –, ist. Ich liebe sie von ganzem Herzen. Sie hat etwas Besseres verdient als mich. Wenn sie Hilfe braucht... bitte, bitte, bitte!«
»Ich habe nichts Besseres verdient, Tai-Pan«, sagte sie mit ihrer traurigen, zarten, aber zuversichtlichen Stimme. »Mein Mann war gut zu mir, sehr gut, und ich trauere um ihn.«
Dunross musterte sie. »War er krank? Glaubte er zu wissen, daß er an einer Krankheit sterben werde?«
»Ich weiß es nicht. Er hat es mir nie gesagt. Bevor wir heirateten, bat er mich, ihn nie über seine Person zu befragen – wo er hinging und warum und wann er wieder zurückkäme. Ich mußte ihn nehmen, wie er war.« Ein leichter Schauder überlief sie. »Es war nicht leicht, so zu leben.«

»Warum haben Sie sich dann damit abgefunden, so zu leben? War es wirklich nötig?«
Wieder zögerte Riko. »Ich wurde 1939 in Japan geboren. Meine Eltern nahmen mich mit nach Bern – mein Vater war ein kleiner Beamter an der dortigen japanischen Botschaft. Im Jahre 1943 ging er nach Japan zurück und ließ uns in Genf. Unsere Familie kam aus Nagasaki. Dort starben 1945 mein Vater und alle unsere Angehörigen. Meine Mutter entschloß sich, in der Schweiz zu bleiben, und wir zogen nach Zürich – zu einem guten Mann, der vier Jahre später starb. Er zahlte für meine Erziehung, und wir waren eine glückliche Familie. Als er starb, hinterließ er uns nur sehr wenig Geld. Hans Gresserhoff war ein Bekannter von diesem Mann, meinem Stiefvater; er hieß Simeon Tzerak und war ein staatenloser Ungar, der sich in der Schweiz niedergelassen hatte. Meine Mutter drängte mich, Hans Gresserhoff zu heiraten.« Sie blickte auf und sah Dunross an. »Es war... es war eine gute Ehe, Tai-Pan. Zumindest bemühte ich mich sehr, das zu sein, was mein Mann und meine Mutter von mir erwarteten. Es war doch mein *giri*, meine Pflicht, meiner Mutter zu gehorchen, *neh?*«
»Ja«, sagte er mitfühlend, denn er verstand Pflicht und *giri*, jenen japanischsten aller Begriffe, der Erbgut und Lebensweise in einem Wort zusammenfaßte. »Wie sieht Ihre Mutter Ihren *giri* jetzt?«
»Meine Mutter ist tot, Tai-Pan. Als mein Stiefvater starb, wollte meine Mutter nicht weiterleben. Kaum war ich verheiratet, fuhr sie ins Gebirge, schnallte sich ihre Schi an und raste in eine Gletscherspalte.«
»Entsetzlich!«
»O nein, Tai-Pan, sehr gut! Sie starb, wie sie zu sterben wünschte, zu einer Zeit und an einem Ort ihrer Wahl. Ihr Mann war tot, ich war versorgt, was blieb ihr da noch zu tun?«
»Nichts«, sagte er, beeindruckt von ihrer Aufrichtigkeit und ihrer Ruhe. Das japanische Wort *wa* kam ihm in den Sinn: Harmonie. Das ist es, was diese Frau besitzt, dachte er: Harmonie. Vielleicht ist es das, was sie so schön macht.
Eines der Telefone läutete. »Ja, Claudia?«
»Es ist Alexei Travkin, Tai-Pan. Entschuldigen Sie, aber er sagte, es sei wichtig.«
»Danke!« Zu seiner Besucherin sagte er: »Entschuldigen Sie mich einen Augenblick! Ja, Alexei?«
»Verzeihen Sie die Störung, Tai-Pan, aber Johnny Moore ist krank und wird nicht reiten können.« Johnny Moore war ihr bester Jockey.
»Aber heute morgen hat ihm doch nichts gefehlt?«
»Er hat neununddreißig-neun Fieber. Der Arzt meint, es könnte eine Lebensmittelvergiftung sein.«
»Glauben Sie, daß man ihm etwas ins Essen gemischt hat?«
»Ich weiß es nicht, Tai-Pan. Ich weiß nur, daß er heute für uns nichts taugt.«

Dunross zögerte. Er wußte, daß er besser war als die anderen Jockeys seines Stalls, obwohl das zusätzliche Gewicht dem Pferd zu schaffen machte. Soll ich oder soll ich nicht? »Tragen Sie Tom Wong in die Liste ein, Alexei! Wir werden vor dem Rennen entscheiden.«
»Mache ich. Danke!«
Dunross legte den Hörer auf. »Anjin ist ein eigenartiger Name«, sagte er. »Er bedeutet Pilot oder Steuermann, nicht wahr?«
»Man erzählt sich in meiner Familie, daß einer unserer Vorfahren ein Engländer war, der vor vielen, vielen Jahren Samurai und Ratgeber des Shogun Ieyasu Tokugawa wurde.« Wieder das Lächeln und das Achselzucken. Mit der Zungenspitze befeuchtete sie ihre Lippen. »Das ist natürlich nur eine Legende, Tai-Pan. Angeblich hat er eine hochgeborene Dame namens Riko geheiratet.« Sie kicherte. »Sie kennen ja die Japaner! Ein Fremder, der eine hochgeborene Dame heiratet – wie sollte das möglich sein? Aber es ist eine unterhaltsame Geschichte und eine Erklärung für den Namen, *neh?*« Sie erhob sich, und er folgte ihrem Beispiel. »Ich sollte jetzt gehen, ja?«
Nein, hätte er sagen mögen.

Der schwarze Daimler hielt vor dem V and A. Casey und Bartlett warteten auf dem oberen Treppenabsatz. Casey trug ein grünes Kleid, einen kecken, grünen Topfhut und weiße Handschuhe; Bartletts blaue Krawatte paßte zu seinem gutgeschnittenen Anzug. Beide blickten starr vor sich hin.
Der Fahrer kam auf sie zu. »Mr. Bartlett?«
»Ja.« Sie stiegen die Treppe hinunter. »Hat Mr. Dunross Sie geschickt?«
»Ja, Sir. Verzeihen Sie, Sir, haben Sie beide Ihre Abzeichen und die Einladungskarten?«
»Ja, hier sind sie«, antwortete Casey.
»Gut, gut. Ich heiße Lim. Es... es ist üblich, daß die Herren das Abzeichen durch das Loch in ihrem Rockaufschlag knoten; die Damen befestigen es für gewöhnlich mit einer Stecknadel.«
»Wie Sie wünschen«, sagte Bartlett. Sie stiegen ein und machten sich daran, ihre Abzeichen anzustecken.
Mit ausdrucksloser Miene schloß Lim die Tür und setzte sich ans Steuer. Sich ein Lächeln verbeißend, ließ er das elektrische Trennfenster zugehen und schaltete das Mikrofon der Sprechanlage ein. »Wenn Sie mit mir sprechen wollen, Sir, schalten Sie bitte das Mikrofon über Ihnen ein.« Durch den Rückspiegel sah er, wie Bartlett sofort den Schalter betätigte.
»Danke, Lim.«
Sobald sie unterwegs waren, langte er unter das Armaturenbrett und drückte auf einen versteckten Knopf. Bartletts Stimme kam aus dem Lautsprecher: »... ob es regnen wird?«
»Ich weiß es nicht, Linc.« Eine kleine Pause und dann kalt: »Ich bin immer noch überzeugt, daß du falschliegst.«

Lim lehnte sich zufrieden zurück. Sein verehrter älterer Bruder Lim Tschu, Majordomus des Tai-Pan von Noble House, hatte einen jüngeren Bruder, einen Radiomechaniker, beauftragt, diese Ausweichschaltung zu installieren, damit er hören konnte, was die Fahrgäste sprachen. Allerdings durfte es nie verwendet werden, wenn der Tai-Pan im Wagen war. Nie, nie, nie. Trotzdem bereitete der Gedanke, erwischt zu werden, Lim Unbehagen, aber der Wunsch, alles zu erfahren – natürlich nur, um den Tai-Pan und seine Familie zu schützen – war stärker als seine Bedenken. Oh, oh, lachte er in sich hinein, Goldenes Schamhaar ist ja ganz schön wütend!

Casey kochte.

»Hör endlich auf, Linc! Seit dem Frühstück gibst du an wie ein Bär, der mit der Schnauze in einen Bienenstock geraten ist.«

»Und du?« konterte Bartlett. »Wir gehen mit Gornt, so wie ich es haben will!«

»Das ist mein Deal, das hast du mir fünfzigmal zugesagt! Du hast es mir versprochen! Ich versuche doch nur, dich zu schützen. Ich weiß, daß du falschliegst!«

»Du *denkst*, daß ich falschliege. Und alles nur wegen Orlanda.«

»Das ist doch reiner Blödsinn! Ich habe dir meine Gründe hundertmal auseinandergesetzt. Wenn Dunross den Kopf aus der Schlinge ziehen kann, sind wir mit ihm besser dran als mit Gornt.«

Casey fühlte, wie ihr Herz hämmerte. Seit ihrem gemeinsamen Frühstück mit Seymour Steigler beharrte Bartlett unerschütterlich auf seinem Standpunkt, wonach ihre Zukunft bei Gornt lag, und nichts, was sie vorbrachte, konnte ihn umstimmen. Nachdem sie es eine Stunde lang immer wieder versucht hatte, war sie auf ihr Zimmer gegangen, um die in der Nacht eingetroffenen Telexnachrichten zu erledigen. Erst in letzter Minute war sie auf die Straße gestürzt, um einen Hut zu kaufen.

In der Hoffnung, der Hut werde ihm gefallen, hatte sie in der Halle auf ihn gewartet. Als sie darangehen wollte, den Frieden wiederherzustellen, hatte er sie unterbrochen: »Vergiß es«, hatte er gesagt. »Wir sind eben verschiedener Meinung. Na wenn schon!«

Sie hatte gewartet, aber er merkte nichts. »Was meinst du?«

»Sagte ich doch schon. Für uns ist Gornt der Beste.«

»Ich spreche von meinem Hut.«

Verdattert hatte er sie angestarrt. »Ach, darum siehst du so verändert aus! Ja, der ist okay.«

Sie hätte sich das Ding vom Kopf reißen und ihm ins Gesicht schleudern mögen. »Ein Pariser Modell«, sagte sie. »Auf der Einladung steht: Hüte und Handschuhe. Es ist ein Blödsinn, aber Dunross meinte...«

»Wie kommst du auf die Idee, daß er sich noch aus dem Schlamassel herauswinden kann?«

»Er ist clever. Und er ist *der* Tai-Pan.«

»Gornt jagt ihn zum Tempel hinaus.«

»Sieht so aus. Lassen wir es jetzt dabei. Vielleicht sollten wir draußen warten; der Wagen wird pünktlich da sein.«

»Augenblick, Casey! Was führst du im Schilde?«

Ihrer Sache nicht sicher, fragte sich Casey, ob sie ihm von ihrem Plan mit der First Central erzählen sollte. Aber dazu liegt kein Grund vor, räumte sie ihre Bedenken aus. Wenn Dunross den Kredit bekommt und sich herauswursteln kann, werde ich es als erste erfahren. Dunross hat es mir versprochen. Dann kann Linc seine zwei Millionen bei Gornt abdecken, sie können sich wieder einkaufen, um ihre Leerverkäufe einzudecken und sich dabei dick und dumm verdienen. Gleichzeitig können Linc und ich zu Tiefstkursen kaufen und uns gesundstoßen. Ja, ich werde es als erste erfahren. Dunross hat es versprochen. Aber kann ich ihm vertrauen?

Eine Welle von Ekel überkam sie. Kann man hier oder sonstwo überhaupt noch jemandem trauen?

Gestern beim Dinner hatte sie ihm vertraut, ihm von ihrer Beziehung zu Linc erzählt und von der Vereinbarung, die sie eingegangen waren.

»Ist das nicht ein bißchen hart? Für Sie beide?«

»Ja. Ja und nein. Wir sind beide großjährig, und ich wünschte mir sehnlich, mehr zu erreichen, als nur Mrs. Linc Bartlett zu sein, eine Mutter-Geliebte-Dienstmädchen-Tellerwäscherin-Windelwäscherin-Sklavin und Grüne Witwe. Das ist das Ende für jede Frau. Man sitzt immer zu Hause, und am Ende wird das Zuhause zum Gefängnis, das man bis zu seinem Tod nicht mehr verlassen kann. Ich habe es schon zu oft gesehen.«

»Einer muß sich doch um das Haus und die Kinder kümmern. Die Aufgabe des Mannes ist es, Geld zu verdienen. Die Frau...«

»Ja. Meistens. Aber das ist nichts für mich. Ich will ein anderes Leben. Ich erhalte meine Familie. Mein Schwager ist gestorben, ich muß für meine Schwester und ihre Kinder sorgen, und meine Mutter und mein Onkel werden auch nicht jünger. Ich hatte eine gute Erziehung, und im Geschäft bin ich besser als die meisten anderen. Die Welt verändert sich, alles verändert sich, Ian.«

»Wie ich schon sagte: Gott sei Dank, hier noch nicht.«

Sie erinnerte sich, wie sie ihm contra geben wollte, sich aber dann eines Besseren besonnen und ihn gefragt hatte: »Wie war das eigentlich mit ›der Hexe‹? Wie hat sie es geschafft? Was war ihr Geheimnis?«

»Sie hielt den Daumen auf den Geldbeutel. Natürlich überließ sie Culum und den folgenden Tai-Panen die äußeren Zeichen ihrer Würde, aber *sie* führte die Bücher, *sie* entschied über Einstellungen und Entlassungen – *sie* war die treibende Kraft der Familie. Als Culum im Sterben lag, ließ er sich leicht überreden, sie zum Tai-Pan zu machen. Aber sie war klug genug, alles geheimzuhalten und nur Leute anzustellen, über die sie Gewalt hatte; und bis zu ihrem Tod behielt sie die Zügel in der Hand.«

»Aber ist das genug, nur durch andere zu herrschen?«
»Macht ist Macht, und solange man sie ausüben kann, spielt das keine Rolle. Eine Frau kann erst Macht ausüben, wenn sie den Geldbeutel verwaltet. Aber mit dem Startgeld haben Sie recht. Hongkong ist der einzige Ort auf der Welt, wo Sie es verdienen – und behalten – können. Mit Geld – viel Geld – können Sie gleicher sein als die anderen. Gleicher als Linc Bartlett. Ich kann ihn übrigens gut leiden.«
»Ich liebe ihn. Unsere Partnerschaft hat funktioniert. Ich glaube, sie war gut für ihn – ich hoffe es so sehr. Er ist unser Tai-Pan, und ich versuche nicht, einer zu werden. Ich will nur als Frau Erfolg haben. Er hat mir sehr geholfen – ohne ihn hätte ich es nie geschafft. Und mein Geburtstag, der 25. November, ist D-Tag. Dann werden wir uns beide entscheiden.«
»Und?«
»Ich weiß es nicht. Ich weiß es wirklich nicht. Oh, ich liebe Linc, mehr denn je, aber er ist nicht mein Geliebter.«
Sie war versucht gewesen, ihn nach Orlanda zu fragen, hatte es aber unterlassen. »Vielleicht hätte ich es tun sollen«, murmelte sie jetzt.
»Wie?«
»Ach!« Sie kehrte in die Wirklichkeit zurück, in die Limousine auf der Autofähre nach Hongkong. »Entschuldige, Linc, ich habe geträumt!«
Sie betrachtete ihn und stellte fest, daß er so gut aussah wie immer, obwohl er ihren Blick kalt erwiderte. Du wirkst anziehender auf mich als Dunross oder Gornt, aber trotzdem möchte ich im Augenblick lieber mit einem von ihnen schlafen als mit dir. Weil du ein Bastard bist!
»Willst du es mit mir ausfechten«, fragte er, »willst du deine Stimmrechte gegen meine ausüben?«
Wütend funkelte sie ihn an. Sag ihm, er kann dich! zischte ihr der Teufel ins Ohr. Er braucht dich mehr, als du ihn brauchst, du hast die Zügel von Par-Con in der Hand, du weißt, wo's lang geht, du kannst in Stücke schlagen, was du aufzubauen geholfen hast. – Aber ihr guter Geist mahnte zur Vernunft. Wir leben in einer Männerwelt, hatte der Tai-Pan gesagt. Und sie dachte an »die Hexe« und ihre Macht.
Sie senkte den Blick und ließ die Tränen über ihre Wangen rollen – und sah die Veränderung, die in ihm vorging.
»Mein Gott, Casey, wein doch nicht... entschuldige«, stammelte er und streckte seine Arme nach ihr aus. »Jesus, du hast noch nie geweint... Hör mal, Struan's und Rothwell-Gornt liefern sich einen erbitterten Kampf. Am Ende macht es für uns keinen Unterschied aus. Wir werden auf jeden Fall das Noble House sein, aber als Fassade ist Gornt besser. Ich weiß, daß ich recht habe.«
Oh, das hast du nicht, dachte sie und lag zufrieden in seinen Armen.

3

12.32 Uhr:

Brian Kwok schrie. Er wußte, er war im Gefängnis und in der Hölle, seit er denken konnte. Seine ganze irrsinnige Welt war ein Augenblick nicht endenwollenden grellen Lichts, alles blutfarben, Wand, Boden, Decke blutfarben, keine Türen, keine Fenster, der Fußboden mit Blut bespritzt, aber alles verdreht und umgekehrt, denn irgendwie lag er, Höllenqualen erduldend, auf der Decke, versuchte fieberhaft, sich in ein normales Leben emporzutauchen, fiel immer wieder in die Lache seiner Kotze zurück und war im nächsten Augenblick abermals von Dunkelheit eingeschlossen. Ächzende, bohrende, lachende Stimmen, die seinen Freund Robert übertönten, der die Teufel anflehte, doch endlich Schluß zu machen, dann wieder das Augen zermarternde, in tausend Splitter zerspringende Blutlicht, das Blutwasser, das nicht fallen wollte. Verzweifelt tastete er nach dem Tisch und den Stühlen, die im Blutwasser standen, aber nach hinten kippten. Fußboden und Decke eins, alles verkehrt...

Er wußte, daß es Jahre her war, daß er sie bat, aufzuhören, ihn gehen zu lassen... und immer wieder beteuerte, daß er nicht der war, den sie suchten... Ein Irrtum ist es, ein schrecklicher Irrtum, nein, nein, kein Irrtum. Ich war der Feind. Wer war der Feind, was für ein Feind? O bitte, laß mich in eine normale Welt zurückkehren, laß mich liegen, wo ich liegen sollte, o Jesus, Robert, Jesus, hilf, hilf miiir!...

»Schon gut, Brian, ich bin ja da. Ich bringe alles in Ordnung.« Er hörte die mitfühlenden Worte, die aus dem Mahlstrom emporquollen und das Gelächter erstickten. Das Blut floß ab. Er fühlte die Hand des Freundes, kühl und sanft, und er umklammerte sie, von blinder Furcht ergriffen, es könnte ein Traum sein...

O Gott, das kann doch nicht sein, schau doch! Die Decke ist da, wo sie hingehört, und ich bin da, ich liege auf dem Bett, wo ich liegen sollte, und das Licht ist matt, aber sanft, alles ist sauber, ich sehe Blumen, die Vorhänge sind zugezogen, aber Blumen, das Wasser in der Vase... »Oh, Robert...«

»Hallo, Kumpel«, sagte Robert Armstrong freundlich.

»O Gott, Robert, danke, danke! Ich kann mich aufrecht halten, o danke...«

Das Sprechen fiel ihm schwer, und er fühlte sich schwach, aber es war herrlich, einfach dazusein, von Alpträumen befreit, des Freundes Gesicht verschwommen, aber wirklich. Und ich rauche. Rauche ich? Ja, ich glaube mich zu erinnern, Robert hat mir Zigaretten dagelassen, aber vorige Woche kamen dann diese Teufel und nahmen sie mir weg... Vorige Woche, vorigen Monat, wann? Ja, ich erinnere mich, Robert kam wieder und gab mir einen Zug, heimlich, war das vorigen Monat? »Oh, das schmeckt gut, so gut, und der Frieden, keine Alpträume, kein Blut, und ich liege hier unten, nicht dort oben, o danke, danke...«

»Ich muß jetzt gehen.«

»O bitte, geh nicht, komm zurück, geh nicht! Bleib sitzen. Wir wollen reden, du willst doch reden...«

»Also gut, alter Freund, dann rede! Wenn du redest, bleibe ich. Was willst du mir denn erzählen? Natürlich bleibe ich, wenn du redest. Erzähl mir von Ning-tok und deinem Vater! Bist du nicht hingefahren, um ihn zu besuchen?«

»O ja, einmal, bevor er starb. Meine Freunde halfen mir, ich war nur einen Tag dort... es ist so lange her...«

»Hat Dunross dich begleitet?«

»Dunross? Nein, es war... war es Dunross? Jemand hat mich begleitet. Warst du das, Robert? Warst du mit mir in Ning-tok? Nein, du warst es nicht, und Dunross auch nicht, es war John Chancellor aus Ottawa. Er haßt die Sowjets auch. Sie sind unsere Feinde, Robert. Schon in der Schule, und dieser Teufel Tschiang Kai-schek und dieser Mörder Fong-fong und... und... oh, ich bin so müde und so froh, dich zu sehen...«

»Erzähl mir von Fong-fong!«

»Ach der. Das war ein schlechter Kerl, Robert. Er und sein Spionagering waren gegen uns, gegen die Volksrepublik, und pro-Tschiang. Ich weiß das. Als ich dann las... Was fragst du mich, wie? Was?«

»Es war dieser verdammte Grant, nicht wahr?«

»Ja, ja, der war es, und mir wurde beinahe übel, als ich erfuhr, daß er von mir wußte. Ja, aber ich legte Fong-fong sofort das Handwerk...«

»Wem hast du es gesagt?«

»Tsu-yan. Er ist jetzt in Peking. Oh, er saß ganz hoch oben, obwohl er nicht wußte, wer ich in Wirklichkeit war. Und dann in der Schule... Mein Vater schickte mich hin, nachdem sie den alten Sh'in ermordet hatten. Eines Tages kamen diese Schlächter und peitschten ihn auf dem Dorfplatz zu Tode, weil er einer von uns war, einer aus dem Volk, ein Anhänger des Vorsitzenden Mao, und dann in Hongkong wohnte ich bei... bei Onkel... ich ging zur Schule... und abends lehrte er mich... Kann ich jetzt schlafen?«

»Wer war dein Onkel, Kar-shun, und wo hat er gewohnt?«

»Ich er... ich erinnere mich nicht.«

»Dann muß ich gehen. Nächste Woche komme ich wie...«

»Nein, warte, Robert, warte, er hieß Wu Tsa-fing, und er wohnte in der Fourth Alley in Aberdeen... Nummer 8, fünfter Stock. Siehst du, ich erinnere mich! Geh noch nicht!«

»Gut, gut, alter Freund! Sehr gut! Bist du in Hongkong lange zur Schule gegangen?« Robert Armstrong sprach weiter mit freundlicher, sanfter Stimme, und sein Herz schlug dem Menschen entgegen, der einst sein

Freund gewesen war. Es wunderte ihn, daß Brian so leicht und schnell seinen Widerstand aufgegeben hatte.
Der denkende Geist des Gefangenen lag jetzt offen vor ihm. Seine Augen hafteten auf dem Mann in dem Bett. Er ermunterte ihn, in seiner Erinnerung zu forschen, so daß jene, die mithörten, alle Tatsachen, Namen und Orte, geheime und Halbwahrheiten aufzeichnen konnten, die hervorquollen und weiter hervorquellen würden, bis Brian Kar-shun Kwok nur mehr eine leere Schale war. Und er wußte, daß er noch mehr bohren, schmeicheln oder drohen, ungeduldig oder zornig werden oder so tun würde, als wollte er gehen. Er war nur ein Werkzeug, so wie Brian Kwok das Werkzeug anderer gewesen war, die seinen Verstand und seine Gaben für ihre Zwecke mißbraucht hatten. Er spielte den Mittelsmann, und seine Aufgabe war es, den Gefangenen am Reden zu halten, ihn zurückzuholen, wenn er vom Thema abschweifte oder sich in Belanglosigkeiten verlor, sein einziger Freund zu sein, seine einzige Stütze in diesem unwirklichen Universum, der Mann, der die Wahrheit ans Licht brachte – wie etwa über John Chancellor aus Ottawa. Wer ist das? Wo paßt er hin? Ich weiß es noch nicht. Wir bekommen alles aus ihm heraus, dachte er, wir erfahren alles über seine Kontakte, Berater, Feinde und Freunde. Der arme Fong-fong und seine Leute. Wir werden sie nie wieder sehen – außer sie tauchen als Agenten für die andere Seite auf. Was ist das bloß für ein mieses, dreckiges Geschäft, bei dem man seine Freunde verkauft und mit dem Feind zusammenarbeitet, der, wie man weiß, nichts anderes im Sinn hat, als dich zu versklaven?
»... herrlich in Vancouver, Robert, herrlich! Es gab da ein Mädchen ... beinahe hätte ich sie geheiratet, aber der kluge Tok, er wohnte ... er wohnte ... ach ja, er wohnte in der Pedder Street im Chinesenviertel, er war der Besitzer des Hoho-tok-Restaurants ... ja, der kluge Tok meinte, der Vorsitzende Mao hätte Vorrang vor jeder *quai loh* ... O wie liebte ich sie, aber er sagte, die *quai loh* hätten China seit Jahrhunderten ausgeplündert ... das ist wahr, weißt du? ...«
»Ja, das ist wahr«, stimmte er ihm zu. »War der kluge Tok dein einziger Freund in Kanada?«
»Ach nein, Robert, ich hatte Dutzende ...«
Armstrong hörte ihm zu, überrascht von der Fülle von Informationen über die innerbetrieblichen Vorgänge in der Canadian Mounted Police und das Ausmaß der chinesisch-kommunistischen Infiltration in Amerika und Europa, insbesondere an der Westküste der Vereinigten Staaten – Vancouver, Seattle, San Francisco. Los Angeles, San Diego – wo immer es chinesische Restaurants, Läden oder Firmen gab, konnte man mit ihrer Hilfe rechnen – wirtschaftlicher Druck, Geldmittel und vor allem Wissen. »... und das Wo Tuk in der Gerrard Street in London ist die Zentrale, wo ich, ... als ich ... mein Kopf tut mir weh, ich bin so durstig ...«

Armstrong gab ihm von dem Wasser, das ein Stimulans enthielt. Immer, wenn er oder Crosse die Zeit für gekommen erachteten, bekam der Gefangene den durstlöschenden, schmackhaften chinesischen Tee, den er am liebsten hatte. Der Tee enthielt das Schlafmittel.
Dann entschieden Crosse und Sinders, wie es weitergehen sollte. Sinders hat recht, wenn er den Gefangenen auspressen will, solange uns noch Zeit bleibt. Brian weiß zuviel. Er ist zu gut geschult, und wenn wir ihn zurückgeben müssen, ohne erfahren zu haben, was er weiß, nun ja, das wäre unverantwortlich. Wir müssen dranbleiben. Armstrong zündete zwei Zigaretten an und tat einen kräftigen Zug aus der seinen. Zu Weihnachten werde ich das Rauchen aufgeben. Jetzt kann ich nicht, solange ich dieses Entsetzen miterlebe. Es waren Brian Kwoks wimmernde Schreie gewesen, kaum zwanzig Minuten, nachdem er in jenen Raum gebracht worden war, die Armstrong so erschüttert hatten. Gemeinsam mit Crosse und Sinders hatte er durch Gucklöcher Brians verzweifelte Versuche beobachtet, die Decke zu erreichen, die der Fußboden war, der die Decke war...
»Ob er uns nicht vielleicht etwas vormacht?« Sinders blieb skeptisch.
»Nein«, hatte Crosse ihm versichert. »Für ihn ist es Wirklichkeit. Ich weiß, wovon ich rede.«
»Ich glaube nicht, daß wir seinen Widerstand so leicht brechen können.«
»Sie werden es erleben, Robert. Versuchen Sie es doch selbst einmal!«
»Vielen Dank! Das ist wie etwas aus dem *Kabinett des Dr. Caligari.*«
»Bitte, versuchen Sie es! Nur eine Minute lang. Es wird eine wichtige Erfahrung für Sie sein. Irgendeinmal könnten Sie den Burschen von der anderen Seite in die Hände fallen. Darauf sollten Sie vorbereitet sein. Probieren Sie es aus zu Ihrer eigenen Sicherheit!«
Er hatte schließlich zugestimmt, und sie hatten die Tür hinter ihm geschlossen. Der Raum war völlig rot, klein, aber alles lag schräg, die Winkel waren spitz, die Perspektiven falsch, und in einer Ecke stieß der Fußboden mit der Decke zusammen. Die schräggeneigte hohe Decke war eine scharlachfarbene Glasplatte. Festgemacht an dieser Deckenplatte waren scharlachfarbene Stühle und ein Tisch. Auf dem Tisch lagen Federhalter und Papier, auf den Stühlen scharlachfarbene Kissen, so als ob sie auf dem Fußboden ständen. In der Nähe stand eine falsche Tür halb offen...
Plötzlich Finsternis. Dann das grelle, lähmende Aufflammen der roten Farbe. Finsternis, Scharlach, Finsternis, Scharlach. Unwillkürlich tastete er nach der Wirklichkeit des Tisches, der Stühle und der Tür, stolperte und stürzte. Unmöglich, sich zu orientieren. Plötzlich oben Wasser, die Scheibe verschwamm. Scharlachrotes Wasser auf dem Fußboden über ihm. Finsternis und das Hämmern von Stimmen, und wieder eine rote Hölle. Sein Magen sagte ihm, daß er mit dem Kopf nach unten hing, aber sein Verstand sagte, daß alles nur ein Trick war. Mach die Augen zu, es ist nur ein Trick, ein Trick, ein Trick...

Nach einer Ewigkeit, als schließlich wieder normales Licht den Raum erhellte und die echte Tür aufging, lag er würgend am Boden. »Saukerl!« hatte er Crosse angefahren. »Eine Minute, haben Sie gesagt, Sie verlogenes Schwein!« Schwer atmend und taumelnd hatte er sich hochgekämpft.
»Tut mir leid, aber es war nur eine Minute«, sagte Crosse.
»Das glaube ich nicht...«
»Ehrlich«, bestätigte Sinders, »ich habe die Zeit gestoppt. Wirklich toll. Außerordentlich wirksam.«
Bei dem Gedanken an das scharlachrote Wasser, den Tisch und die Stühle mußte Armstrong nach Atem ringen. Er konzentrierte sich wieder auf Brian Kwok. »Was hast du da gesagt? Du hast unsere Dossiers an deinen Freund Raffzahn Lo weitergegeben?«
»Nein, es war nicht... Ich bin müde, Robert, müde... was...«
»Wenn du müde bist, gehe ich.« Er erhob sich. »Nächsten Monat werde ich...«
»Nein... nein... bitte, geh nicht... ich will... nein, geh nicht, bitte!«
Also blieb er und setzte das Spiel fort, wohl wissend, daß es ein unfaires Spiel und daß der Gefangene so desorientiert war, daß man ihn dazu bringen konnte, alles zu gestehen und alles zu unterschreiben. »Solange du redest, bleibe ich, alter Freund. Du hast Raffzahn Lo erwähnt, den Mann im Princes Building. War er der Zwischenträger?«
»Nein... nein... gewissermaßen... Dr. Meng... Dr. Meng nahm die Päckchen mit, die ich liegenließ... Meng wußte ja nicht, daß ich, daß ich... Er brachte sie zu Lo, und der wurde bezahlt, damit er sie einem anderen Mann, ich weiß nicht, wem, gab... ich weiß nicht...«
»Ich glaube, du weißt es, Brian. Ich glaube, du willst gar nicht, daß ich noch bleibe.«
»O Gott, doch... ich schwöre es... Raffzahn... Raffzahn muß es wissen, oder vielleicht Ng, Vee Cee Ng, Fotograf Ng, er steht auf unserer Seite, frag ihn, er wird es wissen... Er und Tsu-yan haben das Thorium importiert...«
»Was ist Thorium?«
»Ein seltenes Metall... für die Atomkraft, unsere Atomkraft... Ja, ja, in wenigen Monaten haben wir unsere eigenen Atom- und Wasserstoffbomben.« Brian Kwok bekam einen hysterischen Lachanfall. »Die erste Atomexplosion in ein paar Wochen, natürlich noch nicht perfekt, aber es ist ja die erste, und bald werden wir Wasserstoffbomben haben, Dutzende, um uns gegen diese Imperialisten zu verteidigen, die uns vernichten wollen! Denk doch mal, Robert! Der Vorsitzende Mao hat es geschafft... Und dann nächstes Jahr Wasserstoffbomben. Joe wird uns helfen, Joe Yu wird... Wir werden unser Land zurückholen!« Er streckte die Hand aus und umklammerte Armstrongs Arm, aber sein Griff war schwach. »Wir führen ja jetzt Krieg, wir mit den Sowjets. Tschung Li hat es mir gesagt, er ist mein... mein

V-Mann... Ja, einen heißen Krieg. Im Norden am Amur Divisionen, keine bloßen Patrouillen, dort töten sie noch mehr Chinesen und stehlen noch mehr Land, aber nicht mehr lange.« Er ließ sich erschöpft zurückfallen und fing an, irreredend vor sich hin zu murmeln.

»Atomkraft? Nächstes Jahr? Das nehme ich dir nicht ab«, sagte Armstrong mit gespieltem Mißtrauen, überwältigt von diesem nicht enden wollenden Erguß von genauen Angaben und Namen. Du lieber Himmel, Atombomben schon in wenigen Monaten? Die Welt lebt in dem Glauben, daß sie nicht vor zehn Jahren soweit sein können. China mit Atom- und Wasserstoffbomben?

Geduldig ließ er Brian Kwok zu Ende kommen und fragte dann beiläufig: »Wer ist Joe? Joe Yu?«

»Wer?«

Der Gefangene richtete sich auf und blickte ihn starr und durchdringend an. Sofort war er auf der Hut. »Joe Yu«, wiederholte er leichthin.

»Wer? Ich kenne keinen Joe Yu... nein... was, was... was tue ich hier? Wo bin ich? Was ist denn los? Yu? Wo... woher sollte ich ihn kennen? Wer soll das sein?«

»Nicht so wichtig«, sagte Armstrong begütigend. »Hier hast du eine Tasse Tee, du mußt durstig sein.«

Er half ihm trinken. Dann gab er ihm noch eine Zigarette und sprach beruhigend auf ihn ein. Bald lag Brian Kwok wieder in tiefem Schlaf. Armstrong, auch er erschöpft, trocknete sich die Handflächen.

Die Tür ging auf; Sinders und Crosse traten ein.

»Sehr gut, Inspektor«, sagte Sinders lebhaft. »Wirklich ganz ausgezeichnet.«

Armstrong blieb stumm; er fühlte sich beschmutzt.

»Mein Gott«, begeisterte sich Sinders, »dieser Kunde ist Goldes wert. Der Minister wird entzückt sein. Atomkraft in wenigen Monaten und ein heißer Krieg im Norden. Kein Wunder, daß unsere Handelsdelegation so erfolgreich war! Ausgezeichnet, Inspektor, wirklich ausgezeichnet!«

»Glauben Sie dem Gefangenen, Sir?« fragte Crosse.

»Jedes Wort. Sie nicht?«

»Ich glaube, daß er uns gesagt hat, was er weiß. Ob das auch mit den Tatsachen übereinstimmt, steht auf einem anderen Blatt. Joe Yu? Sagt Ihnen der Name etwas?« Die anderen schüttelten die Köpfe. »John Chancellor?«

»Nein.«

»Tschung Li?«

»Es gibt da einen Tschung Li«, antwortete Armstrong. »Er ist ein Freund von Br... ein Freund des Gefangenen. Autonarr, Schanghaier, Großindustrieller – der könnte es sein.«

»Gut. Aber Joe Yu – das hat bei ihm gezündet. Könnte wichtig sein.« Er sah Sinders an. »Machen wir weiter?«
»Selbstverständlich.«

4

13.45 Uhr:

Ein Sturm der Begeisterung brach los, als die sieben für das erste Rennen genannten Pferde, die Jockeys schon im Sattel, die Rampe heraufkamen, um im Führring, wo die Besitzer und Trainer warteten, zu tänzeln und nervös zu paradieren. Die Besitzer und ihre Frauen – unter ihnen Mai-ling Kwang und Dianne Tschen – waren sonntäglich herausgeputzt und sich der neidischen Blicke der Menge wohl bewußt, die sich die Hälse ausrenkten, um die Pferde – und sie – zu sehen.
Zu beiden Seiten des grasbewachsenen, durchweichten Sattelplatzes und Führrings fielen die Tribünen der zusammengedrängten fünfzigtausend Zuschauer zum schimmernden weißen Geländer und dem gepflegten Rasen der Rennbahn ab. Das Ziel befand sich gegenüber, und daneben, auf der anderen Seite der Bahn, stand der riesige Totalisator, der die Namen der Pferde und der Jockeys sowie die Eventualquoten anzeigte.
Von dem verhangenen Himmel waren früher ein paar Tropfen gefallen, aber jetzt war die Luft klar.
Hinter Sattelplatz und Führring, aber auf gleicher Ebene, befanden sich die Umkleideräume der Jockeys, die Büros der Verwaltung, Büffets und die erste Reihe der Totokassen. Darüber erhoben sich die Tribünen, vier terrassenförmig ansteigende, übereinander angeordnete Ränge, jedes freitragende Geschoß mit seiner eigenen Reihe von Wettschaltern. Der erste Rang war für Nichtmitglieder, der zweite für Mitglieder und die oberen beiden für die privaten Logen und den Regieraum bestimmt. Jede Loge hatte ihre eigene private Küche. Jeder der jährlich neu gewählten Stewards hatte eine Loge, und dazu kamen einige ständige: eine für Seine Exzellenz, den Gouverneur, eine für den Oberkommandierenden, je eine für die Vic und die Blacs. Und schließlich eine für Struan's, die beste, weil sie sich genau gegenüber dem Ziel befand. »Wieso gerade Struan's?« Casey sah Dunross erstaunt an.
»Weil Dirk Struan den Jockey-Club gründete, die Regeln festlegte, einen Fachmann auf dem Gebiet des Rennsports, Sir Roger Blore, nach Hongkong berief und ihn zum ersten Sekretär des Clubs machte. Er stellte das Geld für das erste Rennen zur Verfügung, das Geld für die Tribünen, das Geld, um die ersten Pferde aus Indien zu importieren, und er half mit, den ersten

Gouverneur, Sir William Longstaff, zu überreden, dem Jockey-Club das Land auf ewig urkundlich zu übertragen.«
»Aber, aber, Tai-Pan«, warf Donald McBride, der Vorsitzende der heutigen Rennleitung, gutmütig ein. »Sagen Sie uns doch bitte, wie es wirklich war! Dirk hat ›mitgeholfen‹, den Gouverneur zu überreden? Hat er es ihm nicht praktisch befohlen?«
Dunross lachte mit den anderen, die am Tisch saßen. In der Loge standen eine Bar und drei runde Tische, die jeder zwölf Personen bequem Platz boten. »Ich ziehe meine Fassung vor«, sagte er. »Und um Ihre Frage zu beantworten, Casey: Als die ersten Tribünen gebaut wurden, geschah die Vergabe der Loge an Dirk durch Zuruf.«
»Das ist auch nicht wahr, Miss Tcholok«, meldete sich Willie Tusk vom Nebentisch. »Hat nicht der alte Tyler Brock die Loge für Brock and Sons beansprucht? Hat er Dirk nicht aufgefordert, am ersten Renntag gegen ihn anzutreten? Der Sieger sollte die Loge bekommen.«
»Das erzählt man sich. Aber bevor es soweit war, kam der Taifun. Jedenfalls gab Culum nicht nach, und so sind wir heute noch da.«
»Und völlig zu Recht«, bemerkte McBride mit seinem freundlichen Lächeln. »Für Noble House ist das Beste gerade gut genug. Seit der Wahl des ersten Stewards war der Tai-Pan von Struan's immer Mitglied der Rennleitung. Immer. Na ja, ich muß los.« Er warf einen Blick auf seine Uhr und fragte Dunross mit ausgesuchter Höflichkeit: »Geben Sie die Erlaubnis, mit dem Rennen zu beginnen?«
Dunross erwiderte mit einem Lachen. »Erlaubnis erteilt.« McBride eilte davon.
Casey starrte ihn an. »Er muß Sie um Erlaubnis fragen, um anfangen zu können?«
»Tradition.« Dunross zuckte die Achseln. »Und einer muß ja wohl sagen: ›Okay, fangen wir an!‹ Übrigens ist Tradition ja nichts Schlechtes – sie gibt uns ein Gefühl des Fortbestehens, des Dazugehörens – und des Schutzes.« Er trank seinen Kaffee aus. »Wenn Sie mich jetzt entschuldigen, ich habe noch etwas zu erledigen.«
»Viel Spaß!« Sie sah ihm nach. In diesem Augenblick kam Peter Marlowe herein, und Dunross blieb kurz stehen. »Oh, hallo, Mr. Marlowe, schön, Sie zu sehen! Wie geht es Ihrer Frau?«
»Besser, danke, Tai-Pan.«
»Kommen Sie herein! Nehmen Sie sich was zu trinken – ich bin gleich wieder da. Setzen Sie auf Nummer fünf, Excellent Day! Bis später.«
»Danke, Tai-Pan!«
Casey winkte Marlowe, aber er sah sie nicht. Seine Augen hafteten auf Grey, der mit Julian Broadhurst auf der Terrasse saß. Sie sah sein Gesicht, und ihr Herz schlug ihm entgegen. »Peter«, rief sie, »kommen Sie, setzen Sie sich zu mir!«

Sein Blick löste sich von Grey. »Oh hallo«, sagte er. »Fleur hat sich sehr über Ihren Besuch gefreut.«
»Es war mir ein Vergnügen. Geht es den Kindern gut?«
»O ja. Und wie geht es Ihnen?«
»Phantastisch. Das ist die einzige Möglichkeit, zu einem Rennen zu gehen!« Der Lunch für die sechsunddreißig Gäste in der Loge des Tai-Pan war ein verschwenderisches Büffet gewesen: heiße chinesische Speisen oder, wenn man das lieber mochte, heiße Steak-and-kidney-Pie mit Gemüsen, dazu Schüsseln mit geräuchertem Lachs. Horsd'œuvres und Aufschnitt, Käse und alle möglichen Torten. Champagner, der beste Rot- und Weißwein, Liköre. »Ich werde fünfzig Jahre Diät halten müssen.«
»Sie doch nicht!« Wieder sah er zu Grey hinüber, dann wandte er seine Aufmerksamkeit den anderen zu. Zwei Herren waren zu ihnen getreten.
»Darf ich Sie mit Mr. Peter Marlowe bekannt machen? Hiro Toda von Toda Shipping Industries in Yokohama. Mr. Marlowe ist Schriftsteller und Drehbuchautor aus Hollywood.« Plötzlich schoß ihr sein Buch durch den Kopf, Changi und dreieinhalb Jahre als Kriegsgefangener der Japaner – und sie wartete auf eine Explosion, aber sie sah nur unschlüssiges Zögern auf beiden Seiten. Dann reichte Toda Marlowe höflich seine Visitenkarte, und Marlowe, ebenso höflich, gab ihm die seine. Nach kurzem Zögern streckte er ihm seine Hand entgegen. »Ich freu' mich.«
Der Japaner ergriff die Hand. »Es ist mir eine Ehre, Mr. Marlowe.«
»Danke!«
»Es geschieht nicht oft, daß man einem berühmten Schriftsteller begegnet.«
»Das... das bin ich überhaupt nicht.«
»Sie sind zu bescheiden. Mir hat Ihr Buch sehr gut gefallen.«
»Sie haben es gelesen?« Peter Marlowe starrte ihn an. Er saß da und sah Toda an, der viel kleiner war als er, geschmeidig, gut gebaut, und einen gutgeschnittenen blauen Anzug trug. »Wo haben Sie es denn aufgetrieben?«
»In Tokio. Wir haben viele englische Buchläden. Ihr Roman ist sehr aufschlußreich.«
»Ach ja?« Marlowe nahm seine Zigaretten heraus und bot sie an. Toda nahm eine. »Waren Sie bei der Infanterie?«
»Nein, Mr. Marlowe, Marine. Zerstörer. Schlacht im Korallenmeer 1942, dann Midway, dann Guadalcanal. Zweimal wurde mein Schiff versenkt. Ja, ich hatte Glück, offenbar mehr Glück als Sie.«
»Wir sind beide am Leben geblieben, wir sind beide noch heil – mehr oder weniger.«
»Mehr oder weniger, Mr. Marlowe. Ich stimme Ihnen zu. Der Krieg ist eine Lebensweise sui generis.« Toda paffte seine Zigarette. »Wenn es Ihnen angenehm und nicht zu schmerzlich für Sie wäre, möchte ich gern einmal mit Ihnen über Changi sprechen, über ihre Erfahrungen und unseren Krieg.«

»Gern.«
»Ich bin nur ein paar Tage da«, sagte Toda. »Nächste Woche komme ich zurück. Ich wohne im Mandarin. Lunch vielleicht, oder Dinner?«
»Vielen Dank! Ich rufe Sie an. Wenn nicht diesmal, vielleicht das nächste Mal. Ich werde auch in Tokio sein.«
Nach einer Pause sagte der Japaner: »Wenn Sie es wünschen, brauchen Sie auch nicht über Changi zu sprechen. Ich möchte Sie gern näher kennenlernen. England und Japan haben vieles gemeinsam. Wenn Sie mich jetzt entschuldigen wollen, ich möchte auf ein Pferd setzen.« Er verbeugte sich höflich und ging.
»Ist es Ihnen sehr schwer gefallen, höflich zu bleiben?«
»Aber nein, überhaupt nicht! Jetzt sind wir gleich, er und ich und alle Japaner. Die Japaner – und Koreaner –, die ich haßte, das waren die, die Bajonette und Kugeln hatten, während ich machtlos war.« Er wischte sich den Schweiß von der Stirn. »Ich war nur nicht darauf gefaßt, hier einem Japaner zu begegnen.«
»Eigentlich wundere ich mich, daß Sie nach diesen furchtbaren Jahren als Kriegsgefangener überhaupt noch mit einem Japaner sprechen. Mir hat das Buch wirklich gut gefallen. Ist das nicht wunderbar, daß er es auch gelesen hat?«
»Ja. Das hat mich richtig umgeworfen.«
»Darf ich Ihnen eine Frage stellen?«
»Bitte.«
»Changi, schreiben Sie in Ihrem Buch, sei eine Genese gewesen. Wie meinen Sie das?«
Er seufzte. »Changi hat alles verändert. Werte für immer umgewandelt. Zum Beispiel: Es hat uns abgestumpft gegenüber dem Tod – wir sahen zuviel davon, als daß er für uns noch die gleiche Bedeutung haben könnte wie für andere, für normale Menschen. Wir, die wenigen, die es überlebten, sind zu einer Generation von Dinosauriern geworden. Es ist wohl so, daß jeder, der einen Krieg übersteht, das Leben mit anderen Augen sieht.«
»Wie sehen Sie es heute?«
»Als einen Haufen Kokolores, den man als das Drum und Dran unseres Daseins anbetet. Sie können sich gar nicht vorstellen, wie viel von unserem ›normalen, zivilisierten‹ Leben reiner Quatsch ist. Wir, die wir Changi überlebt haben, wir können uns glücklich preisen, wir wissen Bescheid um das Leben. Was Ihnen Angst macht, erschreckt mich nicht, was mir Angst macht – darüber könnten Sie nur lachen.«
»Was zum Beispiel?«
Er lachte. »Das ist genug von mir und meinem Karma. Ich habe einen heißen Tip für das...« Er brach ab. »Du lieber Himmel, wer ist denn das?«
»Riko Gresserhoff. Sie ist Japanerin.«
»Wo ist Mr. Gresserhoff?«

»Sie ist Witwe.«

»Mann, o Mann!« Riko Gresserhoff ging auf die Terrasse hinaus. Sie sahen ihr nach.

»Daß Sie sich nicht unterstehen, Peter!«

»Ich bin Schriftsteller! Ich stelle Nachforschungen an«, erklärte er großspurig.

»Schwindel!«

»Sie haben völlig recht.«

»Es heißt, daß Erstlingswerke eines Schriftstellers immer einen autobiographischen Hintergrund haben. Wer sind Sie in Ihrem Buch?«

»Natürlich der Held! Aber jetzt haben wir genug von meiner Vergangenheit gesprochen. Wie steht es denn mit Ihnen? Einem Gerücht zufolge waren Sie gestern abend in Tränen aufgelöst.«

»Unsinn.«

»Wirklich?«

»Aber sicher. Mir geht's gut.« Ein leichtes Zögern. »Irgendeinmal werde ich Sie vielleicht um eine Gefälligkeit bitten.«

»Oh?« Er legte die Stirn in Falten. »Ich bin in McBrides Loge, der zweiten von hier. Wenn Sie den Wunsch verspüren sollten, mich zu besuchen – es ist nichts dagegen einzuwenden.« Sein Blick wanderte zu Riko Gresserhoff hinüber. Seine Heiterkeit erlosch. Sie plauderte mit Robin Grey und Julian Broadhurst. »Heute ist wohl nicht mein Glückstag«, murmelte er. »Ich komme später noch mal vorbei. Jetzt muß ich zum Wettschalter. Wiedersehen, Casey!«

»Was ist das für ein heißer Tip?«

»Nummer sieben. Winner's Delight.«

Winner's Delight, ein Außenseiter, gewann das Rennen klar mit einer halben Länge Vorsprung vor dem Favoriten Excellent Day. Überaus zufrieden, Gewinnscheine in der Hand, stellte sich Casey in die Reihe vor dem Schalter, wo die Gewinne ausgezahlt wurden. Schon standen aufgeregte Wetter vor den Kassen für das zweite Rennen, das zur Doppelwette zählte. Um eine einfache Einlaufwette abzuschließen, mußte man die ersten beiden Pferde eines Rennens raten. Die Doppelwette kombinierte das zweite und das fünfte Rennen, den Höhepunkt der heutigen Veranstaltung. Der Mindesteinsatz betrug 5 HK, ein Maximum gab es nicht. Casey wunderte sich: »Wieso eigentlich, Linc?«

»Schau dir den Totalisator an! Schau, wieviel Geld allein auf *ein* Rennen gesetzt wird – mehr als dreieinhalb Millionen HK, das ist fast ein Dollar pro Kopf und Nase der ganzen Bevölkerung von Hongkong. Das muß der reichste Rennplatz der Welt sein. Diese Menschen sind allesamt Wettnarren.«

Die Pferde kamen auf die Bahn. Casey hatte ihn angesehen und gelächelt. »Fühlst du dich wohl?«

»Ja, sicher. Und du?«

»Mir geht's gut.«
Ja, mir geht's gut, dachte sie jetzt wieder, während sie darauf wartete, ihren Wettschein einzulösen. Ich habe gewonnen! Sie lachte laut.
»Guten Tag, Casey! Haben Sie auch gewonnen?«
»Ja, Mr. Gornt, ich habe gewonnen! Ich hatte nur 10 HK gesetzt, aber ich habe gewonnen.«
»Es kommt nicht auf den Betrag an, es geht ums Gewinnen.« Gornt lächelte. »Ihr Hut gefällt mir.«
»Danke sehr!« Seltsam, dachte sie, Dunross und Gornt haben es sofort erwähnt. Der Teufel soll Linc holen!
»Es bringt Glück, wenn man zum ersten Mal auf dem Rennplatz schon beim ersten Rennen den Sieger herauspickt.«
»Aber das habe ich gar nicht. Mr. Marlowe hat mir den Tip gegeben.«
»Ach ja, Marlowe.« Sein Blick flackerte. »Bleibt es bei morgen?«
»O ja! Wenn das Wetter mitspielt.«
»Auch bei Regen. Auf jeden Fall Lunch.«
»Fein. Um Punkt zehn am Pier. Wo haben Sie Ihre Loge?« Sie bemerkte eine plötzliche Veränderung, die er zu verbergen trachtete.
»Ich habe keine. Ich bin kein Steward. Noch nicht. Ich bin ein ständiger Gast bei der Blacs und miete gelegentlich die ganze Loge für eine Party. Möchten Sie nicht einmal vorbeikommen? Blacs ist eine ausgezeichnete Bank und...«
»Aber nicht so gut wie die Vic«, rief Johnjohn scherzend im Vorübergehen. »Glauben Sie ihm kein Wort, Miss Tcholok! Meinen Glückwunsch! Guter Joss, beim ersten Rennen zu gewinnen. Bis später!«
Casey folgte ihm nachdenklich mit den Blicken. »Was ist los mit den Banken, Mr. Gornt? Niemand scheint sich um den Run zu kümmern. Man könnte meinen, es stünde alles zum besten; kein Kurssturz an der Börse, kein Unheil zu befürchten.«
Gornt lachte. »Heute ist Renntag, ein seltenes Ereignis, und morgen ist morgen. Die Börse öffnet Montag um zehn, und nächste Woche wird sie das Schicksal vieler Leute entscheiden. Aber jeder Chinese, der sein Geld noch rechtzeitig abgehoben hat, trägt es jetzt und hier in seiner Tasche. Sie sind dran, Casey.«
Sie kassierte ihren Gewinn. Fünfzehn zu eins. 150 HK. Gornt bekam ein Bündel roter Scheine ausgezahlt, 15000 HK. »Phantastisch«, staunte Casey.
»Das mieseste Rennen, das ich je gesehen habe«, sagte eine verdrossene amerikanische Stimme. »Kaum zu fassen, daß sie den Jockey nicht sofort disqualifiziert haben und den Sieg gelten lassen!«
»Hallo, Mr. Biltzmann, Mr. Pugmire!« Casey hatte die Herren in der Nacht des Schiffsbrandes kennengelernt. »Wer hätte denn disqualifiziert werden sollen?«

Biltzmann stand in der Reihe des Schalters für jene, die auf Platz gesetzt hatten. »Bei uns in den Staaten hätte es einen geharnischten Protest gegeben. Man konnte deutlich sehen, wie der Jockey von Excellent Day, als er aus der letzten Kurve in die Gerade einbog, sein Pferd zurückgehalten hat. Es war glatte Schiebung.«

»Ich bitte Sie, Mr. Biltzmann«, mischte Dunross sich ein. Er war gerade vorbeigekommen und hatte den Wortwechsel mit angehört. »Wenn der Jockey das Pferd nicht ausgeritten hätte oder er behindert worden wäre, hätte die Rennleitung sofort eingegriffen.«

»Bei Amateuren oder auf einem kleinen Platz wie diesem mag das hingehen, Mr. Dunross. Aber bei uns daheim wäre der Jockey auf Lebenszeit gesperrt worden. Ich habe ihn die ganze Zeit durch das Fernglas beobachtet.« Verdrießlich streifte Biltzmann seinen Gewinn ein und stapfte davon.

»Pug«, sagte Dunross, »haben Sie etwas Ungehöriges gesehen? Ich selbst habe das Rennen nicht verfolgt.«

»Nein, habe ich nicht.«

»Sonst jemand?« Die Umstehenden schüttelten die Köpfe. Dunross' Auge fiel auf das dicke Bündel von Geldscheinen in Gornts Hand. »Quillan?«

»Nein. Aber ich muß Ihnen offen sagen, dieser Kerl hat keine Manieren. Ich kann mir nicht vorstellen, daß er eine Bereicherung für den Jockey-Club wäre. Entschuldigen Sie mich jetzt, bitte!« Er nickte höflich und entfernte sich. Casey sah, wie Dunross' Blick auf dem Bündel Banknoten haften blieb, das Gornt jetzt in die Tasche steckte. Der Ausdruck auf Dunross' Gesicht erschreckte sie.

»Könnte... könnte Biltzmann die Wahrheit gesprochen haben?« Casey wurde nervös.

»Natürlich.« Dunross wandte ihr seine volle Aufmerksamkeit zu. »Schiebungen gibt es auf allen Rennplätzen. Aber um das geht es gar nicht. Es hat keiner der Stewards, Jockeys oder Trainer irgendwelche Einwände erhoben.« Die kleine Ader an seiner Stirn pulsierte. Nein, dachte er, es geht um etwas anderes. Es geht um Manieren. Trotzdem, ermahnte er sich, beruhige dich! An diesem Wochenende mußt du sehr kühl, sehr ruhig und sehr beherrscht auftreten.

Den ganzen Tag hatte es nur Unannehmlichkeiten gegeben. Riko Anjin-Gresserhoff war der einzige Lichtblick. Doch dann hatte AMGs letzter Brief, der immer noch in seiner Tasche steckte, seine Laune wieder verdüstert. Wenn er, so schrieb AMG, die Original-Berichte durch Zufall noch nicht vernichtet hatte, sollte er etwa ein Dutzend besonders angeführter Seiten erwärmen und die mit unsichtbarer Tinte geschriebenen Geheiminformationen persönlich dem Premierminister oder dem gegenwärtigen Leiter der MI-6, Edward Sinders, übermitteln – mit einer Kopie in einem versiegelten Umschlag für Riko Anjin.

Wenn ich das tue, muß ich zugeben, daß die Akten, die ich ihm gegeben

habe, falsch waren, dachte er. Er hatte die Nase voll von Spionage, AMG und seinen Anweisungen. Himmel Herrgott, Murtagh kommt und kommt nicht, Sir Geoffrey kann erst um vier anrufen, und da erdreistet sich jetzt so ein Kerl, uns Amateure zu nennen – die wir ja auch sind. Ich wette jeden Betrag, Gornt wußte, wer gewinnt.
»Wie haben Sie eigentlich den Sieger herausgepickt, Casey?« Dunross folgte einer plötzlichen Eingebung.
»Marlowe hat mir den Tip gegeben, Peter Marlowe.« Ihr Gesicht veränderte sich. »Ach! Meinen Sie, er hatte von einer Schiebung erfahren?«
»Wenn ich das auch nur einen Augenblick glaubte, wäre das Rennen annulliert worden. Ich kann jetzt nichts mehr tun. Biltzmann...« Ihm stockte der Atem, als ihn die Idee plötzlich in ihrer ganzen Bedeutung überfiel.
»Ja?«
Dunross nahm sie am Arm, zog sie zur Seite und fragte leise: »Sind Sie bereit zu hasardieren, um zu Ihrem Startgeld zu kommen?«
»Na klar, Ian, wenn es legal ist! Aber was muß ich dabei aufs Spiel setzen?«
»Alles, was Sie auf der Bank haben, Ihr Haus in Laurel Canyon, Ihre Par-Con-Aktien – gegen zwei bis vier Millionen innerhalb von dreißig Tagen. Was sagen Sie dazu?«
Das Herz schlug ihr bis zum Hals, aber seine offensichtliche Begeisterung riß sie fort. »Okay«, stieß sie hervor und wünschte im nächsten Augenblick, geschwiegen zu haben.
»Gut. Warten Sie auf mich! Ich hole nur Bartlett.«
»Moment! Welche Rolle spielt er dabei? Was haben Sie vor, Ian? Ich habe Ihnen gesagt, daß ich außerhalb von Par-Con zu dem... zu dem Geld kommen wollte.«
»Ich habe es nicht vergessen. Ich bin gleich wieder da.« Dunross eilte in seine Loge zurück, holte Bartlett und führte die beiden Amerikaner dann den belebten Gang hinunter in die Struan'sche Küche. Die Küche war klein und blitzsauber. Das Personal nahm keine Notiz von ihnen. Eine Tür führte in einen völlig schalldicht gemachten, privaten kleinen Nebenraum. Vier Stühle, ein Tisch, ein Telefon. »Mein Vater hat das seinerzeit hier bauen lassen – bei den Rennen werden oft große Geschäfte abgeschlossen. Bitte nehmen Sie Platz! Und jetzt« – er fixierte Bartlett – »mache ich Ihnen einen geschäftlichen Vorschlag, Ihnen und Casey, als Einzelpersonen außerhalb des Par-Con-Deals. Sind Sie interessiert?«
»Natürlich. Handelt es sich um eine Hongkonger Gaunerei?«
»Ich verstehe nicht ganz?« Dunross grinste. »Es handelt sich um einen höchst ehrenwerten Hongkonger geschäftlichen Vorschlag.«
»Okay, raus damit!«
»Bevor ich damit herausrücke, müssen Sie sich gewisse Grundregeln einprägen: Es ist mein Spiel, Sie beide sind Zuschauer, aber sie partizipieren mit 49 Prozent am Gewinn, den Sie sich fünfzig zu fünfzig teilen. Okay?«

»Wie schaut der Spielplan als ganzer aus?«
»Nächster Punkt: Bis Montag neun Uhr vormittag deponieren Sie zwei Millionen US-Dollar bei einer Schweizer Bank meiner Wahl.«
Bartlett kniff die Augen zusammen. »Als Einsatz für?«
»Für 49 Prozent des Gewinns.«
»Welchen Gewinns?«
»Sie haben Gornt zwei Millionen zur Verfügung gestellt – ohne Vertrag, ohne Chop, ohne alles – nur in der Hoffnung auf einen potentiellen Gewinn.«
Bartlett grinste. »Wie lange wissen Sie schon davon?«
»Ich sagte Ihnen doch schon einmal: Hier gibt es keine Geheimnisse. Machen Sie mit?« Dunross sah, wie Bartlett Casey einen Blick zuwarf, und hielt den Atem an.
»Weißt du, um was es hier geht, Casey?«
»Nein, Linc.« Sie wandte sich an Dunross. »Was ist das für eine Gaunerei, Ian?«
»Zuerst will ich wissen, ob ich die zwei Millionen bekomme – sofern mein Plan Ihnen gefällt.«
»Wie hoch schätzen Sie die Gewinnmöglichkeiten?«
»Vier bis zwölf Millionen Dollar. Steuerfrei, soweit es Hongkong betrifft. Und wenn Sie wollen, können wir Ihnen helfen, sich einer Besteuerung in den Staaten zu entziehen.«
»Und wann sehen wir das Geld?«
»Der Gewinn wird in dreißig Tagen festgelegt. Auszahlung nach fünf oder sechs Monaten.«
»Sind die vier bis zwölf Millionen der Gesamtgewinn oder nur unser Anteil?«
»Ihr Anteil.«
»Das ist ein sehr beträchtlicher Gewinn für ein vierundzwanzig Karat legales Geschäft.«
Es entstand ein langes Schweigen. Dunross wartete und bemühte sich, ihnen seinen Willen aufzuzwingen.
»Zwei Millionen in bar«, brummte Bartlett, »keine Sicherheiten, nichts?«
»Nein. Aber nachdem ich Ihnen meinen Plan erläutert habe, können Sie mitmachen oder es sein lassen.«
»Was hat Gornt damit zu tun?«
»Nichts. Diese Sache hat nichts mit Rothwell-Gornt oder Par-Con zu tun, darauf gebe ich Ihnen mein Wort. Und ich werde ihm auch nie sagen, daß Sie diese zwei Millionen zur Verfügung gestellt haben – daß Sie beide meine Partner sind oder, nebenbei bemerkt, daß ich davon weiß, wie Sie Noble-House-Aktien leer verkauft haben.« Er lächelte. »Das war übrigens eine sehr gute Idee.«
»Sie wollen das Geschäft also mit meinen zwei Millionen schaukeln?«

»In Schwung bringen. Wie Sie wissen, habe ich keine zwei Millionen in bar, sonst würde ich Sie nicht einladen mitzumachen.«
»Warum gerade wir, Ian? Wenn die Sache so gut ist, können Sie die zwei Millionen doch leicht von einem Ihrer Freunde hier bekommen?«
»Das ist richtig. Aber ich ziehe es vor, Ihnen beiden die Lockspeise zu versüßen. Mit diesem... diesem Geschäft kann ich Ihnen dramatisch vor Augen führen, wie hoch wir Rothwell-Gornt überlegen sind, um wieviel aufregender es für Sie sein wird, mit uns liiert zu sein als mit ihm. Sie sind ein Hasardeur – so wie ich. Raider Bartlett nennt man Sie, und ich bin der Tai-Pan von Noble House. Sie haben bei Gornt lumpige zwei Millionen ohne Chop aufs Spiel gesetzt, warum nicht bei mir?«
Bartlett musterte Casey. Sie signalisierte ihm weder ein Ja noch ein Nein, aber er wußte, daß der ausgelegte Köder ihr den Mund wäßrig machte.
»Da Sie es sind, der die Regeln macht, Ian, beantworten Sie mir eine Frage: Ich stelle die zwei Millionen zur Verfügung, warum sollten wir zu gleichen Teilen beteiligt sein, Casey und ich?«
»Ich weiß noch, was Sie beim Dinner über Startgeld gesagt haben. Dies könnte eine Gelegenheit sein, Casey zu ihrem Startgeld zu verhelfen.«
»Sie sind ja so besorgt um Casey. Ist ›Teile und herrsche‹ Ihre Devise?«
»Wenn das möglich wäre, dürfte es diese ganz besondere geschäftliche Beziehung zwischen ihr und Ihnen gar nicht geben. Sie ist doch Ihre rechte Hand und für Sie und Par-Con offensichtlich gleich wichtig – also hat sie auch das Recht auf ihren Anteil.«
»Was riskiert sie dabei?«
»Sie setzt ihr Haus ein, ihre Ersparnisse, ihre Par-Con-Aktien – alles, was sie besitzt. Richtig?«
Casey nickte steif. »Richtig.«
Bartlett fixierte sie. »Ich dachte, du wüßtest nichts davon?«
Sie sah ihn an. »Ian hat mich vor ein paar Minuten gefragt, ob ich alles, was ich habe, riskieren würde, um zu meinem Startgeld zu kommen.« Sie schluckte und fügte hinzu. »Ich habe ja gesagt und wünschte jetzt, ich hätte es nicht getan.«
Bartlett überlegte kurz. »Also, Casey: Willst du mitmachen oder nicht?«
»Mitmachen.«
»Okay.« Bartlett grinste. »Okay, Tai-Pan, wen müssen wir umlegen?«

Neunkarat Tschu, der hin und wieder als Kuli für die Victoria Bank arbeitete, Vater von zwei Söhnen und zwei Töchtern – Lily Su, Havergills gelegentlicher Bettgefährtin, und Wisteria, die John Tschens Geliebte gewesen war – wartete vor dem Wettschalter.
»Na, Alter?« Der Kassenbeamte wurde ungeduldig.
Neunkarat Tschu zog ein Bündel Scheine aus der Tasche, alles, was er besaß und was er sich hatte leihen können – bis auf ein paar Cents für drei Prisen

des weißen Pulvers, die er brauchte, um die Nachtschicht durchzustehen.
»Doppelwette: Acht und fünf im zweiten, sieben und eins im fünften Rennen.«
Methodisch zählte der Kassierer das Geld – 728 HK. Er schob Neunkarat Tschu 145 Wettscheine zu 5 HK sowie 3 HK Wechselgeld durch das Fenster. »Beeil dich, Alter«, rief der nächste in der Reihe. »Hast du die Finger in deinem Gasometer?«
»Nur Geduld«, murmelte der Alte; eine Schwäche befiel ihn. »Das ist eine ernste Sache!« Sorgfältig überprüfte er die Scheine, bevor er seinen Platz aufgab und sich einen Weg durch die Menge ins Freie bahnte. In der frischen Luft fuhlte er sich wohler, noch ein bißchen wackelig, aber wohler. Um das Fahrgeld zu sparen, war er den ganzen Weg von seiner Arbeit auf der Baustelle eines neuen Hochhauses oberhalb der Kotewall Road zu Fuß gegangen. Ich habe getan, was ich konnte, dachte er. Jetzt liegt die Entscheidung bei den Göttern.
Weil ihn die Brust schmerzte, schleppte er sich zur Toilette, wo er ein Streichholz anzündete und den Rauch des brutzelnden weißen Pulvers einatmete. Nach einer kleinen Weile fühlte er sich besser, und er ging wieder hinaus. Das zweite Rennen hatte bereits begonnen. Außer sich vor Aufregung – der Verwünschungen, die auf ihn niederprasselten, nicht achtend –, drängte er sich an die Barriere. Die Pferde kamen aus der entfernteren Kurve, galoppierten in der letzten Geraden auf ihn zu und waren schon wieder vorbei, als seine wäßrigen alten Augen noch versuchten, die Nummern zu erkennen.
»Wer führt?« Er stieß es keuchend hervor, aber keiner achtete auf ihn. Die Menschen feuerten das Pferd ihrer Wahl zum Sieg an – in einem gewaltigen Aufdröhnen, das erst erstarb, als der Sieger durchs Ziel ging.
»Wer hat gewonnen?« In wachsender Erregung rief er: »Ich kann den Totalisator nicht lesen. Wer hat gewonnen?«
»Es war ein Fotofinish, alter Narr, siehst du das nicht? Drei Pferde waren zusammen. Wir müssen warten.«
»Aber die Nummern... welche Nummern waren es?«
»Fünf, acht und vier, Lucky Court, mein Pferd, das Pferd, auf das ich gesetzt habe. Komm schon, du Sohn einer Hurentitte! Vier und acht auf die Zwillingswette!«
Sie warteten und warteten. Der alte Mann fürchtete, in Ohnmacht zu fallen, darum dachte er an Erfreulicheres wie zum Beispiel sein Gespräch mit Noble House Tschen heute morgen. Dreimal hatte er angerufen, und jedesmal hatte sich ein Diener gemeldet und ihn abgewimmelt. Erst nachdem er »Werwolf« gesagt hatte, war Noble House Tschen an den Apparat gekommen.
»Bitte entschuldigen Sie, daß ich die elenden Schlächter Ihres Sohnes erwähne«, hatte er begonnen. »Ich war es nicht, Ehrenwerter Herr, o nein!

Ich bin nur der Vater der Geliebten Ihres verstorbenen Sohnes, der Vater von Wisteria Su, die er in einem Brief, der in allen Zeitungen abgedruckt war, seiner ewigen Liebe versichert hat.«
»Lügen! Alles Lügen! Halten Sie mich für einen Dummkopf, der sich von jedem hergelaufenen Hundewürstchen erpressen läßt? Wer sind Sie?«
»Ich heiße Hsi-men Su«, hatte er geantwortet, und die Lüge war ihm nicht schwergefallen. »Es gibt noch zwei Briefe, verehrungswürdiger Tschen. Ich dachte, es könnte vielleicht Ihr Wunsch sein, sie zurückzubekommen, wenngleich es alles ist, was uns von meiner armen toten Tochter und Ihrem armen toten Sohn – den ich in all den Monaten wie meinen eigenen Sohn zu lieben gelernt habe – geblieben ist...«
»Lügen, nichts als Lügen! Dieses glattzüngige Flittchen hat nie irgendwelche Briefe von meinem Sohn bekommen. Unsere Polizei steckt Fälscher ins Gefängnis, jawohl! Bin ich ein Bauerntölpel? Als nächstes werden Sie mir wohl ein Baby vorlegen und behaupten, mein Sohn hätte es gezeugt, nicht wahr?«
Fast hätte Neunkarat Tschu den Hörer fallen lassen. Genau diesen Trick hatte er zusammen mit seiner Frau, seinen Söhnen und Lily ausgeheckt. Eine Verwandte zu finden, die für eine bescheidene Summe ihr Baby herlieh, war nicht schwer.
»He, he«, stotterte er, »bin... bin ich ein Lügner? Ich, der ich mich für ein paar Kröten bereit erklärt habe, meine einzige jungfräuliche Tochter Ihres Sohnes Hure und *only love* werden zu lassen.« Seine Tochter Lily hatte ihm die englischen Worte stundenlang eingetrichtert. »Bei allen Göttern, wir haben Ihren ehrenwerten Namen geschützt, ohne etwas dafür zu verlangen. Als wir die Leiche meiner armen Tochter abholen gingen, sagten wir der Polizei nichts, obwohl sie wissen wollten, wer der Schreiber war, um die Werwölfe zu fangen. Alle Götter mögen diese Hurensöhne strafen! Haben nicht schon vier chinesische Zeitungen Belohnungen für den Namen des Schreibers ausgesetzt, *heya?* Es ist doch nur korrekt von mir, daß ich die Briefe zuerst Ihnen anbiete, bevor ich die Belohnungen der Zeitungen kassiere, *heya?*«
Geduldig hatte er die Flut von Schmähreden über sich ergehen lassen, mit der die Verhandlungen begannen. Mehrmals hatten beide Teile so getan, als würden sie den Hörer auflegen, aber keiner brach das Gespräch ab. Am Ende einigten sie sich darauf, daß Noble House Tschen die Fotokopie eines Briefes erhalten solle – als Beweis dafür, daß es keine Fälschungen waren.
»In diesem Fall, Ehrenwerter Su, könnte es sein, daß uns die Briefe eine sehr bescheidene Menge von duftender Schmiere wert wären.«
Neunkarat Tschu ließ ein gurgelndes Lachen hören. O ja, dachte er zufrieden, Noble House Tschen wird ein hübsches Sümmchen zahlen, ganz besonders, nachdem er die Stellen gelesen hat, die ihn betreffen. Wenn man das abdruckt, wird es ihn in ganz Hongkong lächerlich machen, und sein

Gesicht wäre er für alle Zeiten los. Also mit wieviel soll ich mich zufriedengeben...
Ein brausender Lärm schloß ihn ein, und fast wäre er gestürzt. Sein Herz begann zu hämmern, er rang nach Atem. Er hielt sich am Geländer fest.
»Wer... wer hat gewonnen?« Er kreischte und zupfte seinen Nachbarn am Ärmel. »Die Nummern, sagen Sie mir die Nummern!«
»Gewonnen hat die Acht, Buccaneer, der Wallach von Noble House. Sehen Sie nicht, wie der Tai-Pan ihn in den Führring bringt? Buccaneer zahlt sieben zu eins.«
»Und das zweite? Welches war das zweite Pferd?«
»Nummer fünf. Winsome Lady. Drei zu eins auf Platz... Was haben Sie denn, alter Mann, Sie zittern ja?«
»Nichts... nichts...« Mühsam schleppte sich Neunkarat Tschu davon. Nach einer Weile fand er ein freies Plätzchen, breitete seine Rennzeitung auf dem Beton aus und hockte sich nieder. Den Kopf auf Knie und Arme gestützt, gab er sich seiner Freude hin, die erste Hälfte gewonnen zu haben. Oh, oh, oh! Und jetzt aufgepaßt, ihr Götter! Daß ich die erste Hälfte gewonnen habe, verdanke ich meiner eigenen Schlauheit. Bitte konzentriert euch auf das fünfte Rennen! Sieben und eins! O ihr Götter...

Im Führring standen Rennleitung und Besitzer in Gruppen zusammen. Dunross war seinem Pferd entgegengegangen und hatte seinen Jockey beglückwünscht. Buccaneer war ein schönes Rennen gelaufen, und als Dunross jetzt den Wallach unter neuerlichen Beifallsrufen und Glückwünschen in den Führring brachte, stellte er bewußt eine sprudelnde Laune zur Schau. Er war sich der Tatsache wohl bewußt, daß dieser Sieg ein kolossales Omen darstellte, das über das bloße Gewinnen weit hinausging. Es mußte sich verdoppeln und verdreifachen, wenn er auch mit Noble Star gewann. Zwei Pferde in der Doppelwette würden Gornt und seine Freunde in die Defensive drängen. Wenn jetzt Murtagh sein Wunder wirkte oder Tiptop zu seinem Wort stand, als Gegenleistung für Brian Kwoks Freilassung der Victoria das Geld zu überlassen, oder wenn Knauser Tung oder Lando Mata oder Vierfinger Wu...
»Ich gratuliere, Mr. Dunross, Sir!«
Dunross warf einen Blick auf die Menge an der Barriere. »Oh, guten Tag, Mr. Tschoy«, sagte er zu Vierfingers Siebentem Sohn und vorgeblichem Neffen. Er ging näher heran und schüttelte ihm die Hand. »Haben Sie auf das richtige Pferd gesetzt?«
»Na klar, Sir! Ich stehe rückhaltlos hinter Noble House. Wir spielen die Doppelwette, mein Onkel und ich. Jetzt haben wir die erste Hälfte schon gewonnen, fünf und acht, und im fünften haben wir auf sieben und acht gesetzt. Er hat zehntausend investiert, und ich einen ganzen Wochenlohn.«
»Dann wollen wir hoffen, daß wir gewinnen, Mr. Tschoy.«

»Da sind wir uns ja wieder mal einig, Tai-Pan«, erwiderte der junge Mann in seiner saloppen amerikanischen Art.
Dunross lächelte und ging zu Travkin hinüber. »Sind Sie sicher, daß Johnny Moore ausfällt? Auf Tom Wong kann ich mich nicht verlassen. Aber ich brauche den Sieg. Noble Star muß das Rennen machen!«
Travkin sah, wie Dunross Buccaneer nachdenklich betrachtete. »Nein, Tai-Pan, Sie dürfen Noble Star nicht reiten. Die Bahn ist schlecht, sehr schlecht, und sehr gefährlich, und wenn sie das Geläuf aufhacken, wird sie noch schlechter werden!«
»Von diesem Rennen könnte meine Zukunft abhängen – und das Gesicht von Noble House.«
»Ich weiß.« Ärgerlich schlug der knorrige alte Russe die Gerte, die er immer bei sich trug, gegen seine alte Reithose. »Und ich weiß, Sie sind besser als alle anderen Jockeys zusammen, aber die Bahn...«
»Heute verlasse ich mich auf keinen, Alexei. Ich kann mir keinen Fehler leisten.« Dunross senkte seine Stimme. »Wissen Sie etwas von einer Schiebung im ersten Rennen?«
Travkin sah ihn freimütig an. »Die Pferde waren nicht gedopt, Tai-Pan. Meines Wissens nicht. Der Polizeiveterinär hat allen, die sich versucht fühlen könnten, die Hölle heiß gemacht. Aber mein Rennen war es nicht, Tai-Pan. Ich interessiere mich nur für meine Pferde und meine Rennen. Ich habe gar nicht hingeschaut. Hören Sie, Tai-Pan: Ich habe einen Jockey für Sie. Mich. Ich werde Noble Star reiten.«
Dunross kniff die Augen zusammen. Er richtete den Blick zum Himmel. Es war dunkler geworden. Es wird bald regnen, dachte er, und bis der Regen anfängt, gibt es noch viel zu tun. Ich oder Alexei? Alexeis Beine sind gut, seine Hände die besten, aber er denkt mehr an das Pferd als an den Sieg.
»Ich werde es mir überlegen«, antwortete er. »Nach dem vierten Rennen entscheide ich mich.«
»Ich werde siegen«, versicherte ihm der alte Mann, der verzweifelt nach einer Möglichkeit suchte, sich aus seiner Abmachung mit Suslew herauszuwinden. »Und wenn ich Noble Star dabei draufgehen lassen müßte.«
»Das müssen Sie nicht, Alexei. Ich habe das Pferd recht gern.«
»Hören Sie, Tai-Pan, ob Sie mir vielleicht einen Gefallen tun könnten? Ich habe ein Problem. Kann ich Sie heute abend treffen, heute oder Sonntag oder Montag abend, sagen wir in Sinclair Towers?«
»Warum gerade dort?«
»Dort haben Sie mich unter Vertrag genommen. Ich würde gern dort mit Ihnen reden. Aber wenn es Ihnen nicht paßt, dann eben einen Tag später.«
»Wollen Sie kündigen?«
»Aber nein, das ist es nicht. Wenn Sie Zeit haben. Bitte.«
»Na schön, aber es geht weder heute noch Sonntag noch Montag. Ich fliege nach Taipeh. Es ginge Dienstag um zehn Uhr abends. Einverstanden?«

»Ja, ja, sehr gut, vielen Dank!«
Dunross ging zu den Aufzügen hinüber. Travkin war den Tränen nahe. Er empfand eine überwältigende Zuneigung für den Tai-Pan. Seine Augen suchten Suslew, der in der Nähe auf der Tribüne saß. Mit einer Handbewegung, die lässig erscheinen sollte, hielt er die verabredete Zahl von Fingern hoch: einen für heute abend, zwei für Sonntag, drei für Montag, vier für Dienstag. Er sah Suslew nicken. *Matyeryebets*, dachte er. Verräter an Mütterchen Rußland und allen Russen, du und alle deine KGB-Verbrecher! Ich verfluche dich im Namen Gottes, in meinem und im Namen aller Russen! Genug davon! Ich werde Noble Star reiten, so oder so.
Inmitten von noch mehr Glückwünschen und viel Neid betrat Dunross den Aufzug. Oben warteten Gavallan und Jacques auf ihn. »Ist alles bereit?«
»Ja«, antwortete Gavallan. »Gornt ist da und auch die anderen, die du dabei haben wolltest. Was hast du vor?«
»Kommt mit, und ihr werdet es erleben! Übrigens, Andrew, ich tausche Jacques gegen David MacStruan aus. Jacques geht für ein Jahr nach Kanada und David...«
Jacques' Miene erhellte sich. »O danke, Tai-Pan, danke! Ich werde dafür sorgen, daß Kanada viel Gewinn macht, das verspreche ich.«
»Ich freue mich schon, den alten David wiederzusehen«, sagte Gavallan nachdenklich. Er konnte David MacStruan gut leiden, fragte sich aber doch, was hinter dieser Rochade steckte und ob das bedeutete, daß Jacques im Hinblick auf das Amt des Tai-Pan aus dem Rennen und David an seine Stelle getreten war und ob sich seine eigene Position verändert hatte. Joss, gab er sich selbst die Antwort. Es kommt, wie es kommen muß.
»Geht schon mal vor, ihr beiden«, sagte Dunross, »ich hole Philip.« Er betrat die Loge der Familie Tschen. Nach altem Brauch war der Comprador von Noble House automatisch auch Steward. Aber heute vielleicht zum letzten Mal, dachte Dunross grimmig. Wenn er bis Sonntag um Mitternacht keine Hilfe seitens Vierfinger Wus, Lando Matas oder Knauser Tungs anbieten kann, ist er draußen.
»Hallo, Philip«, sagte er freundlich und begrüßte auch die anderen Gäste in der bis zum Bersten vollen Loge. »Können wir?«
»Natürlich, Tai-Pan.« Philip Tschen sah älter aus. »Ich gratuliere dir zum Sieg.«
»Ja, Tai-Pan, ein wunderbares Omen – hoffentlich geht es auch im fünften so gut«, rief Dianne mit Kevin an ihrer Seite.
»Vielen Dank«, sagte Dunross, der nicht daran zweifelte, daß Philip ihr von seinem Gespräch erzählt hatte. Sie trug einen Hut mit Paradiesvogelfedern und zuviel Schmuck.
»Champagner, Tai-Pan?«
»Nein, danke, vielleicht später. Tut mir leid, Dianne, ich werde mir Philip kurz ausleihen müssen. Wird nicht lange dauern.«

Draußen im Gang blieb er kurz stehen. »Hast du etwas erreicht, Philip?«
»Ich ... ich habe mit allen ... mit allen gesprochen. Sie treten morgen vormittag zusammen.«
»Wo, in Macao?«
»Nein, hier.« Philip Tschen senkte seine Stimme. »Es tut mir so leid. Der Schaden, den mein Sohn angerichtet hat ... ja, schrecklich leid«, sagte er, und es war sein Ernst.
»Ich nehme deine Entschuldigung an. Deine Sorglosigkeit und Untreue sind daran schuld, daß wir so verwundbar geworden sind. Mein Gott, wenn Gornt unsere Bilanzen der letzten Jahre und Informationen über die Verflechtungen unseres Verwaltungsaufbaus in die Hand bekommt, sind wir geliefert.«
»Ich habe da eine Idee, Tai-Pan, wie wir ... wie das Noble House aus dem Schlamassel herauskommen könnte. Nach dem Rennen könnte ich, wenn du einen Augenblick Zeit hast ...«
»Du kommst doch am Abend auf einen Drink? Mit Dianne?«
»Ja, wenn ... ja bitte! Darf ich Kevin mitbringen?«
Dunross lächelte in sich hinein. Der rechtmäßige Erbe. »Ja. Komm nur!«
»Um was geht es denn jetzt, Tai-Pan?«
»Du wirst schon sehen. Bitte sage nichts, tu nichts, akzeptiere nur einfach – große Zuversicht zeigend –, daß du Teil des Pakets bist! Wenn ich gehe, folgst du mir und verbreitest allenthalben frohe Kunde und gute Laune. Wenn wir kaputtgehen, geht das Haus Tschen als erstes.« Er betrat McBrides Loge, und wieder gab es Glückwünsche.
»Du lieber Himmel, Tai-Pan«, sagte McBride, »wenn Noble Star das fünfte Rennen gewinnt, wäre das nicht herrlich?«
»Pilot Fish wird Noble Star schlagen«, warf Gornt ein. Er stand mit Jason Plumm an der Bar. »Ich wette 10000 HK, daß er vor Ihrer Stute durchs Ziel geht.«
»Die Wette gilt«, sagte Dunross, und die mehr als dreißig Gäste reagierten mit ermunternden, aber auch höhnischen Zurufen. Wieder einmal staunten Bartlett und Casey, die, wie mit Dunross abgesprochen, unter dem Vorwand hereingeschlendert kamen, Peter Marlowe einen Besuch zu machen, über die festliche Atmosphäre und Dunross' offen zur Schau getragene Zuversicht.
»Wie geht es Ihnen, Dunstan?« Dunross achtete nicht auf Casey und Bartlett und konzentrierte sich auf den großgewachsenen, rotgesichtigen Mann.
»Ausgezeichnet, danke, Ian! Den ersten habe ich richtig getippt und Buccaneer auch, nur mit der Doppelwette war es Essig. Lucky Court hat mich im Stich gelassen.«
Die Loge war ebenso geräumig wie die von Struan's, zwar nicht so reich ausgestattet, aber ebenso wohl gefüllt mit Persönlichkeiten der Hongkon-

ger Elite: Lando Mata, Holdbrook – Struan's Börsenmakler –, Sir Luis Basilio – Vorstand der Börse –, Johnjohn, Havergill, Southerby – Vorsitzender der Blacs –, Richard Kwang, Pugmire, Biltzmann, Sir Dunstan Barre, der junge Martin Haply vom *China Guardian* – und Gornt. Dunross fixierte ihn. »Haben Sie auch beim zweiten Rennen den Sieger richtig getippt?«
»Nein. Mir hat keines der Pferde gefallen«, sagte Gornt. »Um was geht's denn, Ian?« Alle merkten gespannt auf. »Sie wollten etwas bekanntgeben.«
»Ja, um der Höflichkeit Genüge zu tun, habe ich neben anderen VIPs auch Sie hierherbitten lassen.« Dunross wandte sich an Pugmire. »Pug, Noble House ficht offiziell die Übernahme Ihrer Hongkong General Stores durch American Superfoods an.«
Lähmende Stille trat ein, und alle starrten ihn an. Pugmire war blaß geworden.
»Was?«
»Wir bieten um fünf Dollar mehr pro Aktie als Superfoods, und wir verbessern das Gebot von Superfoods, indem wir dreißig Prozent in bar und siebzig in Aktien zahlen – und alles innerhalb von dreißig Tagen.«
»Sie sind verrückt geworden«, brach es aus Pugmire heraus. »Habe ich nicht allen, auch Ihnen, den Puls gefühlt? Haben nicht alle, auch Sie, die Transaktion gebilligt, oder zumindest nicht mißbilligt? Das können Sie nicht machen«, knurrte er.
»Ich habe es schon gemacht«, hielt Dunross ihm entgegen.
»Sie haben weiter nichts gemacht als etwas bekanntgegeben«, mischte Gornt sich grob ein. »Wie wollen Sie zahlen? In dreißig oder dreihundert Tagen?«
Dunross sah ihn nur an. »Es ist ein öffentliches Gebot. Unsere Abschlußzahlung folgt in dreißig Tagen. Pug, Sie haben das schriftliche Gebot bis Montag um neun Uhr dreißig auf Ihrem Schreibtisch – mit einer Anzahlung, um das Angebot zu zementieren.«
Vorübergehend wurde er übertönt, als die anderen nun zu reden begannen und Fragen stellten. Jeder einzelne machte sich Gedanken, wie weit diese überraschende Entwicklung ihn persönlich berührt. Noch nie war eine schon abgemachte Übernahme angefochten worden. Johnjohn und Havergill waren wütend, daß man sie nicht konsultiert hatte, und der andere Bankmann, Southerby von der Blacs, die als kaufmännisches Akzepthaus für Superfoods agierte, war ebenso verärgert, weil er Überraschungen dieser Art nicht liebte. Aber alle Bankleute, Richard Kwang eingeschlossen, überdachten die Möglichkeiten, denn wenn die Börse normal funktionierte und der Noble-House-Kurs sich auf seiner normalen Höhe bewegte, dann konnte sich das Angebot für beide Seiten sehr günstig auswirken. Alle Welt wußte, daß die Geschäftsführung von Struan's die reiche, aber stagnierende *hong* revitalisieren konnte, daß der Ankauf Noble House enorm stärken,

den Jahresumsatz um mindestens zwanzig Prozent heben und selbstverständlich die Dividenden erhöhen würde. Dazu kam, daß die Gewinne in Hongkong bleiben und nicht an einen Außenseiter fallen würden. Vor allem nicht an Biltzmann.

Mein Gott, dachte Barre, von großer Bewunderung und nicht wenig Neid erfüllt, hier in aller Öffentlichkeit an einem Sonnabend das Angebot zu machen, das war wirklich brillant von Ian! Nicht die Spur eines Gerüchts, daß er das Unvorstellbare in Angriff zu nehmen beabsichtigte, nichts, was einen etwas hätte ahnen lassen, so daß man sich vorige Woche in aller Stille mit einem einzigen Telefonanruf hätte zum Tiefstkurs eindecken und so ein Vermögen verdienen können. Brillant. Natürlich werden Pugmires General-Stores-Aktien Montag, sobald die Börse geöffnet ist, wie Raketen in die Höhe schießen. Mann, ich hätte ein hübsches Sümmchen verdienen können, wenn... Aber vielleicht ist es noch nicht zu spät. Die Gerüchte, wonach die Victoria Struan's nicht mehr unterstützen wolle, waren offensichtlich aus der Luft gegriffen...

Moment mal, dachte Sir Luis Basilio, haben wir vorige Woche nicht für den Bevollmächtigten eines Kunden ein Riesenpaket General Stores gekauft? Du lieber Himmel, war der Tai-Pan schlauer als wir alle? Aber Madonna, Moment mal, wie paßt das zu dem Run auf seine Aktien, zum Krach an der Börse, und woher nimmt er das Geld, das er braucht, um die Sache zu finanzieren, und wie steht es...

Auch Gornt stellte Überlegungen an, und es wurmte ihn, daß *er* nicht an diese Kriegslist gedacht hatte. Aber was soll's? Ian kann doch gar nicht zahlen! Er hat keine Chance...

»Können wir darüber berichten, Tai-Pan?« Haplys schneidende kanadische Stimme übertönte das lärmende Gerede.

»Gewiß, Mr. Haply.«

»Darf ich Ihnen einige Fragen stellen?«

»Hängt von den Fragen ab«, antwortete Dunross leichthin. Er sah die durchdringenden braunen Augen und lächelte belustigt. Wir könnten so einen kaltschnäuzigen Typ in der Familie gut gebrauchen – wenn man ihm Adryon anvertrauen könnte.

»Es ist das erstemal, daß eine Übernahme angefochten wird. Darf ich erfahren, warum Sie es gerade jetzt tun?«

»Struan's hat schon immer neue Wege beschritten. Und was den Zeitpunkt angeht, scheint er uns perfekt.«

Biltzmann fiel ihm ruppig ins Wort: »Wir haben ein Abkommen getroffen, und das ist fix. Stimmt das etwa nicht, Pug?«

»Es *war* fix, Mr. Biltzmann«, sagte Dunross mit einiger Schärfe, »aber wir fechten es an, wie das auch in den Staaten, nach amerikanischen Regeln, üblich ist. Sie haben doch wohl nichts dagegen einzuwenden? Wir sind natürlich hier nur *Amateure*, aber wir lernen gern von erfahrenen Fremden. Bis zur Aktionärsversammlung ist nichts endgültig entschieden, so lautet doch das Gesetz, nicht wahr?«

»Ja, aber... aber es war fix!« Der großgewachsene grauhaarige Mann war so zornig, daß er kaum reden konnte. »Sie haben gesagt, es ist alles geregelt«, fuhr er Pugmire an.

»Nun ja, die Direktoren hatten zugestimmt«, verteidigte sich Pugmire, der sich der Tatsache wohl bewußt war, daß alle ihm zuhörten, nicht zuletzt Haply. Einerseits war er hochbeglückt über das so wesentlich bessere Angebot, andrerseits wütend, daß auch ihn niemand im voraus unterrichtet und ihm damit die Möglichkeit gegeben hatte, sich billig einzukaufen. »Aber natürlich muß das Abkommen Freitag von den Aktionären genehmigt werden... äh, Ian, hier ist doch wohl nicht der Ort... meinen Sie nicht...?«

»Ich stimme Ihnen zu«, erwiderte der Tai-Pan, »aber im Augenblick gibt es wenig zu besprechen, das Angebot ist gemacht. Was übrigens Ihren persönlichen Vertrag angeht, Pug, daran ändert sich nichts, außer daß er statt auf fünf auf sieben Jahre verlängert wird und daß Sie für diese Zeit auch einen Sitz im Aufsichtsrat von Struan's bekommen.«

Pugmire brachte den Mund nicht mehr zu. »Gehört das zum Angebot?«

»Wir könnten auf Ihre Erfahrung natürlich nicht verzichten«, sagte Dunross, und alle wußten, daß Pugmire an der Angel hing. »Sonst bleibt alles, wie Sie es mit Superfoods ausgehandelt haben.« Er ging zu Biltzmann hinüber und streckte ihm die Hand hin. »Viel Glück! Ich nehme an, Sie werden unverzüglich eine Gegenofferte machen?«

»Na ja, da muß ich mich erst mit der Zentrale absprechen, Mister, äh, Tai-Pan«, gab Biltzmann zornig zurück. »Wir... wir haben uns schon sehr angestrengt... das ist wirklich ein sehr splendides Angebot, das Sie da gemacht haben. Aber mit dem Kurssturz Ihrer Aktien und dem Run auf die Banken wird es Ihnen einigermaßen schwerfallen, das Geschäft auch abzuschließen, meinen Sie nicht?«

»Keineswegs, Mr. Biltzmann«, entgegnete Dunross und setzte alles darauf, daß Bartlett zu seinem Wort stehen, daß er mit Par-Con abschließen und daß es ihm gelingen würde, sich aus Gornts Klauen zu befreien. »Wir werden keine Probleme haben.«

Biltzmanns Stimme wurde schärfer. »Sie werden gut daran tun, unserem Angebot die gebührende Beachtung zu schenken. Es ist noch bis Dienstag gültig«, sagte er mit der Gewißheit, daß Noble House Dienstag in Trümmern liegen werde. Er stolzierte hinaus. Die Spannung in der Loge nahm um einige Grade zu.

Alle fingen gleichzeitig an zu reden, aber Haply rief: »Ich hätte noch eine Frage, Tai-Pan.«

»Und die wäre?«

»Soviel ich weiß, ist es bei Übernahmen üblich, eine Anzahlung zu leisten; darf ich fragen, welchen Betrag Struan's anbietet?«

Alles wartete gespannt. Dunross ließ seine Augen über die Gesichter gleiten. Er wußte, daß jeder einzelne ihn gern erniedrigt sehen würde, jeder einzelne, ausgenommen... ausgenommen wer? Casey, ja. Bartlett? Ich weiß nicht, ich bin nicht sicher. Claudia? O ja. Claudia starrte ihn an, weiß wie die Wand. Donald McBride, Gavallan, ja sogar Jacques.
An Martin Haply blieben seine Augen haften. »Es könnte sein, daß Mr. Pugmire diese Zahl nicht in aller Öffentlichkeit erfahren möchte«, reizte er seine Zuhörer.
Gornt ließ Pugmire gar nicht zu Wort kommen. »Hören Sie mal, Ian«, forderte er Dunross heraus, »da Sie sich schon einmal entschlossen haben, einen unkonventionellen Weg zu gehen, warum gehen Sie ihn nicht zu Ende? Was Sie bar hinlegen, ist ein Maßstab für den Wert Ihres Angebots, habe ich recht?«
»Nein. Eigentlich nicht. Aber bitte... Was sagen Sie zu zwei Millionen Dollar, Pug? Montag, 9 Uhr 30, zusammen mit unserem schriftlichen Angebot?«
McBride und seine Gäste rangen nach Atem. Havergill, Johnjohn, Southerby und Gornt waren wie vor den Kopf geschlagen. »Ian«, setzte Havergill unwillkürlich an, »meinen Sie nicht, Sie...«
Dunross drehte sich nach ihm um. »Sie meinen, das wird nicht reichen, Paul?«
»O doch, doch, selbstverständlich, es ist mehr als genug, aber...«
»Ach, ich glaubte schon...« Dunross unterbrach sich und tat, als wäre ihm eben etwas eingefallen. »Keine Sorge, Paul, ich habe Sie selbstverständlich zu nichts verpflichtet! Für dieses Geschäft habe ich mir eine alternative, eine ausländische Finanzierung besorgt«, fuhr er mit seinem natürlichen Charme fort. »Wie Sie wissen, sind japanische Banken, aber auch viele andere, bestrebt, in Asien zu expandieren. Ich hielt es für besser, diese Sache mit ausländischer Hilfe zu finanzieren. Glücklicherweise hat Noble House auf der ganzen Welt Freunde. Bis später dann...«
Er machte kehrt und ging. Philip Tschen folgte ihm. Martin Haply eilte ans Telefon, und dann fingen plötzlich alle an zu reden: »Na, was sagen Sie?« und: »Ich glaub's einfach nicht!« und: »Mein Gott, wenn Ian mit einer Auslandsfinanzierung in dieser Höhe rechnen kann...«
»Welche japanische Bank?« Havergill sah Johnjohn fragend an.
»Ich wollte, ich wüßte es... zwei Millionen Dollar, das ist doppelt soviel, wie er hätte bieten müssen.«
Southerby, der danebenstand, trocknete sich die Handflächen. »Wenn Dunross das schafft, bringt ihm das im ersten Jahr mindestens zehn Millionen.« Er grinste hämisch. »Tja, Paul, sieht ganz so aus, als ob von diesem Kuchen für uns nichts übrig bliebe.«
»Ja, so sieht's aus, aber ich versteh' einfach nicht, wie er... daß er alles so geheim gehalten hat!«

Southerby beugte sich vor. »Um von etwas Wichtigerem zu sprechen: Was gibt es Neues von Tiptop?«
»Nichts, noch nichts. Er hat weder mich noch Johnjohn angerufen.« Sein Blick fiel auf Gornt, der sich mit Plumm unterhielt. Er kehrte ihm den Rükken zu. »Was wird Gornt jetzt machen?«
»Montag in der ersten Stunde kaufen. Er muß. Weiter abzuwarten, wäre zu gefährlich«, äußerte Southerby.
»Das ist auch meine Meinung«, bemerkte Sir Luis Basilio, der sich zu ihnen gesellt hatte. »Wenn Dunross mit solchen Summen herumwerfen kann, sollten sich die, die Noble House leer verkauft haben, vorsehen.«
»Ja, ja«, murmelte Johnjohn. »Und wenn er jetzt auch noch mit Noble Star gewinnt! Mit solch einem Joss könnte er das Steuer noch herumwerfen und sich aus dem Schlamassel herauswinden – Sie wissen ja, wie Chinesen sind!«
»Ja, das stimmt«, mischte sich Gornt ein, »aber Gott sei Dank sind wir nicht alle Chinesen. Das Bargeld möchte ich erst mal sehen.«
»Er muß es haben«, sagte Johnjohn. »Er würde sonst sein Gesicht verlieren.«
»Ach, Gesicht!« Gornt lächelte sardonisch. »Um 9 Uhr 30, äh? Wäre er wirklich gescheit gewesen, hätte er mittags gesagt oder drei Uhr nachmittags, dann hätten wir den ganzen Tag nichts gewußt, und er hätte uns manipulieren können. Aber so...« Gornt zuckte die Achseln. »Ich gewinne so oder so, Millionen, wenn nicht überhaupt die Mehrheit.« Er sah sich um, nickte Bartlett und Casey unverbindlich zu und wandte sich ab.
Bartlett nahm Caseys Arm, führte sie auf den Balkon hinaus und fragte leise: »Was sagst du zu Dunross?«
»Er ist phantastisch! ›Eine japanische Bank‹ – das war eine herrliche Finte!« Sie war begeistert. »Er hat den Burschen richtig Pfeffer in den Hintern gepustet, das hast du ja gesehen. Hast du gehört, was Southerby sagte?«
»Natürlich. Sieht ganz so aus, als ob wir es alle geschafft hätten – wenn er den Kopf aus Gornts Schlinge ziehen kann.«
»Wir wollen es hoffen.« Sie sah, daß er lächelte. »Was ist denn?«
»Weißt du, was wir eben getan haben, Casey? Wir haben Noble House gekauft – für versprochene zwei Millionen.«
»Wieso?«
»Dunross rechnet damit, daß ich die zwei Millionen beibringe.«
»Und warum sollte er nicht? Es ist doch so abgemacht?«
»Natürlich. Aber nimm einmal an, ich tu's nicht! Sein ganzes Kartenhaus bricht zusammen. Wenn er die zwei Mille nicht bekommt, ist er fertig. Ich habe Gornt gestern gesagt, daß ich möglicherweise Montag vormittag an der Kette ziehe. Nimm mal an, ich mache noch vor Börsenbeginn einen Rückzieher mit den zwei Millionen. Dunross sitzt in der Scheiße.«
Entgeistert starrte sie ihn an. »Das würdest du doch nicht tun?«

»Wir sind hergekommen, um einen Raubzug zu unternehmen und uns zum Noble House zu machen. Hast du gesehen, wie Dunross Biltzmann mitgespielt hat, wie sie ihm alle mitgespielt haben? Der arme Kerl wußte nicht, wie ihm geschah. Pugmire hatte mit ihm abgeschlossen, aber er ließ ihn glatt im Regen stehen, um Dunross' besseres Angebot anzunehmen. Stimmt's?«

»Das ist etwas anderes.« Sie sah ihn forschend an. »Du willst dein Wort brechen?«

Mit einem sonderbaren Lächeln um die Lippen blickte Bartlett auf die bunte Menge um den Totalisator hinab. »Vielleicht. Es hängt davon ab, wer wem über das Wochenende was antut. Gornt oder Dunross, es kommt auf das gleiche heraus.«

»Dieser Meinung bin ich nicht.«

»Das weiß ich, Casey«, sagte er ruhig. »Aber es sind *meine* zwei Millionen, und es ist *meine* Entscheidung.«

»Ja, und dein Wort und dein Gesicht!«

»Casey, wenn sie könnten, würden uns diese Burschen hier zum Frühstück verspeisen. Glaubst du, Dunross würde uns nicht verkaufen, wenn er wählen müßte?«

»Du meinst also, ein Deal ist nie ein Deal, ganz gleich, was passiert«, konterte sie nach einer kleinen Pause.

»Willst du vier Millionen steuerfrei?«

»Du kennst meine Antwort.«

»Nimm an, du bist mit 49 Prozent bei der neuen Par-Con-Gornt-Gesellschaft dabei. Ohne Wenn und Aber. Soviel muß es wert sein.«

»Mehr«, sagt sie. Die Richtung, die das Gespräch nahm, machte ihr angst. Zum erstenmal in ihrem Leben war sie Bartletts nicht sicher.

»Willst du diese 49 Prozent?«

»Was muß ich dafür tun?«

»Dich zu 100 Prozent hinter Gornt-Par-Con stellen.«

»Bietest du mir das an?«

Er schüttelte den Kopf. Sein Lächeln war immer noch das gleiche, seine Stimme immer noch die gleiche. »Nein. Noch nicht.«

Ein Frösteln überlief sie. Ob sie seinen Vorschlag annehmen würde, wenn er ihn ihr ernstlich machte? »Ich freue mich, Linc. Ja, ich glaube, ich bin froh.«

»Die Sache ist doch ganz einfach, Casey: Dunross und Gornt spielen das Gewinn-Spiel, aber ihre Interessen sind unterschiedlich. Allein diese Loge würde beiden mehr bedeuten als lächerliche zwei oder vier Millionen. Du und ich, wir sind hierhergekommen, um Profit aus der Sache zu ziehen und zu gewinnen.«

Als ein paar Tropfen fielen, blickten sie zum Himmel auf, aber die Spritzer kamen vom auskragenden Vordach. Es war kein frischer Regen. »Ich gehe

mich ein bißchen umhören«, fügte er hinzu. »Mal sehen, wie die Herrschaften reagieren. Wir treffen uns wieder in Dunross' Loge.«
Casey rief ihm nach: »Was machen wir im fünften Rennen?«
»Wir warten auf die Quoten. Ich komme noch rechtzeitig vor dem Start zurück.«
»Viel Spaß!« Sie folgte ihm mit den Augen und stützte sich dann auf die Balustrade, um sich vor ihm und allen zu verstecken. Es hatte ihr schon auf der Zunge gelegen, zu fragen: Wirst du die Kette ziehen und dein Wort brechen?
Mein Gott, bevor wir nach Hongkong kamen – bevor Orlanda in unser Leben trat –, hätte ich Linc nie eine solche Frage zu stellen brauchen. Wieder überlief sie ein Frösteln. Wie war das mit meinen Tränen? Mit Tränen habe ich bisher noch nie gekämpft. Und was ist mit Murtagh? Sollte ich Linc jetzt von ihm erzählen, oder erst später? Erfahren muß er es – auf jeden Fall vor Montag neun Uhr dreißig.

Platschend fiel der Regen auf den Rennplatz. »Hoffentlich wird's nicht ärger«, meinte ein Besucher. Die Bahn war bereits aufgerissen, schlammig und sehr rutschig, die Straße vor dem Haupteingang mit Pfützen bedeckt, der Verkehr dicht.
Roger Crosse, Sinders und Robert Armstrong stiegen aus dem Polizeiauto, durchquerten Schranken und Kontrollen und begaben sich zu den Aufzügen. Seit fünf Jahren war Crosse Mitglied, Armstrong seit einem. Dieses Jahr war Crosse auch Steward. Jedes Jahr wies der Polizeipräsident die Rennleitung darauf hin, daß die Polizei ihre eigene Loge haben sollte, die Stewards stimmten ihm begeistert zu – und nichts geschah.
Im Erfrischungsraum für Miglieder zündete sich Armstrong eine Zigarette an. Falten durchzogen sein Gesicht, seine Augen waren müde. Sie gingen an die Bar und bestellten Drinks. Sinders schaute sich um. »Wer ist denn das?«
Armstrong folgte seinem Blick. »Ein Teil unseres Lokalkolorits, Mr. Sinders«, lautete die spöttische Antwort. »Sie heißt Venus Poon und ist unser bekanntestes TV-Starlet.«
Venus Poon trug einen knöchellangen Nerzmantel und war von einer Gruppe bewundernder Chinesen umgeben. »Der Mann zu ihrer Linken«, fuhr Armstrong fort, »ist Charles Wang – Filmproduzent, Multimillionär, Kinos, Tanzhallen, Nightclubs, Bars, Mädchen und einige Banken in Thailand. Der kleine Alte, der wie ein Bambusrohr aussieht und auch so zäh ist, trägt den Spitznamen Vierfinger Wu; er ist einer unserer Schmuggler – Schmuggeln ist sein Lebensinhalt, und er versteht sein Geschäft.«
»Und der nervöse Typ im grauen Anzug? An der Außenseite?«
»Das ist Richard Kwang von der Ho-Pak Bank. Er ist oder war ihr... wie nennt man das? ... ständiger Begleiter.«

»Interessant. Und wer ist das? Das Mädchen dort mit dem Europäer?«
»Wo? Ach ja. Das ist Orlanda Ramos. Sie ist Portugiesin, und das heißt hier meistens Eurasierin. Früher einmal war sie Quillan Gornts Geliebte. Jetzt, wie sie jetzt lebt, weiß ich nicht. Der Mann neben ihr ist Linc Bartlett, der ›Waffenschmuggler‹.«
»So, so. Sie sieht kostspielig aus.« Sinders nahm einen Schluck. »Entzükkend, aber kostspielig.«
»Sehr, würde ich sagen«, bemerkte Crosse und verzog den Mund. Sie und einige Damen mittleren Alters, allesamt in Modellkleidern, standen um Bartlett herum. »Zu sehr aufgeputzt für meinen Geschmack.«
Sinders sah ihn überrascht an. »Ich habe schon seit Jahren nicht mehr so viele flotte Bienen auf einem Fleck gesehen – oder so viel Schmuck. Gab es hier schon mal einen Raubüberfall?«
Crosse zog die Augenbrauen hoch. »Im Jockey-Club? Du lieber Himmel, das würde keiner wagen.«
Armstrong lächelte sein hartes Lächeln. »Jeder Bulle, der hier Dienst macht, verbringt einen Großteil seiner Zeit damit, einen perfekten Überfall zu planen. Schließlich müssen am Ende eines Renntags mindestens fünfzehn Millionen in den Kassen sein. Aber es ist nichts zu machen. Die Sicherheitsvorkehrungen sind zu scharf – Mr. Crosse hat sie getroffen.«
»Ach ja?«
Crosse lächelte. »Wie wäre es mit einem kleinen Imbiß, Mr. Sinders? Vielleicht ein Sandwich?«
»Gute Idee. Danke.«
»Robert?«
»Danke. Wenn Sie erlauben, werde ich einen Blick in die Rennzeitung werfen.«
»Sie müssen wissen, Mr. Sinders: Robert betreibt das Wetten wissenschaftlich. Tun Sie mir einen Gefallen, Robert! Zeigen Sie Mr. Sinders, wo's lang geht, wo man setzen kann, und bestellen Sie ihm ein Sandwich! Ich will mal sehen, ob der Gouverneur einen Augenblick Zeit für mich hat. In ein paar Minuten bin ich wieder zurück.«
»Gern«, sagte Armstrong, dem der Gedanke an den Umschlag mit den 40000 *h'eung-yau*-Dollars, die er, einer plötzlichen Regung folgend, aus seiner Schreibtischlade genommen hatte, zuwider war; er brannte wie Feuer in seiner Tasche. Tu ich's oder tu ich's nicht? fragte er sich immer wieder, versuchte beharrlich, einen Entschluß zu fassen und gleichzeitig das Entsetzen aus seinen Gedanken zu verbannen – die bevorstehende neuerliche Vernehmung seines Freundes Brian – nein, nicht länger seines Freundes, sondern eines engagierten, hervorragend ausgebildeten Spions und eines enorm wertvollen Fangs, der ihnen nur durch ein Wunder ins Netz gegangen war.

Crosse lenkte seine Schritte zum Aufzug. Nervöse chinesische Augen folgten ihm. Oben angelangt, ließ er die Loge des Gouverneurs links liegen und betrat die Jason Plumms.

»Hallo, Roger«, begrüßte ihn Plumm freundlich. »Ein Drink gefällig?«

»Kaffee wäre mir lieber. Wie läuft's denn so?«

»Ich habe schon die Hosen verloren. Und bei Ihnen?«

»Ich bin eben erst gekommen.«

»Ach, dann haben Sie ja das Drama verpaßt!« Plumm erzählte Crosse von Dunross' Übernahmeangebot. »Dunross ist Pug mächtig in die Parade gefahren.«

»Oder er hat ihm ein tolles Angebot gemacht«, bemerkte einer.

Plumms Loge war genauso voll mit Menschen wie die anderen. Lässiges Geplauder, Gelächter, Drinks und gutes Essen. »Der Tee kommt in einer halben Stunde. Ich wollte gerade einen Sprung ins Ausschußzimmer der Rennleitung machen. Wollen Sie mich begleiten?«

Das Zimmer, in dem die Rennleitung zu Sitzungen zusammentrat, lag am Ende des Ganges. Es war klein, mit einem Tisch, zwölf Stühlen und einem Telefon ausgestattet und leer. Sofort verschwand die Maske jovialer Gemächlichkeit aus Plumms Zügen. »Ich habe mit Suslew gesprochen.«

»Ach ja?«

»Er ist wütend über die gestrige Razzia auf der *Iwanow.*«

»Kann ich verstehen. Der Auftrag dazu kam aus London. Ich habe es selbst erst heute früh erfahren. Dieser verdammte Sinders!«

Plumm machte ein grimmiges Gesicht. »Sie haben doch nicht etwa dich auf dem Kieker?«

»Aber nein. Das ist reine Routine. Special Branch, MI-6 und Sinders spannen ihre Flügel. Ein heimlichtuerisches Pack. Hat nichts mit dem SI zu tun.«

»Ich soll dir ausrichten, daß er neben einer Telefonzelle warten wird.« Plumm gab ihm einen Zettel. »Das ist die Nummer. Er wird genau beim Start der nächsten drei Rennen dort warten – er sagt, es sei dringend. Was war eigentlich der Zweck dieser Razzia?«

»Den KGB-Leuten an Bord angst zu machen und Sevrin aufzuscheuchen. Druck auszuüben. Daß Suslew und der neue Kommissar für Sonntag ins Präsidium geladen wurden, hat denselben Zweck. Man will ihnen angst machen.«

»Bei Suslew ist ihnen das gelungen.« Ein kaustisches Lächeln flackerte über Plumms hübsches Gesicht. »Für die nächsten zehn Jahre wird ihm der Arsch mit Grundeis gehen. Sie werden einiges zu erklären haben. Als Armstrong ›zufällig‹ in den Funkraum eindrang, lief automatisch Rot Eins an; pflichtgemäß und völlig unnötig zerstörten sie ihre Chiffrier- und Dechiffriergeräte einschließlich ihrer Radarköpfe.«

Crosse zuckte die Achseln. »Es war weder Suslews Schuld noch unsere. Wir können der Zentrale einen Bericht schicken, wenn wir wollen.«

»Wenn wir wollen?« Plumm kniff die Augen zusammen.
»Bei ihrer Razzia in den Sinclair Towers haben Rosemonts Halsabschneider von der CIA ein Glas gefunden. Es war voll von Suslews Fingerabdrükken.«
Plumm wurde blaß. »Mein Gott, jetzt haben sie ihn in ihrer Kartei!«
»Zweifellos. Und ich würde sagen, es ist nur mehr eine Frage der Zeit, bis die CIA ihm hinter die Schliche kommt, und darum: Je früher er Hongkong verläßt, desto besser.«
»Meinst du, wir sollen die Zentrale benachrichtigen?« Der Gedanke bereitete Plumm Unbehagen. »Die würden ihn schwer für seine Sorglosigkeit büßen lassen.«
»Das können wir uns noch über das Wochenende überlegen. Woranski kannten wir seit Jahren. Wir wußten, daß wir ihm vertrauen konnten. Aber der? Er ist ja schließlich nur ein kleiner KGB-Offizier, ein besserer Kurier. Er ist nicht einmal Woranskis offizieller Ersatzmann, und schließlich müssen wir auch an uns denken.«
»Sehr richtig.« Plumm bekam einen harten Zug um den Mund. »Vielleicht ist er einfach nur ein Esel. Ich weiß, mir sind sie nicht zu den Sinclair Towers gefolgt. Und das dechiffrierte Telegramm – der Teufel soll ihn holen!«
»Was?«
»Das dechiffrierte Telegramm – das Suslew fallen ließ und das Armstrong dann vom Deck aufhob. Darüber müssen wir auch noch reden.«
Völlig konsterniert über die Tatsache, daß weder Armstrong noch Sinders etwas von einem Telegramm gesagt hatten, wandte Crosse sich ab, um seinen Schock zu verbergen und seine Fassung wiederzugewinnen. Er tat, als müsse er ein Gähnen unterdrücken. »Entschuldige, aber ich war die halbe Nacht auf. Hat er dir gesagt, was in dem Telegramm stand?«
»Selbstverständlich. Ich habe darauf bestanden.«
Es entging Crosse nicht, daß Plumm ihn beobachtete. »Was genau hat er gesagt, das in dem Telegramm gestanden hätte?«
»Ach, du meinst, er könnte gelogen haben?« Plumms Besorgnis war offenkundig. »Der Text war etwa so: ›Berichten Sie Arthur, daß wir, seinem Ersuchen nach Sofortmaßnahme Eins für den Verräter Metkin Folge leistend, Bombay sofort die nötigen Anweisungen gegeben haben. Zweitens: Die Begegnung mit dem Amerikaner wird auf Sonntag vorverlegt. Drittens: Die AMG-Berichte haben auch weiterhin Dringlichkeitsstufe Eins. Sevrin muß die größten Anstrengungen unternehmen, um Erfolg zu erzielen. Zentrale.‹« Plumm fuhr sich mit der Zunge über die Lippen. »Stimmt's?«
»Ja«, sagte Crosse, schweißnaß, doch erleichtert. Er fing an, über Armstrongs und Sinders' Verhalten nachzugrübeln. Warum haben sie mir diese Information vorenthalten?
»Schrecklich, was?« Plumm schüttelte den Kopf.

»Ja, aber nicht ernst zu nehmen.«

»Da bin ich aber nicht deiner Meinung«, sagte Plumm gereizt. »Das Telegramm macht deutlich, daß eine Verbindung zwischen dem KGB und Sevrin besteht, und es bestätigt – über jeden Zweifel hinaus – die Existenz Arthurs und Sevrins.«

»Ja, aber das wissen sie doch schon aus den AMG-Berichten. Beruhige dich, Jason, wir sind völlig sicher!«

»Sind wir das wirklich? Vielleicht sollten wir für eine Weile den Laden dichtmachen.«

»Wir haben ihn dichtgemacht. Es sind nur diese verdammten AMG-Akten, die uns Ärger bereiten.«

»Ja. Gott sei Dank hat nicht alles gestimmt, was dieser schräge Vogel von Grant da zusammengeschmiert hat.«

»Du meinst Banastasio?«

»Ja. Ich weiß immer noch nicht, wo der hineinpaßt.«

In seinem letzten Bericht hatte AMG Banastasio fälschlich als Sevrins V-Mann in Amerika bezeichnet. Erst später hatte Crosse von Rosemont erfahren, wer Banastasio wirklich war. »Der Kerl, der ihn abgeholt hat, war Vee Cee Ng.«

Plumm zog die Brauen hoch. »Fotograf Ng? Was hat der damit zu tun?«

»Ich weiß es nicht. Er ist in allerhand schmutzige Geschäfte verwickelt.«

»Könnte etwas an der Theorie von diesem Schriftsteller dran sein... wie heißt er doch gleich – Marlowe? Wäre es möglich, daß das KGB auf unserem Territorium eine Operation durchführt, ohne uns zu informieren?«

»Möglich. Vielleicht ist es aber auch nur ein zufälliges Zusammentreffen.«

Crosse hatte sich wieder ganz in der Gewalt und dachte viel klarer. »Was hat denn Suslew so Dringendes mit mir zu besprechen?«

»Zusammenarbeit. Koronski kommt morgen mit der Nachmittagsmaschine.«

Crosse stieß einen Pfiff aus. »Zentrale?«

»Ja. Ich wurde heute früh verständigt. Nachdem die Anlage auf der *Iwanow* ausgefallen ist, läuft die Verbindung über mich.«

»Gut. Hat er einen Decknamen?«

»Hans Meikker aus der Bundesrepublik. Er soll im ›Sieben Drachen‹ absteigen.« Plumms Besorgnis nahm zu. »Hör mal, Suslew sagt, die Zentrale habe uns angewiesen, alles vorzubereiten, um Dunross zu schnappen und...«

»Die sind verrückt geworden!« Crosse ging in die Luft.

»Meine ich auch, aber Suslew sagt, das sei die einzige Möglichkeit, um rasch festzustellen, ob die Berichte gefälscht sind und, wenn ja, wo er die Originale versteckt hat. Er behauptet, Koronski kann das herauskriegen.«

»Das ist reiner Wahnsinn«, ärgerte sich Crosse. »Wir wissen noch gar nicht, ob die Berichte gefälscht sind.«

»Suslew sagt, die Zentrale meint, wir könnten es den Werwölfen in die Schuhe schieben. Diese Verbrecher haben John Tschen entführt – warum sollten sie nicht versuchen, das große Geld zu machen?«
»Nein, zu gefährlich.«
Plumm trocknete sich die Hände. »Eine Entführung von Dunross müßte die Tai-Pane und ganz Hongkong in Aufruhr versetzen. Der Zeitpunkt wäre ideal, Roger.«
»Wieso?«
»Noble House würde völlig in Verwirrung geraten, dazu der Sturm auf die Banken und der Börsenkrach – Hongkong wäre am Ende, und das würde ganz China bis in seine Grundfesten erschüttern. Und, Roger, bist du es noch nicht leid, einfach dazusitzen und den Botenjungen abzugeben? Jetzt kann Sevrin so gut wie ohne Risiko seine Bestimmung erfüllen. Dann können wir den Laden für eine Zeit dichtmachen.«
Crosse zündete sich eine Zigarette an. Er hatte die Spannung in Plumms Stimme gehört. »Ich werde darüber nachdenken«, sagte er schließlich. »Ich ruf' dich am Abend an. Weiß Suslew, wer der Amerikaner ist, der in diesem Telegramm erwähnt wird?«
»Nein. Er hat nur gesagt, es habe nichts mit uns zu tun. Es könnte übrigens auch ein Codename für jemanden sein.«
»Möglich.«
»Ich habe da so eine Vermutung: Banastasio.«
»Warum gerade er?« Crosse tat verwundert, obwohl er zu dem gleichen Schluß gekommen war.
»Ich weiß es nicht, aber ich sage dir, das ganze Manöver, wenn es ein Manöver ist, riecht nach KGB. Es ist Sün-tse in Reinkultur: Richte die Stärke des Feindes gegen ihn selbst – in diesem Fall beider Feinde, der Vereinigten Staaten und Chinas. Was meinst du?«
»Möglich. Ja, es paßt alles zusammen.« Bis auf eines, dachte Crosse: Vee Cee Ng. Bis Brian Kwok mit der Bemerkung herausgeplatzt war: »Vee Cee ist einer von uns«, hatte er in dem Mann nicht mehr als einen Schürzenjäger, Amateurfotografen, Reeder und Kapitalisten gesehen. »Wenn Banastasio der Amerikaner ist, werden wir es erfahren.« Er drückte seine Zigarette aus. »Noch was?«
»Nein. Denk mal über Dunross nach, Roger! Die Werwölfe würden es möglich machen.«

Durch ihr starkes Fernglas beobachtete Orlanda die Pferde, die soeben zum vierten Rennen gestartet waren. Sie stand in einer Ecke des Mitgliederbalkons, ein glücklicher Bartlett neben ihr. Aller Augen waren auf die Pferde gerichtet, nur er beobachtete seine Begleiterin, die Schwellung ihrer Brüste unter der Seide, ihre feingeschnittenen Züge. »Komm schon, Crossfire«, murmelte sie, »lauf! Er liegt an fünfter Stelle, Linc...«

Sie hatten vereinbart, sich zwischen dem dritten und vierten Rennen hier zu treffen. Ob sie Mitglied sei, hatte er sie gestern abend gefragt.
»Aber nein, Liebster, ich gehe mit Freunden. Noch einen Drink?«
»Nein, danke – ich werde mich jetzt verabschieden.«
Er hatte sie geküßt und wieder ihre überwältigende Bereitschaft gespürt. Dieses Gefühl hatte bewirkt, daß seine Nerven auf der Heimfahrt und bis spät in die Nacht aufs äußerste gespannt waren, und so sehr er sich auch bemühte, seiner Erregung Herr zu werden, fiel es ihm schwer, sein Verlangen niederzukämpfen.
Es hat dich erwischt, alter Knabe, dachte er, als er sie jetzt beobachtete, wie sie, die Zungenspitze zwischen den Lippen, alles um sich zu vergessen schien, alles, bis auf die fünfzig Dollar, die sie auf den Favoriten, einen Schimmel, gesetzt hatte.
»Komm schon... lauf... er schiebt sich nach vorn, Linc! Er ist auf dem zweiten Platz...«
Bartlett konzentrierte sich auf das Feld, das nun in die letzte Gerade einbog. Da war Crossfire, gut placiert hinter Western Scot, einem braunen Wallach, der leicht in Führung lag; Winwell Stag, Havergills Wallach, auf den Peter Marlowe getippt hatte, stieß jetzt vor und näherte sich bedrohlich Crossfire und Western Scot, die Kopf an Kopf dahingaloppierten.
»Komm... komm... mach schon, Crossfire... Oh, ich habe gewonnen, ich habe gewonnen!«
Ein Höllenspektakel brach los, und Bartlett lachte, als Orlanda laut aufjubelte und ihm um den Hals fiel. »O Linc, wie herrlich!«
Wenige Augenblicke später gab der Totalisator die Siegquoten bekannt. Wieder kreischte die Menge. Crossfire zahlte 5 zu 2.
»Das ist nicht viel«, bemerkte Bartlett.
»Doch, doch, doch!« Nie war Orlanda ihm attraktiver erschienen, der schicke Hut, viel schicker als der von Casey – es war ihm sofort aufgefallen, und er hatte ihr ein Kompliment dafür gemacht. Sie beugte sich über die Balustrade und sah auf den Führring hinunter. »Das ist der Besitzer, Vee Cee Ng, er ist einer von unseren Schanghaier Millionären. Mein Vater kannte ihn recht gut.«
Bartlett betrachtete den Mann, der das bekränzte Pferd auf den Führring brachte – ein elegant gekleideter, freudestrahlender, gutgebauter Chinese Mitte Fünfzig. Dann sah Bartlett Havergill mit seinem Winwell Stag, der als zweiter durchs Ziel gegangen war. Auf dem Sattelplatz erkannte er Gornt, Plumm, Pugmire und mehrere Stewards. Dunross stand neben dem Geländer und unterhielt sich mit einem kleineren Mann. Der Gouverneur, begleitet von seiner Frau und seinem Adjutanten, schlenderte von einer Gruppe zur anderen. Bartlett beobachtete sie und beneidete sie ein wenig, die Besitzer mit ihren Mützen und Regenmänteln, mit ihren Luxusfrauen und Freundinnen, alle Mitglieder eines exklusiven Klubs, der Machtzen-

trale von Hongkong. Alle sehr britisch, dachte er, alle sehr clever. Werde ich da besser hineinpassen als Biltzmann? Aber sicher. Außer sie wollen mich genauso draußen haben, wie sie ihn draußen haben wollten. Würden sie Orlanda akzeptieren? Selbstverständlich, als meine Frau oder als meine Freundin, es kommt auf dasselbe heraus. »Wer ist das«, fragte er, »der Mann, der mit Dunross spricht?«

»Ach, das ist Alexei Travkin, er ist der Trainer des Tai-Pan.« Sie brach ab, als Robert Armstrong auf sie zutrat. »Guten Tag, Mr. Bartlett«, grüßte er höflich. »Haben Sie richtig getippt?«

»Nein, leider. Darf ich Sie mit Miss Ramos, Miss Orlanda Ramos bekannt machen? Inspektor Robert Armstrong vom CID.«

»Guten Tag.« Sie erwiderte Armstrongs Lächeln, aber es entging ihm nicht, daß sie sich zur Vorsicht ermahnte. Warum haben sie nur alle solche Angst vor uns, die Schuldigen wie die Unschuldigen, fragte er sich, wo wir doch nichts anderes tun, als *ihren* Gesetzen Geltung zu verschaffen, sie vor Bösewichtern und Übeltätern zu beschützen? Das ist so, weil jeder gegen ein Gesetz verstößt, fast jeden Tag, und weil viele Gesetze einfach dumm sind – wie unsere Wettgesetze. So macht sich also jeder schuldig, auch Sie, meine schöne Dame, mit Ihrem ach so sinnlichen Gang und Ihrem ach so vielversprechenden Lächeln – für Bartlett. Welches Verbrechen haben Sie heute begangen, um diesen armen Tor zu bestricken? Er mag kein Tor sein in anderen Belangen, aber gegen eine von Quillan Gornt geschulte Frau? Eine hungrige, schöne, junge Eurasierin, die keinen anderen Weg vor sich hat als den Weg hinab? *Ayeeyah!* Aber wie gern möchte ich den Platz tauschen! Du mit deinen Gewehren, deinem Geld, Bienen wie Casey und der da und Rendezvous mit dem Abschaum der Welt wie Banastasio – o ja, ich gäbe zehn Jahre meines Lebens dafür, denn heute, das schwöre ich bei Gott, heute hasse ich alles, was ich für das gute alte England tue.

»Haben Sie auch auf den Favoriten gesetzt?« Sie schaute ihn lachend an.

»Nein, leider nein.«

»Sie hat jetzt schon das zweite Mal gewonnen«, sagte Bartlett stolz.

»Tja, wenn Sie eine Glückssträhne haben: Auf welches Pferd tippen Sie im fünften?«

»Ich habe keine Ahnung, Inspektor. Und Sie?«

»Ich kann mich auch nicht entscheiden. Na ja, viel Glück!« Armstrong entfernte sich und steuerte auf die Totokassen zu.

Auf dem Gang blieb er stehen. Die Schlange, Chief Inspector C. C. Smyth, ein Bündel Geldscheine in der Hand, wandte sich von einem dicht umlagerten Gewinnschalter ab. »Hallo, Robert! Wie läuft's?«

»So so. Sind Sie wieder groß am Gewinnen?«

»Man tut, was man kann.« Die Schlange beugte sich vor. »Was gibt's Neues?«

»Die Dinge entwickeln sich.« Wieder empfand Armstrong Ekel bei den Gedanken, daß er in das Rote Zimmer zurückkehren und dort sitzen und Brian Kwok seine geheimsten Geheimnisse entlocken mußte – rasch entlocken mußte, denn alle wußten, daß der Gouverneur London um die Genehmigung ersucht hatte, den Austausch vornehmen zu dürfen.

»Sie sehen angegriffen aus, Robert.«

»Ich fühle mich auch nicht besonders. Wer gewinnt das fünfte Rennen?«

»Ich bin Ihrem Freund Einfuß auf die Pelle gerückt. Seine Empfehlung lautet: Pilot Fish. Im ersten hat er auf Buccaneer getippt, aber so, wie die Bahn aussieht, ist natürlich alles drin.«

»Wie wahr! Was Neues mit den Werwölfen?«

»Nichts. Wir sind in einer Sackgasse. Ich lasse das ganze Gebiet durchkämmen, aber bei dem Regen ist es so gut wie hoffnungslos. Heute früh habe ich mit Dianne Tschen gesprochen – und mit John Tschens Frau Barbara. Sie haben herumgeredet. Ich wette, sie wissen mehr, als sie sagen. Philip Tschen war genauso wenig mitteilsam. Der arme Kerl ist völlig mit den Nerven fertig.« Die Schlange sah ihn forschend an. »Konnte Mary Ihnen einen Hinweis geben?«

»Ich hatte noch keine Gelegenheit, mit ihr zu reden. Heute abend – wenn man mich zu Atem kommen läßt.«

»Das wird man nicht.« Ein schiefes Lächeln breitete sich über Smyth' Gesicht. »Setzen Sie Ihre 40 auf Pilot Fish!«

»Welche 40?«

»Ein Vögelchen hat mir etwas von einem goldenen Ei in Ihrer Schreibtischlade gezwitschert.« Smyth zuckte die Achseln. »Keine Bange, Robert, trauen Sie sich! Dort, wo die 40 herkommen, gibt's noch mehr. Viel Glück.« Er entfernte sich.

Der Kerl hat recht, dachte Armstrong. Es gibt noch viel mehr zu holen. Aber wer einmal zugegriffen hat, tut er es nicht auch ein zweites Mal? Und wenn du auch nichts dafür leistest, nichts zugibst, nichts versprichst – die Zeit wird kommen. Einmal mußt du bezahlen, das ist so sicher wie das Amen in der Kirche.

Mary. Sie braucht diesen Urlaub, braucht ihn dringend, und da sind auch noch die Rechnung vom Börsenmakler und all die anderen Rechnungen ... das gottverdammte Geld! 40 auf eine Zwillingswette, und alle Probleme wären gelöst. Oder soll ich Pilot Fish auf Sieg spielen? Alles oder die Hälfte oder nichts?

Er stellte sich in die Reihe vor einem der Wettschalter. Viele erkannten ihn, und die ihn erkannten, wünschten, die Polizei hätte ihre eigene Loge und ihre eigenen Kassen und mischte sich nicht unter anständige Bürger. Auch Vierfinger Wu dachte so. Hastig setzte er fünfzigtausend auf eine Einlaufwette – Pilot Fish und Butterscotch Lass – und eilte in den Erfrischungsraum zurück, wo er sich an einem Brandy-Soda labte. Diese dreckigen Hundeknochen von Polizei, dachte er, jagen anständigen Leuten Angst ein.

Er wartete auf Venus Poon. Iiiii, kicherte er, ihre goldene Spalte ist jedes Karat des Brillanten wert, den ich ihr gestern abend versprochen habe. Zweimal Wolken und Regen vor Tagesanbruch und das Versprechen auf ein Wiedersehen Sonntag, sobald der Yang wieder...

Lautes Schreien draußen lenkte ihn ab. Sofort schob er sich durch die Menge auf dem Balkon. Nacheinander erschienen die Namen der Pferde und ihrer Jockeys auf der großen Tafel. Pilot Fish, Nummer eins, wurde mit Begeisterung begrüßt; Street Vendor, ein Außenseiter, war Nummer zwei; Golden Lady drei, und erregtes Raunen lief durch die große Schar ihrer Fans. Als Noble Star, Nummer sieben, angekündigt wurde, erhob sich brausender Jubel, und bei Nummer acht, Butterscotch Lass, dem Favoriten, kreischte die Menge noch lauter.

Unten an der Barriere betrachteten Dunross und Travkin den Boden. Die Bahn war aufgerissen und rutschig. Der Himmel über ihnen verdunkelte sich. Ein leichter, feiner Regen setzte ein, und aus fünfzigtausend Kehlen erklang ein schmerzliches Stöhnen.

»Die Bahn ist miserabel, Tai-Pan«, sagte Travkin.

»Aber für alle gleich.« Ein letztes Mal wog Dunross die Chancen ab. Wenn ich reite und gewinne, ist es ein phantastisch gutes Omen. Wenn ich reite und verliere, ist es ein scheußlich schlechtes. Von Pilot Fish geschlagen zu werden, noch schlimmer. Es könnte leicht sein, daß ich stürze. Ich kann es mir... Noble House kann es sich nicht leisten, heute oder morgen oder Montag führerlos dazustehen. Wenn Travkin reitet und verliert, wäre das arg, aber nicht so arg. Doch ich werde nicht stürzen. Ich werde siegen. Bei Alexei bin ich nicht sicher. Ich kann siegen – wenn ich die Götter auf meiner Seite habe. Aber wie weit kann ich mich auf die Götter verlassen?

»*Iiiii*, mein Junge«, hatte der alte Tschen-tschen oft gesagt, »erwarte nie Hilfe von den Göttern, so sehr du auch versucht haben magst, sie durch Geld oder Versprechungen günstig zu stimmen! Götter sind Götter, und Götter gehen auch manchmal essen, sie schlafen, langweilen sich und wenden ihre Augen ab. Die Götter sind wie Menschen: Es gibt gute und böse, faule und fleißige, nette und miese, dumme und kluge! Wozu sonst wären sie Götter, *heya*?«

»Sie müssen sich entscheiden, Tai-Pan. Es ist höchste Zeit.«

Einen gallebitteren Geschmack im Mund, kam Dunross in die Gegenwart zurück. »Ja, Sie reiten«, sagte er und klopfte Travkin freundschaftlich auf die Schulter. »Reiten Sie und siegen Sie!«

Der knorrige zähe Russe blickte zu ihm auf, nickte kurz und ging sich umziehen. Er sah Suslew, der ihn von der Tribüne aus beobachtete. Ein Schauer lief ihm den Rücken hinunter. Suslew hatte versprochen, daß Nestorowa zu Weihnachten nach Hongkong kommen, zu ihm nach Hongkong kommen und bei ihm bleiben werde. Wenn er mitmachte und tat, was man von ihm verlangte.

Glaubst du das? Nein! Nein, kein Wort glaube ich, diese *matyeryebyets* sind allesamt Lügner und Betrüger, aber vielleicht dieses eine Mal... o Herr Jesus, warum hat er mir befohlen, mich mit Dunross nachts, spät nachts in den Sinclair Towers zu treffen? Zu welchem Zweck? Was soll ich tun? Denk nicht nach, Alter! Du bist alt und wirst bald tot sein. Aber jetzt ist es deine Pflicht, das Rennen zu gewinnen. Wenn du siegst, wird der Tai-Pan tun, was du von ihm verlangst. Und wenn du verlierst? Ob du gewinnst oder verlierst, wie kannst du mit der Schande leben, den Mann zu verraten, der dir geholfen hat und dir vertraut?

Er betrat die Garderobe.

Dunross warf einen Blick auf den Totalisator. Die Quoten waren zurückgegangen. Schon jetzt hatten die Einsätze zweieinhalb Millionen erreicht. Butterscotch Lass notierte 3 zu 1, Noble Star 7 zu 1, obwohl der Jockey noch nicht genannt war, Pilot Fish 5 zu 1, Golden Lady 7 zu 1. Es ist noch früh, dachte er, es bleibt noch soviel Zeit zum Setzen, Travkin wird die Quoten herunterdrücken. Ein eisiger Schrecken durchfuhr ihn. Ich frage mich, ob da eine Schiebung im Gang ist, ein Handel zwischen Jockeys und Trainern? Bei diesem Rennen werden wir alle höllisch aufpassen müssen.

»Ach, Ian!«

»Guten Tag, Sir!« Sir Geoffrey trat auf ihn zu. Dunross begrüßte ihn mit einem Lächeln, und dann Havergill, der den Gouverneur begleitete. »Tut mir leid wegen Winwell Stag, Paul, ich fand, er lief großartig.«

»Joss«, gab Havergill höflich zurück. »Wer reitet Noble Star?«

»Travkin.«

Die Miene des Gouverneurs erhellte sich. »Eine ausgezeichnete Entscheidung! Ja, er wird dem Rennen Farbe geben. Für einen Augenblick fürchtete ich schon, Sie könnten versucht sein, selbst...«

»Ich war es, Sir, und bin es immer noch.« Ein Lächeln spielte um seine Lippen. »Und wenn Travkin in den nächsten Minuten von einem Bus überfahren wird, reite ich ihn.«

»Um unser aller willen hoffe ich, daß das nicht geschieht. Wir können nicht zulassen, daß Ihnen etwas zustößt. Die Bahn befindet sich in einem schrecklichen Zustand.« Ein Regenschauer fegte über sie hin, hörte aber gleich wieder auf. »Bis jetzt hatten wir Glück. Keine Unfälle. Wenn der Regen heftiger wird, sollte man überlegen, die Veranstaltung abzubrechen.«

»Wir haben die Möglichkeit ins Auge gefaßt, Sir. Wir sind ein bißchen spät dran. Das Rennen wird sich um zehn Minuten verzögern. Wenn das Wetter noch so lange hält, werden die meisten Leute zufrieden sein.«

Sir Geoffrey musterte ihn. »Übrigens, Ian, ich habe vor einigen Minuten den Minister angerufen, aber er war schon in einer Sitzung. Ich habe Bescheid hinterlassen, und er wird zurückrufen, sobald er kann. Es hat den Anschein, als ob die Verzweigungen dieser verflixten Profumo-Affäre der Regierung wieder einmal schwer zu schaffen machen. Solange die Untersuchungskommission nicht ein für alle Male die Gerüchte zum Schweigen bringt, wonach auch andere Regierungsmitglieder in den Skandal verwikkelt sind – ihr Bericht wird für nächsten Monat erwartet –, wird es keinen Frieden geben.«

»Da mögen Sie recht haben, Sir«, ließ Havergill sich vernehmen. »Aber das Schlimmste haben wir doch schon hinter uns, und der Bericht wird gewiß nicht ungünstig sein.«

»Ungünstig oder nicht, der Skandal wird die Konservativen zu Fall bringen«, meinte Dunross.

»Du lieber Himmel, das hoffe ich nicht«, sagte Havergill. »Wenn Leute wie diese zwei Witzfiguren Grey und Broadhurst an die Macht kommen, können wir gleich unsere Koffer packen.«

»Wir packen nicht, denn wir sind hier zu Hause. Und vergessen Sie nicht: Auf den Schützen springt der Pfeil zurück, früher oder später«, beruhigte ihn Sir Geoffrey. »Wie auch immer, Mr. Dunross hat die richtige Entscheidung getroffen, nicht selbst zu reiten.« Er wandte sich Havergill zu, und sein Blick wurde schärfer. »Und wie ich schon sagte, Mr. Havergill, richtige Entscheidungen sind ein Gebot der Stunde. Wir machen doch eine sehr schlechte Figur, wenn wir zulassen, daß die Einleger der Ho-Pak alles verlieren, nicht wahr?«

»Gewiß, Sir.«

Sir Geoffrey nickte und ging weiter.

Dunross sah ihm nach. »Was hat er damit gemeint?«

»Der Gouverneur ist der Ansicht, wir sollten der Ho-Pak einen Rettungsring zuwerfen«, sagte Havergill.

»Und warum tun Sie das nicht?«

»Reden wir lieber von der General-Stores-Übernahme!«

»Eins nach dem anderen. Zuerst die Ho-Pak! Der Gouverneur hat recht. Es würde uns allen frommen, Hongkong – und der Bank.«

»Sie wären dafür?«

»Ja, selbstverständlich.«

»Sie, Sie und ihre Fraktion würden eine Übernahme billigen?«

»Ich habe keine Partei, aber ich würde für eine Übernahme zu vernünftigen Bedingungen stimmen.«

Paul Havergill lächelte dünn. »Ich denke an zwanzig Cents den Dollar auf Kwangs Bestand an Effekten.«

Dunross stieß einen Pfiff aus. »Das ist nicht viel.«

»Wenn er bis Montag abend abwartet, hat er gar nichts mehr. Wahrscheinlich wird er sich damit abfinden – sein Aktienbesitz könnte der Bank die Kontrolle sichern. Wir könnten seinen Anlegern leicht hundertprozentige Sicherheit bieten.«

»Schätzen Sie seinen Aktienbesitz so hoch ein?«

»Nein, aber sobald sich der Markt wieder beruhigt hat, wird sich der Erwerb der Ho-Pak, nachdem sie ein oder zwei Jahre unter unserem bewährten Management gestanden hat, sicherlich bezahlt machen. Dazu kommt, daß es unbedingt nötig ist, das Vertrauen der Bevölkerung wiederherzustellen.«

»Heute nachmittag wäre ein idealer Zeitpunkt, die Übernahme bekanntzugeben.«

»Ich stimme Ihnen zu. Gibt es etwas Neues von Tiptop?« Dunross musterte ihn. »Woher diese plötzliche Sinnesänderung? Warum besprechen Sie das mit mir?«

»Es gibt keine Sinnesänderung. Warum ich mit Ihnen darüber spreche? Weil Sie ein Direktor der Bank sind, gegenwärtig der angesehenste, der großen Einfluß auf den Vorstand hat. Also muß ich wohl mit Ihnen reden, nicht wahr?«

»Ja, aber...«

Havergill sah ihn aus kalten Augen an. »Die Interessen der Bank haben nichts mit der Abneigung zu tun, die ich gegen Sie und Ihre Methoden empfinde. Aber mit Superfoods hatten Sie recht. Sie haben ein gutes Angebot zur rechten Zeit gemacht und eine Welle des Vertrauens ausgelöst, die sich über ganz Hongkong ausbreiten wird. Wenn wir jetzt nachschieben und bekanntgeben, daß wir die Ansprüche der Einleger der Ho-Pak befriedigen werden, ist das ein weiteres gewaltiges Vertrauensvotum. Wenn Tiptop uns mit seinem Bargeld aushilft, wird der Montag zu einem Festtag für Hongkong. Darum werden wir gleich Montag früh groß in Struan's einsteigen. Spätestens Montag abend haben wir die Aktienmehrheit. Trotzdem mache ich Ihnen jetzt gleich einen Vorschlag. Für die Hälfte Ihrer Bankanteile bringen wir die zwei Millionen für General Foods auf.«

»Vielen Dank, nein.«

»Heute in einer Woche gehört alles uns. Wir garantieren die zwei Millionen für die Übernahme und auch das Angebot, das Sie Pugmire gemacht haben, auf jeden Fall – es könnte ja sein, daß Sie die Übernahme Ihres eigenen Konzerns nicht verhindern können.«

»Ich werde sie verhindern.«

»Natürlich. Aber Sie haben doch nichts dagegen, wenn ich ihn und diesen kiebigen kleinen Kretin Haply informiere?«

»Sie sind wirklich ein Bastard.«

Havergills dünne Lippen verzogen sich zu einem Lächeln. »Geschäft ist Geschäft. Ich will Ihr Paket Bankaktien zurückhaben. Ihre Vorfahren haben sie für einen Pappenstiel gekauft, praktisch den Brocks gestohlen, nachdem sie sie ruiniert hatten. Darum will ich die Kontrolle über das Noble House. So wie viele andere das wollen, wahrscheinlich auch Ihr Freund Bartlett. Wo haben Sie die zwei Millionen her?«

»Das ist Manna vom Himmel.«

»Früher oder später erfahren wir es. Wird Tiptop uns aus der Patsche helfen?«

»Ich bin nicht sicher, aber ich habe gestern abend mit ihm gesprochen. Seine Worte klangen ermutigend. Er wollte nach dem Lunch hierherkommen, ist aber nicht erschienen. Das ist ein schlechtes Zeichen.«
»Ja.« Havergill wischte ein paar Regentropfen von seiner Nase. »Die Moskauer Handelsbank hat positiv reagiert.«
»Nicht einmal Sie können so ein Schafskopf sein.«
»Es ist unsere letzte Chance.«
»Werden Sie sofort eine Vorstandssitzung einberufen, um über die Ho-Pak-Übernahme zu sprechen?«
»Du lieber Himmel, nein! Halten Sie mich für so dumm? Wenn ich das täte, könnten Sie ja einen Antrag auf Verlängerung Ihres Kredites stellen. Nein, nein, ich werde jeden einzeln fragen, so wie ich Sie jetzt gefragt habe. Mit Ihrem Einverständnis habe ich die Mehrheit. Ich habe doch Ihr Einverständnis? Auch wenn ich bis zu dreißig Cents gehen müßte?«
»Sie haben mein Wort.«
»Danke.«
»Aber Sie berufen eine Vorstandssitzung für Montag vor Börsenbeginn ein.«
»Ich habe mich bereit erklärt, es in Erwägung zu ziehen. Das habe ich getan, und die Antwort lautet nein. Hongkong ist eine freibeuterische Gesellschaft; die Schwachen stürzen, und nur die Starken behalten die Früchte ihrer Arbeit.« Er lächelte und warf einen Blick auf den Totalisator. Die Quoten waren zurückgegangen. 2 zu 1 für Butterscotch Lass, von der man wußte, daß sie feuchten Boden liebte. Pilot Fisch 3 zu 1. »Ich finde, der Gouverneur hatte unrecht. Sie hätten reiten sollen. Dann hätte ich eine bescheidene Summe auf Sie gesetzt. Ja. Und Sie wären als strahlender Held abgegangen. Ja, Sie hätten gewonnen. Bei Travkin bin ich nicht so sicher. Schönen guten Tag!« Er lüftete seinen Hut und ging auf Richard Kwang zu, der bei seiner Frau und seinem Trainer stand. »Ach, Mr. Kwang, kann ich Sie einen Augenblick sprechen. Ich...« Er wurde von dem Gebrüll der Menge übertönt, das in dem Augenblick einsetzte, als die acht Pferde unter der Tribüne hervorkamen. Pilot Fish führte sie an; sein schwarzes Fell schimmerte im Nieselregen.
»Ja, Mr. Havergill?« Richard Kwang folgte ihm auf einen freien Platz. »Ich wollte mit Ihnen sprechen, fürchtete aber, Sie zu unterbrechen, solange Sie sich mit dem Gouverneur und dem Tai-Pan unterhielten. Und nun«, fuhr er mit einem gequälten Lächeln fort, »nun habe ich einen Plan. Werfen wir doch alle Sicherheiten der Ho-Pak in einen Topf, und wenn Sie mir fünfzig Millionen leihen...«
»Nein, vielen Dank, Mr. Kwang«, lehnte Havergill entschieden ab. »Aber wir haben einen Vorschlag, mit dem wir Ihnen bis heute um fünf im Wort bleiben. Wir leisten Bürgschaft für die Ho-Pak und stellen alle Einleger zufrieden. Als Gegenleistung verkaufen Sie uns Ihren persönlichen Aktienbesitz zum Nominale und...«

»Zum Nominale? Das ist der fünfzigste Teil ihres Wertes«, kreischte Richard Kwang. »Es sind fünf Cents auf den Dollar, und mehr sind sie auch nicht wert. Sind Sie einverstanden?«

»Nein, natürlich nicht! *Dew neh loh moh*, bin ich wahnsinnig?« Das Herz wollte ihm fast zerspringen. Eben noch hatte er gehofft, Havergill würde ihm eine Gnadenfrist gewähren und ihn vor der Katastrophe retten. Nun erschien sie ihm unabwendbar, so sehr er sich bemühte zu tun, als ob es anders wäre, so wenig es seine Schuld war, sondern eindeutig das Werk von Gerüchtemachern und abgefeimten Dummköpfen, die ihn zu unvernünftigen Bankgeschäften verleitet hatten. Jetzt würde man ihn ausquetschen, und wie immer er es auch anstellte, er konnte den Tai-Panen nicht entrinnen. Oh, oh, oh! Eine Katastrophe nach der anderen, und jetzt läßt mich dieses undankbare Flittchen Venus Poon vor Onkel Vierfinger Wu, Charlie Wang und sogar Fotograf Ng das Gesicht verlieren – und das, nachdem ich ihr persönlich den neuen Nerzmantel um die Schultern gelegt habe, den sie jetzt so unachtsam durch den Staub schleift.

»Neu?« hatte sie ihn angefahren. »Dieser armselige, abgelegte Mantel soll neu sein?« »Selbstverständlich«, hatte er geschrien, »natürlich ist er neu! 50000 in bar hat er mich gekostet, *oh ko*!« Die 50000 waren übertrieben, aber sie wußten beide, daß es unzivilisiert gewesen wäre, nicht zu übertreiben. Der Mantel hatte ihn 14000 gekostet – nach langem Feilschen mit einem *quai loh*, der eine schwere Zeit durchmachte – und weitere 2000 für den Kürschner, der ihn über Nacht kürzer gemacht, umgearbeitet und versprochen hatte, auf Befragen bei allen Göttern zu schwören, daß er ihn um 42000 verkauft hatte, obwohl er unter Brüdern 63500 wert war.

»Mr. Havergill«, erklärte Richard Kwang in bedeutsamem Ton, »die Ho-Pak steht besser da als...«

»Halten Sie gefälligst den Mund und hören Sie mir zu«, fiel Havergill ihm ins Wort. »Die Zeit ist gekommen, eine ernste Entscheidung zu treffen – ernst für Sie, nicht für uns. Montag machen Sie bankrott... Soviel ich weiß, wird der Handel mit Ihren Aktien schon früh einsetzen.«

»Aber Sir Luis hat mir versichert...«

»Wie ich gehört habe, wird der Handel freigegeben werden. Und das heißt, daß Sie Montag abend keine Bank mehr haben werden, keine Aktien, keine Pferde und auch kein Puppengeld, um Venus Poon Nerzmäntel zu kaufen...«

Richard Kwang wurde blaß. »Was für Nerz?« Seine Frau stand keine zwanzig Meter von ihnen entfernt.

Havergill seufzte. »Na schön, wenn Sie nicht wollen.« Er wandte sich ab, aber der Bankier packte ihn am Arm.

»5 Cents ist lächerlich. Auf dem freien Markt kann ich leicht achtzig...«

»Vielleicht kann ich bis 7 gehen.«

»7?« Um Zeit zum Nachdenken zu gewinnen, fing Kwang an zu fluchen.

»Mit einer Fusion wäre ich einverstanden. Ein Sitz im Vorstand auf zehn Jahre und ein Gehalt von...«
»Auf fünf Jahre, vorausgesetzt, ich bekomme von Ihnen Ihr notariell beglaubigtes, undatiertes Rücktrittsgesuch, vorausgesetzt ferner, daß Sie immer so stimmen, wie ich es wünsche, und zum gleichen Gehalt wie die anderen Direktoren.«
»Kein undatiertes Rücktrittsge...«
»Dann tut es mir leid.«
»Ich erkläre mich mit dieser Bedingung einverstanden«, sagte Richard Kwang großschnäuzig. »Was das Geld angeht, denke ich...«
»Tut mir leid, Mr. Kwang, aber in bezug auf das Geld möchte ich mich auf keine Diskussionen einlassen. Der Gouverneur, der Tai-Pan und ich sind der Meinung, daß wir die Ho-Pak retten sollten. Ich werde darauf sehen, daß Sie Ihr Gesicht nicht verlieren. Wir sind auch bereit, die Übernahme eine Fusion zu nennen – übrigens möchte ich die Sache um fünf, gleich nach dem siebenten Rennen, bekanntgeben. Oder gar nicht.« Havergill machte ein grimmiges Gesicht, aber innerlich frohlockte er. Damit können wir Southerby eins auswischen und endlich, endlich mit der Blacs gleichziehen. Nächste Woche haben wir Struan's geschluckt, und im kommenden Jahr...
»57 Cents, und das ist eine einmalige Gelegenheit«, sagte Kwang.
»Ich werde bis zu 10 Cents gehen.«
Richard Kwang krümmte sich, stöhnte und winselte und war innerlich entzückt von der Chance einer Sanierung. *Dew neh loh moh*, hätte er schreien mögen, noch vor wenigen Minuten hätte ich nicht gewußt, wie ich nächste Woche das Futter für Butterscotch Lass bezahlen soll, ganz zu schweigen von dem verdammten Brillantring, und jetzt beträgt mein Vermögen mindestens dreieinhalb Millionen US Dollar. »Bei allen Göttern, 30!«
»11.«
»Ich werde mich umbringen müssen«, jammerte er. »Meine Frau wird sich umbringen, meine Kinder werden...«
»18, und das ist mein letztes Wort.«
»25, und das Geschäft ist gemacht.«
»Mein lieber Freund, tut mir leid, aber ich muß noch setzen. 18, ja oder nein?«
Richard Kwang redete weiter beschwörend auf ihn ein, versuchte aber gleichzeitig, sich eine Meinung über seine Chancen zu bilden. Er hatte Verärgerung im Gesicht seines Gegners aufblitzen sehen. Dieses dreckige Stück Hundekot! Ist der Moment gekommen, abzuschließen? Bis fünf könnte es sich dieser Aussätzige noch einmal überlegen. Wenn der Tai-Pan sich jetzt neues Kapital beschafft hat, sollte ich vielleicht... nein, das würde nichts bringen. 18 sind dreimal soviel wie sein erstes Angebot. Es hat sich schon gezeigt, daß du ein kluger Junge bist und geschickt verhandeln kannst, lobte er sich, aber... ist der Moment gekommen abzuschließen?

Er dachte an Venus Poon, wie sie sein teures Geschenk mißachtet und demonstrativ ihre herrlichen Brüste gegen Vierfinger Wus Arm gedrückt hatte, und Tränen der Wut quollen aus seinen Augen.
»Oh, oh, oh«, flüsterte er unterwürfig, entzückt, daß sein Trick, echte Tränen zu produzieren, eine so außerordentliche Wirkung gezeigt hatte, »20, bei allen Göttern, und ich bin für alle Zeiten Ihr Sklave!«
»Gut«, stimmte Havergill sehr zufrieden zu. »Kommen Sie um ein Viertel vor fünf in meine Loge! Ich werde Ihnen eine provisorische Willenserklärung und Ihr undatiertes Rücktrittsgesuch zur Unterschrift vorlegen. Um fünf Uhr geben wir die Fusion bekannt. Bis dahin zu niemandem ein Sterbenswörtchen, Mr. Kwang!«
»Selbstverständlich.«
Havergill nickte und entfernte sich. Richard Kwang ging zu seiner Frau zurück.
»Was ist los?«
»Still!« zischte er. »Ich habe einer Fusion mit der Victoria zugestimmt.«
»Zu welchem Satz für unsere Aktien?«
»20 Cent auf den offiziellen Buchwert.«
Freudig leuchteten ihre Augen auf. »*Ayeeyah*«, sagte sie und senkte den Blick, um nicht aufzufallen. »Das hast du sehr gut gemacht.«
»Selbstverständlich. Außerdem eine Direktorstelle auf fünf Jahre und...«
»Wir werden enorm an Gesicht gewinnen!«
»Ja. Jetzt hör mal: wir haben nur bis fünf Uhr Zeit für ein paar Privatgeschäfte mit Ho-Pak-Aktien. Wir müssen sofort einsteigen – zu Ausverkaufskursen, bevor jeder kleine Scheißspekulant Gewinne einheimst, die von Rechts wegen uns zustehen. Wir können natürlich nicht selbst in Erscheinung treten, sonst merken die was. Wer könnte das für uns machen?«
Sie überlegte kurz. Wieder leuchteten ihre Augen auf. »Profitmacher Tschoy. Gib ihm sieben Prozent von allem, was er für uns verdient.«
»Ich werde ihm fünf anbieten, vielleicht gibt er sich mit sechseinhalb zufrieden. Ausgezeichnet! Und ich werde auch Lächler Tsching einspannen, der ist jetzt abgebrannt, er hat alles verloren. Mit den beiden... Wir treffen uns in der Loge.« Er wandte sich ab, begab sich gewichtigen Schrittes zu seinem Trainer und trat ihm gezielt gegen das Schienbein. »Oh, entschuldigen Sie«, sagte er, in der Absicht, die Umstehenden zu täuschen, und zischte dann: »*Oh ko*, wenn mein Pferd dieses Rennen nicht gewinnt, werde ich meinen Onkel Vierfinger Wu bitten, seine Schläger zu schicken, damit sie dir deine Samendatteln zerquetschen!«
Ein leichter Sprühregen strich über den Sattelplatz, und die Menschen auf den Tribünen und Terrassen blickten gleichermaßen besorgt zum Himmel auf. Der Schauer wandelte sich zu einem Nieselregen, und auf dem Mitgliederbalkon konnte Orlanda ihre Erregung nur mühsam verbergen.

»Linc, ich gehe jetzt setzen.«
»Weißt du auch schon, auf wen?« Er lachte, denn sie hatte schon den ganzen Nachmittag um einen Entschluß gerungen: zuerst Pilot Fish, dann Noble Star, dann ein heißer Tip, den Außenseiter Winning Billy, und wieder zurück zu Butterscotch Lass. Die Quoten für Butterscotch Lass standen pari, 3 zu 1 für Pilot Fish und Noble Star – nachdem Travkin angekündigt worden war, vervielfachten sich die Einsätze – 6 zu 1 für Golden Lady. Der Gesamteinsatz betrug bereits atemberaubende vier Millionen siebenhunderttausend HK. »Wieviel wirst du setzen?«
Sie schloß die Augen. »Meinen ganzen Gewinn«, stieß sie hervor, »und noch hundert dazu. Ich bin gleich wieder da!«
»Viel Glück! Wir sehen uns nach dem Rennen.«
»Ach ja, das hatte ich in der Aufregung ganz vergessen. Viel Spaß!« Sie schenkte ihm ein strahlendes Lächeln und eilte davon, bevor er sie noch fragen konnte, auf welches Pferd sie setzen wollte. Er hatte schon gewettet – 10000 auf jede Kombination von Pilot Fish und Butterscotch Lass. Das sollte reichen, dachte er, und auch seine Erregung nahm zu.
Er verließ die Terrasse und drängte sich durch die Tische zu den Aufzügen, um wieder hinaufzufahren. »He, Mr. Bartlett!«
»O hallo«, begrüßte er Biltzmann, der ihm den Weg abschnitt. »Wie läuft's?«
»Haben Sie schon von der Gemeinheit gehört, die man mir... natürlich, Sie waren ja dabei«, sagte Biltzmann. »Hören Sie, Linc, haben Sie einen Augenblick Zeit?«
»Selbstverständlich.« Bartlett folgte ihm den Gang hinunter, ohne auf die neugierigen Blicke der Entgegenkommenden zu achten.
»Hören Sie«, sagte Biltzmann, als sie eine ruhige Ecke erreicht hatten, »nehmen Sie sich vor diesen Kerlen in acht! Wir hatten mit General Stores fest abgeschlossen.«
»Werden Sie ein Gegenangebot vorlegen?«
»Das muß die Zentrale entscheiden, aber wenn Sie mich fragen, ich ließe die ganze Insel ersaufen.« Biltzmann senkte seine Stimme und verzog das Gesicht zu einem Grinsen. »Haben Sie mit dieser Biene was laufen?«
»Wovon reden Sie?«
»Von dieser Mieze, dieser Eurasierin, Orlanda, mit der Sie eben geredet haben.«
Bartlett fühlte, wie ihm das Blut ins Gesicht schoß, aber Biltzmann fuhr fort: »Hätten Sie was dagegen, wenn ich etwas mit ihr ausmache?« Er zwinkerte.
»Wir... wir leben in einem freien Land«, antwortete Bartlett. Haß stieg in ihm auf.
»Danke. Sie hat einen phantastischen Hintern.« Biltzmann trat nahe an Bartlett heran. »Was verlangt sie?«

Bartlett schnappte nach Luft. Darauf war er nicht vorbereitet. »Verdammt noch mal, sie ist doch keine Nutte!«
»Wußten Sie das nicht? Die ganze Stadt spricht davon. Aber Dickie hat gesagt, im Bett sei sie eine Niete. Stimmt das?« Biltzmann mißdeutete den Ausdruck auf Bartletts Gesicht. »Ach, Sie sind noch nicht soweit? Mensch, Linc, Sie brauchen weiter nichts zu tun, als ihr mit ein paar Scheinchen zu winken...«
»Hören Sie, Sie Hurensohn«, zischte Bartlett, vor Wut fast blind, »sie ist keine Nutte, und wenn Sie sie ansprechen oder auch nur in ihre Nähe kommen, stopf' ich Ihnen Ihr dreckiges Maul ein für allemal! Verstanden?«
»Regen Sie sich doch nicht so auf«, versuchte der andere ihn zu beruhigen. »Ich wollte nur...«
»Haben Sie mich verstanden?«
»Ja, ja, Sie brauchen nicht gleich...« Biltzmann wich zurück. »Ich habe doch nur gefragt... Es ist doch nicht meine Schuld... Seien Sie friedlich...«
»Halt's Maul!« Mit Mühe zügelte Bartlett seine Wut, wohl wissend, daß dies weder der Ort noch die Zeit war, Biltzmann zusammenzuschlagen. »Hau ab, du Dreckskerl, und komm mir ja nicht in die Nähe!«
»Ja, ja, Sie können sich drauf verlassen!« Biltzmann trat noch einen Schritt zurück, machte kehrt und flüchtete.
Bartlett ging zum Aufzug und kehrte in Dunross' Loge zurück. Es war die Teestunde. Den Gästen wurden kleine Sandwiches, Kuchen, Käse und große Tassen chinesischen Tees serviert, aber Bartlett achtete nicht darauf.
Auf dem Weg in seine eigene Loge hastete Donald McBride an ihm vorbei. »Ich muß Ihnen sagen, Mr. Bartlett, wie froh wir alle sind, daß Miss Tcholok und Sie sich hier an Geschäften beteiligen wollen. Tut mir leid wegen Biltzmann, aber Geschäft ist Geschäft. Entschuldigung, aber ich muß laufen.«
Er eilte davon. Grübelnd blieb Bartlett auf der Schwelle stehen.
»He, Linc«, rief Casey ihm heiter vom Balkon aus zu. »Möchtest du Tee?« Ihr Lächeln erlosch, als sie sich auf halbem Wege trafen. »Was ist los?«
»Nichts, Casey, nichts!« Er zwang sich zu einem Lächeln. »Sind die Pferde schon am Start?«
»Noch nicht, aber es muß gleich soweit sein. Hast du auch wirklich nichts?«
»Nein. Auf welches Pferd hast du gewettet?«
»Selbstverständlich Noble Star. Aber du siehst wirklich nicht gut aus. Es ist doch nicht dein Magen?«
Er schüttelte den Kopf. Ihre Sorge um ihn wärmte ihm das Herz. »Mir geht's gut. Und dir?«
»Wunderbar. Ich unterhalte mich prächtig. Marlowe ist groß in Form, und

Dr. Tooley redet blühenden Unsinn.« Casey schürzte die Lippen. »Ich bin froh, daß es nichts mit dem Magen ist. Dr. Tooley meint, wir hätten von diesen gemeinen Aberdeen-Bazillen nichts mehr zu befürchten; sicher können wir allerdings erst nach zwanzig Tagen sein.«
»Du liebe Zeit«, murmelte Bartlett, der sich bemühte zu verdrängen, was Biltzmann dahergeredet hatte. »Ich hatte Aberdeen und das Feuer schon fast vergessen. Mir ist, als wären seitdem schon eine Million Jahre vergangen.«
»Mir geht es auch so. Wo ist die Zeit hin?«
Gavallan stand neben ihnen. »Das ist Hongkong«, sagte er zerstreut.
»Wie meinen Sie das?«
»Wer in Hongkong lebt, ganz gleich, was er arbeitet, hat nie genug Zeit. Es gibt immer zuviel zu tun. Immer wieder kommen Leute an und fahren wieder weg – Verwandte, Freunde, Bekannte. Und immer gibt es Krisen – Überschwemmungen, Brände, Erdrutsche, Skandale, Begräbnisse, ein Bankett, eine Cocktailparty für eine hochgestellte Persönlichkeit – oder irgendeine Katastrophe. Dies ist eine kleine Stadt, und bald kennt man alle Leute seines Kreises. Aber wir sind auch der Knotenpunkt Asiens, und auch wer nicht für Struan's arbeitet, ist ständig in Bewegung, plant, verdient Geld, riskiert Geld, um mehr Geld zu verdienen, oder er ist auf dem Sprung nach Taiwan, Bangkok, Singapur, Sydney, Tokio, London oder sonstwo hin. Es ist der Zauber Asiens. Denken Sie doch nur, was seit Ihrer Ankunft hier alles geschehen ist: John Tschen wurde entführt und ermordet, in Ihrem Flugzeug wurden Waffen gefunden, dann kam das Feuer, der Kurssturz an der Börse, der Run auf Noble House, Gornt, der hinter uns, und wir, die hinter ihm her sind. Und jetzt schließen Montag wahrscheinlich die Banken, aber, wenn Ian recht behält, wird Hongkong einen Tag hochschnellender Kurse erleben. Und wir stehen in geschäftlicher Verbindung miteinander...« Er lächelte müde. »Was halten Sie von unserem Übernahmeangebot?«
»Phantastisch«, antwortete Bartlett – und dachte an Orlanda. »Glauben Sie, Ian wird imstande sein, die Dinge wieder ins Lot zu bringen?«
»Wenn einer es zustande bringt, dann er.« Gavallan seufzte. »Wir wollen es hoffen. Mehr können wir nicht tun. Haben Sie auf den Sieger gewettet?«
Bartlett lächelte, und Casey fühlte sich erleichtert. »Wer ist Ihr Favorit, Andrew?«
»Noble Star und Winning Billy für die Einlaufwette. Auf später...« Er verließ die Loge.
»Würdest du hier leben wollen, Casey?«
Sie sah ihn an. Was steckte hinter dieser Frage? Was wollte er wirklich wissen? »Das hängt von dir ab, Linc.«
Er nickte bedächtig. »Ich werde mir eine Tasse Tee holen.«

»Ich mach' das schon für dich«, sagte sie, denn sie sah Murtagh auf der Schwelle stehen, und ihr stockte das Herz. »Du kennst den hiesigen Vertreter unserer Bank noch nicht. Ich bringe ihn her.«
Sie drängte sich durch die Menge. »Tag, Mr. Murtagh.«
»He, Miss Tcholok, haben Sie den Tai-Pan gesehen?«
»Bis nach dem Rennen wird er keine Zeit haben. Ist es ja oder nein?« Sie flüsterte, Bartlett den Rücken zukehrend.
»Es ist vielleicht.« Nervös wischte sich der Bankdirektor die Stirn ab und zog seinen nassen Regenmantel aus. »Ich mußte eine Stunde auf ein Taxi warten!«
»Vielleicht was?«
»Vielleicht vielleicht. Ich erklärte ihnen die Sache, und sie sagten, ich sollte schleunigst heimkommen, denn offenbar sei ich verrückt geworden. Und dann, nachdem sie sich einigermaßen beruhigt hatten, versprachen sie, wieder anzurufen. Diese Armleuchter riefen mich um vier Uhr früh an, verlangten, daß ich ihnen das Ganze noch einmal auseinandersetze, dann kam S. J. persönlich an den Apparat. Er sagte, mir hätte einer ins Gehirn geschi..., ich sei meschugge, und hängte auf.«
»Aber Sie sagten ›vielleicht‹. Was geschah dann?«
»Ich rief zurück. In den letzten zehn Stunden habe ich fünf Stunden darauf verwandt, die Burschen von der Brillanz Ihrer – meiner – Überlegungen zu überzeugen.« Er lachte. »Eins kann ich Ihnen sagen: S. J. weiß jetzt, wer Dave Murtagh ist!«
Sie lachte. »Hören Sie, reden Sie mit niemandem hier darüber! Nur mit dem Tai-Pan, okay?«
Rufe wurden laut, und vom Balkon rief einer: »Die Pferde gehen an den Start!«
»Schnell«, sagte Casey, »setzen Sie die Einlaufwette! Eins und sieben. Beeilen Sie sich!« Sie gab ihm einen kleinen Schubs, und er eilte davon. Sie nahm den Tee und ging zu Bartlett und den anderen zurück, die sich am Balkon drängten.
»Hier ist dein Tee, Linc.«
»Danke. Was hast du ihm geraten?«
»Eins und sieben.«
»Ich habe auf eins und acht gesetzt.«
Geschrei erhob sich. Die Pferde bewegten sich auf den Start zu. Hoch im Sattel, die Knie hart an den Leib des Tieres gepreßt, lenkte der Jockey den aufgeregt tänzelnden Pilot Fish auf seinen Platz. Der Hengst schüttelte seine Mähne und schnaubte. Mit bebenden Nüstern antworteten die drei Stuten. Pilot Fish wieherte, bäumte sich auf und schlug mit den Vorderbeinen in die Luft. Bluey White, der Jockey, fluchte leise und grub seine sehnigen Hände in die Mähne, um sich festzuhalten. »Ruhe, Sportsfreund«, rief er besänftigend. »Zeig den Damen doch deinen Bauchwärmer!«

Travkin auf Noble Star war nicht weit, die Stute hatte die Witterung des Hengstes wahrgenommen und war in Unruhe geraten. Bevor Travkin es verhindern konnte, drehte sich Noble Star herum, sprang zurück und rempelte Pilot Fish an. Pilot Fish stieß den Außenseiter Winning Billy an, einen braunen Wallach, der zornig den Kopf schüttelte, ein paar Schritte zur Seite trat und dabei um ein Haar Lochinvar, einen anderen braunen Wallach, umgerannt hätte.

»Halt deinen Gaul unter Kontrolle, verdammt noch mal, Alexei!«

»Komm mir bloß nicht in die Quere, *ublyudok*«, murmelte Travkin. Mit den Knien fühlte er das ungewohnte Zittern des Pferdes. Leise fluchend fragte er sich, ob der Trainer von Pilot Fish nicht etwas von dem Moschus des Hengstes auf seine Brust und Flanken geschmiert hatte, um die Stuten zu erregen. Es ist ein alter Trick, dachte er.

»Beeilung!« rief der Starter mit lauter Stimme. »Nehmen Sie Aufstellung, meine Herren!«

Einige Pferde waren schon in ihren Boxen. Mit geblähten Nüstern scharrte Butterscotch Lass, die hoch favorisierte braune Stute, den Boden. Wieder und wieder ließen die Erwartung des bevorstehenden Rennens und die Nähe des Hengstes sie erbeben. Sie hatte die achte Box von den Rails, Bluey White führte Pilot Fish in die erste, Winning Billy hatte die dritte Box zwischen Street Vendor und Golden Lady, und ihr Geruch und die Herausforderung des Hengstes reizten den Wallach. Noch bevor sich das Türchen hinter ihm schloß, sprang er zurück, kämpfte gegen Zaumzeug und Zügel, schüttelte heftig den Kopf und wäre beinah mit Noble Star zusammengestoßen, der geschickt auswich.

»Mach schon, Alexei«, rief der Starter. »Beeil dich.«

»Gewiß«, antwortete Travkin, aber er ließ sich nicht drängen. Er kannte Noble Star und ließ die zitternde, große braune Stute vom Hengst weg im Schritt gehen und tänzeln. »Schön ruhig, Schätzchen«, säuselte er auf Russisch, bestrebt, den Start zu verzögern und die anderen zu verunsichern. Am östlichen Himmel zuckte ein Blitz auf, aber er achtete nicht darauf und nicht auf den folgenden Donner.

Seine Sinne waren geschärft. Unmittelbar nach dem Wiegen hatte sich einer der anderen Jockeys an ihn herangemacht. »Mr. Travkin«, hatte er gesagt, »Sie sollen nicht siegen.«

»Ach ja? Wer sagt das?«

Der Jockey zuckte die Achseln.

»Wenn die Trainer und Jockeys eine krumme Tour machen wollen, dann sollen sie wissen, daß ich nicht mitmache.«

»Sie und der Tai-Pan haben schon mit Buccaneer gewonnen. Das sollte Ihnen genügen.«

»Es genügt mir, aber bei diesem Rennen reite ich selbst.«

»Geht in Ordnung, Sportsfreund. Ich werde es bestellen.«

Der Jockey war gegangen. Travkin wußte, wer die Mitglieder jenes Ringes waren, die hin und wieder Rennen fixten, aber er hatte nie mitgemacht. Nicht, weil er ehrlicher gewesen wäre als die anderen. Oder weniger unehrlich. Er hatte nur eben wenig Bedürfnisse, und ein Rennen, dessen Ausgang von vornherein feststand, interessierte ihn nicht.
Der Starter wurde ungeduldig. »Worauf wartest du, Alexei? Tempo, Tempo!«
Gehorsam gab er Noble Star die Fersen und ließ ihn in die Box gehen. Rasselnd schloß sich das Türchen hinter ihm. Atemlose Stille. Jetzt hatte der Starter das Wort.

5

16.00 Uhr:

Die Jockeys in ihren Boxen krallten die Finger in die Mähnen der Pferde. Sie wurden immer nervöser, vor allem die Jockeys, die sich bereit hielten, Noble Star hinauszudrängen. Dann öffneten sich die Boxen, und in einem einzigen wilden Augenblick galoppierten die Renner über die Bahn, das erste Mal am Ziel vorbei und in die erste Kurve. Seite an Seite hockten die Reiter auf ihren Pferden, manche einander berührend. Sie jagten durch den ersten Teil der Kurve, die sie über ein Viertel der Bahn in die gegenüberliegende Gerade brachte. An den Rails war Pilot Fish bereits eine halbe Länge vorn, Butterscotch Lass in guter Position, Winning Billy hinter ihm, ein wenig zurück hinter Noble Star an der Außenseite. Die Jockeys wußten, daß alle Ferngläser auf sie gerichtet waren; darum empfahl es sich, beim Zurückhalten des eigenen oder Behindern eines anderen Pferdes äußerste Vorsicht walten zu lassen. Man hatte sie darauf hingewiesen, daß Millionen gewonnen oder verloren würden und daß es jeden seine Zukunft kosten konnte, der gegen die Regeln verstieß.
Sie donnerten über den schlammigen Boden. Um Positionen kämpfend, bogen sie in die Gerade ein und verfielen in eine schnellere Gangart; Schweißgeruch und Tempo erregten Pferde und Reiter. Winning Billy nahm das Rennen auf und kam näher an Butterscotch Lass heran, der jetzt eine halbe Länge hinter Pilot Fish lag. Butterscotch Lass spürte den Druck; der schnellte vor, zog an Pilot Fish, der sich immer noch dicht an den Rails hielt, vorbei, fiel ein wenig zurück und überholte ihn abermals.
Immer noch an der Außenseite, gab Travkin jetzt seiner Stute die Fersen. Sie wurde schneller, näherte sich der Spitze und schloß sich ihr an. Der Regen wurde stärker, er stach Travkin in die Augen. Knie und Beine waren an-

gespannt und verkrampft und schmerzten bereits. Keine Länge trennte sie, als sie von der Geraden in die andere Kurve einbogen. Sie waren alle dicht beieinander, um die Kurve zu nützen, als von irgendwo eine Peitsche kam und Travkin über die Handgelenke schnalzte. Die Plötzlichkeit des Angriffs lockerte einen Augenblick lang seinen Griff und brachte ihn fast aus dem Gleichgewicht. Einen Sekundenbruchteil später hatte er sich wieder gefaßt. Von wo der Schlag gekommen war, wußte er nicht, und es kümmerte ihn auch nicht, denn schon hatten sie die halbe Kurve der sich ständig verschlechternden Bahn durchmessen. Unvermittelt kam der Schimmel Kingplay, ein Außenseiter, knapp hinter Pilot Fish ins Rutschen und stolperte; der Jockey fühlte die Erde rotieren, beide krachten in das Geländer und nahmen im Stürzen noch zwei andere Pferde mit. Das ganze Stadion war aufgesprungen.

»Mein Gott, das ist ja...«

»Es ist... es ist Noble Star...«

»Nein, es ist... Winning Billy...«

»Nein, der liegt doch an dritter Stelle...«

»Kingplay ist gestürzt«, rief Dunross, das Fernglas am Auge, im betäubenden Stimmengewirr des Rennleitungszimmers. »Kingplay, Street Vendor und Golden Lady... Golden Lady ist auf den Beinen, aber der Jockey ist liegengeblieben... Kingplay steht nicht auf... scheint verletzt zu sein...«

»Wie ist die Reihenfolge? Wie ist die Reihenfolge?«

»Butterscotch Lass um eine Nasenlänge, dann Pilot Fish an den Rails, Winning Billy, Noble Star... Jetzt gehen sie in die letzte Kurve...« Er beobachtete die Pferde, fast stockte ihm das Herz, er war rot vor Erregung. »Komm schon, Alexei...« Sein Schrei mischte sich unter die der anderen. Casey teilte seine Bewegtheit, aber Bartlett beobachtete nur teilnahmslos; seine Gedanken waren anderswo.

Wieder fühlte Travkin die Peitsche auf seinen Händen, aber er achtete nicht darauf und ritt die Kurve ein wenig schärfer aus. Die Abstände zwischen den fünf Pferden, die noch im Rennen waren, betrugen nur wenige Zoll. Butterscotch Lass, der mit einer Nasenlänge führte, hielt sich dicht an den Rails.

Blue White auf Pilot Fish wußte, daß es bald an der Zeit war, zum Angriff überzugehen. Zehn Meter, fünf, vier, drei, zwei, *jetzt*! Sie kamen aus der Kurve, und er gab Pilot Fish die Peitsche. Der Hengst schoß vor, nur wenige Zoll von den Rails entfernt, und einen Augenblick später bekam auch Butterscotch Lass Fersen und Peitsche, denn alle Jockeys wußten: jetzt oder nie!

Parallel zu Noble Stars Hals ausgestreckt, beugte Travkin sich vor und stieß einen Kosakenschrei aus. Mit geblähten Nüstern, Schaum um das Maul, nahm Noble Star den urzeitlichen Ruf auf und griff noch rascher aus. Alle fünf Renner waren jetzt in der Geraden, Noble Star an der Außenseite.

Winning Billy arbeitete sich an Butterscotch Lass vorbei nach vorn, bald hatte Butterscotch Lass, bald Pilot Fish die Nase vorn, und jetzt bemühte sich der braune Wallach Lochinvar, seine Gegner zu bezwingen, und nahm Pilot Fish die Führung ab. Alle Peitschen waren in Bewegung, alle Fersen in den Weichen der Pferde, und nur das Ziel lag noch vor ihnen.
Noch hundert Meter.
Nur noch eine Stimme ertönte von Tribünen, Balkonen und Logen. Selbst der Gouverneur hämmerte auf das Balkongeländer – »Komm schon, komm schon, Butterscotch Lass!« – und unten beim Ziel wurde Neunkarat Tschu von der Menge, die sich die Hälse ausreckte, gegen das Geländer gedrückt und beinahe zerquetscht.
»Butterscotch Lass zieht davon...«
»Schau doch, Pilot F...«
»Lochinvar schafft es...«
»Winning Billy...«
»Komm schon, komm schon, komm schon...«
Travkin sah das Ziel rasch näher kommen. Wieder leuchtete ein Blitz auf. Aus den Augenwinkeln sah er die anderen Pferde um Positionen kämpfen; bald lag Butterscotch Lass, bald Winning Billy, bald Pilot Fish an der Spitze; Lochinvar schob sich vor.
Dann sah Bluey White die Lücke, die ihm versprochen worden war, und er gab dem Hengst den letzten Peitschenschlag. Wie ein Pfeil schoß er auf die Öffnung zu, zog mit Butterscotch Lass gleich und überflügelte ihn. Er sah, wie der Jockey von Butterscotch Lass, der nicht zu den Eingeweihten zählte, der Stute die Peitsche gab. Travkin stieß einen triumphierenden Schrei aus, und Noble Star strengte seine Kräfte bis zum äußersten an. Hals an Hals kamen die fünf Pferde die letzten Meter dahergebraust; Pilot Fish an der Spitze, jetzt Winning Billy, Noble Star aufholend, noch eine Halslänge zurück, eine Nasenlänge, einen Zoll, alle Renner zusammengeballt, Noble Star an der Außenseite, Winning Billy zurückfallend, Butterscotch Lass aufholend, Pilot Fish aufholend, jetzt schon um eine Nasenlänge vorn.
Vierzig... dreißig... zwanzig... fünfzehn...
Noble Star lag um eine Nasenlänge vorn, dann kamen Pilot Fish, Butterscotch Lass... oder doch Noble Star?... Winning Billy... und jetzt waren sie durch das Ziel. Keiner konnte sagen, wer gewonnen hatte – nur Travkin wußte, daß er verloren hatte. Jäh zog er die Zügel um volle zwei Zoll an und hielt sie mit eiserner Hand fest. Die Bewegung blieb unbemerkt, genügte aber, um die Stute aus dem Schritt zu bringen. Noble Star scheute, sauste in den Schlamm hinein und schleuderte seinen Reiter gegen die Rails. Travkin fühlte sich durch die Luft segeln, seine Brust riß auseinander, und er versank in tödliche Finsternis.
Einen Augenblick lang war das Rennen vergessen. Die Menge hielt den Atem an. Dann leuchtete abermals ein greller Blitz auf, ein Höllenspektakel

brach los, der Regen ging in einen Wolkenbruch über, der vom Rollen des Donners begleitet wurde.
»Pilot Fish um eine Nasenlänge...«
»Quatsch, es war Noble Star, um einen Zoll...«
»Du irrst, alter Junge, es war Pilot Fish...«
»*Dew neh loh moh*...«
»Mensch, war das ein Rennen...«
»Ach herrje, sieh doch! Die Stewards haben die Protestfahne aufgezogen!«
»Wo? Mein Gott, wer hat da gefoult?«
»Diese verdammten Stewards! Sie wollen mich um meinen Gewinn bringen!«
Im Augenblick, da er Noble Star stürzen und Travkin abwerfen sah, war Dunross zum Aufzug gelaufen. Er hatte die Ursache nicht gesehen. Travkin war zu clever.
Auch andere Besucher drängten zu den Aufzügen. Alle redeten, keiner hörte zu. »Eine Nasenlänge hat gefehlt...«
»Um was geht's denn bei dem Einspruch? Wissen Sie das, Tai-Pan?«
»Es ist Sache der Rennleitung, Dinge dieser Art bekanntzugeben.« Wieder drückte Dunross auf den Knopf.
Als die Türen aufgingen und alle hineinwollten, kam auch Gornt gelaufen. »Pilot Fish hat gewonnen, Ian«, schrie er, den Lärm übertönend, krebsrot im Gesicht. »Wissen Sie was von dem Einspruch?«
»Ja«, antwortete Dunross.
»Richtet er sich gegen meinen Pilot Fish?«
»Sie kennen doch die Vorgangsweise. Die Stewards untersuchen den Fall, dann geben sie das Resultat ihrer Untersuchung bekannt.« Er sah Gornts glanzlose braune Augen und er wußte, wieviel Wut sein Feind in sich hineinfraß, weil er kein Mitglied der Rennleitung war. Und das wirst du auch nie werden, du Bastard, dachte Dunross empört. Ich werde bis zu meinem Tod gegen deine Aufnahme stimmen.
Einer fragte: »Richtet sich der Einspruch gegen Pilot Fish?«
»Ich bitte Sie«, antwortete Dunross, »Sie kennen doch das übliche Verfahren.«
Der Aufzug hielt in jedem Geschoß, und noch mehr Besitzer und Freunde drängten sich herein. Immer das gleiche Thema: Was für ein phantastisches Rennen, aber was hatte es mit dem Einspruch auf sich? Endlich kamen sie unten an. Dunross eilte auf die Bahn hinaus, wo eine Gruppe von *mafoo* und Beamten um Travkin herumstanden, der zusammengekrümmt und reglos dalag. Noble Star war unverletzt geblieben; die Stute hatte sich hochgekämpft und galoppierte reiterlos über die Bahn. Stallburschen bemühten sich, sie aufzuhalten und einzufangen. Oben in der letzten Kurve kniete der Veterinär neben dem braunen Wallach Kingplay; das Hinterbein

war gebrochen, der Knochen stand hervor. Der Schuß drang nicht in das Bewußtsein der Zuschauer, die wie gebannt auf den Totalisator starrten und auf die Ankündigung der Rennleitung warteten.

Dunross kniete sich neben Travkin nieder; einer der *ma-foo* hielt einen Regenschirm über den Bewußtlosen. »Wie geht es ihm, Herr Doktor?«

»Er ist nicht gegen die Rails geprallt, er hat sie wie durch ein Wunder verfehlt. Er ist nicht tot, zumindest noch nicht, Tai-Pan«, sagte der Gerichtsmediziner Dr. Meng. »Solange er nicht wieder zu sich kommt, kann ich nichts sagen. Das Genick ... und der Rücken scheinen mir in Ordnung zu sein ...«

Zwei Sanitäter kamen mit einer Tragbahre herangeeilt. »Wo sollen wir ihn hinbringen, Sir?«

Dunross sah sich um. »Sammy«, sagte er zu einem seiner Stallburschen, »lauf und hol Dr. Tooley! Du findest ihn in unserer Loge.« Und zu den Sanitätern: »Legen Sie Mr. Travkin in den Rettungswagen und lassen Sie ihn dort, bis Dr. Tooley kommt!«

Sehr behutsam betteten die Männer Travkin auf die Krankenbahre. McBride kam, dann Gornt und noch andere. »Wie geht es ihm, Ian?«

»Wir wissen es nicht. Noch nicht. Es scheint nichts Ernstes zu sein.« Vorsichtig hob Dunross eine von Travkins Händen und betrachtete sie. Er glaubte in der anderen Kurve gesehen zu haben, wie eine Peitsche niedersauste und Travkin zusammenzuckte. Ein häßlicher roter Striemen zog sich über den Rücken seiner rechten Hand und auch über den der anderen. »Wovon könnte das sein, Dr. Meng?«

»Tja«, antwortete der kleine Mann, »die Zügel vielleicht, vielleicht eine Peitsche. Es könnte von einem Schlag sein ...«

Gornt sagte nichts, aber innerlich kochte er. Wie hatte Bluey White nur so ungeschickt sein können, wo doch alles so gut vorbereitet war? Das halbe Stadion muß ihn ja gesehen haben! dachte er.

Dunross betrachtete Travkins aschgraues Gesicht. Außer einigen unvermeidlichen Kratzern war nichts zu sehen. Aus der Nase tropfte ein wenig Blut.

»Es gerinnt schon. Das ist ein gutes Zeichen«, ließ Dr. Meng sich vernehmen.

Der Gouverneur kam herbeigeeilt. »Wie geht es ihm?«

Dunross wiederholte, was der Gerichtsmediziner gesagt hatte.

»Scheußliches Pech, daß Noble Star so gescheut hat! Was hat die Rennleitung bewogen, Einspruch zu erheben, Ian?«

»Das wird jetzt besprochen, Sir. Wollen Sie an der Beratung teilnehmen?«

»O nein, nein, danke! Ich werde warten und mich in Geduld fassen. Ich wollte mich nur vergewissern, daß Mr. Travkin nichts Ernstes zugestoßen ist.« Der Gouverneur warf einen Blick zum Himmel. »So ein Hundewetter – sieht nicht so aus, als ob es sich aufklären würde. Wollen Sie das Programm fortsetzen?«

»Ich werde einen Abbruch beziehungsweise eine Verschiebung empfehlen.«
»Gute Idee. Wenn Sie dann einen Augenblick Zeit haben, Ian... Ich bin in meiner Loge.«
Dunross fragte obenhin: »Haben Sie mit dem Minister gesprochen, Sir?«
»Ja«, antwortete Sir Geoffrey ebenso beiläufig. »Ja, er hat mich angerufen.«
Abrupt wurde sich der Tai-Pan der Anwesenheit Gornts und der anderen bewußt. »Ich begleite Sie zurück, Sir.« Und zu McBride: »Ich komme gleich nach.« Dann ging er mit dem Gouverneur zum Aufzug.
»Das ist hier kaum der Ort für ein privates Gespräch«, äußerte der Gouverneur.
»Wir könnten die Bahn untersuchen, Sir.« Dunross trat ans Geländer. »Das Geläuf befindet sich in einem schrecklichen Zustand«, sagte er und deutete mit der Hand.
»Ja, schrecklich.« Auch Sir Geoffrey wandte den anderen den Rücken zu. »Der Minister war sehr beunruhigt. Er hat mir die Entscheidung über Brian überlassen, vorausgesetzt, daß sich Mr. Sinders und Mr. Crosse bereit finden, ihn zu entlassen...«
»Die Herren werden Ihrer Entscheidung doch gewiß beipflichten?« Mit Unbehagen dachte Dunross an das Gespräch, das er gestern nacht mit ihnen geführt hatte.
»Ich kann nur eine beratende Funktion ausüben. Ich werde ihnen sagen, daß es notwendig ist, wenn Sie persönlich mir versichern, daß es zutrifft.«
»Selbstverständlich«, gab Dunross nachdenklich zurück. »Aber die Meinung von Havergill, Southerby oder anderen Bankleuten haben da sicher mehr Gewicht.«
»Gewiß, soweit es um Bankangelegenheiten geht. Aber es bedarf auch Ihrer persönlichen Zusicherung und Ihrer Mitarbeit. Und dann ist da auch noch das Problem dieser Akten, der AMG-Berichte.«
»Was ist damit, Sir?«
»Diese Frage zu beantworten ist an Ihnen. Mr. Sinders hat mir von Ihrem gestrigen Gespräch mit ihm berichtet.« Nach Dunross' Anruf heute morgen hatte er Crosse und Sinders sofort zu sich gebeten, um noch bevor er den Minister anrief die Frage des Austauschs zu erörtern. Abermals hatte Sinders seiner Sorge Ausdruck verliehen, die Berichte könnten getürkt sein. Wenn er dieser Berichte sicher wäre, hatte er gemeint, könnte er einer Entlassung Kwoks zustimmen. Crosse hatte vorgeschlagen, Kwok gegen Fong-fong und seine Leute auszutauschen.
Sir Geoffrey sah Dunross forschend an. »Nun, Ian?«
»Tiptop hätte heute nachmittag herkommen sollen. Darf ich annehmen, daß ich seinem Vorschlag zustimmen kann?«
»Ja – mit Mr. Sinders' und Mr. Crosses Einverständnis.«

»Können Sie es mir nicht geben, Sir?«
»Nein. Tut mir leid, aber der Minister hat sich sehr klar ausgedrückt. Wenn Sie sie jetzt fragen wollen, sie sind auf der Mitgliedertribüne.«
»Sind die Herren über Ihr Gespräch mit dem Minister informiert?«
»Ja. Aber vielleicht ist es besser, Sie kümmern sich zunächst um den Einspruch. Ich halte mich in meiner Loge auf. Kommen Sie doch dann zum Tee...«
Dunross dankte ihm und machte sich eilends, in quälender Unruhe, auf den Weg zum Rennleitungszimmer.
»Ach, Mr. Dunross«, begrüßte ihn Shi-teh T'tschung, der nominelle Vorsitzende, als er eintrat. Mit ihm war die Rennleitung vollzählig. »Wir müssen schnell eine Entscheidung treffen.«
»Ohne Travkin anzuhören ist das schwer«, sagte Dunross. »Wie viele von Ihnen haben gesehen, daß Bluey White einen Peitschenhieb gegen ihn geführt hat?«
Nur McBride hob die Hand.
»Damit sind wir nur zwei von zwölf.« Dunross sah, daß Crosse ihn beobachtete. »Ich bin sicher, und Travkin hat auf beiden Händen Striemen. Dr. Meng meint, es könnten eine Peitsche oder die Zügel beim Sturz gewesen sein. Was ist Ihre Meinung, Pug?«
Pugmire brach sein verlegenes Schweigen. »Ich persönlich konnte keine böswillige Handlung feststellen. Ich habe sehr genau aufgepaßt, denn ich hatte auf Noble Star gesetzt, 1000 HK auf Sieg. Ob es nun einen Schlag gegeben hat oder nicht, viel kann es nicht ausgemacht haben. Ich habe nicht gesehen, daß er oder sonst ein Pferd außer Kingplay geschwankt hätte. Noble Star lag bis zum Ziel gut im Rennen, und alle hatten ihre Peitschen draußen.« Er warf Dunross eine Kopie des Zielfotos über den Tisch.
Dunross nahm sie zur Hand. Sie entsprach dem, was er selbst gesehen hatte: Pilot Fish um eine Nasenlänge vor Noble Star, dieser um einen Zoll vor Butterscotch Lass, dieser um eine Halslänge vor Winning Billy.
»Sie hatten alle die Peitsche in der Hand«, fuhr Pugmire fort, »auch in der Kurve, völlig zu Recht. Der Schlag – wenn es ein Schlag war – könnte durchaus auch unbeabsichtigt gefallen sein.«
»Mr. T'tschung?«
»Ich muß gestehen, ich hatte die Augen auf meinem Street Vendor. Wir haben auch die anderen Trainer gefragt, und, äh, offiziell hat keiner Beschwerde geführt. Ich teile Pugs Meinung.«
»Roger?«
»Ich konnte nichts Suspektes feststellen.«
»Mr. Plumm?«
Zu seiner Überraschung schüttelte Plumm den Kopf. »Wir alle wissen, wie gerissen dieser Bluey White ist. Wir haben ihm schon mehrmals Verweise erteilt. Wenn der Tai-Pan und Donald sagen, daß sie ihn gesehen haben,

schlage ich vor, daß wir ihm die Lizenz entziehen und Pilot Fish disqualifizieren.«
Dunross befragte auch die anderen Stewards, die sich zurückhaltend äußerten.
»Rufen wir die Jockeys herein, einen nach dem anderen! White als letzten.«
Es geschah. Aber mit geringfügigen Unterschieden waren ihre Aussagen die gleichen: Sie waren zu sehr mit ihren eigenen Pferden beschäftigt, um etwas zu bemerken.
Die Stewards warteten. Dunross starrte sie an und dachte: Wenn ich jetzt sagte, entziehen wir Bluey White wegen Behinderung die Lizenz und disqualifizieren wir Pilot Fish, würden alle so stimmen, wie ich es wünsche. Ich habe ihn gesehen, sagte er sich, und McBride und andere ebenfalls, und es hat Travkin für eben jenen Bruchteil einer Sekunde außer Gefecht gesetzt. Trotzdem: Wenn ich ganz ehrlich bin, glaube ich nicht, daß Noble Star deshalb das Rennen verloren hat. Ich selbst habe den Sieg verschenkt. Alexei war nicht der Richtige für dieses Rennen. In der zweiten Kurve, als er die Gelegenheit dazu hatte, hätte er Pilot Fish ans Geländer drücken oder Bluey White mit der Peitsche ins Gesicht schlagen müssen, nicht auf die Hand. Das hätte ich getan, jawohl, ohne zu zögern.
»Ich zweifle keinen Augenblick daran, daß Travkin behindert wurde – ob es Zufall war oder Absicht, kann vielleicht nicht einmal Alexei sagen. Ich schließe mich der Meinung an, daß es Noble Star nicht den Sieg gekostet hat. Ich schlage daher vor, daß wir Bluey White verwarnen, aber das Resultat gelten lassen.«
»Ausgezeichnet.« Shi-teh T'tschung strahlte, und die Erleichterung war allgemein, denn keiner, Pugmire am wenigsten, strebte eine Konfrontation mit dem Tai-Pan an. »Jemand dagegen? Gut! Reichen wir das Zielfoto an die Presse weiter, und geben wir unsere Entscheidung durch die Lautsprecher bekannt! Würden Sie das machen, Tai-Pan?«
»Gewiß. Aber was ist mit dem Rest des Programms? Schauen Sie sich den Regen an!« Es goß in Strömen. »Hören Sie, ich habe eine Idee.« Er sagte ihnen, was er sich ausgedacht hatte.
Begeisterte Zustimmung, und alle lachten. »Sehr gut, sehr gut!«
»Prächtig!« explodierte Dunstan Barre.
»Eine wunderbare Idee, Tai-Pan«, rief McBride.
»Ich gehe jetzt in den Regieraum hinauf; würden Sie vielleicht Bluey noch einmal hereinholen und ihm gehörig die Leviten lesen, McBride? Haben Sie einen Augenblick Zeit, Roger?«
»Selbstverständlich. Ich werde unten mit Sinders auf der Mitgliedertribüne sein.«
»Tai-Pan?«
»Ja, Mr. Plumm?«

»Was meinen Sie, wird morgen das Bergrennen stattfinden?«
»Wenn es so weitergießt, nein. Die ganze Gegend wird ein Morast sein. Warum fragen Sie?«
»Ach, nur so. Ich wollte Sonntag abend eine Cocktail-Party geben, um Ihren Superfoods-Coup zu feiern.«
Shi-teh T'tschung ließ ein gurgelndes Lachen hören. »Phantastische Idee! Meinen Glückwunsch, Tai-Pan! Haben Sie Biltzmanns Gesicht gesehen?«
»Hätten Sie Zeit, Mr. Dunross? Ich verspreche Ihnen, daß ich Biltzmann nicht einlade«, fügte Plumm unter allgemeinem Gelächter hinzu. »Die Sache steigt in unserer Werkswohnung in den Sinclair Towers.«
»Tut mir leid, ich fliege am frühen Nachmittag nach Taipeh, zumindest habe ich es vor. Das...«
Pugmire zeigte sich besorgt. »Sie sind Montag nicht da? Was ist mit dem Angebot?«
»Keine Sorge, Pug! Um halb zehn schließen wir ab.« Und zu Plumm: »Wenn ich Taipeh absage oder verschiebe, komme ich gern.«
»Gut. Sieben Uhr dreißig bis neun Uhr dreißig, Straßenanzug.«
Die Stirn in Falten, verließ Dunross den Raum. Es überraschte ihn, daß Plumm so freundlich war. Wo immer sie zusammen im Aufsichtsrat saßen, wie etwa in der Victoria, betrieb er Opposition, ergriff er zusammen mit Gornt und Havergill Partei gegen ihn.
Vor dem Sitzungszimmer der Rennleitung drängten sich voll gespannter Erwartung Gruppen von Reportern, Besitzern, Trainern und Besuchern. Den Schwall neugieriger Fragen abwehrend, kämpfte sich Dunross zum Regieraum durch, der sich im obersten Geschoß befand.
»Guten Tag, Sir«, begrüßte ihn der Sprecher in der kleinen Glaskabine, von wo aus man den besten Ausblick auf die Bahn hatte. »Haben Sie die Entscheidung? Es war Bluey, nicht wahr? Wir haben alle die Peitsche gesehen...«
»Darf ich das Mikrofon haben?«
»Selbstverständlich.« Hastig sprang der Mann auf und überließ Dunross seinen Platz. Er betätigte den Schalter. »Hier spricht Ian Dunross. Die Rennleitung hat mich ersucht, Ihnen zwei Mitteilungen zu machen...«
Tiefe Stille verbreitete sich, als seine Worte über das Stadion echoten. Des Regens nicht achtend, hielten die fünfzigtausend auf den Tribünen den Atem an. »Zunächst das Resultat des fünften Rennens.« Dunross holte tief Atem. »Pilot Fish um eine Nasenlänge vor Noble Star, um einen Zoll vor Butterscotch Lass...« Aber das letzte Wort ging schon in Beifalls- und Schmährufen unter, Ausdruck von Jubel und Zorn, und alles schrie und brüllte durcheinander, frohlockend und fluchend. Gornt, der sich unten im Paddock aufhielt, wunderte sich; er war überzeugt gewesen, daß man seinen Jockey gesehen hatte, wie er selbst ihn gesehen hatte, daß man ihn überführt, heruntergeputzt und Pilot Fish disqualifiziert hatte. Aber auf der großen Tafel flammten die Nummern der Gewinner auf: 1, 7, 8.

»Zweitens: Aufgrund des Wetters und der schlechten Bodenverhältnisse haben die Stewards beschlossen, die noch ausstehenden Rennen abzusagen ...« Ein Stöhnen ging wieder durch die Menge. »... besser gesagt, auf nächsten Sonnabend zu verschieben, an dem wieder ein Sonderprogramm abgewickelt werden soll.« Jubel brauste auf. »Das Programm wird aus acht Rennen bestehen, und das fünfte wird das gleiche sein wie heute, mit denselben Rennern, nämlich Pilot Fish, Butterscotch Lass, Winning Billy, Street Vendor, Golden Lady, Lochinvar und Noble Star. Eine neue Herausforderung mit doppelten Preisen, zusätzlich 30000 ...«
Jubel und Beifall, Zurufe und Geschrei, und in der Kabine sagte einer: »Eine wunderbare Idee, Tai-Pan. Noble Star wird sich revanchieren!«
»Wird er nicht! Butterscotch ...«
»Die Rennleitung«, sprach Dunross weiter ins Mikrofon, »weiß Ihre Unterstützung zu schätzen.« Er wiederholte seine Ankündigungen auf Kantonesisch und fügte hinzu: »In einigen Minuten folgt eine weitere Verlautbarung. Ich danke Ihnen.«
Wieder brach die Menge in Jubel aus. Die Menschen, die draußen gestanden hatten, brachten sich vor dem Regen in Sicherheit und eilten zu den Kassen, alles plapperte, frohlockte und stöhnte, verfluchte die Götter oder pries sie und verstopfte die Ausgänge. Von einem neuen Glücksgefühl beseelt, machten sich lange Reihen von Männern, Frauen und Kindern auf den Heimweg. Nur die Gewinner der Doppelwette, acht und fünf im zweiten, eins und sieben im fünften Rennen, standen da wie gelähmt, starrten auf den Totalisator und warteten auf die Bekanntgabe der Quoten.
»Noch eine Ankündigung, Tai-Pan?« Der Sprecher sah Dunross gespannt an.
»Ja«, antwortete Dunross. »Gegen fünf.« Havergill hatte ihn über das Zustandekommen der Fusion mit der Ho-Pak unterrichtet und ihn ersucht, sobald wie möglich in die Victoria-Loge zu kommen. Drei Stufen auf einmal nehmend und sehr zufrieden mit sich, eilte er die Treppe ins nächste Geschoß hinunter. Gornt weiß es, und ich weiß es, daß es eine Schiebung war und daß Alexei zum Abschuß freigegeben wurde – was auch der Hauptgrund dafür war, daß ich nicht geritten bin. Sie hätten es mit mir versucht, und ich hätte einen umgebracht. Aber nächsten Sonnabend ... ja, nächsten Sonnabend reite ich, und Bluey White wird es nicht wagen, und auch die anderen Jockeys nicht, nächsten Sonnabend wird alles korrekt ablaufen und, bei Gott, man wird ein Auge auf sie haben! – Dann sah er Murtagh im Gang stehen und auf ihn warten.
»Ah, Tai-Pan, kann ich Sie ...«
»Selbstverständlich!« Dunross führte ihn durch die Küche in sein Privatzimmer.
»Das war ein großartiges Rennen. Ich habe ein hübsches Sümmchen gewonnen«, sagte der junge Mann.

»Gut.« Dann bemerkte Dunross den Schweiß auf der Stirn des Bankdirektors. O Gott, dachte er. »Sind wir im Geschäft, Mr. Murtagh?«
»Bitte nennen Sie mich Dave! Also, sie haben gesagt, vielleicht. Sie haben für morgen vormittag eine Vorstandssitzung einberufen, neun Uhr New Yorker Zeit, das ist hier...«
»Heute abend zehn Uhr, sehr schön. Rufen Sie mich bitte unter dieser Nummer an, Mr. Murtagh!« Dunross schrieb sie ihm auf. »Bitte verlieren Sie sie nicht, und geben Sie sie nicht weiter!«
»Selbstverständlich nicht, Tai-Pan! Ich rufe Sie an, sobald... Bis wann kann ich Sie anrufen?«
»Unmittelbar, nachdem Sie das Gespräch mit Ihren Leuten beendet haben. Klingeln Sie so lange, bis Sie mich erreicht haben!« Er erhob sich. »Tut mir leid, aber ich habe jetzt noch eine Menge zu tun.«
»Verstehe ich, verstehe ich«, sagte Murtagh und fügte zögernd hinzu: »Hören Sie, Tai-Pan, ich habe eben von den zwei Millionen erfahren, Ihrer Anzahlung auf das General-Stores-Angebot. Zwei Millionen von uns bis Montag halb zehn ist etwas knapp.«
»Ich dachte mir, daß Sie... daß Ihre Leute es so sehen werden. Glücklicherweise, Mr. Murtagh, hatte ich nie die Absicht, Ihr Institut um diesen bescheidenen Betrag anzugehen. Keine Sorge, meine *neue* Auslandsfinanzierungsquelle gr...«
»Was?«
»Meine neue Auslandsfinanzierungsquelle greift sehr schnell zu, wenn sich eine günstige Gelegenheit bietet, Mr. Murtagh. Für diese Entscheidung haben sie genau acht Minuten gebraucht. Sie scheinen mehr Vertrauen zu haben als Ihre Direktoren.«
»Ach, Tai-Pan – bitte nennen Sie mich Dave! – es ist kein Mangel an Vertrauen, aber, na ja, die haben keine Ahnung von Asien. Ich mußte ihnen erst klarmachen, daß die Übernahme von General Stores Ihren Umsatz in drei Jahren verdoppeln wird.«
»In *einem*«, verbesserte ihn Dunross. »Sehr bedauerlich, daß Ihre Gruppe nicht an den gewaltigen Gewinnen aus diesem an sich zweitrangigen Teil unserer außerordentlichen Expansionspläne partizipieren wird. Trinken Sie doch einen Tee in unserer Loge! Tut mir leid, ich muß noch einen Anruf machen.« Er nahm Murtagh am Arm, führte ihn aus dem Zimmer und schloß die Tür hinter ihm.
Er setzte sich ans Telefon, wählte und wartete auf das Signal. »*Weyyyyy?*«
»Mr. Tip bitte! Hier spricht Dunross«, meldete er sich auf Kantonesisch.
Er hörte, wie der Hörer abgelegt wurde und die *amah* kreischte: »Telefon! Für Sie, Vater!«
»Wer ist es?«
»Ein fremder Teufel.«
Dunross lächelte.

»Hallo?«
»Dunross, Mr. Tip. Ich fürchtete schon, Ihr Gesundheitszustand könnte sich verschlechtert haben.«
»Ach, tut mir leid, daß ich nicht kommen konnte. Ja, ich hatte einige dringende Geschäfte. Sie verstehen? Übrigens, das mit Noble Star war wirklich ein schlechter Joss. Ich habe eben im Rundfunk gehört, Pilot Fish habe um eine Nasenlänge gewonnen, nach einem Protest. Worauf bezog sich der Protest?«
Dunross erklärte es ihm geduldig und beantwortete auch seine Fragen in bezug auf die Übernahme von General Stores. Er war sehr erfreut zu hören, daß Tiptop schon davon wußte. Wenn er es weiß, wissen es auch alle Zeitungen. Sehr gut, dachte er und wartete geduldig, aber Tiptop war schlauer.
»Also dann, danke für Ihren Anruf, Tai-Pan!«
»Es war mir ein Vergnügen«, gab Dunross sofort zurück. »Übrigens kann ich Ihnen vertraulich mitteilen, es könnte tatsächlich sein, daß die Polizei, besser gesagt, ein kleiner Beamter, einen Fehler gemacht hat.«
»Ach ja. Ich nehme an, daß der Fehler unverzüglich wiedergutgemacht wird.«
»Sehr bald, wenn die betreffende Person ihr Amt zurückzugeben und von der Erlaubnis, ins Ausland zu reisen, Gebrauch zu machen wünscht.«
»Wie bald könnte sehr bald sein, Tai-Pan?«
Dunross wählte seine Worte vorsichtig. »Es sind da gewisse Formalitäten zu beachten, aber ich halte es für möglich, daß das schnell erledigt ist. Leider müssen hochgestellte Persönlichkeiten im Ausland zu Rate gezogen werden. Sie werden das sicher verstehen.«
»Gewiß. Soviel ich weiß, befindet sich eine dieser Persönlichkeiten bereits in Hongkong. Ein Mr. Sinders?«
Dunros war von Tiptops Informiertheit beeindruckt. »Ich habe schon gewisse Zusagen«, antwortete er.
»Ich hätte geglaubt, daß nur sehr wenige Zusagen nötig sind. Echtes Gold scheut kein Feuer.«
»Ja. Kann ich Sie heute abend irgendwo erreichen – um Ihnen über irgendwelche Fortschritte zu berichten?«
»Sie erreichen mich unter dieser Nummer. Bitte rufen Sie mich um neun Uhr an!« Tiptops Stimme wurde noch trockener. »Wie ich höre, wäre es gut möglich, daß Ihre Anregung in bezug auf das Bankgeschäft günstige Aufnahme findet. Der Chop der Victoria, der des Gouverneurs und Ihr eigener, das wäre alles, um das Darlehen auf dreißig Tage zu erhalten. Dieser relativ bescheidene Betrag liegt für eine begrenzte Zeit bereit, sobald das übliche Verfahren eingeleitet ist. Bis dahin bleibt die Sache streng vertraulich.«
»Selbstverständlich.«
»Danke für Ihren Anruf!«
Dunross legte den Hörer auf und trocknete sich die Handflächen. »Für eine

begrenzte Zeit«, war seinem Gedächtnis unauslöschlich eingeprägt. Aber er verstand, daß die beiden »Verfahren« auf das engste, aber doch nicht unbedingt miteinander verkettet waren.
Die Gänge waren voll, und schon drängten viele Besucher in die Aufzüge, um heimzufahren. Dunross warf einen Blick in seine Loge, wo er die Aufmerksamkeit Gavallans auf sich lenkte. »Andrew, geh zur Mitgliedertribüne hinunter! Dorf findest du Roger Crosse – er ist mit einem Mann namens Sinders zusammen. Frage sie, ob sie einen Moment Zeit hätten, mich in meiner Loge zu besuchen! Beeil dich!«
Gavallan lief los. Dunross eilte den Gang hinunter, an den Wettschaltern vorbei. Er sah Gornt bei einer der Kassen stehen, doch auch das trübte seinen frohen Mut nicht. Für alles kommt die Zeit, dachte er. »Wie wollen Sie die 10000 haben? Unsere Wette?«
»Bargeld, wenn's recht ist.«
»Ich schicke es Ihnen nachher hinüber.«
»Es hat Zeit bis Montag.«
»Heute abend. Montag werde ich alle Hände voll zu tun haben.« Mit einem höflichen Nicken setzte Dunross seinen Weg fort.
Auch in der gedrängt vollen Loge der Victoria ging es hoch her wie überall. Drinks, Gelächter, übersprudelnde Laune, Begeisterung und gegen Pilot Fish ausgestoßene Verwünschungen, aber schon wurden für das Rennen am nächsten Sonnabend Wetten abgeschlossen. Als Dunross eintrat, wurde er von Beifallsrufen, tröstlichem Zuspruch und einem neuen Schwall von Fragen empfangen. Er wehrte sie elegant ab, auch die von Martin Haply, der neben Adryon an der Tür stand.
»Ach, Vater, so ein Pech mit Noble Star! Ich habe die Hosen verloren und mein Taschengeld dazu.«
Dunross lachte. »Junge Damen sollten nicht wetten! Adryon, Schatz, vergiß die Cocktails nicht, du bist die Gastgeberin!«
»Natürlich. Wir werden pünktlich sein. Vater, bekomme ich einen Vorschuß auf mein nächstes Tasch...«
»Selbstverständlich«, antwortete Dunross zu ihrer Überraschung, drückte sie an sich und steuerte auf Havergill und Kwang zu.
»Hallo, Ian«, begrüßte ihn Havergill. »Das war Pech, aber Pilot Fish hatte unzweifelhaft die Nase vorn.«
»Nicht zu leugnen. Guten Tag, Mr. Kwang.« Dunross gab ihm den Abzug des Zielfotos. »Scheußliches Pech für uns beide.« Auch andere drängten sich heran, um es zu sehen.
»Tatsächlich... eine Nasenlänge.«
»Ich dachte, Noble Star würde...«
Dunross beugte sich zu Havergill vor. »Ist alles unterschrieben?«
»Ja. Zwanzig Cents auf den Dollar. Er hat die Willenserklärung unterzeichnet. Natürlich hat der Gauner versucht, mir mehr abzuschwatzen...«

»Wunderbar! Sie haben ein phantastisches Geschäft gemacht.«
Havergill nickte. »Ja, ja, das habe ich.«
Richard Kwang drehte sich um. »Ach, Tai-Pan... hat Mr. Havergill Ihnen von der Fusion erzählt?«
»Selbstverständlich. Meinen Glückwunsch!«
Die Gesellschaft kam noch mehr in Stimmung, als der Gouverneur eintrat. Havergill und Dunross gingen ihm entgegen. »Ja, Mr. Havergill, Ian. Das war wirklich Pech, aber Sie haben ausgezeichnete Entscheidungen getroffen.«
»Danke, Sir!«
»Sie wollten eine offizielle Erklärung abgeben, Mr. Havergill?«
»Ja, Sir.« Havergill hob seine Stimme. »Darf ich Sie um Ihre Aufmerksamkeit bitten?« Niemand achtete auf ihn, bis Dunross einen Löffel nahm und damit gegen eine Teekanne schlug. Allmählich trat Ruhe ein. »Eure Exzellenz, meine Damen und Herren, ich habe die Ehre, Ihnen im Namen der Direktoren der Victoria Bank of Hongkong and China mitzuteilen, daß sie und die große Ho-Pak Bank of Hongkong fusioniert haben...« Martin Haply ließ sein Glas fallen. »... daß die Victoria sich verpflichtet, alle Einleger der Ho-Pak zu hundert Prozent zu befriedigen und...«
Der Rest ging in Beifallsrufen unter. Havergill wurde mit Fragen bestürmt. Entzückt von der Wirkung seiner Ankündigung, hob er die Hand. In der nun folgenden Stille ergriff Sir Geoffrey das Wort: »Im Namen der Regierung Ihrer Majestät muß ich sagen: Das ist eine wunderbare Nachricht, Mr. Havergill, gut für Hongkong, gut für die Bank, gut für Sie, Mr. Kwang, und für die Ho-Pak!«
»O ja, Sir Geoffrey«, antwortete Richard Kwang mit geräuschvoller Jovialität, sicher, daß er seiner Erhebung in den Ritterstand um ein gutes Stück näher gekommen war. »Ich bin zu der Überzeugung gekommen – natürlich im Einverständnis mit meinen Direktoren –, daß es gut für die Victoria wäre, einen repräsentativen Stützpunkt in der chinesischen Gemeinde zu haben, und...«
Havergill unterbrach ihn hastig. »Vielleicht sollte ich lieber die offizielle Bekanntgabe abschließen. Die Einzelheiten wollen wir uns für die Pressekonferenz Montag mittag aufheben. Über die Details der Fusion sind wir uns ja einig, nicht wahr, Mr. Kwang?«
Richard Kwang setzte zu einer neuerlichen Tirade an, änderte aber rasch seine Absicht, als er Dunross' und Havergills Gesichter sah. »Ah ja«, antwortete er, »ich bin entzückt, Geschäftspartner der Victoria zu sein.«
Haply schaltete sich ein: »Darf ich Ihnen eine Frage stellen, Mr. Havergill?«
»Selbstbverständlich«, antwortete Havergill liebenswürdig und wußte genau, was man ihn fragen würde. Dieser Bastard Haply muß weg, so oder so.

»Darf ich Sie fragen, Mr. Havergill, wie Sie es bei leeren Kassen anstellen wollen, die Kunden der Ho-Pak und Ihre eigenen zu befriedigen?«
»Gerüchte, Gerüchte, Mr. Haply«, entgegnete Havergill mit einer lockeren Handbewegung. »Sie wissen ja: Ein Schwarm von Moskitos kann lärmen wie rollender Donner. Die Wirtschaft Hongkongs war niemals stärker. Die Victoria garantiert für die Einlagen der Ho-Pak, garantiert für die Übernahme von General Stores durch Struan's und garantiert auch, noch die nächsten hundertzwanzig Jahre im Geschäft zu sein.«
»Aber Mr. Havergill, Sie haben meine Frage nicht...«
»Keine Sorge. Mr. Haply! Lassen wir die Einzelheiten unserer... unserer Aktion mit der Ho-Pak für die Pressekonferenz am Montag!« Er wandte sich an den Gouverneur. »Wenn Sie mich entschuldigen wollen, Sir, ich habe noch einiges zu erledigen.« Beifall begleitete ihn, als er sich den Weg zur Tür bahnte.
Einer begann zu singen: »For he's a jolly good fellow...« Alle stimmten ein, und der Lärm drohte jedes Wort zu ersticken. Richard Kwang gegenüber zitierte Dunross ein altes kantonesisches Sprichwort: »›Wenn es genug ist, mach Schluß!‹ *Heya?*«
»Ja, Tai-Pan, Sie haben recht!« Der Bankier lächelte ein gequältes Lächeln. Er verstand die Drohung. Doch dann beglückwünschte er sich zu seiner Fortune; wie Venus Poone vor ihm katzbuckeln würde, jetzt, da er ein einflußreicher Direktor der Victoria war! Sein Lächeln wurde breiter. »›Hinter den roten Türen wird viel Fleisch und Wein verschwendet.‹ Meine Sachkenntnis wird unserer Bank von großem Nutzen sein, *heya?*« Er nickte bedeutsam und stelzte davon.
»Mein Gott, war das ein Tag«, murmelte Johnjohn.
»Ja, ja, wunderbar«, sagte McBride. »Sie müssen sehr stolz auf Havergill sein.«
»Ja, natürlich.« Johnjohn hatte die halbe Nacht damit verbracht, darüber nachzudenken, wie sie die Übernahme ohne Risiko für die Bank und für die Einleger der Ho-Pak vornehmen konnten. Er war der Entwerfer des Projekts und hatte sich heute morgen stundenlang bemüht, Havergill zu überzeugen, daß die Zeit gebot, neue Wege zu gehen. »Wir können es schaffen, Havergill! Wir können den Menschen das Vertrauen wiedergeben...«
»...und würden einen sehr gefährlichen Präzedenzfall schaffen! Ich finde Ihre Idee nicht so brillant, wie Sie glauben.«
Erst die auf Dunross' dramatische Ankündigung folgende enorme Stärkung des allgemeinen Vertrauens hatte Havergill bewogen, seine Meinung zu ändern. Na wenn schon, dachte Johnjohn müde, wir alle sind Gewinner – die Bank, Hongkong und die Ho-Pak. Mit einer neuen Geschäftsführung wird die Ho-Pak ein phantastischer Aktivposten für uns sein.
Johnjohns Müdigkeit verflog. Ein Lächeln spielte um seine Lippen. Wenn es doch nur schon Montag wäre – Börsenbeginn!

Trübselig lehnte sich Peter Marlowe über die Brüstung der Struan's-Loge und blickte auf das Gewimmel hinab. Der Regen prasselte auf das auskragende Vordach, das die Logen schützte. Die drei überhängenden Balkone der Mitglieder ermangelten eines solchen Schutzes. Nasse Pferde wurden über die Rampen heruntergeführt. Durchnäßte Stallburschen schlossen sich den durchnäßten Tausenden an, die den Heimweg antraten.

Casey trat neben ihn. »Was haben Sie, Peter?«

»Ach nichts.«

»Hat es etwas mit Grey zu tun? Ich sah Sie beide in eine erregte Auseinandersetzung verwickelt.«

»Nein, es war nicht Grey, wenngleich er ein ungehobelter, langweiliger Kerl ist, der lautstark über alles herzieht, was Werte schafft oder erhält.« Marlowe lächelte. »Wir unterhielten uns über das Wetter.«

»Ach ja? Auf jeden Fall machten Sie eben noch ein Gesicht, als ob Ihnen die Petersilie verhagelt wäre. Sind Sie im fünften leer ausgegangen?«

»Ja, aber das war es nicht. Alles zusammengerechnet, bin ich nicht schlecht dran. Ich dachte nur an die fünfzigtausend Chinesen auf dem Rennplatz und die drei oder vier Millionen in der Kolonie und daß jeder einzelne ein reiches Erbe besitzt, wunderbare Geheimnisse kennt und phantastische Geschichten zu erzählen weiß – ganz zu schweigen von den mehr als zwanzigtausend Europäern, den Tai-Panen, Freibeutern, Buchhaltern, Ladenbesitzern, Regierungsbeamten – warum sind sie alle nach Hongkong gekommen? Mir ist völlig klar, daß ich nie sehr viel von Hongkong und den Hongkong-Chinesen wissen werde. Niemals. Ich kratze nur an der Oberfläche.«

Sie lachte. »Es ist überall das gleiche.«

»O nein! Hier erleben Sie das Potpourri Asiens. Nehmen Sie doch mal diesen rundlichen Chinesen in der dritten Loge von hier! Er ist ein vielfacher Millionär, seine Frau Kleptomanin. Er läßt sie heimlich beschatten, und immer wenn sie etwas stiehlt, wird es von seinen Leuten bezahlt. Die Ladenbesitzer kennen sie, und es geht alles sehr zivilisiert zu, aber wo in der Welt gibt es das? Der Mann, der neben ihm sitzt, ist ebenfalls Multimillionär, und seine Frau... Aber das ist wieder eine andere Geschichte.«

»Was denn für eine Geschichte?«

Er lachte. »Manche Frauen haben Schicksale, die sind noch faszinierender als die ihrer Männer. Eine der Frauen, die Sie heute kennengelernt haben, ist Nymphomanin und...«

»Ach, kommen Sie, Peter! Ich glaube, Fleur hat recht, Sie denken sich diese Geschichten aus!«

»Vielleicht. Aber es gibt Chinesinnen, die genau solche Raubkatzen sind wie andere Frauen auch, nur eben auf die diskrete Tour.«

»Tatsächlich?«

»Gerüchten zufolge...« Beide lachten. »Die Chinesen sind ja wirklich viel

schlauer als wir. Man hat mir erzählt, daß verheiratete Chinesinnen, die ihren Pelz gern in einen fremden Schrank hängen, üblicherweise einen Europäer als Geliebten vorziehen – sicherheitshalber, denn die Chinesen lieben Klatsch, lieben den Skandal, und man findet nur selten einen chinesischen Playboy, der seine Eroberungen für sich behält und auf den guten Ruf seiner Dame bedacht wäre. Und erwischt zu werden ist für eine Dame sehr peinlich. Die chinesischen Gesetze sind äußerst streng.« Er zündete sich eine Zigarette an. »Vielleicht macht das die Sache noch reizvoller.«
»Sie meinen, einen Geliebten zu haben?«
Er betrachtete sie und fragte sich, was sie wohl sagen würde, wenn er ihr ihren Spitznamen verriet – der ihm von vier verschiedenen chinesischen Freunden zugetragen worden war. »Ja, ja, die Damen hier, zumindest einige, ziehen alle Register. Sehen Sie da drüben – der Mann im Blazer. Er trägt einen grünen Hut, und das bedeutet hier, daß er ein Hahnrei ist, daß seine Frau einen Liebhaber hat – in seinem Fall einen chinesischen Freund von ihm.«
»Darum der grüne Hut?«
»Ja. Die Chinesen haben einen erstaunlichen Sinn für Humor. Vor einigen Monaten ließ er in einer chinesischen Zeitung eine Anzeige erscheinen, darin hieß es: ›Ich weiß, daß ich einen grünen Hut trage, aber zwei Söhne des Mannes, der mir die Hörner aufgesetzt hat, sind nicht von ihm.‹«
»Ist das wahr?«
Peter Marlowe zuckte die Achseln. »Das spielt keine Rolle. Das Selbstgefühl des anderen Mannes war gröblich verletzt, und seine Frau hatte auch nichts zu lachen.«
»Das war aber gar nicht fair.«
»Im Falle dieser Frau doch.«
»Was hat sie gemacht?«
»Sie bekam zwei weitere Söhne von einem anderen M... He, da kommt Dr. Tooley, er schaut nicht sehr glücklich drein.«
»Ich hoffe, Travkin geht es einigermaßen. Dr. Tooley war unten, um ihn zu untersuchen. Das war ein schrecklicher Sturz!«
»Ja, furchtbar!«
Beide hatten Tooleys bohrende Fragen über ihren Gesundheitszustand über sich ergehen lassen, denn sie wußten, daß das Damoklesschwert Typhus, Cholera und Leberentzündung immer noch über ihren Häuptern schwebte.
»Joss«, hatte Peter Marlowe die Sache abgetan.
»Joss«, hatte sie ihm nachgesprochen, bemüht, sich wegen Linc keine Sorgen zu machen. Dr. Tooley hatte gesagt: Hepatitis kann ein chronisches Leiden hervorrufen und zum Leberzerfall führen.
»Die Menschen scheinen hier interessanter zu sein«, bemerkte Casey nach einer kleinen Pause. »Ist das der Einfluß Asiens?«

»Wahrscheinlich. Die Sitten und Gebräuche sind so andersartig. Für mich ist Asien der Mittelpunkt der Welt und Hongkong der Kern.« Peter Marlowe winkte einem Mann in einer anderen Loge zu, der Casey zugewinkt hatte. »Noch ein Bewunderer von Ihnen.«
»Lando Mata? Er ist ein faszinierender Mann.«
Casey hatte sich in den Pausen zwischen den Rennen mit ihm unterhalten. »Sie müssen nach Macao kommen, Miss Tcholok. Vielleicht können wir morgen zu Abend essen. Würde Ihnen halb acht passen?« Mata hatte sich mit seinem weltmännischen Charme an sie herangemacht, und Casey war sich über die Botschaft keinen Augenblick im unklaren gewesen.
Beim Lunch hatte Dunross sie diskret vor ihm gewarnt. »Eine *quai loh*, noch dazu eine so hübsche wie Sie, sollte sich darüber im klaren sein, daß Großjährigkeit allein unter Umständen nicht genug ist.«
»Kapiert, Tai-Pan«, hatte sie ihm lächelnd gedankt. Doch an diesem Nachmittag, im Schutz der Struan's-Loge, ließ sie sich von Mata bezaubern. »Hängt davon ab, Mr. Mata«, hatte sie geantwortet. »Ich nehme Ihre Einladung zum Dinner gern an, aber es hängt davon ab, wann ich von der Bootsfahrt zurückkomme.«
»Mit wem fahren Sie, mit dem Tai-Pan?«
»Mit Freunden.«
»Ach ja. Nun, wenn nicht Sonntag, dann vielleicht Montag. Es gibt eine Anzahl von geschäftlichen Möglichkeiten, hier oder in Macao, für Sie oder Mr. Bartlett, wenn Sie es wünschen, oder Par-Con. Darf ich Sie morgen um sieben anrufen, um zu erfahren, ob Sie Zeit haben?«
Ich werde mit ihm fertig, so oder so, sprach sie sich Mut zu, aber auf den Wein muß ich aufpassen – man könnte ja etwas hineingetan haben.
»Sagen Sie mal, Peter, die Männer hier, die Schürzenjäger, sind die auch mit der Methode vertraut, einem Mädchen etwas ins Glas zu schütten?«
Er kniff die Augen zusammen. »Sie meinen Mata?«
»Nein, nur so im allgemeinen.«
»Daß ein Chinese oder ein Eurasier das mit einer *quai loh* machen würde, bezweifle ich – wenn Sie das wissen wollen.« Er runzelte die Stirn. »Trotzdem sollten Sie vorsichtig sein. Grob gesagt, würden Sie natürlich auf ihren Listen ganz oben stehen. Sie haben alles, um solche Typen in orgiastisches Entzücken zu versetzen.«
»Vielen Dank!« Erfreut über das Kompliment, beugte sie sich über die Brüstung. Ich wollte, Linc wäre da. Nur Geduld! »Wer ist denn das«, fragte sie, »dieser alte Mann mit dem jungen Mädchen? Unten auf dem ersten Balkon. Sehen Sie doch, er hat die Hand auf ihrem Po!«
»Ach, das ist einer unserer modernen Piraten – Vierfinger Wu. Das Mädchen ist Venus Poon, ein hier recht bekannter Fernsehstar. Der junge Mann, mit dem sie sprechen, ist sein Neffe – Gerüchten zufolge sein Sohn. Der Bursche hat in Harvard an der Handelsschule studiert, besitzt einen

amerikanischen Paß und ist blitzgescheit. Der alte Vierfinger Wu ist ebenfalls Millionär. Er soll ein Schmuggler sein, Gold und weiß Gott, was noch alles, hat eine Frau und drei Konkubinen – jetzt ist er hinter Venus Poon her. Sie war Richard Kwangs Geliebte. War. Vierfinger Wu lebt auf einer morschen alten Dschunke in Aberdeen und mehrt seinen Reichtum. Da, sehen Sie mal! Der runzelige alte Herr und die Dame, mit denen der Tai-Pan sich unterhält. Das ist Shi-teh T'tschung. Durch ihren Sohn Duncan ist er ein direkter Nachkomme von Dirk und May-may. Hat Ihnen der Tai-Pan schon Bilder von Dirk gezeigt?«

»Ja.« Sie fröstelte leicht, als sie an das Messer dachte, das »die Hexe« durch das Bild ihres Vaters, Tyler Brock, gestoßen hatte. »Die Ähnlichkeit ist frappant.«

»Nicht wahr? Ich wünschte, ich könnte mir einmal die Galerie des Tai-Pan ansehen ... Jedenfalls, dieses alte Ehepaar wohnt in einer Zweizimmerwohnung im sechsten Stock einer Mietskaserne drüben in Glessing's Point. Sie besitzen ein riesiges Paket Struan's-Aktien, und jedes Jahr, vor der Jahresversammlung, muß der Tai-Pan, wer immer es ist, mit dem Hut in der Hand hingehen und ersuchen, das Stimmrecht für sie ausüben zu dürfen. Es wird ihm immer gewährt, denn so lautet die ursprüngliche Abmachung, aber er muß persönlich darum ersuchen.«

»Und warum das?«

»Gesicht. Und wegen der ›Hexe‹.« Der Hauch eines Lächelns. »Sie war eine bedeutende Persönlichkeit. Während des Boxerkrieges im Jahre 1900, als China wieder einmal in eine militärische Auseinandersetzung verwickelt war, wurden die Besitzungen von Noble House in Peking, Tientsin, Futschou und Kanton von den Aufständischen verwüstet, die von der alten Kaiserin Ts'e-hi mehr oder weniger finanziert und zweifellos gefördert wurden. Sie nannten sich ›Die sehr Aufrechte und Harmonische Gesellschaft der Faust, der Gerechtigkeit und der Eintracht‹, und ihr Schlachtruf lautete: ›Schützt China und tötet alle fremden Teufel!‹ Seien wir ehrlich: Die europäischen Mächte und Japan hatten versucht, China wie Schnitten einer Melone unter sich aufzuteilen. Jedenfalls fielen die Boxer über alle ausländischen Handelshäuser, Siedlungen und ungeschützten Gebiete her und zerstörten sie. Das Noble House befand sich in großen Schwierigkeiten. Der nominelle Tai-Pan war damals wieder der alte Sir Lochlin Struan, Robb Struans letzter Sohn. Nach Culum wurde er Tai-Pan. ›Die Hexe‹ hatte ihn eingesetzt, als er achtzehn war, unmittelbar nach Culums Tod – und dann ein zweites Mal nach Dirk Dunross. Er stand unter ihrem Pantoffel, bis er 1915 im Alter von zweiundsiebzig starb.«

»Woher haben Sie alle diese Informationen, Peter?«

»Ich denke sie mir eben aus«, antwortete er mit Grandezza. ›Die Hexe‹ brauchte also viel Geld, und sie brauchte es schnell. Gornts Großvater hatte eine Menge Wechsel von Struan's in seinen Besitz gebracht und ihr das

Messer an die Kehle gesetzt. Es gab keine normale Finanzierungsmöglichkeit, denn ganz Asien war in Aufruhr. Aber der Vater dieses alten Herrn, mit dem der Tai-Pan jetzt spricht, das war der König der Bettler von Hongkong. Betteln war damals hier ein großes Geschäft. Der Mann kam also und sagte, sehr würdevoll: ›Ich bin gekommen, um ein Fünftel von Noble House zu erwerben. Wollt Ihr mir diesen Anteil verkaufen? Ich biete Euch 200000 Taels Silber‹ – genau die Summe, die sie brauchte, um ihre Wechsel einzulösen. Um das Gesicht zu wahren, begannen sie zu feilschen, und er gab sich mit lächerlichen zehn Prozent zufrieden. Beide wußten, daß er für den gleichen Betrag dreißig oder gar vierzig Prozent hätte haben können, denn ›die Hexe‹ befand sich in einer verzweifelten Lage. Er verlangte keinen Vertrag; nur ihren Chop und das Versprechen, daß sie oder der Tai-Pan einmal im Jahr ihn oder seine Nachkommen besuchen werde, um das Stimmrecht für die Aktien zu erbitten.
›Aber warum, Ehrenwerter König der Bettler? Warum rettet Ihr mich vor meinen Feinden?‹ fragte sie.
›Weil Euer Großvater, der alte Grünäugige Teufel, einst meines Großvaters Gesicht rettete und ihm half, König der Bettler zu werden.‹«
Casey sah ihn an. »Glauben Sie das wirklich, Peter?«
»Aber ja!« Er blickte über den Platz. »Vor hundert Jahren war das alles ein malariaverseuchter Sumpf. Dirk ließ ihn trockenlegen.« Er paffte seine Zigarette. »Ich werde einmal über Hongkong schreiben.«
»Wenn Sie so weiterrauchen, werden Sie nie mehr etwas schreiben.«
»Da mögen Sie recht haben. Okay, ich höre auf. Für heute. Weil Sie so hübsch sind.« Er drückte die Zigarette aus. »Ich könnte Ihnen Geschichten erzählen über die Leute, die Sie heute kennengelernt haben, aber ich tu's nicht.« Sie lachte mit ihm und ließ ihre Blicke über die Tribüne schweifen. Unwillkürlich sperrte sie den Mund auf. Auf dem Mitgliederbalkon saß Orlanda und dicht neben ihr Linc. Selbst aus dieser Entfernung konnte man sehen, daß sie glücklich waren.
»Was ha...«, setzte Marlowe an, dann sah auch er sie. »Oh! Kein Grund zur Sorge!«
Nach einer Weile wandte sie die Augen ab. »Der Gefallen, Peter. Darf ich Sie jetzt um diesen Gefallen bitten?«
»Was soll das für ein Gefallen sein?«
»Ich möchte über Orlanda Bescheid wissen. Um Linc vor ihr zu schützen.«
»Vielleicht will er gar nicht geschützt werden.«
»Ich verspreche, daß ich nie von meinem Wissen Gebrauch machen werde.«
Marlowe seufzte. »Tut mir leid«, sagte er mit großem Mitgefühl, »aber nichts, was ich Ihnen erzählen könnte, würde Sie oder Linc schützen. Doch selbst, wenn ich kann, ich werde es nicht tun. Das wäre nicht fair, oder?«
»Nein, aber ich bitte Sie trotzdem. Ich bin gekommen, als Sie Hilfe brauchten. Jetzt brauche ich Ihre Hilfe. Bitte!«

Er sah sie lange an. »Was wissen Sie von ihr?«
Sie sagte ihm, was sie wußte – daß Gornt sie aushielt, von Macao, von ihrem Kind.
»Dann wissen Sie alles, was ich weiß, außer vielleicht, daß sie Ihnen leid tun sollte.«
»Leid?«
»Sie ist Eurasierin, und sie ist allein. Gornt ist ihr einziger Rückhalt – und ein sehr prekärer. Sie lebt auf des Messers Schneide. Sie ist jung, schön und verdient eine Zukunft. Hier gibt es keine für sie.«
»Außer Linc?«
»Außer Linc oder jemandem seiner Art. Und von seiner Warte aus gesehen wäre das vielleicht gar nicht so schlecht.«
»Weil sie Asiatin ist und ich nicht?«
»Weil sie eine Frau ist, und das sind Sie auch, aber Sie halten alle Trümpfe in der Hand, und eigentlich müssen Sie nur entscheiden, ob Sie diesen Krieg wirklich wollen oder nicht.«
»Seien Sie offen zu mir, ich bitte Sie! Was raten Sie mir? Ich habe einfach Angst. So, jetzt wissen Sie's.«
»Na gut, aber das ist nicht die Gefälligkeit, die ich Ihnen schulde«, sagte er. »Gerüchten zufolge sind Sie und Linc kein Liebespaar, obwohl Sie ihn offensichtlich lieben. Gerüchten zufolge leben Sie seit sechs oder sieben Jahren in unmittelbarer Nähe voneinander, aber ohne... körperlichen Kontakt. Er ist ein toller Mann, Sie sind eine tolle Frau, und Sie würden ein tolles Paar abgeben. Die Betonung liegt auf *Paar.* Vielleicht liegt Ihnen mehr an Geld und Macht und Par-Con als an ihm. Ich glaube nicht, daß Sie beides haben können. Entweder Sie entscheiden sich für Par-Con, Macht und Geld, oder Sie werden Mrs. Linc Bartlett und die liebende Gattin, die Orlanda ihm ganz ohne jeden Zweifel sein würde. Denn Sie müßten es zu hundert Prozent sein; Sie und Linc sind starke Charaktere und kennen einander zu gut, um sich täuschen zu lassen. Er ist schon einmal geschieden und wird auf der Hut sein. Und weil Sie über das Alter einer Julia hinaus sind, werden auch Sie auf der Hut sein.«
»Sind Sie auch Psychiater?«
Er lachte. »Nein, und auch kein Beichtvater. Ich weiß gern Bescheid über Menschen und höre ihnen gern zu, aber ich predige nicht und gebe keine Ratschläge – das ist das undankbarste Geschäft der Welt.«
»Es gibt also keinen Kompromiß?«
»Ich glaube nicht, aber ich bin nicht Sie. Sie haben Ihr eigenes Karma. Unabhängig von Orlanda – ist sie es nicht, ist es eine andere, eine bessere oder schlechtere, hübschere oder auch nicht, denn, wie immer Sie es sehen, Orlanda hat alles, was man braucht, um einen Mann glücklich und zufrieden zu machen und ihm das Gefühl zu geben, daß er ein Mann ist. Tut mir leid, ich wollte Sie nicht verletzen, aber Sie haben mich gefragt.«

Gavallan kam in Shi-teh T'tschungs Loge gestürzt und eilte auf den Tai-Pan zu. »Guten Tag«, begrüßte er die alten Herrschaften höflich. »Tut mir leid, Tai-Pan, aber die Herren, die du sprechen wolltest, waren schon fort.«
»Verflixt!« Dunross überlegte kurz, entschuldigte sich und verließ mit Gavallan die Loge. »Wir sehen uns doch bei der Cocktail-Party?«
»Ja, wenn du mich dabei haben willst – ich fürchte nur, ich werde kein sehr guter Gesellschafter sein.«
»Komm mal mit!« Dunross ging in das Zimmer neben der Küche voran. Tee war angerichtet, und in einem Eiskübel wartete eine Flasche Dom Pérignon, wie Gavallan schmunzelnd feststellte. »Gibt es was zu feiern?«
»Ja, drei Dinge: die Übernahme von General Stores, die Ho-Pak-Fusion und die Morgenröte einer neuen Ära.«
»Ach ja?«
»Ja.« Dunross begann die Flasche zu öffnen. »Konkret: Ich möchte, daß du Montag abend mit den Kindern nach London fliegst.« Gavallans Augen weiteten sich, aber er blieb stumm. »Ich möchte, daß du nach Kathy siehst, mit ihrem Spezialisten sprichst und dann mit ihr und den Kindern nach Schloß Avisyard fährst. Ich möchte, daß du auf sechs Monate, vielleicht auf ein oder zwei Jahre, dort deinen Wohnsitz nimmst. Du wirst eine neue Konzerntochter aufbauen. Unter strengster Geheimhaltung – vor Alastair, vor meinem Vater, vor David, vor allen außer mir.«
»Um was handelt es sich?« Gavallans freudige Erregung war nicht zu übersehen.
»Heute abend kommt auch ein Mann namens Kirk, Jamie Kirk. Ich möchte, daß du eine persönliche Beziehung zu ihm anknüpfst. Seine Frau ist eine Nervensäge, aber lade sie nach Avisyard ein! Ich möchte, daß du dich in Schottland, besonders in Aberdeen, umsiehst. Ich möchte, daß du Immobilien kaufst, aber ganz auf die Stille. Fabrikgelände, Kaianlagen, für Flugplätze geeignetes Baugelände, Hubschrauberlandeplätze in der Nähe von Schiffswerften. Gibt es dort Werften?«
»Mein Gott, Tai-Pan, ich habe keine Ahnung. Ich war nie dort.«
»Macht auch nichts. Für den Anfang beträgt dein Budget eine Million Pfund.«
»Wo, zum Teufel, willst du eine Million Pfund her...«
»Das soll nicht deine Sorge sein.« Dunross goß den hellen, trockenen Champagner ein. »In den nächsten sechs Monaten kannst du eine Million Pfund investieren. Weitere fünf Millionen in den folgenden zwei Jahren.«
Gavallan starrte ihn mit offenem Mund an.
»In dieser Zeit soll unser Noble House ein Machtfaktor in Aberdeen werden. Ich will dich als Grundherrn von Aberdeen sehen – mit Land bis Inverness im Osten und bis Dundee im Süden. In zwei Jahren. Alles klar?«
»Ja, aber...« Gavallan war sprachlos. Sein Leben lang hatte er, so wie Kathy und die Kinder auch, Asien verlassen wollen, aber es war nie möglich

gewesen oder auch nur in Erwägung gezogen worden. Jetzt hatte Dunross ihm sein Utopia geschenkt.
»Sprich mit Kirk, betöre seine Frau, und vergiß nicht, Junge, ein geschlossener Mund... na, du weißt schon!« Dunross gab ihm ein Glas und nahm eines für sich. »Auf Schottland, auf die neue Ära und unser neues Leben!« Und in seinem Innersten fügte er hinzu: Auf die Nordsee! Die Götter sind meine Zeugen: Noble House setzt Notplanung Eins in Gang.

6

17.50 Uhr:

Bis auf die Putzfrauen waren die Tribünen leer und die meisten Logen dunkel. Es regnete immer noch in Strömen. Die Dämmerung brach an. Rund um den Rennplatz stockte der Verkehr. Durchnäßt, aber guten Mutes, machten sich Tausende auf den Heimweg. Nächsten Sonnabend war wieder Renntag, und, oh, oh, oh, diesmal wird sicher der Tai-Pan Noble Star reiten, und Schwarzbart vielleicht Pilot Fish, und diese beiden *quai-loh*-Teufel werden sich gegenseitig umbringen.
Der Rolls, der aus der Einfahrt für Mitglieder kam, bespritzte einige Fußgänger. Sie reagierten mit einem Schwall von Flüchen, aber eigentlich machte es den Chinesen nichts aus. Eines Tages werde ich auch so einen haben, dachten sie alle. Nur ein bißchen Joss nächsten Sonnabend, und ich habe genug, um ein wenig Land zu kaufen oder eine Wohnung, die ich vermieten kann und dann gegen ein Geschoß in einem Hochhaus tauschen. *Iiiii*, das wird schön sein, im eigenen Rolls zu fahren so wie der da! Hast du gesehen, wer das war? Taxifahrer Tok, der vor sieben Jahren noch ein *bo-pi* fuhr, ein illegales Taxi, eines Tages 10000 HK auf dem Rücksitz fand, fünf Jahre wartete, bis die Fundunterschlagung verjährt war, das Geld dann in der Zeit der großen Hausse mit großem Gewinn in Aktien anlegte und schließlich Apartments kaufte. Tja, die Hausse! Hast du gelesen, was der alte blinde Tung in seiner Kolumne über die kommende Hausse geschrieben hat? Aber wie verträgt sich das mit dem Börsenkrach und dem Sturm auf die Banken?
Ayeeyah, das ist alles vorbei! Hast du nicht gehört? Die große Bank übernimmt die Ho-Pak und steht für alle Schulden Kwangs ein. Und Noble House hat General Stores gekauft! Zwei so gute Nachrichten an einem Renntag! Das hat es noch nie gegeben. Eigenartig. Sehr eigenartig! Du glaubst doch nicht... Der Teufel soll alle Götter holen! Ist alles nur ein fauler Trick dieser dreckigen fremden Teufel, um uns um unseren Gewinn zu

bringen? Oh, oh, oh, du hast recht, es muß ein fauler Trick sein! So viel Scheißzufälle gibt es gar nicht! Den Göttern sei Dank, daß mir noch rechtzeitig ein Licht aufgegangen ist, daß ich Maßnahmen ergreifen kann...

Während die Menschen heimwärtsstrebten, steigerten sie sich in immer heftigere Erregung hinein. Die meisten waren jetzt ärmer als vor ein paar Stunden, aber einige wenige um vieles reicher. Zu diesen gehörte auch Augenglas Wu. Crosse hatte ihm erlaubt, zum Rennen zu gehen, ihm aber eingeschärft, um ein Viertel nach sechs wieder zurück zu sein, um bei der neuerlichen Befragung des Gefangenen den Dolmetscher für den Ning-tok-Dialekt zu machen.

Ayeeyah, dachte er, in abergläubischen Vorstellungen befangen, diese weißhäutigen Barbaren sind wahre Teufel, die uns zivilisierte Menschen nach Wunsch manipulieren und uns den Verstand rauben können. Aber wenn ich zum SI komme, werden diese und andere ihrer Geheimnisse mir Schutz bieten.

Sein Joss hatte sich gewendet, seit er der alten *amah* begegnet war. Heute waren ihm die Götter besonders gewogen gewesen. Er hatte eine Einlauf-, die Doppelwette und drei Platzpferde richtig getippt und war jetzt um 5753 HK reicher. Er hatte bereits festgelegt, was er mit dem Gewinn machen wollte. Gegen eine Beteiligung von 51 Prozent wollte er dem Fünften Onkel den Kauf einer gebrauchten Spritzmaschine finanzieren, um Plastikblumen herzustellen, und mit weiteren 1000 zwei Wohnstätten auf neuerschlossenem Bauland errichten lassen, um sie zu vermieten. Die letzten tausend brauchte er für nächsten Sonnabend!

Ein Mercedes betätigte ohrenbetäubend seine Hupe, und er sprang zur Seite. Augenglas Wu erkannte einen der Männer im Fond: Es war Rosemont, der Barbar von der CIA, der über unbeschränkte Geldmittel verfügte. Wie naiv diese Amis doch waren! Als seine Verwandten voriges Jahr schwarz über die Grenze gekommen waren, hatte er sie einen nach dem anderen immer wieder aufs Konsulat geschickt, jedesmal unter einem anderen Namen und mit einer anderen Geschichte, um auf diese Weise die Zahl der »Reis-Christen«, beziehungsweise der »Reis-Antikommunisten«, zu vermehren. Es war leicht, am amerikanischen Konsulat Essenmarken und kleine Zuwendungen zu bekommen. Man brauchte nur den Verängstigten zu spielen, zu sagen, daß man eben erst über die Grenze gekommen und ein erklärter Mao-Gegner sei und daß sich die Kommunisten in diesem oder jenem Dorf dieser oder jener Missetat schuldig gemacht hätten. Und wie glücklich waren die Amerikaner, wenn man ihnen von Truppenbewegungen in der Volksrepublik erzählte, ganz gleich, ob wahr oder erfunden! Schnell schrieben sie alles auf und konnten gar nicht genug bekommen.

Vor drei Monaten hatte Augenglas Wu eine Pfundsidee gehabt. Jetzt, da er mit vier Angehörigen seines Clans rechnen konnte – einer war früher als Journalist bei einer kommunistischen Zeitung in Kanton tätig gewesen –, hatte er – auf dem Umweg über einen vertrauenswürdigen Mittelsmann – Rosemont angeboten, ihm allmonatlich einen Geheimbericht, Codebezeichnung ›Friedenskämpfer‹, über die Lebensbedingungen und die allgemeine Lage jenseits des Bambusvorhanges in und um Kanton zu liefern. Um den Wert der Berichte unter Beweis zu stellen, hatte Augenglas Wu sich erboten, den Amerikanern die ersten beiden Ausgaben nicht zu berechnen. Um einen mächtigen Tiger zu fangen, empfiehlt es sich, ein gestohlenes Lamm zu opfern. Wenn sie der CIA zusagten, sollten die drei folgenden je 1000 HK kosten. Dann wolle man weitersehen.

Die ersten beiden hatten solchen Anklang gefunden, daß sofort weitere fünf Berichte zu je 2000 HK bestellt wurden. Nächste Woche sollten sie ihr erstes Honorar kassieren. Die Berichte waren Ausschnitte aus dreißig kantonesischen Zeitungen, die mit dem täglichen Zug aus Kanton kamen – er brachte auch Schweine, Geflügel und andere Lebensmittel. Die Zeitungen wurden in Kiosken in Wanchai feilgeboten. Sie brauchte sie nur aufmerksam zu lesen und die Artikel, nachdem sie die kommunistische Dialektik ausgemerzt hatten, zu kopieren: Artikel über Ernteaussichten, Bautätigkeit, Wirtschaftsperspektiven, Geburten und Todesfälle, Urteile der Gerichte, alles, was ihnen interessant erschien. Augenglas Wu übersetzte die Artikel, die die anderen ausgesucht hatten.

›Friedenskämpfer‹ hatte ein enormes Potential. Sie hatten so gut wie keine Spesen. »Aber hier und da müssen wir ein paar Fehler machen und gelegentlich einen Monatsbericht ausfallen lassen«, hatte Augenglas Wu ihnen nahegelegt – »›leider wurde unser Agent in Kanton wegen Verrats von Staatsgeheimnissen hingerichtet.‹« Und wenn ich erst einmal wohlbestallter SI-Mann und ein geschulter Agent bin, werde ich die CIA noch besser mit Presseinformationen versorgen können. Vielleicht können wir expandieren und Berichte aus Peking und Schanghai liefern – einen Tag alte Zeitungen aus diesen Städten sind ebenso leicht zu beschaffen. Allen Göttern sei Dank für die Neugier der Amerikaner!

Er warf einen Blick auf die Uhr. Reichlich Zeit. Das Polizeipräsidium war nicht weit von hier. Der Regen wurde stärker, aber er spürte ihn nicht. Der Gewinn in seiner Tasche beflügelte seine Schritte. Er straffte die Schultern. Sei stark, sei klug, ermahnte er sich. Heute abend muß ich auf dem Posten sein. Es wäre doch möglich, daß sie mich nach meiner Meinung fragen. Ich weiß, daß der kommunistische Inspektor Brian Kwok da und dort ein wenig lügt und übertreibt. Atomwaffen? Natürlich ist das Reich der Mitte eine Atommacht. Jeder Dummkopf weiß, was schon seit Jahren in Sinkiang an den Ufern des Bos-teng-hu-Sees vor sich geht. Selbstverständlich werden wir bald unsere eigenen Raketen und Satelliten haben. Selbstverständlich! Sind wir kein zivilisiertes Volk? Waren wir es nicht, die das Schießpulver und die Raketen erfunden und als barbarisch schon vor tausend Jahren ausrangiert haben?

Im ganzen Stadion waren die Putzfrauen an der Arbeit. Sie harkten den durchnäßten Abfall der Besucher-Massen zusammen und durchsuchten ihn sorgfältig nach verlorenen Münzen oder Ringen, Füllfederhaltern oder Fläschchen. In einer vor dem Regen geschützten Ecke neben einem Haufen Blechdosen kauerte ein Mann.
»Komm, Alterchen, da kannst du nicht schlafen«, sagte eine Putzfrau nicht unfreundlich und schüttelte ihn an der Schulter. »Zeit, heimzugehen!« Die Augen des alten Mannes öffneten sich sekundenlang, er wollte sich aufrappeln, hielt inne, stieß einen tiefen Seufzer aus und sackte wie eine Stoffpuppe zusammen.
»*Ayeeyah*«, murmelte Einzahn Yang. In ihren siebzig Jahren war sie dem Tod schon oft genug begegnet, um sich seiner Endgültigkeit bewußt zu sein. »He, Jüngere Schwester«, rief sie ihrer Freundin und Kollegin zu. »Komm mal her! Dieser alte Mann ist tot!«
Ihre Freundin war vierundsechzig, von den Jahren gebeugt und runzelig, aber auch noch kräftig und ebenfalls Schanghaierin. Sie kam aus dem Regen und betrachtete den Toten. »Er sieht wie ein Bettler aus.«
»Du hast recht. Wir sollten es dem Aufseher melden.« Einzahn Yang kniete nieder und durchsuchte die zerschlissenen Taschen. Sie fand nur drei HK in Münzen. »Viel ist es nicht«, sagte sie. Sie teilten sich das Geld.
»Was hat er da in der linken Hand?« fragte die andere Frau. Einzahn Yang bog die krallige Hand auf. »Ein paar Wettscheine.« Sie hielt sie sich dicht vor die Augen und blätterte sie durch. »Die Doppelwette...« setzte sie an und fing plötzlich an zu gackern: »*Iiiii*, der arme Narr, hat den ersten Teil richtig und den zweiten verfehlt... er hat auf Butterscotch Lass gesetzt!«
Beide Frauen lachten hysterisch über die Bosheit der Götter.
»Diese Enttäuschung muß den armen Kerl das Leben gekostet haben«, meinte ihre Freundin.
»Joss.« Wieder gackerte Einzahn Yang und warf die Scheine in den Mülleimer. »Götter sind Götter und Menschen sind Menschen, aber wenn mir das passiert wäre, ich wäre auch gestorben.« Sie griff sich an die Brust. »*Ayeeyah*, ich muß eine Arznei nehmen. Geh und melde es dem Aufseher, Jüngere Schwester. *Iiiii*, wie bin ich heute müde! So ein schlechter Joss! Beinahe wäre er Millionär geworden, und jetzt? Joss! Ach, bin ich müde«, wiederholte sie mit schwankender Stimme. »Geh und melde es dem Aufseher!«
Die andere Frau entfernte sich. Erschöpft setzte Einzahn Yang ihre Arbeit fort, aber sobald sie sicher war, allein und unbeobachtet zu sein, lief sie zum Mülleimer hinüber und fischte die Wettscheine heraus. Das Herz klopfe ihr wie noch nie in ihrem Leben. Fieberhaft vergewisserte sie sich, daß ihre Augen sie nicht getäuscht hatten, aber es stimmte: Alle Scheine waren Gewinnscheine! Hastig stopfte sie sie in die Tasche. Dann warf sie noch mehr Abfall in den Eimer, hob ihn auf und stürzte den Inhalt in einen anderen,

dieweil es ihr in den Ohren schrillte: Morgen kann ich die Scheine einlösen, ich habe drei Tage Zeit, sie einzulösen. Gepriesen seien alle Götter, ich bin reich, ich bin reich, ich bin reich! Es müssen hundert oder zweihundert Scheine sein, für jeden bekomme ich 265 HK... bei hundert sich das 26500 HK, bei zweihundert 53000 HK...
Eine Schwäche befiel sie. Sie kauerte sich neben der Leiche nieder und lehnte sich, ohne es zu merken, an die Wand. Sie wußte, daß sie es nicht wagen durfte, die Scheine jetzt zu zählen, dazu blieb keine Zeit. Es kam auf jede Sekunde an. Sie mußte sich vorbereiten. »Sei vorsichtig, du alte Närrin«, murmelte sie und geriet fast wieder in Panik. Hör auf, laut zu denken! Sei vorsichtig, du alte Närrin, sonst wird Jüngere Schwester etwas argwöhnen... Ob sie jetzt dem Aufseher sagt, was sie vermutet? Was soll ich nur tun? Es ist mein Joss, ich habe den Alten gefunden... *Ayeeyah*, was soll ich tun? Vielleicht werden sie mich durchsuchen. Wenn sie mich in diesem Zustand sehen, müssen sie stutzig werden...
Ihr Kopf schmerzte zum Zerspringen, und eine Welle von Übelkeit überkam sie. In der Nähe befanden sich die Toiletten. Sie rappelte sich auf und humpelte hinüber. Hinter ihr machten andere Putzfrauen sauber. Morgen würden sie alle wiederkommen, denn es gab noch genügend Arbeit. Mit zitternden Fingern nahm sie in der leeren Toilette die Scheine heraus, umwikkelte sie mit einem Lappen und versteckte sie hinter einem losen Ziegel in der Wand.
Erst in der frischen Luft fing sie wieder an, frei zu atmen. Als der Aufseher mit ihrer Freundin zurückkam, betrachtete er den Toten, durchsuchte sorgfältig seine Taschen und fand tatsächlich ein zusammengedrehtes Silberpapier, das ihnen entgangen war. Es enthielt eine Prise des Weißen Pulvers. »Das bringt 2 HK«, sagte er, obwohl er wußte, daß es sechs wert war. »Wir werden uns den Erlös teilen, einsvierzig für mich und sechzig Cents für euch beide.«
Um das Gesicht zu wahren, feilschte Einzahn Yang mit ihm, und sie einigten sich, daß er versuchen werde, drei HK zu bekommen, zwei für ihn und einen HK für die beiden Frauen. Zufrieden ging er fort.
Als sie wieder allein waren, fing die jüngere Frau an, den Abfall zu durchwühlen.
Einzahn Yang fragte hastig: »Was machst du da?«
»Ich wollte mir diese Scheine noch einmal ansehen, Ältere Schwester. Deine Augen sind nicht mehr so gut.«
»Wenn du meinst«, versetzte Einzahn Yang mit einem Achselzucken. »Hier bin ich fertig. Ich mache da drüben weiter.« Ihr knorriger Finger deutete auf einen Haufen Abfall unter einer der Sitzreihen. Nach kurzem Zögern folgte ihr die andere Frau, und Einzahn Yang hätte vor Glück beinahe laut herausgelacht. Sie wußte, daß ihr nichts mehr passieren konnte. Wenn ich morgen wiederkomme, klage ich über Bauchweh. Ich hole mein Vermö-

gen aus der Wand und gehe heim. Also was fange ich mit meinem Reichtum an?
Zuerst die Anzahlung auf zwei *quai-loh*-Abendkleider für Dritte Enkelin; als Gegenleistung gibt sie mir die Hälfte ihres Verdienstes im ersten Jahr. Aus ihr wird eine gute Hure in der Good Luck Dance Hall werden. Weiter: Zweiter Sohn wird nicht mehr als Kuli auf der Baustelle Kotewall Road arbeiten. Er und Fünfter Neffe und Zweiter Enkelsohn werden Bauunternehmer, und noch bevor eine Woche herum ist, werden wir die Anzahlung auf ein Stück Land leisten und ein Haus bauen...
»Du schaust so glücklich aus, Ältere Schwester.«
»Ich bin ja auch glücklich, Jüngere Schwester. Meine Knochen tun mir weh, immer habe ich Fieber, mein Magen ist verkorkst, aber ich lebe, und der Alte ist tot. Die Götter sind meine Zeugen, als ich ihn sah, dachte ich erst, es wäre mein Mann, der vor fünfzehn Jahren auf der Flucht aus Schanghai umgekommen ist. Ich glaubte, einen Geist zu sehen! Ich traute meinen Augen nicht, denn dieser Alte könnte sein Zwillingsbruder gewesen sein.«
»*Ayeeyah*, wie schrecklich! Geister! Die Götter mögen uns vor Geistern bewahren!«
O ja, dachte die alte Frau, Geister sind schrecklich. Wo war ich nur stehengeblieben? Ach ja. 1000 setze ich nächsten Sonnabend auf die Doppelwette. Und von meinem Gewinn kaufe ich mir... kaufe ich mir falsche Zähne. *Iiiii*, wie herrlich wird das sein! hätte sie herausschreien mögen. Seit ihrem vierzehnten Lebensjahr, als im Verlauf einer der ständigen Revolten gegen die fremde Tsching-Dynastie der Gewehrkolben eines Mandschu ihr die Zähne ausgeschlagen hatte, war sie den Spitznamen Einzahn nicht mehr losgeworden. Sie hatte ihn immer gehaßt. Aber jetzt...
»Mir ist nicht gut, Jüngere Schwester«, sagte sie, vor Glückseligkeit wirklich einer Ohnmacht nahe. »Könntest du mir ein Glas Wasser holen?«
Murrend entfernte sich ihre Freundin. Einzahn Yang setzte sich für einen Augenblick nieder und gestattete sich ein befreiendes Grinsen. Sie fuhr sich mit der Zunge über das Zahnfleisch. *Iiiii*, wenn ich genug gewonnen habe, lasse ich mir einen Goldzahn hier in die Mitte setzen, zur Erinnerung! Goldzahn Yang, dachte sie, das klingt gut, jawohl, die Ehrenwerte Goldzahn Yang von der Yang-Baugesellschaft...

7

18.15 Uhr:

Suslew hockte unbequem auf dem Vordersitz des kleinen Wagens von Ernie Clinker, mit dem sie sich den Berg hinaufquälten. Die Fenster waren beschlagen, und es regnete immer stärker. Von den steilen Hängen wurde Schlamm und Geröll auf die Straße heruntergeschwemmt. Sie waren schon an zwei leichten Unfällen vorbeigekommen.

»Vielleicht solltest du die Nacht lieber bei mir verbringen, alter Freund«, meinte Clinker.

»Das geht nicht«, gab Suslew gereizt zurück. »Ich sagte dir schon: Ich habe es Ginny versprochen, und heute ist meine letzte Nacht.« Seit der Razzia schäumte Suslew vor Wut, angefacht von einem ungewohnten Gefühl der Angst – Angst vor dem, was ihn morgen im Polizeipräsidium erwartete, Angst vor katastrophalen Auswirkungen des von Armstrong aufgelesenen dechiffrierten Telegramms. Angst vor dem vermutlichen Mißfallen der Zentrale über den Verlust Woranskis, Angst vor einer möglichen Aufforderung, Hongkong zu verlassen, Angst vor den Folgen der Zerstörung ihrer Funkgeräte und Angst vor der Metkin-Affäre. Dazu kam jetzt auch noch das erwartete Eintreffen Koronskis und die mögliche Entführung Dunross'. Zuviel ist auf dieser Fahrt schiefgegangen, dachte er. Auch das Telefongespräch mit Crosse während des fünften Rennens hatte ihn nicht beruhigen können.

»Keine Bange, Gregor, deine Vorladung ist eine reine Routinesache. Nur ein paar Fragen über Woranski, Metkin und so weiter«, hatte Crosse ihn mit verstellter Stimme beruhigt.

»*Kristos*, was ist das für ein ›und so weiter‹?«

»Ich weiß es nicht. Sinders hat es angeordnet, nicht ich. Und hör mal, das mit der Entführung, das ist keine gute Idee!«

»Zentrale will es so haben, also sei bitte so freundlich und hilf Arthur, die nötigen Vorbereitungen zu treffen, ja? Wenn es dir nicht gelingt, meine Abreise hinauszuschieben, *werden* wir ihn kidnappen, sobald wir den Befehl dazu erhalten.«

»Ich bin dagegen. Das ist hier mein Bezirk.« Suslew hätte Roger Crosse auffordern wollen, den Mund zu halten, weil es ihm sonst schlecht ergehen würde, aber er war darauf bedacht, ihren besten Mann in Asien nicht zu vergrämen. »Können wir uns heute abend sehen?«

»Nein, aber ich rufe dich an. Was hältst du von vier? Um halb elf?« Vier war das neue Codewort für Sinclair Towers 32, 10 Uhr 30 hieß 21 Uhr 30.

»Ist das klug?«

Er hatte das bekannte trockene, von Selbstsicherheit zeugende Lachen ge-

hört. »Sehr klug. Glaubst du, diese Tölpel würden noch einmal kommen? Natürlich ist es klug. Und ich garantiere dir, daß nichts passiert!«
»Na schön. Arthur wird auch da sein. Wir sollten den Plan konkretisieren.«
Clinker brach jäh seitlich aus, um nicht mit einem Taxi zusammenzustoßen, ließ fluchend die Kupplung schleifen, starrte durch die Windschutzscheibe und legte wieder den Gang ein. »Scheißwetter«, knurrte Suslew, mit seinen Gedanken weit fort. Wie sieht es jetzt mit Travkin aus? Dieser mutterlose Idiot! Geht durchs Ziel und stürzt! Ich dachte, er hätte gewonnen. Dekadenter Armleuchter! Keinem echten Kosaken wäre das passiert! Wie bekommen wir Dunross schon morgen in das Apartment, nicht erst Dienstag, wie er mit Travkin ausgemacht hat? Es muß spätestens morgen abend passieren. Arthur muß das arrangieren oder Roger.
Ich muß diese Berichte haben – oder Dunross –, bevor ich Hongkong verlasse. Das eine oder das andere ist mein einziger wirklicher Schutz bei der Zentrale.

Vor dem Hilton entstiegen Bartlett und Casey der Struanschen Limousine. Der prächtig gekleidete, turbantragende Türsteher, ein Sikh, erwartete sie mit einem großen Regenschirm.
»Ich stehe zur Verfügung, Sir, wann immer Sie mich brauchen«, sagte Fahrer Lim.
»Fein. Danke«, erwiderte Bartlett. Sie stiegen die Stufen zur Halle hinauf und nahmen die Rolltreppe ins Foyer.
»Du bist so still, Casey«, sagte er. Jeder seinen eigenen Gedanken nachhängend, hatten sie auf dem ganzen Weg von der Rennbahn hierher kaum ein Wort miteinander gewechselt.
»Aber du auch, Linc. Ich dachte, du wolltest nicht reden. Du schienst mir so abwesend.« Ein zögerndes Lächeln. »Vielleicht war es die Aufregung.«
»Es war ein wunderbarer Tag.«
»Glaubst du, der Tai-Pan wird es schaffen? Die Übernahme von General Stores?«
»Montag werden wir es wissen.« Bartlett ging zur Rezeption. »Mr. Banastasio bitte.«
»Augenblick, bitte«, sagte der gutaussehende stellvertretende Direktor, ein Eurasier. »Ach ja, er ist wieder umgezogen. 832.« Er reichte Bartlett einen Telefonapparat. Bartlett wählte.
»Ja?«
»Vincenzo? Linc. Ich bin in der Halle.«
»He, Linc, schön, deine Stimme zu hören! Ist Casey auch da?«
»Na klar.«
»Wollt ihr heraufkommen?«
»Wir sind schon unterwegs.« Bartlett ging zu Casey zurück.

»Willst du mich wirklich dabei haben?«
»Er hat nach dir gefragt.« Bartlett ging zum Aufzug voran. Er dachte an Orlanda und ihre Verabredung für später, dachte an Biltzmann, Gornt und Taipeh, und ob er Dunross ersuchen sollte, sie mitnehmen zu dürfen. Scheiße, das Leben ist plötzlich so kompliziert! »Wir bleiben nur ein paar Minuten«, sagte Bartlett, »und dann ab die Post zum Cocktail bei Dunross! Es wird ein interessantes Wochenende!«
»Gehst du abends aus?«
»Ja. Aber wir sollten zusammen frühstücken. Seymour muß auf Vordermann gebracht werden, und da ich auf zwei Tage verreise, täten wir gut daran, ein paar Dinge beim Namen zu nennen.«
Im achten Stock stiegen sie aus. Sie folgte Bartlett den Gang hinunter »Weißt du eigentlich, um was es geht, Linc? Was Banastasio von uns will?«
»Er hat gesagt, er wolle nur hallo sagen und uns einen guten Tag wünschen.« Bartlett drückte auf den Knopf. Die Tür ging auf.
Banastasio war ein gutaussehender Mann mit eisgrauem Haar und sehr dunklen Augen. Er begrüßte sie herzlich. »He, Casey, Sie sind schlanker geworden – sehen phantastisch aus. Drink?« Er deutete auf eine reich ausgestattete Bar. Casey mixte sich einen Martini, nachdem sie für Bartlett eine Dose Bier geöffnet hatte. Peter Marlowe hat recht, dachte sie. Und der Tai-Pan hat recht. Und Linc. Also muß ich mich entscheiden. Bis wann? Sehr bald. Heute? Morgen? Spätestens Dienstag abend. Mit hundertprozentiger Sicherheit. Aber inzwischen sollte ich einige Ablenkungsmanöver ins Auge fassen.
»Na, wie läuft's denn so?« Banastasios Stimme holte sie in die Gegenwart zurück.
Bartlett lächelte. »Gut. Und bei dir?«
»Ausgezeichnet!« Banastasio nippte an einer Cola, beugte sich vor und schaltete ein kleines Tonbandgerät ein. Es ertönt eine verwirrendes Durcheinander von Stimmen, wie man es auf einer gutbesuchten Cocktailparty zu hören bekommt.
»Nur so eine Gewohnheit von mir, wenn ich privat zu reden habe«, erklärte Banastasio.
Bartlett starrte ihn an. »Du meinst, hier gibt's Wanzen?«
»Vielleicht. Man kann nie wissen, wer mithören möchte. Stimmt's?«
Bartlett sah Casey an, dann wieder Banastasio. »Was hast du auf dem Herzen, Vincenzo?«
Banastasio lächelte. »Wie geht es Par-Con?«
»Wie immer – prächtig«, antwortete Bartlett. »Unsere Zuwachsrate wird höher sein, als wir erwartet haben.«
»Wirst du mit Struan's oder Rothwell-Gornt zusammengehen?«
»Wir sind uns noch nicht schlüssig.« Bartlett verbarg seine Überraschung.

»Ist das nicht etwas ungewöhnlich, Vincenzo? Daß du dich nach einem Geschäft erkundigst, bevor es getätigt ist?«
»Wirst du mit Struan's oder Rothwell-Gornt zusammengehen?«
Bartlett blickte in die kalten Augen und das sonderbar drohende Lächeln. Casey war ebenso geschockt. »Wenn das Geschäft abgeschlossen ist, wirst du es erfahren. Zur gleichen Zeit wie alle anderen Aktionäre.«
Das Lächeln blieb, die Augen wurden kälter. »Die Jungs und ich...«
»Was für Jungs?«
»Wir haben hübsch paar Mäuse in Par-Con, Linc, und jetzt möchten wir bei gewissen grundlegenden Entscheidungen mitreden. Wir meinen, daß mir ein Sitz im Aufsichtsrat zusteht. Auch im Finanzausschuß und im Ausschuß für Neuerwerbungen.«
Bartlett und Casey starrten ihn an. »Das war nie Teil unseres Aktiengeschäfts«, konterte Bartlett. »Du hast selbst gesagt, es sei nur eine Investition.«
»So ist es«, stieß Casey nach. »Sie haben uns geschrieben, Sie seien ein Kapitalanleger und...«
»Die Zeiten haben sich geändert, liebe Dame. Jetzt wollen wir mitreden. Kapiert?« Banastasios Stimme klang rauh. »Nur einen Sitz, Linc! Mit soviel Aktien hätte ich bei General Motors zwei Sitze.«
»Wir sind nicht General Motors.«
»Ja, das wissen wir. Aber wir wollen auch nichts Unrechtes. Wir wollen nur, daß Par-Con schneller wächst. Vielleicht kann ich...«
»Par-Con wächst sehr schön. Wäre es nicht klüger...« Wieder richtete Banastasio seine kalten Augen auf Casey, und sie verstummte. Bartlett ballte die Faust in der Tasche.
»Es ist also abgemacht«, sagte Banastasio, und das Lächeln kam zurück. »Ab heute bin ich im Aufsichtsrat. Richtig?«
»Falsch. Aufsichtsräte werden bei der Jahresversammlung von den Aktionären gewählt«, widersprach ihm Bartlett in scharfem Ton. »Nicht früher. Und wir haben keinen freien Posten.«
Banastasio lachte. »Das könnte sich ändern.« Plötzlich wurde sein Gesicht ernst. »Hör mal, Linc, das ist keine Drohung, nur eine Möglichkeit. Ich kann viel tun im Aufsichtsrat. Ich habe Verbindungen. Und ich möchte da und dort meinen Senf dazugeben.«
»In bezug auf was?«
»Geschäfte. Zum Beispiel: Par-Con schließt mit Gornt ab.«
»Und wenn ich dagegen bin?«
»Ein kleiner Schubs, und Dunross liegt auf der Straße. Gornt ist unser Mann, Linc. Wir haben das untersucht, und er ist besser für uns.«
Bartlett stand auf. Mit weichen Knien folgte Casey seinem Beispiel. Banastasio rührte sich nicht. »Ich werde über das alles nachdenken«, sagte Bartlett. »Wie die Dinge jetzt stehen, ist es noch völlig offen, ob wir mit einem von den beiden abschließen. Sie haben uns beide nicht restlos überzeugt.«

Banastasio kniff die Augen zusammen. »Ich stimme für Gornt. Ist das klar?«
»Rutsch mir den Buckel runter!« Bartlett wandte sich zum Gehen.
»Moment mal!« Banastasio stand auf und kam näher. »Wir wollen keinen Stunk. Ich nicht, die Jungs nicht.«
»Was für Jungs?«
Banastasio verzog den Mund. »Komm schon, Linc, du lebst nicht auf dem Mond! Bis heute ist alles prima gelaufen. Und wir wollen auch jetzt keinen Wind machen; wir wollen nur Geld verdienen.«
»Das haben wir miteinander gemeinsam. Wir werde deine Aktien zurückkaufen und...«
»Nein. Ich verkaufe nicht.« Er seufzte. »Wir haben uns eingekauft, als du Kapital brauchtest. Wir haben einen anständigen Preis gezahlt, und du hast mit unserem Geld expandiert. Und jetzt wollen wir auch mitreden, verstanden?«
»Bei der Jahresversammlung werde ich den Aktionären...«
»Jetzt, verdammt noch mal!«
»Nein, verdammt noch mal!« Mit gefährlich vorgewölbter Brust stand Bartlett da. »Kapiert?«
Banastasio sah Casey an; seine Augen glitzerten. »Ist das auch Ihre Einstellung, Miss Vizepräsident und Schatzmeister?«
»Ja«, antwortete sie, überrascht, daß ihre Stimme so fest klang. »Kein Sitz im Aufsichtsrat, Mr. Banastasio. Und wenn es zu einer Abstimmung kommt, stehen meine Aktien gegen Sie und zu hundert Prozent gegen Gornt.«
»Wenn wir die Kontrolle übernehmen, sind Sie gefeuert.«
»Wenn Sie die Kontrolle übernehmen, bin ich schon längst nicht mehr da.«
Überrascht, daß ihre Beine nicht einknickten, schritt Casey zur Tür.
Bartlett blieb vor Banastasio stehen. »Vielleicht sehen wir uns mal wieder«, sagte er.
»Du tätest gut daran, es dir noch einmal zu überlegen.«
»Du tätest gut daran, dich aus Par-Con herauszuhalten.« Bartlett machte kehrt und folgte Casey aus dem Zimmer.
»Jesus«, sagte er, als sie beim Aufzug standen. »Wir... wir müssen reden.«
»Unbedingt. Ich brauche einen Drink. Mein Gott, Linc, in meinem ganzen Leben hat mir noch nie ein Mensch derart angst gemacht.«
In der Bar im obersten Stockwerk bestellte sie einen Martini und er ein Bier, und als sie ihre Gläser schweigend geleert hatten, ließ er eine zweite Runde kommen. Casey fragte: »Willst du hören, was ich denke?«
»Natürlich, Casey. Sprich nur!«
»Es hat immer schon Gerüchte gegeben, wonach er ein Mafioso ist oder mit der Mafia in Verbindung steht, und nach unserem kleinen Geplauder muß

ich sagen, daß an diesen Gerüchten was dran ist. Die Mafia will uns in den Drogenhandel und andere schmutzige Geschäfte verwickeln. Theorie: Vielleicht hängen auch die Waffen in unserer Maschine damit zusammen?«

Um Bartletts Augen wurden kleine Fältchen sichtbar. »So weit bin ich auch gekommen. Was noch?«

»Faktum: Wenn Banastasio Angst vor Wanzen hat, heißt das Überwachung, und das heißt FBI oder CIA. Faktum: Wenn er ein Mafioso ist und wenn die CIA oder das FBI eingeschaltet sind, befinden wir uns in einer sehr unerfreulichen Lage, Was wir tun sollten...« Casey unterbrach sich und schnalzte mit den Fingern.

»Ja?«

»Mir ist gerade etwas eingefallen. Erinnerst du dich an Rosemont, diesen großen grauhaarigen, gutaussehenden Mann vom Konsulat? Du hast ihn auf der Party kennengelernt. Wir sind uns gestern nachmittag auf der Fähre begegnet. Zufällig, oder vielleicht war es auch kein Zufall, jedenfalls brachte er das Gespräch auf Banastasio, erzählte mir, daß sein Freund Ed Sowieso, auch vom Konsulat, ihn oberflächlich kennt – und als ich erwähnte, daß er heute nachmittag nach Hongkong kommen werde, stürzte ihn diese Neuigkeit sichtlich in Verwirrung.« Sie rekapitulierte die wesentlichen Punkte ihres Gesprächs. »Ich habe mir nichts dabei gedacht, aber das Konsulat und was er mir erzählte, läßt sich auf einen Nenner bringen: CIA.«

»Kann gar nicht anders sein. Und wenn... Mir fällt gleichfalls was ein. Auch Dunross hat Banastasio aus heiterem Himmel zur Sprache gebracht. Dienstag, in der Halle, du hast gerade telefoniert, kurz bevor Dunross uns zum Goldtresor führte.«

»Vielleicht sitzen wir schon bis zum Hals in der Tinte«, sagte sie nach einer kleinen Pause. »Fakten: Mord, Kidnapping, Gewehre, Banastasio, Mafia, John Tschen. Ich erinnere mich, daß John Tschen und Tsu-yan dick befreundet mit dem Kerl waren.«

Gedankenverloren schlürfte Bartlett sein Bier. »Und Gornt? Warum tritt Banastasio für ihn ein und nicht für Struan's?«

»Ich weiß es nicht.«

»Denk doch mal nach, Casey! Nehmen wir einmal an, Banastasios Interessengebiete sind Drogen und Waffen. Beide Gesellschaften wären ideal für ihn. Struan's hat Schiffe und einen riesigen Komplex am Flughafen, der den Güterverkehr von und nach allen Richtungen beherrscht. Gornt hat ebenfalls Schiffe und Kaianlagen. Und er hat All Asia Airways mit Liniendiensten nach Bangkok, Indien, Vietnam, Kambodscha, Japan und weiß Gott noch wohin!«

»Und hat hier Anschluß an Pan-Am, TWA, JAL und ein Dutzend anderer Gesellschaften. Und wenn wir Gornt helfen, Struan's zu ruinieren, kann er von den zwei Konzernen alles haben, was er braucht.«

Bartlett nickte. »Also zurück zur Zwölferfrage: Was tun wir?«
»Können wir nicht einfach auf Wartestellung gehen? Die Auseinandersetzung zwischen Struan's und Gornt wird spätestens nächste Woche entschieden sein.«
»Für dieses Scharmützel brauchen wir Informationen – und die richtigen Gegenkräfte. Andere Waffen, potentere Waffen, Waffen, die wir nicht besitzen.« Noch nachdenklicher geworden, leerte er sein Glas. »Wir brauchen den Rat von Spitzenfachleuten. Und Hilfe. Raschestens. Und das sind Armstrong und die englischen Bullen – oder Rosemont und die CIA.«
»Oder beide?«
»Oder beide!«

Dunross stieg aus dem Daimler und betrat eilig das Polizeipräsidium. »Guten Abend, Sir«, begrüßte ihn der diensthabende Beamte am Auskunftschalter. »Tut mir leid, daß Sie das fünfte verloren haben. Wie ich hörte, wurde Bluey White wegen Behinderung zur Verantwortung gezogen. Diesen verdammten Australiern kann man einfach nicht trauen, nicht wahr?«
Dunross lächelte. »Er hat das Rennen gewonnen, Inspektor. Die Rennleiter haben so entschieden. Ich habe einen Termin bei Mr. Crosse.«
»Ja, Sir. Oberstes Geschoß, dritte Tür links.«
Crosse kam ihm schon entgegen. »Abend. Kommen Sie rein! Drink?«
»Nein, danke! Sehr freundlich von Ihnen, mich gleich zu empfangen. Guten Abend, Mr. Sinders!« Sie schüttelten einander die Hände. Dunross war noch nie in Crosses Büro gewesen. Die Wände waren ebenso farblos wie der Mann, der hier amtierte, und als er die Tür schloß, schien die Atmosphäre noch drückender zu werden.
»Bitte nehmen Sie Platz«, sagte Crosse. »Tut mir leid wegen Noble Star – wir hatten beide auf ihn gewettet.«
»Er wird noch einen Versuch wert sein – nächsten Sonnabend.«
»Werden Sie ihn reiten?«
»Würden Sie an meiner Stelle anders handeln?«
Beide Männer lächelten, und Crosse fragte: »Was können wir für Sie tun?«
Dunross richtete seine ganze Aufmerksamkeit auf Sinders. »Die neuen Berichte kann ich Ihnen nicht geben – ich kann nichts Unmögliches tun. Aber ich kann Ihnen etwas geben – ich weiß noch nicht, was es ist, ich habe eben ein Päckchen von AMG erhalten.«
Beide Beamten waren überrascht. »Durch Boten überbracht?« fragte Sinders.
Dunross zögerte. »Durch Boten überbracht. Aber jetzt bitte keine Frage mehr, bis ich zu Ende bin!«
Sinders zündete seine Pfeife an und schmunzelte. »Das sieht AMG ähnlich, noch im Jenseits aktiv zu werden. War immer schon ein kluges Kerlchen. Verzeihung, bitte sprechen Sie weiter!«

»Die Information, so heißt es in AMGs Botschaft, sei von besonderer Wichtigkeit, und sollte nur an den Premierminister oder den jetzigen Leiter der MI-6, Mr. Edward Sinders, weitergereicht werden – nach meinem Belieben, und sofern ich es für politisch vertretbar halte.« Dunross holte tief Atem. »Da Sie sich über das Wesen eines Tauschhandels im klaren sind, bin ich bereit, ›es‹ Ihnen in Gegenwart des Gouverneurs, und von sonst niemandem, zu übergeben. Als Gegenleistung wird Brian Kwok entlassen und, wenn er es wünscht, abgeschoben, damit wir mit Tiptop ins Geschäft kommen.«
Die Stille verdichtete sich. Sinders paffte seine Pfeife. »Was meinen Sie, Mr. Crosse?«
Roger Crosse dachte über ›es‹ nach. Was konnte das für eine Information sein, daß sie nur an den Premierminister oder Sinders weitergegeben werden durfte? »Ich denke, Sie könnten Mr. Dunross' Vorschlag in Erwägung ziehen«, antwortete er verbindlich. »Mit Muße.«
»Keine Muße«, versetzte Dunross in scharfem Ton. »Wir brauchen das Geld dringend, und offensichtlich ist auch die Freilassung dringend. Bis Montag um zehn, wenn die Banken...«
»Möglicherweise hat weder Tiptop noch das Geld irgendwelchen Stellenwert in dieser Gleichung«, unterbrach ihn Sinders; er spürte, daß seine Stimme brüchig klang. »Es macht dem SI – oder auch der MI-6 – nicht das geringste aus, wenn ganz Hongkong vor die Hunde geht. Haben Sie denn überhaupt eine Vorstellung, welchen Wert ein ranghoher Inspektor im SI – insbesondere ein Mann von Brian Kwoks Qualifikation und Erfahrung – für den Feind haben könnte, wenn Brian Kwok tatsächlich in Haft ist, wie Sie denken und dieser Tiptop behauptet? Haben Sie auch schon daran gedacht, daß die Informationen eines solchen feindlichen Verräters über seine Kontakte und Auftraggeber von größter Bedeutung für das ganze Königreich sein könnten?«
»Ist das Ihre Antwort?«
»Hat Mrs. Gresserhoff Ihnen das Päckchen überbracht?«
»Sind Sie zu einem Tauschhandel bereit?«
»Wer ist Mrs. Gresserhoff?« Crosse war gereizt.
»Ich weiß es nicht«, antwortete Sinders, »beziehungsweise nur so viel, daß sie die verschwundene Empfängerin des zweiten Telefonanrufs von AMGs Sekretär Kiernan ist.« Sein Mund lächelte Dunross an. »Hat Mrs. Gresserhoff Ihnen das Päckchen gebracht?«
»Nein«, antwortete Dunross, und das ist nicht wirklich gelogen, beruhigte er sein Gewissen. Es war Riko Anjin.
»Wer denn?«
»Ich will Ihnen diese Auskunft gern geben, sobald wir unseren Handel abgeschlossen haben.«
»Es gibt keinen Handel«, erklärte Crosse, und Dunross machte Anstalten, sich zu erheben.

»Augenblick, Mr. Crosse«, schaltete Sinders sich ein, und Dunross ließ sich auf seinen Stuhl zurückfallen. Der MI-6-Mann klopfte mit dem Pfeifenmundstück gegen seine vom Tabak verfärbten Zähne. »Mr. Dunross«, sagte er schließlich, »sind Sie bereit zu beeiden, daß Sie nicht im Besitz der Originale der AMG-Berichte sind?«
»Ja«, erwiderte Dunross sofort, durchaus willens, die Wahrheit zu verschleiern – AMG hatte die Originale immer behalten und ihm nur den ersten Durchschlag geschickt. »Nächster Punkt?«
»Montag wäre unmöglich.«
Dunross fixierte Sinders. »Unmöglich, weil Brian Kwok verhört wird?«
»Jeder feindliche Agent, der uns ins Netz geht, wird selbstverständlich sofort vernommen.«
»Und Brian wird eine harte Nuß sein.«
»*Wenn* er der Kunde ist, würden Sie das besser wissen als wir. Sie sind seit langem mit ihm befreundet.«
»Ja, und ich halte ihn immer noch für einen aufrechten, pflichtgetreuen englischen Polizeibeamten. Wie ist das überhaupt möglich?«
»Wie waren Philby, Klaus Fuchs, Sorge, Rudolf Abel, Blake und all die anderen möglich?«
»Wie lange würden Sie noch brauchen?«
Sinders zuckte die Achseln.
Dunross musterte ihn. Das Schweigen wurde erdrückend.
»Haben Sie die Originale vernichtet?«
»Nein, und ich muß Ihnen gestehen, daß auch mir der Unterschied zwischen den Berichten, die ich Ihnen gab, und jenem, den Sie abgefangen haben, aufgefallen ist. Ich hatte die Absicht, AMG anzurufen und ihn um eine Erklärung zu bitten.«
»Wie oft sprachen Sie mit ihm?«
»Ein- oder zweimal im Jahr.«
»Was wußten Sie von ihm? Wer hat ihn Ihnen empfohlen?«
»Mr. Sinders, ich bin durchaus bereit, Ihre Fragen zu beantworten, aber jetzt ist nicht der geeignete Zeitpunkt. Ich habe Gäste zu Hause, und meine Verbindung mit AMG hat nichts mit meinem Vorschlag zu tun. Er erfordert nur ein einfaches Ja oder Nein.«
»Nein.«
»Oder ein Vielleicht.«
»Oder ein Vielleicht.«
»Ich werde darüber nachdenken.«
Dunross lächelte in sich hinein. Ihm gefiel dieses Katz-und-Maus-Spiel mit zwei Meistern ihres Fachs. »Die Bereitschaft, mein Angebot Ihnen gegenüber aufrechtzuerhalten, wird von Minute zu Minute geringer. Mag sein, daß es SI oder MI-6 schnurzegal ist, ob Hongkong vor die Hunde geht oder nicht – mir ist es nicht egal, und darum mache ich Ihnen meinen Vorschlag

ein letztes Mal.« Er stand auf. »Ich bleibe Ihnen bis heute halb neun Uhr abends im Wort.«
Die anderen beiden Männer blieben sitzen. Ungerührt fragte Sinders: »Warum halb neun, Mr. Dunross? Warum nicht um Mitternacht oder morgen mittag?« Er paffte weiter seine Pfeife, aber es entging Dunross nicht, daß seine Atemzüge in dem Moment schneller geworden waren, als er ihnen eine Frist gesetzt hatte. Ein gutes Zeichen, dachte er.
»Weil ich dann Tiptop anrufen muß. Danke für Ihren freundlichen Empfang!« Dunross wandte sich zur Tür.
Crosse, der hinter seinem Schreibtisch saß, streifte Sinders mit einem Blick. Der Leiter der MI-6 nickte und Crosse drückte gehorsam auf einen Knopf. Lautlos glitten die Riegel zurück. Dunross blieb überrascht stehen, faßte sich aber schnell, öffnete die Tür und verließ den Raum.
»Ein kühler Typ«, meinte Crosse nicht ohne Bewunderung.
»Zu kühl.«
»Nicht zu kühl. Er ist der Tai-Pan des Noble House.«
»Und ein Lügner, aber ein geschickter; und er steckt voller Kniffe. Wäre er fähig, ›es‹ zu vernichten?«
»Zweifellos. Ich weiß nur nicht, ob acht Uhr dreißig tatsächlich die Stunde null ist.«
Crosse zündete sich eine Zigarette an. »Ich fürchte ja. Man hat ihn sicherlich stark unter Druck gesetzt – den Burschen ist doch klar, daß wir den Kunden einem intensiven Verhör unterziehen. Sie haben genügend Zeit gehabt, sowjetische Methoden zu studieren und haben selbst noch einige kleine Scherze dazuerfunden. Und sie können annehmen, daß auch wir unser Handwerk verstehen.«
»Ich neige zu der Ansicht, daß er keine anderen Berichte mehr hat, und daß ›es‹ echt ist. Wenn es von AMG kommt, muß es einen besonderen Wert haben. Was meinen Sie?«
»Wie ich dem Gouverneur schon sagte: Wenn wir den Kunden noch bis Montag behalten können, haben wir alles Wichtige von ihm erfahren.«
»Aber was ist mit den Chinesen? Was wird er ihnen von uns erzählen können?«
»Der Kunde weiß eine Menge, aber er weiß nicht alles. Hier können wir alle nötigen Gegenmaßnahmen treffen, Codes auswechseln etcetera. Wir haben ihn ja zum Glück noch rechtzeitig erwischt. So sicher wie das Amen in der Kirche wäre er der erste chinesische Commissioner und sehr wahrscheinlich auch Leiter des SI geworden. Das wäre eine Katastrophe gewesen. Die privaten Dossiers – die von Fonf-fong und anderen Leuten – bekommen wir nicht wieder, und auch nicht die Pläne für Aufstände und Gegenaufstände. Was Sevrin angeht, weiß er nicht mehr, als was wir alle wußten, bevor wir ihn schnappten. Dieses ›es‹ könnte Hinweise liefern, Hinweise auf Fragen, die wir ihm stellen sollten.«

»Daran habe ich auch gleich gedacht. Wie ich schon sagte, Mr. Dunross ist so verdammt kühl. Glauben Sie ihm?«
»Was die Berichte angeht... ich weiß nicht. Aber ich glaube, daß es ein ›es‹ gibt und daß AMG von den Toten auferstanden ist. Ja, das ›es‹ könnte wichtiger sein als dieser Kunde – nach Montag mittag. Jetzt ist er nicht viel mehr als eine leere Schale.«
Seit ihrer Rückkehr vom Rennplatz war Brian Kwoks Vernehmung weitergegangen, und hin und wieder brachten seine Angaben – zumeist weitschweifig und unzusammenhängend – wertvolle Einzelheiten ans Licht: Namen und Adressen von Kontakten in Hongkong und Kanton, Sicherheitsrisiken hier und eine Informationsflut über die Royal Canadian Mounted Police, dazu unglaublich interessante Hinweise auf die gewaltige sowjetische Infiltration in Kanada.
»Wieso, Kanada, Brian?« Armstrong zeigte sich erstaunt.
»Die Nordgrenze, Robert... der schwächste Zaun der Welt, es gibt gar keinen. Kanadas Reichtümer... Fast hätte ich dieses Mädchen geheiratet, aber sie sagten, meine Pflicht... Wenn es den Sowjets gelingt, die Kanadier zu spalten... sie sind ja so einfältig da oben, so wunderbar... Kann ich eine Zigarette haben?... Danke... Etwas zu trinken?... Darum haben wir oben überall Gegenspionagezellen, um die sowjetischen Zellen zu vernichten... Auch in Mexiko stoßen die Russen vor... Kennst du Philby...?«
Eine Stunde hatte ihnen genügt.
»Erstaunlich, daß er so rasch umgefallen ist«, meinte Sinders.
Crosse zeigte sich geschockt. »Ich garantiere, daß er nicht lügt, daß er alles so sagt, wie es seiner Überzeugung entspricht, alles so erzählt, wie es geschehen ist...«
»Ja, natürlich«, gab Sinders ein wenig gereizt zurück. »Ich finde es nur erstaunlich, daß ein Mann seines Kalibers so schnell jeden Widerstand aufgeben sollte. Ich nehme an, daß er schon seit Jahren in seiner Loyalität geschwankt hat, daß er wahrscheinlich drauf und dran war, auf unsere Seite zu kommen, sich aber doch nicht aus seiner alten Bindung lösen konnte. Schade. Er wäre sehr wertvoll für uns gewesen.« Sinders seufzte. »Das passiert den Maulwürfen in unserer Gesellschaft immer wieder. Da kommt ein Freund oder eine Freundin, dem Maulwurf wird eine Wohltat erwiesen, er lernt die Freiheit schätzen, das Glück begegnet ihm – und seine ganze Welt steht Kopf. Darum werden wir am Ende siegen. Das Blatt wird sich wenden – auch in Rußland. Das KGB wird seiner wohlverdienten Strafe nicht entgehen.« Er klopfte seine Pfeife aus. »Meinen Sie nicht, Oberinspektor?«
Crosse nickte, starrte in die durchdringenden, blaßblauen Augen und fragte sich, was sie verbargen. »Werden Sie den Minister anrufen, um sich Weisungen geben zu lassen?«
»Nein. Ich kann selbst die Verantwortung übernehmen. Wir werden um halb neun eine Entscheidung treffen.« Er warf einen Blick auf seine Uhr.

»Gehen wir zu Armstrong zurück! Es ist gleich Zeit, weiterzumachen. Armstrong ist ein guter Mann. Wissen Sie schon, daß er heute groß gewonnen hat?«

8

20.05 Uhr:

»Ian«, fragte Bartlett, »darf ich kurz stören?«
»Selbstverständlich!« Dunross wandte sich von den anderen Gästen ab, mit denen er geplaudert hatte. »Ich hoffe, Sie beide gehen noch nicht?«
»Casey bleibt noch eine Weile. Ich habe eine Verabredung.«
Dunross lachte. »Ich hoffe, sie ist hübsch.«
»Das ist sie, aber das kommt später. Zuerst noch ein geschäftlicher Termin. Haben Sie einen Augenblick Zeit?«
»Selbstverständlich.« Dunross ging auf eine der Terrassen voran. Der Regen war schwächer geworden, hielt aber weiter an. »Die Übernahme von General Stores wird fast sicher über die Bühne gehen; Superfoods wird unseren Konditionen nichts entgegenzusetzen haben. Wir werden klotzig absahnen – wenn ich Gornt stoppen kann...«
»Ja. Montag werden wir es erfahren.«
Dunross fixierte ihn. »Ich bin sehr zuversichtlich.«
Bartlett lächelte, und hinter seinem Lächeln verbargen sich Müdigkeit und Sorge. »Das habe ich bemerkt. Was ich fragen wollte: Bleibt es dabei, daß wir morgen nach Taipeh fliegen?«
»Ich wollte vorschlagen, daß wir das auf nächste Woche, auf das nächste Wochenende verschieben. Morgen und Montag sind für uns beide ziemlich wichtig. Sind Sie einverstanden?«
Bartlett nickte. »Ist mir recht.« Und das löst mein Problem mit Orlanda, dachte er. »Also dann geh' ich jetzt.«
»Nehmen Sie den Wagen! Schicken Sie Lim einfach zurück, wenn Sie fertig sind! Kommen Sie zum Bergrennen, wenn es stattfindet? Es fängt um 10 Uhr an und dauert etwa bis zum Mittag.«
»Wo ist das?«
»Auf den New Territories. Ich schicke Ihnen den Wagen – wenn das Wetter es erlaubt. Casey kann natürlich mitkommen.«
»Danke!«
»Machen Sie sich um Casey keine Gedanken! Ich werde dafür sorgen, daß sie sicher ins Hotel zurückkommt. Hat sie nachher noch etwas vor?«
»Ich denke nicht.«

»Gut, dann werde ich sie einladen, sich uns anzuschließen – ein paar von uns wollen chinesisch soupieren gehen.« Dunross musterte ihn. »Irgendwelche Probleme?«
»Nein. Nichts, womit ich nicht fertig werden könnte.« Bartlett lachte und ging. Er rüstete sich zum nächsten Gefecht – mit Armstrong. Vor wenigen Minuten hatte er Rosemont angesprochen und ihm von seinem Zusammentreffen mit Banastasio erzählt.
»Lassen Sie das unsere Sache sein, Mr. Bartlett«, hatte Rosemont ihn beruhigt. »Was Sie betrifft, wissen wir ja schon Bescheid. Machen Sie sich keine Sorgen – aber informieren Sie Miss Tcholok! Wenn Banastasio einen von Ihnen anruft, halten Sie ihn hin und verständigen Sie uns! Wir werden mit dem Halunken schon fertig. Hier haben Sie meine Karte.«
Bartlett stand vor dem Haus und schloß sich den anderen an, die auf ihre Wagen warteten.
»Guten Abend, Mr. Bartlett«, sagte Murtagh, der eilig aus einem Taxi gestiegen war und ihn beinahe umgerannt hatte. »Entschuldigung! Läuft die Party noch?«
»Aber ja, Mr. Murtagh. Sie haben es wohl sehr eilig?«
»Ich muß zum Tai-Pan! Wir haben gute Chancen, daß die Zentrale ja sagt, vorausgesetzt, Mr. Dunross räumt uns gewisse Vorrechte ein. Ist Miss Tcholok noch da?«
»Ja, ja«, antwortete Bartlett rasch, seine Sinne geschärft, alles andere vergessend. »Welche Vorrechte?«
»Zehn statt fünf Jahre Depotpflicht für Devisen; ferner, daß er eine direkte Geschäftsverbindung mit First Central eingeht und uns auf fünf Jahre eine Option auf alle weiteren Kredite einräumt.«
»Das ist nicht schlimm«, bemerkte Bartlett, ohne sich seine Verwirrung anmerken zu lassen. »Und wie schaut das ganze Deal jetzt aus?«
»Hab' keine Zeit, Mr. Bartlett, muß mir Dunross' Okay holen. Die warten schon, aber sonst ist alles so, wie Miss Tcholok und ich es vorgeschlagen haben. Mann, wenn wir das durchziehen, muß der Tai-Pan uns ewig dankbar sein!« Er eilte ins Haus.
Verblüfft sah Bartlett ihm nach. Von Casey war er über die Verbindung von Royal Belgium mit First Central unterrichtet worden, und Murtagh selbst hatte heute nachmittag Klage über die Steine geführt, die ihm das Establishment in den Weg legte. Caseys und des Texaners Nervosität war Bartlett aufgefallen, aber er hatte sie der Aufregung über den Ausgang des fünften Rennens zugeschrieben.
Und jetzt? fragte er sich mißtrauisch. Casey und Murtagh und der Tai-Pan. »Gute Chancen, daß First Central ja sagt, wenn« und »so wie Miss Tcholok und ich es vorgeschlagen haben.« Ist sie der Mittelsmann? Casey steckt diesen Witzbold glatt in die Tasche! Dieser arme Wicht ist ihr doch nicht gewachsen! Wahrscheinlich hat sie ihm das Ganze erst schmackhaft gemacht,

um... um was zu erreichen? Was braucht der Tai-Pan mehr als alles sonst?
Kredit. Und schnell. Millionen. Bis Montag.
Mein Gott, First Central wird ihm unter die Arme greifen! Das muß es sein. Wenn... Wenn er Vorrecht einräumt, und das wird er tun müssen, um den Kopf aus der Schlinge zu ziehen.
»Wünschen Sie den Wagen, Sir?«
»Ach ja, Lim, bitte! Polizeipräsidium in Wanchai.« Er stieg ein. In seinem Kopf schwirrte es von Gedanken.
Casey kocht also ihr eigenes Süppchen. Warum hat sie mir nichts gesagt? Sie hat sich besonders angestrengt, Dunross gegen Gornt zu helfen – ohne mein Okay. Warum? Und was erwartet sie sich davon?
Startgeld! Sind die fifty-fifty, die ich bei der Übernahme von General Stores mit ihr mache – es sind meine zwei Millionen, aber sie kassiert den halben Gewinn – der Dank für ihre Bemühungen?
Klar. Das ist *eine* Möglichkeit. Wie schauen die anderen aus? Könnte Casey sich für unabhängig erklären? Etwa gar mit dem Feind kollaborieren? Denn sie sind beide immer noch Feinde, Dunross ebenso wie Gornt.
Was tun? Das Geld, das ich bei Gornt riskiert habe, ist nach allen Seiten abgesichert, die zwei Millionen bei Struan's ebenso. Und dabei bleibt's. Ich hatte nie die Absicht, mein Wort zu brechen – ich wollte Casey nur auf die Probe stellen. Die Sache mit Struan's ist ein gutes Geschäft, so oder so. Die Sache mit Gornt auch. Also ist mein Plan immer noch in Ordnung – ich habe immer noch Entscheidungsfreiheit. Ich darf nur den richtigen Zeitpunkt nicht versäumen.
Und Orlanda?
Wenn es Orlanda sein soll, geht das nur in den Staaten oder sonst wo, aber nicht hier. Daß sie am Führring in Happy Valley nie willkommen sein würde, das ist klar. Ebensowenig wie in den verschiedenen Cliquen und Clubs. Sie würde nie in die großen Häuser eingeladen werden, außer vielleicht von Dunross. Und von Gornt, aber nur zu dem Zweck, sie zu verhöhnen, die Zügel straff anzuziehen, sie an ihre Vergangenheit zu erinnern – so wie gestern nacht, als dieses Mädchen an Deck kam. Ich habe Orlandas Gesicht gesehen. Oh, sie hat es ausgezeichnet überspielt, aber es ging ihr schon sehr an die Nieren, daß das Mädchen aus dem Schlafzimmer kam, das sie einmal bewohnt hatte.
Vielleicht war es von Gornt nicht inszeniert? Vielleicht kam das Mädchen aus eigenem Antrieb herauf? Sie ging gleich wieder hinunter. Vielleicht hätte sie gar nicht heraufkommen sollen. Vielleicht.
Scheiße! Hier geht zu viel vor, was ich nicht begreife. Die Sache mit General Stores und die Fusion mit Ho-Pak – einfach zuviel, um von einer Handvoll Typen an einem Sonnabend ausgeschnapst zu werden; ein paar Drinks da, ein Telefongespräch dort. Läuft alles prima, wenn du Clubmitglied bist,

aber Gott steh dir bei, wenn du eine Außenseiterrolle spielst. Hier mußt du Brite oder Chinese sein, um dazuzugehören.
Ich bin hier genauso ein Außenseiter wie Orlanda.
Trotzdem könnte ich hier glücklich sein, zumindest eine Zeitlang. Ich könnte hier sogar mit Orlanda zurechtkommen – für kurze Zeit, wenn ich auf Besuch da bin. Ich könnte die pazifischen Randgebiete übernehmen und Par-Con als Noble House führen, aber wenn es die Briten und Chinesen als *das* Noble House akzeptieren sollen, müßte es Struan's-Par-Con oder Rothwell-Gornt-Par-Con sein – mit unserem Namen in der zweiten Zeile in kleiner Schrift.
Casey? Mit Casey könnte Par-Con leicht ein Noble House werden. Aber kann ich ihr noch vertrauen? Warum hat sie mir nichts erzählt?

»Ja, Philip?«
Sie saßen im Arbeitszimmer unter dem Porträt von Dirk Struan – Dunross hatte den Ort ganz bewußt gewählt. Philip Tschen saß ihm gegenüber. Sehr förmlich, sehr korrekt und sehr erschöpft. »Wie geht es Alexei?«
»Noch immer bewußtlos. Dr. Tooley meint, er wird wieder auf die Beine kommen, wenn er in den nächsten zwei Stunden das Bewußtsein wiedererlangt.«
»Tiptop?«
»Ich soll ihn um neun Uhr anrufen.«
»Immer noch keine Zusage seitens... seitens der Behörden?«
Dunross kniff die Augen zusammen. »Du weißt von dem Tauschhandel, den er angeregt hat?«
»O ja, Tai-Pan! Ich... ich wurde gefragt. Ich kann es immer noch nicht glauben... Brian Kwok? Gott steh uns bei, aber... Ja, ich wurde um meine Meinung gebeten, bevor dir der Vorschlag unterbreitet wurde.«
»Warum, zum Teufel, hast du mir nichts gesagt?« fuhr Dunross ihn an.
»Du betrachtest mich zu Recht nicht mehr als Comprador von Noble House und schenkst mir auch nicht mehr dein Vertrauen.«
»Betrachtest du dich als vertrauenswürdig?«
»Ja, denn ich habe meine Zuverlässigkeit in der Vergangenheit mehrmals unter Beweis gestellt, wie dies auch mein Vater und mein Großvater getan haben. Trotzdem: Wenn ich du wäre und säße, wo du jetzt sitzt, fände dieses Gespräch nicht statt. Ich würde dich nicht in meinem Hause dulden und hätte bereits Mittel und Wege gefunden, dich zu vernichten.«
»Vielleicht habe ich das auch.«
»Du nicht.« Philip Tschen deutete auf das Porträt. »Er hätte das getan, aber nicht du, Ian Struan-Dunross.«
»Sei nicht so sicher!«
Dunross wartete.
»Zunächst die halbe Münze. Warte, bis die ›Gefälligkeit‹ von dir verlangt

wird. Ich werde versuchen, im vorhinein zu erfahren, was Vierfinger Wu im Sinn hat. Sollte es zuviel sein...«
»Es wird zuviel sein.«
»Was wird er verlangen?«
»Es hat mit Drogen zu tun. Es geht ein hartnäckiges Gerücht, daß sich Vierfinger Wu, Schmuggler Yuen und Weißes Pulver Lee zusammengetan haben, um Heroin zu schmuggeln.«
»Die Sache wird erwogen, sie haben sich noch nicht zusammengeschlossen«, berichtete Philip Tschen.
»Das hast du mir auch nicht gesagt! Es ist deine Pflicht als Comprador, mich auf dem laufenden zu halten, statt Einzelheiten unserer Geschäftsgeheimnisse aufzuzeichnen und sie Feinden zu überlassen.«
»Ich bitte nochmals um Vergebung. Aber jetzt ist es an der Zeit, daß wir reden.«
»Weil du erledigt bist?«
»Weil ich erledigt sein könnte – wenn ich nicht noch einmal meine Fähigkeiten unter Beweis stellen kann.« *Ayeeyah,* dachte er und zügelte seinen Zorn, diese Barbaren und ihre Intoleranz! Fünf Generationen von Tai-Panen haben wir gedient, und jetzt droht dieser wegen *eines* Fehlers, Dirks Vermächtnis umzustoßen?
»Was die Forderung selbst angeht: Selbst wenn sie mit Heroin oder Drogen zu tun hat, wird sie sich auf eine in Zukunft zu erbringende Leistung beziehen. Erkläre dich einverstanden, Tai-Pan, und ich verspreche dir, ich werde mich, lange bevor du der Forderung nachkommen müßtest, mit Vierfinger Wu auseinandersetzen.«
»Wie?«
»Wir sind in China. Ich werde auf chinesische Manier verfahren. Das schwöre ich beim Blut meiner Vorfahren.« Philip Tschen deutete auf das Porträt. »Ich werde das Noble House auch weiterhin schützen, wie ich es zu tun geschworen habe.«
»Was hattest du denn noch für faules Zeug in deinem Safe? Ich habe alles durchgesehen, was du Andrew gegeben hast. Wenn diese Informationen in die falschen Hände kommen, stehen wir nackt da.«
»Ja, aber nur vor Bartlett und Par-Con, vorausgesetzt, er behält alles für sich und gibt es nicht an Gornt weiter. Ich halte Bartlett nicht für einen bösartigen Menschen. Vielleicht können wir ihn dazu bewegen, uns alles zurückzugeben und sich zum Schweigen zu verpflichten.«
»Um ihn dazu zu bringen, müßten wir im Besitz eines Geheimnisses sein, das *er* nicht preisgegeben sehen möchte. Hast du so eines?«
»Noch nicht. Aber als unser Partner sollte er uns doch schützen.«
»Sicher. Aber er steht schon in Verhandlungen mit Gornt und hat ihm zwei Millionen Dollar vorgeschossen, um uns mit Leerverkäufen fertigzumachen.«

Philip Tschen wurde blaß. »*Iiiii*, das wußte ich nicht!« Er überlegte kurz. »Bartlett wird sich also Montag von uns trennen und zum Feind übergehen?«
»Das weiß ich nicht. Im Augenblick wartet er ab, das würde ich an seiner Stelle auch tun.«
Philip Tschen rückte herum. »Er ist Orlanda sehr zugetan.«
»Ja, sie könnte eine Schlüsselfigur sein. Das hat bestimmt Gornt so arrangiert.«
»Wirst du ihm das sagen?«
»Ohne guten Grund, nein. Schließlich ist er großjährig.« Dunross' Augen wurden härter. »Was schlägst du vor?«
»Wirst du auf die neuen Forderungen der First Central eingehen? Wirst du ihnen die Vorrechte einräumen?«
»Nein. Ich habe nur gesagt, daß ich darüber nachdenken werde. Murtagh wartet unten auf meine Antwort. Aber ich muß ablehnen. Ich kann ihnen keine Option auf alle zukünftigen Kredite einräumen. Ich kann es nicht, weil die Victoria hier so mächtig ist und so viele Wechsel von uns in Händen hat. Sie würden uns die Luft abdrehen. Ich kann sie auf keinen Fall gegen eine amerikanische Bank eintauschen, die sich schon einmal als politisch unzuverlässig erwiesen hat. Als Stütze sind sie prima, und phantastisch, wenn sie uns aus dieser Klemme heraushelfen, aber auf lange Sicht kann ich mich nicht auf sie verlassen. Sie müssen sich erst bewähren.«
»Sie scheinen aber auch zu Kompromissen bereit zu sein. Schließlich ist es doch ein gewaltiges Vertrauensvotum, wenn sie dir zwei Millionen geben, um die Übernahme von General Stores zu finanzieren, *heya*?«
Dunross blieb die Antwort schuldig. »Woran denkst du da?«
»Darf ich vorschlagen, daß du ihnen eine Gegenofferte machst, etwa folgende: Auf fünf Jahre die Kredite in den Vereinigten Staaten, alle kanadischen, australischen und südamerikanischen Kredite – damit wären unsere Geschäftsausweitungen in diesen Gebieten gesichert – und dazu ein sofortiges Darlehen, um zwei Riesenöltanker auf Lease-back-Basis von Toda Shipping zu erwerben, sowie, für einen Geschäftsfreund, feste Order auf weitere sieben Schiffe.«
»Grundgütiger, wer betreibt ein Unternehmen in dieser Größenordnung?« Dunross ging in die Luft.
»Vee Cee Ng.«
»Fotograf Ng? Unmöglich.«
»In zwanzig Jahren wird Vee Cees Flotte größer sein als die von Onassis.«
»Ausgeschlossen.«
»Sehr wahrscheinlich, Tai-Pan.«
»Woher willst du das wissen?«
»Man hat mich über die geplante Vergrößerung seiner Flotte informiert und ersucht, bei der Finanzierung mitzuhelfen. Wenn wir die ersten sieben

Tanker in unser Paket einbeziehen und weitere in Aussicht stellen, wird das die First Central zufriedenstellen.« Philip Tschen wischte sich den Schweiß von der Stirn.

»Mann, das müßte die Chase Manhattan und die Bank of America zusammen zufriedenstellen! Vee Cee? Ach, ich verstehe! Vee Cee plus Thorium plus alte Freunde plus heikle Hardware plus Öl. Stimmt's?«

Philip lächelte verschmitzt. »Unter dem Himmelszelt sind alle Raben schwarz.«

»Ja«, stimmte Dunross ihm zu. »First Central könnte sich dafür erwärmen. Aber was ist mit Bartlett?«

»Wenn du dich mit First Central einigst, brauchst du Par-Con nicht. First Central wird uns mit Freuden helfen, einen anderen Partner zu finden. Es würde nicht von heute auf morgen gehen, aber mit Jacques in Kanada, David MacStruan hier, Andrew in Schottland... Ich schlage vor, wir halten die Daumen, daß First Central auf den Köder anbeißt, daß Tiptop uns das Geld gibt und daß ich Mata, Knauser und Vierfinger dazu überreden kann, gegenüber First Central eine Zahlungsgarantie zu leisten. Dann könnten wir, du, David MacStruan und ich, leicht einen Ersatz für Par-Con finden. Ich schlage vor, sofort ein Büro in New York einzurichten. Übertrage David auf drei Monate die Leitung... Vielleicht mit meinem Sohn Kevin als seinem Sekretär.« Philip Tschen ließ seine Worte ein wenig nachwirken und fuhr eifrig fort: »Nach drei Monaten sollten wir wissen, ob Kevin etwas taugt – ich glaube, du wirst sehr beeindruckt sein, Tai-Pan, ja, ich garantiere es sogar. Nach drei Monaten werden wir auch wissen, wie George Trussler über Rhodesien und Südafrika denkt. Sobald er das Büro dort eingerichtet hat, könnten wir ihn nach New York schicken. Vielleicht könnten wir auch deinen anderen Vetter, Mason Kern, den Virginier, von Cooper-Tillman weglocken und ihm das New Yorker Büro anvertrauen. Nach sechs Monaten sollte Kevin nach Salisbury und Johannesburg gehen – ich habe das Gefühl, daß sich der Handel mit Thorium und Edelmetallen bedeutend verstärken wird.«

»Zunächst müssen wir unsere unmittelbaren Probleme lösen – Bartlett, Gornt, den Angriff auf unseren Kurs.«

»Um die Sicherheit zu haben, daß Bartlett schweigt, müssen wir ihn von Gornt wegbringen und zu unserem Verbündeten machen.«

»Wie willst du das anstellen, Philip?«

»Überlaß das mir! Es gibt da... es gibt da Möglichkeiten.«

Dunross heftete seine Augen auf den alten Mann, aber Philip Tschen blickte nicht auf. Welche Möglichkeiten? Orlanda? Das wird's wohl sein. »Na gut«, sagte er. »Und weiter?«

»Sobald die Bank of China uns aushilft, ist der Run auf die Banken vorbei. Nach der Übernahme von General Stores und mit massiver finanzieller Unterstützung muß auch der Angriff auf unseren Kurs zusammenbrechen.

Alles wird kaufen, und die Hausse geht los. Und noch eines: Ich weiß, bis jetzt wolltest du das nicht, aber nimm an, wir können Sir Luis dazu bewegen, unseren Kurs bis Montag mittag auszusetzen...«
»Was?«
»Ja. Nimm an, bis Mittag kann offiziell niemand Struan's-Aktien kaufen oder verkaufen, nimm an, wir setzen die Notierung mit dem Kurs vom vergangenen Mittwoch fest – 28,80. Gornt sitzt in der Falle. Er muß zu jedem Preis kaufen, um sich einzudecken. Wenn niemand genügend Aktien unter diesem Kurs anbietet, ist sein ganzer Gewinn beim Teufel, und er könnte sogar arg draufzahlen.«
Eine Schwäche befiel Dunross. Auf die Idee, den Kurs jetzt zu manipulieren, war er nicht gekommen. »Dazu würde sich Sir Luis nie hergeben.«
Philip Tschen war sehr blaß, Schweiß stand ihm auf der Stirn. »Wenn der Börsenvorstand zu der Einsicht gelangt, daß es nötig ist, ›den Markt zu stabilisieren‹... und wenn sich die großen Maklerfirmen wie Joseph Stern und Arjan Soorjani ebenfalls bereit erklärten, keine Aktien, keine Aktienpakete unter 28,80 anzubieten – was kann Gornt tun?«
»Warum sollte Sir Luis da mitmachen?«
»Ich denke... ich denke, er wird uns entgegenkommen, und Stern und Soorjani schulden uns viele Gefälligkeiten.« Die Finger des alten Mannes zuckten nervös. »Sir Luis, Stern, Soorjani, du und ich, wir haben die Kontrolle über die meisten großen Aktienpakete, die Gornt à decouvert verkauft hat.«
»Stern ist Gornts Makler.«
»Aber er ist ein Hongkong-*yan*, und Goodwill ist für ihn wichtiger als ein Kunde.«
Die Blässe des alten Mannes erfüllte Dunross mit Sorge. Er erhob sich, ging zur Hausbar und holte zwei Whisky-Soda. »Hier.«
»Danke!« Philip Tschen trank schnell aus. »Gott sei Dank, daß es Whisky gibt!«
»Glaubst du, daß wir sie alle bis zum Börsenbeginn am Montag mobilisieren können? Ich habe übrigens meinen Flug nach Taipeh verschoben.«
»Das ist gescheit. Dann gehst du also zu Jason Plumms Cocktailparty?«
»Ja. Ich habe zugesagt.«
»Gut. Dann können wir noch reden. Über Sir Luis. Die Chancen stehen nicht schlecht, Tai-Pan. Selbst wenn es nicht zu einer Kursstreichung kommt, die Notierung muß hochschnellen – wenn wir die Unterstützung bekommen, die wir brauchen.«
Dunross warf einen Blick auf seine Uhr. Es war acht Uhr fünfunddreißig, und Sinders hätte um halb neun anrufen sollen – eine halbe Stunde, bevor das Telefonat mit Tiptop fällig war. Mein Gott, dachte er ärgerlich, ich kann ihn doch nicht anrufen! Zerstreut fragte er: »Was hast du gesagt?«
»Die Frist, die du mir gesetzt hast... bis spätestens Montag früh wolltest du

mein Rücktrittsgesuch auf dem Schreibtisch haben, falls Mata und Knauser Tung... Darf ich dich bitten, sie um eine Woche zu verlängern?«
Dunross gefiel die asiatische Schläue des Ersuchens, die Frist bis zu einem Zeitpunkt zu verlängern, da sie schon gegenstandslos sein mußte – in einer Woche würde die Krise längst beigelegt sein. Während er den Whisky nachschenkte, dachte er über Philip, Kevin und Claudia Tschen nach, und was er ohne sie tun würde. Ich brauche Zusammenarbeit und treue Dienste und nicht Betrug und Verrat. »Ich werde es in Erwägung ziehen, Philip. Wir werden Montag nach dem Morgengebet darüber sprechen. Vielleicht wären Verlängerungen angezeigt.«
Dankbar nahm Philip Tschen den Whisky und trank einen großen Schluck. Sein Gesicht bekam wieder Farbe. Er hatte den geschickt eingeflochtenen Plural gehört und war sehr erleichtert. Jetzt muß ich nur noch meine Versprechen einlösen, das ist alles. Er stand auf, um zu gehen.
Das Telefon schrillte, und beide zuckten zusammen.
»Hallo, Mr. Sinders.« Dunross hörte sein Herz klopfen. »Was gibt es Neues?«
»Leider nicht viel. Ich habe über Ihren Vorschlag mit dem Gouverneur gesprochen. Wenn ›es‹ bis morgen mittag in meinem Besitz ist, habe ich Grund zu der Annahme, daß Ihr Freund Montag bei Sonnenuntergang an der Grenzstation Lo Wu übergeben werden könnte. Ich kann natürlich nicht garantieren, daß er die Grenze nach Rotchina zu überschreiten wünscht.«
Dunross fand seine Stimme wieder. »Mit ›Grund zu der Annahme‹ und ›übergeben werden könnte‹ kann ich nicht viel anfangen, Mr. Sinders.«
»Mehr kann ich offiziell nicht tun.«
»Welche Garantien habe ich?«
»Ich fürchte, keine, weder von Mr. Crosse noch von mir. Es scheint, als müßten beide Seiten Vertrauen ineinander setzen.«
Diese Hunde, dachte Dunross wütend. Sie wissen, daß ich in der Falle sitze. »Danke, ich werde darüber nachdenken. Morgen mittag, sagten Sie? Morgen bin ich beim Bergrennen, wenn es stattfindet – von zehn bis zwölf. Ich komme dann gleich ins Polizeipräsidium. Gute Nacht!« Grimmig legte Dunross den Hörer auf. »Vielleicht, Philip. Montag bei Sonnenuntergang, vielleicht.«
Erschrocken ließ sich Philip Tschen wieder in seinen Sessel fallen. Seine Blässe nahm zu. »Das ist zu spät.«
»Wir werden sehen.« Dunross griff wieder nach dem Telefon. »Hallo, guten Abend. Kann ich den Gouverneur sprechen? Ian Dunross.« Er nippte an seinem Whisky. »Entschuldigen Sie die Störung, Sir, aber Mr. Sinders hat eben angerufen. Er hat praktisch nur gesagt: Vielleicht. Vielleicht Montag bei Sonnenuntergang. Könnten Sie mir das garantieren, Sir?«
»Nein, Ian, nein, das kann ich nicht. Ich bin für diese Sache nicht zuständig.

Es tut mir leid. Aber Sinders scheint ein vernünftiger Mann zu sein, meinen Sie nicht?«
»Mir scheint er sehr unvernünftig zu sein«, gab Dunross zurück. »Trotzdem vielen Dank! Entschuldigen Sie die Störung! Ach ja: Wenn es klappen sollte, Tiptop sagte, neben dem der Bank und meinem werde auch Ihr Chop verlangt. Wenn es nötig werden sollte, wären Sie morgen verfügbar?«
»Selbstverständlich. Und, Ian, viel Glück!«
Dunross legte auf. Nach einer Weile fragte er: »Ob sie wohl einverstanden wären, uns das Geld schon morgen zu geben, obwohl Brian erst Montag bei Sonnenuntergang freikommt?«
»Ich wäre es nicht«, antwortete Philip Tschen. »Tiptop hat sich klar ausgedrückt. ›Sobald die üblichen Verfahren eingeleitet sind.‹ Der Austausch wird gleichzeitig stattfinden müssen.«
Um neun rief Dunross Tiptop an und plauderte über Belanglosigkeiten, bis er den richtigen Zeitpunkt für gekommen erachtete. »Ich habe erfahren, daß der für diesen Mißgriff verantwortliche Polizeibeamte sicher entlassen werden wird und daß der so ungerecht Behandelte Dienstag mittag in Lo Wu sein könnte.«
Es trat ein langes Schweigen ein. Die Stimme war kälter als je zuvor. »Von ›unverzüglich‹ kann da wohl kaum die Rede sein.«
»Ich pflichte Ihnen bei. Vielleicht kann ich die Herrschaften überreden, die Sache auf Montag vorzuverlegen. Vielleicht könnten Ihre Freunde ein wenig Geduld haben. Ich würde es als eine sehr große *Gefälligkeit* ansehen.« Er ließ das Wort im Raum stehen.
»Ich werde Ihre Botschaft weitergeben. Danke, Tai-Pan. Bitte rufen Sie mich morgen um sieben Uhr abends an! Gute Nacht!«
»Gute Nacht!«
Sehr betroffen brach Philip Tschen das Schweigen. »Das war ein kostspieliges Wort, Tai-Pan.«
»Ich weiß. Aber ich hatte keine andere Wahl. Zweifellos wird man mich eines Tages daran erinnern.« Dunross strich sich das Haar aus der Stirn. »Vielleicht wird es Joseph Yu sein, wer weiß? Aber ich mußte es sagen.«
»Ja, du bist sehr klug – klüger als Alastair, klüger als dein Vater, wenn auch nicht so klug wie ›die Hexe‹. Es war klug, nichts vom Geld zu sagen, vom Bankgeld. Er ist viel zu gescheit, um nicht zu wissen, daß wir es morgen brauchen – spätestens morgen abend.«
»Irgendwie werden wir es bekommen. Dann kann uns die Victoria nicht länger unter Druck setzen, und Havergill wird bald eine Aufsichtsratssitzung einberufen müssen. Mit Kwang im Aufsichtsrat, nun ja, er schuldet uns viele Gefälligkeiten. Der neue Aufsichtsrat wird dafür stimmen, unseren Revolvingfonds zu erhöhen, dann brauchen wir weder Bartlett noch First Central noch Matas gottverdammtes Syndikat.«
Nach einigem Zögern platzte Philip Tschen heraus: »Es ist mir zutiefst zu-

wider, abermals der Überbringer einer schlechten Nachricht zu sein, aber ich habe erfahren, daß Richard Kwang Havergill ein undatiertes, unterzeichnetes Rücktrittsgesuch überlassen und sich verpflichten mußte, so zu stimmen, wie Havergill es wünscht.«
Dunross seufzte. Es paßte alles zusammen. Wenn Richard Kwang mit der Opposition stimmte, konnte er seine beherrschende Stellung neutralisieren. »Jetzt brauchen wir nur noch einen Parteigänger zu verlieren, und Havergill und die Opposition stimmen uns nieder.« Er fixierte Philip Tschen. »Du könntest versuchen, Kwang auf unsere Seite zu ziehen.«
»Ich werde es versuchen, aber er steht unter Druck. Was ist mit P. B. White? Was meinst du, würde er uns helfen?«
»Nicht gegen Havergill und nicht gegen die Bank. Mit Tiptop wäre es denkbar«, antwortete Dunross. »Er ist der nächste – und der letzte – auf der Liste.«

9

22.55 Uhr:

Sechs Personen stiegen vor dem Seiteneingang der Victoria Bank aus zwei Taxis: Casey, Riko Gresserhoff, Gavallan, Peter Marlowe, Dunross und P. B. White, ein gelenkiger, schlanker, fünfundsiebzigjähriger Engländer. Dieser wandte sich an den Schriftsteller: »Wollen Sie nicht doch noch auf einen Drink mit hinaufkommen, Mr. Marlowe?«
»Nein, danke, Sir, ich sollte schon längst zu Hause sein. Gute Nacht, und danke für die Einladung, Tai-Pan!«
Er ging in die Nacht hinaus und lenkte seine Schritte zum Terminal der Fähre. Weder er noch die anderen bemerkten den Wagen, der unten an der Straße stehenblieb. Seine Insassen waren Malcolm Sun, ranghoher Agent des SI, und Povitz, der CIA-Mann. Sun saß am Steuer.
»Ist das die einzige Zufahrt?« Povitz schaute sich um.
»Ja.«
Sie beobachteten, wie P. B. White auf die Klingel drückte. »Diese Glückspilze. Die zwei Bienen sind die flottesten, die ich je gesehen habe.«
»Casey ist in Ordnung, aber die andere? In jeder Tanzhalle gibt es hübschere.«
Die Tür ging auf, und ein schläfriger Nachtportier, ein Sikh, begrüßte sie. »Guten Abend, Sahs, Memsahs.« Er ging zum Aufzug, drückte auf den Knopf, kam zurück und schloß die Eingangstür.
»Der Aufzug geht ein bißchen langsam. Ist ja auch schon hochbetagt, so wie ich. Tut mir leid«, sagte P. B. White.

»Wie lange leben Sie schon hier, Mr. White?« Casey lächelte, denn von Alter war bei diesem Mann mit dem federnden Schritt und dem spitzbübischen Zwinkern nichts zu merken.
»Seit etwa fünf Jahren, meine Liebe«, antwortete er und nahm ihren Arm. »Mir war das Glück hold!«
Kann man wohl sagen, dachte sie, aber du mußt für die Bank schon ziemlich wichtig sein, um eines von nur drei Apartments in dem riesigen Gebäude bewohnen zu dürfen. Das zweite gehörte dem Generaldirektor, der sich gegenwärtig auf Krankenurlaub befand. Das dritte schließlich war wohl mit Personal besetzt, stand aber leer.
»Es ist für hohe Besucher bestimmt; für Mitglieder des Königshauses, den Gouverneur der Bank von England, Premierminister und ähnliche Halbgötter«, hatte P. B. White während eines leichten, aber um so schmackhafteren chinesischen Essens großspurig von sich gegeben. »Ich bin hier so was wie ein unbezahlter Portier.«
»Was Sie nicht sagen!«
»Doch. Glücklicherweise besteht keine Verbindung zwischen diesem Teil des Hauses und der Bank, sonst hätte ich ständig die Finger in der Schalterkasse!«
Die Aufzugstür öffnete sich. Sie betraten die enge Kabine. P. B. White drückte auf den untersten von drei roten Knöpfen. »Der liebe Gott wohnt im obersten Geschoß«, kicherte er. »Wenn er da ist.«
»Wann wird er zurückerwartet?« fragte Dunross.
»In drei Wochen. Aber es hat sein Gutes, wenn er so weit fort ist; wüßte er, was hier los ist, er käme mit der nächsten Maschine zurück. Er ist ein wunderbarer Mensch, Miss Tcholok. Bedauerlicherweise ist er schon seit einem Jahr krank, und in drei Monaten geht er in Pension. Ich habe ihn dazu überredet, Urlaub zu machen und nach Kaschmir zu fahren; ich kenne dort einen kleinen Ort am Dschihlam, nördlich von Srinagar. Der Talboden liegt in sechstausend Fuß Höhe zwischen den gewaltigsten Bergen der Erde. Es ist ein wahres Paradies. Auf den Flüssen und Seen gibt es Hausboote, auf denen man sich treiben läßt, fernab von jedem Telefon und Postamt. Man ist allein mit der Unendlichkeit. Die Luft ist herrlich, das Essen wunderbar.« Er zwinkerte. »Um dort hinzufahren, muß man sehr krank sein, oder man kommt mit einem Menschen, den man sehr liebt.«
Sie lachten, und Gavallan fragte: »Haben Sie das auch gemacht, P. B.?«
»Selbstverständlich, lieber Freund. Das erstemal war ich 1915 dort. Ich war siebenundzwanzig und auf Urlaub von den Third Bengal Lancers.« Er parodierte einen liebeskranken Jüngling. »Sie war eine georgische Prinzessin.«
Dunross nickte. »Und was haben Sie wirklich in Kaschmir gemacht?«
»Ich war auf zwei Jahre vom englischen Generalstab abgestellt. Dieses ganze Gebiet, der Hindukusch, Afghanistan und das heutige Pakistan an der Grenze Rußlands und Chinas, ist immer unruhig gewesen und wird es

immer sein. Dann wurde ich nach Moskau geschickt – das war Ende 1917.« Er preßte ein wenig die Lippen zusammen. »Ich war dort, als die Regierung Kerenski durch einen Putsch Lenins und Trotzkis und ihrer Bolschewiken gestürzt wurde...« Der Aufzug hielt, und sie stiegen aus. Shu, sein Hausboy Nummer Eins, wartete an der offenen Wohnungstür.
»Kommen Sie rein und machen Sie es sich bequem«, sagte P. B. jovial. »Champagner steht im Vorraum. Ach, Ian, Sie wollten telefonieren?«
»Ja, bitte.«
»Kommen Sie, das Telefon steht in meinem Arbeitszimmer!« Die Wohnung war geräumig – vier Schlafzimmer, drei kleinere Zimmer, ein Speiseraum für etwa zwanzig Personen. Drei Wände des Arbeitszimmers wurden von Büchern eingenommen. Altes Leder, das Aroma von guten Zigarren, ein Kamin, Brandy, Whisky und Wodka in geschliffenen Karaffen. Und Portwein.
Er schloß die Tür hinter sich und Dunross. »Wie lange werden Sie brauchen, Ian?«
»Ich werde mich beeilen.«
»Keine Bange, ich werde meine Gäste unterhalten – und wenn Sie nicht rechtzeitig zurück sind, werde ich Sie bei ihnen entschuldigen. Kann ich sonst noch etwas für Sie tun?«
»Setzen Sie Tiptop zu!« Dunross hatte ihn bereits früher über den möglichen Tauschhandel informiert, allerdings nichts von den AMG-Berichten und seinen Problemen mit Sinders gesagt.
»Morgen werde ich ein paar Freunde in Peking und Schanghai anrufen. Vielleicht erscheint es ihnen von Vorteil, uns zu helfen.«
Dunross kannte P. B. White seit vielen Jahren, wußte allerdings nur wenig über ihn – über seine Familie, über die Herkunft seines Geldes und was er wirklich mit der Victoria Bank zu tun hatte. »Ich bin eine Art juristischer Berater, obwohl ich mich schon seit Jahren zurückgezogen habe«, pflegte er zu sagen und es dabei zu belassen. Aber Dunross kannte ihn als einen Mann von großem persönlichen Charme, mit vielen ebenso diskreten Freundinnen. »Casey ist eine phantastische Frau, nicht wahr, P. B.«, sagte er lachend. »Ich glaube fast, Sie haben sich verknallt.«
»Ja, das glaube ich auch. Ach, wäre ich nur um dreißig Jahre jünger! Und diese Riko!« Er zog seine Augenbrauen hoch. »Entzückend. Sind Sie sicher, daß sie verwitwet ist?«
»Ziemlich sicher.«
»Von der Sorte können Sie mir noch drei Stück schicken, Tai-Pan.« Er lachte sein runzeliges Lachen, ging zum Regal hinüber und betätigte einen Schalter. Ein Teil des Regals schwang vor. Eine Treppe führte nach oben. Dunross hatte sie schon gelegentlich benützt, wenn er mit dem Generaldirektor Privatgespräche zu führen wünschte. Soviel er wußte, war er der einzige Außenstehende, der von der Existenz der Treppe

wußte – eines der vielen Geheimnisse, die er nur an den Mann weitergeben durfte, der ihm als Tai-Pan nachfolgen würde. »›Die Hexe‹ hat es arrangiert«, hatte Alastair ihm anvertraut. »Und das gehört dazu.« Er hatte ihm den Hauptschlüssel für alle Safes in den Tresoren überreicht. »Seit Jahr und Tag werden die Schlösser der Bank von der Schlosserei Tsch'ung Loh Locksmiths Ltd. ausgetauscht, aber nur der Tai-Pan weiß, daß diese Firma uns gehört.«

P. B. White gab ihm einen Schlüssel. »Lassen Sie sich Zeit, Ian!«

Leise lief Dunross die Treppe zum Obergeschoß hinauf und sperrte eine Tür auf, die zu einem Aufzug führte. Derselbe Schlüssel sperrte auch den Aufzug. Es gab nur einen Knopf. Der Motor war gut geölt und funktionierte lautlos. Nach einiger Zeit blieb der Aufzug stehen, und die Tür öffnete sich Dunross stand im Büro des Generaldirektors. Mißmutig stand Johnjohn auf. »Was, zum Teufel, haben Sie denn jetzt wieder vor, Ian?«

Dunross schloß die geheime Tür, die perfekt in das Bücherregal eingepaßt war. »Hat P. B. Ihnen nichts gesagt?« Er ließ sich seine Nervosität nicht anmerken und sprach mit ruhiger Stimme.

»Er hat nur gesagt, Sie müßten heute nacht noch in die Stahlkammer, um einige Dokumente zu holen, daß ich Sie hereinlassen sollte und daß es nicht nötig sei, Havergill zu verständigen. Aber wozu diese Nacht-und-Nebel-Aktion? Warum kommt ihr nicht durch den Haupteingang?«

»Jetzt seien Sie schon friedlich, Bruce! Wir wissen beide, daß Sie befugt sind, den Tresorraum für mich aufzusperren.«

Johnjohn wollte noch etwas erwidern, überlegte es sich aber. Vor seiner Abreise hatte der Generaldirektor zu ihm gesagt: »Seien Sie so liebenswürdig und gehen Sie zuvorkommend auf etwaige Anliegen von P. B. ein, hm?« P. B. redete den Gouverneur, aber auch die meisten hochgestellten Besucher mit dem Vornamen an und unterhielt, gleich dem Generaldirektor, direkte Telefonverbindungen mit dem Stammpersonal in den noch in Betrieb stehenden Niederlassungen der Bank in Schanghai und Peking.

»Na schön«, sagte er.

Ihre Tritte hallten in dem großen, matt erleuchteten Schalterraum der Bank. Johnjohn nickte einem der Nachtwächter zu, der seine Runden machte, und drückte dann auf den Knopf des Aufzugs, der zu den Tresoren hinunterführte. Er unterdrückte ein nervöses Gähnen. »Mensch, bin ich geschafft!«

»Die Übernahme der Ho-Pak hat Sie wohl fertiggemacht, nicht wahr?«

»Ja, aber ohne Ihren bravourösen Coup mit General Stores hätte Havergill wohl nicht... Na ja, das war natürlich eine Starthilfe. Ein meisterhafter Coup, Ian, wenn Sie die Sache auch durchziehen können.«

»Sie ist schon in der Kiste.«

»Von welcher japanischen Bank haben Sie die zwei Millionen?«

»Warum habt ihr Richard Kwang gezwungen, ein undatiertes Rücktrittsgesuch zu unterschreiben?«
»Was?« Johnjohn starrte ihn ungläubig an. Die Aufzugstür öffnete sich, und sie stiegen ein.
Dunross erzählte ihm, was er von Philip Tschen erfahren hatte. »Das ist nicht die feine englische Art, meinen Sie nicht?«
Johnjohn schütelte langsam den Kopf. »Nein, das war in meinem Plan nicht vorgesehen.« Seine Müdigkeit war verflogen. »Ich kann verstehen, daß Sie beunruhigt sind.«
»*Verschaukelt* wäre ein besseres Wort. Und wenn es mir gelingt, von Tiptop das Geld zu bekommen, wünsche ich, daß Richard Kwang dieses Papier zurückerhält und ihm eine freie Stimmabgabe zugesichert wird.«
»Ich werde Sie in allem, was vernünftig ist, unterstützen – bis der Chef wieder da ist –, dann kann er entscheiden.«
»Einverstanden.«
»Mit wieviel unterstützt Sie die Royal Belgium-First-Central?«
»Haben Sie nicht von einer japanischen Bank gesprochen?«
»Ach, komm schon, alter Freund, das weiß doch jetzt schon alle Welt! Wieviel?«
»Genug. Genug für alles.«
»Wir halten immer noch den größten Teil Ihrer Wechsel.«
Dunross zuckte die Achseln. »Das spielt keine Rolle. In der Victoria haben wir immer noch einiges mitzureden.«
»Wenn wir das Geld von den Chinesen nicht bekommen, rettet Sie auch die First Central nicht vor der Pleite.«
Wieder zuckte Dunross die Achseln.
Die Aufzugstür glitt zurück. Das matte Licht warf scharfe Schatten. Das riesige Stahlgitter vor ihnen erschien Dunross wie die Tür einer Gefängniszelle. Johnjohn sperrte auf.
»Ich werde etwa zehn Minuten brauchen«, sagte Dunross; seine Stirn war feucht. »Ich muß Papiere suchen.«
»In Ordnung. Ich werde Ihnen Ihren Safe aufsp... Ach, ich vergaß, Sie haben ja einen eigenen Hauptschlüssel.«
»Ich werde mich beeilen. Danke.« Dunross verschwand in der Düsternis, bog um die Ecke und ging, ohne zu zögern, auf einen Stahlschrank mit Safes am anderen Ende zu. Nachdem er sich vergewissert hatte, daß ihm niemand gefolgt war, steckte er die beiden Schlüssel in ihre Schlösser.
Er griff in die Tasche und holte AMGs Brief heraus, in dem die besonderen, über alle Berichte verteilten Blätter angegeben waren, dann eine Taschenlampe und eine Schere und das Dunhill-Butan-Feuerzeug, das Penelope ihm geschenkt hatte, als er noch rauchte. Rasch hob er den falschen Boden aus der Kassette und zog die Berichte heraus.
Ich wollte, dachte er, es gäbe eine Möglichkeit, sie jetzt gleich zu vernichten

und die Sorge endlich loszusein. Ich weiß alles, was drin steht, alles Wichtige, aber ich muß Geduld haben und warten. Sie – wer immer sie sein mögen, der SI, die CIA oder die VRC –, bald werden sie aufhören, mir nachzuspüren. Dann kann ich sie in Ruhe herausholen und vernichten.

AMGs Anweisungen strikt befolgend, zündete er das Feuerzeug an und schwenkte es unter dem unteren rechten Viertel der ersten angegebenen Seiten hin und her. Sekunden später wurde ein unverständliches Durcheinander von Zeichen, Buchstaben und Zahlen sichtbar. Gleichzeitig begann der maschinengeschriebene Text zu verschwinden. Bald war nichts mehr davon zu sehen, nur der Code blieb zurück. Mit der Schere schnitt er die Viertelseite säuberlich aus und legte diese Akte beiseite. »Das Papier«, hatte AMG geschrieben, »läßt sich nicht auf die Berichte zurückverfolgen, und nur unsere besten Spezialisten werden, glaube ich, imstande sein, die Informationen zu lesen.«

Ein leises Geräusch ließ ihn aufschrecken. Das Herz klopfte ihm bis zum Hals. Eine Ratte huschte vorbei und verschwand. Er beruhigte sich wieder und nahm den nächsten Bericht zur Hand. Ruhig und beharrlich setzte Dunross seine Arbeit fort. Als die Flamme zu flackern begann, füllte er das Feuerzeug nach. Bald hielt er den letzten Bericht in Händen. Sorgfältig schnitt er die Viertelseite aus, steckte die elf Papierstücke in die Tasche und schob die Berichte in ihr Versteck zurück.

Bevor er den Safe wieder verschloß, nahm er zur Tarnung eine Urkunde heraus und legte sie neben AMGs Brief. Ein kurzes Zögern, dann zündete er den Brief an. Der Bogen flammte auf und verbrannte.

»Was machen Sie da?«

Dunross fuhr herum und starrte die Gestalt an. »Ach, Sie sind's!« Er fing wieder an zu atmen. »Nichts, Bruce. Nur ein alter Liebesbrief, den ich gar nicht erst hätte aufheben sollen.« Die Flamme erlosch, und Dunross zerrieb die Asche zu Staub, den er auf den Boden streute.

»Haben Sie Schwierigkeiten, Ian? Ernste Schwierigkeiten?« Johnjohns Stimme klang besorgt.

»Nein, alter Freund. Es ist nur dieser Tiptop-Scheiß.«

»Wirklich?«

»Ja, ja.« Lächelnd zog Dunross ein Taschentuch heraus und trocknete sich Stirn und Hände. »Tut mir leid, daß ich Ihnen soviel Ungelegenheiten mache.«

Klirrend schloß sich das Gitter hinter ihnen. Wenige Sekunden später öffnete sich der Aufzug, und nun herrschte in der Stahlkammer Stille, die nur durch das leise Zischen der Klimaanlage unterbrochen wurde. Ein Schatten bewegte sich. Lautlos kam Roger Crosse hinter einer hohen Wand von Schließfächern hervor und stand vor dem Safe des Tai-Pan. Ohne sich zu beeilen nahm er eine Minox-Kamera, eine Taschenlampe und einen Bund Nachschlüssel aus der Tasche. Wenige Augenblicke später war Dunross'

Kassette offen. Seine langen Finger griffen hinein, fanden den falschen Boden und nahmen die Berichte heraus. Befriedigt schob er sie zu einem Stoß zusammen, befestigte die Taschenlampe an der Stahlwand und fing an, die Akten Seite für Seite zu fotografieren. Als er zu einer der verstümmelten Seiten kam, huschte ein grimmiges Lächeln über seine Züge.

Sonntag

1

6.30 Uhr:

Koronski kam aus dem »Neun-Drachen-Hotel«, winkte ein Taxi heran und nannte dem Fahrer in passablem Kantonesisch die Adresse. Er zündete sich eine Zigarette an, rutschte auf seinem Sitz zurück und hielt professionell Ausschau nach einem möglichen Verfolger. Eigentlich bestand keine Gefahr. Er besaß einwandfreie Papiere, die ihn als Hans Meikker auswiesen, Mitarbeiter eines deutschen Zeitungsverlags, der routinemäßig häufig Hongkong besuchte. Er war ein gutgenährter, kleiner, unauffälliger Mann und trug eine randlose Brille.

Etwa fünfzig Meter hinter ihm kämpfte sich ein verbeulter Mini durch den lebhaften Verkehr. Der CIA-Agent Tom Connochie saß im Fond, Roy Wong, einer seiner Assistenten, am Steuer.«

»Er biegt nach links ab.«

»Sehe ich ja. Nur ruhig, Tom, du machst mich nur nervös!« Roy Wong war Amerikaner der dritten Generation, Bakkalaureat der Literaturwissenschaften und seit vier Jahren bei der CIA. Er war ein ausgezeichneter Fahrer. Connochie war hundemüde. Zusammen mit Rosemont hatte er die halbe Nacht damit verbracht, die Flut von streng geheimen Instruktionen, Anfragen und Befehlen zu sichten, die die abgefangene Korrespondenz Thomas K. K. Lims ergeben hatte. Kurz nach Mitternacht hatte sie einer ihrer Informaten im Hotel benachrichtigt, daß Hans Meikker aus Bangkok soeben eingetroffen sei und zwei Tage bleiben wolle. Er stand schon seit zwei Jahren als mögliches Sicherheitsrisiko auf ihrer Liste.

»Verdammte Scheiße«, knurrte Roy Wong, als in der engen, hallenden Straße nahe der Mong-Kok-Kreuzung der Verkehr zum Stocken kam.

Connochie steckte den Kopf aus dem Fenster. »Er kann auch nicht weiter, Roy. Etwa zwanzig Wagen vor uns.«

Kaum hatte sich die Kolonne wieder in Bewegung gesetzt, streikte ein überladener LKW. Als der Motor endlich wieder ansprang, war ihr Wild verschwunden. Zwei Ecken weiter stieg Koronski aus dem Taxi und lenkte seine Schritte durch ein belebtes Gäßchen, eine ebenso lärmende Straße und ein weiteres Gäßchen zu Ginny Fus Mietshaus. Er stieg die abgetretene Treppe ins oberste Stockwerk hinauf und klopfte dreimal an eine Tür. Suslew winkte ihn herein. »Willkommen«, begrüßte er ihn auf Russisch, »hattest du einen guten Flug?«

»Ja, Genosse Kapitän, sehr gut«, antwortete Koronski.
»Nimm Platz!« Suslew deutete auf den Tisch, auf dem Kaffee und zwei Tassen standen. Es war ein schmutzfarbener Raum mit nur wenigen Möbelstücken.
»Der Kaffee ist gut«, sagte Koronski höflich. In Wirklichkeit fand er ihn scheußlich, nicht zu vergleichen mit den auf französische Art zubereiteten Kaffee in Bangkok, Saigon und Phnom Penh.
»Ich wurde von der Zentrale beauftragt, mich zu deiner Verfügung zu halten, Genosse Kapitän. Worin besteht meine Aufgabe?«
»Hier gibt es einen Mann mit einem fotografischen Gedächtnis. Wir möchten erfahren, was drin ist.«
»Wo soll der Kunde befragt werden. Hier?«
Suslew schüttelte den Kopf. »An Bord meines Schiffes.«
»Wieviel Zeit haben wir?«
»Soviel du brauchst. Wir nehmen ihn mit nach Wladiwostok.«
»Wie wichtig ist es, erstklassige Informationen von ihm zu erhalten?«
»Sehr wichtig.«
»In diesem Fall würde ich die Befragung lieber in Wladiwostok vornehmen – ich kann dir Spezialsedativa geben, die bewirken, daß der Kunde während der Reise in einem lenkbaren Zustand verbleibt. Gleichzeitig wird seine Widerstandskraft geschwächt.«
Suslew dachte nach. Er brauchte Dunross' Informationen, bevor er in Wladiwostok ankam. »Kannst du nicht auf mein Schiff kommen? Wir laufen um Mitternacht aus?«
Koronski zögerte. »Meine Befehle von der Zentrale lauten, dir dienlich zu sein, sofern ich meine Tarnung nicht gefährde. Genau das aber würde ich tun, wenn ich auf dein Schiff komme, das zweifellos überwacht wird.«
Suslew nickte. »Du hast recht.« Macht nichts, dachte er, für eine Vernehmung bin ich genauso gut ausgebildet wie Koronski, obwohl ich noch nie einen Menschen narkotisiert habe. »Wie führt man solch eine Befragung durch?«
»Es ist ganz einfach. Intravenöse Injektionen eines chemischen Stoffes, den wir Pentothal-V6 nennen, zehn Tage lang zweimal täglich, sobald der Patient durch die bekannte Schlaf-Wach-Methode in eine entsprechende, durch Angst und Verwirrung geprägte Gemütsverfassung versetzt ist.«
»Wir haben einen Arzt an Bord. Könnte er die Injektionen verabreichen?«
»Aber ja, selbstverständlich. Ich werde dir vielleicht die Verfahrensweise aufschreiben. Die nötigen Präparate bekommst du auch von mir. Willst du die Befragung vornehmen?«
»Ja.«
»Wenn du dich an meine Anweisungen hältst, solltest du keine Schwierigkeiten haben. Du mußt nur auf eines achten: Sobald das Pentothal-V6 verabreicht wird, gleicht das Gehirn der Zielperson einem nassen Schwamm.

Es bedarf größter Sensibilität und noch größerer Sorgfalt, ihm genau die richtige Dosis Wasser, also Informationen, im genau richtigen Tempo zu entziehen, sonst nimmt der Denkapparat dauernden Schaden und alle anderen Informationen gehen für immer verloren.« Koronski paffte seine Zigarette. »Man kann eine Zielperson leicht verlieren.«
»Ist dieses Pentothal sehr wirksam?«
»Wir hatten damit große Erfolge, aber auch Mißerfolge, Genosse Kapitän. Wenn es sich bei der Zielperson um einen an sich gesunden Menschen handelt und er gut vorbereitet wird, wirst du sicher Erfolg haben.«
Im Geiste ging Suslew noch einmal den Plan durch, den Plumm ihm gestern spät abends so begeistert vorgetragen und dem Crosse widerstrebend zugestimmt hatte. »Ein Kinderspiel, Gregor; da Dunross nicht nach Taipeh fliegt, kommt er zu meiner Party. Ich mische ihm etwas in seinen Drink, von dem ihm hundeübel wird. Es wird nicht schwer sein, ihn dazu zu bewegen, sich in einem der Schlafzimmer niederzulegen – diese Droge schläfert ihn auch ein. Sobald die anderen weg sind, lege ich ihn in eine Kiste und lasse ihn durch den Seitenausgang hinunter und in den Wagen bringen. Wenn er als vermißt gemeldet wird, sage ich einfach, ich hätte ihn schlafen lassen und hätte keine Ahnung, wann er gegangen ist. Aber wie schaffen wir die Kiste an Bord?«
»Kein Problem«, hatte er geantwortet. »Laß die Kiste ins Lagerhaus 7 am Pier von Kowloon bringen! Wir nehmen alle möglichen Vorräte und Stückgut an Bord, und bei ausreisenden Schiffen gibt es kaum Kontrollen.« Mit grimmiger Belustigung hatte er hinzugefügt: »Wir haben sogar einen Sarg, wenn wir einen brauchen sollten. Woranskis Leiche kommt um elf Uhr abends aus dem Leichenschauhaus. Diese Schweine! Wie kommt es, daß unser Freund diese Schweine noch nicht erwischt hat?«
»Er tut, was er kann, wirklich, Gregor. Er wird sie bald haben. Aber noch wichtiger ist, dieser Plan *wird* gelingen!«
Suslew nickte. Ja, er könnte gelingen. Und wenn die Kiste mit dem Tai-Pan geöffnet wird? Ich weiß von nichts, und Boradinow weiß von nichts, obwohl er der Verantwortliche ist. Ich dampfe einfach ab und lasse Boradinow die Sache ausbaden, wenn es nötig ist. Roger wird alle Spuren verwischen. O ja, dachte er, diesmal liegt Rogers Kopf auf dem britischen Richtblock, wenn er mich nicht deckt. Plumm hat recht, die Entführung des Tai-Pan durch die Werwölfe wird eine Zeitlang für absolutes Chaos sorgen – lange genug, um die Metkin-Schlappe und die Beschlagnahme der Waffen auszugleichen.
Gestern abend hatte er Banastasio angerufen, um zu erfahren, wie weit die Manipulation mit Par-Con gediehen sei, und zu seinem Schrecken hören müssen, wie Bartlett reagiert hatte. »Aber Mr. Banastasio, Sie haben doch gesagt, daß Sie beherrschenden Einfluß ausüben werden! Was wollen Sie jetzt tun?«

»Den Druck verstärken, Mr. Marshall«, hatte Banastasio ihn beruhigt, den Decknamen gebrauchend, unter dem er ihn kannte. »Ich trage meinen Teil bei, Sie den Ihren.«
»Na gut. Dann fahren Sie zu Ihrer Besprechung nach Macao! Ich garantiere, daß eine Ersatzlieferung spätestens in einer Woche in Saigon eintrifft.«
»Aber diese Witzbolde hier haben mich bereits wissen lassen, daß sie erst verhandeln wollen, wenn sie eine Lieferung in Händen haben.«
»Sie wird unseren Vietkong-Freunden in Saigon direkt zugestellt. Sie brauchen nur die Vereinbarungen wegen der Bezahlung treffen.«
»Schon recht, Mr. Marshall. Wo kann ich Sie in Macao erreichen?«
»Ich werde im gleichen Hotel absteigen«, hatte er ihm geantwortet, ohne die geringste Absicht zu haben, Kontakt mit ihm aufzunehmen. In Macao würde ein anderer V-Mann mit demselben Decknamen diesen Teil der Operation überwachen.
Er lächelte in sich hinein. Kurz vor seiner Abreise aus Wladiwostok hatte die Zentrale ihn zum Instrukteur der Operation bestimmt, die unter der Codebezeichnung »King-Kong« lief und von einer der KGB-Zellen in Washington in Gang gesetzt worden war. Er wußte von dem Plan nur so viel, daß sie im Kuriergepäck streng geheime Transportlisten über Auslieferungen von Waffen nach Saigon schickten. Im Austausch und als Entgelt für diese Informationen sollte Opium nach Hongkong geliefert werden, wobei die Menge von der Anzahl der Waffen abhängen werde, die man den Versorgungsschiffen abnehmen konnte. Den Decknamen Marshall hatte er sich nach General Marshall ausgesucht, der, wie alle wußten, Ende der Vierzigerjahre die sofortige und totale Beherrschung Europas durch die Sowjets zunichte gemacht hatte. Das ist unsere Rache, dachte er, unser Marshall-Plan.
Er lachte laut heraus. Koronski, viel zu erfahren in diesem Geschäft, um zu fragen, was ihn so belustigte, wartete aufmerksam. Automatisch analysierte er das Lachen. Es verbarg Angst. Und Angst ist ansteckend. Ein Mensch, der Angst hat, macht Fehler. Ja, dieser Mann riecht nach Angst. Ich werde es in meinem Bericht erwähnen. Er blickte auf und sah, daß Suslew ihn beobachtete. Ob der Mann seine Gedanken lesen konnte?
»Ja, Genosse Kapitän.«
»Wie lange brauchst du, um mir die Prozedur aufzuschreiben.«
»Ein paar Minuten. Ich kann es jetzt gleich machen, aber ich muß ins Hotel zurück, um die Präparate zu holen.«
»Wie viele sind es?«
»Drei. Ein Schlaf-, ein Weckmittel und das Pentothal-V6.«
»Nur das Pentothal wird intravenös gegeben?«
»Ja.«
»Gut, dann schreib alles auf! Jetzt gleich. Hast du Papier?«

Koronski nickte und zog ein kleines Notizbuch heraus. »Willst du es russisch oder englisch haben?«
»Russisch. Die Wach-Schlaf-Wach-Methode brauchst du mir nicht zu erklären. Ich habe sie selbst schon oft angewendet. Nur die letzte Phase, und schreib nicht Pentothal – nenn es einfach Medizin. Verstanden?«
»Ja.«
»Gut. Wenn du fertig bist, leg es dahin!« Er deutete auf einen kleinen Stoß alter Zeitungen auf dem mottenzerfressenen Sofa. »Leg es in die zweite von oben! Ich hole es mir später. Im Erdgeschoß des ›Neun-Drachen-Hotels‹ gibt es eine Herrentoilette. Klebe die Präparate auf die Unterseite der Klosettbrille der letzten Kabine rechts! Und für den Fall, daß ich noch eine Auskunft brauche, sei bitte heute abend um neun in deinem Zimmer! Alles klar?«
»Alles klar.«
Suslew erhob sich. Koronski folgte seinem Beispiel und streckte ihm die Hand entgegen. »Viel Glück, Genosse Kapitän!«
Suslew nickte höflich wie zu einem Untergebenen und verließ die Wohnung. Er ging den Korridor hinunter und durch eine Tür über eine eiserne Wendeltreppe auf das Dach hinauf. In der frischen Luft fühlte er sich wohler. Der Muff im Zimmer und Koronskis Ausdünstung waren ihm zuwider gewesen.
Wie die meisten Dächer Hongkongs war auch dieses von einem bunten Gemisch roh zusammengezimmerter Wohnstätten bedeckt – die einzige Alternative zu den gedrängt vollen Siedlungen an den Hängen der New Territories oder auf den Bergen von Kowloon und Hongkong. Längst schon hatte die gewaltige Flut der Einwanderer die Stadt selbst bis auf den letzten Zollbreit in Besitz genommen. Die meisten Siedlungen waren illegal, insbesondere auch die Wohnstätten auf den Dächern, aber die Behörden griffen nicht ein, denn wohin hätten diese Unglücklichen gehen sollen? Es gab kein Wasser, keine sanitären Einrichtungen, aber es war immer noch besser, als unter freiem Himmel zu hausen. Auf den Dächern wurde der Abfall beseitigt, indem man ihn auf die Straße warf. Hongkong-*yan* gingen immer auf der Mitte der Straße, nie auf dem Gehsteig, selbst wenn es einen gab.
Suslew tauchte unter Wäscheleinen durch und stieg über Strand- und Treibgut menschlichen Lebens hinweg. Er überhörte die Schmutzworte, die ihm nachgerufen wurden, und lachte mit den Gassenjungen, die vor ihm herliefen und ihm die offene Hand hinstreckten. Er war zu sehr *quai loh*, um ihnen Geld zu geben, aber er war gerührt von ihrer Armut und ihrer guten Laune, und so fand er sie mit ein paar freundlichen Worten ab und strich über ein paar struppige Köpfe. Am anderen Ende des Dachs führte eine andere Treppe zu Ginny Fus Wohnung hinunter. Die Tür stand offen. Er trat ein.
»Hallo, Gregy«, begrüßte sie ihn atemlos. Wie er ihr aufgetragen hatte,

trug sie farblose Kulikleidung. Ein großer runder Strohhut hing ihr über den Rücken, und ihr Gesicht und ihre Hände waren schmutzig. »Wie ich ausschau? Wie Filmstar, *heya?*«
»Greta Garbo persönlich«, antwortete er lachend, als sie auf ihn zulief und ihn stürmisch umarmte. »Du wollen ficki-ficki, bevor wir gehen, *heya?*«
»*Njet.* Dazu haben wir noch reichlich Zeit in den nächsten Wochen.« Er hatte heute nacht mit ihr geschlafen, mehr um seine Männlichkeit zu beweisen als aus Verlangen. Das ist das Problem, dachte er. Kein Verlangen. Sie langweilt mich. »Also hast du alles verstanden?«
»O ja«, antwortete sie großspurig. »Ich gehen zu Lagerhaus 7 zu Kulis, trage Packen auf Schiff, übergebe Papier.« Sie zog es aus der Tasche, um es ihm zu zeigen. Auf dem Papier stand auf Russisch: Kabine 3. Boradinow würde sie erwarten. »In Kabine 3 ich kann benützen Bad; dann ich anziehen das Kleid, das du hast gekauft mir, und warte.« Wieder ein seliges Lächeln. »*Heya?*«
»Ausgezeichnet.«
»Sicher ich nichts mitnehmen, Gregy?« fragte sie besorgt.
»Nein, nur Toilettartikel, Frauensachen und so. Alles in den Taschen, verstanden?«
»Natürlich«, antwortete sie stolz. »Ich kein Dummkopf!«
»Gut. Ab mit dir!«
Wieder umarmte sie ihn. »Danke für Ferien, Gregy! Ich werde sein prima.« Sie ging.
Das Gespräch mit Koronski hatte ihn hungrig gemacht. Er zündete den Gasherd an und schlug sich ein paar Eier in die Pfanne. Wieder überkam ihn ein Gefühl der Beklemmung. Mach dir keine Sorgen! ermahnte er sich. Der Plan wird gelingen, du wirst den Tai-Pan in deine Gewalt bekommen, und auf dem Polizeipräsidium wird alles nur Routine sein.
Denk nicht an diese Dinge! Denk an Ginny! Auf See wird sie vielleicht nicht so langweilig sein, sie wird dir die Nächte verkürzen, einige Nächte, und der Tai-Pan die Tage, bis wir anlegen. Dann wird er leergepumpt sein, und sie wird aus deinem Leben verschwinden, diese Gefahr wird für immer gebannt sein, und ich fahre auf meine *Datscha,* wo diese Hexe von Sergejew schon auf mich wartet. Sie wird mich so lange beschimpfen, bis ich die Geduld verliere und ihr die Kleider vom Leib reiße, ihr vielleicht auch wieder die Peitsche gebe, und sie wird sich wehren und kämpfen, und ich werde kämpfen, bis ich in sie eingedrungen bin und mich entladen habe. Dann schlafen wir, und ich weiß nie, ob sie mir nicht im Schlaf die Kehle durchschneiden wird. Aber man hat sie gewarnt. Wenn mir etwas zustößt, schaffen meine Männer sie zu den Aussätzigen im Osten von Wladiwostok.
Das Radio brachte die Nachrichten in englischer Sprache. »Hier ist Radio Hongkong. Weitere schwere Regenfälle sind zu erwarten.
Die Victoria Bank hat offiziell mitgeteilt, daß sie alle Verpflichtungen der

Ho-Pak Bank erfüllen wird, und ersucht alle Einleger, die Montag ihr Geld brauchen, sich friedlich vor den Schaltern in Reihen anzustellen.
In der Nacht waren in der Kolonie zahlreiche Erdrutsche zu verzeichnen. Am ärgsten betroffen war das Siedlungsgebiet oberhalb von Aberdeen, Sau Ming Ping und Sui Fai in Wanchai, wo sechs größere Hangrutsche auch Häuser in Mitleidenschaft gezogen haben. Insgesamt hat das Unglück 33 Tote gefordert, doch fürchtet man, daß noch weitere Opfer unter den Erdmassen begraben liegen.
Ein Bericht aus London bestätigt, daß in der Sowjetunion auch in diesem Jahr starke Ernteausfälle zu beklagen sein werden...«
Den Rest der Nachrichten hörte Suslew nicht mehr. Er wußte, daß der Bericht aus London wahr war. Streng geheime Vorhersagen des KGB hatten prognostiziert, daß die Ernte auch diesmal katastrophal ausfallen werde. *Kristos,* warum zum Teufel können wir uns nicht ernähren! hätte er hinausschreien mögen, denn er hatte den Hunger, die monströsen Aufschwellungen und Körperschäden, die der Hunger hervorbrachte, miterlebt.
Also kommt wieder eine Hungersnot, heißt es wieder den Gürtel enger schnallen und Weizen aus dem Ausland kaufen, unsere schwerverdienten Devisen verbrauchen. Unsere Zukunft ist in großer Gefahr. Nahrung ist unsere Achillesferse. Nie gibt es genug. Nie genug Fachkenntnis, Traktoren, Düngemittel oder Volksvermögen, denn unser ganzes Vermögen geht für Waffen, Armeen, Flugzeuge und Schiffe drauf, das ist wichtiger! Wir müssen stark werden und in der Lage sein, uns vor den kapitalistischen Verbrechern und den revisionistischen Chinesenschweinen zu schützen, den Krieg in ihr Land tragen, um sie zu zerschmettern, bevor sie uns zerschmettern. Aber wir haben nie genug Nahrung für uns und unsere Pufferstaaten – den Balkan, Ungarn, die Tschechoslowakei, Polen, Ostdeutschland, das Baltikum. Wie kommt es, daß diese Saukerle sich früher selbst ernähren konnten? Warum fälschen sie ihre Ernteerträge, belügen, betrügen und bestehlen uns? Wir beschützen sie, und was tun sie? Sie brüten Verrat, sie hassen uns, und sie würden – wie die Ostdeutschen und die Ungarn es getan haben – sich gegen uns erheben, wenn es unsere Armeen nicht gäbe und das KGB, das dieses dreckige Revisionistengesindel in Zaum hält.
Aber Hunger gebiert Revolution. Immer. Immer wird der Hunger die Massen dazu bringen, gegen ihre Regierung aufzustehen. Was können wir also tun? Sie alle – alle – in Ketten legen, bis wir Amerika und Kanada erobert und ihre Weizenfelder in unseren Besitz gebracht haben. Dann werden wir mit unserem System ihre Ernten verdoppeln.
Mach dir doch nichts vor, dachte er gequält. Unsere Landwirtschaft liegt im argen. Sie hat nie funktioniert. Eines Tages wird sie funktionieren. Vorderhand können wir uns nicht ernähren. Man sollte diese Hurensöhne von Bauern...
»Hör auf«, murmelte Suslew, »du bist nicht verantwortlich, es ist nicht

dein Problem! Kümmere dich um deine Angelegenheiten, glaube an die Partei und an den Marxismus-Leninismus!«

Die Eier waren fertig, und er machte sich Toast. Der Regen spritzte durch die offenen Fenster. Vor einer Stunde hatte sich der Sturm gelegt, aber immer noch hingen schwarze Wolken am Himmel. Noch mehr Regen, dachte er. In dieser Jauchegrube von Stadt gibt es nur entweder eine verdammte Dürre oder eine verfluchte Überschwemmung.

Ein Mann, der auf Ordnung hielt, legte er sich ein Gedeck auf. Alles läuft bestens, machte er sich Mut. Dunross kommt zur Party, Koronski liefert mir die Mittel, Plumm die Zielperson, Roger den Schutz, und ich brauche nichts anderes zu tun, als eine Stunde oder so auf dem Polizeipräsidium zu verbringen und dann in aller Ruhe mit meinem Schiff auszulaufen. Dann kann mich Hongkong am Arsch lecken...

Seine Nackenhaare stellten sich auf, als er das Heulen einer näherkommenden Polizeisirene hörte. Wie versteinert stand er da. Aber die Sirene heulte vorüber. Gelassen setzte er sich zu Tisch und begann zu essen. Dann schrillte das Geheimtelefon.

2

7.30 Uhr:

Der kleine Bell-Hubschrauber schwebte unter der Wolkendecke über der Stadt ein und stieg weiter auf, um an der Peak Tram und den vielen Hochhäusern, mit denen das steile Gelände übersät war, vorbeizukommen. Vorsichtig stieg der Pilot weitere hundert Fuß, verlangsamte seine Geschwindigkeit und fand den umnebelten Landeplatz des Großen Hauses neben einem mächtigen Jakarandabaum. Sofort ging er nieder. Dunross wartete schon. Er duckte sich, um dem wirbelnden Rotor auszuweichen, stieg von links in die Kanzel, schloß den Sicherheitsgurt und setzte die Kopfhörer auf. »Guten Morgen, Duncan«, sagte er in das Mikrophon. »Dachte nicht, daß Sie es noch schaffen würden.«

»Ich auch nicht«, gab der Angesprochene zurück, »ich bezweifle, daß wir in der Lage sein werden zurückzukommen. Die Wolkendecke senkt sich zu rasch. Sie haben das Steuer.«

»Na dann los!«

Mit der linken Hand betätigte Dunross sanft den Gashebel, erhöhte so die Drehzahl und zog den linken Knüppel vorwärts, wodurch er den Hubschrauber nach rechts, links, vor und zurück bewegte, um ihn durch den Bodeneffekt vorsichtig in die Höhe zu bringen. Mit der linken Hand kon-

trollierte er Geschwindigkeit, Steig- und Sinkflug, mit der Rechten die Richtung. Seine Füße auf den Seitenruderpedalen hielten den Hubschrauber im Gleichgewicht. Dunross liebte es, Hubschrauber zu fliegen: Die Maschine verlangte so viel Konzentration und so hohes Können, daß er seine Probleme beim Fliegen vergaß. Aber er flog selten allein. Der Himmel war für Profis da oder Leute, die täglich flogen, darum hatte er stets einen Fluglehrer dabei, aber auch die Gegenwart eines anderen Mannes beeinträchtigte sein Vergnügen in keiner Weise.
Mit den Händen fühlte er, wie der Bodeneffekt sich aufbaute und wie sich der Hubschrauber vom Boden abhob. Er überprüfte die Instrumente, suchte instinktiv nach möglichen Gefahren und stimmte sein Gehör auf die Musik des Motors ein. Da alle Instrumente normale Werte anzeigten, erhöhte er die Drehzahl. Während er den linken Hebel hochzog, schob er, mit den Füßen ausgleichend, vorsichtig den Knüppel vor und unternahm einen sanften Schwenk nach links; dabei gewann er an Höhe und Geschwindigkeit, um von den Bergen wegzukommen.
Sobald er geradeaus flog, drückte er auf den Sendeknopf des Knüppels und meldete sich bei der Flugsicherung von Kai Tak. Dabei übersah er die zu geringe Drehzahl.
»Achten Sie auf die Drehzahl«, sagte MacIver über Bordtelefon.
»Ja. Tut mir leid.« Dunross korrigierte eine Spur zu hastig und ärgerte sich. Dann kreuzte der Hubschrauber, sauber getrimmt, zehntausend Fuß über dem Meeresspiegel, überquerte den Hafen und nahm auf Kowloon, die New Territories und das Gebiet Kurs, wo das Bergrennen stattfinden sollte.
»Werden Sie das Bergrennen wirklich mitmachen, Tai-Pan?«
»Ich bezweifle es, Duncan«, antwortete er durch das Mikrophon, »aber ich wollte heute auf jeden Fall fliegen, ich habe mich schon die ganze Woche darauf gefreut.«
Duncan MacIver betrieb ein kleines Hubschraubermietgeschäft vom Flughafen aus. Die Regierung nahm seine Dienste für Landvermessungen in Anspruch, gelegentlich arbeitete er für die Polizei, für die Feuerwehr oder für den Zoll. Er war ein Ex-RAF-Flieger, von kleiner Statur, mit einem zerfurchten Gesicht und weit offenen, scharfen, forschenden Augen.
Sobald Dunross neuerlich nachgetrimmt hatte, beugte MacIver sich vor und legte eine Blende über die Instrumente, um Dunross zu zwingen, ausschließlich nach Gefühl und Klang zu fliegen, beziehungsweise sich nach dem Horizont zu orientieren.
»Sehen Sie mal, da unten, Tai-Pan!« MacIver deutete auf die Mure an einem der Berghänge knapp außerhalb von Kowloon; der Schlammstrom zog sich durch eine der riesigen, aus elenden Hütten bestehenden Siedlungen. »Überall Schlammrutschungen. Haben Sie die Sieben-Uhr-Nachrichten gehört?«

»Ja.«
»Überlassen Sie mir die Maschine für eine Minute!« Dunross nahm Hände und Füße von den Rudern. MacIver machte einen eleganten Sturzflug, um die in der Siedlung angerichteten Schäden aus der Nähe zu sehen: Die Schäden waren beträchtlich. An die zweihundert Hütten waren von der Gewalt der Mure über die Gegend verstreut oder verschüttet. Andere, die in der Nähe des Erdrutsches standen, waren jetzt noch gefährdeter als zuvor.
»Mein Gott! Das sieht ja schrecklich aus!«
»Ich war heute schon sehr früh auf den Beinen. Die Feuerwehr hatte mich ersucht, sie auf Hügel Drei drüben, oberhalb von Aberdeen, zu unterstützen. Da gab es schon vor einigen Tagen einen Erdrutsch, ein Kind wurde beinahe verschüttet. Gestern abend hatten sie dort wieder einen Rutsch. Sieht nicht gut aus. Die Mure mißt etwa zweihundert mal fünfzig Fuß. Zwei- bis dreihundert Hütten sind weg – mit nur zehn Toten, Glück im Unglück!« MacIver kreiste ein paar Minuten, machte sich einige Notizen und ging wieder auf Höhe. »Übernehmen Sie«, sagte er, und Dunross übernahm wieder das Steuer.
Rechts tauchte Sha Tin auf. Als sie schon in der Nähe waren, nahm MacIver die Blende weg. »Gut«, sagte er und überprüfte die Ablesungen. »Gut gemacht!«
»Hatten Sie in der letzten Zeit interessante Aufgaben zu lösen?«
»Immer das gleiche. Morgen früh, wenn das Wetter es erlaubt, mache ich einen Charterflug nach Macao.«
»Lando Mata?«
»Nein, ein Amerikaner. Ein gewisser Banastasio. Wir sind da!«
Das Fischerdorf Sha Tin lag an einem Fahrweg, der in die Berge hinaufführte, wo das Bergrennen stattfinden sollte. Der Kurs bestand aus einer Erdstraße, die aus den Hängen geschlagen worden war. Im Tal warteten ein paar Rennwagen, aber so gut wie keine Zuschauer. Sonst waren es immer Hunderte gewesen, zumeist Europäer. Es war das einzige Autorennen in der Kolonie. Nach englischem Gesetz war es verboten, auf öffentlichen Straßen Rennen zu fahren, und darum hatten der Sport Car and Rallye Club of Hongkong und der portugiesische Stadtrat gemeinsam den jährlichen Grand Prix in Macao organisiert. Im vorigen Jahr hatte Guillo Rodriguez von der Hongkonger Polizei das Sechzig-Runden-Rennen mit einer Durchschnittsgeschwindigkeit von 115 Stundenkilometern in drei Stunden und sechsundzwanzig Minuten gewonnen. Dunross auf einem Lotus und Brian Kwok auf einem geliehenen Jaguar der Type E hatten hart um den zweiten Platz gekämpft, bis Dunross nach einem Reifenplatzer ausgefallen war und sich auf der gleichen Stelle, wo 1959 sein Motor explodiert war, beinahe das Genick gebrochen hätte.
Jetzt konzentrierte sich Dunross auf die Landung; er wußte, daß man ihn beobachtete.

Die für den Sinkflug optimale Drehzahl wurde eingestellt. Der Wind kam von vorne rechts, und die Maschine wirbelte ein wenig, als sie sich dem Boden näherte. Dunross korrigierte und blieb schweben, reduzierte die Drehzahl weiter, hob den linken Hebel an, um den Anstellwinkel der Rotorblätter zu ändern und solcherart eine weiche Landung zu erzielen. Die Gleitkufen berührten den Boden. Dunross nahm den Rest der Leistung weg und schob ruhig den Hebel nach unten. Er hatte noch selten eine so perfekte Landung zustande gebracht.

MacIver sagte nichts und machte ihm das schönste Kompliment, indem er tat, als wäre das für ihn ganz selbstverständlich. Er sah zu, wie Dunross alle nötigen Handgriffe zum Abschalten der Systeme vornehmen wollte. »Lassen Sie mich das doch machen, Tai-Pan«, sagte er. »Die Herren scheinen schon ungeduldig zu sein.«

»Danke.«

Dunross öffnete die Tür, stieg aus dem Hubschrauber aus, dessen Rotor sich noch drehte, und ging gebückt auf die Männer zu, die in Regenmänteln herumstanden. Der Morast quatschte unter seinen Füßen. »Guten Morgen!«

»Sieht scheußlich aus, Tai-Pan«, sagte George T'tschung, Shi-teh T'tschungs ältester Sohn. »Ich wollte meine Karre ausprobieren und blieb gleich in der ersten Kurve stecken.« Er deutete auf die Strecke. Der Jaguar saß fest. »Ich muß wohl eine Zugmaschine kommen lassen.«

»Wir verschwenden nur unsere Zeit«, brummte Don Nikklin ärgerlich. Er war ein aggressiver kleiner Mann Ende Zwanzig. »Wir hätten das Rennen schon gestern absagen sollen.«

Das ist richtig, dachte Dunross zufrieden, aber dann hätte ich keinen Anlaß gehabt, zu fliegen. »Wir waren uns doch alle einig, es heute zu versuchen. Wir wußten, daß es ein Risiko war«, sagte Dunross liebenswürdig. »Sie waren ja auch dabei. Ihr Vater ebenfalls, nicht wahr?«

McBride schaltete sich ein. »Ich schlage vor, daß wir das Rennen verschieben.«

»Einverstanden.« Nikklin ging zu seinem brandneuen, auffrisierten Porsche hinüber.

»Freundlicher Mensch«, bemerkte einer der Umstehenden.

»Schade, daß er so ein Scheißer ist«, sagte ein anderer. »Er ist wirklich ein ausgezeichneter Fahrer.«

»Auf nach Macao, he, Tai-Pan?« George T'tschung wandte sich lachend an Dunross. Seine Stimme verriet eine englische Privatschule.

»Ja«, erwiderte Dunross, der sich schon auf den November freute, auf die Chance, Nikklin wieder zu schlagen. Er hatte ihn in sechs Rennen dreimal besiegt, aber nie den Grand Prix gewonnen. Seine Rennwagen waren nie stark genug gewesen, um den Anforderungen standzuhalten. »Bei Gott, diesmal gewinne ich.«

»O nein, dies ist mein Glücksjahr! Ich habe einen Lotus 22, mein alter Herr hat ihn mir gekauft. In allen sechzig Runden werden Sie immer nur meine Schlußlichter zu sehen bekommen.«

»Denk mal an! Mein neuer Jag...« Dunross brach ab. Im Morast rutschend und schleudernd kam ein Polizeiauto herangerast und steuerte auf ihn zu. Sinders? fragte er sich, und sein Magen krampfte sich zusammen. Er hatte gesagt: Mittags im Polizeipräsidium. Unwillkürlich befühlte er seine zugeknöpfte Hosentasche, um sich zu vergewissern, daß der Umschlag noch da war.

Als er gestern nacht in P. B. Whites Arbeitszimmer zurückgekommen war, hatte er die elf Ausschnitte hervorgeholt und sie noch einmal bei gutem Licht untersucht, aber der chiffrierte Text ergab keinen Sinn. Gut so, hatte er gedacht, war dann zum Kopiergerät gegangen und hatte von jedem Ausschnitt zwei Kopien gemacht. Er schob jeden Kopien-Satz in einen separaten Umschlag und verschloß sie. Auf einen schrieb er: »P. B. White – bitte ungeöffnet dem Tai-Pan von Struan's übergeben.« Diesen steckte er in ein Buch, das er aufs Geratewohl aus dem Regal nahm und wieder zurückstellte. AMGs Anweisungen folgend, versah er den zweiten Umschlag mit einem G für Gresserhoff und steckte ihn in die Tasche. Das Original schließlich kam ebenfalls in einen Umschlag und dieser in seine Tasche. Wenige Minuten später waren er und Gavallan mit Casey und Riko Gresserhoff aufgebrochen, aber er beschloß, Mrs. Gresserhoff ihren Satz erst dann zu geben, wenn die Originale in Sinders' Besitz waren.

Das Polizeiauto blieb stehen. Chief Inspector Donald C. C. Smyth stieg aus. Weder Sinders noch Crosse waren mit ihm gekommen.

»Guten Morgen«, sagte Smyth höflich und hob sein Offiziersstöckchen an die Mütze. Den anderen Arm trug er noch in der Schlinge. »Verzeihen Sie, Mr. Dunross, haben Sie den Helikopter gemietet?«

»Ja, Chief Inspector«, antwortete Dunross. »Was ist los?«

»Ich führe da unten an der Straße eine Untersuchung durch und sah Sie kommen. Ob wir uns wohl MacIver und seinen Vogel für eine Stunde ausborgen könnten? Aber wenn Sie gleich zurückfliegen, könnten wir ihn vielleicht anschließend einsetzen.«

»Selbstverständlich. Ich fliege gleich wieder los. Das Rennen ist abgesagt.«

Smyth warf einen Blick auf den Kurs. »Eine weise Entscheidung, Sir. Ist es Ihnen recht, wenn ich gleich mit MacIver spreche?«

»Selbstverständlich. Es ist doch nichts Ernstes, hoffe ich?«

»Nein, nein, überhaupt nicht. Aber interessant. Der Regen hat ein paar Leichen freigelegt, die unweit der Stelle eingescharrt waren, wo man John Tschen gefunden hat.«

Die anderen waren näher gekommen. »Die Werwölfe?« George T'tschung war geschockt. »Noch mehr Opfer der Kidnapper?«

»Wir nehmen es an. Es sind zwei junge Chinesen. Dem einen hat man den Schädel eingeschlagen, dem anderen wurde beinahe der Kopf abgehackt.«
»O Gott!« Der junge George T'tschung wurde bleich.
Smyth nickte bitter. »Haben Sie etwas von reichen Söhnen gehört, die entführt wurden?«
Alle schüttelten den Kopf. »Das überrascht mich nicht«, meinte Smyth. »Es ist dumm von den Familien der Opfer, mit den Kidnappern direkt zu verhandeln und die Polizei im dunkeln tappen zu lassen.«
»Wollen Sie die Leichen zurückfliegen?«
»Nein, nein, Tai-Pan. Wir wollen nur ein paar Leute vom CID herholen, damit sie die Spuren sichern, bevor es wieder zu regnen anfängt. Wir müssen versuchen, die armen Kerle zu identifizieren. Können Sie gleich losfliegen?«
»Gewiß.«
»Danke. Entschuldigen Sie die Störung!« Smyth nickte höflich und ging zu seinem Wagen zurück.
George T'tschung war sichtlich betroffen. »Diese Schweine, diese Werwölfe sind für uns alle eine Gefahr – für mich, für Sie, für meinen alten Herrn, für alle! Wie können wir uns nur vor ihnen schützen?«
Dunross antwortete mit einem Lachen. »Keine Bange, wir sind unverwundbar, wir sind alle unverwundbar!«

3

10.01 Uhr:

Im Halbdunkel des Zimmers läutete das Telefon und schreckte Bartlett aus dem Schlaf. »Hallo?«
»Guten Morgen, Mr. Bartlett, hier spricht Claudia Tschen. Der Tai-Pan läßt fragen, ob Sie heute den Wagen brauchen.«
»Nein, nein, danke!« Bartlett warf einen Blick auf seine Uhr. »Mein Gott«, murmelte er, überrascht, daß er so lange geschlafen hatte. »Danke, Miss Tschen!«
»Der Flug nach Taipeh ist für nächsten Freitag angesetzt. Freitag hin, Montag mittag zurück. Paßt Ihnen das?«
»Ja, ja, sicher.«
»Vielen Dank!«
Bartlett war erst um vier Uhr früh ins Bett gekommen. Orlanda war gestern abend mit ihm nach Aberdeen gefahren, wo sie ein Vergnügungsboot gemietet und sich durch die Kanäle hatten treiben lassen. Der Regen hatte es

noch gemütlicher gemacht in der von einem Kohlebecken erwärmten Kabine, das Essen war heiß und gut gewürzt gewesen.
»In Schanghai kochen wir mit Knoblauch, Paprika, Pfeffer und allen möglichen Gewürzen«, hatte sie ihm erklärt, während sie ihm mit ihren Eßstäbchen vorlegte. »Je weiter man nach Norden kommt, desto heißer wird das Essen, desto weniger Reis und desto mehr Brot und Nudeln werden gegessen. Der Norden ist ein Weizenland, in Südchina wird Reis gepflanzt. Noch ein Häppchen?«
Er hatte gut gegessen und dazu das von ihr mitgebrachte Bier getrunken. Es war eine beglückende Nacht für ihn gewesen. Während sie ihn mit Geschichten aus Schanghai und Asien ergötzte, war die Zeit unbemerkt verstrichen. Und als sie dann, die Finger ineinander geschlossen, Seite an Seite zurückgelehnt auf dem Kissen ruhten, hatte sie gesagt: »Es tut mir leid, Linc, aber ich liebe dich.«
Er war überrascht gewesen. »Das braucht dir doch nicht leid zu tun«, hatte er gemeint. Er war noch nicht bereit, ein solches Geständnis zu machen.
»Aber es ist so. Und das kompliziert alles.«
Damit hat sie recht, dachte er. Für eine Frau ist es leicht, zu sagen: Ich liebe dich, aber für einen Mann so schwer – und unklug, denn damit ist man geliefert. Geliefert – ist das das richtige Wort?
Während er jetzt, den Kopf in die Arme gebettet, dalag, ließ er die Nacht noch einmal an seinem geistigen Auge vorüberziehen. Einander berührend und sich wieder voneinander lösend, ihre Hände einander suchend und wieder verlierend, war dem Spiel ein Abschluß versagt geblieben. Nicht daß sie ihn gehindert oder sich ihm verweigert hätte. Er hatte sich eben zurückgehalten.
»Das ist dir ja noch nie passiert«, murmelte er vor sich hin. »Wenn du eine Frau einmal in Fahrt gebracht hattest, gab es doch kein Halten mehr!« Als er sich jetzt daran erinnerte, wie stark ihrer beider Verlangen gewesen war, wünschte er sich, er wäre weniger standhaft gewesen. »Ich mag kein flüchtiges Abenteuer, und ich bin kein eurasisches Flittchen«, klang es ihm noch in den Ohren.
Auf der Fahrt im Taxi zu ihrem Haus hatten sie nicht miteinander gesprochen, sich nur an den Händen gehalten. So was Blödes, dachte er, Händchen halten, und kam sich dumm und kindisch vor. Wenn mir einer vor einem Monat, vor einer Woche gesagt hätte, ich würde mich damit zufriedengeben, ich hätte ihn für verrückt erklärt und viel Geld darauf gewettet, daß so etwas bei ihm unmöglich sei.
Apropos Geld. Ich habe mehr als genug für Orlanda und mich. Aber was ist mit Casey? Und Par-Con? Eines nach dem anderen. Mal sehen, ob Casey mir von Murtagh erzählt und warum sie sich in Schweigen gehüllt hat? Gornt? Gornt oder Dunross? Dunross hat Stil, und wenn Banastasio gegen ihn ist, bedeutet das einen gewaltigen Pluspunkt für den Tai-Pan.

Er hatte Armstrong seine Theorie in bezug auf Banastasio auseinandergesetzt. »Wollen mal sehen, was wir da ausgraben können«, hatte der Inspektor gesagt, »obwohl Mr. Gornt einen untadeligen Ruf in der Kolonie genießt. Seien Sie versichert, daß Vicenzo Banastasio auf unserer Verschißliste ganz oben steht, aber stellt er nicht eher eine Gefahr für die Vereinigten Staaten dar?«
»Aber sicher. Ich habe ja auch schon Rosemont ins V...«
»Sehr gut, das war gescheit. Ein guter Mann. Haben Sie auch mit Ed Langan gesprochen?«
»Nein. Ist er auch von der CIA?«
»Offiziell weiß ich nicht einmal, ob Mr. Rosemont es ist. Überlassen Sie die Sache mir! Hat er irgend etwas von den Waffen gesagt?«
»Nein.«
»Macht nichts. Ich werde Ihre Informationen an ihn weitergeben und mich mit ihm kurzschließen. Er ist ein sehr guter Mann.«
Ein leichter Schauder durchlief Bartlett. Er wird schon sehr gut sein müssen, um mit der Mafia fertig zu werden – wenn Banastasio ein Mafioso ist.
Er langte hinüber und wählte Caseys Nummer. Als sie sich nicht meldete, rief er unten an und bat, ihm die telefonischen Nachrichten, Telegramme und Telexe heraufzuschicken. Die Telefonistin sagte ihm, es liege bereits alles vor seiner Tür. »Ist auch etwas von Miss Tcholok dabei?«
»Ich glaube nicht, Sir.«
»Danke.«
Er sprang aus dem Bett und ging zur Tür. Unter den telefonischen Nachrichten befand sich ein Umschlag. Er erkannte ihre Handschrift. Eine Nachricht lautete: »Mr. Banastasio bittet um Rückruf.« Bartlett öffnete Caseys Umschlag. »He, Linc! Es ist neun Uhr fünfundvierzig. Wollte Dich in Deinem Schönheitsschlaf nicht stören. Bin gegen sechs wieder da. Viel Spaß!«
Wo ist sie hin? fragte er sich zerstreut. Er rief Orlanda an. Sie meldete sich nicht. Er schüttelte den Kopf und verdrängte sein Mißvergnügen.
Du bist zum Lunch verabredet, was willst du noch mehr? Oben auf der Terrasse des V and A, »wo sich die beste Gesellschaft am Sonntag zum Lunch trifft, Linc. Es ist ganz toll, von diesem heißen und kalten Büffet spricht man in ganz Asien!«
»Mein Gott, soviel Essen! Nächste Woche wiege ich eine Tonne!«
»Du doch nicht, nie, nie, nie! Wenn du willst, machen wir einen langen Spaziergang, oder, wenn es aufhört zu regnen, können wir Tennis spielen. Wir machen alles, was du willst. Ach Linc, ich liebe dich so...«

Casey lehnte sich über die Brüstung am Pier von Kowloon. Sie trug eine Khakihose, eine gelbe Seidenbluse, die ihre Gestalt gut zur Geltung brachte, und, locker um den Hals geschlungen, einen passenden Kaschmirpullover. Ihre Füße steckten in leichten Segeltuchschuhen. In ihrer großen Handtasche hatte sie einen Badeanzug – nicht daß ich den heute brauchen werde, dachte sie. Der Peak war bis zu den Mid Levels von Wolken eingehüllt, der Himmel hing schwarz im Osten, und eine Regenböe bewegte sich bereits auf die Insel zu. Ein kleiner Hubschrauber tuckerte über den Hafen und nahm Kurs auf den Central District. Sie sah ihn auf einem der Gebäude landen. War das nicht das Struan-Building? Natürlich! Ob Dunross drin sitzt? Ob das Bergrennen doch stattfindet? Gestern meinte er, es sei abgesagt.

Dann fiel ihr Blick auf den sich nähernden Motorkreuzer. Es war ein großes, teures, wendiges Fahrzeug, hinten die britische Handelsflagge, am stämmigen Mast ein farbenprächtiger Wimpel. Sie sah Gornt am Ruder stehen. Er war salopp gekleidet, aufgekrempelte Hemdärmel, Leinenhose, das schwarze Haar von der Brise zerzaust. Er winkte, und sie winkte zurück. Auf dem Brückendeck standen auch noch drei andere Herren: Jason Plumm, den sie beim Rennen kennengelernt hatte, Sir Dunstan Barre, der ihr bei der Party des Tai-Pan vorgestellt worden war – er trug einen eleganten blauen Blazer und eine weiße Hose – und Pugmire, gleichfalls seemännisch gekleidet.

Geschickt legte Gornt an. Casey eilte den Kai entlang, auf die feuchte, rutschige Treppe zu. Lachend, schnatternd und winkend warteten schon fünf sportlich gekleidete junge Chinesinnen auf dem Landeplatz. Von einem Matrosen gestützt, sprangen sie unbeholfen an Bord. Sie schleuderten ihre hochhackigen Schuhe fort. Eine ging auf Barre zu, eine auf Plumm, eine dritte auf Pugmire, während die beiden anderen munter nach unten kletterten.

Verdammt noch mal, dachte sie angewidert. Eine von diesen Partys. Sie wollte sich schon zum Gehen wenden, als sie Gornt sah, der sich über die Reling beugte und sie beobachtete. »Hallo, Casey«, rief er, »tut mir leid wegen des Regens, kommen Sie an Bord! Es ist ganz ungefährlich!«

Casey, die seine Bemerkung als Spott auffaßte, reagierte sofort, indem sie rasch die Treppe herunterkam und, die dargebotene Hilfe des Matrosen abweisend, den geeigneten Moment abwartete und an Bord sprang. »Das haben Sie gemacht, als ob Sie heute nicht das erstemal auf einer Jacht wären«, sagte Gornt bewundernd, während er ihr entgegenkam. »Willkommen an Bord der *Sea Witch!*«

»Ich bin gern auf dem Wasser, Quillan, aber ich habe das Gefühl, daß ich hier auf dem falschen Dampfer sitze.«

»So? Sie meinen die Mädchen?«

»Ja.«

»Sie sind Gäste meiner Gäste.« Seine Blicke bohrten sich in die ihren. »Ich hatte den Eindruck, Sie treten für Gleichheit von Mann und Frau ein.«

»Bitte?«

»Ich dachte, es wäre Ihr Wunsch, in einer Männerwelt auf gleicher Stufe zu stehen? Akzeptiert zu werden?«
»Das ist richtig«, versetzte sie kühl.
Er blieb liebenswürdig. »Sind Sie verärgert, weil die Herren verheiratet sind und Sie einige ihrer Frauen kennengelernt haben?«
»Ja, das bin ich wohl.«
»Ist das nicht etwas unfair?«
»Nein, das glaube ich nicht«, antwortete sie unsicher.
»*Sie* sind mein Gast, *mein* Gast, die anderen sind die Gäste meiner Gäste. Wenn Sie Gleichheit wollen, sollten Sie vielleicht auch bereit sein, Gleichheit zu akzeptieren.«
»Das ist keine Gleichheit.«
»Ich gewähre Ihnen zweifellos einen Vertrauensvorschuß – als Gleichgestellte. Ich muß Ihnen sagen, daß die anderen Sie nicht für so vertrauenswürdig gehalten haben wie ich.« Sein Lächeln verhärtete sich. »Wir sind in Hongkong, wir haben hier andere Bräuche. Dies ist keine puritanische Gesellschaft, obwohl wir sehr strenge Regeln haben. Sie sind allein. Unverheiratet. Sehr hübsch und sehr willkommen. Wären Sie eine Mrs. Bartlett, ich hätte Sie nicht eingeladen, weder allein noch zusammen mit Ihrem Gatten.«
»Sie sagen, das ist hier der Brauch – Jungs und Mädels gemeinsam auf Sonntagsausflügen?«
»Nein, keineswegs. Meine Gäste haben mich nur gefragt, ob sie ihrerseits Gäste einladen könnten, die ein sonst möglicherweise ein wenig steifes Luncheon ein wenig auflockern würden.« Gornt zuckte nicht mit der Wimper.
Die *Sea Witch* krängte unter einer Welle, und Barre und seine Freundin schwankten und hätten beinahe das Gleichgewicht verloren. Gornt hatte sich nicht gerührt – ebensowenig wie Casey. Sie brauchte sich nicht einmal festzuhalten.
»Sie haben viel gesegelt?« fragte er bewundernd.
»Ich besitze ein Segelboot. Achtzehn Fuß, Fiberglas, Olympikklasse, Schaluppentakelung. An manchen Wochenenden segle ich.«
»Allein?«
»Meistens. Manchmal kommt auch Mr. Bartlett mit.«
»Fliegt er heute nachmittag nach Taipeh?«
»Nein. Soviel ich weiß, wurde der Ausflug verschoben.«
Gornt nickte. »Sehr klug. Morgen gibt es viel zu tun.« Seine Augen blieben freundlich. »Tut mir leid, daß Sie verletzt sind. Ich bedaure es jetzt, daß auch die anderen gekommen sind.«
Casey hörte die sonderbare Sanftmut heraus. »Ja, das bedaure ich auch.«
»Möchten Sie trotzdem bleiben? Ich hoffe es, aber ich muß mich auf Ihre Diskretion verlassen können – ich habe sie garantiert.«

»Ich bleibe«, antwortete sie schlicht. »Danke für Ihr Vertrauen!«
»Kommen Sie auf die Brücke, es gibt Champagner! Ich glaube, der Lunch wird Ihnen schmecken.«
Nach dieser Entscheidung beschloß Casey, ihre Vorbehalte zu vergessen und den Tag zu genießen. »Wohin fahren wir?«
»In die Gegend von Sha Tin. Dort wird das Meer ruhiger sein.«
»Das ist ein herrliches Schiff, Quillan.«
»Ich werde Ihnen gleich alles zeigen.« Ein Schauer nötigte sie, unter dem überhängenden Deck Schutz zu suchen. Gornt warf einen Blick auf die Turmuhr. Es war zehn nach zehn. Schon wollte er Befehl zum Ablegen geben, als Peter Marlowe die Treppe heruntergeeilt und an Bord kam. Seine Augen weiteten sich, als er Casey bemerkte. »Tut mir leid, daß ich mich verspätet habe, Mr. Gornt.«
»Schon recht, Mr. Marlowe – ich weiß, wie das mit kleinen Kindern ist. Ich glaube, Sie kennen einander. Miss Tcholok ist *mein* Gast, ich verbürge mich für ihre Diskretion.« Er lächelte ihr zu. »Das kann ich doch?«
»Selbstverständlich.«
»Entschuldigen Sie mich bitte!« Gornt verließ sie und begab sich auf die Brücke, um das Ruder zu übernehmen. Ein wenig verlegen sahen sie ihm nach.
»Ich habe nicht erwartet, Sie hier zu sehen, Peter.«
»Ich habe auch nicht erwartet, *Sie* hier zu sehen.«
Sie blickte ihn unverwandt an. »Gehört eine von ... von den anderen Mädchen zu Ihnen? Sie können offen mit mir reden.«
Ein seltsames Lächeln spielte um seine Lippen. »Selbst wenn es so wäre, würde ich antworten, daß es Sie nichts angeht. Diskretion und so weiter. Übrigens: Sind Sie Gornts Freundin?«
Sie starrte ihn an. »Nein. Natürlich nicht!«
»Warum sind Sie dann gekommen?«
»Ich weiß es nicht. Er ... er sagte nur, er hätte mich als Gleichgestellte eingeladen.«
»Ich verstehe.« Peter Marlowe schien erleichtert. »Er hat einen eigenen Sinn für Humor. Aber um Ihre Frage zu beantworten: Zumindest acht von ihnen gehören zu Marlowes Harem!« Sie lachte mit ihm, und in ernsterem Ton fügte er hinzu: »Machen Sie sich wegen Fleur keine Gedanken! Sie ist sehr verständnisvoll.«
»Ich wollte, das wäre ich auch. Tut mir leid wegen ...«
»Auch für mich ist es neu. Ich war noch nie bei so einem Sonntagsausflug dabei. Warum haben Sie ...« Sein Lächeln erlosch. Sie folgte seinem Blick. Robin Grey war von unten gekommen und schenkte sich ein Glas Champagner ein; eines der Mädchen hielt ihm auch ihr Glas hin. Casey wandte sich um und beobachtete Gornt, der seine Blicke von einem Mann zum anderen und dann zu ihr wandern ließ.

»Kommen Sie doch rauf«, rief Gornt. »Hier gibt es Wein, Champagner, Bloody Marys und sogar Kaffee.« Sein Gesicht war ausdruckslos, aber in seinem Inneren war er belustigt.

4

11.15 Uhr:

»Ich wiederhole, Mr. Sinders, ich weiß von keinem Telegramm, von keinem Arthur, von keinem Amerikaner, von keinen Akten – und ich kenne auch keinen Major Yuri Bakyan – der Mann war Igor Woranski, Vollmatrose.« Suslew hütete sich, die Geduld zu verlieren. Sinders saß ihm gegenüber an einem Schreibtisch. Suslew hatte erwartet, daß Roger Crosse anwesend sein werde, um ihm beizustehen, aber er hatte sich nicht blicken lassen.
Sei vorsichtig, ermahnte er sich, du bist auf dich selbst gestellt! Von Roger kannst du keine Hilfe erwarten. Völlig richtig. Ein Spion muß sich selbst schützen. Und von Boradinow kannst du auch keine Hilfe erhoffen. Er warf einen Blick auf seinen Ersten Offizier, der in steifer Haltung neben ihm saß.
»Und Sie behaupten immer noch, dieser Spion Dimitri Metkin habe nicht Leonow – Nicolai Leonow – geheißen?«
»Unsinn, alles Unsinn! Ich werde meine Regierung über diesen Zwischenfall unter...«
»Sind Ihre Reparaturen abgeschlossen?«
»Ja, heute um Mitternacht wird es soweit sein. Wir bringen gutes Geld nach Hongkong und...«
»... und tun nichts anderes als Unruhe stiften. Wie Major Leonow, wie Bakyan.«
»Sie meinen Metkin?« Suslew funkelte Boradinow an, um die Aufmerksamkeit wenigstens zum Teil von sich abzulenken. »Kennst du einen Leonow?«
»Nein, Genosse Kapitän«, stotterte Boradinow. »Wir wußten von nichts.«
»Die reinsten Unschuldslämmchen!« Sinders seufzte. »Glücklicherweise hat uns Leonow – bevor er von Ihren Leuten ermordet wurde – eine Menge von Ihnen und von der *Iwanow* erzählt. Ja, Ihr Major Leonow war sehr mitteilsam.« Plötzlich tönte seine Stimme wie ein Peitschenknall: »Erster Offizier Boradinow, bitte warten Sie draußen!«
Mit weißem Gesicht verließ der junge Mann den Raum. Draußen forderte ihn ein finster blickender chinesischer SI-Mann durch einen Wink auf, sich zu setzen.

Sinders legte seine Pfeife weg, nahm ein Päckchen Zigaretten heraus und zündete sich eine an. Regen prasselte gegen das Fenster. Während er seinen Feind unter buschigen Augenbrauen hervor beobachtete, fragte sich Suslew, was Crosse denn gar so Wichtiges für ihn gehabt hatte. Als heute früh das Geheimtelefon läutete, war es Arthur, der wissen wollte, ob Suslew sich heute abend gegen acht in den Sinclair Towers mit Roger Crosse treffen wollte. »Was ist denn so dringend? Ich sollte auf meinem Schiff...«
»Ich weiß es nicht. Roger hat nur gesagt, es sei dringend. hast du mit Koronski gesprochen?«
»Ja. Es sind alle Vorkehrungen getroffen. Kannst du liefern?«
»Aber selbstverständlich! Lange vor Mitternacht.«
»Es darf nichts schiefgehen. Die Zentrale verläßt sich jetzt auf dich«, log er. »Sag unserem Freund, daß es so angeordnet wurde!«
»Ausgezeichnet! Es wird alles klappen.«
Suslew hatte die Erregung herausgehört. Seine Angst war zum Teil abgeklungen. Jetzt kehrte sie zurück. Im KGB galt Sinders als überaus tüchtig und schlau, ein Mann von großem Scharfblick und Einfühlungsvermögen.
»Ich bin Ihrer Fragen müde, Mr. Sinders«, sagte er, überrascht, daß der Chef der MI-6 persönlich nach Hongkong gekommen war – und daß er so unbedeutend aussehen konnte. Er stand auf, um ihn auf die Probe zu stellen. »Ich gehe jetzt.«
»Erzählen Sie mir von Sevrin!«
»Sevrin? Was ist Sevrin? Ich brauche mir Ihre Fragen nicht länger anzu...«
»Normalerweise hätten Sie recht, Genosse Kapitän, aber einer Ihrer Leute hat Spionage getrieben und wurde dabei erwischt, und unsere amerikanischen Freunde würden wirklich gerne Besitz von Ihnen ergreifen.«
»Was?«
»Ja, ja, und ich fürchte, sie sind nicht so geduldig wie wir.«
»Immer neue Drohungen«, erklärte Suslew entrüstet. »Warum bedrohen Sie mich? Ich bin für alle diese Sachen nicht verantwortlich. Ich verlange, daß Sie mir gestatten, unverzüglich auf mein Schiff zurückzukehren!«
Sinders sah ihn nur an. »In Ordnung. Bitte, gehen Sie«, sagte er ruhig.
»Ich kann gehen?«
»Ja, natürlich. Guten Morgen!«
Überrascht starrte Suslew ihn an, machte kehrt und ging zur Tür.
»Natürlich werden wir Ihre Vorgesetzten wissen lassen, daß Sie uns Leonow geliefert haben.«
Aschfahl blieb Suslew stehen. »Was haben Sie gesagt?«
»Unter anderem hat Leonow uns mitgeteilt, daß Sie ihn angewiesen haben, das Material zu holen. Dann haben Sie ihn verraten.«
»Lügen,.. Lügen«, sagte er. Der Gedanke, daß Roger Crosse vielleicht ebenso entlarvt worden war wie Metkin, erschreckte ihn.

»Haben Sie nicht auch Bakyan an nordkoreanische Agenten verraten?«
»Nein, nein, das habe ich nicht«, stammelte Suslew. »Ich kenne keine Nordkoreaner.«
»Ich glaube Ihnen, aber das Erste Direktorat wird Ihnen ganz sicher nicht glauben. Guten Morgen!«
»Was meinen Sie damit?«
»Erzählen Sie mir von dem Telegramm!«
»Ich weiß nichts davon. Ihr Inspektor hat sich geirrt. Ich habe nichts fallen lassen.«
»Er hat sich nicht geirrt. Von welchem Amerikaner war die Rede?«
»Ich weiß nichts von einem Amerikaner.«
»Erzählen Sie mir von Sevrin!«
»Ich weiß nichts von diesem Sevrin. Was ist das, wer ist das?«
»Sie wissen doch sicher, daß Ihre Vorgesetzten im KGB sehr mißtrauisch sind und mit Verrätern kurzen Prozeß machen. Wenn es Ihnen gelingt auszulaufen, würde ich vorschlagen, daß Sie, Ihr Erster Offizier, Ihr Schiff und Ihre ganze Mannschaft sich in diesen Gewässern nicht mehr sehen lassen.«
»Bedrohen Sie mich schon wieder? Das wird sich zu einem internationalen Zwischenfall auswachsen. Ich werde meine Regierung infor...«
»Ja, und das werden auch wir tun, offiziell und privat. Sehr privat.« Sinders' Lippen lächelten, aber seine Augen waren kalt.
»Ich... kann ich jetzt gehen?«
»Ja, wenn Sie meine Frage beantworten.«
»Was?«
»Wer ist der Amerikaner, und wer ist Arthur?«
»Ich kenne keinen Arthur.«
»Ich warte noch bis Mitternacht. Wenn Sie auslaufen, ohne meine Frage zu beantworten, werde ich es mir in London angelegen sein lassen, Ihren Marineattaché darüber zu informieren, daß Sie Leonow, den Sie Metkin nennen, und ebenso Bakyan, den Sie Woranski nennen, verraten haben.«
»Das sind Lügen, alles Lügen, Sie wissen, daß es Lügen sind.«
»Fünfhundert Menschen haben Sie auf dem Rennplatz mit Oberinspektor Crosse sprechen sehen. Bei der Gelegenheit haben Sie ihm Metkin ans Messer geliefert.«
»Alles gelogen.« Suslew versuchte, seine Angst niederzukämpfen.
Sinders lächelte. »Werden wir ja sehen, nicht wahr? Ihr neuer Marineattaché in London wird sich an jeden Strohhalm klammern, wenn er sich damit bei seinen Vorgesetzten Liebkind machen kann, nicht wahr?«
»Ich verstehe nicht«, antwortete Suslew und verstand nur zu gut.
Sinders beugte sich vor. »Hören Sie mir mal gut zu«, sagte er. »Ich schlage Ihnen einen Tausch vor: Ihr Leben gegen den Amerikaner und Arthur.«
»Ich kenne keinen Arthur.«

»Es wird unser Geheimnis sein. Ich werde es niemandem sagen. Ich gebe Ihnen mein Wort darauf.«

»Ich kenne keinen Arthur.«

»Sie singen, und Sie sind in Sicherheit. Sie und ich, wir sind Profis. Wir verstehen etwas von Tauschgeschäften. Diesmal hängen Sie, also müssen Sie liefern. Wenn Sie auslaufen, ohne mir zu sagen, wer Arthur ist, lasse ich Sie ohne Erbarmen hochgehen. Guten Tag, Genosse Kapitän!«

Suslew erhob sich und ging. Als er und Boradinow wieder draußen waren, in der Wirklichkeit Hongkongs, begannen beide wieder frei zu atmen. Schweigend ging Suslew seinem Ersten Offizier voran über die Straße in die nächste Kneipe. »Zwei doppelte Wodka!«

Suslew schwirrte der Kopf. *Kristos,* hätte er schreien mögen, ich bin ein toter Mann, wenn ich es tue, und ein toter Mann, wenn ich es nicht tue. Dieses verdammte Telegramm! Wenn ich Banastasio und Arthur verpfeife, gebe ich gleichzeitig zu, daß ich über Sevrin Bescheid weiß, und sie haben mich für immer in der Hand. Tue ich's nicht, kann ich mit meinem Leben abschließen. So oder so, es wird gefährlich sein, jetzt nach Hause zurückzukehren, und genauso gefährlich, noch einmal hierherzukommen. So oder so, um mich zu schützen, brauche ich jetzt diese AMG-Berichte oder Dunross oder beides. So oder so... »Noch zwei Wodka«, rief er. »Bitte!«

Die junge Kellnerin brachte die Getränke. »Ich heiße Sally, wie heißt du, *heya?*

»Verpiß dich«, fuhr Boradinow sie an.

»*Dew neh loh moh* auf dein ›verpiß-dich‹! Mir gefällt dein Gesicht nicht, Mister Verpiß-dich. Also verpiß du dich, ohne dreckige Reden zu führen!« Sie nahm die Wodkaflasche und wollte gehen.

»Entschuldige dich bei ihr«, befahl Suslew. Er wollte nichts riskieren. Die Kneipe lag zu nahe beim Polizeipräsidium. Wer konnte wissen, ob das Mädchen nicht eine Agentin war?

Boradinow starrte ihn an. »Was?«

»Entschuldige dich bei ihr, du mutterloser Scheißer!«

»Verzeihung«, murmelte Boradinow mit rotem Gesicht. Das Mädchen lachte. »He, du starker Mann, willst du ficki-ficki machen?«

»Nein«, antwortete Suslew. »Bring noch Wodka!«

Crosse stieg aus dem Polizeiauto und eilte durch den leichten Regen in das Struan-Building. Auf den Straßen hinter ihm staute sich der Verkehr und drängten sich die Regenschirme. Die Gehsteige waren überfüllt, Menschen gingen zur Arbeit oder kamen wieder heim, denn der Sonntag galt nicht als allgemeiner Feiertag. Im zwanzigsten Stockwerk verließ er den Aufzug.

»Guten Morgen, Oberinspektor Crosse! Ich bin Sandra Yi, Mr. Dunross' Sekretärin. Hier lang, bitte!«

Crosse folgte ihr den Gang hinunter. Sie öffnete eine Tür, und er trat ein.

»Hallo, Sinders«, begrüßte er den Leiter der MI-6.
»Sie sind zu früh dran, wie gewöhnlich.« Sinders nippte an einem Bier. »Wie wir es in der Armee gelernt haben, hm?« Im elegant eingerichteten Konferenzzimmer befand sich eine gut ausgestattete Bar. Und es gab Kaffee.
»Darf ich Ihnen etwas anbieten, Sir? Bloody Marys sind gemixt«, sagte Sandra Yi.
»Vielen Dank! Nur Kaffee. Schwarz, bitte!«
Sie brachte ihm das Gewünschte und verließ den Raum.
»Wie ist es gelaufen?«
»Sie meinen unseren Besucher? Ausgezeichnet. Wunderbar. Ich möchte sagen, daß ihm der Arsch mit Grundeis geht.« Er lächelte. »Ich habe das Gespräch aufgezeichnet. Sie können es sich nach dem Essen anhören.«
»Gern.« Crosse unterdrückte ein Gähnen. Er war die halbe Nacht damit beschäftigt gewesen, den Film, den er in der Stahlkammer aufgenommen hatte, zu entwickeln und zu kopieren. Am Vormittag hatte er die echten Berichte mit großem Interesse studiert und sich eingestanden, daß es völlig richtig von Dunross gewesen war, so vorsichtig zu sein. Keine Frage, daß die Berichte ein Vermögen wert waren.
Die Uhr schlug die volle Stunde. Mittag. Die Tür ging auf, Dunross trat ein.
»Guten Morgen. Danke, daß Sie gekommen sind!«
Höflich standen die beiden Polizeibeamten auf und schüttelten ihm die Hand.
»Noch Kaffee?«
»Nein, danke, Mr. Dunross!«
Dunross nahm einen verschlossenen Briefumschlag aus seiner Tasche und reichte ihn Sinders. Der Engländer nahm ihn und wog ihn in der Hand. »Sie kennen den Inhalt natürlich schon, Mr. Dunross?«
»Ja, Mr. Sinders.«
»Und?«
»Und nichts. Sehen Sie selbst!«
Sinders öffnete den Umschlag. Er starrte die erste Seite an; dann blätterte er auch die anderen durch. Von seinem Platz aus konnte Crosse die Blätter nicht sehen. Stumm reichte Sinders ihm das oberste. »Sieht aus, als handle es sich um Ausschnitte.«
Crosse sah Dunross an. »Stimmt's?«
»Was ist mit Brian?«
»Wo haben Sie das her, Ian?« Crosse sah, daß Dunross' Augen sich ein wenig veränderten.
»Ich habe mich an meinen Teil unserer Abmachung gehalten. Werden Sie das gleiche tun?«
»Ich habe kein Abkommen mit Ihnen getroffen, Mr. Dunross«, antwortete Sinders. »Ich habe nur gesagt, daß Ihrem Ersuchen möglicherweise stattgegeben wird.«

»Dann werden Sie also Brian Kwok nicht freilassen?«
»Es ist möglich, daß er da sein wird, wo Sie ihn haben wollen, zu der Zeit, zu der Sie ihn haben wollen.«
»Muß es bei dieser Formulierung bleiben?«
»Leider.«
Ein langes Schweigen trat ein. Das Ticken der Uhr füllte den Raum. Sporadisch prasselte der Regen gegen das Fenster. Der Wetterdienst hatte vorausgesagt, daß der Sturm bald vorbei sein werde.
»Würden Sie mir wohl sagen, wie die Chancen stehen?« Dunross fixierte sein Gegenüber.
»Zunächst drei Fragen: Haben Sie diese Blätter selbst ausgeschnitten?«
»Ja.«
»Woraus und wie?«
»AMG hatte mir in seinem Brief Anweisungen gegeben. Ich sollte die Flamme eines Feuerzeugs unter das rechte untere Viertel einiger Blätter halten, die er mir geschickt hatte. Als ich das tat, verschwand der – harmlose – maschinengeschriebene Text, und es erschien, was Sie da sehen. Dann schnitt ich die jeweiligen Viertelseiten aus und vernichtete den Rest – wie auch seinen Brief.«
»Haben Sie eine Kopie behalten?«
»Von den elf Ausschnitten? Ja.«
»Ich muß Sie bitten, sie mir zu geben.«
»Sie bekommen sie, sobald Sie Ihren Teil unseres Abkommens erfüllt haben«, gab Dunross liebenswürdig zurück. »Wie also stehen die Chancen?«
Sinders' Augen waren kälter geworden. »Die Kopien, wenn ich bitten darf! Jetzt!«
»Sobald Sie Ihren Teil erfüllt haben. Das ist eine unwiderrufliche Entscheidung. Die Chancen, bitte?«
»Fünfzig zu fünfzig«, sagte Sinders, um ihn auf die Probe zu stellen.
»Gut. Danke. Ich habe angeordnet, daß alle elf Ausschnitte Dienstag morgen im *China Guardian* und in zwei chinesischen Zeitungen – einer nationalistischen und einer kommunistischen – veröffentlicht werden.«
»Dann tun Sie das auf eigene Gefahr. Die Regierung Ihrer Majestät läßt sich nicht gern erpressen.«
»Habe ich Ihnen etwas angedroht? Keineswegs. Diese Buchstaben und Zahlen ergeben ein unverständliches Gewirr, ausgenommen vielleicht – vielleicht – für einen hochqualifizierten Dechiffreur.«
»Der Official Secret Act ermächtigt mich, Sie daran zu hindern.«
»Versuchen können Sie es.« Dunross nickte. »Aber komme, was da wolle, wenn ich es wünsche, werden die Seiten diese Woche irgendwo auf der Welt veröffentlicht werden. Auch das ist eine unwiderrufliche Entscheidung. Sonst noch etwas, Mr. Sinders?«
Sinders zögerte. »Nein. Nein, danke Mr. Dunross!«

Ebenso höflich wandte sich Dunross zur Tür. »Tut mir leid, aber ich muß an meine Arbeit zurück. Danke, daß Sie gekommen sind!«
Crosse ließ Sinders vorangehen und folgte ihm zum Aufzug. Sandra Yi an ihrem Schreibtisch im Empfangsbüro hatte für sie bereits auf den Knopf gedrückt. »Verzeihen Sie, Sir«, sagte sie zu Crosse, »wissen Sie vielleicht, wann Inspektor Kwok wieder in der Kolonie sein wird? Wir waren Freitag zum Abendessen verabredet, und weder seine Haushälterin noch sein Büro konnten mir Bescheid geben.«
»Ich bin nicht sicher, aber ich werde mich erkundigen.«
»Vielen Dank, Sir!« Der Summer der Hauszentrale ertönte. »Hallo, hier Struan's«, sagte sie in die Sprechmuschel. »Augenblick, bitte!« Sie begann die Verbindung herzustellen. Crosse und Sinders warteten auf den Aufzug. »Ihr Gespräch mit Mr. Alastair, Tai-Pan«, sagte Sandra Yi ins Telefon. Wieder ertönte der Summer. »Hallo«, meldete sich Sandra Yi. »Augenblick, Madam, ich sehe nach!« Während sie die maschinengeschriebene Terminliste zu Rate zog, öffneten sich die Aufzugstüren. Sinders trat ein, und Crosse schickte sich an, ihm zu folgen.
»Um eins, Mrs. Gresserhoff.«
Sofort verhielt Crosse den Schritt und beugte sich nieder, als wollte er sich die Schnürsenkel binden. Ebenso beiläufig hielt Sinders ihm die Tür auf.
»Ja. Mrs. Gresserhoff, das ›Skyline‹ im Mandarin um eins. Der Tisch ist für den Tai-Pan bestellt.«
Crosse richtete sich auf.
»Alles klar?« fragte Sinders.
»Ja.« Die Türen schlossen sich. Beide lächelten.
»Dem, der da wartet, wird gegeben«, schmunzelte Crosse. »Auf ins Mandarin – wenn auch nicht zum Essen! Mittlerweile werde ich nachforschen lassen, wo sie abgestiegen ist, hm?«
»Ausgezeichnet.« Sinders' Gesicht bekam einen harten Zug. »Gresserhoff? Hans Gresserhoff ist der Deckname eines ostdeutschen Spions, hinter dem wir seit Jahren her sind.«
»Ach ja?« Crosse ließ sich sein Interesse nicht anmerken.
»Ja. Er arbeitete mit einem anderen Dreckskerl zusammen, einem berufsmäßigen Killer. Einer seiner Decknamen war Viktor Grunwald, ein anderer Simeon Tzerak.« Sinders schwieg eine kleine Weile. »Dunross' Drohung, diese Ausschnitte zu veröffentlichen – könnte sehr peinlich werden.«
»Können Sie den Code lesen?«
»I wo.«
»Was meinen Sie, um was könnte es sich handeln?«
»Ich kann es nur vermuten. Die Seiten waren für mich oder den Premierminister bestimmt, also sind es wahrscheinlich Namen und Adressen von Kontaktpersonen. Darum wage ich auch nicht, sie einem Telegramm anzuvertrauen. Ich glaube, ich sollte unverzüglich nach London zurückfliegen.«

»Heute?«
»Morgen. Zuerst möchte ich diese Sache zu Ende bringen. Außerdem möchte ich allzu gern diese Mrs. Gresserhoff identifizieren. Wird Dunross tun, was er angedroht hat?«
»Hundertprozentig.«
Sinders überlegte. »Und was machen wir mit unserem Tauschobjekt?«
»Ich denke...« Die Aufzugstür glitt zurück. Sie stiegen aus und durchquerten die Halle. Der uniformierte Portier riß den Schlag von Crosses Wagen auf.
Der Hafen lag im Nebel. Vorübergehend hatte es zu regnen aufgehört. Crosse stürzte sich in den Verkehr. »Noch eine Sitzung, würde ich sagen, dann kann Armstrong anfangen, ihn wieder zusammenzufügen. Sonntag abend ist zu früh, aber...« Er zuckte die Achseln. »Das rote Zimmer brauchen wir wohl nicht mehr?«
»Nein. Gott sei Dank, daß der Mann über eine bewundernswerte Kondition verfügt! Dafür wird Armstrong bald durchdrehen. Armer Kerl.«
»Eine Befragung kann er noch vornehmen. Da kann nichts passieren.«
»Ich hoffe es. Mein Gott, wir haben ja unwahrscheinliches Schwein gehabt!« Die letzte Befragung – von heute sechs Uhr früh – hatte nichts gebracht. Als sie gerade Schluß machen wollten, war Armstrong auf eine Goldader gestoßen: das Wie, Wo, Warum in bezug auf Professor Joseph Yu von der kalifornischen Technischen Hochschule, Experte in Raketentechnik und Konsulent der NASA.
»Wann wird er in Hongkong erwartet?« Bei Armstrongs Frage hatte das ganze SI-Team den Atem angehalten.
»Ich... laß mich nachdenken... nein, ich erinnere mich nicht... in einer Wo... Ende des Monats... welchen Monat haben wir eigentlich... ich kann mich... nicht erinnern... welchen Tag wir heute haben. Er sollte ankommen und... gleich weiterfahren.«
»Von wo sollte er kommen und wohin sollte er fahren?«
»Ach, das weiß ich nicht, das hat man mir nicht gesagt... beziehungsweise... beziehungsweise jemand hat mir gesagt, er war auf Urlaub in Guam und sollte in zehn Tagen hier sein... oder zehn Tage nach... nach dem Renntag.«
Und als Crosse Rosemont zu sich gebeten und ihn informiert hatte, war der Amerikaner sprachlos und bestürzt gewesen. Sofort hatte er Anweisungen gegeben, das Gebiet von Guam zu durchforsten und Dr. Yu daran zu hindern, sich abzusetzen.
»Ob sie ihn wohl erwischen werden?« murmelte Crosse.
»Das will ich doch wohl hoffen«, sagte Sinders. »Was, zum Teufel, veranlaßt diese Wissenschaftler überzulaufen? Verdammt noch mal! Das einzig Gute daran ist, daß er Chinas Raketentechnik auf Vordermann bringen und die Sowjets das Fürchten lehren wird. Gar nicht so schlecht, wenn Sie mich

fragen. Wenn die beiden sich in die Haare geraten, wäre das für uns alle nur zu begrüßen.« Er setzte sich bequemer zurecht; sein Rücken schmerzte ihn. »Hören Sie mal, Crosse, ich kann es nicht riskieren, daß Dunross diese Codes veröffentlichen läßt. Oder auch nur eine Kopie behält.«
»Kann ich verstehen.«
»Ihr Tai-Pan ist einfach zu gerissen und auf sein eigenes Wohlergehen bedacht. Wenn irgendwie bekannt wird, daß AMG uns eine chiffrierte Botschaft geschickt hat und Dunross tatsächlich das fotografische Gedächtnis hat, das man ihm zuschreibt, ist er ein gezeichneter Mann. Stimmt's?«
»Ja.«
Im »Skyline« wurde Crosse sofort erkannt und bekam einen unauffälligen Tisch nahe der Bar. Während Sinders Drinks und Kaffee bestellte, beorderte Crosse telefonisch zwei Beamte – einen Briten und einen Chinesen – ins Restaurant.
Kurz vor eins traf Dunross ein, und Crosse und Sinders beobachteten, wie er vom Empfangschef und einem Schwarm von Kellnern zum besten Tisch geleitet wurde. Der Champagner stand schon in einem Eiskübel bereit.
»Unser Freund hält die Leute ganz schön auf Trab, he?«
»Würden Sie das an seiner Stelle nicht auch tun?« Crosse sah sich im Saal um. »Da ist ja Rosemont. Zufall?«
»Was meinen Sie?«
»Und sehen Sie nur dort drüben! Das ist Vincenzo Banastasio. Der Chinese an seinem Tisch ist Bee Cee Ng. Vielleicht beschattet er die beiden.«
»Vielleicht.«
»Rosemont ist tüchtig«, sagte Crosse. »Bartlett war auch bei ihm.« Armstrong hatte ihm über Bartletts Auseinandersetzung mit Banastasio berichtet. »Übrigens hat er für Montag einen Hubschrauber für einen Flug nach Macao gechartert.«
»Den sollten wir streichen.«
»Ist schon geschehen. Motorschaden.«
»Gut. Nachdem Bartlett uns über sein Gespräch mit Banastasio informiert hat, scheidet er wohl als Verdächtiger aus, nicht wahr?«
»Vielleicht.«
»Ich glaube immer noch, ich sollte Montag zurückfliegen. Ja. – Mann, ist das eine flotte Biene!«
Das Mädchen folgte dem Empfangschef. Beide Männer waren überrascht, als sie vor Dunross stehenblieb, lächelte, sich verneigte und sich dann setzte.
»Jesus! Mrs. Gresserhoff ist Chinesin«, stieß Sinders hervor.
Crosse konzentrierte sich auf ihre Lippen. »Keine Chinesin wird sich so verbeugen. Sie ist Japanerin. Aber vielleicht erwartet Dunross noch einen anderen Gast. Vielleicht... Oh, verd...«
»Was ist denn?«

»Sie sprechen nicht Englisch. Muß Japanisch sein.«
»Dunross spricht Japsisch?«
Crosse sah ihn an. »Ja, *Japanisch*. Und Deutsch, Französisch, drei chinesische Dialekte und ein annehmbares Italienisch.«
Sinders erwiderte seinen Blick. »Sie brauchen mich nicht so mißbilligend anzusehen. Auf der HMS *Prince of Wales* habe ich einen Sohn verloren, und mein Bruder ist auf der Birma-Straße verhungert. Trotzdem ist die Dame eine flotte Biene.«
»Womit Sie ein gewisses Maß an Toleranz erkennen lassen.« Crosse richtete seine Augen wieder auf Dunross und seine Begleiterin.
»Sie haben Ihren Krieg in Europa geführt, nicht wahr?«
»Mein Krieg, Mr. Sinders, höret nimmer auf.« Crosse lächelte, angetan vom Klang seiner Worte. »Für mich ist der Zweite Weltkrieg schon Geschichte. Tut mir leid wegen Ihrer Familie, aber jetzt sind die Japaner unsere Verbündeten, die einzigen, die wir in Asien haben.«
Sie warteten eine halbe Stunde. »Sie muß die Gresserhoff sein«, meinte Sinders.
Crosse nickte. »Wollen wir gehen? Es hat keinen Sinn, noch länger zu warten.«
Sie verließen das Restaurant. Die beiden herbeigerufenen Beamten blieben, warteten geduldig und beneideten Dunross wie viele andere im Saal...

»Werden Sie fliegen?« Sie schaute ihn fragend an.
»Nach Japan, Riko-*san*? Aber ja! Übernächste Woche. Wir übernehmen einen neuen Supertanker von Toda Shipping. Haben Sie gestern mit Hiro Toda geplaudert?«
»Ja, ja, ich hatte die Ehre. Die Todas sind in Japan sehr bekannt. Bis zur Meiji-Restauration, nach der die Samurai ihre Privilegien einbüßten, diente meine Familie den Todas.«
»Waren Ihre Familienangehörigen Samurai?«
»Ja, aber eines niedrigen Grades. Ich habe ihm gegenüber nichts von meiner Familie erwähnt. Ich möchte nicht, daß er es weiß.«
»Wie Sie wünschen«, sagte er; sein Interesse war geweckt. »Hiro Toda ist ein interessanter Mann.
»Toda-*sama* ist sehr klug, sehr einflußreich, sehr bekannt. Doch auch Struan's ist in Japan bekannt.«
»Aber nicht wirklich.«
»Doch. Wir haben Prinz Yoshi nicht vergessen.«
Als Commodore Perry 1854 den Shogun Yoshimitsu Tokugawa zwang, Japan für den Handel zu erschließen, war »die Hexe«, von ihrem Vater und Feind Tyler Brock verfolgt, von Hongkong nach Norden gesegelt. Ihren Bemühungen war es zu danken, daß Struan's als erste ausländische Gesellschaft in Japan Fuß faßte, Land für eine Niederlassung erwarb und Handel

trieb. In den ersten Jahren lernte sie einen jungen Prinzen kennen, einen Verwandten des Kaisers und Vetter des Shogun, ohne dessen Wissen und Einverständnis in Japan nichts lief. Auf ihren Vorschlag hin und mit ihrer Hilfe fuhr der Prinz mit einem Struan'schen Klipper nach England, um die Macht des Empire kennenzulernen. Als er einige Jahre später nach Japan zurückkehrte, revoltierten einige der fremdenfeindlichen mächtigen Feudalherren – *daimyo* – gegen den Shogun, dessen Familie, die Tokugawa, Japan seit zweieinhalb Jahrhunderten regiert hatten. Die Revolte verlief erfolgreich, die politische Gewalt ging wieder auf den Kaiser über, aber das Land war gespalten.

»Ohne Prinz Yoshi, der einer der höchsten kaiserlichen Minister wurde, hätte der Bürgerkrieg noch mehr Opfer gefordert.«

»Wieso?« fragte Dunross.

»Ohne seine Hilfe wäre es dem Kaiser nicht gelungen, das Shogunat, die *daimyo*, und den Samuraistand zu entmachten und sie zu zwingen, sich mit einer modernen Verfassung abzufinden. Es war Prinz Yoshi, der mit den *daimyo* einen Frieden aushandelte und dann englische Experten nach Japan einlud, die unsere Flotte, unsere Banken und unsere Verwaltung nach europäischem Muster umgestalteten.« Ein leichter Schatten glitt über ihr Gesicht. »Mein Vater hat mir viel von diesen Zeiten erzählt, die noch keine hundert Jahre zurückliegen. Der Übergang von der Samurai-Herrschaft zur Demokratie verlief oftmals blutig.« Sie spielte mit ihrem Glas. »Die Todas waren Herren von Izu und Sagami, wo Yokohama liegt. Seit Jahrhunderten besaßen sie Werften. Für sie und ihre Verwandten, die Kasigi, war es leicht, sich mit dem modernen Zeitalter anzufreunden. Aber für uns...« Sie brach ab. »Aber das wissen Sie ja schon... verzeihen Sie!«

»Nur was Prinz Yoshi anging. Wie erging es Ihrer Familie?«

»Mein Urgroßvater wurde ein ziemlich kleiner Beamter in Prinz Yoshis Stab. Er wurde nach Nagasaki geschickt, wo meine Familie danach lebte. Es fiel ihm schwer, sich daran zu gewöhnen, keine zwei Schwerter mehr tragen zu dürfen. Auch mein Großvater war Staatsbeamter.« Sie blickte auf und lächelte. »Der Wein ist ausgezeichnet und löst mir zu sehr die Zunge.«

»Keineswegs«, beruhigte er sie, und als dann der Kaffee aufgetragen wurde, sagte er: »Wo sollen wir das Geld hinschicken, das wir Ihnen schulden, Riko-*san*?«

»Wenn ich vor meiner Abreise einen Barscheck oder einen Bankwechsel haben könnte, wäre das sehr schön.«

»Ich schicke Ihnen das Geld Montag vormittag ins Hotel. Es sind 10625 Pfund; weitere 8500 Pfund sind im Januar und der gleiche Betrag im Jahr darauf fällig«, sagte er, denn er wußte, daß ihre guten Manieren es ihr nicht erlaubten, nach der Höhe des Betrages zu fragen. Er sah, wie ihre Augen aufleuchteten, und war froh über seine Entscheidung, ihr zwei zusätzliche

Jahresgehälter auszuzahlen – allein AMGs Hinweis auf das Öl war um vieles mehr wert. »Ist elf Uhr früh genug?«
»Wie es Ihnen angenehm ist. Ich möchte Ihnen keine Ungelegenheiten bereiten.«
Es fiel Dunross auf, daß sie besonders langsam und deutlich sprach, um es ihm leichter zu machen. »Was sind Ihre nächsten Pläne?«
»Montag werde ich, glaube ich, nach Japan fliegen, und dann... Ich weiß es nicht. Vielleicht wieder in die Schweiz, obwohl ich eigentlich keinen Grund habe, dahin zurückzukehren. Ich habe dort keine Verwandten, das Haus war gemietet, und auch der Garten gehörte mir nicht. Mein Leben als Mrs. Gresserhoff endete mit seinem Tod. Ich denke, ich sollte jetzt wieder Riko Anjin sein. Karma ist Karma.«
»Ja«, stimmte er ihr zu, »Karma ist Karma!« Er langte in seine Tasche und holte eine als Geschenk verpackte kleine Schachtel heraus. »Das ist ein Geschenk des Noble House als Dank für Ihre Mühe und dafür, daß Sie unseretwegen eine so lange Reise unternommen haben.«
»O danke, aber es war mir eine Ehre und ein Vergnügen. Sie verneigte sich.
»Danke. Darf ich es jetzt öffnen?«
»Vielleicht lieber später. Es ist nur ein einfacher Jadeanhänger, aber die Schachtel enthält auch einen Umschlag, den ich Ihnen, auf Wunsch Ihres Gatten, übergeben sollte. Er ist nur für Ihre Augen bestimmt, nicht für die Augen, die uns hier beobachten.«
»Ich verstehe. Natürlich. Ist der Umschlag versiegelt, Tai-Pan?«
»Ja. Er hat es so gewünscht. Kennen Sie den Inhalt?«
»Nein. Nur daß... Mr. Gresserhoff sagte, daß Sie mir einen versiegelten Umschlag übergeben würden.«
»Hat er gesagt, warum? Oder was Sie damit tun sollen?«
»Eines Tages würde jemand kommen und ihn mir abverlangen.«
»Wissen Sie, wer das sein wird?«
»Ja, aber mein Gatte sagte, ich dürfe niemandem den Namen nennen, nicht einmal Ihnen. Niemals. Alles andere dürfe ich Ihnen sagen, nicht aber den Namen. Tut mir leid, bitte verzeihen Sie mir!«
Dunross legte die Stirn in Falten. »Sie sollten ihm den Umschlag einfach übergeben?«
»Ihm oder ihr. Ja, wenn ich darum gebeten werde. Nicht früher. Mr. Gresserhoff sagte, diese Person würde dann eine Schuld begleichen. Danke für das Geschenk, Tai-Pan-*san*. Ich werde es in Ehren halten.«
Der Kellner kam und schenkte den Rest des Champagners ein. »Wie erreiche ich Sie in Zukunft, Riko-*san*?«
»Ich werde Ihnen drei Adressen und drei Telefonnummern geben, wo Sie mich erreichen können. Eine in der Schweiz, zwei in Japan.«
Nach einer Pause fragte er: »Werden Sie übernächste Woche in Japan sein?«

Riko blickte zu ihm auf, und ihre Schönheit verwirrte ihn. »Ja, wenn Sie es wünschen«, antwortete sie.
»Ich wünsche es.«

5

14.30 Uhr:

Die *Sea Witch* lag in einiger Entfernung von der Küste neben dem Bootshafen von Sha Tin, wo sie zum Lunch festgemacht hatten. Gleich nach ihrer Ankunft waren der Koch, Casey, Gornt und Peter Marlowe an Land gegangen, um Garnelen, Krebse und Fische auszusuchen, die noch in Fischbehältern schwammen, und dann weiter auf den belebten Markt, um morgenfrisches Gemüse einzukaufen. Zum Lunch hatte es gegrillte Garnelen mit Spargelkohl und in der Pfanne gebratenen, mit Knoblauch gewürzten Fisch mit gemischtem chinesischem Blattgemüse gegeben.
Es war viel gelacht worden während des Essens, die Chinesinnen waren unterhaltsam und fröhlich, Dunstan Barre war übermütig und ungeheuer spaßig, die anderen lustig. Wie anders sich hier die Männer benehmen, dachte Casey. Dann wurde über Geschäfte gesprochen, und in den wenigen Stunden erfuhr Casey mehr über Hongkong, als sie in Büchern gelesen hatte. Immer mehr wurde ihr klar, daß man hier Insider sein mußte, wenn man zu Macht und Reichtum kommen wollte.
»Oh, Sie werden hier sehr erfolgreich sein, Casey, Sie und Bartlett«, hatte Barre gesagt. »Vorausgesetzt, Sie halten sich an unsere Spielregeln, nützen unser Steuersystem, vergessen, was Sie in den Staaten gelernt haben. Stimmt's, Quillan?«
»Bis zu einem gewissen Grad. Wenn Sie mit Dunross und Struan's zusammengehen – sofern Struan's in seiner jetzigen Form nächsten Freitag noch existiert –, werden Sie etwas Milch bekommen, aber keine Sahne.«
»Würde es uns mit Ihnen besser ergehen?«
Barre hatte gelacht. »Sehr viel besser, aber auch nur Milch und sehr wenig Sahne!«
»Ich will es so formulieren«, hatte Gornt liebenswürdig eingeworfen, »von uns werden Sie homogenisierte Milch bekommen.«
Jetzt kam das köstliche Aroma von frisch geröstetem, frisch gemahlenem Kaffee von der Kombüse herauf. Die Unterhaltung, die vornehmlich mit Rücksicht auf Casey geführt wurde, war angenehm und anregend. Man sprach über Handel und Wandel in Asien, über Angebot und Nachfrage und die Einstellung der Asiaten zu Schmuggel und Bannware. Die Chinesinnen plapperten untereinander.

Abrupt erhob Grey seine schnarrende Stimme. »Diese Frage sollten Sie lieber Marlowe stellen, Mr. Gornt. Seit der Zeit in Changi ist er Fachmann für Schmuggel und Erpressung.«
»Ach, kommen Sie, Grey«, sagte Peter Marlowe in der plötzlichen Stille. »Hören Sie auf!«
»Ich dachte, Sie wären stolz darauf?«
»Lassen Sie das, Grey«, entgegnete Marlowe mit steinernem Gesicht.
»Wenn Sie so wollen, alter Freund!« Grey wandte sich an Casey. »Fragen Sie ihn doch!«
»Jetzt ist nicht die richtige Zeit, alte Geschichten aufzuwärmen«, wies Gornt ihn zurecht. Er sprach ruhig und ließ sich seine Belustigung nicht anmerken.
»Das war nicht meine Absicht, Mr. Gornt. Sie sprachen über Schmuggel und Schwarzmarktgeschäfte. Marlowe ist ein Fachmann auf diesem Gebiet, mehr wollte ich nicht sagen.«
»Wollen wir den Kaffee auf Deck einnehmen?« Gornt blickte in die Runde.
»Gute Idee. Kaffee ist immer gut nach der Menage.« Grey gebrauchte das Wort bewußt; er wollte sie alle beleidigen, er machte sich nichts aus ihnen, er war des Geplänkels müde, er haßte sie und das, was sie verkörperten, seine Außenseiterrolle lag ihm im Magen, ihn lüstete nach einem Mädchen, ganz gleich welcher. »Marlowe und sein Yankee-Kumpel rösteten Kaffee im Lager, und die anderen hatten nichts zu fressen«, quengelte er. »Das hat uns wahnsinnig gemacht.« Seinen Haß offen zugebend, fixierte er Peter Marlowe. »Stimmt's etwa nicht?« Und zu Casey: »Sie hatten jeden Tag Kaffee, er und sein Yankee-Freund. Ich war Kommandeur der Militärpolizei und bekam einmal im Monat einen, wenn ich Glück hatte.« Wieder heftete er seine Augen auf Marlowe. »Wo nahmen Sie den Kaffee und das Essen her, während ich und die anderen Hunger litten?«
Casey sah, wie die Ader an Marlowes Stirn anschwoll, und mußte sich eingestehen, daß keine Antwort auch eine Antwort war. »Mr. Grey ...« setzte sie an, aber der Abgeordnete ließ sie nicht ausreden.
»Warum antworten Sie nicht, Mr. Marlowe?«
In der nun eintretenden Stille wanderten die Blicke der Anwesenden zwischen Grey und Marlowe hin und her, und selbst die Mädchen spürten die von zorniger Gereiztheit geprägte Atmosphäre.
»Mein lieber Mann«, schaltete Gornt sich mit jener Spur von Herablassung ein, von der er wußte, daß sie Grey reizen mußte, »das liegt doch jetzt schon so lange zurück und ist doch eher unwichtig. Heute ist Sonntag, und wir sind hier Freunde unter uns.«
»Ich finde es eher wichtig, Sonntag oder nicht Sonntag, ich und Marlowe sind keine Freunde und waren es auch nie. Er ist ein feiner Pinkel, und ich bin es nicht. So ist das. Aber der Krieg hat alles verändert, und wir Arbeiter werden es nie vergessen.«

Marlowe konterte: »Sie betrachten sich als Arbeiter?«
»Wir sind die Ausgebeuteten, und Sie gehören zu den Ausbeutern. Wie in Changi.«
»Hören Sie doch mal mit der alten Leier auf, Grey! Changi war eine andere Welt.«
»Es war die gleiche Welt wie überall. Es gab welche, die die Herrn spielten, und welche, die herumkommandiert wurden, es gab Arbeiter und solche, die sich mit ihrer Hilfe mästeten, wie Sie und der King.«
»Blanker Unsinn!«
Casey stand nicht weit von Grey. Sie langte hinüber und nahm seinen Arm. »Gehen wir doch jetzt Kaffee trinken, hm?«
»Selbstverständlich«, erwiderte Grey. »Aber zuerst fragen Sie ihn, Miss Tcholok!« Grimmig hielt Grey seine Stellung und genoß das Gefühl, daß er seinen Feind endlich – und vor seinesgleichen – gestellt hatte. »Fragen Sie ihn doch, Mr. Gornt!«
Verlegen und bestürzt standen alle da, schockiert über die gegen Peter Marlowe vorgebrachten Beschuldigungen, Gornt und Plumm innerlich belustigt und fasziniert. Eines der Mädchen verließ den Raum, und die anderen folgten ihr. Casey wäre gern mit ihnen gegangen, blieb aber dann doch.
»Jetzt ist nicht die Zeit, Mr. Grey«, sagte Gornt liebenswürdig. »Würden Sie die Güte haben, das Thema zu wechseln?«
Grey ließ seine Blicke über die Korona schweifen; am Ende blieben sie auf seinem Gegner haften. »Sehen Sie, Miss Tcholok, es hat keiner den Mut, ihn zu fragen – sie gehören alle zu seiner Klasse, zur Oberklasse, und die halten zusammen wie Pech und Schwefel.«
Barre lief rot an. »Ich muß schon sagen, alter Knabe...«
Peter Marlowe unterbrach ihn. Seine Stimme klang flach. »Es lohnt sich gar nicht, auf diesen Unsinn weiter einzugehen. Man kann kein normales Maß an Changi legen – ebensowenig wie an Dachau oder Buchenwald. Das kann man einfach nicht. Wir waren Soldaten, Kriegsgefangene, die meisten von uns unter zwanzig. Changi war eine Genese, alles auf den Kopf gestellt, alles...«
»Haben Sie Schwarzmarktgeschäfte gemacht?«
»Nein. Ich war Dolmetscher für einen Freund, einen Händler, und zwischen Handel und Schwarzmarkt liegt ein himmelweiter Unterschied.«
»Aber es war gegen die Vorschriften, und damit wird jeder Handel zu einem Geschäft auf dem Schwarzen Markt. Oder vielleicht nicht?«
»Der Handel mit den Wachen war gegen japanische, also vom Feind erlassene Vorschriften.«
»Und erzählen Sie uns doch, wie dieser King einem armen Kerl um ein Butterbrot seine Uhr, seinen Ring oder seine Füllfeder abluchste, das letzte, was er auf dieser Welt noch besaß, teuer weiterverkaufte und den Gewinn einsteckte. Hm?«

Peter Marlowe starrte ihn an. »Lesen Sie mein Buch, und...«
»Buch?« Grey brach in schallendes Gelächter aus. »Sagen Sie uns doch auf Ihre Ehre als Gentleman, auf die Ehre Ihres Vaters und Ihrer Familie, auf die Sie so stolz sind, hat der King die Leute betrogen, ja oder nein?«
Wie gelähmt beobachtete Casey, wie Peter Marlowe seine Hände zu Fäusten ballte. »Wenn wir hier nicht Gäste wären, ich würde kein Hehl daraus machen, was für ein Dreckskerl Sie in Wirklichkeit waren!«
»Zur Hölle mit Ihnen!«
»Das reicht jetzt«, sagte Gornt in befehlendem Ton, und Casey begann wieder zu atmen. »Zum letzten Mal: Hören Sie auf!«
Grey riß den Blick von Marlowe los. »Ich höre auf. Ob ich hier wohl ein Taxi ins Dorf bekomme? Ich möchte ins Hotel zurückfahren, wenn es Ihnen recht ist.«
»Selbstverständlich«, gab Gornt mit geziemend ernstem Gesicht zurück, hochbefriedigt, daß Grey selbst darum ersucht und es ihm erspart hatte, ihm den Vorschlag zu machen. »Aber Sie und Marlowe«, verabreichte er ihm den Gnadenstoß, »könnten sich doch wie zwei Gentlemen die Hände reichen und vergessen...«
»Gentlemen? Ich bedanke mich. Von Gentlemen, wie Marlowe einer ist, habe ich für immer die Nase voll. Gentlemen? Gott sei Dank ist England im Wandel, und der feine Oxfordakzent wird bald nicht mehr der Schlüssel zur Macht und Ehre sein. Wir werden das Oberhaus informieren, und wenn es nach mir geht...«
»Da sei Gott vor«, ließ Pugmire sich vernehmen.
»Pug«, mahnte Gornt in festem Ton. »Zeit für Kaffee und Portwein!« Freundlich nahm er Grey am Arm. »Wenn Sie uns entschuldigen wollen...«
Sie gingen an Deck. Insgeheim sehr zufrieden, führte Gornt den Abgeordneten zum Fallreep und begleitete ihn an Land. Es lief alles weit besser, als er gehofft hatte.
»Tut mir leid, Mr. Grey«, sagte er. »Ich hatte ja keine Ahnung, daß Marlowe... Abscheulich!«
»Ein Bastard ist er, war es immer und wird es immer sein – er und sein drekkiger Yankee-Freund. Ich hasse die Yankees! Höchste Zeit, daß wir mit diesen Gaunern Schluß machen!«
Gornt fand rasch ein Taxi. »Wollen Sie es sich nicht vielleicht doch überlegen, Mr. Grey?«
»Nein, danke.«
»Tut mir leid wegen Marlowe. Wann fliegen Sie mit Ihrer Delegation ab?«
»Morgen früh.«
»Wenn ich hier etwas für Sie tun kann, lassen Sie es mich wissen.« Er zahlte das Fahrgeld im voraus und winkte dem Taxi höflich nach. Grey sah sich nicht um.

Gornt lächelte. Dieser Widerling wird mir in kommenden Jahren ein nützlicher Verbündeter sein, dachte er, während er auf die Jacht zurückkehrte. Seine Gäste waren auf Deck und tranken Kaffee und Liköre.
»Was für ein Armleuchter«, rief Gornt, und die Zustimmung war allgemein. »Tut mir schrecklich leid, Marlowe. Dieser elende...«
»Nein, es war meine Schuld«, erwiderte Marlowe, offensichtlich sehr betroffen. »Tut mir leid, daß er gegangen ist.«
»Sie brauchen sich nicht zu entschuldigen. Ich hätte ihn gar nicht einladen dürfen. Ich danke Ihnen für Ihr korrektes Verhalten. Er hat Sie ja bewußt provoziert.«
»Das stimmt«, warf Casey rasch ein. »Was für ein unangenehmer Mensch! Wenn Sie ihn nicht zurückgewiesen hatten, Quillan, Grey würde...«
»Genug von diesem Saftsack«, polterte Gornt jovial. »Vergessen wir ihn! Lassen wir uns doch diesen wunderbaren Nachmittag nicht von ihm verderben!« Er legte seinen Arm um Casey und drückte sie an sich. »He?« Er sah die Bewunderung in ihren Augen und wußte, daß er auf dem besten Weg war, sein Ziel zu erreichen. »Wollen wir uns langsam auf die Heimfahrt machen?«
»Gute Idee«, sagte Dunstan Barre. »Ich denke, ich werde mir eine kleine Siesta genehmigen.«
»Ausgezeichnet«, rief einer unter allgemeinem Gelächter, aber das Lachen klang gezwungen. Noch hatten sich die Gemüter nicht beruhigt, und Gornt spürte das. »Zuerst noch einen Brandy! Marlowe?«
»Nein, danke, Mr. Gornt!«
Gornt musterte ihn. »Hören Sie mir zu, Marlowe«, sagte er mit echtem Mitgefühl, und alle verstummten. »Wir alle kennen das Leben, kennen Asien zu gut, um nicht zu wissen, daß, was immer Grey Ihnen vorwirft, Sie aus edlen und nicht aus niedrigen Beweggründen gehandelt haben. Sie haben recht: Changi war eine Welt für sich. Pug saß dreieinhalb Jahre im Stanley-Gefängnis. Ich selbst konnte noch in letzter Minute aus Schanghai flüchten. Jason fiel bei Dünkirchen den Nazis in die Hände und verbrachte ein paar schreckliche Jahre bei ihnen. Dunstan kämpfte in China – auch er weiß Bescheid – stimmt's?«
»O ja«, stimmte Barre ihm traurig zu. »Wenn man im Krieg überleben will, darf man es manchmal nicht so genau nehmen, Miss Tcholok. Ich danke Gott, daß ich nie erwischt wurde. Ich glaube nicht, daß ich es überlebt hätte. Nein, sicher nicht.« Verlegen füllte er sein Glas aus der Karaffe nach.
»Wie war es wirklich in Changi, Peter?« fragte Casey.
»Es ist schwer, darüber zu reden«, antwortete er. »Man war dem Verhungern so nahe, wie man es nur sein kann. Wir bekamen ein Viertelpfund trockenen Reis am Tag, etwas Gemüse und einmal in der Woche ein Ei. Es war furchtbar, mehr kann ich dazu nicht sagen. Die meisten von uns hatten noch nie einen Dschungel gesehen, geschweige denn Chinesen oder Japa-

ner... das Gefühl, den Krieg zu verlieren... Ich war achtzehn, als ich eingeliefert wurde.«

»Mein Gott, ich kann Japaner nicht ausstehen«, stöhnte Pugmire, und die anderen nickten.

»Das ist eigentlich nicht fair«, hielt Peter Marlowe ihm entgegen. »Sie spielten das Spiel nach ihren Regeln, und von ihrem Standpunkt aus gesehen war es ein faires Spiel. Sie waren wunderbare Soldaten und ließen sich fast nie gefangennehmen. Nach ihren Begriffen waren wir entehrt, weil wir uns gefangennehmen ließen. Und ich fühlte mich entehrt, fühle mich immer noch entehrt.«

»Das sollten Sie nicht, Marlowe«, sagte Gornt. »Sie haben keinen Grund, sich zu schämen.«

Casey, die neben Gornt stand, legte leicht ihre Hand auf seinen Arm. »Er hat recht, Peter. Wirklich.«

»Keine Frage«, sagte Dunstan Barre. »Aber dieser Grey, was, zum Teufel, hat Grey so in Rage gebracht?«

»Alles und nichts. Es artete bei ihm zu einer Manie aus, den – japanischen – Lagervorschriften Geltung zu verschaffen. Wie ich schon sagte: Changi war anders. Offiziere und Mannschaft waren zusammengesperrt, es gab keine Post von zu Hause, nichts zu essen, zweitausend Meilen vom Feind besetztes Gebiet in jeder Richtung, Malaria, Dysenterie... die Sterblichkeitsziffer war enorm hoch. Er haßte meinen amerikanischen Freund, diesen King. Zugegeben, der King war ein gerissener Geschäftsmann, und er aß gut, wenn die anderen nichts zu fressen hatten. Aber er erhielt viele von uns am Leben. Sogar Grey. Greys Haß erhielt ihn am Leben, dessen bin ich sicher. Der King fütterte praktisch das ganze amerikanische Kontingent durch – das waren etwa dreißig Leute. Natürlich mußten sie dafür arbeiten, hart arbeiten, aber ohne ihn wären sie krepiert. Ich wäre krepiert, das weiß ich.« Peter Marlowe fröstelte. »Joss. Karma. Wenn ich jetzt den Brandy haben könnte?«

Gornt goß ihm ein. »Was ist aus diesem Mann geworden, diesem King? Nach dem Krieg?«

Pugmire unterbrach mit einem Lachen. »Einer der Burschen in unserem Lager, auch ein Händler, wurde nach dem Krieg Millionär. Und Ihr King?«

»Ich weiß es nicht«, antwortete Peter Marlowe.

»Haben Sie ihn nie wiedergesehen?« Casey war erstaunt.

»Nein. Ich habe versucht, ihn zu finden, aber ohne Erfolg.«

»Das ist nicht ungewöhnlich, Casey«, bemerkte Gornt. »Wenn man ein Regiment verläßt, sind Schulden und Freundschaften vergessen.« Er war sehr zufrieden. Alles läuft prima, sagte er sich und dachte an das Doppelbett in seiner Kabine. Er lächelte ihr zu. Sie erwiderte sein Lächeln.

Riko Anjin Gresserhoff betrat die Halle des V and A. Während sie auf den Aufzug zuging, durchrieselte sie ein kalter Schauder. Die Augen störten sie – nicht die lüsternen Augen der Europäer und nicht die Feindseligkeit in den Augen ihrer Frauen. Es waren die chinesischen und eurasischen Augen. Noch nie war ihr ein solcher Haß entgegengeschlagen. Mit Ausnahme von Ausflügen mit ihrer Schulklasse nach Deutschland und zwei Reisen nach Rom mit ihrer Mutter hatte sie die Schweiz nie verlassen. Ihr Mann hatte sie nur einmal auf eine Woche nach Wien mitgenommen.

Ich mag Asien nicht, dachte sie. Aber es ist nicht Asien, nur Hongkong, die Menschen hier. Und ist ihr Antagonismus nicht verständlich? Ob mir Japan gefallen wird? Werde ich selbst dort eine Fremde sein?

Der Aufzug kam und brachte sie in ihre Suite im sechsten Stock. Der Hausboy versäumte es, die Tür für sie aufzuschließen. Allein, die Tür verriegelt, atmete sie auf. Rasch nahm sie Schuhe, Handschuhe und Mantel ab. Die Suite war klein, aber geschmackvoll eingerichtet und bestand aus Wohnzimmer, Schlafzimmer und Bad. Auf dem Tisch standen Blumen von Struan's und eine Schale mit Obst vom Hotel.

Sie öffnete das Päckchen. Darin befand sich ein schwarzes Etui, und sie öffnete es. Wärme durchflutete sie. Der Anhänger, an einer dünnen Goldkette, jadegrün mit hellerem Grün gesprenkelt, hatte die Form eines Füllhorns. Gleich legte sie ihn an, betrachtete sich im Spiegel und bewunderte den Stein, wie er an ihrer Brust lag. Noch nie hatte ihr jemand Jade geschenkt.

Unter dem Etui lag der Umschlag. Es war ein gewöhnlicher Umschlag ohne Firmenaufdruck, und gewöhnlich war auch das Siegel aus rotem Siegellack. Sehr behutsam schob sie einen Brieföffner darunter und studierte die Seiten, eine nach der anderen. Eine kleine Falte grub sich in ihre Stirn. Ein verwirrendes Durcheinander von Zahlen, Buchstaben und Satzzeichen. Ein kaum sichtbares Lächeln der Befriedigung spielte um ihre Lippen. Sie setzte sich bequem am Schreibtisch zurecht und fing an, die Seiten zu kopieren.

Als sie fertig war, schob sie die Kopien in ein Hotelkuvert, die Originale in ein gewöhnliches, holte eine Stange Siegellack aus ihrer Handtasche, brannte ein Zündholz an und versiegelte beide Umschläge. Das Telefon klingelte und ließ sie zusammenfahren. Mit klopfendem Herzen wartete sie, bis es zu läuten aufhörte. Dann frankierte sie den Umschlag mit den Kopien und adressierte ihn an R. Anjin, Postfach 154, Hauptpost, Sydney, Australien. Sie steckte beide Briefe in ihre Handtasche, stand auf und holte sich eine Flasche perlendes Mineralwasser aus dem kleinen Kühlschrank in der Ecke des Zimmers. Wieder schrillte das Telefon. Sie sah hin und nippte am Mineralwasser. Sie dachte über den Lunch mit Dunross nach und fragte sich, ob es klug gewesen war, seine Einladung zu einem Cocktail heute abend und anschließend zu einem Dinner mit seinen Freunden anzunehmen. Werden diese Freunde auch wirklich kommen, oder werden wir allein sein? Würde ich mit diesem Mann gern allein sein?

Ihre Gedanken kehrten zu dem kleinen, ein wenig nachlässigen, schon kahl werdenden Hans Gresserhoff zurück und zu den vier Jahren ihres gemeinsamen Lebens. Wochenlang war sie allein aufgewacht, hatte sie allein den Tag verbracht und allein geschlafen. Sie hatten nur wenig Freunde und waren nur selten ausgegangen. Er war ein sonderbar verschlossener Mann und hatte sie immer wieder davor gewarnt, Freundschaften zu schließen. Allein sollte sie bleiben, das wünschte er, allein und geborgen, immerzu ruhig und geduldig. Das war am schwersten zu ertragen, dachte sie: Geduld. Geduld allein, Geduld zu zweien, im Schlaf und im Wachen. Geduld und nach außen hin beherrschte Ruhe, sie, die einem Vulkan gleich danach lechzte, endlich auszubrechen.
Daß er sie liebte, daran war nicht zu zweifeln. Aber alles, was sie für ihn empfand, war *giri*, Pflicht. Er gab ihr Geld, und ihr Leben war weder reich noch arm – glatt und flach wie eine reizlose Landschaft. Für seine Ab- und Anwesenheiten gab es keine Regeln. Wenn er da war, wollte er sie immer haben, wollte ihr nahe sein. Ihre intimen Beziehungen befriedigten ihn, aber nicht sie, obwohl sie, um ihm Freude zu machen, so tat. Schließlich hast du ja noch keinen anderen Mann gehabt, um Vergleiche anstellen zu können, tröstete sie sich.
Er war ein guter Mann – wie ich es auch dem Tai-Pan gesagt habe. Ich war stets bemüht, ihm eine gute Frau zu sein, ihm in allem zu gehorchen, meiner Mutter und ihm gegenüber mein *giri* zu erfüllen. Und jetzt?
Sie betrachtete ihren Ehering und drehte ihn an ihrem Finger. Zum ersten Mal nach ihrer Hochzeit nahm sie ihn jetzt ab und wog ihn in der Hand. Klein, nichtssagend, uninteressant. So viele einsame Nächte, manch stille Träne, während sie wartete und wartete. Worauf hatte sie gewartet? Kinder verboten, Freunde verboten, Reisen verboten. Nicht verboten, wie das ein Japaner getan hätte: *Kin jiru!* Dafür: »Meinst du nicht, Liebste, es ist besser, wenn du nicht nach Paris fährst, wenn ich nicht da bin? Wenn ich zurückkomme, können wir...« Und beide wußten, daß sie nie fahren würden.
Wien war ein Alptraum gewesen. Es war im ersten Jahr ihrer Ehe, und sie hatten eine Woche bleiben wollen. »Ich habe heute abend noch zu tun«, hatte er ihr gleich am ersten Tag eröffnet. »Bitte bleib auf dem Zimmer, iß auf dem Zimmer, bis ich zurück bin!« Zwei Tage vergingen, und als er zurückkam, war sein Gesicht bleich und verstört. Angst würgte ihn, und noch in der gleichen Nacht waren sie in ihren Mietwagen gestiegen und über die Tiroler Berge in die Schweiz zurückgeflohen.
»Aber warum, warum, Hans?«
»Warum, warum! Du sollst mir keine Fragen stellen, Riko! Das war unsere Abmachung. Es tut mir leid wegen der Ferien. Wir werden nach Wengen fahren oder nach Biarritz, es wird herrlich sein! Bitte denk an dein *giri* und daß ich dich von ganzem Herzen liebe.«

Liebe!
Dieses Wort verstehe ich nicht, dachte sie, während sie am Fenster stand und auf den Hafen hinunterblickte. Wie sonderbar, daß wir im Japanischen kein entsprechendes Wort haben. Nur Pflicht und Nuancen von Pflicht, nur Zuneigung und Nuancen von Zuneigung. Kein Wort für Liebe. *Ai?* bedeutet eigentlich Achtung, Respekt, obwohl manche Leute die Bedeutung *lieben* damit verbinden.
Riko ertappte sich dabei, daß sie deutsch dachte. Sie lächelte. Sie dachte meistens deutsch, nur heute, mit dem Tai-Pan, hatte sie japanisch gedacht. So lange ist es her, daß ich meine Sprache gesprochen habe. Aber welche Sprache ist meine Sprache? Japanisch? Das ist die Sprache, die ich mit meinen Eltern sprach. Englisch? Das ist die Sprache meines Mannes, obwohl er behauptete, Deutsch sei seine Muttersprache.
War er Engländer?
Sie hatte sich diese Frage oft gestellt. Nicht daß er kein flüssiges Deutsch gesprochen hätte – es waren die Verhaltensweisen, es waren nicht die eines Deutschen, so wie meine nicht die einer Japanerin sind. Oder doch?
Ich weiß es nicht. Aber jetzt kann ich es ergründen.
Er hatte nie gesagt, worin seine Arbeit bestand, und sie hatte ihn nie danach gefragt. Nach der Episode in Wien war ihr klargeworden, daß diese Arbeit etwas mit internationaler Spionage oder verbrecherischer Tätigkeit zu tun haben mußte. Aber Hans war nicht der Typ, der etwas mit Verbrechen zu tun hatte.
Seitdem war sie noch vorsichtiger geworden. Ein- oder zweimal hatte sie das Gefühl gehabt, daß sie beobachtet wurden – in Zürich, oder wenn sie schifahren gingen –, aber er hatte ihre Befürchtungen mit einer Handbewegung zerstreut, sie brauche sich keine Sorgen zu machen. »Aber sei immer auf alles vorbereitet! Bewahre deine Wertsachen und privaten Papiere, Paß und Geburtsurkunde, in deiner Reisetasche auf, *Ri-chan*«, hatte er gesagt und ihren Kosenamen gebraucht. »Für alle Fälle.«
Jetzt konnte sie einen neuen Anfang machen. Sie war vierundzwanzig. Das Vergangene war vorbei, und Karma war Karma. Mit dem Geld des Tai-Pan hatte sie genug auf Jahre hinaus.
»Wenn mir etwas zustößt«, hatte ihr Gresserhoff an ihrem Hochzeitsabend gesagt, »wird dich ein Mann namens Kiernan anrufen. Zerschneide die Telefondrähte, wie ich es dir zeigen werde, und verlasse unverzüglich Zürich! Nimm nur mit, was du am Leib trägst, und deine Reisetasche! Steig in den Wagen und fahr nach Genf. Hier ist ein Schlüssel. Es ist der Schlüssel zu einem Safe in der Swiss Bank of Geneva in der Rue Charles. Darin befinden sich Geld, einige Dokumente und ein Brief. Folge meinen Anweisungen genau, mein Liebling! Oh, wie ich dich liebe! Mache alles, wie ich es gesagt habe...«
Und das hatte sie getan. Genau. Es war ihr *giri.*

In dem Stahlfach in Genf befanden sich ein Brief mit Instruktionen, 10000 US-Dollar in bar, ein neuer Schweizer Paß mit ihrem Bild auf einen neuen Namen und neuem Geburtsdatum, eine neue Geburtsurkunde, aus der hervorging, daß sie vor dreiundzwanzig Jahren in Bern geboren wurde. Der von ihm gewählte Name hatte ihr gefallen, und sie erinnerte sich, wie sie in der Geborgenheit ihres Hotelzimmers mit dem Ausblick auf den schönen See um ihn geweint hatte.

Der Safe hatte auch noch ein Sparbuch mit 20000 US-Dollar auf ihren neuen Namen enthalten sowie einen Schlüssel, eine Adresse und einen Besitztitel. Die Besitzurkunde bezog sich auf eine kleine, komplett eingerichtete Villa am See. Die Haushälterin kannte sie unter ihrem neuen Namen und wußte, daß sie eine Witwe war, die lange im Ausland gelebt hatte. »Ich bin ja so froh, gnädige Frau, daß sie endlich nach Hause gekommen sind! Das Reisen in all diesen fremden Ländern muß doch sehr anstrengend sein«, hatte die freundliche, einfache alte Frau sie begrüßt. »Im letzten Jahr war Ihr Haus an einen netten, ruhigen Engländer vermietet. Er hat prompt jeden Monat die Miete gezahlt, hier sind die Abrechnungen. Vielleicht kommt er dieses Jahr wieder, sagte er, vielleicht auch nicht. Das Büro der Hausverwaltung befindet sich in der Avenue Firmet...«

Rein und klar lag der große See im Schoß der Berge. Sie wanderte durch das hübsche Haus, betrachtete die Bilder an den Wänden und freute sich über die Blumen in den Vasen. Schließlich war sie auch in das Schlafzimmer gekommen. In einem Kaleidoskop von kleinen Bildern verschiedener Größe und Form an einer Wand befand sich auch, hinter Glas gesetzt, ein alter Brief, dessen Papier schon ein wenig vergilbt schien. Sie erkannte seine Handschrift. Der Brief war englisch geschrieben: »So viele glückliche Stunden in deinen Armen, Ri-chan, so viele glückliche Tage in deiner Gesellschaft, wie soll ich es sagen, daß ich dich liebe? Vergiß nicht, ich werde dich nie vergessen! Wie bitte ich Gott, er möge dir zehntausend Tage gewähren für jeden von meinen, o du mein Liebling, mein Liebling, mein Liebling!«

Schon wenige Stunden später hatte Dunross angerufen. Sie hatte die erste Maschine genommen, und jetzt war sie da, ihre Arbeit zum Großteil getan, ihre Vergangenheit ausgelöscht; sie brauchte nie wieder zurückzukehren. Soweit sie das beurteilen konnte, waren ihr neuer Paß und die Geburtsurkunde echt. Es gab keinen Grund, jemals in die Schweiz zurückzukehren, außer wegen der Villa – und wegen des Briefes.

Sie hatte ihn an der Wand gelassen und beschlossen, ihn, solange sie die Eigentümerin des Hauses war, nie von dort fortzunehmen. Niemals.

6

17.10 Uhr:

Geschickt steuerte Orlanda ihren kleinen Wagen. Bartlett, die Hand leicht auf ihre Schulter gelegt, saß neben ihr. Sie waren von Aberdeen über den Paß gekommen und fuhren jetzt – noch in Wolken gehüllt – den Hang hinunter zum Rose Court, wo sie wohnte. Nach dem Mittagessen hatten sie sich nach Hongkong übersetzen lassen, und sie hatte ihn nach Shek-O auf die Südspitze der Insel geführt, um ihm zu zeigen, wo die Sommerhäuser einiger Tai-Pane lagen. Das wellige Land war spärlich besiedelt.
Von Shek-O waren sie über die gewundene Südstraße zur Repulse Bay gefahren, wo sie auf der Veranda des eleganten Hotels, den Ausblick genießend, Tee getrunken und Kuchen gegessen hatten. Von dort war es weiter zur Discovery Bay gegangen, wo sie wieder angehalten hatten. »Sieh mal, da drüben, Linc, das ist Schloß Tok!« Schloß Tok war ein riesiges, völlig stilloses Gebäude, das wie eine normannische Burg aussah und hoch über dem Wasser auf dem Kliff stand. »Im Krieg haben die Kanadier – die kanadischen Soldaten – diesen Teil der Insel gegen die japanischen Eindringlinge verteidigt; dann zogen sie sich, zum letzten Widerstand entschlossen, ins Schloß Tok zurück. Als sie überwältigt wurden und sich ergeben mußten, lebten noch etwa zweihundertfünfzig Mann. Die Japaner trieben sie auf die Terrasse hinaus und stießen sie mit Bajonetten auf die Klippen hinunter.«
»Entsetzlich!« Die Falltiefe betrug mehr als hundert Fuß.
»Alle. Bis auf den letzten Mann. Die Verwundeten und... alle.« Er sah sie frösteln und streckte die Hand nach ihr aus, um sie zu berühren.
»Denk nicht mehr dran, Orlanda, es ist doch schon so lange her!«
»O nein, nein, überhaupt nicht! Ich fürchte, der Krieg liegt uns hier immer noch in den Knochen, und das wird sich auch nicht ändern. Nachts wandeln Geister auf dieser Terrasse.«
»Glaubst du das wirklich?«
»Ja. O ja!«
Er erinnerte sich, auf das Haus zurückgeblickt zu haben, das auf dem Felsen thronte, während die Brandung gegen das Kliff donnerte. »Dein Schloß Tok sieht aus, als wäre es aus Hollywood importiert. Warst du schon einmal drin?«
»Nein. Aber es heißt, es gibt darin alte Rüstungen und Verliese, angeblich wurde es einem richtigen Schloß in Frankreich nachgebaut. Es gehörte dem alten Sir Tschasen Tok, den man Bauherr Tok nannte. Er war ein Multimillionär und hatte sein Vermögen mit Zinn gemacht. Als er fünfzig war, riet ihm ein Wahrsager, ›ein großes Haus‹ zu bauen, sonst müsse er sterben. So begann er also zu bauen und errichtete Dutzende von Häusern, große Her-

renhäuser, drei in Hongkong, eines bei Sha Tin und viele in Malaya. Noch mit neunundachtzig errichtete er Schloß Tok. Dann hatte er die Nase voll und hörte auf zu bauen. Einen Monat später war er tot.«
»Diese Geschichte hast du dir aus den Fingern gesogen, Orlanda.«
»O nein, Linc, das würde ich nie tun. Aber was ist die Wahrheit? Wer kann das wissen?«
»Die Wahrheit ist, daß ich verrückt nach dir bin.«
»Du mußt wissen, Linc, daß meine Gefühle für dich die gleichen sind.«
Seine Hand auf ihrer Schulter, in warmer Zweisamkeit, waren sie weitergefahren. Hin und wieder wies sie auf Häuser und Plätze hin, und die Zeit verging ihnen wie im Flug. Als sie jetzt, aus den Wolken herauskommend, den Paß herunterfuhren, sahen sie die Stadt vor sich liegen. Noch brannten keine Lichter, aber da und dort flammten bereits die ersten großen Neonreklamen auf.
Es herrschte dichter Verkehr, und in den Rinnsteinen der steilen Bergstraßen riß das Wasser Schlamm, Geröll und Pflanzen mit. Sie war eine gute Fahrerin, die nichts riskierte, und er fühlte sich sicher. Nur wenn sie auf der falschen Straßenseite in die Kurven einfuhr, stockte ihm das Herz.
»Aber wir sind ja auf der richtigen Seite«, hatte sie ihn beruhigt. »*Ihr* fahrt auf der falschen Seite!«
»Ist doch Unsinn. Nur die Engländer fahren links. Du bist genauso eine Amerikanerin, wie ich Amerikaner bin.«
»Ich wollte, es wäre so!«
»Aber du bist es. Du sprichst wie eine Amerikanerin und du kleidest dich wie eine Amerikanerin.«
»Ach, ich weiß nur zu gut, was ich bin, Liebling!«
Er ließ seine Blicke auf ihr haften. Noch nie hat es mir soviel Freude gemacht, einen Menschen zu beobachten, dachte er. Weder Casey noch sonst jemanden in meinem ganzen Leben.
Doch dann kehrten seine Gedanken zu Biltzmann zurück und er wünschte, er hätte den Hals dieses Mannes in seinen Händen.
Vergiß ihn, mein Junge, ihn und allen Dreck dieser Welt, denn genau das ist er, er und Banastasio! Es überlief Bartlett siedend heiß. Kurz vor dem Mittagessen hatte sein Telefon geklingelt.
»Wollen wir uns nicht wieder vertragen, Linc? Ist doch ein Scheiß, wenn wir uns gegenseitig anbrüllen. Was hältst du von einem guten Steak heute abend? Es gibt da ein tolles Grillrestaurant an der Nathan Road, das ›San Francisco‹.«
»Danke, nein. Ich bin schon verabredet«, hatte er kalt erwidert. »Außerdem hast du deine Wünsche schon gestern sehr klar formuliert. Wollen wir es nicht dabei belassen? Bei der Jahresversammlung sehen wir uns wieder.«
»He, Linc, du sprichst mit einem alten Kumpel. Hast du vergessen, daß wir zur Stelle waren, als du das Geld brauchtest?«

»Für das Geld hast du Aktien bekommen – die beste Anlage, die du je gemacht hast. In nur fünf Jahren hast du dein Geld verdoppelt.«
»Stimmt genau. Und jetzt wollen wir ein bißchen mitreden. Das ist doch nur fair, oder nicht?«
»Nein. Seit gestern nicht mehr. Und wie war das mit den Waffen?« Einer plötzlichen Eingebung folgend, hatte er die Sprache darauf gebracht.
Es entstand eine Pause. »Was für Waffen?«
»Die Waffen in meinem Flugzeug. Sturmgewehre und Granaten.«
»Davon weiß ich nichts, Baby.«
»Ich heiße Linc. Kapiert?«
Wieder eine Pause. »Ich habe kapiert. Und unsere Abmachung? Wirst du es dir überlegen?«
»Nein. Bestimmt nicht.«
Schweigen am anderen Ende des Drahtes, dann ein Klicken und das endlose Amtszeichen. Er hatte gleich Rosemont angerufen.
»Keine Sorge, Mr. Bartlett! Wir haben Banastasio auf dem Kieker und genießen hier weitgehende Unterstützung.«
»Haben Sie was Neues in bezug auf die Waffen?«
»*Sie* sind aus dem Schneider. Die Behörden haben die Beschlagnahme aufgehoben. Morgen wird es Ihnen offiziell mitgeteilt.«
»Haben die Burschen was herausbekommen?«
»Nein. *Wir* haben etwas gefunden. Wir haben uns in Ihrem Hangar in Los Angeles umgesehen. Einer der Nachtwächter erinnerte sich, zwei Typen gesehen zu haben, die sich an Ihrem Fahrwerkraum zu schaffen machten. Er legte seiner Beobachtung keine Bedeutung bei.«
»Jesus! Hat man die Kerle erwischt?«
»Nein. Vielleicht wird man sie auch nie erwischen. Machen Sie sich keine Sorgen! Und was Banastasio angeht: Den werden Sie noch früh genug loswerden.«
Es überlief Bartlett kalt, als er jetzt an das Gespräch zurückdachte.
»Was hast du, Liebster?« Orlanda schaute ihn mit großen Augen an.
»Ich dachte gerade, daß Angst einen Menschen vernichten kann. Man muß sehr aufpassen.«
»O ja, das weiß ich, das weiß ich sehr gut!« Sekundenlang nahm sie ihr Augenmerk von der Straße, lächelte zögernd und legte ihre Hand auf seine Knie. »Aber du bist stark, Liebster. Du hast vor nichts Angst.«
Er lachte. »Ich wollte, es wäre so.«
Sie verlangsamte die Fahrt, um einem Schlammhaufen auszuweichen. Hier war die Straße steiler, und das Wasser schwappte aus den Rinnsteinen. Sich dicht an die hohe Stützmauer haltend, fuhr sie die Kotewall Road hinunter und bog zum Rose Court um die Ecke. Den Haupteingang links liegenlassend, steuerte sie entschlossen die steile Zufahrt zur Tiefgarage hinunter. »Cocktailstunde«, sagte sie.

»Wunderbar«, antwortete er mit kehliger Stimme. Er sah sie nicht an. Sie hielt, er stieg aus und ging um den Wagen herum, um ihre Tür aufzumachen. Sie verschloß das Auto und ging zum Aufzug voran. Zwei chinesische Kellner, Tabletts mit Appetitbrötchen in den Händen, stiegen mit ihnen ein und fragten nach Asian Properties. »Fünfter Stock«, sagte Orlanda, und als die Kellner den Aufzug verlassen hatten, erkundigte sich Bartlett: »Gehört das Haus Asian Properties?«

»Sie haben den ganzen Komplex gebaut. Jason Plumm und Quillan Gornt sind gute Freunde. Quillan ist immer noch Eigentümer von dem Penthouse, obwohl er es weitervermietet hat, als wir Schluß machten.«

Bartlett legte einen Arm um ihre Schulter. »Ich bin froh, daß du Schluß gemacht hast.«

»Ich auch«, erwiderte sie mit zartem Lächeln, und ihr unschuldsvoller Blick griff ihm ans Herz.

Sie erreichten den achten Stock, und als sie den Schlüssel ins Schloß steckte, bemerkte er, daß ihre Finger ein wenig zitterten. »Komm rein, Linc! Tee, Kaffee, Bier oder ein Cocktail?« Sie schlüpfte aus ihren Schuhen und sah ihn an. Sein Herz klopfte, und seine Sinne versuchten zu ergründen, ob die Wohnung leer war. »Wir sind allein«, sagte sie einfach.

»Woher weißt du, was ich denke?«

Sie zuckte die Achseln. »Nur dies und das.«

Er legte die Hand um ihre Mitte. »Orlanda...«

»Ich weiß, Liebster.«

Der heisere Klang ihrer Stimme ließ ihn erbeben. Als er sie küßte, hießen ihn ihre Lippen willkommen. Seine Hände zeichneten die Konturen ihrer Gestalt nach. Er spürte, wie ihre Brustwarzen sich aufrichteten, und der Schlag ihres Herzens war im Gleichklang mit dem seinen. Dann verließen ihre Hände seinen Hals und preßten gegen seine Brust, aber diesmal hielt er sie fest, und sein Kuß wurde fordernder. Der Druck ihrer Hände ließ nach, und abermals schlangen sie sich um seinen Hals.

»Ich liebe dich, Linc.«

»Ich liebe dich auch, Orlanda«, antwortete er, und die Wahrheit seiner Worte verzehrte ihn. Wieder küßten sie einander. Feuer loderte auf in ihm und in ihr. Immer stärker lastete ihr Gewicht auf seinen Armen, und als sie in den Knien einzuknicken drohte, hob er sie mühelos hoch und trug sie durch die offene Tür ins Schlafzimmer. Die zarten Vorhänge, die rund um das Himmelbett von der Decke hingen, bewegten sich sanft in der kühlen Brise, die durch die offenen Fenster hereinwehte.

»Sei gut zu mir, Liebling«, flüsterte sie mit rauher Stimme. »O wie liebe ich dich!«

Vom Heck der *Sea Witch* winkte Casey zum Abschied Dunstan Barre, Plumm und Pugmire zu, die auf der Hongkongseite am Pier standen, wo sie

soeben abgesetzt worden waren. Die Jacht durchquerte abermals den Hafen – Peter Marlowe und die Mädchen waren schon in Kowloon an Land gegangen – Gornt hatte Casey dazu überredet, an Bord zu bleiben. »Ich muß sowieso nach Kowloon zurück«, hatte er ihr erklärt. »Ich habe eine Verabredung im ›Neun Drachen‹. Leisten Sie mir Gesellschaft?«
»Warum nicht?« Freudig hatte sie zugestimmt. Es blieb ihr noch reichlich Zeit, um sich für die Cocktailparty umzuziehen, zu der Plumm sie eingeladen hatte. Ihr Dinner mit Lando Mata hatte sie verschoben.
In eine warme Decke gehüllt, um sich vor einer steifen Brise zu schützen, eingerollt auf den breiten, weichen Kissen, die das Heck säumten, war sie auf der Rückfahrt von Sha Tin wiederholt eingedöst. Die anderen Gäste hatten sich über das Schiff verstreut, hin und wieder stand Gornt am Ruder, und Peter Marlowe lag schlafend in einem Liegestuhl am Bug. Später hatten er, Casey und Barre zusammen Tee getrunken. Noch während des Tees waren Pugmire und Plumm, zerzaust und in bester Laune, ihre Mädchen im Schlepptau, auf Deck gekommen.
»Gut geschlafen?« hatte Gornt lächelnd gefragt.
»Ausgezeichnet«, hatte Plumm geantwortet.
Kann ich mir vorstellen, hatte sie gedacht.
Als sie mit Gornt allein auf Deck gewesen war, hatte er ihr erklärt, daß diese Mädchen keine Eintagsfliegen, daß sie allesamt feste Freundinnen waren.
»Haben hier alle Männer eine Geliebte?«
»Du lieber Himmel, nein. Aber, na ja, verzeihen Sie, Männer und Frauen altern unterschiedlich. Grob gesagt, Sex, Liebe und Ehe, das sind verschiedene Dinge.«
»Und so etwas wie Treue gibt es hier wohl nicht?«
»Aber selbstverständlich! Nur: Für Frauen hat das Wort eine Bedeutung, für Männer eine andere.«
»Das ist sehr unfair. Denken Sie an die Millionen Frauen, die ihr Leben lang schuften, für den Mann sorgen, die Wohnung saubermachen und die Kinder großziehen – um dann zum alten Eisen geworfen zu werden, nur weil sie alt sind!«
»Dafür können Sie doch die Männer nicht verantwortlich machen! So ist nun mal die Gesellschaft.«
»Und wer ist die Gesellschaft? Die Männer! Mein Gott, Quillan, Sie müssen doch zugeben, daß die Männer verantwortlich sind.«
»Ich gebe gern zu, es ist unfair, aber auch für die Männer. Was ist mit den Millionen Männern, die sich zu Tode rackern, um das Geld zu beschaffen, das dann andere Menschen, vor allem Frauen, ausgeben? Geben Sie doch zu, Ciranoush: Männer müssen arbeiten, bis sie tot umfallen, und wie oft verbringen sie die letzten Jahre ihres Lebens mit einem zänkischen, bösen Weib – sehen Sie sich nur einmal Mrs. Pugmire an! Ich könnte Ihnen fünfzig Damen nennen, die unnötigerweise dick und häßlich sind – und stinken.

Das meine ich wörtlich. Und dann gibt es auch noch die Frauen, die ihr Geschlecht dazu benützen, einen Mann einzufangen, sich schwängern lassen, um ihn festzuhalten, und dann ein Gezeter anheben und nach einer hochdotierten Scheidung schreien. Wie war es denn mit Linc Bartlett? Hat den nicht auch seine Liebenswerte Gattin kräftig in die Mangel genommen?«
»Sie wissen davon?«
»Natürlich. Sie haben Erkundigungen über mich eingezogen, ich über Sie beide. Sind eure Scheidungsgesetze vielleicht fair? Fünfzig Prozent von allem bekommt die Dame, und dann muß der arme Hund von einem Amerikaner auch noch zu Gericht gehen, um zu erfahren, welchen Teil seiner fünfzig Prozent er behalten darf.«
»Es ist wahr – Lincs Frau und ihr Anwalt haben ihn fertiggemacht. Aber nicht jede Frau ist so. Auf der ganzen Welt wird den Frauen immer noch übel mitgespielt.«
»Ich habe noch nie eine richtige Frau kennengelernt, der man übel mitgespielt hat«, hielt er ihr entgegen. »Ich meine eine Frau wie Sie oder Orlanda, die etwas von Weiblichkeit versteht.« Plötzlich hatte er sie angegrinst. »Natürlich muß sie uns armen schwachen Schweinehunden auch geben, was wir brauchen, um gesund zu bleiben.«
Sie hatte mit ihm gelacht. »Sie sind ein Bösewicht.«
»Finden Sie?«
»Ja.«
Er hatte sich abgewandt und blickte forschend zum Himmel auf. Ich bin froh, daß er mir vertraut und mich als Frau ansieht, dachte sie, eingelullt vom guten Essen und Trinken und seinem Verlangen. Sie hatte es schon gespürt, als sie an Bord gekommen war, und sich gefragt, wie sie darauf reagieren würde, wenn er es ihr offenbarte. Würde sie ja sagen oder nein? Oder vielleicht »nächste Woche«?
Würde es ein »nächste Woche« geben?
»Was wird morgen sein, Quillan? An der Börse?«
»Ich will heute für heute sorgen, morgen ist für morgen Zeit.«
»Im Ernst.«
»Ich werde gewinnen oder ich werde verlieren.« Gornt zuckte die Achseln. »So oder so, ich habe mich abgesichert. Morgen kaufe ich. Mit Joss habe ich ihn an der Gurgel.«
»Und dann?«
Er lachte. »Das fragen Sie noch? Ich übernehme Struan's mit allem, was dazugehört – einschließlich der Loge auf dem Rennplatz.«
»Und auf die kommt es Ihnen an, nicht wahr?«
»O ja. Das ist das äußere Zeichen meines Sieges. Er und seine Vorfahren haben mich und die Meinen ausgeschlossen. Natürlich kommt es mir darauf an.«
Ob ich wohl mit Ian ins Geschäft kommen könnte? hatte sie sich zertreut

gefragt. Ob ich ihn wohl dazu überreden könnte, Gornt eine Loge zu überlassen und ihm zu helfen, Steward zu werden? Wie Elefanten in einem Porzellanladen benehmen sich die beiden. Wenn Murtagh das Geld beschafft, ist Dunross mir etwas schuldig.

Ihr Herz schlug schneller. Sie hätte gern gewußt, wie es mit Murtagh und der Bank stand. Und wenn die Antwort ja lautete, was Gornt tun würde. Und wo ist Linc? Ist er bei Orlanda? Liegt er in ihren Armen, verträumt er den Nachmittag mit ihr?

Wieder rollte sie sich am Heck ein und schloß die Augen. Die salzige Luft, das Klopfen der Motoren und die Bewegung des Schiffes schläferten sie ein. Ihr Schlaf war traumlos, und nach kurzer Zeit erwachte sie erfrischt. Gornt saß ihr gegenüber und betrachtete sie. Sie waren wieder allein. Der kantonesische Kapitän stand am Steuer. »Sie sehen noch bezaubernder aus, wenn Sie schlafen«, sagte er.

»Danke.« Sie stützte sich auf einen Ellbogen. »Sie sind ein seltsamer Mensch. Ein Teufel auf der einen, ein Edelmann auf der anderen Seite; heute mitfühlend, morgen gnadenlos. Was Sie da für Marlowe getan haben, war sehr anständig.«

Er lächelte und wartete.

»Linc... ich glaube, Linc hat sich in Orlanda verliebt«, sagte sie ohne nachzudenken, und ihr war, als legte sich ein Schatten über seine Züge.

»So?«

»Ja.« Sie wartete, aber er blieb stumm. So fügte sie hinzu: »Und ich glaube, sie ist auch in ihn verknallt.« Und dann: »Ist das Teil eines Planes, Quillan?«

Er lachte leise. »Ach, Ciranoush, die Seltsame sind Sie. Ich...«

»Wollen Sie mich Casey nennen? Ciranoush paßt nicht hierher.«

»Aber Casey gefällt mir nicht. Darf ich Kamalian zu Ihnen sagen.«

»Casey.«

»Und was halten sie von Ciranoush für heute, Casey für morgen und Kamalian für Dienstag zum Dinner? Der Tag, an dem wir abschließen, he?«

»Das muß Linc entscheiden.«

»Sind Sie nicht Tai-Pan von Par-Con?«

»Nein. Nein, das werde ich nie sein.«

Er lachte. »Dann also Ciranoush für heute, Casey für morgen und den Dienstag soll der Teufel holen.«

»In Ordnung.«

»Fein. Und nun zu Orlanda und Linc Bartlett«, fuhr er mit sanfter Stimme fort. »Das ist die Angelegenheit dieser beiden, und ich spreche nie mit anderen über anderer Leute Angelegenheiten. Das wäre gegen die Spielregeln. Wenn Sie mich fragen, ob es da eine finstere Verschwörung gibt, daß ich Orlanda gegen Sie, Linc oder Par-Con einsetze, also das ist geradezu lächerlich.« Wieder lächelte er. »Bis jetzt habe ich immer nur erlebt, daß Frauen

Männer manipulieren, aber nie umgekehrt. Doch nun eine andere Frage: Haben Sie ein Verhältnis mit Linc?«

»Nein. Aber ich liebe ihn.«

»Dann werden Sie ihn also heiraten?«

»Vielleicht.« Sie zog die Decke enger um sich. »Aber ich spreche nicht mit einem anderen Mann über meine Angelegenheiten,« antwortete sie lächelnd. »Auch das wäre gegen die Spielregeln.«

Gornt streckte die Hand aus und berührte sie leicht. »Ich bin ganz Ihrer Meinung, Ciranoush.«

Die *Sea Witch* lief in das Hafenbecken ein. Vor ihnen lag Kowloon. Sie setzte sich auf, sah auf die Insel und den Peak hinüber, der zum größten Teil in Wolken steckte. »Es ist wunderschön.«

»Rund um Shek-O und die Repulse Bay hat Hongkong eine herrlich Küste: Ich habe einen Besitz in Shek-O. Möchten Sie jetzt das Schiff sehen?«

»O ja, gern.«

Die vorderen Kabinen waren gefällig eingerichtet und blitzsauber und ließen nicht erkennen, daß sie benutzt worden waren. Jede hatte ihre eigene Dusche samt Toilette. »Im Augenblick sind wir bei den Damen besonders beliebt. Hier können sie nämlich nach Herzenslust duschen, die Wasserknappheit hat auch ihr Vorteile«

»Kann ich mir denken«, sagte sie, von seiner aufgeräumten Art eingenommen.

Achternaus, vom Rest des Schiffes getrennt, befand sich die Kabine des Eigners. Großes Doppelbett. Sauber, gepflegt, einladend.

Ihr Herz dröhnte ihr jetzt in den Ohren, und als er lässig die Kabinentür schloß und seinen Arm um ihre Taille legte, wich sie nicht zurück. Er hielt sie fest. Sie hatte noch nie einen Mann mit Bart geküßt. Es war ein gutes Gefühl, Gornts harten Körper zu spüren; seine Lippen waren fest und schmeckten nach Zigarren. Komm, laß dich gehen, drängte eine innere Stimme; tu's nicht, warnte eine andere. Und in ihrem ganzen Wesen regte sich köstliche Sinnenlust.

Und was ist mit Linc? Die Frage schoß ihr mit nie gekannter Schärfe durch den Kopf, und von seiner Sinnenfreude beflügelt, begriff sie zum ersten Mal, daß es Linc war, an dem ihr Herz hing, nicht Par-Con oder Macht – wenn sie eine Wahl treffen mußte. Ja, es ist Linc, Linc allein, und noch heute abend werde ich unsere Abmachung aufkündigen. Werde ich vorschlagen, sie zu widerrufen.

»Jetzt ist nicht die Zeit«, flüsterte sie.

»Was?«

»Nein, nicht jetzt. Es geht nicht, tut mir leid.« Sie langte nach oben und küßte ihn leicht auf die Lippen. »Nicht jetzt, lieber Freund, tut mir leid, aber es geht nicht, jetzt nicht. Dienstag, vielleicht Dienstag...«

Er schob sie ein wenig von sich fort, und sie sah seine forschenden Augen.

Sie hielt seinem Blick stand, solange sie konnte, barg dann ihren Kopf an seiner Brust und genoß seine Nähe. Das war knapp, dachte sie, fühlte ihre Knie und hoffte, ihn überzeugt zu haben. Beinahe hätte ich es passieren lassen, und das wäre gar nicht gut gewesen, für mich nicht, für Linc nicht und für ihn auch nicht. Klopfenden Herzens lehnte sie sich an ihn, sammelte sich, wartete und hoffte, daß er – mit Wärme und Güte und der Aussicht auf die kommende Woche – im nächsten Augenblick sagen würde: »Wollen wir wieder auf Deck gehen?«

Doch plötzlich spürte sie, wie sich seine Umarmung verstärkte, und bevor sie noch wußte, wie ihr geschah, lag sie auf dem Bett. Seine Küsse waren fordernd, seine Hände irrten über sie hin. Sie fing an, sich zu wehren, aber er bekam geschickt ihre Hände zu fassen und hielt sie mit seinen Lenden so fest, daß sie sich nicht rühren konnte. Er küßte sie ohne Hast, und seine Leidenschaft und ihre Erregtheit mischten sich mit ihrer Wut, ihrer Angst und ihrem Verlangen.

Er lockerte seinen Griff. Sofort ging sie zum Angriff über. Trotz ihres Verlangens war sie zum Kampf entschlossen. Sein Griff verstärkte sich wieder. Sie fühlte sich erdrückt, wollte überwältigt werden, wollte es nicht. Seine Lenden waren hart, das Bett weich. Und dann, so plötzlich, wie er begonnen hatte, gab er sie frei und rollte lachend zur Seite. »Wie wär's mit einem Drink?« fragte er ohne Groll.

Sie rang nach Atem. »Sie gemeiner Kerl! Der Teufel soll Sie holen!«

Seine Stimme klang beherrscht und ein wenig spöttisch. »Das wird er noch früh genug tun.«

Wütend, daß er so ruhig sein konnte und sie selbst nicht, stürzte sie sich auf ihn, um ihm ihre Nägel ins Gesicht zu krallen. Mühelos packte er ihre Hände und hielt sie fest. »Beruhigen Sie sich, Ciranoush«, sagte er freundlich. »Vergessen Sie nicht, daß wir beide über einundzwanzig sind, daß ich Sie schon fast nackt gesehen habe und daß, wenn ich Sie wirklich vergewaltigen wollte, es ein ungleicher Kampf sein würde. Sie könnten sich die Seele aus dem Leib schreien, und meine Leute würden nichts hören.«

»Sie verd...«

»Stop!« Gornt fuhr fort zu lächeln. Sie witterte Gefahr und verstummte. »Mit dem Gebalge wollte ich Sie nicht erschrecken, nur amüsieren«, sagte er sanft. »Es war ein Schelmenstück, nichts weiter. Ehrlich.« Wieder gab er sie frei, und, immer noch schwer atmend, kletterte sie vom Bett herunter.

Zornig ging sie zum Spiegel, um ihr Haar zu richten, sah im Spiegel, wie er lässig auf dem Bett lag und sie beobachtete, und wirbelte herum. »Ein richtiger Bastard sind Sie!«

Gornt stimmte ein dröhnendes, homerisches, ansteckendes Gelächter an, und als ihr das Läppische der Situation zum Bewußtsein kam, mußte auch sie lachen. Sekunden später bogen sich beide vor Lachen, er ausgestreckt auf dem Bett, sie am Toilettentisch.

Wie gute Freunde tranken sie dann an Deck Champagner, der in einem silbernen Eiskübel bereitstand und ihnen von einem schweigsamen Steward serviert wurde. In Kowloon, auf dem Pier, küßte sie ihn noch einmal. »Danke für einen wunderschönen Tag! Auf Dienstag, wenn nicht früher!« Sie winkte dem Schiff lange nach, bevor sie eilig ins Hotel zurückkehrte.

Auch Augenglas Wu eilte heimwärts. Er war müde, bedrückt und mit Sorge erfüllt. Der Aufstieg durch das Labyrinth von Baracken und Hütten in der Siedlung hoch über Aberdeen war beschwerlich, rutschig und gefährlich. Er atmete schwer. Da der Abfluß der Entwässerungsgräben durch Schlamm und Geröll verstopft war, quoll das Wasser an vielen Stellen über, hatte viele Wohnstätten weggeschwemmt und schwere Zerstörungen verursacht. Er machte einen Umweg um die tiefe Rutschung, wo Fünfte Nichte vorgestern beinahe den Tod gefunden hätte. Neue Erdrutsche hatten in dieser Gegend hundert und mehr Hütten zerstört.
Der Süßwarenstand war verschwunden und mit ihm die alte Frau, die hier verkauft hatte. »Wo ist sie?« fragte er.
Der Fledderer zuckte die Achseln und suchte weiter nach gutem Holz, Karton oder Wellblech.
»Wie schaut es oben aus?«
»So wie unten«, antwortete der Mann. »Teils gut, teils schlecht. Joss.«
Wu dankte ihm. Er war barfuß und trug die Schuhe in der Hand, um sie zu schonen. Jetzt stieg er aus dem Wassergraben und keuchte den Pfad empor, der sich nach oben schlängelte. Als der Rundfunk abermals über katastrophale Erdrutsche in dieser Gegend berichtete, hatte Armstrong ihm erlaubt, heimzugehen und Nachschau zu halten. »Aber kommen Sie zurück, so schnell Sie können! Für sieben Uhr ist wieder eine Befragung angesetzt.«
»Natürlich komme ich zurück«, murmelte er laut vor sich hin.
Die Verhöre waren sehr ermüdend gewesen, hatten ihm aber viel Lob von Armstrong und dem Chef des SI eingetragen. Seine Versetzung zum SI war jetzt sicher. Er hatte nur wenig geschlafen. Teils weil die Befragungen in keiner Beziehung zu Tag und Nacht standen, teils weil er sich bewähren wollte. Der Kunde wechselte ununterbrochen von Englisch zum Ning-tok-Dialekt und weiter zu Kantonesisch und wieder zurück. Es war nicht leicht, seinen weitschweifigen Reden zu folgen. Aber wenn seine Finger das wunderbare Bündel Geldscheine in seiner Tasche berührten, seinen Gewinn beim Rennen, ergriff eine unbeschwerte Zuversicht von ihm Besitz und half ihm über die schweren Stunden hinweg. Wieder berührte er das Geld und dankte den Göttern für seinen Joss, während er den schmalen Pfad weiter hinaufkletterte. Nur noch hundert Meter waren es zu seinem Teil der Siedlung hinauf, um diese letzte Ecke herum. Er beschleunigte seine Schritte und blieb stehen. Diesen Teil der Siedlung gab es nicht mehr, nur eine tiefe Senke im Boden war geblieben, und unten, in zweihundert Fuß

Tiefe, eine aufgestaute Lawine von Schlamm und Schutt. Hunderte von Wohnstätten waren verschwunden.
Wie betäubt kletterte er weiter, lenkte seine Schritte zur nächsten Hütte und klopfte an die Tür. Eine alte Frau öffnete und beäugte ihn mißtrauisch.
»Verzeihen Sie, Verehrte Dame, ich bin Wo Tscho-tams Sohn aus Ning-tok...«
Die Frau, Einzahn Yang, starrte ihn verständnislos an, fing aber dann an zu reden, doch Wu verstand ihre Sprache nicht. Er dankte ihr und ging weiter. Er hatte nicht daran gedacht, daß hier Leute aus Schanghai wohnten, die einen anderen Dialekt sprachen. Ein Stück weiter den Hang hinauf klopfte er wieder an eine Tür.
»Verzeihung, Ehrenwerter Herr, was ist hier geschehen? Ich bin Wu Tscho-Tams Sohn aus Ning-tok, und meine Familie hat da gewohnt.« Er deutete auf den Abgrund.
»Es geschah in der Nacht, Ehrenwerter Wu«, antwortete der Mann in einem kantonesischen Dialekt, den er verstand. »Es klang wie der alte Kantonexpreß, und dann dröhnte die Erde, die Menschen schrien, und in einigen Hütten brach Feuer aus. *Dew neh loh moh*, die Nacht war schlimm!« Der Nachbar war ein zahnloser Alter, und sein Mund öffnete sich zu einem Grinsen. »Den Göttern sei Dank, daß Sie nicht da geschlafen haben, *heya?*« Er schloß die Tür.
Wu suchte sich vorsichtig einen Weg hinunter. Endlich fand er einen Gemeindeältesten aus der Gegend von Ning-tok. »Ah, Augenglas Wu, Polizist Wu, einige Mitglieder deiner Familie sind da oben.« Ein knorriger Finger deutete nach oben. »Dort, im Hause deines Vetters Wu Wam-pak.«
»Hat es viele Opfer gegeben, Ehrenwerter Herr?«
»Der Teufel soll alle Erdrutsche holen, woher soll ich es wissen? Bin ich der Hüter dieses Berges? Dutzende werden vermißt.«
Augenglas Wu dankte ihm. In der Hütte fand er den Neunten Onkel, Großmutter, die Frau des Sechsten Onkels und ihre vier Kinder, die Frau des Dritten Onkels und ihr Baby. Der Fünfte Onkel trug einen gebrochenen Arm in einer primitiven Schiene.
»Und die anderen?« fragte er. Sieben fehlten.
»In der Erde«, antwortete die Großmutter. »Hier hast du Tee, Augenglas Wu.«
»Danke dir, Verehrte Großmutter! Und Großvater?«
»Er ist noch vor dem Rutsch in die Tiefe gestürzt. In der Nacht vor dem Rutsch.«
»Joss. Und Fünfte Nichte?«
»Sie ist verschwunden.«
»Könnte sie noch am Leben sein?«
»Vielleicht. Sechster Onkel sucht sie jetzt unten, sie und die anderen, ob-

wohl sie ein unnützes Maul ist. Aber was geschieht jetzt mit meinen Söhnen und deren Söhnen?«
»Joss«, sagte Wu traurig, ohne die Götter zu verfluchen. Auch Götter machen Fehler. »Wir werden Räucherstäbe für sie anzünden. Joss.« Er setzte sich auf eine alte Kiste.
»Neunter Onkel, wie steht es mit unserer Fabrik? Wurde sie beschädigt?«
»Nein, allen Göttern sei Dank!« Der Mann war völlig benommen. Er hatte seine Frau und drei Kinder verloren und sich selbst im letzten Augenblick aus dem Meer von Schlamm gerettet, das seiner Familie zum Verhängnis geworden war.
»Gut.« Dort befanden sich auch alle Papiere und Unterlagen für die »Freiheitskämpfer« – wie auch die alte Schreibmaschine und die noch ältere Kopiermaschine. »Sehr gut. Also, Fünfter Onkel, morgen kaufst du eine Kunststoffverarbeitungsmaschine, von jetzt ab machen wir unsere eigenen Blumen. Sechster Onkel wird dir helfen, und wir fangen frisch an.«
Ärgerlich spuckte der Alte aus. »Wo sollen wir denn das Geld hernehmen, was? Wie können wir...« Er brach ab und machte große Augen. Alle sperrten den Mund auf. Augenglas Wu hatte das Bündel Scheine aus der Tasche genommen. »*Ayeeyah*, Verehrter Jüngerer Bruder, ich sehe, daß du endlich doch so klug warst, mit der Schlange zusammenzuarbeiten.«
»Wie weise«, riefen die anderen stolz im Chor. »Mögen alle Götter Jüngeren Bruder segnen!«
Der junge Mann schwieg. Er ließ sie dabei, weil er wußte, daß sie ihm die Wahrheit nicht glauben würden. »Morgen geh los und schau dich nach einer guten Maschine aus zweiter Hand um! Du kannst bis neunhundert Dollar dafür zahlen«, erklärte er dem alten Mann, wohl wissend, daß auch fünfzehnhundert zur Verfügung standen, wenn es nötig sein sollte. Dann ging er vor die Tür und vereinbarte mit ihrem Vetter, dem diese Hütte gehörte, daß er ihnen eine Ecke vermietete, bis die eigene Wohnstätte wieder aufgebaut war. Mit dem Gefühl, alles für die Familie Wu getan zu haben, was in seiner Macht stand, verließ er sie, um ins Präsidium zurückzukehren. Sein Herz blutete, und er hätte den Göttern ihre Gemeinheit oder Sorglosigkeit vorwerfen wollen, weil sie ihm so viele seiner Lieben, vor allem aber Fünfte Nichte, genommen hatten.
Sei kein Narr, sagte er sich. Joss ist Joss. Du hast viel Geld in der Tasche, eine blendende Zukunft im SI, es gilt auch weiterhin, den »Freiheitskämpfer« zu liefern – und über die Zeit des Sterbens entscheiden nun mal die Götter.
Arme kleine Fünfte Nichte! So hübsch, so süß!
»Götter sind Götter«, murmelte er traurig und verbannte sie für immer aus seinen Gedanken.

7

18.30 Uhr:

Vor sich hinmurmelnd humpelte Ah Tat die breite Treppe des Großen Hauses hinauf und durch die Lange Galerie. Sie haßte die Galerie und die Gesichter, die sie zu beobachten schienen. Zu viele Gespenster hier, dachte sie mit abergläubischer Scheu. Vor fünfundachtzig Jahren war sie in diesem Haus geboren worden, sie war in diesem Haus aufgewachsen und hatte zu viele dieser Gesichter noch persönlich gekannt. Es war unzivilisiert, ihre Geister hier gefangenzuhalten, indem man ihre Porträts an die Wand hängte. Zivilisierter wäre es, sie dem Gedächtnis anzuvertrauen, wo Geister hingehören.
Ein kleiner Schauder lief ihr über den Rücken wie immer, wenn sie den Dolch sah, den »die Hexe« dem Bild ihres Vaters durchs Herz gestoßen hatte. *Dew neh loh moh,* dachte sie, das war eine wilde Hummel! Unstillbar war das Verlangen in ihrem Jadetor, stets beklagte sie in ihrem Innern den Verlust *des* Tai-Pan, ihres Schwiegervaters, beklagte sie ihr Schicksal, nicht den Vater, sondern seinen Schwächling von Sohn geheiratet zu haben, nie vom Schwiegervater bestiegen worden zu sein... Und *ayeeyah,* die vielen Fremden, die sie über all die Jahre in ihr Bett holte, Barbaren aller Nationen, um sie sich gleich wieder vom Halse zu schaffen.
Die Götter sind meine Zeugen! Das Jadetor und der einäugige Mönch, sie sind wahrlich *Yin* und *Yang,* wahrlich unverwüstlich, wahrlich göttlich, beide unersättlich! Allen Göttern sei Dank, daß meine Eltern mir gestatteten, das Keuschheitsgelübde abzulegen und mein Leben damit zu verbringen, Kinder großzuziehen! Allen Göttern sei Dank, daß nicht alle Frauen Männer brauchen, um mit den Göttern eins zu werden! Allen Göttern sei Dank, daß manche Frauen so klug sind, lieber mit anderen Frauen zu kosen und zu kuscheln, sie zu berühren und zu genießen. Als »die Hexe« älter wurde, hatte auch sie Gespielinnen, viele sogar! In deren jugendfrischen Armen fand sie Vergnügen, aber – zum Unterschied von mir – niemals Erfüllung. Seltsam: Sie schlief mit zivilisierten Mädchen, aber nie mit einem zivilisierten Mann, dem es sicher gelungen wäre, ihr Feuer zu löschen, so oder so, mit oder ohne gewisse Instrumente. Alle Götter sind meine Zeugen, wie oft habe ich es ihr gesagt? Denn ich war die einzige, mit der sie über solche Dinge sprach!
Ah Tat wandte ihre Augen von dem Bild ab und humpelte weiter. Das Haus wird nie vollkommen sein, solange nicht jemand das Messer herauszieht und ins Meer wirft. Die alte Frau klopfte nicht an die Schlafzimmertür. Lautlos, um ihn nicht zu wecken, trat sie ein, blieb vor dem großen Doppelbett stehen und blickte auf ihn hinab. Das war für sie die schönste Zeit,

wenn ihr Mannkind noch schlief, allein schlief, wenn sie sein schlafendes Gesicht betrachten durfte und sich keine Sorgen zu machen brauchte, die Hauptfrau könnte ihrem Ärger über ihr Kommen und Gehen Ausdruck verleihen.
Dummes Weib, dachte sie. Warum tut sie nicht ihre Pflicht als Hauptfrau und führt meinem Sohn eine andere Frau zu, eine junge, zivilisierte, die noch Kinder gebären kann, wie der alte Grünäugige Teufel sie hatte! Kinder würden Leben in dieses Haus bringen. Ja, es braucht mehr Söhne. Wie dumm, die Verantwortung für die Nachkommenschaft auf die Schultern eines einzigen Sohnes zu legen! Und wie dumm, diesen Hengst allein, das Bett leer und ihn der Versuchung ausgesetzt sein zu lassen, einer glattzüngigen Hure in die Hände zu fallen! Versteht sie denn nicht, daß wir das Haus schützen müssen? Barbarin!
Sie sah, wie er die Augen aufschlug und sich wohlig rekelte. »Zeit aufzustehen, mein Sohn«, sagte sie. »Du mußt dich waschen, anziehen, telefonieren und deiner armen alten Mutter Arbeit machen, *heya?*«
»Ja, Mutter«, brummelte Dunross auf Kantonesisch, schüttelte sich wie ein nasser Hund, streckte sich noch einmal, stieg aus dem Bett und marschierte nackt ins Badezimmer.
Kritisch betrachtete sie seinen Körper, die faltigen, grausamen Narben von den beim Absturz seines Flugzeugs erlittenen Verbrennungen, die seine Beine bedeckten. Aber die Beine waren stämmig, die Flanken kräftig und der *Yang* forsch und gesund. Gut, dachte sie, ich freue mich zu sehen, daß alles in Ordnung ist. Trotzdem war sie über seine Magerkeit besorgt, über das Fehlen eines gepflegten Bauches, wie er seinem Reichtum und seiner Position entspräche. »Du ißt nicht genug, mein Sohn!«
»Mehr als genug!«
»Im Eimer ist heißes Wasser. Vergiß nicht, dir die Zähne zu putzen!«
Zufrieden begann sie, das Bett zu machen. »Er hat diese Ruhepause nötig gehabt«, murmelte sie, ohne zu merken, daß sie laut sprach. »Er war ja wie verrückt diese letzte Woche, hat von früh bis spät gearbeitet, und die Angst hat ihm im Gesicht gestanden, solche Angst kann töten.« Und sie rief ihm nach: »Schlag dir heute nicht wieder die Nacht um die Ohren! Du mußt auf dich aufpassen, und wenn du dir eine Hure nimmst, bring sie hierher wie ein vernünftiger Mensch, *heya?*«
Sie hörte ihn lachen, und sie war froh. In den letzten Tagen hat er zu wenig gelacht, dachte sie. »Ein Mann braucht Heiterkeit und ein jugendfrisches *Yin,* um seinen *Yang* zu nähren. Was hast du eben gesagt?«
»Ich sagte, wo ist Tochter Nummer Eins?«
»Kommt und geht, immer mit diesem neuen Barbaren«, antwortete sie, ging zur Badezimmertür und sah zu, wie er sich mit Wasser überschüttete. »Der mit den langen Haaren und ungebügelten Hosen, der für den *China Guardian* arbeitet. Mit dem bin ich ganz und gar nicht einverstanden!«

»Wo gehen sie denn immer hin, Ah Tat?«
Die alte Frau zuckte die Achseln und blies die Backen auf. »Je schneller Tochter Nummer Eins unter die Haube kommt, desto besser. Soll doch ein anderer sehen, wie er mit ihr fertig wird, nicht immer nur du! Oder du legst sie mal richtig übers Knie.«
Wieder lachte er, und sie fragte sich, warum er diesmal lachte. »Bekommt langsam auch schon eine weiche Birne«, brummte sie, wandte sich ab und verließ das Schlafzimmer.
Er stand in der Wanne und goß noch einen Eimer kaltes Wasser über sich. Ich wollte, es wäre endlich mal Schluß mit dieser verdammten Wasserknappheit, dachte er, ich könnte eine richtige heiße Dusche gebrauchen – aber seine Gedanken kreisten immer wieder um Adryon, und sofort hörte er wieder Penelopes Ermahnung: »Sei doch vernünftig, Ian, es ist ihr Leben! Sei doch vernünftig!«
»Ich bemühe mich«, murmelte er, während er sich kräftig abtrocknete. Kurz vor dem Einschlafen hatte er Penelope auf Schloß Avisyard angerufen. »Kathy kommt nächste Woche. Ich hoffe so sehr, daß die Untersuchungen gut verlaufen sind.«
»Ich stehe mit den Ärzten in Verbindung, Penn.« Er erzählte ihr, daß er Gavallan nach Schottland schickte. »Er wollte immer schon hin, Kathy auch. Es wird ihnen beiden guttun. Sie können sich im Ostflügel einrichten.«
»Oh, das ist wunderbar, Ian!«
»Wie ist denn das Wetter bei euch?«
»Wir haben herrliches Wetter, und das Haus ist so schön. Kannst du nicht auf ein paar Tage herkommen?«
»Ich kann jetzt hier nicht weg, Penn. Hast du von der Börse gehört?«
Er hörte das kurze Schweigen und konnte sich vorstellen, wie ihr Gesicht sich veränderte. Er ahnte ihren ohnmächtigen Zorn gegen die Börse, gegen Hongkong und das Geschäft.
»Ja. Es muß schrecklich sein«, hatte sie geantwortet, »du Armer. Alastair war gestern abend ganz aus dem Häuschen. Es kommt doch alles wieder in Ordnung, nicht wahr?«
»O ja«, sagte er zuversichtlich und fragte sich, was sie wohl sagen würde, wenn sie wüßte, daß er für den Murtagh-Kredit – wenn er ihn bekam – persönlich würde haften müssen. Er berichtete ihr alle Neuigkeiten und erzählte ihr auch, daß AMG ihm eine sehr interessante Botschaft geschickt hatte, und daß die Überbringerin eine Schweizerin japanischer Herkunft war. »Eine tolle Ische!«
»Nicht zu toll, will ich hoffen.«
»Aber nein. Wie geht es Glenna, und wie geht es dir?«
»Ausgezeichnet! Hast du von Duncan gehört?«
»Ja. Er kommt morgen an – ich werde dafür sorgen, daß er dich gleich anruft. Das wär's, Penn. Ich liebe dich.«

»Ich liebe dich auch und wünschte, du wärst hier. Wie geht es Adryon?«
»Immer das gleiche. Sie und dieser Haply sind unzertrennlich.«
»Vergiß nicht, daß sie erwachsen ist, Liebster, und mach dir keine Sorgen!«
Er trocknete sich fertig ab und betrachtete sich im Spiegel, wobei er sich die Frage stellte, ob er für seine Jahre alt oder jung war. Er fühlte sich nicht anders, als er sich mit neunzehn gefühlt hatte – an der Universität oder im Krieg. »Du hast Glück, daß du noch lebst, alter Knabe«, sagte er nach einer kleinen Weile. »Mann, hast du Glück gehabt!«
Er hatte tief geschlafen und von Tiptop geträumt. Kurz vor seinem Erwachen hatte ihn jemand in seinem Traum gefragt: »Was wirst du tun?« Ich weiß es nicht, dachte er. Wie weit kann ich diesem Sinders trauen? Nicht sehr weit. Aber ich bin ihm in die Parade gefahren mit meiner Drohung... mit meinem Versprechen, die elf Papiere zu veröffentlichen. Und ich werde mein Versprechen halten, bei Gott!
Ich täte gut daran, Tiptop anzurufen, bevor ich zu Plumm fahre.
Er hörte die Schlafzimmertür aufgehen; Ah Tat kam durch den Raum getappt und blieb an der Badezimmertür stehen. »Ich vergaß, dir zu sagen, mein Sohn, unten wartet ein Barbar auf dich.«
»Wer denn?«
Sie zuckte die Achseln. »Ein Barbar. Nicht so groß wie du. Er hat einen komischen Namen und ist mit seinem strohblonden Haar besonders häßlich.« Sie kramte in ihrer Tasche und fand eine Visitenkarte. »Hier.«
Auf der Karte stand: Dave Murtagh III, Royal Belgium and Far East Bank.
Dunross' Magen krampfte sich zusammen. »Wie lange wartet er schon?«
»Eine Stunde, vielleicht auch länger.«
»Was? Zum Teufel mit allen Göttern! Warum hast du mich nicht geweckt?«
»Warum ich dich nicht geweckt habe?« Sie schüttelte den Kopf. »Warum wohl? Was denkst du? Bin ich verrückt? Wegen eines fremden Teufels? *Ayeeyah*, was ist wichtiger, sein Warten oder dein Ausruhen? *Ayeeyah!*« Murrend zog sie ab. »Als ob ich nicht wüßte, was dir am besten frommt!«
Dunross kleidete sich eilig an und lief die Treppe hinunter. Murtagh lag ausgestreckt in einem Lehnsessel. Als die Tür aufging, schreckte er hoch. »Oh, hallo!«
»Tut mir entsetzlich leid. Ich hielt ein Nickerchen und wußte nicht, daß Sie da sind.«
»Schon recht, Tai-Pan.« Dave Murtagh machte einen angeschlagenen Eindruck. »Ihr Hausdrachen hat mir mit Mord und Totschlag gedroht, wenn ich nur ein lautes Wort spräche. Aber das war gar nicht nötig – ich muß gleich eingedöst sein. Entschuldigen Sie, daß ich uneingeladen gekommen bin, aber ich hielt es für besser, als zu telefonieren.«
Dunross ließ sich seine schmerzliche Enttäuschung nicht anmerken. Es ist eine Absage, dachte er. »Whisky?«

»Ja, bitte, mit Soda! Danke! Mein Gott, bin ich müde!«
Dunross schenkte zwei Gläser ein. »Zum Wohl!« sagte er.
Sie stießen an.
»Zum Wohl! Und Sie haben Ihr Deal!« Der junge Mann lachte über das ganze Gesicht. »Wir haben es geschafft«, rief er. »Sie haben gebrüllt und gezetert, aber vor einer Stunde haben sie zugestimmt. Wir haben alles bekommen! 120 Prozent der Schiffe und einen Revolving-Fonds in der Höhe von 50 Millionen US-Dollar, das Geld kommt Mittwoch, aber Sie können ab Montag um zehn darüber verfügen. Mein Gott, wir haben's geschafft!«
Es bedurfte Dunross' ganzer Selbstbeherrschung, um nicht in ein Triumphgeheul auszubrechen und nur ruhig zu sagen: »Wie schön« und einen zweiten Schluck von seinem Whisky zu nehmen. »Was haben Sie denn?« Er sah den Schock auf dem Gesicht des jungen Mannes.
Murtagh schüttelte den Kopf. »Ihr Engländer! Ich werde euch nie verstehen! Ich bringe Ihnen das große Los und alles, was Sie dazu zu sagen haben, ist ›Wie schön!‹« Dunross lachte, er brüllte vor Lachen, und die Schale seines Glücks lief über. Er schüttelte Murtagh die Hand und dankte ihm. »Besser so?« fragte er strahlend.
»Viel besser!« Murtagh langte nach seiner Aktentasche und zog einen Stoß von Verträgen und Papieren heraus. »Es ist alles wie besprochen. Ich habe die ganze Nacht daran gearbeitet. Das ist der Hauptdarlehensvertrag, das ist Ihre persönliche Garantie, die sind für das Gesellschaftssiegel, zehn Ausfertigungen von allem.«
»Ich paraphiere jetzt einen Satz, den können Sie behalten, und Sie paraphieren einen Satz, den ich behalte, und morgen früh unterschreiben wir offiziell. Können Sie morgen früh in meinem Büro sein, sagen wir um halb acht? Dann würden wir...«
Unwillkürlich stöhnte Murtagh auf. »Wie wäre es um acht, Tai-Pan, oder halb neun? Ich muß eine ganze Menge versäumten Schlaf nachholen.«
»Halb acht. Sie können den ganzen Tag schlafen. Und für den morgigen Abend sind Sie besetzt.«
»Ich bin besetzt?«
»Ja. Sie sollten sich gut ausruhen. Sie werden morgen abend sehr beschäftigt sein.«
»Womit?«
»Sie sind nicht verheiratet, Sie sind nicht gebunden, also wäre ein unterhaltsamer Abend doch keine schlechte Sache, nicht wahr?«
»Sicher nicht.« Murtaghs Gesicht erhellte sich merklich.
»Gut. Ich schicke Sie zu einem meiner Freunde in Aberdeen. Zu Goldzahn Wu.«
»Zu wem?«
»Es ist ein alter Freund der Familie. Völlig sicher. Und weil wir gerade dabei sind – nächste Woche Lunch auf dem Rennplatz?«

»O danke. Miss Tcholok hat mir gestern einen heißen Tip gegeben, und ich habe auch gewonnen. Es heißt, *Sie* werden nächsten Sonnabend Noble Star reiten. Stimmt das?«
»Vielleicht.« Dunross fixierte ihn. »Ist das Geschäft wirklich gelaufen? Kann da niemand mehr dazwischenfunken?«
»Ausgeschlossen! Oh! Beinahe hätte ich's vergessen.« Er reichte ihm das bestätigende Telex. »Alles wie abgesprochen.« Murtagh warf einen Blick auf die Uhr. »In New York ist es jetzt sechs Uhr früh, aber Sie möchten in einer Stunde Mr. S. J. Beverly, den Vorsitzenden unseres Vorstands, anklingeln – er erwartet Ihren Anruf. Das ist seine Nummer.« Er strahlte. »Sie haben mich zum Vizepräsidenten für Asien gemacht.«
»Meinen Glückwunsch!«
Dunross wußte, daß er bald gehen mußte, denn er wollte sich nicht verspäten und Riko nicht warten lassen. »Wollen wir jetzt paraphieren?«
Murtagh war bereits dabei, die Papiere zu sortieren. »Noch eines, Tai-Pan: S. J. hat gesagt, wir müssen die Sache geheimhalten.«
»Das wird schwer sein. Wer hat das alles getippt?«
»Meine Sekretärin – aber sie ist Amerikanerin und hält dicht.«
Dunross nickte, aber er war nicht überzeugt. Das Mädchen am Fernschreiber, die Telefonistin, die Putzfrau – wie immer er oder Murtagh sich verhielten, die Neuigkeit mußte bald allgemein bekannt sein. Wie, fragte er sich, konnte man den größten Vorteil aus allem ziehen, solange niemand davon wußte? Es fiel ihm schwer, nicht vor Freude an die Decke zu springen angesichts dieses beispiellosen, noch nie dagewesenen Deals. Er begann einen Satz der Verträge zu paraphieren, Murtagh einen anderen. Er brach ab, als er die Eingangstür aufgehen und mit einem Knall zufallen hörte. »Ah Tat!« brüllte Adryon, und ließ eine Flut von Kantonesisch nachfolgen, die mit den Worten endete: »... und, bei allen Göttern, hast du meine neue Bluse geplättet?«
»Bluse? Welche Bluse, meine ungeduldige junge Dame mit der durchdringenden Stimme? Die rote? Die rote gehört Hauptfrau, und die hat dir...«
»Ach, die gehört jetzt mir, Ah Tat! Ich habe dir sehr ernsthaft aufgetragen, sie zu plätten.«
Auch Murtagh hatte die Feder weggelegt und lauschte dem schrillen Kantonesisch der beiden Frauen. »Mein Gott«, sagte er, »ich werde mich nie daran gewöhnen, wie die Dienstboten hier herumschreien.«
Dunross lachte, winkte ihm mitzukommen und öffnete vorsichtig die Tür. Murtagh schnappte nach Luft. Adryon hatte die Hände in die Hüften gestemmt und begeiferte Ah Tat, die in gleicher Weise zurückfeuerte.
»Ruhe!« rief Dunross, und beide verstummten. »Vielen Dank! Du gibst ganz schön an, Adryon«, tadelte er sie milde.
Sie strahlte ihn an. »Guten Abend, Vater! Hast du die...« Sie sah Murtagh und brach ab. Die Veränderung entging Dunross nicht.

»Ach, Adryon, darf ich dir Dave Murtagh, Vizepräsident für Asien der Royal Belgium and Far East Bank, vorstellen?« Er streifte Murtagh mit einem Blick und sah den verdatterten Ausdruck auf seinem Gesicht. »Das ist meine Tochter Adryon.«
»Sie, äh, sprechen Chinesisch, Miss Dunross?«
»Ach ja, ja natürlich. Kantonesisch. Selbstverständlich. Sind Sie neu in Hongkong?«
»Ach nein, Ma'am, nein, ich bin schon ein halbes Jahr hier.«
Dunross beobachtete die beiden mit zunehmender Belustigung. Ach ja, dachte er, Junge trifft Mädchen. Mädchen trifft Jungen, und wer weiß, vielleicht ist er der Mann, der Haply einen Knüppel zwischen die Beine werfen könnte. »Möchtest du nicht ein Glas mit uns trinken, Adryon?« Er fragte sie beiläufig in dem Augenblick, da ihr Gespräch versickerte und sie sich anschickte zu gehen.
»Danke, Vater, aber ich möchte dich nicht stören.«
»Wir sind gleich fertig. Komm nur! Wie geht's denn so?«
»Gut, gut!« Adryon wandte sich wieder an Ah Tat, die sich nicht vom Fleck gerührt hatte. »Du wirst meine Bluse plätten, bitte«, sagte sie auf Kantonesisch in gebieterischem Ton. »In fünfzehn Minuten muß ich gehen.«
»*Dew neh loh moh* auf deine fünfzehn Minuten, junge Kaiserin«, schnaubte Ah Tat und kehrte murrend in die Küche zurück.
Adryon richtete ihr Augenmerk auf Murtagh, der sichtlich aufblühte und seine Müdigkeit vergessen zu haben schien. »Aus welchem Teil der Vereinigten Staaten kommen Sie?«
»Aus Texas, Ma'am, aber ich war auch in Los Angeles, New York und New Orleans. Spielen Sie Tennis?«
»O ja.«
»Wir haben ein paar gute Plätze im Amerikanischen Klub. Würden Sie vielleicht nächste Woche einmal mit mir spielen wollen?«
»Sehr gern. Ich habe dort schon gespielt. Sind Sie gut?«
»Nein, Ma'am, äh, Miss Dunross, nur Collegeklasse.«
»Collegeklasse könnte heißen sehr gut. Nennen Sie mich doch Adryon!«
Dunross reichte ihr das Glas Sherry, das er eingeschenkt hatte. Du wirst dich anstrengen müssen, junger Freund, dachte er, denn er wußte, mit wie vielen Mitbewerbern er es zu tun bekommen würde. Es kann dir leicht passieren, daß du eins auf den Deckel kriegst.
Könnte ich mich mit dem Gedanken anfreunden, einen Bankier in der Familie zu haben? Vielleicht sollte ich Erkundigungen über ihn einziehen. Du lieber Gott, ein Amerikaner! Na ja, ein Texaner, und das ist nicht das gleiche, nicht wahr? Ich wollte, Penn wäre wieder da.
»... nein, nein, ich wohne in einem firmeneigenen Apartment drüben in West Point. Nicht groß, aber sehr nett.«
»Und das ist so wichtig, nicht wahr? Ich wohne hier, aber bald werde ich

mein eigenes Apartment haben.« Gezielt fügte sie hinzu: »Nicht wahr, Vater?«
»Selbstverständlich«, antwortete Dunross, »nach der Universität. Hier ist mein Satz, Mr. Murtagh. Ob Sie jetzt wohl Ihren paraphieren könnten?«
»Ach ja... entschuldigen Sie!« Eilig unterzeichnete Murdagh die Dokumente.
»Hier, Sir! Sie sagten, morgen um halb acht in Ihrem Büro, nicht wahr?«
Adryon zog eine Augenbraue hoch. »Seien Sie pünktlich, Dave! Auf Unpünktlichkeit reagiert der Tai-Pan ziemlich sauer.«
»Unsinn«, bemerkte Dunross.
»Ich liebe dich, Vater, aber das ist kein Unsinn!«
Sie plauderten noch eine kleine Weile, dann warf Dunross einen Blick auf die Uhr. »Verflixt! Ich muß noch einen Anruf machen und dann laufen.«
Sofort griff Murtagh zu seiner Aktentasche, aber Dunross setzte unschuldsvoll hinzu: »Du sagtest doch, du würdest in ein paar Minuten gehen. Ob du Mr. Murtagh wohl absetzen könntest?«
»Ach, ich kann mir doch ein Taxi nehmen«, protestierte der junge Bankier.
»Sie brauchen sich keine Mühe...«
»Das ist doch keine Mühe«, sagte sie heiter. »West Point liegt auf meinem Weg.«
Dunross wünschte ihnen einen guten Abend und verließ sie. Er begab sich in sein Arbeitszimmer, schloß die Tür hinter sich – und schloß damit bis auf Tiptop alles aus. Dirk Struan beobachtete ihn, und einen Augenblick lang erwiderte Dunross seinen Blick.
»Ich habe drei Pläne – A, B und C«, sagte er laut, »und alle drei sind zum Scheitern verurteilt, wenn Sinders mich hängen läßt.«
Die Augen lächelten in ihrer sonderbaren Art.
Er hatte die Pläne mit Philip Tschen durchgesprochen. »Gefahren bergen sie alle«, hatte der Comprador gemeint. »Die Entscheidung, nach welchem du vorgehen willst, liegt bei dir. Du wirst persönliche Garantien abgeben müssen. Es geht auch um dein Gesicht, obwohl ich dich in allem unterstützen würde, und du ja als ›alter Freund‹ um eine Gefälligkeit ersucht hast.«
»Wie steht es mit Sir Luis?«
»Ich bin für heute abend mit ihm verabredet. Ich hoffe auf seine Hilfe.«
Philip Tschen war ihm grauer und älter als je zuvor erschienen. »Nur schade, daß wir Tiptop nichts anbieten können – im Fall Sinders sind unsere Erwartungen enttäuscht.«
»Und wenn wir die Tankerflotte zum Tauschobjekt machten? Können wir Vee Cee unter Druck setzen? Was ist mit den Thoriumverbindungen – oder Joseph Yu?«
»Mit Drohungen kommt Tiptop nicht weiter. Hat P. B. Hilfe zugesagt?«
»Er hat versprochen, Tiptop heute nachmittag anzurufen – und er wollte auch mit einem Freund in Peking reden.«

Um Punkt sieben wählte Dunross Tiptops Nummer. »Mr. Tip, bitte! Ian Dunross.«
»Guten Abend, Tai-Pan. Wie geht es Ihnen? Wie ich höre, könnte es sein, daß Sie nächsten Sonnabend Noble Star reiten?«
»Es wäre möglich.« Sie sprachen über Belanglosigkeiten, und dann sagte Tiptop: »Und dieser Unglückliche? Wann spätestens soll er freigelassen werden?«
Dunross setzte seine Zukunft aufs Spiel. »Morgen bei Sonnenuntergang in Lo Wu.«
»Können Sie persönlich garantieren, daß er da sein wird?«
»Ich gebe Ihnen meine persönliche Garantie, daß ich alles in meiner Macht Stehende unternommen habe, um die Behörden dazu zu bringen, ihn freizulassen.«
»Damit ist aber nicht gesagt, daß er auch wirklich da sein wird, nicht wahr?«
»Nein. Aber er wird da sein. Ich bin... Hören Sie, Mr. Tip«, setzte er an, und ihm war fast übel vor Erregung, »wir leben in schweren Zeiten. Alte Freunde brauchen alte Freunde wie nie zuvor. Vertraulich – sehr vertraulich – habe ich erfahren, daß unsere Special Branch in den letzten zwei Tagen Kenntnis von einem hier agierenden sowjetischen Spionagering erlangt hat, einem Schweigenetz mit der Codebezeichnung Sevrin. Sevrins Ziel ist die Zerstörung der Verbindungen, die das Reich der Mitte mit dem Rest der Welt unterhält.«
»Das ist nichts Neues, Tai-Pan. Imperialisten sind Imperialisten. Diesbezüglich gibt es keinen Unterschied zwischen dem zaristischen und Sowjetrußland. Seit vierhundert Jahren geht das so. Vierhundert Jahre sind seit ihren ersten Raubzügen in unserem Land vergangen. Aber bitte fahren Sie fort!«
»Meiner Meinung nach werden Hongkong und das Reich der Mitte als gleichrangige Ziele ins Auge gefaßt. Wir sind euer einziges Fenster zur Welt. Jede Störung hier kann nur den Imperialisten Vorteile bringen. Ein Teil der der Special Branch vorliegenden Dokumentation ist in meine Hände gelangt.« Dunross begann wörtlich aus AMGs Bericht zu zitieren. Es schien, als läse er von den Seiten ab, die er mühelos aus seiner Erinnerung heraufbeschwor. Er gab Tiptop alle Einzelheiten bekannt, die auf Sevrin, die Spione und den Maulwurf in der Polizei Bezug hatten.
Schweigen folgte. »Welches Datum trägt das Sevrin-Dokument, Tai-Pan?«
»Es wurde von einem ›L. B.‹ am 14. März 1950 genehmigt.«
Ein langer Seufzer. »Lawrentji Berija?«
»Das weiß ich nicht.« Je intensiver sich Dunross mit diesem neuen Manöver beschäftigte, desto größer wurde seine Erregung, weil er jetzt sicher war, daß diese Informationen und eindeutigen Beweise, wenn sie in Peking

in die richtigen Hände gerieten, grundlegende Veränderungen in den sowjetisch-chinesischen Beziehungen nach sich ziehen würden.

»Besteht die Möglichkeit, dieses Dokument zu sehen?«

»Ja, die Möglichkeit besteht«, antwortete Dunross, während ihm der Schweiß über den Rücken lief, sehr zufrieden, daß er in kluger Voraussicht die auf Sevrin bezüglichen Teile des AMG-Berichtes fotokopiert hatte.

»Und das Dokument des tschechischen StB, das Sie erwähnten?«

»Ja, den Teil, den ich habe. Er ist vom 6. April 1959 datiert.«

»Unsere sogenannten Verbündeten waren also schon immer Wolfsherzen und Hundelungen?«

»Ich fürchte ja.«

»Wie kommt es, daß Europa und diese Kapitalisten in Amerika nicht verstehen, wer der wirkliche Feind in dieser Welt ist? *Heya?*«

»Das ist schwer zu verstehen«, antwortete Dunross, der jetzt beschloß, eine abwartende Haltung einzunehmen.

Nach einer kleinen Pause nun wieder Herr seiner Gefühle, sagte Tiptop: »Ich bin sicher, meine Freunde würden gern Kopien dieses Sevrin-Dokuments und der dazugehörigen Beweisunterlagen sehen.«

Dunross wischte sich den Schweiß von der Stirn, aber seine Stimme blieb ruhig. »Als ›alter Freund‹ ist es mein Privileg, Ihnen, wo ich kann, zu Diensten zu sein.« Wieder Schweigen. »Ein gemeinsamer Freund hat mich angerufen und mir mitgeteilt, daß er Ihr an die Bank of China gerichtetes Ersuchen befürwortet, und vor wenigen Minuten rief eine hochgestellte Persönlichkeit aus Peking an und ließ durchblicken, daß man jede Unterstützung, die Ihnen gewährt werden könnte, als verdienstvoll ansehen würde.«

Dunross glaubte zu spüren, wie Tiptop – und die anderen, die vermutlich mithörten – sorgsam abwägten, nickten oder die Köpfe schüttelten. »Würden Sie mich einen Augenblick entschuldigen, Tai-Pan, es ist jemand an der Tür.«

»Soll ich zurückrufen?« Er wollte ihnen Zeit zum Überlegen lassen.

»Nein, das wird nicht nötig sein, wenn es Ihnen nichts ausmacht, einen Augenblick zu warten!«

Der Hörer wurde niedergelegt. Im Hintergrund spielte ein Radio. Unklare Geräusche, die auch gedämpfte Stimmen sein konnten. Das Warten schien kein Ende nehmen zu wollen. Das Telefon knackte.

»Verzeihung, Tai-Pan! Bitte schicken Sie uns diese Kopien bald – würde es Ihnen nach der Postsitzung passen?«

»Gewiß.«

»Richten Sie bitte Mr. David MacStruan bei seiner Ankunft unsere besten Grüße aus!«

Beinahe wäre Dunross der Hörer aus der Hand gefallen. »Ich darf sie in seinem Namen erwidern. Wie geht es Mr. Yu?« fragte er, einen Sprung ins Dunkle wagend, und hätte doch am liebsten ins Telefon geschrien: »Was ist

mit dem Geld?« Doch dies war ein chinesisches Verhandeln. Hier war Vorsicht geboten.
»Gut«, antwortete Tiptop. »Ach ja, richtig. Mr. Yu hat heute nachmittag aus Kanton angerufen. Er würde das Gespräch mit Ihnen gerne auf einen früheren Zeitpunkt verlegen, wenn das möglich wäre. Etwa auf morgen, Montag, in zwei Wochen.«
Dunross überlegte kurz. Das war die Woche, in der er sich in Japan aufhalten wollte, um mit Toda Shipping über das ganze Kauf-Lease-back-Programm Verhandlungen zu führen; sicher würden sie sich jetzt, da die First Central hinter ihm stand, sehr erfolgversprechend anlassen. »An dem Montag wird es schwer gehen. Der darauffolgende wäre besser. Kann ich das Freitag noch bestätigen?«
»Gewiß. Aber ich will Sie jetzt nicht länger aufhalten, Tai-Pan.«
Jetzt, da die letzte Phase erreicht war, stieg Dunross' Spannung ins Unerträgliche. Aufmerksam lauschte er der liebenswürdigen, freundlichen Stimme.
»Ich danke Ihnen für Ihre Informationen. Ich nehme an, daß der arme Kerl morgen bei Sonnenuntergang an der Grenze sein wird. Ach, übrigens: Wenn die nötigen Bankdokumente morgen um neun von Mr. Havergill persönlich, von Ihnen und dem Gouverneur überbracht werden, kann eine halbe Milliarde Dollar in Banknoten unverzüglich an die Victoria ausgezahlt werden.«
Sofort durchschaute Dunross den Trick. »Vielen Dank«, sagte er. »Mr. Havergill und ich werden da sein. Doch leider wurde der Gouverneur, soweit mir bekannt ist, vom Premierminister angewiesen, bis Mittag im Government House zu verbleiben, um für allfällige Konsultationen zur Verfügung zu stehen. Aber ich werde seine schriftliche Vollmacht und den Chop mitbringen, womit die Rückzahlung des Kredits gewährleistet ist.« Natürlich konnte der Gouverneur unmöglich wie ein gewöhnlicher Schuldner mit dem Hut in der Hand erscheinen und einen unannehmbaren Präzedenzfall schaffen. »Ich hoffe, damit eine zufriedenstellende Lösung anzubieten.«
»Ich bin sicher, daß die Bank für die Pflichten des Gouverneurs Verständnis zeigen und bis Mittag warten würde«, gab Tiptop mit dem sanften Schnurren einer Katze zurück.
»Nach Mittag wird der Gouverneur wohl, von Truppen unterstützt, mit der Bereitschaftspolizei auf der Straße sein, um mögliche Einsätze gegen von den Imperialisten angezettelte Krawalle anzuordnen. Er ist ja Oberbefehlshaber.«
Tiptops Stimme wurde schärfer. »Auch ein Oberbefehlshaber kann sich für eine zweifellos wichtige Angelegenheit ein paar Minuten Zeit nehmen.«
»Es wäre ihm sicherlich ein Vergnügen«, gab Dunross furchtlos zurück. Er kannte die asiatische Art zu verhandeln und war auf Wutausbrüche, Honigseim und alles, was dazwischenlag, vorbereitet. »Aber der Schutz der Inter-

essen des Reichs der Mitte und der Kolonie genießen bei seinen Entscheidungen absoluten Vorrang.«
Feindseliges Schweigen folgte. »Was würden Sie also vorschlagen?«
Wieder wich Dunross der Falle aus, indem er geschickt auf eine andere Gesprächsebene überging. »Übrigens hat mich sein Adjutant ersucht zu erwähnen, daß Seine Exzellenz nächsten Sonnabend beim Rennen für einige unserer prominentesten chinesischen Bürger eine Party gibt und gerne wissen möchte, ob Sie sich in der Kolonie aufhalten, damit er Ihnen eine Einladung zugehen lassen kann.« Mit dieser Formulierung überließ er es Tiptop, eine politisch bedeutsame Einladung anzunehmen oder ohne Gesichtsverlust auszuschlagen. Dunross lächelte, denn noch wußte der Gouverneur nichts von der Party, die er nächsten Sonnabend geben würde.
Wieder eine Pause, in der Tiptop über die möglichen politischen Konsequenzen nachdachte. »Bitte danken Sie ihm für seine Aufmerksamkeit! Ich glaube, ich werde kommen. Darf ich Dienstag Bescheid sagen?«
»Es wird mir ein Vergnügen sein, ihm Ihre Nachricht zukommen zu lassen. Werden Sie auch um neun in der Bank sein, Mr. Tip?«
»Ach nein, ich habe ja mit der Sache wirklich nichts zu tun. Ich bin nur ein interessierter Zuschauer. Die Herren sollten sich an den Generaldirektor wenden.«
Von der persönlichen Anwesenheit des Gouverneurs war nicht mehr die Rede. Habe ich gewonnen? fragte sich Dunross. »Ob es wohl möglich wäre, Radio Hongkong noch vor den Neun-Uhr-Nachrichten offiziell mitzuteilen, daß die Bank of China der Kolonie einen Sofortkredit in der Höhe von einer halben Milliarde Dollar in bar einräumt?«
Wieder eine Pause. »Ach, das wird sicher nicht nötig sein, Mr. Dunross«, antwortete Tiptop, und zum erstenmal lag so etwas wie Kichern in seiner Stimme. »Das Wort des Tai-Pan von Noble House muß einer einfachen kapitalistischen Rundfunkstation wohl genügen. Guten Abend!«
Dunross legte den Hörer auf. Seine Finger zitterten, sein Rücken schmerzte, und das Herz wäre ihm fast zersprungen. Eine halbe Milliarde Dollar! Kein Vertrag, kein Handschlag, nur ein paar Telefonate, ein paar Verhandlungen geführt, und eine halbe Milliarde wird Montag bereitstehen.
Wir haben gewonnen! Murtaghs Geld und jetzt auch Chinas Geld! Aber wie dieses Wissen am besten nützen? Wie? Sinnlos, jetzt zu Plumm zu gehen. Aber was jetzt tun?
Er hatte weiche Knie bekommen, und allerlei Pläne schwirrten ihm durch den Kopf. Dann aber machte er seiner aufgestauten Erregung in einem ungeheuren Gebrüll Luft, das von den Wänden seines Arbeitszimmers widerhallte. Er sprang in die Luft und brach abermals in einen Schlachtruf aus, der sich in Gelächter auflöste. Er ging ins Bad, um sich das Gesicht zu waschen. Er riß sich das Hemd vom Leib. Die Tür flog auf, und Adryon stürzte kreidebleich herein. »Vater!«

»Mein Gott, was ist denn?« Dunross sah sie erschrocken an.

»Was ist mit *dir?* Du hast gebrüllt wie ein Stier. Ist dir was?«

»Nein, nein, ich... ich habe mir nur die Zehe angestoßen.« Wieder explodierte er vor Freude, er packte sie und hob sie mühelos hoch. »Danke, mein Schatz, es ist alles in bester Ordnung.«

»Gott sei Dank«, sagte sie und fügte sogleich hinzu: »Dann kann ich also ab nächsten Monat mein eigenes Apartment haben?«

»*Iiii*...« Er fing sich gerade noch rechtzeitig. »O nein, du Schlitzohr! Nur weil ich guter Laune bin...«

»Aber Vater...«

»Nein, Adryon, nein. Und jetzt hau ab!«

Sie funkelte ihn an und brach in Gelächter aus. »Diesmal hatte ich dich beinahe schon so weit gehabt!«

»Ja, das gebe ich zu. Vergiß nicht, daß Duncan morgen mittag mit der Quantas kommt.«

»Das vergesse ich bestimmt nicht. Ich hole ihn ab. Wo gehst du jetzt hin?«

»Ich wollte zum Plumm im Rose Court, um die Übernahme von General Foods zu feiern, aber jetzt...«

»Martin meint, das ist ein genialer Coup gewesen. Wenn die Börse nicht kracht. Ich habe dem dummen Kerl erklärt, daß du das alles wieder in Ordnung bringst.«

In diesem Augenblick wurde Dunross klar, daß Plumms Party die ideale Gelegenheit bot. Gornt würde da sein, Philip Tschen und all die anderen. Gornt! Jetzt kann ich diesen Dreckskerl in die Pfanne hauen. »Ist Murtagh noch unten?«

»Ja, ja. Wir wollten gerade gehen. Er ist 'ne Wucht.«

Dunross wandte sich ab, um ein Lächeln zu verbergen, und nahm ein frisches Hemd. »Kannst du noch einen Moment warten? Ich habe eine gute Nachricht für ihn.« Mit großen blauen Augen kam sie auf ihn zu. »Mein eigenes Apartment als Weihnachtsgeschenk? Bitte, bitte!«

»Nach der Universität, wenn du es verdienst. Und jetzt zieh' Leine!«

»Zu Weihnachten, und ich werde dich ewig lieben.«

»Nicht diese Weihnachten. Nächstes Jahr.«

Sie schlang die Arme um seinen Hals. »O danke, Daddy, Liebling, aber diese Weihnachten, bitte, bitte, bitte!«

»Nein, denn...«

»Bitte, bitte, bitte!«

»Also schön. Aber um Himmels willen, sag deiner Mutter nichts davon! Sie zieht mir sonst bei lebendigem Leib die Haut ab!«

8

19.15 Uhr:

Die Luft war rein und salzig. Die Vorhänge rund um Orlandas Bett schwangen sanft in der abendlichen Brise. Sie lag in seinen Armen, und als ihre Hand sich bewegte, erwachte Bartlett. Einen Augenblick lang fragte er sich, wo er war und wer er war, und dann kam die Erinnerung zurück, und sein Herz schlug schneller. Es waren wunderbare Stunden gewesen. Er erinnerte sich, wie sie mitgegangen war, wieder und immer wieder den Gipfel erstiegen und ihn in nie gekannte Höhen entführt hatte. Und dann das Nachher. Sie war aufgestanden und in die Küche gegangen, hatte Wasser gewärmt und ein heißes, feuchtes Handtuch zurückgebracht, um ihm den Schweiß zu trocknen. »Es tut mir so leid, daß ich dir weder Bad noch Dusche anbieten kann, Liebling.«

Ein frisches Handtuch und ein großartiges Gefühl! Noch nie zuvor hatte er das Wunder eines wirklichen Nachher erlebt – ihre liebevollen, zärtlichen, selbstlosen Handreichungen. Das kleine Kruzifix um ihren Hals war ihr einziger Schmuck, und sein tieferer Sinn sickerte nur langsam in sein Bewußtsein, aber schon schmeichelte sie die fremden Gedanken mit magischen Händen und Lippen fort, bis sie beide wieder eins mit den Göttern und, durch deren großartige Vermittlung, abermals in Euphorie und dann in Schlaf gesunken waren.

Träge beobachtete er die im Luftzug flatternden Vorhänge. Er lag still, um sie nicht zu wecken, um den Zauber nicht zu brechen. Sanft liebkoste ihr Atem seine Brust, makellos schimmerte ihr Schlafgesicht.

Was tun, was tun, was tun?

Im Augenblick gar nichts, gab er sich selbst die Antwort. Das Flugzeug ist wieder frei, du bist frei, sie ist eine unglaubliche Frau, und noch keine hat dir so zugesagt. Niemals. Aber kann das, könnte das von Dauer sein? Und ich muß auch an Casey denken.

Er seufzte. Orlanda bewegte sich im Schlaf. Er wartete, aber sie erwachte nicht.

Es war weder heiß noch kalt im Zimmer, alles vollkommen, ihr Gewicht kaum wahrnehmbar. Was macht nur ihren Reiz aus? fragte er sich. Was bewirkt diesen Zauber, denn, darüber bist du dir ja wohl im klaren, sie hat dich verzaubert, du bist in ihren Bann geraten. Wir haben nur miteinander geschlafen, das ist alles. Ich habe ihr keine Versprechungen gemacht, und doch... sie hat dich verzaubert, mein Alter!

Jawohl. Und es ist herrlich.

Er schloß die Augen und sank wieder in Schlaf.

Als Orlanda erwachte, blieb sie ruhig liegen. Sie brauchte Zeit, um nachzudenken. Das hatte sie zuweilen auch in Gornts Armen getan, aber sie wußte, das war nicht das gleiche, würde nie das gleiche sein. Vor Quillan hatte sie immer Angst gehabt, war sie immer auf der Hut gewesen. Sie hatte gefürchtet, etwas falsch gemacht oder etwas vergessen zu haben. Nein, dachte sie beglückt, diese Vereinigung war schöner als alles, was ich je mit Quillan erlebt habe, viel, viel schöner. Linc ist so sauber, und er schmeckt nicht nach Rauch, und ich schwöre bei der heiligen Muttergottes, ich werde ihm eine gute Frau sein. Ich werde meinen Verstand, meine Hände und Lippen und meinen Körper gebrauchen, um ihn zu erfreuen, und es wird nichts geben, was ich nicht für ihn tun werde. Nichts. Alles, was Quillan mich gelehrt hat, werde ich für Linc tun. Selbst Dinge, an denen ich keinen Gefallen fand, mit Linc werde ich sie genießen.

In seine Arme gekuschelt, lächelte sie. Lincs Technik läßt sich mit der von Quillan nicht vergleichen, aber was meinem Liebling an Gewandtheit mangelt, macht er mit Kraft und Energie mehr als wett. Und mit Zärtlichkeit. Er hat wunderbare Hände und Lippen. Nie, nie, nie war es so schön wie heute.

»Mit der körperlichen Vereinigung fängt Sex erst an«, hatte Gornt doziert. »Du kannst eine Zauberin werden. Du kannst einem Mann eine so unstillbare Sehnsucht einflößen, daß er durch dich das Leben verstehen lernt.« Aber um in den Rauschzustand der Ekstase zu gelangen, muß man nach ihr streben und auf sie hinarbeiten. Für Linc will ich danach streben! Mein Herz und meine Seele will ich seinem Leben unterordnen. Wenn er zornig ist, werde ich ihm eine Insel der Ruhe sein. Habe ich Quillans Zorn nicht Tausende Male mit Sanftmut gezügelt? Ist es nicht wunderbar, soviel Macht zu besitzen?

Ich werde die besten Zeitungen lesen und meinen Geist schulen, und nach Wolken und Regen werde ich nicht sprechen, nur liebkosen – nicht um ihn zu erregen, nur zum Vergnügen; und nie werde ich sagen: »Versichere mich deiner Liebe!« Immer nur »Linc, ich liebe dich«. Lange, bevor meine Haut ihre jugendliche Frische verloren hat, werden ihn seine Söhne und Töchter erfreuen, und lange bevor er meiner Reize müde ist, werde ich ihm ein Dummerchen mit wunderschönen Brüsten und strammem Hinterteil besorgen, an der er sein Vergnügen haben kann. Ich werde verständnisvoll sein, wenn seine Kräfte nachlassen, denn dann wird er ja schon viel älter und nicht mehr so aktiv sein. Und wenn ihn die erste nicht mehr reizt, werde ich eine andere für ihn finden; gemeinsam werden wir unser Leben zu Ende leben, *Yang* und *Yin*, das *Yin* stets das *Yang* beherrschend! Ja, ich werde *tai-tai* sein.

Eines Tages wird er nach Portugal fahren wollen, um meine Tochter zu sehen. Das erste Mal werde ich mich weigern, und das zweite und dritte Mal auch, und dann werden wir fahren – wenn ich meinen Sohn im Arm halte! Dann wird er sie sehen und sie liebgewinnen, und dieses Schreckgespenst wird seine Schrecken für immer verloren haben.

Orlanda seufzte wohlig. Sie fühlte sich herrlich, schwerelos, mit seinem Kopf an ihrer Brust. Einander zu lieben, ohne Vorsichtsmaßregeln zu treffen, ist viel, viel schöner, dachte sie. Es ist so wunderbar, wenn man weiß, man ist jung und fruchtbar und bereit, ein neues Leben hervorzubringen. Aber war das klug von dir? Nimm an, er verläßt dich. Das einzige Mal in deinem Leben, wo du dich bewußt nicht geschützt hast, das war in jenem Monat mit Quillan. Aber du hattest die Erlaubnis. Diesmal hast du keine. Nimm an, Linc verläßt dich. Nimm an, er wird wütend und verlangt, daß du das Kind abtreiben läßt!

Das wird er nicht, sagte sie sich, und ihr Vertrauen war ungetrübt. Linc ist nicht Quillan. Du brauchst dir keine Sorgen zu machen. Überhaupt keine. Heilige Muttergottes, hilf mir! Helft mir, ihr Götter! Laßt seinen Samen aufgehen. Ich bitte euch von ganzem Herzen.

Bartlett bewegte sich und schlug die Augen auf. »Orlanda?«

»Ja, mein Liebling, ich bin da. Was bist du doch für ein wunderbarer Mann!« Beglückt umfing sie ihn. Wie gut, daß sie ihrer *amah* den Tag und die Nacht freigegeben hatte. »Schlaf weiter, wir haben unendlich viel Zeit!«

»Ja, aber...«

»Schlaf! In einer kleinen Weile werde ich etwas zu essen...«

»Vielleicht möchtest du...«

»Schlaf, Liebster, es ist alles vorbereitet!«

9

19.30 Uhr:

Drei Stockwerke tiefer, auf der anderen Seite des Wohnblocks, gegenüber der Berglehne, saß Vierfinger Wu, die Schuhe ausgezogen, die Krawatte gelockert, in einen Lehnsessel hingelümmelt in Venus Poons Apartment vor ihrem Fernseher. Die alte *amah* hockte auf einem harten Stuhl neben ihm, und beide wieherten über die Späße von Laurel und Hardy.

»*Iiiii*, der Dicke wird mit seinem Scheißfuß hängenbleiben«, kicherte er, »und...«

»Und der Dünne wird ihm das Brett über den Schädel hauen! *Iiiiii!*«

Sie lachten über die Darbietungen, die sie schon Hunderte von Malen gesehen hatten. Dann endete der Film, und Venus Poon erschien, um das nächste Programm anzusagen. Vierfinger seufzte. Sie sah ihm direkt in die Augen, und so wie jeder andere männliche Zuschauer war er ganz sicher, daß ihr Lächeln nur ihm allein galt. Er verstand ihr Englisch nicht und verstand

sie doch recht gut. Seine Augen hafteten an ihren Brüsten, die ihn immer wieder fasziniert hatten.
»Ich gebe es dir schriftlich, deine Titten sind makellos und ganz sicher die größten und schönsten, die ich je berührt habe«, hatte er in der vorigen Nacht, noch auf ihr reitend, begeistert ausgerufen.
»Du sagst das nur, um deiner verarmten Tochter eine kleine Freude zu machen.«
»Verarmt? Daß ich nicht lache! Hat Bankier Kwang dir nicht gestern diesen fiesen Pelz geschenkt? Und wie ich höre, hat er deinen Monatswechsel um 1000 erhöht! Und ich, habe ich dir nicht gesagt, wer das erste, dritte und fünfte Rennen gewinnen wird? 30000 hat dir das eingebracht!«
»Na wenn schon! Die 30000 sind doch gar nicht der Rede wert. Ich muß für meine Garderobe aufkommen. Jeden Tag ein neues Kleid! Mein Publikum verlangte das. Ich muß an mein Publikum denken.«
Sie hatten hin und her geredet, bis er den Augenblick der Wahrheit näherkommen fühlte und sie bat, ihr Hinterteil kraftvoller zu bewegen. So begeistert war sie seinem Ersuchen nachgekommen, daß er als leere Hülse zurückblieb. »*Ayeeyah*, du kleines Hürchen«, stieß er hervor, als er endlich wie durch ein Wunder aus der großen Leere zurückgekehrt war, »wenn du das noch einmal schaffst, bekommst du einen Brillantring. Nein – nicht jetzt, um aller Götter willen! Bin ich ein Gott? Nicht jetzt und auch nicht morgen, erst übermorgen...«
Und jetzt war dieses Übermorgen. Im Geist sah er sie schon die Fernsehstation verlassen und auf den wartenden Rolls zueilen; sicher zählte sie schon die Minuten. Heute abend hatte er Paul Tschoy aufgetragen, sie mit dem Rolls zur Station zu fahren, mit ihr Englisch zu reden und dafür zu sorgen, daß sie sicher dort ankam und rasch zurückkehrte. Dann, nach ihrem Nahkampf, würde der Rolls sie in dieses barbarische Speiselokal in diesem barbarischen Hotel mit seinem widerlichen barbarischen Essen und dem widerlichen Gestank bringen – aber es war nun einmal der Ort, wo alle Tai-Pane hingingen, aber auch alle bedeutenden zivilisierten Personen mit ihren Frauen – oder ihren Huren. Dort konnte er vor ganz Hongkong mit seiner Geliebten angeben und zeigen, wie reich er war, und sie konnte mit ihrem Brillantring protzen.
»*Ayeeyah*«, lachte er laut heraus.
»Ehrenwerter Herr«, fragte die *amah* beunruhigt, »stimmt etwas nicht?«
»Doch, doch. Bitte gib mir einen Brandy!«
»Meine Herrin mag den Geschmack von Brandy nicht!«
»Gib mir einen Brandy, Alte! Bin ich so dumm? Bin ich ein Barbar aus der Provinz? Natürlich werde ich nachher aromatische Teeblätter kauen.«
Mürrisch ging sie davon, aber er beachtete sie nicht weiter. Seine Finger berührten das kleine Etui in seiner Tasche. Er hatte den Ring heute morgen von einem Vetter ersten Grades gekauft, einem Großhändler, der ihm eine

Gefälligkeit schuldete. Der Stein war mindestens 48000 wert, aber er hatte nur knapp die Hälfte gezahlt.
Noch so eine Nummer wie die letzte, dachte er schwärmerisch, wenn auch mit ein wenig Unbehagen. Ja, ja, das letzte Mal glaubte ich wirklich schon, mein Geist wäre für immer ins große Nichts eingegangen! *Iiiii*, was wäre das für ein großes Glück, just in dem Augenblick zu gehen! Ja, aber noch schöner ist es, zurückzukommen und das Jadetor wieder und wieder und immer noch einmal zu stürmen!
Wieder lachte er laut heraus. Heute war ein ausgezeichneter Tag für ihn gewesen. Er hatte sich heimlich mit Schmuggler Yuen und Weißes Pulver Lee getroffen und war von ihnen zum Chef ihrer neuen Bruderschaft gewählt worden – verdientermaßen, wie ihm schien. Hatte er nicht über diesen fremden Teufel Ban... – wie immer er heißen mochte – die Verbindung zum großen Markt hergestellt? Einfach damit, daß er Tschen-Sohn Nummer Eins Geld geliehen und dieser sich mit seinem Plan Waffen gegen Opium für diese Gefälligkeit revanchiert hatte. Bedauerlich, daß er so dumm gewesen war, sich entführen und auch noch ermorden zu lassen! Und würde er nicht nächste Woche in Macao mit dem gleichen fremden Teufel zusammentreffen, um die Einzelheiten der Finanzierung und Bezahlung festzulegen und das ganze Monsterunternehmen anlaufen zu lassen? Nur recht und billig, daß er Obertiger und sein Anteil der höchste sein würde! Mit Profitmacher Tschoys modernen Methoden konnte er den Opiumschmuggel nach Hongkong, die Verarbeitung des Rohmaterials zu den so immens einträglichen weißen Pulvern und schließlich den Export auf die Weltmärkte revolutionieren. Mit Paul Tschoy in der Frachtabteilung der zweiten großen Gesellschaft, zwei ebenfalls in Amerika als Zollmakler ausgebildeten Enkeln Yuens und vier an englischen Universitäten ausgebildeten Verwandten von Weißes Pulver Lee, die in das Fracht- und Lagergeschäft von Noble House und All Asia Air eingeschleust worden waren, mußten die Importe und Exporte leichter von der Hand gehen, sicherer abzuwickeln sein und noch rentabler werden. Sie hatten beraten, wen sie von der Polizei, vornehmlich von der Wasserpolizei, kooptieren sollten.
»Keinen von den Barbaren, keinen von diesen Hurenböcken«, hatte Weißes Pulver Lee hitzig gefordert. »Auf die können wir uns nicht verlassen. Nicht, wenn es um Drogen geht. Wir müssen uns an die Drachen halten.«
»Die Drachen sind einverstanden. Bis auf Tang-po von Kowloon.«
»Kowloon müssen wir haben. Die Wasserpolizei hat dort ihre Basis. Will er mehr für sich persönlich herausschlagen? Oder ist er gegen uns?«
»Ich weiß es nicht.« Vierfinger hatte die Achseln gezuckt. »Es ist Sache des Oberdrachen, mit Tang-po ins reine zu kommen.«
Ja, dachte Vierfinger, ich habe sie mit List dazu gebracht, mich zum Obertiger zu machen, und ich war auch schlauer als Profitmacher Tschoy. Ich habe ihm nicht mein ganzes Vermögen überlassen, um damit zu spekulie-

ren, wie er sich das vorstellte. Ah nein, so dumm bin ich wieder nicht! Ich habe ihm nur zwei Millionen gegeben und 17 Prozent des Gewinns versprochen – mal sehen, was er damit anfangen kann. Jawohl. Mal sehen!

Ich wette, der gerissene Schlingel wird es innerhalb einer Woche verdreifachen, überlegte er vergnügt und mit einigem Respekt – der Brillantring kam aus dem ersten Gewinn, den sein Sohn aus dem Aktiengeschäft erzielt hatte, und schon war ein Jahr Venus Poon aus derselben Quelle beiseite gelegt. *Iiiii!* Und die gefinkelten Pläne, die Profitmacher immer wieder ausheckt! Wie den, nach dem wir morgen mit dem Tai-Pan verhandeln werden.

Besorgt langte er nach der Halbmünze, die ihm unterm Hemd an einer Schnur um den Hals hing. Auf eine Münze wie diese hatte sich sein illustrer Vorfahr Wu Fang Tschoi berufen, um einen Klipper zu verlangen, der dem besten in Dirk Struans Flotte ebenbürtig sein sollte. Aber Wu Fang Tschoi war der Dumme gewesen – er hatte nie freie Fahrt für sein Schiff in seine Forderung einbezogen und war deshalb vom Grünäugigen Teufel, dem Tai-Pan, übers Ohr gehauen worden.

Aber Wu Fang Tschoi verlor nicht alles. Er jagte den Buckligen, der sich Stride Orlov nannte und für Culum den Schwachen die Schiffe des Noble House befehligte. Seine Männer erwischten Orlov in Singapur und brachten ihn in Ketten nach Taiwan, wo Wu Fang Tschoi sein Hauptquartier hatte. Dort banden sie ihn an einen Pfahl, eine Pegellatte zur Bestimmung des Wasserstandes, und ließen ihn ganz langsam ertrinken.

Ich werde nicht so dumm sein wie Wu Fang Tschoi. Nein. Ich werde darauf achten, daß die Gunst, die mir gewährt werden muß, keine Lücken hat. Morgen wird sich der Tai-Pan einverstanden erklären, mein Frachtgut – heimlich natürlich – auf seinen Schiffen zu befördern; er wird sich einverstanden erklären, mir – heimlich natürlich, aber mit beachtlichem Nutzen für ihn – einige Noble-House-Konten zur Verfügung zu stellen, in welchen ich finanztechnisch Unterschlupf finden kann, und er wird sich bereit erklären, zusammen mit mir, ebenfalls heimlich, die große neue pharmazeutische Fabrik zu finanzieren, die, *oh ko,* so meint Profitmacher Tschoy, die perfekte Tarnung des Drogengeschäftes sein wird; und schließlich wird der Tai-Pan bei diesem Halbblut Lando Mata vorsprechen und mich und das von mir vorgeschlagene Syndikat als Nachfolger des gegenwärtigen maccanesischen Gold- und Spielsyndikats von Knauser Tung und den Tschins empfehlen; der Tai-Pan selbst wird Teil dieses Syndikats sein.

Mit alledem wird der Tai-Pan einverstanden sein müssen.

»Hier ist dein Brandy.«

Vierfinger Wu nahm der *amah* das Glas aus der Hand und nippte verträumt daran. Alle Götter sind meine Zeugen: Mit sechsundsiebzig Jahren habe ich, Vierfinger Wu, Oberhaupt der Seefahrenden Wu, das Leben in vollem Maß genossen, und wenn ihr Götter meinen Geist in Wolken und Regen zu

euch nehmen wollt, werde ich im Himmel – wenn es einen Himmel gibt – für immer und ewig euer Lob singen. Und wenn nicht...
Der Alte zuckte die Achseln, lächelte und rekelte sich. Er gähnte und schloß die Augen. Götter sind Götter, dachte er, und Götter schlafen und machen Fehler, aber so sicher, wie die großen Stürme kommen werden in diesem und im nächsten Jahr, heute nacht wird dieses kleine Hürchen ihren Brillantring verdienen. Wie wollen wir's denn heute machen? überlegte er und schlief ein.

Das Taxi blieb vor der Eingangshalle stehen. Beduselt, ein wenig unsicher auf den Beinen, kletterte Suslew heraus, stieg über das im Rinnstein sprudelnde Regenwasser und ging ins Haus.
Eine Gruppe von Menschen stand wartend beim Aufzug, und er erkannte Casey und Jacques de Ville. Rülpsend schwankte er die Treppe zum Tiefgeschoß hinunter, durchquerte die Garage und klopfte an Clinkers Tür.
»Hallo, Kumpel«, sagte Clinker.
»*Towarisch!*« Suslew umarmte ihn stürmisch.
»Wodka ist da, Bier ist da! Mabel, sag schön guten Tag!« Der verschlafene alte Köter öffnete ein Auge und furzte.
Clinker seufzte. »Die arme alte Mabel. Ich wollte, sie könnte sich das abgewöhnen. Sie verstinkt die ganze Wohnung. Hier!« Zwinkernd reichte er Suslew ein Glas mit Wasser. »Deine Lieblingsmarke! Sechzig Volumenprozente!«
Geräuschvoll schlürfte Suslew das Wasser. »Danke! Noch so ein Glas, und ich komme von diesem kapitalistischen Paradies nicht mehr weg!«
Clinker schenkte nach. »Wie lange kannst du heute bleiben?«
»Ich muß einfach noch ein paar Gläser mit dir heben, alter Freund. Später als zehn darf es nicht werden. He! Trink doch mit«, grölte er mit gespielter Jovialität. »Und wie wär's mit ein paar Takten Musik?«
Grinsend schaltete Clinker das Tonbandgerät ein. Ein trauriges russisches Lied erfüllte das Zimmer. »Danke, Ernie«, flüsterte Suslew Clinker ins Ohr. »Ich bin rechtzeitig wieder zurück.«
Clinker grinste. Er war immer noch davon überzeugt, daß Suslew sich in den Sinclair Towers mit einer verheirateten Frau zu einem Schäferstündchen traf. »Schon recht. Gib ihr auch einen Stoß für mich, eh?«
Suslew kletterte die Falltür hinunter und griff nach der Stablampe. Wasser tropfte von der rissigen Decke des Tunnels; die Risse waren stärker als noch vor einigen Tagen. Durch kleine Schuttlawinen war der Boden gefährlich rutschig geworden. Seine Nervosität wuchs, zuwider war ihm die räumliche Enge, zuwider die Notwendigkeit, mit Crosse zusammenzutreffen. Er sehnte sich weit fort, in Sicherheit auf seinem Schiff, mit einem hieb- und stichfesten Alibi für die Zeit, da man Dunross betäuben und entführen würde. Aber Crosse hatte sich nicht umstimmen lassen.

»Verdammt noch mal, Gregor! Du mußt da sein! Ich muß dich persönlich sprechen, und ich werde ganz gewiß nicht an Bord der *Iwanow* gehen. Du bist völlig sicher, das garantiere ich dir.«
Er garantierte? Wie kann einer was garantieren? Er nahm die mit einem Schalldämpfer ausgestattete Pistole heraus und entsicherte sie. Dann setzte er vorsichtig seinen Weg fort und kletterte die Leiter zu der falschen Kammer hinauf. Auf der Hintertreppe blieb er stehen, hielt den Atem an und lauschte. Als alles still blieb, begann er freier zu atmen, ging lautlos die Stufen hinauf und betrat die Wohnung. Die Lichter des Hochhauses gegenüber erhellten alles ausreichend, und er konnte genügend sehen. Er durchsuchte die Wohnung. Als er fertig war, ging er zum Kühlschrank und öffnete eine Dose Bier. In Gedanken versunken blickte er aus dem Fenster. Er konnte sein Schiff nicht sehen, aber er wußte die Richtung. Ich werde froh sein, wenn ich da wieder raus bin, dachte er. Und ich werde es bedauern. Ich möchte zurückkommen – Hongkong ist eine schöne Stadt. Aber kann ich? Und Sinders? Kann ich ihm vertrauen?
Keine Frage: Seine Zukunft stand auf Messers Schneide. Seinen eigenen KGB-Leuten wäre es ein leichtes zu beweisen, daß er Metkin verzinkt hatte. Um das zu erfahren, brauchte die Zentrale nur Crosse anzurufen – falls sie nicht schon von allein zu diesem Schluß gekommen waren.
In der Hölle soll er schmoren, dieser Sinders! Ich weiß, er wird mich hochgehen lassen. Ich täte es an seiner Stelle auch nicht anders! Wird Roger von dem Handel erfahren, den Sinders mir vorgeschlagen hat? Nein, den würde Sinders geheimhalten, selbst vor Roger. Ist ja auch nicht wichtig. Ich brauche nur pieps zu machen, und er hat mich für immer in der Hand.
Die Minuten vergingen. Ein Aufzug summte. Sofort entsicherte Suslew wieder seine Pistole. Ein Schlüssel drehte sich im Schloß. Die Tür ging auf.
»Hallo, Gregor«, sagte Crosse leise. »Ich wollte, du würdest mit dem verdammten Ding nicht auf mich zielen.«
Suslew sicherte die Waffe. »Was ist denn so wichtig? Was ist mit diesem Scheißkerl von Sinders? Was...«
»Beruhige dich und hör mir zu!« Crosse nahm eine Rolle Mikrofilm aus der Tasche. »Das ist ein Geschenk für dich. Es war nicht billig, aber du hast die echten AMG-Berichte auf dem Film.«
»Was?« Suslew starrte ihn an. »Aber wie...?« Er hörte aufmerksam zu, als Crosse ihm von der Stahlkammer erzählte. »Nachdem Dunross gegangen war, fotografierte ich das Material und legte es dann wieder zurück.«
»Ist der Film entwickelt?«
»Selbstverständlich. Ich habe nur einen Abzug gemacht, den ich gelesen und dann sofort vernichtet habe. Das ist sicherer, als wenn ich ihn dir gegeben und riskiert hätte, daß du angehalten und durchsucht wirst – Sinders ist auf dem Kriegspfad. Was, zum Teufel, wollte er von dir?«

»Erzähl mir zuerst, was in den Berichten steht!«
»Tut mir leid, aber Dunross hat uns die Wahrheit gesagt. Der Text ist haargenau der gleiche wie in dem Original.«
Suslew konnte es nicht fassen. »Aber wir waren doch ganz sicher! Du warst sicher!«
Crosse zuckte die Achseln und reichte ihm den Film. »Hier ist dein Beweis.«
Suslew stieß einen derben Fluch aus.
Crosse beobachtete ihn mit ernstem Gesicht und verbarg seine Belustigung. Die echten Berichte sind viel zu kostbar, um sie der anderen Seite zuzuspielen – jetzt zuzuspielen. Nein, nein, jetzt noch nicht. Zu gegebener Zeit, Gregor, alter Knabe, werden einzelne Teile einen hohen Preis erzielen. Und auch die elf Codeblätter werden einmal ein Vermögen wert sein.
»Ich fürchte, diesmal haben wir eine Niete gezogen, Gregor.«
»Aber was machen wir mit Dunross?« Suslew war aschfahl. Er sah auf die Uhr. »Vielleicht liegt er schon in der Kiste?« Er sah, wie Crosse die Achseln zuckte.
»Ich sehe keinen Grund, unseren Plan abzublasen«, sagte Crosse. »Ich habe die ganze Operation gründlich überlegt. Ich stimme Jason zu, daß es gut sein wird, einmal kräftig umzurühren in dem Ameisenhaufen Hongkong. Dunross' Entführung wird hohe Wellen schlagen, dazu noch der Run auf die Banken und der Börsenkrach – ja, das wird uns ein gutes Stück weiterhelfen. Ich bin ein wenig besorgt. Sinders schnüffelt mir zu viel herum und stellt mir alle möglichen Fragen. Nicht zu vergessen der Fall Metkin, Woronski, die AMG-Berichte, du..., es wurden zu viele Fehler gemacht. Sevrin muß von dem Druck befreit werden, und Dunross wird das bestens besorgen.«
»Bist du sicher?«
»Ganz sicher. Dunross wird der Lockvogel sein. Ich werde alle Hilfe brauchen, die ich bekommen kann. Du wirst Arthur hochgehen lassen, nicht wahr?«
Crosses Blicke bohrten sich in die seinen; fast wäre ihm das Herz stehengeblieben, und es gelang ihm nur mit Mühe, sich den Schock nicht anmerken zu lassen. »Ich bin froh, daß Sinders dir von unserem Gespräch erzählt hat. Aber wie ziehe ich jetzt meinen Kopf aus der Schlinge? Wird Sinders seine Drohung wahr machen?«
»Himmel, ja«, fuhr Crosse ihn an. »Würdest du an seiner Stelle anders handeln?«
»Was kann ich tun?«
»Es ist dein Kragen oder Arthurs Kragen. In letzterem Falle könnte als nächstes ich dran sein.« Es folgte eine lange, inhaltschwere Pause, und Suslew fühlte, wie ihm die Haare zu Berge standen. »Solange es nicht *mein* Hals ist, kann es mir gleich sein.«

Suslew fixierte ihn. »Willst du was trinken?«
»Du weißt doch, daß ich nichts trinke.«
»Ich meine Wasser – oder Sodawasser.« Der Russe ging zum Kühlschrank, nahm den Wodka heraus und trank aus der Flasche. »Ich bin froh, daß Sinders dich informiert hat.«
»Menschenskind, Gregor, bist du total verblödet? Natürlich hat er mir nichts gesagt! Der Narr denkt doch immer noch, es sei ein ganz privates Abkommen zwischen ihm und dir! Du lieber Himmel, hier bin *ich* doch zu Hause! Ich habe ihn in ein Zimmer manövriert, das mit Wanzen gepflastert ist. Schau ich denn so dumm aus?« Seine Augen wurden noch härter, und Suslew krampfte sich die Brust zusammen. »Du stehst also vor einer Alternative: du oder Arthur. Wenn du ihn verpfeifst, bin ich in Gefahr und alle anderen auch. Wenn du auf Sinders' Forderung nicht eingehst, bist du dran. Vor die Wahl gestellt, wärst du mir tot lieber – und ich, Arthur und Sevrin in Sicherheit.«
»Die beste Lösung wäre, daß ich Arthur hochgehen lasse«, meinte Suslew, »und daß er flieht, bevor sie ihn verhaften. Er kann auf die *Iwanow* kommen, hm?«
»Sinders wird dir voraus sein und dich in Hongkonger Gewässern stoppen.«
»Das ist möglich, aber nicht sehr wahrscheinlich. Einer Enterung der *Iwanow* würde ich mich widersetzen. Entweder das, oder Arthur nimmt sich das Leben, oder er wird liquidiert.«
Crosse starrte ihn an. »Soll das ein Scherz sein? Du willst, ich soll Jason in die ewigen Jagdgründe befördern?«
»Du hast selbst gesagt, einen wird es den Kopf kosten. Hör mal, im Moment denken wir nur Möglichkeiten durch! Tatsache ist, du bist nicht entbehrlich. Arthur ist es, die anderen sind es, ich bin es«, resümierte Suslew und meinte, was er sagte. »Und darum: Was immer geschieht, es darf dich nicht treffen – und nach Möglichkeit auch mich nicht. Der Gedanke, sterben zu müssen, hat mich nie begeistert.« Er nahm einen kräftigen Schluck aus der Flasche. »Du bist doch ein Genosse, nicht wahr?«
»Ja natürlich. Solange die Kohlen stimmen und mir das Spiel Spaß macht.«
»Wenn du an unsere Sache glaubtest, hättest du ein längeres und besseres Leben vor dir, *towarisch*.«
»Das einzige, was mich am Leben erhält, ist, daß ich nicht glaube. Du und deine Freunde vom KGB, ihr könnt ja versuchen, die Welt zu erobern, den Kapitalismus und jeden anderen -ismus, zu welchem Zweck auch immer, zu unterwandern, und ich helfe euch dabei.« Crosse hüstelte. »Also wirst du Arthur verzinken?«
»Ich weiß es nicht. Könntest du eine falsche Spur zum Flughafen legen, um uns Zeit zu geben, die Hongkonger Gewässer zu verlassen?«

»Ja, aber Sinders hat die Wachen dort schon verstärkt.«
»Und was ist mit Macao?«
»Das könnte ich machen, aber es gefällt mir nicht. Was soll mit den anderen Sevrin-Maulwürfen geschehen?«
»Sie sollen sich tiefer eingraben. Könnte de Ville nach Dunross Tai-Pan werden?«
»Ich weiß es nicht. Ich tippe eher auf Gavallan. Heute morgen wurden übrigens weitere zwei Opfer der Werwölfe bei Sha Tin gefunden.«
Suslew sah wieder mit mehr Hoffnung in die Zukunft. »Was ist passiert?«
Crosse berichtete ihm, wie die Leichen gefunden worden waren. »Wir bemühen uns immer noch, die armen Hunde zu identifizieren. Gregor, es nicht nicht ungefährlich, Arthur zu verpfeifen. Ich könnte dabei ebenfalls unter die Räder kommen. Der Börsenkrach, der Run auf die Banken und Dunross' Verschwinden – es könnte reichen, um uns ins Scheinwerferlicht zu bringen. Es könnte.«
Suslew nickte. Es mußte eine Entscheidung getroffen werden. »Ich werde nichts tun, Roger. Ich laufe einfach aus und lasse es drauf ankommen. Ich werde der Zentrale einen Bericht schicken und Sinders zuvorkommen. Die Zukunft wird zeigen, was er unternimmt. Auch ich habe einflußreiche Freunde. Vielleicht genügt der Wirbel in Hongkong und die Tatsache, daß ich Dunross habe – die Befragung unter Psychopharmaka führe ich selbst durch – für den Fall, daß er uns etwas vorgemacht hat und... was ist denn?«
»Nichts. Wo ist Koronski?«
»Er ist heute morgen abgereist. Die Präparate hat er mir dagelassen. Ich werde die Befragungen auf der *Iwanow* durchführen, nicht an Land, vielleicht wird das Chaos in Hongkong meine Vorgesetzten milder stimmen.«
Nun, da Suslew eine Entscheidung getroffen hatte, fühlte er sich ein wenig besser. »Schick einen dringenden Bericht auf dem üblichen Weg an die Zentrale in Berlin! Veranlasse Arthur noch heute nacht, das gleiche über Funk zu machen! Betone dabei meine Verdienste! Schieb die Schuld am Fall Metkin, die ganze Geschichte mit dem Flugzeugträger und den Tod Woronskis der CIA zu – der CIA und der Kuomintang.«
»Aber gern! Für das doppelte Honorar. Übrigens, Gregor, würde ich an deiner Stelle meine Fingerabdrücke nicht auf der Flasche lassen.« Hämisch erzählte Crosse ihm, wie Rosemont bei der Razzia das Glas mitgenommen und wie er selbst schon vor einigen Tagen Suslews Fingerabdrücke, um ihn zu schützen, aus dem Dossier hatte verschwinden lassen.
Der Russe war blaß geworden. »Heißt das, die CIA hat meine Fingerabdrücke in ihrer Kartei?«
»Nur wenn ihr Dossier besser ist als unseres. Was ich bezweifle.«
»Ich erwarte von dir, daß du mir den Rücken deckst, Roger!«
»Mach dir keine Sorgen! Ich werde in meinem Bericht solch einen Un-

schuldsengel aus dir machen, daß sie dich befördern müssen. Als Gegenleistung wirst du ihnen empfehlen, mir einen Bonus von 100000 Dol...«
»Das ist zuviel!«
»Es ist mein Honorar! Ich helfe dir aus einem ganz großen Schlamassel heraus!« Sein Mund lächelte, die Augen nicht. »Ein wahres Glück, daß wir Profis sind, nicht wahr?«
»Ich... ich werde es versuchen.«
»Gut. Warte hier! Clinkers Telefon ist angezapft. Ich rufe dich an, sobald ich über Dunross Bescheid weiß.« Crosse streckte ihm die Hand entgegen. »Viel Glück!«
»Dir auch, Roger. Und laß mich mit Dunross nicht hängen.«
»Ich lasse dich nicht hängen.«
Suslew schloß die Tür hinter Crosse, wischte sich die Hände an seiner Hose ab und nahm die Filmrolle aus der Tasche. Er verwünschte den Film, Hongkong und Sinders. Die Angst, das KGB könnte ihn wegen Metkin in die Zange nehmen, drohte ihn zu erdrücken. Irgendwie muß ich dieser Gefahr entgehen, dachte er. Der kalte Schweiß lief ihm über den Rücken. Vielleicht sollte ich Arthur doch hochgehen lassen. Aber wie stelle ich das an, ohne auch Roger hineinzuziehen?

Roger Crosse stieg in den Aufzug und drückte auf den Abwärtsknopf. Erschöpft lehnte er sich an die wackelige Wand und schüttelte heftig den Kopf, um seine Angst loszuwerden. »Genug«, murmelte er. Mit Mühe bekam er sich wieder so weit in die Hand, daß er sich eine Zigarette anzünden konnte. Wenn dieser Idiot Dunross unter Drogen setzt, bin ich geliefert, und ich wette jeden Betrag, Suslew hat die Möglichkeit, Plumm zu verzinken, noch nicht ausgeschlossen. Und wenn er das tut, fällt mir mein ganzes kunstvoll aufgebautes Kartenhaus auf den Kopf.
Unten wartete schon Rosemont.
»Und?«
»Nichts, Stanley.«
»Sie und Ihre Ahnungen!«
»Man kann nie wissen, Stanley, es hätte was sein können«, sagte Crosse, bemüht, wieder in den Vollbesitz seiner Sinne zu gelangen. Er hatte seine »Ahnung« frei erfunden und Rosemont aufgefordert, mitzukommen – und unten zu warten, um Rosemonts CIA-Männer, die das Haus beobachteten, von der Fährte abzubringen.
»Fühlen Sie sich nicht wohl, Rog?«
»Doch, doch. Warum fragen Sie?«
Rosemont zuckte die Achseln. »Haben Sie Lust auf einen Kaffee oder ein Bier?« Sie gingen in die Nacht hinaus. Rosemonts Wagen wartete auf der Straße.
»Nein, danke. Ich muß da rauf.« Crosse deutete auf den Rose Court, das

Hochhaus, das ein Stück weiter die Straße hinauf stand. »Pflichtbesuch bei einer Cocktailparty.« Wieder stieg Angst in ihm auf. Was soll ich nur tun?

»Haben Sie was, Rog?«

»Nichts.«

»Rose Court. Vielleicht sollte ich mir da eine Wohnung nehmen. Klingt doch gut: Rosemont von Rose Court.«

»Ja, das klingt wirklich gut. Wollen Sie zum Hafen hinunterkommen, wenn die *Iwanow* ausläuft?«

»Warum nicht?« Rosemont unterdrückte ein Gähnen. »Diesen Computer-Bastard haben wir heute abend auseinandergenommen. Stellte sich heraus, daß sich der Kerl noch eine ganze Menge geheimer Informationen aufgespart hatte.«

»Was?«

»Allerlei Häppchen in bezug auf die *Corregidor*. Ihre maximale Geschwindigkeit, wo ihre Atomsprengköpfe herkommen, die Codes zum Scharfmachen und dergleichen mehr. Ich gebe Ihnen dann eine genaue Übersicht. Holen Sie mich um Mitternacht ab?«

»Ja, gut.« Crosse machte kehrt und eilte die Straße hinauf. Stirnrunzelnd sah Rosemont ihm nach. Alle zwölf Stockwerke des Rose Court waren hell erleuchtet. Crosse bog um die Ecke und verschwand im Dunkel.

Was ist denn mit Rog los? fragte sich Rosemont nachdenklich. Etwas stimmt da nicht.

10

20.10 Uhr:

Mit hartem Blick verließ Crosse im fünften Stockwerk den Aufzug. Die Tür zum Apartment von Asian Properties stand offen. Der große Raum war voll Menschen. Er blieb auf der Schwelle stehen; seine Augen suchten Plumm oder Dunross. Es fiel ihm gleich auf, daß sich die meisten Gäste in deprimierter Stimmung befanden; was seine Unruhe noch steigerte. Es waren nur wenige Frauen gekommen – sie standen in kleinen Gruppen am anderen Ende des Saales. Man unterhielt sich erregt über das bevorstehende Debakel an der Börse und den Sturm auf die Banken.

»Macht sich ja sehr gut, wenn die Victoria die Übernahme der Ho-Pak in Millionenhöhe bekanntgibt, aber wo soll das Bargeld herkommen, das wir alle brauchen, um weitermachen zu können?«

»Es ist eine Fusion, keine Übernahme, Dunstan«, ließ sich Richard Kwang vernehmen. »Die Ho-Pak ist...«

Barres Gesicht lief rot an. »Verdammt, Richard, wir sind ja alte Freunde und wissen alle, daß es mehr ist als eine bloße Sanierung! Wir sind doch keine Kinder! Das Entscheidende«, sagte Barre und erhob seine Stimme, um Richard Kwang und Johnjohn zu übertönen, »das Entscheidende, alter Knabe, ist doch, daß wir, die Geschäftsleute Hongkongs, Fusion hin, Fusion her, uns einfach nicht über Wasser halten können, wenn eure verdammten Banken ohne Geld dastehen! Schlechtes Management, wenn man mich fragt«, erklärte er verdrießlich unter allgemeiner Zustimmung. Sein Blick fiel auf Crosse, der an ihm vorbei wollte. »Guten Abend, Roger«, begrüßte er ihn mit einem dünnen Lächeln.

Roger Crosse registrierte die aufmerksame Vorsicht, der er immer wieder begegnete, wenn er überraschend auf einen Menschen stieß. »Ist der Tai-Pan da?«

»Nein, noch nicht«, antwortete Johnjohn, und Crosse atmete erleichtert auf.

»Sind Sie sicher?«

»Aber ja«, bekräftigte Dunstan zornig. »Diese verdammten Banken! Wenn sie nicht...«

Johnjohn unterbrach ihn. »Sind Sie mit den dreckigen Werwölfen schon weitergekommen, Oberinspektor?« Die Entdeckung der beiden Leichen war das Leitthema von Radio Hongkong und aller chinesischen Zeitungen gewesen – Sonntag nachmittag erschienen keine englischen Blätter.

»Ich weiß nicht mehr als Sie alle«, erwiderte Crosse. »Wir sind immer noch bemüht, die Opfer zu identifizieren.« Er wandte sich an Richard Kwang. »Wissen Sie etwas von entführten oder auch nur vermißten Söhnen oder Neffen?«

»Nein, tut mir leid.«

»Wenn Sie mich jetzt entschuldigen wollen, ich möchte unseren Gastgeber begrüßen.« Crosse drängte sich durch die Umstehenden. »Guten Abend, Mr. Toxe«, sagte er und schob sich an dem großgewachsenen, hageren Herausgeber des *Guardian* vorbei. »Mein Beileid!«

»Joss.« Christian Toxe bemühte sich, ruhig zu sprechen, und blieb vor ihm stehen.

»Joss. Sie würde... Na ja, das Leben geht weiter.« Sein gezwungenes Lächeln wirkte fast grotesk. »Der *Guardian* muß auch weiter erscheinen, nicht wahr? Haben Sie später einen Augenblick Zeit für mich?«

»Gewiß. Nicht zur Veröffentlichung bestimmt, wie immer?«

»Selbstverständlich.«

Er ging weiter, an Pugmire und Sir Luis vorbei, die sich angelegentlich über die General-Stores-Struan's-Übernahme unterhielten, und sah Casey in der Mitte einer Gruppe auf dem breiten Balkon, von dem man eine weite Aussicht über den Hafen genoß. De Ville war dabei und auch Gornt, ein mildes Lächeln um die Lippen, was Crosses Verwunderung erregte. »Hallo,

Jason«, sagte er, auf Plumm zutretend, der, ihm den Rücken zukehrend, mit Joseph Stern und Philip Tschen plauderte. »Danke für die Einladung!«
»Oh, hallo, Roger! Schön, daß Sie kommen konnten!«
»Guten Abend«, begrüßte er die anderen. »Wo bleibt denn Ihr Ehrengast, Jason?«
»Der Tai-Pan hat angerufen. Er wurde aufgehalten, ist aber schon unterwegs und muß gleich da sein.« Plumm befand sich sichtlich in einem Zustand innerer Spannung. »Der Champagner ist bereit, meine kleine Rede auch. *Alles* ist bereit. Kommen Sie, Roger, ich hole Ihnen etwas zu trinken! Ein Perrier, nicht wahr?«
Crosse folgte ihm. Auch er war froh, eine Gelegenheit zu haben, unter vier Augen mit ihm zu sprechen, aber in diesem Moment trat plötzlich Stille ein. Dunross stand in der Tür, neben ihm Riko und Gavallan. Alle drei strahlten.
»Hören Sie, Jason, ich...« Crosse verstummte. Plumm hatte sich bereits der Bar zugewandt, und wenn Crosse nicht genau aufgepaßt hätte, er hätte nie gesehen, wie Plumms linke Hand sehr geschickt die kleine Phiole über einem der gefüllten Champagnergläser zerbrach und die Splitter in seiner Tasche verschwinden ließ. Dann nahm Plumm das Tablett mit den vier Gläsern vom Tisch und ging damit auf die Tür zu.
Dunross ließ Riko und Gavallan ein Glas nehmen. Ohne merkliche Nötigung griff er dann nach dem präparierten Glas. Plumm nahm das letzte und reichte das Tablett einem verlegenen Kellner. »Willkommen, Tai-Pan, und meine Glückwünsche zu dem gelungenen Coup«, brachte Plumm einen Toast aus, ohne eine große Sache daraus zu machen. Als der Geehrte trank Dunross natürlich nicht mit.
»Vielleicht sollten Sie jetzt einen Toast auf Richard Kwang, Johnjohn und die Fusion ausbringen«, schlug Plumm mit belegter Stimme vor.
»Warum nicht?« Dunross lächelte, während sein Blick Johnjohn suchte. »Bruce«, rief er und hob sein Glas. »Auf die Victoria!« Seine Stimme gewann an Kraft, und die anderen Gäste wurden aufmerksam und verstummten. »Vielleicht sollten sich alle an diesem Toast beteiligen. Ich habe soeben erfahren, daß sich die Bank of China bereit erklärt hat, euch und den anderen Banken eine halbe Milliarde in bar zur Verfügung zu stellen.«
Tiefe Stille erfüllte den Raum. Die am Balkon gestanden hatten, kamen herein, Gornt als erster. »Was?«
»Ich habe soeben erfahren, daß die Bank of China Hongkong der Victoria und über sie auch den anderen Banken eine halbe Milliarde in bar leiht. Der Run auf die Banken ist vorbei!« Dunross hob sein Glas. »Auf die Victoria!«
Während der Raum zum Hexenkessel wurde und man Dunross mit Fragen bestürmte, setzte sich Crosse eilig in Bewegung; in dem Augenblick, da Dunross das Glas an die Lippen setzen wollte, schien er zu stolpern, stieß

mit ihm zusammen und schlug ihm dabei das Glas aus der Hand. »Es tut mir entsetzlich leid«, entschuldigte er sich.
Plumm starrte ihn entgeistert an. »Aber was...«
»Verzeihen Sie mir, Jason«, fiel Crosse ihm ins Wort und fügte, während ein Kellner hastig die Scherben auflas, rasch hinzu: »Vielleicht könnten Sie Ian ein anderes Glas besorgen.«
»Ja, ja, aber...« Benommen schickte Plumm sich an, dem Hinweis Folge zu leisten, blieb aber stehen, als Riko sagte: »Hier, Tai-Pan, nehmen Sie doch mein Glas!« Und dann brüllte Johnjohn über die Köpfe der anderen hinweg: »Bitte um Ruhe« und drängte sich zu Dunross durch. »Ian«, sagte er in die plötzliche Stille hinein, »sind Sie auch ganz sicher?«
»Aber ja«, antwortete Dunross gelassen, nippte an Rikos Glas und genoß den Augenblick. »Tiptop hat mich angerufen. Sie werden es alle in den Neun-Uhr-Nachrichten hören.«
Jubel brandete auf, und Dunross sah Gornt, der ihn aus einiger Entfernung anstarrte. Sein Lächeln verhärtete sich, und er hob abermals sein Glas. »Auf Ihr Wohl, Quillan«, rief er spöttisch. Wieder erstarrten die Gespräche, und alle Aufmerksamkeit konzentrierte sich auf die beiden.
Gornt erwiderte den Toast ebenso spöttisch. »Auf Ihr Wohl, Ian! Sie werden das Geld tatsächlich bekommen?«
»Ja, und weil wir gerade davon reden: Ich habe soeben einen neuen Revolving Fonds in der Höhe von 50 Millionen amerikanischer Dollar erhalten. Jetzt ist Noble House die gesündeste *hong* in der Kolonie!«
»Womit sichergestellt?« wollte Gornt wissen.
»Das Ansehen des Noble House hat genügt!« Mit gespielter Nonchalance wandte sich Dunross an Johnjohn. »Den Kredit bekommen wir von der Royal Belgium, einer Tochter der First Central in New York.« Ganz bewußt sah er Gornt nicht mehr an, während er genüßlich wiederholte: »50 Millionen US-Dollar. Übrigens, Bruce: Morgen zahle ich euren Kredit auf unsere beiden Schiffe zurück. Ich brauche die Vic nicht mehr – Royal Belgium bietet mir günstigere Konditionen.«
Johnjohn starrte ihn an. »Sie scherzen?«
»Nein. Ich habe eben mit Havergill gesprochen.« Dunross sah Plumm kurz an. »Das war der Grund für meine Verspätung. Ich mußte es ihm natürlich sagen. Bitte verzeihen Sie mir! Bruce, altes Haus, Havergill ist bereits in der Bank und trifft die nötigen Vorbereitungen für den reibungslosen Ablauf des morgigen Transfers. Er läßt Sie bitten, gleich zu ihm zu kommen.«
»Jetzt gleich?«
»Ja. Tut mir leid.«
Johnjohn starrte ihn an, wollte etwas sagen, überlegte es sich und eilte hinaus.
Dunross sah, daß Sir Luis, Joseph Stern und Philip Tschen die Köpfe zusam-

mensteckten. Wie versteinert stand Gornt immer noch auf der gleichen Stelle. Dann fiel Dunross' Blick auf Casey, die ihm so vergnügt zulächelte, daß er sein Glas hob, um ihr zuzutrinken. Sie erwiderte die Geste. Gornt sah es. Er ging auf sie zu, und alle, die in ihrer Nähe standen, schauten und verstummten. »Die First Central ist auch Ihre Bank, nicht wahr?«

»Ja, das stimmt«, antwortete sie.

»Sie und Bartlett haben das arrangiert, nicht wahr?« Groß und breit stand Gornt vor ihr.

»Ich pflege mich selbst um unsere Kredite zu kümmern«, warf Dunross rasch ein.

Gornt achtete nicht auf ihn. Sein Blick blieb auf ihr haften. »Sie und Bartlett. Sie haben ihm geholfen.«

Sie erwiderte seinen Blick. »Ich habe keinen Einfluß auf diese Bank«, antwortete sie mit klopfendem Herzen.

»Aber irgendwie hatten Sie Ihre Hände im Spiel«, entgegnete Gornt kühl. »Oder etwa nicht?«

»Mr. Murtagh hat mich gefragt, ob ich Struan's für kreditwürdig halte«, sagte sie mit beherrschter Stimme. »Und meine Antwort lautete: Ja, Struan's ist bewundernswert kreditwürdig.«

»Struan's sitzt auf dem Trockenen«, erklärte Gornt.

Dunross trat an sie heran. »Das ist Ihr großer Irrtum, Quillan, das tun wir nicht. Übrigens hat sich Sir Luis bereit erklärt, die Notierungen für Struan's bis Mittag auszusetzen.«

»Warum? Wozu?«

»Um dem Markt Zeit zu geben, sich auf die Hausse einzustellen.«

»Welche Hausse?«

»Die Hausse, die wir alle verdienen. Die Hausse, die der alte blinde Tung prophezeit hat. Und auch, um uns Gelegenheit zu geben, unseren Aktienwert anzupassen«, schnarrte Dunross. »Wir eröffnen mit dreißig.«

»Unmöglich!« rief einer, und Gornt fauchte: »Das können Sie nicht! Sie haben mit 9,50 geschlossen! Ihr letzter Kurs war 9,50!«

»Und bei Gott, wir eröffnen mit 30!«

Gornt schwenkte zu Sir Luis herum. »Sie wollen solch einem Straßenraub Vorschub leisten?«

»Es ist kein Straßenraub«, widersprach Sir Luis. »Der Börsenvorstand ist zu dem Schluß gekommen, daß eine kurze Ruhepause allen guttut und der Sicherheit aller Anleger dient – so daß sich jeder auf die Hausse vorbereiten kann. Zwei Stunden bis Mittag erschienen uns angemessen.«

»So, so, angemessen«, knurrte Gornt. »Sie besitzen haufenweise Aktien, die ich leer verkauft habe. Jetzt kaufe ich sie alle zurück. Zu welchem Kurs?«

Sir Luis zuckte die Achseln. »Ich stehe morgen zu Mittag im Börsensaal zur Verfügung, nicht in einer Privatwohnung.«

»Ich stehe Ihnen jetzt gleich zur Verfügung, Quillan«, sagte Dunross in scharfem Ton. »Wie viele Aktien haben Sie leer verkauft? 700000? 800000? Sie können sie um 18 zurückkaufen, wenn Sie mir die Kapitalmehrheit von All Asia um 15 überlassen.«
»All Asia Air ist unverkäuflich«, gab Gornt wütend zurück, wohl wissend, daß ein Kurs von 30 sein Ende bedeuten würde.
»Das Angebot bleibt bis morgen bei Börsenbeginn aufrecht.«
»Zum Teufel mit Ihrem Angebot und mit Ihren 30!« Gornt wirbelte herum. »Kaufen Sie Struan's, Mr. Stern! Jetzt gleich, morgen früh oder mittag! Sie sind mir verantwortlich!«
»Zu welchem Kurs, Mr. Gornt?«
»Fragen Sie nicht so viel! Kaufen Sie!« Mit steinernem Gesicht wandte er sich Casey zu. »Danke«, sagte er, stapfte aus dem Raum und knallte die Tür hinter sich zu. Sie blieb allein an der Balkontür zurück. Geschockt von der Turbulenz der Szene, die sich hier abgespielt hatte, achtete sie kaum darauf, daß Plumm davoneilte und Roger Crosse ihm folgte. Sie beobachtete nur Dunross und Riko, die jetzt neben ihm stand.

In dem kleinen, nach hinten gelegenen Schlafzimmer langte Plumm in eine Lade seines Schreibtisches. Die Tür ging auf, er schwenkte herum, und sein Gesicht verzerrte sich, als er sah, daß es Roger Crosse war. »Du verdammter Kerl! Du hast ihm absichtlich...«
Mit katzengleicher Schnelligkeit durchquerte Crosse den Raum und schlug Plumm mit der offenen Hand ins Gesicht, bevor dieser noch wußte, wie ihm geschah. Plumm taumelte rückwärts auf das Bett zu und fiel darauf. »Was zum Teuf...«
»Halt den Mund und hör mir zu«, zischte Crosse. »Suslew läßt dich hochgehen!«
Plumm starrte ihn mit offenem Mund an. Die Spur des Schlages färbte sich rot. Sofort legte sich sein Zorn. »Was?«
»Suslew wird dich bei Sinders verpfeifen – dich, und das heißt uns alle!« Crosse kniff die Augen zusammen. »Hast du dich beruhigt? Und sprich leise!«
»Was? Ja... ja... ich... ja...«
»Tut mir leid, Jason, aber ich hatte keine andere Wahl.«
»Ja, ja, schon recht. Was ist denn passiert, Roger?«
Plumm rollte vom Bett und rieb sich das Gesicht. Blut tropfte ihm aus einem Mundwinkel, aber er hatte sich wieder völlig in der Gewalt.
»Wir müssen uns einen Plan zurechtlegen«, sagte Crosse grimmig und rekapitulierte sein Gespräch mit Suslew. »Ich glaube, daß ich ihn überzeugt habe, aber der Kerl ist schlüpfrig wie ein Aal und zu allem fähig. Wenn Suslew Sinders nicht sagt, wer Arthur ist, läßt der ihn hochgehen, da bin ich ganz sicher – und wenn Sinders das tut, kommt Suslew nicht mehr nach

Hongkong zurück. Die schnappen ihn und machen ihn fertig. Dann sind wir...«
»Aber was ist mit Dunross?« fragte Plumm ratlos. »Dunross hätte ihm doch aus der Patsche helfen können! Jetzt muß Gregor singen. Warum hast du mich gestoppt?«
»Ich mußte es tun. Ich hatte keine Zeit, dir alles zu erklären. Nach dem Gespräch mit Suslew meldete ich mich im Polizeipräsidium und erfuhr dort, daß diese Bastarde mit chinesischem Geld den Kopf aus der Schlinge gezogen haben. Schon vorher hörte ich, daß Dunross sich den Kredit verschafft hat«, log Crosse. »Damit ist der Run vorüber, die Börse wird haussieren – mit Dunross oder ohne ihn... Aber das ist noch nicht das Schlimmste, Jason. Einer meiner Leute in der Special Branch hat mir versichert, daß Sinders die Kontrollen auf Kai Tak und auf dem Pier, wo die *Iwanow* liegt, verdreifacht hat. Sie machen jede Kiste auf, sie untersuchen jeden Kuli, der an Bord geht. Wenn sie Dunross gefunden hätten – und sie hätten ihn gefunden –, säßen wir in der Falle.«
Plumm war immer nervöser geworden. Er fing an zu zittern und platzte heraus: »Was... was wäre, wenn wir Suslew an Sinders verpfeifen?«
»Schrei nicht! Kannst du nicht mehr klar denken? Gregor kennt uns doch alle: Sinders würde ihn einer Schlaf-Wach-Behandlung unterziehen und ins rote Zimmer verfrachten, und er würde alles verraten! Damit wären wir und Sevrin erledigt!«
Plumm trocknete sich das Gesicht ab. »Also, was sollen wir tun?«
»Lassen wir Gregor an Bord gehen und auslaufen und hoffen wir zu Gott, daß es ihm gelingt, seine Vorgesetzten zu überzeugen! Selbst wenn er Sinders deinen Namen nennt, sind wir, glaube ich, so tief eingegraben, daß wir uns herausboxen können. Du bist Brite, kein Ausländer. Keine Sorge, es passiert nichts, ohne daß ich es sofort erfahre. Und wenn etwas passiert – für Plan Drei wird immer Zeit genug bleiben.«
Plan Drei war ein raffiniert ausgeklügelter Fluchtplan, den Plumm für einen solchen Fall ersonnen hatte – mit falschen Pässen, gültigen Flugtickets, gepackten Koffern, Verkleidungen und Perücken, ja sogar Hauptschlüsseln, um auf das Flugfeld zu gelangen, ohne die Polizeikontrolle zu passieren. Bei einer Stunde Vorsprung hatte der Plan eine fünfundneunzigprozentige Erfolgsaussicht.
»Mein Gott!« sagte Plumm und ging zum Spiegel, um sein Gesicht zu betrachten. Die Röte ließ nach.
Crosse beobachtete ihn und fragte sich, ob er Plumm überzeugt hatte. Unter den gegebenen Umständen konnte er nicht mehr tun. Er haßte es zu improvisieren, aber er hatte keine andere Wahl. Was für ein Leben wir doch führen! Außer mir kann jeder das nächste Opfer sein: Suslew, Plumm, Sinders, Kwok, Armstrong, sogar der Gouverneur.
»Was ist?« Plumm sah ihn an.

»Ich dachte nur, daß wir ein gefährliches Leben führen.«
»Für eine gute Sache. Nur darauf kommt es an.«
Ich glaube wirklich, du hast deine Nützlichkeit überlebt, alter Freund, dachte er und ging zum Telefon. Er wußte, daß dieser Anschluß nicht überwacht wurde. Er betätigte die Wählscheibe. »Ja?« Er erkannte Suslew und ahmte Arthurs trockenes Hüsteln nach. »Mr. Lop-sing bitte.« Er führte das Tarngespräch ordnungsgemäß zu Ende und sagte dann dringlich: »Etwas ist schiefgelaufen. Die Zielperson ist nicht erschienen. Sei vorsichtig auf dem Pier! Die Kontrollen wurden verdreifacht. Wir können die Kiste nicht liefern. Viel Glück.« Er legte auf.
»Das war ein Totengeläute«, meinte Plumm traurig.
Crosse lächelte dünn. »Besser seines als deines, nicht wahr?«

11

20.25 Uhr:

In dem lärmerfüllten Wohnzimmer am anderen Ende des Ganges leerte Casey ihr Glas und stellte es nieder. Ihr war sonderbar zumute. Teils freute sie sich über Dunross' Rettung, teils bedauerte sie, daß Gornt sich in seiner eigenen Falle gefangen hatte. Ihr war klar, daß der Eröffnungskurs von Struan's sehr hoch sein werde. Armer Quillan, dachte sie. Wenn er seine Position nicht abdecken kann, sitzt er in der Tinte. Und, seien wir ehrlich, das hat er mir zu verdanken. Oder nicht?
Na sicher, aber ich mußte Dunross Schützenhilfe leisten, denn ohne ihn hätte Gornt uns die Luft abgestellt – und vielleicht nicht nur uns. Und nicht zu vergessen: Nicht ich habe den Angriff auf Struan's gestartet. Das war Lincs Raid, nicht meiner. Hat Linc nicht immer gepredigt, man soll Geschäft und Vergnügen nicht mischen? Haben wir uns nicht immer an diesen Leitsatz gehalten?
Tja. Und wieder Linc.
Casey hatte ihn den ganzen Tag nicht gesehen und auch nichts von ihm gehört. Sie hätten sich zum Frühstück treffen sollen, aber an seiner Tür hing ein »Bitte nicht stören«-Schildchen, und auch die Telefonzentrale des Hotels war angewiesen worden, keine Anrufe durchzustellen. Abends hatte sie eine Nachricht vorgefunden: »Viel Spaß!« Sie hatte sich geduscht und umgezogen, ihre Ungeduld gezügelt und war hierhergekommen. Anfangs war es nicht sonderlich lustig gewesen, die Gäste in Weltuntergangsstimmung, und nach den guten Nachrichten und Gornts dramatischem Abgang wieder nicht sehr unterhaltsam. Kurz danach war Dunross zu ihr gekommen und

hatte ihr neuerlich gedankt. Gleich darauf war er von aufgeregten Herren umringt, die seine Meinung für die kommende Entwicklung der Geschäfte kennenlernen wollten. Sie hörte zu und fühlte sich sehr einsam. Vielleicht ist Linc jetzt schon im Hotel, dachte sie. Ich wünschte... na ja, Zeit heimzugehen. Niemand sah sie hinausschlüpfen.

Roger Crosse stand beim Aufzug. Er öffnete die Tür für sie und drückte den Abwärtsknopf.

»Danke. Nette Party, nicht wahr?« sagte sie.

»Ja, ja, sehr nett«, erwiderte er zerstreut.

Im Erdgeschoß angekommen, eilte Crosse die Straße hinunter, während sie auf die Gruppe von Menschen zuging, die auf Taxis warteten. Sie war froh, daß es nicht schon wieder regnete. Jäh verhielt sie den Schritt. Orlanda Ramos, Pakete im Arm, kam ihr entgegen. Die beiden Frauen erkannten einander im selben Augenblick.

Orlanda gewann als erste ihre Fassung zurück. »Guten Abend, Casey«, sagte sie mit ihrem gewinnendsten Lächeln. »Wie hübsch Sie aussehen!«

»Sie auch«, erwiderte Casey, und das war nicht gelogen. Der himmelblaue Rock paßte ausgezeichnet zur Bluse.

Orlanda überschüttete den ältlichen Portier mit einer Flut kantonesischer Worte. Er nahm ihr, wenn auch murrend, die Pakete ab.

»Wissen Sie, Casey«, sagte sie, und in ihrer Stimme lag ein nervöser Unterton. »Ein Stück weiter die Straße hinunter hat es einen kleinen Erdrutsch gegeben, und ich mußte meinen Wagen dort stehenlassen. Wollten... wollten Sie hier jemanden besuchen?«

»Nein. Ich war gerade im Gehen. Wohnen Sie hier?«

»Ja. Ja, ich wohne hier.«

Schweigen trat ein. Dann nickte Casey ein höfliches Guten Abend und wollte ihren Weg fortsetzen.

»Vielleicht sollten wir miteinander reden«, sagte Orlanda, und Casey blieb stehen.

»Hätten Sie jetzt Zeit?«

»Ich denke schon.«

»Würden Sie mich zu meinem Wagen zurückbegleiten? Ich muß noch ein paar Pakete holen. Hier oben bekommen Sie sowieso kein Taxi.«

»Gern.«

Die Nacht war kühl, aber beide Frauen brannten vor Erregung. Sie wußten, was jetzt kommen mußte, und eine fürchtete die andere. Die Straße war naß vom Wasser, das zu Tal schoß. Die Wolkendecke verhieß baldigen Regen. Vor sich, in fünfzig Meter Entfernung, sah Casey, daß der Straßendamm teilweise eingebrochen und Erde und Geröll, Strauchwerk und Schutt auf die Fahrbahn geschwemmt worden waren. Auf der anderen Seite der Rutschung stauten sich Automobile, die ungeduldig versuchten umzukehren. Einige wenige Fußgänger arbeiteten sich mühevoll vorwärts.

»Wohnen Sie schon lange im Rose Court?« fragte Casey.
»Schon seit einigen Jahren. Ich fühle mich sehr wohl hier. Ich... Ach! Waren Sie auf Jason Plumms Party?«
»Ja.« Casey sah die Erleichterung auf Orlandas Gesicht, und es ärgerte sie, aber sie verhielt ihren Ärger. »Orlanda«, sagte sie und blieb stehen, »eigentlich haben wir einander nichts zu sagen. Meinen Sie nicht auch?«
Orlanda sah sie an. »Linc ist bei mir oben.«
»Das dachte ich mir.«
»Stört Sie das nicht?«
»Es stört mich sogar sehr. Aber das geht nur Linc etwas an. Wir sind nicht verheiratet, wie Sie wissen, nicht einmal verlobt, wie Sie ebenfalls wissen – Sie haben Ihre Methode, ich habe meine, und darum...«
»Was wollen Sie damit sagen?« fragte Orlanda.
»Damit will ich sagen, daß ich Linc seit sieben Jahren kenne; Sie kennen ihn seit sieben Tagen.«
»Das spielt keine Rolle«, konterte Orlanda herausfordernd. »Ich liebe ihn, und er liebt mich.«
»Das wird sich noch herausstellen. Gute Nacht, Orlanda«, sagte Casey und hätte ihr ins Gesicht schreien mögen: Du verdienst dir dein Geld im Bett, ich muß dafür arbeiten. Und was du Liebe nennst, buchstabiere ich G-e-l-d. Die Männer sind ja so dumm!
»Es ist komisch, aber ich gebe Linc keine Schuld«, murmelte sie, ihr Blick ruhte auf dem energischen Kinn, den blitzenden, entschlossenen Augen und dem perfekten, sinnlichen und doch adretten Körper. »Gute Nacht!«
Sie ging weiter. Jetzt muß ich meinen Plan ändern, dachte sie. Heute nacht wollte ich Linc alle meine Liebe schenken, aber jetzt muß sich alles ändern. Wenn er in ihrem Bett liegt, ist er ihrem Zauber verfallen. Mein Gott, bin ich froh, daß ich das erfahren habe! Wenn ich mich ihm heute nacht angeboten hätte, er hätte mich zurückgewiesen, und dann... Jetzt kann ich... was soll ich nur tun?
Zum Teufel mit den Orlandas dieser Welt! Die haben es leicht. Sie haben nur die Jagd auf den Mann im Kopf. Und wir? Was tue ich? Setze ich auch weiterhin auf den 25. November und darauf, daß Orlanda ihm dann schon zum Hals heraushängt?
Aber das wird sie nicht. Diese Dame ist reines Dynamit, und sie weiß, Linc ist ihr Paß in die Ewigkeit.
Ihr Herz schlug schneller. Aber ich bin ihr gewachsen, dachte sie voll Zuversicht. Vielleicht nicht im Bett oder in der Küche, aber ich kann lernen.
Sie stieg über das Geröll, verwünschte den Schlamm, der ihre Schuhe beschmutzte, und sprang auf der anderen Seite des Erdhaufens wieder hinunter. Dunross' Rolls und sein Chauffeur standen an der Spitze der Autokolonne.
»Verzeihung, Misee, ist der Tai-Pan noch oben?«

»Ja, er ist noch oben.«
»Danke sehr.« Der Fahrer verschloß den Wagen, kletterte über den Erdwall und eilte die Straße hinauf. Casey drehte sich nach ihm um. Ihre Blicke trafen auf Orlanda, die hinter ihr herkam. Am liebsten hätte sie sie niedergestoßen, in den Dreck gestoßen. Der Gedanke belustigte sie. Aber Orlanda schritt furchtlos an ihr vorbei. Könnte sein, du hast genau solche Angst vor mir und meiner Macht wie ich vor dir und deinem Einfluß, dachte sie. Sie richtete ihren Blick auf den Rose Court, einen glitzernden, strahlenden Turm, und fragte sich, welches Licht Linc einhüllte oder hinter welchem dunklen Fenster er sich verbarg.

Als Orlanda Casey gesehen hatte, war ihr erster Gedanke gewesen: Sie hat Bartlett in meiner Wohnung zur Rede gestellt – so hätte ich's gemacht. Und obwohl sie jetzt wußte, wo Casey gewesen war, jagte ihr der Anblick ihrer Rivalin Angst ein. Hat sie durch Par-Con Macht über ihn? fragte sie sich zitternd. Beherrscht sie ihn durch Aktien oder Kapitalanteile? Wenn Lincs erste Frau ihn beinahe ruiniert und Casey ihn so oft gerettet hat, wie er behauptet, muß sie sich mit Händen und Füßen gegen mich wehren. Ich würde es an ihrer Stelle auch nicht anders halten.
Unwillkürlich warf Orlanda einen Blick zurück. Immer noch hafteten Caseys Augen auf dem Rose Court. Nun traten Dunross und ein paar andere – unter ihnen Riko, Toxe, Philip und Dianne Tschen – aus dem Haus und kamen die Straße herunter. Sie verbannte sie und alles andere aus ihren Gedanken und beschäftigte sich ausschließlich mit der Frage, wie sie sich Linc gegenüber verhalten sollte, wenn sie jetzt in ihre Wohnung zurückkehrte. Sollte sie ihm erzählen, daß sie Casey begegnet war – oder besser nicht? Automatisch nahm sie die restlichen Päckchen aus dem Wagen. Eines weiß ich sicher, sagte sie sich immer wieder: Linc gehört mir. Casey hin, Casey her, mag es kosten, was es wolle, ich werde ihn heiraten!
Auch Casey hatte Dunross aus dem Haus kommen sehen; sie genoß den Anblick des groß gewachsenen, soignierten Mannes und war sehr froh, daß sie ihm hatte helfen können. Er sah um zehn Jahre jünger aus als bei ihrer ersten Begegnung. Dann, gerade als sie ihren Weg fortsetzen wollte, hörte sie ihn rufen. »Casey! Casey! Warten Sie doch einen Moment!« Sie warf einen Blick zurück. »Wollen Sie nicht mit uns essen gehen?« rief er ihr zu.
Sie war nicht in der Stimmung. Sie schüttelte den Kopf und rief zurück: »Danke, aber ich bin verabredet! Wir sehen uns mor...«
In diesem Augenblick bebte die Erde.

12

20.56 Uhr:

Der Erdrutsch hatte weiter oben auf der anderen Seite der Po Shan Road begonnen, war über die Straße gefegt und gegen eine zweigeschossige Garage gewuchtet. So groß waren die Masse und die Geschwindigkeit der Mure, daß sich der Garagenbau drehte, sich ein kurzes Stück über die Gartenterrasse schob und dann umkippte. Die Rutschung gewann an Stoßkraft, schoß an einem im Dunkel liegenden Hochbau vorbei, überquerte die Conduit Road, prallte gegen Richard Kwangs zweigeschossiges Haus und zerstörte es. Zusammen mit diesen Baulichkeiten setzte die Mure, die nun schon dreihundert Meter lang und sechzig Meter breit war – fünfzigtausend Tonnen Erde und Gestein – ihren Weg über die Kotewall Road fort und prallte mit aller Wucht gegen den Rose Court.
Sieben Sekunden waren vergangen.
Das Gebäude schien zu erbeben. Es löste sich von seinen Fundamenten, bewegte sich auf den Hafen zu und brach in der Mitte ab – wie ein Mensch, der, bevor er stürzt, in die Knie geht. Die oberen Geschosse stießen gegen eine Ecke der oberen Stockwerke der Sinclair Towers und rissen sie in die Tiefe, wo sie unter gewaltigem Krachen zu Schutt zerbarsten. Ein Teil der Mure und die zerstörten Gebäude wälzten sich den Berg hinunter, bis ihnen eine Baustelle Halt gebot. Die Lichter erloschen, als das Haus in einer Staubwolke einstürzte. Nun herrschte lähmende, betäubende Stille über den Mid Levels.
Dann begannen die Schreie.

Halb unter Schutt begraben, steckte Suslew im Tunnel unter der Sinclair Road. Ein Teil des Daches hatte dem Druck nachgegeben, und nun füllte sich der Gang rasch mit Wasser, das aus geborstenen Rohren und Leitungen herabströmte. Ohne zu wissen, was geschehen war, verwirrt und hilflos, kämpfte er sich ins Freie. Von panischem Schrecken ergriffen, sah er sich um. Die Stromleitungen waren ausgefallen, die Häuser in Finsternis getaucht. Ein riesenhafter Haufen unter dumpfem Rollen sich verschiebender Trümmer schloß ihn ein. Hals über Kopf flüchtete er die Sinclair Road hinunter.

Die Menschen auf der Kotewall Road jenseits der Mure, unter ihnen auch Casey, waren in Sicherheit, aber vor Entsetzen wie gelähmt. Sie konnten einfach nicht glauben, was sie miterlebt hatten. So weit das Auge reichte, hatte die riesige Mure die ganze Straße weggerissen. Der Großteil der Berglehne, eben noch terrassenförmig gegliedert, war jetzt ein wüster, zerklüf-

teter Hang von Erde, Schlamm und Fels. Dunross und seine Freunde waren über den Steilabfall hinuntergeschleudert worden.
Casey wollte schreien, aber ihre Stimme versagte. »O mein Gott! Linc«, stieß sie hervor, und bevor sie noch wußte, was sie tat, kroch und kletterte sie, immer wieder stürzend, auf das Trümmerfeld zu. Entsetzliche Finsternis quoll ihr entgegen, von überall drangen Hilferufe an ihr Ohr. Da und dort bewegte sich der unglaubliche Schutthaufen immer noch, und immer noch donnerten Steinbrocken herab. Plötzlich wurde die Nacht von explodierenden Starkstromleitungen erhellt, die Kaskaden von Feuerkugeln in die Luft schossen.
Wie wahnsinnig stürzte sie auf die Stelle zu, wo die Eingangshalle gewesen war. Tief unten, im Dunkel kaum erkennbar, lagen, über den Hang verstreut, Schuttmassen und Betonbrocken, Träger und Unterzüge, Schuhe, Spielsachen, Töpfe, Pfannen, Sofas, Stühle, Betten, Radios, Fernsehapparate, Kleider, menschliche Glieder, Bücher, drei Autos, die vor dem Haus geparkt gewesen waren. Im Licht der explodierenden Starkstromleitungen sah sie die Reste des Aufzugs; aus dem geborstenen Gehäuse ragten gebrochene Arme und Beine heraus.
»Linc!« Sie brüllte aus vollem Halse, immer und immer wieder, aber sie erhielt keine Antwort. Tränen liefen ihr über das Gesicht, doch sie wußte nicht, daß sie weinte. Verzweifelt kletterte sie auf dem gefährlichen Trümmerhaufen herum. Rund um sie schrien Menschen. Dann hörte sie ganz in der Nähe ein Wimmern, und ein Teil des Gerölls geriet in Bewegung. Die Strümpfe zerrissen, die Kleider zerrissen, lag sie auf den Knien, zerrte einige Ziegel heraus, fand eine kleine Höhlung und darin ein Chinesenkind, etwa drei oder vier Jahre alt, hustend, fast schon erstickt, das unter einem riesigen, knarrenden Haufen Schutt gefangen war.
»Oh, mein armer Liebling!« Verzweifelt sah Casey sich um, aber es war niemand da, der ihr hätte helfen können. Mit blutenden Fingern räumte sie den Schutt weg. Der Gefahr nicht achtend, packte sie das kleine Mädchen an der Schulter, half ihm heraus, nahm es in die Arme und brachte sich in Sicherheit; gleich darauf stürzte dieser Teil der Trümmer ein. Unverletzt klammerte sich das zitternde Kind an seine Retterin.

Als die Steinlawine das Hochhaus umgestürzt und einen Großteil der Straße und der Stützmauer zerstört hatte, waren Dunross und die anderen den Steilhang hinuntergeschleudert worden; Büsche und Sträucher hatten ihren Sturz gemildert. Im Halbdunkel rappelte Dunross sich hoch, befühlte sich und stellte überrascht fest, daß er unverletzt geblieben war und aufrecht stehen konnte. In seiner Nähe hörte er klägliches Wimmern. Über den schlammigen Steilhang arbeitete er sich zu Dianne Tschen hinauf. Sie war nur halb bei Bewußtsein und stöhnte; ein Bein lag grausam gekrümmt unter ihr. Ein Teil des Schienbeins hatte die Haut durchstoßen, aber soweit

er das sehen konnte, war keine Arterie verletzt und keine gefährliche Blutung zu befürchten. So behutsam er konnte, streckte er sie und ihr Bein geradeaus, aber sie stieß einen Schmerzensschrei aus und fiel in Ohnmacht. Er fühlte jemanden in seiner Nähe und hob den Blick. Riko stand neben ihm. Ihr Kleid war zerfetzt, ihre Frisur zerzaust, und aus ihrer Nase tropfte Blut.
»Sind Sie auch mit dem Schrecken davongekommen?«
»Ja... ja«, antwortete sie mit schwacher Stimme. »Ist... war das ein Erdbeben?«
Wieder gab es einen Kurzschluß von Starkstromleitungen, und Feuerkugeln erhellten das Gelände. »Mein Gott«, stöhnte er. »Hier geht es zu wie in London während des Blitzkriegs.« Dann fiel sein Blick auf Philip Tschen, der mit dem Kopf nach unten reglos um einen jungen Baum herum lag. »Bleiben Sie bei Mrs. Tschen«, bat er Riko und kletterte den Hang hinauf. Er drehte Philip auf den Rücken. Sein Comprador atmete noch. Dunross stieß einen Seufzer der Erleichterung aus. Er sah sich um. Nicht weit von ihm entfernt war Christian Toxe und schüttelte heftig den Kopf, wie um wieder zur Besinnung zu kommen.
»Verdammt, verdammt, verdammt«, brummte er. »Da müssen ja ein paar hundert Menschen wohnen.« Er kämpfte sich hoch, rutschte aus, fiel wieder hin und begann abermals zu fluchen. »Ich... wo ist denn hier ein Telefon? Will mir denn keiner aufhelfen? Mein Knöchel, ich habe mir den verdammten Knöchel verknackst.«
Dunross half ihm aufstehen und brachte ihn mit Rikos Unterstützung auf die noch vorhandene Straße hinauf. Immer noch standen viele Leute wie gelähmt herum, während andere über die erste Mure kletterten, um, wo es möglich war, zu helfen. Einige Mieter beklagten lauthals ihr Schicksal. Toxe humpelte die Kotewall Road hinunter, und Dunross eilte zu seinem Wagen, um Taschenlampen und Verbandszeug zu holen.
Lim war nirgends zu sehen. Dann erinnerte sich Dunross, daß sich sein Fahrer bei ihm gemeldet hatte, als die Steinlawine heruntergerast war. Während er den Kofferraum aufschloß, forschte er in seiner Erinnerung. Wer war noch dabei gewesen? Toxe, Riko, Jacques – nein, Jacques hatte sich schon früher verabschiedet – Philip und Dianne Tschen. Barre... Nein, Barre, war noch auf der Party geblieben. Du lieber Himmel! Die Party! Die Party hatte er ganz vergessen. Wer war noch geblieben? Richard Kwang und seine Frau, Plumm, Johnjohn – nein, Johnjohn war auch schon früher gegangen. Roger Crosse? Er öffnete den Kofferraum und entnahm ihm zwei Taschenlampen, die Autoapotheke und ein Seil. Er lief zu Riko zurück. Sein Rücken fing an zu schmerzen. »Wollen Sie sich um die Tschens kümmern, bis ich Hilfe holen kann? Hier!« Er gab ihr eine Taschenlampe, etwas Verbandszeug und ein Röhrchen Aspirin. »Gehen Sie schon! Mrs. Tschen hat sich das Bein gebrochen. Was mit ihm los ist, weiß ich nicht. Bleiben Sie bei ihnen, bis Hilfe kommt – oder ich! In Ordnung?«

»Ja, ja, in Ordnung.« Sie blickte nach oben, und ihre Augen flackerten angstvoll. »Könnte nicht... noch ein Erdrutsch nachkommen?«
»Nein. Es kann Ihnen nichts passieren. Bitte gehen Sie schnell!« Sein Wille nahm ihr die Angst. Vorsichtig stieg sie den Hang hinunter. Erst jetzt bemerkte er, daß sie keine Schuhe anhatte. Er streckte sich, um seinen Rücken zu entlasten. Seine Kleider waren zerrissen, aber er achtete nicht darauf und eilte auf die Erdbarriere zu. In der Ferne hörte er Polizeisirenen. Er stieß einen Seufzer der Erleichterung aus.
Dann sah er Orlanda bei einer Autokolonne stehen; sie starrte auf die Stelle, wo Rose Court gestanden hatte. Ihr Mund bewegte sich, kleine Krämpfe durchzuckten ihr Gesicht und ihren Körper, und er erinnerte sich an die Nacht des Schiffsbrands, als sie ebenso verstört und nahe am Überschnappen gewesen war. Rasch ging er auf sie zu und schüttelte sie kräftig, um sie aus jener Panikstimmung zu reißen, die er während des Krieges so oft erlebt hatte. »Orlanda!«
Sie kehrte in die Wirklichkeit zurück. »Oh... oh... was...«
Erleichtert stellte er fest, daß alles normal war: ihr Blick, ihr Entsetzen und die Tränen, die ihr über die Wangen liefen. »Es ist Ihnen ja doch nichts passiert! Kein Grund zur Aufregung, Orlanda!« Er sprach in gütigem, aber festem Ton, lehnte sie gegen den Kühler eines Wagens und ging weiter.
»Mein Gott«, brach es aus ihr heraus. »Linc«, rief sie ihm durch ihre Tränen nach. »Linc... war oben!«
Wie angewurzelt blieb er stehen. »Wo oben?«
»In... in meiner Wohnung. Im achten Stock...«
Dunross lief los. Seine Taschenlampe war das einzige Licht im Morast. Da und dort tappten Menschen im Dunkeln herum – knöcheltief in der von Wasser durchtränkten Erde, mit Händen brennende Streichhölzer schützend. Als er sich dem Katastrophengebiet näherte, roch er Gas. Mit jeder Sekunde wurde der Geruch stärker.
»Sofort die Streichhölzer löschen«, brüllte er. »Sonst gehen wir alle in die Luft!«
Dann sah er Casey.

Mit heulenden Sirenen raste der Polizeiwagen hinter dem Feuerwehrauto den Berg hinauf. Der Verkehr war dicht, und keiner wich aus. In seinem Wagen hörte Armstrong den Polizeifunk ab: »Alle Polizeieinheiten und Feuerwehrautos zur Kotewall Road! Katastropheneinsatz, Katastropheneinsatz! Ein neuer Erdrutsch wird aus der Nähe von Po Shan und Sinclair Road gemeldet! Anrufer behaupten, Rose Court und zwei andere Hochhäuser seien eingestürzt.«
»Ist doch lächerlich«, murmelte Armstrong. »Passen Sie auf«, schrie er den Fahrer an, der auf die Gegenfahrbahn geraten war und beinahe mit einem LKW zusammengestoßen wäre. Er war schon auf dem Heimweg gewesen,

als er den Notruf gehört hatte. Ihm war eingefallen, daß Crosse auf der Sinclair Road wohnte und gesagt hatte, er werde zusammen mit Rosemont einen Hinweis überprüfen und dann zu Plumms Party gehen. Er entschloß sich, Nachschau zu halten. Mensch, dachte er, wenn ihm etwas zugestoßen ist, wer übernimmt den SI? Und lassen wir Brian trotzdem gehen, oder bleibt er in Haft oder was?
»Hier spricht der stellvertretende Feuerwehrhauptmann Soames«, meldete sich eine besonnene Stimme inmitten starker atmosphärischer Störungen. »Alarmstufe eins!« Armstrong und sein Fahrer hielten den Atem an. »Ich bin an der Kreuzung von Sinclair, Robinson und Kotewall Road und habe hier einen Befehlsstand eingerichtet. Ich wiederhole: Alarmstufe eins! Ich bitte, unverzüglich den Commissioner und den Gouverneur zu benachrichtigen. Wir haben es hier mit einer Katastrophe großen Ausmaßes zu tun. Alle Krankenhäuser auf der Insel sind in Bereitschaft zu versetzen. Alle Rettungsfahrzeuge zum Einsatzort! Ich bitte, sofort Hilfstruppen in Marsch setzen! Der Strom ist ausgefallen, und wir brauchen Generatoren, Kabel und Scheinwerfer...«
»Du lieber Himmel«, murmelte Armstrong. Und dann in scharfem Ton: »Jetzt machen Sie fix und drücken Sie auf die Tube!«
Das Polizeiauto schoß den Berg hinauf.

»Ach Ian«, seufzte Casey mit trockenen Augen, das vor Schreck gelähmte Kind immer noch in den Armen. »Linc ist irgendwo da unten.«
»Ja, ich weiß«, sagte er, mit seiner Stimme das wirre Durcheinander von Schreien und Hilferufen und das unheildrohende Knirschen und Mahlen der Trümmer überdeckend, das immer noch nicht zur Ruhe gekommen war. »Sind Sie unverletzt?«
»Doch, ja... aber Linc. Ich glau...« Sie verstummte. Unmittelbar vor ihnen, ein Stück den Hang hinunter, nahe den Resten des Aufzugs, sackte ein riesiger Haufen von verbundenen Trümmern und Betonbrocken mit ohrenbetäubendem Krachen ein und setzte damit eine Kettenreaktion in Gang, die den ganzen Hang in Mitleidenschaft zog. Eine Masse von Schutt und Geröll prallte gegen den Aufzug, riß ihn mit sich fort und ließ eine Anzahl menschlicher Körper zurück.
»O Gott«, wimmerte sie. Das Kind klammerte sich an sie. »Gehen Sie zu meinem Wagen zurück, dort sind Sie si...« In diesem Augenblick kam ein Mann auf sie zugestürzt, starrte das Kind an, packte es, drückte es an sich und sprudelte seinen Dank heraus. »Wo haben Sie sie gefunden?«
Stumm deutete Casey auf die Stelle.
Der Mann glotzte in die angegebene Richtung und verschwand, weinend vor Erleichterung, im Dunkel.
»Bleiben Sie hier, Casey«, sagte Dunross. »Ich schau' mich mal um.«
»Seien Sie vorsichtig! Mein Gott, riechen Sie Gas?«

»Und wie!« Mit Hilfe der Taschenlampe suchte er sich vorsichtig einen Weg über, unter und durch die Trümmerlandschaft. Die erste verstümmelte Leiche war die einer ihm unbekannten Chinesin. Zehn Meter weiter lag ein Europäer, sein Kopf zermalmt und nahezu unkenntlich. Rasch ließ er die Taschenlampe über den Boden kreisen, konnte aber Bartlett nicht unter den anderen Toten entdecken. Seine Übelkeit niederkämpfend, arbeitete er sich unter einem gefährlichen Überhang zu dem Europäer vor, richtete den Lichtstrahl auf den Toten und durchsuchte seine Taschen. Der Führerschein war auf den Namen Richard Pugmire ausgestellt.
»O Gott«, entfuhr es Dunross. Der Gasgeruch wurde stärker. Sein Magen revoltierte, als weiter unten noch mehr Starkstromleitungen funkensprühend ihren Geist aufgaben. Wenn diese verdammten Funken hier heraufkommen, fliegen wir alle in die Luft, dachte er. Vorsichtig kam er wieder hervor, richtete sich auf und atmete freier. Ein letzter Blick auf Pugmires Leiche, und er setzte seinen Weg abwärts fort. Nach wenigen Schritten hörte er ein leises Stöhnen. Er brauchte einige Zeit, um den Ursprung des Geräusches zu orten. Bedachtsam schob er sich unter einen gewaltigen Überhang aus Balken und Schutt. Er mußte alle Kräfte anspannen, um die Betonbrocken wegzureißen. Der Kopf eines Mannes wurde sichtbar.
»Hilfe«, flüsterte Clinker. »Gott vergelte es Ihnen, Freund...«
Dunross sah, daß der Mann von einem schweren Dachsparren festgeklemmt war, daß der Dachsparren ihn aber gleichzeitig davor bewahrte, von dem Schutt über ihm erdrückt zu werden. Mit der Taschenlampe suchte und fand Dunross ein Rohrstück. Es als Hebel verwendend, versuchte er den Sparren zu heben. »Können Sie sich bewegen?« fragte er den Mann.
»Ja, wissen Sie... meine Beine, mich hat's richtig erwischt, aber ich kann's versuchen.« Clinker streckte die Arme aus und griff nach einem eingemauerten Stück Eisen. »Ich bin bereit.«
»Wie heißen Sie?«
»Clinker. Ernie Clinker. Und Sie?«
»Dunross, Ian Dunross.«
»Dunross?« Mühsam bewegte Clinker den Kopf, um nach oben zu blicken. Blut lief ihm über das Gesicht. Sein Haar war verfilzt, seine Lippen wundgerieben. »Danke, Tai-Pan«, sagte er. »Ich bin bereit.«
Dunross verlagerte sein ganzes Gewicht auf den behelfsmäßigen Hebel. Es gelang ihm, den Sparren einen Zoll hochzuheben. Clinker biß die Zähne zusammen, konnte sich aber nicht befreien. »Noch ein Stück«, keuchte er, und wieder spannte Dunross alle seine Kräfte an. Der Balken hob sich um eine Spur. »Jetzt«, sagte er. »Mehr kann ich nicht...«
Der alte Mann verstärkte seinen Griff um das Eisen und zog sich Zoll um Zoll aus seinem Gefängnis. Der Schutt bewegte sich, als er seinen Griff wechselte. Jetzt war er halb draußen. Sobald sein Körper frei war, ließ Dunross den Sparren sachte zurücksinken, packte den Alten und zerrte ihn ganz

heraus. Erst jetzt sah er die Blutspuren und, daß der linke Fuß fehlte. »Bewegen Sie sich nicht, mein Freund«, sagte er mitfühlend zu Clinker, der stöhnend, halb bewußtlos dalag und versuchte, sich seine Schmerzensschreie zu verbeißen. Dunross riß das Verbandspäckchen auf und legte ihm knapp unter dem Knie einen primitiven Kreuzverband an.
Dann richtete er sich auf, betrachtete den drohenden Überhang über sich und überlegte, was er jetzt tun sollte. Zunächst muß ich den armen Kerl von hier wegbringen. Dann hörte er das dröhnende Rumpeln und Rollen sich verschiebenden Trümmergesteins. Eine neue Lawine kam auf ihn zu.

13

21.13 Uhr:

Sechzehn Minuten waren vergangen, seit Rose Court unter der Wucht der Steinlawine umgekippt war, aber schon war das ganze von der Zerstörung betroffene Areal von Menschen bevölkert. Einige hatten sich mit eigener Kraft ausgegraben, andere waren als Retter unterwegs. Ein Stück die Straße hinunter, rund um den Befehlsstand an der Kreuzung, waren Polizeiwagen, vier Feuerwehrautos und mehrere Hilfsfahrzeuge im Einsatz. Scheinwerfer bestrichen das Gelände, Feuerwehr und Polizei durchsuchten fieberhaft die Trümmerstätte. Schon war eine Ambulanz mit Verwundeten oder Sterbenden abgefahren, andere kamen hinzu.
In dem ganzen Gebiet war die Straßenbeleuchtung ausgefallen, und es herrschte eine chaotische Finsternis. Es hatte wieder zu regnen begonnen. Der Feuerwehrhauptmann des Bezirkes war eben eingetroffen, hatte Ingenieure der Gasgesellschaft herbeordert, hatte um Fachleute gebeten, die die Fundamente der anderen Hochhäuser in der Nachbarschaft untersuchen und allenfalls ihre Evakuierung verfügen sollten.
»Du lieber Himmel«, murmelte er fassungslos, »man wird ja Wochen brauchen, um das hier wieder in Ordnung zu bringen!«
Ein Polizeiauto blieb mit quietschenden Bremsen vor ihm stehen. »Hallo, Inspektor«, rief er, als Armstrong schreckensbleich auf ihn zutrat. »Ja, ja, Gott allein weiß, wie viele hier begraben liegen...«
»Aufpassen«, schrie einer, und alle gingen in Deckung, als ein riesiger Klumpen Stahlbeton aus einem der zerstörten Obergeschosse von Sinclair Towers herunterkrachte. Eines der Polizeiautos richtete seine Scheinwerfer nach oben. Jetzt sah man deutlich die aufgerissenen Zimmer. Eine kleine Gestalt schwankte am Rand des Abgrundes. »Schicken Sie da sofort jemand rauf!«

Ein Feuerwehrmann rannte los.

Von der Angst befallen, es könnte weitere Hangrutschungen geben, waren vor der Straßensperre auf der Kotewall Road Mieter aus den umliegenden Häusern zusammengeströmt und berieten erregt, ob sie ihre Wohnungen räumen sollten. Orlanda lehnte immer noch starr gegen den Wagen. Verstärkungen der Polizei überkletterten den Erdwall und schwärmten mit Hochleistungsstablampen aus, um das Terrain durchzukämmen. Ein Polizeibeamter hörte einen Hilferuf, schwenkte sein Licht herum und entdeckte Riko, die schrie und winkte; neben ihr lagen zwei reglose Körper.

Bei der Gabelung unterhalb der Kotewall Road brachte Gornt seinen Wagen schleudernd zum Stehen. Die Anordnung des erschöpften Polizisten mit einer Geste abtuend, drückte er ihm die Autoschlüssel in die Hand und eilte die Straße hinauf. Als er die Sperre erreicht hatte und sich des Ausmaßes der Katastrophe bewußt wurde, blieb er entsetzt stehen. Eben noch hatte er da oben getrunken und mit Casey geflirtet, doch dann war Dunross gekommen und hatte seinen Sieg ins Gegenteil verkehrt. Er war über Dunross erzürnt, und ein Wunder hatte ihn aus dem Haus getrieben. Jetzt waren vielleicht alle anderen tot und verschüttet. Dunross, Orlanda, Casey, Jason, Bar...

»Aus dem Weg«, brüllte ein Polizeibeamter. Sanitäter eilten vorbei, gefolgt von Feuerwehrleuten mit Äxten. »Tut mir leid, aber hier können Sie nicht bleiben, Sir.«

Gornt trat zur Seite. Er war gelaufen und atmete schwer.

»Gibt es Überlebende?«

»Aber ja, natürlich, ich glaub'...«

»Haben Sie Dunross gesehen, Mr. Ian Dunross?«

»Wen?«

»Den Tai-Pan, Mr. Dunross.«

»Nein, tut mir leid, habe ich nicht.« Der Polizist wandte sich ab, um einige besorgte Eltern zu beruhigen.

Wieder richtete Gornt seinen Blick auf das Katastrophengebiet.

»Jesus«, murmelte eine amerikanische Stimme.

Gornt drehte sich um. Paul Tschoy und Venus Poon gehörten zu einer Gruppe Menschen, die eben erst angekommen waren und fassungslos die Verwüstung betrachteten. »Du lieber Gott!«

»Was machen Sie hier, Tschoy?«

»Oh, hallo, Mr. Gornt! Mein... mein Onkel ist da drin«, stammelte Paul Tschoy.

»Vierfinger?«

»Ja, Sir. Er...«

Venus Poon spielte sich auf. »Mr. Wu wartete auf mich, um über einen neuen Film mit mir zu sprechen. Er wollte jetzt Filme produzieren.«

Gornt ging auf das dumme Geschwätz nicht weiter ein. Er überlegte fieberhaft. Wenn er Vierfinger retten konnte, würde ihm der Alte vielleicht helfen, sich vor dem drohenden Debakel an der Börse zu retten. »In welchem Stock hat er gewartet?«

»Im fünften«, antwortete Venus Poon.

»Tschoy, laufen Sie zur Sinclair Road hinunter und arbeiten Sie sich von dort herauf! Ich arbeite mich von hier hinunter, bis ich Sie treffe.«

Der junge Mann machte sich eilends auf den Weg. Der Polizist war noch mit anderen Leuten beschäftigt. Ohne zu zögern sprang Gornt über die Barriere.

Plumms Wohnung im fünften Stock kannte er gut – von dort konnte Vierfinger Wu nicht weit sein. In der Dunkelheit übersah er Orlanda, die auf der anderen Straßenseite stand.

Immer wieder versanken seine Füße in der Erde. Hin und wieder stolperte er.

»*Heya,* Ehrenwerter Herr«, rief er einem Sanitäter in seiner Nähe zu. »Haben Sie eine Taschenlampe?«

»Ja, ja, da haben Sie«, sagte der Mann. »Aber seien Sie vorsichtig! Der Boden ist trügerisch. Hier gibt es viele Geister.«

Gornt dankte ihm und hastete weiter. Dort, wo die Eingangshalle des Hauses gewesen war, blieb er stehen. Soweit er sehen konnte, erstreckte sich die häßliche Narbe der über hundert Meter breiten Mure. An den Rändern von drei Straßenzügen standen andere Gebäude und Hochhäuser, und der Gedanke, in einem von diesen überrascht zu werden, verursachte ihm Übelkeit. Die ganze Conduit Road war verschwunden, die Bäume entwurzelt, die Stützmauer verschüttet. »Das ist doch nicht möglich«, murmelte er und erinnerte sich an den Umfang und die Mächtigkeit des Hochhauses und an die Freude, die er in all den Jahren an Rose Court gehabt hatte. Dann sah er die Lichter zitternd über die Sinclair Towers gleiten, das Haus, das er immer gehaßt hatte, wie er Dunross gehaßt hatte, der der Erbauer – und damit auch der Zerstörer seiner herrlichen Aussicht – gewesen war. Entzücken packte ihn, als er sah, daß die oberen Geschosse weggerissen waren, aber das Entzücken wurde zu Galle, als er an sein Penthouse-Apartment im zwölften Stock des Rose Court dachte, wo er so viele schöne Stunden mit Orlanda verbracht hatte.

Wartend und niedergeschlagen saß Casey auf einem Schutthaufen. Auf dem ganzen Hang waren Rettungsmannschaften unterwegs, tasteten sich über den morastigen Boden, machten sich abwechselnd mit Rufen bemerkbar und horchten ihrerseits auf Hilferufe Eingeschlossener. Da und dort wurde fieberhaft gegraben und Schutt weggeräumt, wenn wieder ein Unglücklicher geborgen wurde.

Sie stand auf und reckte sich nervös nach Dunross den Hals aus. Er war rasch aus ihrem Gesichtskreis verschwunden, aber hin und wieder hatte sie das Licht seiner Taschenlampe erhascht. Jetzt hatte sie schon seit einigen Minuten nichts mehr gesehen. Ihre Sorge nahm zu. Linc, hämmerte es in ihrem Schädel, irgendwo unten ist Linc. Ich muß etwas tun, ich kann nicht einfach dasitzen. Ich muß hier bleiben und beten und warten... warten, daß Ian zurückkommt. Er wird ihn finden. Lieber Gott, laß ihn heil zurückkommen...

»Casey? Casey, sind Sie das?« Gornt kam aus dem Dunkel und kletterte zu ihr hinauf.

»Ach, Quillan«, begann sie beschwörend, und er nahm sie in die Arme. Seine Stärke gab ihr Kraft. »Bitte helfen Sie Linc...«

»Ich bin gekommen, so schnell ich konnte«, fiel er ihr ins Wort. »Ich habe es im Radio gehört. Ich hatte schon Angst, Sie wären auch... Ich hatte nicht erwartet... Halten Sie durch, Casey!«

»Ich... mir ist nichts passiert. Linc ist... er ist irgendwo da unten.«

»Was? Aber wieso? Hat er...«

»Er war in Or... in Orlandas Wohnung, und Ian...«

»Irren Sie sich da nicht, Casey? Hören...«

»Nein, Orlanda hat es mir gesagt.«

»Ja? Sie konnte sich auch retten?«

»Ja. Sie war bei mir, in meiner Nähe, da hinten. Es hat sich alles vor meinen Augen abgespielt. Ich sah die grauenhafte Steinlawine herunterkommen und das Haus einstürzen, und dann lief ich hierher. Ian kam, um zu helfen, und Linc...«

»Dunross? Hat auch er sich retten können?« Seine Worte klangen rauh.

»Ja, ja, er ist da unten. Ein Teil der Trümmer hatte sich verschoben, und der Aufzug war voll Leichen. Er ist irgendwo da unten und sucht...« Ihre Stimme brach.

Sie sah, daß Gornt seine Aufmerksamkeit wieder dem Hang zuwandte. »Wer ist denn noch davongekommen?«

»Jacques, die Tschens, dieser Zeitungsmann, wie hieß er doch...« Sie konnte sein Geischt nicht sehen. »Tut es Ihnen leid... daß Ian lebt?«

»Nein. Ganz im Gegenteil. Wo ist er hin?«

»Da hinunter.« Sie nahm ihm die Stablampe aus der Hand und zeigte ihm die Richtung. »Dort, bei diesem Überhang. Da habe ich ihn zum letztenmal gesehen.« Ein Lichtschein fiel auf sein Gesicht, auf seine dunklen Augen, aber sie verrieten nichts.

»Bleiben Sie da«, sagte er, »hier sind Sie in Sicherheit.« Er nahm die Taschenlampe zurück und drang abermals auf den mit Trümmern bedeckten Hang vor. Bald hatte ihn die Finsternis verschlungen.

Der Regen war stärker geworden. Gornt spuckte die Galle aus dem Mund. Er war froh, daß sein Feind lebte; andererseits aber ärgerte es ihn, daß er unverletzt davongekommen war... aber letztendlich es war ihm lieber, daß er noch lebte.

Er arbeitete sich weiter über die morastige Mondlandschaft hinunter. Eine Steinplatte wippte und gab unter seinem Tritt nach. Er stolperte, schürfte sich das Schienbein auf und fluchte. Hatte doch dieser verdammte Dunross rechtzeitig das Haus verlassen! Dieser Kerl muß doch wirklich einen Schutzengel haben! Aber vergiß nicht: Auch dir waren die Götter gnädig!
Er blieb stehen. Von irgendwo in der Nähe kamen schwache Hilferufe. Er lauschte angestrengt, konnte aber die Richtung nicht ausmachen. »Wo sind Sie?« rief er und horchte von neuem. Nichts. Zögernd setzte er seinen Weg fort. Braucht nur einer schief hinzugucken, dachte er, und die ganze Scheiße rutscht noch hundert Meter tiefer. »Wo sind Sie?«
Als er in die Nähe der Aufzugsreste kam, ließ er sein Licht auf die Leichen fallen, erkannte aber keinen. Er bog um eine Ecke und tauchte unter einen Überhang. Plötzlich blendete ihn eine Taschenlampe.
»Was, zum Teufel, treiben Sie da, Quillan?« Dunross starrte ihn an.
»Ich habe Sie gesucht«, antwortete Gornt und richtete sein Licht auf ihn. »Casey sagte mir, Sie spielten hier irgendwo Verstecken.«
Seine Arme aufgerissen und blutig, seine Kleidung in Fetzen, saß Dunross auf einem Schutthaufen. Als diese Trümmer in Bewegung geraden waren, verrammelten sie gleichzeitig den Zugang. Bei dem Versuch, sich in Sicherheit zu bringen, hatte ihm ein Stein die Taschenlampe aus der Hand geschlagen, und als die Lawine endlich zum Stehen kam, war er zusammen mit Clinker eingeschlossen gewesen. Es hatte seiner ganzen Willenskraft bedurft, nicht die Nerven zu verlieren. Geduldig suchte er nach der Lampe. Zoll für Zoll. Und fand sie, als er schon nahe daran gewesen war aufzugeben. Bei dem Licht verließ ihn die Angst. Es hatte ihm einen Weg gewiesen, sich zu befreien. Seine Lippen lächelten Gornt an. »Tut es Ihnen leid, daß ich nicht tot bin?«
Gornt zuckte die Achseln und gab ihm das gleich falsche Lächeln zurück. »Ja. Aber es wird noch früh genug soweit sein.«
Der Überhang ächzte und knarrte, und Dunross richtete den Strahl seiner Lampe nach oben. Beide Männer hielten den Atem an. »Noch früher, wenn wir nicht schleunigst machen, daß wir hier herauskommen.« Dunross stand auf. Ein stechender Schmerz bohrte sich in seinen Rücken.
»Sie haben sich doch nicht verletzt, hoffe ich?«
Dunross lachte und fühlte sich schon wohler. Der Schrecken des Lebendbegrabenseins verflog. »Nein. Wollen Sie mir zur Hand gehen?«
»Wobei?«
Dunross deutete mit der Lampe. Jetzt konnte Gornt den alten Mann sehen. »Als ich versuchte, ihn rauszuholen, wurde ich selber eingeschlossen.« Sofort hockte Gornt sich nieder, und zusammen räumten sie soviel Schutt wie möglich weg, um sich mehr Bewegungsraum zu schaffen.
»Er heißt Clinker. Seine Beine sind scheußlich zugerichtet, und er hat einen Fuß verloren.«

»Entsetzlich! Lassen Sie mich...« Gornt bekam die Betonplatte besser zu fassen, rückte sie zur Seite und sprang in die Grube hinein. Sekunden später drehte er sich um und streifte Dunross mit einem Blick. »Tut mir leid, aber der Mann ist tot.«

»O Gott! Sind Sie ganz sicher?«

Gornt hob Clinker auf wie eine Puppe. Sie legten ihn ins Freie.

»Konnte er Ihnen noch sagen, in welchem Stock er sich aufhielt? Ob er allein war?«

Dunross schüttelte den Kopf. »Er hat etwas von einem Hausmeister erzählt und von einer gewissen Mabel.«

Gornt ließ das Licht um sie herumkreisen. »Haben Sie sonst hier irgend etwas gehört?«

»Nein.«

Sanitäter befanden sich in der Nähe. Dunross winkte sie heran. »Wir machen das schon, Verehrter Herr«, sagte einer. Sie hoben die Leiche auf eine Trage und eilten davon.

»Hören Sie, Quillan, bevor wir wieder bei Casey sind. Sie hat...«

»Sie meinen wegen Bartlett?«

»Ja, sie hat mir gesagt, daß er in Orlandas Wohnung war. Im achten Stock.«

Dunross blickte den Steilhang hinunter. Dort waren jetzt schon mehr Lichter zu sehen. »Wo könnte das hingefallen sein?«

»Er muß tot sein. Bedenken Sie doch: der achte Stock!«

»Schon. Aber wo ungefähr?«

»Von hier kann ich nicht viel sehen. Vielleicht wäre es möglich, aus der Nähe etwas zu erkennen, aber ich bezweifle es. Es müßte ganz unten sein, fast schon an der Sinclair Road.«

»Er könnte noch leben. Eingeschlossen. Schauen wir doch einmal nach!« Gornt verzog sein Gesicht zu einem spöttischen Lächeln. »Sie brauchen ihn und sein Deal, nicht wahr?«

»Nein, jetzt nicht mehr.«

»Unsinn.« Gornt kletterte auf einen Trümmerhaufen. »Casey«, brüllte er, »wir versuchen es weiter unten! Gehen Sie zur Sperre zurück, und warten Sie dort!«

Sie hörten sie schwach zurückrufen: »In Ordnung, seien Sie vorsichtig!« Und dann sagte Gornt verdrießlich: »Na schön, Gunga Din, wenn Sie es schon darauf angelegt haben, den Helden zu spielen, wollen wir es auch gleich richtig machen. Ich gehe voran.« Er setzte sich in Bewegung.

Vorsichtig arbeiteten sie sich den Hang hinunter. Da und dort sahen sie eine Leiche oder menschliche Körperteile, aber es war niemand dabei, den sie kannten. Sie kamen an einigen Überlebenden vorbei und an Verwandten von Vermißten. Die Leute gruben fieberhaft – mit den Händen, mit einem Stück Holz, mit dem, was sie finden konnten.

Am Fuß des Steilhangs blieb Gornt stehen und untersuchte mit seiner Lampe sorgfältig die Trümmer.
»Sehen Sie was?« fragte Dunross.
»Nichts.« Gornt kletterte ein Stück hinauf. Er suchte Spuren, die auf Orlandas Apartment oder das von Asian Properties im fünften Stock hinwiesen. »Das könnte Plumm gehört haben«, sagte er. Das Sofa war in zwei Teile gebrochen, die Federn standen heraus.
»Hilfe! Hilfe im Namen aller Götter!« Der schwache Hilferuf eines kantonesisch Sprechenden kam aus diesem Teil des Geländes. Sofort kletterte Gornt dem Klang nach, denn er glaubte Vierfinger Wus Stimme erkannt zu haben. Dunross folgte ihm wie ein Schatten. Über und über mit Staub bedeckt, saß ein alter Chinese mitten in einem Haufen Schutt und Trümmer. Er schien unverletzt zu sein und sah sich verdattert um. Als Gornt und Dunross auf ihn zukamen, verzog er, von ihrem Licht geblendet, das Gesicht.
Sofort erkannten sie ihn und er sie. Es war Lächler Tsching, der Bankier.
»Was ist geschehen, Ehrenwerte Herren?« Er sprach Kantonesisch mit starkem Akzent. Sie sahen seine vorstehenden Zähne.
Gornt sagte es ihm, und der Alte sperrte den Mund auf. »Bei allen Göttern, das ist unmöglich! Lebe ich? Bin ich wirklich am Leben geblieben?«
»Zweifellos. In welchem Stockwerk haben Sie gewohnt, Mr. Tsching?«
»Im zwölften – ich saß in meinem Wohnzimmer vor dem Fernseher.« Lächler Tsching forschte in seiner Erinnerung und zog eine Grimasse. »Ich hatte gerade diese Venus Poon gesehen, als... als es einen gewaltigen Krach aus der Richtung Conduit Road gab. Und dann... dann bin ich vor ein paar Minuten hier aufgewacht.«
»Wer war außer Ihnen noch in der Wohnung?«
»Meine *amah*. Erste Frau ist *Mah-jong* spielen gegangen.« Der kleine alte Mann stand vorsichtig auf, befühlte behutsam seine Glieder und kicherte erleichtert.
»*Ayeeyah,* bei allen Göttern, ein verschissenes Wunder ist das, Erster Tai-Pan und Zweiter Tai-Pan! Offensichtlich sind mir die Götter gewogen, zweifellos bekomme ich meine Bank und mein Vermögen zurück und werde Steward im Jockey-Club! *Ayeeyah!* Was für ein Joss!« Wieder probierte er seine Beine aus und kletterte dann eilig davon, um sich in Sicherheit zu bringen.
»Wenn dieser Schutthaufen Teil des zwölften Stockwerks war, sollte der achte da hinten sein«, meinte Dunross.
»Und wenn dieser alte Scheißer überlebt hat, könnte es auch Bartlett gelungen sein.«
Gornt nickte. »Könnte sein. Wollen mal sehen!«

14

23.05 Uhr:

Ein Militärfahrzeug kam im dichten Regen heraufgesaust und blieb in der Nähe des Befehlsstands stehen. Männer der Irish Guard in Drillichanzügen und Regenmänteln, einige mit Feuerwehrbeilen ausgerüstet, sprangen herunter. Ein Offizier erwartete sie schon. »Da hinauf, Sergeant! Sie arbeiten neben Sergeant Major O'Connor!« Mit seinem Offiziersstöckchen wies der junge Mann auf die rechte Seite der Mure. »Es darf nicht geraucht werden, irgendwo strömt immer noch Gas aus. Und nun macht man ein bißchen zack!«
»Wo steht die A-Kompanie, Sir?«
»Auf der Po Shan. In der Kotewall Road haben wir eine Erste-Hilfe-Station eingerichtet. Meldungen an mich über Kanal 4. Ab mit euch!«
Die Männer starrten entsetzt auf die von dem Erdrutsch angerichtete Verwüstung und setzten sich in Bewegung. Der Offizier kehrte zu seinem Befehlsstand zurück und nahm den Hörer des Feldtelefons ab. »D-Kompanie, hier spricht der Befehlsstand. Bitte um einen Bericht.«
»Wir haben vier Leichen und zwei Verwundete geborgen – eine Chinesin namens Kwang, mehrfache Knochenbrüche, und ihren Mann, nur ein bißchen durchgeschüttelt.«
»In welchem Teil des Gebäudes hatten sie sich aufgehalten?«
»Im fünften Stock. Wir nehmen an, daß die schweren Trägerbalken sie geschützt haben. Sie wurden in die Erste-Hilfe-Station in der Kotewall Road gebracht. Wir hören hier einen, der steckt tief unten, aber wir können nicht an ihn ran – die Feuerwehr kann ihre Autogenschneidbrenner nicht einsetzen. Das Gas ist zu stark. Sonst liegt hier nichts vor, Sir.«
»Machen Sie weiter!« Der Offizier drehte sich um und winkte eine Ordonnanz herbei. »Sehen Sie mal nach, was diese Burschen von der Gasgesellschaft treiben, warum nichts weitergeht! Blasen Sie ihnen gehörig Pfeffer unters Hemd!«
»Jawohl, Sir!«
Er wechselte den Kanal. »Erste-Hilfe-Station Kotewall Road. Hier spricht der Befehlsstand. Wie sieht es aus?«
»Bisher vierzehn Leichen, Captain, und neunzehn Verletzte, einige schwer. Wir bemühen uns, ihre Identität festzustellen. Sir Dunstan Barre haben wir ausgegraben, er hat sich nur ein Handgelenk gebrochen.«
»Machen Sie weiter! Auf Kanal 16 hat die Polizei einen Suchdienst eingerichtet. Geben Sie ihnen, so rasch Sie können, alle Namen von Toten und Verletzten durch!«
»Wird gemacht, Sir. Hier ist ein Gerücht aufgetaucht, daß wir das ganze Gebiet evakuieren müssen.«

»Der Gouverneur, der Polizeipräsident und der Branddirektor beraten gerade darüber.« Müde rieb sich der Offizier das Gesicht und stürzte wieder hinaus, um abermals einen Mannschaftswagen, diesmal mit Gurkhas besetzt, in Empfang zu nehmen. Nicht weit von ihnen, unter dem Vordach der Sinclair Towers, standen der Gouverneur, der Polizeipräsident und der Branddirektor. Ein weißhaariger Ingenieur des Bauamtes stieg aus einem Wagen und eilte auf sie zu.
»Guten Abend, meine Herren«, begrüßte er sie. »Wir haben jetzt alle Gebäude von der Po Shan bis hier herunter untersucht. Neunzehn davon empfehle ich zu räumen.«
»Großer Gott«, explodierte Sir Geoffrey. »Wollen Sie damit sagen, daß der ganze Berg abbricht?«
»Nein, Sir. Aber wenn der Regen anhält, könnte es zu einem weiteren Erdrutsch kommen. Dieses Gebiet hat eine lange Geschichte solcher Katastrophen.« Er deutete ins Dunkel. »In den Jahren 1941 und 1950 gab es welche an der Bonham Street, 59 ein Desaster an der Lytton Road... die Liste ist endlos.«
»Welche Gebäude?«
Der Ingenieur reichte dem Gouverneur eine Liste. »Ich fürchte, es sind mehr als zweitausend Menschen davon betroffen.«
Die Blicke aller wandten sich dem Gouverneur zu. Er las die Liste und ließ seine Augen über den Hang schweifen. »Also gut«, stimmte er zu, »wenn es sein muß. Aber sagen Sie Ihren Leuten, es soll ein geordneter Rückzug sein! Ich will keine Panik haben.«
»Jawohl, Sir.« Der Mann ging zu seinem Wagen zurück.
»Können Sie uns nicht noch Leute zur Verfügung stellen, Donald?«
»Im Moment leider nicht, Sir«, antwortete der Polizeipräsident, ein Mann Mitte Fünfzig mit energischen Zügen. »Ich fürchte, wir sind überbeansprucht. Wir haben den großen Rutsch drüben in Kowloon, einen anderen bei Kwun Tong – achtzig Hütten wurden weggerissen, allein dort haben wir vierundvierzig Tote, davon zwanzig Kinder.«
»Mein Gott«, murmelte der Gouverneur. »Als ich von Dunross erfuhr, daß er Tiptop dazu gebracht hat, uns auszuhelfen, dachte ich schon, wir hätten das Ärgste hinter uns.«
Der Branddirektor schüttelte den Kopf. »Ich fürchte, wir haben es noch vor uns, Sir. Nach unseren Schätzungen könnten hier noch hundert Menschen oder mehr verschüttet sein. Wir werden Wochen brauchen, bis wir das ganze Gelände durchgekämmt haben.«
»Anzunehmen.« Und nach einigem Zögern fuhr der Gouverneur mit fester Stimme fort: »Ich fahre in die Kotewall Road hinauf. Sie können mich über Kanal 5 erreichen.« Er ging auf seinen Wagen zu und verhielt den Schritt.
Crosse und Sinders kamen aus dem großen Graben herausgeklettert, der sich quer über die Sinclair Road zog; hier hatte sich die überwölbte Wasser-

ableitung befunden, deren Dach von der Mure weggerissen worden war.
»Was gefunden?«
»Nein, Sir. Fünfzig Meter von hier ist der Graben eingestürzt. Auf diesem Weg kann man unmöglich ins Hausinnere von Rose Court gelangen.«
Als Rose Court von der Steinlawine zerstört worden war und die Seiten der obersten vier Stockwerke der Sinclair Towers weggerissen hatte, befand sich Crosse keine siebzig Meter von seinem eigenen Wohnhaus entfernt. Nachdem er sich von seinem Schrecken erholt hatte, dachte er sofort an Plumm und Suslew, vor allem an Suslew. Als er die dunkle Eingangshalle der Sinclair Towers erreicht hatte, strömten verängstigte Mieter bereits ins Freie. Mit Hilfe einer Stablampe war er ins oberste Geschoß hinaufgeklettert. Wohnung 32 war so gut wie verschwunden, die Hintertreppe bis hinunter zum achten Stockwerk weggerissen. Es stand für Crosse fest, daß Suslew, wenn er sich hier oder bei Clinker aufgehalten hatte, tot war – der einzig mögliche Fluchtweg wäre der Abflußgraben gewesen.
Ins Erdgeschoß zurückgekehrt, war er um das Haus zurückgegangen und in den geheimen Tunnel eingestiegen. Das Wasser war ein reißender Strom. Mit der Gewißheit, daß Suslew tot war, hatte er von der nächsten Telefonzelle aus Sinders angerufen.
»Hallo, Mr. Crosse!«
Er hatte Sinders berichtet, was geschehen war, und hinzugefügt: »Suslew, war bei Clinker. Von meinen Leuten wurde festgestellt, daß er das Haus nicht verlassen hat, also muß er verschüttet worden sein. Er und Clinker.«
»Verdammt!« Eine lange Pause. »Ich komme gleich.«
Crosse hatte begonnen, die Räumung der Sinclair Towers und Rettungsversuche zu organisieren. Als ein Teil der oberen Geschosse in die Tiefe gerissen worden war, hatten drei Familien nicht überlebt. Als dann Polizei und Feuerwehr eintrafen, hatte man bereits sieben Tote, einschließlich zwei Kinder, gefunden. Vier Personen lagen im Sterben. Kurz nachdem der Gouverneur und Sinders gekommen waren, hatten sie den offenen Teil des Abflußgrabens auf die Möglichkeit untersucht, ins Innere des zerstörten Hauses vorzudringen.
»Nein, nein, völlig unmöglich, Sir Geoffrey! Die ganze Rohrleitung ist eingebrochen. Da ist nichts zu wollen, erklärte Crosse mit geziemend ernstem Gesicht. Innerlich war er entzückt von der Art, wie sich die Dinge gefügt hatten.
Sinders zeigte sich verärgert. »Sehr schade! Wir haben ein wertvolles Tauschobjekt verloren.«
Sir Geoffrey seufzte. »Es wird auch auf diplomatischer Ebene scheußlich unangenehm werden, wenn er nicht auf die *Iwanow* zurückkommt.«
»Das ist doch nicht unsere Schuld«, wandte Sinders ein. »Das ist eindeutig höhere Gewalt.«
»Sie haben völlig recht, aber Sie wissen ja so gut wie ich, wie mißtrauisch

die Sowjets sind. Wetten, die werden glauben, wir hätten ihn eingelocht? Wir sollten möglichst bald in der Lage sein, seine Leiche vorzeigen zu können.«

»Ja, Sir.« Sinders stellte den Kragen seines Mantels auf. »Was machen wir mit der *Iwanow*?«

»Was schlagen Sie vor?«

»Oberinspektor?«

»Ich schlage vor, daß wir Boradinow informieren und es ihm freistellen, seine Abfahrt zu verschieben. Er kann sich ebenfalls an der Suche beteiligen.«

»Ausgezeichnet. Ich fahre jetzt in die Kotewall Road hinauf.«

Sie folgten Sir Geoffrey mit den Blicken. Sinders beobachtete das Chaos. »Sie sehen keine Möglichkeit, daß er doch noch am Leben sein könnte?«

»Nein.«

Ein Polizist kam eilig auf Crosse zu. »Das ist die letzte Liste der Toten und Verwundeten, Sir.« Der junge Mann reichte ihm das Blatt. »Venus Poon wird jetzt über Radio Hongkong sprechen, Sir. Sie ist oben auf der Kotewall Road.«

»Gut, danke.« Crosse überflog die Liste. »Na so was!«

»Hat man Suslew gefunden?«

»Nein. Nur ein paar alte Bekannte – tot.« Er gab ihm das Papier. »Ich kümmere mich jetzt um Boradinow. Ich bin gleich wieder da.«

Sinders nickte und warf einen Blick auf die Liste. Achtundzwanzig lebend geborgen, siebzehn tot. Die Namen bedeuteten ihm nichts. Doch unter den Toten war auch Jason Plumm.

Mit in letzter Minute übernommenen Frachtstücken und Ausrüstungsgegenständen beladen, schleppten sich Kulis die Fallreeps der *Iwanow* hinauf. Auf Grund der Notsituation war die Polizeikontrolle auf ein Minimum reduziert. Unter einem großen Kulihut versteckt, in Kulijacke und -hose, barfuß wie die anderen, ging Suslew unbemerkt an Bord. Als Boradinow ihn erblickte, ging er rasch in Suslews Kabine voraus. »*Kristos*, Genosse Kapitän«, platzte er heraus, kaum daß sich die Tür hinter ihnen geschlossen hatte. »Ich hatte Sie schon verloren gegeben. Wir sollen bald aus...«

»Seien Sie still und hören Sie mir zu«, fiel Suslew ihm ins Wort, setzte die Whiskyflasche an die Lippen und tat einen tiefen Schluck. »Ist unsere Funkausrüstung wieder in Betrieb?«

»Ja, bis auf den Verschlüßler.«

»Gut.« Mit schwankender Stimme erzählte er ihm, was geschehen war. »Ich weiß nicht mehr, wie ich rauskam, aber mit einemmal war ich unten auf der Straße. Ich nahm mir ein Taxi und kam her.« Er tat noch einen Schluck aus der Flasche, und der Alkohol half ihm, den das Wunder seiner Errettung vor dem Tod und vor Sinders noch gefangenhielt. »Und hören

Sie: Für alle anderen bin ich im Rose Court geblieben – tot oder vermißt.«
Schon nahm der Plan in seinem Kopf Gestalt an.
Boradinow starrte ihn an. »Aber Gen...«
»Fahren Sie ins Polizeipräsidium und erstatten Sie Vermißtenanzeige! Dann fragen Sie, ob Sie die Abfahrt verschieben können. Wenn die Burschen nein sagen, gut, dann fahren wir. Wenn wir bleiben dürfen, bleiben wir einen Tag, um das Gesicht zu wahren, und laufen aus – mit dem Ausdruck des Bedauerns, aber wir laufen aus. Kapiert?«
»Ja, Genosse Kaptän, aber warum?«
»Später. Jetzt vergewissern Sie sich erst einmal, daß mich die Mannschaft ausnahmslos für vermißt hält. Verstanden?«
»Ja.«
»Niemand hat diese Kajüte zu betreten, bevor wir nicht in internationalen Gewässern sind. Ist das Mädchen gekommen?«
»Ja, sie ist in der anderen Kabine, wie Sie befohlen haben.«
»Gut.« Suslew überlegte. Er konnte sie wieder an Land bringen lassen, denn schließlich war er »abgängig« und würde es noch bleiben. Oder an seinem Plan festhalten. »Es bleibt alles, wie besprochen. Es ist sicherer. Sagen Sie ihr einfach, daß wir die Abfahrt verschoben haben und daß sie in der Kajüte bleiben soll, bis ich komme. Ab mit Ihnen!«
Erleichtert aufatmend schloß Suslew die Tür und drehte das Radio an. Jetzt konnte er verschwinden. Einen Toten konnte Sinders nicht hochgehen lassen. Jetzt würde es ihm ein leichtes sein, die Zentrale dazu zu bringen, ihm zu gestatten, seine Pflichten in Asien an einen anderen abzugeben und eine neue Aufgabe zu übernehmen. Er konnte vorbringen, daß angesichts der zahllosen, in den AMG-Berichten dokumentierten ungelösten Sicherheitsprobleme in Europa ein anderer einen neuen Anfang mit Crosse und Plumm machen mußte – sofern einer von ihnen überhaupt noch am Leben ist, dachte er. Am besten wäre es, wenn sie beide tot sind. Nein, Roger nicht. Roger ist zu wertvoll.
Frohgestimmt und zuversichtlich wie schon lange nicht mehr ging er ins Badezimmer und rasierte sich. Vielleicht sollte ich um eine Versetzung nach Kanada nachsuchen. Ist Kanada nicht einer unserer lebenswichtigsten Posten – seiner Bedeutung nach Mexiko durchaus ebenbürtig?
Er lächelte sich im Spiegel an. Wo mein Leben noch vor wenigen Stunden einer Katastrophe zutrieb, dachte er, winken mir jetzt Beförderung und neue Aufgaben auf einem anderen Kontinent. Vielleicht nehme ich mir die Vertinskaja mit nach Ottawa.
Als Boradinow mit der polizeilichen Genehmigung zurückkehrte, die Abfahrt verschieben zu dürfen, erkannte er Gregor Suslew ohne Bart kaum wieder.

15

23.40 Uhr:

Bartlett befand sich in einer Tiefe von zwanzig Fuß unter einer Käseglocke aus Eisenträgern, die ihn davor bewahrten, von den Trümmern zerquetscht zu werden. Als die Steinlawine vor fast drei Stunden niedergegangen war, hatte er sich in der Küche aufgehalten, an einem eiskalten Bier genippt und auf die Stadt hinuntergeblickt. Er war gebadet und angezogen, fühlte sich herrlich und wartete auf Orlandas Rückkehr. Mit einemmal stürzte er in die Tiefe, die ganze Welt stand Kopf, der Fußboden kam ihm entgegen, unten leuchteten die Sterne, oben flimmerte die Stadt. Gleichzeitig entlud sich eine riesenhafte tonlose Explosion, schnürte ihm die Luft ab und schleuderte ihn in einen bodenlosen Abgrund.

Er hatte lange gebraucht, das Bewußtsein wiederzuerlangen. Er konnte nicht fassen, was geschehen war oder wo er sich befand. Alles tat ihm weh. Seine Hände berührten Dinge, die er nicht begriff. Die Finsternis verursachte ihm Übelkeit. Von Panik ergriffen, sprang er auf, stieß mit dem Kopf gegen einen hervorstehenden Betonbrocken, der einmal Teil der Außenwand gewesen war, und fiel betäubt zurück. Die Reste eines Lehnstuhls bremsten seinen Sturz. Erst nach einer kleinen Weile konnte er wieder klar denken. Sein Kopf dröhnte. Die Leuchtziffern seiner Armbanduhr erregten seine Aufmerksamkeit. Zwanzig Minuten fehlten bis Mitternacht.

Ich erinnere mich... woran? »Verdammt noch mal«, murmelte er. »Nimm dich zusammen! Wo, zum Teufel, bin ich?« Mit wachsendem Entsetzen spürte er der Finsternis nach. Er konnte nur wenig sehen und nichts erkennen. Die Reste eines Zimmers? Von irgendwo fiel eine Spur von Licht auf eine glänzende Oberfläche. Es war ein kaputter Gasherd. Mit einemmal flutete seine Erinnerung zurück.

»Ich habe in der Küche gestanden«, stieß er hervor, »jawohl, und Orlanda war einkaufen gegangen... Es muß so gegen neun gewesen sein, als... als es geschah. War es ein Erdbeben?«

Vorsichtig befühlte er Gesicht und Glieder, aber bei jeder Bewegung verspürte er einen stechenden Schmerz in der rechten Schulter. »Scheiße«, murmelte er, »ich muß sie mir verrenkt haben!« Sein Gesicht brannte, und das Atmen fiel ihm schwer. Aber sonst schien alles zu funktionieren, obwohl jedes Gelenk sich anfühlte, als ob man ihn aufs Rad geflochten hätte, und ihn der Kopf stark schmerzte. »Du bist in Ordnung, du kannst atmen, kannst sehen, kannst hören – aber was, zum Teufel, ist passiert? Es kommt mir vor wie damals auf Iwo Jima.«

Er lehnte sich zurück, um seine Kräfte zu sparen. »So wird's gemacht«, hatte der alte Spieß ihnen gesagt, »ihr lehnt euch zurück und gebraucht

eure Birnen, wenn ihr in eine Höhle geraten oder von einer Bombe verschüttet worden seid. Vergewissert euch zuerst, daß ihr ordentlich atmen könnt, daß eure Glieder heil sind und daß euer Gehör funktioniert! Daß eure Augen okay sind, das werdet ihr verdammt schnell heraus haben. Und dann legt euch zurück, gebraucht euer Hirnschmalz und geratet nur ja nicht in Panik! Panik bringt euch um. Ich habe schon Kerle nach vier Tagen ausgegraben – kackfidel waren sie. Solange ihr atmen, sehen und hören könnte, schafft ihr es leicht, eine Woche durchzuhalten. Aber ich habe auch andere Typen gekannt, die holten sie innerhalb von Stunden heraus, aber sie waren schon im Schlamm, im Dreck oder an ihrer eigenen Angstkotze erstickt oder mit ihrem Schädel gegen einen Fels gerannt. Und wir waren nur noch ein paar Meter von diesen Idioten weggewesen. Hätten sie ruhig dagelegen, wie ich es euch jetzt erklärt habe, sie hätten uns gehört und sich durch Schreien bemerkbar machen können. Wenn ihr in Panik geratet, seid ihr schon so gut wie tot. Hundert Prozent. Ich war schon fünfzigmal verschüttet. Nur keine Panik!«
»Keine Panik! Auf keinen Fall«, sagte Bartlett laut und fühlte sich gleich wohler. Während der schweren Kämpfe auf Iwo Jima war der Hangar, an dem er mitgebaut hatte, bei einem Bombardement in die Luft geflogen und er verschüttet worden. Nachdem er sich die Erde aus Augen, Mund und Ohren gerieben hatte, war er in Panik geraten, erinnerte sich aber noch rechtzeitig: keine Panik! Er hatte am ganzen Körper gezittert wie ein Hund, dem man mit der Peitsche droht, aber er hatte seine Angst niedergekämpft. Erst dann schaute er sich sorgfältig um. Es war Tag, und so konnte er recht gut sehen und fand schließlich auch den Anfang eines Fluchtwegs. Aber er war ruhig liegen geblieben, wie man ihn gelehrt hatte. Bald hatte er Stimmen gehört. Die eigene schonend, hatte er sich mit Rufen bemerkbar gemacht.
»Auch das ist verdammt wichtig: Ihr müßt eure Stimmen schonen. Klar? Wenn man das erstemal hört, daß Hilfe in der Nähe ist, schreit man sich nicht gleich die Kehle heiser. Man muß Geduld haben. Einige Burschen, die ich kannte, haben so gebrüllt, daß sie keine Stimme mehr hatten, um uns zu rufen, als wir ganz in der Nähe waren. Wir konnten sie nicht mehr retten. Schreibt euch das hinter die Ohren: Wenn wir euch finden sollen, müßt ihr uns dabei helfen. Keine Panik! Wenn ihr nicht schreien könnt, klopft, macht irgendein Geräusch, aber gebt uns ein Zeichen, und wir holen euch raus...«
Jetzt nahm Bartlett alle seine Sinne zusammen. Er hörte, wie der Schutt sich setzte. In der Nähe tropfte Wasser, aber er hörte keine Stimmen. Dann, sehr schwach, das Heulen einer Polizeisirene. In seiner Hoffnung bestärkt, daß Hilfe unterwegs war, wartete er und legte sich zurück. Spurgeon Roach hieß der Spieß. Er war ein Schwarzer.
Es muß ein Erdbeben gewesen sein, dachte er. Ist das ganze Haus einge-

stürzt, oder war es nur unser Stockwerk und das über uns? Vielleicht ist ein Flugzeug...? Aber nein, das hätte ich ja hören müssen. Ein Haus kann doch nicht einstürzen, es gibt doch schließlich Bauvorschriften. Aber Moment mal, wir sind hier in Hongkong, und ich habe gehört, daß manche Bauunternehmer es damit nicht immer so genau nehmen, minderwertigen Stahl oder Beton verwenden... O Gott, wenn ich da rauskomme – nein, nicht wenn, *sobald* ich...

Das war auch so ein Ausspruch von Roach: »Vergeßt nicht: Solange ihr atmen könnt, kommt ihr auch raus, jawohl!«

Ich bin verdammt froh, daß Casey nicht auch in dieser Scheiße steckt, und Orlanda auch nicht. Sie sind beide... o Gott, es könnte Orlanda erwischt haben, als sie...

Wieder begann der Schutt sich zu setzen. Er wartete mit klopfendem Herzen. Er konnte jetzt ein klein wenig besser sehen. Über ihm wölbte sich ein wirres Durcheinander aus Stahlträgern und in Betonbrocken eingebetteten Rohren, Töpfen, Pfannen und zersplittertem Mobiliar. Seine Gruft war klein und bot kaum genügend Platz, um darin aufrecht zu stehen. Er rappelte sich hoch und langte mit seinem guten Arm nach oben. Er fühlte sich eingeschlossen. »Keine Panik«, ermahnte er sich laut. Tastend und immer wieder anstoßend maß er den Raum aus. »Etwa fünf mal sechs Fuß«, sagte er. Der Klang seiner Stimme gab ihm frischen Mut. »Habt keine Angst, laut zu sprechen«, hatte Spurgeon Roach ihnen geraten.

Wieder zog ihn der Lichtschein auf dem Herd an. Wenn der da ist, müßte ich noch in der Küche sein. Aber wo stand der Herd? Er setzte sich und versuchte die Wohnung in seinem Kopf zu rekonstruieren. Der Herd war in die Wand eingelassen, gegenüber dem großen Küchentisch, gegenüber dem Fenster, nicht weit von der Tür, und auf der anderen Seite der Kühlschrank...

Mann, wenn ich in der Küche bin, gibt es Lebensmittel und Bier und ich kann eine Woche leicht durchstehen! Wenn ich nur etwas Licht hätte! Gab es da eine Taschenlampe? Zündhölzer? Zündhölzer und eine Kerze? Na klar, an der Wand hing eine Taschenlampe. Sie hat mir noch erzählt, daß die Sicherungen immer durchbrennen, und manchmal bleibt auch der Strom aus, ja, in der Tischlade hatte sie Streichhölzer, schachtelweise, um das Gas anzuzünden. Das Gas.

Er zog die Luft ein. Seine Nase war wund und verstopft, und er schnupfte, um sie frei zu bekommen. Abermals zog er die Luft ein. Er roch kein Gas. Gut, dachte er beruhigt. Gut. Sich nach dem Herd orientierend, tastete er sich herum. Er fand nichts. Erst nach einer halben Stunde berührten seine Finger einige Konservendosen und dann auch Bier. Bald hatte er vier Dosen beisammen. Sie waren noch gekühlt. Er öffnete eine und fühlte sich gleich wohler. Er wußte, daß er tagelang in gespenstischem Dunkel würde warten müssen. Die Trümmer ächzten und knarrten, von Zeit zu Zeit fiel Schutt, heulten Sirenen, tropfte Wasser. Ganz in der Nähe knirschte plötzlich ein Spannbalken unter der Last von Tausenden Tonnen und senkte sich um einen Zoll. Bartlett hielt den Atem an. Die Bewegung kam zum Stillstand. Er tat einen Schluck aus der Dose.

Soll ich warten oder selbst versuchen, mich zu befreien? fragte er sich voll Unbehagen. Vor einer Antwort darauf hatte sich der alte Spieß immer gedrückt. »Hängt davon ab, Mann, hängt davon ab.«

Wieder knarrte es über seinem Kopf. Panik stieg in ihm auf, aber er schob sie von sich fort. »Wollen mal zusammenfassen«, sagte er laut. »Ich habe jetzt Proviant für mindestens zwei, drei Tage. Ich bin gut in Form und kann ohne weiteres drei bis vier Tage durchstehen, aber du, du Scheißdreck«, wandte er sich an die Trümmer über seinem Kopf, »wie steht es mit dir?«

Die Gruft blieb ihm eine Antwort schuldig.

Ein markerschütterndes Kreischen. Dann eine schwache Stimme, weit, weit oben und rechts. Er lehnte sich zurück und legte die Hände um den Mund. »Hilfe«, rief er mit Bedacht und lauschte. »Hilfe!«

Er wartete, verspürte aber nur eine innere Leere. Enttäuschung schloß ihn ein. »Nimm dich zusammen und warte!« Die Minuten schlichen dahin. Das Tropfen des Wassers war stärker geworden. Wahrscheinlich regnet es wieder, dachte er. Natürlich! Ich wette, es war ein Erdrutsch! Hast du nicht die tiefen Spalten auf der Straße gesehen? Ganz klar! Wen es wohl sonst noch erwischt hat? Was für eine Scheiße!

Er riß einen Streifen von seinem Hemd und machte einen Knoten hinein. Jetzt konnte er die Tage zählen. Ein Knoten pro Tag. Es war 10 Uhr 16 gewesen, als er die Besinnung wiedererlagt hatte, jetzt war es 11 Uhr 58.

Wieder lauschte er gespannt. Schwache Stimmen, aber jetzt näher. Chinesische Stimmen. »Hilfe!«

Die Stimmen verstummten. Und dann: »Wo sind Sie, *heya*?«

Hier unten! Können Sie mich hören?«

Schweigen, und dann schwächer: »Wo sind Sie?«

Bartlett fluchte, griff nach der leeren Bierdose und hämmerte damit gegen einen Träger. Er hörte wieder auf und horchte. Nichts.

Er setzte sich auf. »Vielleicht sind sie Hilfe holen gegangen.« Seine Finger stießen gegen eine andere Bierdose. Er kämpfte sein überwältigendes Verlangen, sie aufzureißen, nieder. »Keine Panik! Hab Geduld! Hilfe ist nahe. Warten ist jetzt das beste und ...« In diesem Augenblick krümmte sich die Erde und brach auf. Eine ohrenbetäubende Kakophonie von Lärm dröhnte, die schützenden Träger verschoben sich bedrohlich und eine Lawine von Schutt ging auf ihn nieder. Mit den Armen seinen Kopf beschirmend, kauerte er sich zusammen. Die kreischende Bewegung schien eine Ewigkeit zu dauern. Dann wurde es wieder still. Mehr oder weniger gallebitter klebte der Staub in seinem Mund. Er spuckte ihn aus und griff nach einer Bierdose. Sie war fort. Alle anderen Dosen auch. Er fluchte, hob dann vorsichtig

den Kopf und hätte sich beinahe den Schädel am schiefen Dach seiner Gruft angeschlagen. Jetzt konnte er Decke und Wand berühren, ohne sich aufzurichten. Ganz leicht.
Dann hörte er das Zischen. Sein Magen krampfte sich zusammen. Er streckte die Hand aus und fühlte den leichten Zug. Plötzlich konnte er das Gas auch riechen. »Jetzt aber nichts wie raus hier, alter Knabe«, murmelte er erschrocken. Die Finsternis war drückend, und es fiel ihm sehr schwer, sich nach oben zu arbeiten. Einen geraden Weg gab es nicht. Es ging auch wieder mal abwärts, mal links, mal rechts, unter den Resten einer Badewanne durch, über einen Körper oder Körperteile hinweg. Er hörte Stöhnen und auch wieder Stimmen, weit weg. Zoll für Zoll weiter, immer geduldig, nie in Panik, und nach einer Weile erreichte er einen Raum, in dem er stehen konnte, aber er stand nicht, legte sich nur hin, um zu rasten, keuchend und erschöpft. Hier war es ein wenig heller. Er sammelte seine Kräfte und kroch weiter, doch der Weg nach oben war blockiert. Er schob sich unter einen gebrochenen Pfeiler und fing an, sich nach oben zu arbeiten. Wieder vergeblich. Mit viel Mühe zog er sich zurück und versuchte es an einer anderen Stelle. Und wieder an einer anderen. Nirgends konnte er mehr stehen, er hatte jede Orientierung verloren und wußte nicht, in welche Richtung er sich bewegte. Er legte sich nieder, um auszuruhen. In seiner Brust hämmerte es, seine Finger bluteten, seine Schienbeine bluteten, seine Ellbogen bluteten.
»Keine Bange, alter Knabe«, sagte er laut vor sich hin. »Jetzt ruhst du dich erst einmal aus, dann fängst du wieder von vorn an...«

Montag

1

0.45 Uhr:

Mit Stablampen ausgerüstete Gurkhasoldaten durchkämmten geduldig den gefährlichen, steil abfallenden, auseinandergebrochenen Hang. »Ist da jemand?« Sie warteten auf Antwort. Andere Soldaten, Polizei, Feuerwehr und hilfwillige Zivilisten taten es ihnen gleich.

»Ist da jemand?« fragte ein Soldat und lauschte. Dann stolperte er und fiel in eine Spalte. Er war sehr müde, aber er lachte, blieb ein paar Sekunden lang liegen und rief in die Erde hinein: »Ist da jemand?« Er wollte schon aufstehen, als er etwas zu hören meinte. Er legte sich wieder nieder und rief: »Können Sie mich hören?«

»Ja«, kam es schwach, sehr schwach zurück.

Aufgeregt sprang der Soldat auf. »Sergeant! Sergeant, Sir!«

In fünfzig Meter Entfernung, am Rand der Trümmerstätte, stand Gornt neben dem jungen Leutnant, der die Aufräumungsarbeiten in diesem Sektor leitete. Aus einem kleinen Transistorradio hörten sie eine Nachrichtensendung. »... Erdrutsche in der ganzen Kolonie. Und jetzt wieder ein Bericht aus der Kotewall Road.« Eine kleine Pause, und dann die wohlbekannte Stimme; der junge Mann lächelte in sich hinein. »Guten Abend. Venus Poon berichtet Ihnen vom Schauplatz der größten Katastrophe, die die Kolonie in den letzten Jahren getroffen hat.« Ihre Stimme klang tief bewegt, und als er daran zurückdachte, wie tapfer und herzzerreißend sie die Brandkatastrophe geschildert hatte, an der sie ebenfalls beteiligt gewesen war, nahm das Interesse des jungen Mannes noch weiter zu. »Der Rose Court auf der Kotewall Road existiert nicht mehr. Der zwölfgeschossige Lichtturm, ein Wahrzeichen Hongkongs, ist nur noch ein gespenstischer Trümmerhaufen. Meine Wohnung ist zu einer Schutthalde geworden. Heute nacht hat die Macht des Allmächtigen den Turm zerstört, den Turm und jene, die ihn bewohnten, darunter auch meine treue *gan sun*, die mich aufgezogen hat...«

»Sir«, rief der Sergeant hinüber, »hier ist einer!«

Der Offizier und Gornt eilten auf ihn zu. »Ein Mann oder eine Frau?«

»Ein Mann, Sir! Er sagt, er heißt Barter oder so ähnlich...«

Vor dem Erdwall in der Kotewall Road stand Venus Poon und genoß es, im Schweinwerferlicht der Ü-Wagen im Mittelpunkt des allgemeinen Interes-

ses zu stehen. Sie las das Manuskript, das man ihr in die Hand gedrückt hatte, nahm da und dort kleine Änderungen vor, hob und senkte die Stimme und beschrieb die Katastrophe so lebensvoll, daß die Zuschauer das Gefühl hatten, mit ihr auf dem Hang zu stehen, und ihrem Joss dankten, daß sie und die Ihren diesmal dem Tode entronnen waren.
»Es regnet immer noch«, flüsterte sie ins Mikrophon. »Wo der Rose Court einen Teil der oberen Geschosse der Sinclair Towers weggerissen hat, wurden bereits sieben Tote geborgen, darunter vier Kinder – drei chinesische und ein englisches –, und weitere Opfer liegen noch unter den Trümmern....« Tränen standen ihr in den Augen, und sie verstummte.
Im ersten Moment hatte sie sich die Haare gerauft bei dem Gedanken an den Verlust ihrer Wohnung, ihrer ganzen Garderobe, ihres Schmucks und ihres neuen Nerzmantels, doch dann war ihr eingefallen, daß sich die besten Stücke ihres Schmucks beim Juwelier befanden, um neu gefaßt, und der Nerz beim Kürschner, um geändert zu werden. Und was die Kleider anging – pah, Vierfinger wird es ein Vergnügen sein, mich neu auszustatten! Vierfinger! Ich hoffe, der alte Bock hat es überlebt, so wie Lächler Tsching, hatte sie zu Gott gefleht. Iiiii, was für ein Wunder! Und wenn Lächler Tsching, warum nicht auch er? Bankier Kwang hat sich gerettet! Habe ich nicht vor Glück geweint, als ich es erfuhr! Wahrlich ein Glückstag. Und jetzt dieser Profitmacher Tschoy, so ein smarter, gut aussehender, interessanter Junge! Wenn er Geld hätte, wenn er richtig in der Wolle säße, das wäre der Mann für mich! Schluß mit diesen alten Furzern und ihren Hohlflöten...
Der Produzent konnte nicht länger warten. Er griff nach dem Mikrophon und sagte: »Wir setzen den Bericht fort, sobald Miss Poon...«
Sofort kehrte sie aus ihren Träumereien in die Wirklichkeit zurück. »*The show must go on*«, rief sie tapfer. Dramatisch trocknete sie sich die Tränen und fuhr fort zu lesen und zu improvisieren. »Über die ganze Berglehne verstreut, graben unsere ruhmreichen Gurkhas und Irish Guards, heldenhaft ihr Leben aufs Spiel setzend, unsere Brüder und Schwestern aus...«
»Was für ein mutiges Mädchen«, murmelte ein Engländer. »Sie verdient wirklich eine Auszeichnung, meinen Sie nicht auch Freund?« Er wandte sich seinem Nachbarn zu und stellte verlegen fest, daß es ein Chinese war. »Entschuldigen Sie!«
Paul Tschoy hörte ihn kaum. Er konzentrierte seine Aufmerksamkeit auf die Sanitäter, die mit Tragen von der Trümmerstätte kamen. Er war eben von der Erste-Hilfe-Station zurückgekehrt, die man an der Gabelung der Kotewall Road unter einem provisorischen Vordach eingerichtet hatte. Dort versuchten aufgeregte Verwandte wie er, die Toten oder Verwundeten zu identifizieren und die Namen jener weiterzugeben, die als vermißt galten. Vor einer halben Stunde war einer der Feuerwehrleute durch einen Berg von Schutt zu einem Sektor vorgedrungen, der dem fünften Stock des

eingestürzten Hauses entsprach. Richard und Mai-ling Kwang waren dort geborgen worden, dann Jason Plumm, dem der halbe Schädel fehlte, und dann, mehr tot als lebendig, auch noch eine Reihe anderer.
Paul Tschoy zählte die Tragen. Es waren vier. Von dreien waren die Körper mit Tüchern zugedeckt. Wie vergänglich doch das Leben ist, dachte er und stellte sich wieder der Frage, wie es morgen an der Börse zugehen werde. Ob sie wohl geschlossen bleibt, weil man den Toten den gebührenden Respekt bezeugen will? Du lieber Himmel, wenn sie den ganzen Montag geschlossen bleibt, steht Struan's am Dienstag bei Börsenbeginn mit alsoluter Sicherheit auf dreißig – kann gar nicht anders sein! Es rumorte in seinem Magen, und Schwäche überkam ihn. Freitag, kurz vor Börsenschluß, hatte er jeden Penny, den Vierfinger ihm wiederstrebend anvertraut hatte, fünfmal riskiert: gekauft, auf die gekauften Aktien wieder Geld geliehen, dafür wieder Aktien gekauft – und das fünfmal! Fünfmal zwei Millionen HK. Er hatte Struan's, Blacs, Victoria Bank und Ho-Pak gekauft und darauf spekuliert, daß der Tai-Pan an diesem Wochenende die Niederlage irgendwie in Sieg verwandeln, daß sich die Gerüchte, wonach China bereit war, den Banken Bargeld zur Verfügung zu stellen, bewahrheiten würden. Seit seiner ersten Begegnung mit Gornt in Aberdeen, als er ihn auf die Möglichkeit einer Sanierung der Ho-Pak durch die Blacs oder die Victoria hingewiesen und ein Aufflackern in seinen listigen Augen wahrgenommen hatte, ging ihm die Frage im Kopf herum, ob die Großkotzigen da nicht eine Gaunerei planten. Ja, es sind Großkotzige! Sie haben Hongkong an der Gurgel. Und sie hören das Gras wachsen. Mann, o Mann! Als Richard Kwang ihn auf dem Rennplatz ersucht hatte, für ihn Ho-Pak Aktien zu kaufen, und Havergill nur wenig später die Übernahme verkündet hatte, war er auf die Herrentoilette gelaufen, um sich zu erbrechen... Zehn Millionen in Ho-Pak, Blacs und Struan's zum Tiefstkurs eingekauft. Und als heute abend in den Neun-Uhr-Nachrichten bekanntgegeben wurde, daß China eine halbe Milliarde in bar zur Verfügung stellte, wußte er, daß er Multimillionär geworden war.
Die Sanitäter gingen weiter. Wie betäubt folgte er ihnen zur Erste-Hilfe-Station. Im Hingergrund führte Dr. Meng Notoperationen durch. Paul Tschoy sah, wie Dr. Tooley ein Tuch zurückschlug. Eine Euorpäerin. Ihre Augen standen offen und starrten ins Leere. Dr. Tooley seufzte und deckte sie wieder zu. Dann ein englischer Junge, keine zehn Jahre alt, auch er tot. Dann ein Chinesenkind. Auf der letzten Trage lag ein Chinese; er blutete und schien starke Schmerzen zu haben. Rasch gab Dr. Tooley ihm eine Morphiumspritze.
Paul Tschoy wurde übel, und er verließ eilig den Raum. »Sie können hier nichts tun«, sagte Dr. Tooley gütig, als er zurückkam. »Da, nehmen Sie das, es wird Ihren Magen beruhigen!« Er gab ihm zwei Aspirin und etwas Wasser. »Setzen Sie sich doch in einen der Wagen und warten Sie dort! Sobald wir etwas von Ihrem Onkel erfahren, lasse ich Sie sofort rufen.«

»Danke.«
Noch mehr Bahren wurde gebracht. Ein Rettungswagen fuhr vor. Sanitäter hoben Verletzte hinein, und die Ambulanz verschwand im Nieselregen. Unter freiem Himmel, weg vom widerwärtigen Geruch nach Blut und Tod, fühlte sich der junge Mann wohler.
»Hallo, Mr. Tschoy, gibt's was Neues?«
»Leider nein, Tai-Pan.« Er hatte Dunross schon früher getroffen und ihm von Vierfinger erzählt. Dunross war erschüttert gewesen und hatte sich sehr besorgt gezeigt. Er zögerte. »Keine Nachrichten sind oft gute Nachrichten. Lächler Tsching hat es geschafft, also hoffen wir das Beste, nicht wahr?«
»Gewiß, Sir!«
Dunross eilte die Straße zur Sperre hinauf, und während Paul Tschoy ihm nachsah, ging er die ihm möglich erscheindenden Entwicklungen im Geist noch einmal durch. Nachdem der Tai-Pan General Stores so elegant übernommen hatte – fürwahr ein gekonntes Manöver! – und jetzt drauf und dran war, den Kopf aus Gornts Schlinge zu ziehen, muß sein Kurs auf 30 steigen. Und die Ho-Pak, deren Kurs sich auf 12,50 hält, schnellt sofort auf 20 hoch, sobald ihr Name wieder auf der Kursanzeigetafel erscheint. Also 17,5 Prozent von zehn Millionen mal fünfzig, das sind...
»Mr. Tschoy! Mr. Tschoy!«
Es war Dr. Tooley, der ihn von der Erste-Hilfe-Station heranwinkte. Sein Herz blieb stehen. Er rannte zurück, so schnell er konnte.
»Ich bin nicht sicher, aber kommen Sie bitte mit!«
Er hatte sich nicht geirrt. Es war Vierfinger Wu. Er schien unverletzt, aber er war tot. Auf seinem Gesicht lagen ein Zug wunderbarer Ruhe und ein seliges Lächeln.
Tränen liefen über Paul Tschoys Wangen. Er kniete neben der Tragbahre nieder. Mitfühlend ließ Dr. Tooley ihn allein und eilte zu den anderen zurück, von denen einige vor Schmerz brüllten. Eine verzweifelte Mutter hielt die Leiche ihres Kindes in den Armen.
Ohne es wirklich zu sehen, starrte Paul Tschoy in das Gesicht seines Vaters, eines im Todes guten Gesichtes. Was nun? fragte er sich und trocknete sich die Tränen. Er hatte nicht so sehr das Gefühl, seinen Vater, sondern vielmehr das Oberhaupt der Familie verloren zu haben, was in chinesischen Familien schlimmer ist, als wenn man den Vater verliert. Du lieber Gott, was nun? Zwar bin ich nicht der älteste Sohn, also brauchte ich mich nicht um die Beerdigung zu kümmern, aber: Was mache ich jetzt? Er hob das Tuch auf, so als wollte er über Vierfingers Gesicht ziehen, streifte ihm dabei geschickt das Halsband mit der Halbmünze ab und steckte es ein. Nachdem er sich vergewissert hatte, daß er nicht beobachtet wurde, durchsuchte er die Taschen des Toten. Eine Brieftasche mit Geld, ein Schlüsselbund, sein persönlicher Chop. Und der Billantring in seinem Etui.

Er erhob sich und ging zu Dr. Tooley hinüber. »Verzeihen Sie, Doktor, würden Sie den alten Herrn da liegen lassen? Ich hole nur den Wagen. Die Familie, wir... geht das in Ordnung?«
»Selbstverständlich. Sagen Sie der Polizei bitte Bescheid, bevor Sie ihn mitnehmen! Wir haben dort einen Suchdienst eingerichtet. Ich stelle Ihnen morgen den Totenschein aus. Tut mir leid, daß ich jetzt...« Wieder wurde der gütige Mann abgelenkt, und er ging zu Dr. Meng hinüber. »Kommen Sie, ich helfe Ihnen.«
Ohne auf den Regen zu achten, wanderte Paul Tschoy die Straße hinunter. Das Herz war ihm leicht, der Magen verursachte ihm keine Beschwerden. Seine Zukunft war gesichert. Jetzt gehört die Münze mir, dachte er, denn er war sicher, daß Vierfinger außer zu ihm zu niemandem davon gesprochen hatte.
Jetzt, da ich der Besitzer seines persönlichen Chops bin, kann ich auf alles mein Siegel drücken, kann tun, was mir beliebt, aber das werde ich nicht. Das wäre gemogelt. Warum sollte ich mogeln, wenn ich allen voraus bin? Ich bin intelligenter als alle meine Brüder. Sie wissen es, ich weiß es, und es ist die reine Wahrheit. Es ist also nur gerecht, daß ich die Münze behalte und den ganzen Gewinn aus den zwei Millionen. Ich werde der Familie zu einem neuen Start verhelfen, alles modernisieren, die Schiffe ausrüsten, sie sollen die besten sein. Aber mit meinem Gewinn werde ich mein eigenes Imperium gründen. Doch zuerst fliege ich nach Hawaii...

Dunross blieb neben seinem Wagen stehen und öffnete die Tür. Casey schreckte aus unruhigem Schlaf auf, und die Farbe wich aus ihrem Gesicht. »Linc?«
»Leider nichts Neues. Gornt ist ziemlich sicher, daß er den richtigen Sektor ausgemacht hat. Ein Zug Gurkhas durchkämmt jetzt das Gebiet. Ich gehe zurück, um ihn abzulösen.« Dunross bemühte sich, seiner Stimme einen zuversichtlichen Klang zu geben. »Die Fachleute meinen, er hätte ausgezeichnete Chancen. Machen Sie sich keine Sorgen!«
Als er von seiner ersten Suche zurückgekehrt war, hatte er Lim nach Kaffee, Sandwiches und einer Flasche Brandy geschickt. Er wußte, das es eine lange Nacht würde. Später hatte Lim Riko in ihr Hotel zurückgebracht.
»Wollen Sie einen Brandy, Ian?« fragte Casey.
»Gern.« Er sah ihr zu, wie sie für ihn einschenkte, und bewunderte ihre ruhigen Finger. Der Brandy schmeckte gut. »Ich werde Quillan ein Sandwich bringen. Warum tun Sie nicht einen kräfigen Schuß Brandy in den Kaffee? Den nehme ich auch mit.«
»Selbstverständlich. Hat man inzwischen schon Leute geborgen?«
»Donald McBride – er ist unverletzt geblieben, nur ein wenig durchgerüttelt. Er und seine Frau.«
»Wie schön! Und... und Tote?«

»Niemanden, den ich kenne«, antwortete er, nachdem er sich entschlossen hatte, ihr nichts von Plumm oder seinem alten Freund Southerby, dem Generaldirketor der Blacs, zu sagen. In diesem Augenblick kamen Adryon und Martin Haply auf ihn zugeschossen. »Wir haben es eben erst erfahren, Vater«, rief Adryon, schluchzend vor Erleichterung, und umarmte ihn stürmisch. »Ich hatte solche Angst!«
»Schon recht, schon recht«, beruhigte er sie. »Mir ist ja nichts passiert. Du lieber Himmel, Adryon, dem Tai-Pan von Noble House kann doch ein mickriger Erdrutsch nichts anhaben...«
»Sag bloß so was nicht«, fiel sie ihm erschrocken ins Wort. »Wir sind in China, die Götter hören zu. So etwas darfst du nicht aussprechen!«
»Gut, gut!« Dunross drückte sie an sich und lächelte Martin Haply zu, der sichtlich ebenso erleichtert war. »Alles okay?«
»Ja, Sir, wir waren drüben in Kowloon. Ich hatte den Auftrag, einen Bericht über den dortigen Erdrutsch zu schreiben. Ich bin verdammt froh, Sie zu sehen, Tai-Pan! Ich fürchte, bei der Herfahrt hat der Wagen eine kleine Beule abbekommen.«
»Das macht nichts.«
Er jetzt fiel Adryons Blick auf Casey. »Oh, hallo, Casey, entschuldigen Sie, ich...«
»Reden Sie doch keinen Unsinn! Und stehen Sie nicht im Regen herum, steigen Sie ein! Sie auch Mr. Haply!«
Adryon gehorchte. Martin Haply zögerte und sagte dann zu Dunross: »Wenn Sie erlauben, Sir, ich möchte mich ein wenig umsehen.« Und zu Adryon: »Bin bald wieder da, Liebes.«
Dunross sah ihm nach, bis sein Blick auf Gornt fiel, der den Hang heruntergeeilt kam. Ein gutes Stück vom Wagen entfernt, blieb er stehen und winkte ihn aufgeregt zu sich.
Dunross streifte Casey mit einem Blick; sein Herz klopfte beklommen. Von ihrem Platz konnte sie Gornt nicht sehen. »Ich komme zurück, so schnell ich kann.«
»Seien Sie vorsichtig!«
Dunross ging zu Gornt hinüber. Gornt war völlig verschmutzt, seine Kleidung zerrissen, sein Bart verfilzt und seine Miene starr.
»Wir wissen, wo er ist«, sagte Gornt. »Bartlett.«
»Ist er tot?«
»Nein. Wir haben ihn gefunden, aber wir können nicht an ihn ran.« Gornt deutete auf die Thermosflasche. »Ist das Tee?«
»Kaffee mit Brandy.«
Gornt nahm die Flasche und trank. »Casey noch im Wagen?«
»Ja. Wie tief steckt er drin?«
»Wir wissen es nicht. Tief. Vielleicht wäre es ratsam, ihr nichts zu sagen. Vorderhand.«

Dunross zögerte. »Glauben Sie mir«, stieß Gornt hervor, »es sieht nicht rosig aus.«
»Na gut.« Dunross war des vielen Leidens und Sterbens müde.
Der Regen machte die Nacht noch düsterer und den Morast noch gefährlicher.
»Stimmt das mit Tiptop und dem Geld?« fragte Gornt, während er sich mit der Stablampe vorsichtig einen Weg suchte.
»Es stimmt. Der Sturm auf die Banken ist vorüber.«
»Gut. Was haben Sie mir vorzuschlagen?«
Dunross zuckte die Achseln. »Wir eröffnen mit dreißig.«
»Das wird sich noch weisen«, spöttelte Gornt. »Aber auch bei dreißig bin ich aus dem Schneider.«
»Ach ja?«
»Ich werde zwei Millionen US-Dollar verlieren – die Summe, die Bartlett mir vorgeschossen hat.«
Es überlief Dunross heiß. Das wird Bartlett lehren, keine krumme Tour mit mir zu versuchen, dachte er. »Ich weiß davon. Es war eine gute Idee. Bei dreißig sind Sie allerdings mit etwa vier Millionen im Verlust – zwei von ihm und zwei von Ihnen. Aber mit All Asia Air gebe ich mich zufrieden.«
»Niemals.« Gornt blieb stehen und pflanzte sich vor ihm auf. »Niemals. Meine Fluglinie steht nicht zum Verkauf.«
»Wie Sie wünschen. Bis Börsenbeginn halte ich mein Angebot aufrecht.«
»Zum Teufel damit!«
Mühsam stapften sie den Hang hinauf. Zwei Sanitäter mit einer Trage kamen ihnen entgegen. Keiner von ihnen kannte die verletzte Frau. Wenn Dunross auf einer solchen Bahre läge, wäre das eine Lösung für alle meine Probleme, dachte Gornt.

2

1.20 Uhr:

Der Gurkhasoldat richtete seine Lampe nach unten. Andere Soldaten und der junge Leutnant standen um ihn herum. Ein Feuerwehrhauptmann kam mit seinen Leuten hinzu. »Wo ist er?«
Der Feuerwehrmann hieß Harry Hooks.
»Da, irgendwo da unten. Er heißt Bartlett. Linc Bartlett.«
Hooks sah, daß der Lichtstrahl nur wenige Fuß weit reichte. Er legte sich auf den Boden. Hier war der Gasgeruch viel stärker. »He, Mr. Bartlett da unten, können Sie mich hören?« brüllte er in die Trümmer hinein.

Alle horchten aufmerksam. »Ja«, kam es schwach zurück.
»Sind Sie verletzt?«
»Nein.«
»Können Sie unser Licht sehen?«
»Nein.«
Hooks fluchte. »Bleiben Sie zunächst, wo Sie sind«, brüllte er hinunter und stand auf. »Ein Mr. Gornt war hier und ist Hilfe holen gegangen«, informierte ihn der Offizier.
»Gut. Verteilt euch jetzt im Umkreis und versucht, einen Weg zu ihm zu finden oder zumindest in seine Nähe zu gelangen!« Die Männer folgten dem Befehl, und nur wenige Sekunden später stieß einer der Gurkhas einen Schrei aus: »Hier!«
Es war ein enger Schacht zwischen großen Betonbrocken, gebrochenen Holzsparren, Dielenbalken und einigen eisernen Doppel-T-Trägern. Er bot einem Mann vielleicht gerade noch Platz genug, um hinunterzuklettern. Hooks zögerte und nahm dann seine schwere Ausrüstung ab. »Nein«, protestierte der Offizier. »Überlassen Sie das lieber uns!« Er sah seine Männer an.
Sie grinsten und bewegten sich allesamt auf die Öffnung zu. »Nein!« Der Offizier hielt sie mit einer Handbewegung auf. »Sangri, Sie sind der Kleinste.«
»Danke, Sir«, sagte der kleine Mann, die Zähne weiß in seinem dunklen Gesicht. Alle sahen zu, wie er sich, einem Aal gleich, mit dem Kopf voran, in die Tiefe wand.
Etwa zwanzig Fuß tiefer reckte sich Bartlett in der Finsternis den Hals aus. Er befand sich in einem kleinen Kriechraum. Der Weg nach oben war durch eine große Fußbodenplatte blockiert, und es roch stark nach Gas. Vor ihm, ein wenig seitlich, wurde ein flackerndes Licht sichtbar und erlaubte ihm einen kurzen Blick auf seine Umgebung. Sehr vorsichtig bewegte er sich auf das Licht zu. Als er einige Bretter zur Seite schob, löste sich eine kleine Lawine und kam wieder zur Ruhe. Über sich sah er einen anderen kleinen Raum und kam wieder nicht weiter. Er spürte einige lose Bretter in der Bodenplatte. Auf dem Rücken liegend, stieß er die Bretter fort. Staub geriet ihm in die Kehle, und er mußte husten und würgen. Plötzlich fiel ihm Licht in die Augen – nicht viel, nur ein Schimmer –, aber sobald er sich daran gewöhnt hatte, reichte es, um ein paar Meter weiter zu sehen. Seine freudige Erregung schwand, als er sich des Ausmaßes seiner Gruft bewußt wurde. Er sah keinen Fluchtweg.
»Hallo da oben!«
Ganz schwach: »Wir hören Sie!«
»Jetzt fällt Licht auf mich!«
Eine Sekunde später: »Was für ein Licht?«
»Woher, zum Teufel, soll ich das wissen?« Keine Panik, glaubte er Spur-

geon sagen zu hören. Er wartete. »Das da«, brüllte er, als sich das Licht, in dem er lag, ein wenig bewegte.

Sofort blieb das Licht stehen.

»Wir wissen jetzt genau, wo Sie sind. Bleiben Sie ruhig!«

Abermals sah Bartlett sich sorgfälig um. Das Resultat war das gleiche. Kein Fluchtweg.

Keiner.

»Sie werden mich ausgraben müssen«, sagte er laut, und seine Angst wuchs.

Sangri, der junge Gurkha, befand sich etwa zehn Fuß unter der Oberfläche, doch ziemlich weit rechts von Bartlett. Er konnte nicht weiter. Er drehte sich herum, fand eine gute Angriffsfläche an einer scharfkantigen Betonplatte und bewegte sie leicht. Sofort begann dieser Teil der Trümmer sich zu verschieben. Erschrocken nahm er die Hand von der Platte. Aber es gab keine andere Möglichkeit, und so biß er die Zähne zusammen, flehte zu Gott, daß nicht alles über ihm einstürzen möge, und schob die Platte zur Seite. Die Schuttmasse hielt stand. Keuchend steckte er die Lampe in die Höhlung, dann seinen Kopf und sah sich um.

Wieder ein blindes Ende. Bedauernd zog er sich zurück. »Sergeant«, schrie er auf Nepalesisch hinauf. »Ich kann nicht weiter.«

»Sind Sie sicher?«

»O ja, Sir. Ganz sicher!«

»Kommen Sie zurück!«

Bevor er dem Befehl nachkam, rief er in die Finsternis hinab: »Hallo da unten!«

»Ich höre Sie«, rief Bartlett zurück.

»Wir sind nicht weit weg. Wir holen Sie raus, Sir! Keine Angst!«

»Okay.«

Mühsam arbeitete Sangri sich wieder hoch. Eine kleine Lawine überschüttete ihn mit Steinen. Beharrlich setzte er seinen Weg fort.

Dunross und Gornt kamen über die Trümmer geklettert.

»Hallo, Tai-Pan, Mr. Gornt! Wir wissen ungefähr, wo er steckt, aber wir sind ihm nicht nähergekommen.« Hooks deutete auf den Mann, der die Stablampe festhielt.

»Das ist die Richtung.«

»Wie tief steckt er?«

»Nach dem Klang seiner Stimme etwa zwanzig Fuß.«

»Mein Gott!«

»Ja, ja, der arme Kerl sitzt ganz schön in der Klemme. Sehen Sie sich die mal an!« Schwere eiserne Doppel-T-Träger blockierten den Weg nach unten. »Wir können keine Schneidbrenner verwenden, es strömt zuviel Gas aus.«

»Es muß doch noch einen anderen Zugang geben! Seitlich vielleicht«, sagte Dunross. »Wir versuchen es. Aber wir brauchen mehr Leute.« Ein ermunternder Schrei ließ ihn aufhorchen. Alle eilten auf die aufgeregten Soldaten zu. Unter einem Durcheinander von aufgerissenen Dielenböden, die die Männer weggeräumt hatten, war eine Art Passage sichtbar geworden, die abwärts zu führen schien, sich aber weiter unten außer Sicht krümmte. Sie sahen einen der kleinen Männer hineinspringen und verschwinden. Die ersten sechs Fuß kam er gut voran, die folgenden zehn Fuß nur sehr schwer, und dann ging es nicht mehr weiter. »Hallo da unten, Sir, können Sie mein Licht sehen?«

»Ja!« Bartletts Stimme klang lauter. Er brauchte fast nicht zu schreien.

»Ich werde jetzt das Licht bewegen, Sir. Wenn es in Ihre Nähe kommt, bitte sagen Sie, ob ich es nach links oder rechts, nach oben oder unten schwenken soll.«

»Okay.« Durch eine Masse von Balken und Trägern und verwüsteten Zimmern sah Bartlett ein winziges Licht. »Ein Stück weiter nach rechts«, rief er; seine Stimme klang schon ein wenig heiser. Das Licht bewegte sich gehorsam. »Runter! Halt! Eine Spur hinauf!« Es schien eine Ewigkeit gedauert zu haben, aber jetzt war das Licht direkt auf ihn gerichtet. »Genau richtig!« Der Soldat hielt die Lampe fest, schaufelte mit der anderen Hand eine Mulde in den Schutt und legte sie hinein. »Stimmt es so, Sir?« rief er.

»Jawohl! Wieder eine goldene Uhr gewonnen!«

»Ich hole noch Hilfe.«

»In Ordnung.«

Der Soldat trat den Rückzug an. Zehn Minuten später war er mit Hooks wieder da. Der Feuerwehrmann maß die Richtung des Lichtstrahls aus und untersuchte peinlich genau die Hindernisse, die zu überwinden waren, um zu dem Eingeschlossenen vorzudringen. »Heilige Mutter Gottes«, murmelte er, »das dauert ja eine Ewigkeit, bis wir da durch sind!« Und zu Bartlett hinunter rief er: »Machen Sie sich keine Sorgen, Freund, wir haben Sie im Handumdrehen draußen! Können Sie näher ans Licht herankommen?«

»Nein, ich glaube nicht.«

»Dann bleiben Sie, wo Sie sind, und ruhen Sie sich aus! Sind Sie verletzt?«

»Nein, aber ich rieche Gas.

»Keine Sorge, Freund, wir sind nicht weit weg von Ihnen.« Hooks kletterte wieder hinauf. »Er steckt ziemlich genau unter diesem Punkt, Tai-Pan, Mr. Gornt, in etwa zwanzig Fuß Tiefe. Wir müssen graben«, erklärte er mit Entschiedenheit. »Einen Kran hier heraufzubekommen ist ausgeschlossen. Hier kommen wir nur mit viel Knochenschmiere weiter. Wir werden es zuerst da versuchen.« Er wies auf eine ihm vielversprechend erscheinende Stelle in zehn Fuß Entfernung, nahe dem Schacht, den die Soldaten entdeckt hatten.

»Warum gerade da?«
»Es ist sicherer, Tai-Pan – im Fall, daß die ganze Wand ins Rutschen kommt. Los, Burschen, haltet euch ran! Aber seid vorsichtig!«
So fingen sie also an zu graben und wegzuschaffen, was sich wegschaffen ließ. Es war sehr harte Arbeit. Die Oberfläche war naß und trügerisch, die Trümmer selbst waren instabil. Balken, Träger, Fußböden, Betonbrocken, Putz, Mörtel, Kochtöpfe, Radioapparate, Fernseher, Schreibtische, Kleider, alls in einem unmöglichen, unentwirrbaren Durcheinander. Sie unterbrachen die Arbeit, als sie auf einen Körper stießen.
»Einen Arzt her – eine alte Frau«, brüllte Hooks.
»Lebt sie?«
»Sozusagen.« Die Frau war sehr alt, ihr einstmals weißer Kittel und ihre schwarze Hose in Fetzen und schlammbedeckt, das lange Haar zu einem schäbigen Zopf geflochten. Es war Ah Poo.
»Jemandes *gan sun*«, bemerkte Dunross.
Verständnislos starrte Gornt auf den Platz, wo man sie gefunden hatte, eine kleine Höhlung in einem wüsten Gewirr aus Trägern und ausgezackten Betonbrocken. »Wie, zum Teufel, kann man da drin überleben?«
Hooks lachte und ließ seine abgebrochenen, vom Tabak gelb verfärbten Zähne sehen. »Joss, Mr. Gornt. Solange du atmest, solange auch hoffst du noch. Joss!« Dann brüllte er zur Straße hinunter: »Schick uns eine Liege herauf, Charly, aber fix!«
Die Trage war bald da. Die Sanitäter trugen Ah Poo fort. Die Arbeit ging weiter. Die Grube wurde tiefer. Eine Stunde, und vier oder fünf Fuß weiter versperrten ihnen Tonnen von Stahlbeton den Weg. »Wir müssen einen Umweg machen«, erklärte Hooks. Geduldig begannen sie von neuem. Wenige Fuß weiter wieder ein blindes Ende. »Machen wir da drüben weiter!«
»Können wir das Zeug nicht einfach durchsägen?«
»Selbstverständlich, Tai-Pan, aber ein Funke genügt, und wir treffen uns alle im Himmel wieder. Kommt, Leute! Versuchen wir es hier!«

3

4.10 Uhr:

Bartlett konnte sie jetzt gut hören. Während oben Balken und Träger weggeräumt wurden, rieselten von Zeit zu Zeit Staub und Schmutz herab und danach durchweichter Schutt. Soweit er das schätzen konnte, waren seine Retter etwa zehn Meter von ihm entfernt und immer noch fünf oder sechs Fuß über ihm. Der dünne Lichtstrahl machte ihm das Warten erträglicher.

Er selbst war von allen Seiten eingeschlossen. Er hatte früher daran gedacht, den Rückzug anzutreten und dabei nach einem anderen Fluchtweg zu suchen.
»Warten Sie lieber, Mr. Bartlett«, hatte Hooks hinuntergeschrien. »Wir wissen genau, wo Sie sind!«
Also war er geblieben. Er war völlig durchnäßt und lag auf irgendwelchen Brettern – nicht allzu unbequem und durch schwere Träger gut geschützt. Er hatte gerade genug Platz, um zu liegen, oder sich, mit viel Vorsicht, aufzurichten. Es roch stark nach Gas, aber er hatte noch keine Kopfschmerzen und fühlte sich verhältnismäßig sicher. Luft hatte er genug, aber er war müde, sehr müde. Trotzdem zwang er sich, wach zu bleiben. Er konnte sich ausrechnen, daß sie den Rest der Nacht, vielleicht sogar den morgigen Tag brauchen würden, um einen Schacht bis zu ihm auszugraben. Aber das machte ihm keine Sorgen. Sie waren da. Und er hatte Kontakt mit ihnen. Vor einer Stunde hatte er Dunross in seiner Nähe gehört. »Linc? Ich bin's, Dunross.«
»Was machen *Sie* denn da?« hatte er beglückt hinaufgerufen.
»Sie suchen. Keine Sorge, wir sind nicht weit weg.«
»Ist schon recht. Hören Sie, Ian«, hatte er von quälender Sorge gepeinigt hinaufgerufen, »Orlanda, Orlanda Ramos, kennen Sie sie? Ich war in...«
»Ja. Ich habe mit ihr gesprochen. Kurz nachdem die Steinlawine auf das Haus aufgetroffen war. Sie wartet oben auf der Kotewall Road. Es geht ihr gut. Und Ihnen?«
»Prächtig, prächtig«, hatte er geantwortet, fast fröhlich schon, da er wußte, daß sie in Sicherheit war. Dann hatte Dunross ihm erzählt, wie er selbst mit knapper Not davongekommen war, und daß Casey alles mitangesehen hatte. Der Gedanke, wie nahe die anderen einer Katastrophe gewesen waren, erschütterte Bartlett. »Mein Gott! Wenn ihr euch nur ein paar Minuten Zeit gelassen hättet, wärt ihr alle drangewesen!«
»Joss!«
Sie hatten eine Weile geplaudert, dann mußte Dunross zurück, um die Rettungsarbeiten nicht zu behindern.
Bartletts Gedanken kehrten zu Orlanda zurück, und wieder dankte er Gott, daß ihr nichts geschehen war und auch Casey nicht. So unter der Erde eingeschlossen zu sein, das könnte Orlanda nie durchstehen, dachte er. Casey vielleicht, aber nicht Orlanda. Niemals.
Er machte es sich bequemer. Seine nasse Kleidung kribbelte ihm auf der Haut, aber die Rufe und das Lärmen der sich nähernden Rettungsmannschaft machten ihm Mut. Um sich die Zeit zu vertreiben, setzte er seine Wachträume von den beiden Frauen fort. Ich habe noch nie einen Körper gesehen wie den von Orlanda, und noch nie eine Frau wie sie erlebt. Mir ist, als kennte ich sie schon seit Jahren, nicht erst seit ein paar Tagen. Wirklich! Sie ist aufregend, geheimnisvoll und wunderbar gefährlich. Casey bedeutet

keine Gefahr. Sie könnte eine phantastische Ehefrau abgeben, eine verläßliche Partnerin, aber sie ist kein rassiges Weibchen wie Orlanda. Zugegeben, Orlanda liebt hübsche Kleider und teure Geschenke, und wenn das wahr ist, was die Leute reden, wirft sie das Geld mit vollen Händen zum Fenster hinaus. Aber ist das Geld nicht dazu da? Für meine Ex habe ich gesorgt und für die Kinder auch. Warum soll ich nicht meinen Spaß haben? Und die Möglichkeit nützen, sie vor den Biltzmanns dieser Welt zu schützen? Versteht sich. Aber ich weiß immer noch nicht, was an ihr – oder Hongkong – dran ist, das mich so bezaubert. Ich fühle mich hier mehr zu Hause als daheim. »Vielleicht warst du in einem früheren Leben schon einmal hier«, hatte Orlanda gemeint.
»Du glaubst an Seelenwanderung?«
»O ja!«
Wäre das nicht herrlich, setzte er seine Wachträume fort, achtete nicht auf das Gas und auch nicht darauf, daß das Gas ein wenig auf ihn einwirkte. Mehr als ein Leben zu haben, das wäre doch...
»Linc!«
»He, Ian! Was gibt's Neues?« Bartletts Stimmung hellte sich weiter auf. Dunross' Stimme kam aus der Nähe. Aus nächster Nähe.
»Nichts. Wir machen nur eine kleine Pause. Die Männer arbeiten schwer. Wir müssen wieder einen Haken schlagen, sind aber nur mehr wenige Meter von Ihnen entfernt. Ich wollte ein wenig plaudern. Soweit wir das beurteilen können, sind wir etwa fünf Fuß über Ihnen und nähern uns von Westen her. Können Sie uns schon sehen?«
»Nein. Über mir ist ein Fußboden, ziemlich aus den Fugen geraten, und eine Menge Balken, aber ich bin okay. Ich halte schon durch. Was...« Kalt durchrieselte es beide Männer, als die Trümmer zu ächzen begannen und sich dahin und dorthin verschoben. Sekunden später war es wieder vorbei. Bartlett atmete freier. »Was werden Sie morgen machen?«
»Inwiefern?«
»Auf der Börse. Wie wollen Sie mit Gornt fertig werden?«
Mit zunehmendem Respekt hörte er Dunross zu, der ihm vom Geld der Bank of China und von Plumms Party erzählte und wie er, gestützt auf seinen Revolving-Fonds von fünfzig Millionen, Gornt herausgefordert hatte.
»Phantastisch! Wer steht hinter Ihnen, Ian?«
»Der Weihnachtsmann.«
Bartlett lachte. »Murtagh hat sich also durchgesetzt, hm?« Er hörte Dunross' Schweigen und lächelte still.
»Hat Casey es Ihnen gesagt?«
»Nein. Nein, ich bin allein draufgekommen. Aber ich sagte Ihnen ja: Casey ist eine Intelligenzbestie. Sie haben es also geschafft. Meine Glückwünsche«, sagte er lachend und meinte, was er sagte. »Ich dachte schon, ich

hätte Sie an der Gurgel. Und Sie glauben wirklich, Sie werden mit dreißig eröffnen?«
»Ich hoffe es.«
»Wenn Sie es hoffen, heißt das, daß Sie und Ihre Kumpel es schon beschlossen haben. Aber Gornt ist gerissen. Den kriegen Sie nicht.«
»O doch.«
»Sie werden ihn nicht kriegen! Wie steht es mit unserem Deal?«
»Par-Con? Dabei bleibt es natürlich. Wir haben doch alles festgelegt, oder?«
Bartlett ahnte Dunross' unschuldsvolle Miene. »Gornt spuckt jetzt wohl Gift und Galle?«
»Das tut er. Er ist über Ihnen. Er hilft mit.«
Bartlett war überrascht. »Warum?«
»Gornt«, kam die Antwort nach einer kleinen Pause, »ist ein vierundzwanzigkarätiger Schurke, aber... ich weiß nicht. Vielleicht kann er Sie besonders gut leiden.«
»Was Sie daherreden!« versetzte Bartlett gutgelaunt. »Wie werden Sie sich jetzt ihm gegenüber verhalten?«
»Ich habe ihm einen Vorschlag gemacht.« Dunross erzählte es ihm.
»Also sind meine zwei Millionen im Eimer, nicht wahr?« rief Bartlett.
»Natürlich. Aber Ihr Anteil an der General-Stores-Übernahme wird Ihnen fünf, vielleicht auch mehr, und das Par-Con-Struan's-Geschäft viel mehr bringen.«
»Sie rechnen tatsächlich mit fünf Millionen?«
»Ja. Fünf für Sie und fünf für Casey.«
»Herrlich. Ich wollte immer schon, daß sie zu ihrem Startgeld kommt.« Was sie jetzt wohl tun wird? fragte er sich. Sie wollte schon immer unabhängig sein, und jetzt ist sie es. »Wie bitte?« Er hatte Dunross' Worte überhört.
»Ich wollte nur wissen, ob Sie mit ihr sprechen möchten. Es ist ein bißchen riskant, aber sicher genug.«
»Nein«, antwortete Bartlett mit fester Stimme. »Richten Sie ihr Grüße aus! Ich rede lieber erst mit ihr, wenn ich draußen bin.«
»Casey hat gesagt, sie rührt sich so lange nicht vom Fleck.« Und nach einer kleinen Pause: »Orlanda ebenso. Wollen Sie ein paar Worte mit ihr sprechen?«
»Nein, danke. Dazu werde ich noch reichlich Gelegenheit haben. Sagen Sie den beiden, sie sollen heimgehen!«
»Das werden sie nicht tun. Sie scheinen bei den Damen sehr beliebt zu sein.«
Bartlett lachte.
Dunross war in einem kleinen Raum nicht weit von der Sohle des Schachtes eingezwängt. Die drangvolle Enge verursachte ihm Übelkeit, kalter

Schweiß bedeckte seinen Körper. Er konnte nichts von Bartlett sehen, aber er registrierte, daß seine Stimme kräftig und zuversichtlich klang. Hooks hatte ihn ersucht, mit Bartlett zu plaudern, während sie sich ausruhten. »Bei Gas weiß man nie, Tai-Pan. Es ist heimtückisch. Er muß munter bleiben. Er wird bald mithelfen müssen.«

Der Tai-Pan witterte Gefahr. Jemand kam heruntergeklettert. Schutt rieselte herab. Es war Hooks. Ein paar Fuß über ihm stoppte er.

»Also, Tai-Pan, kommen Sie wieder rauf! Meine Männer wollen weiterarbeiten.«

»Gleich. Hören Sie, Linc, bleiben Sie wach! Wir fangen wieder an.«

»Alles klar. Sagen Sie mal, Ian: Würden Sie Brautführer sein wollen?«

»Selbstverständlich«, erwiderte er ohne zu zögern, während die Frage: Welche soll es denn sein? in ihm aufschoß. »Es würde mir eine Ehre sein.«

»Danke«, hörte er Bartlett sagen und wartete auf eine Antwort, aber der Amerikaner wiederholte nur: »Danke. Ja, vielen Dank.«

Dunross lächelte überrascht. Linc hat etwas gelernt, dachte er. Es wird schön sein, ihn zum Partner zu haben.

Und dann hörte er noch: »Wäre das nicht schön, wenn sie Freundinnen sein könnten? Aber das ist wohl zuviel verlangt, was?«

Dunross wußte nicht, ob die Worte an ihn gerichtet gewesen waren. »Was?« rief er hinunter.

»Nichts«, antwortete Bartlett. »Hören Sie, Ian, die kommende Woche gibt es viel zu tun. Und wissen Sie, was? Ich bin froh, daß Sie gegen Gornt gewonnen haben.« Ja, bestätigte er sich fröhlich, es wird schön sein, mit dir zusammen große Geschäfte abzuwickeln, dich genau zu beobachten und *unser* Noble House aufzubauen.

In etwa acht Meter Entfernung, einige wenige Fuß oberhalb, begann Dunross wieder aufzusteigen.

Sechzehn Fuß über ihm warteten Gornt und die anderen neben dem nun schon beträchtlich erweiterten Ausgang des Schachts. Im Osten brach die Dämmerung an. Immer noch war der ganze Hang voll ermatteter, grabender, rufender, suchender und lauschender Menschen. Müde kletterte Hooks an die Oberfläche. In diesem Augenblick erhob sich oben, nahe der Po Shan Road, ein gewaltiges Getöse. Köpfe fuhren herum. Weiter oben, zur Linken, geriet ein Teil des Hangs in Bewegung. Der Lärm wurde stärker, und dann wallte oben, hinter der Biegung der Kotewall Road, eine Wand aus Wasser und Schlamm auf und schoß anschwellend und immer schneller auf sie zu. Die Schlammwelle ergoß sich über den Hang und die Trümmerstätte und überschwemmte sie. Gornt sah sie kommen und umklammerte einen Doppel-T-Träger, die anderen hielten sich fest, so gut sie konnten. Die schleimige, stinkende Brühe wälzte sich auf sie zu und flutete wirbelnd, eine dicke Schlammschicht zurücklassend, an ihnen vorbei. Bis zu den Knien eingegraben, behauptete sich Gornt gegen den Sog. Hooks und den Soldaten gelang es nur mit Mühe, sich zu befreien. Alles andere war im Augenblick vergessen.

Gornt hatte nicht vergessen.

Der Eingang zum Schacht lag in seinem Gesichtskreis. Er sah Dunross' Hände und Kopf aus dem Schlamm auftauchen. Die Hände fanden Halt, aber immer mehr Schlamm ergoß sich in die Grube, füllte sie und hob den Spiegel. Dunross' Griff lockerte sich, er wurde hinabgezogen, kämpfte sich aber wieder hoch und hielt sich recht und schlecht über Wasser.

Gornt sah zu. Und wartete. Er rührte sich nicht. Immer mehr Schlamm ergoß sich in die Grube. Der Spiegel stieg weiter an.

Der Schlamm benahm Dunross den Atem, aber seine Finger hielten fest, er zwängte seine Zehen in einen Spalt und fing an zu klettern. Irgendwie überwand er den Sog, und jetzt war er in Sicherheit. Schwer atmend, würgend, mit pochendem Herzen hielt er sich an der Wand fest. Noch halb betäubt, mit zitternden Knien, wischte er sich den Schlamm aus Augen und Mund und starrte verwirrt um sich. Dann sah er Gornt, der ihn, zehn Fuß über ihm lässig an einen Pfeiler gelehnt, aufmerksam beobachtete.

Einen Augenblick lang sammelte er seine Gedanken, nahm das hämische, verschrobene Lächeln wahr, den offen zutage tretenden Haß und die immense Enttäuschung, und mußte sich eingestehen: Hätte er da oben gestanden und Gornt wäre eingeschlossen gewesen, auch er hätte zugesehen und keinen Finger gerührt.

Nein, ich hätte keinen Finger gerührt. Nicht für Gornt. Dirk Struans Fluch wäre endlich erfüllt gewesen, und die mir Nachfolgenden brauchten keine bösen Geister mehr zu fürchten.

Der Augenblick war vorbei. Er kehrte in die Wirklichkeit zurück. Er dachte an Bartlett und starrte entsetzt hinab. Wo sich der Schacht befunden hatte, bedeckte ein fauliger Pfuhl den Ausgang der Grube.

»Um Gottes willen! Hilfe!« Ein wildes Durcheinander entstand, als sich Hooks, die Soldaten und Feuerwehrleute mit boßen Händen und Schaufeln in einen ausweglosen Kampf gegen den Schlamm stürzten.

Dunross zog sich hoch. Mit schwankenden Knien stand er am Rand. Tiefbekümmert. Gornt war schon gegangen. Nach einer kleinen Weile mußten sie aufgeben. Der Tümpel blieb.

Dienstag

1

17.39 Uhr:

Dunross stand am Erkerfenster seines Penthouses auf dem Struan's Building und blickte auf den Hafen hinaus. Es war ein herrlicher Sonnenuntergang, die Sicht frei, der Himmel klar bis auf ein paar leicht purpur gefärbte Haufenwolken über dem chinesischen Festland. Der Hafen war geschäftig wie immer, Kowloon glühte im Abendrot.
Claudia klopfte und öffnete die Tür. Casey trat ein. Ihr Gesicht war starr, ihr lohfarbenes Haar glühte wie der Sonnenuntergang. Der Schmerz hatte ihre Schönheit vergeistigt.
»Guten Abend, Casey.«
»Guten Abend, Ian.«
Mehr war nicht zu sagen. Alles, was Bartlett betraf, war bereits gesagt. Erst gestern spät nachts hatte man seine Leiche gefunden. Oben auf dem Hang hatte Casey auf ihn gewartet. Dann war sie ins Hotel zurückgefahren. Heute morgen hatte sie angerufen, und jetzt war sie da.
»Einen Drink? Tee? Kaffee? Wein? Ich habe Martinis gemixt.«
»Einen Martini. Danke, Ian«, antwortete sie mit klangloser Stimme. Ihr Schmerz griff ihm ans Herz.
Sie setzte sich, und er schenkte ein. »Es kann alles warten, Casey«, sagte er mitfühlend. »Wir haben keine Eile.«
»Ja, ja, ich weiß. Aber wir waren uns ja einig.« Sie nahm das Glas und erhob es. »Joss!«
Mit überlegten und mechanischen Bewegungen nippte sie an dem eiskalten Martini, öffnete dann ihren Aktenkoffer und legte einen Umschlag auf den Schreibtisch. »Das sind John Tschens Papiere, betreffend Struan's und alles, was er uns verraten oder angeboten hat. Das ist der Satz, den ich hier habe. Die Durchschläge in den Staaten werde ich vernichten.«
»Danke. Hat Linc etwas davon an Gornt weitergegeben?«
»Ich glaube nicht. Sicherheitshalber würde ich allerdings annehmen, daß die Informationen zum Teil durchgesickert sind. Vermutlich haben Sie gewisse Änderungen bereits vorgenommen.«
»Mhm.«
»Und nun unser Par-Con-Struan's-Abkommen.« Es war ein dicker Stoß Dokumente. »Alle sechs Ausfertigungen sind unterschrieben und mit dem Gesellschaftssiegel versehen. Linc und ich, wir hatten eine Vereinbarung.

Ich hatte ihm das Stimmrecht für alle meine Aktien eingeräumt – auf zehn Jahre. Er hat das gleiche für mich getan. Damit bin ich jetzt Präsident von Par-Con.«

Dunross' Augen weiteten sich. »Auch auf zehn Jahre?«

»Ja«, antwortete sie ohne jede Emotion; sie fühlte nichts und hätte nur weinen und sterben wollen. Schwäche zeigen kann ich später, dachte sie, jetzt muß ich stark sein und klug. »Auf zehn Jahre. Linc... Linc besaß die Aktienmehrheit.«

Dunross nickte und entnahm seinem Schreibtisch das äquivalente Vertragswerk. »Das sind die gleichen. Ich habe sie ordnungsgemäß unterzeichnet. Und das –« er legte einen Umschlag auf den Stoß – »das ist unser privates Abkommen, in dem ich Par-Con als Absicherung den Rechtstitel auf meine Schiffe überlasse.«

»Danke. Aber nachdem Ihnen jetzt der Revolving-Fonds zur Verfügung steht, ist das nicht mehr nötig.«

»Trotzdem. So war es abgemacht.« Dunross bewunderte ihre Haltung. Auch auf dem Hang hatte es keine Tränen gegeben, nur ein resigniertes Nicken und: »Ich werde warten. Ich werde warten, bis... Ich werde warten.« Orlanda war sofort zusammengebrochen. Er hatte sie ins Hotel geschickt und dann einen Arzt besorgt, um ihr beizustehen. »So war es abgemacht.«

»Also gut. Danke! Aber es wäre nicht nötig gewesen.«

»Weiter: Die Bestätigung unserer Abmachung in bezug auf die General-Stores-Übernahme. Den formellen Vertrag schicke ich Ihnen in etwa zehn Tagen.«

»Aber Linc hat die zwei Millionen gar nicht eingezahlt.«

»O doch. Sonnabend abend per Kabel. Meine Schweizer Bank hat die Transaktion gestern bestätigt, und das Geld wurde ordnungsgemäß an den Vorstand von General Stores überwiesen. Sie haben den Empfang quittiert, und somit ist das Geschäft gelaufen.«

»Obwohl Pug tot ist?«

»Ja. Seine Witwe ist auf die Empfehlungen des Vorstands eingegangen.«

»Ich will nichts davon haben.«

»Als ich unten im Schacht war und mit Linc plauderte, gab er seiner Freude Ausdruck, daß das General-Stores-Geschäft klappen werde. Er sagte, und ich zitiere wörtlich: ›Herrlich! Fünf Millionen? Ich wollte immer schon, daß sie zu ihrem Startgeld kommt. Sie wollte schon immer unabhängig sein, und jetzt ist sie es!‹«

»Aber es hat ihn das Leben gekostet«, hielt sie ihm entgegen. »Er hat mich immer gewarnt. Startgeld, hat er gesagt, kostet mehr, als man zu zahlen bereit ist. Und das stimmt. Ich will es nicht haben.«

»Geld ist Geld. Sie müssen klar denken. Es war seine Entscheidung, es Ihnen zu schenken, und er hat es Ihnen geschenkt.«

»Sie haben es mir gegeben.«
»Sie irren. Er war es. Ich habe Ihnen nur geholfen, so wie Sie mir geholfen haben.« Er nahm einen Schluck aus seinem Glas. »Sie müssen mir sagen, wohin ich seinen Gewinn überweisen soll. Wer ist sein Kurator?«
»Die First Central. Ich bin der Testamentsvollstrecker, zusammen mit einem Mann von der Bank.« Sie unterbrach sich. »Wahrscheinlich ist seine Mutter die Alleinerbin. Sie ist als einzige in seinem Letzten Willen genannt. Seine Exfrau und die Kinder sind gut versorgt und in seinem Testament nicht bedacht. Nur die Aktienmehrheit geht an mich, und der Rest an seine Mutter.«
»Dann wird sie sehr reich sein.«
»Das wird ihr auch nicht helfen.« Sie konnte nur mit Mühe die Tränen zurückhalten. »Ich sprach gestern abend mit ihr, und sie brach einfach zusammen. Die arme Frau! Linc war ihr einziger Sohn. Sie... sie hat mich gebeten, ihn mitzubringen. Er hat in seinem letzten Willen verfügt, eingeäschert zu werden.«
»Hören Sie, Casey«, warf Dunross rasch ein, »vielleicht könnte ich alles Nötige veranlassen.«
»Nein. O nein, danke, Ian! Es ist schon alles getan. Ich habe alles veranlaßt. Ich wollte es so. Die Maschine ist startklar und der Papierkram erledigt.«
»Wann fliegen Sie?«
»Heute abend um zehn.«
»Schon?« Dunross war überrascht. »Ich werde da sein, um Ihnen auf Wiedersehen zu sagen.«
»Nein, nein, danke! Für den Wagen wäre ich dankbar, aber...«
»Ich bestehe darauf.«
»Nein. Bitte!«
Nach einer kleinen Weile fragte er. »Was wollen Sie jetzt tun?«
»Nichts Besonderes. Ich werde... ich werde dafür sorgen, daß seine Wünsche respektiert werden, Papiere, Testament... und alles abwickeln. Dann werde ich Par-Con reorganisieren, wie er es haben wollte, und dann... Ich weiß es nicht. In dreißig Tagen wird das alles erledigt sein. Vielleicht komme ich dann zurück, um hier anzufangen, kann sein, ich schicke Forrester oder sonst jemanden. Ich weiß es nicht. Sie haben meine Telefonnummern. Bitte rufen Sie mich an, wenn Sie ein Problem haben sollten!« Sie wollte aufstehen, aber er hielt sie zurück.
»Bevor Sie gehen, sollte ich Ihnen noch etwas sagen. Ich wollte es schon gestern abend tun, aber es war nicht der richtige Zeitpunkt. Vielleicht jetzt, ich weiß es nicht, aber unmittelbar, bevor ich Linc verließ, fragte er mich, ob ich Brautführer sein wollte. Ich antwortete ihm, daß es mir eine Ehre wäre.«
»Im Zusammenhang mit mir? Er wollte *mich* heiraten?« fragte sie ungläubig.

»Wir hatten über Sie gesprochen. Ist es nicht eine logische Folgerung?«
»Und Orlanda hat er nicht erwähnt?«
»Nicht in diesem Zusammenhang. Nein. Schon vorher hatte er sich sehr besorgt um sie gezeigt, weil er doch in ihrer Wohnung gewesen war und nicht wußte, ob ihr etwas zugestoßen war. Als ich ihm aber dann erzählte, daß es Sie um ein Haar erwischt hätte, erlitt er beinahe einen Herzanfall. Ich hatte mich schon verabschiedet, als ich ihn leise sagen hörte: ›Wäre das nicht schön, wenn sie Freundinnen sein könnten? Aber das ist wohl zuviel verlangt.‹ Ich wußte nicht, ob diese Worte für mich bestimmt waren – während nach ihm gegraben wurde, redete er viel mit sich.«
Er leerte sein Glas. »Sicher waren Sie gemeint. Casey.«
Sie schüttelte den Kopf. »Es war ein wohlgemeinter Versuch, Ian. Ich wette, er hat dabei an Orlanda gedacht.«
»Ich glaube, Sie irren sich.«
Wieder Schweigen. »Vielleicht. Freundinnen?« Sie sah ihn an. »Werden Sie Quillans Freund sein?«
»Nein. Niemals. Aber das ist nicht das gleiche. Orlanda ist ein feiner Kerl. Ehrlich.«
»Sicher.« Casey starrte auf ihr Glas. »Und was wird mit Quillan? Was war heute? Ich hatte keine Gelegenheit, mich zu informieren. Wie haben Sie sich ihm gegenüber verhalten? Ich weiß, daß Sie mit 30 geschlossen haben... aber nicht viel mehr.«
Die Kotewall-Katastrophe war für den Gouverneur Anlaß gewesen, als Zeichen der Trauer für Montag, die Sperre von Banken und Börse zu verfügen. Heute, Dienstag, morgens um zehn hatte das Bargeld der Bank of China in allen Bankfilialen der Kolonie bereitgelegen. Sofort ließ der Run nach, und gegen drei stellten sich schon wieder viele Kunden vor den Schaltern an, um ihr Geld einzuzahlen.
Kurz vor zehn hatte Gornt angerufen.
»Ich akzeptiere«, hatte er gesagt.
»Sie wollen nicht mit mir feilschen?«
»Ich erwarte keine Schonung von Ihnen, so wie auch Sie keine von mir erwarten würden. Die Verträge sind unterwegs.« Die Leitung war unterbrochen worden.
»Was wird mit Quillan?« wiederholte sie.
»Wir haben eine Vereinbarung getroffen. Wir haben mit 28 eröffnet, aber ich ließ ihn zu 18 zurückkaufen.«
Sie sperrte vor Erstaunen den Mund auf. Ohne nachzudenken, machte sie eine Rechnung auf. »Das kostet ihn zwei Mille. Aber das sind Lincs zwei Millionen. Quillan ist also außer Obligo!«
»Ich habe Linc davon erzählt und ihm gesagt, daß ihn das Geschäft zwei Millionen kosten würde, und er hat gelacht. Allerdings habe ich darauf hingewiesen, daß seinem Kapitalverlust von zwei Millionen aufgrund der Ge-

neral-Stores-Übernahme und des Par-Con Deals ein Kapitalgewinn von 20 oder mehr Millionen gegenübersteht.«
»Sie wollen mir doch nicht weismachen, daß Sie Gornt unbeschadet davonkommen ließen?«
»Ich habe meine Fluglinie wieder. Die Aktienmehrheit der All Asian Air.«
»Aha. Wollen Sie mir einen Gefallen tun?«
»Selbstverständlich. Sofern er nicht Quillan betrifft.«
Sie hatte Dunross ersuchen wollen, Gornt als Steward zuzulassen. Jetzt kam sie davon ab. Sie wußte, es wäre reine Zeitverschwendung gewesen.
»Was für ein Gefallen ist es denn?«
»Ach nichts. Es hat Zeit. Ich muß jetzt gehen.« Erschöpft stand sie auf. Ihr zitterten die Knie. Ihre Hand streckte sich ihm entgegen. Er nahm sie und küßte sie mit der gleichen anmutigen Bewegung, die ihr noch von der großen Party in Erinnerung war, von jenem Abend in der Langen Galerie, wo sie, zutiefst erschrocken, den Dolch im Herzen des Porträts gesehen hatte. Ihre Qual erreichte einen neuen Höhepunkt, und es drängte sie, ihren Haß gegen Hongkong und die Menschen in Hongkong hinauszuschreien, die irgendwie den Tod Lincs verschuldet hatten. Aber sie tat es nicht.
»Auf bald, Casey!«
»Auf Wiedersehen, Ian«, sagte sie und ging.
Lange Zeit starrte er auf die geschlossene Tür. Dann drückte er auf einen Knopf.
Sekunden später kam Claudia herein. »Guten Abend, Tai-Pan«, sagte sie mit ihrer außerordentlichen menschlichen Wärme. »Es waren nur einige wenige Anrufe, die beantwortet werden sollten – der wichtigste kam von Master Duncan. Er möchte sich tausend HK leihen.«
»Wozu denn bloß?«
»Wenn ich nicht irre, wünscht er einen Brillantring für eine Dame zu erstehen. Ich wollte ihm ihren Namen entlocken, aber er gab ihn nicht preis.«
O Gott, dachte Dunross, Duncans Mädchen, Sheila Scragger, die Krankenschwester aus England, die, so wie sein Sohn, die Ferien auf der australischen Schaffarm Paldoon verbracht hatte. »Für tausend HK wird er nicht viel kriegen. Sagen Sie ihm, er soll mich darum bitten! Nein, warten Sie!« Er überlegte kurz. »Geben Sie ihm die tausend aus der Handkasse – zu drei Prozent Zinsen im Monat, und er muß sich schriftlich damit einverstanden erklären, daß Sie es ihm von seinem monatlichen Taschengeld abziehen.«
Sie nickte und fügte bekümmert hinzu: »Die arme Miss Casey. Sie ist nur noch ein Schatten ihrer selbst.«
»Da haben Sie recht.«
»Das ist die Liste der Anrufe, Tai-Pan. Mr. Linbar hat aus Sydney angerufen, bittet um Rückruf, wenn Sie Zeit haben. Er glaubt, er hat Woolara auf Vordermann gebracht.«
Dunross sah sie groß an. »Ist das die Möglichkeit?«

»Mr. Alastair hat angerufen, um Sie zu beglückwünschen, ebenso Ihr Vater und die meisten Mitglieder Ihrer Familie. Sie möchten Mr. Trussler in Johannesburg zurückrufen. Es ist wegen des Thoriums. Und Mrs. Gresserhoff wollte sich verabschieden.«

»Wann fliegt sie denn?« Dunross erkundigte sich obenhin, obwohl er es wußte.

»Morgen mit der JAL. Ist das nicht schrecklich mit Travkin?«

»Ja, schrecklich.« Travkin war in der Nacht gestorben. Dunross war mehrmals im Matilda-Krankenhaus gewesen, aber seit dem Unfall hatte der Trainer das Bewußtsein nicht wiedererlangt. »Konnten Sie irgendwelche Verwandte ausfindig machen?«

»Nein. Er hatte weder eine Freundin noch sonst jemanden. Mr. Jacques kümmert sich um die Bestattung.«

»Ja. Das ist das mindeste, was wir für ihn tun können.«

»Werden Sie Sonnabend reiten?«

»Ich weiß es nicht.« Dunross zögerte. »Erinnern Sie mich, daß ich mit den Stewards spreche! Das fünfte soll Travkin-Gedenkrennen heißen.«

»O ja, das wäre wunderbar. Er war ein so sympathischer Mensch. Ja, das wäre sehr schön.«

Dunross warf einen Blick auf seine Uhr. »Ist mein nächster Besucher schon unten?«

»Ja.«

»Gut«, sagte der Tai-Pan, und seine Züge verhärteten sich.

Er ging in sein Büro hinunter. »Guten Abend, Mr. Tschoy. Was kann ich für Sie tun?« Er hatte bereits ein Beileidsschreiben zum Tod Vierfinger Wus abgeschickt.

Paul Tschoy trocknete sich die Hände, ohne es zu merken. »Ich komme wegen des ersten Schrittes, Sir. Die Wachsabdrücke, passen sie zu einer Ihrer beiden Halbmünzen?«

»Zunächst hätte ich gern gewußt, wer jetzt, da Vierfinger zu seinen Ahnen eingegangen ist, die andere Hälfte besitzt.«

»Die Familie Wu, Sir.«

»Wer in der Familie Wu?« fragte Dunross scharf. »Die Münze wurde einer Person gegeben, die sie zur gegebenen Zeit an eine andere Person weitergeben würde. Wer?«

»Ich, Sir.« Furchtlos sah Paul Tschoy den Tai-Pan an, obwohl sein Herz schneller schlug als je zuvor – noch schneller als vor fünf Tagen auf der Dschunke, als der blutüberströmte, verstümmelte, halbtote junge Werwolf an ihm gelehnt und sein Vater ihn angebrüllt hatte, den Burschen über Bord zu werfen.

»Sie werden mir beweisen müssen, daß Vierfinger Ihnen die Münze gegeben hat.«

»Verzeihung, Tai-Pan, aber ich muß Ihnen gar nichts beweisen«, konterte

Paul Tschoy selbstsicher. »Ich brauche Ihnen nur die Münze vorzulegen und die Gunst zu erbitten. Im geheimen. Ist die Halbmünze echt, stehen Ihre Ehre und das Gesicht von Noble House auf dem Spiel.«

»Ich weiß, was auf dem Spiel steht«, gab Dunross zurück. »Wissen *Sie* es?«

»Sir?«

»Wir sind hier in China. In China passieren viele seltsame Dinge. Halten Sie mich für einen Dummkopf, der sich von alten Legenden beeindrucken läßt?«

Der junge Mann schüttelte den Kopf. »Nein«, antwortete er, die Kehle zusammengeschnürt, »Sie sind durchaus kein Dummkopf, Tai-Pan, aber wenn ich die Münze vorlege, werden Sie mir die Gunst gewähren.«

»Welche Gunst fordern Sie?«

»Zuerst hätte ich gern... möchte ich gern wissen, ob Sie von der Echtheit der Münze überzeugt sind. Ich *bin* überzeugt.«

»Sind Sie das?«

»Ja, Sir.«

»Wissen Sie, daß diese Münze John Tschen gestohlen wurde?«

Paul Tschoy starrte ihn an, faßte sich aber schnell. »Diese Münze ist von Vierfinger Wu. Ich weiß von keinem Diebstahl. Ich habe sie von meinem Onkel – Sie wissen längst, daß er mein Vater war! Mehr weiß ich nicht.«

»Sie sollten sie Philip Tschen zurückgeben. Sie gehört ihm.«

Paul Tschoy rückte unruhig herum. »Es gab vier Münzen, Tai-Pan. Die von Mr. Tschen muß eine von den anderen sein. Diese hat meinem Vater gehört. Erinnern Sie sich, was er in Aberdeen gesagt hat?«

Dunross musterte ihn schweigend. Interessant, dachte er, du bist ein zäher kleiner Bastard und tüchtig. Hat Goldzahn Wu, der älteste Sohn, dich geschickt, oder bist du ein Dieb und handelst auf deine Rechnung? Während er seine eigene Position überdachte, ließ er das Schweigen fortdauern und gebrauchte es, um seinen Gegner aus dem Konzept zu bringen. Als Paul Tschoy gestern angerufen und um einen Termin ersucht hatte, war ihm sofort klar gewesen, um was es gehen werde. Aber wie sollte er sich verhalten? Vierfinger ist noch nicht richtig kalt, und schon habe ich einen neuen Feind. Willensstark, gut geschult, tatkräftig. Trotzdem hat er Schwachstellen wie wir alle. Wie du sie hast. Gornt zum Beispiel. Riko könnte es werden. Ach, Riko!

Vergiß es!

»Ich nehme an, Sie haben Ihre Halbmünze bei sich. Gehen wir doch gleich zu einem Prüfer!« Er stand auf, um Paul Tschoy zu testen.

»Nein, Sir, tut mir leid.« Das Herz drohte Paul Tschoy zu zerspringen, die Schnur um den Hals wurde zu einer Schlinge, die Halbmünze brannte sich ihm ins Fleisch.

»Verzeihung, aber das scheint mir keine gute Idee zu sein.«

»Ich halte es für eine ausgezeichnete Idee«, drängte Dunross. »Wir gehen und holen sie. Kommen Sie!«
»Nein. Nein, danke«, entgegnete Paul Tschoy mit höflicher Bestimmtheit. »Könnten wir das bitte nächste Woche erledigen? Sagen wir Freitag in einer Woche? Wir haben ja jetzt keine Eile mehr.«
»An diesem Freitag werde ich nicht in Hongkong sein.«
»Ja, Sir, Sie werden in Japan sein. Könnten Sie während Ihres Aufenthalts dort vielleicht eine Stunde erübrigen, um einen Prüfer aufzusuchen? Mir ist jede Zeit recht.«
Dunross kniff die Augen zusammen. »Sie sind gut informiert, Mr. Tschoy.«
»Hier in Hongkong ist es nicht schwer, Dinge in Erfahrung zu bringen. Japan wäre für uns beide besser. In Japan ist die Wahrscheinlichkeit, daß etwas dazwischenkommt, geringer, und wir sind einander dort ebenbürtig.«
»Wollen Sie damit andeuten, daß wir das hier nicht sind?«
»Nein, nein, Tai-Pan. Aber wie Sie selbst sagen: Wir sind hier in China, und in China passieren seltsame Dinge. Auch Vierfinger Wus Gruppe unterhält gute Beziehungen. Die Münze geht nur zwei Menschen an. So sehe ich es.«
Paul Tschoy schwitzte jetzt und dankte Gott, daß alles, was den Gefallen betraf, geheim bleiben mußte. Seitdem er mit Vierfingers Leiche zurückgekommen war, hatte er alle Register gezogen, um Macht in der Familie zu erringen. Nach langem Hin und Her hatte er genau das erreicht, was sein Ziel gewesen war: die ganz besondere Stellung eines *consigliere* – Chefberater in der Mafia-Terminologie – seines Bruders Goldzahn Wu, des ältesten Sohnes und jetzigen nominellen Oberhaupts der Seefahrenden Wu. Denn das sind wir, dachte er, chinesische Mafiosi. Klebt nicht auch an meinen Händen Blut? Ich war auf einem Schiff, das Opium geladen hatte. Was weiß Goldzahn, das ich nicht weiß? »Du kannst mir rückhaltlos vertrauen, Goldzahn«, hatte er zu seinem Bruder gesagt und um seine Zukunft gekämpft. »Ich glaube, wir können zusammenarbeiten.«
»Reden wir offen miteinander, Bruder«, hatte Goldzahn erwidert. »Wir sind beide Universitätsabsolventen, die anderen sind es nicht. Wir brauchen einander, und die Unternehmen der Seefahrenden Wu müssen modernisiert werden. Ich kann das nicht allein. Ich bedarf tatkräftiger Hilfe. Meine Erfahrungen als Verleiher von Vergnügungsbooten qualifizieren mich kaum zum Oberbefehlshaber über die Flotte. Ich habe unseren Vater immer wieder gedrängt, meine Kompetenzen zu erweitern, aber du hast ihn ja gekannt. Er hatte seine vier Finger auf jedem einzelnen Schiff seiner Flotte.«
»Mag sein, aber wenn die Kapitäne mit der Modernisierung einverstanden sind, hast du in einem Jahr das bestgeführte Unternehmen in ganz Asien.«
»Genau das will ich. Genau das.«

»Wie steht es mit Opium?«
»Die Seefahrenden Wu haben diese Art Fracht schon immer geladen.«
»Wie steht es mit Waffen?«
»Was für Waffen?«
»Mir sind Gerüchte zu Ohren gekommen, wonach Vierfinger Waffenschmuggel betreiben wollte.«
»Von Waffen weiß ich nichts.«
»Laß uns das Opium-Heroin-Geschäft aufgeben! Lassen wir die Hände von Waffen! Angeblich war er gerade dabei, sich mit diesen zwei Ganoven Schmuggler Yuen und Weißes Pulver Lee zusammenzutun.«
»Reines Geschwätz. Ich werde über deine Vorschläge nachdenken. Aber eines möchte ich klarstellen: Ich bin jetzt Oberbefehlshaber der Flotte. Meine Entscheidungen sind endgültig. Wir werden uns beraten, gewiß, und du wirst *consigliere* sein, aber wenn ich einmal eine Entscheidung getroffen habe, ist sie endgültig.«
»Einverstanden. Aber von jetzt an mache ich auch Geschäfte auf eigene Rechnung. Bei Gornt habe ich gekündigt. Und weiter: Alle Privatgeschäfte, die ich mit Vierfinger eingeleitet habe, führe ich allein zu Ende.«
»Um was handelt es sich dabei?«
»Er hat mir Freitag zwei Millionen zur Verfügung gestellt, um damit an der Börse zu spekulieren. Ich sollte 17,5 Prozent des Gewinns bekommen. Ich will den ganzen Gewinn.«
»Fünfzig Prozent.«
»Neunzig. Wie die Dinge heute liegen, hält mich nichts in Hongkong. Selbst bei fünfzig Prozent würde mein Anteil an die drei Millionen US-Dollar betragen – wenn ich jetzt verkaufen wollte.«
Sie hatten gefeilscht und sich auf siebzig zu dreißig geeinigt. Goldzahns Anteil sollte auf ein Schweizer Nummernkonto eingezahlt werden.
»Ich habe das Gefühl, die Kurse werden noch zwei Tage steigen. Dann stoße ich ab. Die Entscheidung treffe ich. Okay?«
»Ja. *Profitmacher* paßt besser zu dir als Paul, Jüngerer Brüder. Was hast du noch mit Vierfinger laufen?«
»Es gab da noch ein letztes Geschäftchen. Aber er hat mich eidlich zur Verschwiegenheit verpflichtet. Für alle Zeiten. Ich muß seinen Wunsch respektieren.«
Goldzahn Wu hatte ihm widerstrebend zugestimmt, und während der junge Mann jetzt auf Dunross' Antwort wartete, erfüllte ihn enorme Zuversicht. Ich bin reich. Ich kann Goldzahns Macht ausspielen, wenn ich ihrer bedarf, ich besitze einen amerikanischen Paß, und ich fliege nach Hawaii.
»Wären Sie mit Japan einverstanden, Tai-Pan?« stieß er nach.
»Wie ich höre, haben Sie an der Börse abgesahnt.«
Paul Tschoy strahlte. »Ja, Sir. Der Coup hat mir 5,5 Millionen Dollar eingetragen.«

Dunross stieß einen Pfiff aus. »Nicht schlecht für zwei Wochen Arbeit, Profitmacher Tschoy! Bei nur 15 Prozent Steuern«, fügte er mit Unschuldsmiene hinzu.
Der junge Mann zuckte zusammen und ging in die Falle. »Was soll's? Ich bin amerikanischer Bürger und somit in den Staaten steuerpflichtig.« Er zögerte. »Ich habe da ein paar Ideen. Hören Sie, Tai-Pan, wir könnten uns auf eine Zusammenarbeit einigen, die Ihnen und mir Vorteile bringen würde. Mein alter Herr hat Ihnen vertraut. Sie und er waren Alte Freunde. Vielleicht könnte ich das erben – mich eines Tages dieses Status' wert erweisen.«
»Geben Sie die Münze aus freien Stücken zurück, und ich werde Ihnen alle möglichen Gefälligkeiten erweisen!«
»Eins nach dem anderen, Tai-Pan! Erst stellen wir fest, ob meine Münze echt ist. Japan, okay?«
»Nein. Hier oder gar nicht«, konterte Dunross, zu hasardieren entschlossen.
Paul Tschoys Augen wurden zu Schlitzen. Auch er faßte einen Entschluß. Er schob die Hand unter sein Hemd, nahm die Münze heraus und legte sie auf den Schreibtisch. »Im Namen Jin-quas erbitte ich eine Gunst vom Tai-Pan des Noble House.«
Dunross starrte auf die Münze. »Ich höre.«
»Erstens ersuche ich um den Status eines Alten Freundes, indentisch mit dem von Vierfinger, mit allem, was die Worte besagen. Zweitens möchte ich auf die Dauer von vier Jahren zum Direktor von Struan's berufen werden – mit dem gleichen Gehalt, wie die anderen Direktoren es beziehen. Ich bin bereit, ein Paket Struan's-Aktien zu kaufen, um meinen Gesamtbesitz auf hunderttausend Stück zu bringen.« Schweißtropfen standen ihm auf der Stirn. »Ferner möchte ich zusammen mit Struan's auf der Basis 50:50 und als Gemeinschaftsunternehmen eine mit einem Kapital von sechs Millionen US-Dollar ausgestattete Arzneimittelfabrik bauen – meine Hälfte zahle ich innerhalb von dreißig Tagen ein.«
Dunross sah ihn verdutzt an. »Um was zu tun?«
»Der asiatische Markt für Arzneimittel ist enorm. Mit Ihrer Erfahrung in der Herstellung und meiner in der Verkaufsplanung könnten wir uns goldene Nasen verdienen. Einverstanden?«
»Ist das alles? Der ganze Gefallen?«
»Noch drei Dinge. Das...«
»Nur drei?« fragte Dunross zynisch.
»Drei. Erstens werde ich nächstes Jahr eine zweite Börse eröffnen. Ich werde...«
»Sie werden was?« Dunross traute seinen Ohren nicht.
Profitmacher Tschoy lachte und wischte sich den Schweiß von der Stirn. »Sie haben richtig gehört. Eine von Chinesen geleitete Börse für Chinesen.«

Auch Dunross mußte lachen. »Sie haben Mumm, Profitmacher Tschoy! Das ist wirklich keine schlechte Idee. Und was soll ich dabei?«
»Ich brauche nur Ihre wohlwollende Unterstützung als Alter Freund für den Anfang, und daß Sie die hohen Tiere daran hindern, mir Knüppel zwischen die Beine zu werfen.«
»Für fünfzig Prozent.«
»Zu sehr günstigen Inside-Konditionen. Zu sehr günstigen, garantiert. Weiter möchte ich, daß Sie mich Lando Mata vorstellen und ihm sagen, daß Sie mich als Vertreter der Gruppe meines Vaters bei der Bewerbung um das Monopol des Spiel- und Goldsyndikats unterstützen. Einverstanden?«
»Sie sprachen von drei Dingen. Was ist das letzte?«
»In drei Jahren meine Bestellung zum Steward des Jockey-Clubs. Bis dahin verpflichte ich mich, Schenkungen in der Höhe von einer Million US-Dollar an verschiedene Wohlfahrtseinrichtungen zu machen.« Wieder trocknete sich der junge Mann den Schweiß ab. »Das wär's.«
»Wenn die Münze echt ist«, sagte Dunross, »bin ich mit allem einverstanden, ausgenommen die Sache mit Lando Mata.«
»Das ist ein integrierender Bestandteil der Gefälligkeit.«
»Dem stimme ich nicht zu.«
»Ich habe nichts Ungesetzliches verlangt. Nichts, was Sie nicht...«
»Lando Mata müssen Sie sich aus dem Kopf schlagen.«
Paul Tschoy seufzte. »Dann wird aus der ganzen Sache nichts, und ich muß Ihnen statt dessen Vierfinger Wus Forderungskatalog vorlegen. Es ist ja dieselbe Münze«, sagte er, seine Trumpfkarte ausspielend.
»Na und?«
»Und das sind Forderungen, die Sie mit Drogen, Waffen und anderen Dingen in Verbindung bringen werden, die Sie verabscheuen; trotzdem werden Sie sie erfüllen müssen. Sie haben die Wahl.«
Dunross war verwirrt. Tschoys Gefälligkeitspaket war sehr geschickt formuliert. Nichts Ungesetzliches, nichts Übertriebenes. Paul Tschoy hatte sich gut gegen ihn gehalten. Zu gut. Drogen kann ich nicht riskieren – das weiß er.
Um Zeit zu gewinnen, griff Dunross in seine Tasche, holte das Seidensäckchen heraus und legte seine Münze auf den Tisch. Er schob eine Hälfte an die andere. Sie paßten genau zueinander.
Schwer atmend starrten die beiden Männer auf die nun vereinte Münze, die sie für immer zusammenschweißen würde. Einen Augenblick lang hielt Dunross die beiden Häften in seiner Hand. Wie soll ich mich gegenüber diesem kecken Burschen verhalten? fragte er sich. Eine gute Idee: Es sollte Philip Tschen überlassen werden, das Problem zu lösen!
»Also schön, Profitmacher Tschoy«, sagte er und setzte ihn ganz oben auf seine private Liste der mit Vorsicht zu genießenden Charaktere. »Ich erkläre mich bereit, Ihre Wünsche zu erfüllen – sofern Ihre Halbmünze echt

ist – nur daß ich Lando Mata *ersuchen* werde; *befehlen* kann ich ihm nichts. In Ordnung?«
»Danke, Tai-Pan, Sie werden es nicht bereuen!« Paul Tschoy holte eine Namensliste aus der Tasche. »Das sind alle Prüfer in Hongkong. Sie haben alle bis sieben Uhr geöffnet.«
Dunross lächelte. »Sie sind Ihrer Sache sehr sicher, Profitmacher Tschoy.«
»Ich versuche nur, gut im Rennen zu liegen, Sir.«

Casey verließ das Struan's-Building und ging auf den wartenden Rolls zu. Lim öffnete den Schlag. Sie ließ sich in die tiefen Polster zurücksinken. Sie fühlte nichts und wußte nur, daß ihr Schmerz sie verzehrte. Dabei merkte sie nicht einmal, daß Lim sich in den Verkehrsstrom eingeordnet hatte und auf die Autofähre zusteuerte.
Sie war den Tränen sehr nahe. Mir bleibt noch so viel Zeit bis zum Abflug, dachte sie. Ich habe meine Hotelrechnung bezahlt, das Gepäck ist am Flughafen, aber mir bleibt noch so viel Zeit.
Einen Augenblick lang dachte sie daran, den Wagen halten zu lassen, auszusteigen und zu Fuß weiterzugehen, doch das wäre noch schlimmer gewesen. Ich muß mit mir allein sein, kann mich nicht in der Masse bewegen. Linc, armer Linc! »Lim«, sagte sie, einer plötzlichen Regung folgend, »bitte fahren Sie mich zum Peak hinauf! Zur Aussichtswarte. Ich war noch nie oben, bitte!«
»Ja, Miss.«
Casey lehnte sich zurück und schloß die Augen, um den Tränen zu wehren, die ihr über die Wangen perlten.

2

18.45 Uhr:

Bei Lo Wu, dem Grenzdorf zwischen der Kolonie und China, überquerten Chinesen wie üblich in kleinen Gruppen die überdachte Brücke in beiden Richtungen. Die Brücke war knapp fünfzig Meter lang und spannte sich über einen träge dahinfließenden schlammigen Fluß, und doch waren diese fünfzig Meter für manche eine lange Strecke. Auf beiden Seiten befanden sich Wachtposten, Kontrollen und Zollbaracken, in der Mitte eine Schranke. Zwei Eisenbahngeleise führten über die Brücke.
Früher einmal waren die Züge von Kanton nach Hongkong einfach durchgefahren, aber jetzt blieben die Personenzüge jeweils vor der Brücke stehen,

und die Fahrgäste mußten sie zu Fuß überqueren. Güterzüge aus China fuhren auch weiterhin durch.
An den meisten Tagen.
Hunderte Einheimische passierten regelmäßig die Grenze. Schon seit Generationen hatten sie ihre Arbeit oder ihre Felder auf beiden Seiten. Die Grenzbewohner waren zähe und mißtrauische Menschen. Sie haßten Veränderungen, haßten Einmischungen und haßten Uniformen; ganz besonders haßten sie Polizei und Fremde jeglicher Art. Für sie, wie für die meisten Chinesen, war jeder ein Fremder, der nicht aus ihrem Dorf kam. Für sie gab es keine Grenze, konnte es keine geben.
Die Lo-Wu-Brücke war eine der empfindlichsten Stellen Chinas – die Brücke und die beiden anderen Grenzübergänge. Einer davon befand sich bei Mau Kam Toh, wo täglich Vieh und Gemüse über eine wackelige Brücke kamen, die sich über den gleichen Fluß spannte: dieser Fluß bildete den größten Teil der Grenze. Der letzte und östlichste Übergang befand sich bei dem Fischerdorf Sha Tau Kok. Hier war die Grenze nicht markiert und verlief in gegenseitigem Einverständnis entlang der einzigen Dorfstraße.
Das waren Chinas Berührungspunkte mit dem Westen. Alles wurde genau kontrolliert und auf beiden Seiten beobachtet. Die Spannung und das Verhalten der Wachen waren ein Barometer für das gerade herrschende politische Klima.
In Lo Wu waren die Wachen auf der Seite der VRC heute unruhig gewesen – Grund genug, daß auch die Hongkong-Seite nervös wirkte. Die Polizisten wußten nicht, was sie erwarten sollten – vielleicht eine plötzliche Sperre, vielleicht einen Einmarsch wie im vergangenen Jahr – die Existenz der Kolonie war von den Launen Chinas abhängig. »Und damit sind wir täglich konfrontiert«, murmelte Chief Inspector Smyth, der zu einem Sondereinsatz hierher abkommandiert worden war. Voller Unbehagen stand er unweit der Polizeistation, die man taktvollerweise etwa hundert Meter hinter der eigentlichen Grenze errichtet hatte, um niemandem auf die Zehen zu treten und keine hohen Wellen zu schlagen. Mann, dachte er, Wellen? Ein Furz in London konnte Millionen Flüchtlinge in Richtung Hongkong in Marsch setzen, wenn die hohen Herren jenseits der Grenze entschieden, besagtes Lüftchen verletze die Würde Chinas.
»Macht schon, verdammt noch mal«, brummte er ungeduldig, den Blick auf die Straße nach Hongkong gerichtet. Das khakifarbene Hemd klebte ihm am Rücken. Dann sah er in der Ferne das Polizeiauto auftauchen. Sehr erleichtert ging er dem Wagen ein paar Schritte entgegen. Armstrong stieg aus. Hinter ihm Brian Kwok. Um seinen Schock zu überspielen, begrüßte Smyth Armstrong mit seinem Offiziersstöckchen. Brian Kwok trug Zivilkleidung. In seinen Augen lag ein seltsam leerer Blick.
»Hallo, Robert«, sagte Smyth.
»Hallo. Entschuldigen Sie die Verspätung!«

»Es sind ja nur ein paar Minuten.« Smyth blinzelte nach Westen, die Sonne war noch nicht untergegangen. Er wandte seine Aufmerksamkeit wieder Brian Kwok zu. Es fiel ihm schwer, seine Verachtung nicht zu zeigen. Der großgewachsene Chinese nahm ein Päckchen Zigaretten heraus. Seine Finger zitterten, als er sie Smyth anbot.
»Nein, danke«, sagte Smyth kalt. Armstrong nahm eine Zigarette. »Ich dachte, Sie hätten das Rauchen aufgegeben?«
»Aufgegeben und wieder angefangen.«
»Kommt sonst noch jemand?« fragte Smyth.
»Ich glaube nicht«, Armstrong sah sich um. Kleine Gruppen von Umstehenden hielten Maulaffen feil. »Aber sicher werden wir beobachtet.« Den beiden Männern stellten sich die Nackenhaare auf. »Sie können anfangen.«
Smyth nahm ein amtlich aussehendes Dokument aus der Tasche. »Wu Tschu-toy, alias Brian Kar-shun Kwok, Sie werden beschuldigt, für eine ausländische Macht gegen die Regierung Ihrer Majestät Spionage getrieben zu haben. Unter Bezugnahme auf die Hongkonger Deportationsordnung werden Sie hiermit aus der Kronkolonie ausgewiesen. Es wird Ihnen zur Kenntnis gebracht, daß Sie, wenn Sie zurückkehren, dies auf eigene Gefahr tun und damit rechnen müssen, unter Anklage gestellt und zu lebenslänglicher Strafhaft verurteilt zu werden.« Mit grimmigem Gesicht reichte ihm Smyth das Dokument.
Brian Kwok nahm es. »Und... und was geschieht jetzt?«
»Sie gehen über diese Scheißbrücke zu Ihren Freunden hinüber«, antwortete Smyth.
»Was denn? Halten Sie mich für einen Idioten? Ich soll Ihnen glauben, daß Sie mich gehen lassen?« Er wirbelte zu Armstrong herum. »Ich sage es dir noch einmal, Robert: Sie treiben ein Spiel mit mir und mit dir auch! Sie werden mich nie freilassen, das weißt du doch!«
»Du bist frei, Brian.«
»Nein, nein, ich weiß, was los ist! Wenn ich schon fast drüben bin, werde ich zurückgeholt! Die Folter der Hoffnung, nicht wahr?« Schaum trat ihm vor den Mund. »Natürlich! Die Folter der Hoffnung!«
»Zum Teufel, du bist frei! Du kannst gehen«, gab Armstrong mit harter Stimme zurück. »Frag mich nicht, warum sie dich gehen lassen, aber du bist frei! Geh!«
Von Mitrauen erfüllt, wischte sich Brian Kwok den Mund ab, wollte etwas sagen, preßte die Lippen zusammen. »Du... es... es ist alles gelogen!«
»Geh!«
»Also gut. Ich...« Er machte einen Schritt und blieb stehen. »Du meinst es wirklich ernst?«
»Ja.«
Zögernd streckte Brian Kwok Smyth seine Hand entgegen. Smyth beach-

tete sie nicht. »Wenn es nach mir ginge«, sagte er, »ich hätte Sie an die Wand stellen lassen.«

Haß blitzte in Kwoks Gesicht auf. »Sie haben es nötig! Schmiergelder, Korruption und...«

»Davon reden wir nicht. *H'eung yau* ist ein Teil Chinas«, schnarrte Smyth, und Armstrong nickte steif; er dachte an die ersten vierzigtausend zurück, die er Sonnabend beim Rennen gesetzt hatte. »Daß man sein Schäfchen ins Trockene bringt, ist ein alter chinesischer Brauch«, fuhr Smyth wütend fort. »Aber nicht Verrat! Fong-fong war einer meiner Leute, bevor er zum SI ging. Und jetzt schauen Sie, daß Sie über die Brücke kommen, sonst peitsche ich Sie hinüber!«

Brian Kwok wollte antworten, aber er unterließ es. Trauig bot er Armstrong seine Hand. Armstrong schüttelte sie ohne Herzlichkeit. »Das tue ich eingedenk alter Zeiten, für den Brian, den ich kannte. Auch ich habe nichts für Verräter übrig.«

»Ich weiß, daß... daß ich unter Drogen gesetzt wurde. Trotzdem danke!« Immer noch einen Trick vermutend, tat er einige Schritte rückwärts. Dann drehte er sich um, aber aus Furcht, sie könnten ihn verfolgen, warf er alle paar Sekunden einen Blick zurück. Als er die Brücke erreicht hatte, fing er an, wie gehetzt zu laufen. Weder die britischen Polizisten noch die chinesischen Soldaten hielten ihn an. Sie taten, als bemerkten sie ihn nicht. Jenseits der Schranke blieb er stehen und drehte sich um.

»Wir werden siegen, ja wir werden siegen«, rief er keuchend zu ihnen hinüber. Dann, immer noch einen faulen Trick fürchtend, duckte er sich und flüchtete nach China. Sie sahen, daß er in der Nähe des Zuges von ein paar Leuten aufgehalten wurde, die aber schon zu weit weg waren, um sie erkennen zu können. Die Spannung auf der Brücke ließ nach. Die Sonne begann zu sinken.

In dem kleinen Wachtturm über der Polizeistation beobachtete Roger Crosse die Szene mit einem starken Fernglas. Neben ihm stand ein SI-Mann mit einer Telekamera. Crosse runzelte die Stirn. Einer der Männer, die Brian Kwok erwartet hatten, war Tsu-yan, der vermißte Millionär.

Die Sonne war schon fast im Meer versunken. Casey stand auf der Aussichtsterrasse des Peak. Ganz Hongkong lag ausgebreitet vor ihr, Lichter erhellten die Dämmerung, blutfarben ein Teil der Stadt und Kowloon, völlig dunkel mit tiefen Schatten und grellen Leuchtreklamen ein anderer Stadtteil.

Doch sie sah nichts von der Schönheit des Bildes. Ihr Gesicht war naß von Tränen, die immer noch herabperlten. Selbstvergessen lehnte sie am Geländer. Touristen, Schaulustige und die Leute an der Bushaltestelle waren mit ihren eigenen Angelegenheiten beschäftigt und kümmerten sich nicht um sie.

»Bei allen Göttern, heute habe ich ein Vermögen verdient...«
»Ich habe in aller Herrgottsfrühe Kaufauftrag gegeben und mein Vermögen verdoppelt...«
»Allen Göttern sei Dank dafür, daß das Reich der Mitte diese dummen fremden Teufel gerettet hat...«
»Ich habe Noble House um 20 gekauft...«
»Hast du schon gehört? Auf der Kotewall Road haben sie weitere zwei Leichen ausgegraben. Damit ist die Zahl der Toten auf 67 gestiegen...«
»Joss! Ist es nicht wunderbar, wie sich die Prophezeiungen des alten blinden Tung wieder einmal bewahrheitet haben?«
»Habe ich dir schon von meiner Schwester erzählt? Sie ist das Dritte Stubenmädchen im Großen Hotel. Sie und eine Gruppe von Freunden haben zum Tiefstkurs gekauft, und jetzt ist sie Millionärin...«
Casey sah und hörte nichts; ihr Kummer überwältigte sie. Menschen kamen und gingen. Die einzigen Europäer waren mit Kameras behängte Touristen. Casey verbarg sich vor ihnen, so gut es ging.
Ich muß aufhören zu trauern, dachte sie, ich muß aufhören. Ich muß einen neuen Anfang machen, muß stark sein und leben, für mich und Linc. Ich muß über ihn und das Seine wachen. Ich muß Stärke zeigen.
Aber wie?
»Ich werde mich nicht gehenlassen«, sagte sie laut. »Nein. Ich muß nachdenken.«
Ich muß nachdenken über das, was der Tai-Pan gesagt hat. Nicht über deine Heiratspläne, o nein, Linc. Ich muß über Orlanda nachdenken.
»Wäre das nicht schön, wenn sie Freundinnen sein könnten? Oder ist das zuviel verlangt?« Hat er das wirklich gesagt?
Wie soll ich mich zu ihr verhalten?
Vergiß sie! Sie hat dir Linc weggenommen. Schon. Aber damit hat sie nicht gegen die Spielregeln verstoßen, die Spielregeln, die ich selbst festgelegt habe. Ian hat recht. Sie ist nicht wie Gornt, und es war Linc, er hat sich in sie verknallt. Sie ist nicht wie Quillan Gornt.
Und wie steht es mit Quillan? Er war nachmittags ins Hotel gekommen und hatte ihr abermals seine Hilfe angeboten. Sie hatte dankend abgelehnt. »Damit muß ich allein fertig werden. Nein, kommen Sie bitte nicht auf den Flughafen! In einem Monat bin ich wieder zurück – vielleicht. Dann werde ich vernünftiger sein.«
»Schließen Sie mit Struan's ab?«
»Ja. Das ist meine Absicht. Tut mir leid.«
»Es braucht Ihnen nicht leid zu tun, ich habe Sie gewarnt. Aber das schließt ein Dinner am ersten Abend nach Ihrer Rückkehr nicht aus. Einverstanden?«
O Quillan, was fange ich nur mit dir an?
In den kommenden dreißig Tagen gar nichts, die gehören Linc. In jeder Beziehung. Ich muß ihn vor den Aasgeiern schützen.

Vor Mr. Seymour Steigler zum Beispiel. Heute früh war er in ihre Suite gekommen.

»Morgen, Casey, ich werde mich um den Sarg kümmern und...«

»Ist schon besorgt.«

»Tatsächlich? Fein. Hören Sie, ich habe schon gepackt. Jannelli kann meine Koffer zum Flughafen bringen, und ich werde rechtzeitig in der Maschine sein, damit wir...«

»Nein. Ich fliege allein mit Linc nach Hause.«

»Aber wir haben doch eine Menge zu besprechen, Casey. Sein Testament, das Par-Con-Deal, wir haben jetzt Zeit, uns alles noch einmal genau zu überlegen. Vielleicht fallen uns noch ein paar Punkte ein. Wir...«

»Das kann alles warten. Wir sehen uns in Los Angeles. Nehmen Sie sich ein paar Tage frei! Kommen Sie Montag in mein Büro!«

»Montag? Herrgott noch mal, es gibt tausend Dinge zu erledigen! Wir werden allein ein Jahr brauchen, um Lincs Angelegenheiten in Ordnung zu bringen. Wir müssen uns sofort nach einem Rechtsbeistand umsehen. Den besten, den wir kriegen können. Vergessen Sie nicht: Wir werden es mit seiner Witwe und mit seinen Kindern zu tun bekommen. Die Frau wird in ihrem Namen klagen, bestimmt klagt sie! Und dann Sie, Casey! Sie haben das Recht auf einen fetten Anteil. Wir werden auch klagen – sind Sie nicht seit sieben Jahren wie eine Frau zu ihm gewe...«

»Mr. Steigler, Sie sind gekündigt! Raus mit Ihnen!«

»Was haben Sie bloß? Ich denke nur an Ihre rechtmäßigen Ansprüche!«

»Haben Sie denn nicht gehört, Steigler? Sie sind entlassen!«

»Sie können mich nicht entlassen! Ich habe meine Rechte! Ich habe einen Vertrag!«

»Sie sind ein Hurensohn. Ich werde Sie für Ihren Vertrag großzügig abfinden, aber wenn Sie etwas gegen mich oder Linc oder Lincs Interessen unternehmen, werde ich dafür sorgen, daß Sie nichts bekommen. Nicht einen Cent. Und jetzt raus mit Ihnen!«

Casey trocknete sich die Tränen und dachte an ihren Wutausbruch zurück. Er ist ja wirklich ein Hurensohn. Bis jetzt war ich mir nicht sicher, aber jetzt bin ich es. Ich bin froh, daß ich ihn gefeuert habe. Ich wette, er macht Lincs Exfrau einen Besuch – wenn er sie nicht schon von hier aus angerufen hat – und macht sie ganz wild darauf, Par-Con und Linc anzugreifen. Ja, ich wette, ich sehe ihn vor Gericht wieder.

Aber ich schwöre bei Gott, er wird mich nicht besiegen. Ich werde Lincs Erbe verteidigen, wie hoch auch immer der Preis ist!

Vergiß diesen Schweinehund, Casey! Vergiß die Schlachten, die du schlagen wirst, konzentriere dich auf das Jetzt! Was mache ich mit Orlanda? Linc hat sie gern gehabt, vielleicht sogar geliebt. Oder? Ich bin nicht sicher und werde es nie mehr sein.

Soll ich zu ihr gehen?

3

20.05 Uhr:

Orlanda saß in der Dunkelheit ihres Zimmers im Mandarin-Hotel und starrte in die Nacht hinaus. Ihr Schmerz begann abzuklingen.

Lincs Tod war eben Joss, sagte sie sich zum tausendsten Mal. Joss. Es ist alles, wie es war. Wieder haben sich die Götter über mich lustig gemacht. Vielleicht bekomme ich noch einmal eine Chance. Es gibt ja noch andere Männer . . Mach dir keine Sorgen! Quillan hat gesagt, ich soll ruhig Blut bewahren, er wird mir auch weiterhin meine monatliche...

Das Telefon klingelte. »Hallo?«

»Orlanda? Hier ist Casey.« Überrascht richtete sich Orlanda kerzengerade auf. »Ich fliege in zwei Stunden, aber ich wollte Sie noch sehen, bevor ich zum Flughafen fahre. Wäre das möglich? Ich bin unten in der Halle.«

Ihre Feindin, die sie besuchen wollte? Wozu? Um sich an meinem Schmerz zu weiden? Aber wir haben doch beide einen Verlust erlitten. »Natürlich, Casey«, antwortete sie zögernd. »Möchten Sie heraufkommen? Hier sind wir allein. 363.«

»363. Ich komme.«

Orlanda zündete eine Lampe an und eilte ins Badezimmer, um ein leichtes Make-up aufzulegen. Sie sah Trauer im Spiegel und die Spur von Tränen – aber kein Alter. Noch nicht. Aber es kommt, dachte sie, und ein Schauer kroch in ihr hoch.

Hör auf damit! Jeder muß altern. Sei Asiatin! Sei darauf gefaßt!

Sie schlüpfte in ihre Schuhe. Das Herz klopfte ihr bis zum Hals. Die Glocke läutete.

Sie öffnete die Tür.

»Kommen Sie herein, Casey!«

»Danke.«

Es war ein bescheidenes Zimmer. Casey sah zwei kleine Koffer neben dem Bett stehen. »Ziehen Sie aus?«

»Ja. Ich ziehe zu Freunden meiner Eltern. Das Hotel ist ein bißchen teuer. Meine Freunde haben gesagt, ich könnte bei ihnen bleiben, bis ich eine andere Wohnung gefunden habe. Bitte nehmen Sie Platz!«

»Aber Sie waren doch versichert!«

»Versichert? Nein, ich glaube nicht... ich habe nie... ich glaube nicht.«

Casey seufzte. »Sie haben alles verloren?«

»Joss.« Orlanda zog ein wenig die Achseln hoch. »Das macht nichts. Ich habe ein bißchen Geld auf der Bank und... ich komme schon zurecht.« Sie sah den Kummer in Caseys Gesicht, und Mitgefühl wallte in ihr auf. »Ca-

sey«, sagte sie rasch, »wegen Linc: Es war nicht meine Absicht, ihn einzufangen – im schlechten Sinn. Ja, ich habe ihn geliebt, und ja, ich hätte alles getan, um seine Frau zu werden, aber das ist doch fair. Und ehrlich gesagt, ich glaube, ich wäre ihm eine wunderbare Frau gewesen. Ich habe ihn wirklich geliebt, und...« Wieder das leichte Hochziehen der Schultern. »Sie verstehen. Es tut mir leid.«
»Ja, ich verstehe. Es braucht Ihnen nicht leid zu tun.«
»Als ich Ihnen das erstemal begegnete, in Aberdeen, auf dem Schiff«, setzte Orlanda hastig hinzu, »dachte ich noch, wie dumm Linc doch war, und vielleicht auch Sie, weil... was soll ich noch sagen, gerade jetzt?« Wieder traten ihr Tränen in die Augen. Und ihre Tränen, die Echtheit ihrer Tränen, ließen auch Casey in Tränen ausbrechen.
Eine kleine Weile saßen die beiden Frauen so da. Dann fand Casey ein Papiertaschentuch und trocknete sich die Augen. Nichts war entschieden. Sie fühlte sich entsetzlich und wollte jetzt nur zu Ende bringen, was sie begonnen hatte. Sie nahm einen Umschlag aus ihrer Handtasche. »Hier ist ein Scheck auf zehntausend Dollar. Ich wollte...«
Orlanda rang nach Atem.
»Ich will Ihr Geld nicht! Ich will nichts von...«
»Es ist nicht von mir. Es ist von Linc. Hören Sie mir einen Augenblick zu!« Casey berichtete ihr, was Dunross ihr von Bartlett erzählt hatte. Es riß eine Wunde von neuem auf, als sie die Worte wiederholte. »Das hat Linc gesagt. Ich glaube, Sie waren es, die er heiraten wollte. Vielleicht irre ich mich. Ich weiß es nicht. Aber wie auch immer: Es wäre sein Wunsch gewesen, etwas... für Ihre finanzielle Sicherheit zu tun.«
Angesichts dieser Ironie des Geschehens wäre Orlanda fast das Herz zersprungen.
»›Brautführer‹ hat Linc gesagt? Wirklich wahr?«
»Ja.«
»Und daß wir Freundinnen sein sollen? Er wollte, daß wir Freundinnen sind?«
»Ja«, antwortete Casey, ohne zu wissen, ob sie gut daran tat, ihr alles zu sagen. Doch als sie die zarte jugendliche Schönheit des Mädchens vor sich sah, die großen Augen, die feine Haut und die vollkommene Schönheit ihrer Figur, konnte sie es weder Linc noch ihr verdenken. Meine Schuld war es, seine nicht und auch ihre nicht. Und ich weiß, daß Linc sie nicht mittellos zurückgelassen hätte. Und er wollte, daß wir Freundinnen werden. Vielleicht können wir das. »Warum versuchen wir es nicht?« fragte sie. »Hören Sie: Hongkong ist kein Platz für Sie. Warum versuchen Sie es nicht anderswo?«
»Ich kann nicht weg. Ich bin hier eingesperrt, Casey. Ich habe keine Ausbildung. Ich bin ein Niemand. Mit dem Bakkalaureat der Naturwissenschaften kann ich nichts anfangen.« Sie begann wieder zu weinen. »Ich würde

einfach wahnsinnig, wenn ich eine Stechkarte in eine Kontrolluhr stecken müßte.«

Aus einer plötzlichen Regung heraus sagte Casey: »Warum versuchen Sie es nicht in den Staaten? Vielleicht könnte ich Ihnen dabei behilflich sein, einen Job zu finden.«

»Bitte?«

»Ja. Vielleicht in der Modebranche – ich weiß nicht genau, was, aber ich würde es gern versuchen.«

Ungläubig starrte Orlanda sie an. »Sie möchten mir wirklich helfen?«

»Ja!« Sie legte den Umschlag und die Visitenkarte auf den Tisch und erhob sich.

Orlanda ging auf sie zu und legte die Arme um ihre Schultern. »O danke, Casey, danke!«

Casey erwiderte die Umarmung, und ihre Tränen vermischten sich.

Die Nacht war dunkel, nur selten kam der Mond zwischen den hoch dahinziehenden Wolken hervor. Roger Crosse ging lautlos auf das halb versteckte Pförtchen in der hohen Mauer zu, die das Government House umschloß, und benützte seinen Schlüssel. Er verschloß die Tür hinter sich, lenkte seine Schritte zur Ostseite und stieg einige Stufen zu einer Kellertür hinunter. Wieder steckte er einen Schlüssel ins Schloß.

Ebenso lautlos ging die Tür auf, und ein bewaffneter Posten, ein Gurkha, hielt seine Waffe schußbereit. »Parole, Sir?«

Crosse gab ihm die Losung. Der Posten salutierte und trat zur Seite. Am anderen Ende des Ganges klopfte Crosse. Der Adjutant des Gouverneurs öffnete. »Guten Abend, Obersinpektor.«

»Ich hoffe, ich habe Sie nicht warten lassen?«

»Überhaupt nicht.«

Sie durchquerten eine Flucht von Kellern und kamen schließlich zu einer dicken Stahltür, eingelassen in einen Betonbunker, den man in der Mitte des Hauptkellers errichtet hatte. Der Adjutant nahm einen Schlüssel heraus und schloß auf.

Crosse trat ein, schloß hinter sich ab und verriegelte die Tür. Erst jetzt fühlte er sich ganz sicher vor neugierigen Augen und Ohren. Dies war das Allerheiligste, ein Konferenzraum für sehr private Gespräche, gleichzeitig auch eine von zuverlässigen SI-Offizieren, ausschließlich Briten, mühselig gebaute Fernmeldezentrale. Sämtliche Einrichtungen wurden wöchentlich von Experten der SB überprüft, um etwaige Lauschangriffe von vornherein abzuwehren.

In einer Ecke stand der komplizierte, höchsten Ansprüchen genügende Sender, der Signale in den Verschlüßler einspeiste, dann dem Antennenwald auf dem Dach des Government House, von dort der Stratosphäre zuführte, von wo sie Whitehall erreichten.

Crosse schaltete ein. Ein leises Summen wurde hörbar. »Den Herrn Minister, bitte. Hier spricht Asien Eins.« Es machte ihm viel Spaß, sich mit seinem geheimen Decknamen zu melden.
»Ja, Asien Eins?«
»Tsu-yan war ein Mitglied des Empfangskomitees für den Spion Brian Kwok.«
»So? Dann können wir ihn von der Liste streichen.«
»Beide, Sir. Sie sind jetzt isoliert. Sonnabend wurde der Überläufer Joseph Yu beobachtet, als er die Grenze überschritt.«
»Verdammt! Sie täten gut daran, ein Team zu seiner Überwachung zusammenzustellen. Haben wir Leute in ihrer Atombasis in Sinkiang?«
»Nein, Sir. Aber es gibt ein Gerücht, wonach Dunross in einem Monat in Kanton mit Mr. Yu zusammentreffen soll.«
»Aha! Und wie steht es mit Dunross?«
»Er ist loyal – aber er wird nie mit uns arbeiten.«
»Und Sinders?«
»Er hat seine Aufgabe gut erfüllt. Ich halte ihn nicht für ein Sicherheitsrisiko.«
»Gut. Was ist mit der *Iwanow*?«
»Sie ist am Mittag ausgelaufen. Wir haben Suslews Leiche nicht gefunden – es wird noch Wochen dauern, bis die Aufräumungsarbeiten beendet sind. Ich fürchte, wir werden ihn nicht mehr in einem Stück finden. Jetzt, wo Plumm tot ist, werden wir Sevrin neu formieren müssen.«
»Ist doch ein zu guter Spaß, um darauf zu verzichten, meinen Sie nicht, Roger?«
»Ganz recht, Sir. So wird auch die andere Seite denken. Sobald Suslews Ersatzmann eintrifft, werde ich feststellen, was sie vorhaben.«
»Gut. Was ist mit de Ville?«
»Er soll nach Toronto versetzt werden. Bitte informieren Sie die RCMP! Und nun der atombetriebene Flugzeugträger: Vollzählige Besatzung 5500 Offiziere und Mannschaften, 83350 Tonnen, acht Reaktoren, Höchstgeschwindigkeit zweiundsechzig Knoten, zweiundvierzig F-4 Phantom II, zwei Hawks Mark V...«
In bester Laune setzte Crosse seinen Bericht fort. Er liebte seine Arbeit, liebte es, für zwei Seiten tätig zu sein, eigentlich drei. Jawohl, ein Tripelagent war er, mit mehr Geld, als er ausgeben konnte; keine der beiden Seiten vertraute ihm restlos, aber sie brauchten ihn und hofften, er wäre *ihr* Mann und nicht der der andern Seite.
Manchmal weiß ich es selbst nicht genau, dachte er und lächelte.

In der Abflughalle von Kai Tak lehnte Armstrong am Informationsschalter, beobachtete die Eingänge – und fühlte sich saumäßig. Zu seiner Überraschung sah er Peter Marlowe mit seiner Frau und den Kindern hereinkom-

men. Fleur war blaß und sah abgespannt aus, Marlowe ebenfalls. Er war mit Koffern beladen.
»Guten Abend, Mr. Marlowe«, sagte Armstrong.
»Guten Abend, Inspektor! So spät noch im Dienst?«
»Nein. Ich habe nur meine Frau hergebracht. Sie macht einen Monat Urlaub in England. Guten Abend, Mrs. Marlowe! Es hat mir sehr leid getan.«
»Danke, Inspektor! Ich bin...«
»Wir fliegen nach Binkok«, fiel ihr die Vierjährige wichtigtuerisch ins Wort.
»Was du nur redest«, verbesserte sie ihre Schwester. »Bunkok heißt das. Wir fahren auch auf Urlaub«, informierte sie Armstrong. »Mammi war krank.«
Peter Marlowe lächelte müde. »Eine Woche Bangkok. Ferien für meine Frau. Dr. Tooley hat gesagt, sie muß sich ausruhen.« Er unterbrach sich, als die zwei Kinder zu streiten begannen. »Still, ihr beiden! Liebling«, wandte er sich an seine Frau, »geh du schon mal zum Abfertigungsschalter vor! Ich komme gleich nach.«
»Selbstverständlich. Seid friedlich, ihr beiden!« Die Kinder im Schlepptau, machte sie sich auf den Weg.
»Ich fürchte, es wird kein sehr erholsamer Urlaub für sie sein«, sagte Peter Marlowe. Mit gesenkter Stimme fügte er hinzu: »Einer meiner Freunde hat mich ersucht, eine Mitteilung weiterzugeben: Das Treffen der Dealer in Macao ist für diesen Donnerstag angesetzt.«
»Wissen Sie, wer da alles mitmischt?«
»Nein. Aber Weißes Pulver Lee soll dabei sein. Und ein Amerikaner. Banastasio. Das habe ich gehört.«
»Danke, Mr. Marlowe! Ich wünsche Ihnen einen guten Flug. Hören Sie, bei der Polizei in Bangkok gibt es einen Mann, den Sie aufsuchen sollten – Inspektor Samanthajal. Bestellen Sie ihm Grüße von mir!«
»Vielen Dank! Ist das nicht schrecklich mit Bartlett und den anderen? Stellen Sie sich vor: Ich war auch eingeladen.«
»Joss.«
»Gewiß. Aber Resignation hilft den armen Teufeln auch nicht mehr. Auf Wiedersehen nächste Woche!«
Armstrong sah ihm nach und kehrte dann zum Informationsschalter zurück, um weiter zu warten. Das Herz blutete ihm.
Immer wieder kehrten seine Gedanken zu Mary zurück. Gestern abend hatte es einen fürchterlichen Krach gegeben. Es war um John Tschen gegangen, aber auch um Brian und das rote Zimmer und daß er sich Geld ausgeliehen, das ganze auf Pilot Fish gesetzt, nach qualvollen Warten gewonnen, die 40000 wieder in seine Schublade getan, seine Schulden bezahlt und ihr eine Flugkarte in die Heimat gekauft hatte. Und heute war es weiterge-

gangen. »Du hast unseren Hochzeitstag vergessen«, hatte sie ihm vorgeworfen. »Ist ja auch keine große Sache, nicht wahr? Oh, wie ich diese verdammte Stadt und die verdammten Werwölfe und alles hier hasse! Glaub nur ja nicht, daß ich zurückkomme!«
Automatisch zündete er sich eine Zigarette an, fand den Geschmack widerlich und genoß ihn zugleich. Er sah Casey hereinkommen, drückte die Zigarette aus und schritt auf sie zu. Ihr schleppender Gang stimmte ihn traurig.
»Guten Abend«, begrüßte er sie und fühlte sich zu Tode erschöpft.
»Oh, hallo, Inspektor! Wie... wie geht es Ihnen?«
»Danke, gut. Ich werde Sie durchschleusen.«
»Das ist sehr aufmerksam von Ihnen.«
»Hat mir mächtig leid getan, als ich von Mr. Bartlett hörte.«
»Ja. Ja, danke.«
Sie gingen weiter. Er schwieg. Was gab es da noch zu sagen? Er bewunderte ihre Haltung, die sie beim Schiffsbrand, am Hang und auch jetzt zeigte.
Für Ausreisende gab es keine Zollkontrolle. Der Polizeibeamte stempelte ihren Paß und reichte ihn ihr mit ungewöhnlicher Zuvorkommenheit wieder zurück. »Angenehmen Flug! Ich hoffe, Sie besuchen uns bald wieder.«
Unter den siebenundsechzig hatte auch Bartletts Tod Schlagzeilen gemacht.
Armstrong schloß die Tür zum Warterram für VIPs auf. Zu seiner und Caseys Überraschung war Dunross da. Die Tür zum Ausgang 16 und zur Rollbahn war offen. *Yankee 2* stand startbereit.
»Oh, hallo, Ian«, sagte sie. »Aber ich wollte doch nicht, daß Sie...«
»Mußte kommen, Casey, tut mir leid. Ich habe noch eine Kleigkeit mit Ihnen zu erledigen, und ich wollte meinen Vetter abholen – er kommt aus Taiwan zurück, wo er Fabrikgelände besichtigt hat, das wir, Ihre Zustimmung vorausgesetzt, erwerben wollen.« Er streifte Armstrong mit einem Blick. »Guten Abend, Robert! Wie geht's?«
»Immer das gleiche.« Armstrong streckte Casey seine Hand entgegen und lächelte trübe. »Ich wünsche Ihnen einen guten Flug.«
»Danke, Inspektor! Ich wünschte... danke.«
Armstrong nickte Dunross zu und wandte sich zum Gehen.
»Wurde dieses Frachtstück nach Lo Wu geliefert, Robert?«
»Ja, ich glaube schon.« Er sah die Erleichterung auf Dunross' Zügen.
»Danke. Können Sie noch ein paar Minuten bleiben? Ich würde gern Näheres erfahren.«
»Selbstverständlich«, erwiderte Armstrong. »Ich warte draußen.«
Als sie allein waren, überreichte Dunross ihr einen flachen Umschlag. »Das ist ein Bankscheck auf 750000 US-Dollar. Ich habe für sie Struan's zu 9,50 gekauft und um 28 abgestoßen.«
»Bitte?«
»Na ja, ich habe schon sehr früh gekauft – zu 9,50, wie ich es versprochen

hatte. Ihr Anteil an dieser Transaktion kommt auf 750000. Struan's hat Millionen verdient, ich habe Millionen verdient und Philip und Dianne ebenfalls. Ich ließ sie auch schon früh einsteigen.«
Sie konnte es nicht begreifen. »Tut mir leid, ich verstehe es nicht.«
Er lächelte, erklärte es ihr noch einmal und fügte hinzu: »In dem Umschlag befindet sich auch noch ein zweiter Scheck – eine Viertelmillion à conto Ihrer Beteiligung an der General-Stores-Übernahme. Ja. In dreißig Tagen werden weitere 750000 bereitliegen. Und in sechzig Tagen können wir noch eine halbe Million flüssigmachen, wenn es nötig sein sollte.«
Hinter ihr im Cockpit der *Yankee 2* zündete Jannelli das erste Düsentriebwerk. »Wird das genügen, um über die Runden zu kommen?« fragte er.
Ihr Mund bewegte sich, aber sie brachte keinen Ton heraus. Und dann: »Eine Viertelmillion?«
»Ja. Die beiden Schecks zusammen machen eine Million aus. Und weil wir gerade davon reden: Vergessen Sie nicht, daß Sie jetzt Tai-Pan von Par-Con sind! Das ist Lincs eigentliches Geschenk an Sie. Tai-Pan. Das Geld ist nicht wichtig.« Er lachte sie an. »Viel Glück, Casey! Auf Wiedersehen in einem Monat!« Das zweite Triebwerk erwachte dröhnend zum Leben.
»Eine Million US-Dollar?«
»Ja. Ich werde Dawson anweisen, Sie in Steuerfragen zu beraten. Da Sie Ihre Gewinne in Hongkong erzielt haben, gibt es sicher legitime Möglichkeiten, Steuern zu sparen – ohne sie zu hinterziehen.«
Sprachlos starrte sie ihn an.
»Bitte? Ja... ja, aber... auf Wiedersehen!« Sie steckte den Umschlag in ihre Handtasche, machte kehrt und ging.
Oben im Flugzeug verriegelte Svensen den Einstieg. »Brauchen Sie etwas, Casey?« fragte er besorgt.
»Nein«, antwortete sie. »Lassen Sie nur, Svensen, ich rufe Sie, wenn ich etwas brauche! Okay?« Er ging und schloß die Tür hinter sich.
Jetzt war sie allein. Mit klammen Fingern schnallte sie sich an und warf einen Blick durch das Fenster.
Wolken zogen über den Mond; Triebwerke kamen auf Touren, die Maschine rollte zum Start, hob ab und stieg im Steilflug in den schwarzen Himmel hinauf. Casey merkte nichts davon. Immer noch dröhnten Dunross' Worte in ihrem Kopf.
Tai-Pan. Das ist Lincs eigentliches Geschenk an Sie, hatte er gesagt. Tai-Pan. Das Geld ist nicht wichtig.
Ja, ja, das ist richtig, aber...
Was hatte Linc damals gesagt, am ersten Tag auf der Börse? »Wenn Gornt gewinnt, gewinnen wir. Wenn Dunross gewinnt, gewinnen wir. So oder so werden wir das Noble House – und darum sind wir hier.«
Die Dunkelheit fiel von ihr ab. Plötzlich war alles klar. Die Tränen versiegten.

Das war es, was er wirklich erreichen wollte, dachte sie, und ihre Erregung nahm zu. Na klar, vielleicht ist es das, was ich für ihn tun kann, das Noble House zu seinem Gedenkstein zu machen.

»Ach Linc«, flüsterte sie beseligt, »es ist einen Versuch wert, nicht wahr?«

Seinen fehlerlosen Aufstieg fortsetzend, drang das Düsenflugzeug in die Wolken ein. Die Nacht war finster, der Wind sanft und der Mond im Wachsen.

Unter ihnen lag die Insel.

Auf der Heimfahrt bog Dunross bei schwachem Verkehr mit hohem Tempo in die Peak Road. Aus einer plötzlichen Regung heraus änderte er die Richtung, fuhr zur Aussichtsterrasse des Peak hinauf und trat an die Brüstung. Er war allein.

Hongkong war ein Meer von Lichtern. Drüben in Kowloon hob wieder ein Düsenflugzeug von der hellerleuchteten Rollbahn ab. Einige wenige Sterne drangen durch die Wolken.

»Mein Gott, das Leben ist doch schön!« sagte er laut.